作品名から引ける日本文学
作家・小説家 個人全集案内
第Ⅲ期

日外アソシエーツ

Title Index to the Contents of Each Japanese Novelist's Complete Works

III

Compiled by
Nichigai Associates, Inc.

©2019 by Nichigai Associates, Inc.
Printed in Japan

本書はディジタルデータでご利用いただくことができます。詳細はお問い合わせください。

●編集担当● 児山 政彦／新西 陽菜

刊行にあたって

　古今の代表作家・代表作品が集められた文学全集・個人全集は、文学作品に親しむ時の基本資料として、図書館、家庭で広く利用されてきた。近年では、数十巻におよぶ総合的な文学全集は少なくなり、時代や地域あるいはテーマ別に編集した全集・アンソロジーが多くなった。文庫サイズや軽装版で刊行されるシリーズも多い。これらの全集類は、多彩な文学作品を手軽に読むことができる一方、特定の作品を読もうとした時、どの全集のどの巻に収録されているかを網羅的に調べるのはインターネットが普及した現在でも容易ではない。

　小社では、多種多様な文学全集の内容を通覧し、また作品名や作家名から収載全集を調べられるツールとして「現代日本文学綜覧」「世界文学綜覧」の各シリーズを刊行してきた。しかしこれらはどれも大冊であるため、コンパクトな1冊にまとめたツール「作品名から引ける日本文学 作家・小説家個人全集案内」(1992年刊)、「同　第Ⅱ期」(2005年刊)などを刊行し、作家研究の基本資料・定本として図書館や文学研究者などに好評をいただいている。

　本書は「作品名から引ける日本文学 作家・小説家個人全集案内」の第Ⅲ期にあたる。前版収録以降の2004～2018年の15年間に刊行された個人全集（選集・著作集・作品集など含む）が収録対象である。ある作家の作品がどの個人全集に収載されているか一目でわかるガイドとして、本書が前版とあわせて、広く利用されることを願っている。

2019年10月　　　　　　　　　　　　　　　　　　日外アソシエーツ

凡　例

1. **本書の内容**

    本書は、国内で刊行された明治以降の日本の作家・小説家に関する個人全集の収載作品を、作品名から引ける総索引である。

2. **収録対象**

    (1) 原則として、2004（平成16）年～2018（平成30）年に刊行が完結した個人全集（選集、著作集、作品集などを含む）に収載された作品を収録した。

    (2) 固有題名のない作品、解説・解題・年譜・参考文献等は収録しなかった。

    (3) 収録点数は、126名の作家の個人全集170種1,401冊の収載作品のべ37,955点である。

3. **記載事項**

    (1) 記載形式

    　1）全集名・作家名・作品名などの表記は原則として原本の表記を採用した。

    　2）頭書・角書・冠称等のほか、原本のルビ等は、小さな文字で表示した。

    　3）全集名中に作家名が含まれていないものは、〔　〕で囲んだ作家名を編集部で補記した。

    (2) 記載項目

    作品名／（作家名）

    ◇「収載図書名　巻次または各巻書名」／出版者／出版年／（叢書名）／原本記載（開始）頁

    ※巻名は巻次がないものに限り表示した。

4. 排　列
   (1) 現代仮名遣いにより、作品名の読みの五十音順に排列した。濁音・半濁音は清音扱い、ヂ→シ、ヅ→スとみなした。拗促音は直音扱いとし、音引きは無視した。欧文で始まるものや記号類で始まるものは、五十音順の末尾に各々まとめた。
   (2) 原本にルビがある作品の読みはそのルビに拠った。また、頭書・角書・冠称等は排列上無視した。同一表記で異なる読みがある場合は適宜参照を立てた。
   (3) 作品名が同じ場合は、作家名の五十音順に排列した。
   (4) 同一作品の収載個人全集が複数ある場合は、出版年月の古い順に排列した。

5. 収録全集一覧（巻頭）
   (1) 本書に収録した個人全集を作家名の読みの五十音順に排列し、全集名・総巻数・出版者・刊行期間を示した。
   (2) 一人の作家に複数の個人全集があるときは、その刊行年順に排列した。

収録全集一覧

【あ】

赤江 瀑
　「赤江瀑短編傑作選」　全3巻　光文社（光文社文庫）　2007年1月〜2007年3月
阿川 弘之
　「阿川弘之全集」　全20巻　新潮社　2005年8月〜2007年3月
安部 公房
　「安部公房全集」　全30巻　新潮社　1997年7月〜2009年3月
天城 一
　「天城一傑作集」　全4巻　日本評論社　2004年5月〜2009年4月
鮎川 哲也
　「鮎川哲也コレクション」　全16巻　光文社（光文社文庫）　2001年7月〜2007年12月
　「鮎川哲也コレクション 挑戦篇」　全3巻　出版芸術社　2006年6月〜2006年10月
荒巻 義雄
　「定本 荒巻義雄メタSF全集」　全7巻，別巻1巻　彩流社　2014年11月〜2015年7月
池澤 夏樹
　「〔池澤夏樹〕エッセー集成」　全2巻　みすず書房　2008年10月〜2008年11月
池波 正太郎
　「池波正太郎短篇ベストコレクション ―大きな活字で読みやすい本」　全6巻　リブリオ出版　2008年1月
石上 玄一郎
　「石上玄一郎作品集」　全3巻　日本図書センター　2004年2月
　「石上玄一郎小説作品集成」　全3巻　未知谷　2008年2月〜2008年5月
石川 淳
　「石川淳コレクション」　全3巻　筑摩書房（ちくま文庫）　2007年1月〜2007年3月
石牟礼 道子
　「石牟礼道子全集―不知火」　全17巻，別巻1巻　藤原書店　2004年4月〜2014年5月
伊藤 計劃
　「伊藤計劃記録」　全2巻　早川書房　2010年3月〜2011年3月
稲垣 足穂
　「稲垣足穂コレクション」　全8巻　筑摩書房（ちくま文庫）　2005年1月〜2005年7月
井上 ひさし
　「井上ひさしコレクション」　全3巻　岩波書店　2005年4月〜2005年6月
　「井上ひさし短編中編小説集成」　全12巻　岩波書店　2014年10月〜2015年9月

収録全集一覧

色川 武大
　「色川武大・阿佐田哲也エッセイズ」　全3巻　筑摩書房（ちくま文庫）2003年6月〜2003年8月

上野 壮夫
　「上野壮夫全集」　全3巻, 別冊1巻　図書新聞　2009年4月〜2011年12月

内田 百閒
　「内田百閒集成」　全24巻　筑摩書房（ちくま文庫）2002年10月〜2004年9月

梅崎 春生
　「梅崎春生作品集」　全3巻　沖積舎　2003年12月〜2004年11月

江戸川 乱歩
　「江戸川乱歩全集」　全30巻　光文社（光文社文庫）2003年8月〜2006年2月
　「江戸川乱歩全集」　全18巻　沖積舎　2006年11月〜2009年10月
　「江戸川乱歩傑作集」　全3巻　リブレ出版　2015年7月〜2015年8月

遠藤 周作
　「遠藤周作エッセイ選集」　全3巻　光文社（知恵の森文庫）2006年9月〜2006年11月

大坪 砂男
　「大坪砂男全集」　全4巻　東京創元社（創元推理文庫）2013年1月〜2013年7月

大庭 みな子
　「大庭みな子全集」　全25巻　日本経済新聞出版社　2009年5月〜2011年4月

岡本 綺堂
　「岡本綺堂探偵小説全集」　全2巻　作品社　2012年6月〜2012年9月

大佛 次郎
　「大佛次郎セレクション 第1期」　全6巻　未知谷　2007年9月〜2007年12月
　「大佛次郎セレクション 第2期」　全6巻　未知谷　2008年7月〜2008年12月
　「大佛次郎セレクション 第3期」　全6巻　未知谷　2009年4月〜2009年9月

押川 春浪
　「〔押川〕春浪選集」　全8巻　本の友社　2004年6月

小田 実
　「小田実全集」　全82巻　講談社　2010年6月〜2014年5月

小沼 丹
　「小沼丹全集」　全4巻, 補巻1巻　未知谷　2004年6月〜2005年7月

【 か 】

開高 健
　「開高健ルポルタージュ選集」　全5巻　光文社（光文社文庫）2007年7月〜2008年3月

梶井 基次郎
　「梶井基次郎小説全集 新装版」　全1巻　沖積舎　1995年9月

片岡 義男
　「片岡義男コレクション」　全3巻　早川書房（ハヤカワ文庫）2009年4月〜2009年6月

加藤 幸子
　「加藤幸子自選作品集」　全5巻　未知谷　2013年2月〜2013年10月

収録全集一覧

金井 美恵子
 「金井美恵子エッセイ・コレクション―1964-2013」 全4巻 平凡社 2013年8月～2014年3月
 「金井美恵子自選短篇集」 全3巻 講談社（講談社文芸文庫） 2014年10月～2015年12月

狩 久
 「狩久全集」 全6巻 皆進社 2013年2月

金 石範
 「金石範作品集」 全2巻 平凡社 2005年9月～2005年10月

金 鶴泳
 「金鶴泳作品集」 全2巻 クレイン 2004年7月～2006年4月

国枝 史郎
 「国枝史郎探偵小説全集」 全1巻 作品社 2005年9月
 「国枝史郎歴史小説傑作選」 全1巻 作品社 2006年3月
 「国枝史郎伝奇短篇小説集成」 全2巻 作品社 2006年10月～2006年12月
 「国枝史郎伝奇浪漫小説集成」 全1巻 作品社 2007年8月

車谷 長吉
 「車谷長吉全集」 全3巻 新書館 2010年6月～2010年8月

高城 高
 「高城高全集」 全4巻 東京創元社（創元推理文庫） 2008年2月～2008年11月

小酒井 不木
 「小酒井不木随筆評論選集」 全8巻 本の友社 2004年10月

小島 信夫
 「小島信夫批評集成」 全8巻 水声社 2010年11月～2011年6月
 「小島信夫短篇集成」 全8巻 水声社 2014年11月～2015年4月
 「小島信夫長篇集成」 全10巻 水声社 2015年7月～2016年8月

小寺 菊子
 「小寺菊子作品集」 全3巻 桂書房 2014年2月

小林 秀雄
 「小林秀雄全作品」 全28巻, 別巻4巻 新潮社 2002年10月～2005年5月
 「小林秀雄全集」 補巻3巻 新潮社 2010年4月～2010年8月

小檜山 博
 「小檜山博全集」 全8巻 柏艪舎 2006年10月

小松 左京
 「小松左京全集 完全版」 全50巻 城西国際大学出版会 2006年9月～2018年2月

【 さ 】

三枝 和子
 「三枝和子選集」 全6巻 鼎書房 2007年7月～2008年1月

坂口 安吾
 「坂口安吾全集」 全17巻, 別巻1巻 筑摩書房 1998年5月～2012年12月

収録全集一覧

佐々木 基一
「佐々木基一全集」 全10巻 河出書房新社 2012年11月～2013年9月

笹沢 左保
「笹沢左保コレクション 新装版」 全5巻 光文社（光文社文庫） 2008年7月～2009年3月

四季 桂子
「四季桂子全集―赤い海」 全1巻 皆進社 2013年4月

司馬 遼太郎
「司馬遼太郎短篇全集」 全12巻 文藝春秋 2005年4月～2006年3月
「司馬遼太郎対話選集」 全10巻 文藝春秋（文春文庫） 2006年4月～2006年12月

澁澤 龍彦
「〔澁澤龍彦〕ホラー・ドラコニア少女小説集成」 全5巻 平凡社 2003年9月～2004年5月

島田 荘司
「島田荘司全集」 全10巻 南雲堂 2006年9月～
「島田荘司 very BEST 10」 全2巻 講談社（講談社box） 2007年12月

島田 雅彦
「島田雅彦芥川賞落選作全集」 全2巻 河出書房新社（河出文庫） 2013年6月

清水 アリカ
「清水アリカ全集」 全1巻 河出書房新社 2011年8月

須賀 敦子
「須賀敦子全集」 全8巻 河出書房新社（河出文庫） 2006年10月～2008年1月

鈴木 いづみ
「鈴木いづみコレクション」 全8巻 文遊社 1996年9月～1998年1月
「鈴木いづみセカンド・コレクション」 全4巻 文遊社 2004年2月～2004年12月
「鈴木いづみプレミアム・コレクション」 全1巻 文遊社 2006年3月
「契約―鈴木いづみSF全集」 全1巻 文遊社 2014年7月

瀬戸内 寂聴
「瀬戸内寂聴随筆選 ―大きな活字で読みやすい本」 全6巻 ゆまに書房, リブリオ出版（発売） 2009年4月

【た】

高木 彬光
「高木彬光コレクション 新装版」 全10巻 光文社（光文社文庫） 2005年4月～2006年10月

高橋 克彦
「高橋克彦自選短編集」 全3巻 講談社（講談社文庫） 2009年11月～2010年1月

太宰 治
「太宰治映画化原作コレクション」 全2巻 文藝春秋（文春文庫） 2009年5月

立松 和平
「立松和平全小説」 全30巻, 別巻1巻 勉誠出版 2010年1月～2014年11月

田中 小実昌
「田中小実昌エッセイ・コレクション」 全6巻 筑摩書房（ちくま文庫） 2002年6月～2003年

収録全集一覧

　　11月
田中 志津
　「田中志津全作品集」 全3巻 武蔵野書院 2013年1月
田辺 聖子
　「田辺聖子全集」 全24巻, 別巻1巻 集英社 2004年5月～2006年8月
谷崎 潤一郎
　「谷崎潤一郎全集」 全26巻 中央公論新社 2015年5月～2017年6月
田村 泰次郎
　「田村泰次郎選集」 全5巻 日本図書センター 2005年4月
田村 孟
　「田村孟全小説集」 全1巻 航思社 2012年9月
陳 舜臣
　「陳舜臣推理小説ベストセレクション」 全3巻 集英社（集英社文庫） 2008年10月～2009年4月
辻 邦生
　「辻邦生全集」 全20巻 新潮社 2004年6月～2006年2月
辻井 喬
　「辻井喬コレクション」 全8巻 河出書房新社 2002年1月～2004年5月
都筑 道夫
　「都筑道夫恐怖短篇集成」 全3巻 筑摩書房（ちくま文庫） 2004年5月～2004年7月
　「都筑道夫少年小説コレクション」 全6巻 本の雑誌社 2005年8月～2005年12月
　「都筑道夫時代小説コレクション」 全4巻 戎光祥出版（戎光祥時代小説名作館） 2014年5月
　　～2014年9月
土屋 隆夫
　「土屋隆夫コレクション 新装版」 全9巻 光文社（光文社文庫） 2002年3月～2003年5月
津村 節子
　「津村節子自選作品集」 全6巻 岩波書店 2005年1月～2005年6月
津本 陽
　「津本陽武芸小説集」 全3巻 PHP研究所 2007年7月～2007年11月
寺山 修司
　「寺山修司著作集」 全5巻 クインテッセンス出版 2009年1月～2009年6月
戸川 幸夫
　「戸川幸夫動物文学セレクション」 全5巻 ランダムハウス講談社（ランダムハウス講談社文
　　庫） 2008年4月～2008年8月
徳田 秋聲
　「徳田秋聲全集」 全42巻, 別巻1巻 八木書店 1997年11月～2006年7月
徳永 直
　「徳永直文学選集」 全1巻 熊本出版文化会館 2008年5月

収録全集一覧

【な】

永井 荷風
　「〔永井〕荷風全集 別巻」 全1巻 岩波書店 2011年11月
中井 英夫
　「中井英夫全集」 全12巻 東京創元社（創元ライブラリ） 1996年5月〜2006年11月
中上 健次
　「中上健次集」 全10巻 インスクリプト 2012年12月〜2018年6月
中戸川 吉二
　「中戸川吉二作品集」 全1巻 勉誠出版 2013年6月
西村 京太郎
　「西村京太郎自選集」 全4巻 徳間書店（徳間文庫） 2004年4月〜2004年8月
野坂 昭如
　「野坂昭如エッセイ・コレクション」 全3巻 筑摩書房（ちくま文庫） 2004年7月〜2004年9月
　「20世紀断層―野坂昭如単行本未収録小説集成」 全5巻, 補巻1巻 幻戯書房 2010年6月〜2011年4月
野村 胡堂
　「野村胡堂探偵小説全集」 全1巻 作品社 2007年4月
　「野村胡堂伝奇幻想小説集成」 全1巻 作品社 2009年6月
野呂 邦暢
　「野呂邦暢小説集成」 全7巻 文遊社 2013年6月〜2016年6月
　「〔野呂邦暢〕随筆コレクション」 全2巻 みすず書房 2014年5月〜2014年6月

【は】

橋本 治
　「橋本治短篇小説コレクション」 全4巻 筑摩書房（ちくま文庫） 2006年2月〜2006年5月
長谷川 伸
　「長谷川伸傑作選」 全3巻 国書刊行会 2008年5月〜2008年9月
浜尾 四郎
　「浜尾四郎全集」 全2巻 沖積舎 2004年11月〜2004年12月
林 京子
　「林京子全集」 全8巻 日本図書センター 2005年6月
原 民喜
　「原民喜戦後全小説」 全1巻 講談社（講談社文芸文庫） 2015年6月
日影 丈吉
　「日影丈吉全集」 全8巻, 別巻1巻 国書刊行会 2002年9月〜2005年5月
久生 十蘭
　「定本 久生十蘭全集」 全11巻, 別巻1巻 国書刊行会 2008年10月〜2013年2月

収録全集一覧

深沢 夏衣
　「深沢夏衣作品集」　全1巻　新幹社　2015年10月
福田 恆存
　「福田恆存評論集」　全20巻、別巻1巻　麗澤大學出版會,廣池學園事業部〔発売〕　2007年11月～2011年3月
　「福田恆存対談・座談集」　全7巻　玉川大学出版部　2011年4月～2012年10月
古井 由吉
　「古井由吉自撰作品」　全8巻　河出書房新社　2012年3月～2012年10月
辺見 庸
　「辺見庸掌編小説集」　全2巻　角川書店　2004年9月

【ま】

松下 竜一
　「松下竜一未刊行著作集」　全5巻　海鳥社　2008年6月～2009年6月
松田 解子
　「松田解子自選集」　全10巻　澤田出版,民衆社（発売）　2004年5月～2009年7月
松本 清張
　「松本清張傑作短篇コレクション」　全3巻　文藝春秋（文春文庫）　2004年11月
　「松本清張初文庫化作品集」　全4巻　双葉社（双葉文庫）　2005年11月～2006年4月
　「松本清張自選短篇集 ―大きな活字で読みやすい本」　全4巻　リブリオ出版　2007年4月
　「松本清張映画化作品集」　全3巻　双葉社（双葉文庫）　2008年5月～2008年7月
　「松本清張短編全集」　全11巻　光文社（光文社文庫）　2008年9月～2009年7月
　「松本清張傑作選」　全6巻　新潮社　2009年4月～2009年8月
　「松本清張傑作選」　全6巻　新潮社（新潮文庫）　2013年2月～2013年4月
眉村 卓
　「眉村卓コレクション 異世界篇」　全3巻　出版芸術社　2012年6月～2012年11月
丸谷 才一
　「丸谷才一全集」　全12巻　文藝春秋　2013年10月～2014年9月
三島 由紀夫
　「決定版 三島由紀夫全集」　全42巻、補巻1巻、別巻1巻　新潮社　2000年11月～2006年4月
水上 勉
　「水上勉ミステリーセレクション」　全4巻　光文社（光文社文庫）　2007年7月～2008年1月
三角 寛
　「三角寛サンカ選集 第二期」　全8巻（第8～15巻）　現代書館　2004年11月～2005年6月
三橋 一夫
　「三橋一夫ふしぎ小説集成」　全3巻　出版芸術社　2005年10月～2005年12月
宮城谷 昌光
　「宮城谷昌光全集」　全21巻　文藝春秋　2002年11月～2004年7月
宮本 百合子
　「宮本百合子全集」　全33巻、別冊1巻　新日本出版社　2000年11月～2004年1月

収録全集一覧

向田 邦子
　「向田邦子全集 新版」 全11巻, 別巻2巻 文藝春秋 2009年4月〜2010年4月

村上 春樹
　「〔村上春樹〕短篇選集1980-1991」 全1巻 新潮社 2005年3月

目取真 俊
　「目取真俊短篇小説選集」 全3巻 影書房 2013年3月〜2013年11月

森 鷗外
　「〔森〕鷗外近代小説集」 全6巻 岩波書店 2012年10月〜2013年3月

森村 誠一
　「森村誠一ベストセレクション」 全7巻 光文社（光文社文庫）2010年11月〜2011年5月

【 や 】

山崎 豊子
　「山崎豊子全集」 全23巻 新潮社 2003年12月〜2005年11月
　「山崎豊子全集 第2期」 全4巻 新潮社 2014年9月〜2014年12月

山田 風太郎
　「山田風太郎ミステリー傑作選」 全10巻 光文社（光文社文庫）2001年3月〜2002年5月
　「山田風太郎妖異小説コレクション」 全4巻 徳間書店（徳間文庫）2003年10月〜2004年4月
　「山田風太郎忍法帖短篇全集」 全12巻 筑摩書房（ちくま文庫）2004年4月〜2005年3月
　「山田風太郎エッセイ集成」 全4巻 筑摩書房 2007年7月〜2008年12月
　「〔山田風太郎〕時代短篇選集」 全3巻 小学館（小学館文庫）2013年2月〜2013年4月

山本 周五郎
　「山本周五郎中短篇秀作選集」 全5巻 小学館 2005年11月〜2006年3月
　「山本周五郎探偵小説全集」 全6巻, 別巻1巻 作品社 2007年10月〜2008年4月
　「〔山本周五郎〕新編傑作選」 全4巻 小学館（小学館文庫）2010年1月〜2010年11月
　「山本周五郎長篇小説全集」 全26巻 新潮社 2013年6月〜2015年2月

結城 昌治
　「結城昌治コレクション」 全5巻 光文社（光文社文庫）2008年4月〜2008年12月

横溝 正史
　「横溝正史時代小説コレクション 伝奇篇」 全3巻 出版芸術社 2003年8月〜2003年10月
　「横溝正史時代小説コレクション 捕物篇」 全3巻 出版芸術社 2003年12月〜2004年6月
　「横溝正史探偵小説コレクション」 全3巻 出版芸術社 2004年9月〜2004年11月
　「横溝正史自選集」 全7巻 出版芸術社 2006年12月〜2007年6月

吉川 潮
　「吉川潮芸人小説セレクション」 全5巻 ランダムハウス講談社 2007年11月〜2007年12月
　「吉川潮ハートウォーム・セレクション」 全3巻 ランダムハウス講談社（ランダムハウス講談社文庫）2008年4月〜2008年6月

吉田 知子
　「吉田知子選集」 全3巻 景文館書店 2012年12月〜2014年9月

収録全集一覧

吉村 昭
　「吉村昭歴史小説集成」　全8巻　岩波書店　2009年4月〜2009年11月
吉屋 信子
　「吉屋信子少女小説選」　全5巻　ゆまに書房　2002年12月〜2004年4月
吉行 淳之介
　「吉行淳之介エッセイ・コレクション」　全4巻　筑摩書房（ちくま文庫）　2004年2月〜2004年5月

【 ら 】

隆 慶一郎
　「隆慶一郎全集」　全19巻　新潮社　2009年9月〜2010年7月
　「隆慶一郎短編全集」　全2巻　日本経済新聞出版社（日経文芸文庫）　2014年12月

【 わ 】

渡辺 温
　「アンドロギュノスの裔 渡辺温全集」　全1巻　東京創元社（創元推理文庫）　2011年8月
渡辺 淳一
　「渡辺淳一自選短篇コレクション」　全5巻　朝日新聞社　2006年1月〜2006年5月

あいさ

【あ】

「あ」
　◇「向田邦子全集 新版 6」文藝春秋 2009 p26
ああアサマシい・ハシタナい
　◇「田中小実昌エッセイ・コレクション 1」筑摩書房 2002（ちくま文庫）p184
ああ華族様だよと私は嘘を吐くのであった
　◇「アンドロギュノスの裔 渡辺温全集」東京創元社 2011（創元推理文庫）p167
ああカモカのおっちゃん
　◇「田辺聖子全集 9」集英社 2005 p158
ああカモカのおっちゃんⅡ
　◇「田辺聖子全集 9」集英社 2005 p191
ああ、結婚！
　◇「鈴木いづみコレクション 6」文遊社 1997 p60
ああ荒野
　◇「定本 荒巻義雄メタSF全集 2」彩流社 2015 p79
あゝ、荒野
　◇「寺山修司著作集 2」クインテッセンス出版 2009 p143
嗚呼、島田君！
　◇「上野壮夫全集 3」図書新聞 2011 p541
ああッ！
　◇「鈴木いづみコレクション 6」文遊社 1997 p102
「あゝ同期の桜」に寄せる―第十四期海軍飛行予備学生遺稿集「あゝ同期の桜」を読んで
　◇「阿川弘之全集 16」新潮社 2006 p206
ああ欲しい
　◇「松田解子自選集 9」澤田出版 2009 p97
ああ幕があがる
　◇「井上ひさしコレクション ことばの巻」岩波書店 2005 p342
ああ無情
　◇「坂口安吾全集 10」筑摩書房 1998 p94
ああ、もったいなぁ成駒屋はん
　◇「山崎豊子全集 5」新潮社 2004 p472
愛
　◇「井上ひさしコレクション 人間の巻」岩波書店 2005 p287
愛！
　◇「徳田秋聲全集 3」八木書店 1999 p265
愛
　◇「宮本百合子全集 17」新日本出版社 2002 p418
アイ・アム・ア・ロック
　◇「橋本治短篇小説コレクション S&Gグレイテスト・ヒッツ+1」筑摩書房 2006（ちくま文庫）p127

アイ・アム・ユー
　◇「三橋一夫ふしぎ小説集成 3」出版芸術社 2005 p254
藍色の想い
　◇「小島信夫批評集成 4」水声社 2010 p113
藍いろの夜
　◇「中井英夫全集 3」東京創元社 1996（創元ライブラリ）p396
「愛怨峡」における映画的表現の問題
　◇「宮本百合子全集 13」新日本出版社 2001 p110
アイオワの農家の少年
　◇「小島信夫批評集成 2」水声社 2011 p208
相客
　◇「〔野呂邦暢〕随筆コレクション 2」みすず書房 2014 p182
　◇「〔野呂邦暢〕随筆コレクション 2」みすず書房 2014 p286
愛嬌ある人生記録
　◇「徳田秋聲全集 21」八木書店 2001 p367
愛郷心
　◇「小島信夫批評集成 2」水声社 2011 p179
哀吟
　◇「決定版 三島由紀夫全集 37」新潮社 2004 p643
愛国者H十七号事件
　◇「井上ひさし短編中編小説集成 9」岩波書店 2015 p235
愛国主義への疑念
　◇「大庭みな子全集 3」日本経済新聞出版社 2009 p361
愛国心
　◇「決定版 三島由紀夫全集 34」新潮社 2003 p648
愛国心がないことを悩んでいたら
　◇「寺山修司著作集 1」クインテッセンス出版 2009 p372
愛国心というもの
　◇「山崎豊子全集 7」新潮社 2004 p428
愛国心について
　◇「小田実全集 評論 33」講談社 2013 p64
アイコノロジーの諸相
　◇「小松左京全集 完全版 36」城西国際大学出版会 2011 p113
あいさつ
　◇「向田邦子全集 新版 10」文藝春秋 2010 p142
アイザック・シンガー
　◇「大庭みな子全集 12」日本経済新聞出版社 2010 p161
挨拶の言葉
　◇「小檜山博全集 8」柏艪舎 2006 p250
アイサツ野郎
　◇「野坂昭如エッセイ・コレクション 1」筑摩書房 2004（ちくま文庫）p31

あいし

愛しあうということ―教皇ヨハネ二十三世について
　◇「須賀敦子全集 8」河出書房新社 2007（河出文庫）p268

『哀史』解題
　◇「徳田秋聲全集 別巻」八木書店 2006 p87

愛してよろしいですか？
　◇「田辺聖子全集 11」集英社 2005 p7

男と別れる法 愛しながらの別れなんてインチキです
　◇「鈴木いづみコレクション 6」文遊社 1997 p203

愛児命名録
　◇「徳田秋聲全集 23」八木書店 2001 p300

『哀史物語』序
　◇「徳田秋聲全集 別巻」八木書店 2006 p90

愛車ムスタングもノロノロ運転の国道
　◇「小松左京全集 完全版 29」城西国際大学出版会 2007 p22

愛獣
　◇「中上健次集 9」インスクリプト 2013 p188

「哀愁の袋小路」なのよ。
　◇「鈴木いづみコレクション 6」文遊社 1997 p297

愛情
　◇「大佛次郎セレクション第1期 白い夜」未知谷 2007 p217

愛情を感じる作品―読売文学賞受賞者のことば
　◇「安部公房全集 17」新潮社 1999 p56

愛情会議
　◇「定本 久生十蘭全集 8」国書刊行会 2010 p475

哀傷詩集
　◇「中井英夫全集 10」東京創元社 2002（創元ライブラリ）p129

愛情論初稿
　◇「石牟礼道子全集 1」藤原書店 2004 p60

《忘れられない本》『愛情はふる星のごとく』尾崎秀実
　◇「井上ひさしコレクション ことばの巻」岩波書店 2005 p234

哀史（レ・ミゼラブル）
　◇「徳田秋聲全集 26」八木書店 2002 p363

愛人岬
　◇「笹沢左保コレクション新装版 愛人岬」光文社 2009（光文社文庫）p1

アイ・スクリーム
　◇「高城高全集 3」東京創元社 2008（創元推理文庫）p221

合図の旗
　◇「宮本百合子全集 16」新日本出版社 2002 p187

アイズピリ
　◇「〔野呂邦暢〕随筆コレクション 2」みすず書房 2014 p490

愛する
　◇「土屋隆夫コレクション新装版 天狗の面」光文社 2002（光文社文庫）p329

愛する
　◇「寺山修司著作集 1」クインテッセンス出版 2009 p360

愛するあなた
　◇「鈴木いづみコレクション 6」文遊社 1997

愛するといふこと
　◇「決定版 三島由紀夫全集 36」新潮社 2003 p316

愛する能力
　◇「小松左京全集 完全版 31」城西国際大学出版会 2008 p217

愛する能力と愛される能力
　◇「瀬戸内寂聴随筆選 6」ゆまに書房 2009 p151

『愛すればこそ』
　◇「谷崎潤一郎全集 9」中央公論社 2017 p7

愛すればこそ
　◇「谷崎潤一郎全集 9」中央公論社 2017 p9

「愛すればこそ」の上演
　◇「谷崎潤一郎全集 9」中央公論社 2017 p421

愛染明王
　◇「司馬遼太郎短篇全集 9」文藝春秋 2005 p505

逢初一号館の奇蹟
　◇「井上ひさし短編中編小説集成 2」岩波書店 2014 p100

藍染師
　◇「瀬戸内寂聴随筆選 3」ゆまに書房 2009 p185

間
　◇「徳田秋聲全集 16」八木書店 1999 p332

愛知の養鶏研究所
　◇「小松左京全集 完全版 40」城西国際大学出版会 2012 p207

ハンガリー・ブルガリア紀行 哀調帯びたジプシー音楽に似て
　◇「大庭みな子全集 23」日本経済新聞出版社 2011 p444

アイデアのひらめき、センスのよさ―加藤秀俊
　◇「小松左京全集 完全版 41」城西国際大学出版会 2013 p168

ITと貧困―インド
　◇「小田実全集 評論 36」講談社 2014 p216

相手の立場で
　◇「大庭みな子全集 23」日本経済新聞出版社 2011 p606

相手の手がすべてまる見え―なにげない会話がサインとなる"通し"
　◇「色川武大・阿佐田哲也エッセイズ 1」筑摩書房 2003（ちくま文庫）p218

愛党行進曲
　◇「井上ひさしコレクション 日本の巻」岩波書店 2005 p51

あいの

哀悼の歌
　◇「松田解子自選集 9」澤田出版 2009 p54

哀悼・水上勉
　◇「車谷長吉全集 3」新書館 2010 p434

哀悼湯川成一氏
　◇「車谷長吉全集 2」新書館 2010 p496

愛と空白の共謀
　◇「松本清張短編全集 10」光文社 2009（光文社文庫）p217

愛と芸術の軌跡 ロマンティックが身上〔対談者〕瀬戸内晴美
　◇「大庭みな子全集 22」日本経済新聞出版社 2011 p289

「愛と死」
　◇「宮本百合子全集 15」新日本出版社 2001 p227

愛と死［翻訳］（ダヴィデ・マリア・トゥロルド）
　◇「須賀敦子全集 7」河出書房新社 2007（河出文庫）p84

愛と死の儀式（憂国）
　◇「決定版 三島由紀夫全集 別巻」新潮社 2006 p44

愛と性
　◇「吉行淳之介エッセイ・コレクション 2」筑摩書房 2004（ちくま文庫）p265

愛と平和を理想とする人間生活
　◇「宮本百合子全集 9」新日本出版社 2001 p281

「アイドル」的思考
　◇「安部公房全集 8」新潮社 1998 p41

『愛なき人々』
　◇「谷崎潤一郎全集 9」中央公論新社 2017 p215

愛なき人々 三幕
　◇「谷崎潤一郎全集 9」中央公論新社 2017 p301

愛に朽ちなん
　◇「鮎川哲也コレクション 白昼の悪魔」光文社 2007（光文社文庫）p173

愛について
　◇「寺山修司著作集 1」クインテッセンス出版 2009 p390

愛についての歌（ある日曜日の昼食のあと映画館で）［翻訳］（ウンベルト・サバ）
　◇「須賀敦子全集 5」河出書房新社 2008（河出文庫）p335

愛についてのデッサン
　◇「野呂邦暢小説集成 6」文遊社 2016 p438

愛についてのデッサン―佐古啓介の旅
　◇「野呂邦暢小説集成 6」文遊社 2016 p395

会いに行く
　◇「小田実全集 小説 36」講談社 2013 p8

アイヌに就て
　◇「宮本百合子全集 20」新日本出版社 2002 p37

愛のあり方
　◇「瀬戸内寂聴随筆選 6」ゆまに書房 2009 p102

アイノウイッツ
　◇「林京子全集 4」日本図書センター 2005 p223

愛の歌―歌う声・歌う言葉
　◇「金井美恵子エッセイ・コレクション―1964-2013 1」平凡社 2013 p148

愛の往復書簡（阿部艶子）
　◇「決定版 三島由紀夫全集 補巻」新潮社 2005 p366

愛のかたち
　◇「小田実全集 小説 30」講談社 2012 p75

愛の価値
　◇「大庭みな子全集 18」日本経済新聞出版社 2010 p211

愛の狩人
　◇「橋本治短篇小説コレクション 愛の矢車草」筑摩書房 2006（ちくま文庫）p77

愛の渇き
　◇「決定版 三島由紀夫全集 2」新潮社 2001 p7

「愛の渇き」創作ノート
　◇「決定版 三島由紀夫全集 2」新潮社 2001 p627

愛の完結
　◇「小島信夫短篇集成 3」水声社 2014 p39

愛の空間
　◇「小松左京全集 完全版 17」城西国際大学出版会 2012 p129

愛の幻影
　◇「瀬戸内寂聴随筆選 6」ゆまに書房 2009 p119

愛の原点
　◇「林京子全集 7」日本図書センター 2005 p60

愛の幻滅
　◇「田辺聖子全集 10」集英社 2005 p7

愛の孤独について
　◇「辻邦生全集 18」新潮社 2005 p259

愛の混乱
　◇「福田恆存評論集 3」麗澤大學出版會, 廣池學園事業部〔發売〕 2008 p124

愛の疾走
　◇「決定版 三島由紀夫全集 9」新潮社 2001 p7

愛の十字架
　◇「国枝史郎伝奇浪漫小説集成」作品社 2007 p8

愛の小説
　◇「車谷長吉全集 3」新書館 2010 p728

愛の処刑
　◇「決定版 三島由紀夫全集 補巻」新潮社 2005 p40

"愛の進化"について
　◇「小松左京全集 完全版 31」城西国際大学出版会 2008 p197

愛の真珠貝
　◇「橋本治短篇小説コレクション 愛の帆掛舟」筑摩書房 2006（ちくま文庫）p103

藍のタコ壺
　◇「松下竜一未刊行著作集 1」海鳥社 2008 p106

愛の棘―ある光と風の物語
　◇「辻邦生全集 8」新潮社 2005 p407

作品名から引ける日本文学 作家・小説家個人全集案内 第III期　**3**

あいの

「愛」の中に流れる不気味なエネルギー
　◇「大庭みな子全集 20」日本経済新聞出版社 2010 p480

愛のハンカチーフ
　◇「橋本治短篇小説コレクション 愛の帆掛舟」筑摩書房 2006（ちくま文庫）p211

愛の陽溜り
　◇「橋本治短篇小説コレクション 愛の矢車草」筑摩書房 2006（ちくま文庫）p7

愛の百萬弗
　◇「橋本治短篇小説コレクション 愛の帆掛舟」筑摩書房 2006（ちくま文庫）p159

愛の不安――一幕
　◇「決定版 三島由紀夫全集 21」新潮社 2002 p213

愛の冒険力
　◇「井上ひさしコレクション 日本の巻」岩波書店 2005 p216

愛の帆掛舟
　◇「橋本治短篇小説コレクション 愛の帆掛舟」筑摩書房 2006（ちくま文庫）p7

愛の牡丹雪
　◇「橋本治短篇小説コレクション 愛の矢車草」筑摩書房 2006（ちくま文庫）p135

愛の眼鏡は色ガラス 三十二景
　◇「安部公房全集 24」新潮社 1999 p181

愛の矢車草
　◇「橋本治短篇小説コレクション 愛の矢車草」筑摩書房 2006（ちくま文庫）p207

合乗り乳母車－仏蘭西縦断の巻
　◇「定本 久生十蘭全集 1」国書刊行会 2008 p18

相反するものの世界
　◇「小島信夫批評集成 2」水声社 2011 p626

あいびき
　◇「大庭みな子全集 2」日本経済新聞出版社 2009 p120

あいびき
　◇「小島信夫短篇集成 6」水声社 2015 p165

あいびき
　◇「吉行淳之介エッセイ・コレクション 2」筑摩書房 2004（ちくま文庫）p245

逢引
　◇「辻井喬コレクション 7」河出書房新社 2003 p216

購曳
　◇「徳田秋聲全集 9」八木書店 1998 p326

逢びき―ホームドラマの秀作
　◇「色川武大・阿佐田哲也エッセイズ 2」筑摩書房 2003（ちくま文庫）p326

愛猫のお産に「擬産」をする斜栗
　◇「小松左京全集 完全版 34」城西国際大学出版会 2009 p175

愛撫
　◇「梶井基次郎小説全集新装版」沖積舎 1995 p275

愛別離苦
　◇「車谷長吉全集 3」新書館 2010 p601

「曖昧」を語る（芦田均, 有沢広巳, 今井登志喜, 清沢洌, 三宅鑛一, 羽仁吉一, 羽仁もと子）
　◇「徳田秋聲全集 25」八木書店 2001 p508

曖昧な出発
　◇「金井美恵子自選短篇集 砂の粒／孤独な場所で」講談社 2014（講談社文芸文庫）p24

あいまいな北海道開発のビジョン
　◇「小松左京全集 完全版 29」城西国際大学出版会 2007 p124

愛・未知の招き
　◇「瀬戸内寂聴随筆選 6」ゆまに書房 2009

〈愛民心〉『朝日新聞』の談話記事
　◇「安部公房全集 20」新潮社 1999 p365

『愛ゆえの棘』［翻訳］（ウンベルト・サバ）
　◇「須賀敦子全集 5」河出書房新社 2008（河出文庫）p249

愛欲劇に「世界構造」を映す―ピアノ・レッスン
　◇「辻邦生全集 19」新潮社 2005 p441

愛欲の女難
　◇「三角寛サンカ選集第二期 13」現代書館 2005 p169

アイ・ラヴ・ユー、ベービィ
　◇「田中小実昌エッセイ・コレクション 4」筑摩書房 2003（ちくま文庫）p322

アイラブ・ヤンキー
　◇「寺山修司著作集 4」クインテッセンス出版 2009 p26

あいるらんどのような田舎へ行こう―ズーズー弁英語の国
　◇「小田実全集 評論 1」講談社 2010 p203

合牢者
　◇「井上ひさし短編中編小説集成 6」岩波書店 2015 p1

合牢者
　◇「井上ひさし短編中編小説集成 6」岩波書店 2015 p3

アイは死を越えない
　◇「鈴木いづみコレクション 4」文遊社 1997 p141
　◇「契約―鈴木いづみSF全集」文遊社 2014 p238

愛は神秘な修道場
　◇「宮本百合子全集 9」新日本出版社 2001 p228

アインシュタイン・タンゴ
　◇「定本 荒巻義雄メタSF全集 別巻」彩流社 2015 p74

アヴァンギャルド
　◇「安部公房全集 9」新潮社 1998 p414

アヴァンギャルド文学の課題
　◇「安部公房全集 3」新潮社 1997 p198

冒険（アヴァンチュール）の向う側、こちら側―レネットとミラベル 四つの冒険
　◇「辻邦生全集 19」新潮社 2005 p381

アヱ・マリア
　◇「谷崎潤一郎全集 10」中央公論新社 2016 p7
『アヴェロンの野生児』─ミュージカルスの可能性
　◇「安部公房全集 7」新潮社 1998 p454
アヴォグルの夢─遠近法を捜す透明な風景
　◇「定本 久生十蘭全集 10」国書刊行会 2011 p334
「アウシュビッツ」と「デイール・ヤシン」
　◇「小田実全集 評論 10」講談社 2011 p137
　◇「小田実全集 評論 34」講談社 2013 p9
あ・うん
　◇「向田邦子全集 新版 2」文藝春秋 2009 p7
あえて「水俣病事件」と申さねばならぬ……
　◇「石牟礼道子全集 5」藤原書店 2004 p306
青嵐
　◇「〔山本周五郎〕新編傑作選 1」小学館 2010（小学館文庫）p147
青い朝顔
　◇「中上健次集 10」インスクリプト 2017 p572
青い泡
　◇「決定版 三島由紀夫全集 37」新潮社 2004 p469
青い宇宙の冒険
　◇「小松左京全集 完全版 24」城西国際大学出版会 2016 p235
蒼い海の底から
　◇「林京子全集 7」日本図書センター 2005 p34
青いエチュード
　◇「鮎川哲也コレクション わるい風」光文社 2007（光文社文庫）p9
青い贈り物
　◇「中井英夫全集 3」東京創元社 1996（創元ライブラリ）p591
青い風
　◇「徳田秋聲全集 16」八木書店 1999 p285
青い狐
　◇「大庭みな子全集 5」日本経済新聞出版社 2009 p7
　◇「大庭みな子全集 5」日本経済新聞出版社 2009 p93
蒼い言葉
　◇「大庭みな子全集 17」日本経済新聞出版社 2010 p16
「青い魚の家」
　◇「辻邦生全集 16」新潮社 2005 p379
青い支那服
　◇「瀬戸内寂聴随筆選 1」ゆまに書房 2009 p84
青い絨毯
　◇「坂口安吾全集 15」筑摩書房 1999 p266
「青い空と緑」のイメージ
　◇「小松左京全集 完全版 29」城西国際大学出版会 2007 p334
蒼い小さな話
　◇「大庭みな子全集 4」日本経済新聞出版社 2009 p421
青いどてら
　◇「決定版 三島由紀夫全集 19」新潮社 2002 p469
青い鳥
　◇「大庭みな子全集 18」日本経済新聞出版社 2010 p128
"青い鳥"の夢から醒めよ
　◇「安部公房全集 20」新潮社 1999 p30
葵上
　◇「決定版 三島由紀夫全集 22」新潮社 2002 p55
「葵上」と「只ほど高いものはない」
　◇「決定版 三島由紀夫全集 28」新潮社 2003 p493
青い箱と紅い骸骨─A Study in Grey
　◇「稲垣足穂コレクション 3」筑摩書房 2005（ちくま文庫）p45
青い花
　◇「谷崎潤一郎全集 12」中央公論新社 2017 p253
蒼い花
　◇「大庭みな子全集 4」日本経済新聞出版社 2009 p493
青いハンコのハガキ
　◇「松田解子自選集 7」澤田出版 2008 p233
蒼い領布（ひれ）と虹
　◇「大庭みな子全集 17」日本経済新聞出版社 2010 p23
青い葡萄
　◇「辻邦生全集 6」新潮社 2004 p78
青い帽子の物語
　◇「土屋隆夫コレクション新装版 天狗の面」光文社 2002（光文社文庫）p295
葵祭の後
　◇「谷崎潤一郎全集 1」中央公論新社 2015 p430
青い水たまり
　◇「向田邦子全集 新版 6」文藝春秋 2009 p71
青い道
　◇「林京子全集 6」日本図書センター 2005 p406
青い密室
　◇「鮎川哲也コレクション 消えた奇術師」光文社 2002（光文社文庫）p117
青い眼鏡
　◇「野村胡堂探偵小説全集」作品社 2007 p25
青い眼の長門艦長
　◇「阿川弘之全集 18」新潮社 2007 p202
青い目脂
　◇「向田邦子全集 新版 7」文藝春秋 2009 p239
青いレクイエム─BLUE
　◇「辻邦生全集 19」新潮社 2005 p440
青鬼
　◇「田村泰次郎選集 2」日本図書センター 2005 p300
青鬼の褌を洗う女
　◇「坂口安吾全集 5」筑摩書房 1998 p459

あおか

青垣山の物語
　◇「決定版 三島由紀夫全集 15」新潮社 2002 p545

「青垣山の物語」異稿
　◇「決定版 三島由紀夫全集 補巻」新潮社 2005 p309

「青垣山の物語」創作ノート
　◇「決定版 三島由紀夫全集 補巻」新潮社 2005 p412

青きかなしみ
　◇「中井英夫全集 10」東京創元社 2002（創元ライブラリ）p18

青木周蔵とは誰か
　◇「小田実全集 評論 8」講談社 2011 p52

青木先生
　◇「内田百閒集成 6」筑摩書房 2003（ちくま文庫）p212

青衣
　◇「小島信夫短篇集成 7」水声社 2015 p45

青き夜の歌
　◇「上野壮夫全集 1」図書新聞 2010 p452

桃葉珊瑚（あをき）《EPIC POEM》
　◇「決定版 三島由紀夫全集 37」新潮社 2004 p206

青く美しい水俣の風土
　◇「石牟礼道子全集 5」藤原書店 2004 p406

青く高い空
　◇「小島信夫批評集成 5」水声社 2011 p364

仰げば尊し三派の恩
　◇「野坂昭如エッセイ・コレクション 2」筑摩書房 2004（ちくま文庫）p99

青ざめた明日
　◇「辻井喬コレクション 7」河出書房新社 2003 p343

蒼ざめた月曜
　◇「中井英夫全集 7」東京創元社 1998（創元ライブラリ）p165

青ざめた道化師
　◇「都筑道夫少年小説コレクション 6」本の雑誌社 2005 p176

蒼ざめた部屋
　◇「上野壮夫全集 1」図書新聞 2010 p287

蒼白い月
　◇「徳田秋聲全集 13」八木書店 1998 p3

青白い焔
　◇「小寺菊子作品集 2」桂書房 2014 p123

青信号
　◇「都筑道夫恐怖短篇集成 2」筑摩書房 2004（ちくま文庫）p56

青塚氏の話
　◇「谷崎潤一郎全集 14」中央公論新社 2016 p9

青線・赤線
　◇「田中小実昌エッセイ・コレクション 4」筑摩書房 2003（ちくま文庫）p150

青空
　◇「小松左京全集 完全版 25」城西国際大学出版会 2017 p243

青空の会話
　◇「上野壮夫全集 2」図書新聞 2009 p84

青竹のはなし
　◇「阿川弘之全集 2」新潮社 2005 p321

青田は果なし
　◇「宮本百合子全集 16」新日本出版社 2002 p290

青痰―城戸四郎氏をつかまへる
　◇「定本 久生十蘭全集 10」国書刊行会 2011 p64

青丹よし
　◇「大庭みな子全集 11」日本経済新聞出版社 2010 p344

青猫の惑わし
　◇「中井英夫全集 3」東京創元社 1996（創元ライブラリ）p412

青のある断層
　◇「松本清張短編全集 02」光文社 2008（光文社文庫）p5

青の時代
　◇「決定版 三島由紀夫全集 2」新潮社 2001 p217

「青の時代」異稿
　◇「決定版 三島由紀夫全集 補巻」新潮社 2005 p352

「青の時代」創作ノート
　◇「決定版 三島由紀夫全集 2」新潮社 2001 p651

青野季吉「文芸と社会」
　◇「小林秀雄全作品 7」新潮社 2003 p141
　◇「小林秀雄全集 補巻 1」新潮社 2010 p374

青の仲間／フィジー
　◇「中井英夫全集 10」東京創元社 2002（創元ライブラリ）p191

青の魔性
　◇「森村誠一ベストセレクション 溯死水系」光文社 2011（光文社文庫）p203

青蠅のお蝶
　◇「三角寛サンカ選集第二期 14」現代書館 2005 p7

青葉学級
　◇「日影丈吉全集 8」国書刊行会 2004 p712

青葉繁れる
　◇「井上ひさし短編中編小説集成 5」岩波書店 2015 p1

青葉の蔭から
　◇「小酒井不木随筆評論選集 7」本の友社 2004 p19

青葉の翳り
　◇「阿川弘之全集 4」新潮社 2005 p29

青葉の時間
　◇「辻邦生全集 7」新潮社 2004 p119

青ひげ公の城
　◇「寺山修司著作集 3」クインテッセンス出版 2009 p265

青髯公の城
　◇「中井英夫全集 2」東京創元社 1998（創元ライブラリ）p65

青ひげと鬼
　◇「小松左京全集 完全版 17」城西国際大学出版会

青髯二百八十三人の妻
◇「定本 久生十蘭全集 8」国書刊行会 2010 p586

青髯の夜
◇「中井英夫全集 3」東京創元社 1996（創元ライブラリ）p226

『青髯八人目の妻』
◇「佐々木基一全集 1」河出書房新社 2013 p116

青鬣物語（宗教裁判の話）
◇「小酒井不木随筆評論選集 2」本の友社 2004 p222

青べか物語
◇「山本周五郎長篇小説全集 26」新潮社 2015 p7

青ミドロ
◇「小島信夫短篇集成 8」水声社 2014 p513

青森駅前抄
◇「寺山修司著作集 1」クインテッセンス出版 2009 p13

青森県・奥薬研温泉
◇「車谷長吉全集 3」新書館 2010 p441

浪花節による一幕青森県のせむし男
◇「寺山修司著作集 3」クインテッセンス出版 2009 p125

青森と私
◇「寺山修司著作集 4」クインテッセンス出版 2009 p94

青柳先生
◇「徳田秋聲全集 3」八木書店 1999 p8

青山君の句稿
◇「小林秀雄全作品 26」新潮社 2004 p14
◇「小林秀雄全集 補巻 3」新潮社 2010 p343

青山に眠る「白樺」の作家たち
◇「阿川弘之全集 19」新潮社 2007 p76

青りんご
◇「向田邦子全集 新版 2」文藝春秋 2009 p68

赤痣の女
◇「大坪砂男全集 1」東京創元社 2013（創元推理文庫）p9

紅い海
◇「立松和平全小説 2」勉誠出版 2010 p19

赤い海
◇「四季桂子全集」皆進社 2013 p224

赤い煙突
◇「アンドロギュノスの裔 渡辺温全集」東京創元社 2011（創元推理文庫）p78

赤い扇
◇「辻邦生全集 7」新潮社 2004 p176

赤い雄鶏——あるいはPathé
◇「稲垣足穂コレクション 3」筑摩書房 2005（ちくま文庫）p98

赤い貨車
◇「宮本百合子全集 4」新日本出版社 2001 p5

赤いカブトムシ
◇「江戸川乱歩全集 20」光文社 2004（光文社文庫）p523

赤い髪
◇「石牟礼道子全集 12」藤原書店 2005 p470

赤いくじ
◇「松本清張短編全集 02」光文社 2008（光文社文庫）p49
◇「松本清張傑作選 憑かれし者ども」新潮社 2009 p251
◇「松本清張傑作選 憑かれし者ども」新潮社 2013（新潮文庫）p363

赤い孔雀
◇「定本 久生十蘭全集 別巻」国書刊行会 2013 p75

赤い車
◇「小松左京全集 完全版 24」城西国際大学出版会 2016 p468

赤い小松
◇「宮本百合子全集 32」新日本出版社 2003 p483

赤い自転車
◇「阿川弘之全集 2」新潮社 2005 p7

赤い自転車
◇「井上ひさし短編中編小説集成 3」岩波書店 2014 p397

赤い自転車
◇「小沼丹全集 1」未知谷 2004 p454

赤い水泳着
◇「横溝正史探偵小説コレクション 1」出版芸術社 2004 p49

赤い李（すもも）の少女——私の秘蔵ッ子・本間千代子
◇「決定版 三島由紀夫全集 33」新潮社 2003 p439

紅い世界
◇「定本 荒巻義雄メタSF全集 別巻」彩流社 2015 p167

朱い草履
◇「石牟礼道子全集 1」藤原書店 2004 p425

赤い滝
◇「都筑道夫恐怖短篇集成 1」筑摩書房 2004（ちくま文庫）p204

赤い玉がポンと出る…話
◇「吉行淳之介エッセイ・コレクション 2」筑摩書房 2004（ちくま文庫）p10

赤い手
◇「国枝史郎探偵小説全集」作品社 2005 p285

赤い道化師
◇「都筑道夫少年小説コレクション 3」本の雑誌社 2005 p316

赤い苦瓜
◇「石牟礼道子全集 10」藤原書店 2006 p173

赤い布のついたビン
◇「小島信夫短篇集成 3」水声社 2014 p53

あかい

赤いネクタイ
　◇「狩久全集 3」皆進社 2013 p82
赤い橋の下のぬるい水
　◇「辺見庸掌編小説集 黒版」角川書店 2004 p147
赤い蜂は帰った
　◇「森村誠一ベストセレクション 空洞の怨恨」光文社 2011（光文社文庫）p233
紅い花
　◇「小沼丹全集 1」未知谷 2004 p9
赤い花
　◇「石牟礼道子全集 4」藤原書店 2004 p374
赤い花
　◇「徳田秋聲全集 39」八木書店 2002 p91
赤い鼻緒
　◇「野呂邦暢小説集成 6」文遊社 2016 p279
『赤い花』作者の言葉
　◇「徳田秋聲全集 別巻」八木書店 2006 p128
赤いバラ
　◇「小檜山博全集 7」柏艪舎 2006 p283
赤い表紙の小さな本
　◇「須賀敦子全集 4」河出書房新社 2007（河出文庫）p186
赤い舟・黒い馬
　◇「野呂邦暢小説集成 2」文遊社 2013 p215
赤い部屋
　◇「江戸川乱歩全集 1」光文社 2004（光文社文庫）p307
　◇「江戸川乱歩全集 14」沖積舎 2008 p209
赤い部屋
　◇「鈴木いづみセカンド・コレクション 1」文遊社 2004 p187
赤いベレエ帽
　◇「小檜山博全集 6」柏艪舎 2006 p110
赤いベンチ
　◇「都筑道夫恐怖短篇集成 1」筑摩書房 2004（ちくま文庫）p148
赤い帽子
　◇「小沼丹全集 1」未知谷 2004 p571
赤いポチポチ変幻篇〔対談〕（色川武大）
　◇「吉行淳之介エッセイ・コレクション 4」筑摩書房 2004（ちくま文庫）p22
"赤いホホ"の渋谷—歳末風物詩
　◇「決定版 三島由紀夫全集 補巻」新潮社 2005 p141
音楽のための赤い繭
　◇「安部公房全集 12」新潮社 1998 p415
赤い繭
　◇「安部公房全集 2」新潮社 1997 p492
赤い満月
　◇「大庭みな子全集 14」日本経済新聞出版社 2010 p314
赤いマントル
　◇「決定版 三島由紀夫全集 37」新潮社 2004 p33

赤い実
　◇「石牟礼道子全集 15」藤原書店 2012 p368
赤い密室
　◇「鮎川哲也コレクション 消えた奇術師」光文社 2007（光文社文庫）p9
赤い椰子の葉
　◇「目取真俊短篇小説選集 2」影書房 2013 p109
『赤い屋根』
　◇「谷崎潤一郎全集 12」中央公論新社 2017 p37
赤い屋根
　◇「谷崎潤一郎全集 12」中央公論新社 2017 p59
赤い夕日
　◇「小松左京全集 完全版 43」城西国際大学出版会 2014 p417
赤い夕陽
　◇「石牟礼道子全集 14」藤原書店 2008 p76
赤い夜
　◇「日影丈吉全集 7」国書刊行会 2004 p342
赤いランプの光（探偵小説と寫眞）
　◇「小酒井不木随筆評論選集 3」本の友社 2004 p379
赤い蠟人形
　◇「山田風太郎ミステリー傑作選 4」光文社 2001（光文社文庫）p137
赤い輪
　◇「日影丈吉全集 8」国書刊行会 2004 p690
「赤絵」巻頭言
　◇「決定版 三島由紀夫全集 29」新潮社 2003 p502
赤柄の槍の「かぶき者」
　◇「隆慶一郎全集 19」新潮社 2010 p405
赤鉛筆
　◇「[野呂邦暢] 随筆コレクション 2」みすず書房 2014 p312
赤鉛筆を……
　◇「[野呂邦暢] 随筆コレクション 1」みすず書房 2014 p353
赤銅御殿
　◇「都筑道夫時代小説コレクション 4」戎光祥出版 2014（戎光祥時代小説名作館）p43
赤毛
　◇「野呂邦暢小説集成 7」文遊社 2016 p465
赤ゲット・アメリカ行（加藤秀俊、松本重治）
　◇「小松左京全集 完全版 38」城西国際大学出版会 2010 p176
赤げっと支那あちこち
　◇「国枝史郎歴史小説傑作選」作品社 2006 p450
「赤毛のレドメイン一家」
　◇「江戸川乱歩全集 25」光文社 2005（光文社文庫）p117
　◇「江戸川乱歩全集 25」光文社 2005（光文社文庫）p539
赤子寂寥
　◇「石牟礼道子全集 4」藤原書店 2004 p343

赤子の記憶
　◇「石牟礼道子全集 17」藤原書店 2012 p522
赤坂
　◇「小寺菊子作品集 1」桂書房 2014 p189
赤坂城の謀略
　◇「国枝史郎伝奇短篇小説集成 2」作品社 2006 p418
赤坂慕情
　◇「辻邦生全集 16」新潮社 2005 p23
明石
　◇「決定版 三島由紀夫全集 37」新潮社 2004 p589
明石にて
　◇「決定版 三島由紀夫全集 37」新潮社 2004 p702
赤線という名の不死鳥
　◇「吉行淳之介エッセイ・コレクション 2」筑摩書房 2004（ちくま文庫）p177
「赤線」懐しく怖い話—吉行淳之介との対談
　◇「色川武大・阿佐田哲也エッセイズ 1」筑摩書房 2003（ちくま文庫）p101
赤線のマリア〔対談〕（安岡章太郎）
　◇「吉行淳之介エッセイ・コレクション 4」筑摩書房 2004（ちくま文庫）p210
赤茶けた面積から—「治者」と「タダの人」
　◇「小田実全集 評論 9」講談社 2011 p6
赤ちゃん
　◇「定本 久生十蘭全集 3」国書刊行会 2009 p188
赤ちゃん教育
　◇「金井美恵子自選短篇集 恋人たち／降誕祭の夜」講談社 2015（講談社文芸文庫）p208
赤ちゃん教育—ハリウッド製喜劇の傑作
　◇「色川武大・阿佐田哲也エッセイズ 2」筑摩書房 2003（ちくま文庫）p321
赤ちゃん時代—私のアルバム
　◇「決定版 三島由紀夫全集 32」新潮社 2003 p263
赤塚不二夫さんの問いに答える—文学はマンガを超えているか
　◇「〔野呂邦暢〕随筆コレクション 2」みすず書房 2014 p197
暁
　◇「鈴木いづみコレクション 8」文遊社 1998 p346
暁に
　◇「寺山修司著作集 4」クインテッセンス出版 2009 p251
暁に祈る
　◇「大坪砂男全集 1」東京創元社 2013（創元推理文庫）p283
あかつきのいろ
　◇「松田解子自選集 9」澤田出版 2009 p254
暁の聖歌
　◇「吉屋信子少女小説選 1」ゆまに書房 2002 p5
「暁の脱走」を見る
　◇「谷崎潤一郎全集 21」中央公論新社 2016 p416

暁の旅人
　◇「吉村昭歴史小説集成 7」岩波書店 2009 p353
暁の寺
　◇「決定版 三島由紀夫全集 14」新潮社 2002 p9
「暁の寺」創作ノート
　◇「決定版 三島由紀夫全集 14」新潮社 2002 p781
暁の前
　◇「眉村卓コレクション 異世界篇 2」出版芸術社 2012 p215
暁の妖精
　◇「三角寛サンカ選集第二期 13」現代書館 2005 p307
〈暁は白銀色に〉
　◇「安部公房全集 1」新潮社 1997 p129
赤と黒と白
　◇「小沼丹全集 補巻」未知谷 2005 p669
紅と白
　◇「日影丈吉全集 別巻」国書刊行会 2005 p261
赤とんぼ
　◇「寺山修司著作集 1」クインテッセンス出版 2009 p386
赤とんぼ
　◇「松下竜一未刊行著作集 1」海鳥社 2008 p90
赤蜻蛉
　◇「小沼丹全集 4」未知谷 2004 p380
茜色の戦記
　◇「津村節子自選作品集 1」岩波書店 2005 p57
茜荘事件〔解決篇〕
　◇「鮎川哲也コレクション 挑戦篇 2」出版芸術社 2006 p243
茜荘事件〔問題篇〕
　◇「鮎川哲也コレクション 挑戦篇 2」出版芸術社 2006 p147
茜空
　◇「石牟礼道子全集 15」藤原書店 2012 p59
赤の組曲
　◇「土屋隆夫コレクション新装版 赤の組曲」光文社 2002（光文社文庫）p7
阿賀野と不知火
　◇「石牟礼道子全集 1」藤原書店 2004 p365
阿賀のニゴイが舌を刺す
　◇「石牟礼道子全集 1」藤原書店 2004 p365
アカハタ短編小説審査座談会（小田切秀雄, 中野重治）
　◇「安部公房全集 11」新潮社 1998 p11
赤ひげ診療譚
　◇「山本周五郎長篇小説全集 7」新潮社 2013 p7
赤星十三郎
　◇「山田風太郎妖異小説コレクション 白波五人帖・いだてん百里」徳間書店 2004（徳間文庫）p241
赤本マンガ・ブームの芽
　◇「小松左京全集 完全版 42」城西国際大学出版会

あかめ

2014 p211
赤目四十八瀧心中未遂
◇「車谷長吉全集 2」新書館 2010 p143
赤目の蝉大空を舞う
◇「林京子全集 8」日本図書センター 2005 p211
赤門志願 八方鬼門
◇「20世紀断層―野坂昭如単行本未収録小説集成 3」幻戯書房 2010 p556
明るい檻
◇「決定版 三島由紀夫全集 37」新潮社 2004 p511
明るい海浜
◇「宮本百合子全集 3」新日本出版社 2001 p423
明るい樫
◇「決定版 三島由紀夫全集 37」新潮社 2004 p416
明るい工場
◇「宮本百合子全集 11」新日本出版社 2001 p216
明るい仲間
◇「大佛次郎セレクション第2期 明るい仲間・夜の真珠」未知谷 2008 p5
明かるい篇
◇「鈴木いづみコレクション 3」文遊社 1996 p7
明るくなる町
◇「決定版 三島由紀夫全集 37」新潮社 2004 p150
明るすぎる朝
◇「小檜山博全集 1」柏艪舎 2006 p238
赤は死の色〔解決篇〕
◇「鮎川哲也コレクション 挑戦篇 1」出版芸術社 2006 p243
赤は死の色〔問題篇〕
◇「鮎川哲也コレクション 挑戦篇 1」出版芸術社 2006 p154
赤罠
◇「坂口安吾全集 10」筑摩書房 1998 p449
阿川弘之〔対談〕
◇「向田邦子全集 新版 別巻 1」文藝春秋 2010 p208
阿川弘之『志賀直哉』(上・下)
◇「須賀敦子全集 4」河出書房新社 2007（河出文庫）p517
阿川弘之のこと
◇「遠藤周作エッセイ選集 3」光文社 2006（知恵の森文庫）p147
阿川弘之「山本五十六」
◇「小林秀雄全作品 26」新潮社 2004 p27
◇「小林秀雄全集 補巻 2」新潮社 2010 p346
赤んぼの顔
◇「石牟礼道子全集 7」藤原書店 2005 p395
赤んぼの無垢なる肌触り
◇「松下竜一未刊行著作集 2」海鳥社 2008 p325
秋
◇「小林秀雄全作品 17」新潮社 2004 p199
◇「小林秀雄全集 補巻 2」新潮社 2010 p397
秋
◇「小松左京全集 完全版 36」城西国際大学出版会 2011 p279
〈秋〉
◇「中井英夫全集 2」東京創元社 1998（創元ライブラリ）p671
アキアカネと自動車
◇「小松左京全集 完全版 37」城西国際大学出版会 2010 p105
「あき」(「秋」改題)
◇「決定版 三島由紀夫全集 37」新潮社 2004 p110
秋(「秋が来た……」)
◇「決定版 三島由紀夫全集 37」新潮社 2004 p24
秋を愉しむ
◇「大庭みな子全集 11」日本経済新聞出版社 2010 p308
秋を待つ
◇「内田百閒集成 7」筑摩書房 2003（ちくま文庫）p172
アキ・カウリスマキ「コントラクト・キラー」
◇「佐々木基一全集 7」河出書房新社 2013 p330
秋風
◇「小沼丹全集 4」未知谷 2004 p362
秋風
◇「谷崎潤一郎全集 7」中央公論新社 2016 p335
秋風
◇「三橋一夫ふしぎ小説集成 3」出版芸術社 2005 p52
秋風
◇「宮本百合子全集 33」新日本出版社 2004 p385
秋風に焼くラブ・レター
◇「遠藤周作エッセイ選集 2」光文社 2006（知恵の森文庫）p178
空罐
◇「林京子全集 1」日本図書センター 2005 p111
秋霧
◇「定本 久生十蘭全集 10」国書刊行会 2011 p434
秋霧
◇「宮本百合子全集 33」新日本出版社 2004 p400
秋毛
◇「宮本百合子全集 33」新日本出版社 2004 p390
秋雨
◇「小檜山博全集 3」柏艪舎 2006 p393
秋雨
◇「徳田秋聲全集 21」八木書店 2001 p114
亞紀さんの絵のそばで
◇「辻邦生全集 16」新潮社 2005 p252
秋空―伝授しましょう
◇「松下竜一未刊行著作集 3」海鳥社 2009 p338
秋田犬を見に―坂口安吾氏、ヒョッコリ現れる〔インタビュー〕
◇「坂口安吾全集 別巻」筑摩書房 2012 p111
秋田犬訪問記―秋田の巻
◇「坂口安吾全集 11」筑摩書房 1998 p281

あくう

秋立つ頃
　◇「徳田秋聲全集 30」八木書店 2002 p262
〈秋でした〉
　◇「安部公房全集 1」新潮社 1997 p64
秋土用
　◇「古井由吉自撰作品 7」河出書房新社 2012 p140
商ひ人
　◇「決定版 三島由紀夫全集 19」新潮社 2002 p401
秋日記
　◇「原民喜戦後全小説」講談社 2015（講談社文芸文庫）p150
秋になるとなぜ涙がこぼれるの？
　◇「小松左京全集 完全版 34」城西国際大学出版会 2009 p128
秋の朝光のなかで
　◇「辻邦生全集 8」新潮社 2005 p257
秋の歌
　◇「上野壮夫全集 1」図書新聞 2010 p51
秋の女
　◇「小松左京全集 完全版 19」城西国際大学出版会 2013 p150
秋の女
　◇「辻井喬コレクション 7」河出書房新社 2003 p82
秋のかげろう
　◇「石牟礼道子全集 13」藤原書店 2007 p620
秋の駕籠
　◇「山本周五郎中短篇秀作選集 4」小学館 2006 p187
秋の感想
　◇「徳田秋聲全集 23」八木書店 2001 p251
秋の恋
　◇「決定版 三島由紀夫全集 37」新潮社 2004 p442
秋の声
　◇「決定版 三島由紀夫全集 37」新潮社 2004 p244
秋の午後に
　◇「石牟礼道子全集 11」藤原書店 2005 p481
秋の白湯
　◇「決定版 三島由紀夫全集 37」新潮社 2004 p704
秋の旅
　◇「佐々木基一全集 8」河出書房新社 2013 p60
秋の懐しみ
　◇「徳田秋聲全集 20」八木書店 2001 p246
秋の林
　◇「大庭みな子全集 23」日本経済新聞出版社 2011 p610
秋の反射
　◇「宮本百合子全集 2」新日本出版社 2001 p445
秋の日
　◇「古井由吉自撰作品 5」河出書房新社 2012 p370
秋の光
　◇「決定版 三島由紀夫全集 37」新潮社 2004 p706

秋の墓
　◇「石上玄一郎作品集 3」日本図書センター 2004 p5
　◇「石上玄一郎小説作品集成 3」未知谷 2008 p169
秋の味覚
　◇「小松左京全集 完全版 25」城西国際大学出版会 2017 p419
秋の水
　◇「決定版 三島由紀夫全集 37」新潮社 2004 p357
秋の夜
　◇「宮本百合子全集 33」新日本出版社 2004 p466
秋の別れ
　◇「辻邦生全集 5」新潮社 2004 p480
秋晴れ
　◇「松田解子自選集 7」澤田出版 2008 p5
秋冷え
　◇「渡辺淳一自選短篇コレクション 4」朝日新聞社 2006 p29
空き瓶ブルース
　◇「中井英夫全集 2」東京創元社 1998（創元ライブラリ）p429
秋深し
　◇「決定版 三島由紀夫全集 26」新潮社 2003 p30
秋、冬、春
　◇「谷崎潤一郎全集 15」中央公論新社 2016 p496
『秋元松代全集』
　◇「石牟礼道子全集 14」藤原書店 2008 p461
秋山加代「叱られ手紙」（文藝春秋一九八一年九月刊）推薦文
　◇「向田邦子全集 新版 別巻 2」文藝春秋 2010 p308
秋山加代著「辛夷の花」小泉タエ著「届かなかった手紙」
　◇「阿川弘之全集 17」新潮社 2006 p181
秋山駿『湖畔の宿』
　◇「小檜山博全集 6」柏艪舎 2006 p345
明らかにしたい歴史の傷
　◇「安部公房全集 6」新潮社 1998 p137
諦らめアネゴ
　◇「坂口安吾全集 3」筑摩書房 1999 p479
諦めている子供たち
　◇「坂口安吾全集 15」筑摩書房 1999 p248
足切喜三郎
　◇「三角寛サンカ選集第二期 14」現代書館 2005 p225
秋は来りぬ
　◇「決定版 三島由紀夫全集 37」新潮社 2004 p143
悪意がいっぱい
　◇「契約―鈴木いづみSF全集」文遊社 2014 p5
悪運について
　◇「石川淳コレクション 3」筑摩書房 2007（ちくま文庫）p149

あくう

悪運の領有
　◇「佐々木基一全集 4」河出書房新社 2013 p202
悪妻を持った男たち
　◇「大庭みな子全集 18」日本経済新聞出版社 2010 p72
悪妻論
　◇「坂口安吾全集 5」筑摩書房 1998 p400
握手
　◇「井上ひさしコレクション 人間の巻」岩波書店 2005 p290
　◇「井上ひさし短編中編小説集成 11」岩波書店 2015 p107
悪書追放
　◇「福田恆存評論集 10」麗澤大學出版會, 廣池學園事業部〔発売〕 2008 p342
悪女のすすめ
　◇「吉行淳之介エッセイ・コレクション 2」筑摩書房 2004（ちくま文庫）p104
悪臣の歌
　◇「決定版 三島由紀夫全集 20」新潮社 2002 p714
悪戦苦闘の仏語学習
　◇「辻邦生全集 16」新潮社 2005 p288
悪相の首都
　◇「石牟礼道子全集 4」藤原書店 2004 p451
アクタイオン
　◇「日影丈吉全集 8」国書刊行会 2004 p256
悪代官にも情が移って
　◇「石牟礼道子全集 13」藤原書店 2007 p709
芥川君を悼みて
　◇「徳田秋聲全集 21」八木書店 2001 p175
芥川君との関係
　◇「中戸川吉二作品集」勉誠出版 2013 p392
芥川君と私
　◇「谷崎潤一郎全集 13」中央公論新社 2015 p428
芥川君の事
　◇「徳田秋聲全集 21」八木書店 2001 p158
芥川君の訃を聞いて
　◇「谷崎潤一郎全集 13」中央公論新社 2015 p423
芥川氏の自殺
　◇「小酒井不木随筆評論選集 8」本の友社 2004 p288
芥川賞
　◇「小林秀雄全作品 6」新潮社 2003 p271
　◇「小林秀雄全集 補巻 1」新潮社 2010 p337
芥川賞一風景
　◇「坂口安吾全集 13」筑摩書房 1999 p330
芥川賞殺人犯人
　◇「坂口安吾全集 9」筑摩書房 1998 p466
芥川賞受賞のことば
　◇「中上健次集 1」インスクリプト 2014 p565
芥川賞寸感
　◇「小林秀雄全作品 7」新潮社 2003 p192
　◇「小林秀雄全集 補巻 1」新潮社 2010 p387

芥川賞と直木賞
　◇「車谷長吉全集 3」新書館 2010 p667
『芥川仁写真集 水俣―厳存する風景』
　◇「石牟礼道子全集 14」藤原書店 2008 p320
芥川全集刊行に際して
　◇「谷崎潤一郎全集 13」中央公論新社 2015 p433
〈芥川・直木賞作家の近況〉『別冊文芸春秋』のアンケートに答えて
　◇「安部公房全集 4」新潮社 1997 p63
芥川比呂志氏のこと
　◇「決定版 三島由紀夫全集 27」新潮社 2003 p686
芥川比呂志・人物スケッチ
　◇「福田恆存評論集 別巻」麗澤大學出版會, 廣池學園事業部〔発売〕 2011 p169
芥川比呂志の「マクベス」
　◇「決定版 三島由紀夫全集 30」新潮社 2003 p685
芥川也寸志のこと
　◇「安部公房全集 7」新潮社 1998 p16
芥川龍之介
　◇「福田恆存評論集 13」麗澤大學出版會, 廣池學園事業部〔発売〕 2009 p58
芥川龍之介 I
　◇「福田恆存評論集 1」麗澤大學出版會, 廣池學園事業部〔発売〕 2009 p9
芥川龍之介 II
　◇「福田恆存評論集 1」麗澤大學出版會, 廣池學園事業部〔発売〕 2009 p112
芥川龍之介が結ぶの神
　◇「谷崎潤一郎全集 23」中央公論新社 2017 p275
芥川龍之介から受けたもの
　◇「辻邦生全集 18」新潮社 2005 p127
芥川龍之介『湖南の扇』について
　◇「小島信夫批評集成 7」水声社 2011 p136
芥川龍之介賞
　◇「丸谷才一全集 12」文藝春秋 2014 p251
芥川龍之介とフランス
　◇「辻邦生全集 18」新潮社 2005 p207
芥川竜之介について
　◇「決定版 三島由紀夫全集 28」新潮社 2003 p404
芥川龍之介の推理
　◇「土屋隆夫コレクション新装版 赤の組曲」光文社 2002（光文社文庫）p419
芥川龍之介の俳句
　◇「車谷長吉全集 3」新書館 2010 p430
芥川龍之介の美神と宿命
　◇「小林秀雄全作品 1」新潮社 2002 p114
　◇「小林秀雄全集 補巻 1」新潮社 2010 p46
悪党たちの懺悔録―浅田次郎オリジナルセレクション
　◇「松本清張傑作選 悪党たちの懺悔録」新潮社 2009
悪党の美学〔鼎談〕(会田雄次, 山崎正和)
　◇「小松左京全集 完全版 39」城西国際大学出版会

あくま

2012 p291
悪徒の娘
　◇「徳田秋聲全集 26」八木書店 2002 p321
悪人志願
　◇「江戸川乱歩全集 24」光文社 2005（光文社文庫）p14
悪人ジャーナリズムの話
　◇「坂口安吾全集 11」筑摩書房 1998 p446
悪人の恋
　◇「小酒井不木随筆評論選集 3」本の友社 2004 p362
悪人の娘
　◇「野村胡堂探偵小説全集」作品社 2007 p151
灰汁の加減
　◇「石牟礼道子全集 10」藤原書店 2006 p101
悪の手。
　◇「車谷長吉全集 2」新書館 2010 p34
「悪の華」一面
　◇「小林秀雄全作品 1」新潮社 2002 p120
　◇「小林秀雄全集 補巻 1」新潮社 2010 p48
悪の華―歌舞伎
　◇「決定版 三島由紀夫全集 36」新潮社 2003 p216
悪の華―歌舞伎（講演）
　◇「決定版 三島由紀夫全集 41」新潮社 2004
悪婆の選択
　◇「20世紀断層―野坂昭如単行本未収録小説集成 4」幻戯書房 2010 p401
あくび
　◇「谷崎潤一郎全集 2」中央公論新社 2016 p69
あくび指南書
　◇「阿川弘之全集 18」新潮社 2007 p35
悪筆コンプレックス
　◇「〔野呂邦暢〕随筆コレクション 1」みすず書房 2014 p324
「悪平等」はいいことだ
　◇「小田実全集 評論 7」講談社 2010 p349
悪魔
　◇「安部公房全集 17」新潮社 1999 p251
『悪魔』
　◇「谷崎潤一郎全集 1」中央公論新社 2015 p311
悪魔
　◇「谷崎潤一郎全集 1」中央公論新社 2015 p313
悪魔
　◇「定本 久生十蘭全集 10」国書刊行会 2011 p270
悪魔を嗅ぎだせ
　◇「日影丈吉全集 5」国書刊行会 2003 p132
悪魔が来りて笛を吹く
　◇「横溝正史自選集 5」出版芸術社 2007 p5
悪魔が笑う
　◇「鮎川哲也コレクション わるい風」光文社 2007（光文社文庫）p347

悪魔的なもの
　◇「小林秀雄全作品 21」新潮社 2004 p284
　◇「小林秀雄全集 補巻 3」新潮社 2010 p86
飽くまで前進しよう――同志森山の「当面必要な事」に関聯して
　◇「上野壮夫全集 3」図書新聞 2011 p153
悪魔ドゥベモオ
　◇「安部公房全集 1」新潮社 1997 p419
悪魔になれない
　◇「契約―鈴木いづみSF全集」文遊社 2014 p256
悪魔の顔
　◇「野村胡堂探偵小説全集」作品社 2007 p100
悪魔の骨牌
　◇「中井英夫全集 3」東京創元社 1996（創元ライブラリ）p159
悪魔の観念について
　◇「田村泰次郎選集 5」日本図書センター 2005 p174
悪魔の饗宴
　◇「日影丈吉全集 別巻」国書刊行会 2005 p236
悪魔の囁き
　◇「狩久全集 3」皆進社 2013 p178
悪魔のジージョ
　◇「須賀敦子全集 2」河出書房新社 2006（河出文庫）p548
悪魔の弟子
　◇「浜尾四郎全集 1」沖積舎 2004 p68
悪魔の弟子ども
　◇「井上ひさしコレクション 日本の巻」岩波書店 2005 p213
悪魔の手毬唄
　◇「横溝正史自選集 6」出版芸術社 2007 p5
「悪魔の手毬唄」の楽屋話
　◇「横溝正史自選集 6」出版芸術社 2007 p335
悪魔の富籤
　◇「横溝正史時代小説コレクション捕物篇 2」出版芸術社 2004 p268
悪魔のトリル
　◇「高橋克彦自選短編集 1」講談社 2009（講談社文庫）p5
悪魔の灰〔解決篇〕
　◇「鮎川哲也コレクション挑戦篇 2」出版芸術社 2006 p244
悪魔の灰〔問題篇〕
　◇「鮎川哲也コレクション挑戦篇 2」出版芸術社 2006 p169
悪魔の紋章
　◇「江戸川乱歩全集 12」光文社 2003（光文社文庫）p423
　◇「江戸川乱歩全集 14」沖積舎 2008 p3
悪魔はあくまで悪魔である
　◇「都筑道夫恐怖短篇集成 1」筑摩書房 2004（ちくま文庫）p11

あくま

悪魔はここに
◇「鮎川哲也コレクション 悪魔はここに」光文社 2007（光文社文庫）p155

悪夢
◇「大庭みな子全集 17」日本経済新聞出版社 2010 p21
◇「大庭みな子全集 23」日本経済新聞出版社 2011 p653

悪夢の固まり―『夢野久作全集』
◇「中井英夫全集 6」東京創元社 1996（創元ライブラリ）p361

悪夢の再来 笠井叡「七つの封印」
◇「中井英夫全集 6」東京創元社 1996（創元ライブラリ）p158

〈悪夢のやうに〉
◇「安部公房全集 2」新潮社 1997 p196

悪夢者
◇「中井英夫全集 3」東京創元社 1996（創元ライブラリ）p446

悪夢者の呟き
◇「中井英夫全集 6」東京創元社 1996（創元ライブラリ）p525

悪夢よりも悪夢的な
◇「車谷長吉全集 3」新書館 2010 p79

悪役の顔
◇「小檜山博全集 7」柏艪舎 2006 p226

悪龍窟秘譚
◇「山本周五郎探偵小説全集 別巻」作品社 2008 p196

悪霊
◇「江戸川乱歩全集 8」光文社 2004（光文社文庫）p411
◇「江戸川乱歩全集 18」沖積舎 2009 p131

悪霊
◇「小松左京全集 完全版 19」城西国際大学出版会 2013 p295

悪霊
◇「横溝正史探偵小説コレクション 3」出版芸術社 2004 p154

「悪霊」前後
◇「江戸川乱歩全集 25」光文社 2005（光文社文庫）p253

悪霊とその他の観察
◇「寺山修司著作集 1」クインテッセンス出版 2009 p42

「悪霊」について
◇「小林秀雄全作品 9」新潮社 2003 p156
◇「小林秀雄全集 補巻 1」新潮社 2010 p478

悪霊物語
◇「江戸川乱歩全集 17」光文社 2005（光文社文庫）p189

あくる朝の蟬
◇「井上ひさし短編中編小説集成 2」岩波書店 2014 p261

アクロポリスの丘―ギリシア、そして「西洋」の意味
◇「小田実全集 評論 1」講談社 2010 p317

揚足取り
◇「内田百閒集成 5」筑摩書房 2003（ちくま文庫）p63

あけがたに
◇「大庭みな子全集 17」日本経済新聞出版社 2010 p19

明烏
◇「小松左京全集 完全版 21」城西国際大学出版会 2015 p117

明智太閤
◇「山田風太郎妖異小説コレクション 地獄太夫」徳間書店 2003（徳間文庫）p378

〈アケナトンの「太陽への讃歌」と詩篇一〇四の比較（抜粋）〉
◇「須賀敦子全集 7」河出書房新社 2007（河出文庫）p257

明けの岸
◇「立松和平小説 16」勉誠出版 2012 p132

緋（あけ）の花
◇「中上健次集 2」インスクリプト 2018 p506

アケビという名の踊り子
◇「日影丈吉全集 8」国書刊行会 2004 p597

アケボノ草
◇「松下竜一未刊行著作集 2」海鳥社 2008 p34

あけぼの鳶
◇「横溝正史時代小説コレクション伝奇篇 3」出版芸術社 2003 p183

曙寮
◇「小寺菊子作品集 1」桂書房 2014 p2

あけみ
◇「松田解子自選集 7」澤田出版 2008 p97

朱実作品集
◇「徳田秋聲全集 22」八木書店 2001 p126

あけみの生いたち
◇「田中小実昌エッセイ・コレクション 4」筑摩書房 2003（ちくま文庫）p73

あけみ夫人の不機嫌
◇「狩久全集 2」皆進社 2013 p205

あけもどろの華の海―与那国紀行
◇「石牟礼道子全集 6」藤原書店 2006 p184

アケロンの流れの涯てに
◇「中井英夫全集 3」東京創元社 1996（創元ライブラリ）p175

赤穂飛脚
◇「山田風太郎妖異小説コレクション 妖説忠臣蔵・女人国伝奇」徳間書店 2004（徳間文庫）p43

あこがれた紡績女工
◇「石牟礼道子全集 4」藤原書店 2004 p331

憧れの特急「富士」
◇「阿川弘之全集 18」新潮社 2007 p253

阿漕の浦
◇「山本周五郎長篇小説全集 4」新潮社 2013 p185
顎十郎捕物帳
◇「定本 久生十蘭全集 2」国書刊行会 2009 p337
朝
◇「石牟礼道子全集 1」藤原書店 2004 p396
朝
◇「徳田秋聲全集 8」八木書店 2000 p76
朝
◇「決定版 三島由紀夫全集 36」新潮社 2003 p456
◇「決定版 三島由紀夫全集 37」新潮社 2004 p341
痣
◇「大庭みな子全集 23」日本経済新聞出版社 2011 p19
短篇小説 浅井の小父さん
◇「小寺菊子作品集 3」桂書房 2014 p102
朝顔
◇「田村泰次郎選集 3」日本図書センター 2005 p235
朝顔
◇「定本 久生十蘭全集 10」国書刊行会 2011 p379
朝顔
◇「決定版 三島由紀夫全集 18」新潮社 2002 p457
朝顔の花
◇「徳田秋聲全集 20」八木書店 2001 p216
朝髪の（小唄）—小説「館」曲水の巻より
◇「決定版 三島由紀夫全集 37」新潮社 2004 p440
朝猟（あさがり）
◇「決定版 三島由紀夫全集 37」新潮社 2004 p557
浅き夢
◇「小島信夫短篇集成 7」水声社 2015 p363
朝霧の彼方に—『木々高太郎全集I』
◇「中井英夫全集 6」東京創元社 1996（創元ライブラリ）p462
浅草
◇「定本 久生十蘭全集 10」国書刊行会 2011 p277
浅草を見る
◇「徳田秋聲全集 21」八木書店 2001 p329
浅草公園
◇「谷崎潤一郎全集 6」中央公論新社 2015 p423
浅草時代
◇「辻邦生全集 16」新潮社 2005 p48
浅草趣味
◇「江戸川乱歩全集 24」光文社 2005（光文社文庫）p37
浅草、そしてテレビ
◇「井上ひさしコレクション ことばの巻」岩波書店 2005 p385
浅草鳥越あずま床
◇「井上ひさし短編中編小説集成 4」岩波書店 2015 p153
◇「井上ひさし短編中編小説集成 4」岩波書店 2015 p155

浅草に行って
◇「宮本百合子全集 32」新日本出版社 2003 p84
浅草の劇場
◇「田中小実昌エッセイ・コレクション 3」筑摩書房 2002（ちくま文庫）p332
浅草のコトバと劇場のコトバ
◇「井上ひさしコレクション ことばの巻」岩波書店 2005 p389
浅草の仲間たち
◇「辻邦生全集 16」新潮社 2005 p300
浅草の文化財的芸人
◇「色川武大・阿佐田哲也エッセイズ 2」筑摩書房 2003（ちくま文庫）p108
浅草祭囃子
◇「吉川潮芸人小説セレクション 4」ランダムハウス講談社 2007 p155
浅草木馬館
◇「開高健ルポルタージュ選集 日本人の遊び場」光文社 2007（光文社文庫）p153
浅草有望派始末記
◇「色川武大・阿佐田哲也エッセイズ 2」筑摩書房 2003（ちくま文庫）p113
浅草夢芝居
◇「吉川潮ハートウォーム・セレクション 3」ランダムハウス講談社 2008（ランダムハウス講談社文庫）p47
浅草六区
◇「井上ひさしコレクション ことばの巻」岩波書店 2005 p385
朝倉
◇「決定版 三島由紀夫全集 16」新潮社 2002 p129
朝（叙事詩の一節）
◇「上野壮夫全集 1」図書新聞 2010 p109
浅田晃彦「六さん正伝」への批判メモ
◇「坂口安吾全集 16」筑摩書房 2000 p685
阿佐田哲也と私
◇「山田風太郎エッセイ集成 わが推理小説零年」筑摩書房 2007 p222
浅田一先生追悼
◇「山田風太郎エッセイ集成 わが推理小説零年」筑摩書房 2007 p82
明後日の手記
◇「小田実全集 小説 1」講談社 2010 p5
朝と昼との対話
◇「上野壮夫全集 1」図書新聞 2010 p320
朝と夜と
◇「上野壮夫全集 1」図書新聞 2010 p428
朝凪の悲歌
◇「天城一傑作集〔1〕」日本評論社 2004 p42
朝寐
◇「〔森〕鷗外近代小説集 1」岩波書店 2013 p137
朝の歌
◇「決定版 三島由紀夫全集 37」新潮社 2004 p361

あさの

朝の風
  ◇「宮本百合子全集 5」新日本出版社 2001 p397
朝の客間
  ◇「徳田秋聲全集 28」八木書店 2002 p150
朝の霧
  ◇「松田解子自選集 4」澤田出版 2005 p403
朝の声
  ◇「野呂邦暢小説集成 4」文遊社 2014 p419
朝の酒盛
  ◇「立松和平全小説 5」勉誠出版 2010 p91
朝の散歩
  ◇「決定版 三島由紀夫全集 37」新潮社 2004 p46
朝の純愛
  ◇「決定版 三島由紀夫全集 20」新潮社 2002 p431
朝の雀
  ◇「立松和平全小説 17」勉誠出版 2012 p303
朝のステージ
  ◇「立松和平全小説 15」勉誠出版 2011 p196
朝の通学
  ◇「決定版 三島由紀夫全集 36」新潮社 2003 p437
朝の躑躅
  ◇「決定版 三島由紀夫全集 23」新潮社 2002 p31
「朝の躑躅」について
  ◇「決定版 三島由紀夫全集 29」新潮社 2003 p616
朝の話
  ◇「宮本百合子全集 16」新日本出版社 2002 p302
朝の光は……
  ◇「野呂邦暢小説集成 2」文遊社 2013 p73
朝のひばり
  ◇「寺山修司著作集 1」クインテッセンス出版 2009 p75
朝の訪問〔ラジオ・インタヴュー〕
  ◇「坂口安吾全集 17」筑摩書房 1999 p343
旭川から―小熊秀雄氏の印象
  ◇「宮本百合子全集 15」新日本出版社 2001 p178
朝日新聞成田支局『ドラム缶が鳴りやんで』
  ◇「石牟礼道子全集 14」藤原書店 2008 p456
朝比奈惣左衛門―蝮の惣左
  ◇「津本陽文芸小説集 2」PHP研究所 2007 p231
朝日のようにさわやかに
  ◇「鈴木いづみセカンド・コレクション 2」文遊社 2004 p51
  ◇「契約―鈴木いづみSF全集」文遊社 2014 p160
朝吹さんと「パリの男たち」
  ◇「決定版 三島由紀夫全集 33」新潮社 2003 p403
麻布の卵
  ◇「向田邦子全集 新版 9」文藝春秋 2009 p132
浅間
  ◇「立松和平全小説 25」勉誠出版 2014 p117
浅間温泉
  ◇「徳田秋聲全集 20」八木書店 2001 p208

浅間火山の奇観・鬼押し出し
  ◇「小松左京全集 完全版 31」城西国際大学出版会 2008 p49
浅間山麓にて
  ◇「中井英夫全集 12」東京創元社 2006（創元ライブラリ）p148
薊の花束
  ◇「松田解子自選集 9」澤田出版 2009 p68
構成詩 あざみの花は歌う―松川被告とその家族へささげる
  ◇「松田解子自選集 9」澤田出版 2009 p275
アーサー・ミラー著『セールスマンの死』
  ◇「安部公房全集 2」新潮社 1997 p372
朝焼け夕焼け
  ◇「大庭みな子全集 13」日本経済新聞出版社 2010 p267
朝湯（あさゆ）
  ◇「谷崎潤一郎全集 23」中央公論新社 2017 p192
アーサー・ランサムの世界
  ◇「金井美恵子エッセイ・コレクション―1964-2013 3」平凡社 2013 p48
足
  ◇「都筑道夫恐怖短篇集成 2」筑摩書房 2004（ちくま文庫）p204
アジア
  ◇「田中小実昌エッセイ・コレクション 2」筑摩書房 2002（ちくま文庫）p262
アジアを見る目
  ◇「小田実全集 評論 36」講談社 2014 p208
足跡（「足跡」を改題）
  ◇「徳田秋聲全集 9」八木書店 1998 p3
アジアの十七歳
  ◇「小島信夫批評集成 7」水声社 2011 p95
アジアの中の日本
  ◇「司馬遼太郎対話選集 9」文藝春秋 2006（文春文庫）
亜細亜の日月
  ◇「横溝正史探偵小説コレクション 2」出版芸術社 2004 p225
アジア民衆環境会議のためのお願い
  ◇「石牟礼道子全集 10」藤原書店 2006 p509
「アジアは一つ」の幻想
  ◇「小松左京全集 完全版 29」城西国際大学出版会 2007 p366
足うらの歌
  ◇「松田解子自選集 9」澤田出版 2009 p106
足音
  ◇「内田百閒集成 12」筑摩書房 2003（ちくま文庫）p109
足音
  ◇「小松左京全集 完全版 25」城西国際大学出版会 2017 p421

あしわ

足音
　◇「松田解子自選集 7」澤田出版 2008 p33

跫音(あしおと)
　◇「山田風太郎ミステリー傑作選 3」光文社 2001（光文社文庫）p77

あしおと—大晦日に
　◇「中井英夫全集 10」東京創元社 2002（創元ライブラリ）p35

足利義満の謀略 "堺攻め"
　◇「小松左京全集 完全版 42」城西国際大学出版会 2014 p86

足かけ三年
　◇「松下竜一未刊行著作集 1」海鳥社 2008 p65

あしかび
　◇「日影丈吉全集 7」国書刊行会 2004 p631

蘆刈〔潤一郎自筆本〕
　◇「谷崎潤一郎全集 17」中央公論新社 2015 p7

紫陽花
　◇「大庭みな子全集 12」日本経済新聞出版社 2010 p27

紫陽花
　◇「決定版 三島由紀夫全集 26」新潮社 2003 p44

紫陽花
　◇「宮城谷昌光全集 21」文藝春秋 2004 p283

紫陽花の母
　◇「決定版 三島由紀夫全集 34」新潮社 2003 p553

アシジの聖フランシスコの祈り〔翻訳〕
　◇「須賀敦子全集 7」河出書房新社 2007（河出文庫）p228

足 素人制作者のための短篇喜劇
　◇「アンドロギュノスの裔 渡辺温全集」東京創元 2011（創元推理文庫）p338

足摺岬
　◇「〔野呂邦暢〕随筆コレクション 2」みすず書房 2014 p296

明日(あした)… → "あす…"をも見よ

芦田伸介追想
　◇「阿川弘之全集 19」新潮社 2007 p480

明日泥棒
　◇「小松左京全集 完全版 3」城西国際大学出版会 2009 p7

明日の明日の夢の果て
　◇「小松左京全集 完全版 18」城西国際大学出版会 2013 p32

あしたの夢
　◇「都筑道夫恐怖短篇集成 1」筑摩書房 2004（ちくま文庫）p25

「足つきの思想」「足つきの文化」
　◇「小田実全集 評論 21」講談社 2012 p88

葦と木笛(フリュート)
　◇「定本 久生十蘭全集 2」国書刊行会 2009 p180

足のうた
　◇「松田解子自選集 9」澤田出版 2009 p214

葭の影にそえて
　◇「宮本百合子全集 12」新日本出版社 2001 p169

葦のしげみの彼方に
　◇「〔野呂邦暢〕随筆コレクション 1」みすず書房 2014 p12

葭の髄から
　◇「阿川弘之全集 19」新潮社 2007 p409

足の星座
　◇「決定版 三島由紀夫全集 19」新潮社 2002 p493

味の清六
　◇「立松和平全小説 27」勉誠出版 2014 p286

足のない男と首のない男
　◇「坂口安吾全集 4」筑摩書房 1998 p218

葦の中の声
　◇「須賀敦子全集 4」河出書房新社 2007（河出文庫）p96

葦の渚
　◇「石牟礼道子全集 4」藤原書店 2004 p364

葦のほとり
　◇「石牟礼道子全集 11」藤原書店 2005 p449

味の素
　◇「阿川弘之全集 20」新潮社 2007 p205

馬酔木の鈴
　◇「石牟礼道子全集 1」藤原書店 2004 p407

葦笛
　◇「宮本百合子全集 32」新日本出版社 2003 p265

葦船
　◇「決定版 三島由紀夫全集 37」新潮社 2004 p558

葦舟に乗る
　◇「三枝和子選集 6」鼎書房 2008 p383

アシヤのイノシシ
　◇「小田実全集 小説 32」講談社 2013 p10

芦屋のころ
　◇「須賀敦子全集 2」河出書房新社 2006（河出文庫）p557

アシルと亀の子 I
　◇「小林秀雄全作品 1」新潮社 2002 p182
　◇「小林秀雄全集 補巻 1」新潮社 2010 p64

アシルと亀の子 II
　◇「小林秀雄全作品 1」新潮社 2002 p208
　◇「小林秀雄全集 補巻 1」新潮社 2010 p70

アシルと亀の子 III
　◇「小林秀雄全作品 1」新潮社 2002 p208
　◇「小林秀雄全集 補巻 1」新潮社 2010 p73

アシルと亀の子 IV
　◇「小林秀雄全作品 1」新潮社 2002 p228
　◇「小林秀雄全集 補巻 1」新潮社 2010 p76

アシルと亀の子 V
　◇「小林秀雄全作品 1」新潮社 2002 p240
　◇「小林秀雄全集 補巻 1」新潮社 2010 p78

味わい深いコメの話
　◇「井上ひさしコレクション 日本の巻」岩波書店

アジンコート
　◇「内田百閒集成 17」筑摩書房 2004（ちくま文庫）p243
足 A PARABLE
　◇「アンドロギュノスの裔 渡辺温全集」東京創元社 2011（創元推理文庫）p344
明日（あす）… → "あした…"をも見よ
明日への新聞
　◇「宮本百合子全集 16」新日本出版社 2002 p17
明日の話題
　◇「小松左京全集 完全版 36」城西国際大学出版会 2011 p268
明日をつくる力
　◇「宮本百合子全集 17」新日本出版社 2002 p124
明日を創る─婦人民主クラブ発起人のことば
　◇「宮本百合子全集 16」新日本出版社 2002 p269
明日を開く文学〔対談〕（大江健三郎）
　◇「安部公房全集 27」新潮社 2000 p178
飛鳥の幻─吉野・大和の巻
　◇「坂口安吾全集 11」筑摩書房 1998 p175
小豆餅や黍餅、そのほか、あまたの餅どもの由来
　◇「井上ひさしコレクション ことばの巻」岩波書店 2005 p161
明日咲く花
　◇「宮本百合子全集 16」新日本出版社 2002 p339
安土往還記
　◇「辻邦生全集 1」新潮社 2004 p349
安土考─私小説風仮名遣ひ論
　◇「阿川弘之全集 18」新潮社 2007 p361
安土城
　◇「山田風太郎エッセイ集成 秀吉はいつ知ったか」筑摩書房 2008 p276
アストラハン
　◇「小松左京全集 完全版 43」城西国際大学出版会 2014 p312
アストラハン市─ボルガ水運とカスピ海運の接続点
　◇「小松左京全集 完全版 43」城西国際大学出版会 2014 p312
アストリュック「女の一生」の叙述的スタイル
　◇「佐々木基一全集 7」河出書房新社 2013 p170
明日なきアクション映画
　◇「金井美恵子エッセイ・コレクション─1964-2013 4」平凡社 2014 p227
あすなろう
　◇「〔山本周五郎〕新編傑作選 4」小学館 2010（小学館文庫）p73
アスナロ檜の地蔵菩薩
　◇「立松和平全小説 24」勉誠出版 2014 p71
明日に架ける橋
　◇「橋本治短篇小説コレクション S&Gグレイテスト・ヒッツ+1」筑摩書房 2006（ちくま文庫）p232
明日の言葉─ルポルタージュの問題
　◇「宮本百合子全集 13」新日本出版社 2001 p273
明日の実力の為に
　◇「宮本百合子全集 15」新日本出版社 2001 p45
明日の新劇〔座談会〕（新関良三，渡辺淳，尾崎宏次）
　◇「安部公房全集 20」新潮社 1999 p194
「明日の新聞」を読む〔インタビュー〕（コリーヌ・ブレ）
　◇「安部公房全集 28」新潮社 2000 p294
明日のための犯罪
　◇「天城一傑作集 〔1〕」日本評論社 2004 p302
明日の知性
　◇「宮本百合子全集 16」新日本出版社 2002 p399
明日のリアリズムへ
　◇「佐々木基一全集 2」河出書房新社 2013 p111
アスパラガスの記憶
　◇「須賀敦子全集 2」河出書房新社 2006（河出文庫）p561
アスピリン・ドラマ論
　◇「安部公房全集 8」新潮社 1998 p9
アスファルト・ジャングル─こういう連中が日本にもたくさん居るぜ
　◇「色川武大・阿佐田哲也エッセイズ 2」筑摩書房 2003（ちくま文庫）p335
アスフォデロの野をわたって
　◇「須賀敦子全集 2」河出書房新社 2006（河出文庫）p223
東健兒を哭す
　◇「決定版 三島由紀夫全集 26」新潮社 2003 p406
吾妻の白猿神
　◇「戸川幸夫動物文学セレクション 1」ランダムハウス講談社 2008（ランダムハウス講談社文庫）p215
東文彦 弔詞
　◇「決定版 三島由紀夫全集 26」新潮社 2003 p411
アズマヤの情事
　◇「加藤幸子自選作品集 3」未知谷 2013 p231
明日は天気になれ
　◇「坂口安吾全集 13」筑摩書房 1999 p292
汗かき女って嫌われないかしら
　◇「小松左京全集 完全版 34」城西国際大学出版会 2009 p90
麻生三郎氏との初対面
　◇「佐々木基一全集 1」河出書房新社 2013 p525
あそこにもう一人の君が
　◇「三橋一夫ふしぎ小説集成 2」出版芸術社 2005 p172
「遊ばせ言葉」を廃止すべし
　◇「谷崎潤一郎全集 11」中央公論新社 2015 p497

あそび
◇「〔森〕鷗外近代小説集 2」岩波書店 2012 p59
あそび
◇「吉行淳之介エッセイ・コレクション 1」筑摩書房 2004（ちくま文庫）p154
遊び
◇「阿川弘之全集 17」新潮社 2006 p27
遊び
◇「吉行淳之介エッセイ・コレクション 1」筑摩書房 2004（ちくま文庫）p153
遊び 創る遊びの最右翼 恋の遊びの心得
◇「大庭みな子全集 18」日本経済新聞出版社 2010 p385
遊び道具
◇「小檜山博全集 8」柏艪舎 2006 p51
遊びについて
◇「石牟礼道子全集 13」藤原書店 2007 p715
遊びの精神—ジイドの茶番と深田氏
◇「坂口安吾全集 2」筑摩書房 1999 p132
あそびのような生活
◇「石牟礼道子全集 7」藤原書店 2005 p349
遊び場ルポのおわりに
◇「開高健ルポルタージュ選集 日本人の遊び場」光文社 2007（光文社文庫）p201
遊ぶ
◇「色川武大・阿佐田哲也エッセイズ 3」筑摩書房 2003（ちくま文庫）p11
アタイヤ
◇「江戸川乱歩全集 30」光文社 2005（光文社文庫）p393
仇討追分節
◇「国枝史郎伝奇短篇小説集成 2」作品社 2006 p361
与え与えられる
◇「大庭みな子全集 8」日本経済新聞出版社 2009 p337
「与える文化」と「生れる文化」—文化映画の一つの方法について
◇「佐々木基一全集 1」河出書房新社 2013 p270
あだこ
◇「山本周五郎中短篇秀作選集 3」小学館 2006 p257
あだ桜
◇「向田邦子全集 新版 5」文藝春秋 2009 p107
「あたし、好きな人がいるの」
◇「吉川潮ハートウォーム・セレクション 2」ランダムハウス講談社 2008（ランダムハウス講談社文庫）p192
あたしは天使じゃない
◇「鈴木いづみコレクション 2」文遊社 1997
暖い墓
◇「中井英夫全集 3」東京創元社 1996（創元ライブラリ）p188

暖かい髭
◇「古井由吉自撰作品 8」河出書房新社 2012 p287
あたたかく深い品格—武田百合子『犬が星見た』解説
◇「色川武大・阿佐田哲也エッセイズ 3」筑摩書房 2003（ちくま文庫）p301
安達征一郎「島を愛した男」
◇「〔野呂邦暢〕随筆コレクション 2」みすず書房 2014 p381
頭の畸形
◇「小酒井不木随筆評論選集 6」本の友社 2004 p240
頭の皿
◇「〔野呂邦暢〕随筆コレクション 1」みすず書房 2014 p284
頭の中の自動車—山田耕筰先生と語る
◇「定本 久生十蘭全集 10」国書刊行会 2011 p43
熱海市・網代〈おたあのこと〉
◇「遠藤周作エッセイ選集 2」光文社 2006（知恵の森文庫）p56
熱海復興
◇「坂口安吾全集 8」筑摩書房 1998 p449
アダムとイヴのバラード
◇「辻邦生全集 7」新潮社 2004 p405
アダムとイヴ、私の犯罪学
◇「寺山修司著作集 3」クインテッセンス出版 2009 p61
アダムとカルメン
◇「小沼丹全集 2」未知谷 2004 p565
アダムの裔
◇「小松左京全集 完全版 14」城西国際大学出版会 2009 p78
アダムの日本語
◇「小沼丹全集 4」未知谷 2004 p175
新しいアイヌ史のために
◇「〔池澤夏樹〕エッセー集成 1」みすず書房 2008 p167
新しいアカデミアを—旧き大学の功罪
◇「宮本百合子全集 19」新日本出版社 2002 p317
新しいアジアのために—アジア婦人大会によせて
◇「宮本百合子全集 19」新日本出版社 2002 p75
あたらしい家
◇「須賀敦子全集 2」河出書房新社 2006（河出文庫）p415
新しい家
◇「大庭みな子全集 9」日本経済新聞出版社 2010 p221
新しい一ページをひらくために—五・二五政暴法粉砕東京都民大会から
◇「松田解子自選集 9」澤田出版 2009 p211
新しい一夫一婦
◇「宮本百合子全集 12」新日本出版社 2001 p162

あたら

新しい潮
　◇「宮本百合子全集 18」新日本出版社 2002 p290
〈新しい英雄〉
　◇「安部公房全集 3」新潮社 1997 p11
新しい悲しみ
　◇「大庭みな子全集 18」日本経済新聞出版社 2010 p271
新しい救済の可能性を示唆する物語—池澤夏樹『スティル・ライフ』
　◇「須賀敦子全集 4」河出書房新社 2007（河出文庫）p279
新しい共有の「喜び」をもたらすもの
　◇「小松左京全集 完全版 40」城西国際大学出版会 2012 p429
"新しい空間"を走るもの
　◇「小松左京全集 完全版 31」城西国際大学出版会 2008 p136
新しい芸術の発生
　◇「佐々木基一全集 2」河出書房新社 2013 p223
新しい劇場への期待〔対談〕(堤清二)
　◇「安部公房全集 24」新潮社 1999 p335
新しい国土設計
　◇「小松左京全集 完全版 31」城西国際大学出版会 2008 p123
新しい在日朝鮮人—『まだん』三号
　◇「金鶴泳作品集 2」クレイン 2006 p629
新しい作家と文学
　◇「小島信夫批評集成 2」水声社 2011 p768
新しい時代への"適応"と現代の"被害者"
　◇「小松左京全集 完全版 29」城西国際大学出版会 2007 p30
新しい時代を生きよ
　◇「小田実全集 評論 34」講談社 2013 p157
新しい襖
　◇「宮本百合子全集 16」新日本出版社 2002 p225
新しい視点—韓国での一つの感想
　◇「小田実全集 評論 2」講談社 2010 p196
新しい自分との出会い
　◇「大庭みな子全集 8」日本経済新聞出版社 2009 p343
新しい自分の誕生〔対談〕(高橋たか子)
　◇「大庭みな子全集 21」日本経済新聞出版社 2011 p66
新しい自分の発見
　◇「大庭みな子全集 8」日本経済新聞出版社 2009 p313
新しい少年少女文學について
　◇「小寺菊子作品集 3」桂書房 2014 p53
新しい人生のひろがり
　◇「大庭みな子全集 8」日本経済新聞出版社 2009 p318

新らしい生活と芸術—若い芸術家たちの話〔座談会〕(朝倉響子, 黛敏郎, 奈良岡朋子)
　◇「安部公房全集 3」新潮社 1997 p386
新しい世界の冒険
　◇「安部公房全集 6」新潮社 1998 p465
新しい世代の胎動
　◇「金鶴泳作品集 2」クレイン 2006 p604
新しい戦争を考える
　◇「小田実全集 評論 29」講談社 2013 p22
新しい「全体小説」への道
　◇「小田実全集 評論 4」講談社 2010 p140
新しい総合芸術への期待
　◇「安部公房全集 11」新潮社 1998 p468
新しい卒業生の皆さんへ
　◇「宮本百合子全集 17」新日本出版社 2002 p449
新しいソ連映画
　◇「中井英夫全集 12」東京創元社 2006（創元ライブラリ）p59
新しい抵抗について
　◇「宮本百合子全集 19」新日本出版社 2002 p27
新しい都市像を求めて〔座談会〕(川添登, 菊竹清訓, 田辺員人, 丹下健三)
　◇「安部公房全集 15」新潮社 1998 p9
新しい都市のあり方
　◇「小檜山博全集 7」柏艪舎 2006 p68
「新しいナショナリズム」について
　◇「小松左京全集 完全版 31」城西国際大学出版会 2008 p140
「新しい日本」の「新しい日本人」として
　◇「小田実全集 評論 11」講談社 2011 p199
新しい日本文学新しい日本映画〔座談会〕(椎名麟三, 梅崎春生, 荻昌弘)
　◇「安部公房全集 3」新潮社 1997 p522
新しい人間の姿勢—中河與一氏著《海路歴程》
　◇「田村泰次郎選集 5」日本図書センター 2005 p72
新しい美をつくる心
　◇「宮本百合子全集 15」新日本出版社 2001 p99
新しい婦人の職場と任務—明日の婦人へ
　◇「宮本百合子全集 13」新日本出版社 2001 p256
新しい船出—女らしさの昨日, 今日, 明日
　◇「宮本百合子全集 14」新日本出版社 2001 p32
新しい文学と新しい文壇
　◇「小林秀雄全作品 2」新潮社 2002 p16
　◇「小林秀雄全集 補巻 1」新潮社 2010 p85
新しい文学と笑い
　◇「小島信夫批評集成 2」水声社 2011 p585
新しい文学の課題〔座談会〕(浦松佐美太郎, 白井浩司, 堀田善衞, 白井健三郎, 遠藤周作)
　◇「安部公房全集 4」新潮社 1997 p241
新しい文学の誕生—若い人に贈る
　◇「宮本百合子全集 17」新日本出版社 2002 p428

あつさ

新しい文化・古い文化〔対談〕(吉田秀和)
　◇「福田恆存対談・座談集 2」玉川大学出版部 2011 p7
新しいページ
　◇「安部公房全集 9」新潮社 1998 p402
新しい冒険者のイメージ
　◇「小田実全集 評論 4」講談社 2010 p388
新しい冒険の試み―自作のねらひを語る
　◇「決定版 三島由紀夫全集 27」新潮社 2003 p469
「新らしい本」(「新しい本」改題)
　◇「決定版 三島由紀夫全集 37」新潮社 2004 p175
新しいミュージカル―安部公房氏にきく
　◇「安部公房全集 30」新潮社 2009 p87
新しい黙示文学
　◇「小松左京全集 完全版 40」城西国際大学出版会 2012 p369
新しい雪国の誕生
　◇「坂口安吾全集 14」筑摩書房 1999 p353
新しい様式の探求
　◇「佐々木基一全集 1」河出書房新社 2013 p189
新しいリアリズムのために―ルポルタージュの意義
　◇「安部公房全集 3」新潮社 1997 p244
新しいルーヴルから
　◇「辻邦生全集 19」新潮社 2005 p188
新しき夫の幸福〔座談会〕(鳥海青児, 信欣三, 二宮正二)
　◇「安部公房全集 3」新潮社 1997 p132
新しき軌道へ
　◇「石上玄一郎小説作品集成 1」未知谷 2008 p487
新らしきコロムブス
　◇「決定版 三島由紀夫全集 37」新潮社 2004 p766
新しきシベリアを横切る
　◇「宮本百合子全集 10」新日本出版社 2001 p207
新しき出発
　◇「定本 久生十蘭全集 2」国書刊行会 2009 p324
新しき巣
　◇「徳田秋聲全集 2」八木書店 1999 p449
新らしき性格感情
　◇「坂口安吾全集 1」筑摩書房 1999 p316
新しきソヴェト婦人を語る
　◇「宮本百合子全集 10」新日本出版社 2001 p301
新しき大地
　◇「宮本百合子全集 15」新日本出版社 2001 p167
新しき発展へ
　◇「大坪砂男全集 4」東京創元社 2013 (創元推理文庫) p447
新しき文学〔座談会〕(辰野隆, 石川達三, 高見順)
　◇「坂口安吾全集 17」筑摩書房 1999 p163
新らしき文学
　◇「坂口安吾全集 1」筑摩書房 1999 p349

新しき文学への道〔座談会〕(加藤道夫, 武田泰淳, 三島由紀夫)
　◇「福田恆存対談・座談集 1」玉川大学出版部 2011 p227
新しく生まれた学問領域
　◇「小松左京全集 完全版 35」城西国際大学出版会 2009 p440
あたら夜
　◇「決定版 三島由紀夫全集 37」新潮社 2004 p595
『アタラント号』は純粋に性交の映画だ
　◇「金井美恵子エッセイ・コレクション―1964-2013 4」平凡社 2014 p235
「あたりまえ」を論じることの必要
　◇「小田実全集 評論 4」講談社 2010 p204
あたりまえのことを求める「市民立法」
　◇「小田実全集 評論 25」講談社 2012 p15
「あたりまえ」の一人の主婦
　◇「宮本百合子全集 19」新日本出版社 2002 p225
あーちゃん
　◇「林京子全集 7」日本図書センター 2005 p316
あちらとこちら
　◇「小松左京全集 完全版 25」城西国際大学出版会 2017 p302
あちらとこちら
　◇「20世紀断層―野坂昭如単行本未収録小説集成 4」幻戯書房 2010 p226
あちらの時間
　◇「20世紀断層―野坂昭如単行本未収録小説集成 4」幻戯書房 2010 p639
「あちらの世界」と「こちらの世界」
　◇「小田実全集 評論 21」講談社 2012 p182
厚い一冊の本の小宇宙―「新潮世界文学」を推薦する
　◇「決定版 三島由紀夫全集 34」新潮社 2003 p656
〈厚いガラスや〉
　◇「安部公房全集 1」新潮社 1997 p209
熱い茎
　◇「寺山修司著作集 1」クインテッセンス出版 2009 p90
熱い血
　◇「中上健次集 4」インスクリプト 2016 p359
暑い夏
　◇「小檜山博全集 8」柏艪舎 2006 p178
あつかましいウサギ(岡本太郎訳)
　◇「須賀敦子全集 8」河出書房新社 2007 (河出文庫) p300
熱き茶色
　◇「宮本百合子全集 16」新日本出版社 2002 p46
"あっけらかん民族"の強さ(犬飼道子)
　◇「司馬遼太郎対話選集 7」文藝春秋 2006 (文春文庫) p37
暑さに喘ぐ
　◇「徳田秋聲全集 15」八木書店 1999 p354

あつさ

あっさりした味「大根と人参」
　◇「田中小実昌エッセイ・コレクション 3」筑摩書房 2002（ちくま文庫）p23

アッシジ―地上に映る永遠の影
　◇「辻邦生全集 17」新潮社 2005 p372

アッシジでのこと
　◇「須賀敦子全集 8」河出書房新社 2007（河出文庫）p216

アッシジに住みたい
　◇「須賀敦子全集 2」河出書房新社 2006（河出文庫）p571

アツシヤア家の覆滅［翻訳］（ポオ, エドガー・アラン）
　◇「谷崎潤一郎全集 6」中央公論新社 2015 p459

あっちから
　◇「石牟礼道子全集 16」藤原書店 2013 p563

アッティカの白い墓
　◇「辻邦生全集 13」新潮社 2005 p286

あッ、ピカソだ！
　◇「定本 久生十蘭全集 10」国書刊行会 2011 p127

アップダイクの書評
　◇「辻邦生全集 18」新潮社 2005 p419

アツプルパイ、ワン
　◇「中戸川吉二作品集」勉誠出版 2013 p185

集って食べる愉しみ
　◇「大庭みな子全集 23」日本経済新聞出版社 2011 p530

渥美清への熱き想い
　◇「色川武大・阿佐田哲也エッセイズ 2」筑摩書房 2003（ちくま文庫）p127

渥美清とフランス座
　◇「井上ひさしコレクション 人間の巻」岩波書店 2005 p119

『羹』
　◇「谷崎潤一郎全集 1」中央公論新社 2015 p139

羹
　◇「谷崎潤一郎全集 1」中央公論新社 2015 p143

アーティチョークの思い出
　◇「大庭みな子全集 12」日本経済新聞出版社 2010 p260

アテゴト師たちのおもしろい劇場
　◇「井上ひさしコレクション ことばの巻」岩波書店 2005 p379

アテナイ人、あるいはあっぱれ男シモニデス
　◇「小田実全集 小説 32」講談社 2013 p350

宛名のない手紙
　◇「辻邦喬コレクション 7」河出書房新社 2003 p221

當にならぬ知識
　◇「小酒井不木随筆評論選集 8」本の友社 2004 p103

アテネ・アカデミア街
　◇「辻邦生全集 17」新潮社 2005 p12

アテネの時計
　◇「小沼丹全集 4」未知谷 2004 p526

あて宮
　◇「中上健次全集 9」インスクリプト 2013 p30

「あと一本で帰るから」
　◇「小檜山博全集 6」柏艪舎 2006 p204

「あ島」、あるいは「ワカラナイ」
　◇「小田実全集 小説 35」講談社 2013 p6

あとがき
　◇「天城一傑作集 〔1〕」日本評論社 2004 p454
　◇「天城一傑作集 2」日本評論社 2005 p622
　◇「天城一傑作集 3」日本評論社 2006 p449

あとがき
　◇「〔池澤夏樹〕エッセー集成 1」みすず書房 2008 p237
　◇「〔池澤夏樹〕エッセー集成 2」みすず書房 2008 p237

あとがき
　◇「石牟礼道子全集 1」藤原書店 2004 p647
　◇「石牟礼道子全集 3」藤原書店 2004 p588
　◇「石牟礼道子全集 5」藤原書店 2004 p532
　◇「石牟礼道子全集 14」藤原書店 2008 p593
　◇「石牟礼道子全集 15」藤原書店 2012 p584
　◇「石牟礼道子全集 17」藤原書店 2012 p593
　◇「石牟礼道子全集 別巻」藤原書店 2014 p410

あとがき
　◇「江戸川乱歩全集 1」沖積舎 2006 p303
　◇「江戸川乱歩全集 2」沖積舎 2006 p273
　◇「江戸川乱歩全集 3」沖積舎 2007 p273
　◇「江戸川乱歩全集 4」沖積舎 2007 p271
　◇「江戸川乱歩全集 5」沖積舎 2007 p271
　◇「江戸川乱歩全集 6」沖積舎 2007 p275
　◇「江戸川乱歩全集 7」沖積舎 2007 p275
　◇「江戸川乱歩全集 8」沖積舎 2007 p273
　◇「江戸川乱歩全集 9」沖積舎 2008 p269
　◇「江戸川乱歩全集 10」沖積舎 2008 p275
　◇「江戸川乱歩全集 11」沖積舎 2008 p267
　◇「江戸川乱歩全集 12」沖積舎 2008 p271
　◇「江戸川乱歩全集 13」沖積舎 2008 p273
　◇「江戸川乱歩全集 14」沖積舎 2008 p275
　◇「江戸川乱歩全集 15」沖積舎 2009 p275
　◇「江戸川乱歩全集 16」沖積舎 2009 p271
　◇「江戸川乱歩全集 17」沖積舎 2009 p259
　◇「江戸川乱歩全集 18」沖積舎 2009 p263

あとがき
　◇「金井美恵子エッセイ・コレクション―1964-2013 4」平凡社 2014 p612

あとがき
　◇「笹沢左保コレクション新装版 霧に溶ける」光文社 2008（光文社文庫）p331

あとがき
　◇「鈴木いづみコレクション 5」文遊社 1996 p261

あとがき
　◇「都筑道夫恐怖短篇集成 3」筑摩書房 2004（ち

あとがき
- ◇「林京子全集 3」日本図書センター 2005 p465
- ◇「林京子全集 4」日本図書センター 2005 p427
- ◇「林京子全集 5」日本図書センター 2005 p465
- ◇「林京子全集 6」日本図書センター 2005 p487
- ◇「林京子全集 7」日本図書センター 2005 p503
- ◇「林京子全集 8」日本図書センター 2005 p477

あとがき
- ◇「松本清張短編全集 01」光文社 2008（光文社文庫）p295
- ◇「松本清張短編全集 02」光文社 2008（光文社文庫）p286
- ◇「松本清張短編全集 03」光文社 2008（光文社文庫）p325
- ◇「松本清張短編全集 04」光文社 2008（光文社文庫）p290
- ◇「松本清張短編全集 05」光文社 2009（光文社文庫）p282
- ◇「松本清張短編全集 06」光文社 2009（光文社文庫）p318
- ◇「松本清張短編全集 08」光文社 2009（光文社文庫）p287
- ◇「松本清張短編全集 09」光文社 2009（光文社文庫）p207
- ◇「松本清張短編全集 10」光文社 2009（光文社文庫）p291
- ◇「松本清張短編全集 11」光文社 2009（光文社文庫）p305

あとがき
- ◇「水上勉ミステリーセレクション 眼」光文社 2007（光文社文庫）p357
- ◇「水上勉ミステリーセレクション 死火山系」光文社 2008（光文社文庫）p456

あとがき〔あ・うん〕
- ◇「向田邦子全集 新版 2」文藝春秋 2009 p206

あとがき〔青葉繁れる〕
- ◇「井上ひさし短編中編小説集成 5」岩波書店 2015 p139

あとがき（『朝の風』）
- ◇「宮本百合子全集 15」新日本出版社 2001 p77

あとがき〔霰の渚―石牟礼道子自伝〕
- ◇「石牟礼道子全集 別巻」藤原書店 2014 p304

あとがき（『明日への精神』）
- ◇「宮本百合子全集 14」新日本出版社 2001 p301

あとがき（『妖しい花粉』）
- ◇「狩久全集 4」皆進社 2013 p25

あとがき―あるいは、自己流「私小説」論
- ◇「小田実全集 小説 15」講談社 2011 p224

〔あとがき〕「晏子」
- ◇「宮城谷昌光全集 21」文藝春秋 2004 p526

あとがき〔暗潮―大阪物語〕
- ◇「小田実全集 小説 34」講談社 2013 p193

あとがき〔生きもののはなし〕
- ◇「大庭みな子全集 12」日本経済新聞出版社 2010 p132

あとがき〔『石川淳 作家論』〕
- ◇「佐々木基一全集 4」河出書房新社 2013 p226

あとがき〈『いづこへ』〉
- ◇「坂口安吾全集 5」筑摩書房 1998 p190

あとがき〔岩波文庫『足迹』〕
- ◇「徳田秋聲全集 23」八木書店 2001 p184

あとがき〔岩波文庫『爛』〕
- ◇「徳田秋聲全集 23」八木書店 2001 p153

あとがき〔『ウィーン・鏡の中の都』〕
- ◇「佐々木基一全集 6」河出書房新社 2012 p306

あとがき〔浦安うた日記〕
- ◇「大庭みな子全集 15」日本経済新聞出版社 2010 p551

あとがき〔X氏との対話〕
- ◇「小島信夫批評集成 7」水声社 2011 p721

あとがき〔江戸前の男〕
- ◇「吉川潮芸人小説セレクション 1」ランダムハウス講談社 2007 p583

〔あとがき〕「王家の風日」
- ◇「宮城谷昌光全集 21」文藝春秋 2004 p497

あとがき〔王女の涙〕
- ◇「大庭みな子全集 11」日本経済新聞出版社 2010 p560

あとがき〔大阪シンフォニー〕
- ◇「小田実全集 小説 31」講談社 2013 p406

あとがき〔おまえを殺すのはおまえだ〕
- ◇「佐々木基一全集 3」河出書房新社 2013 p462

あとがき〔想うこと〕
- ◇「大庭みな子全集 13」日本経済新聞出版社 2010 p429

あとがき〔女・男・いのち〕
- ◇「大庭みな子全集 18」日本経済新聞出版社 2010 p303

〔あとがき〕「介子推」
- ◇「宮城谷昌光全集 21」文藝春秋 2004 p531

〔あとがき〕「華栄の丘」
- ◇「宮城谷昌光全集 21」文藝春秋 2004 p564

あとがき〔香りの時間〕
- ◇「中井英夫全集 7」東京創元社 1998（創元ライブラリ）p211

〔あとがき〕「夏姫春秋」
- ◇「宮城谷昌光全集 21」文藝春秋 2004 p515

〔あとがき〕「楽毅」
- ◇「宮城谷昌光全集 21」文藝春秋 2004 p538

〔あとがき〕書くこととお金、あるいは読むという記憶装置の発動
- ◇「金井美恵子エッセイ・コレクション―1964-2013 3」平凡社 2013 p486

あとがき〔駈ける男の横顔〕
- ◇「大庭みな子全集 22」日本経済新聞出版社 2011 p100

あとがき

あとがき〔彼方より〕
  ◇「中井英夫全集 8」東京創元社 1998（創元ライブラリ）p114
あとがき—『壁』
  ◇「安部公房全集 2」新潮社 1997 p515
あとがき〔壁を破る〕
  ◇「小田実全集 評論 2」講談社 2010 p268
あとがき〔鴉の死〕
  ◇「金石範作品集 1」平凡社 2005 p156
あとがき〔ガリヴァ旅行記〕
  ◇「小沼丹全集 補巻」未知谷 2005 p292
〔あとがき〕「奇貨居くべし」
  ◇「宮城谷昌光全集 21」文藝春秋 2004 p545
あとがき〔基底にあるもの〕
  ◇「小田実全集 評論 13」講談社 2011 p398
〔あとがき〕「侠骨記」
  ◇「宮城谷昌光全集 21」文藝春秋 2004 p512
あとがき〔「共生」への原理〕
  ◇「小田実全集 評論 10」講談社 2011 p301
あとがき（「近代能楽集」）
  ◇「決定版 三島由紀夫全集 29」新潮社 2003 p192
あとがき〔雲を追い〕
  ◇「大庭みな子全集 16」日本経済新聞出版社 2010 p157
あとがき〔月蝕領映画館〕
  ◇「中井英夫全集 12」東京創元社 2006（創元ライブラリ）p208
あとがき（「源泉の感情」）
  ◇「決定版 三島由紀夫全集 36」新潮社 2003 p352
あとがき—『現代芸術』創刊号
  ◇「安部公房全集 12」新潮社 1998 p312
あとがき〔『現代芸術はどうなるか』〕
  ◇「佐々木基一全集 2」河出書房新社 2013 p119
あとがき—『現代文学の実験室1安部公房集』
  ◇「安部公房全集 23」新潮社 1999 p102
あとがき〔現代文学の進退〕
  ◇「小島信夫批評集成 1」水声社 2011 p625
あとがき〔ケンタウロスの嘆き〕
  ◇「中井英夫全集 6」東京創元社 1996（創元ライブラリ）p497
あとがき（「行動学入門」）
  ◇「決定版 三島由紀夫全集 36」新潮社 2003 p450
あとがき（「『幸福について』」）
  ◇「宮本百合子全集 17」新日本出版社 2002 p348
あとがき〔声の狩人〕
  ◇「開高健ルポルタージュ選集 声の狩人」光文社 2008（光文社文庫）p231
あとがき〔黒鳥館戦後日記〕
  ◇「中井英夫全集 8」東京創元社 1998（創元ライブラリ）p400
あとがき〔黒鳥の旅もしくは幻想庭園〕
  ◇「中井英夫全集 6」東京創元社 1996（創元ライブラリ）p221
あとがき・黒鳥扼殺者〔黒鳥の囁き〕
  ◇「中井英夫全集 2」東京創元社 1998（創元ライブラリ）p547
あとがき〔小島信夫文学論集〕
  ◇「小島信夫批評集成 1」水声社 2011 p319
あとがき〔ゴメスの名はゴメス〕
  ◇「結城昌治コレクション ゴメスの名はゴメス」光文社 2008（光文社文庫）p260
  ◇「結城昌治コレクション ゴメスの名はゴメス」光文社 2008（光文社文庫）p263
あとがき〔これは「人間の国」か—西方ニ異説アリ〕
  ◇「小田実全集 評論 25」講談社 2012 p300
あとがき〔さかさ吊りの穴「世界」十二篇〕
  ◇「小田実全集 小説 35」講談社 2013 p258
〔あとがき〕「沙中の回廊」
  ◇「宮城谷昌光全集 21」文藝春秋 2004 p568
あとがき〔『作家と作品』〕
  ◇「宮本百合子全集 17」新日本出版社 2002 p365
あとがき（「作家論」）
  ◇「決定版 三島由紀夫全集 36」新潮社 2003 p354
あとがき〔「佐渡金山を彩った人々」〕
  ◇「田中志津全作品集 中巻」武蔵野書院 2013 p340
あとがき〔裁かれる記録〕
  ◇「安部公房全集 8」新潮社 1998 p169
あとがき〔『砂漠の思想』〕
  ◇「安部公房全集 19」新潮社 1999 p327
あとがき〔錆びた言葉〕
  ◇「大庭みな子全集 17」日本経済新聞出版社 2010 p55
あとがき（「潮騒」用）
  ◇「決定版 三島由紀夫全集 28」新潮社 2003 p274
〔あとがき〕「史記の風景」
  ◇「宮城谷昌光全集 21」文藝春秋 2004 p543
〔あとがき〕「子産」
  ◇「宮城谷昌光全集 21」文藝春秋 2004 p566
あとがき〔「信濃川」〕
  ◇「田中志津全作品集 上巻」武蔵野書院 2013 p139
あとがき〔島の国の島〕
  ◇「大庭みな子全集 8」日本経済新聞出版社 2009 p165
あとがき—シャルル・ド・フーコーの霊性について〔どんぐりのたわごと 第1号〕
  ◇「須賀敦子全集 7」河出書房新社 2007（河出文庫）p38
あとがき〔十九歳の地図〕
  ◇「中上健次集 1」インスクリプト 2014 p240
あとがき〔重力の都〕
  ◇「中上健次集 9」インスクリプト 2013 p199
あとがき（「尚武のこころ」）
  ◇「決定版 三島由紀夫全集 36」新潮社 2003 p273

あとか

あとがき〔『昭和文学交友記』〕
　◇「佐々木基一全集 6」河出書房新社 2012 p155

あとがき（初版）〔あやとりの記〕
　◇「石牟礼道子全集 7」藤原書店 2005 p262

あとがき（初版）〔苦海浄土〕
　◇「石牟礼道子全集 2」藤原書店 2004 p255

あとがき（初版）〔西南役伝説〕
　◇「石牟礼道子全集 5」藤原書店 2004 p227

あとがき（初版）〔椿の海の記〕
　◇「石牟礼道子全集 4」藤原書店 2004 p250

あとがき〔成吉思汗の秘密〕
　◇「高木彬光コレクション新装版 成吉思汗の秘密」光文社 2005（光文社文庫）p380

あとがき〔随筆佐渡金山の町の人々〕
　◇「田中志津全作品集 下巻」武蔵野書院 2013 p177

あとがき〔随論・日本人の精神〕
　◇「小田実全集 評論 30」講談社 2013 p410

あとがき〔崇高について〕
　◇「小田実全集 評論 26」講談社 2013 p264

あとがき〔菅野満子の手紙〕
　◇「小島信夫長篇集成 7」水声社 2016 p529

あとがき〔「スタア」〕
　◇「決定版 三島由紀夫全集 31」新潮社 2003 p515

あとがき〔すっぽん、あるいは〕
　◇「大庭みな子全集 14」日本経済新聞出版社 2010 p445

〔あとがき〕「青雲はるかに」
　◇「宮城谷昌光全集 21」文藝春秋 2004 p555

後書〔聖シュテファン寺院の鐘の音は〕
　◇「定本 荒巻義雄メタSF全集 4」彩流社 2014 p366

あとがき（「青春をどう生きるか」）
　◇「決定版 三島由紀夫全集 28」新潮社 2003 p445

あとがき（「聖女」）
　◇「決定版 三島由紀夫全集 27」新潮社 2003 p394

あとがき（「聖セバスチァンの殉教」）
　◇「決定版 三島由紀夫全集 34」新潮社 2003 p187

あとがき〔性の幻想〕
　◇「大庭みな子全集 21」日本経済新聞出版社 2011 p276

あとがき〔1945年夏〕
　◇「金石範作品集 1」平凡社 2005 p436

あとがき〔戦後を拓く思想〕
　◇「小田実全集 評論 4」講談社 2010 p503

あとがき〔漱石を読む〕
　◇「小島信夫批評集成 8」水声社 2010 p627

あとがき（増補改訂版）〔『リアリズムの探求』〕
　◇「佐々木基一全集 2」河出書房新社 2013 p405

あとがき〔文庫 続 女の男性論〕
　◇「大庭みな子全集 18」日本経済新聞出版社 2010 p345

あとがき〔続 黒鳥館戦後日記〕
　◇「中井英夫全集 8」東京創元社 1998（創元ライブラリ）p833

あとがき〔その人〕
　◇「大佛次郎セレクション第3期 その人」未知谷 2009 p407

あとがき〔そんなに沢山のトランクを〕
　◇「小島信夫批評集成 7」水声社 2011 p217

〔あとがき〕「太公望」
　◇「宮城谷昌光全集 21」文藝春秋 2004 p559

あとがき〔大震災'95〕
　◇「小松左京全集 完全版 46」城西国際大学出版会 2016 p179

あとがき—多少、回顧風に
　◇「小田実全集 小説 33」講談社 2013 p207

あとがき〔達也が嗤う〕
　◇「鮎川哲也コレクション挑戦篇 1」出版芸術社 2006 p225

あとがき〔『蓼喰ふ虫 現代文學選6 鎌倉文庫版』〕
　◇「谷崎潤一郎全集 20」中央公論新社 2015 p546

あとがき〔楽しみの日々〕
　◇「大庭みな子全集 15」日本経済新聞出版社 2010 p474

あとがき〔旅は驢馬をつれて〕
　◇「小沼丹全集 補巻」未知谷 2005 p115

あとがき〔地下を旅して〕
　◇「中井英夫全集 6」東京創元社 1996（創元ライブラリ）p733

あとがき〔地下鉄の与太者たち〕
　◇「中井英夫全集 7」東京創元社 1998（創元ライブラリ）p527

あとがき（地球社会学の構想）
　◇「小松左京全集 完全版 35」城西国際大学出版会 2009 p445

あとがき〔地図の思想〕
　◇「小松左京全集 完全版 27」城西国際大学出版会 2007 p209

あとがき〔父の詫び状〕
　◇「向田邦子全集 新版 5」文藝春秋 2009 p272

〔あとがき〕「重耳」
　◇「宮城谷昌光全集 21」文藝春秋 2004 p524

あとがき〔手鎖心中〕
　◇「井上ひさし短編中編小説集成 3」岩波書店 2014 p145

〔あとがき〕「天空の舟」
　◇「宮城谷昌光全集 21」文藝春秋 2004 p508

あとがき—『天狗の面』初刊本
　◇「土屋隆夫コレクション新装版 天狗の面」光文社 2002（光文社文庫）p428

あとがき〔『東西比較作家論』〕
　◇「佐々木基一全集 5」河出書房新社 2013 p338

あとがき〔『同時代の作家たち その世界』〕
　◇「佐々木基一全集 5」河出書房新社 2013 p128

あとか

あとがき〔『同時代の作家たち その風貌』〕
　◇「佐々木基一全集 5」河出書房新社 2013 p232
あとがき─冬樹社版「終りし道の標べに」
　◇「安部公房全集 19」新潮社 1999 p476
あとがき─陶展文と陶淵明〈読者の手紙より〉
　◇「陳舜臣推理小説ベストセレクション 枯草の根」集英社 2009（集英社文庫）p455
あとがき〔「遠い海鳴りの町」〕
　◇「田中志津全作品集 上巻」武蔵野書院 2013 p298
あとがき〔『徳田秋聲集』〕
　◇「徳田秋聲全集 23」八木書店 2001 p219
あとがき〔溶ける母〕
　◇「中井英夫全集 7」東京創元社 1998（創元ライブラリ）p709
あとがき〔常世の樹〕
　◇「石牟礼道子全集 6」藤原書店 2006 p98
あとがき─『都市への回路』
　◇「安部公房全集 27」新潮社 2000 p48
あとがきとしての鎮魂歌
　◇「小田実全集 小説 17」講談社 2011 p274
あとがき〔ドラマ〕
　◇「大庭みな子全集 17」日本経済新聞出版社 2010 p384
あとがき〔鳥と人〕
　◇「小松左京全集 完全版 40」城西国際大学出版会 2012 p320
あとがき〔どんぐりのたわごと 第6号〕
　◇「須賀敦子全集 7」河出書房新社 2007（河出文庫）p157
あとがき〔どんぐりのたわごと 第8号〕
　◇「須賀敦子全集 7」河出書房新社 2007（河出文庫）p205
あとがき〔どんぐりのたわごと 第11号〕
　◇「須賀敦子全集 7」河出書房新社 2007（河出文庫）p285
あとがき〔どんぐりのたわごと 第13号〕
　◇「須賀敦子全集 7」河出書房新社 2007（河出文庫）p332
あとがき〔『直木賞作品集(2)』〕
　◇「定本 久生十蘭全集 10」国書刊行会 2011 p135
あとがきにかえて〔SFセミナー〕
　◇「小松左京全集 完全版 44」城西国際大学出版会 2014 p332
あとがきに代えて（角川文庫版）〔白き日旅立てば不死〕
　◇「定本 荒巻義雄メタSF全集 3」彩流社 2014 p360
あとがきにかえて─シナリオ版『さよならジュピター』ができるまで
　◇「小松左京全集 完全版 8」城西国際大学出版会 2016 p498

あとがきにかえて（一九八六年三月刊文春文庫版のための座談）小松左京・石毛直道・米山俊直
　◇「小松左京全集 完全版 34」城西国際大学出版会 2009 p312
あとがきにかえて・ツケを精算して地球時代へ
　◇「小松左京全集 完全版 36」城西国際大学出版会 2011 p371
あとがきにかえて（早川書房ハードカバー版）〔白き日旅立てば不死〕
　◇「定本 荒巻義雄メタSF全集 3」彩流社 2014 p352
「あとがき」にかえて─友人、知己への手紙
　◇「小田実全集 評論 35」講談社 2013 p195
あとがきにかえて─私のヒーローモッキンポット師
　◇「井上ひさし短編中編小説集成 2」岩波書店 2014 p164
あとがき〔虹の橋づめ〕
　◇「大庭みな子全集 12」日本経済新聞出版社 2010 p241
あとがき〔西ベルリンで見たこと日本で考えたこと〕
　◇「小田実全集 評論 17」講談社 2012 p336
あとがき〔二百年〕
　◇「大庭みな子全集 14」日本経済新聞出版社 2010 p161
あとがき〔日本タイムトラベル〕
　◇「小松左京全集 完全版 29」城西国際大学出版会 2007 p164
あとがき〔日本の知識人〕
　◇「小田実全集 評論 3」講談社 2010 p275
あとがき〔人形たちの夜〕
　◇「中井英夫全集 2」東京創元社 1998（創元ライブラリ）p780
あとがき〔眠る盃〕
　◇「向田邦子全集 新版 6」文藝春秋 2009 p261
あとがき〔眠るひとへの哀歌〕
　◇「中井英夫全集 10」東京創元社 2002（創元ライブラリ）p128
あとがきのあとがき〔われ＝われの哲学〕
　◇「小田実全集 評論 16」講談社 2012 p215
あとがき（『伸子』）
　◇「宮本百合子全集 18」新日本出版社 2002 p303
あとがき（『伸子』第一部）
　◇「宮本百合子全集 16」新日本出版社 2002 p355
あとがきのように〔ユルスナールの靴〕
　◇「須賀敦子全集 3」河出書房新社 2007（河出文庫）p213
あとがき〔破戒裁判〕
　◇「高木彬光コレクション新装版 破戒裁判」光文社 2006（光文社文庫）p353

あとがき〔白昼堂々〕
　◇「結城昌治コレクション　白昼堂々」光文社 2008（光文社文庫）p338
あとがき(「橋づくし」)
　◇「決定版 三島由紀夫全集 30」新潮社 2003 p15
あとがき〔初めもなく終わりもなく〕
　◇「大庭みな子全集 15」日本経済新聞出版社 2010 p298
あとがき〔鳩どもの家〕
　◇「中上健次集 1」インスクリプト 2014 p355
あとがき〔原石鼎　二百二十年めの風雅〕
　◇「小島信夫批評集成 7」水声社 2011 p453
あとがき(「薔薇と海賊」)
　◇「決定版 三島由紀夫全集 30」新潮社 2003 p248
あとがき(「春の雪」後註・異稿1)
　◇「決定版 三島由紀夫全集 36」新潮社 2003 p566
あとがき(「春の雪」後註・異稿2)
　◇「決定版 三島由紀夫全集 36」新潮社 2003 p567
あとがき〔被災の思想 難死の思想〕
　◇「小田実全集 評論 22」講談社 2012 p358
あとがき―毘沙門講の面々に供養する
　◇「立松和平全小説 23」勉誠出版 2013 p423
あとがき〔ひとりでもやる、ひとりでもやめる〕
　◇「小田実全集 評論 27」講談社 2013 p478
あとがき『二つの庭』
　◇「宮本百合子全集 18」新日本出版社 2002 p376
あとがき(「不道徳教育講座」新装版)
　◇「決定版 三島由紀夫全集 35」新潮社 2003 p456
あとがき〔「冬吠え」〕
　◇「田中志津全作品集 中巻」武蔵野書院 2013 p176
あとがき―『不良少年』
　◇「安部公房全集 4」新潮社 1997 p410
あとがき〔文学断章〕
　◇「小島信夫批評集成 2」水声社 2011 p791
あとがき(「文化防衛論」)
　◇「決定版 三島由紀夫全集 35」新潮社 2003 p428
あとがき(文庫版)
　◇「田辺聖子全集 6」集英社 2004 p482
あとがき(文庫版)〔苦海浄土〕
　◇「石牟礼道子全集 2」藤原書店 2004 p259
あとがき〔平和をつくる原理〕
　◇「小田実全集 評論 5」講談社 2010 p379
あとがき〔「ベトナム以後」を歩く〕
　◇「小田実全集 評論 14」講談社 2011 p210
あとがき〔変幻自在の人間〕
　◇「小島信夫批評集成 2」水声社 2011 p513
あとがき〔墓地〕
　◇「中井英夫全集 7」東京創元社 1998（創元ライブラリ）p337
あとがき 本がない、自由がないということ
　◇「小田実全集 評論 12」講談社 2011 p231

あとがき〔本牧亭の鳶〕
　◇「吉川潮芸人小説セレクション 5」ランダムハウス講談社 2007 p306
あとがき〔魔法の玉〕
　◇「大庭みな子全集 12」日本経済新聞出版社 2010 p336
あとがき〔〈古典の旅〉万葉集〕
　◇「大庭みな子全集 19」日本経済新聞出版社 2010 p556
あとがき(「三熊野詣」)
　◇「決定版 三島由紀夫全集 33」新潮社 2003 p472
あとがき(「三島由紀夫作品集」1～6)
　◇「決定版 三島由紀夫全集 28」新潮社 2003 p93
あとがき(「三島由紀夫短篇全集」1～6)
　◇「決定版 三島由紀夫全集 33」新潮社 2003 p404
あとがき〔ミス・リグビーの幸福〕
　◇「片岡義男コレクション 3」早川書房 2009（ハヤカワ文庫）p465
あとがき(『宮本百合子選集』第一巻)
　◇「宮本百合子全集 17」新日本出版社 2002 p79
あとがき(『宮本百合子選集』第二巻)
　◇「宮本百合子全集 18」新日本出版社 2002 p141
　◇「宮本百合子全集 20」新日本出版社 2002 p718
あとがき(『宮本百合子選集』第三巻)
　◇「宮本百合子全集 17」新日本出版社 2002 p346
あとがき(『宮本百合子選集』第四巻)
　◇「宮本百合子全集 17」新日本出版社 2002 p382
あとがき(『宮本百合子選集』第五巻)
　◇「宮本百合子全集 17」新日本出版社 2002 p414
あとがき(『宮本百合子選集』第六巻)
　◇「宮本百合子全集 18」新日本出版社 2002 p136
あとがき(『宮本百合子選集』第七巻)
　◇「宮本百合子全集 17」新日本出版社 2002 p96
あとがき(『宮本百合子選集』第八巻)
　◇「宮本百合子全集 18」新日本出版社 2002 p349
あとがき(『宮本百合子選集』第九巻)
　◇「宮本百合子全集 18」新日本出版社 2002 p336
あとがき(『宮本百合子選集』第十巻)
　◇「宮本百合子全集 19」新日本出版社 2002 p9
あとがき(『宮本百合子選集』第十一巻)
　◇「宮本百合子全集 20」新日本出版社 2002 p729
あとがき(『宮本百合子選集』第十五巻)
　◇「宮本百合子全集 19」新日本出版社 2002 p44
あとがき〔未来からのウインク〕
　◇「小松左京全集 完全版 45」城西国際大学出版会 2015 p324
あとがき(未来版)〔『個性復興』〕
　◇「佐々木基一全集 1」河出書房新社 2013 p402
あとがき〔未来の思想〕
　◇「小松左京全集 完全版 28」城西国際大学出版会 2006 p121

あとか

あとがき〔ミラノ霧の風景〕
◇「須賀敦子全集 1」河出書房新社 2006（河出文庫）p189

あとがき〔民岩太閤記〕
◇「小田実全集 小説 28」講談社 2012 p396

あとがき―『無関係な死』
◇「安部公房全集 19」新潮社 1999 p27

あとがき（「目―ある芸術断想」）
◇「決定版 三島由紀夫全集 33」新潮社 2003 p488

〔あとがき〕「孟夏の太陽」
◇「宮城谷昌光全集 21」文藝春秋 2004 p521

あとがき―『猛獣の心に計算機の手を』
◇「安部公房全集 7」新潮社 1998 p476

〔あとがき〕「孟嘗君」
◇「宮城谷昌光全集 21」文藝春秋 2004 p534

あとがき〔毛沢東〕
◇「小田実全集 評論 15」講談社 2011 p316

あとがき《もう読んじまった方には、以下のくだり不要であります》〔プレイボーイ〕
◇「野坂昭如エッセイ・コレクション 1」筑摩書房 2004（ちくま文庫）p354

あとがき『モスクワ印象記』
◇「宮本百合子全集 18」新日本出版社 2002 p347

あとがき〔遊興一匹迷い猫あずかってます〕
◇「金井美恵子エッセイ・コレクション―1964-2013 2」平凡社 2013 p186

あとがき〔誘導体〕
◇「辻井喬コレクション 7」河出書房新社 2003 p413

あとがき〔夕映少年〕
◇「中井英夫全集 5」東京創元社 2002（創元ライブラリ）p584

後書〔幼少時代」〕
◇「谷崎潤一郎全集 21」中央公論新社 2016 p537

あとがき〔他人（よそびと）の夢〕
◇「中井英夫全集 5」東京創元社 2002（創元ライブラリ）p811

あとがき（「夜の向日葵」）
◇「決定版 三島由紀夫全集 28」新潮社 2003 p64

あとがき（「癩王のテラス」）
◇「決定版 三島由紀夫全集 35」新潮社 2003 p490

あとがき（「ラディゲの死」）
◇「決定版 三島由紀夫全集 28」新潮社 2003 p497

あとがき〔列人列景〕
◇「小田実全集 小説 12」講談社 2011 p381

あとがき（「六世中村歌右衛門」）
◇「決定版 三島由紀夫全集 31」新潮社 2003 p266

あとがき（「鹿鳴館」）
◇「決定版 三島由紀夫全集 29」新潮社 2003 p493

あとがき―「文（ロゴス）」の「文学」
◇「小田実全集 評論 28」講談社 2013 p408

あとがき（「若きサムラヒのために」）
◇「決定版 三島由紀夫全集 35」新潮社 2003 p495

あとがき〔別れる理由〕
◇「小島信夫長篇集成 6」水声社 2015 p619

あとがき（「若人よ蘇れ」）
◇「決定版 三島由紀夫全集 28」新潮社 2003 p387

あとがき〔私のえらぶ私の場所〕
◇「大庭みな子全集 8」日本経済新聞出版社 2009 p412

あとがき〔私の幸福論〕
◇「福田恆存評論集 17」麗澤大學出版會, 廣池學園事業部〔発売〕2010 p180

あとがき〔私の作家評伝〕
◇「小島信夫批評集成 3」水声社 2011 p511

あとがき〔私の作家遍歴I 黄金の女達〕
◇「小島信夫批評集成 4」水声社 2010 p395

あとがき〔私の作家遍歴III 奴隷の寓話〕
◇「小島信夫批評集成 6」水声社 2011 p437

あとがき〔『私のチェーホフ』〕
◇「佐々木基一全集 5」河出書房新社 2013 p450

あとがき〔わたしの大阪〕
◇「小松左京全集 完全版 42」城西国際大学出版会 2014 p389

あとがき〔わらべ唄夢譚〕
◇「大庭みな子全集 14」日本経済新聞出版社 2010 p548

あとがき 1〔何でも見てやろう〕
◇「小田実全集 評論 1」講談社 2010 p450

あとがき 2〔何でも見てやろう〕
◇「小田実全集 評論 1」講談社 2010 p452

あとがき 3〔何でも見てやろう〕
◇「小田実全集 評論 1」講談社 2010 p455

跡かたもなし
◇「内田百閒集成 19」筑摩書房 2004（ちくま文庫）p234

あとがない
◇「小田実全集 小説 32」講談社 2013 p75

あとから真犯人が現れた話
◇「坂口安吾全集 11」筑摩書房 1998 p453

アド・キルー『映画とシュルレアリスム』上
◇「佐々木基一全集 7」河出書房新社 2013 p302

あと継ぎがいない
◇「井上ひさしコレクション 日本の巻」岩波書店 2005 p309

〔後になって、遺品整理の為に〕①
◇「清水アリカ全集」河出書房新社 2011 p537

〔後になって、遺品整理の為に〕②
◇「清水アリカ全集」河出書房新社 2011 p542

あとのない仮名
◇「山本周五郎）新編傑作選 3」小学館 2010（小学館文庫）p181

アトリエ通信（「七ヶ月も……」）
　◇「決定版 三島由紀夫全集 31」新潮社 2003 p230
アトリエ通信（「またちよつと……」）
　◇「決定版 三島由紀夫全集 31」新潮社 2003 p506
アトリエの神話
　◇「決定版 三島由紀夫全集 37」新潮社 2004 p316
アドルフ
　◇「〔野呂邦暢〕随筆コレクション 2」みすず書房 2014 p201
穴
　◇「小松左京全集 完全版 15」城西国際大学出版会 2010 p203
穴
　◇「徳田秋聲全集 11」八木書店 1998 p202
　◇「徳田秋聲全集 12」八木書店 2000 p42
穴
　◇「野呂邦暢小説集成 4」文遊社 2014 p119
穴
　◇「吉田知子選集 3」景文館書店 2014 p81
あなおもしろ
　◇「古井由吉自撰作品 3」河出書房新社 2012 p308
アナクロニスト氏へ
　◇「松田解子自選集 9」澤田出版 2009 p63
あなた＝あなたの名前は何か
　◇「小田実全集 評論 25」講談社 2012 p192
アンケート あなたが、現在の日本から抹殺したいと望まれるもの三つ。
　◇「佐々木基一全集 1」河出書房新社 2013 p509
あなたの、現在の日本から抹殺したいと望まれるもの三つ。
　◇「決定版 三島由紀夫全集 36」新潮社 2003 p629
あなたがたは来た
　◇「松田解子自選集 9」澤田出版 2009 p294
あなたがもう一人
　◇「安部公房全集 16」新潮社 1998 p261
あなたと手を結ぶ草の根市民のひとり——一枚のゼッケンのこと
　◇「松下竜一未刊行著作集 5」海鳥社 2009 p310
あなたに
　◇「寺山修司著作集 1」クインテッセンス出版 2009 p385
あなたにそれが
　◇「松田解子自選集 9」澤田出版 2009 p111
あなたにとって戦後とは何か？—アンケートに答える
　◇「〔野呂邦暢〕随筆コレクション 1」みすず書房 2014 p53
あなたにトポロジー的哄笑を—帰属本能への挑戦小説「人間そっくり」
　◇「安部公房全集 20」新潮社 1999 p492
あなたのいくさとわたいのいくさ
　◇「小田実全集 小説 32」講談社 2013 p246

あなたのし
　◇「古井由吉自撰作品 3」河出書房新社 2012 p288
あなたの"宿命のメニュー"は？
　◇「安部公房全集 29」新潮社 2000 p249
あなたの楽園、あなたの銀の匙—森茉莉様
　◇「決定版 三島由紀夫全集 34」新潮社 2003 p372
あなたもスパイになれる
　◇「小松左京全集 完全版 28」城西国際大学出版会 2006 p212
あなたも私も
　◇「定本 久生十蘭全集 9」国書刊行会 2011 p173
あなたは現在の恋人と結婚しますか？—三島由紀夫流・男性鑑別法を教へます
　◇「決定版 三島由紀夫全集 33」新潮社 2003 p63
穴無し熊
　◇「高城高全集 4」東京創元社 2008（創元推理文庫）p301
あなめあなめ
　◇「大庭みな子全集 16」日本経済新聞出版社 2010 p271
あなろぐ・らぐ
　◇「小松左京全集 完全版 21」城西国際大学出版会 2015 p310
兄
　◇「小檜山博全集 6」柏艪舎 2006 p35
兄
　◇「中井英夫全集 10」東京創元社 2002（創元ライブラリ）p42
「兄おとうと」
　◇「井上ひさしコレクション 日本の巻」岩波書店 2005 p196
兄と弟
　◇「宮本百合子全集 17」新日本出版社 2002 p379
兄とレコードと友人たち
　◇「中井英夫全集 6」東京創元社 1996（創元ライブラリ）p548
「アニユウタ」
　◇「小沼丹全集 4」未知谷 2004 p656
姉
　◇「大佛次郎セレクション第1期 姉」未知谷 2007 p5
姉
　◇「徳田秋聲全集 9」八木書店 1998 p178
亜熱帯
　◇「林京子全集 4」日本図書センター 2005 p400
姉と弟
　◇「石牟礼道子全集 8」藤原書店 2005 p280
「姉の妹」の発売禁止に対する諸名家の意見
　◇「徳田秋聲全集 23」八木書店 2001 p249
姉の恋
　◇「深沢夏衣作品集」新幹社 2015 p133
あの朝の記憶
　◇「安部公房全集 9」新潮社 1998 p429

あのう

あの歌
　◇「辺見庸掌編小説集 黒版」角川書店 2004 p15
あの女
　◇「德田秋聲全集 7」八木書店 1998 p33
あの光源は
　◇「松下竜一未刊行著作集 2」海鳥社 2008 p358
あの頃
　◇「德田秋聲全集 22」八木書店 2001 p338
あの頃の機関学校（豊島与志雄, 黒須康之介）
　◇「内田百閒集成 21」筑摩書房 2004（ちくま文庫）p9
あの頃の高座
　◇「德田秋聲全集 20」八木書店 2001 p244
あの頃のこと
　◇「谷崎潤一郎全集 23」中央公論新社 2017 p427
あの頃のこと（山田孝雄追悼）
　◇「谷崎潤一郎全集 23」中央公論新社 2017 p472
あの頃の新宿
　◇「小沼丹全集 4」未知谷 2004 p574
あの時分
　◇「德田秋聲全集 22」八木書店 2001 p392
あの少年のハーモニカ—荒畑寒村
　◇「丸谷才一全集 9」文藝春秋 2013 p428
あのスージイ
　◇「田中小実昌エッセイ・コレクション 4」筑摩書房 2003（ちくま文庫）p145
あのストは俺等のストじゃなかったか
　◇「松田解子自選集 9」澤田出版 2009 p27
あの夏—ヒロシマの記憶
　◇「大庭みな子全集 16」日本経済新聞社 2010 p338
あの日あの味—母の団子汁
　◇「松下竜一未刊行著作集 2」海鳥社 2008 p380
あの日、浦上で見たものは
　◇「林京子全集 7」日本図書センター 2005 p445
あの日から七十五日
　◇「小松左京全集 完全版 46」城西国際大学出版会 2016 p8
あの日から半年
　◇「小松左京全集 完全版 46」城西国際大学出版会 2016 p56
あの日の船はもう来ない
　◇「寺山修司著作集 4」クインテッセンス出版 2009 p33
あの平板な声—「夢の裂け目」
　◇「井上ひさしコレクション 日本の巻」岩波書店 2005 p188
あの街への出発〈浅川マキ〉
　◇「鈴木いづみセカンド・コレクション 4」文遊社 2004 p117
あの有名な名前のない猫
　◇「丸谷才一全集 9」文藝春秋 2013 p160

「あの寄席は今…」
　◇「吉行淳之介芸人小説セレクション 4」ランダムハウス講談社 2007 p240
あの世とこの世—深遠に、また、軽薄に
　◇「小田実全集 小説 31」講談社 2013 p209
あの世とこの世と
　◇「大庭みな子全集 23」日本経済新聞社 2011 p733
あの乱の系譜に連なる人々—『煤の中のマリア』あとがき
　◇「石牟礼道子全集 13」藤原書店 2007 p735
「アバ」をつくるとうちゃん
　◇「石牟礼道子全集 1」藤原書店 2004 p170
網走の獄にも
　◇「松田解子自選集 9」澤田出版 2009 p202
改訂完全版 網走発遥かなり
　◇「島田荘司全集 5」南雲堂 2012 p413
網走発遥かなり
　◇「島田荘司全集 5」南雲堂 2012 p569
網走・番外地物語
　◇「小檜山博全集 6」柏艪舎 2006 p131
痘痕のミューズ
　◇「安部公房全集 3」新潮社 1997 p300
「アハハハ……敗けた、敗けた」
　◇「松下竜一未刊行著作集 4」海鳥社 2008 p169
アーバン・デザイナー諸君!!
　◇「小松左京全集 完全版 31」城西国際大学出版会 2008 p262
アビシニア国女王
　◇「内田百閒集成 9」筑摩書房 2003（ちくま文庫）p283
アヒルとガチョウ
　◇「小松左京全集 完全版 40」城西国際大学出版会 2012 p260
アフォリズム
　◇「決定版 三島由紀夫全集 補巻」新潮社 2005 p361
脂汗
　◇「小檜山博全集 6」柏艪舎 2006 p218
あぶらかだぶら泪橋
　◇「井上ひさし短編中編小説集成 4」岩波書店 2015 p365
油小路の決闘
　◇「司馬遼太郎短篇全集 6」文藝春秋 2005 p67
あぶら蝉
　◇「金鶴泳作品集 2」クレイン 2006 p397
あぶら照り
　◇「德永直文学選集」熊本出版文化会館 2008 p364
油徳利
　◇「石牟礼道子全集 10」藤原書店 2006 p43
アブラハム
　◇「色川武大・阿佐田哲也エッセイズ 1」筑摩書房 2003（ちくま文庫）p378

あへこ

アブラハム渓谷
　◇「金井美恵子エッセイ・コレクション―1964-2013 4」平凡社 2014 p263
アフリカについての神学的一考察［翻訳］（レイモンド・パニッカー）
　◇「須賀敦子全集 7」河出書房新社 2007（河出文庫）p271
氾れおつる河（一九首）
　◇「石牟礼道子全集 1」藤原書店 2004 p577
あふれすぎる愛
　◇「瀬戸内寂聴随筆選 6」ゆまに書房 2009 p50
あふれるイメイジ
　◇「大庭みな子全集 6」日本経済新聞出版社 2009 p88
アプロディテ
　◇「小田実全集 小説 32」講談社 2013 p335
「阿部昭全短篇」
　◇「［野呂邦暢］随筆コレクション 2」みすず書房 2014 p415
阿部昭の思ひ出
　◇「阿川弘之全集 20」新潮社 2007 p517
ジャズの死と再生 阿部薫のこと……阿部薫〔対談〕
　◇「鈴木いづみコレクション 8」文遊社 1998 p167
阿部謹也『自分のなかに歴史をよむ』
　◇「石牟礼道子全集 14」藤原書店 2008 p383
『阿部謹也著作集』
　◇「石牟礼道子全集 14」藤原書店 2008 p460
阿部謹也『ハーメルンの笛吹き男』
　◇「石牟礼道子全集 14」藤原書店 2008 p389
安部公房
　◇「佐々木基一全集 4」河出書房新社 2013 p367
安部公房『R62号の発明』
　◇「小島信夫批評集成 2」水声社 2011 p732
安部公房インタビュー（ドナルド・キーン聞き手）
　◇「安部公房全集 26」新潮社 1999 p284
〈安部公房〉宇佐見宜一による談話記事
　◇「安部公房全集 24」新潮社 1999 p384
〈安部公房が新作に挑む〉『朝日新聞』の談話記事
　◇「安部公房全集 25」新潮社 1999 p504
〈安部公房が若者に与える"予感的"メッセージ〉
　◇「安部公房全集 27」新潮社 2000 p40
〈安部公房が話題作二つ〉共同通信の談話記事
　◇「安部公房全集 23」新潮社 1999 p200
〔安部公房〕寓話的にしか告示できない人間関係の新しいかたち
　◇「佐々木基一全集 5」河出書房新社 2013 p132
〈安部公房さんに聞く〉『毎日新聞』の談話記事
　◇「安部公房全集 29」新潮社 2000 p228

〈安部公房氏が実験演劇〉『朝日新聞』の談話記事
　◇「安部公房全集 23」新潮社 1999 p205
安部公房氏語る〔インタビュー〕（鵜飼哲夫）
　◇「安部公房全集 29」新潮社 2000 p194
〈安部公房氏自作「棒になった男」を初演出〉『読売新聞』の談話記事
　◇「安部公房全集 22」新潮社 1999 p418
安部公房氏と音楽を語る〔対談〕（ドナルド・キーン）
　◇「安部公房全集 25」新潮社 1999 p397
安部公房氏と語る〔座談会〕（ジュリー・ブロック, 大谷暢順）
　◇「安部公房全集 28」新潮社 2000 p473
安部公房氏にきく
　◇「安部公房全集 30」新潮社 2009 p170
安部公房氏に訊く〔インタビュー〕（清水浩二, 宇野小四郎）
　◇「安部公房全集 30」新潮社 2009 p92
〈安部公房氏に聞く〉〔インタビュー〕（川本雄三）
　◇「安部公房全集 25」新潮社 1999 p107
〈安部公房氏の実験演劇〉『読売新聞』の談話記事
　◇「安部公房全集 23」新潮社 1999 p206
〈安部公房氏（30）〉『毎日グラフ』のインタビューに答えて
　◇「安部公房全集 4」新潮社 1997 p340
〈「安部公房スタジオ」旗あげ〉―『毎日新聞』の談話記事
　◇「安部公房全集 23」新潮社 1999 p402
安部公房『砂の女』
　◇「小島信夫批評集成 2」水声社 2011 p760
〔安部公房〕都会の砂漠の中で
　◇「佐々木基一全集 5」河出書房新社 2013 p90
〈安部公房との対話〉〔インタビュー〕（ナンシー・S.ハーディン）
　◇「安部公房全集 24」新潮社 1999 p468
〈安部公房年譜〉芥川賞作家シリーズ『おまえにも罪がある』に寄せて
　◇「安部公房全集 19」新潮社 1999 p128
安部公房の「自由な参加」
　◇「大庭みな子全集 3」日本経済新聞出版社 2009 p255
〈安部公房初の童話ミュージカル〉『東京新聞』のインタビューに答えて
　◇「安部公房全集 12」新潮社 1998 p463
〔安部公房〕『無名詩集』のこと
　◇「佐々木基一全集 5」河出書房新社 2013 p131

あへこ

〈安部公房は語る〉『ニューズウィーク』のインタビューに答えて
　◇「安部公房全集 25」新潮社 1999 p372

阿部定・坂口安吾対談（阿部定）
　◇「坂口安吾全集 17」筑摩書房 1999 p253

阿部定さんの印象
　◇「坂口安吾全集 5」筑摩書房 1998 p547

阿部定という女（浅田一博士へ）
　◇「坂口安吾全集 6」筑摩書房 1998 p276

阿部さんの死
　◇「小島信夫批評集成 7」水声社 2011 p26

〈安部スタジオの旗あげ公演に打込む安部公房氏〉『朝日新聞』の談話記事
　◇「安部公房全集 23」新潮社 1999 p413

アベック野郎
　◇「野坂昭如エッセイ・コレクション 1」筑摩書房 2004（ちくま文庫）p30

阿部知二
　◇「佐々木基一全集 4」河出書房新社 2013 p34

〔阿部知二〕知識人小説
　◇「佐々木基一全集 5」河出書房新社 2013 p62

阿部知二の五周忌
　◇「小島信夫批評集成 7」水声社 2011 p172

阿部知二の生活と意見
　◇「小島信夫批評集成 2」水声社 2011 p657

阿部知二 無念の爪
　◇「小島信夫批評集成 1」水声社 2011 p136

安部真知宛書簡 第1信
　◇「安部公房全集 6」新潮社 1998 p79

安部真知宛書簡 第2信
　◇「安部公房全集 6」新潮社 1998 p81

安倍能成氏への書翰
　◇「谷崎潤一郎全集 21」中央公論新社 2016 p389

阿部六郎宛書簡
　◇「安部公房全集 1」新潮社 1997 p85

阿片窟の女王―木村探偵談及び記録の一部
　◇「三角寛サンカ選集第二期 9」現代書館 2004 p97

鴉片のパイプ
　◇「山本周五郎探偵小説全集 6」作品社 2008 p348

阿呆伝序
　◇「谷崎潤一郎全集 23」中央公論新社 2017 p423

〈抜粋〉阿呆の鳥飼
　◇「内田百閒集成 24」筑摩書房 2004（ちくま文庫）p152

阿呆の鳥飼
　◇「内田百閒集成 15」筑摩書房 2003（ちくま文庫）p11

阿呆武士道
　◇「横溝正史時代小説コレクション伝奇篇 1」出版芸術社 2003 p198

阿呆者
　◇「車谷長吉全集 3」新書館 2010 p599

　◇「車谷長吉全集 3」新書館 2010 p639

阿呆物語
　◇「車谷長吉全集 1」新書館 2010 p681

阿房列車
　◇「内田百閒集成 1」筑摩書房 2002（ちくま文庫）
　◇「内田百閒集成 24」筑摩書房 2004（ちくま文庫）p32

阿房列車の車輪の音
　◇「内田百閒集成 2」筑摩書房 2002（ちくま文庫）p278

「アボジ」を踏む
　◇「小田実全集 小説 33」講談社 2013 p8

「アボジ」を踏む―小田実短篇集
　◇「小田実全集 小説 33」講談社 2013 p5

アボット夫妻 アメリカ風前菜（オルドゥブル）
　◇「日影丈吉全集 別巻」国書刊行会 2005 p343

アホらしい女性映画
　◇「鈴木いづみコレクション 7」文遊社 1997 p99

アホらしい話
　◇「小島信夫批評集成 2」水声社 2011 p37

アポロの杯
　◇「決定版 三島由紀夫全集 27」新潮社 2003 p507

海女
　◇「松田解子自選集 9」澤田出版 2009 p18

あまいお話
　◇「鈴木いづみコレクション 6」文遊社 1997 p25
　◇「鈴木いづみプレミアム・コレクション」文遊社 2006 p267
　◇「契約―鈴木いづみSF全集」文遊社 2014 p53

甘い芝居と辛い芝居〔対談〕（菊田一夫）
　◇「福田恆存対談・座談集 6」玉川大学出版部 2012 p25

甘い敗北
　◇「日影丈吉全集 5」国書刊行会 2003 p46

甘い水飴
　◇「中上健次集 10」インスクリプト 2017 p558

甘いもの
　◇「小檜山博全集 7」柏艪舎 2006 p206

雨傘
　◇「寺山修司著作集 1」クインテッセンス出版 2009 p393

『あまカラ』老若名コンビ
　◇「小松左京全集 完全版 42」城西国際大学出版会 2014 p246

天城から下田へ
　◇「徳田秋聲全集 21」八木書店 2001 p292

天城越え
　◇「松本清張自選短篇集 3」リブリオ出版 2007 p7
　◇「松本清張映画化作品集 3」双葉社 2008（双葉文庫）p233

天城一の密室犯罪学教程
　◇「天城一傑作集〔1〕」日本評論社 2004

あめう

あまく、かなしいハードボイルド
　◇「田中小実昌エッセイ・コレクション 3」筑摩書房 2002（ちくま文庫）p119

天草の発信所
　◇「石牟礼道子全集 13」藤原書店 2007 p613

天草からの電話
　◇「[野呂邦暢] 随筆コレクション 1」みすず書房 2014 p304

天草北海岸
　◇「[野呂邦暢] 随筆コレクション 1」みすず書房 2014 p295

天草四郎
　◇「坂口安吾全集 12」筑摩書房 1999 p296

天草四郎の妖術
　◇「国枝史郎伝奇短篇小説集成 1」作品社 2006 p240

天草・東向寺
　◇「石牟礼道子全集 13」藤原書店 2007 p639

天草の雅歌
　◇「辻邦生全集 3」新潮社 2004 p7

甘口辛口
　◇「坂口安吾全集 3」筑摩書房 1999 p402

甘口辛口
　◇「佐々木基一全集 1」河出書房新社 2013 p232

甘くはない友情・愛情
　◇「向田邦子全集 新版 11」文藝春秋 2010 p89

雨乞い
　◇「安部公房全集 7」新潮社 1998 p345

雨空
　◇「決定版 三島由紀夫全集 37」新潮社 2004 p96

アマゾン
　◇「向田邦子全集 新版 9」文藝春秋 2009 p169

甘たれ文化（八月二十四日）
　◇「福田恆存評論集 16」麗澤大學出版會，廣池學園事業部〔発売〕2010 p255

正喜劇アマチュア倶楽部
　◇「谷崎潤一郎全集 8」中央公論新社 2017 p469

アマチュア時代
　◇「小松左京全集 完全版 31」城西国際大学出版会 2008 p171

尼寺の風見鶏
　◇「定本 久生十蘭全集 3」国書刊行会 2009 p362

アマの自覚から十年〔対談〕（野村喬）
　◇「福田恆存対談・座談集 6」玉川大学出版部 2012 p263

天邪鬼
　◇「福田恆存評論集 16」麗澤大學出版會，廣池學園事業部〔発売〕2010 p218

天邪鬼（あまのじゃく）
　◇「車谷長吉全集 3」新書館 2010 p497

アマノジャク精神で―「喜びの琴」の著者 三島由紀夫氏
　◇「決定版 三島由紀夫全集 33」新潮社 2003 p29

天の橋立
　◇「小林秀雄全作品 24」新潮社 2004 p135
　◇「小林秀雄全集 補巻 3」新潮社 2010 p247

雨夜の説教
　◇「古井由吉自撰作品 7」河出書房新社 2012 p101

余りに外面的な
　◇「徳田秋聲全集 21」八木書店 2001 p375

あまり者
　◇「徳永直文学選集」熊本出版文化会館 2008 p18

アマンダはここに生きている
　◇「片岡義男コレクション 3」早川書房 2009（ハヤカワ文庫）p339

網野菊著「ゆれる葦」
　◇「阿川弘之全集 19」新潮社 2007 p84

アミの塩辛
　◇「大庭みな子全集 16」日本経済新聞出版社 2010 p56

アミーバになった女
　◇「狩久全集 3」皆進社 2013 p17

アミーバの偽足―むすび・ふたたび日本島へ
　◇「小田実全集 評論 1」講談社 2010 p401

編む
　◇「向田邦子全集 新版 9」文藝春秋 2009 p34

アム・アイ・ブルー？
　◇「色川武大・阿佐田哲也エッセイズ 2」筑摩書房 2003（ちくま文庫）p238

アームストロング砲
　◇「司馬遼太郎短篇全集 10」文藝春秋 2006 p297

アムール・サン・フラーズ
　◇「[野呂邦暢] 随筆コレクション 2」みすず書房 2014 p481

飴
　◇「小林秀雄全作品 1」新潮社 2002 p47
　◇「小林秀雄全集 補巻 1」新潮社 2010 p27

雨
　◇「上野壮夫全集 1」図書新聞 2010 p248

雨
　◇「立松和平全小説 8」勉誠出版 2010 p230

雨
　◇「林京子全集 5」日本図書センター 2005 p361

雨
　◇「決定版 三島由紀夫全集 37」新潮社 2004 p226

雨
　◇「宮城谷昌光全集 1」文藝春秋 2002 p496

雨あがる
　◇「山本周五郎中短篇秀作選集 5」小学館 2006 p103

飴色角と三本指
　◇「戸川幸夫動物文学セレクション 2」ランダムハウス講談社 2008（ランダムハウス講談社文庫）p253

雨占い
　◇「安部公房全集 7」新潮社 1998 p384

あめお

雨を聴きつゝ
　◇「徳田秋聲全集 21」八木書店 2001 p210
雨男・雪女
　◇「大坪砂男全集 2」東京創元社 2013（創元推理文庫）p145
雨を降らせる
　◇「小島信夫短篇集成 4」水声社 2015 p303
雨おんな
　◇「司馬遼太郎短篇全集 5」文藝春秋 2005 p103
雨が降ったり
　◇「内田百閒集成 10」筑摩書房 2003（ちくま文庫）p266
雨が降って居る
　◇「宮本百合子全集 33」新日本出版社 2004 p484
雨―獄窓に降る雨
　◇「松下竜一未刊行著作集 3」海鳥社 2009 p333
雨 其の他《LYRIC》
　◇「決定版 三島由紀夫全集 37」新潮社 2004 p226
雨と怪談
　◇「中井英夫全集 12」東京創元社 2006（創元ライブラリ）p162
雨と、風と、夕映えの彼方へ
　◇「小松左京全集 完全版 23」城西国際大学出版会 2015 p168
雨と子供
　◇「宮本百合子全集 9」新日本出版社 2001 p361
雨ニモマケズ
　◇「井上ひさしコレクション ことばの巻」岩波書店 2005 p80
雨ニモマケズこめの話
　◇「井上ひさしコレクション 日本の巻」岩波書店 2005 p276
雨のあと
　◇「決定版 三島由紀夫全集 37」新潮社 2004 p658
雨の掟地の掟
　◇「辻邦生全集 19」新潮社 2005 p35
雨の国
　◇「山田風太郎エッセイ集成 昭和前期の青春」筑摩書房 2007 p13
雨の小やみ
　◇「宮本百合子全集 13」新日本出版社 2001 p149
雨の東京に死す
　◇「立松和平全小説 9」勉誠出版 2010 p107
雨の逃亡者
　◇「辻邦生全集 7」新潮社 2004 p47
雨のなかを走る男たち
　◇「須賀敦子全集 2」河出書房新社 2006（河出文庫）p307
雨のなかの噴水
　◇「決定版 三島由紀夫全集 20」新潮社 2002 p215
雨の日
　◇「大庭みな子全集 13」日本経済新聞出版社 2010 p250
雨の日
　◇「小檜山博全集 4」柏艪舎 2006 p468
雨の日
　◇「徳田秋聲全集 10」八木書店 1998 p126
雨の日
　◇「宮本百合子全集 32」新日本出版社 2003 p90
　◇「宮本百合子全集 33」新日本出版社 2004 p439
雨の日に源氏を
　◇「石牟礼道子全集 16」藤原書店 2013 p270
雨の日のうた・あなたの住ひ
　◇「決定版 三島由紀夫全集 37」新潮社 2004 p615
雨の日の講演
　◇「決定版 三島由紀夫全集 27」新潮社 2003 p327
雨の昼
　◇「宮本百合子全集 13」新日本出版社 2001 p399
「雨のふる朝」(「雨の降る朝」改題)
　◇「決定版 三島由紀夫全集 37」新潮社 2004 p157
雨の山
　◇「小島信夫短篇集成 1」水声社 2014 p341
雨の夜
　◇「小沼丹全集 4」未知谷 2004 p70
雨の夜
　◇「中井英夫全集 10」東京創元社 2002（創元ライブラリ）p121
雨降り
　◇「決定版 三島由紀夫全集 36」新潮社 2003 p439
雨ふりしぶく大井川
　◇「都筑道夫時代小説コレクション 2」戎光祥出版 2014（戎光祥時代小説名作館）p36
雨みち
　◇「徳田秋聲全集 7」八木書店 1998 p270
雨宮紅庵
　◇「坂口安吾全集 2」筑摩書房 1999 p91
雨名月
　◇「林京子全集 3」日本図書センター 2005 p132
アメリカ
　◇「小田実全集 小説 3」講談社 2010 p3
　◇「小田実全集 小説 30」講談社 2012 p111
アメリカ
　◇「田中小実昌エッセイ・コレクション 2」筑摩書房 2002（ちくま文庫）p176
アメリカ
　◇「寺山修司著作集 1」クインテッセンス出版 2009 p333
アメリカ
　◇「橋本治短篇小説コレクション S&Gグレイテスト・ヒッツ+1」筑摩書房 2006（ちくま文庫）p254
アメリカ・アメリカ
　◇「小島信夫批評集成 2」水声社 2011 p391
アメリカ、アメリカ
　◇「鈴木いづみセカンド・コレクション 3」文遊社 2004 p108

あめり

アメリカ・アメリカ
　◇「日影丈吉全集 別巻」国書刊行会 2005 p265

亜墨利加討
　◇「定本 久生十蘭全集 4」国書刊行会 2009 p517

アメリカ映画に学ぶもの
　◇「佐々木基一全集 10」河出書房新社 2013 p668

アメリカ映画ノオト
　◇「決定版 三島由紀夫全集 28」新潮社 2003 p399

美国(アメリカ)横断鉄路
　◇「定本 久生十蘭全集 8」国書刊行会 2010 p425

アメリカ、大いに怒る
　◇「福田恆存評論集 10」麗澤大學出版會, 廣池學園事業部〔発売〕2008 p151

アメリカを買う
　◇「小島信夫短篇集成 3」水声社 2014 p435

アメリカを孤立させるな―ヴェトナム問題をめぐって
　◇「福田恆存評論集 8」麗澤大學出版會, 廣池學園事業部〔発売〕2007 p137

アメリカ画家の淋しさ
　◇「小島信夫批評集成 1」水声社 2011 p275

アメリカ我観
　◇「宮本百合子全集 13」新日本出版社 2001 p462

アメリカ合衆国＝関東軍に追従、追認
　◇「小田実全集 評論 29」講談社 2013 p17

アメリカ合衆国という名の「関東軍」
　◇「小田実全集 評論 29」講談社 2013 p14

アメリカ合州国の「戦後」
　◇「小田実全集 評論 23」講談社 2012 p59

アメリカから来た男
　◇「小沼丹全集 補巻」未知谷 2005 p543

アメリカからきた日本美の守り手と(アレックス・カー)
　◇「司馬遼太郎対話選集 5」文藝春秋 2006（文春文庫）p161

アメリカ公演を終えて―安部公房スタジオ会員通信8
　◇「安部公房全集 26」新潮社 1999 p401

アメリカ社会での性〔対談〕(高橋たか子)
　◇「大庭みな子全集 21」日本経済新聞出版社 2011 p79

アメリカ社会と老人
　◇「大庭みな子全集 6」日本経済新聞出版社 2009 p95

アメリカしろぼうず
　◇「20世紀断層―野坂昭如単行本未収録小説集成 3」幻戯書房 2010 p128

アメリカ人気質
　◇「小島信夫批評集成 2」水声社 2011 p581

アメリカ人の日本神話
　◇「決定版 三島由紀夫全集 31」新潮社 2003 p630

アメリカ生活断片
　◇「大庭みな子全集 3」日本経済新聞出版社 2009 p326

アメリカ戦争映画雑感
　◇「佐々木基一全集 7」河出書房新社 2013 p163

アメリカ憎悪
　◇「阿川弘之全集 20」新潮社 2007 p521

アメリカ大陸を自動車で横断する
　◇「阿川弘之全集 16」新潮社 2006 p66

アメリカ便り
　◇「辻井喬コレクション 7」河出書房新社 2003 p243

アメリカ探偵小説の諸相
　◇「江戸川乱歩全集 25」光文社 2005（光文社文庫）p335

アメリカ・朝鮮・日本
　◇「小田実全集 評論 31」講談社 2013 p152

アメリカで語る〔鼎談〕(大岡昇平, 吉田秀和)
　◇「福田恆存対談・座談集 1」玉川大学出版部 2011 p399

アメリカで感じたこと
　◇「林京子全集 7」日本図書センター 2005 p471

アメリカ的デカダンス―カポーテ著 河野一郎訳「遠い声 遠い部屋」
　◇「決定版 三島由紀夫全集 28」新潮社 2003 p469

アメリカで『象の消滅』が出版された頃
　◇「〔村上春樹〕短篇選集1980–1991 象の消滅」新潮社 2005 p12

アメリカという国の魅力
　◇「大庭みな子全集 23」日本経済新聞出版社 2011 p620

アメリカという国は面白い
　◇「林京子全集 8」日本図書センター 2005 p128

アメリカと今いかにつきあうか
　◇「小田実全集 評論 31」講談社 2013 p166

『アメリカ童話集』
　◇「小島信夫批評集成 2」水声社 2011 p583

アメリカと中華民国―ガストン・シガー〔対談〕(シガー, ガストン)
　◇「福田恆存対談・座談集 4」玉川大学出版部 2012 p203

アメリカとは？
　◇「大庭みな子全集 3」日本経済新聞出版社 2009 p339

アメリカにある日本
　◇「小島信夫批評集成 2」水声社 2011 p209

アメリカに於ける最近の犯罪
　◇「小酒井不木随筆評論選集 1」本の友社 2004 p341

アメリカニズム―万愚節戯作
　◇「決定版 三島由紀夫全集 37」新潮社 2004 p487

アメリカにて
　◇「中上健次集 2」インスクリプト 2018 p548

あめり

アメリカ日本古美術展
　◇「小島信夫批評集成 2」水声社 2011 p286

アメリカ農学から学ぶ (加藤秀俊, 東畑精一)
　◇「小松左京全集 完全版 38」城西国際大学出版会 2010 p155

アメリカの親子
　◇「大庭みな子全集 18」日本経済新聞出版社 2010 p82

アメリカの壁
　◇「小松左京全集 完全版 22」城西国際大学出版会 2015 p231

アメリカの逆説
　◇「福田恆存評論集 10」麗澤大學出版會, 廣池學園事業部〔発売〕2008 p48

アメリカの郷愁
　◇「大庭みな子全集 6」日本経済新聞出版社 2009 p100

アメリカの眞意
　◇「福田恆存評論集 10」麗澤大學出版會, 廣池學園事業部〔発売〕2008 p92

アメリカの世界政策—那須聖〔対談〕(那須聖)
　◇「福田恆存対談・座談集 4」玉川大学出版部 2012 p271

アメリカの世話場—「ガラスの動物園」評
　◇「決定版 三島由紀夫全集 27」新潮社 2003 p300

アメリカの探偵雑誌
　◇「江戸川乱歩全集 25」光文社 2005（光文社文庫）p445

アメリカの中国人商店街で
　◇「林京子全集 8」日本図書センター 2005 p187

アメリカのつくったもう一つの日本
　◇「小田実全集 評論 2」講談社 2010 p11

アメリカの匂い—さびしい逃亡者「ビート」
　◇「小田実全集 評論 1」講談社 2010 p51

アメリカの本屋
　◇「小島信夫批評集成 2」水声社 2011 p357

アメリカの友人たち
　◇「大庭みな子全集 3」日本経済新聞出版社 2009 p229

アメリカの若者の叫び
　◇「大庭みな子全集 6」日本経済新聞出版社 2009 p76

アメリカ発見
　◇「安部公房全集 7」新潮社 1998 p434

アメリカ・ハートランドへの旅
　◇「小松左京全集 完全版 43」城西国際大学出版会 2014 p342

アメリカ版大私小説—N・メイラー作 山西英一訳「ぼく自身のための広告」
　◇「決定版 三島由紀夫全集 32」新潮社 2003 p410

アメリカ彦蔵
　◇「吉村昭歴史小説集成 5」岩波書店 2009 p259

アメリカ文学私見
　◇「小島信夫批評集成 2」水声社 2011 p589

アメリカ文学の底流
　◇「小島信夫批評集成 2」水声社 2011 p578

アメリカ文学の中での「性」
　◇「小島信夫批評集成 2」水声社 2011 p543

アメリカ文化の問題—パール・バックの答に寄せて
　◇「宮本百合子全集 19」新日本出版社 2002 p67

アメリカ文士気質
　◇「宮本百合子全集 9」新日本出版社 2001 p41

アメリカ迷旅行記
　◇「小檜山博全集 8」柏艪舎 2006 p295

あめりか物語
　◇「定本 久生十蘭全集 7」国書刊行会 2010 p586

「アメリカルムペン」中の二三の作品
　◇「徳田秋聲全集 21」八木書店 2001 p356

アメリカはアジアを見捨てるか—那須聖〔対談〕(那須聖)
　◇「福田恆存対談・座談集 4」玉川大学出版部 2012 p171

「アメリカは臺灣を見捨てた」
　◇「福田恆存評論集 10」麗澤大學出版會, 廣池學園事業部〔発売〕2008 p29

「アメリカは日本を必要としない」
　◇「福田恆存評論集 10」麗澤大學出版會, 廣池學園事業部〔発売〕2008 p16

アメリカは眩しかった—フィルコとヴォイジャーの物語
　◇「〔池澤夏樹〕エッセー集成 1」みすず書房 2008 p48

アメリカンスキー・ロマン—ピリャークの「O・K」に就いて
　◇「上野壮夫全集 3」図書新聞 2011 p335

アメリカン・スクール
　◇「小島信夫短篇集成 2」水声社 2014 p13

『アメリカン・スクール』象徴について
　◇「小島信夫批評集成 1」水声社 2011 p304

雨はどこに降っている？
　◇「金井美恵子エッセイ・コレクション—1964–2013 2」平凡社 2013 p74

愛神 (アモーレ)〔翻訳〕(ウンベルト・サバ)
　◇「須賀敦子全集 5」河出書房新社 2008（河出文庫）p358

危し!! 潜水艦の秘密
　◇「山本周五郎探偵小説全集 1」作品社 2007 p6

綾子
　◇「小寺菊子作品集 1」桂書房 2014 p88

亜耶子を救うために
　◇「狩久全集 1」皆進社 2013 p246

妖しい生物
　◇「瀬戸内寂聴随筆選 2」ゆまに書房 2009 p73

怪しの耳
　◇「三橋一夫ふしぎ小説集成 3」出版芸術社 2005 p9

あやつり心中
　◇「小松左京全集 完全版 23」城西国際大学出版会 2015 p265

あやとり祭文
　◇「石牟礼道子全集 9」藤原書店 2006 p347

あやとりの記
　◇「石牟礼道子全集 7」藤原書店 2005 p9

『あやとりの記』の隠亡のおじいさん
　◇「石牟礼道子全集 7」藤原書店 2005 p303

綾の鼓
　◇「決定版 三島由紀夫全集 21」新潮社 2002 p479

「綾の鼓」について
　◇「決定版 三島由紀夫全集 32」新潮社 2003 p74

あやはびら
　◇「石牟礼道子全集 6」藤原書店 2006 p140

あやはべるの島へ
　◇「石牟礼道子全集 6」藤原書店 2006 p139

誤つた鑑定
　◇「小酒井不木随筆評論選集 4」本の友社 2004 p286

謝るつきやない
　◇「阿川弘之全集 20」新潮社 2007 p393

あやめ
　◇「決定版 三島由紀夫全集 21」新潮社 2002 p173

菖蒲前（あやめのまえ）
　◇「決定版 三島由紀夫全集 16」新潮社 2002 p223

「菖蒲前」創作ノート
　◇「決定版 三島由紀夫全集 16」新潮社 2002 p611

あ、やられた
　◇「向田邦子全集 新版 8」文藝春秋 2009 p168

鮎
　◇「阿川弘之全集 20」新潮社 2007 p136

鮎川さんとの再会
　◇「狩久全集 5」皆進社 2013 p329

鮎―高貴なる会話
　◇「決定版 三島由紀夫全集 37」新潮社 2004 p640

アユタヤの日本人町を訪れて
　◇「遠藤周作エッセイ選集 2」光文社 2006（知恵の森文庫）p124

鮎の宿
　◇「阿川弘之全集 17」新潮社 2006 p36

歩み去る
　◇「小松左京全集 完全版 23」城西国際大学出版会 2015 p31

あらあら覚え―歌集『海と空のあいだに』あとがき
　◇「石牟礼道子全集 1」藤原書店 2004 p620

荒々しい魔術へ
　◇「辻邦生全集 19」新潮社 2005 p38

粗い網板
　◇「松本清張初文庫化作品集 2」双葉社 2005（双葉文庫）p239

荒馬物語
　◇「戸川幸夫動物文学セレクション 1」ランダムハウス講談社 2008（ランダムハウス講談社文庫）p289

『荒海』
　◇「小檜山博全集 8」柏艪舎 2006 p372

荒海
　◇「小檜山博全集 3」柏艪舎 2006 p67

あら海の少年
　◇「山田風太郎ミステリー傑作選 8」光文社 2002（光文社文庫）p509

あらかじめうしなわれた「青春」のすがた
　◇「鈴木いづみコレクション 7」文遊社 1997 p33

麁皮
　◇「中井英夫全集 2」東京創元社 1998（創元ライブラリ）p9

アラキさあ～ん アラキ・キョウカタビラ？ 荒木経惟〔対談〕
　◇「鈴木いづみコレクション 8」文遊社 1998 p164

あらくれ
　◇「徳田秋聲全集 10」八木書店 1998 p220

荒くれ
　◇「中上健次集 2」インスクリプト 2018 p361

あらくれ会
　◇「徳田秋聲全集 22」八木書店 2001 p123
　◇「徳田秋聲全集 22」八木書店 2001 p135
　◇「徳田秋聲全集 22」八木書店 2001 p161
　◇「徳田秋聲全集 23」八木書店 2001 p31
　◇「徳田秋聲全集 23」八木書店 2001 p103
　◇「徳田秋聲全集 23」八木書店 2001 p115

あらくれ座談会（舟橋聖一、阿部知二、徳田一穂、尾崎士郎、楢崎勤、田辺茂一、岡田三郎）
　◇「徳田秋聲全集 25」八木書店 2001 p343

あらくれ同人語
　◇「徳田秋聲全集 22」八木書店 2001 p278
　◇「徳田秋聲全集 22」八木書店 2001 p280
　◇「徳田秋聲全集 22」八木書店 2001 p285

あらし
　◇「福田恆存評論集 19」麗澤大學出版會、廣池學園事業部〔発売〕2010 p325

嵐が来れば 高麗の将軍金方慶と緊急会談
　◇「小松左京全集 完全版 32」城西国際大学出版会 2008 p312

嵐の後
　◇「安部公房全集 1」新潮社 1997 p118

暴風雨（あらし）の後 創作前後の心持
　◇「徳田秋聲全集 19」八木書店 2000 p341

新世帯
　◇「徳田秋聲全集 7」八木書店 1998 p137

あらし

『新世帯』に就て
- ◇「徳田秋聲全集 19」八木書店 2000 p140
- ◇「徳田秋聲全集 別巻」八木書店 2006 p122

アラスカ
- ◇「大庭みな子全集 11」日本経済新聞出版社 2010 p260

アラスカ幻想
- ◇「大庭みな子全集 3」日本経済新聞出版社 2009 p317

アラスカ再訪
- ◇「大庭みな子全集 23」日本経済新聞出版社 2011 p67

アラスカで読む『老子』一九八二年 第二回徳島塾
- ◇「大庭みな子全集 24」日本経済新聞出版社 2011 p100

アラスカの思い出
- ◇「大庭みな子全集 3」日本経済新聞出版社 2009 p298

アラスカの恋
- ◇「国枝史郎探偵小説全集」作品社 2005 p141

アラスカの鮭釣り
- ◇「大庭みな子全集 12」日本経済新聞出版社 2010 p111

アラスカのサケ釣り〔対談者〕開高健
- ◇「大庭みな子全集 22」日本経済新聞出版社 2011 p207

アラスカの正月
- ◇「大庭みな子全集 23」日本経済新聞出版社 2011 p404

アラスカの春
- ◇「大庭みな子全集 23」日本経済新聞出版社 2011 p398

アラスカの二つの顔
- ◇「大庭みな子全集 3」日本経済新聞出版社 2009 p309

(週言) 争いに巻き込まれることなく
- ◇「林京子全集 7」日本図書センター 2005 p443

新たな生の発端
- ◇「佐々木基一全集 4」河出書房新社 2013 p131

あらたな創世記—『潮の呼ぶ声』あとがき
- ◇「石牟礼道子全集 16」藤原書店 2013 p606

新たな馬力を発揮する京阪神文化ライン
- ◇「小松左京全集 完全版 29」城西国際大学出版会 2007 p70

新たなプロレタリア文学—アレゴリーと諷刺
- ◇「宮本百合子全集 10」新日本出版社 2001 p451

新たなる環境権論議へ
- ◇「松下竜一未刊行著作集 4」海鳥社 2008 p322

新たなる未来の「可能性の扉」を開く
- ◇「小松左京全集 完全版 40」城西国際大学出版会 2012 p356

あらたまの年
- ◇「大庭みな子全集 15」日本経済新聞出版社 2010 p515

アラチェリの大階段
- ◇「須賀敦子全集 3」河出書房新社 2007 (河出文庫) p251

荒手の空
- ◇「内田百閒集成 2」筑摩書房 2002 (ちくま文庫) p79

荒畑寒村さん
- ◇「石牟礼道子全集 14」藤原書店 2008 p185

荒畑寒村との対談 生民の系譜
- ◇「石牟礼道子全集 3」藤原書店 2004 p532

アラビア幻想
- ◇「辻井喬コレクション 7」河出書房新社 2003 p274

アラビアン・ナイト
- ◇「決定版 三島由紀夫全集 24」新潮社 2002 p359
- ◇「決定版 三島由紀夫全集 34」新潮社 2003 p327

「アラビアン・ナイト」創作ノート
- ◇「決定版 三島由紀夫全集 24」新潮社 2002 p679

アラブ・中国・日本
- ◇「小松左京全集 完全版 36」城西国際大学出版会 2011 p36

アラブの「眼には眼を」の始まりは……
- ◇「小松左京全集 完全版 34」城西国際大学出版会 2009 p264

荒巻姓は珍姓ではない
- ◇「定本 荒巻義雄メタSF全集 5」彩流社 2015 p315

〔荒正人〕奇妙な、しかしかけがえのない友
- ◇「佐々木基一全集 5」河出書房新社 2013 p188

〔荒正人〕復活としての第二の青春
- ◇「佐々木基一全集 5」河出書房新社 2013 p184

アラ見ラレズノ
- ◇「大庭みな子全集 16」日本経済新聞出版社 2010 p18

あられ笹
- ◇「宮本百合子全集 15」新日本出版社 2001 p389

現われざる黒潮理想郷
- ◇「小松左京全集 完全版 31」城西国際大学出版会 2008 p32

あらわれた劉勝
- ◇「宮城谷昌光全集 21」文藝春秋 2004 p444

あらわれてくるものへの期待 第98回(昭和62年度下半期)芥川賞
- ◇「大庭みな子全集 24」日本経済新聞出版社 2011 p68

アラン「大戦の思い出」
- ◇「小林秀雄全作品 13」新潮社 2003 p9
- ◇「小林秀雄全集 補巻 2」新潮社 2010 p159

アランの「芸術論集」
- ◇「小林秀雄全作品 14」新潮社 2003 p40
- ◇「小林秀雄全集 補巻 2」新潮社 2010 p201

アランの事
- ◇「小林秀雄全作品 5」新潮社 2003 p72

◇「小林秀雄全集 補巻 1」新潮社 2010 p248

アラン・レネ「二十四時間の情事」―ヒロシマで人を愛するとはどういうことか？
　◇「佐々木基一全集 7」河出書房新社 2013 p182

アリ
　◇「小松左京全集 完全版 25」城西国際大学出版会 2017 p292

有明海
　◇「〔野呂邦暢〕随筆コレクション 1」みすず書房 2014 p134

有明海はいま……
　◇「〔野呂邦暢〕随筆コレクション 1」みすず書房 2014 p181

有明の海に大地の腐臭が
　◇「石牟礼道子全集 17」藤原書店 2012 p454

有り得る場合
　◇「浜尾四郎全集 1」沖積舎 2004 p200

ありがたい言葉
　◇「安部公房全集 8」新潮社 1998 p276

ありがたきかな "友人"
　◇「決定版 三島由紀夫全集 33」新潮社 2003 p220

ありがとうございます
　◇「宮本百合子全集 13」新日本出版社 2001 p417

「アリサ」(「窄き門（アンドレ・ズキィド）」改題)
　◇「決定版 三島由紀夫全集 37」新潮社 2004 p273

蟻地獄
　◇「四季桂子全集」皆進社 2013 p117

有島生馬氏の印象―生馬さんは現代人
　◇「小寺菊子作品集 3」桂書房 2014 p67

有島さんの死について
　◇「宮本百合子全集 9」新日本出版社 2001 p176

有島氏の死を知って
　◇「宮本百合子全集 9」新日本出版社 2001 p187

有島武郎氏の印象―世を達観した聖者風
　◇「小寺菊子作品集 3」桂書房 2014 p64

有島武郎と言葉（由良氏への質問）
　◇「小島信夫批評集成 2」水声社 2011 p718

有島武郎の死によせて
　◇「宮本百合子全集 20」新日本出版社 2002 p403

アリス狩り
　◇「中井英夫全集 6」東京創元社 1996（創元ライブラリ）p137

アリスタルコ「映画理論史」
　◇「佐々木基一全集 7」河出書房新社 2013 p298

アリストテレスとロンギノス―「文強」の修辞学
　◇「小田実全集 評論 13」講談社 2011 p256

アリスの絵本
　◇「金井美恵子エッセイ・コレクション―1964-2013 3」平凡社 2013 p98

アリスのカメラ―周辺飛行37
　◇「安部公房全集 25」新潮社 1999 p201

『アリス・B・トクラスの自伝』を読む
　◇「須賀敦子全集 4」河出書房新社 2007（河出文庫）p272

蟻と砂糖
　◇「内田百閒集成 12」筑摩書房 2003（ちくま文庫）p193

アリとチョウチョウとカタツムリ
　◇「小松左京全集 完全版 24」城西国際大学出版会 2016 p452

蟻と私
　◇「辻井喬コレクション 7」河出書房新社 2003 p232

蟻の飴
　◇「石牟礼道子全集 16」藤原書店 2013 p508

ありのお家
　◇「決定版 三島由紀夫全集 37」新潮社 2004 p43

蟻の鼓動
　◇「立松和平小説 17」勉誠出版 2012 p51

蟻の詩人
　◇「中井英夫全集 10」東京創元社 2002（創元ライブラリ）p61

ありのすさび
　◇「谷崎潤一郎全集 25」中央公論新社 2016 p643

蟻の園
　◇「小松左京全集 完全版 11」城西国際大学出版会 2007 p368

蟻の大地
　◇「石牟礼道子全集 12」藤原書店 2005 p417

ありのままに子供の目で―著者から読者へ
　◇「林京子全集 8」日本図書センター 2005 p424

ありのままの報道を―私の新聞評
　◇「決定版 三島由紀夫全集 28」新潮社 2003 p550

ありの実
　◇「大庭みな子全集 4」日本経済新聞出版社 2009 p308

蟻の道
　◇「日影丈吉全集 8」国書刊行会 2004 p624

アリバイ
　◇「〔野呂邦暢〕随筆コレクション 2」みすず書房 2014 p139

アリバイ崩し―「おまえにも罪がある」
　◇「安部公房全集 19」新潮社 1999 p268

アリバイ時計
　◇「高城高全集 3」東京創元社 2008（創元推理文庫）p309

有馬さんの青春
　◇「色川武大・阿佐田哲也エッセイズ 3」筑摩書房 2003（ちくま文庫）p80

「有間皇子（ありまのみこ）」について
　◇「決定版 三島由紀夫全集 31」新潮社 2003 p625

ありむ

有村次左衛門―桜田門外の光芒
　◇「津本陽武芸小説集 3」PHP研究所 2007 p91

ありゃ「疫病神」じゃ
　◇「石牟礼道子全集 7」藤原書店 2005 p350

有吉佐和子さんのこと
　◇「決定版 三島由紀夫全集 31」新潮社 2003 p228

有吉佐和子『複合汚染』
　◇「石牟礼道子全集 14」藤原書店 2008 p305

有吉佐和子―不世出の人
　◇「阿川弘之全集 17」新潮社 2006 p62

アリンガム
　◇「江戸川乱歩全集 30」光文社 2005（光文社文庫）p396

女人国（ありんすこく）伝奇
　◇「山田風太郎妖異小説コレクション 妖説忠臣蔵・女人国伝奇」徳間書店 2004（徳間文庫）p339

R
　◇「辻邦生全集 13」新潮社 2005 p326

ある朝
　◇「中井英夫全集 10」東京創元社 2002（創元ライブラリ）p95

或る朝
　◇「古井由吉自撰作品 7」河出書房新社 2012 p302

或る朝
　◇「決定版 三島由紀夫全集 37」新潮社 2004 p424

ある朝のうた［翻訳］（ウンベルト・サバ）
　◇「須賀敦子全集 5」河出書房新社 2008（河出文庫）p262

作品『或阿呆の一生』
　◇「大庭みな子全集 23」日本経済新聞出版社 2011 p397

あるアメリカの大学風景
　◇「大庭みな子全集 18」日本経済新聞出版社 2010 p80

ある家の夜
　◇「中井英夫全集 10」東京創元社 2002（創元ライブラリ）p47

ある生き残りからの聞き書き
　◇「松田解子自選集 5」澤田出版 2007 p277

ある生き物の記録
　◇「小松左京全集 完全版 25」城西国際大学出版会 2017 p256

ある醫師の抗議(1)
　◇「小酒井不木随筆評論選集 8」本の友社 2004 p277

ある醫師の抗議(2)
　◇「小酒井不木随筆評論選集 8」本の友社 2004 p283

ある醫者の言葉
　◇「小酒井不木随筆評論選集 4」本の友社 2004 p142

或る一日
　◇「小島信夫短篇集成 4」水声社 2015 p249

ある一票
　◇「松田解子自選集 3」澤田出版 2004 p193

ある田舎町の老妓の話
　◇「車谷長吉全集 2」新書館 2010 p32

或る入江の夜
　◇「決定版 三島由紀夫全集 37」新潮社 2004 p97

あるいはAの場合―周辺飛行12
　◇「安部公房全集 23」新潮社 1999 p366

ある映画の題名「ヤンクス」
　◇「田中小実昌エッセイ・コレクション 5」筑摩書房 2003（ちくま文庫）p113

或るSの犯罪
　◇「四季桂子全集」皆進社 2013 p62

ある男対女
　◇「四季桂子全集」皆進社 2013 p180

或る男に寄せて
　◇「決定版 三島由紀夫全集 20」新潮社 2002 p575

或る男の故郷
　◇「野呂邦暢小説集成 1」文遊社 2013 p115

或る男の半日―幕
　◇「谷崎潤一郎全集 5」中央公論新社 2016 p195

ある思い出に
　◇「辻邦生全集 16」新潮社 2005 p245

ある思い出の光景
　◇「遠藤周作エッセイ選集 1」光文社 2006（知恵の森文庫）p78

「或る女」についてのノート
　◇「宮本百合子全集 12」新日本出版社 2001 p339

或女の死
　◇「徳田秋聲全集 14」八木書店 2000 p58

ある女の手紙
　◇「徳田秋聲全集 10」八木書店 1998 p346

ある絵画論
　◇「日影丈吉全集 7」国書刊行会 2004 p57

ある回想から
　◇「宮本百合子全集 16」新日本出版社 2002 p270

ある壊滅
　◇「辻邦生全集 5」新潮社 2004 p467

或る会話―有楽町某喫茶店で
　◇「坂口安吾全集 17」筑摩書房 1999 p233

或る顔の印象
　◇「谷崎潤一郎全集 10」中央公論新社 2016 p397

或る画家の祝宴
　◇「宮本百合子全集 20」新日本出版社 2002 p681

ある崖上の感情
　◇「梶井基次郎小説全集新装版」沖積舎 1995 p245

アルカショオンの思ひ出
　◇「小酒井不木随筆評論選集 8」本の友社 2004 p342

『ある家族の会話』新装版にあたって
　◇「須賀敦子全集 6」河出書房新社 2007（河出文庫）p330

あるこ

『ある家族の会話』（N・ギンズブルグ著）訳者あとがき
　◇「須賀敦子全集 6」河出書房新社 2007（河出文庫）p323

アルカディアの夏
　◇「辻邦生全集 16」新潮社 2005 p333

ある花柳小説
　◇「丸谷才一全集 9」文藝春秋 2013 p389

R館
　◇「〔野呂邦暢〕随筆コレクション 1」みすず書房 2014 p246

ある感覚
　◇「小林秀雄全作品 10」新潮社 2003 p204
　◇「小林秀雄全集 補巻 1」新潮社 2010 p536

ある騎士の物語
　◇「島田荘司 very BEST 10 Reader's Selection」講談社 2007（講談社box）p187

ある貴族へのレクイエム―ルキノ・ヴィスコンティ
　◇「辻邦生全集 19」新潮社 2005 p348

歩きながらの話
　◇「小島信夫短篇集成 6」水声社 2015 p299

アルキビアデスの笛
　◇「須賀敦子全集 4」河出書房新社 2007（河出文庫）p169

アルキペンコの女―二科を観て
　◇「宮本百合子全集 20」新日本出版社 2002 p747

ある九州の魂
　◇「坂口安吾全集 13」筑摩書房 1999 p332

或る教師の手記
　◇「小林秀雄全作品 23」新潮社 2004 p136
　◇「小林秀雄全集 補巻 3」新潮社 2010 p198

ある恐怖
　◇「江戸川乱歩全集 24」光文社 2005（光文社文庫）p141

ある恐怖
　◇「小檜山全集 6」柏艪舎 2006 p62

ある恐怖展
　◇「車谷長吉全集 3」新書館 2010 p636

ある漁村で
　◇「〔野呂邦暢〕随筆コレクション 1」みすず書房 2014 p213

ある銀の冷たさ
　◇「車谷長吉全集 3」新書館 2010 p64

歩く
　◇「大庭みな子全集 23」日本経済新聞出版社 2011 p693

或る寓話
　◇「決定版 三島由紀夫全集 29」新潮社 2003 p289

歩く木
　◇「日影丈吉全集 5」国書刊行会 2003 p261

歩く人
　◇「鈴木いづみコレクション 2」文遊社 1997 p212

　◇「契約―鈴木いづみSF全集」文遊社 2014 p9

ある冥さについて―近代と私
　◇「中井英夫全集 6」東京創元社 1996（創元ライブラリ）p545

歩く老人
　◇「20世紀断層―野坂昭如単行本未収録小説集成 5」幻戯書房 2010 p199

「歩け、歩け」
　◇「小林秀雄全作品 13」新潮社 2003 p242
　◇「小林秀雄全集 補巻 2」新潮社 2010 p197

ある芸術家の過程
　◇「大庭みな子全集 6」日本経済新聞出版社 2009 p83

ある芸術家の肖像―周辺飛行8
　◇「安部公房全集 23」新潮社 1999 p329

ある訣別
　◇「上野壮夫全集 2」図書新聞 2009 p77

ある結末
　◇「上野壮夫全集 2」図書新聞 2009 p107

歩けメロス―太宰治
　◇「寺山修司著作集 5」クインテッセンス出版 2009 p85

ある幻想空間への幻想―ラテン・アメリカ文学へのパロディ風オマージュ
　◇「辻邦生全集 18」新潮社 2005 p336

ある幻想交響曲
　◇「辻邦生全集 19」新潮社 2005 p50

ある原風景
　◇「松田解子自選集 9」澤田出版 2009 p240

ある工場の子守部屋
　◇「小寺菊子作品集 2」桂書房 2014 p284

ある坑道にて
　◇「松田解子自選集 5」澤田出版 2007 p375

ある幸福
　◇「小檜山博全集 7」柏艪舎 2006 p125

ある国土
　◇「決定版 三島由紀夫全集 37」新潮社 2004 p321

ある告白的 "岩波ホール" 論
　◇「辻邦生全集 19」新潮社 2005 p345

ある告発
　◇「大庭みな子全集 6」日本経済新聞出版社 2009 p174

ある告別
　◇「辻邦生全集 2」新潮社 2004 p73

或る「小倉日記」伝
　◇「松本清張傑作短篇コレクション 上」文藝春秋 2004（文春文庫）p19
　◇「松本清張短編全集 01」光文社 2008（光文社文庫）p91

ある心の風景
　◇「梶井基次郎小説全集新装版」沖積舎 1995 p139

或る心持よい夕方
　◇「宮本百合子全集 12」新日本出版社 2001 p154

あるこ

アルゴス
　◇「金井美恵子自選短篇集 恋人たち／降誕祭の夜」講談社 2015（講談社文芸文庫）p157

ある古道具屋のつぶやき
　◇「〔野呂邦暢〕随筆コレクション 2」みすず書房 2014 p118

ある誤報
　◇「高城高全集 4」東京創元社 2008（創元推理文庫）p51

或る小路の話
　◇「稲垣足穂コレクション 2」筑摩書房 2005（ちくま文庫）p143

アルコール依存症まで
　◇「野坂昭如エッセイ・コレクション 3」筑摩書房 2004（ちくま文庫）p299

あるこーるらんぷ
　◇「金鶴泳作品集〔1〕」クレイン 2004 p143

ある御老女の死
　◇「阿川弘之全集 20」新潮社 2007 p584

或些やかな耻
　◇「徳田秋聲全集 12」八木書店 2000 p371

ある作家の手記
　◇「小島信夫短篇集成 4」水声社 2015 p73

ある殺人
　◇「野呂邦暢小説集成 6」文遊社 2016 p9

或る殺人犯の話
　◇「石上玄一郎小説作品集成 1」未知谷 2008 p449

あるサラリーマンの闘い
　◇「山崎豊子全集 23」新潮社 2005 p673

ある散文詩の季節―ウンガレッティの場合
　◇「須賀敦子全集 6」河出書房新社 2007（河出文庫）p172

ある散歩のあとで［翻訳］（ウンベルト・サバ）
　◇「須賀敦子全集 5」河出書房新社 2008（河出文庫）p204

ある死
　◇「田村泰次郎選集 2」日本図書センター 2005 p315

ある詩集の跋に代えて
　◇「松田解子自選集 9」澤田出版 2009 p208

あるシステムが有効に働く時
　◇「小松左京全集 完全版 35」城西国際大学出版会 2009 p444

ある実業家の青春 田代茂樹氏に聞く（河合秀和、田代茂樹）
　◇「小松左京全集 完全版 38」城西国際大学出版会 2010 p245

或る実話
　◇「狩久全集 2」皆進社 2013 p165

ある社交них
　◇「小檜山博全集 6」柏艪舎 2006 p413

ある写真集
　◇「〔野呂邦暢〕随筆コレクション 1」みすず書房 2014 p154

或る秋聲論
　◇「徳田秋聲全集 21」八木書店 2001 p198

ある終末論の告知―タルコフスキー
　◇「辻邦生全集 19」新潮社 2005 p318

ある種の予感
　◇「鈴木いづみコレクション 8」文遊社 1998 p312

ある正月
　◇「大庭みな子全集 16」日本経済新聞出版社 2010 p243

ある小官僚の抹殺
　◇「松本清張傑作選 悪党たちの懺悔録」新潮社 2009 p89
　◇「松本清張傑作選 悪党たちの懺悔録」新潮社 2013（新潮文庫）p125

或る情死
　◇「狩久全集 3」皆進社 2013 p169

ある肖像
　◇「辻邦生全集 16」新潮社 2005 p151

ある衝動
　◇「小檜山博全集 6」柏艪舎 2006 p283

或る少年の怯れ
　◇「谷崎潤一郎全集 7」中央公論新社 2016 p279

ある成仏
　◇「大庭みな子全集 6」日本経済新聞出版社 2009 p244

ある序詩
　◇「中井英夫全集 10」東京創元社 2002（創元ライブラリ）p43

ある心中の失敗
　◇「渡辺淳一自選短篇コレクション 3」朝日新聞社 2006 p195

ある新築祝い
　◇「小檜山博全集 7」柏艪舎 2006 p25

アールスガルドまで
　◇「辻邦生全集 17」新潮社 2005 p321

ある青春のオデュッセイア
　◇「辻邦生全集 16」新潮社 2005 p51

ある生長
　◇「日影丈吉全集 8」国書刊行会 2004 p856

アルセーヌ・リュパン 泥棒の書誌学（ビブリオグラフィー）
　◇「日影丈吉全集 別巻」国書刊行会 2005 p393

或る選挙風景
　◇「坂口安吾全集 12」筑摩書房 1999 p30

ある戦死
　◇「横溝正史探偵小説コレクション 1」出版芸術社 2004 p128

ある戦線
　◇「松田解子自選集 4」澤田出版 2005 p289

R宣伝サ
　◇「小島信夫短篇集成 2」水声社 2014 p223

ある掃除夫の観察
　◇「小島信夫短篇集成 2」水声社 2014 p393
ある昂ぶり 第47回野間文芸賞
　◇「大庭みな子全集 24」日本経済新聞出版社 2011 p96
ある愉しみ
　◇「大庭みな子全集 6」日本経済新聞出版社 2009 p184
ある断片より
　◇「大庭みな子全集 3」日本経済新聞出版社 2009 p215
ある小さなエピソード
　◇「安部公房全集 15」新潮社 1998 p367
RちゃんとSの話―背燭共隣深夜月／踏花同惜少年春―白氏
　◇「稲垣足穂コレクション 1」筑摩書房 2005（ちくま文庫）p182
アルチュル・ランボオ
　◇「小林秀雄全作品 2」新潮社 2002 p21
　◇「小林秀雄全集 補巻 1」新潮社 2010 p86
アルチュル・ランボオの恋愛観
　◇「小林秀雄全作品 2」新潮社 2002 p209
　◇「小林秀雄全集 補巻 1」新潮社 2010 p120
ある彫刻家の素顔と私
　◇「田中志津全作品集 下巻」武蔵野書院 2013 p186
ある弔辞
　◇「小檜山博全集 7」柏艪舎 2006 p242
或る調書の一節―対話
　◇「谷崎潤一郎全集 9」中央公論新社 2017 p177
ある長篇への伏線
　◇「高城高全集 3」東京創元社 2008（創元推理文庫）p175
或る罪の動機
　◇「谷崎潤一郎全集 13」中央公論新社 2015 p23
或るD・S論 料理の上手な妻
　◇「狩久全集 1」皆進社 2013 p331
ある手紙
　◇「小田実全集 小説 10」講談社 2011 p173
ある転換期の芸術家の肖像―ギヨーム・デュファイをめぐって
　◇「辻邦生全集 19」新潮社 2005 p70
ある転換期の肖像から
　◇「辻邦生全集 17」新潮社 2005 p360
或る伝統
　◇「大庭みな子全集 6」日本経済新聞出版社 2009 p98
ある登攀
　◇「小田実全集 小説 33」講談社 2013 p181
或る時
　◇「谷崎潤一郎全集 22」中央公論新社 2017 p79
或る時の日記
　◇「谷崎潤一郎全集 7」中央公論新社 2016 p477

ある読書体験
　◇「車谷長吉全集 3」新書館 2010 p640
ある都庁職員の一日
　◇「開高健ルポルタージュ選集 ずばり東京」光文社 2007（光文社文庫）p373
或る仲間
　◇「大佛次郎セレクション第2期 新樹・鷗」未知谷 2008 p507
ある夏の日
　◇「〔野呂邦暢〕随筆コレクション 1」みすず書房 2014 p125
ある苦さについて
　◇「中井英夫全集 7」東京創元社 1998（創元ライブラリ）p683
ある日曜日
　◇「遠藤周作エッセイ選集 3」光文社 2006（知恵の森文庫）p95
ある女人の思ひ出に
　◇「決定版 三島由紀夫全集 37」新潮社 2004 p606
ある人夫
　◇「小檜山博全集 4」柏艪舎 2006 p443
Rの回復
　◇「〔野呂邦暢〕随筆コレクション 1」みすず書房 2014 p243
Rのこと
　◇「松田解子自選集 7」澤田出版 2008 p185
あるのに使えない……
　◇「小松左京全集 完全版 36」城西国際大学出版会 2011 p285
或売笑婦の話
　◇「德田秋聲全集 12」八木書店 2000 p361
アルバイト
　◇「大坪砂男全集 4」東京創元社 2013（創元推理文庫）p459
ある場所の話
　◇「遠藤周作エッセイ選集 1」光文社 2006（知恵の森文庫）p218
アルバート・キャンピオン トリックの生かし方
　◇「日影丈吉全集 別巻」国書刊行会 2005 p303
ある話
　◇「小島信夫短篇集成 8」水声社 2014 p483
或る母の話
　◇「アンドロギュノスの裔 渡辺温全集」東京創元社 2011（創元推理文庫）p221
アルバム
　◇「松下竜一未刊行著作集 2」海鳥社 2008 p337
ある晴れた日に
　◇「天城一傑作集 2」日本評論社 2005 p380
ある晴れた日のウィーンは森の中にたたずむ
　◇「定本 荒巻義雄メタSF全集 4」彩流社 2014 p385
ある挽歌
　◇「辻邦生全集 18」新潮社 2005 p272

あるは

ある晩年
  ◇「辻邦生全集 2」新潮社 2004 p16
或る晩年
  ◇「三橋一夫ふしぎ小説集成 3」出版芸術社 2005 p114
ある日
  ◇「阿川弘之全集 1」新潮社 2005 p47
ある日
  ◇「寺山修司著作集 1」クインテッセンス出版 2009 p362
ある日
  ◇「決定版 三島由紀夫全集 36」新潮社 2003 p457
或る日
  ◇「徳田秋聲全集 7」八木書店 1998 p214
或る日
  ◇「宮本百合子全集 2」新日本出版社 2001 p395
或日
  ◇「宮本百合子全集 20」新日本出版社 2002 p315
ある日、会って……
  ◇「須賀敦子全集 1」河出書房新社 2006 (河出文庫) p422
ある悲劇の相貌
  ◇「辻邦生全集 19」新潮社 2005 p168
ある微笑
  ◇「金井美恵子エッセイ・コレクション―1964-2013 1」平凡社 2013 p320
ある否定しがたい力―金史良「郷愁」
  ◇「小田実全集 評論 12」講談社 2011 p122
ある日、突然に
  ◇「寺山修司著作集 4」クインテッセンス出版 2009 p259
或る人の一日
  ◇「宮本百合子全集 32」新日本出版社 2003 p116
ある日の午後二時から
  ◇「松田解子自選集 7」澤田出版 2008 p153
或る日のこと
  ◇「小沼丹全集 4」未知谷 2004 p321
或る日の生活
  ◇「徳田秋聲全集 22」八木書店 2001 p296
或る日の問ado
  ◇「谷崎潤一郎全集 23」中央公論新社 2017 p155
ある日の私とチョコレート
  ◇「鈴木いづみセカンド・コレクション 3」文遊社 2004 p22
或る漂泊者の俤
  ◇「谷崎潤一郎全集 7」中央公論新社 2016 p399
ある日私は
  ◇「決定版 三島由紀夫全集 31」新潮社 2003 p486
あるふあべてぃく
  ◇「中井英夫全集 5」東京創元社 2002 (創元ライブラリ) p461

ある風景
  ◇「大庭みな子全集 6」日本経済新聞出版社 2009 p172
或る風景映画の話
  ◇「アンドロギュノスの裔 渡辺温全集」東京創元社 2011 (創元推理文庫) p567
ある諷刺詩人へ
  ◇「松田解子自選集 9」澤田出版 2009 p65
ある夫妻のこと
  ◇「松田解子自選集 7」澤田出版 2008 p375
アルプスの潜水夫―モン・ブラン登山の巻
  ◇「定本 久生十蘭全集 1」国書刊行会 2008 p74
ある舞踏場風景
  ◇「小寺菊子作品集 2」桂書房 2014 p355
ある風土記
  ◇「野呂邦暢小説集成 6」文遊社 2016 p498
ある冬の夜
  ◇「〔野呂邦暢〕随筆コレクション 2」みすず書房 2014 p461
ある不倫
  ◇「司馬遼太郎短篇全集 3」文藝春秋 2005 p341
ある触れあい
  ◇「辻邦生全集 18」新潮社 2005 p144
ある文学碑
  ◇「瀬戸内寂聴随筆選 2」ゆまに書房 2009 p81
ある文壇形成史
  ◇「日影丈吉全集 別巻」国書刊行会 2005 p609
或る兵卒の手帳
  ◇「定本 久生十蘭全集 8」国書刊行会 2010 p599
ある平凡
  ◇「車谷長吉全集 1」新書館 2010 p143
アルペン嬢の話
  ◇「アンドロギュノスの裔 渡辺温全集」東京創元社 2011 (創元推理文庫) p591
ある豊饒なダンディズムについて―豊崎光一を悼んで
  ◇「辻邦生全集 16」新潮社 2005 p239
或る星の降る夜
  ◇「安部公房全集 1」新潮社 1997 p74
ある香港人
  ◇「田村泰次郎選集 4」日本図書センター 2005 p87
「アルマンス」について
  ◇「決定版 三島由紀夫全集 30」新潮社 2003 p287
ある万引常習者の没落
  ◇「井上ひさし短編中編小説集成 2」岩波書店 2014 p456
アルミの容器
  ◇「林京子全集 7」日本図書センター 2005 p6
或る悟かしさ
  ◇「徳田秋聲全集 14」八木書店 2000 p343
ある夕ぐれ―川端康成
  ◇「大庭みな子全集 3」日本経済新聞出版社 2009

或る友人
　◇「小沼丹全集 4」未知谷 2004 p116
ある夢見術師の話
　◇「大坪砂男全集 3」東京創元社 2013（創元推理文庫）p283
ある夜明けの生誕に
　◇「辻邦生全集 16」新潮社 2005 p264
ある夜
　◇「小寺菊子作品集 1」桂書房 2014 p195
ある夜
　◇「徳田秋聲全集 16」八木書店 1999 p95
　◇「徳田秋聲全集 8」八木書店 2000 p332
或る夜の感想
　◇「小林秀雄全作品 18」新潮社 2004 p80
　◇「小林秀雄全集 補巻 2」新潮社 2010 p426
あるレクイエム
　◇「辻邦生全集 16」新潮社 2005 p269
R62号の発明
　◇「安部公房全集 3」新潮社 1997 p409
あるロシアの映画監督の死―タルコフスキー
　◇「辻邦生全集 19」新潮社 2005 p320
あるロジック
　◇「松田解子自選集 9」澤田出版 2009 p116
あるワルツに（作曲用）
　◇「決定版 三島由紀夫全集 37」新潮社 2004 p568
あれ
　◇「小松左京全集 完全版 18」城西国際大学出版会 2013 p279
アレクサンドル・ラディシチェフ号―正確無比な東独製観光船
　◇「小松左京全集 完全版 43」城西国際大学出版会 2014 p211
アレゴリーを超えて〔対談〕（アラン・ロブ＝グリエ）
　◇「安部公房全集 26」新潮社 1999 p338
荒れた光景
　◇「立松和平小説 2」勉誠出版 2010 p138
アレックス・ヘイリイ著『ルーツ』上・下
　◇「小檜山博全集 6」柏艪舎 2006 p74
あれの
　◇「決定版 三島由紀夫全集 37」新潮社 2004 p143
荒れ野に咲く花―E・M・フォースター『ファロスとファリロン』
　◇「須賀敦子全集 4」河出書房新社 2007（河出文庫）p338
荒野（あれの）の師父のことば（抄）［翻訳］（ジョヴァンニ・ヴァンヌッチ）
　◇「須賀敦子全集 8」河出書房新社 2007（河出文庫）p303
荒れ果てていた大阪
　◇「小松左京全集 完全版 42」城西国際大学出版会 2014 p95

p250
アロハ・オエ
　◇「井上ひさし短編中編小説集成 2」岩波書店 2014 p484
アローハ！―渡辺喜恵子『プルメリアの木陰に』
　◇「金鶴泳作品集 2」クレイン 2006 p623
アワビット
　◇「宮本百合子全集 9」新日本出版社 2001 p148
淡い目
　◇「古井由吉自撰作品 7」河出書房新社 2012 p127
阿波踊り
　◇「開高健ルポルタージュ選集 日本人の遊び場」光文社 2007（光文社文庫）p171
阿波環状線の夢―周辺飛行36
　◇「安部公房全集 25」新潮社 1999 p132
淡路恵子
　◇「谷崎潤一郎全集 24」中央公論新社 2016 p435
淡路島―国生みの里の人形浄瑠璃
　◇「大庭みな子全集 8」日本経済新聞出版社 2009 p44
淡島千景讃
　◇「車谷長吉全集 3」新書館 2010 p222
あわしま―又は夢の播種
　◇「日影丈吉全集 7」国書刊行会 2004 p104
粟津潔との対談 無垢の風景―風土と芸術をめぐって
　◇「石牟礼道子全集 9」藤原書店 2006 p535
泡立つ花束／ジョイ
　◇「中井英夫全集 10」東京創元社 2002（創元ライブラリ）p190
あわて者実録
　◇「遠藤周作エッセイ選集 3」光文社 2006（知恵の森文庫）p17
合わない洋服―何のために小説を書くか
　◇「遠藤周作エッセイ選集 1」光文社 2006（知恵の森文庫）p186
泡の声（三六首）
　◇「石牟礼道子全集 1」藤原書店 2004 p514
哀れな海賊
　◇「『野呂邦暢』随筆コレクション 2」みすず書房 2014 p61
哀れな少女のための祈り［翻訳］（ウンベルト・サバ）
　◇「須賀敦子全集 5」河出書房新社 2008（河出文庫）p338
哀れなトンマ先生
　◇「坂口安吾全集 7」筑摩書房 1998 p116
あわれな友人の死
　◇「遠藤周作エッセイ選集 1」光文社 2006（知恵の森文庫）p61
アンアン創刊おめでたう
　◇「決定版 三島由紀夫全集 36」新潮社 2003 p73

あんう

暗雲の下
  ◇「田村泰次郎選集 1」日本図書センター 2005 p128

暗雲のなかの地獄
  ◇「小田実全集 評論 24」講談社 2012 p251

アングリー、ハングリー
  ◇「中上健次集 2」インスクリプト 2018 p497

アンクル・アブナー 神のトリック
  ◇「日影丈吉全集 別巻」国書刊行会 2005 p408

アングル人の國
  ◇「福田恆存評論集 20」麗澤大學出版會, 廣池學園事業部〔發賣〕 2011 p10

〔アンケート回答〕
  ◇「狩久全集 2」皆進社 2013 p62

アンケート〔『文芸冊子』アンケート回答〕
  ◇「坂口安吾全集 別巻」筑摩書房 2012 p13

アンケート(「宝石」一九五一年十月増刊号)
  ◇「大坪砂男全集 4」東京創元社 2013 (創元推理文庫) p391

アンケート(「宝石」一九五二年一月号)
  ◇「大坪砂男全集 4」東京創元社 2013 (創元推理文庫) p392

アンケート(「宝石」一九五七年十月号)
  ◇「大坪砂男全集 4」東京創元社 2013 (創元推理文庫) p464

アンケート・私の発想
  ◇「土屋隆夫コレクション新装版 針の誘い」光文社 2002 (光文社文庫) p441

暗剣殺
  ◇「徳田秋聲全集 26」八木書店 2002 p173

安吾愛妻物語
  ◇「坂口安吾全集 11」筑摩書房 1998 p495

安吾・伊勢神宮にゆく
  ◇「坂口安吾全集 11」筑摩書房 1998 p106

アンゴウ
  ◇「坂口安吾全集 6」筑摩書房 1998 p509

暗号異聞
  ◇「中井英夫全集 7」東京創元社 1998 (創元ライブラリ) p45

暗号記法の種類
  ◇「江戸川乱歩全集 23」光文社 2005 (光文社文庫) p610

暗号記法の分類
  ◇「江戸川乱歩全集 24」光文社 2005 (光文社文庫) p133

アンコウのドブ煮
  ◇「坂口安吾全集 13」筑摩書房 1999 p308

暗号の話
  ◇「阿川弘之全集 17」新潮社 2006 p54

安吾行状日記
  ◇「坂口安吾全集 12」筑摩書房 1999 p249

暗黒回帰
  ◇「日影丈吉全集 6」国書刊行会 2002 p9

暗黒街の顔役―これに惚れて映画に溺れた
  ◇「色川武大・阿佐田哲也エッセイズ 2」筑摩書房 2003 (ちくま文庫) p300

暗黒星
  ◇「江戸川乱歩全集 13」光文社 2005 (光文社文庫) p9
  ◇「江戸川乱歩全集 8」沖積舎 2007 p173

暗黒政治の魅力
  ◇「江戸川乱歩全集 24」光文社 2005 (光文社文庫) p628

暗黒に直面して
  ◇「上野壮夫全集 3」図書新聞 2011 p163

暗黒のまつり―コリン・ウィルソン著 中村保男訳
  ◇「決定版 三島由紀夫全集 31」新潮社 2003 p540

暗黒迷宮党
  ◇「山田風太郎ミステリー傑作選 9」光文社 2002 (光文社文庫) p273

安吾巷談
  ◇「坂口安吾全集 8」筑摩書房 1998 p350

安吾巷談を受売りして千円の罰金をとられた話
  ◇「坂口安吾全集 11」筑摩書房 1998 p410

「安吾巷談―東京ジャングル探検」取材メモ
  ◇「坂口安吾全集 16」筑摩書房 2000 p559

安吾史譚
  ◇「坂口安吾全集 12」筑摩書房 1999 p296

安吾下田外史
  ◇「坂口安吾全集 14」筑摩書房 1999 p450

安吾人生案内
  ◇「坂口安吾全集 11」筑摩書房 1998 p375

安吾新日本風土記
  ◇「坂口安吾全集 15」筑摩書房 1999 p165

「安吾・新日本風土記」(仮題) について
  ◇「坂口安吾全集 15」筑摩書房 1999 p165

「安吾新日本風土記―高知県の巻」取材メモ
  ◇「坂口安吾全集 16」筑摩書房 2000 p692

「安吾新日本風土記―富山の薬と越後の毒消し」取材メモ
  ◇「坂口安吾全集 16」筑摩書房 2000 p688

安吾タンテイ推理書〔「安吾捕物推理」下書稿〕
  ◇「坂口安吾全集 15」筑摩書房 1999 p653

明治開化安吾捕物
  ◇「坂口安吾全集 10」筑摩書房 1998 p3

安吾捕物推理
  ◇「坂口安吾全集 12」筑摩書房 1999 p56

「明治開化安吾捕物―その十八 踊る時計」構想メモ
  ◇「坂口安吾全集 16」筑摩書房 2000 p670

安吾のいる風景
  ◇「石川淳コレクション 3」筑摩書房 2007 (ちくま文庫) p395

安吾の新日本地理
　◇「坂口安吾全集 11」筑摩書房 1998 p106

「安吾の新日本地理―秋田犬訪問記」取材メモ
　◇「坂口安吾全集 16」筑摩書房 2000 p655

「安吾の新日本地理―安吾・伊勢神宮にゆく」取材メモ
　◇「坂口安吾全集 16」筑摩書房 2000 p575

「安吾の新日本地理―消え失せた沙漠」取材メモ
　◇「坂口安吾全集 16」筑摩書房 2000 p618

〔「安吾の新日本地理―宝塚女子占領軍」下書稿〕
　◇「坂口安吾全集 15」筑摩書房 1999 p674

「安吾の新日本地理―道頓堀罷り通る」取材メモ
　◇「坂口安吾全集 16」筑摩書房 2000 p580

〔「安吾の新日本地理―飛驒・高山の抹殺」「飛驒の顔」下書稿〕
　◇「坂口安吾全集 15」筑摩書房 1999 p656

安吾風流譚
　◇「坂口安吾全集 9」筑摩書房 1998 p476

暗殺者
　◇「金井美恵子自選短篇集 恋人たち／降誕祭の夜」講談社 2015（講談社文芸文庫）p71

暗殺者
　◇「車谷長吉全集 3」新書館 2010 p308

暗殺者
　◇「三橋一夫ふしぎ小説集成 2」出版芸術社 2005 p180

『暗殺のオペラ』―イストワールの逆説の外で
　◇「金井美恵子エッセイ・コレクション―1964-2013 4」平凡社 2014 p223

鞍山にて（A）
　◇「松田解子自選集 9」澤田出版 2009 p198

鞍山にて（B）
　◇「松田解子自選集 9」澤田出版 2009 p199

晏子（下）
　◇「宮城谷昌光全集 11」文藝春秋 2003 p3

晏子（上）
　◇「宮城谷昌光全集 10」文藝春秋 2003 p5

アンジェイ・ワイダ「灰とダイヤモンド」
　◇「佐々木基一全集 7」河出書房新社 2013 p159

『暗室』とその方法―吉行淳之介
　◇「丸谷才一全集 10」文藝春秋 2014 p302

暗室の時
　◇「寺山修司著作集 1」クインテッセンス出版 2009 p11

暗愁の山陰
　◇「山田風太郎エッセイ集成 秀吉はいつ知ったか」筑摩書房 2008 p259

「安城家の兄弟」
　◇「小林秀雄全作品 3」新潮社 2002 p113

　◇「小林秀雄全集 補巻 1」新潮社 2010 p156

アン女王
　◇「須賀敦子全集 8」河出書房新社 2007（河出文庫）p258

暗所恐怖
　◇「内田百閒集成 16」筑摩書房 2004（ちくま文庫）p155

杏の若葉
　◇「宮本百合子全集 2」新日本出版社 2001 p452

暗線
　◇「松本清張傑作選 戦い続けた男の素顔」新潮社 2009 p189
　◇「松本清張傑作選 戦い続けた男の素顔」新潮社 2013（新潮文庫）p271

安全第一
　◇「井上ひさし短編中編小説集成 6」岩波書店 2015 p367

安全ピン
　◇「向田邦子全集 新版 8」文藝春秋 2009 p184

安息の果実
　◇「狩久全集 3」皆進社 2013 p140

アンソニー・マンはジャン・ルノワールにも匹敵する色彩作家だ
　◇「金井美恵子エッセイ・コレクション―1964-2013 4」平凡社 2014 p175

アンソロジーは本の中継駅
　◇「井上ひさしコレクション ことばの巻」岩波書店 2005 p222

あんたが大将―日本女性解放小史
　◇「田辺聖子全集 5」集英社 2004 p245

あんた、誰
　◇「小檜山博全集 7」柏艪舎 2006 p82

不可触賤民（アンタッチヤブル）小田実氏―カルカッタの「街路族」
　◇「小田実全集 評論 1」講談社 2010 p391

安置所の碁打ち
　◇「小松左京全集 完全版 18」城西国際大学出版会 2013 p119

あんちゃん
　◇「山本周五郎中短篇秀作選集 2」小学館 2005 p237

暗中模索
　◇「日影丈吉全集 5」国書刊行会 2003 p565

暗潮―大阪物語
　◇「小田実全集 小説 34」講談社 2013 p5

「暗潮」について
　◇「小田実全集 評論 25」講談社 2012 p232

「反小説（アンチ・ロマン）」の財布―ロブグリエ氏会見記および世界各国作家清貧物語
　◇「小田実全集 評論 1」講談社 2010 p245

intimité（アンティミテ）について
　◇「辻邦生全集 19」新潮社 2005 p183

あんて

安定は情熱を殺し、不安は情熱を高める
　◇「遠藤周作エッセイ選集 1」光文社 2006（知恵の森文庫）p109

アンデス染織の深紅
　◇「石牟礼道子全集 10」藤原書店 2006 p262

アンデルセン
　◇「向田邦子全集 新版 11」文藝春秋 2010 p64

「アンデルセン小説・紀行文学全集」
　◇「金井美恵子エッセイ・コレクション—1964-2013 2」平凡社 2013 p282

アンデルセンの「はだかの王さま」はすごい肉体美だった
　◇「寺山修司著作集 4」クインテッセンス出版 2009 p189

暗転
　◇「鈴木いづみコレクション 8」文遊社 1998 p308

アントニオの大聖堂
　◇「須賀敦子全集 1」河出書房新社 2006（河出文庫）p175

アントニーとクレオパトラ
　◇「福田恆存評論集 19」麗澤大學出版會、廣池學園事業部〔発売〕2010 p302

アンドレ・ジイド
　◇「小林秀雄全作品 4」新潮社 2003 p148
　◇「小林秀雄全集 補巻 1」新潮社 2010 p202

アンドレ・ジイドのドストエフスキイ論
　◇「小林秀雄全作品 5」新潮社 2003 p27
　◇「小林秀雄全集 補巻 1」新潮社 2010 p241

アンドレ・ジイドの人及び作品
　◇「小林秀雄全作品 7」新潮社 2003 p203
　◇「小林秀雄全集 補巻 1」新潮社 2010 p389

アンドレ・シュアレス「三人」
　◇「小林秀雄全作品 2」新潮社 2010 p339

アンドロイドはゴム入りパンを食べるか？
　◇「定本 荒巻義雄メタSF全集 2」彩流社 2015 p401

アンドロギュノスの裔
　◇「アンドロギュノスの裔 渡辺温全集」東京創元社 2011（創元推理文庫）p192

アンドロポフ市（旧ルイビンスク市）—盛んな「個人顕彰」熱
　◇「小松左京全集 完全版 43」城西国際大学出版会 2014 p214

アンドロメダから来た男
　◇「西村京太郎自選集 2」徳間書店 2004（徳間文庫）p83

SF講談 アンドロメダ戦記
　◇「小松左京全集 完全版 26」城西国際大学出版会 2017 p8

行燈浮世之介
　◇「山田風太郎妖異小説コレクション 妖説忠臣蔵・女人国伝奇」徳間書店 2004（徳間文庫）p7

案内人（ガイドブックⅡ）
　◇「安部公房全集 25」新潮社 1999 p407

案内人—周辺飛行3
　◇「安部公房全集 23」新潮社 1999 p117

「アンナ」と「ボヴァリー」対立の正体
　◇「小島信夫批評集成 8」水声社 2010 p357

あんな野郎・こんな野郎
　◇「野坂昭如エッセイ・コレクション 1」筑摩書房 2004（ちくま文庫）p21

アンヌのような女
　◇「小島信夫批評集成 2」水声社 2011 p110

アンヌ Anne
　◇「須賀敦子全集 1」河出書房新社 2006（河出文庫）p412

アンネット
　◇「宮本百合子全集 9」新日本出版社 2001 p409

アンブラー
　◇「江戸川乱歩全集 30」光文社 2005（光文社文庫）p403

"アンブランド"の生き方（加藤秀俊、東畑精一）
　◇「小松左京全集 完全版 38」城西国際大学出版会 2010 p165

安保ではなく「平和友好条約」を
　◇「小田実全集 評論 25」講談社 2012 p21
　◇「小田実全集 評論 29」講談社 2013 p176
　◇「小田実全集 評論 34」講談社 2013 p93

安保闘争から一年〔座談会〕（日高六郎、開高健）
　◇「安部公房全集 15」新潮社 1998 p212

アンポとはこういうことであった
　◇「松下竜一未刊行著作集 5」海鳥社 2009 p328

アンボン島第一砲台（自八月四日 至八月十二日）
　◇「定本 久生十蘭全集 10」国書刊行会 2011 p610

按摩のための読書法
　◇「寺山修司著作集 1」クインテッセンス出版 2009 p355

暗夜
　◇「徳田秋聲全集 16」八木書店 1999 p98

安楽死志願
　◇「中井英夫全集 5」東京創元社 2002（創元ライブラリ）p38

アンリエットの巴里祭
　◇「決定版 三島由紀夫全集 28」新潮社 2003 p254

暗涙
　◇「徳田秋聲全集 5」八木書店 1998 p44

【い】

胃
　◇「決定版 三島由紀夫全集 26」新潮社 2003 p543

いい男
　◇「小檜山博全集 7」柏艪舎 2006 p167
飯尾都子鉛筆画展
　◇「石牟礼道子全集 14」藤原書店 2008 p414
言ひがかり
　◇「決定版 三島由紀夫全集 27」新潮社 2003 p376
いい家庭の又の姿
　◇「宮本百合子全集 13」新日本出版社 2001 p472
飯沢匡との対談 差別に苦しむ水俣病患者
　◇「石牟礼道子全集 3」藤原書店 2004 p455
飯塚酒場
　◇「梅崎春生作品集 3」沖積舎 2004 p227
言い損い
　◇「井上ひさし短編中編小説集成 12」岩波書店 2015 p30
言損ひ聞損ひ見損ひ
　◇「小酒井不木随筆評論選集 7」本の友社 2004 p139
飯田清涼『女の夢』「女の夢」に序す
　◇「徳田秋聲全集 別巻」八木書店 2006 p111
飯田橋ダンス・ホォル訪問座談会（東君江、有川光枝、小林きく枝、米山秀、星玲子、玉置真吉、上田範治、楢崎勤、伊東町、奥村五十嵐）
　◇「徳田秋聲全集 25」八木書店 2001 p174
言いなおしの原理
　◇「井上ひさしコレクション　人間の巻」岩波書店 2005 p248
　◇「井上ひさしコレクション　人間の巻」岩波書店 2005 p259
言い触らし団右衛門
　◇「司馬遼太郎短篇全集 4」文藝春秋 2005 p255
いいもの
　◇「松下竜一未刊行著作集 2」海鳥社 2008 p21
「いい湯だな、ははん」の歴史的考察
　◇「小松左京全集 完全版 34」城西国際大学出版会 2009 p274
言い寄る
　◇「田辺聖子全集 6」集英社 2004 p7
いい恋愛〔対談〕(高橋たか子)
　◇「大庭みな子全集 21」日本経済新聞出版社 2011 p20
言いわけ
　◇「向田邦子全集 新版 9」文藝春秋 2009 p42
言い訳に、満ち満ちて
　◇「林京子全集 7」日本図書センター 2005 p141
伊尹外伝（現代版）
　◇「宮城谷昌光全集 21」文藝春秋 2004 p96
「委員会」のうつりかわり
　◇「宮本百合子全集 18」新日本出版社 2002 p374
医院の窓
　◇「内田百閒集成 19」筑摩書房 2004（ちくま文庫）p63

言うも詮なし
　◇「佐々木基一全集 1」河出書房新社 2013 p219
家
　◇「安部公房全集 7」新潮社 1998 p387
家
　◇「林京子全集 3」日本図書センター 2005 p40
家を離れて
　◇「徳田秋聲全集 12」八木書店 2000 p325
イエス・サー・ザッツ・マイ・ベビイ
　◇「色川武大・阿佐田哲也エッセイズ 2」筑摩書房 2003（ちくま文庫）p205
イエスタデイ
　◇「寺山修司著作集 1」クインテッセンス出版 2009 p498
家津波
　◇「小檜山博全集 3」柏艪舎 2006 p330
家出のすすめ（抄）
　◇「寺山修司著作集 4」クインテッセンス出版 2009 p203
家出節
　◇「寺山修司著作集 1」クインテッセンス出版 2009 p52
家出論
　◇「寺山修司著作集 4」クインテッセンス出版 2009 p231
家というもの
　◇「小檜山博全集 7」柏艪舎 2006 p309
家と家のあいだ
　◇「小島信夫短篇集成 3」水声社 2014 p509
家と男
　◇「小檜山博全集 7」柏艪舎 2006 p175
家と蒸発欲望
　◇「瀬戸内寂聴随筆選 4」ゆまに書房 2009 p67
家と旅との変り目にこそ
　◇「小島信夫批評集成 6」水声社 2011 p30
『家と田園と』[翻訳]（ウンベルト・サバ）
　◇「須賀敦子全集 5」河出書房新社 2008（河出文庫）p157
家なき子
　◇「寺山修司著作集 1」クインテッセンス出版 2009 p370
家の心
　◇「〔野呂邦暢〕随筆コレクション 2」みすず書房 2014 p143
家の中の事故
　◇「小島信夫批評集成 2」水声社 2011 p23
家の祭りを司れないダメ親父
　◇「小松左京全集 完全版 34」城西国際大学出版会 2009 p207
家の誘惑
　◇「小島信夫短篇集成 4」水声社 2015 p155
家のロマンス
　◇「加藤幸子自選作品集 5」未知谷 2013 p7

いえや

家康
　◇「坂口安吾全集 4」筑摩書房 1998 p364
「イエルマ」礼讃
　◇「決定版 三島由紀夫全集 30」新潮社 2003 p641
イエロー・ニグロだった頃
　◇「寺山修司著作集 4」クインテッセンス出版 2009 p63
いほ子
　◇「德田秋聲全集 2」八木書店 1999 p234
意外な犯人
　◇「江戸川乱歩全集 23」光文社 2005（光文社文庫）p532
異界にて
　◇「中上健次集 2」インスクリプト 2018 p520
いかゞせむと鳥部野に
　◇「古井由吉自撰作品 6」河出書房新社 2012 p74
威嚇
　◇「德田秋聲全集 12」八木書店 2000 p75
自注エッセイ 医学小説とは
　◇「渡辺淳一自選短篇コレクション 1」朝日新聞社 2006 p367
醫學上より見たる百年後の人間
　◇「小酒井不木随筆評論選集 6」本の友社 2004 p438
醫學的怪談
　◇「小酒井不木随筆評論選集 3」本の友社 2004 p384
医学と探偵小説
　◇「山田風太郎エッセイ集成 わが推理小説零年」筑摩書房 2007 p60
医学と人間
　◇「安部公房全集 28」新潮社 2000 p324
医学も及ばぬ奇病
　◇「石牟礼道子全集 5」藤原書店 2004 p409
伊賀源と色仙人
　◇「司馬遼太郎短篇全集 2」文藝春秋 2005 p7
生かされて──病と引き換えに学んだこと
　◇「大庭みな子全集 18」日本経済新聞出版社 2010 p374
胃下垂症と鯨
　◇「定本 久生十蘭全集 10」国書刊行会 2011 p358
生かすハンコと殺すハンコ
　◇「松田解子自選集 9」澤田出版 2009 p182
伊方──承服せぬ人々──伊方原発二号炉訴訟の原告たち
　◇「松下竜一未刊行著作集 5」海鳥社 2009 p18
烏賊ともじずり
　◇「大庭みな子全集 5」日本経済新聞出版社 2009 p48
如何なる文芸院ぞ
　◇「德田秋聲全集 22」八木書店 2001 p107
いかに生くべきか──X教授の講演集より
　◇「安部公房全集 4」新潮社 1997 p53

いかにして永生を？
　◇「決定版 三島由紀夫全集 34」新潮社 2003 p558
伊賀の親分
　◇「三角寛サンカ選集第二期 12」現代書館 2005 p7
伊賀の散歩者
　◇「山田風太郎忍法帖短篇全集 12」筑摩書房 2005（ちくま文庫）p57
伊賀の四鬼
　◇「司馬遼太郎短篇全集 5」文藝春秋 2005 p67
伊賀の聴恋器
　◇「山田風太郎忍法帖短篇全集 12」筑摩書房 2005（ちくま文庫）p115
いかばかり……
　◇「大庭みな子全集 6」日本経済新聞出版社 2009 p248
伊香保温泉・蘆花・直哉
　◇「阿川弘之全集 19」新潮社 2007 p342
伊香保で聞く安吾の自負〔インタビュー〕
　◇「坂口安吾全集 別巻」筑摩書房 2012 p113
伊香保のおもひで
　◇「谷崎潤一郎全集 6」中央公論新社 2015 p479
伊賀者
　◇「司馬遼太郎短篇全集 7」文藝春秋 2005 p51
いかもの食い
　◇「小松左京全集 完全版 25」城西国際大学出版会 2017 p204
いかもの紳士
　◇「野坂昭如エッセイ・コレクション 1」筑摩書房 2004（ちくま文庫）p60
怒り狂う毎日
　◇「鈴木いづみコレクション 7」文遊社 1997 p200
怒りと慣れ
　◇「吉行淳之介エッセイ・コレクション 3」筑摩書房 2004（ちくま文庫）p118
怒りと笑いと怒り
　◇「小島信夫批評集成 2」水声社 2011 p335
錨なき方舟の時代〔インタビュー〕（栗坪良樹）
　◇「安部公房全集 27」新潮社 2000 p152
『錨のない船』について〔対談者〕加賀乙彦
　◇「大庭みな子全集 22」日本経済新聞出版社 2011 p360
怒りの日──松川判決報告詩
　◇「松田解子自選集 9」澤田出版 2009 p271
『怒りのぶどう』
　◇「小島信夫批評集成 2」水声社 2011 p578
イカルス
　◇「稲垣足穂コレクション 1」筑摩書房 2005（ちくま文庫）p114
怒るパルプ──三島製紙事件
　◇「松田解子自選集 8」澤田出版 2008 p90
イカロス
　◇「決定版 三島由紀夫全集 37」新潮社 2004 p788

いきも

イカロスのほほえみ―朝顔の青に寄せて
　◇「中井英夫全集 6」東京創元社 1996（創元ライブラリ）p149
意義ある受賞
　◇「大坪砂男全集 4」東京創元社 2013（創元推理文庫）p396
生きがい
　◇「小檜山博全集 7」柏艪舎 2006 p335
　◇「小檜山博全集 8」柏艪舎 2006 p247
「生きがい」を求め始める
　◇「小田実全集 評論 7」講談社 2010 p132
生き甲斐といふ事―利己心のすすめ
　◇「福田恆存評論集 8」麗澤大學出版會, 廣池學園事業部〔発売〕2007 p303
生きがい銀行（バンク）
　◇「小松左京全集 完全版 25」城西国際大学出版会 2017 p433
生きかへる髑髏
　◇「小酒井不木随筆評論選集 4」本の友社 2004 p312
生き供養
　◇「石牟礼道子全集 6」藤原書店 2006 p412
「生き地獄」出現、終結の巻
　◇「小田実全集 小説 28」講談社 2012 p323
生き造り
　◇「20世紀断層―野坂昭如単行本未収録小説集成 5」幻戯書房 2010 p412
生霊（いきすだま）の漾う光景
　◇「車谷長吉全集 3」新書館 2010 p81
壹岐正にみる"戦争と平和"〔インタビュー〕
　◇「山崎豊子全集 12」新潮社 2004 p549
いぎたない
　◇「阿川弘之全集 20」新潮社 2007 p268
生きた煩悩
　◇「徳田秋聲全集 18」八木書店 2000 p73
「生きつづけること」と「参加の継続」
　◇「小田実全集 評論 20」講談社 2012 p271
　◇「小田実全集 評論 33」講談社 2013 p282
生き続けるさま
　◇「大庭みな子全集 23」日本経済新聞出版社 2011 p609
「生きつづける」ということ――九七一年以後
　◇「小田実全集 評論 33」講談社 2013 p257
生き続けるということ―存在・宗教・表現〔対談者〕高橋たか子
　◇「大庭みな子全集 22」日本経済新聞出版社 2011 p335

生きつつある自意識
　◇「宮本百合子全集 18」新日本出版社 2002 p15
生きていかねばと思う
　◇「松下竜一未刊行著作集 3」海鳥社 2009 p270
生きていて、生きていて、あくまで生きていて
　◇「小田実全集 評論 7」講談社 2010 p94
生きている穴
　◇「小松左京全集 完全版 13」城西国際大学出版会 2008 p295
生きている上野介
　◇「山田風太郎妖異小説コレクション 妖説忠臣蔵・女人国伝奇」徳間書店 2004（徳間文庫）p301
生きている古典
　◇「宮本百合子全集 19」新日本出版社 2002 p65
生きて居る人間にはあるが
　◇「谷崎潤一郎全集 10」中央公論新社 2016 p430
「生きているのが羞かしい」という思い
　◇「石牟礼道子全集 7」藤原書店 2005 p268
生きてゐる秀頼
　◇「大佛次郎セレクション第1期 生きてゐる秀頼」未知谷 2007 p5
生きている辺境
　◇「安部公房全集 11」新潮社 1998 p143
生きている「本」
　◇「深沢夏衣作品集」新幹社 2015 p311
生きてゆく姿の感銘
　◇「宮本百合子全集 21」新日本出版社 2001 p463
生きとし生けるものは
　◇「小田実全集 小説 29」講談社 2012 p3
生きとることが楽しみよ
　◇「石牟礼道子全集 8」藤原書店 2005 p459
「生き永らえる」力・あるいは、革命について―追悼武田泰淳
　◇「小田実全集 評論 13」講談社 2011 p299
生きながらの墓
　◇「中井英夫全集 7」東京創元社 1998（創元ライブラリ）p259
生き残った私たち
　◇「林京子全集 7」日本図書センター 2005 p200
生き残り者の悲歌
　◇「小檜山博全集 6」柏艪舎 2006 p262
壱岐ノ島
　◇「山本周五郎長篇小説全集 4」新潮社 2013 p373
生き仏
　◇「立松和平小説 24」勉誠出版 2014 p8
「行きます」と少年義勇軍の子供たちを見送る代用教員
　◇「石牟礼道子全集 8」藤原書店 2005 p274
息もつがずに又大空襲 品川大森一帯の火の海 女囚の如き勤労奉仕
　◇「内田百閒集成 22」筑摩書房 2004（ちくま文庫）p129

いきも

いきもの
　◇「田村泰次郎選集 1」日本図書センター 2005 p161
生きものたち
　◇「小檜山博全集 2」柏艪舎 2006 p42
生きものたちと
　◇「松田解子自選集 5」澤田出版 2007 p291
『生きものたち』の出来るまで
　◇「小檜山博全集 6」柏艪舎 2006 p82
「生きもの」としての人間から
　◇「小田実全集 評論 7」講談社 2010 p54
生き物にも人格を与えていた
　◇「石牟礼道子全集 10」藤原書店 2006 p185
「生きものの記録」
　◇〔野呂邦暢〕随筆コレクション 2」みすず書房 2014 p236
生きもののはなし
　◇「大庭みな子全集 12」日本経済新聞出版社 2010 p7
「異境」を推す(第一回「新潮」同人雑誌賞選後評)
　◇「決定版 三島由紀夫全集 28」新潮社 2003 p410
醫業と道徳
　◇「小酒井不木随筆評論選集 8」本の友社 2004 p150
異郷にある自分
　◇「遠藤周作エッセイ選集 2」光文社 2006 (知恵の森文庫) p85
異郷にて 遠き日々
　◇「高城高全集 2」東京創元社 2008 (創元推理文庫) p377
異郷の歌
　◇「上野壮夫全集 2」図書新聞 2009 p200
異境の家族たち
　◇「深沢夏衣作品集」新幹社 2015 p437
異郷の妻たち
　◇「林京子全集 8」日本図書センター 2005 p247
異郷の道化師
　◇「小島信夫短篇集成 3」水声社 2014 p329
異形の者たち
　◇「中井英夫全集 12」東京創元社 2006 (創元ライブラリ) p16
異形の列
　◇「中井英夫全集 2」東京創元社 1998 (創元ライブラリ) p558
異郷の話題
　◇「大庭みな子全集 12」日本経済新聞出版社 2010 p140
イギリス書評の藝と風格について
　◇「丸谷才一全集 11」文藝春秋 2014 p261
イギリス新本格派の諸作
　◇「江戸川乱歩全集 26」光文社 2003 (光文社文庫) p109

イギリスの梅干
　◇「阿川弘之全集 10」新潮社 2006 p163
イギリスの国力を高めた「囲い込み」
　◇「小松左京全集 完全版 40」城西国際大学出版会 2012 p336
イギリス文學の可能性
　◇「福田恆存評論集 2」麗澤大學出版會, 廣池學園事業部〔発売〕2009 p105
生霊
　◇「定本 久生十蘭全集 4」国書刊行会 2009 p275
生きる
　◇「石牟礼道子全集 11」藤原書店 2005 p202
生きる
　◇「戸川幸夫動物文学セレクション 1」ランダムハウス講談社 2008 (ランダムハウス講談社文庫) p9
私の一冊 "生きる意味"を知る—北條民雄『いのちの初夜』
　◇「林京子全集 7」日本図書センター 2005 p437
生きることが書くこと
　◇「石牟礼道子全集 4」藤原書店 2004 p339
生きること、詩を読むこと—いまを生きる
　◇「辻邦生全集 19」新潮社 2005 p394
生きること・死ぬこと
　◇「佐々木基一全集 10」河出書房新社 2013 p645
生きることと生き延びること〔インタビュー〕(新潮45編集部)
　◇「安部公房全集 28」新潮社 2000 p31
生きることと書くことと
　◇「上野壮夫全集 3」図書新聞 2011 p426
生きることにも心せき
　◇「上野壮夫全集 3」図書新聞 2011 p283
生きることのかなしみ 太宰治『ヴィヨンの妻』
　◇「鈴木いづみコレクション 8」文遊社 1998 p326
生きる「時間」の愛しさ—マルメロの陽光
　◇「辻邦生全集 19」新潮社 2005 p418
生きる術としての哲学—小田実 最後の講義
　◇「小田実全集 評論 36」講談社 2014 p19
生きるための協力者—その人々の人生にあるもの
　◇「宮本百合子全集 19」新日本出版社 2002 p367
生きるための恋愛
　◇「宮本百合子全集 17」新日本出版社 2002 p117
生きるとは
　◇「小檜山博全集 8」柏艪舎 2006 p15
生きるとは妥協すること〔昭和四年度〕
　◇「江戸川乱歩全集 28」光文社 2006 (光文社文庫) p359
生きる真似
　◇「石牟礼道子全集 8」藤原書店 2005 p302

いさか

生きる勇気を伝えた晩年―伊藤ルイさんを悼む
◇「松下竜一未刊行著作集 2」海鳥社 2008 p225

生きる喜び〔聞き手〕大村知子〔インタビュー〕
◇「大庭みな子全集 24」日本経済新聞出版社 2011 p265

生きる理由、死ぬ理由 八方鬼門
◇「20世紀断層―野坂昭如単行本未収録小説集成 3」幻戯書房 2010 p527

育児
◇「坂口安吾全集 15」筑摩書房 1999 p256

幾時代かがありまして―ウンベルト・エーコ
◇「丸谷才一全集 11」文藝春秋 2014 p441

いくつかの思い出
◇「金井美恵子エッセイ・コレクション―1964-2013 1」平凡社 2013 p226

池内淳子様
◇「田中小実昌エッセイ・コレクション 4」筑摩書房 2003（ちくま文庫）p319

池島信平宛〔書簡〕
◇「坂口安吾全集 16」筑摩書房 2000 p223

池田屋異聞
◇「司馬遼太郎短篇全集 6」文藝春秋 2005 p449

異穴の契り
◇「20世紀断層―野坂昭如単行本未収録小説集成 3」幻戯書房 2010 p638

池波正太郎『仕掛人・藤枝梅安殺しの四人』
◇「車谷長吉全集 3」新書館 2010 p273

いけにえ
◇「井上ひさし短編中編小説集成 2」岩波書店 2014 p387

いけにえ
◇「宮城谷昌光全集 21」文藝春秋 2004 p341

池の金魚との戦い
◇「坂口安吾全集 13」筑摩書房 1999 p376

池袋二人酒
◇「吉川潮芸人小説セレクション 4」ランダムハウス講談社 2007 p101

池辺の棲家より
◇「加藤幸子自選作品集 5」未知谷 2013 p141

生ける死人
◇「国枝史郎探偵小説全集」作品社 2005 p125

活ける人形
◇「国枝史郎伝奇短篇小説集成 2」作品社 2006 p173

生けるパスカル
◇「松本清張傑作短篇コレクション 下」文藝春秋 2004（文春文庫）p37

囲碁
◇「決定版 三島由紀夫全集 37」新潮社 2004 p611

遺稿・覚え書
◇「宮本百合子全集 20」新日本出版社 2002 p11

移行死体
◇「日影丈吉全集 2」国書刊行会 2003 p145

行こか戻ろか 箱根のお山
◇「田中小実昌エッセイ・コレクション 2」筑摩書房 2002（ちくま文庫）p92

異国から
◇「辻邦生全集 2」新潮社 2004 p130

異国趣味について
◇「決定版 三島由紀夫全集 33」新潮社 2003 p500

異国で暮らす異国人の妻
◇「林京子全集 8」日本図書センター 2005 p52

異国で暮らすということ
◇「小島信夫批評集成 1」水声社 2011 p271

異国と鎖国（ロナルド・トビ）
◇「司馬遼太郎対話選集 10」文藝春秋 2006（文春文庫）p217

異国に生まれなおした人
◇「〔池澤夏樹〕エッセー集成 1」みすず書房 2008 p109

異国の旧友たち
◇「大庭みな子全集 6」日本経済新聞出版社 2009 p254

異国の故郷
◇「大庭みな子全集 6」日本経済新聞出版社 2009 p250

異国のふるさと
◇「大庭みな子全集 23」日本経済新聞出版社 2011 p424

異国の友人
◇「大庭みな子全集 13」日本経済新聞出版社 2010 p294

囲碁修業
◇「坂口安吾全集 2」筑摩書房 1999 p218

囲碁・人生・神様〔座談会〕（呉清源、川端康成、豊島与志雄、火野葦平）
◇「坂口安吾全集 17」筑摩書房 1999 p350

遺骨を送って
◇「松田解子自選集 6」澤田出版 2004 p271

「以後」にあって毛沢東を考える
◇「小田実全集 評論 15」講談社 2011 p279

遺恨
◇「坂口安吾全集 6」筑摩書房 1998 p459

異才
◇「大庭みな子全集 13」日本経済新聞出版社 2010 p354

夷齋先生―ささやかなportrait
◇「辻邦生全集 16」新潮社 2005 p189

いさかい
◇「大庭みな子全集 5」日本経済新聞出版社 2009 p570

諍い
◇「辻井喬コレクション 7」河出書房新社 2003 p118

いさか

居酒屋「小さな島」[翻訳]（ウンベルト・サバ）
　◇「須賀敦子全集 5」河出書房新社 2008（河出文庫）p224

居酒屋で
　◇「小檜山博全集 8」柏艪舎 2006 p84

居酒屋の聖人
　◇「坂口安吾全集 3」筑摩書房 1999 p408

伊佐早氏のゆくへ
　◇「〔野呂邦暢〕随筆コレクション 1」みすず書房 2014 p388

「諫早菖蒲日記」
　◇「〔野呂邦暢〕随筆コレクション 1」みすず書房 2014 p299

諫早菖蒲日記
　◇「野呂邦暢小説集成 5」文遊社 2015 p9

「諫早菖蒲日記」について
　◇「〔野呂邦暢〕随筆コレクション 1」みすず書房 2014 p442

諫早市立図書館
　◇「〔野呂邦暢〕随筆コレクション 1」みすず書房 2014 p348

諫早湾の野鳥
　◇「〔野呂邦暢〕随筆コレクション 2」みすず書房 2014 p93

『イザベラね』のこと、どうか、ぜんぶ読んでください
　◇「田中小実昌エッセイ・コレクション 5」筑摩書房 2003（ちくま文庫）p45

いさましい話
　◇「山本周五郎」新編傑作選 1」小学館 2010（小学館文庫）p39

イサムよりよろしく
　◇「井上ひさしコレクション 人間の巻」岩波書店 2005 p393
　◇「井上ひさし短編中編小説集成 2」岩波書店 2014 p279
　◇「井上ひさし短編中編小説集成 2」岩波書店 2014 p281

十六夜橋
　◇「石牟礼道子全集 9」藤原書店 2006 p9

漁火
　◇「石上玄一郎作品集 1」日本図書センター 2004 p369
　◇「石上玄一郎小説作品集 1」未知谷 2008 p251

漁火
　◇「辻井喬コレクション 2」河出書房新社 2002 p491

伊沢幸平宛〔書簡〕
　◇「坂口安吾全集 16」筑摩書房 2000 p199

伊沢先生
　◇「松田解子自選集 4」澤田出版 2005 p469

石和鷹「さすらい」
　◇「小檜山博全集 6」柏艪舎 2006 p322

遺産
　◇「小松左京全集 完全版 25」城西国際大学出版会 2017 p96

遺産
　◇「徳田秋聲全集 2」八木書店 1999 p274

遺産
　◇「20世紀断層―野坂昭如単行本未収録小説集成 補巻」幻戯書房 2010 p539

意思
　◇「松田解子自選集 9」澤田出版 2009 p102

医師
　◇「小檜山博全集 4」柏艪舎 2006 p471

石
　◇「小松左京全集 完全版 12」城西国際大学出版会 2007 p330

石遊び
　◇「小島信夫短篇集成 6」水声社 2015 p201

石あたま
　◇「アンドロギュノスの裔 渡辺温全集」東京創元社 2011（創元推理文庫）p355

石頭
　◇「向田邦子全集 新版 4」文藝春秋 2009 p20

イージイ・ヤクザ
　◇「田中小実昌エッセイ・コレクション 6」筑摩書房 2003（ちくま文庫）p247

石を積む
　◇「大庭みな子全集 17」日本経済新聞出版社 2010 p385

石を投ぐるもの
　◇「宮本百合子全集 16」新日本出版社 2002 p102

石垣
　◇「石牟礼道子全集 10」藤原書店 2006 p571

石垣
　◇「大庭みな子全集 6」日本経済新聞出版社 2009 p183

石垣の穴
　◇「大庭みな子全集 4」日本経済新聞出版社 2009 p510

「石垣の花」（木山捷平）書評
　◇「小沼丹全集 4」未知谷 2004 p688

石がまんじゅうになっても反対する―佐賀県玄海町
　◇「松下竜一未刊行著作集 5」海鳥社 2009 p38

真説石川五右衛門『後編』に期待す
　◇「坂口安吾全集 12」筑摩書房 1999 p28

石川五右衛門―泥棒業界の代表選手
　◇「山田風太郎エッセイ集成 秀吉はいつ知ったか」筑摩書房 2008 p198

石川淳
　◇「佐々木基一全集 4」河出書房新社 2013 p131

石川淳
　◇「福田恆存評論集 13」麗澤大學出版會,廣池學園事業部〔発売〕2009 p256

石川淳宛書簡
　◇「安部公房全集 3」新潮社 1997 p33
『石川淳 作家論』
　◇「佐々木基一全集 4」河出書房新社 2013 p129
石川淳『至福千年』
　◇「安部公房全集 20」新潮社 1999 p490
〔石川淳「鷹」推薦文〕
　◇「坂口安吾全集 14」筑摩書房 1999 p93
石川淳著『おまへの敵はおまへだ』
　◇「安部公房全集 15」新潮社 1998 p373
石川淳著『最後の晩餐』
　◇「佐々木基一全集 1」河出書房新社 2013 p500
石川淳著『一目見て憎め』
　◇「安部公房全集 29」新潮社 2000 p547
石川淳と現代文学
　◇「佐々木基一全集 4」河出書房新社 2013 p199
石川淳における精神の運動
　◇「佐々木基一全集 4」河出書房新社 2013 p175
石川淳の編上靴
　◇「安部公房全集 28」新潮社 2000 p381
石川啄木
　◇「福田恆存評論集 14」麗澤大學出版會, 廣池學園事業部〔発売〕2010 p42
石川達三「豺狼」
　◇「小林秀雄全作品 7」新潮社 2003 p147
　◇「小林秀雄全集 補巻 1」新潮社 2010 p375
石川達三論──記憶の壁
　◇「安部公房全集 6」新潮社 1998 p129
石機械
　◇「定本 荒巻義雄メタSF全集 5」彩流社 2015 p143
意識が低すぎたPEN大会〔対談〕(大平和登)
　◇「安部公房全集 28」新潮社 2000 p282
意識性並に個性
　◇「上野壮夫全集 3」図書新聞 2011 p50
意識と時間との関係
　◇「坂口安吾全集 1」筑摩書房 1999 p3
意識の断層を象徴的に
　◇「石牟礼道子全集 14」藤原書店 2008 p236
「意識の流れ」統整論─â mes amis
　◇「田村泰次郎選集 5」日本図書センター 2005 p7
意識・余剰・未来
　◇「小松左京全集 完全版 28」城西国際大学出版会 2006 p9
石切場
　◇「決定版 三島由紀夫全集 37」新潮社 2004 p566
石工とレコード
　◇「〔野呂邦暢〕随筆コレクション 2」みすず書房 2014 p302
石黒健治の「広島」
　◇「中井英夫全集 6」東京創元社 1996（創元ライブラリ）p189

異次元結婚
　◇「小松左京全集 完全版 13」城西国際大学出版会 2008 p24
異次元の作家たち─小栗・夢野・久生
　◇「中井英夫全集 6」東京創元社 1996（創元ライブラリ）p351
石坂洋次郎の「麦死なず」
　◇「小林秀雄全作品 7」新潮社 2003 p176
　◇「小林秀雄全集 補巻 1」新潮社 2010 p383
石（昭和二十九年版）
　◇「狩久全集 2」皆進社 2013 p159
石（昭和三十四年版）
　◇「狩久全集 4」皆進社 2013 p189
石田晃三さん
　◇「石牟礼道子全集 14」藤原書店 2008 p223
甃（いしだたみ）のむかうの家
　◇「決定版 三島由紀夫全集 37」新潮社 2004 p607
異質なもの、文学と政治
　◇「大庭みな子全集 8」日本経済新聞出版社 2009 p537
異質の価値の共生
　◇「小田実全集 評論 24」講談社 2012 p159
異質の存在
　◇「大庭みな子全集 13」日本経済新聞出版社 2010 p374
異質の二本 第29回女流文学賞
　◇「大庭みな子全集 24」日本経済新聞出版社 2011 p85
異質のものとの「共生」
　◇「小田実全集 評論 17」講談社 2012 p110
遺失物・八十七万個
　◇「開高健ルポルタージュ選集 ずばり東京」光文社 2007（光文社文庫）p103
異質文化の発見
　◇「小松左京全集 完全版 36」城西国際大学出版会 2011 p77
石の思ひ
　◇「坂口安吾全集 4」筑摩書房 1998 p251
石の想い
　◇「石牟礼道子全集 7」藤原書店 2005 p418
石の語る日 十八場
　◇「安部公房全集 12」新潮社 1998 p341
「石の語る日」の上演を迎えて
　◇「安部公房全集 15」新潮社 1998 p62
石の声
　◇「辻井喬コレクション 7」河出書房新社 2003 p322
石の叫び 第110回（平成5年度下半期）芥川賞
　◇「大庭みな子全集 24」日本経済新聞出版社 2011 p77
石の地蔵さん
　◇「古井由吉自撰作品 8」河出書房新社 2012 p22

いしの

石の下
　◇「坂口安吾全集 10」筑摩書房 1998 p183
石の下
　◇「山田風太郎ミステリー傑作選 10」光文社 2002（光文社文庫）p579
石の蝶
　◇「津村節子自選作品集 5」岩波書店 2005 p1
石の中
　◇「立松和平全小説 3」勉誠出版 2010 p342
石の中の蓮
　◇「石牟礼道子全集 12」藤原書店 2005 p375
石の花
　◇「石牟礼道子全集 1」藤原書店 2004 p191
石の花
　◇「立松和平全小説 8」勉誠出版 2010 p31
石の槽
　◇「石牟礼道子全集 13」藤原書店 2007 p576
意地の文学
　◇「車谷長吉全集 3」新書館 2010 p744
石の骨
　◇「松本清張短編全集 03」光文社 2008（光文社文庫）p149
石の道
　◇「金鶴泳作品集〔1〕」クレイン 2004 p315
石の眼
　◇「安部公房全集 12」新潮社 1998 p27
〈石の眼〉の安部公房氏『週間読書人』にインタビューに答えて
　◇「安部公房全集 12」新潮社 1998 p236
石の山
　◇「日影丈吉全集 7」国書刊行会 2004 p173
石原慎太郎氏
　◇「決定版 三島由紀夫全集 29」新潮社 2003 p201
石原慎太郎氏の諸作品
　◇「決定版 三島由紀夫全集 31」新潮社 2003 p437
石原慎太郎について
　◇「小島信夫批評集成 2」水声社 2011 p551
石原慎太郎「星と舵」について
　◇「決定版 三島由紀夫全集 33」新潮社 2003 p441
石原都知事に一筆啓上
　◇「阿川弘之全集 19」新潮社 2007 p535
石掘り
　◇「大庭みな子全集 11」日本経済新聞出版社 2010 p314
いじましく健気
　◇「大庭みな子全集 24」日本経済新聞出版社 2011 p27
石牟礼道子さんへ（上）―対論 いま何を書くべきか
　◇「〔野呂邦暢〕随筆コレクション 1」みすず書房 2014 p107

石牟礼道子さんへ（下）―対論 いま何を書くべきか
　◇「〔野呂邦暢〕随筆コレクション 1」みすず書房 2014 p109
週言 いじめっ子
　◇「林京子全集 7」日本図書センター 2005 p446
いじめっ子は「家庭に不満」
　◇「隆慶一郎全集 19」新潮社 2010 p305
「異者」を排除するさまざまな動き
　◇「小田実全集 評論 23」講談社 2012 p397
石焼鮭
　◇「大庭みな子全集 23」日本経済新聞出版社 2011 p528
「異者の眼」
　◇「小田実全集 評論 25」講談社 2012 p199
　◇「小田実全集 評論 25」講談社 2012 p200
伊集院静さん
　◇「色川武大・阿佐田哲也エッセイズ 3」筑摩書房 2003（ちくま文庫）p173
異象
　◇「石上玄一郎小説作品集成 3」未知谷 2008 p549
衣裳
　◇「深沢夏衣作品集」新幹社 2015 p333
倚松庵詠草〔「スバル」〕
　◇「谷崎潤一郎全集 15」中央公論新社 2016 p515
倚松庵詠草〔未発表原稿〕
　◇「谷崎潤一郎全集 16」中央公論新社 2016 p506
倚松庵十首
　◇「谷崎潤一郎全集 15」中央公論新社 2016 p513
『倚松庵随筆』
　◇「谷崎潤一郎全集 16」中央公論新社 2016 p155
倚松庵随筆序
　◇「谷崎潤一郎全集 16」中央公論新社 2016 p157
「異常」を考えなおす〔座談会〕(藤岡喜愛, 米山俊直, 山下諭一)
　◇「小松左京全集 完全版 33」城西国際大学出版会 2011 p306
異常気象＝地球が冷える
　◇「小松左京全集 完全版 35」城西国際大学出版会 2009 p11
異常気象と切迫する食糧危機
　◇「小松左京全集 完全版 35」城西国際大学出版会 2009 p152
異常気象によって引き起こされる災厄
　◇「小松左京全集 完全版 40」城西国際大学出版会 2012 p358
異常気象ふたたび 「小松左京マガジン」編集長インタビュー 第二十一回（根本順吉）
　◇「小松左京全集 完全版 49」城西国際大学出版会 2017 p265
衣裳哲學（七月十三日）
　◇「福田恆存評論集 16」麗澤大學出版會, 廣池學園事業部〔発売〕2010 p227

衣裳倒錯症―ジュネ
　◇「寺山修司著作集 5」クインテッセンス出版 2009 p223
異常と正常―あとがきにかえて
　◇「[澁澤龍彦] ホラー・ドラコニア少女小説集成 壱」平凡社 2003 p91
「異常なる散文の研究」の紹介
　◇「小島信夫批評集成 8」水声社 2010 p278
意匠の藝術
　◇「福田恆存評論集 2」麗澤大學出版會, 廣池學園事業部 [発売] 2009 p313
異常の太陽
　◇「森村誠一ベストセレクション 潮死水系」光文社 2011 (光文社文庫) p141
渭城の朝雨―摩阿陀十四年
　◇「内田百閒集成 10」筑摩書房 2003 (ちくま文庫) p186
衣食住
　◇「佐々木基一全集 8」河出書房新社 2013 p132
いじらしい献立
　◇「石牟礼道子全集 1」藤原書店 2004 p166
石は浮き、木の葉沈むともの巻
　◇「小田実全集 小説 28」講談社 2012 p42
いじわる紳士録
　◇「野坂昭如エッセイ・コレクション 1」筑摩書房 2004 (ちくま文庫) p49
いじわる調査
　◇「野坂昭如エッセイ・コレクション 1」筑摩書房 2004 (ちくま文庫) p84
意地悪な目
　◇「車谷長吉全集 3」新書館 2010 p809
異人さんの友だち
　◇「阿川弘之全集 17」新潮社 2006 p356
「維新史」
　◇「小林秀雄全作品 13」新潮社 2003 p123
　◇「小林秀雄全集 補巻 2」新潮社 2010 p177
偉人天才の性的生活
　◇「小酒井不木随筆評論選集 7」本の友社 2004 p266
以心伝心
　◇「小沼丹全集 4」未知谷 2004 p596
維新の若者
　◇「決定版 三島由紀夫全集 35」新潮社 2003 p372
椅子
　◇「日影丈吉全集 8」国書刊行会 2004 p888
椅子
　◇「決定版 三島由紀夫全集 18」新潮社 2002 p343
いづこへ
　◇「坂口安吾全集 4」筑摩書房 1998 p159
何処へ
　◇「大庭みな子全集 6」日本経済新聞出版社 2009 p417

いずこも同じ
　◇「[野呂邦暢] 随筆コレクション 1」みすず書房 2014 p188
伊豆山にて
　◇「谷崎潤一郎全集 25」中央公論新社 2016 p299
『伊豆山放談』
　◇「谷崎潤一郎全集 23」中央公論新社 2017 p129
イースターエッグ
　◇「清水アリカ全集」河出書房新社 2011 p373
イースター島の謎
　◇「定本 荒巻義雄メタSF全集 5」彩流社 2015 p374
イスタンブールの熊
　◇「阿川弘之全集 18」新潮社 2007 p499
「伊豆の踊子」「温泉宿」「抒情歌」「禽獣」について
　◇「決定版 三島由紀夫全集 27」新潮社 2003 p317
伊豆の雑木林
　◇「大庭みな子全集 12」日本経済新聞出版社 2010 p54
泉
　◇「石牟礼道子全集 12」藤原書店 2005 p494
泉
　◇「辻邦生全集 5」新潮社 2004 p189
泉への遡行
　◇「石牟礼道子全集 6」藤原書店 2006 p244
いづみからいづみへ (金子いづみへの手紙=一九八〇年五月五日～一九八六年一月二五日)
　◇「鈴木いづみコレクション 8」文遊社 1998 p235
泉鏡花君のこと―人並びに作品を通して
　◇「徳田秋聲全集 20」八木書店 2001 p330
泉鏡花君の死―人と芸術への感慨
　◇「徳田秋聲全集 23」八木書店 2001 p134
泉鏡花君の人と作品
　◇「徳田秋聲全集 23」八木書店 2001 p135
泉鏡花といふ男
　◇「徳田秋聲全集 22」八木書店 2001 p306
泉鏡花の魅力 [対談] (澁澤龍彦)
　◇「決定版 三島由紀夫全集 40」新潮社 2004 p394
泉先生と私
　◇「谷崎潤一郎全集 19」中央公論新社 2015 p516
泉探偵自身の事件
　◇「山田風太郎ミステリー傑作選 10」光文社 2002 (光文社文庫) p57
泉名月『湯島の白梅』
　◇「小檜山博全集 6」柏艪舎 2006 p349
いづみの映画エッセイ
　◇「鈴木いづみコレクション 7」文遊社 1997 p231
いづみの映画私史
　◇「鈴木いづみコレクション 7」文遊社 1997 p9
いづみの三文旅行記―アムステルダムより愛をこめて
　◇「鈴木いづみコレクション 6」文遊社 1997 p143

いすみ

いづみの日記 一九七〇年
　◇「鈴木いづみセカンド・コレクション 3」文遊社 2004 p133
いづみの甦る勤労感謝感激
　◇「鈴木いづみコレクション 6」文遊社 1997 p207
泉光篇(「季刊 リュミエール」匿名コラム)
　◇「金井美恵子エッセイ・コレクション—1964-2013 1」平凡社 2013 p516
泉山問題について
　◇「宮本百合子全集 18」新日本出版社 2002 p161
出雲
　◇「小松左京全集 完全版 27」城西国際大学出版会 2007 p283
出雲伝説が伝わっている！
　◇「小松左京全集 完全版 31」城西国際大学出版会 2008 p20
改訂完全版出雲伝説7／8の殺人
　◇「島田荘司全集 2」南雲堂 2008 p383
出雲のお国
　◇「丸谷才一全集 8」文藝春秋 2014 p225
出雲の神々
　◇「小島信夫短篇集成 8」水声社 2014 p195
イスラム寺院—典型的な「遠交近攻策」
　◇「小松左京全集 完全版 43」城西国際大学出版会 2014 p241
いずれあやめか
　◇「大庭みな子全集 16」日本経済新聞出版社 2010 p83
いずれにせよ「人間の全体は溶ける」—中原昌也『悲惨すぎる家なき子の死』
　◇「金井美恵子エッセイ・コレクション—1964-2013 1」平凡社 2013 p447
何れの作品を買ふか
　◇「徳田秋聲全集 23」八木書店 2001 p284
いづれ春永に
　◇「決定版 三島由紀夫全集 29」新潮社 2003 p627
椅子は空いている
　◇「大坪砂男全集 4」東京創元社 2013（創元推理文庫）p422
伊勢
　◇「小松左京全集 完全版 27」城西国際大学出版会 2007 p219
異性の間の友情
　◇「宮本百合子全集 13」新日本出版社 2001 p440
異性の何処に魅せられるか
　◇「宮本百合子全集 9」新日本出版社 2001 p241
異性の友情
　◇「宮本百合子全集 15」新日本出版社 2001 p185
異性は異星人
　◇「鈴木いづみコレクション 5」文遊社 1996 p228
伊勢音頭
　◇「小松左京全集 完全版 27」城西国際大学出版会 2007 p242

伊勢から四国を結ぶ縦貫道を造れ
　◇「小松左京全集 完全版 29」城西国際大学出版会 2007 p59
遺跡
　◇「小松左京全集 完全版 43」城西国際大学出版会 2014 p389
　◇「小松左京全集 完全版 25」城西国際大学出版会 2017 p29
伊勢神宮
　◇「小松左京全集 完全版 40」城西国際大学出版会 2012 p253
異説・軽井沢心中
　◇「土屋隆夫コレクション新装版 妻に捧げる犯罪」光文社 2003（光文社文庫）p405
異説猿ケ辻の変
　◇「隆慶一郎全集 6」新潮社 2009 p361
　◇「隆慶一郎短編全集 2」日本経済新聞出版社 2014（日経文芸文庫）p168
異説高尾斬り
　◇「国枝史郎伝奇短篇小説集成 1」作品社 2006 p184
異説蝶々夫人
　◇「日影丈吉全集 4」国書刊行会 2003 p466
伊勢物語
　◇「大庭みな子全集 19」日本経済新聞出版社 2010 p55
伊勢物語のこと
　◇「決定版 三島由紀夫全集 26」新潮社 2003 p345
伊勢物語—夢かうつつの人生模様〔対談者〕河合隼雄
　◇「大庭みな子全集 20」日本経済新聞出版社 2010 p537
依然続いた「東京情報」
　◇「小松左京全集 完全版 46」城西国際大学出版会 2016 p46
異装異物
　◇「小田実全集 小説 30」講談社 2012 p7
居候匆々
　◇「内田百閒集成 14」筑摩書房 2003（ちくま文庫）p7
忙しい共同生活
　◇「小田実全集 小説 37」講談社 2013 p71
急旅色段々（いそぎたびいろのだんだん）
　◇「20世紀断層—野坂昭如単行本未収録小説集成 補巻」幻戯書房 2010 p421
急ぎ給え
　◇「国枝史郎歴史小説傑作選」作品社 2006 p505
磯田光一著『戦後批評家論』
　◇「安部公房全集 22」新潮社 1999 p356
磯田多佳女のこと
　◇「谷崎潤一郎全集 20」中央公論新社 2015 p311
イソップ
　◇「寺山修司著作集 4」クインテッセンス出版 2009 p141

イソップ株式会社
　◇「井上ひさし短編中編小説集成 12」岩波書店 2015 p307
「イソップとひよどり」(庄野潤三) 書評
　◇「小沼丹全集 4」未知谷 2004 p716
イソップの裁判
　◇「安部公房全集 3」新潮社 1997 p319
イソップは、イソップ物語を面白がる人間に腹を立てる
　◇「安部公房全集 3」新潮社 1997 p338
痛い挨拶
　◇「石牟礼道子全集 9」藤原書店 2006 p461
いたい風
　◇「鮎川哲也コレクション わるい風」光文社 2007 (光文社文庫) p109
偉大な姉妹
　◇「決定版 三島由紀夫全集 18」新潮社 2002 p257
偉大な戦記
　◇「坂口安吾全集 3」筑摩書房 1999 p381
偉大なる存在
　◇「小松左京全集 完全版 15」城西国際大学出版会 2010 p42
偉大なる父
　◇「20世紀断層―野坂昭如単行本未収録小説集成 4」幻戯書房 2010 p559
偉大なる夢
　◇「江戸川乱歩全集 14」光文社 2004 (光文社文庫) p335
偉大な私の先生
　◇「決定版 三島由紀夫全集 35」新潮社 2003 p223
委託殺人
　◇「安部公房全集 19」新潮社 1999 p55
いたこのいたマン
　◇「田中小実昌エッセイ・コレクション 4」筑摩書房 2003 (ちくま文庫) p128
いたずら
　◇「小松左京全集 完全版 25」城西国際大学出版会 2017 p406
いたずら
　◇「向田邦子全集 新版 4」文藝春秋 2009 p183
悪戯のすすめ
　◇「遠藤周作エッセイ選集 3」光文社 2006 (知恵の森文庫) p10
いたずらゆうれい
　◇「都筑道夫少年小説コレクション 5」本の雑誌社 2005 p187
ヰタ・セクスアリス
　◇「〔森〕鷗外近代小説集 1」岩波書店 2013 p223
鼬
　◇「石上玄一郎作品集 1」日本図書センター 2004 p211
　◇「石上玄一郎小説作品集成 1」未知谷 2008 p7

イタチ捕り
　◇「小檜山博全集 1」柏艪舎 2006 p385
いだ天百里
　◇「山田風太郎妖異小説コレクション 白波五人帖・いだてん百里」徳間書店 2004 (徳間文庫) p331
板前志願
　◇「向田邦子全集 新版 10」文藝春秋 2010 p144
ヰタ・マキニカリス 上
　◇「稲垣足穂コレクション 2」筑摩書房 2005 (ちくま文庫)
ヰタ・マキニカリス 下
　◇「稲垣足穂コレクション 3」筑摩書房 2005 (ちくま文庫)
いたましいグラス
　◇「金井美恵子エッセイ・コレクション―1964-2013 1」平凡社 2013 p134
痛ましい予言者―海野十三著『敗戦日記』
　◇「中井英夫全集 6」東京創元社 1996 (創元ライブラリ) p490
いたましき人
　◇「谷崎潤一郎全集 13」中央公論新社 2015 p430
痛み
　◇「小檜山博全集 6」柏艪舎 2006 p15
痛
　◇「徳田秋聲全集 9」八木書店 1998 p393
痛みをたのしんだ江戸っ子たち
　◇「小松左京全集 完全版 34」城西国際大学出版会 2009 p289
悼む
　◇「小田実全集 評論 27」講談社 2013 p355
イタリア絵画史
　◇「[野呂邦暢] 随筆コレクション 2」みすず書房 2014 p317
『イタリア紀行』(上・中・下) ゲーテ
　◇「須賀敦子全集 4」河出書房新社 2007 (河出文庫) p500
イタリア現代詩論
　◇「須賀敦子全集 6」河出書房新社 2007 (河出文庫) p133
イタリア語と私
　◇「須賀敦子全集 2」河出書房新社 2006 (河出文庫) p471
イタリア中世詩論
　◇「須賀敦子全集 6」河出書房新社 2007 (河出文庫) p45
イタリアの現代詩
　◇「須賀敦子全集 6」河出書房新社 2007 (河出文庫) p186
伊太利亜の古陶
　◇「宮本百合子全集 2」新日本出版社 2001 p346
イタリアの詩人たち
　◇「須賀敦子全集 5」河出書房新社 2008 (河出文庫) p11

いたり

イタリアの旅
- ◇「小檜山博全集 8」柏艪舎 2006 p326

イタリアの鳩
- ◇「向田邦子全集 新版 9」文藝春秋 2009 p139

イタリアびと
- ◇「山田風太郎エッセイ集成 風山房風呂焚き唄」筑摩書房 2008 p80

イタリア文学論
- ◇「須賀敦子全集 6」河出書房新社 2007（河出文庫）p9

イタリー芸術に在る一つの問題―所謂「脱出」への疑問
- ◇「宮本百合子全集 13」新日本出版社 2001 p137

醫談
- ◇「小酒井不木随筆評論選集 6」本の友社 2004 p173

『異端者の悲しみ』
- ◇「谷崎潤一郎全集 4」中央公論新社 2015 p309

異端者の悲しみ
- ◇「谷崎潤一郎全集 4」中央公論新社 2015 p313

異端者の告発
- ◇「安部公房全集 1」新潮社 1997 p447

異端審問を拒否する時
- ◇「安部公房全集 27」新潮社 2000 p94

異端と幻想の文学
- ◇「中井英夫全集 6」東京創元社 1996（創元ライブラリ）p325

異端のパスポート
- ◇「安部公房全集 22」新潮社 1999 p139

異端の美食家―中野美代子著『迷宮としての人間』
- ◇「中井英夫全集 6」東京創元社 1996（創元ライブラリ）p476

異端の復権―久生・夢野・橘
- ◇「中井英夫全集 6」東京創元社 1996（創元ライブラリ）p369

一宇宙人のみた太平洋戦争
- ◇「小松左京全集 完全版 15」城西国際大学出版会 2010 p337

一S・Fファンのわがままな希望
- ◇「決定版 三島由紀夫全集 32」新潮社 2003 p582

一円玉
- ◇「小檜山博全集 7」柏艪舎 2006 p217

一億数千万年VS.九十年
- ◇「小松左京全集 完全版 40」城西国際大学出版会 2012 p307

一月十七日午前五時四十六分
- ◇「小田実全集 評論 21」講談社 2012 p10

一月七日
- ◇「目取真俊短篇小説選集 1」影書房 2013 p311

一月二十四日と大逆事件
- ◇「瀬戸内寂聴随筆選 2」ゆまに書房 2009 p181

一月の小説
- ◇「徳田秋聲全集 21」八木書店 2001 p45

一月の創作壇
- ◇「徳田秋聲全集 20」八木書店 2001 p6

1月例会（例会次第）〔楯の会〕
- ◇「決定版 三島由紀夫全集 36」新潮社 2003 p676

市ケ谷駅附近
- ◇「小島信夫批評集成 2」水声社 2011 p194

市川団蔵
- ◇「徳田秋聲全集 20」八木書店 2001 p41

「一観客」としての期待
- ◇「安部公房全集 30」新潮社 2009 p76

一教師の反省
- ◇「小島信夫批評集成 2」水声社 2011 p396

一隅
- ◇「宮本百合子全集 9」新日本出版社 2001 p419

一隅の花
- ◇「石牟礼道子全集 15」藤原書店 2012 p366

一隅より
- ◇「徳田秋聲全集 19」八木書店 2000 p362
- ◇「徳田秋聲全集 19」八木書店 2000 p363
- ◇「徳田秋聲全集 19」八木書店 2000 p379
- ◇「徳田秋聲全集 19」八木書店 2000 p381
- ◇「徳田秋聲全集 19」八木書店 2000 p392
- ◇「徳田秋聲全集 19」八木書店 2000 p400
- ◇「徳田秋聲全集 19」八木書店 2000 p421
- ◇「徳田秋聲全集 19」八木書店 2000 p441
- ◇「徳田秋聲全集 19」八木書店 2000 p455

一隅より（日記のうち）
- ◇「徳田秋聲全集 19」八木書店 2000 p407

一隅より「見た芝居」
- ◇「徳田秋聲全集 19」八木書店 2000 p364

一軍人の死
- ◇「阿川弘之全集 18」新潮社 2007 p19

苺
- ◇「決定版 三島由紀夫全集 20」新潮社 2002 p41

『一期一会・さくらの花』『オニチャ』『錬金術師通り』
- ◇「須賀敦子全集 4」河出書房新社 2007（河出文庫）p382

一高・東大時代（加藤秀俊, 松本重治）
- ◇「小松左京全集 完全版 38」城西国際大学出版会 2010 p173

苺をつぶしながら
- ◇「田辺聖子全集 6」集英社 2004 p485

一語がひらく別世界
- ◇「宮城谷昌光全集 21」文藝春秋 2004 p241

苺畑よ永遠に
- ◇「加藤幸子自選作品集 2」未知谷 2013 p257

いちじく
- ◇「向田邦子全集 新版 8」文藝春秋 2009 p251

無花果
　◇「定本 久生十蘭全集 10」国書刊行会 2011 p384
一事件
　◇「小林秀雄全作品 13」新潮社 2003 p77
　◇「小林秀雄全集 補巻 2」新潮社 2010 p170
一時一〇分
　◇「鮎川哲也コレクション 早春に死す」光文社 2007（光文社文庫）p99
一字の重み
　◇「宮城谷昌光全集 21」文藝春秋 2004 p486
一汁一菜
　◇「山田風太郎エッセイ集成 風山房風呂焚き唄」筑摩書房 2008 p152
一条の縄
　◇「宮本百合子全集 33」新日本出版社 2004 p489
イチスジ
　◇「向田邦子全集 新版 10」文藝春秋 2010 p134
一青年の道徳的判断
　◇「決定版 三島由紀夫全集 27」新潮社 2003 p195
一族再会
　◇「開高健ルポルタージュ選集 声の狩人」光文社 2008（光文社文庫）p7
一太と母
　◇「宮本百合子全集 3」新日本出版社 2001 p359
一転機
　◇「徳田秋聲全集 3」八木書店 1999 p89
一読者からの手紙
　◇「松下竜一未刊行著作集 3」海鳥社 2009 p98
一読者として（吉田満著「戦艦大和の最期」）
　◇「決定版 三島由紀夫全集 27」新潮社 2003 p669
一度に起ち上るんだ！
　◇「上野壮夫全集 1」図書新聞 2010 p159
一度水をくぐってから
　◇「金井美恵子エッセイ・コレクション一1964-2013 4」平凡社 2014 p414
「一二会」その他
　◇「吉行淳之介エッセイ・コレクション 3」筑摩書房 2004（ちくま文庫）p55
一、二、三！
　◇「山田風太郎妖異小説コレクション 地獄太夫」徳間書店 2003（徳間文庫）p460
一日
　◇〔野呂邦暢〕随筆コレクション 2」みすず書房 2014 p114
一日
　◇「宮本百合子全集 33」新日本出版社 2004 p446
一日一信
　◇「徳田秋聲全集 19」八木書店 2000 p393
　◇「徳田秋聲全集 19」八木書店 2000 p395
　◇「徳田秋聲全集 19」八木書店 2000 p397
　◇「徳田秋聲全集 19」八木書店 2000 p398
　◇「徳田秋聲全集 19」八木書店 2000 p401
　◇「徳田秋聲全集 19」八木書店 2000 p403
　◇「徳田秋聲全集 19」八木書店 2000 p404
　◇「徳田秋聲全集 19」八木書店 2000 p406
　◇「徳田秋聲全集 19」八木書店 2000 p408
　◇「徳田秋聲全集 19」八木書店 2000 p418
　◇「徳田秋聲全集 19」八木書店 2000 p420
　◇「徳田秋聲全集 19」八木書店 2000 p422
　◇「徳田秋聲全集 19」八木書店 2000 p423
　◇「徳田秋聲全集 19」八木書店 2000 p426
　◇「徳田秋聲全集 19」八木書店 2000 p427
　◇「徳田秋聲全集 19」八木書店 2000 p428
　◇「徳田秋聲全集 19」八木書店 2000 p429
　◇「徳田秋聲全集 19」八木書店 2000 p431
　◇「徳田秋聲全集 19」八木書店 2000 p433
　◇「徳田秋聲全集 19」八木書店 2000 p434
　◇「徳田秋聲全集 19」八木書店 2000 p436
　◇「徳田秋聲全集 19」八木書店 2000 p437
　◇「徳田秋聲全集 19」八木書店 2000 p439
　◇「徳田秋聲全集 19」八木書店 2000 p441
　◇「徳田秋聲全集 19」八木書店 2000 p454
　◇「徳田秋聲全集 19」八木書店 2000 p456
　◇「徳田秋聲全集 20」八木書店 2001 p6
　◇「徳田秋聲全集 20」八木書店 2001 p13
　◇「徳田秋聲全集 20」八木書店 2001 p15
　◇「徳田秋聲全集 20」八木書店 2001 p16
　◇「徳田秋聲全集 20」八木書店 2001 p17
　◇「徳田秋聲全集 20」八木書店 2001 p24
　◇「徳田秋聲全集 20」八木書店 2001 p40
　◇「徳田秋聲全集 20」八木書店 2001 p44
　◇「徳田秋聲全集 20」八木書店 2001 p50
　◇「徳田秋聲全集 20」八木書店 2001 p51
　◇「徳田秋聲全集 20」八木書店 2001 p52
　◇「徳田秋聲全集 20」八木書店 2001 p53
　◇「徳田秋聲全集 20」八木書店 2001 p62
　◇「徳田秋聲全集 20」八木書店 2001 p63
　◇「徳田秋聲全集 20」八木書店 2001 p76
　◇「徳田秋聲全集 20」八木書店 2001 p77
　◇「徳田秋聲全集 20」八木書店 2001 p87
　◇「徳田秋聲全集 20」八木書店 2001 p88
　◇「徳田秋聲全集 20」八木書店 2001 p92
　◇「徳田秋聲全集 20」八木書店 2001 p103
　◇「徳田秋聲全集 20」八木書店 2001 p121
　◇「徳田秋聲全集 20」八木書店 2001 p125
一日一屁
　◇「小松左京全集 完全版 25」城西国際大学出版会 2017 p453
一日紳士
　◇「野坂昭如エッセイ・コレクション 1」筑摩書房 2004（ちくま文庫）p55
一日240時間
　◇「安部公房全集 23」新潮社 1999 p63
一日の仕事が終わる
　◇「片岡義男コレクション 2」早川書房 2009（ハヤカワ文庫）p327
一日は長い、だけど
　◇「鈴木いづみコレクション 6」文遊社 1997 p95

いちに

一人称のトリック―自作解説
　◇「橋本治短篇小説コレクション　鞦韆」筑摩書房
　　2006（ちくま文庫）p335
一念
　◇「徳田秋聲全集 2」八木書店 1999 p180
一年生のお爺さん
　◇「アンドロギュノスの裔　渡辺温全集」東京創元社
　　2011（創元推理文庫）p359
1年のずれ
　◇「宮城谷昌光全集 21」文藝春秋 2004 p439
一年半の青春
　◇「小檜山博全集 6」柏艪舎 2006 p24
一年半待て
　◇「松本清張傑作短篇コレクション　上」文藝春秋
　　2004（文春文庫）p109
　◇「松本清張短編全集 08」光文社 2009（光文社文
　　庫）p159
一の倉沢
　◇「定本 久生十蘭全集 9」国書刊行会 2011 p631
市場へ
　◇「立松和平全小説 5」勉誠出版 2010 p65
市場のある町
　◇「佐々木基一全集 8」河出書房新社 2013 p270
市場の賑わい
　◇「立松和平全小説 16」勉誠出版 2012 p165
「一番」
　◇「小沼丹全集 3」未知谷 2004 p243
一番争いはもうやめて
　◇「大庭みな子全集 23」日本経済新聞出版社 2011
　　p666
一番寒い場所
　◇「車谷長吉全集 1」新書館 2010 p465
一番損な役は
　◇「松下竜一未刊行著作集 3」海鳥社 2009 p233
一番はじめの出来事
　◇「金井美恵子エッセイ・コレクション―1964-
　　2013 3」平凡社 2013 p377
一番はじめの出来事
　◇「中上健次集 1」インスクリプト 2014 p99
一番病
　◇「向田邦子全集 新版 8」文藝春秋 2009 p287
一番はもうたくさん
　◇「大庭みな子全集 23」日本経済新聞出版社 2011
　　p660
一病息災―の章
　◇「色川武大・阿佐田哲也エッセイズ 1」筑摩書房
　　2003（ちくま文庫）p54
一秒前
　◇「小檜山博全集 4」柏艪舎 2006 p484
一分一幾何学
　◇「定本 荒巻義雄メタSF全集 別巻」彩流社 2015
　　p40

1+1
　◇「金井美恵子自選短篇集 砂の粒／孤独な場所で」
　　講談社 2014（講談社文芸文庫）p194
一頁自伝
　◇「江戸川乱歩全集 30」光文社 2005（光文社文
　　庫）p15
一頁人物論―鎌田俊彦・泉水博・大道寺将司
　◇「松下竜一未刊行著作集 5」海鳥社 2009 p205
一編集者の死
　◇「阿川弘之全集 16」新潮社 2006 p476
一枚の切符
　◇「江戸川乱歩全集 1」光文社 2004（光文社文庫）
　　p55
　◇「江戸川乱歩全集 8」沖積舎 2007 p145
一枚の写真から
　◇「野呂邦暢」随筆コレクション 1」みすず書房
　　2014 p47
一万円札フィーバーの中で気にかかること―
　福沢精神にのっとって一言
　◇「松下竜一未刊行著作集 1」海鳥社 2008 p312
一夢庵風流記 上
　◇「隆慶一郎全集 15」新潮社 2010 p7
一夢庵風流記 下
　◇「隆慶一郎全集 16」新潮社 2010 p7
市村竹之丞に期待する
　◇「決定版 三島由紀夫全集 33」新潮社 2003 p36
〈一問一答〉
　◇「安部公房全集 25」新潮社 1999 p348
一問一答
　◇「徳田秋聲全集 19」八木書店 2000 p178
一夜会
　◇「内田百閒集成 18」筑摩書房 2004（ちくま文
　　庫）p15
一夜官女
　◇「司馬遼太郎短篇全集 5」文藝春秋 2005 p263
いちやづけ　野坂昭如の小説2
　◇「20世紀断層―野坂昭如単行本未収録小説集成 3」
　　幻戯書房 2010 p315
一夜の宿［翻訳］（R.L.スチヴンスン）
　◇「小沼丹全集 補巻」未知谷 2005 p121
イチョウ
　◇「松下竜一未刊行著作集 1」海鳥社 2008 p321
公孫樹（いちょう）
　◇「大庭みな子全集 12」日本経済新聞出版社 2010
　　p37
一葉が喚起する裏町の姿
　◇「辻邦生全集 18」新潮社 2005 p50
一葉女史の作物
　◇「徳田秋聲全集 19」八木書店 2000 p87
銀杏散りやまず
　◇「辻邦生全集 13」新潮社 2005 p7
一葉の財産
　◇「井上ひさしコレクション　人間の巻」岩波書店

2005 p3

銀杏の下かげに
　◇「石牟礼道子全集 16」藤原書店 2013 p595

一葉の辛抱
　◇「須賀敦子全集 4」河出書房新社 2007（河出文庫）p549

一葉のもっとも愛したもの
　◇「井上ひさしコレクション 人間の巻」岩波書店 2005 p302

銀杏の落葉
　◇「徳田秋聲全集 19」八木書店 2000 p66

一里塚としての法廷
　◇「石牟礼道子全集 10」藤原書店 2006 p487

一粒万倍穂に穂
　◇「立松和平全小説 8」勉誠出版 2010 p191

一連の非プロレタリア的作品─「亀のチャーリー」「幼き合唱」「樹のない村」
　◇「宮本百合子全集 11」新日本出版社 2001 p278

一、わが愛読の書 二、青年に読ませたい本
　◇「坂口安吾全集 別巻」筑摩書房 2012 p12

いつか聴いた歌
　◇「片岡義男コレクション 3」早川書房 2009（ハヤカワ文庫）p421

〈一か月で三年分やった〉『時事新報』のインタビューに答えて
　◇「安部公房全集 4」新潮社 1997 p485

一家言を排す
　◇「坂口安吾全集 2」筑摩書房 1999 p167

一家団欒
　◇「徳田秋聲全集 29」八木書店 2002 p84

いつかのゆめ
　◇「決定版 三島由紀夫全集 37」新潮社 2004 p39

一顆涙
　◇「徳田秋聲全集 23」八木書店 2001 p246

一貫不惑
　◇「決定版 三島由紀夫全集 35」新潮社 2003 p453

一機の空襲警報
　◇「内田百閒集成 22」筑摩書房 2004（ちくま文庫）p13

五木寛之「日ノ影村の一族」
　◇「［野呂邦暢］随筆コレクション 2」みすず書房 2014 p429

一休
　◇「車谷長吉全集 3」新書館 2010 p630

一休禅師
　◇「谷崎潤一郎全集 25」中央公論新社 2016 p20

一休は足利義満の孫です
　◇「山田風太郎エッセイ集成 秀吉はいつ知ったか」筑摩書房 2008 p151

「一極構造」のなかの「アメリカ民主主義帝国」
　◇「小田実全集 評論 29」講談社 2013 p26

一句を繞る感想
　◇「佐々木基一全集 1」河出書房新社 2013 p444

厳島詣
　◇「小島信夫短篇集成 8」水声社 2014 p397

一刻
　◇「宮本百合子全集 17」新日本出版社 2002 p134

一個のナイフより
　◇「横溝正史探偵小説コレクション 1」出版芸術社 2004 p5

〈いつごろからか〉
　◇「安部公房全集 2」新潮社 1997 p232

〈一切が僕等に〉
　◇「安部公房全集 2」新潮社 1997 p197

一切のセクトを排す
　◇「安部公房全集 30」新潮社 2009 p40

「一切の暴力的なものを排した政治」
　◇「小田実全集 評論 17」講談社 2012 p49

一茶語る
　◇「国枝史郎伝奇短篇小説集成 1」作品社 2006 p296

一冊の手帳
　◇「林京子全集 7」日本図書センター 2005 p50

一冊の本─ラディゲ「ドルヂェル伯の舞踏会」
　◇「決定版 三島由紀夫全集 32」新潮社 2003 p624

一冊の本─吾輩は猫である（夏目漱石著）
　◇「向田邦子全集 新版 6」文藝春秋 2009 p110

一茶との一夜
　◇「井上ひさしコレクション 人間の巻」岩波書店 2005 p24

一死当選
　◇「20世紀断層─野坂昭如単行本未収録小説集成 補巻」幻戯書房 2010 p545

一週間詩集
　◇「決定版 三島由紀夫全集 37」新潮社 2004 p521

一周忌に際し泡鳴氏の人と芸術を懐ふ
　◇「徳田秋聲全集 20」八木書店 2001 p178

一種の戦友
　◇「小田実全集 小説 37」講談社 2013 p152

一種の抽象絵画─小島信夫著「島」
　◇「安部公房全集 30」新潮社 2009 p53

一種の反小説
　◇「丸谷才一全集 10」文藝春秋 2014 p151

『一瞬の人生』
　◇「小檜山博全集 8」柏艪舎 2006 p381

一生に一度の月
　◇「小松左京全集 完版 25」城西国際大学出版会 2017 p368

一生の「公案」─桑原武夫先生と私
　◇「小松左京全集 完版 41」城西国際大学出版会 2013 p128

一生分のエネルギー─「日本人のへそ」
　◇「井上ひさしコレクション ことばの巻」岩波書店

いつし

2005 p325

一緒に生きたい
◇「大庭みな子全集 18」日本経済新聞出版社 2010 p372

逸すべからざる短篇
◇「色川武大・阿佐田哲也エッセイズ 1」筑摩書房 2003（ちくま文庫）p355

一寸後は闇
◇「安部公房全集 23」新潮社 1999 p24

一寸さきは闇
◇「小島信夫短篇集成 6」水声社 2015 p425

一寸法師
◇「江戸川乱歩全集 2」光文社 2004（光文社文庫）p495
◇「江戸川乱歩全集 1」沖積舎 2006 p105

〔SF日本おとぎ話〕一寸法師
◇「小松左京全集 完全版 24」城西国際大学出版会 2016 p413

一寸法師雑記
◇「江戸川乱歩全集 24」光文社 2005（光文社文庫）p205

いっせい違反
◇「小松左京全集 完全版 25」城西国際大学出版会 2017 p171

一千一秒物語
◇「稲垣足穂コレクション 1」筑摩書房 2005（ちくま文庫）p9

一千の生霊を呑む死の硫化泥を行く
◇「松田解子自選集 8」澤田出版 2008 p18

一閃の大帝
◇「山田風太郎エッセイ集成 昭和前期の青春」筑摩書房 2007 p176

一千百人の恐怖
◇「小松左京全集 完全版 28」城西国際大学出版会 2006 p258

一双の屏風のやうに
◇「丸谷才一全集 9」文藝春秋 2013 p346

いったい彼らは何のために殺されたのか
◇「小田実全集 評論 34」講談社 2013 p133

逸題詩篇
◇「決定版 三島由紀夫全集 37」新潮社 2004 p762

いつだってティータイム
◇「鈴木いづみコレクション 5」文遊社 1996 p7
◇「鈴木いづみプレミアム・コレクション」文遊社 2006 p345

逝った人たち
◇「大庭みな子全集 18」日本経済新聞出版社 2010 p110

一丁倫敦殺人事件
◇「日影丈吉全集 3」国書刊行会 2003 p451

イッツ ア ビューティフル デイ
◇「20世紀断層―野坂昭如単行本未収録小説集成 補巻」幻戯書房 2010 p530

一対の作品―「サド侯爵夫人」と「わが友ヒットラー」
◇「決定版 三島由紀夫全集 35」新潮社 2003 p472

五つのきまり手
◇「小松左京全集 完全版 40」城西国際大学出版会 2012 p240

五つの時計
◇「鮎川哲也コレクション 白昼の悪魔」光文社 2007（光文社文庫）p131

一滴の汚水
◇「立松和平全小説 16」勉誠出版 2012 p179

一滴の夏
◇「野呂邦暢小説集成 3」文遊社 2014 p461

「一滴の夏について」
◇「[野呂邦暢] 随筆コレクション 1」みすず書房 2014 p280

一滴の水
◇「古井由吉自撰作品 8」河出書房新社 2012 p197

逝ってしまった先達たち
◇「大庭みな子全集 16」日本経済新聞出版社 2010 p320

1・19と私
◇「野坂昭如エッセイ・コレクション 2」筑摩書房 2004（ちくま文庫）p68

一刀斎と歩く
◇「山田風太郎ミステリー傑作選 10」光文社 2002（光文社文庫）p443

一刀斎の早技
◇「国枝史郎伝奇短篇小説集成 2」作品社 2006 p405

一刀斎の麻雀
◇「色川武大・阿佐田哲也エッセイズ 3」筑摩書房 2003（ちくま文庫）p86

一等車
◇「内田百閒集成 2」筑摩書房 2002（ちくま文庫）p12

一等車
◇「小田実全集 小説 35」講談社 2013 p144

一等旅行の弁
◇「内田百閒集成 2」筑摩書房 2002（ちくま文庫）p65

いつになったらやめられるのか―『草の根通信』二〇〇号に
◇「松下竜一未刊行著作集 4」海鳥社 2008 p411

いつの日か認識の果てに立ち……
◇「辻邦生全集 18」新潮社 2005 p159

一杯亭綺伝
◇「横溝正史自選集 7」出版芸術社 2007 p379

一杯のコーヒーから
◇「向田邦子全集 新版 10」文藝春秋 2010 p123

一白水星の低迷運
◇「車谷長吉全集 3」新書館 2010 p466

「一般移動科学」について
　◇「小松左京全集 完全版 31」城西国際大学出版会 2008 p303
一般的な俳優の問題と演劇一般にみる角度—桐朋学園金曜講座
　◇「安部公房全集 24」新潮社 1999 p497
一般文壇と探偵小説
　◇「江戸川乱歩全集 26」光文社 2003（光文社文庫）p212
一匹狼
　◇「辻井喬コレクション 7」河出書房新社 2003 p264
一匹と九十九匹と—ひとつの半時代的考察
　◇「福田恆存評論集 1」麗澤大學出版會, 廣池學園事業部〔発売〕2009 p316
一匹と二人
　◇「小沼丹全集 2」未知谷 2004 p709
一匹の羊
　◇「金鶴泳作品集 2」クレイン 2006 p547
イッヒッヒ作戦
　◇「小松左京全集 完全版 16」城西国際大学出版会 2011 p134
一票の教訓
　◇「宮本百合子全集 16」新日本出版社 2002 p254
『一夫一婦制』への疑問〔対談者〕渡辺淳一
　◇「大庭みな子全集 18」日本経済新聞出版社 2010 p407
一夫一婦制って本当にいいの？
　◇「小松左京全集 完全版 34」城西国際大学出版会 2009 p29
一夫一婦制について
　◇「吉行淳之介エッセイ・コレクション 2」筑摩書房 2004（ちくま文庫）p294
一夫一婦制禮讃論（八月三十一日）
　◇「福田恆存評論集 16」麗澤大學出版會, 廣池學園事業部〔発売〕2010 p260
一服
　◇「内田百閒集成 12」筑摩書房 2003（ちくま文庫）p273
一夫多妻は男の天国か？
　◇「小松左京全集 完全版 34」城西国際大学出版会 2009 p162
一平全集の語るもの
　◇「瀬戸内寂聴随筆選 2」ゆまに書房 2009 p63
一兵卒の俺は
　◇「上野壮夫全集 1」図書新聞 2010 p73
「一兵卒の視点から」大岡昇平との対話（一九七九年）
　◇「小田実全集 評論 28」講談社 2013 p129
一兵卒は語る
　◇「上野壮夫全集 3」図書新聞 2011 p158
"一辺倒外交"の君子国
　◇「小松左京全集 完全版 39」城西国際大学出版会 2012 p12
一片のメロドラマ
　◇「20世紀断層—野坂昭如単行本未収録小説集成 5」幻戯書房 2010 p106
一歩の一歩
　◇「中井英夫全集 7」東京創元社 1998（創元ライブラリ）p589
一本刀土俵入 二幕五場
　◇「長谷川伸傑作選 瞼の母」国書刊行会 2008 p99
一本七勺
　◇「内田百閒集成 11」筑摩書房 2003（ちくま文庫）p116
一本の樹
　◇「石牟礼道子全集 11」藤原書店 2005 p206
一本のステッキ
　◇「都筑道夫恐怖短篇集成 1」筑摩書房 2004（ちくま文庫）p246
一本の花
　◇「宮本百合子全集 3」新日本出版社 2001 p532
いっぽん橋
　◇「石牟礼道子全集 1」藤原書店 2004 p469
一橋
　◇「石牟礼道子全集 15」藤原書店 2012 p411
いつまたあう
　◇「定本 久生十蘭全集 9」国書刊行会 2011 p745
いつも明るい、元気な子 所ジョージ〔対談〕
　◇「鈴木いづみセカンド・コレクション 4」文遊社 2004 p193
いつも大投手がいない町
　◇「坂口安吾全集 14」筑摩書房 1999 p337
いつもの彼女、別な彼
　◇「片岡義男コレクション 2」早川書房 2009（ハヤカワ文庫）p257
いつものコース
　◇「山田風太郎エッセイ集成 秀吉はいつ知ったか」筑摩書房 2008 p18
いつも寄り添って
　◇「小島信夫批評集成 7」水声社 2011 p116
偽り
　◇「辻邦生全集 8」新潮社 2005 p344
偽りのない文化を
　◇「宮本百合子全集 18」新日本出版社 2002 p86
偽りの墳墓
　◇「鮎川哲也コレクション 偽りの墳墓」光文社 2002（光文社文庫）p5
イディス・ヘッドのファッション感覚が、A・ヘップバーンを女性雑誌の永遠のファッション・アイドルにした
　◇「金井美恵子エッセイ・コレクション—1964-2013 4」平凡社 2014 p165
町よ、ソウルイテウォンの女
　◇「中上健次集 10」インスクリプト 2017 p525

いてお

イデオロギイの問題
　◇「小林秀雄全集 補巻 2」新潮社 2010 p154
イデオロギイの問題
　◇「小林秀雄全作品 12」新潮社 2003 p269
〈いてつける星〉
　◇「安部公房全集 1」新潮社 1997 p90
凍てのあと
　◇「［山本周五郎］新編傑作選 4」小学館 2010（小学館文庫）p29
遺伝
　◇「寺山修司著作集 1」クインテッセンス出版 2009 p139
遺伝子工学
　◇「小松左京全集 完全版 36」城西国際大学出版会 2011 p277
糸
　◇「辻井喬コレクション 7」河出書房新社 2003 p68
糸井重里 「ぼくの言うこと信じるな」と言いたい〔対談〕
　◇「大庭みな子全集 22」日本経済新聞出版社 2011 p9
伊藤一刀斎──一刀に断つ
　◇「津本陽武芸小説集 1」PHP研究所 2007 p41
伊藤永之介氏著「鶯」を読みて
　◇「決定版 三島由紀夫全集 26」新潮社 2003 p57
伊藤計劃インタビュー
　◇「伊藤計劃記録〔第1〕」早川書房 2010 p180
伊藤計劃×円城塔「装飾と構造で乗り切る終末」〔対談〕
　◇「伊藤計劃記録〔第1〕」早川書房 2010 p172
伊藤計劃氏の心の一冊『ディファレンス・エンジン』
　◇「伊藤計劃記録〔第1〕」早川書房 2010 p131
伊藤計劃：第弐位相
　◇「伊藤計劃記録 第2位相」早川書房 2011 p111
伊東競輪告発後の訂正事項に関する上申書
　◇「坂口安吾全集 16」筑摩書房 2000 p481
伊東競輪告発状下書き
　◇「坂口安吾全集 16」筑摩書房 2000 p478
伊東競輪告発状に添付の写真説明
　◇「坂口安吾全集 16」筑摩書房 2000 p479
伊東静雄
　◇「決定版 三島由紀夫全集 28」新潮社 2003 p126
伊東静雄氏を悼む
　◇「決定版 三島由紀夫全集 28」新潮社 2003 p137
伊東静雄全集推薦の辞
　◇「決定版 三島由紀夫全集 31」新潮社 2003 p496
伊東静雄のこと
　◇「決定版 三島由紀夫全集 28」新潮社 2003 p140
伊東静雄の詩──わが詩歌
　◇「決定版 三島由紀夫全集 34」新潮社 2003 p250

伊藤整
　◇「佐々木基一全集 4」河出書房新社 2013 p86
伊藤整
　◇「福田恆存評論集 14」麗澤大学出版會，廣池學園事業部〔発売〕2010 p24
伊藤整氏の生活と意見──作家の見た作家
　◇「安部公房全集 4」新潮社 1997 p324
〔伊藤整〕青春の残像
　◇「佐々木基一全集 5」河出書房新社 2013 p45
伊藤整『氾濫』
　◇「小島信夫批評集成 2」水声社 2011 p742
伊藤整 不思議な印象
　◇「小島信夫批評集成 2」水声社 2011 p676
伊東特別市法審議会委員委嘱に対する返答
　◇「坂口安吾全集 16」筑摩書房 2000 p467
伊藤ルイさんを悼む
　◇「松下竜一未刊行著作集 2」海鳥社 2008 p222
糸繰りうた
　◇「石牟礼道子全集 1」藤原書店 2004 p455
糸車
　◇「山本周五郎長篇小説全集 4」新潮社 2013 p301
従妹への手紙──「子供の家」の物語
　◇「宮本百合子全集 11」新日本出版社 2001 p104
いとこ同志
　◇「小島信夫批評集成 2」水声社 2011 p375
いとこ同志
　◇「宮本百合子全集 2」新日本出版社 2001 p7
いとこ同士の結婚はいいかしら
　◇「小松左京全集 完全版 34」城西国際大学出版会 2009 p42
いとし、こいしの漫才人生「小松左京マガジン」編集長インタビュー 第二十三回（喜味こいし）
　◇「小松左京全集 完全版 49」城西国際大学出版会 2017 p277
いとしさの行方
　◇「石牟礼道子全集 1」藤原書店 2004 p51
いとしのセシリア
　◇「橋本治短篇小説コレクション S&Gグレイテスト・ヒッツ+1」筑摩書房 2006（ちくま文庫）p348
いとしのブリジット・ボルドー
　◇「井上ひさし短編中編小説集成 1」岩波書店 2014 p115
　◇「井上ひさし短編中編小説集成 1」岩波書店 2014 p241
衣と食の問題
　◇「徳田秋聲全集 20」八木書店 2001 p351
糸でんわ
　◇「松下竜一未刊行著作集 1」海鳥社 2008 p326
糸ノコとジグザグ
　◇「島田荘司 very BEST 10 Reader's Selection」講談社 2007（講談社box）p85
　◇「島田荘司全集 6」南雲堂 2014 p718

糸の目
　◇「向田邦子全集 新版 10」文藝春秋 2010 p34

糸巻のあった客間
　◇「大庭みな子全集 12」日本経済新聞出版社 2010 p400

糸山英太郎氏のうそ
　◇「井上ひさしコレクション 人間の巻」岩波書店 2005 p202

田舎医師
　◇「日影丈吉全集 6」国書刊行会 2002 p70

田舎医師
　◇「松本清張傑作選 戦い続けた男の素顔」新潮社 2009 p105
　◇「松本清張傑作選 戦い続けた男の素顔」新潮社 2013（新潮文庫）p149

稲垣足穂頌
　◇「決定版 三島由紀夫全集 35」新潮社 2003 p667

田舎教師
　◇「寺山修司著作集 1」クインテッセンス出版 2009 p20

田舎司祭の日記
　◇「[野呂邦暢] 随筆コレクション 2」みすず書房 2014 p328

いなか巡査の事件手帳（深沢敬次郎）
　◇「田中小実昌エッセイ・コレクション 5」筑摩書房 2003（ちくま文庫）p314

田舎商人輯
　◇「車谷長吉全集 2」新書館 2010 p551

田舎だより
　◇「定本 久生十蘭全集 6」国書刊行会 2010 p469

田舎の海
　◇「決定版 三島由紀夫全集 37」新潮社 2004 p597

田舎の薔薇
　◇「田辺聖子全集 5」集英社 2004 p360

田舎の春
　◇「徳田秋聲全集 23」八木書店 2001 p3

田舎の町から
　◇「[野呂邦暢] 随筆コレクション 1」みすず書房 2014 p42

田舎のメインストリートから
　◇「坂口安吾全集 14」筑摩書房 1999 p334

田舎のメーンストリート〔「桐生通信―田舎のメインストリートから」下書稿〕
　◇「坂口安吾全集 15」筑摩書房 1999 p727

田舎風なヒューモレスク
　◇「宮本百合子全集 9」新日本出版社 2001 p289

田舎料理
　◇「谷崎潤一郎全集 18」中央公論新社 2016 p547

〔田舎老人のトランク〕
　◇「坂口安吾全集 別巻」筑摩書房 2012 p42

稲城家の怪事
　◇「岡本綺堂探偵小説全集 2」作品社 2012 p527

蝗
　◇「田村泰次郎選集 4」日本図書センター 2005 p201

稲越功一 被写体に酔い、被写体に醒め〔対談〕
　◇「大庭みな子全集 22」日本経済新聞出版社 2011 p80

"稲作渡来事変"の幻想
　◇「小松左京全集 完全版 36」城西国際大学出版会 2011 p22

稲作渡来と大陸の政変
　◇「小松左京全集 完全版 36」城西国際大学出版会 2011 p14

稲作文化と言葉（松原正毅）
　◇「司馬遼太郎対話選集 10」文藝春秋 2006（文春文庫）p9

稲作文明を探る（岡本太郎）
　◇「司馬遼太郎対話選集 10」文藝春秋 2006（文春文庫）p59

伊那山荘連句会のこと
　◇「佐々木基一全集 6」河出書房新社 2012 p403

稲妻
　◇「小松左京全集 完全版 43」城西国際大学出版会 2014 p412

稲妻
　◇「徳田秋聲全集 17」八木書店 1999 p104

稲妻草紙
　◇「定本 久生十蘭全集 3」国書刊行会 2009 p313

稲妻は見たり
　◇「坂口安吾全集 10」筑摩書房 1998 p311

稲葉清吉先生
　◇「谷崎潤一郎全集 21」中央公論新社 2016 p351

いなばの白うさぎ
　◇「決定版 三島由紀夫全集 36」新潮社 2003 p416

イナバのシロウサギ10
　◇「小松左京全集 完全版 25」城西国際大学出版会 2017 p415

稲荷
　◇「内田百閒集成 13」筑摩書房 2003（ちくま文庫）p47

稲荷の使
　◇「定本 久生十蘭全集 2」国書刊行会 2009 p355

古恋鳥（いにしへこふとり）
　◇「決定版 三島由紀夫全集 37」新潮社 2004 p701

犬
　◇「安部公房全集 4」新潮社 1997 p225

犬
　◇「遠藤周作エッセイ選集 3」光文社 2006（知恵の森文庫）p240

犬
　◇「小沼丹全集 1」未知谷 2004 p509

犬
　◇「小島信夫短篇集成 2」水声社 2014 p119

いぬ

犬
　◇「小寺菊子作品集 2」桂書房 2014 p480

犬
　◇「小松左京全集 完全版 15」城西国際大学出版会 2010 p428

犬
　◇「田村泰次郎選集 2」日本図書センター 2005 p5

犬
　◇「辻井喬コレクション 7」河出書房新社 2003 p27

犬
　◇「定本 久生十蘭全集 4」国書刊行会 2009 p568

犬を逐ふ
　◇「徳田秋聲全集 16」八木書店 1999 p144

仮面劇のための一幕犬神
　◇「寺山修司著作集 3」クインテッセンス出版 2009 p93

犬神
　◇「寺山修司著作集 1」クインテッセンス出版 2009 p44

犬神家の一族
　◇「横溝正史自選集 4」出版芸術社 2006 p5

「犬神家の一族」について
　◇「横溝正史自選集 4」出版芸術社 2006 p327

「犬神家の一族」の思い出
　◇「横溝正史自選集 4」出版芸術社 2006 p329

戌神はなにを見たか
　◇「鮎川哲也コレクション 戌神はなにを見たか」光文社 2001（光文社文庫）p7

犬・金魚・私
　◇「小島信夫批評集成 2」水声社 2011 p380

犬小屋
　◇「向田邦子全集 新版 1」文藝春秋 2009 p91

犬三態
　◇「宮本百合子全集 13」新日本出版社 2001 p448

犬と三億円
　◇「井上ひさしコレクション 日本の巻」岩波書店 2005 p56

犬と楽しく暮らそう
　◇「吉田知子選集 3」景文館書店 2014 p103

犬に顔なめられる
　◇「中戸川吉二作品集」勉誠出版 2013 p55

犬に引かれて
　◇「立松和平全小説 15」勉誠出版 2011 p153

狗に類する
　◇「内田百閒集成 17」筑摩書房 2004（ちくま文庫）p284

犬の餌
　◇「小檜山博全集 8」柏艪舎 2006 p306

犬の「お軽」
　◇「小松左京全集 完全版 39」城西国際大学出版会 2012 p88

イヌの記録
　◇「日影丈吉全集 5」国書刊行会 2003 p501

犬の銀行
　◇「向田邦子全集 新版 6」文藝春秋 2009 p89

犬の生活
　◇「日影丈吉全集 5」国書刊行会 2003 p462

犬のはじまり
　◇「宮本百合子全集 20」新日本出版社 2002 p448

犬の話
　◇「小沼丹全集 4」未知谷 2004 p48

犬の話
　◇「小檜山博全集 8」柏艪舎 2006 p212

犬の眼―都市を盗る9
　◇「安部公房全集 26」新潮社 1999 p450

犬の眼の人
　◇「金井美恵子エッセイ・コレクション―1964-2013 3」平凡社 2013 p331

犬の館
　◇「稲垣足穂コレクション 1」筑摩書房 2005（ちくま文庫）p98

犬のわる口
　◇「田中小実昌エッセイ・コレクション 1」筑摩書房 2002（ちくま文庫）p338

いぬ馬鹿
　◇「戸川幸夫動物文学セレクション 4」ランダムハウス講談社 2008（ランダムハウス講談社文庫）p117

犬吠崎に
　◇「三枝和子選集 6」鼎書房 2008 p405

犬松の生きる道
　◇「国枝史郎伝奇短篇小説集成 2」作品社 2006 p241

犬娘
　◇「横溝正史時代小説コレクション捕物篇 1」出版芸術社 2003 p82

犬屋敷の女
　◇「大庭みな子全集 3」日本経済新聞出版社 2009 p385

イネス
　◇「江戸川乱歩全集 30」光文社 2005（光文社文庫）p414

イネスの「ハムレット復讐せよ」
　◇「江戸川乱歩全集 26」光文社 2003（光文社文庫）p101

稲について
　◇「石牟礼道子全集 11」藤原書店 2005 p633

稲の香りをきく
　◇「石牟礼道子全集 10」藤原書店 2006 p191

稲の花穂と石臼と
　◇「石牟礼道子全集 9」藤原書店 2006 p457

稲の刈りあとと桑の枯木
　◇「宮本百合子全集 32」新日本出版社 2003 p486

稲の花の香るころ
　◇「石牟礼道子全集 7」藤原書店 2005 p476
稲の光のなかを—趙容弼と男寺党
　◇「石牟礼道子全集 16」藤原書店 2013 p473
井上岩夫著作集
　◇「石牟礼道子全集 14」藤原書店 2008 p452
井上成美
　◇「阿川弘之全集 13」新潮社 2006 p7
井上咸「敵・戦友・人間」
　◇「〔野呂邦暢〕随筆コレクション 2」みすず書房 2014 p450
井上光晴
　◇「佐々木基一全集 4」河出書房新社 2013 p467
〔井上光晴〕大きな声が消えた
　◇「佐々木基一全集 5」河出書房新社 2013 p230
井上光晴さん
　◇「石牟礼道子全集 14」藤原書店 2008 p228
井上光晴『炭坑節』
　◇「小檜山博全集 6」柏艪舎 2006 p336
井上光晴『眼の皮膚』
　◇「小島信夫批評集成 2」水声社 2011 p762
井上靖文学における「詩」と「人生」
　◇「辻邦生全集 18」新潮社 2005 p4
井上友一郎「桃中軒雲右衛門」序
　◇「小林秀雄全作品 20」新潮社 2004 p183
　◇「小林秀雄全集 補巻 2」新潮社 2010 p548
井上流読書術
　◇「井上ひさしコレクション ことばの巻」岩波書店 2005 p202
井上流本の読み方十箇条
　◇「井上ひさしコレクション ことばの巻」岩波書店 2005 p205
居残った者
　◇「松下竜一未刊行著作集 2」海鳥社 2008 p54
居のこり
　◇「徳田秋聲全集 10」八木書店 1998 p196
居残りイネ子
　◇「田村孟全小説集」航思社 2012 p50
ゐの・しか・てふ
　◇「定本 久生十蘭全集 10」国書刊行会 2011 p346
猪
　◇「定本 久生十蘭全集 10」国書刊行会 2011 p346
猪小屋の櫛
　◇「長谷川伸傑作選 日本敵討ち異相」国書刊行会 2008 p58
猪の足頸
　◇「内田百閒集成 12」筑摩書房 2003（ちくま文庫）p283
猪の昼寝
　◇「内田百閒集成 7」筑摩書房 2003（ちくま文庫）p118
生命（いのち）… → "せいめい…"をも見よ

命あまさず—小説石田波郷
　◇「辻井喬コレクション 3」河出書房新社 2002 p197
命あるもの、石にも語りかける
　◇「石牟礼道子全集 8」藤原書店 2005 p292
命売ります
　◇「決定版 三島由紀夫全集 12」新潮社 2001 p335
命を紡ぎだす珠のようなもの
　◇「石牟礼道子全集 10」藤原書店 2006 p292
命懸けの嘘
　◇「車谷長吉全集 3」新書館 2010 p259
イノチガケ—ヨワン・シローテの殉教
　◇「坂口安吾全集 3」筑摩書房 1999 p163
いのちきセンセ奮戦の半生記抄
　◇「松下竜一未刊行著作集 1」海鳥社 2008 p274
いのちのある智慧
　◇「宮本百合子全集 16」新日本出版社 2002 p394
いのちの御夜
　◇「石牟礼道子全集 16」藤原書店 2013 p373
いのちの輝き—映画と文学　高野悦子〔対談〕
　◇「大庭みな子全集 21」日本経済新聞出版社 2011 p357
いのちの樹々
　◇「石牟礼道子全集 6」藤原書店 2006 p128
いのちの歳時記はどこへ
　◇「石牟礼道子全集 6」藤原書店 2006 p542
いのちの叫び
　◇「大庭みな子全集 8」日本経済新聞出版社 2009 p377
いのちの対話
　◇「大庭みな子全集 8」日本経済新聞出版社 2009 p364
いのちの使われかた
　◇「宮本百合子全集 17」新日本出版社 2002 p84
命の花火
　◇「石牟礼道子全集 15」藤原書店 2012 p475
いのちの不思議
　◇「大庭みな子全集 8」日本経済新聞出版社 2009 p370
命のほとりで
　◇「石牟礼道子全集 15」藤原書店 2012 p433
いのちの夢
　◇「大庭みな子全集 18」日本経済新聞出版社 2010 p235
生命拾ひをした話
　◇「坂口安吾全集 3」筑摩書房 1999 p110
命は惜しく妻も去り難て
　◇「古井由吉自撰作品 6」河出書房新社 2012 p50
胃の内容
　◇「小酒井不木随筆評論選集 4」本の友社 2004 p126

いのな

井の中の蛙
- ◇「小林秀雄全作品 7」新潮社 2003 p51
- ◇「小林秀雄全集 補巻 1」新潮社 2010 p354

イノムチャシギの巻
- ◇「小田実全集 小説 28」講談社 2012 p111

祈らばや
- ◇「石上玄一郎小説作品集成 1」未知谷 2008 p474

祈り
- ◇「安部公房全集 1」新潮社 1997 p226

祈り
- ◇「井上ひさしコレクション 人間の巻」岩波書店 2005 p289

祈り倒れる
- ◇「石牟礼道子全集 16」藤原書店 2013 p560

祈りの日記
- ◇「決定版 三島由紀夫全集 15」新潮社 2002 p643

祈りの翅
- ◇「中井英夫全集 10」東京創元社 2002（創元ライブラリ）p83

祈り―夕日を見つめながら
- ◇「松下竜一未刊行著作集 3」海鳥社 2009 p313

祈りゆるす心―水俣の海から
- ◇「石牟礼道子全集 14」藤原書店 2008 p542

祈るべき天とおもえど天の病む
- ◇「石牟礼道子全集 6」藤原書店 2006 p486

ゐばつた人
- ◇「決定版 三島由紀夫全集 37」新潮社 2004 p40

茨の冠
- ◇「丸谷才一全集 9」文藝春秋 2013 p246

茨の目
- ◇「大坪砂男集 3」東京創元社 2013（創元推理文庫）p133

イバン・イリイチ
- ◇「石牟礼道子全集 14」藤原書店 2008 p219

いびき
- ◇「松本清張短編全集 08」光文社 2009（光文社文庫）p127

いびきも地鳴りにきこえる
- ◇「小松左京全集 完全版 31」城西国際大学出版会 2008 p22

揖斐の山里を歩く
- ◇「向田邦子全集 新版 10」文藝春秋 2010 p194

威風堂々うかれ昭和史
- ◇「小松左京全集 完全版 48」城西国際大学出版会 2017 p7

李恢成『連絡船の唄』
- ◇「小檜山博全集 6」柏艪舎 2006 p316

訝しむ
- ◇「中井英夫全集 7」東京創元社 1998（創元ライブラリ）p19

衣服と婦人の生活―誰がために
- ◇「宮本百合子全集 17」新日本出版社 2002 p337

胃袋
- ◇「向田邦子全集 新版 10」文藝春秋 2010 p120

指宿藤次郎―祇園石段下の血闘
- ◇「津本陽武芸小説集 3」PHP研究所 2007 p166

井伏君の「貸間あり」
- ◇「小林秀雄全集 23」新潮社 2004 p54
- ◇「小林秀雄全集 補巻 3」新潮社 2010 p183

井伏さんと将棋
- ◇「小沼丹全集 4」未知谷 2004 p97

井伏さんと堀辰雄のこと
- ◇「小沼丹全集 4」未知谷 2004 p639

井伏鱒二
- ◇「小沼丹全集 4」未知谷 2004 p223

井伏鱒二
- ◇「小林秀雄全作品 25」新潮社 2004 p75
- ◇「小林秀雄全集 補巻 3」新潮社 2010 p313

井伏鱒二『黒い雨』
- ◇「石牟礼道子全集 14」藤原書店 2008 p341

井伏鱒二生誕百年記念展
- ◇「阿川弘之全集 19」新潮社 2007 p309

井伏鱒二著「小黒坂の猪」
- ◇「阿川弘之全集 16」新潮社 2006 p544

井伏鱒二の作品について
- ◇「小林秀雄全作品 3」新潮社 2002 p40
- ◇「小林秀雄全集 補巻 1」新潮社 2010 p136

井伏鱒二の文学
- ◇「小沼丹全集 4」未知谷 2004 p292

イプセンの作劇術
- ◇「福田恆存評論集 11」麗澤大學出版會, 廣池學園事業部〔発売〕2009 p92

イプセンの「ヘッダ・ガーブラー」―覺書風に
- ◇「福田恆存評論集 11」麗澤大學出版會, 廣池學園事業部〔発売〕2009 p297

遺物
- ◇「決定版 三島由紀夫全集 37」新潮社 2004 p523

イブのおくれ毛
- ◇「田辺聖子全集 9」集英社 2005 p98

イブのおくれ毛（続）
- ◇「田辺聖子全集 9」集英社 2005 p136

燻る
- ◇「上野壮夫全集 2」図書新聞 2009 p29

異文化とキリスト教の間（真方敬道）
- ◇「田中小実昌エッセイ・コレクション 5」筑摩書房 2003（ちくま文庫）p316

異文化に向かう姿勢―岡本太郎を例として
- ◇「〔池澤夏樹〕エッセー集成 2」みすず書房 2008 p170

異文化の遭遇
- ◇「安部公房全集 28」新潮社 2000 p332

異分野のフロンティアが同じ土俵で論じたら
- ◇「小松左京全集 完全版 40」城西国際大学出版会 2012 p32

いまひ

異変
　◇「安部公房全集 9」新潮社 1998 p445
異邦人
　◇「辻井喬コレクション 7」河出書房新社 2003 p142
異邦人
　◇〔野呂邦暢〕随筆コレクション 2」みすず書房 2014 p334
「異邦人」を読むまで
　◇〔野呂邦暢〕随筆コレクション 1」みすず書房 2014 p444
異邦人—カミュ作
　◇「決定版 三島由紀夫全集 27」新潮社 2003 p418
『異邦人』に就て
　◇「坂口安吾全集 9」筑摩書房 1998 p508
改訂完全版異邦の騎士
　◇「島田荘司全集 7」南雲堂 2016 p5
異邦の人
　◇「日影丈吉全集 6」国書刊行会 2002 p383
イボタの蟲
　◇「中戸川吉二作品集」勉誠出版 2013 p73
イボとり大いくさの巻
　◇「小田実全集 小説 28」講談社 2012 p77
今井正
　◇「佐々木基一全集 7」河出書房新社 2013 p202
今井正『愛と誓ひ』をめぐって
　◇「深沢夏衣作品集」新幹社 2015 p378
今、
　◇「徳田秋聲全集 27」八木書店 2002 p3
今江正和との対談 樹と水と人間
　◇「石牟礼道子全集 6」藤原書店 2006 p113
〈今思い出してもぞっとする話〉『別冊文芸春秋』の設問に答えて
　◇「安部公房全集 9」新潮社 1998 p369
いまここにある危機
　◇「井上ひさしコレクション 日本の巻」岩波書店 2005 p285
いまこの時代に
　◇「林京子全集 8」日本図書センター 2005 p452
今、この世界を
　◇「小田実全集 評論 31」講談社 2013 p133
『いま、米について。』について
　◇「井上ひさしコレクション 日本の巻」岩波書店 2005 p285
イマジネーションは科学と文学のかけ橋
　◇「小松左京全集 完全版 40」城西国際大学出版会 2012 p420
いま暫くは人間に
　◇「古井由吉自撰作品 6」河出書房新社 2012 p99
戒め
　◇「小檜山博全集 7」柏艪舎 2006 p254

わが町—逗子（神奈川県）いま新旧交代の時に
　◇「林京子全集 7」日本図書センター 2005 p372
いま《戦後》を考える 終戦40周年に〔対談者〕木下順二
　◇「大庭みな子全集 22」日本経済新聞出版社 2011 p373
今その一葉一葉は意思をもち
　◇「松田解子自選集 9」澤田出版 2009 p253
いま大切なこと（加藤秀俊、桑原武夫）
　◇「小松左京全集 完全版 38」城西国際大学出版会 2010 p32
未だ書かれざる小説の余白に
　◇「辻邦生全集 19」新潮社 2005 p229
未だ見ぬ「築地」
　◇「定本 久生十蘭全集 10」国書刊行会 2011 p381
いま、"地球と人類"を考えるために
　◇「小松左京全集 完全版 45」城西国際大学出版会 2015 p232
いまちょっと
　◇「安部公房全集 8」新潮社 1998 p254
いま桃源に
　◇「田村孟全小説集」航思社 2012 p525
いま、なぜ能『不知火』か
　◇「石牟礼道子全集 16」藤原書店 2013 p47
いま何をなすべきか
　◇「小田実全集 評論 5」講談社 2010 p360
いま何が問題か
　◇「小田実全集 評論 36」講談社 2014 p29
今西学の示唆するもの—今西錦司
　◇「小松左京全集 完全版 41」城西国際大学出版会 2013 p284
今西錦司—今西進化論の本家〔鼎談〕（加藤秀俊、今西錦司）
　◇「小松左京全集 完全版 38」城西国際大学出版会 2010 p81
今西錦司＊自然は現代に何を語るか〔対談〕
　◇「大庭みな子全集 21」日本経済新聞出版社 2011 p193
〈いま日本語は…〉『朝日新聞』の談話記事
　◇「安部公房全集 27」新潮社 2000 p236
今にわれらも
　◇「宮本百合子全集 11」新日本出版社 2001 p298
今の生は不毛の余生
　◇「石牟礼道子全集 5」藤原書店 2004 p467
現代大阪女物語作者（いまのなにわのめがたりびと）田辺聖子
　◇「小松左京全集 完全版 41」城西国際大学出版会 2013 p243
今一つの世界
　◇「江戸川乱歩全集 24」光文社 2005（光文社文庫）p52
　◇「江戸川乱歩全集 30」光文社 2005（光文社文庫）p130

いまほ

今、『忘却の河』を読む
◇「［池澤夏樹］エッセー集成 1」みすず書房 2008 p221

今堀誠二・日高六郎との鼎談 「風化」させられた被爆体験
◇「石牟礼道子全集 5」藤原書店 2004 p473

今村昌平「人間蒸発」
◇「佐々木基一全集 7」河出書房新社 2013 p227

今もいる人たち
◇「大庭みな子全集 23」日本経済新聞出版社 2011 p347

今も、男ありけり——業平
◇「寺山修司著作集 5」クインテッセンス出版 2009 p93

今も時だ
◇「立松和平全小説 4」勉誠出版 2010 p1
◇「立松和平全小説 4」勉誠出版 2010 p28

今や、見おさめに近い成田空港の"風土"
◇「小松左京全集 完全版 29」城西国際大学出版会 2007 p29

忌まわしき時代
◇「車谷長吉全集 3」新書館 2010 p178
◇「車谷長吉全集 3」新書館 2010 p522

いまは棲息しない鹿の化石が……
◇「小松左京全集 完全版 31」城西国際大学出版会 2008 p17

いまは第二の焼跡・闇市時代だ
◇「野坂昭如エッセイ・コレクション 2」筑摩書房 2004（ちくま文庫）p114

〈今、私は何を主張するか〉『文芸』のアンケートに答えて
◇「安部公房全集 5」新潮社 1997 p228

今は何時ですか？
◇「丸谷才一全集 5」文藝春秋 2013 p461

いまわの花
◇「石牟礼道子全集 13」藤原書店 2007 p699

今は昔
◇「大庭みな子全集 12」日本経済新聞出版社 2010 p220

今は昔、囚人道路——山田風太郎 "地の果ての獄"を行く
◇「山田風太郎エッセイ集成 わが推理小説零年」筑摩書房 2007 p131

創元推理文庫版あとがき いまは昔、昭和三十年代の札幌
◇「高城高全集 4」東京創元社 2008（創元推理文庫）p430

今は昔の情景
◇「大庭みな子全集 13」日本経済新聞出版社 2010 p414

今は昔、別府の地獄情緒も変わった
◇「小松左京全集 完全版 29」城西国際大学出版会 2007 p91

いまわれわれのしなければならないこと
◇「宮本百合子全集 19」新日本出版社 2002 p232

イミテーション・オブ・ライフ
◇「金井美恵子エッセイ・コレクション—1964–2013 4」平凡社 2014 p275

意味深き今日の日本文学の相貌を
◇「宮本百合子全集 13」新日本出版社 2001 p224

意味もなく視線を宙におよがせる——周辺飛行 16
◇「安部公房全集 23」新潮社 1999 p406

意味より音を
◇「井上ひさしコレクション ことばの巻」岩波書店 2005 p138

移民局と歯医者
◇「小沼丹全集 2」未知谷 2004 p581

「イムニダ」の悲劇
◇「深沢夏衣作品集」新幹社 2015 p361

イメージ合成工場
◇「安部公房全集 2」新潮社 1997 p329

イメージ・コミュニケイションの論理操作——遠近法・抽象絵画・標識その他
◇「小松左京全集 完全版 36」城西国際大学出版会 2011 p152

イメージとサイン——ものの見える世界と見えない世界について
◇「小松左京全集 完全版 36」城西国際大学出版会 2011 p185

イメージの一般文法および疑似国際語
◇「小松左京全集 完全版 36」城西国際大学出版会 2011 p144

イメージ能力は低級で原始的なもの？
◇「小松左京全集 完全版 40」城西国際大学出版会 2012 p371

イメージの展覧会〔インタビュー〕（ドナルド・キーン）
◇「安部公房全集 26」新潮社 1999 p402

イメージの展覧会 音＋映像＋言葉＋肉体＝イメージの詩
◇「安部公房全集 25」新潮社 1999 p483

イメージの微分方程式
◇「小松左京全集 完全版 31」城西国際大学出版会 2008 p275

イメージの湧く劇場
◇「安部公房全集 5」新潮社 1997 p79

イメージ文化の地域性——流行・誤解・選択受容・風土その他
◇「小松左京全集 完全版 36」城西国際大学出版会 2011 p158

妹
◇「小檜山博全集 4」柏艪舎 2006 p420

妹
◇「立松和平全小説 3」勉誠出版 2010 p2

妹
　◇「谷崎潤一郎全集 10」中央公論新社 2016 p427
妹思ひ(「愛と闘」を改題)
　◇「德田秋聲全集 12」八木書店 2000 p161
妹の縁
　◇「小寺菊子作品集 1」桂書房 2014 p169
妹の縁談
　◇「德田秋聲全集 11」八木書店 1998 p345
妹の縁談
　◇「山本周五郎中短篇秀作選集 2」小学館 2005 p101
　◇「山本周五郎長篇小説全集 7」新潮社 2013 p331
妹の電蓄
　◇「小檜山博全集 6」柏艪舎 2006 p89
イモージェンの肖像
　◇「辻邦生全集 18」新潮社 2005 p307
芋たこ長電話
　◇「田辺聖子全集 9」集英社 2005 p265
芋俵
　◇「向田邦子全集 新版 2」文藝春秋 2009 p150
『芋っ子ヨッチャンの一生』『肌寒き島国』『マラケシュの声』
　◇「須賀敦子全集 4」河出書房新社 2007(河出文庫) p452
芋虫
　◇「江戸川乱歩全集 3」光文社 2005(光文社文庫) p677
　◇「江戸川乱歩全集 13」沖積舎 2008 p245
　◇「江戸川乱歩傑作集 3」リブレ出版 2015 p7
芋虫に御注意!
　◇「安部公房全集 8」新潮社 1998 p283
芋虫の眼鏡
　◇「石牟礼道子全集 15」藤原書店 2012 p233
蠑螈
　◇「定本 久生十蘭全集 2」国書刊行会 2009 p640
慰問文
　◇「横溝正史探偵小説コレクション 2」出版芸術社 2004 p163
いやな、いやな、いい感じ(高見順著「いやな感じ」)
　◇「決定版 三島由紀夫全集 33」新潮社 2003 p197
いやな感じ
　◇「都筑道夫恐怖短篇集成 1」筑摩書房 2004(ちくま文庫) p119
いやな言葉
　◇「小檜山博全集 8」柏艪舎 2006 p200
いやな裁判
　◇「石牟礼道子全集 9」藤原書店 2006 p410
「いやなしごと」がたのしくなる
　◇「小田実全集 評論 7」講談社 2010 p240
イヤな奴をけっとばせ!
　◇「野坂昭如エッセイ・コレクション 1」筑摩書房 2004(ちくま文庫) p159

愈々協力に励む〔昭和十八・九年度〕
　◇「江戸川乱歩全集 29」光文社 2006(光文社文庫) p97
異様な兇器
　◇「江戸川乱歩全集 23」光文社 2005(光文社文庫) p549
異様な現象(十月十八日)
　◇「福田恆存評論集 18」麗澤大學出版會、廣池學園事業部〔発売〕2010 p89
異様な犯罪動機
　◇「江戸川乱歩全集 23」光文社 2005(光文社文庫) p587
意慾的創作文章の形式と方法
　◇「坂口安吾全集 1」筑摩書房 1999 p441
『甍』
　◇「谷崎潤一郎全集 2」中央公論新社 2016 p105
イラク戦争是か非か
　◇「阿川弘之全集 20」新潮社 2007 p413
イラクと北朝鮮
　◇「小田実全集 評論 36」講談社 2014 p40
イラブチャーの味噌和え
　◇「田中小実昌エッセイ・コレクション 2」筑摩書房 2002(ちくま文庫) p169
入江さんの大和路
　◇「小林秀雄全作品 28」新潮社 2005 p234
　◇「小林秀雄全集 補巻 3」新潮社 2010 p496
イリエの家
　◇「大庭みな子全集 13」日本経済新聞出版社 2010 p408
入江の記憶
　◇「松本清張傑作選 戦い続けた男の素顔」新潮社 2009 p61
　◇「松本清張傑作選 戦い続けた男の素顔」新潮社 2013(新潮文庫) p87
イリオモテヤマネコ
　◇「戸川幸夫動物文学セレクション 5」ランダムハウス講談社 2008(ランダムハウス講談社文庫) p9
西表(いりおもて)ヤマネコ
　◇「石牟礼道子全集 6」藤原書店 2006 p399
入口のそばの椅子
　◇「須賀敦子全集 1」河出書房新社 2006(河出文庫) p193
入口のない部屋・その他
　◇「江戸川乱歩全集 24」光文社 2005(光文社文庫) p156
入口のない部屋(附記)
　◇「江戸川乱歩全集 25」光文社 2005(光文社文庫) p386
入船の記 鎌倉丸周遊ノ二
　◇「内田百閒集成 11」筑摩書房 2003(ちくま文庫) p256
入婿連続殺人事件
　◇「井上ひさし短編中編小説集成 9」岩波書店 2015

いりゆ

p173
遺留品
 ◇「山崎豊子全集 1」新潮社 2003 p461
医療思想の男性型、女性型
 ◇「小松左京全集 完全版 34」城西国際大学出版会 2009 p287
医療と医学の未来について
 ◇「小松左京全集 完全版 31」城西国際大学出版会 2008 p317
意力の作家・堀辰雄
 ◇「佐々木基一全集 4」河出書房新社 2013 p259
イルカ・液晶・ガールスカウト
 ◇「清水アリカ全集」河出書房新社 2011 p488
イルカのおしゃべり
 ◇「小松左京全集 完全版 39」城西国際大学出版会 2012 p95
居るが良い
 ◇「安部公房全集 8」新潮社 1998 p247
居留守
 ◇「内田百閒集成 12」筑摩書房 2003（ちくま文庫）p174
『이름(イルム)……なまえ』
 ◇「深沢夏衣作品集」新幹社 2015 p407
刺青(いれずみ)…→ "しせい…"をも見よ
刺青三人娘―緋牡丹銀次捕物帳
 ◇「横溝正史時代小説コレクション捕物篇 3」出版芸術社 2004 p141
入歯の谷に灯ともす頃
 ◇「井上ひさし短編中編小説集成 2」岩波書店 2014 p307
色川大吉との対談 不知火の世界と科学する人
 ◇「石牟礼道子全集 8」藤原書店 2005 p364
色気のある役者
 ◇「決定版 三島由紀夫全集 34」新潮社 2003 p184
色好み
 ◇「車谷長吉全集 3」新書館 2010 p480
色好みの宮
 ◇「決定版 三島由紀夫全集 19」新潮社 2002 p591
色小町
 ◇「20世紀断層―野坂昭如単行本未収録小説集成 3」幻戯書房 2010 p9
色散華
 ◇「20世紀断層―野坂昭如単行本未収録小説集成 補巻」幻戯書房 2010 p462
『色ざんげ』について
 ◇「丸谷才一全集 10」文藝春秋 2014 p364
彩られた雲
 ◇「辻邦生全集 5」新潮社 2004 p309
彩られたコップ
 ◇「大坪砂男全集 3」東京創元社 2013（創元推理文庫）p427
色に想うこと
 ◇「大庭みな子全集 23」日本経済新聞出版社 2011

p278
色の印象
 ◇「宮城谷昌光全集 21」文藝春秋 2004 p136
色の調べ―『陽のかなしみ』あとがき
 ◇「石牟礼道子全集 10」藤原書店 2006 p528
『いろは』かるた
 ◇「小酒井不木随筆評論選集 8」本の友社 2004 p231
いろは巷談
 ◇「横溝正史時代小説コレクション捕物篇 1」出版芸術社 2003 p254
伊呂波奈志
 ◇「20世紀断層―野坂昭如単行本未収録小説集成 補巻」幻戯書房 2010 p373
いろはにほへと捕物帳
 ◇「井上ひさし短編中編小説集成 6」岩波書店 2015 p427
色玻璃なみだ壺
 ◇「都筑道夫恐怖短篇集成 3」筑摩書房 2004（ちくま文庫）p416
いろんな番組 いろんな夕焼け
 ◇「中井英夫全集 7」東京創元社 1998（創元ライブラリ）p658
いろんなひと
 ◇「田中小実昌エッセイ・コレクション 1」筑摩書房 2002（ちくま文庫）p261
祝島
 ◇「石牟礼道子全集 6」藤原書店 2006 p121
岩うつ浪
 ◇「徳田秋聲全集 3」八木書店 1999 p160
巌の花―宮本顕治の文芸評論について
 ◇「宮本百合子全集 18」新日本出版社 2002 p24
違和感について
 ◇「石牟礼道子全集 13」藤原書店 2007 p719
いわき慕情
 ◇「田中志津全作品集 下巻」武蔵野書院 2013 p194
岩城有「映画夢想館」
 ◇「〔野呂邦暢〕随筆コレクション 2」みすず書房 2014 p399
岩国賛歌
 ◇「大庭みな子全集 23」日本経済新聞出版社 2011 p520
いわくもの
 ◇「立松和平全小説 5」勉誠出版 2010 p84
鰯
 ◇「田村泰次郎選集 3」日本図書センター 2005 p109
「鰯売恋曳網」について（「この芝居は、……」）
 ◇「決定版 三島由紀夫全集 28」新潮社 2003 p413
「鰯売恋曳網」について（「昨年、……」）
 ◇「決定版 三島由紀夫全集 28」新潮社 2003 p384
鰯売恋曳網――一幕
 ◇「決定版 三島由紀夫全集 22」新潮社 2002 p295

鰯雲とふなくい虫
　◇「大庭みな子全集 23」日本経済新聞出版社 2011 p361

岩下志麻のブラジャーの位置
　◇「田中小実昌エッセイ・コレクション 3」筑摩書房 2002（ちくま文庫）p48

鰯の町
　◇「佐々木基一全集 8」河出書房新社 2013 p230

岩田修（魚屋）
　◇「向田邦子全集 新版 6」文藝春秋 2009 p187

岩茸の章 おみつ
　◇「井上ひさし短編中編小説集成 12」岩波書店 2015 p136

イワテケン
　◇「[野呂邦暢] 随筆コレクション 1」みすず書房 2014 p437

岩手山麓殺人事件
　◇「井上ひさし短編中編小説集成 9」岩波書店 2015 p200

岩殿（いわどん）と『あやとりの記』
　◇「石牟礼道子全集 7」藤原書店 2005 p312

イワナの骨酒
　◇「小檜山博全集 8」柏艪舎 2006 p75

岩波剛『圭子の夢は夜ひらく』
　◇「小檜山博全集 6」柏艪舎 2006 p363

岩波版「芥川龍之介全集」
　◇「[野呂邦暢] 随筆コレクション 1」みすず書房 2014 p400

岩波文庫『足迹』あとがき
　◇「徳田秋聲全集 別巻」八木書店 2006 p96

岩波文庫『黴』跋
　◇「徳田秋聲全集 別巻」八木書店 2006 p104

岩波文庫『爛』あとがき
　◇「徳田秋聲全集 別巻」八木書店 2006 p95

岩野君と其の作品 岩野泡鳴氏の印象
　◇「徳田秋聲全集 20」八木書店 2001 p109

岩野君の死を悼む
　◇「徳田秋聲全集 20」八木書店 2001 p139

岩のことば
　◇「石牟礼道子全集 11」藤原書店 2005 p274

岩淵のお石
　◇「国枝史郎伝奇短篇小説集成 2」作品社 2006 p120

石見紀行
　◇「車谷長吉全集 3」新書館 2010 p616

岩見重太郎の系図
　◇「司馬遼太郎短篇全集 5」文藝春秋 2005 p7

岩谷選書版後記〔大鴉〕
　◇「高木彬光コレクション新装版 能面殺人事件」光文社 2006（光文社文庫）p391

岩谷選書版の後記より
　◇「高木彬光コレクション新装版 刺青殺人事件」光文社 2005（光文社文庫）p445

岩屋谷桜幽祭—鹿児島県大口市
　◇「石牟礼道子全集 6」藤原書店 2006 p33

いわゆる差別用語について
　◇「井上ひさしコレクション ことばの巻」岩波書店 2005 p12

所謂痴呆の藝術について
　◇「谷崎潤一郎全集 20」中央公論新社 2015 p399

いわゆる亭主屋事件について
　◇「井上ひさし短編中編小説集成 8」岩波書店 2015 p418

所謂プロレタリア文学と其作家
　◇「徳田秋聲全集 23」八木書店 2001 p295

『イワン・デニーソヴィチの一日』
　◇「佐々木基一全集 3」河出書房新社 2013 p335

イワンとイワンの兄
　◇「アンドロギュノスの裔 渡辺温全集」東京創元社 2011（創元推理文庫）p121

イワンの馬鹿作戦
　◇「小松左京全集 完全版 13」城西国際大学出版会 2008 p236

「イワン雷帝」
　◇「佐々木基一全集 7」河出書房新社 2013 p313

陰萎将軍伝
　◇「〔山田風太郎〕時代短篇選集 2」小学館 2013（小学館文庫）p325

陰鬱な山寺で
　◇「徳田秋聲全集 20」八木書店 2001 p180

陰影
　◇「徳田秋聲全集 11」八木書店 1998 p165

陰翳礼讃
　◇「谷崎潤一郎全集 17」中央公論新社 2015 p183

因果応報
　◇「小松左京全集 完全版 25」城西国際大学出版会 2017 p466

因果づく
　◇「車谷長吉全集 3」新書館 2010 p14

「インガ」—ソヴェト文学に現れた婦人の生法
　◇「宮本百合子全集 10」新日本出版社 2001 p312

因果と厄介
　◇「金井美恵子エッセイ・コレクション—1964-2013 1」平凡社 2013 p236

陰画の旅
　◇「中井英夫全集 7」東京創元社 1998（創元ライブラリ）p499

因果律
　◇「安部公房全集 19」新潮社 1999 p24

殷墟—殷王朝、黄河治水の闘い
　◇「小松左京全集 完全版 43」城西国際大学出版会 2014 p39

陰茎人
　◇「山田風太郎ミステリー傑作選 7」光文社 2001（光文社文庫）p339

いんこ

インコ
- ◇「大庭みな子全集 5」日本経済新聞出版社 2009 p551

咽喉音
- ◇「松田解子自選集 7」澤田出版 2008 p397

因業輯
- ◇「車谷長吉全集 2」新書館 2010 p530

淫行礼讃
- ◇「20世紀断層―野坂昭如単行本未収録小説集成 5」幻戯書房 2010 p90

韻さぐり
- ◇「井上ひさしコレクション ことばの巻」岩波書店 2005 p140

淫者山へ乗りこむ
- ◇「坂口安吾全集 1」筑摩書房 1999 p451

陰獣
- ◇「江戸川乱歩全集 3」光文社 2005（光文社文庫）p557
- ◇「江戸川乱歩全集 2」沖積舎 2006 p5

「陰獣」を書く〔昭和三年度〕
- ◇「江戸川乱歩全集 28」光文社 2006（光文社文庫）p325

印象―九月の帝国劇場
- ◇「宮本百合子全集 9」新日本出版社 2001 p82

印象に残った新作家
- ◇「国枝史郎探偵小説全集」作品社 2005 p369

印象のなかの福永武彦
- ◇「辻邦生全集 16」新潮社 2005 p198

隕星
- ◇「決定版 三島由紀夫全集 37」新潮社 2004 p251

隠栖を決意す〔昭和十三・四・五年度〕
- ◇「江戸川乱歩全集 29」光文社 2006（光文社文庫）p19

インセン In-seng
- ◇「須賀敦子全集 1」河出書房新社 2006（河出文庫）p387

〔翻訳〕いんそむにや―ロヂェエル・ビトラック（ビトラック, ロヂェエル）
- ◇「坂口安吾全集 1」筑摩書房 1999 p72

インダストリー―柏原君への手紙
- ◇「決定版 三島由紀夫全集 27」新潮社 2003 p82

インターナショナル・ジャーナリストへの道（加藤秀俊, 松本重治）
- ◇「小松左京全集 完全版 38」城西国際大学出版会 2010 p186

インターナショナルとともに
- ◇「宮本百合子全集 10」新日本出版社 2001 p414

インタビュー
- ◇「小松左京全集 完全版 43」城西国際大学出版会 2014 p404

〈インタビュー安部公房氏〉『波』のインタビューに答えて
- ◇「安部公房全集 21」新潮社 1999 p321

〈インタビュー〉石牟礼道子さんに聞く（土屋恵一郎）
- ◇「石牟礼道子全集 16」藤原書店 2013 p63

〈インタビュウ〉荒巻義雄〔術・マニエリスム・SF〕（志賀隆夫, 永田弘太聞き手）
- ◇「定本 荒巻義雄メタSF全集 2」彩流社 2015 p373

〈インタビュー〉「初期詩篇」の世界（山田梨佐聞き手）
- ◇「石牟礼道子全集 1」藤原書店 2004 p471

〈インタビュー〉新作能『不知火』とミナマタ
- ◇「石牟礼道子全集 16」藤原書店 2013 p89

〈インタビュー〉地上的な一切の、極相の中で（久野啓介）
- ◇「石牟礼道子全集 16」藤原書店 2013 p104

インタビュー 『春の城』の構想（『熊本日日新聞』）
- ◇「石牟礼道子全集 13」藤原書店 2007 p684

インタビュー 文章紡ぎ魂を救済したい（『毎日新聞』明珍美紀）
- ◇「石牟礼道子全集 13」藤原書店 2007 p694

〈インタビュー〉まず言葉から壊れた（野田研一, 高橋勤）
- ◇「石牟礼道子全集 16」藤原書店 2013 p617

〈インタビュー〉水俣病患者の「深か祈り」
- ◇「石牟礼道子全集 17」藤原書店 2012 p559

インタビュー 「蘭の舟」の町を訪ねて（鈴木醇爾）
- ◇「石牟礼道子全集 9」藤原書店 2006 p380

インタビュー 私自身がいちばん遊ばせてもらったのかもしれません（『月刊百科』編集部）
- ◇「石牟礼道子全集 11」藤原書店 2005 p195

インタビュー（一九七二年）この世にあらざるように美しく（『ビジョン』編集部）
- ◇「石牟礼道子全集 3」藤原書店 2004 p494

インタビュー（一九八二年）神様の心にかなうもの
- ◇「石牟礼道子全集 4」藤原書店 2004 p350

インタビュー（一九九七年）患者の肉声に宿る無限の思索（山田孝男）
- ◇「石牟礼道子全集 3」藤原書店 2004 p571

インチキ文学ボクメツ雑談
- ◇「坂口安吾全集 別巻」筑摩書房 2012 p55

インデアン部落訪問記
- ◇「大庭みな子全集 23」日本経済新聞出版社 2011 p420

インディアン
- ◇「小松左京全集 完全版 43」城西国際大学出版会 2014 p385

インディアン水車
- ◇「小檜山博全集 8」柏艪舎 2006 p62

インテリアの心理学
　◇「日影丈吉全集 別巻」国書刊行会 2005 p678
インテリの感傷
　◇「坂口安吾全集 7」筑摩書房 1998 p126
インテリの混乱と曖昧
　◇「安部公房全集 3」新潮社 1997 p308
淫蕩学校［翻訳］（マルキ・ド・サド）
　◇［澁澤龍彦］ホラー・ドラコニア少女小説集成 参」平凡社 2004 p5
淫蕩の星
　◇「小松左京全集 完全版 25」城西国際大学出版会 2017 p69
インド現代美術展
　◇「大庭みな子全集 12」日本経済新聞出版社 2010 p168
"インドシナ情勢"は何を教えるか〔対談〕（神谷不二）
　◇「福田恆存対談・座談集 3」玉川大学出版部 2011 p369
インド人の酒屋
　◇「田中小実昌エッセイ・コレクション 2」筑摩書房 2002（ちくま文庫）p212
インド通信
　◇「決定版 三島由紀夫全集 34」新潮社 2003 p595
インドの印象
　◇「決定版 三島由紀夫全集 34」新潮社 2003 p585
インドの顔
　◇「大庭みな子全集 11」日本経済新聞出版社 2010 p268
印度の詩人
　◇「国枝史郎歴史小説傑作選」作品社 2006 p486
インドの知識人
　◇「小田実全集 評論 3」講談社 2010 p41
インドの場合
　◇「小田実全集 評論 3」講談社 2010 p38
インドの悲劇
　◇「小田実全集 評論 3」講談社 2010 p38
インド変容
　◇「辻邦生全集 17」新潮社 2005 p326
『インド夜想曲』と分身―複数の国語を往来する作家の苦痛と不安
　◇「須賀敦子全集 4」河出書房新社 2007（河出文庫）p483
『インド夜想曲』（A・タブッキ著）訳者あとがき
　◇「須賀敦子全集 6」河出書房新社 2007（河出文庫）p348
淫の忍法帖
　◇「山田風太郎忍法帖短篇全集 6」筑摩書房 2004（ちくま文庫）p263
インフレ・貨幣制度・食糧・スパイ・そして……
　◇「小松左京全集 完全版 44」城西国際大学出版会 2014 p8
隠蔽されつづけた真実
　◇「石牟礼道子全集 5」藤原書店 2004 p411
陰謀将軍
　◇「松本清張短編全集 05」光文社 2009（光文社文庫）p247
陰謀の成立
　◇「安部公房全集 29」新潮社 2000 p65
不滅の花（インモルテル）
　◇「定本 久生十蘭全集 9」国書刊行会 2011 p638
引力の神
　◇「安部公房全集 3」新潮社 1997 p342

【 う 】

「う」
　◇「向田邦子全集 新版 8」文藝春秋 2009 p256
鵜
　◇「山本周五郎中短篇秀作選集 5」小学館 2006 p249
ヴァイオリニスト
　◇「小林秀雄全作品 19」新潮社 2004 p145
　◇「小林秀雄全集 補巻 2」新潮社 2010 p501
ヴァイオリン
　◇「決定版 三島由紀夫全集 37」新潮社 2004 p266
ヴァージニアの蒼い空
　◇「林京子全集 8」日本図書センター 2005 p8
ヴァージン・ダイアローグ
　◇「20世紀断層―野坂昭如単行本未収録小説集成 4」幻戯書房 2010 p605
ヴァニラとマニラ
　◇「稲垣足穂コレクション 4」筑摩書房 2005（ちくま文庫）p7
ヴァリエテ
　◇「宮本百合子全集 3」新日本出版社 2001 p579
ヴァレリイの事
　◇「小林秀雄全作品 4」新潮社 2003 p43
　◇「小林秀雄全集 補巻 1」新潮社 2010 p183
「ヴァレリー全集」
　◇「小林秀雄全作品 26」新潮社 2004 p28
　◇「小林秀雄全集 補巻 3」新潮社 2010 p346
ヴァレリー Valerie
　◇「須賀敦子全集 1」河出書房新社 2006（河出文庫）p5
ヴァン・ダイン
　◇「江戸川乱歩全集 30」光文社 2005（光文社文庫）p421
ヴァン・ダインを読む
　◇「江戸川乱歩全集 24」光文社 2005（光文社文庫）p622

うあん

ヴァン・ドゥーゼン博士 幽霊も科学には弱い
  ◇「日影丈吉全集 別巻」国書刊行会 2005 p310
ヴァンパイア
  ◇「天城一傑作集 2」日本評論社 2005 p490
ヴィエトナム戦争とは何であつたか
  ◇「福田恆存評論集 10」麗澤大學出版會, 廣池學園事業部〔発売〕2008 p36
ヴィエンナの犬
  ◇「佐々木基一全集 8」河出書房新社 2013 p11
ヴィクトル・ユーゴー作 リュイ・ブラス 三幕
  ◇「決定版 三島由紀夫全集 補巻」新潮社 2005 p55
宇井純との対談 水俣のひとびと
  ◇「石牟礼道子全集 5」藤原書店 2004 p310
ウキスキイ工場
  ◇「小沼丹全集 4」未知谷 2004 p173
ウィスコンシンへ(加藤秀俊, 東畑精一)
  ◇「小松左京全集 完全版 38」城西国際大学出版会 2010 p151
ヴィスコンティを解く鍵―ベリッシマ
  ◇「辻邦生全集 19」新潮社 2005 p269
ヴィスコンティ「家族の肖像」
  ◇「佐々木基一全集 7」河出書房新社 2013 p333
ヴィスコンティの時間
  ◇「中井英夫全集 12」東京創元社 2006 (創元ライブラリ) p231
ヴィスコンティのリアリズム
  ◇「佐々木基一全集 7」河出書房新社 2013 p89
ヴィスコンティふたたび
  ◇「中井英夫全集 12」東京創元社 2006 (創元ライブラリ) p86
ウィドマークの「スクワーム」
  ◇「田中小実昌エッセイ・コレクション 3」筑摩書房 2002 (ちくま文庫) p128
ヴィナスと愚人と[翻訳](ボードレール)
  ◇「谷崎潤一郎全集 7」中央公論新社 2016 p465
ヴィーナスの心臓〔解決篇〕
  ◇「鮎川哲也コレクション挑戦篇 1」出版芸術社 2006 p229
ヴィーナスの心臓〔問題篇〕
  ◇「鮎川哲也コレクション挑戦篇 1」出版芸術社 2006 p38
"ウィナー・ターゲブーフ"誌
  ◇「佐々木基一全集 6」河出書房新社 2012 p258
ヴィヨンの妻
  ◇「太宰治映画化原作コレクション 2」文藝春秋 2009 (文春文庫) p7
ウイリアム・ストークス
  ◇「小酒井不木随筆評論選集 6」本の友社 2004 p98
ウイリアム・ディターレの『旅愁』
  ◇「金井美恵子エッセイ・コレクション―1964–2013 4」平凡社 2014 p322
ウィリアム・テルの二本目の矢の行方
  ◇「寺山修司著作集 4」クインテッセンス出版 2009 p197

「ヴィリエ・ド・リラダン全集」
  ◇「小林秀雄全作品 26」新潮社 2004 p177
  ◇「小林秀雄全集 補巻 3」新潮社 2010 p373
ウィルソン警視 親方ユニオン・ジャック
  ◇「日影丈吉全集 別巻」国書刊行会 2005 p358
『ウィーン・鏡の中の都』
  ◇「佐々木基一全集 6」河出書房新社 2012 p179
ウインク
  ◇「小松左京全集 完全版 13」城西国際大学出版会 2008 p288
『ウキンダミーヤ夫人の扇』
  ◇「谷崎潤一郎全集 6」中央公論新社 2015 p291
ウキンダミーヤ夫人の扇[翻訳](ワイルド, オスカー)
  ◇「谷崎潤一郎全集 6」中央公論新社 2015 p295
ウィーン・フィルハーモニー
  ◇「佐々木基一全集 6」河出書房新社 2012 p234
ウィーン南駅
  ◇「佐々木基一全集 6」河出書房新社 2012 p226
飢え
  ◇「原民喜戦後全小説」講談社 2015 (講談社文芸文庫) p321
植木屋の帰り
  ◇「小沼丹全集 4」未知谷 2004 p322
植草・アドルフ・マンジュウ
  ◇「田中小実昌エッセイ・コレクション 1」筑摩書房 2002 (ちくま文庫) p282
ウエー(新どれい狩り) 十二景
  ◇「安部公房全集 25」新潮社 1999 p281
決戦川中島上杉謙信の巻―越後守安吾将軍の奮戦記
  ◇「坂口安吾全集 14」筑摩書房 1999 p129
ウエスト・エンド・レイン
  ◇「小沼丹全集 2」未知谷 2004 p513
上田秋成
  ◇「小松左京全集 完全版 42」城西国際大学出版会 2014 p354
飢えた国インドの哀しみ
  ◇「大庭みな子全集 3」日本経済新聞出版社 2009 p348
上田佐太郎―武運転変
  ◇「津本陽武芸小説集 2」PHP研究所 2007 p43
飢えた宇宙(そら)
  ◇「小松左京全集 完全版 15」城西国際大学出版会 2010 p156
飢えた皮膚
  ◇「安部公房全集 3」新潮社 1997 p59
飢えても牛を食べない
  ◇「小松左京全集 完全版 28」城西国際大学出版会 2006 p146
飢ゑと冬の木枯
  ◇「決定版 三島由紀夫全集 37」新潮社 2004 p311

飢えなかった男
　◇「小松左京全集 完全版 22」城西国際大学出版会 2015 p28
ヴェニスの商人
　◇「福田恆存評論集 19」麗澤大學出版會, 廣池學園事業部〔発売〕 2010 p96
ヴェネツィアに住みたい
　◇「須賀敦子全集 2」河出書房新社 2006（河出文庫）p567
ヴェネツィアの悲しみ
　◇「須賀敦子全集 3」河出書房新社 2007（河出文庫）p233
ヴェネツィアの宿
　◇「須賀敦子全集 2」河出書房新社 2006（河出文庫）p13
ヴェネツィア─水の虚実
　◇「辻邦生全集 17」新潮社 2005 p376
上野界隈
　◇「瀬戸内寂聴随筆選 2」ゆまに書房 2009 p58
飢えの季節
　◇「梅崎春生作品集 2」沖積舎 2004 p73
上野西郷花ふぶき
　◇「井上ひさし短編中編小説集成 4」岩波書店 2015 p187
上野動物園の悲しみ
　◇「開高健ルポルタージュ選集 ずばり東京」光文社 2007（光文社文庫）p195
上野図書館に寄せる回顧と希望〔アンケート回答〕
　◇「坂口安吾全集 13」筑摩書房 1999 p478
上野とわたし
　◇「大庭みな子全集 6」日本経済新聞出版社 2009 p263
上野の天気
　◇「阿川弘之全集 18」新潮社 2007 p493
上野晴子さんをしのんで
　◇「松下竜一未刊行著作集 2」海鳥社 2008 p208
上野英信─いのちのつやとは
　◇「石牟礼道子全集 14」藤原書店 2008 p158
上野英信─お茶碗洗われる英信さん
　◇「石牟礼道子全集 14」藤原書店 2008 p181
上野英信─『現代人物事典』
　◇「石牟礼道子全集 14」藤原書店 2008 p156
上野英信氏に学んだこと
　◇「松下竜一未刊行著作集 2」海鳥社 2008 p163
上野英信─追悼文
　◇「石牟礼道子全集 14」藤原書店 2008 p178
上野英信との対談　『苦海浄土』来し方行く末
　◇「石牟礼道子全集 3」藤原書店 2004 p511
上野英信─ひかりの露に
　◇「石牟礼道子全集 14」藤原書店 2008 p174
上野英信─み民われ生けるしるしあり
　◇「石牟礼道子全集 14」藤原書店 2008 p170

倭奴（ウエノム）のパルチャの巻
　◇「小田実全集 小説 28」講談社 2012 p25
植村達男「本のある風景」に寄せて
　◇「［野呂邦暢］随筆コレクション 2」みすず書房 2014 p5
ヴェラクルス
　◇「大坪砂男全集 3」東京創元社 2013（創元推理文庫）p487
ウェルギリウス「アエネイス」
　◇「須賀敦子全集 4」河出書房新社 2007（河出文庫）p352
ウエルスの予言
　◇「国枝史郎歴史小説傑作選」作品社 2006 p494
ウェル・メイドへの偏愛
　◇「辻邦生全集 18」新潮社 2005 p400
ウェルメイド・プレイ讃〔対談〕（山内登美雄）
　◇「福田恆存対談・座談集 6」玉川大学出版部 2012 p183
上は大地震
　◇「田中小実昌エッセイ・コレクション 3」筑摩書房 2002（ちくま文庫）p77
〈ウエーは現実凝縮の申し子〉『コメディアン』のインタビューに答えて
　◇「安部公房全集 5」新潮社 1997 p81
有縁
　◇「小島信夫短篇集成 6」水声社 2015 p405
魚（うお）… → "さかな…"をも見よ
魚座少年
　◇「田辺聖子全集 16」集英社 2005 p456
ウォータゲイト事件の「効果」
　◇「福田恆存評論集 10」麗澤大學出版會, 廣池學園事業部〔発売〕 2008 p167
ヴォネガット、大いに語る（カート・ヴォネガット）
　◇「田中小実昌エッセイ・コレクション 5」筑摩書房 2003（ちくま文庫）p323
魚の目
　◇「日影丈吉全集 8」国書刊行会 2004 p900
魚の目は泪
　◇「向田邦子全集 新版 5」文藝春秋 2009 p174
ヴォミーサ
　◇「小松左京全集 完全版 21」城西国際大学出版会 2015 p24
ウォーリス
　◇「江戸川乱歩全集 30」光文社 2005（光文社文庫）p437
ヴォリュプテの文学
　◇「決定版 三島由紀夫全集 35」新潮社 2003 p113
ウォール
　◇「定本 荒巻義雄メタSF全集 別巻」彩流社 2015 p16
ウォール街の新聞売り
　◇「阿川弘之全集 16」新潮社 2006 p337

うおる

ウオルトンの町
　◇「小沼丹全集 4」未知谷 2004 p170
ウォルヒャン様と対面の巻
　◇「小田実全集 小説 27」講談社 2012 p315
ヴォルフの世界
　◇「宮本百合子全集 15」新日本出版社 2001 p281
ウォーレス
　◇「江戸川乱歩全集 30」光文社 2005（光文社文庫）p441
ウ飼い
　◇「小松左京全集 完全版 40」城西国際大学出版会 2012 p265
含嗽薬（うがひぐすり）
　◇「決定版 三島由紀夫全集 37」新潮社 2004 p628
ウ飼いの起源
　◇「小松左京全集 完全版 40」城西国際大学出版会 2012 p265
うかうか三十、ちょろちょろ四十
　◇「井上ひさしコレクション 人間の巻」岩波書店 2005 p370
羽化登仙
　◇「内田百閒集成 11」筑摩書房 2003（ちくま文庫）p139
雨下の花
　◇「立松和平小説 16」勉誠出版 2012 p118
浮かぶグラマー
　◇「日影丈吉全集 7」国書刊行会 2004 p503
族（うから）
　◇「決定版 三島由紀夫全集 補巻」新潮社 2005 p292
うから（二三首）
　◇「石牟礼道子全集 1」藤原書店 2004 p541
浮かれ三亀松
　◇「吉川潮芸人小説セレクション 3」ランダムハウス講談社 2007 p1
雨季
　◇「決定版 三島由紀夫全集 20」新潮社 2002 p594
　◇「決定版 三島由紀夫全集 37」新潮社 2004 p349
浮き草
　◇「日影丈吉全集 8」国書刊行会 2004 p860
浮島
　◇「中上健次集 2」インスクリプト 2018 p254
宇喜多秀家—豊臣家の人々 第三話
　◇「司馬遼太郎短篇全集 10」文藝春秋 2006 p673
雨季の終り
　◇「辻邦生全集 6」新潮社 2004 p215
浮袋ショー
　◇「小島信夫長篇集成 2」水声社 2015 p724
右京の閑日月（バカンス）
　◇「日影丈吉全集 4」国書刊行会 2003 p501
浮世さまざま
　◇「国枝史郎伝奇短篇小説集成 2」作品社 2006 p253

浮世風呂
　◇「内田百閒集成 7」筑摩書房 2003（ちくま文庫）p191
うぐいす
　◇「内田百閒集成 7」筑摩書房 2003（ちくま文庫）p180
うぐいす
　◇「原民喜戦後全小説」講談社 2015（講談社文芸文庫）p545
鶯
　◇「石牟礼道子全集 15」藤原書店 2012 p370
鶯
　◇「小沼丹全集 4」未知谷 2004 p41
鶯
　◇「定本 久生十蘭全集 10」国書刊行会 2011 p348
うぐいす殺人事件
　◇「森村誠一ベストセレクション 空白の凶相」光文社 2010（光文社文庫）p251
『うぐいす侍』
　◇「佐々木基一全集 1」河出書房新社 2013 p155
鶯の訛
　◇「石牟礼道子全集 16」藤原書店 2013 p611
鶯ばか
　◇「山本周五郎長篇小説全集 7」新潮社 2013 p207
鶯姫
　◇「谷崎潤一郎全集 4」中央公論新社 2015 p275
うぐいす笛
　◇「丸谷才一全集 6」文藝春秋 2014 p545
鶯よ、我を憐れめ
　◇「中井英夫全集 7」東京創元社 1998（創元ライブラリ）p276
ウグリッチ
　◇「小松左京全集 完全版 43」城西国際大学出版会 2014 p201
ウグリッチ市―血の上のドミートリー教会
　◇「小松左京全集 完全版 43」城西国際大学出版会 2014 p207
受け口—ビラ入れより
　◇「松田解子自選集 9」澤田出版 2009 p226
雨月
　◇「立松和平小説 5」勉誠出版 2010 p1
　◇「立松和平小説 5」勉誠出版 2010 p105
『雨月』（立松和平著）
　◇「小檜山博全集 6」柏艪舎 2006 p176
雨月物語
　◇「大庭みな子全集 19」日本経済新聞出版社 2010 p229
雨月物語について
　◇「決定版 三島由紀夫全集 27」新潮社 2003 p211
「うけ手」の主体性
　◇「小松左京全集 完全版 29」城西国際大学出版会 2007 p347

受けとる手の「光景」
　◇「金井美恵子エッセイ・コレクション─1964-2013 1」平凡社 2013 p332
受身上手はいつからなのか
　◇「井上ひさしコレクション ことばの巻」岩波書店 2005 p37
烏江の月 謡曲「項羽」より 花妖譚四
　◇「司馬遼太郎短篇全集 1」文藝春秋 2005 p143
動かされないと云う事
　◇「宮本百合子全集 33」新日本出版社 2004 p486
動くヴィジョン
　◇「佐々木基一全集 2」河出書房新社 2013 p175
動く階段
　◇「小檜山博全集 8」柏艪舎 2006 p271
動くものの中で 第113回（平成7年度上半期）芥川賞
　◇「大庭みな子全集 24」日本経済新聞出版社 2011 p79
うごめき
　◇「大庭みな子全集 18」日本経済新聞出版社 2010 p269
鬱金色の女
　◇「日影丈吉全集 7」国書刊行会 2004 p297
羽左衛門の事
　◇「徳田秋聲全集 20」八木書店 2001 p224
兎
　◇「金井美恵子エッセイ・コレクション─1964-2013 2」平凡社 2013 p231
菟
　◇「稲垣足穂コレクション 8」筑摩書房 2005（ちくま文庫）p7
兎と亀
　◇「向田邦子全集 新版 5」文藝春秋 2009 p196
　◇「向田邦子全集 新版 8」文藝春秋 2009 p271
兎の首
　◇「立松和平小説 18」勉誠出版 2012 p147
兎の子
　◇「石牟礼道子全集 15」藤原書店 2012 p364
兎の夢
　◇「金井美恵子エッセイ・コレクション─1964-2013 2」平凡社 2013 p257
ウサスラーマの錠
　◇「山田風太郎ミステリー傑作選 7」光文社 2001（光文社文庫）p209
ウサちゃん
　◇「金井美恵子エッセイ・コレクション─1964-2013 2」平凡社 2013 p146
羽左の「源氏店」昭和十八年四月四日
　◇「決定版 三島由紀夫全集 26」新潮社 2003 p508
丑（うし）
　◇「谷崎潤一郎全集 25」中央公論新社 2016 p535
牛
　◇「内田百閒集成 12」筑摩書房 2003（ちくま文庫）p154
牛
　◇「坂口安吾全集 13」筑摩書房 1999 p498
蛆
　◇「松田解子自選集 7」澤田出版 2008 p211
潮
　◇「大庭みな子全集 23」日本経済新聞出版社 2011 p434
牛男
　◇「古井由吉自撰作品 3」河出書房新社 2012 p250
牛飼の娘
　◇「三角寛サンカ選集第二期 10」現代書館 2005 p113
牛斬りお作
　◇「三角寛サンカ選集第二期 12」現代書館 2005 p79
氏素姓と大土木工事の巻
　◇「小田実全集 小説 27」講談社 2012 p249
艮（うしとら）
　◇「吉田知子選集 3」景文館書店 2014 p53
鬼門大金神
　◇「定本 荒巻義雄メタSF全集 7」彩流社 2015 p387
失いたくない大切な自然─三枝義治著『埋もれた楽園』解説
　◇「松下竜一未刊行著作集 2」海鳥社 2008 p146
失ったもの
　◇「大庭みな子全集 8」日本経済新聞出版社 2009 p404
失ったもの
　◇「小檜山博全集 7」柏艪舎 2006 p321
うしなってきたもの……
　◇「鈴木いづみコレクション 5」文遊社 1996 p129
失われた青空
　◇「大庭みな子全集 3」日本経済新聞出版社 2009 p359
失われたアリバイ
　◇「天城一傑作集 2」日本評論社 2005 p378
失われたアリバイ／時計塔
　◇「天城一傑作集 4」日本評論社 2009 p540
失われた遺跡
　◇「〔池澤夏樹〕エッセー集成 1」みすず書房 2008 p4
失われた宇宙船
　◇「小松左京全集 完全版 25」城西国際大学出版会 2017 p225
失われた男
　◇「田村泰次郎選集 4」日本図書センター 2005 p280
失われた結末
　◇「小松左京全集 完全版 19」城西国際大学出版会 2013 p180
失われた心を求めて
　◇「辻邦生全集 19」新潮社 2005 p29

うしな

失われた小説の根拠を求めて―クリストフ・バタイユ『安南』とル・クレジオ『パワナ』
　◇「辻邦生全集 18」新潮社 2005 p359

失われた大陸
　◇「小松左京全集 完全版 40」城西国際大学出版会 2012 p361

失われた富
　◇〔野呂邦暢〕随筆コレクション 1」みすず書房 2014 p167

失われた日本語の魅力
　◇〔野呂邦暢〕随筆コレクション 1」みすず書房 2014 p397

失われた秘策
　◇「天城一傑作集 3」日本評論社 2006 p417

失われた秘報
　◇「天城一傑作集 4」日本評論社 2009 p568

失われた秘宝
　◇「天城一傑作集 4」日本評論社 2009 p463
　◇「天城一傑作集 4」日本評論社 2009 p560

失われた秘薬
　◇「天城一傑作集 4」日本評論社 2009 p552

失われた「深い豊かな生」
　◇「辻邦生全集 18」新潮社 2005 p79

失われた名演説
　◇「隆慶一郎全集 19」新潮社 2010 p282

失われた夢
　◇「大庭みな子全集 18」日本経済新聞出版社 2010 p114

失われゆく生命の神秘への畏れ
　◇「石牟礼道子全集 11」藤原書店 2005 p447

宇品湾頭雲はるか
　◇「阿川弘之全集 18」新潮社 2007 p231

宇治の一日
　◇「徳田秋聲全集 14」八木書店 2000 p10

牛のうた
　◇「松田解子自選集 9」澤田版 2009 p231

牛の尾のシチュー
　◇「阿川弘之全集 20」新潮社 2007 p24

牛の首
　◇「小松左京全集 完全版 25」城西国際大学出版会 2017 p170

牛の首
　◇「向田邦子全集 新版 9」文藝春秋 2009 p36

牛の乳
　◇「小檜山博全集 6」柏艪舎 2006 p217

午前二時(うしみつどき)に逢いましょう
　◇「日影丈吉全集 8」国書刊行会 2004 p346

蛆虫と蟹
　◇「大庭みな子全集 9」日本経済新聞出版社 2010 p475

烏城追思
　◇「内田百閒集成 13」筑摩書房 2003 (ちくま文庫) p34

うしろ姿
　◇「向田邦子全集 新版 6」文藝春秋 2009 p139

後ろ姿
　◇〔野呂邦暢〕随筆コレクション 1」みすず書房 2014 p476

後ろの正面だあれ
　◇「石牟礼道子全集 16」藤原書店 2013 p539

うしろむき序説
　◇「狩々全集 2」皆進社 2013 p317

薄い街
　◇「稲垣足穂コレクション 3」筑摩書房 2005 (ちくま文庫) p66

臼杵行
　◇「石牟礼道子全集 13」藤原書店 2007 p677

卯月恋殺し
　◇「赤江瀑短編傑作選 情念編」光文社 2007 (光文社文庫) p481

疼く思い―メーデー事件判決を前にして
　◇「松田解子自選集 8」澤田版 2008 p353

「薄化粧した……」(「桃1」改題)
　◇「決定版 三島由紀夫全集 37」新潮社 2004 p427

うすなさけ
　◇「中井英夫全集 7」東京創元社 1998 (創元ライブラリ) p650

うすねぎりの塚
　◇「石牟礼道子全集 5」藤原書店 2004 p251

薄馬鹿の会
　◇「小檜山博全集 6」柏艪舎 2006 p100

埋み火
　◇「大庭みな子全集 13」日本経済新聞出版社 2010 p291

うずもれた王
　◇「宮城谷昌光全集 21」文藝春秋 2004 p374

うす雪
　◇「岡本綺堂探偵小説全集 2」作品社 2012 p226

うすゆき抄
　◇「定本 久生十蘭全集 8」国書刊行会 2010 p318

うすゆき抄[『オール讀物』版]
　◇「定本 久生十蘭全集 別巻」国書刊行会 2013 p371

ウズラ
　◇「小松左京全集 完全版 40」城西国際大学出版会 2012 p263

うすらあぶねえ人物
　◇「石牟礼道子全集 1」藤原書店 2004 p369

薄氷女史小伝
　◇「徳田秋聲全集 19」八木書店 2000 p49

薄る、光
　◇「徳田秋聲全集 4」八木書店 1999 p3

雨声会の思ひ出
　◇「徳田秋聲全集 23」八木書店 2001 p195

うそ
　◇「決定版 三島由紀夫全集 37」新潮社 2004 p88

うたえ

ウソ
　◇「井上ひさしコレクション　人間の巻」岩波書店 2005 p155

嘘
　◇「井上ひさし短編中編小説集成 11」岩波書店 2015 p333

嘘
　◇「アンドロギュノスの裔　渡辺温全集」東京創元社 2011（創元推理文庫）p61

嘘アつかねえ
　◇〔山本周五郎〕新編傑作選 3」小学館 2010（小学館文庫）p5

嘘を承知で、あえてそこを生きるサクラ〔インタビュー〕（メアリー・ロード）
　◇「安部公房全集 28」新潮社 2000 p70

嘘をつくな
　◇「小林秀雄全集　補巻 3」新潮社 2010 p157

ウソ温泉の水瓶のこと
　◇「石牟礼道子全集 12」藤原書店 2005 p474

嘘から出たまこと―「縛られた男」を読んで
　◇「安部公房全集 17」新潮社 1999 p258

嘘―それは固い豆腐だった
　◇「松下竜一未刊行著作集 3」海鳥社 2009 p318

嘘つきアルフォンソ
　◇「中井英夫全集 5」東京創元社 1996（創元ライブラリ）p217

嘘つき卵
　◇「向田邦子全集 新版 3」文藝春秋 2009 p261

ウソッパチのおしゃべり
　◇「田中小実昌エッセイ・コレクション 5」筑摩書房 2003（ちくま文庫）p271

改訂完全版嘘でもいいから殺人事件
　◇「島田荘司全集 2」南雲堂 2008 p203

改訂完全版嘘でもいいから誘拐事件
　◇「島田荘司全集 7」南雲堂 2016 p419

嘘トカゲ
　◇「石牟礼道子全集 14」藤原書店 2008 p108

ウソについての長いまえがき
　◇「井上ひさしコレクション　人間の巻」岩波書店 2005 p188

ウソのおきて
　◇「井上ひさしコレクション　人間の巻」岩波書店 2005 p200

ウソのない世界―ひきつける野生の魅力
　◇「決定版 三島由紀夫全集 32」新潮社 2003 p627

ウソ発見器
　◇「大庭みな子全集 6」日本経済新聞出版社 2009 p156

うそりやま考
　◇「三枝和子選集 4」鼎書房 2007 p405

唄
　◇「色川武大・阿佐田哲也エッセイズ 2」筑摩書房 2003（ちくま文庫）p159

歌
　◇「上野壮夫全集 1」図書新聞 2010 p229

「歌ひ得る詩」選評
　◇「上野壮夫全集 3」図書新聞 2011 p555

うた―生きて愛して
　◇「松下竜一未刊行著作集 3」海鳥社 2009 p357

歌一首「市田ヤエ『京をんな』」
　◇「谷崎潤一郎全集 22」中央公論新社 2017 p393

歌一首〔「歌会始め召歌」〕
　◇「谷崎潤一郎全集 22」中央公論新社 2017 p362

歌一首〔「現代日本文学全集18 谷崎潤一郎集」〕
　◇「谷崎潤一郎全集 21」中央公論新社 2016 p504

歌一首〔「現代の文学1 谷崎潤一郎集」〕
　◇「谷崎潤一郎全集 24」中央公論新社 2016 p532

歌一首〔「現代文学大系18 谷崎潤一郎集（一）」〕
　◇「谷崎潤一郎全集 24」中央公論新社 2016 p543

歌一首〔「昭和文学全集15 谷崎潤一郎集」〕
　◇「谷崎潤一郎全集 21」中央公論新社 2016 p487

歌一首〔「昭和文学全集31 続谷崎潤一郎集」〕
　◇「谷崎潤一郎全集 21」中央公論新社 2016 p495

歌一首〔「南紀藝術」〕
　◇「谷崎潤一郎全集 15」中央公論新社 2016 p509

歌一首〔「日本現代文学全集44 谷崎潤一郎集（二）」〕
　◇「谷崎潤一郎全集 24」中央公論新社 2016 p530

歌一首〔「文化人のプロフィル」〕
　◇「谷崎潤一郎全集 21」中央公論新社 2016 p412

歌一首〔「読売新聞」〕
　◇「谷崎潤一郎全集 16」中央公論新社 2016 p517

歌う女
　◇「小松左京全集 完全版 19」城西国際大学出版会 2013 p116

歌う空間
　◇「小松左京全集 完全版 25」城西国際大学出版会 2017 p338

うたう作家のドサまわり〔対談〕（野坂昭如）
　◇「吉行淳之介エッセイ・コレクション 4」筑摩書房 2004（ちくま文庫）p236

歌々板画巻
　◇「谷崎潤一郎全集 22」中央公論新社 2017 p83

歌うということ
　◇「宮城谷昌光全集 21」文藝春秋 2004 p418

『うたう』という言葉
　◇「佐々木basic一全集 10」河出書房新社 2013 p712

うたえ西風
　◇「山本周五郎探偵小説全集 5」作品社 2008 p119

歌右衛門丈へ
　◇「決定版 三島由紀夫全集 28」新潮社 2003 p49

歌右衛門丈のこと
　◇「決定版 三島由紀夫全集 27」新潮社 2003 p492

うたえ

歌右衛門、其の重衡、道成寺、菊五郎
◇「徳田秋聲全集 19」八木書店 2000 p280

歌右衛門に就て
◇「徳田秋聲全集 20」八木書店 2001 p59

歌右衛門の美しさ［対談］（戸板康二）
◇「決定版 三島由紀夫全集 39」新潮社 2004 p57

歌を追う旅
◇「大庭みな子全集 15」日本経済新聞出版社 2010 p135

歌をつくる
◇「小檜山博全集 8」柏艪舎 2006 p256

歌、踊り、そしてフリーセックス―庶民の性生活
◇「小松左京全集 完全版 35」城西国際大学出版会 2009 p369

うたがい
◇「高橋克彦自選短編集 2」講談社 2009（講談社文庫）p353

疑い
◇「辻邦生全集 8」新潮社 2005 p334

歌垣の声
◇「石牟礼道子全集 16」藤原書店 2013 p287

うたかた
◇「田辺聖子全集 5」集英社 2004 p62

うたかたの記
◇「〔森〕鷗外近代小説集 1」岩波書店 2013 p3

泡沫の記―ルウドキヒ二世と人工楽園
◇「定本 久生十蘭全集 8」国書刊行会 2010 p285

疑わしきを世論の心情で裁く
◇「小松左京全集 完全版 34」城西国際大学出版会 2009 p250

宴のあと
◇「決定版 三島由紀夫全集 8」新潮社 2001 p7

「宴のあと」事件の終末
◇「決定版 三島由紀夫全集 34」新潮社 2003 p268

「宴のあと」創作ノート
◇「決定版 三島由紀夫全集 8」新潮社 2001 p615
◇「決定版 三島由紀夫全集 補巻」新潮社 2005 p461

宴の終わりに
◇「中井英夫全集 7」東京創元社 1998（創元ライブラリ）p576

"うたごえ"の喜びと悲しみ
◇「開高健ルポルタージュ選集 ずばり東京」光文社 2007（光文社文庫）p354

歌声よ、おこれ―新日本文学会の由来
◇「宮本百合子全集 16」新日本出版社 2002 p29

うたたね大衆小説論
◇「山田風太郎エッセイ集成 わが推理小説零年」筑摩書房 2007 p88

歌との出遇い、そして別れ
◇「松下竜一未刊行著作集 1」海鳥社 2008 p3

歌との出遇い、そして別れ―表現を求めて
◇「松下竜一未刊行著作集 1」海鳥社 2008 p18

歌の人々、あるいは『風流夢譚』事件とその周辺
◇「金井美恵子エッセイ・コレクション―1964-2013 3」平凡社 2013 p457

歌の響き（江藤淳）
◇「大庭みな子全集 23」日本経済新聞出版社 2011 p273

歌の本
◇「小沼丹全集 4」未知谷 2004 p142

うたほぐ
◇「谷崎潤一郎全集 25」中央公論新社 2016 p88

歌麿カタログ
◇「高橋克彦自選短編集 1」講談社 2009（講談社文庫）p475

歌麿の世界
◇「井上ひさしコレクション 人間の巻」岩波書店 2005 p36

歌奴
◇「三橋一夫ふしぎ小説集成 1」出版芸術社 2005 p264

歌四首
◇「谷崎潤一郎全集 9」中央公論新社 2017 p495

うたはあまねし
◇「決定版 三島由紀夫全集 26」新潮社 2003 p347

打あけ話
◇「宮本百合子全集 12」新日本出版社 2001 p427

討ち入りそば
◇「向田邦子全集 新版 9」文藝春秋 2009 p111

うちへおいでよ、あたしのおうちへ
◇「鈴木いづみコレクション 6」文遊社 1997 p285

内田吐夢の一側面
◇「佐々木基一全集 1」河出書房新社 2013 p122

内田百閒小論
◇「車谷長吉全集 3」新書館 2010 p654

内田百閒著「日没閉門」
◇「阿川弘之全集 16」新潮社 2006 p444

内と外
◇「徳田秋聲全集 27」八木書店 2002 p5

内なる自然
◇「小松左京全集 完全版 36」城西国際大学出版会 2011 p247

内なる線影
◇「松本清張自選短篇集 4」リブリオ出版 2007 p97

内なる宝
◇「宮城谷昌光全集 21」文藝春秋 2004 p292

内なる辺境
◇「安部公房全集 22」新潮社 1999 p205

内にひそむ差別の心
◇「石牟礼道子全集 14」藤原書店 2008 p542

うちのお袋の村田喜代子評
◇「車谷長吉全集 3」新書館 2010 p267

うちの可愛い一個連隊
　◇「井上ひさし短編中編小説集成 2」岩波書店 2014 p519

うちの子ねこ
　◇「決定版 三島由紀夫全集 37」新潮社 2004 p23

うちの女房、うちの息子（抄）
　◇「遠藤周作エッセイ選集 1」光文社 2006（知恵の森文庫）p128

「うちの庭の寓話」より［翻訳］（G.デュアメル）
　◇「須賀敦子全集 7」河出書房新社 2007（河出文庫）p323

『内村鑑三選集』
　◇「石牟礼道子全集 14」藤原書店 2008 p421

内山秀夫氏への手紙
　◇「石牟礼道子全集 8」藤原書店 2005 p494

宇宙を駈ける旅ー『古典の旅 万葉集』の序に寄せて
　◇「大庭みな子全集 13」日本経済新聞出版社 2010 p385

宇宙怪人
　◇「江戸川乱歩全集 16」光文社 2004（光文社文庫）p369

宇宙、革命、戦争、ンが！……なのだ
　◇「小松左京全集 完全版 44」城西国際大学出版会 2014 p92

宇宙からきた吸血鬼
　◇「都筑道夫少年小説コレクション 5」本の雑誌社 2005 p169

宇宙からの侵略
　◇「小松左京全集 完全版 40」城西国際大学出版会 2012 p367

宇宙棋院は天才ばかり
　◇「遠藤周作エッセイ選集 3」光文社 2006（知恵の森文庫）p233

宇宙鉱山
　◇「小松左京全集 完全版 25」城西国際大学出版会 2017 p470

「宇宙サミット」を招集できる日本
　◇「小松左京全集 完全版 40」城西国際大学出版会 2012 p440

「宇宙三条約」と月の平和利用
　◇「小松左京全集 完全版 40」城西国際大学出版会 2012 p437

宇宙時代の電話生活
　◇「小松左京全集 完全版 29」城西国際大学出版会 2007 p249

宇宙人がやってきた
　◇「都筑道夫少年小説コレクション 3」本の雑誌社 2005 p174

宇宙人のイモ
　◇「田辺聖子全集 5」集英社 2004 p277

『宇宙人のしゅくだい』
　◇「小松左京全集 完全版 24」城西国際大学出版会 2016 p445

宇宙人のしゅくだい
　◇「小松左京全集 完全版 24」城西国際大学出版会 2016 p449

宇宙・生命・知性の最前線
　◇「小松左京全集 完全版 40」城西国際大学出版会 2012 p11

宇宙船エンゼル号
　◇「日影丈吉全集 別巻」国書刊行会 2005 p745

宇宙船の怪人
　◇「大坪砂男全集 4」東京創元社 2013（創元推理文庫）p331

宇宙時計
　◇「定本 荒巻義雄メタSF全集 6」彩流社 2015 p265

宇宙と自己
　◇「佐々木基一全集 1」河出書房新社 2013 p479

宇宙と文学　「小松左京マガジン」編集長インタビュー 第一回（佐藤勝彦）
　◇「小松左京全集 完全版 49」城西国際大学出版会 2017 p8

宇宙25時
　◇「定本 荒巻義雄メタSF全集 2」彩流社 2015 p5
　◇「定本 荒巻義雄メタSF全集 2」彩流社 2015 p247

宇宙・人間・芸術〔対談〕（岡本太郎）
　◇「安部公房全集 8」新潮社 1998 p212

宇宙の進化
　◇「小松左京全集 完全版 28」城西国際大学出版会 2006 p48

宇宙のはてで
　◇「小松左京全集 完全版 24」城西国際大学出版会 2016 p481

宇宙の果ての反世界
　◇「安部公房全集 15」新潮社 1998 p181

宇宙のもけい飛行機
　◇「小松左京全集 完全版 24」城西国際大学出版会 2016 p479

宇宙飛行士と空海（立花隆）
　◇「司馬遼太郎対話選集 8」文藝春秋 2006（文春文庫）p155

宇宙病原体の侵入
　◇「小松左京全集 完全版 40」城西国際大学出版会 2012 p367

宇宙漂流
　◇「小松左京全集 完全版 24」城西国際大学出版会 2016 p107

うちは口が軽い
　◇「車谷長吉全集 2」新書館 2010 p26

内輪のたのしみ
　◇「決定版 三島由紀夫全集 31」新潮社 2003 p176

美しい石の都プラハ
　◇「安部公房全集 20」新潮社 1999 p132

〈美しい狂気〉の季節
　◇「辻邦生全集 17」新潮社 2005 p297

うつく

美しい殺人者のための聖書（「日本の名著17葉隠」広告文）
   ◇「決定版 三島由紀夫全集 35」新潮社 2003 p764
美しい死
   ◇「決定版 三島由紀夫全集 34」新潮社 2003 p440
美しい女性はどこにゐる—吉永小百合と「潮騒」より
   ◇「決定版 三島由紀夫全集 33」新潮社 2003 p83
美しいデザイナァの夢
   ◇「決定版 三島由紀夫全集 37」新潮社 2004 p148
美しいと思ふ七人の人
   ◇「決定版 三島由紀夫全集 28」新潮社 2003 p245
美しい夏の行方—イタリア、シチリアの旅
   ◇「辻邦生全集 17」新潮社 2005 p211
美しい夏の行方—中部イタリア旅の断章から
   ◇「辻邦生全集 17」新潮社 2005 p213
美しい日本語—石川淳全集推薦の言葉
   ◇「決定版 三島由紀夫全集 31」新潮社 2003 p497
美しいひとみの心配事
   ◇「石牟礼道子全集 1」藤原書店 2004 p172
美しい舟
   ◇「立松和平全小説 18」勉誠出版 2012 p277
美しい星
   ◇「決定版 三島由紀夫全集 10」新潮社 2001 p7
「美しい星」創作ノート
   ◇「決定版 三島由紀夫全集 10」新潮社 2001 p593
美しい町を
   ◇「山田風太郎エッセイ集成 秀吉はいつ知ったか」筑摩書房 2008 p30
美しいもの
   ◇「大庭みな子全集 6」日本経済新聞出版社 2009 p175
「美しいもの」
   ◇「小松左京全集 完全版 31」城西国際大学出版会 2008 p344
美しい国ありて
   ◇「上野壮夫全集 1」図書新聞 2010 p407
美しき五月の頃よ[翻訳]（ハイネ）
   ◇「決定版 三島由紀夫全集 37」新潮社 2004 p283
美しき時代
   ◇「決定版 三島由紀夫全集 27」新潮社 2003 p78
美しき死の岸に
   ◇「原民喜戦後全小説」講談社 2015（講談社文芸文庫）p99
   ◇「原民喜戦後全小説」講談社 2015（講談社文芸文庫）p207
美しき証拠
   ◇「大坪砂男全集 1」東京創元社 2013（創元推理文庫）p179
美しき精神と葛藤の物語
   ◇「辻邦生全集 18」新潮社 2005 p188
美しき月夜
   ◇「宮本百合子全集 1」新日本出版社 2000 p389
美しき豆腐
   ◇「松下竜一未刊行著作集 2」海鳥社 2008 p312
『美しき日本の残像』『女のイマージュ』『シェリ』
   ◇「須賀敦子全集 4」河出書房新社 2007（河出文庫）p403
美しき放火魔
   ◇「三角寛サンカ選集第二期 8」現代書館 2004 p315
美しき未青年
   ◇「中井英夫全集 12」東京創元社 2006（創元ライブラリ）p139
美しきもの
   ◇「決定版 三島由紀夫全集 29」新潮社 2003 p438
美しき鹿鳴館時代—再演「鹿鳴館」について
   ◇「決定版 三島由紀夫全集 32」新潮社 2003 p137
美しく死ぬために
   ◇「瀬戸内寂聴随筆選 2」ゆまに書房 2009 p9
美しく精悍な「生き物」—柴田三雄
   ◇「小松左京全集 完全版 41」城西国際大学出版会 2013 p279
美しく強い生き方の秘密「小松左京マガジン」編集長インタビュー 第二十回（櫻井よしこ）
   ◇「小松左京全集 完全版 49」城西国際大学出版会 2017 p254
美しく豊な生活へ
   ◇「宮本百合子全集 16」新日本出版社 2002 p10
美しさを超えて映る半島
   ◇「中上健次集 4」インスクリプト 2016 p398
写された恋
   ◇「松田解子自選集 4」澤田出版 2005 p451
写すひと
   ◇「向田邦子全集 新版 8」文藝春秋 2009 p99
訴える
   ◇「小田実全集 評論 27」講談社 2013 p393
「訴える人」と「道行く人」
   ◇「小田実全集 評論 10」講談社 2011 p215
うっちゃり
   ◇「坂口安吾全集 13」筑摩書房 1999 p301
うつつを抜かして
   ◇「田辺聖子全集 3」集英社 2004 p417
うつつにぞ見る
   ◇「内田百閒集成 17」筑摩書房 2004（ちくま文庫）p342
うつつの崖
   ◇「眉村卓コレクション 異世界篇 3」出版芸術社 2012 p341
討つ人と討たれる人
   ◇「国枝史郎伝奇短篇小説集成 2」作品社 2006 p150
靫蔓
   ◇「定本 久生十蘭全集 10」国書刊行会 2011 p95

宇津保物語
　◇「中上健次集 9」インスクリプト 2013 p9
宇津保物語と現代
　◇「中上健次集 9」インスクリプト 2013 p332
うつむく日本人
　◇「寺山修司著作集 1」クインテッセンス出版 2009 p123
移り変はる風格―銀座
　◇「決定版 三島由紀夫全集 補巻」新潮社 2005 p152
移り気な恋
　◇「吉行淳之介エッセイ・コレクション 2」筑摩書房 2004（ちくま文庫）p112
烏亭焉馬
　◇「井上ひさし短編中編小説集成 9」岩波書店 2015 p443
雨滴
　◇「宮本百合子全集 33」新日本出版社 2004 p444
腕角力
　◇「谷崎潤一郎全集 10」中央公論新社 2016 p285
腕相撲と原子爆弾
　◇「坂口安吾全集 12」筑摩書房 1999 p247
腕時計
　◇「都筑道夫恐怖短篇集成 1」筑摩書房 2004（ちくま文庫）p302
腕のある絨氈
　◇「狩久全集 3」皆進社 2013 p217
ウドンへの反逆
　◇「坂口安吾全集 13」筑摩書房 1999 p405
「うどんくい」
　◇「宮本百合子全集 15」新日本出版社 2001 p288
うどん東西
　◇「山田風太郎エッセイ集成 風山房風呂焚き唄」筑摩書房 2008 p148
うなぎ
　◇「大庭みな子全集 9」日本経済新聞出版社 2010 p441
鰻
　◇「阿川弘之全集 20」新潮社 2007 p46
鰻と赤飯
　◇「井上ひさし短編中編小説集成 4」岩波書店 2015 p121
鰻の化物
　◇「小沼丹全集 4」未知谷 2004 p518
鰻屋
　◇「小沼丹全集 4」未知谷 2004 p358
項の貌
　◇「渡辺淳一自選短篇コレクション 5」朝日新聞社 2006 p137
うなだれる
　◇「中井英夫全集 7」東京創元社 1998（創元ライブラリ）p15
ウニ首相の妓生遊び (キーセンノリ)
　◇「小田実全集 評論 18」講談社 2012 p51

ウニの名前
　◇「小檜山博全集 7」柏艪舎 2006 p195
己惚
　◇「中井英夫全集 10」東京創元社 2002（創元ライブラリ）p23
自惚鏡
　◇「徳田秋聲全集 26」八木書店 2002 p3
うぬぼれ鏡―都市を盗る20
　◇「安部公房全集 26」新潮社 1999 p472
宇野浩二
　◇「石川淳コレクション 3」筑摩書房 2007（ちくま文庫）p426
宇野浩二式
　◇「江戸川乱歩全集 24」光文社 2005（光文社文庫）p192
宇野重吉氏へ（三月三十日）
　◇「福田恆存評論集 18」麗澤大學出版會, 廣池學園事業部〔発売〕2010 p151
宇野千代
　◇「辻邦生全集 16」新潮社 2005 p180
宇野千代「おはん」
　◇「小林秀雄全集 補巻 3」新潮社 2010 p165
宇野千代「刺す」
　◇「小林秀雄全集 補巻 3」新潮社 2010 p394
「宇野千代全集」
　◇「小林秀雄全作品 27」新潮社 2004 p20
　◇「小林秀雄全集 補巻 3」新潮社 2010 p408
姥あきれ
　◇「田辺聖子全集 17」集英社 2005 p110
姥処女
　◇「田辺聖子全集 17」集英社 2005 p88
姥勝手
　◇「田辺聖子全集 17」集英社 2005 p346
乳母車と図書館
　◇「小島信夫批評集成 2」水声社 2011 p434
姥小町
　◇「20世紀断層―野坂昭如単行本未収録小説集成 4」幻戯書房 2010 p494
姥ざかり
　◇「田辺聖子全集 17」集英社 2005 p9
姥ざかり花の旅笠―小田宅子の「東路日記」
　◇「田辺聖子全集 22」集英社 2005 p9
姥スター
　◇「田辺聖子全集 17」集英社 2005 p132
姥捨
　◇「太宰治映画化原作コレクション 2」文藝春秋 2009（文春文庫）p81
姥ときめき
　◇「田辺聖子全集 17」集英社 2005 p153
姥なぜ
　◇「田辺聖子全集 17」集英社 2005 p185

うはの

乳母の家［翻訳］（ウンベルト・サバ）
　◇「須賀敦子全集 5」河出書房新社 2008（河出文庫）p306

姥ひや酒
　◇「田辺聖子全集 17」集英社 2005 p218

姥日和
　◇「田辺聖子全集 17」集英社 2005 p45

姥芙蓉
　◇「田辺聖子全集 17」集英社 2005 p314

姥蛍
　◇「田辺聖子全集 17」集英社 2005 p249

姥まくら
　◇「田辺聖子全集 17」集英社 2005 p281

姥野球
　◇「田辺聖子全集 17」集英社 2005 p66

うばわれたひとへ
　◇「松田解子自選集 9」澤田出版 2009 p43

産ぶ声
　◇「山崎豊子全集 1」新潮社 2003 p533

産屋
　◇「立松和平全小説 2」勉誠出版 2010 p355

産湯の記憶
　◇「石牟礼道子全集 15」藤原書店 2012 p510

馬
　◇「大庭みな子全集 18」日本経済新聞出版社 2010 p259

馬
　◇「小島信夫短篇集成 1」水声社 2014 p545

馬
　◇「中戸川吉二作品集」勉誠出版 2013 p197

馬
　◇「野呂邦暢小説集成 6」文遊社 2016 p309

馬
　◇「決定版 三島由紀夫全集 37」新潮社 2004 p691

馬
　◇「目取真俊短篇小説選集 2」影書房 2013 p85

うまい食いもの
　◇「小檜山博全集 7」柏艪舎 2006 p199

うまい字 へたな字
　◇「安部公房全集 8」新潮社 1998 p281

『うまい汁』（A・A・フェア）
　◇「田中小実昌エッセイ・コレクション 5」筑摩書房 2003（ちくま文庫）p199

午市
　◇「宮本百合子全集 2」新日本出版社 2001 p140

うまいもの
　◇「小檜山博全集 7」柏艪舎 2006 p191

馬追い
　◇「小檜山博全集 6」柏艪舎 2006 p288

馬を売る女
　◇「松本清張傑作選 憑かれし者ども」新潮社 2009 p67

　◇「松本清張傑作選 憑かれし者ども」新潮社 2013（新潮文庫）p95

馬を叩く日
　◇「小檜山博全集 1」柏艪舎 2006 p416

うまくゆかない恋
　◇「大庭みな子全集 17」日本経済新聞出版社 2010 p20

うますぎて心配（藤島泰輔「孤独の人」）
　◇「決定版 三島由紀夫全集 29」新潮社 2003 p200

馬と生きる男
　◇「小檜山博全集 6」柏艪舎 2006 p416

馬とその序曲
　◇「決定版 三島由紀夫全集 37」新潮社 2004 p689

馬と人
　◇「大庭みな子全集 12」日本経済新聞出版社 2010 p13

馬と老人
　◇「定本 久生十蘭全集 2」国書刊行会 2009 p314

馬の絵
　◇「野呂邦暢」随筆コレクション 2」みすず書房 2014 p256

馬の首
　◇「都筑道夫恐怖短篇集成 1」筑摩書房 2004（ちくま文庫）p444

馬のそばにいた者たち
　◇「小島信夫批評集成 5」水声社 2011 p345

馬の涙
　◇「小檜山博全集 7」柏艪舎 2006 p103

馬の糞
　◇「谷崎潤一郎全集 12」中央公論新社 2017 p51

馬の屁
　◇「小松左京全集 完全版 39」城西国際大学出版会 2012 p91

馬のやうに
　◇「定本 久生十蘭全集 10」国書刊行会 2011 p137

うまや橋
　◇「内田百閒集成 5」筑摩書房 2003（ちくま文庫）p275

「馬」よ、さらば
　◇「小松左京全集 完全版 28」城西国際大学出版会 2006 p274

生れ変らせると云つたら
　◇「徳田秋聲全集 23」八木書店 2001 p246

生れた家
　◇「谷崎潤一郎全集 9」中央公論新社 2017 p441

生れた家―長いながい昔話
　◇「決定版 三島由紀夫全集 37」新潮社 2004 p554

"生れた権利"をうばうな―寿産院事件について
　◇「宮本百合子全集 17」新日本出版社 2002 p403

生れてはじめて……
　◇「石牟礼道子全集 4」藤原書店 2004 p427

生れなかった子供
　◇「坂口安吾全集 9」筑摩書房 1998 p406
生まれぬ前の秘境のこと
　◇「石牟礼道子全集 8」藤原書店 2005 p258
馬―わが動物記
　◇「決定版 三島由紀夫全集 28」新潮社 2003 p258
馬は丸顔
　◇「内田百閒集成 15」筑摩書房 2003（ちくま文庫）p205
ウーマンリブの元祖
　◇「瀬戸内寂聴随筆選 2」ゆまに書房 2009 p201
海
　◇「大庭みな子全集 7」日本経済新聞出版社 2009 p312
　◇「大庭みな子全集 9」日本経済新聞出版社 2010 p150
海〔賞外〕
　◇「谷崎潤一郎全集 25」中央公論新社 2016 p42
海
　◇「辻井喬コレクション 7」河出書房新社 2003 p30
海
　◇「決定版 三島由紀夫全集 36」新潮社 2003 p445
　◇「決定版 三島由紀夫全集 37」新潮社 2004 p226
臙
　◇「徳田秋聲全集 10」八木書店 1998 p129
海へ
　◇「石牟礼道子全集 1」藤原書店 2004 p211
海へ
　◇「中上健次集 2」インスクリプト 2014 p37
海へ打つ感情
　◇「上野壮夫全集 2」図書新聞 2009 p99
海への孤独な旅―石原慎太郎
　◇「小松左京全集 完全版 41」城西国際大学出版会 2013 p118
海への扉
　◇「中井英夫全集 10」東京創元社 2002（創元ライブラリ）p81
海を売りたい漁民たち―周防灘開発計画のかげで
　◇「松下竜一未刊行著作集 4」海鳥社 2008 p119
海を拝む 山を拝む
　◇「石牟礼道子全集 11」藤原書店 2005 p192
「海」を取り戻す街づくり
　◇「小松左京全集 完全版 46」城西国際大学出版会 2016 p117
海を眺める墓地
　◇「小田実全集 小説 17」講談社 2011 p222
海を見に……
　◇「[野呂邦暢] 随筆コレクション 1」みすず書房 2014 p344
海を渡ってきた魂
　◇「石牟礼道子全集 16」藤原書店 2013 p536

海を渡り終へた基督
　◇「中井英夫全集 10」東京創元社 2002（創元ライブラリ）p57
海風の吹きめぐる劇場
　◇「決定版 三島由紀夫全集 28」新潮社 2003 p90
海から行って見えた"上関原発"
　◇「松下竜一未刊行著作集 5」海鳥社 2009 p146
海から来た女
　◇「狩久全集 3」皆進社 2013 p58
海から来る客人
　◇「石牟礼道子全集 4」藤原書店 2004 p472
『海』『クジラの世界』『完訳 千一夜物語』
　◇「須賀敦子全集 4」河出書房新社 2007（河出文庫）p431
海越えてもたらされた美人系
　◇「小松左京全集 完全版 31」城西国際大学出版会 2008 p81
生み出せるか「千里文化」
　◇「小松左京全集 完全版 31」城西国際大学出版会 2008 p121
海という名の墓
　◇「中井英夫全集 7」東京創元社 1998（創元ライブラリ）p244
海と空のあいだに（一二首）
　◇「石牟礼道子全集 1」藤原書店 2004 p602
海と人間の戦ひ
　◇「定本 久生十蘭全集 9」国書刊行会 2011 p312
「海」と『背教者ユリアヌス』
　◇「辻邦生全集 16」新潮社 2005 p377
海と山
　◇「徳田秋聲全集 23」八木書店 2001 p261
海と夕焼
　◇「決定版 三島由紀夫全集 19」新潮社 2002 p375
海……謎の部分を解明する
　◇「小松左京全集 完全版 35」城西国際大学出版会 2009 p80
海鳴
　◇「津村節子自選作品集 4」岩波書店 2005 p1
海贄考
　◇「赤江瀑短編傑作選 恐怖編」光文社 2007（光文社文庫）p211
海におくる
　◇「上野壮夫全集 2」図書新聞 2009 p293
海に向って、夏―シチリアの旅から
　◇「辻邦生全集 17」新潮社 2005 p247
海にゆらぐ糸
　◇「大庭みな子全集 12」日本経済新聞出版社 2010 p337
　◇「大庭みな子全集 12」日本経済新聞出版社 2010 p422
海のいくさ
　◇「小田実全集 小説 17」講談社 2011 p6

うみの

海の一族
  ◇「横溝正史探偵小説コレクション 3」出版芸術社 2004 p29

海の上のサンタ・マリア―熊日文学賞を辞退するについて
  ◇「石牟礼道子全集 4」藤原書店 2004 p437

海の貌―ある嵐のなかの海辺の物語
  ◇「辻邦生全集 8」新潮社 2005 p432

海のかなたの永遠
  ◇「立松和平全小説 14」勉誠出版 2011 p117

海の環境権
  ◇「松下竜一未刊行著作集 4」海鳥社 2008 p224

海の休暇
  ◇「寺山修司著作集 1」クインテッセンス出版 2009 p68

海の霧
  ◇「坂口安吾全集 1」筑摩書房 1999 p113

海の呼吸
  ◇「立松和平全小説 16」勉誠出版 2012 p125

海の詩
  ◇「決定版 三島由紀夫全集 37」新潮社 2004 p287

海の雫
  ◇「中井英夫全集 3」東京創元社 1996（創元ライブラリ）p508

海の視線
  ◇「小松左京全集 完全版 17」城西国際大学出版会 2012 p17

海の湿気
  ◇「立松和平全小説 18」勉誠出版 2012 p320

海の謝肉祭
  ◇「大佛次郎セレクション第2期 ふらんす人形」未知谷 2008 p489

海の巡礼
  ◇「立松和平全小説 27」勉誠出版 2014 p256

海の刷画
  ◇「定本 久生十蘭全集 2」国書刊行会 2009 p273

海の底
  ◇「大庭みな子全集 11」日本経済新聞出版社 2010 p134

海の底の春
  ◇「辻邦生全集 13」新潮社 2005 p251

海の眺め
  ◇「中井英夫全集 7」東京創元社 1998（創元ライブラリ）p642

海の匂い白い花
  ◇「目取真俊短篇小説選集 3」影書房 2013 p77

海の花
  ◇「大庭みな子全集 11」日本経済新聞出版社 2010 p317

海の光・川の光―「長崎を描いた画家たち展」によせて
  ◇「〔野呂邦暢〕随筆コレクション 1」みすず書房 2014 p462

海の夫人
  ◇「辻邦生全集 7」新潮社 2004 p301

海のむこうからの手紙
  ◇「辻邦生全集 5」新潮社 2004 p150

海の向うで
  ◇「石牟礼道子全集 15」藤原書店 2012 p430

海のむこうのコーランボ
  ◇「石牟礼道子全集 6」藤原書店 2006 p523

海の森
  ◇「小松左京全集 完全版 20」城西国際大学出版会 2014 p182

海・低い家
  ◇「辻井喬コレクション 7」河出書房新社 2003 p370

海辺小曲（一九二三年二月―）
  ◇「宮本百合子全集 20」新日本出版社 2002 p396

海辺で［翻訳］（ウンベルト・サバ）
  ◇「須賀敦子全集 5」河出書房新社 2008（河出文庫）p259

海辺に巨きな人が―隅本栄一さん
  ◇「石牟礼道子全集 10」藤原書店 2006 p276

海辺のあそび（「海辺のあそび（夏）」改題）
  ◇「決定版 三島由紀夫全集 37」新潮社 2004 p61

海辺の城
  ◇「辻邦生全集 6」新潮社 2004 p123

海辺の朝食
  ◇「中井英夫全集 2」東京創元社 1998（創元ライブラリ）p637

海辺の墓
  ◇「石牟礼道子全集 11」藤原書店 2005 p345

海辺の林
  ◇「大庭みな子全集 23」日本経済新聞出版社 2011 p706

「海辺の広い庭」
  ◇「〔野呂邦暢〕随筆コレクション 1」みすず書房 2014 p26

海辺の広い庭
  ◇「野呂邦暢小説集成 2」文遊社 2013 p431

海辺の墓地から
  ◇「辻邦生全集 17」新潮社 2005 p283

海辺の町の話
  ◇「日影丈吉全集 別巻」国書刊行会 2005 p817

海辺のゆううつ
  ◇「〔野呂邦暢〕随筆コレクション 1」みすず書房 2014 p481

海坊主作戦
  ◇「高城高全集 3」東京創元社 2008（創元推理文庫）p359

海蛍
  ◇「決定版 三島由紀夫全集 37」新潮社 2004 p266

海よさらば
  ◇「小松左京全集 完全版 25」城西国際大学出版会 2017 p447

海よりも山―郷里金沢の風景
　◇「徳田秋聲全集 20」八木書店 2001 p22
海は雨、雨
　◇「石牟礼道子全集 11」藤原書店 2005 p257
海はだれのもの―諫早湾の野呂邦暢さんへ
　◇「松下竜一未刊行著作集 1」海鳥社 2008 p202
海は腹のそこに鳴る
　◇「上野壮夫全集 1」図書新聞 2010 p217
「海は深く青く」をめぐって〔対談〕(鳳八千代)
　◇「福田恆存対談・座談集 6」玉川大学出版部 2012 p339
海はまだ光り
　◇「石牟礼道子全集 10」藤原書店 2006 p512
海婆たち
　◇「赤江瀑短編傑作選 恐・怖編」光文社 2007（光文社文庫）p449
産む
　◇「松田解子自選集 3」澤田出版 2004 p167
面影と連れて(うむかじとぅちりてぃ)
　◇「目取真俊短篇小説選集 3」影書房 2013 p41
梅
　◇「大庭みな子全集 23」日本経済新聞出版社 2011 p709
「梅」を買ふ
　◇「徳田秋聲全集 14」八木書店 2000 p293
梅を漬ける
　◇「小檜山博全集 7」柏艪舎 2006 p187
梅が桜に変わったコイコイ
　◇「色川武大・阿佐田哲也エッセイズ 1」筑摩書房 2003（ちくま文庫）p179
うめく
　◇「小田実全集 小説 36」講談社 2013 p141
梅子先生とブリンマー大学
　◇「大庭みな子全集 13」日本経済新聞出版社 2010 p235
『梅暦なめくじ念仏』 桃源社版あとがき
　◇「都筑道夫時代小説コレクション 4」戎光祥出版 2014（戎光祥時代小説名作館）p360
梅咲きぬ
　◇「山本周五郎長篇小説全集 4」新潮社 2013 p29
梅崎春生
　◇「小島信夫批評集成 1」水声社 2011 p485
梅崎春生 基準の喪失へ
　◇「小島信夫批評集成 1」水声社 2011 p161
梅崎春生「幻化」
　◇「小林秀雄全作品 26」新潮社 2004 p21
　◇「小林秀雄全集 補巻 3」新潮社 2010 p344
『梅崎春生全集 第一巻』について
　◇「小島信夫批評集成 1」水声社 2011 p488
梅月夜
　◇「大庭みな子全集 9」日本経済新聞出版社 2010 p256

梅田恋時雨
　◇「吉川潮芸人小説セレクション 4」ランダムハウス講談社 2007 p37
埋立地にて
　◇「宮本百合子全集 32」新日本出版社 2003 p66
埋立地は賽の河原に
　◇「石牟礼道子全集 14」藤原書店 2008 p237
「梅田の地下街」と「ハンパク」
　◇「小田実全集 評論 20」講談社 2012 p172
梅と蝦蟇
　◇「小沼丹全集 4」未知谷 2004 p408
うめとさくら
　◇「谷崎潤一郎全集 12」中央公論新社 2017 p539
梅の刺青
　◇「吉村昭歴史小説集成 7」岩波書店 2009 p567
梅の後生を
　◇「石牟礼道子全集 13」藤原書店 2007 p687
梅の章 おせん
　◇「井上ひさし短編中編小説集成 12」岩波書店 2015 p67
梅の賦
　◇「徳田秋聲全集 20」八木書店 2001 p265
梅原猛先生
　◇「石牟礼道子全集 14」藤原書店 2008 p260
梅原龍三郎
　◇「小林秀雄全作品 14」新潮社 2003 p245
　◇「小林秀雄全集 補巻 2」新潮社 2010 p243
梅原龍三郎画伯追悼
　◇「阿川弘之全集 18」新潮社 2007 p286
梅原龍三郎展
　◇「小林秀雄全作品 28」新潮社 2005 p390
　◇「小林秀雄全集 補巻 3」新潮社 2010 p523
梅原龍三郎展をみて
　◇「小林秀雄全作品 23」新潮社 2004 p157
　◇「小林秀雄全集 補巻 3」新潮社 2010 p202
梅干
　◇「大庭みな子全集 12」日本経済新聞出版社 2010 p31
うめぼし太郎
　◇「松下竜一未刊行著作集 1」海鳥社 2008 p354
梅見
　◇「立松和平全小説 23」勉誠出版 2013 p327
梅見にさそはれた返事の手紙
　◇「決定版 三島由紀夫全集 36」新潮社 2003 p459
梅見に友をさそふ
　◇「決定版 三島由紀夫全集 36」新潮社 2003 p458
埋れ木
　◇「岡本綺堂探偵小説全集 2」作品社 2012 p420
裏返しの情緒―周辺飛行34
　◇「安部公房全集 25」新潮社 1999 p123
浦賀街道
　◇「横溝正史時代小説コレクション伝奇篇 2」出版芸

術社 2003 p6

裏からみたユートピア
◇「安部公房全集 25」新潮社 1999 p499

裏川
◇「内田百閒集成 13」筑摩書房 2003（ちくま文庫）p182

裏切られた戦争犯罪人
◇「安部公房全集 3」新潮社 1997 p442

うらぎり
◇「野呂邦暢小説集成 7」文遊社 2016 p271

裏切り
◇「坂口安吾全集 15」筑摩書房 1999 p18

裏切りした狐
◇「上野壮夫全集 2」図書新聞 2009 p11

裏切「地属」第二部 "黒い墓地" より
◇「小松左京全集 完全版 11」城西国際大学出版会 2007 p12

裏切りの明日
◇「結城昌治コレクション 裏切りの明日」光文社 2008（光文社文庫）p5

裏切り者
◇「20世紀断層―野坂昭如単行本未収録小説集成 3」幻戯書房 2010 p146

裏切り者
◇「吉屋信子少女小説選 2」ゆまに書房 2003 p147

裏切り者の墓
◇「中井英夫全集 7」東京創元社 1998（創元ライブラリ）p290

裏毛皮は無し―滝田菊江さんへの返事
◇「宮本百合子全集 13」新日本出版社 2001 p489

裏声で歌へ君が代
◇「丸谷才一全集 4」文藝春秋 2014 p7

浦路夫人の内助
◇「谷崎潤一郎全集 25」中央公論新社 2016 p195

浦島草に寄せて
◇「大庭みな子全集 6」日本経済新聞出版社 2009 p17

〔SF日本おとぎ話〕ウラシマ・ジロウ
◇「小松左京全集 完全版 24」城西国際大学出版会 2016 p403

浦島草
◇「大庭みな子全集 4」日本経済新聞出版社 2009 p7
◇「大庭みな子全集 4」日本経済新聞出版社 2009 p80
◇「大庭みな子全集 13」日本経済新聞出版社 2010 p376

浦島太郎―帰って来た男
◇「三橋一夫ふしぎ小説集成 2」出版芸術社 2005 p291

占い
◇「小檜山博全集 7」柏艪舎 2006 p299

うらなひ夜話
◇「小酒井不木随筆評論選集 7」本の友社 2004 p461

ウラニウムのオデュッセイア
◇「小田実全集 評論 36」講談社 2014 p59

裏の家
◇「徳田秋聲全集 7」八木書店 1998 p26

裏の木戸はあいている
◇「山本周五郎中短篇秀作選集 1」小学館 2005 p295

裏の事情
◇「国枝史郎歴史小説傑作選」作品社 2006 p498

ウラノワのジュリエット―ソ聯のバレー映画をみて
◇「決定版 三島由紀夫全集 29」新潮社 2003 p140

盂蘭盆
◇「立松和平小説 23」勉誠出版 2013 p214
◇「立松和平小説 27」勉誠出版 2014 p215

怨みが浦
◇「天城一傑作集 〔1〕」日本評論社 2004 p69

恨みのエネルギー
◇「大庭みな子全集 8」日本経済新聞出版社 2009 p399

浦安うた日記
◇「大庭みな子全集 15」日本経済新聞出版社 2010 p475

『浦安うた日記』第13回紫式部文学賞
◇「大庭みな子全集 24」日本経済新聞出版社 2011 p20

羨ましいきまってる人
◇「日影丈吉全集 別巻」国書刊行会 2005 p540

うらゝか
◇「決定版 三島由紀夫全集 37」新潮社 2004 p51

麗らかや
◇「内田百閒集成 13」筑摩書房 2003（ちくま文庫）p237

ウラルの東
◇「山本周五郎探偵小説全集 1」作品社 2007 p119

浦和充子の事件に関して―参議院法務委員会での証人としての発言
◇「宮本百合子全集 18」新日本出版社 2002 p259

"売らんじゃった"担ぎ屋さんに
◇「石牟礼道子全集 8」藤原書店 2005 p283

瓜
◇「大庭みな子全集 12」日本経済新聞出版社 2010 p33

売り買ひ
◇「徳田秋聲全集 16」八木書店 1999 p47

売り喰い
◇「内田百閒集成 5」筑摩書房 2003（ちくま文庫）p38

瓜二つ
◇「大庭みな子全集 14」日本経済新聞出版社 2010

うんさ

　　p326
ウリヤノフスク
　◇「小松左京全集 完全版 43」城西国際大学出版会 2014 p258
閏月の置きかた
　◇「宮城谷昌光全集 21」文藝春秋 2004 p476
うるさい！
　◇「小松左京全集 完全版 22」城西国際大学出版会 2015 p8
ウールリッチ
　◇「江戸川乱歩全集 30」光文社 2005（光文社文庫）p445
ウールリッチ＝アイリッシュ雑記
　◇「江戸川乱歩全集 27」光文社 2004（光文社文庫）p371
麗しき疑惑
　◇「西村京太郎自選集 2」徳間書店 2004（徳間文庫）
『美わしき出発』
　◇「佐々木基一全集 1」河出書房新社 2013 p110
美わしき断片――ジャン＝リュック・ゴダール『パッション』
　◇「金井美恵子エッセイ・コレクション――1964-2013 4」平凡社 2014 p148
うるわしき日々
　◇「小島信夫長篇集成 9」水声社 2016 p145
『うるわしき日々』（講談社文芸文庫版）著者から読者へ――注文
　◇「小島信夫長篇集成 9」水声社 2016 p417
『うるわしき日々』（読売新聞社版）あとがき
　◇「小島信夫長篇集成 9」水声社 2016 p415
美わしの涙
　◇「小島信夫短篇集成 6」水声社 2015 p149
憂い顔の騎士たち
　◇「小島信夫短篇集成 2」水声社 2014 p259
愁ひなきにひとしく
　◇「古井由吉自撰作品 6」河出書房新社 2012 p272
憂因幡祓玉伯耆
　◇「小松左京全集 完全版 27」城西国際大学出版会 2007 p318
嬉しかつたこと楽しかつたこと口惜しかつた事癪に触つたこと〔はがきアンケート回答〕
　◇「坂口安吾全集 1」筑摩書房 1999 p561
売れないモノ書きがうれしがる映画
　◇「田中小実昌エッセイ・コレクション 3」筑摩書房 2002（ちくま文庫）p111
売れようと売れまいとおおきなお世話だ
　◇「金井美恵子エッセイ・コレクション――1964-2013 1」平凡社 2013 p196
虚（うろ）
　◇「中井英夫全集 3」東京創元社 1996（創元ライブラリ）p557

売ろう物語
　◇「司馬遼太郎短篇全集 4」文藝春秋 2005 p333
うろおぼえ
　◇「小檜山博全集 7」柏艪舎 2006 p162
うろおぼえ
　◇「谷崎潤一郎全集 25」中央公論新社 2016 p127
烏鷺の国境
　◇「小松左京全集 完全版 27」城西国際大学出版会 2007 p168
浮気
　◇「向田邦子全集 新版 8」文藝春秋 2009 p34
浮気な幽霊
　◇「三橋一夫ふしぎ小説集成 3」出版芸術社 2005 p230
「浮気は巴里で」
　◇「決定版 三島由紀夫全集 28」新潮社 2003 p311
噂供養
　◇「阿川弘之全集 18」新潮社 2007 p522
噂（小品）
　◇「中戸川吉二作品集」勉誠出版 2013 p382
うわさのあの子
　◇「鈴木いづみコレクション 7」文遊社 1997 p275
噂はそよ風のように
　◇「天城一傑作集 4」日本評論社 2009 p504
妬（うわなり）の湯
　◇「司馬遼太郎短篇全集 7」文藝春秋 2005 p531
上の空生活
　◇「小松左京全集 完全版 31」城西国際大学出版会 2008 p149
ウは人を超える
　◇「小松左京全集 完全版 40」城西国際大学出版会 2012 p276
上役野郎
　◇「野坂昭如エッセイ・コレクション 1」筑摩書房 2004（ちくま文庫）p24
運河の眺め
　◇「辻邦生全集 7」新潮社 2004 p255
ウンガレッティの詩の系譜――作品「島」を中心として
　◇「須賀敦子全集 6」河出書房新社 2007（河出文庫）p193
運慶
　◇「松本清張短編全集 06」光文社 2009（光文社文庫）p291
ウンコ街道
　◇「小檜山博全集 7」柏艪舎 2006 p151
うんこ殺人
　◇「山田風太郎ミステリー傑作選 8」光文社 2002（光文社文庫）p133
運座
　◇「内田百閒集成 18」筑摩書房 2004（ちくま文庫）p55

雲山
　◇「中上健次集 2」インスクリプト 2018 p439
雲上人生活の大衆化
　◇「小松左京全集 完全版 31」城西国際大学出版会 2008 p146
うんたまぎるー
　◇「立松和平全小説 19」勉誠出版 2013 p1
運転手さん
　◇「石牟礼道子全集 11」藤原書店 2005 p551
運転手の話
　◇「小沼丹全集 4」未知谷 2004 p431
運転手野郎
　◇「野坂昭如エッセイ・コレクション 1」筑摩書房 2004（ちくま文庫）p28
運転日報
　◇「野呂邦暢小説集成 6」文遊社 2016 p351
ウンドウクヮイ
　◇「決定版 三島由紀夫全集 37」新潮社 2004 p17
運動会
　◇「決定版 三島由紀夫全集 36」新潮社 2003 p431
運動神経
　◇「小檜山博全集 8」柏艪舎 2006 p42
運動族・中野重治さん
　◇「佐々木基一全集 5」河出書房新社 2013 p220
「運動」と「行為」
　◇「小田実全集 評論 16」講談社 2012 p27
運動、人間、行為
　◇「小田実全集 評論 16」講談社 2012 p27
運動のことばで切り拓かれる思考の旅―小田実著『「共生」への原理』書評
　◇「松下竜一未刊行著作集 1」海鳥社 2008 p206
運動の終焉とメディアの変容
　◇「佐々木基一全集 6」河出書房新社 2012 p119
運動は自分が始める、ひとりでも始める
　◇「小田実全集 評論 7」講談社 2010 p431
「運動」はなくて「運動者」がいる
　◇「小田実全集 評論 7」講談社 2010 p45
雲南
　◇「山田風太郎ミステリー傑作選 10」光文社 2002（光文社文庫）p569
雲南省の三月街
　◇「小田実全集 小説 19」講談社 2012 p204
運、不運
　◇「20世紀断層―野坂昭如単行本未収録小説集成 補巻」幻戯書房 2010 p646
雲紛八重之山垣
　◇「小松左京全集 完全版 27」城西国際大学出版会 2007 p283
ウンベルト・サバ詩集［翻訳］
　◇「須賀敦子全集 5」河出書房新社 2008（河出文庫）p151
ウンベルト・サバ 詩抄［翻訳］
　◇「須賀敦子全集 7」河出書房新社 2007（河出文庫）p342
ウンベルト・サバ―Umberto Saba
　◇「須賀敦子全集 5」河出書房新社 2008（河出文庫）p13
運命
　◇「石牟礼道子全集 10」藤原書店 2006 p447
運命
　◇「徳田秋聲全集 28」八木書店 2002 p426
運命
　◇「決定版 三島由紀夫全集 37」新潮社 2004 p531
運命をいかに生きるか
　◇「大庭みな子全集 23」日本経済新聞出版社 2011 p664
運命劇場
　◇「小松左京全集 完全版 25」城西国際大学出版会 2017 p332
"運命"としてのヴィジョン―木村恒久
　◇「小松左京全集 完全版 41」城西国際大学出版会 2013 p173
運命とはB29である 木ノ葉便所 お米は昨日限りもう一粒も無し
　◇「内田百閒集成 22」筑摩書房 2004（ちくま文庫）p258
運命の力
　◇「辻邦生全集 18」新潮社 2005 p224
運命の人（一）
　◇「山崎豊子全集 第2期 第2期1」新潮社 2014 p7
運命の人（三）
　◇「山崎豊子全集 第2期 第2期3」新潮社 2014 p7
運命の人（二）
　◇「山崎豊子全集 第2期 第2期2」新潮社 2014 p7
『運命の人』沖縄取材記
　◇「山崎豊子全集 第2期 第2期3」新潮社 2014 p285
運命の釦
　◇「野村胡堂伝奇幻想小説集成」作品社 2009 p149
運命屋敷
　◇「国枝史郎伝奇短篇小説集成 1」作品社 2006 p101
雲母片
　◇「宮本百合子全集 9」新日本出版社 2001 p231

【え】

エアポケット
　◇「吉行淳之介エッセイ・コレクション 3」筑摩書房 2004（ちくま文庫）p299

A 新しいモラルを・B 文学者の生活を・C 文芸ジャーナリズムをいかにすべきか？〔座談会〕(青野季吉, 伊藤整, 高見順, 島木健作, 保田与重郎, 丹羽文雄, 中村地平)
  ◇「坂口安吾全集 17」筑摩書房 1999 p19
永遠と一日
  ◇「辻邦生全集 19」新潮社 2005 p472
永遠なるシェイクスピア
  ◇「辻邦生全集 18」新潮社 2005 p300
永遠なるユートピア―老子
  ◇「佐々木基一全集 8」河出書房新社 2013 p407
「永遠の良人」
  ◇「小林秀雄全作品 4」新潮社 2003 p111
  ◇「小林秀雄全集 補巻 1」新潮社 2010 p193
永遠のカフカ―第162回新潮社文化講演会
  ◇「安部公房全集 27」新潮社 2000 p67
永遠の偶像―幕
  ◇「谷崎潤一郎全集 9」中央公論新社 2017 p107
「永遠の偶像」の上演禁止
  ◇「谷崎潤一郎全集 9」中央公論新社 2017 p413
永遠の恋人
  ◇「金井美恵子エッセイ・コレクション―1964-2013 2」平凡社 2013 p223
永遠の女性〔対談〕(高橋たか子)
  ◇「大庭みな子全集 21」日本経済新聞出版社 2011 p82
永遠の青春像(野間宏)
  ◇「大庭みな子全集 23」日本経済新聞出版社 2011 p227
永遠の旅人―川端康成氏の人と作品
  ◇「決定版 三島由紀夫全集 29」新潮社 2003 p204
永遠の男性〔対談〕(高橋たか子)
  ◇「大庭みな子全集 21」日本経済新聞出版社 2011 p26
永遠の弟子 草平と漱石についてのノート
  ◇「小島信夫批評集成 1」水声社 2011 p415
永遠の弟子 森田草平
  ◇「小島信夫批評集成 3」水声社 2011 p13
永遠の頁
  ◇「石牟礼道子全集 13」藤原書店 2007 p561
永遠のみどり
  ◇「原民喜戦後全小説」講談社 2015（講談社文芸文庫）p451
映画
  ◇「色川武大・阿佐田哲也エッセイズ 2」筑摩書房 2003（ちくま文庫）p269
映画
  ◇「田中小実昌エッセイ・コレクション 3」筑摩書房 2002（ちくま文庫）
映画
  ◇「宮本百合子全集 13」新日本出版社 2001 p64
映画「赤目四十八瀧心中未遂」について
  ◇「車谷長吉全集 3」新書館 2010 p408
映画「悪魔の発明」の独創
  ◇「安部公房全集 9」新潮社 1998 p488
映画いろいろ
  ◇「江戸川乱歩全集 24」光文社 2005（光文社文庫）p247
映画『イワン・デニーソヴィチの一日』を見て
  ◇「佐々木基一全集 3」河出書房新社 2013 p338
映画への感想―「春琴抄」映画化に際して
  ◇「谷崎潤一郎全集 18」中央公論新社 2016 p512
映画・演劇・絵画
  ◇「大庭みな子全集 6」日本経済新聞出版社 2009 p70
映画を書く
  ◇「小檜山博全集 7」柏艪舎 2006 p77
映画を語る〔対談〕(嶋中鵬二)
  ◇「〔永井〕荷風全集 別巻」岩波書店 2011 p131
映画を話のマクラとしての文化と文明についての考察
  ◇「小田実全集 評論 4」講談社 2010 p399
映画を見なかった夏
  ◇「鈴木いづみコレクション 7」文遊社 1997 p77
映画音楽など…
  ◇「鈴木いづみコレクション 7」文遊社 1997 p150
映画が芸術になる頃 牛原虚彦氏に聞く(加藤秀俊, 河合秀和, 牛原虚彦)
  ◇「小松左京全集 完全版 38」城西国際大学出版会 2010 p260
映画化された「本牧夜話」
  ◇「谷崎潤一郎全集 11」中央公論新社 2015 p485
映画化する松川事件―シナリオ「不良少年」(仮題)を脱稿して
  ◇「安部公房全集 30」新潮社 2009 p42
映画がまだ喋らなかった頃…
  ◇「辻邦生全集 19」新潮社 2005 p306
映画から小説へI 金井美恵子インタヴュー 2014(山田宏一)
  ◇「金井美恵子エッセイ・コレクション―1964-2013 4」平凡社 2014 p529
映画から小説へII
  ◇「金井美恵子エッセイ・コレクション―1964-2013 4」平凡社 2014 p564
映画から文学は生まれないか
  ◇「佐々木基一全集 7」河出書房新社 2013 p265
映画監督
  ◇「小檜山博全集 7」柏艪舎 2006 p19
映画館の水飲所
  ◇「田中小実昌エッセイ・コレクション 3」筑摩書房 2002（ちくま文庫）p103
映画館の匂い
  ◇「立松和平全小説 別巻」勉誠出版 2015 p471
映画「北の岬」の周辺
  ◇「辻邦生全集 16」新潮社 2005 p250

えいか

映画偶感
　◇「徳田秋聲全集 22」八木書店 2001 p357
映画雑感
　◇「谷崎潤一郎全集 9」中央公論新社 2017 p403
映画雑感
　◇「徳田秋聲全集 23」八木書店 2001 p119
映画「潮騒」の想ひ出
　◇「決定版 三島由紀夫全集 31」新潮社 2003 p663
映画「情事の終り」
　◇「決定版 三島由紀夫全集 28」新潮社 2003 p488
映画「処女オリヴィア」
　◇「決定版 三島由紀夫全集 27」新潮社 2003 p679
映画女優の知性
　◇「宮本百合子全集 13」新日本出版社 2001 p405
映画『不知火海』(土本典昭監督)
　◇「石牟礼道子全集 14」藤原書店 2008 p302
映画「真空地帯」をめぐって〔座談会〕(野間宏、真鍋呉夫、岩崎昶、戸石泰一、草野心平、岩上順一、青山光二)
　◇「安部公房全集 3」新潮社 1997 p400
映画「審判」のもつ現代的意義
　◇「安部公房全集 19」新潮社 1999 p20
「映画ストーリー」編集後記
　◇「向田邦子全集 新版 11」文藝春秋 2010 p103
映画「08/15」における諷刺
　◇「安部公房全集 5」新潮社 1997 p429
映画「双頭の鷲」について
　◇「決定版 三島由紀夫全集 28」新潮社 2003 p132
映画だけが、映画だけが
　◇「金井美恵子エッセイ・コレクション—1964-2013 4」平凡社 2014 p281
映画『地の群れ』(熊井啓監督)
　◇「石牟礼道子全集 14」藤原書店 2008 p271
映画的肉体論—その部分及び全体
　◇「決定版 三島由紀夫全集 34」新潮社 2003 p90
映画「東京裁判」
　◇「阿川弘之全集 18」新潮社 2007 p205
映画「時の崖」について
　◇「安部公房全集 23」新潮社 1999 p121
映画と現代
　◇「佐々木基一全集 7」河出書房新社 2013 p254
映画と現代芸術
　◇「佐々木基一全集 2」河出書房新社 2013 p166
映画と色彩についての雑談
　◇「鈴木いづみコレクション 7」文遊社 1997 p40
映画と写真
　◇「佐々木基一全集 7」河出書房新社 2013 p374
映画と生活
　◇「向田邦子全集 新版 11」文藝春秋 2010 p153
映画と体力
　◇〔野呂邦暢〕随筆コレクション 1」みすず書房 2014 p377

映画とテレビ
　◇「佐々木基一全集 7」河出書房新社 2013 p413
映画とテレビの分岐点
　◇「佐々木基一全集 7」河出書房新社 2013 p517
映画と批評のことば
　◇「金井美恵子エッセイ・コレクション—1964-2013 4」平凡社 2014 p433
映画と文学
　◇「佐々木基一全集 7」河出書房新社 2013 p233
映画と文学について
　◇「佐々木基一全集 7」河出書房新社 2013 p262
映画と文学のあいだ—映画監督の映画擁護論〔対談〕(アンドレ・カイヤット)
　◇「決定版 三島由紀夫全集 39」新潮社 2004 p137
映画と本と田舎暮らし
　◇「〔池澤夏樹〕エッセー集成 2」みすず書房 2008 p46
映画「トラ トラ トラ」
　◇「山田風太郎エッセイ集成 秀吉はいつ知ったか」筑摩書房 2008 p59
映画とレビュー
　◇「中井英夫全集 12」東京創元社 2006（創元ライブラリ）p158
映画とはいかなるものか—映画芸術の論理〔座談会〕(佐々木基一、武田泰淳、花田清輝、岩崎昶)
　◇「安部公房全集 29」新潮社 2000 p521
映画とは〈詩〉と〈面白さ〉についての物語—ノン・ジャンル・ベスト50
　◇「辻邦生全集 19」新潮社 2005 p424
映画における実験精神
　◇「佐々木基一全集 7」河出書房新社 2013 p44
映画における状況と人間—アンジェイ・ワイダ「地下水道」
　◇「佐々木基一全集 7」河出書房新社 2013 p139
映画について
　◇「徳田秋聲全集 21」八木書店 2001 p97
映画についての断想〔インタビュー〕(岡本博)
　◇「安部公房全集 5」新潮社 1997 p266
映画の語る現実
　◇「宮本百合子全集 13」新日本出版社 2001 p242
映画の恐怖
　◇「江戸川乱歩全集 24」光文社 2005（光文社文庫）p80
映画の国民的性格
　◇「佐々木基一全集 1」河出書房新社 2013 p176
　◇「佐々木基一全集 1」河出書房新社 2013 p181
映画のことなど
　◇「谷崎潤一郎全集 25」中央公論新社 2016 p268
映画の将来
　◇「谷崎潤一郎全集 25」中央公論新社 2016 p179

映画「ノスタルジア」の世界
　◇「辻邦生全集 19」新潮社 2005 p282
映画の大衆性
　◇「佐々木基一全集 7」河出書房新社 2013 p31
映画の題名
　◇「小檜山博全集 8」柏艪舎 2006 p241
映画のための作品―大人狩り
　◇「寺山修司著作集 2」クインテッセンス出版 2009 p23
映画のテクニツク
　◇「谷崎潤一郎全集 8」中央公論新社 2017 p460
映画の同時代性
　◇「佐々木基一全集 7」河出書房新社 2013 p137
映画の中の思春期
　◇「決定版 三島由紀夫全集 28」新潮社 2003 p339
映画の中の読書、読書の中の女―読書する女
　◇「辻邦生全集 19」新潮社 2005 p383
映画のブラックホール
　◇「中井英夫全集 12」東京創元社 2006（創元ライブラリ）p14
映画の文体
　◇「佐々木基一全集 7」河出書房新社 2013 p293
映画の文法とテレビ・ドラマの文法
　◇「佐々木基一全集 7」河出書房新社 2013 p444
映画の未来〔座談会〕（花森安治、羽仁進、碧川道夫）
　◇「安部公房全集 8」新潮社 1998 p170
映画の恋愛
　◇「宮本百合子全集 13」新日本出版社 2001 p166
映画俳優オブジェ論
　◇「決定版 三島由紀夫全集 31」新潮社 2003 p402
映画俳優論―その誇るべき、悪名高き「アメリカ的演技」の伝統
　◇「安部公房全集 6」新潮社 1998 p467
映画初出演の記
　◇「決定版 三島由紀夫全集 31」新潮社 2003 p395
映画批評について
　◇「小林秀雄全作品 11」新潮社 2003 p54
　◇「小林秀雄全集 補巻 2」新潮社 2010 p29
映画批評について
　◇「佐々木基一全集 1」河出書房新社 2013 p19
映画批評の再検討〔座談会〕（花田清輝、佐々木基一、野間宏）
　◇「安部公房全集 7」新潮社 1998 p122
映画『病院はきらいだ』（時枝俊江監督）
　◇「石牟礼道子全集 14」藤原書店 2008 p432
映画評「シーザーとクレオパトラ」など
　◇「決定版 三島由紀夫全集 27」新潮社 2003 p357
映画評論家が語る「昭和」（白井佳夫）
　◇「小松左京全集 完全版 47」城西国際大学出版会 2017 p157

「映画評論」誌より
　◇「佐々木基一全集 1」河出書房新社 2013 p84
映画「復活の日」制作秘話「小松左京マガジン」編集長インタビュー 第十六回（角川春樹）
　◇「小松左京全集 完全版 49」城西国際大学出版会 2017 p205
映画『水俣』（土本典昭監督）（一）
　◇「石牟礼道子全集 14」藤原書店 2008 p273
映画『水俣』（土本典昭監督）（二）
　◇「石牟礼道子全集 14」藤原書店 2008 p277
映画『水俣病―その三〇年』（土本典昭監督）
　◇「石牟礼道子全集 14」藤原書店 2008 p365
映画『水俣病―その二〇年』（土本典昭監督）
　◇「石牟礼道子全集 14」藤原書店 2008 p307
映画見るべからず
　◇「決定版 三島由紀夫全集 31」新潮社 2003 p210
栄花物語
　◇「山本周五郎長篇小説全集 6」新潮社 2013 p7
映画、柔らかい肌
　◇「金井美恵子エッセイ・コレクション―1964-2013 4」平凡社 2014 p10
映画『憂国』
　◇「決定版 三島由紀夫全集 別巻」新潮社 2006
映画『憂国』のはらむ問題
　◇「安部公房全集 20」新潮社 1999 p176
映画横好き
　◇「江戸川乱歩全集 24」光文社 2005（光文社文庫）p236
映画リアリズム論
　◇「佐々木基一全集 7」河出書房新社 2013 p11
映画理論の前衛性
　◇「佐々木基一全集 7」河出書房新社 2013 p245
映画『輪舞(ロンド)』のこと
　◇「決定版 三島由紀夫全集 27」新潮社 2003 p670
映画は音楽で縫いとりされる
　◇「辻邦生全集 19」新潮社 2005 p296
映画は渋谷で
　◇「田中小実昌エッセイ・コレクション 3」筑摩書房 2002（ちくま文庫）p224
映画は世界を越えて旅をする
　◇「金井美恵子エッセイ・コレクション―1964-2013 4」平凡社 2014 p108
映画はどのように語られるか
　◇「金井美恵子エッセイ・コレクション―1964-2013 4」平凡社 2014 p436
A感覚とV感覚
　◇「稲垣足穂コレクション 5」筑摩書房 2005（ちくま文庫）p369
永久運動
　◇「小酒井不木随筆評論選集 4」本の友社 2004 p108
永久運動 一幕
　◇「安部公房全集 6」新潮社 1998 p25

えいき

永久砲事件
◇「山本周五郎探偵小説全集 4」作品社 2008 p284
営業方針について
◇「吉行淳之介エッセイ・コレクション 3」筑摩書房 2004（ちくま文庫）p149
永劫（えいごう）回帰
◇「山田風太郎ミステリー傑作選 8」光文社 2002（光文社文庫）p101
A鉱山の娘
◇「松田解子自選集 5」澤田出版 2007 p13
永劫のいのちへの讚歌［翻訳］（ダヴィデ・マリア・トゥロルド）
◇「須賀敦子全集 7」河出書房新社 2007（河出文庫）p74
映子を見つめる
◇「寺山修司著作集 1」クインテッセンス出版 2009 p110
英国紀行
◇「決定版 三島由紀夫全集 33」新潮社 2003 p449
英國史の基調音
◇「福田恆存評論集 20」麗澤大學出版會，廣池學園事業部〔発売〕2011 p44
英國の醫風
◇「小酒井不木随筆評論選集 6」本の友社 2004 p80
英國の球根・エリザベス一世
◇「福田恆存評論集 20」麗澤大學出版會，廣池學園事業部〔発売〕2011 p147
英国の経験日本の知恵（ヒュー・コータッツィ）
◇「司馬遼太郎対話選集 4」文藝春秋 2006（文春文庫）p79
英國の公衆衛生學及び醫事統計學
◇「小酒井不木随筆評論選集 6」本の友社 2004 p123
『英国の文学』を読んだ頃
◇「辻邦生全集 18」新潮社 2005 p131
英國民主主義の秘密
◇「福田恆存評論集 18」麗澤大學出版會，廣池學園事業部〔発売〕2010 p265
英国旅行
◇「決定版 三島由紀夫全集 補巻」新潮社 2005 p631
英語、そして、ことばについて
◇「小田実全集 評論 8」講談社 2011 p206
〈英語版字幕〉〔映画「憂国」〕
◇「決定版 三島由紀夫全集 別巻」新潮社 2006 p38
英語亡國論（七月六日）
◇「福田恆存評論集 16」麗澤大學出版會，廣池學園事業部〔発売〕2010 p222
英語野郎
◇「野坂昭如エッセイ・コレクション 1」筑摩書房 2004（ちくま文庫）p47
影斎詩歌
◇「日影丈吉全集 別巻」国書刊行会 2005 p916

叡山焼亡
◇「隆慶一郎全集 19」新潮社 2010 p329
嬰児を盗む令夫人―岡田はる子の脅迫事件
◇「三角寛サンカ選集第二期 9」現代書館 2004 p305
映写技師を射て―映画論
◇「寺山修司著作集 5」クインテッセンス出版 2009 p251
映写幕
◇「林京子全集 2」日本図書センター 2005 p140
影人（えいじん）
◇「中井英夫全集 2」東京創元社 1998（創元ライブラリ）p711
永世機能都市の「外」―「星」の世界との再遭遇
◇「小松左京全集 完全版 40」城西国際大学出版会 2012 p355
エイゼンシュテイン
◇「佐々木基一全集 7」河出書房新社 2013 p307
エイゼンシュテイン「戦艦ポチョムキン」と現代映画［座談会］（佐々木基一，吉村公三郎，椎名麟三，宮島義勇，花田清輝）
◇「安部公房全集 29」新潮社 2000 p471
映像と音声の美学を！
◇「佐々木基一全集 7」河出書房新社 2013 p38
映像と言語―ストーリー主義の克服
◇「安部公房全集 20」新潮社 1999 p136
「映像」と「ライブ」の組み合わせ
◇「小松左京全集 完全版 42」城西国際大学出版会 2014 p141
映像に関する断章
◇「佐々木基一全集 7」河出書房新社 2013 p393
映像による現代的性格
◇「佐々木基一全集 7」河出書房新社 2013 p369
映像の幸福、モードの幸福―都市とモードのビデオノート
◇「辻邦生全集 19」新潮社 2005 p405
栄蔵の死
◇「宮本百合子全集 33」新日本出版社 2004 p35
映像の特質
◇「佐々木基一全集 7」河出書房新社 2013 p374
映像文化と小説
◇「佐々木基一全集 7」河出書房新社 2013 p401
『映像論』以後
◇「佐々木基一全集 7」河出書房新社 2013 p305
映像は言語の壁を破壊するか
◇「安部公房全集 11」新潮社 1998 p451
永代経
◇「定本 久生十蘭全集 2」国書刊行会 2009 p565
詠嘆へのわかれ
◇「石牟礼道子全集 1」藤原書店 2004 p84
H書店のこと
◇「〔野呂邦暢〕随筆コレクション 2」みすず書房

2014 p252

ATC作動せず(L特急「わかしお」殺人事件)
◇「西村京太郎自選集 3」徳間書店 2004（徳間文庫）p137

Aと円筒
◇「稲垣足穂コレクション 1」筑摩書房 2005（ちくま文庫）p268

8(エイト)すなわち宇宙時計
◇「定本 荒巻義雄メタSF全集 5」彩流社 2015 p297

英米探偵小説界の展望
◇「江戸川乱歩全集 26」光文社 2003（光文社文庫）p73

英米探偵小説評論界の現状
◇「江戸川乱歩全集 26」光文社 2003（光文社文庫）p129

英米短篇ベスト集と「奇妙な味」
◇「江戸川乱歩全集 26」光文社 2003（光文社文庫）p146

英米の短篇探偵小説吟味
◇「江戸川乱歩全集 27」光文社 2004（光文社文庫）p15

英訳短篇集
◇「江戸川乱歩全集 30」光文社 2005（光文社文庫）p350

英訳短篇集の出版〔昭和三十一年度〕
◇「江戸川乱歩全集 29」光文社 2006（光文社文庫）p549

英雄
◇「定本 久生十蘭全集 4」国書刊行会 2009 p391

英雄児
◇「司馬遼太郎短篇全集 8」文藝春秋 2005 p535

英雄茶番劇
◇「小松左京全集 完版版 34」城西国際大学出版会 2009 p342

英雄の言行
◇「徳田秋聲全集 19」八木書店 2000 p20

栄養士になりに夜間高等学校にゆく少女
◇「大庭みな子全集 17」日本経済新聞出版社 2010 p35

栄養不足の執拗な下痢 「出なおし遣りなおし新規まきなおし」 大阪名古屋に大型中型の爆弾投下
◇「内田百閒集成 22」筑摩書房 2004（ちくま文庫）p230

栄養補給
◇「安部公房全集 7」新潮社 1998 p427

栄誉の絆でつなげ菊と刀
◇「決定版 三島由紀夫全集 35」新潮社 2003 p188

栄落不測
◇「松本清張短編全集 05」光文社 2009（光文社文庫）p199

絵入小説―吉屋信子女史と語る
◇「定本 久生十蘭全集 10」国書刊行会 2011 p24

永臨侍郎橋
◇「陳舜臣推理小説ベストセレクション 炎に絵を」集英社 2008（集英社文庫）p101

英霊の声
◇「決定版 三島由紀夫全集 20」新潮社 2002 p463

「英霊の声」創作ノート
◇「決定版 三島由紀夫全集 補巻」新潮社 2005 p487

英霊の声(朗読)
◇「決定版 三島由紀夫全集 41」新潮社 2004

永六輔さん
◇「色川武大・阿佐田哲也エッセイズ 3」筑摩書房 2003（ちくま文庫）p141

エヴェレスト
◇「小林秀雄全作品 21」新潮社 2004 p186
◇「小林秀雄全集 補巻 3」新潮社 2010 p60

エーヴ・キューリー「キューリー夫人伝」
◇「小林秀雄全作品 11」新潮社 2003 p49
◇「小林秀雄全集 補巻 2」新潮社 2010 p28

エウジェニオ・モンターレ—Eugenio Montale
◇「須賀敦子全集 5」河出書房新社 2008（河出文庫）p61

絵を描けるのはヒトだけ？
◇「小松左京全集 完版版 40」城西国際大学出版会 2012 p384

絵を見る場所
◇「〔野呂邦暢〕随筆コレクション 1」みすず書房 2014 p357

絵を読むということ
◇「小松左京全集 完版版 36」城西国際大学出版会 2011 p106

エオンタ
◇「金井美恵子自選短篇集 エオンタ／自然の子供」講談社 2015（講談社文芸文庫）p7

笑顔
◇「小檜山博全集 4」柏艪舎 2006 p441

笑顔
◇「瀬戸内寂聴随筆選 1」ゆまに書房 2009 p105

笑顔―「昇天」補遺
◇「内田百閒集成 3」筑摩書房 2002（ちくま文庫）p239

画かんとする願望〔翻訳〕(ボードレール)
◇「谷崎潤一郎全集 7」中央公論新社 2016 p466

得がたい清冽な書物(麻生良方著「恋と詩を求めて」推薦文)
◇「決定版 三島由紀夫全集 34」新潮社 2003 p175

江上波夫―騎馬民族説の背景と周辺〔鼎談〕(加藤秀俊, 江上波夫)
◇「小松左京全集 完版版 38」城西国際大学出版会 2010 p119

江川蘭子
◇「江戸川乱歩全集 7」光文社 2003（光文社文庫）p371

えき

えき
- ◇「林京子全集 5」日本図書センター 2005 p400

役
- ◇「古井由吉自撰作品 8」河出書房新社 2012 p236

易者と娼婦
- ◇「田中小実昌エッセイ・コレクション 4」筑摩書房 2003（ちくま文庫）p140

エキストラその他
- ◇「定本 久生十蘭全集 10」国書刊行会 2011 p389

易仙逃里記（えきせんとうりき）
- ◇「小松左京全集 完全版 11」城西国際大学出版会 2007 p158

異国調（エキゾチズム）
- ◇「佐々木基一全集 8」河出書房新社 2013 p23

駅二、三
- ◇「小沼丹全集 4」未知谷 2004 p163

易のはなし（高田淳）
- ◇「田中小実昌エッセイ・コレクション 5」筑摩書房 2003（ちくま文庫）p310

駅の歩廊の見える窓
- ◇「内田百閒集成 15」筑摩書房 2003（ちくま文庫）p244

駅―初めての電車
- ◇「松下竜一未刊行著作集 3」海鳥社 2009 p336

疫病流行記
- ◇「寺山修司著作集 3」クインテッセンス出版 2009 p369

駅弁と宿屋
- ◇「山田風太郎エッセイ集成 風山房風呂焚き唄」筑摩書房 2008 p62

駅前の風景
- ◇「宮城谷昌光全集 21」文藝春秋 2004 p137

駅前のルオー旧居
- ◇「阿川弘之全集 20」新潮社 2007 p475

「駅前旅館」解説
- ◇「小沼丹全集 4」未知谷 2004 p285

駅路
- ◇「松本清張傑作選 悪党たちの懺悔録」新潮社 2009 p247
- ◇「松本清張短編全集 10」光文社 2009（光文社文庫）p145
- ◇「松本清張傑作選 悪党たちの懺悔録」新潮社 2013（新潮文庫）p347

エクストラポレーション礼賛
- ◇「伊藤計劃記録 〔第1〕」早川書房 2010 p113

江口渙氏に与ふ
- ◇「徳田秋聲全集 20」八木書店 2001 p259

江口氷駅
- ◇「三枝和子選集 4」鼎書房 2007 p7

江口初女覚書
- ◇「決定版 三島由紀夫全集 18」新潮社 2002 p705

江國滋〔対談〕
- ◇「向田邦子全集 新版 別巻 1」文藝春秋 2010 p44

エゴイストの恋文―コクトオ著「ジャン・マレエ」
- ◇「決定版 三島由紀夫全集 27」新潮社 2003 p654

エゴイズム小論
- ◇「坂口安吾全集 4」筑摩書房 1998 p279

回向
- ◇「小松左京全集 完全版 25」城西国際大学出版会 2017 p206

エゴ―廃村のコウノトリ
- ◇「松下竜一未刊行著作集 3」海鳥社 2009 p361

餌
- ◇「徳田秋聲全集 29」八木書店 2002 p210

餌
- ◇「宮本百合子全集 20」新日本出版社 2002 p311

江差追分に憑かれた人
- ◇「小檜山博全集 6」柏艪舎 2006 p419

エジス・ハウマルチン女史の話
- ◇「松田解子自選集 8」澤田出版 2008 p15

『エジプトだより』ジャン・グルニエ
- ◇「須賀敦子全集 4」河出書房新社 2007（河出文庫）p556

エヂプトにて
- ◇「小林秀雄全作品 20」新潮社 2004 p186
- ◇「小林秀雄全集 補巻 2」新潮社 2010 p549

エヂプトの涙壺
- ◇「小沼丹全集 1」未知谷 2004 p305
- ◇「小沼丹全集 1」未知谷 2004 p307

エジプトの水
- ◇「色川武大・阿佐田哲也エッセイズ 1」筑摩書房 2003（ちくま文庫）p67

エジプト旅行
- ◇「小檜山博全集 8」柏艪舎 2006 p317

江島宗通といふ男―野上彌生子
- ◇「丸谷才一全集 10」文藝春秋 2014 p343

絵主文従と文主絵従の角逐
- ◇「小松左京全集 完全版 36」城西国際大学出版会 2011 p103

SASフランス・マルコ 素人には書けない小説
- ◇「日影丈吉全集 別巻」国書刊行会 2005 p390

SF&スラップスティック・ギャグ―石森章太郎①
- ◇「小松左京全集 完全版 41」城西国際大学出版会 2013 p188

SFへの遺言
- ◇「小松左京全集 完全版 45」城西国際大学出版会 2015 p207

SFへの遺言Sakyo's Last words
- ◇「小松左京全集 完全版 45」城西国際大学出版会 2015 p113

SFをさがして
- ◇「鈴木いづみセカンド・コレクション 4」文遊社 2004 p47

えすか

対談―眉村卓vs.鈴木いづみ SF・男と女
　◇「鈴木いづみコレクション 8」文遊社 1998 p133
SF、この名づけがたきもの
　◇「安部公房全集 20」新潮社 1999 p52
SF作家オモロ大放談
　◇「小松左京全集 完全版 44」城西国際大学出版会 2014 p7
SF作家が語る一九七〇年
　◇「小松左京全集 完全版 44」城西国際大学出版会 2014 p99
SFセミナー
　◇「小松左京全集 完全版 44」城西国際大学出版会 2014 p199
SF川柳傑作選
　◇「小松左京全集 完全版 44」城西国際大学出版会 2014 p137
SF川柳《古典篇》
　◇「小松左京全集 完全版 44」城西国際大学出版会 2014 p138
SF川柳《浪花篇》
　◇「小松左京全集 完全版 44」城西国際大学出版会 2014 p185
SF川柳《パロディ篇》
　◇「小松左京全集 完全版 44」城西国際大学出版会 2014 p171
SF第二世代のうぶ声〔対談〕(山尾悠子)
　◇「小松左京全集 完全版 35」城西国際大学出版会 2009 p285
SFってなんだっけ?
　◇「小松左京全集 完全版 45」城西国際大学出版会 2015 p7
「SF」ってなんだろう?
　◇「小松左京全集 完全版 44」城西国際大学出版会 2014 p223
SF的発想がわれわれにもたらすもの
　◇「小松左京全集 完全版 45」城西国際大学出版会 2015 p273
SFとウマとのあやしい関係　「小松左京マガジン」編集長インタビュー 第六回(石川喬司)
　◇「小松左京全集 完全版 49」城西国際大学出版会 2017 p76
SF都々逸《ハード篇》
　◇「小松左京全集 完全版 44」城西国際大学出版会 2014 p156
SFと文学と……〔対談〕(扇谷正造)
　◇「小松左京全集 完全版 33」城西国際大学出版会 2011 p90
SFと未来学
　◇「小松左京全集 完全版 31」城西国際大学出版会 2008 p322
SFによる「歴史の相対化」―豊田有恒①
　◇「小松左京全集 完全版 41」城西国際大学出版会 2013 p38

SFの或るひとつの在り方―最高に精度の高いセンサで、現在を捉えること。
　◇「伊藤計劃記録〔第1〕」早川書房 2010 p148
SFの"SF的"ビブリオグラフィ―横田順彌②
　◇「小松左京全集 完全版 41」城西国際大学出版会 2013 p66
SFの現在と未来
　◇「小松左京全集 完全版 45」城西国際大学出版会 2015 p220
SFの積極的意義
　◇「小松左京全集 完全版 28」城西国際大学出版会 2006 p238
SFのたのしさ―小松左京著『復活の日』
　◇「安部公房全集 19」新潮社 1999 p23
SFの定着
　◇「小松左京全集 完全版 45」城西国際大学出版会 2015 p193
SFの夏―'80年・SF大会
　◇「小松左京全集 完全版 44」城西国際大学出版会 2014 p208
SFのバカバカしさ
　◇「小松左京全集 完全版 28」城西国際大学出版会 2006 p240
SFの流行について
　◇「安部公房全集 16」新潮社 1998 p376
SF番組
　◇「小松左京全集 完全版 25」城西国際大学出版会 2017 p100
「SFは絵」の実践者―加藤直之
　◇「小松左京全集 完全版 41」城西国際大学出版会 2013 p258
SFはかぐや姫の昔から
　◇「小松左京全集 完全版 28」城西国際大学出版会 2006 p235
SFは消滅するか〔座談会〕(日下実男, 手塚治虫, 原田三夫, 星新一, 福島正実)
　◇「安部公房全集 15」新潮社 1998 p184
SFは文学の"原形質"だ!
　◇「小松左京全集 完全版 44」城西国際大学出版会 2014 p279
S温泉町
　◇「小島信夫長篇集成 2」水声社 2015 p572
エスガイの狩
　◇「決定版 三島由紀夫全集 16」新潮社 2002 p207
絵姿
　◇「石上玄一郎作品集 1」日本図書センター 2004 p127
絵姿
　◇「石上玄一郎小説作品集成 1」未知谷 2008 p179
絵姿
　◇「アンドロギュノスの裔 渡辺温全集」東京創元社 2011 (創元推理文庫) p420
S・カルマ氏の素性
　◇「安部公房全集 5」新潮社 1997 p343

えすか

S・カルマ氏の犯罪
　◇「安部公房全集 2」新潮社 1997 p378
「S・カルマ氏の犯罪」―安部公房スタジオ会員通信6
　◇「安部公房全集 26」新潮社 1999 p292
S・カルマ氏の犯罪（ガイドブックIV）
　◇「安部公房全集 26」新潮社 1999 p293
エスカレータ
　◇「上野壮夫全集 3」図書新聞 2011 p553
S書房主人
　◇「〔野呂邦暢〕随筆コレクション 1」みすず書房 2014 p331
"エステ"の写真になぜ眼を奪われるのか
　◇「金井美恵子エッセイ・コレクション―1964-2013 1」平凡社 2013 p294
Sの背中
　◇「梅崎春生作品集 2」沖積舎 2004 p7
エスパイ
　◇「小松左京全集 完全版 1」城西国際大学出版会 2006 p203
S半島・海の家
　◇「眉村卓コレクション 異世界篇 2」出版芸術社 2012 p269
似而非所謂詩
　◇「石上玄一郎小説作品集成 1」未知谷 2008 p467
似而非（えせ）物語
　◇「稲垣足穂コレクション 3」筑摩書房 2005（ちくま文庫）p25
似非物語
　◇「井上ひさしコレクション 日本の巻」岩波書店 2005 p96
「絵空ごと」（吉田健一）書評
　◇「小沼丹全集 4」未知谷 2004 p695
江田島
　◇「大庭みな子全集 15」日本経済新聞出版社 2010 p498
　◇「大庭みな子全集 23」日本経済新聞出版社 2011 p53
江田島―今昔物語
　◇「大庭みな子全集 8」日本経済新聞出版社 2009 p97
枝も栄えて
　◇「内田百閒集成 13」筑摩書房 2003（ちくま文庫）p268
越後の刀
　◇「司馬遼太郎短篇全集 5」文藝春秋 2005 p349
越前殺意の岬
　◇「西村京太郎自選集 2」徳間書店 2004（徳間文庫）p291
「越前竹人形」を読む
　◇「谷崎潤一郎全集 24」中央公論新社 2016 p443
A中尉のこと
　◇「〔野呂邦暢〕随筆コレクション 2」みすず書房 2014 p200

エツグ・カツプ
　◇「小沼丹全集 3」未知谷 2004 p179
Xへの手紙
　◇「小林秀雄全作品 4」新潮社 2003 p61
　◇「小林秀雄全集 補巻 1」新潮社 2010 p187
Xへの手紙―註解・追補
　◇「小林秀雄全集 補巻 1」新潮社 2010 p127
X氏との対話
　◇「小島信夫批評集成 7」水声社 2011 p457
X氏の義務
　◇「小島信夫批評集成 7」水声社 2011 p484
X橋付近
　◇「高城高全集 2」東京創元社 2008（創元推理文庫）p9
エッセイ「ごはん」構想メモ
　◇「向田邦子全集 新版 別巻 2」文藝春秋 2010 p314
エッセイの題材
　◇「井上ひさしコレクション 日本の巻」岩波書店 2005 p14
エッセーを試（エッセー）する気持
　◇「辻邦生全集 18」新潮社 2005 p426
越中富山の製薬會社を觀る
　◇「小寺菊子作品集 3」桂書房 2014 p18
越冬記―疎開中の日記より
　◇「谷崎潤一郎全集 20」中央公論新社 2015 p565
越年記
　◇「坂口安吾全集 12」筑摩書房 1999 p279
越年記ノート
　◇「坂口安吾全集 16」筑摩書房 2000 p657
越の句践
　◇「宮城谷昌光全集 21」文藝春秋 2004 p217
悦楽と苦悩と創造と―ジェリコー・マゼッパ伝説
　◇「辻邦生全集 19」新潮社 2005 p453
エディプス王を観て
　◇「大庭みな子全集 6」日本経済新聞出版社 2009 p102
エデンの東
　◇「〔野呂邦暢〕随筆コレクション 2」みすず書房 2014 p489
『エデンの東』
　◇「小島信夫批評集成 2」水声社 2011 p580
穢土
　◇「中上健次集 2」インスクリプト 2018 p266
江藤淳
　◇「小島信夫批評集成 1」水声社 2011 p476
江藤淳「漱石とその時代」
　◇「小林秀雄全作品 26」新潮社 2004 p89
　◇「小林秀雄全集 補巻 3」新潮社 2010 p358
江藤淳＊漱石・老子・現代〔対談〕
　◇「大庭みな子全集 21」日本経済新聞出版社 2011 p150

『江藤淳著作集6』について
　◇「小島信夫批評集成 1」水声社 2011 p476
江藤淳『崩壊からの創造』について
　◇「小島信夫批評集成 1」水声社 2011 p481
江戸開城宇宙人観戦記
　◇「小松左京全集 完全版 14」城西国際大学出版会 2009 p298
江戸怪盗記
　◇「池波正太郎短篇ベストコレクション 3」リブリオ出版 2008 p5
エドガー・ドガ
　◇「小島信夫批評集成 2」水声社 2011 p279
江戸氏と私
　◇「小酒井不木随筆評論選集 8」本の友社 2004 p313
江戸風景
　◇「大庭みな子全集 17」日本経済新聞出版社 2010 p33
江戸川乱歩全集
　◇「江戸川乱歩全集 30」光文社 2005（光文社文庫）p188
江戸川乱歩先生の思い出
　◇「土屋隆夫コレクション新装版 赤の組曲」光文社 2002（光文社文庫）p460
江戸川乱歩著書目録
　◇「江戸川乱歩全集 25」光文社 2005（光文社文庫）p200
江戸川乱歩と耽美主義文学―二つの戦後の乱歩
　◇「日影丈吉全集 別巻」国書刊行会 2005 p518
江戸小紋染
　◇「瀬戸内寂聴随筆選 3」ゆまに書房 2009 p90
絵と自然のつながりを読む
　◇「小松左京全集 完全版 36」城西国際大学出版会 2011 p179
江戸時代に大人も子供も夢中になった「本」のお話
　◇「井上ひさしコレクション ことばの巻」岩波書店 2005 p296
江戸時代の面白い本
　◇「遠藤周作エッセイ選集 2」光文社 2006（知恵の森文庫）p233
江戸城大奥
　◇「阿川弘之全集 20」新潮社 2007 p557
江戸城秘図
　◇「横溝正史時代小説コレクション伝奇篇 3」出版芸術社 2003 p128
江戸人の発想法について
　◇「石川淳コレクション 3」筑摩書房 2007（ちくま文庫）p88
江戸っ子だってねえ―浪曲師廣澤虎造一代
　◇「吉川潮芸人小説セレクション 2」ランダムハウス講談社 2007 p1

江戸なまり
　◇「谷崎潤一郎全集 24」中央公論新社 2016 p424
江戸の火術
　◇「野村胡堂伝奇幻想小説集成」作品社 2009 p381
江戸の漢詩
　◇「遠藤周作エッセイ選集 3」光文社 2006（知恵の森文庫）p194
江戸の匂い
　◇「辻邦生全集 18」新潮社 2005 p427
江戸の夕立
　◇「井上ひさし短編中編小説集成 3」岩波書店 2014 p51
『AとBの話』
　◇「谷崎潤一郎全集 8」中央公論新社 2017 p173
AとBの話
　◇「谷崎潤一郎全集 8」中央公論新社 2017 p175
江戸前の男―春風亭柳朝一代記
　◇「吉川潮芸人小説セレクション 1」ランダムハウス講談社 2007 p1
江戸名所図会
　◇「横溝正史時代小説コレクション捕物篇 2」出版芸術社 2004 p357
エトルタ七夜
　◇「辻邦生全集 7」新潮社 2004 p133
Edoは美しかったか
　◇「山田風太郎エッセイ集成 秀吉はいつ知ったか」筑摩書房 2008 p122
エドワード・ジェンナーの詩
　◇「小酒井不木随筆評論選集 6」本の友社 2004 p103
柄長勾当
　◇「内田百閒集成 12」筑摩書房 2003（ちくま文庫）p45
えにしの糸
　◇「松下竜一未刊行著作集 5」海鳥社 2009 p193
"絵"にする度胸―藤本義一
　◇「小松左京全集 完全版 41」城西国際大学出版会 2013 p103
絵になる風景
　◇「小田実全集 評論 17」講談社 2012 p273
恵庭博酔会『薩摩の女』
　◇「小檜山博全集 6」柏艪舎 2006 p392
絵には文法と辞書がある
　◇「小松左京全集 完全版 36」城西国際大学出版会 2011 p133
NHK対談のためのメモ
　◇「安部公房全集 28」新潮社 2000 p144
NHKの審査員『他人船』
　◇「小檜山博全集 6」柏艪舎 2006 p377
N先生のこと
　◇「〔野呂邦暢〕随筆コレクション 1」みすず書房 2014 p137

えぬほ

Nホテル・六〇六号室〔解決篇〕
◇「鮎川哲也コレクション挑戦篇 1」出版芸術社 2006 p237

Nホテル・六〇六号室〔問題篇〕
◇「鮎川哲也コレクション挑戦篇 1」出版芸術社 2006 p87

エネルギー危機
◇「小松左京全集 完全版 36」城西国際大学出版会 2011 p268

「エネルギー文明史」が欲しい
◇「小松左京全集 完全版 35」城西国際大学出版会 2009 p337

絵のある部屋
◇「〔野呂邦暢〕随筆コレクション 2」みすず書房 2014 p462

絵の機能―普遍と特殊・プラスとマイナス
◇「小松左京全集 完全版 36」城西国際大学出版会 2011 p117

榎物語
◇「〔山本周五郎〕新編傑作選 3」小学館 2010（小学館文庫）p117

絵の言葉
◇「小松左京全集 完全版 36」城西国際大学出版会 2011 p101

江の島ゑん足の時
◇「決定版 三島由紀夫全集 36」新潮社 2003 p418

画のモデルと小説のモデル
◇「徳田秋聲全集 19」八木書店 2000 p89

榎本艦隊北へ
◇「安部公房全集 27」新潮社 2000 p34

榎本健一
◇「井上ひさしコレクション ことばの巻」岩波書店 2005 p394

榎本武揚
◇「安部公房全集 18」新潮社 1999 p7

「榎本武揚」について
◇「安部公房全集 21」新潮社 1999 p323

榎本武揚の英雄拒否〔インタビュー〕（尾崎秀樹）
◇「安部公房全集 21」新潮社 1999 p431

榎本武揚 プロローグと三幕
◇「安部公房全集 21」新潮社 1999 p53

絵はがき
◇「車谷長吉全集 2」新書館 2010 p46

絵葉書の裏の歴史
◇「中井英夫全集 7」東京創元社 1998（創元ライブラリ）p284

絵はがきの少女
◇「松本清張傑作選 戦い続けた男の素顔」新潮社 2009 p233
◇「松本清張傑作選 戦い続けた男の素顔」新潮社 2013（新潮文庫）p333

エピソードの読みかた
◇「宮城谷昌光全集 21」文藝春秋 2004 p437

海老茶式部
◇「内田百閒集成 19」筑摩書房 2004（ちくま文庫）p238

海老茶式部の母
◇「井上ひさし短編中編小説集成 6」岩波書店 2015 p101

エビに猫舌無し
◇「金井美恵子エッセイ・コレクション―1964-2013 2」平凡社 2013 p140

海老原光義宛〔書簡〕
◇「坂口安吾全集 16」筑摩書房 2000 p211

エピファニーの連鎖反応
◇「〔池澤夏樹〕エッセー集成 2」みすず書房 2008 p140

エビフライ
◇「辺見庸掌編小説集 白版」角川書店 2004 p184

えびらくさんのこと
◇「谷崎潤一郎全集 19」中央公論新社 2015 p511

エピローグ〔SFセミナー〕
◇「小松左京全集 完全版 44」城西国際大学出版会 2014 p329

エピローグ 風のトンネル
◇「辻邦生全集 18」新潮社 2005 p113

エピローグ〔「神々の愛でし海」〕
◇「辻邦生全集 7」新潮社 2004 p435

エピローグ〔「さそりたち」〕
◇「井上ひさし短編中編小説集成 6」岩波書店 2015 p316

エフェドリン・モーニング 小説十二番
◇「20世紀断層―野坂昭如単行本未収録小説集成 4」幻戯書房 2010 p154

A夫人の手紙
◇「谷崎潤一郎全集 22」中央公論新社 2017 p27

エープリルフール
◇「田辺聖子全集 16」集英社 2005 p284

四月馬鹿〔エプリル フール〕
◇「アンドロギュノスの裔 渡辺温全集」東京創元社 2011（創元推理文庫）p296

エベッさんの港の巻
◇「小田実全集 小説 27」講談社 2012 p55

エベレストの怪人
◇「山田風太郎ミステリー傑作選 8」光文社 2002（光文社文庫）p538

エポックとなった一九五八年
◇「小松左京全集 完全版 40」城西国際大学出版会 2012 p435

エホバの顔を避けて
◇「丸谷才一全集 1」文藝春秋 2013 p7

絵本
◇「大庭みな子全集 13」日本経済新聞出版社 2010 p315

絵本
◇「松下竜一未刊行著作集 1」海鳥社 2008 p82

絵本にそえて―常世の舟
　◇「石牟礼道子全集 16」藤原書店 2013 p221
絵本『みなまた 海のこえ』にそえて
　◇「石牟礼道子全集 16」藤原書店 2013 p219
エマウスの家での試行錯誤
　◇「須賀敦子全集 2」河出書房新社 2006（河出文庫）p477
エマウス・ワーク・キャンプ
　◇「須賀敦子全集 2」河出書房新社 2006（河出文庫）p467
絵巻談議
　◇「決定版 三島由紀夫全集 36」新潮社 2003 p529
江馬修『羊の怒る時』
　◇「石牟礼道子全集 14」藤原書店 2008 p415
エミリー・エミリー
　◇「橋本治短篇小説コレクション S&Gグレイテスト・ヒッツ+1」筑摩書房 2006（ちくま文庫）p18
エミリの周囲
　◇「辻邦生全集 18」新潮社 2005 p303
エミリーの薔薇
　◇「[野呂邦暢] 随筆コレクション 2」みすず書房 2014 p331
M・H氏への手紙―人類の将来と詩人の運命
　◇「決定版 三島由紀夫全集 26」新潮社 2003 p596
MF計画
　◇「鮎川哲也コレクション わるい風」光文社 2007（光文社文庫）p167
M君のこと
　◇「金鶴泳作品集 2」クレイン 2006 p571
M子
　◇「宮本百合子全集 33」新日本出版社 2004 p393
M鉱業所
　◇「佐々木基一全集 8」河出書房新社 2013 p285
Mさんへ
　◇「松田解子自選集 9」澤田出版 2009 p157
M夫人の微笑
　◇「小沼丹全集 補巻」未知谷 2005 p528
Mは2度泣く
　◇「小松左京全集 完全版 13」城西国際大学出版会 2008 p80
江本孟紀 野球をダメにしたのはサラリーマンだ！〔対談〕
　◇「大庭みな子全集 22」日本経済新聞出版社 2011 p61
絵物語 忍者石川五右衛門
　◇「山田風太郎忍法帖短篇全集 4」筑摩書房 2004（ちくま文庫）p315
絵物語 忍者向坂甚内
　◇「山田風太郎忍法帖短篇全集 5」筑摩書房 2004（ちくま文庫）p303
絵物語 忍者撫子甚五郎
　◇「山田風太郎忍法帖短篇全集 6」筑摩書房 2004（ちくま文庫）p339
エライ狂人の話
　◇「坂口安吾全集 13」筑摩書房 1999 p324
「えらいさん」「小さな人間」「タダの人」
　◇「小田実全集 評論 7」講談社 2010 p274
「えらいさん」と「小さな人間」・「キツネウドン大王」の誕生
　◇「小田実全集 評論 7」講談社 2010 p291
偉いと言われる学者
　◇「小檜山博全集 8」柏艪舎 2006 p243
えらい人がたくさん出てくる話
　◇「井上ひさしコレクション 人間の巻」岩波書店 2005 p34
えらがり鯛鮪
　◇「徳田秋聲全集 27」八木書店 2002 p8
エラリー・クイーン 作家と探偵
　◇「日影丈吉全集 別巻」国書刊行会 2005 p295
エラリー・クイーンの謎
　◇「土屋隆夫コレクション新装版 盲目の鴉」光文社 2003（光文社文庫）p457
「エリアを行く」を終えて
　◇「小松左京全集 完全版 27」城西国際大学出版会 2007 p349
エリア対談
　◇「小松左京全集 完全版 27」城西国際大学出版会 2007 p349
『エリオ・チオル写真集 アッシジ』
　◇「須賀敦子全集 4」河出書房新社 2007（河出文庫）p237
エリオット
　◇「小林秀雄全作品 23」新潮社 2004 p27
　◇「小林秀雄全集 補巻 3」新潮社 2010 p177
エリオット
　◇「福田恆存評論集 15」麗澤大學出版會, 廣池學園事業部〔発売〕2010 p190
エリオット會見記
　◇「福田恆存評論集 15」麗澤大學出版會, 廣池學園事業部〔発売〕2010 p241
エリオット氏に捧げる詩
　◇「定本 荒巻義雄メタSF全集 別巻」彩流社 2015 p26
「エリオット全集」
　◇「小林秀雄全集 補巻 3」新潮社 2010 p288
江利チエミの声
　◇「小林秀雄全作品 24」新潮社 2004 p157
　◇「小林秀雄全集 補巻 3」新潮社 2010 p251
エリック・サティ（コクトオの訳及び補註）
　◇「坂口安吾全集 1」筑摩書房 1999 p49
エリック・ロメールの《瞬間》
　◇「金井美恵子エッセイ・コレクション―1964-2013 4」平凡社 2014 p465

えりと

エリートの文学SF―ディック「高い城の男」に関するノート（荒巻邦夫 名義）
◇「定本 荒巻義雄メタSF全集 4」彩流社 2014 p475

LAより哀をこめて
◇「西村京太郎自選集 4」徳間書店 2004（徳間文庫）p131

エルキュール・ポアロ 探偵は納税者か？
◇「日影丈吉全集 別巻」国書刊行会 2005 p293

エルサレム巡礼
◇「遠藤周作エッセイ選集 2」光文社 2006（知恵の森文庫）p118

エルサレムの地下にて
◇「小松左京全集 完全版 25」城西国際大学出版会 2017 p61

L氏のステッキ
◇「決定版 三島由紀夫全集 37」新潮社 2004 p272

L氏のステッキ―"MR.L'S STICK" The modern verse
◇「決定版 三島由紀夫全集 37」新潮社 2004 p272

エール大学で学んだこと（加藤秀俊、松本重治）
◇「小松左京全集 完全版 38」城西国際大学出版会 2010 p178

LDでゴダールを見ていると、ただ画面が小さすぎるという理由で、犯罪をおかしているような気持ちになる
◇「金井美恵子エッセイ・コレクション―1964-2013 4」平凡社 2014 p185

L特急のなかで
◇「林京子全集 7」日本図書センター 2005 p138

L夫人
◇「須賀敦子全集 1」河出書房新社 2006（河出文庫）p392

エレガントな象
◇「阿川弘之全集 20」新潮社 2007 p493

エレガントな象―続々 葭の髄から
◇「阿川弘之全集 20」新潮社 2007 p491

鈴木いづみの勤労感謝感激 エレクトリック・ラブ・ストーリィ 楳図かずお〔対談〕
◇「鈴木いづみコレクション 8」文遊社 1998 p54

エロ裁き〔対談〕（獅子文六）
◇「坂口安吾全集 別巻」筑摩書房 2012 p99

エロ小説
◇「車谷長吉全集 3」新書館 2010 p793

エロス〔翻訳〕（ウンベルト・サバ）
◇「須賀敦子全集 5」河出書房新社 2008（河出文庫）p333

エロス的文明―H・マルクーゼ著 南博訳
◇「決定版 三島由紀夫全集 31」新潮社 2003 p168

愛（エロス）のすがた―愛を語る
◇「決定版 三島由紀夫全集 33」新潮社 2003 p15

エロスは抵抗の拠点になり得るか〔対談〕（寺山修司）
◇「決定版 三島由紀夫全集 40」新潮社 2004 p671

エロチシズム―ジョルジュ・バタイユ著 室淳介訳
◇「決定版 三島由紀夫全集 31」新潮社 2003 p411

エロチシズムと国家権力〔対談〕（野坂昭如）
◇「決定版 三島由紀夫全集 39」新潮社 2004 p683

エロチシズムと文学〔対談〕（池田みち子）
◇「坂口安吾全集 17」筑摩書房 1999 p261

エロチックなもの
◇「丸谷才一全集 9」文藝春秋 2013 p428

エロの感度
◇「日影丈吉全集 別巻」国書刊行会 2005 p649

絵はインターナショナルではないということ
◇「小松左京全集 完全版 36」城西国際大学出版会 2011 p129

絵は心で感じるもの〈神田日勝記念美術館館長として〉
◇「小檜山博全集 8」柏艪舎 2006 p263

絵は言葉である
◇「小松左京全集 完全版 36」城西国際大学出版会 2011 p103

延安へ旅する
◇「小田実全集 評論 15」講談社 2011 p9

煙影砂影
◇「決定版 三島由紀夫全集 37」新潮社 2004 p397

演繹的発想と帰納の発想―第三回新日本文学賞評論部門選評
◇「安部公房全集 17」新潮社 1999 p286

燕燕訓 吾が明け暮れ
◇「内田百閒集成 15」筑摩書房 2003（ちくま文庫）p150

炎煙鈔
◇「内田百閒集成 16」筑摩書房 2004（ちくま文庫）p9

炎煙鈔（続）
◇「内田百閒集成 16」筑摩書房 2004（ちくま文庫）p17

鴛鴦
◇「決定版 三島由紀夫全集 18」新潮社 2002 p23

円をえがきつつ
◇「小島信夫批評集成 6」水声社 2011 p49

円環的な袋小路―フェリーニ
◇「寺山修司著作集 5」クインテッセンス出版 2009 p275

演技
◇「寺山修司著作集 4」クインテッセンス出版 2009 p344

演戯といふこと
◇「福田恆存評論集 2」麗澤大學出版會, 廣池學事業部〔発売〕 2009 p276

演技の生理性と距離の問題―桐朋学園土曜講座
◇「安部公房全集 24」新潮社 1999 p369

「宛丘」詩経・国風
　◇「宮城谷昌光全集 21」文藝春秋 2004 p240
〈演技論についての〉―周辺飛行22
　◇「安部公房全集 24」新潮社 1999 p413
遠景
　◇「林京子全集 5」日本図書センター 2005 p388
園芸型農業における余暇と労働のバランス
　◇「小松左京全集 完全版 35」城西国際大学出版会 2009 p397
遠景近景
　◇「林京子全集 7」日本図書センター 2005 p297
円形劇場から
　◇「辻邦生全集 2」新潮社 2004 p348
燕京大学部隊
　◇「小島信夫短篇集成 1」水声社 2014 p235
演劇
　◇「井上ひさしコレクション ことばの巻」岩波書店 2005 p315
演劇をつづける理由
　◇「井上ひさしコレクション ことばの巻」岩波書店 2005 p327
演劇をめぐって
　◇「安部公房全集 7」新潮社 1998 p69
演劇合評―俳優座上演「死せる魂」〔座談会〕（鹿島保夫、永田靖、土方与志、茨木憲、木村鈴吉、堀田清美、小林進）
　◇「安部公房全集 29」新潮社 2000 p454
演劇空間への旅
　◇「小島信夫批評集成 2」水声社 2011 p441
演劇講義ノート
　◇「安部公房全集 23」新潮社 1999 p17
演劇雑感
　◇「徳田秋聲全集 20」八木書店 2001 p119
演劇時局漫談（岡栄一郎、長田秀雄、久米正雄、久保田万太郎、山本有三、里見弴、菊池寛、三宅周太郎）
　◇「徳田秋聲全集 25」八木書店 2001 p56
演劇史上光彩陸離
　◇「決定版 三島由紀夫全集 33」新潮社 2003 p82
演劇集團「雲」設立の經緯
　◇「福田恆存評論集 18」麗澤大學出版會、廣池學園事業部〔発売〕2010 p225
演劇小観
　◇「徳田秋聲全集 20」八木書店 2001 p277
演劇精神の衰退
　◇「福田恆存評論集 2」麗澤大學出版會、廣池學園事業部〔発売〕2009 p287
演劇的文化論―日本近代化論の爲の覺書
　◇「福田恆存評論集 7」麗澤大學出版會、廣池學園事業部〔発売〕2008 p337
演劇と音楽と―バロック風にバロックを
　◇「安部公房全集 25」新潮社 1999 p350

演劇と文学〔対談〕（芥川比呂志）
　◇「決定版 三島由紀夫全集 39」新潮社 2004 p82
演劇について
　◇「小林秀雄全作品 7」新潮社 2003 p233
　◇「小林秀雄全集 補巻 1」新潮社 2010 p397
演劇のアナログ感覚『東京大学新聞』のインタビューに答えて
　◇「安部公房全集 26」新潮社 1999 p395
演劇の成立基盤について―桐朋学園金曜講座
　◇「安部公房全集 24」新潮社 1999 p481
演劇の本質
　◇「決定版 三島由紀夫全集 27」新潮社 2003 p471
「演劇のよろこび」の復活
　◇「決定版 三島由紀夫全集 32」新潮社 2003 p428
演劇万年筆論―新劇の運命6
　◇「安部公房全集 11」新潮社 1998 p286
演劇は時代を救えるか？―ナンシーより愛をこめて
　◇「鈴木いづみコレクション 6」文遊社 1997 p139
園公を偲ぶ
　◇「徳田秋聲全集 23」八木書店 2001 p188
『燕山夜話』の含む問題
　◇「佐々木基一全集 3」河出書房新社 2013 p379
猿耳
　◇「山本周五郎探偵小説全集 6」作品社 2008 p242
遠視眼の旅人
　◇「決定版 三島由紀夫全集 27」新潮社 2003 p647
〔臙脂紅後記〕
　◇「徳田秋聲全集 19」八木書店 2000 p116
エンジュ
　◇「宮城谷昌光全集 21」文藝春秋 2004 p133
槐（えんじゅ）
　◇「大庭みな子全集 7」日本経済新聞出版社 2009 p63
演習
　◇「松田解子自選集 9」澤田出版 2009 p101
演習地で
　◇「辻井喬コレクション 7」河出書房新社 2003 p83
遠州・森町
　◇「宮城谷昌光全集 21」文藝春秋 2004 p149
演出覚書（「三原色」）
　◇「決定版 三島由紀夫全集 28」新潮社 2003 p523
演出家の錯覚―新劇の運命3
　◇「安部公房全集 11」新潮社 1998 p164
炎色反応
　◇「中井英夫全集 2」東京創元社 1998（創元ライブラリ）p471
煙塵
　◇「内田百閒集成 16」筑摩書房 2004（ちくま文庫）p58
『烟塵』
　◇「〔森〕鷗外近代小説集 2」岩波書店 2012 p207

えんす

エーンズウオースの「旧セント・ポールス寺院」
　◇「小酒井不木随筆評論選集 6」本の友社 2004 p52

演ずるバリ島
　◇「井上ひさしコレクション ことばの巻」岩波書店 2005 p336

厭世主義を評す
　◇「谷崎潤一郎全集 25」中央公論新社 2016 p39

演説ぎらひ
　◇「谷崎潤一郎全集 23」中央公論新社 2017 p196

厭戦
　◇「松本清張短編全集 10」光文社 2009（光文社文庫）p175

沿線の広告
　◇「内田百閒集成 2」筑摩書房 2002（ちくま文庫）p250

エンソク
　◇「決定版 三島由紀夫全集 36」新潮社 2003 p411

遠足
　◇「徳田秋聲全集 14」八木書店 2000 p298

遠大なる心構
　◇「坂口安吾全集 1」筑摩書房 1999 p410

遠大なる方向
　◇「江戸川乱歩全集 30」光文社 2005（光文社文庫）p320

円高の意味するもの―竹内宏〔対談〕(竹内宏)
　◇「福田恆存対談・座談集 4」玉川大学出版部 2012 p192

エンターテインメントとは何か―グレアム・グリーン
　◇「丸谷才一全集 11」文藝春秋 2014 p427

エンタープライズを考える
　◇「松下竜一未刊行著作集 5」海鳥社 2009 p306

円地さんと日本古典
　◇「決定版 三島由紀夫全集 31」新潮社 2003 p282

円地文子さんのこと
　◇「谷崎潤一郎全集 25」中央公論新社 2016 p330

「円地文子全集」
　◇「小林秀雄全作品 27」新潮社 2004 p23
　◇「小林秀雄全集 補巻 3」新潮社 2010 p409

炎天
　◇「立松和平小説 3」勉誠出版 2010 p289

えんどう
　◇「大庭みな子全集 12」日本経済新聞出版社 2010 p16

遠藤氏の最高傑作―谷崎賞選後評
　◇「決定版 三島由紀夫全集 34」新潮社 2003 p254

遠島船
　◇「定本 久生十蘭全集 2」国書刊行会 2009 p503

エンドウマメ
　◇「大庭みな子全集 9」日本経済新聞出版社 2010 p324

エンドウ豆の復活
　◇「林京子全集 8」日本図書センター 2005 p360

エントツ掃除
　◇「田中小実昌エッセイ・コレクション 6」筑摩書房 2003（ちくま文庫）p226

エントロピレーヌ神殿へ
　◇「石牟礼道子全集 15」藤原書店 2012 p77

縁なき衆生
　◇「中戸川吉二作品集」勉誠出版 2013 p341

縁なき衆生
　◇「20世紀断層―野坂昭如単行本未収録小説集成 1」幻戯書房 2010 p440

縁日の灯はまたたく
　◇「開高健ルポルタージュ選集 ずばり東京」光文社 2007（光文社文庫）p334

縁の神秘
　◇「遠藤周作エッセイ選集 1」光文社 2006（知恵の森文庫）p239

猿之助の立場・一本立で行け
　◇「徳田秋聲全集 22」八木書店 2001 p359

円盤きたる
　◇「安部公房全集 9」新潮社 1998 p313

鉛筆
　◇「向田邦子全集 新版 11」文藝春秋 2010 p16

鉛筆の詩人へ
　◇「宮本百合子全集 19」新日本出版社 2002 p69

燕尾服の自殺―ブウルゴオニユの葡萄祭の巻
　◇「定本 久生十蘭全集 1」国書刊行会 2008 p86

エンプラ抗議に行った心細い四人組
　◇「松下竜一未刊行著作集 5」海鳥社 2009 p295

遠
　◇「立松和平小説 16」勉誠出版 2012 p227

遠方の人
　◇「上野壮夫全集 1」図書新聞 2010 p355

円満具足のからくり師
　◇「山田風太郎エッセイ集成 わが推理小説零年」筑摩書房 2007 p235

園遊会
　◇「徳田秋聲全集 28」八木書店 2002 p162

遠雷
　◇「天城一傑作集〔1〕」日本評論社 2004 p25

遠雷
　◇「立松和平小説 10」勉誠出版 2010 p1

絵《LYRIC》
　◇「決定版 三島由紀夫全集 37」新潮社 2004 p225

【お】

尾
　◇「松田解子自選集 7」澤田出版 2008 p113

オアシス
　◇「小松左京全集 完全版 37」城西国際大学出版会 2010 p290

『おあついフィルム』(リチャード・プレイザー)
　◇「田中小実昌エッセイ・コレクション 5」筑摩書房 2003（ちくま文庫）p250

甥
　◇「徳田秋聲全集 7」八木書店 1998 p67

老
　◇「小寺菊子作品集 1」桂書房 2014 p222

甥へ
　◇「松田解子自選集 9」澤田出版 2009 p160

老いを生きる
　◇「車谷長吉全集 3」新書館 2010 p584

老いを深く生きるということ―自分らしく
　◇「林京子全集 8」日本図書センター 2005 p391

老い来りなば
　◇「松下竜一未刊行著作集 2」海鳥社 2008 p314

おいしい水道の水
　◇「田中小実昌エッセイ・コレクション 2」筑摩書房 2002（ちくま文庫）p54

おいしいということ
　◇「石牟礼道子全集 10」藤原書店 2006 p149

おいしい罠
　◇「日影丈吉全集 8」国書刊行会 2004 p708

おいしかった飯
　◇「小檜山博全集 7」柏艪舎 2006 p256

お伊勢さま―科學的に觀た神宮の傳説と信仰
　◇「小酒井不木随筆評論選集 7」本の友社 2004 p506

老いたるアリョーシャ・ドストエフスキー
　◇「中井英夫全集 6」東京創元社 1996（創元ライブラリ）p614

老いたる父と母
　◇「アンドロギュノスの裔 渡辺温全集」東京創元社 2011（創元推理文庫）p366

追いついた夢
　◇「山本周五郎中短篇秀作選集 1」小学館 2005 p179

追いつめられて
　◇「高城高全集 3」東京創元社 2008（創元推理文庫）p397

「オイディプス王・アンティゴネ」解説
　◇「福田恆存評論集 11」麗澤大學出版會, 廣池學園事業部〔發売〕 2009 p341

『オイディプース王』は愛情物語か
　◇「小島信夫批評集成 2」水声社 2011 p476

老いてこそ〔対談者〕小島信夫
　◇「大庭みな子全集 22」日本経済新聞出版社 2011 p500

老いてなお色
　◇「野坂昭如エッセイ・コレクション 3」筑摩書房 2004（ちくま文庫）p321

老いて立派に生きる
　◇「遠藤周作エッセイ選集 1」光文社 2006（知恵の森文庫）p71

お糸
　◇「小松左京全集 完全版 20」城西国際大学出版会 2014 p304

老いとボケ
　◇「遠藤周作エッセイ選集 1」光文社 2006（知恵の森文庫）p31

お犬さまの天国
　◇「開高健ルポルタージュ選集 ずばり東京」光文社 2007（光文社文庫）p70

老いの英語学習
　◇「遠藤周作エッセイ選集 3」光文社 2006（知恵の森文庫）p228

老いのくりこと
　◇「谷崎潤一郎全集 21」中央公論新社 2016 p508

老いの繰言
　◇「福田恆存評論集 別巻」麗澤大學出版會, 廣池學園事業部〔發売〕 2011 p217

笈の小箱
　◇「林京子全集 7」日本図書センター 2005 p217

おいのり
　◇「松下竜一未刊行著作集 1」海鳥社 2008 p345

華魁
　◇「谷崎潤一郎全集 3」中央公論新社 2016 p435

老いる
　◇「小田実全集 評論 32」講談社 2013 p235

お祝にかえて
　◇「石牟礼道子全集 16」藤原書店 2013 p245

おうい卵やあい
　◇「色川武大・阿佐田哲也エッセイズ 3」筑摩書房 2006（ちくま文庫）p353

オウィディウス「転身物語」
　◇「須賀敦子全集 4」河出書房新社 2007（河出文庫）p354

奥羽本線阿房列車前章―青森・秋田
　◇「内田百閒集成 1」筑摩書房 2002（ちくま文庫）p227

奥羽本線阿房列車後章―横手・横黒線・山形・仙山線・松島
　◇「内田百閒集成 1」筑摩書房 2002（ちくま文庫）p251

おうえ

オーヴェールにて
- 「辻邦生全集 17」新潮社 2005 p19

応援団とダラク書生
- 「坂口安吾全集 6」筑摩書房 1998 p323

王を探せ
- 「鮎川哲也コレクション 王を探せ」光文社 2002（光文社文庫）p5

王をとれ、ですって
- 「林芙美子全集 8」日本図書センター 2005 p232

桜花
- 「決定版 三島由紀夫全集 37」新潮社 2004 p32

鷗外・芥川・菊池の歴史小説
- 「宮本百合子全集 14」新日本出版社 2001 p155

鷗外・漱石・藤村など—「父上様」をめぐて
- 「宮本百合子全集 12」新日本出版社 2001 p351

鷗外と藤村のことなど〔対談〕（サイデンステッカー、エドワード・G.）
- 「福田恆存対談・座談集 2」玉川大学出版部 2011 p301

鷗外の短篇小説
- 「決定版 三島由紀夫全集 29」新潮社 2003 p235

鷗外文学の今日的意義
- 「佐々木基一全集 1」河出書房新社 2013 p429

応家の人々
- 「日影丈吉全集 1」国書刊行会 2002 p451

応家の人々・拾遺
- 「日影丈吉全集 1」国書刊行会 2002 p567

往還
- 「小島信夫短篇集成 1」水声社 2014 p57

王冠泥棒—ブラッド大佐
- 「小沼丹全集 補巻」未知谷 2005 p690

扇野
- 「山本周五郎中短篇秀作選集 5」小学館 2006 p180

黄牛
- 「内田百閒集成 5」筑摩書房 2003（ちくま文庫）p215

扇おまえは魂なのだから—堀口大學
- 「丸谷才一全集 10」文藝春秋 2014 p387

王家の風日
- 「宮城谷昌光全集 3」文藝春秋 2003 p5

横行する鰤文学
- 「佐々木基一全集 1」河出書房新社 2013 p280

王侯の一人称
- 「宮城谷昌光全集 21」文藝春秋 2004 p405

王国
- 「〔野呂邦暢〕随筆コレクション 1」みすず書房 2014 p161

黄金（おうごん）… → "こがね…"をも見よ

黄金を浴びる女
- 「野村胡堂伝奇幻想小説集」作品社 2009 p280

黄金仮面
- 「江戸川乱歩全集 7」光文社 2003（光文社文庫）p85
- 「江戸川乱歩全集 6」沖積舎 2007 p3

黄金狂時代—天才が死物狂いで作った映画
- 「色川武大・阿佐田哲也エッセイズ 2」筑摩書房 2003（ちくま文庫）p291

黄金伝説
- 「石川淳コレクション 〔1〕」筑摩書房 2007（ちくま文庫）p44

黄金道路
- 「安部公房全集 16」新潮社 1998 p7

黄金通走曲
- 「定本 久生十蘭全集 1」国書刊行会 2008 p99

黄金の女達
- 「小島信夫批評集成 4」水声社 2010 p13

黄金の虎
- 「江戸川乱歩全集 18」光文社 2004（光文社文庫）p513

『黄金の馬車』—ジャン・ルノワールはアンナ・マニャーニにテクニカラーの黄金の馬車を捧げた
- 「金井美恵子エッセイ・コレクション—1964–2013 4」平凡社 2014 p351

黄金の花びら
- 「横溝正史探偵小説コレクション 3」出版芸術社 2004 p229

黄金比の朝
- 「中上健次集 1」インスクリプト 2014 p359

黄金豹
- 「江戸川乱歩全集 19」光文社 2004（光文社文庫）p417

黄金分割
- 「石上玄一郎作品集 3」日本図書センター 2004 p13
- 「石上玄一郎小説作品集成 2」未知谷 2008 p591

黄金明王のひみつ
- 「山田風太郎ミステリー傑作選 9」光文社 2002（光文社文庫）p209

汪彩
- 「国枝史郎伝奇短篇小説集成 1」作品社 2006 p145

逢坂閑談 昭和二十五年（三淵忠彦、宮川曼魚）
- 「内田百閒集成 21」筑摩書房 2004（ちくま文庫）p164

王様
- 「小沼丹全集 補巻」未知谷 2005 p641

王様
- 「辻井喬コレクション 7」河出書房新社 2003 p140

王サマノウタ
- 「決定版 三島由紀夫全集 37」新潮社 2004 p19

王様の白切手
- 「井上ひさし短編中編小説集成 1」岩波書店 2014

p271
王様の背中
　◇「内田百閒集成 14」筑摩書房 2003（ちくま文庫）p157
王様の耳は馬の耳
　◇「アンドロギュノスの裔 渡辺温全集」東京創元社 2011（創元推理文庫）p466
欧洲大戦
　◇「小林秀雄全作品 13」新潮社 2003 p70
　◇「小林秀雄全集 補巻 2」新潮社 2010 p169
欧洲大戦を如何に見るか
　◇「德田秋聲全集 23」八木書店 2001 p307
往生異聞
　◇「金石範作品集 2」平凡社 2005 p89
応召前後
　◇「田村泰次郎選集 2」日本図書センター 2005 p56
王城の護衛者
　◇「司馬遼太郎短篇全集 10」文藝春秋 2006 p345
王女の涙
　◇「大庭みな子全集 11」日本経済新聞出版社 2010 p357
　◇「大庭みな子全集 17」日本経済新聞出版社 2010 p130
横着な読書
　◇「山田風太郎エッセイ集成 風山房風呂焚き唄」筑摩書房 2008 p182
王朝心理文学小史
　◇「決定版 三島由紀夫全集 26」新潮社 2003 p265
王朝懶夢譚（おうちょうらんむたん）
　◇「田辺聖子全集 16」集英社 2005 p131
王朝和歌
　◇「丸谷才一全集 10」文藝春秋 2014 p396
王朝和歌とモダニズム
　◇「丸谷才一全集 7」文藝春秋 2014 p468
王朝和歌の系譜
　◇「丸谷才一全集 7」文藝春秋 2014 p399
王直の財宝
　◇「陳舜臣推理小説ベストセレクション 枯草の根」集英社 2009（集英社文庫）p347
応天炎上
　◇「小松左京全集 完全版 20」城西国際大学出版会 2014 p209
嘔吐
　◇「大庭みな子全集 7」日本経済新聞出版社 2009 p367
嘔吐
　◇「寺山修司著作集 4」クインテッセンス出版 2009 p6
桜桃
　◇「太宰治映画化原作コレクション 2」文藝春秋 2009（文春文庫）p71
桜桃
　◇「定本 久生十蘭全集 10」国書刊行会 2011 p385

王同志
　◇「辺見庸掌編小説集 白版」角川書店 2004 p34
「黄銅時代」創作メモ
　◇「宮本百合子全集 20」新日本出版社 2002 p271
黄銅時代の為
　◇「宮本百合子全集 20」新日本出版社 2002 p280
王とのつきあい
　◇「日影丈吉全集 5」国書刊行会 2003 p481
オーナーの弁─三島由紀夫邸のもめごと
　◇「決定版 三島由紀夫全集 31」新潮社 2003 p234
王の孤独─久生十蘭
　◇「中井英夫全集 7」東京創元社 1998（創元ライブラリ）p468
王のシンボル
　◇「宮城谷昌光全集 21」文藝春秋 2004 p331
黄蘗の章 おゆき
　◇「井上ひさし短編中編小説集成 12」岩波書店 2015 p265
往復書簡─坂口安吾・石川淳
　◇「坂口安吾全集 16」筑摩書房 2000 p447
往復書簡 志村ふくみ様─『不知火』初演のあとで
　◇「石牟礼道子全集 16」藤原書店 2013 p33
往復帖
　◇「宮本百合子全集 20」新日本出版社 2002 p695
横暴な新聞販売店
　◇「坂口安吾全集 15」筑摩書房 1999 p309
オウボエを吹く馬
　◇「日影丈吉全集 5」国書刊行会 2003 p433
木笛（オウボエ）を吹く馬（初期形）
　◇「日影丈吉全集 別巻」国書刊行会 2005 p851
応募詩選後評
　◇「上野壮夫全集 3」図書新聞 2011 p558
近江の国
　◇「谷崎潤一郎全集 1」中央公論新社 2015 p401
近江八地獄
　◇「都筑道夫時代小説コレクション 2」戎光祥出版 2014（戎光祥時代小説名作館）p206
鸚鵡石
　◇「石川淳コレクション 〔1〕」筑摩書房 2007（ちくま文庫）p383
鸚鵡は見ていた
　◇「狩久全集 4」皆進社 2013 p53
追ふ者追はれる者─ペレス・米倉観戦記
　◇「決定版 三島由紀夫全集 31」新潮社 2003 p243
欧陽予倩君の長詩
　◇「谷崎潤一郎全集 22」中央公論新社 2017 p387
往来
　◇「小島信夫批評集成 2」水声社 2011 p171
往来
　◇「〔野呂邦暢〕随筆コレクション 2」みすず書房 2014 p187

おうら

往来の顔
　◇「小島信夫批評集成 2」水声社 2011 p169

王蘭傷心
　◇「日影丈吉全集 別巻」国書刊行会 2005 p673

お江戸山脈の巻
　◇「山田風太郎妖異小説コレクション 白波五人帖・いだてん百里」徳間書店 2004（徳間文庫）p579

おえらびください
　◇「小松左京全集 完全版 14」城西国際大学出版会 2009 p96

おえん遊行
　◇「石牟礼道子全集 8」藤原書店 2005 p9

大赤字の勝訴
　◇「松下竜一未刊行著作集 5」海鳥社 2009 p240

大足の病
　◇「寺山修司著作集 1」クインテッセンス出版 2009 p55

大洗
　◇「立松和平全小説 6」勉誠出版 2010 p25

大石大三郎の不幸な報い
　◇「山田風太郎エッセイ集成 秀吉はいつ知ったか」筑摩書房 2008 p213

大磯なみだ雨
　◇「都築道夫時代小説コレクション 1」戎光祥出版 2014（戎光祥時代小説名作館）p234

大いなるアナクロニズムの都？
　◇「佐々木基一全集 6」河出書房新社 2012 p181

大いなる伊賀者
　◇「山田風太郎忍法帖短篇全集 10」筑摩書房 2005（ちくま文庫）p325

大いなる潮
　◇「石牟礼道子全集 10」藤原書店 2006 p306

大いなる過渡期の論理―行動する作家の思弁と責任〔対談〕（高橋和巳）
　◇「決定版 三島由紀夫全集 40」新潮社 2004 p516

大いなる期待―懸賞小説に寄せて
　◇「徳田秋聲全集 23」八木書店 2001 p115

大いなる幻術
　◇「山田風太郎忍法帖短篇全集 2」筑摩書房 2004（ちくま文庫）p331

大いなる失墜
　◇「定本 荒巻義雄メタSF全集 1」彩流社 2015 p337

大いなる正午
　◇「定本 荒巻義雄メタSF全集 1」彩流社 2015 p157

大いなる聖樹の下―インドの旅から
　◇「辻邦生全集 17」新潮社 2005 p44

巨いなる友―中村光夫氏
　◇「決定版 三島由紀夫全集 28」新潮社 2003 p544

大いなるもの
　◇「宮本百合子全集 33」新日本出版社 2004 p422

大井広介宛〔書簡〕
　◇「坂口安吾全集 16」筑摩書房 2000 p202

大井広介といふ男―並びに註文ひとつの事
　◇「坂口安吾全集 3」筑摩書房 1999 p403

大内先生を想ふ
　◇「決定版 三島由紀夫全集 36」新潮社 2003 p449

大内山の森に沈む金色の夕日 家内の無熱丹毒 お金が有り余りて使い途無し
　◇「内田百閒集成 22」筑摩書房 2004（ちくま文庫）p213

大うつけ
　◇「宮城谷昌光全集 21」文藝春秋 2004 p355

大江君の魅力
　◇「安部公房全集 21」新潮社 1999 p341

大江健三郎『飼育』他をめぐって（文芸時評）
　◇「小島信夫批評集成 2」水声社 2011 p735

大江健三郎著『個人的な体験』
　◇「安部公房全集 18」新潮社 1999 p319

大江健三郎著『同時代ゲーム』跋文
　◇「安部公房全集 26」新潮社 1999 p425

大江健三郎について
　◇「小島信夫批評集成 2」水声社 2011 p555

大江さん おめでとうございます
　◇「林京子全集 8」日本図書センター 2005 p363

大江戸黄金狂
　◇「野村胡堂伝奇幻想集成」作品社 2009 p329

大江戸怪物団
　◇「江戸川乱歩全集 19」光文社 2004（光文社文庫）p35

大岡越前守
　◇「坂口安吾全集 11」筑摩書房 1998 p395

大岡さんと私
　◇「阿川弘之全集 19」新潮社 2007 p104

大岡さんのこと
　◇「金井美恵子エッセイ・コレクション―1964-2013 1」平凡社 2013 p319

大岡さんの優雅
　◇「決定版 三島由紀夫全集 32」新潮社 2003 p131

大岡昇平
　◇「小島信夫批評集成 1」水声社 2011 p469

大岡昇平
　◇「佐々木基一全集 4」河出書房新社 2013 p332

大岡昇平
　◇「福田恆存評論集 14」麗澤大學出版會、廣池學園事業部〔発売〕 2010 p152

大岡昇平〔対談〕（亀井勝一郎）
　◇「福田恆存対談・座談集 1」玉川大学出版部 2011 p361

大岡昇平 いわゆるそのシニシズムについて
　◇「小島信夫批評集成 1」水声社 2011 p151

大岡昇平著「作家の日記」
　◇「決定版 三島由紀夫全集 30」新潮社 2003 p645

大岡昇平とスタンダール
　◇「辻邦生全集 18」新潮社 2005 p232

大岡昇平（日本の文學70）
　◇「福田恆存評論集 別巻」麗澤大學出版會,廣池學園事業部〔発売〕2011 p136
大岡昇平に物申す（六月二十二日）
　◇「福田恆存評論集 18」麗澤大學出版會,廣池學園事業部〔発売〕2010 p167
大岡文学の周辺〔対談〕（大岡昇平）
　◇「福田恆存対談・座談集 2」玉川大学出版部 2011 p217
大岡信著「抒情の批判」
　◇「決定版 三島由紀夫全集 31」新潮社 2003 p567
大岡信との二つの旅
　◇「辻邦生全集 16」新潮社 2005 p257
大岡信の詩を二つ選ぶ
　◇「丸谷才一全集 10」文藝春秋 2014 p435
大型バスの秘密
　◇「辻邦生全集 16」新潮社 2005 p304
大型ロボット
　◇「小松左京全集 完全版 24」城西国際大学出版会 2016 p471
狼男の恋
　◇「日影丈吉全集 4」国書刊行会 2003 p608
狼少年
　◇「寺山修司著作集 1」クインテッセンス出版 2009 p19
狼諸氏に
　◇「色川武大・阿佐田哲也エッセイズ 1」筑摩書房 2003（ちくま文庫）p120
狼そっくり―「乞食の歌」
　◇「安部公房全集 16」新潮社 1998 p427
狼大明神
　◇「坂口安吾全集 10」筑摩書房 1998 p522
狼の足あとを求めて
　◇「辻邦生全集 16」新潮社 2005 p312
狼の魂
　◇「内田百閒集成 14」筑摩書房 2003（ちくま文庫）p215
狼の眉毛をかざし
　◇「田村孟全小説集」航思社 2012 p411
狼の眼
　◇「隆慶一郎全集 6」新潮社 2009 p331
　◇「隆慶一郎短編全集 2」日本経済新聞出版社 2014（日経文芸文庫）p233
大鴉
　◇「高木彬光コレクション新装版 能面殺人事件」光文社 2006（光文社文庫）p353
大鴉
　◇「中上健次集 10」インスクリプト 2017 p560
大きい足袋
　◇「宮本百合子全集 33」新日本出版社 2004 p337
大きな鞄
　◇「小沼丹全集 3」未知谷 2004 p472

大きな視野でコメの話
　◇「井上ひさしコレクション 日本の巻」岩波書店 2005 p329
大きな小説―壺井栄「大根の葉」
　◇「小田実全集 評論 12」講談社 2011 p183
大きな砂ふるい
　◇「安部公房全集 2」新潮社 1997 p517
大きな手
　◇「〔野呂邦暢〕随筆コレクション 2」みすず書房 2014 p273
大きな鳥のいる汽車
　◇「日影丈吉全集 8」国書刊行会 2004 p773
大きな猫が老いをむかえる
　◇「金井美恵子エッセイ・コレクション―1964-2013 4」平凡社 2014 p389
大きな眼を輝かせた人
　◇「松下竜一未刊行著作集 2」海鳥社 2008 p298
大国主命〔「書きたい歴史小説」アンケート回答〕
　◇「坂口安吾全集 12」筑摩書房 1999 p152
大久保の桃、その他 2
　◇「金井美恵子エッセイ・コレクション―1964-2013 4」平凡社 2014 p418
大倉正之助さん
　◇「石牟礼道子全集 14」藤原書店 2008 p251
〈大倉正之助との対談〉命の根源 音の根源
　◇「石牟礼道子全集 17」藤原書店 2012 p532
大阪
　◇「小松左京全集 完全版 27」城西国際大学出版会 2007 p378
　◇「小松左京全集 完全版 43」城西国際大学出版会 2014 p12
大阪梅田OS劇場
　◇「田中小実昌エッセイ・コレクション 3」筑摩書房 2002（ちくま文庫）p346
「大阪王朝時代」のロマン
　◇「小松左京全集 完全版 42」城西国際大学出版会 2014 p22
大阪を描いて一年一作〔対談〕（荒垣秀雄）
　◇「山崎豊子全集 9」新潮社 2004 p661
大阪―感謝をこめて
　◇「小松左京全集 完全版 43」城西国際大学出版会 2014 p163
大坂侍
　◇「司馬遼太郎短篇全集 2」文藝春秋 2005 p257
大阪醜女伝
　◇「司馬遼太郎短篇全集 2」文藝春秋 2005 p61
大阪商人
　◇「司馬遼太郎短篇全集 1」文藝春秋 2005 p351
大阪城よみがえる
　◇「小松左京全集 完全版 42」城西国際大学出版会 2014 p158

おおさ

大阪女系分布図
　◇「山崎豊子全集 3」新潮社 2004 p641
大阪人の文学
　◇「車谷長吉全集 3」新書館 2010 p264
大阪シンフォニー
　◇「小田実全集 小説 31」講談社 2013 p5
大阪づくし
　◇「山崎豊子全集 2」新潮社 2004 p513
大阪の穴
　◇「小松左京全集 完全版 12」城西国際大学出版会 2007 p205
大阪の連込宿（アベック・ホテル）――「愛の渇き」の調査旅行の一夜
　◇「決定版 三島由紀夫全集 27」新潮社 2003 p305
大阪の藝人
　◇「谷崎潤一郎全集 17」中央公論新社 2015 p355
「大阪の作家」の話から
　◇「小田実全集 評論 13」講談社 2011 p333
大阪の「地盤沈下」とその闘い
　◇「小松左京全集 完全版 42」城西国際大学出版会 2014 p292
大阪の夏祭
　◇「山崎豊子全集 5」新潮社 2004 p469
大阪の反逆
　◇「坂口安吾全集 5」筑摩書房 1998 p147
大阪の人々
　◇「安部公房全集 30」新潮社 2009 p52
大阪の文化診断
　◇「小松左京全集 完全版 36」城西国際大学出版会 2011 p263
大阪の「夜明け」は南河内から
　◇「小松左京全集 完全版 42」城西国際大学出版会 2014 p19
大阪弁おもしろ草子
　◇「田辺聖子全集 15」集英社 2005 p511
大阪弁ちゃらんぽらん
　◇「田辺聖子全集 15」集英社 2005 p365
大阪放送局発信す
　◇「小松左京全集 完全版 42」城西国際大学出版会 2014 p154
大阪ほか
　◇「小松左京全集 完全版 27」城西国際大学出版会 2007 p373
大坂夢の陣
　◇「小松左京全集 完全版 23」城西国際大学出版会 2015 p329
大阪留守居役 岡本次郎左衛門
　◇「井上ひさしコレクション 人間の巻」岩波書店 2005 p263
大阪湾に"浮遊構造体"で埋める大構想
　◇「小松左京全集 完全版 29」城西国際大学出版会 2007 p68

大阪湾に"未来"あり
　◇「小松左京全集 完全版 42」城西国際大学出版会 2014 p104
大酒飲み
　◇「小檜山博全集 8」柏艪舎 2006 p82
大鹿卓『谷中村事件』
　◇「石牟礼道子全集 14」藤原書店 2008 p280
大下さんと角田さん
　◇「日影丈吉全集 別巻」国書刊行会 2005 p550
大島榮三郎宛書簡
　◇「安部公房全集 2」新潮社 1997 p255
　◇「安部公房全集 29」新潮社 2000 p291
大島榮三郎宛書簡 第1信
　◇「安部公房全集 30」新潮社 2009 p14
大島榮三郎宛書簡 第4信
　◇「安部公房全集 30」新潮社 2009 p27
大島・田子
　◇「中上健次集 5」インスクリプト 2015 p260
大島紬
　◇「小檜山博全集 7」柏艪舎 2006 p285
大島渚「日本の夜と霧」
　◇「佐々木基一全集 7」河出書房新社 2013 p222
大島渚はトクな人です
　◇「田中小実昌エッセイ・コレクション 3」筑摩書房 2002（ちくま文庫）p55
大島の一夜
　◇「徳田秋聲全集 21」八木書店 2001 p296
大庄屋のお姫（ひい）さま
　◇「車谷長吉全集 1」新書館 2010 p745
大須望郷唄
　◇「吉川潮芸人小説セレクション 4」ランダムハウス講談社 2007 p67
大隅一座評
　◇「徳田秋聲全集 19」八木書店 2000 p134
大隅太夫と摂津大掾
　◇「徳田秋聲全集 19」八木書店 2000 p148
大洗濯の日
　◇「須賀敦子全集 3」河出書房新社 2007（河出文庫）p568
大空のお婆さん
　◇「決定版 三島由紀夫全集 15」新潮社 2002 p9
おおぞら3号殺人事件
　◇「西村京太郎自選集 3」徳間書店 2004（徳間文庫）p5
おお、大砲
　◇「司馬遼太郎短篇全集 4」文藝春秋 2005 p441
大嶽康子「病院船」
　◇「小林秀雄全作品 12」新潮社 2003 p227
　◇「小林秀雄全集 補巻 2」新潮社 2010 p146
大龍巻
　◇「定本 久生十蘭全集 3」国書刊行会 2009 p482

大谷刑部は幕末に死ぬ
  ◇「〔山田風太郎〕時代短篇選集 2」小学館 2013（小学館文庫）p257
大田洋子
  ◇「佐々木基一全集 4」河出書房新社 2013 p124
大通りの夢芝居
  ◇「須賀敦子全集 1」河出書房新社 2006（河出文庫）p271
大歳克衛のこと
  ◇「阿川弘之全集 18」新潮社 2007 p226
鵬（おほとり）
  ◇「決定版 三島由紀夫全集 37」新潮社 2004 p166
おお！　トルストイ
  ◇「松下竜一未刊行著作集 1」海鳥社 2008 p121
「大泣き」の図
  ◇「松下竜一未刊行著作集 3」海鳥社 2009 p137
大波小波（東京新聞）
  ◇「丸谷才一全集 12」文藝春秋 2014 p395
おお日本共産党
  ◇「佐々木基一全集 3」河出書房新社 2013 p252
大貫晶川の歌
  ◇「谷崎潤一郎全集 23」中央公論新社 2017 p243
大野明男氏の新著にふれて―情緒の底にあるもの
  ◇「決定版 三島由紀夫全集 35」新潮社 2003 p599
大橋健三郎『荒野と文明』
  ◇「小島信夫批評集成 2」水声社 2011 p594
大橋に寄せて
  ◇「松田解子自選集 9」澤田出版 2009 p196
大橋房子様へ―『愛の統一性』を読みて
  ◇「宮本百合子全集 9」新日本出版社 2001 p169
大幅赤字
  ◇「松下竜一未刊行著作集 2」海鳥社 2008 p40
大庭みな子宛文音抄
  ◇「佐々木基一全集 6」河出書房新社 2012 p409
大庭みな子『オレゴン夢十夜』評
  ◇「小島信夫批評集成 7」水声社 2011 p194
大庭みな子「女の男性論」
  ◇「〔野呂邦暢〕随筆コレクション 2」みすず書房 2014 p441
大庭みな子さん語る〔インタビュー・本誌〕川口晃
  ◇「大庭みな子全集 24」日本経済新聞出版社 2011 p252
大庭みな子さんと伊勢物語を読む
  ◇「大庭みな子全集 20」日本経済新聞出版社 2010 p476
大庭みな子氏にきく（『寂兮寥兮』刊行に際して）〔インタビュー〕栗坪良樹
  ◇「大庭みな子全集 24」日本経済新聞出版社 2011 p215

『大庭みな子全詩集』あとがき
  ◇「大庭みな子全集 23」日本経済新聞出版社 2011 p196
大庭みな子の雨月物語
  ◇「大庭みな子全集 19」日本経済新聞出版社 2010 p223
大庭みな子の竹取物語 伊勢物語
  ◇「大庭みな子全集 19」日本経済新聞出版社 2010 p11
大庭みな子編『日本の名随筆53 女』あとがき
  ◇「大庭みな子全集 23」日本経済新聞出版社 2011 p161
大舞台
  ◇「江戸川乱歩全集 30」光文社 2005（光文社文庫）p273
大ぼけ小ぼけ
  ◇「阿川弘之全集 18」新潮社 2007 p293
大町米子さんのこと
  ◇「宮本百合子全集 16」新日本出版社 2002 p224
オオマツヨイグサ
  ◇「松下竜一未刊行著作集 2」海鳥社 2008 p280
大晦日
  ◇「内田百閒集成 5」筑摩書房 2003（ちくま文庫）p131
大晦日の夜空に響く待避信号の半鐘
  ◇「内田百閒集成 22」筑摩書房 2004（ちくま文庫）p34
おお皆の醜
  ◇「辻井喬コレクション 7」河出書房新社 2003 p379
江戸留書役大森三右衛門
  ◇「井上ひさし短編中編小説集成 10」岩波書店 2015 p386
公のことと私のこと
  ◇「宮本百合子全集 16」新日本出版社 2002 p261
大山公爵夫人 秘められた手紙〔インタビュー〕鈴木健二
  ◇「大庭みな子全集 24」日本経済新聞出版社 2011 p226
大らかなメロドラマ
  ◇「大庭みな子全集 6」日本経済新聞出版社 2009 p90
おかあさん疲れたよ
  ◇「田辺聖子全集 21」集英社 2005 p7
お母さんの死体の始末
  ◇「寺山修司著作集 4」クインテッセンス出版 2009 p209
お母さんの力量―日本母親大会から
  ◇「松田解子自選集 8」澤田出版 2008 p153
大鋸屑（おがくず）
  ◇「松田解子自選集 4」澤田出版 2005 p305
「岡倉天心全集」
  ◇「小林秀雄全作品 28」新潮社 2005 p312
  ◇「小林秀雄全集 補巻 3」新潮社 2010 p510

おかく

お神楽と茶番
　◇「谷崎潤一郎全集 21」中央公論新社 2016 p289
犯さぬ罪
　◇「小酒井不木随筆評論選集 4」本の友社 2004 p192
侵された「聖域」
　◇「小松左京全集 完全版 31」城西国際大学出版会 2008 p117
岡沢秀虎著『集団主義の文芸』
　◇「佐々木基一全集 1」河出書房新社 2013 p209
小笠原和幸氏の歌
　◇「車谷長吉全集 3」新書館 2010 p437
小笠原長治―無明の闇
　◇「津本陽武芸小説集 2」PHP研究所 2007 p79
おかしくて恐い世界が僕には見える
　◇「安部公房全集 29」新潮社 2000 p247
おかしな一日 高信太郎〔対談〕
　◇「鈴木いづみセカンド・コレクション 4」文遊社 2004 p208
岡田哲也『不知火紀行』
　◇「石牟礼道子全集 14」藤原書店 2008 p419
岡田時彦弔辞
　◇「谷崎潤一郎全集 17」中央公論新社 2015 p473
江戸留守役岡田利右衛門
　◇「井上ひさし短編中編小説集成 10」岩波書店 2015 p197
オカチ村物語（1）老村長の死
　◇「安部公房全集 1」新潮社 1997 p145
おカネを拾う
　◇「小檜山博全集 7」柏艪舎 2006 p307
丘の上
　◇「島田荘司全集 5」南雲堂 2012 p416
丘の上の桃源境
　◇「山田風太郎エッセイ集成 秀吉はいつ知ったか」筑摩書房 2008 p46
丘の上の麦畑
　◇「石牟礼道子全集 12」藤原書店 2005 p406
丘の眺め〔翻訳〕（ウンベルト・サバ）
　◇「須賀敦子全集 5」河出書房新社 2008（河出文庫）p230
丘の橋
　◇「内田百閒集成 19」筑摩書房 2004（ちくま文庫）p50
丘の墓地
　◇「小沼丹全集 4」未知谷 2004 p543
岡部通保さんの訴えを聞いてあげて
　◇「松下竜一未刊行著作集 4」海鳥社 2008 p9
オカマ殺しの少年の話
　◇「坂口安吾全集 11」筑摩書房 1998 p377
岡まさはる「道ひとすじに」序文
　◇「〔野呂邦暢〕随筆コレクション 1」みすず書房 2014 p165

岡松和夫「小蟹のいる村」
　◇「〔野呂邦暢〕随筆コレクション 2」みすず書房 2014 p370
岡松和夫「鉢をかずく女」
　◇「〔野呂邦暢〕随筆コレクション 2」みすず書房 2014 p406
お上
　◇「大庭みな子全集 3」日本経済新聞出版社 2009 p370
をがむ
　◇「定本 久生十蘭全集 別巻」国書刊行会 2013 p538
岡村昭彦「南ヴェトナム戦争従軍記」
　◇「〔野呂邦暢〕随筆コレクション 2」みすず書房 2014 p346
おかめ・ひょっとこ・般若の面〔解決篇〕
　◇「鮎川哲也コレクション挑戦篇 2」出版芸術社 2006 p248
おかめ・ひょっとこ・般若の面〔問題篇〕
　◇「鮎川哲也コレクション挑戦篇 2」出版芸術社 2006 p191
岡本かの子覚書
　◇「金井美恵子エッセイ・コレクション―1964-2013 3」平凡社 2013 p130
大坂留守居役岡本次郎左衛門
　◇「井上ひさし短編中編小説集成 10」岩波書店 2015 p210
岡本太郎―大貫泰の思い出と重ねて
　◇「辻邦生全集 16」新潮社 2005 p217
岡本太郎の芸術〔対談〕（岡本太郎）
　◇「安部公房全集 29」新潮社 2000 p431
岡本にて
　◇「谷崎潤一郎全集 14」中央公論新社 2016 p481
お粥腹の戦時浮腫 上方名古屋の空襲にてこちらは安泰
　◇「内田百閒集成 22」筑摩書房 2004（ちくま文庫）p96
おから
　◇「内田百閒集成 12」筑摩書房 2003（ちくま文庫）p141
おからでシャムパン
　◇「内田百閒集成 12」筑摩書房 2003（ちくま文庫）p332
お軽勘平
　◇「向田邦子全集 新版 5」文藝春秋 2009 p97
小川泣童氏断片
　◇「佐々木基一全集 1」河出書房新社 2013 p75
小川国夫「或る聖書」
　◇「〔野呂邦暢〕随筆コレクション 2」みすず書房 2014 p351
小川国夫『小樽のひとよ』
　◇「小檜山博全集 6」柏艪舎 2006 p328

小川国夫との対談 海をめぐる思い（小川国夫，前山光則）
　◇「石牟礼道子全集 9」藤原書店 2006 p413
小川家三代の知的系譜（加藤秀俊, 貝塚茂樹）
　◇「小松左京全集 完全版 38」城西国際大学出版会 2010 p36
小川紳介との対談 映画「ニッポン国古屋敷村」をめぐって
　◇「石牟礼道子全集 10」藤原書店 2006 p154
小川紳介との対談 土に根ざしたエロス
　◇「石牟礼道子全集 11」藤原書店 2005 p555
小川正子「小島の春」
　◇「小林秀雄全作品 11」新潮社 2003 p32
　◇「小林秀雄全集 補巻 2」新潮社 2010 p24
小川未明論
　◇「徳田秋聲全集 23」八木書店 2001 p272
隠岐─遠雷に伏す撫子
　◇「大庭みな子全集 8」日本経済新聞出版社 2009 p148
隠岐を夢みる
　◇「丸谷才一全集 7」文藝春秋 2014 p350
荻窪の友人の家吹飛ぶ
　◇「内田百閒集成 22」筑摩書房 2004（ちくま文庫）p81
「荻窪風土記」書評
　◇「小沼丹全集 4」未知谷 2004 p307
沖田総司の恋
　◇「司馬遼太郎短篇全集 8」文藝春秋 2005 p139
沖縄胃袋旅行
　◇「向田邦子全集 新版 10」文藝春秋 2010 p229
沖縄への旅が私を変えた─『運命の人』と私
　◇「山崎豊子全集 第2期 第2巻3」新潮社 2014 p269
沖縄を知らないことについて
　◇「小田実全集 評論 5」講談社 2010 p356
「オキナワ」とつながるもの
　◇「小田実全集 評論 31」講談社 2013 p130
沖縄にかかわっての根本認識
　◇「小田実全集 評論 25」講談社 2012 p131
沖縄に死す
　◇「田村泰次郎選集 2」日本図書センター 2005 p150
沖縄にて『八重山トゥバルマア』
　◇「小檜山博全集 6」柏艪舎 2006 p392
沖縄の味
　◇「小檜山博全集 6」柏艪舎 2006 p199
沖縄のなかのアメリカ
　◇「小田実全集 評論 4」講談社 2010 p106
沖縄の「難死」「難生」の上の「安保」
　◇「小田実全集 評論 22」講談社 2012 p288
沖縄の私
　◇「深沢夏衣作品集」新幹社 2015 p672

オキナワン・ブック・レヴュー
　◇「目取真俊短篇小説選集 2」影書房 2013 p137
お氣に召すまま
　◇「福田恆存評論集 19」麗澤大學出版會，廣池學園事業部〔発売〕2010 p146
沖の稲妻
　◇「内田百閒集成 16」筑摩書房 2004（ちくま文庫）p36
沖宮
　◇「石牟礼道子全集 16」藤原書店 2013 p148
隠岐冨美子宛〔書簡〕
　◇「坂口安吾全集 16」筑摩書房 2000 p189
置土産
　◇「阿川弘之全集 20」新潮社 2007 p237
お灸好き
　◇「坂口安吾全集 13」筑摩書房 1999 p387
荻生徂徠と徳川綱吉
　◇「丸谷才一全集 8」文藝春秋 2014 p212
オーギュスト・デュパン 最初の論理的読物（ロジック・リーディング）
　◇「日影丈吉全集 別巻」国書刊行会 2005 p305
オーギュスト・ルノワール「泉による女」
　◇「阿川弘之全集 18」新潮社 2007 p350
オキュート
　◇「山田風太郎エッセイ集成 風山房風呂焚き唄」筑摩書房 2008 p130
お経を読む心
　◇「小島信夫批評集成 2」水声社 2011 p54
お京の現在
　◇「徳田秋聲全集 15」八木書店 1999 p290
起きろ一心斎
　◇「山田風太郎妖異小説コレクション 地獄太夫」徳間書店 2003（徳間文庫）p306
隠岐和一宛〔書簡〕
　◇「坂口安吾全集 16」筑摩書房 2000 p158
沖は風
　◇「石牟礼道子全集 8」藤原書店 2005 p454
おくがき（「詩を書く少年」）
　◇「決定版 三島由紀夫全集 29」新潮社 2003 p221
奥書〔『潤一郎訳源氏物語』巻二十六〕
　◇「谷崎潤一郎全集 19」中央公論新社 2015 p533
奥様トルコ
　◇「小松左京全集 完全版 25」城西国際大学出版会 2017 p264
奥さんの家出
　◇「国枝史郎探偵小説全集」作品社 2005 p191
屋上屋語
　◇「徳田秋聲全集 19」八木書店 2000 p280
　◇「徳田秋聲全集 19」八木書店 2000 p291
　◇「徳田秋聲全集 19」八木書店 2000 p299
　◇「徳田秋聲全集 19」八木書店 2000 p321
　◇「徳田秋聲全集 19」八木書店 2000 p338
　◇「徳田秋聲全集 20」八木書店 2001 p13

おくし

屋上庭園（三月二十三日）
　◇「福田恆存評論集 18」麗澤大學出版會, 廣池學園事業部〔発売〕 2010 p149

奥附不要論（九月十四日）
　◇「福田恆存評論集 16」麗澤大學出版會, 廣池學園事業部〔発売〕 2010 p269

奥にあるもの 第107回（平成4年度上半期）芥川賞
　◇「大庭みな子全集 24」日本経済新聞出版社 2011 p75

お国自慢
　◇「徳田秋聲全集 23」八木書店 2001 p304

お国と五平―幕
　◇「谷崎潤一郎全集 9」中央公論新社 2017 p195

「お国と五平」所感
　◇「谷崎潤一郎全集 21」中央公論新社 2016 p399

『お国と五平 他二篇』
　◇「谷崎潤一郎全集 9」中央公論新社 2017 p193

お国のために
　◇「石牟礼道子全集 17」藤原書店 2012 p424

奥にひそむ力への期待 第3回潮賞（小説部門）
　◇「大庭みな子全集 24」日本経済新聞出版社 2011 p50

屋に迷ふ
　◇「徳田秋聲全集 14」八木書店 2000 p89

奥の海
　◇「定本 久生十蘭全集 9」国書刊行会 2011 p596

奥野健男『ポオランド哀歌』
　◇「小檜山博全集 6」柏艪舎 2006 p340

奥能登紀行
　◇「阿川弘之全集 19」新潮社 2007 p31

奥日向の神楽太鼓
　◇「石牟礼道子全集 15」藤原書店 2012 p444

臆病について
　◇「谷崎潤一郎全集 23」中央公論新社 2017 p294

臆病ライオン
　◇「向田邦子全集 新版 7」文藝春秋 2009 p201

小熊秀雄君へ
　◇「小林秀雄全作品 9」新潮社 2003 p135
　◇「小林秀雄全集 補巻 1」新潮社 2010 p473

億万の竹の葉そよぐ
　◇「立松和平全小説 15」勉誠出版 2011 p219

お久美さんと其の周囲
　◇「宮本百合子全集 33」新日本出版社 2004 p186

奥村冨久子さんについて
　◇「谷崎潤一郎全集 21」中央公論新社 2016 p398

おくめ殺し
　◇「山本周五郎長篇小説全集 7」新潮社 2013 p247

オクラ
　◇「大庭みな子全集 12」日本経済新聞出版社 2010 p21

オークランドの浅瀬（ショール）
　◇「田中小実昌エッセイ・コレクション 2」筑摩書房 2002（ちくま文庫）p342

小栗、木々の登場［昭和九・十年度］
　◇「江戸川乱歩全集 28」光文社 2006（光文社文庫）p577

小栗壮介（ファッション・デザイナー）
　◇「向田邦子全集 新版 6」文藝春秋 2009 p205

送り手と消費する側が共有する既視と自堕落
　◇「金井美恵子エッセイ・コレクション―1964-2013 1」平凡社 2013 p275

小栗風葉君を憶ふ
　◇「徳田秋聲全集 21」八木書店 2001 p48

小栗正信―天地の法則
　◇「津本陽武芸小説集 2」PHP研究所 2007 p197

小栗虫太郎の文章
　◇「日影丈吉全集 別巻」国書刊行会 2005 p537

贈りもの
　◇「渡辺淳一自選短篇コレクション 2」朝日新聞社 2006 p175

贈り物
　◇「丸谷才一全集 1」文藝春秋 2013 p297

贈り物―こんないたずら
　◇「松下竜一未刊行著作集 3」海鳥社 2009 p331

贈り物に添えたひと言
　◇「向田邦子全集 新版 別巻2」文藝春秋 2010 p309

送る言葉
　◇「松下竜一未刊行著作集 2」海鳥社 2008 p161

贈ることば―最高裁第二小法廷へ
　◇「松下竜一未刊行著作集 4」海鳥社 2008 p409

遅れたものが勝ちになる―吉里吉里イサムくんへの手紙
　◇「井上ひさしコレクション 日本の巻」岩波書店 2005 p317

遅れを見せた政治・社会の分野
　◇「小松左京全集 完全版 35」城西国際大学出版会 2009 p439

遅れる男
　◇「小島信夫短篇集成 2」水声社 2014 p457

おくんち
　◇「［野呂邦暢］随筆コレクション 2」みすず書房 2014 p94

OK牧場の決闘
　◇「小檜山博全集 7」柏艪舎 2006 p231

お化粧好き
　◇「徳田秋聲全集 12」八木書店 2000 p113

悪血
　◇「徳田秋聲全集 11」八木書店 1998 p355

桶狭間の謎
　◇「宮城谷昌光全集 21」文藝春秋 2004 p134

桶屋の発明
　◇「石牟礼道子全集 1」藤原書店 2004 p187

おけらは水の祭
　◇「石牟礼道子全集 11」藤原書店 2005 p543
お玄関拝借
　◇「山田風太郎妖異小説コレクション 地獄太夫」徳間書店 2003（徳間文庫）p358
烏滸國、間引國、堕胎國
　◇「小酒井不木随筆評論選集 6」本の友社 2004 p261
おこげのお握り
　◇「石牟礼道子全集 16」藤原書店 2013 p569
お蚕（こ）さま
　◇「立松和平小説 8」勉誠出版 2010 p2
お高祖頭巾の女
　◇「横溝正史時代小説コレクション捕物篇 2」出版芸術社 2004 p26
「お言葉」考
　◇「井上ひさしコレクション 日本の巻」岩波書店 2005 p21
「お言葉」は終りましたが
　◇「阿川弘之全集 20」新潮社 2007 p615
お米
　◇「石牟礼道子全集 10」藤原書店 2006 p76
傲り
　◇「辻邦生全集 8」新潮社 2005 p339
驕り
　◇「辻邦生全集 8」新潮社 2005 p354
おオと巳之介
　◇「谷崎潤一郎全集 3」中央公論新社 2016 p71
お魚女史
　◇「坂口安吾全集 7」筑摩書房 1998 p3
刑部忍法陣
　◇「山田風太郎忍法帖短篇全集 8」筑摩書房 2004（ちくま文庫）p91
尾崎一雄宛〔書簡〕
　◇「坂口安吾全集 16」筑摩書房 2000 p173
尾崎一雄著「四角な机・丸い机」
　◇「阿川弘之全集 16」新潮社 2006 p530
尾崎紅葉
　◇「徳田秋聲全集 21」八木書店 2001 p233
尾崎紅葉を語る（紅葉先生と僕）
　◇「徳田秋聲全集 22」八木書店 2001 p138
『尾崎紅葉読本』この読本を編むに当つて
　◇「徳田秋聲全集 別巻」八木書店 2006 p118
尾崎さんの思ひ出二つ
　◇「阿川弘之全集 18」新潮社 2007 p271
尾﨑士郎宛〔書簡〕
　◇「坂口安吾全集 16」筑摩書房 2000 p109
　◇「坂口安吾全集 別巻」筑摩書房 2012 p115
尾崎士郎氏へ（私信に代へて）〔尾崎士郎『秋風と母』跋〕
　◇「坂口安吾全集 4」筑摩書房 1998 p112

尾崎士郎の公職追放仮指定に対する異議申立書
　◇「坂口安吾全集 16」筑摩書房 2000 p462
おさきに
　◇「林京子全集 5」日本図書センター 2005 p243
尾崎正志（摺師）
　◇「向田邦子全集 新版 6」文藝春秋 2009 p208
お酒に釣られて崖を登る話
　◇「定本 久生十蘭全集 1」国書刊行会 2008 p614
稚いが地味でよい—「芽生える力」立岩敏夫作
　◇「宮本百合子全集 18」新日本出版社 2002 p36
小山内君の思ひ出
　◇「谷崎潤一郎全集 14」中央公論新社 2016 p475
おさない思慕
　◇「石牟礼道子全集 16」藤原書店 2013 p572
おさない「人夫」たち
　◇「小松左京全集 完全版 34」城西国際大学出版会 2009 p337
幼き日の六代目
　◇「谷崎潤一郎全集 23」中央公論新社 2017 p484
稺（おさな）き松
　◇「徳田秋聲全集 27」八木書店 2002 p15
幼な妻・おくに
　◇「隆慶一郎全集 8」新潮社 2010 p247
　◇「隆慶一郎短編全集 2」日本経済新聞出版社 2014（日経文芸文庫）p48
幼な友達
　◇「野呂邦暢小説集成 7」文遊社 2016 p555
幼友達
　◇「谷崎潤一郎全集 21」中央公論新社 2016 p245
幼ない、うたごえ色の血
　◇「三枝和子選集 1」鼎書房 2007 p485
幼なき日
　◇「決定版 三島由紀夫全集 37」新潮社 2004 p119
　◇「決定版 三島由紀夫全集 37」新潮社 2004 p241
大佛次郎追悼
　◇「小林秀雄全作品 26」新潮社 2004 p157
　◇「小林秀雄全集 補巻 3」新潮社 2010 p370
おさらばという名の黒馬
　◇「寺山修司著作集 2」クインテッセンス出版 2009 p409
おさらばの周辺部
　◇「寺山修司著作集 4」クインテッセンス出版 2009 p456
尾去沢事件現地報告
　◇「松田解子自選集 8」澤田出版 2008 p24
尾去沢—ダム決壊事故45年取材記
　◇「松田解子自選集 8」澤田出版 2008 p394
圧されて
　◇「石上玄一郎小説作品集成 1」未知谷 2008 p457
小沢征爾の音楽会をきいて
　◇「決定版 三島由紀夫全集 32」新潮社 2003 p325

おさわ

尾沢良三「女形今昔譚」序
- ◇「小林秀雄全作品 14」新潮社 2003 p41
- ◇「小林秀雄全集 補巻 2」新潮社 2010 p202

おさん
- ◇「山本周五郎中短篇秀作選集 4」小学館 2006 p315

啞
- ◇「定本 久生十蘭全集 10」国書刊行会 2011 p278

叔父
- ◇「佐々木基一全集 1」河出書房新社 2013 p29

叔父
- ◇「〔野呂邦暢〕随筆コレクション 2」みすず書房 2014 p253

お爺さんの玩具
- ◇「内田百閒集成 14」筑摩書房 2003（ちくま文庫）p187

お祖父さんの時計
- ◇「小沼丹全集 4」未知谷 2004 p319

押絵と旅する男
- ◇「江戸川乱歩全集 5」光文社 2005（光文社文庫）p9
- ◇「江戸川乱歩全集 8」沖積舎 2007 p127
- ◇「江戸川乱歩傑作集 2」リブレ出版 2015 p119

「押絵の奇蹟」読後
- ◇「江戸川乱歩全集 24」光文社 2005（光文社文庫）p222

教える罪（一）
- ◇「隆慶一郎全集 19」新潮社 2010 p312

教える罪（二）
- ◇「隆慶一郎全集 19」新潮社 2010 p313

教える罪（三）
- ◇「隆慶一郎全集 19」新潮社 2010 p314

叔父を殺す〔解決篇〕
- ◇「鮎川哲也コレクション 挑戦篇 1」出版芸術社 2006 p236

叔父を殺す〔問題篇〕
- ◇「鮎川哲也コレクション 挑戦篇 1」出版芸術社 2006 p76

押しかけ客
- ◇「瀬戸内寂聴随筆選 1」ゆまに書房 2009 p77

お辞儀
- ◇「向田邦子全集 新版 5」文藝春秋 2009 p54

お四国巡礼を了えて
- ◇「車谷長吉全集 3」新書館 2010 p696

お四国遍路輯
- ◇「車谷長吉全集 2」新書館 2010 p551

オジサマ族との結婚は幸せか？
- ◇「小松左京全集 完全版 34」城西国際大学出版会 2009 p66

鴛鴦
- ◇「小島信夫短篇集成 8」水声社 2014 p147

お品とお島の立場
- ◇「徳田秋聲全集 14」八木書店 2000 p156

伯父の家
- ◇「徳田秋聲全集 29」八木書店 2002 p238

啞のむすめ
- ◇「安部公房全集 2」新潮社 1997 p281

啞娘スバル
- ◇「宮本百合子全集 2」新日本出版社 2001 p206

おしめり危険地帯
- ◇「田中小実昌エッセイ・コレクション 4」筑摩書房 2003（ちくま文庫）p122

おしゃべり
- ◇「谷崎潤一郎全集 24」中央公論新社 2016 p482

おしゃべり男はニワトリ野郎
- ◇「小松左京全集 完全版 34」城西国際大学出版会 2009 p18

お喋り競争
- ◇「坂口安吾全集 2」筑摩書房 1999 p179

お喋りという贈りもの
- ◇「辻邦生全集 16」新潮社 2005 p243

おしゃべりな訪問者
- ◇「小松左京全集 完全版 32」城西国際大学出版会 2008 p263

おしゃべりな幽霊
- ◇「丸谷才一全集 5」文藝春秋 2013 p441

おしゃれ一品
- ◇「決定版 三島由紀夫全集 34」新潮社 2003 p167

お洒落紳士
- ◇「野坂昭如エッセイ・コレクション 1」筑摩書房 2004（ちくま文庫）p73

おしゃれとわたし
- ◇「大庭みな子全集 23」日本経済新聞出版社 2011 p687

おしゃれ―花束に添えて
- ◇「松下竜一未刊行著作集 3」海鳥社 2009 p359

お洒落は面倒くさいが―私のおしゃれ談義
- ◇「決定版 三島由紀夫全集 28」新潮社 2003 p268

オーシャン・ビーチ
- ◇「田中小実昌エッセイ・コレクション 2」筑摩書房 2002（ちくま文庫）p201

お俊
- ◇「徳田秋聲全集 5」八木書店 1998 p68

お正月
- ◇「大庭みな子全集 14」日本経済新聞出版社 2010 p465

お正月漫談
- ◇「小酒井不木随筆評論選集 7」本の友社 2004 p501

お正月はふつうの休暇じゃない
- ◇「小松左京全集 完全版 34」城西国際大学出版会 2009 p209

お嬢吉三
- ◇「井上ひさし短編中編小説集成 1」岩波書店 2014 p404

お嬢さん
　◇「佐々木基一全集 1」河出書房新社 2013 p433
お嬢さん
　◇「決定版 三島由紀夫全集 8」新潮社 2001 p221
　◇「決定版 三島由紀夫全集 37」新潮社 2004 p775
お嬢さんの頭
　◇「定本 久生十蘭全集 3」国書刊行会 2009 p414
お女郎蜘蛛
　◇「宮本百合子全集 32」新日本出版社 2003 p248
お女郎村
　◇「山田風太郎ミステリー傑作選 2」光文社 2001（光文社文庫）p147
おしろい地蔵
　◇「立松和平全小説 24」勉誠出版 2014 p141
おしろいの中から
　◇「瀬戸内寂聴随筆選 2」ゆまに書房 2009 p33
オシロイバナ
　◇「松下竜一未刊行著作集 2」海鳥社 2008 p283
オシロイバナについて
　◇「辺見庸掌編小説集 黒版」角川書店 2004 p18
伯父ワーニャ解説／チェホフと其の時代
　◇「大庭みな子全集 23」日本経済新聞出版社 2011 p16
オジン考
　◇「中井英夫全集 7」東京創元社 1998（創元ライブラリ）p693
オスカァ・ワイルドの幻想
　◇「決定版 三島由紀夫全集 37」新潮社 2004 p287
オスカア・ワイルド論
　◇「決定版 三島由紀夫全集 27」新潮社 2003 p284
「オスカー・ワイルド全集」
　◇「小林秀雄全集 補巻 3」新潮社 2010 p400
オースティンの心地良さ
　◇「金井美恵子エッセイ・コレクション―1964-2013 3」平凡社 2013 p372
オーストラリア
　◇「田中小実昌エッセイ・コレクション 2」筑摩書房 2002（ちくま文庫）p342
オーストラリア幻想旅行
　◇「中井英夫全集 6」東京創元社 1996（創元ライブラリ）p11
オーストリア抵抗運動
　◇「佐々木基一全集 6」河出書房新社 2012 p244
オーストリアの光と影
　◇「小松左京全集 完全版 32」城西国際大学出版会 2008 p91
お静
　◇「徳田秋聲全集 2」八木書店 1999 p310
お聖人庄助
　◇「国枝史郎伝奇短篇小説集成 2」作品社 2006 p480
お勢登場
　◇「江戸川乱歩全集 3」光文社 2005（光文社文庫）p167
　◇「江戸川乱歩全集 9」沖積舎 2008 p121
「お歳暮」贈答の可否
　◇「徳田秋聲全集 23」八木書店 2001 p282
お世辞（十一月一日）
　◇「福田恆存評論集 18」麗澤大學出版會，廣池學園事業部〔発売〕2010 p91
おせち料理はコヤシだった
　◇「小松左京全集 完全版 34」城西国際大学出版会 2009 p199
オセッカイ評釈
　◇「内田百閒集成 18」筑摩書房 2004（ちくま文庫）p91
オセロー
　◇「福田恆存評論集 19」麗澤大學出版會，廣池學園事業部〔発売〕2010 p250
オセロー雑観
　◇「決定版 三島由紀夫全集 31」新潮社 2003 p430
お線香
　◇「立松和平全小説 23」勉誠出版 2013 p369
お仙と蜀山人
　◇「国枝史郎伝奇短篇小説集成 1」作品社 2006 p157
汚染なき巨大国・カナダ
　◇「小松左京全集 完全版 32」城西国際大学出版会 2008 p155
汚染物質
　◇「大庭みな子全集 23」日本経済新聞出版社 2011 p669
おそすぎますか？
　◇「田辺聖子全集 16」集英社 2005 p316
お供え
　◇「吉田知子選集 1」景文館書店 2012 p179
おそまきながら
　◇「林京子全集 8」日本図書センター 2005 p261
おそれ
　◇「高橋克彦自選短編集 2」講談社 2009（講談社文庫）p123
怖れ
　◇「辻邦生全集 8」新潮社 2005 p329
恐れ入谷の鬼婆
　◇「井上ひさし短編中編小説集成 4」岩波書店 2015 p461
畏れ多き聖女とSF作家の関係「小松左京マガジン」編集長インタビュー 第二十六回（大原まり子）
　◇「小松左京全集 完全版 49」城西国際大学出版会 2017 p314
恐山
　◇「寺山修司著作集 1」クインテッセンス出版 2009 p41
恐山の異臭
　◇「中井英夫全集 7」東京創元社 1998（創元ライブラリ）p131

おそれ

おそれとはずかしさ
◇「小島信夫批評集成 1」水声社 2011 p248

恐ろしい時代
◇「定本 久生十蘭全集 10」国書刊行会 2011 p333

おそろしい題名—石川淳作「おまへの敵はおまへだ」
◇「安部公房全集 15」新潮社 1998 p369

恐ろしい話
◇「小檜山博全集 6」柏艪舎 2006 p220

恐しいほど明晰な伝記—澁澤龍彥著「サド侯爵の生涯」
◇「決定版 三島由紀夫全集 33」新潮社 2003 p200

恐しき贈物
◇「小酒井不木随筆評論選集 4」本の友社 2004 p231

恐ろしき錯誤
◇「江戸川乱歩全集 1」光文社 2004（光文社文庫）p81
◇「江戸川乱歩全集 10」沖積舎 2008 p219

恐ろしき文集
◇「土屋隆夫コレクション新装版 天狗の面」光文社 2002（光文社文庫）p411

お題噺の性癖—自作解説
◇「橋本治短篇小説コレクション 愛の帆掛舟」筑摩書房 2006（ちくま文庫）p321

おたがい、がんばったな
◇「小田実全集 評論 18」講談社 2012 p59

おたがいの「くに」の話
◇「小田実全集 評論 18」講談社 2012 p179

お互いのやまい
◇「石牟礼道子全集 6」藤原書店 2006 p561

小田切秀雄『小林多喜二』『日本近代文学研究』
◇「佐々木基一全集 1」河出書房新社 2013 p518

お竹大日如来
◇「野村胡堂伝奇幻想小説集成」作品社 2009 p201

織田作三十四歳の死
◇「小松左京全集 完全版 42」城西国際大学出版会 2014 p223

小田島稔（調理師）
◇「向田邦子全集 新版 9」文藝春秋 2009 p202

小田島雄志〔対談〕
◇「向田邦子全集 新版 別巻 1」文藝春秋 2010 p56

小田富弥〔小松左京が開く大正・昭和の日本大衆文芸を支えた挿絵画家たち〕
◇「小松左京全集 完全版 26」城西国際大学出版会 2017 p216

織田信長
◇「坂口安吾全集 7」筑摩書房 1998 p22

織田信長
◇「隆慶一郎全集 19」新潮社 2010 p352

織田信長・勝海舟・田中角栄（江藤淳）
◇「司馬遼太郎対話選集 3」文藝春秋 2006（文春文庫）p173

おたふく
◇「山本周五郎中短篇秀作選集 2」小学館 2005 p67
◇「山本周五郎長篇小説全集 7」新潮社 2013 p404

お多福顔の告白
◇「小田実全集 小説 37」講談社 2013 p181

おたふく物語
◇「山本周五郎長篇小説全集 7」新潮社 2013 p329

小田実 小説世界を歩く—漱石からジョン・オカダまで
◇「小田実全集 評論 12」講談社 2011 p9

お玉杓子
◇「小沼丹全集 4」未知谷 2004 p388

おためし野郎
◇「野坂昭如エッセイ・コレクション 1」筑摩書房 2004（ちくま文庫）p43

落合い
◇「古井由吉自撰作品 1」河出書房新社 2012 p242

おち栗
◇「徳田秋聲全集 19」八木書店 2000 p60

堕ちた山脈
◇「森村誠一ベストセレクション 北ア山荘失踪事件」光文社 2011（光文社文庫）p217

堕ちた天使
◇「寺山修司著作集 1」クインテッセンス出版 2009 p429

墜ちた薔薇
◇「狩久全集 4」皆進社 2013 p341

落ちたままのネジ
◇「宮本百合子全集 12」新日本出版社 2001 p346

をちち草紙
◇「立松和平小説 6」勉誠出版 2010 p104

落ちつける場所 吉田健一
◇「金井美恵子エッセイ・コレクション—1964-2013 3」平凡社 2013 p125

おちていた
◇「松田解子自選集 9」澤田出版 2009 p99

おちていた宇宙船
◇「小松左京全集 完全版 24」城西国際大学出版会 2016 p428

おちてきた男
◇「小松左京全集 完全版 14」城西国際大学出版会 2009 p219

落ちてゆく馬
◇「石牟礼道子全集 16」藤原書店 2013 p593

落葉
◇「大庭みな子全集 6」日本経済新聞出版社 2009 p435

落葉朽葉
◇「徳田秋聲全集 19」八木書店 2000 p28

落葉の歌
◇「決定版 三島由紀夫全集 37」新潮社 2004 p760

落ち葉の頃
◇「小檜山博全集 1」柏艪舎 2006 p28

落葉の隣り
　◇「山本周五郎中短篇秀作選集 2」小学館 2005 p311
落葉のなか
　◇「辻邦生全集 5」新潮社 2004 p62
落葉の中で
　◇「石牟礼道子全集 10」藤原書店 2006 p598
「落穂拾ひ」（小山清）解説
　◇「小沼丹全集 4」未知谷 2004 p689
お茶懐石の粋
　◇「谷崎潤一郎全集 21」中央公論新社 2016 p505
お茶漬ナショナリズム
　◇「決定版 三島由紀夫全集 34」新潮社 2003 p69
お茶漬の味
　◇「阿川弘之全集 20」新潮社 2007 p549
お茶漬の味
　◇「小松左京全集 完全版 11」城西国際大学出版会 2007 p228
おちゃちゃ忍法腹
　◇「山田風太郎忍法帖短篇全集 8」筑摩書房 2004（ちくま文庫）p53
「お茶と同情」の映画化
　◇「決定版 三島由紀夫全集 29」新潮社 2003 p516
お茶の時間〔対談者〕大庭優
　◇「大庭みな子全集 18」日本経済新聞出版社 2010 p482
お茶の水の「心中・三味線問題」批判
　◇「徳田秋聲全集 23」八木書店 2001 p290
お蝶夫人
　◇「徳田秋聲全集 17」八木書店 1999 p12
墜ちる
　◇「狩久全集 4」皆進社 2013 p72
落ちる、あるいは落とす
　◇「金井美恵子エッセイ・コレクション―1964-2013 1」平凡社 2013 p179
おつかいの途中で
　◇「林京子全集 8」日本図書センター 2005 p465
追っかけ
　◇「小檜山博全集 7」柏艪舎 2006 p248
おっ母さん！
　◇「松田解子自選集 9」澤田出版 2009 p77
お月日
　◇「内田百閒集成 15」筑摩書房 2003（ちくま文庫）p79
お月見
　◇「小林秀雄全作品 24」新潮社 2004 p138
　◇「小林秀雄全集 補巻 3」新潮社 2010 p248
お月見（「お月見（秋）改題」）
　◇「決定版 三島由紀夫全集 37」新潮社 2004 p65
お月見の前に
　◇「小松左京全集 完全版 25」城西国際大学出版会 2017 p105

〈抜粋〉億却帳
　◇「内田百閒集成 24」筑摩書房 2004（ちくま文庫）p224
億劫帳
　◇「内田百閒集成 19」筑摩書房 2004（ちくま文庫）p77
夫を孤独にするな
　◇「大庭みな子全集 18」日本経済新聞出版社 2010 p69
芋苑（おつとお）と瑪耶（まや）
　◇「決定版 三島由紀夫全集 15」新潮社 2002 p517
「芋苑（おつとお）と瑪耶（まや）」異稿
　◇「決定版 三島由紀夫全集 補巻」新潮社 2005 p307
夫即ち妻ではない
　◇「宮本百合子全集 9」新日本出版社 2001 p321
夫との存在を賭けた闘いの中で、他人を知り自分を知る
　◇「鈴木いづみセカンド・コレクション 4」文遊社 2004 p17
夫のいない部屋
　◇「小島信夫短篇集成 4」水声社 2015 p339
夫の座・妻の座
　◇「大庭みな子全集 18」日本経済新聞出版社 2010 p307
オッパイの神様
　◇「田中小実昌エッセイ・コレクション 6」筑摩書房 2003（ちくま文庫）p190
お艶殺し
　◇「谷崎潤一郎全集 3」中央公論新社 2016 p7
お釣り
　◇「向田邦子全集 新版 9」文藝春秋 2009 p83
お手玉唄
　◇「大庭みな子全集 14」日本経済新聞出版社 2010 p473
お手本
　◇「向田邦子全集 新版 8」文藝春秋 2009 p157
お手本の学び方
　◇「安部公房全集 9」新潮社 1998 p246
お寺のかね
　◇「松下竜一未刊行著作集 1」海鳥社 2008 p338
お寺の青年たち
　◇「石牟礼道子全集 10」藤原書店 2006 p239
お寺のまわり
　◇「石牟礼道子全集 17」藤原書店 2012 p405
音
　◇「小島信夫短篇集成 2」水声社 2014 p313
音
　◇「中井英夫全集 10」東京創元社 2002（創元ライブラリ）p167
お道化者殺し―わが田中角栄論
　◇「井上ひさしコレクション 人間の巻」岩波書店 2005 p64

おとう

おとうさんの歌
　◇「松下竜一未刊行著作集 1」海鳥社 2008 p100
お父さんのコーラス
　◇「遠藤周作エッセイ選集 3」光文社 2006（知恵の森文庫）p214
お父さんのベレー帽
　◇「石牟礼道子全集 17」藤原書店 2012 p458
弟
　◇「古井由吉自撰作品 2」河出書房新社 2012 p101
弟の死
　◇「宮本百合子全集 20」新日本出版社 2002 p35
お堂の縁の下で
　◇「石牟礼道子全集 15」藤原書店 2012 p501
オードヴル
　◇「稲垣足穂コレクション 1」筑摩書房 2005（ちくま文庫）p131
お時さんの御守り
　◇「20世紀断層―野坂昭如単行本未収録小説集成 4」幻戯書房 2010 p333
お伽噺
　◇「大庭みな子全集 8」日本経済新聞出版社 2009 p427
お伽噺一つ
　◇「国枝史郎伝奇短篇小説集成 1」作品社 2006 p416
男（お）どき女（め）どき［エッセイ］
　◇「向田邦子全集 新版 11」文藝春秋 2010 p9
男どき女どき［小説］
　◇「向田邦子全集 新版 3」文藝春秋 2009 p205
お時計献上―朝顔金太捕物帳
　◇「横溝正史時代小説コレクション捕物篇 3」出版芸術社 2004 p299
男
　◇「小田実全集 小説 17」講談社 2011 p106
男井戸女井戸
　◇「大坪砂男全集 3」東京創元社 2013（創元推理文庫）p317
男を探せ
　◇「小松左京全集 完全版 21」城西国際大学出版会 2015 p49
男を釣れるか
　◇「小檜山博全集 7」柏艪舎 2006 p130
男を奮いたたせる女仕掛人の手口
　◇「小松左京全集 完全版 34」城西国際大学出版会 2009 p125
男を見抜く"目の玉"をつくろう
　◇「小松左京全集 完全版 34」城西国際大学出版会 2009 p112
男が女に甘くなるとき…
　◇「吉行淳之介エッセイ・コレクション 2」筑摩書房 2004（ちくま文庫）p215
男が化粧するとき
　◇「中井英夫全集 7」東京創元社 1998（創元ライブラリ）p111
男が斯うだから女も……は間違い
　◇「宮本百合子全集 9」新日本出版社 2001 p417
男がさすらいの旅に出るとき……
　◇「小松左京全集 完全版 34」城西国際大学出版会 2009 p93
男が自由になる時―若い女性へのアッピール
　◇「小松左京全集 完全版 28」城西国際大学出版会 2006 p349
男が負債を払う時代 吉原幸子〔対談〕
　◇「大庭みな子全集 21」日本経済新聞出版社 2011 p279
男心
　◇「小檜山博全集 4」柏艪舎 2006 p449
男心をそそる露出の方法教えます
　◇「小松左京全集 完全版 34」城西国際大学出版会 2009 p99
男殺油地獄
　◇「向田邦子全集 新版 8」文藝春秋 2009 p152
男ざかり
　◇「丸谷才一全集 1」文藝春秋 2013 p611
男三人に惚れた女
　◇「田中小実昌エッセイ・コレクション 4」筑摩書房 2003（ちくま文庫）p267
男鹿（おとこじか）
　◇「田村泰次郎選集 4」日本図書センター 2005 p157
男社会で惰眠をむさぼる女たち〔対談〕(桐島洋子)
　◇「小松左京全集 完全版 33」城西国際大学出版会 2009 p69
「男だけの都」を捨てて
　◇「金井美恵子エッセイ・コレクション―1964-2013 1」平凡社 2013 p432
男たち
　◇「安部公房全集 22」新潮社 1999 p233
男といふものは
　◇「決定版 三島由紀夫全集 28」新潮社 2003 p241
男と女
　◇「大庭みな子全集 3」日本経済新聞出版社 2009 p237
男と女
　◇「大庭みな子全集 18」日本経済新聞出版社 2010 p126
男と女
　◇「小田実全集 小説 38」講談社 2013 p35
男と女
　◇「徳田秋聲全集 20」八木書店 2001 p166
男と女
　◇「吉行淳之介エッセイ・コレクション 2」筑摩書房 2004（ちくま文庫）p189
男と女、作家の業〔対談者〕瀬戸内寂聴
　◇「大庭みな子全集 22」日本経済新聞出版社 2011 p463

おとこ

男と女と神様の話
　◇「小島信夫短篇集成 1」水声社 2014 p81

男と女と子供
　◇「林京子全集 7」日本図書センター 2005 p409

男と女どちらがウソつき？
　◇「小松左京全集 完全版 34」城西国際大学出版会 2009 p34

男と女の間
　◇「吉行淳之介エッセイ・コレクション 2」筑摩書房 2004（ちくま文庫）p138

亭主（おとこ）と女房（おんな）の間をめぐる—因果
　◇「大庭みな子全集 18」日本経済新聞出版社 2010 p123

男と女のあいだ〔対談〕（鶴見俊輔）
　◇「田辺聖子全集 別巻1」集英社 2006 p165

男と女の綾糸は（『WOMEN351 女たちは21世紀を』より）
　◇「大庭みな子全集 18」日本経済新聞出版社 2010 p353

男と女の生きる場所
　◇「大庭みな子全集 18」日本経済新聞出版社 2010 p17

男と女の面白さ〔対談〕（林芙美子）
　◇「坂口安吾全集 17」筑摩書房 1999 p418

男と女の空間〔対談〕（上坂冬子）
　◇「小松左京全集 完全版 33」城西国際大学出版会 2011 p45

男と女の芝居〔対談者〕小島信夫
　◇「大庭みな子全集 22」日本経済新聞出版社 2011 p223

男と女の能力の差
　◇「小松左京全集 完全版 31」城西国際大学出版会 2008 p243

男と女の不思議な関係〔対談者〕吉山登
　◇「大庭みな子全集 18」日本経済新聞出版社 2010 p474

男と女—蜂ノ巣城主とその妻
　◇「松下竜一未刊行著作集 3」海鳥社 2009 p320

男と女、やっぱり依存し合おう〔対談者〕山田太一
　◇「大庭みな子全集 18」日本経済新聞出版社 2010 p467

男と女はとっても不思議だ〔対談〕（タモリ）
　◇「吉行淳之介エッセイ・コレクション 4」筑摩書房 2004（ちくま文庫）p158

男とギャンブル
　◇「吉行淳之介エッセイ・コレクション 1」筑摩書房 2004（ちくま文庫）p56

男と寝ない"踊り子"
　◇「田中小実昌エッセイ・コレクション 6」筑摩書房 2003（ちくま文庫）p166

男泣きについての文学論
　◇「丸谷才一全集 9」文藝春秋 2013 p262

男に
　◇「大庭みな子全集 17」日本経済新聞出版社 2010 p18

男の粋—あとがきにかえて
　◇「石牟礼道子全集 10」藤原書店 2006 p627

男の歌
　◇「上野壮夫全集 1」図書新聞 2010 p117

男のおしゃれ
　◇「決定版 三島由紀夫全集 33」新潮社 2003 p218

男のおしゃれについて
　◇「吉行淳之介エッセイ・コレクション 1」筑摩書房 2004（ちくま文庫）p48

男の虚栄
　◇「吉行淳之介エッセイ・コレクション 1」筑摩書房 2004（ちくま文庫）p107

男の元気さ
　◇「小檜山博全集 8」柏艪舎 2006 p276

男の子はみんなかわいい
　◇「鈴木いづみコレクション 7」文遊社 1997 p165

男の習性
　◇「小檜山博全集 7」柏艪舎 2006 p165

男の城
　◇「日影丈吉全集 6」国書刊行会 2002 p138

男の人類学
　◇「小松左京全集 完全版 39」城西国際大学出版会 2012 p7

男のする話
　◇「日影丈吉全集 別巻」国書刊行会 2005 p175

オトコの"性権"復活宣言
　◇「野坂昭如エッセイ・コレクション 1」筑摩書房 2004（ちくま文庫）p333

男の敵—ジョン・フォードの映画を思い出しながら
　◇「寺山修司著作集 4」クインテッセンス出版 2009 p114

男の"遠吠え"に隠された心は……
　◇「小松左京全集 完全版 34」城西国際大学出版会 2009 p83

男の美学
　◇「決定版 三島由紀夫全集 34」新潮社 2003 p383

男のひげはどんな意味があるの？
　◇「小松左京全集 完全版 34」城西国際大学出版会 2009 p133

男のヒットパレード—対談／インタビュー／エッセイ
　◇「鈴木いづみコレクション 8」文遊社 1998 p7

男の不潔なニオイが大嫌いなんだけど
　◇「小松左京全集 完全版 34」城西国際大学出版会 2009 p48

男の味蕾
　◇「日影丈吉全集 別巻」国書刊行会 2005 p171

男眉
　◇「向田邦子全集 新版 1」文藝春秋 2009 p107

おとこ

男らしい男がいた
◇「色川武大・阿佐田哲也エッセイズ 1」筑摩書房 2003（ちくま文庫）p78

男らしさの美学
◇「決定版 三島由紀夫全集 35」新潮社 2003 p458

男は内を言わず、女は外を言わず（礼記）
◇「遠藤周作エッセイ選集 3」光文社 2006（知恵の森文庫）p69

男は女に、女は女に嫉妬する理由
◇「小松左京全集 完全版 34」城西国際大学出版会 2009 p136

男…は疲れている
◇「宮本百合子全集 9」新日本出版社 2001 p158

男はなぜボインが好きなの？
◇「小松左京全集 完全版 34」城西国際大学出版会 2009 p37

男は恋愛だけに熱中できるか？
◇「決定版 三島由紀夫全集 28」新潮社 2003 p167

男1
◇「大庭みな子全集 6」日本経済新聞出版社 2009 p213

男2
◇「大庭みな子全集 6」日本経済新聞出版社 2009 p215

男3
◇「大庭みな子全集 6」日本経済新聞出版社 2009 p217

おとし穴
◇「安部公房全集 15」新潮社 1998 p441

お年玉
◇「松下竜一未刊行著作集 2」海鳥社 2008 p153

おとしばなし三種 八方鬼門
◇「20世紀断層―野坂昭如単行本未収録小説集成 3」幻戯書房 2010 p543

落しもの
◇「小松左京全集 完全版 25」城西国際大学出版会 2017 p448

落し物
◇「小沼丹全集 4」未知谷 2004 p340

おどし文句
◇「井上ひさしコレクション ことばの巻」岩波書店 2005 p24

おんなの午後1 訪れ
◇「大庭みな子全集 18」日本経済新聞出版社 2010 p143

訪れ
◇「大庭みな子全集 3」日本経済新聞出版社 2009 p194

訪れ
◇「渡辺淳一自選短篇コレクション 1」朝日新聞社 2006 p159

おとゞひ
◇「徳田秋聲全集 4」八木書店 1999 p117

音とイメージ
◇「安部公房全集 17」新潮社 1999 p290

オートナイ
◇「小松左京全集 完全版 25」城西国際大学出版会 2017 p229

おとなしく、ひっそりと死んでゆく猫たち……
◇「石牟礼道子全集 7」藤原書店 2005 p439

「大人」と「子供」
◇「小田実全集 評論 3」講談社 2010 p127

おとなとは？―ヤマシサの自覚
◇「遠藤周作エッセイ選集 1」光文社 2006（知恵の森文庫）p149

大人になること―海辺のポーリーヌ
◇「辻邦生全集 19」新潮社 2005 p303

大人の女―俵万智
◇「丸谷才一全集 10」文藝春秋 2014 p448

おとなの女性の「明るさ」―田辺聖子
◇「小松左京全集 完全版 41」城西国際大学出版会 2013 p109

おとなの娯しみと昔の名優たち
◇「中井英夫全集 7」東京創元社 1998（創元ライブラリ）p653

おとなのための「勉強塾」
◇「小松左京全集 完全版 36」城西国際大学出版会 2011 p230

大人の風格
◇「大庭みな子全集 23」日本経済新聞出版社 2011 p663

「大人の文学」の味ひ―「福原麟太郎集」を読む
◇「阿川弘之全集 20」新潮社 2007 p282

「大人の文学」論の現実性
◇「宮本百合子全集 12」新日本出版社 2001 p431

おとなの冒険ロマン―生島治郎
◇「小松左京全集 完全版 41」城西国際大学出版会 2013 p89

大人のメルヘン永住権
◇「林京子全集 6」日本図書センター 2005 p115

お隣りの餅つき
◇「林京子全集 8」日本図書センター 2005 p301

『大人は判ってくれない』―アントワーヌとトリュフォーの誕生
◇「金井美恵子エッセイ・コレクション―1964-2013 4」平凡社 2014 p212

「音」によるSF体験―冨田勲
◇「小松左京全集 完全版 41」城西国際大学出版会 2013 p175

乙姫さんと三日月と
◇「石牟礼道子全集 5」藤原書店 2004 p242

お富お君お若
◇「徳田秋聲全集 23」八木書店 2001 p248

少女（おとめ）… → "しょうじょ…"を見よ

踊り
- ◇「小林秀雄全作品 24」新潮社 2004 p205
- ◇「小林秀雄全集 補巻 3」新潮社 2010 p261

踊り
- ◇「松田解子自選集 9」澤田出版 2009 p265

踊り
- ◇「決定版 三島由紀夫全集 32」新潮社 2003 p267

踊り足の黒鞄
- ◇「石牟礼道子全集 17」藤原書店 2012 p517

お取替え
- ◇「向田邦子全集 新版 7」文藝春秋 2009 p233

踊り狂いて死にゆかん
- ◇「鈴木いづみコレクション 6」文遊社 1997 p127
- ◇「鈴木いづみコレクション 6」文遊社 1997 p157

踊り子イメルダ
- ◇「中上健次集 10」インスクリプト 2017 p534

踊り子と軍事予算
- ◇「中井英夫全集 12」東京創元社 2006（創元ライブラリ）p81

踊り子／レール・デュ・タン
- ◇「中井英夫全集 10」東京創元社 2002（創元ライブラリ）p196

囮船第一号
- ◇「山本周五郎探偵小説全集 4」作品社 2008 p6

踊りたいけど踊れない
- ◇「寺山修司著作集 1」クインテッセンス出版 2009 p486

踊りの魂
- ◇「金井美恵子エッセイ・コレクション―1964–2013 1」平凡社 2013 p210

踊り場参り
- ◇「古井由吉自撰作品 5」河出書房新社 2012 p435

踊る一寸法師
- ◇「江戸川乱歩全集 3」光文社 2005（光文社文庫）p11
- ◇「江戸川乱歩全集 14」沖積舎 2008 p229
- ◇「江戸川乱歩傑作集 3」リブレ出版 2015 p35

踊る金髪浅草寺
- ◇「井上ひさし短編中編小説集成 4」岩波書店 2015 p243

踊る小人
- ◇「[村上春樹] 短篇選集1980–1991 象の消滅」新潮社 2005 p321

踊るシヴァ
- ◇「辻邦生全集 7」新潮社 2004 p191

踊る時計
- ◇「坂口安吾全集 10」筑摩書房 1998 p555

踊る美人像
- ◇「野村胡堂探偵小説全集」作品社 2007 p81

踊るまつりから、見るまつりへ
- ◇「小松左京全集 完全版 34」城西国際大学出版会 2009 p300

おどろき
- ◇「林京子全集 7」日本図書センター 2005 p354

驚き
- ◇「小檜山博全集 8」柏艪舎 2006 p210

音羽屋畑・梅幸と羽左衛門
- ◇「徳田秋聲全集 20」八木書店 2001 p198

お仲間入り
- ◇「小松左京全集 完全版 25」城西国際大学出版会 2017 p87

お流れ茶会事件
- ◇「日影丈吉全集 別巻」国書刊行会 2005 p786

おなご産業
- ◇「石牟礼道子全集 4」藤原書店 2004 p407

同じ穴のむじなではない
- ◇「安部公房全集 30」新潮社 2009 p37

同じ川岸 近松秋江
- ◇「小島信夫批評集成 3」水声社 2011 p415

同じ空気の中で
- ◇「松下竜一未刊行著作集 2」海鳥社 2008 p360

同じ時と場
- ◇「大庭みな子全集 24」日本経済新聞出版社 2011 p22

同じ日の二つの仇討
- ◇「国枝史郎伝奇短篇小説集成 1」作品社 2006 p505

おなじ振り子のように
- ◇「石牟礼道子全集 7」藤原書店 2005 p475

同じ娘でも
- ◇「宮本百合子全集 33」新日本出版社 2004 p334

お奈良さま
- ◇「坂口安吾全集 14」筑摩書房 1999 p556

おならちょきん
- ◇「松下竜一未刊行著作集 1」海鳥社 2008 p362

オナンの弟子
- ◇「土屋隆夫コレクション新装版 危険な童話」光文社 2002（光文社文庫）p466

鬼
- ◇「江戸川乱歩全集 8」光文社 2004（光文社文庫）p301
- ◇「江戸川乱歩全集 13」沖積舎 2008 p209

鬼
- ◇「大庭みな子全集 13」日本経済新聞出版社 2010 p339

鬼
- ◇「小島信夫短篇集成 2」水声社 2014 p85

鬼
- ◇「中上健次集 3」インスクリプト 2015 p369

鬼
- ◇「橋本治短篇小説コレクション 鞦韆」筑摩書房 2006（ちくま文庫）p275

鬼
- ◇「日影丈吉全集 6」国書刊行会 2002 p357

おに

鬼
- ◇「決定版 三島由紀夫全集 37」新潮社 2004 p718

鬼板師儀助
- ◇「都筑道夫恐怖短篇集成 3」筑摩書房 2004（ちくま文庫）p306

鬼五加の章 おこう
- ◇「井上ひさし短編中編小説集成 12」岩波書店 2015 p197

鬼会
- ◇「赤江瀑短編傑作選 恐怖編」光文社 2007（光文社文庫）p363

オニオングラタンスープ（「レストラン カナユニ」広告文）
- ◇「決定版 三島由紀夫全集 34」新潮社 2003 p279

鬼がきた夜
- ◇「都筑道夫少年小説コレクション 2」本の雑誌社 2005 p132

おにがわらのちち
- ◇「松下竜一未刊行著作集 1」海鳥社 2008 p68

《鬼ごっこ》1／4幕のドラマー周辺飛行11
- ◇「安部公房全集 23」新潮社 1999 p361

鬼さんこちら
- ◇「山田風太郎ミステリー傑作選 3」光文社 2001（光文社文庫）p5

『鬼塚巌写真集 おるが水俣』
- ◇「石牟礼道子全集 14」藤原書店 2008 p357

鬼どもの夜は深い
- ◇「三枝和子選集 4」鼎書房 2007 p177

鬼の顔
- ◇「都筑道夫少年小説コレクション 2」本の雑誌社 2005 p169

鬼の霍乱ならぬ狸の霍乱
- ◇「小松左京全集 完全版 34」城西国際大学出版会 2009 p275

鬼の言葉
- ◇「江戸川乱歩全集 25」光文社 2005（光文社文庫）p9

鬼の言葉・拾遺
- ◇「江戸川乱歩全集 25」光文社 2005（光文社文庫）p207

「鬼の言葉」前後（その一）
- ◇「江戸川乱歩全集 25」光文社 2005（光文社文庫）p274

「鬼の言葉」前後（その二）
- ◇「江戸川乱歩全集 25」光文社 2005（光文社文庫）p290

「鬼の言葉」前後（その三）
- ◇「江戸川乱歩全集 25」光文社 2005（光文社文庫）p301

「鬼の始末」（七月二十一日）
- ◇「福田恆存評論集 18」麗澤大學出版會, 廣池學園事業部〔発売〕2010 p104

鬼の話
- ◇「中上健次集 2」インスクリプト 2018 p114

鬼の文壇回顧録
- ◇「阿川弘之全集 20」新潮社 2007 p606

鬼の末裔
- ◇「三橋一夫ふしぎ小説集成 2」出版芸術社 2005 p151

鬼の冥福
- ◇「内田百閒集成 5」筑摩書房 2003（ちくま文庫）p252

鬼の面
- ◇「谷崎潤一郎全集 4」中央公論新社 2015 p7

鬼火
- ◇「高橋克彦自選短編集 1」講談社 2009（講談社文庫）p301

鬼火
- ◇「〔野呂邦暢〕随筆コレクション 2」みすず書房 2014 p2

鬼火の人
- ◇「寺山修司著作集 1」クインテッセンス出版 2009 p14

鬼変奏曲
- ◇「辻井喬コレクション 7」河出書房新社 2003 p157

鬼麿斬人剣
- ◇「隆慶一郎全集 6」新潮社 2009 p7

鬼見る病
- ◇「寺山修司著作集 1」クインテッセンス出版 2009 p57

お庭番地球を回る
- ◇「山田風太郎忍法帖短篇全集 11」筑摩書房 2005（ちくま文庫）p7

お人形ごっこ
- ◇「林京子全集 2」日本図書センター 2005 p412

お人形さんと彼岸花
- ◇「石牟礼道子全集 11」藤原書店 2005 p310

オネスト・ジョンへ
- ◇「松田解子自選集 9」澤田出版 2009 p292

各々の人そのChimaera［翻訳］（ボードレール）
- ◇「谷崎潤一郎全集 7」中央公論新社 2016 p472

おのが縛
- ◇「徳田秋聲全集 5」八木書店 1998 p247

斧九太夫
- ◇「定本 久生十蘭全集 10」国書刊行会 2011 p284

淤能碁呂島幻歌（おのごろじまげんか）
- ◇「定本 荒巻義雄メタSF全集 別巻」彩流社 2015 p90

オノサト・トシノブ
- ◇「小島信夫批評集成 2」水声社 2011 p273

おの字
- ◇「内田百閒集成 7」筑摩書房 2003（ちくま文庫）p233

おの字
- ◇「向田邦子全集 新版 9」文藝春秋 2009 p30

おはな

小野次郎右衛門―睡り猫
　◇「津本陽武芸小説集 1」PHP研究所 2007 p191
おのずから低きに―今日の新聞小説と文学
　◇「宮本百合子全集 13」新日本出版社 2001 p463
小野田勇〔対談〕
　◇「向田邦子全集 新版 別巻 1」文藝春秋 2010 p13
小野田さんの帰還に思う
　◇「〔野呂邦暢〕随筆コレクション 1」みすず書房 2014 p87
斧の子
　◇「古井由吉自撰作品 5」河出書房新社 2012 p325
小野篁(たかむら)妹に恋する事
　◇「谷崎潤一郎全集 22」中央公論新社 2017 p43
をののたうふう
　◇「決定版 三島由紀夫全集 36」新潮社 2003 p417
おのぼりさん
　◇「小島信夫短篇集成 5」水声社 2015 p365
尾道
　◇「佐々木基一全集 8」河出書房新社 2013 p215
尾道・因島文学紀行
　◇「瀬戸内寂聴随筆選 2」ゆまに書房 2009 p127
尾道の一夜
　◇「20世紀断層―野坂昭如単行本未収録小説集成 1」幻戯書房 2010 p358
オノ・ヨーコとキャロル―憂鬱な時代のへたなサブ・カルチャー
　◇「鈴木いづみコレクション 6」文遊社 1997 p175
おのれへ―歳末賦
　◇「松田解子自選集 9」澤田出版 2009 p146
おばあさんとこぶた
　◇「大庭みな子全集 17」日本経済新聞出版社 2010 p555
お婆さんの話
　◇「20世紀断層―野坂昭如単行本未収録小説集成 4」幻戯書房 2010 p594
お婆さんの引越
　◇「内田百閒集成 14」筑摩書房 2003（ちくま文庫）p219
おばあさんは魔法つかい
　◇「安部公房全集 8」新潮社 1998 p221
お祖母ちゃんの懐炉
　◇「大庭みな子全集 23」日本経済新聞出版社 2011 p738
お墓
　◇「石牟礼道子全集 11」藤原書店 2005 p202
お墓の字
　◇「小沼丹全集 4」未知谷 2004 p112
お化け
　◇「向田邦子全集 新版 8」文藝春秋 2009 p234
〈お化けをそのまま観客に〉『サンケイ新聞』の談話記事
　◇「安部公房全集 22」新潮社 1999 p416

お化けが街にやって来た 前編
　◇「安部公房全集 13」新潮社 1998 p7
お化けが街にやって来た 後編
　◇「安部公房全集 14」新潮社 1998 p7
お化小姓
　◇「横溝正史時代小説コレクション捕物篇 1」出版芸術社 2003 p235
お化師匠―五月の市村座
　◇「徳田秋聲全集 21」八木書店 2001 p73
お化祝言
　◇「横溝正史時代小説コレクション捕物篇 1」出版芸術社 2003 p358
お化けとミュージカルスを語る〔インタビュー〕(石沢秀二)
　◇「安部公房全集 7」新潮社 1998 p147
お化けに近づく人
　◇「稲垣足穂コレクション 3」筑摩書房 2005（ちくま文庫）p89
お化人形
　◇「江戸川乱歩全集 24」光文社 2005（光文社文庫）p112
お化けの島 十景
　◇「安部公房全集 12」新潮社 1998 p469
お化けのムーン―The Moon in Tale
　◇「稲垣足穂コレクション 1」筑摩書房 2005（ちくま文庫）p333
お化け蠟燭
　◇「高橋克彦自選短編集 1」講談社 2009（講談社文庫）p391
お化けは出た方がいい
　◇「小林秀雄全作品 1」新潮社 2002 p238
　◇「小林秀雄全集 補巻 1」新潮社 2010 p78
十八番(おはこ)料理集
　◇「宮本百合子全集 13」新日本出版社 2001 p460
おばさん
　◇「向田邦子全集 新版 7」文藝春秋 2009 p244
おばさんの脂―金子光晴追悼
　◇「田中小実昌エッセイ・コレクション 1」筑摩書房 2002（ちくま文庫）p232
おばさんのディスクール
　◇「金井美恵子エッセイ・コレクション―1964-2013 1」平凡社 2013 p169
おばさんのディスクールからの自由
　◇「金井美恵子エッセイ・コレクション―1964-2013 1」平凡社 2013 p174
お初の足のおゆび
　◇「石牟礼道子全集 16」藤原書店 2013 p279
尾花川
　◇「山本周五郎長篇小説全集 4」新潮社 2013 p337
お話
　◇「大庭みな子全集 11」日本経済新聞出版社 2010 p302

おはな

お話［翻訳］（ウンベルト・サバ）
　◇「須賀敦子全集 5」河出書房新社 2008（河出文庫）p245

お話し中
　◇「内田百閒集成 15」筑摩書房 2003（ちくま文庫）p221

お花見園
　◇「小松左京全集 完全版 25」城西国際大学出版会 2017 p189

おばんざい
　◇「谷崎潤一郎全集 18」中央公論新社 2016 p526

おばんざい
　◇「林京子全集 5」日本図書センター 2005 p318

帯揚げ
　◇「大庭みな子全集 9」日本経済新聞出版社 2010 p353

おびただしい数の死者を二度と出してはならない
　◇「小田実全集 評論 34」講談社 2013 p205

おびただしい死、おびただしい生
　◇「小田実全集 評論 10」講談社 2011 p7

帯解けお喜美
　◇「三角寛サンカ選集第二期 12」現代書館 2005 p39

お人好しの女
　◇「吉行淳之介エッセイ・コレクション 2」筑摩書房 2004（ちくま文庫）p174

むすめごのみ帯取池――一幕
　◇「決定版 三島由紀夫全集 23」新潮社 2002 p175

「お皮肉」
　◇「谷崎潤一郎全集 24」中央公論新社 2016 p434

帯広にて
　◇「松田解子自選集 9」澤田出版 2009 p203

オフ
　◇「小松左京全集 完全版 21」城西国際大学出版会 2015 p104

おふえりや遺文
　◇「小林秀雄全作品 3」新潮社 2002 p164
　◇「小林秀雄全集 補巻 1」新潮社 2010 p166

おふくろ
　◇「定本 久生十蘭全集 6」国書刊行会 2010 p203
　◇「定本 久生十蘭全集 6」国書刊行会 2010 p419

おふくろ、お関、春の雪
　◇「谷崎潤一郎全集 23」中央公論新社 2017 p143

「おふくろを引き取りたいが」
　◇「吉川潮ハートウォーム・セレクション 2」ランダムハウス講談社 2008（ランダムハウス講談社文庫）p152

オブジェ雑感
　◇「安部公房全集 4」新潮社 1997 p341

お船になったパパ
　◇「小松左京全集 完全版 24」城西国際大学出版会 2016 p470

お風呂の社会的効用は
　◇「小松左京全集 完全版 34」城西国際大学出版会 2009 p283

オーブン
　◇「辺見庸掌編小説集 白版」角川書店 2004 p56

おへそ紳士
　◇「野坂昭如エッセイ・コレクション 1」筑摩書房 2004（ちくま文庫）p49

おヘソのゴマとり
　◇「田中小実昌エッセイ・コレクション 4」筑摩書房 2003（ちくま文庫）p70

オペラ大難脈
　◇「定本 久生十蘭全集 10」国書刊行会 2011 p376

オペラといふ怪物
　◇「決定版 三島由紀夫全集 32」新潮社 2003 p601

お弁当
　◇「向田邦子全集 新版 7」文藝春秋 2009 p13

お坊さんとさるみと商人の巻
　◇「小田実全集 小説 27」講談社 2012 p194

お坊さんと葬儀屋・それらを拒むむくろ
　◇「小田実全集 評論 7」講談社 2010 p256

覚書
　◇「決定版 三島由紀夫全集 補巻」新潮社 2005 p406

覺書
　◇「福田恆存評論集 12」麗澤大學出版會, 廣池學園事業部〔発売〕2008 p203

覚え書―『赤い繭』
　◇「安部公房全集 22」新潮社 1999 p307

覚え書き〔骸骨半島〕
　◇「定本 荒巻義雄メタSF全集 別巻」彩流社 2015 p106

覚え書―『時の崖』
　◇「安部公房全集 23」新潮社 1999 p110

覚え書―『魔法のチョーク』
　◇「安部公房全集 22」新潮社 1999 p446

覺書 一
　◇「福田恆存評論集 12」麗澤大學出版會, 廣池學園事業部〔発売〕2008 p204

覺書 二
　◇「福田恆存評論集 12」麗澤大學出版會, 廣池學園事業部〔発売〕2008 p229

覺書 三
　◇「福田恆存評論集 12」麗澤大學出版會, 廣池學園事業部〔発売〕2008 p261

覺書 四
　◇「福田恆存評論集 12」麗澤大學出版會, 廣池學園事業部〔発売〕2008 p286

覺書 五
　◇「福田恆存評論集 12」麗澤大學出版會, 廣池學園事業部〔発売〕2008 p301

覺書 六
　◇「福田恆存評論集 12」麗澤大學出版會, 廣池學園事業部〔発売〕2008 p332

覚束ない虹
　◇「三枝和子選集 6」鼎書房 2008 p378

オホーツク老人
　◇「戸川幸夫動物文学セレクション 4」ランダムハウス講談社 2008（ランダムハウス講談社文庫）p9

お濠の赤い水波　滄桑の変
　◇「内田百閒集成 19」筑摩書房 2004（ちくま文庫）p190

朧心中
　◇「20世紀断層―野坂昭如単行本未収録小説集成　補巻」幻戯書房 2010 p576

おぼろ月
　◇「徳田秋聲全集 5」八木書店 1998 p3

朧月夜
　◇「天城一傑作集 4」日本評論社 2009 p513

朧月夜・花散里・末摘花〔対談者〕円地文子
　◇「大庭みな子全集 20」日本経済新聞出版社 2010 p496

おぼろ夜
　◇「日影丈吉全集 別巻」国書刊行会 2005 p708

朧夜
　◇「石上玄一郎作品集 1」日本図書センター 2004 p151

「おぼろ夜」について
　◇「決定版 三島由紀夫全集 27」新潮社 2003 p341

朧夜物語
　◇「徳田秋聲全集 2」八木書店 1999 p257

オー・マイ・ブルー・ヘヴン
　◇「立松和平小説 19」勉誠出版 2013 p271

お前、アホやなあ……
　◇「小松左京全集 完全版 34」城西国際大学出版会 2009 p323

おまえを殺すのはおまえだ
　◇「佐々木基一全集 3」河出書房新社 2013 p333

おまえを殺すのはおまえだ―ソルジェニーツィンの追放をめぐって
　◇「佐々木基一全集 3」河出書房新社 2013 p341

お前ではなし
　◇「内田百閒集成 7」筑摩書房 2003（ちくま文庫）p286

「お前に寝首かかれるが」と父
　◇「石牟礼道子全集 8」藤原書店 2005 p290

おまえにも罪がある（改訂版）九景
　◇「安部公房全集 27」新潮社 2000 p191

おまえにも罪がある　九景
　◇「安部公房全集 19」新潮社 1999 p63

おまえのたたかいは終ったのか
　◇「小田実全集 評論 14」講談社 2011 p173

おまえはまさに工場だから
　◇「松田解子自選集 9」澤田出版 2009 p112

お祭鮨　魚島鮨
　◇「内田百閒集成 12」筑摩書房 2003（ちくま文庫）p278

おまんこの唄
　◇「色川武大・阿佐田哲也エッセイズ 2」筑摩書房 2003（ちくま文庫）p174

おみおつけ
　◇「小檜山博全集 7」柏艪舎 2006 p186

おみくじ
　◇「大庭みな子全集 15」日本経済新聞出版社 2010 p263
　◇「大庭みな子全集 16」日本経済新聞出版社 2010 p15

をみな
　◇「坂口安吾全集 1」筑摩書房 1999 p568

おみやげブーム
　◇「小松左京全集 完全版 25」城西国際大学出版会 2017 p362

おむかえ
　◇「小松左京全集 完全版 25」城西国際大学出版会 2017 p291

おむすび持って
　◇「林京子全集 8」日本図書センター 2005 p205

おむぶう号漂流記
　◇「大庭みな子全集 15」日本経済新聞出版社 2010 p7
　◇「大庭みな子全集 15」日本経済新聞出版社 2010 p9

お召し
　◇「小松左京全集 完全版 11」城西国際大学出版会 2007 p208

おめでたい食べもの
　◇「日影丈吉全集 別巻」国書刊行会 2005 p228

お目にかかれて満足です
　◇「田辺聖子全集 12」集英社 2005 p7

思い
　◇「井上ひさしコレクション　人間の巻」岩波書店 2005 p302

想い
　◇「松田解子自選集 9」澤田出版 2009 p40

重い石のように字を積み
　◇「辻邦生全集 18」新潮社 2005 p96

思ひ出るまゝ
　◇「徳田秋聲全集 22」八木書店 2001 p164

『思ひ出るまゝ』序
　◇「徳田秋聲全集 別巻」八木書店 2006 p94

思いがけず風の蝶
　◇「三枝和子選集 2」鼎書房 2007 p5

思いがけない出会い
　◇「眉村卓コレクション 異世界篇 3」出版芸術社 2012 p315

思いがけぬ技激情感じさす―第19回大佛次郎賞選評
　◇「安部公房全集 29」新潮社 2000 p250

おもい

思い草
　◇「大庭みな子全集 11」日本経済新聞出版社 2010 p311

思い込みからの自由〔対談〕(高橋たか子)
　◇「大庭みな子全集 21」日本経済新聞出版社 2011 p22

重い車輪
　◇「田村泰次郎選集 4」日本図書センター 2005 p52

思出さるゝ友
　◇「徳田秋聲全集 20」八木書店 2001 p288

想出すイルジオン
　◇「アンドロギュノスの裔 渡辺温全集」東京創元社 2011（創元推理文庫）p563

思い出すかずかず
　◇「宮本百合子全集 9」新日本出版社 2001 p87

思いだすこと
　◇「日影丈吉全集 別巻」国書刊行会 2005 p546

思ひ出すこと
　◇「宮本百合子全集 9」新日本出版社 2001 p78

思ひ出す事
　◇「徳田秋聲全集 23」八木書店 2001 p200

想ひ出すこと
　◇「小沼丹全集 4」未知谷 2004 p131

思い出すために
　◇「寺山修司著作集 1」クインテッセンス出版 2009 p364

思い出す人
　◇「大庭みな子全集 3」日本経済新聞出版社 2009 p222

想ひ出すまま
　◇「小沼丹全集 4」未知谷 2004 p491

思い出すままに
　◇「大庭みな子全集 8」日本経済新聞出版社 2009 p514

思い出す野菜
　◇「大庭みな子全集 23」日本経済新聞出版社 2011 p544

思い出せなかった話
　◇「須賀敦子全集 3」河出書房新社 2007（河出文庫）p571

思いちがい
　◇「遠藤周作エッセイ選集 3」光文社 2006（知恵の森文庫）p24

思いつくまま
　◇「土屋隆夫コレクション新装版 盲目の鴉」光文社 2003（光文社文庫）p460

思ひつくままに
　◇「福田恆存評論集 別巻」麗澤大學出版會, 廣池学園事業部〔発売〕2011 p193

思いつくまま〔八つ墓村〕
　◇「横溝正史自選集 3」出版芸術社 2007 p347

思い出
　◇「安部公房全集 4」新潮社 1997 p312

思い出
　◇「大庭みな子全集 18」日本経済新聞出版社 2010 p248

思い出
　◇「太宰治映画化原作コレクション 2」文藝春秋 2009（文春文庫）p137

思ひ出
　◇「小酒井不木随筆評論選集 8」本の友社 2004 p331

思ひ出
　◇「谷崎潤一郎全集 24」中央公論新社 2016 p522

私の5点②思い出を秘めた本―森洋子『ブリューゲルの「子供の遊戯」』
　◇「林京子全集 8」日本図書センター 2005 p255

思い出から
　◇「大庭みな子全集 12」日本経済新聞出版社 2010 p128

思い出交遊録
　◇「田辺聖子全集 24」集英社 2006 p433

思い出―佐多稲子
　◇「大庭みな子全集 3」日本経済新聞出版社 2009 p252

思い出トランプ
　◇「向田邦子全集 新版 1」文藝春秋 2009 p7

思ひ出の歌
　◇「決定版 三島由紀夫全集 28」新潮社 2003 p46

思い出の技師たち
　◇「田中志津全作品集 下巻」武蔵野書院 2013 p157

想い出のシーサイド・クラブ
　◇「鈴木いづみセカンド・コレクション 2」文遊社 2004 p163
　◇「契約―鈴木いづみSF全集」文遊社 2014 p589

"想い出の独立展"をみて
　◇「小島信夫批評集成 7」水声社 2011 p123

思い出の中の瀬戸内海
　◇「佐々木基一全集 6」河出書房新社 2012 p374

想ひ出の町々
　◇「坂口安吾全集 別巻」筑摩書房 2012 p9

重い鉈
　◇「小檜山博全集 2」柏艪舎 2006 p7

"思いのまま"花一輪受け取りにて候
　◇「林京子全集 8」日本図書センター 2005 p193

重い薔薇・薔薇への遺言
　◇「中井英夫全集 4」東京創元社 1997（創元ライブラリ）p489

重い火
　◇「辻井喬コレクション 7」河出書房新社 2003 p305

思いもうけて……
　◇「向田邦子全集 新版 10」文藝春秋 2010 p147

重い山仕事のあとみたいな
　◇「須賀敦子全集 2」河出書房新社 2006（河出文庫）p399

思いやり
　◇「小檜山博全集 7」柏艪舎 2006 p327
想う
　◇「山本周五郎中短篇秀作選集 3」小学館 2006
想うこと
　◇「大庭みな子全集 13」日本経済新聞出版社 2010 p239
　◇「大庭みな子全集 13」日本経済新聞出版社 2010 p241
思うこと 第18回高見順賞
　◇「大庭みな子全集 24」日本経済新聞出版社 2011 p65
思うこと―著者から読者へ
　◇「林京子全集 7」日本図書センター 2005 p491
思うゆえに
　◇「林京子全集 6」日本図書センター 2005 p239
おもえばよくぞ…
　◇「上野壮夫全集 3」図書新聞 2011 p515
おもかげ
　◇「宮本百合子全集 5」新日本出版社 2001 p301
おもかげ
　◇「山本周五郎中短篇秀作選集 3」小学館 2006 p73
　◇「山本周五郎長篇小説全集 4」新潮社 2013 p411
面影
　◇「大庭みな子全集 13」日本経済新聞出版社 2010 p371
面影橋
　◇「内田百閒集成 19」筑摩書房 2004（ちくま文庫）p138
おもかさま幻想
　◇「石牟礼道子全集 1」藤原書店 2004 p105
面白い空巣の着想
　◇「小島信夫批評集成 2」水声社 2011 p471
おもしろい本
　◇「田中小実昌エッセイ・コレクション 5」筑摩書房 2003（ちくま文庫）p26
面白おかし主義的情報の横暴
　◇「井上ひさしコレクション 日本の巻」岩波書店 2005 p31
おもしろくない善玉ギャング
　◇「田中小実昌エッセイ・コレクション 3」筑摩書房 2002（ちくま文庫）p30
重たさを愛す
　◇「向田邦子全集 新版 6」文藝春秋 2009 p107
玩具（おもちゃ）…→"がんぐ…"をも見よ
オモチャノイタリー
　◇「決定版 三島由紀夫全集 37」新潮社 2004 p17
オモチャ箱
　◇「坂口安吾全集 5」筑摩書房 1998 p373
玩具箱
　◇「安部公房全集 20」新潮社 1999 p363
玩具箱
　◇「林京子全集 6」日本図書センター 2005 p139

思ったままを！
　◇「国枝史郎探偵小説全集」作品社 2005 p380
思っていることは言葉で
　◇「大庭みな子全集 23」日本経済新聞出版社 2011 p372
オモテとウラ
　◇「小田実全集 評論 3」講談社 2010 p71
「オモテ」の理想と「ウラ」の活力
　◇「小田実全集 評論 14」講談社 2011 p27
オモニが帰りたい日本
　◇「小田実全集 評論 18」講談社 2012 p188
「オモニ語」と「アボジ語」
　◇「小田実全集 評論 18」講談社 2012 p29
オモニ太平記
　◇「小田実全集 評論 18」講談社 2012 p5
オモニの「ベルリン日記」
　◇「小田実全集 評論 18」講談社 2012 p163
オモニの「洋来」―オダさん、ほんまにウソつきや
　◇「小田実全集 評論 18」講談社 2012 p137
オモニは二軒の家持ち
　◇「小田実全集 評論 18」講談社 2012 p212
思惑
　◇「林京子全集 3」日本図書センター 2005 p270
思わぬ客
　◇「石牟礼道子全集 15」藤原書店 2012 p362
思はぬ罪
　◇「徳田秋聲全集 5」八木書店 1998 p215
親
　◇「古井由吉自撰作品 4」河出書房新社 2012 p5
親おもい
　◇「山本周五郎長篇小説全集 24」新潮社 2014 p77
親が捨てられる世相
　◇「坂口安吾全集 12」筑摩書房 1999 p411
親子いっしょに
　◇「宮本百合子全集 19」新日本出版社 2002 p228
親子一体の教育法
　◇「宮本百合子全集 15」新日本出版社 2001 p355
親孝行（十二月八日）
　◇「福田恆存評論集 18」麗澤大學出版會，廣池学園事業部〔発売〕 2010 p130
母娘草（おやこぐさ）
　◇「20世紀断層―野坂昭如単行本未収録小説集成 4」幻戯書房 2010 p730
親心―はらはらさせる二人
　◇「松下竜一未刊行著作集 3」海鳥社 2009 p327
母娘詐話師―鳥追いお文略伝
　◇「三角寛サンカ選集第二期 9」現代書館 2004 p199
親子づれ
　◇「立松和平小説 3」勉誠出版 2010 p39
おやこ電話
　◇「小島信夫批評集成 2」水声社 2011 p25

おやこ

親子野郎
　◇「野坂昭如エッセイ・コレクション 1」筑摩書房 2004（ちくま文庫）p39

親坂
　◇「古井由吉自撰作品 3」河出書房新社 2012 p196

祖様でございますぞ
　◇「石牟礼道子全集 16」藤原書店 2013 p584

親さまに訴えればわかってもらえる
　◇「石牟礼道子全集 10」藤原書店 2006 p548

おやじ
　◇「小松左京全集 完全版 14」城西国際大学出版会 2009 p108

親父、うしろは川だよ―黒沢明
　◇「寺山修司著作集 5」クインテッセンス出版 2009 p265

おやじの背中
　◇「石牟礼道子全集 4」藤原書店 2004 p396

親父の話
　◇「谷崎潤一郎全集 23」中央公論新社 2017 p147

親知らず
　◇「向田邦子全集 新版 4」文藝春秋 2009 p159

親銭子銭
　◇「井上ひさし短編中編小説集成 11」岩波書店 2015 p349

お八つの時間
　◇「向田邦子全集 新版 5」文藝春秋 2009 p206

親と子
　◇「大庭みな子全集 6」日本経済新聞出版社 2009 p185

親と子と
　◇「林京子全集 7」日本図書センター 2005 p149

親と子の一期一会
　◇「林京子全集 8」日本図書センター 2005 p358

小柳胖宛〔書簡〕
　◇「坂口安吾全集 16」筑摩書房 2000 p232

親の家
　◇「石牟礼道子全集 10」藤原書店 2006 p497

親の風景
　◇「小檜山博全集 8」柏艪舎 2006 p149

親不孝の思ひ出
　◇「谷崎潤一郎全集 22」中央公論新社 2017 p269

親不孝の弁
　◇「高城高全集 2」東京創元社 2008（創元推理文庫）p439

女形（おやま）… →"おんながた…"をも見よ

オヤマタケル
　◇「20世紀断層―野坂昭如単行本未収録小説集成 4」幻戯書房 2010 p41

江戸絵百石小山田庄左衛門
　◇「井上ひさし短編中編小説集成 10」岩波書店 2015 p265

女形の毛深さ
　◇「寺山修司著作集 5」クインテッセンス出版 2009 p328

「お遊さま」を見て
　◇「谷崎潤一郎全集 25」中央公論新社 2016 p261

泳ぐ馬
　◇「寺山修司著作集 4」クインテッセンス出版 2009 p129

およびがたき身なれば
　◇「立松和平全小説 23」勉誠出版 2013 p135

お嫁様
　◇「小寺菊子作品集 1」桂書房 2014 p9

お嫁にやりたい
　◇「徳田秋聲全集 23」八木書店 2001 p180

阿蘭陀組曲
　◇「〔野呂邦暢〕随筆コレクション 2」みすず書房 2014 p307

オランダ式弱気のすすめ
　◇「小松左京全集 完全版 32」城西国際大学出版会 2008 p136

阿蘭陀すてれん
　◇「都筑道夫恐怖短篇集成 2」筑摩書房 2004（ちくま文庫）p11

オランダで考えた日本の公害
　◇「小松左京全集 完全版 31」城西国際大学出版会 2008 p127

和蘭人形
　◇「山本周五郎探偵小説全集 別巻」作品社 2008 p144

オランダはわたしに
　◇「松田解子自選集 9」澤田出版 2009 p234

檻
　◇「上野壮夫全集 2」図書新聞 2009 p328

檻
　◇「田村泰次郎選集 2」日本図書センター 2005 p230

檻
　◇「徳田秋聲全集 8」八木書店 2000 p291

オリーヴ林のなかの家
　◇「須賀敦子全集 1」河出書房新社 2006（河出文庫）p337

オリエント・エクスプレス
　◇「須賀敦子全集 2」河出書房新社 2006（河出文庫）p240

折鞄
　◇「徳田秋聲全集 15」八木書店 1999 p217

檻からの脱出
　◇「眉村卓コレクション 異世界篇 2」出版芸術社 2012 p303

折口信夫
　◇「決定版 三島由紀夫全集 28」新潮社 2003 p208

折口信夫『死者の書』
　◇「車谷長吉全集 3」新書館 2010 p256

折口信夫氏の思ひ出
　◇「決定版 三島由紀夫全集 29」新潮社 2003 p315
「折口信夫全集」
　◇「小林秀雄全作品 25」新潮社 2004 p247
　◇「小林秀雄全集 補巻 3」新潮社 2010 p339
折口信夫論ノート
　◇「丸谷才一全集 7」文藝春秋 2014 p375
オリジナリティ
　◇「佐々木基一全集 7」河出書房新社 2013 p391
おりづる
　◇「松下竜一未刊行著作集 1」海鳥社 2008 p332
折たく柴
　◇「宮本百合子全集 20」新日本出版社 2002 p682
折にふれて
　◇「徳田秋聲全集 20」八木書店 2001 p348
〔織姫の誘惑〕
　◇「坂口安吾全集 15」筑摩書房 1999 p733
オリムピア
　◇「小林秀雄全作品 13」新潮社 2003 p97
　◇「小林秀雄全集 補巻 2」新潮社 2010 p173
オリムピア
　◇「決定版 三島由紀夫全集 26」新潮社 2003 p76
おりん口伝
　◇「松田解子自選集 1」澤田出版 2006 p3
オリンピック開催の是非
　◇「宮本百合子全集 13」新日本出版社 2001 p228
オリンピックと安保と予備校と
　◇「小田実全集 評論 13」講談社 2011 p180
オリンピックのテレビ
　◇「小林秀雄全作品 25」新潮社 2004 p124
　◇「小林秀雄全集 補巻 3」新潮社 2010 p321
オリンピック變展（八月三十日）
　◇「福田恆存評論集 18」麗澤大學出版會, 廣池學園事業部〔発売〕2010 p81
おりん母子伝
　◇「松田解子自選集 2」澤田出版 2006 p3
おるい大母さんの復活─自主交渉ではなく「実地交渉」であること
　◇「石牟礼道子全集 5」藤原書店 2004 p355
オルガ
　◇「小松左京全集 完全版 14」城西国際大学出版会 2009 p9
オルガスムスを見分ける方法
　◇「吉行淳之介エッセイ・コレクション 2」筑摩書房 2004（ちくま文庫）p213
オルゴオル
　◇「決定版 三島由紀夫全集 37」新潮社 2004 p123
おるごる
　◇「決定版 三島由紀夫全集 37」新潮社 2004 p242
オールサロン─作家・読者・編集者のページ〔鼎談〕（高田保, 尾崎士郎）
　◇「坂口安吾全集 17」筑摩書房 1999 p430

〈オルハン・パムクとの対談〉言葉が生まれる瞬間（谷真澄訳）
　◇「石牟礼道子全集 15」藤原書店 2012 p332
オルフェ
　◇「決定版 三島由紀夫全集 25」新潮社 2002 p179
オルフェウス
　◇「決定版 三島由紀夫全集 37」新潮社 2004 p751
オルフェウスの娘たち
　◇「辻邦生全集 6」新潮社 2004 p147
オルフォイスの鎮魂
　◇「辻邦生全集 19」新潮社 2005 p96
〈折釘となつて〉
　◇「安部公房全集 2」新潮社 1997 p215
オレゴンの風─松岡陽子マックレイン著『漱石の孫のアメリカ』
　◇「大庭みな子全集 13」日本経済新聞出版社 2010 p403
オレゴン夢十夜
　◇「大庭みな子全集 6」日本経済新聞出版社 2009 p287
折れた剣
　◇「小田実全集 小説 33」講談社 2013 p100
おれとおまえの闇市─きわめて現実的に、また、幻想的に
　◇「小田実全集 小説 31」講談社 2013 p93
おれの死体を探せ
　◇「小松左京全集 完全版 22」城西国際大学出版会 2015 p283
おれの女房
　◇「山本周五郎中短篇秀作選集 4」小学館 2006 p119
俺のまわりは天才だらけ
　◇「色川武大・阿佐田哲也エッセイズ 3」筑摩書房 2003（ちくま文庫）p12
俺も四十七士
　◇「山田風太郎妖異小説コレクション 妖説忠臣蔵・女人国伝奇」徳間書店 2004（徳間文庫）p272
おれは殺したい
　◇「日影丈吉全集 8」国書刊行会 2004 p310
おれは権現
　◇「司馬遼太郎短篇全集 6」文藝春秋 2005 p361
オレは実はオレぢやない（村松剛氏の直言に答へる）
　◇「決定版 三島由紀夫全集 31」新潮社 2003 p382
おれは不知火
　◇「〔山田風太郎〕時代短篇選集 1」小学館 2013（小学館文庫）p135
おれは二十面相だ!!
　◇「江戸川乱歩全集 23」光文社 2005（光文社文庫）p11
俺はプロレタリヤだ！
　◇「上野壮夫全集 1」図書新聞 2010 p147

おろか

愚かな過信
　◇「大庭みな子全集 8」日本経済新聞出版社 2009 p374

愚かなふり
　◇「石牟礼道子全集 10」藤原書店 2006 p266

愚かなる母の記
　◇「稲垣足穂コレクション 8」筑摩書房 2005（ちくま文庫）p48

愚か者
　◇「車谷長吉全集 2」新書館 2010 p11

お六櫛由来
　◇「国枝史郎伝奇短篇小説集成 1」作品社 2006 p34

おろち
　◇「小松左京全集 完全版 20」城西国際大学出版会 2014 p285

をろち
　◇「田村泰次郎選集 1」日本図書センター 2005 p287

おー、ロマンチック
　◇「松下竜一未刊行著作集 2」海鳥社 2008 p36

オーロラと猫
　◇「大庭みな子全集 4」日本経済新聞出版社 2009 p475

お忘れですか？ モンゴルに渡った義経です
　◇「高木彬光コレクション新装版 成吉思汗の秘密」光文社 2005（光文社文庫）p395

お詫びの手紙
　◇「井上ひさし短編中編小説集成 12」岩波書店 2015 p459

お笑い聴取率合戦
　◇「小松左京全集 完全版 42」城西国際大学出版会 2014 p258

終らない旅（上）
　◇「小田実全集 小説 39」講談社 2013 p4

終らない旅（下）
　◇「小田実全集 小説 40」講談社 2013 p3

終りし道の標べに［真善美社版］
　◇「安部公房全集 1」新潮社 1997 p271

終りし道の標べに［冬樹社版］
　◇「安部公房全集 19」新潮社 1999 p377

終わりということ
　◇「小檜山博全集 7」柏艪舎 2006 p229

終わりなき宴ー『三島由紀夫全集』刊行によせて
　◇「中井英夫全集 6」東京創元社 1996（創元ライブラリ）p246

終りなき学校
　◇「寺山修司著作集 1」クインテッセンス出版 2009 p52

終わりなき終末
　◇「小松左京全集 完全版 28」城西国際大学出版会 2006 p33

終わりなき祝祭
　◇「辻井喬コレクション 4」河出書房新社 2003 p261

終わりなき不幸をもたらすもの
　◇「林京子全集 7」日本図書センター 2005 p405

終わりなき負債
　◇「小松左京全集 完全版 11」城西国際大学出版会 2007 p186

終りに［翻訳］（ウンベルト・サバ）
　◇「須賀敦子全集 5」河出書房新社 2008（河出文庫）p247

終わりに
　◇「大庭みな子全集 6」日本経済新聞出版社 2009 p202

おわりに〔基底にあるもの〕
　◇「小田実全集 評論 13」講談社 2011 p365

おわりにー「市民」の政治へ
　◇「小田実全集 評論 36」講談社 2014 p124

終りに〔市民の文 思索と発言 1〕
　◇「小田実全集 評論 31」講談社 2013 p314

終りに〔西雷東騒 思索と発言 2〕
　◇「小田実全集 評論 32」講談社 2013 p309

おわりにー日常の試みから
　◇「小田実全集 評論 36」講談社 2014 p172

おわりにー日本とアジア
　◇「小田実全集 評論 36」講談社 2014 p231

おわりにー「人間」の科学へ
　◇「小田実全集 評論 36」講談社 2014 p69

おわりにー平和主義の展開
　◇「小田実全集 評論 36」講談社 2014 p98

おわりにー連載のために〔父の詫び状〕
　◇「向田邦子全集 新版 5」文藝春秋 2009 p271

終りの唄
　◇「中井英夫全集 10」東京創元社 2002（創元ライブラリ）p165

終りのない旅ー創作の根源をささえるもの 桂ゆき〔対談〕
　◇「大庭みな子全集 21」日本経済新聞出版社 2011 p373

をはりの美学
　◇「決定版 三島由紀夫全集 33」新潮社 2003 p639

終わりの蜜月
　◇「大庭みな子全集 15」日本経済新聞出版社 2010 p547

終る
　◇「小田実全集 小説 36」講談社 2013 p60

おわるんだ ひとりぼっちの かなしい夜は
　◇「井上ひさしコレクション 人間の巻」岩波書店 2005 p289

音楽
　◇「辻邦生全集 19」新潮社 2005 p13

音楽
　◇「中井英夫全集 10」東京創元社 2002（創元ライ

ブラリ）p79
音楽
　◇「決定版 三島由紀夫全集 11」新潮社 2001 p7
音樂を嫌ふ人
　◇「小酒井不木随筆評論選集 7」本の友社 2004 p41
「音楽」創作ノート
　◇「決定版 三島由紀夫全集 11」新潮社 2001 p615
音楽談義 対談（五味康祐）
　◇「小林秀雄全作品 26」新潮社 2004 p45
　◇「小林秀雄全集 補巻 3」新潮社 2010 p349
音楽と絵画の出会う場所
　◇「辻邦生全集 19」新潮社 2005 p107
音樂と治療
　◇「小酒井不木随筆評論選集 7」本の友社 2004 p37
音楽の民族性と諷刺
　◇「宮本百合子全集 14」新日本出版社 2001 p212
恩誼の紐
　◇「松本清張傑作選 戦い続けた男の素顔」新潮社 2009 p33
　◇「松本清張傑作選 戦い続けた男の素顔」新潮社 2013（新潮文庫）p47
オング君の説
　◇「アンドロギュノスの裔 渡辺温全集」東京創元社 2011（創元推理文庫）p572
オングト族とは何者か（加藤秀俊, 江上波夫）
　◇「小松左京全集 完全版 38」城西国際大学出版会 2010 p126
温室の恋
　◇「国枝史郎探偵小説全集」作品社 2005 p111
恩師とワタの木
　◇「松田解子自選集 5」澤田出版 2007 p305
園城寺の花入れ
　◇「宮城谷昌光全集 21」文藝春秋 2004 p155
恩人
　◇「小檜山博全集 7」柏艪舎 2006 p277
恩人
　◇「向田邦子全集 新版 6」文藝春秋 2009 p134
恩真寺
　◇「石牟礼道子全集 13」藤原書店 2007 p627
音声・声・舞台
　◇「安部公房全集 12」新潮社 1998 p462
温泉郷
　◇「徳田秋聲全集 23」八木書店 2001 p294
温泉郷対首腰折
　◇「小松左京全集 完全版 27」城西国際大学出版会 2007 p310
温泉と探偵小説
　◇「山田風太郎エッセイ集成 わが推理小説零年」筑摩書房 2007 p95
温泉博士
　◇「小島信夫短篇集成 2」水声社 2014 p279

温泉マーク
　◇「小島信夫長篇集成 2」水声社 2015 p706
怨憎会苦
　◇「車谷長吉全集 3」新書館 2010 p602
音速の壁
　◇「坂口安吾全集 13」筑摩書房 1999 p431
音痴の酒甕
　◇「石牟礼道子全集 9」藤原書店 2006 p491
恩寵の谷
　◇「立松和平全小説 21」勉誠出版 2013 p1
恩寵はかくのごとくに［翻訳］（ダヴィデ・マリア・トゥロルド）
　◇「須賀敦子全集 7」河出書房新社 2007（河出文庫）p88
水妖（オンディーヌ）
　◇「中井英夫全集 2」東京創元社 1998（創元ライブラリ）p652
雄鶏社入社試験答案
　◇「向田邦子全集 新版 別巻 2」文藝春秋 2010 p305
おんな
　◇「田中小実昌エッセイ・コレクション 4」筑摩書房 2003（ちくま文庫）
女
　◇「小島信夫短篇集成 4」水声社 2015 p13
女
　◇「徳田秋聲全集 10」八木書店 1998 p363
女
　◇「〔野呂邦暢〕随筆コレクション 2」みすず書房 2014 p463
女
　◇「決定版 三島由紀夫全集 37」新潮社 2004 p399
女
　◇「山田風太郎ミステリー傑作選 10」光文社 2002（光文社文庫）p525
女青髭殺人事件
　◇「井上ひさし短編中編小説集成 9」岩波書店 2015 p159
女占師の前にて
　◇「坂口安吾全集 2」筑摩書房 1999 p195
女を斬るな狐を斬れ―男のやさしさ考
　◇「向田邦子全集 新版 9」文藝春秋 2009 p245
女・男・いのち
　◇「大庭みな子全集 18」日本経済新聞出版社 2010 p157
女を観る目
　◇「吉行淳之介エッセイ・コレクション 1」筑摩書房 2004（ちくま文庫）p121
おんなを誘惑する
　◇「野坂昭如エッセイ・コレクション 1」筑摩書房 2004（ちくま文庫）p207
女買い
　◇「小檜山博全集 6」柏艪舎 2006 p98

おんな

女が美しく生きるには
　◇「決定版 三島由紀夫全集 31」新潮社 2003 p245
女がえらぶ女の場所
　◇「大庭みな子全集 8」日本経済新聞出版社 2009 p294
女が着物を脱ぐ時
　◇「田中小実昌エッセイ・コレクション 4」筑摩書房 2003（ちくま文庫）p81
女が車に乗せるとき
　◇「山田風太郎ミステリー傑作選 10」光文社 2002（光文社文庫）p493
女がた
　◇「〔森〕鷗外近代小説集 6」岩波書店 2012 p335
女形
　◇「中上健次集 9」インスクリプト 2013 p308
女形（おんながた）… → "おやま…"をも見よ
女方
　◇「決定版 三島由紀夫全集 19」新潮社 2002 p561
『おんな』（カーター・ブラウン）
　◇「田中小実昌エッセイ・コレクション 5」筑摩書房 2003（ちくま文庫）p216
女が取り乱す時
　◇「瀬戸内寂聴随筆選 6」ゆまに書房 2009 p68
女歌舞伎操一舞（をんなかぶきみさおのひとさし）
　◇「〔森〕鷗外近代小説集 1」岩波書店 2013 p129
女か怪物（ベム）か
　◇「小松左京全集 完全版 12」城西国際大学出版会 2007 p118
女狩
　◇「山田風太郎ミステリー傑作選 2」光文社 2001（光文社文庫）p111
女狩りの夜
　◇「田村泰次郎選集 3」日本図書センター 2005 p75
女記者の役割
　◇「野村胡堂探偵小説全集」作品社 2007 p61
女祈禱師
　◇「横溝正史時代小説コレクション捕物篇 2」出版芸術社 2004 p289
女客
　◇「徳田秋聲全集 8」八木書店 2000 p106
女嫌い
　◇「車谷長吉全集 3」新書館 2010 p486
女ぎらひの弁
　◇「決定版 三島由紀夫全集 28」新潮社 2003 p298
女靴の跡
　◇「宮本百合子全集 13」新日本出版社 2001 p233
女剣士
　◇「坂口安吾全集 14」筑摩書房 1999 p402
女・恋・雑感
　◇「国枝史郎伝奇浪漫小説集成」作品社 2007 p522

"女"この生意気でしぶときものども〔対談〕（今東光）
　◇「吉行淳之介エッセイ・コレクション 4」筑摩書房 2004（ちくま文庫）p83
女ざかり
　◇「丸谷才一全集 5」文藝春秋 2013 p83
『女ざかり』丸谷才一
　◇「金井美恵子エッセイ・コレクション―1964-2013 1」平凡社 2013 p357
女死刑囚
　◇「山田風太郎ミステリー傑作選 4」光文社 2001（光文社文庫）p5
女しやべる
　◇「田村泰次郎選集 2」日本図書センター 2005 p139
『女塚 車谷長吉初期作品輯』あとがき
　◇「車谷長吉全集 3」新書館 2010 p448
女だからとて
　◇「松田解子自選集 9」澤田出版 2009 p201
おんなたち
　◇「田中小実昌エッセイ・コレクション 1」筑摩書房 2002（ちくま文庫）p57
女たち
　◇「小島信夫短篇集成 6」水声社 2015 p353
「女たちの映画祭」によせて
　◇「大庭みな子全集 23」日本経済新聞出版社 2011 p291
女たちの生命と生命をつなぐ
　◇「大庭みな子全集 23」日本経済新聞出版社 2011 p382
『女たちの同時代・北米黒人女性作家選三 死ぬことを考えた黒い女たちのために』
　◇「石牟礼道子全集 14」藤原書店 2008 p324
女たちの館
　◇「辻邦生全集 5」新潮社 2004 p46
女煙草
　◇「内田百閒集成 12」筑摩書房 2003（ちくま文庫）p122
女地図
　◇「向田邦子全集 新版 8」文藝春秋 2009 p44
『女であること』その他
　◇「金井美恵子エッセイ・コレクション―1964-2013 1」平凡社 2013 p413
女亭主と新人好みの "異郷" 八丈島
　◇「小松左京全集 完全版 31」城西国際大学出版会 2008 p22
"女" という規制〔対談〕（高橋たか子）
　◇「大庭みな子全集 21」日本経済新聞出版社 2011 p42
女という原初
　◇「石牟礼道子全集 10」藤原書店 2006 p459
女と男、どちらがアレを好きか？
　◇「田中小実昌エッセイ・コレクション 4」筑摩

おんな

房 2003（ちくま文庫）p184

オンナとオトコのいる暮らし
◇「田中小実昌エッセイ・コレクション 4」筑摩書房 2003（ちくま文庫）p279

女と男の小宇宙
◇「鈴木いづみセカンド・コレクション 4」文遊社 2004 p15

女と女の世の中
◇「鈴木いづみコレクション 4」文遊社 1997 p7
◇「鈴木いづみプレミアム・コレクション」文遊社 2006 p9
◇「契約─鈴木いづみSF全集」文遊社 2014 p212

女と毒薬
◇「日影丈吉全集 別巻」国書刊行会 2005 p155

女と火の気
◇「小檜山博全集 7」柏艪舎 2006 p176

女とポンキン
◇「小林秀雄全作品 1」新潮社 2002 p65
◇「小林秀雄全集 補巻 1」新潮社 2010 p31

おんなと未来
◇「小松左京全集 完全版 31」城西国際大学出版会 2008 p341

女ともだち
◇「須賀敦子全集 1」河出書房新社 2006（河出文庫）p325

女にできぬことはない
◇「井上ひさし短編中編小説集成 3」岩波書店 2014 p341

女にもてる
◇「小檜山博全集 8」柏艪舎 2006 p109

女忍術使い
◇「坂口安吾全集 12」筑摩書房 1999 p153

女の悪魔性を生かす不安の美学とは……
◇「小松左京全集 完全版 34」城西国際大学出版会 2009 p79

女の家
◇「日影丈吉全集 2」国書刊行会 2003 p7

女の居酒屋
◇「田辺聖子全集 9」集英社 2005 p309

女の一念
◇「岡本綺堂探偵小説全集 1」作品社 2012 p98

「女の一生」と志賀暁子の場合
◇「宮本百合子全集 12」新日本出版社 2001 p360

女の色気と男の色気
◇「決定版 三島由紀夫全集 36」新潮社 2003 p74

読書好日②女の想い、作家の心意気─佐多稲子『くれない』
◇「林京子全集 8」日本図書センター 2005 p341

女の顔
◇「谷崎潤一郎全集 9」中央公論新社 2017 p429

女の学校
◇「小島信夫批評集成 8」水声社 2010 p61

女の学校
◇「宮本百合子全集 16」新日本出版社 2002 p350

女のかなしさと苦悩─樋口一葉『にごりえ』
◇「林京子全集 7」日本図書センター 2005 p360

女の身体を探せ
◇「狩久全集 4」皆進社 2013 p5

女のカンは当たる？　当たらない？
◇「小松左京全集 完全版 34」城西国際大学出版会 2009 p51

女の口髭
◇「田辺聖子全集 9」集英社 2005 p350

女の勲章
◇「山崎豊子全集 3」新潮社 2004 p7

女の業（ごふ）
◇「決定版 三島由紀夫全集 32」新潮社 2003 p591

女の行進
◇「宮本百合子全集 15」新日本出版社 2001 p153

女のコの部屋が終着駅
◇「田中小実昌エッセイ・コレクション 1」筑摩書房 2002（ちくま文庫）p300

女の酒
◇「田中小実昌エッセイ・コレクション 1」筑摩書房 2002（ちくま文庫）p174

女の産地
◇「徳永直文学選集」熊本出版文化会館 2008 p189

女の四季
◇「定本 久生十蘭全集 7」国書刊行会 2010 p614

女の仕事
◇「向田邦子全集 新版 9」文藝春秋 2009 p65

女の自分
◇「宮本百合子全集 14」新日本出版社 2001 p193

女の島
◇「山田風太郎ミステリー傑作選 5」光文社 2001（光文社文庫）p175

女の自由
◇「小島信夫批評集成 2」水声社 2011 p80

女の条件
◇「上野壮夫全集 2」図書新聞 2009 p213

女の小説
◇「丸谷才一全集 10」文藝春秋 2014 p341

女の小説─エリザベス・ボウエン／アイリス・マードック
◇「丸谷才一全集 11」文藝春秋 2014 p373

女の小説（海外篇）
◇「丸谷才一全集 11」文藝春秋 2014 p355

女の姿
◇「徳田秋聲全集 20」八木書店 2001 p24

女の救はれ
◇「丸谷才一全集 8」文藝春秋 2014 p363

女の生が背負ってきたもの〔対談〕佐多稲子
◇「大庭みな子全集 18」日本経済新聞出版社 2010 p456

おんな

女の戦後史
◇「大庭みな子全集 18」日本経済新聞出版社 2010 p159

女の空おそろしさ
◇「小島信夫批評集成 1」水声社 2011 p451

女の伊達巻 有島武郎
◇「小島信夫批評集成 3」水声社 2011 p119

女の男性論
◇「大庭みな子全集 18」日本経済新聞出版社 2010 p7

女の中年かるた
◇「田辺聖子全集 9」集英社 2005 p421

女の手
◇「小松左京全集 完全版 16」城西国際大学出版会 2011 p9

女の手
◇「定本 久生十蘭全集 2」国書刊行会 2009 p201

女の手帖
◇「宮本百合子全集 16」新日本出版社 2002 p48

女の哲学ことはじめ
◇「三枝和子選集 6」鼎書房 2008 p153

女のとおせんぼ
◇「田辺聖子全集 9」集英社 2005 p500

女の長風呂
◇「田辺聖子全集 9」集英社 2005 p9

女の長風呂（続）
◇「田辺聖子全集 9」集英社 2005 p57

女の二重性〔対談〕(高橋たか子)
◇「大庭みな子全集 21」日本経済新聞出版社 2011 p88

女の場
◇「大庭みな子全集 18」日本経済新聞出版社 2010 p175

女の裸
◇「小檜山博全集 7」柏艪舎 2006 p210

女の晩年を描いた作品ふたつ 第22回女流新人賞
◇「大庭みな子全集 24」日本経済新聞出版社 2011 p31

女のヒットパレード
◇「鈴木いづみコレクション 8」文遊社 1998 p171

女の人差し指
◇「向田邦子全集 新版 10」文藝春秋 2010 p9

女の表現、男の表現
◇「大庭みな子全集 24」日本経済新聞出版社 2011 p233

女の部分、母親の部分
◇「田中小実昌エッセイ・コレクション 4」筑摩書房 2003（ちくま文庫）p237

往復書簡 女の文学・男の文学
◇「大庭みな子全集 23」日本経済新聞出版社 2011 p325

女の文学・男の文学〔対談〕(水田宗子)
◇「大庭みな子全集 21」日本経済新聞出版社 2011 p479

女の部屋
◇「井上ひさし短編中編小説集成 11」岩波書店 2015 p38

女の帽子
◇「小島信夫短篇集成 5」水声社 2015 p65

女の幕ノ内弁当
◇「田辺聖子全集 9」集英社 2005 p389

女の見た夢
◇「松田解子自選集 3」澤田出版 2004 p225

女のめざめ〔対談〕(高橋たか子)
◇「大庭みな子全集 21」日本経済新聞出版社 2011 p96

女の友情について
◇「決定版 三島由紀夫全集 27」新潮社 2003 p401

「女の夢」に序す
◇「德田秋聲全集 20」八木書店 2001 p347

女のような悪魔
◇「小松左京全集 完全版 12」城西国際大学出版会 2007 p389

女の酔っぱらいはなぜ嫌われる？
◇「小松左京全集 完全版 34」城西国際大学出版会 2009 p104

女の歴史—そこにある判断と責任の姿
◇「宮本百合子全集 14」新日本出版社 2001 p174

女の別れ 男の別れ
◇「小松左京全集 完全版 34」城西国際大学出版会 2009 p153

女はらから
◇「德田秋聲全集 1」八木書店 1997 p319

女美術家
◇「德田秋聲全集 28」八木書店 2002 p177

「女面」について
◇「決定版 三島由紀夫全集 31」新潮社 2003 p477

おんな野郎
◇「野坂昭如エッセイ・コレクション 1」筑摩書房 2004（ちくま文庫）p22

女湯のほうが楽しいに決まってる！
◇「鈴木いづみセカンド・コレクション 4」文遊社 2004 p102

女よ眠れ
◇「狩久全集 2」皆進社 2013 p36

女らしさといふこと
◇「福田恆存評論集 17」麗澤大學出版會、廣池学園事業部〔発売〕2010 p81

「女らしさ」とは
◇「宮本百合子全集 16」新日本出版社 2002 p353

女は遊べ物語
◇「司馬遼太郎短篇全集 4」文藝春秋 2005 p399

女はいつ許すべきか
◇「小松左京全集 完全版 34」城西国際大学出版会

2009 p15
女は男を育てられるか
　◇「瀬戸内寂聴随筆選 6」ゆまに書房 2009 p30
女は同じ物語
　◇「山本周五郎中短篇秀作選集 1」小学館 2005 p265
女は金で飼え！
　◇「狩久全集 4」皆進社 2013 p30
女は午後燃える
　◇「日影丈吉全集 8」国書刊行会 2004 p665
女はしかし伝説みたいに……
　◇「決定版 三島由紀夫全集 32」新潮社 2003 p331
女は占領されない―四幕十一場
　◇「決定版 三島由紀夫全集 23」新潮社 2002 p219
女は不可解な生命体 男だけの思考 すべてが硬直
　◇「大庭みな子全集 24」日本経済新聞出版社 2011 p199
女はまだ生きています
　◇「小田実全集 小説 37」講談社 2013 p6
『女は待たぬ』(A・A・フェア)
　◇「田中小実昌エッセイ・コレクション 5」筑摩書房 2003 (ちくま文庫) p188
女1
　◇「大庭みな子全集 6」日本経済新聞出版社 2009 p214
女2
　◇「大庭みな子全集 6」日本経済新聞出版社 2009 p216
女3
　◇「大庭みな子全集 6」日本経済新聞出版社 2009 p218
音波の殺人
　◇「野村胡堂探偵小説全集」作品社 2007 p200
音盤の詭計
　◇「野村胡堂伝奇幻想小説集成」作品社 2009 p108
隠亡
　◇「石牟礼道子全集 1」藤原書店 2004 p457
隠亡堀
　◇「国枝史郎伝奇短篇小説集成 1」作品社 2006 p409
新作艶笑落語　御松茸
　◇「井上ひさし短編中編小説集成 3」岩波書店 2014 p469
温浴
　◇「坂口安吾全集 9」筑摩書房 1998 p52
怨霊
　◇「大庭みな子全集 6」日本経済新聞出版社 2009 p163
怨霊たちのぼる水俣―患者家族のこの一年
　◇「石牟礼道子全集 4」藤原書店 2004 p422
怨霊の国
　◇「小松左京全集 完全版 17」城西国際大学出版会 2012 p319
怨霊 妖怪〔座談会〕(東野芳明、野間宏、武者小路穣)
　◇「安部公房全集 15」新潮社 1998 p330

【か】

が
　◇「決定版 三島由紀夫全集 37」新潮社 2004 p41
カー
　◇「江戸川乱歩全集 30」光文社 2005 (光文社文庫) p448
蛾
　◇「上野壮夫全集 2」図書新聞 2009 p275
蛾
　◇「大庭みな子全集 4」日本経済新聞出版社 2009 p459
蛾
　◇「決定版 三島由紀夫全集 37」新潮社 2004 p76
かあちゃん
　◇「山本周五郎中短篇秀作選集 4」小学館 2006 p261
カアネーション
　◇「定本 久生十蘭全集 10」国書刊行会 2011 p379
怪
　◇「決定版 三島由紀夫全集 37」新潮社 2004 p198
怪異と凄味
　◇「小酒井不木随筆評論選集 3」本の友社 2004 p377
怪異投込寺
　◇「山田風太郎妖異小説コレクション 妖説忠臣蔵・女人国伝奇」徳間書店 2004 (徳間文庫) p483
怪異生首の辻
　◇「山本周五郎探偵小説全集 別巻」作品社 2008 p29
怪異二挺根銃―津軽忍法帖
　◇「山田風太郎忍法帖短篇全集 11」筑摩書房 2005 (ちくま文庫) p305
怪異八笑人
　◇「日影丈吉全集 4」国書刊行会 2003 p524
会員受諾に就て
　◇「徳田秋聲全集 23」八木書店 2001 p21
外因説と傍役説
　◇「安部公房全集 16」新潮社 1998 p10
会員による会員のための映画を！
　◇「佐々木基一全集 7」河出書房新社 2013 p347
貝売りのおじいさん
　◇「石牟礼道子全集 7」藤原書店 2005 p398
カイエ・ダールを思い出した
　◇「小島信夫批評集成 7」水声社 2011 p577

かいか

咳花
　◇「古井由吉自撰作品 3」河出書房新社 2012 p234
海外探偵小説作家と作品
　◇「江戸川乱歩全集 30」光文社 2005（光文社文庫）p383
海外駐在と暮らし
　◇「大庭みな子全集 23」日本経済新聞出版社 2011 p401
海外の政情（十月十三日）
　◇「福田恆存評論集 18」麗澤大學出版會、廣池學園事業部〔発売〕2010 p120
海外の「日本農業」
　◇「小松左京全集 完全版 37」城西国際大学出版会 2010 p293
海外文学
　◇「辻邦生全集 18」新潮社 2005 p297
海外文学の現在
　◇「丸谷才一全集 11」文藝春秋 2014 p259
海外旅行記
　◇「小檜山博全集 8」柏艪舎 2006 p293
海外旅行と私—カイロ
　◇「決定版 三島由紀夫全集 32」新潮社 2003 p431
開化の忍者
　◇「山田風太郎忍法帖短篇全集 12」筑摩書房 2005（ちくま文庫）p391
怪火のまき
　◇「都筑道夫時代小説コレクション 4」戎光祥出版 2014（戎光祥時代小説名作館）p304
かいがら
　◇「松下竜一未刊行著作集 1」海鳥社 2008 p347
貝殻秘仏―緋牡丹銀次捕物帳
　◇「横溝正史時代小説コレクション捕物篇 3」出版芸術社 2004 p185
海岸から
　◇「谷崎潤一郎全集 5」中央公論新社 2016 p484
開眼少女のこと
　◇「上野壮夫全集 3」図書新聞 2011 p304
会議
　◇「小松左京全集 完全版 43」城西国際大学出版会 2014 p345
怪奇四十面相
　◇「江戸川乱歩全集 16」光文社 2004（光文社文庫）p191
怪奇製造の大坪
　◇「大坪砂男全集 4」東京創元社 2013（創元推理文庫）p397
怪奇談叢
　◇「小酒井不木随筆評論選集 3」本の友社 2004 p317
怪奇と主觀
　◇「小酒井不木随筆評論選集 7」本の友社 2004 p176

階級
　◇「〔野呂邦暢〕随筆コレクション 1」みすず書房 2014 p130
「階級」について・その運動論的考察
　◇「小田実全集 評論 7」講談社 2010 p307
海峡
　◇「辻邦生全集 5」新潮社 2004 p295
海峡
　◇「〔野呂邦暢〕随筆コレクション 2」みすず書房 2014 p126
かいぐん
　◇「阿川弘之全集 20」新潮社 2007 p98
海軍機関学校今昔
　◇「内田百閒集成 6」筑摩書房 2003（ちくま文庫）p164
海軍記念日に思ふ
　◇「阿川弘之全集 20」新潮社 2007 p601
海軍の採用試験秘話
　◇「阿川弘之全集 20」新潮社 2007 p364
海軍歩兵
　◇「定本 久生十蘭全集 10」国書刊行会 2011 p91
海軍要記
　◇「定本 久生十蘭全集 4」国書刊行会 2009 p372
会計係加代子
　◇「田村孟全小説集」航思社 2012 p9
会計日記
　◇「決定版 三島由紀夫全集 補巻」新潮社 2005 p508
会計報告について
　◇「大坪砂男全集 4」東京創元社 2013（創元推理文庫）p444
会見をへて（アンドレ・カイヤットとの対談「映画と文学のあひだ」）
　◇「決定版 三島由紀夫全集 28」新潮社 2003 p214
改憲の必要なし 『週間読売』のアンケートに答えて
　◇「安部公房全集 29」新潮社 2000 p549
かひこ
　◇「大庭みな子全集 17」日本経済新聞出版社 2010 p44
蠶
　◇「定本 久生十蘭全集 10」国書刊行会 2011 p307
回顧一年本年の創作
　◇「徳田秋聲全集 20」八木書店 2001 p48
会合
　◇「小松左京全集 完全版 16」城西国際大学出版会 2011 p206
外交科—その「男性原理」の世界
　◇「小松左京全集 完全版 39」城西国際大学出版会 2012 p9
開高健
　◇「佐々木基一全集 4」河出書房新社 2013 p394
開高健とロシア文学
　◇「佐々木基一全集 5」河出書房新社 2013 p228

かいし

開高健と私・その時代の話
　◇「小田実全集 評論 25」講談社 2012 p147
開高健に招かれ精進中華の宴
　◇「遠藤周作エッセイ選集 3」光文社 2006（知恵の森文庫）p171
〔開高健〕武器としての文体
　◇「佐々木基一全集 5」河出書房新社 2013 p113
開高健『ロビンソンの末裔』
　◇「小島信夫批評集成 2」水声社 2011 p756
外交と予言
　◇「小林秀雄全作品 12」新潮社 2003 p205
　◇「小林秀雄全集 補巻 2」新潮社 2010 p141
外國語を學ぶ人に
　◇「小酒井不木随筆評論選集 7」本の友社 2004 p449
外国住いの日本人を頼るなら これだけは知っておきたい海外旅行でのタブー10ヵ条
　◇「大庭みな子全集 23」日本経済新聞出版社 2011 p563
外国体験と小説〔対談者〕加賀乙彦
　◇「大庭みな子全集 22」日本経済新聞出版社 2011 p122
外国体験と文学
　◇「大庭みな子全集 3」日本経済新聞出版社 2009 p267
『海国魂』
　◇「佐々木基一全集 1」河出書房新社 2013 p144
外国で子どもを育てて
　◇「大庭みな子全集 23」日本経済新聞出版社 2011 p591
外国としての韓国
　◇「金鶴泳作品集 2」クレイン 2006 p597
外国の男女関係〔対談〕（高橋たか子）
　◇「大庭みな子全集 21」日本経済新聞出版社 2011 p72
外国文学拾遺
　◇「小島信夫批評集成 2」水声社 2011 p642
外国文学の移植者 「人」及び「芸術家」としての鷗外博士
　◇「徳田秋聲全集 20」八木書店 2001 p212
骸骨島の大冒険
　◇「山本周五郎探偵小説全集 1」作品社 2007 p70
骸骨のうめき
　◇「小酒井不木随筆評論選集 4」本の友社 2004 p134
骸骨半島
　◇「定本 荒巻義雄メタSF全集 別巻」彩流社 2015 p7
　◇「定本 荒巻義雄メタSF全集 別巻」彩流社 2015 p12
回顧と予想
　◇「徳田秋聲全集 23」八木書店 2001 p299

回顧録でない回顧 あとがき
　◇「小田実全集 評論 20」講談社 2012 p344
改札口で
　◇「小檜山博全集 7」柏艪舎 2006 p275
解散列車
　◇「坂口安吾全集 13」筑摩書房 1999 p422
介子推
　◇「宮城谷昌光全集 7」文藝春秋 2003 p5
解釈がはじまる
　◇「〔野呂邦暢〕随筆コレクション 1」みすず書房 2014 p291
介錯可仕心得
　◇「小酒井不木随筆評論選集 5」本の友社 2004 p328
〈解釈でなく体験の50分〉『朝日新聞』の談話記事
　◇「安部公房全集 26」新潮社 1999 p159
解釋といふ消化劑（七月二十日）
　◇「福田恆存評論集 16」麗澤大學出版會、廣池學園事業部〔発売〕2010 p231
会社の幇間（たいこ）
　◇「吉川潮ハートウォーム・セレクション 3」ランダムハウス講談社 2008（ランダムハウス講談社文庫）p157
外車の船
　◇「石牟礼道子全集 5」藤原書店 2004 p258
「会社ゆきさん」「会社かんじん、道官員」
　◇「石牟礼道子全集 8」藤原書店 2005 p267
鎧袖一触
　◇「国枝史郎歴史小説傑作選」作品社 2006 p504
怪獣ウワキンの登場
　◇「小松左京全集 完全版 28」城西国際大学出版会 2006 p279
怪獣撃滅
　◇「小松左京全集 完全版 25」城西国際大学出版会 2017 p316
怪獣の私生活
　◇「決定版 三島由紀夫全集 35」新潮社 2003 p288
怪獣YUME
　◇「三橋一夫ふしぎ小説集成 2」出版芸術社 2005 p73
海上はるかをめざす巻
　◇「小田実全集 小説 27」講談社 2012 p212
会食
　◇「井上ひさし短編中編小説集成 11」岩波書店 2015 p93
会食
　◇「徳田秋聲全集 16」八木書店 1999 p227
海神
　◇「中上健次集 2」インスクリプト 2018 p63
灰燼
　◇「大佛次郎セレクション第1期 灰燼・露草」未知谷 2007 p5

かいし

灰燼
- ◇「德田秋聲全集 38」八木書店 2004 p3

灰燼
- ◇「[森]鷗外近代小説集 3」岩波書店 2013 p189

怪人・烏余
- ◇「宮城谷昌光全集 21」文藝春秋 2004 p469

怪人呉博士
- ◇「山本周五郎探偵小説全集 2」作品社 2007 p206

怪人・粋人・奇人
- ◇「吉行淳之介エッセイ・コレクション 1」筑摩書房 2004（ちくま文庫）p185

怪人と少年探偵
- ◇「江戸川乱歩全集 23」光文社 2005（光文社文庫）p119

かいじん二十めんそう
- ◇「江戸川乱歩全集 21」光文社 2005（光文社文庫）p583
- ◇「江戸川乱歩全集 21」光文社 2005（光文社文庫）p607

怪人二十面相
- ◇「江戸川乱歩全集 10」光文社 2003（光文社文庫）p9
- ◇「江戸川乱歩全集 30」光文社 2005（光文社文庫）p202

怪人二十面相はもう踊れない
- ◇「寺山修司著作集 5」クインテッセンス出版 2009 p52

海図
- ◇「定本 久生十蘭全集 5」国書刊行会 2009 p45

「海水浴」は「冷水浴療法」
- ◇「小松左京全集 完全版 34」城西国際大学出版会 2009 p285

貝塚茂樹—東洋史学の開拓者〔鼎談〕(加藤秀俊, 貝塚茂樹)
- ◇「小松左京全集 完全版 38」城西国際大学出版会 2010 p36

外征始末—北村小松氏をつかまへる
- ◇「定本 久生十蘭全集 10」国書刊行会 2011 p59

「海征」の申し子・応神帝
- ◇「小松左京全集 完全版 42」城西国際大学出版会 2014 p23

解説 愛の物語 二つ—我は夢見兒（ゆめみこ）
- ◇「田辺聖子全集 4」集英社 2005 p491

解説（芥川龍之介著「南京の基督」）
- ◇「決定版 三島由紀夫全集 29」新潮社 2003 p256

解説 嵐の中の戦友—私のミラボオ橋
- ◇「田辺聖子全集 3」集英社 2004 p487

解説 陰影ふかきハイ・ミスと中年男性（おとこ）
- ◇「田辺聖子全集 11」集英社 2005 p467

解説〔「小山内薫全集 第一巻」〕
- ◇「谷崎潤一郎全集 14」中央公論新社 2016 p514

解説（川端康成著「眠れる美女」）
- ◇「決定版 三島由紀夫全集 34」新潮社 2003 p601

解説（川端康成著「舞姫」）
- ◇「決定版 三島由紀夫全集 28」新潮社 2003 p364

解説 桔梗はわが叛逆の旗印
- ◇「田辺聖子全集 9」集英社 2005 p533

解説（「現代の文学20円地文子集」）
- ◇「決定版 三島由紀夫全集 33」新潮社 2003 p17

解説 恋の曼陀羅—恋する人は黙りがち罪ある人はよく笑う……
- ◇「田辺聖子全集 8」集英社 2004 p735

解説 この世を彩どる〈夢の口紅〉—王朝小説（ロマン）へのあこがれ
- ◇「田辺聖子全集 15」集英社 2005 p651

解説 酒、唄、女、時雨の男、浪花はそのまま小説だった
- ◇「田辺聖子全集 6」集英社 2004 p705

解説〈生者必滅（しょうじゃひつめつ）、会者定離（えしゃじょうり）、かなしい恋の花ふぶき〉
- ◇「田辺聖子全集 7」集英社 2004 p801

解説 「昭和」への鎮魂曲（レクイエム）
- ◇「田辺聖子全集 21」集英社 2005 p601

解説（神西清著「灰色の眼の女」）
- ◇「決定版 三島由紀夫全集 29」新潮社 2003 p595

解説紳士
- ◇「野坂昭如エッセイ・コレクション 1」筑摩書房 2004（ちくま文庫）p78

解説（「新潮日本文学6谷崎潤一郎集」）
- ◇「決定版 三島由紀夫全集 36」新潮社 2003 p80

解説 過ぎしこと〈まあ〉よし
- ◇「田辺聖子全集 24」集英社 2006 p631

解説 夕陽（せきよう）、限りなく好（よ）し
- ◇「田辺聖子全集 17」集英社 2005 p669

解説 川柳、愛すべく、貴むべし—さまざまな句、さまざまな人
- ◇「田辺聖子全集 20」集英社 2006 p549

解説 「川柳」それは愛すべく執すべし庶民（ただびと）われらの精華（いのち）ならずや
- ◇「田辺聖子全集 19」集英社 2006 p637

解説対談「ひとりで食べてもおいしくない」（永六輔）
- ◇「石牟礼道子全集 10」藤原書店 2006 p603

解説 ただごとの恋はやさし
- ◇「田辺聖子全集 10」集英社 2005 p575

解説『ディファレンス・エンジン』（円城塔）
- ◇「伊藤計劃記録〔第2〕」早川書房 2010 p133

解説（「日本の文学2 森鷗外（1）」）
- ◇「決定版 三島由紀夫全集 33」新潮社 2003 p598

解説（「日本の文学4 尾崎紅葉・泉鏡花」）
- ◇「決定版 三島由紀夫全集 35」新潮社 2003 p323

解説（「日本の文学34 内田百閒・牧野信一・稲垣足穂」）
- ◇「決定版 三島由紀夫全集 36」新潮社 2003 p164

解説(「日本の文学38 川端康成集」)
◇「決定版 三島由紀夫全集 32」新潮社 2003 p658
解説(「日本の文学40 林房雄・武田麟太郎・島木健作」)
◇「決定版 三島由紀夫全集 35」新潮社 2003 p152
解説(「日本の文学52 尾崎一雄・外村繁・上林暁」)
◇「決定版 三島由紀夫全集 35」新潮社 2003 p746
解説 花、発(ひら)いて風雨多し
◇「田辺聖子全集 16」集英社 2005 p555
解説 はるばる来つる幾山河 浪花で夢見た恋と諧謔(おどけ)の物語(おはなし)
◇「田辺聖子全集 5」集英社 2004 p517
解説 漂白する魂の記録(ファラオ企画版)〔白き日旅立てば不死〕
◇「定本 荒巻義雄メタSF全集 3」彩流社 2014 p362
解説(『風知草』)
◇「宮本百合子全集 18」新日本出版社 2002 p306
解説(福田恆存著「竜を撫でた男」)
◇「決定版 三島由紀夫全集 28」新潮社 2003 p438
解説(「プロゼルピーナ」)
◇「決定版 三島由紀夫全集 31」新潮社 2003 p398
解説 本然(ほんねん)の自分とめぐりあう〈夢の旅〉
◇「田辺聖子全集 12」集英社 2005 p691
解説〔『明治大正文学全集 第三十五巻 谷崎潤一郎篇』〕
◇「谷崎潤一郎全集 13」中央公論新社 2015 p437
解説 倭(やまと)し 美(うるは)し
◇「田辺聖子全集 14」集英社 2004 p583
解説〈夢見小説〉を夢見て 夢のかけらをあなたに……
◇「田辺聖子全集 2」集英社 2004 p679
解説 「わが愛の……」二作
◇「田辺聖子全集 13」集英社 2005 p711
解説 わが裡なる一茶—ねんぴかんのん・果てなき曠野さすらうや心の闇に降る霧ふかし
◇「田辺聖子全集 18」集英社 2005 p743
解説 わが思ひ入れ深き二作
◇「田辺聖子全集 22」集英社 2005 p551
解説 わが感傷的文学修行の日々 なぜだかいつもウキウキしていた
◇「田辺聖子全集 1」集英社 2004 p535
解説 私の小さな夢のコーナーへようこそ
◇「田辺聖子全集 23」集英社 2006 p531
カイゼルの白書
◇「定本 久生十蘭全集 3」国書刊行会 2009 p173
海仙寺党異聞
◇「司馬遼太郎短篇全集 8」文藝春秋 2005 p51
開戦直前の光景
◇「宮城谷昌光全集 21」文藝春秋 2004 p461

怪僧
◇「大庭みな子全集 6」日本経済新聞出版社 2009 p34
回想 磯部欣三先生
◇「田中志津全作品集 下巻」武蔵野書院 2013 p192
改造を要する日本の活動写真
◇「谷崎潤一郎全集 25」中央公論新社 2016 p173
回想のシャルトル
◇「辻邦生全集 17」新潮社 2005 p29
回想のなかのゴシック
◇「辻邦生全集 19」新潮社 2005 p135
階層のピラミッド
◇「小田実全集 評論 16」講談社 2012 p37
階層のメタンガス
◇「石牟礼道子全集 1」藤原書店 2004 p108
回想のモダニズム
◇「日影丈吉全集 別巻」国書刊行会 2005 p726
回想の森
◇「松田解子自選集 10」澤田出版 2006 p5
回想の森有正先生
◇「辻邦生全集 16」新潮社 2005 p155
海草美味
◇「江戸川乱歩全集 30」光文社 2005(光文社文庫)p296
「改造」「文学者」
◇「佐々木基一全集 1」河出書房新社 2013 p200
「改造」「文藝春秋」二月号
◇「佐々木基一全集 1」河出書房新社 2013 p202
「改造」三月号
◇「小林秀雄全作品 9」新潮社 2003 p90
◇「小林秀雄全集 補巻 1」新潮社 2010 p461
「改造」五月号
◇「小林秀雄全作品 9」新潮社 2003 p126
◇「小林秀雄全集 補巻 1」新潮社 2010 p470
「改造」七月号
◇「小林秀雄全作品 9」新潮社 2003 p214
◇「小林秀雄全集 補巻 1」新潮社 2010 p489
「改造」十一月号
◇「小林秀雄全作品 7」新潮社 2003 p246
◇「小林秀雄全集 補巻 1」新潮社 2010 p401
「改造」十二月号
◇「小林秀雄全作品 7」新潮社 2003 p258
◇「小林秀雄全集 補巻 1」新潮社 2010 p403
快速船
◇「安部公房全集 29」新潮社 2000 p399
海賊船
◇「岡本綺堂探偵小説全集 2」作品社 2012 p180
快速船 三幕十三景
◇「安部公房全集 5」新潮社 1997 p203
海賊船「大輝丸」事件
◇「井上ひさし短編中編小説集成 9」岩波書店 2015 p256

かいそ

海賊大将軍
◇「内田百閒集成 6」筑摩書房 2003（ちくま文庫）p224

解題—石川淳著『夷斎筆談』
◇「安部公房全集 26」新潮社 1999 p157

解体か、新しいリアリティの発見か
◇「佐々木基一全集 10」河出書房新社 2013 p742

解体現象学
◇「定本 荒巻義雄メタSF全集 別巻」彩流社 2015 p80

拐帯行
◇「松本清張傑作選 時刻表を殺意が走る」新潮社 2009 p307
◇「松本清張傑作選 時刻表を殺意が走る」新潮社 2013（新潮文庫）p435

拐帯者
◇「梅崎春生作品集 3」沖積舎 2004 p113

解体と綜合 針生一郎
◇「安部公房全集 5」新潮社 1997 p432

快諾
◇「松下竜一未刊行著作集 2」海鳥社 2008 p306

開拓生活がにじみ出る北海道
◇「小松左京全集 完全版 29」城西国際大学出版会 2007 p120

開拓の花形パイロット・ファームの楽屋裏
◇「小松左京全集 完全版 29」城西国際大学出版会 2007 p130

開拓村
◇「安部公房全集 5」新潮社 1997 p287

開拓酪農民
◇「小檜山博全集 7」柏艪舎 2006 p28

槐多「二少年図」
◇「江戸川乱歩全集 24」光文社 2005（光文社文庫）p498
◇「江戸川乱歩全集 30」光文社 2005（光文社文庫）p151

買いだめ
◇「小檜山博全集 7」柏艪舎 2006 p342

階段
◇「大坪砂男全集 4」東京創元社 2013（創元推理文庫）p161

怪談厠鬼
◇「山田風太郎忍法帖短篇全集 11」筑摩書房 2005（ちくま文庫）p65

階段に顎ひっかけて
◇「田中小実昌エッセイ・コレクション 3」筑摩書房 2002（ちくま文庫）p272

怪談に就いて
◇「三橋一夫ふしぎ小説集成 2」出版芸術社 2005 p311

怪談入門
◇「江戸川乱歩全集 26」光文社 2003（光文社文庫）p289

階段のあがりはな
◇「小島信夫短篇集成 5」水声社 2015 p263

怪談・東と西
◇「日影丈吉全集 別巻」国書刊行会 2005 p281

怪談・ひとり者の卵
◇「日影丈吉全集 7」国書刊行会 2004 p379

怪談部屋
◇「山田風太郎ミステリー傑作選 8」光文社 2002（光文社文庫）

海中から大気圏へ
◇「小松左京全集 完全版 40」城西国際大学出版会 2012 p286

「懐中時計」
◇「小沼丹全集 4」未知谷 2004 p627

懐中時計
◇「小沼丹全集 2」未知谷 2004 p7
◇「小沼丹全集 2」未知谷 2004 p117

解嘲
◇「德田秋聲全集 15」八木書店 1999 p255

海鳥類の3Di征服
◇「小松左京全集 完全版 40」城西国際大学出版会 2012 p292

海底からの証言
◇「石牟礼道子全集 1」藤原書店 2004 p273

海底軍艦
◇「(押川)春浪選集 1」本の友社 2004 p1

改訂公告（「禁色」）
◇「決定版 三島由紀夫全集 27」新潮社 2003 p462

書いていない時の作家
◇「金井美恵子エッセイ・コレクション—1964-2013 1」平凡社 2013 p81

海底に眠る人麿のロマン〔対談〕(梅原猛)
◇「小松左京全集 完全版 35」城西国際大学出版会 2009 p325

海底のおばけ
◇「小松左京全集 完全版 25」城西国際大学出版会 2017 p281

海底の骨壷 妖気の幽霊船〔対談〕(山下彌三左衛門)
◇「安部公房全集 12」新潮社 1998 p254

海底の魔術師
◇「江戸川乱歩全集 17」光文社 2005（光文社文庫）p469

改訂版あとがき〔ゴメスの名はゴメス〕
◇「結城昌治コレクション ゴメスの名はゴメス」光文社 2008（光文社文庫）p269

改訂版「どれい狩り」をめぐって〔対談〕(千田是也)
◇「安部公房全集 21」新潮社 1999 p324

海底油田
◇「小松左京全集 完全版 25」城西国際大学出版会 2017 p73

回転寿司
  ◇「小檜山博全集 7」柏艪舎 2006 p178
回転木馬（文藝）
  ◇「丸谷才一全集 12」文藝春秋 2014 p377
外套
  ◇「大坪砂男全集 3」東京創元社 2013（創元推理文庫）p199
怪盗七面相
  ◇「山田風太郎ミステリー傑作選 2」光文社 2001（光文社文庫）p181
外套と青空
  ◇「坂口安吾全集 4」筑摩書房 1998 p88
外套と帽子
  ◇「江戸川乱歩全集 30」光文社 2005（光文社文庫）p290
外燈の雪
  ◇「小檜山博全集 1」柏艪舎 2006 p201
ガイドブック
  ◇「安部公房全集 23」新潮社 1999 p209
「ガイドブック」稽古日誌
  ◇「安部公房全集 23」新潮社 1999 p32
飼い馴らしと書きおろし
  ◇「吉行淳之介エッセイ・コレクション 3」筑摩書房 2004（ちくま文庫）p130
海難記
  ◇「定本 久生十蘭全集 8」国書刊行会 2010 p391
海南氏恐喝事件
  ◇「山本周五郎長篇小説全集 23」新潮社 2014 p35
概念と心其もの
  ◇「宮本百合子全集 9」新日本出版社 2001 p43
貝の火―森に変ったある沼の物語
  ◇「辻邦生全集 8」新潮社 2005 p412
開発される土地ととりのこされてゆく土地
  ◇「小松左京全集 完全版 29」城西国際大学出版会 2007 p143
海豹島
  ◇「定本 久生十蘭全集 3」国書刊行会 2009 p7
海豹島［『大陸』版］
  ◇「定本 久生十蘭全集 別巻」国書刊行会 2013 p30
海浜一日
  ◇「宮本百合子全集 3」新日本出版社 2001 p416
海浜荘の殺人
  ◇「山本周五郎探偵小説全集 4」作品社 2008 p222
海浜の花
  ◇「松田解子自選集 4」澤田出版 2005 p393
海浜の人
  ◇「決定版 三島由紀夫全集 37」新潮社 2004 p592
おんなの午後3 恢復期
  ◇「大庭みな子全集 18」日本経済新聞出版社 2010 p149
怪物
  ◇「小島信夫批評集成 8」水声社 2010 p209

怪物
  ◇「決定版 三島由紀夫全集 17」新潮社 2002 p679
「怪物」異稿1
  ◇「決定版 三島由紀夫全集 20」新潮社 2002 p733
「怪物」異稿2
  ◇「決定版 三島由紀夫全集 20」新潮社 2002 p735
怪物の出産
  ◇「小酒井不木随筆評論選集 6」本の友社 2004 p322
外部との違和感 第108回（平成4年度下半期）芥川賞
  ◇「大庭みな子全集 24」日本経済新聞出版社 2011 p76
「海部鶏」から「新名古屋コーチン」へ
  ◇「小松左京全集 完全版 40」城西国際大学出版会 2012 p214
開封―「開拓封疆」
  ◇「小松左京全集 完全版 43」城西国際大学出版会 2014 p46
回峰行
  ◇「隆慶一郎全集 19」新潮社 2010 p293
解放された女たちの「かなしみ」それを忘れたふりはよくない〔聞き手〕尾崎真理子〔インタビュー〕
  ◇「大庭みな子全集 24」日本経済新聞出版社 2011 p276
解放されたのか
  ◇「石牟礼道子全集 10」藤原書店 2006 p464
解放されない性のために
  ◇「瀬戸内寂聴随筆選 1」ゆまに書房 2009 p36
開放されない無意識
  ◇「小檜山博全集 6」柏艪舎 2006 p161
解剖風景
  ◇「山田風太郎エッセイ集成 昭和前期の青春」筑摩書房 2007 p26
搔巻
  ◇「井上ひさし短編中編小説集成 2」岩波書店 2014 p491
海鳴会
  ◇「田中志津全作品集 下巻」武蔵野書院 2013 p165
海冥―太平洋戦争に関わる十六の短編
  ◇「小田実全集 小説 17」講談社 2011 p5
改名由来の記
  ◇「大坪砂男全集 4」東京創元社 2013（創元推理文庫）p382
壊滅―鬼子への頌歌
  ◇「辻井喬コレクション 7」河出書房新社 2003 p259
壊滅の序曲
  ◇「原民喜戦後全小説」講談社 2015（講談社文芸文庫）p54
買物
  ◇「向田邦子全集 新版 10」文藝春秋 2010 p40

かいも

買物―作家の生活
   ◇「安部公房全集 26」新潮社 1999 p282
開門
   ◇「林京子全集 7」日本図書センター 2005 p312
開聞岳を目ざした南方の民
   ◇「小松左京全集 完全版 29」城西国際大学出版会 2007 p95
カイヤット『愛のためいき』
   ◇「小島信夫批評集成 2」水声社 2011 p404
外遊精算書
   ◇「決定版 三島由紀夫全集 28」新潮社 2003 p267
外遊日記
   ◇「決定版 三島由紀夫全集 30」新潮社 2003 p49
恢癒―街の断章
   ◇「安部公房全集 29」新潮社 2000 p292
外来語是非
   ◇「坂口安吾全集 3」筑摩書房 1999 p380
外来語について
   ◇「井上ひさしコレクション ことばの巻」岩波書店 2005 p44
外来者
   ◇「小沼丹全集 4」未知谷 2004 p30
外来の音楽家に感謝したい
   ◇「宮本百合子全集 9」新日本出版社 2001 p160
偕楽園
   ◇「谷崎潤一郎全集 21」中央公論新社 2016 p272
快樂と幸福
   ◇「福田恆存評論集 17」麗澤大學出版會, 廣池學園事業部〔發売〕 2010 p164
快楽と死―怪奇な話 吉田健一
   ◇「金井美恵子エッセイ・コレクション―1964-2013 3」平凡社 2013 p118
快楽の一滴
   ◇「立松和平全小説 18」勉誠出版 2012 p1
快楽の樹
   ◇「立松和平全小説 18」勉誠出版 2012 p213
   ◇「立松和平全小説 18」勉誠出版 2012 p237
薈楽(くわいらく)の書―吉田健一氏「酒に呑まれた頭」
   ◇「決定版 三島由紀夫全集 28」新潮社 2003 p546
回覧板への注文
   ◇「宮本百合子全集 15」新日本出版社 2001 p129
海流
   ◇「宮本百合子全集 5」新日本出版社 2001 p97
廻廊にて
   ◇「辻邦生全集 1」新潮社 2004 p7
回廊の夜
   ◇「野呂邦暢小説集成 4」文遊社 2014 p319
街路樹の下のキオスク
   ◇「須賀敦子全集 3」河出書房新社 2007（河出文庫）p575

会話
   ◇「井上ひさし短編中編小説集成 11」岩波書店 2015 p86
会話
   ◇「大庭みな子全集 17」日本経済新聞出版社 2010 p33
会話を書く上の苦心
   ◇「徳田秋聲全集 19」八木書店 2000 p209
会話の美しさについて
   ◇「上野壮夫全集 3」図書新聞 2011 p381
『会話文範』序・凡例
   ◇「徳田秋聲全集 別巻」八木書店 2006 p86
かいわれ大根
   ◇「安部公房全集 29」新潮社 2000 p82
カインの待望論
   ◇「中井英夫全集 6」東京創元社 1996（創元ライブラリ）p393
カウカウカウ
   ◇「吉行淳之介エッセイ・コレクション 1」筑摩書房 2004（ちくま文庫）p197
カウボーイ・ポップ
   ◇「寺山修司著作集 1」クインテッセンス出版 2009 p366
カウンターのなかの荒野
   ◇「鈴木いづみコレクション 5」文遊社 1996 p236
花英寺譚
   ◇「決定版 三島由紀夫全集 補巻」新潮社 2005 p268
「花影」と「恋人たちの森」
   ◇「決定版 三島由紀夫全集 31」新潮社 2003 p654
華栄の丘
   ◇「宮城谷昌光全集 2」文藝春秋 2003 p555
「帰せ」との怒号おさまり蟬時雨・「大王」たちの「思い出(メモワール)」
   ◇「小田実全集 評論 7」講談社 2010 p302
替玉
   ◇「小酒井不木随筆評論選集 4」本の友社 2004 p139
帰って想うこと
   ◇「林京子全集 7」日本図書センター 2005 p474
かえって来た男
   ◇「小松左京全集 完全版 25」城西国際大学出版会 2017 p106
帰ってきた男
   ◇「須賀敦子全集 4」河出書房新社 2007（河出文庫）p306
帰ってきた人
   ◇「辻邦生全集 5」新潮社 2004 p130
帰ってきた幽霊
   ◇「都筑道夫少年小説コレクション 2」本の雑誌社 2005 p250
帰って行く母
   ◇「小檜山博全集 3」柏艪舎 2006 p189

楓の下陰
　◇「徳田秋聲全集 1」八木書店 1997 p296
返らぬ日
　◇「吉屋信子少女小説選 2」ゆまに書房 2003 p7
かえらぬ夢
　◇「佐々木基一全集 6」河出書房新社 2012 p362
帰らぬ六部
　◇「山田風太郎エッセイ集成 昭和前期の青春」筑摩書房 2007 p32
帰り来りぬ
　◇「三橋一夫ふしぎ小説集成 2」出版芸術社 2005 p105
かえりみち
　◇「松下竜一未刊行著作集 1」海鳥社 2008 p358
顧みて、いま 戦後50年
　◇「大庭みな子全集 23」日本経済新聞出版社 2011 p628
蛙
　◇「辻井喬コレクション 7」河出書房新社 2003 p70
蛙
　◇「辻邦生全集 2」新潮社 2004 p98
蛙
　◇「中井英夫全集 10」東京創元社 2002（創元ライブラリ）p116
帰る
　◇「林京子全集 1」日本図書センター 2005 p187
蛙の合唱
　◇「阿川弘之全集 16」新潮社 2006 p538
蛙の墓
　◇「小松左京全集 完全版 39」城西国際大学出版会 2012 p100
蛙のはりつけ
　◇「決定版 三島由紀夫全集 15」新潮社 2002 p21
かえるまた
　◇「宮城谷昌光全集 21」文藝春秋 2004 p150
蛙料理
　◇「定本 久生十蘭全集 6」国書刊行会 2010 p48
蛙は醫學の先生
　◇「小酒井不木随筆評論選集 6」本の友社 2004 p263
夏炎
　◇「天城一傑作集〔1〕」日本評論社 2004 p17
火焔
　◇「高城高全集 2」東京創元社 2008（創元推理文庫）p49
火炎河原
　◇「安部公房全集 29」新潮社 2000 p116
顔
　◇「安部公房全集 30」新潮社 2009 p128
顔
　◇「池波正太郎短篇ベストコレクション 1」リブリオ出版 2008 p69

顔
　◇「小檜山博全集 8」柏艪舎 2006 p165
顔
　◇「小松左京全集 完全版 25」城西国際大学出版会 2017 p32
顔
　◇「〔野呂邦暢〕随筆コレクション 1」みすず書房 2014 p212
　◇「野呂邦暢小説集成 7」文遊社 2016 p401
顔
　◇「松本清張自選短篇集 1」リブリオ出版 2007 p61
　◇「松本清張映画化作品集 2」双葉社 2008（双葉文庫）p55
　◇「松本清張傑作選 時刻表を殺意が走る」新潮社 2009 p183
　◇「松本清張短編全集 05」光文社 2009（光文社文庫）p83
　◇「松本清張傑作選 時刻表を殺意が走る」新潮社 2013（新潮文庫）p261
顔
　◇「宮本百合子全集 2」新日本出版社 2001 p222
顔を映すほら穴―「アフリカ芸術展」から
　◇「安部公房全集 15」新潮社 1998 p183
顔を語る
　◇「宮本百合子全集 15」新日本出版社 2001 p308
顔型の地方性
　◇「小島信夫批評集成 2」水声社 2011 p181
顔―この刻まれた魂にふれる
　◇「決定版 三島由紀夫全集 32」新潮社 2003 p453
顔さまざま―連合展をみて
　◇「決定版 三島由紀夫全集 27」新潮社 2003 p416
カオスが拓く新しい科学の世界（金子邦彦）
　◇「小松左京全集 完全版 47」城西国際大学出版会 2017 p73
顔と首
　◇「大庭みな子全集 3」日本経済新聞出版社 2009 p372
顔と服装
　◇「徳田秋聲全集 19」八木書店 2000 p231
「顔」とは…
　◇「安部公房全集 29」新潮社 2000 p537
顔なしわらべ唄
　◇「寺山修司著作集 5」クインテッセンス出版 2009 p190
顔のいろいろ
　◇「谷崎潤一郎全集 23」中央公論新社 2017 p268
顔のない宰相たち
　◇「小松左京全集 完全版 28」城西国際大学出版会 2006 p190
顔のない死体
　◇「江戸川乱歩全集 27」光文社 2004（光文社文庫）p256
　◇「江戸川乱歩全集 23」光文社 2005（光文社文庫）p585

かおの

顔の中の赤い月
　◇「佐々木基一全集 8」河出書房新社 2013 p423
顔の中の旅（危険な顔）
　◇「安部公房全集 11」新潮社 1998 p437
顔の話
　◇「小檜山博全集 8」柏艪舎 2006 p147
「顔」のゆくえ
　◇「深沢夏衣作品集」新幹社 2015 p465
顔・福田恆存
　◇「決定版 三島由紀夫全集 27」新潮社 2003 p496
カー覚書
　◇「江戸川乱歩全集 25」光文社 2005（光文社文庫）p366
顔世
　◇「谷崎潤一郎全集 17」中央公論新社 2015 p111
香
　◇「谷崎潤一郎全集 6」中央公論新社 2015 p403
香りへの旅
　◇「中井英夫全集 11」東京創元社 2000（創元ライブラリ）p129
香り高い闇
　◇「中井英夫全集 6」東京創元社 1996（創元ライブラリ）p313
香りの言葉
　◇「中井英夫全集 7」東京創元社 1998（創元ライブラリ）p80
香りの時間
　◇「中井英夫全集 7」東京創元社 1998（創元ライブラリ）p11
香は在りぬ
　◇「中井英夫全集 7」東京創元社 1998（創元ライブラリ）p581
馨る碑
　◇「国枝史郎歴史小説傑作選」作品社 2006 p343
郁（かお）る樹の詩（うた）―母と娘の往復書簡（大庭みな子・大庭優）
　◇「大庭みな子全集 17」日本経済新聞出版社 2010 p409
薫る南風
　◇「国枝史郎伝奇短篇小説集成 2」作品社 2006 p407
顔は看板か
　◇「小檜山博全集 6」柏艪舎 2006 p210
加賀
　◇「徳田秋聲全集 19」八木書店 2000 p221
　◇「徳田秋聲全集 19」八木書店 2000 p380
歌歌
　◇「上野壮夫全集 1」図書新聞 2010 p231
カカア天下を生んだ戦乱の地・上州
　◇「小松左京全集 完全版 31」城西国際大学出版会 2008 p49
加害者にはなりたくない
　◇「林京子全集 8」日本図書センター 2005 p371

課外授業
　◇「野呂邦暢」随筆コレクション 2」みすず書房 2014 p271
花塊の午後に
　◇「三枝和子選集 1」鼎書房 2007 p489
加賀乙彦*昭和史と天皇〔対談〕
　◇「大庭みな子全集 21」日本経済新聞出版社 2011 p249
加賀温泉郷潜行記
　◇「田中小実昌エッセイ・コレクション 2」筑摩書房 2002（ちくま文庫）p138
科学から空想へ―人工衛星・人間・芸術〔座談会〕（荒正人, 埴谷雄高, 武田泰淳）
　◇「安部公房全集 8」新潮社 1998 p190
「科学技術文明時代」を出現させたヒト
　◇「小松左京全集 完全版 40」城西国際大学出版会 2012 p396
科学小説の鬼
　◇「江戸川乱歩全集 27」光文社 2004（光文社文庫）p285
科学精神と文学精神
　◇「徳田秋聲全集 23」八木書店 2001 p307
科學的研究と探偵小説
　◇「小酒井不木随筆評論選集 7」本の友社 2004 p361
科学とイメージ
　◇「小松左京全集 完全版 40」城西国際大学出版会 2012 p370
　◇「小松左京全集 完全版 40」城西国際大学出版会 2012 p400
科学と気違いと刃物〔座談会〕（渥美和彦, 國弘正雄, 森政弘, 吉田夏彦）
　◇「小松左京全集 完全版 39」城西国際大学出版会 2012 p192
科学と虚構
　◇「小松左京全集 完全版 40」城西国際大学出版会 2012 p407
科学と芸術結合は可能〔対談〕（ドナルド・ブラウン）
　◇「安部公房全集 28」新潮社 2000 p245
家学とフランス好きと（加藤秀俊, 桑原武夫）
　◇「小松左京全集 完全版 38」城西国際大学出版会 2010 p18
科学と文学に共通する道具
　◇「小松左京全集 完全版 40」城西国際大学出版会 2012 p421
科学と文学に通底するもの
　◇「小松左京全集 完全版 40」城西国際大学出版会 2012 p424
科學と文藝
　◇「小酒井不木随筆評論選集 8」本の友社 2004 p64
科学の常識のため
　◇「宮本百合子全集 14」新日本出版社 2001 p263

科学の精神を
　◇「宮本百合子全集 15」新日本出版社 2001 p146
科学の有用性が優先された歴史
　◇「小松左京全集 完全版 40」城西国際大学出版会 2012 p407
科學発明の驚異
　◇「小酒井不木随筆評論選集 6」本の友社 2004 p298
科學文明の弱點
　◇「小酒井不木随筆評論選集 8」本の友社 2004 p69
書かないことの不安、書くことの不幸
　◇「金井美恵子エッセイ・コレクション—1964–2013 1」平凡社 2013 p99
書かなかったこと
　◇「金井美恵子エッセイ・コレクション—1964–2013 2」平凡社 2013 p182
加賀の味
　◇「大庭みな子全集 23」日本経済新聞出版社 2011 p549
画家の犯罪—Pen, Pencil and Poisonの再現
　◇「決定版 三島由紀夫全集 27」新潮社 2003 p96
可可貧の記
　◇「内田百閒集成 5」筑摩書房 2003（ちくま文庫）p220
鏡
　◇「安部公房全集 8」新潮社 1998 p321
鏡
　◇「大庭みな子全集 11」日本経済新聞出版社 2010 p296
鏡
　◇「中井英夫全集 10」東京創元社 2002（創元ライブラリ）p87
鏡
　◇「アンドロギュノスの裔 渡辺温全集」東京創元社 2011（創元推理文庫）p338
鏡か脚か
　◇「大庭みな子全集 23」日本経済新聞出版社 2011 p719
各務原・名古屋・国立
　◇「小島信夫長篇集成 10」水声社 2016 p11
『各務原・名古屋・国立』（講談社版）あとがき
　◇「小島信夫長篇集成 10」水声社 2016 p467
鏡地獄
　◇「江戸川乱歩全集 3」光文社 2005（光文社文庫）p229
　◇「江戸川乱歩全集 17」沖積舎 2009 p87
　◇「江戸川乱歩傑作集 2」リブレ出版 2015 p149
「鏡」そしてこの孤独なロシア人について—タルコフスキー
　◇「辻邦生全集 19」新潮社 2005 p323
鏡—ダリ
　◇「寺山修司著作集 5」クインテッセンス出版 2009 p195

鏡と影の世界—わが "のすたるじあ"
　◇「中井英夫全集 6」東京創元社 1996（創元ライブラリ）p530
鏡としての沼と海……
　◇「石牟礼道子全集 10」藤原書店 2006 p285
鏡と迷宮—男のナルシシズムについて
　◇「中井英夫全集 6」東京創元社 1996（創元ライブラリ）p68
鏡と呼子
　◇「安部公房全集 6」新潮社 1998 p273
鏡に棲む男
　◇「中井英夫全集 3」東京創元社 1996（創元ライブラリ）p374
鏡の意味〔対談〕(安部真知)
　◇「安部公房全集 24」新潮社 1999 p341
『鏡の裏』
　◇「小檜山博全集 8」柏艪舎 2006 p376
鏡の裏
　◇「小檜山博全集 3」柏艪舎 2006 p102
鏡の鉤吊り人—ピストレット
　◇「寺山修司著作集 5」クインテッセンス出版 2009 p300
鏡の記憶
　◇「高橋克彦自選短編集 1」講談社 2009（講談社文庫）p185
鏡の中
　◇「石川淳コレクション〔1〕」筑摩書房 2007（ちくま文庫）p407
鏡の中
　◇「立松和平全小説 23」勉誠出版 2013 p338
鏡の中
　◇「都筑道夫恐怖短篇集成 2」筑摩書房 2004（ちくま文庫）p217
鏡のなかへの旅
　◇「中井英夫全集 2」東京創元社 1998（創元ライブラリ）p413
鏡の中の顔
　◇「大庭みな子全集 11」日本経済新聞出版社 2010 p193
鏡の中の恋
　◇「決定版 三島由紀夫全集 34」新潮社 2003 p105
鏡の中の人生
　◇「三橋一夫ふしぎ小説集成 1」出版芸術社 2005 p196
鏡の中の世界
　◇「小松左京全集 完全版 25」城西国際大学出版会 2017 p191
鏡の中の月
　◇「宮本百合子全集 5」新日本出版社 2001 p220
鏡餅
　◇「宮本百合子全集 4」新日本出版社 2001 p387
輝いた希望と真心とで
　◇「宮本百合子全集 20」新日本出版社 2002 p745

かかや

輝く日の宮
　◇「丸谷才一全集 6」文藝春秋 2014 p7
輝け！ 刑法一七五条
　◇「20世紀断層―野坂昭如単行本未収録小説集成 4」幻戯書房 2010 p381
輝ける陽根
　◇「辺見庸掌編小説集 白版」角川書店 2004 p38
書かれなかった手紙―ホアン・ブニュエル
　◇「寺山修司著作集 5」クインテッセンス出版 2009 p287
我鬼
　◇「坂口安吾全集 4」筑摩書房 1998 p149
柿
　◇「定本 久生十蘭全集 10」国書刊行会 2011 p385
鍵
　◇「安部公房全集 6」新潮社 1998 p9
鍵
　◇「井上ひさしコレクション 人間の巻」岩波書店 2005 p204
鍵
　◇「小檜山博全集 4」柏艪舎 2006 p428
鍵
　◇「谷崎潤一郎全集 22」中央公論新社 2017 p89
鍵
　◇「津村節子自選作品集 6」岩波書店 2005 p1
鍵
　◇「野村胡堂伝奇幻想小説集成」作品社 2009 p35
鍵
　◇「向田邦子全集 新版 7」文藝春秋 2009 p206
鍵孔のない扉
　◇「鮎川哲也コレクション 鍵孔のない扉」光文社 2002（光文社文庫）p7
カーキ色から藍色の世代へ
　◇「林京子全集 7」日本図書センター 2005 p41
夏姫への思い
　◇「宮城谷昌光全集 21」文藝春秋 2004 p244
書きおえて
　◇「安部公房全集 21」新潮社 1999 p435
遺書（かきおき）に就て
　◇「アンドロギュノスの裔 渡辺温全集」東京創元社 2011（創元推理文庫）p173
〈書きおろし小説『密会』を執筆中〉『東京新聞』の談話記事
　◇「安部公房全集 25」新潮社 1999 p480
夏期学生の読物
　◇「德田秋聲全集 23」八木書店 2001 p243
書きかけの手紙
　◇「松下竜一未刊行著作集 1」海鳥社 2008 p43
蠣殻町と茅場町
　◇「谷崎潤一郎全集 18」中央公論新社 2016 p522
蠣殻町浜町界隈
　◇「谷崎潤一郎全集 21」中央公論新社 2016 p213

夏季休暇
　◇「谷崎潤一郎全集 25」中央公論新社 2016 p48
ガギグゲゴ
　◇「井上ひさしコレクション ことばの巻」岩波書店 2005 p105
「書き砕く」こととしての「文（ロゴス）」
　◇「小田実全集 評論 27」講談社 2013 p219
夏姫春秋（全）
　◇「宮城谷昌光全集 5」文藝春秋 2003 p5
餓鬼千匹の修羅
　◇「20世紀断層―野坂昭如単行本未収録小説集成 3」幻戯書房 2010 p457
牡蠣雑炊と芋棒
　◇「德田秋聲全集 16」八木書店 1999 p322
餓鬼大将の論理
　◇「井上ひさしコレクション 日本の巻」岩波書店 2005 p175
書出し
　◇「〔野呂邦暢〕随筆コレクション 1」みすず書房 2014 p342
杜若
　◇「定本 久生十蘭全集 10」国書刊行会 2011 p287
　◇「定本 久生十蘭全集 10」国書刊行会 2011 p379
「かきつばた・無心状」解説
　◇「小沼丹全集 4」未知谷 2004 p219
垣隣り
　◇「内田百閒集成 9」筑摩書房 2003（ちくま文庫）p261
鍵―中城ふみ子に
　◇「中井英夫全集 10」東京創元社 2002（創元ライブラリ）p156
書き抜き桜田門外の変
　◇「井上ひさしコレクション ことばの巻」岩波書店 2005 p124
ガキの言いわけ
　◇「田中小実昌エッセイ・コレクション 1」筑摩書房 2002（ちくま文庫）p314
鍵のかかる部屋
　◇「決定版 三島由紀夫全集 19」新潮社 2002 p207
牡蠣の殻なる牡蠣の身の……
　◇「中井英夫全集 6」東京創元社 1996（創元ライブラリ）p183
餓鬼の浄土―落日の赤きながめや
　◇「20世紀断層―野坂昭如単行本未収録小説集成 1」幻戯書房 2010 p7
鍵のない部屋
　◇「田中小実昌エッセイ・コレクション 4」筑摩書房 2003（ちくま文庫）p161
カギの話
　◇「小田実全集 評論 17」講談社 2012 p267
柿本人麿
　◇「坂口安吾全集 12」筑摩書房 1999 p325

書き始めるととまらない
　◇「石牟礼道子全集 4」藤原書店 2004 p338
『鍵』本文訂正について
　◇「谷崎潤一郎全集 22」中央公論新社 2017 p389
貨客船殺人事件〔解決篇〕
　◇「鮎川哲也コレクション挑戦篇 2」出版芸術社 2006 p236
貨客船殺人事件〔問題篇〕
　◇「鮎川哲也コレクション挑戦篇 2」出版芸術社 2006 p96
蝸牛（かぎゅう）… → "かたつむり…"を見よ
雅境の祀り
　◇「石牟礼道子全集 6」藤原書店 2006 p247
歌曲のためのナポリ詩集——十七世紀〜十九世紀（翻訳）（ミケランジェロ）
　◇「須賀敦子全集 5」河出書房新社 2008（河出文庫）p393
「限られた生命」を超えて
　◇「小松左京全集 完全版 36」城西国際大学出版会 2011 p219
かぎりないみずみずしさと若々しさの中に——竹宮恵子
　◇「小松左京全集 完全版 41」城西国際大学出版会 2013 p213
画一主義の風上のなかで
　◇「小田実全集 評論 3」講談社 2010 p237
画一的押しつけ
　◇「小松左京全集 完全版 29」城西国際大学出版会 2007 p356
學位濫授とは？
　◇「小酒井不木随筆評論選集 7」本の友社 2004 p435
架空戦記
　◇「定本 荒巻義雄メタSF全集 5」彩流社 2015 p346
架空の廻廊——と推理小説
　◇「中井英夫全集 7」東京創元社 1998（創元ライブラリ）p687
架空の民族をひとつ作ってみたいですね 「小松左京マガジン」編集長インタビュー 第四回（石毛直道）
　◇「小松左京全集 完全版 49」城西国際大学出版会 2017 p51
架空問答
　◇「井上ひさしコレクション 日本の巻」岩波書店 2005 p356
覚海上人天狗になる事
　◇「谷崎潤一郎全集 15」中央公論新社 2016 p471
核家族
　◇「小松左京全集 完全版 36」城西国際大学出版会 2011 p281
格が低い
　◇「小田実全集 小説 32」講談社 2013 p448
楽毅（上）
　◇「宮城谷昌光全集 14」文藝春秋 2003 p5

楽毅（下）
　◇「宮城谷昌光全集 15」文藝春秋 2004 p5
学芸会
　◇「小檜山博全集 8」柏艪舎 2006 p107
「学兄」としての米朝師——桂米朝
　◇「小松左京全集 完全版 41」城西国際大学出版会 2013 p241
書くことと生きること
　◇「辻邦生全集 16」新潮社 2005 p30
書くことと読むこと
　◇「辻邦生全集 18」新潮社 2005 p125
書くことのエロス
　◇「野坂昭如エッセイ・コレクション 3」筑摩書房 2004（ちくま文庫）p141
書くことの快楽
　◇「辻邦生全集 18」新潮社 2005 p149
書くことの根源的な意味
　◇「辻邦生全集 18」新潮社 2005 p47
書くことのない作家は「猫」以外に何で「しのぐ」か
　◇「金井美恵子エッセイ・コレクション——1964-2013 2」平凡社 2013 p349
書くことの始まりにむかって
　◇「金井美恵子エッセイ・コレクション——1964-2013 1」平凡社 2013 p30
かくされた怨み
　◇「宮城谷昌光全集 21」文藝春秋 2004 p483
匿された本質
　◇「狩久全集 2」皆進社 2013 p214
核シェルターの中の展覧会〔インタビュー〕（芸術新潮編集部）
　◇「安部公房全集 28」新潮社 2000 p108
学士会館の「生きた化石」とオモニ
　◇「小田実全集 評論 18」講談社 2012 p129
隠し方のトリック
　◇「江戸川乱歩全集 27」光文社 2004（光文社文庫）p265
　◇「江戸川乱歩全集 23」光文社 2005（光文社文庫）p578
隠し子について
　◇「色川武大・阿佐田哲也エッセイズ 3」筑摩書房 2003（ちくま文庫）p236
核時代の「方舟」〔対談〕（筑紫哲也）
　◇「安部公房全集 27」新潮社 2000 p240
核時代の方舟——第54回新潮文化講演会
　◇「安部公房全集 28」新潮社 2000 p16
かくし念仏
　◇「横溝正史時代小説コレクション捕物篇 2」出版芸術社 2004 p246
学士の恋
　◇「徳田秋聲全集 5」八木書店 1998 p127
隠し場所
　◇「向田邦子全集 新版 7」文藝春秋 2009 p130

かくし

學者気質
　◇「小酒井不木随筆評論選集 8」本の友社 2004 p1
学者が見た昭和（石毛直道）
　◇「小松左京全集 完全版 47」城西国際大学出版会 2017 p255
学者と官僚
　◇「小林秀雄全作品 12」新潮社 2003 p247
　◇「小林秀雄全集 補巻 2」新潮社 2010 p150
學者と空想
　◇「小酒井不木随筆評論選集 8」本の友社 2004 p75
学者女房に「有頂天」
　◇「石牟礼道子全集 16」藤原書店 2013 p542
学者の足
　◇「狩久全集 2」皆進社 2013 p277
各種アンケート
　◇「アンドロギュノスの裔 渡辺温全集」東京創元社 2011（創元推理文庫）p618
学習院大学の文学
　◇「決定版 三島由紀夫全集 29」新潮社 2003 p624
学習院の卒業式
　◇「決定版 三島由紀夫全集 29」新潮社 2003 p499
学習院文芸部短歌会詠草
　◇「決定版 三島由紀夫全集 補巻」新潮社 2005 p193
学習教室
　◇「松下竜一未刊行著作集 1」海鳥社 2008 p131
各種交通機関に対する利用者の体験を聴く
　◇「徳田秋聲全集 23」八木書店 2001 p306
學術上の詐欺と運
　◇「小酒井不木随筆評論選集 6」本の友社 2004 p27
学生アイス
　◇「向田邦子全集 新版 5」文藝春秋 2009 p163
学生夏期最有益経過法
　◇「徳田秋聲全集 23」八木書店 2001 p245
学生歌舞伎気質
　◇「決定版 三島由紀夫全集 18」新潮社 2002 p539
〈抜粋〉学生航空の発向
　◇「内田百閒集成 24」筑摩書房 2004（ちくま文庫）p120
学生航空の発向
　◇「内田百閒集成 11」筑摩書房 2003（ちくま文庫）p145
学生航空の揺籃
　◇「内田百閒集成 11」筑摩書房 2003（ちくま文庫）p219
覚醒剤に関する筆記
　◇「谷崎潤一郎全集 25」中央公論新社 2016 p627
学生時代の学科に対する名流の回想
　◇「徳田秋聲全集 23」八木書店 2001 p245
学生のための推薦図書
　◇「宮本百合子全集 20」新日本出版社 2002 p748
学生の分際で小説を書いたの記
　◇「決定版 三島由紀夫全集 28」新潮社 2003 p370

学生の夢
　◇「谷崎潤一郎全集 25」中央公論新社 2016 p15
「学生論」の試み
　◇「小田実全集 評論 4」講談社 2010 p176
カクテルのチェリーの味は
　◇「田辺聖子全集 5」集英社 2004 p408
咢堂小論
　◇「坂口安吾全集 4」筑摩書房 1998 p3
「學鐙」の二人の編集者
　◇「辻邦生全集 16」新潮社 2005 p254
家具について
　◇「〔野呂邦暢〕随筆コレクション 1」みすず書房 2014 p135
「核の傘」の抑止力を無邪気に信じる人たち
　◇「小田実全集 評論 29」講談社 2013 p156
かくの如しだ
　◇「松田解子自選集 9」澤田出版 2009 p61
赫髪
　◇「中上健次集 3」インスクリプト 2015 p283
岳飛
　◇「国枝史郎歴史小説傑作選」作品社 2006 p231
核兵器 人間 文学（田中良）
　◇「開高健ルポルタージュ選集 声の狩人」光文社 2008（光文社文庫）p183
覚兵衛物語
　◇「司馬遼太郎短篇全集 5」文藝春秋 2005 p463
鶴鳴
　◇「宮城谷昌光全集 21」文藝春秋 2004 p372
革命意志としてのロオトレアモニスムに就いて
　◇「田村泰次郎選集 5」日本図書センター 2005 p38
革命か反抗か
　◇「〔野呂邦暢〕随筆コレクション 2」みすず書房 2014 p314
革命的スピードアップ
　◇「小松左京全集 完全版 29」城西国際大学出版会 2007 p17
革命的だったイネ科と人の出会い
　◇「小松左京全集 完全版 34」城西国際大学出版会 2009 p240
革命哲学としての陽明学
　◇「決定版 三島由紀夫全集 36」新潮社 2003 p277
「革命」という「たのしいしごと」
　◇「小田実全集 評論 7」講談社 2010 p236
革命と芸術
　◇「佐々木基一全集 2」河出書房新社 2013 p308
革命と芸術の問題
　◇「佐々木基一全集 2」河出書房新社 2013 p77
革命と文学者
　◇「佐々木基一全集 3」河出書房新社 2013 p273

「革命と文学」武田泰淳・埴谷雄高との鼎談
（一九七五年）
　◇「小田実全集 評論 28」講談社 2013 p81

革命とは何か
　◇「石川淳コレクション 3」筑摩書房 2007（ちくま文庫）p240

「革命の芸術」は「芸術の革命」でなければならぬ！
　◇「安部公房全集 2」新潮社 1997 p268

革命の詩
　◇「決定版 三島由紀夫全集 27」新潮社 2003 p452

革命のためのサウンドトラック
　◇「清水アリカ全集」河出書房新社 2011 p9

革命のドラマ
　◇「小島信夫批評集成 2」水声社 2011 p457

革命の文学・文学の革命
　◇「上野壯夫全集 3」図書新聞 2011 p486

革命夢譚
　◇「福田恆存評論集 7」麗澤大學出版會, 廣池學園事業部〔発売〕2008 p189

かくもコケにされて
　◇「松下竜一未刊行著作集 4」海鳥社 2008 p273

かくも空しき……
　◇「中井英夫全集 10」東京創元社 2002（創元ライブラリ）p130

学問
　◇「小林秀雄全作品 24」新潮社 2004 p11
　◇「小林秀雄全集 補巻 3」新潮社 2010 p222

学問をこえたもの（加藤秀俊, 貝塚茂樹）
　◇「小松左京全集 完全版 38」城西国際大学出版会 2010 p54

学問の世界 碩学に聞く
　◇「小松左京全集 完全版 38」城西国際大学出版会 2010 p9

学問の楽しさ（加藤秀俊, 篠田統）
　◇「小松左京全集 完全版 38」城西国際大学出版会 2010 p117

学問の広さということ（加藤秀俊, 江上波夫）
　◇「小松左京全集 完全版 38」城西国際大学出版会 2010 p145

楽屋裏
　◇「小沼丹全集 4」未知谷 2004 p463

かぐや御殿（完四郎広目手控シリーズ）
　◇「高橋克彦自選短編集 3」講談社 2010（講談社文庫）p5

楽屋で書かれた演劇論
　◇「決定版 三島由紀夫全集 29」新潮社 2003 p417

楽屋噺
　◇「江戸川乱歩全集 24」光文社 2005（光文社文庫）p592

香具山から最上川へ
　◇「丸谷才一全集 7」文藝春秋 2014 p69

神楽坂の虎
　◇「内田百閒集成 4」筑摩書房 2003（ちくま文庫）p302

学らん
　◇「大庭みな子全集 16」日本経済新聞出版社 2010 p104

改訂完全版確率2／2の死
　◇「島田荘司全集 4」南雲堂 2010 p5

鶴唳
　◇「谷崎潤一郎全集 8」中央公論新社 2017 p327

隠れ唄（だましゑシリーズ）
　◇「高橋克彦自選短編集 3」講談社 2010（講談社文庫）p545

かくれ家
　◇「徳田秋聲全集 7」八木書店 1998 p19

隠れ神
　◇「車谷長吉全集 3」新書館 2010 p96

隠れ座頭
　◇「三角寛サンカ選集第二期 12」現代書館 2005 p179

かくれさと苦界行
　◇「隆慶一郎全集 7」新潮社 2009 p7

隠れた病根（十二月六日）
　◇「福田恆存評論集 18」麗澤大學出版會, 廣池學園事業部〔発売〕2010 p96

隠れたる名著
　◇「阿川弘之全集 20」新潮社 2007 p305

かくれんぼ
　◇「内田百閒集成 14」筑摩書房 2003（ちくま文庫）p203

かくれんぼ
　◇「寺山修司著作集 1」クインテッセンス出版 2009 p463
　◇「寺山修司著作集 4」クインテッセンス出版 2009 p41

かくれんぼの塔
　◇「寺山修司著作集 1」クインテッセンス出版 2009 p492

香わしい時間の至福―青いパパイヤの香り
　◇「辻邦生全集 19」新潮社 2005 p443

學割（十一月二十四日）
　◇「福田恆存評論集 18」麗澤大學出版會, 廣池學園事業部〔発売〕2010 p128

影
　◇「阿川弘之全集 4」新潮社 2005 p317

影
　◇「辻邦生全集 2」新潮社 2004 p100

影
　◇「都筑道夫恐怖短篇集成 2」筑摩書房 2004（ちくま文庫）p230

影
　◇「林京子全集 1」日本図書センター 2005 p225

かけ

影
　◇「古井由吉自撰作品 2」河出書房新社 2012 p7
影
　◇「決定版 三島由紀夫全集 19」新潮社 2002 p649
影
　◇「三橋一夫ふしぎ小説集成 2」出版芸術社 2005 p146
賭
　◇「安部公房全集 11」新潮社 1998 p305
翳
　◇「原民喜戦後全小説」講談社 2015（講談社文芸文庫）p513
花刑
　◇「森村誠一ベストセレクション 雪の絶唱」光文社 2010（光文社文庫）p151
家系図
　◇「大庭みな子全集 16」日本経済新聞出版社 2010 p12
改訂完全版 火刑都市
　◇「島田荘司全集 4」南雲堂 2010 p427
筧の話
　◇「梶井基次郎小説全集新装版」沖積舎 1995 p209
火系譜
　◇「20世紀断層―野坂昭如単行本未収録小説集成 1」幻戯書房 2010 p471
影絵
　◇「小沼丹全集 2」未知谷 2004 p84
影絵
　◇「寺山修司著作集 4」クインテッセンス出版 2009 p97
影右衛門
　◇「横溝正史時代小説コレクション捕物篇 2」出版芸術社 2004 p63
影を売った男
　◇「小島信夫批評集成 6」水声社 2011 p138
ブルースターの手記 影を売った男
　◇「野坂昭如エッセイ・コレクション 1」筑摩書房 2004（ちくま文庫）p286
影を売る店
　◇「中井英夫全集 5」東京創元社 2002（創元ライブラリ）p77
欠け落ち者・おかね
　◇「隆慶一郎全集 8」新潮社 2010 p293
　◇「隆慶一郎短編全集 2」日本経済新聞出版社 2014（日経文芸文庫）p102
影男
　◇「江戸川乱歩全集 18」光文社 2004（光文社文庫）p9
　◇「江戸川乱歩全集 17」沖積舎 2009 p101
影が重なる時
　◇「小松左京全集 完全版 12」城西国際大学出版会 2007 p130
過激に謙虚で—コミマサが読む
　◇「田中小実昌エッセイ・コレクション 5」筑摩書房 2003（ちくま文庫）p306
崖くずれ
　◇「小檜山博全集 7」柏艪舎 2006 p315
崖壊れで九死の中に一生を得たる當時の惨状
　◇「小寺菊子作品集 3」桂書房 2014 p12
かけことば
　◇「決定版 三島由紀夫全集 36」新潮社 2003 p527
懸詞（かけことば）
　◇「決定版 三島由紀夫全集 26」新潮社 2003 p380
「懸詞」異稿
　◇「決定版 三島由紀夫全集 36」新潮社 2003 p531
駈込み訴え
　◇「山本周五郎長篇小説全集 7」新潮社 2013 p47
駆込寺藤始末
　◇「隆慶一郎全集 8」新潮社 2010 p209
かけだしのテキヤのころ
　◇「田中小実昌エッセイ・コレクション 6」筑摩書房 2003（ちくま文庫）p275
欠けていた「海」の視点
　◇「小松左京全集 完全版 46」城西国際大学出版会 2016 p114
欠けていた「幸福」の観念
　◇「辻邦生全集 18」新潮社 2005 p40
「崖」と「カビリアの夜」
　◇「佐々木基一全集 7」河出書房新社 2013 p127
賭けない麻雀
　◇「色川武大・阿佐田哲也エッセイズ 1」筑摩書房 2003（ちくま文庫）p245
影なき災禍
　◇「開高健ルポルタージュ選集 サイゴンの十字架」光文社 2008（光文社文庫）p133
影に追われる男
　◇「土屋隆夫コレクション新装版 天狗の面」光文社 2002（光文社文庫）p403
崖の上のピアニスト
　◇「阿川弘之全集 18」新潮社 2007 p168
陰の歌麿
　◇「高橋克彦自選短編集 1」講談社 2009（講談社文庫）p517
影の会のこと―乱歩から清張へ
　◇「中井英夫全集 6」東京創元社 1996（創元ライブラリ）p405
影の影
　◇「天城一傑作集〔1〕」日本評論社 2004 p90
影の狩人
　◇「中井英夫全集 3」東京創元社 1996（創元ライブラリ）p639
影の曲
　◇「決定版 三島由紀夫全集 37」新潮社 2004 p704
影の告発
　◇「土屋隆夫コレクション新装版 影の告発」光文社 2002（光文社文庫）p7

影の殺人
　◇「日影丈吉全集 8」国書刊行会 2004 p33
影のない犯人
　◇「坂口安吾全集 14」筑摩書房 1999 p177
影の人
　◇「定本 久生十蘭全集 8」国書刊行会 2010 p572
影の風神
　◇「赤江瀑短編傑作選 恐怖編」光文社 2007（光文社文庫）p103
影の舞踏会
　◇「中井英夫全集 3」東京創元社 1996（創元ライブラリ）p47
陰の虫
　◇「日影丈吉全集 7」国書刊行会 2004 p416
影の理論
　◇「大坪砂男全集 4」東京創元社 2013（創元推理文庫）p480
影（煤烟の序に代ふる対話）
　◇「[森]鷗外近代小説集 3」岩波書店 2013 p153
桟橋（かけはし）… → "さんばし…"を見よ
影ふたつ
　◇「石川淳コレクション 〔1〕」筑摩書房 2007（ちくま文庫）p206
影法師
　◇「内田百閒集成 14」筑摩書房 2003（ちくま文庫）p173
影法師が踊る（埴谷雄高）
　◇「大庭みな子全集 23」日本経済新聞出版社 2011 p266
影法師連盟
　◇「中井英夫全集 5」東京創元社 2002（創元ライブラリ）p84
影武者徳川家康 一
　◇「隆慶一郎全集 2」新潮社 2009 p7
影武者徳川家康 二
　◇「隆慶一郎全集 3」新潮社 2009 p7
影武者徳川家康 三
　◇「隆慶一郎全集 4」新潮社 2009 p7
影武者徳川家康 四
　◇「隆慶一郎全集 5」新潮社 2009 p7
賭ける
　◇「高城高全集 2」東京創元社 2008（創元推理文庫）p235
駈ける男の横顔 大庭みな子対談集
　◇「大庭みな子全集 22」日本経済新聞出版社 2011 p7
駆ける―夕映えの空に向かい
　◇「松下竜一未刊行著作集 3」海鳥社 2009 p375
かげろう
　◇「中上健次集 3」インスクリプト 2015 p322
糸遊（かげろう）
　◇「小松左京全集 完全版 20」城西国際大学出版会 2014 p357

蜻蛉
　◇「小島信夫短篇集成 7」水声社 2015 p69
かげろふ談義―葉山修三へ
　◇「坂口安吾全集 3」筑摩書房 1999 p3
陽炎―長歌
　◇「決定版 三島由紀夫全集 37」新潮社 2004 p261
かげろう忍法帖
　◇「山田風太郎忍法帖短篇全集 1」筑摩書房 2004（ちくま文庫）
かげらふの恋
　◇「中井英夫全集 10」東京創元社 2002（創元ライブラリ）p15
「賭はなされた」を見て
　◇「小林秀雄全作品 19」新潮社 2004 p167
　◇「小林秀雄全集 補巻 2」新潮社 2010 p505
影 Ein Märchen
　◇「アンドロギュノスの裔 渡辺温全集」東京創元社 2011（創元推理文庫）p15
加護
　◇「宮本百合子全集 2」新日本出版社 2001 p18
過古
　◇「梶井基次郎小説全集新装版」沖積舎 1995 p115
過去一年間の芸壇印象記
　◇「徳田秋聲全集 23」八木書店 2001 p258
河口
　◇「金井美恵子自選短篇集 エオンタ／自然の子供」講談社 2015（講談社文芸文庫）p213
河口
　◇「松田解子自選集 9」澤田出版 2009 p159
河口へ
　◇「松下竜一未刊行著作集 2」海鳥社 2008 p157
河口への道
　◇「「野呂邦暢」随筆コレクション 1」みすず書房 2014 p293
河口―エンディング・メッセージ
　◇「小松左京全集 完全版 43」城西国際大学出版会 2014 p332
河口をめぐる旅
　◇「「野呂邦暢」随筆コレクション 1」みすず書房 2014 p160
河口から
　◇「石牟礼道子全集 11」藤原書店 2005 p230
華甲二年
　◇「内田百閒集成 10」筑摩書房 2003（ちくま文庫）p50
華甲の宴
　◇「内田百閒集成 10」筑摩書房 2003（ちくま文庫）p9
雅号の由来
　◇「徳田秋聲全集 23」八木書店 2001 p123
　◇「徳田秋聲全集 23」八木書店 2001 p261
河口風景
　◇「辻邦生全集 5」新潮社 2004 p203

かこえ

過去への谺
　◇「辻邦生全集 18」新潮社 2005 p268
過去への旅
　◇「中井英夫全集 12」東京創元社 2006（創元ライブラリ）p204
過去を生き直す
　◇「大庭みな子全集 16」日本経済新聞出版社 2010 p137
過去からの手紙
　◇「狩久全集 4」皆進社 2013 p181
過酷なメッセージ記録に忙殺
　◇「小松左京全集 完全版 42」城西国際大学出版会 2014 p266
華国鋒政権はいつまで続くか─桑原寿二〔対談〕（桑原寿二）
　◇「福田恆存対談・座談集 4」玉川大学出版部 2012 p213
鹿児島阿房列車前章─尾ノ道・呉線・広島・博多
　◇「内田百閒集成 1」筑摩書房 2002（ちくま文庫）p115
鹿児島阿房列車後章─鹿児島・肥薩線・八代
　◇「内田百閒集成 1」筑摩書房 2002（ちくま文庫）p147
鹿児島鑑賞旅行
　◇「向田邦子全集 新版 6」文藝春秋 2009 p155
「過去世」について
　◇「決定版 三島由紀夫全集 27」新潮社 2003 p674
鵞湖仙人
　◇「国枝史郎伝奇短篇小説集成 1」作品社 2006 p378
過去帳
　◇「徳田秋聲全集 19」八木書店 2000 p54
「過去」と「壁」にむきあう
　◇「小田実全集 評論 16」講談社 2012 p208
過去と未来の国々─中国と東欧
　◇「開高健ルポルタージュ選集 過去と未来の国々」光文社 2007（光文社文庫）
過去にケジメをつける
　◇「小田実全集 評論 17」講談社 2012 p74
カゴヌケした娘の話
　◇「坂口安吾全集 11」筑摩書房 1998 p385
駕籠の怪
　◇「国枝史郎伝奇短篇小説集成 1」作品社 2006 p119
籠の小鳥
　◇「徳田秋聲全集 14」八木書店 2000 p230
過去の作品
　◇「徳田秋聲全集 19」八木書店 2000 p424
過去の正当化と孫文
　◇「小田実全集 評論 25」講談社 2012 p67
過去の罪
　◇「徳田秋聲全集 28」八木書店 2002 p196

「過去の時」は生きている
　◇「小松左京全集 完全版 31」城西国際大学出版会 2008 p54
カコヤニス「魚が出てきた日」
　◇「佐々木基一全集 7」河出書房新社 2013 p191
かごやの客
　◇「定本 久生十蘭全集 2」国書刊行会 2009 p603
渡籠雪女郎
　◇「国枝史郎歴史小説傑選」作品社 2006 p297
傘
　◇「田村泰次郎選集 1」日本図書センター 2005 p176
傘
　◇「辻井喬コレクション 7」河出書房新社 2003 p452
葛西君逝けり
　◇「徳田秋聲全集 21」八木書店 2001 p220
葛西君逝けるか
　◇「徳田秋聲全集 21」八木書店 2001 p218
葛西善藏・嘉村礒多
　◇「福田恆存評論集 13」麗澤大學出版會、廣池學園事業部〔発売〕2009 p42
葛西善藏集の末尾に
　◇「徳田秋聲全集 21」八木書店 2001 p256
『葛西善藏全集第三巻』葛西善藏集の末尾に
　◇「徳田秋聲全集 別巻」八木書店 2006 p112
河西電気出張所
　◇「松本清張初文庫化作品集 4」双葉社 2006（双葉文庫）p7
　◇「松本清張傑作選 戦い続けた男の素顔」新潮社 2009 p251
　◇「松本清張傑作選 戦い続けた男の素顔」新潮社 2013（新潮文庫）p359
ガサ入れ
　◇「松下竜一未刊行著作集 5」海鳥社 2009 p211
傘を折る女
　◇「島田荘司 very BEST 10 Author's Selection」講談社 2007（講談社box）p197
ガサ国賠裁判の、一審判決にふれて
　◇「松下竜一未刊行著作集 5」海鳥社 2009 p229
ガサ国賠請求裁判が再び始まりました
　◇「松下竜一未刊行著作集 5」海鳥社 2009 p244
風越峠にて
　◇「辻邦生全集 8」新潮社 2005 p295
鵲
　◇「石上玄一郎作品集 2」日本図書センター 2004 p115
鵲
　◇「石上玄一郎小説作品集成 2」未知谷 2008 p461
鵲
　◇「決定版 三島由紀夫全集 15」新潮社 2002 p101
重なる作物
　◇「徳田秋聲全集 19」八木書店 2000 p146

重なる風景
　◇「大庭みな子全集 6」日本経済新聞出版社 2009 p211
重ね十兵衛（舫鬼九郎シリーズ）
　◇「高橋克彦自選短編集 3」講談社 2010（講談社文庫）p223
カザフから激動を考える
　◇「小田実全集 評論 19」講談社 2012 p192
かさぶた宗建
　◇「渡辺淳一自選短篇コレクション 5」朝日新聞社 2006 p173
風祭り
　◇「定本 久生十蘭全集 7」国書刊行会 2010 p155
風見章さんのこと
　◇「国枝史郎歴史小説傑作選」作品社 2006 p488
鋏職
　◇「瀬戸内寂聴随筆選 3」ゆまに書房 2009 p127
飾燈
　◇「日影丈吉全集 6」国書刊行会 2002 p28
飾窓の花
　◇「決定版 三島由紀夫全集 37」新潮社 2004 p446
カザン
　◇「小松左京全集 完全版 43」城西国際大学出版会 2014 p231
花山院
　◇「決定版 三島由紀夫全集 15」新潮社 2002 p465
　◇「決定版 三島由紀夫全集 17」新潮社 2002 p705
「花山院」異稿
　◇「決定版 三島由紀夫全集 補巻」新潮社 2005 p351
『過酸化マンガン水の夢』
　◇「谷崎潤一郎全集 22」中央公論新社 2017 p9
過酸化マンガン水の夢
　◇「谷崎潤一郎全集 22」中央公論新社 2017 p11
カザン大学―窓側に座る夢想家・レーニン
　◇「小松左京全集 完全版 43」城西国際大学出版会 2014 p235
火山の休暇
　◇「決定版 三島由紀夫全集 17」新潮社 2002 p657
火事
　◇「〔野呂邦暢〕随筆コレクション 2」みすず書房 2014 p207
火事
　◇「林京子全集 7」日本図書センター 2005 p144
假死
　◇「小酒井不木随筆選集 5」本の友社 2004 p350
火事明り
　◇「津村節子自選作品集 6」岩波書店 2005 p425
梶井基次郎
　◇「佐々木基一全集 4」河出書房新社 2013 p42
梶井基次郎 詩と骨格
　◇「小島信夫批評集成 2」水声社 2011 p673

梶井基次郎 精神の昂揚
　◇「小島信夫批評集成 1」水声社 2011 p128
梶井基次郎全集 第一巻・第二巻
　◇「佐々木基一全集 1」河出書房新社 2013 p458
梶井基次郎と嘉村礒多
　◇「小林秀雄全作品 3」新潮社 2002 p202
　◇「小林秀雄全集 補巻 1」新潮社 2010 p170
梶井基次郎についての覚え書
　◇「丸谷才一全集 9」文藝春秋 2013 p418
カジカ汁
　◇「小檜山博全集 8」柏艪舎 2006 p196
加治木のクモ合戦
　◇「小松左京全集 完全版 40」城西国際大学出版会 2012 p242
賢い伝書鳩
　◇「阿川弘之全集 10」新潮社 2006 p179
果実
　◇「決定版 三島由紀夫全集 18」新潮社 2002 p9
　◇「決定版 三島由紀夫全集 37」新潮社 2004 p714
夏目小品
　◇「谷崎潤一郎全集 6」中央公論新社 2015 p401
假死と犯罪
　◇「小酒井不木随筆評論選集 1」本の友社 2004 p161
かしの木
　◇「宮本百合子全集 32」新日本出版社 2003 p56
樫の木のテーブル
　◇「林京子全集 4」日本図書センター 2005 p239
和（か）氏の璧
　◇「宮城谷昌光全集 21」文藝春秋 2004 p484
カシノ、マンドリニ、クインテツドに就て
　◇「定本 久生十蘭全集 10」国書刊行会 2011 p260
貸本・劇画ブームの芽
　◇「小松左京全集 完全版 42」城西国際大学出版会 2014 p256
姦
　◇「定本 久生十蘭全集 8」国書刊行会 2010 p216
鍛冶屋
　◇「石牟礼道子全集 11」藤原書店 2005 p443
貨車の影
　◇「決定版 三島由紀夫全集 37」新潮社 2004 p657
画集
　◇「原民喜戦後全小説」講談社 2015（講談社文芸文庫）p165
歌集『仰日』の著者に
　◇「宮本百合子全集 19」新日本出版社 2002 p369
歌集『集団行進』に寄せて
　◇「宮本百合子全集 12」新日本出版社 2001 p186
歌集〔初昔きのふけふ〕
　◇「谷崎潤一郎全集 25」中央公論新社 2016 p675
歌集論1―『緑色研究』
　◇「寺山修司著作集 5」クインテッセンス出版 2009

かしゆ

p136
歌集論2
　◇「寺山修司著作集 5」クインテッセンス出版 2009 p138
果樹園断章
　◇「中井英夫全集 10」東京創元社 2002（創元ライブラリ）p40
榕樹の踊り
　◇「立松和平全小説 16」勉誠出版 2012 p158
榕樹（ガジュマル）の下に
　◇「立松和平全小説 15」勉誠出版 2011 p203
仮象
　◇「梅崎春生作品集 3」沖積舎 2004 p174
霞城館三木清資料展示室
　◇「車谷長吉全集 3」新書館 2010 p283
画商奇譚
　◇「20世紀断層―野坂昭如単行本未収録小説集成 5」幻戯書房 2010 p220
画商という神秘的な商人
　◇「開高健ルポルタージュ選集 ずばり東京」光文社 2007（光文社文庫）p272
"歌笑"文化
　◇「坂口安吾全集 9」筑摩書房 1998 p489
火食
　◇「定本 久生十蘭全集 別巻」国書刊行会 2013 p529
可食的開高健論―開高健④
　◇「小松左京全集 完全版 41」城西国際大学出版会 2013 p148
頭文字
　◇「決定版 三島由紀夫全集 17」新潮社 2002 p125
かしわ鍋
　◇「内田百閒集成 17」筑摩書房 2004（ちくま文庫）p196
果心居士の幻術
　◇「司馬遼太郎短篇全集 4」文藝春秋 2005 p83
画人・菅楯彦さんを悼む
　◇「谷崎潤一郎全集 25」中央公論新社 2016 p318
歌人としての後鳥羽院
　◇「丸谷才一全集 7」文藝春秋 2014 p115
過信は不信の因
　◇「福田恆存評論集 18」麗澤大學出版會, 廣池學園事業部〔発売〕 2010 p283
カズイスチカ
　◇「〔森〕鷗外近代小説集 5」岩波書店 2013 p223
カズオ・イシグロ『日の名残り』の書評に書き足す
　◇「丸谷才一全集 11」文藝春秋 2014 p349
春日井建歌集「行け帰ることなく／未成年」
　◇「決定版 三島由紀夫全集 36」新潮社 2003 p356
春日井建氏の歌
　◇「決定版 三島由紀夫全集 31」新潮社 2003 p204
春日井建氏の「未青年」の序文
　◇「決定版 三島由紀夫全集 31」新潮社 2003 p491

微かなる弔鐘
　◇「高城高全集 3」東京創元社 2008（創元推理文庫）p103
春日文芸雑感
　◇「徳田秋聲全集 23」八木書店 2001 p84
被衣
　◇「中井英夫全集 3」東京創元社 1996（創元ライブラリ）p339
上総の剣客
　◇「司馬遼太郎短篇全集 7」文藝春秋 2005 p499
ガス集金人
　◇「小檜山博全集 7」柏艪舎 2006 p21
カステラ
　◇「内田百閒集成 12」筑摩書房 2003（ちくま文庫）p198
ガス燈時代の悪女
　◇「日影丈吉全集 別巻」国書刊行会 2005 p640
ガス燈の彼方に
　◇「中井英夫全集 7」東京創元社 1998（創元ライブラリ）p503
カストリ俟実録
　◇「定本 久生十蘭全集 7」国書刊行会 2010 p114
カストリ雑誌花盛り
　◇「小松左京全集 完全版 42」城西国際大学出版会 2014 p219
カストリ社事件
　◇「坂口安吾全集 7」筑摩書房 1998 p51
カストロの尼［翻訳］（スタンダール）
　◇「谷崎潤一郎全集 14」中央公論新社 2016 p297
カストロバルバ
　◇「定本 荒巻義雄メタSF全集 7」彩流社 2015 p5
数の支配
　◇「大庭みな子全集 16」日本経済新聞出版社 2010 p21
数の単位
　◇「宮城谷昌光全集 21」文藝春秋 2004 p404
カスピ海―河口デルタ地帯に入る
　◇「小松左京全集 完全版 43」城西国際大学出版会 2014 p327
カスペ事件
　◇「井上ひさし短編中編小説集成 9」岩波書店 2015 p278
糟谷氏
　◇「徳田秋聲全集 7」八木書店 1998 p106
掠れた唄たちへの頌―シャンソン
　◇「中井英夫全集 7」東京創元社 1998（創元ライブラリ）p410
風
　◇「石牟礼道子全集 1」藤原書店 2004 p426
風
　◇「大庭みな子全集 12」日本経済新聞出版社 2010 p99
　◇「大庭みな子全集 12」日本経済新聞出版社 2010

p209
◇「大庭みな子全集 13」日本経済新聞出版社 2010
　　　p350
◇「大庭みな子全集 23」日本経済新聞出版社 2011
　　　p460

風
◇「小沼丹全集 3」未知谷 2004 p376

風
◇「徳永直文学選集」熊本出版文化会館 2008 p337

風
◇「中井英夫全集 10」東京創元社 2002（創元ライブラリ）p174

風
◇「古井由吉自撰作品 8」河出書房新社 2012 p223

火星植物園
◇「中井英夫全集 3」東京創元社 1996（創元ライブラリ）p11

火星人Q
◇「狩久全集 6」皆進社 2013 p218

火星における一共和国の可能性
◇「鈴木いづみセカンド・コレクション 3」文遊社 2004 p197

火星の運河
◇「江戸川乱歩全集 3」光文社 2005（光文社文庫）p101
◇「江戸川乱歩全集 5」沖積舎 2007 p265

火星の金
◇「小松左京全集 完全版 25」城西国際大学出版会 2017 p41

火星の夢
◇「安部公房全集 2」新潮社 1997 p336

風色
◇「決定版 三島由紀夫全集 37」新潮社 2004 p530

風—うずくまって
◇「松下竜一未刊行著作集 3」海鳥社 2009 p365

風への墓碑銘
◇「高城高全集 4」東京創元社 2008（創元推理文庫）p93

風音
◇「小檜山博全集 2」柏艪舎 2006 p415

風かおる
◇「内田百閒集成 13」筑摩書房 2003（ちくま文庫）p249

化石
◇「安部公房全集 1」新潮社 1997 p208

化石の書庫
◇「定本 荒巻義雄メタSF全集 別巻」彩流社 2015 p22

化石の街
◇「島田荘司全集 5」南雲堂 2012 p458

風・故郷
◇「上野壮夫全集 1」図書新聞 2010 p252

加勢（かせ）しい力
◇「石牟礼道子全集 10」藤原書店 2006 p215

『風少年』
◇「小檜山博全集 8」柏艪舎 2006 p385

風少年
◇「小檜山博全集 5」柏艪舎 2006 p269

仮説・冬眠型結晶模様
◇「安部公房全集 7」新潮社 1998 p77

仮説の文学
◇「安部公房全集 15」新潮社 1998 p237

風と雨
◇「宮城谷昌光全集 21」文藝春秋 2004 p463

風と辛夷
◇「決定版 三島由紀夫全集 37」新潮社 2004 p490

風と自転車
◇「〔野呂邦暢〕随筆コレクション 1」みすず書房 2014 p163

風と白猿
◇「宮城谷昌光全集 1」文藝春秋 2002 p553

風と光と影と
◇「辻邦生全集 19」新潮社 2005 p118

風と光と二十の私と
◇「坂口安吾全集 4」筑摩書房 1998 p308

風と私
◇「決定版 三島由紀夫全集 37」新潮社 2004 p329

風に唄う人—プレヴェール
◇「中井英夫全集 7」東京創元社 1998（創元ライブラリ）p406

風に乗って来るコロポックル
◇「宮本百合子全集 1」新日本出版社 2000 p341

風の家
◇「津村節子自選作品集 6」岩波書店 2005 p355

風の唄
◇「大庭みな子全集 14」日本経済新聞出版社 2010 p485

風の噂
◇「渡辺淳一自選短篇コレクション 4」朝日新聞社 2006 p129

風の音（大原富枝）
◇「大庭みな子全集 23」日本経済新聞出版社 2011 p244

風の音のたわむれ—あくまで軽快に
◇「小田実全集 小説 31」講談社 2013 p343

風の音 水の音（映画「伽倻子のために」）
◇「大庭みな子全集 23」日本経済新聞出版社 2011 p298

風の鏡
◇「辻井喬コレクション 7」河出書房新社 2003 p404

風の适走（くわつそう）
◇「決定版 三島由紀夫全集 37」新潮社 2004 p428

かせの

風の神
　◇「内田百閒集成 13」筑摩書房 2003（ちくま文庫）p13
風の神さま
　◇「石牟礼道子全集 16」藤原書店 2013 p503
風の曲
　◇「決定版 三島由紀夫全集 37」新潮社 2004 p702
風の琴──ある森と湖の物語
　◇「辻邦生全集 8」新潮社 2005 p397
風の呪殺陣
　◇「隆慶一郎全集 8」新潮社 2010 p7
風の消長
　◇「宮城谷昌光全集 2」文藝春秋 2003 p345
風の頌──マルキシズムに
　◇「上野壮夫全集 1」図書新聞 2010 p67
風の谷
　◇「石牟礼道子全集 16」藤原書店 2013 p599
風の長歌
　◇「安部公房全集 29」新潮社 2000 p159
風の時／狼の時
　◇「天城一傑作集 4」日本評論社 2009 p1
風の中
　◇「中井英夫全集 10」東京創元社 2002（創元ライブラリ）p147
風の人
　◇「辺見庸編小説集 黒版」角川書店 2004 p82
風の日（童謡）
　◇「決定版 三島由紀夫全集 37」新潮社 2004 p475
風の吹く町
　◇「津村節子自選作品集 6」岩波書店 2005 p131
「風の又三郎」、風に似た他者の認識
　◇「大庭みな子全集 8」日本経済新聞社 2009 p462
風の岬
　◇「高城高全集 4」東京創元社 2008（創元推理文庫）p173
風の満干
　◇「決定版 三島由紀夫全集 37」新潮社 2004 p474
風の抑揚
　◇「決定版 三島由紀夫全集 37」新潮社 2004 p682
風の夜
　◇「岡本綺堂探偵小説全集 1」作品社 2012 p24
風博士
　◇「坂口安吾全集 1」筑摩書房 1999 p65
風光る
　◇「立松和平小説 4」勉誠出版 2010 p48
かぜひき
　◇「日影丈吉全集 7」国書刊行会 2004 p191
「風邪ひき猫」事件
　◇「日影丈吉全集 8」国書刊行会 2004 p783
風（『もってのほか』）
　◇「大庭みな子全集 23」日本経済新聞社 2011 p367
風や身にしむ
　◇「大庭みな子全集 16」日本経済新聞出版社 2010 p9
歌仙
　◇「石川淳コレクション 3」筑摩書房 2007（ちくま文庫）p200
歌仙 木の芽の巻
　◇「佐々木基一全集 6」河出書房新社 2012 p416
歌仙 黄砂塵の巻
　◇「佐々木基一全集 6」河出書房新社 2012 p401
歌仙殺人事件
　◇「20世紀断層─野坂昭如単行本未収録小説集成 5」幻戯書房 2010 p385
河泉独自の文化蓄積
　◇「小松左京全集 完全版 42」城西国際大学出版会 2014 p102
仮装会の後 対話劇
　◇「谷崎潤一郎全集 5」中央公論新社 2016 p225
仮装集団
　◇「山崎豊子全集 9」新潮社 2004 p7
仮装人物
　◇「徳田秋聲全集 17」八木書店 1999 p180
『仮装人物』について 秋声の発見 三
　◇「小島信夫批評集成 8」水声社 2010 p392
火葬の光景
　◇「小檜山博全集 8」柏艪舎 2006 p268
仮装の妙味
　◇「宮本百合子全集 13」新日本出版社 2001 p105
火葬場にて
　◇「小檜山博全集 6」柏艪舎 2006 p228
家族
　◇「須賀敦子全集 1」河出書房新社 2006（河出文庫）p282
家族あわせ
　◇「寺山修司著作集 4」クインテッセンス出版 2009 p78
家族合せ
　◇「決定版 三島由紀夫全集 17」新潮社 2002 p71
「家族合せ」異稿
　◇「決定版 三島由紀夫全集 補巻」新潮社 2005 p337
「家族合せ」創作ノート
　◇「決定版 三島由紀夫全集 17」新潮社 2002 p727
家族オペレッタ
　◇「田中小実昌エッセイ・コレクション 1」筑摩書房 2002（ちくま文庫）p291
『家族会議』──近頃見た日本映画の中から
　◇「徳田秋聲全集 22」八木書店 2001 p362
家族型レクリエーションの種
　◇「小松左京全集 完全版 42」城西国際大学出版会 2014 p166
家族共犯の流行
　◇「坂口安吾全集 6」筑摩書房 1998 p321

家族という名の
　◇「20世紀断層—野坂昭如単行本未収録小説集成 2」幻戯書房 2010 p373
家族熱
　◇「向田邦子全集 新版 10」文藝春秋 2010 p116
家族の一員としての "妖精"—藤子不二雄
　◇「小松左京全集 完全版 41」城西国際大学出版会 2013 p265
家族は六人・目一ツ半
　◇「坂口安吾全集 10」筑摩書房 1998 p492
過疎地帯
　◇「都筑道夫恐怖短篇集成 1」筑摩書房 2004（ちくま文庫）p364
ガソリンどろぼう
　◇「小松左京全集 完全版 24」城西国際大学出版会 2016 p473
(仮題)狐が二匹やってきたもしくは白と黒もしくは神様になったペテン師たち
　◇「安部公房全集 17」新潮社 1999 p337
花袋忌の雨
　◇「内田百閒集成 17」筑摩書房 2004（ちくま文庫）p99
仮題「恋の法則」プロット試案
　◇「安部公房全集 23」新潮社 1999 p42
花袋氏
　◇「德田秋聲全集 19」八木書店 2000 p115
花袋氏を見舞ふ
　◇「德田秋聲全集 21」八木書店 2001 p284
花袋・秋声の祝賀会に際して
　◇「宮本百合子全集 9」新日本出版社 2001 p52
『花袋全集第十巻』序文—驚くべき事実
　◇「德田秋聲全集 別巻」八木書店 2006 p117
課題としての生命美学
　◇「小松左京全集 完全版 36」城西国際大学出版会 2011 p328
仮題・人間修業
　◇「安部公房全集 8」新潮社 1998 p45
〈「仮題・人間修業」について〉
　◇「安部公房全集 8」新潮社 1998 p83
片腕
　◇「内田百閒集成 13」筑摩書房 2003（ちくま文庫）p93
片腕
　◇「岡本綺堂探偵小説全集 1」作品社 2012 p526
片腕
　◇「都筑道夫恐怖短篇集成 2」筑摩書房 2004（ちくま文庫）p102
片岡良一さんに学んだこと
　◇「佐々木基一全集 5」河出書房新社 2013 p211
かたおもい
　◇「大庭みな子全集 17」日本経済新聞社 2010 p51

型をやぶる〔対談〕(ドナルド・キーン)
　◇「安部公房全集 25」新潮社 1999 p450
肩書ってなんだろ？
　◇「田中小実昌エッセイ・コレクション 5」筑摩書房 2003（ちくま文庫）p42
かたかごの花
　◇「小沼丹全集 4」未知谷 2004 p500
カタカナ語
　◇「小檜山博全集 7」柏艪舎 2006 p211
　◇「小檜山博全集 8」柏艪舎 2006 p37
敵（かたき）
　◇「池波正太郎短篇ベストコレクション 4」リブリオ出版 2008 p5
敵討
　◇「吉村昭歴史小説集 4」岩波書店 2009 p515
敵討馬市伝奇
　◇「国枝史郎歴史小説傑作選」作品社 2006 p311
かたきを持つ男
　◇「日影丈吉全集 別巻」国書刊行会 2005 p657
敵役・大野九郎兵衛の逆運
　◇「山田風太郎エッセイ集成 秀吉はいつ知ったか」筑摩書房 2008 p203
火宅
　◇「中上健次集 1」インスクリプト 2014 p407
堅くて重い「私」
　◇「小島信夫批評集成 1」水声社 2011 p526
「火宅」について
　◇「決定版 三島由紀夫全集 27」新潮社 2003 p178
「火宅」について—作家の言葉
　◇「決定版 三島由紀夫全集 27」新潮社 2003 p165
火宅一一幕
　◇「決定版 三島由紀夫全集 21」新潮社 2002 p189
片栗の花
　◇「小沼丹全集 3」未知谷 2004 p569
カタコンブのことなど
　◇「須賀敦子全集 8」河出書房新社 2007（河出文庫）p262
片すみにかがむ死の影
　◇「宮本百合子全集 33」新日本出版社 2004 p365
カーター大統領の道義外交—林三郎〔対談〕(林三郎)
　◇「福田恆存対談・座談集 4」玉川大学出版部 2012 p182
愛をめぐる人生模様2 形を変えること
　◇「大庭みな子全集 18」日本経済新聞社 2010 p64
「形」を見る眼 対談(青山二郎)
　◇「小林秀雄全作品 18」新潮社 2004 p60
　◇「小林秀雄全集 補巻 1」新潮社 2010 p422
かたちなきものの魅力
　◇「大庭みな子全集 24」日本経済新聞社 2011 p269

かたち

「形」に耳をすます時
　◇「辻邦生全集 18」新潮社 2005 p322

寂兮寥兮（かたちもなく）
　◇「大庭みな子全集 8」日本経済新聞出版社 2009 p167

寂兮寥兮［エッセイ］
　◇「大庭みな子全集 23」日本経済新聞出版社 2011 p371

かたちもなく寂し
　◇「大庭みな子全集 17」日本経済新聞出版社 2010 p350

かたつむり
　◇「立松和平全小説 15」勉誠出版 2011 p237

蝸牛
　◇「中上健次集 1」インスクリプト 2014 p189

カタツムリの家出
　◇「寺山修司著作集 4」クインテッセンス出版 2009 p227

かたつむりのお化け
　◇「日影丈吉全集 別巻」国書刊行会 2005 p111

かたな
　◇「国枝史郎伝奇短篇小説集成 1」作品社 2006 p499

「刀を差さない心」をもつ日本人として生きる
　◇「小田実全集 評論 35」講談社 2013 p165

片寝
　◇「内田百閒集成 16」筑摩書房 2004 （ちくま文庫） p185

かたは
　◇「石上玄一郎小説作品集成 1」未知谷 2008 p472

肩ひじ張らずに描いた内面（読売文学賞の人）
　◇「大庭みな子全集 24」日本経済新聞出版社 2011 p255

片雛
　◇「中井英夫全集 6」東京創元社 1996 （創元ライブラリ） p600

片頬／リヴゴーシュ
　◇「中井英夫全集 10」東京創元社 2002 （創元ライブラリ） p195

形見の声─母層としての風土
　◇「石牟礼道子全集 11」藤原書店 2005 p502

片身の魚
　◇「石牟礼道子全集 10」藤原書店 2006 p206

形見の品々にまつはる思ひ出
　◇「谷崎潤一郎全集 22」中央公論新社 2017 p369

傾いた地平線
　◇「眉村卓コレクション 異世界篇 2」出版芸術社 2012 p3

傾く日
　◇「宮本百合子全集 20」新日本出版社 2002 p295

片眼
　◇「三橋一夫ふしぎ小説集成 3」出版芸術社 2005 p282

片目開眼─貝塚茂樹氏との対談
　◇「小松左京全集 完全版 30」城西国際大学出版会 2008 p300

片目の金魚
　◇「山田風太郎ミステリー傑作選 10」光文社 2002 （光文社文庫） p219

肩揉み
　◇「小檜山博全集 7」柏艪舎 2006 p171
　◇「小檜山博全集 8」柏艪舎 2006 p199

片柳治『長崎は今日も雨だった』
　◇「小檜山博全集 6」柏艪舎 2006 p361

かたや44マグナム、かたや長射程の狙撃銃
　◇「〔野呂邦暢〕随筆コレクション 2」みすず書房 2014 p235

型破り市長の書
　◇「安部公房全集 30」新潮社 2009 p172

馬廻片山忠兵衛
　◇「井上ひさし短編中編小説集成 10」岩波書店 2015 p363

片山敏彦君
　◇「内田百閒集成 17」筑摩書房 2004 （ちくま文庫） p264

「語り手の才」─開高健⑤
　◇「小松左京全集 完全版 41」城西国際大学出版会 2013 p150

語りもの文芸の息吹き
　◇「辻邦生全集 18」新潮社 2005 p210

ガダルカナル土産話
　◇「阿川弘之全集 18」新潮社 2007 p538

語ること
　◇「辺見庸掌編小説集 黒版」角川書店 2004 p122

カタルシスを求めて
　◇「金鶴泳作品集 2」クレイン 2006 p564

カタルシスといふこと
　◇「福田恆存評論集 2」麗澤大學出版會, 廣池學園事業部〔発売〕 2009 p331

がたろ（だましゑシリーズ）
　◇「高橋克彦自選短編集 3」講談社 2010 （講談社文庫） p447

型録漫録
　◇「小沼丹全集 4」未知谷 2004 p15

花痴
　◇「山崎豊子全集 4」新潮社 2004 p675

カチカチ武士道
　◇「横溝正史時代小説コレクション伝奇篇 1」出版芸術社 2003 p247

〔SF日本おとぎ話〕カチカチ山
　◇「小松左京全集 完全版 24」城西国際大学出版会 2016 p398

家畜たち
　◇「寺山修司著作集 1」クインテッセンス出版 2009 p53

かつて

価値の違い
　◇「小檜山博全集 8」柏艪舎 2006 p239
価値批判の方法
　◇「上野壮夫全集 3」図書新聞 2011 p84
臥猪庵の大討論は果てしもなく……
　◇「小松左京全集 完全版 34」城西国際大学出版会 2009 p261
花鳥
　◇「立松和平全小説 18」勉誠出版 2012 p131
花鳥とは何ぞ
　◇「決定版 三島由紀夫全集 28」新潮社 2003 p466
鷲鳥の夢、猫の夢
　◇「金井美恵子エッセイ・コレクション―1964-2013 2」平凡社 2013 p314
勝浦
　◇「中上健次集 2」インスクリプト 2018 p102
かつお
　◇「宮城谷昌光全集 21」文藝春秋 2004 p153
カツオに躍る夢
　◇「石牟礼道子全集 1」藤原書店 2004 p220
學界と拝金
　◇「小酒井不木随筆評論選集 7」本の友社 2004 p441
かつがれ屋
　◇「小松左京全集 完全版 18」城西国際大学出版会 2013 p44
月光
　◇「小島信夫短篇集成 7」水声社 2015 p13
学校裏
　◇「内田百閒集成 19」筑摩書房 2004（ちくま文庫）p116
学校を出ない男
　◇「徳田秋聲全集 30」八木書店 2002 p345
学校が変だ
　◇「小檜山博全集 8」柏艪舎 2006 p244
学校ぎらひな私 幼年時代の思出
　◇「徳田秋聲全集 20」八木書店 2001 p223
「学校時間」を減らして「自由時間」を増やすこと
　◇「小田実全集 評論 25」講談社 2012 p211
学校時代
　◇「谷崎潤一郎全集 25」中央公論新社 2016 p169
学校騒動記
　◇「内田百閒集成 6」筑摩書房 2003（ちくま文庫）p38
学校騒動余映
　◇「内田百閒集成 6」筑摩書房 2003（ちくま文庫）p47
郭公とアンテナ
　◇「小沼丹全集 4」未知谷 2004 p422
学校図書館
　◇〔野呂邦暢〕随筆コレクション 2」みすず書房 2014 p276

学校とは
　◇「小檜山博全集 8」柏艪舎 2006 p235
葛洪の仙薬
　◇「小酒井不木随筆評論選集 5」本の友社 2004 p409
学校の二階の窓から
　◇「決定版 三島由紀夫全集 36」新潮社 2003 p450
学校の春
　◇「決定版 三島由紀夫全集 36」新潮社 2003 p441
括弧の恋
　◇「井上ひさし短編中編小説集成 12」岩波書店 2015 p3
合作第一報
　◇「山田風太郎エッセイ集成 わが推理小説零年」筑摩書房 2007 p63
月山への道
　◇「小島信夫批評集成 7」水声社 2011 p147
「月山」について
　◇「小島信夫批評集成 7」水声社 2011 p147
活字との密約
　◇「江戸川乱歩全集 30」光文社 2005（光文社文庫）p75
活字と僕と―一年少の読者に贈る
　◇「江戸川乱歩全集 24」光文社 2005（光文社文庫）p421
活字になる前の批評
　◇「小島信夫批評集成 2」水声社 2011 p782
「甲子夜話」の忍者
　◇「山田風太郎忍法帖短篇全集 2」筑摩書房 2004（ちくま文庫）p307
合宿の青春
　◇「決定版 三島由紀夫全集 33」新潮社 2003 p114
合掌
　◇「小島信夫短篇集成 7」水声社 2015 p95
合唱団
　◇「向田邦子全集 新版 8」文藝春秋 2009 p104
合戦故事「逆櫓の松」
　◇「小松左京全集 完全版 42」城西国際大学出版会 2014 p45
ガッティの背中
　◇「須賀敦子全集 1」河出書房新社 2006（河出文庫）p83
かつて訪れた土地の不幸
　◇〔池澤夏樹〕エッセー集成 1」みすず書房 2008 p38
勝手な人
　◇「小島信夫短篇集成 2」水声社 2014 p515
勝手にコンセント
　◇「20世紀断層―野坂昭如単行本未収録小説集成 5」幻戯書房 2010 p444
郷愁の60年代グラフィティ 勝手にしやがれ！
　◇「鈴木いづみコレクション 2」文遊社 1997 p220

かつて

かつては生産地帯だった山脈
◇「小松左京全集 完全版 31」城西国際大学出版会 2008 p68

カット・アップ・レストラン
◇「定本 荒巻義雄メタSF全集 別巻」彩流社 2015 p104

活動開始
◇「小松左京全集 完全版 45」城西国際大学出版会 2015 p166

『活動写真がやってきた』(田中純一郎)
◇「山田風太郎エッセイ集成 風山房風呂焚き唄」筑摩書房 2008 p190

活動写真の現在と将来
◇「谷崎潤一郎全集 6」中央公論新社 2015 p387

活動的言語と現実
◇「田村泰次郎選集 5」日本図書センター 2005 p50

カット・グラス
◇「決定版 三島由紀夫全集 37」新潮社 2004 p599

河童おとし
◇「石牟礼道子全集 17」藤原書店 2012 p469

河童忌
◇「内田百閒集成 6」筑摩書房 2003（ちくま文庫）p102

河童考
◇「安部公房全集 9」新潮社 1998 p281

合羽坂
◇「内田百閒集成 7」筑摩書房 2003（ちくま文庫）p168

河童寺
◇「大坪砂男全集 2」東京創元社 2013（創元推理文庫）p337

哈叭道人夜話
◇「内田百閒集成 6」筑摩書房 2003（ちくま文庫）p173

カッパノベルス版あとがき〔大鴉〕
◇「高木彬光コレクション新装版 能面殺人事件」光文社 2004（光文社文庫）p400

カッパノベルス版あとがき〔刺青殺人事件〕
◇「高木彬光コレクション新装版 刺青殺人事件」光文社 2005（光文社文庫）p452

カッパノベルス版あとがき〔成吉思汗の秘密〕
◇「高木彬光コレクション新装版 成吉思汗の秘密」光文社 2005（光文社文庫）p384

カッパノベルス版あとがき〔白昼の死角〕
◇「高木彬光コレクション新装版 白昼の死角」光文社 2005（光文社文庫）p831

カッパノベルス版あとがき〔誘拐〕
◇「高木彬光コレクション新装版 誘拐」光文社 2005（光文社文庫）p524

カッパノベルス版カバー「著者のことば」〔邪馬台国の秘密〕
◇「高木彬光コレクション新装版 邪馬台国の秘密」光文社 2006（光文社文庫）p450

カッパノベルス版カバー「著者のことば」〔誘拐〕
◇「高木彬光コレクション新装版 誘拐」光文社 2005（光文社文庫）p522

カッパ・ノベルズ版「著者のことば」〔黒白の囮〕
◇「高木彬光コレクション新装版 黒白の囮」光文社 2006（光文社文庫）p377

河童のまき
◇「都筑道夫時代小説コレクション 4」戎光祥出版 2014（戎光祥時代小説名作館）p280

河童武士道
◇「横溝正史時代小説コレクション伝奇篇 2」出版芸術社 2003 p362

活版印刷の決定まで
◇「狩久全集 3」皆進社 2013 p15

『カップルズ』
◇「小島信夫批評集成 2」水声社 2011 p613

『カップルズ』と『三匹の蟹』
◇「小島信夫批評集成 2」水声社 2011 p545

活弁志願記
◇「江戸川乱歩全集 30」光文社 2005（光文社文庫）p95

渇望
◇「辻井喬コレクション 7」河出書房新社 2003 p254

勝夢酔
◇「坂口安吾全集 12」筑摩書房 1999 p351

勝村権兵衛のこと
◇「司馬遼太郎短篇全集 1」文藝春秋 2005 p55

かつらの怖い話
◇「宮城谷昌光全集 21」文藝春秋 2004 p329

桂離宮修復
◇「阿川弘之全集 20」新潮社 2007 p437

割礼する男は全世界で二億人
◇「小松左京全集 完全版 34」城西国際大学出版会 2009 p212

カティアが歩いた道
◇「須賀敦子全集 2」河出書房新社 2006（河出文庫）p185

家庭教師
◇「小檜山博全集 6」柏艪舎 2006 p197

家庭教師
◇「徳田秋聲全集 5」八木書店 1998 p148

家庭裁判
◇「決定版 三島由紀夫全集 18」新潮社 2002 p229

家庭裁判
◇「宮本百合子全集 16」新日本出版社 2002 p52

家庭創造の情熱
◇「宮本百合子全集 15」新日本出版社 2001 p350

家庭という枠を壊す行為とは—安西篤子『黒鳥』を読んで
◇「林京子全集 8」日本図書センター 2005 p313

家庭と学生
　◇「宮本百合子全集 15」新日本出版社 2001 p497
家庭と教育─己自身こそが己を作る
　◇「遠藤周作エッセイ選集 1」光文社 2006（知恵の森文庫）p154
家庭に於ける文芸書の選択に就いて〔座談会〕
　（阿部次郎、芥川龍之介、与謝野晶子、大村喜代子、千葉亀雄）
　◇「徳田秋聲全集 25」八木書店 2001 p3
家庭の意義
　◇「福田恆存評論集 17」麗澤大學出版會、廣池學園事業部〔発売〕2010 p152
家庭の経済生活を何うするか
　◇「徳田秋聲全集 23」八木書店 2001 p298
家庭の幸福
　◇「小島信夫批評集成 5」水声社 2011 p134
花底蛇（かていのじゃ）
　◇「向田邦子全集 新版 11」文藝春秋 2010 p79
家庭の人
　◇「徳田秋聲全集 5」八木書店 1998 p138
家庭の幻を背負いながら
　◇「色川武大・阿佐田哲也エッセイズ 1」筑摩書房 2003（ちくま文庫）p88
家庭は負ける〔1946.10.13〕
　◇「坂口安吾全集 4」筑摩書房 1998 p223
カーテル・クルツ補遺
　◇「内田百閒集成 9」筑摩書房 2003（ちくま文庫）p239
カーテン
　◇「〔野呂邦暢〕随筆コレクション 1」みすず書房 2014 p327
カーテンを替えようと、いよいよ決めるまで
　◇「金井美恵子エッセイ・コレクション─1964-2013 2」平凡社 2013 p178
カーテンレクチュア
　◇「20世紀断層─野坂昭如単行本未収録小説集成 補巻」幻戯書房 2010 p623
「蛾」と「蟻」の話─芥川龍之介全集の異国について
　◇「福田恆存評論集 12」麗澤大學出版會、廣池學園事業部〔発売〕2008 p189
ガ島
　◇「小田実全集 小説 9」講談社 2010 p7
可動橋
　◇「小松左京全集 完全版 43」城西国際大学出版会 2014 p390
加藤四郎左衛門
　◇「国枝史郎伝奇短篇小説集成 2」作品社 2006 p438
歌道の盛り
　◇「丸谷才一全集 7」文藝春秋 2014 p79
加藤の場合
　◇「松田解子自選集 4」澤田出版 2005 p197

我童の「堀川」（市村座を見る）
　◇「徳田秋聲全集 19」八木書店 2000 p310
加藤典洋＊日本文学の国際性〔対談〕
　◇「大庭みな子全集 21」日本経済新聞出版社 2011 p226
加藤道夫氏のこと
　◇「決定版 三島由紀夫全集 28」新潮社 2003 p535
カードを切るようにシーンを組み換える語り口でダニエル・シュミットには「牡丹燈籠」を撮らせよう
　◇「金井美恵子エッセイ・コレクション─1964-2013 4」平凡社 2014 p449
過渡期の芸術
　◇「佐々木基一全集 2」河出書房新社 2013 p120
ガード下の映画館
　◇「田中小実昌エッセイ・コレクション 3」筑摩書房 2002（ちくま文庫）p200
門出─たたずむ
　◇「松下竜一未刊行著作集 3」海鳥社 2009 p369
門出のために握手しよう
　◇「松田解子自選集 9」澤田出版 2009 p216
ガードナー
　◇「江戸川乱歩全集 30」光文社 2005（光文社文庫）p457
角の家
　◇「日影丈吉全集 7」国書刊行会 2004 p244
ガードのむこう側
　◇「須賀敦子全集 2」河出書房新社 2006（河出文庫）p335
門松売
　◇「徳田秋聲全集 28」八木書店 2002 p147
カードメモ（1）
　◇「安部公房全集 24」新潮社 1999 p14
カードメモ（2）
　◇「安部公房全集 25」新潮社 1999 p16
蚊取り線香
　◇「小檜山博全集 7」柏艪舎 2006 p150
金網の〈なか〉と〈そと〉
　◇「小田実全集 評論 4」講談社 2010 p198
家内の死
　◇「小島信夫批評集成 2」水声社 2011 p46
［金井美恵子インタヴュー］五〇年前から、書きたい時は、今もやっぱり「投稿」です。（上野昂志）
　◇「金井美恵子エッセイ・コレクション─1964-2013 1」平凡社 2013 p469
金井美恵子インタヴュー1982（山田宏一）
　◇「金井美恵子エッセイ・コレクション─1964-2013 4」平凡社 2014 p45
金沢へ行く
　◇「小檜山博全集 6」柏艪舎 2006 p149
金沢・東京・田端
　◇「中井英夫全集 6」東京創元社 1996（創元ライ

かなし

ブラリ）p521

悲しい木の葉が燦爛と―重症患者、坂本登・緒方正人逮捕へのカンパのお願い
◇「石牟礼道子全集 7」藤原書店 2005 p539

悲しい山村
◇「決定版 三島由紀夫全集 37」新潮社 2004 p550

悲しい新風
◇「坂口安吾全集 11」筑摩書房 1998 p347

悲しかつたこと嬉しかつたこと
◇「谷崎潤一郎全集 21」中央公論新社 2016 p334

悲しき思ひ
◇「徳田秋聲全集 6」八木書店 2000 p425

悲しきカンガルー
◇「契約―鈴木いづみSF全集」文遊社 2014 p17

悲しき自伝
◇「寺山修司著作集 1」クインテッセンス出版 2009 p61

悲しき絶叫
◇「戸川幸夫動物文学セレクション 1」ランダムハウス講談社 2008（ランダムハウス講談社文庫）p159

哀しき祖母
◇「小寺菊子作品集 2」桂書房 2014 p145

悲しき願い
◇「鈴木いづみコレクション 2」文遊社 1997 p75

悲しき賤女（はしため）の唄
◇「決定版 三島由紀夫全集 37」新潮社 2004 p113

悲しきピストル
◇「アンドロギュノスの裔 渡辺温全集」東京創元社 2011（創元推理文庫）p255

悲しき郵便屋―The Tale of Love and Cipher
◇「横溝正史探偵小説コレクション 1」出版芸術社 2004 p12

かなしくなったときは
◇「寺山修司著作集 1」クインテッセンス出版 2009 p393

かなしみ
◇「寺山修司著作集 1」クインテッセンス出版 2009 p385

哀しみ
◇「大庭みな子全集 6」日本経済新聞社 2009 p266

悲しみをこめて振り返れ―クルーゾ、カイヤット、グレミヨンをめぐって
◇「辻邦生全集 19」新潮社 2005 p435

悲しみの後
◇「徳田秋聲全集 11」八木書店 1998 p271

悲しみのあとで［翻訳］（ウンベルト・サバ）
◇「須賀敦子全集 5」河出書房新社 2008（河出文庫）p182

悲しみの母たち
◇「松下竜一未刊行著作集 1」海鳥社 2008 p304

悲しみの蓮の花
◇「石牟礼道子全集 7」藤原書店 2005 p400

悲しみは気高く―「グレゴリアンの調べ」によせて
◇「石牟礼道子全集 11」藤原書店 2005 p366

悲しめる心
◇「宮本百合子全集 33」新日本出版社 2004 p9

"悲しめる母"の記憶
◇「辻邦生全集 16」新潮社 2005 p122

〈仮名遣いについて〉『知性』のアンケートに答えて
◇「安部公房全集 5」新潮社 1997 p346

仮名づかひ＝文法＝文字＝その他いろいろのこと
◇「徳田秋聲全集 20」八木書店 2001 p144

彼方へ
◇「小松左京全集 完全版 14」城西国際大学出版会 2009 p53

彼方へ
◇「丸谷才一全集 2」文藝春秋 2014 p7

カナダ・エスキモー美術協会のあつめたエスキモーの彫刻
◇「大庭みな子全集 23」日本経済新聞出版社 2011 p282

カナダでのフランス文化の台頭
◇「小松左京全集 完全版 31」城西国際大学出版会 2008 p110

かなたの銀杏
◇「石牟礼道子全集 7」藤原書店 2005 p554

彼方の王宮
◇「中井英夫全集 7」東京創元社 1998（創元ライブラリ）p689

カナダ・マオリ族と「平和憲法」
◇「小田実全集 評論 24」講談社 2012 p60

彼方より
◇「中井英夫全集 8」東京創元社 1998（創元ライブラリ）p7

加奈のマングース
◇「戸川幸夫動物文学セレクション 2」ランダムハウス講談社 2008（ランダムハウス講談社文庫）p227

かならずこない
◇「田中小実昌エッセイ・コレクション 1」筑摩書房 2002（ちくま文庫）p371

かなり、うまく、生きた
◇「遠藤周作エッセイ選集 1」光文社 2006（知恵の森文庫）

カナリヤ塚
◇「徳田秋聲全集 27」八木書店 2002 p90

カナリヤの修身
◇「安部公房全集 3」新潮社 1997 p347

河南省
◇「小松左京全集 完全版 43」城西国際大学出版会

2014 p30
蟹
　◇『徳田秋聲全集 16』八木書店 1999 p222
蟹
　◇『野呂邦暢小説集成 4』文遊社 2014 p185
蟹狂乱
　◇『阿川弘之全集 20』新潮社 2007 p213
蟹たちの庭
　◇『〔野呂邦暢〕随筆コレクション 1』みすず書房 2014 p80
蟹の泡
　◇『坂口安吾全集 4』筑摩書房 1998 p145
蟹まんじゅう
　◇『小林秀雄全作品 21』新潮社 2004 p237
　◇『小林秀雄全集 補巻 3』新潮社 2010 p77
蟹料理
　◇『田村泰次郎選集 1』日本図書センター 2005 p247
カヌー
　◇『小松左京全集 完全版 43』城西国際大学出版会 2014 p356
金
　◇『小酒井不木随筆評論選集 8』本の友社 2004 p55
鐘
　◇『上野壮夫全集 1』図書新聞 2010 p447
鐘
　◇『辻邦生全集 17』新潮社 2005 p18
カネを神にしたあと
　◇『小檜山博全集 7』柏艪舎 2006 p113
金を借りに来た男—幕
　◇『谷崎潤一郎全集 12』中央公論新社 2017 p9
カネを撒く人
　◇『小檜山博全集 8』柏艪舎 2006 p35
金田浩一呂著『恐妻家日記』
　◇『阿川弘之全集 19』新潮社 2007 p225
かねたき
　◇『決定版 三島由紀夫全集 37』新潮社 2004 p257
鐘—弔歌第一番
　◇『中井英夫全集 10』東京創元社 2002（創元ライブラリ）p132
ガーネット
　◇『福田恆存評論集 15』麗澤大學出版會、廣池學園事業部〔発売〕2010 p172
金と戀
　◇『車谷長吉全集 3』新書館 2010 p134
金と文学
　◇『車谷長吉全集 3』新書館 2010 p131
金の縁
　◇『内田百閒集成 5』筑摩書房 2003（ちくま文庫）p48
鐘の音
　◇『田村泰次郎選集 4』日本図書センター 2005 p40

金の借り方作り方 昭和二十四年（獅子文六、森脇将光）
　◇『内田百閒集成 21』筑摩書房 2004（ちくま文庫）p131
金の使い方に関する発想法
　◇『吉行淳之介エッセイ・コレクション 1』筑摩書房 2004（ちくま文庫）p101
金まみれ政治と「物＝革命」
　◇『小田実全集 評論 24』講談社 2012 p37
カネ持ち
　◇『小檜山博全集 7』柏艪舎 2006 p313
金持と浮浪児
　◇『安部公房全集 3』新潮社 1997 p342
金は恨みの世の中ながら—カンパの訴え
　◇『石牟礼道子全集 9』藤原書店 2006 p509
加納作次郎氏の印象—女と交際が出来ない
　◇『小寺菊子作品集 3』桂書房 2014 p69
可能性はまだまだ—現代の女形—丸山明宏
　◇『決定版 三島由紀夫全集 35』新潮社 2003 p148
〈加納実紀代との対談〉「魂たち」の海
　◇『石牟礼道子全集 14』藤原書店 2008 p494
カーの欠陥本
　◇『中井英夫全集 7』東京創元社 1998（創元ライブラリ）p497
かの子の歌
　◇『瀬戸内寂聴随筆選 2』ゆまに書房 2009 p46
かの子の写真
　◇『瀬戸内寂聴随筆選 2』ゆまに書房 2009 p97
彼の女
　◇『宮本百合子全集 32』新日本出版社 2003 p112
彼女たち・そしてわたしたち—ロマン・ロランの女性
　◇『宮本百合子全集 19』新日本出版社 2002 p207
彼女達の身のうへ
　◇『徳田秋聲全集 17』八木書店 1999 p113
彼女と少年
　◇『徳田秋聲全集 11』八木書店 1998 p334
彼女の夫—幕
　◇『谷崎潤一郎全集 9』中央公論新社 2017 p145
「彼女の親が結婚に反対で」
　◇『吉川潮ハートウォーム・セレクション 2』ランダムハウス講談社 2008（ランダムハウス講談社文庫）p9
彼女の湿気
　◇『立松和平小説 17』勉誠出版 2012 p267
彼女の周囲
　◇『徳田秋聲全集 15』八木書店 1999 p118
彼女の昭和史を共に辿る作業をして—『ルイズ—父に貰いし名は』を書いて
　◇『松下竜一未刊行著作集 2』海鳥社 2008 p5
彼女の熱気にあおられて
　◇『松下竜一未刊行著作集 5』海鳥社 2009 p289

かのし

彼女の秘密
　◇「徳田秋聲全集 13」八木書店 1998 p289

彼女のリアリズムが輝く
　◇「片岡義男コレクション 1」早川書房 2009（ハヤカワ文庫）p173

彼女も泣いた、私も泣いた──女子バレー
　◇「決定版 三島由紀夫全集 33」新潮社 2003 p192

蛾の眠り
　◇「中井英夫全集 7」東京創元社 1998（創元ライブラリ）p546

かの花野の露けさ
　◇「決定版 三島由紀夫全集 37」新潮社 2004 p713

鹿屋の闘鶏
　◇「小松左京全集 完全版 40」城西国際大学出版会 2012 p235

『かのやうに』
　◇「〔森〕鷗外近代小説集 6」岩波書店 2012 p1

かのやうに
　◇「〔森〕鷗外近代小説集 6」岩波書店 2012 p3

カバー・ガール
　◇「向田邦子全集 新版 7」文藝春秋 2009 p254

鞄
　◇「安部公房全集 22」新潮社 1999 p358

鞄──周辺飛行10
　◇「安部公房全集 23」新潮社 1999 p357

黴
　◇「小松左京全集 完全版 13」城西国際大学出版会 2008 p255

黴
　◇「徳田秋聲全集 9」八木書店 1998 p197
　◇「徳田秋聲全集 19」八木書店 2000 p244

『黴』を書いた頃の自分
　◇「徳田秋聲全集 21」八木書店 2001 p76

可否茶館
　◇「内田百閒集成 12」筑摩書房 2003（ちくま文庫）p229

『黴』 小説予告
　◇「徳田秋聲全集 別巻」八木書店 2006 p123

「カピ」と「タルト」
　◇「阿川弘之全集 18」新潮社 2007 p524

佳品廓文章─東劇十一月評
　◇「決定版 三島由紀夫全集 26」新潮社 2003 p592

かぶいて候
　◇「隆慶一郎全集 16」新潮社 2010 p217

荷風のこと
　◇「中戸川吉二作品集」勉誠出版 2013 p379

荷風の頃の人
　◇「辻邦生全集 16」新潮社 2005 p144

荷風の三十分
　◇「吉行淳之介エッセイ・コレクション 2」筑摩書房 2004（ちくま文庫）p168

荷風文学を裁断する〔鼎談〕(中村光夫, 三島由紀夫)
　◇「福田恆存対談・座談集 2」玉川大学出版部 2011 p49

カフエー対お茶屋 女給対藝者
　◇「谷崎潤一郎全集 14」中央公論新社 2016 p496

カフェの開く途端に月が昇った
　◇「稲垣足穂コレクション 6」筑摩書房 2005（ちくま文庫）p234

カフカ
　◇「寺山修司著作集 4」クインテッセンス出版 2009 p166

カフカエスク
　◇「安部公房全集 21」新潮社 1999 p334

カフカ氏との対話
　◇「小島信夫批評集成 2」水声社 2011 p615

カフカ的─作家の眼
　◇「決定版 三島由紀夫全集 31」新潮社 2003 p302

カフカとサルトル─20世紀文芸講座・第二回
　◇「安部公房全集 2」新潮社 1997 p257

カフカとサローヤン
　◇「小島信夫批評集成 2」水声社 2011 p530

カフカとの対話
　◇「〔野呂邦暢〕随筆コレクション 2」みすず書房 2014 p319

カフカと鬼灯
　◇「中井英夫全集 6」東京創元社 1996（創元ライブラリ）p586

カフカのこと─フランツ・カフカ「脱出を語る」
　◇「安部公房全集 3」新潮社 1997 p366

カフカの生命〔対談〕(中野孝次)
　◇「安部公房全集 27」新潮社 2000 p59

カフカの方法 自伝作家の集中・疲労
　◇「小島信夫批評集成 8」水声社 2010 p303

歌舞伎
　◇「小松左京全集 完全版 36」城西国際大学出版会 2011 p280

歌舞伎王国の春
　◇「徳田秋聲全集 22」八木書店 2001 p333

歌舞伎教室─その形式と演劇精神
　◇「定本 久生十蘭全集 10」国書刊行会 2011 p122

歌舞伎劇に現われたる悪人の研究─島衛月白波に就ての考察
　◇「浜尾四郎全集 1」沖積舎 2004 p330

歌舞伎劇の型物 かういふ芝居が見たい
　◇「徳田秋聲全集 20」八木書店 2001 p143

歌舞伎座
　◇「徳田秋聲全集 21」八木書店 2001 p92

歌舞伎座を見て
　◇「徳田秋聲全集 20」八木書店 2001 p3

歌舞伎座所感
　◇「徳田秋聲全集 20」八木書店 2001 p324
歌舞伎座と本郷座
　◇「徳田秋聲全集 19」八木書店 2000 p334
歌舞伎座に対する希望 歌舞伎座で見たい芝居
　◇「徳田秋聲全集 23」八木書店 2001 p300
歌舞伎座の七月
　◇「徳田秋聲全集 20」八木書店 2001 p18
歌舞伎座の十月狂言
　◇「徳田秋聲全集 19」八木書店 2000 p347
カブキ・新劇・アメリカ演劇
　◇「決定版 三島由紀夫全集 30」新潮社 2003 p45
歌舞伎町の芸人
　◇「小檜山博全集 6」柏艪舎 2006 p102
歌舞伎と馬
　◇「決定版 三島由紀夫全集 27」新潮社 2003 p183
歌舞伎と義太夫
　◇「徳田秋聲全集 20」八木書店 2001 p316
歌舞伎との出会い
　◇「小松左京全集 完全版 42」城西国際大学出版会 2014 p375
歌舞伎の脚本と現代語─「椿説弓張月」を制作して
　◇「決定版 三島由紀夫全集 35」新潮社 2003 p736
歌舞伎の中の残酷味
　◇「谷崎潤一郎全集 24」中央公論新社 2016 p419
「歌舞伎の幻」序文
　◇「決定版 三島由紀夫全集 36」新潮社 2003 p275
歌舞伎〔坂東三津五郎（七代目）〕〔対談〕
　◇「決定版 三島由紀夫全集 39」新潮社 2004 p179
歌舞伎評
　◇「決定版 三島由紀夫全集 27」新潮社 2003 p262
歌舞伎滅亡論是非〔対談〕（福田恆存、三島由紀夫）
　◇「決定版 三島由紀夫全集 39」新潮社 2004 p415
　◇「福田恆存対談・座談集 5」玉川大学出版部 2012 p227
カブキはどうなるか
　◇「決定版 三島由紀夫全集 32」新潮社 2003 p34
カフス・ボタン
　◇「小島信夫短篇集成 4」水声社 2015 p243
カプセル化する戦後日本の「個人主義」と「市民生活」
　◇「石牟礼道子全集 7」藤原書店 2005 p329
甲虫の歌
　◇「狩久全集 6」皆進社 2013 p206
甲山事件
　◇「松下竜一未刊行著作集 5」海鳥社 2009 p255
甲山事件、再びの無罪─無謀なるかな神戸地検の再度の控訴
　◇「松下竜一未刊行著作集 5」海鳥社 2009 p265

株主会議
　◇「日影丈吉全集 5」国書刊行会 2003 p526
カーブの向う
　◇「安部公房全集 20」新潮社 1999 p9
株屋の早耳
　◇「阿川弘之全集 19」新潮社 2007 p464
蕪菁
　◇「大庭みな子全集 9」日本経済新聞出版社 2010 p370
ガブリエル・デンベイ
　◇「小沼丹全集 1」未知谷 2004 p255
カプリース
　◇「定本 久生十蘭全集 10」国書刊行会 2011 p279
カブール
　◇「辺見庸掌編小説集 白愁」角川書店 2004 p96
花粉航海（全）
　◇「寺山修司著作集 1」クインテッセンス出版 2009 p7
花粉と毒薬
　◇「狩久全集 2」皆進社 2013 p300
花粉日記
　◇「寺山修司著作集 1」クインテッセンス出版 2009 p24
壁
　◇「安部公房全集 2」新潮社 1997 p377
壁あつき部屋
　◇「安部公房全集 4」新潮社 1997 p9
「壁あつき部屋」について
　◇「安部公房全集 4」新潮社 1997 p64
貨幣経済の芽ばえ
　◇「小松左京全集 完全版 42」城西国際大学出版会 2014 p70
壁を破る
　◇「小田実全集 評論 2」講談社 2010 p9
壁ごしのアフリカ
　◇「寺山修司著作集 1」クインテッセンス出版 2009 p512
壁新聞を読む人々
　◇「上野壮夫全集 1」図書新聞 2010 p36
可部線の思ひ出
　◇「阿川弘之全集 16」新潮社 2006 p32
壁隣り
　◇「内田百閒集成 19」筑摩書房 2004（ちくま文庫）p161
壁に、頭を
　◇「寺山修司著作集 4」クインテッセンス出版 2009 p71
壁に掛る箒
　◇「辻井喬コレクション 7」河出書房新社 2003 p425
壁に耳あり
　◇「定本 久生十蘭全集 10」国書刊行会 2011 p370

かへの

壁の絵
  ◇「野呂邦暢小説集成 1」文遊社 2013 p415
壁の男
  ◇「日影丈吉全集 7」国書刊行会 2004 p254
『壁』の思い出―安部公房
  ◇「小松左京全集 完全版 41」城西国際大学出版会 2013 p235
壁の影
  ◇「都筑道夫恐怖短篇集成 1」筑摩書房 2004（ちくま文庫）p422
「壁」の空想力
  ◇「安部公房全集 4」新潮社 1997 p415
壁の中
  ◇「金井美恵子エッセイ・コレクション―1964-2013 2」平凡社 2013 p84
壁の中
  ◇「狩久全集 3」皆進社 2013 p71
「壁」のなかで見えて来たもの
  ◇「小田実全集 評論 17」講談社 2012 p157
「壁」の平和を超えて
  ◇「小田実全集 評論 17」講談社 2012 p158
壁の変貌
  ◇「安部公房全集 3」新潮社 1997 p87
河北省
  ◇「小松左京全集 完全版 43」城西国際大学出版会 2014 p19
河北リハビリテーション病院入院中の作 平成二十三年秋
  ◇「田中志津全作品集 下巻」武蔵野書院 2013 p241
かぼちゃ
  ◇「定本 久生十蘭全集 8」国書刊行会 2010 p637
カボチャ奇譚
  ◇「三橋一夫ふしぎ小説集成 2」出版芸術社 2005 p63
家母長な女たち
  ◇「深沢夏衣作品集」新幹社 2015 p375
カポーティ、永山則夫、佐木隆三―犯罪者をモチーフに
  ◇「佐々木基一全集 5」河出書房新社 2013 p317
ガボリオー
  ◇「江戸川乱歩全集 30」光文社 2005（光文社文庫）p465
鎌
  ◇「辻井喬コレクション 7」河出書房新社 2003 p465
鎌
  ◇「車谷長吉全集 2」新書館 2010 p371
鎌いたち
  ◇「定本 久生十蘭全集 2」国書刊行会 2009 p381
カマガサキ二〇一三年
  ◇「小松左京全集 完全版 12」城西国際大学出版会 2007 p170

かまきり試合
  ◇「山田風太郎忍法帖短篇全集 4」筑摩書房 2004（ちくま文庫）p154
蟷螂の夫 好色動物集
  ◇「20世紀断層―野坂昭如単行本未収録小説集成 3」幻戯書房 2010 p269
蟷螂の夢―あとがきに代えて
  ◇「定本 荒巻義雄メタSF全集 7」彩流社 2015 p319
鎌倉
  ◇「小林秀雄全作品 21」新潮社 2004 p259
  ◇「小林秀雄全集 補巻 3」新潮社 2010 p80
鎌倉幕府をはねのける底力
  ◇「小松左京全集 完全版 42」城西国際大学出版会 2014 p90
鎌倉開いた河内源氏
  ◇「小松左京全集 完全版 42」城西国際大学出版会 2014 p41
鎌倉武士と一所懸命（永井路子）
  ◇「司馬遼太郎対話選集 1」文藝春秋 2006（文春文庫）p131
鎌倉横浜ホノルル
  ◇「阿川弘之全集 18」新潮社 2007 p13
蒲郡
  ◇「宮城谷昌光全集 21」文藝春秋 2004 p154
蒲郡を愛した文人たち
  ◇「宮城谷昌光全集 21」文藝春秋 2004 p175
蒲田〔町よ〕
  ◇「中上健次集 2」インスクリプト 2018 p483
鎌足の遺体はどこにあるか
  ◇「小松左京全集 完全版 42」城西国際大学出版会 2014 p36
「鎌と鎚」工場の文学研究会
  ◇「宮本百合子全集 10」新日本出版社 2001 p428
竈の火
  ◇「石牟礼道子全集 10」藤原書店 2006 p143
竈の火、煖炉の火
  ◇「徳田秋聲全集 21」八木書店 2001 p348
ガマの穂
  ◇「松下竜一未刊行著作集 2」海鳥社 2008 p24
蒲鉾
  ◇「内田百閒集成 12」筑摩書房 2003（ちくま文庫）p137
咬まれた手
  ◇「日影丈吉全集 4」国書刊行会 2003 p7
神
  ◇「小島信夫短篇集成 2」水声社 2014 p51
神
  ◇「寺山修司著作集 4」クインテッセンス出版 2009 p17
髪
  ◇「石川淳コレクション 3」筑摩書房 2007（ちくま文庫）p278

髪
　◇「徳田秋聲全集 15」八木書店 1999 p141
髪
　◇「定本 久生十蘭全集 10」国書刊行会 2011 p276
神への長い道
　◇「小松左京全集 完全版 14」城西国際大学出版会 2009 p311
『髪を洗う日』
　◇「深沢夏衣作品集」新幹社 2015 p404
神をよぶ姿 泉鏡花
　◇「小島信夫批評集成 3」水声社 2011 p389
紙か髪か
　◇「小松左京全集 完全版 12」城西国際大学出版会 2007 p9
神懸かり（だましゑシリーズ）
　◇「高橋克彦自選短編集 3」講談社 2010（講談社文庫）p387
神隠し
　◇「車谷長吉全集 2」新書館 2010 p64
神隠し物語
　◇「小酒井不木随筆評論選集 4」本の友社 2004 p211
髪かざり
　◇「山本周五郎長篇小説全集 4」新潮社 2013 p287
神風機余録
　◇「内田百閒集成 11」筑摩書房 2003（ちくま文庫）p212
神風という言葉について
　◇「小林秀雄全作品 12」新潮社 2003 p217
　◇「小林秀雄全集 補卷 2」新潮社 2010 p143
神風の伊勢
　◇「小松左京全集 完全版 27」城西国際大学出版会 2007 p219
神風の殉教
　◇「森村誠一ベストセレクション 鬼子母の末裔」光文社 2011（光文社文庫）p209
神風漫筆
　◇「内田百閒集成 11」筑摩書房 2003（ちくま文庫）p187
神風は吹かなかった
　◇「小田実全集 評論 34」講談社 2013 p161
上方贅六
　◇「山崎豊子全集 1」新潮社 2003 p540
上方の味
　◇「山田風太郎エッセイ集成 昭和前期の青春」筑摩書房 2007 p63
上方の食ひもの
　◇「谷崎潤一郎全集 11」中央公論新社 2015 p471
上方舞大会について
　◇「谷崎潤一郎全集 18」中央公論新社 2016 p542
上方よりはるかに古い"東国文化"
　◇「小松左京全集 完全版 31」城西国際大学出版会 2008 p36

上方落語「どうらんの幸助」の時代背景
　◇「小松左京全集 完全版 42」城西国際大学出版会 2014 p119
神々を迎えて立つ作家 大庭祐輔
　◇「大庭みな子全集 23」日本経済新聞出版社 2011 p300
「神々の青い海」より
　◇「辻邦生全集 17」新潮社 2005 p331
神々の村
　◇「石牟礼道子全集 2」藤原書店 2004 p263
神々の愛でし海
　◇「辻邦生全集 7」新潮社 2004 p354
神々の愛でし海—ある生涯の七つの場所7
　◇「辻邦生全集 7」新潮社 2004 p209
神々は好色である
　◇「司馬遼太郎短篇全集 2」文藝春秋 2005 p529
「上川百万石」を生み出したエネルギー
　◇「小松左京全集 完全版 29」城西国際大学出版会 2007 p125
髪切り
　◇「小酒井不木随筆評論選集 6」本の友社 2004 p340
紙切れ
　◇「小檜山博全集 3」柏艪舎 2006 p452
嚙み癖
　◇「向田邦子全集 新版 6」文藝春秋 2009 p34
神坐
　◇「中上健次集 9」インスクリプト 2013 p225
上高地
　◇「上野壮夫全集 1」図書新聞 2010 p435
上高地の秋ジュラの秋
　◇「辻邦生全集 17」新潮社 2005 p384
神さま
　◇「車谷長吉全集 2」新書館 2010 p42
神サマを生んだ人々
　◇「坂口安吾全集 14」筑摩書房 1999 p155
神様、シンドイケドガンバッテクダサイ
　◇「小田実全集 評論 18」講談社 2012 p204
神さまに向って
　◇「車谷長吉全集 3」新書館 2010 p218
神様の家
　◇「野呂邦暢小説集成 7」文遊社 2016 p481
神様の居候たち
　◇「三枝和子選集 6」鼎書房 2008 p349
神さまのお楽しみ
　◇「石牟礼道子全集 16」藤原書店 2013 p557
神様の御眼
　◇「宮本百合子全集 33」新日本出版社 2004 p481
神さまの四人の娘
　◇「辻邦生全集 8」新潮社 2005 p282
「神様、仏様は私をお見捨てになるのですか」
　◇「石牟礼道子全集 7」藤原書店 2005 p326

かみさ

神様は奪う
　◇「松田解子自選集 9」澤田出版 2009 p23

カミさんと鼠
　◇「戸川幸夫動物文学セレクション 2」ランダムハウス講談社 2008（ランダムハウス講談社文庫）p297

髪地獄
　◇「寺山修司著作集 1」クインテッセンス出版 2009 p15

紙芝居裏家物語
　◇「井上ひさし短編中編小説集成 5」岩波書店 2015 p345

紙芝居徘徊物語
　◇「井上ひさし短編中編小説集成 5」岩波書店 2015 p414

紙芝居拝啓物語
　◇「井上ひさし短編中編小説集成 5」岩波書店 2015 p387

紙芝居平屋物語
　◇「井上ひさし短編中編小説集成 5」岩波書店 2015 p352

紙芝居兵器物語
　◇「井上ひさし短編中編小説集成 5」岩波書店 2015 p400

紙芝居平気物語
　◇「井上ひさし短編中編小説集成 5」岩波書店 2015 p373

紙芝居平家物語
　◇「井上ひさし短編中編小説集成 5」岩波書店 2015 p289
　◇「井上ひさし短編中編小説集成 5」岩波書店 2015 p290

紙芝居屁池物語
　◇「井上ひさし短編中編小説集成 5」岩波書店 2015 p359

紙芝居閉口物語
　◇「井上ひさし短編中編小説集成 5」岩波書店 2015 p435

神島の思ひ出
　◇「決定版 三島由紀夫全集 28」新潮社 2003 p455

剃刀
　◇「野呂邦暢小説集成 4」文遊社 2014 p29

「神高い人」を後に残して─島尾敏雄氏を悼む
　◇「石牟礼道子全集 6」藤原書店 2006 p255

上司小剣氏へ
　◇「徳田秋聲全集 22」八木書店 2001 p288

紙ツブテ『面白半分』
　◇「吉行淳之介エッセイ・コレクション 3」筑摩書房 2004（ちくま文庫）p295

紙鶴
　◇「石上玄一郎小説作品集成 1」未知谷 2008 p474

神と悪魔
　◇「日影丈吉全集 別巻」国書刊行会 2005 p405

紙と鉛筆
　◇「〔野呂邦暢〕随筆コレクション 2」みすず書房 2014 p264

髪と鉱石
　◇「松田解子自選集 5」澤田出版 2007 p349

神と人との間
　◇「谷崎潤一郎全集 11」中央公論新社 2015 p7

神と未来の崩壊
　◇「小松左京全集 完全版 28」城西国際大学出版会 2006 p41

かみなり
　◇「決定版 三島由紀夫全集 36」新潮社 2003 p430

雷
　◇「内田百閒集成 16」筑摩書房 2004（ちくま文庫）p75

雷・小さん・ブラームス 厳本真理
　◇「向田邦子全集 新版 6」文藝春秋 2009 p175

雷族
　◇「辻井喬コレクション 7」河出書房新社 2003 p202

神に自分を問う─ストウ夫人『アンクル・トムの小屋（上・下）』
　◇「林京子全集 8」日本図書センター 2005 p259

カミニト・アデイオス
　◇「小沼丹全集 3」未知谷 2004 p701

神になった男
　◇「都筑道夫恐怖短篇集成 2」筑摩書房 2004（ちくま文庫）p60

神の与え給うた聖地
　◇「石牟礼道子全集 16」藤原書店 2013 p56

神のあやまち
　◇「小島信夫短篇集成 3」水声社 2014 p169

紙の家
　◇「井上ひさし短編中編小説集成 11」岩波書店 2015 p369

神の湾（いりうみ）
　◇「決定版 三島由紀夫全集 20」新潮社 2002 p689

髪の色
　◇「小檜山博全集 8」柏艪舎 2006 p240

紙の上のゲームの巻
　◇「小田実全集 小説 28」講談社 2012 p147

紙のうた
　◇「松田解子自選集 9」澤田出版 2009 p266

「神の老い」（「神の老い 又は（扇）」改題）
　◇「決定版 三島由紀夫全集 37」新潮社 2004 p484

神のおもろ
　◇「石牟礼道子全集 6」藤原書店 2006 p258

紙の牙
　◇「松本清張短編全集 09」光文社 2009（光文社文庫）p99

神の来る道
　◇「石牟礼道子全集 6」藤原書店 2006 p251

髪の毛をかきむしり
　◇「田中小実昌エッセイ・コレクション 1」筑摩書房 2002（ちくま文庫）p329
髪の毛の色のことから
　◇「小田実全集 評論 31」講談社 2013 p152
神の光源
　◇「森村誠一ベストセレクション 空洞の怨恨」光文社 2011（光文社文庫）p281
神の言葉
　◇「天城一傑作集 4」日本評論社 2009 p501
紙の小旗
　◇「宮本百合子全集 5」新日本出版社 2001 p418
神の三角函数
　◇「定本 荒巻義雄メタSF全集 別巻」彩流社 2015 p86
神の怒色
　◇「森村誠一ベストセレクション 雪の絶唱」光文社 2010（光文社文庫）p259
神の花嫁
　◇「車谷長吉全集 1」新書館 2010 p531
神の不在と奇跡の意味―奇跡の海
　◇「辻邦生全集 19」新潮社 2005 p455
紙のメディア
　◇「小松左京全集 完全版 31」城西国際大学出版会 2008 p143
「神の眼」の視点
　◇「小松左京全集 完全版 40」城西国際大学出版会 2012 p315
「カミノ・レアル」
　◇「大庭みな子全集 8」日本経済新聞出版社 2009 p508
上村智子ちゃんの死
　◇「石牟礼道子全集 8」藤原書店 2005 p480
上山草人のこと
　◇「谷崎潤一郎全集 22」中央公論新社 2017 p59
カミュ
　◇「寺山修司著作集 4」クインテッセンス出版 2009 p179
髪結いさん
　◇「石牟礼道子全集 17」藤原書店 2012 p479
カミユの文学
　◇「決定版 三島由紀夫全集 31」新潮社 2003 p400
神は愛にて在す［翻訳］（ダヴィデ・マリア・トゥロルド）
　◇「須賀敦子全集 7」河出書房新社 2007（河出文庫）p83
神は秋を装う―屋久島
　◇「石牟礼道子全集 6」藤原書店 2006 p76
仮眠
　◇「安部公房全集 1」新潮社 1997 p177
カムイエクウチカウシ山
　◇「立松和平全小説 27」勉誠出版 2014 p159

カム・ダウン・モーゼ（Come down Moses）―壁抜け男 レミング
　◇「寺山修司著作集 1」クインテッセンス出版 2009 p374
かむなぎうた
　◇「日影丈吉全集 6」国書刊行会 2002 p12
嘉村礒多
　◇「福田恆存評論集 13」麗澤大學出版會, 廣池學園事業部〔発売〕 2009 p118
嘉村礒多『業苦／崖の下』
　◇「車谷長吉全集 3」新書館 2010 p298
「嘉村礒多全集」
　◇「小林秀雄全作品 5」新潮社 2003 p122
　◇「小林秀雄全集 補巻 1」新潮社 2010 p262
嘉村礒多の業苦
　◇「車谷長吉全集 3」新書館 2010 p299
　◇「車谷長吉全集 3」新書館 2010 p656
嘉村君のこと
　◇「小林秀雄全作品 5」新潮社 2003 p24
　◇「小林秀雄全集 補巻 1」新潮社 2010 p240
亀
　◇「定本 久生十蘭全集 10」国書刊行会 2011 p347
「龜井勝一郎全集」
　◇「小林秀雄全集 補巻 3」新潮社 2010 p399
亀と五重塔
　◇「小田実全集 小説 38」講談社 2013 p127
〈抜粋〉亀鳴くや
　◇「内田百閒集成 24」筑摩書房 2004（ちくま文庫）p76
亀鳴くや
　◇「内田百閒集成 6」筑摩書房 2003（ちくま文庫）p105
カメの個性
　◇「小松左京全集 完全版 39」城西国際大学出版会 2012 p93
亀の子たわし
　◇「大庭みな子全集 18」日本経済新聞出版社 2010 p255
カメラ
　◇「宮城谷昌光全集 21」文藝春秋 2004 p148
カメラを持った密猟者
　◇「［池澤夏樹］エッセー集成 2」みすず書房 2008 p212
カメラ遭難せず
　◇「小島信夫短篇集成 2」水声社 2014 p351
カメラによる創作ノート
　◇「安部公房全集 26」新潮社 1999 p161
カメラの焦点
　◇「宮本百合子全集 13」新日本出版社 2001 p202
カメラ文化について
　◇「小松左京全集 完全版 31」城西国際大学出版会 2008 p213

かめれ

カメレオン・ボナパルテ
◇「内田百閒集成 6」筑摩書房 2003（ちくま文庫）p343

亀は兎に追ひつくか？―いはゆる後進国の諸問題
◇「決定版 三島由紀夫全集 29」新潮社 2003 p263

仮面
◇「狩久全集 1」皆進社 2013 p150

仮面
◇「金鶴泳作品集 2」クレイン 2006 p353

仮面
◇「林京子全集 6」日本図書センター 2005 p192

仮面
◇「〔森〕鷗外近代小説集 3」岩波書店 2013 p69

仮面について
◇「小島信夫批評集成 1」水声社 2011 p357

仮面について―周辺飛行21
◇「安部公房全集 24」新潮社 1999 p381

仮面の後ろにあるもの
◇「小島信夫批評集成 7」水声社 2011 p21

〈仮面のウソと真実〉『朝日新聞』の談話記事
◇「安部公房全集 19」新潮社 1999 p18

"仮面の男"を主題に―安部公房著「他人の顔」
◇「決定版 三島由紀夫全集 33」新潮社 2003 p208

仮面の女
◇「上野壮夫全集 2」図書新聞 2009 p465

仮面の恐怖王
◇「江戸川乱歩全集 22」光文社 2005（光文社文庫）p9

仮面の告白
◇「決定版 三島由紀夫全集 1」新潮社 2000 p173

「仮面の告白」ノート
◇「決定版 三島由紀夫全集 27」新潮社 2003 p190

仮面の法則―都市を盗む18
◇「安部公房全集 26」新潮社 1999 p468

仮面舞踏会
◇「小島信夫批評集成 6」水声社 2011 p252

仮面舞踏会
◇「横溝正史自選集 7」出版芸術社 2007 p5

鴨
◇「立松和平全小説 17」勉誠出版 2012 p204

鴨
◇「宮本百合子全集 32」新日本出版社 2003 p78

『鴨』を見て
◇「徳田秋聲全集 20」八木書店 2001 p227

カモカのおっちゃん興味しんしんⅠ
◇「田辺聖子全集 9」集英社 2005 p223

加茂川
◇「谷崎潤一郎全集 1」中央公論新社 2015 p419

鴨川銭取橋
◇「司馬遼太郎短篇全集 7」文藝春秋 2005 p127

鴨下信一〔対談〕
◇「向田邦子全集 新版 別巻 1」文藝春秋 2010 p191

かものはし論
◇「稲垣足穂コレクション 4」筑摩書房 2005（ちくま文庫）p316

加茂の水
◇「司馬遼太郎短篇全集 10」文藝春秋 2006 p149

かもめ
◇「大庭みな子全集 17」日本経済新聞出版社 2010 p277

かもめ
◇「寺山修司著作集 1」クインテッセンス出版 2009 p18

かもめ
◇「寺山修司著作集 1」クインテッセンス出版 2009 p467

鷗
◇「大佛次郎セレクション第2期 新樹・鷗」未知谷 2008 p259

鷗
◇「定本 久生十蘭全集 2」国書刊行会 2009 p227

鷗（「鷗（夏）」改題）
◇「決定版 三島由紀夫全集 37」新潮社 2004 p63

かもめ来るころ
◇「松下竜一未刊行著作集 1」海鳥社 2008 p82

カモメと遊ぶ
◇「松下竜一未刊行著作集 2」海鳥社 2008 p143

カモメと人形
◇「大庭みな子全集 12」日本経済新聞出版社 2010 p166

カモメの恩返し
◇「松下竜一未刊行著作集 3」海鳥社 2009 p256

カモメの手紙
◇「松下竜一未刊行著作集 1」海鳥社 2008 p330

花紋
◇「山崎豊子全集 5」新潮社 2004 p7

蚊帳
◇「国枝史郎伝奇短篇小説集成 2」作品社 2006 p427

蚊帳の外―「お直し」変奏曲
◇「小松左京全集 完全版 20」城西国際大学出版会 2014 p199

カヤの平
◇「小林秀雄全作品 5」新潮社 2003 p245
◇「小林秀雄全集 補巻 1」新潮社 2010 p288

蚊遣り
◇「宮本百合子全集 9」新日本出版社 2001 p51

痒みの研究
◇「20世紀断層―野坂昭如単行本未収録小説集成 4」幻戯書房 2010 p72

かよい小町
◇「石川淳コレクション 〔1〕」筑摩書房 2007（ちくま文庫）p133

花妖
　◇「坂口安吾全集 5」筑摩書房 1998 p4
花姚記〈私窩子より〉
　◇「寺山修司著作集 2」クインテッセンス出版 2009 p389
歌謡曲
　◇「[野呂邦暢] 随筆コレクション 1」みすず書房 2014 p240
「花妖」作者の言葉
　◇「坂口安吾全集 5」筑摩書房 1998 p3
歌謡詩集
　◇「寺山修司著作集 1」クインテッセンス出版 2009 p369
歌謡の流れ─古代歌謡
　◇「大庭みな子全集 20」日本経済新聞出版社 2010 p455
花曜日
　◇「[野呂邦暢] 随筆コレクション 2」みすず書房 2014 p268
辛い大根
　◇「山田風太郎エッセイ集成 風山房風呂焚き唄」筑摩書房 2008 p164
から薔を抱く
　◇「石牟礼道子全集 10」藤原書店 2006 p71
「カラヴァッジオ」その反転の美学─カラヴァッジオ
　◇「辻邦生全集 19」新潮社 2005 p343
空嘘ばっかり
　◇「石牟礼道子全集 11」藤原書店 2005 p204
カラオケにいきなり涙が
　◇「松下竜一未刊行著作集 2」海鳥社 2008 p335
『カラオケ漫遊記』
　◇「小檜山博全集 8」柏艪舎 2006 p382
カラオケ漫遊記
　◇「小檜山博全集 6」柏艪舎 2006 p301
唐傘
　◇「徳田秋聲全集 27」八木書店 2002 p250
カラが咲く庭
　◇「須賀敦子全集 2」河出書房新社 2006 (河出文庫) p75
から傘とスープ
　◇「石牟礼道子全集 14」藤原書店 2008 p12
がらくたの背景
　◇「大庭みな子全集 8」日本経済新聞出版社 2009 p324
がらくた博物館
　◇「大庭みな子全集 3」日本経済新聞出版社 2009 p383
『がらくた博物館』第14回女流文学賞
　◇「大庭みな子全集 24」日本経済新聞出版社 2011 p13
可楽の一瞬の精気
　◇「色川武大・阿佐田哲也エッセイズ 2」筑摩書房 2003 (ちくま文庫) p78
からくり
　◇「小林秀雄全作品 1」新潮社 2002 p175
　◇「小林秀雄全集 補巻 1」新潮社 2010 p61
からくり駕籠
　◇「都筑道夫時代小説コレクション 3」戎光祥出版 2014 (戎光祥時代小説名作館) p248
からくり車
　◇「20世紀断層─野坂昭如単行本未収録小説集成 4」幻戯書房 2010 p253
からくり御殿
　◇「横溝正史時代小説コレクション捕物篇 1」出版芸術社 2003 p216
からくり讃
　◇「中井英夫全集 7」東京創元社 1998 (創元ライブラリ) p392
からくり花火
　◇「都筑道夫恐怖短篇集成 3」筑摩書房 2004 (ちくま文庫) p454
「カラコルム」─知性試写室
　◇「安部公房全集 6」新潮社 1998 p83
空騒ぎ
　◇「車谷長吉全集 3」新書館 2010 p400
空騒ぎ
　◇「福田恆存評論集 19」麗澤大學出版會, 廣池學園事業部〔発売〕 2010 p125
芥子
　◇「大庭みな子全集 18」日本経済新聞出版社 2010 p200
芥子飯
　◇「内田百閒集成 12」筑摩書房 2003 (ちくま文庫) p115
唐十郎『夏の思い出』
　◇「小檜山博全集 6」柏艪舎 2006 p324
唐十郎 ぼくの愛する無礼な女〔対談〕
　◇「大庭みな子全集 22」日本経済新聞出版社 2011 p30
からす
　◇「日影丈吉全集 5」国書刊行会 2003 p396
ガラス
　◇「目取真俊短篇小説選集 2」影書房 2013 p57
鴉
　◇「安部公房全集 29」新潮社 2000 p60
鴉
　◇「中上健次集 2」インスクリプト 2018 p207
鴉
　◇「松本清張傑作短篇コレクション 下」文藝春秋 2004 (文春文庫) p289
　◇「松本清張短編全集 11」光文社 2009 (光文社文庫) p91
鴉
　◇「決定版 三島由紀夫全集 16」新潮社 2002 p289
　◇「決定版 三島由紀夫全集 36」新潮社 2003 p426
　◇「決定版 三島由紀夫全集 37」新潮社 2004 p85

からす

鴉（一八首）
◇「石牟礼道子全集 1」藤原書店 2004 p607

からす瓜
◇「大庭みな子全集 4」日本経済新聞出版社 2009 p503

カラスウリ
◇「松下竜一未刊行著作集 2」海鳥社 2008 p37

烏瓜
◇「石牟礼道子全集 1」藤原書店 2004 p406

からすがね検校
◇「〔山田風太郎〕時代短篇選集 1」小学館 2013（小学館文庫）p7

犂（カラスキー）氏の友情
◇「定本 久生十蘭全集 3」国書刊行会 2009 p160

ガラスケース
◇「島田荘司全集 6」南雲堂 2014 p749

ガラス人の夢想
◇「安部公房全集 7」新潮社 1998 p460

からす騒動
◇「阿川弘之全集 20」新潮社 2007 p553

からす凧
◇「横溝正史時代小説コレクション伝奇篇 3」出版芸術社 2003 p156

鴉沼
◇「安部公房全集 2」新潮社 1997 p29

鴉の絵巻
◇「決定版 三島由紀夫全集 37」新潮社 2004 p744

鴉の翳
◇「決定版 三島由紀夫全集 37」新潮社 2004 p592

ガラスの靴〔第二十五回芥川賞選後評〕
◇「坂口安吾全集 12」筑摩書房 1999 p207

ガラスの結晶
◇「渡辺淳一自選短篇コレクション 3」朝日新聞社 2006 p241

鴉の死
◇「金石範作品集 1」平凡社 2005 p43

カラスの死に場
◇「吉川潮芸人小説セレクション 5」ランダムハウス講談社 2007 p81

硝子の章
◇「日影丈吉全集 別巻」国書刊行会 2005 p830

カラスのピエール
◇「林京子全集 7」日本図書センター 2005 p488

ガラスの球（ボール）
◇「大庭みな子全集 17」日本経済新聞出版社 2010 p127

ガラスの罠
◇「安部公房全集 18」新潮社 1999 p261

『カラスは数をかぞえない』（A・A・フェア）
◇「田中小実昌エッセイ・コレクション 5」筑摩書房 2003（ちくま文庫）p321

軀
◇「徳田秋聲全集 9」八木書店 1998 p313

体が大きい女は感じてくるのもゆっくりか？
◇「田中小実昌エッセイ・コレクション 4」筑摩書房 2003（ちくま文庫）p195

からたち
◇「宮本百合子全集 13」新日本出版社 2001 p385

体と心の医者
◇「宮本百合子全集 20」新日本出版社 2002 p749

身体のなかに残っている農作業の実感
◇「石牟礼道子全集 10」藤原書店 2006 p184

からつ風野郎
◇「決定版 三島由紀夫全集 37」新潮社 2004 p773

からつ風野郎（歌唱）
◇「決定版 三島由紀夫全集 41」新潮社 2004

「からっ風野郎」の情婦論
◇「決定版 三島由紀夫全集 31」新潮社 2003 p404

空袋男（からっぽおとこ）
◇「三橋一夫ふしぎ小説集成 3」出版芸術社 2005 p107

カラッポがいっぱいの世界
◇「鈴木いづみコレクション 4」文遊社 1997 p267
◇「契約—鈴木いづみSF全集」文遊社 2014 p516

からつぽの掌に寄す
◇「中井英夫全集 10」東京創元社 2002（創元ライブラリ）p160

空手の秘義
◇「決定版 三島由紀夫全集 35」新潮社 2003 p705

カラビハーネクラーソフ祭り
◇「小松左京全集 完全版 43」城西国際大学出版会 2014 p201

樺太境界事件
◇「国枝史郎歴史小説傑作選」作品社 2006 p374

カラフト犬
◇「安部公房全集 8」新潮社 1998 p256

カラフトのオモニたち
◇「小田実全集 評論 18」講談社 2012 p7

「カラマアゾフの兄弟」
◇「小林秀雄全作品 14」新潮社 2003 p73
◇「小林秀雄全集 補巻 2」新潮社 2010 p208

落葉松の林をすぎて
◇「天城一傑作集 3」日本評論社 2006 p279

雁（かり）… →"がん…"をも見よ

「ガリア戦記」
◇「小林秀雄全作品 14」新潮社 2003 p138
◇「小林秀雄全集 補巻 2」新潮社 2010 p221

ガリヴァー忍法島
◇「山田風太郎忍法帖短篇全集 8」筑摩書房 2004（ちくま文庫）p225

ガリヴァ旅行記［翻訳］（ジョナサン・スイフト）
◇「小沼丹全集 補巻」未知谷 2005 p209

狩人の夜
◇「加藤幸子自選作品集 5」未知谷 2013 p142

『狩人の夜』―おとぎの世界の映画
◇「金井美恵子エッセイ・コレクション―1964-2013 4」平凡社 2014 p246

仮往生伝試文
◇「古井由吉自撰作品 6」河出書房新社 2012 p5

伽里伽
◇「向田邦子全集 新版 6」文藝春秋 2009 p30

雁帰る
◇「田村泰次郎選集 2」日本図書センター 2005 p287

「カリガリ博士」を見る
◇「谷崎潤一郎全集 8」中央公論新社 2017 p452

借着のやうな芝居
◇「徳田秋聲全集 19」八木書店 2000 p403

「カリギュラ」をめぐって〔対談〕（小池朝雄）
◇「福田恆存対談・座談集 6」玉川大学出版部 2012 p323

借りた顔
◇「日影丈吉全集 5」国書刊行会 2003 p239

カリーニン
◇「小松左京全集 完全版 43」城西国際大学出版会 2014 p178

カリーニン市―十五世紀の大航海者、ニキーチン
◇「小松左京全集 完全版 43」城西国際大学出版会 2014 p196

カリフィヤの少年
◇「定本 荒巻義雄メタSF全集 別巻」彩流社 2015 p249

カリフォルニア伝説
◇「辻井喬コレクション 7」河出書房新社 2003 p245

カリフォルニア・ドールス!!
◇「金井美恵子エッセイ・コレクション―1964-2013 4」平凡社 2014 p12

カリフォルニア
◇「阿川弘之全集 3」新潮社 2005 p253

カリヤージン―「沈める寺」の鐘楼
◇「小松左京全集 完全版 43」城西国際大学出版会 2014 p191

臥龍山
◇「中上健次集 9」インスクリプト 2013 p234

花柳小説論ノート
◇「丸谷才一全集 9」文藝春秋 2013 p235

迦陵頻伽の声―米良美一さんと対談して
◇「石牟礼道子全集 16」藤原書店 2013 p477

ガリレオの胸像
◇「小島信夫短篇集成 4」水声社 2015 p267

果林の実
◇「安部公房全集 23」新潮社 1999 p107

軽井沢
◇「開高健ルポルタージュ選集 日本人の遊び場」光文社 2007（光文社文庫）p95

軽井澤での里見弴氏 或る時の印象 (1)
◇「中戸川吉二作品集」勉誠出版 2013 p369

軽い接吻・嘘つき
◇「小島信夫長篇集成 2」水声社 2015 p751

カル・エルのその後は？
◇「鈴木いづみコレクション 7」文遊社 1997 p172

軽鴨
◇「小沼丹全集 3」未知谷 2004 p617

『軽くて漂うものたち』[翻訳]（ウンベルト・サバ）
◇「須賀敦子全集 5」河出書房新社 2008（河出文庫）p241

骨牌遊びドミノ
◇「定本 久生十蘭全集 10」国書刊行会 2011 p417

かるた会
◇「徳田秋聲全集 29」八木書店 2002 p427

骨牌会の惨劇
◇「山本周五郎探偵小説全集 3」作品社 2007 p217

カルタゴの白い石
◇「辻邦生全集 17」新潮社 2005 p40

骨牌の打ち方
◇「国枝史郎歴史小説傑作選」作品社 2006 p491

カルティエ・ブレッソン宛書簡
◇「安部公房全集 28」新潮社 2000 p416

カルティエ・ブレッソン作品によせて
◇「安部公房全集 28」新潮社 2000 p414

カルティエ・ラタンの古い家
◇「辻邦生全集 16」新潮社 2005 p113

カールと白い電燈
◇「稲垣足穂コレクション 1」筑摩書房 2005（ちくま文庫）p96

カルネアデスの舟板
◇「松本清張傑作短篇コレクション 中」文藝春秋 2004（文春文庫）p309
◇「松本清張傑作選 悪党たちの懺悔録」新潮社 2009 p43
◇「松本清張短編全集 08」光文社 2009（光文社文庫）p31
◇「松本清張傑作選 悪党たちの懺悔録」新潮社 2013（新潮文庫）p59

ガルの警句
◇「小酒井不木随筆評論選集 6」本の友社 2004 p121

ガールの水道橋
◇「須賀敦子全集 3」河出書房新社 2007（河出文庫）p327

軽王子（かるのみこ）序詩
◇「決定版 三島由紀夫全集 37」新潮社 2004 p763

軽王子（かるのみこ）と衣通姫（そとほりひめ）
◇「決定版 三島由紀夫全集 16」新潮社 2002 p377

かるの

「軽王子と衣通姫」創作ノート
　　◇「決定版 三島由紀夫全集 16」新潮社 2002 p629
ガールハント
　　◇「20世紀断層―野坂昭如単行本未収録小説集成 1」幻戯書房 2010 p451
「カール・マルクス通り」
　　◇「小田実全集 評論 17」講談社 2012 p308
カール・マルクスとその夫人
　　◇「宮本百合子全集 16」新日本出版社 2002 p380
軽みについて
　　◇「佐々木基一全集 5」河出書房新社 2013 p373
カルメ焼と密会
　　◇「大庭みな子全集 6」日本経済新聞出版社 2009 p229
軽麺
　　◇「向田邦子全集 新版 8」文藝春秋 2009 p146
彼
　　◇「江戸川乱歩全集 24」光文社 2005（光文社文庫）p375
彼
　　◇「〔野呂邦暢〕随筆コレクション 1」みすず書房 2014 p457
　　◇「野呂邦暢小説集成 6」文遊社 2016 p259
カレイ
　　◇「小檜山博全集 8」柏艪舎 2006 p74
華麗島志奇
　　◇「日影丈吉全集 6」国書刊行会 2002 p455
華麗島の花
　　◇「日影丈吉全集 別巻」国書刊行会 2005 p651
カレイドスコープ
　　◇「中井英夫全集 6」東京創元社 1996（創元ライブラリ）p534
『華麗なる一族』取材ノート
　　◇「山崎豊子全集 10」新潮社 2004 p721
華麗なる一族（一）
　　◇「山崎豊子全集 10」新潮社 2004 p7
華麗なる一族（二）
　　◇「山崎豊子全集 11」新潮社 2004 p7
彼を殺したが…
　　◇「定本 久生十蘭全集 10」国書刊行会 2011 p360
枯尾花の時代
　　◇「安部公房全集 18」新潮社 1999 p273
彼が殺したか
　　◇「浜尾四郎全集 1」沖積舎 2004 p3
彼がなかなかキスしてくれないの……
　　◇「小松左京全集 完全版 34」城西国際大学出版会 2009 p68
（彼が話すのは）［翻訳］（ウンベルト・サバ）
　　◇「須賀敦子全集 5」河出書房新社 2008（河出文庫）p188
枯木灘
　　◇「中上健次集 5」インスクリプト 2015 p7

『枯木灘』―作家が語る名作の舞台
　　◇「中上健次集 5」インスクリプト 2015 p240
瓦礫の墓
　　◇「小田実全集 小説 37」講談社 2013 p123
枯草の根
　　◇「陳舜臣推理小説ベストセレクション 枯草の根」集英社 2009（集英社文庫）p5
彼自身の物語作りの方法で
　　◇「井上ひさしコレクション ことばの巻」岩波書店 2005 p352
枯れし林に
　　◇「古井由吉自撰作品 7」河出書房新社 2012 p273
枯れた木
　　◇「山本周五郎長篇小説全集 24」新潮社 2014 p170
彼と相性が悪いのじゃないかしら？
　　◇「小松左京全集 完全版 34」城西国際大学出版会 2009 p97
彼の思い出を盗んで
　　◇「小島信夫短篇集成 1」水声社 2014 p19
枯野―春日検事の事件簿
　　◇「日影丈吉全集 5」国書刊行会 2003 p187
彼の失策
　　◇「徳田秋聲全集 14」八木書店 2000 p52
枯野と十字架―竹久夢二
　　◇「中井英夫全集 6」東京創元社 1996（創元ライブラリ）p625
彼の前に帽子を脱ぐ理由
　　◇「井上ひさしコレクション ことばの巻」岩波書店 2005 p357
枯葉
　　◇「大庭みな子全集 12」日本経済新聞出版社 2010 p96
枯葉
　　◇「小沼丹全集 3」未知谷 2004 p215
カレー漫考
　　◇「日影丈吉全集 別巻」国書刊行会 2005 p137
彼も、豆腐屋をやめて……
　　◇「松下竜一未刊行著作集 1」海鳥社 2008 p55
カレーライス
　　◇「〔野呂邦暢〕随筆コレクション 1」みすず書房 2014 p341
附録 カレーライスとパーティと
　　◇「小松左京全集 完全版 37」城西国際大学出版会 2010 p300
彼らがおそれたのは……
　　◇「小田実全集 評論 17」講談社 2012 p291
彼らの視線を感じ続けねばならない
　　◇「松下竜一未刊行著作集 5」海鳥社 2009 p159
彼らマンダレーより
　　◇「天城一傑作集 3」日本評論社 2006 p205
彼等は絶望しなかった
　　◇「宮本百合子全集 20」新日本出版社 2002 p666

彼等〔THEY〕
　◇「稲垣足穂コレクション 4」筑摩書房 2005（ちくま文庫）p211
彼は如才がない
　◇「谷崎潤一郎全集 13」中央公論新社 2015 p424
彼は誰を殺したか
　◇「浜尾四郎全集 1」沖積舎 2004 p188
彼ハ猫デアル
　◇「内田百閒集成 9」筑摩書房 2003（ちくま文庫）p44
カレント・ブックス
　◇「宮本百合子全集 13」新日本出版社 2001 p87
可憐なるトスカ
　◇「決定版 三島由紀夫全集 32」新潮社 2003 p454
夏爐冬扇の心境
　◇「佐々木基一全集 5」河出書房新社 2013 p468
霞論哲学
　◇「定本 荒巻義雄メタSF全集 別巻」彩流社 2015 p58
河
　◇「大庭みな子全集 6」日本経済新聞出版社 2009 p155
河
　◇「林京子全集 7」日本図書センター 2005 p181
川
　◇「決定版 三島由紀夫全集 37」新潮社 2004 p78
河明り
　◇「中井英夫全集 10」東京創元社 2002（創元ライブラリ）p151
かわいいあの子
　◇「鈴木いづみセカンド・コレクション 3」文遊社 2004 p85
かわいい野郎
　◇「野坂昭如エッセイ・コレクション 1」筑摩書房 2004（ちくま文庫）p41
川合勘助と「人情紙風船」
　◇「辻邦生全集 19」新潮社 2005 p336
川合勘助の思い出
　◇「辻邦生全集 16」新潮社 2005 p215
河合氏の話
　◇「大庭みな子全集 23」日本経済新聞出版社 2011 p254
可哀相な姉
　◇「アンドロギュノスの裔 渡辺温全集」東京創元社 2011（創元推理文庫）p104
可哀想な詩人牧野よ
　◇「中戸川吉二作品集」勉誠出版 2013 p417
可哀さうなパパ
　◇「決定版 三島由紀夫全集 20」新潮社 2002 p189
乾いたヴァイオレンスの街
　◇「鈴木いづみコレクション 5」文遊社 1996 p19
　◇「鈴木いづみプレミアム・コレクション」文遊社 2006 p357

乾いた唇
　◇「徳田秋聲全集 14」八木書店 2000 p287
乾いた旅
　◇「眉村卓コレクション 異世界篇 2」出版芸術社 2012 p337
渇いた都市
　◇「島田荘司全集 6」南雲堂 2014 p672
乾いた土地
　◇「上野壮夫全集 1」図書新聞 2010 p370
乾いたハレンチな喜劇
　◇「大庭みな子全集 6」日本経済新聞出版社 2009 p73
乾いた陽気さ――アンデパンダン展から
　◇「安部公房全集 30」新潮社 2009 p32
かわいらしい神々
　◇「日影丈吉全集 別巻」国書刊行会 2005 p674
かわうそ
　◇「向田邦子全集 新版 1」文藝春秋 2009 p9
かわうそ平内
　◇「池波正太郎短篇ベストコレクション 6」リブリオ出版 2008 p147
河へ
　◇「林京子全集 5」日本図書センター 2005 p439
川上喜久子「滅亡の門」
　◇「小林秀雄全作品 7」新潮社 2003 p256
　◇「小林秀雄全集 補巻 1」新潮社 2010 p403
河上君の全集
　◇「小林秀雄全作品 28」新潮社 2005 p401
　◇「小林秀雄全集 補巻 3」新潮社 2010 p525
河上家の次女
　◇「井上ひさしコレクション 日本の巻」岩波書店 2005 p191
河上氏に答える
　◇「宮本百合子全集 18」新日本出版社 2002 p334
川上宗薫さん
　◇「色川武大・阿佐田哲也エッセイズ 3」筑摩書房 2003（ちくま文庫）p112
「河上徹太郎全集」
　◇「小林秀雄全作品 26」新潮社 2004 p84
　◇「小林秀雄全集 補巻 3」新潮社 2010 p357
河上徹太郎・ホレイショーに事寄せて
　◇「福田恆存評論集 別巻」麗澤大學出版會、廣池学園事業部〔発売〕2011 p182
川上の家
　◇「井上ひさし短編中編小説集成 4」岩波書店 2015 p21
渇き［翻訳］（ウンベルト・サバ）
　◇「須賀敦子全集 5」河出書房新社 2008（河出文庫）p309
渇きの海
　◇「鈴木いづみコレクション 2」文遊社 1997 p83
元ノ絵図奉行川口彦七
　◇「井上ひさし短編中編小説集成 10」岩波書店

かわく

　　　2015 p411

渇く日々
◇「田村泰次郎選集 2」日本図書センター 2005 p121

川崎映画街
◇「田中小実昌エッセイ・コレクション 3」筑摩書房 2002（ちくま文庫）p95

川崎で映画
◇「田中小実昌エッセイ・コレクション 3」筑摩書房 2002（ちくま文庫）p316

川路利良と警視庁
◇「山田風太郎エッセイ集成 わが推理小説零年」筑摩書房 2007 p125

川島有（俳優）
◇「向田邦子全集 新版 9」文藝春秋 2009 p220

川路柳虹先生の思ひ出
◇「決定版 三島由紀夫全集 34」新潮社 2003 p280

かわずがけ
◇「坂口安吾全集 13」筑摩書房 1999 p305

川澄先生と松井先生
◇「宮城谷昌光全集 21」文藝春秋 2004 p305

川沿いの町で
◇「〔野呂邦暢〕随筆コレクション 1」みすず書房 2014 p155

河内大池の名ごり
◇「小松左京全集 完全版 42」城西国際大学出版会 2014 p16

「河内王朝」のはじまり
◇「小松左京全集 完全版 42」城西国際大学出版会 2014 p21

河内舟南の鋳物鍛造業
◇「小松左京全集 完全版 42」城西国際大学出版会 2014 p67

変ったパリ変らぬパリ
◇「辻邦生全集 16」新潮社 2005 p100

川っぷちの恋—浜松の女
◇「田中小実昌エッセイ・コレクション 4」筑摩書房 2003（ちくま文庫）p253

川どめ賽の目ぎやまんの目
◇「都筑道夫時代小説コレクション 2」戎光祥出版 2014（戎光祥時代小説名作館）p62

川那部浩哉『曖昧の生態学』
◇「石牟礼道子全集 14」藤原書店 2008 p442

河浪（かはなみ）
◇「徳田秋聲全集 1」八木書店 1997 p130

川波
◇「石牟礼道子全集 9」藤原書店 2006 p344

川波
◇「定本 久生十蘭全集 9」国書刊行会 2011 p608

川西政明『五番街のマリイへ』
◇「小檜山博全集 6」柏艪舎 2006 p342

川に添った地名
◇「石牟礼道子全集 9」藤原書店 2006 p446

河の跡の柳（散文詩）
◇「決定版 三島由紀夫全集 37」新潮社 2004 p301

川の上の家
◇「車谷長吉全集 2」新書館 2010 p53

川のない街で
◇「丸谷オ一全集 1」文藝春秋 2013 p475

川の流れのように新生しつづけるフィルム
◇「金井美恵子エッセイ・コレクション—1964–2013 1」平凡社 2013 p290

革の服
◇「向田邦子全集 新版 9」文藝春秋 2009 p86

河のほとりで
◇「小島実全集 小説 33」講談社 2013 p38

川端氏の「抒情歌」について
◇「決定版 三島由紀夫全集 26」新潮社 2003 p572

川端文学の美—冷艶
◇「決定版 三島由紀夫全集 35」新潮社 2003 p448

川端康成
◇「小林秀雄全作品 14」新潮社 2003 p16
◇「小林秀雄全集 補巻 2」新潮社 2010 p198

川端康成宛〔書簡〕
◇「坂口安吾全集 別巻」筑摩書房 2012 p117

川端康成「伊豆の踊子」跋
◇「小林秀雄全作品 4」新潮社 2003 p53
◇「小林秀雄全集 補巻 1」新潮社 2010 p186

川端康成印象記
◇「決定版 三島由紀夫全集 26」新潮社 2003 p563

川端康成氏再説
◇「決定版 三島由紀夫全集 31」新潮社 2003 p231

川端康成氏と文化勲章
◇「決定版 三島由紀夫全集 31」新潮社 2003 p668

川端康成氏に聞く〔対談〕（川端康成、中村光夫）
◇「決定版 三島由紀夫全集 39」新潮社 2004 p379

川端康成賞受賞の言葉
◇「車谷長吉全集 3」新書館 2010 p326

「川端康成全集」
◇「小林秀雄全作品 26」新潮社 2004 p83
◇「小林秀雄全集 補巻 3」新潮社 2010 p357

川端康成読本序説
◇「決定版 三島由紀夫全集 32」新潮社 2003 p143

川端康成の東洋と西洋
◇「決定版 三島由紀夫全集 29」新潮社 2003 p485

川端康成の眼
◇「大庭みな子全集 13」日本経済新聞出版社 2010 p357

川端康成—百人百説
◇「決定版 三島由紀夫全集 28」新潮社 2003 p668

川端康成ベスト・スリー—「山の音」「反橋（そりばし）連作」「禽獣」
◇「決定版 三島由紀夫全集 28」新潮社 2003 p458

川端康成『みづうみ』
◇「小島信夫批評集成 2」水声社 2011 p731

かんか

川端康成論の一方法—「作品」について
　◇『決定版 三島由紀夫全集 27』新潮社 2003 p134
川祭り
　◇『石牟礼道子全集 1』藤原書店 2004 p409
皮むき
　◇『向田邦子全集 新版 9』文藝春秋 2009 p103
川向こうの喜太郎さん
　◇『車谷長吉全集 2』新書館 2010 p57
川村二郎＊文学と神話世界〔対談〕
　◇『大庭みな子全集 21』日本経済新聞出版社 2011 p205
川村湊『釜山港へ帰れ』
　◇『小檜山博全集 6』柏艪舎 2006 p347
川面
　◇『石牟礼道子全集 11』藤原書店 2005 p463
川本輝夫さんを悼む
　◇『石牟礼道子全集 16』藤原書店 2013 p575
川本輝夫さん上告についての請願書
　◇『石牟礼道子全集 8』藤原書店 2005 p414
河盛好蔵宛〔書簡〕
　◇『坂口安吾全集 16』筑摩書房 2000 p210
厠のいろいろ
　◇『谷崎潤一郎全集 17』中央公論新社 2015 p373
厠の静まり
　◇『古井由吉自撰作品 6』河出書房新社 2012 p7
厠の歴史
　◇『阿川弘之全集 20』新潮社 2007 p317
河原乞食の精神
　◇『大庭みな子全集 3』日本経済新聞出版社 2009 p367
変らぬ友
　◇『阿川弘之全集 4』新潮社 2005 p129
瓦の色
　◇『〔野呂邦暢〕随筆コレクション 2』みすず書房 2014 p141
河原の對面
　◇『小寺菊子作品集 1』桂書房 2014 p427
河原義夫宛〔書簡〕
　◇『坂口安吾全集 16』筑摩書房 2000 p208
買われた宰相
　◇『宮城谷昌光全集 1』文藝春秋 2002 p140
カワレロヴィッチ「夜行列車」
　◇『佐々木基一全集 7』河出書房新社 2013 p178
川は生きている
　◇『小檜山博全集 8』柏艪舎 2006 p19
河1（第一章～第十三章）
　◇『小田実全集 小説 41』講談社 2014 p11
河2（第十四章～第二十七章）
　◇『小田実全集 小説 42』講談社 2014 p11
河3（第二十八章～第四十六章）
　◇『小田実全集 小説 43』講談社 2014 p11
河4（第四十七章～第五十九章）
　◇『小田実全集 小説 44』講談社 2014 p11
河5（第六十章～第七十五章）
　◇『小田実全集 小説 45』講談社 2014 p11
河6（第七十六章～第九十章）
　◇『小田実全集 小説 46』講談社 2014 p11
姦
　◇『小田実全集 小説 17』講談社 2011 p73
『雁』
　◇『〔森〕鷗外近代小説集 6』岩波書店 2012 p115
雁
　◇『〔森〕鷗外近代小説集 6』岩波書店 2012 p117
雁（がん）… →"かり…"をも見よ
姦淫に寄す
　◇『坂口安吾全集 1』筑摩書房 1999 p392
関羽の愛読書
　◇『宮城谷昌光全集 21』文藝春秋 2004 p144
「寒雲」と私
　◇『阿川弘之全集 16』新潮社 2006 p517
巻を措く能はず—岡田貞寛著「父と私の二・二六事件」推薦
　◇『阿川弘之全集 18』新潮社 2007 p372
棺桶が歌っている
　◇『寺山修司著作集 4』クインテッセンス出版 2009 p214
棺桶の釘
　◇『〔野呂邦暢〕随筆コレクション 1』みすず書房 2014 p313
観海寺の五日
　◇『徳田秋聲全集 3』八木書店 1999 p275
『考え方』の藤森良蔵
　◇『小島信夫批評集成 2』水声社 2011 p406
考える時間
　◇『小檜山博全集 8』柏艪舎 2006 p181
考えるという事
　◇『小林秀雄全作品 24』新潮社 2004 p57
　◇『小林秀雄全集 補巻 3』新潮社 2010 p233
考へるといふ事
　◇『福田恆存評論集 16』麗澤大學出版會、廣池學園事業部〔發売〕2010 p309
「考える人」—いよいよ出発
　◇『小田実全集 評論 1』講談社 2010 p25
考へるヒント—註解・追補
　◇『小林秀雄全集 補巻 3』新潮社 2010 p171
考えるヒント 上
　◇『小林秀雄全作品 23』新潮社 2004
考えるヒント 下
　◇『小林秀雄全作品 24』新潮社 2004
感覚を研くこと
　◇『谷崎潤一郎全集 18』中央公論新社 2016 p61
感覚的な「悪」の行為
　◇『谷崎潤一郎全集 25』中央公論新社 2016 p185

かんか

感覚と表現
　◇「大庭みな子全集 6」日本経済新聞出版社 2009 p198
閑雅な「女の学校」(「現代女性講座」推薦文)
　◇「決定版 三島由紀夫全集 28」新潮社 2003 p549
閑雅な殺人
　◇「大坪砂男全集 2」東京創元社 2013(創元推理文庫)p161
眼科病棟
　◇「岡本綺堂探偵小説全集 2」作品社 2012 p404
カンガルー通信
　◇「〔村上春樹〕短篇選集1980-1991 象の消滅」新潮社 2005 p85
カンガルーの過保護
　◇「小松左京全集 完全版 39」城西国際大学出版会 2012 p86
カンガルー・ノート
　◇「安部公房全集 29」新潮社 2000 p81
〈「カンガルー・ノート」安部公房さん〉共同通信の談話記事
　◇「安部公房全集 29」新潮社 2000 p230
「侃侃諤諤」を駁す―交友断片
　◇「決定版 三島由紀夫全集 31」新潮社 2003 p307
侃侃諤諤(群像)
　◇「丸谷才一全集 12」文藝春秋 2014 p384
贋々作を書かざるの記
　◇「阿川弘之全集 20」新潮社 2007 p478
かんかん帽子
　◇「小沼丹全集 4」未知谷 2004 p642
閑期にはひつたホテル
　◇「決定版 三島由紀夫全集 37」新潮社 2004 p705
歓喜の市
　◇「立松和平全小説 7」勉誠出版 2010 p105
観客
　◇「小島信夫短篇集成 6」水声社 2015 p25
観客が"神"になる
　◇「井上ひさしコレクション ことばの巻」岩波書店 2005 p371
観客席
　◇「寺山修司著作集 3」クインテッセンス出版 2009 p457
観客席からの発言〔座談会〕(安藤鶴夫, 尾崎宏次, 曾野綾子)
　◇「安部公房全集 7」新潮社 1998 p328
観客になって楽しみたい
　◇「谷崎潤一郎全集 25」中央公論新社 2016 p303
観客の側に
　◇「徳田秋聲全集 20」八木書店 2001 p263
観客論
　◇「寺山修司著作集 5」クインテッセンス出版 2009 p333

観客は芝居を創る力
　◇「井上ひさしコレクション ことばの巻」岩波書店 2005 p374
眼球
　◇「立松和平小説 17」勉誠出版 2012 p285
眼球のうらがへる病
　◇「寺山修司著作集 1」クインテッセンス出版 2009 p55
寒橋
　◇「山本周五郎中短篇秀作選集 4」小学館 2006 p149
寒行
　◇「立松和平小説 23」勉誠出版 2013 p316
環境
　◇「小林秀雄全作品 13」新潮社 2003 p85
　◇「小林秀雄全集 補巻 2」新潮社 2010 p171
環境への反逆〔対談〕(高橋たか子)
　◇「大庭みな子全集 21」日本経済新聞出版社 2011 p41
「環境権」を豊前海から見る
　◇「松下竜一未刊行著作集 4」海鳥社 2008 p425
カン・キョウ・ケンの家庭
　◇「松下竜一未刊行著作集 1」海鳥社 2008 p213
環境権の過程
　◇「松下竜一未刊行著作集 4」海鳥社 2008
環境と結婚〔対談〕(高橋たか子)
　◇「大庭みな子全集 21」日本経済新聞出版社 2011 p36
環境と人権―水俣からの発信
　◇「石牟礼道子全集 7」藤原書店 2005 p310
環境と性格〔対談〕(高橋たか子)
　◇「大庭みな子全集 21」日本経済新聞出版社 2011 p33
玩具
　◇「小檜山博全集 2」柏艪舎 2006 p195
玩具
　◇「津村節子自選作品集 1」岩波書店 2005 p23
玩具
　◇「決定版 三島由紀夫全集 37」新潮社 2004 p122
玩具(がんぐ)…→"おもちゃ…"をも見よ
巌窟の珍寶
　◇「〔押川〕春浪選集 5」本の友社 2004 p171
玩具と思想
　◇「安部公房全集 3」新潮社 1997 p140
玩具函―童謡として
　◇「決定版 三島由紀夫全集 37」新潮社 2004 p552
関係者の言葉(「黒蜥蜴」)
　◇「決定版 三島由紀夫全集 32」新潮社 2003 p53
歓迎の詩―べに提灯と星提灯について
　◇「松田解子自選集 9」澤田出版 2009 p152
観劇断片語
　◇「徳田秋聲全集 19」八木書店 2000 p244

観劇日記
　◇「宮本百合子全集 28」新日本出版社 2003 p417
観月
　◇「谷崎潤一郎全集 25」中央公論新社 2016 p33
観月譜
　◇「小松左京全集 完全版 25」城西国際大学出版会 2017 p102
管絃楽
　◇「決定版 三島由紀夫全集 37」新潮社 2004 p344
観光局からの御招待
　◇「小松左京全集 完全版 36」城西国際大学出版会 2011 p235
観光について
　◇「宮本百合子全集 20」新日本出版社 2002 p692
観光の街
　◇「小松左京全集 完全版 43」城西国際大学出版会 2014 p416
観光立星
　◇「小松左京全集 完全版 25」城西国際大学出版会 2017 p475
頑固親父
　◇「安部公房全集 6」新潮社 1998 p70
韓国を旅して
　◇「遠藤周作エッセイ選集 2」光文社 2006（知恵の森文庫）p153
韓国、そして日本（李御寧）
　◇「司馬遼太郎対話選集 9」文藝春秋 2006（文春文庫）p265
韓国について
　◇「小田実全集 評論 4」講談社 2010 p225
韓国にて
　◇「小檜山博全集 8」柏艪舎 2006 p356
韓國の民主主義
　◇「福田恆存評論集 18」麗澤大學出版會, 廣池學園事業部（発売）2010 p306
韓國美術紀行
　◇「福田恆存評論集 18」麗澤大學出版會, 廣池學園事業部（発売）2010 p351
頑固なものとの闘い
　◇「佐々木基一全集 1」河出書房新社 2013 p412
看護婦の幽霊
　◇「阿川弘之全集 1」新潮社 2005 p39
冠婚葬祭
　◇「佐々木基一全集 8」河出書房新社 2013 p124
関西
　◇「田中小実昌エッセイ・コレクション 2」筑摩書房 2002（ちくま文庫）p121
関西行脚
　◇「江戸川乱歩全集 30」光文社 2005（光文社文庫）p243
関西過去・未来考大阪タイムマシン紀行―その1500年史を考える
　◇「小松左京全集 完全版 42」城西国際大学出版会 2014 p9
艦載機の初襲来
　◇「内田百閒集成 22」筑摩書房 2004（ちくま文庫）p59
関西語
　◇「谷崎潤一郎全集 23」中央公論新社 2017 p220
関西撮影所訪問記
　◇「アンドロギュノスの裔 渡辺温全集」東京創元社 2011（創元推理文庫）p589
関西ストリップの楽屋裏―舞台で見られない部分を探る
　◇「田中小実昌エッセイ・コレクション 4」筑摩書房 2003（ちくま文庫）p86
関西の女を語る
　◇「谷崎潤一郎全集 14」中央公論新社 2016 p493
関西の都市形成を予言
　◇「小松左京全集 完全版 29」城西国際大学出版会 2007 p62
関西のライフスタイル
　◇「小松左京全集 完全版 36」城西国際大学出版会 2011 p257
関西文学の為めに
　◇「谷崎潤一郎全集 13」中央公論新社 2015 p411
贋作楽屋噺
　◇「大坪砂男全集 1」東京創元社 2013（創元推理文庫）p444
贋作東京二十不孝―井原西鶴
　◇「決定版 三島由紀夫全集 32」新潮社 2003 p264
贋作吾輩は猫である
　◇「内田百閒集成 8」筑摩書房 2003（ちくま文庫）p7
　◇「内田百閒集成 24」筑摩書房 2004（ちくま文庫）p92
〈抜粋〉贋作吾輩は猫である
　◇「内田百閒集成 24」筑摩書房 2004（ちくま文庫）p92
簪
　◇「石牟礼道子全集 9」藤原書店 2006 p374
監察紳士
　◇「野坂昭如エッセイ・コレクション 1」筑摩書房 2004（ちくま文庫）p72
観察力
　◇「小酒井不木随筆評論選集 8」本の友社 2004 p1
勘三郎に惚れた話
　◇「江戸川乱歩全集 30」光文社 2005（光文社文庫）p279
閑山
　◇「坂口安吾全集 2」筑摩書房 1999 p533
雁さんへ―水俣から
　◇「石牟礼道子全集 4」藤原書店 2004 p271
感じ方見方が自然 近松秋江氏の印象
　◇「徳田秋聲全集 20」八木書店 2001 p164

かんし

漢字恐怖症を排す
  ◇「福田恆存評論集 16」麗澤大學出版會, 廣池學園事業部〔発売〕 2010 p275
ガンジス河とユダの荒野
  ◇「遠藤周作エッセイ選集 2」光文社 2006（知恵の森文庫）p157
元日と未来
  ◇「徳田秋聲全集 21」八木書店 2001 p43
漢字の面白さ
  ◇「小檜山博全集 8」柏艪舎 2006 p280
漢字のこと語源のこと
  ◇「宮城谷昌光全集 21」文藝春秋 2004 p32
漢字の風景
  ◇「宮城谷昌光全集 21」文藝春秋 2004 p76
漢字の行方
  ◇「大庭みな子全集 23」日本経済新聞出版社 2011 p391
感謝、愛著
  ◇「徳田秋聲全集 22」八木書店 2001 p375
癇癪もちの"稽古風景"〔座談会〕(田中邦衛, 仲代達矢, 井川比佐志, 新克利)
  ◇「安部公房全集 24」新潮社 1999 p349
感謝祭まで
  ◇「林京子全集 4」日本図書センター 2005 p199
患者に対する故郷の仕打
  ◇「石牟礼道子全集 5」藤原書店 2004 p404
含羞の句
  ◇「石牟礼道子全集 15」藤原書店 2012 p284
甘粛省
  ◇「小松左京全集 完全版 43」城西国際大学出版会 2014 p91
看守朴書房
  ◇「金石範作品集 1」平凡社 2005 p7
感傷
  ◇「安部公房全集 1」新潮社 1997 p251
「感傷歌」(「人を眠らせようと試る歌」改題)
  ◇「決定版 三島由紀夫全集 37」新潮社 2004 p528
鑑賞者の一人として
  ◇「谷崎潤一郎全集 21」中央公論新社 2016 p507
感傷的対話
  ◇「天城一傑作集 4」日本評論社 2009 p421
感傷的な事
  ◇「徳田秋聲全集 13」八木書店 1998 p363
鑑賞とは
  ◇「小島信夫批評集成 1」水声社 2011 p19
感情の萎縮
  ◇「安部公房全集 7」新潮社 1998 p449
感情のイリュウジョン
  ◇「決定版 三島由紀夫全集 37」新潮社 2004 p609
感情の動き
  ◇「宮本百合子全集 9」新日本出版社 2001 p386

感情の古典美
  ◇「決定版 三島由紀夫全集 27」新潮社 2003 p38
勘定日
  ◇「松田解子自選集 5」澤田出版 2007 p59
緩衝溶液
  ◇「金鶴泳作品集 2」クレイン 2006 p15
感じるままに 昭和59年度 第20回家庭科研修会
  ◇「大庭みな子全集 24」日本経済新聞出版社 2011 p110
漢字は必要である
  ◇「福田恆存評論集 16」麗澤大學出版會, 廣池學園事業部〔発売〕 2010 p286
感心した作品・その理由
  ◇「上野壮夫全集 3」図書新聞 2011 p551
肝腎の質問
  ◇「〔野呂邦暢〕随筆コレクション 2」みすず書房 2014 p128
罐詰
  ◇「内田百閒集成 12」筑摩書房 2003（ちくま文庫）p206
罐詰を盗んだとの濡れ衣 雷鳴か敵襲か きたない灰色の夜明け
  ◇「内田百閒集成 22」筑摩書房 2004（ちくま文庫）p247
寛政女武道
  ◇「池波正太郎短篇ベストコレクション 6」リブリオ出版 2008 p89
岩石が語るもの
  ◇「林京子全集 7」日本図書センター 2005 p413
読書随想 岩石になった農夫
  ◇「林京子全集 7」日本図書センター 2005 p453
観戦記
  ◇「坂口安吾全集 6」筑摩書房 1998 p419
観戦記(原田・ジョフレ戦)
  ◇「決定版 三島由紀夫全集 34」新潮社 2003 p132
完全性への夢──体操
  ◇「決定版 三島由紀夫全集 33」新潮社 2003 p189
完全な幸福
  ◇「小島信夫批評集成 5」水声社 2011 p173
完全な殺人計画
  ◇「狩久全集 3」皆進社 2013 p290
完全な自発性の覚醒による「転向」
  ◇「小松左京全集 完全版 40」城西国際大学出版会 2012 p353
完全な男性〔対談〕(高橋たか子)
  ◇「大庭みな子全集 21」日本経済新聞出版社 2011 p62
完全な批評家とは何か──吉田秀和
  ◇「丸谷才一全集 10」文藝春秋 2014 p231
完全にコントロールされた「すばらしい新世界」
  ◇「小松左京全集 完全版 40」城西国際大学出版会

2012 p345
眼前に死があったから本を読んだ
◇「山田風太郎エッセイ集成 昭和前期の青春」筑摩書房 2007 p30
完全犯罪
◇「小松左京全集 完全版 25」城西国際大学出版会 2017 p250
完全犯罪の座標
◇「森村誠一ベストセレクション 空白の凶相」光文社 2010（光文社文庫）p71
元祖色メガネ「廃業」の自分史
◇「野坂昭如エッセイ・コレクション 3」筑摩書房 2004（ちくま文庫）p206
カンゾウ
◇「辺見庸掌編小説集 黒版」角川書店 2004 p114
感想
◇「金井美恵子エッセイ・コレクション─1964-2013 1」平凡社 2013 p222
感想
◇「小林秀雄全作品 2」新潮社 2002 p213
◇「小林秀雄全作品 13」新潮社 2003 p67
◇「小林秀雄全作品 13」新潮社 2003 p175
◇「小林秀雄全作品 17」新潮社 2004 p135
◇「小林秀雄全作品 18」新潮社 2004 p53
◇「小林秀雄全作品 18」新潮社 2004 p205
◇「小林秀雄全作品 19」新潮社 2004 p9
◇「小林秀雄全作品 19」新潮社 2004 p16
◇「小林秀雄全作品 19」新潮社 2004 p37
◇「小林秀雄全作品 19」新潮社 2004 p41
◇「小林秀雄全作品 21」新潮社 2004 p52
◇「小林秀雄全作品 21」新潮社 2004 p131
◇「小林秀雄全作品 21」新潮社 2004 p267
◇「小林秀雄全作品 26」新潮社 2004 p66
◇「小林秀雄全作品 26」新潮社 2004 p68
◇「小林秀雄全作品 28」新潮社 2005 p241
◇「小林秀雄全作品 別巻1」新潮社 2005 p11
◇「小林秀雄全作品 別巻2」新潮社 2005 p11
◇「小林秀雄全集 補巻 1」新潮社 2010 p121
◇「小林秀雄全集 補巻 2」新潮社 2010 p168
◇「小林秀雄全集 補巻 2」新潮社 2010 p186
◇「小林秀雄全集 補巻 2」新潮社 2010 p384
◇「小林秀雄全集 補巻 2」新潮社 2010 p400
◇「小林秀雄全集 補巻 2」新潮社 2010 p457
◇「小林秀雄全集 補巻 2」新潮社 2010 p471
◇「小林秀雄全集 補巻 2」新潮社 2010 p473
◇「小林秀雄全集 補巻 2」新潮社 2010 p478
◇「小林秀雄全集 補巻 2」新潮社 2010 p479
◇「小林秀雄全集 補巻 3」新潮社 2010 p28
◇「小林秀雄全集 補巻 3」新潮社 2010 p47
◇「小林秀雄全集 補巻 3」新潮社 2010 p82
◇「小林秀雄全集 補巻 3」新潮社 2010 p353
◇「小林秀雄全集 補巻 3」新潮社 2010 p354
◇「小林秀雄全集 補巻 3」新潮社 2010 p397
◇「小林秀雄全集 補巻 3」新潮社 2010 p497
◇「小林秀雄全集 補巻 3」新潮社 2010 p535

感想
◇「徳田秋聲全集 19」八木書店 2000 p256
◇「徳田秋聲全集 21」八木書店 2001 p269
感想─芥川賞受賞者のことば
◇「安部公房全集 3」新潮社 1997 p84
感想家の生れでるために
◇「坂口安吾全集 6」筑摩書房 1998 p279
感想（広域重要人物ききこみ捜査「エッ！ 三島由紀夫??」）
◇「決定版 三島由紀夫全集 35」新潮社 2003 p494
感想・小品
◇「宮本百合子全集 33」新日本出版社 2004 p329
肝臓先生
◇「坂口安吾全集 8」筑摩書房 1998 p319
感想〔第三十回芥川賞選後評〕
◇「坂口安吾全集 14」筑摩書房 1999 p333
感想〔第二十八回芥川賞選後評〕
◇「坂口安吾全集 13」筑摩書房 1999 p476
感想─註解
◇「小林秀雄全集 補巻 3」新潮社 2010 p533
感想の断片
◇「徳田秋聲全集 19」八木書店 2000 p264
感想二つ三つ
◇「徳田秋聲全集 19」八木書店 2000 p147
カンゾー先生 脚本（今村昌平）
◇「坂口安吾全集 別巻」筑摩書房 2012 p316
元祖マジメ人間の優雅な生活〔対談〕（山口瞳）
◇「吉行淳之介エッセイ・コレクション 4」筑摩書房 2004（ちくま文庫）p97
艦隊・航空決戦を語る〔座談会〕（永村清、匝瑳胤次、松永寿雄、広瀬彦太）
◇「定本 久生十蘭全集 別巻」国書刊行会 2013 p572
神田神保町
◇「車谷長吉全集 3」新書館 2010 p366
神田日勝の「室内風景」
◇「小檜山博全集 8」柏艪舎 2006 p26
神田日勝の「飯場の風景」
◇「小檜山博全集 8」柏艪舎 2006 p25
神田日本橋の空襲
◇「内田百閒集成 22」筑摩書房 2004（ちくま文庫）p21
勘太郎月の唄 二幕四場
◇「長谷川伸傑作選 瞼の母」国書刊行会 2008 p241
神田は已に無し 春空に高射砲の白煙団団
◇「内田百閒集成 22」筑摩書房 2004（ちくま文庫）p75
邯鄲
◇「決定版 三島由紀夫全集 21」新潮社 2002 p439
簡単生活
◇「坂口安吾全集 13」筑摩書房 1999 p416
「邯鄲」創作ノート
◇「決定版 三島由紀夫全集 21」新潮社 2002 p749

かんた

元旦に
 ◇「小檜山博全集 7」柏艪舎 2006 p43
邯鄲の
 ◇「古井由吉自撰作品 5」河出書房新社 2012 p354
寒竹
 ◇「小沼丹全集 4」未知谷 2004 p91
含蓄ある歳月―野上弥生子さんへの手紙
 ◇「宮本百合子全集 12」新日本出版社 2001 p379
カンチク先生
 ◇「小沼丹全集 2」未知谷 2004 p680
含蓄について
 ◇「谷崎潤一郎全集 18」中央公論新社 2016 p152
管仲と晏嬰
 ◇「宮城谷昌光全集 21」文藝春秋 2004 p436
眼中の悪魔
 ◇「山田風太郎ミステリー傑作選 1」光文社 2001（光文社文庫）p5
『干潮』
 ◇「佐々木基一全集 1」河出書房新社 2013 p107
〔鑑定〕
 ◇「坂口安吾全集 15」筑摩書房 1999 p710
カンディドの旅
 ◇「大庭みな子全集 6」日本経済新聞出版社 2009 p81
関東
 ◇「田中小実昌エッセイ・コレクション 2」筑摩書房 2002（ちくま文庫）p92
感動ある小説
 ◇「金鶴泳作品集 2」クレイン 2006 p568
巻頭句の女
 ◇「松本清張傑作短篇コレクション 中」文藝春秋 2004（文春文庫）p41
巻頭言〔聖室（Tabernacle）からの詠唱〕
 ◇「決定版 三島由紀夫全集 37」新潮社 2004 p238
巻頭言（「婦人公論」）
 ◇「決定版 三島由紀夫全集 31」新潮社 2003 p310
感動させるテオの態度
 ◇「小島信夫批評集成 7」水声社 2011 p599
巻頭随筆
 ◇「坂口安吾全集 3」筑摩書房 1999 p465
関東煮（だ）きエレジー
 ◇「田中小実昌エッセイ・コレクション 1」筑摩書房 2002（ちくま文庫）p58
感動と行為の連鎖反応
 ◇「小田実全集 評論 19」講談社 2012 p238
関東にある"原・日本"
 ◇「小松左京全集 完全版 31」城西国際大学出版会 2008 p61
甘棠の人
 ◇「宮城谷昌光全集 1」文藝春秋 2002 p125
関東平野は天狗の横顔
 ◇「小松左京全集 完全版 31」城西国際大学出版会 2008 p40
関東より陸奥への三つの道
 ◇「小松左京全集 完全版 31」城西国際大学出版会 2008 p71
関東は平家の地盤
 ◇「小松左京全集 完全版 31」城西国際大学出版会 2008 p38
監督シェル・オーケ・アンデションとの出会い
 ◇「安部公房全集 28」新潮社 2000 p423
広東葱
 ◇「国枝史郎探偵小説全集」作品社 2005 p16
広東（カントン）の鸚鵡
 ◇「横溝正史探偵小説コレクション 2」出版芸術社 2004 p87
カンナカムイの翼
 ◇「中上健次集 7」インスクリプト 2012 p142
惟神之道
 ◇「決定版 三島由紀夫全集 26」新潮社 2003 p88
観念性と抒情性―伊藤整著『街と村』について
 ◇「宮本百合子全集 13」新日本出版社 2001 p390
観念的その他
 ◇「坂口安吾全集 5」筑摩書房 1998 p415
観念の鬼
 ◇「上野壮夫全集 2」図書新聞 2009 p299
観念の造型
 ◇「小島信夫批評集成 2」水声社 2011 p778
観念の放棄
 ◇「佐々木基一全集 1」河出書房新社 2013 p371
寒の梅
 ◇「宮本百合子全集 13」新日本出版社 2001 p373
姦の毒
 ◇「森村誠一ベストセレクション 空洞の怨恨」光文社 2011（光文社文庫）p139
姦の忍法帖
 ◇「山田風太郎忍法帖短篇全集 5」筑摩書房 2004（ちくま文庫）p7
寒の薔薇
 ◇「徳田秋聲全集 23」八木書店 2001 p228
漢の文帝
 ◇「宮城谷昌光全集 21」文藝春秋 2004 p491
観音様の頬
 ◇「野村胡堂伝奇幻想小説集成」作品社 2009 p94
観音まつり
 ◇「石牟礼道子全集 1」藤原書店 2004 p214
乾杯
 ◇「小沼丹全集 1」未知谷 2004 p624
乾盃
 ◇「決定版 三島由紀夫全集 補巻」新潮社 2005 p189
頑張つて下さい、延二郎君
 ◇「決定版 三島由紀夫全集 28」新潮社 2003 p661
上林からの手紙
 ◇「宮本百合子全集 12」新日本出版社 2001 p356

鎌原部落の墓と葬制
　◇「中井英夫全集 7」東京創元社 1998（創元ライブラリ）p320
頑張れ
　◇「小檜山博全集 7」柏艪舎 2006 p146
乾パンのこと
　◇「小島信夫批評集成 2」水声社 2011 p431
甘美な鈍重 森茉莉
　◇「金井美恵子エッセイ・コレクション―1964-2013 3」平凡社 2013 p336
甘美な逃げ口上
　◇「小島実全集 評論 2」講談社 2010 p220
甘美な眠りの逆説 野坂昭如
　◇「金井美恵子エッセイ・コレクション―1964-2013 3」平凡社 2013 p101
甘美な奉仕
　◇「小島信夫批評集成 5」水声社 2011 p417
寒風の中での荘厳な光景
　◇「松下竜一未刊行著作集 5」海鳥社 2009 p353
寒風吹きまくる労災病院
　◇「開高健ルポルタージュ選集 ずばり東京」光文社 2007（光文社文庫）p146
眼福千年
　◇「20世紀断層―野坂昭如単行本未収録小説集成 4」幻戯書房 2010 p550
完璧な宇宙
　◇「金井美恵子エッセイ・コレクション―1964-2013 4」平凡社 2014 p290
完璧な均衡を保つ（「チェーホフ全集」推薦文）
　◇「決定版 三島由紀夫全集 31」新潮社 2003 p386
完璧な計画
　◇「井上ひさし短編中編小説集成 6」岩波書店 2015 p417
完璧の作品『草筏』
　◇「坂口安吾全集 3」筑摩書房 1999 p55
岸壁の浪枕
　◇「内田百閒集成 11」筑摩書房 2003（ちくま文庫）p264
寒紅の色
　◇「立松和平全小説 24」勉誠出版 2014 p279
願望
　◇「大坪砂男全集 4」東京創元社 2013（創元推理文庫）p411
完本獄中記―ワイルド作
　◇「決定版 三島由紀夫全集 27」新潮社 2003 p388
巻末対談（堀晃）
　◇「小松左京全集 完全版 10」城西国際大学出版会 2017 p319
甘味談義
　◇「阿川弘之全集 20」新潮社 2007 p229
感銘をうけそこねた本たちについて
　◇「林京子全集 7」日本図書センター 2005 p322

感銘をうけた作品
　◇「谷崎潤一郎全集 25」中央公論新社 2016 p278
官命出張旅行
　◇「内田百閒集成 2」筑摩書房 2002（ちくま文庫）p47
がんもどき
　◇「山本周五郎長篇小説全集 24」新潮社 2014 p235
関門
　◇「内田百閒集成 2」筑摩書房 2002（ちくま文庫）p130
丸薬
　◇「徳田秋聲全集 8」八木書店 2000 p340
咸陽―王維、「渭城の曲」をうたう
　◇「小松左京全集 完全版 43」城西国際大学出版会 2014 p79
寛容と平衡感覚
　◇「丸谷才一全集 11」文藝春秋 2014 p446
歓楽極まりて哀情多し〔鼎談〕（太宰治、織田作之助）
　◇「坂口安吾全集 17」筑摩書房 1999 p333
寒流
　◇「松本清張映画化作品集 2」双葉社 2008（双葉文庫）p175
咸臨丸受取
　◇「定本 久生十蘭全集 2」国書刊行会 2009 p493
寒冷紗の風
　◇「石牟礼道子全集 14」藤原書店 2008 p21
還暦
　◇「小林秀雄全作品 24」新潮社 2004 p118
　◇「小林秀雄全集 補巻 3」新潮社 2010 p245
還暦祝賀会
　◇「江戸川乱歩全集 30」光文社 2005（光文社文庫）p331
還暦所感
　◇「江戸川乱歩全集 30」光文社 2005（光文社文庫）p329
還暦の花嫁
　◇「林京子全集 4」日本図書センター 2005 p284

【き】

黄
　◇「中井英夫全集 10」東京創元社 2002（創元ライブラリ）p169
季
　◇「小林秀雄全作品 24」新潮社 2004 p153
　◇「小林秀雄全集 補巻 3」新潮社 2010 p250
樹
　◇「辻井喬コレクション 7」河出書房新社 2003 p195

きいこ

希夷公
◇「内田百閒集成 17」筑摩書房 2004（ちくま文庫）p175

キイチゴ
◇「辺見庸掌編小説集 白版」角川書店 2004 p187

紀伊国狐憑漆掻語
◇「谷崎潤一郎全集 15」中央公論新社 2016 p459

紀伊半島
◇「小松左京全集 完全版 27」城西国際大学出版会 2007 p131

紀伊物語
◇「中上健次集 8」インスクリプト 2013 p7

黄色い悪魔
◇「鮎川哲也コレクション 消えた奇術師」光文社 2007（光文社文庫）p155

黄色い泉
◇「小松左京全集 完全版 19」城西国際大学出版会 2013 p265

黄いろい海
◇「辻邦生全集 7」新潮社 2004 p74

黄色いガン・ベルト
◇「都筑道夫少年小説コレクション 6」本の雑誌社 2005 p351

黄色い下宿人
◇「山田風太郎ミステリー傑作選 1」光文社 2001（光文社文庫）p333

黄色い特派員―里村欣三の満蒙通信
◇「宮本百合子全集 11」新日本出版社 2001 p153

黄色い流れ
◇「林京子全集 7」日本図書センター 2005 p320

黄色いねずみ
◇「小松左京全集 完全版 16」城西国際大学出版会 2011 p80

黄色い鼠
◇「井上ひさし短編中編小説集成 8」岩波書店 2015 p165

黄色い斑点
◇「大坪砂男全集 4」東京創元社 2013（創元推理文庫）p91

黄色い日日
◇「梅崎春生作品集 2」沖積舎 2004 p100

黄色い服
◇「向田邦子全集 新版 11」文藝春秋 2010 p92

《黄色い部屋》創作動機の考察
◇「日影丈吉全集 別巻」国書刊行会 2005 p577

黄色いポロシャツ
◇「都筑道夫少年小説コレクション 2」本の雑誌社 2005 p204

黄いろい涎
◇「中井英夫全集 7」東京創元社 1998（創元ライブラリ）p155

気鬱な旅行
◇「小沼丹全集 1」未知谷 2004 p157

消えうせた怪談
◇「小松左京全集 完全版 28」城西国際大学出版会 2006 p181

消え失せた砂漠―大島の巻
◇「坂口安吾全集 11」筑摩書房 1998 p192

消えた家
◇「日影丈吉全集 6」国書刊行会 2002 p544

消えた色
◇「大庭みな子全集 17」日本経済新聞出版社 2010 p49

消えた映画館
◇「中井英夫全集 12」東京創元社 2006（創元ライブラリ）p43

消えた川の話
◇「安部公房全集 16」新潮社 1998 p277

消えた奇術師
◇「鮎川哲也コレクション 消えた奇術師」光文社 2007（光文社文庫）p215

消えた九鼎
◇「宮城谷昌光全集 21」文藝春秋 2004 p352

消えた凶器
◇「都筑道夫少年小説コレクション 3」本の雑誌社 2005 p159

消えた五十万人―イジュムの大殲滅戦
◇「定本 久生十蘭全集 4」国書刊行会 2009 p472

消えた旋律
◇「内田百閒集成 15」筑摩書房 2003（ちくま文庫）p188

消えたトラック
◇「都筑道夫少年小説コレクション 3」本の雑誌社 2005 p287

消えた飛行機
◇「小沼丹全集 4」未知谷 2004 p640

消えたブルジョア 関根弘聞き手
◇「安部公房全集 16」新潮社 1998 p384

消えた身代金
◇「都筑道夫少年小説コレクション 3」本の雑誌社 2005 p222

消えた文字の秘密
◇「都筑道夫少年小説コレクション 3」本の雑誌社 2005 p253

消えた預金
◇「小松左京全集 完全版 25」城西国際大学出版会 2017 p443

消えて欲しいもの―時の流れ
◇「林京子全集 8」日本図書センター 2005 p455

消えてゆく小径
◇「小沼丹全集 4」未知谷 2004 p585

消えない人間への不信
◇「大庭みな子全集 24」日本経済新聞出版社 2011 p178

樹への旅から
◇「石牟礼道子全集 6」藤原書店 2006 p110

キエル・エスプマルク宛書簡
◇「安部公房全集 28」新潮社 2000 p418
改訂完全版消える上海レディ
◇「島田荘司全集 5」南雲堂 2012 p5
改訂完全版消える「水晶特急」
◇「島田荘司全集 3」南雲堂 2009 p539
奇縁
◇「高橋克彦自選短編集 1」講談社 2009（講談社文庫）p55
鬼苑道話
◇「内田百閒集成 5」筑摩書房 2003（ちくま文庫）p76
木を植えよう
◇「小檜山博全集 7」柏艪舎 2006 p331
記おく
◇「決定版 三島由紀夫全集 37」新潮社 2004 p41
記憶
◇「稲垣足穂コレクション 2」筑摩書房 2005（ちくま文庫）p271
記憶
◇「梅崎春生作品集 2」沖積舎 2004 p38
記憶
◇「小島信夫批評集成 1」水声社 2011 p485
◇「小島信夫短篇集成 8」水声社 2014 p551
記憶する
◇「中井英夫全集 7」東京創元社 1998（創元ライブラリ）p35
記憶する生
◇「寺山修司著作集 1」クインテッセンス出版 2009 p70
記憶せよ、抗議せよ そして、生き延びよ
◇「井上ひさしコレクション 日本の巻」岩波書店 2005 p220
記憶テスト
◇「20世紀断層—野坂昭如単行本未収録小説集成 5」幻戯書房 2010 p531
記憶に残る正月の思い出
◇「宮本百合子全集 9」新日本出版社 2001 p318
『記憶の遠近法』書評—澁澤龍彥
◇「中井英夫全集 6」東京創元社 1996（創元ライブラリ）p695
記憶の落ち穂—不思議への旅
◇「定本 荒巻義雄メタSF全集 5」彩流社 2015 p364
『記憶の形象 都市と建築との間で』横文彦
◇「須賀敦子全集 4」河出書房新社 2007（河出文庫）p222
記憶の断片
◇「小沼丹全集 4」未知谷 2004 p525
記憶の中の女
◇「狩久全集 2」皆進社 2013 p163
記憶の変貌
◇「中井英夫全集 12」東京創元社 2006（創元ライブラリ）p184

記憶の窓
◇「高橋克彦自選短編集 2」講談社 2009（講談社文庫）p243
「記憶バンク」としての「都市」—クラーク『都市と星』
◇「小松左京全集 完全版 40」城西国際大学出版会 2012 p354
祇園
◇「谷崎潤一郎全集 1」中央公論新社 2015 p406
祇園囃子
◇「司馬遼太郎短篇全集 7」文藝春秋 2005 p417
祇園祭を見て
◇「決定版 三島由紀夫全集 27」新潮社 2003 p443
議会を傍聴して
◇「小林秀雄全作品 13」新潮社 2003 p43
◇「小林秀雄全集 補巻 2」新潮社 2010 p165
機械化された人間
◇「小松左京全集 完全版 35」城西国際大学出版会 2009 p354
「機械化人類学」の妄想
◇「小松左京全集 完全版 35」城西国際大学出版会 2009 p343
機械が人を教える時代
◇「小松左京全集 完全版 31」城西国際大学出版会 2008 p330
機械群像
◇「決定版 三島由紀夫全集 37」新潮社 2004 p274
機械芸術
◇「佐々木基一全集 7」河出書房新社 2013 p390
機械仕掛の俳優のための花嫁（抄）
◇「寺山修司著作集 5」クインテッセンス出版 2009 p411
機械で割ってタンカーで運ぶ
◇「小松左京全集 完全版 40」城西国際大学出版会 2012 p200
「機械としての生命」を探るマイクロマシンの驚異の世界（藤正巖）
◇「小松左京全集 完全版 47」城西国際大学出版会 2017 p60
奇怪な悲しみ 第26回文藝賞
◇「大庭みな子全集 24」日本経済新聞出版社 2011 p88
奇怪な記録
◇「谷崎潤一郎全集 9」中央公論新社 2017 p471
奇怪な"死者の結婚"
◇「小松左京全集 完全版 31」城西国際大学出版会 2008 p78
機械の花嫁
◇「小松左京全集 完全版 15」城西国際大学出版会 2010 p122
機会の向うの風景
◇「大庭みな子全集 17」日本経済新聞出版社 2010 p29

きかい

機械密室
  ◇「天城一傑作集〔1〕」日本評論社 2004 p164
機械はヒトのパートナーか―坂井利之氏との対談
  ◇「小松左京全集 完全版 30」城西国際大学出版会 2008 p201
奇貨居くべし（上）
  ◇「宮城谷昌光全集 16」文藝春秋 2004 p5
奇貨居くべし（下）
  ◇「宮城谷昌光全集 17」文藝春秋 2004 p5
器樂的幻覺
  ◇「梶井基次郎小説全集新装版」沖積舎 1995 p215
企画とコピー
  ◇「上野壮夫全集 3」図書新聞 2011 p430
聞かせるか見せるか
  ◇「井上ひさしコレクション ことばの巻」岩波書店 2005 p340
「帰化」というコトバ
  ◇「深沢夏衣作品集」新幹社 2015 p462
飢餓同盟
  ◇「安部公房全集 4」新潮社 1997 p93
飢餓途上
  ◇「松田解子自選集 3」澤田出版 2004 p159
戯画と都市計画図―近代へのユートピア論
  ◇「小松左京全集 完全版 40」城西国際大学出版会 2012 p339
帰還
  ◇「金井美恵子自選短篇集 恋人たち／降誕祭の夜」講談社 2015（講談社文芸文庫）p17
機関士
  ◇「小沼丹全集 補巻」未知谷 2005 p510
機関紙・新聞に
  ◇「松田解子自選集 9」澤田出版 2009 p113
危機
  ◇「徳田秋聲全集 29」八木書店 2002 p71
危機への戦慄―ストーカーの前衛性の意味―ストーカー
  ◇「辻邦生全集 19」新潮社 2005 p272
危機を直視せよ―新劇の運命1
  ◇「安部公房全集 11」新潮社 1998 p146
『聞書抄』
  ◇「谷崎潤一郎全集 18」中央公論新社 2016 p161
「聞書抄」を当分休ませて貰ひます
  ◇「谷崎潤一郎全集 18」中央公論新社 2016 p517
聞書抄 第二盲目物語
  ◇「谷崎潤一郎全集 18」中央公論新社 2016 p163
ききたい 『新週間』のインタビューに答えて
  ◇「安部公房全集 15」新潮社 1998 p194
樹々たちのコロス―アジア人会議の青年たち
  ◇「石牟礼道子全集 6」藤原書店 2006 p545
「危機的教育」の終わり
  ◇「小松左京全集 完全版 29」城西国際大学出版会 2007 p363
聞き手の存在
  ◇「丸谷オー全集 10」文藝春秋 2014 p359
危機と文学〔座談会〕（泉三太郎、江口美奈子、戸石泰一、那珂太郎、山本太郎）
  ◇「安部公房全集 3」新潮社 1997 p252
危機について〔座談会〕（竹内実、武田泰淳、花田清輝）
  ◇「安部公房全集 12」新潮社 1998 p294
記紀に見る「性」意識
  ◇「小松左京全集 完全版 35」城西国際大学出版会 2009 p363
危機の作家
  ◇「佐々木基一全集 4」河出書房新社 2013 p175
木々の精、谷の精
  ◇「坂口安吾全集 3」筑摩書房 1999 p22
樹々の中を流るる川
  ◇「石牟礼道子全集 6」藤原書店 2006 p109
危機の舞踊
  ◇「決定版 三島由紀夫全集 31」新潮社 2003 p478
危機の様相
  ◇「佐々木基一全集 1」河出書房新社 2013 p313
危機のリアリズム
  ◇「佐々木基一全集 2」河出書房新社 2013 p389
「危機未来」の系譜
  ◇「小松左京全集 完全版 29」城西国際大学出版会 2007 p332
『気球の夢―空のユートピア』喜多尾道冬
  ◇「須賀敦子全集 4」河出書房新社 2007（河出文庫）p536
帰郷
  ◇「小檜山博全集 2」柏艪舎 2006 p477
  ◇「小檜山博全集 6」柏艪舎 2006 p123
帰郷
  ◇「三橋一夫ふしぎ小説集成 1」出版芸術社 2005 p276
帰郷
  ◇「目取真俊短篇小説選集 3」影書房 2013 p107
桔梗
  ◇「定本 久生十蘭全集 10」国書刊行会 2011 p287
帰郷祭
  ◇「立松和平小説 6」勉誠出版 2010 p83
帰郷心象
  ◇「立松和平小説 4」勉誠出版 2010 p101
奇矯な着想
  ◇「江戸川乱歩全集 23」光文社 2005（光文社文庫）p520
歸郷日記
  ◇「小寺菊子作品集 3」桂書房 2014 p20
戯曲「アラビアン・ナイト」について
  ◇「決定版 三島由紀夫全集 34」新潮社 2003 p256

戯曲を書きたがる小説書きのノート
　　◇「決定版 三島由紀夫全集 27」新潮社 2003 p222
戯曲をなぜ書くか〔座談会〕(椎名麟三, 武田泰淳, 福田恆存)
　　◇「安部公房全集 5」新潮社 1997 p89
〈"戯曲が認められて…"〉『東京新聞』の談話記事
　　◇「安部公房全集 21」新潮社 1999 p110
〈戯曲三本がことしの舞台へ〉『東京新聞』の談話記事
　　◇「安部公房全集 20」新潮社 1999 p488
戯曲の誘惑
　　◇「決定版 三島由紀夫全集 28」新潮社 2003 p538
戯曲論（抄）
　　◇「寺山修司著作集 5」クインテッセンス出版 2009 p385
帰去来殺人事件
　　◇「山田風太郎ミステリー傑作選 2」光文社 2001（光文社文庫）p249
帰去来・蓼科
　　◇「山田風太郎エッセイ集成 風山房風呂焚き唄」筑摩書房 2008 p117
帰去来の辞
　　◇「阿川弘之全集 20」新潮社 2007 p350
飢饉・疫病の歴史を掘り起こす
　　◇「小松左京全集 完全版 35」城西国際大学出版会 2009 p129
菊
　　◇「定本 久生十蘭全集 10」国書刊行会 2011 p286
　　◇「定本 久生十蘭全集 10」国書刊行会 2011 p378
菊
　　◇「決定版 三島由紀夫全集 37」新潮社 2004 p712
菊一文字
　　◇「司馬遼太郎短篇全集 8」文藝春秋 2005 p497
効く音楽
　　◇「安部公房全集 24」新潮社 1999 p328
菊薫環物語（きくかをるたまきのものがたり）
　　◇「決定版 三島由紀夫全集 補巻」新潮社 2005 p256
菊香水
　　◇「定本 久生十蘭全集 2」国書刊行会 2009 p540
菊五郎とシャリアピン
　　◇「定本 久生十蘭全集 10」国書刊行会 2011 p123
菊水江戸日記
　　◇「横溝正史時代小説コレクション 伝奇篇 3」出版芸術社 2003 p99
菊水兵談
　　◇「横溝正史時代小説コレクション 伝奇篇 2」出版芸術社 2003 p5
菊世界
　　◇「内田百閒集成 12」筑摩書房 2003（ちくま文庫）p49
菊池寛
　　◇「小林秀雄全作品 21」新潮社 2004 p94
　　◇「小林秀雄全集 補巻 3」新潮社 2010 p39
菊池寛
　　◇「丸谷才一全集 10」文藝春秋 2014 p105
菊池寛賞を受けて
　　◇「徳田秋聲全集 23」八木書店 2001 p122
菊池寛と志賀直哉
　　◇「阿川弘之全集 19」新潮社 2007 p11
菊池寛の仕事
　　◇「井上ひさしコレクション 人間の巻」岩波書店 2005 p130
菊池寛の亡霊が…――菊池寛
　　◇「丸谷才一全集 9」文藝春秋 2013 p368
「菊池寛文学全集」解説
　　◇「小林秀雄全作品 23」新潮社 2004 p122
　　◇「小林秀雄全集 補巻 3」新潮社 2010 p195
菊池寛論
　　◇「小林秀雄全作品 9」新潮社 2003 p30
　　◇「小林秀雄全集 補巻 1」新潮社 2010 p446
菊池さんの思い出
　　◇「小林秀雄全作品 15」新潮社 2003 p199
　　◇「小林秀雄全集 補巻 2」新潮社 2010 p308
菊千代抄
　　◇〔山本周五郎〕新編傑作選 2」小学館 2010（小学館文庫）p237
「木靴の樹」の眼ざし
　　◇「辻邦生全集 19」新潮社 2005 p257
「菊と葵のものがたり」
　　◇「阿川弘之全集 20」新潮社 2007 p277
菊燈台
　　◇〔澁澤龍彦〕ホラー・ドラコニア少女小説集成 弐」平凡社 2003 p5
菊と竹
　　◇「徳田秋聲全集 16」八木書店 1999 p60
菊とナガサキ
　　◇「石牟礼道子全集 1」藤原書店 2004 p336
菊と薔薇物語
　　◇「決定版 三島由紀夫全集 補巻」新潮社 2005 p290
菊とラムネ―『噂の娘』と時間
　　◇「金井美恵子エッセイ・コレクション―1964-2013 4」平凡社 2014 p506
菊人形
　　◇「宮本百合子全集 18」新日本出版社 2002 p27
菊の雨
　　◇「内田百閒集成 4」筑摩書房 2003（ちくま文庫）p125
菊の系図
　　◇「山本周五郎長篇小説全集 4」新潮社 2013 p323
菊の典侍 花妖譚七
　　◇「司馬遼太郎短篇全集 1」文藝春秋 2005 p181
菊の別れ―網野菊さん追想
　　◇「阿川弘之全集 17」新潮社 2006 p483

きくは

菊畑茂久馬『絶筆』
　◇「石牟礼道子全集 14」藤原書店 2008 p406

菊原琴治碑文
　◇「谷崎潤一郎全集 21」中央公論新社 2016 p532

菊枕 ぬい女略歴
　◇「松本清張傑作短篇コレクション 下」文藝春秋 2004（文春文庫）p409
　◇「松本清張短編全集 03」光文社 2008（光文社文庫）p67

菊見
　◇「徳田秋聲全集 11」八木書店 1998 p318

ぎくりとする話
　◇「小酒井不木随筆評論選集 3」本の友社 2004 p367

菊若葉
　◇「決定版 三島由紀夫全集 20」新潮社 2002 p691

畸形国
　◇「山田風太郎ミステリー傑作選 8」光文社 2002（光文社文庫）p221

畸形の天女
　◇「江戸川乱歩全集 16」光文社 2004（光文社文庫）p535
　◇「江戸川乱歩全集 18」沖積舎 2009 p167

喜劇・米騒動
　◇「小檜山博全集 7」柏艪舎 2006 p50

喜劇作法としてのウソ
　◇「井上ひさしコレクション 人間の巻」岩波書店 2005 p228

喜劇性と批評性
　◇「安部公房全集 12」新潮社 1998 p11

喜劇的猥褻論
　◇「井上ひさしコレクション 人間の巻」岩波書店 2005 p248

喜劇による喜劇的自己矯正法
　◇「井上ひさしコレクション 人間の巻」岩波書店 2005 p238

喜劇役者たち
　◇「井上ひさし短編中編小説集成 8」岩波書店 2015 p325

喜劇は終つたよ
　◇「定本 久生十蘭全集 10」国書刊行会 2011 p343

喜劇は権威を笑う
　◇「井上ひさしコレクション ことばの巻」岩波書店 2005 p346

奇傑左一平
　◇「横溝正史時代小説コレクション捕物篇 3」出版芸術社 2004 p5

「きけわだつみのこえ」
　◇「小林秀雄全作品 17」新潮社 2004 p211
　◇「小林秀雄全集 補巻 2」新潮社 2010 p400

貴顕
　◇「決定版 三島由紀夫全集 19」新潮社 2002 p617

紀元3000年へ挑む科学・技術・人・知性―地球紀日本の先端技術
　◇「小松左京全集 完全版 47」城西国際大学出版会 2017 p7

紀元節
　◇「小林秀雄全集 補巻 3」新潮社 2010 p163

紀元節について―史實とはなにか
　◇「福田恆存評論集 8」麗澤大學出版會、廣池學園事業部〔発売〕2007 p112

紀元節復活を望む（二月十日）
　◇「福田恆存評論集 18」麗澤大學出版會、廣池學園事業部〔発売〕2010 p173

危険ということ
　◇「小檜山博全集 8」柏艪舎 2006 p143

危険な関係
　◇「決定版 三島由紀夫全集 28」新潮社 2003 p450

危険な芸術家
　◇「決定版 三島由紀夫全集 33」新潮社 2003 p632

危険な思想家〔鼎談〕（桶谷繁雄、藤田一暁）
　◇「福田恆存対談・座談集 2」玉川大学出版部 2011 p229

危険な斜面
　◇「松本清張自選短篇集 2」リブリオ出版 2007 p119

危険な手紙
　◇「小島信夫批評集成 6」水声社 2011 p407

危険な童話
　◇「土屋隆夫コレクション新装版 危険な童話」光文社 2002（光文社文庫）p7

『危険な童話』初刊本の作者の言葉
　◇「土屋隆夫コレクション新装版 危険な童話」光文社 2002（光文社文庫）p458

危険な夫婦
　◇「大坪砂男全集 3」東京創元社 2013（創元推理文庫）p415

危険な誘拐
　◇「小松左京全集 完全版 16」城西国際大学出版会 2011 p156

技巧
　◇「小酒井不木随筆評論選集 8」本の友社 2004 p273

気候が文明の発生と滅亡を促した？
　◇「小松左京全集 完全版 40」城西国際大学出版会 2012 p359

魏公子兵法
　◇「宮城谷昌光全集 21」文藝春秋 2004 p468

紀行断片
　◇「小林秀雄全作品 1」新潮社 2002 p73
　◇「小林秀雄全集 補巻 1」新潮社 2010 p32

気候と郷愁
　◇「坂口安吾全集 2」筑摩書房 1999 p192

紀行の一節
　◇「徳田秋聲全集 3」八木書店 1999 p354

気候の体制が変化した
  ◇「小松左京全集 完全版 35」城西国際大学出版会 2009 p54
聞こえてくる唄 第20回高見順賞
  ◇「大庭みな子全集 24」日本経済新聞出版社 2011 p67
キコエマスカ、藤村さん──追悼藤村正太
  ◇「土屋隆夫コレクション新装版 盲目の鴉」光文社 2003（光文社文庫）p453
奇獄
  ◇「小酒井不木随筆評論選集 3」本の友社 2004 p352
帰国して
  ◇「辻邦生全集 16」新潮社 2005 p364
擬国会記事
  ◇「谷崎潤一郎全集 25」中央公論新社 2016 p126
木樵り
  ◇「石牟礼道子全集 1」藤原書店 2004 p428
樵の哲学
  ◇「定本 荒巻義雄メタSF全集 別巻」彩流社 2015 p54
既婚者と離婚者 対話劇
  ◇「谷崎潤一郎全集 5」中央公論新社 2016 p415
気障（きざ）の仁吉
  ◇「20世紀断層─野坂昭如単行本未収録小説集成 補巻」幻戯書房 2010 p503
刻む音
  ◇「向田邦子全集 新版 9」文藝春秋 2009 p102
きさらぎ日記
  ◇「松下竜一未刊行著作集 3」海鳥社 2009 p114
きさらぎの三里塚
  ◇「石牟礼道子全集 5」藤原書店 2004 p302
岸上大作
  ◇「寺山修司著作集 5」クインテッセンス出版 2009 p110
岸上大作の場合
  ◇「寺山修司著作集 4」クインテッセンス出版 2009 p68
既視感
  ◇「佐々木基一全集 8」河出書房新社 2013 p373
疑似情熱のゲーム
  ◇「鈴木いづみコレクション 5」文遊社 1996 p59
木静かならんと欲すれど
  ◇「小松左京全集 完全版 16」城西国際大学出版会 2011 p313
岸田今日子さん
  ◇「決定版 三島由紀夫全集 27」新潮社 2003 p702
岸田國士
  ◇「福田恆存評論集 14」麗澤大學出版會、廣池學園事業部〔発売〕 2010 p172
岸田国士氏の思ひ出
  ◇「決定版 三島由紀夫全集 35」新潮社 2003 p241

岸田国士先生
  ◇「決定版 三島由紀夫全集 28」新潮社 2003 p252
岸田賞受賞の感想
  ◇「決定版 三島由紀夫全集 29」新潮社 2003 p129
〈キシダ・ヤスマサ宛書簡〉
  ◇「安部公房全集 8」新潮社 1998 p292
騎士道的探偵小説
  ◇「江戸川乱歩全集 24」光文社 2005（光文社文庫）p666
戯詩・時の馬車
  ◇「中井英夫全集 10」東京創元社 2002（創元ライブラリ）p142
雉子と鶴
  ◇「小松左京全集 完全版 37」城西国際大学出版会 2010 p118
戯詩二篇
  ◇「中井英夫全集 10」東京創元社 2002（創元ライブラリ）p163
雉子鳩
  ◇「大庭みな子全集 13」日本経済新聞出版社 2010 p241
岸辺の海
  ◇「立松和平小説 15」勉誠出版 2011 p359
鬼子母親
  ◇「寺山修司著作集 4」クインテッセンス出版 2009 p75
雉子娘
  ◇「井上ひさし短編中編小説集成 4」岩波書店 2015 p39
鬼子母神
  ◇「立松和平小説 27」勉誠出版 2014 p293
鬼子母の末裔
  ◇「森村誠一ベストセレクション 鬼子母の末裔」光文社 2011（光文社文庫）p5
汽車
  ◇「寺山修司著作集 1」クインテッセンス出版 2009 p360
汽車への郷愁
  ◇「決定版 三島由紀夫全集 31」新潮社 2003 p564
汽車賃
  ◇「小檜山博全集 7」柏艪舎 2006 p237
汽車のアルバム
  ◇「阿川弘之全集 16」新潮社 2006 p99
汽車の旅 昭和二十七年（戸塚文子、堀内敬三）
  ◇「内田百閒集成 21」筑摩書房 2004（ちくま文庫）p257
汽車の中
  ◇「小島信夫短篇集成 1」水声社 2014 p91
汽車の窓から
  ◇「谷崎潤一郎全集 13」中央公論新社 2015 p415
汽車の窓から
  ◇「徳田秋聲全集 21」八木書店 2001 p90

きしゆ

紀州 木の国・根の国物語
　◇「中上健次集 4」インスクリプト 2016 p9

奇襲攻撃と「自爆攻撃」
　◇「小田実全集 評論 29」講談社 2013 p93

紀州弁
　◇「中上健次集 4」インスクリプト 2016 p349

寄宿学校
　◇「須賀敦子全集 2」河出書房新社 2006（河出文庫）p48

寄宿舎のころ
　◇「大庭みな子全集 23」日本経済新聞出版社 2011 p492

「技術」を教える教育
　◇「小田実全集 評論 3」講談社 2010 p140

記述者の躓き 島尾敏雄についてのいくつかのメモ
　◇「金井美恵子エッセイ・コレクション―1964-2013 3」平凡社 2013 p162

技術の神学にむかって[翻訳]（M.D.シュニュ）
　◇「須賀敦子全集 7」河出書房新社 2007（河出文庫）p50

喜寿童女
　◇「石川淳コレクション 〔1〕」筑摩書房 2007（ちくま文庫）p316

妓生・石将軍「ひとり義兵」の巻
　◇「小田実全集 小説 27」講談社 2012 p334

気象管制
　◇「内田百閒集成 12」筑摩書房 2003（ちくま文庫）p270

偽証罪
　◇「松下竜一未刊行著作集 5」海鳥社 2009 p261

机上雑然
　◇「徳田秋聲全集 23」八木書店 2001 p170

奇小説に関する駄弁
　◇「山田風太郎エッセイ集成 わが推理小説零年」筑摩書房 2007 p120

机上の遭遇
　◇「小松左京全集 完全版 41」城西国際大学出版会 2013 p217

鬼女の夢
　◇「高橋克彦自選短編集 2」講談社 2009（講談社文庫）p311

鬼女ひとりいて
　◇「石牟礼道子全集 10」藤原書店 2006 p394

奇人狐狸庵
　◇「阿川弘之全集 17」新潮社 2006 p9

きず
　◇「向田邦子全集 新版 11」文藝春秋 2010 p214

傷
　◇「井上ひさし短編中編小説集成 11」岩波書店 2015 p52

傷
　◇「大庭みな子全集 13」日本経済新聞出版社 2010 p335

傷
　◇「向田邦子全集 新版 9」文藝春秋 2009 p106

疵
　◇「松本清張短編全集 04」光文社 2008（光文社文庫）p161

黄杉 水杉
　◇「大庭みな子全集 12」日本経済新聞出版社 2010 p447

傷――一九六〇年六月一五日夜のメモ詩
　◇「松田解子自選集 9」澤田出版 2009 p191

傷だらけの足―ふたたび純潔について
　◇「宮本百合子全集 19」新日本出版社 2002 p289

傷だらけの栄光―孤立のボクサー
　◇「色川武大・阿佐田哲也エッセイズ 2」筑摩書房 2003（ちくま文庫）p344

傷だらけの茄子
　◇「向田邦子全集 新版 8」文藝春秋 2009 p28

木槌の音を聴く人
　◇「大庭みな子全集 13」日本経済新聞出版社 2010 p347

傷つかない配慮を
　◇「小松左京全集 完全版 31」城西国際大学出版会 2008 p340

吉斯渡来記
　◇「決定版 三島由紀夫全集 26」新潮社 2003 p542

犠牲
　◇「徳田秋聲全集 6」八木書店 2000 p416

キセイ院
　◇「立松和平全小説 別巻」勉誠出版 2015 p456

犠牲者
　◇「徳田秋聲全集 11」八木書店 1998 p208

規制・統制・制限大国ニッポンの原点
　◇「小松左京全集 完全版 42」城西国際大学出版会 2014 p180

奇蹟
　◇「中上健次集 7」インスクリプト 2012 p169

奇蹟
　◇「〔野呂邦暢〕随筆コレクション 2」みすず書房 2014 p279

『奇跡』のコーヒー
　◇「金井美恵子エッセイ・コレクション―1964-2013 4」平凡社 2014 p157

奇蹟の犯罪
　◇「天城一傑作集 〔1〕」日本評論社 2004 p255

奇蹟の犯罪（初稿版）
　◇「天城一傑作集 4」日本評論社 2009 p465

奇蹟―風聞・天草四郎
　◇「立松和平全小説 22」勉誠出版 2013 p205

奇蹟屋
　◇「山田風太郎妖異小説コレクション 山屋敷秘図」徳間書店 2003（徳間文庫）p53

季節
　◇「決定版 三島由紀夫全集 37」新潮社 2004 p493
季節が僕を連れ去ったあとに
　◇「寺山修司著作集 1」クインテッセンス出版 2009 p72
気絶する
　◇「小檜山博全集 7」柏艪舎 2006 p172
季節と時刻のなかの素顔
　◇「辻邦生全集 17」新潮社 2005 p115
気絶人形
　◇「原民喜戦後全小説」講談社 2015（講談社文芸文庫） p543
季節の恋
　◇「小島信夫短篇集成 4」水声社 2015 p133
季節のない街
　◇「山本周五郎長篇小説全集 24」新潮社 2014 p7
『季節のない街』あとがき
　◇「山本周五郎長篇小説全集 24」新潮社 2014 p369
『季節のない街』を終って
　◇「山本周五郎長篇小説全集 24」新潮社 2014 p366
季節外れのサンマの話
　◇「小島信夫批評集成 2」水声社 2011 p207
季節はづれの猟人―堂本正樹氏のこと
　◇「決定版 三島由紀夫全集 32」新潮社 2003 p139
季節風
　◇「阿川弘之全集 10」新潮社 2006 p471
煙管
　◇「阿川弘之全集 2」新潮社 2005 p73
きせる作り
　◇「瀬戸内寂聴随筆選 3」ゆまに書房 2009 p68
偽善と感傷の國
　◇「福田恆存評論集 8」麗澤大學出版會, 廣池學園事業部〔発売〕2007 p235
汽船―ミス・ダニエルズの追想
　◇「小沼丹全集 1」未知谷 2004 p31
〈"奇想天外"安部公房の大衆芸術論〉
　◇「安部公房全集 11」新潮社 1998 p161
偽装の論理
　◇「日影丈吉全集 別巻」国書刊行会 2005 p628
寄贈本
　◇「内田百閒集成 12」筑摩書房 2003（ちくま文庫） p74
貴族
　◇「定本 久生十蘭全集 6」国書刊行会 2010 p611
木曾路
　◇「山田風太郎エッセイ集成 山風忌風呂焚き唄」筑摩書房 2008 p47
木曾のすね者
　◇「国枝史郎伝奇短篇小説集成 1」作品社 2006 p391
木曾の山猿
　◇「三角寛サンカ選集第二期 11」現代書館 2005 p289
ギタア異聞［翻訳］（R.L.スチヴンスン）
　◇「小沼丹全集 補巻」未知谷 2005 p149
北ア山荘失踪事件
　◇「森村誠一ベストセレクション 北ア山荘失踪事件」光文社 2011（光文社文庫） p5
擬態
　◇「狩久全集 1」皆進社 2013 p194
期待裏切った鈍感さ
　◇「松下竜一未刊行著作集 2」海鳥社 2008 p107
期待されるハイティーン像
　◇「小松左京全集 完全版 28」城西国際大学出版会 2006 p154
期待する―新人会
　◇「安部公房全集 29」新潮社 2000 p402
期待する人
　◇「小林秀雄全作品 13」新潮社 2003 p22
　◇「小林秀雄全集 補巻 2」新潮社 2010 p161
期待 第32回女流文学賞
　◇「大庭みな子全集 24」日本経済新聞出版社 2011 p86
期待 第97回（昭和62年度上半期）芥川賞
　◇「大庭みな子全集 24」日本経済新聞出版社 2011 p67
北イタリアの霧のように―カルロ・カッタネオが描く『ベラミ』の世界
　◇「須賀敦子全集 4」河出書房新社 2007（河出文庫） p349
北一輝論―「日本改造法案大綱」を中心として
　◇「決定版 三島由紀夫全集 35」新潮社 2003 p497
期待と切望
　◇「宮本百合子全集 13」新日本出版社 2001 p343
期待はづれの一戦（原田・ラドキン戦観戦記）
　◇「決定版 三島由紀夫全集 33」新潮社 2003 p592
期待はづれの人間象
　◇「小松左京全集 完全版 25」城西国際大学出版会 2017 p172
北へ帰る
　◇「戸川幸夫動物文学セレクション 4」ランダムハウス講談社 2008（ランダムハウス講談社文庫） p375
北へ行く
　◇「宮本百合子全集 9」新日本出版社 2001 p398
きたへる―その意義
　◇「決定版 三島由紀夫全集 33」新潮社 2003 p249
北風のなかの火見櫓（ひのみ）
　◇「辻邦生全集 5」新潮社 2004 p431
北鎌倉のユートピア
　◇「金井美恵子エッセイ・コレクション―1964-2013 3」平凡社 2013 p256
北から来た麻雀坑夫
　◇「色川武大・阿佐田哲也エッセイズ 1」筑摩書房 2003（ちくま文庫） p284

きたか

「貴多川」開店祝
　◇「谷崎潤一郎全集 23」中央公論新社 2017 p466

北関東"地底旅行"
　◇「小松左京全集 完全版 31」城西国際大学出版会 2008 p36

北国産
　◇「徳田秋聲全集 7」八木書店 1998 p92

北国と南国の生物
　◇「大庭みな子全集 3」日本経済新聞出版社 2009 p292

『北ぐにの人生』
　◇「小檜山博全集 8」柏艪舎 2006 p387

北ぐにの人生
　◇「小檜山博全集 7」柏艪舎 2006 p139

北国の古い都
　◇「徳田秋聲全集 19」八木書店 2000 p318

北薩摩 山野線
　◇「石牟礼道子全集 17」藤原書店 2012 p520

北田薄氷『薄氷遺稿』薄氷女史小伝
　◇「徳田秋聲全集 別巻」八木書店 2006 p107

北と南
　◇「坂口安吾全集 2」筑摩書房 1999 p190

キタとミナミをつなぐ
　◇「小松左京全集 完全版 42」城西国際大学出版会 2014 p162

「北」と「南」の出会い
　◇「小松左京全集 完全版 42」城西国際大学出版会 2014 p99

汚い波紋
　◇「高城高全集 3」東京創元社 2008（創元推理文庫）p319

「北」に腰をすえた桓武帝
　◇「小松左京全集 完全版 42」城西国際大学出版会 2014 p38

『北の愛人』マルグリット・デュラス
　◇「須賀敦子全集 4」河出書房新社 2007（河出文庫）p198

北の味讃歌
　◇「小檜山博全集 7」柏艪舎 2006 p104

北の女一代記
　◇「小檜山博全集 6」柏艪舎 2006 p277

北野供養
　◇「丸谷才一全集 8」文藝春秋 2014 p288

北の深さ、南のやさしさ
　◇「須賀敦子全集 4」河出書房新社 2007（河出文庫）p558

北の冬
　◇「小檜山博全集 7」柏艪舎 2006 p98

北ノ政所―豊臣家の人々 第四話
　◇「司馬遼太郎短篇全集 10」文藝春秋 2006 p727

北の岬
　◇「辻邦生全集 2」新潮社 2004 p305

改訂完全版北の夕鶴2/3の殺人
　◇「島田荘司全集 3」南雲堂 2009 p5

北の罠
　◇「高城高全集 4」東京創元社 2008（創元推理文庫）p335

北林谷栄様・松永伍一様
　◇「石牟礼道子全集 10」藤原書店 2006 p222

北林谷栄さん
　◇「石牟礼道子全集 14」藤原書店 2008 p191

北原武夫
　◇「福田恆存評論集 13」麗澤大学出版會、廣池學園事業部〔発売〕2009 p231

北御門君のトルストイ
　◇「小林秀雄全集 補巻 3」新潮社 2010 p529

北村泰生の白鷺城の写真
　◇「車谷長吉全集 2」新書館 2010 p526

北村太郎「眠りの祈り」
　◇「〔野呂邦暢〕随筆コレクション 2」みすず書房 2014 p388

北村透谷都は燃えたか
　◇「中上健次集 2」インスクリプト 2018 p550

北村透谷・國木田獨歩
　◇「福田恆存評論集 13」麗澤大学出版會、廣池學園事業部〔発売〕2009 p51

喜多村は気分、河合は形
　◇「徳田秋聲全集 19」八木書店 2000 p260

北杜夫著「どくとるマンボウ航海記」
　◇「阿川弘之全集 16」新潮社 2006 p187

北杜夫との出会い
　◇「辻邦生全集 16」新潮社 2005 p207

北杜夫『夜と霧の隅で』
　◇「小島信夫批評集成 2」水声社 2011 p753

北山のうつほ
　◇「中上健次集 9」インスクリプト 2013 p11

北山（きたやま）鳴動 足利義満・大内義弘・本居宣長の大論争
　◇「小松左京全集 完全版 32」城西国際大学出版会 2008 p325

奇譚
　◇「決定版 三島由紀夫全集 37」新潮社 2004 p668

奇談クラブ
　◇「野村胡堂伝奇幻想小説集成」作品社 2009 p7

吉右衛門
　◇「内田百閒集成 17」筑摩書房 2004（ちくま文庫）p95

吉右衛門の岩倉宗玄
　◇「徳田秋聲全集 20」八木書店 2001 p194

吉右衛門の与次郎―五月の本郷座
　◇「徳田秋聲全集 20」八木書店 2001 p338

氣違ひに刃物（七月二十七日）
　◇「福田恆存評論集 16」麗澤大学出版會、廣池學園事業部〔発売〕2010 p236

キチガイ日本
　◇「小松左京全集 完全版 17」城西国際大学出版会 2012 p367
気ちがい旅行
　◇「小松左京全集 完全版 29」城西国際大学出版会 2007 p263
鬼畜
　◇「松本清張映画化作品集 2」双葉社 2008（双葉文庫）p119
　◇「松本清張傑作選 憑かれし者ども」新潮社 2009 p27
　◇「松本清張短編全集 07」光文社 2009（光文社文庫）p225
　◇「松本清張傑作選 憑かれし者ども」新潮社 2013（新潮文庫）p37
鬼畜の言葉
　◇「宮本百合子全集 18」新日本出版社 2002 p353
吉事
　◇「小田実全集 小説 32」講談社 2013 p407
吉祥草
　◇「岡本綺堂探偵小説全集 2」作品社 2012 p280
吉の「道明寺」昭和十九年一月五日
　◇「決定版 三島由紀夫全集 26」新潮社 2003 p510
忌中
　◇「車谷長吉全集 1」新書館 2010 p617
吃音学院
　◇「小島信夫短篇集成 1」水声社 2014 p367
吃音講演
　◇「金鶴泳作品集 2」クレイン 2006 p591
菊花
　◇「立松和平全小説 23」勉誠社 2013 p359
菊花
　◇「決定版 三島由紀夫全集 26」新潮社 2003 p28
吃逆
　◇「[森]鷗外近代小説集 6」岩波書店 2012 p55
キック＆ラッシュ
　◇「20世紀断層―野坂昭如単行本未収録小説集成 3」幻戯書房 2010 p583
喫茶店の片すみで
　◇「[野呂邦暢] 随筆コレクション 2」みすず書房 2014 p329
喫茶店「南風」
　◇「[野呂邦暢] 随筆コレクション 2」みすず書房 2014 p493
喫茶店「ミモザ」の猫
　◇「日影丈吉全集 別巻」国書刊行会 2005 p713
喫茶風俗
　◇「日影丈吉全集 別巻」国書刊行会 2005 p213
キッシンジャー長官の手詰り
　◇「福田恆存評論集 10」麗澤大學出版會, 廣池學園事業部（発売）2008 p161
キッシンジャーと007
　◇「小松左京全集 完全版 39」城西国際大学出版会 2012 p9

キッス・マークにご用心！
　◇「狩久全集 3」皆進社 2013 p318
キッチュ クッチュ ケッチュ
　◇「安部公房全集 7」新潮社 1998 p209
キッチン
　◇「江戸川乱歩全集 30」光文社 2005（光文社文庫）p474
キッチンが変った日
　◇「須賀敦子全集 2」河出書房新社 2006（河出文庫）p321
切手
　◇「[野呂邦暢] 随筆コレクション 2」みすず書房 2014 p310
切手を売る
　◇「松下竜一未刊行著作集 1」海鳥社 2008 p51
斬ってはみたが
　◇「司馬遼太郎短篇全集 9」文藝春秋 2005 p7
きつね
　◇「小松左京全集 完全版 25」城西国際大学出版会 2017 p121
狐
　◇「古井由吉自撰作品 2」河出書房新社 2012 p45
狐穴
　◇「井上ひさし短編中編小説集成 4」岩波書店 2015 p135
きつね馬
　◇「司馬遼太郎短篇全集 10」文藝春秋 2006 p73
狐が戸を敲く
　◇「内田百閒集成 13」筑摩書房 2003（ちくま文庫）p204
狐斬り
　◇「司馬遼太郎短篇全集 5」文藝春秋 2005 p309
狐恋い
　◇「石牟礼道子全集 8」藤原書店 2005 p299
狐たちの言葉
　◇「石牟礼道子全集 16」藤原書店 2013 p223
狐つき
　◇「都筑道夫恐怖短篇集成 1」筑摩書房 2004（ちくま文庫）p418
狐つきおよね
　◇「井上ひさし短編中編小説集成 4」岩波書店 2015 p75
キツネと宇宙人
　◇「小松左京全集 完全版 24」城西国際大学出版会 2016 p453
『戯曲集狐と宇宙人』
　◇「小松左京全集 完全版 26」城西国際大学出版会 2017 p7
SF狂言狐と宇宙人
　◇「小松左京全集 完全版 26」城西国際大学出版会 2017 p33
狐の姐さん
　◇「宮本百合子全集 9」新日本出版社 2001 p403

きつね

狐のかんざし
- 「石牟礼道子全集 16」藤原書店 2013 p228

狐の宿命（関・ラモス戦観戦記）
- 「決定版 三島由紀夫全集 32」新潮社 2003 p679

狐の鶏
- 「日影丈吉全集 5」国書刊行会 2003 p315

キツネの法律
- 「安部公房全集 3」新潮社 1997 p346

キツネの嫁入り
- 「吉川潮ハートウォーム・セレクション 3」ランダムハウス講談社 2008（ランダムハウス講談社文庫）p9

狐類聚
- 「決定版 三島由紀夫全集 36」新潮社 2003 p533

切符
- 「決定版 三島由紀夫全集 20」新潮社 2002 p229

切符の記憶
- 「小檜山博全集 7」柏艪舎 2006 p258

屹立する帆
- 「辻井喬コレクション 7」河出書房新社 2003 p375

「キティ颱風」を読む
- 「小林秀雄全作品 18」新潮社 2004 p57
- 「小林秀雄全集 補巻 2」新潮社 2010 p422

基底にあるもの
- 「小田実全集 評論 13」講談社 2011 p7
- 「小田実全集 評論 13」講談社 2011 p10

汽笛
- 「寺山修司著作集 4」クインテッセンス出版 2009 p5

汽笛一声
- 「内田百閒集成 2」筑摩書房 2002（ちくま文庫）p59

希哲学
- 「小林秀雄全作品 26」新潮社 2004 p80
- 「小林秀雄全集 補巻 3」新潮社 2010 p356

起点の発見
- 「安部公房全集 16」新潮社 1998 p25

鬼道への径（こみち）
- 「石牟礼道子全集 15」藤原書店 2012 p92

機動隊出動を見て
- 「小島信夫批評集成 9」水声社 2011 p319

機動隊は怖かった
- 「野坂昭如エッセイ・コレクション 2」筑摩書房 2004（ちくま文庫）p82

祈禱と祝詞と散文
- 「石川淳コレクション 3」筑摩書房 2007（ちくま文庫）p67

綺堂もの二つ・東劇の左団次と猿之助
- 「徳田秋聲全集 22」八木書店 2001 p332

奇特な投資家
- 「日影丈吉全集 8」国書刊行会 2004 p910

木戸銭はからいも
- 「石牟礼道子全集 17」藤原書店 2012 p512

喜怒なきマスクの如く
- 「小島信夫批評集成 7」水声社 2011 p205

キートンの大列車強盗—メランコリーなキートン
- 「色川武大・阿佐田哲也エッセイズ 2」筑摩書房 2003（ちくま文庫）p295

畿内を変貌させた大陸通貨
- 「小松左京全集 完全版 42」城西国際大学出版会 2014 p65

畿内でなじまない守護・地頭制
- 「小松左京全集 完全版 42」城西国際大学出版会 2014 p52

畿内の地域格差が逆転した
- 「小松左京全集 完全版 42」城西国際大学出版会 2014 p40

キナ臭さ、とは
- 「中井英夫全集 12」東京創元社 2006（創元ライブラリ）p142

義勇花白蘭野（ぎにいさむはなのしらの）
- 「定本 久生十蘭全集 1」国書刊行会 2008 p363

気に入らぬ風もあろうに柳かな
- 「吉行淳之介エッセイ・コレクション 1」筑摩書房 2004（ちくま文庫）p309

気に入つた自著・愛蔵本・出したい本・etc.
- 「徳田秋聲全集 23」八木書店 2001 p305

木にしるした文字
- 「〔野呂邦暢〕随筆コレクション 2」みすず書房 2014 p129

木について
- 「寺山修司著作集 1」クインテッセンス出版 2009 p392

気になったこと
- 「宮本百合子全集 19」新日本出版社 2002 p225

気になる記憶
- 「都筑道夫恐怖短篇集成 1」筑摩書房 2004（ちくま文庫）p104

気になること
- 「谷崎潤一郎全集 23」中央公論新社 2017 p450

気になる作家アントニオ・タブッキ—自伝的データにまつわるタブッキのトリック
- 「須賀敦子全集 4」河出書房新社 2007（河出文庫）p320

気になる著者との30分〔インタビュー〕（小川琴子）
- 「安部公房全集 28」新潮社 2000 p61

絹扇
- 「津村節子自選作品集 3」岩波書店 2005 p151

衣笠貞之助「狂った一頁」「十字路」—現代映画への刺激剤
- 「佐々木基一全集 7」河出書房新社 2013 p321

絹と明察
　◇「決定版 三島由紀夫全集 10」新潮社 2001 p299
絹帽
　◇「内田百閒集成 12」筑摩書房 2003（ちくま文庫）p33
帰熱
　◇「谷崎潤一郎全集 24」中央公論新社 2016 p430
記念写真
　◇「井上ひさしコレクション　人間の巻」岩波書店 2005 p343
　◇「井上ひさし短編中編小説集成 11」岩波書店 2015 p58
記念写真
　◇「向田邦子全集 新版 5」文藝春秋 2009 p43
記念樹
　◇「徳田秋聲全集 23」八木書店 2001 p72
木の（きの）…　→　"この…"をも見よ
きのふけふ
　◇「谷崎潤一郎全集 18」中央公論新社 2016 p421
きのふけふ
　◇「福田恆存評論集 18」麗澤大學出版會, 廣池學園事業部〔発売〕2010 p73
きのふけふ
　◇「決定版 三島由紀夫全集 29」新潮社 2003 p441
昨日今日酩酊奇談
　◇「山田風太郎エッセイ集成 わが推理小説零年」筑摩書房 2007 p183
昨日午前の日記
　◇「徳田秋聲全集 19」八木書店 2000 p191
きのうときょう―音楽が家庭にもたらすもの
　◇「宮本百合子全集 13」新日本出版社 2001 p418
機能と美
　◇「決定版 三島由紀夫全集 35」新潮社 2003 p186
『昨日のごとく 災厄の年の記録』中井久夫他
　◇「須賀敦子全集 4」河出書房新社 2007（河出文庫）p538
昨日の空・明日の空
　◇「〔野呂邦暢〕随筆コレクション 2」みすず書房 2014 p212
昨日の読書のために
　◇「寺山修司著作集 1」クインテッセンス出版 2009 p354
昨日のような今日―都市を盗る11
　◇「安部公房全集 26」新潮社 1999 p454
機能美こそ―私の主張
　◇「安部公房全集 29」新潮社 2000 p452
機能美の限界
　◇「安部公房全集 8」新潮社 1998 p39
技能、表情
　◇「徳田秋聲全集 21」八木書店 2001 p51
きのう見た映画を
　◇「田中小実昌エッセイ・コレクション 3」筑摩書房 2002（ちくま文庫）p307

昨日（きのう）読んだもの
　◇「田中小実昌エッセイ・コレクション 5」筑摩書房 2003（ちくま文庫）p32
きのうはきのう、あしたはあした
　◇「鈴木いづみコレクション 5」文遊社 1996 p216
樹の王―鹿児島県蒲生
　◇「石牟礼道子全集 6」藤原書店 2006 p68
紀ノ上一族
　◇「定本 久生十蘭全集 4」国書刊行会 2009 p401
紀ノ川
　◇「小松左京全集 完全版 27」城西国際大学出版会 2007 p148
木の切り株
　◇「宮本百合子全集 32」新日本出版社 2003 p484
木の国
　◇「大庭みな子全集 6」日本経済新聞出版社 2009 p320
木の国の歌
　◇「小松左京全集 完全版 27」城西国際大学出版会 2007 p131
木の国の暮らし
　◇「大庭みな子全集 8」日本経済新聞出版社 2009 p359
紀伊國屋ホオルにて『函館の女』
　◇「小檜山博全集 6」柏艪舎 2006 p383
紀の国はたたなづく山の寺
　◇「大庭みな子全集 11」日本経済新聞出版社 2010 p245
きのこ
　◇「徳田秋聲全集 15」八木書店 1999 p94
茸
　◇「阿川弘之全集 20」新潮社 2007 p152
『樹の声海の声』の逗子咲耶
　◇「辻邦生全集 18」新潮社 2005 p406
城崎・村岡・湯村 釣銭の中に1万円札が入ってた
　◇「田中小実昌エッセイ・コレクション 2」筑摩書房 2002（ちくま文庫）p127
木の匙
　◇「寺山修司著作集 1」クインテッセンス出版 2009 p389
木下和郎「詩集 草の雷」推薦文
　◇「〔野呂邦暢〕随筆コレクション 1」みすず書房 2014 p409
木の姿
　◇「大庭みな子全集 12」日本経済新聞出版社 2010 p43
気の遠くなる日本人の一流意識
　◇「山田風太郎エッセイ集成 昭和前期の青春」筑摩書房 2007 p133
気の毒な蔵人頭
　◇「国枝史郎伝奇短篇小説集成 1」作品社 2006 p397

きのと

気の毒な死体
　◇「高城高全集 4」東京創元社 2008（創元推理文庫）p157

樹の中の宇宙
　◇「石牟礼道子全集 6」藤原書店 2006 p135

樹の中の鬼―『樹の中の鬼』あとがき
　◇「石牟礼道子全集 10」藤原書店 2006 p264

樹の墓・紙の墓
　◇「中井英夫全集 7」東京創元社 1998（創元ライブラリ）p303

木の鉢
　◇「〔野呂邦暢〕随筆コレクション 2」みすず書房 2014 p14

生(き)のままの子ら
　◇「中上健次集 4」インスクリプト 2016 p374

来宮にて
　◇「小島信夫批評集成 2」水声社 2011 p378

木の芽どき
　◇「大庭みな子全集 4」日本経済新聞出版社 2009 p441

木箱の中には
　◇「〔野呂邦暢〕随筆コレクション 1」みすず書房 2014 p360

揮発性の街―都市を盗る23
　◇「安部公房全集 26」新潮社 1999 p478

奇抜な結論―モーリス・テスカ作 関儀訳「女性に関する十五章」
　◇「決定版 三島由紀夫全集 28」新潮社 2003 p71

牙の時代
　◇「小松左京全集 完全版 17」城西国際大学出版会 2012 p99

騎馬民族説のアイディア（加藤秀俊、江上波夫）
　◇「小松左京全集 完全版 38」城西国際大学出版会 2010 p140

騎馬民族と世界文化（加藤秀俊、江上波夫）
　◇「小松左京全集 完全版 38」城西国際大学出版会 2010 p134

黄ばむ
　◇「阿川弘之全集 4」新潮社 2005 p189

黄薔薇
　◇「〔野呂邦暢〕随筆コレクション 2」みすず書房 2014 p247

気晴らしの方法
　◇「谷崎潤一郎全集 23」中央公論新社 2017 p264

黄ばんだ風景
　◇「小沼丹全集 3」未知谷 2004 p627

黄ばんだ頁
　◇「大庭みな子全集 9」日本経済新聞出版社 2010 p365

基盤としての文(ロゴス)
　◇「小田実全集 評論 31」講談社 2013 p191

吉備津の釜
　◇「日影丈吉全集 6」国書刊行会 2002 p58

奇病と迷信
　◇「小酒井不木随筆評論選集 7」本の友社 2004 p213

気品高い生きものの母
　◇「石牟礼道子全集 17」藤原書店 2012 p428

通条花(きぶし)
　◇「大庭みな子全集 7」日本経済新聞出版社 2009 p142

岐阜市の人情
　◇「小島信夫批評集成 2」水声社 2011 p174

岐阜提灯
　◇「徳田秋聲全集 19」八木書店 2000 p245

寄物陳思―上山春平氏との対談
　◇「小松左京全集 完全版 30」城西国際大学出版会 2008 p132

寄付の経済学
　◇「小松左京全集 完全版 36」城西国際大学出版会 2011 p271

義父の若さ
　◇「決定版 三島由紀夫全集 33」新潮社 2003 p475

キプロスふらふら
　◇「田中小実昌エッセイ・コレクション 2」筑摩書房 2002（ちくま文庫）p218

騎兵の気持
　◇「向田邦子全集 新版 6」文藝春秋 2009 p131

畸篇小説
　◇「車谷長吉全集 3」新書館 2010 p824

義母
　◇「隆慶一郎全集 19」新潮社 2010 p413

希望
　◇「寺山修司著作集 1」クインテッセンス出版 2009 p401
　◇「寺山修司著作集 4」クインテッセンス出版 2009 p57

希望
　◇「林京子全集 6」日本図書センター 2005 p308

希望をうえて幸福をそだてた男［翻訳］（ジャン・ジオノ）
　◇「須賀敦子全集 7」河出書房新社 2007（河出文庫）p189

己卯三ヶ日
　◇「内田百閒集成 19」筑摩書房 2004（ちくま文庫）p66

希望という病気―東京大学論
　◇「寺山修司著作集 4」クインテッセンス出版 2009 p477

希望二三
　◇「徳田秋聲全集 19」八木書店 2000 p158

希望について
　◇「石牟礼道子全集 13」藤原書店 2007 p731

鬼謀の人
　◇「司馬遼太郎短篇全集 9」文藝春秋 2005 p111

きみよ

希望(「わたしの空色の……」)
　◇「決定版 三島由紀夫全集 37」新潮社 2004 p253
希望(「私の行方に、……」)
　◇「決定版 三島由紀夫全集 37」新潮社 2004 p172
義母とさつま芋
　◇「大庭みな子全集 16」日本経済新聞出版社 2010 p66
義母の死
　◇「大庭みな子全集 16」日本経済新聞出版社 2010 p80
規模雄大な僧・俊乗坊重源
　◇「小松左京全集 完全版 42」城西国際大学出版会 2014 p64
気紛れ「ことば」対談(森茉莉)
　◇「吉行淳之介エッセイ・コレクション 4」筑摩書房 2004（ちくま文庫）p128
気まぐれな神
　◇「石上玄一郎作品集 2」日本図書センター 2004 p127
　◇「石上玄一郎小説作品集成 2」未知谷 2008 p551
気まぐれな死体
　◇「土屋隆夫コレクション新装版 妻に捧げる犯罪」光文社 2003（光文社文庫）p365
気まぐれもの
　◇「徳田秋聲全集 2」八木書店 1999 p3
君今酔わずして
　◇「宮城谷昌光全集 21」文藝春秋 2004 p111
君が手もまじるなるべし
　◇「石牟礼道子全集 11」藤原書店 2005 p622
君が何を要求しようとも―萩原朔太郎氏に
　◇「上野壯夫全集 1」図書新聞 2010 p129
君が窓辺に
　◇「安部公房全集 1」新潮社 1997 p94
君ヶ代
　◇「内田百閒集成 12」筑摩書房 2003（ちくま文庫）p292
キミガヨ丸とクンデワン
　◇「小田実全集 評論 18」講談社 2012 p39
君が代は
　◇「井上ひさし短編中編小説集成 6」岩波書店 2015 p33
公子
　◇「眉村卓コレクション 異世界篇 1」出版芸術社 2012 p291
「君死にたまふこと勿れ」
　◇「小松左京全集 完全版 42」城西国際大学出版会 2014 p123
公威詩集 I
　◇「決定版 三島由紀夫全集 37」新潮社 2004 p291
公威詩集 II
　◇「決定版 三島由紀夫全集 37」新潮社 2004 p405
公威詩集 III
　◇「決定版 三島由紀夫全集 37」新潮社 2004 p601

公威詩集 IV
　◇「決定版 三島由紀夫全集 37」新潮社 2004 p649
機密と監視
　◇「小松左京全集 完全版 34」城西国際大学出版会 2009 p355
奇妙な味 第45回野間文芸賞
　◇「大庭みな子全集 24」日本経済新聞出版社 2011 p95
奇妙な音
　◇「井上ひさしコレクション ことばの巻」岩波書店 2005 p64
奇妙な家族
　◇「佐々木基一全集 8」河出書房新社 2013 p195
奇妙な合戦
　◇「大庭みな子全集 6」日本経済新聞出版社 2009 p167
奇妙な監視人
　◇「小沼丹全集 補巻」未知谷 2005 p629
奇妙な区廓に就いて
　◇「稲垣足穂コレクション 1」筑摩書房 2005（ちくま文庫）p109
奇妙な暗い洞―マンガとエロチシズム
　◇「中井英夫全集 7」東京創元社 1998（創元ライブラリ）p601
奇妙な剣客
　◇「司馬遼太郎短篇全集 6」文藝春秋 2005 p289
奇妙な再会
　◇「土屋隆夫コレクション新装版 天国は遠すぎる」光文社 2002（光文社文庫）p355
奇妙な水族館
　◇「中井英夫全集 10」東京創元社 2002（創元ライブラリ）p157
奇妙な素直さ
　◇「小島信夫批評集成 2」水声社 2011 p398
奇妙な隊商
　◇「日影丈吉全集 6」国書刊行会 2002 p270
奇妙な大陸・オーストラリア
　◇「小松左京全集 完全版 37」城西国際大学出版会 2010 p163
奇妙な大陸と火の島
　◇「小松左京全集 完全版 37」城西国際大学出版会 2010 p163
奇妙な友情
　◇「瀬戸内寂聴随筆選 1」ゆまに書房 2009 p147
奇妙な夜
　◇「狩久全集 3」皆進社 2013 p155
奇妙なり八郎
　◇「司馬遼太郎短篇全集 7」文藝春秋 2005 p7
奇妙に過充電された光景―第7回木村伊兵衛賞選評
　◇「安部公房全集 27」新潮社 2000 p98

きみよ

奇妙に優しい体温を伝える―第4回PLAYBOY
ドキュメント・ファイル大賞選評
　◇「安部公房全集 27」新潮社 2000 p234
「きみは天皇陛下に会ったことがあるか」
　◇「小田実全集 小説 19」講談社 2012 p262
君はなぜ働くのか（四月七日）
　◇「福田恆存評論集 18」麗澤大學出版會、廣池學園
　　事業部〔発売〕2010 p187
きみは、何なの？〔対談〕（都筑道夫）
　◇「片岡義男コレクション 3」早川書房 2009（ハ
　　ヤカワ文庫）p469
君は見ていない―映画とテレビ
　◇「佐々木基一全集 7」河出書房新社 2013 p407
「棄民」から事態、問題を考える
　◇「小田実全集 評論 25」講談社 2012 p103
　◇「小田実全集 評論 25」講談社 2012 p117
棄民と核実験―カザフスタン
　◇「小田実全集 評論 36」講談社 2014 p225
「棄民」としての被災者
　◇「小田実全集 評論 21」講談社 2012 p30
「棄民」と「難死」・「安心立命」の土台の消失
　◇「小田実全集 評論 25」講談社 2012 p47
「棄民」と「難死」からの考察
　◇「小田実全集 評論 25」講談社 2012 p235
「棄民」「難死」、そして、原理の具体化
　◇「小田実全集 評論 25」講談社 2012 p127
「義民」の声の集積
　◇「小田実全集 評論 25」講談社 2012 p145
義務教育は死んでいる！〔対談〕（鈴木重信）
　◇「福田恆存対談・座談集 3」玉川大学出版部 2011
　　p289
「戯夢人生」―戯夢のざわめき
　◇「金井美恵子エッセイ・コレクション―1964－
　　2013 4」平凡社 2014 p253
気むずかしやの見物―女形―蛇つかいのお
絹・小野小町
　◇「宮本百合子全集 9」新日本出版社 2001 p172
生娘いまいずこ
　◇「20世紀断層―野坂昭如単行本未収録小説集成 5」
　　幻戯書房 2010 p633
生娘嫌い
　◇「20世紀断層―野坂昭如単行本未収録小説集成 補
　　巻」幻戯書房 2010 p375
義務としての旅
　◇「小田実全集 評論 6」講談社 2010 p11
金鶴泳日記抄（付・略年譜）
　◇「金鶴泳作品集 〔2〕」クレイン 2004 p443
金文輯君へ
　◇「小林秀雄全作品 4」新潮社 2003 p241
　◇「小林秀雄全集 補巻 1」新潮社 2010 p222
〈季村敏夫・範江との鼎談〉死なんとぞ、遠い
　草の光に
　◇「石牟礼道子全集 15」藤原書店 2012 p524

鬼面
　◇「山田風太郎ミステリー傑作選 10」光文社 2002
　　（光文社文庫）p615
奇面城の秘密
　◇「江戸川乱歩全集 21」光文社 2005（光文社文
　　庫）p39
鬼面の犯罪
　◇「天城一傑作集 〔1〕」日本評論社 2004 p237
「気持ちがいいかわるいか」考える必要はない
のだ
　◇「鈴木いづみコレクション 6」文遊社 1997 p54
きもの
　◇「定本 久生十蘭全集 10」国書刊行会 2011 p276
きもの礼賛
　◇「小島信夫批評集成 2」水声社 2011 p301
疑問
　◇「小林秀雄全作品 12」新潮社 2003 p202
　◇「小林秀雄全集 補巻 2」新潮社 2010 p140
鬼門の女
　◇「20世紀断層―野坂昭如単行本未収録小説集成 1」
　　幻戯書房 2010 p369
『疑問の黒枠』撮影を見る
　◇「アンドロギュノスの裔 渡辺温全集」東京創元社
　　2011（創元推理文庫）p582
疑問のすすめ
　◇「小田実全集 評論 4」講談社 2010 p220
"鬼門"の門に挑む―夕刊小説「明治十手架」
を終えて
　◇「山田風太郎エッセイ集成 わが推理小説零年」筑
　　摩書房 2007 p154
疑問符
　◇「小田実全集 小説 12」講談社 2011 p319
客
　◇「徳田秋聲全集 15」八木書店 1999 p107
ギャグを求めて紫綬褒章 「小松左京マガジン」編集
長インタビュー 第十回（筒井康隆）
　◇「小松左京全集 完全版 49」城西国際大学出版会
　　2017 p125
客ぎらひ
　◇「谷崎潤一郎全集 20」中央公論新社 2015 p453
逆撃吹雪を衝いて
　◇「山本周五郎探偵小説全集 6」作品社 2008 p228
虐殺
　◇「辻井喬コレクション 7」河出書房新社 2003
　　p332
虐殺にむきあって考える
　◇「小田実全集 評論 14」講談社 2011 p101
木や草のうた
　◇「寺山修司著作集 1」クインテッセンス出版 2009
　　p75
逆襲をもって私は戦います
　◇「宮本百合子全集 11」新日本出版社 2001 p210

逆紹介―俳優座について
　◇「安部公房全集 29」新潮社 2000 p429
逆臣蔵（ぎゃくしんぐら）
　◇「小松左京全集 完全版 21」城西国際大学出版会 2015 p146
逆説というものについて
　◇「小林秀雄全作品 4」新潮社 2003 p47
　◇「小林秀雄全集 補巻 1」新潮社 2010 p185
逆転
　◇「狩久全集 6」皆進社 2013 p209
逆の方向への転換を
　◇「小田実全集 評論 34」講談社 2013 p200
逆風好き
　◇「立松和平全小説 23」勉誠出版 2013 p391
逆風の太刀
　◇「隆慶一郎全集 19」新潮社 2010 p223
　◇「隆慶一郎短編全集 1」日本経済新聞出版社 2014（日経文芸文庫）p241
脚本検閲に就いての注文
　◇「谷崎潤一郎全集 25」中央公論新社 2016 p189
脚本時代
　◇「徳田秋聲全集 21」八木書店 2001 p78
逆密室（＋）
　◇「天城一傑作集〔1〕」日本評論社 2004 p193
逆密室（−）
　◇「天城一傑作集〔1〕」日本評論社 2004 p199
キャサリンの発作 自分以上の自分
　◇「小島信夫批評集成 1」水声社 2011 p25
キャシーの歌
　◇「橋本治短篇小説コレクション S&Gグレイテスト・ヒッツ+1」筑摩書房 2006（ちくま文庫）p266
気やすめ
　◇「小檜山博全集 7」柏艪舎 2006 p170
客観が主観に従えば……
　◇「深沢夏衣作品集」新幹社 2015 p339
客觀的報道（二月十六日）
　◇「福田恆存評論集 18」麗澤大學出版會，廣池學園事業部〔発売〕2010 p143
キャッチボール
　◇「坂口安吾全集 13」筑摩書房 1999 p432
キャデラック煎餅
　◇「向田邦子全集 新版 7」文藝春秋 2009 p114
キャバレー
　◇「立松和平小説 15」勉誠出版 2011 p172
キャベツ猫
　◇「向田邦子全集 新版 7」文藝春秋 2009 p259
木山さんのこと
　◇「小沼丹全集 4」未知谷 2004 p105
木、山の精の欠乏
　◇「坂口安吾全集 3」筑摩書房 1999 p93

ギヤマンビードロ
　◇「林京子全集 1」日本図書センター 2005 p136
キヤラコさん
　◇「定本 久生十蘭全集 2」国書刊行会 2009 p129
キャラメル
　◇「小檜山博全集 8」柏艪舎 2006 p115
ギャラリー
　◇「定本 荒巻義雄メタSF全集 5」彩流社 2015 p351
キャリア・チャイルド
　◇「田中小実昌エッセイ・コレクション 1」筑摩書房 2002（ちくま文庫）p122
ろうそく魚（キャンドル・フィッシュ）
　◇「大庭みな子全集 12」日本経済新聞出版社 2010 p359
キャンプにて
　◇「中上健次集 2」インスクリプト 2018 p508
ギャンブルとしての読書
　◇「井上ひさしコレクション ことばの巻」岩波書店 2005 p262
旧悪
　◇「徳田秋聲全集 2」八木書店 1999 p208
旧悪塚
　◇「徳田秋聲全集 26」八木書店 2002 p6
球威をつける法―の章
　◇「色川武大・阿佐田哲也エッセイズ 1」筑摩書房 2003（ちくま文庫）p60
「九.一一」と「九条」
　◇「小田実全集 評論 33」講談社 2013 p12
9.11と9条 小田実平和論集（上）
　◇「小田実全集 評論 33」講談社 2013 p7
9.11と9条 小田実平和論集（下）
　◇「小田実全集 評論 34」講談社 2013 p7
休煙中
　◇「小檜山博全集 6」柏艪舎 2006 p174
牛カツ豚カツ豆腐
　◇「内田百閒集成 12」筑摩書房 2003（ちくま文庫）p345
九官鳥
　◇「遠藤周作エッセイ選集 1」光文社 2006（知恵の森文庫）p206
九官鳥
　◇「決定版 三島由紀夫全集 37」新潮社 2004 p314
九官鳥
　◇「吉川潮芸人小説セレクション 5」ランダムハウス講談社 2007 p9
九官鳥の気ばらし
　◇「小松左京全集 完全版 39」城西国際大学出版会 2012 p98
救急車をタクシーと思うべし
　◇「隆慶一郎全集 19」新潮社 2010 p303
救急車が行く
　◇「小檜山博全集 6」柏艪舎 2006 p127

きゅう

旧教安楽―サン・パウロにて
　◇「決定版 三島由紀夫全集 27」新潮社 2003 p501
究極の反ユートピア小説『一九八四年』
　◇「小松左京全集 完全版 40」城西国際大学出版会 2012 p350
究極の人の道
　◇「石牟礼道子全集 15」藤原書店 2012 p485
窮屈
　◇「内田百閒集成 11」筑摩書房 2003（ちくま文庫）p71
球形住宅の殺人
　◇「定本 荒巻義雄メタSF全集 7」彩流社 2015 p255
吸血鬼
　◇「江戸川乱歩全集 6」光文社 2004（光文社文庫）p279
　◇「江戸川乱歩全集 24」光文社 2005（光文社文庫）p87
　◇「江戸川乱歩全集 5」沖積舎 2007 p3
吸血鬼
　◇「日影丈吉全集 8」国書刊行会 2004 p727
吸血の部屋
　◇「狩久全集 3」皆進社 2013 p359
急行《あがの》
　◇「天城一傑作集 2」日本評論社 2005 p77
急行出雲
　◇「鮎川哲也コレクション 早春に死す」光文社 2007（光文社文庫）p306
急行《西海》
　◇「天城一傑作集 2」日本評論社 2005 p126
急行《さんべ》
　◇「天城一傑作集 2」日本評論社 2005 p3
急行「だいせん」殺人事件
　◇「西村京太郎自選集 3」徳間書店 2004（徳間文庫）p221
急行《なにわ》
　◇「天城一傑作集 2」日本評論社 2005 p230
急行《白山》
　◇「天城一傑作集 2」日本評論社 2005 p192
救国三策建白書（きゅうこくさんさくけんぱくしょ）
　◇「山田風太郎エッセイ集成 秀吉はいつ知ったか」筑摩書房 2008 p66
救護班
　◇「松田解子自選集 9」澤田出版 2009 p190
求婚
　◇「小檜山博全集 1」柏艪舎 2006 p56
求婚の密室
　◇「笹沢左保コレクション新装版 求婚の密室」光文社 2009（光文社文庫）p1
救済するものとして
　◇「辻邦生全集 19」新潮社 2005 p53
旧作再訪『真昼のプリニウス』
　◇「〔池澤夏樹〕エッセー集成 1」みすず書房 2008 p129

給仕女
　◇「徳田秋聲全集 14」八木書店 2000 p46
九州・沖縄
　◇「田中小実昌エッセイ・コレクション 2」筑摩書房 2002（ちくま文庫）p150
九州と東京の首
　◇「長谷川伸傑作選 日本敵討ち異相」国書刊行会 2008 p297
九州の東海岸
　◇「宮本百合子全集 9」新日本出版社 2001 p323
九州のゆかり
　◇「内田百閒集成 2」筑摩書房 2002（ちくま文庫）p173
九十八翁を囲む会
　◇「阿川弘之全集 19」新潮社 2007 p504
九勝六敗を狙え―の章
　◇「色川武大・阿佐田哲也エッセイズ 1」筑摩書房 2003（ちくま文庫）p48
「求職」あるいは「おしのび」旅行―北欧早まわり、オスロからコペンハーゲンへ
　◇「小田実全集 評論 1」講談社 2010 p210
〔SF日本おとぎ話〕救助隊来たる
　◇「小松左京全集 完全版 24」城西国際大学出版会 2016 p418
救助の権利
　◇「浜尾四郎全集 1」沖積舎 2004 p289
「求人、当方宿舎完備」
　◇「開高健ルポルタージュ選集 ずばり東京」光文社 2007（光文社文庫）p41
キユウタイ
　◇「小沼丹全集 3」未知谷 2004 p104
九代目團十郎の記憶
　◇「谷崎潤一郎全集 24」中央公論新社 2016 p415
旧探偵小説時代は過去った
　◇「江戸川乱歩全集 24」光文社 2005（光文社文庫）p644
旧知
　◇「徳田秋聲全集 7」八木書店 1998 p113
弓張嶺の占師
　◇「司馬遼太郎短篇全集 4」文藝春秋 2005 p373
急停車
　◇「決定版 三島由紀夫全集 19」新潮社 2002 p9
宮廷文化と政治と文学
　◇「丸谷才一全集 7」文藝春秋 2014 p304
宮廷料理人
　◇「宮城谷昌光全集 21」文藝春秋 2004 p392
牛鍋
　◇「〔森〕鷗外近代小説集 2」岩波書店 2012 p163
牛肉と自動車
　◇「小田実全集 評論 17」講談社 2012 p285
旧日本と新日本を結ぶもの
　◇「決定版 三島由紀夫全集 28」新潮社 2003 p662

牛乳
　◇「内田百閒集成 12」筑摩書房 2003（ちくま文庫）p177
牛乳瓶の鳴る音
　◇「小檜山博全集 7」柏艪舎 2006 p32
牛乳屋の小僧
　◇「宮本百合子全集 32」新日本出版社 2003 p488
九年前の再体験
　◇「松下竜一未刊行著作集 5」海鳥社 2009 p318
旧文學界同人との対話 座談（河上徹太郎、亀井勝一郎、林房雄）
　◇「小林秀雄全作品 15」新潮社 2003 p151
　◇「小林秀雄全集 補巻 2」新潮社 2010 p294
窮兵修羅の鼻のいくさの巻
　◇「小田実全集 小説 28」講談社 2012 p217
旧屋敷
　◇「大坪砂男全集 4」東京創元社 2013（創元推理文庫）p247
旧友
　◇「德田秋聲全集 15」八木書店 1999 p7
旧友欧陽予倩君を憶う
　◇「谷崎潤一郎全集 25」中央公論新社 2016 p311
旧友会
　◇「德田秋聲全集 23」八木書店 2001 p150
旧友左團次を悼む
　◇「谷崎潤一郎全集 19」中央公論新社 2015 p522
旧友霜川氏
　◇「德田秋聲全集 22」八木書店 2001 p64
級友「でっぽ」
　◇「三橋一夫ふしぎ小説集成 1」出版芸術社 2005 p119
休養
　◇「小松左京全集 完全版 25」城西国際大学出版会 2017 p438
給養―最前線の人々
　◇「定本 久生十蘭全集 別巻」国書刊行会 2013 p529
休養と娯楽
　◇「小酒井不木随筆評論選集 8」本の友社 2004 p30
九雷渓
　◇「陳舜臣推理小説ベストセレクション 玉嶺よふたたび」集英社 2009（集英社文庫）p387
胡瓜
　◇「石牟礼道子全集 11」藤原書店 2005 p347
ギュスターヴ・モロオの「雅歌」―わが愛する女性像
　◇「決定版 三島由紀夫全集 32」新潮社 2003 p62
ギュネイと月
　◇「大庭みな子全集 13」日本経済新聞出版社 2010 p416
キュリー夫人
　◇「宮本百合子全集 15」新日本出版社 2001 p229

キュリー夫人の命の焔
　◇「宮本百合子全集 13」新日本出版社 2001 p476
Qはねずみのマーク
　◇「寺山修司著作集 4」クインテッセンス出版 2009 p69
巨悪を眠らせる天下の悪法
　◇「井上ひさしコレクション 日本の巻」岩波書店 2005 p134
狂
　◇「車谷長吉全集 1」新書館 2010 p507
今日（きょう）… → "こんにち…"をも見よ
教育
　◇「大庭みな子全集 3」日本経済新聞出版社 2009 p362
教育
　◇「小林秀雄全作品 21」新潮社 2004 p110
　◇「小林秀雄全集 補巻 3」新潮社 2010 p43
教育改革に関し首相に訴ふ
　◇「福田恆存評論集 8」麗澤大學出版會, 廣池學園事業部〔発売〕2007 p64
教育制度のストレス
　◇「小松左京全集 完全版 31」城西国際大学出版会 2008 p170
教育・その現象
　◇「福田恆存評論集 5」麗澤大學出版會, 廣池學園事業部〔発売〕2008 p9
教育・その本質
　◇「福田恆存評論集 5」麗澤大學出版會, 廣池學園事業部〔発売〕2008 p24
教育と人間成長
　◇「小松左京全集 完全版 31」城西国際大学出版会 2008 p332
教育の根本（五月十一日）
　◇「福田恆存評論集 18」麗澤大學出版會, 廣池學園事業部〔発売〕2010 p159
教育の普及は浮薄の普及なり
　◇「福田恆存評論集 8」麗澤大學出版會, 廣池學園事業部〔発売〕2007 p267
教育扶助
　◇「松田解子自選集 8」澤田出版 2008 p308
教育ママ 米国の親と比べて考える
　◇「大庭みな子全集 18」日本経済新聞出版社 2010 p382
教育労働者
　◇「松田解子自選集 4」澤田出版 2005 p235
驚異のニワトリデータ
　◇「小松左京全集 完全版 40」城西国際大学出版会 2012 p204
饗宴
　◇「決定版 三島由紀夫全集 37」新潮社 2004 p526
饗宴魔
　◇「決定版 三島由紀夫全集 37」新潮社 2004 p756

きよう

饗応
- ◇「内田百閒集成 11」筑摩書房 2003（ちくま文庫）p23

「今日」をさぐる執念
- ◇「安部公房全集 15」新潮社 1998 p436

杏花遺愛鹿革男帯
- ◇「谷崎潤一郎全集 24」中央公論新社 2016 p428

境界を越えた世界—小説『カンガルー・ノート』をめぐって〔対談〕（河合隼雄）
- ◇「安部公房全集 29」新潮社 2000 p216

境界線
- ◇「金井美恵子自選短篇集 砂の粒／孤独な場所で」講談社 2014（講談社文芸文庫）p374

境界線上の衝動
- ◇「安部公房全集 7」新潮社 1998 p404

教会と平信徒と
- ◇「須賀敦子全集 8」河出書房新社 2007（河出文庫）p285

教会の祈り
- ◇「須賀敦子全集 7」河出書房新社 2007（河出文庫）p225

共楽館のこと
- ◇「松田解子自選集 6」澤田出版 2004 p323

狂学士
- ◇「徳田秋聲全集 2」八木書店 1999 p443

行革の神様・仁徳帝
- ◇「小松左京全集 完全版 42」城西国際大学出版会 2014 p18

俠客万助珍談
- ◇「司馬遼太郎短篇全集 9」文藝春秋 2005 p323

鏡花君の追憶
- ◇「徳田秋聲全集 23」八木書店 2001 p132

鏡花追憶
- ◇「徳田秋聲全集 23」八木書店 2001 p139

恐喝者
- ◇「松本清張傑作短篇コレクション 上」文藝春秋 2004（文春文庫）p65
- ◇「松本清張短編全集 08」光文社 2009（光文社文庫）p245

鏡花の死其他
- ◇「小林秀雄全作品 12」新潮社 2003 p207
- ◇「小林秀雄全集 補巻 2」新潮社 2010 p142

鏡花の世界とそのせりふ
- ◇「福田恆存評論集 11」麗澤大學出版會、廣池學園事業部〔発売〕2009 p131

狂歌百鬼夜狂
- ◇「石川淳コレクション 3」筑摩書房 2007（ちくま文庫）p259

兇器
- ◇「江戸川乱歩全集 17」光文社 2005（光文社庫）p165
- ◇「江戸川乱歩全集 16」沖積舎 2009 p259

狂気を描くということ
- ◇「小島信夫批評集成 2」水声社 2011 p454

凶器を探せ
- ◇「辻井喬コレクション 7」河出書房新社 2003 p344

競技初日の風景—ボクシングを見て
- ◇「決定版 三島由紀夫全集 33」新潮社 2003 p175

狂氣と狂人
- ◇「小酒井不木随筆評論選集 6」本の友社 2004 p400

兇器としての氷
- ◇「江戸川乱歩全集 27」光文社 2004（光文社文庫）p244
- ◇「江戸川乱歩全集 23」光文社 2005（光文社文庫）p548

凶器としての食品
- ◇「日影丈吉全集 別巻」国書刊行会 2005 p159

狂気と羞恥 夏目漱石
- ◇「小島信夫批評集成 3」水声社 2011 p65

狂気について
- ◇「石牟礼道子全集 13」藤原書店 2007 p728

狂気のあかし—『ドグラ・マグラ』頌
- ◇「中井英夫全集 6」東京創元社 1996（創元ライブラリ）p364

狂気の持続—『潮の日録』あとがき
- ◇「石牟礼道子全集 6」藤原書店 2006 p578

狂気の特攻兵器
- ◇「小松左京全集 完全版 34」城西国際大学出版会 2009 p352

狂気の中の正気〔座談会〕（渥美和彦、國弘正雄、森政弘、吉田夏彦）
- ◇「小松左京全集 完全版 39」城西国際大学出版会 2012 p128

教訓
- ◇「定本 久生十蘭全集 3」国書刊行会 2009 p28

教訓を学ぶ
- ◇「金井美恵子エッセイ・コレクション—1964-2013 1」平凡社 2013 p218

凶原虫
- ◇「森村誠一ベストセレクション 空白の凶相」光文社 2010（光文社文庫）p189

暁光
- ◇「宮本百合子全集 33」新日本出版社 2004 p435

京広線—邯鄲夢枕
- ◇「小松左京全集 完全版 43」城西国際大学出版会 2014 p26

郷国の美景から好きな温泉宿の話まで
- ◇「徳田秋聲全集 20」八木書店 2001 p240

俠骨記
- ◇「宮城谷昌光全集 1」文藝春秋 2002 p7

凶ごと
- ◇「決定版 三島由紀夫全集 37」新潮社 2004 p400

強固な特性を持つ「物語性」
　◇「小松左京全集 完全版 40」城西国際大学出版会 2012 p417
鏡子の家
　◇「決定版 三島由紀夫全集 7」新潮社 2001 p7
「鏡子の家」創作ノート
　◇「決定版 三島由紀夫全集 7」新潮社 2001 p551
「鏡子の家」そこで私が書いたもの
　◇「決定版 三島由紀夫全集 31」新潮社 2003 p242
鏡子の家―わたしの好きなわたしの小説
　◇「決定版 三島由紀夫全集 34」新潮社 2003 p292
〈きょうこの頃〉『産経新聞』のインタビューに答えて
　◇「安部公房全集 6」新潮社 1998 p214
杏子の"しんぶん"
　◇「松下竜一未刊行著作集 3」海鳥社 2009 p5
京子の身のうへ
　◇「德田秋聲全集 14」八木書店 2000 p170
京子の眼
　◇「小檜山博全集 1」柏艪舎 2006 p64
杏子は"お祭り女"？
　◇「松下竜一未刊行著作集 3」海鳥社 2009 p174
ギョウザ
　◇「小檜山博全集 7」柏艪舎 2006 p188
共産主義と文学―日本共産党批判・新日本文学会批判〔座談会〕（埴谷雄高、関根弘、大西巨人）
　◇「安部公房全集 6」新潮社 1998 p249
共産党公判を傍聴して
　◇「宮本百合子全集 11」新日本出版社 2001 p196
共産党とモラル―三・一五によせて
　◇「宮本百合子全集 17」新日本出版社 2002 p445
凝視
　◇〔野呂邦暢〕随筆コレクション 2」みすず書房 2014 p480
凝視
　◇「松田解子自選集 9」澤田出版 2009 p155
教師エイ子達
　◇「松田解子自選集 4」澤田出版 2005 p219
梟示抄
　◇「松本清張短編全集 02」光文社 2008（光文社文庫）p125
教師と学生
　◇「小島信夫批評集成 1」水声社 2011 p517
強者が引退する時
　◇「山田風太郎エッセイ集成 秀吉はいつ知ったか」筑摩書房 2008 p98
「強者」と「弱者」
　◇「小田実全集 評論 16」講談社 2012 p202
業者と美術家の覚醒を促す
　◇「宮本百合子全集 12」新日本出版社 2001 p184

業者の命名
　◇「井上ひさしコレクション ことばの巻」岩波書店 2005 p71
凶銃
　◇「小松左京全集 完全版 23」城西国際大学出版会 2015 p8
郷愁
　◇〔野呂邦暢〕随筆コレクション 1」みすず書房 2014 p369
郷愁としてのグロテスク
　◇「江戸川乱歩全集 24」光文社 2005（光文社文庫）p456
郷愁の時代
　◇「佐々木基一全集 3」河出書房新社 2013 p230
郷愁は終り、そしてわれらは―
　◇「金鶴泳作品集〔1〕」クレイン 2004 p357
教授会
　◇「小島信夫長篇集成 2」水声社 2015 p674
教授たちの夜
　◇「辻邦生全集 5」新潮社 2004 p525
『供述によるとペレイラは……』（A・タブッキ著）訳者あとがき
　◇「須賀敦子全集 6」河出書房新社 2007（河出文庫）p381
叫女
　◇「古井由吉自撰作品 5」河出書房新社 2012 p339
行商
　◇「小檜山博全集 7」柏艪舎 2006 p291
暁鐘聖歌
　◇「決定版 三島由紀夫全集 15」新潮社 2002 p89
橋上の男―北上川の幻像
　◇「辺見庸掌編小説集 黒髪」角川書店 2004 p8
『行商部隊』
　◇「佐々木基一全集 1」河出書房新社 2013 p184
狂女の恋唄
　◇「決定版 三島由紀夫全集 補巻」新潮社 2005 p190
狂女の話
　◇「山本周五郎長篇小説全集 7」新潮社 2013 p9
教師は利用すべし
　◇「小島信夫長篇集成 2」水声社 2015 p430
狂人遺書
　◇「坂口安吾全集 15」筑摩書房 1999 p124
人形劇狂人教育
　◇「寺山修司著作集 3」クインテッセンス出版 2009 p5
狂人の耽溺
　◇「決定版 三島由紀夫全集 37」新潮社 2004 p686
「共生」への原理
　◇「小田実全集 評論 10」講談社 2011 p5
狂船長
　◇「德田秋聲全集 27」八木書店 2002 p63

きよう

競争
　◇「国枝史郎伝奇短篇小説集成 2」作品社 2006 p93

狂騒ジェット機への怒り
　◇「開高健ルポルタージュ選集 ずばり東京」光文社 2007（光文社文庫）p325

胸像贈呈の辞
　◇「徳田秋聲全集 23」八木書店 2001 p9

教祖展覧会
　◇「坂口安吾全集 8」筑摩書房 1998 p517

教祖の文学—小林秀雄論
　◇「坂口安吾全集 5」筑摩書房 1998 p231

鏡台
　◇「高橋克彦自選短編集 2」講談社 2009（講談社文庫）p177

兄弟
　◇「小檜山博全集 6」柏艪舎 2006 p274

兄弟
　◇「谷崎潤一郎全集 5」中央公論新社 2016 p97

京大史学の黄金時代（加藤秀俊, 貝塚茂樹）
　◇「小松左京全集 完全版 38」城西国際大学出版会 2010 p41

京大人文研誕生前夜（加藤秀俊, 桑原武夫）
　◇「小松左京全集 完全版 38」城西国際大学出版会 2010 p13

兄弟とピストル泥棒
　◇「中戸川吉二作品集」勉誠出版 2013 p3

キヨウダイ ヨ！
　◇「上野壮夫全集 1」図書新聞 2010 p33

京田健治（人力車夫）
　◇「向田邦子全集 新版 9」文藝春秋 2009 p213

教壇を奪はれた教師
　◇「福田恆存評論集 2」麗澤大學出版會, 廣池學園事業部〔発売〕 2009 p181

教壇日誌
　◇「小島信夫短篇集成 3」水声社 2014 p223

驚嘆の書!!（渡辺正一郎著「宗教と科学」推薦文）
　◇「決定版 三島由紀夫全集 34」新潮社 2003 p428

夾竹桃
　◇「大庭みな子全集 12」日本経済新聞出版社 2010 p30

夾竹桃
　◇「小沼丹全集 4」未知谷 2004 p107

夾竹桃
　◇「定本 久生十蘭全集 10」国書刊行会 2011 p91

共通一次試験
　◇「小田実全集 評論 13」講談社 2011 p42

共通のイメージを前提として生きている私たち
　◇「小松左京全集 完全版 40」城西国際大学出版会 2012 p427

共通の心の場とは何か
　◇「小島信夫批評集成 2」水声社 2011 p776

共通の言葉
　◇「大庭みな子全集 6」日本経済新聞出版社 2009 p140

京で遭うもの
　◇「大庭みな子全集 13」日本経済新聞出版社 2010 p247

京伝店の烟草入れ
　◇「井上ひさし短編中編小説集成 9」岩波書店 2015 p457

京都
　◇「谷崎潤一郎全集 1」中央公論新社 2015 p402

京都
　◇「〔野呂邦暢〕随筆コレクション 2」みすず書房 2014 p292

郷土
　◇「山本周五郎長篇小説全集 4」新潮社 2013 p255

共同研究「大正時代」
　◇「小松左京全集 完全版 38」城西国際大学出版会 2010 p225

共同研究と知的好奇心（加藤秀俊, 桑原武夫）
　◇「小松左京全集 完全版 38」城西国際大学出版会 2010 p27

協同研究・三島由紀夫の実験歌舞伎〔対談〕（杉山誠, 郡司正勝, 利倉幸一）
　◇「決定版 三島由紀夫全集 39」新潮社 2004 p298

共同耕作
　◇「宮本百合子全集 4」新日本出版社 2001 p191

共同生活
　◇「小島信夫長篇集成 2」水声社 2015 p691

共同体幻想を否定する文学〔対談〕（古林尚）
　◇「安部公房全集 23」新潮社 1999 p280

共同の恐怖
　◇「大庭みな子全集 6」日本経済新聞出版社 2009 p169

京都を想ふ
　◇「谷崎潤一郎全集 24」中央公論新社 2016 p409

京都学派の伝統（加藤秀俊, 桑原武夫）
　◇「小松左京全集 完全版 38」城西国際大学出版会 2010 p22

郷土史家
　◇「〔野呂邦暢〕随筆コレクション 2」みすず書房 2014 p289

京都人の生活
　◇「宮本百合子全集 9」新日本出版社 2001 p322

京都人の山登り（加藤秀俊, 今西錦司）
　◇「小松左京全集 完全版 38」城西国際大学出版会 2010 p81

京都に寄す
　◇「谷崎潤一郎全集 22」中央公論新社 2017 p376

郷土の酒
　◇「佐々木基一全集 6」河出書房新社 2012 p372

京都の萬葉学者と私
　◇「阿川弘之全集 16」新潮社 2006 p190
京人形の怪
　◇「横溝正史時代小説コレクション捕物篇 3」出版芸術社 2004 p5
今日(けふ)のアダリイ
　◇「決定版 三島由紀夫全集 37」新潮社 2004 p746
今日のお天気
　◇「決定版 三島由紀夫全集 37」新潮社 2004 p28
今日の感想
　◇「坂口安吾全集 3」筑摩書房 1999 p412
今日の感想
　◇「田村泰次郎選集 5」日本図書センター 2005 p181
京の剣客
　◇「司馬遼太郎短篇全集 5」文藝春秋 2005 p223
京の御人
　◇「宮本百合子全集 32」新日本出版社 2003 p71
今日の耳目
　◇「宮本百合子全集 15」新日本出版社 2001 p192
きょうの写真
　◇「宮本百合子全集 20」新日本出版社 2002 p705
京の正月
　◇「瀬戸内寂聴随筆選 5」ゆまに書房 2009 p32
きょうの瀬
　◇「内田百閒集成 10」筑摩書房 2003（ちくま文庫）p110
今日の生命
　◇「宮本百合子全集 16」新日本出版社 2002 p95
京の旅
　◇「林京子全集 8」日本図書センター 2005 p430
京の冬
　◇「瀬戸内寂聴随筆選 5」ゆまに書房 2009 p58
『京の夢大阪の夢』
　◇「谷崎潤一郎全集 21」中央公論新社 2016 p9
脅迫記
　◇「狩久全集 3」皆進社 2013 p274
京羽二重
　◇「谷崎潤一郎全集 24」中央公論新社 2016 p398
共犯者
　◇「狩久全集 1」皆進社 2013 p354
共犯者
　◇「松本清張傑作短篇コレクション 中」文藝春秋 2004（文春文庫）p279
　◇「松本清張映画化作品集 2」双葉社 2008（双葉文庫）p331
　◇「松本清張傑作選 黒い手帖からのサイン」新潮社 2009 p7
　◇「松本清張短編全集 11」光文社 2009（光文社文庫）p5
　◇「松本清張傑作選 黒い手帖からのサイン」新潮社 2013（新潮文庫）p9

俠美刀
　◇「德田秋聲全集 26」八木書店 2002 p292
恐怖
　◇「谷崎潤一郎全集 2」中央公論新社 2016 p95
狂風図
　◇「山田風太郎ミステリー傑作選 5」光文社 2001（光文社文庫）p333
恐怖王
　◇「江戸川乱歩全集 8」光文社 2004（光文社文庫）p161
　◇「江戸川乱歩全集 11」沖積舎 2008 p191
『恐怖時代』
　◇「谷崎潤一郎全集 7」中央公論新社 2016 p195
恐怖時代二幕
　◇「谷崎潤一郎全集 7」中央公論新社 2016 p197
恐怖小説
　◇「車谷長吉全集 3」新書館 2010 p748
恐怖政治の本体
　◇「安部公房全集 9」新潮社 1998 p365
恐怖塔
　◇「〔押川〕春浪選集 4」本の友社 2004 p189
恐怖について〔座談会〕(岡本太郎、開高健、玉井五一、野間宏、武井昭夫)
　◇「安部公房全集 15」新潮社 1998 p88
恐怖のQ
　◇「山本周五郎探偵小説全集 3」作品社 2007 p315
恐怖の銀色めがね
　◇「都筑道夫少年小説コレクション 5」本の雑誌社 2005 p190
恐怖の問い
　◇「松下竜一未刊行著作集 2」海鳥社 2008 p45
恐怖の橋 つなぎ大橋
　◇「西村京太郎自選集 4」徳間書店 2004（徳間文庫）p5
恐怖博物誌
　◇「日影丈吉全集 5」国書刊行会 2003 p313
恐怖博物誌・補遺
　◇「日影丈吉全集 5」国書刊行会 2003 p431
恐怖はコッケイか？
　◇「日影丈吉全集 別巻」国書刊行会 2005 p601
兇暴な口
　◇「小松左京全集 完版 16」城西国際大学出版会 2011 p50
京舞
　◇「谷崎潤一郎全集 24」中央公論新社 2016 p421
京舞礼讚
　◇「谷崎潤一郎全集 23」中央公論新社 2017 p468
京マチ子
　◇「谷崎潤一郎全集 24」中央公論新社 2016 p437
驕慢児
　◇「德田秋聲全集 3」八木書店 1999 p11

きよう

興味を惹いたもの
　◇「徳田秋聲全集 23」八木書店 2001 p290

〈抜粋〉郷夢散録
　◇「内田百閒集成 24」筑摩書房 2004（ちくま文庫）p178

共鳴
　◇「徳田秋聲全集 14」八木書店 2000 p239

共鳴する弦
　◇「大庭みな子全集 12」日本経済新聞出版社 2010 p10

今日もよかおなご
　◇「石牟礼道子全集 12」藤原書店 2005 p411

梟雄
　◇「坂口安吾全集 14」筑摩書房 1999 p30

共有する記憶—高橋たか子
　◇「大庭みな子全集 8」日本経済新聞出版社 2009 p493
　◇「大庭みな子全集 18」日本経済新聞出版社 2010 p116

教養（高千穂遙, 鹿野司）
　◇「小松左京全集 完全版 47」城西国際大学出版会 2017 p245

教養ということ 対談（田中美知太郎）
　◇「小林秀雄全作品 25」新潮社 2004 p53
　◇「小林秀雄全集 補巻 3」新潮社 2010 p307

教養について
　◇「福田恆存評論集 17」麗澤大學出版會，廣池學園事業部〔発売〕2010 p60

京洛火炎屏風
　◇「都筑道夫時代小説コレクション 2」戎光祥出版 2014（戎光祥時代小説名作選）p280

京洛その折々—昭和二十二年日記抄
　◇「谷崎潤一郎全集 21」中央公論新社 2016 p11

凶乱旅枕
　◇「20世紀断層—野坂昭如単行本未収録小説集成 3」幻戯書房 2010 p245

郷里金沢
　◇「徳田秋聲全集 23」八木書店 2001 p225

郷里の言葉
　◇「小島信夫短篇集成 5」水声社 2015 p29

梟林記
　◇「内田百閒集成 3」筑摩書房 2002（ちくま文庫）p94

梟林漫筆
　◇「内田百閒集成 17」筑摩書房 2004（ちくま文庫）p25

行列
　◇「中井英夫全集 10」東京創元社 2002（創元ライブラリ）p104

行列と哄笑
　◇「金井美恵子エッセイ・コレクション—1964–2013 1」平凡社 2013 p382

今日は、どちらのポルノを？
　◇「田中小実昌エッセイ・コレクション 3」筑摩書房 2002（ちくま文庫）p206

今日われ競輪す
　◇「坂口安吾全集 8」筑摩書房 1998 p391

虚影
　◇「大坪砂男全集 2」東京創元社 2013（創元推理文庫）p59

虚栄について
　◇「決定版 三島由紀夫全集 27」新潮社 2003 p353

虚偽と真実
　◇「小酒井不木随筆評論選集 8」本の友社 2004 p126

玉音放送
　◇「寺山修司著作集 4」クインテッセンス出版 2009 p20

玉音放送 その午後突然に
　◇「小松左京全集 完全版 42」城西国際大学出版会 2014 p198

局外者の発言
　◇「安部公房全集 17」新潮社 1999 p69

局外者の観たる帝劇対協会の問題
　◇「徳田秋聲全集 20」八木書店 2001 p189

極冠作戦
　◇「小松左京全集 完全版 14」城西国際大学出版会 2009 p126

極限とリアリティー
　◇「決定版 三島由紀夫全集 32」新潮社 2003 p634

極限の吸血鬼
　◇「日影丈吉全集 7」国書刊行会 2004 p284

玉砕
　◇「小田実全集 小説 34」講談社 2013 p197

旭日斎天坊一座の受難
　◇「井上ひさし短編中編小説集成 8」岩波書店 2015 p75

玉人
　◇「宮城谷昌光全集 1」文藝春秋 2002 p475

曲水の起源
　◇「宮城谷昌光全集 21」文藝春秋 2004 p139

玉嶺よ ふたたび
　◇「陳舜臣推理小説ベストセレクション 玉嶺よふたたび」集英社 2009（集英社文庫）p5

魚群記
　◇「目取真俊短篇小説選集 1」影書房 2013 p5

〈抜粋〉御慶
　◇「内田百閒集成 24」筑摩書房 2004（ちくま文庫）p108

御慶
　◇「内田百閒集成 23」筑摩書房 2003（ちくま文庫）p278

虚構
　◇「安部公房全集 2」新潮社 1997 p83

倨傲
　◇「辻井喬コレクション 7」河出書房新社 2003 p134

《虚構》と《面白さ》
　◇「金井美恵子エッセイ・コレクション―1964-2013 3」平凡社 2013 p184
虚構と現実を往来する闘病記がしのばす存在論―日野啓三『断崖の年』
　◇「須賀敦子全集 4」河出書房新社 2007（河出文庫）p295
餃子時代
　◇「田村泰次郎選集 4」日本図書センター 2005 p27
清君の貼紙絵
　◇「小林秀雄全作品 13」新潮社 2003 p35
　◇「小林秀雄全集 補巻 2」新潮社 2010 p164
巨視と微視
　◇「上野壮夫全集 3」図書新聞 2011 p447
巨樹
　◇「決定版 三島由紀夫全集 37」新潮社 2004 p278
「居住中の芸術家」
　◇「小田実全集 評論 17」講談社 2012 p264
「居住中の芸術家」として
　◇「小田実全集 評論 17」講談社 2012 p263
巨松の炎
　◇「内田百閒集成 16」筑摩書房 2004（ちくま文庫）p64
巨人小説の流行
　◇「坂口安吾全集 12」筑摩書房 1999 p463
巨人伝説 十六景
　◇「安部公房全集 11」新潮社 1998 p375
『巨人伝説』の劇評を読んで
　◇「安部公房全集 11」新潮社 1998 p493
巨人の輪郭―江戸川乱歩
　◇「小松左京全集 完全版 41」城西国際大学出版会 2013 p218
虚数界―メタ俳句自選百句 旭太郎名義
　◇「定本 荒巻義雄メタSF全集 別巻」彩流社 2015 p121
去勢の話
　◇「小檜山博全集 8」柏艪舎 2006 p53
"拒絶する楽園"の意味
　◇「辻邦生全集 19」新潮社 2005 p44
「漁船の絵」
　◇〔野呂邦暢〕随筆コレクション 1」みすず書房 2014 p253
魚葬
　◇「森村誠一ベストセレクション 北ア山荘失踪事件」光文社 2011（光文社文庫）p119
虚像淫楽
　◇「山田風太郎ミステリー傑作選 1」光文社 2001（光文社文庫）p53
漁村の婦人の生活
　◇「宮本百合子全集 15」新日本出版社 2001 p149
巨大山脈に埋まる宝石の数々―司馬遼太郎について
　◇「井上ひさしコレクション 人間の巻」岩波書店 2005 p115
巨大地震確率五〇％の恐怖〔対談〕（力武常次）
　◇「小松左京全集 完全版 35」城西国際大学出版会 2009 p224
巨大な「河内湾」の全貌
　◇「小松左京全集 完全版 42」城西国際大学出版会 2014 p17
巨大な「軍」消失の空白
　◇「小松左京全集 完全版 42」城西国際大学出版会 2014 p200
巨大な砂時計のくびれの箇所
　◇「丸谷才一全集 11」文藝春秋 2014 p11
巨大な草食獣・ロシア
　◇「小松左京全集 完全版 32」城西国際大学出版会 2008 p6
巨大な街と祭り（EXPO70）
　◇「小松左京全集 完全版 31」城西国際大学出版会 2008 p120
巨大プロジェクト動く―私の「万博・花博顛末記」
　◇「小松左京全集 完全版 47」城西国際大学出版会 2017 p125
巨大メディア「大阪城」
　◇「小松左京全集 完全版 42」城西国際大学出版会 2014 p108
清滝寺異変
　◇「小島信夫短篇集成 3」水声社 2014 p71
ギヨチンの話
　◇「小酒井不木随筆評論選集 4」本の友社 2004 p138
極刑
　◇「井上ひさし短編中編小説集成 12」岩波書店 2015 p12
魚党
　◇「小檜山博全集 8」柏艪舎 2006 p65
「虚」と「実」の語源は？
　◇「小松左京全集 完全版 40」城西国際大学出版会 2012 p420
清姫の帯
　◇「横溝正史時代小説コレクション 捕物篇 1」出版芸術社 2003 p282
「魚服記」手稿―太宰治
　◇「寺山修司著作集 5」クインテッセンス出版 2009 p82
清水の坂
　◇「大庭みな子全集 11」日本経済新聞出版社 2010 p225
漁民を切り捨てる巧妙な手口
　◇「石牟礼道子全集 10」藤原書店 2006 p253
漁眠荘殺人事件〔解決篇〕
　◇「鮎川哲也コレクション 挑戦篇 1」出版芸術社 2006 p253
漁眠荘殺人事件〔問題篇〕
　◇「鮎川哲也コレクション 挑戦篇 1」出版芸術社

きよむ

　　　　2006 p205
虚無への供物
　　◇「中井英夫全集 1」東京創元社 1996（創元ライブラリ）p7
虚無回廊
　　◇「小松左京全集 完全版 10」城西国際大学出版会 2017 p7
虚夢譚
　　◇「金石範作品集 1」平凡社 2005 p135
虚名大いにあがる〔昭和五年度〕
　　◇「江戸川乱歩全集 28」光文社 2006（光文社文庫）p406
虚名の鎖
　　◇「水上勉ミステリーセレクション 虚名の鎖」光文社 2007（光文社文庫）p7
虚妄
　　◇「安部公房全集 2」新潮社 1997 p9
魚雷に跨りて
　　◇「定本 久生十蘭全集 4」国書刊行会 2009 p183
「聖らかな戦」への疑問
　　◇「石牟礼道子全集 4」藤原書店 2004 p333
聖らかなる内在
　　◇「決定版 三島由紀夫全集 20」新潮社 2002 p590
距離の女囚
　　◇「松本清張短編全集 11」光文社 2009（光文社文庫）p219
距離の倒錯
　　◇「金井美恵子エッセイ・コレクション―1964-2013 1」平凡社 2013 p370
きらいなもの
　　◇「江戸川乱歩全集 30」光文社 2005（光文社文庫）p293
帰来の章
　　◇「決定版 三島由紀夫全集 37」新潮社 2004 p645
きらきら草紙
　　◇「稲垣足穂コレクション 1」筑摩書房 2005（ちくま文庫）p218
吉良行
　　◇「宮城谷昌光全集 21」文藝春秋 2004 p278
私の5点③綺羅星の装飾と隠し襞―シャルル・プリニエ『醜女の日記』
　　◇「林京子全集 8」日本図書センター 2005 p256
きらめく海のトリエステ
　　◇「須賀敦子全集 1」河出書房新社 2006（河出文庫）p129
煌ける城
　　◇「稲垣足穂コレクション 2」筑摩書房 2005（ちくま文庫）p175
嫌われたる者として
　　◇「松下竜一未刊行著作集 4」海鳥社 2008 p370
霧
　　◇「上野壮夫全集 1」図書新聞 2010 p411
霧
　　◇「田村泰次郎選集 3」日本図書センター 2005 p185
霧
　　◇「徳田秋聲全集 17」八木書店 1999 p94
霧隠才蔵
　　◇「大坪砂男全集 2」東京創元社 2013（創元推理文庫）p353
霧が晴れた時
　　◇「小松左京全集 完全版 18」城西国際大学出版会 2013 p25
きりぎりす
　　◇「太宰治映画化原作コレクション 2」文藝春秋 2009（文春文庫）p117
キリギリスの本―わが近著「井上成美」について
　　◇「阿川弘之全集 18」新潮社 2007 p328
霧子の夢
　　◇「大庭みな子全集 16」日本経済新聞出版社 2010 p126
改訂完全版切り裂きジャック・百年の孤独
　　◇「島田荘司全集 7」南雲堂 2016 p255
ギリシア・エヂプト寫眞紀行
　　◇「小林秀雄全集 補巻 2」新潮社 2010 p550
ギリシア・エヂプト写真紀行（巻頭口絵注釈）
　　◇「小林秀雄全作品 20」新潮社 2004 p194
ギリシア劇の明暗
　　◇「福田恆存評論集 11」麗澤大學出版會，廣池學園事業部〔発売〕2009 p219
ギリシア古劇の風味―俳優座「女の平和」評
　　◇「決定版 三島由紀夫全集 28」新潮社 2003 p256
ギリシア古典悲劇と現代〔対談〕(小島信夫)
　　◇「福田恆存対談・座談集 4」玉川大学出版部 2012 p371
ギリシアの印象
　　◇「小林秀雄全作品 21」新潮社 2004 p138
　　◇「小林秀雄全集 補巻 3」新潮社 2010 p50
ギリシアの風ギリシアの雪
　　◇「辻邦生全集 17」新潮社 2005 p349
ギリシアの旅のあとで
　　◇「辻邦生全集 16」新潮社 2005 p94
ギリシャ古代の寺院参籠
　　◇「小酒井不木随筆評論選集 6」本の友社 2004 p1
ギリシャの犬
　　◇「島田荘司全集 6」南雲堂 2014 p141
ギリシャの皿
　　◇「小沼丹全集 2」未知谷 2004 p136
ギリシャ発見
　　◇「佐々木基一全集 6」河出書房新社 2012 p357
切捨御免―貞操なきジャーナリズム
　　◇「坂口安吾全集 7」筑摩書房 1998 p68
基督教と自殺
　　◇「小酒井不木随筆評論選集 5」本の友社 2004

p342

基督降誕記一幕の詩劇
　◇「決定版 三島由紀夫全集 21」新潮社 2002 p115

基督降誕祭前後
　◇「辻邦生全集 17」新潮社 2005 p287

キリストの墓
　◇「定本 荒巻義雄メタSF全集 5」彩流社 2015 p372

霧棲む里
　◇「津村節子自選作品集 6」岩波書店 2005 p437

規律
　◇「寺山修司著作集 4」クインテッセンス出版 2009 p50

規律
　◇「松田解子自選集 9」澤田出版 2009 p36

創元推理文庫版あとがき 霧と原野へのノスタルジア
　◇「高城高全集 1」東京創元社 2008（創元推理文庫）p224

切りとられた「時」と「場」（映画「森の中の淑女たち」）
　◇「大庭みな子全集 23」日本経済新聞出版社 2011 p301

剪りとられた四時間
　◇「石上玄一郎小説作品集成 3」未知谷 2008 p177

霧に溶ける
　◇「笹沢左保コレクション新装版 霧に溶ける」光文社 2008（光文社文庫）p1

切り抜き
　◇「〔野呂邦暢〕随筆コレクション 1」みすず書房 2014 p234
　◇「〔野呂邦暢〕随筆コレクション 1」みすず書房 2014 p381

切抜き
　◇「〔野呂邦暢〕随筆コレクション 2」みすず書房 2014 p178

切抜から
　◇「小沼丹全集 4」未知谷 2004 p590

霧の女
　◇「大庭みな子全集 2」日本経済新聞出版社 2009 p212

桐の木
　◇「大坪砂男全集 2」東京創元社 2013（創元推理文庫）p131

霧の聖（サント）マリ
　◇「辻邦生全集 5」新潮社 2004 p74

霧の聖（サント）マリ―ある生涯の七つの場所1
　◇「辻邦生全集 5」新潮社 2004 p7

霧の旅 第I部
　◇「大庭みな子全集 7」日本経済新聞出版社 2009 p7

霧の旅 第II部
　◇「大庭みな子全集 7」日本経済新聞出版社 2009 p211

霧の中の肖像から
　◇「辻邦生全集 16」新潮社 2005 p224

霧の柩―森に囲まれたある沼の物語
　◇「辻邦生全集 8」新潮社 2005 p427

霧のポルノ
　◇「日影丈吉全集 別巻」国書刊行会 2005 p669

霧のむこうに住みたい
　◇「須賀敦子全集 2」河出書房新社 2006（河出文庫）p577

霧の向こうの団地
　◇「小松左京全集 完全版 25」城西国際大学出版会 2017 p36

切り離し、荷担する
　◇「小田実全集 評論 6」講談社 2010 p35

『桐一葉』の印象
　◇「徳田秋聲全集 20」八木書店 2001 p126

霧ふかき宇治の恋
　◇「田辺聖子全集 8」集英社 2004 p205

桐生市長宛〔書簡〕
　◇「坂口安吾全集 16」筑摩書房 2000 p228

桐生通信
　◇「坂口安吾全集 14」筑摩書房 1999 p334

霧―六甲にのぼる
　◇「決定版 三島由紀夫全集 37」新潮社 2004 p415

『麒麟』
　◇「谷崎潤一郎全集 2」中央公論新社 2016 p211

麒麟
　◇「谷崎潤一郎全集 1」中央公論新社 2015 p19

斬る
　◇「向田邦子全集 新版 8」文藝春秋 2009 p83

キルジャーリ
　◇「日影丈吉全集 別巻」国書刊行会 2005 p647

ギルバート（A）
　◇「江戸川乱歩全集 30」光文社 2005（光文社文庫）p477

裂（きれ）
　◇「大庭みな子全集 11」日本経済新聞出版社 2010 p91

〈きれいなお嬢ちゃん〉という名のホモの中年男を―〈悲しみのオカマのバラード〉
　◇「鈴木いづみコレクション 7」文遊社 1997 p265

きれいはきたない
　◇「井上ひさしコレクション ことばの巻」岩波書店 2005 p61

記録
　◇「林京子全集 1」日本図書センター 2005 p200

記録映画と政治
　◇「佐々木基一全集 7」河出書房新社 2013 p338

記録映画に関するノート
　◇「佐々木基一全集 7」河出書房新社 2013 p50

記録芸術と抽象芸術
　◇「佐々木基一全集 7」河出書房新社 2013 p385

きろく

記録する
　◇「辻井喬コレクション 7」河出書房新社 2003 p147
記録精神について
　◇「安部公房全集 8」新潮社 1998 p322
記録性の問題
　◇「佐々木基一全集 7」河出書房新社 2013 p479
記録的方法について
　◇「佐々木基一全集 2」河出書房新社 2013 p57
記録と写実
　◇「安部公房全集 7」新潮社 1998 p139
記録・報道・芸術〔対談〕(奥野健男)
　◇「安部公房全集 12」新潮社 1998 p262
「岐路」 第6回潮賞(小説部門)
　◇「大庭みな子全集 24」日本経済新聞出版社 2011 p53
岐路に立つ世界
　◇「小田実全集 評論 24」講談社 2012 p117
　◇「小田実全集 評論 24」講談社 2012 p118
議論─これは議論ではない
　◇「上野壮夫全集 3」図書新聞 2011 p104
基論 歴史の分岐点に立って
　◇「小田実全集 評論 31」講談社 2013 p17
疑惑
　◇「江戸川乱歩全集 1」光文社 2004（光文社文庫）p569
　◇「江戸川乱歩全集 14」沖積舎 2008 p255
疑惑の裡に在りと云うて可也
　◇「徳田秋聲全集 19」八木書店 2000 p166
疑惑Ⅰ
　◇「小林秀雄全作品 11」新潮社 2003 p67
　◇「小林秀雄全集 補巻 2」新潮社 2010 p33
疑惑Ⅱ
　◇「小林秀雄全作品 12」新潮社 2003 p192
　◇「小林秀雄全集 補巻 2」新潮社 2010 p138
金一封
　◇「向田邦子全集 新版 7」文藝春秋 2009 p286
金色（きんいろ）… → "こんじき…"をも見よ
金色の秋の暮
　◇「宮本百合子全集 9」新日本出版社 2001 p372
銀色の雨（その一）
　◇「上野壮夫全集 1」図書新聞 2010 p449
金色の口
　◇「宮本百合子全集 13」新日本出版社 2001 p201
金色の蜘蛛
　◇「中井英夫全集 3」東京創元社 1996（創元ライブラリ）p579
銀色の鈴
　◇「小沼丹全集 2」未知谷 2004 p159
　◇「小沼丹全集 2」未知谷 2004 p301
金色の蛇と王女
　◇「小寺菊子作品集 1」桂書房 2014 p114

金色の目の魚
　◇「立松和平小説 15」勉誠出版 2011 p325
禁烟について
　◇「小沼丹全集 4」未知谷 2004 p583
禁煙四百四十日目
　◇「辺見庸掌編小説集 黒版」角川書店 2004 p52
近火
　◇「内田百閒集成 16」筑摩書房 2004（ちくま文庫）p46
金貨
　◇「岡本綺堂探偵小説全集 1」作品社 2012 p179
金貨
　◇「〔森〕鷗外近代小説集 2」岩波書店 2012 p299
槿花
　◇「小沼丹全集 3」未知谷 2004 p165
金果記
　◇「日影丈吉全集 1」国書刊行会 2002 p569
禁客寺
　◇「内田百閒集成 10」筑摩書房 2003（ちくま文庫）p317
金覚寺
　◇「向田邦子全集 新版 7」文藝春秋 2009 p249
金閣寺
　◇「決定版 三島由紀夫全集 6」新潮社 2001 p7
「金閣寺」創作ノート
　◇「決定版 三島由紀夫全集 6」新潮社 2001 p651
金閣焼亡
　◇「小林秀雄全作品 18」新潮社 2004 p131
　◇「小林秀雄全集 補巻 2」新潮社 2010 p439
「銀河鉄道999」のもう一つの出発駅─松本零士②
　◇「小松左京全集 完全版 41」城西国際大学出版会 2013 p205
金貨について
　◇「中井英夫全集 6」東京創元社 1996（創元ライブラリ）p385
金貨の首飾りをした女
　◇「鮎川哲也コレクション 白昼の悪魔」光文社 2007（光文社文庫）p245
銀簪
　◇「大佛次郎セレクション第1期 天狗騒動記」未知谷 2007 p253
近刊のもの、執筆中のもの
　◇「宮本百合子全集 17」新日本出版社 2002 p124
近刊予定のもの、執筆中のもの
　◇「宮本百合子全集 18」新日本出版社 2002 p133
キンキ
　◇「小檜山博全集 8」柏艪舎 2006 p195
『近畿景観』と私
　◇「谷崎潤一郎全集 18」中央公論新社 2016 p539
銀狐
　◇「大坪砂男全集 4」東京創元社 2013（創元推理文庫）p185

金魚いろいろ
　◇「小酒井不木随筆評論選集 6」本の友社 2004 p273
近況
　◇「小沼丹全集 4」未知谷 2004 p593
近況
　◇「〔野呂邦暢〕随筆コレクション 1」みすず書房 2014 p59
近況
　◇「林京子全集 7」日本図書センター 2005 p294
近況─小説と演出と
　◇「安部公房全集 22」新潮社 1999 p280
近況報告
　◇「坂口安吾全集 14」筑摩書房 1999 p555
近況報告
　◇「決定版 三島由紀夫全集 28」新潮社 2003 p362
近況─また小説お預け
　◇「安部公房全集 26」新潮社 1999 p408
金魚買い
　◇「立松和平全小説 17」勉誠出版 2012 p15
金魚と蟻と人間と「人喰いの思想」
　◇「中井英夫全集 6」東京創元社 1996（創元ライブラリ）p205
金魚と奥様
　◇「決定版 三島由紀夫全集 18」新潮社 2002 p591
金魚のうろこ
　◇「田辺聖子全集 16」集英社 2005 p384
金魚の黒焼─蛇の小父さん広瀬巨海氏にきく
　◇「定本 久生十蘭全集 10」国書刊行会 2011 p77
金魚の刺身
　◇「小松左京全集 完全版 39」城西国際大学出版会 2012 p101
キンキラ日本の組織標本
　◇「井上ひさしコレクション 日本の巻」岩波書店 2005 p108
キンキラ日本よどこへ行く
　◇「井上ひさしコレクション 日本の巻」岩波書店 2005 p61
ギンギン
　◇「鈴木いづみセカンド・コレクション 4」文遊社 2004 p13
　◇「鈴木いづみセカンド・コレクション 4」文遊社 2004 p241
キング・サーモン
　◇「大庭みな子全集 11」日本経済新聞出版社 2010 p322
『キング』で得をするのは誰か
　◇「宮本百合子全集 11」新日本出版社 2001 p296
金鶏
　◇「石川淳コレクション〔1〕」筑摩書房 2007（ちくま文庫）p335
今古
　◇「内田百閒集成 19」筑摩書房 2004（ちくま文庫）p26
銀行手形
　◇「徳田秋聲全集 26」八木書店 2002 p114
銀行に御注意
　◇「阿川弘之全集 20」新潮社 2007 p409
銀行の前に犬が
　◇「向田邦子全集 新版 6」文藝春秋 2009 p238
金庫小話
　◇「徳田秋聲全集 17」八木書店 1999 p54
金五十両
　◇「山本周五郎中短篇秀作選集 2」小学館 2005 p23
金吾中納言─豊臣家の人々 第二話
　◇「司馬遼太郎短篇全集 10」文藝春秋 2006 p561
金庫の街
　◇「大庭みな子全集 6」日本経済新聞出版社 2009 p205
銀婚式披露挨拶
　◇「谷崎潤一郎全集 23」中央公論新社 2017 p477
銀座
　◇「定本 久生十蘭全集 10」国書刊行会 2011 p276
金庫大疑獄
　◇「横溝正史時代小説コレクション伝奇篇 2」出版芸術社 2003 p58
金庫太平記─緋牡丹銀次捕物帳
　◇「横溝正史時代小説コレクション捕物篇 3」出版芸術社 2004 p85
銀座たそがれ
　◇「渡辺淳一自選短篇コレクション 4」朝日新聞社 2006 p79
銀座の雨と雪
　◇「宮城谷昌光全集 21」文藝春秋 2004 p84
銀座の裏方さん
　◇「開高健ルポルタージュ選集 ずばり東京」光文社 2007（光文社文庫）p305
銀座の女
　◇「吉川潮ハートウォーム・セレクション 3」ランダムハウス講談社 2008（ランダムハウス講談社文庫）p227
金座の凪
　◇「定本 久生十蘭全集 別巻」国書刊行会 2013 p180
銀座の猫、家の猫
　◇「金井美恵子エッセイ・コレクション─1964-2013 2」平凡社 2013 p21
銀座の爆弾攻撃
　◇「内田百閒集成 22」筑摩書房 2004（ちくま文庫）p50
銀座反省道場
　◇「吉行淳之介エッセイ・コレクション 1」筑摩書房 2004（ちくま文庫）p269
金さまの思い出─柳家金語楼のこと
　◇「色川武大・阿佐田哲也エッセイズ 2」筑摩書房 2003（ちくま文庫）p134

きんさ

銀座幽霊
　◇「日影丈吉全集 5」国書刊行会 2003 p81
銀座四丁目午後二時三十分
　◇「狩久全集 2」皆進社 2013 p313
禁色
　◇「決定版 三島由紀夫全集 3」新潮社 2001 p7
「禁色」創作ノート
　◇「決定版 三島由紀夫全集 3」新潮社 2001 p575
　◇「決定版 三島由紀夫全集 補巻」新潮社 2005 p447
「禁色」は世代の総決算
　◇「決定版 三島由紀夫全集 27」新潮社 2003 p474
銀糸の記憶
　◇「辺見庸編小説集 白short」角川書店 2004 p5
近時の新聞小説
　◇「徳田秋聲全集 19」八木書店 2000 p131
近事片々
　◇「徳田秋聲全集 21」八木書店 2001 p257
禽獣の門
　◇「赤江瀑短編傑作選 情念編」光文社 2007（光文社文庫）p5
琴書雅游録
　◇「内田百閒集成 13」筑摩書房 2003（ちくま文庫）p17
禁じられた扉
　◇「中井英夫全集 7」東京創元社 1998（創元ライブラリ）p49
禁じられた墓標
　◇「森村誠一ベストセレクション 鬼子母の末裔」光文社 2011（光文社文庫）p101
キーン氏論文の推薦文
　◇「安部公房全集 27」新潮社 2000 p239
近世姑気質
　◇「決定版 三島由紀夫全集 18」新潮社 2002 p565
近世人にとっての「奉公」（朝尾直弘）
　◇「司馬遼太郎対話選集 3」文藝春秋 2006（文春文庫）p155
銀線草《ELEGY》
　◇「決定版 三島由紀夫全集 37」新潮社 2004 p190
金銭無情
　◇「坂口安吾全集 5」筑摩書房 1998 p252
金属片
　◇「辺見庸編小説集 白short」角川書店 2004 p108
近代への足どり（陳舜臣）
　◇「司馬遼太郎対話選集 9」文藝春秋 2006（文春文庫）p225
近代絵画
　◇「小林秀雄全作品 22」新潮社 2004 p9
　◇「小林秀雄全集 補巻 3」新潮社 2010 p89
「近代絵画」受賞の言葉
　◇「小林秀雄全作品 23」新潮社 2004 p26
　◇「小林秀雄全集 補巻 2」新潮社 2010 p176
近代繪畫―註解・追補
　◇「小林秀雄全集 補巻 3」新潮社 2010 p19

「近代絵画」著者の言葉
　◇「小林秀雄全作品 22」新潮社 2004 p258
　◇「小林秀雄全集 補巻 2」新潮社 2010 p141
近代懐疑派の文学
　◇「上野壮夫全集 3」図書新聞 2011 p71
近代化を阻むもの
　◇「福田恆存評論集 7」麗澤大学出版會, 廣池學園事業部〔發売〕2008 p322
近代型知識人―西洋と日本
　◇「小田実全集 評論 3」講談社 2010 p102
近代型知識人の出現
　◇「小田実全集 評論 3」講談社 2010 p85
近代型知識人の論理
　◇「小田実全集 評論 3」講談社 2010 p98
近代化と性の抑圧、そして戦後の性風俗
　◇「小松左京全集 完全版 35」城西国際大学出版会 2009 p381
近代化と知識人
　◇「小田実全集 評論 3」講談社 2010 p109
「近代化」には「前近代的」方法を
　◇「福田恆存評論集 18」麗澤大学出版會, 廣池學園事業部〔發売〕2010 p279
近代化の推進者明治天皇（山崎正和）
　◇「司馬遼太郎対話選集 4」文藝春秋 2006（文春文庫）p111
近代化の相剋
　◇「司馬遼太郎対話選集 4」文藝春秋 2006（文春文庫）
近代化のなかの学生像
　◇「小田実全集 評論 3」講談社 2010 p120
「近代化」論の過去と未来
　◇「小田実全集 評論 4」講談社 2010 p185
近代芸術と小説
　◇「佐々木基一全集 2」河出書房新社 2013 p47
「近代芸術の先駆者」序
　◇「小林秀雄全作品 25」新潮社 2004 p20
　◇「小林秀雄全集 補巻 3」新潮社 2010 p300
近代劇「速水女塾」―三越文学座評
　◇「決定版 三島由紀夫全集 27」新潮社 2003 p208
近代小説のために
　◇「丸谷才一全集 9」文藝春秋 2013 p219
『近代情痴集』
　◇「谷崎潤一郎全集 6」中央公論新社 2015 p233
『近代情痴集 新潮文庫・第八編』
　◇「谷崎潤一郎全集 12」中央公論新社 2017 p251
金田一耕助との対話
　◇「横溝正史自選集 7」出版芸術社 2007 p388
金大中氏の不可解な日本入國
　◇「福田恆存評論集 10」麗澤大学出版會, 廣池學園事業部〔發売〕2008 p70
近代的自我の滑稽と悲惨
　◇「車谷長吉全集 3」新書館 2010 p787

近代的なニュアンスが無い
　◇「徳田秋聲全集 21」八木書店 2001 p332
「近代」という言葉
　◇「石牟礼道子全集 7」藤原書店 2005 p271
近代といふ言葉をめぐつて
　◇「丸谷才一全集 10」文藝春秋 2014 p219
近代における中国と日本の明暗(陳舜臣)
　◇「司馬遼太郎対話選集 9」文藝春秋 2006 (文春文庫) p36
近代日本知識人の典型清水幾太郎を論ず
　◇「福田恆存評論集 12」麗澤大學出版會, 廣池學園事業部〔発売〕2008 p9
近代日本文學の系譜
　◇「福田恆存評論集 13」麗澤大學出版會, 廣池學園事業部〔発売〕2009 p9
近代能楽集について
　◇「決定版 三島由紀夫全集 32」新潮社 2003 p42
近代の宿命
　◇「福田恆存評論集 2」麗澤大學出版會, 廣池學園事業部〔発売〕2009 p9
近代の「白い道」
　◇「石牟礼道子全集 7」藤原書店 2005 p301
近代の投棄
　◇「佐々木基一全集 4」河出書房新社 2013 p216
近代の毒 対談(横光利一)
　◇「小林秀雄全作品 15」新潮社 2003 p107
　◇「小林秀雄全集 補巻 2」新潮社 2010 p283
近代犯罪研究
　◇「小酒井不木随筆評論選集 3」本の友社 2004 p1
近代犯罪事實談
　◇「小酒井不木随筆評論選集 3」本の友社 2004 p107
『近代文学』を中心に
　◇「佐々木基一全集 6」河出書房新社 2012 p62
近代文学をめぐって
　◇「小島信夫批評集成 2」水声社 2011 p714
「近代文学」とその周辺
　◇「辻邦生全集 16」新潮社 2005 p369
近代文学における黒いエロス―あとがきにかえて
　◇〔澁澤龍彦〕ホラー・ドラコニア少女小説集成 伍」平凡社 2004 p103
近代文芸と読者
　◇「佐々木基一全集 1」河出書房新社 2013 p39
金太郎君と私
　◇「谷崎潤一郎全集 26」中央公論新社 2017 p433
金太郎蕎麦
　◇「池波正太郎短篇ベストコレクション 3」リブリオ出版 2008 p167
〔SF日本おとぎ話〕キンタロウの秘密
　◇「小松左京全集 完全版 24」城西国際大学出版会 2016 p408

金談にからまる詩的要素の神秘性に就て
　◇「坂口安吾全集 1」筑摩書房 1999 p512
禁断の死針
　◇「野村胡堂伝奇幻想小説集成」作品社 2009 p242
「緊張緩和」という幻想〔座談会〕(エリソン, H., 勝田吉太郎, 志水速雄, 三好修)
　◇「福田恆存対談・座談集 3」玉川大学出版部 2011 p325
緊張緩和は幻想である
　◇「福田恆存評論集 10」麗澤大學出版會, 廣池學園事業部〔発売〕2008 p23
『金と銀』
　◇「谷崎潤一郎全集 5」中央公論新社 2016 p239
金と銀
　◇「谷崎潤一郎全集 5」中央公論新社 2016 p241
金と銀と銅
　◇「中井英夫全集 7」東京創元社 1998 (創元ライブラリ) p180
銀と金―乱歩と正史
　◇「中井英夫全集 7」東京創元社 1998 (創元ライブラリ) p442
金と泥の日々
　◇「中井英夫全集 5」東京創元社 2002 (創元ライブラリ) p149
キンドル氏とねこ
　◇「安部公房全集 2」新潮社 1997 p223
欽ドン 萩本欽一編
　◇「井上ひさしコレクション ことばの巻」岩波書店 2005 p418
ぎんなん
　◇「大庭みな子全集 15」日本経済新聞出版社 2010 p510
銀杏
　◇「大庭みな子全集 11」日本経済新聞出版社 2010 p36
金の供物／カレーシュ
　◇「中井英夫全集 10」東京創元社 2002 (創元ライブラリ) p188
金の皿を求める男
　◇「決定版 三島由紀夫全集 37」新潮社 2004 p300
金の壺
　◇「大庭みな子全集 12」日本経済新聞出版社 2010 p135
金の壺―ある旅立ちの物語
　◇「辻邦生全集 8」新潮社 2005 p387
銀の夜
　◇「須賀敦子全集 1」河出書房新社 2006 (河出文庫) p212
金波銀波
　◇「小田実全集 小説 32」講談社 2013 p231
緊迫した感情
　◇「田村泰次郎選集 5」日本図書センター 2005 p142

きんは

金髪と白い肌は憧れる―「サムライ」の魅力
　◇「小田実全集 評論 1」講談社 2010 p218
金鳳釵
　◇「定本 久生十蘭全集 2」国書刊行会 2009 p591
銀幕哀吟―人力飛行機ソロモン
　◇「寺山修司著作集 1」クインテッセンス出版 2009 p374
近未来という言葉
　◇「中井英夫全集 12」東京創元社 2006（創元ライブラリ）p121
銀飯
　◇「〔野呂邦暢〕随筆コレクション 1」みすず書房 2014 p366
勤哉め
　◇「立松和平全小説 23」勉誠出版 2013 p295
近来の快挙
　◇「谷崎潤一郎全集 22」中央公論新社 2017 p358
金襴護符
　◇「横溝正史探偵小説コレクション 3」出版芸術社 2004 p5
金襴緞子
　◇「向田邦子全集 新版 6」文藝春秋 2009 p18
「金鈴」（「金鈴―黄昏」改題）
　◇「決定版 三島由紀夫全集 37」新潮社 2004 p174
金狼
　◇「定本 久生十蘭全集 1」国書刊行会 2008 p171

悔いと酒の日々
　◇「中井英夫全集 7」東京創元社 1998（創元ライブラリ）p566
悔なき青春を―現場録音No.4 No.5をよんで
　◇「宮本百合子全集 17」新日本出版社 2002 p466
水鶏（くひな）の里と四気
　◇「決定版 三島由紀夫全集 補巻」新潮社 2005 p21
クイビシェフ油田―ソ連最大の石油、天然ガス産出地帯
　◇「小松左京全集 完全版 43」城西国際大学出版会 2014 p276
クイーン
　◇「江戸川乱歩全集 30」光文社 2005（光文社文庫）p482
クィーン・カー交友記
　◇「江戸川乱歩全集 25」光文社 2005（光文社文庫）p442
「クイーンの定員」その他
　◇「江戸川乱歩全集 30」光文社 2005（光文社文庫）p257
クィーンのテンペスト―《九尾の猫》考
　◇「天城一傑作集 4」日本評論社 2009 p440
空海・芭蕉・子規を語る（赤尾兜子）
　◇「司馬遼太郎対話選集 2」文藝春秋 2006（文春文庫）p79
偶感
　◇「谷崎潤一郎全集 19」中央公論新社 2015 p514
偶感
　◇「決定版 三島由紀夫全集 36」新潮社 2003 p548
偶感
　◇「宮本百合子全集 33」新日本出版社 2004 p438
偶感一語
　◇「宮本百合子全集 9」新日本出版社 2001 p61
偶感〔谷崎潤一郎全集刊行に際して〕
　◇「谷崎潤一郎全集 22」中央公論新社 2017 p399
空間的深さについて
　◇「佐々木基一全集 7」河出書房新社 2013 p446
空間と言葉
　◇「金井美恵子エッセイ・コレクション―1964-2013 1」平凡社 2013 p139
空間の壁抜け男―陸上競技
　◇「決定版 三島由紀夫全集 33」新潮社 2003 p183
空間の表現
　◇「佐々木基一全集 7」河出書房新社 2013 p449
偶感二小
　◇「土屋隆夫コレクション新装版 天国は遠すぎる」光文社 2002（光文社文庫）p452
空気男「二人の探偵小説家」改題
　◇「江戸川乱歩全集 2」光文社 2004（光文社文庫）p311
空気枕
　◇「松田解子自選集 4」澤田出版 2005 p377

【く】

句
　◇「決定版 三島由紀夫全集 37」新潮社 2004 p806
『グアテマラ伝説集』書評―アストゥリアス
　◇「中井英夫全集 6」東京創元社 1996（創元ライブラリ）p692
苦あれば楽、楽あれば苦
　◇「色川武大・阿佐田哲也エッセイズ 3」筑摩書房 2003（ちくま文庫）p260
食い気人生
　◇「日影丈吉全集 別巻」国書刊行会 2005 p730
食い気と歌舞伎
　◇「小松左京全集 完全版 42」城西国際大学出版会 2014 p378
食いだおれ
　◇「開高健ルポルタージュ選集 日本人の遊び場」光文社 2007（光文社文庫）p21
グイード［翻訳］（ウンベルト・サバ）
　◇「須賀敦子全集 5」河出書房新社 2008（河出文庫）p226
食道楽
　◇「決定版 三島由紀夫全集 18」新潮社 2002 p137

寓居あちこち
  ◇「小沼丹全集 1」未知谷 2004 p701
空虚な鉛筆
  ◇「金井美恵子エッセイ・コレクション—1964-2013 1」平凡社 2013 p213
空虚な空間の示す意味—やさしい女
  ◇「辻邦生全集 19」新潮社 2005 p312
空華の森
  ◇「赤江瀑短編傑作選 情念編」光文社 2007（光文社文庫）p505
空港
  ◇「辻井喬コレクション 7」河出書房新社 2003 p240
空港に乱舞するハト
  ◇「都筑道夫少年小説コレクション 6」本の雑誌社 2005 p272
空港風景
  ◇「阿川弘之全集 4」新潮社 2005 p557
空室
  ◇「徳田秋聲全集 2」八木書店 1999 p285
空襲
  ◇「寺山修司著作集 4」クインテッセンス出版 2009 p19
空襲の皮切り
  ◇「内田百閒集成 22」筑摩書房 2004（ちくま文庫）p19
空襲の記
  ◇「決定版 三島由紀夫全集 26」新潮社 2003 p515
空襲の美観
  ◇「江戸川乱歩全集 30」光文社 2005（光文社文庫）p224
偶数
  ◇「松本清張短編全集 11」光文社 2009（光文社文庫）p179
空席
  ◇「井上ひさし短編中編小説集成 11」岩波書店 2015 p341
偶然
  ◇「寺山修司著作集 4」クインテッセンス出版 2009 p406
空前絶後の道
  ◇「宮城谷昌光全集 21」文藝春秋 2004 p382
偶然と幸運
  ◇「小酒井不木随筆評論選集 8」本の友社 2004 p27
偶然と文学
  ◇「徳田秋聲全集 22」八木書店 2001 p318
偶然について
  ◇「寺山修司著作集 4」クインテッセンス出版 2009 p80
偶然の神話から歴史への復帰
  ◇「安部公房全集 2」新潮社 1997 p377
空想家と小説—正宗白鳥
  ◇「丸谷才一全集 9」文藝春秋 2013 p321

空想科学小説の型—『ドノヴァンの脳髄』『盗まれた町』
  ◇「安部公房全集 8」新潮社 1998 p252
偶像崇拝
  ◇「小林秀雄全作品 18」新潮社 2004 p191
  ◇「小林秀雄全集 補巻 2」新潮社 2010 p453
「偶像」（「崇拝」改題）
  ◇「決定版 三島由紀夫全集 37」新潮社 2004 p524
空想的リアリズム
  ◇「安部公房全集 7」新潮社 1998 p50
空想の手紙
  ◇「決定版 三島由紀夫全集 37」新潮社 2004 p724
偶像破壊
  ◇「内田百閒集成 17」筑摩書房 2004（ちくま文庫）p331
ぐうたら戦記
  ◇「坂口安吾全集 4」筑摩書房 1998 p426
空中住宅
  ◇「小松左京全集 完全版 25」城西国際大学出版会 2017 p155
空中紳士
  ◇「江戸川乱歩全集 3」光文社 2005（光文社文庫）p283
空中大飛行艇
  ◇〔押川〕春浪選集 2」本の友社 2004 p1
空中都市008
  ◇「小松左京全集 完全版 24」城西国際大学出版会 2016 p9
空中の塔
  ◇「安部公房全集 15」新潮社 1998 p375
空中分解
  ◇「内田百閒集成 6」筑摩書房 2003（ちくま文庫）p271
空中漫歩の旅
  ◇「大庭みな子全集 23」日本経済新聞出版社 2011 p428
空中遊泳
  ◇「大庭みな子全集 23」日本経済新聞出版社 2011 p722
空中楼閣
  ◇「安部公房全集 3」新潮社 1997 p93
「空」という新たなメディア
  ◇「小松左京全集 完全版 42」城西国際大学出版会 2014 p143
空洞の怨恨
  ◇「森村誠一ベストセレクション 空洞の怨恨」光文社 2011（光文社文庫）p5
食う寝る所に住む所〔シンポジウム未来計画 1〕（加藤秀俊, 川喜田二郎, 川添登）
  ◇「小松左京全集 完全版 26」城西国際大学出版会 2017 p294
食う・飲む・釣る—開高健②
  ◇「小松左京全集 完全版 41」城西国際大学出版会

くうは

2013 p139

空白だらけの系譜
- ◇「小檜山博全集 6」柏艪舎 2006 p154

空白といわれる時期
- ◇「小島信夫批評集成 2」水声社 2011 p787

空白の意匠
- ◇「松本清張傑作短篇コレクション 中」文藝春秋 2004（文春文庫）p365
- ◇「松本清張傑作選 悪党たちの懺悔録」新潮社 2009 p175
- ◇「松本清張短編全集 10」光文社 2009（光文社文庫）p5
- ◇「松本清張傑作選 悪党たちの懺悔録」新潮社 2013（新潮文庫）p249

空白の凶相
- ◇「森村誠一ベストセレクション 空白の凶相」光文社 2010（光文社文庫）p5

空白の時刻表
- ◇「西村京太郎自選集 3」徳間書店 2004（徳間文庫）

空白の時代
- ◇「山崎豊子全集 9」新潮社 2004 p645

空白の人
- ◇「金鶴泳作品集 2」クレイン 2006 p487

空白の役割
- ◇「決定版 三島由紀夫全集 28」新潮社 2003 p475

空腹
- ◇「小檜山博全集 8」柏艪舎 2006 p128

空腹と暴力の青春時代〔対談〕(髙島忠夫)
- ◇「小松左京全集 完全版 33」城西国際大学出版会 2011 p35

グウルモン「哲学的散歩」
- ◇「小林秀雄全作品 9」新潮社 2003 p139
- ◇「小林秀雄全集 補巻 1」新潮社 2010 p473

空論
- ◇「佐々木基一全集 1」河出書房新社 2013 p278

寓話
- ◇「小島信夫長篇集成 8」水声社 2016 p11

寓話
- ◇「吉田知子選集 1」景文館書店 2012 p117

寓話と現łł実
- ◇「安部公房全集 7」新潮社 1998 p448

？ の表情
- ◇「大坪砂男全集 4」東京創元社 2013（創元推理文庫）p442

クォウタビリティ
- ◇「丸谷才一全集 10」文藝春秋 2014 p410

「クオレ」
- ◇「小沼丹全集 4」未知谷 2004 p657

久遠寺の木像
- ◇「三橋一夫ふしぎ小説集成 1」出版芸術社 2005 p30

苦海浄土
- ◇「石牟礼道子全集 2」藤原書店 2004 p7

苦海浄土の世界
- ◇「石牟礼道子全集 14」藤原書店 2008 p480

『苦海浄土』ノート
- ◇「〔池澤夏樹〕エッセー集成 1」みすず書房 2008 p171

九月号の文芸雑誌
- ◇「決定版 三島由紀夫全集 27」新潮社 2003 p347

「9月11日」以後の世界
- ◇「小田実全集 評論 29」講談社 2013 p87

九月十四日の夜
- ◇「松田解子自選集 7」澤田出版 2008 p67

「九月一日」前後のこと
- ◇「谷崎潤一郎全集 12」中央公論新社 2017 p373

九月の或る日
- ◇「宮本百合子全集 9」新日本出版社 2001 p353

九月の子供たち
- ◇「鈴木いづみコレクション 2」文遊社 1997 p157

九月の芝居
- ◇「徳田秋聲全集 22」八木書店 2001 p74

九月の帝劇
- ◇「徳田秋聲全集 19」八木書店 2000 p432

九月の本郷座
- ◇「徳田秋聲全集 19」八木書店 2000 p431

区間阿房列車―国府津・御殿場線・沼津・由比・興津・静岡
- ◇「内田百閒集成 1」筑摩書房 2002（ちくま文庫）p44

釘の音
- ◇「松下竜一未刊行著作集 2」海鳥社 2008 p113

苦境と文学
- ◇「車谷長吉全集 3」新書館 2010 p440

クグツいくさを語るの巻
- ◇「小田実全集 小説 27」講談社 2012 p174

潜戸の海蛇
- ◇「三枝和子選集 6」鼎書房 2008 p389

愚言二十七箇条
- ◇「国枝史郎探偵小説全集」作品社 2005 p327

愚行の追試
- ◇「山田風太郎エッセイ集成 昭和前期の青春」筑摩書房 2007 p129

愚行の輪
- ◇「小松左京全集 完全版 12」城西国際大学出版会 2007 p213

草
- ◇「松本清張初文庫化作品集 1」双葉社 2005（双葉文庫）p7
- ◇「松本清張傑作選 暗闇に嗤うドクター」新潮社 2009 p121
- ◇「松本清張傑作選 暗闇に嗤うドクター」新潮社 2013（新潮文庫）p171

草いきれ
　◇「徳田秋聲全集 16」八木書店 1999 p155
草を引っ張ってみる
　◇「吉行淳之介エッセイ・コレクション 3」筑摩書房 2004（ちくま文庫）p127
『草木染日本色名事典』のこと―『不知火ひかり凪』あとがき
　◇「石牟礼道子全集 11」藤原書店 2005 p308
「愚作を書け！」
　◇「高木彬光コレクション新装版 誘拐」光文社 2005（光文社文庫）p603
「草茎」誌より
　◇「佐々木基一全集 1」河出書房新社 2013 p47
くさぐさ
　◇「谷崎潤一郎全集 25」中央公論新社 2016 p89
くさぐさの祭
　◇「石牟礼道子全集 10」藤原書店 2006 p81
草地で［翻訳］（ウンベルト・サバ）
　◇「須賀敦子全集 5」河出書房新社 2008（河出文庫）p221
草津行―スキー・カーニヴァル記
　◇「小林秀雄全作品 9」新潮社 2003 p70
　◇「小林秀雄全集 補巻 1」新潮社 2010 p456
草津の犬
　◇「向田邦子全集 新版 11」文藝春秋 2010 p39
草摘み
　◇「石牟礼道子全集 10」藤原書店 2006 p197
草と遊べぬ子供たち
　◇「松下竜一未刊行著作集 2」海鳥社 2008 p104
草野君の全集
　◇「小林秀雄全作品 28」新潮社 2005 p251
　◇「小林秀雄全集 補巻 3」新潮社 2010 p499
草の声
　◇「石牟礼道子全集 11」藤原書店 2005 p386
草の琴
　◇「石牟礼道子全集 15」藤原書店 2012 p459
草のことづて
　◇「石牟礼道子全集 7」藤原書店 2005 p282
　◇「石牟礼道子全集 6」藤原書店 2006 p568
草の昼食
　◇「寺山修司著作集 1」クインテッセンス出版 2009 p9
「草のつるぎ」
　◇「〔野呂邦暢〕随筆コレクション 1」みすず書房 2014 p92
草のつるぎ
　◇「野呂邦暢小説集成 3」文遊社 2014 p9
「草のつるぎ」をめぐって
　◇「〔野呂邦暢〕随筆コレクション 1」みすず書房 2014 p74
　◇「〔野呂邦暢〕随筆コレクション 1」みすず書房 2014 p98

草の砦
　◇「石牟礼道子全集 16」藤原書店 2013 p134
『草の根通信』が紡いだネットワーク
　◇「松下竜一未刊行著作集 4」海鳥社 2008 p414
『草の根通信』のこと―気恥ずかしき機関誌
　◇「松下竜一未刊行著作集 4」海鳥社 2008 p248
『草の根通信』は続く
　◇「松下竜一未刊行著作集 4」海鳥社 2008 p355
草の根のあかり1―『草の根通信』一九八八―八九年
　◇「松下竜一未刊行著作集 3」海鳥社 2009 p3
草の根のあかり2―『草の根通信』二〇〇二―〇三年
　◇「松下竜一未刊行著作集 3」海鳥社 2009 p181
草の根元
　◇「宮本百合子全集 33」新日本出版社 2004 p418
「草の花」―福永武彦著
　◇「決定版 三島由紀夫全集 28」新潮社 2003 p291
草の舟
　◇「石牟礼道子全集 11」藤原書店 2005 p318
草の実
　◇「徳田秋聲全集 21」八木書店 2001 p229
草の実
　◇「松下竜一未刊行著作集 1」海鳥社 2008 p322
草の道
　◇「石牟礼道子全集 13」藤原書店 2007 p544
草の向うに―坂本マスオさん
　◇「石牟礼道子全集 10」藤原書店 2006 p531
草原（くさはら）… → "そうげん…"を見よ
草笛光子さんへ―私の注文帖
　◇「安部公房全集 30」新潮社 2009 p73
草文
　◇「石牟礼道子全集 16」藤原書店 2013 p607
草ぼうきの唄
　◇「小島信夫短篇集成 2」水声社 2014 p535
草木瓜
　◇「小沼丹全集 4」未知谷 2004 p149
草むしり
　◇「大庭みな子全集 11」日本経済新聞出版社 2010 p306
くさめ
　◇「小酒井不木随筆評論選集 7」本の友社 2004 p89
草餅
　◇「石牟礼道子全集 10」藤原書店 2006 p23
草森紳一の方法
　◇「車谷長吉全集 3」新書館 2010 p411
草野球
　◇「寺山修司著作集 4」クインテッセンス出版 2009 p25
鎖を解かれた言葉たち〔対談〕（萩原延壽）
　◇「安部公房全集 22」新潮社 1999 p159

くさわ

草は蔓る
　◇「徳田秋聲全集 38」八木書店 2004 p285

櫛
　◇「辻井喬コレクション 7」河出書房新社 2003 p480

籤
　◇「小沼丹全集 4」未知谷 2004 p350

九時課［翻訳］（ダヴィデ・マリア・トゥロルド）
　◇「須賀敦子全集 7」河出書房新社 2007（河出文庫）p81

櫛づくり
　◇「瀬戸内寂聴随筆選 3」ゆまに書房 2009 p21

クシと歯ブラシ
　◇「小檜山博全集 7」柏艪舎 2006 p81

櫛の火
　◇「古井由吉自撰作品 2」河出書房新社 2012 p153

九時まで待って
　◇「田辺聖子全集 10」集英社 2005 p369

孔雀
　◇「決定版 三島由紀夫全集 20」新潮社 2002 p405

孔雀
　◇「向田邦子全集 新版 7」文藝春秋 2009 p66

孔雀（雄）
　◇「決定版 三島由紀夫全集 37」新潮社 2004 p86

「孔雀」創作ノート
　◇「決定版 三島由紀夫全集 補巻」新潮社 2005 p484

孔雀の樹に就いて
　◇「国枝史郎探偵小説全集」作品社 2005 p342

愚者と賢者
　◇「小島信夫批評集成 6」水声社 2011 p104

愚者の立場で賢者に問う
　◇「小松左京全集 完全版 40」城西国際大学出版会 2012 p20

愚者の船
　◇「寺山修司著作集 1」クインテッセンス出版 2009 p11

愚者の樂園
　◇「福田恆存評論集 17」麗澤大學出版會, 廣池學園事業部〔発売〕2010 p297

句集
　◇「井上ひさしコレクション 日本の巻」岩波書店 2005 p93

苦汁
　◇「中井英夫全集 12」東京創元社 2006（創元ライブラリ）p78

苦汁
　◇「松田解子自選集 9」澤田出版 2009 p95

句集「春望」を読んで
　◇「佐々木基一全集 1」河出書房新社 2013 p79

九重にて
　◇「石牟礼道子全集 15」藤原書店 2012 p276

郡上の八幡
　◇「国枝史郎伝奇短篇小説集成 1」作品社 2006 p472

鯨の処女航海
　◇「阿川弘之全集 18」新潮社 2007 p382

鯨の論理
　◇「阿川弘之全集 19」新潮社 2007 p439

愚神
　◇「中井英夫全集 10」東京創元社 2002（創元ライブラリ）p110

玖珠からの元気な声をもっと
　◇「松下竜一未刊行著作集 5」海鳥社 2009 p358

くずきり
　◇「辺見庸掌編小説集 白ража」角川書店 2004 p125

楠
　◇「向田邦子全集 新版 9」文藝春秋 2009 p15

楠公論
　◇「谷崎潤一郎全集 25」中央公論新社 2016 p19

楠木正成と近代史
　◇「丸谷才一全集 8」文藝春秋 2014 p243

楠木正成の複雑な出自
　◇「小松左京全集 完全版 42」城西国際大学出版会 2014 p74

葛のしとね
　◇「石牟礼道子全集 13」藤原書店 2007 p600

葛の葉
　◇「石牟礼道子全集 15」藤原書店 2012 p489

グースベリーの熟れる頃
　◇「宮本百合子全集 33」新日本出版社 2004 p367

葛巻義敏宛［書簡］
　◇「坂口安吾全集 16」筑摩書房 2000 p35

薬を拒む男、「濁貧」の男
　◇「小田実全集 小説 37」講談社 2013 p196

薬喰
　◇「内田百閒集成 12」筑摩書房 2003（ちくま文庫）p20

薬と酒
　◇「小檜山博全集 6」柏艪舎 2006 p96

崩れ
　◇「深沢夏衣作品集」新幹社 2015 p368

崩れた街にて
　◇「田村泰次郎選集 3」日本図書センター 2005 p55

崩れゆく山村
　◇「石牟礼道子全集 11」藤原書店 2005 p261

崩れゆくものの怒り
　◇「小檜山博全集 6」柏艪舎 2006 p13

クセクセ
　◇「野坂昭如エッセイ・コレクション 1」筑摩書房 2004（ちくま文庫）p100

救世 聖徳太子御口伝
　◇「立松和平小説 28」勉誠出版 2014 p7

曲者
　◇「原民喜戦後全小説」講談社 2015（講談社文芸文庫）p526
具足一領
　◇「横溝正史時代小説コレクション伝奇篇 2」出版芸術社 2003 p311
糞と自由と
　◇「金石範作品集 1」平凡社 2005 p89
クソと泥・あるいは、消滅
　◇「小田実全集 小説 32」講談社 2013 p491
「具体的」への期待
　◇「小島信夫批評集成 2」水声社 2011 p416
具体的問題の具体的解決
　◇「徳田秋聲全集 23」八木書店 2001 p273
久高祝女（ぬる）
　◇「立松和平全小説 2」勉誠出版 2010 p32
くだく
　◇「小田実全集 小説 36」講談社 2013 p30
くだく うめく わらう
　◇「小田実全集 小説 36」講談社 2013 p5
砕けた牙
　◇「戸川幸夫動物文学セレクション 4」ランダムハウス講談社 2008（ランダムハウス講談社文庫）p273
「縄」三部作《単行本初収録作品》くたびれた縄
　◇「陳舜臣推理小説ベストセレクション 枯草の根」集英社 2009（集英社文庫）p381
くだものとわんぱく
　◇「安部公房全集 9」新潮社 1998 p222
クーダラナイ、クーダラナイのココロ!!
　◇「金井美恵子エッセイ・コレクション—1964-2013 1」平凡社 2013 p421
下り「はつかり」
　◇「鮎川哲也コレクション 早春に死す」光文社 2007（光文社文庫）p359
九段
　◇「坂口安吾全集 11」筑摩書房 1998 p335
件
　◇「内田百閒集成 3」筑摩書房 2002（ちくま文庫）p25
くだんのはは
　◇「小松左京全集 完全版 14」城西国際大学出版会 2009 p387
口
　◇「安部公房全集 6」新潮社 1998 p235
朽木教授の幽霊
　◇「天城一傑作集 2」日本評論社 2005 p454
駆逐艦が客船に化けた話
　◇「阿川弘之全集 18」新潮社 2007 p453
口ごたえ
　◇「大庭みな子全集 3」日本経済新聞出版社 2009 p376

くちづけ紳士
　◇「野坂昭如エッセイ・コレクション 1」筑摩書房 2004（ちくま文庫）p54
口取りと酢のもの
　◇「宮本百合子全集 32」新日本出版社 2003 p490
くちなし
　◇「宮本百合子全集 13」新日本出版社 2001 p338
口の辺の子供らしさ
　◇「谷崎潤一郎全集 5」中央公論新社 2016 p475
口の悪い彼の本心を知りたいの
　◇「小松左京全集 完全版 34」城西国際大学出版会 2009 p63
口八丁の紳士——予想屋
　◇「開高健ルポルタージュ選集 ずばり東京」光文社 2007（光文社文庫）p232
唇を？
　◇「中井英夫全集 10」東京創元社 2002（創元ライブラリ）p163
唇に寄す
　◇「中井英夫全集 10」東京創元社 2002（創元ライブラリ）p113
唇は訓練されていたが処女だった……〈第二例〉
　◇「野坂昭如エッセイ・コレクション 1」筑摩書房 2004（ちくま文庫）p214
口笛
　◇「小檜山博全集 4」柏艪舎 2006 p459
口紅
　◇「向田邦子全集 新版 9」文藝春秋 2009 p46
口紅に気をつけろ
　◇「日影丈吉全集 5」国書刊行会 2003 p29
愚直の正吉
　◇「三角寛サンカ選集第二期 12」現代書館 2005 p215
口寄せ
　◇「寺山修司著作集 4」クインテッセンス出版 2009 p102
口はパクパク
　◇「田中小実昌エッセイ・コレクション 3」筑摩書房 2002（ちくま文庫）p242
靴
　◇「小沼丹全集 1」未知谷 2004 p427
靴
　◇「野呂邦暢小説集成 6」文遊社 2016 p147
靴を脱がない男
　◇「小檜山博全集 4」柏艪舎 2006 p435
沓掛時次郎 三幕十場
　◇「長谷川伸傑作選 瞼の母」国書刊行会 2008 p57
クックス博士の思ひ出
　◇「阿川弘之全集 20」新潮社 2007 p466
靴下仲間
　◇「小島信夫批評集成 7」水声社 2011 p22

くつと

グッド・バイ、グッド・バー
  ◇「〔池澤夏樹〕エッセー集成 1」みすず書房 2008 p23
靴の出現
  ◇「宮城谷昌光全集 21」文藝春秋 2004 p416
靴のはなし
  ◇「吉行淳之介エッセイ・コレクション 3」筑摩書房 2004（ちくま文庫）p231
靴の話
  ◇「小島信夫短篇集成 4」水声社 2015 p321
靴の話
  ◇「〔野呂邦暢〕随筆コレクション 1」みすず書房 2014 p430
番外編 いづみのスキャンダル私史PART1 グッバイ・ガールはやめようか
  ◇「鈴木いづみコレクション 7」文遊社 1997 p135
靴屋の親子
  ◇「〔野呂邦暢〕随筆コレクション 1」みすず書房 2014 p202
靴屋の小人
  ◇「小松左京全集 完全版 17」城西国際大学出版会 2012 p380
「くつろぎ方」のさまざまな知恵
  ◇「小松左京全集 完全版 31」城西国際大学出版会 2008 p209
工藤哲巳
  ◇「小島信夫批評集成 7」水声社 2011 p659
苦闘と享楽
  ◇「徳田秋聲全集 20」八木書店 2001 p340
苦闘の時代
  ◇「小松左京全集 完全版 45」城西国際大学出版会 2015 p135
口説きのテクニック
  ◇「田中小実昌エッセイ・コレクション 4」筑摩書房 2003（ちくま文庫）p23
功徳
  ◇「車谷長吉全集 1」新書館 2010 p523
功徳
  ◇「〔野呂邦暢〕随筆コレクション 2」みすず書房 2014 p255
クナアベンリーベ
  ◇「決定版 三島由紀夫全集 27」新潮社 2003 p126
國枝氏に
  ◇「江戸川乱歩全集 24」光文社 2005（光文社文庫）p568
国を去った人
  ◇「大庭みな子全集 6」日本経済新聞出版社 2009 p222
国を建てては滅ぶツングース
  ◇「小松左京全集 完全版 31」城西国際大学出版会 2008 p83
「国を守る」とは何か
  ◇「決定版 三島由紀夫全集 35」新潮社 2003 p714

国木田独歩
  ◇「小島信夫批評集成 1」水声社 2011 p454
國木田獨歩
  ◇「福田恆存評論集 14」麗澤大學出版會, 廣池學園事業部〔發売〕 2010 p104
国こわしのデザイン
  ◇「小松左京全集 完全版 28」城西国際大学出版会 2006 p148
国貞源氏
  ◇「山田風太郎妖異小説コレクション 地獄太夫」徳間書店 2003（徳間文庫）p408
『くにのあゆみ』について
  ◇「宮本百合子全集 16」新日本出版社 2002 p322
国のさまが見える浜
  ◇「小田実全集 評論 27」講談社 2013 p480
国の外で知ること
  ◇「林京子全集 7」日本図書センター 2005 p464
「国の復興熱、冷え始めた」
  ◇「小田実全集 評論 22」講談社 2012 p205
邦1
  ◇「中井英夫全集 10」東京創元社 2002（創元ライブラリ）p123
邦2
  ◇「中井英夫全集 10」東京創元社 2002（創元ライブラリ）p124
邦3
  ◇「中井英夫全集 10」東京創元社 2002（創元ライブラリ）p125
邦4
  ◇「中井英夫全集 10」東京創元社 2002（創元ライブラリ）p126
邦5
  ◇「中井英夫全集 10」東京創元社 2002（創元ライブラリ）p127
邦6
  ◇「中井英夫全集 10」東京創元社 2002（創元ライブラリ）p153
櫟
  ◇「大庭みな子全集 7」日本経済新聞出版社 2009 p46
  ◇「大庭みな子全集 9」日本経済新聞出版社 2010 p402
苦熱語
  ◇「徳田秋聲全集 20」八木書店 2001 p212
くノ一紅騎兵
  ◇「山田風太郎忍法帖短篇全集 10」筑摩書房 2005（ちくま文庫）p163
くノ一地獄変
  ◇「山田風太郎忍法帖短篇全集 10」筑摩書房 2005（ちくま文庫）p111
くノ一死ににゆく
  ◇「山田風太郎忍法帖短篇全集 4」筑摩書房 2004（ちくま文庫）

くノ一忍法勝負
　◇『山田風太郎忍法帖短篇全集 6』筑摩書房 2004
　　（ちくま文庫）
苦悩と不能
　◇『吉行淳之介エッセイ・コレクション 2』筑摩書房 2004（ちくま文庫）p162
読書好日①苦悩の中で耐える力──奥村一郎『祈り』
　◇『林京子全集 8』日本図書センター 2005 p339
久野さんの死
　◇『宮本百合子全集 9』新日本出版社 2001 p280
クノックの演出
　◇『定本 久生十蘭全集 別巻』国書刊行会 2013 p522
九八（クーパー）とゲーブル
　◇『井上ひさし短編中編小説集成 8』岩波書店 2015 p352
クーパンの秋
　◇『定本 久生十蘭全集 10』国書刊行会 2011 p108
首
　◇『鮎川哲也コレクション 白昼の悪魔』光文社 2007（光文社文庫）p317
首
　◇『池波正太郎短篇ベストコレクション 5』リブリオ出版 2008 p5
首
　◇『立松和平全小説 8』勉誠出版 2010 p22
首
　◇『古井由吉自撰作品 3』河出書房新社 2012 p122
首
　◇『〔山田風太郎〕時代短篇選集 3』小学館 2013（小学館文庫）p7
首あらい坂
　◇『都筑道夫時代小説コレクション 3』戎光祥出版 2014（戎光祥時代小説名作館）p90
首がないと美人にならないのかナ
　◇『田中小実昌エッセイ・コレクション 3』筑摩書房 2002（ちくま文庫）p60
蹴きられた父へ
　◇『松田解子自選集 9』澤田出版 2009 p21
首斬り浅右衛門（エッセイ）
　◇『山田風太郎忍法帖短篇全集 9』筑摩書房 2004（ちくま文庫）p289
首切り地帯を行く
　◇『松田解子自選集 8』澤田出版 2008 p70
首斬人の歌
　◇『小酒井不木随筆評論選集 5』本の友社 2004 p170
首一弔歌第二番
　◇『中井英夫全集 10』東京創元社 2002（創元ライブラリ）p116
　◇『中井英夫全集 10』東京創元社 2002（創元ライブラリ）p133
首頂戴
　◇『国枝史郎伝奇短篇小説集成 1』作品社 2006 p452
首吊人愉快
　◇『寺山修司著作集 5』クインテッセンス出版 2009 p157
首吊りのうた
　◇『中井英夫全集 10』東京創元社 2002（創元ライブラリ）p118
首吊り病
　◇『寺山修司著作集 1』クインテッセンス出版 2009 p58
首の座
　◇『〔山田風太郎〕時代短篇選集 1』小学館 2013（小学館文庫）p197
首のない鹿
　◇『大庭みな子全集 2』日本経済新聞出版社 2009 p107
愚物
　◇『徳田秋聲全集 5』八木書店 1998 p9
求不得苦
　◇『車谷長吉全集 3』新書館 2010 p603
くぶりろんごすてなむい──泥棒ねずみのお話
　◇『安部公房全集 11』新潮社 1998 p331
窪川稲子のこと
　◇『宮本百合子全集 12』新日本出版社 2001 p140
窪川鶴次郎氏へ
　◇『小林秀雄全作品 9』新潮社 2003 p137
　◇『小林秀雄全集 補巻 1』新潮社 2010 p473
久保栄
　◇『佐々木基一全集 4』河出書房新社 2013 p116
久保栄作「日本の気象」
　◇『安部公房全集 3』新潮社 1997 p455
久保田万太郎氏を悼む
　◇『決定版 三島由紀夫全集 32』新潮社 2003 p469
久保田万太郎全集を推す
　◇『決定版 三島由紀夫全集 34』新潮社 2003 p386
窪の仔羊
　◇『大庭みな子全集 9』日本経済新聞出版社 2010 p460
久保山さん死す
　◇『大庭みな子全集 17』日本経済新聞出版社 2010 p127
熊
　◇『日影丈吉全集 8』国書刊行会 2004 p813
熊苺
　◇『石牟礼道子全集 10』藤原書店 2006 p171
クマが出た
　◇『小檜山博全集 7』柏艪舎 2006 p177
熊神
　◇『立松和平全小説 8』勉誠出版 2010 p253
球磨川
　◇『石牟礼道子全集 6』藤原書店 2006 p566
熊毛ギロチン事件
　◇『井上ひさし短編中編小説集成 9』岩波書店 2015

くまこ

p249
熊五郎の顔
　◇「池波正太郎短篇ベストコレクション 3」リブリオ出版 2008 p105
熊沢天皇を争うべからず
　◇「坂口安吾全集 12」筑摩書房 1999 p5
クマさんと酎ハイ
　◇「田中小実昌エッセイ・コレクション 1」筑摩書房 2002（ちくま文庫）p168
クマさんの店
　◇「田中小実昌エッセイ・コレクション 3」筑摩書房 2002（ちくま文庫）p248
クマソタケルの末裔
　◇「小檜山博全集 4」柏艪舎 2006 p161
熊野
　◇「小松左京全集 完全版 27」城西国際大学出版会 2007 p184
熊野
　◇「中上健次集 2」インスクリプト 2018 p531
熊野・アジア・わが文学
　◇「中上健次集 2」インスクリプト 2018 p533
熊野路—新日本名所案内
　◇「決定版 三島由紀夫全集 33」新潮社 2003 p105
「熊野路」創作ノート
　◇「決定版 三島由紀夫全集 33」新潮社 2003 p727
『熊野集』
　◇「中上健次集 2」インスクリプト 2018 p11
熊の背中に乗って
　◇「中上健次集 2」インスクリプト 2018 p194
熊の見世物
　◇「横溝正史時代小説コレクション捕物篇 2」出版芸術社 2004 p233
熊の妖怪
　◇「岡本綺堂探偵小説全集 1」作品社 2012 p269
熊蜂の家
　◇「決定版 三島由紀夫全集 15」新潮社 2002 p29
クマバチの衛兵
　◇「大庭みな子全集 12」日本経済新聞出版社 2010 p45
熊平おやぢ
　◇「上野壮夫全集 2」図書新聞 2009 p247
熊本ガウディ展
　◇「石牟礼道子全集 14」藤原書店 2008 p314
隈元実道—真剣勝負
　◇「津本陽武芸小説全集 2」PHP研究所 2007 p251
熊本のヘルン大家族
　◇「小島信夫批評集成 4」水声社 2010 p51
[翻訳]組立殺人事件—ロイ・ヴィカース（ヴィカース，ロイ 著）
　◇「坂口安吾全集 12」筑摩書房 1999 p38
久米君の結婚
　◇「徳田秋聲全集 20」八木書店 2001 p257

久米君の死の前後
　◇「谷崎潤一郎全集 21」中央公論新社 2016 p453
久米氏の『沈丁花』
　◇「徳田秋聲全集 22」八木書店 2001 p94
雲
　◇「決定版 三島由紀夫全集 37」新潮社 2004 p155
蜘蛛
　◇「狩久全集 4」皆進社 2013 p26
蜘蛛
　◇「定本 久生十蘭全集 4」国書刊行会 2009 p226
蜘蛛
　◇「目取真俊短篇小説選集 1」影書房 2013 p273
雲、あるいは、愛
　◇「小田実全集 小説 17」講談社 2011 p175
雲井の春
　◇「定本 久生十蘭全集 4」国書刊行会 2009 p318
雲を追い
　◇「大庭みな子全集 16」日本経済新聞出版社 2010 p7
　◇「大庭みな子全集 23」日本経済新聞出版社 2011 p381
蜘蛛男
　◇「江戸川乱歩全集 5」光文社 2005（光文社文庫）p123
　◇「江戸川乱歩全集 3」沖積舎 2007 p5
蜘蛛賭け
　◇「辺見庸掌編小説集 白版」角川書店 2004 p23
雲、霧、雪
　◇「大庭みな子全集 23」日本経済新聞出版社 2011 p408
雲五カ年の演劇白書—福田理事長を裁く〔座談会〕（石沢秀二，茨木憲，岩波剛，福田淳，森秀男）
　◇「福田恆存対談・座談集 6」玉川大学出版部 2012 p47
クモ相撲に古代を見る
　◇「小松左京全集 完全版 40」城西国際大学出版会 2012 p246
曇つた頭
　◇「徳田秋聲全集 16」八木書店 1999 p249
雲と薄
　◇「大庭みな子全集 17」日本経済新聞出版社 2010 p26
　◇「大庭みな子全集 17」日本経済新聞出版社 2010 p30
雲の脚
　◇「内田百閒集成 4」筑摩書房 2003（ちくま文庫）p178
蜘蛛の糸
　◇「小松左京全集 完全版 25」城西国際大学出版会 2017 p275
蜘蛛の糸一本の面目
　◇「〔池澤夏樹〕エッセー集成 1」みすず書房 2008 p146

くらい

「蜘蛛の糸」と子供の発見
◇「小島信夫批評集成 2」水声社 2011 p426

『雲の宴』を書き終えて
◇「辻邦生全集 18」新潮社 2005 p413

雲の会報告
◇「決定版 三島由紀夫全集 27」新潮社 2003 p350

雲の影
◇「大庭みな子全集 23」日本経済新聞出版社 2011 p729

雲の獣たち
◇「決定版 三島由紀夫全集 37」新潮社 2004 p618

雲の小径
◇「定本 久生十蘭全集 9」国書刊行会 2011 p563

雲の裂け目
◇「原民喜戦後全小説」講談社 2015（講談社文芸文庫）p169

雲の裂け目―原民喜の作品によるファンタジイ
◇「佐々木基一全集 8」河出書房新社 2013 p465

クモの巣
◇「小檜山博全集 7」柏艪舎 2006 p157

蜘蛛の巣
◇「向田邦子全集 新版 10」文藝春秋 2010 p17

蜘蛛の巣 改訂増補版
◇「車谷長吉全集 2」新書館 2010 p544

蜘蛛の巣輯
◇「車谷長吉全集 2」新書館 2010 p548

雲の果ての旅
◇「辻邦生全集 17」新潮社 2005 p308

雲の墓標
◇「阿川弘之全集 2」新潮社 2005 p339

雲の往き来
◇「辻邦生全集 16」新潮社 2005 p135

『雲のゆき来』による中村真一郎論
◇「丸谷才一全集 10」文藝春秋 2014 p267

『雲のゆき来』の私的な読み
◇「〔池澤夏樹〕エッセー集成 1」みすず書房 2008 p198

雲のゆくへ
◇「徳田秋聲全集 2」八木書店 1999 p56

『雲のゆくへ』以前の二短篇
◇「徳田秋聲全集 19」八木書店 2000 p139

『雲のゆくへ』を書いてゐた頃
◇「徳田秋聲全集 19」八木書店 2000 p177

『雲のゆくへ』自序
◇「徳田秋聲全集 別巻」八木書店 2006 p83

雲のゆくへの節子
◇「徳田秋聲全集 19」八木書店 2000 p127

蜘蛛娘の願い事
◇「加藤幸子自選作品集 3」未知谷 2013 p165

雲よ……
◇「〔野呂邦暢〕随筆コレクション 1」みすず書房 2014 p150

曇り空の下で
◇「小松左京全集 完全版 23」城西国際大学出版会 2015 p152

曇後晴―藤原咲平博士と語る
◇「定本 久生十蘭全集 10」国書刊行会 2011 p20

曇り日
◇「上野壮夫全集 2」図書新聞 2009 p310

曇り日の行進
◇「林京子全集 1」日本図書センター 2005 p84

愚問賢答
◇「小島信夫批評集成 2」水声社 2011 p361

愚問の背景
◇「小島信夫批評集成 2」水声社 2011 p399

久門祐夫君のこと
◇「決定版 三島由紀夫全集 27」新潮社 2003 p361

愚妖
◇「坂口安吾全集 10」筑摩書房 1998 p342

『黯い足音』
◇「小檜山博全集 8」柏艪舎 2006 p371

黯い足音
◇「小檜山博全集 1」柏艪舎 2006 p329

暗い宴「わが体験」
◇「中井英夫全集 6」東京創元社 1996（創元ライブラリ）p107

暗い海からの声
◇「小檜山博全集 6」柏艪舎 2006 p42

暗い海 深い霧
◇「高城高全集 3」東京創元社 2008（創元推理文庫）p9

暗い海辺のイカルスたち
◇「中井英夫全集 10」東京創元社 2002（創元ライブラリ）p503

暗い鏡
◇「都筑道夫少年小説コレクション 5」本の雑誌社 2005 p194

暗い哉 東洋よ
◇「坂口安吾全集 11」筑摩書房 1998 p470

暗い渇き
◇「田村泰次郎選集 4」日本図書センター 2005 p184

暗い気分を振り捨てろ
◇「色川武大・阿佐田哲也エッセイズ 2」筑摩書房 2003（ちくま文庫）p249

暗い「国宝展」の会場
◇「小島信夫批評集成 2」水声社 2011 p297

暗い時代の光と影
◇「佐々木基一全集 6」河出書房新社 2012 p45

暗い寝台
◇「狩久全集 4」皆進社 2013 p42

暗い青春
◇「坂口安吾全集 5」筑摩書房 1998 p201

くらい

暗い蛇行
　◇「高城高全集 3」東京創元社 2008（創元推理文庫）p273
暗い谷間の中で
　◇「佐々木基一全集 6」河出書房新社 2012 p170
暗い波濤 上
　◇「阿川弘之全集 5」新潮社 2005 p9
暗い波濤 下
　◇「阿川弘之全集 6」新潮社 2006 p7
暗い部屋の中で
　◇「狩久全集 4」皆進社 2013 p110
暗い部屋—マヌエル・プイグ
　◇「丸谷才一全集 11」文藝春秋 2014 p338
暗い篇
　◇「鈴木いづみコレクション 3」文遊社 1996 p199
暗い曲り角
　◇「日影丈吉全集 8」国書刊行会 2004 p184
暗い町
　◇「徳田秋聲全集 9」八木書店 1998 p128
暗い森の奥・苦い目覚め
　◇「立松和平小説 1」勉誠出版 2010 p220
暗い笑い
　◇「大庭みな子全集 6」日本経済新聞出版社 2009 p87
グラインドの女王
　◇「田中小実昌エッセイ・コレクション 4」筑摩書房 2003（ちくま文庫）p97
クラウゼウィッツ
　◇「寺山修司著作集 4」クインテッセンス出版 2009 p160
鞍掛島の世捨人
　◇「車谷長吉全集 3」新書館 2010 p393
暗き部屋にて
　◇「中井英夫全集 10」東京創元社 2002（創元ライブラリ）p138
クラーク氏の機械
　◇「石上玄一郎作品集 1」日本図書センター 2004 p353
　◇「石上玄一郎小説作品集成 1」未知谷 2008 p303
海月
　◇「大庭みな子全集 17」日本経済新聞出版社 2010 p45
暮し
　◇「大庭みな子全集 17」日本経済新聞出版社 2010 p50
グラジオラス
　◇「松下竜一未刊行著作集 2」海鳥社 2008 p23
倉敷の若旦那
　◇「司馬遼太郎短篇全集 10」文藝春秋 2006 p251
クラシック
　◇「向田邦子全集 新版 10」文藝春秋 2010 p85
くらしと「人間の都合」
　◇「小田実全集 評論 7」講談社 2010 p114

くらしに立ち戻る、「ピラミッド」に立ち戻る
　◇「小田実全集 評論 7」講談社 2010 p274
くらしのすみずみまで、くらしのすみずみから
　◇「小田実全集 評論 7」講談社 2010 p358
くらしの中身・「いのち」「しごと」「あそび」
　◇「小田実全集 評論 7」講談社 2010 p114
くらしのふりはばと「しごと」のふりはば
　◇「小田実全集 評論 7」講談社 2010 p192
クラス会、女の戦場、石打町の隣人
　◇「田中小津全作品集 下巻」武蔵野書院 2013 p147
クラスメートたち
　◇「林京子全集 7」日本図書センター 2005 p332
クラッカー
　◇「決定版 三島由紀夫全集 37」新潮社 2004 p48
グラナダの水
　◇「〔野呂邦暢〕随筆コレクション 1」みすず書房 2014 p301
クラナッハの画集
　◇「〔野呂邦暢〕随筆コレクション 2」みすず書房 2014 p293
内蔵允留守
　◇「山本周五郎中短篇秀作選集 1」小学館 2005 p10
倉橋、開高、小田、高橋
　◇「小島信夫批評集成 2」水声社 2011 p561
倉橋由美子著「聖少女」
　◇「安部公房全集 19」新潮社 1999 p319
蔵原惟人の論文について
　◇「佐々木基一全集 1」河出書房新社 2013 p505
クラブ・アップルの花
　◇「小沼丹全集 2」未知谷 2004 p530
クラブ入会
　◇「定本 荒巻義雄メタSF全集 5」彩流社 2015 p342
クラブ賞を頂いて—「狐の鶏」に関する自己分析
　◇「日影丈吉全集 別巻」国書刊行会 2005 p595
鞍馬天狗をくどく法
　◇「田辺聖子全集 3」集英社 2004 p445
鞍馬天狗敗れず
　◇「大佛次郎セレクション第3期 鞍馬天狗敗れず」未知谷 2009 p5
鞍馬天狗余燼
　◇「大佛次郎セレクション第2期 鞍馬天狗余燼」未知谷 2008 p5
倉本聰（シナリオ・ライター）
　◇「向田邦子全集 新版 6」文藝春秋 2009 p201
倉本聰〔対談〕
　◇「向田邦子全集 新版 別巻 1」文藝春秋 2010 p177
倉本聰『ニングル』
　◇「石牟礼道子全集 14」藤原書店 2008 p362
倉屋敷川
　◇「〔野呂邦暢〕随筆コレクション 1」みすず書房

蔵宿の姉妹(きゃうだい)
　◇「定本 久生十蘭全集 3」国書刊行会 2009 p378
暗闇
　◇「内田百閒集成 16」筑摩書房 2004（ちくま文庫）p148
くらやみ阿房列車
　◇「阿川弘之全集 19」新潮社 2007 p379
暗闇への志向
　◇「松下竜一未刊行著作集 4」海鳥社 2008 p146
暗闇坂心中
　◇「都筑道夫時代小説コレクション 4」戎光祥出版 2014（戎光祥時代小説名作館）p127
くらやみ蜃気楼
　◇「都筑道夫時代小説コレクション 2」戎光祥出版 2014（戎光祥時代小説名作館）p169
暗闇団子
　◇「島田荘司 very BEST 10 Author's Selection」講談社 2007（講談社box）p65
暗闇に嗤うドクター──海堂尊オリジナルセレクション
　◇「松本清張傑作選 暗闇に嗤うドクター」新潮社 2009
暗闇の思想
　◇「松下竜一未刊行著作集 4」海鳥社 2008 p115
暗闇の思想を掲げて
　◇「松下竜一未刊行著作集 4」海鳥社 2008 p17
〈暗闇の思想〉から十七年──脱原発 原発社会の対極を考える
　◇「松下竜一未刊行著作集 5」海鳥社 2009 p107
クララ館
　◇「定本 荒巻義雄メタSF全集 6」彩流社 2015 p43
クラリモンド［翻訳］（ゴーチェ,テオフィール著,芥川龍之介共訳）
　◇「谷崎潤一郎全集 6」中央公論新社 2015 p489
クラレント式恒久冬眠箱
　◇「安部公房全集 7」新潮社 1998 p412
「食らわんか」
　◇「向田邦子全集 新版 9」文藝春秋 2009 p114
グランド・ゼロからのあゆみ──原爆文学展に寄せて
　◇「林京子全集 8」日本図書センター 2005 p422
栗
　◇「大庭みな子全集 12」日本経済新聞出版社 2010 p204
くりかえし
　◇「20世紀断層──野坂昭如単行本未収録小説集成 3」幻戯書房 2010 p92
くり返す反省の中で 日本とアメリカ 体験的比較子育て考
　◇「大庭みな子全集 24」日本経済新聞出版社 2011 p191

くりから紋紋
　◇「立松和平全小説 4」勉誠出版 2010 p112
栗駒高原へ
　◇「大庭みな子全集 16」日本経済新聞出版社 2010 p111
クリスティー
　◇「江戸川乱歩全集 27」光文社 2004（光文社文庫）p393
　◇「江戸川乱歩全集 30」光文社 2005（光文社文庫）p503
クリスティーに脱帽
　◇「江戸川乱歩全集 27」光文社 2004（光文社文庫）p359
クリスティ「奉天三十年」
　◇「小林秀雄全作品 11」新潮社 2003 p62
　◇「小林秀雄全集 補巻 2」新潮社 2010 p31
キリスト教徒に反省を促す（三月十七日）
　◇「福田恆存評論集 18」麗澤大學出版會,廣池學園事業部〔発売〕 2010 p182
クリスマス近き巷
　◇「決定版 三島由紀夫全集 37」新潮社 2004 p145
降誕祭（クリスマス）の匂い
　◇「金井美恵子エッセイ・コレクション──1964-2013 1」平凡社 2013 p113
クリスマス・プレゼント
　◇「狩久全集 2」皆進社 2013 p217
栗の樹
　◇「小林秀雄全作品 21」新潮社 2004 p39
　◇「小林秀雄全集 補巻 3」新潮社 2010 p25
栗の木
　◇「小沼丹全集 4」未知谷 2004 p626
苦力（クーリー）の娘
　◇「鈴木いづみコレクション 6」文遊社 1997 p237
栗原トーマス君のこと
　◇「谷崎潤一郎全集 12」中央公論新社 2017 p534
グリーブ家のバアバラの話〔翻訳〕（ハアディ,トマス）
　◇「谷崎潤一郎全集 12」中央公論新社 2017 p441
グリーン（A）
　◇「江戸川乱歩全集 30」光文社 2005（光文社文庫）p511
グリーン（G）
　◇「江戸川乱歩全集 30」光文社 2005（光文社文庫）p516
狂い
　◇「辻邦生全集 8」新潮社 2005 p364
狂い角
　◇「戸川幸夫動物文学セレクション 4」ランダムハウス講談社 2008（ランダムハウス講談社文庫）p215
狂う
　◇「中井英夫全集 7」東京創元社 1998（創元ライブラリ）p31

くるう

狂う漁民
　◇「石牟礼道子全集 1」藤原書店 2004 p146

グルーサムとセンジュアリティ
　◇「江戸川乱歩全集 25」光文社 2005（光文社文庫）p408

苦しい天然痘
　◇「徳田秋聲全集 23」八木書店 2001 p121

苦しく美しき夏
　◇「原民喜戦後全小説」講談社 2015（講談社文芸文庫）p200

苦しみのどん底から顔をあげておっしゃる言葉
　◇「石牟礼道子全集 10」藤原書店 2006 p552

苦しみの中から響く声
　◇「石牟礼道子全集 14」藤原書店 2008 p544

十字架（クルス）観音
　◇「野村胡堂伝奇幻想小説集成」作品社 2009 p404

くるった時間
　◇「都筑道夫少年小説コレクション 5」本の雑誌社 2005 p180

「狂った年輪」をみて
　◇「決定版 三島由紀夫全集 31」新潮社 2003 p658

クルティウス（野上巌訳）『バルザック論』
　◇「佐々木基一全集 1」河出書房新社 2013 p238

クールな日本人（桜井・ローズ戦観戦記）
　◇「決定版 三島由紀夫全集 35」新潮社 2003 p145

グループ便り
　◇「狩久全集 1」皆進社 2013 p290

車井戸は何故軋る
　◇「横溝正史探偵小説コレクション 3」出版芸術社 2004 p103

車・重い旅
　◇「辻井喬コレクション 7」河出書房新社 2003 p438

くるま対談―ドライブ用と通勤用は使い分けよう！（諸井誠）
　◇「安部公房全集 21」新潮社 1999 p28

車谷長吉句集 改訂増補版
　◇「車谷長吉全集 2」新書館 2010 p530

車谷長吉恋文絵 I
　◇「車谷長吉全集 2」新書館 2010 p557

車谷長吉恋文絵 II
　◇「車谷長吉全集 2」新書館 2010 p701

車谷長吉氏への25の質問
　◇「車谷長吉全集 3」新書館 2010 p469

車谷長吉氏への50の質問
　◇「車谷長吉全集 3」新書館 2010 p591

車にのった人間
　◇「小松左京全集 完全版 25」城西国際大学出版会 2009 p347

車の警笛について
　◇「吉行淳之介エッセイ・コレクション 1」筑摩書房 2004（ちくま文庫）p295

車の心
　◇「大庭みな子全集 6」日本経済新聞出版社 2009 p154

車―溝田陽風「流展」の作品から
　◇「安部公房全集 29」新潮社 2000 p294

くるま宿
　◇「松本清張短編全集 01」光文社 2008（光文社文庫）p63

車はいきもの
　◇「日影丈吉全集 別巻」国書刊行会 2005 p709

胡桃
　◇「小沼丹全集 3」未知谷 2004 p272
　◇「小沼丹全集 4」未知谷 2004 p557

「くるみが丘」書評
　◇「小沼丹全集 4」未知谷 2004 p290

胡桃に酒
　◇「司馬遼太郎短篇全集 11」文藝春秋 2006 p475

胡桃の部屋
　◇「向田邦子全集 新版 3」文藝春秋 2009 p101

クルやお前か
　◇「内田百閒集成 9」筑摩書房 2003（ちくま文庫）p202

クレヴ公爵夫人（梅田晴夫訳）
　◇「決定版 三島由紀夫全集 27」新潮社 2003 p278

クレオパトラの涙
　◇「小沼丹全集 補巻」未知谷 2005 p555

クレオールと物語の生成
　◇「[池澤夏樹]エッセー集成 2」みすず書房 2008 p19

クレオールの魂
　◇「安部公房全集 28」新潮社 2000 p365

暮れ方の光景
　◇「辻邦生全集 5」新潮社 2004 p161

暮坂
　◇「小島信夫短篇集成 8」水声社 2014 p249

呉茂一の「ぎりしあの詩人たち」評
　◇「決定版 三島由紀夫全集 29」新潮社 2003 p319

グレース
　◇「田中小実昌エッセイ・コレクション 4」筑摩書房 2003（ちくま文庫）p156

グレースの足―エリック・ロメールについてのメモ
　◇「金井美恵子エッセイ・コレクション―1964-2013 4」平凡社 2014 p478

愚劣さについて 私の文学
　◇「小島信夫批評集成 1」水声社 2011 p401

昏れてゆく風
　◇「石牟礼道子全集 10」藤原書店 2006 p225

大会場（グレート・ホール）の円蓋（ドーム）の雨
　◇「小田実全集 小説 32」講談社 2013 p35

グレート・ヤーマスへ
　◇「金井美恵子自選短篇集 砂の粒／孤独な場所で」講談社 2014（講談社文芸文庫）p208

『グレート・ワルツ』
　◇「佐々木基一全集 1」河出書房新社 2013 p114
暮れにみる「八月の鯨」
　◇「大庭みな子全集 12」日本経済新聞出版社 2010 p228
呉の映画館
　◇「田中小実昌エッセイ・コレクション 3」筑摩書房 2002（ちくま文庫）p353
呉の「とうせんば」
　◇「田中小実昌エッセイ・コレクション 3」筑摩書房 2002（ちくま文庫）p212
暮の廿一日―公衆劇団の二番目
　◇「徳田秋聲全集 19」八木書店 2000 p396
暮の街
　◇「宮本百合子全集 12」新日本出版社 2001 p377
呉・藤沢十番碁を語る〔鼎談〕（加藤信、木村義雄）
　◇「坂口安吾全集 17」筑摩書房 1999 p483
グレープフルーツ
　◇「大庭みな子全集 12」日本経済新聞出版社 2010 p34
グレープフルーツ
　◇「辺見庸掌編小説集 白版」角川書店 2004 p31
暮れゆく悪夢の九五年
　◇「小松左京全集 完全版 46」城西国際大学出版会 2016 p133
クレヨンの絵
　◇「阿川弘之全集 3」新潮社 2005 p93
クレールという女
　◇「須賀敦子全集 4」河出書房新社 2007（河出文庫）p161
黒いあこがれ―新連載について（「お嬢さん」）
　◇「決定版 三島由紀夫全集 31」新潮社 2003 p290
『黒いアテナ』の衝撃
　◇「小田実全集 評論 36」講談社 2014 p133
「黒い雨」書評
　◇「小沼丹全集 4」未知谷 2004 p291
黒い石だたみ
　◇「辻邦生全集 5」新潮社 2004 p443
黒いうねりの客
　◇「田中小実昌エッセイ・コレクション 6」筑摩書房 2003（ちくま文庫）p196
黒いエース
　◇「高城高全集 2」東京創元社 2008（創元推理文庫）p201
黒い大きなもの
　◇「大庭みな子全集 9」日本経済新聞出版社 2010 p389
黒いおじさん
　◇「都筑道夫少年小説コレクション 6」本の雑誌社 2005 p257
「黒いオルフェ」を見て
　◇「決定版 三島由紀夫全集 31」新潮社 2003 p483

黒い女たちの自画像
　◇「深沢夏衣作品集」新幹社 2015 p445
黒いカバン
　◇「小松左京全集 完全版 25」城西国際大学出版会 2017 p167
黒い鞄―林達夫
　◇「丸谷才一全集 10」文藝春秋 2014 p88
黒い河
　◇「上野壮夫全集 1」図書新聞 2010 p239
黒いクレジット・カード
　◇「小松左京全集 完全版 17」城西国際大学出版会 2012 p244
黒い潮
　◇「津村節子自選作品集 5」岩波書店 2005 p177
黒い縞馬
　◇「向田邦子全集 新版 8」文藝春秋 2009 p266
黒い汚点（しみ）
　◇「大庭みな子全集 17」日本経済新聞出版社 2010 p29
黒い砂
　◇「小島信夫短篇集成 7」水声社 2015 p391
黒い背鰭
　◇「戸川幸夫動物文学セレクション 4」ランダムハウス講談社 2008（ランダムハウス講談社文庫）p341
黒い煎餅
　◇「阿川弘之全集 10」新潮社 2006 p103
クロイツェル・ソナタ
　◇「小島信夫批評集成 5」水声社 2011 p253
クロイツベルクの若者たち
　◇「小田実全集 評論 17」講談社 2012 p97
黒い手帳
　◇「定本 久生十蘭全集 1」国書刊行会 2008 p262
黒い手帖からのサイン―佐藤優オリジナルセレクション
　◇「松本清張傑作選 黒い手帖からのサイン」新潮社 2009
黒いトランク
　◇「鮎川哲也コレクション 黒いトランク」光文社 2002（光文社文庫）p7
黒い虹
　◇「江戸川乱歩全集 9」光文社 2003（光文社文庫）p9
黒い廃墟
　◇「須賀敦子全集 3」河出書房新社 2007（河出文庫）p154
黒い花
　◇「狩久全集 1」皆進社 2013 p166
黒い花の開く蘭
　◇「決定版 三島由紀夫全集 37」新潮社 2004 p315
黒いハンカチ
　◇「小沼丹全集 1」未知谷 2004 p357
　◇「小沼丹全集 1」未知谷 2004 p386

くろい

黒い緋鯉 豊島与志雄君の断片
- ◇「内田百閒集成 17」筑摩書房 2004（ちくま文庫）p107

黒い蛇
- ◇「目取真俊短篇小説選集 3」影書房 2013 p83

黒い星の下
- ◇「辻邦生全集 16」新潮社 2005 p169

黒い炎
- ◇「小島信夫短篇集成 3」水声社 2014 p97

黒い焔
- ◇「大庭みな子全集 23」日本経済新聞出版社 2011 p323

黒い幕
- ◇「徳田秋聲全集 15」八木書店 1999 p50

黒い招き猫
- ◇「都筑道夫恐怖短篇集成 1」筑摩書房 2004（ちくま文庫）p275

黒い水脈（みお）
- ◇「中井英夫全集 6」東京創元社 1996（創元ライブラリ）p387

黒い森の筆力と可笑しさ 第114回（平成7年度下半期）芥川賞
- ◇「大庭みな子全集 24」日本経済新聞出版社 2011 p80

「黒い雪」裁判
- ◇「決定版 三島由紀夫全集 34」新潮社 2003 p433

黒い驢馬と白い山羊
- ◇「宮本百合子全集 9」新日本出版社 2001 p413

黒い輪
- ◇「徳永直文学選集」熊本出版文化会館 2008 p404

黒岩涙香
- ◇「江戸川乱歩全集 27」光文社 2004（光文社文庫）p394

玄人と素人
- ◇「大庭みな子全集 6」日本経済新聞出版社 2009 p166

グロウブ号の冒険
- ◇「井上ひさし短編中編小説集成 11」岩波書店 2015 p115
- ◇「井上ひさし短編中編小説集成 11」岩波書店 2015 p117

黒髪
- ◇「石牟礼道子全集 15」藤原書店 2012 p114

黒髪
- ◇「向田邦子全集 新版 7」文藝春秋 2009 p97

黒髪と藤の花
- ◇「瀬戸内寂聴随筆選 4」ゆまに書房 2009 p54

黒き影
- ◇「小寺菊子作品集 2」桂書房 2014 p2

黒格子の嫁
- ◇「司馬遼太郎短篇全集 3」文藝春秋 2005 p207

黒琴
- ◇「内田百閒集成 15」筑摩書房 2003（ちくま文庫）p143

黒沢明のシナリオについて
- ◇「佐々木基一全集 7」河出書房新社 2013 p213

黒澤家の秘密
- ◇「岡本綺堂探偵小説全集 2」作品社 2012 p6

黒潮に秘められた伊豆七島の謎
- ◇「小松左京全集 完全版 31」城西国際大学出版会 2008 p11

黒地の絵
- ◇「松本清張傑作選 悪党たちの懺悔録」新潮社 2009 p123
- ◇「松本清張傑作選 悪党たちの懺悔録」新潮社 2013（新潮文庫）p175

黒島の王の物語の一場面
- ◇「決定版 三島由紀夫全集 16」新潮社 2002 p251

黒塚
- ◇「中井英夫全集 2」東京創元社 1998（創元ライブラリ）p261

クロスカウンター
- ◇「小松左京全集 完全版 25」城西国際大学出版会 2017 p396

クロスワード・パズル
- ◇「決定版 三島由紀夫全集 18」新潮社 2002 p511

クロスワード・パズルでねむれない
- ◇「須賀敦子全集 3」河出書房新社 2007（河出文庫）p603

黒田英三郎・孝子宛〔書簡〕
- ◇「坂口安吾全集 16」筑摩書房 2000 p48

黒田宏治郎著『鳥たちの闇のみち』
- ◇「小檜山博全集 6」柏艪舎 2006 p78

黒田如水
- ◇「坂口安吾全集 3」筑摩書房 1999 p481

「黒田辰秋 人と作品」序
- ◇「小林秀雄全作品 26」新潮社 2004 p151
- ◇「小林秀雄全集 補巻 3」新潮社 2010 p369

黒谷の尼
- ◇「横溝正史時代小説コレクション伝奇篇 2」出版芸術社 2003 p197

黒谷村
- ◇「坂口安吾全集 1」筑摩書房 1999 p80

「クロッカスの花」（庄野潤三）書評
- ◇「小沼丹全集 4」未知谷 2004 p703

クロッキーブック
- ◇「〔野呂邦暢〕随筆コレクション 1」みすず書房 2014 p116

黒手組
- ◇「江戸川乱歩全集 1」光文社 2004（光文社文庫）p271
- ◇「江戸川乱歩全集 6」沖積舎 2007 p213

グロテスク
- ◇「〔野呂邦暢〕随筆コレクション 1」みすず書房 2014 p277

黒蜥蜴
　◇「江戸川乱歩全集 9」光文社 2003（光文社文庫）p31
　◇「江戸川乱歩全集 9」沖積舎 2008 p3
「黒蜥蜴」
　◇「決定版 三島由紀夫全集 34」新潮社 2003 p670
黒蜥蜴―三幕
　◇「決定版 三島由紀夫全集 23」新潮社 2002 p517
「黒蜥蜴」創作ノート
　◇「決定版 三島由紀夫全集 23」新潮社 2002 p645
「黒蜥蜴」について（「『黒蜥蜴』の舞台稽古……」）
　◇「決定版 三島由紀夫全集 35」新潮社 2003 p119
「黒蜥蜴」について（「『黒蜥蜴』は……」）
　◇「決定版 三島由紀夫全集 32」新潮社 2003 p40
黒蜥蜴の歌
　◇「決定版 三島由紀夫全集 37」新潮社 2004 p776
黒とかげの恋の歌
　◇「決定版 三島由紀夫全集 37」新潮社 2004 p778
黒と白のあいだ―南部での感想
　◇「小田実全集 評論 1」講談社 2010 p121
黒と白の猫
　◇「小沼丹全集 2」未知谷 2004 p9
クロード・モネの世界
　◇「辻邦生全集 19」新潮社 2005 p114
黒襟飾（ネクタイ）組の魔手
　◇「山本周五郎探偵小説全集 1」作品社 2007 p23
黒猫印猫祭り篇
　◇「向田邦子全集 新版 9」文藝春秋 2009 p161
黒猫に
　◇「中井英夫全集 10」東京創元社 2002（創元ライブラリ）p31
黒の血統
　◇「三橋一夫ふしぎ小説集成 3」出版芸術社 2005 p55
物語詩 黒の時代 九章
　◇「上野壮夫全集 1」図書新聞 2010 p259
『黒の時代』詩篇
　◇「上野壮夫全集 1」図書新聞 2010 p223
「黒の悲劇」の悲劇性
　◇「決定版 三島由紀夫全集 32」新潮社 2003 p112
黒馬車
　◇「宮本百合子全集 33」新日本出版社 2004 p452
黒光りのする堅固な散文
　◇「決定版 三島由紀夫全集 36」新潮社 2003 p211
黒檜（くろひのき）姉妹
　◇「山田風太郎ミステリー傑作選 8」光文社 2002（光文社文庫）p244
クロフツ
　◇「江戸川乱歩全集 27」光文社 2004（光文社文庫）p391
　◇「江戸川乱歩全集 30」光文社 2005（光文社文庫）p526
黒船
　◇「小松左京全集 完全版 43」城西国際大学出版会 2014 p366
黒船
　◇「吉村昭歴史小説集成 4」岩波書店 2009 p263
黒船往来
　◇「横溝正史時代小説コレクション伝奇篇 3」出版芸術社 2003 p285
九郎兵衛の最後
　◇「定本 久生十蘭全集 10」国書刊行会 2011 p325
黒幕・十時に死す
　◇「天城一傑作集 〔1〕」日本評論社 2004 p370
黒幕の条件〔鼎談〕（会田雄次、山崎正和）
　◇「小松左京全集 完全版 39」城西国際大学出版会 2012 p219
クローン・ニワトリの予兆
　◇「小松左京全集 完全版 40」城西国際大学出版会 2012 p233
加えて、消した
　◇「土屋隆夫コレクション新装版 針の誘い」光文社 2002（光文社文庫）p343
桑の木物語
　◇「〔山本周五郎〕新編傑作選 1」小学館 2010（小学館文庫）p281
桑の実
　◇「小檜山博全集 8」柏艪舎 2006 p80
桑の実
　◇「定本 久生十蘭全集 10」国書刊行会 2011 p385
桑原会自讃 談話筆記
　◇「内田百閒集成 15」筑摩書房 2003（ちくま文庫）p86
桑原学校のこと―桑原武夫
　◇「小松左京全集 完全版 41」城西国際大学出版会 2013 p282
『桑原史成写真集 水俣』
　◇「石牟礼道子全集 14」藤原書店 2008 p355
桑原武夫―京大人文研育ての親〔鼎談〕（加藤秀俊、桑原武夫）
　◇「小松左京全集 完全版 38」城西国際大学出版会 2010 p13
グヮルデイ、フェルメール、リーメンシュナイダー
　◇「佐々木基一全集 6」河出書房新社 2012 p275
喰はれた芸術
　◇「徳田秋聲全集 18」八木書店 2000 p254
群鴉幻舞
　◇「小松左京全集 完全版 27」城西国際大学出版会 2007 p176
「軍拡」を抑えて「軍縮」を
　◇「小田実全集 評論 29」講談社 2013 p189
軍艦
　◇「定本 久生十蘭全集 4」国書刊行会 2009 p381

くんか

軍艦と恋
◇「小田実全集 小説 38」講談社 2013 p159

軍艦長門の生涯 上
◇「阿川弘之全集 7」新潮社 2006 p7

軍艦長門の生涯 下
◇「阿川弘之全集 8」新潮社 2006 p7

軍艦ポルカ
◇「阿川弘之全集 4」新潮社 2005 p297

群疑
◇「松本清張傑作選 黒い手帖からのサイン」新潮社 2009 p173
◇「松本清張傑作選 黒い手帖からのサイン」新潮社 2013（新潮文庫）p245

薫香
◇「石牟礼道子全集 15」藤原書店 2012 p20

軍事施設が主役に
◇「小松左京全集 完全版 42」城西国際大学出版会 2014 p188

軍師二人
◇「司馬遼太郎短篇全集 7」文藝春秋 2005 p571

群集の中のロビンソン
◇「江戸川乱歩全集 24」光文社 2005（光文社文庫）p417
◇「江戸川乱歩全集 30」光文社 2005（光文社文庫）p133

群集の中のロビンソン・クルーソー
◇「江戸川乱歩全集 25」光文社 2005（光文社文庫）p137

群集の人
◇「坂口安吾全集 1」筑摩書房 1999 p262

軍需景気
◇「内田百閒集成 7」筑摩書房 2003（ちくま文庫）p203

勲章
◇「徳田秋聲全集 18」八木書店 2000 p26

『勲章』序に代へて
◇「徳田秋聲全集 別巻」八木書店 2006 p94

君臣水魚
◇「国枝史郎歴史小説傑作選」作品社 2006 p419

軍人の話
◇「小林秀雄全作品 10」新潮社 2003 p195
◇「小林秀雄全集 補巻 1」新潮社 2010 p534

燻製鮭の「カマ」を売る店
◇「林京子全集 8」日本図書センター 2005 p163

軍曹かく、戦わず
◇「立松和平全小説 24」勉誠出版 2014 p159

「群像」新人評論選後感
◇「小林秀雄全集 補巻 2」新潮社 2010 p353

群像新人文学賞
◇「丸谷才一全集 12」文藝春秋 2014 p362

軍装と野良着
◇「定本 久生十蘭全集 10」国書刊行会 2011 p111

軍隊が中心にある社会
◇「小田実全集 評論 29」講談社 2013 p18

軍隊時代
◇「小島信夫批評集成 2」水声社 2011 p183

軍隊で陣中日記係り
◇「日影丈吉全集 別巻」国書刊行会 2005 p706

軍隊の問題、あるいは、「米軍解体」
◇「小田実全集 評論 20」講談社 2012 p66
◇「小田実全集 評論 33」講談社 2013 p236

軍隊は国民を守ってくれない
◇「井上ひさしコレクション 日本の巻」岩波書店 2005 p154

「軍団国家」としての日本
◇「小田実全集 評論 25」講談社 2012 p71

群蝶の木
◇「目取真俊短篇小説選集 3」影書房 2013 p205

群盗哄笑
◇「田村泰次郎選集 3」日本図書センター 2005 p94

軍の獨走について
◇「福田恆存評論集 7」麗澤大學出版會, 廣池學園事業部〔発売〕 2008 p306

群馬調教
◇「田村泰次郎選集 4」日本図書センター 2005 p103

「軍服」を着た「文明」と「正義」
◇「小田実全集 評論 11」講談社 2011 p65

軍服を着る男の条件
◇「決定版 三島由紀夫全集 35」新潮社 2003 p298

君命を辱めず
◇「阿川弘之全集 19」新潮社 2007 p488

群盲有罪 事務的な書きかた
◇「徳田秋聲全集 21」八木書店 2001 p381

【け】

慶安御前試合
◇「隆慶一郎全集 19」新潮社 2010 p67
◇「隆慶一郎短編全集 1」日本経済新聞出版社 2014（日経文芸文庫）p74

頸縊上人と入水上人
◇「小酒井不木随筆評論選集 5」本の友社 2004 p333

軽演劇の時間
◇「井上ひさしコレクション ことばの巻」岩波書店 2005 p395

慶応三年
◇「丸谷才一全集 9」文藝春秋 2013 p48

慶応三年から大正五年まで
◇「丸谷才一全集 9」文藝春秋 2013 p48

けいし

慶応長崎事件
　◇「司馬遼太郎短篇全集 9」文藝春秋 2005 p43
警官には名前がない・徒党をくんで強訴する
　◇「小田実全集 評論 7」講談社 2010 p278
軽金属の天使
　◇「決定版 三島由紀夫全集 32」新潮社 2003 p141
警句ではとらえられない―ロカビリーをみる
　◇「安部公房全集 8」新潮社 1998 p279
K・K氏の手ぶり
　◇「小島信夫短篇集成 8」水声社 2014 p411
經驗としての讀書
　◇「福田恆存評論集 10」麗澤大學出版會, 廣池學園事業部〔發売〕2008 p371
傾向と対策
　◇「井上ひさしコレクション 日本の巻」岩波書店 2005 p64
敬語について
　◇「福田恆存評論集 10」麗澤大學出版會, 廣池學園事業部〔發売〕2008 p310
慶子の縁談
　◇「德田秋聲全集 14」八木書店 2000 p138
稽古場と舞台の間
　◇「谷崎潤一郎全集 9」中央公論新社 2017 p425
稽古場にて―安部公房・千田是也両氏にきく
　◇「安部公房全集 8」新潮社 1998 p356
稽古場のコクトオ
　◇「決定版 三島由紀夫全集 31」新潮社 2003 p536
敬語論
　◇「坂口安吾全集 6」筑摩書房 1998 p561
経済学、二つの流れ（加藤秀俊、中山伊知郎）
　◇「小松左京全集 完全版 38」城西国際大学出版会 2010 p199
「経済化」「政治化」された倫理と論理
　◇「小田実全集 評論 23」講談社 2012 p358
「経済大国」から「人間の国」へ
　◇「小田実全集 評論 22」講談社 2012 p247
「経済大国」のどんづまりで
　◇「小田実全集 評論 22」講談社 2012 p149
警察発表
　◇「20世紀断層―野坂昭如単行本未収録小説集成 5」幻戯書房 2010 p526
計算が示すこの害―豊前発電所に反対する
　◇「松下竜一未刊行著作集 4」海鳥社 2008 p113
"計算機戦争"の限界
　◇「小田実全集 評論 5」講談社 2010 p373
慶事を喜ぶ―大江健三郎
　◇「丸谷才一全集 10」文藝春秋 2014 p331
形式について
　◇「佐々木基一全集 2」河出書房新社 2013 p159
形式に就て
　◇「上野壮夫全集 3」図書新聞 2011 p67

形式の好きな日本人
　◇「大庭みな子全集 3」日本経済新聞出版社 2009 p346
軽視される強震動観測
　◇「小松左京全集 完全版 46」城西国際大学出版会 2016 p68
警視総監賞
　◇「向田邦子全集 新版 8」文藝春秋 2009 p110
芸者になった人妻の話
　◇「坂口安吾全集 11」筑摩書房 1998 p439
慶州
　◇「小林秀雄全作品 12」新潮社 2003 p176
　◇「小林秀雄全集 補巻 2」新潮社 2010 p135
『藝術一家言』
　◇「谷崎潤一郎全集 9」中央公論新社 2017 p351
藝術一家言
　◇「谷崎潤一郎全集 9」中央公論新社 2017 p353
〈芸術運動をはばむガンはなにか〉「記録芸術の会」のアンケートに答えて
　◇「安部公房全集 7」新潮社 1998 p341
芸術運動における総合化の意味〔座談会〕（花田清輝, 湯地朝雄, 武井昭夫）
　◇「安部公房全集 15」新潮社 1998 p105
芸術運動の新しい方向―批評精神の組織〔座談会〕（大西巨人, 武井昭夫, 針生一郎）
　◇「安部公房全集 11」新潮社 1998 p241
藝術をすら疑ふといふ氣持
　◇「福田恆存評論集 9」麗澤大學出版會, 廣池學園事業部〔發売〕2008 p173
芸術を大衆の手へ
　◇「安部公房全集 2」新潮社 1997 p203
芸術家であることの意味―タルコフスキー・ファイルIN「サクリファイス」
　◇「辻邦生全集 19」新潮社 2005 p377
芸術家と国語
　◇「宮本百合子全集 9」新日本出版社 2001 p132
芸術家の仕事
　◇「安部公房全集 3」新潮社 1997 p176
芸術家の人間条件
　◇「石川淳コレクション 3」筑摩書房 2007（ちくま文庫）p181
芸術家の変質
　◇「佐々木基一全集 2」河出書房新社 2013 p84
芸術家の観たる『夏の女』
　◇「德田秋聲全集 19」八木書店 2000 p412
芸術が必要とする科学
　◇「宮本百合子全集 12」新日本出版社 2001 p190
芸術家部落―グリニッチ・ヴィレッジの午後
　◇「決定版 三島由紀夫全集 32」新潮社 2003 p473
芸術狐
　◇「決定版 三島由紀夫全集 19」新潮社 2002 p185

けいし

芸術座の第一回興行を観て
  ◇「徳田秋聲全集 19」八木書店 2000 p343
藝術至上主義について
  ◇「福田恆存評論集 5」麗澤大學出版會, 廣池學園事業部〔発売〕2008 p318
芸術・思想・生活
  ◇「佐々木基一全集 2」河出書房新社 2013 p386
芸術時代の終わり―戦後文学再説
  ◇「佐々木基一全集 3」河出書房新社 2013 p442
芸術時評
  ◇「決定版 三島由紀夫全集 28」新潮社 2003 p334
芸術修養とは?
  ◇「徳田秋聲全集 21」八木書店 2001 p359
芸術上の天才について
  ◇「小林秀雄全作品 13」新潮社 2003 p157
  ◇「小林秀雄全集 補卷 2」新潮社 2010 p183
芸術断想
  ◇「決定版 三島由紀夫全集 32」新潮社 2003 p494
芸術的課題と政治的課題の統一―「石の語る日」
  ◇「安部公房全集 15」新潮社 1998 p61
芸術的価値
  ◇「上野壮夫全集 3」図書新聞 2011 p99
芸術と言葉
  ◇「安部公房全集 8」新潮社 1998 p337
芸術と実行、其他
  ◇「徳田秋聲全集 19」八木書店 2000 p168
芸術としての映画
  ◇「佐々木基一全集 7」河出書房新社 2013 p13
芸術としての探偵小説
  ◇「野村胡堂探偵小説全集」作品社 2007 p433
芸術と政治―安保訪中公演をめぐって
  ◇「福田恆存評論集 5」麗澤大學出版會, 廣池學園事業部〔発売〕2008 p102
芸術と大衆
  ◇「佐々木基一全集 2」河出書房新社 2013 p20
藝術とはなにか
  ◇「福田恆存評論集 2」麗澤大學出版會, 廣池學園事業部〔発売〕2009 p257
藝術とはなにか―結論として
  ◇「福田恆存評論集 2」麗澤大學出版會, 廣池學園事業部〔発売〕2009 p361
芸術にエロスは必要か
  ◇「決定版 三島由紀夫全集 28」新潮社 2003 p481
藝術の一種として見たる殺人に就いて〔翻訳〕(デ・クインジー)
  ◇「谷崎潤一郎全集 14」中央公論新社 2016 p367
芸術の運命
  ◇「安部公房全集 2」新潮社 1997 p334
芸術の「面白さ」に就て
  ◇「上野壮夫全集 3」図書新聞 2011 p64

芸術の革命―芸術運動の理論
  ◇「安部公房全集 11」新潮社 1998 p457
芸術の革命―現代文学の課題
  ◇「安部公房全集 9」新潮社 1998 p247
芸術の可能性を切り開く
  ◇「安部公房全集 26」新潮社 1999 p427
芸術の機能
  ◇「佐々木基一全集 2」河出書房新社 2013 p183
「芸術の形式と秩序」 伊藤整にそって
  ◇「小島信夫批評集成 8」水声社 2010 p335
芸術の源泉
  ◇「徳田秋聲全集 23」八木書店 2001 p237
芸術の社会的基盤〔対談〕(堤清二)
  ◇「安部公房全集 25」新潮社 1999 p365
芸術の新鮮味 作品の本質について
  ◇「徳田秋聲全集 21」八木書店 2001 p151
芸術の生命
  ◇「佐々木基一全集 2」河出書房新社 2013 p345
藝術の轉落
  ◇「福田恆存評論集 2」麗澤大學出版會, 廣池學園事業部〔発売〕2009 p67
芸術の発生
  ◇「佐々木基一全集 2」河出書房新社 2013 p193
芸術の分野
  ◇「徳田秋聲全集 21」八木書店 2001 p212
"芸術の女神"にいひ分あり―50点主義
  ◇「決定版 三島由紀夫全集 27」新潮社 2003 p168
藝術派を自任する二つの劇團
  ◇「福田恆存評論集 11」麗澤大學出版會, 廣池學園事業部〔発売〕2009 p74
芸術ばやり―風俗時評
  ◇「決定版 三島由紀夫全集 28」新潮社 2003 p44
芸術批評について〔座談会〕(小林秀雄, 吉川逸治, 吉田秀和)
  ◇「福田恆存対談・座談集 1」玉川大学出版部 2011 p341
『芸術論ノート』増補改訂版刊行に際して
  ◇「佐々木基一全集 10」河出書房新社 2013 p762
『芸術論ノート』(I, II) あとがき
  ◇「佐々木基一全集 10」河出書房新社 2013 p761
芸術は必要である 労働運動の展望
  ◇「安部公房全集 15」新潮社 1998 p416
迎春の辞
  ◇「内田百閒集成 5」筑摩書房 2003 (ちくま文庫) p157
刑場跡にて
  ◇「辺見庸掌編小説集 黒版」角川書店 2004 p76
刑場エピソード
  ◇「小酒井不木随筆評論選集 4」本の友社 2004 p102
K書房主人
  ◇「〔野呂邦暢〕随筆コレクション 1」みすず書房

鷄声
　◇「内田百閒集成 16」筑摩書房 2004（ちくま文庫）p128
傾城将棋
　◇「山田風太郎妖異小説コレクション 妖説忠臣蔵・女人国伝奇」徳間書店 2004（徳間文庫）p341
形相学あるいは基礎的「認識モデル」としての生物学について
　◇「小松左京全集 完全版 31」城西国際大学出版会 2008 p299
計測震度計に「航空電子工学」が
　◇「小松左京全集 完全版 46」城西国際大学出版会 2016 p71
軽率な言文一致論
　◇「福田恆存評論集 10」麗澤大學出版會, 廣池學園事業部〔発売〕2008 p332
形態
　◇「田村泰次郎選集 1」日本図書センター 2005 p39
携帯電話
　◇「小檜山博全集 7」柏艪舎 2006 p215
携帯用
　◇「決定版 三島由紀夫全集 18」新潮社 2002 p467
藝談
　◇「谷崎潤一郎全集 16」中央公論新社 2016 p457
ケイダンレンにデモをしよう
　◇「小田実全集 評論 8」講談社 2011 p130
経団連「松の廊下」
　◇「山崎豊子全集 第2期 第2期1」新潮社 2014 p343
経と緯
　◇「決定版 三島由紀夫全集 28」新潮社 2003 p54
芸道への誘い
　◇「宮城谷昌光全集 21」文藝春秋 2004 p275
芸道地に堕つ
　◇「坂口安吾全集 別巻」筑摩書房 2012 p10
芸道と小説 秋声の発見 五
　◇「小島信夫批評集成 8」水声社 2010 p415
K―通りのまっ白い卓子
　◇「小田実全集 小説 32」講談社 2013 p23
鶏肉―ブロイラー、年間六億八百万羽
　◇「小松左京全集 完全版 40」城西国際大学出版会 2012 p205
芸について 対談（永井龍男）
　◇「小林秀雄作品 26」新潮社 2004 p30
　◇「小林秀雄全集 補巻 3」新潮社 2010 p347
芸人たち
　◇「色川武大・阿佐田哲也エッセイズ 2」筑摩書房 2003（ちくま文庫）p43
芸人の子
　◇「宮本百合子全集 32」新日本出版社 2003 p68
芸能
　◇「色川武大・阿佐田哲也エッセイズ 2」筑摩書房 2003（ちくま文庫）

Kの昇天―或はKの溺死
　◇「梶井基次郎小説全集新装版」沖積舎 1995 p159
Kの話その他
　◇〔野呂邦暢〕随筆コレクション 1」みすず書房 2014 p409
競馬への望郷―旅路の果て
　◇「寺山修司著作集 4」クインテッセンス出版 2009 p105
競馬詩集
　◇「寺山修司著作集 1」クインテッセンス出版 2009 p396
閨閥の力学〔鼎談〕（会田雄次, 山崎正和）
　◇「小松左京全集 完全版 39」城西国際大学出版会 2012 p242
競馬の話
　◇「中戸川吉二作品集」勉誠出版 2013 p397
ゲイ・バーの憂鬱―アメリカ社会の底
　◇「小田実全集 評論」講談社 2010 p43
競馬ファンだった頃
　◇「色川武大・阿佐田哲也エッセイズ 1」筑摩書房 2003（ちくま文庫）p298
競馬放浪記
　◇「色川武大・阿佐田哲也エッセイズ 1」筑摩書房 2003（ちくま文庫）p304
軽飛行機でながめる大中部圏の地勢
　◇「小松左京全集 完全版 29」城西国際大学出版会 2007 p52
迎賓之辞
　◇「内田百閒集成 10」筑摩書房 2003（ちくま文庫）p275
軽蔑したドストエフスキイ
　◇「中上健次集 5」インスクリプト 2015 p249
軽便鉄道沿線
　◇「決定版 三島由紀夫全集 37」新潮社 2004 p581
芸・滅びぬ技
　◇「瀬戸内寂聴随筆選 3」ゆまに書房 2009
継母論
　◇「徳田秋聲全集 21」八木書店 2001 p341
桂馬
　◇「寺山修司著作集 4」クインテッセンス出版 2009 p35
桂馬の幻想
　◇「坂口安吾全集 15」筑摩書房 1999 p105
鶏鳴
　◇「内田百閒集成 15」筑摩書房 2003（ちくま文庫）p43
契約
　◇「鈴木いづみコレクション 3」文遊社 1996 p201
　◇「鈴木いづみプレミアム・コレクション」文遊社 2006 p53
　◇「契約―鈴木いづみSF全集」文遊社 2014 p291
鶏卵―採卵鶏、一億四千五百万羽
　◇「小松左京全集 完全版 40」城西国際大学出版会 2012 p204

けいり

ケイリー・グラントとゲイリー・クーパーの唇はどちらが官能的なのだろうか
　◇「金井美恵子エッセイ・コレクション―1964-2013 4」平凡社 2014 p340

ケイリー・グラントの魅力
　◇「金井美恵子エッセイ・コレクション―1964-2013 4」平凡社 2014 p337

競輪事件写真提出願
　◇「坂口安吾全集 16」筑摩書房 2000 p477

競輪事件審議の委任状
　◇「坂口安吾全集 16」筑摩書房 2000 p483

〔競輪事件顛末記〕
　◇「坂口安吾全集 15」筑摩書房 1999 p700

〔競輪不正事件その後〕
　◇「坂口安吾全集 15」筑摩書房 1999 p676

ゲオン「モーツァルトとの散歩」
　◇「小林秀雄全集 補巻 3」新潮社 2010 p388

外科医の傑作〔翻訳〕（ピタロ、エヴァ）
　◇「アンドロギュノスの裔 渡辺温全集」東京創元社 2011（創元推理文庫）p451

"化外の地"東北地方の謎
　◇「小松左京全集 完全版 31」城西国際大学出版会 2008 p66

下界の夢
　◇「石牟礼道子全集 15」藤原書店 2012 p215

ケガをしてくる
　◇「金井美恵子エッセイ・コレクション―1964-2013 2」平凡社 2013 p52

外科手術の今昔
　◇「小酒井不木随筆評論選集 6」本の友社 2004 p62

ケガの親指にバンソウコウのチョンボは創作なのだ
　◇「吉行淳之介エッセイ・コレクション 1」筑摩書房 2004（ちくま文庫）p158

「汚れ」崇拝
　◇「小松左京全集 完全版 29」城西国際大学出版会 2007 p319

毛皮獣養殖場―最も貴重な「外貨獲得動物」、クロテン
　◇「小松左京全集 完全版 43」城西国際大学出版会 2014 p245

毛皮のマリー――La Marie-Vison
　◇「寺山修司著作集 3」クインテッセンス出版 2009 p151

下巻あとがき〔歴史と文明の旅〕
　◇「小松左京全集 完全版 32」城西国際大学出版会 2008 p262

檄
　◇「決定版 三島由紀夫全集 36」新潮社 2003 p402

劇画における若者論
　◇「決定版 三島由紀夫全集 36」新潮社 2003 p53

劇作の趣向
　◇「井上ひさしコレクション ことばの巻」岩波書店 2005 p344

劇作家郷田悳（大阪の人）
　◇「田中志津全作品集 下巻」武蔵野書院 2013 p232

劇作家のみたニッポン〔対談〕（テネシー・ウィリアムズ）
　◇「決定版 三島由紀夫全集 39」新潮社 2004 p328

劇写―明治大正文学全集 篠山紀信
　◇「向田邦子全集 新版 6」文藝春秋 2009 p171

劇場
　◇「小松左京全集 完全版 23」城西国際大学出版会 2015 p130

劇場へ
　◇「寺山修司著作集 4」クインテッセンス出版 2009 p88

"劇場"を"廃墟"とする前に〔対談〕（川口松太郎）
　◇「福田恆存対談・座談集 6」玉川大学出版部 2012 p407

劇場の機知
　◇「井上ひさしコレクション 日本の巻」岩波書店 2005 p211

劇場の設備に対する希望
　◇「谷崎潤一郎全集 2」中央公論新社 2016 p465

劇場より
　◇「徳田秋聲全集 20」八木書店 2001 p64

劇場論（抄）
　◇「寺山修司著作集 5」クインテッセンス出版 2009 p370

劇壇に直言す〔座談会〕（大岡昇平、神西清、中村光夫、三島由紀夫）
　◇「福田恆存対談・座談集 5」玉川大学出版部 2012 p49

劇団「笑う妖魔」
　◇「山本周五郎探偵小説全集 1」作品社 2007 p332

劇的光景
　◇「徳田秋聲全集 20」八木書店 2001 p135

劇的情感の構図
　◇「辻邦生全集 18」新潮社 2005 p392

劇的精神復権のすすめ〔対談〕（山崎正和）
　◇「小松左京全集 完全版 35」城西国際大学出版会 2009 p276

劇と小説について
　◇「小島信夫批評集成 1」水声社 2011 p347

劇と生活
　◇「徳田秋聲全集 21」八木書店 2001 p70

劇評家の退廃（六月二十九日）
　◇「福田恆存評論集 18」麗澤大學出版會, 廣池學園事業部〔発売〕2010 p169

檄文隈ノ會結成に寄せて
　◇「中上健次集 4」インスクリプト 2016 p411

激流―渋沢栄一の若き日
　◇「大佛次郎セレクション第3期 激流」未知谷 2009 p3

激烈なるもの
　◇「小島信夫批評集成 7」水声社 2011 p19
解夏宵行
　◇「内田百閒集成 6」筑摩書房 2003（ちくま文庫）p52
戯作
　◇「丸谷才一全集 9」文藝春秋 2013 p230
戯作者文学論―平野謙へ・手紙に代へて
　◇「坂口安吾全集 4」筑摩書房 1998 p397
戯作者銘々伝
　◇「井上ひさし短編中編小説集成 9」岩波書店 2015 p293
戯作の真骨頂―山田風太郎
　◇「小松左京全集 完全版 41」城西国際大学出版会 2013 p232
今朝の雪
　◇「宮本百合子全集 5」新日本出版社 2001 p456
今朝冬
　◇「内田百閒集成 18」筑摩書房 2004（ちくま文庫）p21
消された女
　◇「小松左京全集 完全版 13」城西国際大学出版会 2008 p155
消印のないハガキ
　◇「小檜山博全集 4」柏艪舎 2006 p424
景色
　◇「大庭みな子全集 8」日本経済新聞出版社 2009 p386
ケシキ調べ
　◇「小田実全集 小説 12」講談社 2011 p251
ゲジゲジのように！
　◇「安部公房全集 12」新潮社 1998 p235
消しゴム
　◇「寺山修司著作集 1」クインテッセンス出版 2009 p479
　◇「寺山修司著作集 4」クインテッセンス出版 2009 p60
消しゴム
　◇「向田邦子全集 新版 6」文藝春秋 2009 p257
消しゴムで書く―私の文学
　◇「安部公房全集 20」新潮社 1999 p86
消ゴムの唄
　◇「中井英夫全集 10」東京創元社 2002（創元ライブラリ）p140
夏至近く
　◇「稲垣足穂コレクション 1」筑摩書房 2005（ちくま文庫）p100
芥子粒夫人―太田綾子氏にきく
　◇「定本 久生十蘭全集 10」国書刊行会 2011 p72
下宿屋
　◇「徳田秋聲全集 9」八木書店 1998 p191
化粧
　◇「小檜山博全集 3」柏艪舎 2006 p448

『化粧』
　◇「中上健次集 2」インスクリプト 2018 p223
化粧
　◇「中上健次集 2」インスクリプト 2018 p305
化粧品チェーン・ストア制度の顔
　◇「金井美恵子エッセイ・コレクション―1964-2013 1」平凡社 2013 p267
化身
　◇「大庭みな子全集 9」日本経済新聞出版社 2010 p341
〈けづりたわめられた〉
　◇「安部公房全集 2」新潮社 1997 p217
削る力を 第31回文藝賞
　◇「大庭みな子全集 24」日本経済新聞出版社 2011 p92
ケ・セラ・セラ
　◇「小島信夫短篇集成 3」水声社 2014 p123
ケ・セラセラ
　◇「寺山修司著作集 1」クインテッセンス出版 2009 p458
気仙沼の宿にて 昭和五十八年四月二十九日
　◇「田中志津全作品集 下巻」武蔵野書院 2013 p230
懸想人
　◇「国枝史郎伝奇短篇小説集成 2」作品社 2006 p112
下駄
　◇「向田邦子全集 新版 3」文藝春秋 2009 p139
解脱
　◇「清水アリカ全集」河出書房新社 2011 p472
下駄の上の卵酒―酒中日記1
　◇「向田邦子全集 新版 9」文藝春秋 2009 p89
けだものたち
　◇「小松左京全集 完全版 25」城西国際大学出版会 2017 p199
ケダモノと武器
　◇「坂口安吾全集 13」筑摩書房 1999 p443
下駄や鉄鍋がぶかぶか
　◇「石牟礼道子全集 17」藤原書店 2012 p524
読書随想 下段の本
　◇「林京子全集 7」日本図書センター 2005 p450
ケチ合戦―狐狸庵対ドクトル・マンボウ
　◇「遠藤周作エッセイ選集 3」光文社 2006（知恵の森文庫）p139
ケチな男との交際はやめるべきか
　◇「小松左京全集 完全版 34」城西国際大学出版会 2009 p54
血液幻想
　◇「日影丈吉全集 別巻」国書刊行会 2005 p232
血液による親子の鑑別
　◇「小酒井不木随筆評論選集 4」本の友社 2004 p347
血液に依る若返り法
　◇「小酒井不木随筆評論選集 5」本の友社 2004

けつえ

p431

血液の不思議
　◇「小酒井不木随筆評論選集 7」本の友社 2004 p94

結果がすべてではない
　◇「安部公房全集 25」新潮社 1999 p127

結核とたたかう人びと
　◇「松田解子自選集 8」澤田出版 2008 p109

月下の彦士（げんし）
　◇「宮城谷昌光全集 2」文藝春秋 2003 p63

月下の鉄棒
　◇「20世紀断層—野坂昭如単行本未収録小説集成 3」幻戯書房 2010 p416

決議文
　◇「松下竜一未刊行著作集 1」海鳥社 2008 p88

結局はD・Wグリフィス以来の古典的なカット割りこそ最も映画的な真髄なのです。と、トリュフォーは語る
　◇「金井美恵子エッセイ・コレクション—1964-2013 4」平凡社 2014 p189

月桂樹
　◇「小沼丹全集 4」未知谷 2004 p58

月光
　◇「松本清張初文庫化作品集 4」双葉社 2006（双葉文庫）p37

月光仮面
　◇「寺山修司著作集 4」クインテッセンス出版 2009 p292

月光騎手
　◇「稲垣足穂コレクション 2」筑摩書房 2005（ちくま文庫）p240

月光曲
　◇「德田秋聲全集 42」八木書店 2003 p111

『月光曲』〔作者のことば〕
　◇「德田秋聲全集 別巻」八木書店 2006 p128

月光クラブ
　◇「立松和平全小説 15」勉誠出版 2011 p71

月光月影—華麗に、また、強靱に
　◇「小田実全集 小説 31」講談社 2013 p49

月光と硫酸
　◇「定本 久生十蘭全集 3」国書刊行会 2009 p255

月光のさざ波
　◇「立松和平全小説 19」勉誠出版 2013 p281

月光の背中
　◇「石牟礼道子全集 17」藤原書店 2012 p502

月光の箱
　◇「中井英夫全集 5」東京創元社 2002（創元ライブラリ）p499

月光密輸人
　◇「稲垣足穂コレクション 1」筑摩書房 2005（ちくま文庫）p368

月光浴
　◇「中井英夫全集 6」東京創元社 1996（創元ライブラリ）p594

血痕
　◇「小檜山博全集 1」柏艪舎 2006 p287

結婚相手
　◇「小檜山博全集 7」柏艪舎 2006 p301

結婚相手の性行を知る最善の方法
　◇「宮本百合子全集 9」新日本出版社 2001 p58

結婚を阻むもの
　◇「深田夏衣作品集」新幹社 2015 p429

結婚概念の打破
　◇「決定版 三島由紀夫全集 28」新潮社 2003 p519

結婚式
　◇「大庭みな子全集 12」日本経済新聞出版社 2010 p302

結婚式
　◇「小檜山博全集 4」柏艪舎 2006 p455

結婚生活とは人生そのものだ
　◇「遠藤周作エッセイ選集 1」光文社 2006（知恵の森文庫）p116

結婚生活の存続〔対談〕（高橋たか子）
　◇「大庭みな子全集 21」日本経済新聞社 2011 p57

結婚制度〔対談〕（高橋たか子）
　◇「大庭みな子全集 21」日本経済新聞社 2011 p54

結婚前駆症—佐藤美子さんと語る
　◇「定本 久生十蘭全集 10」国書刊行会 2011 p47

結婚って本当はなんなの？
　◇「小松左京全集 完全版 34」城西国際大学出版会 2009 p131

結婚と夫婦生活の合理化座談会（広津和郎、片岡鉄兵、石浜知行、長谷川時雨、正木不如丘、吉井とく子、藤原秋子、原田実、佐佐木茂索、菊池寛）
　◇「德田秋聲全集 25」八木書店 2001 p128

結婚難
　◇「德田秋聲全集 28」八木書店 2002 p214

『結婚難』はしがき
　◇「德田秋聲全集 別巻」八木書店 2006 p84

結婚に関し、レークジョージ、雑
　◇「宮本百合子全集 20」新日本出版社 2002 p288

結婚に際して親子の意見が相違した場合は
　◇「宮本百合子全集 9」新日本出版社 2001 p263

結婚について
　◇「安部公房全集 5」新潮社 1997 p407

結婚について
　◇「福田恆存評論集 17」麗澤大学出版會、廣池學園事業部〔発売〕2010 p140

結婚の生態
　◇「宮本百合子全集 15」新日本出版社 2001 p143

結婚の生態と作者の生活
　◇「坂口安吾全集 3」筑摩書房 1999 p54

結婚の相談
　◇「辻邦生全集 16」新潮社 2005 p326

結婚の人間関係〔対談〕(高橋たか子)
　◇「大庭みな子全集 21」日本経済新聞出版社 2011 p70
結婚の練習
　◇「狩久全集 1」皆進社 2013 p335
結婚まで(野茨を改題)
　◇「徳田秋聲全集 31」八木書店 2003 p146
結婚問題に就て考慮する迄
　◇「宮本百合子全集 20」新日本出版社 2002 p285
結婚余談
　◇「徳田秋聲全集 22」八木書店 2001 p342
結婚ラプソディ
　◇「野村胡堂伝奇幻想小説集成」作品社 2009 p213
結婚論の性格
　◇「宮本百合子全集 15」新日本出版社 2001 p247
決しかねる
　◇「徳田秋聲全集 15」八木書店 1999 p166
血史ケルレン城
　◇「山本周五郎探偵小説全集 6」作品社 2008 p6
結
　◇「宮本百合子全集 16」新日本出版社 2002 p120
血笑花
　◇「都筑道夫時代小説コレクション 3」戎光祥出版 2014（戎光祥時代小説名作館）p304
結晶星団
　◇「小松左京全集 完全版 18」城西国際大学出版会 2013 p325
月食
　◇「金鶴泳作品集 2」クレイン 2006 p429
月蝕領映画館―偏愛的映画論
　◇「中井英夫全集 12」東京創元社 2006（創元ライブラリ）p7
月蝕領宣言
　◇「中井英夫全集 9」東京創元社 2003（創元ライブラリ）p7
月蝕領ふうな欠落
　◇「中井英夫全集 12」東京創元社 2006（創元ライブラリ）p28
月蝕領崩壊
　◇「中井英夫全集 9」東京創元社 2003（創元ライブラリ）p509
月世界へ来た不思議な旅人
　◇「日影丈吉全集 別巻」国書刊行会 2005 p741
「月世界」紀行―「文化大使」メキシコへ赴任
　◇「小田実全集 評論 1」講談社 2010 p137
決戦ホンダ書店
　◇「井上ひさし短編中編小説集成 10」岩波書店 2015 p538
決断
　◇「小松左京全集 完全版 36」城西国際大学出版会 2011 p282

決断
　◇「吉行淳之介エッセイ・コレクション 1」筑摩書房 2004（ちくま文庫）p142
決断、選択、行為
　◇「小田実全集 評論 16」講談社 2012 p62
月澹荘綺譚
　◇「決定版 三島由紀夫全集 20」新潮社 2002 p315
決闘
　◇「坂口安吾全集 5」筑摩書房 1998 p512
ゲットのことなど―ローマからの手紙
　◇「須賀敦子全集 2」河出書房新社 2006（河出文庫）p533
ゲットの広場
　◇「須賀敦子全集 3」河出書房新社 2007（河出文庫）p406
訣別
　◇「小檜山博全集 2」柏艪舎 2006 p377
《訣別》作者よりのお願い
　◇「狩久全集 1」皆進社 2013 p282
訣別―副題 第二のラヴレター
　◇「狩久全集 1」皆進社 2013 p263
結末
　◇「安部公房全集 7」新潮社 1998 p430
月曜日の記憶
　◇「辻邦生全集 6」新潮社 2004 p109
結論をいそがないで
　◇「宮本百合子全集 19」新日本出版社 2002 p231
ゲーテ、カフカ 芸術家は誘惑者
　◇「小島信夫批評集成 8」水声社 2010 p290
ケーテ・コルヴィッツの画業
　◇「宮本百合子全集 15」新日本出版社 2001 p205
げてもの
　◇「小檜山博全集 7」柏艪舎 2006 p190
解毒剤としての安吾
　◇「小島信夫批評集成 7」水声社 2011 p47
化人幻戯
　◇「江戸川乱歩全集 17」光文社 2005（光文社文庫）p209
　◇「江戸川乱歩全集 16」沖積舎 2009 p3
ケネス・マクセイ「ドイツ装甲師団とグデーリアン」
　◇〔野呂邦暢〕随筆コレクション 2」みすず書房 2014 p397
ケネディの死(十一月二十九日)
　◇「福田恆存評論集 18」麗澤大學出版會, 廣池学園事業部〔発売〕2010 p95
下の番叙景
　◇「決定版 三島由紀夫全集 26」新潮社 2003 p38
毛の指環
　◇「宮本百合子全集 3」新日本出版社 2001 p524
けんガ淵
　◇「古井由吉自撰作品 7」河出書房新社 2012 p155

けはい

気配 第32回文藝賞
　◇「大庭みな子全集 24」日本経済新聞出版社 2011 p93
気配たちの賑わい
　◇「石牟礼道子全集 6」藤原書店 2006 p106
ゲバラのはやり、そして、現在の世界について
　◇「小田実全集 評論 25」講談社 2012 p186
仮病
　◇「小島信夫短篇集成 6」水声社 2015 p39
下品な連中
　◇「小松左京全集 完全版 25」城西国際大学出版会 2017 p320
外法仏
　◇「司馬遼太郎短篇全集 3」文藝春秋 2005 p51
毛虫
　◇「小沼丹全集 補巻」未知谷 2005 p505
けむり
　◇「大庭みな子全集 4」日本経済新聞出版社 2009 p374
けむり
　◇「徳田秋聲全集 12」八木書店 2000 p102
煙
　◇「小沼丹全集 3」未知谷 2004 p417
煙
　◇「林京子全集 3」日本図書センター 2005 p74
煙が目にしみる
　◇「鈴木いづみセカンド・コレクション 2」文遊社 2004 p129
　◇「契約―鈴木いづみSF全集」文遊社 2014 p341
煙の尾
　◇「内田百閒集成 12」筑摩書房 2003（ちくま文庫）p243
煙の花
　◇「小松左京全集 完全版 12」城西国際大学出版会 2007 p185
獣を嬲れ
　◇「中上健次集 10」インスクリプト 2017 p552
けものたちは故郷をめざす
　◇「安部公房全集 6」新潮社 1998 p301
獣の戯れ
　◇「決定版 三島由紀夫全集 8」新潮社 2001 p457
「獣の戯れ」創作ノート
　◇「決定版 三島由紀夫全集 8」新潮社 2001 p633
　◇「決定版 三島由紀夫全集 補巻」新潮社 2005 p462
獣の日
　◇「田村泰次郎選集 3」日本図書センター 2005 p206
けもの道は暗い
　◇「辻井喬コレクション 5」河出書房新社 2003 p7
ケヤキ
　◇「大庭みな子全集 12」日本経済新聞出版社 2010 p171

欅並木
　◇「宮城谷昌光全集 21」文藝春秋 2004 p280
快楽（けらく）の園
　◇「定本 荒巻義雄メタSF全集 6」彩流社 2015 p353
ケラー劇場＝コメディアンテン
　◇「佐々木基一全集 6」河出書房新社 2012 p263
ゲラシーモフ「静かなるドン」―憂愁篇
　◇「佐々木基一全集 7」河出書房新社 2013 p151
下痢
　◇「深沢夏衣作品集」新幹社 2015 p323
「ゲーリー・クーパー」の「朝鮮」
　◇「小田実全集 評論 18」講談社 2012 p68
ゲリラ基地
　◇「佐々木基一全集 7」河出書房新社 2013 p346
ゲリラの教訓
　◇「大庭みな子全集 6」日本経済新聞出版社 2009 p178
ケルトと日本人と〔対談〕（久米明）
　◇「福田恆存対談・座談集 6」玉川大学出版部 2012 p355
けろりの道頓
　◇「司馬遼太郎短篇全集 3」文藝春秋 2005 p257
剣
　◇「決定版 三島由紀夫全集 20」新潮社 2002 p251
玄
　◇「小田実全集 小説 30」講談社 2012 p5
　◇「小田実全集 小説 30」講談社 2012 p189
「玄」、あるいは、ホンモノ自由「体現」のケンラン男性
　◇「小田実全集 評論 25」講談社 2012 p214
幻影
　◇「徳田秋聲全集 5」八木書店 1998 p203
　◇「徳田秋聲全集 27」八木書店 2002 p17
幻影城
　◇「江戸川乱歩全集 26」光文社 2003（光文社文庫）p9
幻影城
　◇「大坪砂男全集 4」東京創元社 2013（創元推理文庫）p43
「幻影城」出版と文士劇〔昭和二十五・六・七年ело〕
　◇「江戸川乱歩全集 29」光文社 2006（光文社文庫）p371
幻影城通信
　◇「江戸川乱歩全集 26」光文社 2003（光文社文庫）p529
幻影城はどこにあったか―現代から見た乱歩
　◇「日影丈吉全集 別巻」国書刊行会 2005 p530
幻影と実像
　◇「大庭みな子全集 8」日本経済新聞出版社 2009 p394
幻影の囚人
　◇「中井英夫全集 3」東京創元社 1996（創元ライ

幻影の城主
　◇「江戸川乱歩全集 24」光文社 2005（光文社文庫）p411
　◇「江戸川乱歩全集 25」光文社 2005（光文社文庫）p141
　◇「江戸川乱歩全集 30」光文社 2005（光文社文庫）p123
幻影の都市―私の都市論
　◇「中井英夫全集 7」東京創元社 1998（創元ライブラリ）p65
幻影美術館にて―ボッス小論
　◇「中井英夫全集 7」東京創元社 1998（創元ライブラリ）p364
検疫助手
　◇「徳田秋聲全集 9」八木書店 1998 p170
検閲官
　◇「谷崎潤一郎全集 8」中央公論新社 2017 p293
検閲官の心理
　◇「小酒井不木随筆評論選集 7」本の友社 2004 p426
犬猿問答―自作の秘密を繞（めぐ）って〔対談〕（大岡昇平）
　◇「決定版 三島由紀夫全集 39」新潮社 2004 p62
喧嘩
　◇「小沼丹全集 4」未知谷 2004 p13
喧嘩
　◇「小檜山博全集 6」柏艪舎 2006 p92
喧嘩
　◇「隆慶一郎全集 19」新潮社 2010 p309
幻火
　◇「中上健次集 9」インスクリプト 2013 p299
喧嘩―あるエピソード
　◇「安部公房全集 7」新潮社 1998 p79
けんか映画のこと
　◇「中井英夫全集 12」東京創元社 2006（創元ライブラリ）p22
喧嘩を吹つかけられた話―私の見た西洋
　◇「福田恆存評論集 15」麗澤大学出版會、廣池學園事業部〔発売〕2010 p257
厳格なまでの官能、あるいは女性的空間
　◇「金井美恵子エッセイ・コレクション―1964-2013 4」平凡社 2014 p285
喧嘩草雲
　◇「司馬遼太郎短篇全集 9」文藝春秋 2005 p415
ケンカ体験がつくった信念
　◇「小田実全集 評論 25」講談社 2012 p209
絃歌（げんか）―夏の恋人
　◇「決定版 三島由紀夫全集 37」新潮社 2004 p752
剣か花か―七〇年乱世・男の生きる道〔対談〕（野坂昭如）
　◇「決定版 三島由紀夫全集 40」新潮社 2004 p593

幻華飯店
　◇「山田風太郎ミステリー傑作選 10」光文社 2002（光文社文庫）p551
喧嘩無常
　◇「定本 久生十蘭全集 10」国書刊行会 2011 p362
幻戯
　◇「中井英夫全集 3」東京創元社 1996（創元ライブラリ）p656
剣鬼と遊女
　◇「山田風太郎妖異小説コレクション 妖説忠臣蔵・女人国伝奇」徳間書店 2004（徳間文庫）p368
研究
　◇「決定版 三島由紀夫全集 37」新潮社 2004 p564
研究会議案（祖国防衛隊）〔楯の会〕
　◇「決定版 三島由紀夫全集 36」新潮社 2003 p663
幻境
　◇「石牟礼道子全集 11」藤原書店 2005 p326
玄郷（七句）
　◇「石牟礼道子全集 15」藤原書店 2012 p171
撒披の宴
　◇「内田百閒集成 11」筑摩書房 2003（ちくま文庫）p66
幻境 夢のしらせ
　◇「石牟礼道子全集 11」藤原書店 2005 p329
謙虚に、無名の支援者たち
　◇「石牟礼道子全集 6」藤原書店 2006 p490
剣鬼喇嘛仏（けんきラマぶつ）
　◇「山田風太郎忍法帖短篇全集 12」筑摩書房 2005（ちくま文庫）p205
原型と現代小説〔対談〕（山本健吉、佐伯彰一）
　◇「決定版 三島由紀夫全集 40」新潮社 2004 p343
『幻景の明治』（前田愛）
　◇「山田風太郎エッセイ集成 風山房風呂焚き唄」筑摩書房 2008 p174
剣戟と西部劇
　◇「佐々木基一全集 7」河出書房新社 2013 p167
弦月
　◇「津村節子自選作品集 6」岩波書店 2005 p91
顕現
　◇「谷崎潤一郎全集 14」中央公論新社 2016 p221
「言行一致」の強迫観念
　◇「小松左京全集 完全版 29」城西国際大学出版会 2007 p352
原稿を燃す話
　◇「阿川弘之全集 18」新潮社 2007 p531
『健康会議』創作選評
　◇「宮本百合子全集 19」新日本出版社 2002 p336
剣豪血風録
　◇「津村陽武芸小説集 1」PHP研究所 2007
幻行幻生の道行きへ
　◇「石牟礼道子全集 5」藤原書店 2004 p465

けんこ

兼好式部の縁つづき
◇「阿川弘之全集 19」新潮社 2007 p52

健康食
◇「小松左京全集 完全版 43」城西国際大学出版会 2014 p358

元號と西暦、兩建てにすべし
◇「福田恆存評論集 9」麗澤大學出版會,廣池學園事業部〔發売〕 2008 p332

健康な美術のために
◇「宮本百合子全集 14」新日本出版社 2001 p127

元寇に思ふ
◇「阿川弘之全集 20」新潮社 2007 p342

「健康」の脅迫
◇「小松左京全集 完全版 29」城西国際大学出版会 2007 p321

健康病患者
◇「20世紀断層―野坂昭如単行本未収録小説集成 3」幻戯書房 2010 p441

原稿魔
◇「狩久全集 3」皆進社 2013 p5

原稿用紙
◇「吉行淳之介エッセイ・コレクション 3」筑摩書房 2004（ちくま文庫）p183

原稿用紙、その後
◇「小檜山博全集 7」柏艪舎 2006 p266

原稿録
◇「内田百閒集成 2」筑摩書房 2002（ちくま文庫）p39

源五右衛門の小柄
◇「国枝史郎伝奇短篇小説集 2」作品社 2006 p315

言語生涯
◇「井上ひさし短編中編小説集成 12」岩波書店 2015 p56

言語小説集
◇「井上ひさし短編中編小説集成 12」岩波書店 2015 p1

言語と存在をひきずって―コレステロールが点火する関節の美学〔座談会〕（いいだもも,中原佑介）
◇「安部公房全集 22」新潮社 1999 p169

言語と文章
◇「谷崎潤一郎全集 18」中央公論新社 2016 p19

堅固な人生態度
◇「徳田秋聲全集 23」八木書店 2001 p236

言語の崩壊と空間認知の関係、俳優でなく演劇芸術家へ―桐朋学園土曜講座
◇「安部公房全集 23」新潮社 1999 p87

言語の問題
◇「小林秀雄全作品 7」新潮社 2003 p199
◇「小林秀雄全集 補巻 1」新潮社 2010 p389

言語遊戯者の磁場―平賀源内
◇「井上ひさしコレクション ことばの巻」岩波書店

2005 p149

ゲンゴロウ
◇「辺見庸掌編小説集 白книга」角川書店 2004 p137

現今の少女小説について
◇「宮本百合子全集 33」新日本出版社 2004 p381

現在動いているものの中で、古くならないものとはいったい何なのであろう
◇「大庭みな子全集 11」日本経済新聞出版社 2010 p287

「現在」を書くこと―李恢成『見果てぬ夢』にかかわって
◇「小田実全集 評論 13」講談社 2011 p192

「現在日本文學館」編集者の言葉
◇「小林秀雄全集 補巻 3」新潮社 2010 p343

現在の大阪を消してみる
◇「小松左京全集 完全版 42」城西国際大学出版会 2014 p31

「現在の子」オーウェル
◇「小松左京全集 完全版 40」城西国際大学出版会 2012 p349

原作者登場―映画「燃えつきた地図」
◇「安部公房全集 22」新潮社 1999 p126

原作者の言葉―意図をはたす〔犬神家の一族〕
◇「横溝正史自選集 4」出版芸術社 2006 p319

原作は映画のあとで読め
◇「田中小実昌エッセイ・コレクション 3」筑摩書房 2002（ちくま文庫）p42

検察官・その他
◇「大庭みな子全集 23」日本経済新聞出版社 2011 p13

拳さんの手紙
◇「松下竜一未刊行著作集 1」海鳥社 2008 p76

原始を恋う
◇「松田解子自選集 9」澤田出版 2009 p10

源氏が源氏を討つ悲劇
◇「小松左京全集 完全版 42」城西国際大学出版会 2014 p51

源氏紙風船
◇「田辺聖子全集 15」集英社 2005 p9

見識批評の流行
◇「佐々木基一全集 1」河出書房新社 2013 p459

源氏供養――幕
◇「決定版 三島由紀夫全集 23」新潮社 2002 p621

原始人
◇「大庭みな子全集 23」日本経済新聞出版社 2011 p648

検事調書
◇「大坪砂男全集 1」東京創元社 2013（創元推理文庫）p331

現実
◇「小田実全集 評論 5」講談社 2010 p321

現実を変えたノンフィクション―広津和郎著
『松川裁判』
　◇「松下竜一未刊行著作集 2」海鳥社 2008 p353
現実を探ねて
　◇「徳田秋聲全集 22」八木書店 2001 p11
現実をどう書くか
　◇「小田実全集 評論 13」講談社 2011 p277
現実を見るボルヘスの眼
　◇「辻邦生全集 18」新潮社 2005 p106
幻実現夢
　◇「小田実全集 小説 30」講談社 2012 p41
現実主義者
　◇「坂口安吾全集 2」筑摩書房 1999 p125
「現實」といふ錦の御旗 (八月十一日)
　◇「福田恆存評論集 18」麗澤大學出版會、廣池學園事業部〔発売〕2010 p108
現実逃避の文学―神秘主義とファシズム
　◇「宮本百合子全集 11」新日本出版社 2001 p149
現実と文学―思意的な生活感情
　◇「宮本百合子全集 13」新日本出版社 2001 p467
現実に自分の「好み」を合せる日本人
　◇「福田恆存評論集 10」麗澤大學出版會、廣池學園事業部〔発売〕2008 p128
現実に立って―婦人が政治をどう見るか
　◇「宮本百合子全集 16」新日本出版社 2002 p41
現実に甦るもの 映画「イフゲニア」を見る
　◇「大庭みな子全集 23」日本経済新聞出版社 2011 p295
現実の貌
　◇「佐々木基一全集 1」河出書房新社 2013 p240
現実の再発見―映画論ノート
　◇「安部公房全集 6」新潮社 1998 p178
現実の必要―総選挙に際して
　◇「宮本百合子全集 16」新日本出版社 2002 p181
現実の道―女も仕事をもて
　◇「宮本百合子全集 13」新日本出版社 2001 p117
現実の問題
　◇「宮本百合子全集 11」新日本出版社 2001 p373
幻視と現実のあいだで
　◇「辻邦生全集 18」新潮社 2005 p409
源氏と女真族を結ぶイメージ
　◇「小松左京全集 完全版 31」城西国際大学出版会 2008 p85
賢治の祈り
　◇「井上ひさしコレクション 人間の巻」岩波書店 2005 p298
源氏の氏神・弓矢八幡
　◇「小松左京全集 完全版 42」城西国際大学出版会 2014 p24
源氏の大阪
　◇「小松左京全集 完全版 42」城西国際大学出版会 2014 p14

検事の手記
　◇「浜尾四郎全集 1」沖積舎 2004 p479
源氏文化を誇る鑁阿寺
　◇「小松左京全集 完全版 31」城西国際大学出版会 2008 p57
原始法医学書と探偵小説
　◇「江戸川乱歩全集 27」光文社 2004 (光文社文庫) p428
　◇「江戸川乱歩全集 23」光文社 2005 (光文社文庫) p613
献詞〔密室犯罪学教程理論編〕
　◇「天城一傑作集〔1〕」日本評論社 2004 p137
『源氏物語』男の世界
　◇「田辺聖子全集 15」集英社 2005 p217
源氏物語紀行―「舟橋源氏」のことなど
　◇「決定版 三島由紀夫全集 27」新潮社 2003 p390
源氏物語序
　◇「谷崎潤一郎全集 19」中央公論新社 2015 p502
源氏物語新訳序
　◇「谷崎潤一郎全集 21」中央公論新社 2016 p433
源氏物語草子序
　◇「谷崎潤一郎全集 21」中央公論新社 2016 p432
源氏物語・点と線
　◇「向田邦子全集 新版 11」文藝春秋 2010 p207
「源氏物語」の思い出
　◇「大庭みな子全集 3」日本経済新聞出版社 2009 p244
『源氏物語』の思い出
　◇「大庭みな子全集 15」日本経済新聞出版社 2010 p208
源氏物語の現代語訳について
　◇「谷崎潤一郎全集 19」中央公論新社 2015 p495
源氏物語の新訳を成し終へて
　◇「谷崎潤一郎全集 21」中央公論新社 2016 p506
源氏物語の引き歌序
　◇「谷崎潤一郎全集 21」中央公論新社 2016 p527
「源氏物語評釈」への期待
　◇「谷崎潤一郎全集 24」中央公論新社 2016 p548
賢者の贈物〔翻訳〕(オー・ヘンリ)
　◇「小沼丹全集 補巻」未知谷 2005 p193
検事や判事は刑務所にはいれ
　◇「田中小実昌エッセイ・コレクション 3」筑摩書房 (ちくま文庫) p39
拳銃稼業
　◇「日影丈吉全集 5」国書刊行会 2003 p622
拳銃仮面
　◇「都筑道夫少年小説コレクション 6」本の雑誌社 2005 p94
拳銃天使
　◇「都筑道夫少年小説コレクション 6」本の雑誌社 2005 p7
幻術師の妻
　◇「井上ひさし短編中編小説集成 2」岩波書店 2014

けんし

p335

幻術自来也
　◇「大坪砂男全集 4」東京創元社 2013（創元推理文庫）p113

幻術天魔太郎
　◇「野村胡堂伝奇幻想小説集成」作品社 2009 p426

剣術の極意を語る
　◇「坂口安吾全集 3」筑摩書房 1999 p413

嶮峻にむかって若者らは
　◇「松田解子自選集 9」澤田出版 2009 p150

剣、春風を切る―ただいま修行中
　◇「決定版 三島由紀夫全集 32」新潮社 2003 p23

懸賞課題に就きて
　◇「谷崎潤一郎全集 25」中央公論新社 2016 p87

玄弉三蔵
　◇「谷崎潤一郎全集 4」中央公論新社 2015 p393

懸賞小説応募者諸君へ（鈴木三重吉、小山内薫と連名）
　◇「谷崎潤一郎全集 10」中央公論新社 2016 p435

幻城人無し
　◇「日影丈吉全集 別巻」国書刊行会 2005 p517

原色図鑑
　◇「金井美恵子自選短篇集 恋人たち／降誕祭の夜」講談社 2015（講談社文芸文庫）p231

原子力反対の戦術的現実論として―星野芳郎著『エネルギー問題の混乱を正す』書評
　◇「松田竜一未刊行著作集 5」海鳥社 2009 p14

賢治は人間の手本である
　◇「井上ひさしコレクション 人間の巻」岩波書店 2005 p15

献身
　◇「辻邦生全集 2」新潮社 2004 p171

『原人の恋』
　◇「小檜山博全集 8」柏艪舎 2006 p376

原人の恋
　◇「小檜山博全集 6」柏艪舎 2006 p125

献詩〈1〉
　◇「松田解子自選集 9」澤田出版 2009 p197

献詩〈2〉―日中不再戦友好碑の前に
　◇「松田解子自選集 9」澤田出版 2009 p227

「元帥」について
　◇「決定版 三島由紀夫全集 27」新潮社 2003 p325

原生花の森の司
　◇「赤江瀑短編傑作選 恐怖編」光文社 2007（光文社文庫）p281

原石貴重の剛直な意志
　◇「松下竜一未刊行著作集 2」海鳥 2008 p168

建設者
　◇「国枝史郎伝奇浪漫小説集成」作品社 2007 p209

「建設の明暗」の印象
　◇「宮本百合子全集 14」新日本出版社 2001 p27

"健全性"の難しさ
　◇「宮本百合子全集 15」新日本出版社 2001 p132

健全な胃袋
　◇「坂口安吾全集 13」筑摩書房 1999 p428

幻像
　◇「辺見庸掌編小説集 黒髪」角川書店 2004 p118

幻想器械
　◇「日影丈吉全集 6」国書刊行会 2002 p165

幻想酒場―〈ルパン・ペルデュ〉
　◇「20世紀断層―野坂昭如単行本未収録小説集成 5」幻戯書房 2010 p154

「剣」創作ノート
　◇「決定版 三島由紀夫全集 20」新潮社 2002 p739

幻想庭園
　◇「中井英夫全集 6」東京創元社 1996（創元ライブラリ）p22

幻想の泉
　◇「日影丈吉全集 別巻」国書刊行会 2005 p630

幻想の内灘
　◇「鈴木いづみコレクション 5」文遊社 1996 p191

幻想の鏡現実の鏡
　◇「辻邦生全集 18」新潮社 2005 p340

幻想の種袋
　◇「定本 荒巻義雄メタSF全集 7」彩流社 2015 p485

「幻想のティダ」によせて
　◇「大庭みな子全集 23」日本経済新聞出版社 2011 p292

幻想の平和―勝田吉太郎〔対談〕（勝田吉太郎）
　◇「福田恆存対談・座談集 4」玉川大学出版部 2012 p66

幻想博物館
　◇「中井英夫全集 3」東京創元社 1996（創元ライブラリ）p7

幻想文学
　◇「車谷長吉全集 3」新書館 2010 p815

幻想文学の構造
　◇「中井英夫全集 7」東京創元社 1998（創元ライブラリ）p699

倦怠
　◇「安部公房全集 1」新潮社 1997 p250

倦怠
　◇「徳田秋聲全集 29」八木書店 2002 p197

倦怠
　◇「決定版 三島由紀夫全集 37」新潮社 2004 p403

現代意識と写真
　◇「佐々木基一全集 7」河出書房新社 2013 p382

現代イタリアの詩―ウンベルト・サーバとエウジェニオ・モンターレ
　◇「須賀敦子全集 6」河出書房新社 2007（河出文庫）p134

「現代SF」と「脱ユートピアの超未来社会」
　◇「小松左京全集 完全版 40」城西国際大学出版会 2012 p354

現代演劇の解体と再構成―ブレヒト「ガリレオ・ガリレイの生涯」をめぐって〔対談〕（尾崎宏次）
　◇「安部公房全集 9」新潮社 1998 p196
現代演劇の回路〔対談〕（ヤン・コット）
　◇「安部公房全集 24」新潮社 1999 p402
現代演劇の進路
　◇「安部公房全集 11」新潮社 1998 p470
現代演劇論〔対談〕（奥野健男）
　◇「安部公房全集 12」新潮社 1998 p201
現代を愛するということ
　◇「須賀敦子全集 8」河出書房新社 2007（河出文庫）p250
現代を考えよう
　◇「上野壯夫全集 3」図書新聞 2011 p495
現代をどう書くか〔座談会〕（小島信夫, 安岡章太郎, 大江健三郎）
　◇「安部公房全集 20」新潮社 1999 p338
現代男大学・序説
　◇「大庭みな子全集 18」日本経済新聞出版社 2010 p34
現代科学のあり方
　◇「小田実全集 評論 36」講談社 2014 p65
「現代かなづかい」の不合理
　◇「福田恆存評論集 6」麗澤大學出版會, 廣池學園事業部〔発売〕2009 p17
現代恐怖物語
　◇「安部公房全集 19」新潮社 1999 p269
現代芸術に有効な砲撃
　◇「安部公房全集 20」新潮社 1999 p134
現代芸術の課題
　◇「佐々木基一全集 2」河出書房新社 2013 p129
現代芸術の対極性
　◇「佐々木基一全集 2」河出書房新社 2013 p150
現代芸術の誕生を見る感動
　◇「辻邦生全集 19」新潮社 2005 p186
『現代芸術はどうなるか』
　◇「佐々木基一全集 2」河出書房新社 2013 p9
現代芸術はどうなるか
　◇「佐々木基一全集 2」河出書房新社 2013 p11
原体験、そして芝居
　◇「井上ひさしコレクション 日本の巻」岩波書店 2005 p175
現代口語文の欠点について
　◇「谷崎潤一郎全集 16」中央公論新社 2016 p213
現代國家論
　◇「福田恆存評論集 8」麗澤大學出版會, 廣池學園事業部〔発売〕2007 p198
現代滑稽合戦記
　◇「井上ひさし短編中編小説集成 10」岩波書店 2015 p537

現代語の擬古文
　◇「日影丈吉全集 別巻」国書刊行会 2005 p606
現代語訳「四畳半襖の下張」
　◇「20世紀断層―野坂昭如単行本未収録小説集成 5」幻戯書房 2010 p623
現代作家寸描集―川端康成
　◇「決定版 三島由紀夫全集 27」新潮社 2003 p216
現代作家と文体
　◇「小林秀雄全作品 9」新潮社 2003 p206
　◇「小林秀雄全集 補巻 1」新潮社 2010 p488
現代作家の文章
　◇「徳田秋聲全集 19」八木書店 2000 p297
現代作家論
　◇「佐々木基一全集 4」河出書房新社 2013 p11
現代作家はかく考える〔対談〕（大江健三郎）
　◇「決定版 三島由紀夫全集 39」新潮社 2004 p425
現代詩
　◇「田村泰次郎選集 2」日本図書センター 2005 p272
現代十作家の生活振り
　◇「徳田秋聲全集 20」八木書店 2001 p320
現代史としての小説
　◇「決定版 三島由紀夫全集 32」新潮社 2003 p117
現代詩について
　◇「小林秀雄全作品 7」新潮社 2003 p180
　◇「小林秀雄全集 補巻 1」新潮社 2010 p384
現代史の蝶つがい―大統領選挙の感想
　◇「宮本百合子全集 18」新日本出版社 2002 p264
現代資本主義を掘り崩す土地問題（松下幸之助）
　◇「司馬遼太郎対話選集 6」文藝春秋 2006（文春文庫）p169
現代住居論
　◇「福田恆存評論集 16」麗澤大學出版會, 廣池學園事業部〔発売〕2010 p329
現代呪法
　◇「日影丈吉全集 6」国書刊行会 2002 p204
現代小説を語る〔座談会〕（太宰治, 織田作之助, 平野謙）
　◇「坂口安吾全集 17」筑摩書房 1999 p182
現代小説の諸問題
　◇「小林秀雄全作品 7」新潮社 2003 p99
　◇「小林秀雄全集 補巻 1」新潮社 2010 p365
現代小説は古典たり得るか
　◇「決定版 三島由紀夫全集 29」新潮社 2003 p541
現代女性
　◇「小林秀雄全作品 11」新潮社 2003 p90
　◇「小林秀雄全集 補巻 2」新潮社 2010 p37
現代女性に就いて
　◇「宮本百合子全集 12」新日本出版社 2001 p427
現代女優論―市原悦子
　◇「安部公房全集 18」新潮社 1999 p257

現代女優論—賀原夏子
　◇「決定版 三島由紀夫全集 32」新潮社 2003 p681
現代女優論—越路吹雪
　◇「決定版 三島由紀夫全集 31」新潮社 2003 p604
「現代人生論全集」後記
　◇「小林秀雄全作品 26」新潮社 2004 p16
　◇「小林秀雄全集 補巻 3」新潮社 2010 p344
現代人の可能性〔座談会〕(開高健、河上徹太郎、篠田一士、進藤純孝、村松剛、佐伯彰一)
　◇「福田恆存対談・座談集 7」玉川大学出版部 2012 p151
「現代人の建設」
　◇「小林秀雄全作品 10」新潮社 2003 p36
　◇「小林秀雄全集 補巻 1」新潮社 2010 p505
現代史(上)
　◇「小田実全集 小説 6」講談社 2010 p5
現代史(中)
　◇「小田実全集 小説 7」講談社 2010 p5
現代史(下)
　◇「小田実全集 小説 8」講談社 2010 p5
「現代随想全集」解説
　◇「小沼丹全集 4」未知谷 2004 p277
現代生活の詩
　◇「決定版 三島由紀夫全集 29」新潮社 2003 p605
現代青年の矛盾を反映—保安大学
　◇「決定版 三島由紀夫全集 28」新潮社 2003 p149
現代青年論
　◇「決定版 三島由紀夫全集 35」新潮社 2003 p368
現代(戦前まで)
　◇「福田恆存評論集 13」麗澤大學出版會、廣池學園事業部〔発売〕2009 p70
現代退屈男
　◇「20世紀断層—野坂昭如単行本未収録小説集成 3」幻戯書房 2010 p112
現代短歌
　◇「丸谷才一全集 10」文藝春秋 2014 p387
現代的状況と知識人の責任〔対談〕(竹内好)
　◇「福田恆存対談・座談集 2」玉川大学出版部 2011 p269
現代的状況の種々相
　◇「小松左京全集 完全版 28」城西国際大学出版会 2006 p70
現代と芸術家の意識
　◇「佐々木基一全集 2」河出書房新社 2013 p30
現代と女流文学
　◇「佐々木基一全集 5」河出書房新社 2013 p322
現代と諷刺文学
　◇「小島信夫批評集成 1」水声社 2011 p382
現代とは？
　◇「坂口安吾全集 6」筑摩書房 1998 p271
現代に愛は成立するか
　◇「車谷長吉全集 3」新書館 2010 p563

現代における右翼と左翼〔対談〕(林房雄)
　◇「決定版 三島由紀夫全集 40」新潮社 2004 p567
現代における神と悪魔
　◇「小島信夫批評集成 2」水声社 2011 p321
現代における教育の可能性—人間存在の本質にふれて
　◇「安部公房全集 19」新潮社 1999 p260
現代にスネる—「肉体の冠」を見て
　◇「決定版 三島由紀夫全集 28」新潮社 2003 p41
現代に響き合う歌people吟味
　◇「辻邦生全集 18」新潮社 2005 p292
現代日本をいかにとらえるか
　◇「小田実全集 評論 5」講談社 2010 p287
現代日本を災害と被災の苦しみから考える—「棄民」と「難死」からの考察
　◇「小田実全集 評論 25」講談社 2012 p250
現代日本芸術名鑑に対する讃辞
　◇「徳田秋聲全集 23」八木書店 2001 p303
「現代日本詩人全集」
　◇「小林秀雄全集 補巻 2」新潮社 2010 p559
現代日本小説
　◇「佐々木基一全集 3」河出書房新社 2013 p11
「現代日本小説大系」刊行委員会への希望
　◇「宮本百合子全集 18」新日本出版社 2002 p355
現代日本の思想と行動
　◇「決定版 三島由紀夫全集 36」新潮社 2003 p103
現代日本の表現力
　◇「小林秀雄全作品 10」新潮社 2003 p244
　◇「小林秀雄全集 補巻 1」新潮社 2010 p543
現代日本一〇〇人の生活と意見
　◇「決定版 三島由紀夫全集 36」新潮社 2003 p646
「現代日本文学館」編集者の言葉
　◇「小林秀雄全作品 26」新潮社 2004 p13
『現代日本文学全集第二十三編』序 泡鳴氏の人及び芸術
　◇「徳田秋聲全集 別巻」八木書店 2006 p114
現代日本文學の諸問題
　◇「福田恆存評論集 14」麗澤大學出版會、廣池學園事業部〔発売〕2010 p187
現代忍者考
　◇「日影丈吉全集 2」国書刊行会 2003 p291
現代忍術伝
　◇「坂口安吾全集 7」筑摩書房 1998 p409
現代の悪魔
　◇「福田恆存評論集 7」麗澤大學出版會、廣池學園事業部〔発売〕2008 p198
現代の「怒りと良心」
　◇「大庭みな子全集 6」日本経済新聞出版社 2009 p143
現代の「いき」の構造
　◇「中井英夫全集 7」東京創元社 1998（創元ライブラリ）p116

現代の隠者
　◇「車谷長吉全集 3」新書館 2010 p864
現代の怪談
　◇「山崎豊子全集 4」新潮社 2004 p671
現代の学生層
　◇「小林秀雄全作品 7」新潮社 2003 p143
　◇「小林秀雄全集 補巻 1」新潮社 2010 p374
現代の奇妙な殺意
　◇「小松左京全集 完全版 29」城西国際大学出版会 2007 p301
現代の教会（「新心理学講座」推薦文）
　◇「決定版 三島由紀夫全集 28」新潮社 2003 p665
現代の寓話
　◇「佐々木基一全集 10」河出書房新社 2013 p681
現代の暮し 第105回（平成3年度上半期）芥川賞
　◇「大庭みな子全集 24」日本経済新聞社 2011 p74
現代の戯作
　◇「車谷長吉全集 3」新書館 2010 p805
現代の心をこめて―羽仁五郎氏著『ミケルアンジェロ』
　◇「宮本百合子全集 13」新日本出版社 2001 p387
現代の詐術
　◇「坂口安吾全集 6」筑摩書房 1998 p214
現代の思想をさぐる―三島由紀夫著『美しい星』
　◇「安部公房全集 17」新潮社 1999 p37
現代の疾走者
　◇「中井英夫全集 6」東京創元社 1996（創元ライブラリ）p318
現代の死神
　◇「大坪砂男全集 4」東京創元社 2013（創元推理文庫）p225
現代の宿場
　◇「大庭みな子全集 6」日本経済新聞社 2009 p208
現代の主題
　◇「宮本百合子全集 16」新日本出版社 2002 p307
現代の常識
　◇「安部公房全集 7」新潮社 1998 p459
現代の試練―「悪夢」としてのユートピア
　◇「小松左京全集 完全版 40」城西国際大学出版会 2012 p349
現代の神話
　◇「小松左京全集 完全版 29」城西国際大学出版会 2007 p315
「現代の随想」解説
　◇「小沼丹全集 4」未知谷 2004 p303
現代の聖職
　◇「安部公房全集 9」新潮社 1998 p441
現代の寂寥 第7回「海燕」新人文学賞
　◇「大庭みな子全集 24」日本経済新聞社 2011 p62
現代の戦争を考える
　◇「小田実全集 評論 29」講談社 2013 p14
「現代」の到来
　◇「小松左京全集 完全版 28」城西国際大学出版会 2006 p61
現代の忍術
　◇「坂口安吾全集 13」筑摩書房 1999 p423
現代の反ユートピア小説
　◇「小松左京全集 完全版 40」城西国際大学出版会 2012 p343
現代の美辞麗句
　◇「小林秀雄全作品 11」新潮社 2003 p65
　◇「小林秀雄全集 補巻 2」新潮社 2010 p32
現代のヒーロー
　◇「安部公房全集 19」新潮社 1999 p213
現代の不安
　◇「大庭みな子全集 6」日本経済新聞社 2009 p92
現代の文学と読者を作家はどう考えるか〔鼎談〕（武田泰淳、野間宏）
　◇「福田恆存対談・座談集 2」玉川大学出版部 2011 p17
現代の「変動する地球」像
　◇「小松左京全集 完全版 40」城西国際大学出版会 2012 p363
現代のマス・コミ テレビジョン
　◇「佐々木基一全集 7」河出書房新社 2013 p438
現代の未来的状況
　◇「小松左京全集 完全版 28」城西国際大学出版会 2006 p54
「現代の民主主義国家」の軍隊
　◇「小田実全集 評論 29」講談社 2013 p33
現代の夢魔―「禁色」を踊る前衛舞踊団
　◇「決定版 三島由紀夫全集 31」新潮社 2003 p272
現代の名文―大岡昇平氏「歩哨の眼について」
　◇「決定版 三島由紀夫全集 28」新潮社 2003 p486
現代のリアリズムとは何か
　◇「佐々木基一全集 10」河出書房新社 2013 p721
現代のリアリティに迫る
　◇「安部公房全集 21」新潮社 1999 p345
現代の若いセックス〔座談会〕（大江健三郎、倉橋由美子、戸川昌子、羽仁進）
　◇「安部公房全集 18」新潮社 1999 p302
現代の若き女流作家
　◇「小寺菊子作品集 3」桂書房 2014 p94
現代俳句から古俳諧へ―飯田龍太
　◇「丸谷オ一全集 10」文藝春秋 2014 p424
「現代百婦人録」問合せに答えて
　◇「宮本百合子全集 14」新日本出版社 2001 p16
現代婦人の服装
　◇「谷崎潤一郎全集 14」中央公論新社 2016 p458

現代仏蘭西音楽の話
　◇「坂口安吾全集 別巻」筑摩書房 2012 p4
現代文学への不満〔対談〕(中村光夫)
　◇「福田恆存対談・座談集 3」玉川大学出版部 2011 p29
「現代文学」誌より
　◇「佐々木基一全集 1」河出書房新社 2013 p197
現代文学と「内向の世代」
　◇「佐々木基一全集 3」河出書房新社 2013 p455
現代文学と批評
　◇「小島信夫批評集成 2」水声社 2011 p729
現代文学とは何か 対談(大岡昇平)
　◇「小林秀雄全作品 19」新潮社 2004 p59
　◇「小林秀雄全集 補巻 2」新潮社 2010 p484
現代文学に関連して
　◇「田村泰次郎選集 5」日本図書センター 2005 p155
現代文学の可能性〔座談会〕(大江健三郎, 石原慎太郎, 小林祥一郎)
　◇「安部公房全集 15」新潮社 1998 p254
現代文学の欠陥を衝く〔鼎談〕(亀井勝一郎, 中村光夫)
　◇「福田恆存対談・座談集 1」玉川大学出版部 2011 p155
現代文学の三方向
　◇「決定版 三島由紀夫全集 33」新潮社 2003 p223
現代文学の進退
　◇「小島信夫批評集成 1」水声社 2011 p325
現代文学の診断
　◇「小林秀雄全作品 16」新潮社 2004 p169
　◇「小林秀雄全集 補巻 2」新潮社 2010 p341
現代文学の転換〔対談〕(中村光夫)
　◇「福田恆存対談・座談集 1」玉川大学出版部 2011 p53
現代文学の広場—創作方法のこと・そのほか
　◇「宮本百合子全集 19」新日本出版社 2002 p236
現代文学の不安
　◇「小林秀雄全作品 4」新潮社 2003 p9
　◇「小林秀雄全集 補巻 1」新潮社 2010 p174
現代文学の行方—芸術の大衆化
　◇「佐々木基一全集 5」河出書房新社 2013 p330
現代文学の要望と方法について
　◇「田村泰次郎選集 5」日本図書センター 2005 p112
現代文と古典文
　◇「谷崎潤一郎全集 18」中央公論新社 2016 p27
現代文明への憎悪
　◇「大庭みな子全集 6」日本経済新聞出版社 2009 p70
現代文明への問題提起—ポール・セロー著「モスキート・コースト」
　◇「阿川弘之全集 18」新潮社 2007 p338

現代文明 第19回高見順賞
　◇「大庭みな子全集 24」日本経済新聞出版社 2011 p66
現代文明との対決
　◇「佐々木基一全集 3」河出書房新社 2013 p322
現代偏奇館—澁澤龍彦「犬猿都市」「神聖受胎」
　◇「決定版 三島由紀夫全集 32」新潮社 2003 p66
現代ヤジロー
　◇「坂口安吾全集 13」筑摩書房 1999 p414
現代四十文豪回答明治文学界天才観
　◇「徳田秋聲全集 23」八木書店 2001 p256
現代リアリズムの展開—「日本の気象」をめぐって〔座談会〕(前野良, 島村福太郎, 小宮山量平, 祖父江昭二)
　◇「安部公房全集 3」新潮社 1997 p457
ケンタウロスの嘆き
　◇「中井英夫全集 6」東京創元社 1996 (創元ライブラリ) p231
乾闥婆城
　◇「石上玄一郎作品集 1」日本図書センター 2004 p79
　◇「石上玄一郎小説作品集成 1」未知谷 2008 p133
源田実—こんな候補こんな人柄
　◇「決定版 三島由紀夫全集 35」新潮社 2003 p129
幻談・千夜一夜
　◇「中井英夫全集 5」東京創元社 2002 (創元ライブラリ) p94
建築
　◇「小松左京全集 完全版 43」城西国際大学出版会 2014 p403
建築師(序に代ふる対話)
　◇「〔森〕鷗外近代小説集 3」岩波書店 2013 p167
建築存在
　◇「決定版 三島由紀夫全集 37」新潮社 2004 p618
現地で実感するだけでも
　◇「松下竜一未刊行著作集 5」海鳥社 2009 p357
源ちゃん
　◇「谷崎潤一郎全集 21」中央公論新社 2016 p278
『涓滴』
　◇「〔森〕鷗外近代小説集 2」岩波書店 2012 p1
剣道
　◇「決定版 三島由紀夫全集 32」新潮社 2003 p432
幻燈
　◇「大佛次郎セレクション第3期 幻燈」未知谷 2009 p5
舷燈
　◇「阿川弘之全集 4」新潮社 2005 p333
玄冬観桜の宴
　◇「内田百閒集成 12」筑摩書房 2003 (ちくま文庫) p183
拳闘見物
　◇「決定版 三島由紀夫全集 補巻」新潮社 2005 p137

けんほ

幻燈国家（完四郎広目手控シリーズ）
  ◇「高橋克彦自選短編集 3」講談社 2010（講談社文庫）p119
遣唐使
  ◇「内田百閒集成 3」筑摩書房 2002（ちくま文庫）p126
幻燈（初出短篇）
  ◇「大佛次郎セレクション第3期 幻燈」未知谷 2009 p255
舷燈の下で
  ◇「辻邦生全集 6」新潮社 2004 p205
軒灯のない家
  ◇「金鶴泳作品集 〔1〕」クレイン 2004 p287
拳と剣―この孤独なる自己との戦ひ
  ◇「決定版 三島由紀夫全集 35」新潮社 2003 p166
ケンとジョー
  ◇「大庭みな子全集 9」日本経済新聞出版社 2010 p290
現ナマ方位学
  ◇「日影丈吉全集 別巻」国書刊行会 2005 p802
原爆以後
  ◇「原民喜戦後全小説」講談社 2015（講談社文芸文庫）p279
原爆と首都
  ◇「林京子全集 7」日本図書センター 2005 p326
原爆とは何か―「父と暮らせば」
  ◇「井上ひさしコレクション 日本の巻」岩波書店 2005 p206
原爆の「被害者」たち
  ◇「小田実全集 評論 36」講談社 2014 p53
原爆四十二年に
  ◇「林京子全集 7」日本図書センター 2005 p231
現場写真
  ◇「日影丈吉全集 8」国書刊行会 2004 p138
現場写真売ります
  ◇「大坪砂男全集 3」東京創元社 2013（創元推理文庫）p221
原発のある里
  ◇「松下竜一未刊行著作集 5」海鳥社 2009 p98
「現場」と「場」
  ◇「小田実全集 評論 16」講談社 2012 p10
「現場」と「場」のあいだの距離
  ◇「小田実全集 評論 16」講談社 2012 p66
「現場」のオイディプスとテセウス
  ◇「小田実全集 評論 16」講談社 2012 p153
現場の思想
  ◇「小田実全集 評論 36」講談社 2014 p37
「現場」のせっぱつまった記憶
  ◇「小田実全集 評論 16」講談社 2012 p14
「現場」のなかのからだ、ことば
  ◇「小田実全集 評論 16」講談社 2012 p81

「現場」のなかの人間
  ◇「小田実全集 評論 16」講談社 2012 p78
「現場」の二つの行為・「助ける」「殺す」
  ◇「小田実全集 評論 16」講談社 2012 p144
「現場」の論理と倫理
  ◇「小田実全集 評論 16」講談社 2012 p50
「現場」は四方にひろがる
  ◇「小田実全集 評論 16」講談社 2012 p35
「現場」は過ぎ去ったのか
  ◇「小田実全集 評論 16」講談社 2012 p196
「現場」は波風が立つ
  ◇「小田実全集 評論 16」講談社 2012 p18
見物客に重宝ですネ（「旅行の手帖」推薦文）
  ◇「決定版 三島由紀夫全集 28」新潮社 2003 p548
見物人
  ◇「小林秀雄全作品 24」新潮社 2004 p283
  ◇「小林秀雄全集 補巻 3」新潮社 2010 p276
遣米日記
  ◇「定本 久生十蘭全集 4」国書刊行会 2009 p491
源平布引滝九郎助住家之場
  ◇「決定版 三島由紀夫全集 26」新潮社 2003 p384
源平布引滝―二幕 昭和十八年六月八日
  ◇「決定版 三島由紀夫全集 26」新潮社 2003 p512
源平の鶏合せ神事
  ◇「小松左京全集 完全版 40」城西国際大学出版会 2012 p247
憲法を生きて―破られた戦力放棄と議会民主主義・
  ◇「井上ひさしコレクション 日本の巻」岩波書店 2005 p8
権謀家・源満仲
  ◇「小松左京全集 完全版 42」城西国際大学出版会 2014 p28
憲法 ここが不満だ！
  ◇「決定版 三島由紀夫全集 36」新潮社 2003 p648
「憲法」という言葉を糺す
  ◇「井上ひさしコレクション 日本の巻」岩波書店 2005 p7
憲法の絶對視に異議
  ◇「福田恆存評論集 9」麗澤大學出版會,廣池學園事業部〔発売〕2008 p328
憲法の棚上げ・民主国家による民主主義の破壊
  ◇「小田実全集 評論 25」講談社 2012 p75
憲法のための国家
  ◇「阿川弘之全集 19」新潮社 2007 p472
憲法の前に剣法の話をちょっと
  ◇「井上ひさしコレクション 日本の巻」岩波書店 2005 p3
憲法のよみがえりを求めて―「安保闘争」「憲法再生闘争」の倫理と論理
  ◇「小田実全集 評論 34」講談社 2013 p35

けんほ

憲法は「今でも旬」か、「今こそ旬」か
　◇「小田実全集 評論 31」講談社 2013 p95
玄米食夫人
　◇「横溝正史探偵小説コレクション 2」出版芸術社 2004 p193
玄妙なこと
　◇「石牟礼道子全集 7」藤原書店 2005 p391
倹約について
　◇「山本周五郎長篇小説全集 24」新潮社 2014 p324
原野の祝宴―美味、ケンランに
　◇「小田実全集 小説 31」講談社 2013 p301
原野の落日―荘重に、また、猥雑に
　◇「小田実全集 小説 31」講談社 2013 p7
硯友社時代
　◇「徳田秋聲全集 23」八木書店 2001 p14
絢爛たる犬
　◇「司馬遼太郎短篇全集 10」文藝春秋 2006 p203
絢爛の椅子
　◇「金井美恵子エッセイ・コレクション―1964-2013 3」平凡社 2013 p8
原理からの出発
　◇「小田実全集 評論 5」講談社 2010 p92
原理的なものではない―鶴見・加藤両氏の見解によせて
　◇「安部公房全集 7」新潮社 1998 p121
権利と責任
　◇「安部公房全集 9」新潮社 1998 p221
原理と方法の展開
　◇「小田実全集 評論 5」講談社 2010 p214
原理の明確化を
　◇「小田実全集 評論 25」講談社 2012 p25
源流
　◇「石牟礼道子全集 15」藤原書店 2012 p400
源流
　◇「小松左京全集 完全版 43」城西国際大学出版会 2014 p349
権力の悲劇
　◇「宮本百合子全集 19」新日本出版社 2002 p57
元禄時代小説集上巻「本朝二十不孝」ぬきほ（言文一致訳）
　◇「宮本百合子全集 32」新日本出版社 2003 p33
元禄版「オルフェ」について
　◇「決定版 三島由紀夫全集 29」新潮社 2003 p336
言論自動販賣機（三月十六日）
　◇「福田恆存評論集 18」麗澤大學出版會 事業部〔發売〕 2010 p148
「言論の自由」の敵とは何か
　◇「福田恆存評論集 18」麗澤大學出版會 事業部〔發売〕 2010 p295
言論の空しさ
　◇「福田恆存評論集 12」麗澤大學出版會 事業部〔發売〕 2008 p68

【こ】

子
　◇「古井由吉自撰作品 3」河出書房新社 2012 p149
ゴア紀行
　◇「阿川弘之全集 16」新潮社 2006 p131
小商い
　◇「松下竜一未刊行著作集 1」海鳥社 2008 p102
鯉
　◇「内田百閒集成 3」筑摩書房 2002（ちくま文庫）p133
鯉
　◇「小沼丹全集 4」未知谷 2004 p348
恋
　◇「大庭みな子全集 17」日本経済新聞出版社 2010 p45
恋
　◇「アンドロギュノスの裔 渡辺温全集」東京創元社 2011（創元推理文庫）p97
恋歌を書く土龍（もぐら）
　◇「三角寛サンカ選集第二期 11」現代書館 2005 p161
恋を失ったとき
　◇「遠藤周作エッセイ選集 1」光文社 2006（知恵の森文庫）p98
恋をしに行く〔「女体」につづく〕
　◇「坂口安吾全集 4」筑摩書房 1998 p285
『恋を知る頃』
　◇「谷崎潤一郎全集 2」中央公論新社 2016 p7
恋を知る頃 三幕
　◇「谷崎潤一郎全集 2」中央公論新社 2016 p9
男と暮らす法 恋がおわってから
　◇「鈴木いづみコレクション 6」文遊社 1997 p199
恋川
　◇「渡辺淳一自選短篇コレクション 4」朝日新聞社 2006 p237
恋川春町
　◇「井上ひさしコレクション 人間の巻」岩波書店 2005 p316
　◇「井上ひさし短編中編小説集成 9」岩波書店 2015 p389
恋供養
　◇「決定版 三島由紀夫全集 37」新潮社 2004 p716
小池朝雄さん
　◇「決定版 三島由紀夫全集 29」新潮社 2003 p480
戀ごゝろ
　◇「小寺菊子作品集 2」桂書房 2014 p51
戀された少女の頃
　◇「小寺菊子作品集 3」桂書房 2014 p136

こいひ

小石を投げるユゴー
　◇「辻邦生全集 17」新潮社 2005 p385
小泉さんと海軍
　◇「阿川弘之全集 16」新潮社 2006 p317
小泉先生の憶出
　◇「福田恆存評論集 別巻」麗澤大學出版會, 廣池學園事業部［発売］ 2011 p179
小泉凡との対談 消えゆく伝統文化問いかけた八雲
　◇「石牟礼道子全集 11」藤原書店 2005 p391
「小泉八雲全集」
　◇「小林秀雄全集 補巻 1」新潮社 2010 p434
恋相撲
　◇「吉川潮ハートウォーム・セレクション 3」ランダムハウス講談社 2008（ランダムハウス講談社文庫）p191
恋する男
　◇「決定版 三島由紀夫全集 26」新潮社 2003 p615
恋するグライアイ
　◇「中井英夫全集 3」東京創元社 1996（創元ライブラリ）p485
恋するこころの憂鬱［翻訳］（ウンベルト・サバ）
　◇「須賀敦子全集 5」河出書房新社 2008（河出文庫）p201
「恋で死ぬのは映画だけ」と雨傘屋（シェルブール）の未亡人は歌った
　◇「金井美恵子エッセイ・コレクション—1964–2013 4」平凡社 2014 p310
恋と女の日本文学
　◇「丸谷才一全集 8」文藝春秋 2014 p303
恋と神様
　◇「江戸川乱歩全集 24」光文社 2005（光文社文庫）p32
　◇「江戸川乱歩全集 30」光文社 2005（光文社文庫）p41
恋と嘆きの小さい島々
　◇「決定版 三島由紀夫全集 37」新潮社 2004 p741
恋と日本文学と本居宣長
　◇「丸谷才一全集 8」文藝春秋 2014 p305
恋と別離と
　◇「決定版 三島由紀夫全集 16」新潮社 2002 p425
「恋と別離と」異稿1
　◇「決定版 三島由紀夫全集 補巻」新潮社 2005 p328
「恋と別離と」異稿2
　◇「決定版 三島由紀夫全集 補巻」新潮社 2005 p331
恋と幽霊と夢
　◇「小松左京全集 完全版 15」城西国際大学出版会 2010 p245
恋にあっぷあっぷ
　◇「田辺聖子全集 12」集英社 2005 p461
鯉になつた和尚さん—三場
　◇「決定版 三島由紀夫全集 25」新潮社 2002 p746

グラン・ヌー・フォリーズ恋には七ツの鍵がある—全十九景のうち
　◇「決定版 三島由紀夫全集 22」新潮社 2002 p359
仔犬の代金に関する内容証明郵便
　◇「坂口安吾全集 16」筑摩書房 2000 p468
恋寝
　◇「渡辺淳一自選短篇コレクション 4」朝日新聞社 2006 p155
恋の重荷
　◇「瀬戸内寂聴随筆選 4」ゆまに書房 2009 p73
恋重荷
　◇「決定版 三島由紀夫全集 17」新潮社 2002 p389
恋の甕
　◇「大庭みな子全集 17」日本経済新聞出版社 2010 p43
恋のからたち垣の巻
　◇「田辺聖子全集 17」集英社 2005 p638
恋の刑務所／ランテルディ
　◇「中井英夫全集 10」東京創元社 2002（創元ライブラリ）p194
鯉の子
　◇「内田百閒集成 19」筑摩書房 2004（ちくま文庫）p133
恋の殺し屋が選んだ服
　◇「決定版 三島由紀夫全集 33」新潮社 2003 p240
恋のサイケデリック！
　◇「鈴木いづみコレクション 3」文遊社 1996
恋のさやあて
　◇「辻邦生全集 16」新潮社 2005 p322
故意の抽象
　◇「松田解子自選集 9」澤田出版 2009 p33
戀の追想
　◇「小寺菊子作品集 1」桂書房 2014 p365
戀ノ浜
　◇「車谷長吉全集 3」新書館 2010 p373
恋の棺
　◇「田辺聖子全集 16」集英社 2005 p345
恋の帆
　◇「決定版 三島由紀夫全集 24」新潮社 2002 p151
「恋の帆影」について
　◇「決定版 三島由紀夫全集 33」新潮社 2003 p123
「恋の帆」創作ノート
　◇「決定版 三島由紀夫全集 24」新潮社 2002 p641
こひのぼり
　◇「決定版 三島由紀夫全集 35」新潮社 2003 p110
恋の都
　◇「決定版 三島由紀夫全集 4」新潮社 2001 p379
恋人
　◇「野呂邦暢小説集成 3」文遊社 2014 p441
恋人たち
　◇「金井美恵子自選短篇集 恋人たち／降誕祭の夜」講談社 2015（講談社文芸文庫）p23

こいふ

恋文
　◇「辻井喬コレクション 7」河出書房新社 2003 p129

恋文商売
　◇「小檜山博全集 7」柏艪舎 2006 p179

恋文にあらわれる怖ろしい真実
　◇「大庭みな子全集 18」日本経済新聞出版社 2010 p227

恋闇
　◇「渡辺淳一自選短篇コレクション 4」朝日新聞社 2006 p193

コイル式バネ
　◇「辻井喬コレクション 7」河出書房新社 2003 p491

小祝の一家
　◇「宮本百合子全集 4」新日本出版社 2001 p358

恋わずらいで眠れないんだけど
　◇「小松左京全集 完全版 34」城西国際大学出版会 2009 p143

故岩野泡鳴氏に対する思い出 女の友達をも好き
　◇「小寺菊子作品集 3」桂書房 2014 p72

コイン・ベッド―都市を盗る21
　◇「安部公房全集 26」新潮社 1999 p474

興安嶺を越えて（加藤秀俊、江上波夫）
　◇「小松左京全集 完全版 38」城西国際大学出版会 2010 p122

更衣
　◇「山崎豊子全集 3」新潮社 2004 p639

こういう宇宙
　◇「小松左京全集 完全版 20」城西国際大学出版会 2014 p100

斯ういう気持
　◇「宮本百合子全集 20」新日本出版社 2002 p500

こういう月評が欲しい
　◇「宮本百合子全集 10」新日本出版社 2001 p459

行為への愛
　◇「大庭みな子全集 6」日本経済新聞出版社 2009 p190

行為の価値
　◇「宮本百合子全集 16」新日本出版社 2002 p292

工具ゴルフ
　◇「坂口安吾全集 15」筑摩書房 1999 p730

幸運の為に
　◇「小酒井不木随筆評論選集 8」本の友社 2004 p117

幸運の手紙のよりどころ
　◇「宮本百合子全集 13」新日本出版社 2001 p426

幸運のハンカチーフ
　◇「狩久全集 1」皆進社 2013 p244

行雲流水
　◇「坂口安吾全集 8」筑摩書房 1998 p258

紅衛兵のゆくえ、「コンミューン」のゆくえ
　◇「小田実全集 評論 7」講談社 2010 p408

交易が生む堺文化
　◇「小松左京全集 完全版 42」城西国際大学出版会 2014 p89

交易路
　◇「小松左京全集 完全版 43」城西国際大学出版会 2014 p384

光悦殺し
　◇「赤江瀑短編傑作選 幻想編」光文社 2007（光文社文庫）p383

光悦と宗達
　◇「小林秀雄全作品 15」新潮社 2003 p189
　◇「小林秀雄全集 補巻 2」新潮社 2010 p306

公園
　◇「小島信夫短篇集成 1」水声社 2014 p73

講演
　◇「〔野呂邦暢〕随筆コレクション 1」みすず書房 2014 p316

〈講演〉いのちの切なさ 美しさ
　◇「石牟礼道子全集 16」藤原書店 2013 p410

〈講演〉いまわの花
　◇「石牟礼道子全集 16」藤原書店 2013 p443

〈講演〉内なる灯
　◇「石牟礼道子全集 17」藤原書店 2012 p551

〈講演〉形見の声
　◇「石牟礼道子全集 16」藤原書店 2013 p658

公園から帰る
　◇「野呂邦暢小説集 7」文遊社 2016 p347

〈講演〉樹の中の川
　◇「石牟礼道子全集 17」藤原書店 2012 p563

〔講演〕空襲、震災そして未来
　◇「小松左京全集 完全版 46」城西国際大学出版会 2016 p301

講演芸人
　◇「20世紀断層―野坂昭如単行本未収録小説集成 1」幻戯書房 2010 p397

〈講演〉心の火
　◇「石牟礼道子全集 16」藤原書店 2013 p694

〔講演〕災害・防災の"ビジョン"を描く
　◇「小松左京全集 完全版 46」城西国際大学出版会 2016 p285

公園自慢
　◇「松下竜一未刊行著作集 2」海鳥社 2008 p47

公園―巡査は偏光眼鏡をかけた
　◇「中井英夫全集 10」東京創元社 2002（創元ライブラリ）p155

〔講演〕情報ハイテク時代と大震災
　◇「小松左京全集 完全版 46」城西国際大学出版会 2016 p310

〈講演〉生命の海・水俣
　◇「石牟礼道子全集 17」藤原書店 2012 p539

〈講演〉どうしても阻止したい 産廃処分場問題を考える7・17集会―能『不知火』上演一周年
◇「石牟礼道子全集 16」藤原書店 2013 p125

公園にて
◇「中井英夫全集 3」東京創元社 1996（創元ライブラリ）p111

公園の少女
◇「野呂邦暢小説集成 7」文遊社 2016 p505

講演の前
◇「小檜山博全集 7」柏艪舎 2006 p323

公園前
◇「決定版 三島由紀夫全集 15」新潮社 2002 p251

「公園前」異稿
◇「決定版 三島由紀夫全集 補巻」新潮社 2005 p300

講演メモ―伝統と変容
◇「安部公房全集 27」新潮社 2000 p142

公園はストリート
◇「鈴木いづみコレクション 5」文遊社 1996 p108

甲乙つけがたく―芥川賞選評
◇「決定版 三島由紀夫全集 36」新潮社 2003 p317

業を煮やすことが足りないこと―古い「風神通信」
◇「石牟礼道子全集 7」藤原書店 2005 p368

業火
◇「都筑道夫恐怖短篇集成 1」筑摩書房 2004（ちくま文庫）p133

黄海へ
◇「松田解子自選集 9」澤田出版 2009 p156

梗概『河（1、2）』（第一章～第二十七章）
◇「小田実全集 小説 43」講談社 2014 p10

梗概『河（1～4）』（第一章～第五十九章）
◇「小田実全集 小説 45」講談社 2014 p10

公会議に関するオランダ司教団教書［翻訳］
◇「須賀敦子全集 7」河出書房新社 2007（河出文庫）p376

公害と新聞―石原慎太郎〔対談〕（石原慎太郎）
◇「福田恆存対談・座談集 4」玉川大学出版部 2012 p123

郊外の丘の上から
◇「山田風太郎エッセイ集成 昭和前期の青春」筑摩書房 2007 p65

郊外の聖
◇「徳田秋聲全集 14」八木書店 2000 p95

笄堀
◇「山本周五郎長篇小説全集 4」新潮社 2013 p67

公開よりも寧ろ内輪な試演が望ましい
◇「徳田秋聲全集 19」八木書店 2000 p373

黄河河口―蜃頭より鉄尾へ到る
◇「小松左京全集 完全版 43」城西国際大学出版会 2014 p151

甲賀、木々論争〔昭和十一・十二年度〕
◇「江戸川乱歩全集 28」光文社 2006（光文社文庫）p657

豪華客船
◇「田中志津全作品集 下巻」武蔵野書院 2013 p202

口角の泡―ニューヨーク試演の記
◇「決定版 三島由紀夫全集 31」新潮社 2003 p517

ゴウ・カサノヴァノサカ号
◇「20世紀断層―野坂昭如単行本未収録小説集成 補巻」幻戯書房 2010 p655

黄河―中国文明の旅
◇「小松左京全集 完全版 43」城西国際大学出版会 2014 p9

豪華な番組も、受信契約数は
◇「小松左京全集 完全版 42」城西国際大学出版会 2014 p254

甲賀南蛮寺領
◇「山田風太郎忍法帖短篇全集 12」筑摩書房 2005（ちくま文庫）p315

弘化花暦
◇「定本 久生十蘭全集 別巻」国書刊行会 2013 p143

豪華版
◇「宮本百合子全集 17」新日本出版社 2002 p32

豪華版のための補跋（「サド侯爵夫人」）
◇「決定版 三島由紀夫全集 34」新潮社 2003 p437

交歓
◇「佐々木基一全集 8」河出書房新社 2013 p48

仰願寺蠟燭の残り少し 澱粉米 二ヶ月振りに電燈ともる 江戸川アパートへ移りたい
◇「内田百閒集成 22」筑摩書房 2004（ちくま文庫）p280

後記
◇「坂口安吾全集 15」筑摩書房 1999 p646

後記（「赤絵」創刊号）
◇「決定版 三島由紀夫全集 26」新潮社 2003 p335

「後記（「赤絵」創刊号）」異稿
◇「決定版 三島由紀夫全集 36」新潮社 2003 p524

後記（「赤絵」二号）
◇「決定版 三島由紀夫全集 26」新潮社 2003 p378

後記〔明後日の手記〕
◇「小田実全集 小説 1」講談社 2010 p154

後記〔影の狩人 幻戯〕
◇「中井英夫全集 3」東京創元社 1996（創元ライブラリ）p671

後記〈『風博士』〉
◇「坂口安吾全集 6」筑摩書房 1998 p298

後記―『戯曲 友達・榎本武揚』
◇「安部公房全集 21」新潮社 1999 p430

後期ゴチークの世界
◇「佐々木基一全集 6」河出書房新社 2012 p324

こうき

後記―この本の出版に協力してくれる人々についての簡単な紹介〔どんぐりのたわごと第6号〕
　◇「須賀敦子全集 7」河出書房新社 2007（河出文庫）p160

後記（「東雲」第二輯）
　◇「決定版 三島由紀夫全集 26」新潮社 2003 p550

好奇心
　◇「徳田秋聲全集 13」八木書店 1998 p280

好奇心いまとむかし〔対談〕(遠藤周作)
　◇「吉行淳之介エッセイ・コレクション 4」筑摩書房 2004（ちくま文庫）p190

後記(真善美社版)〔『個性復興』〕
　◇「佐々木基一全集 1」河出書房新社 2013 p401

後記―「ダム・ウェイター」
　◇「安部公房全集 25」新潮社 1999 p238

後記《『堕落論』》
　◇「坂口安吾全集 5」筑摩書房 1998 p371

「幸吉」に期待
　◇「安部公房全集 16」新潮社 1998 p375

後記《『道鏡』》
　◇「坂口安吾全集 5」筑摩書房 1998 p510

高貴とは？
　◇「大庭みな子全集 3」日本経済新聞出版社 2009 p366

後記にかえて〈『教祖の文学』〉
　◇「坂口安吾全集 6」筑摩書房 1998 p457

「皇紀二千六百年」の居なおり
　◇「小松左京全集 完全版 42」城西国際大学出版会 2014 p184

後記《『白痴』》
　◇「坂口安吾全集 5」筑摩書房 1998 p188

後記―『棒になった男』
　◇「安部公房全集 22」新潮社 1999 p398

後記〔岬〕
　◇「中上健次集 1」インスクリプト 2014 p540

後記(「密室」第十号)
　◇「狩久全集 1」皆進社 2013 p292

後記(「密室」第十一号)
　◇「狩久全集 1」皆進社 2013 p334

後記(「密室」第十五号)
　◇「狩久全集 2」皆進社 2013 p244

後記(「密室」第十六号)
　◇「狩久全集 2」皆進社 2013 p271

抗議三つ
　◇「坂口安吾全集 15」筑摩書房 1999 p311

高級アパート
　◇「小島信夫長篇集成 2」水声社 2015 p443

恒久民族民衆法廷
　◇「小田実全集 評論 35」講談社 2013 p201

後記―『夢の逃亡』
　◇「安部公房全集 22」新潮社 1999 p37

孝経
　◇「決定版 三島由紀夫全集 17」新潮社 2002 p623

興行法に対する註文二三
　◇「徳田秋聲全集 20」八木書店 2001 p204

後記〔『炉辺夜話集』〕
　◇「坂口安吾全集 3」筑摩書房 1999 p245

後記〔わが人生の時〕
　◇「小田実全集 小説 2」講談社 2010 p589

公金費消
　◇「小島信夫批評集成 2」水声社 2011 p354

工具惑星
　◇「定本 荒巻義雄メタSF全集 別巻」彩流社 2015 p231

香華
　◇「石牟礼道子全集 11」藤原書店 2005 p241

光景のむこうがわ
　◇「小檜山博全集 1」柏艪舎 2006 p187

「攻撃性」と「なわばり」
　◇「小松左京全集 完全版 35」城西国際大学出版会 2009 p406

高血圧症の思ひ出
　◇「谷崎潤一郎全集 22」中央公論新社 2017 p291

豪傑と小壺
　◇「司馬遼太郎短篇全集 2」文藝春秋 2005 p181

高原
　◇「決定版 三島由紀夫全集 37」新潮社 2004 p158

高原の荒寥味
　◇「徳田秋聲全集 20」八木書店 2001 p206

高原の仲間たち
　◇「辻邦生全集 16」新潮社 2005 p335

高原の町から
　◇「辻邦生全集 5」新潮社 2004 p407

高原ホテル
　◇「決定版 三島由紀夫全集 27」新潮社 2003 p423

高原より
　◇「徳田秋聲全集 23」八木書店 2001 p124

高校へ行ける
　◇「小檜山博全集 8」柏艪舎 2006 p122

高校のアンケート（十月二十日）
　◇「福田恆存評論集 18」麗澤大學出版會、廣池學園事業部〔発売〕 2010 p121

高校野球
　◇「坂口安吾全集 13」筑摩書房 1999 p434

高校野球（四月二十日）
　◇「福田恆存評論集 18」麗澤大學出版會、廣池學園事業部〔発売〕 2010 p155

考古学への道（加藤秀俊, 江上波夫）
　◇「小松左京全集 完全版 38」城西国際大学出版会 2010 p119

広告球の鳶―小鳥の小父さん中西悟堂氏にきく
　◇「定本 久生十蘭全集 10」国書刊行会 2011 p81

こうし

広告コトバの貧困
◇「上野壮夫全集 3」図書新聞 2011 p399

広告詩集
◇「上野壮夫全集 1」図書新聞 2010 p413
◇「上野壮夫全集 1」図書新聞 2010 p416

広告の書＝人間の書
◇「上野壮夫全集 3」図書新聞 2011 p481

「広告文化史」の巨星・中村太陽堂
◇「小松左京全集 完全版 42」城西国際大学出版会 2014 p147

硬骨に罪あり
◇「大坪砂男全集 2」東京創元社 2013（創元推理文庫）p449

口語的なものの力
◇「中上健次集 4」インスクリプト 2016 p365

黄砂
◇「林京子全集 1」日本図書センター 2005 p161

交差する腕
◇「中井英夫全集 6」東京創元社 1996（創元ライブラリ）p580

高札くらべ
◇「国枝史郎伝奇短篇小説集成 2」作品社 2006 p177

交叉点
◇「小松左京全集 完全版 22」城西国際大学出版会 2015 p218

格子
◇「小檜山博全集 2」柏艪舎 2006 p421

工事
◇「小松左京全集 完全版 25」城西国際大学出版会 2017 p260

『広辞苑』以後
◇「丸谷才一全集 10」文藝春秋 2014 p493

『広辞苑』から消えた
◇「松下竜一未刊行著作集 2」海鳥社 2008 p60

《忘れられない本》『広辞苑』新村出編
◇「井上ひさしコレクション ことばの巻」岩波書店 2005 p242

格子縞の毛布
◇「宮本百合子全集 2」新日本出版社 2001 p431

好日
◇「古井由吉自撰作品 7」河出書房新社 2012 p34

こうして本は作られた 金井久美子インタヴュー
◇「金井美恵子エッセイ・コレクション―1964-2013 4」平凡社 2014 p583

孔子と子貢
◇「宮城谷昌光全集 21」文藝春秋 2004 p411

高士の旅
◇「山田風太郎エッセイ集成 風呂焚き唄」筑摩書房 2008 p19

公社計画
◇「小松左京全集 完全版 25」城西国際大学出版会 2017 p123

豪奢な哀愁
◇「決定版 三島由紀夫全集 30」新潮社 2003 p32

杭州
◇「小林秀雄全作品 10」新潮社 2003 p129
◇「小林秀雄全集 補巻 1」新潮社 2010 p522

広州・桂林・南寧 のんびりしているのが性に合う
◇「田中小実昌エッセイ・コレクション 2」筑摩書房 2002（ちくま文庫）p262

甲州鎮撫隊
◇「国枝史郎歴史小説傑作選」作品社 2006 p280

杭州より南京
◇「小林秀雄全作品 10」新潮社 2003 p147
◇「小林秀雄全集 補巻 1」新潮社 2010 p525

絞首刑第一番
◇「〔山田風太郎〕時代短篇選集 3」小学館 2013（小学館文庫）p155

口上〔おしゃべりな訪問者〕
◇「小松左京全集 完全版 32」城西国際大学出版会 2008 p264

工場街から
◇「松田解子自選集 8」澤田出版 2008 p8

工場側の主張
◇「石牟礼道子全集 1」藤原書店 2004 p149

哄笑記
◇「20世紀断層―野坂昭如単行本未収録小説集成 補巻」幻戯書房 2010 p11

「交渉ごとでございます」
◇「石牟礼道子全集 10」藤原書店 2006 p550

工場新聞
◇「徳永直文学選集」熊本出版文化会館 2008 p159

強情な猫
◇「車谷長吉全集 3」新書館 2010 p387

工場のいらかいやはえて―水俣工場歌
◇「石牟礼道子全集 8」藤原書店 2005 p273

荒城の月
◇「山本周五郎探偵小説全集 4」作品社 2008 p324

工場労働者の生活について
◇「宮本百合子全集 20」新日本出版社 2002 p608

高所恐怖症
◇「小檜山博全集 8」柏艪舎 2006 p177

高所恐怖症
◇「都筑道夫恐怖短篇集成 2」筑摩書房 2004（ちくま文庫）p175

好色
◇「決定版 三島由紀夫全集 17」新潮社 2002 p211

好食つれづれ日記
◇「色川武大・阿佐田哲也エッセイズ 3」筑摩書房 2003（ちくま文庫）p376

好色文学
◇「小林秀雄全作品 18」新潮社 2004 p104
◇「小林秀雄全集 補巻 2」新潮社 2010 p431

こうし

好色文學論
◇「福田恆存評論集 4」麗澤大學出版會,廣池學園事業部〔発売〕 2009 p179

好色萬載集
◇「20世紀断層─野坂昭如単行本未収録小説集成 1」幻戯書房 2010 p339

「皇女フェドラ」について
◇「決定版 三島由紀夫全集 35」新潮社 2003 p707

巷塵
◇「徳田秋聲全集 18」八木書店 2000 p36

荒神
◇「中上健次集 2」インスクリプト 2018 p454

行進
◇「小田実全集 小説 32」講談社 2013 p130

鮫人(こうじん)
◇「谷崎潤一郎全集 8」中央公論新社 2017 p9

後進國の民主化は誰を利するか
◇「福田恆存評論集 10」麗澤大學出版會,廣池學園事業部〔発売〕 2008 p85

『巷塵』作者の言葉
◇「徳田秋聲全集 別巻」八木書店 2006 p129

行進図
◇「松田解子自選集 4」澤田出版 2005 p321

荒神沼心中
◇「大庭みな子全集 5」日本経済新聞出版社 2009 p153

「鮫人」の続稿に就いて
◇「谷崎潤一郎全集 8」中央公論新社 2017 p445

好人病
◇「江戸川乱歩全集 30」光文社 2005（光文社文庫）p326

洪水
◇「安部公房全集 2」新潮社 1997 p495

洪水
◇「小島信夫短篇集成 4」水声社 2015 p191

香水
◇「向田邦子全集 新版 10」文藝春秋 2010 p45

香水に寄せる11の脚韻詩の試み
◇「中井英夫全集 10」東京創元社 2002（創元ライブラリ）p183

洪水の終り
◇「辻邦生全集 2」新潮社 2004 p203

洪水の前後
◇「金井美恵子自選短篇集 エオンタ／自然の子供」講談社 2015（講談社文芸文庫）p255

構図を変えよう
◇「小田実全集 評論 17」講談社 2012 p224

構図のない絵
◇「大庭みな子全集 1」日本経済新聞出版社 2009 p9

構成
◇「丸谷才一全集 9」文藝春秋 2013 p410

"後生"学の提唱
◇「小松左京全集 完全版 31」城西国際大学出版会 2008 p288

豪勢な貧乏
◇「坂口安吾全集 13」筑摩書房 1999 p317

巷説「街の天使」
◇「アンドロギュノスの裔 渡辺温全集」東京創元社 2011（創元推理文庫）p249

光線
◇「立松和平小説 14」勉誠出版 2011 p1

好戦主義の台頭
◇「小田実全集 評論 36」講談社 2014 p81

公然の秘密―周辺飛行39
◇「安部公房全集 25」新潮社 1999 p231

光線のように
◇「宮本百合子全集 18」新日本出版社 2002 p24

構造主義的な思考形式〔インタビュー〕(渡辺広士)
◇「安部公房全集 26」新潮社 1999 p146

高層都市の崩壊
◇「小松左京全集 完全版 25」城西国際大学出版会 2017 p137

高燥の墳墓
◇「森村誠一ベストセレクション 鬼子母の末裔」光文社 2011（光文社文庫）p153

高速道路を走る
◇「小松左京全集 完全版 35」城西国際大学出版会 2009 p343

拘束と選択(二月二十三日)
◇「福田恆存評論集 18」麗澤大學出版會,廣池學園事業部〔発売〕 2010 p144

高祖黄帝
◇「宮城谷昌光全集 21」文藝春秋 2004 p365

小唄
◇「決定版 三島由紀夫全集 37」新潮社 2004 p560

幸田文「おとうと」
◇「小林秀雄全作品 21」新潮社 2004 p266
◇「小林秀雄全集 補巻 3」新潮社 2010 p82

幸田文さんの思ひ出
◇「阿川弘之全集 19」新潮社 2007 p93

「幸田文全集」
◇「小林秀雄全作品 22」新潮社 2004 p268
◇「小林秀雄全集 補巻 3」新潮社 2010 p144

交替
◇「小松左京全集 完全版 25」城西国際大学出版会 2017 p252

交替
◇「辻井喬コレクション 7」河出書房新社 2003 p208

高台寺
◇「宮本百合子全集 3」新日本出版社 2001 p464

広大な宇宙の中の自分へ―"未来"を考えるヒント
　◇「小松左京全集 完全版 45」城西国際大学出版会 2015 p294
降誕祭
　◇「アンドロギュノスの裔 渡辺温全集」東京創元社 2011（創元推理文庫）p386
降誕祭の夜
　◇「金井美恵子自選短篇集 恋人たち／降誕祭の夜」講談社 2015（講談社文芸文庫）p47
巷談師
　◇「坂口安吾全集 9」筑摩書房 1998 p493
巷談師退場
　◇「坂口安吾全集 8」筑摩書房 1998 p527
講談社エッセイ賞
　◇「丸谷才一全集 12」文藝春秋 2014 p364
講談社現代新書を推す（広告文）
　◇「決定版 三島由紀夫全集 33」新潮社 2003 p28
講談社もの
　◇「江戸川乱歩全集 30」光文社 2005（光文社文庫）p183
講談先生
　◇「坂口安吾全集 3」筑摩書房 1999 p461
講談の世界
　◇「坂口安吾全集 6」筑摩書房 1998 p316
講談 弁天小僧・お嬢吉三
　◇「井上ひさし短編中編小説集成 1」岩波書店 2014 p395
耕地
　◇「林京子全集 2」日本図書センター 2005 p93
紅茶
　◇「内田百閒集成 12」筑摩書房 2003（ちくま文庫）p200
紅茶
　◇「大庭みな子全集 9」日本経済新聞出版社 2010 p12
こうちゃん
　◇「須賀敦子全集 7」河出書房新社 2007（河出文庫）p165
工長・校長―『雪崩連太郎幻視行』解説より
　◇「田中小実昌エッセイ・コレクション 1」筑摩書房 2002（ちくま文庫）p241
交通停滞
　◇「小松左京全集 完全版 25」城西国際大学出版会 2017 p108
古靱の「合邦」完成
　◇「徳田秋聲全集 21」八木書店 2001 p367
後庭
　◇「宮本百合子全集 33」新日本出版社 2004 p464
皇帝修次郎
　◇「定本 久生十蘭全集 6」国書刊行会 2010 p370
皇帝修次郎三世
　◇「定本 久生十蘭全集 5」国書刊行会 2009 p526

皇帝のあとを追って
　◇「須賀敦子全集 3」河出書房新社 2007（河出文庫）p102
皇帝の御鹵薄
　◇「定本 久生十蘭全集 8」国書刊行会 2010 p639
皇帝の使者
　◇「小島信夫批評集成 5」水声社 2011 p32
［校訂ノート1］
　◇「安部公房全集 1」新潮社 1997 p17
［校訂ノート2］
　◇「安部公房全集 2」新潮社 1997 p19
［校訂ノート3］
　◇「安部公房全集 3」新潮社 1997 p16
［校訂ノート4］
　◇「安部公房全集 4」新潮社 1997 p11
［校訂ノート5］
　◇「安部公房全集 5」新潮社 1997 p11
［校訂ノート6］
　◇「安部公房全集 6」新潮社 1998 p10
［校訂ノート7］
　◇「安部公房全集 7」新潮社 1998 p17
［校訂ノート8］
　◇「安部公房全集 8」新潮社 1998 p16
［校訂ノート9］
　◇「安部公房全集 9」新潮社 1998 p16
［校訂ノート10］
　◇「安部公房全集 10」新潮社 1998 p4
［校訂ノート11］
　◇「安部公房全集 11」新潮社 1998 p14
［校訂ノート12］
　◇「安部公房全集 12」新潮社 1998 p12
［校訂ノート13］
　◇「安部公房全集 13」新潮社 1998 p4
［校訂ノート14］
　◇「安部公房全集 14」新潮社 1998 p4
［校訂ノート15］
　◇「安部公房全集 15」新潮社 1998 p14
［校訂ノート16］
　◇「安部公房全集 16」新潮社 1998 p12
［校訂ノート17］
　◇「安部公房全集 17」新潮社 1999 p11
［校訂ノート18］
　◇「安部公房全集 18」新潮社 1999 p7
［校訂ノート19］
　◇「安部公房全集 19」新潮社 1999 p13
［校訂ノート20］
　◇「安部公房全集 20」新潮社 1999 p12
［校訂ノート21］
　◇「安部公房全集 21」新潮社 1999 p10
［校訂ノート22］
　◇「安部公房全集 22」新潮社 1999 p14

こうて

[校訂ノート23]
- ◇「安部公房全集 23」新潮社 1999 p15

[校訂ノート24]
- ◇「安部公房全集 24」新潮社 1999 p11

[校訂ノート25]
- ◇「安部公房全集 25」新潮社 1999 p14

[校訂ノート26]
- ◇「安部公房全集 26」新潮社 1999 p10

[校訂ノート27]
- ◇「安部公房全集 27」新潮社 2000 p13

[校訂ノート28]
- ◇「安部公房全集 28」新潮社 2000 p35

[校訂ノート29]
- ◇「安部公房全集 29」新潮社 2000 p21

[校訂ノート30]
- ◇「安部公房全集 30」新潮社 2009 p665

「公的援助」について
- ◇「小田実全集 評論 31」講談社 2013 p53

香奠を忘れる
- ◇「徳田秋聲全集 16」八木書店 1999 p263

行動学入門
- ◇「決定版 三島由紀夫全集 35」新潮社 2003 p606

行動にうつるマギー
- ◇「小島信夫批評集成 8」水声社 2010 p94

行動の意味
- ◇「徳田秋聲全集 22」八木書店 2001 p368

強盗の国へ
- ◇「小檜山博全集 8」柏艪舎 2006 p295

荒唐夢契
- ◇「20世紀断層—野坂昭如単行本未収録小説集成 4」幻戯書房 2010 p630

荒唐無稽
- ◇「江戸川乱歩全集 24」光文社 2005（光文社文庫）p188

荒唐無稽
- ◇「決定版 三島由紀夫全集 28」新潮社 2003 p294

豪禿少尉の出征
- ◇「内田百閒集成 17」筑摩書房 2004（ちくま文庫）p58

黄土高原—黄灰色の荒涼地帯
- ◇「小松左京全集 完全版 43」城西国際大学出版会 2014 p129

高度成長のゆりかご シンポジウム（中村隆英、河合秀和）
- ◇「小松左京全集 完全版 38」城西国際大学出版会 2010 p332

黄土の人
- ◇「田村泰次郎選集 4」日本図書センター 2005 p5

公と私の問題
- ◇「小田実全集 評論 5」講談社 2010 p362

坑内の娘
- ◇「松田解子自選集 9」澤田出版 2009 p12

巫女(かうなぎ)してこそ歩くなれ
- ◇「大庭みな子全集 12」日本経済新聞出版社 2010 p198

江南楊柳
- ◇「阿川弘之全集 1」新潮社 2005 p245

効能書き
- ◇「[野呂邦暢] 随筆コレクション 1」みすず書房 2014 p354

河野多恵子『回転扉』
- ◇「小島信夫批評集成 2」水声社 2011 p765

河野多恵子『無関係』について
- ◇「小島信夫批評集成 7」水声社 2011 p108

河野信子『火の国の女・高群逸枝』
- ◇「石牟礼道子全集 14」藤原書店 2008 p309

黄漠奇聞
- ◇「稲垣足穂コレクション 2」筑摩書房 2005（ちくま文庫）p9

後白—酔いざめの今
- ◇「開高健ルポルタージュ選集 ずばり東京」光文社 2007（光文社文庫）p421

業柱抱き
- ◇「車谷長吉全集 3」新書館 2010 p7
- ◇「車谷長吉全集 3」新書館 2010 p9

交尾
- ◇「梶井基次郎小説全集新装版」沖積舎 1995 p293

高庇塚堅歌(かうひちようええのうた)
- ◇「決定版 三島由紀夫全集 37」新潮社 2004 p130

合否電報
- ◇「井上ひさしコレクション 日本の巻」岩波書店 2005 p61

幸福
- ◇「寺山修司著作集 4」クインテッセンス出版 2009 p281

幸福
- ◇「向田邦子全集 新版 3」文藝春秋 2009 p61

幸福
- ◇「山田風太郎ミステリー傑作選 10」光文社 2002（光文社文庫）p561

幸福をつくる人たち
- ◇「小檜山博全集 6」柏艪舎 2006 p403

"幸福館"
- ◇「安部公房全集 9」新潮社 1998 p183

幸福号出帆
- ◇「決定版 三島由紀夫全集 5」新潮社 2001 p373

「幸福号出帆」創作ノート
- ◇「決定版 三島由紀夫全集 5」新潮社 2001 p779

幸福といふ病気の療法
- ◇「決定版 三島由紀夫全集 17」新潮社 2002 p347

「幸福といふ病気の療法」異稿
- ◇「決定版 三島由紀夫全集 補巻」新潮社 2005 p350

「幸福といふ病気の療法」創作ノート
- ◇「決定版 三島由紀夫全集 17」新潮社 2002 p753

幸福と悔恨の旅
　◇「決定版 三島由紀夫全集 37」新潮社 2004 p633
幸福と苦悩をもたらす"恋"
　◇「辻邦生全集 18」新潮社 2005 p86
幸福な朝
　◇「定本 久生十蘭全集 別巻」国書刊行会 2013 p88
幸福な犬
　◇「吉田知子選集 3」景文館書店 2014 p123
幸福な過疎国家・タンザニア
　◇「小松左京全集 完全版 32」城西国際大学出版会 2008 p193
幸福な時期
　◇「小島信夫批評集成 7」水声社 2011 p134
幸福な夫婦
　◇「大庭みな子全集 18」日本経済新聞出版社 2010 p9
幸福な二人
　◇「小沼丹全集 1」未知谷 2004 p737
幸福なんて
　◇「金井美恵子エッセイ・コレクション—1964-2013 1」平凡社 2013 p107
幸福について
　◇「宮本百合子全集 16」新日本出版社 2002 p110
幸福について〔対談〕(中野重治)
　◇「坂口安吾全集 17」筑摩書房 1999 p517
幸福にも不幸にもならない手紙
　◇「小松左京全集 完全版 17」城西国際大学出版会 2012 p184
幸福の暈
　◇「〔野呂邦暢〕随筆コレクション 1」みすず書房 2014 p16
幸福の感覚
　◇「宮本百合子全集 14」新日本出版社 2001 p255
幸福の拒否
　◇「佐々木基一全集 5」河出書房新社 2013 p408
幸福の建設
　◇「宮本百合子全集 16」新日本出版社 2002 p204
幸福の佇む風景から—グッドモーニング・バビロン！／イントレランス
　◇「辻邦生全集 19」新潮社 2005 p337
幸福の種
　◇「立松和平全小説 18」勉誠出版 2012 p197
幸福のために
　◇「宮本百合子全集 16」新日本出版社 2002 p193
幸福の胆汁
　◇「決定版 三島由紀夫全集 37」新潮社 2004 p636
幸福までの長い距離
　◇「辻邦生全集 19」新潮社 2005 p470
幸福村
　◇「津村節子自選作品集 6」岩波書店 2005 p297
幸福物語
　◇「定本 久生十蘭全集 5」国書刊行会 2009 p584

幸福者の眼—アメリカの知識人
　◇「小田実全集 評論 1」講談社 2010 p874
黄鵬楼
　◇「日影丈吉全集 4」国書刊行会 2003 p401
幸福論
　◇「寺山修司著作集 4」クインテッセンス出版 2009 p309
甲府在番
　◇「松本清張短編全集 07」光文社 2009（光文社文庫）p139
興奮からの解放
　◇「小松左京全集 完全版 36」城西国際大学出版会 2011 p306
　◇「小松左京全集 完全版 36」城西国際大学出版会 2011 p329
興奮ご無用
　◇「日影丈吉全集 5」国書刊行会 2003 p64
神戸
　◇「佐々木基一全集 8」河出書房新社 2013 p256
「神戸人気質」踏まえた復興を
　◇「小松左京全集 完全版 46」城西国際大学出版会 2016 p140
神戸鎮魂—五十年目の娼婦
　◇「20世紀断層—野坂昭如単行本未収録小説集成 5」幻戯書房 2010 p453
神戸で買うてもらった絵本
　◇「車谷長吉全集 2」新書館 2010 p499
神戸・鳥料理
　◇「〔野呂邦暢〕随筆コレクション 2」みすず書房 2014 p338
神戸にて
　◇「小沼丹全集 4」未知谷 2004 p160
「神戸の興行魂」いまだ死なず
　◇「小松左京全集 完全版 46」城西国際大学出版会 2016 p136
広報
　◇「小松左京全集 完全版 36」城西国際大学出版会 2011 p272
光芒を放つ三作—谷崎賞選後評
　◇「決定版 三島由紀夫全集 35」新潮社 2003 p292
弘法のとめた温泉関の湯
　◇「小松左京全集 完全版 31」城西国際大学出版会 2008 p80
黄浦江
　◇「林京子全集 2」日本図書センター 2005 p70
酵母の欠乏
　◇「阿川弘之全集 16」新潮社 2006 p26
傲慢な眼
　◇「坂口安吾全集 1」筑摩書房 1999 p292
公明選挙
　◇「小松左京全集 完全版 25」城西国際大学出版会 2017 p313

こうも

コウモリ
　◇「大庭みな子全集 12」日本経済新聞出版社 2010 p145

蝙蝠
　◇「阿川弘之全集 1」新潮社 2005 p143

蝙蝠傘
　◇「小沼丹全集 4」未知谷 2004 p336

こうもりと兎
　◇「大庭みな子全集 14」日本経済新聞出版社 2010 p521

『蝙蝠は夕方に飛ぶ』(A・A・フェア)
　◇「田中小実昌エッセイ・コレクション 5」筑摩書房 2003（ちくま文庫）p205

拷問と死のよろこび―映画「悪徳の栄え」をみて
　◇「決定版 三島由紀夫全集 32」新潮社 2003 p491

荒野への郷愁
　◇「大庭みな子全集 23」日本経済新聞出版社 2011 p407

高野山にて
　◇「小林秀雄全作品 18」新潮社 2004 p144
　◇「小林秀雄全集 補巻 2」新潮社 2010 p441

高安犬物語
　◇「戸川幸夫動物文学セレクション 1」ランダムハウス講談社 2008（ランダムハウス講談社文庫）p43

『荒野に叫ぶ声』
　◇「深沢夏衣作品集」新幹社 2015 p387

荒野の青い道
　◇「開高健ルポルタージュ選集 サイゴンの十字架」光文社 2008（光文社文庫）p199

荒野の怪獣
　◇「山本周五郎探偵小説全集 3」作品社 2007 p275

〈荒野の端に〉
　◇「安部公房全集 2」新潮社 1997 p211

曠野の果
　◇「大佛次郎セレクション第2期 曠野の果」未知谷 2008 p5

荒野の花嫁
　◇「古井由吉自撰作品 7」河出書房新社 2012 p115

国府山(こうやま)の声
　◇「車谷長吉全集 3」新書館 2010 p65

荒野より
　◇「決定版 三島由紀夫全集 20」新潮社 2002 p517

交遊
　◇「色川武大・阿佐田哲也エッセイズ 3」筑摩書房 2003（ちくま文庫）

「校友会雑誌」懸賞小説選後感想
　◇「小林秀雄全作品 6」新潮社 2003 p124
　◇「小林秀雄全集 補巻 1」新潮社 2010 p303

交友対談 (今日出海)
　◇「小林秀雄全作品 26」新潮社 2004 p205
　◇「小林秀雄全集 補巻 3」新潮社 2010 p378

交遊の広狭
　◇「徳田秋聲全集 20」八木書店 2001 p326

交友録、その他
　◇「小松左京全集 完全版 29」城西国際大学出版会 2007 p258

効用
　◇「定本 久生十蘭全集 5」国書刊行会 2009 p241
　◇「定本 久生十蘭全集 10」国書刊行会 2011 p323

紅葉
　◇「石牟礼道子全集 15」藤原書店 2012 p221

紅葉
　◇「小檜山博全集 2」柏艪舎 2006 p458

紅葉(こうよう)… → "もみじ…"をも見よ

紅葉を想う
　◇「石牟礼道子全集 17」藤原書店 2012 p486

紅葉をして今の文壇に在らしめば
　◇「徳田秋聲全集 19」八木書店 2000 p136

公用方秘録二件
　◇「定本 久生十蘭全集 4」国書刊行会 2009 p568

紅葉山人と一葉女史
　◇「宮本百合子全集 33」新日本出版社 2004 p410

紅葉山人とその夫人
　◇「徳田秋聲全集 20」八木書店 2001 p281

紅葉山人の文章と文章訓
　◇「徳田秋聲全集 19」八木書店 2000 p437

効用性の恢復
　◇「佐々木基一全集 2」河出書房新社 2013 p102

紅葉先生との接触面
　◇「徳田秋聲全集 20」八木書店 2001 p332

紅葉先生と私
　◇「徳田秋聲全集 22」八木書店 2001 p49

紅葉先生の塾
　◇「徳田秋聲全集 19」八木書店 2000 p81

紅葉先生―人と作品
　◇「徳田秋聲全集 22」八木書店 2001 p261

紅葉の夕ぐれ
　◇「石牟礼道子全集 11」藤原書店 2005 p323

紅葉より赤くもえる決意―大事故一周年の夕張をたずねて
　◇「松田解子自選集 8」澤田出版 2008 p404

後楽園アート・シアターに期待する
　◇「安部公房全集 15」新潮社 1998 p479

甲羅に似せて
　◇「吉行淳之介エッセイ・コレクション 3」筑摩書房 2004（ちくま文庫）p142

高利貸に就いて
　◇「内田百閒集成 5」筑摩書房 2003（ちくま文庫）p247

「小売商人の不正事実」について
　◇「宮本百合子全集 9」新日本出版社 2001 p87

「合理的」ということ
　◇「小田実全集 評論 4」講談社 2010 p295

子売の話
◇「三角寛サンカ選集第二期 14」現代書館 2005 p289

交流の場
◇「定本 荒巻義雄メタSF全集 5」彩流社 2015 p354

荒涼の地の果て・宗谷岬
◇「辻邦生全集 17」新潮社 2005 p165

高齢者に居場所はあるか
◇「林京子全集 8」日本図書センター 2005 p320

降倭変
◇「山田風太郎妖異小説コレクション 山屋敷秘図」徳間書店 2003（徳間文庫）p545

講和問題について
◇「宮本百合子全集 19」新日本出版社 2002 p109

声
◇「金井美恵子自選短篇集 砂の粒／孤独な場所で」講談社 2014（講談社文芸文庫）p56

声
◇「小島信夫短篇集成 2」水声社 2014 p379

声
◇「谷崎潤一郎全集 23」中央公論新社 2017 p131

声
◇「田村泰次郎選集 1」日本図書センター 2005 p268

声
◇「中井英夫全集 10」東京創元社 2002（創元ライブラリ）p170

声
◇「〔野呂邦暢〕随筆コレクション 1」みすず書房 2014 p219

声
◇「松本清張映画化作品集 3」双葉社 2008（双葉文庫）p279
◇「松本清張傑作選 黒い手帖からのサイン」新潮社 2009 p87
◇「松本清張短編全集 05」光文社 2009（光文社文庫）p5
◇「松本清張傑作選 黒い手帖からのサイン」新潮社 2013（新潮文庫）p123

声
◇「宮本百合子全集 20」新日本出版社 2002 p395

孤影
◇「上野壮夫全集 1」図書新聞 2010 p409

声変り
◇「向田邦子全集 新版 8」文藝春秋 2009 p239

「声」創刊にさいして（大岡昇平、中村光夫、福田恆存、吉川逸治、吉田健一）
◇「決定版 三島由紀夫全集 36」新潮社 2003 p499

小枝と鉄蔵
◇「松田解子自選集 4」澤田出版 2005 p441

声で聞く日本語
◇「大庭みな子全集 23」日本経済新聞社 2011 p393

声と言葉遣ひ―男性の求める理想の女性
◇「決定版 三島由紀夫全集 27」新潮社 2003 p365

声―謎の犯人は
◇「松下竜一未刊行著作集 3」海鳥社 2009 p379

声の狩人
◇「開高健ルポルタージュ選集 声の狩人」光文社 2008（光文社文庫）p153

声の恐怖
◇「江戸川乱歩全集 24」光文社 2005（光文社文庫）p93

個への退行を断ち切る歌稿――一首の消し方
◇「寺山修司著作集 5」クインテッセンス出版 2009 p91

声のない日々
◇「鈴木いづみコレクション 2」文遊社 1997 p40

声の返信
◇「松下竜一未刊行著作集 1」海鳥社 2008 p57

声まぎらはしほとゝぎす
◇「古井由吉自撰作品 6」河出書房新社 2012 p225

五右衛門と如軒
◇「小酒井不木随筆評論選集 5」本の友社 2004 p278

五右衛門と新左
◇「国枝史郎伝奇短篇小説集成 1」作品社 2006 p302

ゴエモンのニッポン日記
◇「小松左京全集 完全版 3」城西国際大学出版会 2009 p199

越えられぬ壁―追悼 石川達三
◇「山崎豊子全集 17」新潮社 2005 p511

故苑
◇「決定版 三島由紀夫全集 37」新潮社 2004 p534

ご縁をたまわる
◇「石牟礼道子全集 15」藤原書店 2012 p442

故園黄葉
◇「阿川弘之全集 19」新潮社 2007 p337

古園徘徊
◇「決定版 三島由紀夫全集 37」新潮社 2004 p499

牛黄加持
◇「司馬遼太郎短篇全集 3」文藝春秋 2005 p441

子を産む杖
◇「宮城谷昌光全集 21」文藝春秋 2004 p386

ゴオゴリ
◇「小沼丹全集 4」未知谷 2004 p653

「個」を体験し、成長してきた人〔対談者〕河合隼雄
◇「大庭みな子全集 22」日本経済新聞出版社 2011 p404

凍った太陽
◇「高城高全集 2」東京創元社 2008（創元推理文庫）p273

凍った日々
◇「辻邦生全集 5」新潮社 2004 p243

こおと

子を取りに
◇「徳田秋聲全集 15」八木書店 1999 p297
子を求める術
◇「小酒井不木随筆評論選集 6」本の友社 2004 p317
氷
◇「大庭みな子全集 7」日本経済新聞出版社 2009 p256
氷蔵の二階
◇「宮本百合子全集 2」新日本出版社 2001 p465
氷献上
◇「定本 久生十蘭全集 2」国書刊行会 2009 p437
氷砂糖
◇「松下竜一未刊行著作集 1」海鳥社 2008 p104
凍りついた時間―船山馨著『見知らぬ橋』
◇「中井英夫全集 6」東京創元社 1996（創元ライブラリ）p474
郡虎彦因縁ばなし
◇「辻邦生全集 16」新潮社 2005 p219
氷の女
◇「中井英夫全集 10」東京創元社 2002（創元ライブラリ）p112
氷の鏡―ある雪国の物語
◇「辻邦生全集 8」新潮社 2005 p402
氷の下の暗い顔
◇「小松左京全集 完全版 23」城西国際大学出版会 2015 p195
氷の下の芽
◇「山本周五郎長篇小説全集 7」新潮社 2013 p290
氷の園
◇「定本 久生十蘭全集 7」国書刊行会 2010 p239
氷の壺から水を飲む―ボリス・ヴィアン「北京の秋」
◇「安部公房全集 27」新潮社 2000 p46
氷の利用
◇「宮城谷昌光全集 21」文藝春秋 2004 p343
氷れる花嫁
◇「アンドロギュノスの裔 渡辺温全集」東京創元社 2011（創元推理文庫）p373
氷れる花嫁 他三篇
◇「アンドロギュノスの裔 渡辺温全集」東京創元社 2011（創元推理文庫）p365
こおろぎ
◇「内田百閒集成 15」筑摩書房 2003（ちくま文庫）p74
蟋蟀の歌―「怪奇の街」の一節より
◇「大坪砂男著作 4」東京創元社 2013（創元推理文庫）p209
『こをろ』について
◇「阿川弘之全集 10」新潮社 2006 p489
御遠忌を迎えて
◇「石牟礼道子全集 10」藤原書店 2006 p417

五陰盛苦
◇「車谷長吉全集 3」新書館 2010 p604
語音のつくるイメージ
◇「上野壮夫全集 3」図書新聞 2011 p423
誤解
◇「安部公房全集 29」新潮社 2000 p43
誤解
◇「大庭みな子全集 16」日本経済新聞出版社 2010 p60
誤解
◇「小松左京全集 完全版 25」城西国際大学出版会 2017 p83
碁会所開店
◇「坂口安吾全集 13」筑摩書房 1999 p397
五階の窓
◇「江戸川乱歩全集 3」光文社 2005（光文社文庫）p115
「五階の窓」執筆に就いて―不満二三
◇「国枝史郎探偵小説全集」作品社 2005 p359
木蔭の橡
◇「宮本百合子全集 20」新日本出版社 2002 p497
木影の露の記
◇「谷崎潤一郎全集 18」中央公論新社 2016 p489
コカコーラUSA―ヨーロッパの前衛映画
◇「鈴木いづみコレクション 7」文遊社 1997 p233
碁敵
◇「小沼丹全集 4」未知谷 2004 p610
小型機の来襲頻り也 借り米嵩む 四谷駅の燕の巣 大政翼賛会消滅す
◇「内田百閒集成 22」筑摩書房 2004（ちくま文庫）p157
五月
◇「辻井喬コレクション 7」河出書房新社 2003 p24
五月
◇「中井英夫全集 10」東京創元社 2002（創元ライブラリ）p154
五月を送るうた
◇「中井英夫全集 10」東京創元社 2002（創元ライブラリ）p62
五月革命
◇「決定版 三島由紀夫全集 35」新潮社 2003 p137
五月尽
◇「決定版 三島由紀夫全集 37」新潮社 2004 p558
五月一日だぜ、兄弟！
◇「上野壮夫全集 1」図書新聞 2010 p155
五月と桐の花
◇「吉屋信子少女小説選 2」ゆまに書房 2003 p191
五月の風の如くに
◇「小島信夫批評集成 7」水声社 2011 p105
五月のことば
◇「宮本百合子全集 19」新日本出版社 2002 p218

五月の詩
　◇「坂口安吾全集 3」筑摩書房 1999 p457
五月の詩・序詞
　◇「寺山修司著作集 1」クインテッセンス出版 2009 p2
〈五月のスタジオ公演〉─周辺飛行41
　◇「安部公房全集 25」新潮社 1999 p240
五月の創作
　◇「德田秋聲全集 22」八木書店 2001 p269
五月の空
　◇「宮本百合子全集 20」新日本出版社 2002 p354
五月の空にピラニアの群れ
　◇「林京子全集 8」日本図書センター 2005 p169
五月の帝国劇場合評丸の内から
　◇「德田秋聲全集 20」八木書店 2001 p67
五月の晴れた日に
　◇「小松左京全集 完全版 13」城西国際大学出版会 2008 p94
五月の憂鬱
　◇「決定版 三島由紀夫全集 37」新潮社 2004 p625
五月の夜
　◇「小寺菊子作品集 2」桂書房 2014 p452
古賀人形
　◇「〔野呂邦暢〕随筆コレクション 2」みすず書房 2014 p208
古賀人形とアマ
　◇「林京子全集 7」日本図書センター 2005 p121
黄金（こがね）… → "おうごん…"をも見よ
小金井素子さんの事
　◇「德田秋聲全集 23」八木書店 2001 p182
黄金色のスポーツカー
　◇「小松左京全集 完全版 25」城西国際大学出版会 2017 p424
黄金虫
　◇「横溝正史時代小説コレクション伝奇篇 3」出版芸術社 2003 p235
五ヵ年計画とソヴェト同盟の文化的飛躍
　◇「宮本百合子全集 11」新日本出版社 2001 p56
五ヵ年計画とソヴェトの芸術
　◇「宮本百合子全集 10」新日本出版社 2001 p225
木枯し
　◇「車谷長吉全集 1」新書館 2010 p329
木枯し
　◇「辻井喬コレクション 7」河出書房新社 2003 p78
木枯の酒倉から─聖なる酔つ払ひは神々の魔手に誘惑された話
　◇「坂口安吾全集 1」筑摩書房 1999 p20
木枯し a
　◇「決定版 三島由紀夫全集 37」新潮社 2004 p144
凩 b
　◇「決定版 三島由紀夫全集 37」新潮社 2004 p161

御閑所
　◇「内田百閒集成 15」筑摩書房 2003（ちくま文庫）p236
ごきぶり退治
　◇「小松左京全集 完全版 15」城西国際大学出版会 2010 p79
ゴキブリの洋行
　◇「戸川幸夫動物文学セレクション 2」ランダムハウス講談社 2008（ランダムハウス講談社文庫）p401
胡弓を弾く鳥
　◇「大庭みな子全集 3」日本経済新聞出版社 2009 p7
「鼓弓を弾く鳥」について
　◇「大庭みな子全集 3」日本経済新聞出版社 2009 p213
故郷
　◇「石牟礼道子全集 15」藤原書店 2012 p418
故郷
　◇「金石範作品集 1」平凡社 2005 p281
故郷
　◇「田中志津全作品集 下巻」武蔵野書院 2013 p183
故郷
　◇「寺山修司著作集 4」クインテッセンス出版 2009 p92
故郷
　◇「德田秋聲全集 6」八木書店 2000 p188
故郷（こきょう）… → "ふるさと…"をも見よ
故郷を失った文学
　◇「小林秀雄全作品 4」新潮社 2003 p173
　◇「小林秀雄全集 補巻 1」新潮社 2010 p207
故郷を買い戻す
　◇「小檜山博全集 6」柏艪舎 2006 p152
　◇「小檜山博全集 6」柏艪舎 2006 p409
故郷を出ず
　◇「松下竜一未刊行著作集 2」海鳥社 2008 p237
『故郷』を見る
　◇「小寺菊子作品集 3」桂書房 2014 p227
故郷喪失と放浪
　◇「大庭みな子全集 3」日本経済新聞出版社 2009 p282
故郷と文体
　◇「石牟礼道子全集 1」藤原書店 2004 p217
故郷の河
　◇「上野壮夫全集 2」図書新聞 2009 p272
故郷の廃家
　◇「都筑道夫恐怖短篇集成 2」筑摩書房 2004（ちくま文庫）p188
故郷の話
　◇「宮本百合子全集 13」新日本出版社 2001 p67
故郷の山故郷の川
　◇「辻邦生全集 16」新潮社 2005 p120

こきよ

故郷忘じがたく候
　◇「司馬遼太郎短篇全集 11」文藝春秋 2006 p329

古今集と新古今集
　◇「決定版 三島由紀夫全集 34」新潮社 2003 p335

刻
　◇「中井英夫全集 10」東京創元社 2002（創元ライブラリ）p169

極悪人
　◇「山田風太郎ミステリー傑作選 6」光文社 2001（光文社文庫）p173

黒闇天女
　◇「中井英夫全集 3」東京創元社 1996（創元ライブラリ）p59

黒衣の聖母
　◇「山田風太郎ミステリー傑作選 5」光文社 2001（光文社文庫）p381

黒衣の短歌史・現代短歌論
　◇「中井英夫全集 10」東京創元社 2002（創元ライブラリ）p197

黒衣の紡ぎ手／アルページュ
　◇「中井英夫全集 10」東京創元社 2002（創元ライブラリ）p186

黒衣の人
　◇「大庭みな子全集 14」日本経済新聞出版社 2010 p194

黒衣夫人
　◇「狩久全集 2」皆進社 2013 p320

《黒衣夫人の香り》あとがき
　◇「日影丈吉全集 別巻」国書刊行会 2005 p580

虚空の扉
　◇「天城一傑作集 2」日本評論社 2005 p551

虚空遍歴
　◇「山本周五郎長篇小説全集 21」新潮社 2014 p7
　◇「山本周五郎長篇小説全集 22」新潮社 2014 p7

國運
　◇「福田恆存評論集 1」麗澤大學出版會, 廣池學園事業部〔発売〕2009 p245

黒液
　◇「德田秋聲全集 29」八木書店 2002 p233

黒煙のなかで—作家で平和活動家の小田実との対話
　◇「小田実全集 評論 34」講談社 2013 p218

告夏賦
　◇「決定版 三島由紀夫全集 37」新潮社 2004 p338

国号の変更
　◇「宮城谷昌光全集 21」文藝春秋 2004 p402

國語音韻の特質
　◇「福田恆存評論集 6」麗澤大學出版會, 廣池學園事業部〔発売〕2009 p190

國語音韻の背景
　◇「福田恆存評論集 6」麗澤大學出版會, 廣池學園事業部〔発売〕2009 p251

國語音韻の文字變化
　◇「福田恆存評論集 6」麗澤大學出版會, 廣池學園事業部〔発売〕2009 p143

國語元年
　◇「井上ひさしコレクション ことばの巻」岩波書店 2005 p99

刻々
　◇「宮本百合子全集 4」新日本出版社 2001 p297

国語事典
　◇「向田邦子全集 新版 6」文藝春秋 2009 p113

国語辞典の中の一生
　◇「井上ひさしコレクション ことばの巻」岩波書店 2005 p3

国語辞典プラス百科事典プラス新語辞典
　◇「丸谷才一全集 10」文藝春秋 2014 p499

国語審議会を叱る〔対談〕（吉田富三）
　◇「福田恆存対談・座談集 2」玉川大学出版部 2011 p251

國語審議會に關し文相に訴ふ
　◇「福田恆存評論集 8」麗澤大學出版會, 廣池學園事業部〔発売〕2007 p9

國語政策に關し總理に訴ふ
　◇「福田恆存評論集 9」麗澤大學出版會, 廣池學園事業部〔発売〕2008 p335

国語という大河
　◇「小林秀雄全作品 21」新潮社 2004 p279
　◇「小林秀雄全集 補巻 3」新潮社 2010 p85

国語の教科書
　◇「小沼丹全集 4」未知谷 2004 p458

国語の先生
　◇「小沼丹全集 4」未知谷 2004 p140

国語の文芸復興
　◇「阿川弘之全集 19」新潮社 2007 p539

國語問題早解り
　◇「福田恆存評論集 16」麗澤大學出版會, 廣池學園事業部〔発売〕2010 p291

國語問題と國民の熱意
　◇「福田恆存評論集 6」麗澤大學出版會, 廣池學園事業部〔発売〕2009 p305

國語論争の場に（八月十六日）
　◇「福田恆存評論集 18」麗澤大學出版會, 廣池學園事業部〔発売〕2010 p79

国際化する俳句
　◇「大庭みな子全集 23」日本経済新聞出版社 2011 p386

国際化する文化〔対談者〕堀田善衞
　◇「大庭みな子全集 22」日本経済新聞出版社 2011 p398

国際観光局の映画試写会
　◇「宮本百合子全集 20」新日本出版社 2002 p665

国際結婚
　◇「小檜山博全集 6」柏艪舎 2006 p399

"極彩色料理本"に興奮
　◇「小松左京全集 完全版 42」城西国際大学出版会 2014 p194
国際政治の終焉―武者小路公秀氏との対談
　◇「小松左京全集 完全版 30」城西国際大学出版会 2008 p264
国際性ということ
　◇「小島信夫批評集成 7」水声社 2011 p698
〈国際発明展で銅賞を受賞した作家安部公房〉〔インタビュー〕(上之郷利昭)
　◇「安部公房全集 28」新潮社 2000 p305
国際婦人デーへのメッセージ
　◇「宮本百合子全集 19」新日本出版社 2002 p204
国際文化会館の設立(加藤秀俊、松本重治)
　◇「小松左京全集 完全版 38」城西国際大学出版会 2010 p192
国際民婦連へのメッセージ―「女性を守る会」から
　◇「宮本百合子全集 16」新日本出版社 2002 p444
国際無産婦人デーに際して―作家同盟各支部に婦人委員会をつくれ
　◇「宮本百合子全集 11」新日本出版社 2001 p170
「国際連帯」への甘え
　◇「小松左京全集 完全版 29」城西国際大学出版会 2007 p339
国事犯の行方―破獄の志士赤井景韶
　◇「国枝史郎探偵小説全集」作品社 2005 p176
黒色の牡丹 花妖譚三
　◇「司馬遼太郎短篇全集 1」文藝春秋 2005 p133
酷暑冗言
　◇「狩久全集 2」皆進社 2013 p298
谷神
　◇「大庭みな子全集 12」日本経済新聞出版社 2010 p69
『黒人文学全集 詩・民謡・民話』
　◇「小島信夫批評集成 2」水声社 2011 p584
黒人霊歌
　◇「辻邦生全集 7」新潮社 2004 p9
国籍にこだわらない若人たち
　◇「林京子全集 8」日本図書センター 2005 p38
国籍の問題
　◇「大庭みな子全集 6」日本経済新聞出版社 2009 p156
獄中への手紙 1
　◇「宮本百合子全集 21」新日本出版社 2003
獄中への手紙 2
　◇「宮本百合子全集 22」新日本出版社 2003
獄中への手紙 3
　◇「宮本百合子全集 23」新日本出版社 2003
獄中への手紙 4
　◇「宮本百合子全集 24」新日本出版社 2003

獄中への手紙 5
　◇「宮本百合子全集 25」新日本出版社 2003
獄中記
　◇「寺山修司著作集 1」クインテッセンス出版 2009 p342
黒鳥
　◇「小沼丹全集 4」未知谷 2004 p541
黒鳥館戦後日記―西荻窪の青春
　◇「中井英夫全集 8」東京創元社 1998（創元ライブラリ）p117
黒鳥譚
　◇「中井英夫全集 2」東京創元社 1998（創元ライブラリ）p144
黒鳥の囁き
　◇「中井英夫全集 2」東京創元社 1998（創元ライブラリ）p502
黒鳥の死まで
　◇「中井英夫全集 7」東京創元社 1998（創元ライブラリ）p206
黒鳥の旅
　◇「中井英夫全集 6」東京創元社 1996（創元ライブラリ）p11
黒鳥の呟き
　◇「中井英夫全集 7」東京創元社 1998（創元ライブラリ）p150
国鉄
　◇「井上ひさしコレクション 日本の巻」岩波書店 2005 p57
獄で学ぶMさん
　◇「松下竜一未刊行著作集 1」海鳥社 2008 p70
極道貯金
　◇「吉川潮ハートウォーム・セレクション 3」ランダムハウス講談社 2008（ランダムハウス講談社文庫）p83
コクトーの死
　◇「決定版 三島由紀夫全集 32」新潮社 2003 p596
告白
　◇「小松左京全集 完全版 25」城西国際大学出版会 2017 p400
「告白的女性論」を推す
　◇「決定版 三島由紀夫全集 30」新潮社 2003 p690
告白的青春時代《純愛編》
　◇「小松左京全集 完全版 44」城西国際大学出版会 2014 p112
告白的青春時代《青雲編》
　◇「小松左京全集 完全版 44」城西国際大学出版会 2014 p121
告白といふこと
　◇「福田恆存評論集 2」麗澤大學出版會, 廣池學園事業部〔発売〕2009 p227
告白とは何か？
　◇「坂口安吾全集 4」筑摩書房 1998 p106
告発の文学の不在
　◇「佐々木基一全集 3」河出書房新社 2013 p457

こくは

黒板
- 「野呂邦暢小説集成 7」文遊社 2016 p493

極秘ソング
- 「井上ひさしコレクション 日本の巻」岩波書店 2005 p53

黒白
- 「谷崎潤一郎全集 13」中央公論新社 2015 p33

黒白の囮
- 「高木彬光コレクション新装版 黒白の囮」光文社 2006（光文社文庫）p9

国風
- 「定本 久生十蘭全集 4」国書刊行会 2009 p478

国分寺に暮した頃
- 「辻邦生全集 16」新潮社 2005 p55

「国宝」
- 「宮本百合子全集 18」新日本出版社 2002 p329

「国宝」学者死す
- 「司馬遼太郎短篇全集 1」文藝春秋 2005 p27

国宝焼亡結構論
- 「坂口安吾全集 9」筑摩書房 1998 p445

国防と貿易戦争——エドワード・ヒース〔対談〕（ヒース, エドワード）
- 「福田恆存対談・座談集 4」玉川大学出版部 2012 p234

仔熊のツリー
- 「林京子全集 8」日本図書センター 2005 p408

仔熊の話
- 「決定版 三島由紀夫全集 15」新潮社 2002 p375

極く短かい小説の効用
- 「決定版 三島由紀夫全集 27」新潮社 2003 p239

国民皆農でそのうえ奴隷もいる！
- 「小松左京全集 完全版 40」城西国際大学出版会 2012 p332

国民学校への過程
- 「宮本百合子全集 15」新日本出版社 2001 p217

国民的大祝祭を興す議
- 「徳田秋聲全集 23」八木書店 2001 p262

「国民」と「市民」
- 「小田実全集 評論 29」講談社 2013 p200
- 「小田実全集 評論 29」講談社 2013 p211

国民の休日
- 「立松和平全小説 19」勉誠出版 2013 p219

国民服の菊五郎
- 「中井英夫全集 6」東京創元社 1996（創元ライブラリ）p150

国民文学の問題によせて——二つの竹内好批判
- 「安部公房全集 3」新潮社 1997 p312

国民文学論
- 「佐々木基一全集 3」河出書房新社 2013 p88

国民文学論の総決算
- 「安部公房全集 3」新潮社 1997 p452

獄門お蝶
- 「長谷川伸傑作選 股旅新八景」国書刊行会 2008 p200

獄門島
- 「横溝正史自選集 2」出版芸術社 2007 p7

「獄門島」懐古 I
- 「横溝正史自選集 2」出版芸術社 2007 p292

「獄門島」懐古 II
- 「横溝正史自選集 2」出版芸術社 2007 p295

極楽蜻蛉一家の贈り物
- 「加藤幸子自選作品集 5」未知谷 2013 p196

極楽蜻蛉一家の贈り物より
- 「加藤幸子自選作品集 5」未知谷 2013 p195

極楽蜻蛉一家の温泉旅行
- 「加藤幸子自選作品集 5」未知谷 2013 p220

極楽蜻蛉一家の春の序曲
- 「加藤幸子自選作品集 5」未知谷 2013 p245

極楽蜻蛉一家の冬景色
- 「加藤幸子自選作品集 5」未知谷 2013 p270

小倉西高校新聞への回答
- 「宮本百合子全集 19」新日本出版社 2002 p320

国立図書館まで
- 「林京子全集 8」日本図書センター 2005 p202

〔木暮村にて〕
- 「坂口安吾全集 別巻」筑摩書房 2012 p45

苔
- 「決定版 三島由紀夫全集 37」新潮社 2004 p327

孤閨悶々
- 「決定版 三島由紀夫全集 18」新潮社 2002 p101

焦げ癖
- 「向田邦子全集 新版 9」文藝春秋 2009 p105

こけし
- 「阿川弘之全集 1」新潮社 2005 p279

苔寺
- 「大庭みな子全集 17」日本経済新聞出版社 2010 p30

愚者（こけ）の一心コメの話
- 「井上ひさしコレクション 日本の巻」岩波書店 2005 p331

愚者の一心コメの話（承前）
- 「井上ひさしコレクション 日本の巻」岩波書店 2005 p334

苔の花
- 「石牟礼道子全集 13」藤原書店 2007 p635

後家横丁
- 「小沼丹全集 4」未知谷 2004 p76

御健在を祈る
- 「山田風太郎エッセイ集成 わが推理小説零年」筑摩書房 2007 p170

午後
- 「宮本百合子全集 33」新日本出版社 2004 p403

ココァ山の話
　◇「稲垣足穂コレクション 3」筑摩書房 2005（ちくま文庫）p162
孤高の行方
　◇「辻邦生全集 19」新潮社 2005 p213
凍える口
　◇「金鶴泳作品集 〔1〕」クレイン 2004 p11
『凍える口』のこと
　◇「金鶴泳作品集 2」クレイン 2006 p607
凍える花
　◇「中井英夫全集 10」東京創元社 2002（創元ライブラリ）p102
ここが砂漠
　◇「立松和平全小説 18」勉誠出版 2012 p189
故古賀春江氏の水彩画展
　◇「小林秀雄全作品 4」新潮社 2003 p239
　◇「小林秀雄全集 補巻 1」新潮社 2010 p221
故国へ
　◇「田村泰次郎選集 2」日本図書センター 2005 p247
故国喪失の個性—ピーター・ローレ
　◇「色川武大・阿佐田哲也エッセイズ 2」筑摩書房 2003（ちくま文庫）p277
故国の言葉と異国の言葉についてのノート—ウラジーミル・ナボコフ
　◇「丸谷才一全集 11」文藝春秋 2014 p307
午後三時
　◇「決定版 三島由紀夫全集 20」新潮社 2002 p708
午後十時の日食
　◇「都筑道夫少年小説コレクション 2」本の雑誌社 2005 p185
ここで痛みを分かち合いたい
　◇「松下竜一未刊行著作集 5」海鳥社 2009 p347
ここにある男性的な眼に安堵する。—家族関係を考える（河合隼雄）
　◇「大庭みな子全集 23」日本経済新聞出版社 2011 p257
ココニ泉アリ
　◇「定本 久生十蘭全集 6」国書刊行会 2010 p487
ココニ泉アリ第54回［異版］
　◇「定本 久生十蘭全集 別巻」国書刊行会 2013 p369
午後二時の玉突き
　◇「寺山修司著作集 1」クインテッセンス出版 2009 p9
午後に微笑を浮べる資格—桑原甲子雄写真展
　◇「金井美恵子エッセイ・コレクション—1964-2013 1」平凡社 2013 p306
午後の曳航
　◇「決定版 三島由紀夫全集 9」新潮社 2001 p223
「午後の曳航」創作ノート
　◇「決定版 三島由紀夫全集 9」新潮社 2001 p619
九日の太陽
　◇「林京子全集 1」日本図書センター 2005 p449

午後の最後の芝生
　◇〔村上春樹〕短篇選集1980-1991 象の消滅」新潮社 2005 p351
個々の責任追及でなく、正直なデータの提出を〔対談〕(能村龍太郎)
　◇「小松左京全集 完全版 46」城西国際大学出版会 2016 p228
九つの鍵
　◇「野村胡堂探偵小説全集」作品社 2007 p392
〈ここのところ〉—周辺飛行35
　◇「安部公房全集 25」新潮社 1999 p128
午後の陽ざし
　◇「大庭みな子全集 6」日本経済新聞出版社 2009 p107
午後のブリッジ
　◇「小松左京全集 完全版 25」城西国際大学出版会 2017 p392
午後の別れ
　◇「渡辺淳一自選短篇コレクション 4」朝日新聞社 2006 p55
午後、ベッドで本を
　◇「田中小実昌エッセイ・コレクション 2」筑摩書房 2002（ちくま文庫）p176
古古米道路
　◇「小松左京全集 完全版 31」城西国際大学出版会 2008 p138
小米花雨はだんだん霧雨に（雨徑）
　◇「林京子全集 8」日本図書センター 2005 p199
「地上（ここ）より永遠（とは）に」評
　◇「決定版 三島由紀夫全集 28」新潮社 2003 p211
ここかほかのどこかへ
　◇「小檜山博全集 1」柏艪舎 2006 p76
ここらでお茶を……
　◇「日影丈吉全集 別巻」国書刊行会 2005 p213
ゴーゴリと諷刺文学
　◇「小島信夫批評集成 2」水声社 2011 p527
心
　◇「安部公房全集 1」新潮社 1997 p224
心
　◇「決定版 三島由紀夫全集 37」新潮社 2004 p170
心動かした「どんぐりこ」の歌
　◇「松下竜一未刊行著作集 2」海鳥社 2008 p327
こころ美しき母たちへ
　◇「松田解子自選集 9」澤田出版 2009 p210
心をこめてカボチャ畑にすわる
　◇「片岡義男コレクション 1」早川書房 2009（ハヤカワ文庫）p7
心から送る拍手
　◇「宮本百合子全集 18」新日本出版社 2002 p12
志
　◇「車谷長吉全集 3」新書館 2010 p191
志は高く
　◇「阿川弘之全集 19」新潮社 2007 p528

こころ

心付け、袖の下は社会の潤滑油!?
　◇「小松左京全集 完全版 34」城西国際大学出版会 2009 p269

心と軀
　◇「吉行淳之介エッセイ・コレクション 2」筑摩書房 2004（ちくま文庫）p255

心に疼く欲求がある
　◇「宮本百合子全集 19」新日本出版社 2002 p252

心に思うこと
　◇「林京子全集 7」日本図書センター 2005 p461

心にしみ通る幸福
　◇「向田邦子全集 新版 9」文藝春秋 2009 p67

心に残る二つの映画
　◇「大庭みな子全集 13」日本経済新聞出版社 2010 p425

心にひびいた言葉
　◇「中上健次集 4」インスクリプト 2016 p385

心の一方
　◇「隆慶一郎全集 19」新潮社 2010 p245
　◇「隆慶一郎短編全集 1」日本経済新聞出版社 2014（日経文芸文庫）p264

『こゝろ』のいやらしきもの
　◇「小島信夫批評集成 8」水声社 2010 p467

心のうへの話
　◇「徳田秋聲全集 21」八木書店 2001 p150

心の内 昭和は続く
　◇「井上ひさしコレクション 日本の巻」岩波書店 2005 p162

心の宇宙
　◇「大庭みな子全集 23」日本経済新聞出版社 2011 p380

心の宇宙へあと戻り
　◇「石牟礼道子全集 16」藤原書店 2013 p554

心の御柱
　◇「小松左京全集 完全版 27」城西国際大学出版会 2007 p267

心のかゞやき
　◇「決定版 三島由紀夫全集 15」新潮社 2002 p183

心の河
　◇「宮本百合子全集 2」新日本出版社 2001 p369

心の景色
　◇「石牟礼道子全集 10」藤原書店 2006 p449

心の座標をどこに求めるか〔座談会〕（渥美和彦、國弘正雄、森政弘、吉田夏彦）
　◇「小松左京全集 完全版 39」城西国際大学出版会 2012 p138

心の勝利
　◇「徳田秋聲全集 41」八木書店 2003 p180

『心の勝利』作者の言葉
　◇「徳田秋聲全集 別巻」八木書店 2006 p130

心の想念を文章の形で明確にすること
　◇「辻邦生全集 16」新潮社 2005 p126

心の祖国
　◇「阿川弘之全集 20」新潮社 2007 p425

心のチャンネル
　◇「林京子全集 7」日本図書センター 2005 p156

心の土壌に木を
　◇「石牟礼道子全集 15」藤原書店 2012 p378

心の中の「いちばん寒い場所」について
　◇「車谷長吉全集 3」新書館 2010 p187

こころの中の小さな宝石
　◇「井上ひさしコレクション ことばの巻」岩波書店 2005 p198

心の一齣
　◇「佐々木基一全集 1」河出書房新社 2013 p485

心の飛沫
　◇「宮本百合子全集 9」新日本出版社 2001 p245

こころの風景
　◇「〔池澤夏樹〕エッセー集成 1」みすず書房 2008 p2

心のふるさと
　◇「石牟礼道子全集 11」藤原書店 2005 p478

心の貧しさ
　◇「福田恆存評論集 9」麗澤大學出版會、廣池學園事業部〔発売〕2008 p94

心の湖
　◇「大庭みな子全集 15」日本経済新聞出版社 2010 p251

心ひとつ
　◇「宮本百合子全集 9」新日本出版社 2001 p58

心細い気象台の観測網
　◇「小松左京全集 完全版 46」城西国際大学出版会 2016 p60

心待ちの「野宴」、今年は……
　◇「松下竜一未刊行著作集 5」海鳥社 2009 p360

こころままなる人
　◇「宮城谷昌光全集 21」文藝春秋 2004 p126

心持と場合とに依つて
　◇「徳田秋聲全集 19」八木書店 2000 p333

心持について
　◇「宮本百合子全集 20」新日本出版社 2002 p643

心優しき冷笑
　◇「大庭みな子全集 6」日本経済新聞出版社 2009 p46

心ゆする思ひ出—「銀座復興」とメドラノ曲馬
　◇「決定版 三島由紀夫全集 28」新潮社 2003 p62

快く、いまいましい言葉
　◇「大庭みな子全集 6」日本経済新聞出版社 2009 p66

心はあじさいの花
　◇「金鶴泳作品集 2」クレイン 2006 p610

心は淋しい狩人
　◇「〔野呂邦暢〕随筆コレクション 2」みすず書房 2014 p326

古今東西、人類の「罪と罰」総まくり
　◇「小松左京全集 完全版 34」城西国際大学出版会 2009 p247
古今の季節
　◇「決定版 三島由紀夫全集 26」新潮社 2003 p315
古今物忘れ
　◇「小酒井不木随筆評論選集 7」本の友社 2004 p148
古今物忘れの記
　◇「井上ひさしコレクション 日本の巻」岩波書店 2005 p76
誤差
　◇「松本清張傑作選 暗闇に嗤うドクター」新潮社 2009 p93
　◇「松本清張短編全集 09」光文社 2009（光文社文庫）p63
　◇「松本清張傑作選 暗闇に嗤うドクター」新潮社 2013（新潮文庫）p131
小酒井さんのことども
　◇「国枝史郎探偵小説全集」作品社 2005 p384
小酒井氏の訃報に接して
　◇「江戸川乱歩全集 24」光文社 2005（光文社文庫）p256
小酒井博士と探偵小説
　◇「江戸川乱歩全集 24」光文社 2005（光文社文庫）p633
小酒井不木氏スケッチ
　◇「国枝史郎探偵小説全集」作品社 2005 p349
小酒井不木氏の思い出―その丹念な創作態度
　◇「国枝史郎探偵小説全集」作品社 2005 p381
小酒井不木氏のこと
　◇「江戸川乱歩全集 24」光文社 2005（光文社文庫）p252
小酒井不木は小酒井不木にして正木不如丘にあらず
　◇「小酒井不木随筆評論選集 8」本の友社 2004 p310
コサックの少女
　◇「徳田秋聲全集 26」八木書店 2002 p283
誤差のうえの実像
　◇「宮城谷昌光全集 21」文藝春秋 2004 p221
古座の玉石―伊東静雄覚書
　◇「決定版 三島由紀夫全集 26」新潮社 2003 p414
胡沙笛を吹く武士
　◇「司馬遼太郎短篇全集 7」文藝春秋 2005 p455
コザ／『街物語』より
　◇「目取真俊短篇小説選集 3」影書房 2013 p89
小雨に烟るキャプテン・クックの通り
　◇「林京子全集 4」日本図書センター 2005 p268
小雨ふる
　◇「徳田秋聲全集 30」八木書店 2002 p258

仔猿のようなカメラマンの肖像―『キートンのカメラマン』
　◇「金井美恵子エッセイ・コレクション―1964-2013 4」平凡社 2014 p30
誤算
　◇「天城一傑作集 4」日本評論社 2009 p489
小さんと式多津
　◇「内田百閒集成 17」筑摩書房 2004（ちくま文庫）p156
古寺（こじ）…→"ふるでら…"を見よ
五時間のエイガ
　◇「田中小実昌エッセイ・コレクション 3」筑摩書房 2002（ちくま文庫）p310
乞食
　◇「〔野呂邦暢〕随筆コレクション 1」みすず書房 2014 p363
乞食からもらったオニギリ
　◇「田中小実昌エッセイ・コレクション 6」筑摩書房 2003（ちくま文庫）p206
乞食根性で結婚するな！―現代結婚序説「個人的愛の生活のすすめ」
　◇「鈴木いづみセカンド・コレクション 3」文遊社 2004 p227
乞食志願
　◇「野村胡堂伝奇幻想小説集成」作品社 2009 p162
乞食谷
　◇「吉田知子選集 1」景文館書店 2012 p81
乞食男爵
　◇「坂口安吾全集 10」筑摩書房 1998 p588
乞食と王子
　◇「大庭みな子全集 16」日本経済新聞出版社 2010 p76
こじきの歌
　◇「安部公房全集 8」新潮社 1998 p259
乞食の歌 合唱のためのバラード
　◇「安部公房全集 16」新潮社 1998 p415
古式の微笑
　◇「瀬戸内寂聴随筆選 5」ゆまに書房 2009 p63
乞食の行方
　◇「大庭みな子全集 6」日本経済新聞出版社 2009 p76
越路を聴いて秋江氏へ
　◇「徳田秋聲全集 20」八木書店 2001 p111
御時勢
　◇「内田百閒集成 5」筑摩書房 2003（ちくま文庫）p35
ゴシック
　◇「定本 荒巻義雄メタSF全集 7」彩流社 2015 p337
個室の悩み
　◇「林京子全集 7」日本図書センター 2005 p77
ゴシップ的日本語論
　◇「丸谷才一全集 10」文藝春秋 2014 p469

こしつ

個室は月子
◇「田村孟全小説集」航思社 2012 p89

腰弁の弁
◇「内田百閒集成 12」筑摩書房 2003（ちくま文庫）p170

小島さんという人
◇「大庭みな子全集 6」日本経済新聞出版社 2009 p32

『小島の春』と短歌の世界
◇「佐々木基一全集 1」河出書房新社 2013 p185

小島信夫文学論集
◇「小島信夫批評集成 1」水声社 2011 p15

小島秀夫―我ら神亡き時代の神の語り手として
◇「伊藤計劃記録〔第1〕」早川書房 2010 p128

五首
◇「決定版 三島由紀夫全集 補巻」新潮社 2005 p194

御朱印地図
◇「横溝正史探偵小説コレクション 2」出版芸術社 2004 p119

五十一歳の死生観
◇「車谷長吉全集 3」新書館 2010 p71

59番街橋の歌（フィーリン・グルービー）
◇「橋本治短篇小説コレクション S&Gグレイテスト・ヒッツ+1」筑摩書房 2006（ちくま文庫）p115

孤舟君追悼
◇「佐々木基一全集 1」河出書房新社 2013 p47

五十五軒
◇「内田百閒集成 15」筑摩書房 2003（ちくま文庫）p165

五十三次しのび独楽
◇「都筑道夫時代小説コレクション 1」戎光祥出版 2014（戎光祥時代小説名作館）p207

五十三次しのび独楽（つづき）
◇「都筑道夫時代小説コレクション 2」戎光祥出版 2014（戎光祥時代小説名作館）p5

五〇年代の文学とそこにある問題
◇「宮本百合子全集 19」新日本出版社 2002 p123

五十年ぶり
◇「井上ひさし短編中編小説集 12」岩波書店 2015 p39

五十年前の小さな死
◇「松下竜一未刊行著作集 2」海鳥社 2008 p220

五十年目の手旗信号
◇「阿川弘之全集 18」新潮社 2007 p519

五十年は平和の一節
◇「林京子全集 8」日本図書センター 2005 p385

五十メートルの距離
◇「小田実全集 小説 35」講談社 2013 p43

50余歳にしてダンスに挑む
◇「遠藤周作エッセイ選集 3」光文社 2006（知恵の森文庫）p206

五十四万石の嘘
◇「松本清張短編全集 03」光文社 2008（光文社文庫）p243

枯樹群
◇「決定版 三島由紀夫全集 37」新潮社 2004 p368

小綬鶏
◇「大庭みな子全集 12」日本経済新聞出版社 2010 p53

五十歳の役―田村秋子夫人と語る
◇「定本 久生十蘭全集 10」国書刊行会 2011 p39

固守と変容
◇「井上ひさしコレクション ことばの巻」岩波書店 2005 p180

古書商・頑冥堂主人
◇「開高健ルポルタージュ選集 ずばり東京」光文社 2007（光文社文庫）p364

故障
◇「小松左京全集 完全版 25」城西国際大学出版会 2017 p125

孤城―故多田富雄先生を偲ぶ
◇「石牟礼道子全集 16」藤原書店 2013 p402

胡椒事件
◇「山本周五郎探偵小説全集 5」作品社 2008 p284

五条陣屋
◇「司馬遼太郎短編全集 9」文藝春秋 2005 p287

ご冗談でしょう、ファインマンさん1・2 困ります、ファインマンさん（R・P・ファインマン）
◇「田中小実昌エッセイ・コレクション 5」筑摩書房 2003（ちくま文庫）p329

「後生願いにゆこかい」
◇「石牟礼道子全集 10」藤原書店 2006 p425

後生の桜
◇「石牟礼道子全集 11」藤原書店 2005 p292

古城の真昼
◇「野村胡堂探偵小説全集」作品社 2007 p167

古城―夢想
◇「決定版 三島由紀夫全集 37」新潮社 2004 p102

ご職業、なし
◇「松下竜一未刊行著作集 1」海鳥社 2008 p49

五色の髭
◇「野呂邦暢小説集成 3」文遊社 2014 p353

古書店主
◇「〔野呂邦暢〕随筆コレクション 1」みすず書房 2014 p330

「五時四十六分」の意味
◇「小田実全集 評論 25」講談社 2012 p104

五時四十六分で凍った時間
◇「小田実全集 評論 22」講談社 2012 p312

後白河院
◇「石牟礼道子全集 16」藤原書店 2013 p259

ゴジラの靴
◇「立松和平全小説 15」勉誠出版 2011 p140

ゴジラの卵―余技・余暇
  ◇「決定版 三島由紀夫全集 28」新潮社 2003 p667
個人を尊重する国で、なぜ
  ◇「林京子全集 8」日本図書センター 2005 p104
個人から神話へ―入口としての知里幸恵
  ◇「[池澤夏樹]エッセー集成 1」みすず書房 2008 p158
個人主義からの逃避
  ◇「福田恆存評論集 4」麗澤大學出版會, 廣池學園事業部〔発売〕2009 p283
個人主義は滅びない
  ◇「佐々木基一全集 1」河出書房新社 2013 p418
個人調査書
  ◇「小檜山博全集 7」柏艪舎 2006 p244
「個人的見解」への個人的見解
  ◇「井上ひさしコレクション 日本の巻」岩波書店 2005 p142
個人と国
  ◇「大庭みな子全集 6」日本経済新聞出版社 2009 p126
週言 個人とグループ
  ◇「林京子全集 7」日本図書センター 2005 p416
個人と社会―中島・清水・佐々木三氏に答へる
  ◇「福田恆存評論集 3」麗澤大學出版會, 廣池學園事業部〔発売〕2008 p214
故人と私
  ◇「谷崎潤一郎全集 14」中央公論新社 2016 p473
午睡
  ◇「石牟礼道子全集 1」藤原書店 2004 p421
湖水周遊
  ◇「小沼丹全集 3」未知谷 2004 p729
梢のリスの巣を見上げ
  ◇「林京子全集 8」日本図書センター 2005 p184
小遣帳
  ◇「山崎豊子全集 1」新潮社 2003 p537
小杉天外氏
  ◇「徳田秋聲全集 19」八木書店 2000 p121
小杉天外氏喜寿の祝賀に因みて
  ◇「徳田秋聲全集 23」八木書店 2001 p214
小鈴
  ◇「宮本百合子全集 15」新日本出版社 2001 p219
ゴースト
  ◇「清水アリカ全集」河出書房新社 2011 p480
"コズミック・レイ"が、日本のSFファンをリードした 「小松左京マガジン」編集長インタビュー 第八回〔柴野拓美〕
  ◇「小松左京全集 完版 49」城西国際大学出版会 2017 p101
後詰め
  ◇「国枝史郎歴史小説傑作選」作品社 2006 p495
コスモス
  ◇「定本 久生十蘭全集 10」国書刊行会 2011 p380

コスモポリタン・シティ大阪―古代、現代、そして未来へ
  ◇「小松左京全集 完版 42」城西国際大学出版会 2014 p321
コスモポリティズム
  ◇「小松左京全集 完版 36」城西国際大学出版会 2011 p283
子連れ女・おるい
  ◇「隆慶一郎全集 8」新潮社 2010 p272
  ◇「隆慶一郎短編集 2」日本経済新聞出版社 2014（日経文芸文庫）p78
子連れの母親
  ◇「林京子全集 8」日本図書センター 2005 p244
呉清源
  ◇「坂口安吾全集 7」筑摩書房 1998 p87
〔呉清源について〕
  ◇「坂口安吾全集 15」筑摩書房 1999 p712
個性的に生きるには
  ◇「小松左京全集 完版 31」城西国際大学出版会 2008 p225
個性というもの
  ◇「宮本百合子全集 12」新日本出版社 2001 p122
個性と実感 第12回 平成2年度「読書のよろこび」
  ◇「大庭みな子全集 24」日本経済新聞出版社 2011 p94
個性について其他
  ◇「上野壮夫全集 3」図書新聞 2011 p61
個性の輝き、文学の味―黒田末寿著『ピグミーチンパンジー』
  ◇「安部公房全集 27」新潮社 2000 p129
個性の鍛錬場―もし私が文芸雑誌を編輯したら
  ◇「決定版 三島由紀夫全集 29」新潮社 2003 p409
『個性復興』
  ◇「佐々木基一全集 1」河出書房新社 2013 p291
古銭
  ◇「鮎川哲也コレクション 白昼の悪魔」光文社 2007（光文社文庫）p215
五千圓の身賣り
  ◇「小酒井不木随筆評論選集 8」本の友社 2004 p245
ご先祖さま
  ◇「林京子全集 5」日本図書センター 2005 p289
ご先祖様の昼ごはん アウストラロピテクス登場
  ◇「小松左京全集 完版 32」城西国際大学出版会 2008 p268
ご先祖様万歳
  ◇「定本 荒巻義雄メタSF全集 5」彩流社 2015 p313
御先祖様万歳
  ◇「小松左京全集 完版 12」城西国際大学出版会 2007 p147

こせん

巻末作品余話 孤然とした生き方
　◇「吉村昭歴史小説集成 7」岩波書店 2009 p593
午前二時の美学
　◇「上野壮夫全集 1」図書新聞 2010 p304
古銭の謎
　◇「野村胡堂探偵小説全集」作品社 2007 p135
五銭白銅
　◇「日影丈吉全集 別巻」国書刊行会 2005 p815
古川柳おちぼひろい
　◇「田辺聖子全集 18」集英社 2005 p461
護送者
　◇「小島信夫短篇集成 1」水声社 2014 p529
子象の恩返し
　◇「井上ひさし短編中編小説集成 6」岩波書店 2015 p325
小僧の夢
　◇「谷崎潤一郎全集 5」中央公論新社 2016 p423
「小僧の夢」に就て
　◇「谷崎潤一郎全集 5」中央公論新社 2016 p467
仔象は死んだ（イメージの展覧会III）
　◇「安部公房全集 26」新潮社 1999 p353
去年聞きし楽の音
　◇「古井由吉自撰作品 6」河出書房新社 2012 p203
子育て
　◇「小檜山博全集 7」柏艪舎 2006 p159
去歳の事
　◇「徳田秋聲全集 21」八木書店 2001 p309
コソボへの旅の記憶
　◇「辻邦生全集 17」新潮社 2005 p145
御存与太話
　◇「国枝史郎探偵小説全集」作品社 2005 p346
古代アテナイの直接民主主義＝デモクラティア
　◇「小田実全集 評論 29」講談社 2013 p36
古代アテナイの「ミリタリー・サービス」
　◇「小田実全集 評論 36」講談社 2014 p84
古代アテナイの「民主主義」
　◇「小田実全集 評論 29」講談社 2013 p44
古代出雲と東アジア（林屋辰三郎）
　◇「司馬遼太郎対話選集 1」文藝春秋 2006（文春文庫）p12
「古代」（「禹域幻想」改題）
　◇「決定版 三島由紀夫全集 37」新潮社 2004 p501
古代へのエレジー
　◇「上野壮夫全集 1」図書新聞 2010 p423
古代ギリシアの知識人像
　◇「小田実全集 評論 3」講談社 2010 p48
古代ギリシャから考える民主主義と文学
　◇「小田実全集 評論 35」講談社 2013 p143
御代参の乗物
　◇「定本 久生十蘭全集 2」国書刊行会 2009 p479
古代史関係書籍注文のためのメモ
　◇「坂口安吾全集 16」筑摩書房 2000 p581
古代人
　◇「安部公房全集 7」新潮社 1998 p415
古代人の自殺観
　◇「小酒井不木随筆評論選集 5」本の友社 2004 p337
古代先進地帯九州の道
　◇「小松左京全集 完全版 29」城西国際大学出版会 2007 p91
古代中国の気象
　◇「宮城谷昌光全集 21」文藝春秋 2004 p389
古代中国の美女
　◇「宮城谷昌光全集 21」文藝春秋 2004 p30
古代的小曲
　◇「決定版 三島由紀夫全集 37」新潮社 2004 p376
古代的な機智について
　◇「〔池澤夏樹〕エッセー集成 1」みすず書房 2008 p80
古代天皇家および有力氏族系図
　◇「坂口安吾全集 16」筑摩書房 2000 p595
古代の色
　◇「宮城谷昌光全集 21」文藝春秋 2004 p17
古代の鏡
　◇「宮城谷昌光全集 21」文藝春秋 2004 p432
古代の巨富の産地
　◇「小松左京全集 完全版 42」城西国際大学出版会 2014 p26
古代の裁判探偵法
　◇「小酒井不木随筆評論選集 2」本の友社 2004 p201
古代の狩猟地・禁野
　◇「小松左京全集 完全版 42」城西国際大学出版会 2014 p62
古代の中国と日本
　◇「宮城谷昌光全集 21」文藝春秋 2004 p20
古代の盗掘
　◇「決定版 三島由紀夫全集 37」新潮社 2004 p719
古代のなにわ
　◇「小松左京全集 完全版 42」城西国際大学出版会 2014 p276
古代フリーセックスの本場
　◇「小松左京全集 完全版 31」城西国際大学出版会 2008 p30
古代文明の廃墟に学ぶもの
　◇「小松左京全集 完全版 40」城西国際大学出版会 2012 p360
古代民族の月経観
　◇「小酒井不木随筆評論選集 7」本の友社 2004 p283
古代旅行者
　◇「中井英夫全集 2」東京創元社 1998（創元ライブラリ）p325

こたえなくなった拷問
  ◇「石牟礼道子全集 4」藤原書店 2004 p423
答えられぬ質問
  ◇「小島信夫批評集成 5」水声社 2011 p213
木立のなかで
  ◇「辺見庸掌編小説集 黒版」角川書店 2004 p63
木立のなかの神殿
  ◇「須賀敦子全集 3」河出書房新社 2007（河出文庫）p130
炬燵
  ◇「徳田秋聲全集 20」八木書店 2001 p262
炬燵の中の月
  ◇「小松左京全集 完全版 25」城西国際大学出版会 2017 p401
木精
  ◇「〔森〕鷗外近代小説集 2」岩波書店 2012 p97
木霊
  ◇「石牟礼道子全集 10」藤原書店 2006 p133
  ◇「石牟礼道子全集 14」藤原書店 2008 p58
木霊（一九首）
  ◇「石牟礼道子全集 1」藤原書店 2004 p554
「谺」（「こだま」改題）
  ◇「決定版 三島由紀夫全集 37」新潮社 2004 p141
こだま—平岡小虎詩集
  ◇「決定版 三島由紀夫全集 37」新潮社 2004 p137
児玉まで
  ◇「車谷長吉全集 1」新書館 2010 p173
ゴダールの可能性は何か〔対談〕（針生一郎）
  ◇「安部公房全集 22」新潮社 1999 p251
コタロオとコデロオ
  ◇「小沼丹全集 4」未知谷 2004 p60
こだわる理由
  ◇「井上ひさしコレクション 日本の巻」岩波書店 2005 p365
古鐔
  ◇「小林秀雄全作品 23」新潮社 2004 p234
  ◇「小林秀雄全集 補巻 3」新潮社 2010 p218
五段活用
  ◇「内田百閒集成 12」筑摩書房 2003（ちくま文庫）p160
枯淡の風格を排す
  ◇「坂口安吾全集 1」筑摩書房 1999 p503
古地図の修理
  ◇「安部公房全集 9」新潮社 1998 p413
御馳走
  ◇「中井英夫全集 12」東京創元社 2006（創元ライブラリ）p64
ごちそう—さっそく今夜は
  ◇「松下竜一未刊行著作集 3」海鳥社 2009 p340
こちの谷—阿蘇俵山
  ◇「石牟礼道子全集 6」藤原書店 2006 p47

こち飯
  ◇「内田百閒集成 12」筑摩書房 2003（ちくま文庫）p276
後朝
  ◇「丸谷才一全集 8」文藝春秋 2014 p449
蝴蝶
  ◇「徳田秋聲全集 27」八木書店 2002 p10
故長女田中佐知のこと 平成十五年（亡くなる前年）
  ◇「田中志津全作品集 下巻」武蔵野書院 2013 p233
胡蝶 東大寺の巻
  ◇「佐々木基一全集 6」河出書房新社 2012 p408
胡蝶の陣
  ◇「陳舜臣推理小説ベストセレクション 玉嶺よふたたび」集英社 2009（集英社文庫）p301
胡蝶の行方—贋作・師父ブラウン物語
  ◇「大坪砂男全集 1」東京創元社 2013（創元推理文庫）p425
誇張方法
  ◇「車谷長吉全集 3」新書館 2010 p513
こちら"アホ課"
  ◇「小松左京全集 完全版 25」城西国際大学出版会 2017 p386
こちら "生きがい課"
  ◇「小松左京全集 完全版 25」城西国際大学出版会 2017 p375
こちら関西—もうひとつの情報発信基地・大阪
  ◇「小松左京全集 完全版 42」城西国際大学出版会 2014 p107
こちら "二十世紀課"
  ◇「小松左京全集 完全版 25」城西国際大学出版会 2017 p389
こちらニッポン…
  ◇「小松左京全集 完全版 6」城西国際大学出版会 2012 p7
国家革新の原理—学生とのティーチ・イン
  ◇「決定版 三島由紀夫全集 40」新潮社 2004 p204
「国家」が、そして、「西洋」がまき返す
  ◇「小田実全集 評論 11」講談社 2011 p166
国家からの失踪
  ◇「安部公房全集 21」新潮社 1999 p425
国家機能を解剖する
  ◇「小松左京全集 完全版 28」城西国際大学出版会 2006 p338
国家・宗教・日本人（井上ひさし）
  ◇「司馬遼太郎対話選集 8」文藝春秋 2006（文春文庫）p93
國家的エゴイズム
  ◇「福田恆存評論集 4」麗澤大学出版會, 廣池学園事業部〔発売〕 2009 p319
国家と人間集団（山村雄一）
  ◇「司馬遼太郎対話選集 7」文藝春秋 2006（文春

こつか

骨化の精神―映画「ホゼイ・トレス」を見て
◇「安部公房全集 11」新潮社 1998 p284

国家の文芸家表彰に就て
◇「德田秋聲全集 23」八木書店 2001 p303

国家犯罪がひき起こしたゆがみの歴史
◇「小田実全集 評論 29」講談社 2013 p230

骨甕
◇「德田秋聲全集 11」八木書店 1998 p247

國旗(十一月二十二日)
◇「福田恆存評論集 18」麗澤大學出版會、廣池學園事業部〔發売〕 2010 p94

国境へ
◇「上野壮夫全集 1」図書新聞 2010 p80

国境を超え、時代を超えて
◇「井上ひさしコレクション ことばの巻」岩波書店 2005 p275

国境越え
◇「立松和平全小説 2」勉誠出版 2010 p72

国境とは何か〔対談〕(M.フリッシュ)
◇「安部公房全集 22」新潮社 1999 p447

国境のある国とない国
◇「安部公房全集 7」新潮社 1998 p41

国境の終り
◇「辻井喬コレクション 2」河出書房新社 2002 p163

国境の感想(オーストリア)
◇「佐々木基一全集 6」河出書房新社 2012 p360

国境の島の巻
◇「小田実全集 小説 27」講談社 2012 p138

国境の白い山
◇「辻邦生全集 6」新潮社 2004 p268

国境の白い山―ある生涯の七つの場所5
◇「辻邦生全集 6」新潮社 2004 p203

国境の近くで
◇「佐々木基一全集 6」河出書房新社 2012 p166

滑稽で懸命で怖ろしい時代
◇「山田風太郎エッセイ集成 秀吉はいつ知ったか」筑摩書房 2008 p113

滑稽に可憐な人の姿 第44回野間文芸賞
◇「大庭みな子全集 24」日本経済新聞出版社 2011 p95

滑稽の気分
◇「德田秋聲全集 19」八木書店 2000 p23

乞食
◇「石牟礼道子全集 15」藤原書店 2012 p94

骨折(Charade pour écroulés)
◇「松本清張初文庫化作品集 2」双葉社 2005 (双葉文庫) p297

骨壺の風景
◇「松本清張傑作短篇コレクション 下」文藝春秋 2004 (文春文庫) p181

骨董
◇「小林秀雄全作品 16」新潮社 2004 p85
◇「小林秀雄全集 補巻 2」新潮社 2010 p325

骨董について
◇「車谷長吉全集 3」新書館 2010 p381

コット先生の顔
◇「日影丈吉全集 別巻」国書刊行会 2005 p690

コップ一杯の戦争
◇「小松左京全集 完全版 25」城西国際大学出版会 2017 p18

コップ敷
◇「小沼丹全集 4」未知谷 2004 p356

コッペパン
◇「小檜山博全集 8」柏艪舎 2006 p114

「ゴッホ書簡全集」
◇「小林秀雄全作品 24」新潮社 2004 p282
◇「小林秀雄全集 補巻 3」新潮社 2010 p276

骨仏
◇「定本 久生十蘭全集 6」国書刊行会 2010 p455

ゴッホの絵
◇「小林秀雄全作品 24」新潮社 2004 p57
◇「小林秀雄全集 補巻 3」新潮社 2010 p238

ゴッホの絵について
◇「小島信夫批評集成 2」水声社 2011 p291

ゴッホの手紙
◇「小林秀雄全作品 20」新潮社 2004 p11
◇「小林秀雄全集 補巻 2」新潮社 2010 p522

ゴッホの手紙―註解・追補
◇「小林秀雄全集 補巻 2」新潮社 2010 p469

ゴッホの墓
◇「小林秀雄全作品 21」新潮社 2004 p51
◇「小林秀雄全集 補巻 3」新潮社 2010 p28

ゴッホの病気
◇「小林秀雄全作品 22」新潮社 2004 p291
◇「小林秀雄全集 補巻 3」新潮社 2010 p149

コッポラの嘆き
◇「中井英夫全集 12」東京創元社 2006 (創元ライブラリ) p155

古邸
◇「決定版 三島由紀夫全集 37」新潮社 2004 p480

湖底の声
◇「石牟礼道子全集 12」藤原書店 2005 p326

虎徹
◇「司馬遼太郎短篇全集 7」文藝春秋 2005 p261

コーデリア・グレイ 小母さんには向く職業
◇「日影丈吉全集 別巻」国書刊行会 2005 p385

誤傳
◇「小酒井不木随筆評論選集 8」本の友社 2004 p253

古典をめぐりて 対談(折口信夫)
◇「小林秀雄全作品 17」新潮社 2004 p227
◇「小林秀雄全集 補巻 2」新潮社 2010 p406

古典型知識人から中世型知識人へ
　◇「小田実全集 評論3」講談社 2010 p88
古典型知識人の姿勢
　◇「小田実全集 評論3」講談社 2010 p63
古典からの新しい泉
　◇「宮本百合子全集 15」新日本出版社 2001 p52
古典芸能の方法による政治状況と性―作家・三島由紀夫氏の証言
　◇「決定版 三島由紀夫全集 34」新潮社 2003 p393
古典再現
　◇「谷崎潤一郎全集 24」中央公論新社 2016 p541
古典再読
　◇「須賀敦子全集 4」河出書房新社 2007（河出文庫）p352
古典その他
　◇「決定版 三島由紀夫全集 26」新潮社 2003 p303
古典調
　◇「決定版 三島由紀夫全集 37」新潮社 2004 p608
古典的ユートピア像の実体
　◇「小松左京全集 完全版 40」城西国際大学出版会 2012 p330
古典における女の老い〔対談〕(樋口恵子)
　◇「田辺聖子全集 別巻1」集英社 2006 p312
古典に還るという事
　◇「小林秀雄全作品 26」新潮社 2004 p250
　◇「小林秀雄全集 補巻 3」新潮社 2010 p383
古典の假名遣(十二月二十七日)
　◇「福田恆存評論集 18」麗澤大學出版會, 廣池學園事業部〔発売〕2010 p99
古典の冒瀆あえて辞さず〔対談〕(倉橋健)
　◇「福田恆存対談・座談集 6」玉川大学出版部 2012 p165
古典物語
　◇「稲垣足穂コレクション 6」筑摩書房 2005（ちくま文庫）p176
古典は原文で読むのがほんたう
　◇「谷崎潤一郎全集 22」中央公論新社 2017 p390
古都
　◇「坂口安吾全集 3」筑摩書房 1999 p318
後藤利雄「東歌難歌考」
　◇「[野呂邦暢] 随筆コレクション 2」みすず書房 2014 p453
鼓動と不沈空母
　◇「林京子全集 7」日本図書センター 2005 p424
孤島にて
　◇「深沢夏衣作品集」新幹社 2015 p358
孤島の鬼
　◇「江戸川乱歩全集 4」光文社 2003（光文社文庫）p9
　◇「江戸川乱歩全集 2」沖積舎 2006 p83
　◇「江戸川乱歩傑作集 1」リブレ出版 2015 p7
後藤亮「正宗白鳥, 文学と生涯」
　◇「小林秀雄全作品 26」新潮社 2004 p18

　◇「小林秀雄全集 補巻 3」新潮社 2010 p344
孤独
　◇「狩久全集 3」皆進社 2013 p30
孤独
　◇「徳田秋聲全集 6」八木書店 2000 p24
孤独［翻訳］(ウンベルト・サバ)
　◇「須賀敦子全集 5」河出書房新社 2008（河出文庫）p210
孤独閑談
　◇「坂口安吾全集 3」筑摩書房 1999 p337
孤独死にいちばん近いところ
　◇「小田実全集 小説 37」講談社 2013 p204
孤独ということ
　◇「林京子全集 7」日本図書センター 2005 p80
孤独と好色
　◇「坂口安吾全集 9」筑摩書房 1998 p436
孤独な女たち
　◇「大庭みな子全集 8」日本経済新聞出版社 2009 p308
孤独な殺人者
　◇「土屋隆夫コレクション新装版 天国は遠すぎる」光文社 2002（光文社文庫）p307
孤独な将棋さし―ノサック著『わかってるわ』
　◇「中井英夫全集 6」東京創元社 1996（創元ライブラリ）p459
孤独な熱狂
　◇「安部公房全集 22」新潮社 1999 p122
孤独な場所で
　◇「金井美恵子自選短篇集 砂の粒／孤独な場所で」講談社 2014（講談社文芸文庫）p235
孤独な松の樹が立つてゐる……［翻訳］(ハイネ)
　◇「決定版 三島由紀夫全集 37」新潮社 2004 p284
孤独について
　◇「上野壮夫全集 3」図書新聞 2011 p389
孤独の芸術家―スリ
　◇「開高健ルポルタージュ選集 ずばり東京」光文社 2007（光文社文庫）p295
孤独の叫び―時代はサーカスの象にのって
　◇「寺山修司著作集 1」クインテッセンス出版 2009 p335
孤獨の人, 朴正煕
　◇「福田恆存評論集 10」麗澤大學出版會, 廣池學園事業部〔発売〕2008 p245
孤独の罠
　◇「日影丈吉全集 2」国書刊行会 2003 p417
孤独(「古い大きな……」)―シネ・ポエム
　◇「決定版 三島由紀夫全集 37」新潮社 2004 p582
孤独(「夕暮は……」)―ある戯曲の一節
　◇「決定版 三島由紀夫全集 37」新潮社 2004 p552
孤独より
　◇「安部公房全集 1」新潮社 1997 p229

ことし

今年を顧みる〔鼎談〕(徳川夢声, 獅子文六)
　◇「坂口安吾全集 17」筑摩書房 1999 p316
今年改良したき事
　◇「宮本百合子全集 9」新日本出版社 2001 p57
今年心を動かした事
　◇「宮本百合子全集 9」新日本出版社 2001 p161
今年こそは
　◇「宮本百合子全集 17」新日本出版社 2002 p396
　◇「宮本百合子全集 19」新日本出版社 2002 p104
個としての自立〔対談〕(高橋たか子)
　◇「大庭みな子全集 21」日本経済新聞出版社 2011 p18
今年の計画
　◇「宮本百合子全集 17」新日本出版社 2002 p393
今年の劇・映画・創作など
　◇「徳田秋聲全集 21」八木書店 2001 p191
今年の傑作小説
　◇「宮本百合子全集 12」新日本出版社 2001 p64
今年のことば
　◇「宮本百合子全集 18」新日本出版社 2002 p301
今年のプラン
　◇「決定版 三島由紀夫全集 31」新潮社 2003 p380
コトダマ
　◇「野坂昭如エッセイ・コレクション 1」筑摩書房 2004 (ちくま文庫) p104
言魂
　◇「田中志津全作品集 下巻」武蔵野書院 2013 p181
言霊と言挙げ
　◇「大庭みな子全集 15」日本経済新聞出版社 2010 p211
言霊の寄る花—五島福江島
　◇「石牟礼道子全集 6」藤原書店 2006 p19
「こと」としての「学生の反乱」
　◇「小田実全集 評論 16」講談社 2012 p109
異なる性
　◇「大庭みな子全集 13」日本経済新聞出版社 2010 p342
異なる文化の衝突
　◇「小松左京全集 完全版 36」城西国際大学出版会 2011 p85
古都にて
　◇「アンドロギュノスの裔 渡辺温全集」東京創元社 2011 (創元推理文庫) p584
ことの真実
　◇「宮本百合子全集 19」新日本出版社 2002 p358
ことば
　◇「井上ひさしコレクション ことばの巻」岩波書店 2005 p1
『ことば』〔翻訳〕(ウンベルト・サバ)
　◇「須賀敦子全集 5」河出書房新社 2008 (河出文庫) p351
コトバ
　◇「田中小実昌エッセイ・コレクション 5」筑摩書房 2003 (ちくま文庫)
言葉
　◇「上野壮夫全集 1」図書新聞 2010 p219
言葉
　◇「大庭みな子全集 3」日本経済新聞出版社 2009 p374
言葉
　◇「大庭みな子全集 6」日本経済新聞出版社 2009 p342
言葉
　◇「大庭みな子全集 12」日本経済新聞出版社 2010 p102
言葉
　◇「小林秀雄全作品 23」新潮社 2004 p104
　◇「小林秀雄全集 補巻 3」新潮社 2010 p192
言葉
　◇「谷崎潤一郎全集 17」中央公論新社 2015 p475
言葉
　◇「深沢夏衣作品集」新幹社 2015 p336
言葉あそび
　◇「石牟礼道子全集 10」藤原書店 2006 p400
ことば、あるいは、万国共通語としての英語
　◇「小田実全集 小説 35」講談社 2013 p235
ことば以前
　◇「石牟礼道子全集 9」藤原書店 2006 p449
リービ英雄さんとの対話「言葉以前」と「言霊」
　◇「大庭みな子全集 15」日本経済新聞出版社 2010 p269
言葉以前のもの
　◇「大庭みな子全集 13」日本経済新聞出版社 2010 p256
後鳥羽院
　◇「丸谷才一全集 7」文藝春秋 2014 p113
言葉への飢渇
　◇「大庭みな子全集 8」日本経済新聞出版社 2009 p407
言葉への旅風俗への旅
　◇「辻邦生全集 18」新潮社 2005 p388
「ことばを預かる質屋」の意味—国語事件殺人辞典
　◇「井上ひさしコレクション 人間の巻」岩波書店 2005 p261
「ことば」を使うことの目的は「説得」
　◇「小田実全集 評論 29」講談社 2013 p51
言葉を投げ合う—わたりむつこさんのこと
　◇「大庭みな子全集 13」日本経済新聞出版社 2010 p366
ことばがかろやかに行ったり来たり
　◇「田中小実昌エッセイ・コレクション 5」筑摩書房 2003 (ちくま文庫) p107
言葉餓鬼
　◇「寺山修司著作集 1」クインテッセンス出版 2009 p61
ことばが世界よ
　◇「鈴木いづみセカンド・コレクション 4」文遊社 2004 p223

言葉・現実・肉体
　◇「金井美恵子エッセイ・コレクション—1964–2013 1」平凡社 2013 p188
「ことば」こそ劇の生命〔対談者〕荒川哲生
　◇「大庭みな子全集 22」日本経済新聞出版社 2011 p175
ことば・ことば・ことば
　◇「井上ひさしコレクション ことばの巻」岩波書店 2005 p62
言葉、言葉、言葉
　◇「福田恆存評論集 12」麗澤大學出版會, 廣池学園事業部〔発売〕2008 p79
言葉殺し
　◇「井上ひさしコレクション 日本の巻」岩波書店 2005 p243
ことば・こわね・すがた
　◇「石牟礼道子全集 14」藤原書店 2008 p557
事はじめ・魂入れ
　◇「石牟礼道子全集 8」藤原書店 2005 p337
後鳥羽上皇の遊山ぶり
　◇「小松左京全集 完全版 42」城西国際大学出版会 2014 p55
言葉で音楽を書いたマン
　◇「辻邦生全集 18」新潮社 2005 p76
言葉という遺伝子 浦安うた日記—その後
　◇「大庭みな子全集 23」日本経済新聞出版社 2011 p735
コトバというのがわからない
　◇「田中小実昌エッセイ・コレクション 5」筑摩書房 2003（ちくま文庫）p40
コトバと生きる
　◇「田中小実昌エッセイ・コレクション 5」筑摩書房 2003（ちくま文庫）p13
言葉といのち
　◇「大庭みな子全集 16」日本経済新聞出版社 2010 p315
言葉と映像
　◇「佐々木基一全集 7」河出書房新社 2013 p383
言葉と社会
　◇「大庭みな子全集 3」日本経済新聞出版社 2009 p344
言葉と調べ
　◇「丸谷才一全集 10」文藝春秋 2014 p385
「言葉と死」I
　◇「車谷長吉全集 3」新書館 2010 p413
「言葉と死」II
　◇「車谷長吉全集 3」新書館 2010 p414
「言葉と死」III
　◇「車谷長吉全集 3」新書館 2010 p416
「言葉と死」IV
　◇「車谷長吉全集 3」新書館 2010 p417
「言葉と死」V
　◇「車谷長吉全集 3」新書館 2010 p418
「言葉と死」VI
　◇「車谷長吉全集 3」新書館 2010 p419
「言葉と死」VII
　◇「車谷長吉全集 3」新書館 2010 p420
言葉と存在の場に生きて
　◇「辻邦生全集 16」新潮社 2005 p142
言葉と肉体のあいだ
　◇「安部公房全集 26」新潮社 1999 p323
言葉と表情
　◇「吉行淳之介エッセイ・コレクション 3」筑摩書房 2004（ちくま文庫）p166
言葉と文字
　◇「福田恆存評論集 6」麗澤大學出版會, 廣池学園事業部〔発売〕2009 p315
言葉について
　◇「石牟礼道子全集 13」藤原書店 2007 p723
言葉について
　◇「車谷長吉全集 3」新書館 2010 p386
言葉について其他
　◇「上野壮夫全集 3」図書新聞 2011 p357
言葉にならない
　◇「石牟礼道子全集 9」藤原書店 2006 p541
言葉にならぬ声で
　◇「石牟礼道子全集 4」藤原書店 2004 p430
言葉によって言葉に逆らう
　◇「安部公房全集 25」新潮社 1999 p459
言葉の徒雲
　◇「辺見庸掌編小説集 黒版」角川書店 2004 p100
言葉のイメージと絵のイメージ
　◇「小松左京全集 完全版 36」城西国際大学出版会 2011 p126
言葉の美しさを追求 演劇を断念、小説へ転身
　◇「大庭みな子全集 24」日本経済新聞出版社 2011 p159
言葉の奥にあるもの
　◇「大庭みな子全集 13」日本経済新聞出版社 2010 p230
言葉の奥にあるものを 第17回新潮新人賞
　◇「大庭みな子全集 24」日本経済新聞出版社 2011 p56
ことばの贈り物
　◇「大庭みな子全集 13」日本経済新聞出版社 2010 p286
ことばのお洒落
　◇「向田邦子全集 新版 9」文藝春秋 2009 p74
言葉の顔
　◇「田中小実昌エッセイ・コレクション 5」筑摩書房 2003（ちくま文庫）p14
ことばの感覚
　◇「吉行淳之介エッセイ・コレクション 3」筑摩書房 2004（ちくま文庫）p157
言葉の記念碑つくる時
　◇「井上ひさしコレクション ことばの巻」岩波書店

ことは

2005 p8

言葉の藝術としての演劇
◇「福田恆存評論集 9」麗澤大學出版會, 廣池學園事業部〔発売〕 2008 p68

言葉の孤独
◇「安部公房全集 1」新潮社 1997 p167

ことばのこと、日本語のこと
◇「小田実全集 評論 7」講談社 2010 p439

言葉の呪縛
◇「大庭みな子全集 6」日本経済新聞出版社 2009 p129

ことばの力
◇「小林秀雄全作品 21」新潮社 2004 p179
◇「小林秀雄全集 補巻 3」新潮社 2010 p60

言葉の話
◇「小檜山博全集 8」柏艪舎 2006 p159

言葉の氾濫する文学
◇「安部公房全集 15」新潮社 1998 p217

言葉の秘境から
◇「石牟礼道子全集 16」藤原書店 2013 p454

ことばの人 寅次郎
◇「井上ひさしコレクション 人間の巻」岩波書店 2005 p58

言葉の不思議―堀田善衞『誰も不思議に思わない』
◇「林京子全集 7」日本図書センター 2005 p486

言葉の変化
◇「小檜山博全集 8」柏艪舎 2006 p171

言葉の宝石
◇「中井英夫全集 7」東京創元社 1998（創元ライブラリ）p663

ことばの巻
◇「井上ひさしコレクション ことばの巻」岩波書店 2005

言葉の「揺れ」（七月十四日）
◇「福田恆存評論集 18」麗澤大學出版會, 廣池學園事業部〔発売〕 2010 p103

ことばの汚れについて
◇「小島信夫批評集成 1」水声社 2011 p360

言葉の理解は人間の理解
◇「大庭みな子全集 23」日本経済新聞出版社 2011 p588

ことばの錬金術師『クワジーモド詩集』
◇「須賀敦子全集 4」河出書房新社 2007（河出文庫）p303

言葉・文化・政治〔対談〕（石川淳）
◇「安部公房全集 25」新潮社 1999 p465

言葉よ、ひろがれ
◇「井上ひさしコレクション 日本の巻」岩波書店 2005 p230

言葉は怖ろしい
◇「向田邦子全集 新版 9」文藝春秋 2009 p76

言葉は教師である
◇「福田恆存評論集 16」麗澤大學出版會, 廣池學園事業部〔発売〕 2010 p322

琴平
◇「宮本百合子全集 16」新日本出版社 2002 p323

寿
◇「決定版 三島由紀夫全集 26」新潮社 2003 p362

子供以外の場を持つすすめ
◇「大庭みな子全集 18」日本経済新聞出版社 2010 p135

子供を連れてアラスカへ！
◇「大庭みな子全集 23」日本経済新聞出版社 2011 p417

子供を泣かしたお巡りさん
◇「アンドロギュノスの裔 渡辺温全集」東京創元社 2011（創元推理文庫）p352

子供・子供・子供のモスクワ
◇「宮本百合子全集 10」新日本出版社 2001 p82

ゴドーも来ない場所
◇「安部公房全集 23」新潮社 1999 p308

「子供代々」の国での歴史と政治の「体現」の誕生
◇「小田実全集 評論 17」講談社 2012 p314

週言 子供たちを育てるために
◇「林京子全集 7」日本図書センター 2005 p435

子供達の巣
◇「徳田秋聲全集 21」八木書店 2001 p153

子供たちの戦争
◇「小田実全集 小説 38」講談社 2013 p5

子供たちの旅
◇「小松左京全集 完全版 14」城西国際大学出版会 2009 p244

子どもたちの未来のために―選挙運動最終日の街頭演説
◇「野坂昭如エッセイ・コレクション 2」筑摩書房 2004（ちくま文庫）p299

子供たちの夜
◇「向田邦子全集 新版 5」文藝春秋 2009 p65

子供達 まろき手をさしのべ、いざ歌へいとあどけなき者たちよ…
◇「小松左京全集 完全版 11」城西国際大学出版会 2007 p9

「子供っぽい悪趣味」讃―知友交歓
◇「決定版 三島由紀夫全集 30」新潮社 2003 p675

子供っぽいおとな
◇「小檜山博全集 8」柏艪舎 2006 p162

子供と遊ぶ
◇「大庭みな子全集 12」日本経済新聞出版社 2010 p80

子供と淫売婦
◇「アンドロギュノスの裔 渡辺温全集」東京創元社 2011（創元推理文庫）p370

子供と大人
　◇「大庭みな子全集 6」日本経済新聞出版社 2009 p220
子供と自然〔インタビュー〕木村俊介
　◇「大庭みな子全集 24」日本経済新聞出版社 2011 p295
子どもに
　◇「松田解子自選集 9」澤田出版 2009 p39
子供について
　◇「決定版 三島由紀夫全集 32」新潮社 2003 p424
子供に創る心を
　◇「大庭みな子全集 23」日本経済新聞出版社 2011 p580
子どもに手仕事を
　◇「石牟礼道子全集 15」藤原書店 2012 p494
子どもに手渡したいもの―『ケンとカンともうひとり』
　◇「松下竜一未刊行著作集 1」海鳥社 2008 p292
子供の家出
　◇「小松左京全集 完全版 31」城西国際大学出版会 2008 p236
子供の顔・昔と今
　◇「〔野呂邦暢〕随筆コレクション 2」みすず書房 2014 p195
子供の神さま
　◇「小松左京全集 完全版 25」城西国際大学出版会 2017 p215
子供の感受性
　◇「大庭みな子全集 8」日本経済新聞出版社 2009 p390
子供の国のファンタジー
　◇「辻邦生全集 18」新潮社 2005 p379
子供の決闘
　◇「決定版 三島由紀夫全集 20」新潮社 2002 p697
子供のこと
　◇「徳田秋聲全集 21」八木書店 2001 p370
子どものころから聞き知った街 人々から競馬場の話をよく聞く
　◇「大庭みな子全集 24」日本経済新聞出版社 2011 p285
子供の世界
　◇「宮本百合子全集 15」新日本出版社 2001 p257
子供のために書く母たち―『村の月夜』にふれつつ
　◇「宮本百合子全集 12」新日本出版社 2001 p444
子供のためには
　◇「宮本百合子全集 15」新日本出版社 2001 p242
子供の智慧
　◇「坂口安吾全集 6」筑摩書房 1998 p312
子供の微笑の力
　◇「小田実全集 評論 16」講談社 2012 p45
「子供の日々」
　◇「〔野呂邦暢〕随筆コレクション 2」みすず書房 2014 p465
"子供の本"について
　◇「宮本百合子全集 15」新日本出版社 2001 p256
子供の眼に映つた飛行機
　◇「上野壮夫全集 3」図書新聞 2011 p318
子供の森
　◇「立松和平全小説 15」勉誠出版 2011 p337
子供の夢
　◇「安部公房全集 7」新潮社 1998 p409
子供部屋
　◇「安部公房全集 21」新潮社 1999 p441
こども部屋の三島由紀夫―ジャックと豆の木の壁画の下で
　◇「決定版 三島由紀夫全集 32」新潮社 2003 p152
子どもらへ
　◇「松田解子自選集 9」澤田出版 2009 p98
小鳥
　◇「宮本百合子全集 9」新日本出版社 2001 p128
小鳥たち
　◇「都筑道夫恐怖短篇集成 1」筑摩書房 2004（ちくま文庫）p391
小鳥と漁師
　◇「安部公房全集 3」新潮社 1997 p343
小鳥の如き我は
　◇「宮本百合子全集 33」新日本出版社 2004 p361
小鳥の話
　◇「小沼丹全集 4」未知谷 2004 p67
ことは今少し根本的な問題にかかわる
　◇「小田実全集 評論 17」講談社 2012 p172
ことん ごとん
　◇「井上ひさし短編中編小説集成 2」岩波書店 2014 p470
粉屋の猫
　◇「日影丈吉全集 8」国書刊行会 2004 p760
粉雪
　◇「小沼丹全集 3」未知谷 2004 p363
粉雪の街できく船乗りの仁義
　◇「田中小実昌エッセイ・コレクション 2」筑摩書房 2002（ちくま文庫）p37
湖南の扇
　◇「内田百閒集成 6」筑摩書房 2003（ちくま文庫）p97
子に愛人の出来た場合
　◇「宮本百合子全集 9」新日本出版社 2001 p176
小西行長
　◇「坂口安吾全集 12」筑摩書房 1999 p368
碁にも名人戦つくれ
　◇「坂口安吾全集 7」筑摩書房 1998 p360
五人組奇譚
　◇「20世紀断層―野坂昭如単行本未収録小説集成 3」幻戯書房 2010 p178

こぬひ

来ぬ人
　◇「徳田秋聲全集 4」八木書店 1999 p372
　◇「徳田秋聲全集 19」八木書店 2000 p52
『子猫をお願い』は必見の映画
　◇「金井美恵子エッセイ・コレクション―1964-2013 4」平凡社 2014 p293
仔鼠にすがる話（九月六日）
　◇「福田恆存評論集 18」麗澤大學出版會，廣池學園事業部〔発売〕2010 p82
木の（この）… → "きの…"をも見よ
この一年間に考えたこと―二〇〇二年秋
　◇「井上ひさしコレクション 日本の巻」岩波書店 2005 p235
この「一枚の写真」をどう見るか―引回される中国要人をめぐる日本人の反応
　◇「決定版 三島由紀夫全集 34」新潮社 2003 p331
此一票を与ふ可き代議士を文壇諸家に問ふ
　◇「徳田秋聲全集 23」八木書店 2001 p287
この海を越えて…
　◇「深沢夏衣作品集」新幹社 2015 p419
近衛忍法暦
　◇「山田風太郎忍法帖短篇全集 8」筑摩書房 2004（ちくま文庫）p147
この書きものの蛇足としてのまえせつ
　◇「小田実全集 小説 9」講談社 2010 p5
この巻のためのきわめて短かい注釈
　◇「小田実全集 小説 8」講談社 2010 p417
　◇「小田実全集 小説 14」講談社 2011 p482
この国を救うために水田装置にもっと金をかけよう
　◇「井上ひさしコレクション 日本の巻」岩波書店 2005 p314
『この国のかたち』のかたち
　◇「井上ひさしコレクション 日本の巻」岩波書店 2005 p24
この国のはじまりについて
　◇「司馬遼太郎対話選集 1」文藝春秋 2006（文春文庫）
この車の乗手たち
　◇「小島信夫批評集成 1」水声社 2011 p513
この現代の風刺劇―水俣病裁判傍聴記
　◇「石牟礼道子全集 4」藤原書店 2004 p427
呉の闇廬
　◇「宮城谷昌光全集 21」文藝春秋 2004 p210
この心の誇り―パール・バック著
　◇「宮本百合子全集 14」新日本出版社 2001 p288
このごろ
　◇「小島信夫批評集成 2」水声社 2011 p55
この頃
　◇「宮本百合子全集 32」新日本出版社 2003 p82
　◇「宮本百合子全集 33」新日本出版社 2004 p349
このごろ―長篇小説「志願囚人」に悪戦苦闘中
　◇「安部公房全集 27」新潮社 2000 p84

このごろのオンナ〔「妻を語る」〕
　◇「谷崎潤一郎全集 25」中央公論新社 2016 p264
此頃の感想
　◇「徳田秋聲全集 19」八木書店 2000 p237
このごろのこと
　◇「石牟礼道子全集 8」藤原書店 2005 p256
この頃の事
　◇「徳田秋聲全集 21」八木書店 2001 p204
この頃のこと（生活感想）
　◇「徳田秋聲全集 21」八木書店 2001 p87
この頃の心境
　◇「徳田秋聲全集 23」八木書店 2001 p49
此頃の日記
　◇「徳田秋聲全集 19」八木書店 2000 p449
このごろの人気
　◇「宮本百合子全集 15」新日本出版社 2001 p69
この虐げられた魂はどこへ行くのか
　◇「石牟礼道子全集 5」藤原書店 2004 p500
この十七年の"無戦争"
　◇「決定版 三島由紀夫全集 32」新潮社 2003 p106
この初冬
　◇「宮本百合子全集 13」新日本出版社 2001 p484
『この世界を逃れて』グレアム・スウィフト
　◇「須賀敦子全集 4」河出書房新社 2007（河出文庫）p225
子のために
　◇「徳田秋聲全集 23」八木書店 2001 p34
この中也的な日々
　◇「〔池澤夏樹〕エッセー集成 1」みすず書房 2008 p32
この党とともに
　◇「松田解子自選集 9」澤田出版 2009 p230
この読本を編むに当つて
　◇「徳田秋聲全集 22」八木書店 2001 p369
この都市の二つの像 あるいはオリエンタリズムの練習問題
　◇「〔池澤夏樹〕エッセー集成 2」みすず書房 2008 p199
この夏
　◇「宮本百合子全集 9」新日本出版社 2001 p301
この年齢になると
　◇「遠藤周作エッセイ選集 3」光文社 2006（知恵の森文庫）p181
訓狐
　◇「内田百閒集成 12」筑摩書房 2003（ちくま文庫）p42
木葉角鴟（このはづく）のうた
　◇「決定版 三島由紀夫全集 37」新潮社 2004 p179
この八月の炎天に
　◇「松田解子自選集 9」澤田出版 2009 p121

『この果てに君ある如く』の選後に―ここに語られている意味
　◇「宮本百合子全集 19」新日本出版社 2002 p223
この覇道の世界で
　◇「小田実全集 評論 31」講談社 2013 p269
このはな抄
　◇「定本 久生十蘭全集 別巻」国書刊行会 2013 p395
木の葉の冠
　◇「石牟礼道子全集 6」藤原書店 2006 p224
木の葉の散りしく時間の中で
　◇「石牟礼道子全集 4」藤原書店 2004 p568
この春
　◇「瀬戸内寂聴随筆選 4」ゆまに書房 2009 p140
この日警報を聞かず
　◇「古井由吉自撰作品 7」河出書房新社 2012 p343
この陽ざかりに
　◇「立松和平小説 2」勉誠出版 2010 p171
〈この人・インタビュー安部公房〉『随筆サンケイ』の談話記事
　◇「安部公房全集 21」新潮社 1999 p465
この人この本
　◇「上野壮夫全集 3」図書新聞 2011 p554
このひとこの魅力―川喜多かしこさん
　◇「決定版 三島由紀夫全集 34」新潮社 2003 p88
このひとと ともに―野坂議長をかこむ地域集会で
　◇「松田解子自選集 9」澤田出版 2009 p224
この人は本当に日本人か？―生頼範義②
　◇「小松左京全集 完全版 41」城西国際大学出版会 2013 p255
この深い緑には……
　◇「〔野呂邦暢〕随筆コレクション 2」みすず書房 2014 p466
この不景気をどう観るか？
　◇「徳田秋聲全集 23」八木書店 2001 p301
呉の夫差
　◇「宮城谷昌光全集 21」文藝春秋 2004 p214
子の便利と 天の恵み
　◇「林京子全集 8」日本図書センター 2005 p379
この本を読んでくださる韓国のみなさまへ
　◇「小檜山博全集 7」柏艪舎 2006 p344
この三つのことば―わたしたちは・平和を・欲している
　◇「宮本百合子全集 19」新日本出版社 2002 p170
この娘を見よ
　◇「遠藤周作エッセイ選集 3」光文社 2006（知恵の森文庫）p40
木の芽だち―地方文化発展の意義
　◇「宮本百合子全集 16」新日本出版社 2002 p248
好もしい人生
　◇「日影丈吉全集 6」国書刊行会 2002 p400

この問題から―原稿料問題について
　◇「宮本百合子全集 16」新日本出版社 2002 p282
この世が影を失うとき
　◇「石牟礼道子全集 4」藤原書店 2004 p260
この世がみえるとは―谷川雁への手紙
　◇「石牟礼道子全集 4」藤原書店 2004 p242
此の世に生きる意外さ思へば
　◇「定本 久生十蘭全集 10」国書刊行会 2011 p122
この世のことはこの世のこと
　◇「小田実全集 小説 37」講談社 2013 p25
この世の名残りに花の見えて
　◇「石牟礼道子全集 17」藤原書店 2012 p509
この世は未知
　◇「石牟礼道子全集 7」藤原書店 2005 p391
誤配
　◇「小松左京全集 完全版 25」城西国際大学出版会 2017 p439
琥珀
　◇「内田百閒集成 12」筑摩書房 2003（ちくま文庫）p13
小函のなかの墓場
　◇「都筑道夫恐怖短篇集成 3」筑摩書房 2004（ちくま文庫）p488
「御破算後の人間・文学」安岡章太郎との対話（一九九七年）
　◇「小田実全集 評論 28」講談社 2013 p340
小鰭の鮨
　◇「定本 久生十蘭全集 2」国書刊行会 2009 p616
『小林一茶』(信濃風土記第二部)
　◇「佐々木基一全集 1」河出書房新社 2013 p193
小林薫 ぼくは女がわからない〔対談〕
　◇「大庭みな子全集 22」日本経済新聞出版社 2011 p20
小林さんと私のツキアイ
　◇「坂口安吾全集 11」筑摩書房 1998 p351
小林商相の昔
　◇「国枝史郎歴史小説傑作選」作品社 2006 p489
小林多喜二と今日・『転形期の人々』
　◇「佐々木基一全集 1」河出書房新社 2013 p411
小林多喜二と野間宏
　◇「佐々木基一全集 5」河出書房新社 2013 p289
小林多喜二の今日における意義
　◇「宮本百合子全集 18」新日本出版社 2002 p319
小林信彦「ビートルズの優しい夜」
　◇「〔野呂邦暢〕随筆コレクション 2」みすず書房 2014 p427
小林秀雄
　◇「佐々木基一全集 1」河出書房新社 2013 p392
小林秀雄
　◇「福田恆存評論集 14」麗澤大學出版會、廣池學園事業部〔発売〕 2010 p60

こはや

小林秀雄さんとの二度の出逢い
　◇「佐々木基一全集 6」河出書房新社 2012 p370
小林秀雄氏頌
　◇「決定版 三島由紀夫全集 34」新潮社 2003 p402
小林秀雄「私小説論」
　◇「福田恆存評論集 別巻」麗澤大學出版會, 廣池學園事業部〔発売〕 2011 p111
小林秀雄集
　◇〔野呂邦暢〕随筆コレクション 2」みすず書房 2014 p259
小林秀雄全集第一巻（創元社版）
　◇「福田恆存評論集 別巻」麗澤大學出版會, 廣池學園事業部〔発売〕 2011 p105
小林秀雄弔辭
　◇「福田恆存評論集 別巻」麗澤大學出版會, 廣池學園事業部〔発売〕 2011 p202
小林秀雄とともに 座談（久保田万太郎, 真船豊, 永井龍男）
　◇「小林秀雄全作品 17」新潮社 2004 p47
　◇「小林秀雄全集 補巻 2」新潮社 2010 p367
小林秀雄の「考へるヒント」
　◇「福田恆存評論集 12」麗澤大學出版會, 廣池學園事業部〔発売〕 2008 p156
小林秀雄の小説
　◇「車谷長吉全集 3」新書館 2010 p290
小林秀雄の「本居宣長」
　◇「福田恆存評論集 12」麗澤大學出版會, 廣池學園事業部〔発売〕 2008 p164
小林博苑〔書簡〕
　◇「坂口安吾全集 16」筑摩書房 2000 p229
小春日和のヨーロッパ（加藤秀俊, 松本重治）
　◇「小松左京全集 完全版 38」城西国際大学出版会 2010 p181
ごはん
　◇「向田邦子全集 新版 5」文藝春秋 2009 p86
湖畔
　◇「定本 久生十蘭全集 1」国書刊行会 2008 p279
小判イタダキ
　◇「向田邦子全集 新版 8」文藝春秋 2009 p94
週言 ごはんつぶ
　◇「林京子全集 7」日本図書センター 2005 p448
湖畔亭事件
　◇「江戸川乱歩全集 2」光文社 2004（光文社文庫）p179
　◇「江戸川乱歩全集 1」沖積舎 2006 p229
湖畔にて 李良枝〔対談〕
　◇「大庭みな子全集 21」日本経済新聞出版社 2011 p344
ご飯のお碗
　◇「石牟礼道子全集 10」藤原書店 2006 p202
湖畔の女
　◇「小松左京全集 完全版 18」城西国際大学出版会 2013 p144

湖畔の焚火
　◇「辻邦生全集 6」新潮社 2004 p254
ごはんの話
　◇「遠藤周作エッセイ選集 3」光文社 2006（知恵の森文庫）p61
湖畔の町
　◇「小沼丹全集 3」未知谷 2004 p124
湖畔『文藝』版
　◇「定本 久生十蘭全集 別巻」国書刊行会 2013 p8
ご飯はマラソ食べるんや
　◇「小田実全集 評論 18」講談社 2012 p86
媚
　◇「橋本治短篇小説コレクション 靴鞴」筑摩書房 2006（ちくま文庫）p168
コピーを書いて二十年
　◇「上野壮夫全集 3」図書新聞 2011 p450
珈琲をのむ娼婦
　◇「日影丈吉全集 7」国書刊行会 2004 p423
孤媚記
　◇〔澁澤龍彦〕ホラー・ドラコニア少女小説集成 肆」平凡社 2004 p5
五ひきと二羽が消えた！
　◇「都筑道夫少年小説コレクション 2」本の雑誌社 2005 p216
コーヒー談義
　◇〔野呂邦暢〕随筆コレクション 1」みすず書房 2014 p356
コピーという仕事
　◇「上野壮夫全集 3」図書新聞 2011 p418
矮人（こびと）の指環
　◇「アンドロギュノスの裔 渡辺温全集」東京創元社 2011（創元推理文庫）p553
『コピー年鑑'63』序文
　◇「上野壮夫全集 3」図書新聞 2011 p454
珈琲の木
　◇「小沼丹全集 4」未知谷 2004 p616
戈壁の匈奴
　◇「司馬遼太郎短篇全集 1」文藝春秋 2005 p275
コーヒーのにがい理由
　◇「寺山修司著作集 4」クインテッセンス出版 2009 p252
珈琲挽き
　◇「小沼丹全集 4」未知谷 2004 p315
　◇「小沼丹全集 4」未知谷 2004 p434
コーヒー挽き機械の歌
　◇「寺山修司著作集 1」クインテッセンス出版 2009 p389
胡媚娘
　◇「阿川弘之全集 1」新潮社 2005 p169
五〇〇ウオンのマクワウリ
　◇「田中小実昌エッセイ・コレクション 2」筑摩書房 2002（ちくま文庫）p294

五百羅漢
　◇「内田百閒集成 13」筑摩書房 2003（ちくま文庫）p96
五百羅漢
　◇「都筑道夫恐怖短篇集成 3」筑摩書房 2004（ちくま文庫）p267
誤謬の値段
　◇「小酒井不木随筆評論選集 7」本の友社 2004 p416
コピーライターの当面の問題
　◇「上野壮夫全集 3」図書新聞 2011 p412
『故平田耕一君遺稿集』後記
　◇「佐々木基一全集 1」河出書房新社 2013 p264
瘤
　◇「小沼丹全集 2」未知谷 2004 p655
古風なる思慕
　◇「上野壮夫全集 1」図書新聞 2010 p243
瘤佐吉
　◇「徳田秋聲全集 27」八木書店 2002 p148
鼓舞さるべき仕事―中野重治「汽車の缶焚き」
　◇「宮本百合子全集 13」新日本出版社 2001 p106
こぶし
　◇「決定版 三島由紀夫全集 37」新潮社 2004 p494
辛夷
　◇「小沼丹全集 4」未知谷 2004 p146
　◇「小沼丹全集 4」未知谷 2004 p378
ごぶじならざる会
　◇「色川武大・阿佐田哲也エッセイズ 1」筑摩書房 2003（ちくま文庫）p301
こぶしの里
　◇「大庭みな子全集 11」日本経済新聞出版社 2010 p291
五分と五分
　◇「井上ひさし短編中編小説集成 10」岩波書店 2015 p495
古墳
　◇「決定版 三島由紀夫全集 37」新潮社 2004 p309
五文星の相撲見物
　◇「徳田秋聲全集 19」八木書店 2000 p404
古文の犬
　◇「田辺聖子全集 3」集英社 2004 p463
古墳の話
　◇「車谷長吉全集 1」新書館 2010 p577
五瓣の椿
　◇「山本周五郎長篇小説全集 13」新潮社 2014 p7
湖辺の寺
　◇「石牟礼道子全集 10」藤原書店 2006 p455
ごぼう
　◇「大庭みな子全集 12」日本経済新聞出版社 2010 p19
小法師の勝ちだ
　◇「山本周五郎探偵小説全集 別巻」作品社 2008 p6

古木の気分―『乳の潮』あとがき
　◇「石牟礼道子全集 11」藤原書店 2005 p218
湖北慕情
　◇「阿川弘之全集 16」新潮社 2006 p509
こぼんちゃん
　◇「山崎豊子全集 第2期 第2期1」新潮社 2014 p349
独楽
　◇「石牟礼道子全集 14」藤原書店 2008 p536
独楽
　◇「決定版 三島由紀夫全集 36」新潮社 2003 p311
独楽（こま）
　◇「中井英夫全集 10」東京創元社 2002（創元ライブラリ）p180
狛犬
　◇「向田邦子全集 新版 2」文藝春秋 2009 p9
独楽（「音楽独楽が……」）
　◇「決定版 三島由紀夫全集 37」新潮社 2004 p241
駒形通り
　◇「三橋一夫ふしぎ小説集成 1」出版芸術社 2005 p215
小枕の伝八
　◇「長谷川伸傑作選 股旅新八景」国書刊行会 2008 p125
駒込千駄木町の露地
　◇「車谷長吉全集 3」新書館 2010 p373
高麗神社の祭の笛―武蔵野の巻
　◇「坂口安吾全集 11」筑摩書房 1998 p303
独楽（「それは……」）
　◇「決定版 三島由紀夫全集 37」新潮社 2004 p122
「小松左京」をとらえ直す
　◇「小松左京全集 完全版 45」城西国際大学出版会 2015 p199
小松左京が語る「出合い」のいい話
　◇「小松左京全集 完全版 48」城西国際大学出版会 2017 p303
小松左京自伝―実存を求めて
　◇「小松左京全集 完全版 50」城西国際大学出版会 2018 p5
こまったな
　◇「田中小実昌エッセイ・コレクション 4」筑摩書房 2003（ちくま文庫）p172
困った問題
　◇「大坪砂男全集 4」東京創元社 2013（創元推理文庫）p359
高麗剣
　◇「小林秀雄全作品 24」新潮社 2004 p161
　◇「小林秀雄全集 補巻 3」新潮社 2010 p251
こまやかな野草の味
　◇「向田邦子全集 新版 10」文藝春秋 2010 p150
こまわり君が好きっ!!の巻
　◇「金井美恵子エッセイ・コレクション―1964-2013 1」平凡社 2013 p158

こみお

塵（ごみ）を拾う人
◇「小檜山博全集 6」柏艪舎 2006 p428

ゴミに埋もれないために―坂本信一著『ゴミにまみれて』解説
◇「松下竜一未刊行著作集 2」海鳥社 2008 p348

コミマサが読む
◇「田中小実昌エッセイ・コレクション 5」筑摩書房 2003（ちくま文庫）p253

コミマサ流ミステリ案内
◇「田中小実昌エッセイ・コレクション 5」筑摩書房 2003（ちくま文庫）p141

〈コミュニストに問う〉『キング』のアンケートに答えて
◇「安部公房全集 7」新潮社 1998 p18

コミュニティと文学
◇「日影丈吉全集 別巻」国書刊行会 2005 p711

ゴム靴
◇「徳田秋聲全集 26」八木書店 2002 p290

コムト及び短篇、長篇
◇「徳田秋聲全集 22」八木書店 2001 p389

ゴム人間のことなど―周辺飛行15
◇「安部公房全集 23」新潮社 1999 p399

ゴムの仮面
◇「都筑道夫少年小説コレクション 3」本の雑誌社 2005 p302

ゴムの木
◇「小沼丹全集 3」未知谷 2004 p432

小村淡彩
◇「宮本百合子全集 2」新日本出版社 2001 p412

小室某覚書
◇「司馬遼太郎短篇全集 11」文藝春秋 2006 p309

コメ
◇「井上ひさしコレクション 日本の巻」岩波書店 2005 p241

ご命日
◇「石牟礼道子全集 17」藤原書店 2012 p412

米をとぐ音
◇「小檜山博全集 8」柏艪舎 2006 p215

コメから世界が見える
◇「井上ひさしコレクション 日本の巻」岩波書店 2005 p327

コメ交渉で日本はECと共に食糧安保で戦え！
◇「井上ひさしコレクション 日本の巻」岩波書店 2005 p254

ゴメスの名はゴメス
◇「結城昌治コレクション ゴメスの名はゴメス」光文社 2008（光文社文庫）p5

コメディ・リテレール 小林秀雄を囲んで 座談（荒正人、小田切秀雄、佐々木基一、埴谷雄高、平野謙、本多秋五）
◇「小林秀雄全作品 15」新潮社 2003 p9
◇「小林秀雄全集 補巻 2」新潮社 2010 p261

コメと人と地球
◇「井上ひさしコレクション 日本の巻」岩波書店 2005 p343

米の味・カレーの味
◇「阿川弘之全集 20」新潮社 2007 p9

「米」の演出と脚本
◇「佐々木基一全集 7」河出書房新社 2013 p202

米の飯
◇「隆慶一郎全集 19」新潮社 2010 p300

米櫃
◇「内田百閒集成 12」筑摩書房 2003（ちくま文庫）p119

コメ再び、みたび……
◇「井上ひさしコレクション 日本の巻」岩波書店 2005 p337

コメは完璧な食品、そして日本文化のささえ
◇「井上ひさしコレクション 日本の巻」岩波書店 2005 p257

ごめんねパーティー
◇「松下竜一未刊行著作集 1」海鳥社 2008 p343

小者の証明―酒中日記2
◇「向田邦子全集 新版 9」文藝春秋 2009 p94

子守り
◇「古井由吉自撰作品 8」河出書房新社 2012 p124

子守唄
◇「寺山修司著作集 1」クインテッセンス出版 2009 p46

子守歌
◇「松田解子自選集 9」澤田出版 2009 p86

子守唄―山姥
◇「寺山修司著作集 1」クインテッセンス出版 2009 p376

子守唄は嘘つき
◇「寺山修司著作集 4」クインテッセンス出版 2009 p211

隠沼（こもりぬ）
◇「田村義次郎選集 4」日本図書センター 2005 p119

古文書の怪に憑かれた人
◇「辻邦生全集 16」新潮社 2005 p196

誤訳の民主主義―志水速雄〔対談〕（志水速雄）
◇「福田恆存対談・座談集 4」玉川大学出版部 2012 p77

小屋暮らしの始まり 横浜大空襲の煙塵
◇「内田百閒集成 22」筑摩書房 2004（ちくま文庫）p192

子安
◇「古井由吉自撰作品 3」河出書房新社 2012 p215

ゴヤとの対話
◇「〔野呂邦暢〕随筆コレクション 2」みすず書房 2014 p460

小屋の明け暮れ 洗い流しの御飯を食べる
◇「内田百閒集成 22」筑摩書房 2004（ちくま文

庫）p203

「小山清全集」書評
　◇「小沼丹全集 4」未知谷 2004 p692

小山清の結婚記念写真
　◇「阿川弘之全集 19」新潮社 2007 p357

小山清の死
　◇「阿川弘之全集 16」新潮社 2006 p194

小山さんの端書
　◇「小沼丹全集 4」未知谷 2004 p473

小指
　◇「石牟礼道子全集 11」藤原書店 2005 p460

小指
　◇「山本周五郎長篇小説全集 4」新潮社 2013 p561

胡耀邦さんにもう一度会いたい―わが涙の中国弔問記
　◇「山崎豊子全集 20」新潮社 2005 p576

こよなく愛した
　◇「小島信夫短篇集成 8」水声社 2014 p443

こよなくうつくしく豊かなる地球を
　◇「松田解子自選集 9」澤田出版 2009 p247

「暦」（「新しい暦」改題）
　◇「決定版 三島由紀夫全集 37」新潮社 2004 p146

『暦』とその作者
　◇「宮本百合子全集 15」新日本出版社 2001 p203

暦のはじめ
　◇「宮城谷昌光全集 21」文藝春秋 2004 p478

こよりの犬
　◇「戸川幸夫動物文学セレクション 5」ランダムハウス講談社 2008（ランダムハウス講談社文庫）p303

「Koran（こらあん）」（「こらあん 'koran'」改題）
　◇「決定版 三島由紀夫全集 37」新潮社 2004 p269

娯楽
　◇「谷崎潤一郎全集 18」中央公論新社 2016 p510

娯楽ゲームは二つだけ
　◇「小松左京全集 完全版 40」城西国際大学出版会 2012 p333

娯楽奉仕の心構へ―酔つてクダまく職人が心構へを説くこと
　◇「坂口安吾全集 5」筑摩書房 1998 p540

『コラージュ』『カラヴァッジオ』『寂しい声』
　◇「須賀敦子全集 4」河出書房新社 2007（河出文庫）p389

コラージュのトラヴェリング
　◇「金井美恵子エッセイ・コレクション―1964-2013 4」平凡社 2014 p152

コーラス隊の精神を！
　◇「安部公房全集 12」新潮社 1998 p170

狐狸庵いたく感動感銘
　◇「遠藤周作エッセイ選集 3」光文社 2006（知恵の森文庫）p9

コリオレイナス
　◇「福田恆存評論集 19」麗澤大學出版會, 廣池學園事業部［発売］2010 p315

「ゴーリキイ伝」の遅延について
　◇「宮本百合子全集 12」新日本出版社 2001 p369

ゴリキイの芝居
　◇「上野壮夫全集 1」図書新聞 2010 p84

ゴリキイの『どん底への道』
　◇「佐々木基一全集 10」河出書房新社 2013 p662

孤立殺人事件
　◇「坂口安吾全集 12」筑摩書房 1999 p157

孤立宣言
　◇「石牟礼道子全集 1」藤原書店 2004 p251

「孤立」ノススメ
　◇「決定版 三島由紀夫全集 36」新潮社 2003 p183

コリーヌの異文化対談（コリーヌ・ブレ）
　◇「安部公房全集 28」新潮社 2000 p120

狐狸の役割
　◇「坂口安吾全集 3」筑摩書房 1999 p92

五里霧
　◇「20世紀断層―野坂昭如単行本未収録小説集成 2」幻戯書房 2010 p401

五里霧中
　◇「阿川弘之全集 20」新潮社 2007 p449

御陵春日
　◇「決定版 三島由紀夫全集 37」新潮社 2004 p485

御霊信仰と祝祭
　◇「丸谷才一全集 8」文藝春秋 2014 p241

ゴリラ記
　◇「戸川幸夫動物文学セレクション 2」ランダムハウス講談社 2008（ランダムハウス講談社文庫）p61

ゴリラの威厳
　◇「小松左京全集 完全版 39」城西国際大学出版会 2012 p97

こりることの必要について
　◇「坂口安吾全集 6」筑摩書房 1998 p329

コリン・ウィルソン「アウトサイダー」をめぐって
　◇「決定版 三島由紀夫全集 29」新潮社 2003 p528

コリンズ
　◇「江戸川乱歩全集 30」光文社 2005（光文社文庫）p534

コール
　◇「江戸川乱歩全集 30」光文社 2005（光文社文庫）p555

紅涙（コールイ）映画
　◇「田中小実昌エッセイ・コレクション 3」筑摩書房 2002（ちくま文庫）p184

ゴルゴダの唄―少年愛
　◇「中井英夫全集 7」東京創元社 1998（創元ライブラリ）p418

こるさ

コールサインX
　◇「都筑道夫少年小説コレクション 6」本の雑誌社 2005 p285

コルシア書店の仲間たち
　◇「須賀敦子全集 1」河出書房新社 2006（河出文庫）p191

ゴルディアスの結び目
　◇「小松左京全集 完全版 21」城西国際大学出版会 2015 p202

ゴールデンウイーク
　◇「小松左京全集 完全版 25」城西国際大学出版会 2017 p40

コルヌアーユの恋人たち
　◇「辻邦生全集 6」新潮社 2004 p93

ゴルバートフ「降伏なき民」
　◇「宮本百合子全集 16」新日本出版社 2002 p300

ゴルフをしなかった話
　◇「坂口安吾全集 13」筑摩書房 1999 p292

ゴルフをやらざるの弁―私は天下のヘソ曲り
　◇「決定版 三島由紀夫全集 31」新潮社 2003 p184

ゴルフ随筆
　◇「小林秀雄全作品 21」新潮社 2004 p33
　◇「小林秀雄全集 補巻 3」新潮社 2010 p24

ゴルフ政治の祖・藤原鎌足
　◇「小松左京全集 完全版 42」城西国際大学出版会 2014 p32

ゴルフ帝国主義
　◇「小松左京全集 完全版 31」城西国際大学出版会 2008 p187

ゴルフと「悪い仲間」
　◇「坂口安吾全集 14」筑摩書房 1999 p569

ゴルフの球と夜のサタン
　◇「金鶴泳作品集 2」クレイン 2006 p643

ゴルフの名人
　◇「小林秀雄全作品 23」新潮社 2004 p22
　◇「小林秀雄全集 補巻 3」新潮社 2010 p176

ゴルフ・パンツははいていまい
　◇「宮本百合子全集 11」新日本出版社 2001 p113

故嶺雲兄
　◇「徳田秋聲全集 19」八木書店 2000 p314

これ以上の悪党小説は書けなかった
　◇「高木彬光コレクション新装版 白昼の死角」光文社 2005（光文社文庫）p836

これが現代人
　◇「小檜山博全集 8」柏艪舎 2006 p33

これがGSだ！ 突然名曲分析講座
　◇「鈴木いづみセカンド・コレクション 4」文遊社 2004 p132

これが深夜喫茶だ
　◇「開高健ルポルタージュ選集 ずばり東京」光文社 2007（光文社文庫）p21

これが日本的復原力か
　◇「福田恆存評論集 18」麗澤大學出版會, 廣池學園事業部〔発売〕 2010 p271

これがポイント
　◇「瀬戸内寂聴随筆選 2」ゆまに書房 2009 p68

これから書きます
　◇「宮本百合子全集 12」新日本出版社 2001 p66

これから結婚する人の心持
　◇「宮本百合子全集 13」新日本出版社 2001 p453

これから手術をうける人に
　◇「遠藤周作エッセイ選集 1」光文社 2006（知恵の森文庫）p65

これからの五十年文学はどうなるか〔対談〕（三島由紀夫）
　◇「福田恆存対談・座談集 1」玉川大学出版部 2011 p147

これからの女性〔対談〕（高橋たか子）
　◇「大庭みな子全集 21」日本経済新聞出版社 2011 p93

これ義人なり
　◇「宮城谷昌光全集 21」文藝春秋 2004 p395

コレクション
　◇「〔野呂邦暢〕随筆コレクション 1」みすず書房 2009 p383

『コレクション 鶴見和子曼荼羅』
　◇「石牟礼道子全集 14」藤原書店 2008 p449

コレクター―都市を盗む17
　◇「安部公房全集 26」新潮社 1999 p466

これくらい重い内容は本にするしかない
　◇「〔池澤夏樹〕エッセー集成 2」みすず書房 2008 p2

これぞ天下の一大事―講和をむかえるに際して
　◇「坂口安吾全集 15」筑摩書房 1999 p288

これだけは言っておきたい
　◇「小田実全集 評論 32」講談社 2013 p251

コレットへの憧れ
　◇「瀬戸内寂聴随筆選 1」ゆまに書房 2009 p118

これでいいのか日本の防衛
　◇「決定版 三島由紀夫全集 36」新潮社 2003 p647

これで役者は全員そろった
　◇「小田実全集 小説 37」講談社 2013 p113

これでは囚人扱い
　◇「宮本百合子全集 17」新日本出版社 2002 p470

虎列刺
　◇「内田百閒集成 13」筑摩書房 2003（ちくま文庫）p9

コレラ患者も楽し
　◇「田中小実昌エッセイ・コレクション 6」筑摩書房 2003（ちくま文庫）p148

コレラに命を助けられた話
　◇「安部公房全集 8」新潮社 1998 p287

これは〈熱いノンフィクション〉だ——鎌田慧著
『ドキュメント隠された公害 イタイイタイ
病を追って』解説
　◇「松下竜一未刊行著作集 2」海鳥社 2008 p129
〈これはある職業的関係によって〉——周辺飛行
5
　◇「安部公房全集 23」新潮社 1999 p246
これは血統か
　◇「小檜山博全集 7」柏艪舎 2006 p129
是は現実的な感想
　◇「宮本百合子全集 9」新日本出版社 2001 p381
これは「人間の国」か
　◇「小田実全集 評論 25」講談社 2012 p11
　◇「小田実全集 評論 25」講談社 2012 p12
これは「人間の国」か——西方ニ異説アリ
　◇「小田実全集 評論 25」講談社 2012 p9
これはへどである（「仮面の告白」）
　◇「決定版 三島由紀夫全集 27」新潮社 2003 p204
殺さば殺せ
　◇「内田百閒集成 10」筑摩書房 2003（ちくま文
　　庫）p252
殺された天一坊
　◇「浜尾四郎全集 1」沖積舎 2004 p91
殺されるのは嫌だ
　◇「三橋一夫ふしぎ小説集成 2」出版芸術社 2005
　　p34
「殺し合う集団」としての軍隊
　◇「小田実全集 評論 29」講談社 2013 p58
殺していいとも
　◇「20世紀断層——野坂昭如単行本未収録小説集成 補
　　巻」幻戯書房 2010 p632
「殺してはならない」ではなく「殺されてはな
らない」
　◇「小田実全集 評論 29」講談社 2013 p224
殺しの掟
　◇「池波正太郎短篇ベストコレクション 1」リブリ
　　オ出版 2008 p135
殺す
　◇「小田実全集 小説 36」講談社 2013 p82
「殺す」側と「殺される」側
　◇「小田実全集 評論 29」講談社 2013 p219
「殺す」ことと軍隊
　◇「小田実全集 評論 29」講談社 2013 p65
コ・ロ・ス・ナ童子
　◇「小田実全集 小説 32」講談社 2013 p462
「殺すな」と「体現平和主義」
　◇「小田実全集 評論 21」講談社 2012 p268
殺す者は殺される
　◇「小田実全集 小説 32」講談社 2013 p261
ごろつき
　◇「安部公房全集 5」新潮社 1997 p353

ごろつき（九月一日）
　◇「福田恆存評論集 18」麗澤大學出版會, 廣池學園
　　事業部〔発売〕2010 p112
コロッケ
　◇「車谷長吉全集 3」新書館 2010 p682
「コロノスのオイディプス」
　◇「小田実全集 評論 13」講談社 2011 p366
コロノスのオイディプス
　◇「小田実全集 評論 26」講談社 2013 p231
衣
　◇「古井由吉自撰作品 2」河出書房新社 2012 p68
衣替え
　◇「大庭みな子全集 23」日本経済新聞出版社 2011
　　p688
衣更えの季節に
　◇「林京子全集 8」日本図書センター 2005 p181
ゴロン刑事部長の回想録
　◇「定本 久生十蘭全集 8」国書刊行会 2010 p297
コロンブス
　◇「向田邦子全集 新版 7」文藝春秋 2009 p196
コロンブスの卵——一幕の児童劇
　◇「決定版 三島由紀夫全集 21」新潮社 2002 p25
ごろんぼ佐之助
　◇「池波正太郎短篇ベストコレクション 6」リブリ
　　オ出版 2008 p5
コロンボ 貧乏礼賛
　◇「日影丈吉全集 別巻」国書刊行会 2005 p365
コロンボはテキヤ声
　◇「田中小実昌エッセイ・コレクション 3」筑摩書
　　房 2002（ちくま文庫）p156
怖い穴ぼこ——大江健三郎『万延元年のフット
ボール』
　◇「安部公房全集 21」新潮社 1999 p342
こわい家
　◇「日影丈吉全集 別巻」国書刊行会 2005 p633
こわいはずだよ狐が通る
　◇「日影丈吉全集 別巻」国書刊行会 2005 p755
こわい店
　◇「向田邦子全集 新版 9」文藝春秋 2009 p50
怖い眼
　◇「小檜山博全集 7」柏艪舎 2006 p15
こわいもの
　◇「江戸川乱歩全集 30」光文社 2005（光文社文
　　庫）p68
子は親の鏡
　◇「安部公房全集 9」新潮社 1998 p490
こわかった看護婦
　◇「田中小実昌エッセイ・コレクション 6」筑摩書
　　房 2003（ちくま文庫）p136
声音
　◇「石牟礼道子全集 12」藤原書店 2005 p334

こわれ

こわれた鏡―ジイド知性の喜劇
　◇「宮本百合子全集 13」新日本出版社 2001 p225
壊れたと壊したは違う
　◇「向田邦子全集 新版 11」文藝春秋 2010 p82
壊れたもの
　◇「小檜山博全集 8」柏艪舎 2006 p134
壊れてゆく風景
　◇「小檜山博全集 8」柏艪舎 2006 p179
こわれる
　◇「大庭みな子全集 17」日本経済新聞出版社 2010 p16
婚姻予約不履行による慰藉料損害賠償請求の訴状
　◇「坂口安吾全集 11」筑摩書房 1998 p395
狐会菊有明（こんくわいきくのありあけ）
　◇「決定版 三島由紀夫全集 21」新潮社 2002 p163
「狐会菊有明」異稿
　◇「決定版 三島由紀夫全集 補巻」新潮社 2005 p356
紺緋鬼縁起
　◇「阿川弘之全集 3」新潮社 2005 p139
困却如件―津田英一郎君へ
　◇「小林秀雄全作品 3」新潮社 2002 p156
　◇「小林秀雄全集 補巻 1」新潮社 2010 p164
困窮文士学者救済協会
　◇「小島信夫批評集成 4」水声社 2010 p356
欣求
　◇「中上健次集 2」インスクリプト 2018 p233
混血
　◇「［野呂邦暢］随筆コレクション 1」みすず書房 2014 p439
混血児のレイテ戦記
　◇「小島信夫批評集成 2」水声社 2011 p187
今月の帝劇
　◇「德田秋聲全集 19」八木書店 2000 p420
　◇「德田秋聲全集 20」八木書店 2001 p46
混血の哲学
　◇「大庭みな子全集 8」日本経済新聞出版社 2009 p326
今月のひと 大庭みな子〔聞き手・構成〕尾崎真理子〔インタビュー〕
　◇「大庭みな子全集 24」日本経済新聞出版社 2011 p286
根源的な生命の不可思議 高橋たか子〔対談〕
　◇「大庭みな子全集 21」日本経済新聞出版社 2011 p410
権現山
　◇「小島信夫批評集成 2」水声社 2011 p175
言語道断の笑い
　◇「田中小実昌エッセイ・コレクション 5」筑摩書房 2003（ちくま文庫）p21
今後の課題
　◇「小田実全集 評論 2」講談社 2010 p261

今後の寺院生活に対する私考
　◇「坂口安吾全集 1」筑摩書房 1999 p10
今後婦人の行くべき道
　◇「德田秋聲全集 23」八木書店 2001 p292
権妻
　◇「松本清張短編全集 02」光文社 2008（光文社文庫）p93
金色（こんじき）…→"きんいろ…"をも見よ
『金色の死』
　◇「谷崎潤一郎全集 3」中央公論新社 2016 p177
金色の死
　◇「谷崎潤一郎全集 3」中央公論新社 2016 p181
今昔茶話
　◇「国枝史郎歴史小説傑選」作品社 2006 p488
今昔はたご探訪―奈良井と大内
　◇「山田風太郎エッセイ集成 秀吉はいつ知ったか」筑摩書房 2008 p240
『今昔物語集』の忍者
　◇「山田風太郎忍法帖短篇全集 1」筑摩書房 2004（ちくま文庫）p295
懇親会
　◇〔森〕鷗外近代小説集 2」岩波書店 2012 p151
コンスタンチノオプルの蚤
　◇「小沼丹全集 3」未知谷 2004 p672
今世紀に著しい発達を見たもの
　◇「小松左京全集 完全版 35」城西国際大学出版会 2009 p438
根釧原野―生きている創成期
　◇「安部公房全集 16」新潮社 1998 p295
コンソメ
　◇「辺見庸掌編小説集 白翳」角川書店 2004 p176
ごん太の浄瑠璃
　◇「石牟礼道子全集 16」藤原書店 2013 p588
権太樂
　◇「国枝史郎伝奇短篇小説集成 1」作品社 2006 p50
こんち午の日
　◇「山本周五郎中短篇秀作選集 1」小学館 2005 p319
ゴンチャロフ―幕末日本を描いた『日本渡航記』
　◇「小松左京全集 完全版 43」城西国際大学出版会 2014 p266
コンちゃん
　◇「戸川幸夫動物文学セレクション 4」ランダムハウス講談社 2008（ランダムハウス講談社文庫）p91
崑ちゃん
　◇「小林秀雄全作品 19」新潮社 2004 p112
　◇「小林秀雄全集 補巻 2」新潮社 2010 p497
昆虫採集から農学部へ（加藤秀俊, 今西錦司）
　◇「小松左京全集 完全版 38」城西国際大学出版会 2010 p84

昆虫図
　◇「定本 久生十蘭全集 3」国書刊行会 2009 p99
昆虫の棲む家
　◇「小檜山博全集 1」柏艪舎 2006 p469
〈コンテンプラー〉の中での瞑想
　◇「小島信夫批評集成 7」水声社 2011 p611
近藤啓太郎追悼
　◇「阿川弘之全集 20」新潮社 2007 p361
コント・コントン
　◇「大坪砂男全集 4」東京創元社 2013（創元推理文庫）p133
こんどの機会に
　◇「谷崎潤一郎全集 24」中央公論新社 2016 p529
今度の選挙と婦人
　◇「宮本百合子全集 16」新日本出版社 2002 p446
コントのツボ
　◇「井上ひさしコレクション ことばの巻」岩波書店 2005 p392
『コントラクト・キラー』―乾杯を二度
　◇「金井美恵子エッセイ・コレクション―1964-2013 4」平凡社 2014 p219
コンドルは飛んで行く
　◇「橋本治短篇小説コレクション S&Gグレイテスト・ヒッツ+1」筑摩書房 2006（ちくま文庫）p276
今度は是非見に行く
　◇「谷崎潤一郎全集 24」中央公論新社 2016 p521
混沌の奥に潜むリアリティ
　◇「大庭みな子全集 24」日本経済新聞出版社 2011 p223
混沌のなかの可能性―若者たちはリンゴをかじりつづける
　◇「佐々木基一全集 7」河出書房新社 2013 p217
こんな女のコには思わずタメ息が出てしまう
　◇「田中小実昌エッセイ・コレクション 4」筑摩書房 2003（ちくま文庫）p226
こんな感じ―水上勉
　◇「大庭みな子全集 8」日本経済新聞出版社 2009 p490
悉な小説が欲しい―何うせ讀むなら何うせ作るなら
　◇「小寺菊子作品集 3」桂書房 2014 p55
「こんなちっちゃな子を連れて…」―東京都東久留米市の滝山団地支部をたずねる
　◇「松田解子自選集 8」澤田出版 2008 p385
こんなにあなたを愛しているのに
　◇「鈴木いづみセカンド・コレクション 3」文遊社 2004 p206
こんな野郎・あんな野郎
　◇「野坂昭如エッセイ・コレクション 1」筑摩書房 2004（ちくま文庫）p22
困難と戦ひし十年間
　◇「小寺菊子作品集 3」桂書房 2014 p28

今日（こんにち）… → "きょう…"をも見よ
今日への出発
　◇「佐々木基一全集 1」河出書房新社 2013 p293
今日及び明日の男性を語る（安部磯雄、加藤与五郎、松岡正男、野上弥生子、杉森孝次郎、吉岡弥生、羽仁吉一、羽仁もと子）
　◇「徳田秋聲全集 25」八木書店 2001 p449
今日的な思考
　◇「安部公房全集 7」新潮社 1998 p350
今日における戦争の受けとめ方
　◇「佐々木基一全集 7」河出書房新社 2013 p281
今日の作家と読者
　◇「宮本百合子全集 15」新日本出版社 2001 p199
今日の女流作家と時代との交渉を論ず
　◇「宮本百合子全集 9」新日本出版社 2001 p135
今日の生活と文化の問題
　◇「宮本百合子全集 15」新日本出版社 2001 p270
今日の読者の性格
　◇「宮本百合子全集 14」新日本出版社 2001 p134
今日の日本の文化問題
　◇「宮本百合子全集 18」新日本出版社 2002 p166
今日の文学・作品の貧困
　◇「佐々木基一全集 1」河出書房新社 2013 p415
今日の文学と文学賞
　◇「宮本百合子全集 13」新日本出版社 2001 p421
今日の文学に求められているヒューマニズム
　◇「宮本百合子全集 13」新日本出版社 2001 p112
今日の文学の諸相
　◇「宮本百合子全集 15」新日本出版社 2001 p86
今日の文学の鳥瞰図
　◇「宮本百合子全集 13」新日本出版社 2001 p47
今日の文学の展望
　◇「宮本百合子全集 13」新日本出版社 2001 p278
今日の文化の諸問題
　◇「宮本百合子全集 11」新日本出版社 2001 p386
今日の文章
　◇「宮本百合子全集 13」新日本出版社 2001 p436
今日のモラルの問題
　◇「田村泰次郎選集 5」日本図書センター 2005 p88
今日のロマン論の意義
　◇「田村泰次郎選集 5」日本図書センター 2005 p77
「今日よりよい明日の場」を求める
　◇「小田実全集 評論 16」講談社 2012 p119
こんにゃく売り
　◇「徳永直文学選集」熊本出版文化会館 2008 p330
こんにゃく天女とはんぺん才女
　◇「井上ひさし短編中編小説集成 1」岩波書店 2014 p151
こんにゃく・トーチカ―私の原由美子論
　◇「向田邦子全集 新版 9」文藝春秋 2009 p175

こん に

こんにゃく問答―三島・龍沢寺にて〔対談〕
（中川宋淵）
　◇「坂口安吾全集 17」筑摩書房 1999 p410
コンニャク論
　◇「坂口安吾全集 13」筑摩書房 1999 p315
「紺野機業場」（庄野潤三）書評
　◇「安沼丹全集 4」未知谷 2004 p702
魂魄記
　◇「日影丈吉全集 7」国書刊行会 2004 p69
今晩は、キャスターです
　◇「20世紀断層―野坂昭如単行本未収録小説集成 5」幻戯書房 2010 p426
こんばんは21世紀
　◇「安部公房全集 18」新潮社 1999 p285
コンビで荒した株屋の麻雀
　◇「色川武大・阿佐田哲也エッセイズ 1」筑摩書房 2003（ちくま文庫）p167
コンビのつづく秘訣は
　◇「松下竜一未刊行著作集 3」海鳥社 2009 p204
コンピュータ時代にはどんな人間が強いか？
〔対談〕（木山田一隆）
　◇「安部公房全集 22」新潮社 1999 p292
コンピューター時代の映画を考える〔対談〕
（草柳大蔵）
　◇「安部公房全集 22」新潮社 1999 p110
コンピュー盗 小説十二番
　◇「20世紀断層―野坂昭如単行本未収録小説集成 4」幻戯書房 2010 p205
金毘羅
　◇「〔森〕鷗外近代小説集 2」岩波書店 2012 p333
金毘羅山
　◇「林京子全集 1」日本図書センター 2005 p124
昆布考
　◇「定本 久生十蘭全集 10」国書刊行会 2011 p312
昆布石鹼
　◇「向田邦子全集 新版 10」文藝春秋 2010 p23
権平五千石
　◇「司馬遼太郎短篇全集 10」文藝春秋 2006 p45
棍棒
　◇「徳田秋聲全集 29」八木書店 2002 p438
梱包のエクリチュール
　◇「寺山修司著作集 1」クインテッセンス出版 2009 p351
根本の誤謬 文学者の女性観
　◇「徳田秋聲全集 20」八木書店 2001 p151
根負け
　◇「田中小実昌エッセイ・コレクション 1」筑摩書房 2002（ちくま文庫）p311
混乱から年が変わった一九九五年
　◇「小松左京全集 完全版 46」城西国際大学出版会 2016 p24

混乱とアナーキーを反省すべき関西の観光開発
　◇「小松左京全集 完全版 29」城西国際大学出版会 2007 p71
金輪際
　◇「車谷長吉全集 1」新書館 2010 p401
婚礼着
　◇「徳田秋聲全集 5」八木書店 1998 p58
婚礼考
　◇「宮城谷昌光全集 21」文藝春秋 2004 p24
懇話会一夕話（豊島与志雄、中村武羅夫、岸田国士、川端康成、宇野浩二、広津和郎、室生犀星、近松秋江、上司小剣、松本学）
　◇「徳田秋聲全集 25」八木書店 2001 p440

【 さ 】

『さあ、あなたの暮らしぶりを話して クリスティーのオリエント発掘旅行記』アガサ・クリスティー
　◇「須賀敦子全集 4」河出書房新社 2007（河出文庫）p231
最悪の事態を示せ（二月二十四日）
　◇「福田恆存評論集 18」麗澤大學出版會、廣池學園事業部〔発売〕2010 p177
再会
　◇「大庭みな子全集 6」日本経済新聞出版社 2009 p304
　◇「大庭みな子全集 13」日本経済新聞出版社 2010 p300
　◇「大庭みな子全集 18」日本経済新聞出版社 2010 p329
再会
　◇「小松左京全集 完全版 14」城西国際大学出版会 2009 p380
再会
　◇「佐々木基一全集 8」河出書房新社 2013 p109
再会
　◇「〔野呂邦暢〕随筆コレクション 2」みすず書房 2014 p219
再会
　◇「定本 久生十蘭全集 8」国書刊行会 2010 p559
再会
　◇「向田邦子全集 新版 11」文藝春秋 2010 p11
再会［梗概版］
　◇「定本 久生十蘭全集 別巻」国書刊行会 2013 p404
「災害大国」としての日本、アメリカ
　◇「小田実全集 評論 34」講談社 2013 p136
「災害大国」の国づくり
　◇「小田実全集 評論 31」講談社 2013 p47

財界の奥の院 工業倶楽部
　◇「開高健ルポルタージュ選集 ずばり東京」光文社 2007（光文社文庫）p165
災害列島に住む私たち
　◇「小松左京全集 完全版 46」城西国際大学出版会 2016 p11
才覚
　◇「小田実全集 小説 32」講談社 2013 p392
さいかちの実
　◇「定本 久生十蘭全集 10」国書刊行会 2011 p349
雑賀の舟鉄砲
　◇「司馬遼太郎短篇全集 4」文藝春秋 2005 p127
再刊の言葉
　◇「宮本百合子全集 16」新日本出版社 2002 p192
在韓米軍撤退の意味するもの—神谷不二〔対談〕(神谷不二)
　◇「福田恆存対談・座談集 4」玉川大学出版部 2012 p160
債鬼
　◇「安部公房全集 20」新潮社 1999 p174
才気と的確さ—芥川賞選評
　◇「決定版 三島由紀夫全集 35」新潮社 2003 p659
斎木ひみ子篇（「美術手帖」読者投稿）
　◇「金井美恵子エッセイ・コレクション—1964-2013 1」平凡社 2013 p516
西行
　◇「車谷長吉全集 3」新書館 2010 p625
西行
　◇「小林秀雄全作品 14」新潮社 2003 p171
　◇「小林秀雄全集 補巻 2」新潮社 2010 p228
西行花伝
　◇「辻邦生全集 14」新潮社 2005 p7
西行桜
　◇「辻井喬コレクション 5」河出書房新社 2003 p393
西行の心の苦痛
　◇「車谷長吉全集 3」新書館 2010 p286
最近遊んだ底倉
　◇「徳田秋聲全集 20」八木書店 2001 p146
最近世相漫談会（葉山嘉樹、林房雄、直木三十五、三上於菟吉、中河幹子、小金井素子、中本たか子、平林たい子、山田やす子、長谷川時雨）
　◇「徳田秋聲全集 25」八木書店 2001 p103
最近に於ける醫學の進歩
　◇「小酒井不木随筆評論選集 6」本の友社 2004 p418
最近の一日
　◇「小檜山博全集 8」柏艪舎 2006 p182
最近の英米探偵小説
　◇「江戸川乱歩全集 27」光文社 2004（光文社文庫）p285
最近の大江健三郎
　◇「安部公房全集 20」新潮社 1999 p240

最近の川端さん
　◇「決定版 三島由紀夫全集 32」新潮社 2003 p108
最近の感想
　◇「江戸川乱歩全集 24」光文社 2005（光文社文庫）p67
最近の感想
　◇「徳田秋聲全集 22」八木書店 2001 p398
最近の芝居と想像力
　◇「小島信夫批評集成 2」水声社 2011 p519
最近の小説壇
　◇「徳田秋聲全集 19」八木書店 2000 p105
　◇「徳田秋聲全集 19」八木書店 2000 p107
　◇「徳田秋聲全集 19」八木書店 2000 p137
　◇「徳田秋聲全集 19」八木書店 2000 p142
最近の新富座
　◇「徳田秋聲全集 20」八木書店 2001 p196
最近の創作壇
　◇「徳田秋聲全集 19」八木書店 2000 p169
最近の日記
　◇「小寺菊子作品集 3」桂書房 2014 p4
最近の犯罪の傾向に就て
　◇「野村胡堂探偵小説全集」作品社 2007 p422
最近の文化映画
　◇「佐々木基一全集 1」河出書房新社 2013 p112
最近の文学界所感
　◇「徳田秋聲全集 19」八木書店 2000 p154
最近の正宗白鳥君
　◇「徳田秋聲全集 20」八木書店 2001 p141
〈最近、ぼくには〉「池田達雄・中村宏・山下菊二展」に寄せて
　◇「安部公房全集 17」新潮社 1999 p272
最近悦ばれているものから
　◇「宮本百合子全集 9」新日本出版社 2001 p29
歳月
　◇「〔野呂邦暢〕随筆コレクション 1」みすず書房 2014 p372
歳月
　◇「宮城谷昌光全集 1」文藝春秋 2002 p625
歳月
　◇「宮本百合子全集 18」新日本出版社 2002 p162
歳月『赤い満月』第23回川端康成文学賞
　◇「大庭みな子全集 24」日本経済新聞出版社 2011 p20
歳月（司馬遼太郎）
　◇「田中小実昌エッセイ・コレクション 5」筑摩書房 2003（ちくま文庫）p331
再建
　◇「小松左京全集 完全版 25」城西国際大学出版会 2017 p440
再建に向かう地元メディア
　◇「小松左京全集 完全版 46」城西国際大学出版会 2016 p143

さいこ

最期
　◇「徳田秋聲全集 6」八木書店 2000 p166
彩虹
　◇「山本周五郎中短篇秀作選集 3」小学館 2006 p144
最高級パロディ精神
　◇「山田風太郎エッセイ集成 わが推理小説零年」筑摩書房 2007 p228
西郷札
　◇「松本清張傑作短篇コレクション 下」文藝春秋 2004（文春文庫）p355
　◇「松本清張短編全集 01」光文社 2008（光文社文庫）p5
西郷と大久保（海音寺潮五郎）
　◇「司馬遼太郎対話選集 3」文春文庫 2006（文春文庫）p48
最高の偽善者として—皇太子殿下への手紙
　◇「決定版 三島由紀夫全集 27」新潮社 2003 p699
最後列の聴衆
　◇「中井英夫全集 7」東京創元社 1998（創元ライブラリ）p508
西国の四季
　◇「決定版 三島由紀夫全集 37」新潮社 2004 p73
最後に「PKO後の日本」で考える
　◇「小田実全集 評論 20」講談社 2012 p316
　◇「小田実全集 評論 34」講談社 2013 p65
最後の挨拶
　◇「山本周五郎長篇小説全集 23」新潮社 2014 p305
最後の穴
　◇「上野壮夫全集 1」図書新聞 2010 p250
最後のイカサマ
　◇「色川武大・阿佐田哲也エッセイズ 1」筑摩書房 2003（ちくま文庫）p257
最後の伊賀者
　◇「司馬遼太郎短篇全集 3」文藝春秋 2005 p301
週言 最後の一分まで
　◇「林京子全集 7」日本図書センター 2005 p439
最後のエロ事師たち
　◇「20世紀断層—野坂昭如単行本未収録小説集成 5」幻戯書房 2010 p568
最後の隠密
　◇「小松左京全集 完全版 17」城西国際大学出版会 2012 p149
最後の海軍大将
　◇「阿川弘之全集 16」新潮社 2006 p343
最後の神歌
　◇「目取真俊短篇小説選集 3」影書房 2013 p329
最後の曲芸
　◇「国枝史郎伝奇短篇小説集 1」作品社 2006 p8
最後の決断
　◇「山崎豊子全集 第2期 第2期4」新潮社 2014 p349
最後の光芒
　◇「〔野呂邦暢〕随筆コレクション 1」みすず書房 2014 p199
最期の声
　◇「立松和平全小説 23」勉誠出版 2013 p228
最後のコックピット
　◇「阿川弘之全集 17」新潮社 2006 p31
『最後のこと』[翻訳]（ウンベルト・サバ）
　◇「須賀敦子全集 5」河出書房新社 2008（河出文庫）p355
最後の仕事
　◇「20世紀断層—野坂昭如単行本未収録小説集成 補巻」幻戯書房 2010 p483
最後の攘夷志士
　◇「司馬遼太郎短篇全集 8」文藝春秋 2005 p361
最後の女学生
　◇「四季桂子全集」皆進社 2013 p46
最後のディナー
　◇「島田荘司 very BEST 10 Reader's Selection」講談社 2007（講談社box）p237
最後の撤兵—勝者もなく、敗者もなく
　◇「開高健ルポルタージュ選集 サイゴンの十字架」光文社 2008（光文社文庫）p145
最後の荷物
　◇「立松和平全小説 16」勉誠出版 2012 p151
最後の晩餐
　◇「山田風太郎ミステリー傑作選 5」光文社 2001（光文社文庫）p85
「最後の晩餐」と「岐路に立ちて」
　◇「徳田秋聲全集 20」八木書店 2001 p173
最後の人
　◇「石牟礼道子全集 17」藤原書店 2012 p9
「最後の人」覚え書—橋本憲三氏の死
　◇「石牟礼道子全集 17」藤原書店 2012 p285
「最後の人」だけ〔第二十四回芥川賞選後評〕
　◇「坂口安吾全集 11」筑摩書房 1998 p354
最後の一葉〔翻訳〕（オー・ヘンリ）
　◇「小沼丹全集 補巻」未知谷 2005 p200
最後の一人—『米国近代史』より
　◇「定本 久生十蘭全集 5」国書刊行会 2009 p247
最後の武器—ヴァイゼンボルン作「ゲッチンゲン・カンタータ」にもとづく改作
　◇「安部公房全集 9」新潮社 1998 p223
最後の無頼漢—つかこうへいによるインタビュー
　◇「色川武大・阿佐田哲也エッセイズ 1」筑摩書房 2003（ちくま文庫）p11
最後の訪問
　◇「佐々木基一全集 4」河出書房新社 2013 p257
最後の密使
　◇「横溝正史時代小説コレクション伝奇篇 3」出版芸術社 2003 p318
最後の別れ
　◇「徳田秋聲全集 14」八木書店 2000 p76

最後のワルツ
　◇「定本 久生十蘭全集 別巻」国書刊行会 2013 p345
最後まで熱をもつて
　◇「谷崎潤一郎全集 11」中央公論新社 2015 p467
賽子と渦
　◇「大庭みな子全集 11」日本経済新聞出版社 2010 p349
サイゴンの十字架
　◇「開高健ルポルタージュ選集 サイゴンの十字架」光文社 2008（光文社文庫）
サイゴンの裸者と死者
　◇「開高健ルポルタージュ選集 サイゴンの十字架」光文社 2008（光文社文庫）p8
サイゴン・一つの時代が終った
　◇「開高健ルポルタージュ選集 サイゴンの十字架」光文社 2008（光文社文庫）p181
歳々是好年
　◇「宮本百合子全集 14」新日本出版社 2001 p30
祭式と芸術
　◇「佐々木基一全集 2」河出書房新社 2013 p208
祭日ならざる日々─日本女性の覚悟
　◇「宮本百合子全集 13」新日本出版社 2001 p268
最終の決定権をもった「市民集会」
　◇「小田実全集 評論 29」講談社 2013 p46
宰相
　◇「向田邦子全集 新版 6」文藝春秋 2009 p40
最小限の礼儀
　◇「小田実全集 評論 8」講談社 2011 p106
西条家の通り魔
　◇「山田風太郎ミステリー傑作選 2」光文社 2001（光文社文庫）p75
西条さんの講義
　◇「小沼丹全集 4」未知谷 2004 p109
宰相私論
　◇「阿川弘之全集 19」新潮社 2007 p423
西城・スチーブンス戦
　◇「決定版 三島由紀夫全集 36」新潮社 2003 p57
宰相の条件
　◇「井上ひさしコレクション 日本の巻」岩波書店 2005 p120
西条の二年
　◇「大庭みな子全集 23」日本経済新聞出版社 2011 p505
催情薬
　◇「小酒井不木随筆評論選集 6」本の友社 2004 p327
菜食
　◇「立松和平小説 27」勉誠出版 2014 p166
菜食文学
　◇「坂口安吾全集 14」筑摩書房 1999 p17
「最初の一発、見届けねば」
　◇「松下竜一未刊行著作集 5」海鳥社 2009 p354

最初の江戸川乱歩全集〔昭和六年度〕
　◇「江戸川乱歩全集 28」光文社 2006（光文社文庫）p432
最初の悔恨
　◇「小松左京全集 完全版 11」城西国際大学出版会 2007 p67
最初の記憶
　◇「徳永直文学選集」熊本出版文化会館 2008 p269
最初の計画
　◇「小島信夫長篇集成 2」水声社 2015 p400
最初の作家─高見順
　◇「丸谷才一全集 10」文藝春秋 2014 p153
最初の問い
　◇「宮本百合子全集 13」新日本出版社 2001 p378
さいしょの訳
　◇「田中小実昌エッセイ・コレクション 5」筑摩書房 2003（ちくま文庫）p84
サイズの問題
　◇「〔野呂邦暢〕随筆コレクション 1」みすず書房 2014 p56
再生
　◇「安部公房全集 29」新潮社 2000 p262
再生
　◇「小島信夫短篇集成 7」水声社 2015 p155
再生
　◇「三橋一夫ふしぎ小説集成 3」出版芸術社 2005 p187
再生に向かって
　◇「小松左京全集 完全版 46」城西国際大学出版会 2016 p121
再説「戦後文学は幻影だった」
　◇「佐々木基一全集 3」河出書房新社 2013 p285
賽銭泥棒
　◇「立松和平小説 23」勉誠出版 2013 p403
採藻
　◇「定本 久生十蘭全集 10」国書刊行会 2011 p317
サイダー
　◇「松下竜一未刊行著作集 2」海鳥社 2008 p28
最大の影響力をもつ太陽と月
　◇「小松左京全集 完全版 40」城西国際大学出版会 2012 p364
最大の情報国家・ヴァチカン
　◇「小松左京全集 完全版 32」城西国際大学出版会 2008 p70
さいた さいた
　◇「林京子全集 4」日本図書センター 2005 p5
祭壇
　◇「大庭みな子全集 7」日本経済新聞出版社 2009 p348
祭壇
　◇「山田風太郎ミステリー傑作選 4」光文社 2001（光文社文庫）p369

さいと

西東
◇「坂口安吾全集 1」筑摩書房 1999 p562

斎藤耕一おける男と女―ロマンチックなんだなぁ
◇「鈴木いづみコレクション 7」文遊社 1997 p247

斎藤茂吉随筆集
◇「阿川弘之全集 18」新潮社 2007 p320

再読「阿Q正伝」
◇「林京子全集 7」日本図書センター 2005 p189

再読三読「篝火」
◇「宮城谷昌光全集 21」文藝春秋 2004 p122

在日
◇「深沢夏衣作品集」新幹社 2015 p355

在日、アイデンティティのゆくえ
◇「深沢夏衣作品集」新幹社 2015 p484

在日朝鮮人の親と子
◇「金鶴泳作品集 2」クレイン 2006 p558

斎入の印象
◇「徳田秋聲全集 20」八木書店 2001 p67

才能について
◇「宮城谷昌光全集 21」文藝春秋 2004 p302

賽の河原
◇「石牟礼道子全集 11」藤原書店 2005 p348

賽の河原
◇「林京子全集 8」日本図書センター 2005 p273

サイバー少女のインキュベーター「小松左京マガジン」編集長インタビュー 第二十九回(小谷真理)
◇「小松左京全集 完全版 49」城西国際大学出版会 2017 p347

さい果て
◇「津村節子自選作品集 1」岩波書店 2005 p1

さい果てで根室で感じた北海道の風土的宿命
◇「小松左京全集 完全版 29」城西国際大学出版会 2007 p127

さいはての歴史と心(榎本守恵)
◇「司馬遼太郎対話選集 4」文藝春秋 2006(文春文庫) p169

裁判
◇「小島信夫長篇集成 1」水声社 2015 p231

裁判
◇「辻井喬コレクション 7」河出書房新社 2003 p168

裁判儀式論―「夢の泪」
◇「井上ひさしコレクション 日本の巻」岩波書店 2005 p189

歳晩祈念―佐藤春夫の『新年の祈禱』に嬬ひて
◇「定本 久生十蘭全集 10」国書刊行会 2011 p391

裁判所の息の通わぬ言葉
◇「石牟礼道子全集 7」藤原書店 2005 p315

裁判所の市民から―傍聴者にもわかる裁判を
◇「松下竜一未刊行著作集 4」海鳥社 2008 p386

裁判所は何のために、誰のためにあるのか
◇「小田実全集 評論 34」講談社 2013 p179

裁判長
◇「小檜山博全集 4」柏艪舎 2006 p437

裁判長さん、聞いて下さい
◇「松下竜一未刊行著作集 3」海鳥社 2009 p122

裁判とユーモア
◇「小酒井不木随筆評論選集 4」本の友社 2004 p93

再版に際して〔幻影城〕
◇「江戸川乱歩全集 26」光文社 2003(光文社文庫) p11

再版に際して〈『吹雪物語』〉
◇「坂口安吾全集 5」筑摩書房 1998 p405

再版について(『私たちの建設』)
◇「宮本百合子全集 17」新日本出版社 2002 p368

最晩年の谷崎潤一郎
◇「阿川弘之全集 19」新潮社 2007 p48

裁判の恐ろしさ
◇「松下竜一未刊行著作集 5」海鳥社 2009 p257

裁判も必要悪(九月七日)
◇「福田恆存評論集 16」麗澤大学出版會,廣池學園事業部〔発売〕2010 p264

再武装するのはなにか―MRAについて
◇「宮本百合子全集 19」新日本出版社 2002 p220

再訪
◇「小田実全集 評論 1」講談社 2010 p429

細胞解散
◇「佐々木基一全集 8」河出書房新社 2013 p176

細胞人たち
◇「石牟礼道子全集 8」藤原書店 2005 p301

歳末狂騒曲
◇「辻井喬コレクション 7」河出書房新社 2003 p211

歳末に臨んで聊学友諸君に告ぐ
◇「谷崎潤一郎全集 25」中央公論新社 2016 p66

席題歳末の感
◇「谷崎潤一郎全集 25」中央公論新社 2016 p34

歳末無題
◇「内田百閒集成 5」筑摩書房 2003(ちくま文庫) p139

催眠男
◇「小檜山博全集 7」柏艪舎 2006 p268

細民小伝
◇「田村孟全小説集」航思社 2012 p7

S&Gグレイテスト・ヒッツ+1
◇「橋本治短篇小説コレクション S&Gグレイテスト・ヒッツ+1」筑摩書房 2006(ちくま文庫)

サイモンズ、カーペンター、ジード
◇「江戸川乱歩全集 30」光文社 2005(光文社文庫) p175

サイモン・テンプラー ペテン師に後光
◇「日影丈吉全集 別巻」国書刊行会 2005 p398

サイモンの碁
　◇「小沼丹全集 4」未知谷 2004 p598
災厄の年を送りて、新しき年を迎ふる覚悟
　◇「德田秋聲全集 23」八木書店 2001 p298
災厄の日
　◇「原民喜戦後全小説」講談社 2015（講談社文芸文庫）p353
柴窯の壺―ある閑人の手記
　◇「石上玄一郎作品集 3」日本図書センター 2004 p251
　◇「石上玄一郎小説作品集成 3」未知谷 2008 p445
鰓裂
　◇「石上玄一郎作品集 1」日本図書センター 2004 p225
　◇「石上玄一郎小説作品集成 1」未知谷 2008 p223
サー・ウオルター・ローリー
　◇「小酒井不木随筆評論選集 5」本の友社 2004 p274
サウンド・オブ・サイレンス
　◇「橋本治短篇小説コレクション S&Gグレイテスト・ヒッツ+1」筑摩書房 2006（ちくま文庫）p118
佐伯彰一著「回想」を読む
　◇「阿川弘之全集 20」新潮社 2007 p263
さへづり（対話）
　◇「〔森〕鷗外近代小説集 3」岩波書店 2013 p137
塞の神
　◇「石牟礼道子全集 17」藤原書店 2012 p408
沙翁と夢遊病
　◇「小酒井不木随筆評論選集 7」本の友社 2004 p306
竿の音
　◇「内田百閒集成 9」筑摩書房 2003（ちくま文庫）p41
坂
　◇「小島信夫短篇集成 5」水声社 2015 p295
坂
　◇「宮本百合子全集 12」新日本出版社 2001 p71
酒井逸雄君へ
　◇「小林秀雄全作品 9」新潮社 2003 p245
　◇「小林秀雄全集 補巻 1」新潮社 2010 p497
堺へ抜ける "南朝の生命線"
　◇「小松左京全集 完全版 42」城西国際大学出版会 2014 p82
境川
　◇「石牟礼道子全集 16」藤原書店 2013 p498
堺における豪商の輩出
　◇「小松左京全集 完全版 42」城西国際大学出版会 2014 p84
酒井の刃傷
　◇「松本清張短編全集 02」光文社 2008（光文社文庫）p163
堺の武器「茶の湯」
　◇「小松左京全集 完全版 42」城西国際大学出版会 2014 p94
栄ちゃん、おめでとう
　◇「井上ひさしコレクション 日本の巻」岩波書店 2005 p53
榊原鍵吉―明治兜割り
　◇「津本陽武芸小説集 3」PHP研究所 2007 p287
坂口安吾
　◇「佐々木基一全集 4」河出書房新社 2013 p69
坂口安吾
　◇「福田恆存評論集 13」麗澤大學出版會, 廣池學園事業部〔発売〕2009 p180
〔坂口安吾〕思いこみの大家
　◇「佐々木基一全集 5」河出書房新社 2013 p171
〔坂口安吾〕豪快と稚気
　◇「佐々木基一全集 5」河出書房新社 2013 p174
「坂口安吾選集」
　◇「小林秀雄全作品 21」新潮社 2004 p197
　◇「小林秀雄全集 補巻 3」新潮社 2010 p63
「坂口安吾全集」
　◇「小林秀雄全作品 26」新潮社 2004 p73
　◇「小林秀雄全集 補巻 3」新潮社 2010 p355
坂口安吾二十周忌に思う
　◇「佐々木基一全集 5」河出書房新社 2013 p173
坂口安吾の強がり
　◇「日影丈吉全集 別巻」国書刊行会 2005 p688
坂口献吉宛〔書簡〕
　◇「坂口安吾全集 16」筑摩書房 2000 p6
坂口さんのこと
　◇「福田恆存評論集 別巻」麗澤大學出版會, 廣池學園事業部〔発売〕2011 p161
坂口下枝宛〔書簡〕
　◇「坂口安吾全集 16」筑摩書房 2000 p198
坂口流の将棋観
　◇「坂口安吾全集 6」筑摩書房 1998 p416
坂口三千代・綱男宛〔書簡〕
　◇「坂口安吾全集 16」筑摩書房 2000 p231
さかさ吊りの穴
　◇「小田実全集 小説 35」講談社 2013 p24
さかさ吊りの穴 「世界」十二篇
　◇「小田実全集 小説 35」講談社 2013 p5
さかさに地図をながめてごらん
　◇「小松左京全集 完全版 28」城西国際大学出版会 2006 p143
さかさになった椅子
　◇「辻井喬コレクション 7」河出書房新社 2003 p431
さかさま英雄伝
　◇「寺山修司著作集 4」クインテッセンス出版 2009 p133
『逆さまゲーム』(A・タブッキ著) 訳者あとがき
　◇「須賀敦子全集 6」河出書房新社 2007（河出文庫）p375

さかさ

さかさま童話論
　◇「寺山修司著作集 4」クインテッセンス出版 2009 p187

さかさまに
　◇「大佛次郎セレクション第2期　さかさまに」未知谷 2008 p5

逆らっきょう
　◇「内田百閒集成 17」筑摩書房 2004（ちくま文庫）p323

嵯峨沢にて
　◇「小林秀雄全作品 15」新潮社 2003 p146
　◇「小林秀雄全集　補巻 2」新潮社 2010 p292

サーカス
　◇「大庭みな子全集 12」日本経済新聞出版社 2010 p196

サーカス
　◇「決定版 三島由紀夫全集 16」新潮社 2002 p473

サーカス
　◇「向田邦子全集 新版 11」文藝春秋 2010 p68

「サーカス」異稿
　◇「決定版 三島由紀夫全集 20」新潮社 2002 p721

杯
　◇「〔森〕鷗外近代小説集 2」岩波書店 2012 p3

「サーカス」創作ノート
　◇「決定版 三島由紀夫全集 16」新潮社 2002 p659

「サーカス」について
　◇「決定版 三島由紀夫全集 29」新潮社 2003 p505

サーカスの怪人
　◇「江戸川乱歩全集 20」光文社 2004（光文社文庫）p361

サーカスの政治学
　◇「寺山修司著作集 5」クインテッセンス出版 2009 p293

サーカスの政治学―サーカス
　◇「寺山修司著作集 5」クインテッセンス出版 2009 p316

逆立ち女郎
　◇「都筑道夫時代小説コレクション 1」戎光祥出版 2014（戎光祥時代小説名作館）p72

逆立ちの公・私
　◇「宮本百合子全集 16」新日本出版社 2002 p97

逆手の芸術
　◇「安部公房全集 25」新潮社 1999 p496

坂と美術館の町　目黒
　◇「大庭みな子全集 23」日本経済新聞出版社 2011 p500

魚（さかな）…　→ "うお…"をも見よ

魚を食べる生活は変えられない
　◇「石牟礼道子全集 7」藤原書店 2005 p498

魚たちと一緒にお陽さまを拝む
　◇「石牟礼道子全集 16」藤原書店 2013 p615

魚たちと眠れ
　◇「結城昌治コレクション　魚たちと眠れ」光文社 2008（光文社文庫）p5

魚たちの夢を夢みること
　◇「石牟礼道子全集 9」藤原書店 2006 p495

魚（テネシー）と鳥（豊前）を結ぶ環境権裁判
　◇「松下竜一未刊行著作集 4」海鳥社 2008 p382

逆撫での阿房列車
　◇「内田百閒集成 2」筑摩書房 2002（ちくま文庫）p283

魚と思想
　◇「辺見庸掌編小説集 黒潮」角川書店 2004 p106

魚とりパントマイム
　◇「石牟礼道子全集 15」藤原書店 2012 p73

魚になりそこねた流木―対談のあとで
　◇「石牟礼道子全集 9」藤原書店 2006 p442

魚になりたい人―水中のオブジェ
　◇「安部公房全集 7」新潮社 1998 p402

魚に曳かれて
　◇「石牟礼道子全集 5」藤原書店 2004 p493

魚に煩悩じゃもん
　◇「石牟礼道子全集 7」藤原書店 2005 p357

魚の栄養
　◇「小檜山全集 8」柏艪舎 2006 p197

魚のなみだ
　◇「大庭みな子全集 16」日本経済新聞出版社 2010 p313

魚の泪
　◇「大庭みな子全集 2」日本経済新聞出版社 2009 p167
　◇「大庭みな子全集 2」日本経済新聞出版社 2009 p308

魚の李太白
　◇「谷崎潤一郎全集 6」中央公論新社 2015 p43

魚飛行船・勤務
　◇「辻井喬コレクション 7」河出書房新社 2003 p407

さか浪
　◇「徳田秋聲全集 4」八木書店 1999 p175

魚や海と運命をともにする
　◇「石牟礼道子全集 7」藤原書店 2005 p507

魚屋さんの声
　◇「〔野呂邦暢〕随筆コレクション 1」みすず書房 2014 p158

魚屋の若い衆
　◇「石牟礼道子全集 7」藤原書店 2005 p399

魚屋、歯医者、精神病院
　◇「林京子全集 8」日本図書センター 2005 p91

魚は語る
　◇「辻井喬コレクション 7」河出書房新社 2003 p88

魚は何にいいか
　◇「小檜山全集 7」柏艪舎 2006 p192

嵯峨野
　◇「谷崎潤一郎全集 1」中央公論新社 2015 p415

坂の多い町
　◇「阿川弘之全集 3」新潮社 2005 p7
坂の子
　◇「古井由吉自撰作品 7」河出書房新社 2012 p357
嵯峨野讃歌
　◇「瀬戸内寂聴随筆選 5」ゆまに書房 2009 p9
坂の下の家
　◇「辻邦生全集 5」新潮社 2004 p103
坂の途中の店
　◇「小沼丹全集 3」未知谷 2004 p390
坂のホテル
　◇「立松和平全小説 18」勉誠出版 2012 p207
嵯峨野明月記
　◇「辻邦生全集 3」新潮社 2004 p245
坂の夢
　◇「内田百閒集成 11」筑摩書房 2003（ちくま文庫）p198
酒場
　◇「小檜山博全集 2」柏艪舎 2006 p390
酒場
　◇「丸谷才一全集 9」文藝春秋 2013 p242
酒場にて
　◇「中井英夫全集 10」東京創元社 2002（創元ライブラリ）p36
酒場のカウンターの荒野
　◇「寺山修司著作集 4」クインテッセンス出版 2009 p86
酒場の女性は上等の友人であるか
　◇「吉行淳之介エッセイ・コレクション 1」筑摩書房 2004（ちくま文庫）p280
酒祝（さかほがひ）
　◇「定本 久生十蘭全集 3」国書刊行会 2009 p416
酒饅頭
　◇「大庭みな子全集 23」日本経済新聞出版社 2011 p535
坂道の自転車
　◇「立松和平全小説 17」勉誠出版 2012 p115
坂本一亀『『バカもん』応援歌』
　◇「小檜山博全集 6」柏艪舎 2006 p357
坂本小学校
　◇「谷崎潤一郎全集 21」中央公論新社 2016 p233
坂本タカエさん
　◇「石牟礼道子全集 3」藤原書店 2004 p447
坂本マスヲさん
　◇「石牟礼道子全集 3」藤原書店 2004 p453
坂本龍馬の魅力（芳賀徹）
　◇「司馬遼太郎対話選集 3」文藝春秋 2006（文春文庫）p199
江戸贔屓酒寄作右衛門
　◇「井上ひさし短編中編小説集成 10」岩波書店 2015 p239

サカリのついたゴリラの到来
　◇「小田実全集 小説 37」講談社 2013 p163
サガレンの追憶
　◇「石上玄一郎小説作品集成 1」未知谷 2008 p527
逆艚試合
　◇「山田風太郎忍法帖短篇全集 4」筑摩書房 2004（ちくま文庫）p69
鷺
　◇「決定版 三島由紀夫全集 37」新潮社 2004 p317
鷺坂伴内のために
　◇「丸谷才一全集 8」文藝春秋 2014 p221
詐欺師
　◇「金石範作品集 1」平凡社 2005 p495
先立ちし人
　◇「小沼丹全集 2」未知谷 2004 p725
先取りの時代
　◇「小松左京全集 完全版 18」城西国際大学出版会 2013 p186
詐欺の多い町
　◇「阿川弘之全集 3」新潮社 2005 p165
鷺娘
　◇「小松左京全集 完全版 20」城西国際大学出版会 2014 p54
砂丘
　◇「大庭みな子全集 17」日本経済新聞出版社 2010 p21
砂丘
　◇「小沼丹全集 1」未知谷 2004 p337
砂丘
　◇「小檜山博全集 1」柏艪舎 2006 p277
砂丘
　◇「宮本百合子全集 33」新日本出版社 2004 p341
砂丘―安部公房氏に
　◇「大庭みな子全集 23」日本経済新聞出版社 2011 p246
砂丘の幻
　◇「坂口安吾全集 14」筑摩書房 1999 p230
左京の恋
　◇「野村胡堂伝奇幻想小説集成」作品社 2009 p21
佐木隆三『無法松の一生』
　◇「小檜山博全集 6」柏艪舎 2006 p320
索引で本が化ける
　◇「井上ひさしコレクション ことばの巻」岩波書店 2005 p213
錯誤の話
　◇「江戸川乱歩全集 24」光文社 2005（光文社文庫）p103
錯視
　◇「辺見庸掌編小説集 黒猫」角川書店 2004 p69
昨日（さくじつ）… → "きのう…"を見よ
作者あとがき〔円いひっぴい〕
　◇「小田実全集 小説 14」講談社 2011 p480

さくし

作者への抵抗
　◇「小島信夫批評集成 8」水声社 2010 p198
作者への叛逆―誓子小論
　◇「安部公房全集 3」新潮社 1997 p333
作者から
　◇「安部公房全集 7」新潮社 1998 p115
作者から―「快速船」をめぐって
　◇「安部公房全集 29」新潮社 2000 p400
作者から―「どれい狩り」「快速船」
　◇「安部公房全集 5」新潮社 1997 p189
作者からの一言〔子供たちの戦争〕
　◇「小田実全集 小説 38」講談社 2013 p221
作者自身による短いあとがき〔大地と星輝く天の子〕
　◇「小田実全集 小説 5」講談社 2010 p316
作者と作品との関係
　◇「安部公房全集 19」新潮社 1999 p21
作者と主人公
　◇「小島信夫批評集成 8」水声社 2010 p529
作者と歴史
　◇「坂口安吾全集 3」筑摩書房 1999 p387
作者にお伺いたします(「音楽」)
　◇「決定版 三島由紀夫全集 33」新潮社 2003 p447
作者の言分―八月創作評を読んで
　◇「坂口安吾全集 1」筑摩書房 1999 p554
作者の感想
　◇「徳田秋聲全集 20」八木書店 2001 p266
作者の後談――一片のメロドラマ、昭和伝説、神戸鎮魂のことなど
　◇「20世紀断層―野坂昭如単行本未収録小説集成 5」幻戯書房 2010 p671
作者の後談―色小町、スクラップ集団、泥鰌地獄のこと
　◇「20世紀断層―野坂昭如単行本未収録小説集成 3」幻戯書房 2010 p651
作者の後談―餓鬼の浄土、土の奢り、火系譜のこと
　◇「20世紀断層―野坂昭如単行本未収録小説集成 1」幻戯書房 2010 p693
作者の後談―哄笑記、伊呂波奈志、20世紀断層のことなど
　◇「20世紀断層―野坂昭如単行本未収録小説集成 補巻」幻戯書房 2010 p695
作者の後談―終末処分、天地酩酊、吾亦戀のことなど
　◇「20世紀断層―野坂昭如単行本未収録小説集成 2」幻戯書房 2010 p633
作者の後談―マントの悪夢、自働悪意、焼跡のマリアのことなど
　◇「20世紀断層―野坂昭如単行本未収録小説集成 4」幻戯書房 2010 p653

作者のことば
　◇「宮城谷昌光全集 21」文藝春秋 2004 p248
作者の言葉
　◇「徳田秋聲全集 21」八木書店 2001 p379
　◇「徳田秋聲全集 22」八木書店 2001 p373
作者の言葉〔「あなたも私も」〕
　◇「定本 久生十蘭全集 10」国書刊行会 2011 p132
作者の言葉(「綾の鼓」)
　◇「決定版 三島由紀夫全集 29」新潮社 2003 p476
作者の言葉〔犬神家の一族〕
　◇「横溝正史自選集 4」出版芸術社 2006 p318
作者のことば(「命売ります」)
　◇「決定版 三島由紀夫全集 34」新潮社 2003 p681
作者のことば―映画「砂の女」
　◇「安部公房全集 18」新潮社 1999 p239
作者の言葉『栄花物語』
　◇「山本周五郎長篇小説全集 6」新潮社 2013 p555
作者の言葉(「むすめごのみ帯取池」)
　◇「決定版 三島由紀夫全集 30」新潮社 2003 p681
作者のことば(「音楽」)
　◇「決定版 三島由紀夫全集 32」新潮社 2003 p623
作者の言葉―「快速船」
　◇「安部公房全集 5」新潮社 1997 p265
作者の言葉(「仮面の告白」)
　◇「決定版 三島由紀夫全集 27」新潮社 2003 p176
作者のことば〔仮面舞踏会〕
　◇「横溝正史自選集 7」出版芸術社 2007 p378
作者の言葉―邯鄲覚書
　◇「決定版 三島由紀夫全集 27」新潮社 2003 p392
作者の言葉〔「聞書抄」〕
　◇「谷崎潤一郎全集 18」中央公論新社 2016 p498
作者の言葉『季節のない街』
　◇「山本周五郎長篇小説全集 24」新潮社 2014 p365
作者の言葉―「巨人伝説」
　◇「安部公房全集 11」新潮社 1998 p373
作者の言葉〔「激流」〕
　◇「定本 久生十蘭全集 別巻」国書刊行会 2013 p523
作者の言葉(「獣の戯れ」)
　◇「決定版 三島由紀夫全集 31」新潮社 2003 p579
作者の言葉(『現代日本文学選集』第八巻)
　◇「宮本百合子全集 19」新日本出版社 2002 p300
作者の言葉(「恋の都」)
　◇「決定版 三島由紀夫全集 28」新潮社 2003 p136
作者のことば〔「氷の園」〕
　◇「定本 久生十蘭全集 10」国書刊行会 2011 p119
作者の言葉〔「ココニ泉アリ」〕
　◇「定本 久生十蘭全集 10」国書刊行会 2011 p116
作者のことば〔魚たちと眠れ〕
　◇「結城昌治コレクション 魚たちと眠れ」光文社 2008 (光文社文庫) p406

作者の言葉(「佐渡冗話」)
　◇「狩久全集 1」皆進社 2013 p95
作者の言葉『さぶ』
　◇「山本周五郎長篇小説全集 3」新潮社 2013 p397
作者の言葉〔「祖父っちやん」〕
　◇「定本 久生十蘭全集 10」国書刊行会 2011 p115
作者の言葉〔「十字街」〕
　◇「定本 久生十蘭全集 10」国書刊行会 2011 p121
作者の言葉〔「縮図」〕
　◇「徳田秋聲全集 23」八木書店 2001 p204
作者の言葉(「純白の夜」)
　◇「決定版 三島由紀夫全集 27」新潮社 2003 p446
作者の言葉〔「少将滋幹の母」〕
　◇「谷崎潤一郎全集 21」中央公論新社 2016 p390
作者の言葉『正雪記』
　◇「山本周五郎長篇小説全集 9」新潮社 2013 p395
作者のことば――「制服」
　◇「安部公房全集 12」新潮社 1998 p460
作者の言葉『天地静大』
　◇「山本周五郎長篇小説全集 18」新潮社 2014 p377
作者のことば〔唐黒の壺〕
　◇「井上ひさし短編中編小説集成 10」岩波書店 2015 p536
作者の言葉(「灯台」試演について)
　◇「決定版 三島由紀夫全集 27」新潮社 2003 p244
作者の言葉(「灯台」初演について)
　◇「決定版 三島由紀夫全集 27」新潮社 2003 p235
作者の言葉〔「内地へよろしく」〕
　◇「定本 久生十蘭全集 10」国書刊行会 2011 p106
作者の言葉〔「ながい坂」〕
　◇「山本周五郎長篇小説全集 12」新潮社 2014 p489
作者の言葉〔「夏菊」〕
　◇「谷崎潤一郎全集 17」中央公論新社 2015 p480
作者の言葉(「夏子の冒険」)
　◇「決定版 三島由紀夫全集 27」新潮社 2003 p445
作者の言葉(「にっぽん製」)
　◇「決定版 三島由紀夫全集 27」新潮社 2003 p685
作者のことば(『二百年』)
　◇「大庭みな子全集 23」日本経済新聞出版社 2011 p348
作者の言葉『花も刀も』
　◇「山本周五郎長篇小説全集 14」新潮社 2014 p517
作者の言葉〔「光を追ふて」〕
　◇「徳田秋聲全集 23」八木書店 2001 p74
作者の言葉〈「火 第一部」〉
　◇「坂口安吾全集 7」筑摩書房 1998 p356
作者の言葉『火の杯』
　◇「山本周五郎長篇小説全集 25」新潮社 2015 p423
作者の言葉『風雲海南記』
　◇「山本周五郎長篇小説全集 19」新潮社 2014 p589
作者の言葉『風流太平記』
　◇「山本周五郎長篇小説全集 10」新潮社 2014 p601

〔作者の言葉『母子像』〕
　◇「定本 久生十蘭全集 10」国書刊行会 2011 p133
作者の言葉(『貧しき人々の群』)
　◇「宮本百合子全集 17」新日本出版社 2002 p77
作者の言葉〔「街はふるさと」〕
　◇「坂口安吾全集 15」筑摩書房 1999 p652
作者の言葉 『樅ノ木は残った』
　◇「山本周五郎長篇小説全集 1」新潮社 2013 p541
作者の言葉 『樅ノ木は残った』の続編を連載するにあたり
　◇「山本周五郎長篇小説全集 2」新潮社 2013 p607
作者の言葉〔八つ墓村〕
　◇「横溝正史自選集 3」出版芸術社 2007 p346
作者の言葉『山彦乙女』
　◇「山本周五郎長篇小説全集 13」新潮社 2014 p543
作者のことば――「幽霊はここにいる」
　◇「安部公房全集 8」新潮社 1998 p453
作者のことば〔「呂宋の壺」〕
　◇「定本 久生十蘭全集 10」国書刊行会 2011 p136
作者の言葉――黎明(仮題)
　◇「安部公房全集 30」新潮社 2009 p130
作者の言葉(「鹿鳴館」)
　◇「決定版 三島由紀夫全集 29」新潮社 2003 p170
作者のことば〔「われらの仲間」〕――希望わく人物を
　◇「定本 久生十蘭全集 10」国書刊行会 2011 p132
作者の寝言
　◇「決定版 三島由紀夫全集 29」新潮社 2003 p508
作者・批評・観衆〔座談会〕(瀬木慎一, 針生一郎)
　◇「安部公房全集 5」新潮社 1997 p13
作者附記〈「火」『群像』連載第一回〉
　◇「坂口安吾全集 7」筑摩書房 1998 p355
作者まえがき〔円いひっぴい〕
　◇「小田実全集 小説 13」講談社 2011 p4
作者より――「制服」
　◇「安部公房全集 30」新潮社 2009 p89
削除の復元
　◇「松本清張傑作短篇コレクション 上」文藝春秋 2004(文春文庫) p207
朔太郎・鷗外
　◇「大庭みな子全集 3」日本経済新聞出版社 2009 p240
作中に現れたる女性
　◇「徳田秋聲全集 23」八木書店 2001 p248
作中の女性
　◇「徳田秋聲全集 21」八木書店 2001 p170
昨年演芸界の回顧
　◇「徳田秋聲全集 23」八木書店 2001 p299
昨年の芸術界に於いて
　◇「徳田秋聲全集 23」八木書店 2001 p258

さくの

佐久の草笛
　◇「大坪砂男全集 4」東京創元社 2013（創元推理文庫）p412

〈抜粋〉柵の外
　◇「内田百閒集成 24」筑摩書房 2004（ちくま文庫）p168

柵の外
　◇「内田百閒集成 15」筑摩書房 2003（ちくま文庫）p317

作品を探す 第99回（昭和63年度上半期）芥川賞
　◇「大庭みな子全集 24」日本経済新聞出版社 2011 p69

作品を忘れないで……人生の教師ではない私──読者へのてがみ
　◇「決定版 三島由紀夫全集 28」新潮社 2003 p239

作品後記
　◇「阿川弘之全集 17」新潮社 2006 p377

「作品集」推薦の辞──椎名麟三作品集
　◇「安部公房全集 8」新潮社 1998 p239

作品総評・阿部知二「現代人」
　◇「佐々木基一全集 1」河出書房新社 2013 p419

作品総評・坂口安吾「外套と青空」
　◇「佐々木基一全集 1」河出書房新社 2013 p421

作品で予言したチェコ事件〔対談〕（堤清二）
　◇「安部公房全集 23」新潮社 1999 p27

作品と材料
　◇「徳田秋聲全集 22」八木書店 2001 p16

作品と生活のこと
　◇「宮本百合子全集 17」新日本出版社 2002 p104

作品と制作プロセス
　◇「吉行淳之介エッセイ・コレクション 3」筑摩書房 2004（ちくま文庫）p138

作品の検閲に就て 不当な伏字の問題
　◇「徳田秋聲全集 21」八木書店 2001 p94

作品の主人公と心理の翳
　◇「宮本百合子全集 15」新日本出版社 2001 p313

作品の生命──チェーホフ私観
　◇「佐々木基一全集 5」河出書房新社 2013 p341

作品の力 第5回潮賞（小説部門）
　◇「大庭みな子全集 24」日本経済新聞出版社 2011 p52

作品のテーマと人生のテーマ
　◇「宮本百合子全集 12」新日本出版社 2001 p335

［作品ノート1］1942.12–1948.5
　◇「安部公房全集 1」新潮社 1997 p2

［作品ノート2］1948.5–1951.2
　◇「安部公房全集 2」新潮社 1997 p2

［作品ノート3］1951.5–1953.9
　◇「安部公房全集 3」新潮社 1997 p2

［作品ノート4］1953.10–1955.2
　◇「安部公房全集 4」新潮社 1997 p2

［作品ノート5］1955.3–1956.2
　◇「安部公房全集 5」新潮社 1997 p2

［作品ノート6］1956.3–1957.1
　◇「安部公房全集 6」新潮社 1998 p2

［作品ノート7］1957.1–1957.11
　◇「安部公房全集 7」新潮社 1998 p2

［作品ノート8］1957.12–1958.6
　◇「安部公房全集 8」新潮社 1998 p2

［作品ノート9］1958.7–1959.4
　◇「安部公房全集 9」新潮社 1998 p2

［作品ノート10］1959.5–1959.9
　◇「安部公房全集 10」新潮社 1998 p2

［作品ノート11］1959.5–1960.5
　◇「安部公房全集 11」新潮社 1998 p2

［作品ノート12］1960.6–1960.12
　◇「安部公房全集 12」新潮社 1998 p2

［作品ノート13］1960.9–1961.3
　◇「安部公房全集 13」新潮社 1998 p2

［作品ノート14］1961.3–1961.9
　◇「安部公房全集 14」新潮社 1998 p2

［作品ノート15］1961.1–1962.3
　◇「安部公房全集 15」新潮社 1998 p2

［作品ノート16］1962.4–1962.11
　◇「安部公房全集 16」新潮社 1998 p2

［作品ノート17］1962.11–1964.1
　◇「安部公房全集 17」新潮社 1999 p2

［作品ノート18］1964.1–1964.9
　◇「安部公房全集 18」新潮社 1999 p2

［作品ノート19］1964.10–1965.12
　◇「安部公房全集 19」新潮社 1999 p2

［作品ノート20］1966.1–1967.4
　◇「安部公房全集 20」新潮社 1999 p2

［作品ノート21］1967.4–1968.2
　◇「安部公房全集 21」新潮社 1999 p2

［作品ノート22］1968.2–1970.2
　◇「安部公房全集 22」新潮社 1999 p2

［作品ノート23］1970.2–1973.3
　◇「安部公房全集 23」新潮社 1999 p2

［作品ノート24］1973.3–1974.2
　◇「安部公房全集 24」新潮社 1999 p2

［作品ノート25］1974.3–1977.11
　◇「安部公房全集 25」新潮社 1999 p2

［作品ノート26］1977.12–1980.1
　◇「安部公房全集 26」新潮社 1999 p2

［作品ノート27］1980.1–1984.11
　◇「安部公房全集 27」新潮社 2000 p2

［作品ノート28］1984.11–1989.12
　◇「安部公房全集 28」新潮社 2000 p2

［作品ノート29］1990.1–1993.1
　◇「安部公房全集 29」新潮社 2000 p1

［作品ノート30］1947.9–1976.4
　◇「安部公房全集 30」新潮社 2009 p650
作品のなかの「ものがたり」と「小説」谷崎
　潤一郎『細雪』
　◇「須賀敦子全集 4」河出書房新社 2007（河出文
　庫）p469
作品の背景
　◇「瀬戸内寂聴随筆選 2」ゆまに書房 2009 p162
作品の背景―「わが友ヒットラー」
　◇「決定版 三島由紀夫全集 35」新潮社 2003 p319
作品のよろこび―創作メモ
　◇「宮本百合子全集 14」新日本出版社 2001 p45
作品論1―復讐の父親さがし
　◇「寺山修司著作集 5」クインテッセンス出版 2009
　p142
作風の違う二本 第7回潮賞（小説部門）
　◇「大庭みな子全集 24」日本経済新聞出版社 2011
　p54
さくぶん
　◇「松下竜一未刊行著作集 1」海鳥社 2008 p349
作文管見 講演要旨速記
　◇「内田百閒集成 15」筑摩書房 2003（ちくま文
　庫）p133
作文で困つたとき
　◇「丸谷才一全集 10」文藝春秋 2014 p509
錯迷
　◇「金鶴泳作品集 2」クレイン 2006 p295
作物の上に現はれた恋
　◇「徳田秋聲全集 19」八木書店 2000 p430
作物の題に就ての研究
　◇「徳田秋聲全集 23」八木書店 2001 p280
昨夜のこと
　◇「田中小実昌エッセイ・コレクション 1」筑摩書
　房 2002（ちくま文庫）p332
さくら
　◇「大庭みな子全集 12」日本経済新聞出版社 2010
　p23
「さくら」
　◇「小沼丹全集 4」未知谷 2004 p615
さくら
　◇「小林秀雄全作品 24」新潮社 2004 p208
　◇「小林秀雄全集 補巻 3」新潮社 2010 p262
桜
　◇「定本 久生十蘭全集 10」国書刊行会 2011 p286
　◇「定本 久生十蘭全集 10」国書刊行会 2011 p379
桜
　◇「決定版 三島由紀夫全集 26」新潮社 2003 p13
『櫻井徳太郎著作集』
　◇「石牟礼道子全集 14」藤原書店 2008 p377
櫻井徳太郎との対談 環不知火海文化圏 その
　発生と滅亡の間
　◇「石牟礼道子全集 8」藤原書店 2005 p351

桜井の別れ
　◇「向田邦子全集 新版 7」文藝春秋 2009 p146
桜枝町その他
　◇「坂口安吾全集 1」筑摩書房 1999 p566
桜貝をあつめるひと
　◇「大庭みな子全集 3」日本経済新聞出版社 2009
　p235
桜川
　◇「中上健次集 2」インスクリプト 2018 p25
桜木町生残りの婦人の話
　◇「坂口安吾全集 11」筑摩書房 1998 p428
さくらさくら
　◇「大庭みな子全集 16」日本経済新聞出版社 2010
　p152
桜月夜
　◇「大庭みな子全集 4」日本経済新聞出版社 2009
　p450
桜田門外
　◇「阿川弘之全集 18」新潮社 2007 p457
桜田門外の変
　◇「司馬遼太郎短篇全集 8」文藝春秋 2005 p449
桜田門外ノ変
　◇「吉村昭歴史小説集成 1」岩波書店 2009 p1
桜と御廟
　◇「丸谷才一全集 8」文藝春秋 2014 p277
桜の挨拶
　◇「高橋克彦自選短編集 2」講談社 2009（講談社
　文庫）p387
桜の木の下
　◇「林京子全集 7」日本図書センター 2005 p269
櫻の樹の下には
　◇「梶井基次郎小説全集新装版」沖積舎 1995 p269
桜の国へそして桜の国から
　◇「辻邦生全集 7」新潮社 2004 p419
桜の盛りに
　◇「石牟礼道子全集 7」藤原書店 2005 p412
桜の下の平家琵琶
　◇「阿川弘之全集 19」新潮社 2007 p377
桜の章 おぎん
　◇「井上ひさし短編中編小説集成 12」岩波書店
　2015 p90
さくらの寺
　◇「阿川弘之全集 10」新潮社 2006 p119
桜の花ざかり
　◇「坂口安吾全集 13」筑摩書房 1999 p435
桜の森の満開の下
　◇「坂口安吾全集 5」筑摩書房 1998 p346
桜の森の満開の下 脚本(富岡多惠子)
　◇「坂口安吾全集 別巻」筑摩書房 2012 p188
櫻の森の満開の下 脚本(広渡常敏)
　◇「坂口安吾全集 別巻」筑摩書房 2012 p172

さくら

桜姫と権助
　◇「決定版 三島由紀夫全集 31」新潮社 2003 p285

桜吹雪の春の宵
　◇「阿川弘之全集 20」新潮社 2007 p597

さくらます
　◇「大庭みな子全集 15」日本経済新聞出版社 2010 p495

桜余話
　◇「宮城谷昌光全集 21」文藝春秋 2004 p146

サクラは異端審問官の紋章
　◇「安部公房全集 27」新潮社 2000 p91

桜は鏡
　◇「遠藤周作エッセイ選集 1」光文社 2006（知恵の森文庫）p94

さくらんぼと運河とブリアンツァ
　◇「須賀敦子全集 1」河出書房新社 2006（河出文庫）p100

「サクリファイス」が語りかけるもの―サクリファイス
　◇「辻邦生全集 19」新潮社 2005 p340

サークルをめぐる問題―わたし達の文学教室
　◇「安部公房全集 4」新潮社 1997 p279

炸裂する闇
　◇「金石範作品集 2」平凡社 2005 p425

ざくろ
　◇「小松左京全集 完全版 25」城西国際大学出版会 2017 p465

石榴
　◇「江戸川乱歩全集 9」光文社 2003（光文社文庫）p533
　◇「江戸川乱歩全集 14」沖積舎 2008 p165

石榴
　◇「定本 久生十蘭全集 10」国書刊行会 2011 p379

柘榴
　◇「山本周五郎中短篇秀作選集 1」小学館 2005 p25

「石榴」回顧
　◇「江戸川乱歩全集 25」光文社 2005（光文社文庫）p263

柘榴と猫
　◇「大庭みな子全集 9」日本経済新聞出版社 2010 p169

鮭
　◇「大庭みな子全集 12」日本経済新聞出版社 2010 p119

酒
　◇「谷崎潤一郎全集 4」中央公論新社 2015 p489

酒
　◇「德田秋聲全集 23」八木書店 2001 p277

酒
　◇「吉行淳之介エッセイ・コレクション 1」筑摩書房 2004（ちくま文庫）p209

酒アケヒ
　◇「小檜山博全集 7」柏艪舎 2006 p252

酒を容れる器 女性投書家に対する感想
　◇「德田秋聲全集 20」八木書店 2001 p84

酒をやめる理由はないヨ―アンタブス（抗酒剤）体験記 ちょっとやそっとじゃアル中になれやしないさ
　◇「野坂昭如エッセイ・コレクション 1」筑摩書房 2004（ちくま文庫）p342

酒・女・煙草
　◇「小酒井不木随筆評論選集 6」本の友社 2004 p411

酒・女・花
　◇「德田秋聲全集 23」八木書店 2001 p291

酒が好きだったローズ
　◇「田中小実昌エッセイ・コレクション 4」筑摩書房 2003（ちくま文庫）p99

避けては通れぬグリム
　◇「大庭みな子全集 23」日本経済新聞出版社 2011 p389

酒と神様
　◇「〔野呂邦暢〕随筆コレクション 1」みすず書房 2014 p318

酒と車と
　◇「安部公房全集 17」新潮社 1999 p40

酒と煙草と
　◇「德田秋聲全集 22」八木書店 2001 p3

酒とドキドキ
　◇「江戸川乱歩全集 30」光文社 2005（光文社文庫）p300

酒に弱い作家
　◇「小檜山博全集 7」柏艪舎 2006 p11

酒のあとさき
　◇「坂口安吾全集 5」筑摩書房 1998 p142

酒の害悪を続って
　◇「定本 久生十蘭全集 別巻」国書刊行会 2013 p524

酒の効用
　◇「安部公房全集 11」新潮社 1998 p353

酒のこと
　◇「小沼丹全集 4」未知谷 2004 p465

酒の飲み方
　◇「小檜山博全集 8」柏艪舎 2006 p219

酒の飲み方
　◇「坂口安吾全集 13」筑摩書房 1999 p426

酒の飲み方
　◇「吉行淳之介エッセイ・コレクション 1」筑摩書房 2004（ちくま文庫）p210

鮭の身になってみればすべてが迷惑な話。〔対談者〕高橋治
　◇「大庭みな子全集 22」日本経済新聞出版社 2011 p458

酒飲む日
　◇「小檜山博全集 7」柏艪舎 2006 p287

酒の霊力
　◇「宮城谷昌光全集 21」文藝春秋 2004 p322

酒─爆発事件
　◇「松下竜一未刊行著作集 3」海鳥社 2009 p363
叫び出すほら穴
　◇「大庭みな子全集 8」日本経済新聞出版社 2009 p417
酒─私のレジャー
　◇「安部公房全集 30」新潮社 2009 p131
瑣言一束
　◇「徳田秋聲全集 19」八木書店 2000 p42
「鎖国」の文学
　◇「小田実全集 評論 9」講談社 2011 p5
　◇「小田実全集 評論 9」講談社 2011 p196
佐古純一郎「純粋の探求」序
　◇「小林秀雄全作品 19」新潮社 2004 p141
　◇「小林秀雄全集 補巻 2」新潮社 2010 p501
左近の怒り
　◇「坂口安吾全集 14」筑摩書房 1999 p490
些細なこと
　◇「吉行淳之介エッセイ・コレクション 3」筑摩書房 2004（ちくま文庫）p200
支え合う夫の世界妻の世界
　◇「大庭みな子全集 8」日本経済新聞出版社 2009 p286
サザエさんの性生活
　◇「寺山修司著作集 4」クインテッセンス出版 2009 p218
支えだった「あの一言」
　◇「小檜山博全集 8」柏艪舎 2006 p245
佐佐木茂索「困った人達」
　◇「小林秀雄全作品 3」新潮社 2002 p212
　◇「小林秀雄全集 補巻 1」新潮社 2010 p173
捧・霊前
　◇「松下竜一未刊行著作集 1」海鳥社 2008 p133
捧げつつ試合
　◇「山田風太郎忍法帖短篇全集 4」筑摩書房 2004（ちくま文庫）p7
笹の花
　◇「小松左京全集 完全版 17」城西国際大学出版会 2012 p283
笹舟
　◇「決定版 三島由紀夫全集 37」新潮社 2004 p55
笹まくら
　◇「丸谷才一全集 2」文藝春秋 2014 p113
「細雪」を書いたころ
　◇「谷崎潤一郎全集 23」中央公論新社 2017 p482
「細雪」回顧
　◇「谷崎潤一郎全集 20」中央公論新社 2015 p585
「細雪」瑣談
　◇「谷崎潤一郎全集 25」中央公論新社 2016 p249
"細雪"と"聞書抄"について
　◇「谷崎潤一郎全集 25」中央公論新社 2016 p209
細雪について
　◇「谷崎潤一郎全集 25」中央公論新社 2016 p247

『細雪』について
　◇「丸谷才一全集 9」文藝春秋 2013 p336
「細雪」に就いて 創作余談（その1）
　◇「谷崎潤一郎全集 25」中央公論新社 2016 p279
『細雪』のこと
　◇「丸谷才一全集 9」文藝春秋 2013 p339
細雪 上巻
　◇「谷崎潤一郎全集 19」中央公論新社 2015 p7
細雪 中巻
　◇「谷崎潤一郎全集 19」中央公論新社 2015 p225
細雪 下巻
　◇「谷崎潤一郎全集 20」中央公論新社 2015 p7
笹本寅宛〔書簡〕
　◇「坂口安吾全集 16」筑摩書房 2000 p214
ささやかな印象から
　◇「辻邦生全集 16」新潮社 2005 p226
ささやかな記念です
　◇「松下竜一未刊行著作集 3」海鳥社 2009 p144
ささやかな幸福
　◇「金井美恵子エッセイ・コレクション─1964-2013 1」平凡社 2013 p83
ささやかな愉しみ
　◇「坂口安吾全集 13」筑摩書房 1999 p370
ささやき
　◇「高橋克彦自選短編集 2」講談社 2009（講談社文庫）p77
囁き
　◇「大庭みな子全集 23」日本経済新聞出版社 2011 p364
囁きたち
　◇「決定版 三島由紀夫全集 37」新潮社 2004 p462
山茶花
　◇「大庭みな子全集 7」日本経済新聞出版社 2009 p102
山茶花帖
　◇「山本周五郎中短篇秀作選集 1」小学館 2005 p41
匙
　◇「辻井喬コレクション 7」河出書房新社 2003 p446
さしえ
　◇「宮本百合子全集 17」新日本出版社 2002 p472
差懸但馬之山越
　◇「小松左京全集 完全版 27」城西国際大学出版会 2007 p299
座敷わらしはどこへ行った
　◇「都筑道夫少年小説コレクション 1」本の雑誌社 2005 p267
サヂズムのソプラノ歌手
　◇「三角寛サンカ選集第二期 8」現代書館 2004 p293
差し引き勘定
　◇「小田実全集 小説 32」講談社 2013 p420

さしま

さしまわしの車で
- ◇「松田解子自選集 9」澤田出版 2009 p180

刺し身のつまの発言
- ◇「石牟礼道子全集 1」藤原書店 2004 p232

さしむかいラブソング
- ◇「片岡義男コレクション 2」早川書房 2009（ハヤカワ文庫）p7

指物師
- ◇「瀬戸内寂聴随筆選 3」ゆまに書房 2009 p150

佐十老爺（おやぢ）
- ◇「徳田秋聲全集 29」八木書店 2002 p50

匙は投げられた
- ◇「20世紀断層─野坂昭如単行本未収録小説集成 補巻」幻戯書房 2010 p517

佐助稲荷の空家
- ◇「車谷長吉全集 2」新書館 2010 p35

サスペンスの重さと軽さ
- ◇「金井美恵子エッセイ・コレクション─1964-2013 4」平凡社 2014 p271

サスペンスの花盛りの下で
- ◇「辻邦生全集 19」新潮社 2005 p300

さすらいの森
- ◇「松田解子自選集 3」澤田出版 2004 p3

挫折した人間としてとらえる─『真説宮本武蔵』（司馬遼太郎）
- ◇「山田風太郎エッセイ集成 風山房風呂焚き唄」筑摩書房 2008 p168

挫折は生きる意味を教える
- ◇「遠藤周作エッセイ選集 1」光文社 2006（知恵の森文庫）p86

座禅物語
- ◇「決定版 三島由紀夫全集 15」新潮社 2002 p73

誘い
- ◇「松田解子自選集 9」澤田出版 2009 p187

さそいだしさくせん
- ◇「松下竜一未刊行著作集 1」海鳥社 2008 p351

誘水
- ◇「立松和平全小説 16」勉誠出版 2012 p81

さそりたち
- ◇「井上ひさし短編中編小説集成 6」岩波書店 2015 p169

佐多稲子
- ◇「佐々木基一全集 4」河出書房新社 2013 p102

〔佐多稲子〕味わい深い自然体
- ◇「佐々木基一全集 5」河出書房新社 2013 p73

〔佐多稲子〕健気な人／胡椒と砂糖
- ◇「佐々木基一全集 5」河出書房新社 2013 p149

〔佐多稲子〕しなやかさと厳しさ
- ◇「佐々木基一全集 5」河出書房新社 2013 p70

佐武広命─剣光三国峠
- ◇「津本陽武芸小説集 2」PHP研究所 2007 p287

座談
- ◇「徳田秋聲全集 19」八木書店 2000 p230

〈座談会〉大阪芸能の世界
- ◇「小松左京全集 完全版 42」城西国際大学出版会 2014 p132

〈座談会〉京都から戦後文化の芽
- ◇「小松左京全集 完全版 42」城西国際大学出版会 2014 p202

〈座談会〉キラ星の漫画家次々
- ◇「小松左京全集 完全版 42」城西国際大学出版会 2014 p208

〈座談会〉大正文化─第一次大戦の恩恵
- ◇「小松左京全集 完全版 42」城西国際大学出版会 2014 p151

〈座談会〉武智歌舞伎 原作尊重、本物主義
- ◇「小松左京全集 完全版 42」城西国際大学出版会 2014 p236

座談／鼎談
- ◇「小林秀雄全集 補巻 2」新潮社 2010 p301
- ◇「小林秀雄全集 補巻 3」新潮社 2010 p360

蹉跌と成功
- ◇「徳田秋聲全集 22」八木書店 2001 p397

沙中の回廊（全）
- ◇「宮城谷昌光全集 20」文藝春秋 2004 p3

サーチライトの光芒三十幾条
- ◇「内田百閒集成 22」筑摩書房 2004（ちくま文庫）p43

殺意
- ◇「松本清張短編全集 04」光文社 2008（光文社文庫）p5
- ◇「松本清張傑作選 黒い手帖からのサイン」新潮社 2009 p31
- ◇「松本清張傑作選 黒い手帖からのサイン」新潮社 2013（新潮文庫）p43

殺意を抱く凶虫
- ◇「森村誠一ベストセレクション 二重死肉」光文社 2011（光文社文庫）p169

殺意を運ぶ列車
- ◇「西村京太郎自選集 3」徳間書店 2004（徳間文庫）p273

殺意の餌
- ◇「鮎川哲也コレクション わるい風」光文社 2007（光文社文庫）p145

殺意の審判
- ◇「高木彬光コレクション新装版 黒白の囮」光文社 2006（光文社文庫）p421

殺意の造型
- ◇「森村誠一ベストセレクション 空洞の怨恨」光文社 2011（光文社文庫）p89

撮影所に飛びこんで〔対談〕（石原慎太郎）
- ◇「安部公房全集 9」新潮社 1998 p210

雑音
- ◇「徳田秋聲全集 23」八木書店 2001 p11
- ◇「徳田秋聲全集 23」八木書店 2001 p202

雑音軍艦三隈、川原湯
　◇「德田秋聲全集 22」八木書店 2001 p324
雑音歳晩、文学的進出、「夜明け前」の批評、文学者の地位
　◇「德田秋聲全集 22」八木書店 2001 p317
雑音騒音
　◇「德田秋聲全集 23」八木書店 2001 p81
作家
　◇「石牟礼道子全集 4」藤原書店 2004 p331
作家
　◇「吉行淳之介エッセイ・コレクション 3」筑摩書房 2004（ちくま文庫）
作家案内・魯迅
　◇「佐々木基一全集 1」河出書房新社 2013 p408
作家への課題—「囚われた大地」について
　◇「宮本百合子全集 11」新日本出版社 2001 p414
作家への新風—著作家組合にふれて
　◇「宮本百合子全集 16」新日本出版社 2002 p265
作家を志す人々の為に
　◇「決定版 三島由紀夫全集 27」新潮社 2003 p343
作家が語る昭和の時代（佐野洋）
　◇「小松左京全集 完全版 47」城西国際大学出版会 2017 p120
作家から見た"読者"
　◇「決定版 三島由紀夫全集 36」新潮社 2003 p645
作家研究ノート—『文学古典の再認識』の執筆者の一人として
　◇「宮本百合子全集 12」新日本出版社 2001 p150
作家志願者への助言
　◇「小林秀雄全作品 4」新潮社 2003 p118
　◇「小林秀雄全集 補巻 1」新潮社 2010 p194
作家小記
　◇「江戸川乱歩全集 27」光文社 2004（光文社文庫）p371
作家・世相を語る〔座談会〕（石川利光、浜野健三郎、前田純敬）
　◇「安部公房全集 29」新潮社 2000 p296
作家たち
　◇「田中小実昌エッセイ・コレクション 1」筑摩書房 2002（ちくま文庫）p183
作家的良心に就いて
　◇「德田秋聲全集 21」八木書店 2001 p255
作家同盟のころ
　◇「上野壮夫全集 3」図書新聞 2011 p516
作家と演出家の共存〔座談会〕（尾崎宏次、石沢秀二）
　◇「安部公房全集 24」新潮社 1999 p344
作家とキャバレエ
　◇「小檜山博全集 7」柏艪舎 2006 p13
作家と教養の諸相
　◇「宮本百合子全集 14」新日本出版社 2001 p128
作家と結婚
　◇「決定版 三島由紀夫全集 30」新潮社 2003 p304

作家と作品
　◇「中井英夫全集 6」東京創元社 1996（創元ライブラリ）p231
　◇「中井英夫全集 6」東京創元社 1996（創元ライブラリ）p602
作家と時代意識
　◇「宮本百合子全集 14」新日本出版社 2001 p298
作家と時代精神についての一感想—中村光夫氏に
　◇「佐々木基一全集 1」河出書房新社 2013 p37
作家と実生活
　◇「小島信夫批評集成 2」水声社 2011 p721
作家と情熱—原作者と演出家の間で〔対談〕（恩地日出夫）
　◇「安部公房全集 19」新潮社 1999 p248
作家と女優—深夜に遊ぶ三島由紀夫氏と水谷八重子氏
　◇「決定版 三島由紀夫全集 32」新潮社 2003 p89
作家とその時代—芥川・直木賞50年—人間の生きる実感追究
　◇「大庭みな子全集 24」日本経済新聞出版社 2011 p232
作家と肉体
　◇「中上健次集 1」インスクリプト 2014 p568
作家と年齢
　◇「德田秋聲全集 19」八木書店 2000 p108
作家と俳優の出会い〔対談〕（井川比佐志）
　◇「安部公房全集 23」新潮社 1999 p191
作家と批評家
　◇「小林秀雄全作品 9」新潮社 2003 p154
　◇「小林秀雄全集 補巻 1」新潮社 2010 p477
作家と文体
　◇「大庭みな子全集 6」日本経済新聞出版社 2009 p9
作家とは半ば運命的なもの
　◇「大庭みな子全集 23」日本経済新聞出版社 2011 p365
作家に語りかける言葉—『現代文学論』にふれて
　◇「宮本百合子全集 14」新日本出版社 2001 p55
作家になりたい
　◇「松下竜一未刊行著作集 1」海鳥社 2008 p72
作家の愛讀書と影響された書籍
　◇「小寺菊子作品集 3」桂書房 2014 p101
作家の顔
　◇「小林秀雄全作品 7」新潮社 2003 p11
　◇「小林秀雄全集 補巻 1」新潮社 2010 p343
作家の顔
　◇「決定版 三島由紀夫全集 補巻」新潮社 2005 p168
作家の顔—註解・追補
　◇「小林秀雄全集 補巻 1」新潮社 2010 p341

さつか

作家の経験
　◇「宮本百合子全集 16」新日本出版社 2002 p366
作家の個性と地方色
　◇「德田秋聲全集 19」八木書店 2000 p150
書の写真 作家の言葉
　◇「坂口安吾全集 14」筑摩書房 1999 p92
作家の言葉〔獄門島〕
　◇「横溝正史自選集 2」出版芸術社 2007 p287
作家の好む飲料水と食物
　◇「德田秋聲全集 23」八木書店 2001 p288
作家の姿勢〔対談〕(川崎長太郎)
　◇「吉行淳之介エッセイ・コレクション 4」筑摩書房 2004 (ちくま文庫) p269
作家の死―本荘隆男氏のこと
　◇「宮本百合子全集 13」新日本出版社 2001 p404
作家の使命感〔インタビュー〕
　◇「山崎豊子全集 22」新潮社 2005 p369
作家の主体と鑑賞組織の役割〔座談会〕(小場瀬卓三、木下順二、福田善之、広渡常敏)
　◇「安部公房全集 17」新潮社 1999 p46
〈作家の態度〕『近代文学』のアンケートに答えて
　◇「安部公房全集 3」新潮社 1997 p241
作家のディレンマ
　◇「小島信夫批評集成 1」水声社 2011 p376
作家のデビュー作「三匹の蟹」
　◇「大庭みな子全集 24」日本経済新聞出版社 2011 p284
作家の二十四時
　◇「決定版 三島由紀夫全集 29」新潮社 2003 p173
作家の日記
　◇「決定版 三島由紀夫全集 27」新潮社 2003 p282
　◇「決定版 三島由紀夫全集 28」新潮社 2003 p501
作家のノートから
　◇「吉行淳之介エッセイ・コレクション 3」筑摩書房 2004 (ちくま文庫) p87
作家の批評
　◇「丸谷才一全集 10」文藝春秋 2014 p253
作家の批評―辻邦生
　◇「丸谷才一全集 10」文藝春秋 2014 p310
作家呑み込むその想像力
　◇「辻邦生全集 18」新潮社 2005 p89
作家のみた科学者の文学的活動
　◇「宮本百合子全集 13」新日本出版社 2001 p204
作家の眼
　◇「[野呂邦暢] 随筆コレクション 1」みすず書房 2014 p142
作家ばかりの座談会(菊池寛、久米正雄、小島政二郎、佐佐木茂索、佐藤春夫、横光利一、吉川英治、斎藤龍太郎)
　◇「德田秋聲全集 25」八木書店 2001 p489

ザッカリア[翻訳](ウンベルト・サバ)
　◇「須賀敦子全集 5」河出書房新社 2008 (河出文庫) p236
作家論
　◇「寺山修司著作集 5」クインテッセンス出版 2009 p117
作家論について
　◇「坂口安吾全集 3」筑摩書房 1999 p255
作家論I―日本文学篇
　◇「寺山修司著作集 5」クインテッセンス出版 2009 p69
作家論II―外国文学篇
　◇「寺山修司著作集 5」クインテッセンス出版 2009 p201
作家は職業か
　◇「吉行淳之介エッセイ・コレクション 3」筑摩書房 2004 (ちくま文庫) p121
作家は戦争挑発とたたかう
　◇「宮本百合子全集 19」新日本出版社 2002 p22
作家は童話にたどりつくもの(三枝和子著『くろねこたちのトルコ行進曲』に寄せて)
　◇「大庭みな子全集 23」日本経済新聞出版社 2011 p195
雑感
　◇「安部公房全集 3」新潮社 1997 p534
雑感
　◇「江戸川乱歩全集 24」光文社 2005 (光文社文庫) p169
雑感
　◇「小沼丹全集 4」未知谷 2004 p573
雑感
　◇「小酒井不木随筆評論選集 8」本の友社 2004 p249
雑記
　◇「小林秀雄全作品 10」新潮社 2003 p126
　◇「小林秀雄全作品 10」新潮社 2003 p174
　◇「小林秀雄全作品 10」新潮社 2003 p187
　◇「小林秀雄全集 補巻 1」新潮社 2010 p521
　◇「小林秀雄全集 補巻 1」新潮社 2010 p529
　◇「小林秀雄全集 補巻 1」新潮社 2010 p532
雑記帳
　◇「佐々木基一全集 1」河出書房新社 2013 p515
雑記帳
　◇「德田秋聲全集 20」八木書店 2001 p175
作況指数
　◇「井上ひさしコレクション 日本の巻」岩波書店 2005 p323
作曲家への夢
　◇「宮城谷昌光全集 21」文藝春秋 2004 p294
昨今の話題を
　◇「宮本百合子全集 12」新日本出版社 2001 p131

雑誌型でない作品を〔第二十一回芥川賞選後評〕
  ◇「坂口安吾全集 8」筑摩書房 1998 p257
雑誌広告とコピー
  ◇「上野壮夫全集 3」図書新聞 2011 p404
雑誌出版者の表彰会
  ◇「徳田秋聲全集 22」八木書店 2001 p36
雑誌『女性』『苦楽』と立川文庫の盛衰
  ◇「小松左京全集 完全版 42」城西国際大学出版会 2014 p149
雑誌好き
  ◇〔野呂邦暢〕随筆コレクション 1」みすず書房 2014 p391
雑誌と私
  ◇「大庭みな子全集 23」日本経済新聞出版社 2011 p294
雑誌『批評』に拠る人々
  ◇「佐々木基一全集 6」河出書房新社 2012 p27
雑抄
  ◇「定本 久生十蘭全集 10」国書刊行会 2011 p313
殺人へのよろめき
  ◇「高木彬光コレクション新装版 黒白の囮」光文社 2006（光文社文庫）p379
殺人が悪なのではない
  ◇「安部公房全集 9」新潮社 1998 p389
殺人仮装行列
  ◇「山本周五郎探偵小説全集 3」作品社 2007 p235
殺人鬼
  ◇「浜尾四郎全集 2」沖積舎 2004 p1
「殺人鬼」を読む
  ◇「江戸川乱歩全集 24」光文社 2005（光文社文庫）p655
殺人喜劇MW
  ◇「山田風太郎ミステリー傑作選 7」光文社 2001（光文社文庫）p251
殺人蔵
  ◇「山田風太郎妖異小説コレクション 妖説忠臣蔵・女人国伝奇」徳間書店 2004（徳間文庫）p146
殺人計画指令せよ！
  ◇「日影丈吉全集 7」国書刊行会 2004 p568
殺人者国会へ行く
  ◇「日影丈吉全集 3」国書刊行会 2003 p281
殺人小説集
  ◇「浜尾四郎全集 1」沖積舎 2004 p1
改訂完全版殺人ダイヤルを捜せ
  ◇「島田荘司全集 3」南雲堂 2009 p389
殺人探偵
  ◇「小酒井不木随筆評論選集 4」本の友社 2004 p355
殺人の街
  ◇「大庭みな子全集 17」日本経済新聞出版社 2010 p34

殺人マナー考
  ◇「日影丈吉全集 8」国書刊行会 2004 p120
殺人迷路
  ◇「江戸川乱歩全集 8」光文社 2004（光文社文庫）p393
殺人迷路
  ◇「都筑道夫少年小説コレクション 2」本の雑誌社 2005 p152
殺人論
  ◇「小酒井不木随筆評論選集 2」本の友社 2004 p269
殺祖
  ◇「小島信夫短篇集成 8」水声社 2014 p71
雑草
  ◇「徳田秋聲全集 21」八木書店 2001 p85
雑草と瘠せた人間
  ◇「坂口安吾全集 13」筑摩書房 1999 p389
雑草のテンプラ
  ◇「小檜山博全集 8」柏艪舎 2006 p73
雑草一束
  ◇「国枝史郎探偵小説全集」作品社 2005 p371
雑談
  ◇「小林秀雄全作品 19」新潮社 2004 p172
  ◇「小林秀雄全集 補巻 2」新潮社 2010 p507
「雑談明治」を読む
  ◇「谷崎潤一郎全集 22」中央公論新社 2017 p391
「サッちゃん」の作者逝く
  ◇「阿川弘之全集 20」新潮社 2007 p545
去ってしまってから
  ◇「大庭みな子全集 23」日本経済新聞出版社 2011 p704
ザッテレの河岸で
  ◇「須賀敦子全集 3」河出書房新社 2007（河出文庫）p491
雑杳
  ◇「宮本百合子全集 5」新日本出版社 2001 p58
雑踏の中で
  ◇「吉行淳之介エッセイ・コレクション 3」筑摩書房 2004（ちくま文庫）p221
『警察(サツ)にはしゃべるな』（ハル・エルスン）
  ◇「田中小実昌エッセイ・コレクション 5」筑摩書房 2003（ちくま文庫）p210
雑念
  ◇「徳田秋聲全集 21」八木書店 2001 p81
雑筆帖
  ◇「徳田秋聲全集 22」八木書店 2001 p105
  ◇「徳田秋聲全集 22」八木書店 2001 p106
  ◇「徳田秋聲全集 22」八木書店 2001 p125
  ◇「徳田秋聲全集 22」八木書店 2001 p127
  ◇「徳田秋聲全集 22」八木書店 2001 p252
  ◇「徳田秋聲全集 22」八木書店 2001 p286
  ◇「徳田秋聲全集 22」八木書店 2001 p292

さつひ

雑筆帳
- ◇「徳田秋聲全集 22」八木書店 2001 p122
- ◇「徳田秋聲全集 22」八木書店 2001 p132
- ◇「徳田秋聲全集 22」八木書店 2001 p159
- ◇「徳田秋聲全集 22」八木書店 2001 p250
- ◇「徳田秋聲全集 22」八木書店 2001 p276

札幌転勤前
- ◇「小檜山博全集 6」柏艪舎 2006 p120

札幌に来た二人
- ◇「高城高全集 4」東京創元社 2008（創元推理文庫）p121

札幌フーテン族のめぐまれた生活
- ◇「小松左京全集 完全版 29」城西国際大学出版会 2007 p122

さつま揚げ
- ◇「小檜山博全集 7」柏艪舎 2006 p196

薩摩揚
- ◇「向田邦子全集 新版 5」文藝春秋 2009 p248

さつまいも
- ◇「大庭みな子全集 12」日本経済新聞出版社 2010 p22

さつまいも
- ◇「立松和平全小説 27」勉誠出版 2014 p351

薩摩浄福寺党
- ◇「司馬遼太郎短篇全集 9」文藝春秋 2005 p257

薩摩のかつお
- ◇「石牟礼道子全集 10」藤原書店 2006 p91

殺戮
- ◇「小田実全集 小説 32」講談社 2013 p290

さてさて不思議なる仏法にて候
- ◇「石牟礼道子全集 16」藤原書店 2013 p60

さて、どうするか
- ◇「小田実全集 評論 7」講談社 2010 p423

さて、なにからの一章
- ◇「色川武大・阿佐田哲也エッセイズ 1」筑摩書房 2003（ちくま文庫）p36

サテライト・オペレーション
- ◇「小松左京全集 完全版 13」城西国際大学出版会 2008 p243

改訂完全版サテンのマーメイド
- ◇「島田荘司全集 4」南雲堂 2010 p133

佐渡
- ◇「大庭みな子全集 9」日本経済新聞出版社 2010 p158

里芋の芽と不動の目
- ◇「［森］鷗外近代小説集 2」岩波書店 2012 p169

佐藤愛子への反論
- ◇「遠藤周作エッセイ選集 3」光文社 2006（知恵の森文庫）p151

砂糖キビ畑
- ◇「立松和平全小説 27」勉誠出版 2014 p329

砂糖・健忘症
- ◇「宮本百合子全集 17」新日本出版社 2002 p401

佐藤さんとサトウリンさんなら同じことだ
- ◇「小田実全集 評論 7」講談社 2010 p19

佐藤首相に問ふ（三月十日）
- ◇「福田恆存評論集 18」麗澤大學出版會, 廣池學園事業部［發売］2010 p180

佐藤忠男『日本映画史』（全四巻）
- ◇「須賀敦子全集 4」河出書房新社 2007（河出文庫）p518

佐藤登美との対談 われわれの行く手にあるもの
- ◇「石牟礼道子全集 11」藤原書店 2005 p591

佐藤信衛「近代科学」
- ◇「小林秀雄全作品 10」新潮社 2003 p48
- ◇「小林秀雄全集 補巻 1」新潮社 2010 p507

サトウ・ハチロー宛〔書簡〕
- ◇「坂口安吾全集 16」筑摩書房 2000 p225

佐藤春夫君と私と
- ◇「谷崎潤一郎全集 6」中央公論新社 2015 p476

佐藤春夫氏についてのメモ
- ◇「決定版 三島由紀夫全集 29」新潮社 2003 p585

佐藤春夫と芥川龍之介
- ◇「谷崎潤一郎全集 25」中央公論新社 2016 p326

佐藤春夫に与へて過去半生を語る書
- ◇「谷崎潤一郎全集 16」中央公論新社 2016 p331

佐藤春夫のことなど
- ◇「谷崎潤一郎全集 25」中央公論新社 2016 p323

佐藤春夫のヂレンマ
- ◇「小林秀雄全作品 1」新潮社 2002 p79
- ◇「小林秀雄全集 補巻 1」新潮社 2010 p33

佐藤春夫論
- ◇「小林秀雄全作品 5」新潮社 2003 p123
- ◇「小林秀雄全集 補巻 1」新潮社 2010 p262

砂糖袋
- ◇「内田百閒集成 15」筑摩書房 2003（ちくま文庫）p127

佐渡紀行
- ◇「石牟礼道子全集 11」藤原書店 2005 p286

小説「佐渡金山を彩った人々」
- ◇「田中志津全作品集 中巻」武蔵野院 2013 p181

佐渡金山（昭和初期）
- ◇「田中志津全作品集 下巻」武蔵野院 2013 p249

里子
- ◇「向田邦子全集 新版 9」文藝春秋 2009 p108

サド侯爵の脇役たち
- ◇「中井英夫全集 7」東京創元社 1998（創元ライブラリ）p427

サド侯爵夫人―三幕
- ◇「決定版 三島由紀夫全集 24」新潮社 2002 p237

「サド侯爵夫人」について（「澁澤龍彦氏の……」）
- ◇「決定版 三島由紀夫全集 33」新潮社 2003 p587

「サド侯爵夫人」の再演
　◇「決定版 三島由紀夫全集 34」新潮社 2003 p165

佐渡―賽の河原のはまなす
　◇「大庭みな子全集 8」日本経済新聞出版社 2009 p79

佐渡冗話
　◇「狩久全集 1」皆進社 2013 p96

ザ・ドーナッツ、考査室と戦う
　◇「井上ひさしコレクション 人間の巻」岩波書店 2005 p252

里の女
　◇「徳田秋聲全集 8」八木書店 2000 p112

サドの城
　◇「遠藤周作エッセイ選集 2」光文社 2006（知恵の森文庫）p114

里見さんの仕事
　◇「小林秀雄全作品 27」新潮社 2004 p16
　◇「小林秀雄全集 補巻 3」新潮社 2010 p408

里見氏について
　◇「徳田秋聲全集 20」八木書店 2001 p79

里見弴先生の若さ
　◇「辻邦生全集 16」新潮社 2005 p192

里見弴の従兄弟たち
　◇「丸谷才一全集 9」文藝春秋 2013 p393

舟奉行里村津右衛門
　◇「井上ひさし短編中編小説集成 10」岩波書店 2015 p397

悟りから建設へ
　◇「国枝史郎伝奇短篇小説集成 2」作品社 2006 p473

悟り通りには生きられなかった人
　◇「車谷長吉全集 3」新書館 2010 p505

佐渡流人行
　◇「松本清張短編全集 03」光文社 2008（光文社文庫）p267

さとるの化物
　◇「小松左京全集 完全版 25」城西国際大学出版会 2017 p65

早苗田が匂う
　◇「石牟礼道子全集 17」藤原書店 2012 p476

さながら月面図のような
　◇「松下竜一未刊行著作集 2」海鳥社 2008 p356

真田幸村が死守した鳥居峠
　◇「小松左京全集 完全版 31」城西国際大学出版会 2008 p50

さなぶり
　◇「石牟礼道子全集 10」藤原書店 2006 p96

実朝
　◇「小林秀雄全作品 14」新潮社 2003 p191
　◇「小林秀雄全集 補巻 2」新潮社 2010 p233

佐野先生感傷日記
　◇「小島信夫短篇集成 1」水声社 2014 p129

佐野祐願寺―法体の兵法名人
　◇「津本陽武芸小説集 1」PHP研究所 2007 p5

裁かれる記録―映画芸術論
　◇「安部公房全集 8」新潮社 1998 p85

裁かれる記録係
　◇「安部公房全集 8」新潮社 1998 p86

裁かれるチャタレイ夫人―坂口安吾傍聴記
　◇「坂口安吾全集 12」筑摩書房 1999 p7

裁きは終りぬ
　◇「開高健ルポルタージュ選集 声の狩人」光文社 2008（光文社文庫）p37

砂漠を行くものたち
　◇「須賀敦子全集 3」河出書房新社 2007（河出文庫）p72

沙漠の歌スタンレー探検日記
　◇「国枝史郎探偵小説全集」作品社 2005 p10

砂漠の神
　◇「日影丈吉全集 7」国書刊行会 2004 p46

砂漠の思想
　◇「安部公房全集 8」新潮社 1998 p108

砂漠の住民への論理的弔辞―討論を終へて（「討論 三島由紀夫Vs.東大全共闘」）
　◇「決定版 三島由紀夫全集 35」新潮社 2003 p474

沙漠の美姫
　◇「国枝史郎探偵小説全集」作品社 2005 p221

沙漠の呼声
　◇「横溝正史探偵小説コレクション 2」出版芸術社 2004 p134

サハリンの旅の前と後
　◇「佐々木基一全集 5」河出書房新社 2013 p385

淋しいアメリカ人
　◇「寺山修司著作集 4」クインテッセンス出版 2009 p82

寂しい（江藤淳）
　◇「大庭みな子全集 23」日本経済新聞出版社 2011 p270

さびしい怨霊
　◇「石牟礼道子全集 15」藤原書店 2012 p218

さびしい怪物―メアリ・シェリー
　◇「丸谷才一全集 11」文藝春秋 2014 p357

淋しい可憐な〔第二十九回芥川賞選後評〕
　◇「坂口安吾全集 14」筑摩書房 1999 p175

淋しいシンデレラ
　◇「立松和平小説 15」勉誠出版 2011 p84

淋しい草原に
　◇「高城高全集 2」東京創元社 2008（創元推理文庫）p125

淋しいという基調音
　◇「井上ひさしコレクション 人間の巻」岩波書店 2005 p6

寂しいホレース・ウェルス
　◇「小酒井不木随筆評論選集 6」本の友社 2004 p74

さひし

寂しい夜
◇「小檜山博全集 6」柏艪舎 2006 p116

淋しく生きて
◇「アンドロギュノスの裔 渡辺温全集」東京創元社 2011（創元推理文庫）p329

寂しさ埋めてくれる犬たち
◇「松下竜一未刊行著作集 2」海鳥社 2008 p320

サービス革命
◇「日影丈吉全集 別巻」国書刊行会 2005 p100

錆びた言葉
◇「大庭みな子全集 17」日本経済新聞出版社 2010 p7
◇「大庭みな子全集 17」日本経済新聞出版社 2010 p49
◇「大庭みな子全集 17」日本経済新聞出版社 2010 p52

錆びたナイフの記述
◇「寺山修司著作集 4」クインテッセンス出版 2009 p85

錆びた港
◇「中井英夫全集 5」東京創元社 2002（創元ライブラリ）p760

さびれ
◇「徳田秋聲全集 7」八木書店 1998 p101

さびれた愛へ
◇「決定版 三島由紀夫全集 37」新潮社 2004 p503

さびれた湯の町にて
◇「決定版 三島由紀夫全集 37」新潮社 2004 p460

さぶ
◇「山本周五郎長篇小説全集 3」新潮社 2013 p7

『サフォ』に就いて
◇「徳田秋聲全集 21」八木書店 2001 p209

作仏
◇「立松和平全小説 24」勉誠出版 2014 p40

『佐武と市』そして章さんのこと―石森章太郎④
◇「小松左京全集 完全版 41」城西国際大学出版会 2013 p198

サブナショナルの国『日本』―"くに"はあっても国家なし
◇「小松左京全集 完全版 31」城西国際大学出版会 2008 p175

サフラン 花妖譚九
◇「司馬遼太郎短篇全集 1」文藝春秋 2005 p201

『サフランの歌』のころ
◇「須賀敦子全集 4」河出書房新社 2007（河出文庫）p166

三郎爺
◇「宮本百合子全集 1」新日本出版社 2000 p307

差別語のための私家版憲法
◇「井上ひさしコレクション ことばの巻」岩波書店 2005 p14

砂防ダム（一）
◇「石牟礼道子全集 10」藤原書店 2006 p559

砂防ダム（二）
◇「石牟礼道子全集 10」藤原書店 2006 p567

さまざまな異者・さまざまな排除
◇「小田実全集 評論 23」講談社 2012 p357

さまざまな国のさまざまな叫び
◇「小田実全集 評論 6」講談社 2010 p91

さまざまな現実とのさまざまな対話
◇「小田実全集 評論 4」講談社 2010 p253

さまざまな宗教の痕跡
◇「小松左京全集 完全版 36」城西国際大学出版会 2011 p27

さまざまな生
◇「佐々木基一全集 8」河出書房新社 2013 p344

『さまざまな戦後―花田清輝芸術論集』あとがき
◇「佐々木基一全集 10」河出書房新社 2013 p753

さまざまな父
◇「安部公房全集 29」新潮社 2000 p251

〈様々な光を巡って〉
◇「安部公房全集 1」新潮社 1997 p202

さまざまな文学運動
◇「佐々木基一全集 6」河出書房新社 2012 p90

さまざまなメディアとSF
◇「小松左京全集 完全版 44」城西国際大学出版会 2014 p265

様々なる意匠
◇「小林秀雄全作品 1」新潮社 2002 p135
◇「小林秀雄全集 補巻 1」新潮社 2010 p51

様々なる意匠・ランボオ―註解・追補
◇「小林秀雄全集 補巻 1」新潮社 2010 p19

サマジイ革命
◇「小松左京全集 完全版 15」城西国際大学出版会 2010 p284

サマセット・モーム
◇「小島信夫批評集成 2」水声社 2011 p634

礙げる
◇「中井英夫全集 7」東京創元社 1998（創元ライブラリ）p27

さまよう
◇「大庭みな子全集 23」日本経済新聞出版社 2011 p512

さまよう町のさまよう家のさまよう人々
◇「国枝史郎探偵小説全集」作品社 2005 p231

彷徨へる
◇「徳田秋聲全集 16」八木書店 1999 p196

さまよえる忍者
◇「山田風太郎忍法帖短篇全集 11」筑摩書房 2005（ちくま文庫）p113

(地貧) 第弐等五月雨
◇「谷崎潤一郎全集 25」中央公論新社 2016 p25

五月雨駕籠
　◇「都筑道夫時代小説コレクション 1」戎光祥出版 2014（戎光祥時代小説名作館）p100

沙美の苔岩
　◇「内田百閒集成 16」筑摩書房 2004（ちくま文庫）p110

寒い日のこと
　◇「梅崎春生作品集 3」沖積舎 2004 p245

寒い夫婦
　◇「土屋隆夫コレクション新装版 影の告発」光文社 2002（光文社文庫）p397

サムエル・ピープスの日誌其他
　◇「小酒井不木随筆評論選集 6」本の友社 2004 p58

さむけ
　◇「高橋克彦自選短編集 2」講談社 2009（講談社文庫）p51

寒さを武器に
　◇「小檜山博全集 7」柏艪舎 2006 p47

「サムシング・スペシアル」の報告
　◇「小田実全集 評論 17」講談社 2012 p302

「サムシンのおばあさん」と「ソウル」
　◇「小田実全集 評論 18」講談社 2012 p155

サム・スペード 私立探偵は実在するか
　◇「日影丈吉全集 別巻」国書刊行会 2005 p375

侍大将の胸毛
　◇「司馬遼太郎短篇全集 5」文藝春秋 2005 p149

「サムライ」について
　◇「決定版 三島由紀夫全集 34」新潮社 2003 p676

サムライ日本!!〔座談会〕(福田蘭童、清水隆次、広西元信、藤田西湖)
　◇「坂口安吾全集 17」筑摩書房 1999 p487

侍はこわい
　◇「司馬遼太郎短篇全集 4」文藝春秋 2005 p227

醒めて、怒れ！
　◇「寺山修司著作集 4」クインテッセンス出版 2009 p243

醒めて踊れ―「近代化」とは何か
　◇「福田恆存評論集 11」麗澤大学出版會、廣池學園事業部〔発売〕2009 p222

醒めてみる夢
　◇「林京子全集 7」日本図書センター 2005 p403

醒めて見る夢
　◇「大庭みな子全集 6」日本経済新聞出版社 2009 p7
　◇「大庭みな子全集 6」日本経済新聞出版社 2009 p93

さもしい心
　◇「小酒井不木随筆評論選集 8」本の友社 2004 p218

サーモン・ダービーの話
　◇「大庭みな子全集 2」日本経済新聞出版社 2009 p235

鮭苺の入江（サーモンベリイ・ベイ）
　◇「大庭みな子全集 12」日本経済新聞出版社 2010 p339

さやぐもの
　◇「大庭みな子全集 9」日本経済新聞出版社 2010 p449

白湯
　◇「古井由吉自撰作品 7」河出書房新社 2012 p242

座右において用の足せる一冊本の辞書
　◇「谷崎潤一郎全集 21」中央公論新社 2016 p531

座右の辞典
　◇「決定版 三島由紀夫全集 31」新潮社 2003 p523

サユリスト（吉永小百合ファン）は→幼児性オナニー症だ!!
　◇「野坂昭如エッセイ・コレクション 1」筑摩書房 2004（ちくま文庫）p322

さようなら
　◇「遠藤周作エッセイ選集 1」光文社 2006（知恵の森文庫）p168

さようなら
　◇「大庭みな子全集 12」日本経済新聞出版社 2010 p238

さようなら
　◇「坂口安吾全集 13」筑摩書房 1999 p446

さようなら
　◇「山田風太郎ミステリー傑作選 5」光文社 2001（光文社文庫）p305

さようならヴァージニア
　◇「林京子全集 8」日本図書センター 2005 p140

さようなら、ジャック。
　◇「〔池澤夏樹〕エッセー集成 1」みすず書房 2008 p74

さようなら前田俊彦さん
　◇「松下竜一未刊行著作集 2」海鳥社 2008 p214

小夜時雨（たぬき）
　◇「小松左京全集 完版 19」城西国際大学出版会 2013 p425

さよなら
　◇「四季桂子全集」皆進社 2013 p143

さよなら［翻訳］（ウンベルト・サバ）
　◇「須賀敦子全集 5」河出書房新社 2008（河出文庫）p246

さよなら、郷里の人
　◇「小檜山博全集 7」柏艪舎 2006 p34

さよなら三十分
　◇「阿川弘之全集 20」新潮社 2007 p405

『さよならジュピター』
　◇「小松左京全集 完版 45」城西国際大学出版会 2015 p188

さよならジュピター
　◇「小松左京全集 完版 8」城西国際大学出版会 2016 p7

さよならだけが人生だ
　◇「寺山修司著作集 1」クインテッセンス出版 2009 p371

サヨナラ・トウキョウ
　◇「開高健ルポルタージュ選集 ずばり東京」光文社 2007（光文社文庫）p408

さよならの城
　◇「寺山修司著作集 1」クインテッセンス出版 2009 p368

さよなら81年
　◇「中井英夫全集 12」東京創元社 2006（創元ライブラリ）p70

さよならベイビー
　◇「鈴木いづみセカンド・コレクション 1」文遊社 2004 p15

さよならマーロー君こんにちはモース警部
　◇「「野呂邦暢」随筆コレクション 2」みすず書房 2014 p146

さよならミス・ライセンス
　◇「井上ひさし短編中編小説集成 3」岩波書店 2014 p371

皿倉学説
　◇「松本清張傑作選 暗闇に嗤うドクター」新潮社 2009 p29
　◇「松本清張傑作選 暗闇に嗤うドクター」新潮社 2013（新潮文庫）p39

更紗
　◇「谷崎潤一郎全集 6」中央公論新社 2015 p401

サラサーテの盤
　◇「内田百閒集成 4」筑摩書房 2003（ちくま文庫）p192

更紗の絵
　◇「小沼丹全集 2」未知谷 2004 p321

更科源蔵宛書簡
　◇「安部公房全集 29」新潮社 2000 p338

沙羅双樹
　◇「立松和平全小説 23」勉誠出版 2013 p192

「サラダ社会」実現への積極的提案を
　◇「小田実全集 評論 35」講談社 2013 p61

「サラダ社会」と「暴力社会」
　◇「小田実全集 評論 23」講談社 2012 p436

更なる交流に期待—三つの代表団を歓迎して
　◇「大庭みな子全集 23」日本経済新聞出版社 2011 p378

さらにあとがき（選書版）〔西南役伝説〕
　◇「石牟礼道子全集 5」藤原書店 2004 p229

さらば、テンポイント
　◇「寺山修司著作集 1」クインテッセンス出版 2009 p399

さらば何をなすべきか
　◇「小島信夫批評集成 5」水声社 2011 p233

さらばハイセイコー
　◇「寺山修司著作集 1」クインテッセンス出版 2009 p396

さらば箱舟
　◇「寺山修司著作集 2」クインテッセンス出版 2009 p477

さらば、貧乏神よ
　◇「小松左京全集 完全版 25」城西国際大学出版会 2017 p59

さらば幽霊
　◇「小松左京全集 完全版 17」城西国際大学出版会 2012 p33

サラマンカの手帖から
　◇「辻邦生全集 8」新潮社 2005 p267

皿盛さんのことから
　◇「井上ひさしコレクション ことばの巻」岩波書店 2005 p368

サラリーはウンコと同じや〔対談〕（藤本義一）
　◇「小松左京全集 完全版 33」城西国際大学出版会 2011 p54

サラリーマン士族の悲劇
　◇「小松左京全集 完全版 40」城西国際大学出版会 2012 p211

サラリーマン生活・昭和80年
　◇「小松左京全集 完全版 28」城西国際大学出版会 2006 p204

サラリーマンとユートピア
　◇「小松左京全集 完全版 29」城西国際大学出版会 2007 p245

サラリーマンは気楽な稼業…
　◇「小松左京全集 完全版 11」城西国際大学出版会 2007 p180

サランガン湖畔（自四月二十二日 至六月一日）
　◇「定本 久生十蘭全集 10」国書刊行会 2011 p515

『さりげなく北の街』
　◇「小檜山博全集 8」柏艪舎 2006 p380

さりげなく北の街
　◇「小檜山博全集 6」柏艪舎 2006 p237

去りゆく
　◇「小松左京全集 完全版 25」城西国際大学出版会 2017 p277

サリンジャー
　◇「小島信夫批評集成 2」水声社 2011 p607

猿
　◇「小沼丹全集 4」未知谷 2004 p11

猿
　◇「宮本百合子全集 2」新日本出版社 2001 p172

サルヴァトーレ・クワジーモド—Salvatore Quasimodo
　◇「須賀敦子全集 5」河出書房新社 2008（河出文庫）p129

猿ケ辻の血闘
　◇「司馬遼太郎短篇全集 7」文藝春秋 2005 p219

猿芝居
　◇「宮本百合子全集 32」新日本出版社 2003 p50

サル芝居のサル談義の巻
　◇「小田実全集 小説 28」講談社 2012 p162
ザール人民投票
　◇「松田解子自選集 9」澤田出版 2009 p53
さるすべり
　◇「松下竜一未刊行著作集 2」海鳥社 2008 p30
百日紅の蔭
　◇「小寺菊子作品集 1」桂書房 2014 p272
百日紅の著者に
　◇「徳田秋聲全集 20」八木書店 2001 p45
猿飛佐助
　◇「坂口安吾全集 15」筑摩書房 1999 p301
サルトル
　◇「福田恆存評論集 15」麗澤大學出版會, 廣池學園事業部〔発売〕2010 p62
サルトルとの四〇分
　◇「開高健ルポルタージュ選集 声の狩人」光文社 2008（光文社文庫）p205
サルトルに挑戦する〔対談〕(大橋也寸)
　◇「安部公房全集 22」新潮社 1999 p282
サルトルの知識人論—それをどう受けとめるか〔座談会〕(大江健三郎, 白井浩司)
　◇「安部公房全集 20」新潮社 1999 p368
猿の最後の一匹まで
　◇「定本 久生十蘭全集 10」国書刊行会 2011 p109
笊の忍法帖
　◇「山田風太郎忍法帖短篇全集 5」筑摩書房 2004（ちくま文庫）p119
笊ノ目万兵衛門外へ
　◇「〔山田風太郎〕時代短篇選集 2」小学館 2013（小学館文庫）p69
サルばなれということ（加藤秀俊, 今西錦司）
　◇「小松左京全集 完全版 38」城西国際大学出版会 2010 p90
サレコウベ
　◇「小檜山博全集 7」柏艪舎 2006 p180
されこうべの呻く似島（にのしま）
　◇「大庭みな子全集 23」日本経済新聞出版社 2011 p572
されど人は獣にあらず
　◇「林京子全集 8」日本図書センター 2005 p269
されど被爆者
　◇「林京子全集 8」日本図書センター 2005 p278
「サレムの魔女」の思想
　◇「佐々木基一全集 7」河出書房新社 2013 p174
「される」側から事態を見る、考える
　◇「小田実全集 評論 24」講談社 2012 p373
「される」側の論理
　◇「小田実全集 評論 36」講談社 2014 p114
「サロメ」とその舞台〔対談〕(矢野峰人, 燕石猷, 関川佐木夫, 岸田今日子)
　◇「決定版 三島由紀夫全集 39」新潮社 2004 p342

「サロメ」の演出について
　◇「決定版 三島由紀夫全集 31」新潮社 2003 p389
沢井一恵公演
　◇「石牟礼道子全集 14」藤原書店 2008 p334
沢井一恵さん
　◇「石牟礼道子全集 14」藤原書店 2008 p249
「沢がに」(尾崎一雄) 書評
　◇「小沼丹全集 4」未知谷 2004 p679
騒ぐ屍体
　◇「日影丈吉全集 6」国書刊行会 2002 p520
沢田氏を悼む
　◇「小酒井不木随筆評論選集 8」本の友社 2004 p297
澤地久枝〔対談〕
　◇「向田邦子全集 新版 別巻 1」文藝春秋 2010 p150
サワドウ・パンケーキ
　◇「大庭みな子全集 16」日本経済新聞出版社 2010 p97
沢村宗十郎について
　◇「決定版 三島由紀夫全集 26」新潮社 2003 p606
爽やかな気分 第19回新潮新人賞
　◇「大庭みな子全集 24」日本経済新聞出版社 2011 p58
さわやかな女性たち
　◇「石牟礼道子全集 16」藤原書店 2013 p581
さはるものにみな毛生ゆる病
　◇「寺山修司著作集 1」クインテッセンス出版 2009 p54
山陰
　◇「田中小実昌エッセイ・コレクション 2」筑摩書房 2002（ちくま文庫）p127
産院情景
　◇「小寺菊子作品集 2」桂書房 2014 p372
山陰の旅から
　◇「辻邦生全集 17」新潮社 2005 p147
山陰文化
　◇「小松左京全集 完全版 29」城西国際大学出版会 2007 p106
讃歌
　◇「須賀敦子全集 7」河出書房新社 2007（河出文庫）p217
山河ありき
　◇「寺山修司著作集 1」クインテッセンス出版 2009 p377
　◇「寺山修司著作集 4」クインテッセンス出版 2009 p92
残骸
　◇「徳田秋聲全集 7」八木書店 1998 p11
残骸
　◇「中井英夫全集 10」東京創元社 2002（創元ライブラリ）p38
三界の家
　◇「林京子全集 3」日本図書センター 2005 p151

さんか

三界の首枷（くびかせ）
　◇「小松左京全集 完全版 12」城西国際大学出版会 2007 p50

三界万霊塔
　◇「定本 久生十蘭全集 7」国書刊行会 2010 p166

山窩お良—××老探偵談
　◇「三角寛サンカ選集第二期 9」現代書館 2004 p11

山窩が世に出るまで
　◇「三角寛サンカ選集第二期 8」現代書館 2004 p81

三角館の恐怖
　◇「江戸川乱歩全集 15」光文社 2004（光文社文庫）p373
　◇「江戸川乱歩全集 15」沖積舎 2009 p3

山岳と地下世界のロマン—国枝史郎
　◇「小松左京全集 完全版 41」城西国際大学出版会 2013 p223

三角波
　◇「向田邦子全集 新版 3」文藝春秋 2009 p243

山窩血笑記
　◇「三角寛サンカ選集第二期 10」現代書館 2005 p7

山歌村笛譜
　◇「田辺聖子全集 3」集英社 2004 p399

山窩探偵
　◇「三角寛サンカ選集第二期 11」現代書館 2005 p209

三月
　◇「阿川弘之全集 10」新潮社 2006 p507

三月
　◇「上野壮夫全集 1」図書新聞 2010 p170

三月
　◇「中上健次集 2」インスクリプト 2018 p313

三月三十一日
　◇「小檜山博全集 7」柏艪舎 2006 p246

三月十五日に
　◇「上野壮夫全集 1」図書新聞 2010 p194

三月十三日午前二時
　◇「大坪砂男全集 1」東京創元社 2013（創元推理文庫）p67

三月十日の大空襲
　◇「内田百閒集成 22」筑摩書房 2004（ちくま文庫）p86

三月の歌
　◇「上野壮夫全集 1」図書新聞 2010 p183

三月の劇評—歌舞伎座
　◇「徳田秋聲全集 23」八木書店 2001 p159

三月の娼婦
　◇「中井英夫全集 7」東京創元社 1998（創元ライブラリ）p544

三月の第四日曜
　◇「宮本百合子全集 5」新日本出版社 2001 p334

三月の帝劇合評・吉右衛門の「盛綱」
　◇「徳田秋聲全集 20」八木書店 2001 p397

三月八日は女の日だ
　◇「宮本百合子全集 10」新日本出版社 2001 p123

残花亭日暦—平成十三年六月一日（金）〜平成十四年三月十一日（月）
　◇「田辺聖子全集 24」集英社 2006 p279

山窩考証山窩と夙と茶筅
　◇「三角寛サンカ選集第二期 8」現代書館 2004 p226

山窩と私
　◇「三角寛サンカ選集第二期 8」現代書館 2004 p208

三ケ日
　◇「徳田秋聲全集 19」八木書店 2000 p79

山窩について
　◇「三角寛サンカ選集第二期 8」現代書館 2004 p207

山窩の隠語
　◇「三角寛サンカ選集第二期 8」現代書館 2004 p230

山窩の恋
　◇「国枝史郎伝奇短篇小説集成 1」作品社 2006 p350

山窩の諜者
　◇「三角寛サンカ選集第二期 11」現代書館 2005 p7

山窩の話
　◇「三角寛サンカ選集第二期 8」現代書館 2004 p29

山窩の文献について
　◇「三角寛サンカ選集第二期 8」現代書館 2004 p237

山窩銘々伝
　◇「三角寛サンカ選集第二期 8」現代書館 2004 p9

斬奸状は馬車に乗って
　◇「〔山田風太郎〕時代短篇選集 2」小学館 2013（小学館文庫）p7

斬奸必殺陣
　◇「山本周五郎探偵小説全集 別巻」作品社 2008 p43

残菊
　◇「谷崎潤一郎全集 25」中央公論新社 2016 p33

残虐への郷愁
　◇「江戸川乱歩全集 24」光文社 2005（光文社文庫）p452
　◇「江戸川乱歩全集 30」光文社 2005（光文社文庫）p137

残虐記
　◇「谷崎潤一郎全集 23」中央公論新社 2017 p337

残虐さについて
　◇「中井英夫全集 12」東京創元社 2006（創元ライブラリ）p190

残虐の美学
　◇「山田風太郎エッセイ集成 秀吉はいつ知ったか」筑摩書房 2008 p106

山峡へ
　◇「辻邦生全集 5」新潮社 2004 p453

産業革命と危機意識（海音寺潮五郎）
　◇「司馬遼太郎対話選集 3」文藝春秋 2006（文春文庫）p35

さんし

残業結婚
◇「上野壮夫全集 2」図書新聞 2009 p477

産業社会の終焉
◇「小松左京全集 完全版 28」城西国際大学出版会 2006 p54

山峡新春
◇「宮本百合子全集 9」新日本出版社 2001 p379

産業の「未来化」について
◇「小松左京全集 完全版 29」城西国際大学出版会 2007 p173

三極構造からグローバリゼーションへ
◇「小田実全集 評論 36」講談社 2014 p157

「三極構造」崩壊後の「一極構造」の世界
◇「小田実全集 評論 23」講談社 2012 p30

参勤交代
◇「国枝史郎歴史小説傑作選」作品社 2006 p263

ザングウィル
◇「江戸川乱歩全集 30」光文社 2005（光文社文庫）p558

ザンクト・アントン
◇「小沼丹全集 3」未知谷 2004 p117

サングラス
◇「石牟礼道子全集 7」藤原書店 2005 p415

サングラス
◇「小檜山博全集 6」柏艪舎 2006 p140

残月と焼夷弾
◇「内田百閒集成 22」筑摩書房 2004（ちくま文庫）p40

懺悔の巻
◇「野坂昭如エッセイ・コレクション 3」筑摩書房 2004（ちくま文庫）p221

懺悔話
◇「谷崎潤一郎全集 3」中央公論新社 2016 p425

三剣鬼
◇「〔山田風太郎〕時代短篇選集 3」小学館 2013（小学館文庫）p383

三原色——幕
◇「決定版 三島由紀夫全集 22」新潮社 2002 p381

残光
◇「小島信夫長篇集成 10」水声社 2016 p285

三校協議会
◇「内田百閒集成 6」筑摩書房 2003（ちくま文庫）p60

参考作品
◇「決定版 三島由紀夫全集 25」新潮社 2002 p731

参考・白樹直哉の主要経路——創作ノートより
◇「定本 荒巻義雄メタSF全集 3」彩流社 2014 p348

『残光』（新潮社版）あとがき
◇「小島信夫長篇集成 10」水声社 2016 p468

残酷紳士
◇「野坂昭如エッセイ・コレクション 1」筑摩書房 2004（ちくま文庫）p57

残酷な視界
◇「森村誠一ベストセレクション 溯死水系」光文社 2011（光文社文庫）p305

残酷な日記
◇「中井英夫全集 7」東京創元社 1998（創元ライブラリ）p628

残酷美について
◇「決定版 三島由紀夫全集 32」新潮社 2003 p572

サンゴの海にて
◇「松下竜一未刊行著作集 3」海鳥社 2009 p61

山菜料理
◇「坂口安吾全集 13」筑摩書房 1999 p409

三作について 第103回（平成2年度上半期）芥川賞
◇「大庭みな子全集 24」日本経済新聞出版社 2011 p72

斬殺
◇「司馬遼太郎短篇全集 11」文藝春秋 2006 p397

三冊の日記帳から
◇「日影丈吉全集 別巻」国書刊行会 2005 p882

三座の新脚本
◇「徳田秋聲全集 20」八木書店 2001 p169

三時課[翻訳]（ダヴィデ・マリア・トゥロルド）
◇「須賀敦子全集 7」河出書房新社 2007（河出文庫）p80

三四がなくて五に馬
◇「野坂昭如エッセイ・コレクション 3」筑摩書房 2004（ちくま文庫）p249

産児調節批判
◇「徳田秋聲全集 23」八木書店 2001 p301

三十歳
◇「坂口安吾全集 6」筑摩書房 1998 p486

三十歳のころ
◇「江戸川乱歩全集 30」光文社 2005（光文社文庫）p120

三十分会見記 坂口安吾氏の巻［インタビュー］
◇「坂口安吾全集 別巻」筑摩書房 2012 p96

三十分放談
◇「谷崎潤一郎全集 25」中央公論新社 2016 p207

三者
◇「中井英夫全集 10」東京創元社 2002（創元ライブラリ）p21

三十一年目のこわさ
◇「林京子全集 7」日本図書センター 2005 p335

三十三回忌の夏に
◇「林京子全集 7」日本図書センター 2005 p341

三十すぎてのスポーツ
◇「決定版 三島由紀夫全集 32」新潮社 2003 p449

30人への3つの質問
◇「決定版 三島由紀夫全集 36」新潮社 2003 p646

30人への3つの質問 『われらの文字』のアンケートに答えて
◇「安部公房全集 29」新潮社 2000 p545

さんし

30人の3時間
  ◇「山田風太郎ミステリー傑作選 4」光文社 2001（光文社文庫）p49

三十人の兵隊達
  ◇「決定版 三島由紀夫全集 37」新潮社 2004 p127

三十ふり袖
  ◇「山本周五郎中短篇秀作選集 5」小学館 2006 p225

三十有余年の「時間の旅」
  ◇「小田実全集 評論 11」講談社 2011 p37

三十六年目の十二月八日─老兵たちが語りのこしたいこと
  ◇「〔野呂邦暢〕随筆コレクション 1」みすず書房 2014 p479

三十六峯しのび独楽
  ◇「都筑道夫時代小説コレクション 2」戎光祥出版 2014（戎光祥時代小説名作館）p205

讚酒歌
  ◇「阿川弘之全集 20」新潮社 2007 p83

残暑
  ◇「内田百閒集成 12」筑摩書房 2003（ちくま文庫）p246

残照
  ◇「内田百閒集成 3」筑摩書房 2002（ちくま文庫）p112

残照
  ◇「林京子全集 3」日本図書センター 2005 p347

山椒魚事件
  ◇「三角寛サンカ選集第二期 12」現代書館 2005 p285

山上から
  ◇「谷崎潤一郎全集 5」中央公論新社 2016 p487

三条磧乱刃
  ◇「司馬遼太郎短篇全集 7」文藝春秋 2005 p609

山上にて
  ◇「徳田秋聲全集 11」八木書店 1998 p375

「山粧」に寄せて
  ◇「石牟礼道子全集 11」藤原書店 2005 p625

残暑きびしい斜栗邸の夜の宴
  ◇「小松左京全集 完全版 34」城西国際大学出版会 2009 p299

三四郎と東京と富士山
  ◇「丸谷才一全集 9」文藝春秋 2013 p124

残心
  ◇「国枝史郎歴史小説傑作選」作品社 2006 p499

山水そして海
  ◇「石牟礼道子全集 11」藤原書店 2005 p339

算数のできない子孫たち
  ◇「小松左京全集 完全版 24」城西国際大学出版会 2016 p446

三途川を渡って
  ◇「中井英夫全集 2」東京創元社 1998（創元ライブラリ）p691

山西省・山東省
  ◇「小松左京全集 完全版 43」城西国際大学出版会 2014 p148

参政取のけは当然
  ◇「宮本百合子全集 9」新日本出版社 2001 p198

サンセット大通り
  ◇「阿川弘之全集 19」新潮社 2007 p435

サン・ゼルマン伯
  ◇「小酒井不木随筆評論選集 5」本の友社 2004 p422

「三千軍兵」の墓
  ◇「小田実全集 小説 33」講談社 2013 p21

三千通の古手紙
  ◇「阿川弘之全集 20」新潮社 2007 p274

山荘の死〔解決篇〕
  ◇「鮎川哲也コレクション挑戦篇 1」出版芸術社 2006 p233

山荘の死〔問題篇〕
  ◇「鮎川哲也コレクション挑戦篇 1」出版芸術社 2006 p64

山躁賦
  ◇「古井由吉自撰作品 4」河出書房新社 2012 p203

酸素管の涅槃図
  ◇「日影丈吉全集 別巻」国書刊行会 2005 p532

三代の桜
  ◇「横溝正史探偵小説コレクション 2」出版芸術社 2004 p103

三代前の先租の斧
  ◇「〔池澤夏樹〕エッセー集成 1」みすず書房 2008 p19

『三代名作全集徳田秋聲集』あとがき
  ◇「徳田秋聲全集 別巻」八木書店 2006 p98

雷神鳥
  ◇「立松和平全集 13」勉誠出版 2011 p1

三太郎峠を越えて
  ◇「石牟礼道子全集 7」藤原書店 2005 p354

サンチャゴの騎士団長
  ◇「井上ひさし短編中編小説集成 5」岩波書店 2015 p206

サンチャゴふらふら 1
  ◇「田中小実昌エッセイ・コレクション 2」筑摩書房 2002（ちくま文庫）p305

山中に定住する人々の生き甲斐を再認識
  ◇「小松左京全集 完全版 29」城西国際大学出版会 2007 p117

山中の花
  ◇「山田風太郎エッセイ集成 風山房風呂焚き唄」筑摩書房 2008 p16

サンチョ・パンサの悩み
  ◇「小島信夫批評集成 6」水声社 2011 p307

サン＝テグジュペリ像の変化
  ◇「〔池澤夏樹〕エッセー集成 2」みすず書房 2008 p37

日曜病（サンデーショック）
　◇「吉屋信子少女小説選 2」ゆまに書房 2003 p176
サンドイッチ
　◇「阿川弘之全集 20」新潮社 2007 p68
サンドイッチ
　◇「林京子全集 8」日本図書センター 2005 p238
山東京伝
　◇「石川淳コレクション 3」筑摩書房 2007（ちくま文庫）p354
山東京伝
　◇「井上ひさし短編中編小説集成 9」岩波書店 2015 p402
山東京伝
　◇「内田百閒集成 3」筑摩書房 2002（ちくま文庫）p11
三斗小屋宿
　◇「立松和平小説 8」勉誠出版 2010 p239
「サント・ブウヴ選集」
　◇「小林秀雄全作品 14」新潮社 2003 p241
　◇「小林秀雄全集 補巻 2」新潮社 2010 p243
三度幕を閉じる
　◇「林京子全集 7」日本図書センター 2005 p479
三度目の正直
　◇「山本周五郎長篇小説全集 7」新潮社 2013 p134
さんどりよんの唾—ESSAI DES IDÉES IDIOPATHIQVES
　◇「日影丈吉全集 別巻」国書刊行会 2005 p847
サンドロ・ペンナのひそやかな詩と人生
　◇「須賀敦子全集 3」河出書房新社 2007（河出文庫）p388
三人—ジイド・サルトル・マルロオ
　◇「佐々木基一全集 1」河出書房新社 2013 p326
「三人姉妹」のマーシャ
　◇「宮本百合子全集 9」新日本出版社 2001 p283
三人の運動会
　◇「田村孟全小説集」航思社 2012 p37
三人の画家
　◇「小島信夫批評集成 6」水声社 2011 p359
三人の首代
　◇「長谷川伸傑作選 日本敵討ち異相」国書刊行会 2008 p123
三人の作家との出会い
　◇「小島信夫批評集成 7」水声社 2011 p493
三人の「死顔」—野間宏・中村真一郎・堀田善衞
　◇「小田実全集 評論 28」講談社 2013 p8
三人の短篇小説作家—室生犀星・中野重治・堀辰雄
　◇「丸谷才一全集 10」文藝春秋 2014 p36
三人の名医
　◇「田中小実昌エッセイ・コレクション 1」筑摩書房 2002（ちくま文庫）p369

三人法師
　◇「谷崎潤一郎全集 14」中央公論新社 2016 p345
三人目
　◇「定本 久生十蘭全集 2」国書刊行会 2009 p403
　◇「定本 久生十蘭全集 別巻」国書刊行会 2013 p160
三年後の「からっぽの洞窟」
　◇「〔池澤夏樹〕エッセー集成 2」みすず書房 2008 p28
三年坂名残りの枝垂梅 刺戟に生きる明け暮れ
　◇「内田百閒集成 22」筑摩書房 2004（ちくま文庫）p103
三年たった今日—日本の文化のまもり
　◇「宮本百合子全集 18」新日本出版社 2002 p67
残念だった選外二作品—第18回大佛次郎賞選評
　◇「安部公房全集 29」新潮社 2000 p202
三年の空白をめぐって
　◇「林京子全集 7」日本図書センター 2005 p214
三年ぶりの燕
　◇「松下竜一未刊行著作集 1」海鳥社 2008 p151
三年兵の徒労感
　◇「小島信夫批評集成 2」水声社 2011 p185
三年前
　◇「宮本百合子全集 33」新日本出版社 2004 p339
三年目
　◇「山田風太郎ミステリー傑作選 10」光文社 2002（光文社文庫）p636
三年六ヵ月
　◇「小島信夫批評集成 7」水声社 2011 p129
山王喫茶店主
　◇「〔野呂邦暢〕随筆コレクション 2」みすず書房 2014 p315
山王祭の大象
　◇「定本 久生十蘭全集 3」国書刊行会 2009 p329
三の西
　◇「日影丈吉全集 8」国書刊行会 2004 p444
桟橋
　◇「〔森〕鷗外近代小説集 2」岩波書店 2012 p49
桟橋にて
　◇「大庭みな子全集 2」日本経済新聞出版社 2009 p71
散髪
　◇「立松和平小説 27」勉誠出版 2014 p234
散髪代三円五十銭
　◇「田中小実昌エッセイ・コレクション 2」筑摩書房 2002（ちくま文庫）p196
三匹の蟹
　◇「大庭みな子全集 1」日本経済新聞出版社 2009 p7
　◇「大庭みな子全集 1」日本経済新聞出版社 2009 p206
『三匹の蟹』第11回群像新人文学賞
　◇「大庭みな子全集 24」日本経済新聞出版社 2011

さんひ

p12

『三匹の蟹』第59回芥川賞
　◇「大庭みな子全集 24」日本経済新聞出版社 2011 p12

三匹のサルの話
　◇「安部公房全集 8」新潮社 1998 p36

三匹の人まね猿
　◇「安部公房全集 3」新潮社 1997 p346

三百六十五日
　◇「上野壮夫全集 1」図書新聞 2010 p101

三百六十五日よ
　◇「松田解子自選集 9」澤田出版 2009 p137

散布性
　◇「小檜山博全集 6」柏艪舎 2006 p215

さんぷる一号
　◇「小松左京全集 完全版 25」城西国際大学出版会 2017 p10

散文詩と短篇小説の間
　◇「丸谷才一全集 9」文藝春秋 2013 p418

〈散文精神―安部公房氏〉『朝日新聞』の談話記事
　◇「安部公房全集 28」新潮社 2000 p298

散文精神を訊く(佐藤俊子, 広津和郎, 武田麟太郎, 渋川驍, 高見順, 円地文子)
　◇「徳田秋聲全集 25」八木書店 2001 p465

散文精神の城―メリノ
　◇「中井英夫全集 6」東京創元社 1996 (創元ライブラリ) p629

散歩
　◇「安部公房全集 7」新潮社 1998 p424

さんぽする男
　◇「決定版 三島由紀夫全集 37」新潮社 2004 p593

散歩中
　◇「山田風太郎エッセイ集成 秀吉はいつ知ったか」筑摩書房 2008 p35

散歩路
　◇「小沼丹全集 4」未知谷 2004 p606
　◇「小沼丹全集 4」未知谷 2004 p630

散歩路の犬
　◇「小沼丹全集 3」未知谷 2004 p498

散歩も出来ない
　◇「金井美恵子エッセイ・コレクション―1964-2013 2」平凡社 2013 p103

三本足の獣
　◇「内田百閒集成 14」筑摩書房 2003 (ちくま文庫) p209

三本腕の男
　◇「小松左京全集 完全版 16」城西国際大学出版会 2011 p23

三本のスキー
　◇「小松左京全集 完全版 25」城西国際大学出版会 2017 p185

三本の道 [翻訳] (ウンベルト・サバ)
　◇「須賀敦子全集 5」河出書房新社 2008 (河出文庫) p184

三本の矢
　◇「横溝正史時代小説コレクション捕物篇 1」出版芸術社 2003 p49

さんま
　◇「上野壮夫全集 1」図書新聞 2010 p104

三昧境
　◇「小酒井不木随筆評論選集 8」本の友社 2004 p324

三枚舌―サロンのひととき (平岡倭文重)
　◇「決定版 三島由紀夫全集 36」新潮社 2003 p502

三枚肉
　◇「向田邦子全集 新版 1」文藝春秋 2009 p57

三枚の水彩画 [翻訳] (ウンベルト・サバ)
　◇「須賀敦子全集 5」河出書房新社 2008 (河出文庫) p323

サンマづくし
　◇「小檜山博全集 8」柏艪舎 2006 p67

サンマの刺身
　◇「田中小実昌エッセイ・コレクション 2」筑摩書房 2002 (ちくま文庫) p49

残夢三昧
　◇「内田百閒集成 16」筑摩書房 2004 (ちくま文庫) p207

残夢三昧残録
　◇「内田百閒集成 16」筑摩書房 2004 (ちくま文庫) p214

三面座談
　◇「小酒井不木随筆評論選集 1」本の友社 2004 p245

山ン本五郎左衛門只今退散仕る
　◇「稲垣足穂コレクション 4」筑摩書房 2005 (ちくま文庫) p148

三問三答―人間座「人間そっくり」
　◇「安部公房全集 29」新潮社 2000 p538

三文舎自楽
　◇「井上ひさし短編中編小説集成 9」岩波書店 2015 p321

三文ファウスト
　◇「坂口安吾全集 12」筑摩書房 1999 p249

山門不幸
　◇「小島信夫短篇集成 5」水声社 2015 p333

三谷の金剛様
　◇「内田百閒集成 13」筑摩書房 2003 (ちくま文庫) p127

山陽・四国の"架け橋"
　◇「小松左京全集 完全版 29」城西国際大学出版会 2007 p84

参与官と労働代表
　◇「江戸川乱歩全集 24」光文社 2005 (光文社文庫) p46

しいの

散乱放逸もすてられず
　◇「石牟礼道子全集 4」藤原書店 2004 p533
三陸 港の夜風と酒場の女
　◇「田中小実昌エッセイ・コレクション 2」筑摩書房 2002（ちくま文庫）p61
山林王
　◇「国枝史郎伝奇短篇小説集成 2」作品社 2006 p462
讃涙頌
　◇「吉屋信子少女小説選 2」ゆまに書房 2003 p197
サン・レウチョ教会の空間
　◇「小島信夫批評集成 7」水声社 2011 p562
山麓
　◇「坂口安吾全集 1」筑摩書房 1999 p313
三羽の雀
　◇「吉川潮ハートウォーム・セレクション 3」ランダムハウス講談社 2008（ランダムハウス講談社文庫）p121

【し】

死
　◇「安部公房全集 1」新潮社 1997 p207
死
　◇「大庭みな子全集 3」日本経済新聞出版社 2009 p364
死
　◇「車谷長吉全集 3」新書館 2010 p361
死
　◇「寺山修司著作集 4」クインテッセンス出版 2009 p32
慈愛
　◇「徳田秋聲全集 12」八木書店 2000 p314
慈愛と狂気
　◇「大庭みな子全集 24」日本経済新聞出版社 2011 p25
『ジアコモ・ジョイス』のための素描
　◇「丸谷才一全集 11」文藝春秋 2014 p254
シアターメイツのサロンNo.1報告
　◇「安部公房全集 23」新潮社 1999 p124
幸せな革命
　◇「決定版 三島由紀夫全集 32」新潮社 2003 p414
倖せな被害者・堀田善衞
　◇「安部公房全集 4」新潮社 1997 p486
幸せな日日
　◇「林京子全集 6」日本図書センター 2005 p351
しあわせは永遠に
　◇「安部公房全集 17」新潮社 1999 p21
思案に余るということ
　◇「小島信夫批評集成 8」水声社 2010 p140

自慰
　◇「寺山修司著作集 4」クインテッセンス出版 2009 p37
椎
　◇「大庭みな子全集 7」日本経済新聞出版社 2009 p172
詩歌を生きること
　◇「辻邦生全集 16」新潮社 2005 p276
シイ子のこと
　◇「田中小実昌エッセイ・コレクション 1」筑摩書房 2002（ちくま文庫）p102
ジイド「芸術論」
　◇「小林秀雄全作品 13」新潮社 2003 p24
　◇「小林秀雄全集 補巻 2」新潮社 2010 p162
ジイド「ソヴェト旅行記」I
　◇「小林秀雄全作品 9」新潮社 2003 p68
　◇「小林秀雄全集 補巻 1」新潮社 2010 p455
ジイド「ソヴェト旅行記」II
　◇「小林秀雄全作品 9」新潮社 2003 p150
　◇「小林秀雄全集 補巻 1」新潮社 2010 p476
ジイド「ソヴェト旅行記」III
　◇「小林秀雄全作品 9」新潮社 2003 p194
　◇「小林秀雄全集 補巻 1」新潮社 2010 p486
ジイド著・今日出海訳「イザベル」
　◇「小林秀雄全作品 5」新潮社 2003 p89
　◇「小林秀雄全集 補巻 1」新潮社 2010 p252
ジイドとそのソヴェト旅行記
　◇「宮本百合子全集 12」新日本出版社 2001 p413
ジイドの「背徳者」
　◇「決定版 三島由紀夫全集 27」新潮社 2003 p323
椎名麟三
　◇「佐々木基一全集 4」河出書房新社 2013 p313
〔椎名麟三・梅崎春生〕死者の匂い
　◇「佐々木基一全集 5」河出書房新社 2013 p196
椎名麟三作「生きた心を」
　◇「安部公房全集 6」新潮社 1998 p91
椎名麟三作「第三の証言」
　◇「安部公房全集 4」新潮社 1997 p483
椎名麟三氏の新作について
　◇「決定版 三島由紀夫全集 29」新潮社 2003 p323
椎名麟三小論
　◇「安部公房全集 7」新潮社 1998 p450
椎名麟三『深夜の酒宴』
　◇「佐々木基一全集 1」河出書房新社 2013 p447
椎名麟三著『赤い孤独者』
　◇「安部公房全集 3」新潮社 1997 p40
椎名麟三のユーモア
　◇「佐々木基一全集 5」河出書房新社 2013 p195
椎名麟三論
　◇「安部公房全集 3」新潮社 1997 p38
椎の木のほとり
　◇「辻邦生全集 7」新潮社 2004 p147

しいの

椎の木のほとり―ある生涯の七つの場所6
　◇「辻邦生全集 7」新潮社 2004 p7
椎葉神楽
　◇「石牟礼道子全集 12」藤原書店 2005 p371
詩へ
　◇「辻邦生全集 17」新潮社 2005 p281
私映画考
　◇「佐々木基一全集 7」河出書房新社 2013 p335
シェイクスピア
　◇「福田恆存評論集 15」麗澤大學出版會, 廣池學園事業部〔発売〕2010 p9
シェイクスピア劇の演出
　◇「福田恆存評論集 19」麗澤大學出版會, 廣池學園事業部〔発売〕2010 p349
シェイクスピア劇のせりふ―言葉は行動する
　◇「福田恆存評論集 11」麗澤大學出版會, 廣池學園事業部〔発売〕2009 p252
シェイクスピアのせりふと闘って〔対談〕(村田元史)
　◇「福田恆存対談・座談集 6」玉川大学出版部 2012 p371
シェイクスピアの前にひたすら我が身を殺して〔対談〕(荒川哲生)
　◇「福田恆存対談・座談集 6」玉川大学出版部 2012 p133
シェイクスピアの魅力
　◇「福田恆存評論集 19」麗澤大學出版會, 廣池學園事業部〔発売〕2010 p339
シェイクスピアは海である
　◇「井上ひさしコレクション ことばの巻」岩波書店 2005 p358
自衛権・憲法・天皇制〔座談会〕(香山健一, 志水速雄, 武藤光朗)
　◇「福田恆存対談・座談集 7」玉川大学出版部 2012 p329
自衛隊イラク派遣
　◇「阿川弘之全集 20」新潮社 2007 p497
自衛隊を体験する―46日間のひそかな"入隊"
　◇「決定版 三島由紀夫全集 34」新潮社 2003 p404
自衛隊生活のリズム
　◇「決定版 三島由紀夫全集 35」新潮社 2003 p228
自衛隊と文民統制―栗栖弘臣〔対談〕(栗栖弘臣)
　◇「福田恆存対談・座談集 4」玉川大学出版部 2012 p294
自衛隊と私
　◇「決定版 三島由紀夫全集 35」新潮社 2003 p203
自衛隊二分論
　◇「決定版 三島由紀夫全集 35」新潮社 2003 p434
自衛隊の救助活動
　◇「小松左京全集 完全版 46」城西国際大学出版会 2016 p85

自衛隊の組織配備
　◇「小松左京全集 完全版 46」城西国際大学出版会 2016 p88
自衛隊の何を報道するのか
　◇「小田実全集 評論 31」講談社 2013 p144
Jという女
　◇「鈴木いづみコレクション 7」文遊社 1997 p143
自衛について
　◇「佐々木基一全集 10」河出書房新社 2013 p707
自営農家
　◇「小松左京全集 完全版 43」城西国際大学出版会 2014 p398
ジェイムズ・ジョイス
　◇「丸谷才一全集 11」文藝春秋 2014 p9
『ジェイムズ・ジョイス伝』(全二巻) リチャード・エルマン
　◇「須賀敦子全集 4」河出書房新社 2007 (河出文庫) p552
ジェイムス・ジョーンズ追悼
　◇「小田実全集 評論 13」講談社 2011 p306
GSで踊りたい！
　◇「鈴木いづみセカンド・コレクション 4」文遊社 2004 p149
シェストフの読者に望む
　◇「小林秀雄全作品 6」新潮社 2003 p126
　◇「小林秀雄全集 補巻 1」新潮社 2010 p303
シエナの坂道
　◇「須賀敦子全集 4」河出書房新社 2007 (河出文庫) p136
シエナの聖女―聖カタリナ伝
　◇「須賀敦子全集 8」河出書房新社 2007 (河出文庫) p195
死への旅「奥羽本線」
　◇「西村京太郎自選集 3」徳間書店 2004 (徳間文庫) p71
ジェノワという町
　◇「須賀敦子全集 2」河出書房新社 2006 (河出文庫) p543
ジェファーソン
　◇「小松左京全集 完全版 43」城西国際大学出版会 2014 p400
ジェームス・シムプソンの苦心
　◇「小酒井不木随筆評論選集 6」本の友社 2004 p69
CMの休戦
　◇「小松左京全集 完全版 36」城西国際大学出版会 2011 p299
ジェラルド大守の魔法
　◇「宮本百合子全集 2」新日本出版社 2001 p343
『ジェラール・フィリップ―伝記』ジェラール・ボナル
　◇「須賀敦子全集 4」河出書房新社 2007 (河出文庫) p541

シエル・ショツク
　◇「小酒井不木随筆評論選集 5」本の友社 2004 p266
ジェローム神父［翻訳］（マルキ・ド・サド）
　◇「〔澁澤龍彦〕ホラー・ドラコニア少女小説集成 壱」平凡社 2003 p5
巻末作品余話 紫煙となった辞書
　◇「吉村昭歴史小説集成 4」岩波書店 2009 p568
ジェンナーとインゲンハウス
　◇「小酒井不木随筆評論選集 6」本の友社 2004 p110
シェーンブルン離宮
　◇「佐々木基一全集 6」河出書房新社 2012 p230
塩
　◇「決定版 三島由紀夫全集 37」新潮社 2004 p403
塩一トンの読書
　◇「須賀敦子全集 3」河出書房新社 2007（河出文庫）p531
「死」を想う
　◇「石牟礼道子全集 11」藤原書店 2005 p238
〈死〉を想う
　◇「松下竜一未刊行著作集 2」海鳥社 2008 p109
詩を書く少年
　◇「決定版 三島由紀夫全集 19」新潮社 2002 p283
潮けぶり
　◇「徳田秋聲全集 1」八木書店 1997 p156
潮騒
　◇「石上玄一郎作品集 1」日本図書センター 2004 p397
　◇「石上玄一郎小説作品集成 1」未知谷 2008 p413
潮騒
　◇「決定版 三島由紀夫全集 4」新潮社 2001 p223
潮騒を聞いた日々
　◇「辻邦生全集 7」新潮社 2004 p390
「潮騒」執筆のころ
　◇「決定版 三島由紀夫全集 33」新潮社 2003 p478
「潮騒」創作ノート
　◇「決定版 三島由紀夫全集 4」新潮社 2001 p627
潮騒に就て
　◇「決定版 三島由紀夫全集 補巻」新潮社 2005 p146
「潮騒」のこと
　◇「決定版 三島由紀夫全集 29」新潮社 2003 p280
歌劇台本 潮騒―四幕
　◇「決定版 三島由紀夫全集 25」新潮社 2002 p780
「潮騒」ロケ随行記
　◇「決定版 三島由紀夫全集 28」新潮社 2003 p377
詩を支えるもの
　◇「辻邦生全集 18」新潮社 2005 p324
塩田武史写真報告 水俣―深き淵より
　◇「石牟礼道子全集 14」藤原書店 2008 p294
鹽壺の匙
　◇「車谷長吉全集 1」新書館 2010 p285

『鹽壺の匙』あとがき
　◇「車谷長吉全集 3」新書館 2010 p447
「鹽壺の匙」補遺
　◇「車谷長吉全集 1」新書館 2010 p313
潮どき
　◇「石牟礼道子全集 8」藤原書店 2005 p469
潮鳴り
　◇「石牟礼道子全集 13」藤原書店 2007 p603
潮の味、磯の味
　◇「「野呂邦暢」随筆コレクション 2」みすず書房 2014 p228
潮の匂
　◇「徳田秋聲全集 12」八木書店 2000 p91
潮の匂い
　◇「眉村卓コレクション 異世界篇 2」出版芸術社 2012 p239
潮の呼ぶ声
　◇「石牟礼道子全集 15」藤原書店 2012 p348
汐干狩愛好者同盟
　◇「松下竜一未刊行著作集 1」海鳥社 2008 p149
塩引き
　◇「大庭みな子全集 14」日本経済新聞出版社 2010 p268
死を続りて
　◇「徳田秋聲全集 14」八木書店 2000 p102
死を以て生を
　◇「国枝史郎歴史小説傑作選」作品社 2006 p502
紫苑の花
　◇「松田解子自選集 9」澤田出版 2009 p236
鹿
　◇「定本 久生十蘭全集 10」国書刊行会 2011 p346
自戒
　◇「上野壮夫全集 3」図書新聞 2011 p308
市会議員の奥さんの生れなかった立派な子供
　◇「安部公房全集 3」新潮社 1997 p338
市街劇による挑発（抄）
　◇「寺山修司著作集 5」クインテッセンス出版 2009 p436
市街詩手稿
　◇「寺山修司著作集 5」クインテッセンス出版 2009 p13
死海の廃船
　◇「森村誠一ベストセレクション 北ア山荘失踪事件」光文社 2011（光文社文庫）p297
士会の兵法
　◇「宮城谷昌光全集 21」文藝春秋 2004 p363
死海のりんご 四幕
　◇「大庭みな子全集 17」日本経済新聞出版社 2010 p131
市街魔術師―フーデニ
　◇「寺山修司著作集 5」クインテッセンス出版 2009 p307

しかか

鹿が食う様な物でお正月
　◇「内田百閒集成 22」筑摩書房 2004（ちくま文庫）p38
滋賀から若狭へ
　◇「小松左京全集 完全版 27」城西国際大学出版会 2007 p89
詩書き女の夜言
　◇「松田解子自選集 9」澤田出版 2009 p92
刺客
　◇「池波正太郎短篇ベストコレクション 2」リブリオ出版 2008 p139
刺客
　◇「定本 久生十蘭全集 2」国書刊行会 2009 p93
四角い匂い
　◇「向田邦子全集 新版 9」文藝春秋 2009 p44
四角い帽子
　◇「向田邦子全集 新版 2」文藝春秋 2009 p114
視覚型時代―「青春」の表現形式としての漫画・劇画
　◇「小松左京全集 完全版 31」城西国際大学出版会 2008 p182
刺客と組長―男の盟約〔対談〕（鶴田浩二）
　◇「決定版 三島由紀夫全集 40」新潮社 2004 p507
自覚について
　◇「宮本百合子全集 17」新日本出版社 2002 p35
視覺の優位
　◇「福田恆存評論集 2」麗澤大學出版會，廣池學園事業部〔発売〕 2009 p319
刺客列伝
　◇「宮城谷昌光全集 21」文藝春秋 2004 p407
『シカゴ育ち』スチュアート・ダイベック
　◇「須賀敦子全集 4」河出書房新社 2007（河出文庫）p201
死火山
　◇「谷崎潤一郎全集 25」中央公論新社 2016 p141
死火山系
　◇「水上勉ミステリーセレクション 死火山系」光文社 2008（光文社文庫）p7
「しかし……」が行きかうベルリン
　◇「小田実全集 評論 17」講談社 2012 p187
「しかし……」からの出発
　◇「小田実全集 評論 6」講談社 2010 p141
しかし、「軍隊」とは何か
　◇「小田実全集 評論 29」講談社 2013 p58
志賀氏の作
　◇「小林秀雄全集 補巻 2」新潮社 2010 p553
しかし昔にはかえらない
　◇「宮本百合子全集 19」新日本出版社 2002 p281
『自画像』
　◇「谷崎潤一郎全集 6」中央公論新社 2015 p385
自画像
　◇「辻邦生全集 16」新潮社 2005 p11

自画像の記
　◇「決定版 三島由紀夫全集 34」新潮社 2003 p120
四月―囚はれた犠牲者におくる
　◇「上野壮夫全集 1」図書新聞 2010 p173
四月のある晴れた朝に100パーセントの女の子に出会うことについて
　◇「〔村上春樹〕短篇選集1980-1991 象の消滅」新潮社 2005 p105
四月の会話
　◇「中井英夫全集 10」東京創元社 2002（創元ライブラリ）p38
四月の作品
　◇「徳田秋聲全集 21」八木書店 2001 p60
四月の十四日間
　◇「小松左京全集 完全版 16」城西国際大学出版会 2011 p254
四月の日記
　◇「谷崎潤一郎全集 22」中央公論新社 2017 p333
四月馬鹿
　◇「小沼丹全集 4」未知谷 2004 p439
志賀寺上人の恋
　◇「決定版 三島由紀夫全集 19」新潮社 2002 p301
自我と神との間
　◇「石牟礼道子全集 9」藤原書店 2006 p403
自我と方法と懐疑
　◇「小林秀雄全作品 12」新潮社 2003 p191
　◇「小林秀雄全集 補巻 2」新潮社 2010 p138
志賀直哉
　◇「小林秀雄全集 補巻 1」新潮社 2010 p58
志賀直哉
　◇「福田恆存評論集 13」麗澤大學出版會，廣池學園事業部〔発売〕 2009 p33
　◇「福田恆存評論集 13」麗澤大學出版會，廣池學園事業部〔発売〕 2009 p144
志賀直哉
　◇「丸谷才一全集 10」文藝春秋 2014 p101
志賀直哉「玄人素人」
　◇「小林秀雄全作品 26」新潮社 2004 p135
　◇「小林秀雄全集 補巻 3」新潮社 2010 p367
志賀直哉交友録
　◇「阿川弘之全集 19」新潮社 2007 p313
志賀直哉氏
　◇「谷崎潤一郎全集 18」中央公論新社 2016 p510
「志賀直哉氏の文学縦横談」の一層の理解のために
　◇「徳田秋聲全集 23」八木書店 2001 p306
『志賀直哉』『狭き門』『富士日記』
　◇「須賀敦子全集 4」河出書房新社 2007（河出文庫）p424
「志賀直哉全集」
　◇「小林秀雄全作品 26」新潮社 2004 p155
　◇「小林秀雄全集 補巻 3」新潮社 2010 p370

志賀直哉と川端康成
　◇「阿川弘之全集 16」新潮社 2006 p454
志賀直哉に文学の問題はない
　◇「坂口安吾全集 7」筑摩書房 1998 p65
志賀直哉の宿
　◇「宮城谷昌光全集 21」文藝春秋 2004 p141
志賀直哉夫人の死
　◇「阿川弘之全集 18」新潮社 2007 p27
志賀直哉─世の若く新しい人々へ
　◇「小林秀雄全作品 1」新潮社 2002 p156
志賀直哉論
　◇「小林秀雄全作品 10」新潮社 2003 p89
　◇「小林秀雄全集 補巻 1」新潮社 2010 p514
「志賀直哉論」─中村光夫著
　◇「決定版 三島由紀夫全集 28」新潮社 2003 p272
志賀直哉 上
　◇「阿川弘之全集 14」新潮社 2006 p7
志賀直哉 下
　◇「阿川弘之全集 15」新潮社 2006 p7
自我について
　◇「福田恆存評論集 17」麗澤大學出版會, 廣池學園事業部〔発売〕 2010 p26
直かにぶつかる
　◇「德田秋聲全集 21」八木書店 2001 p264
自我の足かせ
　◇「宮本百合子全集 17」新日本出版社 2002 p455
自我の限定─事件的興味の必要
　◇「坂口安吾全集 2」筑摩書房 1999 p141
鹿の園
　◇「立松和平小説 27」勉誠出版 2014 p358
鹿の年始
　◇「大庭みな子全集 12」日本経済新聞社 2010 p9
私家版憲法読本─法律のことば
　◇「井上ひさしコレクション ことばの巻」岩波書店 2005 p74
飾磨
　◇「車谷長吉全集 1」新書館 2010 p595
飾磨川
　◇「車谷長吉全集 3」新書館 2010 p182
志賀勝（俳優）
　◇「向田邦子全集 新版 9」文藝春秋 2009 p217
信楽大壺
　◇「小林秀雄全作品 25」新潮社 2004 p130
　◇「小林秀雄全集 補巻 3」新潮社 2010 p322
此岸
　◇「立松和平小説 23」勉誠出版 2013 p260
　◇「立松和平小説 27」勉誠出版 2014 p241
「時間」
　◇「大庭みな子全集 23」日本経済新聞社 2011 p312

時間
　◇「小松左京全集 完全版 31」城西国際大学出版会 2008 p132
時間
　◇「佐々木基一全集 7」河出書房新社 2013 p459
時間
　◇「松田解子自選集 9」澤田出版 2009 p222
芝翫
　◇「決定版 三島由紀夫全集 27」新潮社 2003 p403
時間エージェント 第1話 原人密輸作戦
　◇「小松左京全集 完全版 13」城西国際大学出版会 2008 p334
時間エージェント 第2話 一つ目小僧
　◇「小松左京全集 完全版 13」城西国際大学出版会 2008 p347
時間エージェント 第3話 幼児誘拐作戦
　◇「小松左京全集 完全版 13」城西国際大学出版会 2008 p360
時間エージェント 第4話 タイムトラブル
　◇「小松左京全集 完全版 13」城西国際大学出版会 2008 p373
時間エージェント 第5話 地図を捜せ
　◇「小松左京全集 完全版 13」城西国際大学出版会 2008 p387
時間エージェント 第6話 幻のTOKYO CITY
　◇「小松左京全集 完全版 13」城西国際大学出版会 2008 p400
時間エージェント第7話 ジンギス汗の罰
　◇「小松左京全集 完全版 15」城西国際大学出版会 2010 p101
時間エージェント第8話 邪馬台国騒動
　◇「小松左京全集 完全版 15」城西国際大学出版会 2010 p111
時間学
　◇「小松左京全集 完全版 31」城西国際大学出版会 2008 p134
時間殺人事件
　◇「安部公房全集 11」新潮社 1998 p295
時間差密室（＋）
　◇「天城一傑作集〔1〕」日本評論社 2004 p176
時間差密室（−）
　◇「天城一傑作集〔1〕」日本評論社 2004 p184
時間しゅうぜんします
　◇「安部公房全集 15」新潮社 1998 p399
弛緩性神経症と妻
　◇「山本周五郎探偵小説全集 6」作品社 2008 p222
時間といふもの（十二月十三日）
　◇「福田恆存評論集 18」麗澤大學出版會, 廣池學園事業部〔発売〕 2010 p97
時間と空間
　◇「安部公房全集 1」新潮社 1997 p169
時館と空館
　◇「中井英夫全集 12」東京創元社 2006（創元ライ

しかん

ブラリ）p40
時間について（A）
　◇「松田解子自選集 9」澤田出版 2009 p135
時間について（B）
　◇「松田解子自選集 9」澤田出版 2009 p136
時間のかかる黒人問題
　◇「小島信夫批評集成 2」水声社 2011 p213
時間の彼方の瞳
　◇「中井英夫全集 7」東京創元社 1998（創元ライブラリ）p599
時間の甕の中から
　◇「石牟礼道子全集 9」藤原書店 2006 p463
時間の傷痕 ブロンテ『嵐が丘』
　◇「小島信夫批評集成 1」水声社 2011 p19
時間の翼
　◇「中井英夫全集 12」東京創元社 2006（創元ライブラリ）p95
時間の手の持主
　◇「中井英夫全集 7」東京創元社 1998（創元ライブラリ）p312
時間のなかの歴史と小説
　◇「辻邦生全集 18」新潮社 2005 p397
時間のひろがりのなかで
　◇「小田実全集 評論 7」講談社 2010 p80
士官の娘
　◇「徳田秋聲全集 26」八木書店 2002 p208
『士官の娘』〔訳者の言葉〕
　◇「徳田秋聲全集 別巻」八木書店 2006 p122
時間の闇―私の文明論
　◇「中井英夫全集 7」東京創元社 1998（創元ライブラリ）p75
時間の罠
　◇「中井英夫全集 2」東京創元社 1998（創元ライブラリ）p285
「時間旅行」の夢
　◇「安部公房全集 8」新潮社 1998 p238
時間割
　◇「寺山修司著作集 1」クインテッセンス出版 2009 p341
四季
　◇「谷崎潤一郎全集 24」中央公論新社 2016 p413
閾
　◇「徳田秋聲全集 15」八木書店 1999 p101
時宜を得た大事業（「日本古典文学大系第二期」推薦文）
　◇「決定版 三島由紀夫全集 32」新潮社 2003 p689
指揮官
　◇「小田実全集 小説 17」講談社 2011 p138
四季―カンツォネッタ 10［翻訳］（ウンベルト・サバ）
　◇「須賀敦子全集 5」河出書房新社 2008（河出文庫）p276

私記キスカ撤退
　◇「阿川弘之全集 16」新潮社 2006 p363
色彩・その毒について
　◇「中井英夫全集 6」東京創元社 1996（創元ライブラリ）p126
式子内親王
　◇「丸谷才一全集 7」文藝春秋 2014 p459
色釈歳時記
　◇「野坂昭如エッセイ・コレクション 1」筑摩書房 2004（ちくま文庫）p138
指揮者 小林研一郎
　◇「田中志津全作品集 下巻」武蔵野書院 2013 p213
色情狂になってもいいのは美人だけ
　◇「鈴木いづみコレクション 6」文遊社 1997 p222
式場の微笑
　◇「松本清張傑作短篇コレクション 中」文藝春秋 2004（文春文庫）p243
色即是空
　◇「辻井喬コレクション 7」河出書房新社 2003 p349
しきたり
　◇「安部公房全集 9」新潮社 1998 p418
ジギタリス
　◇「大庭みな子全集 17」日本経済新聞出版社 2010 p22
式亭三馬
　◇「井上ひさし短編中編小説集成 9」岩波書店 2015 p362
四季の味
　◇「阿川弘之全集 16」新潮社 2006 p507
史記の風景
　◇「宮城谷昌光全集 21」文藝春秋 2004 p319
色魔
　◇「山田風太郎ミステリー傑作選 7」光文社 2001（光文社文庫）p185
子宮が体内をさまよう
　◇「吉行淳之介エッセイ・コレクション 2」筑摩書房 2004（ちくま文庫）p229
事業
　◇「安部公房全集 2」新潮社 1997 p510
事業場閉鎖（ロック・アウト）篇
　◇「三角寛サンカ選集第二期 15」現代書館 2005 p143
詩境と借金
　◇「坂口安吾全集 13」筑摩書房 1999 p395
私空間
　◇「松下竜一未刊行著作集 2」海鳥社 2008 p306
時空道中膝栗毛―前の巻
　◇「小松左京全集 完全版 7」城西国際大学出版会 2013 p7
時空の交差点としての舞台―周辺飛行28
　◇「安部公房全集 24」新潮社 1999 p510

しくしくししきしけれ
　◇「阿川弘之全集 18」新潮社 2007 p176
縮尻（しくじり）武士道
　◇「横溝正史時代小説コレクション伝奇篇 1」出版芸術社 2003 p213
地口落ちについてのメモ
　◇「井上ひさしコレクション ことばの巻」岩波書店 2005 p128
ジークフリート管見─ジロオドウの世界
　◇「決定版 三島由紀夫全集 33」新潮社 2003 p128
「しくみ」をかたちづくるくらしのなかで
　◇「小田実全集 評論 7」講談社 2010 p192
「しくみ」が「しくみ」を自分でつぶす
　◇「小田実全集 評論 7」講談社 2010 p249
「しくみ」のなかの人間・人間のなかの「しくみ」
　◇「小田実全集 評論 7」講談社 2010 p219
しくみの連環を断ち切る
　◇「小田実全集 評論 16」講談社 2012 p141
「しくみ」は人間を見えなくする
　◇「小田実全集 評論 7」講談社 2010 p219
篝火草（シクラメン）の窓
　◇「田辺聖子全集 5」集英社 2004 p95
時雨を聴きながら
　◇「徳田秋聲全集 20」八木書店 2001 p188
しぐれの雲
　◇「丸谷才一全集 7」文藝春秋 2014 p330
四君子
　◇「内田百閒集成 6」筑摩書房 2003（ちくま文庫）p159
私刑
　◇「石上玄一郎作品集 2」日本図書センター 2004 p279
　◇「石上玄一郎小説作品集成 3」未知谷 2008 p471
死刑囚についてのメモ
　◇「坂口安吾全集 16」筑摩書房 2000 p568
死刑囚よ待て
　◇「三角寛サンカ選集第二期 11」現代書館 2005 p55
死刑と政治囚
　◇「松下竜一未刊行著作集 5」海鳥社 2009 p157
次兄夫妻
　◇「小檜山博全集 7」柏艪舎 2006 p271
重兼芳子『リンゴの唄』
　◇「小檜山博全集 6」柏艪舎 2006 p332
刺激しあうもの
　◇「大庭みな子全集 13」日本経済新聞社 2010 p145
史劇に描いた特殊な体験─「若人よ蘇れ」
　◇「決定版 三島由紀夫全集 補巻」新潮社 2005 p146
詩劇 火草
　◇「大庭みな子全集 11」日本経済新聞社 2010 p140

しげちゃんの昇天
　◇「須賀敦子全集 4」河出書房新社 2007（河出文庫）p17
茂山千作翁のこと
　◇「谷崎潤一郎全集 21」中央公論新社 2016 p413
事件としての書物
　◇「寺山修司著作集 5」クインテッセンス出版 2009 p455
始原の歌を追って
　◇「辻邦生全集 19」新潮社 2005 p101
事件の背景─蜂之巣城騒動記
　◇「安部公房全集 12」新潮社 1998 p175
試験の日を忘る
　◇「徳田秋聲全集 19」八木書店 2000 p203
事件の報道
　◇「小林秀雄全作品 9」新潮社 2003 p61
　◇「小林秀雄全集 補巻 1」新潮社 2010 p454
試験飛行
　◇「安部公房全集 22」新潮社 1999 p100
試験もぐりの時代
　◇「小松左京全集 完全版 22」城西国際大学出版会 2015 p267
死後
　◇「徳田秋聲全集 8」八木書店 2000 p99
事故
　◇「小松左京全集 完全版 25」城西国際大学出版会 2017 p202
自娯
　◇「小島信夫短篇集成 8」水声社 2014 p121
始皇と徐福
　◇「小酒井不木随筆評論選集 5」本の友社 2004 p400
紫香の火桶
　◇「日影丈吉全集 別巻」国書刊行会 2005 p661
G号埠頭にて
　◇「辻邦生全集 6」新潮社 2004 p229
自己を意識する読書
　◇「徳田秋聲全集 19」八木書店 2000 p286
自己を対象化する「他人の眼」
　◇「大庭みな子全集 18」日本経済新聞出版社 2010 p51
自己改造の試み─重たい文体と鷗外への傾倒
　◇「決定版 三島由紀夫全集 29」新潮社 2003 p241
自己犠牲─周辺飛行4
　◇「安部公房全集 23」新潮社 1999 p128
しごき屋のしごきが鈍くなる時
　◇「日影丈吉全集 8」国書刊行会 2004 p750
地獄
　◇「安部公房全集 16」新潮社 1998 p429
地獄以上の地獄
　◇「井上ひさしコレクション 日本の巻」岩波書店 2005 p210

しこく

地獄起請―露の小平
- ◇「日影丈吉全集 8」国書刊行会 2004 p102

四国山脈を縫う夫婦ドライブ〔座談会〕(安部真知、やなせたかし)
- ◇「安部公房全集 17」新潮社 1999 p110

地獄船の隔離病室
- ◇「田中小実昌エッセイ・コレクション 6」筑摩書房 2003（ちくま文庫）p142

地獄太夫
- ◇「山田風太郎妖異小説コレクション 地獄太夫」徳間書店 2003（徳間文庫）p90

地獄時計
- ◇「日影丈吉全集 4」国書刊行会 2003 p137

地獄に入る
- ◇「立松和平全小説 24」勉誠出版 2014 p92

地獄のオルフェウス
- ◇「決定版 三島由紀夫全集 31」新潮社 2003 p543

地獄の恩赦
- ◇「石牟礼道子全集 12」藤原書店 2005 p420

地獄の釜の蓋
- ◇「小沼丹全集 4」未知谷 2004 p600

「地獄の季節」訳者後記 I
- ◇「小林秀雄作品 2」新潮社 2002 p143
- ◇「小林秀雄全集 補巻 1」新潮社 2010 p107

「地獄の季節」訳者後記 II
- ◇「小林秀雄全作品 10」新潮社 2003 p207
- ◇「小林秀雄全集 補巻 1」新潮社 2010 p536

「地獄の季節」訳者後記 III
- ◇「小林秀雄全作品 21」新潮社 2004 p271
- ◇「小林秀雄全集 補巻 3」新潮社 2010 p83

地獄の道化師
- ◇「江戸川乱歩全集 13」光文社 2005（光文社文庫）p185
- ◇「江戸川乱歩全集 7」沖積舎 2007 p181

地獄の配膳
- ◇「大庭みな子全集 3」日本経済新聞出版社 2009 p183

四国八十八ケ所感情巡礼
- ◇「車谷長吉全集 2」新書館 2010 p505

時刻表を殺意が走る―原武史オリジナルセレクション
- ◇「松本清張傑作選 時刻表を殺意が走る」新潮社 2009

地獄風景
- ◇「江戸川乱歩全集 8」光文社 2004（光文社文庫）p43
- ◇「江戸川乱歩全集 12」沖積舎 2008 p203

地獄篇（全）
- ◇「寺山修司著作集 1」クインテッセンス出版 2009 p147

芥川龍之介原作 地獄変――幕
- ◇「決定版 三島由紀夫全集 22」新潮社 2002 p29

地獄屋敷
- ◇「都筑道夫時代小説コレクション 4」戎光祥出版 2014（戎光祥時代小説名作館）p69

自己劇化と告白
- ◇「福田恆存評論集 2」麗澤大學出版會, 廣池学園事業部〔発売〕2009 p236

自己言及的解説―イデア光屈折装置
- ◇「定本 荒巻義雄メタSF全集 7」彩流社 2015 p413

自己肯定に終わった「自己否定」
- ◇「小田実全集 評論 16」講談社 2012 p129

「詩心」と「小説心」
- ◇「小田実全集 評論 13」講談社 2011 p229

事故／自殺／密室
- ◇「天城一傑作集〔1〕」日本評論社 2004 p167

自己紹介
- ◇「宮本百合子全集 9」新日本出版社 2001 p103

子午線上の綱渡り〔インタビュー〕(コリーヌ・ブレ)
- ◇「安部公房全集 28」新潮社 2000 p102

仕事
- ◇「大庭みな子全集 3」日本経済新聞出版社 2009 p360

仕事〔翻訳〕(ウンベルト・サバ)
- ◇「須賀敦子全集 5」河出書房新社 2008（河出文庫）p356

仕事預けます
- ◇「小松左京全集 完全版 25」城西国際大学出版会 2017 p429

仕事に目覚める婦人たち
- ◇「小寺菊子作品集 3」桂書房 2014 p210

仕事優先？
- ◇「大庭みな子全集 3」日本経済新聞出版社 2009 p368

自己に教へる
- ◇「小酒井不木随筆評論選集 5」本の友社 2004 p498

自己に対する言葉
- ◇「上野壮夫全集 3」図書新聞 2011 p588

自己に忠實といふこと
- ◇「福田恆存評論集 9」麗澤大學出版會, 廣池学園事業部〔発売〕2008 p205

自己について
- ◇「小林秀雄全作品 13」新潮社 2003 p134
- ◇「小林秀雄全集 補巻 2」新潮社 2010 p180

死後の時間
- ◇「小酒井不木随筆評論選集 4」本の友社 2004 p271

事故の心理
- ◇「日影丈吉全集 別巻」国書刊行会 2005 p702

自己の征服について〔翻訳〕(ジョバンニ・ヴァンヌッチ師)
- ◇「須賀敦子全集 7」河出書房新社 2007（河出文庫）p148

死後の世界
　◇『小松左京全集 完全版 28』城西国際大学出版会 2006 p15
死後の世界は有るか無いか
　◇『宮本百合子全集 9』新日本出版社 2001 p134
死後の町
　◇『中井英夫全集 12』東京創元社 2006（創元ライブラリ）p187
自己批判
　◇『安部公房全集 4』新潮社 1997 p411
自己批判といふこと
　◇『福田恆存評論集 4』麗澤大學出版會, 廣池學園事業部〔發賣〕2009 p263
ジゴマ［翻訳］（サザイ, レオン）
　◇『定本 久生十蘭全集 11』国書刊行会 2012 p17
ヂゴマ頭巾
　◇『德田秋聲全集 15』八木書店 1999 p194
醜女好み
　◇『20世紀断層―野坂昭如単行本未収録小説集成 補巻』幻戯書房 2010 p396
ジゴロになりたい
　◇『寺山修司著作集 1』クインテッセンス出版 2009 p368
自己は何處かに隱さねばならぬ
　◇『福田恆存評論集 9』麗澤大學出版會, 廣池學園事業部〔發賣〕2008 p29
司祭館の殺人
　◇『山田風太郎ミステリー傑作選 1』光文社 2001（光文社文庫）p379
司祭なき祭り
　◇『金石範作品集 2』平凡社 2005 p163
自作を語る
　◇『小松左京全集 完全版 44』城西国際大学出版会 2014 p312
自作を語る―「ウエー」
　◇『安部公房全集 25』新潮社 1999 p346
自作を語る―『カンガルー・ノート』
　◇『安部公房全集 29』新潮社 2000 p211
自作を語る―『方舟さくら丸』
　◇『安部公房全集 28』新潮社 2000 p9
自作を語る―『密会』
　◇『安部公房全集 26』新潮社 1999 p142
自作解説
　◇『天城一傑作集 〔1〕』日本評論社 2004 p420
　◇『天城一傑作集 2』日本評論社 2005 p574
　◇『天城一傑作集 3』日本評論社 2006 p425
　◇『天城一傑作集 4』日本評論社 2009 p575
自作解説
　◇『江戸川乱歩全集 28』光文社 2006（光文社文庫）p757
自作解説
　◇『松本清張自選短篇集 1』リブリオ出版 2007 p247
自作解説
　◇『松本清張自選短篇集 2』リブリオ出版 2007 p247
　◇『松本清張自選短篇集 3』リブリオ出版 2007 p221
　◇『松本清張自選短篇集 4』リブリオ出版 2007 p231
自作解説〔赤い部屋〕
　◇『江戸川乱歩全集 1』光文社 2004（光文社文庫）p339
自作解説〔悪魔の紋章〕
　◇『江戸川乱歩全集 12』光文社 2003（光文社文庫）p707
自作解説〔悪霊〕
　◇『江戸川乱歩全集 8』光文社 2004（光文社文庫）p472
自作解説〔悪霊物語〕
　◇『江戸川乱歩全集 17』光文社 2005（光文社文庫）p206
自作解説〔暗黒星〕
　◇『江戸川乱歩全集 13』光文社 2005（光文社文庫）p183
自作解説〔偉大なる夢〕
　◇『江戸川乱歩全集 14』光文社 2004（光文社文庫）p544
自作解説〔一枚の切符〕
　◇『江戸川乱歩全集 1』光文社 2004（光文社文庫）p80
自作解説〔一寸法師〕
　◇『江戸川乱歩全集 2』光文社 2004（光文社文庫）p668
自作解説〔芋虫〕
　◇『江戸川乱歩全集 3』光文社 2005（光文社文庫）p705
自作解説〔陰獣〕
　◇『江戸川乱歩全集 3』光文社 2005（光文社文庫）p668
自作解説〔江川蘭子〕
　◇『江戸川乱歩全集 7』光文社 2003（光文社文庫）p395
自作解説〔黄金仮面〕
　◇『江戸川乱歩全集 7』光文社 2003（光文社文庫）p367
自作解説〔押絵と旅する男〕
　◇『江戸川乱歩全集 5』光文社 2003（光文社文庫）p39
自作解説〔お勢登場〕
　◇『江戸川乱歩全集 3』光文社 2005（光文社文庫）p191
自作解説〔恐ろしき錯誤〕
　◇『江戸川乱歩全集 1』光文社 2004（光文社文庫）p123
自作解説〔踊る一寸法師〕
　◇『江戸川乱歩全集 3』光文社 2005（光文社文庫）p28

しさく

自作解説〔鬼〕
　◇「江戸川乱歩全集 8」光文社 2004（光文社文庫）p363
自作解説〔怪人二十面相〕
　◇「江戸川乱歩全集 10」光文社 2003（光文社文庫）p208
自作解説〔鏡地獄〕
　◇「江戸川乱歩全集 3」光文社 2005（光文社文庫）p253
自作解説〔影男〕
　◇「江戸川乱歩全集 18」光文社 2004（光文社文庫）p285
自作解説〔火星の運河〕
　◇「江戸川乱歩全集 3」光文社 2005（光文社文庫）p111
自作解説〔畸形の天女〕
　◇「江戸川乱歩全集 16」光文社 2004（光文社文庫）p570
自作解説〔吸血鬼〕
　◇「江戸川乱歩全集 6」光文社 2004（光文社文庫）p660
自作解説〔凶器〕
　◇「江戸川乱歩全集 17」光文社 2005（光文社文庫）p188
自作解説〔恐怖王〕
　◇「江戸川乱歩全集 8」光文社 2004（光文社文庫）p299
自作解説〔疑惑〕
　◇「江戸川乱歩全集 1」光文社 2004（光文社文庫）p604
自作解説〔空気男「二人の探偵小説家」改題〕
　◇「江戸川乱歩全集 2」光文社 2004（光文社文庫）p354
自作解説〔蜘蛛男〕
　◇「江戸川乱歩全集 5」光文社 2005（光文社文庫）p432
自作解説〔黒手組〕
　◇「江戸川乱歩全集 1」光文社 2004（光文社文庫）p305
自作解説〔黒蜥蜴〕
　◇「江戸川乱歩全集 9」光文社 2003（光文社文庫）p234
自作解説〔化人幻戯〕
　◇「江戸川乱歩全集 17」光文社 2005（光文社文庫）p462
自作解説〔五階の窓〕
　◇「江戸川乱歩全集 3」光文社 2005（光文社文庫）p139
自作解説〔孤島の鬼〕
　◇「江戸川乱歩全集 4」光文社 2003（光文社文庫）p331
自作解説〔湖畔亭事件〕
　◇「江戸川乱歩全集 2」光文社 2004（光文社文庫）p306

自作解説〔石榴〕
　◇「江戸川乱歩全集 9」光文社 2003（光文社文庫）p603
自作解説〔三角館の恐怖〕
　◇「江戸川乱歩全集 15」光文社 2004（光文社文庫）p640
自作解説〔地獄の道化師〕
　◇「江戸川乱歩全集 13」光文社 2005（光文社文庫）p344
自作解説〔地獄風景〕
　◇「江戸川乱歩全集 8」光文社 2004（光文社文庫）p158
自作解説〔十字路〕
　◇「江戸川乱歩全集 19」光文社 2004（光文社文庫）p265
自作解説〔心理試験〕
　◇「江戸川乱歩全集 1」光文社 2004（光文社文庫）p263
自作解説〔青銅の魔人〕
　◇「江戸川乱歩全集 15」光文社 2004（光文社文庫）p163
自作解説〔接吻〕
　◇「江戸川乱歩全集 1」光文社 2004（光文社文庫）p652
自作解説〔双生児〕
　◇「江戸川乱歩全集 1」光文社 2004（光文社文庫）p174
自作解説〔算盤が恋を語る話〕
　◇「江戸川乱歩全集 1」光文社 2004（光文社文庫）p376
自作解説〔大暗室〕
　◇「江戸川乱歩全集 10」光文社 2003（光文社文庫）p556
自作解説〔断崖〕
　◇「江戸川乱歩全集 15」光文社 2004（光文社文庫）p369
自作解説〔智恵の一太郎〕
　◇「江戸川乱歩全集 14」光文社 2004（光文社文庫）p331
自作解説〔超人ニコラ〕
　◇「江戸川乱歩全集 23」光文社 2005（光文社文庫）p508
自作解説〔月と手袋〕
　◇「江戸川乱歩全集 18」光文社 2004（光文社文庫）p361
自作解説〔妻に失恋した男〕
　◇「江戸川乱歩全集 21」光文社 2005（光文社文庫）p23
自作解説〔D坂の殺人事件〕
　◇「江戸川乱歩全集 1」光文社 2004（光文社文庫）p216
自作解説〔盗難〕
　◇「江戸川乱歩全集 1」光文社 2004（光文社文庫）p425

自作解説〔毒草〕
　◇『江戸川乱歩全集 3』光文社 2005（光文社文庫）p41

自作解説〔何者〕
　◇『江戸川乱歩全集 7』光文社 2003（光文社文庫）p81

自作解説〔二銭銅貨〕
　◇『江戸川乱歩全集 1』光文社 2004（光文社文庫）p43

自作解説〔日記帳〕
　◇『江戸川乱歩全集 1』光文社 2004（光文社文庫）p357

自作解説〔二癈人〕
　◇『江戸川乱歩全集 1』光文社 2004（光文社文庫）p146

自作解説〔人間椅子〕
　◇『江戸川乱歩全集 1』光文社 2004（光文社文庫）p632

自作解説〔人間豹〕
　◇『江戸川乱歩全集 9』光文社 2003（光文社文庫）p531

自作解説〔灰神楽〕
　◇『江戸川乱歩全集 3』光文社 2005（光文社文庫）p99

自作解説〔白昼夢〕
　◇『江戸川乱歩全集 1』光文社 2004（光文社文庫）p436

自作解説〔白髪鬼〕
　◇『江戸川乱歩全集 7』光文社 2003（光文社文庫）p608

自作解説〔パノラマ島綺譚〕
　◇『江戸川乱歩全集 2』光文社 2004（光文社文庫）p490

自作解説〔人でなしの恋〕
　◇『江戸川乱歩全集 3』光文社 2005（光文社文庫）p226

自作解説〔一人二役〕
　◇『江戸川乱歩全集 1』光文社 2004（光文社文庫）p567

自作解説〔火縄銃〕
　◇『江戸川乱歩全集 8』光文社 2004（光文社文庫）p388

自作解説〔百面相役者〕
　◇『江戸川乱歩全集 1』光文社 2004（光文社文庫）p492

自作解説〔覆面の舞踏者〕
　◇『江戸川乱歩全集 3』光文社 2005（光文社文庫）p71

自作解説〔ぺてん師と空気男〕
　◇『江戸川乱歩全集 22』光文社 2005（光文社文庫）p623

自作解説〔（編集者への手紙）〕
　◇『江戸川乱歩全集 3』光文社 2005（光文社文庫）p548

自作解説〔防空壕〕
　◇『江戸川乱歩全集 19』光文社 2004（光文社文庫）p33

自作解説〔堀越捜査一課長殿〕
　◇『江戸川乱歩全集 20』光文社 2004（光文社文庫）p68

自作解説〔魔術師〕
　◇『江戸川乱歩全集 6』光文社 2004（光文社文庫）p277

自作解説〔蟲〕
　◇『江戸川乱歩全集 5』光文社 2005（光文社文庫）p118

自作解説〔夢遊病者の死〕
　◇『江戸川乱歩全集 1』光文社 2004（光文社文庫）p470

自作解説〔目羅博士の不思議な犯罪〕
　◇『江戸川乱歩全集 8』光文社 2004（光文社文庫）p42

自作解説〔盲獣〕
　◇『江戸川乱歩全集 5』光文社 2005（光文社文庫）p597

自作解説〔木馬は廻る〕
　◇『江戸川乱歩全集 3』光文社 2005（光文社文庫）p280

自作解説〔モノグラム〕
　◇『江戸川乱歩全集 3』光文社 2005（光文社文庫）p165

自作解説〔屋根裏の散歩者〕
　◇『江戸川乱歩全集 1』光文社 2004（光文社文庫）p546

自作解説〔闇に蠢く〕
　◇『江戸川乱歩全集 2』光文社 2004（光文社文庫）p175

自作解説〔幽鬼の塔〕
　◇『江戸川乱歩全集 13』光文社 2005（光文社文庫）p531

自作解説〔幽霊〕
　◇『江戸川乱歩全集 1』光文社 2004（光文社文庫）p401

自作解説〔幽霊塔〕
　◇『江戸川乱歩全集 11』光文社 2004（光文社文庫）p673

自作解説〔指〕
　◇『江戸川乱歩全集 22』光文社 2005（光文社文庫）p644

自作解説〔指環〕
　◇『江戸川乱歩全集 1』光文社 2004（光文社文庫）p446

自作解説〔妖虫〕
　◇『江戸川乱歩全集 8』光文社 2004（光文社文庫）p709

自作解説〔猟奇の果〕
　◇『江戸川乱歩全集 4』光文社 2003（光文社文庫）p598

しさく

自作解説〔緑衣の鬼〕
　◇「江戸川乱歩全集 11」光文社 2004（光文社文庫）p321

自作再見―『ギヤマン ビードロ』
　◇「林京子全集 8」日本図書センター 2005 p266

自作再見―『戦中派不戦日記』
　◇「山田風太郎エッセイ集成 昭和前期の青春」筑摩書房 2007 p185

自作再見―『砦に拠る』
　◇「松下竜一未刊行著作集 2」海鳥社 2008 p138

自作再見―『密会』
　◇「安部公房全集 29」新潮社 2000 p226

自作『実感・女性論』について
　◇「小島信夫批評集成 7」水声社 2011 p31

自作『島』について
　◇「小島信夫批評集成 7」水声社 2011 p175

詩作手稿
　◇「寺山修司著作集 5」クインテッセンス出版 2009 p5

思索と行動の間
　◇「小島信夫長篇集成 2」水声社 2015 p552

自作について
　◇「石牟礼道子全集 4」藤原書店 2004 p385

〈自作の映画「時の崖」に自信満々〉『東京新聞』の談話記事
　◇「安部公房全集 23」新潮社 1999 p122

自作の周辺
　◇「山田風太郎エッセイ集成 わが推理小説零年」筑摩書房 2007 p119

自作の周辺から
　◇「辻邦生全集 18」新潮社 2005 p371

自作のスイカ
　◇「小檜山博全集 7」柏艪舎 2006 p200

自作『ハッピネス』について
　◇「小島信夫批評集成 7」水声社 2011 p140

自作朗読での発見
　◇「辻邦生全集 18」新潮社 2005 p425

自殺
　◇「小酒井不木随筆評論選集 5」本の友社 2004 p310

自殺案内者
　◇「石上玄一郎作品集 2」日本図書センター 2004 p251
　◇「石上玄一郎小説作品集成 3」未知谷 2008 p7

自殺行
　◇「小島信夫長篇集成 2」水声社 2015 p637

自殺死體の後始末
　◇「小酒井不木随筆評論選集 5」本の友社 2004 p346

自殺者の心理
　◇「小酒井不木随筆評論選集 8」本の友社 2004 p288

自殺について
　◇「色川武大・阿佐田哲也エッセイズ 3」筑摩書房 2003（ちくま文庫）p242

自殺の危機
　◇「小島信夫批評集成 2」水声社 2011 p372

自殺の心理
　◇「小酒井不木随筆評論選集 3」本の友社 2004 p317

自殺のすすめ
　◇「渡辺淳一自選短篇コレクション 1」朝日新聞社 2006 p139

自賛
　◇「谷崎潤一郎全集 25」中央公論新社 2016 p308

持参金
　◇「山崎豊子全集 1」新潮社 2003 p429

G三五一六四三
　◇「〔野呂邦暢〕随筆コレクション 1」みすず書房 2014 p122

子産（全）
　◇「宮城谷昌光全集 19」文藝春秋 2004 p5

獅子
　◇「決定版 三島由紀夫全集 17」新潮社 2002 p285

猪（しし）… → "いのしし…"を見よ

爺いが新年の愚痴
　◇「阿川弘之全集 19」新潮社 2007 p28

獅子王旗の下に
　◇「山本周五郎探偵小説全集 6」作品社 2008 p161

死屍を喰う虫
　◇「横溝正史探偵小説コレクション 1」出版芸術社 2004 p64

時事小感
　◇「徳田秋聲全集 20」八木書店 2001 p368

爺捨の月
　◇「田辺聖子全集 17」集英社 2005 p27

資質
　◇「石牟礼道子全集 4」藤原書店 2004 p388

巻末作品余話 史実こそドラマ
　◇「吉村昭歴史小説集成 1」岩波書店 2009 p609

巻末作品余話 史実と小説
　◇「吉村昭歴史小説集成 5」岩波書店 2009 p525

事実と神秘と
　◇「決定版 三島由紀夫全集 補巻」新潮社 2005 p167

事実と想像
　◇「徳田秋聲全集 19」八木書店 2000 p95

事実にたって――月六日アカハタ「火ばな」の投書について
　◇「宮本百合子全集 18」新日本出版社 2002 p331

事實認識（八月四日）
　◇「福田恆存評論集 18」麗澤大學出版會, 廣池學園事業部〔發売〕2010 p107

事実の持つ恐怖―間違えられた男
　◇「日影丈吉全集 別巻」国書刊行会 2005 p597

事実は小説よりも奇なり〔座談会〕(秋元秀雄,
城山三郎, 三鬼陽之助, 伊藤肇)
　◇「山崎豊子全集 11」新潮社 2004 p603
SISIDO
　◇「宮本百合子全集 20」新日本出版社 2002 p658
宍戸芳夫・髙柳信子『別れの一本杉』
　◇「小檜山博全集 6」柏艪舎 2006 p369
[インタビュー]シジフォスのように病と戯れて
　(渡部直己)
　◇「中上健次集 10」インスクリプト 2017 p647
獅子文六
　◇「阿川弘之全集 16」新潮社 2006 p482
獅子舞
　◇「石牟礼道子全集 10」藤原書店 2006 p49
時事漫談
　◇「徳田秋聲全集 22」八木書店 2001 p289
蜆
　◇「梅崎春生作品集 2」沖積舎 2004 p56
蜆
　◇「向田邦子全集 新版 7」文藝春秋 2009 p190
しじみ河岸
　◇「山本周五郎中短篇秀作選集 2」小学館 2005 p151
時事問題
　◇「福田恆存評論集 18」麗澤大學出版會, 廣池學園事業部〔発売〕 2010 p253
使者
　◇「安部公房全集 9」新潮社 1998 p295
死者への手紙―手紙の楽しみ
　◇「中井英夫全集 6」東京創元社 1996 (創元ライブラリ) p552
改訂完全版死者が飲む水
　◇「島田荘司全集 1」南雲堂 2006 p581
死者からの音信
　◇「中井英夫全集 3」東京創元社 1996 (創元ライブラリ) p496
四捨五入殺人事件
　◇「井上ひさし短編中編小説集成 7」岩波書店 2015 p1
死者たちを背負って
　◇「石牟礼道子全集 14」藤原書店 2008 p548
死者たちの沈黙
　◇「[野呂邦暢] 随筆コレクション 1」みすず書房 2014 p228
　◇「[野呂邦暢] 随筆コレクション 2」みすず書房 2014 p74
死者たちの月
　◇「林京子全集 8」日本図書センター 2005 p208
死者たちは辱められる―水俣病告発の原点
　◇「石牟礼道子全集 5」藤原書店 2004 p400
死者の宴
　◇「都筑道夫恐怖短篇集成 1」筑摩書房 2004 (ちくま文庫) p512

死者の幻像
　◇「小酒井不木随筆評論選集 5」本の友社 2004 p382
死者の権利
　◇「浜尾四郎全集 1」沖積舎 2004 p40
死者の香―恐山菩提寺
　◇「中井英夫全集 7」東京創元社 1998 (創元ライブラリ) p351
死者の誘い
　◇「中井英夫全集 2」東京創元社 1998 (創元ライブラリ) p447
死者の蘇生
　◇「小酒井不木随筆評論選集 6」本の友社 2004 p446
屍者の帝国
　◇「伊藤計劃記録 〔第1〕」早川書房 2010 p95
死者の網膜犯人像
　◇「松本清張傑作選 暗闇に嗤うドクター」新潮社 2009 p7
　◇「松本清張傑作選 暗闇に嗤うドクター」新潮社 2013 (新潮文庫) p9
死者の呼び声
　◇「山田風太郎ミステリー傑作選 1」光文社 2001 (光文社文庫) p221
使者武士道
　◇「横溝正史時代小説コレクション伝奇篇 1」出版芸術社 2003 p313
死者は訴えない
　◇「土屋隆夫コレクション新装版 天狗の面」光文社 2002 (光文社文庫) p361
四十以上
　◇「徳田秋聲全集 20」八木書店 2001 p318
四十女
　◇「徳田秋聲全集 7」八木書店 1998 p220
四十雀
　◇「小沼丹全集 3」未知谷 2004 p153
　◇「小沼丹全集 4」未知谷 2004 p587
四十雀
　◇「小林秀雄全作品 26」新潮社 2004 p100
　◇「小林秀雄全集 補巻 3」新潮社 2010 p360
屍臭からのがれて
　◇「決定版 三島由紀夫全集 37」新潮社 2004 p563
四十雀の記憶
　◇「小沼丹全集 4」未知谷 2004 p634
詩集『わが手に消えし孤』序文
　◇「決定版 三島由紀夫全集 36」新潮社 2003 p44
四旬の休暇を迎へて
　◇「上野壯夫全集 1」図書新聞 2010 p457
示準料理
　◇「小松左京全集 完全版 29」城西国際大学出版会 2007 p258
辞書
　◇「林京子全集 7」日本図書センター 2005 p124

ししよ

自縄自縛 八方鬼門
◇「20世紀断層―野坂昭如単行本未収録小説集成 3」幻戯書房 2010 p517

私小説
◇「井上ひさし短編中編小説集成 7」岩波書店 2015 p427

私小説
◇「車谷長吉全集 3」新書館 2010 p860

私小説
◇「丸谷才一全集 9」文藝春秋 2013 p422

私小説・心境小説
◇「佐々木基一全集 2」河出書房新社 2013 p410

私小説是認・阿部氏に対する答へ
◇「徳田秋聲全集 22」八木書店 2001 p279

〔私小説是非〕
◇「坂口安吾全集 15」筑摩書房 1999 p313

私小説的現實について
◇「福田恆存評論集 14」麗澤大學出版會, 廣池學園事業部〔発売〕2010 p251

詩・小説・デザイン
◇「上野壮夫全集 3」図書新聞 2011 p456

私小説と家庭小説
◇「小島信夫批評集成 2」水声社 2011 p241

私小説とリアリズムとの遊離
◇「田村泰次郎選集 5」日本図書センター 2005 p148

「私小説」におけるつきあいの強制について、他―嘉村礒多「業苦」
◇「小田実全集 評論 12」講談社 2011 p167

私小説に抗して
◇「丸谷才一全集 9」文藝春秋 2013 p293

私小説について
◇「車谷長吉全集 3」新書館 2010 p12

私小説について
◇「小林秀雄全作品 4」新潮社 2003 p226
◇「小林秀雄全集 補巻 1」新潮社 2010 p217

私小説に就て
◇「坂口安吾全集 3」筑摩書房 1999 p383

私小説の時代錯誤（アナクロニズム）
◇「佐々木基一全集 1」河出書房新社 2013 p508

私小説の意味
◇「福田恆存評論集 9」麗澤大學出版會, 廣池學園事業部〔発売〕2008 p111

私小説のために
◇「福田恆存評論集 14」麗澤大學出版會, 廣池學園事業部〔発売〕2010 p235

私小説の底流〔対談〕(尾崎一雄)
◇「決定版 三島由紀夫全集 40」新潮社 2004 p557

私小説の「私」（ある感想）
◇「小島信夫批評集成 2」水声社 2011 p722

私小説論
◇「小林秀雄全作品 6」新潮社 2003 p158

◇「小林秀雄全集 補巻 1」新潮社 2010 p310

私小説論―註解・追補
◇「小林秀雄全集 補巻 1」新潮社 2010 p233

師匠と弟子
◇「大庭みな子全集 14」日本経済新聞出版社 2010 p392

四条畷で散った楠木正行
◇「小松左京全集 完全版 42」城西国際大学出版会 2014 p79

紙上の水滴
◇「決定版 三島由紀夫全集 37」新潮社 2004 p620

事象の地平線―文庫版のあとがきに代えて
◇「定本 荒巻義雄メタSF全集 6」彩流社 2015 p397

自序〔鬼の言葉〕
◇「江戸川乱歩全集 25」光文社 2005（光文社文庫）p11

辞書を読む
◇「阿川弘之全集 19」新潮社 2007 p352

試食
◇「向田邦子全集 新版 9」文藝春秋 2009 p109

自序〔幻影城〕
◇「江戸川乱歩全集 26」光文社 2003（光文社文庫）p16

自序〔幻影の城主〕
◇「江戸川乱歩全集 24」光文社 2005（光文社文庫）p373

自序〔随筆探偵小説〕
◇「江戸川乱歩全集 25」光文社 2005（光文社文庫）p319

自序〔探偵小説四十年〕
◇「江戸川乱歩全集 28」光文社 2006（光文社文庫）p17

自叙伝
◇「吉行淳之介エッセイ・コレクション 3」筑摩書房 2004（ちくま文庫）p11

自叙伝らしくなく―誰か故郷を想はざる
◇「寺山修司著作集 4」クインテッセンス出版 2009 p3

自序〔わが夢と真実〕
◇「江戸川乱歩全集 30」光文社 2005（光文社文庫）p11

私信
◇「小林秀雄全作品 7」新潮社 2003 p40
◇「小林秀雄全集 補巻 1」新潮社 2010 p351

詩人
◇「安部公房全集 1」新潮社 1997 p156

詩人
◇「丸谷才一全集 10」文藝春秋 2014 p136

詩人〔翻訳〕(ウンベルト・サバ)
◇「須賀敦子全集 5」河出書房新社 2008（河出文庫）p192

地震
◇「徳田秋聲全集 9」八木書店 1998 p341

自信恢復
　◇「小松左京全集 完全版 25」城西国際大学出版会 2017 p239
地震学が育たない震災大国〔対談〕(小出治, 間紘一)
　◇「小松左京全集 完全版 46」城西国際大学出版会 2016 p243
詩人—カンツォネッタ 11〔翻訳〕(ウンベルト・サバ)
　◇「須賀敦子全集 5」河出書房新社 2008（河出文庫）p280
私人私語
　◇「大坪砂男全集 4」東京創元社 2013（創元推理文庫）p433
詩人たちと学者たち—A・S・バイアット
　◇「丸谷才一全集 11」文藝春秋 2014 p391
詩人たちに
　◇「上野壮夫全集 1」図書新聞 2010 p46
「地震注意報」をなぜ出さない〔対談〕(茂木清夫)
　◇「小松左京全集 完全版 46」城西国際大学出版会 2016 p233
詩人であること
　◇「辻邦生全集 17」新潮社 2005 p364
自信と地震
　◇「向田邦子全集 新版 7」文藝春秋 2009 p178
地震と日本社会
　◇「小松左京全集 完全版 36」城西国際大学出版会 2011 p251
詩人との巡り会い（埴谷雄高）
　◇「大庭みな子全集 23」日本経済新聞出版社 2011 p265
詩人とはなにか〔翻訳〕(ウンベルト・サバ)
　◇「須賀敦子全集 7」河出書房新社 2007（河出文庫）p370
詩人には義務教育が必要である〔対談〕(柾木恭介)
　◇「安部公房全集 8」新潮社 1998 p187
自信のあるなし
　◇「宮本百合子全集 14」新日本出版社 2001 p133
詩人のヴェール
　◇「辻邦生全集 16」新潮社 2005 p175
詩人の故郷
　◇「[野呂邦暢]随筆コレクション 1」みすず書房 2014 p32
詩人の死〔解決篇〕
　◇「鮎川哲也コレクション挑戦篇 3」出版芸術社 2006 p191
詩人の死〔問題篇〕
　◇「鮎川哲也コレクション挑戦篇 3」出版芸術社 2006 p93
詩人の生涯
　◇「安部公房全集 3」新潮社 1997 p73

　◇「安部公房全集 12」新潮社 1998 p445
詩人の早熟 甲谷良吉のこと
　◇「小島信夫批評集成 1」水声社 2011 p207
詩人の旅
　◇「決定版 三島由紀夫全集 37」新潮社 2004 p730
詩人の寵
　◇「中井英夫全集 12」東京創元社 2006（創元ライブラリ）p152
詩人・野間宏
　◇「大庭みな子全集 6」日本経済新聞出版社 2009 p23
詩人のわかれ
　◇「谷崎潤一郎全集 4」中央公論新社 2015 p417
詩人・批評家・小説家—伊藤整
　◇「丸谷才一全集 10」文藝春秋 2014 p136
私信—深田久弥へ
　◇「小林秀雄全作品 2」新潮社 2002 p177
　◇「小林秀雄全集 補巻 1」新潮社 2010 p113
至人ハコレ常
　◇「阿川弘之全集 20」新潮社 2007 p253
詩人はなぜ歌はないか
　◇「上野壮夫全集 3」図書新聞 2011 p108
静岡県日光市
　◇「向田邦子全集 新版 7」文藝春秋 2009 p275
静かな家
　◇「金井美恵子自選短篇集 恋人たち／降誕祭の夜」講談社 2015（講談社文芸文庫）p92
静かな家
　◇「車谷長吉全集 1」新書館 2010 p363
静かな午後
　◇「辻井喬コレクション 2」河出書房新社 2002 p7
静かな時代
　◇「佐々木基一全集 6」河出書房新社 2012 p145
『しずかな失望』〔翻訳〕(ウンベルト・サバ)
　◇「須賀敦子全集 5」河出書房新社 2008（河出文庫）p213
静かな生活
　◇「契約—鈴木いづみSF全集」文遊社 2014 p23
静かな大地
　◇「[池澤夏樹]エッセー集成 1」みすず書房 2008 p151
静かな夏
　◇「吉田知子選集 3」景文館書店 2014 p11
静かな日曜
　◇「宮本百合子全集 9」新日本出版社 2001 p226
静かな日
　◇「阿川弘之全集 18」新潮社 2007 p264
静かな街
　◇「辻井喬コレクション 7」河出書房新社 2003 p108
しずかな脈搏
　◇「松田解子自選集 9」澤田出版 2009 p84

しすか

静かな村外れの十字架の前で
　◇「辻邦生全集 7」新潮社 2004 p104
静かな夜
　◇「都筑道夫恐怖短篇集成 1」筑摩書房 2004（ちくま文庫）p387
『静かなる愛』と『諸国の天女』—竹内てるよ氏と永瀬清子氏の詩集
　◇「宮本百合子全集 15」新日本出版社 2001 p11
「静かなる山々」をめぐって—徳永直・作家と作品
　◇「安部公房全集 3」新潮社 1997 p327
〈静かに〉
　◇「安部公房全集 1」新潮社 1997 p124
しづく
　◇「決定版 三島由紀夫全集 37」新潮社 2004 p49
この偉大な国(ジス・グレート・カントリー)
　◇「小田実全集 小説 32」講談社 2013 p158
静けさとうれしさ
　◇「宮本百合子全集 32」新日本出版社 2003 p47
"沈まぬ太陽"を求めて〔対談〕(羽仁進)
　◇「山崎豊子全集 21」新潮社 2005 p637
沈まぬ太陽（一）アフリカ篇
　◇「山崎豊子全集 21」新潮社 2005 p7
沈まぬ太陽（二）御巣鷹山篇
　◇「山崎豊子全集 22」新潮社 2005 p7
沈まぬ太陽（三）会長室篇
　◇「山崎豊子全集 23」新潮社 2005 p7
沈む〈間〉
　◇「目取真俊短篇小説選集 2」影書房 2013 p5
沈む街
　◇「金井美恵子自選短篇集 砂の粒／孤独な場所で」講談社 2014（講談社文芸文庫）p167
沈める城
　◇「辻井喬コレクション 6」河出書房新社 2004 p5
沈める滝
　◇「決定版 三島由紀夫全集 5」新潮社 2001 p135
「沈める滝」創作ノート
　◇「決定版 三島由紀夫全集 5」新潮社 2001 p731
　◇「決定版 三島由紀夫全集 補巻」新潮社 2005 p457
「沈める滝」について
　◇「決定版 三島由紀夫全集 28」新潮社 2003 p397
沈める濤
　◇「天城一傑作集 4」日本評論社 2009 p229
しづやしづ
　◇「「山本周五郎」新編傑作選 4」小学館 2010（小学館文庫）p115
沈んだ花
　◇「辻井喬コレクション 7」河出書房新社 2003 p314
刺青
　◇「国枝史郎伝奇短篇小説集 1」作品社 2006 p193

『刺青』
　◇「谷崎潤一郎全集 1」中央公論新社 2015 p7
刺青
　◇「谷崎潤一郎全集 1」中央公論新社 2015 p9
刺青
　◇「田村泰次郎選集 3」日本図書センター 2005 p256
刺青（しせい）… → "いれずみ…"をも見よ
私生活—短章
　◇「決定版 三島由紀夫全集 37」新潮社 2004 p264
市井閑談
　◇「坂口安吾全集 3」筑摩書房 1999 p83
刺青殺人事件
　◇「高木彬光コレクション新装版 刺青殺人事件」光文社 2005（光文社文庫）p9
「刺青殺人事件」を評す
　◇「坂口安吾全集 7」筑摩書房 1998 p121
「刺青」「少年」など創作余談(その2)
　◇「谷崎潤一郎全集 25」中央公論新社 2016 p285
「刺青」と「少年」のこと
　◇「決定版 三島由紀夫全集 27」新潮社 2003 p201
辞世 二首
　◇「決定版 三島由紀夫全集 37」新潮社 2004 p812
刺青の蓮花
　◇「中上健次集 9」インスクリプト 2013 p163
『刺青 外九篇』
　◇「谷崎潤一郎全集 3」中央公論新社 2016 p359
死せる若き天才ラディゲの文学と映画「肉体の悪魔」に対する私の観察
　◇「決定版 三島由紀夫全集 28」新潮社 2003 p25
視線
　◇「向田邦子全集 新版 9」文藝春秋 2009 p48
慈善
　◇「決定版 三島由紀夫全集 17」新潮社 2002 p147
自然
　◇「安部公房全集 7」新潮社 1998 p31
自然への回帰の旅
　◇「辻邦生全集 16」新潮社 2005 p83
自然を神の座に戻す
　◇「[池澤夏樹]エッセー集成 1」みすず書房 2008 p41
自然を食う
　◇「小檜山博全集 6」柏艪舎 2006 p275
自然を恋う
　◇「林京子全集 7」日本図書センター 2005 p18
自然を釣る
　◇「小檜山博全集 8」柏艪舎 2006 p58
「自然学」のすすめ(加藤秀俊, 今西錦司)
　◇「小松左京全集 完全版 38」城西国際大学出版会 2010 p93

自然言語的イメージ文法―地域別・時代別の絵の文法
　◇『小松左京全集 完全版 36』城西国際大学出版会 2011 p138
「自然児」をいかに飼いならすか
　◇『小松左京全集 完全版 40』城西国際大学出版会 2012 p267
自然主義リアリズムの克服
　◇『安部公房全集 3』新潮社 1997 p178
C先生への手紙
　◇『宮本百合子全集 20』新日本出版社 2002 p227
自然という詩集の前で
　◇『辻邦生全集 16』新潮社 2005 p125
慈善と献金
　◇『坂口安吾全集 6』筑摩書房 1998 p325
自然と人間の闘い―汗を忘れる「恐怖の報酬」
　◇『安部公房全集 30』新潮社 2009 p46
自然な流れ
　◇『大庭みな子全集 18』日本経済新聞出版社 2010 p220
自然に学べ
　◇『宮本百合子全集 16』新日本出版社 2002 p301
「自然の塊」の発見
　◇『小松左京全集 完全版 36』城西国際大学出版会 2011 p325
自然の教育
　◇『福田恆存評論集 16』麗澤大學出版會, 廣池學園事業部〔発売〕 2010 p367
自然の子供
　◇『金井美恵子自選短篇集 エオンタ／自然の子供』講談社 2015（講談社文芸文庫） p132
自然の秩序
　◇『松下竜一未刊行著作集 1』海鳥社 2008 p156
自然の中にひっそりと小さく生かしてもらっている人間
　◇『大庭みな子全集 11』日本経済新聞出版社 2010 p260
自然のなかの人間 原ひろ子〔対談〕
　◇『大庭みな子全集 21』日本経済新聞出版社 2011 p329
自然の呼ぶ声
　◇『小松左京全集 完全版 12』城西国際大学出版会 2007 p228
自然のリズム
　◇『大庭みな子全集 18』日本経済新聞出版社 2010 p245
自然美と文化（修善寺より）
　◇『徳田秋聲全集 20』八木書店 2001 p319
自然美の崩壊が招く瀬戸内海の悲劇
　◇『小松左京全集 完全版 29』城西国際大学出版会 2007 p87
自然描写における社会性について
　◇『宮本百合子全集 12』新日本出版社 2001 p363

しそ
　◇『大庭みな子全集 12』日本経済新聞出版社 2010 p21
地蔵
　◇『小沼丹全集 4』未知谷 2004 p401
地蔵
　◇『松田解子自選集 7』澤田出版 2008 p77
思想以前の問題
　◇『安部公房全集 7』新潮社 1998 p318
地蔵さん
　◇『小沼丹全集 4』未知谷 2004 p28
「思想」四月号
　◇『小林秀雄全作品 9』新潮社 2003 p125
　◇『小林秀雄全集 補巻 1』新潮社 2010 p470
思想統制とデマ
　◇『小林秀雄全作品 10』新潮社 2003 p122
　◇『小林秀雄全集 補巻 1』新潮社 2010 p520
思想と実生活
　◇『小林秀雄全作品 7』新潮社 2003 p66
　◇『小林秀雄全集 補巻 1』新潮社 2010 p358
思想と人生
　◇『佐々木基一全集 10』河出書房新社 2013 p618
思想と表現 ゴーゴリ ドストエフスキー カフカ
　◇『小島信夫批評集成 1』水声社 2011 p60
思想と風俗〔対談〕（井上友一郎）
　◇『福田恆存対談・座談集 1』玉川大学出版部 2011 p97
思想と文学
　◇『坂口安吾全集 5』筑摩書房 1998 p552
思想と無思想の間
　◇『丸谷才一全集 1』文藝春秋 2013 p535
思想なき眼―「危険な関係」に寄せて
　◇『坂口安吾全集 5』筑摩書房 1998 p506
思想の科学研究会編『現代人の生態』
　◇『安部公房全集 4』新潮社 1997 p84
「思想の場」から「生活の場」
　◇『小田実全集 評論 3』講談社 2010 p193
「思想の場」と「生活の場」
　◇『小田実全集 評論 3』講談社 2010 p156
思想変革の流れを―シナリオ「壁あつき部屋」
　◇『安部公房全集 29』新潮社 2000 p341
氏族の野宴
　◇『石牟礼道子全集 1』藤原書店 2004 p224
紫蘇漬けオリーブ
　◇『石牟礼道子全集 10』藤原書店 2006 p453
自尊心
　◇『安部公房全集 29』新潮社 2000 p269
至尊の息子
　◇『金石範作品集 2』平凡社 2005 p41
屍体
　◇『中井英夫全集 10』東京創元社 2002（創元ライ

したい

ブラリ）p119

死体
- ◇「小田実全集 小説 32」講談社 2013 p275

時代
- ◇「井上ひさしコレクション 日本の巻」岩波書店 2005 p1

時代
- ◇「日影丈吉全集 6」国書刊行会 2002 p48

屍体を呼びだせ
- ◇「日影丈吉全集 8」国書刊行会 2004 p199

死体が消える
- ◇「高城高全集 3」東京創元社 2008（創元推理文庫）p261

死態観
- ◇「徳田秋聲全集 19」八木書店 2000 p174

屍体時間
- ◇「日影丈吉全集 5」国書刊行会 2003 p572

死体写真或は死体について
- ◇「小林秀雄全作品 17」新潮社 2004 p38
- ◇「小林秀雄全集 補巻 2」新潮社 2010 p365

時代小説の愉しみ
- ◇「隆慶一郎全集 19」新潮社 2010 p279

時代と聖人〔三等賞〕
- ◇「谷崎潤一郎全集 25」中央公論新社 2016 p35

時代と旅
- ◇「大庭みな子全集 23」日本経済新聞出版社 2011 p451

私の5点⑤ 時代と人の因果—『魯迅全集 日記I II III』
- ◇「林京子全集 8」日本図書センター 2005 p258

時代と人々
- ◇「宮本百合子全集 15」新日本出版社 2001 p360

時代の壁
- ◇「安部公房全集 11」新潮社 1998 p297

時代の死
- ◇「佐々木基一全集 4」河出書房新社 2013 p209

時代の調べ
- ◇「石牟礼道子全集 16」藤原書店 2013 p265

「士大夫」としての作家—山崎正和
- ◇「小松左京全集 完全版 41」城西国際大学出版会 2013 p333

屍体輸送車
- ◇「日影丈吉全集 8」国書刊行会 2004 p264

死体はなぜ歩いたか
- ◇「都筑道夫少年小説コレクション 3」本の雑誌社 2005 p141

下請忍者
- ◇「司馬遼太郎短篇全集 2」文藝春秋 2005 p487

下からの美学—現代芸術の特質について
- ◇「佐々木基一全集 2」河出書房新社 2013 p131

下着
- ◇「小檜山博全集 7」柏艪舎 2006 p145

下着のつけ方にこまかな心づかい
- ◇「田中小実昌エッセイ・コレクション 3」筑摩書房 2002（ちくま文庫）p36

舌切雀
- ◇「20世紀断層—野坂昭如単行本未収録小説集成 4」幻戯書房 2010 p22

舌切雀—五場
- ◇「決定版 三島由紀夫全集 25」新潮社 2002 p759

「下じき」の問題—こんにちの文学への疑い
- ◇「宮本百合子全集 19」新日本出版社 2002 p324

親しく見聞したアイヌの生活
- ◇「宮本百合子全集 9」新日本出版社 2001 p20

仕出し屋マリア
- ◇「井上ひさし短編中編小説集成 2」岩波書店 2014 p413

シタダミ後日談
- ◇「大庭みな子全集 12」日本経済新聞出版社 2010 p230

シタダミとあいの風
- ◇「大庭みな子全集 12」日本経済新聞出版社 2010 p222

仕立物師
- ◇「瀬戸内寂聴随筆選 3」ゆまに書房 2009 p196

舌と鼻と
- ◇「中井英夫全集 6」東京創元社 1996（創元ライブラリ）p512

下の公園で寝ています
- ◇「立松和平全小説 23」勉誠出版 2013 p153
- ◇「立松和平全小説 23」勉誠出版 2013 p154

下町
- ◇「田辺聖子全集 3」集英社 2004 p270

下町のお正月
- ◇「日影丈吉全集 別巻」国書刊行会 2005 p682

詩壇時評—散文詩型の問題など
- ◇「上野壮夫全集 3」図書新聞 2011 p222

詩壇時評—批評の態度其の他
- ◇「上野壮夫全集 3」図書新聞 2011 p230

七月
- ◇「内田百閒集成 15」筑摩書房 2003（ちくま文庫）p78

七月の記録—新宿職安の仲間たちへ
- ◇「松田解子自選集 9」澤田出版 2009 p114

質ぐさ
- ◇「小檜山博全集 7」柏艪舎 2006 p142

質草
- ◇「井上ひさし短編中編小説集成 11」岩波書店 2015 p359

質草
- ◇「徳田秋聲全集 15」八木書店 1999 p155

七・五同盟 八方鬼門
- ◇「20世紀断層—野坂昭如単行本未収録小説集成 3」幻戯書房 2010 p570

七彩の几帳のかげに(「姫君と鏡」)
　◇「決定版 三島由紀夫全集 27」新潮社 2003 p466
七彩物語
　◇「吉屋信子少女小説選 2」ゆまに書房 2003 p109
七七五九
　◇「吉行淳之介エッセイ・コレクション 1」筑摩書房 2004 (ちくま文庫) p244
7時のニュース／きよしこの夜
　◇「橋本治短篇小説コレクション S&Gグレイテスト・ヒッツ+1」筑摩書房 2006 (ちくま文庫) p370
七十九の春ノート
　◇「谷崎潤一郎全集 25」中央公論新社 2016 p625
七体百鬼園
　◇「内田百閒集成 7」筑摩書房 2003 (ちくま文庫) p210
七道往来人・明智光秀
　◇「隆慶一郎全集 19」新潮社 2010 p290
七人の乗客〔解決篇〕
　◇「鮎川哲也コレクション 挑戦篇 3」出版芸術社 2006 p197
七人の乗客〔問題篇〕
　◇「鮎川哲也コレクション 挑戦篇 3」出版芸術社 2006 p142
七人の侍
　◇「〔野呂邦暢〕随筆コレクション 1」みすず書房 2014 p384
七年(しちねん)… → "ななねん…"をも見よ
七年目のチーズ
　◇「須賀敦子全集 3」河出書房新社 2007 (河出文庫) p537
七福神
　◇「小檜山博全集 7」柏艪舎 2006 p169
質物
　◇「徳田秋聲全集 15」八木書店 1999 p247
質屋
　◇「内田百閒集成 5」筑摩書房 2003 (ちくま文庫) p18
質屋
　◇「小檜山博全集 6」柏艪舎 2006 p252
　◇「小檜山博全集 7」柏艪舎 2006 p118
質屋通ひ
　◇「谷崎潤一郎全集 23」中央公論新社 2017 p247
七夜の火
　◇「赤江瀑短編傑作選 恐怖編」光文社 2007 (光文社文庫) p161
自註自解
　◇「江戸川乱歩傑作集 1」リブレ出版 2015 p296
　◇「江戸川乱歩傑作集 2」リブレ出版 2015 p308
　◇「江戸川乱歩傑作集 3」リブレ出版 2015 p276
自嘲
　◇「中戸川吉二作品集」勉誠出版 2013 p303

市長死す
　◇「松本清張短編全集 06」光文社 2009 (光文社文庫) p29
死聴率(しちょうりつ)
　◇「島田荘司全集 5」南雲堂 2012 p755
シチリア島へ
　◇「小檜山博全集 8」柏艪舎 2006 p338
シチリア舞曲
　◇「〔野呂邦暢〕随筆コレクション 2」みすず書房 2014 p343
七里湖
　◇「大庭みな子全集 16」日本経済新聞出版社 2010 p349
七話集
　◇「稲垣足穂コレクション 2」筑摩書房 2005 (ちくま文庫) p138
歯痛
　◇「徳田秋聲全集 16」八木書店 1999 p179
失格者
　◇「小松左京全集 完全版 11」城西国際大学出版会 2007 p333
実感
　◇「大庭みな子全集 24」日本経済新聞出版社 2011 p22
実感への求め
　◇「宮本百合子全集 15」新日本出版社 2001 p309
実感から
　◇「徳田秋聲全集 21」八木書店 2001 p148
実感的スポーツ論
　◇「決定版 三島由紀夫全集 33」新潮社 2003 p157
実感の逆説
　◇「佐々木基一全集 1」河出書房新社 2013 p448
実感文学論
　◇「佐々木基一全集 1」河出書房新社 2013 p356
十干名の謎
　◇「宮城谷昌光全集 21」文藝春秋 2004 p425
実業百年
　◇「小松左京全集 完全版 36」城西国際大学出版会 2011 p284
失業保険
　◇「小松左京全集 完全版 17」城西国際大学出版会 2012 p9
失業保険大好き
　◇「田中小実昌エッセイ・コレクション 6」筑摩書房 2003 (ちくま文庫) p305
「シックス」と「バーボン」
　◇「林京子全集 7」日本図書センター 2005 p458
漆芸家
　◇「瀬戸内寂聴随筆選 3」ゆまに書房 2009 p115
日月の愁い
　◇「石牟礼道子全集 17」藤原書店 2012 p416
實ら
　◇「小酒井不木随筆評論選集 8」本の友社 2004 p14

しつけ

実験映画のシナリオ
　◇「安部公房全集 11」新潮社 1998 p447
実験室の中のメスたち
　◇「野坂昭如エッセイ・コレクション 3」筑摩書房 2004（ちくま文庫）p235
実験室の悲劇〔解決篇〕
　◇「鮎川哲也コレクション挑戦篇 1」出版芸術社 2006 p232
実験室の悲劇〔問題篇〕
　◇「鮎川哲也コレクション挑戦篇 1」出版芸術社 2006 p60
実験住宅の悲しみ
　◇「小島信夫批評集成 2」水声社 2011 p39
実験住宅の悲しみ 私の家
　◇「小島信夫批評集成 1」水声社 2011 p534
実験的精神 対談（三木清）
　◇「小林秀雄全作品 14」新潮社 2003 p60
　◇「小林秀雄全集 補巻 2」新潮社 2010 p206
実験美学ノート―「LSD」服用実験をみて
　◇「安部公房全集 9」新潮社 1998 p431
実験物理屋の自負心（加藤秀俊、西堀栄三郎）
　◇「小松左京全集 完全版 38」城西国際大学出版会 2010 p62
しつこい自殺者
　◇「土屋隆夫コレクション新装版 妻に捧げる犯罪」光文社 2003（光文社文庫）p327
実行
　◇「松田解子自選集 9」澤田出版 2009 p126
實行と藝術といふこと
　◇「福田恆存評論集 9」麗澤大學出版會, 廣池學園事業部〔発売〕2008 p188
椪梧
　◇「德田秋聲全集 3」八木書店 1999 p202
　◇「德田秋聲全集 29」八木書店 2002 p416
十国峠
　◇「阿川弘之全集 10」新潮社 2006 p53
実際なんて……
　◇「田中小実昌エッセイ・コレクション 4」筑摩書房 2003（ちくま文庫）p331
実際にあった？「ノアの大洪水」
　◇「小松左京全集 完全版 40」城西国際大学出版会 2012 p358
実際に役立つ国民の書棚として図書館の改良
　◇「宮本百合子全集 15」新日本出版社 2001 p130
十歳の夏に
　◇「立松和平全小説 1」勉誠出版 2010 p308
実証的推理への脱皮
　◇「日影丈吉全集 別巻」国書刊行会 2005 p607
失神時代
　◇「小松左京全集 完全版 16」城西国際大学出版会 2011 p170
実説岬平記
　◇「内田百閒集成 6」筑摩書房 2003（ちくま文庫）

p356
十千萬堂
　◇「谷崎潤一郎全集 6」中央公論新社 2015 p404
失踪
　◇「小島信夫批評集成 2」水声社 2011 p408
失踪
　◇「松本清張初文庫化作品集 1」双葉社 2005（双葉文庫）p141
失踪者
　◇「野呂邦暢小説集成 4」文遊社 2014 p227
疾走するイメーヂ―世界一アイスショウに寄せて
　◇「決定版 三島由紀夫全集 28」新潮社 2003 p203
疾走する死者
　◇「島田荘司 very BEST 10 Reader's Selection」講談社 2007（講談社box）p125
　◇「島田荘司全集 6」南雲堂 2014 p66
実存
　◇「安部公房全集 1」新潮社 1997 p171
実存―幼き日
　◇「安部公房全集 1」新潮社 1997 p160
実態は世間知らずの物書き
　◇「松下竜一未刊行著作集 2」海鳥社 2008 p333
知った顔
　◇「向田邦子全集 新版 8」文藝春秋 2009 p88
知つた振り
　◇「小酒井不木随筆評論選集 7」本の友社 2004 p157
実地の世の中
　◇「宮本百合子全集 15」新日本出版社 2001 p354
祖父（ぢ）っちゃん
　◇「定本 久生十蘭全集 5」国書刊行会 2009 p385
十中一人のために
　◇「宮城谷昌光全集 21」文藝春秋 2004 p91
「知ってる」鳥、「知らない」鳥
　◇「小松左京全集 完全版 40」城西国際大学出版会 2012 p279
じっと坐っている赤禿山よ
　◇「松田解子自選集 9」澤田出版 2009 p25
嫉妬について
　◇「吉行淳之介エッセイ・コレクション 2」筑摩書房 2004（ちくま文庫）p202
室内楽
　◇「寺山修司著作集 1」クインテッセンス出版 2009 p58
室内静物
　◇「決定版 三島由紀夫全集 37」新潮社 2004 p490
室内走者の孤独
　◇「20世紀断層―野坂昭如単行本未収録小説集成 4」幻戯書房 2010 p191
室内装飾に就いて
　◇「德田秋聲全集 23」八木書店 2001 p299

じつに千年に及んだ戦乱
　◇「小松左京全集 完版 31」城西国際大学出版会 2008 p52
実のなかの虚、虚のなかの実
　◇「辻邦生全集 19」新潮社 2005 p247
失敗
　◇「小林秀雄全作品 7」新潮社 2003 p153
　◇「小林秀雄全集 補巻 1」新潮社 2010 p376
失敗
　◇「小松左京全集 完版 11」城西国際大学出版会 2007 p105
「失敗研究所」設立の勧め
　◇「小松左京全集 完版 35」城西国際大学出版会 2009 p336
失敗者の事業
　◇「丸谷才一全集 9」文藝春秋 2013 p438
執筆—時間、時季、用具、場所、希望、経験、感想、等
　◇「徳田秋聲全集 23」八木書店 2001 p251
〈執筆者通信〉
　◇「安部公房全集 4」新潮社 1997 p62
執筆者の横顔（狩久氏）
　◇「狩久全集 1」皆進社 2013 p196
執筆にあたって〔約束の海〕
　◇「山崎豊子全集 第2期 第2期4」新潮社 2014 p310
疾風怪盗伝
　◇「山田風太郎ミステリー傑作選 10」光文社 2002（光文社文庫）p114
櫛風沐雨
　◇「内田百閒集成 5」筑摩書房 2003（ちくま文庫）p227
実物の感覚
　◇「小林秀雄全作品 10」新潮社 2003 p34
　◇「小林秀雄全集 補巻 1」新潮社 2010 p504
尻尾
　◇「徳田秋聲全集 29」八木書店 2002 p422
しっぽり濡るる
　◇「内田百閒集成 17」筑摩書房 2004（ちくま文庫）p304
「実務インテリ」と「思想インテリ」
　◇「小田実全集 評論 3」講談社 2010 p186
「実務家」モアの真骨頂
　◇「小松左京全集 完版 40」城西国際大学出版会 2012 p335
質問
　◇「向田邦子全集 新版 9」文藝春秋 2009 p40
質問へのお答え
　◇「宮本百合子全集 18」新日本出版社 2002 p387
質問する
　◇「寺山修司著作集 1」クインテッセンス出版 2009 p337
質問野郎
　◇「野坂昭如エッセイ・コレクション 1」筑摩書房 2004（ちくま文庫）p35
実用的ということ
　◇「上野壮夫全集 3」図書新聞 2011 p402
実用的な文章と藝術的な文章
　◇「谷崎潤一郎全集 18」中央公論新社 2016 p22
実用の歴史
　◇「小松左京全集 完版 36」城西国際大学出版会 2011 p278
執拗に腹這える
　◇「松田解子自選集 9」澤田出版 2009 p45
失恋 第5番
　◇「山本周五郎探偵小説全集 2」作品社 2007 p260
失恋 第6番
　◇「山本周五郎探偵小説全集 2」作品社 2007 p303
実録・仁義なき未亡人
　◇「鈴木いづみコレクション 6」文遊社 1997 p249
質は体力によらず
　◇「徳田秋聲全集 22」八木書店 2001 p88
"じつは—"の憂鬱
　◇「金鶴泳作品集 2」クレイン 2006 p575
師弟
　◇「決定版 三島由紀夫全集 27」新潮社 2003 p40
紙底声あり
　◇「徳田秋聲全集 21」八木書店 2001 p339
指定席の自由
　◇「福田恆存評論集 3」麗澤大學出版會, 廣池學園事業部〔発売〕2008 p340
視庭前牆上 蝸牛対青蛙
　◇「小松左京全集 完版 37」城西国際大学出版会 2010 p68
師弟の風景—吉田松陰と正岡子規をめぐって（大江健三郎）
　◇「司馬遼太郎対話選集 3」文藝春秋 2006（文春文庫）p299
詩的死
　◇「小酒井不木随筆評論選集 5」本の友社 2004 p286
私的生活
　◇「田辺聖子全集 6」集英社 2004 p257
詩的生成力について—『アンナ・カレーニナ』を読んだ頃
　◇「辻邦生全集 18」新潮社 2005 p352
詩的創造について
　◇「辻邦生全集 18」新潮社 2005 p299
詩的体験の切実さ
　◇「辻邦生全集 18」新潮社 2005 p279
死出の旅装束
　◇「小田実全集 評論 18」講談社 2012 p196
死出の雪
　◇「隆慶一郎全集 6」新潮社 2009 p389
　◇「隆慶一郎短編全集 2」日本経済新聞出版社 2014（日経文芸文庫）p199

してん

史伝
◇「車谷長吉全集 3」新書館 2010 p845

視点
◇「松下竜一未刊行著作集 1」海鳥社 2008 p147

自伝
◇「田中小実昌エッセイ・コレクション 6」筑摩書房 2003（ちくま文庫）

紫電改研究保存会
◇「島田荘司全集 6」南雲堂 2014 p115

史伝 柿本朝臣人麿
◇「車谷長吉全集 2」新書館 2010 p109

史伝 隠国（こもりく）
◇「車谷長吉全集 2」新書館 2010 p67

『史伝 隠国』あとがき
◇「車谷長吉全集 3」新書館 2010 p647

自転車
◇「大庭みな子全集 14」日本経済新聞出版社 2010 p374

自転車
◇「小沼丹全集 4」未知谷 2004 p327

自転車
◇「立松和平全小説 1」勉誠出版 2010 p2

自転車
◇「辻井喬コレクション 7」河出書房新社 2003 p457

自転車お玉
◇「井上ひさし短編中編小説集成 6」岩波書店 2015 p139

自転車泥棒―親子に通う一本の糸
◇「色川武大・阿佐田哲也エッセイズ 2」筑摩書房 2003（ちくま文庫）p330

自転車に乗った人
◇「石牟礼道子全集 11」藤原書店 2005 p314

自伝抄―小説まで
◇「辻邦生全集 16」新潮社 2005 p58

自伝のむづかしさ
◇「大庭みな子全集 23」日本経済新聞出版社 2011 p321

『自伝』［翻訳］（ウンベルト・サバ）
◇「須賀敦子全集 5」河出書房新社 2008（河出文庫）p285

「史伝 早稲田文学」(浅見淵) 書評
◇「小沼丹全集 4」未知谷 2004 p681

死都
◇「決定版 三島由紀夫全集 37」新潮社 2004 p594

死とあきらめ
◇「小酒井不木随筆評論選集 5」本の友社 2004 p387

始動
◇「小松左京全集 完全版 43」城西国際大学出版会 2014 p343

侍童
◇「決定版 三島由紀夫全集 17」新潮社 2002 p469

自働悪意
◇「20世紀断層―野坂昭如単行本未収録小説集成 4」幻戯書房 2010 p290

児童映画『たのしきカンペイ君』
◇「佐々木基一全集 1」河出書房新社 2013 p159

児童画を考える
◇「小島信夫批評集成 2」水声社 2011 p288

自動起床装置
◇「辺見庸掌編小説集 黒談」角川書店 2004 p300

志道山人夜話
◇「内田百閒集成 5」筑摩書房 2003（ちくま文庫）p42

自動車
◇「決定版 三島由紀夫全集 20」新潮社 2002 p167

自動車を持つ七つの愉しみ
◇「吉行淳之介エッセイ・コレクション 1」筑摩書房 2004（ちくま文庫）p290

自動車情報論
◇「小松左京全集 完全版 31」城西国際大学出版会 2008 p295

自動射精機
◇「山田風太郎ミステリー傑作選 7」光文社 2001（光文社文庫）p441

自動車とこれからの経済学（加藤秀俊、中山伊知郎）
◇「小松左京全集 完全版 38」城西国際大学出版会 2010 p217

自動車と人格の変化
◇「小松左京全集 完全版 35」城西国際大学出版会 2009 p451

自動車と生物としての人間
◇「小松左京全集 完全版 35」城西国際大学出版会 2009 p349

自働車取締に関する希望
◇「徳田秋聲全集 20」八木書店 2001 p284

自動車と私
◇「決定版 三島由紀夫全集 32」新潮社 2003 p114

「自動車」に何がもとめられているか
◇「小松左京全集 完全版 29」城西国際大学出版会 2007 p173

自動車旅行
◇「小沼丹全集 2」未知谷 2004 p104

自動装置の中の不安
◇「大庭みな子全集 6」日本経済新聞出版社 2009 p200

士道について―石原慎太郎氏への公開状
◇「決定版 三島由紀夫全集 36」新潮社 2003 p179

自動人形
◇「定本 荒巻義雄メタSF全集 6」彩流社 2015 p213

児童文学名作全集解説
◇「井上ひさしコレクション ことばの巻」岩波書店 2005 p278

詩と叡智
　◇「小林秀雄全作品 26」新潮社 2004 p20
　◇「小林秀雄全集 補巻 3」新潮社 2010 p344
シトカ行
　◇「大庭みな子全集 16」日本経済新聞出版社 2010 p122
死と影
　◇「坂口安吾全集 7」筑摩書房 1998 p44
シトカの思い出
　◇「大庭みな子全集 16」日本経済新聞出版社 2010 p115
シトカの夏
　◇「大庭みな子全集 12」日本経済新聞出版社 2010 p126
シトカの町
　◇「大庭みな子全集 3」日本経済新聞出版社 2009 p295
師と決める
　◇「松下竜一未刊行著作集 1」海鳥社 2008 p129
詩と詩人（意識と無意識）
　◇「安部公房全集 1」新潮社 1997 p104
詩と真実
　◇「石牟礼道子全集 1」藤原書店 2004 p179
詩と電話
　◇「松本清張初文庫化作品集 1」双葉社 2005（双葉文庫）p263
シドニーにて
　◇「田中小実昌エッセイ・コレクション 2」筑摩書房 2002（ちくま文庫）p348
死と鼻唄
　◇「坂口安吾全集 3」筑摩書房 1999 p249
詩とプロレタリア・レアリズム
　◇「上野壮夫全集 3」図書新聞 2011 p124
詩と文字と
　◇「谷崎潤一郎全集 6」中央公論新社 2015 p413
死と夢
　◇「佐々木基一全集 5」河出書房新社 2013 p198
師と私と
　◇「小沼丹全集 4」未知谷 2004 p193
師と私と―石川淳氏
　◇「安部公房全集 20」新潮社 1999 p50
シートンの「動物記」
　◇「宮本百合子全集 15」新日本出版社 2001 p267
支那へ行くのか
　◇「上野壮夫全集 1」図書新聞 2010 p132
支那瓦
　◇「内田百閒集成 17」筑摩書房 2004（ちくま文庫）p65
支那劇を観る記
　◇「谷崎潤一郎全集 6」中央公論新社 2015 p419
しなければよかったこと
　◇「金井美恵子エッセイ・コレクション―1964-2013 3」平凡社 2013 p261

支那趣味と云ふこと
　◇「谷崎潤一郎全集 9」中央公論新社 2017 p409
「支那人のダンス」と「関西旅行」
　◇「徳田秋聲全集 21」八木書店 2001 p350
支那人の冥途旅行談
　◇「小酒井不木随筆評論選集 5」本の友社 2004 p364
支那と中国
　◇「阿川弘之全集 20」新潮社 2007 p417
死なないで
　◇「田辺聖子全集 24」集英社 2006 p9
死なない人たち
　◇「大庭みな子全集 23」日本経済新聞出版社 2011 p429
支那に於ける我が軍隊
　◇「決定版 三島由紀夫全集 26」新潮社 2003 p24
シナーニ書店のベンチ
　◇「宮本百合子全集 10」新日本出版社 2001 p7
支那の思出
　◇「国枝史郎歴史小説傑作選」作品社 2006 p474
小説「信濃川」
　◇「田中志津全作品集 上巻」武蔵野書院 2013 p7
信濃川バラバラ事件
　◇「井上ひさし短編中編小説集成 9」岩波書店 2015 p242
信濃後南朝記
　◇「国枝史郎伝奇短篇小説集成 2」作品社 2006 p328
信濃の宿
　◇「山田風太郎ミステリー傑作選 10」光文社 2002（光文社文庫）p691
支那の料理
　◇「谷崎潤一郎全集 6」中央公論新社 2015 p481
萎びた日向くさい南瓜
　◇「中上健次集 4」インスクリプト 2016 p356
支那饅頭
　◇「定本 久生十蘭全集 4」国書刊行会 2009 p309
しなやかな美しさをSFに
　◇「鈴木いづみセカンド・コレクション 4」文遊社 2004 p60
支那より還り
　◇「小林秀雄全作品 10」新潮社 2003 p167
　◇「小林秀雄全集 補巻 1」新潮社 2010 p529
シナリオ出魂儀
　◇「石牟礼道子全集 16」藤原書店 2013 p362
シナリオ版さよならジュピター
　◇「小松左京全集 完全版 8」城西国際大学出版会 2016 p449
シナリオ「憂国」（三島自筆）
　◇「決定版 三島由紀夫全集 別巻」新潮社 2006 p17
支那旅行
　◇「谷崎潤一郎全集 6」中央公論新社 2015 p473

しなわ

支那は何処へ行く
　◇「上野壮夫全集 3」図書新聞 2011 p590

死なんとす。又は死せんとす
　◇「小酒井不木随筆評論選集 5」本の友社 2004 p282

死に急ぐ鯨たち
　◇「安部公房全集 27」新潮社 2000 p185

〈『死に急ぐ鯨たち』の安部公房氏〉共同通信の談話記事
　◇「安部公房全集 28」新潮社 2000 p330

（死に急ぐ鯨たち・表紙用）
　◇「安部公房全集 29」新潮社 2000 p71

死に急ぐ子供
　◇「小檜山博全集 6」柏艪舎 2006 p172

死絵ろうそく
　◇「都筑道夫時代小説コレクション 3」戎光祥出版 2014（戎光祥時代小説名作選）p146

死におくれして
　◇「石牟礼道子全集 8」藤原書店 2005 p387

詩における散文的性格
　◇「上野壮夫全集 3」図書新聞 2011 p252

死顔を見せるな
　◇「山田風太郎妖異小説コレクション 地獄太夫」徳間書店 2003（徳間文庫）p268

死顔のお化粧―泣き出した日本人の会衆 藤原義江
　◇「定本 久生十蘭全集 10」国書刊行会 2011 p386

死神にたすけられた男
　◇「安部公房全集 3」新潮社 1997 p345

詩に関する新なる問題―詩集「ストライキ宣言」に関聯して
　◇「上野壮夫全集 3」図書新聞 2011 p117

死にきれぬ死
　◇「小酒井不木随筆評論選集 5」本の友社 2004 p297

死化粧
　◇「渡辺淳一自選短篇コレクション 1」朝日新聞社 2006 p5

死に親しむ
　◇「徳田秋聲全集 17」八木書店 1999 p38

死に対して
　◇「宮本百合子全集 33」新日本出版社 2004 p346

死にたくなる
　◇「阿川弘之全集 16」新潮社 2006 p500

死について
　◇「遠藤周作エッセイ選集 1」光文社 2006（知恵の森文庫）p182

詩について
　◇「小林秀雄全作品 18」新潮社 2004 p20
　◇「小林秀雄全集 補巻 2」新潮社 2010 p413

詩二篇
　◇「上野壮夫全集 1」図書新聞 2010 p441

死にゆく都の中で―『水俣病闘争 わが死民』あとがき
　◇「石牟礼道子全集 5」藤原書店 2004 p440

死人を起す〔解決篇〕
　◇「鮎川哲也コレクション挑戦篇 3」出版芸術社 2006 p192

死人を起す〔問題篇〕
　◇「鮎川哲也コレクション挑戦篇 3」出版芸術社 2006 p112

死人館の白痴
　◇「山田風太郎ミステリー傑作選 10」光文社 2002（光文社文庫）p187

死人再登場
　◇「安部公房全集 11」新潮社 1998 p35

死人登場―実在しないものについて
　◇「安部公房全集 5」新潮社 1997 p199

死人の首
　◇「野呂邦暢小説集成 5」文遊社 2015 p469

死人波止場
　◇「日影丈吉全集 5」国書刊行会 2003 p99

死ぬ恐怖 今はもうない〔聞き手〕尾崎真理子〔インタビュー〕
　◇「大庭みな子全集 24」日本経済新聞出版社 2011 p301

死ぬことと見つけたり 上
　◇「隆慶一郎全集 13」新潮社 2010 p7

死ぬことと見つけたり 下
　◇「隆慶一郎全集 14」新潮社 2010 p7

地主さんの絵 I
　◇「小林秀雄全作品 26」新潮社 2004 p98
　◇「小林秀雄全集 補巻 3」新潮社 2010 p359

地主さんの絵 II
　◇「小林秀雄全作品 26」新潮社 2004 p204
　◇「小林秀雄全集 補巻 3」新潮社 2010 p377

死ぬと云うことは偉大なことなので
　◇「小島信夫短篇集成 1」水声社 2014 p41

死ぬ時は硬い笑いを
　◇「高城高全集 4」東京創元社 2008（創元推理文庫）p375

死ね！
　◇「中井英夫全集 10」東京創元社 2002（創元ライブラリ）p164

横長画面（シネスコ）の鮮烈な構図―三隅研次の回顧上映
　◇「辻邦生全集 19」新潮社 2005 p400

『シネマのある風景』山田稔
　◇「須賀敦子全集 4」河出書房新社 2007（河出文庫）p212

思念の黄昏
　◇「安部公房全集 1」新潮社 1997 p173

詩の一年をかへりみる
　◇「上野壮夫全集 3」図書新聞 2011 p244

死の一夜
  ◇「三橋一夫ふしぎ小説集成 1」出版芸術社 2005 p250
士・農・工・商・SF作家
  ◇「小松左京全集 完全版 29」城西国際大学出版会 2007 p270
詩の運命—エッセイ
  ◇「安部公房全集 1」新潮社 1997 p264
詩の悦楽について
  ◇「〔池澤夏樹〕エッセー集成 1」みすず書房 2008 p122
死の影
  ◇「〔野呂邦暢〕随筆コレクション 1」みすず書房 2014 p78
死の棺桶島
  ◇「山本周五郎探偵小説全集 4」作品社 2008 p126
詩の巻をまとめて
  ◇「辻井喬コレクション 7」河出書房新社 2003 p504
詩の鑑賞について〔翻訳〕(ジュゼッペ・リッカ)
  ◇「須賀敦子全集 7」河出書房新社 2007（河出文庫）p335
"死の儀式"の裏側
  ◇「開高健ルポルタージュ選集 ずばり東京」光文社 2007（光文社文庫）p344
死の恐怖と死の豫覺
  ◇「小酒井不木随筆評論選集 5」本の友社 2004 p306
「死のゲーム」のシナリオ
  ◇「小田実全集 評論 17」講談社 2012 p199
死の幻影
  ◇「小寺菊子作品集 3」桂書房 2014 p114
死の航海
  ◇「国枝史郎探偵小説全集」作品社 2005 p69
篠笹の陰の顔
  ◇「坂口安吾全集 3」筑摩書房 1999 p112
死のさまざま
  ◇「瀬戸内寂聴随筆選 2」ゆまに書房 2009 p187
詩の仕事についての覚え書
  ◇「上野壮夫全集 3」図書新聞 2011 p208
死の島
  ◇「決定版 三島由紀夫全集 18」新潮社 2002 p359
死のジャンケン
  ◇「寺山修司著作集 1」クインテッセンス出版 2009 p509
死の習俗
  ◇「宮城谷昌光全集 21」文藝春秋 2004 p325
死の執着
  ◇「徳田秋聲全集 14」八木書店 2000 p33
死の準備
  ◇「車谷長吉全集 3」新書館 2010 p493
死の刹那と生前の出來事
  ◇「小酒井不木随筆評論選集 7」本の友社 2004 p310
死の刹那の感じ
  ◇「小酒井不木随筆評論選集 5」本の友社 2004 p378
  ◇「小酒井不木随筆評論選集 7」本の友社 2004 p102
篠田統—八宗兼学一条の道〔鼎談〕(加藤秀俊, 篠田統)
  ◇「小松左京全集 完全版 38」城西国際大学出版会 2010 p104
篠田氏とボルヘスのこと
  ◇「小島信夫批評集成 7」水声社 2011 p167
詩の誕生を考える
  ◇「石牟礼道子全集 15」藤原書店 2012 p272
『死の棘』を読む
  ◇「金井美恵子エッセイ・コレクション—1964–2013 3」平凡社 2013 p153
信乃と浜路
  ◇「定本 久生十蘭全集 8」国書刊行会 2010 p193
字のない葉書
  ◇「向田邦子全集 新版 6」文藝春秋 2009 p43
死のなかの風景
  ◇「原民喜戦後全小説」講談社 2015（講談社文芸文庫）p253
死の灰
  ◇「安部公房全集 4」新潮社 1997 p308
死の灰
  ◇「松田解子自選集 9」澤田出版 2009 p148
死の灰を生み続ける原発——一切の核、封じ込めよう
  ◇「松下竜一未刊行著作集 5」海鳥社 2009 p75
死の花嫁
  ◇「国枝史郎伝奇短篇小説集成 2」作品社 2006 p8
忍ヒ難キヲ忍ヒ
  ◇「田村孟全小説集」航思社 2012 p75
死の光
  ◇「車谷長吉全集 3」新書館 2010 p205
忍緒
  ◇「山本周五郎長篇小説全集 4」新潮社 2013 p87
詩の批評と詩論
  ◇「上野壮夫全集 3」図書新聞 2011 p199
忍夜恋曲者
  ◇「赤江瀑短編傑作選 恐怖編」光文社 2007（光文社文庫）p257
しのび寄る時間
  ◇「鈴木いづみコレクション 8」文遊社 1998 p350
しのぶぐさ
  ◇「松下竜一未刊行著作集 2」海鳥社 2008 p279
死の復讐
  ◇「国枝史郎探偵小説全集」作品社 2005 p93
忍ぶ恋路は柳橋
  ◇「井上ひさし短編中編小説集成 4」岩波書店 2015 p213

しのふ

死の淵より甦りて〔対談者〕梅原猛
　◇「大庭みな子全集 22」日本経済新聞出版社 2011 p489

死の分量
　◇「決定版 三島由紀夫全集 28」新潮社 2003 p186

死の魅惑に
　◇「小寺菊子作品集 3」桂書房 2014 p198

「市の無料産院」と「身の上相談」
　◇「宮本百合子全集 10」新日本出版社 2001 p461

詩の問題
　◇「小林秀雄全作品 7」新潮社 2003 p139
　◇「小林秀雄全集 補巻 1」新潮社 2010 p373

死の館にて
　◇「稲垣足穂コレクション 8」筑摩書房 2005（ちくま文庫）p370

死の安らぎ
　◇「車谷長吉全集 3」新書館 2010 p363

篠山紀信論
　◇「決定版 三島由紀夫全集 35」新潮社 2003 p246

死の予告
　◇「野村胡堂探偵小説全集」作品社 2007 p40

芝居
　◇「小田実全集 小説 32」講談社 2013 p364

芝居気
　◇「〔野呂邦暢〕随筆コレクション 2」みすず書房 2014 p152

芝居見物
　◇「立松和平全小説 27」勉誠出版 2014 p271

芝居見物
　◇「林京子全集 4」日本図書センター 2005 p298

芝居小屋
　◇「辻邦生全集 16」新潮社 2005 p302

しばい対談
　◇「安部公房全集 21」新潮社 1999 p456

「芝居」脱却「映画」の躍動・手塚漫画
　◇「小松左京全集 完全版 42」城西国際大学出版会 2014 p217

芝居では「裏切」と「薩摩歌」
　◇「徳田秋聲全集 20」八木書店 2001 p220

芝居と寄席
　◇「徳田秋聲全集 19」八木書店 2000 p302

芝居と私
　◇「大庭みな子全集 6」日本経済新聞出版社 2009 p281

芝居と私
　◇「決定版 三島由紀夫全集 28」新潮社 2003 p229

「芝居と私」メモ
　◇「決定版 三島由紀夫全集 補巻」新潮社 2005 p457

〈芝居に打ち込む安部公房〉『東京中日新聞』の談話記事
　◇「安部公房全集 24」新潮社 1999 p179

芝居日記
　◇「決定版 三島由紀夫全集 26」新潮社 2003 p94

支配人
　◇「〔野呂邦暢〕随筆コレクション 1」みすず書房 2014 p232

芝居の恐怖―文学座公演「夜の向日葵」を見て
　◇「決定版 三島由紀夫全集 28」新潮社 2003 p143

芝居風狂
　◇「江戸川乱歩全集 30」光文社 2005（光文社文庫）p277

芝居問答〔対談〕（福田恆存）
　◇「小林秀雄全作品 19」新潮社 2004 p116
　◇「小林秀雄全集 補巻 2」新潮社 2010 p498

芝居問答〔対談〕（小林秀雄）
　◇「福田恆存対談・座談集 5」玉川大学出版部 2012 p81

支配欲と権力欲への視角〔対談〕（西尾幹二）
　◇「福田恆存対談・座談集 3」玉川大学出版部 2011 p161

芝居は決して消え去りはしない
　◇「井上ひさしコレクション ことばの巻」岩波書店 2005 p377

芝居は贅沢な芸術か〔対談〕（堤清二）
　◇「安部公房全集 25」新潮社 1999 p96

芝居は忠臣蔵
　◇「丸谷才一全集 8」文藝春秋 2014 p7

自白の心理
　◇「小酒井不木随筆評論選集 3」本の友社 2004 p191

自縛の縄
　◇「山田風太郎エッセイ集成 わが推理小説零年」筑摩書房 2007 p74

斯波四郎
　◇「小島信夫批評集成 1」水声社 2011 p169

斯波四郎の世界
　◇「小島信夫批評集成 2」水声社 2011 p746

芝全交
　◇「井上ひさし短編中編小説集成 9」岩波書店 2015 p415

司馬遷と司馬遼太郎
　◇「阿川弘之全集 20」新潮社 2007 p433

新発田
　◇「大庭みな子全集 9」日本経済新聞出版社 2010 p359
　◇「大庭みな子全集 23」日本経済新聞出版社 2011 p507

屍馬の谷間
　◇「大庭みな子全集 2」日本経済新聞出版社 2009 p220

支払い過ぎた縁談
　◇「松本清張傑作短篇コレクション 下」文藝春秋 2004（文春文庫）p17
　◇「松本清張短編全集 10」光文社 2009（光文社文庫）p195

暫らく静かだった後の大空襲 火達磨になった
敵機飛び廻るその前夜
　◇「内田百閒集成 22」筑摩書房 2004（ちくま文
　　庫）p169
しばらく雪沼で暮らす
　◇「〔池澤夏樹〕エッセー集成 1」みすず書房 2008
　　p229
縛られた夫
　◇「アンドロギュノスの裔 渡辺温全集」東京創元社
　　2011（創元推理文庫）p394
縛られた男
　◇「野呂邦暢小説集成 6」文遊社 2016 p105
『縛り首の丘』エッサ・デ・ケイロース
　◇「須賀敦子全集 4」河出書房新社 2007（河出文
　　庫）p534
司馬遼太郎さんのこと
　◇「宮城谷昌光全集 21」文藝春秋 2004 p258
司馬遼太郎追想
　◇「阿川弘之全集 19」新潮社 2007 p231
司馬遼太郎論ノート
　◇「丸谷才一全集 10」文藝春秋 2014 p282
柴錬の処女作
　◇「阿川弘之全集 18」新潮社 2007 p448
四半世紀
　◇「大庭みな子全集 23」日本経済新聞出版社 2011
　　p370
紙碑
　◇「松本清張初文庫化作品集 3」双葉社 2006（双
　　葉文庫）p7
慈悲
　◇「小松左京全集 完全版 11」城西国際大学出版会
　　2007 p53
字引き
　◇「小檜山博全集 7」柏艪舎 2006 p166
自費出版作家
　◇「松下竜一未刊行著作集 1」海鳥社 2008 p92
屍人と宝——一幕の詩劇
　◇「決定版 三島由紀夫全集 21」新潮社 2002 p31
死びとの座
　◇「鮎川哲也コレクション 死びとの座」光文社
　　2002（光文社文庫）p5
時評家の危険
　◇「小林秀雄全作品 6」新潮社 2003 p91
　◇「小林秀雄全集 補巻 1」新潮社 2010 p297
時評的書評
　◇「坂口安吾全集 12」筑摩書房 1999 p459
渋い演技は女体の上で磨かれる〔対談〕（殿山
泰司）
　◇「吉行淳之介エッセイ・コレクション 4」筑摩書
　　房 2004（ちくま文庫）p112
渋い柿
　◇「大庭みな子全集 4」日本経済新聞出版社 2009
　　p467

渋川驍の漱石論
　◇「小島信夫批評集成 8」水声社 2010 p443
『至福千年』について
　◇「佐々木基一全集 4」河出書房新社 2013 p161
至福万病
　◇「20世紀断層―野坂昭如単行本未収録小説集成 4」
　　幻戯書房 2010 p49
澁澤さんのこと
　◇「金井美恵子エッセイ・コレクション―1964-
　　2013 1」平凡社 2013 p208
澁澤龍彦氏のこと
　◇「決定版 三島由紀夫全集 33」新潮社 2003 p440
澁澤龍彦訳「マルキ・ド・サド選集」序
　◇「決定版 三島由紀夫全集 29」新潮社 2003 p227
ジプシー部落問題
　◇「安部公房全集 7」新潮社 1998 p35
ジプシー・ローズをしのぶ
　◇「田中小実昌エッセイ・コレクション 4」筑摩書
　　房 2003（ちくま文庫）p95
四不像
　◇「向田邦子全集 新版 9」文藝春秋 2009 p80
渋民小天地 石川啄木
　◇「小島信夫批評集成 3」水声社 2011 p313
しぶちん
　◇「山崎豊子全集 1」新潮社 2003 p507
事物のフォークロア
　◇「寺山修司著作集 1」クインテッセンス出版 2009
　　p346
事物のフォークロア―ル・クレジオと語る
　◇「寺山修司著作集 5」クインテッセンス出版 2009
　　p203
地吹雪
　◇「小檜山博全集 2」柏艪舎 2006 p129
渋谷宇田川町、サロン春のマネージャーは
語る
　◇「坂口安吾全集 11」筑摩書房 1998 p405
渋谷―暮の東京
　◇「決定版 三島由紀夫全集 28」新潮社 2003 p217
渋谷家の始祖
　◇「宮本百合子全集 1」新日本出版社 2000 p400
渋谷―東京の顔
　◇「決定版 三島由紀夫全集 27」新潮社 2003 p337
渋谷の映画館
　◇「田中小実昌エッセイ・コレクション 3」筑摩書
　　房 2002（ちくま文庫）p339
渋谷の哀しみ
　◇「中井英夫全集 12」東京創元社 2006（創元ライ
　　ブラリ）p55
時文
　◇「徳田秋聲全集 19」八木書店 2000 p3
自分一代で滅びて了へば可い
　◇「徳田秋聲全集 19」八木書店 2000 p252

しふん

自分へ
　◇「松田解子自選集 9」澤田出版 2009 p124
じぶんを焚く
　◇「石牟礼道子全集 3」藤原書店 2004 p419
自分を焚く
　◇「石牟礼道子全集 3」藤原書店 2004 p415
自分を瞞す（七月十二日）
　◇「福田恆存評論集 18」麗澤大學出版會, 廣池學園事業部〔發賣〕2010 p74
自分を発見する旅
　◇「大庭みな子全集 23」日本経済新聞出版社 2011 p470
自分がいつ、どこで死ぬか
　◇「遠藤周作エッセイ選集 1」光文社 2006（知恵の森文庫）p181
時文月旦
　◇「德田秋聲全集 19」八木書店 2000 p20
自分自身に問うということ
　◇「上野壮夫全集 3」図書新聞 2011 p504
自分自身にも不可解なもの 人間を動かす"何か"を……
　◇「大庭みな子全集 24」日本経済新聞出版社 2011 p222
自分自分の心と云うもの
　◇「宮本百合子全集 9」新日本出版社 2001 p225
自分だけの感受性の発見、それは自分ばなれから―独学法
　◇「鈴木いづみセカンド・コレクション 4」文遊社 2004 p109
自分だけのもの
　◇「寺山修司著作集 1」クインテッセンス出版 2009 p510
自分で自分を「強制収容所」にほうり込む
　◇「小田実全集 評論 7」講談社 2010 p246
自分で自分をむくろにする
　◇「小田実全集 評論 7」講談社 2010 p270
自分で作る
　◇「小檜山博全集 7」柏艪舎 2006 p223
自分という風呂敷
　◇「石牟礼道子全集 9」藤原書店 2006 p401
自分と出会う 異なるものに出遭ったとき
　◇「大庭みな子全集 23」日本経済新聞出版社 2011 p644
『自分に出会う日』
　◇「小檜山博全集 8」柏艪舎 2006 p383
自分に出会う日
　◇「小檜山博全集 7」柏艪舎 2006 p9
自分の位置について
　◇「小田実全集 評論 5」講談社 2010 p376
自分の顔
　◇「安部公房全集 9」新潮社 1998 p280
自分の感性 第8回日本旅行記賞
　◇「大庭みな子全集 24」日本経済新聞出版社 2011 p46
自分の経験を基礎にして 謂ゆる通俗小説と芸術小説の問題
　◇「德田秋聲全集 20」八木書店 2001 p116
自分のこと
　◇「日影丈吉全集 8」国書刊行会 2004 p11
自分のことは自分できめる
　◇「小田実全集 評論 7」講談社 2010 p379
自分の作品に対する批評をどう観るか
　◇「德田秋聲全集 23」八木書店 2001 p302
自分の仕事
　◇「小林秀雄全作品 28」新潮社 2005 p248
　◇「小林秀雄全集 補巻 3」新潮社 2010 p498
自分の姿
　◇「大庭みな子全集 11」日本経済新聞出版社 2010 p274
自分の好きな作品を
　◇「谷崎潤一郎全集 24」中央公論新社 2016 p531
自分の世界が全部失われる
　◇「石牟礼道子全集 11」藤原書店 2005 p513
自分の背中が見えてしまったあとで
　◇「小田実全集 評論 7」講談社 2010 p412
自分の墓を求めて（黒蝶譜）
　◇「中井英夫全集 7」東京創元社 1998（創元ライブラリ）p218
「自分の羽根」（庄野潤三）紹介
　◇「小沼丹全集 4」未知谷 2004 p701
自分の本
　◇「小林秀雄全作品 20」新潮社 2004 p178
　◇「小林秀雄全集 補巻 2」新潮社 2010 p548
自分のやうなものでも、どうかして生きたい
　◇「福田恆存評論集 9」麗澤大學出版會, 廣池學園事業部〔發賣〕2008 p119
自分ひとり分の〈時〉
　◇「石牟礼道子全集 9」藤原書店 2006 p405
自分はどこにいるか
　◇「小島信夫批評集成 6」水声社 2011 p233
紙幣束
　◇「狩久全集 2」皆進社 2013 p155
詩編 あとがき
　◇「中井英夫全集 10」東京創元社 2002（創元ライブラリ）p70
事変下と知識
　◇「小林秀雄全作品 10」新潮社 2003 p55
　◇「小林秀雄全集 補巻 1」新潮社 2010 p509
詩篇 苦海浄土
　◇「石牟礼道子全集 16」藤原書店 2013 p295
『詩編・苦海浄土』（テレビ台本について）
　◇「石牟礼道子全集 1」藤原書店 2004 p330
事変と文学
　◇「小林秀雄全作品 12」新潮社 2003 p181
　◇「小林秀雄全集 補巻 2」新潮社 2010 p136

詩篇における自然について［翻訳］（C.S.リュイス）
◇「須賀敦子全集 7」河出書房新社 2007（河出文庫）p240
事変の新しさ
◇「小林秀雄全作品 13」新潮社 2003 p103
◇「小林秀雄全集 補巻 2」新潮社 2010 p173
「紙片」のこと
◇「安部公房全集 2」新潮社 1997 p346
死亡記事
◇「山崎豊子全集 9」新潮社 2004 p547
死亡通知
◇「定本 久生十蘭全集 8」国書刊行会 2010 p367
司法と行政
◇「松下竜一未刊行著作集 1」海鳥社 2008 p152
シーボルトの洋燈
◇「赤江瀑短編傑作選 情念編」光文社 2007（光文社文庫）p145
〈資本家を内側から描く〉『コメディアン』の談話記事
◇「安部公房全集 16」新潮社 1998 p280
私本・源氏物語
◇「田辺聖子全集 17」集英社 2005 p377
「資本主義国」U・S・S・R──一日一ドル予算の範囲
◇「小田実全集 評論 1」講談社 2010 p173
シーボーンの探偵小説論
◇「江戸川乱歩全集 26」光文社 2003（光文社文庫）p207
『島』
◇「小島信夫批評集成 2」水声社 2011 p781
島
◇「小島信夫長篇集成 1」水声社 2015 p13
島
◇「須賀敦子全集 3」河出書房新社 2007（河出文庫）p465
島
◇「辻井喬コレクション 7」河出書房新社 2003 p50
姉妹
◇「大庭みな子全集 14」日本経済新聞出版社 2010 p384
島へ─不知火海総合学術調査団への便り
◇「石牟礼道子全集 8」藤原書店 2005 p425
島への階梯
◇「〔池澤夏樹〕エッセー集成 2」みすず書房 2008 p192
「自まえの旅券」の連帯
◇「小田実全集 評論 8」講談社 2011 p157
島尾敏雄・島尾ミホとの鼎談 南島巡礼行
◇「石牟礼道子全集 6」藤原書店 2006 p201

島尾敏雄・松浦豊敏・前山光則との座談会 綾蝶（あやはびら）生き魂（まぶり）─南島その濃密なる時間と空間
◇「石牟礼道子全集 6」藤原書店 2006 p144
島尾ミホ『海辺の生と死』
◇「石牟礼道子全集 14」藤原書店 2008 p317
島尾ミホとの対談 ヤポネシアの海辺から
◇「石牟礼道子全集 6」藤原書店 2006 p276
島尾ミホ『祭り裏』
◇「石牟礼道子全集 14」藤原書店 2008 p373
島影を追う
◇「〔池澤夏樹〕エッセー集成 1」みすず書房 2008 p7
島木君の思い出
◇「小林秀雄全作品 17」新潮社 2004 p35
◇「小林秀雄全集 補巻 2」新潮社 2010 p364
島木健作
◇「小林秀雄全作品 13」新潮社 2003 p194
◇「小林秀雄全集 補巻 2」新潮社 2010 p190
島木健作君
◇「小林秀雄全作品 11」新潮社 2003 p53
◇「小林秀雄全集 補巻 2」新潮社 2010 p29
島木健作の「生活の探求」
◇「小林秀雄全作品 10」新潮社 2003 p38
◇「小林秀雄全集 補巻 1」新潮社 2010 p505
島木健作の「続生活の探求」を廻って
◇「小林秀雄全作品 10」新潮社 2003 p199
◇「小林秀雄全集 補巻 1」新潮社 2010 p535
字幕の"巻物"（三島自筆）〔映画「憂国」〕
◇「決定版 三島由紀夫全集 別巻」新潮社 2006 p37
島崎警部と春の殺人
◇「天城一傑作集 3」日本評論社 2006 p203
島崎警部のアリバイ事件簿
◇「天城一傑作集 2」日本評論社 2005
島崎藤村
◇「小島信夫批評集成 2」水声社 2011 p703
島崎藤村氏の近業「市井にありて」拝読
◇「徳田秋聲全集 21」八木書店 2001 p340
島崎藤村氏の懺悔として観た「新生」合評
◇「徳田秋聲全集 20」八木書店 2001 p129
島崎藤村・田山花袋
◇「福田恆存評論集 13」麗澤大學出版會, 廣池學園事業部〔発売〕2009 p16
島崎藤村の憂鬱
◇「車谷長吉全集 3」新書館 2010 p245
◇「車谷長吉全集 3」新書館 2010 p426
島左近の末裔
◇「隆慶一郎全集 19」新潮社 2010 p306
志摩様の屋敷
◇「国枝史郎伝奇短篇小説集成 2」作品社 2006 p69
島底
◇「三橋一夫ふしぎ小説集成 1」出版芸術社 2005

p186

『島』 抽象的傾向の文学
　◇「小島信夫批評集成 1」水声社 2011 p306

『島とクジラと女をめぐる断片』(A・タブッキ著) 訳者あとがき
　◇「須賀敦子全集 6」河出書房新社 2007 (河出文庫) p368

嶋中君と私
　◇「谷崎潤一郎全集 21」中央公論新社 2016 p394

嶋中鵬二氏—現代の出版人
　◇「決定版 三島由紀夫全集 28」新潮社 2003 p670

嶋中鵬二氏に送る手紙
　◇「谷崎潤一郎全集 22」中央公論新社 2017 p372

嶋中雄作弔詞
　◇「谷崎潤一郎全集 21」中央公論新社 2016 p392

島にて
　◇「野呂邦暢小説集成 7」文遊社 2016 p373

島の親不孝通り
　◇「田中小実昌エッセイ・コレクション 2」筑摩書房 2002 (ちくま文庫) p115

島の国の島
　◇「大庭みな子全集 8」日本経済新聞出版社 2009 p7

島の中の島々
　◇「小松左京全集 完全版 27」城西国際大学出版会 2007 p46

島の人たちの心には、それが視えている
　◇「石牟礼道子全集 10」藤原書店 2006 p433

島の娘［補綴］(ベサント, ウォルター著, 黒岩涙香訳)
　◇「アンドロギュノスの裔 渡辺温全集」東京創元社 2011 (創元推理文庫) p472

島原
　◇「谷崎潤一郎全集 1」中央公論新社 2015 p426

島原一揆異聞
　◇「坂口安吾全集 3」筑摩書房 1999 p258

島原絵巻
　◇「浜尾四郎全集 1」沖積舎 2004 p103

「島原の乱」覚え書きノート
　◇「坂口安吾全集 16」筑摩書房 2000 p485

島原の乱雑記
　◇「坂口安吾全集 3」筑摩書房 1999 p298

島原の乱第一稿
　◇「坂口安吾全集 15」筑摩書房 1999 p292

［「島原の乱」断片］
　◇「坂口安吾全集 別巻」筑摩書房 2012 p46

島原の歴史的絶対受難
　◇「石牟礼道子全集 11」藤原書店 2005 p518

"島ブーム"のはしり大島
　◇「小松左京全集 完全版 31」城西国際大学出版会 2008 p15

島村さんに就いて
　◇「徳田秋聲全集 20」八木書店 2001 p111

シマらないシネマ
　◇「田中小実昌エッセイ・コレクション 3」筑摩書房 2002 (ちくま文庫) p142

自慢話
　◇「小島信夫短篇集成 5」水声社 2015 p85

自慢話
　◇「小檜山博全集 7」柏艪舎 2006 p108

汚点 (しみ)
　◇「井上ひさし短編中編小説集成 2」岩波書店 2014 p237

蠧魚
　◇「宮本百合子全集 9」新日本出版社 2001 p247

しみ (魚澄昇太郎 名義)
　◇「定本 荒巻義雄メタSF全集 1」彩流社 2015 p445

沁々した愛情と感謝と
　◇「宮本百合子全集 9」新日本出版社 2001 p15

清水一角 (シノブシス)
　◇「決定版 三島由紀夫全集 25」新潮社 2002 p786

清水邦夫著『狂人なおもて往生をとぐ』
　◇「安部公房全集 23」新潮社 1999 p34

新編 清水町先生—井伏鱒二氏のこと
　◇「小沼丹全集 4」未知谷 2004 p181

清水町の先生
　◇「小沼丹全集 4」未知谷 2004 p255

清水次郎長
　◇「国枝史郎伝奇短篇小説集成 2」作品社 2006 p377

しみ抜き
　◇「内田百閒集成 15」筑摩書房 2003 (ちくま文庫) p257

シミュレーション
　◇「立松和平全小説 15」勉誠出版 2011 p24

志明院の"もののけ"
　◇「小松左京全集 完全版 31」城西国際大学出版会 2008 p253

「市民運動」の思想
　◇「小田実全集 評論 16」講談社 2012 p122

市民がつくる「市民の軍縮」計画
　◇「小田実全集 評論 29」講談社 2013 p191

「市民=議員立法」による民主主義の再生
　◇「小田実全集 評論 25」講談社 2012 p55

「市民軍隊」の「市民兵士」の誓い
　◇「小田実全集 評論 29」講談社 2013 p54

市民・芸術家
　◇「佐々木基一全集 6」河出書房新社 2012 p331

「市民国家」の強大な軍隊
　◇「小田実全集 評論 29」講談社 2013 p40

「市民国家」の「トポグラフィ」
　◇「小田実全集 評論 26」講談社 2013 p198

「市民国家」の文学観
  ◇「小田実全集 評論 26」講談社 2013 p164
「市民」「市民社会」「市民運動」
  ◇「小田実全集 評論 16」講談社 2012 p78
「市民社会」と「市民国家」・制度と空気
  ◇「小田実全集 評論 17」講談社 2012 p14
市民小説への意志
  ◇「丸谷才一全集 10」文藝春秋 2014 p46
市民諸君
  ◇「小田実全集 小説 32」講談社 2013 p186
市民精神の雄大なひろがりのために——「新集・世界の文学」を推薦する
  ◇「決定版 三島由紀夫全集 34」新潮社 2003 p682
死民たちの春
  ◇「石牟礼道子全集 15」藤原書店 2012 p10
市民でないこと
  ◇「丸谷才一全集 10」文藝春秋 2014 p308
自民黨には暫く御無沙汰申上ぐべく
  ◇「福田恆存評論集 18」麗澤大學出版會, 廣池學園事業部〔發売〕 2010 p261
「市民」としてのアジアとのかかわりあい
  ◇「小田実全集 評論 25」講談社 2012 p168
「市民」とは何か、誰か
  ◇「小田実全集 評論 29」講談社 2013 p206
市民について
  ◇「小田実全集 評論 32」講談社 2013 p296
市民ぬきの慰霊祭
  ◇「石牟礼道子全集 1」藤原書店 2004 p368
市民の軍隊と王様の軍隊
  ◇「小田実全集 評論 36」講談社 2014 p89
市民の経済と文化
  ◇「小田実全集 評論 36」講談社 2014 p155
死民の故郷から
  ◇「石牟礼道子全集 4」藤原書店 2004 p477
市民の証言を積みあげる——九州・豊前環境権裁判
  ◇「松下竜一未刊行著作集 4」海鳥社 2008 p244
市民の生活と科学
  ◇「宮本百合子全集 14」新日本出版社 2001 p169
市民の政策づくり「教育」への「提言」
  ◇「小田実全集 評論 34」講談社 2013 p146
「市民」の大「形而上学」
  ◇「小田実全集 評論 25」講談社 2012 p174
市民の「たたかい」としての「まちづくり計画」
  ◇「小田実全集 評論 31」講談社 2013 p68
市民の文 思索と発言 1
  ◇「小田実全集 評論 31」講談社 2013 p15
市民薄暮
  ◇「日影丈吉全集 6」国書刊行会 2002 p311

「市民文学」を考える
  ◇「小田実全集 評論 13」講談社 2011 p314
市民自らが政策をもとう——市民の「政策提言」教育
  ◇「小田実全集 評論 35」講談社 2013 p85
「市民立法」は真の復興をめざす
  ◇「小田実全集 評論 25」講談社 2012 p18
「市民」リーメンシュナイダー
  ◇「小田実全集 評論 16」講談社 2012 p179
ジムから道場へ——ペンは剣に通ず
  ◇「決定版 三島由紀夫全集 31」新潮社 2003 p188
地虫
  ◇「決定版 三島由紀夫全集 37」新潮社 2004 p111
事務所で
  ◇「辻井喬コレクション 7」河出書房新社 2003 p33
シムノン
  ◇「江戸川乱歩全集 30」光文社 2005（光文社文庫）p559
シムノン雑感
  ◇「日影丈吉全集 別巻」国書刊行会 2005 p589
ヂムバリストを聴いて
  ◇「徳田秋聲全集 23」八木書店 2001 p293
ジムバリストを聴いて
  ◇「宮本百合子全集 9」新日本出版社 2001 p145
志村立美〔小松左京が聞く大正・昭和の日本大衆文芸を支えた挿絵画家たち〕
  ◇「小松左京全集 完全版 26」城西国際大学出版会 2017 p178
志村ふくみ『一色一生』
  ◇「石牟礼道子全集 14」藤原書店 2008 p429
〈志村ふくみとの対談〉色は匂えど
  ◇「石牟礼道子全集 12」藤原書店 2005 p426
自滅
  ◇「徳田秋聲全集 7」八木書店 1998 p233
〆の忍法帖
  ◇「山田風太郎忍法帖短篇全集 5」筑摩書房 2004（ちくま文庫）p225
シメノン某他
  ◇「江戸川乱歩全集 25」光文社 2005（光文社文庫）p214
地面のしめった秋の日に
  ◇「石牟礼道子全集 17」藤原書店 2012 p526
霜
  ◇「決定版 三島由紀夫全集 36」新潮社 2003 p463
下北の漁夫
  ◇「定本 久生十蘭全集 10」国書刊行会 2011 p243
霜の朝
  ◇「辻井喬コレクション 7」河出書房新社 2003 p320
下関今昔
  ◇「阿川弘之全集 18」新潮社 2007 p290

しもは

霜柱
　◇「宮本百合子全集 33」新日本出版社 2004 p406
下山事件推理漫歩〔鼎談〕(江戸川乱歩、中舘久平)
　◇「坂口安吾全集 17」筑摩書房 1999 p362
下山総裁
　◇「山田風太郎ミステリー傑作選 10」光文社 2002 (光文社文庫) p279
指紋
　◇「国枝史郎探偵小説全集」作品社 2005 p297
指紋
　◇「宮本百合子全集 19」新日本出版社 2002 p322
シモンズ、カーペンター、ジード
　◇「江戸川乱歩全集 24」光文社 2005 (光文社文庫) p494
『蛇淫』
　◇「中上健次集 2」インスクリプト 2018 p341
蛇淫
　◇「中上健次集 2」インスクリプト 2018 p343
社会主義への道を行く
　◇「安部公房全集 4」新潮社 1997 p481
社会主義を根もとのところで考える
　◇「小田実全集 評論 14」講談社 2011 p123
社会主義国ではテーマをさがすのはむつかしいか
　◇「安部公房全集 7」新潮社 1998 p51
社会主義者に非ず—江戸川乱歩氏へ
　◇「国枝史郎探偵小説全集」作品社 2005 p331
「社会主義世界」の崩壊とその後
　◇「小田実全集 評論 24」講談社 2012 p7
　◇「小田実全集 評論 24」講談社 2012 p8
社会主義と芸術の問題
　◇「佐々木基一全集 2」河出書房新社 2013 p326
社会主義の実験室・チリ
　◇「小松左京全集 完全版 32」城西国際大学出版会 2008 p235
社会主義リアリズム
　◇「佐々木基一全集 2」河出書房新社 2013 p353
社会主義リアリズムとは何か
　◇「佐々木基一全集 2」河出書房新社 2013 p364
社会主義リアリズムの問題について
　◇「宮本百合子全集 11」新日本出版社 2001 p370
社会小説を生み出す秘密〔対談〕(石川達三)
　◇「山崎豊子全集 6」新潮社 2004 p461
社会生活の純潔性
　◇「宮本百合子全集 17」新日本出版社 2002 p40
社会党の「思想転向」「パラダイム転向」
　◇「小田実全集 評論 24」講談社 2012 p203
社会党の「転向」と「談合」政治
　◇「小田実全集 評論 21」講談社 2012 p326
社会と国
　◇「小松左京全集 完全版 29」城西国際大学出版会 2007 p276
社会と人間の成長
　◇「宮本百合子全集 17」新日本出版社 2002 p93
社会に占める軍人の位置
　◇「小田実全集 評論 3」講談社 2010 p132
社会の「内」にある知識人
　◇「小田実全集 評論 3」講談社 2010 p68
社会の海へ
　◇「辻邦生全集 16」新潮社 2005 p308
社会の落伍者
　◇「安部公房全集 9」新潮社 1998 p367
社会不安と諷刺
　◇「上野壮夫全集 3」図書新聞 2011 p287
じゃがいも
　◇「大庭みな子全集 12」日本経済新聞出版社 2010 p19
社会料理三島亭
　◇「決定版 三島由紀夫全集 31」新潮社 2003 p325
釈迦の掌
　◇「小松左京全集 完全版 11」城西国際大学出版会 2007 p353
シャガールのなかの「聖書」の風景
　◇「辻邦生全集 19」新潮社 2005 p138
邪眼
　◇「中井英夫全集 3」東京創元社 1996 (創元ライブラリ) p148
邪教
　◇「決定版 三島由紀夫全集 27」新潮社 2003 p54
邪教問答
　◇「坂口安吾全集 5」筑摩書房 1998 p413
酌
　◇「内田百閒集成 11」筑摩書房 2003 (ちくま文庫) p113
弱者天國
　◇「福田恆存評論集 8」麗澤大學出版會, 廣池學園事業部〔発売〕 2007 p209
〈弱者〉としての視点
　◇「松下竜一未刊行著作集 2」海鳥社 2008 p343
弱者の快楽
　◇「決定版 三島由紀夫全集 32」新潮社 2003 p91
「弱者の政治」の原理としての日本国憲法
　◇「小田実全集 評論 17」講談社 2012 p240
弱者の連帯に寄り添う—朝日賞受賞スピーチ
　◇「石牟礼道子全集 17」藤原書店 2012 p491
蛇崩遊歩道
　◇「阿川弘之全集 20」新潮社 2007 p271
「寂」と海風
　◇「大庭みな子全集 24」日本経済新聞出版社 2011 p18
尺取り虫
　◇「石牟礼道子全集 15」藤原書店 2012 p95

尺取虫
　◇「決定版 三島由紀夫全集 37」新潮社 2004 p617
尺取虫の歌
　◇「狩久全集 6」皆進社 2013 p192
「弱肉強食」は人間違反だ！
　◇「小松左京全集 完全版 28」城西国際大学出版会 2006 p163
癪にさわつた事
　◇「小酒井不木随筆評論選集 8」本の友社 2004 p321
折伏
　◇「小島信夫批評集成 2」水声社 2011 p362
釈名
　◇「定本 久生十蘭全集 10」国書刊行会 2011 p312
釈明
　◇「谷崎潤一郎全集 12」中央公論新社 2017 p529
釈明
　◇「林京子全集 3」日本図書センター 2005 p121
借家
　◇「徳田秋聲全集 8」八木書店 2000 p7
芍薬の家
　◇「大庭みな子全集 12」日本経済新聞社 2010 p290
芍薬の花園
　◇「大庭みな子全集 16」日本経済新聞社 2010 p144
芍薬屋夫人
　◇「山田風太郎妖異小説コレクション 地獄太夫」徳間書店 2003（徳間文庫）p25
じゃけっと物語
　◇「日影丈吉全集 7」国書刊行会 2004 p159
社交室
　◇「定本 久生十蘭全集 2」国書刊行会 2009 p130
社交ダンス
　◇「徳田秋聲全集 22」八木書店 2001 p287
社交について―世界を旅し、日本を顧みる
　◇「決定版 三島由紀夫全集 32」新潮社 2003 p17
社交文化
　◇「小松左京全集 完全版 36」城西国際大学出版会 2011 p283
謝辞
　◇「決定版 三島由紀夫全集 36」新潮社 2003 p521
謝辞／あたかも星座のごとく
　◇「定本 荒巻義雄メタSF全集 別巻」彩流社 2015 p341
寫實と即興
　◇「福田恆存評論集 11」麗澤大學出版會、廣池學園事業部〔發売〕2009 p200
じゃじゃ馬ならし
　◇「福田恆存評論集 19」麗澤大學出版會、廣池學園事業部〔發売〕2010 p41
邪宗門
　◇「寺山修司著作集 3」クインテッセンス出版 2009 p191
邪宗門頭巾
　◇「山田風太郎妖異小説コレクション 山屋敷秘図」徳間書店 2003（徳間文庫）p135
邪宗門仏
　◇「山田風太郎妖異小説コレクション 山屋敷秘図」徳間書店 2003（徳間文庫）p34
車上の木主
　◇「宮城谷昌光全集 21」文藝春秋 2004 p452
車掌夫婦の死
　◇「徳田秋聲全集 14」八木書店 2000 p302
写真
　◇「小林秀雄全作品 22」新潮社 2004 p269
　◇「小林秀雄全集 補巻 3」新潮社 2010 p144
写真
　◇「宮本百合子全集 12」新日本出版社 2001 p185
写真
　◇「向田邦子全集 新版 9」文藝春秋 2009 p71
蛇人
　◇「岡本綺堂探偵小説全集 2」作品社 2012 p466
写真を配る男
　◇「狩久全集 3」皆進社 2013 p126
写真を滑稽にするポーズ＝静止の愚直さ
　◇「金井美恵子エッセイ・コレクション―1964-2013 1」平凡社 2013 p263
写真がいい
　◇「安部公房全集 27」新潮社 2000 p132
写真家としての成功を思えば―第3回PLAYBOYドキュメント・ファイル大賞選考
　◇「安部公房全集 27」新潮社 2000 p134
写真きちがい
　◇「日影丈吉全集 8」国書刊行会 2004 p913
写真芸術論
　◇「佐々木基一全集 7」河出書房新社 2013 p367
捨身飼虎〔対談〕(千宗室(十五代目))
　◇「決定版 三島由紀夫全集 39」新潮社 2004 p357
写真集「薔薇刑」のモデルをつとめて―ぷらす・まいなす'63
　◇「決定版 三島由紀夫全集 32」新潮社 2003 p630
写真説明〈競輪事件〉
　◇「坂口安吾全集 15」筑摩書房 1999 p697
蛇身千手仏
　◇「都筑道夫時代小説コレクション 3」戎光祥出版 2014（戎光祥時代小説名作館）p34
写真帖
　◇「徳田秋聲全集 3」八木書店 1999 p359
写真展NONへの期待
　◇「安部公房全集 30」新潮社 2009 p91
写真展NONへの期待
　◇「決定版 三島由紀夫全集 補巻」新潮社 2005 p151

しやし

写真と音楽
　◇「佐々木基一全集 7」河出書房新社 2013 p377
写真仲間
　◇「日影丈吉全集 6」国書刊行会 2002 p242
写真に添えて
　◇「宮本百合子全集 12」新日本出版社 2001 p394
写真熱再燃
　◇「宮城谷昌光全集 21」文藝春秋 2004 p287
写真の女
　◇「小松左京全集 完全版 17」城西国際大学出版会 2012 p388
シャシンの撮影
　◇「田中小実昌エッセイ・コレクション 4」筑摩書房 2003（ちくま文庫）p273
写真のぞき―周辺飛行20
　◇「安部公房全集 24」新潮社 1999 p332
写真の予感に導かれて
　◇「須賀敦子全集 4」河出書房新社 2007（河出文庫）p547
『写真万葉録 筑豊』（上野英信・趙根在監修）
　◇「石牟礼道子全集 14」藤原書店 2008 p339
写真屋と哲学者［翻訳］（ストリンドベルク）
　◇「安部公房全集 2」新潮社 1997 p349
散文詩＝ジャズが聴こえる
　◇「寺山修司著作集 1」クインテッセンス出版 2009 p507
ジャズについて〔座談会〕（秋山邦晴、木島始、武満徹、林光）
　◇「安部公房全集 12」新潮社 1998 p423
蛇性の婬 映画台本
　◇「谷崎潤一郎全集 10」中央公論新社 2016 p333
車窓の稲光り
　◇「内田百閒集成 2」筑摩書房 2002（ちくま文庫）p274
車中の皆
　◇「向田邦子全集 新版 5」文藝春秋 2009 p118
社長
　◇「小檜山博全集 8」柏艪舎 2006 p184
しゃちょうさん
　◇「松下竜一未刊行著作集 1」海鳥社 2008 p364
社長と盲腸と符丁
　◇「丸谷才一全集 10」文藝春秋 2014 p503
石橋
　◇「中上健次集 2」インスクリプト 2018 p77
借金
　◇「車谷長吉全集 2」新書館 2010 p498
借金鳥
　◇「吉川潮芸人小説セレクション 5」ランダムハウス講談社 2007 p43
ジャックはいえをたてたとさ
　◇「大庭みな子全集 17」日本経済新聞出版社 2010 p559

シャツのボタンが段ちがい
　◇「片岡義男コレクション 2」早川書房 2009（ハヤカワ文庫）p87
ジャップ
　◇「小田実全集 小説 17」講談社 2011 p191
斜塔と夕日とワイン
　◇「山田風太郎エッセイ集成 風山房風呂焚き唄」筑摩書房 2008 p93
車道のアリス
　◇「日影丈吉全集 別巻」国書刊行会 2005 p613
社内結婚
　◇「小松左京全集 完全版 25」城西国際大学出版会 2017 p365
ジャーナリズムの健忘症
　◇「上野壮夫全集 3」図書新聞 2011 p307
ジャーナリズムの航路
　◇「宮本百合子全集 19」新日本出版社 2002 p54
ジャーナリズムは作家を殺すか
　◇「上野壮夫全集 3」図書新聞 2011 p285
謝肉祭
　◇「内田百閒集成 12」筑摩書房 2003（ちくま文庫）p96
謝肉祭の支那服―地中海避寒地の巻
　◇「定本 久生十蘭全集 1」国書刊行会 2008 p30
『ジャネット・マーシュの水辺の絵日記』あとがき
　◇「大庭みな子全集 23」日本経済新聞出版社 2011 p160
紗の帷／シャネルNo.19
　◇「中井英夫全集 10」東京創元社 2002（創元ライブラリ）p189
饒舌（しゃべ）り過ぎる
　◇「〔山本周五郎〕新編傑作選 2」小学館 2010（小学館文庫）p55
喋る馬―旅のスケッチ
　◇「佐々木基一全集 3」河出書房新社 2013 p360
しゃべる男
　◇「山田風太郎ミステリー傑作選 10」光文社 2002（光文社文庫）p563
喋ることと書くこと
　◇「小林秀雄全作品 21」新潮社 2004 p11
　◇「小林秀雄全集 補巻 2」新潮社 2010 p21
「喋る」西洋と「書かれた」西洋
　◇「小田実全集 評論 3」講談社 2010 p149
喋る鳥
　◇「小檜山博全集 8」柏艪舎 2006 p207
「喋る倫理」の擡頭
　◇「小田実全集 評論 3」講談社 2010 p234
「喋る論理」の特徴
　◇「小田実全集 評論 3」講談社 2010 p78
しゃぼん玉
　◇「寺山修司著作集 1」クインテッセンス出版 2009 p375

しゃぼん玉の皮―周辺飛行23
　◇「安部公房全集 24」新潮社 1999 p416
邪魔者は殺せ
　◇「狩久全集 4」皆進社 2013 p298
シャーマンは祖国を歌う―儀式・言語・国家、そしてDNA
　◇「安部公房全集 28」新潮社 2000 p229
三味線作り
　◇「瀬戸内寂聴随筆選 3」ゆまに書房 2009 p9
三味線による叙事詩―狼少年
　◇「寺山修司著作集 2」クインテッセンス出版 2009 p121
シャムシャイン一揆のこと
　◇「宮本百合子全集 20」新日本出版社 2002 p47
斜面
　◇「上野壮夫全集 1」図書新聞 2010 p237
斜陽
　◇「太宰治映画化原作コレクション 1」文藝春秋 2009（文春文庫）p7
斜陽
　◇「決定版 三島由紀夫全集 37」新潮社 2004 p92
写楽
　◇「松本清張短編全集 08」光文社 2009（光文社文庫）p193
沙羅の花
　◇「小沼丹全集 3」未知谷 2004 p327
ジャリがおもしろがる"おとなの映画"
　◇「田中小実昌エッセイ・コレクション 3」筑摩書房 2002（ちくま文庫）p52
砂利場大将
　◇「内田百閒集成 5」筑摩書房 2003（ちくま文庫）p51
車輪
　◇「立松和平全小説 27」勉誠出版 2014 p200
車輪の下
　◇「寺山修司著作集 1」クインテッセンス出版 2009 p16
シャルトルーズ・グリーン
　◇「小松左京全集 完全版 37」城西国際大学出版会 2010 p296
シャルル・ド・フーコー師の祈り〔翻訳〕
　◇「須賀敦子全集 7」河出書房新社 2007（河出文庫）p229
しゃれた芝居 都会的な芝居を〔対談〕〔古波蔵保好〕
　◇「福田恆存対談・座談集 6」玉川大学出版部 2012 p289
蛇恋
　◇「三橋一夫ふしぎ小説集成 2」出版芸術社 2005 p113
シャーロック・ホームズ
　◇「山本周五郎探偵小説全集 2」作品社 2007 p4

シャーロック・ホームズ異聞
　◇「山本周五郎探偵小説全集 2」作品社 2007
シャーロック・ホームズ きみのホームズ、ぼくのホームズ
　◇「日影丈吉全集 別巻」国書刊行会 2005 p323
シャーロック・ホームズ氏と夏目漱石氏
　◇「山田風太郎エッセイ集成 わが推理小説零年」筑摩書房 2007 p92
シャーロック・ホームズ病
　◇「宮城谷昌光全集 21」文藝春秋 2004 p127
ジャンガラ
　◇「定本 久生十蘭全集 10」国書刊行会 2011 p96
ジャングルの蹟ける神
　◇「開高健ルポルタージュ選集 サイゴンの十字架」光文社 2008（光文社文庫）p28
ジャン・コクトオへの手紙―「悲恋」について
　◇「決定版 三島由紀夫全集 27」新潮社 2003 p46
ジャン・コクトオと映画
　◇「決定版 三島由紀夫全集 28」新潮社 2003 p85
ジャン・コクトオの遺言劇―映画「オルフェの遺言」
　◇「決定版 三島由紀夫全集 32」新潮社 2003 p68
ジャン・ジュネ
　◇「決定版 三島由紀夫全集 28」新潮社 2003 p154
雀聖枯野抄（ジャンせいかれのしょう）
　◇「山田風太郎エッセイ集成 わが推理小説零年」筑摩書房 2007 p237
シャンソン二題
　◇「中井英夫全集 6」東京創元社 1996（創元ライブラリ）p216
シャンソン物狂
　◇「決定版 三島由紀夫全集 補巻」新潮社 2005 p148
ジャンの物語
　◇「宮本百合子全集 13」新日本出版社 2001 p248
ジャンパー
　◇「金井美恵子エッセイ・コレクション―1964-2013 4」平凡社 2014 p394
上海
　◇「林京子全集 2」日本図書センター 2005 p153
　◇「林京子全集 7」日本図書センター 2005 p166
上海ガニ
　◇「隆慶一郎全集 19」新潮社 2010 p317
上海見聞録
　◇「谷崎潤一郎全集 12」中央公論新社 2017 p435
上海交遊記
　◇「谷崎潤一郎全集 12」中央公論新社 2017 p401
「上海租界」は誰のものだったのか
　◇「林京子全集 8」日本図書センター 2005 p388
上海と八月九日
　◇「林京子全集 7」日本図書センター 2005 p374
上海と八月九日と私
　◇「林京子全集 7」日本図書センター 2005 p243

しやん

上海と私
◇「林京子全集 7」日本図書センター 2005 p420

上海の日本人たち
◇「林京子全集 7」日本図書センター 2005 p431

『上海陸戦隊』
◇「佐々木基一全集 1」河出書房新社 2013 p134

三鞭酒
◇「内田百閒集成 11」筑摩書房 2003（ちくま文庫）p30

三鞭酒
◇「宮本百合子全集 9」新日本出版社 2001 p388

ジャンルの総合化と純粋化〔座談会〕（花田清輝，羽仁進，佐々木基一，中原佑介，佐藤忠男，柾木恭介）
◇「安部公房全集 11」新潮社 1998 p121

ジャンルの発展
◇「佐々木基一全集 2」河出書房新社 2013 p218

ジャン・ルノワール「黄金の馬車」
◇「佐々木基一全集 7」河出書房新社 2013 p325

ジャン・ロッシイ作 青柳瑞穂訳「不幸な出発」
◇「決定版 三島由紀夫全集 27」新潮社 2003 p676

朱
◇「中井英夫全集 10」東京創元社 2002（創元ライブラリ）p83

朱入れ
◇「石牟礼道子全集 8」藤原書店 2005 p300

樹蔭雑記
◇「宮本百合子全集 20」新日本出版社 2002 p220

朱印船
◇「国枝史郎歴史小説傑作選」作品社 2006 p448

師友
◇「辻邦生全集 16」新潮社 2005 p149

自由
◇「小林秀雄全作品 21」新潮社 2004 p19
◇「小林秀雄全集 補巻 3」新潮社 2010 p22

醜悪なり、キャラメル・ママ
◇「野坂昭如エッセイ・コレクション 2」筑摩書房 2004（ちくま文庫）p93

重庵の転々
◇「司馬遼太郎短篇全集 12」文藝春秋 2006 p167

獣医回診
◇「小島信夫短篇集成 5」水声社 2015 p219

十一月
◇「野呂邦暢小説集成 1」文遊社 2013 p373

十一月の創作界
◇「徳田秋聲全集 19」八木書店 2000 p354

十一人
◇「小松左京全集 完全版 25」城西国際大学出版会 2017 p85

十一番目の自殺者
◇「安部公房全集 5」新潮社 1997 p365

十一ぴきのネコ
◇「井上ひさしコレクション ことばの巻」岩波書店 2005 p344

〈周囲に対する"おびえ"〉『朝日新聞』のインタビューに答えて
◇「安部公房全集 16」新潮社 1998 p252

衆院選挙のあとに
◇「安部公房全集 3」新潮社 1997 p306

驟雨
◇「立松和平全小説 16」勉誠出版 2012 p193

十円
◇「小檜山博全集 7」柏艪舎 2006 p333

十円玉
◇「小檜山博全集 4」柏艪舎 2006 p453

縦横家
◇「国枝史郎歴史小説傑作選」作品社 2006 p493

自由をまさぐる映画―「サマーソルジャー」をめぐって〔対談〕（勅使河原宏）
◇「安部公房全集 23」新潮社 1999 p315

自由を我等に
◇「田中小実昌エッセイ・コレクション 3」筑摩書房 2002（ちくま文庫）p266

雌雄隠密比べ
◇「国枝史郎伝奇短篇小説集成 2」作品社 2006 p289

集会
◇「石牟礼道子全集 1」藤原書店 2004 p414

収穫
◇「林京子全集 6」日本図書センター 2005 p262

修学院への道
◇「辻邦生全集 19」新潮社 2005 p232

自由學園の自治（十一月十七日）
◇「福田恆存評論集 18」麗澤大學出版會，廣池學園事業部〔発売〕2010 p127

修学旅行
◇「決定版 三島由紀夫全集 18」新潮社 2002 p37

十月と現代世界
◇「安部公房全集 25」新潮社 1999 p498

十月二十三日付私信
◇「決定版 三島由紀夫全集 33」新潮社 2003 p417

十月の作品―読んだものから
◇「徳田秋聲全集 21」八木書店 2001 p104

十月の帝劇合評
◇「徳田秋聲全集 20」八木書店 2001 p43

十月の文芸時評
◇「宮本百合子全集 12」新日本出版社 2001 p326

習慣
◇「大庭みな子全集 6」日本経済新聞出版社 2009 p261

週刊誌は三度目
◇「谷崎潤一郎全集 24」中央公論新社 2016 p519

週間日記
◇「決定版 三島由紀夫全集 33」新潮社 2003 p72
終刊に寄す
◇「宮本百合子全集 15」新日本出版社 2001 p345
習慣のとりこ
◇「安部公房全集 9」新潮社 1998 p184
周忌
◇「林京子全集 4」日本図書センター 2005 p72
周期から見た七〇年代の異常性
◇「小松左京全集 完全版 35」城西国際大学出版会 2009 p34
重吉漂流紀聞
◇「定本 久生十蘭全集 8」国書刊行会 2010 p344
銃器店へ
◇「中井英夫全集 2」東京創元社 1998（創元ライブラリ）p356
十九歳
◇「決定版 三島由紀夫全集 19」新潮社 2002 p475
十九歳の地図
◇「中上健次集 1」インスクリプト 2014 p97
◇「中上健次集 1」インスクリプト 2014 p149
宗教を考える（山村雄一）
◇「司馬遼太郎対話選集 7」文藝春秋 2006（文春文庫）p154
秋興雑記
◇「徳田秋聲全集 20」八木書店 2001 p251
宗教詩ラウデの発展について―「太陽の讃歌」からヤコポーネにいたるまで
◇「須賀敦子全集 6」河出書房新社 2007（河出文庫）p77
宗教・すててこそ
◇「瀬戸内寂聴随筆選 4」ゆまに書房 2009
宗教的情熱による壮挙
◇「決定版 三島由紀夫全集 34」新潮社 2003 p442
宗教と生活感覚〔対談〕（井上洋治）
◇「福田恆存対話・座談集 4」玉川大学出版部 2012 p335
宗教と日本人（山折哲雄）
◇「司馬遼太郎対話選集 8」文藝春秋 2006（文春文庫）p12
宗教と文学
◇「車谷長吉全集 3」新書館 2010 p798
宗教の幹（堀田善衞, 宮崎駿）
◇「司馬遼太郎対話選集 8」文藝春秋 2006（文春文庫）p239
宗教の未来
◇「小松左京全集 完全版 31」城西国際大学出版会 2008 p326
終曲〔LYRIC〕
◇「決定版 三島由紀夫全集 37」新潮社 2004 p214
住居は人権、金儲けの対象にあらず
◇「小田実全集 評論 34」講談社 2013 p203

集金旅行後日漫譚
◇「20世紀断層―野坂昭如単行本未収録小説集成 4」幻戯書房 2010 p117
ジュウクボックスの中の青春
◇「小檜山博全集 7」柏艪舎 2006 p87
従軍記者の感想
◇「小林秀雄全作品 10」新潮社 2003 p190
◇「小林秀雄全集 補巻 1」新潮社 2010 p533
従軍日記
◇「定本 久生十蘭全集 10」国書刊行会 2011 p448
自由劇場の再挙に際して
◇「谷崎潤一郎全集 18」中央公論新社 2016 p548
自由ケ丘の狐
◇「戸川幸夫動物文学セレクション 1」ランダムハウス講談社 2008（ランダムハウス講談社文庫）p263
終結
◇「20世紀断層―野坂昭如単行本未収録小説集成 5」幻戯書房 2010 p399
雌雄決すべし
◇「20世紀断層―野坂昭如単行本未収録小説集成 3」幻戯書房 2010 p299
集合凶音
◇「森village誠一ベストセレクション 空白の凶相」光文社 2010（光文社文庫）p299
秋香塾とサンマー
◇「谷崎潤一郎全集 21」中央公論新社 2016 p366
10号創作感
◇「狩久全集 1」皆進社 2013 p323
周口店―シナントロプス・ペキネンシス
◇「小松左京全集 完全版 43」城西国際大学出版会 2014 p23
重厚な作風
◇「大坪砂男全集 4」東京創元社 2013（創元推理文庫）p436
十五才
◇「寺山修司著作集 1」クインテッセンス出版 2009 p76
十五歳
◇「寺山修司著作集 1」クインテッセンス出版 2009 p9
◇「寺山修司著作集 1」クインテッセンス出版 2009 p359
十五着の背広
◇「小檜山博全集 7」柏艪舎 2006 p281
十吾、天外 松竹新喜劇旗揚げ
◇「小松左京全集 完全版 42」城西国際大学出版会 2014 p227
十五日正月
◇「石牟礼道子全集 10」藤原書店 2006 p18
銃後の少国民
◇「定本 荒巻義雄メタSF全集 5」彩流社 2015 p329
十五夜物語二幕
◇「谷崎潤一郎全集 5」中央公論新社 2016 p165

しゅう

「十五夜物語」について
　◇「谷崎潤一郎全集 25」中央公論新社 2016 p182
「十五夜物語」の思ひ出
　◇「谷崎潤一郎全集 22」中央公論新社 2017 p355
収差
　◇「天城一傑作集 2」日本評論社 2005 p513
秀才粟津則雄
　◇「辻邦生全集 16」新潮社 2005 p366
私有財産論—モア、カンパネルラ、オーウェル
　◇「小松左京全集 完全版 40」城西国際大学出版会 2012 p137
秀才たちの群
　◇「辻邦生全集 16」新潮社 2005 p287
習作の日々
　◇「小檜山博全集 6」柏艪舎 2006 p112
十三角関係
　◇「山田風太郎ミステリー傑作選 2」光文社 2001（光文社文庫）p335
作品『秋山図』
　◇「大庭みな子全集 23」日本経済新聞出版社 2011 p396
十三日の金曜日
　◇「小沼丹全集 3」未知谷 2004 p446
十三年目の…
　◇「安部公房全集 21」新潮社 1999 p415
十三の星の星条旗
　◇「小田実全集 評論 6」講談社 2010 p13
十三枚の紙に書かれた追録
　◇「安部公房全集 1」新潮社 1997 p379
　◇「安部公房全集 19」新潮社 1999 p462
十三夜の鏡
　◇「日影丈吉全集 6」国書刊行会 2002 p220
十字街
　◇「定本 久生十蘭全集 8」国書刊行会 2010 p45
十字街頭
　◇「小島信夫短篇集成 5」水声社 2015 p99
十字架と三面記事
　◇「開高健ルポルタージュ選集 サイゴンの十字架」光文社 2008（光文社文庫）p96
十字架の影射すところ
　◇「開高健ルポルタージュ選集 サイゴンの十字架」光文社 2008（光文社文庫）p220
自由時間—都市を盗む12
　◇「安部公房全集 26」新潮社 1999 p456
修辞者のあとがき
　◇「決定版 三島由紀夫全集 29」新潮社 2003 p510
自由市場—まるで巨大な体育館
　◇「小松左京全集 完全版 43」城西国際大学出版会 2014 p306
十七音
　◇「寺山修司著作集 4」クインテッセンス出版 2009 p48

秋日
　◇「大庭みな子全集 17」日本経済新聞出版社 2010 p16
秋日（『郁る樹の詩』）
　◇「大庭みな子全集 23」日本経済新聞出版社 2011 p355
終日の歌
　◇「古井由吉自撰作品 7」河出書房新社 2012 p87
習字のけいこ
　◇「阿川弘之全集 16」新潮社 2006 p532
習字の伝承
　◇「決定版 三島由紀夫全集 34」新潮社 2003 p612
啾々吟
　◇「松本清張短編全集 01」光文社 2008（光文社文庫）p163
　◇「松本清張傑作選 悪党たちの懺悔録」新潮社 2009 p7
　◇「松本清張傑作選 悪党たちの懺悔録」2013（新潮文庫）p9
蒐集癖
　◇「江戸川乱歩全集 30」光文社 2005（光文社文庫）p294
自由主義の悲喜劇
　◇「佐々木基一全集 3」河出書房新社 2013 p313
集書
　◇「江戸川乱歩全集 30」光文社 2005（光文社文庫）p315
秋宵鬼哭
　◇「内田百閒集成 5」筑摩書房 2003（ちくま文庫）p21
終章—首のない龍
　◇「小松左京全集 完全版 27」城西国際大学出版会 2007 p78
重症者の兇器
　◇「決定版 三島由紀夫全集 27」新潮社 2003 p28
秋宵よもやま話［座談会］（堀田善衞、島尾敏雄）
　◇「安部公房全集 22」新潮社 1999 p150
就職試験
　◇「小檜山博全集 8」柏艪舎 2006 p132
就職は「天災」か
　◇「小田実全集 評論 7」講談社 2010 p365
十字路
　◇「江戸川乱歩全集 19」光文社 2004（光文社文庫）p47
　◇「江戸川乱歩全集 18」沖積舎 2009 p3
十字路の吐息［翻訳］（ハイネ）
　◇「決定版 三島由紀夫全集 37」新潮社 2004 p286
修身
　◇「宮本百合子全集 19」新日本出版社 2002 p372
重臣たちの証言録（一）
　◇「阿川弘之全集 20」新潮社 2007 p372
重臣たちの証言録（二）
　◇「阿川弘之全集 20」新潮社 2007 p377

重臣たちの証言録（三）
　◇「阿川弘之全集 20」新潮社 2007 p383
「自由人」と「国家人」
　◇「小田実全集 評論 25」講談社 2012 p28
囚人の歌
　◇「中井英夫全集 10」東京創元社 2002（創元ライブラリ）p43
自由人の傲岸な魂
　◇「大庭みな子全集 6」日本経済新聞出版社 2009 p29
獣人の獄
　◇〔「山田風太郎〕時代短篇選集 2」小学館 2013（小学館文庫）p127
終身不能囚
　◇「森村誠一ベストセレクション 空白の凶相」光文社 2010（光文社文庫）p123
「修身は復興すべきでしょうか」に答えて
　◇「宮本百合子全集 19」新日本出版社 2002 p371
秋水の書簡
　◇「瀬戸内寂聴随筆選 2」ゆまに書房 2009 p175
修介
　◇「阿川弘之全集 1」新潮社 2005 p101
修介の年末
　◇「阿川弘之全集 1」新潮社 2005 p201
「習性学」からみた闘争
　◇「小松左京全集 完全版 35」城西国際大学出版会 2009 p405
秋聲閑談―震災後の文芸に就て
　◇「徳田秋聲全集 20」八木書店 2001 p253
秋聲子の創作談
　◇「徳田秋聲全集 19」八木書店 2000 p64
秋声と漱石（自己宣伝）
　◇「小島信夫批評集成 2」水声社 2011 p714
秋声録（明治二十六年）
　◇「徳田秋聲全集 別巻」八木書店 2006 p7
終雪
　◇「小檜山博全集 3」柏艪舎 2006 p463
秋扇
　◇「内田百閒集成 12」筑摩書房 2003（ちくま文庫）p112
終戦三年〔対談〕（阿部真之助）
　◇「坂口安吾全集 17」新潮社 1999 p289
週言 終戦の日
　◇「林京子全集 7」日本図書センター 2005 p441
重層する肖像
　◇「小島信夫批評集成 7」水声社 2011 p687
重層的な騎馬物語―木下順二『ぜんぶ馬の話』〔選評〕
　◇「安部公房全集 28」新潮社 2000 p59
習俗への風化
　◇「小松左京全集 完全版 36」城西国際大学出版会 2011 p27

重大な主題 第100回（昭和63年度下半期）芥川賞
　◇「大庭みな子全集 24」日本経済新聞出版社 2011 p70
自由だ、助けてくれ
　◇「寺山修司著作集 4」クインテッセンス出版 2009 p261
集団生活の一面
　◇「田村泰次郎選集 2」日本図書センター 2005 p68
集団逃散
　◇「石牟礼道子全集 5」藤原書店 2004 p237
集團的思考（昭和四十一年一月五日）
　◇「福田恆存評論集 18」麗澤大學出版會、廣池學園事業部〔発売〕 2010 p135
集団見合
　◇「坂口安吾全集 6」筑摩書房 1998 p572
羞恥心のない男
　◇「車谷長吉全集 3」新書館 2010 p698
終着駅〔解決篇〕
　◇「鮎川哲也コレクション挑戦篇 3」出版芸術社 2006 p198
終着駅〔問題篇〕
　◇「鮎川哲也コレクション挑戦篇 3」出版芸術社 2006 p152
終電車
　◇「都筑道夫恐怖短篇集成 1」筑摩書房 2004（ちくま文庫）p218
「自由」と「インテリ」と「文化」
　◇「小田実全集 評論 14」講談社 2011 p73
秋冬随筆
　◇「決定版 三島由紀夫全集 33」新潮社 2003 p130
自由と権力の状況
　◇「決定版 三島由紀夫全集 35」新潮社 2003 p251
「集」としての「カンツォニエーレ」―ウンベルト・サバの場合
　◇「須賀敦子全集 6」河出書房新社 2007（河出文庫）p231
自由と進歩
　◇「福田恆存評論集 4」麗澤大學出版會、廣池學園事業部〔発売〕 2009 p233
師友との日々
　◇「宮城谷昌光全集 21」文藝春秋 2004 p99
自由と平和―ラッセル批判
　◇「福田恆存評論集 7」麗澤大學出版會、廣池學園事業部〔発売〕 2008 p207
姑ご、ろ
　◇「徳田秋聲全集 3」八木書店 1999 p156
自由と唯物思想
　◇「福田恆存評論集 4」麗澤大學出版會、廣池學園事業部〔発売〕 2009 p225
自由な新しさということ
　◇「小島信夫批評集成 1」水声社 2011 p392

しゅう

自由な女への萌芽〔対談〕(高橋たか子)
　◇「大庭みな子全集 21」日本経済新聞出版社 2011 p46

自由な主題の選択、方法を―第2回PLAYBOYドキュメント・ファイル大賞選評
　◇「安部公房全集 27」新潮社 2000 p99

十七歳の歌
　◇「阿川弘之全集 20」新潮社 2007 p325

十七年前のテレビ
　◇「石牟礼道子全集 8」藤原書店 2005 p341

17分間の長い旅―男子千五百メートル自由形決勝
　◇「決定版 三島由紀夫全集 33」新潮社 2003 p186

十二王子
　◇「徳田秋聲全集 27」八木書店 2002 p136

十二月の僧院
　◇「中井英夫全集 10」東京創元社 2002（創元ライブラリ）p106

12月8日、私は……―20年前の「その日」
　◇「決定版 三島由紀夫全集 36」新潮社 2003 p640

十二号
　◇「小沼丹全集 1」未知谷 2004 p412

十二歳
　◇「立松和平全小説 27」勉誠出版 2014 p300

十二時間の恋人
　◇「狩久全集 2」皆進社 2013 p141

自由について
　◇「福田恆存評論集 17」麗澤大学出版會, 廣池學園事業部〔発売〕2010 p41

銃について
　◇「田村泰次郎選集 2」日本図書センター 2005 p49

十二人の手紙
　◇「井上ひさし短編中編小説集成 7」岩波書店 2015 p145

十二の肖像画による十二の物語
　◇「辻邦生全集 8」新潮社 2005 p315

十二の微苦笑譚
　◇「井上ひさし短編中編小説集成 2」岩波書店 2014 p437

十二の風景画への十二の旅
　◇「辻邦生全集 8」新潮社 2005 p383

十二夜
　◇「福田恆存評論集 19」麗澤大学出版會, 廣池學園事業部〔発売〕2010 p271

自由に読み楽しむ 古典を流麗な文章で
　◇「大庭みな子全集 24」日本経済新聞出版社 2011 p254

執念
　◇「安部公房全集 29」新潮社 2000 p266

十年
　◇「中戸川吉二作品集」勉誠出版 2013 p404

十年
　◇「深沢夏衣作品集」新幹社 2015 p365

一〇年計画
　◇「定本 荒巻義雄メタSF全集 5」彩流社 2015 p361

十年後の映画界
　◇「アンドロギュノスの裔 渡辺温全集」東京創元社 2011（創元推理文庫）p609

十年後の十字街
　◇「アンドロギュノスの裔 渡辺温全集」東京創元社 2011（創元推理文庫）p614

十年前
　◇「小沼丹全集 4」未知谷 2004 p121

十年に一回のESP(エスプ)
　◇「鈴木いづみコレクション 7」文遊社 1997 p62

十年の思い出
　◇「宮本百合子全集 9」新日本出版社 2001 p346

執念の期待 第112回（平成6年度下半期）芥川賞
　◇「大庭みな子全集 24」日本経済新聞出版社 2011 p79

十年の身辺
　◇「内田百閒集成 19」筑摩書房 2004（ちくま文庫）p129

十年保証の化学志願(加藤秀俊, 篠田統)
　◇「小松左京全集 完全版 38」城西国際大学出版会 2010 p104

十年目
　◇「狩久全集 2」皆進社 2013 p273

自由の歌
　◇「辻井喬コレクション 7」河出書房新社 2003 p188

銃の音
　◇「徳田秋聲全集 3」八木書店 1999 p3

自由の国
　◇「小松左京全集 完全版 43」城西国際大学出版会 2014 p342

自由の「模擬実験(シミュレーション)」
　◇「小田実全集 評論 17」講談社 2012 p135

自由の喪失
　◇「大庭みな子全集 17」日本経済新聞出版社 2010 p47

「自由の敵」について
　◇「決定版 三島由紀夫全集 36」新潮社 2003 p637

十八歳と三十四歳の肖像画
　◇「決定版 三島由紀夫全集 31」新潮社 2003 p216

十八世紀の復権
　◇「辻邦生全集 19」新潮社 2005 p86

十八の娘
　◇「小寺菊子作品集 1」桂書房 2014 p473

十八歳
　◇「中上健次集 1」インスクリプト 2014 p15

十八歳、海へ
　◇「中上健次集 1」インスクリプト 2014 p13

十八歳の日記
　◇「上野壮夫全集 1」図書新聞 2010 p469

しゆき

秋旻（しうびん）
　◇「決定版 三島由紀夫全集 37」新潮社 2004 p644

愁芙蓉（「うき雲」を改題）
　◇「徳田秋聲全集 28」八木書店 2002 p60

『愁芙蓉』自序
　◇「徳田秋聲全集 別巻」八木書店 2006 p83

醜聞（十月十一日）
　◇「福田恆存評論集 18」麗澤大學出版會，廣池學園事業部〔発売〕 2010 p88

周辺思考
　◇「安部公房全集 21」新潮社 1999 p336

周辺飛行―第76回新潮社文化講演会
　◇「安部公房全集 24」新潮社 1999 p150

周辺飛行―第94回新潮社文化講演会
　◇「安部公房全集 25」新潮社 1999 p136

終末感からの出発―昭和二十年の自画像
　◇「決定版 三島由紀夫全集 28」新潮社 2003 p516

終末観と文学
　◇「決定版 三島由紀夫全集 32」新潮社 2003 p19

終末観と未来のイメージ
　◇「小松左京全集 完全版 40」城西国際大学出版会 2012 p358

「終末観」の終末
　◇「小松左京全集 完全版 28」城西国際大学出版会 2006 p334

終末観の誕生
　◇「小松左京全集 完全版 28」城西国際大学出版会 2006 p15

終末処分
　◇「20世紀断層―野坂昭如単行本未収録小説集成 2」幻戯書房 2010 p7

十まで数えろ
　◇「日影丈吉全集 8」国書刊行会 2004 p13

十万円の古本
　◇「阿川弘之全集 16」新潮社 2006 p504

十万両旅
　◇「横溝正史時代小説コレクション伝奇篇 2」出版芸術社 2003 p112

「住民運動」地道に息長く
　◇「松下竜一未刊行著作集 5」海鳥社 2009 p352

住民登録
　◇「松田解子自選集 9」澤田出版 2009 p107

十目十指
　◇「山本周五郎長篇小説全集 23」新潮社 2014 p239

十文字美信（カメラマン）
　◇「向田邦子全集 新版 9」文藝春秋 2009 p206

重役は言ったが
　◇「松田解子自選集 4」澤田出版 2005 p191

十四日祭の夜
　◇「宮本百合子全集 13」新日本出版社 2001 p439

十四年前の鼎談
　◇「小島信夫批評集成 8」水声社 2010 p151

十四歳の作品
　◇「小檜山博全集 8」柏艪舎 2006 p117

十四牌を音もなくすりかえる
　◇「色川武大・阿佐田哲也エッセイズ 1」筑摩書房 2003（ちくま文庫）p211

重力と進化
　◇「小松左京全集 完全版 37」城西国際大学出版会 2010 p53

重力の都
　◇「中上健次集 9」インスクリプト 2013 p111
　◇「中上健次集 9」インスクリプト 2013 p113

しゅうりりえんえん（1）
　◇「石牟礼道子全集 16」藤原書店 2013 p234

しゅうりりえんえん（2）
　◇「石牟礼道子全集 16」藤原書店 2013 p238

獣林寺妖変
　◇「赤江瀑短編傑作選 幻想編」光文社 2007（光文社文庫）p77

終列車
　◇「小檜山博全集 3」柏艪舎 2006 p444

十六歳
　◇「小檜山博全集 7」柏艪舎 2006 p311

収録作品雑記
　◇「眉村卓コレクション 異世界篇 1」出版芸術社 2012 p392
　◇「眉村卓コレクション 異世界篇 2」出版芸術社 2012 p392
　◇「眉村卓コレクション 異世界篇 3」出版芸術社 2012 p364

十六室会
　◇「国枝史郎歴史小説傑作選」作品社 2006 p501

十六世紀のユートピア
　◇「小松左京全集 完全版 40」城西国際大学出版会 2012 p330

十六羅漢―摩阿陀十六年
　◇「内田百閒集成 10」筑摩書房 2003（ちくま文庫）p204

樹影譚
　◇「丸谷才一全集 4」文藝春秋 2014 p519

酒宴
　◇「立松和平小説 2」勉誠出版 2010 p344

朱をつける人―森の家と橋本憲三
　◇「石牟礼道子全集 17」藤原書店 2012 p326

朱夏
　◇「深沢夏衣作品集」新幹社 2015 p329

主観と客観
　◇「安部公房全集 1」新潮社 1997 p105
　◇「安部公房全集 1」新潮社 1997 p165

主観の風景化
　◇「石牟礼道子全集 1」藤原書店 2004 p182

授業の始まる頃
　◇「徳田秋聲全集 11」八木書店 1998 p239

しゆき

手記は「聖書」─記憶持ち寄り力に
　◇「井上ひさしコレクション 日本の巻」岩波書店 2005 p222

祝賀会の後
　◇「徳田秋聲全集 20」八木書店 2001 p162

夙川の雨
　◇「決定版 三島由紀夫全集 37」新潮社 2004 p256

祝婚歌─カンタータ
　◇「決定版 三島由紀夫全集 37」新潮社 2004 p772

祝祭日に關し衆參兩議員に訴ふ
　◇「福田恆存評論集 8」麗澤大學出版會, 廣池學園事業部〔発売〕 2007 p91

祝祭日(二月九日)
　◇「福田恆存評論集 18」麗澤大學出版會, 廣池學園事業部〔発売〕 2010 p141

祝辞(紫式部歌碑除幕式によせて)
　◇「谷崎潤一郎全集 23」中央公論新社 2017 p447

縮図
　◇「徳田秋聲全集 18」八木書店 2000 p265

『縮図』をめぐって 秋声の発見 四
　◇「小島信夫批評集成 8」水声社 2010 p404

『縮図』作者の言葉
　◇「徳田秋聲全集 別巻」八木書店 2006 p130

「縮図」断想
　◇「佐々木基一全集 1」河出書房新社 2013 p438

祝典
　◇「決定版 三島由紀夫全集 37」新潮社 2004 p454

祝電
　◇「松下竜一未刊行著作集 2」海鳥社 2008 p308

塾の附近
　◇「徳田秋聲全集 19」八木書店 2000 p208

祝砲
　◇「中井英夫全集 10」東京創元社 2002（創元ライブラリ）p148

「宿命」─戦後映画史上の傑作
　◇「安部公房全集 7」新潮社 1998 p446

宿命について
　◇「福田恆存評論集 17」麗澤大學出版會, 廣池學園事業部〔発売〕 2010 p34

宿命について─川端康成論
　◇「辻邦生全集 18」新潮社 2005 p199

宿命のCANDIDE
　◇「坂口安吾全集 7」筑摩書房 1999 p354

宿命は待つことができる
　◇「天城一傑作集 3」日本評論社 2006 p1

シュークリーム
　◇「内田百閒集成 12」筑摩書房 2003（ちくま文庫）p152

受勲異聞
　◇「阿川弘之全集 19」新潮社 2007 p365

手芸について
　◇「宮本百合子全集 9」新日本出版社 2001 p151

受験
　◇「林京子全集 7」日本図書センター 2005 p87

修験
　◇「中上健次集 2」インスクリプト 2018 p225

受験シーズン
　◇「小島信夫短篇集成 2」水声社 2014 p473

修験者荒道中
　◇「国枝史郎伝奇短篇小説集成 2」作品社 2006 p211

受験生の自殺心理
　◇「小酒井不木随筆評論選集 8」本の友社 2004 p301

手稿
　◇「寺山修司著作集 1」クインテッセンス出版 2009 p25

趣向を追う
　◇「井上ひさしコレクション ことばの巻」岩波書店 2005 p348

趣向について
　◇「丸谷才一全集 9」文藝春秋 2013 p221

酒豪日本一
　◇「坂口安吾全集 13」筑摩書房 1999 p429

〈抜粋〉酒光漫筆
　◇「内田百閒集成 24」筑摩書房 2004（ちくま文庫）p112

酒光漫筆
　◇「内田百閒集成 11」筑摩書房 2003（ちくま文庫）p47

取材しないで書いた小説
　◇「山崎豊子全集 3」新潮社 2004 p631

取材の奇蹟
　◇「瀬戸内寂聴随筆選 2」ゆまに書房 2009 p151

呪殺吹戻し
　◇「都筑道夫時代小説コレクション 1」戎光祥出版 2014（戎光祥時代小説名作館）p6

種子
　◇「大庭みな子全集 7」日本経済新聞出版社 2009 p403

主治医邸の焼け跡
　◇「内田百閒集成 22」筑摩書房 2004（ちくま文庫）p90

手術
　◇「徳田秋聲全集 9」八木書店 1998 p154

手術台の私
　◇「〔野呂邦暢〕随筆コレクション 1」みすず書房 2014 p63

呪術について
　◇「福田恆存評論集 2」麗澤大學出版會, 廣池學園事業部〔発売〕 2009 p258

呪術の現代的考察
　◇「福田恆存評論集 2」麗澤大學出版會, 廣池學園事業部〔発売〕 2009 p270

呪術の不思議
　◇「大庭みな子全集 23」日本経済新聞出版社 2011 p314
種子よ
　◇「定本 荒巻義雄メタSF全集 6」彩流社 2015 p403
首相暗殺計画
　◇「西村京太郎自選集 2」徳間書店 2004（徳間文庫）p109
衆生開眼
　◇「坂口安吾全集 11」筑摩書房 1998 p446
受賞して
　◇「小林秀雄全作品 28」新潮社 2005 p252
　◇「小林秀雄全集 補巻 3」新潮社 2010 p499
受賞者のあいさつ（毎日芸術賞「絹と明察」）
　◇「決定版 三島由紀夫全集 33」新潮社 2003 p251
樹上葬の謎
　◇「小松左京全集 完全版 36」城西国際大学出版会 2011 p40
受賞について（新潮社文学賞「潮騒」）
　◇「決定版 三島由紀夫全集 28」新潮社 2003 p409
受賞の言
　◇「隆慶一郎全集 19」新潮社 2010 p422
受賞の言葉
　◇「大坪砂男全集 4」東京創元社 2013（創元推理文庫）p264
受賞のことば（週刊読売新劇賞「薔薇と海賊」）
　◇「決定版 三島由紀夫全集 30」新潮社 2003 p693
受賞のことば〔文藝春秋読者賞〕
　◇「坂口安吾全集 11」筑摩書房 1998 p105
首相の靖国参拝問題
　◇「井上ひさしコレクション 日本の巻」岩波書店 2005 p151
受賞の夜
　◇「土屋隆夫コレクション新装版 影の告発」光文社 2002（光文社文庫）p458
主人公たちの部屋
　◇「宮城谷昌光全集 21」文藝春秋 2004 p223
主人公のいない場所
　◇「加藤幸子自選作品集 4」未知谷 2013 p227
酒神と心中
　◇「田中小実昌エッセイ・コレクション 4」筑摩書房 2003（ちくま文庫）p103
酒神のさかな
　◇「林京子全集 7」日本図書センター 2005 p118
数珠かけ伝法
　◇「山田風太郎妖異小説コレクション 地獄太夫」徳間書店 2003（徳間文庫）p375
シューズ紳士
　◇「野坂昭如エッセイ・コレクション 1」筑摩書房 2004（ちくま文庫）p63
受精卵はイギリスから
　◇「小松左京全集 完全版 40」城西国際大学出版会 2012 p230

ジュゼッペ・ウンガレッティ—Giuseppe Ungaretti
　◇「須賀敦子全集 5」河出書房新社 2008（河出文庫）p37
手選女工具
　◇「松田解子自選集 5」澤田出版 2007 p181
酒仙放談 昭和二十三年（井伏鱒二, 三木鶏郎）
　◇「内田百閒集成 21」筑摩書房 2004（ちくま文庫）p112
呪咀
　◇「徳田秋聲全集 35」八木書店 2004 p3
種族
　◇「定本 久生十蘭全集 10」国書刊行会 2011 p315
種族同盟
　◇「松本清張映画化作品集 1」双葉社 2008（双葉文庫）p297
受胎
　◇「石牟礼道子全集 1」藤原書店 2004 p453
受胎
　◇「古井由吉自撰作品 8」河出書房新社 2012 p262
「受胎告知」
　◇「〔野呂邦暢〕随筆コレクション 2」みすず書房 2014 p474
主題について
　◇「小島信夫批評集成 2」水声社 2011 p306
主題について
　◇「佐々木基一全集 1」河出書房新社 2013 p386
手段
　◇「安部公房全集 5」新潮社 1997 p375
繻珍のズボン
　◇「宮本百合子全集 14」新日本出版社 2001 p80
出演の弁（「からっ風野郎」）
　◇「決定版 三島由紀夫全集 31」新潮社 2003 p394
述懐
　◇「谷崎潤一郎全集 25」中央公論新社 2016 p76
十ヶ月目の被災地を空から見た
　◇「小松左京全集 完全版 46」城西国際大学出版会 2016 p130
出京
　◇「徳田秋聲全集 9」八木書店 1998 p184
　◇「徳田秋聲全集 10」八木書店 1998 p156
出家物語
　◇「坂口安吾全集 6」筑摩書房 1998 p252
出獄
　◇「山崎豊子全集 17」新潮社 2005 p507
出獄（「ゆく雲」を改題）
　◇「徳田秋聲全集 3」八木書店 1999 p294
出魂
　◇「石牟礼道子全集 15」藤原書店 2012 p22
出魂儀
　◇「石牟礼道子全集 15」藤原書店 2012 p414

しゅつ

出産
◇「小檜山博全集 4」柏艪舎 2006 p477
出産
◇「徳田秋聲全集 7」八木書店 1998 p76
出生
◇「石牟礼道子全集 1」藤原書店 2004 p418
出生譚
◇「寺山修司著作集 1」クインテッセンス出版 2009 p18
出征
◇「徳田秋聲全集 28」八木書店 2002 p394
出世！ 出世！
◇「国枝史郎伝奇短篇小説集成 2」作品社 2006 p17
出世の効用
◇「吉行淳之介エッセイ・コレクション 1」筑摩書房 2004（ちくま文庫）p131
出世払い
◇「隆慶一郎全集 19」新潮社 2010 p416
出張撮影に就いての感想
◇「谷崎潤一郎全集 8」中央公論新社 2017 p457
出張捜査
◇「日影丈吉全集 5」国書刊行会 2003 p537
術の小説——私のハインライン論
◇「定本 荒巻義雄メタSF全集 1」彩流社 2015 p451
出発
◇「安部公房全集 7」新潮社 1998 p28
出発
◇「稲垣足穂コレクション 3」筑摩書房 2005（ちくま文庫）p17
出発
◇「上野壯夫全集 1」図書新聞 2010 p274
出発
◇「金石範作品集 1」平凡社 2005 p381
出発
◇「小檜山博全集 8」柏艪舎 2006 p140
出発の弁
◇「決定版 三島由紀夫全集 29」新潮社 2003 p615
出発まで（自六月二日 至七月十二日）
◇「定本 久生十蘭全集 10」国書刊行会 2011 p553
出版界に関するアンケートの回答メモ
◇「坂口安吾全集 16」筑摩書房 2000 p533
出版界の現状 全集の流行と作家の態度
◇「徳田秋聲全集 21」八木書店 2001 p152
出版革命と文壇
◇「佐々木基一全集 3」河出書房新社 2013 p103
酒徒
◇「隆慶一郎全集 19」新潮社 2010 p295
「首都移転」のプロモーターは誰か
◇「小松左京全集 完全版 42」城西国際大学出版会 2014 p35
朱盗
◇「司馬遼太郎短篇全集 3」文藝春秋 2005 p359

首都消失
◇「小松左京全集 完全版 9」城西国際大学出版会 2016 p7
首都のタイプ
◇「小松左京全集 完全版 37」城西国際大学出版会 2010 p292
受難について
◇「石牟礼道子全集 13」藤原書店 2007 p730
受難のサド
◇「決定版 三島由紀夫全集 31」新潮社 2003 p416
授乳するマリア
◇「安部公房全集 7」新潮社 1998 p84
ジュネの「女中たち」
◇「決定版 三島由紀夫全集 32」新潮社 2003 p442
主の祈り
◇「須賀敦子全集 7」河出書房新社 2007（河出文庫）p213
朱の絶筆
◇「鮎川哲也コレクション 朱の絶筆」光文社 2007（光文社文庫）p7
〔『シユピオ』お問合せ〕
◇「定本 久生十蘭全集 10」国書刊行会 2011 p86
〔『シユピオ』ハガキ回答〕
◇「定本 久生十蘭全集 10」国書刊行会 2011 p88
ジュピター殺人事件
◇「狩久全集 2」皆進社 2013 p63
主婦意識の転換
◇「宮本百合子全集 15」新日本出版社 2001 p338
主婦と新聞
◇「宮本百合子全集 18」新日本出版社 2002 p133
主婦と「文学」
◇「金井美恵子エッセイ・コレクション——1964-2013 1」平凡社 2013 p253
主夫になる
◇「小檜山博全集 7」柏艪舎 2006 p154
酒保
◇「定本 久生十蘭全集 10」国書刊行会 2011 p102
呪法
◇「都筑道夫恐怖短篇集成 1」筑摩書房 2004（ちくま文庫）p384
酒保に食へり
◇「定本 久生十蘭全集 10」国書刊行会 2011 p104
趣味
◇「〔野呂邦暢〕随筆コレクション 2」みすず書房 2014 p206
趣味的の酒
◇「決定版 三島由紀夫全集 27」新潮社 2003 p665
趣味と好尚
◇「徳田秋聲全集 23」八木書店 2001 p270
趣味の醫學
◇「小酒井不木随筆評論選集 6」本の友社 2004 p317

しゅん

趣味のすすめ
◇「阿川弘之全集 16」新潮社 2006 p320

趣味の犯罪探偵談
◇「小酒井不木随筆評論選集 4」本の友社 2004 p173

寿命
◇「内田百閒集成 12」筑摩書房 2003（ちくま文庫）p249

樹木と草花
◇「〔野呂邦暢〕随筆コレクション 2」みすず書房 2014 p475

呪文
◇「大庭みな子全集 6」日本経済新聞出版社 2009 p164

朱門博学に一矢報いる
◇「遠藤周作エッセイ選集 3」光文社 2006（知恵の森文庫）p101

酒友
◇「小沼丹全集 4」未知谷 2004 p614

須臾の少女
◇「〔野呂邦暢〕随筆コレクション 1」みすず書房 2014 p273

修羅
◇「中井英夫全集 10」東京創元社 2002（創元ライブラリ）p167

ジュラ紀の波
◇「赤江瀑短編傑作選 情念編」光文社 2007（光文社文庫）p349

修羅の終焉
◇「辻井喬コレクション 7」河出書房新社 2003 p362

ジュラの夜明けに
◇「辻邦生全集 7」新潮社 2004 p373

シュラ場で
◇「小田実全集 評論 13」講談社 2011 p193

ジュラルミンの箱
◇「大庭みな子全集 17」日本経済新聞出版社 2010 p20

酒乱と痔疾
◇「20世紀断層—野坂昭如単行本未収録小説集成 4」幻戯書房 2010 p53

ジュリアス・シーザー
◇「福田恆存評論集 19」麗澤大學出版會, 廣池學園事業部〔発売〕2010 p160

「ジュリアス・シーザー」翻訳者に聞く〔対談〕(芥川比呂志)
◇「福田恆存対談・座談集 6」玉川大学出版部 2012 p149

寿陵開闢始末
◇「佐々木基一全集 6」河出書房新社 2012 p405

狩猟の歴史
◇「日影丈吉全集 別巻」国書刊行会 2005 p188

ジュール・ド・グランダン オカルト・サイエンスと魔界捜査
◇「日影丈吉全集 別巻」国書刊行会 2005 p413

ジュール・メグレ パイプの使い方
◇「日影丈吉全集 別巻」国書刊行会 2005 p363

シュールリアリズム批判
◇「安部公房全集 2」新潮社 1997 p260

シュールレアリズムの評価
◇「安部公房全集 3」新潮社 1997 p179

呪恋の女
◇「山田風太郎ミステリー傑作選 8」光文社 2002（光文社文庫）p192

棕櫚
◇「定本 久生十蘭全集 10」国書刊行会 2011 p287
◇「定本 久生十蘭全集 10」国書刊行会 2011 p380

朱蠟燭の灯影
◇「小寺菊子作品集 1」桂書房 2014 p315

棕櫚の葉を風にそよがせよ
◇「野呂邦暢小説集成 1」文遊社 2013 p9

殉愛
◇「車谷長吉全集 3」新書館 2010 p301

純愛物語
◇「車谷長吉全集 3」新書館 2010 p835

『潤一郎喜劇集』
◇「谷崎潤一郎全集 12」中央公論新社 2017 p7

「潤一郎新訳源氏物語」
◇「小林秀雄全作品 19」新潮社 2004 p49
◇「小林秀雄全作品 補巻 2」新潮社 2010 p481

潤一郎新訳源氏物語の普及版について
◇「谷崎潤一郎全集 22」中央公論新社 2017 p373

『潤一郎犯罪小説集』
◇「谷崎潤一郎全集 13」中央公論新社 2015 p7

潤一郎訳源氏物語愛蔵版序
◇「谷崎潤一郎全集 23」中央公論新社 2017 p486

潤一郎六部集について
◇「谷崎潤一郎全集 18」中央公論新社 2016 p545

『鶉鷸籠雑纂』
◇「谷崎潤一郎全集 17」中央公論新社 2015 p371

順位の決定—「衝突」と「攻撃抑制」
◇「小松左京全集 完全版 35」城西国際大学出版会 2009 p413

順送り
◇「小松左京全集 完全版 25」城西国際大学出版会 2017 p194

春画
◇「寺山修司著作集 4」クインテッセンス出版 2009 p51

春画
◇「日影丈吉全集 別巻」国書刊行会 2005 p686

瞬間の記憶
◇「林京子全集 7」日本図書センター 2005 p237

しゅん

春菊
　◇「大庭みな子全集 17」日本経済新聞出版社 2010 p36

春期撃剣部小会記事
　◇「谷崎潤一郎全集 25」中央公論新社 2016 p83

準急《皆生》
　◇「天城一傑作集 2」日本評論社 2005 p149

準急《たんご》
　◇「天城一傑作集 2」日本評論社 2005 p112

準急ながら
　◇「鮎川哲也コレクション 準急ながら」光文社 2001（光文社文庫）p5

殉教
　◇「小島信夫短篇集成 1」水声社 2014 p471

殉教
　◇「決定版 三島由紀夫全集 17」新潮社 2002 p31

春琴抄
　◇「谷崎潤一郎全集 17」中央公論新社 2015 p55

春琴抄後語
　◇「谷崎潤一郎全集 17」中央公論新社 2015 p221

瞬景の小宇宙〔対談〕(江國香織)
　◇「田辺聖子全集 別巻1」集英社 2006 p208

春光
　◇「徳田秋聲全集 3」八木書店 1999 p113

春光
　◇「決定版 三島由紀夫全集 15」新潮社 2002 p97

春光山陽特別阿房列車―東京・京都・博多・八代
　◇「内田百閒集成 1」筑摩書房 2002（ちくま文庫）p315

春光の大空をおおう敵機の大群
　◇「内田百閒集成 22」筑摩書房 2004（ちくま文庫）p117

純国産ロケットH‐IIAが挑む最後のニューフロンティア(五代富文)
　◇「小松左京全集 完全版 47」城西国際大学出版会 2017 p8

順子の軌跡 徳田秋声
　◇「小島信夫批評集成 3」水声社 2011 p37

順子のこと
　◇「徳田秋聲全集 21」八木書店 2001 p71

巡査と浮浪人
　◇「安部公房全集 3」新潮社 1997 p340

巡査の初任給
　◇「山田風太郎エッセイ集成 秀吉はいつ知ったか」筑摩書房 2008 p79

巡視
　◇「小島信夫短篇集成 3」水声社 2014 p13

春日
　◇「大庭みな子全集 17」日本経済新聞出版社 2010 p49

春愁
　◇「大庭みな子全集 18」日本経済新聞出版社 2010 p267

春秋左氏伝の魅力と怪
　◇「宮城谷昌光全集 21」文藝春秋 2004 p51

春秋時代の軍師
　◇「宮城谷昌光全集 21」文藝春秋 2004 p459

春秋時代のパズル
　◇「宮城谷昌光全集 21」文藝春秋 2004 p429

春秋社の当選作品
　◇「江戸川乱歩全集 25」光文社 2005（光文社文庫）p213

春秋の色
　◇「宮城谷昌光全集 21」文藝春秋 2004 p15

春秋の名君
　◇「宮城谷昌光全集 21」文藝春秋 2004 p181

春秋の笑話
　◇「宮城谷昌光全集 21」文藝春秋 2004 p449

春秋名臣列伝 序
　◇「宮城谷昌光全集 1」文藝春秋 2002 p659

春秋名臣列伝（一）衛の石碏
　◇「宮城谷昌光全集 8」文藝春秋 2002 p669

春秋名臣列伝（二）鄭の祭足（祭仲）
　◇「宮城谷昌光全集 9」文藝春秋 2003 p681

春秋名臣列伝（三）斉の管夷吾（管仲）
　◇「宮城谷昌光全集 2」文藝春秋 2003 p763

春秋名臣列伝（四）晋の士蒍（子輿）
　◇「宮城谷昌光全集 10」文藝春秋 2003 p485

春秋名臣列伝（五）秦の百里奚（五羖大夫）
　◇「宮城谷昌光全集 11」文藝春秋 2003 p505

春秋名臣列伝（六）魯の臧孫達（臧哀伯）
　◇「宮城谷昌光全集 3」文藝春秋 2003 p403

春秋名臣列伝（七）魯の臧孫辰（臧文仲）
　◇「宮城谷昌光全集 4」文藝春秋 2003 p687

春秋名臣列伝（八）晋の孤偃（子犯）
　◇「宮城谷昌光全集 5」文藝春秋 2003 p497

春秋名臣列伝（九）晋の郤缺（郤成子）
　◇「宮城谷昌光全集 6」文藝春秋 2003 p921

春秋名臣列伝（十）楚の蔿艾猟（孫叔敖）
　◇「宮城谷昌光全集 7」文藝春秋 2003 p417

春秋名臣列伝（十一）楚と晋の屈巫（巫臣子霊）
　◇「宮城谷昌光全集 12」文藝春秋 2003 p571

春秋名臣列伝（十二）晋の祁奚
　◇「宮城谷昌光全集 13」文藝春秋 2003 p617

春秋名臣列伝（十三）晋の師曠（子野）
　◇「宮城谷昌光全集 14」文藝春秋 2003 p509

春秋名臣列伝（十四）鄭の国僑（子産・子美）
　◇「宮城谷昌光全集 15」文藝春秋 2003 p553

春秋名臣列伝（十五）宋の楽喜（子罕）
　◇「宮城谷昌光全集 18」文藝春秋 2004 p685

春秋名臣列伝（十六）斉の晏嬰（晏子・晏平仲）
　◇「宮城谷昌光全集 16」文藝春秋 2004 p619

しよあ

春秋名臣列伝（十七）呉の季札（延陵の季子）
◇「宮城谷昌光全集 17」文藝春秋 2004 p643
春秋名臣列伝（十八）衛の蘧瑗（蘧伯玉）
◇「宮城谷昌光全集 19」文藝春秋 2004 p601
春秋名臣列伝（十九）呉の伍員（伍子胥）
◇「宮城谷昌光全集 20」文藝春秋 2004 p575
春秋名臣列伝（最終回）呉の孫武（孫子）
◇「宮城谷昌光全集 21」文藝春秋 2004 p603
順々おくり
◇「石牟礼道子全集 1」藤原書店 2004 p111
春情蛸の足
◇「田辺聖子全集 5」集英社 2004 p117
春情狸噺
◇「大坪砂男全集 2」東京創元社 2013（創元推理文庫）p389
純粋・時点・造反
◇「吉行淳之介エッセイ・コレクション 3」筑摩書房 2004（ちくま文庫）p115
純粋趣味批判《刺青編》
◇「小松左京全集 完全版 44」城西国際大学出版会 2014 p83
純粋趣味批判《収集編》
◇「小松左京全集 完全版 44」城西国際大学出版会 2014 p74
純粋趣味批判《ペット編》
◇「小松左京全集 完全版 44」城西国際大学出版会 2014 p66
純粋小説というものについて
◇「小林秀雄全作品 3」新潮社 2002 p183
◇「小林秀雄全集 補巻 1」新潮社 2010 p167
純粋小説について
◇「小林秀雄全作品 7」新潮社 2003 p19
◇「小林秀雄全集 補巻 1」新潮社 2010 p346
純粋とは
◇「決定版 三島由紀夫全集 31」新潮社 2003 p498
純粋な動機なら好い
◇「宮本百合子全集 9」新日本出版社 2001 p103
純粋に「日本的」な「鏡花世界」
◇「谷崎潤一郎全集 19」中央公論新社 2015 p520
春雪
◇「定本 久生十蘭全集 7」国書刊行会 2010 p7
春雪記
◇「内田百閒集成 19」筑摩書房 2004（ちくま文庫）p16
春雪降り積もる
◇「内田百閒集成 22」筑摩書房 2004（ちくま文庫）p65
順ちゃんさと秋ちゃんさ
◇「阿川弘之全集 3」新潮社 2005 p119
春桃
◇「宮本百合子全集 16」新日本出版社 2002 p82
純白のソバの花にも―10・21百里基地から
◇「松田解子自選集 8」澤田出版 2008 p407

純白の夜
◇「決定版 三島由紀夫全集 1」新潮社 2000 p365
「純白の夜」創作ノート
◇「決定版 三島由紀夫全集 1」新潮社 2000 p651
春風秋雨録
◇「谷崎潤一郎全集 25」中央公論新社 2016 p57
春婦伝
◇「田村泰次郎選集 2」日本図書センター 2005 p172
「春婦伝」に関するGHQ検閲資料
◇「田村泰次郎選集 2」日本図書センター 2005 p349
「純文学とは？」その他
◇「決定版 三島由紀夫全集 32」新潮社 2003 p79
純文学の弱点
◇「田村泰次郎選集 5」日本図書センター 2005 p101
純文學餘技説
◇「小寺菊子作品集 3」桂書房 2014 p250
純文学論争
◇「丸谷才一全集 10」文藝春秋 2014 p202
純文芸と新聞
◇「徳田秋聲全集 19」八木書店 2000 p151
シュンペーター先生の思い出（加藤秀俊, 東畑精一）
◇「小松左京全集 完全版 38」城西国際大学出版会 2010 p156
春本太平記
◇「山田風太郎ミステリー傑作選 7」光文社 2001（光文社文庫）p5
春夢兵
◇「山田風太郎忍法帖短篇全集 12」筑摩書房 2005（ちくま文庫）p263
春陽夢
◇「深沢夏衣作品集」新幹社 2015 p611
春雷
◇「大庭みな子全集 4」日本経済新聞出版社 2009 p340
春雷
◇「立松和平全小説 10」勉誠出版 2010 p157
春嵐星座
◇「決定版 三島由紀夫全集 37」新潮社 2004 p559
巡礼老者
◇「決定版 三島由紀夫全集 37」新潮社 2004 p239
序
◇「徳田秋聲全集 22」八木書店 2001 p260
序〔悪人志願〕
◇「江戸川乱歩全集 24」光文社 2005（光文社文庫）p11
序（「東文彦作品集」）
◇「決定版 三島由紀夫全集 36」新潮社 2003 p363
序『羹』
◇「谷崎潤一郎全集 1」中央公論新社 2015 p141

しよあ

序〔暗黒回帰〕
　◇「日影丈吉全集 6」国書刊行会 2002 p11
背負揚
　◇「徳田秋聲全集 7」八木書店 1998 p3
ジョイス
　◇「福田恆存評論集 15」麗澤大學出版會, 廣池學園事業部〔発売〕2010 p117
ジョイス『さまよえる人たち』良心を鍛えるということ
　◇「小島信夫批評集成 8」水声社 2010 p492
ジョイスの対象と方法
　◇「田村泰次郎選集 5」日本図書センター 2005 p42
序〔『異端者の悲しみ』〕
　◇「谷崎潤一郎全集 4」中央公論新社 2015 p311
序・イメージとしての地球
　◇「小松左京全集 完全版 36」城西国際大学出版会 2011 p218
序〔『萓』〕
　◇「谷崎潤一郎全集 2」中央公論新社 2016 p107
序〔印南清著「馬術読本」〕
　◇「決定版 三島由紀夫全集 36」新潮社 2003 p381
小軋轢
　◇「徳田秋聲全集 6」八木書店 2000 p193
焼夷弾のふりしきる頃
　◇「坂口安吾全集 15」筑摩書房 1999 p304
情炎
　◇「池波正太郎短篇ベストコレクション 4」リブリオ出版 2008 p83
上演されなかった劇の劇評を書く
　◇「寺山修司著作集 1」クインテッセンス出版 2009 p353
上演される私の作品—「葵上」と「只ほど高いものはない」
　◇「決定版 三島由紀夫全集 28」新潮社 2003 p491
硝煙のないフィリピン
　◇「山崎豊子全集 9」新潮社 2004 p649
昭王の正体
　◇「宮城谷昌光全集 21」文藝春秋 2004 p481
生涯
　◇「辻井喬コレクション 7」河出書房新社 2003 p107
　◇「辻井喬コレクション 7」河出書房新社 2003 p110
城外散策
　◇「江戸川乱歩全集 26」光文社 2003（光文社文庫）p527
蔣介石の死
　◇「阿川弘之全集 17」新潮社 2006 p34
小学三年生の心に刻まれた戦争の記録
　◇「安部公房全集 22」新潮社 1999 p127
小革命
　◇「徳田秋聲全集 3」八木書店 1999 p45

浄化された風の気配
　◇「石牟礼道子全集 16」藤原書店 2013 p578
少華族
　◇「徳田秋聲全集 4」八木書店 1999 p205
『少華族』自序
　◇「徳田秋聲全集 別巻」八木書店 2006 p83
正月決心
　◇「小松左京全集 完全版 31」城西国際大学出版会 2008 p166
小学校へ入学
　◇「小檜山博全集 8」柏艪舎 2006 p99
小学校五年生の時に創作した詩 除夜の鐘
　◇「向田邦子全集 新版 別巻 2」文藝春秋 2010 p304
小学校時代、本は読まずせっせと映画館に通った
　◇「鈴木いづみコレクション 7」文遊社 1997 p11
小学校卒業前後
　◇「谷崎潤一郎全集 21」中央公論新社 2016 p361
小学校の思い出
　◇「谷崎潤一郎全集 25」中央公論新社 2016 p314
正月とソヴェト勤労婦人
　◇「宮本百合子全集 10」新日本出版社 2001 p117
正月日記二〇一X年
　◇「小松左京全集 完全版 25」城西国際大学出版会 2017 p148
正月の小説
　◇「徳田秋聲全集 23」八木書店 2001 p248
正月の平常心—川端康成氏へ
　◇「決定版 三島由紀夫全集 29」新潮社 2003 p127
正月の三日目
　◇「遠藤周作エッセイ選集 2」光文社 2006（知恵の森文庫）p229
正月三日餅食わず／桔梗を屋敷に植えない
　◇「定本 荒巻義雄メタSF全集 5」彩流社 2015 p313
正月料理
　◇「小松左京全集 完全版 25」城西国際大学出版会 2017 p23
しようがない、だろうか？
　◇「宮本百合子全集 19」新日本出版社 2002 p78
牀下の牀
　◇「徳田秋聲全集 20」八木書店 2001 p270
　◇「徳田秋聲全集 20」八木書店 2001 p287
昇華の方法
　◇「佐々木基一全集 5」河出書房新社 2013 p425
上巻あとがき〔歴史と文明の旅〕
　◇「小松左京全集 完全版 32」城西国際大学出版会 2008 p131
将棋
　◇「小沼丹全集 4」未知谷 2004 p183
　◇「小沼丹全集 4」未知谷 2004 p604
常軌を逸した深刻な事態
　◇「小田実全集 評論 25」講談社 2012 p125

将棋を指す鸚鵡
　◇「日影丈吉全集 8」国書刊行会 2004 p830
蒸気機関車
　◇「小沼丹全集 4」未知谷 2004 p178
蒸気機関車運転記
　◇「阿川弘之全集 17」新潮社 2006 p184
上機嫌の森先生
　◇「辻邦生全集 16」新潮社 2005 p354
蒸気唧筒
　◇「内田百閒集成 16」筑摩書房 2004（ちくま文庫） p49
彰義隊
　◇「吉村昭歴史小説集成 2」岩波書店 2009 p287
彰義隊胸算用
　◇「司馬遼太郎短篇全集 8」文藝春秋 2005 p185
彰義隊夜話
　◇「横溝正史時代小説コレクション伝奇篇 2」出版芸術社 2003 p250
将棋の鬼
　◇「坂口安吾全集 6」筑摩書房 1998 p410
将棋の話
　◇「小沼丹全集 4」未知谷 2004 p619
将棋盤
　◇「小沼丹全集 4」未知谷 2004 p629
将棋名人戦観戦記（第38期第2局）――中原誠名人対米長邦雄九段
　◇「色川武大・阿佐田哲也エッセイズ 1」筑摩書房 2003（ちくま文庫） p326
〈抜粋〉上京
　◇「内田百閒集成 24」筑摩書房 2004（ちくま文庫） p208
上京
　◇「内田百閒集成 19」筑摩書房 2004（ちくま文庫） p40
状況から
　◇「小田実全集 評論 8」講談社 2011 p9
商業の興り
　◇「宮城谷昌光全集 21」文藝春秋 2004 p336
小曲 第一番
　◇「決定版 三島由紀夫全集 37」新潮社 2004 p668
小曲 第二番
　◇「決定版 三島由紀夫全集 37」新潮社 2004 p669
小曲 第三番
　◇「決定版 三島由紀夫全集 37」新潮社 2004 p670
小曲 第四番
　◇「決定版 三島由紀夫全集 37」新潮社 2004 p671
小曲 第五番
　◇「決定版 三島由紀夫全集 37」新潮社 2004 p672
小曲 第六番
　◇「決定版 三島由紀夫全集 37」新潮社 2004 p673
小曲 第七番
　◇「決定版 三島由紀夫全集 37」新潮社 2004 p674

小曲 第八番
　◇「決定版 三島由紀夫全集 37」新潮社 2004 p674
小曲 第九番
　◇「決定版 三島由紀夫全集 37」新潮社 2004 p676
小曲 第十番
　◇「決定版 三島由紀夫全集 37」新潮社 2004 p677
小曲 第十一番
　◇「決定版 三島由紀夫全集 37」新潮社 2004 p678
小曲 第十二番
　◇「決定版 三島由紀夫全集 37」新潮社 2004 p679
消極的不老長生法
　◇「小酒井不木随筆評論選集 5」本の友社 2004 p457
消去の論理 カフカにおける抽象性について
　◇「小島信夫批評集成 1」水声社 2011 p39
賞金のゆくへ（岸田賞）
　◇「決定版 三島由紀夫全集 36」新潮社 2003 p635
上宮聖徳法王帝説メモ
　◇「坂口安吾全集 16」筑摩書房 2000 p587
小径
　◇「小沼丹全集 2」未知谷 2004 p161
情景（秋）
　◇「宮本百合子全集 20」新日本出版社 2002 p648
小景――ふるき市街の回想
　◇「宮本百合子全集 9」新日本出版社 2001 p213
笑劇のエネルギー――新劇の運命2
　◇「安部公房全集 11」新潮社 1998 p153
証言
　◇「松本清張映画化作品集 1」双葉社 2008（双葉文庫） p7
将監さまの細みち
　◇「山本周五郎中短篇秀作選集 5」小学館 2006 p307
小剣氏に対する親しみ 上司小剣氏の印象
　◇「徳田秋聲全集 20」八木書店 2001 p90
証言者
　◇「大庭みな子全集 24」日本経済新聞出版社 2011 p23
条件反射（検討用脚本）
　◇「安部公房全集 29」新潮社 2000 p369
正午
　◇「中井英夫全集 10」東京創元社 2002（創元ライブラリ） p115
小國のエゴイズム（四月二十一日）
　◇「福田恆存評論集 18」麗澤大學出版會, 廣池學園事業部〔発売〕 2010 p191
証拠写真――都市を盗る8
　◇「安部公房全集 26」新潮社 1999 p448
正午にいっせいに
　◇「小松左京全集 完全版 12」城西国際大学出版会 2007 p312

しよう

正午の殺人
　◇「坂口安吾全集 14」筑摩書房 1999 p109
城砦
　◇「寺山修司著作集 1」クインテッセンス出版 2009 p392
城塞 二幕十景
　◇「安部公房全集 16」新潮社 1998 p313
城砦の人
　◇「小島信夫短篇集成 1」水声社 2014 p489
止揚された立場
　◇「安部公房全集 3」新潮社 1997 p90
笑死
　◇「三角寛サンカ選集第二期 12」現代書館 2005 p313
障子
　◇「山本周五郎長篇小説全集 4」新潮社 2013 p165
常識
　◇「小酒井不木随筆評論選集 8」本の友社 2004 p61
常識
　◇「小林秀雄全作品 21」新潮社 2004 p65
　◇「小林秀雄全作品 23」新潮社 2004 p35
　◇「小林秀雄全集 補巻 3」新潮社 2010 p31
　◇「小林秀雄全集 補巻 3」新潮社 2010 p180
常識と違う農村意識
　◇「安部公房全集 4」新潮社 1997 p305
正直な人
　◇「大庭みな子全集 6」日本経済新聞出版社 2009 p44
　◇「大庭みな子全集 15」日本経済新聞出版社 2010 p173
常識に還れ
　◇「福田恆存評論集 7」麗澤大學出版會, 廣池學園事業部〔発売〕 2008 p45
常識に還れ・續―中野好夫に答ふ
　◇「福田恆存評論集 7」麗澤大學出版會, 廣池學園事業部〔発売〕 2008 p70
常識について
　◇「小林秀雄全作品 25」新潮社 2004 p81
　◇「小林秀雄全集 補巻 3」新潮社 2010 p314
常識に基づく原理確立を
　◇「小田実全集 評論 25」講談社 2012 p59
常識の怒り
　◇「小田実全集 評論 25」講談社 2012 p139
　◇「小田実全集 評論 25」講談社 2012 p178
正直の徳に就いて
　◇「内田百閒集成 7」筑摩書房 2003（ちくま文庫）p127
常識の鼻（九月八日）
　◇「福田恆存評論集 18」麗澤大學出版會, 廣池學園事業部〔発売〕 2010 p113
「常識外れ」と勇気の欠如、不足
　◇「小田実全集 評論 25」講談社 2012 p78

正直もの
　◇「徳田秋聲全集 5」八木書店 1998 p123
小地震
　◇「内田百閒集成 12」筑摩書房 2003（ちくま文庫）p239
少詩人
　◇「徳田秋聲全集 5」八木書店 1998 p157
小事と大事
　◇「小島信夫批評集成 7」水声社 2011 p100
障子に映る影
　◇「小沼丹全集 4」未知谷 2004 p44
情死について―やゝ矯激な議論
　◇「決定版 三島由紀夫全集 27」新潮社 2003 p108
「情事の終り」10の指摘
　◇「決定版 三島由紀夫全集 28」新潮社 2003 p510
情事の背景
　◇「土屋隆夫コレクション新装版 危険な童話」光文社 2002（光文社文庫）p417
情死傍観
　◇「松本清張短編全集 01」光文社 2008（光文社文庫）p271
商社マンが教えるH（エッチ）な英語術（能田政夫）
　◇「田中小実昌エッセイ・コレクション 5」筑摩書房 2003（ちくま文庫）p327
小銃
　◇「小島信夫短篇集成 1」水声社 2014 p305
上州寺社縁起取材メモ
　◇「坂口安吾全集 16」筑摩書房 2000 p671
『小銃』 ユーモアについて
　◇「小島信夫批評集成 1」水声社 2011 p303
召集令
　◇「徳田秋聲全集 4」八木書店 1999 p202
召集令状
　◇「小松左京全集 完全版 12」城西国際大学出版会 2007 p293
松樹千年の翠
　◇「阿川弘之全集 19」新潮社 2007 p476
少女
　◇「石牟礼道子全集 4」藤原書店 2004 p398
少女
　◇「田村泰次郎選集 1」日本図書センター 2005 p257
少女
　◇「〔野呂邦暢〕随筆コレクション 1」みすず書房 2014 p350
少女
　◇「アンドロギュノスの裔 渡辺温全集」東京創元社 2011（創元推理文庫）p27
蕭蕭くるわ噺
　◇「山田風太郎妖異小説コレクション 妖説忠臣蔵・女人国伝奇」徳間書店 2004（徳間文庫）p454

『少将滋幹の母』
　◇「谷崎潤一郎全集 21」中央公論新社 2016 p27
少将滋幹の母
　◇「谷崎潤一郎全集 21」中央公論新社 2016 p31
「少将滋幹の母」再演について
　◇「谷崎潤一郎全集 23」中央公論新社 2017 p446
「少将滋幹の母」上演に際して
　◇「谷崎潤一郎全集 21」中央公論新社 2016 p431
『少将滋幹の母 乳野物語』
　◇「谷崎潤一郎全集 21」中央公論新社 2016 p147
上昇通路
　◇「定本 荒巻義雄メタSF全集 別巻」彩流社 2015 p36
賞状のこと
　◇「小檜山博全集 8」柏艪舎 2006 p54
少女を憎む
　◇「小松左京全集 完全版 15」城西国際大学出版会 2010 p355
少女が…
　◇「小檜山博全集 1」柏艪舎 2006 p229
少女狩り
　◇「20世紀断層―野坂昭如単行本未収録小説集成 3」幻戯書房 2010 p374
小食の日本人
　◇「小松左京全集 完全版 37」城西国際大学出版会 2010 p282
少女コレクション序説―あとがきにかえて
　◇〔澁澤龍彦〕ホラー・ドラコニア少女小説集成 弐」平凡社 2003 p97
少女詩集
　◇「寺山修司著作集 1」クインテッセンス出版 2009 p359
少女たちへのエレジー
　◇「上野壮夫全集 1」図書新聞 2010 p437
少女と魚―十三景
　◇「安部公房全集 3」新潮社 1997 p473
少女の死ぬ時
　◇「渡辺淳一自選短篇コレクション 1」朝日新聞社 2006 p303
少女の望
　◇「徳田秋聲全集 27」八木書店 2002 p44
少女マンガ百種の威力
　◇「鈴木いづみコレクション 7」文遊社 1997 p158
センチメント 少女よ 恋は一番に楽しいかくれんぼです
　◇「林京子全集 8」日本図書センター 2005 p326
情死論―附 情婦論・貞操論〔座談会〕（石川達三、井上友一郎、林房雄、丹羽文雄、舟橋聖一）
　◇「坂口安吾全集 17」筑摩書房 1999 p298
焼身自殺（五月二十五日）
　◇「福田恆存評論集 18」麗澤大學出版會, 廣池學園事業部〔発売〕2010 p162

焼身自殺は大罪である（二月十七日）
　◇「福田恆存評論集 18」麗澤大學出版會, 廣池學園事業部〔発売〕2010 p175
少数派と多数派
　◇「福田恆存評論集 4」麗澤大學出版會, 廣池學園事業部〔発売〕2009 p343
上手と正義（舟橋聖一「鳶毛」評）
　◇「決定版 三島由紀夫全集 26」新潮社 2003 p623
上手な誤読は人生の糧
　◇「井上ひさしコレクション ことばの巻」岩波書店 2005 p196
上手な使い方
　◇「20世紀断層―野坂昭如単行本未収録小説集成 4」幻戯書房 2010 p452
招婿婚
　◇「隆慶一郎全集 19」新潮社 2010 p412
小説
　◇「小林秀雄全作品 21」新潮社 2004 p90
　◇「小林秀雄全集 補巻 3」新潮社 2010 p38
小説へと目覚める過程を再認識した作品―『見知らぬ町にて』
　◇「辻邦生全集 16」新潮社 2005 p90
小説への序章―神々の死の後に
　◇「辻邦生全集 15」新潮社 2005 p7
小説への希い
　◇「佐々木基一全集 1」河出書房新社 2013 p235
小説への諷刺―吉田健一
　◇「丸谷才一全集 10」文藝春秋 2014 p217
小説「絵本」の背景
　◇「松下竜一未刊行著作集 1」海鳥社 2008 p224
小説を生む発想―『箱男』について
　◇「安部公房全集 23」新潮社 1999 p337
小説を書いた一年〔昭和三十年度〕
　◇「江戸川乱歩全集 29」光文社 2006（光文社文庫）p499
小説を書きながらとりとめもなく思うこと
　◇「大庭みな子全集 3」日本経済新聞出版社 2009 p207
小説を書きはじめた〈女流〉たち
　◇「金井美恵子エッセイ・コレクション―1964-2013 1」平凡社 2013 p377
小説を書く手
　◇「辻邦生全集 16」新潮社 2005 p133
小説を書くという悪事をなす中心点
　◇「車谷長吉全集 3」新書館 2010 p211
小説を書くという事は
　◇「小松左京全集 完全版 17」城西国際大学出版会 2012 p192
小説を書くに就いての三つの質問
　◇「徳田秋聲全集 23」八木書店 2001 p277
小説を書くまで
　◇「江戸川乱歩全集 30」光文社 2005（光文社文庫）p97

しよう

小説家
　◇「丸谷才一全集 9」文藝春秋 2013 p60
　◇「丸谷才一全集 10」文藝春秋 2014 p143

小説家
　◇「宮城谷昌光全集 21」文藝春秋 2004 p360

小説家思考法
　◇「徳田秋聲全集 19」八木書店 2000 p101

小説家志望の少年に（「世界古典文学全集」推薦文）
　◇「決定版 三島由紀夫全集 32」新潮社 2003 p688

小説家たちとの交際（つきあい）
　◇「遠藤周作エッセイ選集 3」光文社 2006（知恵の森文庫）p105

小説家であること
　◇「辻邦生全集 18」新潮社 2005 p286

「小説家」であること—あるいは「ひたすらな現在」
　◇「金井美恵子エッセイ・コレクション—1964-2013 3」平凡社 2013 p209

小説家という意識
　◇「小島信夫批評集成 2」水声社 2011 p719

小説家と悟り（十月六日）
　◇「福田恆存評論集 18」麗澤大学出版會、廣池學園事業部〔発売〕2010 p119

小説家となつた経歴
　◇「徳田秋聲全集 19」八木書店 2000 p114

小説家と批評 大岡昇平について
　◇「金井美恵子エッセイ・コレクション—1964-2013 3」平凡社 2013 p190

小説家にとっての幼少期
　◇「辻邦生全集 18」新潮社 2005 p354

小説家になって良かったこと
　◇「遠藤周作エッセイ選集 1」光文社 2006（知恵の森文庫）p46

小説家に何を望むか〔鼎談〕（小田切秀雄、中村光夫）
　◇「福田恆存対談・座談集 1」玉川大学出版部 2011 p71

小説家にならなかった人の小説
　◇「車谷長吉全集 3」新書館 2010 p850

「小説家」のイメージは誰も裏切れない
　◇「金井美恵子エッセイ・コレクション—1964-2013 1」平凡社 2013 p259

小説家の戯曲と劇作家の戯曲
　◇「安部公房全集 5」新潮社 1997 p347

小説家の休暇
　◇「決定版 三島由紀夫全集 28」新潮社 2003 p553

「小説家」のくらしの話—徳田秋声「仮装人物」
　◇「小田実全集 評論 12」講談社 2011 p77

小説家の好む小説
　◇「徳田秋聲全集 23」八木書店 2001 p243

[講演]小説家の想像力
　◇「中上健次集 10」インスクリプト 2017 p610

小説家の日々
　◇「小島信夫批評集成 2」水声社 2011 p21

小説家の見たる十八九の女
　◇「徳田秋聲全集 23」八木書店 2001 p249

小説家の息子
　◇「決定版 三島由紀夫全集 32」新潮社 2003 p485

小説家の眼に映じたる東京婦人の服装
　◇「徳田秋聲全集 19」八木書店 2000 p198

小説から演劇へ—私はなぜ戯曲を書くか〔座談会〕（三島由紀夫、武田泰淳、椎名麟三、松島栄一）
　◇「安部公房全集 6」新潮社 1998 p182

小説眼に映じたる現代の美人
　◇「徳田秋聲全集 19」八木書店 2000 p226

〈小説・戯曲・俳優の間〉扇田昭彦による談話記事
　◇「安部公房全集 23」新潮社 1999 p250

正雪記 第一部
　◇「山本周五郎長篇小説全集 8」新潮社 2013 p9

正雪記 第二部
　◇「山本周五郎長篇小説全集 8」新潮社 2013 p237

正雪記 第二部（承前）
　◇「山本周五郎長篇小説全集 9」新潮社 2013 p9

正雪記 第三部
　◇「山本周五郎長篇小説全集 9」新潮社 2013 p125

小説空間に生きる陶酔
　◇「辻邦生全集 18」新潮社 2005 p171

小説形式論
　◇「徳田秋聲全集 19」八木書店 2000 p170

小説作法—私の作品から
　◇「小檜山博全集 6」柏艪舎 2006 p182

〈小説「志願囚人」執筆に専念する安部公房氏〉『東京新聞』の談話記事
　◇「安部公房全集 27」新潮社 2000 p52

〈小説・芝居並行できつかった〉『読売新聞』の談話記事
　◇「安部公房全集 25」新潮社 1999 p538

『小説集 夏の花』解説
　◇「佐々木基一全集 10」河出書房新社 2013 p787

小説青春について
　◇「徳田秋聲全集 19」八木書店 2000 p73

小説 清少納言「諾子の恋」
　◇「三枝和子選集 5」鼎書房 2007 p5

小説中世之跡
　◇「決定版 三島由紀夫全集 26」新潮社 2003 p519

小説的結末—永井荷風
　◇「丸谷才一全集 9」文藝春秋 2013 p315

小説の色彩論—遠藤周作「白い人・黄色い人」
　◇「決定版 三島由紀夫全集 29」新潮社 2003 p163

「小説的」な選択での語り―A・モラヴィア／A・エルカン『モラヴィア自伝』
　◇「須賀敦子全集 4」河出書房新社 2007（河出文庫）p291

「小説的認識」「小説的論理、倫理」
　◇「小田実全集 評論 16」講談社 2012 p115

小説と映画
　◇「徳田秋聲全集 21」八木書店 2001 p298

自注エッセイ 小説とエゴイズム
　◇「渡辺淳一自選短篇コレクション 4」朝日新聞社 2006 p343

小説と演劇
　◇「小島信夫批評集成 2」水声社 2011 p445

小説と演劇についてのノート
　◇「小島信夫批評集成 1」水声社 2011 p347

小説と戯曲
　◇「佐々木基一全集 5」河出書房新社 2013 p418

小説と戯曲の間
　◇「小島信夫批評集成 2」水声社 2011 p443

小説と劇との小未来
　◇「徳田秋聲全集 19」八木書店 2000 p259

小説と現実―小沢清の「軍服」について
　◇「宮本百合子全集 16」新日本出版社 2002 p441

小説と時間意識
　◇「辻邦生全集 18」新潮社 2005 p319

小説と収蓄
　◇「徳田秋聲全集 19」八木書店 2000 p67

小説と批評について〔座談会〕（林房雄、舟橋聖一、石川達三、亀井勝一郎、中野好夫、中村光夫）
　◇「坂口安吾全集 別巻」筑摩書房 2012 p78

小説とモデル問題について
　◇「吉行淳之介エッセイ・コレクション 3」筑摩書房 2004（ちくま文庫）p134

小説とは何か
　◇「決定版 三島由紀夫全集 34」新潮社 2003 p683

小説に書けない奇談―法医学と探偵小説
　◇「山田風太郎エッセイ集成 わが推理小説零年」筑摩書房 2007 p40

小説に "聖域" はない〔対談〕（秋元秀雄）
　◇「山崎豊子全集 10」新潮社 2004 p731

小説に対する評価の東西の差
　◇「小松左京全集 完全版 40」城西国際大学出版会 2012 p413

小説について
　◇「上野壮夫全集 3」図書新聞 2011 p309

小説に就て〔座談会〕（石川達三、林房雄、丹羽文雄、舟橋聖一）
　◇「坂口安吾全集 17」筑摩書房 1999 p215

小説 日本婦道記
　◇「山本周五郎長篇小説全集 4」新潮社 2013 p7

小説入門
　◇「徳田秋聲全集 24」八木書店 2001 p227

『小説入門』序に代へて
　◇「徳田秋聲全集 別巻」八木書店 2006 p88

小説による遍歴
　◇「辻邦生全集 18」新潮社 2005 p385

小説の新しさ
　◇「安部公房全集 27」新潮社 2000 p9

小説のイタリア的背景について―マーク・ヘルプリン『兵士アレッサンドロ・ジュリアーニ』上・下
　◇「須賀敦子全集 4」河出書房新社 2007（河出文庫）p369

小説の運命 I
　◇「福田恆存評論集 14」麗澤大學出版會, 廣池學園事業部〔発売〕2010 p284

小説の運命 II
　◇「福田恆存評論集 14」麗澤大學出版會, 廣池學園事業部〔発売〕2010 p298

小説の映画化
　◇「小檜山博全集 8」柏艪舎 2006 p56

小説の面白さ〔座談会〕（日沼倫太郎、大舘欣一、宮島文夫、大庭元）
　◇「安部公房全集 20」新潮社 1999 p142

小説の技巧について
　◇「決定版 三島由紀夫全集 27」新潮社 2003 p170

小説の血路と神話主義的考え
　◇「田村泰次郎選集 5」日本図書センター 2005 p54

饒舌の再発見―新劇の運命 5
　◇「安部公房全集 11」新潮社 1998 p236

小説の地の文の語尾
　◇「徳田秋聲全集 23」八木書店 2001 p249

小説の主人公と美人
　◇「徳田秋聲全集 19」八木書店 2000 p197

小説の選を終えて
　◇「宮本百合子全集 11」新日本出版社 2001 p402

小説の題
　◇「〔野呂邦暢〕随筆コレクション 1」みすず書房 2014 p76

小説の題のつけ方
　◇「徳田秋聲全集 19」八木書店 2000 p97

小説の楽しみ
　◇「宮城谷昌光全集 21」文藝春秋 2004 p124

『小説の作り方』序
　◇「徳田秋聲全集 別巻」八木書店 2006 p88

小説のなかの大阪弁
　◇「山崎豊子全集 3」新潮社 2004 p635

小説のなかの家族
　◇「須賀敦子全集 2」河出書房新社 2006（河出文庫）p499

小説のはじまるところ―川端康成『山の音』
　◇「須賀敦子全集 4」河出書房新社 2007（河出文庫）p313

しよう

自注エッセイ 小説の発想
　◇「渡辺淳一自選短篇コレクション 2」朝日新聞社 2006 p335

小説の秘密〔座談会〕(大岡昇平, 中村光夫, 三島由紀夫)
　◇「福田恆存対談・座談集 1」玉川大学出版部 2011 p245

小説の方向
　◇「佐々木基一全集 1」河出書房新社 2013 p461

「小説の方法」
　◇「小島信夫批評集成 8」水声社 2010 p235

小説の骨
　◇「徳田秋聲全集 22」八木書店 2001 p377

小説の持てなかつた年
　◇「徳田秋聲全集 19」八木書店 2000 p212

小説のモデルにできない人—上村嘉枝子さん
　◇「決定版 三島由紀夫全集 32」新潮社 2003 p262

小説の問題 I
　◇「小林秀雄作品 4」新潮社 2003 p22
　◇「小林秀雄全集 補巻 1」新潮社 2010 p177

小説の問題 II
　◇「小林秀雄作品 4」新潮社 2003 p35
　◇「小林秀雄全集 補巻 1」新潮社 2010 p181

小説の夜明けたち
　◇「辻邦生全集 18」新潮社 2005 p414

小説の読みどころ
　◇「宮本百合子全集 11」新日本出版社 2001 p335

『小説の羅針盤』を読む
　◇「須賀敦子全集 4」河出書房新社 2007（河出文庫）p377

小説のリアリティ
　◇「小林秀雄全作品 7」新潮社 2003 p149
　◇「小林秀雄全集 補巻 1」新潮社 2010 p375

小説「墓からの贈り物」
　◇「中井英夫全集 7」東京創元社 1998（創元ライブラリ）p327

小説「鮒」構想メモ
　◇「向田邦子全集 新版 別巻 2」文藝春秋 2010 p312

小説ほど面白いものはない〔対談〕(松本清張)
　◇「山崎豊子全集 16」新潮社 2005 p493

小説も書き活動写真にも力を注ぐ
　◇「谷崎潤一郎全集 9」中央公論新社 2017 p494

『饒舌録』
　◇「谷崎潤一郎全集 12」中央公論新社 2017 p285

饒舌録
　◇「谷崎潤一郎全集 12」中央公論新社 2017 p287

〈小説は考えて〉
　◇「安部公房全集 25」新潮社 1999 p537

小説は石炭である
　◇「金井美恵子エッセイ・コレクション—1964-2013 1」平凡社 2013 p524

小説は通じ得るか
　◇「小島信夫批評集成 1」水声社 2011 p329

晶川への潤一郎の手紙
　◇「瀬戸内寂聴随筆選 2」ゆまに書房 2009 p90

商船護衛艦隊
　◇「定本 久生十蘭全集 10」国書刊行会 2011 p90

小戦国の話
　◇「坂口安吾全集 13」筑摩書房 1999 p355

少船頭
　◇「徳田秋聲全集 27」八木書店 2002 p78

肖像
　◇「小島信夫短篇集成 7」水声社 2015 p229

肖像
　◇「辻井喬コレクション 7」河出書房新社 2003 p74

正倉院の矢
　◇「赤江瀑短編傑作選 幻想編」光文社 2007（光文社文庫）p481

肖像画
　◇「狩久全集 1」皆進社 2013 p239

肖像画
　◇「徳田秋聲全集 3」八木書店 1999 p179

肖像画
　◇「横溝正史探偵小説コレクション 3」出版芸術社 2004 p213

少壮政治家
　◇「徳田秋聲全集 4」八木書店 1999 p151

消息
　◇「決定版 三島由紀夫全集 26」新潮社 2003 p627

「状態」への固執 サリンジャー覚書
　◇「小島信夫批評集成 1」水声社 2011 p98

正体のわからぬ女たちが来て—綾の雛山
　◇「石牟礼道子全集 17」藤原書店 2012 p504

正体の分らぬ化物
　◇「定本 久生十蘭全集 10」国書刊行会 2011 p125

妾宅
　◇「国枝史郎伝奇短篇小説集成 1」作品社 2006 p427

ショウだけは続けろ！
　◇「大坪砂男全集 3」東京創元社 2013（創元推理文庫）p351

序（『歌声よ、おこれ』）
　◇「宮本百合子全集 17」新日本出版社 2002 p121

饒太郎
　◇「谷崎潤一郎全集 2」中央公論新社 2016 p311

冗談コロコロ、シラミがピョンピョン
　◇「鈴木いづみセカンド・コレクション 3」文遊社 2004 p26

冗談にして神話—ガブリエル・ガルシア=マルケス
　◇「丸谷才一全集 11」文藝春秋 2014 p325

承知して涙流すや唐がらし
　◇「大庭みな子全集 9」日本経済新聞出版社 2010

　　　　p393
焼酎育ち
　◇「田中小実昌エッセイ・コレクション 1」筑摩書房 2002（ちくま文庫）p176
掌中の女たち
　◇「林京子全集 7」日本図書センター 2005 p411
城中の霜
　◇「〔山本周五郎〕新編傑作選 1」小学館 2010（小学館文庫）p119
掌中の珠
　◇「中井英夫全集 12」東京創元社 2006（創元ライブラリ）p201
象徴を論ず
　◇「福田恆存評論集 5」麗澤大學出版會, 廣池學園事業部〔発売〕 2008 p45
象徴的なロスの救急車のサイレン
　◇「小松左京全集 完全版 31」城西国際大学出版会 2008 p102
象徴天皇の宿命
　◇「福田恆存評論集 別巻」麗澤大學出版會, 廣池學園事業部〔発売〕 2011 p206
情緒的陶酔の開発
　◇「小松左京全集 完全版 31」城西国際大学出版会 2008 p205
情緒の波の形
　◇「小島信夫批評集成 8」水声社 2010 p17
松亭金水
　◇「井上ひさし短編中編小説集成 9」岩波書店 2015 p348
昇天
　◇「内田百閒集成 3」筑摩書房 2002（ちくま文庫）p213
昇天
　◇「決定版 三島由紀夫全集 37」新潮社 2004 p620
衝動を軽蔑するカボチャ頭
　◇「鈴木いづみセカンド・コレクション 3」文遊社 2004 p219
衝動とふっきれ
　◇「小田実全集 評論 25」講談社 2012 p229
小燈の明りで書きつける
　◇「石牟礼道子全集 8」藤原書店 2005 p287
消毒液シャワーをくぐる
　◇「小松左京全集 完全版 40」城西国際大学出版会 2012 p228
浄徳寺さんの車
　◇「小沼丹全集 2」未知谷 2004 p668
浄徳寺ツアー
　◇「中上健次集 1」インスクリプト 2014 p439
衝突
　◇「小松左京全集 完全版 25」城西国際大学出版会 2017 p16
衝突
　◇「德田秋聲全集 9」八木書店 1998 p381

城南宮中心に水都出現
　◇「小松左京全集 完全版 42」城西国際大学出版会 2014 p57
湘南の海岸
　◇「開高健ルポルタージュ選集 日本人の遊び場」光文社 2007（光文社文庫）p111
証人に立って─松川国家賠償裁判から
　◇「松田解子自選集 8」澤田出版 2008 p346
情人の頓死
　◇「德田秋聲全集 16」八木書店 1999 p124
情熱ということ
　◇「小島信夫批評集成 8」水声社 2010 p186
情熱の宮殿
　◇「小寺菊子作品集 1」桂書房 2014 p147
少年
　◇「石牟礼道子全集 15」藤原書店 2012 p24
少年
　◇「谷崎潤一郎全集 1」中央公論新社 2015 p35
少年
　◇「寺山修司著作集 1」クインテッセンス出版 2009 p92
少年
　◇「定本 久生十蘭全集 5」国書刊行会 2009 p329
少年
　◇「向田邦子全集 新版 8」文藝春秋 2009 p66
少年［翻訳］（ウンベルト・サバ）
　◇「須賀敦子全集 5」河出書房新社 2008（河出文庫）p190
少年愛の美学
　◇「稲垣足穂コレクション 5」筑摩書房 2005（ちくま文庫）p7
少年間諜X13号
　◇「山本周五郎探偵小説全集 5」作品社 2008 p4
少年期をはる
　◇「決定版 三島由紀夫全集 37」新潮社 2004 p630
少年期と"侵攻型探検"
　◇「小松左京全集 完全版 31」城西国際大学出版会 2008 p244
少年倶楽部の想い出
　◇「山田風太郎エッセイ集成 昭和前期の青春」筑摩書房 2007 p104
少年時代
　◇「定本 荒巻義雄メタSF全集 5」彩流社 2015 p327
少年時代
　◇「寺山修司著作集 1」クインテッセンス出版 2009 p41
　◇「寺山修司著作集 1」クインテッセンス出版 2009 p365
「少年世界」へ論文
　◇「谷崎潤一郎全集 5」中央公論新社 2016 p470
少年たちの黄金の日々
　◇「小松左京全集 完全版 42」城西国際大学出版会 2014 p164

しよう

少年探偵団
  ◇「江戸川乱歩全集 12」光文社 2003（光文社文庫）p9
少年探偵団
  ◇「寺山修司著作集 1」クインテッセンス出版 2009 p23
少年探偵団同窓会—乱歩
  ◇「寺山修司著作集 5」クインテッセンス出版 2009 p106
少年探偵・春田龍介
  ◇「山本周五郎探偵小説全集 1」作品社 2007
少年の哀み
  ◇「徳田秋聲全集 12」八木書店 2000 p3
少年のいたところ
  ◇「鈴木いづみコレクション 8」文遊社 1998 p348
少年農民
  ◇「小檜山博全集 8」柏艪舎 2006 p105
少年の記憶
  ◇「谷崎潤一郎全集 2」中央公論新社 2016 p455
少年の脅迫
  ◇「谷崎潤一郎全集 6」中央公論新社 2015 p121
少年の頃
  ◇「谷崎潤一郎全集 25」中央公論新社 2016 p253
少年の水牛
  ◇「中上健次集 10」インスクリプト 2017 p556
少年のための「Home Again Blues」入門
  ◇「寺山修司著作集 1」クインテッセンス出版 2009 p514
少年の手紙
  ◇「小島信夫長篇集成 2」水声社 2015 p598
少年の日々（加藤秀俊、西堀栄三郎）
  ◇「小松左京全集 完全版 38」城西国際大学出版会 2010 p66
『少年の町』
  ◇「佐々木基一全集 1」河出書房新社 2013 p153
少年の遺言
  ◇「山崎豊子全集 8」新潮社 2004 p669
少年の夜
  ◇「中井英夫全集 10」東京創元社 2002（創元ライブラリ）p240
少年大和魂
  ◇「徳田秋聲全集 27」八木書店 2002 p98
少年ルヴェル
  ◇「江戸川乱歩全集 24」光文社 2005（光文社文庫）p201
召の系du
  ◇「宮城谷昌光全集 21」文藝春秋 2004 p367
序〔宇野浩二『我が日・我が夢』〕
  ◇「谷崎潤一郎全集 13」中央公論新社 2015 p425
庄野潤三『ガンビア滞在記』
  ◇「小島信夫批評集成 2」水声社 2011 p743

庄野のこと
  ◇「小沼丹全集 4」未知谷 2004 p114
勝敗
  ◇「徳田秋聲全集 13」八木書店 1998 p341
勝敗
  ◇「アンドロギュノスの裔 渡辺温全集」東京創元社 2011（創元推理文庫）p148
商売にいくさを乗せる巻
  ◇「小田実全集 小説 28」講談社 2012 p341
商売人
  ◇「小檜山博全集 8」柏艪舎 2006 p50
「商売の思想」・すなわち、「かつぎ屋」マルコ・ポーロの言いぶん
  ◇「小田実全集 評論 7」講談社 2010 p137
商売は道によってかしこし
  ◇「宮本百合子全集 16」新日本出版社 2002 p395
乗馬ズボン
  ◇「小檜山博全集 6」柏艪舎 2006 p21
蒸発
  ◇「都筑道夫恐怖短篇集成 2」筑摩書房 2004（ちくま文庫）p137
蒸発する妻
  ◇「小島信夫批評集成 2」水声社 2011 p87
小波瀾
  ◇「徳田秋聲全集 15」八木書店 1999 p12
常磐をささえるもの
  ◇「松田解子自選集 8」澤田出版 2008 p134
小婢
  ◇「徳田秋聲全集 14」八木書店 2000 p326
「小被告」創作ノート
  ◇「決定版 三島由紀夫全集 補巻」新潮社 2005 p413
「消費する大衆」の戯画
  ◇「金井美恵子エッセイ・コレクション—1964-2013 1」平凡社 2013 p234
消費ブームを論ず
  ◇「福田恆存評論集 16」麗澤大學出版會、廣池學園事業部〔発売〕2010 p339
「商標」のピラミッド
  ◇「小田実全集 評論 16」講談社 2012 p91
商品としての書物
  ◇「井上ひさしコレクション ことばの巻」岩波書店 2005 p256
商品としての本
  ◇「井上ひさしコレクション ことばの巻」岩波書店 2005 p250
上品な老人
  ◇「高城高全集 4」東京創元社 2008（創元推理文庫）p277
商品の写真と商品としての写真の違いは
  ◇「金井美恵子エッセイ・コレクション—1964-2013 1」平凡社 2013 p298
小品文作法
  ◇「徳田秋聲全集 24」八木書店 2001 p288

しよう

『小品文作法』序
　◇「徳田秋聲全集 別巻」八木書店 2006 p89
勝負
　◇「色川武大・阿佐田哲也エッセイズ 1」筑摩書房 2003（ちくま文庫）p119
勝負
　◇「定本 久生十蘭全集 7」国書刊行会 2010 p532
娼婦
　◇「石牟礼道子全集 1」藤原書店 2004 p411
"浄福"の虚像と実像について―テレーズ
　◇「辻邦生全集 19」新潮社 2005 p333
勝負事と私
　◇「徳田秋聲全集 20」八木書店 2001 p291
娼婦三代記
　◇「20世紀断層―野坂昭如単行本未収録小説集成 補巻」幻戯書房 2010 p618
勝負師
　◇「坂口安吾全集 8」筑摩書房 1998 p225
「勝負師」取材メモ
　◇「坂口安吾全集 16」筑摩書房 2000 p547
情婦・探偵小説
　◇「山田風太郎エッセイ集成 わが推理小説零年」筑摩書房 2007 p85
娼婦と私
　◇「吉行淳之介エッセイ・コレクション 2」筑摩書房 2004（ちくま文庫）p78
勝負に賭ける見物の位置
　◇「佐々木基一全集 1」河出書房新社 2013 p449
娼婦の可哀らしさ
　◇「隆慶一郎全集 19」新潮社 2010 p420
尚武の心と憤怒の抒情―文化・ネーション・革命〔対談〕（村上一郎）
　◇「決定版 三島由紀夫全集 40」新潮社 2004 p608
菖蒲の節句
　◇「石牟礼道子全集 10」藤原書店 2006 p61
勝負服
　◇「小檜山博全集 7」柏艪舎 2006 p148
勝負服
　◇「向田邦子全集 新版 6」文藝春秋 2009 p116
庄兵衛稲荷
　◇「司馬遼太郎短篇全集 3」文藝春秋 2005 p165
城壁
　◇「小島信夫短篇集成 3」水声社 2014 p469
掌編連作
　◇「井上ひさし短編中編小説集成 7」岩波書店 2015 p433
情＝エネルギー転換式
　◇「小松左京全集 完全版 31」城西国際大学出版会 2008 p265
情報革命と祇園芸者
　◇「小松左京全集 完全版 29」城西国際大学出版会 2007 p73

情報化時代における奠都の必要性とその位置
　◇「小松左京全集 完全版 29」城西国際大学出版会 2007 p43
情報化社会
　◇「小松左京全集 完全版 28」城西国際大学出版会 2006 p82
商法講習所のころ（加藤秀俊, 中山伊知郎）
　◇「小松左京全集 完全版 38」城西国際大学出版会 2010 p195
情報時代
　◇「小松左京全集 完全版 36」城西国際大学出版会 2011 p271
情報時代の「礼儀」
　◇「小松左京全集 完全版 36」城西国際大学出版会 2011 p289
情報社会サバイバル術〔対談〕（石原藤夫）
　◇「小松左京全集 完全版 35」城西国際大学出版会 2009 p266
情報社会の中で
　◇「小松左京全集 完全版 36」城西国際大学出版会 2011 p289
情報処理機
　◇「小松左京全集 完全版 36」城西国際大学出版会 2011 p276
情報と人間
　◇「小松左京全集 完全版 29」城西国際大学出版会 2007 p208
　◇「小松左京全集 完全版 36」城西国際大学出版会 2011 p290
情報発信基地「大阪」の発見
　◇「小松左京全集 完全版 42」城西国際大学出版会 2014 p110
錠前と刺身庖丁
　◇「辻井喬コレクション 7」河出書房新社 2003 p442
小マッターホルンにて
　◇「松田解子自選集 9」澤田出版 2009 p233
商民族の出自
　◇「宮城谷昌光全集 21」文藝春秋 2004 p327
荘村清志（ギタリスト）
　◇「向田邦子全集 新版 9」文藝春秋 2009 p198
消滅
　◇「安部公房全集 29」新潮社 2000 p252
消滅の危機に瀕する漁師部落
　◇「石牟礼道子全集 7」藤原書店 2005 p495
照門鐶
　◇「定本 久生十蘭全集 10」国書刊行会 2011 p112
小問題
　◇「徳田秋聲全集 29」八木書店 2002 p102
縄文の山
　◇「大庭みな子全集 23」日本経済新聞出版社 2011 p521
縄文文化の風景
　◇「小松左京全集 完全版 36」城西国際大学出版会

しよう

2011 p14

条約が破られるとき〔対談〕(高坂正堯)
◇「福田恆存対談・座談集 3」玉川大学出版部 2011 p229

常夜の御灯り
◇「石牟礼道子全集 13」藤原書店 2007 p673

「醬油」の戦友
◇「小島信夫批評集成 2」水声社 2011 p439

乗用車と共産党──インド
◇「小田実全集 評論 36」講談社 2014 p208

逍遥先生
◇「徳田秋聲全集 19」八木書店 2000 p284

将来を嘱望される「学術産業」
◇「小松左京全集 完全版 40」城西国際大学出版会 2012 p442

勝利
◇「松下竜一未刊行著作集 1」海鳥社 2008 p142

勝利したプロレタリアのメーデー──モスクワの五月一日
◇「宮本百合子全集 11」新日本出版社 2001 p206

勝利と異端
◇「小田実全集 評論 15」講談社 2011 p161

勝利の女神の翼の部分
◇「辻邦生全集 6」新潮社 2004 p242

省略された時間
◇「上野壮夫全集 3」図書新聞 2011 p291

浄瑠璃寺再訪
◇「阿川弘之全集 19」新潮社 2007 p456

浄瑠璃〔豊竹山城少掾〕〔対談〕
◇「決定版 三島由紀夫全集 39」新潮社 2004 p237

浄瑠璃人形の思ひ出
◇「谷崎潤一郎全集 24」中央公論新社 2016 p556

浄瑠璃船
◇「横溝正史時代小説コレクション伝奇篇 2」出版芸術社 2003 p137

小列車
◇「内田百閒集成 2」筑摩書房 2002（ちくま文庫）p82

昭和生れの明治育ち
◇「車谷長吉全集 3」新書館 2010 p55

昭和絵巻
◇「田村泰次郎選集 1」日本図書センター 2005 p142

昭和五十年初冬
◇「〔野呂邦暢〕随筆コレクション 1」みすず書房 2014 p256

昭和三十年代以後の文学
◇「小島信夫批評集成 2」水声社 2011 p550

昭和三十年代初頭
◇「丸谷才一全集 10」文藝春秋 2014 p194

昭和時代の一偉業（福田恆存全訳「シェイクスピア全集」推薦文）
◇「決定版 三島由紀夫全集 31」新潮社 2003 p280

昭和史発掘―二・二六事件
◇「松本清張傑作短篇コレクション 上」文藝春秋 2004（文春文庫）p411

昭和十一年 新宿二丁目の娼家桃園楼の欄干に腰をかけて歌える少年の春の目ざめの詩
◇「寺山修司著作集 1」クインテッセンス出版 2009 p373

昭和十九年正月
◇「決定版 三島由紀夫全集 26」新潮社 2003 p418

昭和十五年度の文学様相―現代文学の多難性
◇「宮本百合子全集 15」新日本出版社 2001 p138

昭和十年代
◇「佐々木基一全集 3」河出書房新社 2013 p35

昭和十年度に於いて最も印象に残つたもの──創作・演劇・音楽・絵画・映画その他
◇「徳田秋聲全集 23」八木書店 2001 p306

昭和十六年十二月八日
◇「阿川弘之全集 19」新潮社 2007 p219

昭和十六年の文学を語る〔座談会〕（高木卓, 大井広介, 井上友一郎, 平野謙, 佐々木基一, 宮内寒弥）
◇「坂口安吾全集 17」筑摩書房 1999 p44

昭和庶民伝三部作を書き終えて
◇「井上ひさしコレクション 日本の巻」岩波書店 2005 p200

昭和前期の青春
◇「山田風太郎エッセイ集成 昭和前期の青春」筑摩書房 2007 p165

昭和伝説
◇「20世紀断層─野坂昭如単行本未収録小説集成 5」幻戯書房 2010 p232

昭和天皇の思ひ出
◇「阿川弘之全集 19」新潮社 2007 p373

昭和毒婦伝
◇「三角寛サンカ選集第二期 8」現代書館 2004 p283

昭和二十一、二年ごろに何をしていたか
◇「小島信夫批評集成 1」水声社 2011 p495

昭和二十五年度歌舞伎への希望
◇「決定版 三島由紀夫全集 36」新潮社 2003 p628

昭和二十二年の井伏さん
◇「井上ひさしコレクション 人間の巻」岩波書店 2005 p197

昭和二十年生まれ
◇「車谷長吉全集 3」新書館 2010 p399

昭和二十年・女の館
◇「20世紀断層─野坂昭如単行本未収録小説集成 5」幻戯書房 2010 p472

昭和二十年の夏
◇「林京子全集 3」日本図書センター 2005 p248

昭和二十年八月十五日
　◇「小松左京全集 完全版 34」城西国際大学出版会 2009 p364
昭和廿年八月の記念に
　◇「決定版 三島由紀夫全集 26」新潮社 2003 p551
昭和の歌
　◇「大庭みな子全集 16」日本経済新聞出版社 2010 p87
昭和の十四年間
　◇「宮本百合子全集 14」新日本出版社 2001 p216
昭和ヒトケタの青春〔対談〕(黒田清)
　◇「田辺聖子全集 別巻1」集英社 2006 p274
『昭和文学交友記』
　◇「佐々木基一全集 6」河出書房新社 2012 p9
昭和文学の諸問題
　◇「佐々木基一全集 3」河出書房新社 2013 p9
『昭和文学の諸問題』あとがき
　◇「佐々木基一全集 3」河出書房新社 2013 p97
『昭和文学論』まえがき
　◇「佐々木基一全集 3」河出書房新社 2013 p99
昭和劈頭の文芸
　◇「徳田秋聲全集 21」八木書店 2001 p123
昭和妖婦伝
　◇「三角寛サンカ選集第二期 9」現代書館 2004
昭和六十年の九州交通網
　◇「小松左京全集 完全版 29」城西国際大学出版会 2007 p99
昭和六年のいじめられっ子
　◇「隆慶一郎全集 19」新潮社 2010 p296
昭和六年の話
　◇「山田風太郎エッセイ集成 昭和前期の青春」筑摩書房 2007 p47
「昭和」は何を誤ったか(井上ひさし)
　◇「司馬遼太郎対話選集 8」文藝春秋 2006（文春文庫）p96
女王卑弥呼
　◇「三枝和子選集 5」鼎書房 2007 p167
女王陛下にキスされた話
　◇「阿川弘之全集 20」新潮社 2007 p309
女王陛下の愛の終り クレオパトラ最後の記者会見
　◇「小松左京全集 完全版 32」城西国際大学出版会 2008 p279
女王陛下の阿房船
　◇「阿川弘之全集 17」新潮社 2006 p491
女王陛下の所有物 On Her Majesty's Secret Property
　◇「伊藤計劃記録 第2位相」早川書房 2011 p99
「序」—大島栄三郎詩集『いびつな球体のしめっぽい一部分』
　◇「安部公房全集 2」新潮社 1997 p331

序〔岡田時彦『春秋満保魯志草紙』〕
　◇「谷崎潤一郎全集 14」中央公論新社 2016 p467
書を捨てよ、町へ出よう
　◇「寺山修司著作集 4」クインテッセンス出版 2009 p271
　◇「寺山修司著作集 4」クインテッセンス出版 2009 p273
初夏
　◇「小林秀雄全作品 6」新潮社 2003 p201
　◇「小林秀雄全集 補巻 1」新潮社 2010 p320
初学者と写生
　◇「徳田秋聲全集 23」八木書店 2001 p261
女学生だけの天幕生活―アメリカの夏季休暇の思い出
　◇「宮本百合子全集 9」新日本出版社 2001 p149
女學生たちへ
　◇「小寺菊子作品集 3」桂書房 2014 p141
女学生の衣裳
　◇「田中小実昌エッセイ・コレクション 3」筑摩書房 2002（ちくま文庫）p149
女学生よ白いエプロンの如くあれ
　◇「決定版 三島由紀夫全集 27」新潮社 2003 p314
ジョーカー・ジョー
　◇「寺山修司著作集 1」クインテッセンス出版 2009 p452
初夏 (一九二二年)
　◇「宮本百合子全集 20」新日本出版社 2002 p377
諸葛孔明の『史記』
　◇「宮城谷昌光全集 21」文藝春秋 2004 p390
諸葛亮孔明―その出盧の前
　◇「国枝史郎歴史小説傑作選」作品社 2006 p428
諸家の後藤新平観
　◇「徳田秋聲全集 23」八木書店 2001 p297
初夏の心象から
　◇「辻邦生全集 16」新潮社 2005 p115
初夏の日暮れ
　◇「決定版 三島由紀夫全集 37」新潮社 2004 p560
初夏のゆふべ（「夏来りぬ」改題）
　◇「決定版 三島由紀夫全集 37」新潮社 2004 p74
序〔華麗島志奇〕
　◇「日影丈吉全集 6」国書刊行会 2002 p457
序〔川口松太郎『明治一代女』〕
　◇「谷崎潤一郎全集 18」中央公論新社 2016 p537
所感
　◇「徳田秋聲全集 22」八木書店 2001 p368
書簡
　◇「小酒井不木随筆評論集 8」本の友社 2004 p347
書簡
　◇「鈴木いづみコレクション 8」文遊社 1998 p233
書簡
　◇「徳田秋聲全集 別巻」八木書店 2006 p131

しよか

〔書簡〕
　◇「向田邦子全集 新版 別巻 2」文藝春秋 2010 p285
〔書簡〕県洋二宛
　◇「決定版 三島由紀夫全集 38」新潮社 2004 p31
　◇「決定版 三島由紀夫全集 補巻」新潮社 2005 p197
〔書簡〕阿川弘之宛
　◇「決定版 三島由紀夫全集 38」新潮社 2004 p33
〔書簡〕秋永悦郎宛
　◇「決定版 三島由紀夫全集 38」新潮社 2004 p34
〔書簡〕秋永俊治宛
　◇「決定版 三島由紀夫全集 38」新潮社 2004 p35
〔書簡〕芥川比呂志宛
　◇「決定版 三島由紀夫全集 38」新潮社 2004 p36
〔書簡〕芥川留利子宛
　◇「決定版 三島由紀夫全集 38」新潮社 2004 p37
〔書簡〕浅野晃宛
　◇「決定版 三島由紀夫全集 補巻」新潮社 2005 p198
〔書簡〕東菊枝宛
　◇「決定版 三島由紀夫全集 38」新潮社 2004 p38
〔書簡〕東健宛
　◇「決定版 三島由紀夫全集 38」新潮社 2004 p955
〔書簡〕東健(文彦)宛
　◇「決定版 三島由紀夫全集 38」新潮社 2004 p42
〔書簡〕宛名不明(「七月四日附、…」)
　◇「決定版 三島由紀夫全集 補巻」新潮社 2005 p407
〔書簡〕荒木精之宛
　◇「決定版 三島由紀夫全集 38」新潮社 2004 p182
〔書簡〕伊沢甲子麿宛
　◇「決定版 三島由紀夫全集 38」新潮社 2004 p191
〔書簡〕磯田光一宛
　◇「決定版 三島由紀夫全集 38」新潮社 2004 p192
〔書簡〕伊藤勝彦宛
　◇「決定版 三島由紀夫全集 38」新潮社 2004 p196
〔書簡〕伊藤佐喜雄宛
　◇「決定版 三島由紀夫全集 38」新潮社 2004 p197
〔書簡〕伊東静雄宛
　◇「決定版 三島由紀夫全集 38」新潮社 2004 p200
〔書簡〕戌井市郎宛
　◇「決定版 三島由紀夫全集 38」新潮社 2004 p203
〔書簡〕井上靖宛
　◇「決定版 三島由紀夫全集 38」新潮社 2004 p205
〔書簡〕今村靖宛
　◇「決定版 三島由紀夫全集 38」新潮社 2004 p208
〔書簡〕岩淵達治宛
　◇「決定版 三島由紀夫全集 38」新潮社 2004 p212
〔書簡〕臼井史朗宛
　◇「決定版 三島由紀夫全集 38」新潮社 2004 p213
〔書簡〕榎本昌治宛
　◇「決定版 三島由紀夫全集 補巻」新潮社 2005 p200
〔書簡〕遠藤周作宛
　◇「決定版 三島由紀夫全集 38」新潮社 2004 p214

〔書簡〕笈田勝弘宛
　◇「決定版 三島由紀夫全集 補巻」新潮社 2005 p200
〔書簡〕大岡昇平宛
　◇「決定版 三島由紀夫全集 38」新潮社 2004 p215
〔書簡〕大岡昇平 中村光夫宛
　◇「決定版 三島由紀夫全集 38」新潮社 2004 p201
〔書簡〕大岡信宛
　◇「決定版 三島由紀夫全集 38」新潮社 2004 p216
〔書簡〕奥野健男宛
　◇「決定版 三島由紀夫全集 38」新潮社 2004 p217
〔書簡〕帯谷瑛之介宛
　◇「決定版 三島由紀夫全集 補巻」新潮社 2005 p202
〔書簡〕影山正治宛
　◇「決定版 三島由紀夫全集 38」新潮社 2004 p223
〔書簡〕鹿島三枝子宛
　◇「決定版 三島由紀夫全集 38」新潮社 2004 p964
〔書簡〕桂芳久宛
　◇「決定版 三島由紀夫全集 38」新潮社 2004 p224
〔書簡〕金子弘道宛
　◇「決定版 三島由紀夫全集 38」新潮社 2004 p225
〔書簡〕川口松太郎宛
　◇「決定版 三島由紀夫全集 38」新潮社 2004 p226
〔書簡〕川口良平宛
　◇「決定版 三島由紀夫全集 補巻」新潮社 2005 p203
〔書簡〕川路明宛
　◇「決定版 三島由紀夫全集 38」新潮社 2004 p230
〔書簡〕川島勝宛
　◇「決定版 三島由紀夫全集 38」新潮社 2004 p232
　◇「決定版 三島由紀夫全集 補巻」新潮社 2005 p204
〔書簡〕川路柳虹宛
　◇「決定版 三島由紀夫全集 38」新潮社 2004 p234
　◇「決定版 三島由紀夫全集 38」新潮社 2004 p965
〔書簡〕川戸照智宛
　◇「決定版 三島由紀夫全集 38」新潮社 2004 p235
〔書簡〕川端康成宛
　◇「決定版 三島由紀夫全集 38」新潮社 2004 p236
〔書簡〕河盛好蔵宛
　◇「決定版 三島由紀夫全集 38」新潮社 2004 p311
〔書簡〕神崎陽宛
　◇「決定版 三島由紀夫全集 38」新潮社 2004 p313
〔書簡〕菊地勝夫宛
　◇「決定版 三島由紀夫全集 38」新潮社 2004 p455
〔書簡〕北川晃二宛
　◇「決定版 三島由紀夫全集 38」新潮社 2004 p473
〔書簡〕北村小松宛
　◇「決定版 三島由紀夫全集 38」新潮社 2004 p475
〔書簡〕北杜夫宛
　◇「決定版 三島由紀夫全集 38」新潮社 2004 p476
〔書簡〕木村徳三宛
　◇「決定版 三島由紀夫全集 38」新潮社 2004 p484
　◇「決定版 三島由紀夫全集 補巻」新潮社 2005 p205

〔書簡〕キーン、ドナルド（Donald Keene）宛
　◇「決定版 三島由紀夫全集 38」新潮社 2004 p319
〔書簡〕草壁久四郎宛
　◇「決定版 三島由紀夫全集 補巻」新潮社 2005 p213
〔書簡〕久保田万太郎宛
　◇「決定版 三島由紀夫全集 補巻」新潮社 2005 p213
〔書簡〕倉内良尚宛
　◇「決定版 三島由紀夫全集 38」新潮社 2004 p494
　◇「決定版 三島由紀夫全集 補巻」新潮社 2005 p214
〔書簡〕倉持清宛
　◇「決定版 三島由紀夫全集 38」新潮社 2004 p495
　◇「決定版 三島由紀夫全集 補巻」新潮社 2005 p214
〔書簡〕栗原智仁宛
　◇「決定版 三島由紀夫全集 38」新潮社 2004 p497
〔書簡〕黒崎勇宛
　◇「決定版 三島由紀夫全集 補巻」新潮社 2005 p215
〔書簡〕河野司宛
　◇「決定版 三島由紀夫全集 38」新潮社 2004 p499
〔書簡〕小高根二郎宛
　◇「決定版 三島由紀夫全集 38」新潮社 2004 p220
〔書簡〕児玉克己宛
　◇「決定版 三島由紀夫全集 38」新潮社 2004 p501
〔書簡〕今野茂雄宛
　◇「決定版 三島由紀夫全集 38」新潮社 2004 p502
〔書簡〕サイデンステッカー、エドワード・G（Edward G Seidensticker）宛
　◇「決定版 三島由紀夫全集 38」新潮社 2004 p503
〔書簡〕坂本一亀宛
　◇「決定版 三島由紀夫全集 38」新潮社 2004 p507
〔書簡〕向坂隆一郎宛
　◇「決定版 三島由紀夫全集 補巻」新潮社 2005 p215
〔書簡〕佐々木桔梗宛
　◇「決定版 三島由紀夫全集 38」新潮社 2004 p509
〔書簡〕佐佐木幸綱宛
　◇「決定版 三島由紀夫全集 38」新潮社 2004 p510
〔書簡〕笹原金次郎宛
　◇「決定版 三島由紀夫全集 38」新潮社 2004 p512
書簡三通〔澁澤秀雄『手紙随筆』〕
　◇「谷崎潤一郎全集 22」中央公論新社 2017 p384
書簡三通〔『文壇名家書簡集』〕
　◇「谷崎潤一郎全集 6」中央公論新社 2015 p468
〔書簡〕式場隆三郎宛
　◇「決定版 三島由紀夫全集 38」新潮社 2004 p513
〔書簡〕柴田四郎宛
　◇「決定版 三島由紀夫全集 補巻」新潮社 2005 p215
〔書簡〕澁澤龍彦宛
　◇「決定版 三島由紀夫全集 38」新潮社 2004 p515
〔書簡〕清水文雄宛
　◇「決定版 三島由紀夫全集 38」新潮社 2004 p540
　◇「決定版 三島由紀夫全集 補巻」新潮社 2005 p216

〔書簡〕清水基吉宛
　◇「決定版 三島由紀夫全集 38」新潮社 2004 p631
書簡集
　◇「田中志津全作品集 下巻」武蔵野書院 2013 p139
〔書簡〕新藤凉子宛
　◇「決定版 三島由紀夫全集 38」新潮社 2004 p644
〔書簡〕新堀喜久宛
　◇「決定版 三島由紀夫全集 38」新潮社 2004 p749
〔書簡〕菅原国隆宛
　◇「決定版 三島由紀夫全集 38」新潮社 2004 p646
〔書簡〕杉村春子宛
　◇「決定版 三島由紀夫全集 38」新潮社 2004 p648
〔書簡〕スコット＝ストークス、ヘンリー（Henry Scott-Stokes）宛
　◇「決定版 三島由紀夫全集 38」新潮社 2004 p650
〔書簡〕スターク、ウォルター（Walter Starcke）宛
　◇「決定版 三島由紀夫全集 38」新潮社 2004 p651
〔書簡〕瀬戸内晴美宛
　◇「決定版 三島由紀夫全集 補巻」新潮社 2005 p217
書簡箋
　◇「宮本百合子全集 17」新日本出版社 2002 p380
〔書簡〕高木健夫宛
　◇「決定版 三島由紀夫全集 38」新潮社 2004 p653
〔書簡〕高橋恭子宛
　◇「決定版 三島由紀夫全集 補巻」新潮社 2005 p217
〔書簡〕高橋清次宛
　◇「決定版 三島由紀夫全集 38」新潮社 2004 p655
〔書簡〕高見順宛
　◇「決定版 三島由紀夫全集 38」新潮社 2004 p666
〔書簡〕田坂昴宛
　◇「決定版 三島由紀夫全集 38」新潮社 2004 p670
〔書簡〕楯の会会員宛
　◇「決定版 三島由紀夫全集 38」新潮社 2004 p672
〔書簡〕伊達宗克宛
　◇「決定版 三島由紀夫全集 38」新潮社 2004 p674
〔書簡〕田中千世子宛
　◇「決定版 三島由紀夫全集 38」新潮社 2004 p677
〔書簡〕田中冬二宛
　◇「決定版 三島由紀夫全集 38」新潮社 2004 p679
〔書簡〕田中光子宛
　◇「決定版 三島由紀夫全集 補巻」新潮社 2005 p218
〔書簡〕田中美代子宛
　◇「決定版 三島由紀夫全集 38」新潮社 2004 p680
〔書簡〕谷川俊太郎宛
　◇「決定版 三島由紀夫全集 38」新潮社 2004 p682
〔書簡〕谷崎潤一郎宛
　◇「決定版 三島由紀夫全集 38」新潮社 2004 p683
〔書簡〕玉城信一宛
　◇「決定版 三島由紀夫全集 補巻」新潮社 2005 p220

しよか

〔書簡〕玉利斉宛
　◇「決定版 三島由紀夫全集 38」新潮社 2004 p686
〔書簡〕檀一雄宛
　◇「決定版 三島由紀夫全集 38」新潮社 2004 p687
〔書簡〕塚本邦雄宛
　◇「決定版 三島由紀夫全集 38」新潮社 2004 p692
〔書簡〕堤清二宛
　◇「決定版 三島由紀夫全集 38」新潮社 2004 p693
〔書簡〕椿実宛
　◇「決定版 三島由紀夫全集 38」新潮社 2004 p699
〔書簡〕鶴田節男宛
　◇「決定版 三島由紀夫全集 補巻」新潮社 2005 p220
〔書簡〕出口裕弘宛
　◇「決定版 三島由紀夫全集 38」新潮社 2004 p700
〔書簡〕寺田博宛
　◇「決定版 三島由紀夫全集 補巻」新潮社 2005 p221
〔書簡〕堂本正樹宛
　◇「決定版 三島由紀夫全集 38」新潮社 2004 p701
〔書簡〕十返肇宛
　◇「決定版 三島由紀夫全集 38」新潮社 2004 p703
〔書簡〕徳川義恭宛
　◇「決定版 三島由紀夫全集 38」新潮社 2004 p704
〔書簡〕徳永昭三宛
　◇「決定版 三島由紀夫全集 38」新潮社 2004 p708
〔書簡〕中井助郎（円照寺執事）宛
　◇「決定版 三島由紀夫全集 補巻」新潮社 2005 p222
〔書簡〕中井英夫宛
　◇「決定版 三島由紀夫全集 38」新潮社 2004 p709
〔書簡〕中河与一宛
　◇「決定版 三島由紀夫全集 38」新潮社 2004 p710
〔書簡〕中里恒子宛
　◇「決定版 三島由紀夫全集 38」新潮社 2004 p716
〔書簡〕中村歌右衛門宛
　◇「決定版 三島由紀夫全集 38」新潮社 2004 p717
〔書簡〕中村真一郎宛
　◇「決定版 三島由紀夫全集 38」新潮社 2004 p718
　◇「決定版 三島由紀夫全集 補巻」新潮社 2005 p224
〔書簡〕中村哲郎宛
　◇「決定版 三島由紀夫全集 38」新潮社 2004 p720
〔書簡〕中村光夫宛
　◇「決定版 三島由紀夫全集 38」新潮社 2004 p723
　◇「決定版 三島由紀夫全集 補巻」新潮社 2005 p225
〔書簡〕中康弘通宛
　◇「決定版 三島由紀夫全集 38」新潮社 2004 p740
〔書簡〕中山和敬宛
　◇「決定版 三島由紀夫全集 38」新潮社 2004 p746
〔書簡〕中山正敏宛
　◇「決定版 三島由紀夫全集 38」新潮社 2004 p744
所感二三
　◇「徳田秋聲全集 19」八木書店 2000 p206

〔書簡〕西久保三夫宛
　◇「決定版 三島由紀夫全集 38」新潮社 2004 p751
〔書簡〕西部博之宛
　◇「決定版 三島由紀夫全集 38」新潮社 2004 p755
〔書簡〕ネイスン、ジョン（John Nathan）宛
　◇「決定版 三島由紀夫全集 補巻」新潮社 2005 p226
書巻の気
　◇「丸谷才一全集 10」文藝春秋 2014 p257
〔書簡〕野津甫宛
　◇「決定版 三島由紀夫全集 38」新潮社 2004 p762
〔書簡〕野田宇太郎宛
　◇「決定版 三島由紀夫全集 38」新潮社 2004 p756
〔書簡〕野間宏宛
　◇「決定版 三島由紀夫全集 38」新潮社 2004 p763
〔書簡〕橋川文三宛
　◇「決定版 三島由紀夫全集 38」新潮社 2004 p765
〔書簡〕蓮田善明宛
　◇「決定版 三島由紀夫全集 38」新潮社 2004 p768
〔書簡〕蓮田敏子宛
　◇「決定版 三島由紀夫全集 38」新潮社 2004 p770
〔書簡〕埴谷雄高宛
　◇「決定版 三島由紀夫全集 補巻」新潮社 2005 p229
〔書簡〕林房雄宛
　◇「決定版 三島由紀夫全集 38」新潮社 2004 p772
〔書簡〕林芙美子宛
　◇「決定版 三島由紀夫全集 補巻」新潮社 2005 p232
〔書簡〕日夏耿之介宛
　◇「決定版 三島由紀夫全集 38」新潮社 2004 p801
〔書簡〕平岡梓 倭文重宛
　◇「決定版 三島由紀夫全集 38」新潮社 2004 p808
　◇「決定版 三島由紀夫全集 38」新潮社 2004 p966
　◇「決定版 三島由紀夫全集 補巻」新潮社 2005 p234
〔書簡〕平岡なつ宛
　◇「決定版 三島由紀夫全集 38」新潮社 2004 p838
〔書簡〕平岡紀子宛
　◇「決定版 三島由紀夫全集 補巻」新潮社 2005 p235
〔書簡〕平岡美津子 千之宛
　◇「決定版 三島由紀夫全集 38」新潮社 2004 p839
〔書簡〕フェローン、ジョン（John Ferrone）宛
　◇「決定版 三島由紀夫全集 補巻」新潮社 2005 p233
〔書簡〕福田恆存宛
　◇「決定版 三島由紀夫全集 38」新潮社 2004 p841
〔書簡〕藤島泰輔宛
　◇「決定版 三島由紀夫全集 38」新潮社 2004 p846
〔書簡〕藤田圭雄宛
　◇「決定版 三島由紀夫全集 38」新潮社 2004 p847
〔書簡〕富士正晴宛
　◇「決定版 三島由紀夫全集 38」新潮社 2004 p848
〔書簡〕藤原岩市宛
　◇「決定版 三島由紀夫全集 38」新潮社 2004 p863

〔書簡〕舟橋聖一宛
　◇「決定版 三島由紀夫全集 38」新潮社 2004 p867
〔書簡補遺〕
　◇「宮本百合子全集 別冊」新日本出版社 2004 p6
〔書簡〕坊城俊民宛
　◇「決定版 三島由紀夫全集 38」新潮社 2004 p872
〔書簡〕堀田善衞宛
　◇「決定版 三島由紀夫全集 補巻」新潮社 2005 p235
〔書簡〕堀口大学宛
　◇「決定版 三島由紀夫全集 38」新潮社 2004 p877
初刊本あとがき〔悪魔が来りて笛を吹く〕
　◇「横溝正史自選集 5」出版芸術社 2007 p336
初刊本「あとがき」〔獄門島〕
　◇「横溝正史自選集 2」出版芸術社 2007 p290
初刊本「あとがき」〔本陣殺人事件〕
　◇「横溝正史自選集 1」出版芸術社 2006 p334
〔書簡〕本庄桂輔宛
　◇「決定版 三島由紀夫全集 38」新潮社 2004 p878
〔書簡〕松浦竹夫宛
　◇「決定版 三島由紀夫全集 38」新潮社 2004 p882
〔書簡〕松浦博宛
　◇「決定版 三島由紀夫全集 38」新潮社 2004 p883
〔書簡〕松浦芳子宛
　◇「決定版 三島由紀夫全集 38」新潮社 2004 p884
〔書簡〕松尾聰宛
　◇「決定版 三島由紀夫全集 38」新潮社 2004 p886
〔書簡〕松永材(もとき)宛
　◇「決定版 三島由紀夫全集 38」新潮社 2004 p890
〔書簡〕松本道子宛
　◇「決定版 三島由紀夫全集 38」新潮社 2004 p892
〔書簡〕真鍋呉夫宛
　◇「決定版 三島由紀夫全集 38」新潮社 2004 p894
〔書簡〕水本光任(みつと)宛
　◇「決定版 三島由紀夫全集 38」新潮社 2004 p896
〔書簡〕三谷信宛
　◇「決定版 三島由紀夫全集 38」新潮社 2004 p899
　◇「決定版 三島由紀夫全集 補巻」新潮社 2005 p236
〔書簡〕三輪良雄宛
　◇「決定版 三島由紀夫全集 38」新潮社 2004 p925
〔書簡〕武者小路実篤宛
　◇「決定版 三島由紀夫全集 38」新潮社 2004 p932
〔書簡〕村松定孝宛
　◇「決定版 三島由紀夫全集 38」新潮社 2004 p933
〔書簡〕村松剛宛
　◇「決定版 三島由紀夫全集 38」新潮社 2004 p934
　◇「決定版 三島由紀夫全集 38」新潮社 2004 p967
〔書簡〕持丸博宛
　◇「決定版 三島由紀夫全集 補巻」新潮社 2005 p237
〔書簡〕モリス、アイヴァン(Ivan Morris)宛
　◇「決定版 三島由紀夫全集 38」新潮社 2004 p968

〔書簡〕安岡章太郎宛
　◇「決定版 三島由紀夫全集 38」新潮社 2004 p935
〔書簡〕安岡正篤宛
　◇「決定版 三島由紀夫全集 補巻」新潮社 2005 p238
〔書簡〕柳沢彦三郎宛
　◇「決定版 三島由紀夫全集 38」新潮社 2004 p969
〔書簡〕山上綾野宛
　◇「決定版 三島由紀夫全集 38」新潮社 2004 p940
〔書簡〕山口広一宛
　◇「決定版 三島由紀夫全集 38」新潮社 2004 p937
〔書簡〕山口基宛
　◇「決定版 三島由紀夫全集 38」新潮社 2004 p939
〔書簡〕山本舜勝宛
　◇「決定版 三島由紀夫全集 38」新潮社 2004 p944
〔書簡〕リンチ、ジョージ・H(George H. Lynch)宛
　◇「決定版 三島由紀夫全集 38」新潮社 2004 p948
〔書簡〕若倉雅郎宛
　◇「決定版 三島由紀夫全集 補巻」新潮社 2005 p239
〔書簡〕和田艶子宛
　◇「決定版 三島由紀夫全集 38」新潮社 2004 p950
〔書簡〕渡辺公夫宛
　◇「決定版 三島由紀夫全集 38」新潮社 2004 p970
書簡 1
　◇「宮本百合子全集 30」新日本出版社 2003
〔書簡1〜5〕
　◇「坂口安吾全集 別巻」筑摩書房 2012 p50
書簡 2
　◇「宮本百合子全集 31」新日本出版社 2003
初期句篇
　◇「寺山修司著作集 1」クインテッセンス出版 2009 p29
初期短編について
　◇「佐々木基一全集 5」河出書房新社 2013 p354
諸行有機の響きあり
　◇「古井由吉自撰作品 6」河出書房新社 2012 p132
女教師(ちよけうし)
　◇「徳田秋聲全集 1」八木書店 1997 p109
序曲
　◇「決定版 三島由紀夫全集 37」新潮社 2004 p691
「序曲」編輯後記
　◇「決定版 三島由紀夫全集 27」新潮社 2003 p125
序〔『麒麟』〕
　◇「谷崎潤一郎全集 2」中央公論新社 2016 p213
ジョギング
　◇「小田実全集 小説 17」講談社 2011 p207
職安の仲間
　◇「松田解子自選集 7」澤田出版 2008 p197
職員室
　◇「向田邦子全集 新版 8」文藝春秋 2009 p276

しよく

職業・げんこう
◇「松下竜一未刊行著作集 1」海鳥社 2008 p84

職業史家の無能
◇「坂口安吾全集 12」筑摩書房 1999 p459

職業としての作家―作家志望者におくる
◇「福田恆存評論集 1」麗澤大學出版會, 廣池學園事業部〔発売〕 2009 p271

職業としての批評家
◇「福田恆存評論集 2」麗澤大學出版會, 廣池學園事業部〔発売〕 2009 p82

職業としての文学
◇「谷崎潤一郎全集 18」中央公論新社 2016 p511

職業として見た文学について
◇「谷崎潤一郎全集 18」中央公論新社 2016 p499

職業について
◇「福田恆存評論集 17」麗澤大學出版會, 廣池學園事業部〔発売〕 2010 p72

職業に依りて生活する婦人の状態
◇「小寺菊子作品集 3」桂書房 2014 p15

職業のふしぎ
◇「宮本百合子全集 15」新日本出版社 2001 p42

職業婦人に生理休暇を!―自然なことを自然なように
◇「宮本百合子全集 13」新日本出版社 2001 p80

贖罪
◇「定本 久生十蘭全集 3」国書刊行会 2009 p139

食而
◇「内田百閒集成 12」筑摩書房 2003(ちくま文庫) p16

食事作法について
◇「吉行淳之介エッセイ・コレクション 1」筑摩書房 2004(ちくま文庫) p36

食人鬼
◇「日影丈吉全集 6」国書刊行会 2002 p584

燭台
◇「都筑道夫恐怖短篇集成 2」筑摩書房 2004(ちくま文庫) p52

食卓
◇「徳田秋聲全集 11」八木書店 1998 p373

食卓―「父の応接台」の上で
◇「松下竜一未刊行著作集 3」海鳥社 2009 p309

食卓の光景
◇「井上ひさし短編中編小説集成 9」岩波書店 2015 p517

食卓のない家
◇「深沢夏衣作品集」新幹社 2015 p493

蝕―弔歌第三番・吾を弔う歌
◇「中井英夫全集 10」東京創元社 2002(創元ライブラリ) p134

食堂
◇「〔森〕鷗外近代小説集 5」岩波書店 2013 p287

食堂車の思ひ出
◇「阿川弘之全集 20」新潮社 2007 p221

食とエネルギーの哲学 「小松左京マガジン」編集長インタビュー 第二十八回(小池百合子)
◇「小松左京全集 完全版 49」城西国際大学出版会 2017 p340

職人・酒井七馬と天才・手塚治虫
◇「小松左京全集 完全版 42」城西国際大学出版会 2014 p215

職人批評家の効用
◇「安部公房全集 16」新潮社 1998 p259

職場をまわって思うこと
◇「安部公房全集 5」新潮社 1997 p373

職場の押し花
◇「安部公房全集 6」新潮社 1998 p71

植物園
◇「定本 久生十蘭全集 10」国書刊行会 2011 p286

「植物的生存」の子供たち
◇「石牟礼道子全集 5」藤原書店 2004 p408

植物の半肯定論法
◇「定本 久生十蘭全集 10」国書刊行会 2011 p378

植物も恋愛する
◇「日影丈吉全集 別巻」国書刊行会 2005 p204

食文化の核―コメこそ「保護する」となぜ明言できないのか
◇「井上ひさしコレクション 日本の巻」岩波書店 2005 p246

食魔
◇「瀬戸内寂聴随筆選 2」ゆまに書房 2009 p52

食魔
◇「野村胡堂伝奇幻想小説集成」作品社 2009 p175

食味風々録
◇「阿川弘之全集 20」新潮社 2007 p7

食味漫談
◇「谷崎潤一郎全集 14」中央公論新社 2016 p469

植民地支配と理由のない戦争
◇「小田実全集 評論 36」講談社 2014 p184

食物史への道(加藤秀俊,篠田統)
◇「小松左京全集 完全版 38」城西国際大学出版会 2010 p112

食物としての人間の自己完結性
◇「小松左京全集 完全版 44」城西国際大学出版会 2014 p17

食用蛙
◇「内田百閒集成 12」筑摩書房 2003(ちくま文庫) p286

食料市場
◇「小松左京全集 完全版 43」城西国際大学出版会 2014 p408

植林小説
◇「山崎豊子全集 1」新潮社 2003 p554

食はおそうざいにあり
◇「山田風太郎エッセイ集成 風山房風呂焚き唄」筑摩書房 2008 p144

処刑が行われている より
　◇「三枝和子選集 1」鼎書房 2007 p483
女系天皇是か非か
　◇「阿川弘之全集 20」新潮社 2007 p589
「処刑の部屋」の映画化について
　◇「決定版 三島由紀夫全集 29」新潮社 2003 p223
助言
　◇「大庭みな子全集 23」日本経済新聞出版社 2011 p347
緒言 「感想」の別巻特別収録について
　◇「小林秀雄全作品 別巻1」新潮社 2005 p1
　◇「小林秀雄全作品 別巻2」新潮社 2005 p1
未刊詩集＝書見機
　◇「寺山修司著作集 1」クインテッセンス出版 2009 p349
緒言〔『青春物語』〕
　◇「谷崎潤一郎全集 16」中央公論新社 2016 p367
序〔幻想器械〕
　◇「日影丈吉全集 6」国書刊行会 2002 p167
序言〔灰皿〕
　◇「徳田秋聲全集 23」八木書店 2001 p103
序言〔藤原寅雄『炎外八篇』〕
　◇「谷崎潤一郎全集 9」中央公論新社 2017 p496
緒言〔『卍（まんじ）』〕
　◇「谷崎潤一郎全集 13」中央公論新社 2015 p249
序〔小出楢重『大切な雰囲気』〕
　◇「谷崎潤一郎全集 18」中央公論新社 2016 p529
初稿版・麻矢子の死
　◇「狩久全集 2」皆進社 2013 p371
序—この本のなりたち〔探偵小説の「謎」〕
　◇「江戸川乱歩全集 23」光文社 2005（光文社文庫）p517
序〔『金色の死』〕
　◇「谷崎潤一郎全集 3」中央公論新社 2016 p179
序〔今東光『易学史』〕
　◇「谷崎潤一郎全集 19」中央公論新社 2015 p529
序〔今東光『稚児』〕
　◇「谷崎潤一郎全集 20」中央公論新社 2015 p551
書斎
　◇「車谷長吉全集 3」新書館 2010 p199
書斎を中心にした家
　◇「宮本百合子全集 9」新日本出版社 2001 p151
書斎雑談
　◇「徳田秋聲全集 19」八木書店 2000 p185
序〔斎藤清二郎『文楽首の研究』〕
　◇「谷崎潤一郎全集 19」中央公論新社 2015 p551
書斎に対する希望
　◇「徳田秋聲全集 23」八木書店 2001 p276
書斎に対する希望と用意
　◇「徳田秋聲全集 23」八木書店 2001 p291
〈書斎にたずねて〉
　◇「安部公房全集 24」新潮社 1999 p143

書斎の条件
　◇「宮本百合子全集 9」新日本出版社 2001 p352
書斎の旅
　◇「江戸川乱歩全集 24」光文社 2005（光文社文庫）p468
　◇「江戸川乱歩全集 30」光文社 2005（光文社文庫）p311
書斎の人
　◇「徳田秋聲全集 20」八木書店 2001 p78
書斎より
　◇「徳田秋聲全集 19」八木書店 2000 p249
序〔殺人小説集〕
　◇「浜尾四郎全集 1」沖積舎 2004 p2
序〔佐藤春夫『病める薔薇』〕
　◇「谷崎潤一郎全集 6」中央公論新社 2015 p471
女子運動用黒布裵入裁着袴
　◇「向田邦子全集 新版 7」文藝春秋 2009 p168
女子衰えたり
　◇「坂口安吾全集 13」筑摩書房 1999 p343
女子学生
　◇「小沼丹全集 4」未知谷 2004 p613
女子学生と夏の匂い
　◇「辻邦生全集 16」新潮社 2005 p294
ジョージ・ギデオン 地域社会と警察
　◇「日影丈吉全集 別巻」国書刊行会 2005 p360
序詞〔『現代日本文学全集第二十四編谷崎潤一郎集』〕
　◇「谷崎潤一郎全集 12」中央公論新社 2017 p538
叙事詩的な方向—新人の記録的文学について
　◇「佐々木基一全集 1」河出書房新社 2013 p501
序詞〔辻嘉一『懐石料理 炉篇』〕
　◇「谷崎潤一郎全集 21」中央公論新社 2016 p430
序詞〔鴨田英太郎『現代生活考』〕
　◇「谷崎潤一郎全集 14」中央公論新社 2016 p505
序詞（筆蹟）
　◇「徳田秋聲全集 別巻」八木書店 2006 p105
序〔市民薄暮〕
　◇「日影丈吉全集 6」国書刊行会 2002 p313
書籍と風景と色と？
　◇「徳田秋聲全集 23」八木書店 2001 p261
初秋即興
　◇「徳田秋聲全集 19」八木書店 2000 p26
初春（しょしゅん）… →"はつはる…"を見よ
序章
　◇「小田実全集 小説 27」講談社 2012 p9
抒情
　◇「上野比呂志全集 1」図書新聞 2010 p233
「抒情歌」について—その美の実質
　◇「宮本百合子全集 11」新日本出版社 2001 p147
抒情詩としての俳句
　◇「佐々木基一全集 1」河出書房新社 2013 p67

しよし

處女回生術
◇「小酒井不木随筆評論選集 5」本の友社 2004 p435

『処女懐胎』その他
◇「佐々木基一全集 4」河出書房新社 2013 p150

処女鑑賞会
◇「日影丈吉全集 8」国書刊行会 2004 p45

処女講演
◇「小林秀雄全作品 13」新潮社 2003 p170
◇「小林秀雄全集 補巻 2」新潮社 2010 p185

処女作
◇「江戸川乱歩全集 30」光文社 2005（光文社文庫）p110

処女作前後の思ひ出
◇「坂口安吾全集 4」筑摩書房 1998 p45

処女作「二銭銅貨」のあとに
◇「江戸川乱歩全集 24」光文社 2005（光文社文庫）p561

処女作のころ
◇「小島信夫批評集成 1」水声社 2011 p493

処女作のころ
◇「瀬戸内寂聴随筆選 1」ゆまに書房 2009 p9

処女作の頃
◇「金井美恵子エッセイ・コレクション―1964-2013 1」平凡社 2013 p12

処女作の風景
◇「宮城谷昌光全集 21」文藝春秋 2004 p115

処女作発表まで
◇「江戸川乱歩全集 28」光文社 2006（光文社文庫）p23

処女作より結婚まで
◇「宮本百合子全集 9」新日本出版社 2001 p223

「処女作」より前の処女作
◇「宮本百合子全集 10」新日本出版社 2001 p471

処女出版
◇「江戸川乱歩全集 30」光文社 2005（光文社文庫）p122

処女尊重心の起源
◇「小酒井不木随筆評論選集 6」本の友社 2004 p462

処女の開通式
◇「田中小実昌エッセイ・コレクション 4」筑摩書房 2003（ちくま文庫）p178

処女の秋刀魚
◇「中上健次集 4」インスクリプト 2016 p362

処女膜って価値あるの？
◇「小松左京全集 完全版 34」城西国際大学出版会 2009 p57

処女はあたしにそぐわない〈第五例〉
◇「野坂昭如エッセイ・コレクション 1」筑摩書房 2004（ちくま文庫）p237

初心
◇「古井由吉自撰作品 7」河出書房新社 2012 p48

初心に帰らう（読売文学賞受賞のことば）
◇「決定版 三島由紀夫全集 32」新潮社 2003 p29

初心忘るべからず
◇「遠藤周作エッセイ選集 1」光文社 2006（知恵の森文庫）p194

女性を割礼する国もある
◇「小松左京全集 完全版 34」城西国際大学出版会 2009 p213

女性を縛るものをひきずって
◇「石牟礼道子全集 8」藤原書店 2005 p289

女性がとりもつ
◇「国枝史郎伝奇短篇小説集成 2」作品社 2006 p199

処世家の理論
◇「小林秀雄全作品 13」新潮社 2003 p73
◇「小林秀雄全集 補巻 2」新潮社 2010 p170

女性から見た昭和十年代（中村メイコ）
◇「小松左京全集 完全版 47」城西国際大学出版会 2017 p36

女性苦
◇「松田解子自選集 4」澤田出版 2005 p3

女性苦楽懸賞募集映画劇「筋（ストオリイ）」当選者発表（小山内薫と連名）
◇「谷崎潤一郎全集 11」中央公論新社 2015 p509

女性血液の特殊変性
◇「小酒井不木随筆評論選集 6」本の友社 2004 p471

女性作家が無意識に描く予知夢 そこには現代そのものが息づく〔聞き手〕尾崎真理子〔インタビュー〕
◇「大庭みな子全集 24」日本経済新聞出版社 2011 p281

「女性飼育法」の提唱
◇「小島信夫批評集成 2」水声社 2011 p73

序〔聖室（Tabernacle）からの詠唱〕
◇「決定版 三島由紀夫全集 37」新潮社 2004 p236

女性週評
◇「宮本百合子全集 14」新日本出版社 2001 p188

女性専科
◇「日影丈吉全集 5」国書刊行会 2003 p602

女性と教育
◇「小松左京全集 完全版 29」城西国際大学出版会 2007 p247

「女性特有」の青春の感性―萩尾望都
◇「小松左京全集 完全版 41」城西国際大学出版会 2015 p210

女性と社会性
◇「宮本百合子全集 15」新日本出版社 2001 p176

女性とたばこと性欲と……
◇「小松左京全集 完全版 34」城西国際大学出版会 2009 p108

女性とD・S
◇「四季桂子全集」皆進社 2013 p97

しよち

女性と犯罪
　◇「小酒井不木随筆評論選集 1」本の友社 2004 p222

女性と犯罪
　◇「日影丈吉全集 別巻」国書刊行会 2005 p155

女性と私
　◇「徳田秋聲全集 22」八木書店 2001 p118

女性に薦める図書〔アンケート回答〕
　◇「坂口安吾全集 15」筑摩書房 1999 p286

女性の異常心理
　◇「小酒井不木随筆評論選集 3」本の友社 2004 p207

女性の顔を見られない国もある
　◇「小松左京全集 完全版 34」城西国際大学出版会 2009 p192

女性の書く本
　◇「宮本百合子全集 15」新日本出版社 2001 p331

女性の髪
　◇「宮城谷昌光全集 21」文藝春秋 2004 p434

女性の教養と新聞
　◇「宮本百合子全集 13」新日本出版社 2001 p78

女性の現実
　◇「宮本百合子全集 15」新日本出版社 2001 p181

女性の社會的地位（四月十三日）
　◇「福田恆存評論集 18」麗澤大學出版會, 廣池學園事業部〔発売〕 2010 p154

女性の神秘
　◇「小酒井不木随筆評論選集 4」本の友社 2004 p100

女性の生活態度
　◇「宮本百合子全集 13」新日本出版社 2001 p427

女性の力
　◇「定本 久生十蘭全集 4」国書刊行会 2009 p7

女性の爪は"色と力"の武器なり
　◇「小松左京全集 完全版 34」城西国際大学出版会 2009 p86

女性の手紙
　◇「宮本百合子全集 15」新日本出版社 2001 p323

女性の中の原宗教―詩人・高群逸枝さんのこと
　◇「石牟礼道子全集 17」藤原書店 2012 p394

女性の発情期って本当にあるの？
　◇「小松左京全集 完全版 34」城西国際大学出版会 2009 p81

女性の歴史の七十四年
　◇「宮本百合子全集 15」新日本出版社 2001 p156

女性の歴史―文学にそって
　◇「宮本百合子全集 17」新日本出版社 2002 p9

女性バンザイ
　◇「林京子全集 8」日本図書センター 2005 p223

女性表現の深層から〔対談〕（水田宗子）
　◇「大庭みな子全集 21」日本経済新聞出版社 2011 p463

書生奉公の経験
　◇「谷崎潤一郎全集 23」中央公論新社 2017 p232

女性は泣きやすい―女性の涙
　◇「安部公房全集 4」新潮社 1997 p338

書籍の焼失
　◇「小酒井不木随筆評論選集 7」本の友社 2004 p99

書籍版あとがき〔浮かれ三亀松〕
　◇「吉川潮芸人小説セレクション 3」ランダムハウス講談社 2007 p493

書籍版あとがき〔江戸っ子だってねえ〕
　◇「吉川潮芸人小説セレクション 2」ランダムハウス講談社 2007 p404

序（セギュール夫人作 松原文子, 平岡瑤子訳「ちっちゃな淑女たち」）
　◇「決定版 三島由紀夫全集 36」新潮社 2003 p208

『ジョゼット』
　◇「佐々木基一全集 1」河出書房新社 2013 p130

序説「ホモ・エロティクス」論
　◇「小松左京全集 完全版 36」城西国際大学出版会 2011 p311

序説〔密室犯罪学教程 理論編〕
　◇「天城一傑作集〔1〕」日本評論社 2004 p152

序説・「立食パーティ改造論」
　◇「小松左京全集 完全版 37」城西国際大学出版会 2010 p307

ジョゼと虎と魚たち
　◇「田辺聖子全集 16」集英社 2005 p364

ジョゼフ・ルールタビユ 犯罪者から生れた名探偵
　◇「日影丈吉全集 別巻」国書刊行会 2005 p395

女装
　◇「徳田秋聲全集 7」八木書店 1998 p7

序奏・天沢退二郎あるいは汁への導入部の手前で
　◇「金井美恵子エッセイ・コレクション―1964‒2013 3」平凡社 2013 p52

序〔続・幻影城〕
　◇「江戸川乱歩全集 27」光文社 2004（光文社文庫）p11

除ծ
　◇「上野壮夫全集 2」図書新聞 2009 p74

序〔武林無想庵『むさうあん物語7』〕
　◇「谷崎潤一郎全集 23」中央公論新社 2017 p440

序〔田中栄三『新劇その昔』〕
　◇「谷崎潤一郎全集 22」中央公論新社 2017 p396

序〔『谷崎潤一郎全集』〕
　◇「谷崎潤一郎全集 23」中央公論新社 2017 p421

諸短編における象徴の意味
　◇「佐々木基一全集 4」河出書房新社 2013 p163

書痴への贈物（「名著復刻全集」推薦文）
　◇「決定版 三島由紀夫全集 35」新潮社 2003 p134

しよち

序〔近松秋江『黒髪』〕
　◇「谷崎潤一郎全集 20」中央公論新社 2015 p554

序(『乳房』)
　◇「宮本百合子全集 12」新日本出版社 2001 p426

女中綺譚〔「台所太平記」草稿〕
　◇「谷崎潤一郎全集 22」中央公論新社 2017 p457

暑中ノ楽
　◇「谷崎潤一郎全集 25」中央公論新社 2016 p31

序(『昼夜随筆』)
　◇「宮本百合子全集 13」新日本出版社 2001 p69

食管制度
　◇「井上ひさしコレクション 日本の巻」岩波書店 2005 p251

食器と切符
　◇「松田解子自選集 9」澤田出版 2009 p238

ショック
　◇「大庭みな子全集 6」日本経済新聞出版社 2009 p50

序〔津島壽一『谷崎と私』〕
　◇「谷崎潤一郎全集 21」中央公論新社 2016 p480

序——都筑道夫『魔海風雲録』
　◇「大坪砂男全集 2」東京創元社 2013（創元推理文庫）p511

初泥
　◇「内田百閒集成 11」筑摩書房 2003（ちくま文庫）p27

『徐廷柱詩集 新羅風流』
　◇「石牟礼道子全集 14」藤原書店 2008 p366

書店的書斎の夢
　◇「山田風太郎エッセイ集成 風山房風呂焚き唄」筑摩書房 2008 p171

初等科時代の思ひ出
　◇「決定版 三島由紀夫全集 26」新潮社 2003 p19

書道教授
　◇「松本清張傑作短篇コレクション 中」文藝春秋 2004（文春文庫）p73

初冬雑筆
　◇「小寺菊子作品集 3」桂書房 2014 p223

初冬二題
　◇「決定版 三島由紀夫全集 36」新潮社 2003 p462

初冬の気分
　◇「徳田秋聲全集 14」八木書店 2000 p114

初冬の光り
　◇「小寺菊子作品集 2」桂書房 2014 p115

序(堂本正樹著「菊と刀」)
　◇「決定版 三島由紀夫全集 26」新潮社 2003 p138

序〔長田幹彦『祇園』〕
　◇「谷崎潤一郎全集 20」中央公論新社 2015 p559

女難の相
　◇「小檜山博全集 6」柏艪舎 2006 p94

序にかへて
　◇「徳田秋聲全集 19」八木書店 2000 p381

序にかへて〔『潤一郎訳源氏物語』〕
　◇「谷崎潤一郎全集 23」中央公論新社 2017 p465

序にかえて——高島青鐘詩集『埋火』
　◇「安部公房全集 3」新潮社 1997 p535

序にかへて(「血の晩餐——大蘇芳年の芸術 別冊」)
　◇「決定版 三島由紀夫全集 36」新潮社 2003 p395

序にかへて〔ドナルド・キーン『碧い眼の太郎冠者』〕
　◇「谷崎潤一郎全集 22」中央公論新社 2017 p394

序二代ヘル心覚〔東京焼盡〕
　◇「内田百閒集成 22」筑摩書房 2004（ちくま文庫）p11

序にかへる言葉〔「黒白」〕
　◇「谷崎潤一郎全集 13」中央公論新社 2015 p441

序に代へる言葉〔篠原治『菊がさね』〕
　◇「谷崎潤一郎全集 22」中央公論新社 2017 p374

序《『逃げたい心』》
　◇「坂口安吾全集 5」筑摩書房 1998 p169

初日と初回
　◇「中井英夫全集 12」東京創元社 2006（創元ライブラリ）p73

初日まであと10日——「可愛い女」
　◇「安部公房全集 11」新潮社 1998 p159

書についての話題〔アンケート回答〕
　◇「坂口安吾全集 別巻」筑摩書房 2012 p24

序(『日本の青春』)
　◇「宮本百合子全集 19」新日本出版社 2002 p336

序(『伸子』)
　◇「宮本百合子全集 9」新日本出版社 2001 p430

序(「廃墟の朝」)
　◇「決定版 三島由紀夫全集 26」新潮社 2003 p454

初発の者
　◇「中上健次集 1」インスクリプト 2014 p562

序(「花ざかりの森」用1)
　◇「決定版 三島由紀夫全集 26」新潮社 2003 p386

序(「花ざかりの森」用2)
　◇「決定版 三島由紀夫全集 26」新潮社 2003 p388

序(林富士馬著「千歳の杖」)
　◇「決定版 三島由紀夫全集 26」新潮社 2003 p437

序(林富士馬著「千歳の杖」)異稿
　◇「決定版 三島由紀夫全集 36」新潮社 2003 p535

初版あとがき〔果しなき流れの果に〕
　◇「小松左京全集 完全版 2」城西国際大学出版会 2008 p478

初版あとがき〔復活の日〕
　◇「小松左京全集 完全版 2」城西国際大学出版会 2008 p240

初版版あとがき〔日本人の遊び場〕
　◇「開高健ルポルタージュ選集 日本人の遊び場」光文社 2007（光文社文庫）p207

序（久富志子(ゆきこ)著「食いしんぼうママ」）
◇「決定版 三島由紀夫全集 32」新潮社 2003 p690
【書評】
◇「佐々木基一全集 7」河出書房新社 2013 p298
書評『悪文』
◇「上野壮夫全集 3」図書新聞 2011 p441
書評「黄金の仔牛」
◇「上野壮夫全集 3」図書新聞 2011 p333
書評家の喜びと悩み
◇〔池澤夏樹〕エッセー集成 2」みすず書房 2008 p106
書評から
◇「須賀敦子全集 4」河出書房新社 2007（河出文庫）p197
書評・中島敦著『李陵』
◇「佐々木基一全集 1」河出書房新社 2013 p412
書評の喜び、胸の疼き…
◇「松下竜一未刊行著作集 2」海鳥社 2008 p248
書評『一つの運命―原民喜論』（川西政明）
◇「佐々木基一全集 10」河出書房新社 2013 p781
書評／Letteratura italiana 5《Le questioni》
◇「須賀敦子全集 6」河出書房新社 2007（河出文庫）p310
諸物転身の抄
◇「宮本百合子全集 15」新日本出版社 2001 p312
序（舩坂弘著「英霊の絶叫」）
◇「決定版 三島由紀夫全集 34」新潮社 2003 p263
序文
◇「徳田秋聲全集 19」八木書店 2000 p290
序文〔渥美清太郎編『春日とよ』〕
◇「谷崎潤一郎全集 21」中央公論新社 2016 p499
序文（市川崑 和田夏十著「成城町271番地」）
◇「決定版 三島由紀夫全集 31」新潮社 2003 p616
序文〔井上甚之助『佐多女聞書』〕
◇「谷崎潤一郎全集 21」中央公論新社 2016 p491
序文―驚くべき事実
◇「徳田秋聲全集 22」八木書店 2001 p376
序（『文学の進路』）
◇「宮本百合子全集 15」新日本出版社 2001 p180
序文〔「風の向こうへ」新装版〕
◇「中上健次集 4」インスクリプト 2016 p427
序文（「仮面の告白」用）
◇「決定版 三島由紀夫全集 27」新潮社 2003 p192
序文〔『少将滋幹の母』〕
◇「谷崎潤一郎全集 21」中央公論新社 2016 p29
序文〔プレイボーイ〕
◇「野坂昭如エッセイ・コレクション 1」筑摩書房 2004（ちくま文庫）p7
序文〔ポルノグラファー〕
◇「野坂昭如エッセイ・コレクション 3」筑摩書房 2004（ちくま文庫）p6

序文（「三島由紀夫文学論集」）
◇「決定版 三島由紀夫全集 36」新潮社 2003 p64
序文〔明治文学作家論〕下巻〕
◇「徳田秋聲全集 23」八木書店 2001 p223
序文〔焼跡闇市派〕
◇「野坂昭如エッセイ・コレクション 2」筑摩書房 2004（ちくま文庫）p6
序 泡鳴氏の人及び芸術
◇「徳田秋聲全集 21」八木書店 2001 p324
序（細江英公写真集「抱擁」）
◇「決定版 三島由紀夫全集 36」新潮社 2003 p361
序〔真杉静枝『小魚の心』〕
◇「坂口安吾全集 2」筑摩書房 1999 p543
序〔松阪青渓『菊原撿校生ひ立の記』〕
◇「谷崎潤一郎全集 19」中央公論新社 2015 p541
序（丸山明宏著「紫の履歴書」）
◇「決定版 三島由紀夫全集 35」新潮社 2003 p181
庶民映画における観念性の欠如―日常性の復活・批判の内面化
◇「佐々木基一全集 7」河出書房新社 2013 p276
庶民性の問題
◇「日影丈吉全集 別巻」国書刊行会 2005 p273
諸民族間の兄弟的愛
◇「須賀敦子全集 8」河出書房新社 2007（河出文庫）p274
庶民の味
◇「山崎豊子全集 1」新潮社 2003 p545
署名
◇「目取真俊短篇小説選集 3」影書房 2013 p147
諸名家の理想的住宅観
◇「徳田秋聲全集 23」八木書店 2001 p285
署名本
◇「内田百閒集成 12」筑摩書房 2003（ちくま文庫）p77
書物を持つという快楽
◇「辻邦生全集 18」新潮社 2005 p169
書物蒐集狂
◇「小酒井不木随筆評論選集 7」本の友社 2004 p419
書物―世界の隠喩
◇「寺山修司著作集 5」クインテッセンス出版 2009 p483
書物と暮らす至福の時
◇「辻邦生全集 18」新潮社 2005 p168
書物としてのパリの魅惑
◇「辻邦生全集 17」新潮社 2005 p119
書物の映画―ボルヘス
◇「寺山修司著作集 5」クインテッセンス出版 2009 p237
書物の押賣
◇「小酒井不木随筆評論選集 8」本の友社 2004 p256

しよも

書物の起源
　◇「寺山修司著作集 1」クインテッセンス出版 2009 p16

書物の差押
　◇「内田百閒集成 5」筑摩書房 2003（ちくま文庫）p56

書物の私生児
　◇「寺山修司著作集 1」クインテッセンス出版 2009 p345

書物―もう一つの現実
　◇「辻邦生全集 18」新潮社 2005 p167

除夜
　◇「小檜山博全集 2」柏艪舎 2006 p371

序（矢頭保写真集「体道・日本のボディビルダーたち」）
　◇「決定版 三島由紀夫全集 34」新潮社 2003 p246

序（矢頭保写真集「裸祭り」）
　◇「決定版 三島由紀夫全集 35」新潮社 2003 p121

除夜と貧乏
　◇「徳田秋聲全集 20」八木書店 2001 p307

女優
　◇「金井美恵子エッセイ・コレクション―1964-2013 4」平凡社 2014 p404

女優
　◇「坂口安吾全集 別巻」筑摩書房 2012 p25

女優
　◇「日影丈吉全集 6」国書刊行会 2002 p168

女優
　◇「決定版 三島由紀夫全集 28」新潮社 2003 p165

女優が作家に出遭うとき〔小松左京マガジン〕編集長インタビュー 第二十五回（城谷小夜子）
　◇「小松左京全集 完全版 49」城西国際大学出版会 2017 p302

女優が見た昭和（山本富士子）
　◇「小松左京全集 完全版 47」城西国際大学出版会 2017 p278

女優さんと私
　◇「谷崎潤一郎全集 24」中央公論新社 2016 p435

女優さんの手紙
　◇「谷崎潤一郎全集 23」中央公論新社 2017 p200

「女優志願」をめぐつて
　◇「決定版 三島由紀夫全集 30」新潮社 2003 p291

女優＝男優
　◇「金井美恵子エッセイ・コレクション―1964-2013 4」平凡社 2014 p320

女優であつた時から 田村俊子氏の印象
　◇「徳田秋聲全集 20」八木書店 2001 p82

女優で"いなかっぽい"というのは大変なことだ
　◇「鈴木いづみコレクション 7」文遊社 1997 p26

女優的エゴ
　◇「鈴木いづみコレクション 5」文遊社 1996 p184
　◇「鈴木いづみプレミアム・コレクション」文遊社 2006 p376

女優とお菓子
　◇「中井英夫全集 12」東京創元社 2006（創元ライブラリ）p118

女優―東山千栄子
　◇「東山美恵子エッセイ・コレクション―1964-2013 4」平凡社 2014 p410

女優は美しくなる努力をしてください
　◇「田中小実昌エッセイ・コレクション 3」筑摩書房 2002（ちくま文庫）p45

女妖
　◇「江戸川乱歩全集 16」光文社 2004（光文社文庫）p575

女妖
　◇「山田風太郎ミステリー傑作選 7」光文社 2001（光文社文庫）p221

女妖の館
　◇「狩久全集 4」皆進社 2013 p243

女流
　◇「小島信夫長篇集成 2」水声社 2015 p239

女流作家
　◇「小林秀雄全作品 10」新潮社 2003 p69
　◇「小林秀雄全集 補巻 1」新潮社 2010 p511

女流作家
　◇「徳田秋聲全集 16」八木書店 1999 p65

女流作家多難―創作上の問題
　◇「宮本百合子全集 12」新日本出版社 2001 p197

女流作家として私は何を求むるか
　◇「宮本百合子全集 9」新日本出版社 2001 p59

女流立志伝
　◇「決定版 三島由紀夫全集 18」新潮社 2002 p199

『ジョルジュ・サンドからの手紙』ジョルジュ・サンド
　◇「須賀敦子全集 4」河出書房新社 2007（河出文庫）p532

諸霊の面影しのびたい
　◇「石牟礼道子全集 16」藤原書店 2013 p50

女郎さんたちと少年石工たち
　◇「石牟礼道子全集 10」藤原書店 2006 p542

序〔私の國語教室〕
　◇「福田恆存評論集 6」麗澤大學出版會，廣池學園事業部〔発売〕2009 p10

ジョン・ウェインのカップ
　◇「金井美恵子エッセイ・コレクション―1964-2013 4」平凡社 2014 p324

ジョン・ウェインは大きな猫のように敏捷で慎重な動き方をする
　◇「金井美恵子エッセイ・コレクション―1964-2013 4」平凡社 2014 p359

ジョン・ソーンダイク はじめて顕微鏡を使った探偵
　◇「日影丈吉全集 別巻」国書刊行会 2005 p313

「ジョン万次郎漂流記」解説
　◇「小沼丹全集 4」未知谷 2004 p280
白井明先生に捧ぐる言葉
　◇「坂口安吾全集 6」筑摩書房 1998 p346
地雷原
　◇「田村泰次郎選集 4」日本図書センター 2005 p240
地雷火組
　◇「大佛次郎セレクション第2期 鞍馬天狗余燼」未知谷 2008 p389
地雷火百里の巻
　◇「山田風太郎妖異小説コレクション 白波五人帖・いだてん百里」徳間書店 2004（徳間文庫）p441
自来也冒険譚
　◇「国枝史郎伝奇短篇小説集成 1」作品社 2006 p73
白魚漫записать
白魚漫記
　◇「内田百閒集成 12」筑摩書房 2003（ちくま文庫）p128
白梅の香
　◇「松本清張短編全集 01」光文社 2008（光文社文庫）p247
白髪の恋
　◇「野村胡堂伝奇幻想小説集成」作品社 2009 p226
白樺
　◇「小沼丹全集 4」未知谷 2004 p88
白樺と氷河の街
　◇「大庭みな子全集 2」日本経済新聞出版社 2009 p169
白壁の文字は夕陽に映える
　◇「定本 荒巻義雄メタSF全集 1」彩流社 2015 p7
白川静『詩経』
　◇「石牟礼道子全集 14」藤原書店 2008 p457
白川静先生
　◇「石牟礼道子全集 14」藤原書店 2008 p256
白河にて
　◇「小沼丹全集 補巻」未知谷 2005 p662
自楽を持ちたい
　◇「遠藤周作エッセイ選集 3」光文社 2006（知恵の森文庫）p189
白く塗りたる墓
　◇「福田恆存評論集 16」麗澤大學出版會, 廣池學園事業部〔発売〕2010 p193
白子
　◇「内田百閒集成 3」筑摩書房 2002（ちくま文庫）p66
白鷺魔女
　◇「三橋一夫ふしぎ小説集 2」出版芸術社 2005 p150
しらしらと杉の峙ちて閃光に滅びし者ら生き歩み来よ
　◇「林京子全集 8」日本図書センター 2005 p214

白洲正子さまの恩
　◇「車谷長吉全集 3」新書館 2010 p379
白洲正子の目
　◇「車谷長吉全集 3」新書館 2010 p92
知らせの雪
　◇「立原和平全小説 3」勉誠出版 2010 p369
知らない顔
　◇「山田風太郎ミステリー傑作選 3」光文社 2001（光文社文庫）p189
知らない土地
　◇「辻井喬コレクション 7」河出書房新社 2003 p373
知らない町を歩いてみたら
　◇「遠藤周作エッセイ選集 2」光文社 2006（知恵の森文庫）p182
白浪看板
　◇「池波正太郎短篇ベストコレクション 3」リブリオ出版 2008 p51
白波五人帖
　◇「山田風太郎妖異小説コレクション 白波五人帖・いだてん百里」徳間書店 2004（徳間文庫）p5
「不知火海総合学術調査団」
　◇「石牟礼道子全集 8」藤原書店 2005 p304
不知火海より手賀沼へ
　◇「石牟礼道子全集 10」藤原書店 2006 p280
不知火軍記
　◇「山田風太郎妖異小説コレクション 山屋敷秘図」徳間書店 2003（徳間文庫）p202
『不知火』上演詞章（台本）
　◇「石牟礼道子全集 16」藤原書店 2013 p22
不知火の梟雄—鍋島直茂
　◇「野呂邦暢小説集成 5」文遊社 2015 p539
しらぬ火秘帖
　◇「横溝正史時代小説コレクション伝奇篇 2」出版芸術社 2003 p266
不知火奉行
　◇「横溝正史時代小説コレクション伝奇篇 3」出版芸術社 2003 p5
知らぬ男とダイスをやるな
　◇「色川武大・阿佐田哲也エッセイズ 1」筑摩書房 2003（ちくま文庫）p186
「知らぬ」の巻
　◇「小田実全集 小説 28」講談社 2012 p377
知らぬまにパリ通に（寺中作雄著「パリ物語」推薦文）
　◇「決定版 三島由紀夫全集 34」新潮社 2003 p611
白映えの烏城
　◇「内田百閒集成 6」筑摩書房 2003（ちくま文庫）p300
白萩の章 おはま
　◇「井上ひさし短編中編小説集成 12」岩波書店 2015 p210

しらひ

白拍子
　◇「決定版 三島由紀夫全集 20」新潮社 2002 p638

「白拍子」創作ノート
　◇「決定版 三島由紀夫全集 20」新潮社 2002 p783

白帆―ある長篇の一節
　◇「上野壮夫全集 1」図書新聞 2010 p477

"虱"だらけの指導者・胡耀邦―素顔の中国首脳単独会見記
　◇「山崎豊子全集 19」新潮社 2005 p604

白雪姫
　◇「定本 久生十蘭全集 8」国書刊行会 2010 p225

白百合
　◇「徳田秋聲全集 3」八木書店 1999 p85

白百合
　◇「定本 久生十蘭全集 10」国書刊行会 2011 p286
　◇「定本 久生十蘭全集 10」国書刊行会 2011 p378

白百合の崖―山川登美子・歌と恋
　◇「津村節子自選作品集 2」岩波書店 2005 p1

知られないエコールド・パリ
　◇「〔野呂邦暢〕随筆コレクション 2」みすず書房 2014 p483

死卵
　◇「車谷長吉全集 2」新書館 2010 p13

シリアル
　◇「辺見庸編小説集 白douvre」角川書店 2004 p206

知りすぎた人
　◇「安部公房全集 8」新潮社 1998 p285

自立した独自文化を
　◇「小檜山博全集 8」柏艪舎 2006 p17

自立神経失調同盟
　◇「山田風太郎ミステリー傑作選 7」光文社 2001（光文社文庫）p471

『自立と共存の教育』
　◇「深沢夏衣作品集」新幹社 2015 p410

「自立」の後に来るもの
　◇「石牟礼道子全集 10」藤原書店 2006 p464

自立のすすめ
　◇「寺山修司著作集 4」クインテッセンス出版 2009 p241

巻末作品余話資料を咀嚼する
　◇「吉村昭歴史小説集成 3」岩波書店 2009 p622

資料集
　◇「石牟礼道子全集 8」藤原書店 2005 p196

死霊すごろく
　◇「都筑道夫時代小説コレクション 1」戎光祥出版 2014（戎光祥時代小説名作館）p176

視力
　◇「〔野呂邦暢〕随筆コレクション 2」みすず書房 2014 p471

シルクスクリーン
　◇「〔野呂邦暢〕随筆コレクション 2」みすず書房 2014 p332

シルク・ハット
　◇「小沼丹全集 1」未知谷 2004 p481

シルクハット
　◇「アンドロギュノスの裔 渡辺温全集」東京創元社 2011（創元推理文庫）p130

汁粉屋善兵衛
　◇「阿川弘之全集 3」新潮社 2005 p211

徴
　◇「古井由吉自撰作品 8」河出書房新社 2012 p149

ジルス・マリーア湖の時
　◇「辻邦生全集 17」新潮社 2005 p386

四霊会
　◇「内田百閒集成 16」筑摩書房 2004（ちくま文庫）p240

ジレツタント
　◇「谷崎潤一郎全集 1」中央公論新社 2015 p409

城
　◇「辻邦生全集 2」新潮社 2004 p151

城
　◇「決定版 三島由紀夫全集 37」新潮社 2004 p124

白蟻
　◇「立松和平小説 23」勉誠出版 2013 p207
　◇「立松和平小説 27」勉誠出版 2014 p193

白蟻の巣―三幕
　◇「決定版 三島由紀夫全集 22」新潮社 2002 p421

「白蟻の巣」について
　◇「決定版 三島由紀夫全集 28」新潮社 2003 p551

白い朝
　◇「安部公房全集 19」新潮社 1999 p47

白い姉
　◇「大佛次郎セレクション第1期 白い姉」未知谷 2007 p5

白い糸
　◇「国枝史郎歴史小説傑作選」作品社 2006 p490

白い犬
　◇「狩久全集 2」皆進社 2013 p367

白い犬
　◇「中井英夫全集 10」東京創元社 2002（創元ライブラリ）p24

白い馬
　◇「辻井喬コレクション 7」河出書房新社 2003 p297

白い馬・黒い馬
　◇「中井英夫全集 12」東京創元社 2006（創元ライブラリ）p92

白い絵
　◇「向田邦子全集 新版 8」文藝春秋 2009 p116

白い女
　◇「徳田秋聲全集 29」八木書店 2002 p410

白い蛾
　◇「安部公房全集 1」新潮社 1997 p211

白い風
　◇「大庭みな子全集 14」日本経済新聞出版社 2010 p202
白い蚊帳
　◇「古井由吉自撰作品 7」河出書房新社 2012 p182
白い蚊帳
　◇「宮本百合子全集 3」新日本出版社 2001 p475
白い河 風聞・田中正造
　◇「立松和平全小説 別巻」勉誠出版 2015 p9
白いかわうそ
　◇「大庭みな子全集 4」日本経済新聞出版社 2009 p39
白い歓喜天
　◇「司馬遼太郎短篇全集 2」文藝春秋 2005 p141
白い機影
　◇「小沼丹全集 1」未知谷 2004 p64
『白い巨塔』を書き終えて
　◇「山崎豊子全集 7」新潮社 2004 p421
白い巨塔（一）
　◇「山崎豊子全集 6」新潮社 2004 p7
白い巨塔（二）
　◇「山崎豊子全集 7」新潮社 2004 p7
白い巨塔（三）
　◇「山崎豊子全集 8」新潮社 2004 p7
白い鎖
　◇「三枝和子選集 6」鼎書房 2008 p397
白い汚れ
　◇「小檜山博全集 1」柏艪舎 2006 p50
白い小石から
　◇「松田解子自選集 5」澤田出版 2007 p327
白い航跡
　◇「吉村昭歴史小説集成 8」岩波書店 2009 p391
白い塩
　◇「辻井喬コレクション 7」河出書房新社 2003 p20
白い殉教者
　◇「西村京太郎自選集 2」徳間書店 2004（徳間文庫）p5
白い叙情詩—女子百メートル背泳
　◇「決定版 三島由紀夫全集 33」新潮社 2003 p181
白い空
　◇「立松和平小説 16」勉誠出版 2012 p235
白い鷹
　◇「石牟礼道子全集 14」藤原書店 2008 p28
白い足袋の思出
　◇「徳田秋聲全集 17」八木書店 1999 p28
白い月
　◇「三枝和子選集 6」鼎書房 2008 p371
白い翼
　◇「宮本百合子全集 3」新日本出版社 2001 p398
白い手
　◇「中井英夫全集 10」東京創元社 2002（創元ライブラリ）p74

白い鳥
　◇「大庭みな子全集 11」日本経済新聞出版社 2010 p9
白いニグロからの手紙
　◇「稲垣足穂コレクション 1」筑摩書房 2005（ちくま文庫）p158
白い虹
　◇「阿川弘之全集 20」新潮社 2007 p346
白い軒
　◇「古井由吉自撰作品 8」河出書房新社 2012 p343
白いノート
　◇〔野呂邦暢〕随筆コレクション 1」みすず書房 2014 p270
白い鳩が来る頃
　◇「日影丈吉全集 別巻」国書刊行会 2005 p824
白い彼岸花
　◇「石牟礼道子全集 15」藤原書店 2012 p464
白い船
　◇「山田風太郎ミステリー傑作選 10」光文社 2002（光文社文庫）p654
白い文化住宅
　◇「大坪砂男全集 2」東京創元社 2013（創元推理文庫）p187
白い部屋
　◇「小松左京全集 完全版 25」城西国際大学出版会 2017 p247
白い弁当
　◇「小檜山博全集 7」柏艪舎 2006 p260
白い方丈
　◇「須賀敦子全集 2」河出書房新社 2006（河出文庫）p165
白い本棚
　◇「須賀敦子全集 3」河出書房新社 2007（河出文庫）p544
白い町
　◇「片岡義男コレクション 1」早川書房 2009（ハヤカワ文庫）p81
白い道
　◇「徳永直文学選集」熊本出版文化会館 2008 p348
白い密室
　◇「鮎川哲也コレクション 消えた奇術師」光文社 2007（光文社文庫）p77
白い目 赤い目
　◇「大庭みな子全集 16」日本経済新聞出版社 2010 p70
白い木柵
　◇「日影丈吉全集 7」国書刊行会 2004 p638
「白い屋形船」（上林暁）書評
　◇「小沼丹全集 4」未知谷 2004 p684
白い闇
　◇「松本清張自選短篇集 2」リブリオ出版 2007 p7
　◇「松本清張短編全集 04」光文社 2008（光文社文庫）p43

しろい

白い夜
　◇「大佛次郎セレクション第1期 白い夜」未知谷 2007 p5

白い環
　◇「定本 荒巻義雄メタSF全集 5」彩流社 2015 p7

史郎
　◇「小檜山博全集 4」柏艪舎 2006 p287

素人作家の問題
　◇「佐々木基一全集 2」河出書房新社 2013 p93

素人写真
　◇「内田百閒集成 12」筑摩書房 2003（ちくま文庫）p150

素人掏摸
　◇「内田百閒集成 15」筑摩書房 2003（ちくま文庫）p118

しろうとでも……
　◇「松下竜一未刊行著作集 1」海鳥社 2008 p119

素人の意見
　◇「小島信夫批評集成 2」水声社 2011 p467

素人防衛論
　◇「決定版 三島由紀夫全集 補巻」新潮社 2005 p174

素人ラジオ探偵局・紛くなった切手
　◇「狩久全集 3」皆進社 2013 p375

白か黒か
　◇「小田実全集 評論 5」講談社 2010 p354

白か黒か
　◇「向田邦子全集 新版 7」文藝春秋 2009 p102

白きすみれ
　◇「決定版 三島由紀夫全集 37」新潮社 2004 p165

白き日旅立てば不死
　◇「定本 荒巻義雄メタSF全集 3」彩流社 2014 p1

白孔雀のゐるホテル
　◇「小沼丹全集 1」未知谷 2004 p155
　◇「小沼丹全集 1」未知谷 2004 p205

白靴
　◇「国枝史郎探偵小説全集」作品社 2005 p214

白黒忌
　◇「車谷長吉全集 1」新書館 2010 p433

「白珊瑚」「滄浪五月」改題
　◇「決定版 三島由紀夫全集 37」新潮社 2004 p262

白鯱模様印度更紗（しろしゃちもやういんどさらさ）
　◇「定本 久生十蘭全集 3」国書刊行会 2009 p215

白妙
　◇「定本 久生十蘭全集 5」国書刊行会 2009 p232

白椿 花妖譚八
　◇「司馬遼太郎短篇全集 1」文藝春秋 2005 p191

「白」と「赤」とはなぜめでたいか
　◇「小松左京全集 完全版 34」城西国際大学出版会 2009 p235

白と黒
　◇「松田解子自選集 4」澤田出版 2005 p279

城と藁草履
　◇「小田実全集 小説 38」講談社 2013 p65

白猫
　◇「内田百閒集成 9」筑摩書房 2003（ちくま文庫）p20

白猫
　◇「岡本綺堂探偵小説全集 1」作品社 2012 p14

白猫（一〇首）
　◇「石牟礼道子全集 1」藤原書店 2004 p533

城の秋
　◇「辻邦生全集 6」新潮社 2004 p50

城のある町にて
　◇「梶井基次郎小説全集新装版」沖積舎 1995 p19

城の怪
　◇「司馬遼太郎短篇全集 12」文藝春秋 2006 p57

子路の冠
　◇「宮城谷昌光全集 21」文藝春秋 2004 p399

白の昇天
　◇「三橋一夫ふしぎ小説集成 1」出版芸術社 2005 p71

〔SF日本おとぎ話〕シロのぼうけん
　◇「小松左京全集 完全版 24」城西国際大学出版会 2016 p423

白鳩の記
　◇「稲垣足穂コレクション 2」筑摩書房 2005（ちくま文庫）p193

白藤
　◇「宮本百合子全集 15」新日本出版社 2001 p378

ジロリの女―ゴロー三船とマゴコロの手記
　◇「坂口安吾全集 6」筑摩書房 1998 p348

詩論
　◇「決定版 三島由紀夫全集 26」新潮社 2003 p535

私論・推理小説とはなにか
　◇「土屋隆夫コレクション新装版 妻に捧げる犯罪」光文社 2003（光文社文庫）p444

吝い
　◇「辻邦生全集 8」新潮社 2005 p359

詩（わが叙事詩へのはしがき）
　◇「上野壮夫全集 1」図書新聞 2010 p256

死は賽を振る
　◇「天城一傑作集 2」日本評論社 2005 p523

ジワジワしたスリル―重量あげ
　◇「決定版 三島由紀夫全集 33」新潮社 2003 p179

師走の風の中の屋台
　◇「開高健ルポルタージュ選集 ずばり東京」光文社 2007（光文社文庫）p88

陣
　◇「橋本治短篇小説コレクション 鞦韆」筑摩書房 2006（ちくま文庫）p89

陣・2
　◇「橋本治短篇小説コレクション 鞦韆」筑摩書房 2006（ちくま文庫）p149

しんか

塵埃、空、花
　◇「宮本百合子全集 9」新日本出版社 2001 p392
新赤毛(あかげ)連盟〔解決篇〕
　◇「鮎川哲也コレクション挑戦篇 1」出版芸術社 2006 p248
新赤毛(あかげ)連盟〔問題篇〕
　◇「鮎川哲也コレクション挑戦篇 1」出版芸術社 2006 p179
神域の東天紅に会う
　◇「小松左京全集 完全版 40」城西国際大学出版会 2012 p253
新イソップ物語
　◇「安部公房全集 3」新潮社 1997 p337
新＝犬つれづれ
　◇「稲垣足穂コレクション 4」筑摩書房 2005（ちくま文庫）p294
新歌右衛門のこと
　◇「決定版 三島由紀夫全集 27」新潮社 2003 p408
新・SFアトランダム
　◇「小松左京全集 完全版 31」城西国際大学出版会 2008 p325
新・江戸川乱歩論―孤独すぎる怪人
　◇「中井英夫全集 6」東京創元社 1996（創元ライブラリ）p635
信への嫌悪―私は何を信ずるか
　◇「決定版 三島由紀夫全集 補巻」新潮社 2005 p138
新延若丈の洋々たる未来
　◇「決定版 三島由紀夫全集 32」新潮社 2003 p589
新大阪新聞社宛内容証明郵便
　◇「坂口安吾全集 16」筑摩書房 2000 p484
人花
　◇「江戸川乱歩全集 25」光文社 2005（光文社文庫）p362
深海底へ…。「かいこう」がめざす、母なる海と地球の解明(高川真一)
　◇「小松左京全集 完全版 47」城西国際大学出版会 2017 p20
人外の境の賑い
　◇「石牟礼道子全集 11」藤原書店 2005 p491
新・餓鬼草紙
　◇「寺山修司著作集 1」クインテッセンス出版 2009 p60
人格みな可憐
　◇「石牟礼道子全集 17」藤原書店 2012 p496
新かぐや姫
　◇「山田風太郎ミステリー傑作選 4」光文社 2001（光文社文庫）p91
新型貯金箱
　◇「小松左京全集 完全版 25」城西国際大学出版会 2017 p161
新型4機種を診断―オート・フォーカス・カメラ時代が到来！
　◇「安部公房全集 27」新潮社 2000 p49

進化と生き残りの可能性〔座談会〕(渥美和彦、國弘正雄、森政弘, 吉田夏彦)
　◇「小松左京全集 完全版 39」城西国際大学出版会 2012 p175
新カナヅカヒの問題
　◇「坂口安吾全集 5」筑摩書房 1998 p532
進化の思想
　◇「小松左京全集 完全版 28」城西国際大学出版会 2006 p41
「進化」の未来像
　◇「小松左京全集 完全版 28」城西国際大学出版会 2006 p96
臣下の礼
　◇「中井英夫全集 12」東京創元社 2006（創元ライブラリ）p107
新貨幣意見
　◇「山田風太郎エッセイ集成 秀吉はいつ知ったか」筑摩書房 2008 p56
町よ！ シンガポール
　◇「中上健次集 10」インスクリプト 2017 p497
シンガポール陥落に際して
　◇「谷崎潤一郎全集 19」中央公論新社 2015 p536
シンガポール日本人会『シンガポール日本人墓地―写真と記録』
　◇「石牟礼道子全集 14」藤原書店 2008 p398
新夏炉冬扇
　◇「決定版 三島由紀夫全集 33」新潮社 2003 p242
真贋
　◇「小林秀雄全作品 19」新潮社 2004 p20
　◇「小林秀雄全集 補巻 2」新潮社 2010 p474
神官
　◇「決定版 三島由紀夫全集 補巻」新潮社 2005 p28
神官
　◇「宮本百合子全集 32」新日本出版社 2003 p491
新感覚派及びそれ以後
　◇「佐々木基一全集 3」河出書房新社 2013 p106
新漢語の問題―近代化試論
　◇「福田恆存評論集 10」麗澤大学出版會, 廣池學園事業部〔発売〕2008 p357
新幹線
　◇「小松左京全集 完全版 25」城西国際大学出版会 2017 p98
新幹線9号車
　◇「20世紀断層―野坂昭如単行本未収録小説集成 5」幻戯書房 2010 p317
新幹線の窓から
　◇「〔野呂邦暢〕随筆コレクション 1」みすず書房 2014 p101
新幹線爆破計画
　◇「都筑道夫少年小説コレクション 3」本の雑誌社 2005 p237
心願の国
　◇「原民喜戦後全小説」講談社 2015（講談社文芸文

しんか

庫）p269

真贋の森
- ◇「松本清張傑作短篇コレクション 上」文藝春秋 2004（文春文庫）p307
- ◇「松本清張短編全集 09」光文社 2009（光文社文庫）p185

成吉思汗の秘密
- ◇「高木彬光コレクション新装版 成吉思汗の秘密」光文社 2005（光文社文庫）p9

成吉思汗余話
- ◇「高木彬光コレクション新装版 成吉思汗の秘密」光文社 2005（光文社文庫）p388

信義について
- ◇「宮本百合子全集 16」新日本出版社 2002 p279

新奇の祝祭・勧業博覧会
- ◇「小松左京全集 完全版 42」城西国際大学出版会 2014 p117

新旧劇に対する名家の感想
- ◇「德田秋聲全集 23」八木書店 2001 p249

新居
- ◇「都筑道夫恐怖短篇集成 2」筑摩書房 2004（ちくま文庫）p258

新教育の成果
- ◇「小田実全集 評論 3」講談社 2010 p216

新教育のゆがみをもたらすためのもの
- ◇「小田実全集 評論 3」講談社 2010 p226

心境から客観へ
- ◇「德田秋聲全集 21」八木書店 2001 p75

新教官
- ◇「内田百閒集成 6」筑摩書房 2003（ちくま文庫）p145

新京極
- ◇〔野呂邦暢〕随筆コレクション 2」みすず書房 2014 p299

新京挿話
- ◇「田村泰次郎選集 2」日本図書センター 2005 p26

神曲
- ◇「石牟礼道子全集 11」藤原書店 2005 p219

蜃気楼
- ◇「大庭みな子全集 4」日本経済新聞出版社 2009 p275

蜃気楼
- ◇「山田風太郎ミステリー傑作選 8」光文社 2002（光文社文庫）p9

蜃気楼の国
- ◇「決定版 三島由紀夫全集 37」新潮社 2004 p263

蜃気楼博士
- ◇「都筑道夫少年小説コレクション 3」本の雑誌社 2005 p7

蜃気楼文明があった
- ◇「定本 荒巻義雄メタSF全集 5」彩流社 2015 p368

新記録主義の提唱
- ◇「安部公房全集 9」新潮社 1998 p177

真空状態
- ◇「辻井喬コレクション 7」河出書房新社 2003 p338

真空の情熱
- ◇「日影丈吉全集 7」国書刊行会 2004 p488

真紅のリンゴ
- ◇「小檜山博全集 4」柏艪舎 2006 p426

シングレランノート
- ◇「谷崎潤一郎全集 25」中央公論新社 2016 p599

信九郎物語
- ◇「司馬遼太郎短篇全集 6」文藝春秋 2005 p7

進軍
- ◇「アンドロギュノスの裔 渡辺温全集」東京創元社 2011（創元推理文庫）p365

新芸術院会員真山氏
- ◇「德田秋聲全集 23」八木書店 2001 p217

神経衰弱
- ◇「德田秋聲全集 15」八木書店 1999 p212

神経衰弱的野球美学論
- ◇「坂口安吾全集 15」筑摩書房 1998 p373

新劇運動の回顧及び希望
- ◇「德田秋聲全集 23」八木書店 2001 p291

新劇界粛正のために
- ◇「福田恆存評論集 18」麗澤大學出版會, 廣池學園事業部〔発売〕2010 p211

新劇界の芸術座ショック
- ◇「安部公房全集 9」新潮社 1998 p407

新劇合評〔座談会〕（大木直太郎, 日下令光）
- ◇「安部公房全集 5」新潮社 1997 p278
- ◇「安部公房全集 29」新潮社 2000 p387

新劇縦横談〔座談会〕（青山光二, 武田泰淳, 中村真一郎, 梅田晴夫）
- ◇「福田恆存対談・座談集 5」玉川大学出版部 2012 p7

新劇と近代文化〔対談〕（田中千禾夫）
- ◇「福田恆存対談・座談集 5」玉川大学出版部 2012 p135

新劇と伝統〔鼎談〕（浅利慶太, オルトラーニ, ベニト）
- ◇「福田恆存対談・座談集 5」玉川大学出版部 2012 p207

新劇のウィーク・ポイント〔座談会〕（浅利慶太, 江藤淳, 杉山誠）
- ◇「福田恆存対談・座談集 6」玉川大学出版部 2012 p75

新劇の演技術を衝く—「ハムレット」を中心に〔座談会〕（北岸佑吉, 菅泰男, 武智鉄二, 辻部政太郎, 山本修二）
- ◇「福田恆存対談・座談集 5」玉川大学出版部 2012 p103

新劇の可能性と観客への期待〔対談〕（奥野健男）
- ◇「安部公房全集 11」新潮社 1998 p355

新劇の現状と課題〔座談会〕(小林勝、福田善之、夏堀正元、広末保、武井昭夫)
　◇「安部公房全集 15」新潮社 1998 p222

新劇の底辺に住む女優たち
　◇「開高健ルポルタージュ選集 ずばり東京」光文社 2007（光文社文庫）p251

新劇の笑い
　◇「坂口安吾全集 12」筑摩書房 1999 p469

新劇人の貧弱な体格への警告（NHK「朝の訪問」）
　◇「決定版 三島由紀夫全集 31」新潮社 2003 p687

「新戯作派」について
　◇「佐々木基一全集 3」河出書房新社 2013 p279

新戯作論
　◇「野坂昭如エッセイ・コレクション 3」筑摩書房 2004（ちくま文庫）p142

新月
　◇「小檜山博全集 5」柏艪舎 2006 p94

新月随筆
　◇「内田百閒集成 15」筑摩書房 2003（ちくま文庫）p74

新源氏物語（上）
　◇「田辺聖子全集 7」集英社 2004 p7

新源氏物語（下）
　◇「田辺聖子全集 8」集英社 2004 p7

人権と人格
　◇「福田恆存評論集 9」麗澤大學出版會、廣池學園事業部〔発売〕 2008 p361

真剣二幅対
　◇「国枝史郎伝奇短篇小説集成 1」作品社 2006 p170

「人権」や「環境」という言葉
　◇「石牟礼道子全集 7」藤原書店 2005 p319

信仰
　◇「小松左京全集 完全版 25」城西国際大学出版会 2017 p232

信号
　◇「松本清張初文庫化作品集 3」双葉社 2006（双葉文庫）p173

人口
　◇「小松左京全集 完全版 43」城西国際大学出版会 2014 p375

信号機
　◇「辻井喬コレクション 7」河出書房新社 2003 p495

振興喫茶でボラれたという杉山博保（三十一歳）の話
　◇「坂口安吾全集 11」筑摩書房 1998 p405

新興芸術派運動
　◇「小林秀雄全作品 1」新潮社 2002 p201
　◇「小林秀雄全集 補巻 1」新潮社 2010 p69

新興芸術派の人々とその作品に就いて〔座談会〕（千葉亀雄、新居格、龍胆寺雄、雅川滉、久野豊彦、楢崎勤、阿部知二、浅原六朗、中村武羅夫、加藤武雄）
　◇「徳田秋聲全集 25」八木書店 2001 p150

進行する列の中に
　◇「上野壮夫全集 1」図書新聞 2010 p165

人工臓器は機械との共存〔対談〕（渥美和彦）
　◇「小松左京全集 完全版 35」城西国際大学出版会 2009 p245

新交通体系の提唱
　◇「安部公房全集 29」新潮社 2000 p145

信仰と死の恐怖
　◇「遠藤周作エッセイ選集 1」光文社 2006（知恵の森文庫）p202

信仰について
　◇「小林秀雄全作品 18」新潮社 2004 p26
　◇「小林秀雄全集 補巻 2」新潮社 2010 p416

信仰に似た運動—告知板
　◇「決定版 三島由紀夫全集 28」新潮社 2003 p666

"人工日本語"の功罪（桑原武夫）
　◇「司馬遼太郎対話選集 2」文藝春秋 2006（文春文庫）p205

新稿の序
　◇「高木彬光コレクション新装版 刺青殺人事件」光文社 2005（光文社文庫）p449

新興文芸に就て
　◇「徳田秋聲全集 20」八木書店 2001 p372

人工猛禽、その火の糞
　◇「小松左京全集 完全版 40」城西国際大学出版会 2012 p299

人口問題へのチャレンジ
　◇「小松左京全集 完全版 36」城西国際大学出版会 2011 p310

新國語審議會採點
　◇「福田恆存評論集 6」麗澤大學出版會、廣池學園事業部〔発売〕 2009 p344

しんこ細工の猿や雛
　◇「田辺聖子全集 1」集英社 2004 p8

新「古事記」時代
　◇「山田風太郎エッセイ集成 昭和前期の青春」筑摩書房 2007 p60

新古典派
　◇「決定版 三島由紀夫全集 27」新潮社 2003 p436

新婚スワッピング
　◇「20世紀断層—野坂昭如単行本未収録小説集成 4」幻戯書房 2010 p581

新婚の頃
　◇「大庭みな子全集 13」日本経済新聞出版社 2010 p249

新婚ホヤホヤのおめでたき人へ……
　◇「野坂昭如エッセイ・コレクション 1」筑摩書房 2004（ちくま文庫）p185

しんこ

新婚旅行殺人事件
　◇「西村京太郎自選集 2」徳間書店 2004（徳間文庫）p189

「震災一周年」の三十三人目の自殺
　◇「小田実全集 評論 25」講談社 2012 p111

震災から日本のあり方を考える
　◇「小田実全集 評論 31」講談社 2013 p47

神西君の飜訳
　◇「小林秀雄全作品 21」新潮社 2004 p296
　◇「小林秀雄全集 補巻 3」新潮社 2010 p89

震災雑感
　◇「深沢夏衣作品集」新幹社 2015 p381

神西さんのこと―凍れる花々
　◇「福田恆存評論集 別巻」麗澤大學出版會, 廣池學園事業部〔発売〕 2011 p163

神西さんの最後の面会
　◇「決定版 三島由紀夫全集 29」新潮社 2003 p539

震災前夜
　◇「小田実全集 小説 37」講談社 2013 p61

人災としての阪神・淡路大震災
　◇「小田実全集 評論 36」講談社 2014 p118

「人災」としての阪神大震災
　◇「小田実全集 評論 21」講談社 2012 p104

震災の痕跡のない予算、政治
　◇「小田実全集 評論 25」講談社 2012 p114

新西遊記
　◇「定本 久生十蘭全集 8」国書刊行会 2010 p23

審査員の言葉
　◇「谷崎潤一郎全集 23」中央公論新社 2017 p425

新作いろは加留多
　◇「坂口安吾全集 3」筑摩書房 1999 p314

新作能『不知火』
　◇「石牟礼道子全集 16」藤原書店 2013 p11

新作能『不知火』オリジナル版
　◇「石牟礼道子全集 16」藤原書店 2013 p12

審査さるる必要無し
　◇「徳田秋聲全集 19」八木書店 2000 p235

診察
　◇「徳田秋聲全集 7」八木書店 1998 p62

診察・赤塚徹―もうひとつの顔
　◇「安部公房全集 11」新潮社 1998 p9

新作家・私の姿勢
　◇「大庭みな子全集 23」日本経済新聞出版社 2011 p311

〔SF日本おとぎ話〕新サルカニ合戦
　◇「小松左京全集 完全版 24」城西国際大学出版会 2016 p393

新残酷物語
　◇「定本 久生十蘭全集 5」国書刊行会 2009 p341

新残夢三昧
　◇「内田百閒集成 16」筑摩書房 2004（ちくま文庫）p222

"新参者"信号機を追い出せ
　◇「小松左京全集 完全版 31」城西国際大学出版会 2008 p28

紳士
　◇「吉行淳之介エッセイ・コレクション 1」筑摩書房 2004（ちくま文庫）

紳士契約について
　◇「吉行淳之介エッセイ・コレクション 1」筑摩書房 2004（ちくま文庫）p76

新施設
　◇「小松左京全集 完全版 25」城西国際大学出版会 2017 p22

新七師匠の拠り所
　◇「井上ひさしコレクション 日本の巻」岩波書店 2005 p18

真実をどう語ったらよいのか
　◇「小島信夫批評集成 1」水声社 2011 p522

真実を見きわめよ
　◇「小島信夫批評集成 2」水声社 2011 p317

「真実」語る無名の戦記
　◇「〔野呂邦暢〕随筆コレクション 1」みすず書房 2014 p471

真実の教訓―選評
　◇「決定版 三島由紀夫全集 33」新潮社 2003 p87

真実の限界―三つの占領記
　◇「坂口安吾全集 12」筑摩書房 1999 p468

信じていたい
　◇「眉村卓コレクション 異世界篇 1」出版芸術社 2012 p267

紳士読本
　◇「吉行淳之介エッセイ・コレクション 1」筑摩書房 2004（ちくま文庫）p9

「紳士と淑女」二十五周年
　◇「阿川弘之全集 20」新潮社 2007 p541

紳士の服装
　◇「大庭みな子全集 6」日本経済新聞出版社 2009 p167

紳士―無言劇
　◇「決定版 三島由紀夫全集 21」新潮社 2002 p545545

新釈 遠野物語
　◇「井上ひさし短編中編小説集成 4」岩波書店 2015 p1

信者と無信仰者の共存について［翻訳］（ジェルリエー枢機卿）
　◇「須賀敦子全集 7」河出書房新社 2007（河出文庫）p120

ジンジャーによせて
　◇「松下竜一未刊行著作集 3」海鳥社 2009 p68

神社の教室
　◇「高橋克彦自選短編集 2」講談社 2009（講談社文庫）p371

新樹
　◇「大佛次郎セレクション第1期 姉」未知谷 2007

p141
　◇「大佛次郎セレクション第2期 新樹・鷗」未知谷 2008 p5

真珠
　◇「小松左京全集 完全版 43」城西国際大学出版会 2014 p387

真珠
　◇「坂口安吾全集 3」筑摩書房 1999 p390

真珠
　◇「寺山修司著作集 1」クインテッセンス出版 2009 p363

真珠
　◇「決定版 三島由紀夫全集 20」新潮社 2002 p149

心中
　◇「[森]鷗外近代小説集 5」岩波書店 2013 p55

信州へ
　◇「辻邦生全集 16」新潮社 2005 p331

新輯お伽草紙
　◇「大庭みな子全集 20」日本経済新聞出版社 2010 p13

心中木曾街道
　◇「国枝史郎伝奇短篇小説集成 2」作品社 2006 p344

信州の寒夜とロシア文学
　◇「辻邦生全集 18」新潮社 2005 p69

信州の森のなかで─サクリファイス
　◇「辻邦生全集 19」新潮社 2005 p412

新輯版「薔薇刑」について（1971）
　◇「決定版 三島由紀夫全集 36」新潮社 2003 p392

心中論
　◇「決定版 三島由紀夫全集 30」新潮社 2003 p36

新宿時代の日記より
　◇「田中志津全作品集 下巻」武蔵野書院 2013 p184

新宿騒動＝私はかう見た
　◇「決定版 三島由紀夫全集 36」新潮社 2003 p652

新宿─その二つの顔
　◇「開高健ルポルタージュ選集 ずばり東京」光文社 2007（光文社文庫）p127

新宿西口
　◇「小檜山博全集 6」柏艪舎 2006 p104

新宿にて
　◇「小檜山博全集 7」柏艪舎 2006 p111

新宿に吹く風
　◇「中井英夫全集 12」東京創元社 2006（創元ライブラリ）p12

新宿の「鏡獅子」青年歌舞伎を観る
　◇「德田秋聲全集 22」八木書店 2001 p336

新宿のステーキ
　◇「色川武大・阿佐田哲也エッセイズ 3」筑摩書房 2003（ちくま文庫）p272

新宿の万葉集（リービ英雄）
　◇「司馬遼太郎対話選集 8」文藝春秋 2006（文春文庫）p205

新宿のライオン
　◇「向田邦子全集 新版 6」文藝春秋 2009 p227

新宿飲んだくれ
　◇「田中小実昌エッセイ・コレクション 1」筑摩書房 2002（ちくま文庫）p130

新宿放浪
　◇「小檜山博全集 6」柏艪舎 2006 p267

新宿まで
　◇「井上ひさし短編中編小説集成 11」岩波書店 2015 p79

新宿和田組界隈 小説十二番
　◇「20世紀断層─野坂昭如単行本未収録小説集成 4」幻戯書房 2010 p215

新趣向
　◇「小松左京全集 完全版 12」城西国際大学出版会 2007 p404

人種差別と性差別 吉田ルイ子〔対談〕
　◇「大庭みな子全集 21」日本経済新聞出版社 2011 p300

真珠の首飾り
　◇「金井美恵子自選短篇集 恋人たち／降誕祭の夜」講談社 2015（講談社文芸文庫）p147

真珠母の匣
　◇「中井英夫全集 3」東京創元社 1996（創元ライブラリ）p481

真珠姫
　◇「中井英夫全集 5」東京創元社 2002（創元ライブラリ）p69

新春
　◇「德田秋聲全集 23」八木書店 2001 p10

新春雑感
　◇「德田秋聲全集 23」八木書店 2001 p107

新春私語
　◇「德田秋聲全集 20」八木書店 2001 p257

新春試筆
　◇「谷崎潤一郎全集 21」中央公論新社 2016 p422

新春読書始
　◇「阿川弘之全集 20」新潮社 2007 p357

新春に方りて
　◇「德田秋聲全集 23」八木書店 2001 p149

新春・日本の空を飛ぶ
　◇「坂口安吾全集 11」筑摩書房 1998 p75

〔鼎談〕新春初笑い伊東放談─尾崎士郎、坂口安吾、檀一雄
　◇「坂口安吾全集 16」筑摩書房 2000 p758

新春双面神
　◇「日影丈吉全集 4」国書刊行会 2003 p491

新春文壇の印象
　◇「德田秋聲全集 23」八木書店 2001 p276
　◇「德田秋聲全集 23」八木書店 2001 p280

新小説『掻き乱すもの』に就いて
　◇「德田秋聲全集 別巻」八木書店 2006 p125

しんし

身上調査
- ◇「向田邦子全集 新版 4」文藝春秋 2009 p9

志ん生と安全地帯
- ◇「色川武大・阿佐田哲也エッセイズ 2」筑摩書房 2003（ちくま文庫）p94

新女性線―ソヴェト映画の物語
- ◇「宮本百合子全集 11」新日本出版社 2001 p157

新女性のルポルタージュより
- ◇「宮本百合子全集 14」新日本出版社 2001 p117

信じられぬ飛翔
- ◇「中井英夫全集 12」東京創元社 2006（創元ライブラリ）p46

信じる
- ◇「井上ひさしコレクション 人間の巻」岩波書店 2005 p339

〈信じる〉ことの周辺―冬物語 トラスト・ミー パワー・オブ・ワン
- ◇「辻邦生全集 19」新潮社 2005 p415

紳士はロクロ首たるべし
- ◇「吉行淳之介エッセイ・コレクション 1」筑摩書房 2004（ちくま文庫）p69

新人へ
- ◇「坂口安吾全集 6」筑摩書房 1998 p274

新人Xへ
- ◇「小林秀雄全作品 6」新潮社 2003 p206
- ◇「小林秀雄全集 補巻 1」新潮社 2010 p322

新人への批評賞
- ◇「小林秀雄全作品 7」新潮社 2003 p232
- ◇「小林秀雄全集 補巻 1」新潮社 2010 p396

新人を識らず
- ◇「谷崎潤一郎全集 18」中央公論新社 2016 p509

人心苛辣
- ◇「徳田秋聲全集 23」八木書店 2001 p53

新人からの脱出
- ◇「安部公房全集 8」新潮社 1998 p248

新人魍望
- ◇「江戸川乱歩全集 30」光文社 2005（光文社文庫）p237

新進作家と其作品
- ◇「徳田秋聲全集 23」八木書店 2001 p271

「新人特集」の皮相な新しがり
- ◇「決定版 三島由紀夫全集 27」新潮社 2003 p703

新人に〔第二十三回芥川賞選後評〕
- ◇「坂口安吾全集 9」筑摩書房 1998 p510

新人の季節〔対談〕(石原慎太郎)
- ◇「決定版 三島由紀夫全集 39」新潮社 2004 p263

新人の作品
- ◇「坂口安吾全集 2」筑摩書房 1999 p140

壬申の年
- ◇「宮城谷昌光全集 21」文藝春秋 2004 p130

新人奮起の時
- ◇「田村泰次郎選集 5」日本図書センター 2005 p95

新々訳源氏物語序
- ◇「谷崎潤一郎全集 24」中央公論新社 2016 p550

新人らしく生真面目に
- ◇「大坪砂男全集 4」東京創元社 2013（創元推理文庫）p439

信ずることと知ること
- ◇「小林秀雄全作品 26」新潮社 2004 p178
- ◇「小林秀雄全集 補巻 3」新潮社 2010 p374

信西
- ◇「谷崎潤一郎全集 1」中央公論新社 2015 p125

新生
- ◇「大庭みな子全集 17」日本経済新聞出版社 2010 p43
- ◇「大庭みな子全集 17」日本経済新聞出版社 2010 p44

人生
- ◇「決定版 三島由紀夫全集 37」新潮社 2004 p637

人生あと50万年？ ようやく成熟期
- ◇「小松左京全集 完全版 28」城西国際大学出版会 2006 p157

人生案内
- ◇「坂口安吾全集 15」筑摩書房 1999 p60

人生を愛しましょう
- ◇「宮本百合子全集 17」新日本出版社 2002 p92

人生を潤歩する人
- ◇「大坪砂男全集 4」東京創元社 2013（創元推理文庫）p437

新世紀を予見したベルジャーエフの警句
- ◇「小松左京全集 完全版 40」城西国際大学出版会 2012 p343

新世紀・ナガサキから若い人たちへ
- ◇「林京子全集 8」日本図書センター 2005 p427

新政権（十一月八日）
- ◇「福田恆存評論集 18」麗澤大學出版會, 廣池學園事業部〔発売〕2010 p92

神聖航跡
- ◇「定本 荒巻義雄メタSF全集 6」彩流社 2015 p313

人世坐大騒動顛末記
- ◇「三角寛サンカ選集第二期 15」現代書館 2005 p7

「人生坐細胞」組織篇
- ◇「三角寛サンカ選集第二期 15」現代書館 2005 p58

新生座事件
- ◇「山本周五郎長篇小説全集 23」新潮社 2014 p95

神聖試練
- ◇「定本 荒巻義雄メタSF全集 6」彩流社 2015 p9

人生、上手に楽しみましょ〔対談〕(坪内稔典)
- ◇「田辺聖子全集 別巻1」集英社 2006 p233

神聖代
- ◇「定本 荒巻義雄メタSF全集 6」彩流社 2015 p5

『人生という旅』
- ◇「小檜山博全集 8」柏艪舎 2006 p382

人生という旅
- ◇「小檜山博全集 7」柏艪舎 2006 p235

人性と人情と
　◇「坂口安吾全集 4」筑摩書房 1998 p110
人生とは退屈なり―わが某月某日の記
　◇「遠藤周作エッセイ選集 3」光文社 2006（知恵の森文庫）p32
神聖な場所としての水銀の埋立地
　◇「石牟礼道子全集 7」藤原書店 2005 p333
人生に額縁がない
　◇「上野壮夫全集 3」図書新聞 2011 p299
「新青年」とモダニズム
　◇「日影丈吉全集 別巻」国書刊行会 2005 p724
「新青年」の思い出〔大鴉〕
　◇「高木彬光コレクション新装版 能面殺人事件」光文社 2006（光文社文庫）p396
「新青年」の時代
　◇「中井英夫全集 12」東京創元社 2006（創元ライブラリ）p124
「新青年」の変遷
　◇「中井英夫全集 7」東京創元社 1998（創元ライブラリ）p119
人生のいちばん美しい場所で
　◇「立原和平全小説 27」勉誠出版 2014 p365
人生の絵
　◇「小松左京全集 完全版 25」城西国際大学出版会 2017 p464
「人生の階段」を見る楽しみ
　◇「辻邦生全集 19」新潮社 2005 p420
人生の究極の夢を……―作家兼演出家兼俳優のことば
　◇「決定版 三島由紀夫全集 34」新潮社 2003 p122
人生の共感―求められる文学について
　◇「宮本百合子全集 13」新日本出版社 2001 p406
人生の教師
　◇「佐々木基一全集 1」河出書房新社 2013 p380
人生のことを語りたい
　◇「遠藤周作エッセイ選集 1」光文社 2006（知恵の森文庫）p9
人生のことを語りたい―自分の本当の顔をとりもどすとき
　◇「遠藤周作エッセイ選集 1」光文社 2006（知恵の森文庫）p18
人生の最初の教師―アゴタ・クリストフ
　◇「丸谷才一全集 11」文藝春秋 2014 p383
人生の詩
　◇「大庭みな子全集 13」日本経済新聞出版社 2010 p408
人生の大事
　◇「野坂昭如エッセイ・コレクション 1」筑摩書房 2004（ちくま文庫）p133
人生のテーマ
　◇「宮本百合子全集 18」新日本出版社 2002 p66
人生の謎
　◇「小林秀雄全作品 12」新潮社 2003 p245

　◇「小林秀雄全集 補巻 2」新潮社 2010 p149
人生の風情
　◇「宮本百合子全集 15」新日本出版社 2001 p316
人生の本―末松太平著「私の昭和史」
　◇「決定版 三島由紀夫全集 34」新潮社 2003 p450
人生の本―『漱石書簡集』
　◇「山田風太郎エッセイ集成 風山房風呂焚き唄」筑摩書房 2008 p170
人生の真の意味
　◇「徳田秋聲全集 19」八木書店 2000 p223
神聖包茎「フクロネズミ男」外伝
　◇「清水アリカ全集」河出書房新社 2011 p445
人生保険
　◇「小松左京全集 完全版 25」城西国際大学出版会 2017 p356
人生万華鏡
　◇「田辺聖子全集 24」集英社 2006 p479
人生自ら楽しむ
　◇「遠藤周作エッセイ選集 3」光文社 2006（知恵の森文庫）
人生三つの愉しみ
　◇「坂口安吾全集 11」筑摩書房 1998 p91
人生問答〔対談〕(久米正雄、林房雄)
　◇「決定版 三島由紀夫全集 39」新潮社 2004 p41
人生旅行エージェント
　◇「小松左京全集 完全版 25」城西国際大学出版会 2017 p414
人生はSFだ
　◇「定本 荒巻義雄メタSF全集 5」彩流社 2015 p309
　◇「定本 荒巻義雄メタSF全集 5」彩流社 2015 p324
人生はつねに"断絶"
　◇「田中小実昌エッセイ・コレクション 6」筑摩書房 2003（ちくま文庫）p184
人生は間違いじゃなかったよ
　◇「隆慶一郎全集 19」新潮社 2010 p321
人生は野菜スープ
　◇「片岡義男コレクション 2」早川書房 2009（ハヤカワ文庫）p181
新世界から
　◇「辻邦生全集 7」新潮社 2004 p211
「新世界」と「通天閣ルナパーク」
　◇「小松左京全集 完全版 42」城西国際大学出版会 2014 p130
新世界の富
　◇「宮本百合子全集 16」新日本出版社 2002 p231
シンセサイザー未来交響曲〔対談〕(冨田勲)
　◇「小松左京全集 完全版 35」城西国際大学出版会 2009 p235
新世代語辞典
　◇「都筑道夫恐怖短篇集成 1」筑摩書房 2004（ちくま文庫）p336
親切過労死
　◇「山田風太郎エッセイ集成 わが推理小説零年」筑

しんせ

摩書房 2007 p245

親切でアホウなボーイ・フレンド
◇「小田実全集 小説 37」講談社 2013 p84

真説・鉄仮面
◇「定本 久生十蘭全集 9」国書刊行会 2011 p7

親切な男
◇「決定版 三島由紀夫全集 17」新潮社 2002 p51

親切な機械
◇「決定版 三島由紀夫全集 17」新潮社 2002 p583

「親切な機械」創作ノート
◇「決定版 三島由紀夫全集 17」新潮社 2002 p761

親切な日本人
◇「阿川弘之全集 19」新潮社 2007 p460

新説八百八狸
◇「国枝史郎伝奇短篇小説集成 2」作品社 2006 p381

真説宮本武蔵
◇「司馬遼太郎短篇全集 5」文藝春秋 2005 p389

新説娘道成寺
◇「定本 久生十蘭全集 別巻」国書刊行会 2013 p130

晋陝峡谷―壺口瀑布・黄河のナイアガラ
◇「小松左京全集 完全版 43」城西国際大学出版会 2014 p148

新選組の道化師
◇「〔山田風太郎〕時代短篇選集 1」小学館 2013（小学館文庫）p311

新戦場の怪
◇「山本周五郎探偵小説全集 3」作品社 2007 p295

新鮮な驚き
◇「車谷長吉全集 3」新書館 2010 p769

「新千夜一夜物語」をすすめる（桃源社広告文）
◇「決定版 三島由紀夫全集 35」新潮社 2003 p382

新造
◇「内田百閒集成 11」筑摩書房 2003（ちくま文庫）p272

新装
◇「小寺菊子作品集 1」桂書房 2014 p183

真相
◇「20世紀断層―野坂昭如単行本未収録小説集成 補巻」幻戯書房 2010 p544

真相かくの如し
◇「坂口安吾全集 7」筑摩書房 1998 p114

新造軍艦
◇「〔押川〕春浪選集 4」本の友社 2004 p1

新造船の怪
◇「山本周五郎探偵小説全集 4」作品社 2008 p145

死んだアイドル生きてゐるイメージ
◇「決定版 三島由紀夫全集 29」新潮社 2003 p321

寝台急行《月光》
◇「天城一傑作集 2」日本評論社 2005 p38

寝台車
◇「内田百閒集成 2」筑摩書房 2002（ちくま文庫）

p98

人体―土ふまず 女の土踏まず、について
◇「林京子全集 8」日本図書センター 2005 p268

身体的条件
◇「中上健次集 6」インスクリプト 2014 p423

人体―手 シャーロック・ホームズの手
◇「林京子全集 8」日本図書センター 2005 p264

改訂完全版寝台特急「はやぶさ」1／60秒の壁
◇「島田荘司全集 2」南雲堂 2008 p5

人體の値段
◇「小酒井不木随筆評論選集 4」本の友社 2004 p131

身体髪膚
◇「向田邦子全集 新版 5」文藝春秋 2009 p22

人体―耳 ピアスの穴
◇「林京子全集 8」日本図書センター 2005 p260

寝台物語
◇「山田風太郎ミステリー傑作選 3」光文社 2001（光文社文庫）p389

死んだ男がのこしたものは
◇「鈴木いづみコレクション 7」文遊社 1997 p91

新宝島
◇「江戸川乱歩全集 14」光文社 2004（光文社文庫）p9

シンタクティックな明確さ
◇「丸谷才一全集 10」文藝春秋 2014 p403

死んだ子供の肖像
◇「須賀敦子全集 3」河出書房新社 2007（河出文庫）p172

死んだ少女に
◇「〔野呂邦暢〕随筆コレクション 2」みすず書房 2014 p191

新建
◇「徳田秋聲全集 29」八木書店 2002 p208

死んだ中原
◇「小林秀雄全作品 10」新潮社 2003 p42
◇「小林秀雄全集 補巻 1」新潮社 2010 p506

死んだ妣たちが唄ふ歌
◇「石牟礼道子全集 11」藤原書店 2005 p245

死んだ娘が歌った……
◇「安部公房全集 4」新潮社 1997 p291

新築記念大会『霧子のタンゴ』
◇「小檜山博全集 6」柏艪舎 2006 p381

新知識人論
◇「決定版 三島由紀夫全集 36」新潮社 2003 p39

人知の宝庫
◇「宮城谷昌光全集 21」文藝春秋 2004 p321

新地名について
◇「山田風太郎エッセイ集成 秀吉はいつ知ったか」筑摩書房 2008 p17

新茶
◇「決定版 三島由紀夫全集 37」新潮社 2004 p579

「新潮」への希望
　◇「德田秋聲全集 21」八木書店 2001 p289
新潮記
　◇「山本周五郎長篇小説全集 20」新潮社 2014 p7
沈丁花
　◇「小沼丹全集 3」未知谷 2004 p88
沈丁花
　◇「決定版 三島由紀夫全集 37」新潮社 2004 p491
沈丁花
　◇「宮本百合子全集 3」新日本出版社 2001 p402
沈丁花は匂ふ
　◇「上野壯夫全集 1」図書新聞 2010 p454
『新潮現代文学 吉行淳之介』解説
　◇「色川武大・阿佐田哲也エッセイズ 3」筑摩書房 2003（ちくま文庫）p321
新潮國語辭典について（十二月十五日）
　◇「福田恆存評論集 18」麗澤大學出版會, 廣池學園事業部〔発売〕 2010 p132
新潮社宛離縁状
　◇「坂口安吾全集 16」筑摩書房 2000 p466
新潮社八十年に寄せて
　◇「小林秀雄全作品 26」新潮社 2004 p249
　◇「小林秀雄全集 補巻 3」新潮社 2010 p383
新潮選書版第Ⅰ巻あとがき〔私の作家評伝〕
　◇「小島信夫批評集成 3」水声社 2011 p517
新潮選書版第Ⅱ巻あとがき〔私の作家評伝〕
　◇「小島信夫批評集成 3」水声社 2011 p520
新潮選書版第Ⅲ巻あとがき〔私の作家評伝〕
　◇「小島信夫批評集成 3」水声社 2011 p521
「新潮」六月号
　◇「小林秀雄全作品 9」新潮社 2003 p152
　◇「小林秀雄全集 補巻 1」新潮社 2010 p477
『死んでいく心』［翻訳］（ウンベルト・サバ）
　◇「須賀敦子全集 5」河出書房新社 2008（河出文庫）p303
秦帝国の首都
　◇「宮城谷昌光全集 21」文藝春秋 2004 p353
死んでも死なぬ
　◇「司馬遼太郎短篇全集 8」文藝春秋 2005 p93
新店
　◇「德田秋聲全集 8」八木書店 2000 p317
神伝魚心流開祖
　◇「坂口安吾全集 11」筑摩書房 1998 p3
神伝夢想流
　◇「坂口安吾全集 13」筑摩書房 1999 p318
『神童』
　◇「谷崎潤一郎全集 3」中央公論新社 2016 p275
神童
　◇「谷崎潤一郎全集 3」中央公論新社 2016 p277
新東京を前にして
　◇「小寺菊子作品集 3」桂書房 2014 p130

尽頭子
　◇「内田百閒集成 3」筑摩書房 2002（ちくま文庫）p48
人道主義の否定その他―三月の既成文学を読む
　◇「上野壯夫全集 3」図書新聞 2011 p15
神童でなかつたラムボオの詩―中原中也訳『学校時代の詩』に就て
　◇「坂口安吾全集 1」筑摩書房 1999 p380
「神童」について
　◇「決定版 三島由紀夫全集 29」新潮社 2003 p497
心頭涼味
　◇「德田秋聲全集 22」八木書店 2001 p66
身毒
　◇「立松和平全小説 16」勉誠出版 2012 p186
説教節の主題による見世物オペラ身毒丸
　◇「寺山修司著作集 3」クインテッセンス出版 2009 p225
震度計測の意外
　◇「小松左京全集 完全版 46」城西国際大学出版会 2016 p63
新都市建設
　◇「小松左京全集 完全版 25」城西国際大学出版会 2017 p174
ジーンとともに
　◇「加藤幸子自選作品集 3」未知谷 2013 p245
新ドナウ源流行
　◇「阿川弘之全集 18」新潮社 2007 p208
新富座の新脚本
　◇「德田秋聲全集 20」八木書店 2001 p214
新富座の二幕
　◇「德田秋聲全集 19」八木書店 2000 p219
新 夏の夜の夢
　◇「瀬戸内寂聴随筆選 5」ゆまに書房 2009 p179
新なる文芸復興へ
　◇「上野壯夫全集 3」図書新聞 2011 p45
人肉食用反対陳情団と三人の紳士たち
　◇「安部公房全集 5」新潮社 1997 p387
新日本島
　◇「「押川」春浪選集 6」本の友社 2004 p1
新日本文学幹事会宛書簡
　◇「安部公房全集 30」新潮社 2009 p70
新日本文学の端緒
　◇「宮本百合子全集 16」新日本出版社 2002 p9
侵入者
　◇「梅崎春生作品集 2」沖積舎 2004 p214
新入生
　◇「宮本百合子全集 14」新日本出版社 2001 p109
侵入の夜
　◇「上野壯夫全集 1」図書新聞 2010 p197
新任の辞
　◇「谷崎潤一郎全集 25」中央公論新社 2016 p93

しんね

新年感あり
◇「松田解子自選集 9」澤田出版 2009 p252
新年号創作読後感
◇「小林秀雄全作品 5」新潮社 2003 p78
◇「小林秀雄全集 補巻 1」新潮社 2010 p250
新年号の諸雑誌から
◇「徳田秋聲全集 23」八木書店 2001 p61
新年号の『文学評論』その他
◇「宮本百合子全集 12」新日本出版社 2001 p108
新年雑感
◇「谷崎潤一郎全集 5」中央公論新社 2016 p481
新年雑談
◇「小林秀雄全作品 26」新潮社 2004 p163
◇「小林秀雄全集 補巻 3」新潮社 2010 p371
信念について
◇「安部公房全集 27」新潮社 2000 p188
新年の思出
◇「徳田秋聲全集 22」八木書店 2001 p248
新年の吉凶
◇「宮城谷昌光全集 21」文藝春秋 2004 p348
新年の傑作は誰の何？
◇「徳田秋聲全集 23」八木書店 2001 p285
新年の小説から
◇「徳田秋聲全集 20」八木書店 2001 p7
真の社会小説
◇「徳田秋聲全集 19」八木書店 2000 p75
真の人間主義
◇「中上健次集 4」インスクリプト 2016 p414
晋の文公
◇「宮城谷昌光全集 21」文藝春秋 2004 p201
秦の穆公
◇「宮城谷昌光全集 21」文藝春秋 2004 p204
心配
◇「宮本百合子全集 33」新日本出版社 2004 p336
心配事はつきることなし
◇「大庭みな子全集 23」日本経済新聞出版社 2011 p658
じん肺なき二十一世紀へ
◇「松田解子自選集 9」澤田出版 2009 p257
新俳優教育の理想像―桐朋学園演劇科をめぐって〔座談会〕(生江義男, 千田是也, 田中千禾夫, 加藤衛)
◇「安部公房全集 20」新潮社 1999 p34
新派〔喜多村緑郎〕〔対談〕
◇「決定版 三島由紀夫全集 39」新潮社 2004 p193
新橋ふう
◇「20世紀断層―野坂昭如単行本未収録小説集成 4」幻戯書房 2010 p479
新派の將来
◇「福田恆存評論集 11」麗澤大學出版會, 廣池学園事業部〔発売〕 2009 p58

審判
◇「安部公房全集 17」新潮社 1999 p323
新版への序文〔戦後を拓く思想〕
◇「小田実全集 評論 4」講談社 2010 p3
新版への序文〔平和をつくる原理〕
◇「小田実全集 評論 5」講談社 2010 p3
新版 戦後を拓く思想
◇「小田実全集 評論 4」講談社 2010 p7
新版八犬伝
◇「定本 久生十蘭全集 2」国書刊行会 2009 p7
新版 平和をつくる原理
◇「小田実全集 評論 5」講談社 2010 p7
新版幼少時代序
◇「谷崎潤一郎全集 23」中央公論新社 2017 p469
審美紳士
◇「野坂昭如エッセイ・コレクション 1」筑摩書房 2004（ちくま文庫）p68
神秘的分子に興味がある 女性描写に就いての考察
◇「徳田秋聲全集 20」八木書店 2001 p157
神秘と宗教はちがう
◇「田中小実昌エッセイ・コレクション 1」筑摩書房 2002（ちくま文庫）p286
新ファッシズム論
◇「決定版 三島由紀夫全集 28」新潮社 2003 p350
新風物詩
◇「上野壮夫全集 1」図書新聞 2010 p432
新婦側控室
◇「井上ひさし短編中編小説集成 11」岩波書店 2015 p17
〈人物ウイークリー・データ安部公房〉
◇「安部公房全集 28」新潮社 2000 p10
〈人物カルテ〉『社会新報』の談話記事
◇「安部公房全集 15」新潮社 1998 p480
人物情報・大阪
◇「小松左京全集 完全版 42」城西国際大学出版会 2014 p173
人物評
◇「小林秀雄全作品 18」新潮社 2004 p114
◇「小林秀雄全集 補巻 2」新潮社 2010 p434
人物描写法
◇「徳田秋聲全集 24」八木書店 2001 p3
『人物描写法』序
◇「徳田秋聲全集 別巻」八木書店 2006 p87
「人物評論」のころ
◇「上野壮夫全集 3」図書新聞 2011 p497
人物は二人以上欲しい 小説家から挿絵画家への注文
◇「徳田秋聲全集 20」八木書店 2001 p177
人文一致のひと
◇「井上ひさしコレクション 人間の巻」岩波書店 2005 p46

新聞への最後通牒―「幾ら言つても言ひ盡せぬ」
　◇『福田恆存評論集 9』麗澤大學出版會, 廣池學園事業部〔發売〕 2008 p271

新聞を読まぬ日本人の一大集団
　◇『山田風太郎エッセイ集成 秀吉はいつ知ったか』筑摩書房 2008 p87

新聞学芸欄への要望
　◇『宮本百合子全集 13』新日本出版社 2001 p200

新文学樹立のために〔座談会〕(井上友一郎, 伊藤整, 江戸川乱歩, 大林清, 木々高太郎, 平野謙, 福田恆存, 山岡荘八, 松本太郎)
　◇『坂口安吾全集 17』筑摩書房 1999 p121

新文学の二つの花
　◇『田村泰次郎選集 5』日本図書センター 2005 p123

新聞か政府か―ハワード・サイモンズ〔対談〕(サイモンズ, ハワード)
　◇『福田恆存対談・座談集 4』玉川大学出版部 2012 p146

新聞紙
　◇『決定版 三島由紀夫全集 19』新潮社 2002 p389

新聞紙
　◇『向田邦子全集 新版 8』文藝春秋 2009 p50

新聞記事と作品と―『砦に拠る』を執筆して
　◇『松下竜一未刊行著作集 1』海鳥社 2008 p198

新聞記事の人
　◇『小檜山博全集 7』柏艪舎 2006 p27

新聞記者の東と西
　◇『小松左京全集 完全版 42』城西国際大学出版会 2014 p114

新聞ぎらひ
　◇『阿川弘之全集 18』新潮社 2007 p220

〔新聞雑報1〕
　◇『定本 久生十蘭全集 10』国書刊行会 2011 p280

〔新聞雑報2〕
　◇『定本 久生十蘭全集 10』国書刊行会 2011 p288

〔新聞雑報3〕
　◇『定本 久生十蘭全集 10』国書刊行会 2011 p289

〔新聞雑報4〕
　◇『定本 久生十蘭全集 10』国書刊行会 2011 p291

〔新聞雑報5〕
　◇『定本 久生十蘭全集 10』国書刊行会 2011 p292

〔新聞雑報6〕
　◇『定本 久生十蘭全集 10』国書刊行会 2011 p293

〔新聞雑報7〕
　◇『定本 久生十蘭全集 10』国書刊行会 2011 p294

〔新聞雑報8〕
　◇『定本 久生十蘭全集 10』国書刊行会 2011 p296

〔新聞雑報9〕
　◇『定本 久生十蘭全集 10』国書刊行会 2011 p298

〔新聞雑報10〕
　◇『定本 久生十蘭全集 10』国書刊行会 2011 p299

〔新聞雑報11〕
　◇『定本 久生十蘭全集 10』国書刊行会 2011 p300

〔新聞雑報12〕
　◇『定本 久生十蘭全集 10』国書刊行会 2011 p301

〔新聞雑報13〕
　◇『定本 久生十蘭全集 10』国書刊行会 2011 p396

〔新聞雑報14〕
　◇『定本 久生十蘭全集 10』国書刊行会 2011 p398

〔新聞雑報15〕
　◇『定本 久生十蘭全集 10』国書刊行会 2011 p400

〔新聞雑報16〕
　◇『定本 久生十蘭全集 10』国書刊行会 2011 p401

〔新聞雑報17〕
　◇『定本 久生十蘭全集 10』国書刊行会 2011 p403

〔新聞雑報18〕
　◇『定本 久生十蘭全集 10』国書刊行会 2011 p405

新聞社―散文詩風に
　◇『上野壮夫全集 3』図書新聞 2011 p237

新聞小説を書いた経験
　◇『谷崎潤一郎全集 16』中央公論新社 2016 p512

新聞小説の創始時代から現在まで〔座談会〕(久米正雄, 田山花袋, 里見弴, 井原青々園, 長田幹彦, 根本茂太郎)
　◇『徳田秋聲全集 25』八木書店 2001 p18

新聞と雑誌の小説
　◇『徳田秋聲全集 21』八木書店 2001 p372

新聞に注文する(四月二十八日)
　◇『福田恆存評論集 18』麗澤大學出版會, 廣池學園事業部〔發売〕 2010 p193

新聞に名前が載る
　◇『小檜山博全集 7』柏艪舎 2006 p241

新聞の奥にあるもの
　◇『大庭みな子全集 18』日本経済新聞出版社 2010 p253

新聞の思上り
　◇『福田恆存評論集 18』麗澤大學出版會, 廣池學園事業部〔發売〕 2010 p9

新聞の"正義"
　◇『小松左京全集 完全版 29』城西国際大学出版会 2007 p341

新聞の連載小説
　◇『徳田秋聲全集 22』八木書店 2001 p239

新聞報道の現実―辻村明〔対談〕(辻村明)
　◇『福田恆存対談・座談集 4』玉川大学出版部 2012 p135

新聞は騒ぎすぎる〔対談〕(神谷不二)
　◇『福田恆存対談・座談集 3』玉川大学出版部 2011 p191

神兵東より来る
　◇『横溝正史探偵小説コレクション 2』出版芸術社

2004 p180
身辺打明けの記
　◇「宮本百合子全集 9」新日本出版社 2001 p423
神変黒髪党
　◇「横溝正史時代小説コレクション伝奇篇 2」出版芸術社 2003 p346
身辺雑記
　◇「小酒井不木随筆評論選集 8」本の友社 2004 p288
身辺雑事
　◇「谷崎潤一郎全集 18」中央公論新社 2016 p518
身辺雑話
　◇「徳田秋聲全集 21」八木書店 2001 p278
身辺と秋筍
　◇「内田百閒集成 9」筑摩書房 2003（ちくま文庫）p269
神変武甲伝奇
　◇「都筑道夫時代小説コレクション 3」戎光祥出版 2014（戎光祥時代小説名作館）p5
新方言時代
　◇「井上ひさしコレクション ことばの巻」岩波書店 2005 p54
辛抱づよいものへ
　◇「松田解子自選集 9」澤田出版 2009 p56
新放送会館―テレヴィジョンを見る
　◇「小林秀雄全作品 12」新潮社 2003 p174
　◇「小林秀雄全集 補巻 2」新潮社 2010 p134
シンポジウム「新・地球を考える」(松井孝典, 中村桂子, 吉田夏彦, 澤田芳郎)
　◇「小松左京全集 完全版 30」城西国際大学出版会 2008 p400
進歩主義の自己欺瞞
　◇「福田恆存評論集 7」麗澤大學出版會, 廣池學園事業部〔発売〕 2008 p9
「進歩的文化人」（十月二十七日）
　◇「福田恆存評論集 18」麗澤大學出版會, 廣池學園事業部〔発売〕 2010 p123
新本
　◇「内田百閒集成 12」筑摩書房 2003（ちくま文庫）p289
新舞子の杜甫
　◇「国枝史郎伝奇短篇小説集成 2」作品社 2006 p96
神魔のわざ
　◇「山田風太郎エッセイ集成 わが推理小説零年」筑摩書房 2007 p220
新魔法使い
　◇「坂口安吾全集 12」筑摩書房 1999 p10
「人民」「愚民」の二重構造
　◇「小松左京全集 完全版 29」城西国際大学出版会 2007 p317
人民戦線への一歩
　◇「宮本百合子全集 16」新日本出版社 2002 p58

人民のために捧げられた生涯
　◇「宮本百合子全集 16」新日本出版社 2002 p295
新芽
　◇「徳田秋聲全集 9」八木書店 1998 p364
人命救助法
　◇「安部公房全集 15」新潮社 1998 p303
人命救助法 九景
　◇「安部公房全集 26」新潮社 1999 p233
新明治座
　◇「定本 久生十蘭全集 10」国書刊行会 2011 p277
新明正道へ
　◇「小林秀雄全作品 12」新潮社 2003 p283
　◇「小林秀雄全集 補巻 2」新潮社 2010 p156
心明堂
　◇「内田百閒集成 16」筑摩書房 2004（ちくま文庫）p192
新メーデー歌を作らう
　◇「上野壮夫全集 3」図書新聞 2011 p172
人面疽
　◇「谷崎潤一郎全集 5」中央公論新社 2016 p33
人面瘡
　◇「横溝正史探偵小説コレクション 3」出版芸術社 2004 p181
訊問
　◇「内田百閒集成 15」筑摩書房 2003（ちくま文庫）p115
新薬加速素［翻訳］（ウェルズ, H・G）
　◇「アンドロギュノスの裔 渡辺温全集」東京創元社 2011（創元推理文庫）p409
新訳源氏物語の愛蔵本について
　◇「谷崎潤一郎全集 22」中央公論新社 2017 p359
新約聖書（抄）
　◇「井上ひさしコレクション 日本の巻」岩波書店 2005 p68
新訳に期待
　◇「谷崎潤一郎全集 24」中央公論新社 2016 p520
神薬の話
　◇「坂口安吾全集 13」筑摩書房 1999 p366
深夜の唄声
　◇「辻井喬コレクション 8」河出書房新社 2004 p395
深夜の回想―福永武彦
　◇「丸谷才一全集 10」文藝春秋 2014 p237
深夜の警報頻り也
　◇「内田百閒集成 22」筑摩書房 2004（ちくま文庫）p26
深夜の孤宴
　◇「辻井喬コレクション 8」河出書房新社 2004 p517
深夜の散歩
　◇「辻井喬コレクション 8」河出書房新社 2004 p225

深夜の初会
　◇「内田百閒集成 24」筑摩書房 2004（ちくま文庫）p134
深夜の初会 昭和三十一年（古今亭志ん生）
　◇「内田百閒集成 21」筑摩書房 2004（ちくま文庫）p304
深夜の遡航
　◇「辻井喬コレクション 8」河出書房新社 2004 p113
深夜の電話
　◇「安部公房全集 29」新潮社 2000 p17
深夜の読書
　◇「遠藤周作エッセイ選集 3」光文社 2006（知恵の森文庫）p251
深夜の読書
　◇「辻井喬コレクション 8」河出書房新社 2004 p5
深夜の冒険、そして、「明治の人がやって来る」
　◇「小田実全集 小説 19」講談社 2012 p319
深夜の魔術師
　◇「横溝正史探偵小説コレクション 2」出版芸術社 2004 p5
深夜の密室は流れる
　◇「開高健ルポルタージュ選集 ずばり東京」光文社 2007（光文社文庫）p30
深夜の物音
　◇「徳田秋聲全集 30」八木書店 2002 p265
深夜舞踏
　◇「決定版 三島由紀夫全集 37」新潮社 2004 p342
深夜放送
　◇「小松左京全集 完全版 25」城西国際大学出版会 2017 p222
深夜法廷
　◇「日影丈吉全集 7」国書刊行会 2004 p601
新・病草紙
　◇「寺山修司著作集 1」クインテッセンス出版 2009 p54
深夜は睡るに限ること
　◇「坂口安吾全集 7」筑摩書房 1998 p392
親友
　◇「井上ひさし短編中編小説集成 6」岩波書店 2015 p449
親友
　◇「松下竜一未刊行著作集 1」海鳥社 2008 p94
親友トクロポント氏
　◇「三橋一夫ふしぎ小説集成 1」出版芸術社 2005 p231
親友の恋愛論
　◇「辻邦生全集 16」新潮社 2005 p318
謹容さんとの三日間
　◇「林芙子全集 7」日本図書センター 2005 p499
瀋陽十七年
　◇「安部公房全集 4」新潮社 1997 p86

新養老一物語詩 二十七段
　◇「決定版 三島由紀夫全集 37」新潮社 2004 p330
新 "懶人考"
　◇「中井英夫全集 7」東京創元社 1998（創元ライブラリ）p264
心理應用の詐欺
　◇「小酒井不木随筆評論選集 4」本の友社 2004 p114
人力飛行機のための演説草案
　◇「寺山修司著作集 1」クインテッセンス出版 2009 p331
心理教育としつけ
　◇「須賀敦子全集 2」河出書房新社 2006（河出文庫）p451
心理試験
　◇「江戸川乱歩全集 1」光文社 2004（光文社文庫）p223
　◇「江戸川乱歩全集 6」沖積舎 2007 p189
心理小説
　◇「小林秀雄全作品 3」新潮社 2002 p46
　◇「小林秀雄全集 補巻 1」新潮社 2010 p138
真理とは
　◇「安部公房全集 1」新潮社 1997 p104
心理の谷
　◇「定本 久生十蘭全集 3」国書刊行会 2009 p226
侵略する死者たち
　◇「伊藤計劃記録〔第1〕」早川書房 2010 p138
侵略と植民地支配の原理的認識とその欠如
　◇「小田実全集 評論 25」講談社 2012 p86
新緑
　◇「徳田秋聲全集 8」八木書店 2000 p328
新緑
　◇「宮本百合子全集 9」新日本出版社 2001 p242
新緑郷
　◇「徳田秋聲全集 23」八木書店 2001 p294
新緑雑記
　◇「徳田秋聲全集 20」八木書店 2001 p200
新緑世代
　◇「中井英夫全集 12」東京創元社 2006（創元ライブラリ）p115
新緑の頃
　◇「徳田秋聲全集 20」八木書店 2001 p292
森林
　◇「小松左京全集 完全版 43」城西国際大学出版会 2014 p351
人類を救うのはアフリカ人（今西錦司）
　◇「司馬遼太郎対話選集 7」文藝春秋 2006（文春文庫）p9
人類裁判
　◇「小松左京全集 完全版 14」城西国際大学出版会 2009 p360
人類史的一飛び
　◇「江戸川乱歩全集 24」光文社 2005（光文社文

庫）p651
人類史の見直し
　◇「小松左京全集 完全版 36」城西国際大学出版会 2011 p340
人類社会の未来像―書評
　◇「小松左京全集 完全版 28」城西国際大学出版会 2006 p347
人類的ロマンに輝く島にイースター島を訪ねて
　◇「小松左京全集 完全版 37」城西国際大学出版会 2010 p269
人類にとって機械とは何か
　◇「小松左京全集 完全版 35」城西国際大学出版会 2009 p357
人類にとって教育とは何か〔シンポジウム未来計画 4〕(加藤秀俊、川喜田二郎、川添登)
　◇「小松左京全集 完全版 26」城西国際大学出版会 2017 p339
人類の破滅！ エネルギー危機とセックスの乱れ
　◇「小松左京全集 完全版 34」城西国際大学出版会 2009 p27
「人類の美術」監修者の言葉
　◇「小林秀雄全作品 25」新潮社 2004 p138
　◇「小林秀雄全集 補巻 3」新潮社 2010 p323
「人類の未来」につながる終末観
　◇「小松左京全集 完全版 40」城西国際大学出版会 2012 p360
人類の夢「宇宙開発」
　◇「小松左京全集 完全版 40」城西国際大学出版会 2012 p431
人類みな兄弟
　◇「大庭みな子全集 23」日本経済新聞出版社 2011 p676
人類は餓死寸前
　◇「日影丈吉全集 別巻」国書刊行会 2005 p196
人類は鳥類を超えたか
　◇「小松左京全集 完全版 40」城西国際大学出版会 2012 p300
心霊界の奇現象
　◇「小酒井不木随筆評論選集 7」本の友社 2004 p185
心霊現象
　◇「都筑道夫恐怖短篇集成 1」筑摩書房 2004 (ちくま文庫) p460
心霊殺人事件
　◇「坂口安吾全集 15」筑摩書房 1999 p73
新恋愛講座
　◇「決定版 三島由紀夫全集 29」新潮社 2003 p15
新ロマン論
　◇「田村泰次郎選集 5」日本図書センター 2005 p60
神話
　◇「安部公房全集 1」新潮社 1997 p86

神話
　◇「定本 荒巻義雄メタSF全集 別巻」彩流社 2015 p102
神話
　◇「丸谷才一全集 9」文藝春秋 2013 p424
秦淮の夜
　◇「谷崎潤一郎全集 6」中央公論新社 2015 p139
「神話」教育と古代怪獣
　◇「小松左京全集 完全版 29」城西国際大学出版会 2007 p252
神話主義の面貌及その方法論
　◇「田村泰次郎選集 5」日本図書センター 2005 p25
神話とスキャンダル
　◇「丸谷才一全集 11」文藝春秋 2014 p105
神話の海へ
　◇「石牟礼道子全集 15」藤原書店 2012 p380
神話の形象
　◇「石牟礼道子全集 13」藤原書店 2007 p554
神話の世紀
　◇「石牟礼道子全集 10」藤原書店 2006 p536

【 す 】

す
　◇「内田百閒集成 12」筑摩書房 2003 (ちくま文庫) p322
巣穴に入る
　◇「金井美恵子エッセイ・コレクション―1964-2013 2」平凡社 2013 p78
推移
　◇「上野壮夫全集 2」図書新聞 2009 p251
水駅
　◇「立松和平小説 16」勉誠出版 2012 p172
翠園酒家
　◇「阿川弘之全集 10」新潮社 2006 p31
すいか
　◇「車谷長吉全集 2」新書館 2010 p48
西瓜
　◇「定本 久生十蘭全集 10」国書刊行会 2011 p384
すいかずら
　◇「大庭みな子全集 4」日本経済新聞出版社 2009 p191
忍冬
　◇「大庭みな子全集 8」日本経済新聞出版社 2009 p368
西瓜ソホーズ―中央アジアの寒く乾燥した半砂漠地帯
　◇「小松左京全集 完全版 43」城西国際大学出版会 2014 p319

すいそ

吸い殻
　◇「内田百閒集成 5」筑摩書房 2003（ちくま文庫）p149

酔漢
　◇「小林秀雄全作品 17」新潮社 2004 p205
　◇「小林秀雄全集 補巻 2」新潮社 2010 p398

酔漢の子
　◇「徳田秋聲全集 9」八木書店 1998 p122

〈抜粋〉随感録（二）
　◇「内田百閒集成 24」筑摩書房 2004（ちくま文庫）p184

水禽の美味、珍味
　◇「小松左京全集 完全版 40」城西国際大学出版会 2012 p260

瑞軒の智嚢
　◇「国枝史郎伝奇短篇小説集成 1」作品社 2006 p230

水郷ユートピアだった関東平野
　◇「小松左京全集 完全版 31」城西国際大学出版会 2008 p59

炊事係りに魅力
　◇「田中小実昌エッセイ・コレクション 6」筑摩書房 2003（ちくま文庫）p154

出師・途上の巻
　◇「小田実全集 小説 27」講談社 2012 p69

水死人
　◇「中井英夫全集 10」東京創元社 2002（創元ライブラリ）p158

水車小屋
　◇「徳田秋聲全集 7」八木書店 1998 p180

水車小屋
　◇〔野呂邦暢〕随筆コレクション 1」みすず書房 2014 p359

水晶
　◇「野呂邦暢小説集成 2」文遊社 2013 p175

水漿の境
　◇「古井由吉自撰作品 6」河出書房新社 2012 p27

水晶の珠数
　◇「横溝正史時代小説コレクション捕物篇 2」出版芸術社 2004 p42

水晶の中の木乃伊
　◇「決定版 三島由紀夫全集 37」新潮社 2004 p564

水晶物語―ボール紙の馬に跨って寂光の都へ逃げて行きああ鉱物になりたいと白状する―逸名氏
　◇「稲垣足穂コレクション 1」筑摩書房 2005（ちくま文庫）p289

随所で随論
　◇「小田実全集 評論 32」講談社 2013 p278

彗星
　◇「立松和平小説 8」勉誠出版 2010 p139

彗星倶楽部―スコラ派の坊主共でさえ針の先にエンゼルが、何人坐られるかを計算しようとしたではないか
　◇「稲垣足穂コレクション 1」筑摩書房 2005（ちくま文庫）p341

水星の騎士
　◇「中井英夫全集 10」東京創元社 2002（創元ライブラリ）p33

彗星放語
　◇「小酒井不木随筆評論選集 8」本の友社 2004 p69

水仙
　◇「小檜山博全集 2」柏艪舎 2006 p364

水仙
　◇「定本 久生十蘭全集 10」国書刊行会 2011 p287
　◇「定本 久生十蘭全集 10」国書刊行会 2011 p379

推薦者のことば―『大江健三郎全作品』
　◇「安部公房全集 20」新潮社 1999 p135

推薦者のことば（「大江健三郎全作品」）
　◇「決定版 三島由紀夫全集 34」新潮社 2003 p28

推薦の言葉
　◇「大庭みな子全集 24」日本経済新聞出版社 2011 p28

すいせんのことば（「いるいるおばけがすんでいる」）
　◇「決定版 三島由紀夫全集 34」新潮社 2003 p103

推薦のことば（酒井美意子著「マナー小事典」）
　◇「決定版 三島由紀夫全集 34」新潮社 2003 p101

推薦のことば（坂上弘著「ある秋の出来事」）
　◇「決定版 三島由紀夫全集 31」新潮社 2003 p385

推せんのことば（中山正敏監修「平安四段」）
　◇「決定版 三島由紀夫全集 34」新潮社 2003 p667

推薦のことば（「埴谷雄高作品集」）
　◇「決定版 三島由紀夫全集 36」新潮社 2003 p394

推薦のことば（「名作歌舞伎全集」）
　◇「決定版 三島由紀夫全集 35」新潮社 2003 p144

推薦の辞
　◇「徳田秋聲全集 21」八木書店 2001 p100

推薦の辞（650EXPERIENCEの会）
　◇「決定版 三島由紀夫全集 31」新潮社 2003 p275

水仙の眠り
　◇「中井英夫全集 3」東京創元社 1996（創元ライブラリ）p163

水仙の花
　◇「車谷長吉全集 2」新書館 2010 p521

水仙の一束が届けられた…
　◇「中井英夫全集 10」東京創元社 2002（創元ライブラリ）p94

随想
　◇「石牟礼道子全集 11」藤原書店 2005 p344

随想一束
　◇「決定版 三島由紀夫全集 36」新潮社 2003 p525

すいそ

随想的文化論
◇「小松左京全集 完全版 31」城西国際大学出版会 2008 p197

随想二、三
◇「徳田秋聲全集 22」八木書店 2001 p341

随想 花便り
◇「松下竜一未刊行著作集 2」海鳥社 2008 p275

水葬館の魔術
◇「山田風太郎ミステリー傑作選 9」光文社 2002（光文社文庫）p5

推測と記憶に基く或るうしろむきの回想
◇「狩久全集 6」皆進社 2013 p201

水村紀行（九三句）
◇「石牟礼道子全集 15」藤原書店 2012 p174

水中アクロバットショー
◇「清水アリカ全集」河出書房新社 2011 p456

水中花
◇「内田百閒集成 15」筑摩書房 2003（ちくま文庫）p196

水中都市
◇「安部公房全集 3」新潮社 1997 p201

水中都市（ガイドブックIII）
◇「安部公房全集 25」新潮社 1999 p505

「水中都市」から
◇「安部公房全集 26」新潮社 1999 p145

水中の怪人
◇「山本周五郎探偵小説全集 4」作品社 2008 p304

水中の宮殿
◇「野村胡堂探偵小説全集」作品社 2007 p359

水中の屁こき學者
◇「小酒井不木随筆評論選集 8」本の友社 2004 p132

垂直のエロティシズム
◇「決定版 三島由紀夫全集 35」新潮社 2003 p744

垂直の陥穽
◇「森村誠一ベストセレクション 空洞の怨恨」光文社 2011（光文社文庫）p187

水底の王
◇「宮城谷昌光全集 21」文藝春秋 2004 p394

水滴
◇「目取真俊短篇小説選集 2」影書房 2013 p189

水滴に想う
◇「大庭みな子全集 8」日本経済新聞出版社 2009 p350

水田は先人が遺した社会的装置
◇「井上ひさしコレクション 日本の巻」岩波書店 2005 p306

水団の味
◇「〔野呂邦暢〕随筆コレクション 1」みすず書房 2014 p129

水爆と人間—思想のたたかい
◇「安部公房全集 4」新潮社 1997 p346

水爆のツラに道徳説法
◇「安部公房全集 7」新潮社 1998 p156

随筆 井伏鱒二
◇「小沼丹全集 4」未知谷 2004 p187

随筆佐渡金山の町の人々（平成二年八月十五日）
◇「田中志津全作品集 下巻」武蔵野書院 2013 p137

随筆 昭和編
◇「田中志津全作品集 上巻」武蔵野書院 2013 p301

随筆探偵小説
◇「江戸川乱歩全集 25」光文社 2005（光文社文庫）p317

随筆で綴った年譜—佐多稲子『年々の手応え』
◇「林京子全集 7」日本図書センター 2005 p395

随筆日記雑草の息吹き
◇「田中志津全作品集 下巻」武蔵野書院 2013 p3

随筆流行
◇「徳田秋聲全集 20」八木書店 2001 p255

翠仏伝
◇「内田百閒集成 11」筑摩書房 2003（ちくま文庫）p11

酔芙蓉
◇「松下竜一未刊行著作集 2」海鳥社 2008 p31
◇「松下竜一未刊行著作集 2」海鳥社 2008 p284

水平線の光
◇「立松和平全小説 別巻」勉誠出版 2015 p487

『水墨画入門』
◇「小島信夫批評集成 2」水声社 2011 p311

水魔殺人事件
◇「日影丈吉全集 7」国書刊行会 2004 p431

すいません死んでます 小説十二番
◇「20世紀末闇一野坂昭如単行本未収録小説集成 4」幻戯書房 2010 p182

水脈
◇「石牟礼道子全集 11」藤原書店 2005 p354

睡眠
◇「小酒井不木随筆評論選集 7」本の友社 2004 p300

睡眠時間
◇「小檜山博全集 8」柏艪舎 2006 p249

睡眠誘導術—周辺飛行7
◇「安部公房全集 23」新潮社 1999 p311

水面の影
◇「井上ひさし短編中編小説集成 4」岩波書店 2015 p107

水門
◇「石牟礼道子全集 12」藤原書店 2005 p461

酔余
◇「内田百閒集成 11」筑摩書房 2003（ちくま文庫）p106

水雷行
◇「定本 久生十蘭全集 4」国書刊行会 2009 p372

推理交響楽の源流
◇「山田風太郎エッセイ集成 わが推理小説零年」筑摩書房 2007 p192
「推理小説」
◇「宮本百合子全集 18」新日本出版社 2002 p398
推理小説随想
◇「江戸川乱歩全集 25」光文社 2005（光文社文庫）p324
推理小説とは
◇「大坪砂男全集 4」東京創元社 2013（創元推理文庫）p345
推理小説について
◇「坂口安吾全集 5」筑摩書房 1998 p442
推理小説の原理
◇「大坪砂男全集 4」東京創元社 2013（創元推理文庫）p401
推理小説の本場
◇「日影丈吉全集 別巻」国書刊行会 2005 p245
推理小説の黎明
◇「江戸川乱歩全集 30」光文社 2005（光文社文庫）p241
推理小説論
◇「坂口安吾全集 9」筑摩書房 1998 p57
推理の骨・戯曲の骨〔対談〕（高木彬光）
◇「福田恆存対談・座談集 6」玉川大学出版部 2012 p387
水蓮
◇「石牟礼道子全集 13」藤原書店 2007 p616
睡蓮
◇「古井由吉自撰作品 8」河出書房新社 2012 p73
睡蓮 花妖譚六
◇「司馬遼太郎短篇全集 1」文藝春秋 2005 p171
睡蓮の午後
◇「辻邦生全集 13」新潮社 2005 p235
随論
◇「小田実全集 評論 32」講談社 2013 p233
随論・日本人の精神
◇「小田実全集 評論 30」講談社 2013 p3
数学
◇〔野呂邦暢〕随筆コレクション 1」みすず書房 2014 p380
数学への憧れ
◇「辻邦生全集 16」新潮社 2005 p29
数学型と語学型
◇「安部公房全集 29」新潮社 2000 p541
数学教師
◇〔野呂邦暢〕随筆コレクション 2」みすず書房 2014 p270
数学と私
◇「大庭みな子全集 6」日本経済新聞出版社 2009 p283
数奇
◇「德田秋聲全集 7」八木書店 1998 p82

数言の補足―七日附本欄伊藤整氏への答として
◇「宮本百合子全集 13」新日本出版社 2001 p184
「崇高にしておぞましき戦争」ドナルド・キーンとの対話（一九九八年）
◇「小田実全集 評論 28」講談社 2013 p378
崇高について
◇「小田実全集 評論 26」講談社 2013 p7
崇高について 「ロンギノス」（小田実訳）
◇「小田実全集 評論 26」講談社 2013 p65
数字錠
◇「島田荘司 very BEST 10 Reader's Selection」講談社 2007（講談社box）p9
◇「島田荘司全集 6」南雲堂 2014 p8
数字ということ
◇「小檜山博全集 8」柏艪舎 2006 p163
数字のある風景
◇「島田荘司全集 6」南雲堂 2014 p793
数字の追放
◇「松下竜一未刊行著作集 1」海鳥社 2008 p155
数年もたてば、海の交通ラッシュ
◇「小松左京全集 完全版 29」城西国際大学出版会 2007 p77
数理統計学一筋に（加藤秀俊、中山伊知郎）
◇「小松左京全集 完全版 38」城西国際大学出版会 2010 p207
末つ子
◇「阿川弘之全集 4」新潮社 2005 p579
末つ子命名記
◇「阿川弘之全集 16」新潮社 2006 p465
末の末つ子
◇「阿川弘之全集 9」新潮社 2006 p7
末広番外地
◇「吉川潮芸人小説セレクション 4」ランダムハウス講談社 2007 p129
末塞がり
◇「井上ひさしコレクション 日本の巻」岩波書店 2005 p99
周防灘総合開発反対のための私的勉強ノート
◇「松下竜一未刊行著作集 4」海鳥社 2008 p59
『須賀敦子コレクション ミラノ霧の風景』解説
◇「大庭みな子全集 23」日本経済新聞出版社 2011 p189
素顔と仮面
◇「佐々木基一全集 4」河出書房新社 2013 p153
素顔と仮面
◇〔野呂邦暢〕随筆コレクション 1」みすず書房 2014 p151
素顔のないもののみが風潮を作る
◇「福田恆存評論集 3」麗澤大學出版會, 廣池學園事業部〔発売〕2008 p354
すがすがしいもの
◇「大庭みな子全集 8」日本経済新聞出版社 2009

すかた

　　◇『p520
菅楯彦氏の思ひ出
　　◇『谷崎潤一郎全集 24』中央公論新社 2016 p544
姿なき蠟人（ろうにん）
　　◇『山田風太郎ミステリー傑作選 9』光文社 2002（光文社文庫）p33
スカトロフィー
　　◇『20世紀断層—野坂昭如単行本未収録小説集成 3』幻戯書房 2010 p502
菅野満子の手紙
　　◇『小島信夫長篇集成 7』水声社 2016 p11
スカボロー・フェア／詠唱
　　◇『橋本治短篇小説コレクション S&Gグレイテスト・ヒッツ+1』筑摩書房 2006（ちくま文庫）p134
スカーレット
　　◇『江戸川乱歩全集 30』光文社 2005（光文社文庫）p574
酸模（すかんぽう）—秋彦の幼き思ひ出
　　◇『決定版 三島由紀夫全集 15』新潮社 2002 p51
杉垣
　　◇『宮本百合子全集 5』新日本出版社 2001 p279
好き嫌い
　　◇『小林秀雄全作品 23』新潮社 2004 p30
　　◇『小林秀雄全集 補巻 3』新潮社 2010 p178
好き嫌ひといふ事は—各方面に散つた旧友
　　◇『徳田秋聲全集 20』八木書店 2001 p105
杉子
　　◇『宮本百合子全集 5』新日本出版社 2001 p442
すぎこしの前夜に［翻訳］（ダヴィデ・マリア・トゥロルド）
　　◇『須賀敦子全集 7』河出書房新社 2007（河出文庫）p92
好きだからけなせる—"淀川長治流"の批評
　　◇『井上ひさしコレクション 人間の巻』岩波書店 2005 p117
スキット
　　◇『小島信夫短篇集成 6』水声社 2015 p283
好きで嫌いで好きなアメリカ
　　◇『井上ひさしコレクション 日本の巻』岩波書店 2005 p260
短編集 過ぎてゆく光景
　　◇『辻井喬コレクション 2』河出書房新社 2002 p343
透き徹る秋
　　◇『宮本百合子全集 9』新日本出版社 2001 p93
好きと決める
　　◇『鈴木いづみコレクション 5』文遊社 1996 p175
好きな花
　　◇『小沼丹全集 4』未知谷 2004 p152
「好きな女」と「嫌ひな女」
　　◇『徳田秋聲全集 23』八木書店 2001 p257

好きな作家に就いて 獨りの喜び
　　◇『小寺菊子作品集 3』桂書房 2014 p221
好きな芝居、好きな役者—歌舞伎と私
　　◇『決定版 三島由紀夫全集 28』新潮社 2003 p233
好きな女性
　　◇『決定版 三島由紀夫全集 28』新潮社 2003 p305
好きな女優
　　◇『決定版 三島由紀夫全集 27』新潮社 2003 p186
好きな政治家は誰か？
　　◇『徳田秋聲全集 23』八木書店 2001 p301
すきな食べ物と嫌いな食べ物
　　◇『宮本百合子全集 9』新日本出版社 2001 p224
好きな俳優
　　◇『宮本百合子全集 9』新日本出版社 2001 p231
好きな花
　　◇『小檜山博全集 7』柏艪舎 2006 p222
好きな本たち
　　◇『須賀敦子全集 4』河出書房新社 2007（河出文庫）p271
杉並シネクラブの体験
　　◇『佐々木基一全集 7』河出書房新社 2013 p357
"すき"の構造〔鼎談〕（会田雄次、山崎正和）
　　◇『小松左京全集 完全版 39』城西国際大学出版会 2012 p316
すきはら
　　◇『立松和平小説 8』勉誠出版 2010 p41
すきぶすき
　　◇『徳田秋聲全集 3』八木書店 1999 p310
すきま風
　　◇『内田百閒集成 4』筑摩書房 2003（ちくま文庫）p258
杉本の小父さんのこと
　　◇『石牟礼道子全集 4』藤原書店 2004 p419
杉山英樹著『バルザックの世界』
　　◇『佐々木基一全集 1』河出書房新社 2013 p221
スキャンダルの意味
　　◇『小島信夫批評集成 6』水声社 2011 p177
過ぎゆく時の陶酔—アブラハム渓谷
　　◇『辻邦生全集 19』新潮社 2005 p448
過ぎゆく日
　　◇『徳田秋聲全集 15』八木書店 1999 p228
救いとしての異性〔対談者〕佐伯一麦
　　◇『大庭みな子全集 22』日本経済新聞出版社 2011 p437
救いなきこの世
　　◇『車谷長吉全集 3』新書館 2010 p490
スクエア・ダンス
　　◇『小沼丹全集 1』未知谷 2004 p440
すぐそこ
　　◇『小松左京全集 完全版 25』城西国際大学出版会 2017 p380

スグミル種
　◇「向田邦子全集 新版 7」文藝春秋 2009 p125
スクラップ集団
　◇「20世紀断層―野坂昭如単行本未収録小説集成 3」幻戯書房 2010 p22
すぐりの鳥
　◇「大庭みな子全集 3」日本経済新聞出版社 2009 p513
スクリーンに語らせる
　◇「安部公房全集 25」新潮社 1999 p495
萱笠
　◇「山本周五郎中短篇秀作選集 3」小学館 2006 p89
　◇「山本周五郎長篇小説全集 4」新潮社 2013 p511
助野健太郎「島原の乱」
　◇「〔野呂邦暢〕随筆コレクション 2」みすず書房 2014 p456
寸計別田 (SUKEBETTA)
　◇「大坪砂男全集 4」東京創元社 2013（創元推理文庫）p143
スケールの問題
　◇「小松左京全集 完全版 25」城西国際大学出版会 2017 p43
助六の下駄
　◇「谷崎潤一郎全集 24」中央公論新社 2016 p417
スコア屋でないゴルフ
　◇「坂口安吾全集 14」筑摩書房 1999 p350
「少し足りない」は「スレてない」
　◇「遠藤周作エッセイ選集 1」光文社 2006（知恵の森文庫）p40
少し長いあとがき〔9.11と9条〕
　◇「小田実全集 評論 34」講談社 2013 p254
少し長いあとがき〔でもくらてぃあ〕
　◇「小田実全集 評論 24」講談社 2012 p416
少しビンボーになって競争社会から降りようよ
　◇「松下竜一未刊行著作集 2」海鳥社 2008 p256
スコットランドの宿
　◇「大庭みな子全集 23」日本経済新聞出版社 2011 p450
「健やかさ」とは
　◇「宮本百合子全集 15」新日本出版社 2001 p245
スコール
　◇「小檜山博全集 5」柏艪舎 2006 p144
「朱雀家の滅亡」創作ノート
　◇「決定版 三島由紀夫全集 24」新潮社 2002 p687
「朱雀家の滅亡」について（「この芝居は、……」）
　◇「決定版 三島由紀夫全集 34」新潮社 2003 p568
「朱雀家の滅亡」について（「忠実に細部を……」）
　◇「決定版 三島由紀夫全集 34」新潮社 2003 p566
朱雀家の滅亡―四幕
　◇「決定版 三島由紀夫全集 24」新潮社 2002 p429

朱雀日記
　◇「谷崎潤一郎全集 1」中央公論新社 2015 p401
スーザン・デア 美人でも探偵になれる
　◇「日影丈吉全集 別巻」国書刊行会 2005 p338
鮨
　◇「阿川弘之全集 10」新潮社 2006 p207
厨子（ずし）家の悪霊
　◇「山田風太郎ミステリー傑作選 1」光文社 2001（光文社文庫）p91
鮨とキャビアの物語
　◇「阿川弘之全集 20」新潮社 2007 p190
筋道のない感想
　◇「上野壮夫全集 3」図書新聞 2011 p242
鈴を振る
　◇「立松和平全小説 23」勉誠出版 2013 p349
鈴鹿憑依霊
　◇「小松左京全集 完全版 27」城西国際大学出版会 2007 p235
鈴木いづみの『あきれたグニャチン・ポルノ旅行』記―悲鳴！ したたる血 どんなファックが行なわれたのか？
　◇「鈴木いづみコレクション 6」文遊社 1997 p129
鈴木さま
　◇「石牟礼道子全集 13」藤原書店 2007 p569
鈴木先生の全集
　◇「小林秀雄全作品 26」新潮社 2004 p150
　◇「小林秀雄全集 補巻 3」新潮社 2010 p369
「薄田泣菫全集」
　◇「小林秀雄全作品 10」新潮社 2003 p240
　◇「小林秀雄全集 補巻 1」新潮社 2010 p542
小姓鈴木田重八
　◇「井上ひさし短編中編小説集成 10」岩波書店 2015 p307
鱸とをこぜ
　◇「阿川弘之全集 2」新潮社 2005 p35
芒野
　◇「石牟礼道子全集 11」藤原書店 2005 p305
鈴木実氏と私
　◇「小島信夫批評集成 7」水声社 2011 p183
鈴木主水
　◇「定本 久生十蘭全集 8」国書刊行会 2010 p273
煤けた窓から
　◇「松田解子自選集 9」澤田出版 2009 p11
涼しい飲食
　◇「德田秋聲全集 20」八木書店 2001 p345
涼しい夕涼みの一時
　◇「決定版 三島由紀夫全集 36」新潮社 2003 p472
煤の中のマリア
　◇「石牟礼道子全集 13」藤原書店 2007 p557
『進み行く娘達へ』に寄せて
　◇「宮本百合子全集 15」新日本出版社 2001 p130

すすむ

鈴虫と優境學
◇「小酒井不木随筆評論選集 6」本の友社 2004 p268

スズメ
◇「辺見庸掌編小説集 白版」角川書店 2004 p173

雀
◇「内田百閒集成 22」筑摩書房 2004（ちくま文庫）p72

雀遺文
◇「加藤幸子自選作品集 3」未知谷 2013 p165

雀の塒
◇「内田百閒集成 15」筑摩書房 2003（ちくま文庫）p46

雀の話
◇「小沼丹全集 4」未知谷 2004 p560

スズラン狩り
◇「小檜山博全集 7」柏艪舎 2006 p158

鈴蘭の花
◇「定本 久生十蘭全集 10」国書刊行会 2011 p365

硯と盃
◇「小林秀雄全作品 25」新潮社 2004 p73
◇「小林秀雄全集 補巻 3」新潮社 2010 p313

歔欷（すすりな）く仁王像
◇「山本周五郎探偵小説全集 別巻」作品社 2008 p113

硯、筆、墨
◇「大庭みな子全集 23」日本経済新聞出版社 2011 p695

すゞろに笑壺に
◇「古井由吉自撰作品 6」河出書房新社 2012 p159

スタア
◇「決定版 三島由紀夫全集 19」新潮社 2002 p695

スタイナツハの若返り法
◇「小酒井不木随筆評論選集 5」本の友社 2004 p444

すたいる
◇「定本 久生十蘭全集 6」国書刊行会 2010 p273

スタイルに就て─私の手帖より
◇「田村泰次郎選集 5」日本図書センター 2005 p75

スタウト
◇「江戸川乱歩全集 30」光文社 2005（光文社文庫）p578

スターを消せ
◇「日影丈吉全集 8」国書刊行会 2004 p335

須田さんと日本
◇「小島信夫批評集成 2」水声社 2011 p270

巣立ち
◇「阿川弘之全集 1」新潮社 2005 p51

スターなんているのかね!?
◇「鈴木いづみセカンド・コレクション 3」文遊社 2004 p120

スターの解毒作用について─X教授の講演集より
◇「安部公房全集 4」新潮社 1997 p58

スター・パトロール
◇「都筑道夫少年小説コレクション 5」本の雑誌社 2005 p105

スターリングラード攻防戦─歴史の証言
◇「小松左京全集 完全版 43」城西国際大学出版会 2014 p292

〈スターリン・メッセージをどう思うか〉『人民文学』のアンケートに答えて
◇「安部公房全集 3」新潮社 1997 p183

廃れもの
◇「徳田秋聲全集 6」八木書店 2000 p199

すだれや
◇「瀬戸内寂聴随筆選 3」ゆまに書房 2009 p33

スタンダアルの文体
◇「坂口安吾全集 2」筑摩書房 1999 p165

スタンダールの糸
◇「辻邦生全集 16」新潮社 2005 p159

スタンダール「モーツァルト」
◇「小林秀雄全作品 26」新潮社 2004 p67
◇「小林秀雄全集 補巻 3」新潮社 2010 p354

スタンバアグ夫妻
◇「小沼丹全集 2」未知谷 2004 p733

すっきり、さわやか
◇「田中小実昌エッセイ・コレクション 5」筑摩書房 2003（ちくま文庫）p289

酸っぱい家族
◇「向田邦子全集 新版 1」文藝春秋 2009 p153

酸っぱい出稼ぎ 東京飯場
◇「開高健ルポルタージュ選集 ずばり東京」光文社 2007（光文社文庫）p175

すっぽん、あるいは
◇「大庭みな子全集 14」日本経済新聞出版社 2010 p301

スティーヴ・キャレラ 生活者としての警官
◇「日影丈吉全集 別巻」国書刊行会 2005 p368

スティーヴン・オカザキさんへの手紙─「マンザナ、わが町」
◇「井上ひさしコレクション 日本の巻」岩波書店 2005 p197

捨て難い小品
◇「決定版 三島由紀夫全集 29」新潮社 2003 p291

素敵な思い［翻訳］（ウンベルト・サバ）
◇「須賀敦子全集 5」河出書房新社 2008 p196

わがミュージック・ライフ すてきな中年─マキ 浅川マキ
◇「鈴木いづみコレクション 8」文遊社 1998 p192

捨てきれぬ異常の美─女形は亡びるかどうか
◇「決定版 三島由紀夫全集 32」新潮社 2003 p569

すなた

捨公方
　◇「定本 久生十蘭全集 2」国書刊行会 2009 p338
捨て子
　◇「井上ひさし短編中編小説集成 7」岩波書店 2015 p321
捨子海峡
　◇「寺山修司著作集 1」クインテッセンス出版 2009 p46
ステッカー
　◇「松下竜一未刊行著作集 2」海鳥社 2008 p44
ステツキ
　◇「小沼丹全集 4」未知谷 2004 p82
ステーツマンの条件
　◇「小松左京全集 完全版 36」城西国際大学出版会 2011 p303
捨て童子・松平忠輝 上
　◇「隆慶一郎全集 9」新潮社 2010 p7
捨て童子・松平忠輝 中
　◇「隆慶一郎全集 10」新潮社 2010 p7
捨て童子・松平忠輝 下
　◇「隆慶一郎全集 11」新潮社 2010 p7
〔翻訳〕ステファヌ・マラルメ―ヴァレリイ（ヴァレリイ）
　◇「坂口安吾全集 1」筑摩書房 1999 p45
ステファン・プリアセル『露西亜演劇の生命』
　◇「田村泰次郎選集 5」日本図書センター 2005 p33
すて身
　◇「徳田秋聲全集 2」八木書店 1999 p317
ステュアート朝
　◇「福田恆存評論集 20」麗澤大學出版會, 廣池學園事業部〔発売〕 2011 p161
ステュウ
　◇「辺見庸掌編小説集 白版」角川書店 2004 p198
棄てられた女
　◇「徳田秋聲全集 12」八木書店 2000 p22
捨てられる迄
　◇「谷崎潤一郎全集 2」中央公論新社 2016 p215
すてるべきもの
　◇「小松左京全集 完全版 31」城西国際大学出版会 2008 p348
ステロタイプの島ブームの若者
　◇「小松左京全集 完全版 31」城西国際大学出版会 2008 p24
「ストーヴ」な死
　◇「金井美恵子エッセイ・コレクション―1964-2013 1」平凡社 2013 p416
酢豆腐の一件
　◇「谷崎潤一郎全集 14」中央公論新社 2016 p479
ストオブの派出婦
　◇「徳田秋聲全集 21」八木書店 2001 p320
ストその他
　◇「坂口安吾全集 6」筑摩書房 1998 p311

ストライキのない国
　◇「大庭みな子全集 6」日本経済新聞出版社 2009 p198
『ストリッパー』（カーター・ブラウン）
　◇「田中小実昌エッセイ・コレクション 5」筑摩書房 2003（ちくま文庫）p219
ストリッパーの朝
　◇「田中小実昌エッセイ・コレクション 4」筑摩書房 2003（ちくま文庫）p39
ストリッパーの素敵な世界
　◇「田中小実昌エッセイ・コレクション 4」筑摩書房 2003（ちくま文庫）p11
すとりっぷ・すとおりい
　◇「狩久全集 4」皆進社 2013 p314
ストリップと影絵
　◇「田中小実昌エッセイ・コレクション 6」筑摩書房 2003（ちくま文庫）p178
すとりっぷと・まい・しん
　◇「狩久全集 1」皆進社 2013 p58
《すとりっぷと・まい・しん》について
　◇「狩久全集 1」皆進社 2013 p147
ストリップ罵倒
　◇「坂口安吾全集 8」筑摩書房 1998 p473
ストリップ用語私史
　◇「田中小実昌エッセイ・コレクション 4」筑摩書房 2003（ちくま文庫）p105
ストーリーという罠
　◇「安部公房全集 8」新潮社 1998 p141
ストレスなし、財産なし
　◇「小松左京全集 完全版 40」城西国際大学出版会 2012 p222
砂遊場からの同志―ソヴェト同盟の共学について
　◇「宮本百合子全集 11」新日本出版社 2001 p94
砂をかむ
　◇「坂口安吾全集 15」筑摩書房 1999 p251
砂男
　◇「都筑道夫少年小説コレクション 1」本の雑誌社 2005 p187
素直な心をもって
　◇「佐々木基一全集 5」河出書房新社 2013 p351
素直に喜べ加藤さん（三月三十一日）
　◇「福田恆存評論集 18」麗澤大學出版會, 廣池學園事業部〔発売〕 2010 p186
沙書帳
　◇「内田百閒集成 19」筑摩書房 2004（ちくま文庫）p86
砂田明―新しい民間伝説の創生
　◇「石牟礼道子全集 14」藤原書店 2008 p151
砂田明さんを悼む
　◇「松下竜一未刊行著作集 2」海鳥社 2008 p217
砂田明―鈴鉦のひびき
　◇「石牟礼道子全集 14」藤原書店 2008 p153

すなつ

スナップ的方法・序
　◇「佐々木基一全集 7」河出書房新社 2013 p235
〈スナップ問答〉『文芸』の質問に答えて
　◇「安部公房全集 3」新潮社 1997 p85
砂とくらげと
　◇「鮎川哲也コレクション 悪魔はここに」光文社 2007（光文社文庫）p227
砂時計
　◇「梅崎春生作品集 1」沖積舎 2003 p15
砂の上
　◇「狩久全集 2」皆進社 2013 p345
砂の上のキリン
　◇「立松和平全小説 27」勉誠出版 2014 p307
砂の女
　◇「安部公房全集 16」新潮社 1998 p115
　◇「安部公房全集 17」新潮社 1999 p119
　◇「安部公房全集 18」新潮社 1999 p195
砂の女（映画のための梗概）
　◇「安部公房全集 30」新潮社 2009 p99
砂の女──作者の抱負
　◇「安部公房全集 15」新潮社 1998 p482
「砂の女」と小説作法〔インタビュー〕（樋田喜保）
　◇「安部公房全集 19」新潮社 1999 p207
『砂の女』の舞台
　◇「安部公房全集 22」新潮社 1999 p124
砂の女は私の中にいる〔対談〕（岸田今日子）
　◇「安部公房全集 18」新潮社 1999 p234
砂の戦記
　◇「立松和平全小説 9」勉誠出版 2010 p1
砂の粒
　◇「金井美恵子自選短篇集 砂の粒／孤独な場所で」講談社 2014（講談社文芸文庫）p227
砂の時計〔解決篇〕
　◇「鮎川哲也コレクション 挑戦篇 3」出版芸術社 2006 p189
砂の時計〔問題篇〕
　◇「鮎川哲也コレクション 挑戦篇 3」出版芸術社 2006 p47
砂のなかの現ất
　◇「安部公房全集 18」新潮社 1999 p240
砂の眠り
　◇「赤江瀑短編傑作選 恐怖編」光文社 2007（光文社文庫）p389
『砂のように眠る むかし「戦後」という時代があった』関川夏央
　◇「須賀敦子全集 4」河出書房新社 2007（河出文庫）p562
砂場で……
　◇「決定版 三島由紀夫全集 37」新潮社 2004 p129
砂埃りの道
　◇「佐々木基一全集 8」河出書房新社 2013 p302

砂まじりのボンボ
　◇「田中小実昌エッセイ・コレクション 1」筑摩書房 2002（ちくま文庫）p64
スネーク
　◇「定本 荒巻義雄メタSF全集 別巻」彩流社 2015 p213
洲之内徹小伝
　◇「車谷長吉全集 3」新書館 2010 p276
頭脳の體操
　◇「小酒井不木随筆評論選集 6」本の友社 2004 p256
頭脳明晰法
　◇「小酒井不木随筆評論選集 7」本の友社 2004 p333
スノッブについて
　◇「吉行淳之介エッセイ・コレクション 1」筑摩書房 2004（ちくま文庫）p29
スパイスとライスのあやしい魅力
　◇「小松左京全集 完全版 37」城西国際大学出版会 2010 p300
スパイの周囲
　◇「日影丈吉全集 別巻」国書刊行会 2005 p192
スパイの倫理〔鼎談〕（会田雄次、山崎正和）
　◇「小松左京全集 完全版 39」城西国際大学出版会 2012 p340
スパゲッティ
　◇「辺見庸編掌小説集 白版」角川書店 2004 p153
巣箱
　◇「小沼丹全集 4」未知谷 2004 p390
スパスキー修道院──古代ロシア唯一の文学的傑作『イーゴリ戦記』
　◇「小松左京全集 完全版 43」城西国際大学出版会 2014 p216
スパッカ・ナポリ
　◇「須賀敦子全集 3」河出書房新社 2007（河出文庫）p306
スパニエル幻想
　◇「阿川弘之全集 3」新潮社 2005 p537
スーパーマン
　◇「小松左京全集 完全版 43」城西国際大学出版会 2014 p376
すばらしい素人(アマチュア)たち
　◇「日影丈吉全集 別巻」国書刊行会 2005 p325
すばらしい一日
　◇「小島信夫短篇集成 7」水声社 2015 p209
すばらしい技倆、しかし……──大江健三郎氏の書下し「個人的な体験」
　◇「決定版 三島由紀夫全集 33」新潮社 2003 p120
すばらしい根気
　◇「坂口安吾全集 13」筑摩書房 1999 p441
すばらしい発想のひろがり──手塚治虫②
　◇「小松左京全集 完全版 41」城西国際大学出版会 2013 p183

すばらしき "青春" の休暇
　◇「小松左京全集 完全版 34」城西国際大学出版会 2009 p396
素晴らしき日本文壇
　◇「20世紀断層—野坂昭如単行本未収録小説集成 4」幻戯書房 2010 p80
ずばり一言
　◇「福田恆存評論集 18」麗澤大學出版會, 廣池學園事業部〔発売〕2010 p171
ずばり東京
　◇「開高健ルポルタージュ選集 ずばり東京」光文社 2007（光文社文庫）
スパルタクスの道を—カール・リープクネヒト
　◇「上野壮夫全集 1」図書新聞 2010 p178
スピーディなジャズ的SF—筒井康隆①
　◇「小松左京全集 完全版 41」城西国際大学出版会 2013 p20
スプレイン
　◇「江戸川乱歩全集 30」光文社 2005（光文社文庫）p583
スピロヘータ氏来朝記
　◇「山田風太郎妖異小説コレクション 山屋敷秘図」徳間書店 2003（徳間文庫）p5
「スプートニク一号」から「ハイ・フロンティア計画」まで
　◇「小松左京全集 完全版 40」城西国際大学出版会 2012 p431
スプーンを曲げる少年
　◇「安部公房全集 28」新潮社 2000 p425
スプーン曲げ実演
　◇「安部公房全集 29」新潮社 2000 p33
〈スプーン曲げの少年〉
　◇「安部公房全集 28」新潮社 2000 p77
〔スプーン曲げの少年〕のためのMEMO
　◇「安部公房全集 28」新潮社 2000 p384
スペインに行きたい
　◇「寺山修司著作集 1」クインテッセンス出版 2009 p22
西班牙の恋
　◇「国枝史郎探偵小説全集」作品社 2005 p39
スペインの旅
　◇「小檜山博全集 8」柏艪舎 2006 p335
スペクトル
　◇「金鶴泳作品集 2」クレイン 2006 p588
スペース・パニック「ハレー彗星大接近」
　◇「小松左京全集 完全版 42」城西国際大学出版会 2014 p145
すべってころんで
　◇「田辺聖子全集 3」集英社 2004 p7
「すべて」をふり返ってのあとがき
　◇「小田実全集 評論 25」講談社 2012 p224

すべてをゆだねる
　◇「遠藤周作エッセイ選集 1」光文社 2006（知恵の森文庫）p244
すべて倒れんとする者
　◇「小島信夫短篇集成 8」水声社 2014 p495
すべての人がひとしく
　◇「林京子全集 7」日本図書センター 2005 p192
『すべての火は火』フリオ・コルタサル
　◇「須賀敦子全集 4」河出書房新社 2007（河出文庫）p251
すべて世はダイジョウビ—にぎやかに、また、さびしく
　◇「小田実全集 小説 31」講談社 2013 p165
すべては自分に立ち戻ってくる
　◇「小田実全集 評論 7」講談社 2010 p398
すぺるむ・さぴえんすの冒険
　◇「小松左京全集 完全版 22」城西国際大学出版会 2015 p115
スポーツ
　◇「小林秀雄全作品 23」新潮社 2004 p12
　◇「小林秀雄全集 補巻 3」新潮社 2010 p175
スポーツ讃
　◇「佐々木基一全集 10」河出書房新社 2013 p673
スポーツ讃歌
　◇「決定版 三島由紀夫全集 30」新潮社 2003 p669
スポーツ・文学・政治
　◇「坂口安吾全集 8」筑摩書房 1998 p311
ズボラ男とキメキメ男どっちがいいか
　◇「小松左京全集 完全版 34」城西国際大学出版会 2009 p45
スマイルと外交の国・タイ
　◇「小松左京全集 完全版 32」城西国際大学出版会 2008 p23
須磨子の「カチュシャ」
　◇「徳田秋聲全集 19」八木書店 2000 p383
すまじき恋を駿河台
　◇「井上ひさし短編中編小説集成 4」岩波書店 2015 p333
〈住井すゑとの対談〉蚣蚰独楽の旅—宇宙的な時間を夢見ながら
　◇「石牟礼道子全集 12」藤原書店 2005 p387
墨いろの月
　◇「丸谷才一全集 5」文藝春秋 2013 p59
棲処
　◇「小島信夫短篇集成 4」水声社 2015 p105
栖
　◇「古井由吉自撰作品 3」河出書房新社 2012 p5
　◇「古井由吉自撰作品 3」河出書房新社 2012 p7
住み方、生き方
　◇「小松左京全集 完全版 29」城西国際大学出版会 2007 p241
住み方の科学
　◇「小松左京全集 完全版 29」城西国際大学出版会

すみた

隅田川
◇「大庭みな子全集 12」日本経済新聞出版社 2010 p70

隅田川原
◇「三枝和子選集 4」鼎書房 2007 p93

隅田公園と玉の井
◇「徳田秋聲全集 21」八木書店 2001 p362

墨塗平中
◇「谷崎潤一郎全集 21」中央公論新社 2016 p483

隅の老人 茶の間の名探偵
◇「日影丈吉全集 別巻」国書刊行会 2005 p325

すみません、こんな代表で…
◇「松下竜一未刊行著作集 3」海鳥社 2009 p152

墨丸
◇「山本周五郎中短篇秀作選集 3」小学館 2006 p107
◇「山本周五郎長篇小説全集 4」新潮社 2013 p463

炭焼き小屋
◇「小檜山博全集 8」柏艪舎 2006 p91

すみれ
◇「定本 久生十蘭全集 10」国書刊行会 2011 p380

菫たちへ
◇「石牟礼道子全集 11」藤原書店 2005 p336

菫とヘルメット
◇「稲垣足穂コレクション 1」筑摩書房 2005 (ちくま文庫) p319

「すむつかり」贅言
◇「谷崎潤一郎全集 21」中央公論新社 2016 p496

相撲とフグ
◇「坂口安吾全集 13」筑摩書房 1999 p309

相撲の仇討
◇「横溝正史時代小説コレクション捕物篇 2」出版芸術社 2004 p112

相撲の放送
◇「坂口安吾全集 3」筑摩書房 1999 p253

相撲武士道
◇「横溝正史時代小説コレクション伝奇篇 1」出版芸術社 2003 p328

洲本
◇「小松左京全集 完全版 27」城西国際大学出版会 2007 p373

スモーリヌイに翻る赤旗
◇「宮本百合子全集 10」新日本出版社 2001 p171

ズラかった信吉
◇「宮本百合子全集 4」新日本出版社 2001 p91

スランプ
◇「小林秀雄全作品 24」新潮社 2004 p202
◇「小林秀雄全集 補巻 3」新潮社 2010 p261

掏児
◇「内田百閒集成 12」筑摩書房 2003 (ちくま文庫) p26

すり替え論流行りの時代に
◇「林京子全集 7」日本図書センター 2005 p208

スリコギはこまる
◇「田中小実昌エッセイ・コレクション 1」筑摩書房 2002 (ちくま文庫) p12

スリッパ
◇「向田邦子全集 新版 8」文藝春秋 2009 p179

スリと浮浪児
◇「坂口安吾全集 6」筑摩書房 1998 p319

擂鉢の底の町
◇「佐々木基一全集 8」河出書房新社 2013 p242

スリラーの名人─J・H・チェイス
◇「田中小実昌エッセイ・コレクション 5」筑摩書房 2003 (ちくま文庫) p176

スリルの説
◇「江戸川乱歩全集 23」光文社 2005 (光文社文庫) p614
◇「江戸川乱歩全集 25」光文社 2005 (光文社文庫) p75

「する」
◇「小田実全集 小説 37」講談社 2013 p241

駿河御前─豊臣家の人々 第六話
◇「司馬遼太郎短篇全集 11」文藝春秋 2006 p47

「する」側からではなく「される」側から考える
◇「小田実全集 評論 29」講談社 2013 p227

「する」側と「される」側
◇「小田実全集 評論 31」講談社 2013 p126

鋭い洞察もつキニャールの作品
◇「須賀敦子全集 4」河出書房新社 2007 (河出文庫) p529

するめ
◇「辺見庸掌編小説集 白熱」角川書店 2004 p141

スルメと焼酎
◇「吉行淳之介エッセイ・コレクション 3」筑摩書房 2004 (ちくま文庫) p278

ずれた時間
◇「日影丈吉全集 8」国書刊行会 2004 p325

すれ違い─幻のラストシーン
◇「松下竜一未刊行著作集 3」海鳥社 2009 p395

スローニム『ドストエーフスキイの三つの戀』
◇「小林秀雄全集 補巻 3」新潮社 2010 p283

坐り心地
◇「〔野呂邦暢〕随筆コレクション 1」みすず書房 2014 p312

坐る気分
◇「大庭みな子全集 11」日本経済新聞出版社 2010 p347

坐る眼
◇「立松和平全小説 5」勉誠出版 2010 p24

スワン川の渡し船─パース
◇「田中小実昌エッセイ・コレクション 3」筑摩書房 2002 (ちくま文庫) p367

寸感
　◇「德田秋聲全集 23」八木書店 2001 p145
寸感―飯沢匡作・演出「物体嬢」
　◇「安部公房全集 29」新潮社 2000 p534
寸劇
　◇「向田邦子全集 新版 8」文藝春秋 2009 p18
寸山尺水
　◇「德田秋聲全集 19」八木書店 2000 p45
寸々語
　◇「德田秋聲全集 20」八木書店 2001 p258
澄んだ美しさ―芥川賞選評
　◇「決定版 三島由紀夫全集 36」新潮社 2003 p70
澄んだ日
　◇〔野呂邦暢〕随筆コレクション 2」みすず書房 2014 p306
寸評
　◇「江戸川乱歩全集 24」光文社 2005（光文社文庫）p209

【せ】

背
　◇「古井由吉自撰作品 3」河出書房新社 2012 p95
『世阿弥』(責任編集・山崎正和)
　◇「山田風太郎エッセイ集成 風呂房風呂焚き唄」筑摩書房 2008 p184
世阿弥「融」
　◇「須賀敦子全集 4」河出書房新社 2007（河出文庫）p360
世阿弥に思ふ―鼎談に参加して
　◇「決定版 三島由紀夫全集 35」新潮社 2003 p238
世阿弥の築いた世界〔対談〕(小西甚一、ドナルド・キーン)
　◇「決定版 三島由紀夫全集 40」新潮社 2004 p653
性
　◇「寺山修司著作集 4」クインテッセンス出版 2009 p379
静
　◇〔森〕鷗外近代小説集 3」岩波書店 2013 p43
聖アウグスチヌスの祈り〔翻訳〕
　◇「須賀敦子全集 7」河出書房新社 2007（河出文庫）p227
西安―十二王朝の古都
　◇「小松左京全集 完全版 43」城西国際大学出版会 2014 p68
西安碑林―中国、石の博物館
　◇「小松左京全集 完全版 43」城西国際大学出版会 2014 p87
星雲に会う
　◇「小檜山博全集 6」柏艪舎 2006 p406

青雲の志とは
　◇「中井英夫全集 7」東京創元社 1998（創元ライブラリ）p170
青雲はるかに（全）
　◇「宮城谷昌光全集 18」文藝春秋 2004 p5
青雲寮の秘密
　◇「山田風太郎ミステリー傑作選 9」光文社 2002（光文社文庫）p181
青雲寮の秘密（第2回）
　◇「山田風太郎ミステリー傑作選 10」光文社 2002（光文社文庫）p725
性炎樹の花咲くとき
　◇「定本 荒巻義雄メタSF全集 5」彩流社 2015 p71
青炎抄
　◇「内田百閒集成 3」筑摩書房 2002（ちくま文庫）p284
清婉な声の花びら―新座の少女たちの合唱
　◇「石牟礼道子全集 16」藤原書店 2013 p229
西歐精神について
　◇「福田恆存評論集 4」麗澤大學出版會、廣池學園事業部〔發売〕2009 p303
性を規制するもの〔座談会〕(中山研一、米山俊直、山下諭一)
　◇「小松左京全集 完全版 33」城西国際大学出版会 2011 p276
静温な日々
　◇「小島信夫長篇集成 9」水声社 2016 p11
『静温な日々』（講談社版）あとがき
　◇「小島信夫長篇集成 9」水声社 2016 p413
青海湖―アジアで最高所に位置する大湖
　◇「小松左京全集 完全版 43」城西国際大学出版会 2014 p118
青海省
　◇「小松左京全集 完全版 43」城西国際大学出版会 2014 p110
性解放は反体制か〔座談会〕(会田雄次、山下諭一)
　◇「小松左京全集 完全版 33」城西国際大学出版会 2011 p136
正解はどれか？
　◇「松下竜一未刊行著作集 3」海鳥社 2009 p55
『青蛾館』書評―寺山修司
　◇「中井英夫全集 6」東京創元社 1996（創元ライブラリ）p690
性格のある本屋
　◇「大庭みな子全集 23」日本経済新聞出版社 2011 p643
性格の奇蹟
　◇「小林秀雄全作品 1」新潮社 2002 p82
　◇「小林秀雄全集 補巻 1」新潮社 2010 p34
西夏―黄土にそびえる王陵
　◇「小松左京全集 完全版 43」城西国際大学出版会 2014 p134

せいか

生活をめぐって
　◇「安部公房全集 7」新潮社 1998 p75
生活気分としての"ロマン派"
　◇「辻邦生全集 19」新潮社 2005 p73
生活者としての成長—二葉亭四迷の悲劇にもふれて
　◇「宮本百合子全集 15」新日本出版社 2001 p70
生活断片
　◇「徳田秋聲全集 22」八木書店 2001 p284
生活的共感と文学
　◇「宮本百合子全集 15」新日本出版社 2001 p327
〈生活と芸術に体当り愛の『巣箱』の新進作家〉
　◇「安部公房全集 2」新潮社 1997 p376
生活と戦ひつつ
　◇「小寺菊子作品集 3」桂書房 2014 p63
生活においての統一
　◇「宮本百合子全集 16」新日本出版社 2002 p35
生活について
　◇「寺山修司著作集 1」クインテッセンス出版 2009 p391
生活に鞭撻せられて今日に至れり
　◇「徳田秋聲全集 19」八木書店 2000 p138
生活の原点を訪ねて 9つの島に関連性知る
　◇「大庭みな子全集 24」日本経済新聞出版社 2011 p200
生活のなかへ
　◇「徳田秋聲全集 12」八木書店 2000 p31
生活のなかにある美について
　◇「宮本百合子全集 15」新日本出版社 2001 p317
生活の中の計画感覚—無計画国民の社会的背景
　◇「小松左京全集 完全版 31」城西国際大学出版会 2008 p190
生活の破片
　◇「石上玄一郎小説作品集成 1」未知谷 2008 p471
生活の道より
　◇「宮本百合子全集 12」新日本出版社 2001 p48
生活の様式
　◇「宮本百合子全集 20」新日本出版社 2002 p646
生活の洋風化を如何に見るか
　◇「徳田秋聲全集 23」八木書店 2001 p295
生活の理想と実際
　◇「宮本百合子全集 13」新日本出版社 2001 p228
"聖火"と"法灯の分火"と
　◇「小松左京全集 完全版 31」城西国際大学出版会 2008 p76
税関
　◇「小松左京全集 完全版 43」城西国際大学出版会 2014 p348
「性関係」と「結婚」とは次元がちがう
　◇「小松左京全集 完全版 34」城西国際大学出版会 2009 p171
青函トンネルが実現後に展開するスピード感
　◇「小松左京全集 完全版 29」城西国際大学出版会 2007 p141
青函トンネルと演歌
　◇「小檜山博全集 6」柏艪舎 2006 p144
正義
　◇「浜尾四郎全集 1」沖積舎 2004 p116
性器加工の儀式「割礼」のすべて
　◇「小松左京全集 完全版 34」城西国際大学出版会 2009 p211
正規軍と不正規軍
　◇「決定版 三島由紀夫全集 36」新潮社 2003 p267
世紀的体験
　◇「石牟礼道子全集 7」藤原書店 2005 p392
正義に就いて—観念論に
　◇「上野壮夫全集 1」図書新聞 2010 p93
正義のアメリカ
　◇「中井英夫全集 12」東京創元社 2006（創元ライブラリ）p196
世紀の歌
　◇「安部公房全集 2」新潮社 1997 p230
世紀の死闘—白井・マリノ決戦記
　◇「坂口安吾全集 12」筑摩書房 1999 p471
正義の花の環——一九四八年のメーデー
　◇「宮本百合子全集 18」新日本出版社 2002 p9
世紀の「分別」
　◇「宮本百合子全集 18」新日本出版社 2002 p20
「正義の法廷」
　◇「小田実全集 評論 16」講談社 2012 p70
正義の味方
　◇「中井英夫全集 6」東京創元社 1996（創元ライブラリ）p537
世紀末東京の悲しい現実感 第3回伊藤整文学賞
　◇「大庭みな子全集 24」日本経済新聞出版社 2011 p98
世紀末に向って
　◇「佐々木基一全集 3」河出書房新社 2013 p468
世紀末の中の世紀末
　◇「辻邦生全集 18」新潮社 2005 p417
性教育
　◇「小松左京全集 完全版 29」城西国際大学出版会 2007 p361
青玉獅子香炉
　◇「陳舜臣推理小説ベストセレクション 炎に絵を」集英社 2008（集英社文庫）p5
制御された現実とは何か
　◇「伊藤計劃記録 第2位相」早川書房 2011 p68
制禦した文中に存在する人生 第24回女流新人賞
　◇「大庭みな子全集 24」日本経済新聞出版社 2011 p33

整形紳士
　◇「野坂昭如エッセイ・コレクション 1」筑摩書房 2004（ちくま文庫）p61
清潔で意地悪く―同人誌からの発言
　◇「決定版 三島由紀夫全集 30」新潮社 2003 p688
清香記
　◇「内田百閒集成 7」筑摩書房 2003（ちくま文庫）p153
「正項の財産」と「負項の財産」
　◇「小田実全集 評論 24」講談社 2012 p187
正攻法のパンチの重み―堀晃
　◇「小松左京全集 完全版 41」城西国際大学出版会 2013 p77
聖骨
　◇「小島信夫短篇集成 8」水声社 2014 p221
西湖の月
　◇「谷崎潤一郎全集 6」中央公論新社 2015 p269
星座
　◇「決定版 三島由紀夫全集 37」新潮社 2004 p310
精彩を欠いた"草案"―「前衛」特集"文化問題と日共"
　◇「安部公房全集 30」新潮社 2009 p62
正妻が四人で所帯も四つ……
　◇「小松左京全集 完全版 34」城西国際大学出版会 2009 p162
精彩のある風刺劇
　◇「小島信夫批評集成 2」水声社 2011 p382
製作意図及び経過（「憂国 映画版」）
　◇「決定版 三島由紀夫全集 34」新潮社 2003 p35
政策調整としての芸術批判―ソヴェトにおける形式主義批判について
　◇「佐々木基一全集 3」河出書房新社 2013 p351
清算
　◇「徳田秋聲全集 18」八木書店 2000 p118
青酸カリの話
　◇「阿川弘之全集 20」新潮社 2007 p509
生産的人間
　◇「上野壮夫全集 3」図書新聞 2011 p365
生産文学の問題―文学に求められているもの
　◇「宮本百合子全集 13」新日本出版社 2001 p379
政治への転回
　◇「野坂昭如エッセイ・コレクション 2」筑摩書房 2004（ちくま文庫）p67
政治への不満が性的人間をつくる？
　◇「小島信夫批評集成 2」水声社 2011 p537
政治音痴の経済都市
　◇「小松左京全集 完全版 42」城西国際大学出版会 2013 p101
政治家と庶民
　◇「大庭みな子全集 6」日本経済新聞出版社 2009 p153
政治家の演説と方言
　◇「小島信夫批評集成 2」水声社 2011 p418

政治家の国語力
　◇「山田風太郎エッセイ集成 秀吉はいつ知ったか」筑摩書房 2008 p85
政治家の堕落
　◇「徳田秋聲全集 21」八木書店 2001 p353
政治家の発言
　◇「井上ひさしコレクション ことばの巻」岩波書店 2005 p20
政治家の歴史知識
　◇「山田風太郎エッセイ集成 秀吉はいつ知ったか」筑摩書房 2008 p89
正式魔
　◇「向田邦子全集 新版 7」文藝春秋 2009 p92
政治行為の象徴性について〔対談〕（いいだもも）
　◇「決定版 三島由紀夫全集 40」新潮社 2004 p422
政治主義の悪
　◇「福田恆存評論集 7」麗澤大學出版會、廣池學園事業部〔發売〕2008 p32
政治色断ち切れぬ文学
　◇「佐々木基一全集 6」河出書房新社 2012 p103
聖室からの詠唱
　◇「決定版 三島由紀夫全集 37」新潮社 2004 p268
聖室（Tabernacle）からの詠唱―Eastern poems
　◇「決定版 三島由紀夫全集 37」新潮社 2004 p268
誠実とは？
　◇「佐々木基一全集 10」河出書房新社 2013 p636
誠実な実験者・マ元帥
　◇「坂口安吾全集 12」筑摩書房 1999 p3
性質の違つた兄と弟
　◇「谷崎潤一郎全集 9」中央公論新社 2017 p459
政治と作家の現実
　◇「宮本百合子全集 16」新日本出版社 2002 p416
政治と文学
　◇「小林秀雄全作品 19」新潮社 2004 p82
　◇「小林秀雄全集 補巻 2」新潮社 2010 p491
政治と文学
　◇「佐々木基一全集 1」河出書房新社 2013 p351
　◇「佐々木基一全集 2」河出書房新社 2013 p68
政治と文学
　◇「徳田秋聲全集 23」八木書店 2001 p185
政治と文学―新たな国民文学への序説として
　◇「上野壮夫全集 3」図書新聞 2011 p340
政治と文学〔座談会〕（埴谷雄高、野間宏、花田清輝、平田次三郎、日高六郎、佐々木基一、荒正人、堀田善衞）
　◇「安部公房全集 2」新潮社 1997 p353
政治に"教科書"はない（高坂正堯）
　◇「司馬遼太郎対話選集 7」文藝春秋 2006（文春文庫）p69

せいし

政治について
　◇「車谷長吉全集 3」新書館 2010 p672

政治にむきあう文学
　◇「小田実全集 評論 5」講談社 2010 p201

政治の季節のなかの青春
　◇「金井美恵子エッセイ・コレクション—1964-2013 1」平凡社 2013 p46

政治の言葉、言葉の政治
　◇「野坂昭如エッセイ・コレクション 2」筑摩書房 2004（ちくま文庫）p263

生死の哲学
　◇「大庭みな子全集 16」日本経済新聞出版社 2010 p108

政治の文学支配
　◇「小林秀雄全作品 9」新潮社 2003 p199
　◇「小林秀雄全集 補巻 1」新潮社 2010 p486

政治・文学
　◇「安部公房全集 3」新潮社 1997 p242

聖者来たりなば—ココナツ坊主見記
　◇「開高健ルポルタージュ選集 サイゴンの十字架」光文社 2008（光文社文庫）p156

静寂の通路
　◇「小松左京全集 完全版 17」城西国際大学出版会 2012 p66

生社第一回 短歌会詠草
　◇「定本 久生十蘭全集 10」国書刊行会 2011 p307

聖者の歌
　◇「車谷長吉全集 3」新書館 2010 p648

生者の声・死者の声
　◇「〔野呂邦暢〕随筆コレクション 2」みすず書房 2014 p439

生者の沈黙と死者の饒舌—渡辺温作品集『アンドロギュノスの裔』
　◇「中井英夫全集 6」東京創元社 1996（創元ライブラリ）p465

成熟した女の視点—夏樹静子
　◇「小松左京全集 完全版 41」城西国際大学出版会 2013 p250

「成熟途上国」ということについて
　◇「井上ひさしコレクション 日本の巻」岩波書店 2005 p368

成熟の問題など 「第三の新人」とアメリカ文学
　◇「小島信夫批評集成 1」水声社 2011 p105

聖シュテファン寺院の鐘の音は
　◇「定本 荒巻義雄メタSF全集 4」彩流社 2014 p5

青春
　◇「安部公房全集 7」新潮社 1998 p91
　◇「安部公房全集 9」新潮社 1998 p405

青春
　◇「林京子全集 5」日本図書センター 2005 p89

青春
　◇「丸谷才一全集 9」文藝春秋 2013 p56

青春
　◇「宮本百合子全集 14」新日本出版社 2001 p71

青春を語る〔対談〕（嶋中鵬二）
　◇「〔永井〕荷風全集 別巻」岩波書店 2011 p120

青春を語る（対談）
　◇「決定版 三島由紀夫全集 41」新潮社 2004

青春を横切った映画たち
　◇「辻邦生全集 19」新潮社 2005 p360

青春が去って〔翻訳〕（ウンベルト・サバ）
　◇「須賀敦子全集 5」河出書房新社 2008（河出文庫）p216

「青春監獄」の序
　◇「決定版 三島由紀夫全集 28」新潮社 2003 p532

青春紀行—『豆腐屋の四季』の頃
　◇「松下竜一未刊行著作集 1」海鳥社 2008 p230

青春期の読書
　◇「決定版 三島由紀夫全集 36」新潮社 2003 p635

「青春群像」
　◇「佐々木基一全集 7」河出書房新社 2013 p133

青春小説
　◇「車谷長吉全集 3」新書館 2010 p707

青春対談〔対談〕（獅子文六）
　◇「坂口安吾全集 17」筑摩書房 1999 p439

青春 第27回文藝賞
　◇「大庭みな子全集 24」日本経済新聞出版社 2011 p89

青春探偵団
　◇「山田風太郎ミステリー傑作選 6」光文社 2001（光文社文庫）p275

青春について
　◇「福田恆存評論集 17」麗澤大學出版會, 廣池學園事業部〔発売〕2010 p51

青春の倦怠（アンニュイ）
　◇「決定版 三島由紀夫全集 29」新潮社 2003 p576

青春の生甲斐—安部公房氏を囲んで〔座談会〕（東恵美子, 羽仁進, 小野光子, 勅使河原宏）
　◇「安部公房全集 5」新潮社 1997 p411

青春の嗚咽
　◇「大庭みな子全集 13」日本経済新聞出版社 2010 p361

青春の終わり
　◇「小松左京全集 完全版 34」城西国際大学出版会 2009 p405

青春の渦中の人に推めたい
　◇「決定版 三島由紀夫全集 35」新潮社 2003 p517

青春の雲と蝶
　◇「辻邦生全集 16」新潮社 2005 p33

青春の現実
　◇「宮本百合子全集 20」新日本出版社 2002 p750

青春の荒廃—中村光夫「佐藤春夫論」
　◇「決定版 三島由紀夫全集 32」新潮社 2003 p37

青春の心
　◇「安部公房全集 30」新潮社 2009 p72
青春の佐渡金山の町
　◇「田中志津全作品集 下巻」武蔵野書院 2013 p186
青春の旅路
　◇「定本 荒巻義雄メタSF全集 5」彩流社 2015 p332
青春のたまり場をゆく
　◇「安部公房全集 5」新潮社 1997 p7
青春のなかのトーマス・マン
　◇「辻邦生全集 16」新潮社 2005 p39
青春のプロフィル
　◇「辻邦生全集 16」新潮社 2005 p42
青春の文学
　◇「佐々木基一全集 1」河出書房新社 2013 p335
青春の彷徨
　◇「松本清張短編全集 06」光文社 2009（光文社文庫）p69
青春のポーズ
　◇「吉行淳之介エッセイ・コレクション 1」筑摩書房 2004（ちくま文庫）p10
青春の本質にあるもの
　◇「吉行淳之介エッセイ・コレクション 3」筑摩書房 2004（ちくま文庫）p224
青春の町「銀座」
　◇「決定版 三島由紀夫全集 31」新潮社 2003 p618
青春のモダニズム
　◇「日影丈吉全集 別巻」国書刊行会 2005 p716
青春飛行
　◇「笹沢左保コレクション新装版 招かれざる客」光文社 2008（光文社文庫）p323
青春放浪より
　◇「吉行淳之介エッセイ・コレクション 3」筑摩書房 2004（ちくま文庫）p37
青春村の白樺二世
　◇「阿川弘之全集 18」新潮社 2007 p250
『青春物語』
　◇「谷崎潤一郎全集 16」中央公論新社 2016 p365
青春物語
　◇「谷崎潤一郎全集 16」中央公論新社 2016 p371
青春論
　◇「坂口安吾全集 3」筑摩書房 1999 p417
青春論―家出のすすめ
　◇「寺山修司著作集 4」クインテッセンス出版 2009 p201
制書
　◇「定本 久生十蘭全集 10」国書刊行会 2011 p320
聖女
　◇「寺山修司著作集 4」クインテッセンス出版 2009 p14
聖女
　◇「決定版 三島由紀夫全集 37」新潮社 2004 p454

星条旗とNO
　◇「林京子全集 7」日本図書センター 2005 p234
清少納言「枕草子」
　◇「決定版 三島由紀夫全集 27」新潮社 2003 p655
青城俳句聚
　◇「決定版 三島由紀夫全集 37」新潮社 2004 p804
「聖女」覚書
　◇「決定版 三島由紀夫全集 補巻」新潮社 2005 p144
聖書からの呼び声
　◇「辻邦生全集 18」新潮社 2005 p301
聖女述懐
　◇「決定版 三島由紀夫全集 37」新潮社 2004 p527
「聖女」と「煙草の害について」
　◇「決定版 三島由紀夫全集 35」新潮社 2003 p150
聖女の首
　◇「横溝正史探偵小説コレクション 3」出版芸術社 2004 p89
聖女バルバラ祭の夜に
　◇「辻邦生全集 7」新潮社 2004 p285
聖女――幕
　◇「決定版 三島由紀夫全集 21」新潮社 2002 p305
政治浪人・政治ゴロ出現の巻
　◇「小田実全集 小説 27」講談社 2012 p354
政治論文
　◇「小林秀雄全作品 13」新潮社 2003 p163
　◇「小林秀雄全集 補巻 2」新潮社 2010 p184
成人
　◇「小檜山博全集 7」柏艪舎 2006 p173
精神修養になるコイコイ
　◇「吉行淳之介エッセイ・コレクション 1」筑摩書房 2004（ちくま文庫）p181
「精神的ダンディズムですよ」―現代人のルール「士道」
　◇「決定版 三島由紀夫全集 36」新潮社 2003 p197
精神的別居
　◇「向田邦子全集 新版 11」文藝春秋 2010 p181
精神と情熱とに関する八十一章 翻訳（アラン）
　◇「小林秀雄全作品 8」新潮社 2003 p9
　◇「小林秀雄全集 補巻 1」新潮社 2010 p406
「精神と情熱とに関する八十一章」訳者あとがき
　◇「小林秀雄全作品 28」新潮社 2005 p253
　◇「小林秀雄全集 補巻 3」新潮社 2010 p500
「精神と情熱とに関する八十一章」訳者後記
　◇「小林秀雄全作品 8」新潮社 2003 p275
　◇「小林秀雄全集 補巻 1」新潮社 2010 p432
清新な戯曲を網羅―推薦のことば
　◇「決定版 三島由紀夫全集 28」新潮社 2003 p207
精神の運動と遊び―石川淳氏をしのんで
　◇「佐々木基一全集 4」河出書房新社 2013 p227
精神の城塞
　◇「安部公房全集 22」新潮社 1999 p157

せいし

精神の所在
　◇「宮城谷昌光全集 21」文藝春秋 2004 p464

精神の長い叙事詩
　◇「大庭みな子全集 8」日本経済新聞出版社 2009 p512

精神の不純
　◇「決定版 三島由紀夫全集 26」新潮社 2003 p604

精神病覚え書
　◇「坂口安吾全集 7」筑摩書房 1998 p362

精神病学教室
　◇「石上玄一郎作品集 1」日本図書センター 2004 p255
　◇「石上玄一郎小説作品集成 1」未知谷 2008 p319

精神病診断書
　◇「坂口安吾全集 11」筑摩書房 1998 p417

精神分析学と探偵小説
　◇「江戸川乱歩全集 24」光文社 2005（光文社文庫）p166

精神分析研究会
　◇「江戸川乱歩全集 30」光文社 2005（光文社文庫）p194

精神分析研究会〔昭和八年度〕
　◇「江戸川乱歩全集 28」光文社 2006（光文社文庫）p538

精神分析小説の危機
　◇「田村泰次郎選集 5」日本図書センター 2005 p23

愛の証に足の指を切って一年！ 凄絶！ 鈴木いづみ愛憎の夫婦生活を綴る!!
　◇「鈴木いづみコレクション 8」文遊社 1998 p216

ガブリエル・ダンヌンツィオ作聖セバスチァンの殉教〔翻訳〕（池田弘太郎共訳）
　◇「決定版 三島由紀夫全集 25」新潮社 2002 p449

〔生前未発表原稿〕
　◇「坂口安吾全集 別巻」筑摩書房 2012 p45

青蔵高原—「世界の屋根」に立つ
　◇「小松左京全集 完全版 43」城西国際大学出版会 2014 p110

聖鼠のエントロピー—トマス・ピンチョン
　◇「寺山修司著作集 5」クインテッセンス出版 2009 p245

『生存を拒否する人』を読んで上司君へ
　◇「徳田秋聲全集 20」八木書店 2001 p145

生存権の変質
　◇「松下竜一未刊行著作集 1」海鳥社 2008 p147

生存の危機
　◇「小松左京全集 完全版 36」城西国際大学出版会 2011 p307

生存の条件
　◇「小田実全集 評論 31」講談社 2013 p45

生存者たち
　◇「林京子全集 4」日本図書センター 2005 p381

生體解剖
　◇「小酒井不木随筆評論選集 7」本の友社 2004 p202

生態系破壊と産業技術社会—抑制機能形成の提唱
　◇「小松左京全集 完全版 31」城西国際大学出版会 2008 p307

生態の流行
　◇「宮本百合子全集 14」新日本出版社 2001 p147

贅沢
　◇「徳田秋聲全集 14」八木書店 2000 p316

ぜいたくということ
　◇「中井英夫全集 6」東京創元社 1996（創元ライブラリ）p162

清太は百年語るべし
　◇「坂口安吾全集 1」筑摩書房 1999 p474

生誕の碑 除幕式（小千谷）平成二十二年六月二日
　◇「田中志津全作品集 下巻」武蔵野書院 2013 p237

生誕碑除幕式
　◇「江戸川乱歩全集 30」光文社 2005（光文社文庫）p341

成長意慾としての恋愛
　◇「宮本百合子全集 13」新日本出版社 2001 p360

成長記
　◇「田村泰次郎選集 1」日本図書センター 2005 p21

成長期の影響
　◇「山田太郎エッセイ集成 秀吉はいつ勝ったか」筑摩書房 2008 p93

性的変質から政治的変質へ—ヴィスコンティ「地獄に堕ちた勇者ども」をめぐつて
　◇「決定版 三島由紀夫全集 36」新潮社 2003 p97

性的黙示録
　◇「立松和平全小説 11」勉誠出版 2011 p1

青天の霹靂 秋声の発見 二
　◇「小島信夫批評集成 8」水声社 2010 p381

性と悪をつなぐもの〔座談会〕（鯖田豊之、米山俊直、山下諭一）
　◇「小松左京全集 完全版 33」城西国際大学出版会 2011 p211

正統と正当への考察
　◇「宮城谷昌光全集 21」文藝春秋 2004 p466

政黨の近代化（七月二十六日）
　◇「福田恆存評論集 18」麗澤大學出版會、廣池學園事業部〔発売〕2010 p76

青銅の原人
　◇「山田風太郎ミステリー傑作選 8」光文社 2002（光文社文庫）p333

青銅の魔人
　◇「江戸川乱歩全集 15」光文社 2004（光文社文庫）p9

正当防衛
　◇「小松左京全集 完全版 18」城西国際大学出版会 2013 p52

聖堂まで
  ◇「辻邦生全集 7」新潮社 2004 p22
生徒を心服させるだけの腕力を―スパルタ教育のおすすめ
  ◇「決定版 三島由紀夫全集 33」新潮社 2003 p96
生と芸術の真相―日本文学大賞選評
  ◇「決定版 三島由紀夫全集 35」新潮社 2003 p463
生と死
  ◇「小林秀雄全作品 26」新潮社 2004 p139
  ◇「小林秀雄全集 補巻 3」新潮社 2010 p367
生と死―色の持つ象徴性について
  ◇「小松左京全集 完全版 36」城西国際大学出版会 2011 p203
対談 性としての女〔対談者〕高橋たか子
  ◇「大庭みな子全集 21」日本経済新聞出版社 2011 p7
生と死のこと(山村雄一)
  ◇「司馬遼太郎対話選集 7」文藝春秋 2006（文春文庫）p102
性と死の自叙伝
  ◇「野坂昭如エッセイ・コレクション 3」筑摩書房 2004（ちくま文庫）p205
生と死の深淵から
  ◇「辻邦生全集 19」新潮社 2005 p56
河合隼雄さんとの対話生と死の夢幻境
  ◇「大庭みな子全集 15」日本経済新聞出版社 2010 p222
性と食欲
  ◇「日影丈吉全集 別巻」国書刊行会 2005 p200
生と性（その一）
  ◇「吉行淳之介エッセイ・コレクション 2」筑摩書房 2004（ちくま文庫）p20
生と性（その二）
  ◇「吉行淳之介エッセイ・コレクション 2」筑摩書房 2004（ちくま文庫）p48
静と動〔対談〕(高橋たか子)
  ◇「大庭みな子全集 21」日本経済新聞出版社 2011 p10
性と文学
  ◇「吉行淳之介エッセイ・コレクション 2」筑摩書房 2004（ちくま文庫）p96
生とは不透明な痛みだ
  ◇「上野壮夫全集 3」図書新聞 2011 p410
聖豚公伝
  ◇「立松和平小説 12」勉誠出版 2011 p139
聖なる深海魚―ヘンリー・ミラー全集を推薦する
  ◇「安部公房全集 30」新潮社 2009 p169
聖なる旅と孤独な死と―冬の旅
  ◇「辻邦生全集 19」新潮社 2005 p401
聖なる藪
  ◇「立松和平小説 18」勉誠出版 2012 p214

西南役伝説
  ◇「石牟礼道子全集 1」藤原書店 2004 p379
  ◇「石牟礼道子全集 5」藤原書店 2004 p7
西南北東
  ◇「原民喜戦後全小説」講談社 2015（講談社文芸文庫）p532
性について
  ◇「福田恆存評論集 17」麗澤大學出版會, 廣池學園事業部〔発売〕2010 p98
『青年』
  ◇〔森〕鷗外近代小説集 4」岩波書店 2012 p1
青年
  ◇〔森〕鷗外近代小説集 4」岩波書店 2012 p3
青年観
  ◇「德田秋聲全集 19」八木書店 2000 p74
青年座の人々―明日のホープ
  ◇「決定版 三島由紀夫全集 28」新潮社 2003 p552
青年像
  ◇「決定版 三島由紀夫全集 34」新潮社 2003 p318
青年たち
  ◇「林京子全集 1」日本図書センター 2005 p148
青年と国防
  ◇「決定版 三島由紀夫全集 34」新潮社 2003 p444
青年と老年
  ◇「小林秀雄全作品 24」新潮社 2004 p177
  ◇「小林秀雄全集 補巻 3」新潮社 2010 p256
青年に愬ふ―大人はずるい
  ◇「坂口安吾全集 15」筑摩書房 1999 p281
青年について
  ◇「決定版 三島由紀夫全集 34」新潮社 2003 p561
青年の生きる道
  ◇「宮本百合子全集 16」新日本出版社 2002 p235
"青年よ大志を抱け"のスローガンはもう古い
  ◇「小松左京全集 完全版 29」城西国際大学出版会 2007 p132
青年論―キミ自身の生きかたを考へるために
  ◇「決定版 三島由紀夫全集 34」新潮社 2003 p571
青年論是非
  ◇「小林秀雄全作品 7」新潮社 2003 p190
  ◇「小林秀雄全集 補巻 1」新潮社 2010 p386
青年は信頼すべし
  ◇「坂口安吾全集 6」筑摩書房 1998 p322
性の意識について
  ◇「福田恆存評論集 4」麗澤大學出版會, 廣池學園事業部〔発売〕2009 p153
生のいとおしさ―ヴィルコの娘たち
  ◇「辻邦生全集 19」新潮社 2005 p458
生の息吹の下で
  ◇「辻邦生全集 19」新潮社 2005 p41
"性の快感"女と男はどう違う？
  ◇「小松左京全集 完全版 34」城西国際大学出版会 2009 p25

せいの

性の解放
◇「小島信夫批評集成 2」水声社 2011 p117

性の解放と検閲
◇「佐々木基一全集 3」河出書房新社 2013 p434

斉の桓公
◇「宮城谷昌光全集 21」文藝春秋 2004 p192

生の曲
◇「決定版 三島由紀夫全集 37」新潮社 2004 p703

性の幻想 大庭みな子対談集
◇「大庭みな子全集 21」日本経済新聞出版社 2011 p99

生の言葉
◇「安部公房全集 1」新潮社 1997 p481

性の持続
◇「大庭みな子全集 18」日本経済新聞出版社 2010 p180

生の実感 第3回フェミナ賞
◇「大庭みな子全集 24」日本経済新聞出版社 2011 p83

性の終身雇用
◇「大庭みな子全集 18」日本経済新聞出版社 2010 p130

性のせり市
◇「国枝史郎伝奇浪漫小説集成」作品社 2007 p500

性の悲劇
◇「吉行淳之介エッセイ・コレクション 2」筑摩書房 2004（ちくま文庫）p272

性の秘匿に普遍性はあるか
◇「野坂昭如エッセイ・コレクション 3」筑摩書房 2004（ちくま文庫）p136

性のユートピア
◇「小島信夫批評集成 2」水声社 2011 p113

性の喜びを知らぬ女へ―技巧について
◇「吉行淳之介エッセイ・コレクション 2」筑摩書房 2004（ちくま文庫）p223

生のリアルを凝視する
◇「野坂昭如エッセイ・コレクション 2」筑摩書房 2004（ちくま文庫）p195

性の「笑い」から芸術表現へ
◇「小松左京全集 完全版 35」城西国際大学出版会 2009 p378

聖パウロ学生寮の没落
◇「井上ひさしコレクション 人間の巻」岩波書店 2005 p157
◇「井上ひさし短編中編小説集成 2」岩波書店 2014 p35

『青眉抄』について
◇「宮本百合子全集 20」新日本出版社 2002 p678

聖ピーター銀行の破産
◇「井上ひさし短編中編小説集成 2」岩波書店 2014 p70

静謐な霊の生動
◇「車谷長吉全集 3」新書館 2010 p84

「性否定」観念の欠落
◇「小松左京全集 完全版 35」城西国際大学出版会 2009 p373

清貧には遠いビンボーながら―中野孝次編『清貧の生きかた』解説
◇「松下竜一未刊行著作集 2」海鳥社 2008 p252

西風東漸
◇「井上ひさしコレクション ことばの巻」岩波書店 2005 p102

征服
◇「決定版 三島由紀夫全集 37」新潮社 2004 p594

征服王朝の論理（加藤秀俊, 江上波夫）
◇「小松左京全集 完全版 38」城西国際大学出版会 2010 p138

制服―五景
◇「安部公房全集 4」新潮社 1997 p455

制服 三幕七場
◇「安部公房全集 5」新潮社 1997 p27

"制服"について
◇「安部公房全集 5」新潮社 1997 p62

「制服」の上演に寄せて
◇「安部公房全集 8」新潮社 1998 p37

西部劇
◇「寺山修司著作集 4」クインテッセンス出版 2009 p29

西部劇と音楽
◇「小檜山博全集 7」柏艪舎 2006 p89

西部劇礼讃
◇「決定版 三島由紀夫全集 29」新潮社 2003 p248

聖父子
◇「中井英夫全集 3」東京創元社 1996（創元ライブラリ）p23

生物圏奇々怪々―吉良竜夫氏との対談
◇「小松左京全集 完全版 30」城西国際大学出版会 2008 p71

生物の予感
◇「大庭みな子全集 8」日本経済新聞出版社 2009 p372

性文化を考える（山下諭一）
◇「小松左京全集 完全版 33」城西国際大学出版会 2011 p133

性文化のあり方「あとがき」にかえて〔対談〕（山下諭一）
◇「小松左京全集 完全版 33」城西国際大学出版会 2011 p361

性文化の拡大〔座談会〕（石毛直道, 米山俊直, 山下諭一）
◇「小松左京全集 完全版 33」城西国際大学出版会 2011 p330

性文化は貧しくなるか？
◇「小松左京全集 完全版 28」城西国際大学出版会 2006 p140

聖母［翻訳］（ルネ・ヴォアイヨーム修士）
　◇「須賀敦子全集 7」河出書房新社 2007（河出文庫）p289
正方形
　◇「辻井喬コレクション 7」河出書房新社 2003 p359
西方ニ異説アリ
　◇「小田実全集 評論 25」講談社 2012 p27
聖母子像について
　◇「佐々木基一全集 6」河出書房新社 2012 p337
歳暮の天使
　◇「中井英夫全集 10」東京創元社 2002（創元ライブラリ）p109
精密工業、情報工業に新しい活路を
　◇「小松左京全集 完全版 29」城西国際大学出版会 2007 p147
税務署員に殴られた婦人の話
　◇「坂口安吾全集 11」筑摩書房 1998 p389
税務署対策ノート
　◇「坂口安吾全集 16」筑摩書房 2000 p629
生命
　◇「大庭みな子全集 12」日本経済新聞出版社 2010 p76
　◇「大庭みな子全集 13」日本経済新聞出版社 2010 p228
生命（せいめい）… → "いのち…"をも見よ
生命恐怖症―長壽者と食量
　◇「小酒井不木随筆評論選集 5」本の友社 2004 p479
生命進化の試行錯誤
　◇「小松左京全集 完全版 40」城西国際大学出版会 2012 p284
生命 第8回潮賞（小説部門）
　◇「大庭みな子全集 24」日本経済新聞出版社 2011 p54
『生命』つくります―渡辺格氏との対談
　◇「小松左京全集 完全版 30」城西国際大学出版会 2008 p101
生命と文学「小松左京マガジン」編集長インタビュー 第二回（瀬名秀明）
　◇「小松左京全集 完全版 49」城西国際大学出版会 2017 p21
生命の軽さ
　◇「隆慶一郎全集 19」新潮社 2010 p415
生命の気品
　◇「石牟礼道子全集 13」藤原書店 2007 p594
生命のさま
　◇「大庭みな子全集 13」日本経済新聞出版社 2010 p258
生命の讃歌（「川端康成全集」推薦文）
　◇「決定版 三島由紀夫全集 31」新潮社 2003 p287
生命の「書庫」
　◇「小松左京全集 完全版 37」城西国際大学出版会 2010 p19
生命の綱
　◇「徳田秋聲全集 14」八木書店 2000 p127
生命の賑わいとかなしみ
　◇「石牟礼道子全集 7」藤原書店 2005 p512
生命の不可思議
　◇「大庭みな子全集 23」日本経済新聞出版社 2011 p681
生命の不思議
　◇「大庭みな子全集 3」日本経済新聞出版社 2009 p380
生命のルーツを探り出す〔対談〕（大島泰郎）
　◇「小松左京全集 完全版 35」城西国際大学出版会 2009 p255
生命の連鎖する世界から
　◇「石牟礼道子全集 7」藤原書店 2005 p285
「生命方程式」について
　◇「小松左京全集 完全版 31」城西国際大学出版会 2008 p292
生命よ永遠なれとの願い
　◇「石牟礼道子全集 16」藤原書店 2013 p35
生命分かち難くて
　◇「石牟礼道子全集 7」藤原書店 2005 p359
生命はもはや「自然発生」しないか？
　◇「小松左京全集 完全版 37」城西国際大学出版会 2010 p9
生も死もイエスとアーメン
　◇「田中小実昌エッセイ・コレクション 1」筑摩書房 2002（ちくま文庫）p296
性問題誇大関心症という病気
　◇「安部公房全集 6」新潮社 1998 p133
製薬史の中から
　◇「小酒井不木随筆評論選集 6」本の友社 2004 p369
セイヤーズ
　◇「江戸川乱歩全集 30」光文社 2005（光文社文庫）p593
西洋醫談
　◇「小酒井不木随筆評論選集 6」本の友社 2004 p1
西洋を選んで取り入れる
　◇「小田実全集 評論 3」講談社 2010 p146
西洋絵画に特有の約束事「アレゴリー」の発達
　◇「小松左京全集 完全版 36」城西国際大学出版会 2011 p133
西洋火事
　◇「向田邦子全集 新版 8」文藝春秋 2009 p162
西洋古典講座ゲーテの「ファウスト」
　◇「佐々木基一全集 1」河出書房新社 2013 p244
西洋人の假死談
　◇「小酒井不木随筆評論選集 5」本の友社 2004 p369
西洋人の夫婦
　◇「決定版 三島由紀夫全集 32」新潮社 2003 p593

せいよ

西洋食べあるき
　◇「福田恆存評論集 15」麗澤大學出版會, 廣池學園事業部〔發売〕 2010 p293

西洋探偵譚
　◇「小酒井不木随筆評論選集 2」本の友社 2004 p1

西洋中世の刑罰法
　◇「小酒井不木随筆評論選集 7」本の友社 2004 p258

西洋中世の拷問
　◇「小酒井不木随筆評論選集 2」本の友社 2004 p214

西洋床の間
　◇「決定版 三島由紀夫全集 33」新潮社 2003 p420

西洋と東洋の間を——いつもそばに、本が
　◇「大庭みな子全集 16」日本経済新聞出版社 2010 p333

西洋と日本（二月二日）
　◇「福田恆存評論集 18」麗澤大學出版會, 廣池學園事業部〔發売〕 2010 p140

西洋と日本の舞踊
　◇「谷崎潤一郎全集 11」中央公論新社 2015 p501

「西洋」に対して来た歴史
　◇「小田実全集 評論 23」講談社 2012 p222

西洋の長壽者列傳
　◇「小酒井不木随筆評論選集 5」本の友社 2004 p466

西洋の文章と日本の文章
　◇「谷崎潤一郎全集 18」中央公論新社 2016 p41

『西洋の没落』
　◇「寺山修司著作集 4」クインテッセンス出版 2009 p276

（西洋文明と東洋文明）
　◇「大庭みな子全集 23」日本経済新聞出版社 2011 p594

性慾の犯罪性
　◇「江戸川乱歩全集 24」光文社 2005（光文社文庫） p637

西雷東騒
　◇「小田実全集 評論 32」講談社 2013 p15

西雷東騒 思索と発言 2
　◇「小田実全集 評論 32」講談社 2013 p13

「西雷東騒」・「新西雷東騒」
　◇「小田実全集 評論 34」講談社 2013 p130

整理の人——一徳斎美蝶
　◇「色川武大・阿佐田哲也エッセイズ 2」筑摩書房 2003（ちくま文庫） p98

清隆一郎の第二の計画
　◇「小島信夫長篇集成 2」水声社 2015 p623

青竜刀とブルマース
　◇「小田実全集 小説 38」講談社 2013 p7

西林図
　◇「定本 久生十蘭全集 6」国書刊行会 2010 p263

精霊樹海——大分県高塚
　◇「石牟礼道子全集 6」藤原書店 2006 p62

精霊たちの浜辺
　◇「石牟礼道子全集 15」藤原書店 2012 p108

晴朗な、大らかな——日本美術大系を推す
　◇「決定版 三島由紀夫全集 31」新潮社 2003 p279

聖路加病院まで
　◇「辻邦生全集 6」新潮社 2004 p22

聖六角女学院の崩壊
　◇「小松左京全集 完全版 13」城西国際大学出版会 2008 p62

「性」は異なもの
　◇「小松左京全集 完全版 37」城西国際大学出版会 2010 p133

「清和」正統の展開図
　◇「小松左京全集 完全版 42」城西国際大学出版会 2014 p25

清和村浄瑠璃行（一）
　◇「石牟礼道子全集 10」藤原書店 2006 p582

清和村浄瑠璃行（二）
　◇「石牟礼道子全集 10」藤原書店 2006 p586

清和村浄瑠璃行（三）
　◇「石牟礼道子全集 10」藤原書店 2006 p590

清和村浄瑠璃行（四）
　◇「石牟礼道子全集 10」藤原書店 2006 p594

性は有罪か——チャタレイ裁判とサド裁判の意味〔座談会〕（伊藤整, 大岡昇平, 奥野健男, 澁澤龍彦, 白井健三郎, 中島健蔵, 埴谷雄高）
　◇「福田恆存対談・座談集 7」玉川大学出版部 2012 p187

世界
　◇「寺山修司著作集 1」クインテッセンス出版 2009 p395

世界一もいろいろ——日本文化中央連盟
　◇「宮本百合子全集 13」新日本出版社 2001 p187

世界一周旅行のときのメモ
　◇「向田邦子全集 新版 別巻 2」文藝春秋 2010 p314

世界映画の"雪どけ"——「女狙撃兵マリュートカ」
　◇「佐々木基一全集 7」河出書房新社 2013 p144

世界へひらく運動を
　◇「小田実全集 評論 5」講談社 2010 p366

世界を旅して
　◇「定本 荒巻義雄メタSF全集 5」彩流社 2015 p359

世界をどう捉えるか
　◇「小田実全集 評論 36」講談社 2014 p21

世界をよこにつなげる思想
　◇「須賀敦子全集 4」河出書房新社 2007（河出文庫） p286

世界各地にある「洪水神話」
　◇「小松左京全集 完全版 40」城西国際大学出版会 2012 p358

世界からなくしたいもの
　◇「徳田秋聲全集 23」八木書店 2001 p304
世界が割れた後
　◇「井上ひさしコレクション 日本の巻」岩波書店 2005 p208
世界観の基礎にある「直感」と「共感」
　◇「小松左京全集 完全版 40」城西国際大学出版会 2012 p379
世界最古の王室
　◇「阿川弘之全集 20」新潮社 2007 p454
世界最古の新興国・エジプト
　◇「小松左京全集 完全版 32」城西国際大学出版会 2008 p173
世界最大の文学的宝庫
　◇「谷崎潤一郎全集 14」中央公論新社 2016 p519
世界裁判奇談
　◇「小酒井不木随筆評論選集 4」本の友社 2004 p144
世界史の中の朝鮮侵略
　◇「小田実全集 評論 36」講談社 2014 p144
世界史の中の日韓関係
　◇「小田実全集 評論 36」講談社 2014 p131
世界史のなかの日本史
　◇「遠藤周作エッセイ選集 2」光文社 2006（知恵の森文庫）p78
世界中の海が
　◇「決定版 三島由紀夫全集 37」新潮社 2004 p34
世界主義への道
　◇「大庭みな子全集 6」日本経済新聞出版社 2009 p119
世界新記録病
　◇「坂口安吾全集 8」筑摩書房 1998 p501
世界接触部品
　◇「定本 荒巻義雄メタSF全集 別巻」彩流社 2015 p94
世界前衛映画祭を見て―傑作・コクトオの「詩人の血」
　◇「決定版 三島由紀夫全集 33」新潮社 2003 p635
世界戦争のシナリオ―倉前盛通〔対談〕（倉前盛通）
　◇「福田恆存対談・座談集 4」玉川大学出版部 2012 p282
世界探偵小説傑作表
　◇「江戸川乱歩全集 25」光文社 2005（光文社文庫）p555
世界著名殺人事件の真相
　◇「浜尾四郎全集 1」沖積舎 2004 p496
世界的に稀有の作家
　◇「江戸川乱歩全集 24」光文社 2005（光文社文庫）p588
世界で最も危険な動物
　◇「山崎豊子全集 23」新潮社 2005 p686

世界と子供［翻訳］（ジェイムス・メリル）
　◇「決定版 三島由紀夫全集 37」新潮社 2004 p782
世外との通路
　◇「石牟礼道子全集 10」藤原書店 2006 p246
世界内在
　◇「安部公房全集 1」新潮社 1997 p114
世界に一冊しかない本
　◇「井上ひさしコレクション ことばの巻」岩波書店 2005 p216
世界に一冊だけの本
　◇「〔池澤夏樹〕エッセー集成 2」みすず書房 2008 p61
世界にかかわる
　◇「小田実全集 評論 13」講談社 2011 p81
「世界に告ぐ」を見る
　◇「小林秀雄全作品 14」新潮社 2003 p234
　◇「小林秀雄全集 補巻 2」新潮社 2010 p249
世界に向かって口を出せ
　◇「小松左京全集 完全版 28」城西国際大学出版会 2006 p129
世界にはひび割れがある
　◇「定本 荒巻義雄メタSF全集 5」彩流社 2015 p364
世界の生まれたところへ
　◇「石牟礼道子全集 7」藤原書店 2005 p488
世界の裏
　◇「国枝史郎歴史小説傑作選」作品社 2006 p501
世界の終り
　◇「野呂邦暢小説集成 1」文遊社 2013 p319
世界の加賀百万石へ
　◇「山田風太郎エッセイ集成 秀吉はいつ知ったか」筑摩書房 2008 p109
世界の寡婦
　◇「宮本百合子全集 16」新日本出版社 2002 p356
世界の鯉料理
　◇「日影丈吉全集 別巻」国書刊行会 2005 p128
世界のこの先に何があるか
　◇「小田実全集 評論 31」講談社 2013 p133
世界の静かな中心であれ
　◇「決定版 三島由紀夫全集 31」新潮社 2003 p174
世界の人口と食糧
　◇「井上ひさしコレクション 日本の巻」岩波書店 2005 p327
世界の同志は
　◇「上野壮夫全集 1」図書新聞 2010 p24
世界のどこかの隅に―私の描きたい女性
　◇「決定版 三島由紀夫全集 27」新潮社 2003 p256
世界のなかの日本（ドナルド・キーン）
　◇「司馬遼太郎対話選集 5」文藝春秋 2006（文春文庫）p107
世界の泣き虫小僧
　◇「小島信夫批評集成 5」水声社 2011 p95

せかい

世界の襞(『建築 古美術読本 四』序)
◇「大庭みな子全集 23」日本経済新聞出版社 2011 p162

セカイ、蛮族、ぼく。
◇「伊藤計劃記録 〔第1〕」早川書房 2010 p49

世界夫人―福島けい子夫人と語る
◇「定本 久生十蘭全集 10」国書刊行会 2011 p16

『世界文学全集28チェーホフ』解説
◇「佐々木基一全集 5」河出書房新社 2013 p455

世界文学に何を求めるか〔鼎談〕(加藤周一、埴谷雄高)
◇「福田恆存対談・座談集 2」玉川大学出版部 2011 p93

世界文化の明朗な姿
◇「決定版 三島由紀夫全集 補巻」新潮社 2005 p149

「世界平和宣言」としての「平和憲法」
◇「小田実全集 評論29」講談社 2013 p127

世界は混迷におち入っている
◇「小田実全集 評論29」講談社 2013 p163

世界は書籍なり「翻訳」(タゴール)
◇「谷崎潤一郎全集 10」中央公論新社 2016 p423

世界は石油戦略にどう對處したか
◇「福田恆存評論集 10」麗澤大學出版會,廣池學園事業部〔発売〕 2008 p138

世界は何のために?―ホルヘ・ルイス・ボルヘス
◇「丸谷才一全集 11」文藝春秋 2014 p322

世界は日の出を待っている
◇「寺山修司著作集 1」クインテッセンス出版 2009 p511

世界は平和を欲す
◇「宮本百合子全集 17」新日本出版社 2002 p471

世界は求めている、平和を!
◇「宮本百合子全集 19」新日本出版社 2002 p356

施餓鬼
◇「小松左京全集 完全版 25」城西国際大学出版会 2017 p245

施餓鬼舟
◇「決定版 三島由紀夫全集 19」新潮社 2002 p521

せがれ
◇「徳田秋聲全集 5」八木書店 1998 p63

隻眼
◇「松下竜一未刊行著作集 2」海鳥社 2008 p38

惜枯
◇「日影丈吉全集 別巻」国書刊行会 2005 p536

寂秋
◇「決定版 三島由紀夫全集 37」新潮社 2004 p169

席上の挨拶
◇「徳田秋聲全集 22」八木書店 2001 p346

石人
◇「内田百閒集成 6」筑摩書房 2003(ちくま文庫) p199

石炭産業は斜陽でも、大隅半島に新型農場が
◇「小松左京全集 完全版 29」城西国際大学出版会 2007 p101

席とり
◇「向田邦子全集 新版 7」文藝春秋 2009 p108

責任・意思・殉教
◇「福田恆存評論集 1」麗澤大學出版會,廣池學園事業部〔発売〕 2009 p219

責任と自由―「書き砕く」こととしての「戦後文学」
◇「小田実全集 評論28」講談社 2013 p19

関根弘宛書簡
◇「安部公房全集 30」新潮社 2009 p71

寂莫
◇「徳田秋聲全集 5」八木書店 1998 p73

赤貧
◇「立松和平全小説 8」勉誠出版 2010 p201

石油の都バクーへ
◇「宮本百合子全集 11」新日本出版社 2001 p360

石油洋燈
◇「内田百閒集成 7」筑摩書房 2003(ちくま文庫) p162

赤裸
◇「徳田秋聲全集 29」八木書店 2002 p112

寂寥郊野 第109回(平成5年度上半期)芥川賞
◇「大庭みな子全集 24」日本経済新聞出版社 2011 p77

鶺鴒
◇「小沼丹全集 3」未知谷 2004 p339

ゼークトの「一軍人の思想」について
◇「小林秀雄全作品 14」新潮社 2003 p220
◇「小林秀雄全集 補巻2」新潮社 2010 p240

セクハラ
◇「小檜山博全集 8」柏艪舎 2006 p45

世間ソーラン師気質
◇「20世紀断層―野坂昭如単行本未収録小説集成 3」幻戯書房 2010 p99

世間の評判が気になる人
◇「車谷長吉全集 3」新書館 2010 p509

セザーレの悪夢
◇「中井英夫全集 3」東京創元社 1996(創元ライブラリ) p91

セザンヌの記憶
◇「小沼丹全集 4」未知谷 2004 p632

セザンヌの自画像
◇「小林秀雄全作品 19」新潮社 2004 p157
◇「小林秀雄全集 補巻2」新潮社 2010 p503

ぜじゅ・くり
◇「定本 久生十蘭全集 10」国書刊行会 2011 p352

セシル・サカイ宛書簡
◇「安部公房全集 28」新潮社 2000 p417

せせらぎ
　◇「小松左京全集 完全版 43」城西国際大学出版会 2014 p353
世相を斬る
　◇「福田恆存対談・座談集 4」玉川大学出版部 2012 p63
世相に流れゆく演歌師
　◇「開高健ルポルタージュ選集 ずばり東京」光文社 2007（光文社文庫）p262
世相放談〔座談会〕(宮田重雄、市川紅梅、小野佐世界、久米正雄、堀崎繁喜)
　◇「坂口安吾全集 17」筑摩書房 1999 p456
世俗化に抗す
　◇「福田恆存評論集 6」麗澤大學出版會、廣池學園事業部〔発売〕 2009 p363
世俗の中からの方法
　◇「小島信夫批評集成 8」水声社 2010 p267
世代を結ぶ鎖
　◇「佐々木基一全集 1」河出書房新社 2013 p317
世代の価値—世界と日本の文化史の知識
　◇「宮本百合子全集 15」新日本出版社 2001 p111
世代の對立
　◇「福田恆存評論集 1」麗澤大學出版會、廣池學園事業部〔発売〕 2009 p337
世代の表現 第4回群像新人長篇小説賞
　◇「大庭みな子全集 24」日本経済新聞出版社 2011 p43
世代の論理
　◇「日影丈吉全集 別巻」国書刊行会 2005 p638
絶縁（「縁きり」を改題）
　◇「徳田秋聲全集 10」八木書店 1998 p92
せっかくのご好意ながら
　◇「松下竜一未刊行著作集 3」海鳥社 2009 p263
雪華葬刺し
　◇「赤江瀑短編傑作選 情念編」光文社 2007（光文社文庫）p83
説教強盗管見
　◇「小酒井不木随筆評論選集 1」本の友社 2004 p328
積極的な清潔さ
　◇「小島信夫批評集成 7」水声社 2011 p115
積極な一生
　◇「宮本百合子全集 15」新日本出版社 2001 p334
セックス革命
　◇「都筑道夫恐怖短篇集成 2」筑摩書房 2004（ちくま文庫）p151
セックス・タブーの比較
　◇「小松左京全集 完全版 35」城西国際大学出版会 2009 p370
セックスについて
　◇「吉行淳之介エッセイ・コレクション 2」筑摩書房 2004（ちくま文庫）p93

セックスにマメな女の構造は？
　◇「田中小実昌エッセイ・コレクション 4」筑摩書房 2003（ちくま文庫）p215
セックス・プレイヤー
　◇「小松左京全集 完全版 17」城西国際大学出版会 2012 p270
節句の浜
　◇「石牟礼道子全集 13」藤原書店 2007 p597
石径の果て
　◇「宮城谷昌光全集 2」文藝春秋 2003 p298
石鹼
　◇「立松和平全小説 17」勉誠出版 2012 p249
雪原を突っ走れ
　◇「高城高全集 3」東京創元社 2008（創元推理文庫）p185
雪原敗走記
　◇「定本 久生十蘭全集 8」国書刊行会 2010 p438
雪後
　◇「梶井基次郎小説全集新装版」沖積舎 1995 p121
『雪後庵夜話』
　◇「谷崎潤一郎全集 24」中央公論新社 2016 p321
雪後庵夜話
　◇「谷崎潤一郎全集 24」中央公論新社 2016 p323
石膏色と赤
　◇「吉行淳之介エッセイ・コレクション 3」筑摩書房 2004（ちくま文庫）p252
切実なもの—今日の文学者〔座談会〕(臼井吉見、梅崎春生、野間宏、武田泰淳、榛葉栄治)
　◇「安部公房全集 3」新潮社 1997 p260
切実なんだよ、生きるって—缶ビール二ダースあけてオールナイトの現代文明批評
　◇「鈴木いづみセカンド・コレクション 3」文遊社 2004 p230
雪舟
　◇「小林秀雄全作品 18」新潮社 2004 p9
　◇「小林秀雄全集 補巻 2」新潮社 2010 p410
雪舟が感じた不満
　◇「小島信夫批評集成 7」水声社 2011 p475
殺生関白—豊臣家の人々 第一話
　◇「司馬遼太郎短篇全集 10」文藝春秋 2006 p507
殺生谷の鬼火
　◇「山本周五郎探偵小説全集 1」作品社 2007 p271
節制しても五十歩百歩
　◇「色川武大・阿佐田哲也エッセイズ 1」筑摩書房 2003（ちくま文庫）p72
絶世の大婆娑羅
　◇「山田風太郎エッセイ集成 秀吉はいつ知ったか」筑摩書房 2008 p163
せっせと映画を
　◇「田中小実昌エッセイ・コレクション 3」筑摩書房 2002（ちくま文庫）p303
接続詞のない時代に
　◇「井上ひさしコレクション 日本の巻」岩波書店

せつた

2005 p140

絶対帰依の美しさのなかで
  ◇「小田実全集 評論 4」講談社 2010 p345

舌代（喜寿挨拶）
  ◇「谷崎潤一郎全集 23」中央公論新社 2017 p492

「接待婚」は売春か？
  ◇「小松左京全集 完全版 34」城西国際大学出版会 2009 p168

絶對者の役割
  ◇「福田恆存評論集 4」麗澤大學出版會, 廣池學園事業部〔發賣〕 2009 p355

ぜったい退屈
  ◇「鈴木いづみセカンド・コレクション 2」文遊社 2004 p7
  ◇「鈴木いづみプレミアム・コレクション」文遊社 2006 p299
  ◇「契約―鈴木いづみSF全集」文遊社 2014 p613

「絶対的被害者」と「絶対的加害者」―小田実『HIROSHIMA』
  ◇「林京子全集 8」日本図書センター 2005 p393

絶対負荷をになうひとびとに
  ◇「石牟礼道子全集 3」藤原書店 2004 p431

雪中新潟阿房列車―上野・新潟
  ◇「内田百閒集成 1」筑摩書房 2002（ちくま文庫）p287

拙著出版記念會その他
  ◇「小酒井不木随筆評論選集 8」本の友社 2004 p206

雪天の大空襲 目と鼻の近所へ爆弾落下す
  ◇「内田百閒集成 22」筑摩書房 2004（ちくま文庫）p68

冒険小説絶島通信
  ◇「〔押川〕春浪選集 2」本の友社 2004 p217

説得の技術としての造形―バロック美術その他
  ◇「小松左京全集 完全版 36」城西国際大学出版会 2011 p149

せつない話
  ◇「小檜山博全集 7」柏艪舎 2006 p121

絶筆メモ
  ◇「谷崎潤一郎全集 25」中央公論新社 2016 p639

切腹
  ◇「大庭みな子全集 6」日本経済新聞出版社 2009 p162

「切腹いたしやす」
  ◇「石牟礼道子全集 4」藤原書店 2004 p378

切腹禁止令
  ◇「〔山田風太郎〕時代短篇選集 2」小学館 2013（小学館文庫）p191

切腹仕る時之心得
  ◇「小酒井不木随筆評論選集 5」本の友社 2004 p319

切腹の手本
  ◇「小酒井不木随筆評論選集 5」本の友社 2004

p324

節夫人との結婚の秘密
  ◇「小島信夫批評集成 4」水声社 2010 p181

接吻
  ◇「江戸川乱歩全集 1」光文社 2004（光文社文庫）p637
  ◇「江戸川乱歩全集 18」沖積舎 2009 p255

接吻
  ◇「決定版 三島由紀夫全集 16」新潮社 2002 p577

「接吻」創作ノート
  ◇「決定版 三島由紀夫全集 16」新潮社 2002 p731

節分のこと
  ◇「小檜山博全集 7」柏艪舎 2006 p119

絶望
  ◇「德田秋聲全集 6」八木書店 2000 p433

絶望への反抗―我々は戦争をかく見る
  ◇「安部公房全集 2」新潮社 1997 p76

絶望をくぐりぬけた喜劇―そして船は行く
  ◇「辻邦生全集 19」新潮社 2005 p309

絶望の歌
  ◇「安部公房全集 16」新潮社 1998 p113

絶滅鳥の宴
  ◇「中井英夫全集 3」東京創元社 1996（創元ライブラリ）p624

「節約」と「省エネルギー」
  ◇「小松左京全集 完全版 36」城西国際大学出版会 2011 p274

『摂陽随筆』
  ◇「谷崎潤一郎全集 17」中央公論新社 2015 p181

瀬戸
  ◇「阿川弘之全集 10」新潮社 2006 p414

瀬戸内喪失
  ◇「小松左京全集 完全版 27」城西国際大学出版会 2007 p60

瀬戸内の海で
  ◇「大庭みな子全集 12」日本経済新聞出版社 2010 p176

瀬戸内の復活
  ◇「小松左京全集 完全版 27」城西国際大学出版会 2007 p33

瀬戸内海
  ◇「小松左京全集 完全版 27」城西国際大学出版会 2007 p9

瀬戸内海を生かすための今後の対策
  ◇「小松左京全集 完全版 29」城西国際大学出版会 2007 p88

瀬戸内海縦断の旅
  ◇「阿川弘之全集 16」新潮社 2006 p11

瀬戸内海の交通革命
  ◇「小松左京全集 完全版 29」城西国際大学出版会 2007 p76

背中―歩く孤影
  ◇「松下竜一未刊行著作集 3」海鳥社 2009 p367

背中をくっつけあっていた
　◇「小田実全集 評論 19」講談社 2012 p256
背中から
　◇「古井由吉自撰作品 8」河出書房新社 2012 p47
背中からきた息
　◇「立松和平小説 4」勉誠出版 2010 p85
背中のうた
　◇「石牟礼道子全集 1」藤原書店 2004 p459
背中の蝶
　◇「都筑道夫恐怖短篇集成 3」筑摩書房 2004（ちくま文庫）p50
背中のぬくもり
　◇「小檜山博全集 8」柏艪舎 2006 p94
銭
　◇「井上ひさしコレクション ことばの巻」岩波書店 2005 p339
銭金と文学
　◇「車谷長吉全集 3」新書館 2010 p533
銭金について
　◇「車谷長吉全集 3」新書館 2010 p129
　◇「車谷長吉全集 3」新書館 2010 p137
銭ほおずきの唄
　◇「山田風太郎エッセイ集成 わが推理小説零年」筑摩書房 2007 p181
銭酸漿の唄
　◇「山田風太郎エッセイ集成 わが推理小説零年」筑摩書房 2007 p251
セピア色の映画館
　◇「田辺聖子全集 23」集英社 2006 p167
セピア色の村
　◇「稲垣足穂コレクション 2」筑摩書房 2005（ちくま文庫）p156
世評と自分
　◇「坂口安吾全集 5」筑摩書房 1998 p134
背広服の変死者
　◇「松本清張文庫化作品集 4」双葉社 2006（双葉文庫）p181
瀬降の嵐
　◇「三角寛サンカ選集第二期 12」現代書館 2005 p109
瀬降の花子
　◇「三角寛サンカ選集第二期 11」現代書館 2005 p9
背振村騒擾事件
　◇「井上ひさし短編中編小説集 9」岩波書店 2015 p214
狭い一側面
　◇「宮本百合子全集 9」新日本出版社 2001 p314
狭い劇場
　◇「徳田秋聲全集 19」八木書店 2000 p155
狭い国土
　◇「安部公房全集 8」新潮社 1998 p355
狭い風呂
　◇「小檜山博全集 3」柏艪舎 2006 p316

せまりくる足音
　◇「小松左京全集 完全版 15」城西国際大学出版会 2010 p141
蟬
　◇「寺山修司著作集 4」クインテッセンス出版 2009 p23
蟬—あるミザントロープの話
　◇「坂口安吾全集 1」筑摩書房 1999 p234
せみのきぬ
　◇「決定版 三島由紀夫全集 37」新潮社 2004 p258
蟬の脱殻
　◇「小沼丹全集 2」未知谷 2004 p46
蟬の道
　◇「古井由吉自撰作品 8」河出書房新社 2012 p174
蟬和郎
　◇「石牟礼道子全集 11」藤原書店 2005 p534
せめて病気の居候に
　◇「田中小実昌エッセイ・コレクション 1」筑摩書房 2002（ちくま文庫）p116
瀬山の話
　◇「梶井基次郎小説全集新装版」沖積舎 1995 p343
セーラー服
　◇「向田邦子全集 新版 10」文藝春秋 2010 p56
セーラー服縁起
　◇「20世紀断層—野坂昭如単行本未収録小説集成 1」幻戯書房 2010 p341
セリゲル湖—もう一つの水源
　◇「小松左京全集 完全版 43」城西国際大学出版会 2014 p181
芹沢鴨の暗殺
　◇「司馬遼太郎短篇全集 6」文藝春秋 2005 p163
芹沢光治良さんの憶ひ出
　◇「阿川弘之全集 19」新潮社 2007 p264
せりふ
　◇「向田邦子全集 新版 11」文藝春秋 2010 p185
せりふと動き—役者への忠告
　◇「福田恆存評論集 11」麗澤大學出版會, 廣池學園事業部〔発売〕 2009 p9
芹明香はおこりっぽい女なのか
　◇「田中小実昌エッセイ・コレクション 3」筑摩書房 2002（ちくま文庫）p89
セルジョ・モランドの友人たち
　◇「須賀敦子全集 1」河出書房新社 2006（河出文庫）p69
セルバンテス
　◇「寺山修司著作集 4」クインテッセンス出版 2009 p135
セルフ・アイデンティティの意味の確認
　◇「福田恆存評論集 9」麗澤大學出版會, 廣池學園事業部〔発売〕 2008 p100
セレネッラの咲くころ
　◇「須賀敦子全集 2」河出書房新社 2006（河出文庫）p367

せろの

"零の会"とミュージカルス〔座談会〕(野間宏、和久田幸助、瓜生忠夫、市村俊幸、芥川也寸志、河井坊茶)
　◇「安部公房全集 30」新潮社 2009 p55

0の発見
　◇「日影丈吉全集 別巻」国書刊行会 2005 p861

ゼロの蜜月
　◇「高木彬光コレクション新装版 ゼロの蜜月」光文社 2005（光文社文庫）p9

〇四年、年の始まりに
　◇「深沢夏衣作品集」新幹社 2015 p346

世話女房
　◇「徳田秋聲全集 12」八木書店 2000 p13

世話女房じみるな
　◇「国枝史郎伝奇浪漫小説集成」作品社 2007 p504

前衛映画は今日に生きうるか
　◇「佐々木基一全集 7」河出書房新社 2013 p249

前衛舞踊と物との関係
　◇「決定版 三島由紀夫全集 31」新潮社 2003 p628

前衛文学とは何か〔座談会〕(花田清輝、大江健三郎)
　◇「安部公房全集 19」新潮社 1999 p185

剪花
　◇「定本 久生十蘭全集 10」国書刊行会 2011 p278

旋回する空間と輪舞する時間がひきおこすオフュルスのめまいのためには、アンナ・マニャーニは必要とされない
　◇「金井美恵子エッセイ・コレクション一1964-2013 4」平凡社 2014 p369

前回の最後にかかげておいた応用問題—周辺飛行19
　◇「安部公房全集 24」新潮社 1999 p175

戦禍を償う悲痛な文字
　◇「坂口安吾全集 12」筑摩書房 1999 p465

先覚者として
　◇「徳田秋聲全集 21」八木書店 2001 p172

仙花紙回想
　◇「日影丈吉全集 別巻」国書刊行会 2005 p557

泉下に眠る素材
　◇「林京子全集 8」日本図書センター 2005 p356

前科者
　◇「谷崎潤一郎全集 5」中央公論新社 2016 p129

潺湲亭
　◇「谷崎潤一郎全集 25」中央公論新社 2016 p475

「潺湲亭」のことその他
　◇「谷崎潤一郎全集 20」中央公論新社 2015 p437

「戦艦ポチョムキン」—革命とモンタージュ
　◇「佐々木基一全集 7」河出書房新社 2013 p307

戦艦陸奥
　◇「山田風太郎ミステリー傑作選 5」光文社 2001（光文社文庫）p5

潜艦呂号99浮上せず
　◇「山田風太郎ミステリー傑作選 5」光文社 2001（光文社文庫）p45

「戦記」随想
　◇「小林秀雄全作品 13」新潮社 2003 p165
　◇「小林秀雄全集 補巻 2」新潮社 2010 p184

戦記について
　◇「〔野呂邦暢〕随筆コレクション 1」みすず書房 2014 p251

戦旗華やかなりし頃
　◇「上野壮夫全集 3」図書新聞 2011 p250

1991年度選評メモ—第4回新潮学芸賞
　◇「安部公房全集 29」新潮社 2000 p192

1999年
　◇「山田風太郎ミステリー傑作選 8」光文社 2002（光文社文庫）p463

『1995年1月・神戸』『フランケンシュタイン』『注視者の日記』
　◇「須賀敦子全集 4」河出書房新社 2007（河出文庫）p445

一九九五年一月十七日午前五時四十六分五十二秒
　◇「小松左京全集 完全版 46」城西国際大学出版会 2016 p24

一九九五年三月に消えたごく小さな観覧車
　◇「辺見庸編小説集 白893;」角川書店 2004 p275

「一九九五年」と「一九四五年」
　◇「小田実全集 評論 21」講談社 2012 p198

1951年を私はかう見る
　◇「決定版 三島由紀夫全集 36」新潮社 2003 p630

一九五一年日記ノート
　◇「坂口安吾全集 16」筑摩書房 2000 p647

一九五一年の芸術界〔座談会〕(今日出海、三島由紀夫、河盛好蔵)
　◇「福田恆存対談・座談集 1」玉川大学出版部 2011 p317

一九五九年—父・豊治郎、母・万寿宛〔書簡〕
　◇「須賀敦子全集 8」河出書房新社 2007（河出文庫）p13

1957・アルファの逆説
　◇「安部公房全集 8」新潮社 1998 p236

一九五〇年執筆予定メモ
　◇「坂口安吾全集 16」筑摩書房 2000 p554

一九三一年を詩人は如何に戦ふか
　◇「上野壮夫全集 3」図書新聞 2011 p552

一九三三年の春
　◇「松田解子自選集 8」澤田出版 2008 p5

一九三七年十二月二十七日の警保局図書課のジャーナリストとの懇談会の結果
　◇「宮本百合子全集 13」新日本出版社 2001 p354

一九三二年の春
　◇「宮本百合子全集 4」新日本出版社 2001 p257

「一九三四年詩集」によせて
   ◇『上野壮夫全集 3』図書新聞 2011 p236
一九三四年度におけるブルジョア文学の動向
   ◇『宮本百合子全集 12』新日本出版社 2001 p28
『一九三四年冬―乱歩』『スカラ座』『青の街』
   ◇『須賀敦子全集 4』河出書房新社 2007（河出文庫）p417
一九三六年の夏の一日―太陽に灼かれて
   ◇『辻邦生全集 19』新潮社 2005 p450
一九一九年六月七日
   ◇『宮本百合子全集 20』新日本出版社 2002 p210
一九七五年まで、誰もロバート・ミッチャムにフィリップ・マーローを演じさせなかったのは不思議だ
   ◇『金井美恵子エッセイ・コレクション―1964-2013 4』平凡社 2014 p197
一九七七年夏
   ◇『〔野呂邦暢〕随筆コレクション 1』みすず書房 2014 p426
一九二九年
   ◇『須賀敦子全集 3』河出書房新社 2007（河出文庫）p47
一九二九年一月―二月
   ◇『宮本百合子全集 20』新日本出版社 2002 p583
一九二五年より一九二七年一月まで
   ◇『宮本百合子全集 20』新日本出版社 2002 p507
一九二三年夏
   ◇『宮本百合子全集 20』新日本出版社 2002 p421
一九二三年冬
   ◇『宮本百合子全集 20』新日本出版社 2002 p435
一九二七年八月より
   ◇『宮本百合子全集 20』新日本出版社 2002 p574
一九二七年春より
   ◇『宮本百合子全集 20』新日本出版社 2002 p545
一九八〇年版（角川書店）あとがき〔復活の日〕
   ◇『小松左京全集 完全版 2』城西国際大学出版会 2008 p242
一九八四年 第16回新潮新人賞
   ◇『大庭みな子全集 24』日本経済新聞出版社 2011 p55
1945年夏
   ◇『金石範作品集 1』平凡社 2005 p243
一九四五年八月一四日の大空襲
   ◇『小田実全集 評論 29』講談社 2013 p101
一九四七年執筆予定メモ
   ◇『坂口安吾全集 16』筑摩書房 2000 p515
一九四七年闘病日記
   ◇『坂口安吾全集 16』筑摩書房 2000 p544
一九四七・八年の文壇―文学における昨年と今年
   ◇『宮本百合子全集 17』新日本出版社 2002 p385

一九四八年への慾情
   ◇『決定版 三島由紀夫全集 26』新潮社 2003 p625
1946年3月21日夕の三浦環独唱会
   ◇『決定版 三島由紀夫全集 26』新潮社 2003 p568
〔一九四六年執筆予定メモ〕
   ◇『坂口安吾全集 別巻』筑摩書房 2012 p58
一九四六年の文壇―新日本文学会における一般報告
   ◇『宮本百合子全集 17』新日本出版社 2002 p48
一九六一年おめでとう―無実の労働者を殺すな
   ◇『松田解子自選集 8』澤田出版 2008 p267
一九六二年―父・豊治郎、母・万寿ほか宛〔書簡〕
   ◇『須賀敦子全集 8』河出書房新社 2007（河出文庫）p75
一九六〇年―ペッピーノ・リッカ宛〔書簡〕（岡本太郎訳）
   ◇『須賀敦子全集 8』河出書房新社 2007（河出文庫）p149
一九六八～一九七一年―母・万寿宛〔書簡〕
   ◇『須賀敦子全集 8』河出書房新社 2007（河出文庫）p131
一九六八年文学総論
   ◇『小島信夫批評集成 1』水声社 2011 p549
戦況 映画にも反映
   ◇『小松左京全集 完全版 42』城西国際大学出版会 2014 p196
専業主婦ほど楽な商売はない 育児をしながら作家稼業を
   ◇『鈴木いづみセカンド・コレクション 4』文遊社 2004 p248
選挙権と「ガイロク」のこと
   ◇『金鶴泳作品集 2』クレイン 2006 p578
選挙殺人事件
   ◇『坂口安吾全集 14』筑摩書房 1999 p51
占魚荘の惨劇〔解決篇〕
   ◇『鮎川哲也コレクション挑戦篇 3』出版芸術社 2006 p200
占魚荘の惨劇〔問題篇〕
   ◇『鮎川哲也コレクション挑戦篇 3』出版芸術社 2006 p163
選挙の話
   ◇『小檜山博全集 8』柏艪舎 2006 p209
先駆者の旗
   ◇『横溝正史時代小説コレクション伝奇篇 3』出版芸術社 2003 p302
先駆者の道
   ◇『国枝史郎歴史小説傑作選』作品社 2006 p8
先駆的な古典として―バッハオーフェン『母権論』富野敬照氏訳
   ◇『宮本百合子全集 13』新日本出版社 2001 p371

せんけ

前慶安記
◇「国枝史郎伝奇短篇小説集成 1」作品社 2006 p280

『鮮血の日の出』(ミッキー・スピレイン)
◇「田中小実昌エッセイ・コレクション 5」筑摩書房 2003 (ちくま文庫) p235

宣言
◇「安部公房全集 2」新潮社 1997 p228

宣言その他について
◇「上野壮夫全集 3」図書新聞 2011 p275

先見の明「福原遷都」
◇「小松左京全集 完全版 42」城西国際大学出版会 2014 p50

戦後
◇「寺山修司著作集 4」クインテッセンス出版 2009 p300

戦後アメリカ文学―ヘンリー・ミラーとその他の作家たち〔座談会〕(石一郎、小島信夫、佐伯彰一、高橋正雄、大橋健三郎、大橋吉之輔)
◇「安部公房全集 19」新潮社 1999 p330

選考委員の言葉
◇「金井美恵子エッセイ・コレクション―1964－2013 1」平凡社 2013 p249

選考座談会―第六回新日本文学賞小説部門(井上光晴、野間宏)
◇「安部公房全集 20」新潮社 1999 p230

善光寺〔町よ〕
◇「中上健次集 2」インスクリプト 2018 p488

閃光の夏
◇「林京子全集 6」日本図書センター 2005 p422

選考の苦しみ 第5回群像新人長篇小説賞
◇「大庭みな子全集 24」日本経済新聞出版社 2011 p45

前号批評〔「校友会雑誌」第百六十四号〕
◇「谷崎潤一郎全集 25」中央公論新社 2016 p94

前号批評〔「校友会雑誌」第百六十五号〕
◇「谷崎潤一郎全集 25」中央公論新社 2016 p108

前号批評〔「校友会雑誌」第百六十七号〕
◇「谷崎潤一郎全集 25」中央公論新社 2016 p124

前号批評〔「校友会雑誌」第百六十八号〕
◇「谷崎潤一郎全集 25」中央公論新社 2016 p135

前号批評〔「校友会雑誌」第百七十号〕
◇「谷崎潤一郎全集 25」中央公論新社 2016 p138

前号批評〔「校友会雑誌」第百七十一号〕
◇「谷崎潤一郎全集 25」中央公論新社 2016 p146

前号批評〔「校友会雑誌」第百七十二号〕
◇「谷崎潤一郎全集 25」中央公論新社 2016 p149

前号批評〔「校友会雑誌」第百七十三号〕
◇「谷崎潤一郎全集 25」中央公論新社 2016 p151

"戦後"がよどむ上野駅
◇「開高健ルポルタージュ選集 ずばり東京」光文社 2007 (光文社文庫) p60

「戦後から未来へ」埴谷雄高・中村真一郎・佐々木基一・小田切秀雄との座談会(一九九一年)
◇「小田実全集 評論 28」講談社 2013 p214

戦後観客的随想―「あ、荒野」について
◇「決定版 三島由紀夫全集 27」新潮社 2003 p157

選後感〔第二十七回芥川賞選後評〕
◇「坂口安吾全集 12」筑摩書房 1999 p534

選後感〔第二十六回芥川賞選後評〕
◇「坂口安吾全集 12」筑摩書房 1999 p410

宣告
◇「渡辺淳一自選短篇コレクション 1」朝日新聞社 2006 p251

戦国禍福綺譚
◇「国枝史郎伝奇短篇小説集成 2」作品社 2006 p393

戦国権謀
◇「松本清張短編全集 01」光文社 2008 (光文社文庫) p209

全国的な"時間の旅"をしたい
◇「小松左京全集 完全版 29」城西国際大学出版会 2007 p13

戦国の壺―日本名器伝来抄
◇「司馬遼太郎短篇全集 2」文藝春秋 2005 p53

戦国のやくざ
◇「国枝史郎伝奇短篇小説集成 2」作品社 2006 p317

戦国の世に思いをはせる
◇「遠藤周作エッセイ選集 2」光文社 2006 (知恵の森文庫) p63

戦国武将の入気度
◇「決定版 三島由紀夫全集 36」新潮社 2003 p653

戦後合格者
◇「坂口安吾全集 11」筑摩書房 1998 p83

「戦後五十年」後の日本
◇「小田実全集 評論 21」講談社 2012 p325

戦後語録
◇「決定版 三島由紀夫全集 26」新潮社 2003 p560

戦後史をどこからはじめるのか
◇「井上ひさしコレクション 日本の巻」岩波書店 2005 p147

戦後史グラフィティ
◇「色川武大・阿佐田哲也エッセイズ 2」筑摩書房 2003 (ちくま文庫) p11

戦後詩篇
◇「上野壮夫全集 1」図書新聞 2010 p405

戦後十四年間顧法(八月十日)
◇「福田恆存評論集 16」麗澤大學出版會、廣池學園事業部〔發売〕 2010 p246

戦後新人論
◇「坂口安吾全集 8」筑摩書房 1998 p302

「戦後世界」の構造と動き
◇「小田実全集 評論 11」講談社 2011 p112

戦後世代の特質
　◇「小田実全集 評論 3」講談社 2010 p252
「戦後」とは何か・その指標、基本
　◇「小田実全集 評論 23」講談社 2012 p29
　◇「小田実全集 評論 23」講談社 2012 p41
「戦後日本」がめざしたもの
　◇「小田実全集 評論 21」講談社 2012 p267
戦後日本最高の喜劇―井上ひさし
　◇「丸谷才一全集 10」文藝春秋 2014 p327
戦後日本の記録映画
　◇「佐々木基一全集 7」河出書房新社 2013 p352
「戦後日本の思想」(久野収・鶴見俊輔・藤田省三著)・「悪徳の栄え」(マルキド・サド著 澁澤龍彦訳)
　◇「決定版 三島由紀夫全集 31」新潮社 2003 p241
戦後のアヴァンギャルド芸術をどう考えるか
　◇「安部公房全集 30」新潮社 2009 p65
「戦後」の意味
　◇「林京子全集 8」日本図書センター 2005 p374
戦後の決算―『神聖喜劇』をめぐって
　◇「佐々木基一全集 3」河出書房新社 2013 p216
『戦後の作家と作品』
　◇「佐々木基一全集 4」河出書房新社 2013 p283
「戦後」の指標としての「平和主義」
　◇「小田実全集 評論 23」講談社 2012 p75
戦後の小説ベスト5
　◇「決定版 三島由紀夫全集 36」新潮社 2003 p640
戦後のソ連映画
　◇「中井英夫全集 12」東京創元社 2006（創元ライブラリ）p34
戦後の知識人の状況と問題
　◇「小田実全集 評論 3」講談社 2010 p216
戦後の日本人の歴史
　◇「山崎豊子全集 13」新潮社 2005 p551
戦後の日本文学〔対談〕(伊藤整、本多秋五)
　◇「決定版 三島由紀夫全集 39」新潮社 2004 p449
戦後の猟書
　◇「江戸川乱歩全集 30」光文社 2005（光文社文庫）p233
戦後の私たちの二つの誤解
　◇「小田実全集 評論 29」講談社 2013 p70
戦後派探偵作家告知板
　◇「大坪砂男全集 4」東京創元社 2013（創元推理文庫）p374
戦後初の文士劇
　◇「江戸川乱歩全集 30」光文社 2005（光文社文庫）p269
戦後派の系譜
　◇「佐々木基一全集 6」河出書房新社 2012 p75
戦後風俗の中のカフカ
　◇「中井英夫全集 7」東京創元社 1998（創元ライブラリ）p396

戦後文学の内と外
　◇「佐々木基一全集 3」河出書房新社 2013 p191
『戦後文学の内と外』あとがき
　◇「佐々木基一全集 3」河出書房新社 2013 p278
戦後文学の諸相
　◇「佐々木基一全集 3」河出書房新社 2013 p54
戦後文学の総決算〔座談会〕(本多秋五、梅崎春生、佐々木基一、野間宏、椎名麟三、荒正人、平野謙)
　◇「安部公房全集 3」新潮社 1997 p367
「戦後文学」は幻影だった
　◇「佐々木基一全集 3」河出書房新社 2013 p193
戦後文章論
　◇「坂口安吾全集 12」筑摩書房 1999 p198
戦後民主主義の"本質"〔対談〕(会田雄次)
　◇「福田恆存対談・座談集 4」玉川大学出版部 2012 p49
戦後も続いた「文系」受難
　◇「小松左京全集 完全版 40」城西国際大学出版会 2012 p410
戦後よ、眠れ
　◇「中井英夫全集 3」東京創元社 1996（創元ライブラリ）p297
戦後四十年の"戦勝国"で
　◇「林京子全集 8」日本図書センター 2005 p24
戦後四十年目のアメリカ
　◇「林京子全集 8」日本図書センター 2005 p238
戦後はまだ終わっていない―戦争孤児は捨てられている
　◇「山崎豊子全集 20」新潮社 2005 p608
戦災記
　◇「江戸川乱歩全集 30」光文社 2005（光文社文庫）p221
戦災記〔昭和二十年度〕
　◇「江戸川乱歩全集 29」光文社 2006（光文社文庫）p147
潜在光景
　◇「松本清張自選短篇集 1」リブリオ出版 2007 p169
　◇「松本清張映画化作品集 2」双葉社 2008（双葉文庫）p7
　◇「松本清張短編全集 10」光文社 2009（光文社文庫）p71
繊細でリリカルなハチャハチャ―横田順彌①
　◇「小松左京全集 完全版 41」城西国際大学出版会 2013 p62
繊細な感受性―手塚治虫①
　◇「小松左京全集 完全版 41」城西国際大学出版会 2013 p182
繊細なせこさ
　◇「金井美恵子エッセイ・コレクション―1964-2013 3」平凡社 2013 p321

せんさ

繊細な美の観賞と云う事について
　◇「宮本百合子全集 33」新日本出版社 2004 p377
繊細なホラー映画かもしれない──『ニシノユキヒコの恋と冒険』
　◇「金井美恵子エッセイ・コレクション──1964-2013 4」平凡社 2014 p314
戦時下の「青鉛筆」
　◇「山田風太郎エッセイ集成 昭和前期の青春」筑摩書房 2007 p188
戦時空間を生きる〔対談者〕中野孝次
　◇「大庭みな子全集 22」日本経済新聞出版社 2011 p451
戦時中の「理工系」優遇
　◇「小松左京全集 完全版 40」城西国際大学出版会 2012 p407
戦時風景
　◇「徳田秋聲全集 18」八木書店 2000 p107
戦車工場と文化のたたかい──日鋼赤羽のばあい〔座談会〕(石谷良三, 村田幸夫, 古川稔, 長尾修, 柾木恭介, 真鍋呉夫)
　◇「安部公房全集 3」新潮社 1997 p512
賤者になる
　◇「中上健次集 4」インスクリプト 2016 p371
選者の一人として
　◇「谷崎潤一郎全集 14」中央公論新社 2016 p520
選者評(「財政別冊」)
　◇「決定版 三島由紀夫全集 27」新潮社 2003 p378
選手
　◇「田村泰次郎選集 1」日本図書センター 2005 p62
全集を出す
　◇「小島信夫批評集成 2」水声社 2011 p785
全集・選集・叢書
　◇「江戸川乱歩全集 25」光文社 2005 (光文社文庫) p315
全集第一回配本のための後書き。
　◇「島田荘司全集 1」南雲堂 2006 p815
全集第二回配本のための後書き
　◇「島田荘司全集 2」南雲堂 2008 p773
全集第三回配本のための後書き。
　◇「島田荘司全集 3」南雲堂 2009 p747
全集第四回配本のための後書き。
　◇「島田荘司全集 4」南雲堂 2010 p683
全集第五回配本のための後書き。
　◇「島田荘司全集 5」南雲堂 2012 p791
全集第六回配本のための後書き。
　◇「島田荘司全集 6」南雲堂 2014 p797
浅春山水図
　◇「決定版 三島由紀夫全集 37」新潮社 2004 p658
戦場から来た男
　◇「定本 久生十蘭全集 1」国書刊行会 2008 p617
戦場疾風録
　◇「津本陽武芸小説集 2」PHP研究所 2007

前哨戦
　◇「上野壮夫全集 3」図書新聞 2011 p551
戦場と私──戦争文学のもうひとつの眼
　◇「田村泰次郎選集 5」日本図書センター 2005 p200
戦場の幸福
　◇「小島信夫批評集成 5」水声社 2011 p328
禅譲の思想
　◇「宮城谷昌光全集 21」文藝春秋 2004 p480
戦場の青春
　◇「阿川弘之全集 20」新潮社 2007 p513
全女性進出行進曲
　◇「松田解子自選集 9」澤田出版 2009 p16
先進国
　◇「安部公房全集 8」新潮社 1998 p253
前進するやきもの
　◇「小島信夫批評集成 7」水声社 2011 p706
前進的な勢力の結集
　◇「宮本百合子全集 18」新日本出版社 2002 p40
善神と悪神
　◇「小松左京全集 完全版 28」城西国際大学出版会 2006 p22
前進のために──決議によせて
　◇「宮本百合子全集 11」新日本出版社 2001 p321
せんじんマンボウ
　◇「阿川弘之全集 17」新潮社 2006 p361
「戦塵録」について
　◇「決定版 三島由紀夫全集 35」新潮社 2003 p338
潜水艦もの
　◇「中井英夫全集 12」東京創元社 2006 (創元ライブラリ) p89
千すじの黒髪──わが愛の與謝野晶子
　◇「田辺聖子全集 13」集英社 2005 p9
「全性格の描写」への道
　◇「辻邦生全集 18」新潮社 2005 p218
改訂完全版占星術殺人事件
　◇「島田荘司全集 1」南雲堂 2006 p5
陝西省
　◇「小松左京全集 完全版 43」城西国際大学出版会 2014 p68
先生になる夢は消えたが……
　◇「石牟礼道子全集 1」藤原書店 2004 p169
先生の胡桃の木
　◇「辻邦生全集 16」新潮社 2005 p153
全世界の開かれた知性の協力を
　◇「小松左京全集 完全版 35」城西国際大学出版会 2009 p443
前世の出逢い
　◇「石牟礼道子全集 6」藤原書店 2006 p397
戦戦競競の蚰語 月桂冠の夢
　◇「内田百閒集成 22」筑摩書房 2004 (ちくま文庫) p93

前線銃後はかく敵機を撃壌する〔座談会〕(浜田昇一, 松岡謙一郎, 木村荘十, 富田千秋, 本誌記者)
　◇「定本 久生十蘭全集 別巻」国書刊行会 2013 p464
戦前・戦後派を語る〔対談〕(辰野隆)
　◇「坂口安吾全集 17」筑摩書房 1999 p448
戦前と戦後は切れていない
　◇「小田実全集 評論 7」講談社 2010 p169
「戦前日本」をいま一度ふり返る
　◇「小田実全集 評論 22」講談社 2012 p27
戦前編を終えて
　◇「小松左京全集 完全版 42」城西国際大学出版会 2014 p190
戦争
　◇「井上ひさしコレクション 日本の巻」岩波書店 2005 p145
戦争
　◇「小田実全集 小説 35」講談社 2013 p212
戦争
　◇「小檜山博全集 4」柏艪舎 2006 p439
「戦争」
　◇「佐々木基一全集 7」河出書房新社 2013 p118
禅僧
　◇「坂口安吾全集 2」筑摩書房 1999 p71
戦争へ！
　◇「上野壮夫全集 1」図書新聞 2010 p58
戦争へ嫌悪——戦後四十年、アメリカでの思い
　◇「林京子全集 8」日本図書センター 2005 p250
戦争への夢
　◇「上野壮夫全集 3」図書新聞 2011 p324
戦争、外交、和睦
　◇「小島信夫批評集成 7」水声社 2010 p83
戦争か、平和か——「9月11日」以後の世界を考える
　◇「小田実全集 評論 29」講談社 2013 p7
戦争期文学の女性像——キモノと洋服
　◇「佐々木基一全集 3」河出書房新社 2013 p181
戦争・災害…そして神戸〔対談〕(野坂昭如)
　◇「田辺聖子全集 別巻1」集英社 2006 p289
戦争雑記
　◇「徳永直文学選集」熊本出版文化会館 2008 p7
浅草寺境内
　◇「国枝史郎伝奇短篇小説集成 1」作品社 2006 p220
戦争終結の詔勅 八月すでにこおろぎ鳴く もうお仕事かと思うのにまだ防空警報鳴る 八月十八日がその最後か 燈火管制の廃止 準備管制も撤廃
　◇「内田百閒集成 22」筑摩書房 2004 (ちくま文庫) p315
「戦争主義」と「平和主義」
　◇「小田実全集 評論 29」講談社 2013 p19

戦争主義と平和主義
　◇「小田実全集 評論 36」講談社 2014 p75
　◇「小田実全集 評論 36」講談社 2014 p78
戦争責任といふこと
　◇「福田恆存評論集 4」麗澤大學出版會, 廣池學園事業部〔発売〕 2009 p251
戦争阻止へ独自外交を
　◇「小田実全集 評論 31」講談社 2013 p139
戦争体験と戦後体験の意義
　◇「佐々木基一全集 1」河出書房新社 2013 p457
戦争中の戦争経済研究 (加藤秀俊, 中山伊知郎)
　◇「小松左京全集 完全版 38」城西国際大学出版会 2010 p209
戦争でこわされた人間性
　◇「宮本百合子全集 17」新日本出版社 2002 p87
戦争と核兵器
　◇「小田実全集 評論 36」講談社 2014 p50
戦争と革命
　◇「佐々木基一全集 7」河出書房新社 2013 p155
戦争と憲法
　◇「小田実全集 評論 31」講談社 2013 p95
戦争と国土
　◇「司馬遼太郎対話選集 6」文藝春秋 2006 (文春文庫)
戦争と探偵小説
　◇「江戸川乱歩全集 30」光文社 2005 (光文社文庫) p204
戦争と人間と
　◇「坂口安吾全集 4」筑摩書房 1998 p108
戦争と花束
　◇「上野壮夫全集 2」図書新聞 2009 p263
戦争と久生十蘭
　◇「中井英夫全集 6」東京創元社 1996 (創元ライブラリ) p343
戦争と一人の女
　◇「坂口安吾全集 4」筑摩書房 1998 p194
　◇「坂口安吾全集 4」筑摩書房 1998 p236
戦争と一人の女〔無削除版〕
　◇「坂口安吾全集 16」筑摩書房 2000 p709
戦争と婦人作家
　◇「宮本百合子全集 18」新日本出版社 2002 p38
戦争と文学
　◇「徳田秋聲全集 22」八木書店 2001 p9
　◇「徳田秋聲全集 23」八木書店 2001 p31
戦争と文学者
　◇「小林秀雄全作品 9」新潮社 2003 p252
　◇「小林秀雄全集 補巻 1」新潮社 2010 p498
戦争と平和
　◇「小林秀雄全作品 14」新潮社 2003 p131
　◇「小林秀雄全集 補巻 2」新潮社 2010 p219
　◇「小林秀雄全集 補巻 2」新潮社 2010 p463
戦争と平和を思う
　◇「林京子全集 8」日本図書センター 2005 p344

せんそ

戦争と平和と
　◇「福田恆存評論集 3」麗澤大學出版會, 廣池學園事業部〔発売〕2008 p194
戦争と平和のあいだのアメリカ人
　◇「小田実全集 評論 5」講談社 2010 p335
『戦争と平和』の新訳に期待する
　◇「安部公房全集 22」新潮社 1999 p106
戦争と平和、人と原爆
　◇「林京子全集 8」日本図書センター 2005 p383
戦争に正義はあるか
　◇「小田実全集 評論 29」講談社 2013 p62
「戦争に正義はない」からの出発
　◇「小田実全集 評論 35」講談社 2013 p27
戦争について
　◇「小林秀雄全作品 10」新潮社 2003 p11
　◇「小林秀雄全集 補巻 1」新潮社 2010 p500
戦争の影―『韓国現代短編小説』(安宇植訳、中上健次編)
　◇「小桧山博全集 6」柏艪舎 2006 p187
『戦争の悲しみ』バオ・ニン
　◇「須賀敦子全集 4」河出書房新社 2007 (河出文庫) p574
戦争の研究
　◇「小松左京全集 完全版 36」城西国際大学出版会 2011 p306
戦争のころ(加藤秀俊、篠田統)
　◇「小松左京全集 完全版 38」城西国際大学出版会 2010 p107
戦争のスタイル
　◇「佐々木基一全集 1」河出書房新社 2013 p446
戦争の日々の哀歓―山田風太郎著『滅失への青春』
　◇「中井英夫全集 6」東京創元社 1996 (創元ライブラリ) p486
戦争の幽霊
　◇「佐々木基一全集 1」河出書房新社 2013 p475
戦争犯罪と日本人
　◇「小田実全集 評論 5」講談社 2010 p304
戦争文学について
　◇「佐々木基一全集 1」河出書房新社 2013 p342
戦争・平和・曲学阿世
　◇「宮本百合子全集 19」新日本出版社 2002 p246
戦争論
　◇「坂口安吾全集 7」筑摩書房 1998 p74
戦争論
　◇「寺山修司著作集 4」クインテッセンス出版 2009 p55
戦争論―アガメムノンの暮方
　◇「寺山修司著作集 4」クインテッセンス出版 2009 p522
「戦争は終った」
　◇「小田実全集 評論 7」講談社 2010 p153
戦争は知らない
　◇「寺山修司著作集 1」クインテッセンス出版 2009 p371
戦争はなかった
　◇「小松左京全集 完全版 15」城西国際大学出版会 2010 p217
戦争はわたしたちからすべてを奪う
　◇「宮本百合子全集 19」新日本出版社 2002 p303
先祖が帰ってこられる場所
　◇「石牟礼道子全集 7」藤原書店 2005 p339
全体原理としてのマルクス主義
　◇「小田実全集 評論 3」講談社 2010 p172
宣太后と穣侯
　◇「宮城谷昌光全集 21」文藝春秋 2004 p474
仙台坂上
　◇「大庭みな子全集 23」日本経済新聞出版社 2011 p515
全体主義
　◇「国枝史郎歴史小説傑作選」作品社 2006 p484
全体主義への吟味―今日の民衆、知識人への課題
　◇「宮本百合子全集 13」新日本出版社 2001 p215
「全体性の恢復」への試み
　◇「辻邦生全集 18」新潮社 2005 p305
全体のはじめに〔ひとりでもやる、ひとりでもやめる〕
　◇「小田実全集 評論 27」講談社 2013 p3
仙台の火消壺
　◇「車谷長吉全集 3」新書館 2010 p60
選択を迫られてゐる日本
　◇「福田恆存評論集 10」麗澤大學出版會, 廣池學園事業部〔発売〕2008 p108
洗濯機
　◇「深沢夏衣作品集」新幹社 2015 p479
洗濯鋏
　◇「辻井喬コレクション 7」河出書房新社 2003 p454
千田是也と花田清輝―「ものみな歌でおわる」
　◇「安部公房全集 17」新潮社 1999 p320
千田是也編集『ブレヒト戯曲選集』
　◇「安部公房全集 15」新潮社 1998 p433
先達
　◇「車谷長吉全集 3」新書館 2010 p67
善玉・悪玉
　◇「山田風太郎エッセイ集成 秀吉はいつ知ったか」筑摩書房 2008 p144
栴檀
　◇「小沼丹全集 4」未知谷 2004 p36
前知魔
　◇「小酒井不木随筆評論選集 8」本の友社 2004 p82
せんちめんたるオジン
　◇「田中小実昌エッセイ・コレクション 3」筑摩書房 2002 (ちくま文庫) p254

センチメンタル・ジャーニー
　◇「寺山修司著作集 4」クインテッセンス出版 2009 p61
感傷旅行（センチメンタル・ジャーニイ）
　◇「田辺聖子全集 5」集英社 2004 p7
感情旅行（センチメンタル・ジヤーニイ）
　◇「小島信夫短篇集成 4」水声社 2015 p29
戦中少数派の発言
　◇「吉行淳之介エッセイ・コレクション 3」筑摩書房 2004（ちくま文庫）p75
戦中・戦後
　◇「中井英夫全集 7」東京創元社 1998（創元ライブラリ）p609
「戦中派不戦日記」から三十五年
　◇「山田風太郎エッセイ集成 昭和前期の青春」筑摩書房 2007 p144
前兆
　◇「国枝史郎探偵小説全集」作品社 2005 p392
〈抜粋〉千丁の柳
　◇「内田百閒集成 24」筑摩書房 2004（ちくま文庫）p44
千丁の柳
　◇「内田百閒集成 2」筑摩書房 2002（ちくま文庫）p222
全てい・中野——一九五九年メモ詩より
　◇「松田解子自選集 9」澤田出版 2009 p175
「前庭」のような道
　◇「石牟礼道子全集 7」藤原書店 2005 p294
前提は絶対ではない
　◇「大庭みな子全集 8」日本経済新聞出版社 2009 p392
先天性有徳性
　◇「20世紀断層—野坂昭如単行本未収録小説集成 4」幻戯書房 2010 p508
宣伝について
　◇「小林秀雄全作品 10」新潮社 2003 p25
　◇「小林秀雄全集 補巻 1」新潮社 2010 p503
遷都
　◇「小松左京全集 完全版 19」城西国際大学出版会 2013 p311
セント・アイヴス紀行
　◇「阿川弘之全集 19」新潮社 2007 p323
善と悪
　◇「徳田秋聲全集 22」八木書店 2001 p360
「仙洞御所」序文
　◇「決定版 三島由紀夫全集 34」新潮社 2003 p451
銭湯にて
　◇「小檜山博全集 7」柏艪舎 2006 p112
千日酒
　◇「阿川弘之全集 1」新潮社 2005 p231
先入見と誤謬
　◇「小酒井不木随筆評論選集 8」本の友社 2004 p21

仙人
　◇「小沼丹全集 4」未知谷 2004 p515
仙人杖
　◇「宮城谷昌光全集 21」文藝春秋 2004 p413
善人の研究
　◇「寺山修司著作集 1」クインテッセンス出版 2009 p60
善人部落の寓話 サローヤン
　◇「小島信夫批評集成 1」水声社 2011 p78
千人目の花嫁
　◇「山田風太郎ミステリー傑作選 10」光文社 2002（光文社文庫）p531
千年後の世界
　◇「[押川]春浪選集 8」本の友社 2004 p91
千年樹の森
　◇「立松和平全小説 16」勉誠出版 2012 p99
先年の急行列車
　◇「内田百閒集成 2」筑摩書房 2002（ちくま文庫）p120
千年の時をつなぐ名品──『枕草子』
　◇「大庭みな子全集 13」日本経済新聞出版社 2010 p395
千年の都・夢物語
　◇「山田風太郎エッセイ集成 秀吉はいつ知ったか」筑摩書房 2008 p51
千年の愉楽
　◇「中上健次集 7」インスクリプト 2012 p7
千年経て変わらぬ光景
　◇「大庭みな子全集 15」日本経済新聞出版社 2010 p192
善の強制
　◇「安部公房全集 7」新潮社 1998 p405
善の決算─春日検事の事件簿
　◇「日影丈吉全集 5」国書刊行会 2003 p153
善の決算・拾遺
　◇「日影丈吉全集 5」国書刊行会 2003 p237
千利休
　◇「松本清張短編全集 09」光文社 2009（光文社文庫）p281
船場
　◇「山崎豊子全集 1」新潮社 2003 p549
専賣公社に一言（九月十三日）
　◇「福田恆存評論集 18」麗澤大學出版會, 廣池學園事業部〔発売〕 2010 p83
前白─悪酔の日々
　◇「開高健ルポルタージュ選集 ずばり東京」光文社 2007（光文社文庫）p9
船場狂い
　◇「山崎豊子全集 1」新潮社 2003 p403
前白［恋愛博物館］
　◇「小松左京全集 完全版 34」城西国際大学出版会 2009 p11

せんは

船場の散財―筒井康隆②
　◇「小松左京全集 完全版 41」城西国際大学出版会 2013 p30
千疋屋店頭
　◇「定本 久生十蘭全集 10」国書刊行会 2011 p384
戦備ととのわぬ話
　◇「坂口安吾全集 13」筑摩書房 1999 p340
選評
　◇「宮本百合子全集 17」新日本出版社 2002 p391
選評〔懸賞探偵小説〕
　◇「坂口安吾全集 8」筑摩書房 1998 p223
(選評)第7回日本ノンフィクション賞・同新人賞
　◇「大庭みな子全集 24」日本経済新聞出版社 2011 p41
(選評)第8回日本ノンフィクション賞・同新人賞
　◇「大庭みな子全集 24」日本経済新聞出版社 2011 p42
(選評)第9回日本ノンフィクション賞・同新人賞
　◇「大庭みな子全集 24」日本経済新聞出版社 2011 p42
(選評)第115回(平成8年度上半期)芥川賞
　◇「大庭みな子全集 24」日本経済新聞出版社 2011 p81
選評(谷崎賞)
　◇「決定版 三島由紀夫全集 36」新潮社 2003 p369
前夫人
　◇「徳田秋聲全集 4」八木書店 1999 p122
ぜんぶ本当の話
　◇「安部公房全集 15」新潮社 1998 p396
せんべいのミミ
　◇「田中小実昌エッセイ・コレクション 2」筑摩書房 2002（ちくま文庫）p86
餞別歌仙 勿忘草の巻
　◇「佐々木基一全集 6」河出書房新社 2012 p388
全貌を把握するために
　◇「小松左京全集 完全版 46」城西国際大学出版会 2016 p56
羨望にたへぬ全集
　◇「谷崎潤一郎全集 21」中央公論新社 2016 p482
戦没者遺稿集について
　◇「吉行淳之介エッセイ・コレクション 3」筑摩書房 2004（ちくま文庫）p82
千本姫かつら―大分県檜原山
　◇「石牟礼道子全集 6」藤原書店 2006 p55
選民の藝術
　◇「福田恆存評論集 2」麗澤大学出版會, 廣池學園事業部〔発売〕2009 p295
全滅の箱根を奇蹟的に免れて〔手記〕
　◇「谷崎潤一郎全集 25」中央公論新社 2016 p192

洗面器
　◇「井上ひさし短編中編小説集成 2」岩波書店 2014 p450
洗面器
　◇「小檜山博全集 8」柏艪舎 2006 p126
全面否定の精神
　◇「安部公房全集 8」新潮社 1998 p162
「全譯小泉八雲作品集」
　◇「小林秀雄全集 補巻 3」新潮社 2010 p389
千夜恋草
　◇「赤江瀑短篇傑作選 幻想編」光文社 2007（光文社文庫）p213
戦友会
　◇「小島信夫短篇集成 7」水声社 2015 p255
戦友が死んだ
　◇「小田実全集 小説 37」講談社 2013 p254
戦友・旧友
　◇「田中小実昌エッセイ・コレクション 1」筑摩書房 2002（ちくま文庫）p353
千里丘陵という未来都市の位置を再確認する
　◇「小松左京全集 完全版 29」城西国際大学出版会 2007 p64
戦慄する森
　◇「決定版 三島由紀夫全集 37」新潮社 2004 p280
戦慄の少年院時代
　◇「野坂昭如エッセイ・コレクション 2」筑摩書房 2004（ちくま文庫）p45
川柳の復権―庶民文化の根を探る〔対談〕(井上ひさし)
　◇「田辺聖子全集 別巻1」集英社 2006 p252
「占領憲法下の日本」に寄せる
　◇「決定版 三島由紀夫全集 35」新潮社 2003 p450
鮮烈な生涯・北畠顕家
　◇「小松左京全集 完全版 42」城西国際大学出版会 2014 p77
洗練された「花」―結城昌治
　◇「小松左京全集 完全版 41」城西国際大学出版会 2013 p238
戦話
　◇「徳田秋聲全集 10」八木書店 1998 p384

【そ】

そいつは何だ!（長篇叙事詩「戦争へ!!」の一節）
　◇「上野壮夫全集 1」図書新聞 2010 p150
象
　◇「谷崎潤一郎全集 1」中央公論新社 2015 p109
象
　◇「戸川幸夫動物文学セレクション 2」ランダムハ

ウス講談社 2008（ランダムハウス講談社文庫）p331

像
◇「大庭みな子全集 7」日本経済新聞出版社 2009 p237

総意的な流行
◇「坂口安吾全集 6」筑摩書房 1998 p330

掃雲出雲之宮柱
◇「小松左京全集 完全版 27」城西国際大学出版会 2007 p337

贈映画世界社
◇「谷崎潤一郎全集 21」中央公論新社 2016 p465

ソヴェト映画私観
◇「佐々木基一全集 7」河出書房新社 2013 p147

ソヴェト「劇場労働青年」
◇「宮本百合子全集 11」新日本出版社 2001 p91

ソヴェトその日その日
◇「開高健ルポルタージュ選集 声の狩人」光文社 2008（光文社文庫）p105

ソヴェト同盟の音楽サークルの話
◇「宮本百合子全集 11」新日本出版社 2001 p192

ソヴェト同盟の三月八日
◇「宮本百合子全集 11」新日本出版社 2001 p184

ソヴェト同盟の芝居・キネマ・ラジオ
◇「宮本百合子全集 10」新日本出版社 2001 p478

ソヴェト同盟の婦人と選挙
◇「宮本百合子全集 11」新日本出版社 2001 p163

ソヴェトに於ける「恋愛の自由」に就て
◇「宮本百合子全集 11」新日本出版社 2001 p127

ソヴェトの芝居
◇「宮本百合子全集 10」新日本出版社 2001 p333

ソヴェトの旅
◇「小林秀雄全作品 25」新潮社 2004 p24
◇「小林秀雄全集 補巻 3」新潮社 2010 p301

ソヴェトのピオニェールはなにして遊ぶか
◇「宮本百合子全集 10」新日本出版社 2001 p409

ソヴェトの「労働者クラブ」
◇「宮本百合子全集 11」新日本出版社 2001 p87

ソヴェト文壇の現状
◇「宮本百合子全集 10」新日本出版社 2001 p370

ソヴェト労働者の解放された生活
◇「宮本百合子全集 11」新日本出版社 2001 p82

ソヴェト労働者の夏休み
◇「宮本百合子全集 10」新日本出版社 2001 p475

ソヴェト露西亜に失業があるか
◇「宮本百合子全集 10」新日本出版社 2001 p466

ソヴェト・ロシアの現状勢と芸術
◇「宮本百合子全集 10」新日本出版社 2001 p105

ソヴェト・ロシアの素顔
◇「宮本百合子全集 10」新日本出版社 2001 p138

憎悪
◇「安部公房全集 1」新潮社 1997 p440

憎悪の美酒
◇「中井英夫全集 2」東京創元社 1998（創元ライブラリ）p726

造花
◇「小檜山博全集 2」柏艪舎 2006 p402

爽快な知的腕力—大岡昇平「現代小説作法」
◇「決定版 三島由紀夫全集 32」新潮社 2003 p104

滄海茫茫の巻
◇「小田実全集 小説 28」講談社 2012 p274

造化紳士
◇「野坂昭如エッセイ・コレクション 1」筑摩書房 2004（ちくま文庫）p64

象が通る夜
◇「田村泰次郎選集 3」日本図書センター 2005 p276

造花に殺された舟乗りの歌
◇「決定版 三島由紀夫全集 37」新潮社 2004 p784

臓器交換序説（抄）—演劇論II
◇「寺山修司著作集 5」クインテッセンス出版 2009 p399

雑木林
◇「内田百閒集成 5」筑摩書房 2003（ちくま文庫）p82

蒼穹
◇「梶井基次郎小説全集新装版」沖積舎 1995 p201

痩躯
◇「立松和平全小説 5」勉誠出版 2010 p56

創芸座創立の辞（加藤道夫）
◇「決定版 三島由紀夫全集 36」新潮社 2003 p478

造形の機能—巨大遺蹟・地上絵・都市・動物形態その他
◇「小松左京全集 完全版 36」城西国際大学出版会 2011 p168

早計埋葬『面影の燃殘』
◇「小酒井不木随筆評論選集 5」本の友社 2004 p355

宋慶齢への手紙
◇「宮本百合子全集 19」新日本出版社 2002 p119

象牙の牌
◇「アンドロギュノスの裔 渡辺温全集」東京創元社 2011（創元推理文庫）p36

草原
◇「古井由吉自撰作品 8」河出書房新社 2012 p275

草原の焼肉
◇「大庭みな子全集 23」日本経済新聞出版社 2011 p539

綜合雑誌四月号
◇「佐々木基一全集 1」河出書房新社 2013 p205

装潢師
◇「瀬戸内寂聴随筆選 3」ゆまに書房 2009 p102

宗国屋敷
◇「小松左京全集 完全版 14」城西国際大学出版会 2009 p42

そうこ

「相互理解」と「相互誤解」
　◇「小田実全集 評論 2」講談社 2010 p228
総裁ダービー
　◇「井上ひさしコレクション 日本の巻」岩波書店 2005 p51
創作
　◇「大庭みな子全集 12」日本経済新聞出版社 2010 p217
創作合評 (113回)〔座談会〕(中島健蔵, 平野謙)
　◇「安部公房全集 6」新潮社 1998 p109
創作合評 (114回)〔座談会〕(中島健蔵, 平野謙)
　◇「安部公房全集 6」新潮社 1998 p139
創作合評 (115回)〔座談会〕(中島健蔵, 平野謙)
　◇「安部公房全集 6」新潮社 1998 p161
創作合評 (170回)〔座談会〕(三島由紀夫, 庄野潤三)
　◇「安部公房全集 15」新潮社 1998 p196
創作合評 (171回)〔座談会〕(三島由紀夫, 庄野潤三)
　◇「安部公房全集 15」新潮社 1998 p239
創作合評 (172回)〔座談会〕(三島由紀夫, 庄野潤三)
　◇「安部公房全集 15」新潮社 1998 p288
創作合評 (215回)〔座談会〕(野間宏, 佐々木基一)
　◇「安部公房全集 19」新潮社 1999 p134
創作合評 (216回)〔座談会〕(野間宏, 佐々木基一)
　◇「安部公房全集 19」新潮社 1999 p152
創作合評 (217回)〔座談会〕(野間宏, 佐々木基一)
　◇「安部公房全集 19」新潮社 1999 p170
創作家として見た漢字制限の実際 小学読本の悪文を改めた
　◇「徳田秋聲全集 20」八木書店 2001 p236
創作家となるには
　◇「徳田秋聲全集 20」八木書店 2001 p329
創作講話
　◇「徳田秋聲全集 24」八木書店 2001 p84
創作座談
　◇「徳田秋聲全集 19」八木書店 2000 p312
創作座談（執筆の実際）
　◇「徳田秋聲全集 20」八木書店 2001 p182
創作雑話
　◇「徳田秋聲全集 19」八木書店 2000 p214
創作 寂しき夫婦の話
　◇「上野壮夫全集 1」図書新聞 2010 p459
創作生活の二十五年
　◇「徳田秋聲全集 20」八木書店 2001 p155
創作前後の気分
　◇「谷崎潤一郎全集 25」中央公論新社 2016 p165

創作せんとする人々へ
　◇「徳田秋聲全集 20」八木書店 2001 p85
創作選評（「財政」）
　◇「決定版 三島由紀夫全集 27」新潮社 2003 p494
創作と音楽
　◇「宮城谷昌光全集 21」文藝春秋 2004 p145
創作におけるワープロ〔対談〕(堤清二)
　◇「安部公房全集 27」新潮社 2000 p136
創作の気分
　◇「谷崎潤一郎全集 5」中央公論新社 2016 p472
創作の気分
　◇「徳田秋聲全集 19」八木書店 2000 p240
創作の心得
　◇「徳田秋聲全集 20」八木書店 2001 p133
創作ノート
　◇「日影丈吉全集 別巻」国書刊行会 2005 p602
創作ノート
　◇「決定版 三島由紀夫全集 16」新潮社 2002 p609
　◇「決定版 三島由紀夫全集 17」新潮社 2002 p719
　◇「決定版 三島由紀夫全集 20」新潮社 2002 p377
　◇「決定版 三島由紀夫全集 21」新潮社 2002 p747
　◇「決定版 三島由紀夫全集 22」新潮社 2002 p633
　◇「決定版 三島由紀夫全集 23」新潮社 2002 p637
　◇「決定版 三島由紀夫全集 24」新潮社 2002 p593
　◇「決定版 三島由紀夫全集 25」新潮社 2002 p789
創作ノート「ひげの生えたパイプ」
　◇「安部公房全集 10」新潮社 1998 p18
創作ノート―「燃えつきた地図」他
　◇「安部公房全集 21」新潮社 1999 p12
創作の標置とヂャーナリズムに就て
　◇「徳田秋聲全集 21」八木書店 2001 p145
創作発表の形式について
　◇「小林秀雄全作品 6」新潮社 2003 p191
　◇「小林秀雄全集 補巻 1」新潮社 2010 p319
創作批評〔対談〕(河上徹太郎)
　◇「決定版 三島由紀夫全集 39」新潮社 2004 p19
創作批評に対する感想
　◇「徳田秋聲全集 23」八木書店 2001 p304
創作方法と認識
　◇「佐々木基一全集 2」河出書房新社 2013 p287
創作余談
　◇「谷崎潤一郎全集 21」中央公論新社 2016 p521
捜査圏外の条件
　◇「松本清張傑作短篇コレクション 上」文藝春秋 2004（文春文庫）p275
　◇「松本清張傑作選 黒い手帖からのサイン」新潮社 2009 p61
　◇「松本清張短編全集 06」光文社 2009（光文社文庫）p189
　◇「松本清張傑作選 黒い手帖からのサイン」新潮社 2013（新潮文庫）p85
草山と四重渓
　◇「日影丈吉全集 別巻」国書刊行会 2005 p698

創氏改名
  ◇「井上ひさしコレクション ことばの巻」岩波書店 2005 p9
葬式鰻
  ◇「阿川弘之全集 17」新潮社 2006 p520
葬式の日に
  ◇「徳田秋聲全集 12」八木書店 2000 p350
相思社のキノコ
  ◇「石牟礼道子全集 7」藤原書店 2005 p344
喪失
  ◇「松本清張短編全集 06」光文社 2009（光文社文庫）p5
喪失―『一族再会』の毒
  ◇「車谷長吉全集 3」新書館 2010 p304
喪失感の中で
  ◇「鈴木いづみコレクション 6」文遊社 1997 p99
「喪失」の研究―村上春樹
  ◇「丸谷才一全集 10」文藝春秋 2014 p337
荘子の知恵
  ◇「日影丈吉全集 別巻」国書刊行会 2005 p419
掃除夫
  ◇「小檜山博全集 4」柏艪舎 2006 p475
宗十郎覚書
  ◇「決定版 三島由紀夫全集 26」新潮社 2003 p620
宗十郎の大蔵卿曲舞―歌舞伎劇一つの典型として
  ◇「決定版 三島由紀夫全集 26」新潮社 2003 p501
宗十郎の「蘭蝶」
  ◇「決定版 三島由紀夫全集 27」新潮社 2003 p119
早熟〔対談〕(高橋たか子)
  ◇「大庭みな子全集 21」日本経済新聞出版社 2011 p151
早春
  ◇「辻井喬コレクション 7」河出書房新社 2003 p214
宗俊烏鷺合戦
  ◇「山田風太郎妖異小説コレクション 地獄太夫」徳間書店 2003（徳間文庫）p67
早春雑感
  ◇「谷崎潤一郎全集 6」中央公論社 2015 p395
早春雑記
  ◇「谷崎潤一郎全集 21」中央公論新社 2016 p423
早春〔昭和十三年〕
  ◇「徳田秋聲全集 別巻」八木書店 2006 p11
宗俊と蛇使いの女
  ◇「国枝史郎伝奇短篇小説集成 1」作品社 2006 p321
早春に死す
  ◇「鮎川哲也コレクション 早春に死す」光文社 2007（光文社文庫）p171
早春のパリ
  ◇「辻邦生全集 16」新潮社 2005 p85

早春の悦び・晩春の悩み
  ◇「徳田秋聲全集 20」八木書店 2001 p231
早春の訣（わか）れ／ミス・ディオール
  ◇「中井英夫全集 10」東京創元社 2002（創元ライブラリ）p192
早春賦
  ◇「天城一傑作集 3」日本評論社 2006 p390
草上哀歌
  ◇「中井英夫全集 10」東京創元社 2002（創元ライブラリ）p114
蔵相就任の想ひ出―ボクは大蔵大臣
  ◇「決定版 三島由紀夫全集 28」新潮社 2003 p73
増殖する物体としての本
  ◇「金井美恵子エッセイ・コレクション―1964-2013 2」平凡社 2013 p161
装飾評伝
  ◇「松本清張短編全集 09」光文社 2009（光文社文庫）p5
蔵書票
  ◇「〔野呂邦暢〕随筆コレクション 2」みすず書房 2014 p265
草人を迎へに行く日
  ◇「谷崎潤一郎全集 14」中央公論新社 2016 p512
『喪神』(五味康祐) について
  ◇「坂口安吾全集 14」筑摩書房 1999 p7
双生児
  ◇「江戸川乱歩全集 1」光文社 2004（光文社文庫）p153
双生児（ある死刑囚が教誨師にうちあけた話）
  ◇「江戸川乱歩全集 7」沖積舎 2007 p159
双生児はどうして産れるか
  ◇「小酒井不木随筆評論選集 6」本の友社 2004 p277
創世の海べで
  ◇「石牟礼道子全集 10」藤原書店 2006 p521
〈抜粋〉漱石遺毛
  ◇「内田百閒集成 24」筑摩書房 2004（ちくま文庫）p72
漱石遺毛
  ◇「内田百閒集成 6」筑摩書房 2003（ちくま文庫）p67
漱石をめぐって 昭和二十六年（安倍能成、小宮豊隆、和辻哲郎）
  ◇「内田百閒集成 21」筑摩書房 2004（ちくま文庫）p209
漱石を読む 日本文学の未来
  ◇「小島信夫批評集成 8」水声社 2010 p13
漱石山房の夜の文鳥
  ◇「内田百閒集成 12」筑摩書房 2003（ちくま文庫）p260
漱石先生
  ◇「谷崎潤一郎全集 6」中央公論新社 2015 p404

そうせ

漱石先生四方山話 昭和四十一年（高橋義孝）
　◇「内田百閒集成 21」筑摩書房 2004（ちくま文庫）p344

漱石先生臨終記
　◇「内田百閒集成 6」筑摩書房 2003（ちくま文庫）p79

改訂完全版漱石と倫敦（ロンドン）ミイラ殺人事件
　◇「島田荘司全集 2」南雲堂 2008 p603

漱石の足跡―松山から熊本まで
　◇「辻邦生全集 17」新潮社 2005 p186

漱石の「行人」について
　◇「宮本百合子全集 14」新日本出版社 2001 p151

漱石の孤獨感―「行人」の倫理
　◇「福田恆存評論集 1」麗澤大學出版會, 廣池學園事業部〔発売〕 2009 p207

漱石の『門』について
　◇「小島信夫批評集成 7」水声社 2011 p102

漱石の予見
　◇「車谷長吉全集 3」新書館 2010 p422

漱石の落第
　◇「山田風太郎エッセイ集成 風山房風呂焚き唄」筑摩書房 2008 p206

漱石俳句の鑑賞
　◇「内田百閒集成 18」筑摩書房 2004（ちくま文庫）p67

窓前
　◇「内田百閒集成 12」筑摩書房 2003（ちくま文庫）p84
　◇「内田百閒集成 19」筑摩書房 2004（ちくま文庫）p12

総選挙に誰れを選ぶか？
　◇「宮本百合子全集 9」新日本出版社 2001 p240

総選挙は"銭の花道"
　◇「開高健ルポルタージュ選集 ずばり東京」光文社 2007（光文社文庫）p281

創造
　◇「谷崎潤一郎全集 3」中央公論新社 2016 p213

葬送歌
　◇「井上ひさしコレクション 人間の巻」岩波書店 2005 p216

葬送行進曲〔解決篇〕
　◇「鮎川哲也コレクション 挑戦 3」出版芸術社 2006 p191

葬送行進曲〔問題篇〕
　◇「鮎川哲也コレクション 挑戦 3」出版芸術社 2006 p71

想像するということ
　◇「須賀敦子全集 2」河出書房新社 2006（河出文庫）p493

"創造性の開発"批判〔シンポジウム未来計画 3〕（加藤秀俊, 川喜田二郎, 川添登）
　◇「小松左京全集 完全版 26」城西国際大学出版会 2017 p328

創造的映画批評の必要
　◇「佐々木基一全集 7」河出書房新社 2013 p273

創造的な刺激―『冒険と日和見』に寄せて
　◇「安部公房全集 23」新潮社 1999 p276

「創造的な新人」の登場を待つ―第9回木村伊兵衛賞選評
　◇「安部公房全集 27」新潮社 2000 p183

創造に対する渇仰を
　◇「松田解子自選集 9」澤田出版 2009 p32

創造の哀しみ―周辺飛行38
　◇「安部公房全集 25」新潮社 1999 p223

創造の現状と批評の任務―文学運動の課題と展望II〔座談会〕（中野重治, 佐々木基一, 針生一郎, 野間宏, 武井昭夫）
　◇「安部公房全集 15」新潮社 1998 p64

想像の地平との出会い
　◇「辻邦生全集 18」新潮社 2005 p238

創造のプロセスを語る〔インタビュー〕（江口直哉）
　◇「安部公房全集 27」新潮社 2000 p29

創造のモメント（岡本太郎, 花田清輝, 関根弘）
　◇「安部公房全集 2」新潮社 1997 p98

創造の喜び
　◇「小松左京全集 完全版 25」城西国際大学出版会 2017 p427

葬送賦
　◇「辻井喬コレクション 7」河出書房新社 2003 p22

想像力
　◇「小酒井不木随筆評論選集 8」本の友社 2004 p6

想像力
　◇「宮本百合子全集 15」新日本出版社 2001 p301

想像力への願い
　◇「大庭みな子全集 8」日本経済新聞出版社 2009 p533
　◇「大庭みな子全集 18」日本経済新聞出版社 2010 p225

想像力だけが権力を奪い得る―森恒夫論
　◇「寺山修司著作集 4」クインテッセンス出版 2009 p485

想像力により生きる喜び
　◇「辻邦生全集 18」新潮社 2005 p109

想像力のこと
　◇「小檜山博全集 8」柏艪舎 2006 p36

想像力の中の歴史
　◇「辻邦生全集 18」新潮社 2005 p377

想像力のレアリティ―埴谷さんと初めて会った頃
　◇「辻邦生全集 16」新潮社 2005 p167

早大と探偵小説
　◇「江戸川乱歩全集 30」光文社 2005（光文社文庫）p322

壮大な「第二歩」への期待―高橋和巳
　◇「小松左京全集 完全版 41」城西国際大学出版会 2013 p124

相対の感覚
　◇「大庭みな子全集 6」日本経済新聞出版社 2009 p119
　◇「大庭みな子全集 6」日本経済新聞出版社 2009 p134

〈さうだ、町も村も〉
　◇「安部公房全集 2」新潮社 1997 p214

相談屋マスター
　◇「吉川潮ハートウォーム・セレクション 2」ランダムハウス講談社 2008（ランダムハウス講談社文庫）

装幀
　◇「〔野呂邦暢〕随筆コレクション 2」みすず書房 2014 p177

装釘に就て
　◇「德田秋聲全集 23」八木書店 2001 p259

装釘漫談
　◇「谷崎潤一郎全集 17」中央公論新社 2015 p229

双点
　◇「中井英夫全集 6」東京創元社 1996（創元ライブラリ）p578

双点
　◇「〔野呂邦暢〕随筆コレクション 2」みすず書房 2014 p22

争闘
　◇「德田秋聲全集 30」八木書店 2002 p144

双頭人の言葉I
　◇「山田風太郎エッセイ集成 わが推理小説零年」筑摩書房 2007 p51

双頭人の言葉II
　◇「山田風太郎エッセイ集成 わが推理小説零年」筑摩書房 2007 p55

双頭の人
　◇「山田風太郎ミステリー傑作選 8」光文社 2002（光文社文庫）p175

「双頭の鷲」について
　◇「決定版 三島由紀夫全集 35」新潮社 2003 p239

相当読み応えのあったものは？
　◇「宮本百合子全集 17」新日本出版社 2002 p123

遭難
　◇「松本清張映画化作品集 3」双葉社 2008（双葉文庫）p39

憎念
　◇「谷崎潤一郎全集 2」中央公論新社 2016 p109

「壮年」完成の喜び―林房雄氏の「文明開化」
　◇「決定版 三島由紀夫全集 33」新潮社 2003 p466

壮年期の探検
　◇「小松左京全集 完全版 31」城西国際大学出版会 2008 p249

壮年の狂気
　◇「決定版 三島由紀夫全集 補巻」新潮社 2005 p153

奏の河口デビューの日に
　◇「松下竜一未刊行著作集 3」海鳥社 2009 p197

宋の襄公
　◇「宮城谷昌光全集 21」文藝春秋 2004 p195

象の消滅
　◇「〔村上春樹〕短篇選集1980-1991 象の消滅」新潮社 2005 p403

躁の宗吉が描いた茂吉像
　◇「阿川弘之全集 18」新潮社 2007 p486

象の夜
　◇「赤江瀑短編傑作選 情念編」光文社 2007（光文社文庫）p439

蒼白者の行進
　◇「中井英夫全集 4」東京創元社 1997（創元ライブラリ）p7

宗八
　◇「小檜山博全集 8」柏艪舎 2006 p251

（総評）第1回海外子女文芸作品コンクール（作文の部）
　◇「大庭みな子全集 24」日本経済新聞出版社 2011 p36

（総評）第2回海外子女文芸作品コンクール（作文の部）
　◇「大庭みな子全集 24」日本経済新聞出版社 2011 p37

（総評）第3回海外子女文芸作品コンクール（作文の部）
　◇「大庭みな子全集 24」日本経済新聞出版社 2011 p38

臓腑をしゃぶる者
　◇「石牟礼道子全集 1」藤原書店 2004 p157

想片
　◇「坂口安吾全集 1」筑摩書房 1999 p502

相貌
　◇「小松左京全集 完全版 43」城西国際大学出版会 2014 p377

蒼茫夢
　◇「坂口安吾全集 1」筑摩書房 1999 p477

相馬御風論
　◇「德田秋聲全集 23」八木書店 2001 p263

『走馬灯』
　◇「〔森〕鷗外近代小説集 5」岩波書店 2013 p1

相馬堂鬼語
　◇「大坪砂男全集 4」東京創元社 2013（創元推理文庫）p393

昭和十八年度総務幹事日記―自昭和十八年二月至昭和十九年
　◇「決定版 三島由紀夫全集 補巻」新潮社 2005 p497

聡明で而も怠け者 葛西善蔵氏の印象
　◇「德田秋聲全集 20」八木書店 2001 p120

双面神
　◇「中井英夫全集 6」東京創元社 1996（創元ライブラリ）p598

そうも

草木
  ◇「中上健次集 2」インスクリプト 2018 p244
相聞歌の源流
  ◇「決定版 三島由紀夫全集 27」新潮社 2003 p17
宋門の雨
  ◇「宮城谷昌光全集 1」文藝春秋 2002 p420
宗谷真爾著「アンコール文明論」
  ◇「決定版 三島由紀夫全集 35」新潮社 2003 p702
曾遊
  ◇「内田百閒集成 2」筑摩書房 2002（ちくま文庫）p44
搔痒記
  ◇「内田百閒集成 7」筑摩書房 2003（ちくま文庫）p95
争乱の一拠点・金剛寺
  ◇「小松左京全集 完全版 42」城西国際大学出版会 2014 p81
草履うち
  ◇「国枝史郎伝奇短篇小説集成 1」作品社 2006 p290
総理大臣が貰つた手紙の話
  ◇「坂口安吾全集 3」筑摩書房 1999 p100
総理大臣の胸のうちとまわりの風俗—徳冨蘆花「黒潮」
  ◇「小田実全集 評論 12」講談社 2011 p137
叢林の果て
  ◇「辻邦生全集 2」新潮社 2004 p379
ソウルの市場
  ◇「大庭みな子全集 8」日本経済新聞出版社 2009 p361
騒霊時代
  ◇「小松左京全集 完全版 22」城西国際大学出版会 2015 p152
"騒霊"実在の仮説
  ◇「小松左京全集 完全版 31」城西国際大学出版会 2008 p257
壮麗なる"虚構"の展開
  ◇「決定版 三島由紀夫全集 35」新潮社 2003 p426
壮烈な闘い—野間宏
  ◇「大庭みな子全集 23」日本経済新聞出版社 2011 p231
滄浪五月—The world of illusions
  ◇「決定版 三島由紀夫全集 37」新潮社 2004 p262
挿話
  ◇「徳田秋聲全集 15」八木書店 1999 p24
そうは言わなかった人々
  ◇「大庭みな子全集 11」日本経済新聞出版社 2010 p184
「挿話」出版に臨みての作者の言葉
  ◇「徳田秋聲全集 23」八木書店 2001 p217
  ◇「徳田秋聲全集 別巻」八木書店 2006 p98
疎開日記
  ◇「谷崎潤一郎全集 20」中央公論新社 2015 p463

疎開、敗戦、探偵小説の復興
  ◇「江戸川乱歩全集 30」光文社 2005（光文社文庫）p230
蘇我馬子の墓
  ◇「小林秀雄全作品 17」新潮社 2004 p213
  ◇「小林秀雄全集 補巻 2」新潮社 2010 p401
曾我の暴れん坊
  ◇「坂口安吾全集 14」筑摩書房 1999 p388
曾我物語メモ
  ◇「坂口安吾全集 16」筑摩書房 2000 p553
素琴先生
  ◇「内田百閒集成 18」筑摩書房 2004（ちくま文庫）p9
俗悪なる風潮への忿懣など—文藝時評
  ◇「中戸川吉二作品集」勉誠出版 2013 p407
俗悪の発見
  ◇「坂口安吾全集 9」筑摩書房 1998 p420
続悪魔
  ◇「谷崎潤一郎全集 1」中央公論新社 2015 p337
続阿房の鳥飼
  ◇「内田百閒集成 15」筑摩書房 2003（ちくま文庫）p71
続アルペヌ嬢の話
  ◇「アンドロギュノスの裔 渡辺温全集」東京創元社 2011（創元推理文庫）p597
續・生き甲斐といふ事—補足として
  ◇「福田恆存評論集 8」麗澤大學出版會，廣池学園事業部〔発売〕2007 p322
続 いたこのいたマン
  ◇「田中小実昌エッセイ・コレクション 4」筑摩書房 2003（ちくま文庫）p134
続・一般文壇と探偵小説
  ◇「江戸川乱歩全集 26」光文社 2003（光文社文庫）p234
続・内なる辺境
  ◇「安部公房全集 22」新潮社 1999 p324
測鉛 I
  ◇「小林秀雄全作品 1」新潮社 2002 p103
  ◇「小林秀雄全集 補巻 1」新潮社 2010 p42
測鉛 II
  ◇「小林秀雄全作品 1」新潮社 2002 p107
  ◇「小林秀雄全集 補巻 1」新潮社 2010 p43
続・近江八地獄
  ◇「都筑道夫時代小説コレクション 2」戎光祥出版 2014（戎光祥時代小説名作館）p222
続大阪
  ◇「小松左京全集 完全版 27」城西国際大学出版会 2007 p384
文庫 続 女の男性論（本文庫本初収録エッセイのみ）
  ◇「大庭みな子全集 18」日本経済新聞出版社 2010 p305

続・菊とナガサキ
　◇「石牟礼道子全集 1」藤原書店 2004 p351
続・幻影城
　◇「江戸川乱歩全集 27」光文社 2004（光文社文庫）p9
続 黒鳥館戦後日記―西荻窪の青春
　◇「中井英夫全集 8」東京創元社 1998（創元ライブラリ）p403
続・宰相私論
　◇「阿川弘之全集 19」新潮社 2007 p427
続・昭和文学の諸問題
　◇「佐々木基一全集 3」河出書房新社 2013 p101
続・女系天皇是か非か
　◇「阿川弘之全集 20」新潮社 2007 p593
「俗」人アジェンデ
　◇「小田実全集 評論 16」講談社 2012 p188
即席、お手軽「洗礼」と陶工受難の巻
　◇「小田実全集 小説 28」講談社 2012 p236
続々・宰相私論
　◇「阿川弘之全集 19」新潮社 2007 p431
速達
　◇「中井英夫全集 10」東京創元社 2002（創元ライブラリ）p50
俗談平話
　◇「徳田秋聲全集 23」八木書店 2001 p69
続・ツルチック
　◇「向田邦子全集 新版 6」文藝春秋 2009 p63
則天武后［翻訳］（林語堂）
　◇「小沼丹全集 補巻」未知谷 2005 p297
続・途切れ途切れの記
　◇「横溝正史時代小説コレクション捕物篇 3」出版芸術社 2004 p343
「俗」においての「聖」
　◇「小田実全集 評論 16」講談社 2012 p183
続・日記抄 昭和十六年
　◇「徳田秋聲全集 別巻」八木書店 2006 p64
続・日本人のモラル（ドナルド・キーン）
　◇「司馬遼太郎対話選集 5」文藝春秋 2006（文春文庫）p85
続百鬼園日記帖（自大正八年十月至大正十一年八月）
　◇「内田百閒集成 20」筑摩書房 2004（ちくま文庫）p269
続・藤野君のこと―周辺飛行44
　◇「安部公房全集 25」新潮社 1999 p355
俗物
　◇「坂口安吾全集 14」筑摩書房 1999 p11
俗物性と作家
　◇「坂口安吾全集 5」筑摩書房 1998 p197
俗物論
　◇「福田恆存評論集 4」麗澤大學出版會、廣池學園事業部〔発売〕2009 p133

族母たち
　◇「石牟礼道子全集 4」藤原書店 2004 p404
続松の木影
　◇「谷崎潤一郎全集 25」中央公論新社 2016 p445
続明暗の探求
　◇「小島信夫批評集成 8」水声社 2010 p429
続銘鴬会
　◇「内田百閒集成 15」筑摩書房 2003（ちくま文庫）p67
続モンマルトルの丘
　◇「小島信夫短篇集成 6」水声社 2015 p339
ソクラテス伍長
　◇「小田実全集 小説 32」講談社 2013 p172
ソクラテスとアルキビアデス［翻訳］（ヘルデルリーン）
　◇「決定版 三島由紀夫全集 37」新潮社 2004 p771
ソクラテスの裁判
　◇「小田実全集 評論 29」講談社 2013 p44
続蘿洞先生
　◇「谷崎潤一郎全集 12」中央公論新社 2017 p271
測量士
　◇「定本 荒巻義雄メタSF全集 別巻」彩流社 2015 p223
（続）恋愛について
　◇「佐々木基一全集 5」河出書房新社 2013 p365
狙撃者がいる
　◇「片岡義男コレクション 1」早川書房 2009（ハヤカワ文庫）p211
狙撃者の愛の目覚め
　◇「安部公房全集 29」新潮社 2000 p30
狙撃手
　◇「野呂邦暢小説集成 1」文遊社 2013 p167
素劇拝見
　◇「定本 久生十蘭全集 10」国書刊行会 2011 p354
そこいらの女のコ
　◇「田中小実昌エッセイ・コレクション 3」筑摩書房 2002（ちくま文庫）p191
そこをぬけてまたふつうの世界―見田宗介氏への書翰
　◇「石牟礼道子全集 11」藤原書店 2005 p357
祖国を捨てた若者たち
　◇「開高健ルポルタージュ選集 ずばり東京」光文社 2007（光文社文庫）p398
祖国喪失
　◇「寺山修司著作集 1」クインテッセンス出版 2009 p93
祖国に―「えんとつ」の仲間、Tさんへ
　◇「松田解子自選集 9」澤田出版 2009 p108
祖国防衛隊はなぜ必要か？
　◇「決定版 三島由紀夫全集 34」新潮社 2003 p626
祖国防衛隊Japan National Guard〔楯の会〕
　◇「決定版 三島由紀夫全集 36」新潮社 2003 p665

そこく

祖国よりも一人の友を
　◇「深沢夏衣作品集」新幹社 2015 p372

底なしの寝床
　◇「稲垣足穂コレクション 8」筑摩書房 2005（ちくま文庫）p202

そこに住んだ人の人生
　◇「遠藤周作エッセイ選集 2」光文社 2006（知恵の森文庫）p9

組織悪
　◇「安部公房全集 9」新潮社 1998 p279

組織者の役割広津和郎—中央公論緊急増刊『松川裁判特別号』
　◇「安部公房全集 9」新潮社 1998 p342

溯死水系
　◇「森村誠一ベストセレクション 溯死水系」光文社 2011（光文社文庫）p5

そして芸術とは
　◇「石牟礼道子全集 10」藤原書店 2006 p451

そして誰もしなくなった
　◇「小松左京全集 完全版 16」城西国際大学出版会 2011 p341

そして、地球よ
　◇「小松左京全集 完全版 40」城西国際大学出版会 2012 p301

そして二人は死んだ
　◇「狩久全集 2」皆進社 2013 p258

蘇州
　◇「小林秀雄全作品 10」新潮社 2003 p176
　◇「小林秀雄全集 補巻 1」新潮社 2010 p530

蘇州紀行
　◇「谷崎潤一郎全集 6」中央公論新社 2015 p161

粗食のうまさ
　◇「小松左京全集 完全版 37」城西国際大学出版会 2010 p285

そしらぬ顔の故郷—わが町・わが本
　◇「中井英夫全集 6」東京創元社 1996（創元ライブラリ）p418

ゾズーリヤの挨拶
　◇「宮本百合子全集 別冊」新日本出版社 2004 p5

蘇生
　◇「石牟礼道子全集 10」藤原書店 2006 p525

蘇生
　◇「徳田秋聲全集 14」八木書店 2000 p65
　◇「徳田秋聲全集 37」八木書店 2004 p258

『蘇生』作者の言葉
　◇「徳田秋聲全集 別巻」八木書店 2006 p126

礎石はすえられた
　◇「安部公房全集 29」新潮社 2000 p336

祖先発見記
　◇「江戸川乱歩全集 30」光文社 2005（光文社文庫）p27

そぞろあるき—作家の日記
　◇「決定版 三島由紀夫全集 27」新潮社 2003 p119

そぞろあるきのうた
　◇「決定版 三島由紀夫全集 37」新潮社 2004 p548

そぞろごと
　◇「谷崎潤一郎全集 1」中央公論新社 2015 p511

そだち
　◇「松田解子自選集 5」澤田出版 2007 p93

育ちの悪さ
　◇「小檜山博全集 7」柏艪舎 2006 p185

育てられていたタブー
　◇「石牟礼道子全集 1」藤原書店 2004 p366

卒
　◇「小田実全集 小説 17」講談社 2011 p155

卒業
　◇「決定版 三島由紀夫全集 36」新潮社 2003 p467

即興詩
　◇「中井英夫全集 10」東京創元社 2002（創元ライブラリ）p114

卒業式
　◇「小島信夫短篇集成 1」水声社 2014 p177

卒業写真
　◇「高橋克彦自選短編集 1」講談社 2009（講談社文庫）p97

即興性と一回性
　◇「安部公房全集 9」新潮社 1998 p242

卒業前後
　◇「内田百閒集成 17」筑摩書房 2004（ちくま文庫）p210

卒業間際
　◇「徳田秋聲全集 15」八木書店 1999 p181

そっくり人形
　◇「安部公房全集 27」新潮社 2000 p80

袖摺合丹波山路
　◇「小松左京全集 完全版 27」城西国際大学出版会 2007 p291

蘇東坡—或は「湖上の詩人」三幕
　◇「谷崎潤一郎全集 8」中央公論新社 2017 p397

外へひらく小説
　◇「小田実全集 評論 2」講談社 2010 p264

卒塔婆小町
　◇「決定版 三島由紀夫全集 21」新潮社 2002 p523

卒塔婆小町演出覚え書
　◇「決定版 三島由紀夫全集 28」新潮社 2003 p19

卒塔婆小町覚書
　◇「決定版 三島由紀夫全集 27」新潮社 2003 p688

「卒塔婆小町」について
　◇「決定版 三島由紀夫全集 29」新潮社 2003 p171

ソドムの死（散文詩）
　◇「安部公房全集 1」新潮社 1997 p252

ソーヌ河のほとり
　◇「辻邦生全集 7」新潮社 2004 p337

その朝
　◇「小寺菊子作品集 1」桂書房 2014 p237

その一年
　◇「金鶴泳作品集 2」クレイン 2006 p601
その一夜
　◇「内田百閒集成 16」筑摩書房 2004（ちくま文庫）p101
その一週間
　◇「小島信夫短篇集成 8」水声社 2014 p377
そのうちみんな毒地獄
　◇「石牟礼道子全集 4」藤原書店 2004 p448
その男は行く
　◇「松田解子自選集 9」澤田出版 2009 p269
その面影
　◇「徳田秋聲全集 2」八木書店 1999 p263
『其面影』合評
　◇「徳田秋聲全集 19」八木書店 2000 p98
その折
　◇「徳田秋聲全集 19」八木書店 2000 p162
その檻をひらけ
　◇「宮本百合子全集 17」新日本出版社 2002 p91
その女を抱け
　◇「狩久全集 3」皆進社 2013 p346
その木戸を通って
　◇「山本周五郎中短篇秀作選集 3」小学館 2006 p317
その気品（『上村松園画集』）
　◇「大庭みな子全集 23」日本経済新聞出版社 2011 p305
その後
　◇「定本 久生十蘭全集 5」国書刊行会 2009 p504
そのことの意味
　◇「小田実全集 評論 20」講談社 2012 p149
その後の叛将・榎本武揚
　◇「山田風太郎エッセイ集成 秀吉はいつ知ったか」筑摩書房 2008 p216
その小径
　◇「大庭みな子全集 11」日本経済新聞出版社 2010 p195
その頃
　◇「大庭みな子全集 6」日本経済新聞出版社 2009 p226
　◇「大庭みな子全集 23」日本経済新聞出版社 2011 p328
その頃
　◇「宮本百合子全集 12」新日本出版社 2001 p170
その頃（『三匹の蟹』）
　◇「大庭みな子全集 23」日本経済新聞出版社 2011 p170
その頃の事 文壇的生活の回顧
　◇「徳田秋聲全集 20」八木書店 2001 p153
その酒場
　◇「立松和平小説 27」勉誠出版 2014 p186
その先の問題
　◇「宮本百合子全集 15」新日本出版社 2001 p50

その柵は必要か
　◇「宮本百合子全集 18」新日本出版社 2002 p356
その死の前後
　◇「辻邦生全集 16」新潮社 2005 p228
その時分
　◇「内田百閒集成 2」筑摩書房 2002（ちくま文庫）p113
「その瞬間」を記録した映像
　◇「小松左京全集 完全版 46」城西国際大学出版会 2016 p30
「その瞬間」の消防局中央管制室
　◇「小松左京全集 完全版 46」城西国際大学出版会 2016 p33
その書店で
　◇「〔野呂邦暢〕随筆コレクション 1」みすず書房 2014 p282
楚の成王
　◇「宮城谷昌光全集 21」文藝春秋 2004 p198
その説得力―司馬遼太郎『南蛮のみち』
　◇「安部公房全集 27」新潮社 2000 p235
その前日
　◇「徳田秋聲全集 8」八木書店 2000 p262
その前夜―摩阿陀十五年
　◇「内田百閒集成 10」筑摩書房 2003（ちくま文庫）p194
楚の荘王
　◇「宮城谷昌光全集 21」文藝春秋 2004 p207
その短篇（川端康成）
　◇「大庭みな子全集 23」日本経済新聞出版社 2011 p203
その罪をおもいおこして
　◇「松田解子自選集 9」澤田出版 2009 p139
其当時では代表作
　◇「徳田秋聲全集 19」八木書店 2000 p276
そのときが来る
　◇「〔野呂邦暢〕随筆コレクション 1」みすず書房 2014 p233
其の時々
　◇「徳田秋聲全集 19」八木書店 2000 p262
そのときの眸の色
　◇「石牟礼道子全集 13」藤原書店 2007 p589
そのときも演技したタレント〈第三例〉
　◇「野坂昭如エッセイ・コレクション 1」筑摩書房 2004（ちくま文庫）p222
その年
　◇「宮本百合子全集 5」新日本出版社 2001 p245
そのなかでそれをする
　◇「小田実全集 評論 16」講談社 2012 p186
其中に金鈴を振る虫一つ 高浜虚子
　◇「小島信夫批評集成 3」水声社 2011 p239
その願いを現実に―燁子さんへの返事として
　◇「宮本百合子全集 18」新日本出版社 2002 p345

その年月『海にゆらぐ糸』第16回川端康成文学賞
　◇「大庭みな子全集 24」日本経済新聞出版社 2011 p19
そのはげしさについて
　◇「佐々木基一全集 5」河出書房新社 2013 p358
その春の奇術探偵団
　◇「井上ひさし短編中編小説集成 8」岩波書店 2015 p34
その"晴れ"の日の朝
　◇「石牟礼道子全集 4」藤原書店 2004 p429
その晩 土手のしののめ
　◇「内田百閒集成 22」筑摩書房 2004（ちくま文庫）p177
その晩の回想 十九年十一月以前の警戒警報の意味 蚤に喰われ団子ばかり食う 気候甚だ不順ら
　◇「内田百閒集成 22」筑摩書房 2004（ちくま文庫）p274
その人
　◇「大佛次郎セレクション第3期 その人」未知谷 2009 p5
その人の四年間―婦人民主クラブの生い立ちと櫛田ふきさん
　◇「宮本百合子全集 19」新日本出版社 2002 p209
そのひとびとの中へ
　◇「松田解子自選集 9」澤田出版 2009 p118
そのひとみをまもろう―松川のきょうだいと母たちへ
　◇「松田解子自選集 9」澤田出版 2009 p167
その人らしい人が好き
　◇「宮本百合子全集 9」新日本出版社 2001 p133
その一人
　◇「松田解子自選集 5」澤田出版 2007 p233
その日の夏
　◇「三枝和子選集 5」鼎書房 2007 p341
その火矢のもと
　◇「松田解子自選集 9」澤田出版 2009 p144
その二人は
　◇「松田解子自選集 9」澤田出版 2009 p206
その冬の奇術団長
　◇「井上ひさし短編中編小説集成 8」岩波書店 2015 p3
その変貌
　◇「小島信夫批評集成 8」水声社 2010 p174
その本質に就て
　◇「坂口安吾全集 1」筑摩書房 1999 p349
その源
　◇「宮本百合子全集 16」新日本出版社 2002 p21
そのものによる批判
　◇「坂口安吾全集 1」筑摩書房 1999 p352

その夕べ
　◇「三橋一夫ふしぎ小説集成 3」出版芸術社 2005 p74
その故か
　◇「安部公房全集 1」新潮社 1997 p248
その雪の夜の影法師
　◇「井上ひさし短編中編小説集成 8」岩波書店 2015 p55
其の歓びを感謝せざるを得ない
　◇「谷崎潤一郎全集 8」中央公論新社 2017 p448
そばとうどんに猫と犬
　◇「山田風太郎エッセイ集成 風山房風呂焚き唄」筑摩書房 2008 p160
ソバの花
　◇「小檜山博全集 7」柏艪舎 2006 p73
そばや
　◇「瀬戸内寂聴随筆選 3」ゆまに書房 2009 p56
素描
　◇「大庭みな子全集 6」日本経済新聞出版社 2009 p213
素描二篇―信濃追分にて
　◇「佐々木基一全集 1」河出書房新社 2013 p82
祖父・父・そして私（加藤秀俊, 松本重治）
　◇「小松左京全集 完全版 38」城西国際大学出版会 2010 p168
ソフト・クリームほどの自由
　◇「鈴木いづみコレクション 5」文遊社 1996 p39
祖父と孫
　◇「遠藤周作エッセイ選集 1」光社 2006（知恵の森文庫）p172
祖父と孫のきずな
　◇「松下竜一未刊行著作集 2」海鳥社 2008 p329
祖父の遺産
　◇「大庭みな子全集 6」日本経済新聞出版社 2009 p240
祖父の書斎
　◇「宮本百合子全集 13」新日本出版社 2001 p473
祖父の血
　◇「大庭みな子全集 6」日本経済新聞出版社 2009 p237
ソープ・ヘイズル びっくりトリック
　◇「日影丈吉全集 別巻」国書刊行会 2005 p330
ソープランドこそ最高の「病院」だ!?
　◇「小松左京全集 完全版 34」城西国際大学出版会 2009 p287
素朴な庭
　◇「宮本百合子全集 9」新日本出版社 2001 p235
祖母為女の犯罪
　◇「森村誠一ベストセレクション 雪の絶唱」光文社 2010（光文社文庫）p111
祖母の芋
　◇「中上健次集 1」インスクリプト 2014 p574

そるし

祖母の記憶
　◇「定本 荒巻義雄メタSF全集 5」彩流社 2015 p318
祖母のために
　◇「宮本百合子全集 9」新日本出版社 2001 p266
粗末な花束
　◇「宮本百合子全集 9」新日本出版社 2001 p255
そめちがへ
　◇「〔森〕鷗外近代小説集 2」岩波書店 2012 p425
染付皿
　◇「小林秀雄全作品 24」新潮社 2004 p197
　◇「小林秀雄全集 補巻 3」新潮社 2010 p260
「ソーメン流し」で感じるドライブインのあり方
　◇「小松左京全集 完全版 29」城西国際大学出版会 2007 p109
そよ風にのって、風に吹かれて
　◇「金井美恵子エッセイ・コレクション—1964-2013 1」平凡社 2013 p63
そら
　◇「吉田知子選集 3」景文館書店 2014 p237
徂徠
　◇「小林秀雄全作品 24」新潮社 2004 p23
　◇「小林秀雄全集 補巻 3」新潮社 2010 p226
空を飛ぶのは血筋のせいさ
　◇「丸谷才一全集 11」文藝春秋 2014 p46
空をとんでいたもの
　◇「小松左京全集 完全版 24」城西国際大学出版会 2016 p467
空から
　◇「林京子全集 8」日本図書センター 2005 p175
空から墜ちてきた歴史—宇宙人の見た地球人類史
　◇「小松左京全集 完全版 6」城西国際大学出版会 2012 p255
空から降って来た手紙
　◇「〔野呂邦暢〕随筆コレクション 1」みすず書房 2014 p195
空から見た東北地方の海流と山脈
　◇「小松左京全集 完全版 29」城西国際大学出版会 2007 p135
空旅
　◇「定本 久生十蘭全集 10」国書刊行会 2011 p117
空とぶ円盤
　◇「坂口安吾全集 13」筑摩書房 1999 p353
空飛ぶ円盤と人間通—北村小松氏追悼
　◇「決定版 三島由紀夫全集 33」新潮社 2003 p31
「空飛ぶ円盤」の観測に失敗して—私の本「美しい星」
　◇「決定版 三島由紀夫全集 32」新潮社 2003 p649
空飛ぶ男—周辺飛行9
　◇「安部公房全集 23」新潮社 1999 p333
空飛ぶ窓
　◇「小松左京全集 完全版 20」城西国際大学出版会 2014 p165
空に帰る 夢幻空間のナムアミダブツ
　◇「小松左京全集 完全版 32」城西国際大学出版会 2008 p345
空に咲く花
　◇「宮本百合子全集 15」新日本出版社 2001 p166
空にしるすことば
　◇「石牟礼道子全集 13」藤原書店 2007 p680
宇宙（そら）に嫁ぐ
　◇「小松左京全集 完全版 25」城西国際大学出版会 2017 p467
空には本
　◇「寺山修司著作集 1」クインテッセンス出版 2009 p81
虚空（そら）の足音
　◇「小松左京全集 完全版 21」城西国際大学出版会 2015 p363
空の王座
　◇「辻邦生全集 2」新潮社 2004 p53
空の群青色
　◇「須賀敦子全集 3」河出書房新社 2007（河出文庫） p344
空の種子
　◇「寺山修司著作集 1」クインテッセンス出版 2009 p74
空の白い鳥
　◇「立松和平全小説 23」勉誠出版 2013 p95
空の美
　◇「宮本百合子全集 9」新日本出版社 2001 p351
空の美と芸術に就いて
　◇「稲垣足穂コレクション 7」筑摩書房 2005（ちくま文庫） p362
空のゆきずりに
　◇「小松左京全集 完全版 25」城西国際大学出版会 2017 p327
〈そら又秋だ〉
　◇「安部公房全集 1」新潮社 1997 p135
空も水も詩もない日本橋
　◇「開高健ルポルタージュ選集 ずばり東京」光文社 2007（光文社文庫） p12
空笑
　◇「石上玄一郎作品集 3」日本図書センター 2004 p125
　◇「石上玄一郎小説作品集成 3」未知谷 2008 p207
疎林への道
　◇「小島信夫短篇集成 5」水声社 2015 p187
ソルジェニーツィン援護聲明に一筆啓上
　◇「福田恆存評論集 18」麗澤大學出版會, 廣池學園事業部〔発賣〕 2010 p257
ソルジェニーツィンと中野重治
　◇「佐々木基一全集 5」河出書房新社 2013 p298
ソルジェニーツィンの闘い
　◇「佐々木基一全集 5」河出書房新社 2013 p306

そるし

ソルジェニーツィンの背後
　◇「佐々木基一全集 3」河出書房新社 2013 p350

ソール・ベロー
　◇「小島信夫批評集成 2」水声社 2011 p600

それを避けて通ることはできない
　◇「小田実全集 評論 2」講談社 2010 p159

それを避けて通ることはできない—韓国・その現実と未来
　◇「小田実全集 評論 2」講談社 2010 p160

それを知らなかつたのは、損をしたといふ気がします。
　◇「金井美恵子エッセイ・コレクション―1964－2013 3」平凡社 2013 p351

それからの「吉里吉里国」
　◇「井上ひさしコレクション 日本の巻」岩波書店 2005 p279

それから、のこと―原民喜「火の唇」
　◇「小田実全集 評論 12」講談社 2011 p197

それぞれに御対面の巻
　◇「小田実全集 小説 28」講談社 2012 p293

それぞれの意味
　◇「大庭みな子全集 11」日本経済新聞出版社 2010 p340

それぞれの「小松左京」
　◇「小松左京全集 完全版 45」城西国際大学出版会 2015 p214

それぞれの社会の「知識人」のそれぞれのイメージ
　◇「小田実全集 評論 3」講談社 2010 p113

それぞれの旅
　◇「石牟礼道子全集 13」藤原書店 2007 p551

それぞれの断崖
　◇「野坂昭如エッセイ・コレクション 2」筑摩書房 2004（ちくま文庫）p218

それぞれの行方
　◇「大庭みな子全集 23」日本経済新聞出版社 2011 p711

それでは……
　◇「〔野呂邦暢〕随筆コレクション 2」みすず書房 2014 p58

それで、わしらは今、ここに、こうしている
　◇「小田実全集 小説 37」講談社 2013 p230

それに偽りがないならば
　◇「宮本百合子全集 19」新日本出版社 2002 p85

夫れ美術といふものは…
　◇「福田恆存評論集 9」麗澤大學出版會, 廣池學園事業部〔発売〕2008 p229

それらの国々でも―新しい国際性を求めて
　◇「宮本百合子全集 18」新日本出版社 2002 p55

それは遺伝子よ（It's gene）
　◇「大庭みな子全集 16」日本経済新聞出版社 2010 p286

それは それは
　◇「林京子全集 5」日本図書センター 2005 p264

それはハッピーなことですわ
　◇「小島信夫短篇集成 8」水声社 2014 p13

それは破滅ではないのか
　◇「小田実全集 評論 29」講談社 2013 p163

ソ連所蔵名品百選展
　◇「小島信夫批評集成 7」水声社 2011 p312

ソ連の意圖
　◇「福田恆存評論集 10」麗澤大學出版會, 廣池學園事業部〔発売〕2008 p146

ソ連の旅
　◇「大庭みな子全集 6」日本経済新聞出版社 2009 p131

〈ソ連旅行から帰った安部公房氏〉『東京新聞』の談話記事
　◇「安部公房全集 20」新潮社 1999 p366

「そろそろ年貢の納めどき」
　◇「吉川潮ハートウォーム・セレクション 2」ランダムハウス講談社 2008（ランダムハウス講談社文庫）p224

算盤が恋を語る話
　◇「江戸川乱歩全集 1」光文社 2004（光文社文庫）p359
　◇「江戸川乱歩全集 15」沖積舎 2009 p265

算盤の問題
　◇「徳田秋聲全集 21」八木書店 2001 p379

尊厳
　◇「松本清張短編全集 05」光文社 2009（光文社文庫）p225

孫悟空
　◇「大庭みな子全集 18」日本経済新聞出版社 2010 p107

孫悟空の雲―『近代文学』十月号平野謙氏の評論について
　◇「宮本百合子全集 19」新日本出版社 2002 p80

存在しない神社のお祭り
　◇「坂口安吾全集 14」筑摩書房 1999 p342

存在しないものの美学―「新古今集」珍解
　◇「決定版 三島由紀夫全集 31」新潮社 2003 p560

存在する人
　◇「大庭みな子全集 9」日本経済新聞出版社 2010 p377

存在の高貴さあやうく復活
　◇「石牟礼道子全集 6」藤原書店 2006 p489

「存在のことば」、「運動のことば」
　◇「小田実全集 評論 10」講談社 2011 p165

存在の始源へ匍匐してゆく人びと―水俣病 黙示録の世界
　◇「石牟礼道子全集 15」藤原書店 2012 p391

存在の不安―あとがきにかえて
　◇「〔澁澤龍彦〕ホラー・ドラコニア少女小説集成 肆」平凡社 2004 p105

【てんぷくトリオのコント】村長と詐欺師
　◇「井上ひさしコレクション ことばの巻」岩波書店 2005 p156
そんなに沢山のトランクを
　◇「小島信夫批評集成 7」水声社 2011 p15
　◇「小島信夫批評集成 7」水声社 2011 p57
ゾンビの涙
　◇「立松和平全小説 15」勉誠出版 2011 p42

【た】

ダアリン
　◇「日影丈吉全集 6」国書刊行会 2002 p420
題
　◇「丸谷才一全集 9」文藝春秋 2013 p408
大暗室
　◇「江戸川乱歩全集 10」光文社 2003（光文社文庫）p211
　◇「江戸川乱歩全集 12」沖積舎 2008 p3
大尉殺し
　◇「内田百閒集成 3」筑摩書房 2002（ちくま文庫）p122
第一の性
　◇「決定版 三島由紀夫全集 32」新潮社 2003 p154
第一の手紙
　◇「安部公房全集 1」新潮社 1997 p190
第一のノート─終りし道の標べに［真善美社版］
　◇「安部公房全集 1」新潮社 1997 p273
第一のノート 終りし道の標べに［冬樹社版］
　◇「安部公房全集 19」新潮社 1999 p379
第一のフーガ（二声による）［翻訳］（ウンベルト・サバ）
　◇「須賀敦子全集 5」河出書房新社 2008（河出文庫）p344
第一回池谷信三郎賞推薦理由
　◇「小林秀雄全作品 9」新潮社 2003 p71
　◇「小林秀雄全集 補巻 1」新潮社 2010 p456
第一回応募原稿選後評
　◇「上野壮夫全集 3」図書新聞 2011 p556
第一回オール新人杯決定発表［座談会］（村上元三、井上靖、檀一雄、源氏鶏太）
　◇「定本 久生十蘭全集 別巻」国書刊行会 2013 p483
第一回新潮社文學賞選後感
　◇「小林秀雄全集 補巻 3」新潮社 2010 p153
第一回日本アンデパンダン展批評
　◇「宮本百合子全集 17」新日本出版社 2002 p370
第一回横光利一賞銓衡後記
　◇「小林秀雄全作品 17」新潮社 2004 p91

　◇「小林秀雄全集 補巻 2」新潮社 2010 p377
第一巻序文〈『明治開化安吾捕物帖』〉
　◇「坂口安吾全集 15」筑摩書房 1999 p706
第一章『明暗』、その再読
　◇「小島信夫批評集成 8」水声社 2010 p15
大尉のセックス音
　◇「田中小実昌エッセイ・コレクション 6」筑摩書房 2003（ちくま文庫）p208
「大尉の娘」
　◇「小沼丹全集 4」未知谷 2004 p652
大尉の眼鏡
　◇「林京子全集 8」日本図書センター 2005 p418
大映映画「複雑な彼」─原作者登場
　◇「決定版 三島由紀夫全集 34」新潮社 2003 p179
ダイエット・コーラ
　◇「島田荘司全集 6」南雲堂 2014 p768
大宴会
　◇「内田百閒集成 3」筑摩書房 2002（ちくま文庫）p103
退化
　◇「小檜山博全集 8」柏艪舎 2006 p39
退化
　◇〔野呂邦暢〕随筆コレクション 1」みすず書房 2014 p231
大学
　◇「田村泰次郎選集 1」日本図書センター 2005 p300
大学界隈
　◇「徳田秋聲全集 21」八木書店 2001 p160
退学希望者
　◇「小島信夫長篇集成 2」水声社 2015 p609
大学教育を考える
　◇「小田実全集 評論 3」講談社 2010 p241
大學教授停年制
　◇「小酒井不木随筆評論選集 7」本の友社 2004 p317
大学芸運動会
　◇「向田邦子全集 新版 10」文藝春秋 2010 p244
大楽源太郎の生死
　◇「司馬遼太郎短篇全集 12」文藝春秋 2006 p215
大学生
　◇「丸谷才一全集 9」文藝春秋 2013 p53
大学生諸君！
　◇「小島信夫長篇集成 2」水声社 2015 p369
大學卒の就職率（九月二十二日）
　◇「福田恆存評論集 18」麗澤大學出版會, 廣池學園事業部〔発売〕 2010 p116
大学にて
　◇「辻井喬コレクション 7」河出書房新社 2003 p18
大学に入ったころ
　◇「辻邦生全集 16」新潮社 2005 p285

たいか

大学の垣
- 「小林秀雄全作品 9」新潮社 2003 p53
- 「小林秀雄全集 補巻 1」新潮社 2010 p452

大學の授業料（一月二十六日）
- 「福田恆存評論集 18」麗澤大學出版會, 廣池學園事業部〔發売〕2010 p139

大学の創作コースについて
- 「小島信夫批評集成 1」水声社 2011 p298

大学紛争の中で
- 「佐々木基一全集 3」河出書房新社 2013 p432

退化する都会
- 「小檜山博全集 8」柏艪舎 2006 p175

大家族の農家の嫁となって
- 「石牟礼道子全集 8」藤原書店 2005 p281

隊歌（祖国防衛隊）
- 「決定版 三島由紀夫全集 37」新潮社 2004 p792

大家の翻訳よりは若い人の翻訳
- 「徳田秋聲全集 19」八木書店 2000 p208

大雅の道
- 「辻邦生全集 19」新潮社 2005 p203

タイガー・ヒル
- 「立松和平全小説 3」勉誠出版 2010 p325

対岸
- 「立松和平全小説 2」勉誠出版 2010 p311

対岸の人
- 「松下竜一未刊行著作集 5」海鳥社 2009 p196

大気圏外宇宙へ飛ぶ
- 「小松左京全集 完全版 40」城西国際大学出版会 2012 p303

大義の爲に（なし）
- 「福田恆存評論集 18」麗澤大學出版會, 廣池學園事業部〔發売〕2010 p87

大器晩成
- 「小松左京全集 完全版 25」城西国際大学出版会 2017 p328

大義名分
- 「安部公房全集 9」新潮社 1998 p311

第九回新潮社文學賞選後感
- 「小林秀雄全集 補巻 3」新潮社 2010 p291

第九回讀賣文學賞選後感
- 「小林秀雄全集 補巻 3」新潮社 2010 p166

第九号の道標
- 「四季桂子全集」皆進社 2013 p77

第九三四海軍航空隊（自九月一日 至九月六日）
- 「定本 久生十蘭全集 10」国書刊行会 2011 p653

胎教
- 「石牟礼道子全集 1」藤原書店 2004 p416

太虚のなかに在ること
- 「辻邦生全集 19」新潮社 2005 p223

大金塊
- 「江戸川乱歩全集 13」光文社 2005 （光文社文庫）p533

退屈を教へよう―佐藤春夫
- 「丸谷才一全集 9」文藝春秋 2013 p408

退屈散歩
- 「山田風太郎エッセイ集成 秀吉はいつ知ったか」筑摩書房 2008 p15

退屈で憂鬱な十年―あいまいな人物たちを見事に描写 栗本薫『ライク・ア・ローリングストーン』
- 「鈴木いづみコレクション 8」文遊社 1998 p337

退屈な古典を乱読
- 「山田風太郎エッセイ集成 昭和前期の青春」筑摩書房 2007 p22

退屈な新年―新春雑記
- 「決定版 三島由紀夫全集 28」新潮社 2003 p249

退屈な旅
- 「決定版 三島由紀夫全集 17」新潮社 2002 p563

退屈な話
- 「20世紀断層―野坂昭如単行本未収録小説集成 補巻」幻戯書房 2010 p666

退屈なる対話
- 「佐々木基一全集 1」河出書房新社 2013 p466

大工の妻
- 「徳田秋聲全集 7」八木書店 1998 p52

大工の政さんとそのあとつぎたち
- 「松田解子自選集 7」澤田出版 2008 p273

帯勲車夫
- 「井上ひさし短編中編小説集成 6」岩波書店 2015 p69

体系的文学理論を求めて
- 「小松左京全集 完全版 40」城西国際大学出版会 2012 p412

「体験」を伝えることは困難だが「体験」を学びとることはできる
- 「小田実全集 評論 13」講談社 2011 p60

太原街
- 「立松和平全小説 別巻」勉誠出版 2015 p418

「体験情報論」のこころみ
- 「小松左京全集 完全版 29」城西国際大学出版会 2007 p223

大元帥曰く「SFは絵だねェ！」「小松左京マガジン」編集長インタビュー 第九回（野田昌宏）
- 「小松左京全集 完全版 49」城西国際大学出版会 2017 p115

「大元帥陛下」＝「天皇さま」
- 「小田実全集 評論 7」講談社 2010 p159

体験的知識の軽視
- 「小田実全集 評論 3」講談社 2010 p168

体験と原則と原理
- 「小田実全集 評論 4」講談社 2010 p139

体験としての大阪大空襲
- 「小田実全集 評論 29」講談社 2013 p97

体験としての漫画史
- 「小松左京全集 完全版 41」城西国際大学出版会

体験入隊には反対する
　◇「決定版 三島由紀夫全集 34」新潮社 2003 p423
体験のなかの「現場」
　◇「小田実全集 評論 16」講談社 2012 p10
だいこ
　◇「内田百閒集成 12」筑摩書房 2003（ちくま文庫）p223
真書太閤記
　◇「坂口安吾全集 14」筑摩書房 1999 p572
「太功記」其他―帝劇九月狂言
　◇「徳田秋聲全集 20」八木書店 2001 p37
大行山の絵
　◇「田村泰次郎選集 2」日本図書センター 2005 p213
大好物10
　◇「坂口安吾全集 別巻」筑摩書房 2012 p38
太公望（上）
　◇「宮城谷昌光全集 12」文藝春秋 2003 p3
太公望（下）
　◇「宮城谷昌光全集 13」文藝春秋 2003 p3
第五回文部省美術展覧会に於て予の最も感心したる作
　◇「徳田秋聲全集 23」八木書店 2001 p257
大極殿趾
　◇「谷崎潤一郎全集 1」中央公論新社 2015 p421
大黒屋光太夫
　◇「吉村昭歴史小説集成 5」岩波書店 2009 p1
第五図破壊された女
　◇「田村泰次郎選集 2」日本図書センター 2005 p335
第五太陽忌
　◇「中井英夫全集 7」東京創元社 1998（創元ライブラリ）p475
太鼓情あり
　◇「国枝史郎歴史小説傑作選」作品社 2006 p359
第五日
　◇「宮本百合子全集 32」新日本出版社 2003 p128
醍醐の里
　◇「坂口安吾全集 3」筑摩書房 1999 p97
第五の街角
　◇「上野壮夫全集 1」図書新聞 2010 p125
第五の喇叭―黙示録 第九章
　◇「決定版 三島由紀夫全集 37」新潮社 2004 p303
だいこん
　◇「定本 久生十蘭全集 3」国書刊行会 2009 p45
　◇「定本 久生十蘭全集 6」国書刊行会 2010 p61
大根
　◇「立松和平全小説 8」勉誠出版 2010 p60
大根脚は隠せ〔1946.10.14〕
　◇「坂口安吾全集 4」筑摩書房 1998 p224

大根奇聞
　◇「島田荘司 very BEST 10 Author's Selection」講談社 2007（講談社box）p7
大混線
　◇「小松左京全集 完全版 17」城西国際大学出版会 2012 p405
だいこん第6回［『モダン日本』校正刷版］
　◇「定本 久生十蘭全集 別巻」国書刊行会 2013 p334
大根の月
　◇「向田邦子全集 新版 1」文藝春秋 2009 p123
だいこん［『モダン日本』版］
　◇「定本 久生十蘭全集 別巻」国書刊行会 2013 p208
大祭日
　◇「徳田秋聲全集 7」八木書店 1998 p207
題材の形象化
　◇「上野壮夫全集 3」図書新聞 2011 p41
代作
　◇「内田百閒集成 18」筑摩書房 2004（ちくま文庫）p63
代作恋文
　◇「野村胡堂伝奇幻想小説集成」作品社 2009 p67
一代作の手紙
　◇「向田邦子全集 新版 11」文藝春秋 2010 p111
大作家論 対談（正宗白鳥）
　◇「小林秀雄全作品 16」新潮社 2004 p172
　◇「小林秀雄全集 補巻 2」新潮社 2010 p341
大佐の息子
　◇「〔野呂邦暢〕随筆コレクション 2」みすず書房 2014 p258
第三回「アカハタ短編小説」審査をおわって〔座談会〕（小田切秀雄、中野重治）
　◇「安部公房全集 11」新潮社 1998 p192
第三回オール新人杯決定発表〔座談会〕（村上元三、井上靖、源氏鶏太）
　◇「定本 久生十蘭全集 別巻」国書刊行会 2013 p504
第三債務者
　◇「内田百閒集成 5」筑摩書房 2003（ちくま文庫）p286
大惨事人体大戦
　◇「井上ひさし短編中編小説集成 10」岩波書店 2015 p545
第三者仲介斡旋篇
　◇「三角寛サンカ選集第二期 15」現代書館 2005 p293
「第三新生丸」後日譚について
　◇「宮本百合子全集 11」新日本出版社 2001 p437
第三勢力論を実践するゴマシオ頭の男
　◇「安部公房全集 3」新潮社 1997 p340
「第三世界」を根もとのところで考える
　◇「小田実全集 評論 14」講談社 2011 p151
「第三世界」の「告発」と「革命」
　◇「小田実全集 評論 23」講談社 2012 p145
　◇「小田実全集 評論 23」講談社 2012 p146

たいさ

第三世代の映像―安部公房スタジオ会員通信 11
　◇「安部公房全集 27」新潮社 2000 p58
第三日
　◇「宮本百合子全集 32」新日本出版社 2003 p126
第三の椅子
　◇「福田恆存評論集 16」麗澤大學出版會、廣池學園事業部〔發売〕2010 p169
第三の解答
　◇「高木彬光コレクション新装版 能面殺人事件」光文社 2006（光文社文庫）p315
第三の立場の上に立って
　◇「小田実全集 評論 2」講談社 2010 p217
第三の手紙
　◇「安部公房全集 1」新潮社 1997 p194
第三のノート―知られざる神［真善美社版］
　◇「安部公房全集 1」新潮社 1997 p345
第三のノート 知られざる神［冬樹社版］
　◇「安部公房全集 19」新潮社 1999 p436
第三のフーガ（二声による）［翻訳］（ウンベルト・サバ）
　◇「須賀敦子全集 5」河出書房新社 2008（河出文庫）p348
「第三の道」はどこへ？
　◇「小田実全集 評論 4」講談社 2010 p331
第三の道はないものか―二〇〇一年秋
　◇「井上ひさしコレクション 日本の巻」岩波書店 2005 p231
第三の耳
　◇「三橋一夫ふしぎ小説集成 3」出版芸術社 2005 p204
第三半球物語
　◇「稲垣足穂コレクション 1」筑摩書房 2005（ちくま文庫）p63
大山鳴動して
　◇「林京子全集 7」日本図書センター 2005 p266
胎児
　◇「四季桂子全集」皆進社 2013 p311
大事業
　◇「安部公房全集 15」新潮社 1998 p147
太史公曰く
　◇「宮城谷昌光全集 21」文藝春秋 2004 p490
大地震の文明社会への影響
　◇「小松左京全集 完全版 40」城西国際大学出版会 2012 p362
大師誕生
　◇「大坪砂男全集 1」東京創元社 2013（創元推理文庫）p101
第十回新潮社文學賞選後感
　◇「小林秀雄全集 補巻 3」新潮社 2010 p385
大実験
　◇「徳田秋聲全集 27」八木書店 2002 p23

第十章
　◇「色川武大・阿佐田哲也エッセイズ 1」筑摩書房 2003（ちくま文庫）p160
胎児の夢―竹中英太郎
　◇「中井英夫全集 7」東京創元社 1998（創元ライブラリ）p375
貸借
　◇〔野呂邦暢〕随筆コレクション 2」みすず書房 2014 p198
大赦請願
　◇「定本 久生十蘭全集 8」国書刊行会 2010 p625
第十一回空手道大会に寄せる……
　◇「決定版 三島由紀夫全集 35」新潮社 2003 p135
第十一回新潮社文學賞選後感
　◇「小林秀雄全集 補巻 3」新潮社 2010 p391
大衆化とは何か〔座談会〕（尾崎宏次、花田清輝）
　◇「安部公房全集 30」新潮社 2009 p77
体重が八貫目だった頃
　◇〔池澤夏樹〕エッセー集成 1」みすず書房 2008 p14
大衆芸術の新しい形式―テレビについて
　◇「佐々木基一全集 7」河出書房新社 2013 p420
第十五回讀賣文學賞選後感
　◇「小林秀雄全集 補巻 3」新潮社 2010 p386
體臭雑話
　◇「小酒井不木随筆評論選集 6」本の友社 2004 p380
第十三次「新思潮」創刊に寄せて
　◇「小林秀雄全作品 9」新潮社 2003 p253
　◇「小林秀雄全集 補巻 1」新潮社 2010 p498
第十七週年寄宿寮紀念祭記事 各室飾物巡覧記
　◇「谷崎潤一郎全集 25」中央公論新社 2016 p116
大衆出版文化の担い手講談社一族として40年
　「小松左京マガジン」編集長インタビュー 第十七回（新井壽江）
　◇「小松左京全集 完全版 49」城西国際大学出版会 2017 p219
大衆小説の読者
　◇「車谷長吉全集 3」新書館 2010 p718
大衆小説乱菊物語はしがき
　◇「谷崎潤一郎全集 15」中央公論新社 2016 p479
体重というもの
　◇「小檜山博全集 7」柏艪舎 2006 p141
大衆闘争についてのノート
　◇「宮本百合子全集 20」新日本出版社 2002 p605
大衆と歴史の逆説―放送ジャーナリストに提言する
　◇「安部公房全集 8」新潮社 1998 p294
第十二回新潮社文學賞選後感
　◇「小林秀雄全集 補巻 3」新潮社 2010 p392
大衆文学時評（読売新聞）
　◇「丸谷才一全集 12」文藝春秋 2014 p192

大衆文学是否 剣劇物は風壊として取締れ
　◇「德田秋聲全集 21」八木書店 2001 p187
大衆文学の流行について
　◇「谷崎潤一郎全集 15」中央公論新社 2016 p498
大衆文藝、もの、映畫化
　◇「小酒井不木随筆評論選集 3」本の友社 2004 p400
大衆文芸問答
　◇「国枝史郎探偵小説全集」作品社 2005 p333
大衆物寸観
　◇「国枝史郎探偵小説全集」作品社 2005 p417
大衆読物の威力
　◇「小松左京全集 完全版 36」城西国際大学出版会 2011 p298
第十四回新潮社文學賞選後感
　◇「小林秀雄全集 補巻 3」新潮社 2010 p395
大衆は正直
　◇「坂口安吾全集 6」筑摩書房 1998 p313
大衆は信じうるか
　◇「福田恆存評論集 7」麗澤大學出版會, 廣池學園事業部〔発売〕2008 p156
隊商
　◇「中井英夫全集 10」東京創元社 2002（創元ライブラリ）p161
大詔
　◇「決定版 三島由紀夫全集 37」新潮社 2004 p708
大正生れのダンディズム
　◇「吉行淳之介エッセイ・コレクション 1」筑摩書房 2004（ちくま文庫）p82
大障碍――幕
　◇「決定版 三島由紀夫全集 22」新潮社 2002 p523
大正五年
　◇「丸谷才一全集 9」文藝春秋 2013 p64
大正十三年度劇壇に記憶に残った舞台と役者
　◇「德田秋聲全集 23」八木書店 2001 p299
大正十二年九月一日よりの東京・横浜間大震火災についての記録
　◇「宮本百合子全集 20」新日本出版社 2002 p407
大正女性の民俗 瀬川清子さんに聞く（河合秀和, 中村隆英, 瀬川清子）
　◇「小松左京全集 完全版 38」城西国際大学出版会 2010 p396
対照的な異国の友
　◇「辻邦生全集 16」新潮社 2005 p348
大正二年の芸術界
　◇「德田秋聲全集 23」八木書店 2001 p262
隊商のうた
　◇「決定版 三島由紀夫全集 37」新潮社 2004 p75
大将の刀――北原白秋先生にきく
　◇「定本 久生十蘭全集 10」国書刊行会 2011 p68
大正博覧会を観て最も深き印象を得たもの
　◇「德田秋聲全集 23」八木書店 2001 p263

大正文壇の回顧
　◇「德田秋聲全集 21」八木書店 2001 p139
大正六年文学界の事業・作品・人
　◇「德田秋聲全集 23」八木書店 2001 p282
大臣
　◇「決定版 三島由紀夫全集 17」新潮社 2002 p369
滞陣記
　◇「德田秋聲全集 26」八木書店 2002 p334
「大震災」一年を経て今、見ること、考えること
　◇「小田実全集 評論 25」講談社 2012 p104
大震災を通して見えて来たもの
　◇「小田実全集 評論 21」講談社 2012 p103
大震災「難死」者六千人の重み
　◇「小田実全集 評論 21」講談社 2012 p227
「大震災」の「被災」から見えて来たもの
　◇「小田実全集 評論 24」講談社 2012 p334
大震災'95
　◇「小松左京全集 完全版 46」城西国際大学出版会 2016 p7
大震災'95関連 対談・座談会および講演録
　◇「小松左京全集 完全版 46」城西国際大学出版会 2016 p227
「大臣」創作ノート
　◇「決定版 三島由紀夫全集 17」新潮社 2002 p755
大臣の家
　◇「宮城谷昌光全集 21」文藝春秋 2004 p384
大臣の恋
　◇「松本清張傑作選 悪党たちの懺悔録」新潮社 2009 p227
　◇「松本清張傑作選 悪党たちの懺悔録」新潮社 2013（新潮文庫）p321
大人片伝――続のんびりした話
　◇「内田百閒集成 5」筑摩書房 2003（ちくま文庫）p160
大好きな姉
　◇「高橋克彦自選短編集 2」講談社 2009（講談社文庫）p611
対する
　◇「小田実全集 評論 27」講談社 2013 p221
泰西逸話
　◇「德田秋聲全集 19」八木書店 2000 p31
体制からの「はみだし者」の立場
　◇「小松左京全集 完全版 40」城西国際大学出版会 2012 p346
大盛況を博した「非核平和館」
　◇「松下竜一未刊行著作集 5」海鳥社 2009 p72
大星蝕の夜
　◇「中井英夫全集 3」東京創元社 1996（創元ライブラリ）p201
大精神
　◇「德田秋聲全集 26」八木書店 2002 p310

たいせ

大聖堂まで
  ◇『須賀敦子全集 2』河出書房新社 2006（河出文庫）p122
大政奉還
  ◇『宮城谷昌光全集 21』文藝春秋 2004 p339
泰西名醫奇聞
  ◇『小酒井不木随筆評論選集 6』本の友社 2004 p389
大雪山のSOS
  ◇『小檜山博全集 6』柏艪舎 2006 p226
大切な芽
  ◇『宮本百合子全集 9』新日本出版社 2001 p243
『大戦のときに書いた詩』［翻訳］（ウンベルト・サバ）
  ◇『須賀敦子全集 5』河出書房新社 2008（河出文庫）p233
大先輩
  ◇『小沼丹全集 4』未知谷 2004 p102
大扇風器の蔭で―金果記後記
  ◇『日影丈吉全集 1』国書刊行会 2002 p580
体操
  ◇『小檜山博全集 7』柏艪舎 2006 p31
大草原に轟く文化の鼓動〔対談〕（米山俊直）
  ◇『小松左京全集 完全版 35』城西国際大学出版会 2009 p306
太宗寺横丁
  ◇『田村泰次郎選集 1』日本図書センター 2005 p261
体操と文明―浜田靖一著「図説徒手体操」
  ◇『決定版 三島由紀夫全集 29』新潮社 2003 p296
大足（だいそく）
  ◇『大庭みな子全集 12』日本経済新聞出版社 2010 p280
だいたいの意味（序）
  ◇『三角寛サンカ選集第二期 15』現代書館 2005 p15
タイタス・アンドロニカス
  ◇『福田恆存評論集 19』麗澤大學出版会,廣池學園事業部〔發売〕2010 p21
怠惰な狩人
  ◇『〔野呂邦暢〕随筆コレクション 2』みすず書房 2014 p63
怠惰なる傲岸―現代心中考
  ◇『大庭みな子全集 18』日本経済新聞出版社 2010 p43
大谷崎
  ◇『決定版 三島由紀夫全集 28』新潮社 2003 p344
大谷崎の芸術〔対談〕（舟橋聖一）
  ◇『決定版 三島由紀夫全集 39』新潮社 2004 p487
対談（大江健三郎）
  ◇『安部公房全集 29』新潮社 2000 p72
対談「坏家殺人事件」
  ◇『狩久全集 2』皆進社 2013 p280

〈対談〉石牟礼道子文学の世界―新作能『不知火』をめぐって（岩岡中正）
  ◇『石牟礼道子全集 16』藤原書店 2013 p94
対談 『井上成美』をどう読むか（阿部昭）
  ◇『阿川弘之全集 13』新潮社 2006 p549
対談への弁明
  ◇『辻邦生全集 18』新潮社 2005 p401
【対談】活断層とは何か（断層研究資料センター所長・藤田和夫）
  ◇『小松左京全集 完全版 46』城西国際大学出版会 2016 p97
〈対談〉関西の企業と文化
  ◇『小松左京全集 完全版 42』城西国際大学出版会 2014 p270
【対談】観測（京都大学教授・土岐憲三）
  ◇『小松左京全集 完全版 46』城西国際大学出版会 2016 p159
対談 危機の時代の指導者（加藤秀俊）
  ◇『阿川弘之全集 12』新潮社 2006 p557
対談 君は、うちのカレーを「竹」の「中」だと悪口言った（倉本聰）
  ◇『阿川弘之全集 20』新潮社 2007 p680
対談嫌いの弁明―『発想の周辺』あとがき
  ◇『安部公房全集 24』新潮社 1999 p514
【対談】記録者の目（神戸新聞論説委員長・三木康弘）
  ◇『小松左京全集 完全版 46』城西国際大学出版会 2016 p20
対談・現代文学のフロンティア（田中淳一）
  ◇『中井英夫全集 6』東京創元社 1996（創元ライブラリ）p701
対談 原爆と表現（山田かん）
  ◇『〔野呂邦暢〕随筆コレクション 1』みすず書房 2014 p220
対談 豪華船で世界を巡る愉しみ（平岩弓枝）
  ◇『阿川弘之全集 18』新潮社 2007 p555
【対談】神戸大学の試み（神戸大学工学部長・片岡邦夫）
  ◇『小松左京全集 完全版 46』城西国際大学出版会 2016 p146
【対談】心のケア（精神病理学者・野田正彰）
  ◇『小松左京全集 完全版 46』城西国際大学出版会 2016 p124
〈対談〉サンケイビル四十三年の歴史
  ◇『小松左京全集 完全版 42』城西国際大学出版会 2014 p248
対談 志賀直哉と戦後半世紀（那田太郎）
  ◇『阿川弘之全集 14』新潮社 2006 p481
【対談】地震の予知は可能か（京都大学教授・尾池和夫）
  ◇『小松左京全集 完全版 46』城西国際大学出版会 2016 p76

〈対談〉昭和五十二年、初の大フィル祭りにダフ屋まで
　　◇「小松左京全集 完全版 42」城西国際大学出版会 2014 p221
対談 昭和史と私（深田祐介）
　　◇「阿川弘之全集 5」新潮社 2005 p591
対談 昭和史の明と暗（半藤一利）
　　◇「阿川弘之全集 7」新潮社 2006 p593
対談 昭和二十二年（辰野隆，河盛好蔵）
　　◇「内田百閒集成 21」筑摩書房 2004（ちくま文庫）p92
対談書評〔対談者〕真鍋博
　　◇「大庭みな子全集 22」日本経済新聞出版社 2011 p155
対談 白樺派の人々（中川一政）
　　◇「阿川弘之全集 16」新潮社 2006 p569
対談 真珠湾攻撃から五十年（西木正明）
　　◇「阿川弘之全集 11」新潮社 2006 p703
対談 酔生夢死か、起死回生か。（北杜夫）
　　◇「阿川弘之全集 9」新潮社 2006 p485
〈対談〉救いとしての本物の美―新作能『不知火』奉納に託される思い（大岡信）
　　◇「石牟礼道子全集 16」藤原書店 2013 p72
【対談】前兆現象（前大阪市立大学理学部長・弘原海清）
　　◇「小松左京全集 完全版 46」城西国際大学出版会 2016 p106
〈対談〉宝塚八十年
　　◇「小松左京全集 完全版 42」城西国際大学出版会 2014 p171
対談 谷川徹三と白樺派の人々（谷川俊太郎）
　　◇「阿川弘之全集 1」新潮社 2005 p561
対談 血と風土の根源を照らす―『地の果て至上の時』をめぐって（小島信夫）
　　◇「中上健次集 6」インスクリプト 2014 p427
対談 兵共が夢の跡（大岡昇平）
　　◇「阿川弘之全集 8」新潮社 2006 p603
対談 鉄道は国家なり（原武史）
　　◇「阿川弘之全集 17」新潮社 2006 p655
対談 日本史逆転再逆転（縄田一男）
　　◇「隆慶一郎全集 19」新潮社 2010 p551
対談 日本人の国家意識と国民性（高坂正堯）
　　◇「阿川弘之全集 3」新潮社 2005 p561
対談・人間と文学（中村光夫）
　　◇「決定版 三島由紀夫全集 40」新潮社 2004 p43
対談のことから
　　◇「小島信夫短篇集成 7」水声社 2015 p535
対談 舶来型海軍と大和民族型陸軍（安岡章太郎）
　　◇「阿川弘之全集 6」新潮社 2006 p597
対談「八月合評」
　　◇「狩久全集 1」皆進社 2013 p283

対談・話の泉（渡辺紳一郎）
　　◇「定本 久生十蘭全集 別巻」国書刊行会 2013 p510
対談 広津和郎氏の思い出（志賀直哉）
　　◇「阿川弘之全集 15」新潮社 2006 p495
対談 文学とユーモア（開高健）
　　◇「阿川弘之全集 4」新潮社 2005 p601
〈対談〉「文化発祥の地・大阪」を再認識
　　◇「小松左京全集 完全版 42」城西国際大学出版会 2014 p264
対談 文士と殿様（細川護貞）
　　◇「阿川弘之全集 19」新潮社 2007 p551
対談 李登輝『武士道解題』を読む（井尻千男）
　　◇「阿川弘之全集 2」新潮社 2005 p605
対談 わが文学生活（眞鍋呉夫）
　　◇「阿川弘之全集 10」新潮社 2006 p529
大地
　　◇「小島信夫短篇集成 1」水声社 2014 p319
大地と生命の、合一した存在の意味
　　◇「石牟礼道子全集 17」藤原書店 2012 p498
大地と星輝く天の子（上）
　　◇「小田実全集 小説 4」講談社 2010 p3
大地と星輝く天の子（下）
　　◇「小田実全集 小説 5」講談社 2010 p3
大地の子（一）
　　◇「山崎豊子全集 19」新潮社 2005 p7
大地の子（二）
　　◇「山崎豊子全集 20」新潮社 2005 p7
大地の声
　　◇「石牟礼道子全集 11」藤原書店 2005 p208
『大地の子』取材日記
　　◇「山崎豊子全集 19」新潮社 2005 p628
『大地の子』中国に還る
　　◇「山崎豊子全集 20」新潮社 2005 p594
『大地の子』と『運命の人』
　　◇「山崎豊子全集 第2期 第2期2」新潮社 2014 p405
『大地の子』と私の闘い
　　◇「山崎豊子全集 20」新潮社 2005 p557
大地の人
　　◇「大庭みな子全集 23」日本経済新聞出版社 2011 p455
大地ふかく―国鉄分割民営化法案衆院特別委通過ととき
　　◇「松田解子自選集 9」澤田出版 2009 p243
大中寺七不思議
　　◇「立松和平全小説 5」勉誠出版 2010 p48
「大地は揺れる」
　　◇「佐々木基一全集 7」河出書房新社 2013 p103
タイツと鼻
　　◇「谷崎潤一郎全集 23」中央公論新社 2017 p131
大邸宅
　　◇「小檜山博全集 8」柏艪舎 2006 p204

たいて

たいていの戦争は「戦争のための戦争だ」
　◇「小田実全集 評論 29」講談社 2013 p111

大天才、これしかない！　大瀧詠一〔対談〕
　◇「鈴木いづみセカンド・コレクション 4」文遊社 2004 p155

態度如何による
　◇「徳田秋聲全集 19」八木書店 2000 p189

大道あきない
　◇「日影丈吉全集 別巻」国書刊行会 2005 p680

大東亜戦争
　◇「阿川弘之全集 19」新潮社 2007 p543

「大東亜戦争」を再考する
　◇「小田実全集 評論 34」講談社 2013 p142

大東亜戦争か 太平洋戦争か
　◇「決定版 三島由紀夫全集 36」新潮社 2003 p658

大東亜戦に対する所感
　◇「決定版 三島由紀夫全集 補巻」新潮社 2005 p360

大同江見参の巻
　◇「小田実全集 小説 27」講談社 2012 p265

対等であること
　◇「小島信夫批評集成 6」水声社 2011 p195

対等な友情
　◇「大庭みな子全集 18」日本経済新聞出版社 2010 p121

大統領
　◇「向田邦子全集 新版 8」文藝春秋 2009 p121

大統領選挙
　◇「決定版 三島由紀夫全集 31」新潮社 2003 p507

大統領の高級秘書
　◇「日影丈吉全集 6」国書刊行会 2002 p251

台所から
　◇「林芙美子全集 7」日本図書センター 2005 p302

『台所太平記』
　◇「谷崎潤一郎全集 24」中央公論新社 2016 p163

台所太平記
　◇「谷崎潤一郎全集 24」中央公論新社 2016 p165

台所の声
　◇「井上ひさし短編中編小説集成 9」岩波書店 2015 p531

大都市の夏の朝
　◇「徳田秋聲全集 20」八木書店 2001 p226

タイトルのつけ方
　◇「小檜山博全集 7」柏艪舎 2006 p38

タイトル・マッチ
　◇「契約—鈴木いづみSF全集」文遊社 2014 p272

胎内めぐり
　◇「小松左京全集 完全版 25」城西国際大学出版会 2017 p89

第七回新潮社文學賞選後感
　◇「小林秀雄全集 補巻 3」新潮社 2010 p289

第七回讀賣文學賞選後感
　◇「小林秀雄全集 補巻 3」新潮社 2010 p156

第七回摩阿陀会
　◇「内田百閒集成 10」筑摩書房 2003（ちくま文庫）p160

ダイナモ
　◇「決定版 三島由紀夫全集 20」新潮社 2002 p586

大楠公とヒトラー
　◇「山田風太郎エッセイ集成 秀吉はいつ知ったか」筑摩書房 2008 p155

第二回池谷信三郎賞推薦理由
　◇「小林秀雄全作品 9」新潮社 2003 p243
　◇「小林秀雄全集 補巻 1」新潮社 2010 p496

第二回オール新人杯決定発表〔座談会〕（檀一雄、井上靖、源氏鶏太、村上元三）
　◇「定本 久生十蘭全集 別巻」国書刊行会 2013 p494

第二囘新潮社文學賞選後感
　◇「小林秀雄全集 補巻 3」新潮社 2010 p155

第二回横光利一賞銓衡後記
　◇「小林秀雄全作品 18」新潮社 2004 p59
　◇「小林秀雄全集 補巻 2」新潮社 2010 p422

第二芸術論について
　◇「坂口安吾全集 5」筑摩書房 1998 p554

第二次航海時代
　◇「小松左京全集 完全版 28」城西国際大学出版会 2006 p255

第二十八回芥川賞選考メモ
　◇「坂口安吾全集 16」筑摩書房 2000 p684

第二特務艦隊地中海遠征記
　◇「阿川弘之全集 20」新潮社 2007 p258

第二日
　◇「宮本百合子全集 32」新日本出版社 2003 p123

第二日本国誕生
　◇「小松左京全集 完全版 15」城西国際大学出版会 2010 p263

第二の故郷（七月五日）
　◇「福田恆存評論集 18」麗澤大學出版會、廣池學園事業部〔発売〕2010 p73

第二の誕生石
　◇「安部公房全集 27」新潮社 2000 p238

第二の手紙
　◇「安部公房全集 1」新潮社 1997 p192

第二のノート—書かれざる言葉［真善美社版］
　◇「安部公房全集 1」新潮社 1997 p307

第二のノート 書かれざる言葉［冬樹社版］
　◇「安部公房全集 19」新潮社 1999 p408

第二のふるさと
　◇「大庭みな子全集 15」日本経済新聞出版社 2010 p483

第二の離陸
　◇「内田百閒集成 11」筑摩書房 2003（ちくま文庫）p180

大日本帝国と民主主義国家日本
　◇「小田実全集 評論 25」講談社 2012 p90

たいみ

鯛の潮汁
  ◇「阿川弘之全集 20」新潮社 2007 p128
滞納処分に対する再調査願
  ◇「坂口安吾全集 16」筑摩書房 2000 p471
大脳組織と反復—桐朋学園金曜講座
  ◇「安部公房全集 24」新潮社 1999 p165
大脳の分業—周辺飛行33
  ◇「安部公房全集 25」新潮社 1999 p103
タイのこと
  ◇「大庭みな子全集 16」日本経済新聞出版社 2010 p49
頽廃
  ◇「德田秋聲全集 7」八木書店 1998 p121
大敗戦と坊主義兵見参の巻
  ◇「小田実全集 小説 28」講談社 2012 p8
頽廃文学と転向問題
  ◇「佐々木基一全集 1」河出書房新社 2013 p348
大芭蕉と小芭蕉—「芭蕉通夜舟」
  ◇「井上ひさしコレクション 人間の巻」岩波書店 2005 p22
第八回新潮社文學賞選後感
  ◇「小林秀雄全集 補巻 3」新潮社 2010 p290
第八回讀賣文學賞選後感
  ◇「小林秀雄全集 補巻 3」新潮社 2010 p161
大発見
  ◇「〔森〕鷗外近代小説集 2」岩波書店 2012 p105
大破裂
  ◇「德田秋聲全集 28」八木書店 2002 p3
大般若
  ◇「内田百閒集成 13」筑摩書房 2003 (ちくま文庫) p81
タイピスト
  ◇「野呂邦暢 随筆コレクション 2」みすず書房 2014 p335
〈代表的日本美〉
  ◇「安部公房全集 9」新潮社 1998 p406
大貧帳
  ◇「内田百閒集成 5」筑摩書房 2003 (ちくま文庫)
台風
  ◇「隆慶一郎全集 19」新潮社 2010 p299
大風一過
  ◇「内田百閒集成 16」筑摩書房 2004 (ちくま文庫) p86
台風・グレース、ヘレースの姉妹へ
  ◇「松田解子自選集 9」澤田出版 2009 p117
タイフウのときの危険性
  ◇「小島信夫批評集成 2」水声社 2011 p421
台風の眼 第46回野間文芸賞
  ◇「大庭みな子全集 24」日本経済新聞出版社 2011 p96
大噴火による都市崩壊
  ◇「小松左京全集 完全版 40」城西国際大学出版会 2012 p362

太平洋戦争、気ままな"軍談"
  ◇「山田風太郎エッセイ集成 昭和前期の青春」筑摩書房 2007 p110
太平洋戦争私観—「戦中派」の本音とたてまえ
  ◇「山田風太郎エッセイ集成 昭和前期の青春」筑摩書房 2007 p140
太平洋戦争とは何だったのか
  ◇「山田風太郎エッセイ集成 昭和前期の青春」筑摩書房 2007 p181
太平洋・大西洋比較論
  ◇「小松左京全集 完全版 37」城西国際大学出版会 2010 p231
太平洋の話—tales from the Pacific
  ◇「小田実全集 小説 17」講談社 2011 p239
代返
  ◇「小沼丹全集 4」未知谷 2004 p592
大砲
  ◇「決定版 三島由紀夫全集 37」新潮社 2004 p31
大望ある乗客
  ◇「中井英夫全集 3」東京創元社 1996 (創元ライブラリ) p35
大望をいだく河童
  ◇「坂口安吾全集 5」筑摩書房 1998 p411
大鵬丸消息なし
  ◇「横溝正史探偵小説コレクション 2」出版芸術社 2004 p212
逮捕の即時釈放と真の患者救済を求めて
  ◇「石牟礼道子全集 7」藤原書店 2005 p534
退歩主義者
  ◇「坂口安吾全集 7」筑摩書房 1998 p396
当麻
  ◇「小林秀雄全作品 14」新潮社 2003 p134
  ◇「小林秀雄全集 補巻 2」新潮社 2010 p220
大馬小エビ篇
  ◇「向田邦子全集 新版 9」文藝春秋 2009 p147
第〇特務隊
  ◇「定本 久生十蘭全集 5」国書刊行会 2009 p15
題未定
  ◇「小松左京全集 完全版 19」城西国際大学出版会 2013 p8
「題未定」—新連載予告 (「宴のあと」)
  ◇「決定版 三島由紀夫全集 31」新潮社 2003 p289
題未定 (霊媒の話より)
  ◇「安部公房全集 1」新潮社 1997 p17
大名諸侯が愛でた名鳥
  ◇「小松左京全集 完全版 40」城西国際大学出版会 2012 p263
大名の倅
  ◇「野村胡堂伝奇幻想小説集成」作品社 2009 p123
タイミング
  ◇「松下竜一未刊行著作集 5」海鳥社 2009 p195
「大明之勅使」大歓待の巻
  ◇「小田実全集 小説 28」講談社 2012 p60

たいむ

タイム・ジャック
◇「小松左京全集 完全版 19」城西国際大学出版会 2013 p397

タイムズ スープ
◇「定本 荒巻義雄メタSF全集 別巻」彩流社 2015 p30

大無法人
◇「山田風太郎ミステリー傑作選 6」光文社 2001（光文社文庫）p211

題名に苦労した「怒りと響きの戦場」
◇「田中小実昌エッセイ・コレクション 3」筑摩書房 2002（ちくま文庫）p16

題名について
◇「中井英夫全集 12」東京創元社 2006（創元ライブラリ）p113

題名のつけかた
◇「〔野呂邦暢〕随筆コレクション 1」みすず書房 2014 p422

題名変更
◇「山崎豊子全集 14」新潮社 2005 p545

題名はない
◇「田中小実昌エッセイ・コレクション 5」筑摩書房 2003（ちくま文庫）p47

対面
◇「小島信夫批評集成 5」水声社 2011 p75

体毛が濃くって恥ずかしいんですが……
◇「小松左京全集 完全版 34」城西国際大学出版会 2009 p88

代役
◇「井上ひさし短編中編小説集成 7」岩波書店 2015 p471

ダイヤグラム犯罪編
◇「天城一傑作集 2」日本評論社 2005 p1

ダイヤとおたよ
◇「徳田秋聲全集 16」八木書店 1999 p294

タイヤの片方
◇「決定版 三島由紀夫全集 35」新潮社 2003 p139

ダイヤモンドは砂の中
◇「阿川弘之全集 17」新潮社 2006 p481

ダイヤモンド—Diamond
◇「寺山修司著作集 1」クインテッセンス出版 2009 p386

太陽を追った正月
◇「須賀敦子全集 3」河出書房新社 2007（河出文庫）p550

太陽が輝く
◇「小島信夫短篇集成 1」水声社 2014 p13

太陽黒点
◇「山田風太郎ミステリー傑作選 5」光文社 2001（光文社文庫）p417

太陽族建築家も懐古的になる源平ムード
◇「小松左京全集 完全版 29」城西国際大学出版会 2007 p152

太陽と死の神話「ポポル・ヴフ」
◇「決定版 三島由紀夫全集 31」新潮社 2003 p610

太陽と鉄
◇「決定版 三島由紀夫全集 33」新潮社 2003 p506

「太陽と鉄」異稿
◇「決定版 三島由紀夫全集 36」新潮社 2003 p560

太陽のあふれる前庭—庭とわたし
◇「決定版 三島由紀夫全集 33」新潮社 2003 p468

太陽の裏側の上海
◇「林京子全集 8」日本図書センター 2005 p217

太陽の王
◇「立松和平全小説 5」勉誠出版 2010 p239

太陽の香気、大地の滋味を団子で知る
◇「石牟礼道子全集 10」藤原書店 2006 p187

太陽の島
◇「大庭みな子全集 11」日本経済新聞出版社 2010 p257

"太陽の塔" そして……—岡本太郎
◇「小松左京全集 完全版 41」城西国際大学出版会 2013 p338

太陽のない街
◇「徳永直文学選集」熊本出版文化会館 2008 p31

太陽の含羞（はぢらひ）
◇「決定版 三島由紀夫全集 37」新潮社 2004 p500

太陽の膨張と月の接近
◇「小松左京全集 完全版 40」城西国際大学出版会 2012 p368

大洋村
◇「田中志津全作品集 下巻」武蔵野書院 2013 p231

太陽よ
◇「松田解子自選集 9」澤田出版 2009 p76

太陽はゆがんでいた
◇「日影丈吉全集 8」国書刊行会 2004 p605

第四次元の恋
◇「野村胡堂伝奇幻想小説集成」作品社 2009 p188

「大四畳半」からの宇宙旅行—松本零士①
◇「小松左京全集 完全版 41」城西国際大学出版会 2013 p203

第四宇宙の夜想曲
◇「大坪砂男全集 3」東京創元社 2013（創元推理文庫）p249

第四回渋谷信三郎賞推薦理由
◇「小林秀雄全作品 10」新潮社 2003 p205
◇「小林秀雄全集 補巻 1」新潮社 2010 p536

第四回読売日本アンデパンダン展評
◇「安部公房全集 3」新潮社 1997 p186

第四間氷期
◇「安部公房全集 9」新潮社 1998 p9
◇「安部公房全集 19」新潮社 1999 p275

第四章
◇「色川武大・阿佐田哲也エッセイズ 1」筑摩書房 2003（ちくま文庫）p146

第四日
　◇「宮本百合子全集 32」新日本出版社 2003 p127
第四の権力・マスメディアを描きたい
　◇「山崎豊子全集 第2期 第2期1」新潮社 2014 p339
第四の手紙
　◇「安部公房全集 1」新潮社 1997 p199
第四の場合
　◇「野村胡堂伝奇幻想小説集成」作品社 2009 p8
平忠度
　◇「丸谷才一全集 7」文藝春秋 2014 p401
台覧劇について
　◇「徳田秋聲全集 20」八木書店 2001 p193
対立する者を愉しくさせる人—江藤淳
　◇「大庭みな子全集 3」日本経済新聞出版社 2009 p257
代理店とSF作家のビッグ・イベント物語「小松左京マガジン」編集長インタビュー 第十八回（桑田瑞松、日置徹）
　◇「小松左京全集 完全版 49」城西国際大学出版会 2017 p230
大連は夢の都
　◇「井上ひさしコレクション 日本の巻」岩波書店 2005 p184
第六章
　◇「色川武大・阿佐田哲也エッセイズ 1」筑摩書房 2003（ちくま文庫）p153
第6回アンデパンダン展より—池田竜雄作「網元」
　◇「安部公房全集 4」新潮社 1997 p92
第六回新潮社文學賞選後感
　◇「小林秀雄全集 補巻 3」新潮社 2010 p286
第六期國語審議會（八月九日）
　◇「福田恆存評論集 18」麗澤大學出版會，廣池學園事業部〔發賣〕2010 p78
対話
　◇「宮本百合子全集 2」新日本出版社 2001 p327
対話・生と死（矢内原伊作）
　◇「福田恆存対話・座談集 7」玉川大学出版部 2012 p9
対話について、ことばについて
　◇「小田実全集 評論 13」講談社 2011 p154
対話・日本人論〔対談〕（林房雄）
　◇「決定版 三島由紀夫全集 39」新潮社 2004 p554
〈対話の十年〉の舞台
　◇「小島信夫批評集成 7」水声社 2011 p625
「対話」篇
　◇「小田実全集 評論 28」講談社 2013 p81
台湾の川柳
　◇「阿川弘之全集 20」新潮社 2007 p619
ダヴィッドという画家
　◇「大庭みな子全集 6」日本経済新聞出版社 2009 p112

ダヴィデに—あとがきにかえて
　◇「須賀敦子全集 1」河出書房新社 2006（河出文庫）p371
ダーウィン
　◇「寺山修司著作集 4」クインテッセンス出版 2009 p148
ダ・ヴィンチ雑感
　◇「田村泰次郎選集 5」日本図書センター 2005 p81
ダーウィンとの対決（加藤秀俊, 今西錦司）
　◇「小松左京全集 完全版 38」城西国際大学出版会 2010 p99
軍鶏（タウチー）
　◇「目取真俊短篇小説選集 2」影書房 2013 p229
ダウト
　◇「向田邦子全集 新版 1」文藝春秋 2009 p199
ダウンタウンの古い映画館—タコマ
　◇「田中小実昌エッセイ・コレクション 3」筑摩書房 2002（ちくま文庫）p360
タウンハウス
　◇「林京子全集 8」日本図書センター 2005 p241
タウンハウスから
　◇「林京子全集 8」日本図書センター 2005 p154
タウンハウスからの手紙
　◇「林京子全集 8」日本図書センター 2005 p154
耐え難い苦痛と千万無量の思い
　◇「石牟礼道子全集 7」藤原書店 2005 p322
たえまない〈知の営為〉
　◇「松下竜一未刊行著作集 5」海鳥社 2009 p205
耐える季節
　◇「金井美恵子エッセイ・コレクション—1964–2013 2」平凡社 2013 p328
"耐える力"女と男どっちが強い
　◇「小松左京全集 完全版 34」城西国際大学出版会 2009 p61
田岡嶺雲『数奇伝』序文
　◇「徳田秋聲全集 別巻」八木書店 2006 p107
たをり
　◇「谷崎潤一郎全集 23」中央公論新社 2017 p282
倒れた花瓶
　◇「徳田秋聲全集 15」八木書店 1999 p201
鷹
　◇「小島信夫短篇集成 4」水声社 2015 p453
高い口笛
　◇「小檜山博全集 1」柏艪舎 2006 p41
たがいにむかいあう二つの眼について—イランの「外人」のなかで
　◇「小田実全集 評論 1」講談社 2010 p348
互いの世界広げ合う（『わたしの夫婦論』より）
　◇「大庭みな子全集 18」日本経済新聞出版社 2010 p349
他界の味其他
　◇「国枝史郎探偵小説全集」作品社 2005 p394

たかい

高い窓
　◇「都筑道夫恐怖短篇集成 2」筑摩書房 2004（ちくま文庫）p25

高井有一『朝の水』
　◇「〔野呂邦暢〕随筆コレクション 2」みすず書房 2014 p347

鷹を飼う家
　◇「中上健次集 3」インスクリプト 2015 p338

高木彬光論
　◇「山田風太郎エッセイ集成 わが推理小説零年」筑摩書房 2007 p67

高木さんのこと
　◇「山田風太郎エッセイ集成 わが推理小説零年」筑摩書房 2007 p179

高木常雄宛〔書簡〕
　◇「坂口安吾全集 16」筑摩書房 2000 p213

高木文学への私見—高木彬光
　◇「小松左京全集 完全版 41」城西国際大学出版会 2013 p230

高木有『酒と泪と男と女』
　◇「小檜山博全集 6」柏艪舎 2006 p359

多角形
　◇「日影丈吉全集 3」国書刊行会 2003 p141

高く跳べ、パック
　◇「野呂邦暢小説集成 4」文遊社 2014 p95

高下駄の草履
　◇「石牟礼道子全集 14」藤原書店 2008 p475

高崎のオーディオヴィジュアル観音
　◇「小松左京全集 完全版 31」城西国際大学出版会 2008 p42

高砂
　◇「小島信夫短篇集成 7」水声社 2015 p125

高砂幻戯
　◇「小松左京全集 完全版 22」城西国際大学出版会 2015 p90

高定の追腹
　◇「国枝史郎伝奇短篇小説集成 2」作品社 2006 p88

『鷹』『珊瑚』について
　◇「佐々木基一全集 4」河出書房新社 2013 p158

多佳女の約束 続夏目漱石
　◇「小島信夫批評集成 3」水声社 2011 p369

高瀬川
　◇「辻邦生全集 17」新潮社 2005 p173

高瀬舟
　◇「内田百閒集成 13」筑摩書房 2003（ちくま文庫）p98

『高瀬舟』
　◇「〔森〕鷗外近代小説集 6」岩波書店 2012 p271

たかだか一本のあるいは二本の腕は
　◇「安部公房全集 3」新潮社 1997 p50

高田保
　◇「福田恆存評論集 別巻」麗澤大學出版會, 廣池學園事業部〔発売〕 2011 p159

高田保「第三ブラリひようたん」
　◇「福田恆存評論集 別巻」麗澤大學出版會, 廣池學園事業部〔発売〕 2011 p121

高谷治宛書簡
　◇「安部公房全集 29」新潮社 2000 p277

高田実論
　◇「徳田秋聲全集 19」八木書店 2000 p236

高千穂に冬雨ふれり《宮崎県の巻》
　◇「坂口安吾全集 15」筑摩書房 1999 p166

高輪暮し
　◇「辻邦生全集 16」新潮社 2005 p141

高野悦子『トラジ』
　◇「小檜山博全集 6」柏艪舎 2006 p344

高野川
　◇「瀬戸内寂聴随筆選」ゆまに書房 2009 p41

鷹の巣山
　◇「国枝史郎歴史小説傑作選」作品社 2006 p392

高望み
　◇「中井英夫全集 12」東京創元社 2006（創元ライブラリ）p173

高橋治『蕪村春秋』
　◇「車谷長吉全集 3」新書館 2010 p269

高橋於伝の墓
　◇「車谷長吉全集 3」新書館 2010 p62

高橋和巳の姿勢
　◇「小松左京全集 完全版 28」城西国際大学出版会 2006 p231

高橋伝
　◇「大庭みな子全集 23」日本経済新聞出版社 2011 p130

高橋三千綱『いい日旅立ち』
　◇「小檜山博全集 6」柏艪舎 2006 p351

高浜虚子君
　◇「徳田秋聲全集 19」八木書店 2000 p196

高浜虚子氏宛書翰
　◇「谷崎潤一郎全集 20」中央公論新社 2015 p562

高天原計画
　◇「小松左京全集 完全版 27」城西国際大学出版会 2007 p9

高天原の犯罪
　◇「天城一傑作集〔1〕」日本評論社 2004 p266

高市（たかまち）まわり
　◇「田中小実昌エッセイ・コレクション 6」筑摩書房 2003（ちくま文庫）p265

「高松宮日記」完結余話
　◇「阿川弘之全集 19」新潮社 2007 p286

「高松宮日記」編纂記 前篇
　◇「阿川弘之全集 19」新潮社 2007 p107

「高松宮日記」編纂記 後篇
　◇「阿川弘之全集 19」新潮社 2007 p149

〔高見順〕饒舌体の底に
　◇「佐々木基一全集 5」河出書房新社 2013 p51

〔高見順〕三国の町を訪ねて
　◇「佐々木基一全集 5」河出書房新社 2013 p209
高みに挑む
　◇「小松左京全集 完全版 25」城西国際大学出版会 2017 p273
髙見の見物
　◇「井上ひさし短編中編小説集成 11」岩波書店 2015 p65
田上義春さん
　◇「石牟礼道子全集 3」藤原書店 2004 p451
　◇「石牟礼道子全集 14」藤原書店 2008 p264
田上義春さんのこと―空や海から哲学を持ってきて
　◇「石牟礼道子全集 16」藤原書店 2013 p391
高村建材―わけて建材労組のおっ母さんへ
　◇「松田解子自選集 9」澤田出版 2009 p168
高村智恵子
　◇「金井美恵子エッセイ・コレクション―1964-2013 3」平凡社 2013 p271
『高群逸枝雑誌』終刊号「編集室メモ」より
　◇「石牟礼道子全集 17」藤原書店 2012 p386
高群逸枝さんを追慕する
　◇「石牟礼道子全集 1」藤原書店 2004 p236
高群逸枝全詩集『日月の上に』
　◇「石牟礼道子全集 17」藤原書店 2012 p379
『高群逸枝全集』ほか―自分がこれから読みたい本
　◇「石牟礼道子全集 14」藤原書店 2008 p312
高群逸枝との対話のために―まだ覚え書の「最後の人・ノート」から
　◇「石牟礼道子全集 1」藤原書店 2004 p290
高群逸枝のまなざし
　◇「石牟礼道子全集 17」藤原書店 2012 p364
高群全集に思う
　◇「石牟礼道子全集 17」藤原書店 2012 p362
改訂完全版高山殺人行1／2の女
　◇「島田荘司全集 3」南雲堂 2009 p235
高山辰雄の作画
　◇「決定版 三島由紀夫全集 35」新潮社 2003 p420
「宝島」から
　◇「[野呂邦暢] 随筆コレクション 2」みすず書房 2014 p16
宝島シマネケン
　◇「小田実全集 評論 18」講談社 2012 p102
宝塚女子占領軍―阪神の巻
　◇「坂口安吾全集 11」筑摩書房 1998 p260
宝に食われる
　◇「宮本百合子全集 9」新日本出版社 2001 p284
宝の持ち腐れ―わが家の自慢
　◇「安部公房全集 8」新潮社 1998 p40
ダカールへ
　◇「立松和平小説 9」勉誠出版 2010 p339

「タガンタガン」の繁茂のなかで
　◇「小田実全集 評論 10」講談社 2011 p253
瀧井孝作先生追悼
　◇「阿川弘之全集 18」新潮社 2007 p267
滝ヶ原分屯地は第二の我が家
　◇「決定版 三島由紀夫全集 36」新潮社 2003 p348
滝上・故郷紀行『白い花の咲く頃』
　◇「小檜山博全集 6」柏艪舎 2006 p385
多喜二のこと
　◇「上野壯夫全集 3」図書新聞 2011 p277
『抱きしめる、東京 町とわたし』森まゆみ
　◇「須賀敦子全集 4」河出書房新社 2007（河出文庫）p260
駄木輯
　◇「車谷長吉全集 2」新書館 2010 p534
タギタギ
　◇「大庭みな子全集 16」日本経済新聞出版社 2010 p40
瀧田君の思ひ出
　◇「谷崎潤一郎全集 11」中央公論社 2015 p504
滝田君の人及び業蹟
　◇「徳田秋聲全集 20」八木書店 2001 p366
滝壺苦行道
　◇「都筑道夫時代小説コレクション 2」戎光祥出版 2014（戎光祥時代小説名作館）p6
滝壺先生とメーデー
　◇「小島信夫短篇集成 2」水声社 2014 p495
滝の女
　◇「田村泰次郎選集 1」日本図書センター 2005 p182
『滝の白糸』の上映
　◇「小島信夫批評集成 7」水声社 2011 p38
焚火
　◇「徳田秋聲全集 6」八木書店 2000 p153
焚火
　◇「日影丈吉全集 6」国書刊行会 2002 p529
焚火の中の顔
　◇「小沼丹全集 4」未知谷 2004 p370
妥協
　◇「徳田秋聲全集 14」八木書店 2000 p16
妥協のない編集に脱帽する（「現代日本文学大系」推薦文）
　◇「決定版 三島由紀夫全集 35」新潮社 2003 p133
たぎる湯の川
　◇「三角寛サンカ選集第二期 10」現代書館 2005 p235
沢庵
　◇「内田百閒集成 12」筑摩書房 2003（ちくま文庫）p67
タクアン騒動
　◇「小檜山博全集 7」柏艪舎 2006 p303

たくい

駄喰い三昧
　◇「色川武大・阿佐田哲也エッセイズ 3」筑摩書房 2003（ちくま文庫）p342

類ひ稀なる二十世紀の名君
　◇「阿川弘之全集 18」新潮社 2007 p365

濁音ばやり
　◇「谷崎潤一郎全集 23」中央公論新社 2017 p230

ダークサイドの未来
　◇「小松左京全集 完全版 28」城西国際大学出版会 2006 p90

沢山の委員が必要 文芸院問題
　◇「徳田秋聲全集 20」八木書店 2001 p154

タクシイ
　◇「小檜山博全集 8」柏艪舎 2006 p214

啄木歌集
　◇「寺山修司著作集 1」クインテッセンス出版 2009 p12

啄木と散文の仕事と
　◇「上野壮夫全集 3」図書新聞 2011 p221

啄木と東京語
　◇「小島信夫批評集成 2」水声社 2011 p724

企まない巧み──小島信夫再説
　◇「大庭みな子全集 16」日本経済新聞出版社 2010 p328

謀み
　◇「辻邦生全集 8」新潮社 2005 p349

たくらみ──無口の哀しみ
　◇「松下竜一未刊行著作集 3」海鳥社 2009 p371

濁流
　◇「徳田秋聲全集 29」八木書店 2002 p329

竹
　◇「宮本百合子全集 9」新日本出版社 2001 p351

陀経寺の雪
　◇「山田風太郎ミステリー傑作選 10」光文社 2002（光文社文庫）p670

竹内芳衛氏の導摩療法
　◇「小酒井不木随筆評論選集 6」本の友社 2004 p286

打撃
　◇「小松左京全集 完全版 43」城西国際大学出版会 2014 p399

竹里
　◇「決定版 三島由紀夫全集 37」新潮社 2004 p546

たけし事件
　◇「隆慶一郎全集 19」新潮社 2010 p323

竹之台と谷中
　◇「徳田秋聲全集 23」八木書店 2001 p288

竹島
　◇「内田百閒集成 13」筑摩書房 2003（ちくま文庫）p75

武田さんのこと
　◇「辻邦生全集 16」新潮社 2005 p172

武田信玄
　◇「隆慶一郎全集 19」新潮社 2010 p371

武田泰淳
　◇「佐々木基一全集 4」河出書房新社 2013 p295

武田泰淳「愛のかたち・蝮のすゑ」
　◇「福田恆存評論集 別巻」麗澤大學出版會、廣池學園事業部〔發売〕 2011 p116

武田泰淳「才子佳人」
　◇「決定版 三島由紀夫全集 26」新潮社 2003 p590

武田泰淳氏──僧侶であること
　◇「決定版 三島由紀夫全集 31」新潮社 2003 p488

武田泰淳氏の近作
　◇「決定版 三島由紀夫全集 27」新潮社 2003 p253

武田泰淳氏の「媒酌人は帰らない」について
　◇「決定版 三島由紀夫全集 30」新潮社 2003 p643

武田泰淳氏の文学
　◇「決定版 三島由紀夫全集 28」新潮社 2003 p264

〔武田泰淳〕弱者に徹した精神の強者
　◇「佐々木基一全集 5」河出書房新社 2013 p166

〔武田泰淳〕伸縮自在の精神
　◇「佐々木基一全集 5」河出書房新社 2013 p163

〔武田泰淳〕武田ドストエフスキーVS佐々木チェーホフ
　◇「佐々木基一全集 5」河出書房新社 2013 p168

武田泰淳と中国
　◇「佐々木基一全集 3」河出書房新社 2013 p400

武田泰淳の人と作品
　◇「小島信夫批評集成 2」水声社 2011 p685

武田泰淳の「風媒花」について
　◇「決定版 三島由紀夫全集 27」新潮社 2003 p690

武田泰淳 不幸にする作家
　◇「小島信夫批評集成 1」水声社 2011 p143

武田秀雄（漫画家）
　◇「向田邦子全集 新版 6」文藝春秋 2009 p191

武田秘伝伝授
　◇「瀬戸内寂聴随筆選 1」ゆまに書房 2009 p168

武田百合子『日日雑記』
　◇「金井美恵子エッセイ・コレクション──1964-2013 3」平凡社 2013 p327

武田百合子『遊覧日記』東海林さだお『東京ブチブチ日記』
　◇「金井美恵子エッセイ・コレクション──1964-2013 3」平凡社 2013 p316

武田麟太郎「市井事」
　◇「小林秀雄全作品 7」新潮社 2003 p173
　◇「小林秀雄全集 補巻 1」新潮社 2010 p383

武智版「綾の鼓」について
　◇「決定版 三島由紀夫全集 28」新潮社 2003 p673

竹取物語
　◇「大庭みな子全集 19」日本経済新聞出版社 2010 p13

竹取物語の富士
　◇「坂口安吾全集 3」筑摩書房 1999 p95
竹の宇宙船
　◇「野呂邦暢小説集成 1」文遊社 2013 p289
竹の会
　◇「小沼丹全集 3」未知谷 2004 p51
「竹の曲」(「竹韻」改題)
　◇「決定版 三島由紀夫全集 37」新潮社 2004 p614
筍文化
　◇「阿川弘之全集 20」新潮社 2007 p421
竹の章 菊次
　◇「井上ひさし短編中編小説集成 12」岩波書店 2015 p223
竹橋内
　◇「内田百閒集成 7」筑摩書房 2003 (ちくま文庫) p228
武林君を悼む
　◇「谷崎潤一郎全集 23」中央公論新社 2017 p489
竹村坦宛〔書簡〕
　◇「坂口安吾全集 16」筑摩書房 2000 p150
竹本劇「地獄変」
　◇「決定版 三島由紀夫全集 28」新潮社 2003 p220
竹屋の渡し
　◇「谷崎潤一郎全集 24」中央公論新社 2016 p413
竹藪の家
　◇「坂口安吾全集 1」筑摩書房 1999 p144
竹槍
　◇「山本周五郎長篇小説全集 4」新潮社 2013 p387
竹槍
　◇「横溝正史探偵小説コレクション 3」出版芸術社 2004 p77
竹脇無我〔対談〕
　◇「向田邦子全集 新版 別巻 1」文藝春秋 2010 p123
タコ
　◇「辺見庸掌編小説集 白版」角川書店 2004 p149
紙凧
　◇「定本 久生十蘭全集 2」国書刊行会 2009 p416
凧
　◇「小島信夫短篇集成 1」水声社 2014 p27
タコを揚げる―ある私小説
　◇「小田実全集 小説 15」講談社 2011 p3
タコをあげる六月の空
　◇「坂口安吾全集 12」筑摩書房 1999 p457
タコがヤマモモの木に登る
　◇「石牟礼道子全集 7」藤原書店 2005 p335
蛸壷の思想
　◇「安部公房全集 2」新潮社 1997 p205
蛸―猿―人間
　◇「決定版 三島由紀夫全集 28」新潮社 2003 p38
タコと宇宙人
　◇「小松左京全集 完版 24」城西国際大学出版会 2016 p457

蛸と女のコ―新宿花園街の女
　◇「田中小実昌エッセイ・コレクション 1」筑摩書房 2002 (ちくま文庫) p94
蛸の自殺
　◇「小林秀雄全作品 1」新潮社 2002 p9
　◇「小林秀雄全集 補巻 1」新潮社 2010 p21
凧のゆくえ
　◇「横溝正史時代小説コレクション捕物篇 2」出版芸術社 2004 p5
ダゴベルト 素朴な証拠
　◇「日影丈吉全集 別巻」国書刊行会 2005 p345
タゴールの『視力』から
　◇「小島信夫批評集成 2」水声社 2011 p644
多恨
　◇「徳田秋聲全集 29」八木書店 2002 p252
太宰治
　◇「佐々木基一全集 4」河出書房新社 2013 p122
太宰治
　◇「福田恆存評論集 1」麗澤大学出版会, 廣池学園事業部 (発売) 2009 p147
太宰治宛〔書簡〕
　◇「坂口安吾全集 16」筑摩書房 2000 p217
太宰治情死考
　◇「坂口安吾全集 7」筑摩書房 1998 p16
太宰治昇天
　◇「石川淳コレクション 3」筑摩書房 2007 (ちくま文庫) p380
太宰治の記憶
　◇「小沼丹全集 4」未知谷 2004 p202
太宰の死
　◇「坂口安吾全集 6」筑摩書房 1998 p326
田沢湖の高原宿にて
　◇「田中志津全作品集 下巻」武蔵野書院 2013 p231
ターザン、ジェーン、チーター・ザ・チンパンジーへのインタビュー
　◇「井上ひさしコレクション 人間の巻」岩波書店 2005 p100
たしかな星座
　◇「宮城谷昌光全集 21」文藝春秋 2004 p252
多次元世界の観測気球―澁澤龍彦『胡桃の中の世界』
　◇「日影丈吉全集 別巻」国書刊行会 2005 p558
たし算
　◇「寺山修司著作集 1」クインテッセンス出版 2009 p360
田島隆夫の生涯
　◇「車谷長吉全集 3」新書館 2010 p279
他者を理解するということ
　◇「金鶴泳作品集 2」クレイン 2006 p581
他者のイマジネーションを膨らませる「物語」
　◇「小松左京全集 完全版 40」城西国際大学出版会 2012 p423

たしや

だじゃれとユーモア
　◇「大庭みな子全集 23」日本経済新聞出版社 2011 p654

駄洒落(ダジャレ)夫人の恋人
　◇「吉川潮ハートウォーム・セレクション 3」ランダムハウス講談社 2008（ランダムハウス講談社文庫）p261

センチメント 多情多感な
　◇「林京子全集 8」日本図書センター 2005 p328

他生の縁
　◇「内田百閒集成 5」筑摩書房 2003（ちくま文庫）p112

多少読んで居る人
　◇「谷崎潤一郎全集 4」中央公論新社 2015 p490

田代光〔小松左京が聞く大正・昭和の日本大衆文芸を支えた挿絵画家たち〕
　◇「小松左京全集 完版版 26」城西国際大学出版会 2017 p159

『多甚古村』
　◇「佐々木基一全集 1」河出書房新社 2013 p174

助け合い運動
　◇「向田邦子全集 新版 8」文藝春秋 2009 p23

「たすけあうこころをしった」
　◇「小田実全集 評論 22」講談社 2012 p120

助けたつもりが助けられ
　◇「松下竜一未刊行著作集 3」海鳥社 2009 p277

『タスケテクダサイ』
　◇「松下竜一未刊行著作集 4」海鳥社 2008 p5

タスケテクダサイ
　◇「松下竜一未刊行著作集 4」海鳥社 2008 p6

救け舟
　◇「小島信夫長篇集成 2」水声社 2015 p452

助ける
　◇「小田実全集 小説 36」講談社 2013 p113

「助ける」行為を根もとにおく
　◇「小田実全集 評論 16」講談社 2012 p193

「助ける」行為としての「市民運動」
　◇「小田実全集 評論 16」講談社 2012 p172

「助ける」行為の意味
　◇「小田実全集 評論 16」講談社 2012 p150

「助ける」「助けられる」・人間の自由
　◇「小田実全集 評論 16」講談社 2012 p158

「助ける」ということについて
　◇「小田実全集 評論 8」講談社 2011 p182

「助ける」人と「殺す」人
　◇「小田実全集 評論 16」講談社 2012 p119

多津子の定年
　◇「津村節子自選作品集 6」岩波書店 2005 p201

たづたづし
　◇「松本清張自選短篇集 4」リブリオ出版 2007 p7
　◇「松本清張映画化作品集 3」双葉社 2008（双葉文庫）p179

◇「松本清張傑作選 時刻表を殺意が走る」新潮社 2009 p269
◇「松本清張傑作選 時刻表を殺意が走る」新潮社 2013（新潮文庫）p381

黄昏
　◇「宮本百合子全集 2」新日本出版社 2001 p151

黄昏に来た女
　◇「決定版 三島由紀夫全集 37」新潮社 2004 p347

黄昏にくる人
　◇「立松和平全小説 14」勉誠出版 2011 p209

黄昏日記
　◇「定本 久生十蘭全集 7」国書刊行会 2010 p31

たそがれの悪魔
　◇「日影丈吉全集 8」国書刊行会 2004 p58

「たそがれの維納」印象
　◇「徳田秋聲全集 22」八木書店 2001 p295

黄昏の告白
　◇「浜尾四郎全集 1」沖積舎 2004 p158

たそがれの心境
　◇「徳田秋聲全集 23」八木書店 2001 p27

黄昏の薔薇
　◇「徳田秋聲全集 41」八木書店 2003 p3

たそがれやくざブルース
　◇「井上ひさし短編中編小説集成 3」岩波書店 2014 p147
　◇「井上ひさし短編中編小説集成 3」岩波書店 2014 p175

唯一語の爲に
　◇「福田恆存評論集 9」麗澤大學出版會, 廣池學園事業部〔発売〕 2008 p9

ただ一点、熊野
　◇「中上健次集 4」インスクリプト 2016 p412

ただ今休憩中 安部公房氏『内外タイムス』の談話記事
　◇「安部公房全集 7」新潮社 1998 p143

ただいま十六歳—近藤勇
　◇「司馬遼太郎短篇全集 9」文藝春秋 2005 p603

ただいまヌード特売中
　◇「田中小実昌エッセイ・コレクション 4」筑摩書房 2003（ちくま文庫）p12

讃えよ青春！—不可能への挑戦
　◇「大坪砂男全集 4」東京創元社 2013（創元推理文庫）p361

たたえる〈1〉
　◇「松田解子自選集 9」澤田出版 2009 p244

たたえる〈2〉
　◇「松田解子自選集 9」澤田出版 2009 p256

闘い
　◇「小松左京全集 完版版 43」城西国際大学出版会 2014 p368

戦ひ継ぐもの—同志小林多喜二に
　◇「上野壯夫全集 1」図書新聞 2010 p209

戦い続けた男の素顔―宮部みゆきオリジナルセレクション
  ◇「松本清張傑作選 戦い続けた男の素顔」新潮社 2009
戦いの遺産
  ◇「〔野呂邦暢〕随筆コレクション 2」みすず書房 2014 p91
闘いの哀しみ―蜂ノ巣城主の妻の視線
  ◇「松下竜一未刊行著作集 1」海鳥社 2008 p190
たたかいの姿勢を
  ◇「佐々木基一全集 7」河出書房新社 2013 p355
闘いの周辺
  ◇「立松和平小説 2」勉誠出版 2010 p114
闘いの中の文学
  ◇「安部公房全集 4」新潮社 1997 p416
戦の文学
  ◇「坂口安吾全集 14」筑摩書房 1999 p23
闘いは明日から始まる―破防法は人々を黙らせはしない
  ◇「安部公房全集 30」新潮社 2009 p33
タタカイは一篇の笑い物
  ◇「松下竜一未刊行著作集 1」海鳥社 2008 p160
ただ盃をしめすのみ
  ◇「20世紀断層―野坂昭如単行本未収録小説集成 5」幻戯書房 2010 p374
『ただ坂道を歩きたくて』
  ◇「小檜山博全集 8」柏艪舎 2006 p377
ただ坂道を歩きたくて
  ◇「小檜山博全集 6」柏艪舎 2006 p193
ダダ雑感
  ◇「吉行淳之介エッセイ・コレクション 3」筑摩書房 2004（ちくま文庫）p305
ただただ悲しいと言うほかなし（小島信夫）
  ◇「大庭みな子全集 23」日本経済新聞出版社 2011 p225
タダでは起きない
  ◇「吉行淳之介エッセイ・コレクション 3」筑摩書房 2004（ちくま文庫）p218
"タダ"の贅沢
  ◇「小松左京全集 完全版 29」城西国際大学出版会 2007 p337
ただの道路に問題が噴出する
  ◇「小田実全集 評論 16」講談社 2012 p23
「タダの人」として
  ◇「小田実全集 評論 7」講談社 2010 p342
忠信利平
  ◇「山田風太郎妖異小説コレクション 白波五人帖・いだてん百里」徳間書店 2004（徳間文庫）p180
たゞの文学
  ◇「坂口安吾全集 3」筑摩書房 1999 p353

ただひとつの桃のかぐわいさえ［翻訳］（ダヴィデ・マリア・トゥロルド）
  ◇「須賀敦子全集 7」河出書房新社 2007（河出文庫）p76
只ほど高いものはない
  ◇「決定版 三島由紀夫全集 21」新潮社 2002 p549
「只ほど高いものはない」創作ノート
  ◇「決定版 三島由紀夫全集 21」新潮社 2002 p753
ただ本を読む
  ◇「田中小実昌エッセイ・コレクション 5」筑摩書房 2003（ちくま文庫）p284
多田道太郎との対談 生死（しょうじ）のあいだで
  ◇「石牟礼道子全集 7」藤原書店 2005 p515
畳まれた町
  ◇「国枝史郎探偵小説全集」作品社 2005 p209
漂う
  ◇「色川武大・阿佐田哲也エッセイズ 3」筑摩書房 2003（ちくま文庫）p193
漂う顔
  ◇「都筑道夫恐怖短篇集成 1」筑摩書房 2004（ちくま文庫）p499
たたり
  ◇「小松左京全集 完全版 25」城西国際大学出版会 2017 p119
タタール自治共和国―非ロシア系民族の群島
  ◇「小松左京全集 完全版 43」城西国際大学出版会 2014 p231
爛（「たゞれ」を改題）
  ◇「徳田秋聲全集 10」八木書店 1998 p3
「爛」と「あらくれ」のモデル
  ◇「徳田秋聲全集 20」八木書店 2001 p41
立ち上がってくる言葉
  ◇「大庭みな子全集 20」日本経済新聞出版社 2010 p494
立ちあがり―全逓国際電気通信中野中継所を訪ねて
  ◇「松田解子自選集 8」澤田出版 2008 p61
立ち居振る舞い歩き方
  ◇「井上ひさしコレクション 日本の巻」岩波書店 2005 p40
立川風景
  ◇「大庭みな子全集 17」日本経済新聞出版社 2010 p27
立直りの試合の話
  ◇「坂口安吾全集 13」筑摩書房 1999 p357
立退（二幕）
  ◇「徳田秋聲全集 10」八木書店 1998 p176
立ちのぼった泡のあとがき
  ◇「大庭みな子全集 9」日本経済新聞出版社 2010 p493
立ち飲み
  ◇「小檜山博全集 6」柏艪舎 2006 p118

たちは

立花重雄展に寄せて
　◇「野呂邦暢」随筆コレクション 2」みすず書房 2014 p227
立花重雄の世界
　◇「野呂邦暢」随筆コレクション 2」みすず書房 2014 p495
橘家二三蔵（落語家）
　◇「向田邦子全集 新版 9」文藝春秋 2009 p209
立原正秋著『きぬた』書評
　◇「宮城谷昌光全集 21」文藝春秋 2004 p168
辰
　◇「徳田秋聲全集 1」八木書店 1997 p304
発つ
　◇「山本周五郎中短篇秀作選集 5」小学館 2006
龍（たつ）…→ "りゅう…"を見よ
佇（た）つ
　◇「決定版 三島由紀夫全集 37」新潮社 2004 p655
脱獄の天才―ジヤック・シエパアド
　◇「小沼丹全集 補巻」未知谷 2005 p699
達人大勝負
　◇「田辺聖子全集 3」集英社 2004 p327
脱線の精神
　◇「小島信夫批評集成 8」水声社 2010 p105
脱走者の道具の思想―『穴』
　◇「寺山修司著作集 5」クインテッセンス出版 2009 p253
「脱走兵」という「現物」
　◇「小田実全集 評論 19」講談社 2012 p173
たった一回のマラソン
　◇「野呂邦暢」随筆コレクション 1」みすず書房 2014 p325
だつた考
　◇「阿川弘之全集 20」新潮社 2007 p354
たった十秒間のできごと
　◇「小松左京全集 完全版 46」城西国際大学出版会 2016 p27
たった一人でも―あとがきに代えて
　◇「定本 荒巻義雄メタSF全集 1」彩流社 2015 p436
たった一人の反乱
　◇「丸谷才一全集 3」文藝春秋 2014 p59
竜田丸の中毒事件
　◇「宮本百合子全集 15」新日本出版社 2001 p329
タッチとダッシュ
　◇「稲垣足穂コレクション 1」筑摩書房 2005 （ちくま文庫）p133
だって、わかることなんかに興味がないんだもん。〔インタビュー〕鈴木健次
　◇「大庭みな子全集 24」日本経済新聞出版社 2011 p257
タツノオトシゴ
　◇「松下竜一未刊行著作集 1」海鳥社 2008 p96

「脱」の条件
　◇「小松左京全集 完全版 29」城西国際大学出版会 2007 p330
辰野隆「さ・え・ら」
　◇「小林秀雄全作品 3」新潮社 2002 p148
　◇「小林秀雄全集 補巻 1」新潮社 2010 p163
辰野隆訳「フィガロの結婚」を読む
　◇「小林秀雄全作品 18」新潮社 2004 p89
　◇「小林秀雄全集 補巻 2」新潮社 2010 p427
起つ日
　◇「松田解子自選集 9」澤田出版 2009 p19
たっぷり派
　◇「向田邦子全集 新版 8」文藝春秋 2009 p200
『脱文化』文明は可能か―梅棹忠夫氏との対談
　◇「小松左京全集 完全版 30」城西国際大学出版会 2008 p367
竜巻
　◇「小松左京全集 完全版 43」城西国際大学出版会 2014 p369
達也が嗤う〔解決篇〕
　◇「鮎川哲也コレクション挑戦篇 1」出版芸術社 2006 p217
達也が嗤う〔問題篇〕
　◇「鮎川哲也コレクション挑戦篇 1」出版芸術社 2006 p7
「脱労働時代」の精神生活
　◇「小松左京全集 完全版 31」城西国際大学出版会 2008 p284
建石修志の不在
　◇「中井英夫全集 7」東京創元社 1998 （創元ライブラリ）p141
立川談志さん
　◇「色川武大・阿佐田哲也エッセイズ 3」筑摩書房 2003 （ちくま文庫）p150
『蓼喰ふ虫』
　◇「谷崎潤一郎全集 14」中央公論新社 2016 p51
蓼喰ふ虫
　◇「谷崎潤一郎全集 14」中央公論新社 2016 p53
「蓼喰ふ虫」を書いたころのこと
　◇「谷崎潤一郎全集 25」中央公論新社 2016 p265
「蓼喰ふ虫」序詞
　◇「谷崎潤一郎全集 14」中央公論新社 2016 p466
起て！　紅（くれなゐ）の若き獅子たち（合唱）
　◇「決定版 三島由紀夫全集 41」新潮社 2004
起て！　紅の若き獅子たち（楯の会の歌）
　◇「決定版 三島由紀夫全集 37」新潮社 2004 p793
タデ子の記
　◇「石牟礼道子全集 1」藤原書店 2004 p12
蓼科
　◇「大庭みな子全集 16」日本経済新聞出版社 2010 p226
蓼科生活
　◇「山田風太郎エッセイ集成 風山房風呂焚き唄」筑

摩書房 2008 p122
「楯立つらしも」考
　◇「阿川弘之全集 19」新潮社 2007 p202
縦の会
　◇「向田邦子全集 新版 7」文藝春秋 2009 p40
楯の会十一月例会（招待状）
　◇「決定版 三島由紀夫全集 36」新潮社 2003 p677
楯の会隊員手帳
　◇「決定版 三島由紀夫全集 36」新潮社 2003 p672
"楯の会"2月例会討論資料
　◇「決定版 三島由紀夫全集 36」新潮社 2003 p667
楯の会の決意
　◇「決定版 三島由紀夫全集 35」新潮社 2003 p409
「楯の会」のこと
　◇「決定版 三島由紀夫全集 35」新潮社 2003 p720
「楯の会」批判の二氏に答へる
　◇「決定版 三島由紀夫全集 35」新潮社 2003 p739
伊達の黒船
　◇「司馬遼太郎短篇全集 9」文藝春秋 2005 p549
立野地蔵尊由来
　◇「中井英夫全集 7」東京創元社 1998（創元ライブラリ）p95
蓼の章 おその
　◇「井上ひさし短編中編小説集成 12」岩波書店 2015 p279
だてまき
　◇「林京子全集 7」日本図書センター 2005 p99
伊達政宗の城へ乗込む―仙台の巻
　◇「坂口安吾全集 11」筑摩書房 1998 p149
立松和平「火の車」
　◇「〔野呂邦暢〕随筆コレクション 2」みすず書房 2014 p425
起てよ、亜細亜
　◇「谷崎潤一郎全集 25」中央公論新社 2016 p79
たとへば（君）、あるいは、告白、だから、というか、なので『風流夢譚』で短歌を解毒する
　◇「金井美恵子エッセイ・コレクション―1964–2013 3」平凡社 2013 p422
たとえば、タブの研究―周辺飛行6
　◇「安部公房全集 23」新潮社 1999 p277
たとえば昔は
　◇「田中小実昌エッセイ・コレクション 5」筑摩書房 2003（ちくま文庫）p17
たとえひとりになっても
　◇「石牟礼道子全集 15」藤原書店 2012 p506
タートル・レースの女
　◇「日影丈吉全集 8」国書刊行会 2004 p558
田中角栄と日本人（山本七平）
　◇「司馬遼太郎対話選集 5」文藝春秋 2006（文春文庫）p232

田中角栄内閣成立
　◇「車谷長吉全集 3」新書館 2010 p391
田中小実昌『寒椿』
　◇「小檜山博全集 6」柏艪舎 2006 p338
田中小実昌と「アメン父」―富岡幸一郎によるインタヴュー
　◇「田中小実昌エッセイ・コレクション 5」筑摩書房 2003（ちくま文庫）p55
『田中志津全作品集』刊行に寄せて
　◇「田中志津全作品集 上巻」武蔵野書院 2013 p1
田中実子ちゃん
　◇「石牟礼道子全集 3」藤原書店 2004 p450
田中千禾夫氏の戯曲「教育・笛」
　◇「決定版 三島由紀夫全集 28」新潮社 2003 p462
田中千禾夫氏の二つの一幕物
　◇「決定版 三島由紀夫全集 28」新潮社 2003 p411
田中英光
　◇「佐々木基一全集 4」河出書房新社 2013 p416
田中英光のこと
　◇「佐々木基一全集 5」河出書房新社 2013 p176
田中冬二小論
　◇「決定版 三島由紀夫全集 26」新潮社 2003 p70
田中良治『男の背中』
　◇「小檜山博全集 6」柏艪舎 2006 p373
田中涼葉『あだ浪』跋
　◇「徳田秋聲全集 別巻」八木書店 2006 p106
タナゴ釣り
　◇「立松和平小説 別巻」勉誠出版 2015 p448
田無荻窪の工場地帯の爆撃二ヶ月半の垢を洗う行水 広島の原子爆弾の後なればこわい B29一機の侵入に空襲警報鳴る 露西亜宣戦す
　◇「内田百閒集成 22」筑摩書房 2004（ちくま文庫）p303
タナトプシス
　◇「小酒井不木随筆評論選集 5」本の友社 2004 p263
タナトプシスとは
　◇「小酒井不木随筆評論選集 5」本の友社 2004 p263
棚のだるま棚下ろし
　◇「宮本百合子全集 32」新日本出版社 2003 p53
七夕
　◇「石牟礼道子全集 14」藤原書店 2008 p44
七夕ずし
　◇「石牟礼道子全集 10」藤原書店 2006 p66
七夕のころ
　◇「大庭みな子全集 15」日本経済新聞出版社 2010 p540
田辺聖子の小倉百人一首
　◇「田辺聖子全集 14」集英社 2004 p11

たなへ

田辺聖子の古事記
　◇「田辺聖子全集 14」集英社 2004 p345

多難なり、松下センセ
　◇「松下竜一未刊行著作集 3」海鳥社 2009 p91

谷
　◇「古井由吉自撰作品 2」河出書房新社 2012 p136

谷川雁—在りし日のこと
　◇「石牟礼道子全集 14」藤原書店 2008 p234

谷川雁『賢治初期童話考』
　◇「石牟礼道子全集 14」藤原書店 2008 p348

谷川雁—護符
　◇「石牟礼道子全集 14」藤原書店 2008 p238

谷川雁—反近代への花火
　◇「石牟礼道子全集 14」藤原書店 2008 p242

谷川俊太郎〔対談〕
　◇「向田邦子全集 新版 別巻 1」文藝春秋 2010 p71

谷川徹三「生活・哲学・芸術」
　◇「小林秀雄全作品 3」新潮社 2002 p38
　◇「小林秀雄全集 補巻 1」新潮社 2010 p136

谷川徹三「内部と外部」
　◇「小林秀雄全作品 4」新潮社 2003 p223
　◇「小林秀雄全集 補巻 1」新潮社 2010 p216

谷崎潤一郎
　◇「小島信夫批評集成 2」水声社 2011 p693

谷崎潤一郎
　◇「小林秀雄全作品 3」新潮社 2002 p83
　◇「小林秀雄全集 補巻 1」新潮社 2010 p148

谷崎潤一郎
　◇「福田恆存評論集 14」麗澤大學出版會、廣池學園事業部〔発売〕 2010 p90

谷崎潤一郎
　◇「決定版 三島由紀夫全集 27」新潮社 2003 p447

谷崎潤一郎、芸術と生活
　◇「決定版 三島由紀夫全集 34」新潮社 2003 p221

谷崎潤一郎『細雪』について
　◇「金井美恵子エッセイ・コレクション—1964-2013 3」平凡社 2013 p233

谷崎潤一郎氏を悼む
　◇「決定版 三島由紀夫全集 33」新潮社 2003 p481

谷崎潤一郎「刺青」について
　◇「決定版 三島由紀夫全集 27」新潮社 2003 p678

谷崎潤一郎氏著「吉野葛」読後感
　◇「決定版 三島由紀夫全集 26」新潮社 2003 p62

谷崎潤一郎氏の—「現代語の欠点」を読む
　◇「徳田秋聲全集 21」八木書店 2001 p291

谷崎潤一郎氏の書簡
　◇「谷崎潤一郎全集 6」中央公論新社 2015 p475

谷崎潤一郎氏の「雪」に因みて
　◇「内田百閒集成 15」筑摩書房 2003（ちくま文庫）p146

谷崎潤一郎賞
　◇「丸谷才一全集 12」文藝春秋 2014 p297

谷崎潤一郎頌
　◇「決定版 三島由紀夫全集 34」新潮社 2003 p259

谷崎潤一郎氏より通信（原稿に添へて）
　◇「谷崎潤一郎全集 6」中央公論新社 2015 p467

「谷崎潤一郎全集」
　◇「小林秀雄全作品 21」新潮社 2004 p276
　◇「小林秀雄全集 補巻 3」新潮社 2010 p85

谷崎潤一郎について
　◇「決定版 三島由紀夫全集 34」新潮社 2003 p223

谷崎潤一郎「猫と庄造と二人のをんな」
　◇「小林秀雄全作品 7」新潮社 2003 p171
　◇「小林秀雄全集 補巻 1」新潮社 2010 p382

谷崎潤一郎「猫と庄造と二人のおんな」
　◇「須賀敦子全集 4」河出書房新社 2007（河出文庫）p358

谷崎潤一郎のこと
　◇「丸谷才一全集 9」文藝春秋 2013 p336

谷崎潤一郎「文章読本」
　◇「小林秀雄全作品 6」新潮社 2003 p119
　◇「小林秀雄全集 補巻 1」新潮社 2010 p302

谷崎潤一郎より永井荷風へ
　◇「谷崎潤一郎全集 21」中央公論新社 2016 p501

谷崎潤一郎論
　◇「決定版 三島由紀夫全集 32」新潮社 2003 p124

谷崎賞にふさはしい作品—谷崎賞選後評
　◇「決定版 三島由紀夫全集 35」新潮社 2003 p712

谷崎朝時代の終焉
　◇「決定版 三島由紀夫全集 33」新潮社 2003 p492

谷崎文学の最高峯（「瘋癲老人日記」推薦文）
　◇「決定版 三島由紀夫全集 32」新潮社 2003 p78

谷崎文学の世界
　◇「決定版 三島由紀夫全集 33」新潮社 2003 p484

谷真介著『みんながねむるとき』
　◇「安部公房全集 17」新潮社 1999 p271

ダニ図鑑
　◇「山田風太郎ミステリー傑作選 6」光文社 2001（光文社文庫）p245

谷底の詩
　◇「中井英夫全集 10」東京創元社 2002（創元ライブラリ）p67

谷丹三宛〔書簡〕
　◇「坂口安吾全集 16」筑摩書房 2000 p51

谷丹三の静かな小説—あはせて・人生は甘美であるといふ話
　◇「坂口安吾全集 1」筑摩書房 1999 p372

谷の上の橋
　◇「石牟礼道子全集 10」藤原書店 2006 p441

谷間
　◇「林京子全集 3」日本図書センター 2005 p369

谷間（抄）
　◇「林京子全集 3」日本図書センター 2005 p367
　◇「林京子全集 4」日本図書センター 2005 p335

谷間の家
　◇「林京子全集 3」日本図書センター 2005 p5
谷桃子さんのこと
　◇「決定版 三島由紀夫全集 29」新潮社 2003 p650
他人じゃなかったジム少年
　◇「井上ひさしコレクション ことばの巻」岩波書店 2005 p195
他人の足
　◇「井上ひさし短編中編小説集成 9」岩波書店 2015 p3
他人の穴
　◇「井上ひさし短編中編小説集成 9」岩波書店 2015 p62
他人の顔
　◇「安部公房全集 18」新潮社 1999 p321
　◇「安部公房全集 20」新潮社 1999 p95
他人の顔（仮題）
　◇「安部公房全集 30」新潮社 2009 p133
他人の顔—雑誌『群像』版
　◇「安部公房全集 17」新潮社 1999 p381
他人の核
　◇「井上ひさし短編中編小説集成 9」岩波書店 2015 p46
他人の価値
　◇「大庭みな子全集 8」日本経済新聞出版社 2009 p316
他人の悲しみに同意しやすいタチ
　◇「大庭みな子全集 3」日本経済新聞出版社 2009 p260
他人の皮
　◇「井上ひさし短編中編小説集成 9」岩波書店 2015 p115
他人の気持ち
　◇「林京子全集 7」日本図書センター 2005 p481
他人の口
　◇「井上ひさし短編中編小説集成 9」岩波書店 2015 p83
他人の毛
　◇「井上ひさし短編中編小説集成 9」岩波書店 2015 p501
「他人」の幻影—あるいは幸福論 マリイは待っている
　◇「鈴木いづみコレクション 6」文遊社 1997 p86
他人の言葉
　◇「金井美恵子エッセイ・コレクション—1964-2013 3」平凡社 2013 p92
他人の書斎
　◇「[野呂邦暢] 随筆コレクション 1」みすず書房 2014 p339
他人のそら似
　◇「日影丈吉全集 7」国書刊行会 2004 p627
他人の血
　◇「井上ひさし短編中編小説集成 9」岩波書店 2015 p1

　◇「井上ひさし短編中編小説集成 9」岩波書店 2015 p133
週言 他人の知恵
　◇「林京子全集 7」日本図書センター 2005 p428
他人の中
　◇「徳永直文学選集」熊本出版文化会館 2008 p281
他人の臍
　◇「井上ひさし短編中編小説集成 9」岩波書店 2015 p29
他人の部屋
　◇「大庭みな子全集 6」日本経済新聞出版社 2009 p289
他人の眼
　◇「井上ひさし短編中編小説集成 9」岩波書店 2015 p69
他人の目
　◇「井上ひさし短編中編小説集成 9」岩波書店 2015 p101
他人の目で見る
　◇「内田百閒集成 7」筑摩書房 2003（ちくま文庫）p280
他人の指
　◇「井上ひさし短編中編小説集成 9」岩波書店 2015 p20
他人の夜
　◇「20世紀断層—野坂昭如単行本未収録小説集成 5」幻戯書房 2010 p24
狸
　◇「小島信夫短篇集成 2」水声社 2014 p103
狸がくれた牛酪（バター）
　◇「定本 久生十蘭全集 5」国書刊行会 2009 p610
狸芝居
　◇「内田百閒集成 16」筑摩書房 2004（ちくま文庫）p145
狸と汽車と
　◇「石牟礼道子全集 16」藤原書店 2013 p601
狸の勘違い
　◇「内田百閒集成 14」筑摩書房 2003（ちくま文庫）p179
狸の子孫
　◇「石牟礼道子全集 7」藤原書店 2005 p264
狸の信者
　◇「決定版 三島由紀夫全集 26」新潮社 2003 p32
種A Dialogue
　◇「谷崎潤一郎全集 5」中央公論新社 2016 p407
種子（たね）
　◇「寺山修司著作集 1」クインテッセンス出版 2009 p388
種子島—紡ぐ夢 南の星
　◇「大庭みな子全集 8」日本経済新聞出版社 2009 p115
種ケ島の由来
　◇「国枝史郎伝奇短篇小説集成 1」作品社 2006 p20

たねな

種なし人間は悲劇か
　◇「安部公房全集 19」新潮社 1999 p125

たね二ג
　◇「江戸川乱歩全集 24」光文社 2005（光文社文庫）p128

田のくろを歩く
　◇「上野壮夫全集 1」図書新聞 2010 p115

「たのしいしごと」と「いやなしごと」
　◇「小田実全集 評論 7」講談社 2010 p226

楽しいソヴェトの子供
　◇「宮本百合子全集 10」新日本出版社 2001 p305

愉しい夢の中にて
　◇「坂口安吾全集 1」筑摩書房 1999 p382

楽しき哉！　探偵小説
　◇「狩久全集 5」皆進社 2013 p42

愉しき御航海を─皇太子殿下へ
　◇「決定版 三島由紀夫全集 28」新潮社 2003 p56

楽しき新聞
　◇「徳田秋聲全集 19」八木書店 2000 p45

楽しさと不快さ
　◇「中井英夫全集 12」東京創元社 2006（創元ライブラリ）p178

たのしみ
　◇「石牟礼道子全集 8」藤原書店 2005 p297

楽しみの日々
　◇「大庭みな子全集 15」日本経済新聞出版社 2010 p301
　◇「大庭みな子全集 15」日本経済新聞出版社 2010 p306
　◇「大庭みな子全集 16」日本経済新聞出版社 2010 p35

愉しみはTVの彼方に、そして楽しみと日々
　◇「金井美恵子エッセイ・コレクション─1964－2013 4」平凡社 2014 p145

楽しむ酒
　◇「向田邦子全集 新版 9」文藝春秋 2009 p143

他の心理己の心理
　◇「徳田秋聲全集 19」八木書店 2000 p232

頼まれ多九蔵
　◇「長谷川伸傑作選 股旅新八景」国書刊行会 2008 p47

煙草
　◇「決定版 三島由紀夫全集 16」新潮社 2002 p343

「煙草」異稿
　◇「決定版 三島由紀夫全集 補巻」新潮社 2005 p324

煙草をやめるの記
　◇「小島信夫批評集成 2」水声社 2011 p401

タバコをやめる方法
　◇「安部公房全集 28」新潮社 2000 p279

煙草から酒から
　◇「徳田秋聲全集 22」八木書店 2001 p32

煙草幻想
　◇「狩久全集 2」皆進社 2013 p49

煙草と女
　◇「狩久全集 2」皆進社 2013 p147

煙草のおかげ
　◇「小檜山博全集 7」柏艪舎 2006 p163

たばこのけむりは複雑系 「小松左京マガジン」編集長インタビュー 第十三回（半田昌之）
　◇「小松左京全集 完全版 49」城西国際大学出版会 2017 p167

タバコの効用について
　◇「〔野呂邦暢〕随筆コレクション 2」みすず書房 2014 p190

タバコの話
　◇「定本 久生十蘭全集 10」国書刊行会 2011 p281

タバコ・ロード、マイ・ウェイ
　◇「金井美恵子エッセイ・コレクション─1964－2013 1」平凡社 2013 p438

田端の汽車そのほか
　◇「宮本百合子全集 17」新日本出版社 2002 p106

田端の坂
　◇「宮本百合子全集 9」新日本出版社 2001 p400

足袋
　◇「井上ひさし短編中編小説集成 11」岩波書店 2015 p100

足袋
　◇「林京子全集 5」日本図書センター 2005 p380

旅
　◇「田中小実昌エッセイ・コレクション 2」筑摩書房 2002（ちくま文庫）

旅
　◇「徳田秋聲全集 23」八木書店 2001 p260

旅へ
　◇「辻邦生全集 17」新潮社 2005 p9

旅へ
　◇「中井英夫全集 10」東京創元社 2002（創元ライブラリ）p77

旅へ出て
　◇「宮本百合子全集 32」新日本出版社 2003 p479

旅へのいざない
　◇「安部公房全集 17」新潮社 1999 p261

旅へのいざない
　◇「〔野呂邦暢〕随筆コレクション 2」みすず書房 2014 p464

旅を生きる　第9回日本旅行記賞
　◇「大庭みな子全集 24」日本経済新聞出版社 2011 p47

旅男たちの唄
　◇「片岡義男コレクション 3」早川書房 2009（ハヤカワ文庫）p51

旅から日本をふり返る
　◇「小田実全集 評論 8」講談社 2011 p235

旅─作曲用小品
　◇「決定版 三島由紀夫全集 37」新潮社 2004 p641

たひゆ

旅路のはじまり―わが小型自叙伝
　◇「山田風太郎エッセイ集成 わが推理小説零年」筑摩書房 2007 p33
旅芝居
　◇「立松和平小説 19」勉誠出版 2013 p231
旅巡礼
　◇「遠藤周作エッセイ選集 2」光文社 2006（知恵の森文庫）p213
旅する女
　◇「小松左京全集 完全版 19」城西国際大学出版会 2013 p224
旅立ち
　◇「古井由吉自撰作品 1」河出書房新社 2012 p213
旅立ちのこころ
　◇「辻邦生全集 17」新潮社 2005 p50
旅立ちは凶
　◇「都筑道夫時代小説コレクション 3」戎光祥出版 2014（戎光祥時代小説名作選）p225
旅―旅先から戻ったのは
　◇「松下竜一未刊行著作集 3」海鳥社 2009 p329
旅で
　◇「小田実全集 評論 8」講談社 2011 p200
旅出
　◇「安部公房全集 1」新潮社 1997 p82
旅での洗濯
　◇「小檜山博全集 8」柏艪舎 2006 p303
『旅ではなぜかよく眠り』『鳥のために』『五重奏』
　◇「須賀敦子全集 4」河出書房新社 2007（河出文庫）p459
旅と酒
　◇「小林秀雄全集 補巻 3」新潮社 2010 p284
旅と食事
　◇「大庭みな子全集 23」日本経済新聞出版社 2011 p546
旅と推理と酒
　◇「土屋隆夫コレクション新装版 針の誘い」光文社 2002（光文社文庫）p434
旅日記
　◇「徳田秋聲全集 17」八木書店 1999 p154
旅に行く
　◇「小寺菊子作品集 1」桂書房 2014 p229
旅のあいまに
　◇「須賀敦子全集 1」河出書房新社 2006（河出文庫）p375
旅の意味
　◇「隆慶一郎全集 19」新潮社 2010 p316
旅のいろいろ
　◇「大庭みな子全集 6」日本経済新聞出版社 2009 p194
旅のいろいろ
　◇「谷崎潤一郎全集 17」中央公論新社 2015 p381

旅のうち
　◇「古井由吉自撰作品 8」河出書房新社 2012 p99
旅の絵本
　◇「決定版 三島由紀夫全集 29」新潮社 2003 p651
旅の終り
　◇「辻邦生全集 2」新潮社 2004 p9
　◇「辻邦生全集 16」新潮社 2005 p362
旅の終わりに四国上空で考えた土佐の底力
　◇「小松左京全集 完全版 29」城西国際大学出版会 2007 p160
旅のこころ
　◇「大庭みな子全集 8」日本経済新聞出版社 2009 p321
旅の獅子舞
　◇「山田風太郎ミステリー傑作選 10」光文社 2002（光文社文庫）p157
足袋の底
　◇「徳田秋聲全集 10」八木書店 1998 p78
旅の楽しみ
　◇「小松左京全集 完全版 36」城西国際大学出版会 2011 p234
旅の馬鹿安
　◇「長谷川伸傑作選 股旅新八景」国書刊行会 2008 p86
旅の墓碑銘
　◇「決定版 三島由紀夫全集 18」新潮社 2002 p751
旅のむこう
　◇「須賀敦子全集 2」河出書房新社 2006（河出文庫）p204
旅の夜
　◇「決定版 三島由紀夫全集 31」新潮社 2003 p528
旅のロマンはイメージから
　◇「小松左京全集 完全版 31」城西国際大学出版会 2008 p13
足袋のわざわい
　◇「宮城谷昌光全集 21」文藝春秋 2004 p415
旅人
　◇「宮本百合子全集 33」新日本出版社 2004 p428
旅人たちの夜の歌
　◇「辻邦生全集 6」新潮社 2004 p323
旅人と猿と
　◇「遠藤周作エッセイ選集 2」光文社 2006（知恵の森文庫）p97
旅枕
　◇「向田邦子全集 新版 8」文藝春秋 2009 p131
旅・見はてぬ地図
　◇「瀬戸内寂聴随筆選 5」ゆまに書房 2009
旅役者の記録
　◇「寺山修司著作集 5」クインテッセンス出版 2009 p325
旅ゆかば
　◇「小松左京全集 完全版 37」城西国際大学出版会 2010 p277

旅ゆかば……
　◇「小松左京全集 完全版 37」城西国際大学出版会 2010 p269
旅よ
　◇「安部公房全集 1」新潮社 1997 p76
旅は青空
　◇「中井英夫全集 12」東京創元社 2006（創元ライブラリ）p104
旅は道づれ
　◇「大庭みな子全集 23」日本経済新聞出版社 2011 p454
旅は道づれ
　◇「日影丈吉全集 7」国書刊行会 2004 p36
旅は驢馬をつれて［翻訳］（R.L.スチヴンスン）
　◇「小沼丹全集 補巻」未知谷 2005 p7
タブー
　◇「安部公房全集 1」新潮社 1997 p475
秘密（タブ）
　◇「小松左京全集 完全版 20」城西国際大学出版会 2014 p8
ダフォディルがきんいろにはためいて……
　◇「須賀敦子全集 4」河出書房新社 2007（河出文庫）p177
タフなおじさんE・S・ガードナー
　◇「田中小実昌エッセイ・コレクション 5」筑摩書房 2003（ちくま文庫）p163
タブーについて
　◇「佐々木基一全集 10」河出書房新社 2013 p640
たぶらかす
　◇「小檜山博全集 8」柏艪舎 2006 p52
007ジェームス・ボンド 原爆の傘をつぼめろ
　◇「日影丈吉全集 別巻」国書刊行会 2005 p388
ダブル・カルバドス
　◇「中井英夫全集 12」東京創元社 2006（創元ライブラリ）p67
ダブル三角
　◇「小松左京全集 完全版 12」城西国際大学出版会 2007 p193
『ダブル・ショック』（ハドリー・チェイス）
　◇「田中小実昌エッセイ・コレクション 5」筑摩書房 2003（ちくま文庫）p212
ダブル*セールス
　◇「小松左京全集 完全版 25」城西国際大学出版会 2017 p27
ダブル・トラブル
　◇「片岡義男コレクション 3」早川書房 2009（ハヤカワ文庫）p137
食べごしらえ
　◇「石牟礼道子全集 10」藤原書店 2006 p122
食べごしらえおままごと
　◇「石牟礼道子全集 10」藤原書店 2006 p11
食べない食べ物
　◇「日影丈吉全集 別巻」国書刊行会 2005 p224

食べ物を選びようがない時代になっている
　◇「石牟礼道子全集 10」藤原書店 2006 p189
食べものの糸
　◇「大庭みな子全集 23」日本経済新聞出版社 2011 p536
食べ物の糸
　◇「大庭みな子全集 15」日本経済新聞出版社 2010 p504
食べ物の行きつくところ
　◇「日影丈吉全集 別巻」国書刊行会 2005 p285
食べる
　◇「色川武大・阿佐田哲也エッセイズ 3」筑摩書房 2003（ちくま文庫）p341
食べるとき
　◇「小檜山博全集 8」柏艪舎 2006 p238
多忙な人たち
　◇「坂口安吾全集 13」筑摩書房 1999 p413
多忙な人の眼
　◇「小檜山博全集 7」柏艪舎 2006 p54
環（たまき）
　◇「決定版 三島由紀夫全集 20」新潮社 2002 p631
玉菊灯籠
　◇「国枝史郎伝奇短篇小説集成 1」作品社 2006 p149
環女史と須磨子女史
　◇「徳田秋聲全集 19」八木書店 2000 p301
玉刻春（たまきはる）
　◇「決定版 三島由紀夫全集 15」新潮社 2002 p591
「玉刻春（たまきはる）」異稿
　◇「決定版 三島由紀夫全集 補巻」新潮社 2005 p312
多摩丘陵のドライブ
　◇「安部公房全集 19」新潮社 1999 p236
たまげたこまげた吾妻橋
　◇「井上ひさし短編中編小説集成 4」岩波書店 2015 p427
たまげた話
　◇「小檜山博全集 8」柏艪舎 2006 p83
おんなの午後4 卵
　◇「大庭みな子全集 18」日本経済新聞出版社 2010 p151
卵
　◇「松田解子自選集 4」澤田出版 2005 p213
卵
　◇「決定版 三島由紀夫全集 19」新潮社 2002 p41
卵洗い
　◇「立松和平全小説 17」勉誠出版 2012 p1
卵
　◇「立松和平全小説 17」勉誠出版 2012 p74
卵を売る歌人
　◇「阿川弘之全集 18」新潮社 2007 p165
卵買い
　◇「立松和平全小説 17」勉誠出版 2012 p3

卵が先！
　◇「小松左京全集 完全版 40」城西国際大学出版会 2012 p197
卵とわたし
　◇「向田邦子全集 新版 5」文藝春秋 2009 p258
卵と私たち
　◇「小松左京全集 完全版 25」城西国際大学出版会 2017 p141
卵の王子たち—世界一小さな密室
　◇「中井英夫全集 5」東京創元社 2002（創元ライブラリ）p32
卵料理さまざま
　◇「阿川弘之全集 20」新潮社 2007 p144
玉三郎君のこと
　◇「決定版 三島由紀夫全集 36」新潮社 2003 p271
魂を祀る家
　◇「石牟礼道子全集 13」藤原書店 2007 p631
魂がおぞぶるう
　◇「石牟礼道子全集 16」藤原書店 2013 p603
講演 魂が先乗りして
　◇「石牟礼道子全集 15」藤原書店 2012 p515
魂が入りかけた頃
　◇「石牟礼道子全集 7」藤原書店 2005 p393
たましい—題はお願いします
　◇「松下竜一未刊行著作集 3」海鳥社 2009 p377
魂たちの宿
　◇「石牟礼道子全集 11」藤原書店 2005 p515
魂の灯りをつないで—雑誌『Q』の終刊
　◇「石牟礼道子全集 17」藤原書店 2012 p481
魂の師・白洲正子さんを悼んで
　◇「車谷長吉全集 3」新書館 2010 p284
魂の珠玉たち
　◇「石牟礼道子全集 16」藤原書店 2013 p41
魂の調和のための50冊—ノン・ジャンルベスト50
　◇「辻邦生全集 18」新潮社 2005 p177
魂の闇
　◇「車谷長吉全集 3」新書館 2010 p77
魂ゆらぐ刻を
　◇「石牟礼道子全集 11」藤原書店 2005 p484
だまし絵
　◇「寺山修司著作集 1」クインテッセンス出版 2009 p18
だまし絵—都市を盗む 5
　◇「安部公房全集 26」新潮社 1999 p442
だまし絵—ミラン・クンデラ
　◇「丸谷才一全集 11」文藝春秋 2014 p334
玉突
　◇「決定版 三島由紀夫全集 37」新潮社 2004 p483
玉取り姫
　◇「谷崎潤一郎全集 25」中央公論新社 2016 p27

玉取物語
　◇「定本 久生十蘭全集 8」国書刊行会 2010 p265
たまには休息も必要だ
　◇「立松和平全小説 3」勉誠出版 2010 p1
　◇「立松和平全小説 3」勉誠出版 2010 p67
玉ねぎのミイラ
　◇「日影丈吉全集 別巻」国書刊行会 2005 p21
玉虫厨子
　◇「渡辺淳一自選短篇コレクション 3」朝日新聞社 2006 p99
タマや
　◇「金井美恵子エッセイ・コレクション—1964-2013 2」平凡社 2013 p197
魂呼び
　◇「立松和平全小説 17」勉誠出版 2012 p128
溜まりの眺め
　◇「20世紀断層—野坂昭如単行本未収録小説集成 4」幻戯書房 2010 p262
球はオープンに出せ
　◇「小島信夫批評集成 7」水声社 2011 p127
彩絵（だみゑ）硝子
　◇「決定版 三島由紀夫全集 15」新潮社 2002 p387
民の知恵
　◇「石牟礼道子全集 5」藤原書店 2004 p240
「民」の論理と「国家」の壁
　◇「小田実全集 評論 11」講談社 2011 p142
〔田宮虎彦〕魂の黒点
　◇「佐々木基一全集 5」河出書房新社 2013 p110
多民族国家の悩み
　◇「林京子全集 8」日本図書センター 2005 p78
ダム・ウェイター 一幕
　◇「安部公房全集 24」新潮社 1999 p435
ダムと蝶鮫—壮観！ 二十二基の水力発電機
　◇「小松左京全集 完全版 43」城西国際大学出版会 2014 p296
田村俊子の新しさ
　◇「瀬戸内寂聴随筆選 2」ゆまに書房 2009 p40
『田村俊子・野上弥生子・中条百合子集』の序詞
　◇「宮本百合子全集 10」新日本出版社 2001 p305
田村の大人
　◇「阿川弘之全集 18」新潮社 2007 p242
溜息
　◇「深沢夏衣作品集」新幹社 2015 p342
ためいきへ
　◇「松田解子自選集 9」澤田出版 2009 p263
溜息まじりの死者
　◇「立松和平全小説 1」勉誠出版 2010 p320
ダメ男、ここに極まる
　◇「中上健次集 2」インスクリプト 2018 p537
為介の話
　◇「谷崎潤一郎全集 12」中央公論新社 2017 p489

為朝と伊豆七島文化
　◇「小松左京全集 完全版 31」城西国際大学出版会 2008 p13
だめになっちゃう
　◇「鈴木いづみコレクション 6」文遊社 1997 p81
だめになっちゃう─八月十五日の日記
　◇「鈴木いづみコレクション 6」文遊社 1997 p83
タメにならぬ読書の奨め
　◇「田中小実昌エッセイ・コレクション 5」筑摩書房 2003（ちくま文庫）p254
ダメ人間の昨日・今日─吉行淳之介との対談
　◇「田中小実昌エッセイ・コレクション 1」筑摩書房 2002（ちくま文庫）p192
ためらい
　◇「〔野呂邦暢〕随筆コレクション 1」みすず書房 2014 p239
ためらい傷
　◇「渡辺淳一自選短篇コレクション 3」朝日新聞社 2006 p219
駄目は駄目です
　◇「林京子全集 7」日本図書センター 2005 p204
袂
　◇「石牟礼道子全集 11」藤原書店 2005 p383
田山花袋
　◇「福田恆存評論集 14」麗澤大學出版會, 廣池學園事業部〔発売〕2010 p129
田山花袋さんの思ひ出
　◇「小寺菊子作品集 3」桂書房 2014 p211
田山花袋氏の業蹟
　◇「徳田秋聲全集 21」八木書店 2001 p327
田山君の事
　◇「徳田秋聲全集 21」八木書店 2001 p333
大夫殿坂
　◇「司馬遼太郎短篇全集 5」文藝春秋 2005 p491
多様な中世像・日本像（網野善彦）
　◇「司馬遼太郎対話選集 1」文藝春秋 2006（文春文庫）p261
たより
　◇「宮本百合子全集 33」新日本出版社 2004 p448
便り
　◇「石牟礼道子全集 1」藤原書店 2004 p464
便り─著者から読者へ
　◇「林京子全集 8」日本図書センター 2005 p315
たよりにかえて
　◇「松田解子自選集 9」澤田出版 2009 p270
だら
　◇「車谷長吉全集 3」新書館 2010 p184
多羅尾伴内はなぜ片眼をかくしたか
　◇「寺山修司著作集 4」クインテッセンス出版 2009 p304
堕落のドラマツルギー─サーカス
　◇「寺山修司著作集 5」クインテッセンス出版 2009 p312

堕落論
　◇「坂口安吾全集 4」筑摩書房 1998 p52
堕落論〔続堕落論〕
　◇「坂口安吾全集 4」筑摩書房 1998 p270
だらしない探偵
　◇「田中小実昌エッセイ・コレクション 5」筑摩書房 2003（ちくま文庫）p142
だらだら坂
　◇「丸谷才一全集 2」文藝春秋 2014 p551
だらだら坂
　◇「向田邦子全集 新版 1」文藝春秋 2009 p25
〈抜粋〉たらちおの記
　◇「内田百閒集成 24」筑摩書房 2004（ちくま文庫）p172
たらちおの記
　◇「内田百閒集成 13」筑摩書房 2003（ちくま文庫）p59
　◇「内田百閒集成 24」筑摩書房 2004（ちくま文庫）p172
海（タラッタ）の自由
　◇「小田実全集 小説 32」講談社 2013 p433
ダラトの雨
　◇「中上健次集 10」インスクリプト 2017 p549
タラノ音頭─コルシカ島の巻
　◇「定本 久生十蘭全集 1」国書刊行会 2008 p53
タランチュラ踊
　◇「小酒井不木随筆評論選集 7」本の友社 2004 p123
タラント駅待合室にて
　◇「辻邦生全集 16」新潮社 2005 p92
ダリア
　◇「定本 久生十蘭全集 10」国書刊行会 2011 p379
ダリ「磔刑の基督」
　◇「決定版 三島由紀夫全集 32」新潮社 2003 p102
ダリの葡萄酒
　◇「決定版 三島由紀夫全集 35」新潮社 2003 p143
ダリヤ
　◇「定本 久生十蘭全集 10」国書刊行会 2011 p287
ダリヤは勲く
　◇「小寺菊子作品集 2」桂書房 2014 p305
タルコフスキーの背景にあるもの
　◇「辻邦生全集 19」新潮社 2005 p287
タルホと虚空
　◇「稲垣足穂コレクション 2」筑摩書房 2005（ちくま文庫）p211
達磨あざ
　◇「三橋一夫ふしぎ小説集成 1」出版芸術社 2005 p164
樽前山の見える街
　◇「小檜山博全集 6」柏艪舎 2006 p248
達磨峠の事件
　◇「山田風太郎ミステリー傑作選 10」光文社 2002（光文社文庫）p9

だるまや百貨店
　◇「宮本百合子全集 4」新日本出版社 2001 p288
誰が宇宙をデザインしたか？―理論デザイン学のバックグラウンド
　◇「小松左京全集 完全版 28」城西国際大学出版会 2006 p326
だれが外貨をかせいだか？
　◇「大庭みな子全集 23」日本経済新聞出版社 2011 p570
誰かが守ってくれた
　◇「遠藤周作エッセイ選集 1」光文社 2006（知恵の森文庫）p210
だれが犠牲者か
　◇「大庭みな子全集 18」日本経済新聞出版社 2010 p95
誰か故郷を想はざる（抄）
　◇「寺山修司著作集 4」クインテッセンス出版 2009 p5
だれがこんなに拒むのか―車いすの少女千里ちゃんに思う
　◇「松下竜一未刊行著作集 1」海鳥社 2008 p236
誰が日本民族の主人か
　◇「坂口安吾全集 12」筑摩書房 1999 p466
『誰がパロミノ・モレーロを殺したか』マリオ・バルガス＝リョサ
　◇「須賀敦子全集 4」河出書房新社 2007（河出文庫）p215
誰が鞭を持ち始めたのか「ナチは復活するか」
　◇「中井英夫全集 6」東京創元社 1996（創元ライブラリ）p200
誰が力石を殺したか
　◇「寺山修司著作集 4」クインテッセンス出版 2009 p298
密告（たれこみ）
　◇「車谷長吉全集 1」新書館 2010 p643
誰でせう
　◇「寺山修司著作集 4」クインテッセンス出版 2009 p9
誰と映画を見るか
　◇「鈴木いづみコレクション 7」文遊社 1997 p70
誰にも出来る殺人
　◇「山田風太郎ミステリー傑選 1」光文社 2001（光文社文庫）p413
誰の屍体か
　◇「鮎川哲也コレクション 白昼の悪魔」光文社 2007（光文社文庫）p53
誰のために
　◇「〔野呂邦暢〕随筆コレクション 1」みすず書房 2014 p127
誰のために―インテリゲンツィアと民主主義の課題
　◇「宮本百合子全集 16」新日本出版社 2002 p328

〈誰のために小説を書くか？〉
　◇「安部公房全集 2」新潮社 1997 p375
誰のための戦争か
　◇「井上ひさしコレクション 日本の巻」岩波書店 2005 p147
誰の眼にもあきらかであるはずのこと
　◇「小田実全集 評論 13」講談社 2011 p169
誰もが憧れた福永武彦
　◇「辻邦生全集 16」新潮社 2005 p367
だれもが変態になっている
　◇「鈴木いづみコレクション 5」文遊社 1996 p149
誰も里見弴を読まない
　◇「丸谷才一全集 9」文藝春秋 2013 p379
誰も私を愛さない
　◇「山田風太郎ミステリー傑選 4」光文社 2001（光文社文庫）p233
誰よりも妻を―
　◇「20世紀断層―野坂昭如単行本未収録小説集成 5」幻戯書房 2010 p652
太郎と花子
　◇「井上ひさし短編中編小説集成 11」岩波書店 2015 p10
タロオ
　◇「小沼丹全集 2」未知谷 2004 p31
タロット
　◇「大庭みな子全集 5」日本経済新聞出版社 2009 p516
たわけた神
　◇「都筑道夫恐怖短篇集成 3」筑摩書房 2004（ちくま文庫）p527
戯れに死は選ぶまじ
　◇「日影丈吉全集 5」国書刊行会 2003 p285
俵屋宗達
　◇「決定版 三島由紀夫全集 29」新潮社 2003 p601
譚
　◇「中井英夫全集 10」東京創元社 2002（創元ライブラリ）p96
単位の情熱
　◇「森村誠一ベストセレクション 二重死肉」光文社 2011（光文社文庫）p215
単位の喪失
　◇「日影丈吉全集 6」国書刊行会 2002 p430
短歌
　◇「宮本百合子全集 33」新日本出版社 2004 p414
断崖
　◇「江戸川乱歩全集 15」光文社 2004（光文社文庫）p345
　◇「江戸川乱歩全集 16」沖積舎 2009 p245
断崖
　◇「小沼丹全集 1」未知谷 2004 p322
断崖
　◇「徳田秋聲全集 34」八木書店 2004 p3

たんか

断崖
　◇「日影丈吉全集 8」国書刊行会 2004 p168
断崖
　◇「松本清張初文庫化作品集 2」双葉社 2005（双葉文庫）p173
『断崖』新小説予告
　◇「徳田秋聲全集 別巻」八木書店 2006 p124
断崖病
　◇「佐々木基一全集 8」河出書房新社 2013 p33
短歌への郷愁
　◇「決定版 三島由紀夫全集 36」新潮社 2003 p628
短歌への慕情
　◇「石牟礼道子全集 1」藤原書店 2004 p28
短歌習作
　◇「宮本百合子全集 33」新日本出版社 2004 p354
短歌十四首
　◇「決定版 三島由紀夫全集 37」新潮社 2004 p803
檀一雄宛〔書簡〕
　◇「坂口安吾全集 16」筑摩書房 2000 p219
檀一雄の悲哀
　◇「決定版 三島由紀夫全集 27」新潮社 2003 p380
檀一雄「花筐」一覧書
　◇「決定版 三島由紀夫全集 26」新潮社 2003 p433
短歌と出遇って—学校の外で学んだ
　◇「松下竜一未刊行著作集 1」海鳥社 2008 p24
〈短歌〉二〇首
　◇「石牟礼道子全集 15」藤原書店 2012 p264
短歌について
　◇「小林秀雄全作品 5」新潮社 2003 p145
　◇「小林秀雄全集 補巻 1」新潮社 2010 p269
耽綺社
　◇「江戸川乱歩全集 30」光文社 2005（光文社文庫）p179
ダン吉の責任
　◇「向田邦子全集 新版 9」文藝春秋 2009 p68
弾琴図
　◇「内田百閒集成 7」筑摩書房 2003（ちくま文庫）p114
探検
　◇「小松左京全集 完全版 43」城西国際大学出版会 2014 p354
"探検衝動"
　◇「小松左京全集 完全版 31」城西国際大学出版会 2008 p238
探検の構造
　◇「小松左京全集 完全版 31」城西国際大学出版会 2008 p236
探検の構造（本文省略）
　◇「小松左京全集 完全版 35」城西国際大学出版会 2009 p360
探検の思想
　◇「小松左京全集 完全版 27」城西国際大学出版会 2007 p217

探検の内発性
　◇「小松左京全集 完全版 31」城西国際大学出版会 2008 p243
淡交
　◇「大庭みな子全集 5」日本経済新聞出版社 2009 p459
　◇「大庭みな子全集 5」日本経済新聞出版社 2009 p499
「談合」政治が「棄民」政治をつくる
　◇「小田実全集 評論 21」講談社 2012 p143
団交という名の会見篇
　◇「三角寛サンカ選集第二期 15」現代書館 2005 p188
炭坑の偉人
　◇「坂口安吾全集 13」筑摩書房 1999 p329
単行本のリストおよび「あとがき」集
　◇「小檜山博全集 8」柏艪舎 2006 p369
団子坂（対話）
　◇〔森〕鷗外近代小説集 3」岩波書店 2013 p127
端午の節句
　◇「決定版 三島由紀夫全集 26」新潮社 2003 p17
探索者
　◇「辻邦生全集 13」新潮社 2005 p312
丹沢
　◇「大庭みな子全集 12」日本経済新聞出版社 2010 p158
丹沢の山窩について
　◇「三角寛サンカ選集第二期 8」現代書館 2004 p213
男子一生の事業 二葉亭四迷
　◇「小島信夫批評集成 3」水声社 2011 p175
男子存廃此一腺
　◇「20世紀断層—野坂昭如単行本未収録小説集成 5」幻戯書房 2010 p556
男子の童貞鑑別法
　◇「小酒井不木随筆評論選集 6」本の友社 2004 p493
たんじゃく
　◇「谷崎潤一郎全集 23」中央公論新社 2017 p232
男爵令嬢ストリートガール
　◇「アンドロギュノスの裔 渡辺温全集」東京創元社 2011（創元推理文庫）p235
團十郎、五代目菊五郎、七世團蔵、その他の思い出
　◇「谷崎潤一郎全集 21」中央公論新社 2016 p304
団十郎に就いて
　◇「徳田秋聲全集 20」八木書店 2001 p88
団十郎の印象
　◇「徳田秋聲全集 22」八木書店 2001 p31
単純さと優雅さ
　◇「金井美恵子エッセイ・コレクション—1964–2013 3」平凡社 2013 p113
短唱
　◇「中井英夫全集 10」東京創元社 2002（創元ライ

ブラリ）p15
誕生
　◇「小松左京全集 完全版 45」城西国際大学出版会 2015 p148
誕生―幕
　◇「谷崎潤一郎全集 2」中央公論新社 2016 p55
断章
　◇「上野壮夫全集 1」図書新聞 2010 p31
　◇「上野壮夫全集 1」図書新聞 2010 p89
　◇「上野壮夫全集 3」図書新聞 2011 p376
断章
　◇「内田百閒集成 4」筑摩書房 2003（ちくま文庫）p166
断章
　◇「中井英夫全集 10」東京創元社 2002（創元ライブラリ）p67
短小浦島
　◇「小松左京全集 完全版 26」城西国際大学出版会 2017 p12
男娼会見記
　◇「吉行淳之介エッセイ・コレクション 2」筑摩書房 2004（ちくま文庫）p123
短唱、三首
　◇「決定版 三島由紀夫全集 37」新潮社 2004 p701
誕生日
　◇「大庭みな子全集 23」日本経済新聞出版社 2011 p692
誕生日
　◇「津村節子自選作品集 6」岩波書店 2005 p217
誕生日
　◇「原民喜戦後全小説」講談社 2015（講談社文芸文庫）p555
誕生日の朝
　◇「決定版 三島由紀夫全集 37」新潮社 2004 p328
誕生日の贈物
　◇「狩久全集 2」皆進社 2013 p19
誕生日プレゼント
　◇「阿川弘之全集 19」新潮社 2007 p524
男女共学じゃないから―の章
　◇「色川武大・阿佐田哲也エッセイズ 1」筑摩書房 2003（ちくま文庫）p42
男色家の朝の歌
　◇「中井英夫全集 5」東京創元社 2002（創元ライブラリ）p478
男女交際より家庭生活へ
　◇「宮本百合子全集 9」新日本出版社 2001 p105
男女同権
　◇「坂口安吾全集 6」筑摩書房 1998 p317
男女の顔が欠落した風土
　◇「辻邦生全集 18」新潮社 2005 p37
男女の監獄校
　◇「長谷川伸傑作集 日本敵討ち異相」国書刊行会 2008 p245

男女の交際について
　◇「坂口安吾全集 6」筑摩書房 1998 p447
男子は慰藉料をもらえないという話
　◇「坂口安吾全集 11」筑摩書房 1998 p395
丹心寮教員宿舎
　◇「小島信夫短篇集成 1」水声社 2014 p405
ダンス
　◇「徳田秋聲全集 21」八木書店 2001 p325
ダンスを語る
　◇「徳田秋聲全集 21」八木書店 2001 p330
ダンス時代
　◇「決定版 三島由紀夫全集 27」新潮社 2003 p205
箪笥町時代・附藻社
　◇「徳田秋聲全集 20」八木書店 2001 p106
「ダンスに強くなる本」の序
　◇「谷崎潤一郎全集 24」中央公論新社 2016 p533
死の舞踏（ダンスマカブル）
　◇「野村胡堂探偵小説全集」作品社 2007 p252
男性鑑法
　◇「向田邦子全集 新版 6」文藝春秋 2009 p184
　◇「向田邦子全集 新版 9」文藝春秋 2009 p195
弾性限界
　◇「金鶴泳作品集 2」クレイン 2006 p195
男性作家の描いた男性像・女性像〔対談〕（高橋たか子）
　◇「大庭みな子全集 21」日本経済新聞出版社 2011 p25
男性週期律
　◇「山田風太郎ミステリー傑作選 7」光文社 2001（光文社文庫）p287
男性たちの掘った墓穴
　◇「大庭みな子全集 18」日本経済新聞出版社 2010 p76
男性ってどんな香水が好きかしら？
　◇「小松左京全集 完全版 34」城西国際大学出版会 2009 p118
男性ってみんな"面食い"かしら？
　◇「小松左京全集 完全版 34」城西国際大学出版会 2009 p141
男性的な文章―芥川賞選評
　◇「決定版 三島由紀夫全集 34」新潮社 2003 p381
男性と料理
　◇「日影丈吉全集 別巻」国書刊行会 2005 p171
男性の使命感〔対談〕（高橋たか子）
　◇「大庭みな子全集 21」日本経済新聞出版社 2011 p28
男性滅亡
　◇「山田風太郎ミステリー傑作選 7」光文社 2001（光文社文庫）p379
男性はなぜすぐ触りたがるの？
　◇「小松左京全集 完全版 34」城西国際大学出版会 2009 p23

たんそ

断層
　◇「上野壮夫全集 1」図書新聞 2010 p387
断層
　◇「宮本百合子全集 9」新日本出版社 2001 p24
断想
　◇「小林秀雄全作品 5」新潮社 2003 p147
　◇「小林秀雄全集 補巻 1」新潮社 2010 p269
団蔵・芸道・再軍備
　◇「決定版 三島由紀夫全集 34」新潮社 2003 p205
団体旅行
　◇「小島信夫批評集成 2」水声社 2011 p394
タンタルス
　◇「内田百閒集成 11」筑摩書房 2003（ちくま文庫）p73
　◇「内田百閒集成 24」筑摩書房 2004（ちくま文庫）p112
坦々
　◇「隆慶一郎全集 19」新潮社 2010 p422
たんたんタヌキ篇〔対談〕（北杜夫）
　◇「吉行淳之介エッセイ・コレクション 4」筑摩書房 2004（ちくま文庫）p53
丹頂の鶴
　◇「定本 久生十蘭全集 2」国書刊行会 2009 p454
探偵アムステルダム、最後の事件
　◇「片岡義男コレクション 3」早川書房 2009（ハヤカワ文庫）p177
探偵映画其他
　◇「江戸川乱歩全集 24」光文社 2005（光文社文庫）p243
探偵作家クラブ結成〔昭和二十二年度〕
　◇「江戸川乱歩全集 29」光文社 2006（光文社文庫）p251
探偵作家専業となる〔大正十四年度〕
　◇「江戸川乱歩全集 28」光文社 2006（光文社文庫）p91
探偵作家としてのエドガー・ポー
　◇「江戸川乱歩全集 26」光文社 2003（光文社文庫）p167
探偵作家としての小酒井不木氏
　◇「江戸川乱歩全集 24」光文社 2005（光文社文庫）p260
「探偵作家になるまで」より第三章 占われ記
　◇「高木彬光コレクション新装版 刺青殺人事件」光文社 2005（光文社文庫）p482
探偵作家の横顔
　◇「山田風太郎エッセイ集成 わが推理小説零年」筑摩書房 2007 p167
探偵作家四方山座談会（大下宇陀児、渡辺啓助、海野十三、延原謙、城昌幸、荒木十三郎、松野一夫、水谷準）
　◇「定本 久生十蘭全集 別巻」国書刊行会 2013 p436
探偵雑誌問顧
　◇「江戸川乱歩全集 25」光文社 2005（光文社文庫）p313

探偵雑話
　◇「小酒井不木随筆評論選集 2」本の友社 2004 p201
探偵実話「練絲痕」に就いて
　◇「山田風太郎エッセイ集成 わが推理小説零年」筑摩書房 2007 p105
探偵術に応用したる最新科學
　◇「小酒井不木随筆評論選集 7」本の友社 2004 p235
探偵趣味
　◇「江戸川乱歩全集 24」光文社 2005（光文社文庫）p146
探偵趣味の会を始める言葉
　◇「江戸川乱歩全集 24」光文社 2005（光文社文庫）p565
探偵小説
　◇「小酒井不木随筆評論選集 8」本の友社 2004 p11
探偵小説アフォリズム
　◇「土屋隆夫コレクション新装版 天狗の面」光文社 2002（光文社文庫）p433
探偵小説への飢餓
　◇「横溝正史自選集 1」出版芸術社 2006 p333
探偵小説を截る
　◇「坂口安吾全集 6」筑摩書房 1998 p568
探偵小説を中心として
　◇「浜尾四郎全集 1」沖積舎 2004 p487
探偵小説を作って貰い度い人々
　◇「国枝史郎探偵小説全集」作品社 2005 p320
〈探偵小説各人各説〉雑誌『宝石』のアンケートに答えて
　◇「安部公房全集 7」新潮社 1998 p342
探偵小説管見
　◇「小酒井不木随筆評論選集 7」本の友社 2004 p345
探偵小説研究文献
　◇「江戸川乱歩全集 25」光文社 2005（光文社文庫）p543
探偵小説このごろ
　◇「野村胡堂探偵小説全集」作品社 2007 p435
探偵小説作家の死
　◇「浜尾四郎全集 1」沖積舎 2004 p135
探偵小説時代
　◇「江戸川乱歩全集 24」光文社 2005（光文社文庫）p571
探偵小説十五年
　◇「江戸川乱歩全集 25」光文社 2005（光文社文庫）p219
探偵小説十年
　◇「江戸川乱歩全集 24」光文社 2005（光文社文庫）p281
探偵小説純文学論を評す
　◇「江戸川乱歩全集 26」光文社 2003（光文社文庫）p258

探偵小説第三の山
　◇「江戸川乱歩全集 30」光文社 2005（光文社文庫）p254
探偵小説第三の山〔昭和二十三・四年度〕
　◇「江戸川乱歩全集 29」光文社 2006（光文社文庫）p294
探偵小説達磨喝
　◇「日影丈吉全集 別巻」国書刊行会 2005 p598
探偵小説壇の新なる情熱
　◇「江戸川乱歩全集 25」光文社 2005（光文社文庫）p20
探偵小説壇繁昌記
　◇「江戸川乱歩全集 24」光文社 2005（光文社文庫）p578
探偵小説と音楽
　◇「野村胡堂探偵小説全集」作品社 2007 p418
探偵小説と瀉泄（カタルシス）
　◇「江戸川乱歩全集 25」光文社 2005（光文社文庫）p112
探偵小説と芸術的なるもの
　◇「江戸川乱歩全集 25」光文社 2005（光文社文庫）p27
探偵小説と純文学
　◇「上野壮夫全集 3」図書新聞 2011 p319
探偵小説とは
　◇「坂口安吾全集 6」筑摩書房 1998 p304
探偵小説に現われた犯罪心理
　◇「江戸川乱歩全集 23」光文社 2005（光文社文庫）p609
探偵小説に現われたる犯罪心理
　◇「江戸川乱歩全集 25」光文社 2005（光文社文庫）p532
探偵小説に描かれた異様な犯罪動機
　◇「江戸川乱歩全集 27」光文社 2004（光文社文庫）p109
探偵小説の味
　◇「小酒井不木随筆評論選集 7」本の友社 2004 p167
　◇「小酒井不木随筆評論選集 7」本の友社 2004 p384
探偵小説のエプロン・スティジ
　◇「狩久全集 2」皆進社 2013 p161
探偵小説の神よ
　◇「山田風太郎エッセイ集成 わが推理小説零年」筑摩書房 2007 p108
探偵小説の「結末」に就て
　◇「山田風太郎エッセイ集成 わが推理小説零年」筑摩書房 2007 p78
探偵小説の限界
　◇「江戸川乱歩全集 25」光文社 2005（光文社文庫）p52
探偵小説の構想
　◇「横溝正史自選集 4」出版芸術社 2006 p321
　◇「横溝正史自選集 5」出版芸術社 2007 p331

探偵小説の社会的影響
　◇「小酒井不木随筆評論選集 7」本の友社 2004 p378
探偵小説の將來
　◇「小酒井不木随筆評論選集 7」本の友社 2004 p370
探偵小説の題材
　◇「小酒井不木随筆評論選集 7」本の友社 2004 p397
探偵小説の作り方
　◇「高木彬光コレクション新装版 刺青殺人事件」光文社 2005（光文社文庫）p459
探偵小説の定義と類別
　◇「江戸川乱歩全集 26」光文社 2003（光文社文庫）p21
　◇「江戸川乱歩全集 25」光文社 2005（光文社文庫）p516
探偵小説の読者として六十年
　◇「野村胡堂探偵小説全集」作品社 2007 p454
探偵小説の「謎」
　◇「江戸川乱歩全集 23」光文社 2005（光文社文庫）p515
探偵小説の範囲と種類
　◇「江戸川乱歩全集 25」光文社 2005（光文社文庫）p40
探偵小説の方向
　◇「江戸川乱歩全集 25」光文社 2005（光文社文庫）p469
探偵小説のモラルに就いて
　◇「三橋一夫ふしぎ小説集成 2」出版芸術社 2005 p315
探偵小説の行くべき道
　◇「小酒井不木随筆評論選集 7」本の友社 2004 p376
探偵小説復活の昂奮〔昭和二十一年度〕
　◇「江戸川乱歩全集 29」光文社 2006（光文社文庫）p194
探偵小説四十年（上）
　◇「江戸川乱歩全集 28」光文社 2006（光文社文庫）p15
探偵小説四十年（下）
　◇「江戸川乱歩全集 29」光文社 2006（光文社文庫）p17
探偵小説は大衆文芸か
　◇「江戸川乱歩全集 24」光文社 2005（光文社文庫）p172
ダンディズムについて
　◇「吉行淳之介エッセイ・コレクション 1」筑摩書房 2004（ちくま文庫）p22
探偵叢話
　◇「江戸川乱歩全集 24」光文社 2005（光文社文庫）p122
探偵と彼
　◇「安部公房全集 5」新潮社 1997 p395

たんて

探偵の怪
　◇「小酒井不木随筆評論選集 4」本の友社 2004 p248

探偵の元祖ヴィドック
　◇「小酒井不木随筆評論選集 2」本の友社 2004 p238

探偵の巻
　◇「坂口安吾全集 2」筑摩書房 1999 p527

探偵文藝の將來
　◇「小酒井不木随筆評論選集 3」本の友社 2004 p397

探偵文壇鳥瞰
　◇「国枝史郎探偵小説全集」作品社 2005 p361

探偵文壇の「垣」について
　◇「江戸川乱歩全集 25」光文社 2005（光文社文庫）p68

探偵問答
　◇「江戸川乱歩全集 26」光文社 2003（光文社文庫）p260

ダンテ「神曲」
　◇「須賀敦子全集 4」河出書房新社 2007（河出文庫）p353

単独者の悲哀
　◇「〔野呂邦暢〕随筆コレクション 1」みすず書房 2014 p263

単独犯行に非ず
　◇「坂口安吾全集 7」筑摩書房 1998 p395

担任
　◇「小檜山博全集 4」柏艪舎 2006 p457

ダンヌンチョ氏来朝の風聞に対して
　◇「徳田秋聲全集 23」八木書店 2001 p286

蛋白石
　◇「宮本百合子全集 32」新日本出版社 2003 p542

たんばさん
　◇「山本周五郎長篇小説全集 24」新潮社 2014 p341

丹波戻りの馬鹿広
　◇「三角寛サンカ選集第二期 10」現代書館 2005 p151

丹波屋の嬢さん
　◇「司馬遼太郎短篇全集 3」文藝春秋 2005 p7

断碑
　◇「松本清張短編全集 03」光文社 2008（光文社文庫）p95

短評―師範の音楽会に対する
　◇「定本 久生十蘭全集 10」国書刊行会 2011 p268

町よ！モロッコタンヘルの雨
　◇「中上健次集 10」インスクリプト 2017 p517

断片
　◇「小沼丹全集 4」未知谷 2004 p93

断片
　◇「徳田秋聲全集 19」八木書店 2000 p4

断片
　◇「決定版 三島由紀夫全集 26」新潮社 2003 p531

短篇形式について
　◇「大坪砂男全集 4」東京創元社 2013（創元推理文庫）p424

短篇作家藤村のこと・「其面影」と「良人の自白」のこと
　◇「佐々木基一全集 1」河出書房新社 2013 p513

断片十二
　◇「小林秀雄全作品 1」新潮社 2002 p55
　◇「小林秀雄全集 補巻 1」新潮社 2010 p28

短編集「真夏の死」解説
　◇「決定版 三島由紀夫全集 36」新潮社 2003 p202

短篇小説
　◇「小林秀雄全作品 7」新潮社 2003 p178
　◇「小林秀雄全集 補巻 1」新潮社 2010 p384

短篇小説としての能
　◇「中上健次集 2」インスクリプト 2018 p504

短編小説と長編小説
　◇「佐々木基一全集 4」河出書房新社 2013 p189

短篇小説の可能性〔対談〕(大江健三郎)
　◇「安部公房全集 19」新潮社 1999 p223

短篇小説の切れ味
　◇「車谷長吉全集 3」新書館 2010 p841

短篇小説の構成
　◇「石川淳コレクション 3」筑摩書房 2007（ちくま文庫）p31

短篇小説の力水上勉『壺坂幻想』をめぐって
　◇「中上健次集 2」インスクリプト 2018 p510

短篇小説の魅力
　◇「車谷長吉全集 3」新書館 2010 p732

短編小説のようなエッセイ集〔文〕中島久美子
　◇「大庭みな子全集 24」日本経済新聞出版社 2011 p251

短篇小説ベスト3
　◇「山田風太郎エッセイ集成 風山房風呂焚き唄」筑摩書房 2002 p202

断片―太宰治氏に
　◇「中井英夫全集 10」東京創元社 2002（創元ライブラリ）p145

短篇長篇
　◇「徳田秋聲全集 22」八木書店 2001 p285

短篇的形式への疑惑
　◇「上野壮夫全集 3」図書新聞 2011 p592

断片的なもの
　◇「宮本百合子全集 9」新日本出版社 2001 p224

断片的に
　◇「吉行淳之介エッセイ・コレクション 3」筑摩書房 2004（ちくま文庫）p61

断片の価値
　◇「小酒井不木随筆評論選集 7」本の友社 2004 p446

短編よ、よみがえれ
　◇「中井英夫全集 6」東京創元社 1996（創元ライブラリ）p401

「たんぽの女」など
　◇「小島信夫批評集成 1」水声社 2011 p502
タンポポ
　◇「宮城谷昌光全集 21」文藝春秋 2004 p282
蒲公英
　◇「古井由吉自撰作品 7」河出書房新社 2012 p74
たんぽぽ物語
　◇「狩久全集 4」皆進社 2013 p124
断末魔は果して苦痛か
　◇「小酒井不木随筆評論選集 5」本の友社 2004 p373
短命紳士
　◇「野坂昭如エッセイ・コレクション 1」筑摩書房 2004（ちくま文庫）p76
男優＝女優
　◇「金井美恵子エッセイ・コレクション―1964-2013 4」平凡社 2014 p327
団欒
　◇「徳田秋聲全集 30」八木書店 2002 p7
〈談話〉石牟礼道子の世界―生命の深い世界に交感　精神の基層から物語る
　◇「石牟礼道子全集 16」藤原書店 2013 p673
短話三つ
　◇「小酒井不木随筆評論選集 6」本の友社 2004 p118

【 ち 】

血
　◇「寺山修司著作集 1」クインテッセンス出版 2009 p118
治安維持法前夜 三宅正一氏に聞く（加藤秀俊、河合秀和、中村隆英、三宅正一）
　◇「小松左京全集 完全版 38」城西国際大学出版会 2010 p364
地域エゴ、涙もろさを起点に
　◇「松下竜一未刊行著作集 4」海鳥社 2008 p109
小さい犬
　◇「小沼丹全集 4」未知谷 2004 p551
小さい妹
　◇「須賀敦子全集 1」河出書房新社 2006（河出文庫）p312
小さい子供
　◇「宮本百合子全集 33」新日本出版社 2004 p468
小さい婦人たちの発言について―『私たちも歌える』まえがき
　◇「宮本百合子全集 19」新日本出版社 2002 p71
小さき家の生活
　◇「宮本百合子全集 20」新日本出版社 2002 p298

小さき生涯
　◇「小寺菊子作品集 3」桂書房 2014 p74
小さくなった「夢」の背後にあるもの
　◇「小田実全集 評論 4」講談社 2010 p307
ちいさこべ
　◇「山本周五郎中短篇秀作選集 3」小学館 2006 p213
小さな家の火事
　◇「中井英夫全集 10」東京創元社 2002（創元ライブラリ）p47
「小さな王国」
　◇「谷崎潤一郎全集 21」中央公論新社 2016 p251
『小さな王国』
　◇「谷崎潤一郎全集 6」中央公論新社 2015 p9
小さな王国
　◇「谷崎潤一郎全集 6」中央公論新社 2015 p11
小さな神様
　◇「小島信夫短篇集成 6」水声社 2015 p113
小さな感激
　◇「徳田秋聲全集 13」八木書店 1998 p371
小さな講演のあと
　◇「小島信夫短篇集成 8」水声社 2014 p569
小さな「ご苦労さま」の処理から
　◇「林京子全集 7」日本図書センター 2005 p400
小さな心
　◇「大庭みな子全集 6」日本経済新聞出版社 2009 p176
小さなコップ
　◇「安部公房全集 8」新潮社 1998 p101
小さな白い家
　◇「須賀敦子全集 3」河出書房新社 2007（河出文庫）p197
小さな真実
　◇「阿川弘之全集 18」新潮社 2007 p534
小さな神話の一つ
　◇「金井美恵子エッセイ・コレクション―1964-2013 2」平凡社 2013 p290
小さな聖人達に与う
　◇「アンドロギュノスの裔 渡辺温全集」東京創元社 2011（創元推理文庫）p325
小さな旅
　◇「石牟礼道子全集 4」藤原書店 2004 p348
小さな旅
　◇「向田邦子全集 新版 6」文藝春秋 2009 p152
小さな短篇の思い出とともに
　◇「辻邦生全集 18」新潮社 2005 p424
小さな罪
　◇「20世紀断層―野坂昭如単行本未収録小説集成 5」幻戯書房 2010 p276
小さな手袋
　◇「小沼丹全集 4」未知谷 2004 p9
　◇「小沼丹全集 4」未知谷 2004 p20

ちいさ

小さな虎さん
  ◇「金井美恵子エッセイ・コレクション—1964-2013 2」平凡社 2013 p26

小さな庭
  ◇「原民喜戦後全小説」講談社 2015（講談社文芸文庫）p115

小さなハードボイルド論—三浦浩
  ◇「小松左京全集 完全版 41」城西国際大学出版会 2013 p97

小さな干潟と大きな干潟
  ◇「松下竜一未刊行著作集 2」海鳥社 2008 p74

小さなファデット
  ◇「須賀敦子全集 4」河出書房新社 2007（河出文庫）p145

小さな部屋
  ◇「坂口安吾全集 1」筑摩書房 1999 p296

小さな星の子
  ◇「小松左京全集 完全版 24」城西国際大学出版会 2016 p482

小さな町にて 1978–1979
  ◇「〔野呂邦暢〕随筆コレクション 2」みすず書房 2014 p251

小さな祭事情
  ◇「松下竜一未刊行著作集 2」海鳥社 2008 p81

小さな魔法—『焰の中』
  ◇「中井英夫全集 6」東京創元社 1996（創元ライブラリ）p267

ちいさな岬のこと
  ◇「石牟礼道子全集 6」藤原書店 2006 p406

小さな村
  ◇「原民喜戦後全小説」講談社 2015（講談社文芸文庫）p280

小さな物語
  ◇「石牟礼道子全集 11」藤原書店 2005 p372

小さな山羊の記録
  ◇「坂口安吾全集 8」筑摩書房 1998 p291

小さな予定
  ◇「山田風太郎エッセイ集成 わが推理小説零年」筑摩書房 2007 p30

小さな旅館
  ◇「松本清張短編全集 11」光文社 2009（光文社文庫）p53

小さな歴史
  ◇「小島信夫短篇集成 4」水声社 2015 p203

血いろの太陽
  ◇「鈴木いづみコレクション 2」文遊社 1997 p121

チェコ作家大会とその周辺〔座談会〕（針生一郎、佐々木基一、清岡卓行）
  ◇「安部公房全集 6」新潮社 1998 p92

チェコ作家大会の印象
  ◇「安部公房全集 29」新潮社 2000 p469

「智恵子抄」に期待する
  ◇「決定版 三島由紀夫全集 29」新潮社 2003 p506

チェコスロバキア一九六〇年一〇月
  ◇「開高健ルポルタージュ選集 過去と未来の国々」光文社 2007（光文社文庫）p167

智恵子飛ぶ
  ◇「津村節子自選作品集 2」岩波書店 2005 p150

チェコの絵葉書
  ◇「阿川弘之全集 19」新潮社 2007 p531

チェコの作家大会から〔対談〕（佐々木基一）
  ◇「安部公房全集 6」新潮社 1998 p86

チェコの旅から
  ◇「安部公房全集 6」新潮社 1998 p85

〈チェコ問題と人間解放〉『読売新聞』の談話記事
  ◇「安部公房全集 22」新潮社 1999 p136

チェザレの家
  ◇「須賀敦子全集 3」河出書房新社 2007（河出文庫）p281

知恵者
  ◇「小田実全集 小説 32」講談社 2013 p305

チェスタートン
  ◇「江戸川乱歩全集 30」光文社 2005（光文社文庫）p598

チェデルナのミラノ、私のミラノ
  ◇「須賀敦子全集 1」河出書房新社 2006（河出文庫）p20

チェニジー
  ◇「安部公房全集 28」新潮社 2000 p277

智恵の一太郎
  ◇「江戸川乱歩全集 14」光文社 2004（光文社文庫）p197

知恵の木の実
  ◇「小松左京全集 完全版 17」城西国際大学出版会 2012 p343

チェーホフ
  ◇「大庭みな子全集 23」日本経済新聞出版社 2011 p339

チェホフ
  ◇「小林秀雄全作品 16」新潮社 2004 p91
  ◇「小林秀雄全集 補巻 2」新潮社 2010 p326

チェーホフ
  ◇「福田恆存評論集 15」麗澤大學出版會、廣池學園事業部〔発売〕2010 p130

チェーホフ戯曲の秘密
  ◇「小島信夫批評集成 2」水声社 2011 p629

チェーホフ狂の弁
  ◇「佐々木基一全集 5」河出書房新社 2013 p465

チェーホフ劇の魅力〔対談〕（中村雄二郎）
  ◇「福田恆存対談・座談集 6」玉川大学出版部 2012 p243

チエホフ祭
  ◇「寺山修司著作集 1」クインテッセンス出版 2009 p82

「チェーホフ全集」
  ◇「小林秀雄全集 補巻 3」新潮社 2010 p287
チェーホフ〔鼎談〕(神西清, 西沢揚太郎)
  ◇「福田恆存対談・座談集 1」玉川大学出版部 2011 p7
チェホフと現代―責任者の報告
  ◇「佐々木基一全集 1」河出書房新社 2013 p471
チェーホフとわたくし
  ◇「大庭みな子全集 3」日本経済新聞出版社 2009 p186
チエホフに
  ◇「上野壮夫全集 1」図書新聞 2010 p87
「チェーホフの思い出」(池田健太郎)書評
  ◇「小沼丹全集 4」未知谷 2004 p655
『チェーホフの感じ』ロジェ・グルニエ
  ◇「須賀敦子全集 4」河出書房新社 2007 (河出文庫) p254
チェーホフの善なる男女
  ◇「辻邦生全集 18」新潮社 2005 p83
チエホフの葬式
  ◇「小沼丹全集 4」未知谷 2004 p134
チェーホフの伝記的興味
  ◇「佐々木基一全集 5」河出書房新社 2013 p453
チエホフの本
  ◇「小沼丹全集 4」未知谷 2004 p138
チェーホフの予感
  ◇「大庭みな子全集 8」日本経済新聞出版社 2009 p500
チェーホフのリズム
  ◇「小島信夫批評集成 2」水声社 2011 p473
チェルノブイリ、一九八六年四月二十六日―『わたしたちの涙で雪だるまが溶けた』解説
  ◇「松下竜一未刊行著作集 5」海鳥社 2009 p141
チェロリスト 堤剛
  ◇「田中志津全作品集 下巻」武蔵野書院 2013 p212
チェンバレン教授の眼
  ◇「小島信夫批評集成 4」水声社 2010 p159
血をすうへや
  ◇「都筑道夫少年小説コレクション 2」本の雑誌社 2005 p123
血を見る真珠
  ◇「坂口安吾全集 10」筑摩書房 1998 p152
誓い
  ◇「松田解子自選集 9」澤田出版 2009 p125
誓ひ
  ◇「安部公房全集 1」新潮社 1997 p183
ちがいの確認と再出発
  ◇「小田実全集 評論 20」講談社 2012 p218
誓ひのこと
  ◇「小酒井不木随筆評論選集 8」本の友社 2004 p265

ちがう角度
  ◇「日影丈吉全集 7」国書刊行会 2004 p599
地下を旅して
  ◇「中井英夫全集 6」東京創元社 1996 (創元ライブラリ) p509
地下街
  ◇「中井英夫全集 3」東京創元社 1996 (創元ライブラリ) p71
地下街―都市を盗む4
  ◇「安部公房全集 26」新潮社 1999 p440
地殻変動の強大な破壊力
  ◇「小松左京全集 完全版 40」城西国際大学出版会 2012 p361
ちかごろ
  ◇「安部公房全集 26」新潮社 1999 p426
近頃面白かったもの
  ◇「佐々木基一全集 1」河出書房新社 2013 p236
近頃感想
  ◇「小林秀雄全作品 2」新潮社 2002 p184
  ◇「小林秀雄全集 補巻 1」新潮社 2010 p115
近頃の感想
  ◇「宮本百合子全集 11」新日本出版社 2001 p395
近頃の劇界
  ◇「徳田秋聲全集 20」八木書店 2001 p179
近頃のこと
  ◇「徳田秋聲全集 21」八木書店 2001 p95
ちかごろの酒の話
  ◇「坂口安吾全集 5」筑摩書房 1998 p247
近頃の作家と著作
  ◇「徳田秋聲全集 21」八木書店 2001 p203
近頃の商売
  ◇「宮本百合子全集 15」新日本出版社 2001 p346
近頃の青年
  ◇「小酒井不木随筆評論選集 8」本の友社 2004 p240
近頃の若い婦人の書く小説に就て
  ◇「徳田秋聲全集 20」八木書店 2001 p280
近頃の話題
  ◇「宮本百合子全集 13」新日本出版社 2001 p151
近ごろ腹が立って
  ◇「小檜山博全集 7」柏艪舎 2006 p329
近頃見たもの
  ◇「徳田秋聲全集 20」八木書店 2001 p349
「地下室の手記」と「永遠の良人」
  ◇「小林秀雄全作品 6」新潮社 2003 p235
  ◇「小林秀雄全集 補巻 1」新潮社 2010 p328
近づくハムレットとドン・キホーテ
  ◇「小島信夫批評集成 4」水声社 2010 p336
地下潜行者の心理
  ◇「大坪砂男全集 4」東京創元社 2013 (創元推理文庫) p425

ちかて

地下鉄幻想
◇「中井英夫全集 7」東京創元社 1998（創元ライブラリ）p70

地下鉄の与太者たち―ボルヘス
◇「中井英夫全集 7」東京創元社 1998（創元ライブラリ）p400

地下鉄物語
◇「阿川弘之全集 18」新潮社 2007 p514

地下道
◇「小松左京全集 完全版 25」城西国際大学出版会 2017 p180

「地下広場」と「地下通路」
◇「小田実全集 評論 16」講談社 2012 p30

近松秋江さんの事
◇「小寺菊子作品集 3」桂書房 2014 p234

近松ばやり私観
◇「決定版 三島由紀夫全集 30」新潮社 2003 p241

近松半二
◇「決定版 三島由紀夫全集 26」新潮社 2003 p392

力自慢
◇「小檜山博全集 6」柏艪舎 2006 p288

力と空間
◇「小島信夫批評集成 7」水声社 2011 p644

〈力〉に抗して、真剣に生きて―追悼・伊藤ルイさん
◇「松下竜一未刊行著作集 2」海鳥社 2008 p227

痴漢
◇「小檜山博全集 8」柏艪舎 2006 p49

痴漢H君の話
◇「山田風太郎ミステリー傑作選 7」光文社 2001（光文社文庫）p39

地球
◇「稲垣足穂コレクション 8」筑摩書房 2005（ちくま文庫）p80

地球への流刑者―小栗虫太郎『二十世紀鉄仮面』『人外魔境』
◇「中井英夫全集 6」東京創元社 1996（創元ライブラリ）p357

地球を考える
◇「小松左京全集 完全版 30」城西国際大学出版会 2008 p7

地球を救う人々
◇「小檜山博全集 6」柏艪舎 2006 p431

地球を見てきた人
◇「小松左京全集 完全版 24」城西国際大学出版会 2016 p465

地球家族をめざして
◇「小松左京全集 完全版 36」城西国際大学出版会 2011 p336

地球からきた子
◇「小松左京全集 完全版 24」城西国際大学出版会 2016 p456

地球儀に住むガルシア・マルケス
◇「安部公房全集 27」新潮社 2000 p122

『地球最後の男』（リチャード・マシスン）
◇「田中小実昌エッセイ・コレクション 5」筑摩書房 2003（ちくま文庫）p239

地球最後の痘瘡患者
◇「井上ひさし短編中編小説集成 6」岩波書店 2015 p459

地球時代への地平線
◇「小松左京全集 完全版 36」城西国際大学出版会 2011 p237

地球時代の混迷を超えて―英和を問われる日本人（梅棹忠夫）
◇「司馬遼太郎対話選集 10」文藝春秋 2006（文春文庫）p115

地球時代の秩序
◇「小松左京全集 完全版 36」城西国際大学出版会 2011 p354

地球時代の秩序を求めて
◇「小松左京全集 完全版 36」城西国際大学出版会 2011 p340

地球市民への夢
◇「大庭みな子全集 11」日本経済新聞出版社 2010 p283

「地球社会学」の構想
◇「小松左京全集 完全版 35」城西国際大学出版会 2009 p438

地球社会学の構想―文明の明日を考える
◇「小松左京全集 完全版 35」城西国際大学出版会 2009 p335

地球政治時代への提言
◇「小松左京全集 完全版 35」城西国際大学出版会 2009 p186

地球脱出
◇「小檜山博全集 8」柏艪舎 2006 p213

地球追放
◇「中井英夫全集 10」東京創元社 2002（創元ライブラリ）p26

地球にいま何が起こっているか
◇「小松左京全集 完全版 35」城西国際大学出版会 2009 p14

地球になった男
◇「小松左京全集 完全版 13」城西国際大学出版会 2008 p326

地球に本妻、月にメカケ〔対談〕（手塚治虫）
◇「小松左京全集 完全版 33」城西国際大学出版会 2011 p80

地球の岩
◇「大庭みな子全集 4」日本経済新聞出版社 2009 p526

地球の詩
◇「小松左京全集 完全版 36」城西国際大学出版会 2011 p219
◇「小松左京全集 完全版 36」城西国際大学出版会

地球の虫食い穴への旅
　◇「安部公房全集 25」新潮社 1999 p359
地球物理から見た気象変化
　◇「小松左京全集 完全版 35」城西国際大学出版会 2009 p105
地球文明人へのメッセージ
　◇「小松左京全集 完全版 36」城西国際大学出版会 2011 p217
地球滅亡の機をはらむ核戦争
　◇「小松左京全集 完全版 40」城西国際大学出版会 2012 p368
地球は宇宙からの脅威にさらされている
　◇「小松左京全集 完全版 40」城西国際大学出版会 2012 p364
地球は小っちゃな星だけど
　◇「小松左京全集 完全版 28」城西国際大学出版会 2006 p132
地球は狙われている
　◇「都筑道夫恐怖短篇集成 2」筑摩書房 2004（ちくま文庫）p75
地球はまわる
　◇「宮本百合子全集 19」新日本出版社 2002 p250
契りきぬ
　◇「山本周五郎中短篇秀作選集 5」小学館 2006 p35
千切れ雲
　◇「小沼丹全集 3」未知谷 2004 p586
チキン・スパイ
　◇「井上ひさし短編中編小説集成 1」岩波書店 2014 p175
蓄音器
　◇「内田百閒集成 12」筑摩書房 2003（ちくま文庫）p70
蓄音機
　◇「小林秀雄全作品 22」新潮社 2004 p281
　◇「小林秀雄全集 補巻 3」新潮社 2010 p146
蓄音機─周辺飛行40
　◇「安部公房全集 25」新潮社 1999 p235
蓄音機と浪花節語り
　◇「小檜山博全集 7」柏艪舎 2006 p84
ちくしょう谷
　◇「山本周五郎長篇小説全集 20」新潮社 2014 p301
畜生仲・うめ女
　◇「隆慶一郎全集 8」新潮社 2010 p211
　◇「隆慶一郎短編全集 2」日本経済新聞出版社 2014（日経文芸文庫）p5
「筑紫よ、かく呼ばへば」
　◇「〔野呂邦暢〕随筆コレクション 1」みすず書房 2014 p82
筑前の白梅─立花闇千代姫
　◇「野呂邦暢小説集成 5」文遊社 2015 p501
チークダンス
　◇「坂口安吾全集 6」筑摩書房 1998 p314

蓄膿症手術
　◇「江戸川乱歩全集 30」光文社 2005（光文社文庫）p199
竹柏園大人の文藻
　◇「谷崎潤一郎全集 22」中央公論新社 2017 p363
竹帛会
　◇「小沼丹全集 4」未知谷 2004 p580
ちぐはぐ（1）─『高瀬舟』
　◇「車谷長吉全集 3」新書館 2010 p16
ちぐはぐ（2）─大上朝美さん
　◇「車谷長吉全集 3」新書館 2010 p18
ちぐはぐ（3）─私かに
　◇「車谷長吉全集 3」新書館 2010 p19
ちぐはぐ（4）─毒虫
　◇「車谷長吉全集 3」新書館 2010 p20
筑豊を掘り進む─上野英信著『出ニッポン記』解説
　◇「松下竜一未刊行著作集 2」海鳥社 2008 p199
筑豊文庫と私
　◇「松下竜一未刊行著作集 2」海鳥社 2008 p205
千曲川二里
　◇「小沼丹全集 1」未知谷 2004 p713
『ちくま日本文学全集 宮本常一』
　◇「石牟礼道子全集 14」藤原書店 2008 p433
チコ
　◇「大庭みな子全集 16」日本経済新聞出版社 2010 p211
チーコとグランデ
　◇「向田邦子全集 新版 5」文藝春秋 2009 p140
稚子法師
　◇「国枝史郎伝奇短篇小説集成 1」作品社 2006 p161
ちさ
　◇「定本 久生十蘭全集 10」国書刊行会 2011 p286
血ざくら碑文─人力飛行機ソロモン
　◇「寺山修司著作集 1」クインテッセンス出版 2009 p376
地史
　◇「決定版 三島由紀夫全集 37」新潮社 2004 p646
智識を尊重すべし
　◇「徳田秋聲全集 19」八木書店 2000 p167
知識階級について
　◇「小林秀雄全作品 17」新潮社 2004 p130
　◇「小林秀雄全集 補巻 2」新潮社 2010 p383
知識人をめぐる状況と問題
　◇「小田実全集 評論 4」講談社 2010 p151
知識人が冒険する
　◇「小田実全集 評論 3」講談社 2010 p200
知識人小説の原型─二葉亭について
　◇「佐々木基一全集 1」河出書房新社 2013 p286
「知識人戦線」に触れて
　◇「佐々木基一全集 1」河出書房新社 2013 p465

ちしき

知識人像の変遷
　◇「小田実全集 評論 3」講談社 2010 p82

「知識人」ということばのあいまいさ
　◇「小田実全集 評論 3」講談社 2010 p48

知識人と政治
　◇「佐々木基一全集 10」河出書房新社 2013 p656

知識人とは何か
　◇「福田恆存評論集 8」麗澤大學出版會, 廣池學園事業部〔發賣〕 2007 p216

知識人の孤独と没落を描いた労作―萩原延寿著『馬場辰猪』
　◇「安部公房全集 21」新潮社 1999 p439

知識人の政治的言動
　◇「福田恆存評論集 8」麗澤大學出版會, 廣池學園事業部〔發賣〕 2007 p129

知識人の知識人論
　◇「佐々木基一全集 3」河出書房新社 2013 p293

知識人の反動化
　◇「佐々木基一全集 3」河出書房新社 2013 p301

知識人のポジション
　◇「〔池澤夏樹〕エッセー集成 1」みすず書房 2008 p101

知識人の三つの型
　◇「小田実全集 評論 3」講談社 2010 p51

「知識人論」の二つの典型
　◇「小田実全集 評論 3」講談社 2010 p12

知識と誤謬
　◇「小酒井不木随筆評論選集 7」本の友社 2004 p1

知識と道徳
　◇「小酒井不木随筆評論選集 8」本の友社 2004 p269

知識に縛られずに楽しめる作品 作者の人生が丸ごと伝わってくる〔聞き手〕尾崎真理子〔インタビュー〕
　◇「大庭みな子全集 24」日本経済新聞出版社 2011 p279

地磁気の変化と宇宙線の影響
　◇「小松左京全集 完全版 40」城西国際大学出版会 2012 p364

知識遊戯
　◇「小酒井不木随筆評論選集 8」本の友社 2004 p141

知事の決断
　◇「小田実全集 評論 31」講談社 2013 p66

萬萬
　◇「定本 久生十蘭全集 10」国書刊行会 2011 p378

智者遠離すべき
　◇「石牟礼道子全集 16」藤原書店 2013 p291

地上
　◇「寺山修司著作集 1」クインテッセンス出版 2009 p10

地上へ愛をこめて―ニュー・シネマ・パラダイス
　◇「辻邦生全集 19」新潮社 2005 p386

『痴情』是非
　◇「徳田秋聲全集 21」八木書店 2001 p73

「地上的」ユートピア―都市計画
　◇「小松左京全集 完全版 40」城西国際大学出版会 2012 p341

〈地上に在ること〉への讚歌―ベルリン・天使の詩
　◇「辻邦生全集 19」新潮社 2005 p354

『地上に待つもの』に寄せて
　◇「宮本百合子全集 12」新日本出版社 2001 p47

地上の怪談
　◇「大庭みな子全集 17」日本経済新聞出版社 2010 p32

地上の花
　◇「徳田秋聲全集 4」八木書店 1999 p172

地上より
　◇「決定版 三島由紀夫全集 33」新潮社 2003 p91

恥辱
　◇「徳田秋聲全集 14」八木書店 2000 p333

『痴人の愛』
　◇「谷崎潤一郎全集 11」中央公論新社 2015 p195

痴人の愛
　◇「谷崎潤一郎全集 11」中央公論新社 2015 p197

「痴人の愛」というタイトルに悩んだのは、十歳のときだった
　◇「鈴木いづみコレクション 7」文遊社 1997 p18

「痴人の愛」の作者より読者へ
　◇「谷崎潤一郎全集 11」中央公論新社 2015 p468

チース
　◇「内田百閒集成 12」筑摩書房 2003（ちくま文庫）p180

チーズケーキ
　◇「大庭みな子全集 23」日本経済新聞出版社 2011 p533

血すじ
　◇「小檜山博全集 6」柏艪舎 2006 p87

血筋
　◇「小檜山博全集 6」柏艪舎 2006 p146

チーズ戦争
　◇「安部公房全集 3」新潮社 1997 p35

地図と宿命
　◇「辻邦生全集 17」新潮社 2005 p17

チーズとソース
　◇「谷崎潤一郎全集 23」中央公論新社 2017 p133

チーズの思ひ出
　◇「阿川弘之全集 20」新潮社 2007 p38

地図の思想
　◇「小松左京全集 完全版 27」城西国際大学出版会 2007 p7

地図の地図―二十世紀文学の潮流
　◇「安部公房全集 4」新潮社 1997 p285
地図のない道
　◇「須賀敦子全集 3」河出書房新社 2007（河出文庫）p405
知性と人間性とを若き世代に
　◇「宮本百合子全集 14」新日本出版社 2001 p24
知性と私
　◇「安部公房全集 21」新潮社 1999 p27
知性の甘さ
　◇「佐々木基一全集 1」河出書房新社 2013 p498
知性の開眼
　◇「宮本百合子全集 13」新日本出版社 2001 p412
知性の断末魔―「ポオ全集」
　◇「決定版 三島由紀夫全集 32」新潮社 2003 p632
千谷七郎宛〔書簡〕
　◇「坂口安吾全集 16」筑摩書房 2000 p220
父
　◇「丸谷才一全集 10」文藝春秋 2014 p197
父・市郎のこと
　◇「車谷長吉全集 3」新書館 2010 p695
父へ
　◇「松田解子自選集 9」澤田出版 2009 p41
チチへの挽歌
　◇「林京子全集 6」日本図書センター 2005 p224
父を失う話
　◇「アンドロギュノスの裔 渡辺温全集」東京創元社 2011（創元推理文庫）p91
乳を売る
　◇「松田解子自選集 3」澤田出版 2004 p173
父親
　◇「決定版 三島由紀夫全集 37」新潮社 2004 p95
父親の再婚
　◇「小島信夫批評集成 2」水声社 2011 p48
父親の不在―ボルヘス
　◇「寺山修司著作集 5」クインテッセンス出版 2009 p234
父ごゝろ
　◇「徳田秋聲全集 21」八木書店 2001 p283
乳しぼりの男
　◇「宮本百合子全集 32」新日本出版社 2003 p489
父と亜父
　◇「宮城谷昌光全集 21」文藝春秋 2004 p379
父という名の
　◇「20世紀断層―野坂昭如単行本未収録小説集成 2」幻戯書房 2010 p384
父と子
　◇「高城高全集 2」東京創元社 2008（創元推理文庫）p347
父と子
　◇「中井英夫全集 12」東京創元社 2006（創元ライブラリ）p165
父と子―松本清張
　◇「丸谷才一全集 10」文藝春秋 2014 p194
父と酒
　◇「小檜山博全集 7」柏艪舎 2006 p208
父として
　◇「徳田秋聲全集 21」八木書店 2001 p57
父として人として 私の恋愛事件と子供の教育
　◇「徳田秋聲全集 21」八木書店 2001 p301
父となりて
　◇「谷崎潤一郎全集 9」中央公論新社 2017 p451
父との仲と「風のかたみ」
　◇〔池澤夏樹〕エッセー集成 1」みすず書房 2008 p215
父と母と
　◇「谷崎潤一郎全集 21」中央公論新社 2016 p204
父と母と年越しのそば
　◇「大庭みな子全集 8」日本経済新聞出版社 2009 p357
父と母のこと
　◇「定本 荒巻義雄メタSF全集 5」彩流社 2015 p320
乳と蜜の流れる地
　◇「色川武大・阿佐田哲也エッセイズ 1」筑摩書房 2003（ちくま文庫）p389
父と娘
　◇「徳田秋聲全集 18」八木書店 2000 p231
父に似る
　◇「小島信夫批評集成 1」水声社 2011 p538
父のいる谷
　◇「林京子全集 3」日本図書センター 2005 p22
乳の潮
　◇「石牟礼道子全集 10」藤原書店 2006 p310
父の笑顔
　◇「中井英夫全集 7」東京創元社 1998（創元ライブラリ）p585
父の鷗外
　◇「須賀敦子全集 4」河出書房新社 2007（河出文庫）p153
父の形見
　◇「小檜山博全集 7」柏艪舎 2006 p279
父の帰宅
　◇〔小寺菊子作品集 2」桂書房 2014 p401
父の記念写真
　◇「松下竜一未刊行著作集 2」海鳥社 2008 p124
父の声
　◇「林京子全集 7」日本図書センター 2005 p166
父の酒のさかなに
　◇「小檜山博全集 7」柏艪舎 2006 p122
父の肖像
　◇「立松和平小説 19」勉誠出版 2013 p251
父の肖像
　◇「松下竜一未刊行著作集 2」海鳥社 2008 p67

ちちの

父の沈黙
　◇「立松和平全小説 27」勉誠出版 2014 p222
父の沈黙
　◇「松下竜一未刊行著作集 2」海鳥社 2008 p121
父の手紙
　◇「小檜山博全集 6」柏艪舎 2006 p34
父の手紙
　◇「宮本百合子全集 15」新日本出版社 2001 p264
父の手帳
　◇「宮本百合子全集 12」新日本出版社 2001 p386
父のひざ
　◇「山田風太郎エッセイ集成 昭和前期の青春」筑摩書房 2007 p102
父の風船
　◇「向田邦子全集 新版 6」文藝春秋 2009 p67
父の二つの顔
　◇「〔野呂邦暢〕随筆コレクション 1」みすず書房 2014 p407
父の命日
　◇「小檜山博全集 7」柏艪舎 2006 p239
父の詫び状
　◇「向田邦子全集 新版 5」文藝春秋 2009 p9
　◇「向田邦子全集 新版 5」文藝春秋 2009 p11
ちちははこひし
　◇「石牟礼道子全集 13」藤原書店 2007 p548
ちちははとその子のうた
　◇「中井英夫全集 10」東京創元社 2002（創元ライブラリ）p52
乳豚
　◇「四季桂子全集」皆進社 2013 p129
父・森林太郎〔対談〕(森茉莉)
　◇「決定版 三島由紀夫全集 39」新潮社 2004 p499
『地中海』〔翻訳〕(ウンベルト・サバ)
　◇「須賀敦子全集 5」河出書房新社 2008（河出文庫）p357
地中海（Ⅰ）
　◇「決定版 三島由紀夫全集 37」新潮社 2004 p666
地中海（Ⅱ）
　◇「決定版 三島由紀夫全集 37」新潮社 2004 p667
地中海遺跡を巡る旅
　◇「辻邦生全集 17」新潮社 2005 p142
地中海幻想
　◇「辻邦生全集 17」新潮社 2005 p11
『地中海世界』(全二巻) フェルナン・ブローデル他
　◇「須賀敦子全集 4」河出書房新社 2007（河出文庫）p208
「地中海地方」(「未知の国土のひとに」改題)
　◇「決定版 三島由紀夫全集 37」新潮社 2004 p533
地中海のタキシード
　◇「色川武大・阿佐田哲也エッセイズ 3」筑摩書房 2003（ちくま文庫）p194
地中海のでっかい雑踏の味
　◇「小松左京全集 完全版 37」城西国際大学出版会 2010 p298
地中の火
　◇「宮城谷昌光全集 1」文藝春秋 2002 p218
父ゆずり
　◇「須賀敦子全集 4」河出書房新社 2007（河出文庫）p32
父はおもう
　◇「小島信夫批評集成 2」水声社 2011 p56
チチンデラ ヤパナ
　◇「安部公房全集 12」新潮社 1998 p273
秩序への恐怖
　◇「大庭みな子全集 6」日本経済新聞出版社 2009 p157
秩序への挑戦〔対談〕(高橋たか子)
　◇「大庭みな子全集 21」日本経済新聞出版社 2011 p31
秩序の方が大切か―学生問題私見
　◇「決定版 三島由紀夫全集 35」新潮社 2003 p215
チッソ工場が来る―美しい都ができると
　◇「石牟礼道子全集 8」藤原書店 2005 p266
チッソ首脳たちと亡霊
　◇「石牟礼道子全集 4」藤原書店 2004 p425
「チッソ」の少女社員とカリー中尉と大統領と私たち
　◇「小田実全集 評論 7」講談社 2010 p210
チッソの建物に上りこませてもらって
　◇「石牟礼道子全集 10」藤原書店 2006 p429
チッソ肥料と農薬
　◇「石牟礼道子全集 10」藤原書店 2006 p536
チップ
　◇「小檜山博全集 8」柏艪舎 2006 p172
チッペンデールの寝台―もしくはロココふうな友情について
　◇「中井英夫全集 3」東京創元社 1996（創元ライブラリ）p83
チッポケな斧
　◇「坂口安吾全集 12」筑摩書房 1999 p126
地底の人々
　◇「松田解子自選集 6」澤田出版 2004 p3
知的活動のガイド・マップ
　◇「小松左京全集 完全版 36」城西国際大学出版会 2011 p232
知的な夢想家―チェコと国交回復の日に
　◇「安部公房全集 7」新潮社 1998 p108
知的冒険と悠々たる流れと―この100年の文学・歴史小説ベスト5
　◇「辻邦生全集 18」新潮社 2005 p365
地動説
　◇「宮城谷昌光全集 21」文藝春秋 2004 p368

地と天の三面記事
　◇「辻邦生全集 13」新潮社 2005 p348

血と麦
　◇「寺山修司著作集 1」クインテッセンス出版 2009 p99
　◇「寺山修司著作集 1」クインテッセンス出版 2009 p104

千鳥足
　◇「小檜山博全集 8」柏艪舎 2006 p148

書き下ろし 血流し本尊
　◇「高橋克彦自選短編集 3」講談社 2010 （講談社文庫）p603

地に満ちたアト―大来佐武郎氏との対談
　◇「小松左京全集 完全版 30」城西国際大学出版会 2008 p238

地には平和を
　◇「小松左京全集 完全版 11」城西国際大学出版会 2007 p279

血ぬられた祭壇 アステカ王国モテクソーマに迫る破滅
　◇「小松左京全集 完全版 32」城西国際大学出版会 2008 p299

地の掟―ある山里の物語
　◇「辻邦生全集 8」新潮社 2005 p392

地の音
　◇「小檜山博全集 3」柏艪舎 2006 p207

"知"の攻撃性
　◇「小松左京全集 完全版 31」城西国際大学出版会 2008 p246

地の塩―兼常清佐先生と語る
　◇「定本 久生十蘭全集 10」国書刊行会 2011 p36

地の塩文学の塩
　◇「宮本百合子全集 14」新日本出版社 2001 p41

『血の収穫』（ダシール・ハメット）
　◇「田中小実昌エッセイ・コレクション 5」筑摩書房 2003 （ちくま文庫）p247

地の底の青い河
　◇「石牟礼道子全集 1」藤原書店 2004 p304

ちのつく言葉
　◇「車谷長吉全集 2」新書館 2010 p30

知の扉
　◇「大庭みな子全集 23」日本経済新聞出版社 2011 p728

血のない地獄
　◇「石牟礼道子全集 7」藤原書店 2005 p485

地の中の鈴
　◇「石牟礼道子全集 4」藤原書店 2004 p367

地の果て
　◇「辻邦生全集 6」新潮社 2004 p174

地の果て 至上の時
　◇「中上健次集 6」インスクリプト 2014 p7

乳呑み子のいる家
　◇「石牟礼道子全集 16」藤原書店 2013 p551

乳野物語 元三大師の母
　◇「谷崎潤一郎全集 21」中央公論新社 2016 p149

血のやうに赤い落日―C・ウィルソン著 大竹勝訳「性の衝動」
　◇「決定版 三島由紀夫全集 32」新潮社 2003 p675

地の装―地平線の見えるある野の物語
　◇「辻邦生全集 8」新潮社 2005 p422

地の霊
　◇「定本 久生十蘭全集 4」国書刊行会 2009 p304

地の霊土地の霊
　◇「辻邦生全集 17」新潮社 2005 p387

チ（遅）配のうた
　◇「松田解子自選集 9」澤田出版 2009 p103

千葉周作
　◇「司馬遼太郎短篇全集 7」文藝春秋 2005 p651

千葉周作―遺恨試合
　◇「津本陽武芸小説集 3」PHP研究所 2007 p36

稚羽根道者―福岡県英彦山
　◇「石牟礼道子全集 6」藤原書店 2006 p26

ちびくろさんぼのぼうけん
　◇「決定版 三島由紀夫全集 25」新潮社 2002 p755

ちびた赤鉛筆族
　◇「遠藤周作エッセイ選集 3」光文社 2006 （知恵の森文庫）p218

ちびっこ
　◇「松下竜一未刊行著作集 1」海鳥社 2008 p353

遅筆生活四十年
　◇「井上ひさしコレクション ことばの巻」岩波書店 2005 p317

チビの魂
　◇「徳田秋聲全集 18」八木書店 2000 p3

乳房
　◇「立松和平全小説 17」勉誠出版 2012 p104

乳房
　◇「松田解子自選集 9」澤田出版 2009 p9

乳房
　◇「宮本百合子全集 5」新日本出版社 2001 p5

乳房切断
　◇「渡辺淳一自選短篇コレクション 2」朝日新聞社 2006 p123

「乳房」創作メモ
　◇「宮本百合子全集 20」新日本出版社 2002 p618

乳房のつめたい女
　◇「田中小実昌エッセイ・コレクション 4」筑摩書房 2003 （ちくま文庫）p116

乳房のない女
　◇「金石範作品集 2」平凡社 2005 p305

乳房ルリ子物語
　◇「三角寛サンカ選集第二期 13」現代書館 2005 p7

チーフさんのハラキリ
　◇「日影丈吉全集 別巻」国書刊行会 2005 p71

地平線上の幻想曲
　◇「佐々木基一全集 10」河出書房新社 2013 p648
地平線のうた
　◇「中井英夫全集 10」東京創元社 2002（創元ライブラリ）p39
地平線の起源について—『先生』
　◇「寺山修司著作集 5」クインテッセンス出版 2009 p258
チベットの「一妻多夫」とは……
　◇「小松左京全集 完全版 34」城西国際大学出版会 2009 p165
地方作家
　◇「松下竜一未刊行著作集 1」海鳥社 2008 p158
地方作家の生活と意見
　◇「土屋隆夫コレクション新装版 影の告発」光文社 2002（光文社文庫）p460
地方紙を買う女
　◇「松本清張傑作短篇コレクション 上」文藝春秋 2004（文春文庫）p141
　◇「松本清張映画化作品集 1」双葉社 2008（双葉文庫）p249
　◇「松本清張短編全集 06」光文社 2009（光文社文庫）p223
地方自治と市民の政策
　◇「小田実全集 評論 36」講談社 2014 p105
地方にいて見えるもの
　◇「小檜山博全集 6」柏艪舎 2006 p214
地方文化に就いての座談会（土師清二、沖野岩三郎、加藤武雄、村松梢風、邦枝完二、浅原六朗、前田）
　◇「徳田秋聲全集 25」八木書店 2001 p423
地方文化の確立について
　◇「坂口安吾全集 4」筑摩書房 1998 p23
地方文化・文学運動にのぞむもの
　◇「宮本百合子全集 19」新日本出版社 2002 p118
地母神
　◇「石牟礼道子全集 10」藤原書店 2006 p504
千萬子からの雪だより
　◇「谷崎潤一郎全集 24」中央公論新社 2016 p525
千萬子抄
　◇「谷崎潤一郎全集 23」中央公論新社 2017 p165
巷に雨の降るごとく
　◇「辻邦生全集 17」新潮社 2005 p380
巷の外交論
　◇「徳田秋聲全集 23」八木書店 2001 p129
巷の底で
　◇「辻邦生全集 6」新潮社 2004 p310
チマタの人びとにとっての「革命」
　◇「小田実全集 評論 14」講談社 2011 p51
血みどろの狂気
　◇「車谷長吉全集 3」新書館 2010 p88
魑魅魍魎
　◇「石上玄一郎作品集 1」日本図書センター 2004 p169
　◇「石上玄一郎小説作品集成 1」未知谷 2008 p91
チモール島クーパン警備隊（自七月十三日 至八月四日）
　◇「定本 久生十蘭全集 10」国書刊行会 2011 p568
チャイナ・マーブル
　◇「安部公房全集 9」新潮社 1998 p241
茶色い戦争ありました
　◇「丸谷才一全集 6」文藝春秋 2014 p511
茶色っぽい町
　◇「宮本百合子全集 9」新日本出版社 2001 p309
チャオさんの小豆粥
　◇「大庭みな子全集 16」日本経済新聞出版社 2010 p43
茶を習いはじめて
　◇「遠藤周作エッセイ選集 3」光文社 2006（知恵の森文庫）p237
着想の妙—東野芳明著『グロッタの画家』
　◇「安部公房全集 7」新潮社 1998 p406
着弾音……八日間の訓練成立
　◇「松下竜一未刊行著作集 5」海鳥社 2009 p359
〈チャタレイ判決と特別保安法（団体等規正法）について〉『新日本文学』のアンケートに答えて
　◇「安部公房全集 3」新潮社 1997 p190
チャタレイ傍聴記
　◇「坂口安吾全集 12」筑摩書房 1999 p401
「チャタレー夫人の恋人」の起訴につよく抗議する
　◇「宮本百合子全集 19」新日本出版社 2002 p265
チャッカリ紳士
　◇「野坂昭如エッセイ・コレクション 1」筑摩書房 2004（ちくま文庫）p66
チヤツプリンの思ひ出
　◇「小酒井不木随筆評論選集 8」本の友社 2004 p337
チャップリンは、エリック・ロメールのなかにも息づいている
　◇「金井美恵子エッセイ・コレクション—1964-2013 4」平凡社 2014 p160
茶の犬の墓
　◇「中井英夫全集 7」東京創元社 1998（創元ライブラリ）p191
茶の間はガラあき
　◇「坂口安吾全集 12」筑摩書房 1999 p398
「茶の木」（木山捷平）書評
　◇「小沼丹全集 4」未知谷 2004 p687
茶の花
　◇「定本 久生十蘭全集 10」国書刊行会 2011 p287
　◇「定本 久生十蘭全集 10」国書刊行会 2011 p380
茶番に寄せて
　◇「坂口安吾全集 3」筑摩書房 1999 p59

炒飯の好きな英雄
　◇「日影丈吉全集 別巻」国書刊行会 2005 p59
『チャペルのある学校』
　◇「小島信夫批評集成 2」水声社 2011 p306
チャペルのある学校
　◇「小島信夫短篇集成 2」水声社 2014 p329
『チャーリイの使い』(カーター・ブラウン)
　◇「田中小実昌エッセイ・コレクション 5」筑摩書房 2003（ちくま文庫）p224
チャーリー・チャン 東洋人の出番
　◇「日影丈吉全集 別巻」国書刊行会 2005 p373
チャリティ歌合戦『兄弟船』
　◇「小檜山博全集 6」柏艪舎 2006 p379
チャーリーと水中眼鏡
　◇「清水アリカ全集」河出書房新社 2011 p330
　◇「清水アリカ全集」河出書房新社 2011 p345
チャールス宛書簡
　◇「安部公房全集 28」新潮社 2000 p377
茶碗 河童
　◇「瀬戸内寂聴随筆選 1」ゆまに書房 2009 p195
ちゃん
　◇「山本周五郎中短篇秀作選集 3」小学館 2006 p287
チャンドラー
　◇「江戸川乱歩全集 27」光文社 2004（光文社文庫）p381
　◇「江戸川乱歩全集 30」光文社 2005（光文社文庫）p605
チャンバラ
　◇「向田邦子全集 新版 10」文藝春秋 2010 p11
チャンバラ映画の悪役たち
　◇「色川武大・阿佐田哲也エッセイズ 2」筑摩書房 2003（ちくま文庫）p284
チャンピオン
　◇「安部公房全集 17」新潮社 1999 p99
チャンピオン
　◇「立松和平小説 27」勉誠出版 2014 p315
チャンポニザシォン
　◇「井上ひさしコレクション ことばの巻」岩波書店 2005 p96
チューインガムを嚙みましょう
　◇「安部公房全集 8」新潮社 1998 p94
中央銀行三十万円紛失事件
　◇「山本周五郎長篇小説全集 23」新潮社 2014 p9
「中央公論」九月号
　◇「小林秀雄全作品 7」新潮社 2003 p228
　◇「小林秀雄全集 補巻 1」新潮社 2010 p395
「中央公論」四月号
　◇「小林秀雄全作品 9」新潮社 2003 p94
　◇「小林秀雄全集 補巻 1」新潮社 2010 p462
中央公論新人賞
　◇「丸谷才一全集 12」文藝春秋 2014 p359

「中央公論」二月号
　◇「小林秀雄全作品 9」新潮社 2003 p66
　◇「小林秀雄全集 補巻 1」新潮社 2010 p455
「中央公論」の創作
　◇「小林秀雄全作品 5」新潮社 2003 p119
　◇「小林秀雄全集 補巻 1」新潮社 2010 p261
中央の犠牲にならない九州の自立策
　◇「小松左京全集 完全版 29」城西国際大学出版会 2007 p103
中学時代の土岐君
　◇「谷崎潤一郎全集 25」中央公論新社 2016 p244
中学生
　◇「決定版 三島由紀夫全集 37」新潮社 2004 p570
中学生と映画
　◇「山田風太郎エッセイ集成 昭和前期の青春」筑摩書房 2007 p8
中学校漂流
　◇「寺山修司著作集 1」クインテッセンス出版 2009 p17
中京立体旅行
　◇「小松左京全集 完全版 29」城西国際大学出版会 2007 p49
中継芸術としてのテレビ
　◇「佐々木基一全集 7」河出書房新社 2013 p484
中堅諸家へ希む―宇野千代氏の肉体的思考
　◇「坂口安吾全集 2」筑摩書房 1999 p138
中公文庫版あとがき〔ゴメスの名はゴメス〕
　◇「結城昌治コレクション ゴメスの名はゴメス」光文社 2008（光文社文庫）p270
中国を考える(陳舜臣)
　◇「司馬遼太郎対話選集 9」文藝春秋 2006（文春文庫）p33
中国を旅して
　◇「大庭みな子全集 13」日本経済新聞出版社 2010 p308
「中国古典文学大系」(全60巻)復刊に寄せて
　◇「宮城谷昌光全集 21」文藝春秋 2004 p239
中国作家の来日に寄せて
　◇「大庭みな子全集 23」日本経済新聞出版社 2011 p342
中国史
　◇「宮城谷昌光全集 21」文藝春秋 2004 p237
中国人のおもしろさ(加藤秀俊、貝塚茂樹)
　◇「小松左京全集 完全版 38」城西国際大学出版会 2010 p51
『中国人の視座から―近代日本論』『白いチョゴリの被爆者』
　◇「深沢夏衣作品集」新幹社 2015 p390
中国人俘虜殉難者烈士の霊に
　◇「松田解子自選集 9」澤田出版 2009 p217
中国寸描
　◇「佐々木基一全集 8」河出書房新社 2013 p384

ちゅう

中国一九六〇年五月三〇日〜六月六日
　◇「開高健ルポルタージュ選集 過去と未来の国々」光文社 2007（光文社文庫）p11

中国一九六〇年六月一九日〜七月六日
　◇「開高健ルポルタージュ選集 過去と未来の国々」光文社 2007（光文社文庫）p105

中国一九六〇年六月一六日〜六月一八日
　◇「開高健ルポルタージュ選集 過去と未来の国々」光文社 2007（光文社文庫）p77

中国一九六〇年六月七日〜六月一五日
　◇「開高健ルポルタージュ選集 過去と未来の国々」光文社 2007（光文社文庫）p45

中国に於ける二人のアメリカ婦人—アグネス・スメドレーとパァル・バック
　◇「宮本百合子全集 13」新日本出版社 2001 p141

中國の新字體（九月十五日）
　◇「福田恆存評論集 18」麗澤大學出版會, 廣池學園事業部〔発売〕 2010 p115

中国の旅から
　◇「辻邦生全集 17」新潮社 2005 p52

中国の「鳥人共生」
　◇「小松左京全集 完全版 40」城西国際大学出版会 2012 p273

中国の私のパスポート
　◇「山崎豊子全集 11」新潮社 2004 p597

中国服
　◇「決定版 三島由紀夫全集 27」新潮社 2003 p442

中国文化をちゃんと理解したい
　◇「宮本百合子全集 13」新日本出版社 2001 p222

中国文化の比較史的研究（加藤秀俊, 貝塚茂樹）
　◇「小松左京全集 完全版 38」城西国際大学出版会 2010 p48

中国行きのスロウ・ボート
　◇「〔村上春樹〕短篇選集1980-1991 象の消滅」新潮社 2005 p291

中国旅行
　◇「小檜山博全集 8」柏艪舎 2006 p309

中国歴史逍遥①『中国英傑伝』
　◇「宮城谷昌光全集 21」文藝春秋 2004 p40

中国歴史逍遥②『項羽と劉邦』
　◇「宮城谷昌光全集 21」文藝春秋 2004 p43

中国歴史逍遥③『中国古代の民俗』
　◇「宮城谷昌光全集 21」文藝春秋 2004 p46

中国歴史逍遥④『運命』
　◇「宮城谷昌光全集 21」文藝春秋 2004 p48

中古背広を着た王—エリア・カザン
　◇「寺山修司著作集 5」クインテッセンス出版 2009 p261

中三習作（抄）
　◇「決定版 三島由紀夫全集 補巻」新潮社 2005 p193

中支従軍対談会（摂津茂和）
　◇「定本 久生十蘭全集 別巻」国書刊行会 2013 p453

駐車場での失神
　◇「片岡義男コレクション 3」早川書房 2009（ハヤカワ文庫）p381

仲秋
　◇「小檜山博全集 2」柏艪舎 2006 p353

仲秋の季節
　◇「谷崎潤一郎全集 25」中央公論新社 2016 p139

抽象主義の作家たち
　◇「小島信夫批評集成 2」水声社 2011 p729

中條精一郎の「家信抄」まえがきおよび註
　◇「宮本百合子全集 31」新日本出版社 2003 p462

抽象的小説の問題〔座談会〕（村松剛, 佐々木基一, 針生一郎, 井上光晴, 佐伯彰一）
　◇「安部公房全集 7」新潮社 1998 p153

中将姫
　◇「江戸川乱歩全集 24」光文社 2005（光文社文庫）p649

忠臣蔵
　◇「阿川弘之全集 20」新潮社 2007 p329

忠臣蔵
　◇「徳田秋聲全集 20」八木書店 2001 p108

忠臣蔵Ⅰ
　◇「小林秀雄全作品 23」新潮社 2004 p223
　◇「小林秀雄全集 補巻 3」新潮社 2010 p215

忠臣蔵Ⅱ
　◇「小林秀雄全作品 23」新潮社 2004 p238
　◇「小林秀雄全集 補巻 3」新潮社 2010 p218

蟲臣蔵
　◇「山田風太郎妖異小説コレクション 妖説忠臣蔵・女人国伝奇」徳間書店 2004（徳間文庫）p237

忠臣蔵とは何か
　◇「丸谷才一全集 8」文藝春秋 2014 p9

忠臣蔵、歴史、正義、賄賂
　◇「徳田秋聲全集 21」八木書店 2001 p252

宙吊りの絵—都市を盗る3
　◇「安部公房全集 26」新潮社 1999 p438

宙づりの女
　◇「都筑道夫恐怖短篇集成 1」筑摩書房 2004（ちくま文庫）p457

中世
　◇「決定版 三島由紀夫全集 16」新潮社 2002 p167

中世歌謡の世界（大岡信）
　◇「司馬遼太郎対話選集 2」文藝春秋 2006（文春文庫）p9

中世における一殺人常習者の遺せる哲学的日記の抜萃
　◇「決定版 三島由紀夫全集 16」新潮社 2002 p143

「中世に於ける一殺人常習者の遺せる哲学的日記の抜萃」異稿
　◇「決定版 三島由紀夫全集 補巻」新潮社 2005 p323

中世の終焉がやってきた
　◇「小松左京全集 完全版 42」城西国際大学出版会

2014 p98

鋳造の中心・黒姫山古墳
　◇「小松左京全集 完全版 42」城西国際大学出版会 2014 p66

中ソ會談（七月十九日）
　◇「福田恆存評論集 18」麗澤大學出版會, 廣池學園事業部〔発売〕 2010 p75

蟲息輯
　◇「車谷長吉全集 2」新書館 2010 p541

中ソ論争の背景
　◇「佐々木基一全集 3」河出書房新社 2013 p365

中尊寺へ
　◇「瀬戸内寂聴随筆選 4」ゆまに書房 2009 p117

偸盗の桜
　◇「中上健次集 2」インスクリプト 2018 p136

中毒
　◇「小松左京全集 完全版 25」城西国際大学出版会 2017 p438

中途半端な妥協はするな――自衛隊記念日に寄せて
　◇「決定版 三島由紀夫全集 補巻」新潮社 2005 p401

中南米
　◇「田中小実昌エッセイ・コレクション 2」筑摩書房 2002（ちくま文庫）p300

中日戦争下の文学――中日戦争開始直前の人民勢力の再起とその文学的反映
　◇「佐々木基一全集 3」河出書房新社 2013 p150

中年
　◇「井上ひさし短編中編小説集成 2」岩波書店 2014 p444

中年
　◇「丸谷才一全集 3」文藝春秋 2014 p7

中年文学の困難 ヘミングウェイ『河を渡って木立の中へ』
　◇「小島信夫批評集成 1」水声社 2011 p116

中部イタリアの旅
　◇「辻邦生全集 17」新潮社 2005 p22

宙ぶらりんのエリート層
　◇「小田実全集 評論 4」講談社 2010 p319

中編小説について
　◇「佐々木基一全集 5」河出書房新社 2013 p397

厨房手実……
　◇「安部公房全集 29」新潮社 2000 p492

厨房手実……
　◇「決定版 三島由紀夫全集 29」新潮社 2003 p527

忠僕
　◇「国枝史郎伝奇短篇小説集成 2」作品社 2006 p320

中馬大蔵――炎の軍法
　◇「津本陽武芸小説集 2」PHP研究所 2007 p107

中庸
　◇「小林秀雄全作品 19」新潮社 2004 p164
　◇「小林秀雄全集 補巻 2」新潮社 2010 p505

中庸
　◇「坂口安吾全集 14」筑摩書房 1999 p71

中流の復興
　◇「小田実全集 評論 35」講談社 2013 p5

中流の復興――日本の「中流」が世界を変える
　◇「小田実全集 評論 35」講談社 2013 p123

チューリップの城主 花妖譚二
　◇「司馬遼太郎短篇全集 1」文藝春秋 2005 p125

ちょいちょい日記
　◇「稲垣足穂コレクション 1」筑摩書房 2005（ちくま文庫）p273

蝶
　◇「定本 久生十蘭全集 10」国書刊行会 2011 p346

蝶
　◇「辺見庸掌編小説集 白版」角川書店 2004 p30

長安の夕映え
　◇「司馬遼太郎短篇全集 1」文藝春秋 2005 p79

長英逃亡
　◇「吉村昭歴史小説集成 3」岩波書店 2009 p213

潮音風声
　◇「松下竜一未刊行著作集 2」海鳥社 2008 p18

「鳥海山」「月山」への道
　◇「小島信夫批評集成 7」水声社 2011 p155

町会と翼壮
　◇「江戸川乱歩全集 30」光文社 2005（光文社文庫）p208

蝶花嬉遊図
　◇「田辺聖子全集 16」集英社 2005 p7

長歌 指導と忍従
　◇「寺山修司著作集 1」クインテッセンス出版 2009 p43

長歌 修羅、わが愛
　◇「寺山修司著作集 1」クインテッセンス出版 2009 p49

超過料金
　◇「日影丈吉全集 5」国書刊行会 2003 p511

長官訓辞
　◇「阿川弘之全集 16」新潮社 2006 p446

鳥瞰図
　◇「決定版 三島由紀夫全集 15」新潮社 2002 p313

長期の努力によつて出来た事 長期にわたつて建設したい事
　◇「徳田秋聲全集 23」八木書店 2001 p307

長距離電話
　◇「小沼丹全集 4」未知谷 2004 p79

超現実ルポ・TOKYO
　◇「安部公房全集 15」新潮社 1998 p144

超高層ビル建設で東京と張り合う名古屋
　◇「小松左京全集 完全版 29」城西国際大学出版会 2007 p49

澄江堂の幻
　◇「中井英夫全集 7」東京創元社 1998（創元ライ

ちょう

ブラリ）p494
〈超〉国家主義の理論と心理〔シンポジウム未来計画 2〕（加藤秀俊、川喜田二郎、川添登）
　◇「小松左京全集 完全版 26」城西国際大学出版会 2017 p311
調査癖
　◇「山崎豊子全集 6」新潮社 2004 p455
蝶鮫養殖場―待望のボルガキャビアの試食
　◇「小松左京全集 完全版 43」城西国際大学出版会 2014 p321
調査要員行動要領〔楯の会〕
　◇「決定版 三島由紀夫全集 36」新潮社 2003 p669
弔辞
　◇「徳田秋聲全集 21」八木書店 2001 p221
弔辞
　◇「中井英夫全集 7」東京創元社 1998（創元ライブラリ）p517
弔辞
　◇「定本 久生十蘭全集 5」国書刊行会 2009 p373
弔辞―石川淳
　◇「安部公房全集 28」新潮社 2000 p378
弔辞―大坪都築追悼
　◇「安部公房全集 17」新潮社 1999 p287
重耳（全）
　◇「宮城谷昌光全集 6」文藝春秋 2003 p5
弔辞でいいのは文学者のもの
　◇「遠藤周作エッセイ選集 1」光文社 2006（知恵の森文庫）p227
重耳と介子推
　◇「宮城谷昌光全集 21」文藝春秋 2004 p245
〈抜粋〉丁字茄子
　◇「内田百閒集成 24」筑摩書房 2004（ちくま文庫）p134
丁字茄子
　◇「内田百閒集成 17」筑摩書房 2004（ちくま文庫）p129
調子について
　◇「谷崎潤一郎全集 18」中央公論新社 2016 p90
銚子の鷗
　◇「隆慶一郎全集 19」新潮社 2010 p324
銚子湊慕情
　◇「隆慶一郎全集 19」新潮社 2010 p253
「鳥獣戯画」との出会い
　◇「辻邦生全集 19」新潮社 2005 p199
鳥獣戯画の趣き
　◇「石牟礼道子全集 14」藤原書店 2008 p474
鳥獣に類ス
　◇「中上健次集 4」インスクリプト 2016 p379
長州の間者
　◇「司馬遼太郎短篇全集 6」文藝春秋 2005 p317
長壽者研究
　◇「小酒井不木随筆評論選集 5」本の友社 2004 p471
長壽者と食物
　◇「小酒井不木随筆評論選集 5」本の友社 2004 p475
長寿の芸術の花を―川端氏の受賞によせて
　◇「決定版 三島由紀夫全集 35」新潮社 2003 p220
長寿の願い
　◇「宮城谷昌光全集 21」文藝春秋 2004 p370
長寿恥あり
　◇「宮本百合子全集 19」新日本出版社 2002 p230
趙樹理を読んでの感想
　◇「佐々木基一全集 1」河出書房新社 2013 p503
長寿は幸福か？
　◇「遠藤周作エッセイ選集 1」光文社 2006（知恵の森文庫）p214
長春香
　◇「内田百閒集成 6」筑摩書房 2003（ちくま文庫）p118
超純密室
　◇「天城一傑作集〔1〕」日本評論社 2004 p205
長城のかげ
　◇「宮城谷昌光全集 2」文藝春秋 2003 p269
朝食
　◇「中井英夫全集 10」東京創元社 2002（創元ライブラリ）p80
『長女』について
　◇「宮本百合子全集 15」新日本出版社 2001 p175
聴診器
　◇「内田百閒集成 12」筑摩書房 2003（ちくま文庫）p319
超人ニコラ
　◇「江戸川乱歩全集 23」光文社 2005（光文社文庫）p345
超人の秘密
　◇「小松左京全集 完全版 25」城西国際大学出版会 2017 p110
調製
　◇「定本 久生十蘭全集 10」国書刊行会 2011 p322
「長征」のあとをたどる
　◇「小田実全集 評論 15」講談社 2011 p33
超世の慶事でござる
　◇「開高健ルポルタージュ選集 ずばり東京」光文社 2007（光文社文庫）p384
兆青流開祖
　◇「坂口安吾全集 11」筑摩書房 1998 p23
挑戦
　◇「田村泰次郎選集 1」日本図書センター 2005 p12
朝鮮を全体としてとらえること
　◇「小田実全集 評論 13」講談社 2011 p115
朝鮮乙女のおどり
　◇「松田解子自選集 9」澤田出版 2009 p154
朝鮮会談に関する日記
　◇「坂口安吾全集 16」筑摩書房 2000 p661

朝鮮休戦―朝鮮のお母さんへ
　◇「松田解子自選集 9」澤田出版 2009 p141
朝鮮雑観
　◇「谷崎潤一郎全集 6」中央公論新社 2015 p415
朝鮮侵略をどう認識するか
　◇「小田実全集 評論 36」講談社 2014 p149
朝鮮の思ひ出
　◇「小林秀雄全集 補巻 2」新潮社 2010 p245
朝鮮半島と日本の歴史
　◇「小松左京全集 完全版 36」城西国際大学出版会 2011 p255
彫像家、ヒューケ氏
　◇「石牟礼道子全集 8」藤原書店 2005 p298
跳弾
　◇「上野壮夫全集 2」図書新聞 2009 p43
蝶々
　◇「決定版 三島由紀夫全集 17」新潮社 2002 p9
蝶々
　◇「向田邦子全集 新版 2」文藝春秋 2009 p43
蝶々殺人事件
　◇「横溝正史自選集 1」出版芸術社 2006 p143
「蝶々殺人事件」あとがき
　◇「横溝正史自選集 1」出版芸術社 2006 p358
「蝶々殺人事件」縁起
　◇「横溝正史自選集 1」出版芸術社 2006 p363
蝶々殺人事件に就いて
　◇「横溝正史自選集 1」出版芸術社 2006 p355
「蝶々」創作ノート
　◇「決定版 三島由紀夫全集 17」新潮社 2002 p721
蝶々トンボも鳥のうち
　◇「小松左京全集 完全版 34」城西国際大学出版会 2009 p349
チョウチンアンコウについて
　◇「梅崎春生作品集 2」沖積舎 2004 p291
提灯をあずけて
　◇「石牟礼道子全集 12」藤原書店 2005 p357
超適応がヒトの宿命
　◇「小松左京全集 完全版 40」城西国際大学出版会 2012 p397
蝶鳥
　◇「中上健次集 2」インスクリプト 2018 p39
町内にて
　◇「松下竜一未刊行著作集 3」海鳥社 2009 p48
町内の二天才
　◇「坂口安吾全集 14」筑摩書房 1999 p277
"町人"の自治を貫く
　◇「小松左京全集 完全版 42」城西国際大学出版会 2014 p92
超能力
　◇「都筑道夫恐怖短篇集成 1」筑摩書房 2004（ちくま文庫）p260
　◇「都筑道夫少年小説コレクション 5」本の雑誌社 2005 p202
超能力か精神異常か？
　◇「鈴木いづみコレクション 7」文遊社 1997 p127
超能力者
　◇「小松左京全集 完全版 25」城西国際大学出版会 2017 p183
超能力電話
　◇「都筑道夫恐怖短篇集成 2」筑摩書房 2004（ちくま文庫）p169
蝶の絵
　◇「定本 久生十蘭全集 7」国書刊行会 2010 p217
倒（ちょう）の忍法帖
　◇「山田風太郎忍法帖短篇全集 6」筑摩書房 2004（ちくま文庫）p7
蝶のやどり
　◇「日影丈吉全集 5」国書刊行会 2003 p405
蝶の理論
　◇「決定版 三島由紀夫全集 30」新潮社 2003 p678
嘲罵
　◇「決定版 三島由紀夫全集 37」新潮社 2004 p455
長髪への挑発
　◇「20世紀断層―野坂昭如単行本未収録小説集成 3」幻戯書房 2010 p334
丁半
　◇「向田邦子全集 新版 8」文藝春秋 2009 p72
徴兵忌避者としての夏目漱石
　◇「丸谷才一全集 9」文藝春秋 2013 p11
徴兵制度
　◇「大庭みな子全集 3」日本経済新聞出版社 2009 p365
長兵衛獄門首（舫鬼九郎シリーズ）
　◇「高橋克彦自選短編集 3」講談社 2010（講談社文庫）p155
長篇作家としてのマクシム・ゴーリキイ
　◇「宮本百合子全集 12」新日本出版社 2001 p465
長篇四五読後感
　◇「徳田秋聲全集 22」八木書店 2001 p394
長篇小説作家としての岡本かの子
　◇「丸谷才一全集 9」文藝春秋 2013 p400
長篇小説時評
　◇「坂口安吾全集 3」筑摩書房 1999 p52
【長篇小説】どこからきてどこへゆくのか
　◇「丸谷才一全集 12」文藝春秋 2014 p445
長篇小説に就いて
　◇「小林秀雄全作品 9」新潮社 2003 p256
　◇「小林秀雄全集 補巻 1」新潮社 2010 p499
「長篇小説について」小島信夫との対話（一九九六年）（小島信夫）
　◇「小田実全集 評論 28」講談社 2013 p309
長篇小説の劇化―「金閣寺」について
　◇「決定版 三島由紀夫全集 29」新潮社 2003 p537
長篇探偵小説に就て
　◇「小酒井不木随筆評論選集 7」本の友社 2004

ちよう

p392

長編にとりかかる
　◇「〔野呂邦暢〕随筆コレクション 1」みすず書房 2014 p190

長命酒伝
　◇「四季桂子全集」皆進社 2013 p196

長命紳士
　◇「野坂昭如エッセイ・コレクション 1」筑摩書房 2004（ちくま文庫）p75

徴用のがれ（須崎文三翁談）
　◇「石牟礼道子全集 1」藤原書店 2004 p379

長幼の序
　◇「宮城谷昌光全集 21」文藝春秋 2004 p344

凋落
　◇「徳田秋聲全集 6」八木書店 2000 p268

『凋落』に就いて
　◇「徳田秋聲全集 19」八木書店 2000 p93

調理場芝居
　◇「金井美恵子自選短篇集 砂の粒／孤独な場所で」講談社 2014（講談社文芸文庫）p137

調和のとれた東京パターンの開発計画
　◇「小松左京全集 完全版 29」城西国際大学出版会 2007 p57

樗牛
　◇「谷崎潤一郎全集 6」中央公論新社 2015 p405

貯金箱
　◇「井上ひさし短編中編小説集成 6」岩波書店 2015 p463

直線と曲線―自然の取りこみ方と絵の独立性について
　◇「小松左京全集 完全版 36」城西国際大学出版会 2011 p188

「旅譜（チヨクボ）」騒ぎ
　◇「小田実全集 評論 18」講談社 2012 p221

千世子
　◇「宮本百合子全集 32」新日本出版社 2003 p280

チョコレット
　◇「稲垣足穂コレクション 2」筑摩書房 2005（ちくま文庫）p70

千世子 二
　◇「宮本百合子全集 32」新日本出版社 2003 p400

千世子 三
　◇「宮本百合子全集 32」新日本出版社 2003 p424

著作家の手紙 『図書新聞』のアンケートに答えて
　◇「安部公房全集 19」新潮社 1999 p329

著作権法改正に関する質問書の回答メモ
　◇「坂口安吾全集 16」筑摩書房 2000 p566

著作と勉強
　◇「徳田秋聲全集 19」八木書店 2000 p181

著作物とはどんな商品か
　◇「井上ひさしコレクション ことばの巻」岩波書店 2005 p259

著者・石原慎太郎氏のこと
　◇「決定版 三島由紀夫全集 35」新潮社 2003 p745

著者へ〔小野賢一郎『新聞記者の手帳第一集』〕
　◇「谷崎潤一郎全集 2」中央公論新社 2016 p469

著者から読者へ 「空」とは？「無」とは？（『寂兮寥兮』）
　◇「大庭みな子全集 23」日本経済新聞出版社 2011 p193

著者から読者へ これを私が書いたのか？
　◇「金井美恵子自選短篇集 砂の粒／孤独な場所で」講談社 2014（講談社文芸文庫）p275

著者から読者へ 「自選」ということ
　◇「金井美恵子自選短篇集 エオンタ／自然の子供」講談社 2015（講談社文芸文庫）p317

著者から読者へ 「すべて」をふり返ってのあとがき
　◇「小田実全集 小説 16」講談社 2011 p358

著者から読者へ 「啼く鳥の」歌
　◇「大庭みな子全集 23」日本経済新聞出版社 2011 p165

著者から読者へ 『虹の繭』あとがき
　◇「大庭みな子全集 23」日本経済新聞出版社 2011 p168

著者から読者へ 人は欲望に生き、欲望に殺される（『浦島草』）
　◇「大庭みな子全集 23」日本経済新聞出版社 2011 p188

著者から読者へ 横道にそれて衝突する
　◇「金井美恵子自選短篇集 恋人たち／降誕祭の夜」講談社 2015（講談社文芸文庫）p317

著者から読者へ 龍宮の物語（『海にゆらぐ糸・石を積む』）
　◇「大庭みな子全集 23」日本経済新聞出版社 2011 p177

著者から読者へ 「流民」の「語り部」
　◇「小田実全集 小説 17」講談社 2011 p277

著者と一時間（「絹と明察」）
　◇「決定版 三島由紀夫全集 33」新潮社 2003 p213

〈著者との対話〉通信社配信の雑誌記事
　◇「安部公房全集 21」新潮社 1999 p331

著者のことば
　◇「笹沢左保コレクション新装版 愛人岬」光文社 2009（光文社文庫）p398
　◇「笹沢左保コレクション新装版 求婚の密室」光文社 2009（光文社文庫）p367

著者の言葉
　◇「徳田秋聲全集 21」八木書店 2001 p250

著者の言葉（『新しきシベリアを横切る』）
　◇「宮本百合子全集 10」新日本出版社 2001 p297

著者のことば〔裏切りの明日〕
　◇「結城昌治コレクション 裏切りの明日」光文社 2008（光文社文庫）p272

著者の言葉〔「濹東綺譚」〕
　◇「谷崎潤一郎全集 22」中央公論新社 2017 p367
著者の言葉―『砂の女』
　◇「安部公房全集 16」新潮社 1998 p251
著者のことば〔寺内貫太郎一家〕
　◇「向田邦子全集 新版 4」文藝春秋 2009 p287
著者のことば〔日本敵討ち異相〕
　◇「長谷川伸傑作選 日本敵討ち異相」国書刊行会 2008 p322
著者のことば―『箱男』
　◇「安部公房全集 24」新潮社 1999 p142
著者のことば〔真夜中の男〕
　◇「結城昌治コレクション 真夜中の男」光文社 2008（光文社文庫）p463
著者の言葉(「三島由紀夫選集」)
　◇「決定版 三島由紀夫全集 29」新潮社 2003 p648
著者の言葉―『密会』
　◇「安部公房全集 26」新潮社 1999 p141
著者の言葉―『燃えつきた地図』
　◇「安部公房全集 21」新潮社 1999 p312
〈著者訪問〉『読売新聞』の談話記事
　◇「安部公房全集 21」新潮社 1999 p417
著者より〔ロシア語版『痴人の愛』〕(国松夏紀訳)
　◇「谷崎潤一郎全集 11」中央公論新社 2015 p510
著者略歴(『不必要な犯罪』)
　◇「狩久全集 5」皆進社 2013 p286
貯蓄心
　◇「内田百閒集成 7」筑摩書房 2003（ちくま文庫）p199
ちょちょけ、まんじょけ
　◇「石牟礼道子全集 3」藤原書店 2004 p415
直角な空に
　◇「寺山修司著作集 1」クインテッセンス出版 2009 p87
直観像としての「イメージ」
　◇「小松左京全集 完全版 40」城西国際大学出版会 2012 p370
ちょっとこまったこと
　◇「山田風太郎エッセイ集成 風山房風呂焚き唄」筑摩書房 2008 p73
ちょっと深呼吸
　◇「松下竜一未刊行著作集 3」海鳥社 2009 p305
ちょろ
　◇「山本周五郎長篇小説全集 24」新潮社 2014 p272
チョンタ
　◇「向田邦子全集 新版 6」文藝春秋 2009 p147
知覧・五円銅貨
　◇「小田実全集 小説 35」講談社 2013 p62
チリアクタ 有馬の湯の巻
　◇「小田実全集 小説 27」講談社 2012 p26

チリアクタ ボーイズ・ビー・アンビシャスの巻
　◇「小田実全集 小説 27」講談社 2012 p42
「塵紙」
　◇「小沼丹全集 4」未知谷 2004 p455
散りぎは
　◇「決定版 三島由紀夫全集 37」新潮社 2004 p664
チリコンカーネ
　◇「山田風太郎エッセイ集成 秀吉はいつ知ったか」筑摩書房 2008 p74
地理通りの作品
　◇「小田実全集 評論 13」講談社 2011 p310
ちりめんじゃこに始る
　◇「瀬戸内寂聴随筆選 1」ゆまに書房 2009 p97
縮緬とメリンス
　◇「谷崎潤一郎全集 9」中央公論新社 2017 p431
散る日本
　◇「坂口安吾全集 5」筑摩書房 1998 p417
「散る日本」取材メモ
　◇「坂口安吾全集 16」筑摩書房 2000 p519
地霊
　◇「立松和平全小説 11」勉誠出版 2011 p235
地霊のパルチザン
　◇「石牟礼道子全集 5」藤原書店 2004 p294
血は立ったまま眠っていた
　◇「寺山修司著作集 4」クインテッセンス出版 2009 p66
地は饒なり
　◇「宮本百合子全集 1」新日本出版社 2000 p268
珍言野郎
　◇「野坂昭如エッセイ・コレクション 1」筑摩書房 2004（ちくま文庫）p45
鎮魂歌
　◇「原民喜戦後全小説」講談社 2015（講談社文芸文庫）p390
『鎮魂―小説阿佐谷六丁目』
　◇「佐々木基一全集 8」河出書房新社 2013 p107
鎮魂の文学「原民喜」
　◇「佐々木基一全集 5」河出書房新社 2013 p208
珍試合の巻
　◇「坂口安吾全集 13」筑摩書房 1999 p346
陳情書
　◇「坂口安吾全集 16」筑摩書房 2000 p473
沈静なる小説界
　◇「徳田秋聲全集 19」八木書店 2000 p320
曲亭馬琴原作椿説弓張月
　◇「決定版 三島由紀夫全集 25」新潮社 2002 p99
文楽椿説弓張月
　◇「決定版 三島由紀夫全集 25」新潮社 2002 p161
「椿説弓張月」創作ノート
　◇「決定版 三島由紀夫全集 25」新潮社 2002 p815

ちんせ

「椿説弓張月」の演出
　◇「決定版 三島由紀夫全集 35」新潮社 2003 p732
椿説弓張月（朗読）
　◇「決定版 三島由紀夫全集 41」新潮社 2004
『枕中記』について
　◇「宮城谷昌光全集 21」文藝春秋 2004 p242
珍鳥アビ
　◇「小松左京全集 完全版 40」城西国際大学出版会 2012 p278
闖入者
　◇「安部公房全集 17」新潮社 1999 p73
闖入者―手記とエピローグ
　◇「安部公房全集 3」新潮社 1997 p107
狆の葬式
　◇「谷崎潤一郎全集 25」中央公論新社 2016 p96
狆の二日酔ひ
　◇「小沼丹全集 4」未知谷 2004 p330
ちんば靴―太平洋岸ヴェニスにて
　◇「稲垣足穂コレクション 1」筑摩書房 2005（ちくま文庫）p105
チンパンジーもイメージを通して思考する
　◇「小松左京全集 完全版 40」城西国際大学出版会 2012 p382
チンプン館の殺人
　◇「山田風太郎ミステリー傑作選 2」光文社 2001（光文社文庫）p5
珍木
　◇「小沼丹全集 2」未知谷 2004 p653
　◇「小沼丹全集 2」未知谷 2004 p696
チンボツがえり
　◇「田中小実昌エッセイ・コレクション 3」筑摩書房 2002（ちくま文庫）p218
珍本
　◇「小沼丹全集 4」未知谷 2004 p151
珍味
　◇「小檜山博全集 8」柏艪舎 2006 p69
沈黙
　◇「林京子全集 8」日本図書センター 2005 p419
沈黙
　◇「松下竜一未刊行著作集 5」海鳥社 2009 p192
沈黙
　◇「〔村上春樹〕短篇選集1980–1991 象の消滅」新潮社 2005 p379
沈黙都市
　◇「立松和平全小説 20」勉誠出版 2013 p1
沈黙について
　◇「石川淳コレクション 3」筑摩書房 2007（ちくま文庫）p103
沈黙の王
　◇「宮城谷昌光全集 1」文藝春秋 2002 p186
沈黙の苦悩
　◇「佐々木基一全集 1」河出書房新社 2013 p320

沈黙の塔
　◇「三橋一夫ふしぎ小説集成 2」出版芸術社 2005 p243
沈黙の塔
　◇「〔森〕鷗外近代小説集 2」岩波書店 2012 p403
沈黙の独房の連鎖としての街並み―第8回木村伊兵衛賞選評
　◇「安部公房全集 27」新潮社 2000 p130
沈黙の謎
　◇「松下竜一未刊行著作集 1」海鳥社 2008 p148
沈黙の函
　◇「鮎川哲也コレクション 沈黙の函」光文社 2003（光文社文庫）p5
沈黙の人
　◇「松下竜一未刊行著作集 5」海鳥社 2009 p207
沈黙―踏絵が育てた想像
　◇「遠藤周作エッセイ選集 2」光文社 2006（知恵の森文庫）p37
沈黙は金
　◇「安部公房全集 3」新潮社 1997 p451
沈淪、転落、彷徨篇
　◇「三角寛サンカ選集第二期 15」現代書館 2005 p234

【つ】

鎚一下
　◇「〔森〕鷗外近代小説集 6」岩波書店 2012 p95
追憶
　◇「小沼丹全集 4」未知谷 2004 p456
追憶
　◇「宮本百合子全集 33」新日本出版社 2004 p301
追憶〔菊池寛追憶〕
　◇「谷崎潤一郎全集 20」中央公論新社 2015 p581
〔追憶談〕
　◇「徳田秋聲全集 19」八木書店 2000 p91
追憶の旅愁
　◇「瀬戸内寂聴随筆選 5」ゆまに書房 2009 p187
追憶二つ三つ
　◇「谷崎潤一郎全集 19」中央公論新社 2015 p545
追憶〔六代目尾上菊五郎〕
　◇「谷崎潤一郎全集 21」中央公論新社 2016 p529
追懐淳之介との四十年
　◇「阿川弘之全集 19」新潮社 2007 p56
追加三編（二〇一一年八月三〇日以降）
　◇「定本 荒巻義雄メタSF全集 別巻」彩流社 2015 p99
追記
　◇「田中志津全作品集 下巻」武蔵野書院 2013 p214

追記
　◇「福田恆存評論集 6」麗澤大學出版會, 廣池學園事業部〔発売〕 2009 p301
追記〔昭和三十二年以降〕
　◇「江戸川乱歩全集 29」光文社 2006（光文社文庫）p600
追跡者—ポオ
　◇「大庭みな子全集 8」日本経済新聞出版社 2009 p501
追想
　◇「宮本百合子全集 9」新日本出版社 2001 p140
追想—追悼・森敦
　◇「林京子全集 7」日本図書センター 2005 p496
衝立の向う側
　◇「〔野呂邦暢〕随筆コレクション 2」みすず書房 2014 p298
ついている客をマークしろ
　◇「色川武大・阿佐田哲也エッセイズ 1」筑摩書房 2003（ちくま文庫）p173
ツイてる国ニッポン
　◇「小松左京全集 完全版 28」城西国際大学出版会 2006 p184
追悼
　◇「井上ひさしコレクション 人間の巻」岩波書店 2005 p112
追悼
　◇「田中志津全作品集 下巻」武蔵野書院 2013 p197
追悼の辞に代へて
　◇「谷崎潤一郎全集 17」中央公論新社 2015 p478
追悼 横町の井伏さん
　◇「小沼丹全集 4」未知谷 2004 p264
追儺
　◇「〔森〕鷗外近代小説集 2」岩波書店 2012 p137
ついに摑みきれなかった人（小島信夫）
　◇「大庭みな子全集 23」日本経済新聞出版社 2011 p222
ついにゆく道
　◇「大庭みな子全集 15」日本経済新聞出版社 2010 p157
追慕
　◇「宮本百合子全集 9」新日本出版社 2001 p25
追放
　◇「狩久全集 5」皆進社 2013 p10
追放とレッド・パージ—「日本の黒い霧」より
　◇「松本清張傑作短篇コレクション 上」文藝春秋 2004（文春文庫）p467
墜落
　◇「稲垣足穂コレクション 7」筑摩書房 2005（ちくま文庫）p292
痛快でいい夢
　◇「小田実全集 評論 34」講談社 2013 p185
痛快な売上税
　◇「上野壮夫全集 3」図書新聞 2011 p305

通過列車
　◇「内田百閒集成 2」筑摩書房 2002（ちくま文庫）p85
痛恨録
　◇「德田秋聲全集 2」八木書店 1999 p249
通信
　◇「決定版 三島由紀夫全集 37」新潮社 2004 p456
通人
　◇「德田秋聲全集 22」八木書店 2001 p83
通信—安部公房スタジオ会員通信3
　◇「安部公房全集 25」新潮社 1999 p497
通信—安部公房スタジオ会員通信5
　◇「安部公房全集 26」新潮社 1999 p231
通信—安部公房スタジオ会員通信7
　◇「安部公房全集 26」新潮社 1999 p351
通信—安部公房スタジオ会員通信9
　◇「安部公房全集 27」新潮社 2000 p45
通信—安部公房スタジオ会員通信10
　◇「安部公房全集 27」新潮社 2000 p51
通俗作家 荷風—『問はず語り』を中心として
　◇「坂口安吾全集 4」筑摩書房 1998 p116
通俗と変貌と
　◇「坂口安吾全集 4」筑摩書房 1998 p416
通天閣発掘
　◇「小松左京全集 完全版 25」城西国際大学出版会 2017 p158
ツウ・ペア
　◇「小松左京全集 完全版 19」城西国際大学出版会 2013 p208
通訳
　◇「松本清張短編全集 04」光文社 2008（光文社文庫）p209
通訳官
　◇「德田秋聲全集 28」八木書店 2002 p297
痛烈さのもとになるもの
　◇「小島信夫批評集成 7」水声社 2011 p52
通路に寝る
　◇「小檜山博全集 6」柏艪舎 2006 p108
杖
　◇「辻井喬コレクション 7」河出書房新社 2003 p15
ツェッペリン
　◇「德田秋聲全集 23」八木書店 2001 p238
つがいの鴨
　◇「松下竜一未刊行著作集 3」海鳥社 2009 p242
司修『石狩挽歌』
　◇「小檜山博全集 6」柏艪舎 2006 p314
栂（つが）の夢
　◇「大庭みな子全集 2」日本経済新聞出版社 2009 p323
塚原卜伝—飯綱使い
　◇「津本陽武芸小説集 1」PHP研究所 2007 p71

つかも

塚本邦雄頌―(律)第三号に寄せられた諸家のことば
  ◇「決定版 三島由紀夫全集 補巻」新潮社 2005 p157

塚本邦雄論
  ◇「寺山修司著作集 5」クインテッセンス出版 2009 p115

津軽海峡 "夏" 景色
  ◇「小檜山博全集 6」柏艪舎 2006 p54

津軽考 (一)
  ◇「石牟礼道子全集 10」藤原書店 2006 p479

津軽考 (二)
  ◇「石牟礼道子全集 10」藤原書店 2006 p483

津軽考 (三)
  ◇「石牟礼道子全集 10」藤原書店 2006 p493

津軽の虫の巣
  ◇「宮本百合子全集 1」新日本出版社 2000 p368

疲れをしらぬ機関車
  ◇「山田風太郎エッセイ集成 わが推理小説零年」筑摩書房 2007 p174

憑かれし者ども―桐野夏生オリジナルセレクション
  ◇「松本清張傑作選 憑かれし者ども」新潮社 2009

疲れた太陽
  ◇「田中小実昌エッセイ・コレクション 5」筑摩書房 2003（ちくま文庫）p50

疲れの歌
  ◇「決定版 三島由紀夫全集 37」新潮社 2004 p461

月
  ◇「大庭みな子全集 12」日本経済新聞出版社 2010 p66

月
  ◇「立松和平全小説 19」勉誠出版 2013 p183

月
  ◇「定本 久生十蘭全集 5」国書刊行会 2009 p492

月
  ◇「松本清張傑作選 戦い続けた男の素顔」新潮社 2009 p7

月
  ◇「松本清張傑作選 戦い続けた男の素顔」新潮社 2013（新潮文庫）p9

月
  ◇「決定版 三島由紀夫全集 20」新潮社 2002 p101

附合ふといふ事
  ◇「福田恆存評論集 16」麗澤大學出版會, 廣池學園事業部〔発売〕2010 p357

月あかり
  ◇「日影丈吉全集 6」国書刊行会 2002 p573

月開発時代と日本の立場
  ◇「小松左京全集 完全版 40」城西国際大学出版会 2012 p431

「月開発プロジェクト」に向けて
  ◇「小松左京全集 完全版 40」城西国際大学出版会 2012 p439

つきかげ抄
  ◇「定本 久生十蘭全集 別巻」国書刊行会 2013 p382

月影の橋がかりへ―あとがきにかえて
  ◇「石牟礼道子全集 12」藤原書店 2005 p510

月ケ瀬
  ◇「谷崎潤一郎全集 14」中央公論新社 2016 p507

月形半平の死〔解決篇〕
  ◇「鮎川哲也コレクション挑戦篇 1」出版芸術社 2006 p241

月形半平の死〔問題篇〕
  ◇「鮎川哲也コレクション挑戦篇 1」出版芸術社 2006 p109

次が待たれるおくりもの
  ◇「宮本百合子全集 13」新日本出版社 2001 p369

築地河岸
  ◇「宮本百合子全集 5」新日本出版社 2001 p208

築地の方へ
  ◇「辻邦生全集 16」新潮社 2005 p26

月〔手稿版〕
  ◇「定本 久生十蘭全集 別巻」国書刊行会 2013 p205

月々の心
  ◇「決定版 三島由紀夫全集 35」新潮社 2003 p342

月とお万
  ◇「大庭みな子全集 14」日本経済新聞出版社 2010 p457

月と狂言師
  ◇「谷崎潤一郎全集 20」中央公論新社 2015 p363

『月と狂言師』〔梅田書房版〕
  ◇「谷崎潤一郎全集 20」中央公論新社 2015 p361

『月と狂言師』〔中央公論社版〕
  ◇「谷崎潤一郎全集 20」中央公論新社 2015 p381

「月と狂言師」のこと
  ◇「谷崎潤一郎全集 25」中央公論新社 2016 p293

月と桜
  ◇「宮城谷昌光全集 21」文藝春秋 2004 p285

月と少女とアンドレア・ザンゾット
  ◇「須賀敦子全集 3」河出書房新社 2007（河出文庫）p372

月と手袋
  ◇「江戸川乱歩全集 18」光文社 2004（光文社文庫）p287
  ◇「江戸川乱歩全集 16」沖積舎 2009 p153

月と不死
  ◇「中上健次集 2」インスクリプト 2018 p124

月と冒険・科学・組織〔対談〕(早川幸男)
  ◇「安部公房全集 22」新潮社 1999 p319

月なきみそらの天坊一座
  ◇「井上ひさし短編中編小説集成 8」岩波書店 2015 p1
  ◇「井上ひさし短編中編小説集成 8」岩波書店 2015 p98

月に祈る
  ◇「決定版 三島由紀夫全集 30」新潮社 2003 p671

月に想いをよせるひとびと
　◇「大庭みな子全集 23」日本経済新聞出版社 2011 p395
月に帰った男
　◇「都筑道夫少年小説コレクション 3」本の雑誌社 2005 p190
月に飛んだノミの話
　◇「安部公房全集 11」新潮社 1998 p225
月に夢みる庵
　◇「大庭みな子全集 23」日本経済新聞出版社 2011 p480
月の宴
　◇「立松和平全小説 17」勉誠出版 2012 p222
月の浦を書きたい―支倉六右衛門偲ぶ安吾〔インタビュー〕
　◇「坂口安吾全集 別巻」筑摩書房 2012 p110
月の建設機械
　◇「小松左京全集 完全版 29」城西国際大学出版会 2007 p204
月の囁き 映画劇
　◇「谷崎潤一郎全集 8」中央公論新社 2017 p347
月のしのぶ
　◇「小松左京全集 完全版 16」城西国際大学出版会 2011 p71
次の小説のためのノートより―周辺飛行30
　◇「安部公房全集 25」新潮社 1999 p30
次の世代へ、ましなものを
　◇「井上ひさしコレクション　日本の巻」岩波書店 2005 p266
月の賜物［翻訳］(ボードレール)
　◇「谷崎潤一郎全集 7」中央公論新社 2016 p464
次の場面
　◇「向田邦子全集 新版 7」文藝春秋 2009 p173
月の舞い
　◇「辻邦生全集 5」新潮社 2004 p335
月の松山
　◇「[山本周五郎] 新編傑作選 1」小学館 2010（小学館文庫）p237
月の蠟燭
　◇「大庭みな子全集 4」日本経済新聞出版社 2009 p243
つぎはぎの王国から
　◇「伊藤計劃記録 第2位相」早川書房 2011 p65
月日の話
　◇「坂口安吾全集 11」筑摩書房 1998 p73
月息子
　◇「小松左京全集 完全版 23」城西国際大学出版会 2015 p383
憑きもの 小説十二番
　◇「20世紀断層―野坂昭如単行本未収録小説集成 4」幻戯書房 2010 p143
月夜
　◇「石牟礼道子全集 15」藤原書店 2012 p24

月夜蟹
　◇「日影丈吉全集 5」国書刊行会 2003 p348
月よ、さらば
　◇「小松左京全集 完全版 25」城西国際大学出版会 2017 p130
月夜操練
　◇「決定版 三島由紀夫全集 37」新潮社 2004 p259
月夜操練―上総一ノ宮海岸にて
　◇「決定版 三島由紀夫全集 37」新潮社 2004 p259
月夜の祈り
　◇「石牟礼道子全集 17」藤原書店 2012 p500
月は銀色の吐息をのぼす
　◇「決定版 三島由紀夫全集 37」新潮社 2004 p361
月はバンジョオ
　◇「日影丈吉全集 7」国書刊行会 2004 p327
机と布団と女
　◇「坂口安吾全集 6」筑摩書房 1998 p300
机の上のもの
　◇「宮本百合子全集 13」新日本出版社 2001 p481
机のおきかた
　◇「宮城谷昌光全集 21」文藝春秋 2004 p293
机の埃
　◇「徳田秋聲全集 20」八木書店 2001 p278
土筆づくし
　◇「阿川弘之全集 20」新潮社 2007 p113
土筆（「土筆（春）」改題）
　◇「決定版 三島由紀夫全集 37」新潮社 2004 p60
つくしんぼ
　◇「小沼丹全集 4」未知谷 2004 p317
尽くすという運動
　◇「石牟礼道子全集 3」藤原書店 2004 p423
佃島⇔明石町 渡守り一代
　◇「開高健ルポルタージュ選集 ずばり東京」光文社 2007（光文社文庫）p137
継ぐのは誰か？
　◇「小松左京全集 完全版 4」城西国際大学出版会 2010 p153
　◇「小松左京全集 完全版 45」城西国際大学出版会 2015 p214
筑波岳(つくばね)
　◇「大庭みな子全集 9」日本経済新聞出版社 2010 p436
鶲・鵐・鴨など
　◇「徳田秋聲全集 23」八木書店 2001 p104
鶲の羹
　◇「徳田秋聲全集 11」八木書店 1998 p326
創ること
　◇「大庭みな子全集 6」日本経済新聞出版社 2009 p155
創る愉しさ
　◇「大庭みな子全集 6」日本経済新聞出版社 2009 p197

つくる

創る歓び
　◇「大庭みな子全集 23」日本経済新聞出版社 2011 p683

つくろいもの
　◇「松田解子自選集 9」澤田出版 2009 p94

放火 (つけび)
　◇「徳田秋聲全集 5」八木書店 1998 p189

つけ髭
　◇「稲垣足穂コレクション 1」筑摩書房 2005（ちくま文庫）p256

Love letterを書く つけ文が最高
　◇「鈴木いづみコレクション 6」文遊社 1997 p195

都祁村
　◇「小松左京全集 完全版 40」城西国際大学出版会 2012 p250

辻
　◇「古井由吉自撰作品 8」河出書房新社 2012 p209
　◇「古井由吉自撰作品 8」河出書房新社 2012 p211

辻斬の志道軒
　◇「国枝史郎伝奇短篇小説集成 1」作品社 2006 p81

辻邦生 映画クロニクル
　◇「辻邦生全集 19」新潮社 2005 p255

辻邦生さんについて個人的に
　◇「〔池澤夏樹〕エッセー集成 1」みすず書房 2008 p66

辻静雄著「新・パリの居酒屋」
　◇「阿川弘之全集 18」新潮社 2007 p246

辻清明「皿と陶筐他」
　◇「安部公房全集 25」新潮社 1999 p25

辻留銀座店開店にさいして
　◇「谷崎潤一郎全集 22」中央公論新社 2017 p383

対馬・厳原〈小西マリアのこと〉
　◇「遠藤周作エッセイ選集 2」光文社 2006（知恵の森文庫）p49

対馬—大陸の岬の見える島
　◇「大庭みな子全集 8」日本経済新聞出版社 2009 p26

都筑道夫『悪魔はあくまで悪魔である』—解説
　◇「田中小実昌エッセイ・コレクション 1」筑摩書房 2002（ちくま文庫）p236

つづけて「市民社会の軍隊」の問題
　◇「小田実全集 評論 20」講談社 2012 p87

綴方教室
　◇「日影丈吉全集 6」国書刊行会 2002 p369

津田梅子
　◇「大庭みな子全集 13」日本経済新聞出版社 2010 p7

津田梅子 男性と対等の力がもてる夢を与えた最初の女性
　◇「大庭みな子全集 13」日本経済新聞出版社 2010 p209

『津田梅子』著者インタビュー
　◇「大庭みな子全集 13」日本経済新聞出版社 2010 p233

伝えない愛
　◇「大庭みな子全集 18」日本経済新聞出版社 2010 p25

蔦温泉
　◇「小林秀雄全作品 7」新潮社 2003 p226
　◇「小林秀雄全集 補巻 1」新潮社 2010 p395

津田塾への想い
　◇「大庭みな子全集 18」日本経済新聞出版社 2010 p97

津田塾の寮生活
　◇「大庭みな子全集 6」日本経済新聞出版社 2009 p233

津田左右吉に逆らつて
　◇「丸谷才一全集 7」文藝春秋 2014 p507

伝わるもの 第10回日本ノンフィクション賞・同新人賞
　◇「大庭みな子全集 24」日本経済新聞出版社 2011 p43

ツタンカーメンの結婚
　◇「決定版 三島由紀夫全集 27」新潮社 2003 p69

培うもの
　◇「大庭みな子全集 6」日本経済新聞出版社 2009 p171

私の郷土自慢 土と太陽と海とが育てたおくりもの
　◇「林京子全集 7」日本図書センター 2005 p346

土と土の子
　◇「20世紀断層—野坂昭如単行本未収録小説集成 1」幻戯書房 2010 p601

「土」と当時の写実文学
　◇「宮本百合子全集 13」新日本出版社 2001 p326

土との感応
　◇「〔野呂邦暢〕随筆コレクション 1」みすず書房 2014 p85

『土と兵隊』
　◇「佐々木基一全集 1」河出書房新社 2013 p161

土に癒ゆる
　◇「徳田秋聲全集 42」八木書店 2003 p3

『土に癒ゆる』作者のことば
　◇「徳田秋聲全集 別巻」八木書店 2006 p127

土の味
　◇「小檜山博全集 8」柏艪舎 2006 p299

土の奢り
　◇「20世紀断層—野坂昭如単行本未収録小説集成 1」幻戯書房 2010 p111

槌の音
　◇「古井由吉自撰作品 7」河出書房新社 2012 p228

土の悲しみ
　◇「金鶴泳作品集 2」クレイン 2006 p511
　◇「金鶴泳作品集 2」クレイン 2006 p555

土の殺意
　◇「島田荘司全集 6」南雲堂 2014 p773

土の創世記
　◇「石牟礼道子全集 12」藤原書店 2005 p338

土の中からの話
　◇「坂口安吾全集 3」筑摩書房 1999 p515
「土」の文章のこと―長塚節「土」
　◇「小田実全集 評論 12」講談社 2011 p62
土本典昭『映画は生きものの仕事である』
　◇「石牟礼道子全集 14」藤原書店 2008 p296
筒井康隆・ジャズ精神と映像文化―前置きの長い一考察
　◇「色川武大・阿佐田哲也エッセイズ 3」筑摩書房 2003（ちくま文庫）p330
筒井康隆に脱帽
　◇「山田風太郎エッセイ集成 わが推理小説零年」筑摩書房 2007 p187
筒井康隆『不良少年の映画史』解説
　◇「色川武大・阿佐田哲也エッセイズ 2」筑摩書房 2003（ちくま文庫）p349
つっかい棒
　◇「小檜山博全集 6」柏艪舎 2006 p106
躑躅の男
　◇「辺見庸掌編小説集 黒版」角川書店 2004 p59
つつしみ深く未来へ
　◇「立松和平小説 1」勉誠出版 2010 p219
　◇「立松和平小説 1」勉誠出版 2010 p274
筒なし呆兵衛
　◇「山田風太郎忍法帖短篇全集 12」筑摩書房 2005（ちくま文庫）p355
つつましき希い
　◇「松田解子自選集 4」澤田出版 2005 p427
堤清二氏
　◇「安部公房全集 25」新潮社 1999 p449
堤中納言物語貝合
　◇「決定版 三島由紀夫全集 26」新潮社 2003 p323
堤にて
　◇「決定版 三島由紀夫全集 37」新潮社 2004 p502
勤めながら書くこと
　◇「小檜山博全集 6」柏艪舎 2006 p159
つながり合う記憶
　◇「大庭みな子全集 18」日本経済新聞出版社 2010 p372
つながり合うもの
　◇「大庭みな子全集 8」日本経済新聞出版社 2009 p331
維子の兄―舟橋聖一
　◇「丸谷才一全集 10」文藝春秋 2014 p121
角田さんの風雅
　◇「日影丈吉全集 別巻」国書刊行会 2005 p547
角田理論追試のための研究会設立試案
　◇「安部公房全集 28」新潮社 2000 p422
角姫
　◇「三橋一夫ふしぎ小説集成 2」出版芸術社 2005 p83

つのる疑いと憎しみ―松川現地調査に参加して
　◇「松田解子自選集 8」澤田出版 2008 p157
鐔
　◇「小林秀雄全作品 24」新潮社 2004 p97
　◇「小林秀雄全集 補巻 3」新潮社 2010 p241
椿
　◇「石牟礼道子全集 10」藤原書店 2006 p217
椿と御神火の大島に農民組合のいぶき
　◇「松田解子自選集 8」澤田出版 2008 p322
椿の海の記
　◇「石牟礼道子全集 4」藤原書店 2004 p9
椿山お香代
　◇「三角寛サンカ選集第二期 13」現代書館 2005 p239
つばくろ（燕）
　◇「山本周五郎中短篇秀作選集 1」小学館 2005 p191
つばくろ試合
　◇「山田風太郎忍法帖短篇全集 4」筑摩書房 2004（ちくま文庫）p215
翼ある復讐鬼
　◇「山本周五郎探偵小説全集 5」作品社 2008 p331
翼あるもの
　◇「決定版 三島由紀夫全集 37」新潮社 2004 p80
翼をもがれた小鳥のように〈第六例〉
　◇「野坂昭如エッセイ・コレクション 1」筑摩書房 2004（ちくま文庫）p245
翼―ゴーディエ風の物語
　◇「決定版 三島由紀夫全集 18」新潮社 2002 p377
翼と影
　◇「中井英夫全集 10」東京創元社 2002（創元ライブラリ）p108
翼について
　◇「寺山修司著作集 1」クインテッセンス出版 2009 p388
ツバナ
　◇「松下竜一未刊行著作集 2」海鳥社 2008 p278
つばめ
　◇「大庭みな子全集 17」日本経済新聞出版社 2010 p39
燕
　◇「大庭みな子全集 12」日本経済新聞出版社 2010 p51
燕
　◇「定本 久生十蘭全集 10」国書刊行会 2011 p347
つばめが暖国にうつる頃
　◇「決定版 三島由紀夫全集 36」新潮社 2003 p433
つばめ（「燕（春）」改題）
　◇「決定版 三島由紀夫全集 37」新潮社 2004 p59
燕の記憶
　◇「中井英夫全集 2」東京創元社 1998（創元ライブラリ）p53

つはめ

燕のくる町
◇「辻邦生全集 5」新潮社 2004 p138

燕の飛び立つ日
◇「辻邦生全集 6」新潮社 2004 p298

礫心中
◇「野村胡堂伝奇幻想小説集成」作品社 2009 p295

つぶやき
◇「寺山修司著作集 1」クインテッセンス出版 2009 p391

円谷二尉の自刃
◇「決定版 三島由紀夫全集 34」新潮社 2003 p652

潰れた鶴
◇「向田邦子全集 新版 6」文藝春秋 2009 p13

壺
◇「小林秀雄全作品 24」新潮社 2004 p93
◇「小林秀雄全集 補巻 3」新潮社 2010 p240

壺
◇「山本周五郎中短篇秀作選集 3」小学館 2006 p7

壷井栄『海の音』推薦
◇「宮本百合子全集 13」新日本出版社 2001 p357

壷井栄作品集『暦』解説
◇「宮本百合子全集 19」新日本出版社 2002 p48

坪内先生について
◇「宮本百合子全集 12」新日本出版社 2001 p148

壺狩
◇「司馬遼太郎短篇全集 2」文藝春秋 2005 p39

壺坂
◇「田辺聖子全集 3」集英社 2004 p308

壺と桃
◇「石牟礼道子全集 15」藤原書店 2012 p213

つぼみ
◇「宮本百合子全集 32」新日本出版社 2003 p39

蕾
◇「立松和平全小説 17」勉誠出版 2012 p258

蕾の紅
◇「石牟礼道子全集 7」藤原書店 2005 p362

蕾のまさにほころぶ刻
◇「石牟礼道子全集 10」藤原書店 2006 p461

妻［翻訳］（ウンベルト・サバ）
◇「須賀敦子全集 5」河出書房新社 2008（河出文庫）p198

妻への手紙
◇「小島信夫批評集成 5」水声社 2011 p273

妻への手紙
◇「辻邦生全集 16」新潮社 2005 p107

妻への詫び状
◇「小檜山博全集 6」柏艪舎 2006 p221

妻への詫び状
◇「隆慶一郎全集 19」新潮社 2010 p410

妻を語る
◇「安部公房全集 29」新潮社 2000 p548

妻を誘ふ
◇「小寺菊子作品集 2」桂書房 2014 p330

妻を忘れた夫の話
◇「坂口安吾全集 11」筑摩書房 1998 p417

妻が絵馬
◇「日影丈吉全集 7」国書刊行会 2004 p372

妻が見た夢
◇「小檜山博全集 6」柏艪舎 2006 p209

夫恋し
◇「徳田秋聲全集 6」八木書店 2000 p205

妻恋太夫―紫甚左捕物帳
◇「横溝正史時代小説コレクション捕物篇 3」出版芸術社 2004 p233

妻隠
◇「古井由吉自撰作品 1」河出書房新社 2012 p97

妻という芸術家
◇「石牟礼道子全集 17」藤原書店 2012 p420

「妻問い婚」と女性の地位
◇「小松左京全集 完全版 35」城西国際大学出版会 2009 p367

妻との散歩で安息
◇「松下竜一未刊行著作集 2」海鳥社 2008 p322

妻に［翻訳］（ウンベルト・サバ）
◇「須賀敦子全集 5」河出書房新社 2008（河出文庫）p160

妻に捧げる犯罪
◇「土屋隆夫コレクション新装版 妻に捧げる犯罪」光文社 2003（光文社文庫）p7

妻に失恋した男
◇「江戸川乱歩全集 21」光文社 2005（光文社文庫）p11
◇「江戸川乱歩全集 18」沖積舎 2009 p187

妻のこと
◇「江戸川乱歩全集 30」光文社 2005（光文社文庫）p102

妻の道義
◇「宮本百合子全集 18」新日本出版社 2002 p134

妻の童話
◇「寺山修司著作集 1」クインテッセンス出版 2009 p394

妻の忍法帖
◇「山田風太郎忍法帖短篇全集 6」筑摩書房 2004（ちくま文庫）p223

妻の病気
◇「小島信夫批評集成 2」水声社 2011 p42

つまみ食ひの味―宮脇俊三「史記のつまみぐい」を読む
◇「阿川弘之全集 20」新潮社 2007 p444

つまようじ
◇「車谷長吉全集 2」新書館 2010 p49

妻よ、とこしえに
◇「20世紀断層―野坂昭如単行本未収録小説集成 5」幻戯書房 2010 p614

つまらぬ『狼』
◇「定本 久生十蘭全集 10」国書刊行会 2011 p390
つまり、そういうこと―吉行淳之介著『湿った空乾いた空』
◇「中井英夫全集 6」東京創元社 1996（創元ライブラリ）p492
罪
◇「寺山修司著作集 1」クインテッセンス出版 2009 p138
罪へ
◇「徳田秋聲全集 6」八木書店 2000 p173
罪を背負う
◇「小檜山博全集 7」柏艪舎 2006 p135
罪喰い
◇「赤江瀑短編傑作選 幻想編」光文社 2007（光文社文庫）p137
つみ草
◇「石牟礼道子全集 10」藤原書店 2006 p86
「罪と罰」を見る
◇「小林秀雄全作品 7」新潮社 2003 p248
◇「小林秀雄全集 補巻 1」新潮社 2010 p401
「罪と罰」について〔対談〕（芥川比呂志）
◇「福田恆存対談・座談集 6」玉川大学出版部 2012 p7
「罪と罰」についてⅠ
◇「小林秀雄全作品 5」新潮社 2003 p29
◇「小林秀雄全集 補巻 1」新潮社 2010 p241
「罪と罰」についてⅡ
◇「小林秀雄全作品 16」新潮社 2004 p100
◇「小林秀雄全集 補巻 2」新潮社 2010 p328
罪なき罪人
◇「高木彬光コレクション新装版 人形はなぜ殺される」光文社 2006（光文社文庫）p455
罪なき者まづ石を投げよ！
◇「福田恆存評論集 20」麗澤大學出版會, 廣池學園事業部〔発売〕 2011 p370
罪の意識なき人
◇「車谷長吉全集 3」新書館 2010 p195
罪の丘
◇「立松和平小説 18」勉誠出版 2012 p258
罪の日
◇「中井英夫全集 10」東京創元社 2002（創元ライブラリ）p32
罪びと
◇「決定版 三島由紀夫全集 17」新潮社 2002 p231
「罪ふかき死」の構図
◇「土屋隆夫コレクション新装版 天狗の面」光文社 2002（光文社文庫）p263
「つむぎ唄」（庄野潤三）書評
◇「小沼丹全集 4」未知谷 2004 p701
ツムジ風
◇「小島信夫短篇集成 2」水声社 2014 p367

爪
◇「戸川幸夫動物文学セレクション 2」ランダムハウス講談社 2008（ランダムハウス講談社文庫）p383
爪王
◇「戸川幸夫動物文学セレクション 1」ランダムハウス講談社 2008（ランダムハウス講談社文庫）p113
冷たい雨
◇「高城高全集 2」東京創元社 2008（創元推理文庫）p63
冷たい風
◇「小島信夫短篇集成 4」水声社 2015 p119
つめたい手
◇「日影丈吉全集 8」国書刊行会 2004 p400
冷たい花びらの渦のなかで
◇「辻邦生全集 18」新潮社 2005 p216
冷たい部屋
◇「高城高全集 3」東京創元社 2008（創元推理文庫）p431
冷い目
◇「徳田秋聲全集 11」八木書店 1998 p260
つめたきもの・あたゝかきもの
◇「決定版 三島由紀夫全集 37」新潮社 2004 p248
ツメナシ団
◇「清水アリカ全集」河出書房新社 2011 p409
つめる
◇「定本 久生十蘭全集 1」国書刊行会 2008 p92
つもりの遣り繰り
◇「内田百閒集成 7」筑摩書房 2003（ちくま文庫）p289
通夜へゆく道
◇「丸谷才一全集 11」文藝春秋 2014 p205
艶種記者から小説が掲載されるまで
◇「徳田秋聲全集 22」八木書店 2001 p30
通夜の国で
◇「深沢夏衣作品集」新幹社 2015 p349
梅雨
◇「石牟礼道子全集 16」藤原書店 2013 p493
梅雨（つゆ）… →"ばいう…"をも見よ
つゆあけ
◇「小松左京全集 完全版 24」城西国際大学出版会 2016 p460
露草
◇「石牟礼道子全集 15」藤原書店 2012 p237
露草
◇「大佛次郎セレクション第1期 灰燼・露草」未知谷 2007 p233
つゆとそよかぜ
◇「松田解子自選集 9」澤田出版 2009 p140
梅雨の間の想い
◇「大庭みな子全集 15」日本経済新聞出版社 2010 p536

つゆの

梅雨のあいまに
　◇「石牟礼道子全集 10」藤原書店 2006 p33
「つゆのあとさき」を読む
　◇「谷崎潤一郎全集 16」中央公論新社 2016 p247
露のいのちの湖のこと―あとがきにかえて
　◇「石牟礼道子全集 11」藤原書店 2005 p656
梅雨の客
　◇「向田邦子全集 新版 4」文藝春秋 2009 p237
露の答
　◇「坂口安吾全集 3」筑摩書房 1999 p507
梅雨の書斎から
　◇「谷崎潤一郎全集 6」中央公論新社 2015 p407
つゆのひぬま
　◇「〔山本周五郎〕新編傑作選 4」小学館 2010（小学館文庫）p265
強い影響を与えた点で
　◇「宮本百合子全集 9」新日本出版社 2001 p101
強い男
　◇「田村泰次郎選集 2」日本図書センター 2005 p16
強いことはいいことだ〔対談〕(村松剛)
　◇「福田恆存対談・座談集 3」玉川大学出版部 2011 p87
強い人間になるために―このまま死んでも文句はないか？
　◇「野坂昭如エッセイ・コレクション 1」筑摩書房 2004（ちくま文庫）p195
連なってひき出されるもの
　◇「大庭みな子全集 13」日本経済新聞出版社 2010 p398
連なって甦る強靭な糸
　◇「大庭みな子全集 24」日本経済新聞出版社 2011 p24
連なり合う嘆き 第34回女流文学賞
　◇「大庭みな子全集 24」日本経済新聞出版社 2011 p88
連なり合うもの（大橋吉之輔）
　◇「大庭みな子全集 23」日本経済新聞出版社 2011 p253
貫之が紀の国の恋
　◇「決定版 三島由紀夫全集 補巻」新潮社 2005 p280
つらよごし―都市を盗む10
　◇「安部公房全集 26」新潮社 1999 p452
釣り
　◇「石牟礼道子全集 14」藤原書店 2008 p33
釣り
　◇「小松左京全集 完全版 43」城西国際大学出版会 2014 p359
釣りあげられる男たち
　◇「金井美恵子エッセイ・コレクション―1964-2013 2」平凡社 2013 p299
釣鐘草
　◇「定本 久生十蘭全集 10」国書刊行会 2011 p287
　◇「定本 久生十蘭全集 10」国書刊行会 2011 p380

釣竿
　◇「小沼丹全集 4」未知谷 2004 p196
釣り師の心境
　◇「坂口安吾全集 8」筑摩書房 1998 p216
釣忍
　◇「山本周五郎中短篇秀作選集 2」小学館 2005 p185
つり好きの宇宙人
　◇「小松左京全集 完全版 24」城西国際大学出版会 2016 p447
釣りともだち
　◇「大庭みな子全集 9」日本経済新聞出版社 2010 p9
釣日和なれど全員で七尾
　◇「遠藤周作エッセイ選集 3」光文社 2006（知恵の森文庫）p210
釣堀池
　◇「小島信夫短篇集成 5」水声社 2015 p123
鶴
　◇「内田百閒集成 3」筑摩書房 2002（ちくま文庫）p248
鶴
　◇「立松和平小説 別巻」勉誠出版 2015 p404
鶴
　◇「野呂邦暢小説集成 6」文遊社 2016 p560
鶴亀
　◇「定本 久生十蘭全集 10」国書刊行会 2011 p348
鶴
　◇「決定版 三島由紀夫全集 37」新潮社 2004 p572
ツール映画祭三島からマスコミへのメッセージ〔映画「憂国」〕
　◇「決定版 三島由紀夫全集 別巻」新潮社 2006 p44
鶴賀伊勢太夫（新内）
　◇「向田邦子全集 新版 9」文藝春秋 2009 p195
鶴亀
　◇「内田百閒集成 12」筑摩書房 2003（ちくま文庫）p156
剣(つるぎ)の系図
　◇「横溝正史探偵小説コレクション 3」出版芸術社 2004 p57
ツルゲーネフの生きかた
　◇「宮本百合子全集 11」新日本出版社 2001 p424
吊るされた裸童女―建石修志の世界
　◇「中井英夫全集 6」東京創元社 1996（創元ライブラリ）p145
鶴田君の出版は既に道楽の域にある
　◇「徳田秋聲全集 20」八木書店 2001 p337
鶴田浩二論―「総長賭博」と「飛車角と吉良常」のなかの
　◇「決定版 三島由紀夫全集 35」新潮社 2003 p413
ツルチック
　◇「向田邦子全集 新版 6」文藝春秋 2009 p59

鶴の秋
　◇「決定版 三島由紀夫全集 37」新潮社 2004 p575
鶴の遠征
　◇「色川武大・阿佐田哲也エッセイズ 1」筑摩書房 2003（ちくま文庫）p278
鶴の舞
　◇「内田百閒集成 13」筑摩書房 2003（ちくま文庫）p199
処女(つる)の親分(やぞう)
　◇「三角寛サンカ選集第二期 11」現代書館 2005 p259
鶴見和子さん
　◇「石牟礼道子全集 14」藤原書店 2008 p253
〈鶴見和子との対談〉魂と「日本」の美—水俣から学ぶ
　◇「石牟礼道子全集 16」藤原書店 2013 p707
鶴は帰りぬ
　◇「〔山本周五郎〕新編傑作選 3」小学館 2010（小学館文庫）p65
つれあい
　◇「大庭みな子全集 11」日本経済新聞社 2010 p298
「つれあい」の探し方の研究
　◇「小松左京全集 完全版 34」城西国際大学出版会 2009 p174
つれづれ
　◇「車谷長吉全集 3」新書館 2010 p483
つれづれ草
　◇「国枝史郎伝奇短篇小説集成 1」作品社 2006 p26
徒然草
　◇「小林秀雄全作品 14」新潮社 2003 p164
　◇「小林秀雄全集 補巻 2」新潮社 2010 p227
徒然草独言
　◇「車谷長吉全集 3」新書館 2010 p477
つれづれの散漫歌
　◇「決定版 三島由紀夫全集 37」新潮社 2004 p624
つれづれの散漫歌 改作
　◇「決定版 三島由紀夫全集 37」新潮社 2004 p629
連れ戻し
　◇「石牟礼道子全集 5」藤原書店 2004 p239
ツワイク「三人の巨匠」—ドストイェフスキーの部（偉大な統一の破壊者、永遠の分裂者としての）
　◇「宮本百合子全集 20」新日本出版社 2002 p667
津和子淹留
　◇「田村孟全小説集」航思社 2012 p345
石蕗の章 おゆう
　◇「井上ひさし短編中編小説集 12」岩波書店 2015 p237
ツワブキの庭—筑豊の記録者上野英信氏逝きて五年
　◇「松下竜一未刊行著作集 2」海鳥社 2008 p196

石蕗の花
　◇「石牟礼道子全集 11」藤原書店 2005 p635

【て】

手
　◇「安部公房全集 3」新潮社 1997 p43
手
　◇「大庭みな子全集 12」日本経済新聞出版社 2010 p174
手
　◇「国枝史郎伝奇短篇小説集成 1」作品社 2006 p424
手
　◇「辻邦生全集 13」新潮社 2005 p378
出逢い
　◇「石牟礼道子全集 13」藤原書店 2007 p586
　◇「石牟礼道子全集 15」藤原書店 2012 p360
　◇「石牟礼道子全集 15」藤原書店 2012 p439
出会い
　◇「石牟礼道子全集 11」藤原書店 2005 p487
出会い
　◇「金鶴泳作品集 2」クレイン 2006 p585
出会い
　◇「小松左京全集 完全版 45」城西国際大学出版会 2015 p119
出会い
　◇「寺山修司著作集 4」クインテッセンス出版 2009 p359
出遭い（川端康成）
　◇「大庭みな子全集 23」日本経済新聞出版社 2011 p208
出合いとは何か
　◇「瀬戸内寂聴随筆選 6」ゆまに書房 2009 p9
出会いの糸
　◇「大庭みな子全集 8」日本経済新聞社 2009 p328
出会いの風
　◇「松下竜一未刊行著作集 2」海鳥社 2008 p287
出会いの時—島崎こま子さんのこと
　◇「松田解子自選集 7」澤田出版 2008 p455
出会いの美学—目の前にいる人との出会いをたいせつに〔対談者〕加賀乙彦
　◇「大庭みな子全集 18」日本経済新聞出版社 2010 p388
出あいの風景
　◇「大庭みな子全集 23」日本経済新聞出版社 2011 p697
出あいの風景
　◇「松下竜一未刊行著作集 5」海鳥社 2009 p191

てあい

出会いの不思議
  ◇「大庭みな子全集 16」日本経済新聞出版社 2010 p94

手足の記憶
  ◇「大庭みな子全集 16」日本経済新聞出版社 2010 p24

出遭った人々
  ◇「大庭みな子全集 13」日本経済新聞出版社 2010 p335

手当り次第に読みちらした
  ◇「小松左京全集 完全版 40」城西国際大学出版会 2012 p412

テイ
  ◇「江戸川乱歩全集 30」光文社 2005（光文社文庫）p614

D（ディー）
  ◇「小田実全集 小説 19」講談社 2012 p5

デイヴィス（D・S）
  ◇「江戸川乱歩全集 30」光文社 2005（光文社文庫）p625

デイヴィス（M）
  ◇「江戸川乱歩全集 30」光文社 2005（光文社文庫）p631

『デイヴィド・コパフィールド』のドオラとアグネス
  ◇「辻邦生全集 18」新潮社 2005 p138

DVと聖域で培われた？ 強靭な精神 「小松左京マガジン」編集長インタビュー 第二十四回（曽野綾子）
  ◇「小松左京全集 完全版 49」城西国際大学出版会 2017 p290

庭園
  ◇「決定版 三島由紀夫全集 37」新潮社 2004 p447

庭園の変貌
  ◇「江戸川乱歩全集 30」光文社 2005（光文社文庫）p214

丁王家と甲、乙王家
  ◇「宮城谷昌光全集 21」文藝春秋 2004 p426

帝王の瞳 秦の始皇帝の秘密を見た
  ◇「小松左京全集 完全版 32」城西国際大学出版会 2008 p290

停学
  ◇「山田風太郎エッセイ集成 昭和前期の青春」筑摩書房 2007 p44

停学覚悟の大冒険
  ◇「山田風太郎エッセイ集成 昭和前期の青春」筑摩書房 2007 p53

泥眼
  ◇「吉田知子選集 3」景文館書店 2014 p5

低気圧
  ◇「徳田秋聲全集 15」八木書店 1999 p123

低気圧の強い時
  ◇「宮本百合子全集 32」新日本出版社 2003 p48

定期便
  ◇「辻井喬コレクション 7」河出書房新社 2003 p204

ティキ・ルーム
  ◇「林芙美子全集 4」日本図書センター 2005 p130

帝銀事件を論ず
  ◇「坂口安吾全集 6」筑摩書房 1998 p335

帝銀事件の謎─「日本の黒い霧」より
  ◇「松本清張傑作短篇コレクション 下」文藝春秋 2004（文春文庫）p235

帝銀事件余談
  ◇「坂口安吾全集 6」筑摩書房 1998 p309

帝劇を観て─上司君に
  ◇「徳田秋聲全集 20」八木書店 2001 p89

帝劇合評
  ◇「徳田秋聲全集 19」八木書店 2000 p395
  ◇「徳田秋聲全集 19」八木書店 2000 p399
  ◇「徳田秋聲全集 19」八木書店 2000 p404
  ◇「徳田秋聲全集 19」八木書店 2000 p455

帝劇歌舞伎の興行法に就て
  ◇「徳田秋聲全集 19」八木書店 2000 p329

帝劇十二月狂言合評・左団次と訥子
  ◇「徳田秋聲全集 20」八木書店 2001 p113

帝劇と新富座
  ◇「徳田秋聲全集 20」八木書店 2001 p68

帝劇の「勘当場」
  ◇「徳田秋聲全集 20」八木書店 2001 p233

帝劇のぞき
  ◇「徳田秋聲全集 19」八木書店 2000 p323

ディケンズ
  ◇「江戸川乱歩全集 30」光文社 2005（光文社文庫）p637

ディケンズ、情景の描出法
  ◇「辻邦生全集 18」新潮社 2005 p53

デイケンズと私
  ◇「小沼丹全集 4」未知谷 2004 p665

ディケンズの意味
  ◇「辻邦生全集 18」新潮社 2005 p332

ディケンズの先鞭
  ◇「江戸川乱歩全集 27」光文社 2004（光文社文庫）p316

ディケンズの道
  ◇「辻邦生全集 18」新潮社 2005 p137

〈抵抗権〉は人民の見果てぬ夢か
  ◇「松下竜一未刊行著作集 4」海鳥社 2008 p260

抵抗と超克
  ◇「佐々木基一全集 1」河出書房新社 2013 p313

抵抗の形
  ◇「隆慶一郎全集 19」新潮社 2010 p326

抵抗のモラル
  ◇「安部公房全集 30」新潮社 2009 p74

抵抗の様相―荷風と重治
　◇「佐々木基一全集 1」河出書房新社 2013 p490
帝国キネマの興亡
　◇「小松左京全集 完全版 42」城西国際大学出版会 2014 p139
帝国芸術院批判
　◇「小林秀雄全作品 9」新潮社 2003 p201
　◇「小林秀雄全集 補巻 1」新潮社 2010 p487
帝国劇場四月劇合評
　◇「徳田秋聲全集 20」八木書店 2001 p15
帝国劇場七月劇合評
　◇「徳田秋聲全集 20」八木書店 2001 p17
帝国劇場八月劇合評
　◇「徳田秋聲全集 20」八木書店 2001 p23
帝国読本巻ノ一
　◇「内田百閒集成 15」筑摩書房 2003（ちくま文庫）p184
体裁について
　◇「谷崎潤一郎全集 18」中央公論新社 2016 p113
D坂の殺人事件
　◇「江戸川乱歩全集 1」光文社 2004（光文社文庫）p177
　◇「江戸川乱歩全集 6」沖積舎 2007 p165
　◇「江戸川乱歩傑作集 2」リブレ出版 2015 p31
D坂の密室殺人
　◇「島田荘司全集 5」南雲堂 2012 p773
底者協議会
　◇「小檜山博全集 7」柏艪舎 2006 p182
停車場［翻訳］（ウンベルト・サバ）
　◇「須賀敦子全集 5」河出書房新社 2008（河出文庫）p234
鄭州―悪名高い「暴れ河」
　◇「小松左京全集 完全版 43」城西国際大学出版会 2014 p30
泥臭と洗煉
　◇「福田恆存評論集 11」麗澤大學出版會, 廣池學園事業部〔発売〕 2009 p42
亭主素描
　◇「阿川弘之全集 3」新潮社 2005 p79
提出したい問題―徳永直の作品を読んで
　◇「宮本百合子全集 11」新日本出版社 2001 p154
帝舜と賢人たち
　◇「宮城谷昌光全集 21」文藝春秋 2004 p400
Dシリーズ
　◇「小松左京全集 完全版 25」城西国際大学出版会 2017 p76
泥酔
　◇「立松和平全小説 5」勉誠出版 2010 p2
泥酔三年
　◇「坂口安吾全集 13」筑摩書房 1999 p425
鄭成功の恋
　◇「国枝史郎伝奇短篇小説集成 1」作品社 2006 p62

貞操
　◇「上野壮夫全集 2」図書新聞 2009 p116
貞操実験
　◇「土屋隆夫コレクション新装版 天狗の面」光文社 2002（光文社文庫）p419
貞操帯と延壽帯
　◇「小酒井不木随筆評論選集 6」本の友社 2004 p346
貞操について
　◇「坂口安吾全集 別巻」筑摩書房 2012 p14
貞操について
　◇「宮本百合子全集 16」新日本出版社 2002 p340
貞操の幅と限界
　◇「坂口安吾全集 5」筑摩書房 1998 p185
鼎談・演劇白書 一（遠藤周作, オルトラーニ, ベニト）
　◇「福田恆存対談・座談集 5」玉川大学出版部 2012 p241
鼎談・演劇白書 二（遠藤周作, オルトラーニ, ベニト）
　◇「福田恆存対談・座談集 5」玉川大学出版部 2012 p261
鼎談・演劇白書 三（尾崎宏次, 遠藤周作）
　◇「福田恆存対談・座談集 5」玉川大学出版部 2012 p285
鼎談・演劇白書 四（浅利慶太, 遠藤周作）
　◇「福田恆存対談・座談集 5」玉川大学出版部 2012 p313
鼎談・演劇白書 五（浅利慶太, 遠藤周作）
　◇「福田恆存対談・座談集 5」玉川大学出版部 2012 p339
鼎談・演劇白書 六（浅利慶太, 遠藤周作）
　◇「福田恆存対談・座談集 5」玉川大学出版部 2012 p367
鼎談 座談（辰野隆, 青山二郎）
　◇「小林秀雄全作品 15」新潮社 2003 p174
鼎談 座談（河上徹太郎, 今日出海）
　◇「小林秀雄全作品 26」新潮社 2004 p104
泥炭地
　◇「松本清張傑作選 戦い続けた男の素顔」新潮社 2009 p269
　◇「松本清張傑作選 戦い続けた男の素顔」新潮社 2013（新潮文庫）p385
低調だった―五月祭賞「小説」選後評
　◇「安部公房全集 11」新潮社 1998 p34
帝展を観ての感想
　◇「宮本百合子全集 12」新日本出版社 2001 p61
帝展日本画瞥見
　◇「徳田秋聲全集 20」八木書店 2001 p355
提督が喧嘩をした話
　◇「阿川弘之全集 19」新潮社 2007 p227
デイトの仕方
　◇「小島信夫短篇集成 3」水声社 2014 p449

ていね

泥濘
　◇「梶井基次郎小説全集新装版」沖積舎 1995 p65

定年
　◇「小檜山博全集 4」柏艪舎 2006 p465

定年紳士
　◇「野坂昭如エッセイ・コレクション 1」筑摩書房 2004（ちくま文庫）p79

ディーノ・カンパーナ―Dino Campana
　◇「須賀敦子全集 5」河出書房新社 2008（河出文庫）p97

鄭の荘公
　◇「宮城谷昌光全集 21」文藝春秋 2004 p186

鄭の武公
　◇「宮城谷昌光全集 21」文藝春秋 2004 p183

ディフォーメイションへの疑問
　◇「宮本百合子全集 17」新日本出版社 2002 p82

底辺の神々
　◇「石牟礼道子全集 1」藤原書店 2004 p245

〈定本 荒巻義雄メタSF全集〉のためのあとがき SF作家の幻視眼―未来はどうなるか？
　◇「定本 荒巻義雄メタSF全集 別巻」彩流社 2015 p307

『定本 原民喜全集II』解説
　◇「佐々木基一全集 10」河出書房新社 2013 p772

低迷する現代日本演劇を語る『毎日デイリーニュース』のインタビューに答えて
　◇「安部公房全集 23」新潮社 1999 p403

低迷する小説界・二、三月雑誌小説総評
　◇「佐々木基一全集 4」河出書房新社 2013 p413

ティルマン・リーメンシュナイダーのこと
　◇「佐々木基一全集 6」河出書房新社 2012 p336

ディーン、あなたといっしょなら―
　◇「鈴木いづみコレクション 7」文遊社 1997 p106

ディーン嬢の冷静と勇気
　◇「小島信夫批評集成 1」水声社 2011 p24

ディーンとブロードウェイ
　◇「決定版 三島由紀夫全集 30」新潮社 2003 p269

デウォランは飛翔したか
　◇「中井英夫全集 4」東京創元社 1997（創元ライブラリ）p187

テゼでは今
　◇「須賀敦子全集 2」河出書房新社 2006（河出文庫）p484

テエマ文学に就いて
　◇「上野壮夫全集 3」図書新聞 2011 p81

天仙宮（テエンセンキエン）の審判日
　◇「日影丈吉全集 6」国書刊行会 2002 p558

手負い獅子のバラード
　◇「辻井喬コレクション 7」河出書房新社 2003 p352

手を貸してくれたのはだれ？
　◇「都筑道夫恐怖短篇集成 2」筑摩書房 2004（くま文庫）p267

手おくれ
　◇「小松左京全集 完全版 14」城西国際大学出版会 2009 p160

手押車の若者［翻訳］（ウンベルト・サバ）
　◇「須賀敦子全集 5」河出書房新社 2008（河出文庫）p214

手をつないで見た渦
　◇「石牟礼道子全集 16」藤原書店 2013 p530

手を握りしめる
　◇「遠藤周作エッセイ選集 1」光文社 2006（知恵の森文庫）p58

手を逃れて
　◇「中井英夫全集 10」東京創元社 2002（創元ライブラリ）p82

『テオレマ』について
　◇「中井英夫全集 6」東京創元社 1996（創元ライブラリ）p214

手がかり
　◇「〔野呂邦暢〕随筆コレクション 1」みすず書房 2014 p334

出かけようとしたタクシーを止められて
　◇「松下竜一未刊行著作集 5」海鳥社 2009 p213

出かけようとして踏み込まれる側の論理
　◇「松下竜一未刊行著作集 5」海鳥社 2009 p224

出かける者へ
　◇「松田解子自選集 9」澤田出版 2009 p38

手型の樹
　◇「石牟礼道子全集 10」藤原書店 2006 p128

デカダンス意識と生死観〔対談〕（埴谷雄高、村松剛）
　◇「決定版 三島由紀夫全集 40」新潮社 2004 p176

デカダンスの聖書―ユイスマン著 澁澤龍彦訳「さかしま」
　◇「決定版 三島由紀夫全集 32」新潮社 2003 p115

デカダンス美術
　◇「決定版 三島由紀夫全集 35」新潮社 2003 p115

デカダン文学論
　◇「坂口安吾全集 4」筑摩書房 1998 p207

手がふるえた!?
　◇「松下竜一未刊行著作集 3」海鳥社 2009 p84

てがみ
　◇「寺山修司著作集 1」クインテッセンス出版 2009 p363

手紙
　◇「国枝史郎伝奇短篇小説集成 2」作品社 2006 p29

手紙
　◇「小檜山博全集 7」柏艪舎 2006 p264

手紙
　◇「〔野呂邦暢〕随筆コレクション 1」みすず書房 2014 p54

手紙
　◇「定本 久生十蘭全集 4」国書刊行会 2009 p285

手紙
　◇「定本 久生十蘭全集 7」国書刊行会 2010 p18
手紙〔石井漠宛書簡〕
　◇「谷崎潤一郎全集 13」中央公論新社 2015 p422
手紙への思い
　◇「辻邦生全集 16」新潮社 2005 p109
手紙雑談
　◇「坂口安吾全集 2」筑摩書房 1999 p184
手紙、栞を添えて
　◇「辻邦生全集 18」新潮社 2005 p13
手紙相談
　◇「小島信夫短篇集成 5」水声社 2015 p205
手紙だけの友情と想像力
　◇「辻邦生全集 18」新潮社 2005 p58
手紙たちの不運
　◇「中井英夫全集 6」東京創元社 1996（創元ライブラリ）p578
手紙〔鴇田英太郎宛書簡〕
　◇「谷崎潤一郎全集 15」中央公論新社 2016 p494
手紙の男
　◇「小沼丹全集 補巻」未知谷 2005 p572
手紙のこと
　◇「小檜山博全集 8」柏艪舎 2006 p248
手紙〔水野多津子宛書簡〕
　◇「谷崎潤一郎全集 23」中央公論新社 2017 p474
「デカルト選集」
　◇「小林秀雄全作品 12」新潮社 2003 p225
　◇「小林秀雄全集 補巻 2」新潮社 2010 p145
敵
　◇「野呂邦暢小説集成 4」文遊社 2014 p389
酔払（デキアガリ）交遊録
　◇「田中小実昌エッセイ・コレクション 1」筑摩書房 2002（ちくま文庫）p115
適応
　◇「小松左京全集 完全版 25」城西国際大学出版会 2017 p477
適應異常について
　◇「福田恆存評論集 7」麗澤大學出版會, 廣池學園事業部〔発売〕2008 p270
適確な楔 第17回高見順賞
　◇「大庭みな子全集 24」日本経済新聞出版社 2011 p65
敵機動部隊の艦上機頻りに来襲す 地方の諸都市次ぎ次ぎに焼亡す
　◇「内田百閒集成 22」筑摩書房 2004（ちくま文庫）p253
敵潜水艦下田を攻撃す 大本営の中で書類を焼き捨てる火の手 なお各地の焼夷弾攻撃続く
　◇「内田百閒集成 22」筑摩書房 2004（ちくま文庫）p309
できそこない
　◇「小松左京全集 完全版 25」城西国際大学出版会 2017 p132

出来ていた青
　◇「山本周五郎探偵小説全集 2」作品社 2007 p226
出来てしまった機械
　◇「小松左京全集 完全版 13」城西国際大学出版会 2008 p222
敵との友情
　◇「安部公房全集 21」新潮社 1999 p26
敵について
　◇「佐々木基一全集 1」河出書房新社 2013 p305
手鎖心中
　◇「井上ひさし短編中編小説集成 3」岩波書店 2014 p1
　◇「井上ひさし短編中編小説集成 3」岩波書店 2014 p3
出口と入口について―言語空間の祭典
　◇「中井英夫全集 6」東京創元社 1996（創元ライブラリ）p35
テクニランド
　◇「開高健ルポルタージュ選集 日本人の遊び場」光文社 2007（光文社文庫）p65
テクノロジーの曙 西堀栄三郎氏に聞く（加藤秀俊, 河合秀和, 西堀栄三郎）
　◇「小松左京全集 完全版 38」城西国際大学出版会 2010 p297
テクノロジーの本質（加藤秀俊, 西堀栄三郎）
　◇「小松左京全集 完全版 38」城西国際大学出版会 2010 p78
でこ書きするな
　◇「向田邦子全集 新版 10」文藝春秋 2010 p187
梃子の支点
　◇「安部公房全集 16」新潮社 1998 p14
凸凹道
　◇「内田百閒集成 6」筑摩書房 2003（ちくま文庫）p138
デザイン過剰（八月二十三日）
　◇「福田恆存評論集 18」麗澤大學出版會, 廣池學園事業部〔発売〕2010 p80
手作業
　◇「小檜山博全集 7」柏艪舎 2006 p144
デザートの話―ある講演会の記録から
　◇「日影丈吉全集 別巻」国書刊行会 2005 p220
勅使河原宏の映画思想は何か
　◇「安部公房全集 20」新潮社 1999 p128
弟子との別れ
　◇「立松和平小説 24」勉誠出版 2014 p127
手品師
　◇「金井美恵子自選短篇集 恋人たち／降誕祭の夜」講談社 2015（講談社文芸文庫）p82
手品師クィーン
　◇「江戸川乱歩全集 25」光文社 2005（光文社文庫）p430
弟子の結婚式
　◇「立松和平全小説 23」勉誠出版 2013 p414

てしの

弟子の心
　◇「宮本百合子全集 9」新日本出版社 2001 p182
巻末作品余話 出島
　◇「吉村昭歴史小説集成 6」岩波書店 2009 p669
手錠のままの脱獄
　◇「小島信夫批評集成 7」水声社 2011 p359
手塚マンガのもう一つの秘密―手塚治虫③
　◇「小松左京全集 完全版 41」城西国際大学出版会 2013 p184
手造り
　◇「松下竜一未刊行著作集 2」海鳥社 2008 p307
手づくりながら
　◇「宮本百合子全集 19」新日本出版社 2002 p121
手づくりのもののぜいたくさ
　◇「大庭みな子全集 3」日本経済新聞出版社 2009 p377
デスデモーナのハンカチーフ
　◇「宮本百合子全集 17」新日本出版社 2002 p410
テスト・ケース
　◇「坂口安吾全集 12」筑摩書房 1999 p266
「テスト氏」の方法
　◇「小林秀雄全作品 12」新潮社 2003 p229
　◇「小林秀雄全集 補巻 2」新潮社 2010 p146
「テスト氏」の訳に就いて
　◇「小林秀雄全作品 5」新潮社 2003 p159
　◇「小林秀雄全集 補巻 1」新潮社 2010 p272
テスト氏 翻訳（ポオル・ヴァレリイ）
　◇「小林秀雄全作品 6」新潮社 2003 p9
　◇「小林秀雄全集 補巻 1」新潮社 2010 p289
デスマスクに添えて
　◇「松田解子自選集 9」澤田出版 2009 p42
手づま使
　◇「徳田秋聲全集 27」八木書店 2002 p245
手相
　◇「小松左京全集 完全版 25」城西国際大学出版会 2017 p437
手相
　◇「山田風太郎ミステリー傑作選 8」光文社 2002（光文社文庫）p47
手相直し
　◇「寺山修司著作集 4」クインテッセンス出版 2009 p100
手帳メモ
　◇「安部公房全集 24」新潮社 1999 p12
手帖 I
　◇「小林秀雄全作品 4」新潮社 2003 p89
　◇「小林秀雄全集 補巻 1」新潮社 2010 p189
手帖 II
　◇「小林秀雄全作品 4」新潮社 2003 p124
　◇「小林秀雄全集 補巻 1」新潮社 2010 p195
手帖 III
　◇「小林秀雄全作品 4」新潮社 2003 p137
　◇「小林秀雄全集 補巻 1」新潮社 2010 p201

手帖 IV
　◇「小林秀雄全作品 4」新潮社 2003 p260
　◇「小林秀雄全集 補巻 1」新潮社 2010 p225
哲学
　◇「小林秀雄全作品 24」新潮社 2004 p165
　◇「小林秀雄全集 補巻 3」新潮社 2010 p253
哲学
　◇「決定版 三島由紀夫全集 16」新潮社 2002 p601
哲学者の小径
　◇「小松左京全集 完全版 13」城西国際大学出版会 2008 p44
哲学者の統治するプラトンの『国家』
　◇「小松左京全集 完全版 40」城西国際大学出版会 2012 p338
哲学と宗教の谷間で（橋本峰雄）
　◇「司馬遼太郎対話選集 8」文藝春秋 2006（文春文庫）p73
哲学ミステリ病
　◇「田中小実昌エッセイ・コレクション 5」筑摩書房 2003（ちくま文庫）p303
哲学はいま…「小松左京マガジン」編集長インタビュー第三回（吉田夏彦）
　◇「小松左京全集 完全版 49」城西国際大学出版会 2017 p36
鉄仮面［翻訳］（デュ・ボアゴベイ，フォルチュネ）
　◇「定本 久生十蘭全集 11」国書刊行会 2012 p565
鉄球とヘリコプター
　◇「金井美恵子エッセイ・コレクション―1964-2013 1」平凡社 2013 p183
鉄橋
　◇「辻邦生全集 5」新潮社 2004 p116
鉄鉱脈
　◇「小松左京全集 完全版 43」城西国際大学出版会 2014 p364
鉄斎 I
　◇「小林秀雄全作品 15」新潮社 2003 p203
　◇「小林秀雄全集 補巻 2」新潮社 2010 p309
鉄斎 II
　◇「小林秀雄全作品 17」新潮社 2004 p28
　◇「小林秀雄全集 補巻 2」新潮社 2010 p362
鉄斎 III
　◇「小林秀雄全作品 21」新潮社 2004 p43
　◇「小林秀雄全集 補巻 3」新潮社 2010 p26
鉄斎 IV
　◇「小林秀雄全作品 21」新潮社 2004 p254
　◇「小林秀雄全集 補巻 3」新潮社 2010 p78
「鐵齋」
　◇「小林秀雄全集 補巻 3」新潮社 2010 p398
鉄斎を語る 座談（三好達治，富岡益太郎）
　◇「小林秀雄全作品 17」新潮社 2004 p9
　◇「小林秀雄全集 補巻 2」新潮社 2010 p359
「鉄斎扇面」跋
　◇「小林秀雄全作品 26」新潮社 2004 p23

◇「小林秀雄全集 補巻 3」新潮社 2010 p345

鉄斎の扇面
◇「小林秀雄全作品 21」新潮社 2004 p148
◇「小林秀雄全集 補巻 3」新潮社 2010 p54

鉄鎖殺人事件
◇「浜尾四郎全集 2」沖積舎 2004 p373

デツサンの東京
◇「徳田秋聲全集 20」八木書店 2001 p248

鉄人Q
◇「江戸川乱歩全集 22」光文社 2005（光文社文庫）p321

丁稚新聞―大阪「言論」の誕生
◇「小松左京全集 完全版 42」城西国際大学出版会 2014 p112

徹底した観念人―荒正人を悼む
◇「佐々木基一全集 5」河出書房新社 2013 p186

徹底的に自分にこだわって、考えのふくらみを追求――一人遊び
◇「鈴木いづみコレクション 6」文遊社 1997 p90

鉄道員の家
◇「須賀敦子全集 1」河出書房新社 2006（河出文庫）p145

鉄道館漫記
◇「内田百閒集成 2」筑摩書房 2002（ちくま文庫）p73

鉄道国有化の波
◇「小松左京全集 完全版 42」城西国際大学出版会 2014 p125

鉄道事務所
◇「小島信夫短篇集成 1」水声社 2014 p35

鉄塔の怪人
◇「江戸川乱歩全集 17」光文社 2005（光文社文庫）p9

デッドシティ・レイディオ
◇「清水アリカ全集」河出書房新社 2011 p205

鉄の馬
◇「小松左京全集 完全版 43」城西国際大学出版会 2014 p402

鉄のけもの
◇「安部公房全集 16」新潮社 1998 p7

鉄の扉
◇「狩久全集 2」皆進社 2013 p25

鉄板焼きと国境
◇「林京子全集 8」日本図書センター 2005 p190

鉄砲
◇「坂口安吾全集 3」筑摩書房 1999 p496

鉄砲屋
◇「安部公房全集 3」新潮社 1997 p275

鉄腕ボトル
◇「立松和平小説 別巻」勉誠出版 2015 p494

出て行け！
◇「小松左京全集 完全版 22」城西国際大学出版会 2015 p79

父（てて）貸し屋 好色動物集
◇「20世紀断層―野坂昭如単行本未収録小説集成 3」幻戯書房 2010 p228

出てきた大きな有一
◇「小島信夫批評集成 7」水声社 2011 p520

出て来い池の鯉
◇「内田百閒集成 19」筑摩書房 2004（ちくま文庫）p125

手で触れるニューヨーク
◇「決定版 三島由紀夫全集 33」新潮社 2003 p623

で、どうなんだ？
◇「小田実全集 評論 9」講談社 2011 p102

テトラガミイ
◇「江戸川乱歩全集 24」光文社 2005（光文社文庫）p641

手長姫
◇「決定版 三島由紀夫全集 18」新潮社 2002 p425

テニス・シューズの水兵さん
◇「田中小実昌エッセイ・コレクション 3」筑摩書房 2002（ちくま文庫）p236

手について
◇「安部公房全集 23」新潮社 1999 p305

手に手をとって
◇「田中小実昌エッセイ・コレクション 1」筑摩書房 2002（ちくま文庫）p365

テネシー・ウヰリアムズのこと
◇「決定版 三島由紀夫全集 34」新潮社 2003 p199

手の幻想
◇「辺見庸編掌小説集 黒版」角川書店 2004 p126

手の歳月
◇「石牟礼道子全集 10」藤原書店 2006 p111

手のなかの虹―私の身辺愛玩
◇「田辺聖子全集 23」集英社 2006 p389

てのひら自伝――わが略歴
◇「坂口安吾全集 5」筑摩書房 1998 p183

〈手のひらに〉
◇「安部公房全集 2」新潮社 1997 p195

『出刃』
◇「小檜山博全集 8」柏艪舎 2006 p371

出刃
◇「小檜山博全集 1」柏艪舎 2006 p246

出刃の記憶
◇「小檜山博全集 6」柏艪舎 2006 p40

出刃庖丁の縄うらみ
◇「小酒井不木随筆評論選集 5」本の友社 2004 p315

デビュー
◇「定本 荒巻義雄メタSF全集 5」彩流社 2015 p339

デビュー前後
◇「小松左京全集 完全版 45」城西国際大学出版会 2015 p148

てふお

デフオと私
◇「小沼丹全集 4」未知谷 2004 p658

デ・フオーの「倫敦疫病日誌」
◇「小酒井不木随筆評論選集 6」本の友社 2004 p46

手ぶくろ
◇「中井英夫全集 6」東京創元社 1996（創元ライブラリ）p446

手袋
◇「小沼丹全集 1」未知谷 2004 p468

手袋をさがす
◇「向田邦子全集 新版 9」文藝春秋 2009 p225

出船の記
◇「内田百閒集成 11」筑摩書房 2003（ちくま文庫）p279

『でぶのベティ』（マイクル・アヴァロン）
◇「田中小実昌エッセイ・コレクション 5」筑摩書房 2003（ちくま文庫）p232

テーブルについて
◇「寺山修司著作集 1」クインテッセンス出版 2009 p390

テーブルの上の荒野
◇「寺山修司著作集 1」クインテッセンス出版 2009 p130

テーブルの地平線
◇「立松和平小説 15」勉誠出版 2011 p108

デフレを活用した男
◇「坂口安吾全集 14」筑摩書房 1999 p348

テープ・レコーダーを持って―第1回PLAYBOY ドキュメント・ファイル大賞選評
◇「安部公房全集 27」新潮社 2000 p89

テヘランのドストイエフスキー
◇「安部公房全集 28」新潮社 2000 p273

手前酒
◇「大庭みな子全集 12」日本経済新聞出版社 2010 p120

テーマを盗む
◇「小酒井不木随筆評論選集 7」本の友社 2004 p409

『テーマで読み解く日本の文学―現代女性作家の試み』
◇「大庭みな子全集 20」日本経済新聞出版社 2010 p445

手毬
◇「決定版 三島由紀夫全集 37」新潮社 2004 p621

手まり唄と梅干
◇「林京子全集 8」日本図書センター 2005 p467

手毬唄猟奇
◇「寺山修司著作集 5」クインテッセンス出版 2009 p155
◇「寺山修司著作集 5」クインテッセンス出版 2009 p169

テーマはひきしぼられている―松川事件対策協議会生まれる
◇「松田解子自選集 9」澤田出版 2009 p162

出迎
◇「德田秋聲全集 8」八木書店 2000 p3

テムズの灯
◇「小沼丹全集 2」未知谷 2004 p547

テムズの水
◇「阿川弘之全集 10」新潮社 2006 p77

でもくらてぃあ（上）―「人間は殺されてはならない」・「人間の国」「人間の文明」の構築へ
◇「小田実全集 評論 23」講談社 2012 p5

でもくらてぃあ（下）―「人間は殺されてはならない」・「人間の国」「人間の文明」の構築へ
◇「小田実全集 評論 24」講談社 2012 p5

デモ行進と市民社会の成熟
◇「小田実全集 評論 34」講談社 2013 p150

でもしか教師
◇「車谷長吉全集 3」新書館 2010 p697

手もとの虹
◇「立松和平小説 15」勉誠出版 2011 p99

デモと暴力
◇「小松左京全集 完全版 29」城西国際大学出版会 2007 p354

テューダー朝
◇「福田恆存評論集 20」麗澤大學出版會, 廣池學園事業部〔発売〕2011 p123

デュ・ボアゴベ
◇「江戸川乱歩全集 30」光文社 2005（光文社文庫）p743

寺内貫太郎一家
◇「向田邦子全集 新版 4」文藝春秋 2009 p7

寺内貫太郎の母
◇「向田邦子全集 新版 9」文藝春秋 2009 p182

『寺島町奇譚』の頃
◇「金井美恵子エッセイ・コレクション―1964-2013 1」平凡社 2013 p230

デラックス病院の五日間
◇「開高健ルポルタージュ選集 ずばり東京」光文社 2007（光文社文庫）p315

寺山修司・田中貞夫追悼
◇「中井英夫全集 7」東京創元社 1998（創元ライブラリ）p517

寺山セツの伝記
◇「寺山修司著作集 1」クインテッセンス出版 2009 p44

照りかがげりの旅
◇「眉村卓コレクション 異世界篇 3」出版芸術社 2012 p289

出るか、出ないか、みちのくの子供幽霊
◇「遠藤周作エッセイ選集 2」光文社 2006（知恵

の森文庫）p200

耀子（てるこ）
　◇「決定版 三島由紀夫全集 16」新潮社 2002 p361

「デルス・ウザーラ」
　◇「〔野呂邦暢〕随筆コレクション 1」みすず書房 2014 p237

出るべきものが出たといふ感―推薦の言葉
　◇「決定版 三島由紀夫全集 30」新潮社 2003 p689

デルボオ電車
　◇「中井英夫全集 7」東京創元社 1998（創元ライブラリ）p511

テレーズ・デケイルウ
　◇「瀬戸内寂聴随筆選 1」ゆまに書房 2009 p124

「照れぬ文学」について
　◇「田村泰次郎選 5」日本図書センター 2005 p184

テレパシスト
　◇「都筑道夫恐怖短篇集成 2」筑摩書房 2004（ちくま文庫）p79

テレビ映画の諸問題
　◇「佐々木基一全集 7」河出書房新社 2013 p510

鈴木いづみの無差別インタビュー テレビ局の陰惨 ビートたけし
　◇「鈴木いづみコレクション 8」文遊社 1998 p9

テレビ芸術の基礎
　◇「佐々木基一全集 7」河出書房新社 2013 p494

テレビ芸術論
　◇「佐々木基一全集 7」河出書房新社 2013 p405

テレビ時代の思想〔対談〕（大宅壮一）
　◇「安部公房全集 20」新潮社 1999 p178

テレビジョン時代と芸術〔対談〕（中村光夫）
　◇「安部公房全集 9」新潮社 1998 p344

テレビというもの
　◇「〔小檜山博全集 7〕柏艪舎 2006 p230

テレビドラマへの期待
　◇「小松左京全集 完全版 28」城西国際大学出版会 2006 p233

テレビドラマの茶の間
　◇「向田邦子全集 新版 10」文藝春秋 2010 p107

テレビについて
　◇「小沼丹全集 4」未知谷 2004 p25

テレビにはスウィッチがある（八月三日）
　◇「福田恆存評論集 16」麗澤大學出版會、廣池學園事業部〔発売〕2010 p241

TV忍法帖（エッセイ）
　◇「山田風太郎忍法帖短篇全集 10」筑摩書房 2005（ちくま文庫）p381

テレビのイメージ
　◇「佐々木基一全集 7」河出書房新社 2013 p504

テレビのかげり
　◇「隆慶一郎全集 19」新潮社 2010 p310

テレビの壁―ドラマ番組について
　◇「安部公房全集 9」新潮社 1998 p175

テレビの中の自分
　◇「松下竜一未刊行著作集 2」海鳥社 2008 p316

テレビの前で
　◇「〔野呂邦暢〕随筆コレクション 2」みすず書房 2014 p34

テレビの利用法
　◇「向田邦子全集 新版 10」文藝春秋 2010 p132

テレビ番組『日本の面影』（NHK）
　◇「石牟礼道子全集 14」藤原書店 2008 p431

TVピープル
　◇「〔村上春樹〕短篇選集1980–1991 象の消滅」新潮社 2005 p261

テレビ文化とは何か？
　◇「佐々木基一全集 7」河出書房新社 2013 p430

テレビ文明論への試み
　◇「小松左京全集 完全版 28」城西国際大学出版会 2006 p216

テレビマンが見た昭和（澤田隆治）
　◇「小松左京全集 完全版 47」城西国際大学出版会 2017 p232

テレビは映写機か
　◇「佐々木基一全集 7」河出書房新社 2013 p499

テレ・ミュージカルスへの誘い
　◇「安部公房全集 9」新潮社 1998 p436

テロリストに対する「正義の戦争」はあるのか
　◇「小田実全集 評論 29」講談社 2013 p159

出羽を襲った廃仏毀釈の嵐
　◇「小松左京全集 完全版 31」城西国際大学出版会 2008 p91

出羽三山の秘仏ミイラ信仰の謎
　◇「小松左京全集 完全版 31」城西国際大学出版会 2008 p95

出羽嶽
　◇「小沼丹全集 4」未知谷 2004 p470

句集『天』（四一句）
　◇「石牟礼道子全集 15」藤原書店 2012 p156

点
　◇「松本清張傑作選 黒い手帖からのサイン」新潮社 2009 p219
　◇「松本清張短編全集 07」光文社 2009（光文社文庫）p99
　◇「松本清張傑作選 黒い手帖からのサイン」新潮社 2013（新潮文庫）p311

句集『天』あとがき
　◇「石牟礼道子全集 15」藤原書店 2012 p274

天一坊外伝
　◇「国枝史郎伝奇短篇小説集成 1」作品社 2006 p204

天衣無縫
　◇「〔山田風太郎〕時代短篇選集 3」小学館 2013（小学館文庫）p103

てんえ

田園交響曲
　◇「佐々木基一全集 6」河出書房新社 2012 p193
田園小景
　◇「上野壮夫全集 3」図書新聞 2011 p97
田園に死す
　◇「寺山修司著作集 2」クインテッセンス出版 2009 p427
田園に死す(全)
　◇「寺山修司著作集 1」クインテッセンス出版 2009 p39
田園ハレム
　◇「坂口安吾全集 8」筑摩書房 1998 p484
天蓋
　◇「中井英夫全集 5」東京創元社 2002（創元ライブラリ）p90
天海の富士
　◇「大庭みな子全集 23」日本経済新聞出版社 2011 p509
天崖のみなもとの藤
　◇「石牟礼道子全集 7」藤原書店 2005 p473
天下を変えたマヌケ男
　◇「遠藤周作エッセイ選集 2」光文社 2006（知恵の森文庫）p21
田楽豆腐
　◇「〔森〕鷗外近代小説集 5」岩波書店 2013 p305
天下国家のこと、人間のこと―堺利彦と彼の『家庭の新風味について』
　◇「小田実全集 評論 13」講談社 2011 p32
天下三分の計
　◇「宮城谷昌光全集 21」文藝春秋 2004 p338
天下泰平の思想
　◇「決定版 三島由紀夫全集 32」新潮社 2003 p578
典雅な姉弟
　◇「松本清張短編全集 11」光文社 2009（光文社文庫）p259
典雅なる自殺者―心臓を失つた憂鬱な論理学
　◇「定本 久生十蘭全集 10」国書刊行会 2011 p338
「天下の道理」と「人の世の情け」
　◇「小田実全集 評論 16」講談社 2012 p54
天から地へ
　◇「三橋一夫ふしぎ小説集成 3」出版芸術社 2005 p38
天下分け目の躁鬱戦
　◇「20世紀断層―野坂昭如単行本未収録小説集成 3」幻戯書房 2010 p363
天下分け目の人間模様(原田伴彦)
　◇「司馬遼太郎対話選集 1」文藝春秋 2006（文春文庫）p313
転換期の一節
　◇「松田解子自選集 3」澤田出版 2004 p139
電気
　◇「車谷長吉全集 3」新書館 2010 p690

でんきアンケート
　◇「宮本百合子全集 17」新日本出版社 2002 p384
電気科学館とプラネタリウム
　◇「小松左京全集 完全版 42」城西国際大学出版会 2014 p160
「電気革命」について
　◇「小松左京全集 完全版 36」城西国際大学出版会 2011 p269
電気地獄草紙
　◇「中井英夫全集 7」東京創元社 1998（創元ライブラリ）p39
伝奇小説
　◇「定本 荒巻義雄メタSF全集 5」彩流社 2015 p344
伝奇小説
　◇「車谷長吉全集 3」新書館 2010 p753
伝記小説
　◇「車谷長吉全集 3」新書館 2010 p712
電気洗濯機の問題
　◇「決定版 三島由紀夫全集 29」新潮社 2003 p124
電気的恋愛小説のご紹介
　◇「鈴木いづみセカンド・コレクション 4」文遊社 2004 p87
電気どじょう
　◇「向田邦子全集 新版 8」文藝春秋 2009 p282
傳記の興味
　◇「小酒井不木随筆評論選集 8」本の友社 2004 p109
電気の敵
　◇「稲垣足穂コレクション 3」筑摩書房 2005（ちくま文庫）p141
電気の話
　◇「小檜山博全集 8」柏艪舎 2006 p176
伝記・反逆と情熱
　◇「瀬戸内寂聴随筆選 2」ゆまに書房 2009
電球売り
　◇「立松和平小説 17」勉誠出版 2012 p137
天狗
　◇「大坪砂男全集 2」東京創元社 2013（創元推理文庫）p13
天狗岩の殺人魔
　◇「山本周五郎探偵小説全集 1」作品社 2007 p311
天空の舟 小説 伊尹伝(全)
　◇「宮城谷昌光全集 4」文藝春秋 2003 p5
天空の魔人
　◇「江戸川乱歩全集 19」光文社 2004（光文社文庫）p565
天狗縁起
　◇「大坪砂男全集 2」東京創元社 2013（創元推理文庫）p508
天狗が来る
　◇「立松和平小説 8」勉誠出版 2010 p1
　◇「立松和平小説 8」勉誠出版 2010 p11

てんし

天狗殺し（完四郎広目手控シリーズ）
　◇「高橋克彦自選短編集 3」講談社 2010（講談社文庫）p63
『天狗』頌―大坪砂男
　◇「中井英夫全集 6」東京創元社 1996（創元ライブラリ）p607
天狗（初稿版）
　◇「大坪砂男全集 2」東京創元社 2013（創元推理文庫）p459
巻末作品余話天狗勢と女
　◇「吉村昭歴史小説集成 2」岩波書店 2009 p573
天狗騒動記
　◇「大佛次郎セレクション第1期 天狗騒動記」未知谷 2007 p5
天狗争乱
　◇「吉村昭歴史小説集成 2」岩波書店 2009 p1
天狗道
　◇「決定版 三島由紀夫全集 33」新潮社 2003 p92
天狗党始末
　◇「山田風太郎エッセイ集成 秀吉はいつ知ったか」筑摩書房 2008 p263
天狗髑髏（京伝怪異帖）
　◇「高橋克彦自選短編集 3」講談社 2010（講談社文庫）p289
天狗の唄
　◇「辻井喬コレクション 7」河出書房新社 2003 p36
天狗の鼻
　◇「井上ひさし短編中編小説集成 2」岩波書店 2014 p361
天狗の骨
　◇「谷崎潤一郎全集 15」中央公論新社 2016 p510
天狗の松
　◇「中上健次集 7」インスクリプト 2012 p56
天狗の面
　◇「土屋隆夫コレクション新装版 天狗の面」光文社 2002（光文社文庫）p7
天狗来訪
　◇「三橋一夫ふしぎ小説集成 3」出版芸術社 2005 p289
天啓［翻訳］（ベルナアル，トリスタン）
　◇「定本 久生十蘭全集 11」国書刊行会 2012 p7
点景
　◇「中井英夫全集 10」東京創元社 2002（創元ライブラリ）p149
典型的日本人―芥川賞選評
　◇「決定版 三島由紀夫全集 34」新潮社 2003 p663
臀見鬼人―いさらいみのおにびと
　◇「稲垣足穂コレクション 4」筑摩書房 2005（ちくま文庫）p119
天湖
　◇「石牟礼道子全集 12」藤原書店 2005 p9
天鼓
　◇「中上健次集 2」インスクリプト 2018 p276

転向
　◇「向田邦子全集 新版 7」文藝春秋 2009 p55
天光光女史の場合
　◇「坂口安吾全集 8」筑摩書房 1998 p364
天国
　◇「清水アリカ全集」河出書房新社 2011 p107
天国へのぼる梯子
　◇「辻邦生全集 6」新潮社 2004 p361
天国か 地獄か
　◇「林京子全集 8」日本図書センター 2005 p335
天国地獄両面鏡
　◇「定本 久生十蘭全集 1」国書刊行会 2008 p255
天国荘奇譚
　◇「山田風太郎ミステリー傑作選 6」光文社 2001（光文社文庫）p5
天国に結ぶ恋
　◇「決定版 三島由紀夫全集 17」新潮社 2002 p493
天国の登り口
　◇「定本 久生十蘭全集 8」国書刊行会 2010 p612
天国病
　◇「安部公房全集 7」新潮社 1998 p43
天国は遠すぎる
　◇「土屋隆夫コレクション新装版 天国は遠すぎる」光文社 2002（光文社文庫）p7
『天国は遠すぎる』初刊本「あとがき」―わが子へ
　◇「土屋隆夫コレクション新装版 天国は遠すぎる」光文社 2002（光文社文庫）p450
『天湖』について
　◇「石牟礼道子全集 12」藤原書店 2005 p363
伝言板―私が探してゐる本
　◇「決定版 三島由紀夫全集 29」新潮社 2003 p220
天才
　◇「国枝史郎歴史小説傑選」作品社 2006 p496
天才泉鏡花
　◇「徳田秋聲全集 23」八木書店 2001 p235
天才兄妹
　◇「野村胡堂探偵小説全集」作品社 2007 p312
天才的犯罪者
　◇「小酒井不木随筆評論選集 3」本の友社 2004 p358
天才になりそこなつた男の話
　◇「坂口安吾全集 1」筑摩書房 1999 p461
天才のクローズアップ
　◇「小島信夫批評集成 7」水声社 2011 p652
天才の伝記はなぜ短いか
　◇「小島信夫批評集成 6」水声社 2011 p13
天才の末路
　◇「車谷長吉全集 3」新書館 2010 p293
天使
　◇「小島信夫批評集成 8」水声社 2010 p219

てんし

天使
   ◇「野呂邦暢小説集成 6」文遊社 2016 p377

天竺徳兵衛
   ◇「国枝史郎伝奇短篇小説集成 1」作品社 2006 p40

電子小説の未来
   ◇「金井美恵子エッセイ・コレクション―1964-2013 1」平凡社 2013 p338

天使たちのフルコース―バベットの晩餐会
   ◇「辻邦生全集 19」新潮社 2005 p367

天使の痣
   ◇「立松和平全小説 23」勉誠出版 2013 p117

天使の懇願
   ◇「安部公房全集 29」新潮社 2000 p22

天使のつばさ
   ◇「〔野呂邦暢〕随筆コレクション 2」みすず書房 2014 p469

天使の復讐
   ◇「山田風太郎ミステリー傑作選 10」光文社 2002（光文社文庫）p38

電子の迷路のおちこぼれについて
   ◇「金井美恵子エッセイ・コレクション―1964-2013 2」平凡社 2013 p265

『天使も踏むを恐れるところ』E・M・フォースター
   ◇「須賀敦子全集 4」河出書房新社 2007（河出文庫）p257

でんしゃ
   ◇「決定版 三島由紀夫全集 15」新潮社 2002 p419

電車居住者
   ◇「定本 久生十蘭全集 10」国書刊行会 2011 p264

電車の時代
   ◇「小松左京全集 完全版 42」城西国際大学出版会 2014 p128

電車の中
   ◇「決定版 三島由紀夫全集 37」新潮社 2004 p34

電車のなかで
   ◇「徳田秋聲全集 19」八木書店 2000 p377

電車の花嫁
   ◇「大庭みな子全集 12」日本経済新聞出版社 2010 p212

電車の窓
   ◇「〔森〕鷗外近代小説集 2」岩波書店 2012 p125

電車の見えない電車通り
   ◇「宮本百合子全集 11」新日本出版社 2001 p405

電車道
   ◇「須賀敦子全集 2」河出書房新社 2006（河出文庫）p282

天主への祈り
   ◇「中井英夫全集 7」東京創元社 1998（創元ライブラリ）p269

転し
   ◇「佐々木基一全集 4」河出書房新社 2013 p182

「天井桟敷の人々」を見て
   ◇「小林秀雄全作品 19」新潮社 2004 p170
   ◇「小林秀雄全集 補巻 2」新潮社 2010 p506

「天上のイデー」を実現させる都市のプラン
   ◇「小松左京全集 完全版 40」城西国際大学出版会 2012 p340

天上の鳥
   ◇「立松和平全小説 15」勉誠出版 2011 p268

伝書鳩
   ◇「内田百閒集成 15」筑摩書房 2003（ちくま文庫）p31

天津水蜜
   ◇「辻井喬コレクション 7」河出書房新社 2003 p71

電信線
   ◇「決定版 三島由紀夫全集 36」新潮社 2003 p451

天神山縁糸苧環（てんじんやまえにしのおだまき）
   ◇「小松左京全集 完全版 21」城西国際大学出版会 2015 p166

電人M
   ◇「江戸川乱歩全集 22」光文社 2005（光文社文庫）p161

伝説
   ◇「小松左京全集 完全版 25」城西国際大学出版会 2017 p38

伝説
   ◇「決定版 三島由紀夫全集 16」新潮社 2002 p585

伝説と科学
   ◇「小酒井不木随筆評論選集 7」本の友社 2004 p193

伝説の山伏姿も"かっこいい！"
   ◇「小松左京全集 完全版 31」城西国際大学出版会 2008 p89

伝説は鎖に繋がれより
   ◇「三枝和子選集 6」鼎書房 2008 p369

天躁
   ◇「古井由吉自撰作品 7」河出書房新社 2012 p316

天体嗜好症
   ◇「稲垣足穂コレクション 2」筑摩書房 2005（ちくま文庫）p223

天体の衝突―彗星と隕石
   ◇「小松左京全集 完全版 40」城西国際大学出版会 2012 p365

天体の理想
   ◇「寺山修司著作集 1」クインテッセンス出版 2009 p63

天地静大
   ◇「山本周五郎長篇小説全集 17」新潮社 2014 p7
   ◇「山本周五郎長篇小説全集 18」新潮社 2014 p7

天地の夢
   ◇「立松和平全小説 6」勉誠出版 2010 p135

天地酩酊
   ◇「20世紀断層―野坂昭如単行本未収録小説集成 2」幻戯書房 2010 p129

天誅
　◇「山田風太郎ミステリー傑作選10」光文社 2002（光文社文庫）p99
電柱
　◇「徳田秋聲全集15」八木書店 1999 p152
天寵
　◇「[森]鷗外近代小説集6」岩波書店 2012 p301
伝通院
　◇「徳田秋聲全集19」八木書店 2000 p50
点滴のしずく
　◇「中井英夫全集7」東京創元社 1998（創元ライブラリ）p573
天という言葉
　◇「小林秀雄全作品24」新潮社 2004 p141
　◇「小林秀雄全集 補卷3」新潮社 2010 p249
伝統
　◇「小林秀雄全作品14」新潮社 2003 p24
　◇「小林秀雄全集 補卷2」新潮社 2010 p200
伝統
　◇「丸谷才一全集10」文藝春秋 2014 p127
傳統技術保護に關し首相に訴ふ
　◇「福田恆存評論集8」麗澤大學出版會, 廣池學園事業部〔発売〕2007 p34
電灯光（散文詩）
　◇「決定版 三島由紀夫全集37」新潮社 2004 p468
転倒事故始末記
　◇「阿川弘之全集19」新潮社 2007 p484
伝道者の言葉
　◇「石上玄一郎小説作品集成1」未知谷 2008 p431
伝統と革命〔対談〕（佐伯彰一）
　◇「福田恆存対談・座談集3」玉川大学出版部 2011 p109
伝統と反逆〔対談〕（ジョン・ネーサン）
　◇「安部公房全集23」新潮社 1999 p37
伝統と反逆〔対談〕（小林秀雄, 坂口安吾）
　◇「坂口安吾全集17」筑摩書房 1999 p269
　◇「小林秀雄全作品15」新潮社 2003 p208
　◇「小林秀雄全集 補卷2」新潮社 2010 p311
伝統と変容—第31回アジア・北アフリカ人文科学会議講演
　◇「安部公房全集27」新潮社 2000 p144
伝統と未来
　◇「小松左京全集 完全版36」城西国際大学出版会 2011 p241
傳統にたいする心構—新潮社版「日本文化研究」講座のために
　◇「福田恆存評論集7」麗澤大學出版會, 廣池學園事業部〔発売〕2008 p79
伝統について
　◇「安部公房全集7」新潮社 1998 p45
伝統について
　◇「小林秀雄全作品14」新潮社 2003 p38
　◇「小林秀雄全集 補卷2」新潮社 2010 p201

電灯のイデア—わが文学の揺籃期
　◇「決定版 三島由紀夫全集35」新潮社 2003 p177
伝統の意味
　◇「大庭みな子全集8」日本経済新聞出版社 2009 p397
伝統の無産者
　◇「坂口安吾全集3」筑摩書房 1999 p464
「天と海」について
　◇「決定版 三島由紀夫全集34」新潮社 2003 p397
点としての東京—東京の風景
　◇「中井英夫全集6」東京創元社 1996（創元ライブラリ）p571
点と線
　◇「松本清張傑作選 時刻表を殺意が走る」新潮社 2009 p7
　◇「松本清張傑作選 時刻表を殺意が走る」新潮社 2013（新潮文庫）p9
テントムシ ダマシ
　◇「宮本百合子全集32」新日本出版社 2003 p58
天と呼び合う歌
　◇「大庭みな子全集13」日本経済新聞出版社 2010 p355
デンドロカカリヤ
　◇「安部公房全集2」新潮社 1997 p233
デンドロカカリヤ（書肆ユリイカ版）
　◇「安部公房全集3」新潮社 1997 p349
天南星
　◇「小島信夫短篇集成8」水声社 2014 p307
天に代わりて〔対談〕（小汀利得）
　◇「決定版 三島由紀夫全集40」新潮社 2004 p308
天ニ代リテ不義ヲ討ツ
　◇「小田実全集 小説32」講談社 2013 p144
『天女たち』
　◇「小檜山博全集8」柏艪舎 2006 p374
子爵令嬢天人お艶—天人組の女頭目・犯罪記録
　◇「三角寛サンカ選集第二期9」現代書館 2004 p241
天人五衰
　◇「中上健次全集7」インスクリプト 2012 p87
天人五衰
　◇「決定版 三島由紀夫全集14」新潮社 2002 p363
「天人五衰」創作ノート
　◇「決定版 三島由紀夫全集14」新潮社 2002 p835
　◇「決定版 三島由紀夫全集 補卷」新潮社 2005 p489
天の網
　◇「向田邦子全集 新版7」文藝春秋 2009 p29
天の魚
　◇「石牟礼道子全集3」藤原書店 2004 p7
　◇「石牟礼道子全集7」藤原書店 2005 p366
天王寺
　◇「日影丈吉全集5」国書刊行会 2003 p497
天王寺の妖霊星
　◇「内田百閒集成16」筑摩書房 2004（ちくま文庫）p202

てんの

天王寺〔町よ〕
　◇「中上健次集 2」インスクリプト 2018 p492

天皇小論
　◇「坂口安吾全集 4」筑摩書房 1998 p86

天皇制とは何か（海音寺潮五郎）
　◇「司馬遼太郎対話選集 3」文藝春秋 2006（文春文庫）p12

天の歌
　◇「中上健次集 10」インスクリプト 2017 p544

天皇の一分間
　◇「戸川幸夫動物文学セレクション 4」ランダムハウス講談社 2008（ランダムハウス講談社文庫）p401

天皇の洗脳
　◇「野坂昭如エッセイ・コレクション 2」筑摩書房 2004（ちくま文庫）p135

電脳文化と低脳売文業―「漢字を救え！」キャンペーンをめぐって
　◇「金井美恵子エッセイ・コレクション―1964-2013 1」平凡社 2013 p396

天皇陛下にさゝぐる言葉
　◇「坂口安吾全集 6」筑摩書房 1998 p281

天皇陛下ハワイの休日
　◇「阿川弘之全集 20」新潮社 2007 p368

「天皇陛下バンザイ」
　◇「石牟礼道子全集 1」藤原書店 2004 p374

テンノウヘイカよ、走れ
　◇「小田実全集 評論 13」講談社 2011 p82
　◇「小田実全集 小説 33」講談社 2013 p76

天の海
　◇「大庭みな子全集 23」日本経済新聞出版社 2011 p646

天の蛾
　◇「立松和平全小説 8」勉誠出版 2010 p68

"点々の会"とは何か
　◇「佐々木基一全集 7」河出書房新社 2013 p361

天の傘―沖縄
　◇「石牟礼道子全集 6」藤原書店 2006 p91

貂の皮
　◇「司馬遼太郎短篇全集 12」文藝春秋 2006 p109

天の呉れらすもの
　◇「石牟礼道子全集 4」藤原書店 2004 p440

天の声
　◇「井上ひさしコレクション ことばの巻」岩波書店 2005 p365

天の接近―八月十五日に寄す
　◇「決定版 三島由紀夫全集 27」新潮社 2003 p335

転の忍法帖
　◇「山田風太郎忍法帖短篇全集 5」筑摩書房 2004（ちくま文庫）p145

天の羽衣
　◇「大庭みな子全集 14」日本経済新聞出版社 2010 p495

天の鞭
　◇「狩久全集 4」皆進社 2013 p168

天の山へむけて―魂の故郷谷中村
　◇「石牟礼道子全集 5」藤原書店 2004 p264

天の病む
　◇「石牟礼道子全集 6」藤原書店 2006 p500

電波大泥棒
　◇「井上ひさし短編中編小説集成 1」岩波書店 2014 p209

電波大衆化時代のはじまり
　◇「小松左京全集 完全版 42」城西国際大学出版会 2014 p156

伝貧馬
　◇「四季桂子全集」皆進社 2013 p7

デンプンだんご
　◇「小檜山博全集 7」柏艪舎 2006 p203

天変
　◇「決定版 三島由紀夫全集 補巻」新潮社 2005 p189

転変
　◇「内田百閒集成 12」筑摩書房 2003（ちくま文庫）p104

天変地異あって地固まらずの巻
　◇「小田実全集 小説 28」講談社 2012 p200

天保傘綺談
　◇「国枝史郎伝奇短篇小説集成 2」作品社 2006 p488

電報下書き
　◇「向田邦子全集 新版 別巻 2」文藝春秋 2010 p317

改訂完全版展望塔の殺人
　◇「島田荘司全集 5」南雲堂 2012 p615

展望塔の殺人
　◇「島田荘司全集 5」南雲堂 2012 p712

天保の飛行術
　◇「野村胡堂伝奇幻想小説集成」作品社 2009 p363

伝馬町から今晩は
　◇「〔山田風太郎〕時代短篇選集 1」小学館 2013（小学館文庫）p377

天馬賦
　◇「石川淳コレクション 〔2〕」筑摩書房 2007（ちくま文庫）p371

天明太郎 第一部第八回〔宝文館版〕
　◇「坂口安吾全集 9」筑摩書房 1998 p514

天明太郎(8)
　◇「坂口安吾全集 9」筑摩書房 1998 p512

天命
　◇「定本 荒巻義雄メタSF全集 5」彩流社 2015 p324

天命
　◇「石牟礼道子全集 11」藤原書店 2005 p268

天命を知るとは
　◇「小林秀雄全作品 24」新潮社 2004 p183
　◇「小林秀雄全集 補巻 3」新潮社 2010 p257

天明の絵師
　◇「司馬遼太郎短篇全集 9」文藝春秋 2005 p459
天明の隠密
　◇「山田風太郎忍法帖短篇全集 10」筑摩書房 2005（ちくま文庫）p265
天明の判官
　◇「山田風太郎忍法帖短篇全集 10」筑摩書房 2005（ちくま文庫）p211
点滅
　◇「石牟礼道子全集 1」藤原書店 2004 p400
天文、地文航法
　◇「小松左京全集 完全版 40」城西国際大学出版会 2012 p301
天よ たかきより……
　◇「須賀敦子全集 7」河出書房新社 2007（河出文庫）p222
天来の着想
　◇「大坪砂男全集 4」東京創元社 2013（創元推理文庫）p241
天龍川河口の鑑砲射撃 艦上機の攻撃繁くー日頻回の空襲警報 鶴見の爆弾攻撃 八王子立川水戸及び長岡富山の焼夷弾攻撃 総数六百機の来襲也 八王子立川の夜空の赤い入道雲
　◇「内田百閒集成 22」筑摩書房 2004（ちくま文庫）p289
電力とガスの復旧
　◇「小松左京全集 完全版 46」城西国際大学出版会 2016 p37
電力の大量消費は破滅への道—危機宣伝には自縄自縛のワナがひそむ
　◇「松下竜一未刊行著作集 5」海鳥社 2009 p116
伝令兵
　◇「目取真俊短篇小説選集 3」影書房 2013 p259
天櫓
　◇「津村節子自選作品集 6」岩波書店 2005 p239
電話
　◇「大庭みな子全集 6」日本経済新聞出版社 2009 p373
電話
　◇「高橋克彦自選短編集 2」講談社 2009（講談社文庫）p271
電話器
　◇「辻井喬コレクション 7」河出書房新社 2003 p472
電話嫌ひ
　◇「阿川弘之全集 19」新潮社 2007 p508
電話交換殺人事件
　◇「20世紀断層—野坂昭如単行本未収録小説集成 補巻」幻戯書房 2010 p609
電話帳のような本
　◇「辻邦生全集 16」新潮社 2005 p314
電話の中の宇宙人
　◇「都筑道夫恐怖短篇集成 2」筑摩書房 2004（ちくま文庫）p473
電話魔罪状録
　◇「遠藤周作エッセイ選集 3」光文社 2006（知恵の森文庫）p157
電話はお話し中
　◇「大坪砂男全集 3」東京創元社 2013（創元推理文庫）p385

【と】

ドアの向う側
　◇「野呂邦暢小説集成 6」文遊社 2016 p331
投網で
　◇「小檜山博全集 7」柏艪舎 2006 p123
とある前世の秋のいま
　◇「石牟礼道子全集 10」藤原書店 2006 p412
問ひ質したき事ども
　◇「福田恆存評論集 12」麗澤大學出版會、廣池學園事業部〔発売〕 2008 p107
戸板康二氏の「歌舞伎の周囲」
　◇「決定版 三島由紀夫全集 27」新潮社 2003 p162
戸板康二著「歌舞伎ダイジェスト」
　◇「決定版 三島由紀夫全集 28」新潮社 2003 p260
ドイツ、アメリカ留学時代（加藤秀俊、中山伊知郎）
　◇「小松左京全集 完全版 38」城西国際大学出版会 2010 p203
独逸語春秋記—石井漠氏と語る
　◇「定本 久生十蘭全集 10」国書刊行会 2011 p51
ドイツ語の思ひ出
　◇「決定版 三島由紀夫全集 29」新潮社 2003 p521
〈ドイツ語版字幕〉〔映画「憂国」〕
　◇「決定版 三島由紀夫全集 別巻」新潮社 2006 p42
独逸最後の日 半年振りのお風呂 ラヂオで苦労する
　◇「内田百閒集成 22」筑摩書房 2004（ちくま文庫）p140
ドイツ—宿命的に音楽的な
　◇「辻邦生全集 19」新潮社 2005 p20
「ドイツ零年」
　◇「佐々木基一全集 7」河出書房新社 2013 p112
独逸の戦線映画
　◇「佐々木基一全集 1」河出書房新社 2013 p195
ドイツの大学都市
　◇「辻邦生全集 16」新潮社 2005 p352
ドイツの薔薇—ハイネ訳詩裏 Sacred Music
　◇「決定版 三島由紀夫全集 37」新潮社 2004 p283
独逸の範とすべき点
　◇「国枝史郎歴史小説傑作選」作品社 2006 p476

といと

問という大岩　著者から読者へ
　◇「中上健次集 2」インスクリプト 2018 p220
問いと答えの間—第一部・問題提起
　◇「安部公房全集 22」新潮社 1999 p400
問に答えて
　◇「宮本百合子全集 12」新日本出版社 2001 p51
ドイル
　◇「江戸川乱歩全集 30」光文社 2005（光文社文庫）p640
ドイルの弁駁詩
　◇「江戸川乱歩全集 26」光文社 2003（光文社文庫）p193
トイレけんか
　◇「田中小実昌エッセイ・コレクション 1」筑摩書房 2002（ちくま文庫）p305
トイレ考
　◇「阿川弘之全集 16」新潮社 2006 p502
トイレの中で
　◇「小檜山博全集 7」柏艪舎 2006 p153
塔
　◇「中井英夫全集 10」東京創元社 2002（創元ライブラリ）p34
ドーヴァー海峡
　◇「山田風太郎エッセイ集成 風山房風呂焚き唄」筑摩書房 2008 p113
ドーヴァの眺め
　◇「辻邦生全集 5」新潮社 2004 p373
陶庵公を偲ぶ
　◇「徳田秋聲全集 23」八木書店 2001 p192
陶庵公と雨声会のころ
　◇「徳田秋聲全集 23」八木書店 2001 p190
どういう宗教体験だったのか
　◇「石牟礼道子全集 16」藤原書店 2013 p57
トゥイスト紳士
　◇「野坂昭如エッセイ・コレクション 1」筑摩書房 2004（ちくま文庫）p52
ドゥイノの悲歌
　◇「辻邦生全集 18」新潮社 2005 p134
党員章
　◇「上野壮夫全集 1」図書新聞 2010 p21
棠陰比事解説
　◇「小酒井不木随筆評論選集 4」本の友社 2004 p46
灯影
　◇「小沼丹全集 4」未知谷 2004 p594
東欧を行く—ハンガリア問題の背景
　◇「安部公房全集 7」新潮社 1998 p27
東欧酒景
　◇「安部公房全集 7」新潮社 1998 p141
東欧に復活するアヴァンギャルド
　◇「安部公房全集 29」新潮社 2000 p464
湯王の雨ごい
　◇「宮城谷昌光全集 21」文藝春秋 2004 p380

東欧の国々
　◇「大庭みな子全集 11」日本経済新聞出版社 2010 p276
〈抜粋〉東海道刈谷駅
　◇「内田百閒集成 24」筑摩書房 2004（ちくま文庫）p80
東海道刈谷駅
　◇「内田百閒集成 4」筑摩書房 2003（ちくま文庫）p266
東海道ドライブ
　◇「小松左京全集 完全版 29」城西国際大学出版会 2007 p35
東海の激震
　◇「内田百閒集成 22」筑摩書房 2004（ちくま文庫）p24
東海の島
　◇「小松左京全集 完全版 16」城西国際大学出版会 2011 p285
橙果親しむ候
　◇「中井英夫全集 7」東京創元社 1998（創元ライブラリ）p196
どうか下谷の幸福園
　◇「井上ひさし短編中編小説集成 4」岩波書店 2015 p399
同化しつつある感覚
　◇「大庭みな子全集 6」日本経済新聞出版社 2009 p123
刀花の鏡
　◇「赤江瀑短編傑作選 幻想編」光文社 2007（光文社文庫）p267
悼歌併序
　◇「決定版 三島由紀夫全集 37」新潮社 2004 p809
どう変わる？　未来の男女関係
　◇「小松左京全集 完全版 44」城西国際大学出版会 2014 p58
統監
　◇「松本清張初文庫化作品集 4」双葉社 2006（双葉文庫）p101
「どう考えるか」に就て
　◇「宮本百合子全集 16」新日本出版社 2002 p53
東官鶏
　◇「日影丈吉全集 8」国書刊行会 2004 p796
道灌山
　◇「宮本百合子全集 17」新日本出版社 2002 p435
動機
　◇「山田風太郎ミステリー傑作選 3」光文社 2001（光文社文庫）p277
道義
　◇「小酒井不木随筆評論選集 8」本の友社 2004 p58
同期会
　◇「林京子全集 3」日本図書センター 2005 p228
「道義国家」から「痩せたソクラテス」まで
　◇「小田実全集 評論 4」講談社 2010 p42

「道義的革命」の論理―磯部一等主計の遺稿について
　◇「決定版 三島由紀夫全集 34」新潮社 2003 p348
陶器の息
　◇「宮城谷昌光全集 21」文藝春秋 2004 p156
とうきびが実を組むように
　◇「石牟礼道子全集 1」藤原書店 2004 p184
トウキビとり
　◇「小檜山博全集 8」柏艪舎 2006 p130
冬季婦人美を発揮する上に於て心得べき事
　◇「徳田秋聲全集 23」八木書店 2001 p289
闘牛
　◇「国枝史郎探偵小説全集」作品社 2005 p26
『闘牛』井上靖の芥川賞とノーベル賞湯川秀樹博士
　◇「小松左京全集 完全版 42」城西国際大学出版会 2014 p240
同級会
　◇「立松和平小説 27」勉誠出版 2014 p278
闘牛士の美
　◇「決定版 三島由紀夫全集 34」新潮社 2003 p130
同級生交歓―北条浩
　◇「決定版 三島由紀夫全集 33」新潮社 2003 p618
同級生の誼で
　◇「松下竜一未刊行著作集 3」海鳥社 2009 p226
「闘牛」の方向〔第二十二回芥川賞選後評〕
　◇「坂口安吾全集 9」筑摩書房 1998 p66
東急名画座のゴッドファーザー
　◇「鈴木いづみコレクション 7」文遊社 1997 p54
東京
　◇「小林秀雄全作品 23」新潮社 2004 p205
　◇「小林秀雄全集 補巻 3」新潮社 2010 p212
東京
　◇「田中小実昌エッセイ・コレクション 2」筑摩書房 2002（ちくま文庫）p10
東京
　◇「田中志津全作品集 下巻」武蔵野書院 2013 p250
東京
　◇「谷崎潤一郎全集 25」中央公論新社 2016 p20
東京
　◇「寺山修司著作集 4」クインテッセンス出版 2009 p32
道鏡
　◇「坂口安吾全集 4」筑摩書房 1998 p336
東京相川会
　◇「田中志津全作品集 下巻」武蔵野書院 2013 p172
東京駅が飲んだり吐いたり
　◇「石牟礼道子全集 7」藤原書店 2005 p482
東京駅23時30分―湘桂ブルース
　◇「天城一傑作集 3」日本評論社 2006 p332
東京駅の奇蹟
　◇「佐々木基一全集 1」河出書房新社 2013 p434

東京へ近づく一時間
　◇「宮本百合子全集 12」新日本出版社 2001 p144
東京への突入
　◇「定本 久生十蘭全集 10」国書刊行会 2011 p261
東京をおもふ
　◇「谷崎潤一郎全集 17」中央公論新社 2015 p277
「東京」を書くこと
　◇「大庭みな子全集 23」日本経済新聞出版社 2011 p344
東京から来た少女
　◇「〔野呂邦暢〕随筆コレクション 1」みすず書房 2014 p308
東京還元
　◇「定本 久生十蘭全集 10」国書刊行会 2011 p263
東京さ、憧れるおばこホステス
　◇「小松左京全集 完全版 31」城西国際大学出版会 2008 p63
東京座が盛ンだつた頃
　◇「徳田秋聲全集 22」八木書店 2001 p3
東京市
　◇「決定版 三島由紀夫全集 36」新潮社 2003 p460
東京市下谷区界隈 下町ッ子の生活誌（真下善一、吉田新一、加藤秀俊、河合秀和、中村隆英）
　◇「小松左京全集 完全版 38」城西国際大学出版会 2010 p380
東京磁石
　◇「松田解子自選集 8」澤田出版 2008 p331
東京市電の職場訪問記
　◇「松田解子自選集 8」澤田出版 2008 p11
東京ジャングル探検
　◇「坂口安吾全集 8」筑摩書房 1998 p419
東京周辺の交通路の実態
　◇「小松左京全集 完全版 29」城西国際大学出版会 2007 p22
東京焼盡
　◇「内田百閒集成 22」筑摩書房 2004（ちくま文庫）p9
東京筋替え門外
　◇「長谷川伸傑作選 日本敵討ち異相」国書刊行会 2008 p169
東京雀
　◇「戸川幸夫動物文学セレクション 1」ランダムハウス講談社 2008（ランダムハウス講談社文庫）p405
東京千一夜〔座談会〕（松井翠声、淡谷のり子、小野佐世男、大下宇陀児）
　◇「坂口安吾全集 別巻」筑摩書房 2012 p66
東京タワーから谷底見れば
　◇「開高健ルポルタージュ選集 ずばり東京」光文社 2007（光文社文庫）p117
道鏡童子
　◇「坂口安吾全集 12」筑摩書房 1999 p309

とうき

東京と自然
　◇「徳田秋聲全集 23」八木書店 2001 p95

東京に移った同族 島崎藤村
　◇「小島信夫批評集成 3」水声社 2011 p145

東京日記
　◇「内田百閒集成 4」筑摩書房 2003（ちくま文庫）p7

東京にて
　◇「谷崎潤一郎全集 18」中央公論新社 2016 p509

東京にて〔「夏と人」〕
　◇「谷崎潤一郎全集 25」中央公論新社 2016 p206

東京に転宅〔大正十五（昭和元）年度〕
　◇「江戸川乱歩全集 28」光文社 2006（光文社文庫）p181

同行二人
　◇「大庭みな子全集 15」日本経済新聞出版社 2010 p489

同行二人
　◇「津村節子自選作品集 6」岩波書店 2005 p391

同行二人―小泉とみ夫人の個展をみて
　◇「向田邦子全集 新版 6」文藝春秋 2009 p167

東京の秋の葉の下で
　◇「大庭みな子全集 23」日本経済新聞出版社 2011 p318

東京のお母さんへ
　◇「松田解子自選集 9」澤田出版 2009 p248

東京の女が著しく眼に着く點
　◇「小寺菊子作品集 3」桂書房 2014 p9

東京の正月
　◇「谷崎潤一郎全集 25」中央公論新社 2016 p274

東京の忍術使い
　◇「小島信夫短篇集成 3」水声社 2014 p561

東京の野良猫
　◇「金井美恵子エッセイ・コレクション―1964-2013 2」平凡社 2013 p325

東京の春
　◇「定本 久生十蘭全集 10」国書刊行会 2011 p275

東京の昔
　◇「車谷長吉全集 3」新書館 2010 p855

東京乗合自動車
　◇「田中小実昌エッセイ・コレクション 2」筑摩書房 2002（ちくま文庫）p10

東京ビエンナーレにおける"今日のリアリズム"
　◇「小島信夫批評集成 7」水声社 2011 p43

東京非人
　◇「石牟礼道子全集 5」藤原書店 2004 p436

東京魔法街
　◇「山田風太郎ミステリー傑作選 10」光文社 2002（光文社文庫）p234

東京南町奉行
　◇「[山田風太郎]時代短篇選集 1」小学館 2013（小学館文庫）p249

道具と時平
　◇「国枝史郎伝奇短篇小説集成 1」作品社 2006 p365

藤九郎の島
　◇「定本 久生十蘭全集 8」国書刊行会 2010 p416

唐黒の壺
　◇「井上ひさし短編中編小説集成 10」岩波書店 2015 p521

闘鶏師
　◇「国枝史郎伝奇短篇小説集成 2」作品社 2006 p35

東慶寺花だより
　◇「井上ひさし短編中編小説集成 12」岩波書店 2015 p65

闘鶏神社
　◇「小松左京全集 完全版 40」城西国際大学出版会 2012 p247

東劇の歌舞伎合同劇―時とのピント 合ふもの、合はぬもの
　◇「徳田秋聲全集 23」八木書店 2001 p76

道化師の檻
　◇「鮎川哲也コレクション 悪魔はここに」光文社 2007（光文社文庫）p9

道化的脱出劇―周辺飛行42
　◇「安部公房全集 25」新潮社 1999 p245

道化と笛
　◇「上野壮夫全集 2」図書新聞 2009 p318

〈峠〉に視座を据えて―井出孫六著『歴史紀行・峠をあるく』解説
　◇「松下竜一未刊行著作集 2」海鳥社 2008 p12

峠にて
　◇「石牟礼道子全集 13」藤原書店 2007 p610

峠の女親分
　◇「三角寛サンカ選集第二期 10」現代書館 2005 p63

道化の顔
　◇「日影丈吉全集 別巻」国書刊行会 2005 p794

道化の裁判を演じ抜く
　◇「松下竜一未刊行著作集 4」海鳥社 2008 p392

道玄坂の酒と食べ物
　◇「遠藤周作エッセイ選集 3」光文社 2006（知恵の森文庫）p113

桃源社版『江戸川乱歩全集』あとがき
　◇「江戸川乱歩全集 22」光文社 2005（光文社文庫）p645

桃源社版「後記」
　◇「都筑道夫時代小説コレクション 2」戎光祥出版 2014（戎光祥時代小説名作選）p311

道元禅師
　◇「立松和平小説 29」勉誠出版 2014 p7
　◇「立松和平小説 30」勉誠出版 2014 p7

道元と私
　◇「瀬戸内寂聴随筆選 4」ゆまに書房 2009 p105

道元の言語世界
　◇「井上ひさしコレクション ことばの巻」岩波書店

2005 p291
道元の洗面
　◇「井上ひさしコレクション　人間の巻」岩波書店 2005 p296
登高
　◇「小沼丹全集 4」未知谷 2004 p39
東郷元帥
　◇「徳田秋聲全集 22」八木書店 2001 p135
東郷元帥の功罪
　◇「阿川弘之全集 17」新潮社 2006 p45
東郷重位—上意討ち
　◇「津本陽武芸小説集 1」PHP研究所 2007 p107
東国の歌
　◇「辻邦生全集 17」新潮社 2005 p312
東西味くらべ
　◇「谷崎潤一郎全集 14」中央公論新社 2016 p461
東西『死』観
　◇「小酒井不木随筆評論選集 5」本の友社 2004 p391
『東西庭園譚』その他
　◇「日影丈吉全集 別巻」国書刊行会 2005 p560
東西東西—岩田幸子著「笛ふき天女」推薦
　◇「阿川弘之全集 18」新潮社 2007 p326
東西日本の文化的境界はどこにあるか？
　◇「小松左京全集 完全版 29」城西国際大学出版会 2007 p50
『東西比較作家論』
　◇「佐々木基一全集 5」河出書房新社 2013 p235
東西美人型
　◇「谷崎潤一郎全集 14」中央公論新社 2016 p491
盗作の裏側
　◇「高橋克彦自選短編集 1」講談社 2009（講談社文庫）p565
倒産前日
　◇「小松左京全集 完全版 25」城西国際大学出版会 2017 p139
湯治
　◇「山本周五郎中短篇秀作選集 2」小学館 2005 p127
　◇「山本周五郎長篇小説全集 7」新潮社 2013 p370
蕩児帰らず
　◇「立松和平小説 23」勉誠出版 2013 p74
同志小林多喜二の業績—作品を中心として
　◇「宮本百合子全集 11」新日本出版社 2001 p302
同志小林の業績の評価に寄せて—誤れる評価との闘争を通じて
　◇「宮本百合子全集 11」新日本出版社 2001 p308
同志小林の業績の評価によせて—四月の二三の作品
　◇「宮本百合子全集 11」新日本出版社 2001 p314
透視図法
　◇「安部公房全集 9」新潮社 1998 p419

同時代ということ
　◇「上野壮夫全集 3」図書新聞 2011 p455
同時代の意義
　◇「福田恆存評論集 1」麗澤大學出版會, 廣池學園事業部〔発売〕2009 p254
同時代の吸血鬼
　◇「中井英夫全集 6」東京創元社 1996（創元ライブラリ）p209
同時代の作家たち
　◇「大庭みな子全集 13」日本経済新聞出版社 2010 p406
『同時代の作家たち　その世界』
　◇「佐々木基一全集 5」河出書房新社 2013 p11
『同時代の作家たち　その風貌』
　◇「佐々木基一全集 5」河出書房新社 2013 p129
同時代の嘆息（藤原新也著『丸亀日記』解説）
　◇「大庭みな子全集 23」日本経済新聞出版社 2011 p175
同時代の文学
　◇「丸谷才一全集 10」文藝春秋 2014 p11
同時代（堀田善衞）
　◇「大庭みな子全集 23」日本経済新聞出版社 2011 p261
同志たちは無罪なのです
　◇「宮本百合子全集 11」新日本出版社 2001 p222
冬日雑想
　◇「徳田秋聲全集 21」八木書店 2001 p195
冬日数題
　◇「徳田秋聲全集 20」八木書店 2001 p311
どうして？　親父の涙
　◇「田中小実昌エッセイ・コレクション 1」筑摩書房 2002（ちくま文庫）p319
童児と童女
　◇「小田実全集　小説 38」講談社 2013 p191
同志の心情と非情—同志感と団結心の最後的表象の考察
　◇「決定版 三島由紀夫全集 36」新潮社 2003 p14
童子丸
　◇「石牟礼道子全集 15」藤原書店 2012 p372
冬春八句
　◇「決定版 三島由紀夫全集 補巻」新潮社 2005 p193
投書
　◇「大庭みな子全集 5」日本経済新聞出版社 2009 p9
童女
　◇「阿川弘之全集 2」新潮社 2005 p561
登場
　◇「中井英夫全集 10」東京創元社 2002（創元ライブラリ）p22
同情
　◇「徳田秋聲全集 5」八木書店 1998 p242
道場
　◇「立松和平小説 23」勉誠出版 2013 p235

とうし

◇「立松和平全小説 27」勉誠出版 2014 p150

道生(二三首)
◇「石牟礼道子全集 1」藤原書店 2004 p506

「道成寺」私見
◇「決定版 三島由紀夫全集 35」新潮社 2003 p301

道成寺――一幕
◇「決定版 三島由紀夫全集 23」新潮社 2002 p7

登場人物
◇「清水アリカ全集」河出書房新社 2011 p527

塔上の奇術師
◇「江戸川乱歩全集 21」光文社 2005（光文社文庫）p339

投書家の文章
◇「徳田秋聲全集 19」八木書店 2000 p326

倒叙探偵小説――アイルズの「殺意」
◇「江戸川乱歩全集 26」光文社 2003（光文社文庫）p47

倒叙探偵小説再説――クロフツ、ハル、フィルポッツの作品
◇「江戸川乱歩全集 26」光文社 2003（光文社文庫）p54

盗心
◇「徳田秋聲全集 11」八木書店 1998 p156

同人雑記（「声」）
◇「決定版 三島由紀夫全集 30」新潮社 2003 p662

同人雑誌小感
◇「小林秀雄全作品 4」新潮社 2003 p54
◇「小林秀雄全集 補巻 1」新潮社 2010 p186

同人雑誌のあり方
◇「上野壮夫全集 3」図書新聞 2011 p420

〔同人雑誌の意義について〕
◇「坂口安吾全集 別巻」筑摩書房 2012 p64

同人雑誌の作品に就いて――「逞しさ」への要求など
◇「上野壮夫全集 3」図書新聞 2011 p293

唐人さん
◇「大庭みな子全集 16」日本経済新聞出版社 2010 p235

等身大
◇「中井英夫全集 7」東京創元社 1998（創元ライブラリ）p625

同人通信
◇「小林秀雄全作品 7」新潮社 2003 p243
◇「小林秀雄全集 補巻 1」新潮社 2010 p399

陶酔と恍惚もたらす孤独
◇「辻邦生全集 18」新潮社 2005 p92

陶酔について
◇「決定版 三島由紀夫全集 29」新潮社 2003 p304

ドゥーゼ
◇「決定版 三島由紀夫全集 30」光文社 2005（光文社文庫）p652

同性愛文学史――岩田準一君の思い出
◇「江戸川乱歩全集 30」光文社 2005（光文社文庫）p158

同性を愛する幸い
◇「吉屋信子少女小説選 2」ゆまに書房 2003 p205

統制狂（四月二十七日）
◇「福田恆存評論集 18」麗澤大學出版會，廣池學園事業部〔発売〕2010 p156

東征軍城攻めの巻
◇「小田実全集 小説 28」講談社 2012 p308

『当世鹿もどき』
◇「谷崎潤一郎全集 23」中央公論新社 2017 p169

愛をめぐる人生模様3 同棲時代 性の能力主義
◇「大庭みな子全集 18」日本経済新聞出版社 2010 p66

「当世書生気質」
◇「小松左京全集 完全版 31」城西国際大学出版会 2008 p168

一讀三歎當世書生氣質
◇「福田恆存評論集 18」麗澤大學出版會，廣池學園事業部〔発売〕2010 p23

當世世間用心記
◇「小酒井不木随筆評論選集 1」本の友社 2004 p319

当世てっちり事情
◇「田辺聖子全集 5」集英社 2004 p173

同姓同名
◇「小林秀雄作品 17」新潮社 2004 p82
◇「小林秀雄全集 補巻 2」新潮社 2010 p375

当世百物語
◇「20世紀断層――野坂昭如単行本未収録小説集成 5」幻戯書房 2010 p290

当世腑に落ちぬ話
◇「決定版 三島由紀夫全集 27」新潮社 2003 p440

当世らくがき帖
◇「坂口安吾全集 15」筑摩書房 1999 p285

当世流乞食さんのこと
◇「石牟礼道子全集 11」藤原書店 2005 p271

当世錬金術
◇「日影丈吉全集 4」国書刊行会 2003 p478

同世界の中の別世界
◇「山田風太郎エッセイ集成 わが推理小説零年」筑摩書房 2007 p232

どうせ死ぬのだから…
◇「小田実全集 評論 7」講談社 2010 p85

当節ナラヤマロック考
◇「20世紀断層――野坂昭如単行本未収録小説集成 5」幻戯書房 2010 p513

当選作所感
◇「江戸川乱歩全集 24」光文社 2005（光文社文庫）p217

登仙譚
◇「小沼丹全集 1」未知谷 2004 p96

同窓会
◇「20世紀断層――野坂昭如単行本未収録小説集成 4」

幻戯書房 2010 p344
「闘争」と「順位制」―「群れ」の秩序
　◇「小松左京全集 完全版 35」城西国際大学出版会
　　2009 p409
銅像との対話―西郷隆盛
　◇「決定版 三島由紀夫全集 34」新潮社 2003 p665
闘争の果て
　◇「林京子全集 8」日本図書センター 2005 p310
同窓の人々
　◇「谷崎潤一郎全集 20」中央公論新社 2015 p423
「盗賊」異稿
　◇「決定版 三島由紀夫全集 1」新潮社 2000 p529
投賊貴族
　◇「20世紀断層―野坂昭如単行本未収録小説集成 3」
　　幻戯書房 2010 p400
盗賊―一九三〇年代に於ける華冑界の一挿話
　◇「決定版 三島由紀夫全集 1」新潮社 2000 p7
「盗賊」創作ノート
　◇「決定版 三島由紀夫全集 1」新潮社 2000 p605
　◇「決定版 三島由紀夫全集 補巻」新潮社 2005 p421
盗賊と間者
　◇「司馬遼太郎短篇全集 2」文藝春秋 2005 p389
「盗賊」ノオトについて
　◇「決定版 三島由紀夫全集 28」新潮社 2003 p499
盗賊 はしがき
　◇「決定版 三島由紀夫全集 27」新潮社 2003 p101
藤村詩集
　◇「井上ひさしコレクション ことばの巻」岩波書店
　　2005 p76
藤村の文学にうつる自然
　◇「宮本百合子全集 12」新日本出版社 2001 p437
東大を動物園にしろ
　◇「決定版 三島由紀夫全集 35」新潮社 2003 p351
東大での話の原稿――一九五〇年・十二月八日
　◇「宮本百合子全集 20」新日本出版社 2002 p738
「動」第2回フェミナ賞
　◇「大庭みな子全集 24」日本経済新聞出版社 2011
　　p82
灯台―一幕
　◇「決定版 三島由紀夫全集 21」新潮社 2002 p233
とうちゃん
　◇「山本周五郎長篇小説全集 24」新潮社 2014 p221
桃中図
　◇「宮城谷昌光全集 1」文藝春秋 2002 p586
同調者
　◇「佐々木基一全集 10」河出書房新社 2013 p718
道程［翻訳］（ダヴィデ・マリア・トゥロルド）
　◇「須賀敦子全集 7」河出書房新社 2007（河出文
　　庫）p101
童貞試論
　◇「山田風太郎ミステリー傑作選 7」光文社 2001
　　（光文社文庫）p167

どう手をとり合ふか!!―男女交際の課題!!
　◇「決定版 三島由紀夫全集 補巻」新潮社 2005 p401
東天紅
　◇「日影丈吉全集 5」国書刊行会 2003 p451
当道
　◇「谷崎潤一郎全集 25」中央公論新社 2016 p202
堂々たる秘密
　◇「小島信夫批評集成 8」水声社 2010 p39
東堂のこと
　◇「吉田知子選集 1」景文館書店 2012 p147
堂々めぐりの放浪
　◇「決定版 三島由紀夫全集 28」新潮社 2003 p173
尊物
　◇「小沼丹全集 補巻」未知谷 2005 p507
道義
　◇「小林秀雄全作品 25」新潮社 2004 p42
　◇「小林秀雄全集 補巻 3」新潮社 2010 p305
道徳教育的犯罪統計
　◇「安部公房全集 9」新潮社 1998 p492
道徳心恢復の為に
　◇「福田恆存評論集 20」麗澤大學出版會, 廣池學園
　　事業部〔発売〕2011 p323
道徳的観念と美的観念
　◇「谷崎潤一郎全集 25」中央公論新社 2016 p44
道徳と孤独
　◇「決定版 三島由紀夫全集 28」新潮社 2003 p191
道徳について
　◇「小林秀雄全作品 13」新潮社 2003 p79
　◇「小林秀雄全集 補巻 2」新潮社 2010 p171
道徳律の問題
　◇「宮城谷昌光全集 21」文藝春秋 2004 p250
道徳は變らない―石川達三氏の疑問に答へる
　◇「福田恆存評論集 7」麗澤大學出版會, 廣池學園事
　　業部〔発売〕2008 p126
道頓堀の雨に別れて以来なり（上）―川柳作家
岸本水府とその時代
　◇「田辺聖子全集 19」集英社 2006 p9
道頓堀の雨に別れて以来なり（下）―川柳作
家 岸本水府とその時代
　◇「田辺聖子全集 20」集英社 2006 p9
道頓堀罷り通る
　◇「坂口安吾全集 11」筑摩書房 1998 p122
道内作品の受賞 深い意味ある 第4回伊藤整文
学賞
　◇「大庭みな子全集 24」日本経済新聞出版社 2011
　　p98
盗難
　◇「江戸川乱歩全集 1」光文社 2004（光文社文庫）
　　p403
　◇「江戸川乱歩全集 8」沖積舎 2007 p159
盗難
　◇「宮本百合子全集 33」新日本出版社 2004 p498

とうな

東南アジアを旅して
　◇「大庭みな子全集 23」日本経済新聞出版社 2011 p441
「東南アジアが共産化しても構はない」
　◇「福田恆存評論集 10」麗澤大學出版會, 廣池學園事業部〔發売〕2008 p56
東南アジアの海賊艇
　◇「阿川弘之全集 19」新潮社 2007 p496
東南アラスカの花
　◇「大庭みな子全集 23」日本経済新聞出版社 2011 p415
陶の家
　◇「高橋克彦自選短編集 2」講談社 2009（講談社文庫）p149
塔の雀
　◇「内田百閒集成 19」筑摩書房 2004（ちくま文庫）p36
頭中将
　◇「向田邦子全集 新版 9」文藝春秋 2009 p73
東畑式組織管理法（加藤秀俊、東畑精一）
　◇「小松左京全集 完全版 38」城西国際大学出版会 2010 p162
東畑精一――農業と農学と農政と〔鼎談〕（加藤秀俊、東畑精一）
　◇「小松左京全集 完全版 38」城西国際大学出版会 2010 p147
頭髪、帽子、耳飾り
　◇「谷崎潤一郎全集 9」中央公論新社 2017 p435
党派の力と個人の力
　◇「德田秋聲全集 20」八木書店 2001 p373
登攀を許さぬ峻峰――平畑・三谷編集『西東三鬼全句集』
　◇「中井英夫全集 6」東京創元社 1996（創元ライブラリ）p480
逃避行
　◇「大坪砂男全集 2」東京創元社 2013（創元推理文庫）p171
掉尾の偉観
　◇「德田秋聲全集 23」八木書店 2001 p205
道標
　◇「小沼丹全集 4」未知谷 2004 p344
「道標」を書き終えて
　◇「宮本百合子全集 19」新日本出版社 2002 p378
「道標」創作メモ
　◇「宮本百合子全集 20」新日本出版社 2002 p724
道標 第1部
　◇「宮本百合子全集 7」新日本出版社 2002 p5
道標 第2部
　◇「宮本百合子全集 7」新日本出版社 2002 p313
道標 第3部
　◇「宮本百合子全集 8」新日本出版社 2002 p5
豆腐
　◇「小檜山博全集 8」柏艪舎 2006 p252

豆腐
　◇「向田邦子全集 新版 8」文藝春秋 2009 p13
東風西雨
　◇「福田恆存評論集 18」麗澤大學出版會, 廣池學園事業部〔發売〕2010 p101
動物愛護デー
　◇「宮本百合子全集 19」新日本出版社 2002 p226
動物園
　◇「小沼丹全集 4」未知谷 2004 p602
動物化
　◇「小檜山博全集 8」柏艪舎 2006 p260
動物科―その真摯な存在
　◇「小松左京全集 完全版 39」城西国際大学出版会 2012 p85
動物劇『シヤントクレエル』
　◇「德田秋聲全集 27」八木書店 2002 p178
「動物社会との共通性」―「なわばり」「ディスプレイ」「順位」「サインの食いちがい」
　◇「小松左京全集 完全版 35」城西国際大学出版会 2009 p424
動物社会における「闘争」と「解決」
　◇「小松左京全集 完全版 35」城西国際大学出版会 2009 p406
動物しんしろく
　◇「安部公房全集 29」新潮社 2000 p490
動物たち
　◇「中井英夫全集 12」東京創元社 2006（創元ライブラリ）p167
動物と植物の進化の違い
　◇「小松左京全集 完全版 40」城西国際大学出版会 2012 p387
動物と物語
　◇「金井美恵子エッセイ・コレクション―1964-2013 2」平凡社 2013 p261
動物にもあるイメージ能力
　◇「小松左京全集 完全版 40」城西国際大学出版会 2012 p372
動物の言葉
　◇「坂口安吾全集 13」筑摩書房 1999 p444
動物ベル
　◇「向田邦子全集 新版 10」文藝春秋 2010 p29
動物も「イメージ」に動かされる
　◇「小松左京全集 完全版 40」城西国際大学出版会 2012 p374
豆腐のご縁で
　◇「松下竜一未刊行著作集 2」海鳥社 2008 p241
豆腐屋をやめて
　◇「松下竜一未刊行著作集 1」海鳥社 2008 p31
『豆腐屋の四季』から『狼』まで
　◇「松下竜一未刊行著作集 5」海鳥社 2009 p163
『豆腐屋の四季』決算の記
　◇「松下竜一未刊行著作集 1」海鳥社 2008 p27

等分に全力的な人 瀧田樗陰追憶記
　◇「徳田秋聲全集 20」八木書店 2001 p369
逃亡一代キーストン
　◇「寺山修司著作集 4」クインテッセンス出版 2009 p127
東方見聞録
　◇「井上ひさしコレクション 日本の巻」岩波書店 2005 p71
登封─三千年前の天体観測・覗星台
　◇「小松左京全集 完全版 43」城西国際大学出版会 2014 p51
同胞三人
　◇「徳田秋聲全集 7」八木書店 1998 p285
東宝争議について
　◇「宮本百合子全集 17」新日本出版社 2002 p475
東北
　◇「田中小実昌エッセイ・コレクション 2」筑摩書房 2002（ちくま文庫）p61
東北国道二千キロ
　◇「阿川弘之全集 16」新潮社 2006 p117
東北新幹線が出来れば青森まで四時間
　◇「小松左京全集 完全版 29」城西国際大学出版会 2007 p140
東北の色白美人誕生秘話
　◇「小松左京全集 完全版 31」城西国際大学出版会 2008 p75
東北の自然
　◇「徳田秋聲全集 19」八木書店 2000 p411
東北の山奥でウマと混浴した
　◇「小松左京全集 完全版 34」城西国際大学出版会 2009 p281
東北本線阿房列車─福島・盛岡・浅虫
　◇「内田百閒集成 1」筑摩書房 2002（ちくま文庫）p187
東松照明
　◇「安部公房全集 12」新潮社 1998 p7
冬眠
　◇「大庭みな子全集 7」日本経済新聞社 2009 p438
冬眠人間
　◇「山田風太郎ミステリー傑作選 8」光文社 2002（光文社文庫）p288
冬眠人間─少年クラブ版
　◇「山田風太郎ミステリー傑作選 9」光文社 2002（光文社文庫）p399
冬眠人間─中学時代二年生版
　◇「山田風太郎ミステリー傑作選 9」光文社 2002（光文社文庫）p241
冬眠の季節
　◇「金井美恵子エッセイ・コレクション─1964-2013 2」平凡社 2013 p294
透明怪人
　◇「江戸川乱歩全集 16」光文社 2004（光文社文庫）p9

透明な鏡 川端康成『雪国』
　◇「鈴木いづみコレクション 8」文遊社 1998 p330
透明な空間の中にあって
　◇「大坪砂男全集 4」東京創元社 2013（創元推理文庫）p440
透明人間がやって来た
　◇「都筑道夫少年小説コレクション 6」本の雑誌社 2005 p143
透明の恐怖
　◇「江戸川乱歩全集 24」光文社 2005（光文社文庫）p695
東名名神感傷旅行
　◇「大庭みな子全集 11」日本経済新聞社 2010 p221
堂本正樹氏のこと
　◇「決定版 三島由紀夫全集 34」新潮社 2003 p182
どうやって死と握手するか─ブラッドベリ管見
　◇「日影丈吉全集 別巻」国書刊行会 2005 p591
桃葉
　◇「内田百閒集成 4」筑摩書房 2003（ちくま文庫）p62
童謡
　◇「小沼丹全集 3」未知谷 2004 p538
童謡
　◇「寺山修司著作集 4」クインテッセンス出版 2009 p96
當用憲法論
　◇「福田恆存評論集 8」麗澤大學出版會，廣池學園事業部〔発売〕 2007 p166
東洋と西洋を結ぶ火─閉会式
　◇「決定版 三島由紀夫全集 33」新潮社 2003 p171
東洋のヴェニス・堺港
　◇「小松左京全集 完全版 42」城西国際大学出版会 2014 p88
童謡の正体
　◇「宮城谷昌光全集 21」文藝春秋 2004 p420
「東洋のスイス」としての日本人の夢
　◇「小松実全集 評論 29」講談社 2013 p148
東洋の哲学は詩から
　◇「大庭みな子全集 23」日本経済新聞社 2011 p662
「東洋の哲人の国」をめざせ
　◇「井上ひさしコレクション 日本の巻」岩波書店 2005 p127
東洋の美・西洋の美
　◇「辻邦生全集 19」新潮社 2005 p201
東洋武俠團
　◇「〔押川〕春浪選集 7」本の友社 2004 p1
唐来参和
　◇「井上ひさし短編中編小説集成 9」岩波書店 2015 p375

とうら

道楽としての「進歩」
　◇「小松左京全集 完全版 31」城西国際大学出版会 2008 p279

道楽のすすめ
　◇「内田百閒集成 15」筑摩書房 2003（ちくま文庫）p125

動乱期への郷愁─本田靖春『疵』解説
　◇「色川武大・阿佐田哲也エッセイズ 3」筑摩書房 2003（ちくま文庫）p315

動乱と知識人〔座談会〕（平林たい子, 加藤周一）
　◇「安部公房全集 6」新潮社 1998 p452

動乱の時代
　◇「辻井喬コレクション 7」河出書房新社 2003 p294

道理の感覚
　◇「小田実全集 評論 16」講談社 2012 p74

登竜門
　◇「日影丈吉全集 別巻」国書刊行会 2005 p656

トゥルバドゥールから『神曲』まで─「愛」の概念の変遷
　◇「須賀敦子全集 6」河出書房新社 2007（河出文庫）p109

燈籠
　◇「石牟礼道子全集 15」藤原書店 2012 p35

燈籠
　◇「太宰治映画化原作コレクション 2」文藝春秋 2009（文春文庫）p107

燈籠堂の僧
　◇「長谷川伸傑作選 日本敵討ち異相」国書刊行会 2008 p9

灯籠爛死行
　◇「赤江瀑短編傑作選 恐怖編」光文社 2007（光文社文庫）p473

道路・車・人をトータルデザインするITS（越正毅）
　◇「小松左京全集 完全版 47」城西国際大学出版会 2017 p48

道路と鉄道の発達に追いつかない貧しさ
　◇「小松左京全集 完全版 29」城西国際大学出版会 2007 p110

討論に即しての感想─新日本文学会第四回大会最終日に
　◇「宮本百合子全集 18」新日本出版社 2002 p274

討論三島由紀夫vs.東大全共闘─美と共同体と東大闘争
　◇「決定版 三島由紀夫全集 40」新潮社 2004 p442

童話作品集
　◇「原民喜戦後全小説」講談社 2015（講談社文芸文庫）p541

童話三昧
　◇「決定版 三島由紀夫全集 26」新潮社 2003 p51

童話の天文学者
　◇「稲垣足穂コレクション 2」筑摩書房 2005（ちくま文庫）p252

遠い朝の本たち
　◇「須賀敦子全集 4」河出書房新社 2007（河出文庫）p15

小説「遠い海鳴りの町」
　◇「田中志津全作品集 上巻」武蔵野書院 2013 p147

遠い顔
　◇「小沼丹全集 1」未知谷 2004 p604

遠い記憶
　◇「高橋克彦自選短編集 1」講談社 2009（講談社文庫）p141

遠い霧の匂い
　◇「須賀敦子全集 1」河出書房新社 2006（河出文庫）p13

遠い国から
　◇「小松左京全集 完全版 25」城西国際大学出版会 2017 p267

遠い島
　◇「石牟礼道子全集 8」藤原書店 2005 p401

遠い島 遠い大陸
　◇「小松左京全集 完全版 37」城西国際大学出版会 2010 p161

『遠い水平線』（A・タブッキ著）訳者あとがき
　◇「須賀敦子全集 6」河出書房新社 2007（河出文庫）p357

遠い園生
　◇「辻邦生全集 8」新潮社 2005 p291

遠い願い
　◇「宮本百合子全集 15」新日本出版社 2001 p96

遠い人
　◇「小沼丹全集 4」未知谷 2004 p540

遠い日の関宮
　◇「山田風太郎エッセイ集成 昭和前期の青春」筑摩書房 2007 p57

遠い日の町
　◇「眉村卓コレクション 異世界篇 2」出版芸術社 2012 p373

遠いブリキ屋
　◇「立松和平小説 2」勉誠出版 2010 p330

遠い砲声、問われる想像力
　◇「松下竜一未刊行著作集 5」海鳥社 2009 p356

遠い道
　◇「石牟礼道子全集 10」藤原書店 2006 p468

遠い昔
　◇「小沼丹全集 4」未知谷 2004 p451

遠い昔の空の色
　◇「都筑道夫恐怖短篇集成 1」筑摩書房 2004（ちくま文庫）p91

遠い山をみる眼つき
　◇「大庭みな子全集 13」日本経済新聞出版社 2010 p297
　◇「大庭みな子全集 18」日本経済新聞出版社 2010 p333

十日すぎ
　◇「德田秋聲全集 8」八木書店 2000 p279
十日の菊
　◇「司馬遼太郎短篇全集 2」文藝春秋 2005 p445
十日の菊
　◇「決定版 三島由紀夫全集 23」新潮社 2002 p427
「十日の菊」について
　◇「決定版 三島由紀夫全集 31」新潮社 2003 p678
遠い幻聴
　◇「辺見庸掌編小説集 白版」角川書店 2004 p12
遠声
　◇「石牟礼道子全集 13」藤原書店 2007 p586
遠き声―『葛のしとね』あとがき
　◇「石牟礼道子全集 11」藤原書店 2005 p588
遠くへ行つた人と俺
　◇「中井英夫全集 10」東京創元社 2002（創元ライブラリ）p93
遠くからの声
　◇「松本清張傑作短篇コレクション 中」文藝春秋 2004（文春文庫）p17
　◇「松本清張短編全集 08」光文社 2009（光文社文庫）p5
遠く去る星雲を望む思い……
　◇「辻邦生全集 16」新潮社 2005 p234
遠出
　◇「小沼丹全集 1」未知谷 2004 p727
遠乗会
　◇「決定版 三島由紀夫全集 18」新潮社 2002 p79
とおぼえ
　◇「内田百閒集成 4」筑摩書房 2003（ちくま文庫）p213
通り雨
　◇「宮本百合子全集 33」新日本出版社 2004 p397
通り風
　◇「小檜山博全集 1」柏艪舎 2006 p7
通り魔
　◇「横溝正史時代小説コレクション捕物篇 2」出版芸術社 2004 p220
『通り魔』（エド・マクベイン）
　◇「田中小実昌エッセイ・コレクション 5」筑摩書房 2003（ちくま文庫）p191
ドガ
　◇「〔野呂邦暢〕随筆コレクション 2」みすず書房 2014 p477
都会
　◇「安部公房全集 7」新潮社 1998 p339
都会
　◇「小松左京全集 完版 43」城西国際大学出版会 2014 p371
都会へ
　◇「德田秋聲全集 10」八木書店 1998 p163

「都会男」による「都会男」の小説―武田麟太郎「井原西鶴」
　◇「小田実全集 評論 12」講談社 2011 p45
都会生活者の採り容れ得べき自然生活味
　◇「德田秋聲全集 23」八木書店 2001 p280
「都会」と「自然」の狭間で―開高健①
　◇「小松左京全集 完版 41」城西国際大学出版会 2013 p133
都会の白いページ
　◇「辻邦生全集 17」新潮社 2005 p19
都会の中の孤島
　◇「坂口安吾全集 13」筑摩書房 1999 p458
都会の人
　◇「德田秋聲全集 8」八木書店 2000 p14
都会は戦慄する
　◇「上野壮夫全集 1」図書新聞 2010 p53
渡鶴詩
　◇「加藤幸子自選作品集 3」未知谷 2013 p187
蜥蜴
　◇「内田百閒集成 3」筑摩書房 2002（ちくま文庫）p86
蜥蜴殺しのヴィナス
　◇「赤江瀑短編傑作選 情念編」光文社 2007（光文社文庫）p375
蜥蜴の時代
　◇「寺山修司著作集 1」クインテッセンス出版 2009 p113
土方
　◇「小檜山博全集 1」柏艪舎 2006 p32
"ドカッ"と私の前にあらわれたプロSF画家―生賴範義①
　◇「小松左京全集 完版 41」城西国際大学出版会 2013 p252
トーガの星
　◇「三橋一夫ふしぎ小説集成 1」出版芸術社 2005 p42
時
　◇「德田秋聲全集 26」八木書店 2002 p317
時を送る唄
　◇「中井英夫全集 10」東京創元社 2002（創元ライブラリ）p25
時を超えた者へ―阿部昭を悼む
　◇「辻邦生全集 16」新潮社 2005 p236
時をたがやす
　◇「安部公房全集 20」新潮社 1999 p424
時を奪還するものとしての「指輪」
　◇「辻邦生全集 19」新潮社 2005 p99
どぎつい男が好き！
　◇「鈴木いづみコレクション 6」文遊社 1997 p9
　◇「鈴木いづみコレクション 6」文遊社 1997 p65
時と共に去りぬ
　◇「鈴木いづみコレクション 7」文遊社 1997 p120

ときに

時には母のない子のように
- ◇「寺山修司著作集 1」クインテッセンス出版 2009 p369
- ◇「寺山修司著作集 4」クインテッセンス出版 2009 p77

時には星の下で眠る
- ◇「片岡義男コレクション 3」早川書房 2009（ハヤカワ文庫）p259

時の葦舟
- ◇「定本 荒巻義雄メタSF全集 5」彩流社 2015 p5
- ◇「定本 荒巻義雄メタSF全集 5」彩流社 2015 p213

「時の主人(あるじ)」の悲しみ
- ◇「辻邦生全集 18」新潮社 2005 p363

時の筏
- ◇「加藤幸子自選作品集 2」未知谷 2013 p7

時の往還
- ◇「辻邦生全集 13」新潮社 2005 p276

『時の音』
- ◇「佐々木基一全集 8」河出書房新社 2013 p213

時の顔
- ◇「小松左京全集 完全版 11」城西国際大学出版会 2007 p307

時の崖
- ◇「安部公房全集 18」新潮社 1999 p247
- ◇「安部公房全集 22」新潮社 1999 p374

時のかけらたち
- ◇「須賀敦子全集 3」河出書房新社 2007（河出文庫）p217

時のかたち
- ◇「車谷長吉全集 3」新書館 2010 p179

時の形見を—あとがきにかえて
- ◇「石牟礼道子全集 9」藤原書店 2006 p561

時の言葉
- ◇「決定版 三島由紀夫全集 29」新潮社 2003 p474

『時の扉』を書き終えて
- ◇「辻邦生全集 18」新潮社 2005 p402

時の流れがとまる店—都市を盗る22
- ◇「安部公房全集 26」新潮社 1999 p476

時魔神—あるいは、食時鬼(タイム・イーター)
- ◇「小松左京全集 完全版 14」城西国際大学出版会 2009 p33

時也空地球道行(ときやそらちきゅうのみちゆき)—時空道中膝栗毛—後の巻
- ◇「小松左京全集 完全版 7」城西国際大学出版会 2013 p187

「土牛素描」
- ◇「小林秀雄全作品 27」新潮社 2004 p12
- ◇「小林秀雄全集 補巻 3」新潮社 2010 p407

ドキュメンタリー—現在の眼〔座談会〕(関根弘、針生一郎、小林勝、野間宏)
- ◇「安部公房全集 7」新潮社 1998 p110

ドキュメンタリーと形式
- ◇「佐々木基一全集 7」河出書房新社 2013 p348

ドキュメント・一九四五年五月
- ◇「山田風太郎エッセイ集成 昭和前期の青春」筑摩書房 2007 p200

トーキョー・アート・エキスポ
- ◇「小島信夫批評集成 7」水声社 2011 p588

徒競走
- ◇「小檜山博全集 7」柏艪舎 2006 p152

読経の声にも似た木々のざわめき
- ◇「中上健次集 4」インスクリプト 2016 p387

途切れ途切れの記 10 終戦の詔勅で、「さあ、これからだ…」
- ◇「横溝正史自選集 1」出版芸術社 2006 p340

時は過ぎたり
- ◇「徳田秋聲全集 16」八木書店 1999 p242

時は過ぎゆく
- ◇「寺山修司著作集 1」クインテッセンス出版 2009 p387

〈抜粋〉時は変改す
- ◇「内田百閒集成 24」筑摩書房 2004（ちくま文庫）p54

時は変改す
- ◇「内田百閒集成 2」筑摩書房 2002（ちくま文庫）p143

トーク
- ◇「吉行淳之介エッセイ・コレクション 4」筑摩書房 2004（ちくま文庫）

特異な "詩的幻視者"—花田清輝さんを悼む
- ◇「佐々木基一全集 5」河出書房新社 2013 p160

得意な主題にこだわりすぎる 第23回女流新人賞
- ◇「大庭みな子全集 24」日本経済新聞出版社 2011 p32

特異な農業地帯の出現
- ◇「小松左京全集 完全版 42」城西国際大学出版会 2014 p69

得意な料理
- ◇「小檜山博全集 7」柏艪舎 2006 p97

読淫術
- ◇「山田風太郎忍法帖短篇全集 11」筑摩書房 2005（ちくま文庫）p185

改訂完全版毒を売る女
- ◇「島田荘司全集 6」南雲堂 2014 p625

毒を売る女
- ◇「島田荘司全集 6」南雲堂 2014 p628

毒を薬という話
- ◇「石牟礼道子全集 15」藤原書店 2012 p423

「毒」を読む
- ◇「徳田秋聲全集 19」八木書店 2000 p304

獨學で出る大學
- ◇「福田恆存評論集 16」麗澤大學出版會、廣池學園事業部〔発売〕2010 p348

毒ガスと原発
- ◇「佐々木基一全集 3」河出書房新社 2013 p465

特技
　◇「松本清張短編全集 02」光文社 2008（光文社文庫）p263
毒魚
　◇「定本 久生十蘭全集 10」国書刊行会 2011 p113
独吟歌仙 緑陰の巻
　◇「佐々木基一全集 6」河出書房新社 2012 p389
読後感
　◇「德田秋聲全集 20」八木書店 2001 p38
読後雑感
　◇「德田秋聲全集 19」八木書店 2000 p275
独裁者
　◇「安部公房全集 5」新潮社 1997 p195
木賊を抜けて
　◇「内田百閒集成 9」筑摩書房 2003（ちくま文庫）p266
とくさの草むら
　◇「内田百閒集成 6」筑摩書房 2003（ちくま文庫）p240
独自の方法 第30回女流文学賞
　◇「大庭みな子全集 24」日本経済新聞出版社 2011 p85
読者
　◇「小林秀雄全作品 23」新潮社 2004 p62
　◇「小林秀雄全集 補巻 3」新潮社 2010 p184
読者へ挑戦〔月形半平の死〕
　◇「鮎川哲也コレクション挑戦篇 1」出版芸術社 2006 p119
読者へ挑戦〔非常口〕
　◇「鮎川哲也コレクション挑戦篇 1」出版芸術社 2006 p108
読者への口上〔明治開化安吾捕物〕
　◇「坂口安吾全集 10」筑摩書房 1998 p4
読者への言葉〔「第〇特務隊」〕
　◇「定本 久生十蘭全集 10」国書刊行会 2011 p107
読者か消費者か―再販制が文化を守る
　◇「井上ひさしコレクション ことばの巻」岩波書店 2005 p250
読者諸氏に挑戦〔達也が嗤う〕
　◇「鮎川哲也コレクション挑戦篇 1」出版芸術社 2006 p33
読者の感想
　◇「宮本百合子全集 9」新日本出版社 2001 p300
読者の立場で―新春随想
　◇「土屋隆夫コレクション新装版 天狗の面」光文社 2012（光文社文庫）p436
特集 佐多稲子―活字から湧きあがる長崎弁
　◇「林京子全集 8」日本図書センター 2005 p462
特殊性と典型性
　◇「佐々木基一全集 7」河出書房新社 2013 p388
読書
　◇「大庭みな子全集 23」日本経済新聞出版社 2011 p292

読書
　◇「辻邦生全集 18」新潮社 2005 p120
讀書
　◇「小酒井不木随筆評論選集 8」本の友社 2004 p16
読書航海日誌
　◇「阿川弘之全集 18」新潮社 2007 p470
読書雑記
　◇「阿川弘之全集 20」新潮社 2007 p525
読書週間
　◇「小林秀雄全作品 21」新潮社 2004 p22
　◇「小林秀雄全集 補巻 3」新潮社 2010 p22
読書人の資格
　◇〔野呂邦暢〕随筆コレクション 2」みすず書房 2014 p47
読書と書斎
　◇「辻邦生全集 16」新潮社 2005 p296
読書と創作
　◇「德田秋聲全集 19」八木書店 2000 p156
讀書とその害
　◇「小酒井不木随筆評論選集 8」本の友社 2004 p209
読書について
　◇「上野壮夫全集 3」図書新聞 2011 p330
読書について
　◇「小林秀雄全作品 11」新潮社 2003 p80
　◇「小林秀雄全集 補巻 2」新潮社 2010 p36
読書について
　◇「小檜山博全集 8」柏艪舎 2006 p146
読書日記
　◇「須賀敦子全集 4」河出書房新社 2007（河出文庫）p381
　◇「須賀敦子全集 4」河出書房新社 2007（河出文庫）p490
読書日記
　◇「山田風太郎エッセイ集成 風山房風呂焚き唄」筑摩書房 2008 p193
読書の工夫
　◇「小林秀雄全作品 12」新潮社 2003 p260
　◇「小林秀雄全集 補巻 2」新潮社 2010 p152
読書の"大魔窟"の中で
　◇「辻邦生全集 18」新潮社 2005 p31
読書の楽しみ
　◇「小林秀雄全作品 26」新潮社 2004 p160
　◇「小林秀雄全集 補巻 3」新潮社 2010 p371
読書ノート
　◇「山田風太郎エッセイ集成 風山房風呂焚き唄」筑摩書房 2008 p167
読書民論（葉書回答）
　◇「坂口安吾全集 16」筑摩書房 2000 p739
独身
　◇〔森〕鷗外近代小説集 2」岩波書店 2012 p27
独身生活をして
　◇「谷崎潤一郎全集 25」中央公論新社 2016 p201

とくそ

毒草
- ◇「江戸川乱歩全集 3」光文社 2005（光文社文庫）p31
- ◇「江戸川乱歩全集 11」沖積舎 2008 p185

独創と普遍
- ◇「安部公房全集 22」新潮社 1999 p229

毒草／摩耶の場合
- ◇「天城一傑作集〔1〕」日本評論社 2004 p223

徳田一穂筆写日記断片（明治三十五年）
- ◇「徳田秋聲全集 別巻」八木書店 2006 p9

徳田さんのこと
- ◇「小寺菊子作品集 3」桂書房 2014 p300

徳田秋江論
- ◇「徳田秋聲全集 23」八木書店 2001 p268

徳田秋声
- ◇「小島信夫批評集成 1」水声社 2011 p434

徳田秋声氏と…新旧時代の文学を語る（貴司山治）
- ◇「徳田秋聲全集 25」八木書店 2001 p435

徳田秋聲氏との恋愛、芸術問答（岡田三郎、片岡鉄兵、尾崎士郎、勝本清一郎、林房雄、大宅壮一、楢崎勤）
- ◇「徳田秋聲全集 25」八木書店 2001 p67

徳田秋聲氏と文学と趣味を語る
- ◇「徳田秋聲全集 25」八木書店 2001 p42

徳田秋聲氏に人生・芸術を訊く（杉山平助、舟橋聖一、楢崎勤）
- ◇「徳田秋聲全集 25」八木書店 2001 p304

徳田秋聲氏の茶談
- ◇「徳田秋聲全集 20」八木書店 2001 p149

徳田秋聲・島崎藤村、人生・文芸を語る（島崎藤村、中村武羅夫）
- ◇「徳田秋聲全集 25」八木書店 2001 p188

『徳田秋聲集』著者の言葉
- ◇「徳田秋聲全集 別巻」八木書店 2006 p90

徳田秋声氏より
- ◇「徳田秋聲全集 21」八木書店 2001 p186

徳田秋聲先生
- ◇「小寺菊子作品集 3」桂書房 2014 p240

徳田秋聲先生談片
- ◇「徳田秋聲全集 20」八木書店 2001 p126

『徳田秋聲篇』略解説
- ◇「徳田秋聲全集 別巻」八木書店 2006 p92

徳田戯二『一番美しく』序
- ◇「徳田秋聲全集 別巻」八木書店 2006 p115

独探
- ◇「谷崎潤一郎全集 3」中央公論新社 2016 p235

獨斷的な、餘りに獨斷的な
- ◇「福田恆存評論集 9」麗澤大學出版會，廣池學園事業部〔発売〕 2008 p99

独断と偏見に基く硬派探偵小説私観
- ◇「狩久全集 6」皆進社 2013 p246

毒蝶の群れ
- ◇「中井英夫全集 7」東京創元社 1998（創元ライブラリ）p542

毒々しいカバーで—私の処女出版
- ◇「決定版 三島由紀夫全集 28」新潮社 2003 p363

毒と毒殺
- ◇「小酒井不木随筆評論選集 1」本の友社 2004 p71

医師（どくとる）の死
- ◇「岡本綺堂探偵小説全集 1」作品社 2012 p274

どくとるマンボウ結婚記—北杜夫さんおめでたう
- ◇「決定版 三島由紀夫全集 31」新潮社 2003 p574

徳永直の「はたらく人々」
- ◇「宮本百合子全集 13」新日本出版社 2001 p470

特に感想なし
- ◇「宮本百合子全集 9」新日本出版社 2001 p161

毒杯
- ◇「狩久全集 1」皆進社 2013 p148

独白
- ◇「決定版 三島由紀夫全集 37」新潮社 2004 p295

毒—風聞・田中正造
- ◇「立松和平全小説 22」勉誠出版 2013 p7

特別
- ◇「向田邦子全集 新版 7」文藝春秋 2009 p72

〈抜粋〉特別阿房列車
- ◇「内田百閒集成 24」筑摩書房 2004（ちくま文庫）p33

特別阿房列車—東京・大阪
- ◇「内田百閒集成 1」筑摩書房 2002（ちくま文庫）p7

特別インタビュー 戦後探偵小説の歩み その1（大坪直行，原田裕，浜田知明）
- ◇「横溝正史自選集 6」出版芸術社 2007 p342

特別インタビュー 戦後探偵小説の歩み その2（大坪直行，原田裕，浜田知明）
- ◇「横溝正史自選集 7」出版芸術社 2007 p392

特別対談「模造人間」は今もいる（綿矢りさ）
- ◇「島田雅彦芥川賞選作全集 下」河出書房新社 2013（河出文庫）p349

毒蛇
- ◇「小松左京全集 完全版 18」城西国際大学出版会 2013 p79

毒蛇
- ◇「中井英夫全集 10」東京創元社 2002（創元ライブラリ）p18

毒虫ザムザ
- ◇「中上健次集 7」インスクリプト 2012 p470

匿名小説合評
- ◇「狩久全集 2」皆進社 2013 p24

匿名書状
- ◇「小酒井不木随筆評論選集 4」本の友社 2004 p118

匿名性と自由の原点の発想―青春と暴力と性
〔対談〕(高野斗志美)
◇「安部公房全集 26」新潮社 1999 p267
匿名批評是非
◇「決定版 三島由紀夫全集 28」新潮社 2003 p427
毒薬
◇「大庭みな子全集 17」日本経済新聞出版社 2010 p43
毒薬
◇「寺山修司著作集 5」クインテッセンス出版 2009 p151
毒薬の社会的効用について
◇「決定版 三島由紀夫全集 17」新潮社 2002 p411
毒四題
◇「小酒井不木随筆評論選集 6」本の友社 2004 p226
髑髏鬼
◇「横溝正史探偵小説コレクション 1」出版芸術社 2004 p81
髑髏盃
◇「都筑道夫恐怖短篇集成 2」筑摩書房 2004（ちくま文庫）p116
髑髏城奇聞
◇「都筑道夫時代小説コレクション 3」戎光祥出版 2014（戎光祥時代小説名作館）p276
髑髏のまき
◇「都筑道夫時代小説コレクション 4」戎光祥出版 2014（戎光祥時代小説名作館）p210
とげ
◇「向田邦子全集 新版 8」文藝春秋 2009 p141
棘
◇「中井英夫全集 10」東京創元社 2002（創元ライブラリ）p86
時計
◇「大庭みな子全集 7」日本経済新聞出版社 2009 p213
時計
◇「小沼丹全集 1」未知谷 2004 p495
時計
◇「小檜山博全集 4」柏艪舎 2006 p462
時計
◇「決定版 三島由紀夫全集 20」新潮社 2002 p539
時計
◇「宮本百合子全集 12」新日本出版社 2001 p398
時計恐怖症
◇「寺山修司著作集 1」クインテッセンス出版 2009 p56
「時計」創作ノート
◇「決定版 三島由紀夫全集 20」新潮社 2002 p775
時計と賞金
◇「定本 久生十蘭全集 10」国書刊行会 2011 p130

〈時計と賞金〉『別冊文芸春秋』のアンケートに答えて
◇「安部公房全集 3」新潮社 1997 p310
時計なしに生きる
◇「石牟礼道子全集 9」藤原書店 2006 p454
時計なんか怖くない
◇「向田邦子全集 新版 9」文藝春秋 2009 p239
時計の数字
◇「小檜山博全集 8」柏艪舎 2006 p169
時計の針
◇「安部公房全集 8」新潮社 1998 p278
時計―秘密の隠し場所は
◇「松下竜一未刊行著作集 3」海鳥社 2009 p393
時計館の秘密
◇「坂口安吾全集 10」筑摩書房 1998 p224
溶けた天女―音楽劇
◇「決定版 三島由紀夫全集 22」新潮社 2002 p183
「溶けた天女」創作ノート
◇「決定版 三島由紀夫全集 22」新潮社 2002 p635
溶け行くもの
◇「小松左京全集 完全版 11」城西国際大学出版会 2007 p73
溶ける
◇「中井英夫全集 7」東京創元社 1998（創元ライブラリ）p23
溶ける母
◇「中井英夫全集 7」東京創元社 1998（創元ライブラリ）p540
土建屋の前のビーチ・パラソル
◇「小田実全集 評論 8」講談社 2011 p31
どこへ飛ぶか、「花粉」の時代〔対談〕(藤本義一)
◇「田辺聖子全集 別巻1」集英社 2006 p219
どこが神々しいんじゃ!?
◇「松下竜一未刊行著作集 3」海鳥社 2009 p106
どこかに潜んでいる力（小島信夫）
◇「大庭みな子全集 23」日本経済新聞出版社 2011 p219
どこか見世物式 泉鏡花氏の文章
◇「徳田秋聲全集 20」八木書店 2001 p93
常寒山（とこさぶやま）
◇「吉田知子選集 1」景文館書店 2012 p211
「どこで生まれた者かわからんように」
◇「石牟礼道子全集 1」藤原書店 2004 p286
常滑の道
◇「宮城谷昌光全集 21」文藝春秋 2004 p291
どこにもない国
◇「小松左京全集 完全版 40」城西国際大学出版会 2012 p330
床の間には富士山を―私がいまおそれてゐるもの
◇「決定版 三島由紀夫全集 33」新潮社 2003 p463

とこま

何処まで
　◇「徳田秋聲全集 13」八木書店 1998 p56
床屋
　◇「小檜山博全集 8」柏艪舎 2006 p187
床屋政治
　◇「徳田秋聲全集 20」八木書店 2001 p274
床屋の話
　◇「小沼丹全集 4」未知谷 2004 p503
常世の樹
　◇「石牟礼道子全集 6」藤原書店 2006 p11
常世の渚から
　◇「石牟礼道子全集 4」藤原書店 2004 p551
常世の舟
　◇「石牟礼道子全集 11」藤原書店 2005 p369
　◇「石牟礼道子全集 10」藤原書店 2006 p563
所沢
　◇「田中志津全作品集 下巻」武蔵野書院 2013 p195
ところで君は―周辺飛行2
　◇「安部公房全集 23」新潮社 1999 p114
ところてん
　◇「定本 久生十蘭全集 3」国書刊行会 2009 p438
ところの顔
　◇「石牟礼道子全集 17」藤原書店 2012 p471
ところのぬかご
　◇「石牟礼道子全集 10」藤原書店 2006 p146
ドサ廻り役者
　◇「田中小実昌エッセイ・コレクション 4」筑摩書房 2003（ちくま文庫）p78
戸坂潤氏へ
　◇「小林秀雄全作品 9」新潮社 2003 p55
　◇「小林秀雄全集 補巻 1」新潮社 2010 p452
閉された情報発信の道
　◇「小松左京全集 完全版 42」城西国際大学出版会 2014 p186
閉ざされた「場」、開かれた「現場」
　◇「小田実全集 評論 16」講談社 2012 p41
閉された窓
　◇「辻井喬コレクション 7」河出書房新社 2003 p365
土佐日記
　◇「阿川弘之全集 17」新潮社 2006 p23
土佐の夜雨
　◇「司馬遼太郎短篇全集 7」文藝春秋 2005 p331
登山から学んだこと（加藤秀俊、桑原武夫）
　◇「小松左京全集 完全版 38」城西国際大学出版会 2010 p25
年上の女―佐多稲子
　◇「丸谷才一全集 10」文藝春秋 2014 p367
都市への回路
　◇「安部公房全集 26」新潮社 1999 p193
都市を描く―宇野千代
　◇「丸谷才一全集 10」文藝春秋 2014 p351

都市を出る
　◇「小松左京全集 完全版 25」城西国際大学出版会 2017 p404
都市を盗む
　◇「安部公房全集 26」新潮社 1999 p433
都市を盗む1
　◇「安部公房全集 26」新潮社 1999 p434
都市を盗む2
　◇「安部公房全集 26」新潮社 1999 p436
俊子女史の印象
　◇「徳田秋聲全集 19」八木書店 2000 p423
閉じこめられたときに
　◇「大庭みな子全集 3」日本経済新聞出版社 2009 p198
年下の彼をどう扱えばいいのかしら？
　◇「小松左京全集 完全版 34」城西国際大学出版会 2009 p32
都市情ану
　◇「谷崎潤一郎全集 12」中央公論新社 2017 p525
都市小説としての妖怪譚―笙野頼子『東京妖怪浮遊』
　◇「金井美恵子エッセイ・コレクション―1964-2013 1」平凡社 2013 p408
都市生活の訓練
　◇「小松左京全集 完全版 31」城西国際大学出版会 2008 p167
都市と建物を守る〔対談〕（小堀鐸二、横山裕道）
　◇「小松左京全集 完全版 46」城西国際大学出版会 2016 p253
杜詞と奈児
　◇「大庭みな子全集 16」日本経済新聞出版社 2010 p52
都市と文化的イベント
　◇「小松左京全集 完全版 36」城西国際大学出版会 2011 p275
都市に壊れていくもの
　◇「石牟礼道子全集 15」藤原書店 2012 p452
都市について
　◇「安部公房全集 20」新潮社 1999 p397
年の市
　◇「決定版 三島由紀夫全集 37」新潮社 2004 p18
都市の顔
　◇「小松左京全集 完全版 37」城西国際大学出版会 2010 p289
都市の声
　◇「島田荘司全集 5」南雲堂 2012 p644
年のことは忘れたい
　◇「松下竜一未刊行著作集 3」海鳥社 2009 p190
年の残り
　◇「丸谷才一全集 2」文藝春秋 2014 p435
年の始めのためしとて
　◇「阿川弘之全集 19」新潮社 2007 p360

とすと

『都市の誘惑 東京と大阪』佐々木幹郎
　◇「須賀敦子全集 4」河出書房新社 2007（河出文庫）p267

都市病
　◇「小松左京全集 完全版 25」城西国際大学出版会 2017 p218

都市風景
　◇「小松左京全集 完全版 43」城西国際大学出版会 2017 p372

都市文化の蓄積が復興に
　◇「小松左京全集 完全版 46」城西国際大学出版会 2016 p121

敏昌ちゃんの死
　◇「石牟礼道子全集 4」藤原書店 2004 p432

「戸じまり」再軍備論の破綻
　◇「小田実全集 評論 29」講談社 2013 p151

トーシャ版は使うからトーシャ版だ
　◇「小田実全集 評論 7」講談社 2010 p384

泥鰌
　◇「小沼丹全集 4」未知谷 2004 p385

途上
　◇「金石範作品集 2」平凡社 2005 p5

途上
　◇「瀬戸内寂聴随筆選 4」ゆまに書房 2009 p61

途上
　◇「谷崎潤一郎全集 8」中央公論新社 2017 p243

途上
　◇「田村泰次郎選集 2」日本図書センター 2005 p321

途上
　◇「松本清張初文庫化作品集 3」双葉社 2006（双葉文庫）p33

泥鰌地獄 好色動物集
　◇「20世紀断層―野坂昭如単行本未収録小説集成 3」幻戯書房 2010 p210

ドドウ論争
　◇「坂口安吾全集 13」筑摩書房 1999 p419

図書館
　◇「大庭みな子全集 23」日本経済新聞出版社 2011 p431

図書館
　◇「宮本百合子全集 16」新日本出版社 2002 p408

図書館への郷愁（ノスタルジー）
　◇「辻邦生全集 16」新潮社 2005 p19

図書館―書物の引力
　◇「寺山修司著作集 5」クインテッセンス出版 2009 p475

図書館にて
　◇「小檜山博全集 7」柏艪舎 2006 p44

図書館の記憶
　◇「須賀敦子全集 3」河出書房新社 2007（河出文庫）p293

図書整理術など不可能な、混沌、乱雑、無秩序、錯乱
　◇「辻邦生全集 18」新潮社 2005 p175

年寄り殺し
　◇「20世紀断層―野坂昭如単行本未収録小説集成 5」幻戯書房 2010 p305

閉じられた空間、開かれた空間―『陽炎座』『皆殺しの天使』『ビリディアナ』
　◇「金井美恵子エッセイ・コレクション―1964-2013 4」平凡社 2014 p39

閉じる家
　◇「立松和平全小説 7」勉誠出版 2010 p1

妬心
　◇「徳田秋聲全集 12」八木書店 2000 p82

都心のデート
　◇「辻邦生全集 16」新潮社 2005 p323

「トスカ」上演について
　◇「決定版 三島由紀夫全集 32」新潮社 2003 p459

ヴィクトリアン・サルドゥ作トスカ―第五幕[潤色]（安堂信也訳）
　◇「決定版 三島由紀夫全集 25」新潮社 2002 p319

「トスカ」について（「久保田万太郎先生から……」）
　◇「決定版 三島由紀夫全集 32」新潮社 2003 p435

「トスカ」について（「『トスカ』は……」）
　◇「決定版 三島由紀夫全集 32」新潮社 2003 p456

「ドストエフスキイ」後記
　◇「小林秀雄全集 補巻 2」新潮社 2010 p354

ドストエフスキイ再認識について
　◇「安部公房全集 2」新潮社 1997 p96

ドストエフスキイ七十五年祭に於ける講演
　◇「小林秀雄全作品 21」新潮社 2004 p198
　◇「小林秀雄全集 補巻 3」新潮社 2010 p64

ドストエフスキイのこと
　◇「小林秀雄全作品 15」新潮社 2003 p39
　◇「小林秀雄全集 補巻 2」新潮社 2010 p268

ドストエフスキイの時代感覚
　◇「小林秀雄全作品 9」新潮社 2003 p11
　◇「小林秀雄全集 補巻 1」新潮社 2010 p439

ドストエフスキイの生活
　◇「小林秀雄全作品 11」新潮社 2003 p109
　◇「小林秀雄全集 補巻 3」新潮社 2010 p39

ドストエフスキイの生活―註解・追補
　◇「小林秀雄全集 補巻 2」新潮社 2010 p17

ドストエフスキイの飜訳
　◇「小林秀雄全作品 14」新潮社 2003 p125
　◇「小林秀雄全集 補巻 2」新潮社 2010 p218

ドストエフスキーとチェーホフ
　◇「小島信夫批評集成 2」水声社 2011 p624

ドストエフスキーと人間の不思議さ
　◇「小島信夫批評集成 2」水声社 2011 p524

とすと

ドストエフスキーとバルザック
　◇「坂口安吾全集 1」筑摩書房 1999 p362
ドストエフスキーと私
　◇「小島信夫批評集成 2」水声社 2011 p624
ドストエフスキーの苦難
　◇「辻邦生全集 18」新潮社 2005 p72
ドストエフスキーの蔵書
　◇「小島信夫批評集成 7」水声社 2011 p196
「どす」と「です」と「だす」
　◇「井上ひさしコレクション ことばの巻」岩波書店 2005 p84
渡世
　◇「色川武大・阿佐田哲也エッセイズ 1」筑摩書房 2003（ちくま文庫）p35
土星の環の上で
　◇「定本 荒巻義雄メタSF全集 別巻」彩流社 2015 p195
土星の輪のサーキット
　◇「立松和平全小説 8」勉誠出版 2010 p107
屠蘇
　◇「小酒井不木随筆評論選集 5」本の友社 2004 p523
土葬
　◇「小檜山博全集 1」柏艪舎 2006 p213
土俗性と普遍性の結実
　◇「石牟礼道子全集 11」藤原書店 2005 p526
土俗のエロティシズム〔座談会〕（小川光暘、山下諭一）
　◇「小松左京全集 完全版 33」城西国際大学出版会 2011 p164
兜率天の巡礼
　◇「司馬遼太郎短篇全集 1」文藝春秋 2005 p383
ドタバタ・アクションの秀抜さ―モンキー・パンチ
　◇「小松左京全集 完全版 41」城西国際大学出版会 2013 p201
戸田良彦
　◇「三橋一夫ふしぎ小説集成 1」出版芸術社 2005 p288
完全映画（トータル・スコープ）
　◇「安部公房全集 11」新潮社 1998 p477
栃窪宏男「日系インドネシア人」
　◇「〔野呂邦暢〕随筆コレクション 2」みすず書房 2014 p448
土地と土
　◇「小松左京全集 完全版 18」城西国際大学出版会 2013 p137
栃と朴
　◇「大庭みな子全集 7」日本経済新聞出版社 2009 p25
栃に寄せて
　◇「大庭みな子全集 23」日本経済新聞出版社 2011 p547

橡の花―或る私信
　◇「梶井基次郎小説全集新装版」沖積舎 1995 p91
途中
　◇「徳田秋聲全集 10」八木書店 1998 p190
　◇「徳田秋聲全集 13」八木書店 1998 p333
途中下車
　◇「〔野呂邦暢〕随筆コレクション 1」みすず書房 2014 p268
途中下車無用
　◇「山田風太郎エッセイ集成 風山房風呂焚き唄」筑摩書房 2008 p10
『どちらでも』上演の記
　◇「小島信夫批評集成 2」水声社 2011 p479
土地は公有にすべきもの（ぬやま・ひろし）
　◇「司馬遼太郎対話選集 6」文藝春秋 2006（文春文庫）p193
十津川警部の休暇
　◇「西村京太郎自選集 4」徳間書店 2004（徳間文庫）p87
特急
　◇「小沼丹全集 4」未知谷 2004 p156
特急《あおば》
　◇「天城一傑作集 2」日本評論社 2005 p258
特急「かもめ」
　◇「阿川弘之全集 16」新潮社 2006 p19
独居の閑寂
　◇「徳田秋聲全集 20」八木書店 2001 p209
ドッグウッドの花咲く町
　◇「林京子全集 8」日本図書センター 2005 p153
徳利と盃
　◇「小林秀雄全作品 24」新潮社 2004 p82
　◇「小林秀雄全集 補巻 2」新潮社 2010 p237
ドッグレースの話
　◇「坂口安吾全集 11」筑摩書房 1998 p461
突撃する女
　◇「井上ひさし短編中編小説集成 3」岩波書店 2014 p309
「特権」は棒ぎれとして使え・「タダの人」の誕生
　◇「小田実全集 評論 7」講談社 2010 p330
特攻機のゆくえ
　◇「小田実全集 評論 4」講談社 2010 p185
　◇「小田実全集 評論 33」講談社 2013 p67
特攻崩れ
　◇「立松和平全小説 27」勉誠出版 2014 p322
特攻隊に捧ぐ
　◇「坂口安吾全集 16」筑摩書房 2000 p740
特攻隊のまぼろし
　◇「阿川弘之全集 19」新潮社 2007 p492
突出しているアメリカの月開発
　◇「小松左京全集 完全版 40」城西国際大学出版会 2012 p441

となる

突出部分
  ◇「井上ひさし短編中編小説集成 2」岩波書店 2014 p504
どっしり、根を。――一・六 横田
  ◇「松田解子自選集 9」澤田出版 2009 p219
とつぜんの災難
  ◇「石牟礼道子全集 1」藤原書店 2004 p164
どっちがしんどいか
  ◇「小田実全集 小説 32」講談社 2013 p379
どっちが強い "男と女の恨み節"
  ◇「小松左京全集 完全版 34」城西国際大学出版会 2009 p71
突堤
  ◇「宮本百合子全集 5」新日本出版社 2001 p47
鳥取行き
  ◇「谷崎潤一郎全集 15」中央公論新社 2016 p504
鳥取砂丘は天然美か、砂鉄文化による産物か
  ◇「小松左京全集 完全版 29」城西国際大学出版会 2007 p111
トップ・ハット――ダンス映画のベストワン
  ◇「色川武大・阿佐田哲也エッセイズ 2」筑摩書房 2003（ちくま文庫）p312
トップレディーむかしむかし
  ◇「小松左京全集 完全版 25」城西国際大学出版会 2017 p308
独歩式の特長
  ◇「徳田秋聲全集 19」八木書店 2000 p125
土手
  ◇「内田百閒集成 16」筑摩書房 2004（ちくま文庫）p166
徒弟
  ◇「徳田秋聲全集 8」八木書店 2000 p311
ト・ディオティ
  ◇「小松左京全集 完全版 15」城西国際大学出版会 2010 p9
トーティの国
  ◇「大庭みな子全集 16」日本経済新聞出版社 2010 p63
トティラワティ・チトラワシタ
  ◇「大庭みな子全集 11」日本経済新聞出版社 2010 p117
土手三番町
  ◇「内田百閒集成 19」筑摩書房 2004（ちくま文庫）p61
トーテムの海辺
  ◇「大庭みな子全集 5」日本経済新聞出版社 2009 p104
トーテムの霊
  ◇「大庭みな子全集 6」日本経済新聞出版社 2009 p116
とてもいい話
  ◇「遠藤周作エッセイ選集 1」光文社 2006（知恵の森文庫）p50

トト
  ◇「小沼丹全集 4」未知谷 2004 p32
届かなかった「一年生議員」の叫び
  ◇「小松左京全集 完全版 46」城西国際大学出版会 2016 p52
ドーナッツ
  ◇「小松左京全集 完全版 25」城西国際大学出版会 2017 p353
隣り同士
  ◇「井上ひさし短編中編小説集成 11」岩波書店 2015 p24
となり――二個のキャンデー
  ◇「松下竜一未刊行著作集 3」海鳥社 2009 p391
隣の医師
  ◇「徳田秋聲全集 8」八木書店 2000 p80
隣りの犬
  ◇「向田邦子全集 新版 6」文藝春秋 2009 p86
隣りの女
  ◇「向田邦子全集 新版 3」文藝春秋 2009 p7
  ◇「向田邦子全集 新版 3」文藝春秋 2009 p9
隣りの神様
  ◇「向田邦子全集 新版 5」文藝春秋 2009 p32
隣の芝生
  ◇「大庭みな子全集 23」日本経済新聞出版社 2011 p673
隣りの責任
  ◇「向田邦子全集 新版 7」文藝春秋 2009 p135
隣りの亭主は殺すな
  ◇「田中小実昌エッセイ・コレクション 3」筑摩書房 2002（ちくま文庫）p277
隣りの匂い
  ◇「向田邦子全集 新版 5」文藝春秋 2009 p185
となりの誘かい事件
  ◇「都筑道夫少年小説コレクション 3」本の雑誌社 2005 p270
となり町の山車のように
  ◇「須賀敦子全集 3」河出書房新社 2007（河出文庫）p554
隣訝―新狂言
  ◇「定本 久生十蘭全集 4」国書刊行会 2009 p599
ドナルド・キーン宛書簡 第1信
  ◇「安部公房全集 21」新潮社 1999 p333
ドナルド・キーン宛書簡 第2信
  ◇「安部公房全集 21」新潮社 1999 p464
ドナルド・キーン宛書簡 第3信
  ◇「安部公房全集 22」新潮社 1999 p107
ドナルド・キーン宛書簡 第4信
  ◇「安部公房全集 22」新潮社 1999 p231
ドナルド・キーン宛書簡 第5信
  ◇「安部公房全集 22」新潮社 1999 p277
ドナルド・キーン宛書簡 第6信
  ◇「安部公房全集 22」新潮社 1999 p278

となる

ドナルド・キーン宛書簡 第7信
　◇「安部公房全集 22」新潮社 1999 p290
ドナルド・キーン宛書簡 第8信
　◇「安部公房全集 22」新潮社 1999 p420
ドナルド・キーン宛書簡 第9信
　◇「安部公房全集 22」新潮社 1999 p455
ドナルド・キーン宛書簡 第10信
　◇「安部公房全集 23」新潮社 1999 p36
ドナルド・キーン宛書簡 第11信
　◇「安部公房全集 23」新潮社 1999 p85
ドナルド・キーン宛書簡 第12信
　◇「安部公房全集 23」新潮社 1999 p101
ドナルド・キーン宛書簡 第13信
　◇「安部公房全集 24」新潮社 1999 p244
ドナルド・キーン宛書簡 第14信
　◇「安部公房全集 24」新潮社 1999 p509
ドナルド・キーン宛書簡 第15信
　◇「安部公房全集 25」新潮社 1999 p34
ドナルド・キーン宛書簡 第16信
　◇「安部公房全集 25」新潮社 1999 p244
ドナルド・キーン宛書簡 第17信
　◇「安部公房全集 25」新潮社 1999 p361
ドナルド・キーン宛書簡 第18信
　◇「安部公房全集 26」新潮社 1999 p265
ドナルド・キーン宛書簡 第19信
　◇「安部公房全集 26」新潮社 1999 p266
ドナルド・キーン宛書簡 第20信
　◇「安部公房全集 27」新潮社 2000 p85
ドナルド・キーン宛書簡 第21信
　◇「安部公房全集 28」新潮社 2000 p293
ドナルド・キーン宛書簡 第22信
　◇「安部公房全集 28」新潮社 2000 p420
ドナルド・キーン宛書簡 第23信
　◇「安部公房全集 29」新潮社 2000 p191
ドナルド・キーン著・大庭みな子訳『古典の愉しみ』あとがき
　◇「大庭みな子全集 23」日本経済新聞出版社 2011 p169
ドナルド・キーン「日本の文学」
　◇「決定版 三島由紀夫全集 32」新潮社 2003 p403
とにかく心配させる日本映画
　◇「鈴木いづみコレクション 7」文遊社 1997 p186
とにかく放射能は恐ろしい
　◇「小檜山博全集 6」柏艪舎 2006 p169
とにもかくにもコメの話
　◇「井上ひさしコレクション 日本の巻」岩波書店 2005 p272
利根川
　◇「大庭みな子全集 23」日本経済新聞出版社 2011 p501
殿様
　◇「山田風太郎妖異小説コレクション 地獄太夫」徳間書店 2003（徳間文庫）p431
とのさまがえる
　◇「石牟礼道子全集 1」藤原書店 2004 p402
殿様乞食
　◇「横溝正史時代小説コレクション捕物篇 1」出版芸術社 2003 p339
賭博学体系
　◇「山田風太郎ミステリー傑作選 6」光文社 2001（光文社文庫）p137
都バスのうちそと
　◇「松田解子自選集 8」澤田出版 2008 p317
飛ばない男
　◇「寺山修司著作集 1」クインテッセンス出版 2009 p135
飛ばない風船
　◇「山田風太郎ミステリー傑作選 3」光文社 2001（光文社文庫）p161
鳥羽の兄弟
　◇「横溝正史時代小説コレクション伝奇篇 2」出版芸術社 2003 p233
鳶
　◇「山田風太郎ミステリー傑作選 10」光文社 2002（光文社文庫）p601
飛び加藤
　◇「司馬遼太郎短篇全集 4」文藝春秋 2005 p49
翔び去る印象
　◇「宮本百合子全集 9」新日本出版社 2001 p263
飛び散る天狗の巻
　◇「山田風太郎妖異小説コレクション 白波五人帖・いだてん百里」徳間書店 2004（徳間文庫）p371
鳶とうずら
　◇「小島信夫批評集成 5」水声社 2011 p153
ドービニーの庭
　◇「阿川弘之全集 18」新潮社 2007 p480
鳶の墓
　◇「20世紀断層―野坂昭如単行本未収録小説集成 3」幻戯書房 2010 p161
鳶の別れ
　◇「田村孟全小説集」航思社 2012 p593
とびはねて渇をゆく
　◇「〔野呂邦暢〕随筆コレクション 1」みすず書房 2014 p424
土俵をつくりなおす
　◇「小田実全集 評論 13」講談社 2011 p66
とびらをあけるな
　◇「山田風太郎ミステリー傑作選 8」光文社 2002（光文社文庫）p546
扉―哀しみのサイン
　◇「松下竜一未刊行著作集 3」海鳥社 2009 p385
扉と蝶番
　◇「定本 荒巻義雄メタSF全集 7」彩流社 2015 p407

扉について
◇「松田解子自選集 7」澤田出版 2008 p45
扉の絵
◇「安部公房全集 18」新潮社 1999 p259
扉の彼方には
◇「中井英夫全集 3」東京創元社 1996（創元ライブラリ）p385
飛び率ゼロ
◇「金井美恵子エッセイ・コレクション—1964-2013 3」平凡社 2013 p401
ドビン嬢
◇「小沼丹全集 3」未知谷 2004 p202
飛ぶ
◇「石牟礼道子全集 8」藤原書店 2005 p443
丼池界隈
◇「司馬遼太郎短篇全集 1」文藝春秋 2005 p319
飛ぶ男
◇「安部公房全集 29」新潮社 2000 p13
◇「安部公房全集 29」新潮社 2000 p15
◇「安部公房全集 29」新潮社 2000 p273
飛ぶ男
◇「野呂邦暢小説集成 7」文遊社 2016 p421
飛ぶ雲
◇「大庭みな子全集 23」日本経済新聞出版社 2011 p701
飛ぶ少年
◇「野呂邦暢小説集成 4」文遊社 2014 p9
どぶ鼠
◇「アンドロギュノスの裔 渡辺温全集」東京創元社 2011（創元推理文庫）p378
飛ぶ花
◇「大庭みな子全集 9」日本経済新聞出版社 2010 p186
ドブロク密造
◇「小檜山博全集 7」柏艪舎 2006 p207
とべとべ眼玉
◇「三橋一夫ふしぎ小説集成 3」出版芸術社 2005 p300
飛べない天使
◇「高城高全集 4」東京創元社 2008（創元推理文庫）p199
途方にくれて
◇「立松和平小説 1」勉誠出版 2010 p1
◇「立松和平小説 1」勉誠出版 2010 p99
途方もないあの日
◇「立松和平小説 1」勉誠出版 2010 p258
土木哲学
◇「小松左京全集 完全版 29」城西国際大学出版会 2007 p193
トポスと地方政治
◇「小田実全集 評論 36」講談社 2014 p107
トーマス・アヂソンの性格
◇「小酒井不木随筆評論選集 6」本の友社 2004 p93

『トーマス・クックの旅』本城靖久
◇「須賀敦子全集 4」河出書房新社 2007（河出文庫）p545
トーマス・シデナムの手紙
◇「小酒井不木随筆評論選集 6」本の友社 2004 p89
トーマス・マン
◇「辻邦生全集 15」新潮社 2005 p235
停れる時の合間に
◇「佐々木基一全集 9」河出書房新社 2012 p7
停れる時の合間に（「近代文学」連載）
◇「佐々木基一全集 10」河出書房新社 2013 p587
ドーミエの生涯
◇「〔野呂邦暢〕随筆コレクション 2」みすず書房 2014 p487
富くじ興国論（六月二十九日）
◇「福田恆存評論集 16」麗澤大學出版會, 廣池學園事業部〔発売〕 2010 p218
富崎春昇氏のこと 潺湲亭雑録
◇「谷崎潤一郎全集 25」中央公論新社 2016 p240
富田勢源―小太刀勢源
◇「津本陽武芸小説集 1」PHP研究所 2007 p143
富永謙太郎〔小松左京が聞く大正・昭和の日本大衆文芸を支えた挿絵画家たち〕
◇「小松左京全集 完全版 26」城西国際大学出版会 2017 p278
富永太郎
◇「小林秀雄全作品 1」新潮社 2002 p99
◇「小林秀雄全集 補巻 1」新潮社 2010 p41
富永太郎の絵
◇「小林秀雄全作品 26」新潮社 2004 p97
◇「小林秀雄全集 補巻 3」新潮社 2010 p359
富永太郎の思い出
◇「小林秀雄全作品 13」新潮社 2003 p187
◇「小林秀雄全集 補巻 2」新潮社 2010 p188
富小路禎子『未明のしらべ』
◇「車谷長吉全集 3」新書館 2010 p263
戸村一作さんの絵のこと、「日本の伝統」のこと
◇「小田実全集 評論 13」講談社 2011 p331
富める者と貧しい者
◇「遠藤周作エッセイ選集 1」光文社 2006（知恵の森文庫）p82
友あり、遠方より来たるまた楽しからずや
◇「遠藤周作エッセイ選集 3」光文社 2006（知恵の森文庫）p75
友、遠方より酒肴を持参す
◇「小松左京全集 完全版 34」城西国際大学出版会 2009 p276
友をえらばば
◇「阿川弘之全集 3」新潮社 2005 p233
友―おおざっぱな男の忠告
◇「松下竜一未刊行著作集 3」海鳥社 2009 p311

ともお

友をもつこと
◇「辻邦生全集 17」新潮社 2005 p53
〈友を持つということが〉
◇「安部公房全集 2」新潮社 1997 p133
友をもつなら食いしん坊―石毛直道
◇「小松左京全集 完全版 41」城西国際大学出版会 2013 p336
友が憶えゐてくれし十七のころの歌
◇「石牟礼道子全集 1」藤原書店 2004 p496
〈友来てぞ〉
◇「安部公房全集 1」新潮社 1997 p139
共喰い
◇「小松左京全集 完全版 19」城西国際大学出版会 2013 p369
友だち
◇「寺山修司著作集 1」クインテッセンス出版 2009 p367
友達
◇「〔野呂邦暢〕随筆コレクション 1」みすず書房 2014 p333
友達（改訂版）二幕十三場
◇「安部公房全集 25」新潮社 1999 p43
「友達」再演〔対談〕(成瀬昌彦)
◇「安部公房全集 22」新潮社 1999 p103
「友達」―作家と演出家の対談(成瀬昌彦)
◇「安部公房全集 20」新潮社 1999 p421
友達―「闖入者」より
◇「安部公房全集 20」新潮社 1999 p417
「友達」と「万延元年のフットボール」―谷崎賞選後評
◇「決定版 三島由紀夫全集 34」新潮社 2003 p607
「友達」について
◇「安部公房全集 20」新潮社 1999 p487
黒い喜劇友達 二幕十三場
◇「安部公房全集 20」新潮社 1999 p425
『友だちのうちはどこ？』『そして人生はつづく』―濃密な時間の瑞々しさ
◇「金井美恵子エッセイ・コレクション―1964-2013 4」平凡社 2014 p257
「友達」の稽古に入って一周辺飛行31
◇「安部公房全集 25」新潮社 1999 p35
〈「友達」の稽古も〉―周辺飛行32
◇「安部公房全集 25」新潮社 1999 p39
友だち・友情〔対談者〕佐多稲子
◇「大庭みな子全集 18」日本経済新聞出版社 2010 p400
友田と松永の話
◇「谷崎潤一郎全集 12」中央公論新社 2017 p101
共に生きたということ
◇「遠藤周作エッセイ選集 1」光文社 2006（知恵の森文庫）p97
共に生きる
◇「大庭みな子全集 18」日本経済新聞出版社 2010 p379

友に裏切られて泣く人に……
◇「野坂昭如エッセイ・コレクション 1」筑摩書房 2004（ちくま文庫）p181
友におくるうた
◇「谷崎潤一郎全集 25」中央公論新社 2016 p65
ともに帰るもの
◇「立松和平全小説 1」勉誠出版 2010 p58
「ともに死ぬもの」「ともに生きているもの」
◇「小田実全集 評論 7」講談社 2010 p61
ともにパライソにまいろうぞ
◇「石牟礼道子全集 16」藤原書店 2013 p58
友よ
◇「林京子全集 1」日本図書センター 2005 p212
吃りの父が歌った軍歌
◇「車谷長吉全集 1」新書館 2010 p223
戸山ヶ原の仇討
◇「三角寛サンカ選集第二期 13」現代書館 2005 p275
富山の薬売り
◇「日影丈吉全集 別巻」国書刊行会 2005 p705
富山の薬と越後の毒消し《富山県・新潟県の巻》
◇「坂口安吾全集 15」筑摩書房 1999 p191
土曜会記
◇「狩久全集 1」皆進社 2013 p291
土曜童話
◇「松下竜一未刊行著作集 1」海鳥社 2008 p319
〈抜粋〉土用の琴
◇「内田百閒集成 24」筑摩書房 2004（ちくま文庫）p160
土用の琴
◇「内田百閒集成 15」筑摩書房 2003（ちくま文庫）p130
豊崎光一との最後の旅
◇「辻邦生全集 16」新潮社 2005 p375
豊島さんのこと
◇「坂口安吾全集 15」筑摩書房 1999 p253
豊島さんの魅力
◇「小林秀雄全作品 25」新潮社 2004 p140
◇「小林秀雄全集 補巻 3」新潮社 2010 p324
「トヨタの国」「ニンテンドウの国」
◇「小田実全集 評論 22」講談社 2012 p10
トヨちゃん
◇「小檜山博全集 6」柏艪舎 2006 p287
豊永郷奇怪略記
◇「石牟礼道子全集 8」藤原書店 2005 p489
どよめきの中で
◇「松田解子自選集 9」澤田出版 2009 p58
虎
◇「内田百閒集成 3」筑摩書房 2002（ちくま文庫）p254

虎
　　◇「立松和平全小説 2」勉誠出版 2010 p89
ドライヴインにて
　　◇「野呂邦暢小説集成 7」文遊社 2016 p447
ドライとウェット
　　◇「小松左京全集 完全版 28」城西国際大学出版会 2006 p126
ドライバー作家
　　◇「安部公房全集 29」新潮社 2000 p544
ドライブ中に発見した古代の東国文化
　　◇「小松左京全集 完全版 29」城西国際大学出版会 2007 p25
ドラ王女の失踪
　　◇「井上ひさし短編中編小説集成 5」岩波書店 2015 p176
虎を描いて
　　◇「内田百閒集成 17」筑摩書房 2004（ちくま文庫）p268
ドラキュラの娘
　　◇「安部公房全集 29」新潮社 2000 p133
トラックの窓
　　◇「安部公房全集 7」新潮社 1998 p385
トラックの夢
　　◇「小松左京全集 完全版 29」城西国際大学出版会 2007 p203
トラ！トラ！トラ！
　　◇「金井美恵子エッセイ・コレクション—1964-2013 2」平凡社 2013 p11
「トラー」とはどんな動物か
　　◇「金井美恵子エッセイ・コレクション—1964-2013 2」平凡社 2013 p91
虎の尾
　　◇「内田百閒集成 6」筑摩書房 2003（ちくま文庫）p72
虎の牙
　　◇「江戸川乱歩全集 15」光文社 2004（光文社文庫）p167
虎の毛
　　◇「内田百閒集成 13」筑摩書房 2003（ちくま文庫）p86
とらのこ
　　◇「徳田秋聲全集 30」八木書店 2002 p23
トラーの最後の晩餐、禁煙その他
　　◇「金井美恵子エッセイ・コレクション—1964-2013 2」平凡社 2013 p361
虎の舌
　　◇「小松左京全集 完全版 39」城西国際大学出版会 2012 p85
虎の髭　昭和三十五年（古賀忠道）
　　◇「内田百閒集成 21」筑摩書房 2004（ちくま文庫）p329
ドラの響く町
　　◇「林京子全集 2」日本図書センター 2005 p429

ドラマ
　　◇「大庭みな子全集 17」日本経済新聞出版社 2010 p209
〈ドラマ制作に乗り出す安部公房氏〉『報知新聞』の談話記事
　　◇「安部公房全集 16」新潮社 1998 p257
ドラマと音楽との結合〔対談〕（武満徹）
　　◇「安部公房全集 24」新潮社 1999 p338
ドラマに於ける未来
　　◇「決定版 三島由紀夫全集 28」新潮社 2003 p528
ドラマのないドラマ
　　◇「佐々木基一全集 5」河出書房新社 2013 p432
ドラムカン
　　◇「立松和平全小説 2」勉誠出版 2010 p395
虎よ、虎よ、爛爛と—101番目の密室
　　◇「狩久全集 5」皆進社 2013 p44
虎は語らず
　　◇「戸川幸夫動物文学セレクション 2」ランダムハウス講談社 2008（ランダムハウス講談社文庫）p193
とらわれない男と女の関係
　　◇「大庭みな子全集 8」日本経済新聞出版社 2009 p282
囚われの人生に泣く人に
　　◇「野坂昭如エッセイ・コレクション 1」筑摩書房 2004（ちくま文庫）p176
とらわれの冬
　　◇「野呂邦暢小説集成 4」文遊社 2014 p479
トランジスターのお婆ァ
　　◇「車谷長吉全集 2」新書館 2010 p16
トランプ占い
　　◇「隆慶一郎全集 19」新潮社 2010 p319
とらんぶ譚
　　◇「中井英夫全集 3」東京創元社 1996（創元ライブラリ）
トランプ伝来
　　◇「国枝史郎伝奇短篇小説集成 1」作品社 2006 p315
鶏（とり）… → "にわとり…"を見よ
鳥
　　◇「石牟礼道子全集 11」藤原書店 2005 p296
鳥
　　◇「井上ひさし短編中編小説集成 6」岩波書店 2015 p375
鳥
　　◇「大庭みな子全集 12」日本経済新聞出版社 2010 p64
　　◇「大庭みな子全集 13」日本経済新聞出版社 2010 p263
トリアッチ市—急成長の大工業都市
　　◇「小松左京全集 完全版 43」城西国際大学出版会 2014 p274

とりう

鳥打帽
　◇「小沼丹全集 3」未知谷 2004 p186
鳥打帽の男
　◇「小沼丹全集 補巻」未知谷 2005 p514
鳥占い
　◇「宮城谷昌光全集 21」文藝春秋 2004 p377
トリエステ［翻訳］（ウンベルト・サバ）
　◇「須賀敦子全集 5」河出書房新社 2008（河出文庫）p178
『トリエステとひとりの女』［翻訳］（ウンベルト・サバ）
　◇「須賀敦子全集 5」河出書房新社 2008（河出文庫）p177
トリエステの坂道
　◇「須賀敦子全集 2」河出書房新社 2006（河出文庫）p261
止里可比（とりかひ）
　◇「田中小実昌エッセイ・コレクション 1」筑摩書房 2002（ちくま文庫）p362
鳥籠
　◇「辻井喬コレクション 7」河出書房新社 2003 p484
鳥雲に入る
　◇「日影丈吉全集 7」国書刊行会 2004 p264
取り消された「神戸震度6」
　◇「小松左京全集 完全版 46」城西国際大学出版会 2016 p43
虜
　◇「定本 久生十蘭全集 10」国書刊行会 2011 p279
鳥刺おくめ
　◇「山本周五郎探偵小説全集 別巻」作品社 2008 p89
取調室
　◇「笹沢左保コレクション新装版 取調室」光文社 2008（光文社文庫）p1
ドリス
　◇「谷崎潤一郎全集 14」中央公論新社 2016 p275
「ドリス」休載について
　◇「谷崎潤一郎全集 14」中央公論新社 2016 p457
鳥仙人
　◇「大庭みな子全集 12」日本経済新聞出版社 2010 p59
鳥たちからの贈りもの
　◇「小松左京全集 完全版 40」城西国際大学出版会 2012 p312
鳥たちの後に……
　◇「加藤幸子自選作品集 3」未知谷 2013 p97
「鳥たちの河口」
　◇「〔野呂邦暢〕随筆コレクション 1」みすず書房 2014 p49
鳥たちの河口
　◇「野呂邦暢小説集成 2」文遊社 2013 p373

鳥たちの横切る空
　◇「辻邦生全集 6」新潮社 2004 p375
トリックを超越して
　◇「江戸川乱歩全集 24」光文社 2005（光文社文庫）p662
トリックの重要性
　◇「江戸川乱歩全集 25」光文社 2005（光文社文庫）p495
砦の冬
　◇「野呂邦暢小説集成 3」文遊社 2014 p111
砦山の十七日
　◇「〔山本周五郎〕新編傑作選 2」小学館 2010（小学館文庫）p311
鳥と獣とどちらが人の役に立つか？
　◇「決定版 三島由紀夫全集 36」新潮社 2003 p428
鳥と地球
　◇「小松左京全集 完全版 40」城西国際大学出版会 2012 p284
鳥と人
　◇「小松左京全集 完全版 40」城西国際大学出版会 2012 p185
鳥と人の接点
　◇「小松左京全集 完全版 40」城西国際大学出版会 2012 p194
とりとめのない話
　◇「小酒井不木随筆評論選集 6」本の友社 2004 p282
とりとめもない感想―文字について
　◇「阿川弘之全集 19」新潮社 2007 p239
「ドリトル先生」で偲ぶ井伏さん
　◇「阿川弘之全集 18」新潮社 2007 p541
ドリナへの旅
　◇「佐々木基一全集 6」河出書房新社 2012 p199
鶏肉（とりにく）…→"けいにく…"を見よ
鳥に託した女性の哀歓―ノラ・ケイの「白鳥の湖」
　◇「決定版 三島由紀夫全集 28」新潮社 2003 p319
トリニティからトリニティへ
　◇「林京子全集 6」日本図書センター 2005 p80
鳥になった女
　◇「安部公房全集 16」新潮社 1998 p301
鳥の生きざまを見上げる
　◇「小松左京全集 完全版 40」城西国際大学出版会 2012 p193
鳥の歌
　◇「大庭みな子全集 14」日本経済新聞出版社 2010 p165
鳥の歌づくし
　◇「小松左京全集 完全版 40」城西国際大学出版会 2012 p281
鳥の死なんとするや
　◇「山田風太郎ミステリー傑作選 10」光文社 2002（光文社文庫）p540

鳥の陣形
　◇「宮城谷昌光全集 21」文藝春秋 2004 p397
鳥の啼き声
　◇「大庭みな子全集 12」日本経済新聞出版社 2010 p58
鳥のまねした人間たち
　◇「小松左京全集 完全版 40」城西国際大学出版会 2012 p295
鳥の道
　◇「立松和平全小説 17」勉誠出版 2012 p203
鳥・干潟・河口
　◇〔野呂邦暢〕随筆コレクション 1」みすず書房 2014 p59
トリプル・スワップ
　◇「鈴木いづみセカンド・コレクション 1」文遊社 2004 p83
トリマルキオーの饗宴
　◇「小田実全集 小説 35」講談社 2013 p83
とりもどした瞳 第一部
　◇「松田解子自選集 8」澤田出版 2008 p163
捕物小説について
　◇「野村胡堂探偵小説全集」作品社 2007 p427
捕物小説のむずかしさ
　◇「野村胡堂探偵小説全集」作品社 2007 p430
捕物武士道
　◇「横溝正史時代小説コレクション伝奇篇 1」出版芸術社 2003 p265
トリュフォー、その軽やかな偉大さ──アメリカの夜
　◇「辻邦生全集 19」新潮社 2005 p364
努力する才能
　◇「宮城谷昌光全集 21」文藝春秋 2004 p308
努力目標
　◇「石牟礼道子全集 11」藤原書店 2005 p214
鳥よ、人よ
　◇「小松左京全集 完全版 40」城西国際大学出版会 2012 p292
土其王の所望
　◇「徳田秋聲全集 27」八木書店 2002 p57
トルコ行進曲
　◇「日影丈吉全集 8」国書刊行会 2004 p86
土耳古人の学校
　◇「決定版 三島由紀夫全集 26」新潮社 2003 p26
トルコ・東洋と西洋のあいだ
　◇「小松左京全集 完全版 32」城西国際大学出版会 2008 p113
トルコ旅行
　◇「小檜山博全集 8」柏艪舎 2006 p362
ドルヂェル伯の舞踏会
　◇「決定版 三島由紀夫全集 27」新潮社 2003 p58
トルストイ
　◇「小林秀雄全作品 17」新潮社 2004 p133
　◇「小林秀雄全集 補巻 2」新潮社 2010 p383

トルストイを読み給え
　◇「小林秀雄全作品 19」新潮社 2004 p111
　◇「小林秀雄全集 補巻 2」新潮社 2010 p497
『トルストーイ伝』──ビリューコフ著・原久一郎訳
　◇「宮本百合子全集 15」新日本出版社 2001 p294
トルストイとプリン
　◇「小沼丹全集 3」未知谷 2004 p524
トルストイの「芸術とは何か」
　◇「小林秀雄全作品 7」新潮社 2003 p158
　◇「小林秀雄全集 補巻 1」新潮社 2010 p377
トルストイの美学
　◇「佐々木基一全集 1」河出書房新社 2013 p268
ドルース＝ポートランド株式会社事件
　◇「井上ひさし短編中編小説集成 9」岩波書店 2015 p180
取るということ
　◇「小檜山博全集 8」柏艪舎 2006 p261
奴隷狩
　◇「安部公房全集 4」新潮社 1997 p419
どれい狩り（改訂版）七景
　◇「安部公房全集 21」新潮社 1999 p347
「どれい狩り」合評〔座談会〕（菅井幸雄、新ήa朝男、小林勝、針生一郎、竹内康弘、柾木恭介、花田英三、竹内実、小田三月）
　◇「安部公房全集 5」新潮社 1997 p191
どれい狩り 五幕十八場
　◇「安部公房全集 5」新潮社 1997 p97
〈「どれい狩り」について〉
　◇「安部公房全集 5」新潮社 1997 p83
「どれい狩り」の改訂について──『コメディアン』のインタビューに答えて
　◇「安部公房全集 21」新潮社 1999 p40
奴隷の生立
　◇「徳田秋聲全集 27」八木書店 2002 p51
奴隷の寓話
　◇「小島信夫批評集成 6」水声社 2011 p158
トレド市内の機屋
　◇「小島信夫批評集成 6」水声社 2011 p289
泥
　◇「日影丈吉全集 8」国書刊行会 2004 p429
徒労に賭ける
　◇「山本周五郎長篇小説全集 7」新潮社 2013 p174
泥貌（どろがほ）
　◇「決定版 三島由紀夫全集 37」新潮社 2004 p392
泥汽車
　◇「日影丈吉全集 7」国書刊行会 2004 p141
トーロク泥棒
　◇「金石範作品集 1」平凡社 2005 p459
トロッコとトラック
　◇「田中小実昌エッセイ・コレクション 5」筑摩書房 2003（ちくま文庫）p118

とろて

泥的
　◇「三橋一夫ふしぎ小説集成 1」出版芸術社 2005 p270
泥と闇
　◇「立松和平全小説 8」勉誠出版 2010 p129
泥の世界
　◇「小田実全集 小説 1」講談社 2010 p157
泥の墓
　◇「石牟礼道子全集 3」藤原書店 2004 p445
泥の舟
　◇「車谷長吉全集 3」新書館 2010 p76
トロピカル
　◇「定本 荒巻義雄メタSF全集 1」彩流社 2015 p263
泥棒
　◇「向田邦子全集 新版 8」文藝春秋 2009 p189
泥坊三昧
　◇「内田百閒集成 7」筑摩書房 2003（ちくま文庫）p139
泥坊談義
　◇「内田百閒集成 7」筑摩書房 2003（ちくま文庫）p165
泥棒通信 号外
　◇「安部公房全集 11」新潮社 1998 p163
泥棒と若殿
　◇「山本周五郎中短篇秀作選集 2」小学館 2005 p39
泥棒日記―ジュネ作
　◇「決定版 三島由紀夫全集 28」新潮社 2003 p145
泥棒のタンゴ
　◇「寺山修司著作集 1」クインテッセンス出版 2009 p445
泥棒の話
　◇「佐々木基一全集 8」河出書房新社 2013 p365
泥棒名人
　◇「司馬遼太郎短篇全集 2」文藝春秋 2005 p353
泥まみれの青年たち
　◇「〔野呂邦暢〕随筆コレクション 1」みすず書房 2014 p89
どろん
　◇「大庭みな子全集 16」日本経済新聞出版社 2010 p161
どろんこタイムズ
　◇「都筑道夫少年小説コレクション 6」本の雑誌社 2005 p191
トロント紀行
　◇「大庭みな子全集 13」日本経済新聞出版社 2010 p326
どろん六連銭の巻
　◇「山田風太郎妖異小説コレクション 白波五人帖・いだてん百里」徳間書店 2004（徳間文庫）p410
問はず語り
　◇「丸谷才一全集 10」文藝春秋 2014 p359

問わず語り
　◇「国枝史郎伝奇短篇小説集成 1」作品社 2006 p216
曇海
　◇「決定版 三島由紀夫全集 37」新潮社 2004 p420
トンカチの親方
　◇「井上ひさしコレクション ことばの巻」岩波書店 2005 p166
　◇「井上ひさし短編中編小説集成 8」岩波書店 2015 p402
トンカツをどうぞ
　◇「石牟礼道子全集 1」藤原書店 2004 p234
トンカと共産主義
　◇「佐々木基一全集 3」河出書房新社 2013 p246
鈍感な青年
　◇「丸谷才一全集 5」文藝春秋 2013 p7
ドン・キホーテ的奮戦記―豊前環境権裁判からの教訓
　◇「松下竜一未刊行著作集 4」海鳥社 2008 p298
ドンキホーテになるなかれ
　◇「安部公房全集 22」新潮社 1999 p305
ドン・キホーテの夢〔対談〕（進藤純孝）
　◇「福田恆存対談・座談集 6」玉川大学出版部 2012 p119
どんぐり
　◇「大庭みな子全集 9」日本経済新聞出版社 2010 p126
《忘れられない本》『どんぐりと山猫』宮沢賢治
　◇「井上ひさしコレクション ことばの巻」岩波書店 2005 p199
どんぐりのたわごと 第1号
　◇「須賀敦子全集 7」河出書房新社 2007（河出文庫）p13
どんぐりのたわごと 第2号
　◇「須賀敦子全集 7」河出書房新社 2007（河出文庫）p43
どんぐりのたわごと 第3号
　◇「須賀敦子全集 7」河出書房新社 2007（河出文庫）p67
どんぐりのたわごと 第4号
　◇「須賀敦子全集 7」河出書房新社 2007（河出文庫）p109
どんぐりのたわごと 第5号
　◇「須賀敦子全集 7」河出書房新社 2007（河出文庫）p113
どんぐりのたわごと 第6号
　◇「須賀敦子全集 7」河出書房新社 2007（河出文庫）p143
どんぐりのたわごと 第7号
　◇「須賀敦子全集 7」河出書房新社 2007（河出文庫）p163
どんぐりのたわごと 第8号
　◇「須賀敦子全集 7」河出書房新社 2007（河出文庫）p187

どんぐりのたわごと 第9号
　◇「須賀敦子全集 7」河出書房新社 2007（河出文庫）p207
どんぐりのたわごと 第10号
　◇「須賀敦子全集 7」河出書房新社 2007（河出文庫）p231
どんぐりのたわごと 第11号
　◇「須賀敦子全集 7」河出書房新社 2007（河出文庫）p261
どんぐりのたわごと 第12号
　◇「須賀敦子全集 7」河出書房新社 2007（河出文庫）p287
どんぐりのたわごと 第13号
　◇「須賀敦子全集 7」河出書房新社 2007（河出文庫）p321
どんぐりのたわごと 第14号
　◇「須賀敦子全集 7」河出書房新社 2007（河出文庫）p333
どんぐりのたわごと 第15号
　◇「須賀敦子全集 7」河出書房新社 2007（河出文庫）p373
鈍・根・録
　◇「宮本百合子全集 4」新日本出版社 2001 p400
どんづまり
　◇「宮本百合子全集 33」新日本出版社 2004 p358
どんづまりからの認識
　◇「小田実全集 評論 10」講談社 2011 p99
どんづまりからの認識、思想
　◇「小田実全集 評論 24」講談社 2012 p393
　◇「小田実全集 評論 34」講談社 2013 p102
とんづら
　◇「山田風太郎ミステリー傑作選 3」光文社 2001（光文社文庫）p125
どん底─大戦前夜の運命劇
　◇「色川武大・阿佐田哲也エッセイズ 2」筑摩書房 2003（ちくま文庫）p316
どん底にゐた新派劇から 新派劇作者としての真山青果氏
　◇「徳田秋聲全集 20」八木書店 2001 p134
とんでもない「ユートピア原則」
　◇「小松左京全集 完版 40」城西国際大学出版会 2012 p332
翔んでる中国
　◇「阿川弘之全集 18」新潮社 2007 p24
曇天
　◇「宮本百合子全集 33」新日本出版社 2004 p440
『冬冬（トントン）の夏休み』─短いエピソードを丹念に重ねあげながら、子供たちの夏休みという充実感と空白感の交錯する時間を描いた魅惑的な映画
　◇「金井美恵子エッセイ・コレクション─1964-2013 4」平凡社 2014 p249

とんとん村
　◇「石牟礼道子全集 1」藤原書店 2004 p132
「トントン村」に住む
　◇「石牟礼道子全集 7」藤原書店 2005 p310
ドンナ・アンナ
　◇「島田雅彦芥川賞落選作全集 下」河出書房新社 2013（河出文庫）p191
どんな自由化論者も論破は無理だ──『「新みずほの国」構想』
　◇「井上ひさしコレクション 日本の巻」岩波書店 2005 p371
どんな批評家が必要か
　◇「田村泰次郎選集 5」日本図書センター 2005 p98
どんな本屋に行きたいか！
　◇「車谷長吉全集 3」新書館 2010 p445
ドン・バス炭坑区の「労働宮」─ソヴェト同盟の労働者はどんな文化設備をもっているか
　◇「宮本百合子全集 11」新日本出版社 2001 p223
トンビ男
　◇「坂口安吾全集 10」筑摩書房 1998 p627
ドン・ファン怪談
　◇「山田風太郎ミステリー傑作選 7」光文社 2001（光文社文庫）p101
頓兵衛とお舟
　◇「徳田秋聲全集 20」八木書店 2001 p50
とんぼ
　◇「石牟礼道子全集 1」藤原書店 2004 p466
とんぼ
　◇「大庭みな子全集 6」日本経済新聞出版社 2009 p357
ドン・ホァンの死〔解決篇〕
　◇「鮎川哲也コレクション 挑戦篇 3」出版芸術社 2006 p185
ドン・ホァンの死〔問題篇〕
　◇「鮎川哲也コレクション 挑戦篇 3」出版芸術社 2006 p5
トン坊、首船着到の巻
　◇「小田実全集 小説 27」講談社 2012 p104
トン坊、鳥嶺の険を越えるの巻
　◇「小田実全集 小説 27」講談社 2012 p230
トン坊、名護屋御滞在の巻
　◇「小田実全集 小説 27」講談社 2012 p120
トン坊、ヘソンに再会するの巻
　◇「小田実全集 小説 28」講談社 2012 p94
蜻蛉玉
　◇「内田百閒集成 15」筑摩書房 2003（ちくま文庫）p18
　◇「内田百閒集成 24」筑摩書房 2004（ちくま文庫）p152
蜻蛉（「蜻蛉（秋）」改題）
　◇「決定版 三島由紀夫全集 37」新潮社 2004 p64
ドン松五郎テレビを語る
　◇「井上ひさしコレクション ことばの巻」岩波書店

2005 p415

【な】

「なあんちゃって」おじさんの工夫
　◇「井上ひさしコレクション 人間の巻」岩波書店 2005 p8

内海
　◇「目取真俊短篇小説選集 3」影書房 2013 p5

内海の輪
　◇「松本清張映画化作品集 1」双葉社 2008（双葉文庫）p33

内向的な孤独感―土門拳作品集
　◇「安部公房全集 9」新潮社 1998 p185

内攻の時代
　◇「中井英夫全集 12」東京創元社 2006（創元ライブラリ）p136

内出血密室
　◇「天城一傑作集 〔1〕」日本評論社 2004 p171

内葬
　◇「辻井喬コレクション 7」河出書房新社 2003 p236

ナイター映画
　◇「開高健ルポルタージュ選集 日本人の遊び場」光文社 2007（光文社文庫）p125

ナイター釣堀
　◇「開高健ルポルタージュ選集 日本人の遊び場」光文社 2007（光文社文庫）p79

泣いたら抱いてあげなさい
　◇「林京子全集 7」日本図書センター 2005 p147

内地へよろしく
　◇「定本 久生十蘭全集 5」国書刊行会 2009 p59

夜鳴鶯（ナイチンゲール）
　◇「決定版 三島由紀夫全集 37」新潮社 2004 p81

内的な爆発で形成される東海道巨帯都市（メガロポリス）
　◇「小松左京全集 完全版 29」城西国際大学出版会 2007 p47

内的亡命の文学
　◇「安部公房全集 26」新潮社 1999 p374

内藤陳さん
　◇「色川武大・阿佐田哲也エッセイズ 3」筑摩書房 2003（ちくま文庫）p165

ないない尽し
　◇「中井英夫全集 12」東京創元社 2006（創元ライブラリ）p150

内部
　◇「上野壮夫集 2」図書新聞 2009 p151

「内部収奪」と「外部収奪」の歴史、現在
　◇「小田実全集 評論 23」講談社 2012 p162

内部と外部の現実 奥野健男との対談
　◇「小島信夫批評集成 1」水声社 2011 p228

内部の真実
　◇「日影丈吉全集 1」国書刊行会 2002 p209

「内部の友」とその死―高橋和巳
　◇「小松左京全集 完全版 41」城西国際大学出版会 2013 p295

内部のながめ
　◇「中井英夫全集 7」東京創元社 1998（創元ライブラリ）p514

内面の神話―ベルイマン
　◇「寺山修司著作集 5」クインテッセンス出版 2009 p276

ないものねだり
　◇「向田邦子全集 新版 10」文藝春秋 2010 p210

ナイル河畔、永遠への旅
　◇「小松左京全集 完全版 37」城西国際大学出版会 2010 p273

ナイルの辺（ほと）り
　◇「決定版 三島由紀夫全集 37」新潮社 2004 p270

ナイン
　◇「井上ひさし短編中編小説集成 11」岩波書店 2015 p1
　◇「井上ひさし短編中編小説集成 11」岩波書店 2015 p3

苗売り
　◇「内田百閒集成 12」筑摩書房 2003（ちくま文庫）p81

直井潔著「一縷の川」
　◇「阿川弘之全集 17」新潮社 2006 p177

直井潔追悼
　◇「阿川弘之全集 19」新潮社 2007 p299

直江山城守
　◇「坂口安吾全集 12」筑摩書房 1999 p339

直木君の歴史小説について
　◇「谷崎潤一郎全集 17」中央公論新社 2015 p239

直木賞受賞修羅日乗
　◇「車谷長吉全集 3」新書館 2010 p312

直木賞受賞とその後
　◇「宮城谷昌光全集 21」文藝春秋 2004 p93

直木賞受賞の言葉
　◇「車谷長吉全集 3」新書館 2010 p310

直木賞受賞前の錬さん
　◇「遠藤周作エッセイ選集 3」光文社 2006（知恵の森文庫）p175

直木賞選評―第97回・昭和六十二年度上半期～第132回平成16年度下半期
　◇「田辺聖子全集 24」集英社 2006 p553

直木賞まで
　◇「宮城谷昌光全集 21」文藝春秋 2004 p298

直木台風
　◇「向田邦子全集 新版 9」文藝春秋 2009 p58

ナオちゃんと
◇「田中小実昌エッセイ・コレクション 2」筑摩書房 2002（ちくま文庫）p300
直八子供旅 二幕七場
◇「長谷川伸傑作選 瞼の母」国書刊行会 2008 p281
名を秘し続けた―市井人の反骨精神―田中伸尚著『反忠―神坂哲の72万字』書評
◇「松下竜一未刊行著作集 2」海鳥社 2008 p244
なおみの幸運
◇「狩久全集 2」皆進社 2013 p157
直哉のタスキ
◇「阿川弘之全集 16」新潮社 2006 p473
長雨 第101回（平成元年度上半期）芥川賞
◇「大庭みな子全集 24」日本経済新聞出版社 2011 p71
長い思い出―谷崎潤一郎
◇「大庭みな子全集 8」日本経済新聞出版社 2009 p466
永井荷風
◇「佐々木基一全集 4」河出書房新社 2013 p13
永井荷風
◇「福田恆存評論集 13」麗澤大学出版會, 廣池學園事業部〔発売〕2009 p158
永井荷風新春放談〔対談〕（嶋中鵬二）
◇〔「永井〕荷風全集 別巻」岩波書店 2011 p139
長生きの秘訣
◇「小松左京全集 完全版 15」城西国際大学出版会 2010 p373
ながい坂
◇「山本周五郎長篇小説全集 11」新潮社 2014 p7
◇「山本周五郎長篇小説全集 12」新潮社 2014 p7
永井さんのこと
◇「福田恆存評論集 別巻」麗澤大学出版會, 廣池學園事業部〔発売〕2011 p184
長い時間をかけた人間の経験
◇「林京子全集 6」日本図書センター 2005 p5
長い青春の旅の終り
◇「辻邦生全集 16」新潮社 2005 p57
長磯
◇「内田百閒集成 12」筑摩書房 2003（ちくま文庫）p132
永井龍男「菊池寛」序
◇「小林秀雄作品 24」新潮社 2004 p33
◇「小林秀雄全集 補巻 3」新潮社 2010 p228
「永井龍男全集」
◇「小林秀雄作品 28」新潮社 2005 p397
◇「小林秀雄全集 補巻 3」新潮社 2010 p524
永井龍男と濱野正美
◇「車谷長吉全集 3」新書館 2010 p274
長い旅
◇「小松左京全集 完全版 25」城西国際大学出版会 2017 p298
長い旅の終り
◇「辻邦生全集 7」新潮社 2004 p318
長い長いながーい前書き―なぜ私は、こんなテーマの本を書き下したか？
◇「小松左京全集 完全版 40」城西国際大学出版会 2012 p187
ながい、ながい、ふんどしのはなし
◇「金井美恵子エッセイ・コレクション―1964–2013 1」平凡社 2013 p166
長い半日
◇「小檜山博全集 7」柏艪舎 2006 p297
中井久夫『家族の深淵』
◇「須賀敦子全集 4」河出書房新社 2007（河出文庫）p518
中井英夫・中城ふみ子往復書簡
◇「中井英夫全集 10」東京創元社 2002（創元ライブラリ）p691
長い塀
◇「内田百閒集成 7」筑摩書房 2003（ちくま文庫）p185
長い部屋
◇「小松左京全集 完全版 20」城西国際大学出版会 2014 p24
長い未定の時期
◇「〔池澤夏樹〕エッセー集成 1」みすず書房 2008 p69
長いもの
◇「向田邦子全集 新版 7」文藝春秋 2009 p77
長い夢
◇「小檜山博全集 1」柏艪舎 2006 p208
長唄〔杵屋栄蔵（三代目）〕〔対談〕
◇「決定版 三島由紀夫全集 39」新潮社 2004 p223
『中尾勘悟写真集 有明海の漁』
◇「石牟礼道子全集 14」藤原書店 2008 p408
中落のなやみ
◇「20世紀断層―野坂昭如単行本未収録小説集成 補巻」幻戯書房 2010 p567
中上健次『カスマプゲ』『釜山港へ帰れ』
◇「小檜山博全集 6」柏艪舎 2006 p310
中上健次の手紙
◇「小檜山博全集 6」柏艪舎 2006 p291
中上健次「鳩どもの家」
◇「〔野呂邦暢〕随筆コレクション 2」みすず書房 2014 p376
中上健次はヌード写真に興味をもったか
◇「金井美恵子エッセイ・コレクション―1964–2013 1」平凡社 2013 p302
中上さんの「RUSH」の貨物―『中上健次全集』によせて
◇「林京子全集 8」日本図書センター 2005 p368
中川一政〔対談〕
◇「向田邦子全集 新版 別巻 1」文藝春秋 2010 p136

なかか

中川さんの駒ヶ岳
- ◇「小林秀雄全作品 26」新潮社 2004 p245
- ◇「小林秀雄全集 補巻 3」新潮社 2010 p383

中川さんの文
- ◇「小林秀雄全作品 26」新潮社 2004 p202
- ◇「小林秀雄全集 補巻 3」新潮社 2010 p377

中河與一氏について
- ◇「田村泰次郎選集 5」日本図書センター 2005 p177

中河与一全集を祝ふ
- ◇「決定版 三島由紀夫全集 34」新潮社 2003 p173

中河與一の文章
- ◇「田村泰次郎選集 5」日本図書センター 2005 p135

長き路程―埃及(ｴｼﾞﾌﾟﾄ)へ！
- ◇「決定版 三島由紀夫全集 37」新潮社 2004 p325

長靴
- ◇「金石範作品集 1」平凡社 2005 p245

長靴をはいた男
- ◇「寺山修司著作集 4」クインテッセンス出版 2009 p83

長靴譚
- ◇「寺山修司著作集 4」クインテッセンス出版 2009 p166

長く待ったことで
- ◇「小檜山博全集 8」柏艪舎 2006 p274

仲子の試練
- ◇「小島信夫長篇集成 2」水声社 2015 p498

長崎天草を訪ねて
- ◇「辻邦生全集 17」新潮社 2005 p149

長崎チャンポン
- ◇「坂口安吾全集 13」筑摩書房 1999 p380

長崎チャンポン―九州の巻
- ◇「坂口安吾全集 11」筑摩書房 1998 p206

長崎と佐多稲子
- ◇「林京子全集 8」日本図書センター 2005 p405

長崎の一瞥
- ◇「宮本百合子全集 20」新日本出版社 2002 p488

長崎の印象
- ◇「宮本百合子全集 9」新日本出版社 2001 p329

長崎の声 死者の声
- ◇「林京子全集 8」日本図書センター 2005 p306

長崎の詩
- ◇「決定版 三島由紀夫全集 20」新潮社 2002 p577

長崎ものがたり
- ◇「定本 久生十蘭全集 3」国書刊行会 2009 p345

長崎ロシア遊女館
- ◇「渡辺淳一自選短篇コレクション 5」朝日新聞社 2006 p99

長崎はついてまわる―尾崎正義さんの個展によせて
- ◇「〔野呂邦暢〕随筆コレクション 1」みすず書房 2014 p28

長沢先生
- ◇「小沼丹全集 4」未知谷 2004 p477

江戸歩行小姓頭中沢弥市兵衛
- ◇「井上ひさし短編中編小説集成 10」岩波書店 2015 p279

ながし
- ◇「〔森〕鷗外近代小説集 5」岩波書店 2013 p157

長篠の戦
- ◇「国枝史郎伝奇短篇小説集成 2」作品社 2006 p130

流し火
- ◇「小寺菊子作品集 3」桂書房 2014 p43

中島敦を読んだ頃
- ◇「辻邦生全集 18」新潮社 2005 p129

中島敦「山月記」について
- ◇「車谷長吉全集 3」新書館 2010 p665

中島健蔵の名講義
- ◇「辻邦生全集 16」新潮社 2005 p292

長嶋さんがいてくれたらなア
- ◇「金井美恵子エッセイ・コレクション―1964–2013 1」平凡社 2013 p521

長島さんのこと―あるひは現代アマゾン頌
- ◇「決定版 三島由紀夫全集 28」新潮社 2003 p464

長島の死
- ◇「坂口安吾全集 1」筑摩書房 1999 p366

中島登―小政追放
- ◇「津本陽武芸小説集 3」PHP研究所 2007 p243

永すぎた春
- ◇「決定版 三島由紀夫全集 6」新潮社 2001 p275

永すぎる受苦
- ◇「石牟礼道子全集 10」藤原書店 2006 p272

仲蔵と云ふ男
- ◇「徳田秋聲全集 20」八木書店 2001 p65

中田耕治宛書簡 第1信
- ◇「安部公房全集 2」新潮社 1997 p49

中田耕治宛書簡 第2信
- ◇「安部公房全集 2」新潮社 1997 p77

中田耕治宛書簡 第3信
- ◇「安部公房全集 29」新潮社 2000 p279

中田耕治宛書簡 第4信
- ◇「安部公房全集 29」新潮社 2000 p280

中田耕治宛書簡 第5信
- ◇「安部公房全集 29」新潮社 2000 p283

中田耕治宛書簡 第6信
- ◇「安部公房全集 29」新潮社 2000 p284

中田耕治宛書簡 第7信
- ◇「安部公房全集 29」新潮社 2000 p286

中田耕治宛書簡 第8信
- ◇「安部公房全集 29」新潮社 2000 p287

中田耕治宛書簡 第9信
- ◇「安部公房全集 29」新潮社 2000 p288

中田耕治宛書簡 第10信
　◇「安部公房全集 29」新潮社 2000 p290
中津城天守閣から
　◇「松下竜一未刊行著作集 3」海鳥社 2009 p291
長門裕之さん
　◇「色川武大・阿佐田哲也エッセイズ 3」筑摩書房 2003（ちくま文庫）p128
長瀞遠足記
　◇「決定版 三島由紀夫全集 36」新潮社 2003 p453
『泣かない女』（畑山博著）
　◇「小檜山博全集 6」柏艪舎 2006 p179
中々快活なお喋べり 正宗白鳥氏の印象
　◇「徳田秋聲全集 20」八木書店 2001 p100
長年の宿望が叶えられる──アンダスン
　◇「大庭みな子全集 8」日本経済新聞出版社 2009 p504
中野
　◇「田中志津全作品集 下巻」武蔵野書院 2013 p223
中野さんへの注文
　◇「小田実全集 評論 13」講談社 2011 p302
中野さん、そうだったのか
　◇「小田実全集 評論 25」講談社 2012 p182
中野重治
　◇「佐々木基一全集 4」河出書房新社 2013 p55
中野重治
　◇「福田恆存評論集 13」麗澤大學出版會、廣池學園事業部〔発売〕2009 p319
中野重治
　◇「丸谷才一全集 10」文藝春秋 2014 p40
中野重治紀行余録
　◇「佐々木基一全集 6」河出書房新社 2012 p364
中野重治君へ
　◇「小林秀雄全作品 7」新潮社 2003 p85
　◇「小林秀雄全集 補巻 1」新潮社 2010 p362
〔中野重治〕限界に挑みつつ
　◇「佐々木基一全集 5」河出書房新社 2013 p27
中野重治著『空想家とシナリオ』
　◇「佐々木基一全集 1」河出書房新社 2013 p197
中野のライオン
　◇「向田邦子全集 新版 6」文藝春秋 2009 p216
中埜肇宛書簡 第1信
　◇「安部公房全集 1」新潮社 1997 p68
中埜肇宛書簡 第2信
　◇「安部公房全集 1」新潮社 1997 p70
中埜肇宛書簡 第3信
　◇「安部公房全集 1」新潮社 1997 p72
中埜肇宛書簡 第4信
　◇「安部公房全集 1」新潮社 1997 p78
中埜肇宛書簡 第5信
　◇「安部公房全集 1」新潮社 1997 p92
中埜肇宛書簡 第6信
　◇「安部公房全集 1」新潮社 1997 p100

中埜肇宛書簡 第7信
　◇「安部公房全集 1」新潮社 1997 p131
中埜肇宛書簡 第8信
　◇「安部公房全集 1」新潮社 1997 p188
中埜肇宛書簡 第9信
　◇「安部公房全集 1」新潮社 1997 p267
中埜肇宛書簡 第10信
　◇「安部公房全集 1」新潮社 1997 p269
中埜肇宛書簡 第11信
　◇「安部公房全集 1」新潮社 1997 p415
中埜肇宛書簡 第12信
　◇「安部公房全集 1」新潮社 1997 p417
中埜肇宛書簡 第13信
　◇「安部公房全集 2」新潮社 1997 p293
中埜肇宛書簡 第14信
　◇「安部公房全集 2」新潮社 1997 p294
中埜肇宛書簡 第15信
　◇「安部公房全集 2」新潮社 1997 p327
中埜肇宛書簡 第16信
　◇「安部公房全集 2」新潮社 1997 p328
中埜肇宛書簡 第17信
　◇「安部公房全集 2」新潮社 1997 p333
中埜肇宛書簡 第18信
　◇「安部公房全集 2」新潮社 1997 p345
長畑一正宛〔書簡〕
　◇「坂口安吾全集 16」筑摩書房 2000 p216
中原中也
　◇「小林秀雄全作品 10」新潮社 2003 p46
　◇「小林秀雄全集 補巻 1」新潮社 2010 p507
「中原中也全集」に寄せる
　◇「小林秀雄全作品 19」新潮社 2004 p48
　◇「小林秀雄全集 補巻 2」新潮社 2010 p480
中原中也の思い出
　◇「小林秀雄全作品 17」新潮社 2004 p122
　◇「小林秀雄全集 補巻 2」新潮社 2010 p381
中原中也の「骨」
　◇「小林秀雄全作品 5」新潮社 2003 p154
　◇「小林秀雄全集 補巻 1」新潮社 2010 p271
中原中也の「山羊の歌」
　◇「小林秀雄全作品 6」新潮社 2003 p121
　◇「小林秀雄全集 補巻 1」新潮社 2010 p302
中原中也訳「ランボオ詩集」
　◇「小林秀雄全作品 10」新潮社 2003 p23
　◇「小林秀雄全集 補巻 1」新潮社 2010 p502
中原の遺稿
　◇「小林秀雄全作品 10」新潮社 2003 p44
　◇「小林秀雄全集 補巻 1」新潮社 2010 p507
中原の詩
　◇「小林秀雄全作品 26」新潮社 2004 p71
　◇「小林秀雄全集 補巻 3」新潮社 2010 p355
仲
　◇「決定版 三島由紀夫全集 20」新潮社 2002 p455

なかむ

中村一郎
　◇「寺山修司著作集 2」クインテッセンス出版 2009 p5
中村一郎の自殺
　◇「寺山修司著作集 4」クインテッセンス出版 2009 p64
中村芝翫論
　◇「決定版 三島由紀夫全集 27」新潮社 2003 p151
〔中村真一郎〕追分の頃
　◇「佐々木基一全集 5」河出書房新社 2013 p145
中村真一郎を見た日
　◇「辻邦生全集 16」新潮社 2005 p157
中村眞一郎著『秋』
　◇「安部公房全集 27」新潮社 2000 p83
中村真一郎・福永武彦
　◇「佐々木基一全集 4」河出書房新社 2013 p441
小納戸役中村清右衛門
　◇「井上ひさし短編中編小説集成 10」岩波書店 2015 p183
中村地平著「長耳国漂流記」
　◇「坂口安吾全集 3」筑摩書房 1999 p271
中村八大氏
　◇「決定版 三島由紀夫全集 30」新潮社 2003 p290
中村半次郎—天に消えた星
　◇「津本陽文芸小説集 3」PHP研究所 2007 p128
中村文相殿（十二月一日）
　◇「福田恆存評論集 18」麗澤大學出版會, 廣池學園事業部〔発売〕2010 p129
中村正常君へ―私信
　◇「小林秀雄全作品 2」新潮社 2002 p204
　◇「小林秀雄全集 補巻 1」新潮社 2010 p119
中村光夫『近代文学をどう読むか』評
　◇「小島信夫批評集成 7」水声社 2011 p192
中村光夫・人物スケッチ
　◇「福田恆存評論集 別巻」麗澤大學出版會, 廣池學園事業部〔発売〕2011 p171
「中村光夫全集」
　◇「小林秀雄全作品 26」新潮社 2004 p102
　◇「小林秀雄全集 補巻 2」新潮社 2010 p360
中村光夫全集第十五巻
　◇「福田恆存評論集 別巻」麗澤大學出版會, 廣池學園事業部〔発売〕2011 p152
中村光夫著「パリ繁昌記」
　◇「決定版 三島由紀夫全集 31」新潮社 2003 p569
中村了権との対談 玄郷の世界
　◇「石牟礼道子全集 3」藤原書店 2004 p559
中本達也
　◇「小島信夫批評集成 2」水声社 2011 p265
中本達也との絶妙な出会い
　◇「小島信夫批評集成 7」水声社 2011 p546
長屋天一坊
　◇「〔山本周五郎〕新編傑作選 3」小学館 2010（小学館文庫）p305

中山伊知郎―体験的経済学史〔鼎談〕（加藤秀俊, 中山伊知郎）
　◇「小松左京全集 完全版 38」城西国際大学出版会 2010 p195
〔中山義秀〕反骨の文学
　◇「佐々木基一全集 5」河出書房新社 2013 p56
中山坂
　◇「古井由吉自撰作品 5」河出書房新社 2012 p420
中山七里 二幕五場
　◇「長谷川伸傑作選 瞼の母」国書刊行会 2008 p193
中山仁君について
　◇「決定版 三島由紀夫全集 34」新潮社 2003 p304
中山千夏さん
　◇「色川武大・阿佐田哲也エッセイズ 3」筑摩書房 2003（ちくま文庫）p179
長良川の鵜飼
　◇「小島信夫批評集成 2」水声社 2011 p176
長柄堤の春―春風馬堤曲につきて
　◇「決定版 三島由紀夫全集 26」新潮社 2003 p524
「流るゝ、まゝに」に序す
　◇「徳田秋聲全集 20」八木書店 2001 p332
流れ
　◇「小松左京全集 完全版 43」城西国際大学出版会 2014 p344
流れを変える
　◇「中井英夫全集 12」東京創元社 2006（創元ライブラリ）p133
流れていまは
　◇「20世紀断層―野坂昭如単行本未収録小説集成 2」幻戯書房 2010 p605
流れ出て重なるもの
　◇「大庭みな子全集 24」日本経済新聞出版社 2011 p24
流れの中に
　◇「松本清張傑作選 戦い続けた男の素顔」新潮社 2009 p175
　◇「松本清張傑作選 戦い続けた男の素顔」新潮社 2013（新潮文庫）p251
流れ者が集まった水俣
　◇「石牟礼道子全集 7」藤原書店 2005 p292
〈抜粋〉流れ矢
　◇「内田百閒集成 24」筑摩書房 2004（ちくま文庫）p216
流れ矢
　◇「内田百閒集成 19」筑摩書房 2004（ちくま文庫）p119
流れる女
　◇「小松左京全集 完全版 20」城西国際大学出版会 2014 p124
なかんずく
　◇「向田邦子全集 新版 8」文藝春秋 2009 p217
無きが如き
　◇「林京子全集 1」日本図書センター 2005 p265

なこや

亡鏡花君を語る
　◇「徳田秋聲全集 23」八木書店 2001 p136
泣き声
　◇「松田解子自選集 9」澤田出版 2009 p49
渚で貝を採ったころ
　◇「石牟礼道子全集 16」藤原書店 2013 p524
渚にて
　◇「石牟礼道子全集 11」藤原書店 2005 p431
渚のおもかげ
　◇「石牟礼道子全集 13」藤原書店 2007 p670
渚より
　◇「石牟礼道子全集 11」藤原書店 2005 p538
泣き上戸の天女
　◇「田辺聖子全集 5」集英社 2004 p200
亡き先輩・同僚のこと（その一）
　◇「江戸川乱歩全集 25」光文社 2005（光文社文庫）p221
亡き先輩・同僚のこと（その二）
　◇「江戸川乱歩全集 25」光文社 2005（光文社文庫）p236
泣きたい
　◇「小檜山博全集 8」柏艪舎 2006 p230
泣きなが原
　◇「石牟礼道子全集 7」藤原書店 2005 p397
　◇「石牟礼道子全集 17」藤原書店 2012 p466
亡き母や
　◇「阿川弘之全集 10」新潮社 2006 p219
亡風葉の事二ツ三ツ
　◇「徳田秋聲全集 21」八木書店 2001 p53
泣き虫
　◇「向田邦子全集 新版 8」文藝春秋 2009 p223
泣き虫なまいき石川啄木
　◇「井上ひさしコレクション 人間の巻」岩波書店 2005 p13
慰みと必死
　◇「車谷長吉全集 3」新書館 2010 p449
慰みの文学
　◇「宮本百合子全集 17」新日本出版社 2002 p447
「なぐさめうた」（「自らを慰めるうた」改題）
　◇「決定版 三島由紀夫全集 37」新潮社 2004 p496
慰めの日のために—桑原史成写真集『生活者群像』
　◇「石牟礼道子全集 9」藤原書店 2006 p522
啼く鳥『啼く鳥の』昭和61年度野間文芸賞
　◇「大庭みな子全集 24」日本経済新聞出版社 2011 p19
啼く鳥の
　◇「大庭みな子全集 10」日本経済新聞出版社 2010 p311
　◇「大庭みな子全集 13」日本経済新聞出版社 2010 p378

『啼く鳥の』著者インタビュー〔インタビュー・文〕大和田守
　◇「大庭みな子全集 24」日本経済新聞出版社 2011 p246
『啼く鳥の』に見る女性と男性の間柄
　◇「大庭みな子全集 24」日本経済新聞出版社 2011 p145
なくならないもの 第6回「海燕」新人文学賞
　◇「大庭みな子全集 24」日本経済新聞出版社 2011 p61
泣く話
　◇「小島信夫短篇集成 6」水声社 2015 p325
「殴られるあいつ」を観る
　◇「徳田秋聲全集 20」八木書店 2001 p282
なぐられる青春
　◇「小松左京全集 完全版 34」城西国際大学出版会 2009 p332
なぐられると笑いが生まれる〔対談〕（井上ひさし）
　◇「小松左京全集 完全版 33」城西国際大学出版会 2011 p16
殴る蹴る
　◇「向田邦子全集 新版 7」文藝春秋 2009 p119
嘆き
　◇「安部公房全集 1」新潮社 1997 p240
歎き
　◇「安部公房全集 1」新潮社 1997 p121
嘆きの門
　◇「谷崎潤一郎全集 7」中央公論新社 2016 p351
鳴け鳴け雲雀の巻
　◇「山田風太郎妖異小説コレクション 白波五人帖・いだてん百里」徳間書店 2004（徳間文庫）p333
泣けべそ諭吉
　◇「松下竜一未刊行著作集 2」海鳥社 2008 p22
投げられた碁石
　◇「国枝史郎伝奇短篇小説集成 1」作品社 2006 p435
仲人武士道
　◇「横溝正史時代小説コレクション伝奇篇 1」出版芸術社 2003 p344
那古だより
　◇「徳田秋聲全集 20」八木書店 2001 p126
和む
　◇「徳田秋聲全集 16」八木書店 1999 p109
「和む」を書いた動機
　◇「徳田秋聲全集 21」八木書店 2001 p208
名古屋・井上良夫・探偵小説
　◇「江戸川乱歩全集 26」光文社 2003（光文社文庫）p600
なごやかに懇親会開催—三十九氏の長寿をことほぐ
　◇「田中志津全作品集 下巻」武蔵野書院 2013 p187

なこや

名古屋スケッチ
◇「小酒井不木随筆評論選集 7」本の友社 2004 p525

名古屋ぬきに養鶏は語れない
◇「小松左京全集 完全版 40」城西国際大学出版会 2012 p210

名古屋の小酒井不木氏
◇「国枝史郎探偵小説全集」作品社 2005 p388

なごりが原
◇「石牟礼道子全集 16」藤原書店 2013 p162

名残の雪
◇「眉村卓コレクション 異世界篇 1」出版芸術社 2012 p331

名残りの世
◇「石牟礼道子全集 10」藤原書店 2006 p354

なしくずしの逆コース
◇「小田実全集 評論 4」講談社 2010 p254

梨壺
◇「中上健次集 9」インスクリプト 2013 p81

梨の花
◇「小沼丹全集 4」未知谷 2004 p382

馴染の家
◇「徳田秋聲全集 9」八木書店 1998 p346

ナショナリズムの限界―あれが港の灯だ
◇「佐々木基一全集 7」河出書房新社 2013 p208

名附け親
◇「向田邦子全集 新版 10」文藝春秋 2010 p111

なすび
◇「車谷長吉集 2」新書館 2010 p63

なすびをたべているおかあさん
◇「石牟礼道子全集 1」藤原書店 2004 p433

なぜ？
◇「大庭みな子全集 12」日本経済新聞出版社 2010 p163

なぜSFだったのか
◇「小松左京全集 完全版 45」城西国際大学出版会 2015 p115

なぜ男は女の体を求めるのか
◇「小松左京全集 完全版 34」城西国際大学出版会 2009 p12

なぜか、アップ・サイド・ダウン
◇「鈴木いづみコレクション 3」文遊社 1996 p95
◇「契約―鈴木いづみSF全集」文遊社 2014 p383

なぜ書くか
◇「安部公房全集 28」新潮社 2000 p69

なぜ書くか
◇「大庭みな子全集 3」日本経済新聞出版社 2009 p201

何故書くか？
◇「徳田秋聲全集 23」八木書店 2001 p305

なぜ彼はわたしのミニスカートを怒るの？
◇「小松左京全集 完全版 34」城西国際大学出版会 2009 p59

なぜ戯曲を書く〔対談〕(芥川比呂志)
◇「安部公房全集 22」新潮社 1999 p432

『なぜ古典を読むのか』(I・カルヴィーノ著)訳者あとがき
◇「須賀敦子全集 6」河出書房新社 2007 (河出文庫) p387

なぜ、この本を書くか・小さな娘の問い
◇「小田実全集 評論 23」講談社 2012 p10

なぜ小説を書くか―異国で覚えた文学的衝動〔対談者〕山本道子
◇「大庭みな子全集 22」日本経済新聞出版社 2011 p187

なぜ寸又峡へ行ったか
◇「松下竜一未刊行著作集 3」海鳥社 2009 p219

なぜ性をかくか
◇「瀬戸内寂聴随筆選 1」ゆまに書房 2009 p48

なぜ性を書くか
◇「吉行淳之介エッセイ・コレクション 2」筑摩書房 2004 (ちくま文庫) p70

なぜ「星図」が開いていたか
◇「松本清張短編全集 07」光文社 2009 (光文社文庫) p5

なぜソヴェト同盟に失業がないか？
◇「宮本百合子全集 10」新日本出版社 2001 p299

なぜ、それはそうであったか―歴史・伝記について
◇「宮本百合子全集 18」新日本出版社 2002 p126

なぜ「第九」なのか
◇「辻邦生全集 19」新潮社 2005 p32

なぜ大正を見直すか シンポジウム (中村隆英、河合秀和、井上忠司、加藤秀俊)
◇「小松左京全集 完全版 38」城西国際大学出版会 2010 p227

なぜ男女がいっしょにお風呂に入るの？
◇「小松左京全集 完全版 34」城西国際大学出版会 2009 p146

なぜ探偵小説を読むのだらう？
◇「丸谷才一全集 11」文藝春秋 2014 p403

なぜテレビのそばを離れないか
◇「小島信夫批評集成 1」水声社 2011 p506

なぜ東京の電話帳はロートレアモンの詩よりも詩なのか
◇「寺山修司著作集 1」クインテッセンス出版 2009 p343

なぜ通る「論理なき知識人」
◇「小松左京全集 完全版 35」城西国際大学出版会 2009 p339

なぜ入試地獄が現出したのか？
◇「小松左京全集 完全版 34」城西国際大学出版会 2009 p228

なぜ『春の城』
◇「石牟礼道子全集 13」藤原書店 2007 p712

なぜヒースクリフは復讐するか
　◇「小島信夫批評集成 1」水声社 2011 p31
なぜ不美人がハンサムと結ばれるの？
　◇「小松左京全集 完全版 34」城西国際大学出版会 2009 p149
なぜ方言でなければならないのか
　◇「井上ひさしコレクション ことばの巻」岩波書店 2005 p100
なぜ「芽」を摘むのか
　◇「松下竜一未刊行著作集 2」海鳥社 2008 p103
ナセル氏「随行」記—エジプトからシリア、レバノンへ
　◇「小田実全集 評論 1」講談社 2010 p341
なぜ恋愛小説が困難に？
　◇「辻邦生全集 18」新潮社 2005 p25
なぜ連句か
　◇「佐々木基一全集 6」河出書房新社 2012 p394
なぜ別れたのか
　◇「色川武大・阿佐田哲也エッセイズ 1」筑摩書房 2003（ちくま文庫）p84
なぜ渡りができるのか
　◇「小松左京全集 完全版 40」城西国際大学出版会 2012 p293
謎
　◇「安部公房全集 1」新潮社 1997 p179
「謎」以上のもの
　◇「江戸川乱歩全集 25」光文社 2005（光文社文庫）p105
謎深かった中途挫屈
　◇「小松左京全集 完全版 46」城西国際大学出版会 2016 p168
ナゾナゾ
　◇「松下竜一未刊行著作集 1」海鳥社 2008 p340
謎に包まれた劉邦
　◇「宮城谷昌光全集 21」文藝春秋 2004 p387
謎の一発
　◇「松下竜一未刊行著作集 1」海鳥社 2008 p240
なぞの占い師
　◇「山田風太郎ミステリー傑作選 9」光文社 2002（光文社文庫）p99
謎の狐
　◇「横溝正史時代小説コレクション伝奇篇 3」出版芸術社 2003 p267
謎の金扇
　◇「横溝正史時代小説コレクション伝奇篇 2」出版芸術社 2003 p169
謎の頸飾事件
　◇「山本周五郎探偵小説全集 1」作品社 2007 p104
謎の紅独楽
　◇「山本周五郎探偵小説全集 3」作品社 2007 p254
なぞの黒かげ
　◇「山田風太郎ミステリー傑作選 9」光文社 2002（光文社文庫）p321

謎の西周
　◇「宮城谷昌光全集 21」文藝春秋 2004 p375
謎は残った
　◇「小松左京全集 完全版 40」城西国際大学出版会 2012 p252
灘・再訪
　◇「小松左京全集 完全版 42」城西国際大学出版会 2014 p365
灘の男
　◇「車谷長吉全集 2」新書館 2010 p435
灘の喧嘩祭りⅠ
　◇「車谷長吉全集 3」新書館 2010 p375
灘の喧嘩祭りⅡ
　◇「車谷長吉全集 3」新書館 2010 p377
灘の酒樽
　◇「石牟礼道子全集 17」藤原書店 2012 p488
なた豆
　◇「宮本百合子全集 13」新日本出版社 2001 p237
鉈豆
　◇「内田百閒集成 7」筑摩書房 2003（ちくま文庫）p135
ナタリア・ギンズブルグの作品Lessico famigliareをめぐって
　◇「須賀敦子全集 6」河出書房新社 2007（河出文庫）p27
ナタリア・ギンズブルグ―人と作品についての試論
　◇「須賀敦子全集 6」河出書房新社 2007（河出文庫）p12
ナタリア・ギンズブルグ論
　◇「須賀敦子全集 6」河出書房新社 2007（河出文庫）p11
ナターレ
　◇「須賀敦子全集 8」河出書房新社 2007（河出文庫）p253
雪崩のくる日
　◇「辻邦生全集 5」新潮社 2004 p510
雪崩のくる日―ある生涯の七つの場所3
　◇「辻邦生全集 5」新潮社 2004 p371
雪崩連太郎全集
　◇「都筑道夫恐怖短篇集成 3」筑摩書房 2004（ちくま文庫）
ナチスの暴虐への抗議に関して
　◇「宮本百合子全集 11」新日本出版社 2001 p335
ナチュラマ島奇談
　◇「日影丈吉全集 7」国書刊行会 2004 p541
夏
　◇「田村泰次郎選集 1」日本図書センター 2005 p72
〈夏〉
　◇「中井英夫全集 2」東京創元社 1998（創元ライブラリ）p617
夏
　◇「決定版 三島由紀夫全集 36」新潮社 2003 p447

なつ

夏
　◇「宮本百合子全集 9」新日本出版社 2001 p350

夏歌
　◇「決定版 三島由紀夫全集 37」新潮社 2004 p421

夏を焦がし 燃ゆる 残り火の花
　◇「大庭みな子全集 23」日本経済新聞出版社 2011 p718

夏がきました（ゐなかと村）
　◇「決定版 三島由紀夫全集 36」新潮社 2003 p423

夏がきました（野原）
　◇「決定版 三島由紀夫全集 36」新潮社 2003 p425

夏が来ました（山と海と町）
　◇「決定版 三島由紀夫全集 36」新潮社 2003 p421

なつかしい記憶
　◇「辻邦生全集 16」新潮社 2005 p241

なつかしい芸人たち（色川武大）
　◇「田中小実昌エッセイ・コレクション 5」筑摩書房 2003（ちくま文庫）p333

なつかしい夙川
　◇「小松左京全集 完全版 31」城西国際大学出版会 2008 p161

なつかしい情景 第106回（平成3年度下半期）芥川賞
　◇「大庭みな子全集 24」日本経済新聞出版社 2011 p74

懐かしい漱石とその時代
　◇「大庭みな子全集 24」日本経済新聞出版社 2011 p26

懐かしい地球へのラヴ・コール―ナイト・オン・ザ・プラネット
　◇「辻邦生全集 19」新潮社 2005 p406

なつかしい仲間
　◇「宮本百合子全集 14」新日本出版社 2001 p119

なつかしい風景
　◇「大庭みな子全集 11」日本経済新聞出版社 2010 p210

懐かしき梅崎春生
　◇「遠藤周作エッセイ選集 3」光文社 2006（知恵の森文庫）p131

懐かしき岡本綺堂
　◇「山田風太郎エッセイ集成 風山房風呂焚き唄」筑摩書房 2008 p212

懐かしきわが故郷、釜ヶ崎
　◇「野坂昭如エッセイ・コレクション 2」筑摩書房 2004（ちくま文庫）p196

懐しの「額縁ショウ」
　◇「田中小実昌エッセイ・コレクション 6」筑摩書房 2003（ちくま文庫）p172

なつかしの大連航路
　◇「阿川弘之全集 17」新潮社 2006 p536

懐かしのわが家（遺稿）
　◇「寺山修司著作集 1」クインテッセンス出版 2009 p518

夏菊
　◇「谷崎潤一郎全集 17」中央公論新社 2015 p421

夏菊
　◇「決定版 三島由紀夫全集 37」新潮社 2004 p536

「夏菊」休載に就て
　◇「谷崎潤一郎全集 17」中央公論新社 2015 p481

夏霧
　◇「内田百閒集成 11」筑摩書房 2003（ちくま文庫）p156

夏雲よ
　◇「松田解子自選集 9」澤田出版 2009 p83

なつ子
　◇「鈴木いづみコレクション 2」文遊社 1997 p356

夏子の冒険
　◇「決定版 三島由紀夫全集 2」新潮社 2001 p393

夏芝居（だましゑシリーズ）
　◇「高橋克彦自選短編集 3」講談社 2010（講談社文庫）p495

夏島
　◇「松本清張初文庫化作品集 3」双葉社 2006（双葉文庫）p139

改訂完全版夏、19歳の肖像
　◇「島田荘司全集 4」南雲堂 2010 p295

『夏少女・きけ、わだつみの声』早坂暁
　◇「須賀敦子全集 4」河出書房新社 2007（河出文庫）p554

夏空
　◇「上野壮夫全集 2」図書新聞 2009 p323

夏で好なもの
　◇「徳田秋聲全集 23」八木書店 2001 p276

納豆とウドン
　◇「小檜山博全集 8」柏艪舎 2006 p124

「夏」と「海」を見に出かける―「獣の戯れ」取材紀行
　◇「決定版 三島由紀夫全集 32」新潮社 2003 p27

夏遠き山
　◇「宮本百合子全集 9」新日本出版社 2001 p394

夏と人形―南国便り
　◇「坂口安吾全集 1」筑摩書房 1999 p411

夏どろ
　◇「阿川弘之全集 10」新潮社 2006 p137

夏どろ新景
　◇「内田百閒集成 15」筑摩書房 2003（ちくま文庫）p297

夏なお寒い湯ノ小屋
　◇「山田風太郎エッセイ集成 風山房風呂焚き唄」筑摩書房 2008 p38

夏に花散る天坊一座
　◇「井上ひさし短編中編小説集成 8」岩波書店 2015 p139

「夏の嵐」
　◇「佐々木基一全集 7」河出書房新社 2013 p89

なつめ

夏のいざなひ―来夏記
　◇「決定版 三島由紀夫全集 37」新潮社 2004 p616

夏の歌
　◇「〔野呂邦暢〕随筆コレクション 1」みすず書房 2014 p368

夏の海の色
　◇「辻邦生全集 5」新潮社 2004 p227

夏の海の色―ある生涯の七つの場所2
　◇「辻邦生全集 5」新潮社 2004 p187

夏の思出―十八歳でなくなつた三男を憶ふ
　◇「德田秋聲全集 22」八木書店 2001 p72

夏のおわり
　◇「須賀敦子全集 2」河出書房新社 2006（河出文庫）p30

夏の終り
　◇「小松左京全集 完全版 25」城西国際大学出版会 2017 p254

夏の終わりに処女をすてる理由は……
　◇「小松左京全集 完全版 34」城西国際大学出版会 2009 p115

夏の記憶
　◇「石牟礼道子全集 14」藤原書店 2008 p533

夏の記憶
　◇「小沼丹全集 4」未知谷 2004 p443

夏の行事
　◇「小松左京全集 完全版 25」城西国際大学出版会 2017 p235

夏の享楽
　◇「德田秋聲全集 21」八木書店 2001 p335

夏の亀裂
　◇「金鶴泳作品集 〔1〕」クレイン 2004 p229

夏の気配のする午後に
　◇「決定版 三島由紀夫全集 37」新潮社 2004 p523

夏の子供たち
　◇「〔野呂邦暢〕随筆コレクション 1」みすず書房 2014 p51

夏の時代の犯罪
　◇「天城一傑作集 〔1〕」日本評論社 2004 p105

夏の重病室
　◇「決定版 三島由紀夫全集 37」新潮社 2004 p504

夏の趣味
　◇「德田秋聲全集 23」八木書店 2001 p276

夏のすごしかた
　◇「鈴木いづみセカンド・コレクション 4」文遊社 2004 p98

夏の太陽
　◇「大庭みな子全集 23」日本経済新聞出版社 2011 p600

夏の旅・女・料理の味
　◇「德田秋聲全集 23」八木書店 2001 p267

夏の砦
　◇「辻邦生全集 1」新潮社 2004 p121

夏の花
　◇「原民喜戦後全小説」講談社 2015（講談社文芸文庫）p11

　◇「原民喜戦後全小説」講談社 2015（講談社文芸文庫）p12

夏の鼻風邪
　◇「内田百閒集成 5」筑摩書房 2003（ちくま文庫）p11

夏の犯罪
　◇「浜尾四郎全集 1」沖積舎 2004 p456

夏の無聊のあわい記憶
　◇「小松左京全集 完全版 40」城西国際大学出版会 2012 p242

夏の文げい
　◇「決定版 三島由紀夫全集 37」新潮社 2004 p25

夏の方が暮し好い
　◇「德田秋聲全集 20」八木書店 2001 p301

夏の窓辺にくちずさめる
　◇「決定版 三島由紀夫全集 37」新潮社 2004 p627

夏の夜
　◇「德田秋聲全集 28」八木書店 2002 p194

夏の夜語
　◇「アンドロギュノスの裔 渡辺温全集」東京創元社 2011（創元推理文庫）p312

夏の夜の夢
　◇「福田恆存評論集 19」麗澤大學出版會, 廣池學園事業部〔発売〕 2010 p53

夏の夜の涼味
　◇「德田秋聲全集 20」八木書店 2001 p298

夏果て
　◇「小檜山博全集 3」柏艪舎 2006 p402

夏ミカン
　◇「小檜山博全集 8」柏艪舎 2006 p192

夏蜜柑の花
　◇「小沼丹全集 4」未知谷 2004 p394

夏美の歌
　◇「寺山修司著作集 1」クインテッセンス出版 2009 p74

夏目漱石
　◇「小島信夫批評集成 1」水声社 2011 p448

夏目漱石
　◇「福田恆存評論集 13」麗澤大學出版會, 廣池學園事業部〔発売〕 2009 p28

夏目漱石
　◇「丸谷才一全集 9」文藝春秋 2013 p9

夏目漱石「童謡」
　◇「車谷長吉全集 3」新書館 2010 p420

夏目漱石と横光利一、石川淳
　◇「佐々木基一全集 5」河出書房新社 2013 p237

夏目漱石「夢十夜」
　◇「車谷長吉全集 3」新書館 2010 p642

棗の木
　◇「内田百閒集成 3」筑摩書房 2002（ちくま文庫）

なつよ

p259

夏よ去れ
　◇「小林秀雄全作品 10」新潮社 2003 p20
　◇「小林秀雄全集 補巻 1」新潮社 2010 p502

夏四題（天才論）
　◇「小酒井不木随筆評論選集 7」本の友社 2004 p45

撫子の色
　◇「徳田秋聲全集 28」八木書店 2002 p185

名とあざな
　◇「宮城谷昌光全集 21」文藝春秋 2004 p357

名と物が切り裂かれるとき―ピーター・グリーナウェイの枕草子
　◇「辻邦生全集 19」新潮社 2005 p460

七色とんがらし
　◇「向田邦子全集 新版 7」文藝春秋 2009 p50

七色の虹の道筋の巻
　◇「小田実全集 小説 28」講談社 2012 p129

七色ビール篇
　◇「向田邦子全集 新版 9」文藝春秋 2009 p154

七階の住人
　◇「宮本百合子全集 2」新日本出版社 2001 p435

七竈
　◇「大庭みな子全集 7」日本経済新聞出版社 2009 p120

な泣きそ春の鳥
　◇「定本 久生十蘭全集 10」国書刊行会 2011 p368

七草
　◇「石牟礼道子全集 1」藤原書店 2004 p436

名無草と茶色の羽虫
　◇「宮本百合子全集 32」新日本出版社 2003 p64

名なしの森
　◇「中井英夫全集 5」東京創元社 2002（創元ライブラリ）p311

七十九歳の春
　◇「谷崎潤一郎全集 24」中央公論新社 2016 p503

七七年五月自動封入封帯機
　◇「井上ひさし短編中編小説集成 6」岩波書店 2015 p293

七〇年代を恐怖にまきこむ五大問題
　◇「小松左京全集 完全版 44」城西国際大学出版会 2014 p32

70年代新春の呼びかけ
　◇「決定版 三島由紀夫全集 36」新潮社 2003 p23

「'70年万博」にもコミット
　◇「小松左京全集 完全版 42」城西国際大学出版会 2014 p262

七十の手習ひ
　◇「阿川弘之全集 18」新潮社 2007 p508

七六年五月フロントマシン
　◇「井上ひさし短編中編小説集成 6」岩波書店 2015 p205

七六年三月データ・センター・システム
　◇「井上ひさし短編中編小説集成 6」岩波書店 2015

p177

七六年十二月自動給茶機
　◇「井上ひさし短編中編小説集成 6」岩波書店 2015 p265

七六年八月情報検索機
　◇「井上ひさし短編中編小説集成 6」岩波書店 2015 p234

七十句
　◇「丸谷才一全集 12」文藝春秋 2014 p475

七十才の名妓たち
　◇「小松左京全集 完全版 29」城西国際大学出版会 2007 p261

ななちゃんと六助
　◇「車谷長吉全集 2」新書館 2010 p60

七つ数えろ
　◇「吉行淳之介エッセイ・コレクション 1」筑摩書房 2004（ちくま文庫）p306

七つ下りの雨
　◇「20世紀断層―野坂昭如単行本未収録小説集成 4」幻戯書房 2010 p32

七つの丘の街
　◇「決定版 三島由紀夫全集 37」新潮社 2004 p289

七つの鐘が六つなりて
　◇「石牟礼道子全集 10」藤原書店 2006 p389

七人（ななにん）… → "しちにん…"を見よ

七年（ななねん）… → "しちねん…"をも見よ

七年後の対話〔対談〕（石原慎太郎）
　◇「決定版 三島由紀夫全集 39」新潮社 2004 p401

七年目のシゲ子
　◇「田村孟全小説集」航思社 2012 p63

七不思議
　◇「向田邦子全集 新版 10」文藝春秋 2010 p136

改訂完全版斜め屋敷の犯罪
　◇「島田荘司全集 1」南雲堂 2006 p335

何を描くべきか
　◇「佐々木基一全集 1」河出書房新社 2013 p422

何を書きたいか―戦後作家の場合〔座談会〕（野間宏、武田泰淳、安岡章太郎、阿川弘之、小島信夫、木村徳三）
　◇「安部公房全集 4」新潮社 1997 p348

何を書くか、ということ
　◇「小島信夫批評集成 1」水声社 2011 p354

何を食いて生きし
　◇「松田解子自選集 8」澤田出版 2008 p416

何をどう捉え、どう考えていけば、見えてくるか
　◇「小松左京全集 完全版 45」城西国際大学出版会 2015 p258

何を以てむくいるか？
　◇「松田解子自選集 4」澤田出版 2005 p159

何を私は考えるだろうか
　◇「上野壮夫全集 3」図書新聞 2011 p391

なにがいったい真実か〈序にかえて〉
　◇「小松左京全集 完全版 39」城西国際大学出版会 2012 p111
何が起っているのか 第30回文藝賞
　◇「大庭みな子全集 24」日本経済新聞出版社 2011 p92
何がお好き？
　◇「宮本百合子全集 9」新日本出版社 2001 p105
なにかが狂ってた？
　◇「田中小実昌エッセイ・コレクション 6」筑摩書房 2003（ちくま文庫）p160
何かが何かに似ているパラダイム時代の映像
　◇「金井美恵子エッセイ・コレクション—1964–2013 1」平凡社 2013 p271
何かに感謝したい
　◇「松下竜一未刊行著作集 5」海鳥社 2009 p89
何がワイセツ文学か
　◇「小松左京全集 完全版 28」城西国際大学出版会 2006 p223
何が私を動かしているか
　◇「大庭みな子全集 8」日本経済新聞出版社 2009 p438
何が私を動かしているか（『寂兮寥兮』）昭和57年度谷崎潤一郎賞
　◇「大庭みな子全集 24」日本経済新聞出版社 2011 p13
「何？」「ジャズよ。ジャズが聞こえるわ」
　◇「立松和平全小説 2」勉誠出版 2010 p126
何一つ無駄ではなかった
　◇「遠藤周作エッセイ選集 1」光文社 2006（知恵の森文庫）p10
何ほどのことでもない情景
　◇「小檜山博全集 1」柏艪舎 2006 p115
何もせぬ人
　◇「決定版 三島由紀夫全集 補巻」新潮社 2005 p164
何者
　◇「江戸川乱歩全集 7」光文社 2003（光文社文庫）p9
　◇「江戸川乱歩全集 6」沖積舎 2007 p233
何ものも信ぜず「私はかく生きる」のアンケートに答えて
　◇「安部公房全集 2」新潮社 1997 p181
なによりもまず音楽を
　◇「辻邦生全集 19」新潮社 2005 p23
浪華城焼打
　◇「司馬遼太郎短篇全集 8」文藝春秋 2005 p273
"なにわの夏"12年ぶり蘇る
　◇「小松左京全集 完全版 42」城西国際大学出版会 2014 p234
浪花ままごと
　◇「田辺聖子全集 9」集英社 2005 p479
七日七晩ぶっとおしの初夜
　◇「小松左京全集 完全版 34」城西国際大学出版会 2009 p196
七日七夜
　◇「山本周五郎中短篇秀作選集 3」小学館 2006 p160
名のない女
　◇「坂口安吾全集 13」筑摩書房 1999 p383
菜の花
　◇「大庭みな子全集 12」日本経済新聞出版社 2010 p17
菜の花忌
　◇「〔野呂邦暢〕随筆コレクション 1」みすず書房 2014 p193
なのりそ
　◇「〔森〕鷗外近代小説集 3」岩波書店 2013 p101
名ばかりの普通選挙
　◇「徳田秋聲全集 21」八木書店 2001 p315
鍋
　◇「隆慶一郎全集 19」新潮社 2010 p320
鍋の中
　◇「井上ひさし短編中編小説集成 4」岩波書店 2015 p3
鍋の蓋
　◇「立松和平全小説 17」勉誠出版 2012 p240
ナボコフのチェーホフ
　◇「金井美恵子エッセイ・コレクション—1964–2013 3」平凡社 2013 p308
ナホトカ
　◇「佐々木基一全集 3」河出書房新社 2013 p361
「ナポリを見て死ね」
　◇「須賀敦子全集 1」河出書房新社 2006（河出文庫）p48
ナポレオン
　◇「上野壮夫全集 1」図書新聞 2010 p44
ナポレオン
　◇「徳田秋聲全集 19」八木書店 2000 p34
ナポレオンの悩み
　◇「小島信夫批評集成 4」水声社 2010 p259
名前
　◇「〔野呂邦暢〕随筆コレクション 1」みすず書房 2014 p374
名前と翼「漫画について」
　◇「中井英夫全集 6」東京創元社 1996（創元ライブラリ）p193
名前に對する責任（五月四日）
　◇「福田恆存評論集 18」麗澤大學出版會, 廣池學園事業部〔発売〕 2010 p158
名前について
　◇「小沼丹全集 4」未知谷 2004 p29
生臭い幸福
　◇「小島信夫批評集成 2」水声社 2011 p95
生首のまき
　◇「都筑道夫時代小説コレクション 4」戎光祥出版 2014（戎光祥時代小説名作館）p235

なまけ

惰けもの
　◇「徳田秋聲全集 1」八木書店 1997 p197

「なまけ者」の価値ある生涯
　◇「田中小実昌エッセイ・コレクション 6」筑摩書房 2003（ちくま文庫）p9

〈抜粋〉海鼠
　◇「内田百閒集成 24」筑摩書房 2004（ちくま文庫）p238

海鼠
　◇「内田百閒集成 18」筑摩書房 2004（ちくま文庫）p18

なまぬるい国へやって来たスパイ
　◇「小松左京全集 完全版 25」城西国際大学出版会 2017 p187

「生ま身の思想」について・または、「本」は「思想」ではない
　◇「小田実全集 評論 7」講談社 2010 p19

生ま身の人間が生きて行く場所
　◇「小田実全集 評論 16」講談社 2012 p60

生麦事件
　◇「吉村昭歴史小説集成 1」岩波書店 2009 p331

なまめかしい依頼者
　◇「狩久全集 3」皆進社 2013 p257

艶かしい坂
　◇「赤江瀑短編傑作選 恐怖編」光文社 2007（光文社文庫）p421

鉛の卵
　◇「安部公房全集 7」新潮社 1998 p411
　◇「安部公房全集 8」新潮社 1998 p21

詑りもぜいたくのうち
　◇「田中小実昌エッセイ・コレクション 3」筑摩書房 2002（ちくま文庫）p66

波
　◇「大庭みな子全集 12」日本経済新聞出版社 2010 p137

浪
　◇「内田百閒集成 12」筑摩書房 2003（ちくま文庫）p135

並木河岸
　◇「山本周五郎中短篇秀作選集 4」小学館 2006 p291

並木路
　◇「決定版 三島由紀夫全集 37」新潮社 2004 p89

波子
　◇「坂口安吾全集 3」筑摩書房 1999 p274

ナミ子さん一家
　◇「横溝正史探偵小説コレクション 3」出版芸術社 2004 p42

涙
　◇「徳田秋聲全集 9」八木書店 1998 p332

涙が出ない
　◇「松下竜一未刊行著作集 2」海鳥社 2008 p42

なみだ川
　◇「三橋一夫ふしぎ小説集成 3」出版芸術社 2005 p212

涙ぐむジル
　◇「寺山修司著作集 4」クインテッセンス出版 2009 p254

泪壺
　◇「渡辺淳一自選短篇コレクション 4」朝日新聞社 2006 p299

涙のあとに
　◇「中井英夫全集 10」東京創元社 2002（創元ライブラリ）p46

涙のヒットパレード
　◇「鈴木いづみセカンド・コレクション 4」文遊社 2004 p115
　◇「鈴木いづみセカンド・コレクション 4」文遊社 2004 p122
　◇「契約—鈴木いづみSF全集」文遊社 2014 p108

鈴木いづみの無差別インタビュー 涙のヒットパレード　亀和田武
　◇「鈴木いづみコレクション 8」文遊社 1998 p118

涙の紅バラ
　◇「辺見庸掌編小説集 黒版」角川書店 2004 p12

なみだ橋
　◇「大庭みな子全集 6」日本経済新聞出版社 2009 p210

講演 波と樹の語ること
　◇「石牟礼道子全集 15」藤原書店 2012 p558

波のあひだ
　◇「上野壮夫全集 2」図書新聞 2009 p284

波の上の自転車
　◇「田辺聖子全集 5」集英社 2004 p227

波の上のビアホール
　◇「立松和平全小説 23」勉誠出版 2013 p30

浪の音
　◇「徳田秋聲全集 16」八木書店 1999 p257

波間
　◇「小檜山博全集 2」柏艪舎 2006 p428

浪六と渋柿園
　◇「徳田秋聲全集 21」八木書店 2001 p338

南無阿彌陀仏
　◇「小酒井不木随筆評論選集 5」本の友社 2004 p292

南無三甚内
　◇「横溝正史時代小説コレクション捕物篇 3」出版芸術社 2004 p265

なめられる大地
　◇「小檜山博全集 7」柏艪舎 2006 p132

名もなき夜のために
　◇「安部公房全集 1」新潮社 1997 p485

納屋を焼く
　◇「「村上春樹」短篇選集1980–1991 象の消滅」新潮社 2005 p181

なんき

納屋住まい
　◇「石牟礼道子全集 11」藤原書店 2005 p440
悩まし殺人事件
　◇「日影丈吉全集 7」国書刊行会 2004 p532
なやまし電話訪問
　◇「決定版 三島由紀夫全集 29」新潮社 2003 p143
「悩めるインテリ」のヘド
　◇「小田実全集 評論 3」講談社 2010 p178
奈落
　◇「徳田秋聲全集 6」八木書店 2000 p32
奈落
　◇「辺見庸掌編小説集 黒版」角川書店 2004 p28
無能人(ならずもの)
　◇「車谷長吉全集 3」新書館 2010 p439
奈良青天
　◇「阿川弘之全集 18」新潮社 2007 p463
「奈良」に遊びて
　◇「宮本百合子全集 9」新日本出版社 2001 p17
ならの「ぱんや」
　◇「小田実全集 評論 18」講談社 2012 p252
ならんだ顔
　◇「日影丈吉全集 8」国書刊行会 2004 p385
成田空港の攻防戦—秦野章〔対談〕(秦野章)
　◇「福田恆存対談・座談集 4」玉川大学出版部 2012 p99
成田不動縁起
　◇「国枝史郎歴史小説傑作選」作品社 2006 p164
なりの悪い男
　◇「車谷長吉全集 3」新書館 2010 p679
鳴りひびく無間の鐘
　◇「都筑道夫時代小説コレクション 2」戎光祥出版 2014 (戎光祥時代小説名作館) p102
鳴神(なるかみ)
　◇「日影丈吉全集 8」国書刊行会 2004 p456
『鳴神』について
　◇「佐々木基一全集 4」河出書房新社 2013 p159
鳴子温泉、竜飛岬
　◇「田中志津全作品集 下巻」武蔵野書院 2013 p230
ナルコレプシー
　◇「色川武大・阿佐田哲也エッセイズ 3」筑摩書房 2003 (ちくま文庫) p224
ナルシシズム論
　◇「決定版 三島由紀夫全集 34」新潮社 2003 p137
成瀬巳喜男覚書
　◇「金井美恵子エッセイ・コレクション—1964–2013 4」平凡社 2014 p516
ナルプ解散に対する諸家の感想
　◇「徳田秋聲全集 23」八木書店 2001 p305
なわ
　◇「安部公房全集 12」新潮社 1998 p239
名は数をあらわす
　◇「宮城谷昌光全集 21」文藝春秋 2004 p430

縄手事件
　◇「決定版 三島由紀夫全集 16」新潮社 2002 p157
縄の証言
　◇「土屋隆夫コレクション新装版 赤の組曲」光文社 2002 (光文社文庫) p361
「縄」三部作《単行本初収録作品》縄の繃帯
　◇「陳舜臣推理小説ベストセレクション 枯草の根」集英社 2009 (集英社文庫) p431
縄張り
　◇「大庭みな子全集 16」日本経済新聞出版社 2010 p55
南燕と北燕
　◇「宮城谷昌光全集 21」文藝春秋 2004 p441
南欧静物
　◇「決定版 三島由紀夫全集 37」新潮社 2004 p598
難解興味
　◇「日影丈吉全集 別巻」国書刊行会 2005 p667
南海太閤記
　◇「小松左京全集 完全版 13」城西国際大学出版会 2008 p165
難解ということ
　◇「吉行淳之介エッセイ・コレクション 3」筑摩書房 2004 (ちくま文庫) p112
南海日本城
　◇「山本周五郎探偵小説全集 別巻」作品社 2008 p286
南海の孤島のことから
　◇「小田実全集 評論 11」講談社 2011 p5
南海の魔島
　◇「山本周五郎探偵小説全集 4」作品社 2008 p242
南紀 夏の終わりの殺人
　◇「西村京太郎自選集 4」徳間書店 2004 (徳間文庫) p217
南紀の旅
　◇「山田風太郎エッセイ集成 風山房風呂焚き唄」筑摩書房 2008 p68
ナンギやけれど…—わたしの震災記
　◇「田辺聖子全集 24」集英社 2006 p189
南極記
　◇「定本 久生十蘭全集 8」国書刊行会 2010 p235
南極と原子力と(加藤秀俊、西堀栄三郎)
　◇「小松左京全集 完全版 38」城西国際大学出版会 2010 p59
南極にいった男
　◇「立松和平全小説 27」勉誠出版 2014 p9
南極のエジソン(加藤秀俊、西堀栄三郎)
　◇「小松左京全集 完全版 38」城西国際大学出版会 2010 p70
南極半島を行く
　◇「小松左京全集 完全版 37」城西国際大学出版会 2010 p243
南極はどっちだ？
　◇「〔池澤夏樹〕エッセー集成 1」みすず書房 2008

なんき

p59

南京
◇「大庭みな子全集 13」日本経済新聞出版社 2010 p312

南京虐殺（ローシェンバーグ）
◇「小田実全集 評論 31」講談社 2013 p252

南京玉の指輪
◇「定本 久生十蘭全集 10」国書刊行会 2011 p278
◇「定本 久生十蘭全集 10」国書刊行会 2011 p279

南京人形―不如火甚左捕物双紙
◇「横溝正史時代小説コレクション捕物篇 3」出版芸術社 2004 p214

南京夫子廟
◇「谷崎潤一郎全集 6」中央公論新社 2015 p474

南京豆なんか要らない
◇「〔野呂邦暢〕随筆コレクション 2」みすず書房 2014 p136

南京虫殺人事件
◇「坂口安吾全集 13」筑摩書房 1999 p479

南郷元准尉・雀荘に戦死す
◇「色川武大・阿佐田哲也エッセイズ 1」筑摩書房 2003（ちくま文庫）p200

南郷力丸
◇「山田風太郎妖異小説コレクション 白波五人帖・いだてん百里」徳間書店 2004（徳間文庫）p147

南国
◇「徳田秋聲全集 9」八木書店 1998 p415

南国忌
◇「宮城谷昌光全集 21」文藝春秋 2004 p138

南山寿
◇「内田百閒集成 4」筑摩書房 2003（ちくま文庫）p71

ナンシーの居間
◇「林京子全集 4」日本図書センター 2005 p166

「難死」の思想
◇「小田実全集 評論 4」講談社 2010 p9
◇「小田実全集 評論 4」講談社 2010 p10

「難死の思想」
◇「小田実全集 評論 29」講談社 2013 p115

「難死」の思想―戦後民主主義・今日の状況と問題
◇「小田実全集 評論 33」講談社 2013 p74

なんじの敵を愛し……
◇「田中小実昌エッセイ・コレクション 5」筑摩書房 2003（ちくま文庫）p37

なんじゃもんじゃの面
◇「林京子全集 1」日本図書センター 2005 p415

「南進啓蒙」の宝塚レビュー
◇「小松左京全集 完全版 42」城西国際大学出版会 2014 p176

南信の旅
◇「徳田秋聲全集 19」八木書店 2000 p175

南禅寺
◇「大庭みな子全集 11」日本経済新聞出版社 2010 p293

南禅寺前
◇「小沼丹全集 4」未知谷 2004 p558

ナンセンス
◇「立松和平小説 17」勉誠出版 2012 p276

なんせんす・ぶっく
◇「アンドロギュノスの裔 渡辺温全集」東京創元社 2011（創元推理文庫）p577

ナンセンス文学
◇「小林秀雄全作品 1」新潮社 2002 p195
◇「小林秀雄全集 補巻 1」新潮社 2010 p68

『何だか分らん』文壇
◇「上野壮夫全集 3」図書新聞 2011 p321

なんだ・こりゃ
◇「向田邦子全集 新版 7」文藝春秋 2009 p34

南朝の本拠地・賀名生
◇「小松左京全集 完全版 42」城西国際大学出版会 2014 p76

南朝の港・堺
◇「小松左京全集 完全版 42」城西国際大学出版会 2014 p71

何でもない日常こそがこの世の栄華
◇「石牟礼道子全集 7」藤原書店 2005 p501

『何でも見てやろう』
◇「小田実全集 評論 33」講談社 2013 p62

何でも見てやろう
◇「小田実全集 評論 1」講談社 2010 p9

何でも見てやろう
◇「小松左京全集 完全版 25」城西国際大学出版会 2017 p15

何でも見てやろう―美術館から共同便所まで
◇「小田実全集 評論 1」講談社 2010 p19

南島行
◇「〔野呂邦暢〕随筆コレクション 2」みすず書房 2014 p49

「南島譚」
◇「〔野呂邦暢〕随筆コレクション 1」みすず書房 2014 p432

「ナントカと天才は紙一重」―モンキー・パンチ
◇「小松左京全集 完全版 41」城西国際大学出版会 2013 p266

なんと、恋のサイケデリック！
◇「鈴木いづみコレクション 3」文遊社 1996 p9
◇「契約―鈴木いづみSF全集」文遊社 2014 p539

納戸仏さま―あとがきにかえて
◇「石牟礼道子全集 13」藤原書店 2007 p774

なんともちぐはぐな贈り物
◇「須賀敦子全集 3」河出書房新社 2007（河出文庫）p599

なんにでも値段をつける古道具屋のおじさんの詩
　◇『寺山修司著作集 1』クインテッセンス出版 2009 p361
何年振りのキャラメル
　◇『内田百閒集成 22』筑摩書房 2004（ちくま文庫）p83
なんのせいか
　◇『吉行淳之介エッセイ・コレクション 3』筑摩書房 2004（ちくま文庫）p236
なんの花か薫る
　◇『山本周五郎中短篇秀作選集 2』小学館 2005 p209
難破船の怪物
　◇『山本周五郎探偵小説全集 4』作品社 2008 p163
難波村の仇討
　◇『司馬遼太郎短篇全集 2』文藝春秋 2005 p213
南蛮阿房第2列車
　◇『阿川弘之全集 17』新潮社 2006 p571
南蛮阿房列車
　◇『阿川弘之全集 17』新潮社 2006 p71
"南蛮いぶし"の出羽三山の荒行
　◇『小松左京全集 完全版 31』城西国際大学出版会 2008 p64
ナンバンが来た
　◇『山田風太郎エッセイ集成 風山房風呂焚き唄』筑摩書房 2008 p125
南蛮菓子
　◇『阿川弘之全集 2』新潮社 2005 p579
南蛮魷舌
　◇『内田百閒集成 17』筑摩書房 2004（ちくま文庫）p38
南蛮趣味のふるさと——ポルトガルの首都リスボン
　◇『決定版 三島由紀夫全集 31』新潮社 2003 p577
南風譜——牧野信一へ
　◇『坂口安吾全集 2』筑摩書房 1999 p211
『南仏プロヴァンスの12か月』ピーター・メイル
　◇『須賀敦子全集 4』河出書房新社 2007（河出文庫）p234
南部の鼻曲り
　◇『定本 久生十蘭全集 5』国書刊行会 2009 p514
南方教典
　◇『定本 荒巻義雄メタSF全集 6』彩流社 2015 p159
南方十字星
　◇『山本周五郎探偵小説全集 3』作品社 2007 p6
南北的世界（「桜姫東文章」）
　◇『決定版 三島由紀夫全集 34』新潮社 2003 p389
「南北統一」忘年会
　◇『小田実全集 評論 18』講談社 2012 p242
南北と四谷怪談
　◇『国枝史郎伝奇短篇小説集成 1』作品社 2006

p250
なんまんだあ絵
　◇『車谷長吉全集 1』新書館 2010 p9
なんもかもわやですわ、アメリカはん
　◇『小田実全集 評論 31』講談社 2013 p164
南路
　◇『宮本百合子全集 2』新日本出版社 2001 p96

【 に 】

似合いの茶飲み友だち
　◇『小田実全集 小説 37』講談社 2013 p96
新潟
　◇『大庭みな子全集 16』日本経済新聞出版社 2010 p256
新潟港今は昔
　◇『大庭みな子全集 23』日本経済新聞出版社 2011 p494
新潟三区・言葉の闘い
　◇『野坂昭如エッセイ・コレクション 2』筑摩書房 2004（ちくま文庫）p283
新潟女子工芸学校
　◇『田中志津全作品集 下巻』武蔵野書院 2013 p233
「新潟中越」を「阪神・淡路」地震被災者として考える
　◇『小田実全集 評論 31』講談社 2013 p50
新潟の酒
　◇『坂口安吾全集 2』筑摩書房 1999 p177
新島繁著『社会運動思想史』書評
　◇『宮本百合子全集 13』新日本出版社 2001 p265
ニイチェ
　◇『小林秀雄全作品 18』新潮社 2004 p117
　◇『小林秀雄全集 補巻 2』新潮社 2010 p435
ニイチェ雑感
　◇『小林秀雄全作品 18』新潮社 2004 p146
　◇『小林秀雄全集 補巻 2』新潮社 2010 p442
ニイナ・フェドロヴァ「家族」
　◇『宮本百合子全集 15』新日本出版社 2001 p353
贄掃部——軍功覚え書
　◇『津本陽武芸小説集 2』PHP研究所 2007 p163
臭い
　◇『小田実全集 小説 32』講談社 2013 p320
匂い
　◇『車谷長吉全集 3』新書館 2010 p198
においと自由
　◇『小田実全集 小説 30』講談社 2012 p135
匂いと臭い
　◇『小田実全集 小説 38』講談社 2013 p97

におい

匂い沼 花妖譚五
　◇「司馬遼太郎短篇全集 1」文藝春秋 2005 p159
匂いの都
　◇「金井美恵子エッセイ・コレクション―1964-2013 1」平凡社 2013 p245
匂い袋
　◇「渡辺淳一自選短篇コレクション 4」朝日新聞社 2006 p273
におい―真夜中の旅
　◇「松下竜一未刊行著作集 3」海鳥社 2009 p355
匂う女
　◇「日影丈吉全集 6」国書刊行会 2002 p104
ニオベ―一幕
　◇「決定版 三島由紀夫全集 21」新潮社 2002 p273
二階席
　◇「小沼丹全集 4」未知谷 2004 p333
二階に居る時
　◇「宮本百合子全集 32」新日本出版社 2003 p102
二階のおっちゃん
　◇「田辺聖子全集 5」集英社 2004 p468
二回目の休筆宣言〔昭和七年度〕
　◇「江戸川乱歩全集 28」光文社 2006（光文社文庫）p499
二月堂の夕
　◇「谷崎潤一郎全集 12」中央公論新社 2017 p177
二月七日
　◇「宮本百合子全集 33」新日本出版社 2004 p475
二月の或夜に
　◇「中井英夫全集 10」東京創元社 2002（創元ライブラリ）p57
二月の市村座覗き
　◇「徳田秋聲全集 19」八木書店 2000 p370
二月の月評
　◇「徳田秋聲全集 23」八木書店 2001 p109
二月の作品
　◇「小林秀雄全作品 3」新潮社 2002 p55
　◇「小林秀雄全集 補巻 1」新潮社 2010 p141
二月の作品
　◇「徳田秋聲全集 20」八木書店 2001 p10
二月の帝劇合評
　◇「徳田秋聲全集 20」八木書店 2001 p96
二月の本郷座
　◇「徳田秋聲全集 19」八木書店 2000 p366
二月の雪
　◇「林京子全集 4」日本図書センター 2005 p437
二科展を見る
　◇「小林秀雄全作品 4」新潮社 2003 p233
　◇「小林秀雄全集 補巻 1」新潮社 2010 p219
苦笑ひの別れ
　◇「阿川弘之全集 16」新潮社 2006 p339
握った手
　◇「坂口安吾全集 14」筑摩書房 1999 p373

「にぎやかな家」（庄野英二）解説
　◇「小沼丹全集 4」未知谷 2004 p697
にぎやかな街で
　◇「丸谷才一全集 1」文藝春秋 2013 p313
握りめし
　◇「小松左京全集 完全版 19」城西国際大学出版会 2013 p259
握り飯
　◇「隆慶一郎全集 19」新潮社 2010 p298
肉
　◇「小田実全集 小説 17」講談社 2011 p58
憎い憎いブルース
　◇「寺山修司著作集 4」クインテッセンス出版 2009 p245
肉塊
　◇「谷崎潤一郎全集 10」中央公論新社 2016 p85
「肉塊」の筆を執るに際して
　◇「谷崎潤一郎全集 10」中央公論新社 2016 p429
肉がなけりゃ
　◇「色川武大・阿佐田哲也エッセイズ 3」筑摩書房 2003（ちくま文庫）p365
肉仮面
　◇「山田風太郎ミステリー傑作選 10」光文社 2002（光文社文庫）p736
肉眼主義へのいましめ―文学者から読者へ
　◇「安部公房全集 6」新潮社 1998 p74
憎しみ
　◇「大庭みな子全集 17」日本経済新聞出版社 2010 p19
にくしみある わらい
　◇「松田解子自選集 9」澤田出版 2009 p88
「憎しみ」「恐怖」がもたらす社会的緊張
　◇「小松左京全集 完全版 35」城西国際大学出版会 2009 p441
肉食の食客
　◇「森村誠一ベストセレクション 溺死水系」光文社 2011（光文社文庫）p43
肉親
　◇「宮本百合子全集 18」新日本出版社 2002 p395
肉身の殺人
　◇「浜尾四郎全集 1」沖積舎 2004 p215
肉体
　◇「寺山修司著作集 4」クインテッセンス出版 2009 p323
肉体を動かすことの羞恥とそこからの解放と
　◇「松下竜一未刊行著作集 7」海鳥社 2008 p220
肉体解放論
　◇「田村泰次郎選集 5」日本図書センター 2005 p192
肉体が人間である
　◇「田村泰次郎選集 5」日本図書センター 2005 p187

肉体自体が思考する
　◇「坂口安吾全集 4」筑摩書房 1998 p268
肉体と植物
　◇「安部公房全集 3」新潮社 1997 p191
肉体と精神
　◇「小島信夫批評集成 2」水声社 2011 p219
肉体の悪魔
　◇「決定版 三島由紀夫全集 27」新潮社 2003 p697
肉体の悪魔―張玉芝に贈る
　◇「田村泰次郎選集 2」日本図書センター 2005 p84
肉体の運動 精神の運動―芸術におけるモラルと技術〔対談〕(石川淳)
　◇「決定版 三島由紀夫全集 40」新潮社 2004 p323
肉体の学校
　◇「決定版 三島由紀夫全集 9」新潮社 2001 p387
肉体の思想化―魯迅
　◇「佐々木基一全集 1」河出書房新社 2013 p322
肉体の文学・小田切秀雄『人間と文学』
　◇「佐々木基一全集 1」河出書房新社 2013 p423
肉体の門
　◇「田村泰次郎選集 3」日本図書センター 2005 p28
肉体の門 第二部
　◇「田村泰次郎選集 3」日本図書センター 2005 p293
肉体文学の方向
　◇「田村泰次郎選集 5」日本図書センター 2005 p197
肉体は滅びず、分散するのみ〔座談会〕(渥美和彦、國弘正雄、森政弘、吉田夏彦)
　◇「小松左京全集 完全版 39」城西国際大学出版会 2012 p202
にくまれ口
　◇「谷崎潤一郎全集 24」中央公論新社 2016 p495
憎まれ者
　◇「大坪砂男全集 4」東京創元社 2013（創元推理文庫）p197
憎まれ者
　◇「松下竜一未刊行著作集 1」海鳥社 2008 p108
憎むこと・愛すること―私の読書遍歴
　◇「中井英夫全集 6」東京創元社 1996（創元ライブラリ）p425
肉屋の親方殺人事件
　◇「井上ひさし短編中編小説集成 9」岩波書店 2015 p166
逃げたい心
　◇「坂口安吾全集 1」筑摩書房 1999 p530
にげた宇ちゅう人
　◇「小松左京全集 完全版 24」城西国際大学出版会 2016 p378
逃げた小鳥
　◇「徳田秋聲全集 15」八木書店 1999 p308

逃げた娘
　◇「松田解子自選集 5」澤田出版 2007 p5
にげていった子
　◇「小松左京全集 完全版 24」城西国際大学出版会 2016 p462
逃げの小五郎
　◇「司馬遼太郎短篇全集 8」文藝春秋 2005 p7
逃げ場のない状況のなかで
　◇「小田実全集 評論 17」講談社 2012 p214
逃げる
　◇「宮城谷昌光全集 2」文藝春秋 2003 p239
逃げる男
　◇「中井英夫全集 6」東京創元社 1996（創元ライブラリ）p582
「逃げる」ということ
　◇「小田実全集 評論 5」講談社 2010 p322
二合五勺に関する愛国的考察
　◇「坂口安吾全集 4」筑摩書房 1998 p502
濁つた河は音もなく
　◇「上野壯夫全集 1」図書新聞 2010 p221
濁った陽
　◇「松本清張初文庫化作品集 2」双葉社 2005（双葉文庫）p7
ニコデモ
　◇「小沼丹全集 1」未知谷 2004 p113
ニコニコ座の娘
　◇「大庭みな子全集 17」日本経済新聞出版社 2010 p36
ニコライ遭難
　◇「吉村昭歴史小説集成 8」岩波書店 2009 p1
濁らぬ水
　◇「徳田秋聲全集 5」八木書店 1998 p77
にごり酒
　◇「金鶴泳作品集 2」クレイン 2006 p650
にごり酒（一八首）
　◇「石牟礼道子全集 1」藤原書店 2004 p590
二作 第31回女流文学賞
　◇「大庭みな子全集 24」日本経済新聞出版社 2011 p86
二冊の同じ本
　◇「松本清張初文庫化作品集 1」双葉社 2005（双葉文庫）p219
仁左の柿右衛門
　◇「徳田秋聲全集 19」八木書店 2000 p316
二三の映画
　◇「徳田秋聲全集 23」八木書店 2001 p146
二三の抗議
　◇「徳田秋聲全集 22」八木書店 2001 p114
虹
　◇「石牟礼道子全集 1」藤原書店 2004 p398
　◇「石牟礼道子全集 1」藤原書店 2004 p439
　◇「石牟礼道子全集 11」藤原書店 2005 p352

にし

虹
  ◇「大庭みな子全集 14」日本経済新聞出版社 2010 p401

虹
  ◇「〔野呂邦暢〕随筆コレクション 1」みすず書房 2014 p210

虹
  ◇「日影丈吉全集 6」国書刊行会 2002 p501

虹色の旗
  ◇「定本 久生十蘭全集 別巻」国書刊行会 2013 p57

西浦宏己写真展『与那国島』
  ◇「石牟礼道子全集 14」藤原書店 2008 p371

西江雅之
  ◇「金井美恵子エッセイ・コレクション―1964-2013 1」平凡社 2013 p120

西荻随筆
  ◇「坂口安吾全集 7」筑摩書房 1998 p132

西片町と兄のこと
  ◇「辻邦生全集 16」新潮社 2005 p25

西か東か
  ◇「宮城谷昌光全集 21」文藝春秋 2004 p447

西川正身著『孤絶の諷刺家 アンブローズ・ビアス』評
  ◇「小島信夫批評集成 7」水声社 2011 p42

錦木
  ◇「宮本百合子全集 32」新日本出版社 2003 p136

西小磯雨話 昭和三十一年（吉田茂、徳川夢声）
  ◇「内田百閒集成 21」筑摩書房 2004（ちくま文庫）p279

〈西島建男との対談〉未完の世紀
  ◇「石牟礼道子全集 16」藤原書店 2013 p677

二十世紀旗手
  ◇「太宰治映画化原作コレクション 2」文藝春秋 2009（文春文庫）p45

二十世紀ノア
  ◇「山田風太郎ミステリー傑作選 8」光文社 2002（光文社文庫）p354

「二十世紀」の戦争
  ◇「小田実全集 評論 29」講談社 2013 p29

二〇世紀のひとつの顔
  ◇「小田実全集 評論 2」講談社 2010 p142

二十世紀の文学〔対談〕（安部公房、三島由紀夫）
  ◇「安部公房全集 20」新潮社 1999 p55
  ◇「決定版 三島由紀夫全集 39」新潮社 2004 p508

二十世紀末の闇と光（井筒俊彦）
  ◇「司馬遼太郎対話選集 10」文藝春秋 2006（文春文庫）p179

虹と浮橋
  ◇「大庭みな子全集 1」日本経済新聞出版社 2009 p114

西と東
  ◇「大庭みな子全集 23」日本経済新聞出版社 2011 p617

仁科氏の装置
  ◇「小松左京全集 完全版 25」城西国際大学出版会 2017 p145

西日本の新刊から 戦争体験記録
  ◇「〔野呂邦暢〕随筆コレクション 2」みすず書房 2014 p437

虹の恐怖
  ◇「山本周五郎探偵小説全集 6」作品社 2008 p307

西の国の伊達男たち―T・S・エリオット
  ◇「丸谷才一全集 11」文藝春秋 2014 p276

虹の推理
  ◇「大庭みな子全集 9」日本経済新聞出版社 2010 p409

虹の立つ海
  ◇「中井英夫全集 12」東京創元社 2006（創元ライブラリ）p130

西の旅
  ◇「徳田秋聲全集 18」八木書店 2000 p236

虹の通信
  ◇「松下竜一未刊行著作集 1」海鳥社 2008 p59

「虹の通信」更にその後
  ◇「松下竜一未刊行著作集 1」海鳥社 2008 p80

「虹の通信」その後
  ◇「松下竜一未刊行著作集 1」海鳥社 2008 p74

虹の通信その後
  ◇「松下竜一未刊行著作集 1」海鳥社 2008 p43

虹の橋
  ◇「定本 久生十蘭全集 9」国書刊行会 2011 p617

虹の橋づめ
  ◇「大庭みな子全集 12」日本経済新聞出版社 2010 p133

「虹の橋づめ」大庭みな子さん
  ◇「大庭みな子全集 24」日本経済新聞出版社 2011 p250

虹の発見本部
  ◇「松下竜一未刊行著作集 2」海鳥社 2008 p27

虹の繭
  ◇「大庭みな子全集 9」日本経済新聞出版社 2010 p20

虹の繭（松尾忠男の白球写真館1）
  ◇「大庭みな子全集 23」日本経済新聞出版社 2011 p300

虹の岬
  ◇「辻井喬コレクション 4」河出書房新社 2003 p7

西宮のパラシュート塔
  ◇「小田実全集 小説 19」講談社 2012 p173

ニシパ
  ◇「四季桂子全集」皆進社 2013 p292

霓(ニジ)博士の廃頽
  ◇「坂口安吾全集 1」筑摩書房 1999 p125

西日
  ◇「内田百閒集成 19」筑摩書房 2004（ちくま文庫）p70

西ベルリンを通して西ドイツを考える
　◇「小田実全集 評論 17」講談社 2012 p13
西ベルリンで見たこと日本で考えたこと
　◇「小田実全集 評論 17」講談社 2012 p11
西ベルリンの「老マレーネ・デートリッヒ」
　たち
　◇「小田実全集 評論 17」講談社 2012 p297
西堀栄三郎—巨大なテクノロジスト〔鼎談〕
　（加藤秀俊，西堀栄三郎）
　◇「小松左京全集 完全版 38」城西国際大学出版会
　　2010 p59
西村少年
　◇「梅崎春生作品集 3」沖積舎 2004 p234
二十一
　◇「坂口安吾全集 3」筑摩書房 1999 p467
二十一世紀への序章—食事文化
　◇「小松左京全集 完全版 36」城西国際大学出版会
　　2011 p265
二十一世紀への夢
　◇「井上ひさしコレクション 日本の巻」岩波書店
　　2005 p120
二十一世紀学事始
　◇「小松左京全集 完全版 35」城西国際大学出版会
　　2009 p207
二十一世紀の戦争
　◇「井上ひさしコレクション 日本の巻」岩波書店
　　2005 p231
『21世紀の日本』を考える〔座談会〕（星新一，
　小松左京，福島正実，石川喬司）
　◇「安部公房全集 20」新潮社 1999 p212
二十一世紀の防災思想へ
　◇「小松左京全集 完全版 46」城西国際大学出版会
　　2016 p159
「21世紀論文」への怒り
　◇「小松左京全集 完全版 28」城西国際大学出版会
　　2006 p168
『J』と「 」
　◇「金井美恵子エッセイ・コレクション—1964–
　　2013 3」平凡社 2013 p358
二五年—隣の国の戦争
　◇「日影丈吉全集 別巻」国書刊行会 2005 p684
二十五の女をくどく法
　◇「田辺聖子全集 16」集英社 2005 p300
二十三年
　◇「山本周五郎長篇小説全集 4」新潮社 2013 p491
二十三番地
　◇「宮本百合子全集 33」新日本出版社 2004 p98
二十四五
　◇「徳田秋聲全集 8」八木書店 2000 p138
二十四作家が本年発表せる其の創作に就いて
　の感想
　◇「徳田秋聲全集 23」八木書店 2001 p282

二重死肉
　◇「森村誠一ベストセレクション 二重死肉」光文社
　　2011（光文社文庫）p5
二十代座談会 世紀の課題について（上野光平，
　小林明，関根弘，中田耕治，中野泰雄，宮本治）
　◇「安部公房全集 2」新潮社 1997 p59
二十代作家出でよ、ということ
　◇「小島信夫批評集成 2」水声社 2011 p768
二十代の私
　◇「江戸川乱歩全集 30」光文社 2005（光文社文
　　庫）p83
二十七歳
　◇「坂口安吾全集 5」筑摩書房 1998 p97
二十二世紀の大国・ブラジル
　◇「小松左京全集 完全版 32」城西国際大学出版会
　　2008 p214
二十年を縦断する
　◇「小田実全集 評論 4」講談社 2010 p56
20年でプッツリ切れてゐる—最長の元号
　「昭和」
　◇「決定版 三島由紀夫全集 36」新潮社 2003 p242
二十年前の日記
　◇「江戸川乱歩全集 30」光文社 2005（光文社文
　　庫）p87
二重の偶然
　◇「山田風太郎エッセイ集成 わが推理小説零年」筑
　　摩書房 2007 p150
二重の部屋〔翻訳〕（ボードレール）
　◇「谷崎潤一郎全集 7」中央公論新社 2016 p468
二重の役
　◇「中井英夫全集 12」東京創元社 2006（創元ライ
　　ブラリ）p53
二十八日間世界食いしんぼ旅行
　◇「向田邦子全集 新版 10」文藝春秋 2010 p165
二十四時間の恐怖
　◇「大坪砂男全集 3」東京創元社 2013（創元推理
　　文庫）p449
二十四年ぶりの防災基本計画改定
　◇「小松左京全集 完全版 46」城西国際大学出版会
　　2016 p82
二十六年目の汽車がくる
　◇「石牟礼道子全集 7」藤原書店 2005 p401
二十六のままでいるような
　◇「松下竜一未刊行著作集 5」海鳥社 2009 p209
二種類の旅
　◇「大庭みな子全集 23」日本経済新聞出版社 2011
　　p542
二升の魚をなめたとき
　◇「石牟礼道子全集 5」藤原書店 2004 p442
西脇順三郎先生
　◇「田中志津全作品集 下巻」武蔵野書院 2013 p209
西はどっち
　◇「大庭みな子全集 4」日本経済新聞出版社 2009

にしん

p485
ニシン万歳
　◇「小檜山博全集 8」柏艪舎 2006 p194
ニースからイタリアへ
　◇「辻邦生全集 16」新潮社 2005 p358
二青年
　◇「徳田秋聲全集 29」八木書店 2002 p432
にせ絵葉書
　◇「寺山修司著作集 4」クインテッセンス出版 2009 p99
ニセ学生スペイン版―アンダルシア放浪記
　◇「小田実全集 評論 1」講談社 2010 p253
偽狂人の犯罪
　◇「松本清張傑作選 暗闇に嗤うドクター」新潮社 2009 p239
　◇「松本清張傑作選 暗闇に嗤うドクター」新潮社 2013（新潮文庫）p337
ニセコで
　◇「小檜山博全集 6」柏艪舎 2006 p255
ニセコの野生
　◇「小檜山博全集 8」柏艪舎 2006 p60
「贋魚」改訂版―周辺飛行26
　◇「安部公房全集 24」新潮社 1999 p430
贋魚のエピソード―周辺飛行24
　◇「安部公房全集 24」新潮社 1999 p420
贋魚（「箱男」より）―周辺飛行25
　◇「安部公房全集 24」新潮社 1999 p424
にせ車掌の記
　◇「阿川弘之全集 16」新潮社 2006 p57
ニセ釣舟―小崎照雄さん
　◇「石牟礼道子全集 9」藤原書店 2006 p547
贋泥
　◇「内田百閒集成 19」筑摩書房 2004（ちくま文庫）p112
贋ドン・ファン記
　◇「決定版 三島由紀夫全集 16」新潮社 2002 p303
贋 南部義民伝
　◇「立松和平全小説 8」勉誠出版 2010 p265
贋（にせ）の季節
　◇「梅崎春生作品集 2」沖積舎 2004 p134
贋の金貨
　◇「中井英夫全集 12」東京創元社 2006（創元ライブラリ）p61
「贋の偶像」について
　◇「決定版 三島由紀夫全集 34」新潮社 2003 p306
贋の群像
　◇「小島信夫短篇集成 3」水声社 2014 p401
偽紫式部日記
　◇「瀬戸内寂聴随筆選 1」ゆまに書房 2009 p51
ニセモノへの賭け
　◇「井上ひさしコレクション ことばの巻」岩波書店 2005 p387

偽物の新橋駅
　◇「内田百閒集成 2」筑摩書房 2002（ちくま文庫）p203
贋ものの田園
　◇「決定版 三島由紀夫全集 37」新潮社 2004 p379
偽物の排除について
　◇「〔池澤夏樹〕エッセー集成 1」みすず書房 2008 p191
ニセモノのはなし
　◇「小島信夫批評集成 2」水声社 2011 p299
贋世捨人
　◇「車谷長吉全集 2」新書館 2010 p283
二〇〇一年度朝日賞受賞 謝辞
　◇「石牟礼道子全集 17」藤原書店 2012 p492
二銭紀
　◇「内田百閒集成 5」筑摩書房 2003（ちくま文庫）p95
二〇一〇年八月一五日
　◇「小松左京全集 完全版 15」城西国際大学出版会 2010 p186
二銭銅貨
　◇「江戸川乱歩全集 1」光文社 2004（光文社文庫）p11
　◇「江戸川乱歩全集 30」光文社 2005（光文社文庫）p346
　◇「江戸川乱歩全集 1」沖積舎 2006 p209
「二千人の歯医者」と「瀟洒」
　◇「金井美恵子エッセイ・コレクション―1964-2013 1」平凡社 2013 p391
二千六百五年に於ける詩論
　◇「決定版 三島由紀夫全集 36」新潮社 2003 p541
二千六百万年
　◇「横溝正史探偵小説コレクション 1」出版芸術社 2004 p229
二代目谷崎久右衛門
　◇「谷崎潤一郎全集 21」中央公論新社 2016 p219
二代目の記
　◇「吉行淳之介エッセイ・コレクション 3」筑摩書房 2004（ちくま文庫）p31
似たひと
　◇「宮本百合子全集 13」新日本出版社 2001 p235
似たりよったり
　◇「日影丈吉全集 8」国書刊行会 2004 p583
ニ短調のアリバイ
　◇「天城一傑作集 2」日本評論社 2005 p499
日映の思い出
　◇「坂口安吾全集 4」筑摩書房 1998 p516
ニーチェと現代〔対談〕（手塚富雄）
　◇「決定版 三島由紀夫全集 39」新潮社 2004 p544
日月様
　◇「坂口安吾全集 7」筑摩書房 1998 p378
日月山脈―農牧二大文化の分水嶺
　◇「小松左京全集 完全版 43」城西国際大学出版会

2014 p113
日月潭工事
　◇「田村泰次郎選集 1」日本図書センター 2005 p86
日月丸還る
　◇「石牟礼道子全集 16」藤原書店 2013 p373
日月丸始末
　◇「石牟礼道子全集 15」藤原書店 2012 p426
日月丸に魂たちを乗せて
　◇「石牟礼道子全集 15」藤原書店 2012 p405
「日月丸」の輝き
　◇「石牟礼道子全集 15」藤原書店 2012 p449
日常
　◇「野呂邦暢小説集成 2」文遊社 2013 p125
「日常」をかんがえさせるSF
　◇「鈴木いづみコレクション 7」文遊社 1997 p84
日常化する極限世界
　◇「石牟礼道子全集 7」藤原書店 2005 p435
日常これすべて事件
　◇「小島信夫批評集成 8」水声社 2010 p28
日常性への宣告─『第四間氷期』あとがき
　◇「安部公房全集 11」新潮社 1998 p141
日常生活と變態心理
　◇「小酒井不木随筆評論選集 8」本の友社 2004 p161
日常生活における「物語」の効用
　◇「鈴木いづみセカンド・コレクション 4」文遊社 2004 p73
日常生活の発見〔対談〕磯田光一
　◇「安部公房全集 21」新潮社 1999 p419
日常的患者
　◇「吉田知子選集 2」景文館書店 2013 p203
日常的親友
　◇「吉田知子選集 2」景文館書店 2013 p91
日常的先生
　◇「吉田知子選集 2」景文館書店 2013 p157
日常的二号
　◇「吉田知子選集 2」景文館書店 2013 p69
日常的母娘
　◇「吉田知子選集 2」景文館書店 2013 p5
日常的美青年
　◇「吉田知子選集 2」景文館書店 2013 p179
日常的夫婦
　◇「吉田知子選集 2」景文館書店 2013 p27
日常的嫁男
　◇「吉田知子選集 2」景文館書店 2013 p49
日常的隣人
　◇「吉田知子選集 2」景文館書店 2013 p135
日常的レズ
　◇「吉田知子選集 2」景文館書店 2013 p113
日常と性
　◇「小島信夫批評集成 2」水声社 2011 p534

日大ギャング
　◇「坂口安吾全集 9」筑摩書房 1998 p456
日独「市民主導(イニシアティブ)」の連帯
　◇「小田実全集 評論 17」講談社 2012 p237
日独文学者の出会い
　◇「小田実全集 評論 17」講談社 2012 p322
日々是好日
　◇「決定版 三島由紀夫全集 33」新潮社 2003 p207
日日是処女
　◇「20世紀断層─野坂昭如単行本未収録小説集成 4」幻戯書房 2010 p617
日仏神前歌競べ
　◇「20世紀断層─野坂昭如単行本未収録小説集成 4」幻戯書房 2010 p438
日米安保は名存實亡か
　◇「福田恆存評論集 18」麗澤大學出版會, 廣池學園事業部〔発売〕 2010 p291
日米合作の親善オペラ─悲恋物語"軽王子と衣通姫"
　◇「決定版 三島由紀夫全集 補巻」新潮社 2005 p140
日米「共犯」関係のなかで
　◇「小田実全集 評論 24」講談社 2012 p226
日米決鬪
　◇〔押川〕春浪選集 8」本の友社 2004 p1
日米酒合戦
　◇「20世紀断層─野坂昭如単行本未収録小説集成 4」幻戯書房 2010 p261
日米相互不信の原因
　◇「福田恆存評論集 10」麗澤大學出版會, 廣池學園事業部〔発売〕 2008 p99
日米兩國民に訴へる
　◇「福田恆存評論集 10」麗澤大學出版會, 廣池學園事業部〔発売〕 2008 p9
日没閉門
　◇「内田百閒集成 19」筑摩書房 2004（ちくま文庫）p269
日用雑貨
　◇「隆慶一郎全集 19」新潮社 2010 p414
日曜の午後のラヂオ
　◇「決定版 三島由紀夫全集 37」新潮社 2004 p391
日曜日
　◇「決定版 三島由紀夫全集 18」新潮社 2002 p59
日曜日の朝
　◇「大坪砂男全集 4」東京創元社 2013（創元推理文庫）p191
日曜日の朝
　◇「決定版 三島由紀夫全集 36」新潮社 2003 p436
二丁目ローレライ
　◇「20世紀断層─野坂昭如単行本未収録小説集成 3」幻戯書房 2010 p348
日輪没するなかれ
　◇「山田風太郎エッセイ集成 わが推理小説零年」筑摩書房 2007 p168

にちり

日輪礼讃
　◇「決定版 三島由紀夫全集 37」新潮社 2004 p473

日蓮上人〔賞外〕
　◇「谷崎潤一郎全集 25」中央公論新社 2016 p37

日蓮のこと立正安国論のことなど
　◇「決定版 三島由紀夫全集 26」新潮社 2003 p369

日録
　◇「決定版 三島由紀夫全集 34」新潮社 2003 p297

日露断交の日二月六日を回想
　◇「徳田秋聲全集 23」八木書店 2001 p154

日韓両国民への直言―相互嫌悪をどう越えるか〔対談〕(申相楚)
　◇「福田恆存対談・座談集 4」玉川大学出版部 2012 p349

日記
　◇「大庭みな子全集 23」日本経済新聞出版社 2011 p734

日記
　◇「金井美恵子自選短篇集 砂の粒／孤独な場所で」講談社 2014 (講談社文芸文庫) p7

日記
　◇「狩久全集 6」皆進社 2013 p253

日記
　◇「小島信夫批評集成 2」水声社 2011 p60

日記
　◇「徳田秋聲全集 別巻」八木書店 2006 p1

日記
　◇「〔野呂邦暢〕随筆コレクション 1」みすず書房 2014 p336

日記
　◇「決定版 三島由紀夫全集 31」新潮社 2003 p582
　◇「決定版 三島由紀夫全集 37」新潮社 2004 p569

日記
　◇「宮本百合子全集 12」新日本出版社 2001 p127

ニッキイ・ウェルト 語学と探偵
　◇「日影丈吉全集 別巻」国書刊行会 2005 p328

日記から
　◇「石牟礼道子全集 8」藤原書店 2005 p295

日記から
　◇「〔野呂邦暢〕随筆コレクション 2」みすず書房 2014 p6

日記(「十一月廿五日……」)
　◇「決定版 三島由紀夫全集 33」新潮社 2003 p614

日記抄 昭和十五年
　◇「徳田秋聲全集 別巻」八木書店 2006 p45

日記抄(昭和十四年・上)
　◇「徳田秋聲全集 別巻」八木書店 2006 p23

日記抄(昭和十四年・中)
　◇「徳田秋聲全集 別巻」八木書店 2006 p29

日記抄(昭和十四年・下)
　◇「徳田秋聲全集 別巻」八木書店 2006 p37

日記 1971年1月16日～7月22日
　◇「須賀敦子全集 7」河出書房新社 2007 (河出文庫) p416

日記帳
　◇「江戸川乱歩全集 1」光文社 2004 (光文社文庫) p343
　◇「江戸川乱歩全集 18」沖積舎 2009 p247

日記帳
　◇「松下竜一未刊行著作集 1」海鳥社 2008 p336

日記という鏡
　◇「〔野呂邦暢〕随筆コレクション 1」みすず書房 2014 p72

日記について
　◇「〔野呂邦暢〕随筆コレクション 2」みすず書房 2014 p131

日記について
　◇「吉行淳之介エッセイ・コレクション 3」筑摩書房 2004 (ちくま文庫) p168

日記の習慣が「思想犯罪」となる
　◇「小松左京全集 完全版 40」城西国際大学出版会 2012 p351

日記のなかの作家の顔
　◇「辻邦生全集 18」新潮社 2005 p162

〈日共を除名された安部公房氏〉『東京タイムス』のインタビューに答えて
　◇「安部公房全集 15」新潮社 1998 p435

日記(一) DIARY〔昭和三十三年七月十一日～同年十一月二十六日〕
　◇「谷崎潤一郎全集 26」中央公論新社 2017 p9

日記(二) 自由日記〔昭和三十四年二月一日～同年十月二十四日〕
　◇「谷崎潤一郎全集 26」中央公論新社 2017 p47

日記(三) 自由日記〔昭和三十四年十月二十五日～同年十二月三十一日〕
　◇「谷崎潤一郎全集 26」中央公論新社 2017 p95

日記(四) 自由日記〔昭和三十五年一月一日～同年十一月十八日〕
　◇「谷崎潤一郎全集 26」中央公論新社 2017 p107

日記(五) 自由日記〔昭和三十五年十一月十九日～昭和三十六年九月十八日〕
　◇「谷崎潤一郎全集 26」中央公論新社 2017 p151

日記(六) 自由日記〔昭和三十六年九月十九日～昭和三十七年五月七日〕
　◇「谷崎潤一郎全集 26」中央公論新社 2017 p195

日記(七) DIARY〔昭和三十七年五月八日～同年十一月二十四日〕
　◇「谷崎潤一郎全集 26」中央公論新社 2017 p243

日記(八) 自由日記〔昭和三十七年十一月二十五日～昭和三十八年二月四日〕
　◇「谷崎潤一郎全集 26」中央公論新社 2017 p281

日記 1
　◇「宮本百合子全集 26」新日本出版社 2003

日記 2
　◇「宮本百合子全集 27」新日本出版社 2003
日記 3
　◇「宮本百合子全集 28」新日本出版社 2003
日記 4
　◇「宮本百合子全集 29」新日本出版社 2003
ニック・ヴェルヴェット 塵をぬすむ怪盗
　◇「日影丈吉全集 別巻」国書刊行会 2005 p403
日光
　◇「小島信夫短篇集成 7」水声社 2015 p407
日光
　◇「立松和平全小説 25」勉誠出版 2014 p241
日光神領猟師隊
　◇「立松和平全小説 8」勉誠出版 2010 p218
日光浴
　◇「決定版 三島由紀夫全集 30」新潮社 2003 p284
日光連山とぶなの木
　◇「宮本百合子全集 32」新日本出版社 2003 p485
日食
　◇「石上玄一郎作品集 2」日本図書センター 2004 p53
　◇「石上玄一郎小説作品集成 2」未知谷 2008 p401
日食
　◇「決定版 三島由紀夫全集 18」新潮社 2002 p131
日蝕の歌
　◇「横溝正史時代小説コレクション伝奇篇 3」出版芸術社 2003 p100
日蝕の子ら
　◇「中井英夫全集 2」東京創元社 1998（創元ライブラリ）p195
日清戦争前後
　◇「谷崎潤一郎全集 21」中央公論新社 2016 p257
日生劇場の將來（十月二十五日）
　◇「福田恆存評論集 18」麗澤大學出版會, 廣池學園事業部〔発売〕2010 p90
新田次郎賞を受賞して
　◇「宮城谷昌光全集 21」文藝春秋 2004 p88
日中国交樹立は何が目的か──柴田穂〔対談〕（柴田穂）
　◇「福田恆存対談・座談集 4」玉川大学出版部 2012 p223
日本（にっぽん）… → "にほん…"をも見よ
日本一
　◇「井上ひさし短編中編小説集成 10」岩波書店 2015 p511
日本一の美女 初のミスコンNO.1
　◇「小松左京全集 完全版 42」城西国際大学出版会 2014 p242
日本一のブロイラー工場
　◇「小松左京全集 完全版 40」城西国際大学出版会 2012 p228
「日本が心配」
　◇「石牟礼道子全集 13」藤原書店 2007 p580

ニッポン国解散論
　◇「小松左京全集 完全版 29」城西国際大学出版会 2007 p171
ニッポン三週間
　◇「宮本百合子全集 10」新日本出版社 2001 p109
につぽん製
　◇「決定版 三島由紀夫全集 4」新潮社 2001 p7
日本の残したい風景
　◇「車谷長吉全集 3」新書館 2010 p371
二桃三士を殺す
　◇「宮城谷昌光全集 21」文藝春秋 2004 p471
二等車内の若い女
　◇「徳田秋聲全集 19」八木書店 2000 p211
二度の訪問
　◇「小島信夫短篇集成 6」水声社 2015 p127
二度目の遺書──三島由紀夫『小説とは何か』
　◇「中井英夫全集 6」東京創元社 1996（創元ライブラリ）p252
二度読んで 第5回「海燕」新人文学賞
　◇「大庭みな子全集 24」日本経済新聞出版社 2011 p61
二・二六事件と私
　◇「決定版 三島由紀夫全集 34」新潮社 2003 p107
二・二六事件について
　◇「決定版 三島由紀夫全集 34」新潮社 2003 p658
二・二六将校と全学連学生との断絶〔対談〕（堤清二）
　◇「決定版 三島由紀夫全集 40」新潮社 2004 p584
二人三脚
　◇「日影丈吉全集 5」国書刊行会 2003 p557
二宮金次郎尊徳
　◇「井上ひさしコレクション 日本の巻」岩波書店 2005 p295
二癈人
　◇「江戸川乱歩全集 1」光文社 2004（光文社文庫）p125
　◇「江戸川乱歩全集 7」沖積舎 2007 p147
二番目は酒
　◇「坂口安吾全集 13」筑摩書房 1999 p373
二百十日のころ
　◇「大庭みな子全集 12」日本経済新聞出版社 2010 p193
二百年
　◇「大庭みな子全集 14」日本経済新聞出版社 2010 p7
二百年に当る近松の記念劇「天の網島」を見て
　◇「徳田秋聲全集 20」八木書店 2001 p217
ニヒリズムの芸術
　◇「〔野呂邦暢〕随筆コレクション 1」みすず書房 2014 p177
二夫婦半
　◇「中戸川吉二作品集」勉誠出版 2013 p239

にふん

2文学青年
　◇「小松左京全集 完全版 45」城西国際大学出版会 2015 p128

二分三〇秒の賭博
　◇「寺山修司著作集 4」クインテッセンス出版 2009 p125

二保事件の岡部保さんの訴えを聞く会＝お願い
　◇「松下竜一未刊行著作集 4」海鳥社 2008 p9

日本（にほん）… → "にっぽん…"をも見よ

日本アパッチ族
　◇「小松左京全集 完全版 1」城西国際大学出版会 2006 p7

日本イメージ紀行
　◇「小松左京全集 完全版 31」城西国際大学出版会 2008 p9

日本埋立論
　◇「小松左京全集 完全版 42」城西国際大学出版会 2014 p310

日本売ります
　◇「小松左京全集 完全版 12」城西国際大学出版会 2007 p281

日本映画が急速に充実
　◇「小松左京全集 完全版 42」城西国際大学出版会 2014 p229

日本映画の向上が問題だ!!
　◇「佐々木基一全集 1」河出書房新社 2013 p96

日本映画は何によって世界に主張するか
　◇「佐々木基一全集 7」河出書房新社 2013 p285

日本SF始動
　◇「小松左京全集 完全版 45」城西国際大学出版会 2015 p159

日本への信条
　◇「決定版 三島由紀夫全集 34」新潮社 2003 p288

日本へ向かう女性たち
　◇「小檜山博全集 7」柏艪舎 2006 p64

日本を沈めた人 小松左京対談集
　◇「小松左京全集 完全版 33」城西国際大学出版会 2011 p5

日本および日本人
　◇「福田恆存評論集 3」麗澤大學出版會, 廣池學園事業部〔発売〕 2008 p241

日本海岸・国道7号線もマイカーでラッシュ
　◇「小松左京全集 完全版 29」城西国際大学出版会 2007 p139

日本外交 激動す 西春彦氏に聞く（加藤秀俊, 河合秀和, 中村隆英, 西春彦）
　◇「小松左京全集 完全版 38」城西国際大学出版会 2010 p212

「日本海」と「東海（トンヘ）」
　◇「小田実全集 評論 18」講談社 2012 p78

日本海にやられる
　◇「小檜山博全集 8」柏艪舎 2006 p41

日本海のタコ
　◇「小檜山博全集 8」柏艪舎 2006 p72

日本が失ったもの
　◇「小檜山博全集 7」柏艪舎 2006 p66

日本学芸新聞に寄せる言葉
　◇「徳田秋聲全集 22」八木書店 2001 p316

日本が孤独になる日〔座談会〕（渥美和彦, 國弘正雄, 森政弘, 吉田夏彦）
　◇「小松左京全集 完全版 39」城西国際大学出版会 2012 p157

日本が世界に語る
　◇「小田実全集 評論 2」講談社 2010 p227

日本が世界に語る―「ジャパン・スピークス」の提唱
　◇「小田実全集 評論 2」講談社 2010 p258

日本敵討ち異相
　◇「長谷川伸傑作選 日本敵討ち異相」国書刊行会 2008 p7

日本家庭論
　◇「福田恆存評論集 17」麗澤大學出版會, 廣池學園事業部〔発売〕 2010 p268

日本が果すべき大きな役割
　◇「小松左京全集 完全版 40」城西国際大学出版会 2012 p439

「日本株式会社」としての「経済大国」
　◇「小田実全集 評論 22」講談社 2012 p9

日本キネマに就て
　◇「徳田秋聲全集 21」八木書店 2001 p309

日本―均質性の底に
　◇「小松左京全集 完全版 39」城西国際大学出版会 2012 p28

日本近代の成りゆきと水俣
　◇「石牟礼道子全集 7」藤原書店 2005 p285

日本犬の話
　◇「坂口安吾全集 13」筑摩書房 1999 p314

日本語を見限らざるの弁
　◇「阿川弘之全集 18」新潮社 2007 p309

日本語を見わたす
　◇「丸谷才一全集 10」文藝春秋 2014 p491

日本國憲法は責任回避の口實か
　◇「福田恆存評論集 10」麗澤大學出版會, 廣池學園事業部〔発売〕 2008 p115

日本語こそ鍛錬を
　◇「井上ひさしコレクション ことばの巻」岩波書店 2005 p7

日本語〔座談会〕（岩田宏, 竹内実, 野間宏, 柾木恭介）
　◇「安部公房全集 15」新潮社 1998 p270

日本語その起源の秘密を追う（大野晋）
　◇「司馬遼太郎対話選集 2」文藝春秋 2006（文春文庫）p127

日本―子供とおかげまいり
　◇「小松左京全集 完全版 39」城西国際大学出版会

2012 p48
日本語・日本文学・日本人〔対談〕（ドナルド・キーン）
　◇「安部公房全集 25」新潮社 1999 p474
日本語の成立過程
　◇「小松左京全集 完全版 36」城西国際大学出版会 2011 p62
日本語のために
　◇「丸谷才一全集 10」文藝春秋 2014 p451
日本語の不自由さ
　◇「小林秀雄全作品 10」新潮社 2003 p61
　◇「小林秀雄全集 補巻 1」新潮社 2010 p510
日本語の本質
　◇「司馬遼太郎対話選集 2」文藝春秋 2006（文春文庫）
日本語のマユを破って……
　◇「辻邦生全集 18」新潮社 2005 p65
日本語の「物」について
　◇「車谷長吉全集 3」新書館 2010 p258
「日本語」の由来
　◇「小松左京全集 完全版 36」城西国際大学出版会 2011 p55
日本語のわからない日本人〔対談〕（鈴木孝夫）
　◇「福田恆存対談・座談集 3」玉川大学出版部 2011 p391
日本語はなぜ聴き取りにくいか──これ以上の退化を防ぐために
　◇「福田恆存評論集 10」麗澤大學出版會, 廣池學園事業部〔発売〕 2008 p277
日本語は病んでゐないか
　◇「福田恆存評論集 6」麗澤大學出版會, 廣池學園事業部〔発売〕 2009 p356
日本最初の歯科医
　◇「松下電一未刊行著作集 2」海鳥社 2008 p95
日本左衛門
　◇「山田風太郎妖異小説コレクション 白波五人帖・いだてん百里」徳間書店 2004（徳間文庫）p7
日本式教育の危険な壁〔座談会〕(澤美和彦, 國弘正雄, 森政弘, 吉田夏彦)
　◇「小松左京全集 完全版 39」城西国際大学出版会 2012 p149
日本─自然と国民性
　◇「小松左京全集 完全版 39」城西国際大学出版会 2012 p43
日本史の黒幕（鼎談）（会田雄次, 山崎正和）
　◇「小松左京全集 完全版 39」城西国際大学出版会 2012 p217
日本・爪哇（自二月廿四日 至四月十二日）
　◇「定本 久生十蘭全集 10」国書刊行会 2011 p448
日本住宅の改良したき点
　◇「徳田秋聲全集 23」八木書店 2001 p288
日本上古の硬外交
　◇「国枝史郎歴史小説傑選」作品社 2006 p515

日本人への遺言（田中直毅）
　◇「司馬遼太郎対話選集 6」文藝春秋 2006（文春文庫）p271
日本新劇史概観
　◇「福田恆存評論集 5」麗澤大學出版會, 廣池學園事業部〔発売〕 2008 p67
日本人サトウ
　◇「徳永直文学選集」熊本出版文化会館 2008 p383
日本人「脱兵長」が明確にする今日的問題
　◇「小田実全集 評論 19」講談社 2012 p220
日本人と科学〔対談者〕江崎玲於奈
　◇「大庭みな子全集 22」日本経済新聞出版社 2011 p242
日本人と軍隊と天皇（大岡昇平）
　◇「司馬遼太郎対話選集 6」文藝春秋 2006（文春文庫）p31
日本人と宗教
　◇「車谷長吉全集 3」新書館 2010 p686
日本人と「絶対」の観念（ドナルド・キーン）
　◇「司馬遼太郎対話選集 5」文藝春秋 2006（文春文庫）p138
日本人と朝鮮人
　◇「小田実全集 評論 13」講談社 2011 p105
日本人と日本文化（ドナルド・キーン）
　◇「司馬遼太郎対話選集 5」文藝春秋 2006（文春文庫）p9
日本人と文学〔対談者〕小松左京
　◇「大庭みな子全集 22」日本経済新聞出版社 2011 p247
日本人とリアリズム（山本七平）
　◇「司馬遼太郎対話選集 5」文藝春秋 2006（文春文庫）p185
日本人について考えるための最上の書
　◇「丸谷才一全集 10」文藝春秋 2014 p512
日本人に就て──中島健蔵氏への質問
　◇「坂口安吾全集 1」筑摩書房 1999 p525
日本人にとって天皇とは何か〔座談会〕（司馬遼太郎, 林健太郎, 山崎正和）
　◇「福田恆存対談・座談集 7」玉川大学出版部 2012 p271
巻末作品余話 日本人にとっての"鏡"
　◇「吉村昭歴史小説集成 4」岩波書店 2009 p563
日本人に民主主義は向かない
　◇「福田恆存評論集 10」麗澤大學出版會, 廣池學園事業部〔発売〕 2008 p171
日本人の遊び場
　◇「開高健ルポルタージュ選集 日本人の遊び場」光文社 2007（光文社文庫）
日本人の「アメリカ発見」過程
　◇「小田実全集 評論 5」講談社 2010 p308
日本人の異国交際（桑原武夫）
　◇「司馬遼太郎対話選集 9」文藝春秋 2006（文春文庫）p9

にほん

日本人の意識の底（海音寺潮五郎）
◇「司馬遼太郎対話選集 3」文藝春秋 2006（文春文庫）p65

日本人の内と外（山崎正和）
◇「司馬遼太郎対話選集 7」文藝春秋 2006（文春文庫）p255

日本人の右脳閉塞状況
◇「安部公房全集 27」新潮社 2000 p54

日本人の外交感覚〔対談〕（神谷不二）
◇「福田恆存対談・座談集 3」玉川大学出版部 2011 p177

日本人の顔
◇「〔野呂邦暢〕随筆コレクション 1」みすず書房 2014 p120
◇「〔野呂邦暢〕随筆コレクション 1」みすず書房 2014 p405

日本人の貌「非国民の思想」
◇「中井英夫全集 6」東京創元社 1996（創元ライブラリ）p87

日本人の価値観について〔座談会〕（泉靖一、土居健郎、西義之）
◇「福田恆存対談・座談集 7」玉川大学出版部 2012 p233

日本人の狂と死（鶴見俊輔）
◇「司馬遼太郎対話選集 6」文藝春秋 2006（文春文庫）p101

日本人の器量を問う（井上ひさし）
◇「司馬遼太郎対話選集 8」文藝春秋 2006（文春文庫）p117

日本人の原型を探る（湯川秀樹）
◇「司馬遼太郎対話選集 1」文藝春秋 2006（文春文庫）p99

日本人の言語と感性〔対談〕（西江雅之）
◇「安部公房全集 25」新潮社 1999 p205

日本人の源流を訪ねて（佐原真）
◇「司馬遼太郎対話選集 10」文藝春秋 2006（文春文庫）p155

日本人の行動の美学（奈良本辰也）
◇「司馬遼太郎対話選集 3」文藝春秋 2006（文春文庫）p247

日本人の心のかたち
◇「石牟礼道子全集 11」藤原書店 2005 p507

日本人の乞食根性—文士の洋行是非
◇「決定版 三島由紀夫全集 28」新潮社 2003 p147

日本人の死生観（山折哲雄）
◇「司馬遼太郎対話選集 8」文藝春秋 2006（文春文庫）p40

日本人の思想的態度
◇「福田恆存評論集 2」麗澤大學出版會、廣池學園事業部〔発売〕 2009 p193

日本人の舌は繊細か？
◇「日影丈吉全集 別巻」国書刊行会 2005 p133

日本人の性意識〔座談会〕（奈良本辰也、山下諭一）
◇「小松左京全集 完版版 33」城西国際大学出版会 2011 p151

日本人の戦争観（ドナルド・キーン）
◇「司馬遼太郎対話選集 5」文藝春秋 2006（文春文庫）p12

日本人の喪失感をめぐって〔対談〕（山崎正和）
◇「福田恆存対談・座談集 3」玉川大学出版部 2011 p137

日本人の体格
◇「徳田秋聲全集 20」八木書店 2001 p207

日本人の旅・遊び・信仰—田辺聖子『姥ざかり花の旅笠』をめぐって〔座談会〕（梅原猛、三浦朱門、柳田邦男、山折哲雄、高橋千劔破）
◇「田辺聖子全集 別巻1」集英社 2006 p340

日本人の探偵趣味
◇「江戸川乱歩全集 24」光文社 2005（光文社文庫）p152

日本人の知識
◇「小田実全集 評論 3」講談社 2010 p11

日本人の誇り
◇「決定版 三島由紀夫全集 33」新潮社 2003 p620

日本人の冥途旅行談
◇「小酒井不木随筆評論選集 5」本の友社 2004 p359

日本人の眼は……
◇「小田実全集 評論 25」講談社 2012 p205

日本人のものの感じ方
◇「小松左京全集 完版版 35」城西国際大学出版会 2009 p361

日本人のモラル（ドナルド・キーン）
◇「司馬遼太郎対話選集 5」文藝春秋 2006（文春文庫）p28

日本人、一人年間三百五十個
◇「小松左京全集 完版版 40」城西国際大学出版会 2012 p197

日本人物史談（エドウィン・O.ライシャワー）
◇「司馬遼太郎対話選集 1」文藝春秋 2006（文春文庫）p165

日本人みたいなニワトリたち
◇「小松左京全集 完版版 40」城西国際大学出版会 2012 p216

日本人よ "侍" に還れ（萩原延壽）
◇「司馬遼太郎対話選集 4」文藝春秋 2006（文春文庫）p9

日本人はいつからニワトリを食べたか？
◇「小松左京全集 完版版 40」城西国際大学出版会 2012 p207

日本人は精神の電池を入れ直せ（西澤潤一）
◇「司馬遼太郎対話選集 4」文藝春秋 2006（文春文庫）p189

日本人はどうしてしまったのか
◇「井上ひさしコレクション 日本の巻」岩波書店

2005 p374

日本人は透明すぎるのではないか
　◇「小松左京全集 完全版 31」城西国際大学出版会 2008 p201

日本人はなぜ國際情勢にうといか（三月二十四日）
　◇「福田恆存評論集 18」麗澤大學出版會, 廣池學園事業部〔発売〕 2010 p184

日本人は夫婦で旅行できない〔対談〕（山崎正和）
　◇「小松左京全集 完全版 33」城西国際大学出版会 2011 p100

日本人はやはり12歳か？
　◇「決定版 三島由紀夫全集 補巻」新潮社 2005 p143

日本精神
　◇「坂口安吾全集 2」筑摩書房 1999 p175

日本・その文化と人〔対談〕（キーン, ドナルド）
　◇「福田恆存対談・座談集 4」玉川大学出版部 2012 p7

日本タイムトラベル
　◇「小松左京全集 完全版 29」城西国際大学出版会 2007 p9

日本脱出
　◇「車谷長吉全集 2」新書館 2010 p494

日本脱出
　◇「小松左京全集 完全版 12」城西国際大学出版会 2007 p346

日本探偵小説界寸評
　◇「国枝史郎探偵小説全集」作品社 2005 p308

『日本探偵小説全集 第五篇 谷崎潤一郎集』
　◇「谷崎潤一郎全集 14」中央公論新社 2016 p7

日本探偵小説の系譜
　◇「江戸川乱歩全集 27」光文社 2004（光文社文庫）p401

日本探偵小説の多様性について
　◇「江戸川乱歩全集 25」光文社 2005（光文社文庫）p14

日本沈没
　◇「小松左京全集 完全版 5」城西国際大学出版会 2011 p7
　◇「小松左京全集 完全版 45」城西国際大学出版会 2015 p178

『日本沈没』の激震が現実に
　◇「小松左京全集 完全版 46」城西国際大学出版会 2016 p14

日本沈没！ われら如何に生き延びる？〔対談〕（筒井康隆）
　◇「小松左京全集 完全版 33」城西国際大学出版会 2011 p7

日本の湿潤性へのアンチ・テーゼ―山本健吉氏「古典と現代文学」
　◇「決定版 三島由紀夫全集 29」新潮社 2003 p133

「日本的な」お正月
　◇「決定版 三島由紀夫全集 32」新潮社 2003 p644

日本的なもの
　◇「上野壮夫全集 3」図書新聞 2011 p314

「日本的なもの」の問題Ⅰ
　◇「小林秀雄全作品 9」新潮社 2003 p112
　◇「小林秀雄全集 補巻 1」新潮社 2010 p466

「日本的なもの」の問題Ⅱ
　◇「小林秀雄全作品 9」新潮社 2003 p116
　◇「小林秀雄全集 補巻 1」新潮社 2010 p468

日本的薄暮
　◇「決定版 三島由紀夫全集 37」新潮社 2004 p387

日本的ファシズムと日本の芸術至上主義
　◇「佐々木基一全集 3」河出書房新社 2013 p164

日本鉄道膝栗毛 「小松左京マガジン」編集長インタビュー 第十五回（菅建彦）
　◇「小松左京全集 完全版 49」城西国際大学出版会 2017 p192

日本では罪が悔悟で清められる
　◇「小松左京全集 完全版 34」城西国際大学出版会 2009 p259

日本とアメリカ比較子育て考
　◇「大庭みな子全集 12」日本経済新聞出版社 2010 p85

日本と変わらないアメリカの若者（ハイティーン）たち
　◇「田中小実昌エッセイ・コレクション 3」筑摩書房 2002（ちくま文庫）p26

日本との比較
　◇「小松左京全集 完全版 43」城西国際大学出版会 2014 p407

日本と北西ヨーロッパの共通点
　◇「小松左京全集 完全版 35」城西国際大学出版会 2009 p401

日本とは何か
　◇「決定版 三島由紀夫全集 35」新潮社 2003 p678

日本とは何かということ（山折哲雄）
　◇「司馬遼太郎対話選集 8」文藝春秋 2006（文春文庫）p9

日本・70年代の予測
　◇「決定版 三島由紀夫全集 36」新潮社 2003 p653

日本に於けるクリッブン事件
　◇「谷崎潤一郎全集 13」中央公論新社 2015 p9

日本におけるシェイクスピア〔鼎談〕（福原麟太郎, 吉田健一）
　◇「福田恆存対談・座談集 5」玉川大学出版部 2012 p149

日本における「性」の潮流
　◇「小松左京全集 完全版 35」城西国際大学出版会 2009 p361

日本における「知識人」と「非知識人」
　◇「小田実全集 評論 3」講談社 2010 p109

日本における知識人の位置
　◇「小田実全集 評論 3」講談社 2010 p115

にほん

日本における余暇の構造
　◇「小松左京全集 完全版 35」城西国際大学出版会 2009 p386

日本に来た外国人（ドナルド・キーン）
　◇「司馬遼太郎対談選集 5」文藝春秋 2006（文春文庫）p51

日本に捨てられる
　◇「阿川弘之全集 20」新潮社 2007 p401

日本に聖人や天才はいらない（山本七平）
　◇「司馬遼太郎対談選集 5」文藝春秋 2006（文春文庫）p268

日本にとって韓國とは何か
　◇「福田恆存評論集 10」麗澤大學出版會, 廣池學園事業部〔発売〕2008 p76

日本の安全保障—田久保忠衛〔対談〕(田久保忠衛)
　◇「福田恆存対談・座談集 4」玉川大学出版部 2012 p261

日本のアンマ
　◇「坂口安吾全集 13」筑摩書房 1999 p344

日本のイアン・フレミング「山中峯太郎」
　◇「小松左京全集 完全版 42」城西国際大学出版会 2014 p137

日本の異色作家
　◇「中井英夫全集 6」東京創元社 1996（創元ライブラリ）p325

日本のお正月はなぜダメになったか？
　◇「小松左京全集 完全版 34」城西国際大学出版会 2009 p199

日本の女
　◇「向田邦子全集 新版 11」文藝春秋 2010 p60

"日本のかおり"を訳す
　◇「須賀敦子全集 2」河出書房新社 2006（河出文庫）p454

「日本の価値」とは何か
　◇「小田実全集 評論 35」講談社 2013 p185

日本の活動写真
　◇「谷崎潤一郎全集 9」中央公論新社 2017 p399

日本の河童—火野葦平のことなど
　◇「宮本百合子全集 15」新日本出版社 2001 p173

日本の株価—通じる日本語
　◇「決定版 三島由紀夫全集 28」新潮社 2003 p59

日本の河
　◇「小島信夫批評集成 4」水声社 2010 p92

日本の危機に備えて〔アンケート回答〕
　◇「坂口安吾全集 別巻」筑摩書房 2012 p37

日本の教育・七不思議〔鼎談〕(鈴木重信, フォス, グスタフ)
　◇「福田恆存対談・座談集 4」玉川大学出版部 2012 p309

日本の近代化と知識人の変遷
　◇「小田実全集 評論 3」講談社 2010 p12

日本の近代化のゆがみ
　◇「小田実全集 評論 3」講談社 2010 p16

日本の国際的責任を問う—デビッド・バインダー〔対談〕(バインダー, デビッド)
　◇「福田恆存対談・座談集 4」玉川大学出版部 2012 p249

日本の古典と私
　◇「決定版 三島由紀夫全集 34」新潮社 2003 p620

日本のシェイクスピア・飜訳と上演—福田恆存氏をかこんで〔座談会〕(安西徹雄, ミルワード, ピーター, 小野昌)
　◇「福田恆存対談・座談集 6」玉川大学出版部 2012 p213

日本の資源と原子力平和利用—福田信之〔対談〕(福田信之)
　◇「福田恆存対談・座談集 4」玉川大学出版部 2012 p112

日本の司祭にのぞむこと
　◇「須賀敦子全集 8」河出書房新社 2007（河出文庫）p281

日本の詩人
　◇「坂口安吾全集 3」筑摩書房 1999 p316

日本の思想と文学〔対談〕(清水幾太郎)
　◇「福田恆存対談・座談集 1」玉川大学出版部 2011 p295

〈二本のシナリオと取り組む安部公房〉『共同通信』の談話記事
　◇「安部公房全集 19」新潮社 1999 p211

日本の市民が世界に「平和主義」を推し進める
　◇「小田実全集 評論 29」講談社 2013 p169

日本の市民としてアジアの未来を考える
　◇「小田実全集 評論 25」講談社 2012 p236

日本の市民として考える
　◇「小田実全集 評論 31」講談社 2013 p42

日本の秋色—世相寸評
　◇「宮本百合子全集 12」新日本出版社 2001 p371

日本の「種痘」は「割礼」のかわり!?
　◇「小松左京全集 完全版 34」城西国際大学出版会 2009 p224

日本の樹木
　◇「井上ひさしコレクション 日本の巻」岩波書店 2005 p83

日本の商業文明
　◇「小松左京全集 完全版 36」城西国際大学出版会 2011 p260

日本の常識
　◇「坂口安吾全集 13」筑摩書房 1999 p300

日本の小説家はなぜ戯曲を書かないか？
　◇「決定版 三島由紀夫全集 27」新潮社 2003 p457

日本の職人（八月十八日）
　◇「福田恆存評論集 18」麗澤大學出版會, 廣池學園事業部〔発売〕2010 p109

日本の女性
　◇「〔野呂邦暢〕随筆コレクション 1」みすず書房
　　2014 p172
日本の「女流マンガ家」はドイツでもてる！
「小松左京マガジン」編集長インタビュー 第十一回（萩尾望都、城章子）
　◇「小松左京全集 完全版 49」城西国際大学出版会
　　2017 p139
日本の侵略と大陸の荒廃（陳舜臣）
　◇「司馬遼太郎対話選集 9」文藝春秋 2006（文春文庫）p106
日本の性格（山崎正和）
　◇「司馬遼太郎対話選集 7」文藝春秋 2006（文春文庫）p258
日本の生活を叱る〔鼎談〕（花森安治、横山泰三）
　◇「坂口安吾全集 17」筑摩書房 1999 p472
日本の青春
　◇「宮本百合子全集 19」新日本出版社 2002 p300
日本の「性」について
　◇「小田実全集 評論 4」講談社 2010 p378
日本の「戦後」・経済発展の土台にあったもの
　◇「小田実全集 評論 23」講談社 2012 p294
日本の大杜翁田山花袋氏
　◇「徳田秋聲全集 21」八木書店 2001 p300
日本の立場に立つということ—「アジア・アフリカ」問題についての短い感想
　◇「小田実全集 評論 2」講談社 2010 p223
日本の探偵小説（「日本探偵小説傑作集」序文）
　◇「江戸川乱歩全集 25」光文社 2005（光文社文庫）p147
日本の知識階級
　◇「福田恆存評論集 7」麗澤大學出版會、廣池學園事業部〔発売〕 2008 p284
日本の知識人
　◇「小田実全集 評論 4」講談社 2010 p160
日本の知識人の経歴
　◇「小田実全集 評論 3」講談社 2010 p25
日本の知識人の状況と問題
　◇「小田実全集 評論 3」講談社 2010 p135
日本の道路
　◇「坂口安吾全集 13」筑摩書房 1999 p392
日本の道路網計画
　◇「小松左京全集 完全版 29」城西国際大学出版会
　　2007 p15
日本の土地と農民について（野坂昭如）
　◇「司馬遼太郎対話選集 6」文藝春秋 2006（文春文庫）p133
《忘れられない本》日本の中のシェイクスピア
　◇「井上ひさしコレクション ことばの巻」岩波書店
　　2005 p268
日本の中の日本科—その気質と自然
　◇「小松左京全集 完全版 39」城西国際大学出版会
　　2012 p28

日本の日蝕
　◇「安部公房全集 11」新潮社 1998 p201
日本の農政を担う（加藤秀俊、東畑精一）
　◇「小松左京全集 完全版 38」城西国際大学出版会
　　2010 p160
日本の場合—潜在的シンボリズムのこと・文化的抵抗力のことなど
　◇「小松左京全集 完全版 36」城西国際大学出版会
　　2011 p164
日本の母
　◇「20世紀断層—野坂昭如単行本未収録小説集成 1」
　　幻戯書房 2010 p383
日本のフレスコ壁画
　◇「小島信夫批評集成 2」水声社 2011 p293
日本の「文化感知器」—有楽町にまた人が湧いてきた
　◇「井上ひさしコレクション 日本の巻」岩波書店
　　2005 p10
日本の便所
　◇「坂口安吾全集 13」筑摩書房 1999 p400
日本の誇り得る探偵小説
　◇「江戸川乱歩全集 24」光文社 2005（光文社文庫）p196
日本の母語は各地の方言（徳川宗賢）
　◇「司馬遼太郎対話選集 2」文藝春秋 2006（文春文庫）p163
日本の巻
　◇「井上ひさしコレクション 日本の巻」岩波書店
　　2005
日本の街
　◇「大庭みな子全集 17」日本経済新聞出版社 2010
　　p28
日本の水を濁らすな
　◇「坂口安吾全集 11」筑摩書房 1998 p349
日本の民主主義をめぐって〔対談〕（加藤周一）
　◇「福田恆存対談・座談集 2」玉川大学出版部 2011
　　p115
日本の盲点—子供の本から
　◇「坂口安吾全集 12」筑摩書房 1999 p461
日本のもう一つの顔
　◇「小島信夫批評集成 4」水声社 2010 p72
日本のもつ最も好きもの
　◇「徳田秋聲全集 23」八木書店 2001 p210
日本の山を移す話
　◇「山田風太郎エッセイ集成 秀吉はいつ知ったか」
　　筑摩書房 2008 p32
日本の山と文学
　◇「坂口安吾全集 3」筑摩書房 1999 p90
日本の輿黨は社會黨（九月二十九日）
　◇「福田恆存評論集 18」麗澤大學出版會, 廣池學園事業部〔発売〕 2010 p117

にほん

日本の理想国家はカナダだ―対談(前編)(小松左京)
◇「安部公房全集 24」新潮社 1999 p387

日本の歴史と文化と伝統に立つて
◇「決定版 三島由紀夫全集 35」新潮社 2003 p306

日本のロビンソン
◇「佐々木基一全集 10」河出書房新社 2013 p693

日本橋
◇「大庭みな子全集 6」日本経済新聞出版社 2009 p203

日本漂流
◇「小松左京全集 完全版 14」城西国際大学出版会 2009 p25

日本プロレタリア文化連盟『働く婦人』を守れ!
◇「宮本百合子全集 11」新日本出版社 2001 p193

日本文化を築くもの〔対談〕(藤井丙午)
◇「福田恆存対談・座談集 3」玉川大学出版部 2011 p267

日本文学
◇「辻邦生全集 18」新潮社 2005 p197

日本文学講話
◇「徳田秋聲全集 24」八木書店 2001 p390

日本文学史早わかり
◇「丸谷才一全集 7」文藝春秋 2014 p9
◇「丸谷才一全集 7」文藝春秋 2014 p11

日本文学小史
◇「決定版 三島由紀夫全集 35」新潮社 2003 p528

日本文学とユーモア
◇「小島信夫批評集成 2」水声社 2011 p220

日本文学における「性」
◇「小島信夫批評集成 2」水声社 2011 p541

日本文学の気質 アメリカ文学との比較において
◇「小島信夫批評集成 1」水声社 2011 p87

日本文学の滑稽について
◇「井上ひさしコレクション ことばの巻」岩波書店 2005 p111

日本文学の将来性
◇「決定版 三島由紀夫全集 36」新潮社 2003 p625

日本文学の中心課題は何か〔座談会〕(梅崎春生, 新島繁, 猪野謙二, 西郷信綱)
◇「安部公房全集 29」新潮社 2000 p318

「日本文学の枠を超えて」中上健次との対話(一九八九年)
◇「小田実全集 評論 28」講談社 2013 p163

日本文化私観
◇「坂口安吾全集 3」筑摩書房 1999 p356

日本文化史の謎―なぜ天皇が恋の歌を詠まなくなったのか(丸谷才一)
◇「司馬遼太郎対話選集 2」文藝春秋 2006(文春文庫)p41

日本文化の可能性
◇「小松左京全集 完全版 36」城西国際大学出版会 2011 p241

日本文化の根源を考える―対談(後編)(小松左京)
◇「安部公房全集 24」新潮社 1999 p395

日本文化の死角
◇「小松左京全集 完全版 36」城西国際大学出版会 2011 p11

日本文化の深淵について
◇「決定版 三島由紀夫全集 35」新潮社 2003 p663

日本文化の選択原理
◇「小松左京全集 完全版 36」城西国際大学出版会 2011 p46

日本文化のために
◇「宮本百合子全集 15」新日本出版社 2001 p47

日本文化の東端だった鎌倉のもつ意味
◇「小松左京全集 完全版 29」城西国際大学出版会 2007 p38

日本文章史
◇「徳田秋聲全集 24」八木書店 2001 p348

日本文壇の現状と西洋文学との関係―ミシガン大学における講演
◇「決定版 三島由紀夫全集 29」新潮社 2003 p630

日本文明談―開化一世紀を迎えて〔座談会〕(萩原延壽, 北沢方邦)
◇「安部公房全集 23」新潮社 1999 p256

日本文明のかたち
◇「司馬遼太郎対話選集 5」文藝春秋 2006(文春文庫)

日本平妖伝
◇「日影丈吉全集 別巻」国書刊行会 2005 p868

日本髷か束髪か
◇「宮本百合子全集 9」新日本出版社 2001 p172

二本松―剣かたばみ終話
◇「内田百閒集成 13」筑摩書房 2003(ちくま文庫)p290

日本民族国家の形成と天皇御存在の意義〔鼎談〕(村松剛, 戸481義雄)
◇「福田恆存対談・座談集 7」玉川大学出版部 2012 p383

日本野球はプロに非ず
◇「坂口安吾全集 別巻」筑摩書房 2012 p20

日本よい国花の国
◇「阿川弘之全集 20」新潮社 2007 p533

日本よ、汝自身を知れ
◇「福田恆存評論集 20」麗澤大学出版會, 廣池學園事業部〔発売〕2011 p327

"日本理解"のもう一つの軸
◇「小松左京全集 完全版 31」城西国際大学出版会 2008 p98

日本料理の出し方について
◇「谷崎潤一郎全集 23」中央公論新社 2017 p141

日本歴史を点検する（海音寺潮五郎）
　◇「司馬遼太郎対話選集 3」文藝春秋 2006（文春文庫）p9
日本歴史雑話
　◇「谷崎潤一郎全集 25」中央公論新社 2016 p23
日本列島を形成した文明に関する土木論的考察
　◇「小松左京全集 完全版 29」城西国際大学出版会 2007 p44
日本列島殺意の旅
　◇「西村京太郎自選集 4」徳間書店 2004（徳間文庫）
日本列島に襲いかかるもの
　◇「石牟礼道子全集 4」藤原書店 2004 p498
日本列島の未来
　◇「小松左京全集 完全版 29」城西国際大学出版会 2007 p11
日本は「国連」をやめて、「国連」に協力せよ
　◇「小田実全集 評論 24」講談社 2012 p80
日本はそんなに美しい国か
　◇「小田実全集 評論 25」講談社 2012 p82
日本は誰のものか
　◇「宮本百合子全集 19」新日本出版社 2002 p26
日本は「良心的軍事拒否国家」をめざせ
　◇「小田実全集 評論 31」講談社 2013 p111
二枚の百円札
　◇「土屋隆夫コレクション新装版 天国は遠すぎる」光文社 2002（光文社文庫）p271
二万四千回のキッス
　◇「寺山修司著作集 1」クインテッセンス出版 2009 p460
ニムフ
　◇「決定版 三島由紀夫全集 37」新潮社 2004 p298
荷物疎開
　◇「福田恆存評論集 1」麗澤大學出版會、廣池學園事業部〔発売〕2009 p261
「にゃあま」の世界
　◇「石牟礼道子全集 8」藤原書店 2005 p260
入院
　◇「小沼丹全集 3」未知谷 2004 p261
入院の一夜
　◇「徳田秋聲全集 7」八木書店 1998 p128
入学試験
　◇「小松左京全集 完全版 34」城西国際大学出版会 2009 p387
入学試験前後
　◇「宮本百合子全集 9」新日本出版社 2001 p125
入学の日
　◇「上野壮夫全集 1」図書新聞 2010 p447
ニユウギニアにて（自八月二十日 至九月九日）
　◇「定本 久生十蘭全集 10」国書刊行会 2011 p633
入魂
　◇「石牟礼道子全集 15」藤原書店 2012 p65

入魂
　◇「佐々木基一全集 8」河出書房新社 2013 p395
入試改革に想う
　◇「小松左京全集 完全版 36」城西国際大学出版会 2011 p273
入試地獄はなぜ必要か？
　◇「小松左京全集 完全版 34」城西国際大学出版会 2009 p221
入試テストは現代の肝だめし
　◇「小松左京全集 完全版 34」城西国際大学出版会 2009 p231
入試問題
　◇「大庭みな子全集 13」日本経済新聞出版社 2010 p257
入植者
　◇「小松左京全集 完全版 43」城西国際大学出版会 2014 p386
入選小説「新聞配達夫」について
　◇「宮本百合子全集 11」新日本出版社 2001 p404
入選小説「毒」について
　◇「宮本百合子全集 11」新日本出版社 2001 p404
入道雲
　◇「内田百閒集成 19」筑摩書房 2004（ちくま文庫）p29
入道雲
　◇「田村泰次郎選集 3」日本図書センター 2005 p164
入眠
　◇「立松和平小説 15」勉誠出版 2011 p347
ニュージーランド
　◇「吉田知子選集 1」景文館書店 2012 p43
ニュース映画とドキュメンタリー
　◇「佐々木基一全集 7」河出書房新社 2013 p342
ニュース映画の登場
　◇「小松左京全集 完全版 42」城西国際大学出版会 2014 p126
ニュー・ゼネの申し子——栗本薫
　◇「小松左京全集 完全版 41」城西国際大学出版会 2013 p83
ニュータウンと自動車
　◇「小松左京全集 完全版 35」城西国際大学出版会 2009 p344
ニュートラルなもの——周辺飛行17
　◇「安部公房全集 23」新潮社 1999 p410
ニューフェイス
　◇「坂口安吾全集 6」筑摩書房 1998 p527
ニューヨーク
　◇「決定版 三島由紀夫全集 31」新潮社 2003 p510
紐育（ニューヨーク）・雨
　◇「向田邦子全集 新版 8」文藝春秋 2009 p136
『ニューヨーク散歩 街道をゆく三十九』司馬遼太郎
　◇「須賀敦子全集 4」河出書房新社 2007（河出

にゆよ

庫）p506

ニューヨーク市バウエリイ街'76・その他
◇「小田実全集 評論 13」講談社 2011 p48

ニューヨーク感傷旅行
◇「大庭みな子全集 13」日本経済新聞出版社 2010 p316

ニューヨークでミュージカルを見て
◇「決定版 三島由紀夫全集 29」新潮社 2003 p617

「ニューヨーク」の記憶
◇「小田実全集 小説 30」講談社 2012 p163

ニューヨークの溜息
◇「決定版 三島由紀夫全集 30」新潮社 2003 p250

ニューヨークぶらつ記
◇「決定版 三島由紀夫全集 30」新潮社 2003 p265

紐育（ニューヨーク）レストラン案内
◇「決定版 三島由紀夫全集 30」新潮社 2003 p279

煮ゆるジャム
◇「寺山修司著作集 1」クインテッセンス出版 2009 p134

ニュールンベルクのチェコ人
◇「佐々木基一全集 6」河出書房新社 2012 p299

女房騒動
◇「国枝史郎伝奇短篇小説集成 2」作品社 2006 p165

「女房に男がいるらしい」
◇「吉川潮ハートウォーム・セレクション 2」ランダムハウス講談社 2008（ランダムハウス講談社文庫）p51

女房の唄
◇「上野壮夫全集 1」図書新聞 2010 p113

女房の面の皮千枚張り―ことわざ・川柳にみる女の一生
◇「井上ひさしコレクション 人間の巻」岩波書店 2005 p73

女怪
◇「三橋一夫ふしぎ小説集成 2」出版芸術社 2005 p219

女系家族
◇「山崎豊子全集 4」新潮社 2004 p7

如是閑と蘇峰
◇「田中小実昌エッセイ・コレクション 5」筑摩書房 2003（ちくま文庫）p296

女体
◇「坂口安吾全集 4」筑摩書房 1998 p120

女体へのさわり方
◇「吉行淳之介エッセイ・コレクション 2」筑摩書房 2004（ちくま文庫）p16

女体男体
◇「田村泰次郎選集 3」日本図書センター 2005 p221

女人伊勢
◇「小松左京全集 完全版 27」城西国際大学出版会 2007 p251

女人回想
◇「松田解子自選集 10」澤田出版 2006 p217

女人救済といふ日本文学の伝統
◇「丸谷才一全集 10」文藝春秋 2014 p191

「女人芸術」か「女人大衆」かの批判について
◇「宮本百合子全集 10」新日本出版社 2001 p427

女人高野
◇「大佛次郎セレクション第1期 姉」未知谷 2007 p227

『女人神聖』
◇「谷崎潤一郎全集 7」中央公論新社 2016 p7

女人神聖
◇「谷崎潤一郎全集 7」中央公論新社 2016 p9

韮粥
◇「松田解子自選集 9」澤田出版 2009 p50

韮崎氏の口よりシユパイヘル・シユタインが飛び出す話
◇「谷崎潤一郎全集 17」中央公論新社 2015 p405

二流の人
◇「坂口安吾全集 4」筑摩書房 1998 p441

ニルヴァーナの世界（加藤秀俊、今西錦司）
◇「小松左京全集 完全版 38」城西国際大学出版会 2010 p101

『ニルスのふしぎな旅』のこと
◇「松下竜一未刊行著作集 1」海鳥社 2008 p47

二令嬢
◇「決定版 三島由紀夫全集 補巻」新潮社 2005 p282

「楡家の人びと」（北杜夫著）
◇「決定版 三島由紀夫全集 33」新潮社 2003 p34

楡の木荘の殺人
◇「鮎川哲也コレクション わるい風」光文社 2007（光文社文庫）p299

二老婆
◇「徳田秋聲全集 7」八木書店 1998 p41

ニーロ・ウルフ 再び探偵と納税について
◇「日影丈吉全集 別巻」国書刊行会 2005 p318

庭
◇「寺山修司著作集 4」クインテッセンス出版 2009 p11

俄かに天狗風
◇「内田百閒集成 19」筑摩書房 2004（ちくま文庫）p221

にわかヒンズー教徒聖河ガンジスへ行く―ニュー・デリーからベナレスへ
◇「小田実全集 評論 1」講談社 2010 p376

にはか編集者の文学熱
◇「決定版 三島由紀夫全集 30」新潮社 2003 p637

庭先
◇「小沼丹全集 4」未知谷 2004 p54
◇「小沼丹全集 4」未知谷 2004 p419

鶏
◇「徳田秋聲全集 29」八木書店 2002 p221

にんき

鶏
　◇「〔森〕鷗外近代小説集 2」岩波書店 2012 p209

ニワトリを飼うところ闘鶏あり
　◇「小松左京全集 完全版 40」城西国際大学出版会 2012 p235

にわとりが先きか卵が先きか──新作家待望論〔座談会〕（石沢秀二，東野英治郎，倉林誠一郎）
　◇「安部公房全集 19」新潮社 1999 p365

〔ニワトリ小百科〕
　◇「小松左京全集 完全版 40」城西国際大学出版会 2012 p256

ニワトリ哲学が「何か」を教えた
　◇「小松左京全集 完全版 40」城西国際大学出版会 2012 p225

鶏と卵──ソヴェトと中国
　◇「佐々木基一全集 3」河出書房新社 2013 p421

ニワトリと人
　◇「小松左京全集 完全版 40」城西国際大学出版会 2012 p193

ニワトリに会いにいく
　◇「小松左京全集 完全版 40」城西国際大学出版会 2012 p207

庭の眺め
　◇「梅崎春生作品集 3」沖積舎 2004 p7

庭の野ねずみ
　◇「林京子全集 8」日本図書センター 2005 p160

庭の紅葉
　◇「小島信夫短篇集成 8」水声社 2014 p471

丹羽文雄氏への質問状
　◇「阿川弘之全集 18」新潮社 2007 p255

一問一答　丹羽文雄は何を考へてゐるか〔座談会〕（丹羽文雄，杉山英樹，平野謙，井上友一郎，佐々木基一，野口冨士男，赤木俊，高木卓，大井広介，宮内寒弥）
　◇「坂口安吾全集 17」筑摩書房 1999 p68

任意な一頁
　◇「佐々木基一全集 1」河出書房新社 2013 p489

人外境通信
　◇「中井英夫全集 3」東京創元社 1996（創元ライブラリ）p323

人気役者
　◇「德田秋聲全集 23」八木書店 2001 p48

人魚
　◇「定本 久生十蘭全集 9」国書刊行会 2011 p304

人形
　◇「江戸川乱歩全集 24」光文社 2005（光文社文庫）p437

人形
　◇「小林秀雄全作品 24」新潮社 2004 p130
　◇「小林秀雄全集 補巻 3」新潮社 2010 p247

人形
　◇「中井英夫全集 10」東京創元社 2002（創元ライブラリ）p92

人形
　◇「目取真俊短篇小説選集 2」影書房 2013 p77

人形映画
　◇「安部公房全集 7」新潮社 1998 p48

人形への懼（おそ）れ
　◇「中井英夫全集 6」東京創元社 1996（創元ライブラリ）p566

人形をだく婦人の話
　◇「坂口安吾全集 11」筑摩書房 1998 p433

人形劇
　◇「安部公房全集 7」新潮社 1998 p47

人形師
　◇「岡本綺堂探偵小説全集 1」作品社 2012 p10

人形師
　◇「瀬戸内寂聴随筆選 3」ゆまに書房 2009 p208

人形浄瑠璃の運命
　◇「德田秋聲全集 21」八木書店 2001 p215

人形責め
　◇「都筑道夫恐怖短篇集成 3」筑摩書房 2004（ちくま文庫）p9

人形たちの反乱
　◇「中井英夫全集 7」東京創元社 1998（創元ライブラリ）p554

人形たちの夜
　◇「中井英夫全集 2」東京創元社 1998（創元ライブラリ）p555

人形町に江戸の名残を訪ねて
　◇「向田邦子全集 新版 10」文藝春秋 2010 p176

人形町夢模様
　◇「吉川潮芸人小説セレクション 4」ランダムハウス講談社 2007 p179

人形つかい
　◇「日影丈吉全集 8」国書刊行会 2004 p742

人形遣い
　◇「向田邦子全集 新版 7」文藝春秋 2009 p87

任侠道場破り
　◇「国枝史郎伝奇短篇小説集成 2」作品社 2006 p447

仁侠と勲章──堀口九萬一氏と語る
　◇「定本 久生十蘭全集 10」国書刊行会 2011 p12

人形の家
　◇「坂口安吾全集 11」筑摩書房 1998 p433

『人形の家』の家出人
　◇「寺山修司著作集 4」クインテッセンス出版 2009 p216

人形の着物
　◇「向田邦子全集 新版 6」文藝春秋 2009 p121

仁侠の世界
　◇「松下竜一未刊行著作集 1」海鳥社 2008 p157

人形のなげき
　◇「瀬戸内寂聴随筆選 4」ゆまに書房 2009 p48

にんき

人形の話
  ◇「遠藤周作エッセイ選集 2」光文社 2006（知恵の森文庫）p135

人形はなぜ殺される
  ◇「高木彬光コレクション新装版 人形はなぜ殺される」光文社 2006（光文社文庫）p9

人魚伝
  ◇「安部公房全集 16」新潮社 1998 p77

『人魚の嘆き』
  ◇「谷崎潤一郎全集 4」中央公論新社 2015 p199

人魚の嘆き
  ◇「谷崎潤一郎全集 4」中央公論新社 2015 p201

『人魚の嘆き・魔術師』解説―谷崎潤一郎
  ◇「中井英夫全集 6」東京創元社 1996（創元ライブラリ）p668

人魚の骨
  ◇「立松和平全小説 2」勉誠出版 2010 p1
  ◇「立松和平全小説 2」勉誠出版 2010 p2

人魚の彫物
  ◇「横溝正史時代小説コレクション捕物篇 2」出版芸術社 2004 p89

人魚姫の昇天
  ◇「小松左京全集 完全版 25」城西国際大学出版会 2017 p411

人間
  ◇「安部公房全集 1」新潮社 1997 p161

人間
  ◇「松田解子自選集 9」澤田出版 2009 p204

人間イヴの誕生
  ◇「宮本百合子全集 19」新日本出版社 2002 p63

人間椅子
  ◇「江戸川乱歩全集 1」光文社 2004（光文社文庫）p605
  ◇「江戸川乱歩全集 1」沖積舎 2006 p89
  ◇「江戸川乱歩傑作集 2」リブレ出版 2015 p5

人間一生二萬六千日
  ◇「車谷長吉全集 3」新書館 2010 p35

人間をいかに認識するか 桐朋学園土曜講座
  ◇「安部公房全集 23」新潮社 1999 p260

人間を喰う神様
  ◇「安部公房全集 29」新潮社 2000 p343

人間を外から凝視する試み 第2回伊藤整文学賞
  ◇「大庭みな子全集 24」日本経済新聞出版社 2011 p97

人間を見る文学人間を見る宗教〔対談者〕木崎さと子
  ◇「大庭みな子全集 22」日本経済新聞出版社 2011 p445

人間界への兇兆を示す夢
  ◇「石牟礼道子全集 17」藤原書店 2012 p496

人間が祈るということ
  ◇「石牟礼道子全集 10」藤原書店 2006 p419

人間回復はいかに可能か
  ◇「小島信夫批評集成 2」水声社 2011 p764

人間が生み出す謎
  ◇「土屋隆夫コレクション新装版 天国は遠すぎる」光文社 2002（光文社文庫）p457

人間が帰属する場所 孤独を代償に得る自由
  ◇「大庭みな子全集 24」日本経済新聞出版社 2011 p177

人間革命の可能性〔シンポジウム未来計画 5〕（加藤秀俊、川喜田二郎、川添登）
  ◇「小松左京全集 完全版 26」城西国際大学出版会 2017 p354

人間が猿になつた話
  ◇「谷崎潤一郎全集 6」中央公論新社 2015 p101

人間家族を捨てるまで
  ◇「瀬戸内寂聴随筆選 6」ゆまに書房 2009 p187

人間が懐しい
  ◇「石牟礼道子全集 5」藤原書店 2004 p461

「人間」「神」「自然」―大岡昇平『野火・ハムレット日記』
  ◇「林京子全集 8」日本図書センター 2005 p410

人間がもつべき「良識」としての「平和主義」
  ◇「小田実全集 評論 20」講談社 2012 p6

人間関係を裏返しに〔インタビュー〕（新日本編集部）
  ◇「安部公房全集 25」新潮社 1999 p221

人間関係におけるアレルギー反応〔対談〕（伊藤整）
  ◇「安部公房全集 21」新潮社 1999 p43

「人間関係方面の成果」
  ◇「宮本百合子全集 19」新日本出版社 2002 p374

人間観察家
  ◇「車谷長吉全集 3」新書館 2010 p518

人間喜劇
  ◇「決定版 三島由紀夫全集 17」新潮社 2002 p99

人間・共同体・芸術〔対談〕（磯田光一）
  ◇「安部公房全集 23」新潮社 1999 p370

人間ぎらい
  ◇「田辺聖子全集 3」集英社 2004 p290

人間劇叢書
  ◇「小林秀雄全集 補巻 2」新潮社 2010 p247

人間・この劇的なるもの
  ◇「福田恆存評論集 4」麗澤大學出版會、廣池学園事業部〔発売〕2009 p9

人間雑誌
  ◇「石牟礼道子全集 14」藤原書店 2008 p313

人間失格
  ◇「太宰治映画化原作コレクション 2」文藝春秋 2009（文春文庫）p185

人間実験室
  ◇「寺山修司著作集 2」クインテッセンス出版 2009 p367

人間社会と動物たち〔対談〕(実吉達郎)
　◇「小松左京全集 完全版 35」城西国際大学出版会 2009 p315
人間・社会・文学〔鼎談〕(石川達三, 獅子文六)
　◇「坂口安吾全集 17」筑摩書房 1999 p369
人間修業
　◇「安部公房全集 7」新潮社 1998 p159
人間性・政治・文学(1)―いかに生きるかの問題
　◇「宮本百合子全集 19」新日本出版社 2002 p340
人間製造
　◇「国枝史郎探偵小説全集」作品社 2005 p154
人間性と歴史的意識
　◇「田村泰次郎選集 5」日本図書センター 2005 p120
人間性の意慾的展開
　◇「田村泰次郎選集 5」日本図書センター 2005 p158
人間洗濯法三種
　◇「安部公房全集 3」新潮社 1997 p342
人間像よりも人間
　◇「小島信夫批評集成 2」水声社 2011 p230
人間そっくり
　◇「安部公房全集 9」新潮社 1998 p447
　◇「安部公房全集 20」新潮社 1999 p243
人間的時間―マルセル・プルースト
　◇「丸谷才一全集 11」文藝春秋 2014 p272
人間的心情の復権を―計算可能な開発利益論に抗して
　◇「松下竜一未刊行著作集 4」海鳥社 2008 p105
人間的でもこまる
　◇「田中小実昌エッセイ・コレクション 5」筑摩書房 2003 (ちくま文庫) p258
人間的ということ
　◇「安部公房全集 7」新潮社 1998 p317
人間天皇の微笑
　◇「阿川弘之全集 18」新潮社 2007 p375
人間道楽〔鼎談〕(会田雄次, 山崎正和)
　◇「小松左京全集 完全版 39」城西国際大学出版会 2012 p364
人間と運命について
　◇「佐々木基一全集 1」河出書房新社 2013 p365
人間と科学の対話〔公開討論〕(アレキサンダー・キング, エリオット・L.リチャードソン, ドナルド・D.ブラウン, アーハンガマゲ・T.アリヤラトネ, 矢野暢)
　◇「安部公房全集 28」新潮社 2000 p240
人間と言葉
　◇「安部公房全集 29」新潮社 2000 p347
人間として
　◇「大庭みな子全集 6」日本経済新聞出版社 2009 p136

人間として〔対談〕(高橋たか子)
　◇「大庭みな子全集 21」日本経済新聞出版社 2011 p77
人間としての思想と行動
　◇「小田実全集 評論 33」講談社 2013 p192
人間と人
　◇「大庭みな子全集 15」日本経済新聞出版社 2010 p257
「人間土木」について
　◇「小松左京全集 完全版 28」城西国際大学出版会 2006 p369
人間に会いたいか
　◇「石牟礼道子全集 7」藤原書店 2005 p351
人間に関することすべて
　◇「[池澤夏樹]エッセー集成 2」みすず書房 2008 p92
人間について(山村雄一)
　◇「司馬遼太郎対話選集 7」文藝春秋 2006 (文春文庫) p99
人間になぜ芸能は必要か？
　◇「小松左京全集 完全版 34」城西国際大学出版会 2009 p309
人間に宿った自然
　◇「石牟礼道子全集 7」藤原書店 2005 p268
人間には成長の「節」がある
　◇「小松左京全集 完全版 34」城西国際大学出版会 2009 p222
人間には「人間の都合」がある
　◇「小田実全集 評論 7」講談社 2010 p143
人間の在り方
　◇「安部公房全集 1」新潮社 1997 p110
人間の一員として
　◇「井上ひさしコレクション ことばの巻」岩波書店 2005 p362
人間の運命を描き出す歴史
　◇「辻邦生全集 18」新潮社 2005 p99
人間の愚かさ
　◇「車谷長吉全集 3」新書館 2010 p820
人間の回復をめざして
　◇「大庭みな子全集 6」日本経済新聞出版社 2009 p150
ニンゲンの顔
　◇「小島信夫短篇集成 8」水声社 2014 p107
人間の価値―自分自身の問いから自分自身の答へ
　◇「安部公房全集 23」新潮社 1999 p9
人間の救済にかかわる"美"―サクリファイス
　◇「辻邦生全集 19」新潮社 2005 p329
「人間の国」の科学技術とは
　◇「小田実全集 評論 22」講談社 2012 p263
「人間の国」の「市民の都市構想」
　◇「小田実全集 評論 31」講談社 2013 p71

にんけ

人間の結婚—結婚のモラル
　◇「宮本百合子全集 17」新日本出版社 2002 p350
人間の原型
　◇「大庭みな子全集 18」日本経済新聞出版社 2010 p195
人間の原初を探す
　◇「小檜山博全集 6」柏艪舎 2006 p29
人間の建設 対談（岡潔）
　◇「小林秀雄全作品 25」新潮社 2004 p141
　◇「小林秀雄全集 補巻 3」新潮社 2010 p324
人間の建設—註解・追補
　◇「小林秀雄全集 補巻 3」新潮社 2010 p295
人間のこと。意識問題について
　◇「安部公房全集 7」新潮社 1998 p32
人間の死の尊厳と美しい死顔
　◇「石牟礼道子全集 11」藤原書店 2005 p320
人間の神秘とナゾ〔座談会〕（渥美和彦、國弘正雄、森政弘、吉田夏彦）
　◇「小松左京全集 完全版 39」城西国際大学出版会 2012 p113
人間の進歩について 対談（湯川秀樹）
　◇「小林秀雄全作品 16」新潮社 2004 p9
　◇「小林秀雄全集 補巻 2」新潮社 2010 p315
「人間の尊厳」と「ゼニがなけりゃ」
　◇「小田実全集 評論 25」講談社 2012 p63
人間の尊厳とファシズムの本質を問う記録文学
　◇「深沢夏衣作品集」新幹社 2015 p393
人間の大工
　◇「阿川弘之全集 20」新潮社 2007 p338
人間の対話の生れる場所
　◇「辻邦生全集 17」新潮社 2005 p356
人間のための科学技術
　◇「小田実全集 評論 36」講談社 2014 p49
人間の呟き
　◇「大庭みな子全集 15」日本経済新聞出版社 2010 p175
人間の道義
　◇「宮本百合子全集 16」新日本出版社 2002 p107
人間の中の性的なもの〔対談〕（高橋たか子）
　◇「大庭みな子全集 21」日本経済新聞出版社 2011 p80
人間の名において
　◇「福田恆存評論集 14」麗澤大學出版會，廣池學園事業部〔發売〕 2010 p268
人間の話
　◇「大庭みな子全集 8」日本経済新聞出版社 2009 p402
　◇「大庭みな子全集 13」日本経済新聞出版社 2010 p381
　◇「大庭みな子全集 15」日本経済新聞出版社 2010 p131

人間の広場を求めて
　◇「金鶴泳作品集 2」クレイン 2006 p617
人間の不幸
　◇「安部公房全集 8」新潮社 1998 p336
人間のペニスは急に進化した!?
　◇「小松左京全集 完全版 34」城西国際大学出版会 2009 p216
人間の本心を語れない教員をやめる
　◇「石牟礼道子全集 8」藤原書店 2005 p278
人間の巻
　◇「井上ひさしコレクション 人間の巻」岩波書店 2005
人間の目
　◇「上野壮夫全集 3」図書新聞 2011 p489
人間の問題としての「民族」
　◇「小田実全集 評論 23」講談社 2012 p418
人間のリアリズム—「道」の主題と方法〔座談会〕（椎名麟三、野間宏）
　◇「安部公房全集 7」新潮社 1998 p303
人間博物館「性と食」の民族学
　◇「小松左京全集 完全版 34」城西国際大学出版会 2009 p157
人間華
　◇「山田風太郎ミステリー傑作選 8」光文社 2002（光文社文庫）p28
人間ばなれ
　◇「石牟礼道子全集 10」藤原書店 2006 p269
人間・反人間
　◇「安部公房全集 24」新潮社 1999 p465
人間豹
　◇「江戸川乱歩全集 9」光文社 2003（光文社文庫）p239
　◇「江戸川乱歩全集 10」沖積舎 2008 p3
人間不在の歴史観
　◇「福田恆存評論集 7」麗澤大學出版會，廣池學園事業部〔發売〕 2008 p296
人間紛失
　◇「山本周五郎探偵小説全集 5」作品社 2008 p260
人間未来史観序説
　◇「安部公房全集 8」新潮社 1998 p327
人間理性と悪—マルキ・ド・サド著 澁澤龍彥訳「悲惨物語」
　◇「決定版 三島由紀夫全集 30」新潮社 2003 p683
人間は賭けた
　◇「安部公房全集 7」新潮社 1998 p414
「人間は殺されてはならない」
　◇「小田実全集 評論 24」講談社 2012 p288
「人間は殺されてはならない」・その論理と倫理
　◇「小田実全集 評論 24」講談社 2012 p225
人間は助けて来た
　◇「小田実全集 評論 16」講談社 2012 p150

人間は何処にいるか？
  ◇「佐々木基一全集 1」河出書房新社 2013 p309
人間はなぜ失恋自殺するの？
  ◇「小松左京全集 完全版 34」城西国際大学出版会 2009 p151
人間はなぜ笑うか
  ◇「安部公房全集 4」新潮社 1997 p237
人間はまことに手前勝手だ
  ◇「小田実全集 評論 7」講談社 2010 p110
人間はややこしい・マルクス主義と運動
  ◇「小田実全集 評論 7」講談社 2010 p39
認識と表現のあいだ
  ◇「安部公房全集 4」新潮社 1997 p329
「認識」のさまよい
  ◇「小島信夫批評集成 2」水声社 2011 p740
忍者明智十兵衛
  ◇「山田風太郎忍法帖短篇全集 1」筑摩書房 2004（ちくま文庫）p7
忍者石川五右衛門
  ◇「山田風太郎忍法帖短篇全集 1」筑摩書房 2004（ちくま文庫）p53
忍者鶺留五郎
  ◇「山田風太郎忍法帖短篇全集 2」筑摩書房 2004（ちくま文庫）p325
忍者帷子乙五郎
  ◇「山田風太郎忍法帖短篇全集 1」筑摩書房 2004（ちくま文庫）p317
忍者帷子万助
  ◇「山田風太郎忍法帖短篇全集 2」筑摩書房 2004（ちくま文庫）p225
忍者枯葉塔九郎
  ◇「山田風太郎忍法帖短篇全集 2」筑摩書房 2004（ちくま文庫）p155
忍者傀儡歓兵衛
  ◇「山田風太郎忍法帖短篇全集 2」筑摩書房 2004（ちくま文庫）p117
忍者車兵五郎
  ◇「山田風太郎忍法帖短篇全集 2」筑摩書房 2004（ちくま文庫）p7
忍者向坂甚内
  ◇「山田風太郎忍法帖短篇全集 1」筑摩書房 2004（ちくま文庫）p93
忍者枝垂七十郎
  ◇「山田風太郎忍法帖短篇全集 2」筑摩書房 2004（ちくま文庫）p271
忍者死籤
  ◇「山田風太郎忍法帖短篇全集 10」筑摩書房 2005（ちくま文庫）p63
忍者玉虫内膳
  ◇「山田風太郎忍法帖短篇全集 2」筑摩書房 2004（ちくま文庫）p89
忍者撫子甚五郎
  ◇「山田風太郎忍法帖短篇全集 1」筑摩書房 2004（ちくま文庫）p125

忍者仁木弾正
  ◇「山田風太郎忍法帖短篇全集 2」筑摩書房 2004（ちくま文庫）p31
忍者野晒銀四郎
  ◇「山田風太郎忍法帖短篇全集 2」筑摩書房 2004（ちくま文庫）p247
忍者服部半蔵
  ◇「山田風太郎忍法帖短篇全集 1」筑摩書房 2004（ちくま文庫）p255
忍者梟無左衛門
  ◇「山田風太郎忍法帖短篇全集 2」筑摩書房 2004（ちくま文庫）p197
忍者本多佐渡守
  ◇「山田風太郎忍法帖短篇全集 1」筑摩書房 2004（ちくま文庫）p169
忍者四貫目の死
  ◇「司馬遼太郎短篇全集 4」文藝春秋 2005 p205
忍者六道銭
  ◇「山田風太郎忍法帖短篇全集 10」筑摩書房 2005（ちくま文庫）p7
忍術
  ◇「坂口安吾全集 13」筑摩書房 1999 p417
『忍術道中記』
  ◇「佐々木基一全集 1」河出書房新社 2013 p95
人情裏長屋
  ◇「〔山本周五郎〕新編傑作選 3」小学館 2010（小学館文庫）p263
人情すきやき譚
  ◇「田辺聖子全集 5」集英社 2004 p146
妊娠
  ◇「大庭みな子全集 17」日本経済新聞出版社 2010 p46
人参と枸杞
  ◇「小酒井不木随筆評論選集 5」本の友社 2004 p413
人相観
  ◇「三橋一夫ふしぎ小説集成 1」出版芸術社 2005 p281
忍耐力
  ◇「小酒井不木随筆評論選集 8」本の友社 2004 p24
ニンニク
  ◇「小檜山博全集 7」柏艪舎 2006 p198
ニンニクとモーツァルト
  ◇「〔野呂邦暢〕随筆コレクション 2」みすず書房 2014 p121
妊婦の精神感動と胎児
  ◇「小酒井不木随筆評論選集 7」本の友社 2004 p83
忍法穴ひとつ
  ◇「山田風太郎忍法帖短篇全集 9」筑摩書房 2004（ちくま文庫）p225
忍法阿呆宮
  ◇「山田風太郎忍法帖短篇全集 9」筑摩書房 2004（ちくま文庫）p281

にんほ

忍法天草灘
　◇「山田風太郎忍法帖短篇全集 7」筑摩書房 2004
　　（ちくま文庫）p83
忍法おだまき
　◇「山田風太郎忍法帖短篇全集 3」筑摩書房 2004
　　（ちくま文庫）p229
忍法ガラシヤの棺
　◇「山田風太郎忍法帖短篇全集 9」筑摩書房 2004
　　（ちくま文庫）p61
忍法金メダル作戦
　◇「山田風太郎忍法帖短篇全集 11」筑摩書房 2005
　　（ちくま文庫）p373
忍法幻羅吊り
　◇「山田風太郎忍法帖短篇全集 9」筑摩書房 2004
　　（ちくま文庫）p155
忍法甲州路
　◇「山田風太郎忍法帖短篇全集 7」筑摩書房 2004
　　（ちくま文庫）p157
忍法小塚ッ原
　◇「山田風太郎忍法帖短篇全集 7」筑摩書房 2004
　　（ちくま文庫）p229
忍法鞘飛脚
　◇「山田風太郎忍法帖短篇全集 3」筑摩書房 2004
　　（ちくま文庫）p7
忍法しだれ桜
　◇「山田風太郎忍法帖短篇全集 3」筑摩書房 2004
　　（ちくま文庫）p153
忍法死のうは一定
　◇「山田風太郎忍法帖短篇全集 11」筑摩書房 2005
　　（ちくま文庫）p241
"忍法小説"はなぜうけるか
　◇「山田風太郎忍法帖短篇全集 8」筑摩書房 2004
　　（ちくま文庫）p297
忍法女郎屋戦争
　◇「山田風太郎忍法帖短篇全集 12」筑摩書房 2005
　　（ちくま文庫）p7
忍法関ヶ原
　◇「山田風太郎忍法帖短篇全集 3」筑摩書房 2004
　　（ちくま文庫）p7
忍法相伝64
　◇「山田風太郎忍法帖短篇全集 3」筑摩書房 2004
　　（ちくま文庫）p339
忍法瞳録
　◇「山田風太郎忍法帖短篇全集 9」筑摩書房 2004
　　（ちくま文庫）p251
忍法と剣のふるさと
　◇「山田風太郎忍法帖短篇全集 7」筑摩書房 2004
　　（ちくま文庫）p303
忍法とりかえばや
　◇「山田風太郎忍法帖短篇全集 9」筑摩書房 2004
　　（ちくま文庫）p101
忍法肉太鼓
　◇「山田風太郎忍法帖短篇全集 3」筑摩書房 2004
　　（ちくま文庫）p49

忍法花盗人
　◇「山田風太郎忍法帖短篇全集 3」筑摩書房 2004
　　（ちくま文庫）p99
忍法破倭兵状
　◇「山田風太郎忍法帖短篇全集 3」筑摩書房 2004
　　（ちくま文庫）p267
忍法聖千姫
　◇「山田風太郎忍法帖短篇全集 9」筑摩書房 2004
　　（ちくま文庫）p7

【ぬ】

縫子
　◇「宮本百合子全集 2」新日本出版社 2001 p509
脱いだ
　◇「向田邦子全集 新版 8」文藝春秋 2009 p245
ぬうど・だんさあ物語
　◇「狩久全集 3」皆進社 2013 p334
ぬうど・ふぃるむ物語
　◇「狩久全集 4」皆進社 2013 p261
ぬうど・ふぉと物語
　◇「狩久全集 2」皆進社 2013 p221
鵺の来歴
　◇「日影丈吉全集 5」国書刊行会 2003 p414
「抜打座談会」を評す
　◇「江戸川乱歩全集 26」光文社 2003（光文社文庫）p272
温み
　◇「車谷長吉全集 2」新書館 2010 p20
ぬくみののこる溶岩の上の人間
　◇「小松左京全集 完全版 31」城西国際大学出版会 2008 p25
ぬけ穴考
　◇「小松左京全集 完全版 17」城西国際大学出版会 2012 p304
抜け穴密室
　◇「天城一傑作集〔1〕」日本評論社 2004 p158
抜髪
　◇「車谷長吉全集 1」新書館 2010 p333
　◇「車谷長吉全集 2」新書館 2010 p13
ぬけがら
　◇「車谷長吉全集 2」新書館 2010 p35
抜けられるか抜けているか〔対談〕（滝田ゆう）
　◇「吉行淳之介エッセイ・コレクション 4」筑摩書房 2004（ちくま文庫）p167
"ぬし"になった潜水艦
　◇「小松左京全集 完全版 24」城西国際大学出版会 2016 p450
ぬすびと
　◇「定本 久生十蘭全集 2」国書刊行会 2009 p259

山蕷豆(ぬすびとはぎ)《LYRIC》
◇「決定版 三島由紀夫全集 37」新潮社 2004 p222

ぬすまれた味
◇「小松左京全集 完全版 13」城西国際大学出版会 2008 p36

偸まれた一日
◇「狩久全集 3」皆進社 2013 p205

盗まれた手紙
◇「天城一傑作集〔1〕」日本評論社 2004 p324

盗まれた手紙の話
◇「坂口安吾全集 3」筑摩書房 1999 p125

盗まれた夜
◇「中井英夫全集 3」東京創元社 1996 (創元ライブラリ) p614

盗み
◇「小檜山博全集 7」柏艪舎 2006 p305

盗む男
◇「井上ひさし短編中編小説集成 8」岩波書店 2015 p432

裸女(ヌード)売ります
◇「日影丈吉全集 5」国書刊行会 2003 p114

ヌード狂想曲
◇「日影丈吉全集 7」国書刊行会 2004 p447

ヌードダンサーの生き方を知った三瓶山の麓
◇「小松左京全集 完全版 29」城西国際大学出版会 2007 p119

ヌード・ダンサーの楽屋裏
◇「田中小実昌エッセイ・コレクション 4」筑摩書房 2003 (ちくま文庫) p48

ヌードのファッション・ショウ
◇「大庭みな子全集 6」日本経済新聞出版社 2009 p97

ヌード野郎
◇「野坂昭如エッセイ・コレクション 1」筑摩書房 2004 (ちくま文庫) p35

布地が語る愛
◇「金井美恵子エッセイ・コレクション―1964-2013 4」平凡社 2014 p305

ぬばたまの…
◇「眉村卓コレクション 異世界篇 1」出版芸術社 2012 p3

ぬばたまの闇のなかのケモノ道―ケモノのごとくすばやく、また、重厚に
◇「小田実全集 小説 31」講談社 2013 p133

奴婢訓
◇「寺山修司著作集 3」クインテッセンス出版 2009 p415

奴婢の読書
◇「寺山修司著作集 1」クインテッセンス出版 2009 p350

沼
◇「小松左京全集 完全版 25」城西国際大学出版会 2017 p81

沼
◇「中井英夫全集 10」東京創元社 2002 (創元ライブラリ) p88

沼
◇「三橋一夫ふしぎ小説集成 3」出版芸術社 2005 p279

沼川良太郎論
◇「石牟礼道子全集 1」藤原書店 2004 p38

沼津千本浜公園
◇「車谷長吉全集 3」新書館 2010 p681

沼田多稼蔵「日露陸戦新史」
◇「小林秀雄全作品 14」新潮社 2003 p14
◇「小林秀雄全集 補巻 2」新潮社 2010 p197

沼地・沼
◇「林京子全集 7」日本図書センター 2005 p290

沼のある家
◇「上野壮夫全集 2」図書新聞 2009 p142

沼のほとり
◇「石牟礼道子全集 15」藤原書店 2012 p229

沼のほとり
◇「古井由吉自撰作品 5」河出書房新社 2012 p404

濡縁の小石
◇「小沼丹全集 4」未知谷 2004 p65

濡れ衣
◇「内田百閒集成 5」筑摩書房 2003 (ちくま文庫) p123

濡れたフィルム―『緑色の部屋』『ピクニック』
◇「金井美恵子エッセイ・コレクション―1964-2013 4」平凡社 2014 p18

濡れ仏試合
◇「山田風太郎忍法帖短篇全集 4」筑摩書房 2004 (ちくま文庫) p37

【ね】

子(ね)
◇「谷崎潤一郎全集 25」中央公論新社 2016 p497

寧夏回族自治区・内蒙古自治区
◇「小松左京全集 完全版 43」城西国際大学出版会 2014 p129

音色
◇「松下竜一未刊行著作集 2」海鳥社 2008 p18

ネヴァ河
◇「小林秀雄全作品 24」新潮社 2004 p288
◇「小林秀雄全集 補巻 2」新潮社 2010 p277

寝押
◇「中戸川吉二作品集」勉誠出版 2013 p273

ネオ・リアリズム以後
◇「佐々木基一全集 7」河出書房新社 2013 p85

ねおり

ネオ・リアリズムの性格
　◇「佐々木基一全集 7」河出書房新社 2013 p76
ネオ・リアリズムの発生
　◇「佐々木基一全集 7」河出書房新社 2013 p67
ネオ・リアリズムの発展
　◇「佐々木基一全集 7」河出書房新社 2013 p80
ネオ・リアリズム論
　◇「佐々木基一全集 7」河出書房新社 2013 p50
ネオン
　◇「車谷長吉全集 3」新書館 2010 p685
ネオンの曠野
　◇「高城高全集 4」東京創元社 2008（創元推理文庫）p223
願いは一つにまとめて—平和のために、原子兵器の禁止を
　◇「宮本百合子全集 19」新日本出版社 2002 p247
ねがい〈1〉
　◇「松田解子自選集 9」澤田出版 2009 p164
ねがい〈2〉
　◇「松田解子自選集 9」澤田出版 2009 p261
願うということ
　◇「宮城谷昌光全集 21」文藝春秋 2004 p142
寝返り寅松
　◇「池波正太郎短篇ベストコレクション 5」リブリオ出版 2008 p69
ねぎ坊主
　◇「大庭みな子全集 12」日本経済新聞出版社 2010 p18
ネギ坊主
　◇「松下竜一未刊行著作集 2」海鳥社 2008 p276
禰宜様宮田
　◇「宮本百合子全集 1」新日本出版社 2000 p185
「禰宜様宮田」創作メモ
　◇「宮本百合子全集 20」新日本出版社 2002 p13
寝ぐせ
　◇「梅崎春生作品集 1」沖積舎 2003 p7
ネクロフィールの世界—井上洋介画集
　◇「金井美恵子エッセイ・コレクション—1964-2013 1」平凡社 2013 p95
ねこ
　◇「谷崎潤一郎全集 25」中央公論新社 2016 p197
猫
　◇「安部公房全集 25」新潮社 1999 p228
猫
　◇「内田百閒集成 9」筑摩書房 2003（ちくま文庫）p9
猫
　◇「立松和平全小説 17」勉誠出版 2012 p293
猫
　◇「徳田秋聲全集 22」八木書店 2001 p103
猫
　◇「三橋一夫ふしぎ小説集成 3」出版芸術社 2005 p271
猫を飼う
　◇「金井美恵子エッセイ・コレクション—1964-2013 2」平凡社 2013 p32
猫を飼ふまで
　◇「谷崎潤一郎全集 13」中央公論新社 2015 p418
猫を去勢すること
　◇「金井美恵子エッセイ・コレクション—1964-2013 2」平凡社 2013 p96
猫が暑いのは土用の三日
　◇「金井美恵子エッセイ・コレクション—1964-2013 2」平凡社 2013 p70
猫が口を利いた
　◇「内田百閒集成 9」筑摩書房 2003（ちくま文庫）p308
猫車
　◇「中井英夫全集 6」東京創元社 1996（創元ライブラリ）p584
猫車
　◇「宮本百合子全集 5」新日本出版社 2001 p183
「猫」散見
　◇「金井美恵子エッセイ・コレクション—1964-2013 2」平凡社 2013 p170
猫自慢
　◇「向田邦子全集 新版 6」文藝春秋 2009 p78
ネコジャラシ
　◇「松下竜一未刊行著作集 1」海鳥社 2008 p319
猫月夜 上
　◇「立松和平全小説 26」勉誠出版 2014 p7
猫月夜 下
　◇「立松和平全小説 26」勉誠出版 2014 p199
ネコ 前白〔人間博物館「性と食」の民族学〕
　◇「小松左京全集 完全版 34」城西国際大学出版会 2009 p161
「猫町」
　◇「江戸川乱歩全集 26」光文社 2003（光文社文庫）p352
猫貯金
　◇「金井美恵子エッセイ・コレクション—1964-2013 2」平凡社 2013 p56
猫的なもの
　◇「安部公房全集 9」新潮社 1998 p358
猫、「テューレの王」、映画
　◇「決定版 三島由紀夫全集 27」新潮社 2003 p99
猫と犬
　◇「谷崎潤一郎全集 23」中央公論新社 2017 p290
猫と暮らす12の苦労
　◇「金井美恵子エッセイ・コレクション—1964-2013 2」平凡社 2013 p338
猫と暮す—蛇騒動と侵入者
　◇「金井美恵子エッセイ・コレクション—1964-2013 2」平凡社 2013 p127

猫と庄造と二人のをんな
◇「谷崎潤一郎全集 18」中央公論新社 2016 p261
猫との縁
◇「石牟礼道子全集 11」藤原書店 2005 p189
猫と母親
◇「金井美恵子エッセイ・コレクション―1964-2013 2」平凡社 2013 p345
猫における観察
◇「石牟礼道子全集 1」藤原書店 2004 p153
猫に話しかけないでください
◇「金井美恵子エッセイ・コレクション―1964-2013 2」平凡社 2013 p353
猫には七軒の家がある
◇「金井美恵子エッセイ・コレクション―1964-2013 2」平凡社 2013 p117
猫の家
◇「石牟礼道子全集 8」藤原書店 2005 p394
猫の泉
◇「日影丈吉全集 5」国書刊行会 2003 p364
猫のおかあさん
◇「金井美恵子エッセイ・コレクション―1964-2013 2」平凡社 2013 p121
猫の首
◇「小松左京全集 完全版 16」城西国際大学出版会 2011 p56
猫の「心」を類推する手だて
◇「小松左京全集 完全版 40」城西国際大学出版会 2012 p376
猫の喧嘩（ごろまき）
◇「小松左京全集 完全版 39」城西国際大学出版会 2012 p105
猫の政治学
◇「寺山修司著作集 4」クインテッセンス出版 2009 p469
猫の戦略
◇「金井美恵子エッセイ・コレクション―1964-2013 2」平凡社 2013 p111
猫の爪研ぎ
◇「金井美恵子エッセイ・コレクション―1964-2013 2」平凡社 2013 p167
猫の手
◇「都筑道夫恐怖短篇集成 2」筑摩書房 2004（ちくま文庫）p88
猫のトイレ
◇「金井美恵子エッセイ・コレクション―1964-2013 2」平凡社 2013 p37
猫の便秘
◇「金井美恵子エッセイ・コレクション―1964-2013 2」平凡社 2013 p342
猫の耳の秋風
◇「内田百閒集成 9」筑摩書房 2003（ちくま文庫）p186
猫の眼 第28回女流文学賞
◇「大庭みな子全集 24」日本経済新聞出版社 2011 p84
猫のような…
◇「金井美恵子エッセイ・コレクション―1964-2013 2」平凡社 2013 p307
「ネコババのいる町」の「表層生活」 第102回（平成元年度下半期）芥川賞
◇「大庭みな子全集 24」日本経済新聞出版社 2011 p71
猫ポケット
◇「石牟礼道子全集 17」藤原書店 2012 p4511
猫―マイペット
◇「谷崎潤一郎全集 25」中央公論新社 2016 p199
猫眼石殺人事件
◇「山本周五郎探偵小説全集 2」作品社 2007 p153
猫眼の男
◇「定本 久生十蘭全集 2」国書刊行会 2009 p629
猫眼レンズ事件
◇「山本周五郎探偵小説全集 5」作品社 2008 p311
猫も杓子も
◇「田辺聖子全集 2」集英社 2004 p7
猫屋敷
◇「高橋克彦自選短編集 2」講談社 2009（講談社文庫）p529
猫屋敷
◇「定本 久生十蘭全集 別巻」国書刊行会 2013 p119
猫柳
◇「小沼丹全集 2」未知谷 2004 p183
猫柳の下にて
◇「三橋一夫ふしぎ小説集成 1」出版芸術社 2005 p13
根来寺
◇「山田風太郎エッセイ集成 秀吉はいつ知ったか」筑摩書房 2008 p238
猫ロボットの家出
◇「石牟礼道子全集 17」藤原書店 2012 p507
ネコロマンチシズム
◇「内田百閒集成 9」筑摩書房 2003（ちくま文庫）p248
猫は何を食べるか
◇「金井美恵子エッセイ・コレクション―1964-2013 2」平凡社 2013 p60
ネジバナ
◇「松下竜一未刊行著作集 2」海鳥社 2008 p282
ねじまき鳥と火曜日の女たち
◇「〔村上春樹〕短編選集1980-1991 象の消滅」新潮社 2005 p27
ねじり棒
◇「内田百閒集成 7」筑摩書房 2003（ちくま文庫）p252
ねじれた記憶
◇「高橋克彦自選短編集 2」講談社 2009（講談社文庫）p213

ねしれ

捉れた歯ブラシ
　◇「辻井喬コレクション 7」河出書房新社 2003 p420

ねじれた輪
　◇「日影丈吉全集 6」国書刊行会 2002 p408

根づかなかった文化
　◇「小松左京全集 完全版 36」城西国際大学出版会 2011 p46

根津甚八（俳優）
　◇「向田邦子全集 新版 6」文藝春秋 2009 p212

ねずみ
　◇「日影丈吉全集 5」国書刊行会 2003 p380

ねずみ
　◇「定本 久生十蘭全集 2」国書刊行会 2009 p392

鼠坂
　◇〔森〕鷗外近代小説集 5」岩波書店 2013 p75

ネズミとザリガニとカエルがけんかをした話
　◇「安部公房全集 3」新潮社 1997 p344

鼠と鳩麦
　◇「宮本百合子全集 14」新日本出版社 2001 p209

ネズミの一日
　◇「向田邦子全集 新版 4」文藝春秋 2009 p87

ねずみの心は、ねずみいろ
　◇「寺山修司著作集 4」クインテッセンス出版 2009 p60

鼠の実験
　◇「大庭みな子全集 3」日本経済新聞出版社 2009 p371

ネズミの死に物狂い
　◇「小松左京全集 完全版 39」城西国際大学出版会 2012 p103

鼠の浄土
　◇「田辺聖子全集 5」集英社 2004 p436

ねずみ花火
　◇「向田邦子全集 新版 5」文藝春秋 2009 p129

寝そべって当たりを待つ
　◇「松下竜一未刊行著作集 2」海鳥社 2008 p340

妬み
　◇「辻邦生全集 8」新潮社 2005 p324

ネチネチ、クチャクチャ、ベタベタ
　◇「安部公房全集 29」新潮社 2000 p199

熱
　◇「宮本百合子全集 33」新日本出版社 2004 p415

熱雲
　◇「立松和平全小説 16」勉誠出版 2012 p200

熱気
　◇「決定版 三島由紀夫全集 37」新潮社 2004 p345

熱狂
　◇「徳田秋聲全集 6」八木書店 2000 p210

熱情の篭つた力作 興味深い純芸術品
　◇「徳田秋聲全集 21」八木書店 2001 p198

熱情の車
　◇「山田風太郎エッセイ集成 わが推理小説零年」筑摩書房 2007 p177

ネッシーは浮上したか―ワイルド
　◇「中井英夫全集 6」東京創元社 1996（創元ライブラリ）p622

熱誠と表情
　◇「小酒井不木随筆評論選集 7」本の友社 2004 p288

熱帯
　◇「決定版 三島由紀夫全集 37」新潮社 2004 p571

熱帯雨林
　◇「立松和平全小説 16」勉誠出版 2012 p117

熱帯雨林の客
　◇「赤江瀑短編傑作選 情念編」光文社 2007（光文社文庫）p205

「熱帯樹」創作ノート
　◇「決定版 三島由紀夫全集 23」新潮社 2002 p639

「熱帯樹」の成り立ち
　◇「決定版 三島由紀夫全集 31」新潮社 2003 p387

熱帯樹―悲劇三幕
　◇「決定版 三島由紀夫全集 23」新潮社 2002 p317

熱帯植物の咲き乱れる異郷の地
　◇「小松左京全集 完全版 31」城西国際大学出版会 2008 p26

熱帯病
　◇「立松和平全小説 5」勉誠出版 2010 p31

熱討四時間―宇宙・生物・コンピューター
　◇「小松左京全集 完全版 40」城西国際大学出版会 2012 p78

熱のある夜
　◇「都筑道夫恐怖短篇集成 1」筑摩書房 2004（ちくま文庫）p78

熱の捨て場―樋口敬二氏との対談
　◇「小松左京全集 完全版 30」城西国際大学出版会 2008 p43

おんなの午後2 熱の中で
　◇「大庭みな子全集 18」日本経済新聞出版社 2010 p147

熱風
　◇「大佛次郎セレクション第1期 姉」未知谷 2007 p175
　◇「大佛次郎セレクション第2期 ふらんす人形」未知谷 2008 p359

熱風
　◇「中上健次集 10」インスクリプト 2017 p187

熱風に吹かれて
　◇「谷崎潤一郎全集 2」中央公論新社 2016 p121

熱烈な愉しさをもつ誘惑の書―戸板康二著「歌舞伎への招待」
　◇「決定版 三島由紀夫全集 27」新潮社 2003 p260

寝てもさめても〔対談〕（宮城まり子）
　◇「安部公房全集 29」新潮社 2000 p493

寝ながら
◇「徳田秋聲全集 19」八木書店 2000 p427
根なし草の文学
◇「安部公房全集 22」新潮社 1999 p349
「根の国」を「小説」で書く、こと
◇「金井美恵子エッセイ・コレクション―1964–2013 3」平凡社 2013 p393
根の地
◇「小檜山博全集 2」柏艪舎 2006 p488
ネバ河
◇「国枝史郎歴史小説傑作選」作品社 2006 p506
ねばっこい日本的叙情―『負籠の細道』（水上勉著）を読む
◇「石牟礼道子全集 1」藤原書店 2004 p255
涅槃放送
◇「小松左京全集 完全版 15」城西国際大学出版会 2010 p411
涅槃雪
◇「大坪砂男全集 1」東京創元社 2013（創元推理文庫）p259
寝ぼけ署長
◇「山本周五郎長篇小説全集 23」新潮社 2014 p7
寝待の月
◇「大庭みな子全集 14」日本経済新聞出版社 2010 p231
寝みだれ弁天
◇「都筑道夫時代小説コレクション 1」戎光祥出版 2014（戎光祥時代小説名作館）p48
ネム
◇「大庭みな子全集 12」日本経済新聞出版社 2010 p183
合歓の花
◇「辻井喬コレクション 7」河出書房新社 2003 p81
眠らせ唄
◇「大庭みな子全集 14」日本経済新聞出版社 2010 p449
眠らぬ秋の夜の幻想曲
◇「鈴木いづみセカンド・コレクション 3」文遊社 2004 p147
眠られぬ夜
◇「小林秀雄全作品 3」新潮社 2002 p159
◇「小林秀雄全集 補巻 1」新潮社 2010 p165
睡り
◇「石牟礼道子全集 11」藤原書店 2005 p458
眠り
◇「[村上春樹] 短篇選集1980–1991 象の消滅」新潮社 2005 p113
眠り草は何を夢みる―春日検事の事件簿
◇「日影丈吉全集 5」国書刊行会 2003 p221
眠りたい！
◇「小松左京全集 完全版 25」城西国際大学出版会 2017 p359

眠りと旅と夢
◇「小松左京全集 完全版 22」城西国際大学出版会 2015 p355
眠り人形
◇「野村胡堂探偵小説全集」作品社 2007 p324
眠り猫
◇「金井美恵子エッセイ・コレクション―1964–2013 2」平凡社 2013 p66
眠りの日々
◇「中上健次集 1」インスクリプト 2014 p68
眠る男
◇「辻井喬コレクション 7」河出書房新社 2003 p336
眠る盃
◇「向田邦子全集 新版 6」文藝春秋 2009 p11
◇「向田邦子全集 新版 6」文藝春秋 2009 p22
眠る机
◇「向田邦子全集 新版 7」文藝春秋 2009 p212
眠るひと
◇「須賀敦子全集 1」河出書房新社 2006（河出文庫）p427
眠るひとへ
◇「中井英夫全集 10」東京創元社 2002（創元ライブラリ）p75
眠るひとへの哀歌
◇「中井英夫全集 10」東京創元社 2002（創元ライブラリ）p74
眠る人びと
◇「林京子全集 4」日本図書センター 2005 p89
ねむれ亀
◇「立松和平小説 4」勉誠出版 2010 p62
眠れ狐狸庵
◇「阿川弘之全集 19」新潮社 2007 p245
眠れない夏の夜 [翻訳]（ウンベルト・サバ）
◇「須賀敦子全集 5」河出書房新社 2008（河出文庫）p166
眠れない夜
◇「小檜山博全集 8」柏艪舎 2006 p101
眠れよや《CRADLE SONG》
◇「決定版 三島由紀夫全集 37」新潮社 2004 p201
眠れる美女
◇「20世紀断層―野坂昭如単行本未収録小説集成 3」幻戯書房 2010 p493
「眠れる美女」論
◇「決定版 三島由紀夫全集 36」新潮社 2003 p49
狙われた女
◇「狩久全集 3」皆進社 2013 p192
煉歯磨殺人事件
◇「井上ひさし短編中編小説集成 9」岩波書店 2015 p153
練馬鑑別所と多摩少年院
◇「開高健ルポルタージュ選集 ずばり東京」光文社 2007（光文社文庫）p213

ねりま

練馬のお百姓大尽
  ◇「開高健ルポルタージュ選集 ずばり東京」光文社 2007（光文社文庫）p79

ネルーダと郵便配達人―イル・ポスティーノ
  ◇「辻邦生全集 19」新潮社 2005 p454

〈寝る直前のヒラメキ〉『週間読売』のインタビューに答えて
  ◇「安部公房全集 16」新潮社 1998 p255

寝るなの座敷
  ◇「高橋克彦自選短編集 2」講談社 2009（講談社文庫）p441

年賀
  ◇「内田百閒集成 11」筑摩書房 2003（ちくま文庫）p42

年賀状
  ◇「坂口安吾全集 13」筑摩書房 1999 p312

年賀状
  ◇「〔野呂邦暢〕随筆コレクション 2」みすず書房 2014 p222

念願成就
  ◇「瀬戸内寂聴随筆選 4」ゆまに書房 2009 p98

年貢半減訴え切腹した代官を祀る
  ◇「石牟礼道子全集 16」藤原書店 2013 p62

年月
  ◇「林京子全集 8」日本図書センター 2005 p332

年酒
  ◇「内田百閒集成 10」筑摩書房 2003（ちくま文庫）p296

年頭の債鬼
  ◇「内田百閒集成 5」筑摩書房 2003（ちくま文庫）p154

年頭の迷ひ
  ◇「決定版 三島由紀夫全集 34」新潮社 2003 p284

年頭漫言
  ◇「徳田秋聲全集 19」八木書店 2000 p217

粘土の人形
  ◇「都筑道夫恐怖短篇集成 1」筑摩書房 2004（ちくま文庫）p356

年に一度の……
  ◇「辻邦生全集 16」新潮社 2005 p274

年年歳歳
  ◇「阿川弘之全集 1」新潮社 2005 p7

年譜
  ◇「宮本百合子全集 18」新日本出版社 2002 p98

年譜 『新鋭文学叢書』に寄せて
  ◇「安部公房全集 12」新潮社 1998 p464

〈年譜〉『新日本文学全集』に寄せて
  ◇「安部公房全集 18」新潮社 1999 p244

ねんぶつ異聞
  ◇「小沼丹全集 3」未知谷 2004 p644

念佛の家
  ◇「小寺菊子作品集 2」桂書房 2014 p431

念仏のまき
  ◇「都筑道夫時代小説コレクション 4」戎光祥出版 2014（戎光祥時代小説名作館）p158

年末感想
  ◇「小林秀雄全作品 4」新潮社 2003 p100
  ◇「小林秀雄全集 補巻 1」新潮社 2010 p191

年末行事
  ◇「瀬戸内寂聴随筆選 4」ゆまに書房 2009 p32

年齢
  ◇「小林秀雄全作品 18」新潮社 2004 p92
  ◇「小林秀雄全集 補巻 2」新潮社 2010 p428

【の】

ノアの方舟
  ◇「安部公房全集 3」新潮社 1997 p159

野いちご会詠草
  ◇「谷崎潤一郎全集 25」中央公論新社 2016 p83

野茨
  ◇「小沼丹全集 4」未知谷 2004 p57

ノイフェルト「ドストエフスキイの精神分析」
  ◇「小林秀雄全作品 7」新潮社 2003 p168
  ◇「小林秀雄全集 補巻 1」新潮社 2010 p381

ノイローゼ
  ◇「山田風太郎ミステリー傑作選 3」光文社 2001（光文社文庫）p251

ノイローゼ野郎
  ◇「野坂昭如エッセイ・コレクション 1」筑摩書房 2004（ちくま文庫）p44

ノヴァ！ を待つ―難波弘之
  ◇「小松左京全集 完全版 41」城西国際大学出版会 2013 p277

能「鵜飼」の美と業
  ◇「小松左京全集 完全版 40」城西国際大学出版会 2012 p269

ノヴェライゼーションを読んでみる
  ◇「鈴木いづみコレクション 7」文遊社 1997 p208

農園
  ◇「決定版 三島由紀夫全集 36」新潮社 2003 p443

農家を減らすことが東北の文化を高めるか
  ◇「小松左京全集 完全版 29」城西国際大学出版会 2007 p144

農学へ進む（加藤秀俊、東畑精一）
  ◇「小松左京全集 完全版 38」城西国際大学出版会 2010 p147

能楽〔喜多六平太〕〔対談〕
  ◇「決定版 三島由紀夫全集 39」新潮社 2004 p209

能管師
  ◇「瀬戸内寂聴随筆選 3」ゆまに書房 2009 p161

農業を消すのか
　◇「小檜山博全集 8」柏艪舎 2006 p14
農業地帯
　◇「小松左京全集 完全版 43」城西国際大学出版会 2014 p391
農業の教育力
　◇「井上ひさしコレクション 日本の巻」岩波書店 2005 p264
農業は国の宝
　◇「井上ひさしコレクション 日本の巻」岩波書店 2005 p264
農具の記憶
　◇「小檜山博全集 6」柏艪舎 2006 p259
能州の景
　◇「向田邦子全集 新版 6」文藝春秋 2009 p50
『農場』
　◇「小島信夫批評集成 2」水声社 2011 p611
能『不知火』 百間埋立地奉納に当たって
　◇「石牟礼道子全集 16」藤原書店 2013 p39
ノウゼンカズラ
　◇「大庭みな子全集 12」日本経済新聞出版社 2010 p186
ノウゼンカズラ
　◇「松下竜一未刊行著作集 2」海鳥社 2008 p20
凌霄花
　◇「小沼丹全集 3」未知谷 2004 p352
凌霄花
　◇「山本周五郎中短篇秀作選集 4」小学館 2006 p211
ノウゾーさんとガキューさん
　◇「田中小実昌エッセイ・コレクション 1」筑摩書房 2002（ちくま文庫）p256
能—その心に学ぶ
　◇「決定版 三島由紀夫全集 32」新潮社 2003 p440
農村
　◇「宮本百合子全集 33」新日本出版社 2004 p121
「農村」から「都市」へ
　◇「小田実全集 評論 15」講談社 2011 p103
脳天壊了（のうてんふぁいら）
　◇「吉田知子選集 1」景文館書店 2012 p5
農と舟の "西" と鉱と馬の "東"
　◇「小松左京全集 完全版 31」城西国際大学出版会 2008 p72
能の絵
　◇「德田秋聲全集 9」八木書店 1998 p301
脳の初期的な働きは警報装置だった
　◇「小松左京全集 完全版 40」城西国際大学出版会 2012 p391
能筆ジム
　◇「坂口安吾全集 11」筑摩書房 1998 p100
脳味噌製造人
　◇「三橋一夫ふしぎ小説集成 1」出版芸術社 2005 p86

農民詩のつくり方
　◇「上野壮夫全集 3」図書新聞 2011 p259
農民小説の人間性
　◇「坂口安吾全集 3」筑摩書房 1999 p52
農民文学の夕
　◇「松田解子自選集 8」澤田出版 2008 p41
濃霧の出迎えに悩む札幌ジェット便
　◇「小松左京全集 完全版 29」城西国際大学出版会 2007 p120
能面殺人事件
　◇「高木彬光コレクション新装版 能面殺人事件」光文社 2006（光文社文庫）p9
能面の秘密
　◇「坂口安吾全集 15」筑摩書房 1999 p224
農薬について
　◇「井上ひさしコレクション 日本の巻」岩波書店 2005 p289
納涼民謡大会
　◇「井上ひさしコレクション 日本の巻」岩波書店 2005 p102
ノオトから
　◇「德田秋聲全集 19」八木書店 2000 p306
野飼いの駒
　◇「宮本百合子全集 32」新日本出版社 2003 p487
野餓鬼のいた村
　◇「加藤幸子自選作品集 4」未知谷 2013 p7
野鍛冶の女房
　◇「石牟礼道子全集 1」藤原書店 2004 p441
野鍛冶の娘より
　◇「石牟礼道子全集 1」藤原書店 2004 p204
野上彰宛〔書簡〕
　◇「坂口安吾全集 16」筑摩書房 2000 p193
野上豊一郎の「飜訳論」
　◇「小林秀雄全作品 10」新潮社 2003 p123
　◇「小林秀雄全集 補巻 1」新潮社 2010 p520
野上弥生子様へ
　◇「宮本百合子全集 9」新日本出版社 2001 p68
「野鴨」(庄野潤三) 書評
　◇「小沼丹全集 4」未知谷 2004 p714
野鴨の習性
　◇「大庭みな子全集 3」日本経済新聞出版社 2009 p375
ノー・カロリー
　◇「大庭みな子全集 16」日本経済新聞出版社 2010 p73
野川
　◇「古井由吉自撰作品 8」河出書房新社 2012 p7
　◇「古井由吉自撰作品 8」河出書房新社 2012 p34
野川先生
　◇「谷崎潤一郎全集 21」中央公論新社 2016 p240
野菊
　◇「小檜山博全集 2」柏艪舎 2006 p464

のきさ

軒猿
◇「司馬遼太郎短篇全集 2」文藝春秋 2005 p139

乃木將軍と旅順攻略戰
◇「福田恆存評論集 8」麗澤大學出版會, 廣池學園事業部〔発売〕 2007 p329

軒提燈
◇「内田百閒集成 16」筑摩書房 2004（ちくま文庫）p131

のぎつね
◇「決定版 三島由紀夫全集 37」新潮社 2004 p701

野口昂明〔小松左京が聞く大正・昭和の日本大衆文芸を支えた挿絵画家たち〕
◇「小松左京全集 完全版 26」城西国際大学出版会 2017 p262

野口武彦氏への公開状
◇「決定版 三島由紀夫全集 34」新潮社 2003 p672

ノー、K子さん
◇「林京子全集 7」日本図書センター 2005 p309

鋸
◇「辻井喬コレクション 7」河出書房新社 2003 p461

残された夢
◇「瀬戸内寂聴随筆選 4」ゆまに書房 2009 p26

遺した言葉
◇「20世紀断層—野坂昭如単行本未収録小説集成 5」幻戯書房 2010 p141

残った醬油
◇「向田邦子全集 新版 9」文藝春秋 2009 p99

残りの花
◇「中上健次集 9」インスクリプト 2013 p154

残りの炎（「再会」を改題）
◇「徳田秋聲全集 12」八木書店 2000 p124

野坂昭如オン・ステージ*'74, 11, 2 於 神戸女学院大学
◇「野坂昭如エッセイ・コレクション 2」筑摩書房 2004（ちくま文庫）p169

野坂昭如の小説のための広告 野坂昭如の小説 1
◇「20世紀断層—野坂昭如単行本未収録小説集成 3」幻戯書房 2010 p309

野坂昭如 呆然と爆笑の国会レポート〔対談〕
◇「大庭みな子全集 22」日本経済新聞出版社 2011 p42

野坂中尉と中西伍長
◇「坂口安吾全集 8」筑摩書房 1998 p377

野崎詣り（池崎忠孝回想）
◇「谷崎潤一郎全集 24」中央公論新社 2016 p478

野崎村の「お光」
◇「徳田秋聲全集 20」八木書店 2001 p66

ノサップ灯台
◇「高城高全集 3」東京創元社 2008（創元推理文庫）p71

野ざらし
◇「20世紀断層—野坂昭如単行本未収録小説集成 補巻」幻戯書房 2010 p558

野晒
◇「小島信夫短篇集成 8」水声社 2014 p349

野ざらし忍法帖
◇「山田風太郎忍法帖短篇全集 2」筑摩書房 2004（ちくま文庫）

野沢富美子「煉瓦女工」
◇「小林秀雄全作品 13」新潮社 2003 p184
◇「小林秀雄全集 補巻 2」新潮社 2010 p187

覗かれる部屋
◇「小島信夫短篇集成 3」水声社 2014 p151

除かれる者、覗く者
◇「野坂昭如エッセイ・コレクション 3」筑摩書房 2004（ちくま文庫）p263

覗かれた犯罪
◇「狩久全集 4」皆進社 2013 p213

覗き癖
◇「辺見庸掌編小説集 白690」角川書店 2004 p20

のぞきメガネ「ヨーロッパ」—テヘランをうろつく
◇「小田実全集 評論 1」講談社 2010 p365

野田秀樹の三大技法—『野獣降臨』
◇「井上ひさしコレクション 人間の巻」岩波書店 2005 p55

のちの思いに
◇「辻邦生全集 16」新潮社 2005 p281

のちのカミュをすべておさめる
◇〔野呂邦暢〕随筆コレクション 1」みすず書房 2014 p132

後の恋
◇「徳田秋聲全集 2」八木書店 1999 p342

『後の恋』まへがき
◇「徳田秋聲全集 別巻」八木書店 2006 p83

後の世のために魚をとること
◇「石牟礼道子全集 6」藤原書店 2006 p481

ノックス
◇「江戸川乱歩全集 30」光文社 2005（光文社文庫）p659

乗取り
◇「小松左京全集 完全版 25」城西国際大学出版会 2017 p415

のっぺらぼうの部屋
◇「田中小実昌エッセイ・コレクション 1」筑摩書房 2002（ちくま文庫）p336

ノート「アルザスの曲りくねった道」
◇「須賀敦子全集 8」河出書房新社 2007（河出文庫）p373

ノート〔裏切りの明日〕
◇「結城昌治コレクション 裏切りの明日」光文社 2008（光文社文庫）p273

咽喉を撫でられる黒猫
　◇「石牟礼道子全集 17」藤原書店 2012 p515
ノートから
　◇「徳田秋聲全集 19」八木書店 2000 p398
ノート〔ゴメスの名はゴメス〕
　◇「結城昌治コレクション ゴメスの名はゴメス」光文社 2008（光文社文庫）p265
能登谷寛之『恋の町札幌』
　◇「小檜山博全集 6」柏艪舎 2006 p365
ノート〔白昼堂々〕
　◇「結城昌治コレクション 白昼堂々」光文社 2008（光文社文庫）p341
野と人
　◇「大庭みな子全集 12」日本経済新聞出版社 2010 p97
ノートブックから
　◇「谷崎潤一郎全集 9」中央公論新社 2017 p385
ノート〔見知らぬ旗〕
　◇「中井英夫全集 2」東京創元社 1998（創元ライブラリ）p406
野と水と
　◇「小松左京全集 完全版 27」城西国際大学出版会 2007 p119
ノート『「憂国」支出帳』（三島自筆）より
　◇「決定版 三島由紀夫全集 別巻」新潮社 2006 p29
ノート「憂国」（三島自筆）より
　◇「決定版 三島由紀夫全集 別巻」新潮社 2006 p25
ノートルダムの水落とし―フランスのゴシック・ロマンス
　◇「日影丈吉全集 別巻」国書刊行会 2005 p616
〈ノートⅠ〉〔密会〕
　◇「安部公房全集 26」新潮社 1999 p9
〈ノートⅡ〉〔密会〕
　◇「安部公房全集 26」新潮社 1999 p47
〈ノートⅢ〉〔密会〕
　◇「安部公房全集 26」新潮社 1999 p81
野に
　◇「林京子全集 1」日本図書センター 2005 p251
野におけ
　◇「阿川弘之全集 4」新潮社 2005 p153
野の鍛冶屋
　◇「立松和平全小説 27」勉誠出版 2014 p344
野の記憶
　◇「大庭みな子全集 8」日本経済新聞出版社 2009 p364
野の鈴
　◇「日影丈吉全集 別巻」国書刊行会 2005 p701
野のはずれの神様
　◇「立松和平全小説 6」勉誠出版 2010 p1
　◇「立松和平全小説 6」勉誠出版 2010 p114
野の花一輪がひらくとき
　◇「石牟礼道子全集 7」藤原書店 2005 p405

野の仏
　◇「小松左京全集 完全版 25」城西国際大学出版会 2017 p262
野の道
　◇「辻邦生全集 5」新潮社 2004 p420
野の道ありき
　◇「石牟礼道子全集 12」藤原書店 2005 p330
「ノー」の民主主義を！
　◇「小田実全集 評論 25」講談社 2012 p51
野の喪章
　◇「辻邦生全集 6」新潮社 2004 p349
野萩
　◇「定本 久生十蘭全集 6」国書刊行会 2010 p458
野鳩
　◇「立松和平小説 15」勉誠出版 2011 p188
野火
　◇「石上玄一郎小説作品集成 1」未知谷 2008 p201
野火
　◇「上野壮夫全集 2」図書新聞 2009 p13
野雲雀
　◇「徳田秋聲全集 1」八木書店 1997 p357
のびやかさ 第1回フェミナ賞
　◇「大庭みな子全集 24」日本経済新聞出版社 2011 p81
伸びゆく春
　◇「松下竜一未刊行著作集 2」海鳥社 2008 p103
伸子
　◇「宮本百合子全集 3」新日本出版社 2001 p5
「伸子」創作メモ一
　◇「宮本百合子全集 20」新日本出版社 2002 p458
「伸子」創作メモ二
　◇「宮本百合子全集 20」新日本出版社 2002 p468
「伸子」創作メモ三
　◇「宮本百合子全集 20」新日本出版社 2002 p477
「伸子」創作メモ四
　◇「宮本百合子全集 20」新日本出版社 2002 p481
「伸子」について
　◇「宮本百合子全集 13」新日本出版社 2001 p81
延子の泣声
　◇「小island信夫批評集成 8」水声社 2010 p50
野藤
　◇「阿川弘之全集 2」新潮社 2005 p303
野武士出陣
　◇「大坪砂男全集 2」東京創元社 2013（創元推理文庫）p409
野伏大名
　◇「定本 久生十蘭全集 2」国書刊行会 2009 p466
信長
　◇「坂口安吾全集 13」筑摩書房 1999 p5
信長以来の人材エネルギーは冷えたか
　◇「小松左京全集 完全版 29」城西国際大学出版会 2007 p55

のふな

「信長」構想メモ
◇「坂口安吾全集 16」筑摩書房 2000 p674

「信長」作者のことば
◇「坂口安吾全集 13」筑摩書房 1999 p3

「信長」年譜ノート
◇「坂口安吾全集 16」筑摩書房 2000 p675

信長のこと
◇「遠藤周作エッセイ選集 2」光文社 2006（知恵の森文庫）p14

信長は「火」秀吉は「風」
◇「山田風太郎エッセイ集成 秀吉はいつ知ったか」筑摩書房 2008 p169

野辺送り
◇「小檜山博全集 1」柏艪舎 2006 p85
◇「小檜山博全集 8」柏艪舎 2006 p77

ノーベルが残した五つの賞金
◇「大坪砂男全集 4」東京創元社 2013（創元推理文庫）p449

ノーベル文学賞前後
◇「辻邦生全集 18」新潮社 2005 p205

ノーベル平和賞は誰のもの
◇「井上ひさしコレクション 日本の巻」岩波書店 2005 p51

上る
◇「小松左京全集 完全版 25」城西国際大学出版会 2017 p26

ノーマ・ジーンのバー、サンディエゴの第一夜
◇「田中小実昌エッセイ・コレクション 2」筑摩書房 2002（ちくま文庫）p191

野町和嘉写真展「バハル！」
◇「安部公房全集 27」新潮社 2000 p177

野間宏
◇「佐々木基一全集 4」河出書房新社 2013 p285

野間宏宛書簡 第1信
◇「安部公房全集 30」新潮社 2009 p15

野間宏宛書簡 第2信
◇「安部公房全集 30」新潮社 2009 p17

野間宏宛書簡 第3信
◇「安部公房全集 30」新潮社 2009 p19

野間宏宛書簡 第4信
◇「安部公房全集 30」新潮社 2009 p48

野間宏宛書簡 第5信
◇「安部公房全集 30」新潮社 2009 p54

野間宏宛書簡 第6信
◇「安部公房全集 30」新潮社 2009 p61

野間宏宛書簡 第7信
◇「安部公房全集 30」新潮社 2009 p63

野間宏宛書簡 第8信
◇「安部公房全集 30」新潮社 2009 p64

野間宏＊『浦島草』について〔対談〕
◇「大庭みな子全集 21」日本経済新聞出版社 2011 p140

野間宏・大岡昇平・武田泰淳・三島由紀夫
◇「佐々木基一全集 4」河出書房新社 2013 p342

野間宏小論
◇「安部公房全集 4」新潮社 1997 p70

野間宏─正義の騎士
◇「大庭みな子全集 23」日本経済新聞出版社 2011 p235

野間宏に
◇「大庭みな子全集 8」日本経済新聞出版社 2009 p472

〔野間宏・堀田善衞〕オブローモフ世代万歳
◇「佐々木基一全集 5」河出書房新社 2013 p143

野間宏『麦と兵隊』
◇「小檜山博全集 6」柏艪舎 2006 p308

ノーマ・フィールドの『天皇の逝く国で』に思う
◇「深沢夏衣作品集」新幹社 2015 p413

野間文芸賞
◇「丸谷才一全集 12」文藝春秋 2014 p352

野間文芸賞受賞の言葉
◇「佐々木基一全集 5」河出書房新社 2013 p467

鑿（のみ）
◇「金鶴泳作品集 〔1〕」クレイン 2004 p197

……の道の半ばで
◇「小田実全集 評論 4」講談社 2010 p356

ノミに小丸
◇「内田百閒集成 6」筑摩書房 2003（ちくま文庫）p312

蚤の市
◇「大庭みな子全集 1」日本経済新聞出版社 2009 p251

飲みはじめた頃…
◇「遠藤周作エッセイ選集 3」光文社 2006（知恵の森文庫）p106

のめりこむ客観の詩人
◇「大庭みな子全集 6」日本経済新聞出版社 2009 p58

「野守」
◇「三枝和子選集 2」鼎書房 2007 p553

野守の鏡より
◇「三枝和子選集 2」鼎書房 2007 p551

ノモンハン、天皇、そして日本人（アルヴィン・D.クックス）
◇「司馬遼太郎対話選集 6」文藝春秋 2006（文春文庫）p9

ノラ未だ帰らず
◇「内田百閒集成 9」筑摩書房 2003（ちくま文庫）p175

「のらくろ」前史 田河水泡氏に聞く（加藤秀俊、河合秀和、田河水泡）
◇「小松左京全集 完全版 38」城西国際大学出版会 2010 p279

ノラ・ケイの公演をみて
　◇「決定版 三島由紀夫全集 28」新潮社 2003 p33
ノラ・ケイ礼讃
　◇「決定版 三島由紀夫全集 28」新潮社 2003 p317
ノラに降る村しぐれ
　◇「内田百閒集成 9」筑摩書房 2003（ちくま文庫）p145
ノラにもならず…久女の悲しみ〔対談〕（瀬戸内寂聴）
　◇「田辺聖子全集 別巻1」集英社 2006 p335
野良猫のための鎮魂歌
　◇「〔野呂邦暢〕随筆コレクション 1」みすず書房 2014 p99
のらもの
　◇「德田秋聲全集 18」八木書店 2000 p93
「ノラや」
　◇「内田百閒集成 9」筑摩書房 2003（ちくま文庫）p303
〈抜粋〉ノラや
　◇「内田百閒集成 24」筑摩書房 2004（ちくま文庫）p96
ノラや
　◇「内田百閒集成 9」筑摩書房 2003（ちくま文庫）p54
ノラやノラや
　◇「内田百閒集成 9」筑摩書房 2003（ちくま文庫）p113
海苔
　◇「内田百閒集成 12」筑摩書房 2003（ちくま文庫）p203
乗合自動車の客
　◇「横溝正史探偵小説コレクション 1」出版芸術社 2004 p43
乗合船の話―前田河広一郎「三等船客」
　◇「小田実全集 評論 12」講談社 2011 p108
乗合船夢幻通路（のりあいぶねゆめのかよいじ）
　◇「小松左京全集 完全版 21」城西国際大学出版会 2015 p289
乗り遅れ
　◇「内田百閒集成 2」筑摩書房 2002（ちくま文庫）p106
乗り換え駅にて
　◇「辻邦生全集 13」新潮社 2005 p336
海苔と卵と朝めし
　◇「向田邦子全集 新版 9」文藝春秋 2009 p128
海苔、穫れ始む
　◇「松下竜一未刊行著作集 1」海鳥社 2008 p98
血紅の美酒―泉鏡花に寄せて
　◇「中井英夫全集 6」東京創元社 1996（創元ライブラリ）p437
海苔巻の端っこ
　◇「向田邦子全集 新版 5」文藝春秋 2009 p151

乗り物で
　◇「小檜山博全集 7」柏艪舎 2006 p325
ノルマン朝
　◇「福田恆存評論集 20」麗澤大學出版會, 廣池學園事業部〔発売〕2011 p17
暖簾
　◇「山崎豊子全集 1」新潮社 2003 p7
のれんのスト
　◇「山崎豊子全集 1」新潮社 2003 p543
呪の金剛石
　◇「野村胡堂探偵小説全集」作品社 2007 p8
呪いの瀬降
　◇「三角寛サンカ選集第二期 13」現代書館 2005 p207
野呂邦暢―いま何を書くべきか
　◇「石牟礼道子全集 14」藤原書店 2008 p138
野呂邦暢―感性の詩人
　◇「石牟礼道子全集 14」藤原書店 2008 p144
のろしを掛けて（民謡風に）
　◇「上野壮夫全集 1」図書新聞 2010 p120
呪はれた戯曲
　◇「谷崎潤一郎全集 6」中央公論新社 2015 p181
呪われたる軌道（レール）
　◇「岡本綺堂探偵小説全集 1」作品社 2012 p283
野分
　◇「山本周五郎中短篇秀作選集 5」小学館 2006 p7
野分け
　◇「辻井喬コレクション 1」河出書房新社 2002 p405
野分酒場（石和鷹）
　◇「田中小実昌エッセイ・コレクション 5」筑摩書房 2003（ちくま文庫）p312
暢気オペラ
　◇「定本 久生十蘭全集 3」国書刊行会 2009 p266
のんき旅
　◇「山田風太郎エッセイ集成 風山房風呂焚き唄」筑摩書房 2008 p23
のんきな患者
　◇「梶井基次郎小説全集新装版」沖積舎 1995 p307
ノンシヤラン道中記
　◇「定本 久生十蘭全集 1」国書刊行会 2008 p7
『ノン・ストップ紐育』
　◇「佐々木基一全集 1」河出書房新社 2013 p109
ノンノ婆さんにかしずくこと
　◇「石牟礼道子全集 11」藤原書店 2005 p180
のんびりした話
　◇「小沼丹全集 4」未知谷 2004 p85
ノンフィクションとしての作品 第6回日本ノンフィクション賞・同新人賞
　◇「大庭みな子全集 24」日本経済新聞出版社 2011 p40

のんふ

ノンフィクションのいま〔座談会〕(本田靖春、本多勝一、筑紫哲也)
　◇「安部公房全集 28」新潮社 2000 p123

【は】

歯
　◇「野呂邦暢小説集成 4」文遊社 2014 p447
歯
　◇「松田解子自選集 9」澤田出版 2009 p400
パア爺さん
　◇「小沼丹全集 4」未知谷 2004 p521
「ばあや」を探せ
　◇「小松左京全集 完全版 25」城西国際大学出版会 2017 p407
「ばあやん」(上林暁)書評
　◇「小沼丹全集 4」未知谷 2004 p685
パァル・バックの作風その他
　◇「宮本百合子全集 12」新日本出版社 2001 p449
はい
　◇「井上ひさし短編中編小説集成 7」岩波書店 2015 p434
灰
　◇「大庭みな子全集 7」日本経済新聞出版社 2009 p294
這ひあがる
　◇「徳田秋聲全集 20」八木書店 2001 p245
灰色なる思弁哲学への袂別
　◇「石上玄一郎小説作品集成 1」未知谷 2008 p551
灰色にしよう、キミの未来
　◇「小松左京全集 完全版 44」城西国際大学出版会 2014 p50
灰色の季節の中で
　◇「小松左京全集 完全版 35」城西国際大学出版会 2009 p336
灰色の巨人
　◇「江戸川乱歩全集 18」光文社 2004（光文社文庫）p363
灰色の交響詩—花田清輝著『二つの世界』
　◇「安部公房全集 2」新潮社 1997 p259
灰色のコカコーラ
　◇「中上健次集 1」インスクリプト 2014 p243
灰色のマント
　◇「石川淳コレクション〔1〕」筑摩書房 2007（ちくま文庫）p234
梅雨（ばいう）… → "つゆ…"をも見よ
梅雨韻
　◇「内田百閒集成 9」筑摩書房 2003（ちくま文庫）p17

ハイウェイ・キャット
　◇「清水アリカ全集」河出書房新社 2011 p465
廃駅（一六首）
　◇「石牟礼道子全集 1」藤原書店 2004 p614
廃園にて
　◇「中井英夫全集 6」東京創元社 1996（創元ライブラリ）p382
煤煙旅行
　◇「向田邦子全集 新版 10」文藝春秋 2010 p217
廃屋を訪ねて
　◇「中井英夫全集 3」東京創元社 1996（創元ライブラリ）p284
媒介者
　◇「徳田秋聲全集 29」八木書店 2002 p321
「パイ拡大」と「文革」
　◇「小田実全集 評論 23」講談社 2012 p184
『倍額保険』(A・A・フェア)
　◇「田中小実昌エッセイ・コレクション 5」筑摩書房 2003（ちくま文庫）p207
灰神楽
　◇「江戸川乱歩全集 3」光文社 2005（光文社文庫）p73
　◇「江戸川乱歩全集 14」沖積舎 2008 p239
武具奉行灰方藤兵衛
　◇「井上ひさし短編中編小説集成 10」岩波書店 2015 p351
ハイカラ右京探偵譚
　◇「日影丈吉全集 4」国書刊行会 2003 p427
ハイカラ右京探偵譚・拾遺
　◇「日影丈吉全集 4」国書刊行会 2003 p589
敗荷落日
　◇「石川淳コレクション 3」筑摩書房 2007（ちくま文庫）p416
ハイカラな凝り性—広瀬正
　◇「小松左京全集 完全版 41」城西国際大学出版会 2013 p32
ハイカラ論
　◇「徳田秋聲全集 19」八木書店 2000 p141
配給所に米無し 前橋高崎渋川の焼夷弾攻撃 痩せた相撲取り
　◇「内田百閒集成 22」筑摩書房 2004（ちくま文庫）p295
廃墟
　◇「小田実全集 小説 32」講談社 2013 p477
廃墟
　◇「〔野呂邦暢〕随筆コレクション 1」みすず書房 2014 p236
背教者ユリアヌス
　◇「辻邦生全集 4」新潮社 2004 p7
廃墟から
　◇「原民喜戦後全小説」講談社 2015（講談社文芸文庫）p32

はいさ

廃墟願望
◇「〔野呂邦暢〕随筆コレクション 1」みすず書房 2014 p371
廃墟の朝
◇「決定版 三島由紀夫全集 26」新潮社 2003 p455
廃墟の石によりて
◇「辻邦生全集 17」新潮社 2005 p366
廃墟の唄「流行歌について」
◇「中井英夫全集 6」東京創元社 1996（創元ライブラリ）p191
廃墟の教えるもの
◇「辻邦生全集 17」新潮社 2005 p329
廃墟の彼方
◇「小松左京全集 完全版 15」城西国際大学出版会 2010 p173
廃墟の空間文明
◇「小松左京全集 完全版 28」城西国際大学出版会 2006 p172
廃墟の桜
◇「阿川弘之全集 18」新潮社 2007 p445
廃墟の東京駅 小屋の安住の三条件
◇「内田百閒集成 22」筑摩書房 2004（ちくま文庫）p198
廃墟のなかの虚構
◇「小田実全集 評論 4」講談社 2010 p281
廃墟の中の青春
◇「吉行淳之介エッセイ・コレクション 3」筑摩書房 2004（ちくま文庫）p67
廃墟の星にて
◇「小松左京全集 完全版 25」城西国際大学出版会 2017 p428
廃墟の目
◇「遠藤周作エッセイ選集 2」光文社 2006（知恵の森文庫）p25
廃墟の誘惑〔対談〕(中村光夫)
◇「決定版 三島由紀夫全集 39」新潮社 2004 p99
黴菌
◇「小檜山博全集 8」柏艪舎 2006 p152
売禁法前後
◇「日影丈吉全集 別巻」国書刊行会 2005 p694
俳句
◇「徳田秋聲全集 27」八木書店 2002 p253
俳句全作品季題別総覧
◇「内田百閒集成 18」筑摩書房 2004（ちくま文庫）p133
俳句と孤絶
◇「決定版 三島由紀夫全集 32」新潮社 2003 p86
俳句と自然
◇「徳田秋聲全集 20」八木書店 2001 p102
俳句に於ける抽象
◇「佐々木基一全集 1」河出書房新社 2013 p58
バイクの舞姫
◇「島田荘司全集 6」南雲堂 2014 p753

俳句放談
◇「内田百閒集成 18」筑摩書房 2004（ちくま文庫）p59
俳句より小説
◇「徳田秋聲全集 22」八木書店 2001 p83
〈俳句〉四七句
◇「石牟礼道子全集 15」藤原書店 2012 p248
『俳句はかく解しかく味う』（高浜虚子）
◇「山田風太郎エッセイ集成 風山房風呂焚き唄」筑摩書房 2008 p197
拝啓イワン・エフレーモフ様―「社会主義的SF論」に対する反論
◇「小松左京全集 完全版 28」城西国際大学出版会 2006 p242
背景をニューヨークに替へる―三島由紀夫「近代能楽集」の上演を語る
◇「決定版 三島由紀夫全集 29」新潮社 2003 p765
拝啓ミッテラン大統領閣下
◇「阿川弘之全集 18」新潮社 2007 p482
廃坑
◇「高城高全集 2」東京創元社 2008（創元推理文庫）p99
廃礦にて
◇「渡辺淳一自選短篇コレクション 1」朝日新聞社 2006 p75
背後からの声
◇「井上ひさし短編中編小説集成 7」岩波書店 2015 p400
背後の敵
◇「井上ひさし短編中編小説集成 7」岩波書店 2015 p437
灰皿
◇「徳田秋聲全集 23」八木書店 2001 p23
◇「徳田秋聲全集 23」八木書店 2001 p29
◇「徳田秋聲全集 23」八木書店 2001 p32
◇「徳田秋聲全集 23」八木書店 2001 p37
◇「徳田秋聲全集 23」八木書店 2001 p41
◇「徳田秋聲全集 23」八木書店 2001 p42
◇「徳田秋聲全集 23」八木書店 2001 p56
◇「徳田秋聲全集 23」八木書店 2001 p58
◇「徳田秋聲全集 23」八木書店 2001 p67
◇「徳田秋聲全集 23」八木書店 2001 p74
◇「徳田秋聲全集 23」八木書店 2001 p77
◇「徳田秋聲全集 23」八木書店 2001 p79
◇「徳田秋聲全集 23」八木書店 2001 p88
◇「徳田秋聲全集 23」八木書店 2001 p93
◇「徳田秋聲全集 23」八木書店 2001 p99
◇「徳田秋聲全集 23」八木書店 2001 p101
◇「徳田秋聲全集 23」八木書店 2001 p113
◇「徳田秋聲全集 23」八木書店 2001 p116
◇「徳田秋聲全集 23」八木書店 2001 p118
『灰皿』序言
◇「徳田秋聲全集 別巻」八木書店 2006 p95

はいさ

灰皿評論家
　◇「向田邦子全集 新版 10」文藝春秋 2010 p430

「梅枝殺し」殺人事件
　◇「井上ひさし短編中編小説集成 9」岩波書店 2015 p263

廃したい弊風と永続させたい美風
　◇「宮本百合子全集 9」新日本出版社 2001 p198

拝借
　◇「向田邦子全集 新版 7」文藝春秋 2009 p18

媒酌人
　◇「小檜山博全集 4」柏艪舎 2006 p432

ハイジャックと人命―秦野章〔対談〕(秦野章)
　◇「福田恆存対談・座談集 4」玉川大学出版部 2012 p87

敗者というもの
　◇「色川武大・阿佐田哲也エッセイズ 3」筑摩書房 2003（ちくま文庫）p254

敗者の美味をたたえる
　◇「小松左京全集 完全版 40」城西国際大学出版会 2012 p241

売主婦禁止法
　◇「小松左京全集 完全版 15」城西国際大学出版会 2010 p91

売春を見る
　◇「小檜山博全集 7」柏艪舎 2006 p55

売色使徒行伝
　◇「山田風太郎妖異小説コレクション 山屋敷秘図」徳間書店 2003（徳間文庫）p438

『背信』
　◇「佐々木基一全集 1」河出書房新社 2013 p172

陪審員に訴ふ
　◇「福田恆存評論集 6」麗澤大學出版會, 廣池學園事業部〔發売〕 2009 p319

排泄
　◇「寺山修司著作集 4」クインテッセンス出版 2009 p10

敗戦
　◇「中井英夫全集 10」東京創元社 2002（創元ライブラリ）p140

敗戦図
　◇「中井英夫全集 10」東京創元社 2002（創元ライブラリ）p98

「敗戦体験」から遺すべきもの(鶴見俊輔)
　◇「司馬遼太郎対話選集 6」文藝春秋 2006（文春文庫）p69

"背善"のすすめ
　◇「深沢夏衣作品集」新幹社 2015 p434

敗戦の日からぼくの戦争が始まった
　◇「野坂昭如エッセイ・コレクション 2」筑摩書房 2004（ちくま文庫）p312

胚胎
　◇「宮本百合子全集 32」新日本出版社 2003 p493

廃弾
　◇「田村泰次郎選集 1」日本図書センター 2005 p236

ハイティーン野郎
　◇「野坂昭如エッセイ・コレクション 1」筑摩書房 2004（ちくま文庫）p31

廃灯台の怪鳥
　◇「山本周五郎探偵小説全集 4」作品社 2008 p203

灰とダイヤモンド
　◇「〔野呂邦暢〕随筆コレクション 2」みすず書房 2014 p325

ハイド・パークの演説
　◇「大庭みな子全集 23」日本経済新聞出版社 2011 p440

「はい」と「へい」
　◇「谷崎潤一郎全集 23」中央公論新社 2017 p231

ハイドン
　◇「向田邦子全集 新版 7」文藝春秋 2009 p281

ハイネックの女
　◇「小松左京全集 完全版 22」城西国際大学出版会 2015 p331

灰の水曜日
　◇「日影丈吉全集 7」国書刊行会 2004 p362

πの文学
　◇「大坪砂男全集 4」東京創元社 2013（創元推理文庫）p384

改訂完全版灰の迷宮
　◇「島田荘司全集 6」南雲堂 2014 p433

廃物
　◇「松本清張短編全集 06」光文社 2009（光文社文庫）p267

バイプレイヤーたち
　◇「小松左京全集 完全版 27」城西国際大学出版会 2007 p259

「ハイ・フロンティア計画」うちあげ
　◇「小松左京全集 完全版 40」城西国際大学出版会 2012 p432

「俳文学考説」石田元季著
　◇「佐々木基一全集 1」河出書房新社 2013 p63

俳文と小説的小説
　◇「小島信夫批評集成 2」水声社 2011 p716

敗北
　◇「寺山修司著作集 1」クインテッセンス出版 2009 p22

「敗北の文学」について
　◇「宮本百合子全集 20」新日本出版社 2002 p735

故郷喪失者(ハイマートロス)の郷愁―ノスタルジア
　◇「辻邦生全集 19」新潮社 2005 p357

ハイ・ミス救済論
　◇「小松左京全集 完全版 28」城西国際大学出版会 2006 p360

背面について
　◇「辺見庸掌編小説集 黒版」角川書店 2004 p48
俳優を語る 佐分利信
　◇「佐々木基一全集 1」河出書房新社 2013 p164
俳優座への期待 『コメディアン』の談話記事
　◇「安部公房全集 20」新潮社 1999 p411
俳優座に望む
　◇「決定版 三島由紀夫全集 27」新潮社 2003 p156
俳優座の現在・将来〔座談会〕(千田是也, 永井智雄)
　◇「安部公房全集 22」新潮社 1999 p456
俳優生活について
　◇「宮本百合子全集 16」新日本出版社 2002 p335
「俳優即演出家の演劇」としての歌舞伎
　◇「決定版 三島由紀夫全集 31」新潮社 2003 p422
俳優といふ素材(「女は占領されない」)
　◇「決定版 三島由紀夫全集 31」新潮社 2003 p277
俳優に徹すること—杉村春子さんへ
　◇「決定版 三島由紀夫全集 32」新潮社 2003 p629
〈俳優にとって〉
　◇「安部公房全集 24」新潮社 1999 p434
俳優のオリジナリティ—作者の言葉
　◇「決定版 三島由紀夫全集 28」新潮社 2003 p671
俳優の顔
　◇「小檜山博全集 7」柏艪舎 2006 p213
俳優の手紙
　◇「小檜山博全集 7」柏艪舎 2006 p273
俳優表現における生理的表現—桐朋学園土曜講座
　◇「安部公房全集 24」新潮社 1999 p355
俳優論(抄)
　◇「寺山修司著作集 5」クインテッセンス出版 2009 p356
拝領の茶釜
　◇「横溝正史時代小説コレクション捕物篇 2」出版芸術社 2004 p205
梅林お花
　◇「三角寛サンカ選集第二期 10」現代書館 2005 p171
梅林の嘆き
　◇「中井英夫全集 6」東京創元社 1996 (創元ライブラリ) p588
入るべきか老人会
　◇「松下竜一未刊行著作集 2」海鳥社 2008 p318
バイロイトにて
　◇「小林秀雄全作品 25」新潮社 2004 p14
　◇「小林秀雄全集 補巻 3」新潮社 2010 p297
パイロット随筆
　◇「安部公房全集 11」新潮社 1998 p455
パヴェーゼだって…—『ある家族の会話』ナタリア・ギンズブルグ
　◇「須賀敦子全集 2」河出書房新社 2006 (河出文庫) p496
ハウスボート
　◇「小松左京全集 完全版 43」城西国際大学出版会 2014 p380
『パウル・ツェラン全詩集』(全三巻)
　◇「須賀敦子全集 4」河出書房新社 2007 (河出文庫) p218
蠅
　◇「都筑道夫恐怖短篇集成 2」筑摩書房 2004 (ちくま文庫) p398
蠅
　◇「松田解子自選集 4」澤田出版 2005 p339
蠅
　◇「宮本百合子全集 2」新日本出版社 2001 p505
蠅の経歴
　◇「中井英夫全集 2」東京創元社 1998 (創元ライブラリ) p33
覇王の七日
　◇「中上健次集 5」インスクリプト 2015 p227
包子
　◇「阿川弘之全集 10」新潮社 2006 p403
パオ—つややかな草原、地平をはう夏雲
　◇「小松左京全集 完全版 43」城西国際大学出版会 2014 p142
ばおばぶの森の彼方
　◇「三橋一夫ふしぎ小説集成 1」出版芸術社 2005 p172
刃を持たぬ鬼たちの涙
　◇「石牟礼道子全集 4」藤原書店 2004 p540
羽織
　◇「内田百閒集成 12」筑摩書房 2003 (ちくま文庫) p236
羽織
　◇「徳田秋聲全集 16」八木書店 1999 p33
歯—女・女
　◇「松田解子自選集 4」澤田出版 2005 p261
墓
　◇「大庭みな子全集 6」日本経済新聞出版社 2009 p193
墓
　◇「徳田秋聲全集 16」八木書店 1999 p40
墓
　◇「宮本百合子全集 2」新日本出版社 2001 p456
「バカ」「アホ」の工場労働
　◇「小松左京全集 完全版 34」城西国際大学出版会 2009 p358
破壊カタストロフィー美学〔対談〕(永井豪)
　◇「小松左京全集 完全版 35」城西国際大学出版会 2009 p296
破戒裁判
　◇「高木彬光コレクション新装版 破戒裁判」光文社 2006 (光文社文庫) p9

はかい

破壊的要素
◇「〔野呂邦暢〕随筆コレクション 2」みすず書房 2014 p322

破壊と保存の闘い
◇「小松左京全集 完全版 29」城西国際大学出版会 2007 p19

馬鹿犬賢太郎
◇「阿川弘之全集 19」新潮社 2007 p349

墓へ到る道
◇「中井英夫全集 7」東京創元社 1998（創元ライブラリ）p232

墓を買わない日
◇「小檜山博全集 6」柏艪舎 2006 p222

葉が落ちる
◇「内田百閒集成 13」筑摩書房 2003（ちくま文庫）p278

ハガキ
◇「小檜山博全集 6」柏艪舎 2006 p269

はがき評論 芥川龍之介氏
◇「徳田秋聲全集 23」八木書店 2001 p301

葉隠入門
◇「決定版 三島由紀夫全集 34」新潮社 2003 p474

「葉隠」の魅力〔対談〕(相良亨)
◇「決定版 三島由紀夫全集 40」新潮社 2004 p404

羽賀しげ子『グラフィック・ドキュメント スモン』
◇「石牟礼道子全集 14」藤原書店 2008 p376

羽賀しげ子『不知火記』
◇「石牟礼道子全集 14」藤原書店 2008 p351

博士邸の怪事件
◇「浜尾四郎全集 2」沖積舎 2004 p271

歯型
◇「三橋一夫ふしぎ小説集成 2」出版芸術社 2005 p129

歯形
◇「〔野呂邦暢〕随筆コレクション 1」みすず書房 2014 p104

馬鹿と悪魔
◇「小島信夫批評集成 5」水声社 2011 p292

馬鹿殿様観念論
◇「坂口安吾全集 6」筑摩書房 1998 p318

墓と火
◇「小田実全集 小説 12」講談社 2011 p65

墓と墓地と
◇「中井英夫全集 7」東京創元社 1998（創元ライブラリ）p252

馬鹿な男
◇「徳田秋聲全集 30」八木書店 2002 p193

バカな自分にオサラバの術
◇「野坂昭如エッセイ・コレクション 1」筑摩書房 2004（ちくま文庫）p160

パガニーニはつむじ風
◇「井上ひさし短編中編小説集成 3」岩波書店 2014 p207

「墓のこゝろ」(「墓」改題)
◇「決定版 三島由紀夫全集 37」新潮社 2004 p453

墓の下の団欒
◇「石牟礼道子全集 12」藤原書店 2005 p342

バカの仕放題
◇「坂口安吾全集 13」筑摩書房 1999 p327

馬鹿の治療
◇「井上ひさし短編中編小説集成 6」岩波書店 2015 p387

破家の露
◇「小寺菊子作品集 1」桂書房 2014 p154

墓の中でうたう歌
◇「石牟礼道子全集 1」藤原書店 2004 p452

馬鹿のなり方
◇「小檜山博全集 8」柏艪舎 2006 p144

馬鹿の日帰り
◇「阿川弘之全集 20」新潮社 2007 p537

墓場
◇「決定版 三島由紀夫全集 37」新潮社 2004 p147

バカバカしいおはなし
◇「田中小実昌エッセイ・コレクション 1」筑摩書房 2002（ちくま文庫）p325

墓場からの逆行
◇「中井英夫全集 7」東京創元社 1998（創元ライブラリ）p225

墓場での会合
◇「小松左京全集 完全版 25」城西国際大学出版会 2017 p62

墓場の秘密
◇「江戸川乱歩全集 24」光文社 2005（光文社文庫）p98

墓場まで何マイル？(絶筆)
◇「寺山修司著作集 1」クインテッセンス出版 2009 p516

馬鹿囃子
◇「立松和平全小説 8」勉誠出版 2010 p97

馬鹿番付
◇「井上ひさしコレクション 日本の巻」岩波書店 2005 p39

「場」が崩壊するとき
◇「小田実全集 評論 16」講談社 2012 p33

墓掘人
◇「山田風太郎ミステリー傑作選 1」光文社 2001（光文社文庫）p265

墓参り
◇「小檜山博全集 7」柏艪舎 2006 p23

袴の似合ふ落語家(はなしか)
◇「谷崎潤一郎全集 23」中央公論新社 2017 p195

バカヤロー
◇「坂口安吾全集 13」筑摩書房 1999 p408

はくた

図らずも昭和廿一年に発表の機を得たこの稿の前書
　◇「決定版 三島由紀夫全集 26」新潮社 2003 p567

ハカリン
　◇「山田風太郎ミステリー傑作選 7」光文社 2001（光文社文庫）p417

吐きけ
　◇「小檜山博全集 8」柏艪舎 2006 p57

萩寺の女
　◇「定本 久生十蘭全集 3」国書刊行会 2009 p278

萩村仁を憶ふ
　◇「徳田秋聲全集 19」八木書店 2000 p21

萩焼と白壁と夏ミカンの町
　◇「瀬戸内寂聴随筆選 5」ゆまに書房 2009 p122

端布
　◇「林京子全集 3」日本図書センター 2005 p282

萩原君の印象
　◇「谷崎潤一郎全集 11」中央公論新社 2015 p475

萩原朔太郎
　◇「福田恆存評論集 14」麗澤大學出版會、廣池學園事業部〔發売〕2010 p9

巴金先生
　◇「山崎豊子全集 19」新潮社 2005 p601

巴金先生の一言―文藝春秋読者賞を受賞して
　◇「山崎豊子全集 20」新潮社 2005 p573

馬琴のクイズ
　◇「定本 久生十蘭全集 10」国書刊行会 2011 p133

馬琴のコント
　◇「小酒井不木随筆評論選集 7」本の友社 2004 p429

白亜紀―そして大絶滅
　◇「小松左京全集 完全版 40」城西国際大学出版会 2012 p289

白衣の天使
　◇「大庭みな子全集 16」日本経済新聞出版社 2010 p46

獏園
　◇〔澁澤龍彥〕ホラー・ドラコニア少女小説集成 伍」平凡社 2004 p5

迫害
　◇「小酒井不木随筆評論選集 8」本の友社 2004 p38

馬具が語るもの（加藤秀俊、江上波夫）
　◇「小松左京全集 完全版 38」城西国際大学出版会 2010 p143

白銀の暗殺者―香りの源泉について
　◇「中井英夫全集 7」東京創元社 1998（創元ライブラリ）p86

爆撃調査団
　◇「内田百閒集成 12」筑摩書房 2003（ちくま文庫）p304

白日
　◇「徳田秋聲全集 8」八木書店 2000 p72

白日葬
　◇「中井英夫全集 7」東京創元社 1998（創元ライブラリ）p560

白日のフオーヌ
　◇「中井英夫全集 10」東京創元社 2002（創元ライブラリ）p112
　◇「中井英夫全集 10」東京創元社 2002（創元ライブラリ）p122

白日夢
　◇「立松和平小説 17」勉誠出版 2012 p40

白日夢―一幕
　◇「谷崎潤一郎全集 12」中央公論新社 2017 p223

白磁の里をゆく
　◇「〔野呂邦暢〕随筆コレクション 1」みすず書房 2014 p453

伯爵のお気に入り
　◇「向田邦子全集 新版 11」文藝春秋 2010 p76

伯爵夫人
　◇「立松和平小説 23」勉誠出版 2013 p52

拍手
　◇「小田実全集 小説 32」講談社 2013 p103

麦秋
　◇「小沼丹全集 2」未知谷 2004 p718

白秋氏と私
　◇「谷崎潤一郎全集 19」中央公論新社 2015 p549

白秋と母
　◇「大庭みな子全集 23」日本経済新聞出版社 2011 p349

拍手喝采をおくる
　◇「小島信夫批評集成 7」水声社 2011 p180

拍手製造機
　◇「安部公房全集 8」新潮社 1998 p115

爆笑探偵トリオ―新人ライス夫人の独創
　◇「江戸川乱歩全集 25」光文社 2005（光文社文庫）p456

剝製
　◇「松本清張短編全集 10」光文社 2009（光文社文庫）p117

博苦会『加賀の女』
　◇「小檜山博全集 6」柏艪舎 2006 p389

白扇揮毫
　◇「宮本百合子全集 20」新日本出版社 2002 p750

「獏」然対談「夢」と「枕」と文学と…「小松左京マガジン」編集長インタビュー 第七回（夢枕獏）
　◇「小松左京全集 完全版 49」城西国際大学出版会 2017 p89

白象
　◇「石牟礼道子全集 15」藤原書店 2012 p241

白村江
　◇「〔野呂邦暢〕随筆コレクション 2」みすず書房 2014 p134

爆弾侍
　◇「定本 久生十蘭全集 3」国書刊行会 2009 p397

はくた

爆弾三勇士
　◇「立松和平全小説 5」勉誠出版 2010 p16
爆弾テロ
　◇「隆慶一郎全集 19」新潮社 2010 p302
「爆弾と銀杏」序文
　◇「決定版 三島由紀夫全集 36」新潮社 2003 p11
白痴
　◇「坂口安吾全集 4」筑摩書房 1998 p61
「白痴」か「セント・ジョーン」か―「愚かな女」をめぐって〔対談〕(中村光夫)
　◇「福田恆存対談・座談集 6」玉川大学出版部 2012 p313
白痴 脚本(手塚真)
　◇「坂口安吾全集 別巻」筑摩書房 2012 p358
白痴群
　◇「車谷長吉全集 1」新書館 2010 p19
博打外道に堅気外道
　◇「色川武大・阿佐田哲也エッセイズ 1」筑摩書房 2003（ちくま文庫）p238
「白痴」についてⅠ
　◇「小林秀雄全作品 5」新潮社 2003 p160
　◇「小林秀雄全集 補巻 1」新潮社 2010 p272
「白痴」についてⅡ
　◇「小林秀雄全作品 19」新潮社 2004 p179
　◇「小林秀雄全集 補巻 2」新潮社 2010 p507
白痴の街(一三首)
　◇「石牟礼道子全集 1」藤原書店 2004 p561
白昼鬼語
　◇「谷崎潤一郎全集 5」中央公論新社 2016 p327
白昼見
　◇「稲垣足穂コレクション 8」筑摩書房 2005（ちくま文庫）p301
白昼堂々
　◇「結城昌治コレクション 白昼堂々」光文社 2008（光文社文庫）p7
白昼堂々―剛胆に、また、細心に
　◇「小田実全集 小説 31」講談社 2013 p259
白昼の悪魔
　◇「鮎川哲也コレクション 白昼の悪魔」光文社 2007（光文社文庫）p9
白昼の画家　「岡本太郎作品展」に寄せて
　◇「安部公房全集 20」新潮社 1999 p335
白昼の死角
　◇「高木彬光コレクション新装版 白昼の死角」光文社 2005（光文社文庫）p9
白昼の闇とのたたかい
　◇「佐々木基一全集 4」河出書房新社 2013 p222
白昼夢
　◇「江戸川乱歩全集 1」光文社 2004（光文社文庫）p427
　◇「江戸川乱歩全集 2」沖積舎 2006 p77
白昼夢
　◇「小島信夫短篇集成 7」水声社 2015 p183

白鳥
　◇「決定版 三島由紀夫全集 16」新潮社 2002 p593
　◇「決定版 三島由紀夫全集 37」新潮社 2004 p29
白鳥
　◇「向田邦子全集 新版 10」文藝春秋 2010 p51
白鳥君
　◇「德田秋聲全集 19」八木書店 2000 p154
白蝶系図
　◇「横溝正史時代小説コレクション伝奇篇 3」出版芸術社 2003 p251
白鳥殺しの歌
　◇「安部公房全集 21」新潮社 1999 p461
白鳥氏に就て
　◇「德田秋聲全集 21」八木書店 2001 p263
白鳥氏の『花袋論』と其の恋愛観
　◇「德田秋聲全集 22」八木書店 2001 p18
白鳥氏の脚本
　◇「德田秋聲全集 20」八木書店 2001 p305
白鳥盗人
　◇「中井英夫全集 6」東京創元社 1996（創元ライブラリ）p80
「白鳥の歌・貝の音」解説
　◇「小沼丹全集 4」未知谷 2004 p308
白鳥の原稿
　◇「小沼丹全集 4」未知谷 2004 p430
白鳥の扼殺者
　◇「中井英夫全集 7」東京創元社 1998（創元ライブラリ）p150
白鳥の夜明け
　◇「辻邦生全集 20」新潮社 2006 p47
バクテリオファージはヤドリバチの夢を見るか？
　◇「小松左京全集 完全版 37」城西国際大学出版会 2010 p30
白桃
　◇「車谷長吉全集 1」新書館 2010 p77
白桃
　◇「野呂邦暢小説集成 1」文遊社 2013 p199
白頭鷲
　◇「大庭みな子全集 9」日本経済新聞出版社 2010 p76
獏の言葉
　◇「江戸川乱歩全集 24」光文社 2005（光文社文庫）p654
白馬館九号室〔解決篇〕
　◇「鮎川哲也コレクション挑戦篇 2」出版芸術社 2006 p231
白馬館九号室〔問題篇〕
　◇「鮎川哲也コレクション挑戦篇 2」出版芸術社 2006 p5
爆発
　◇「日影丈吉全集 6」国書刊行会 2002 p340

白髪鬼
- ◇「江戸川乱歩全集 7」光文社 2003（光文社文庫）p397
- ◇「江戸川乱歩全集 8」沖積舎 2007 p3

白髪鬼出没
- ◇「日影丈吉全集 7」国書刊行会 2004 p475

白馬とリズム―チェコのサーカスをみて
- ◇「安部公房全集 11」新潮社 1998 p151

白豹
- ◇「定本 久生十蘭全集 3」国書刊行会 2009 p493

白描
- ◇「石川淳コレクション 〔2〕」筑摩書房 2007（ちくま文庫）p7

『白描』をめぐって
- ◇「佐々木基一全集 4」河出書房新社 2013 p141

爆風
- ◇「定本 久生十蘭全集 5」国書刊行会 2009 p7

幕府が堺に存在した時代
- ◇「小松左京全集 完全版 42」城西国際大学出版会 2014 p93

幕府軍艦「回天」始末
- ◇「吉村昭歴史小説集成 2」岩波書店 2009 p499

白暮
- ◇「石牟礼道子全集 1」藤原書店 2004 p44

幕末・維新の人々
- ◇「安部公房全集 18」新潮社 1999 p316

幕末のエネルギー（海音寺潮五郎）
- ◇「司馬遼太郎対話選集 3」文藝春秋 2006（文春文庫）p102

幕末悲風録
- ◇「津本陽武芸小説集 3」PHP研究所 2007

幕末よもやま（子母澤寛）
- ◇「司馬遼太郎対話選集 3」文藝春秋 2006（文春文庫）p133

薄命だった「建武の中興」
- ◇「小松左京全集 完全版 42」城西国際大学出版会 2014 p75

薄明の青天白日旗
- ◇「上野壮夫全集 3」図書新聞 2011 p491

薄明の時
- ◇「辻邦生全集 6」新潮社 2004 p136

薄明の鳥
- ◇「立松和平小説 6」勉誠出版 2010 p61

薄明の彷徨
- ◇「安部公房全集 2」新潮社 1997 p109

白木蓮の咲く頃
- ◇「徳田秋聲全集 16」八木書店 1999 p11

白夜（はくや）… → "びゃくや…"を見よ

莫邪の一日
- ◇「梅崎春生作品集 2」沖積舎 2004 p227

パクよ、お前も……
- ◇〔野呂邦暢〕随筆コレクション 2」みすず書房 2014 p95

朴烈文子怪写真の醫學的觀察
- ◇「小酒井不木随筆評論選集 6」本の友社 2004 p253

舶来幻術師
- ◇「日影丈吉全集 4」国書刊行会 2003 p429

剝落した記憶
- ◇「中井英夫全集 7」東京創元社 1998（創元ライブラリ）p692

白楽天
- ◇「宮城谷昌光全集 21」文藝春秋 2004 p61

伯楽の話
- ◇「宮城谷昌光全集 21」文藝春秋 2004 p161

博覧会
- ◇「決定版 三島由紀夫全集 19」新潮社 2002 p167

博覧会見物の印象
- ◇「宮本百合子全集 9」新日本出版社 2001 p134

バークリー
- ◇「江戸川乱歩全集 30」光文社 2005（光文社文庫）p666

剝離
- ◇「金鶴泳作品集 2」クレイン 2006 p465

剝離
- ◇「目取真俊短篇小説選集 2」影書房 2013 p335

迫力ある『ウエストサイド物語』―初日を見て
- ◇「決定版 三島由紀夫全集 33」新潮社 2003 p211

はぐるま一転
- ◇「松田解子自選集 9」澤田出版 2009 p184

ばくれん（だましゑシリーズ）
- ◇「高橋克彦自選短編集 3」講談社 2010（講談社文庫）p417

白蠟牡丹
- ◇「都筑道夫恐怖短篇集成 3」筑摩書房 2004（ちくま文庫）p96

雁来紅の家
- ◇「定本 久生十蘭全集 2」国書刊行会 2009 p305

ハゲオとシワレット
- ◇「20世紀断層―野坂昭如単行本未収録小説集成 4」幻戯書房 2010 p58

読書好日③激しい雨、描写を思い心躍る―サマセット・モーム『雨』
- ◇「林京子全集 8」日本図書センター 2005 p343

激しい親近感
- ◇「小田実全集 評論 25」講談社 2012 p140

烈しい生と美しい死を
- ◇「瀬戸内寂聴随筆選 4」ゆまに書房 2009 p9

禿鷹―あとがきに代えて
- ◇「中井英夫全集 2」東京創元社 1998（創元ライブラリ）p399

バケット警部 先駆者の時代
- ◇「日影丈吉全集 別巻」国書刊行会 2005 p353

ばけつの話
- ◇「決定版 三島由紀夫全集 36」新潮社 2003 p440

はけて

化けている最中
　◇「安部公房全集 8」新潮社 1998 p277

化け猫と丹下左膳
　◇「色川武大・阿佐田哲也エッセイズ 2」筑摩書房 2003（ちくま文庫）p270

化け広告人形(マネキン)
　◇「山本周五郎探偵小説全集 3」作品社 2007 p178

箱
　◇「井上ひさし短編中編小説集成 11」岩波書店 2015 p45

箱
　◇「辻井喬コレクション 7」河出書房新社 2003 p486

箱
　◇「中井英夫全集 10」東京創元社 2002（創元ライブラリ）p134

箱入り女房
　◇「山本周五郎長篇小説全集 24」新潮社 2014 p154

跛行（はこう）
　◇「中井英夫全集 2」東京創元社 1998（創元ライブラリ）p596

跛行の剣
　◇「隆慶一郎全集 19」新潮社 2010 p191
　◇「隆慶一郎短編全集 1」日本経済新聞出版社 2014（日経文芸文庫）p207

〈抜粋〉波光漫筆
　◇「内田百閒集成 24」筑摩書房 2004（ちくま文庫）p126

波光漫筆 鎌倉丸周遊ノ一
　◇「内田百閒集成 11」筑摩書房 2003（ちくま文庫）p243

箱男
　◇「安部公房全集 24」新潮社 1999 p9

〈『箱男』を完成した安部公房氏〉共同通信の談話記事
　◇「安部公房全集 24」新潮社 1999 p163

箱男 予告編—周辺飛行13
　◇「安部公房全集 23」新潮社 1999 p392

箱男 予告編 そのII—周辺飛行14
　◇「安部公房全集 23」新潮社 1999 p396

函館景物記（四）元町界隈
　◇「定本 久生十蘭全集 10」国書刊行会 2011 p395

函館十橋
　◇「定本 久生十蘭全集 10」国書刊行会 2011 p303

箱と中身
　◇「大庭みな子全集 6」日本経済新聞出版社 2009 p168

箱根裏街道
　◇「都筑道夫時代小説コレクション 1」戎光祥出版 2014（戎光祥時代小説名作館）p262

箱根細工
　◇「決定版 三島由紀夫全集 18」新潮社 2002 p313

箱根心中
　◇「松本清張短編全集 04」光文社 2008（光文社文庫）p135

箱根ターンパイクおいてけぼり
　◇「片岡義男コレクション 2」早川書房 2009（ハヤカワ文庫）p351

箱の夫
　◇「吉田知子選集 3」景文館書店 2014 p29

箱のなか
　◇「金井美恵子エッセイ・コレクション—1964-2013 3」平凡社 2013 p265

方舟さくら丸
　◇「安部公房全集 27」新潮社 2000 p247

〈『方舟さくら丸』を書いた安部公房氏に聞く〉『朝日新聞』のインタビューに答えて
　◇「安部公房全集 28」新潮社 2000 p28

〈『方舟さくら丸』の冒頭に〉〔インタビュー〕（東大新報記者）
　◇「安部公房全集 28」新潮社 2000 p224

方舟思想—映画「生きものの記録」
　◇「安部公房全集 5」新潮社 1997 p369

「方舟」騒動
　◇「佐々木基一全集 8」河出書房新社 2013 p155

方舟はどこへ上陸したか
　◇「佐々木基一全集 3」河出書房新社 2013 p436

方舟は発進せず〔インタビュー〕（斎藤季夫）
　◇「安部公房全集 28」新潮社 2000 p39

箱または信号への固執
　◇「辻井喬コレクション 7」河出書房新社 2003 p419

羽衣
　◇「小島信夫短篇集成 8」水声社 2014 p35

ハザカイキを狙え
　◇「吉行淳之介エッセイ・コレクション 1」筑摩書房 2004（ちくま文庫）p251

葉桜街道
　◇「横溝正史時代小説コレクション伝奇篇 3」出版芸術社 2003 p211

はさみ
　◇「徳田秋聲全集 23」八木書店 2001 p169

鋏の音
　◇「金鶴泳作品集 2」クレイン 2006 p660

「婆沙羅」について
　◇「山田風太郎エッセイ集成 わが推理小説零年」筑摩書房 2007 p161

バサラの美
　◇「中上健次集 8」インスクリプト 2013 p334

『ハザール事典 夢の狩人たちの物語』ミロラド・パヴィチ
　◇「須賀敦子全集 4」河出書房新社 2007（河出文庫）p244

破産旅行
　◇「日影丈吉全集 5」国書刊行会 2003 p504

はじめ

橋
- ◇「大庭みな子全集 12」日本経済新聞出版社 2010 p180

橋
- ◇「須賀敦子全集 3」河出書房新社 2007（河出文庫）p437

橋
- ◇「辻邦生全集 8」新潮社 2005 p288

恥
- ◇「小松左京全集 完全版 25」城西国際大学出版会 2017 p55

恥
- ◇「決定版 三島由紀夫全集 28」新潮社 2003 p198

恥
- ◇「吉行淳之介エッセイ・コレクション 3」筑摩書房 2004（ちくま文庫）p268

箸置
- ◇「向田邦子全集 新版 9」文藝春秋 2009 p101

はしがき〔「異端者の悲しみ」〕
- ◇「谷崎潤一郎全集 4」中央公論新社 2015 p505

はしがき〔『ウキンダミーヤ夫人の扇』〕
- ◇「谷崎潤一郎全集 6」中央公論新社 2015 p293

はしがき（『女靴の跡』）
- ◇「宮本百合子全集 17」新日本出版社 2002 p413

はしがき〔海外探偵小説作家と作品〕
- ◇「江戸川乱歩全集 30」光文社 2005（光文社文庫）p385

はしがき〔過去と未来の国々〕
- ◇「開高健ルポルタージュ選集 過去と未来の国々」光文社 2007（光文社文庫）p7

はしがき〔門脇陽一郎『お坊ちゃん』〕
- ◇「谷崎潤一郎全集 14」中央公論新社 2016 p472

はしがき〔上山草人『素顔のハリウッド』〕
- ◇「谷崎潤一郎全集 15」中央公論新社 2016 p501

はしがき（「十代作家作品集」）
- ◇「決定版 三島由紀夫全集 28」新潮社 2003 p514

はしがき（『十二年の手紙』その一）
- ◇「宮本百合子全集 19」新日本出版社 2002 p226

はしがき〔「痴人の愛」〕
- ◇「谷崎潤一郎全集 11」中央公論新社 2015 p483

はしがき〔当世鹿もどき〕
- ◇「谷崎潤一郎全集 23」中央公論新社 2017 p171

はしがき（「ハムレット」）
- ◇「決定版 三島由紀夫全集 27」新潮社 2003 p316

はしがき（『文芸評論集』）
- ◇「宮本百合子全集 18」新日本出版社 2002 p304

はしがき〔松尾いはほ『余白ある人生』〕
- ◇「谷崎潤一郎全集 21」中央公論新社 2016 p493

はしがき〔『盲目物語』〕
- ◇「谷崎潤一郎全集 15」中央公論新社 2016 p317

はしがき〔『幼少時代』〕
- ◇「谷崎潤一郎全集 21」中央公論新社 2016 p191

橋川文三さん
- ◇「石牟礼道子全集 14」藤原書店 2008 p199

橋川文三氏への公開状
- ◇「決定版 三島由紀夫全集 35」新潮社 2003 p205

舞踊台本 橋づくし
- ◇「決定版 三島由紀夫全集 23」新潮社 2002 p163

橋づくし
- ◇「決定版 三島由紀夫全集 19」新潮社 2002 p537

「橋づくし」について（「この短篇小説の……」）
- ◇「決定版 三島由紀夫全集 31」新潮社 2003 p608

「橋づくし」について（「西川鯉三郎氏の……」）
- ◇「決定版 三島由紀夫全集 31」新潮社 2003 p212

橋の上
- ◇「定本 久生十蘭全集 5」国書刊行会 2009 p493

恥の共有について
- ◇「石牟礼道子全集 1」藤原書店 2004 p238

橋の口にて
- ◇「石牟礼道子全集 15」藤原書店 2012 p480

橋の下
- ◇〔「山本周五郎」新編傑作選 2〕小学館 2010（小学館文庫）p135

橋姫
- ◇「大庭みな子全集 23」日本経済新聞出版社 2011 p519

波斯風の琴
- ◇「中上健次集 9」インスクリプト 2013 p98

始まり
- ◇「古井由吉自撰作品 8」河出書房新社 2012 p358

原初（はじまり）の音
- ◇「石牟礼道子全集 14」藤原書店 2008 p578

肇くんと光子
- ◇「山本周五郎長篇小説全集 24」新潮社 2014 p301

初めて書いた LOVE LETTER
- ◇「田中小実昌エッセイ・コレクション 2」筑摩書房 2002（ちくま文庫）p206

初めて小説を書かんとする人の質問
- ◇「徳田秋聲全集 19」八木書店 2000 p266

初めて蓄音器を聞いた時とすきなレコオド
- ◇「宮本百合子全集 9」新日本出版社 2001 p145

初めて蓄音器を聞いた時 わたしのすきなレコオド
- ◇「徳田秋聲全集 23」八木書店 2001 p293

はじめての聞き書き小説
- ◇「車谷長吉全集 3」新書館 2010 p652

はじめての小説
- ◇「深沢夏衣作品集」新幹社 2015 p453

はじめてのピアノリサイタル
- ◇「車谷長吉全集 3」新書館 2010 p189

はじめての本―「花ざかりの森」
- ◇「決定版 三島由紀夫全集 32」新潮社 2003 p656

初めての歴史小説
- ◇〔野呂邦暢〕随筆コレクション 1」みすず書房

はじめ

2014 p296

はじめて文楽を観て
◇「決定版 三島由紀夫全集 36」新潮社 2003 p525

初めて本を贈られた頃
◇「〔野呂邦暢〕随筆コレクション 1」みすず書房 2014 p467

初めてもった財布
◇「宮本百合子全集 32」新日本出版社 2003 p63

はじめに
◇「小田実全集 評論 23」講談社 2012 p6

はじめに〔映画の文法とテレビ・ドラマの文法〕
◇「佐々木基一全集 7」河出書房新社 2013 p444

はじめに〔SFセミナー〕
◇「小松左京全集 完全版 44」城西国際大学出版会 2014 p201

はじめに〔大阪タイムマシン紀行〕
◇「小松左京全集 完全版 42」城西国際大学出版会 2014 p10

はじめに〔基底にあるもの〕
◇「小田実全集 評論 13」講談社 2011 p9

はじめに〔義務としての旅〕
◇「小田実全集 評論 6」講談社 2010 p7

はじめに〔9.11と9条〕
◇「小田実全集 評論 33」講談社 2013 p9

はじめに―故郷崩壊と柳田國男
◇「石牟礼道子全集 10」藤原書店 2006 p280

はじめに〔〈古典の旅〉万葉集〕
◇「大庭みな子全集 19」日本経済新聞出版社 2010 p407

はじめに言葉ありき
◇「野坂昭如エッセイ・コレクション 1」筑摩書房 2004(ちくま文庫)p120

はじめに〔市民の経済と文化〕
◇「小田実全集 評論 36」講談社 2014 p156

始めに〔市民の文 思索と発言 1〕
◇「小田実全集 評論 31」講談社 2013 p3

はじめに〔状況から〕
◇「小田実全集 評論 8」講談社 2011 p3

はじめに〔崇高について〕
◇「小田実全集 評論 26」講談社 2013 p3

始めに〔西雷東騒 思索と発言 2〕
◇「小田実全集 評論 32」講談社 2013 p3

はじめに〔世界をどう捉えるか〕
◇「小田実全集 評論 36」講談社 2014 p22

はじめに〔世界史の中の日韓関係〕
◇「小田実全集 評論 36」講談社 2014 p132

はじめに〔戦争か、平和か〕
◇「小田実全集 評論 29」講談社 2013 p8

はじめに〔戦争主義と平和主義〕
◇「小田実全集 評論 36」講談社 2014 p76

はじめに〔大震災'95〕
◇「小松左京全集 完全版 46」城西国際大学出版会 2016 p8

はじめに〔地球を考える〕
◇「小松左京全集 完全版 30」城西国際大学出版会 2008 p9

はじめに〔地方自治と市民の政策〕
◇「小田実全集 評論 36」講談社 2014 p106

はじめに〔『テーマで読み解く日本の文学―現代女性作家の試み』〕
◇「大庭みな子全集 20」日本経済新聞出版社 2010 p445

はじめに〔どんぐりのたわごと 第1号〕
◇「須賀敦子全集 7」河出書房新社 2007(河出文庫)p15

はじめに〔どんぐりのたわごと 第15号〕
◇「須賀敦子全集 7」河出書房新社 2007(河出文庫)p375

はじめに・なぜ今書くか
◇「小田実全集 評論 19」講談社 2012 p6

はじめに(浪花節)〔カラオケ漫遊記〕
◇「小檜山博全集 6」柏艪舎 2006 p303

はじめに〔日本文化の死角〕
◇「小松左京全集 完全版 36」城西国際大学出版会 2011 p12

はじめに―二つの「戦後」
◇「小田実全集 評論 36」講談社 2014 p176

初めにまず小箱があって
◇「辻邦生全集 19」新潮社 2005 p292

はじめに〔夢んごたる〕
◇「石牟礼道子全集 7」藤原書店 2005 p348

はじめに〔世直しの倫理と論理〕
◇「小田実全集 評論 7」講談社 2010 p3

はじめまして、お父さん
◇「田辺聖子全集 3」集英社 2004 p375

初めもなく終りもなく
◇「大庭みな子全集 8」日本経済新聞出版社 2009 p454

初めもなく終りもなく
◇「大庭みな子全集 15」日本経済新聞出版社 2010 p129
◇「大庭みな子全集 15」日本経済新聞出版社 2010 p198

始めもなく終わりもなく(小島信夫)
◇「大庭みな子全集 23」日本経済新聞出版社 2011 p221

原初(はじめ)よりことば知らざりき
◇「石牟礼道子全集 15」藤原書店 2012 p61

橋本憲三氏へ
◇「石牟礼道子全集 1」藤原書店 2004 p270

橋本憲三先生の死
◇「石牟礼道子全集 17」藤原書店 2012 p376

馬廻橋本平左衛門
　◇「井上ひさし短編中編小説集成 10」岩波書店 2015 p252
橋本学といふ学問
　◇「阿川弘之全集 18」新潮社 2007 p545
馬車
　◇「決定版 三島由紀夫全集 20」新潮社 2002 p593
羽尺でも対丈を作ります
　◇「大庭みな子全集 23」日本経済新聞出版社 2011 p689
パジャマ談義
　◇「〔野呂邦暢〕随筆コレクション 2」みすず書房 2014 p145
パジャマの踊り
　◇「松下竜一未刊行著作集 2」海鳥社 2008 p33
ハーシュフィールドの『虎』
　◇「金井美恵子エッセイ・コレクション─1964-2013 2」平凡社 2013 p278
破城宮にて―熊本県五箇荘葉木
　◇「石牟礼道子全集 6」藤原書店 2006 p40
馬上少年過ぐ
　◇「司馬遼太郎短篇全集 12」文藝春秋 2006 p7
芭蕉と歯朶
　◇「徳田秋聲全集 16」八木書店 1999 p233
芭蕉と幽霊
　◇「国枝史郎伝奇短篇小説集成 1」作品社 2006 p125
芭蕉について
　◇「宮本百合子全集 14」新日本出版社 2001 p7
芭蕉のなかの永遠
　◇「辻邦生全集 17」新潮社 2005 p311
馬食ము
　◇「内田百閒集成 12」筑摩書房 2003（ちくま文庫）p164
〈場所〉と植物
　◇「中上健次集 2」インスクリプト 2018 p544
場所・私と汝 他六篇 西田幾多郎哲学論集I（上田閑照編）
　◇「田中小実昌エッセイ・コレクション 5」筑摩書房 2003（ちくま文庫）p335
走りまわっていた
　◇「小島信夫批評集成 7」水声社 2011 p94
羞じるべきか誇るべきか──一〇〇号を超えた『草の根通信』のジレンマ
　◇「松下竜一未刊行著作集 4」海鳥社 2008 p398
はす
　◇「大庭みな子全集 12」日本経済新聞出版社 2010 p20
バスか映画か
　◇「田中小実昌エッセイ・コレクション 3」筑摩書房 2002（ちくま文庫）p135
はずかしながら
　◇「井上ひさしコレクション 日本の巻」岩波書店 2005 p52
パスカルの「パンセ」について
　◇「小林秀雄全作品 14」新潮社 2003 p43
　◇「小林秀雄全集 補巻 2」新潮社 2010 p202
バスケット部
　◇「宮城谷昌光全集 21」文藝春秋 2004 p307
バス車掌―はやりうた
　◇「上野壮夫全集 1」図書新聞 2010 p213
「蓮田善明とその死」序文
　◇「決定版 三島由紀夫全集 36」新潮社 2003 p60
バスタブの人魚
　◇「立松和平全小説 19」勉誠出版 2013 p194
バス停留所
　◇「林京子全集 6」日本図書センター 2005 p165
バスでお弁当
　◇「田中小実昌エッセイ・コレクション 3」筑摩書房 2002（ちくま文庫）p319
蓮沼
　◇「石牟礼道子全集 15」藤原書店 2012 p67
蓮畑に朝露をもらいに行く
　◇「石牟礼道子全集 7」藤原書店 2005 p276
バスボーイ
　◇「田中小実昌エッセイ・コレクション 6」筑摩書房 2003（ちくま文庫）p216
バスほどすてきな乗り物はない
　◇「田中小実昌エッセイ・コレクション 2」筑摩書房 2002（ちくま文庫）p208
『バスラーの白い空から』佐野英二郎
　◇「須賀敦子全集 4」河出書房新社 2007（河出文庫）p228
長谷川修さんを悼む
　◇「〔野呂邦暢〕随筆コレクション 2」みすず書房 2014 p150
長谷川修「遙かなる旅へ」
　◇「〔野呂邦暢〕随筆コレクション 2」みすず書房 2014 p354
長谷川四郎
　◇「佐々木基一全集 4」河出書房新社 2013 p380
　◇「佐々木基一全集 5」河出書房新社 2013 p153
長谷川四郎『通り過ぎる者』
　◇「小島信夫批評集成 2」水声社 2011 p733
〔長谷川四郎〕プロレタリアの論理
　◇「佐々木基一全集 5」河出書房新社 2013 p103
〔長谷川四郎〕ものみな歌で終る
　◇「佐々木基一全集 5」河出書房新社 2013 p155
パセリ
　◇「向田邦子全集 新版 7」文藝春秋 2009 p157
はた
　◇「松田解子自選集 9」澤田出版 2009 p262
旗
　◇「林京子全集 2」日本図書センター 2005 p441
肌
　◇「古井由吉自撰作品 3」河出書房新社 2012 p41

はたい

人工戦争（バタイユアルテイッシエル）
　◇「稲垣足穂コレクション 1」筑摩書房 2005（ちくま文庫）p148

肌色の月
　◇「定本 久生十蘭全集 9」国書刊行会 2011 p677

旗をかかげて西へ
　◇「都筑道夫時代小説コレクション 3」戎光祥出版 2014（戎光祥時代小説名作館）p328

裸木
　◇「小島信夫短篇集成 1」水声社 2014 p21

裸木（一八首）
　◇「石牟礼道子全集 15」藤原書店 2012 p148

ハダカさんの花笠
　◇「田中小実昌エッセイ・コレクション 6」筑摩書房 2003（ちくま文庫）p202

ハダカに手がかり
　◇「日影丈吉全集 7」国書刊行会 2004 p517

裸になつて今年はぐわんばる！
　◇「決定版 三島由紀夫全集 36」新潮社 2003 p29

裸の妹
　◇「立松和平全小説 18」勉誠出版 2012 p298

「裸の王様」とこども
　◇「安部公房全集 9」新潮社 1998 p359

裸の島
　◇「山田風太郎ミステリー傑作選 5」光文社 2001（光文社文庫）p123

ハダカのばらんすシート
　◇「田中小実昌エッセイ・コレクション 4」筑摩書房 2003（ちくま文庫）p53

裸のマルゴ女王
　◇「日影丈吉全集 8」国書刊行会 2004 p877

はだか武士道
　◇「横溝正史時代小説コレクション伝奇篇 1」出版芸術社 2003 p182

ハタくばりのみちすじに
　◇「松田解子自選集 9」澤田出版 2009 p149

畑泥棒
　◇「立松和平全小説 5」勉誠出版 2010 p76

秦恒平「迷走」
　◇「〔野呂邦暢〕随筆コレクション 2」みすず書房 2014 p395

旅籠屋
　◇「立松和平全小説 8」勉誠出版 2010 p179

裸足
　◇「小檜山博全集 6」柏艪舎 2006 p284

果たし得てゐない約束—私の中の二十五年
　◇「決定版 三島由紀夫全集 36」新潮社 2003 p212

はたし状
　◇「山本周五郎中短篇秀作選集 5」小学館 2006 p77

果して女の虚栄心が全部の原因か？
　◇「宮本百合子全集 12」新日本出版社 2001 p362

果して顔が好いか
　◇「谷崎潤一郎全集 5」中央公論新社 2016 p485

はたして氷河時代はくるのか
　◇「小松左京全集 完全版 35」城西国際大学出版会 2009 p114

裸足と自瀆術
　◇「小檜山博全集 6」柏艪舎 2006 p224

裸足と野草
　◇「小檜山博全集 7」柏艪舎 2006 p161

二十歳前後に愛読した作品—その感銘と影響
　◇「決定版 三島由紀夫全集 36」新潮社 2003 p626

二十歳の原点
　◇「山田風太郎エッセイ集成 昭和前期の青春」筑摩書房 2007 p28

ハタチュウ
　◇「小檜山博全集 8」柏艪舎 2006 p190

秦豊吉君のこと
　◇「谷崎潤一郎全集 23」中央公論新社 2017 p444

肌の告白
　◇「土523隆夫コレクション新装版 天国は遠すぎる」光文社 2002（光文社文庫）p403

肌の孤独
　◇「田村泰次郎選集 4」日本図書センター 2005 p65

波多野爽波・人と作品
　◇「決定版 三島由紀夫全集 35」新潮社 2003 p269

バタフライ・ソング
　◇「定本 荒巻義雄メタSF全集 別巻」彩流社 2015 p18

畑正憲さん
　◇「色川武大・阿佐田哲也エッセイズ 3」筑摩書房 2003（ちくま文庫）p122

畑山博『月がとっても青いから』
　◇「小檜山博全集 6」柏艪舎 2006 p353

働きすぎは現代病の一つ—あたしゃ九十まで生きて生活保護を受けるのダ
　◇「鈴木いづみセカンド・コレクション 3」文遊社 2004 p224

働き蜂
　◇「大庭みな子全集 23」日本経済新聞出版社 2011 p647

働き者の"救いの神"
　◇「大庭みな子全集 23」日本経済新聞出版社 2011 p730

「はたらく一家」
　◇「佐々木基一全集 1」河出書房新社 2013 p104

働くために
　◇「宮本百合子全集 15」新日本出版社 2001 p259

働く鳥たち
　◇「小松左京全集 完全版 40」城西国際大学出版会 2012 p260

働く鳥、身近の鳥
　◇「小松左京全集 完全版 40」城西国際大学出版会 2012 p260

働く婦人
　◇「宮本百合子全集 15」新日本出版社 2001 p122
働く婦人の新しい年
　◇「宮本百合子全集 15」新日本出版社 2001 p101
働く婦人の歌声
　◇「宮本百合子全集 15」新日本出版社 2001 p190
働く婦人の結婚と恋愛
　◇「宮本百合子全集 11」新日本出版社 2001 p191
働く婦人の結婚について
　◇「宮本百合子全集 13」新日本出版社 2001 p83
はたは風を吸って――一九五四年三月十八日青山。無名戦士墓にて
　◇「松田解子自選集 9」澤田出版 2009 p147
破談
　◇「德田秋聲全集 10」八木書店 1998 p338
　◇「德田秋聲全集 14」八木書店 2000 p27
破談変異
　◇「松本清張短編全集 07」光文社 2009（光文社文庫）p75
蜂
　◇「内田百閒集成 15」筑摩書房 2003（ちくま文庫）p81
蜂
　◇「大庭みな子全集 12」日本経済新聞出版社 2010 p48
蜂飼の進四郎
　◇「国枝史郎伝奇短篇小説集成 1」作品社 2006 p488
八月
　◇「野呂邦暢小説集成 3」文遊社 2014 p381
八月忌
　◇「大庭みな子全集 15」日本経済新聞出版社 2010 p501
八月九日
　◇「林京子全集 7」日本図書センター 2005 p192
八月九日を歩く――長崎・避難路、初めての再訪
　◇「林京子全集 8」日本図書センター 2005 p303
八月九日からトリニティまで
　◇「林京子全集 8」日本図書センター 2005 p431
八月九日の事実さえ超えて…――映画「TOMORROW 明日」の哀しさ
　◇「林京子全集 7」日本図書センター 2005 p476
「八月九日」は私の現在
　◇「林京子全集 7」日本図書センター 2005 p338
八月十五日
　◇「中井英夫全集 12」東京創元社 2006（創元ライブラリ）p160
八月十五日前後
　◇「決定版 三島由紀夫全集 28」新潮社 2003 p525
「8月15日」と9月11日
　◇「小田実全集 評論 29」講談社 2013 p87

八月十五日の記
　◇「佐々木基一全集 1」河出書房新社 2013 p426
八月十五夜の茶屋
　◇「決定版 三島由紀夫全集 29」新潮社 2003 p482
八月二十一日のアリバイ
　◇「決定版 三島由紀夫全集 31」新潮社 2003 p613
八月のイメージ
　◇「上野壮夫全集 1」図書新聞 2010 p241
八月の海の道
　◇「石牟礼道子全集 8」藤原書店 2005 p360
八月の蟹
　◇「赤江瀑短編傑作選 幻想編」光文社 2007（光文社文庫）p413
八月の記憶
　◇「大庭みな子全集 15」日本経済新聞出版社 2010 p543
八月の記憶から
　◇「大庭みな子全集 6」日本経済新聞出版社 2009 p179
八月の師
　◇「林京子全集 7」日本図書センター 2005 p348
八月の修羅
　◇「三枝和子選集 1」鼎書房 2007 p5
八月の光
　◇「金井美恵子エッセイ・コレクション―1964-2013 1」平凡社 2013 p326
八月の光は幻の…
　◇「金井美恵子エッセイ・コレクション―1964-2013 1」平凡社 2013 p43
八月六日―亡き天野孝に捧ぐ
　◇「阿川弘之全集 1」新潮社 2005 p71
八十一歳の敵
　◇「長谷川伸傑作選 日本敵討ち異相」国書刊行会 2008 p219
八十八夜
　◇「金井美恵子エッセイ・コレクション―1964-2013 2」平凡社 2013 p272
八十八夜は曇り
　◇「内田百閒集成 15」筑摩書房 2003（ちくま文庫）p266
八条宮―豊臣家の人々 第八話
　◇「司馬遼太郎短篇全集 11」文藝春秋 2006 p139
八丈島―たくましい孤島の女
　◇「大庭みな子全集 8」日本経済新聞出版社 2009 p61
蜂雀
　◇「定本 久生十蘭全集 10」国書刊行会 2011 p226
八人の小悪魔―大西洋孤島の巻
　◇「定本 久生十蘭全集 1」国書刊行会 2008 p8
八人目の老人
　◇「古井由吉自撰作品 7」河出書房新社 2012 p215
八年制
　◇「徳永直文学選集」熊本出版文化会館 2008 p253

はちの

鉢の木会
　◇「決定版 三島由紀夫全集 29」新潮社 2003 p496
鉢木會
　◇「福田恆存評論集 別巻」麗澤大學出版會, 廣池學園事業部〔発売〕2011 p173
ハチの教訓
　◇「大庭みな子全集 12」日本経済新聞出版社 2010 p50
蜂ノ巣砦に起つ室原知幸―昭和の阿蘇山中に咲いた大正デモクラシーの花
　◇「松下竜一未刊行著作集 1」海鳥社 2008 p165
蜂の話
　◇「小沼丹全集 4」未知谷 2004 p582
パチプロ会長
　◇「色川武大・阿佐田哲也エッセイズ 1」筑摩書房 2003（ちくま文庫）p264
鉢巻幇一（はちまきたいこ）
　◇「20世紀断層―野坂昭如単行本未収録小説集成 4」幻戯書房 2010 p275
八幡縁起
　◇「石川淳コレクション 〔2〕」筑摩書房 2007（ちくま文庫）p285
八幡部落を通る
　◇「石牟礼道子全集 1」藤原書店 2004 p47
ハミリ映画の歌右衛門丈
　◇「阿川弘之全集 19」新潮社 2007 p41
八柳鐵郎『みちのくひとり旅』
　◇「小檜山博全集 6」柏艪舎 2006 p326
爬虫類さま
　◇「車谷長吉全集 2」新書館 2010 p55
爬虫類の「空への進出」
　◇「小松左京全集 完全版 40」城西国際大学出版会 2012 p288
波長があわなければ、女と男の小宇宙に光はささない 結婚生活
　◇「鈴木いづみセカンド・コレクション 4」文遊社 2004 p22
八郎
　◇「松下竜一未刊行著作集 1」海鳥社 2008 p136
八郎兵衛狐
　◇「長谷川伸傑作選 股旅新八景」国書刊行会 2008 p163
パチンコ・ホール
　◇「開高健ルポルタージュ選集 日本人の遊び場」光文社 2007（光文社文庫）p35
跋
　◇「德田秋聲全集 19」八木書店 2000 p48
初秋（はつあき）… → "しょしゅう…"を見よ
初霰
　◇「松下竜一未刊行著作集 1」海鳥社 2008 p117
跋〔岩波文庫『黴』〕
　◇「德田秋聲全集 23」八木書店 2001 p239

罰を受けたものには罪がある!?
　◇「小松左京全集 完全版 34」城西国際大学出版会 2009 p256
発火
　◇「石牟礼道子全集 15」藤原書店 2012 p239
発芽
　◇「目取真俊短篇小説選集 1」影書房 2013 p299
発火演習記事
　◇「谷崎潤一郎全集 25」中央公論新社 2016 p52
初語り
　◇「松田解子自選集 7」澤田出版 2008 p57
発刊のことば
　◇「佐々木基一全集 1」河出書房新社 2013 p407
発刊の言葉
　◇「宮本百合子全集 11」新日本出版社 2001 p116
発狂詩集
　◇「寺山修司著作集 1」クインテッセンス出版 2009 p51
発狂する重役
　◇「島田荘司全集 5」南雲堂 2012 p680
ハックスリィの「二つの社会」像
　◇「小松左京全集 完全版 40」城西国際大学出版会 2012 p348
発掘
　◇「辻井喬コレクション 7」河出書房新社 2003 p206
発掘した美女
　◇「坂口安吾全集 14」筑摩書房 1999 p254
パックの心理学
　◇「向田邦子全集 新版 6」文藝春秋 2009 p124
跋（「芸術の顔」）
　◇「決定版 三島由紀夫全集 34」新潮社 2003 p431
パッケージされた至芸―「イヴ・モンタン」ショウを観て
　◇「色川武大・阿佐田哲也エッセイズ 2」筑摩書房 2003（ちくま文庫）p259
跋〔『現代戯曲全集 第六巻 谷崎潤一郎篇』〕
　◇「谷崎潤一郎全集 11」中央公論新社 2015 p500
「八犬伝」連載を終えて
　◇「山田風太郎エッセイ集成 わが推理小説零年」筑摩書房 2007 p141
初恋
　◇「向田邦子全集 新版 4」文藝春秋 2009 p259
初恋―課題小説に応えて
　◇「大坪砂男全集 3」東京創元社 2013（創元推理文庫）p183
発光体の思想―石川淳「おまへへの敵はおまへだ」について
　◇「決定版 三島由紀夫全集 31」新潮社 2003 p622
八歳のとき
　◇「小檜山博全集 8」柏艪舎 2006 p92
跋（「サド侯爵夫人」）
　◇「決定版 三島由紀夫全集 33」新潮社 2003 p585

ハツサン・カンの妖術
　◇「谷崎潤一郎全集 5」中央公論新社 2016 p55
初芝居
　◇「決定版 三島由紀夫全集 32」新潮社 2003 p30
発射塔
　◇「決定版 三島由紀夫全集 31」新潮社 2003 p451
初出演の言葉（「からっ風野郎」）
　◇「決定版 三島由紀夫全集 31」新潮社 2003 p401
発信と交信—「きらめく星座」
　◇「井上ひさしコレクション 日本の巻」岩波書店 2005 p199
発生上の意義丈けを
　◇「江戸川乱歩全集 24」光文社 2005（光文社文庫）p176
発想とイメージ
　◇「安部公房全集 21」新潮社 1999 p7
発想の周辺〔対談〕（尾崎宏次）
　◇「安部公房全集 22」新潮社 1999 p422
発想の種子—周辺飛行29
　◇「安部公房全集 25」新潮社 1999 p26
発想の場所—第四回新日本文学賞評論部門選評
　◇「安部公房全集 18」新潮社 1999 p318
八田昭男さん
　◇「石牟礼道子全集 14」藤原書店 2008 p226
跋（高橋睦郎著「眠りと犯しと落下と」）
　◇「決定版 三島由紀夫全集 33」新潮社 2003 p459
初旅
　◇「丸谷才一全集 2」文藝春秋 2014 p505
初だより
　◇「古井由吉自撰作品 7」河出書房新社 2012 p169
はつたりマント
　◇「阿川弘之全集 20」新潮社 2007 p313
跋（團伊玖磨著「不心得12楽章」）
　◇「決定版 三島由紀夫全集 32」新潮社 2003 p651
張っちゃいけない親父の頭
　◇「田中小実昌エッセイ・コレクション 6」筑摩書房 2003（ちくま文庫）p236
八丁浜太郎
　◇「長谷川伸傑作選 股旅新八景」国書刊行会 2008 p9
初蕾
　◇「山本周五郎中短篇秀作選集 4」小学館 2006 p7
跋〔田園に死す（全）〕
　◇「寺山修司著作集 1」クインテッセンス出版 2009 p64
初天神
　◇「津村節子自選作品集 6」岩波書店 2005 p407
発展続けた阪神地区を十秒で破壊
　◇「小松左京全集 完全版 46」城西国際大学出版会 2016 p17

跋（「盗賊」）
　◇「決定版 三島由紀夫全集 27」新潮社 2003 p106
跋（「盗賊」跋 異稿）
　◇「決定版 三島由紀夫全集 補巻」新潮社 2005 p361
初夏（はつなつ）… →"しょか…"を見よ
跋に代へて（「花ざかりの森」）
　◇「決定版 三島由紀夫全集 26」新潮社 2003 p440
跋に代へて（未刊短編集）
　◇「決定版 三島由紀夫全集 26」新潮社 2003 p587
初乗り
　◇「内田百閒集成 2」筑摩書房 2002（ちくま文庫）p90
バツの悪さ
　◇「松下竜一未刊行著作集 1」海鳥社 2008 p153
バッハ
　◇「小林秀雄全作品 14」新潮社 2003 p167
　◇「小林秀雄全集 補巻 2」新潮社 2010 p227
発売禁止に就て
　◇「谷崎潤一郎全集 9」中央公論新社 2017 p419
バッハの神に沿って—森有正氏の思い出に
　◇「辻邦生全集 19」新潮社 2005 p65
バッハのなかに響くもの
　◇「辻邦生全集 19」新潮社 2005 p62
跋（「林房雄論」）
　◇「決定版 三島由紀夫全集 32」新潮社 2003 p577
初春狸合戦
　◇「定本 久生十蘭全集 2」国書刊行会 2009 p552
初飛行
　◇「内田百閒集成 11」筑摩書房 2003（ちくま文庫）p141
法被と洋服
　◇「徳田秋聲全集 20」八木書店 2001 p293
ハッピネス
　◇「小島信夫短篇集成 6」水声社 2015 p59
八百八十番目の護謨（ゴム）の木
　◇「横溝正史探偵小説コレクション 1」出版芸術社 2004 p212
八百八町しのび独楽
　◇「都筑道夫時代小説コレクション 1」戎光祥出版 2014（戎光祥時代小説名作館）p5
初舞台
　◇「小林秀雄全作品 7」新潮社 2003 p36
　◇「小林秀雄全集 補巻 1」新潮社 2010 p349
初冬（はつふゆ）… →"しょとう…"を見よ
発奮
　◇「徳田秋聲全集 6」八木書店 2000 p162
初奉公
　◇「徳田秋聲全集 27」八木書店 2002 p241
跋（坊城俊民著「末裔」）
　◇「決定版 三島由紀夫全集 27」新潮社 2003 p149
初孫がわが家に彩り
　◇「松下竜一未刊行著作集 2」海鳥社 2008 p314

はつみ

跋（「岬にての物語」）
　◇「決定版 三島由紀夫全集 26」新潮社 2003 p628
初昔
　◇「谷崎潤一郎全集 18」中央公論新社 2016 p359
『初昔 きのふけふ』
　◇「谷崎潤一郎全集 18」中央公論新社 2016 p357
発明の拷問
　◇「坂口安吾全集 13」筑摩書房 1999 p386
初詣で
　◇「林京子全集 8」日本図書センター 2005 p472
初夢
　◇「小松左京全集 完全版 25」城西国際大学出版会 2017 p153
溌剌とした生の呼吸を（森岡貞香歌集「白蛾」推薦文）
　◇「決定版 三島由紀夫全集 28」新潮社 2003 p172
跋〔『老眼鏡』〕
　◇「徳田秋聲全集 23」八木書店 2001 p187
馬丁
　◇「内田百閒集成 12」筑摩書房 2003（ちくま文庫）p99
パーティー用の家―お宅拝見
　◇「決定版 三島由紀夫全集 31」新潮社 2003 p607
艶競（はでくらべ）近松娘
　◇「決定版 三島由紀夫全集 21」新潮社 2002 p507
果てしない散乱
　◇「小檜山博全集 1」柏艪舎 2006 p108
果てしない生命体の存在〔対談〕（高橋たか子）
　◇「大庭みな子全集 21」日本経済新聞出版社 2011 p12
果しなき流れの果に
　◇「小松左京全集 完全版 2」城西国際大学出版会 2008 p251
果てしなくあやふやな鳥たち
　◇「小松左京全集 完全版 40」城西国際大学出版会 2012 p193
果ての果てまで―からゆきさんたち
　◇「石牟礼道子全集 10」藤原書店 2006 p299
伴天連地獄
　◇「山田風太郎妖異小説コレクション 山屋敷秘図」徳間書店 2003（徳間文庫）p108
ハート
　◇「江戸川乱歩全集 30」光文社 2005（光文社文庫）p671
鳩
　◇「大庭みな子全集 9」日本経済新聞出版社 2010 p36
鳩
　◇「日影丈吉全集 7」国書刊行会 2004 p274
鳩
　◇「決定版 三島由紀夫全集 36」新潮社 2003 p427
波頭
　◇「内田百閒集成 3」筑摩書房 2002（ちくま文庫）p109
波動
　◇「松田解子自選集 9」澤田出版 2009 p161
波濤
　◇「決定版 三島由紀夫全集 37」新潮社 2004 p161
鳩がきた日
　◇「立松和平小説 17」勉誠出版 2012 p62
パドックから
　◇「林京子全集 7」日本図書センター 2005 p158
鳩時計が鳴く時
　◇「日影丈吉全集 7」国書刊行会 2004 p307
鳩どもの家
　◇「中上健次集 1」インスクリプト 2014 p241
　◇「中上健次集 1」インスクリプト 2014 p311
鳩啼時計
　◇「小松左京全集 完全版 22」城西国際大学出版会 2015 p315
ハートに火をつけて！　だれが消す
　◇「鈴木いづみコレクション 1」文遊社 1996 p5
鳩の首
　◇「野呂邦暢小説集成 4」文遊社 2014 p161
鳩の血
　◇「立松和平小説 8」勉誠出版 2010 p148
鳩の街草話
　◇「田村泰次郎選集 3」日本図書センター 2005 p154
ハート・ブレイク・病院（ホスピタル）―トラブル一分間治療室
　◇「決定版 三島由紀夫全集 31」新潮社 2003 p377
固ゆで卵（ハードボイルド）からCIAへ
　◇「日影丈吉全集 別巻」国書刊行会 2005 p375
ハードボイルドから社交界小説へ―レイモンド・チャンドラー
　◇「丸谷才一全集 11」文藝春秋 2014 p424
ハード・ボイルド―現在の眼〔座談会〕（村松剛、花田清輝、佐伯彰一）
　◇「安部公房全集 7」新潮社 1998 p21
歯どめとしてのくらしのありよう
　◇「小田実全集 評論 7」講談社 2010 p103
バトラーの『エレホン』
　◇「小松左京全集 完全版 40」城西国際大学出版会 2012 p341
ハドリアヌスの城壁を訪ねて
　◇「辻邦生全集 17」新潮社 2005 p37
羽鳥千尋
　◇「〔森〕鷗外近代小説集 5」岩波書店 2013 p95
花
　◇「石牟礼道子全集 1」藤原書店 2004 p444
花
　◇「瀬戸内寂聴随筆選 5」ゆまに書房 2009 p9
花
　◇「中井英夫全集 10」東京創元社 2002（創元ライ

はなこ

花
　◇「定本 久生十蘭全集 5」国書刊行会 2009 p491
花
　◇「丸谷才一全集 7」文藝春秋 2014 p108
鼻
　◇「德田秋聲全集 15」八木書店 1999 p173
鼻赤
　◇「内田百閒集成 11」筑摩書房 2003（ちくま文庫）p109
花あかり
　◇「石牟礼道子全集 13」藤原書店 2007 p658
花遊びの心
　◇「小松左京全集 完全版 36」城西国際大学出版会 2011 p243
バーナアド・ショウ
　◇「上野壮夫全集 1」図書新聞 2010 p42
花ある公界
　◇「石牟礼道子全集 10」藤原書店 2006 p444
花合せ
　◇「定本 久生十蘭全集 5」国書刊行会 2009 p599
花石物語
　◇「井上ひさし短編中編小説集成 10」岩波書店 2015 p1
季語歴語 花一輪
　◇「林京子全集 7」日本図書センター 2005 p430
鼻唄ソング
　◇「色川武大・阿佐田哲也エッセイズ 2」筑摩書房 2003（ちくま文庫）p217
花馬湾
　◇「阿川弘之全集 10」新潮社 2006 p7
花売娘
　◇「大坪砂男全集 3」東京創元社 2013（創元推理文庫）p93
花槐の章 惣右衛門
　◇「井上ひさし短編中編小説集成 12」岩波書店 2015 p155
花をあなたに
　◇「石牟礼道子全集 1」藤原書店 2004 p448
花扇の影
　◇「石牟礼道子全集 17」藤原書店 2012 p529
花岡鉱山をたずねて
　◇「松田解子自選集 6」澤田出版 2004 p313
花岡事件おぼえがき
　◇「松田解子自選集 6」澤田出版 2004 p227
花岡事件と私
　◇「松田解子自選集 6」澤田出版 2004 p311
花岡事件のこと
　◇「松田解子自選集 6」澤田出版 2004 p322
花岡事件の告げるもの
　◇「松田解子自選集 6」澤田出版 2004 p326

花をかついで
　◇「林京子全集 7」日本図書センター 2005 p344
洟をかむ
　◇「向田邦子全集 新版 7」文藝春秋 2009 p223
花を咲かす根
　◇「宮本百合子全集 14」新日本出版社 2001 p106
花を奉る
　◇「石牟礼道子全集 15」藤原書店 2012 p116
花を摘む
　◇「大庭みな子全集 23」日本経済新聞出版社 2011 p650
花をみに
　◇「林京子全集 2」日本図書センター 2005 p393
花帰りマックラ村
　◇「赤江瀑短編傑作選 恐怖編」光文社 2007（光文社文庫）p7
花籠
　◇「立松和平小説 23」勉誠出版 2013 p380
花籠文庫批判
　◇「佐々木基一全集 1」河出書房新社 2013 p52
花が咲く
　◇「德田秋聲全集 14」八木書店 2000 p320
花かざり
　◇「松下竜一未刊行著作集 1」海鳥社 2008 p334
花形
　◇「德田秋聲全集 21」八木書店 2001 p314
花型星雲
　◇「小松左京全集 完全版 23」城西国際大学出版会 2015 p300
花がたみ
　◇「阿川弘之全集 10」新潮社 2006 p193
花がたみ
　◇「津村節子自選作品集 3」岩波書店 2005 p1
花が散りました
　◇「林京子全集 8」日本図書センター 2005 p226
花がひらく
　◇「石牟礼道子全集 15」藤原書店 2012 p38
花冠
　◇「決定版 三島由紀夫全集 37」新潮社 2004 p546
花ぎらい
　◇「安部公房全集 15」新潮社 1998 p219
鼻毛
　◇「小檜山博全集 7」柏艪舎 2006 p221
鼻毛美人誕生
　◇「小松左京全集 完全版 28」城西国際大学出版会 2006 p137
花子
　◇「〔森〕鷗外近代小説集 2」岩波書店 2012 p13
花心夫婦心中 一幕
　◇「土屋隆夫コレクション新装版 不安な産声」光文社 2003（光文社文庫）p425

はなこ

花衣ぬぐやまつわる…―わが愛の杉田久女
　◇「田辺聖子全集 13」集英社 2005 p285

〔SF日本おとぎ話〕花さかじじい
　◇「小松左京全集 完全版 24」城西国際大学出版会 2016 p389

花ざかり、日本のSF
　◇「小松左京全集 完全版 44」城西国際大学出版会 2014 p253

花ざかりの森
　◇「決定版 三島由紀夫全集 15」新潮社 2002 p475

「花ざかりの森」出版のころ
　◇「決定版 三島由紀夫全集 30」新潮社 2003 p285

「花ざかりの森」創作ノート
　◇「決定版 三島由紀夫全集 補巻」新潮社 2005 p411

「花ざかりの森」のころ
　◇「決定版 三島由紀夫全集 34」新潮社 2003 p615

「花ざかりの森・憂国」解説
　◇「決定版 三島由紀夫全集 35」新潮社 2003 p172

花咲く丘に涙して
　◇「鈴木いづみコレクション 6」文遊社 1997 p41

花咲く乙女たちのかげに
　◇「金井美恵子エッセイ・コレクション―1964-2013 1」平凡社 2013 p462

花咲く頃
　◇「徳田秋聲全集 12」八木書店 2000 p69

花咲ける石
　◇「坂口安吾全集 15」筑摩書房 1999 p3

放さね物語
　◇「日影丈吉全集 別巻」国書刊行会 2005 p696

鼻山人
　◇「井上ひさしコレクション ことばの巻」岩波書店 2005 p303
　◇「井上ひさし短編中編小説集成 9」岩波書店 2015 p295

話をききに行きたくなる人
　◇「大庭みな子全集 3」日本経済新聞出版社 2009 p225

話しことばの詩・私見―話体と文体
　◇「中井英夫全集 6」東京創元社 1996（創元ライブラリ）p541

話してください
　◇「金井美恵子エッセイ・コレクション―1964-2013 1」平凡社 2013 p518

「はなし」と「語り」の魅力―星新一
　◇「小松左京全集 完全版 41」城西国際大学出版会 2013 p10

「話」に就いて其他
　◇「上野壮夫全集 3」図書新聞 2011 p584

花柴賣りのおつやしゃん
　◇「石牟礼道子全集 1」藤原書店 2004 p446

話半分、嘘半分
　◇「井上ひさしコレクション 人間の巻」岩波書店 2005 p193

花十字架
　◇「都筑道夫恐怖短篇集成 3」筑摩書房 2004（ちくま文庫）p138

花［手稿版］
　◇「定本 久生十蘭全集 別巻」国書刊行会 2013 p206

花菖蒲の章 おきん
　◇「井上ひさし短編中編小説集成 12」岩波書店 2015 p116

花・水郷
　◇「徳田秋聲全集 23」八木書店 2001 p90

鼻筋紳士録
　◇「向田邦子全集 新版 5」文藝春秋 2009 p237

話すとき
　◇「松田解子自選集 9」澤田出版 2009 p110

花園
　◇「徳田秋聲全集 1」八木書店 1997 p175

花園を造りつゝ
　◇「徳田秋聲全集 21」八木書店 2001 p279

花園のアリス
　◇「20世紀断層―野坂昭如単行本未収録小説集成 4」幻戯書房 2010 p466

花ぞのの教育者
　◇「戸川幸夫動物文学セレクション 4」ランダムハウス講談社 2008（ランダムハウス講談社文庫）p168

花園ラビリンス―新宿ゴールデン街物語
　◇「20世紀断層―野坂昭如単行本未収録小説集成 5」幻戯書房 2010 p93

花田清輝
　◇「佐々木基一全集 4」河出書房新社 2013 p423

花田清輝宛書簡 第1信
　◇「安部公房全集 30」新潮社 2009 p85

花田清輝宛書簡 第2信
　◇「安部公房全集 30」新潮社 2009 p127

花田清輝・武井昭夫共著『新劇評判記』
　◇「安部公房全集 15」新潮社 1998 p371

花田清輝著『錯乱の論理』
　◇「佐々木基一全集 1」河出書房新社 2013 p454

花田清輝著『二つの世界』
　◇「佐々木基一全集 1」河出書房新社 2013 p497

花田清輝著『復興期の精神』
　◇「佐々木基一全集 1」河出書房新社 2013 p441

花田清輝著『乱世をいかに生きるか』
　◇「安部公房全集 7」新潮社 1998 p145

花田清輝との旅
　◇「佐々木基一全集 5」河出書房新社 2013 p158

花田清輝とは誰か
　◇「佐々木基一全集 5」河出書房新社 2013 p18

花田清輝のユーモア
　◇「大庭みな子全集 6」日本経済新聞出版社 2009 p25

花田清輝の恋愛〔対談者〕村井志摩子
　◇「大庭みな子全集 18」日本経済新聞出版社 2010 p417
〔花田清輝〕一筋縄では行かぬひと
　◇「佐々木基一全集 5」河出書房新社 2013 p24
花田清輝論
　◇「坂口安吾全集 4」筑摩書房 1998 p421
花田さん、さようなら
　◇「佐々木基一全集 5」河出書房新社 2013 p161
花田の帯
　◇「丸谷才一全集 6」文藝春秋 2014 p589
花束
　◇「小沼丹全集 3」未知谷 2004 p288
花束
　◇「向田邦子全集 新版 11」文藝春秋 2010 p42
花束町壱番地
　◇「定本 久生十蘭全集 1」国書刊行会 2008 p649
「花束デモ」と「ジグザグデモ」
　◇「小田実全集 評論 20」講談社 2012 p45
『花たば』はしがき
　◇「徳田秋聲全集 別巻」八木書店 2006 p85
放たれたランソの矢—標的・環境権裁判に向かって
　◇「松下竜一未刊行著作集 4」海鳥社 2008 p215
花・蝶・犬・人
　◇「小島信夫短篇集成 5」水声社 2015 p279
花・蝶・鳥・犬
　◇「小島信夫短篇集成 5」水声社 2015 p253
花散る
　◇「上野壮夫全集 2」図書新聞 2009 p287
花椿
　◇「車谷長吉全集 1」新書館 2010 p461
花天狗流開祖
　◇「坂口安吾全集 11」筑摩書房 1998 p39
花電車
　◇「小田実全集 小説 12」講談社 2011 p7
花時
　◇「徳田秋聲全集 11」八木書店 1998 p192
花と魚
　◇「小島信夫短篇集成 2」水声社 2014 p239
花、土地、人
　◇「徳田秋聲全集 23」八木書店 2001 p283
花、土地、人
　◇「宮本百合子全集 9」新日本出版社 2001 p17
鼻と犯罪
　◇「小酒井不木随筆評論選集 4」本の友社 2004 p122
花と火の帝 上
　◇「隆慶一郎全集 17」新潮社 2010 p7
花と火の帝 下
　◇「隆慶一郎全集 18」新潮社 2010 p7

花と星〔解決篇〕
　◇「鮎川哲也コレクション挑戦篇 2」出版芸術社 2006 p235
花と星〔問題篇〕
　◇「鮎川哲也コレクション挑戦篇 2」出版芸術社 2006 p67
バーナード・マラマッド著『ドゥービン氏の冬』
　◇「安部公房全集 27」新潮社 2000 p79
花と虫の記憶
　◇「大庭みな子全集 5」日本経済新聞出版社 2009 p211
バナナ
　◇「定本 久生十蘭全集 10」国書刊行会 2011 p384
バナナ爺さんも行った山寺
　◇「小松左京全集 完全版 31」城西国際大学出版会 2008 p75
バナナの菓子
　◇「内田百閒集成 12」筑摩書房 2003（ちくま文庫）p195
花盗人の命運は『大明律集解』にあり
　◇「井上ひさし短編中編小説集成 7」岩波書店 2015 p338
花野
　◇「大庭みな子全集 15」日本経済新聞出版社 2010 p507
花野
　◇「決定版 三島由紀夫全集 37」新潮社 2004 p610
鼻の頭を…
　◇「松下竜一未刊行著作集 3」海鳥社 2009 p40
花のある古本屋
　◇「〔野呂邦暢〕随筆コレクション 2」みすず書房 2014 p116
花の位置
　◇「山本周五郎長篇小説全集 4」新潮社 2013 p447
花の上の寺
　◇「石牟礼道子全集 11」藤原書店 2005 p253
花の香
　◇「小沼丹全集 4」未知谷 2004 p324
花の香る国
　◇「石牟礼道子全集 10」藤原書店 2006 p500
「花」の確立
　◇「坂口安吾全集 2」筑摩書房 1999 p525
花の季節
　◇「林京子全集 7」日本図書センター 2005 p240
花のこころ
　◇「小松左京全集 完全版 25」城西国際大学出版会 2017 p46
花の頃
　◇「大庭みな子全集 13」日本経済新聞出版社 2010 p261
花の歳月
　◇「宮城谷昌光全集 2」文藝春秋 2003 p457

はなの

花の盛りの乙女らが
　◇「大庭みな子全集 16」日本経済新聞出版社 2010 p37

花の下の「変身願望」
　◇「小松左京全集 完全版 37」城西国際大学出版会 2010 p40

花の精
　◇「徳田秋聲全集 27」八木書店 2002 p40

花のたより
　◇「宮本百合子全集 12」新日本出版社 2001 p155

花の段
　◇「谷崎潤一郎全集 21」中央公論新社 2016 p457

はなのたんていだん
　◇「松下竜一未刊行著作集 1」海鳥社 2008 p341

鼻の潰れた男
　◇「大庭みな子全集 9」日本経済新聞出版社 2010 p423

花のない祝宴
　◇「内田百閒集成 10」筑摩書房 2003（ちくま文庫）p333

はなのなかの道
　◇「林京子全集 2」日本図書センター 2005 p47

花の名前
　◇「向田邦子全集 新版 1」文藝春秋 2009 p183

花のねむり
　◇「阿川弘之全集 4」新潮社 2005 p7

花の広場にて
　◇「辻邦生全集 17」新潮社 2005 p47

花の闇
　◇「決定版 三島由紀夫全集 37」新潮社 2004 p393

花の旅情
　◇「瀬戸内寂聴随筆選 5」ゆまに書房 2009 p166

『花のレクイエム』の行方
　◇「辻邦生全集 18」新潮社 2005 p420

花のれん
　◇「山崎豊子全集 1」新潮社 2003 p177

花々
　◇「辻井喬コレクション 7」河出書房新社 2003 p79

花食む男
　◇「辺見庸掌編小説集 黒髪」角川書店 2004 p92

花火
　◇「内田百閒集成 3」筑摩書房 2002（ちくま文庫）p19

花火
　◇「金井美恵子自選短篇集 エオンタ／自然の子供」講談社 2015（講談社文芸文庫）p303

花火
　◇「小檜山博全集 3」柏艪舎 2006 p371

花火
　◇「坂口安吾全集 5」筑摩書房 1998 p171

花火
　◇「野呂邦暢小説集成 5」文遊社 2015 p241

花火
　◇「決定版 三島由紀夫全集 19」新潮社 2002 p87

花火
　◇「隆慶一郎全集 19」新潮社 2010 p292

花冷え
　◇「遠藤周作エッセイ選集 2」光文社 2006（知恵の森文庫）p67

花冷え（田中冬二著）
　◇「決定版 三島由紀夫全集 補巻」新潮社 2005 p359

花、人、土地
　◇「徳田秋聲全集 23」八木書店 2001 p298

花火の街
　◇「大佛次郎セレクション第3期 花火の街」未知谷 2009 p3

花火闇
　◇「中井英夫全集 5」東京創元社 2002（創元ライブラリ）p436

花開いた古代吉備（林屋辰三）
　◇「司馬遼太郎対話選集 1」文藝春秋 2006（文春文庫）p43

花房助兵衛
　◇「司馬遼太郎短篇全集 6」文藝春秋 2005 p253

花ふたたび
　◇「大庭みな子全集 15」日本経済新聞出版社 2010 p529

花札伝綺
　◇「寺山修司著作集 1」クインテッセンス出版 2009 p140

花吹雪
　◇「阿川弘之全集 2」新潮社 2005 p53

花ふる気配に
　◇「石牟礼道子全集 16」藤原書店 2013 p613

花ふれあいて─白倉幸男・なる子さん
　◇「石牟礼道子全集 9」藤原書店 2006 p518

花帽子
　◇「石牟礼道子全集 6」藤原書店 2006 p434

花ぼけむらさき
　◇「石牟礼道子全集 10」藤原書店 2006 p106

パナマの沖の小島の話
　◇「阿川弘之全集 19」新潮社 2007 p199

花見
　◇「小林秀雄全作品 25」新潮社 2004 p68
　◇「小林秀雄全集 補巻 3」新潮社 2010 p311

花見
　◇「古井由吉自撰作品 8」河出書房新社 2012 p136

花見万太郎伝
　◇「井上ひさし短編中編小説集成 7」岩波書店 2015 p449

花筵
　◇「山本周五郎長篇小説全集 15」新潮社 2014 p281

鼻眼鏡
　◇「稲垣足穂コレクション 1」筑摩書房 2005（ちくま文庫）p228

花も刀も
　◇「山本周五郎長篇小説全集 14」新潮社 2014 p329
花持つ女
　◇「深沢夏衣作品集」新幹社 2015 p501
花模様が怖い―謎と銃弾の短篇
　◇「片岡義男コレクション 1」早川書房 2009（ハヤカワ文庫）
花模様にひそむ
　◇「片岡義男コレクション 1」早川書房 2009（ハヤカワ文庫）p325
華やかな「幻想都市」
　◇「小松左京全集 完全版 42」城西国際大学出版会 2014 p121
華やかな殺意
　◇「西村京太郎自選集 1」徳間書店 2004（徳間文庫）
華やかな兵器
　◇「小松左京全集 完全版 23」城西国際大学出版会 2015 p166
華やかなる弔
　◇「決定版 三島由紀夫全集 37」新潮社 2004 p660
花柳幻舟さん
　◇「色川武大・阿佐田哲也エッセイズ 3」筑摩書房 2003（ちくま文庫）p189
花柳章太郎丈回顧
　◇「決定版 三島由紀夫全集 34」新潮社 2003 p29
花夜叉殺し
　◇「赤江瀑短編傑作選 幻想編」光文社 2007（光文社文庫）p5
花屋町の襲撃
　◇「司馬遼太郎短篇全集 7」文藝春秋 2005 p171
花嫁
　◇「定本 荒巻義雄メタSF全集 別巻」彩流社 2015 p100
　◇「定本 荒巻義雄メタSF全集 別巻」彩流社 2015 p145
花嫁
　◇「小檜山博全集 8」柏艪舎 2006 p282
花嫁
　◇「高橋克彦自選短編集 2」講談社 2009（講談社文庫）p485
花嫁たち
　◇「金井美恵子自選短篇集 砂の粒／孤独な場所で」講談社 2014（講談社文芸文庫）p86
花嫁の訂正　夫婦哲学
　◇「アンドロギュノスの裔 渡辺温全集」東京創元社 2011（創元推理文庫）p203
「花よりタンゴ」
　◇「井上ひさしコレクション 日本の巻」岩波書店 2005 p186
離るゝ心（「『厭離』を改題）
　◇「徳田秋聲全集 13」八木書店 1998 p30
離れ切支丹
　◇「山田風太郎エッセイ集成 わが推理小説零年」筑摩書房 2007 p122
離れられぬ一隊
　◇「小島信夫短篇集成 2」水声社 2014 p403
花環
　◇「徳田秋聲全集 29」八木書店 2002 p192
花は美しいか
　◇「安部公房全集 4」新潮社 1997 p66
花は萎れず
　◇「日影丈吉全集 7」国書刊行会 2004 p387
塙善兵衛のこと
　◇「小島信夫短篇集成 3」水声社 2014 p543
花は散りて
　◇「辻邦生全集 18」新潮社 2005 p213
『はにかみの国』あとがき
　◇「石牟礼道子全集 15」藤原書店 2012 p284
はにかみの国―死ににゆく朝の詩
　◇「石牟礼道子全集 15」藤原書店 2012 p41
はにかみや
　◇「谷崎潤一郎全集 23」中央公論新社 2017 p175
パニック
　◇「安部公房全集 4」新潮社 1997 p73
埴谷さんの宇宙圏の中で
　◇「辻邦生全集 16」新潮社 2005 p161
埴谷雄高宛書簡 第1信
　◇「安部公房全集 30」新潮社 2009 p11
埴谷雄高宛書簡 第2信
　◇「安部公房全集 30」新潮社 2009 p12
埴谷雄高宛書簡 第3信
　◇「安部公房全集 30」新潮社 2009 p13
埴谷雄高宛書簡 第4信
　◇「安部公房全集 30」新潮社 2009 p16
埴谷雄高宛書簡 第5信
　◇「安部公房全集 30」新潮社 2009 p18
埴谷雄高宛書簡 第6信
　◇「安部公房全集 30」新潮社 2009 p21
埴谷雄高宛書簡 第7信
　◇「安部公房全集 30」新潮社 2009 p22
埴谷雄高宛書簡 第8信
　◇「安部公房全集 30」新潮社 2009 p23
埴谷雄高宛書簡 第9信
　◇「安部公房全集 30」新潮社 2009 p24
埴谷雄高宛書簡 第10信
　◇「安部公房全集 30」新潮社 2009 p25
埴谷雄高宛書簡 第11信
　◇「安部公房全集 30」新潮社 2009 p26
埴谷雄高宛書簡 第12信
　◇「安部公房全集 30」新潮社 2009 p28
埴谷雄高宛書簡 第13信
　◇「安部公房全集 30」新潮社 2009 p29
埴谷雄高宛書簡 第14信
　◇「安部公房全集 30」新潮社 2009 p30

はにや

埴谷雄高宛書簡 第15信
  ◇「安部公房全集 30」新潮社 2009 p31
埴谷雄高宛書簡 第16信
  ◇「安部公房全集 30」新潮社 2009 p35
埴谷雄高宛書簡 第17信
  ◇「安部公房全集 30」新潮社 2009 p36
埴谷雄高宛書簡 第18信
  ◇「安部公房全集 30」新潮社 2009 p41
埴谷雄高宛書簡 第19信
  ◇「安部公房全集 30」新潮社 2009 p183
埴谷雄高の永遠の女性
  ◇「佐々木基一全集 5」河出書房新社 2013 p134
埴谷雄高の世界
  ◇「辻邦生全集 18」新潮社 2005 p208
埴生の宿
  ◇「石牟礼道子全集 1」藤原書店 2004 p404
埴輪
  ◇「小林秀雄全作品 20」新潮社 2004 p9
  ◇「小林秀雄全集 補巻 2」新潮社 2010 p521
埴輪の馬
  ◇「小沼丹全集 3」未知谷 2004 p415
  ◇「小沼丹全集 3」未知谷 2004 p551
埴輪の馬
  ◇「古井由吉自撰集 8」河出書房新社 2012 p9
翅
  ◇「中井英夫全集 10」東京創元社 2002（創元ライブラリ）p85
はね踊るものわれら
  ◇「立松和平全小説 1」勉誠出版 2010 p71
羽田空港
  ◇「安部公房全集 17」新潮社 1999 p42
羽田空港最初の離陸
  ◇「内田百閒集成 11」筑摩書房 2003（ちくま文庫）p239
羽なければ
  ◇「小田実全集 小説 11」講談社 2011 p3
パノラマ島奇談
  ◇「江戸川乱歩全集 1」沖積舎 2006 p5
  ◇「江戸川乱歩傑作集 2」リブレ出版 2015 p173
パノラマ島綺譚
  ◇「江戸川乱歩全集 2」光文社 2004（光文社文庫）p355
パパ
  ◇「小松左京全集 完全版 25」城西国際大学出版会 2017 p323
パパ
  ◇「四季桂子全集」皆進社 2013 p99
母
  ◇「小檜山博全集 4」柏艪舎 2006 p445
母
  ◇「坂口安吾全集 1」筑摩書房 1999 p269

母
  ◇「宮本百合子全集 11」新日本出版社 2001 p376
「ははア、この男が、……」——一九八六年一〇月二七日夕張裁判東京法廷を傍聴して
  ◇「松田解子自選集 9」澤田出版 2009 p246
母を語る—私の最上の読者
  ◇「決定版 三島由紀夫全集 30」新潮社 2003 p648
母を恋ふる記
  ◇「谷崎潤一郎全集 6」中央公論社 2015 p55
母を殺した少年
  ◇「坂口安吾全集 2」筑摩書房 1999 p127
「母をたずねて三千里」は遠すぎる
  ◇「寺山修司著作集 4」クインテッセンス出版 2009 p193
母親たちは立ちあがる—第九回母親大会から
  ◇「松田解子自選集 8」澤田出版 2008 p289
母親と息子〔対談〕（高橋たか子）
  ◇「大庭みな子全集 21」日本経済新聞出版社 2011 p23
母親の上京
  ◇「小島信夫長篇集成 2」水声社 2015 p480
母が見た蛍
  ◇「松下竜一未刊行著作集 2」海鳥社 2008 p118
母から子へ
  ◇「大庭みな子全集 11」日本経済新聞出版社 2010 p297
母からみた娘と娘からみた母と〔対談者〕大庭優
  ◇「大庭みな子全集 18」日本経済新聞出版社 2010 p487
母恋餓鬼
  ◇「寺山修司著作集 1」クインテッセンス出版 2009 p62
母恋ふ雉子（きぎす）
  ◇「決定版 三島由紀夫全集 37」新潮社 2004 p256
母恋ふ雉子（「母恋ふ雉子の、なき声に、……」）
  ◇「決定版 三島由紀夫全集 37」新潮社 2004 p701
母恋ふ雉子（「母恋ふ雉子の啼く夜は……」）
  ◇「決定版 三島由紀夫全集 37」新潮社 2004 p256
母子草
  ◇「松下竜一未刊行著作集 2」海鳥社 2008 p126
母・性愛
  ◇「20世紀断層—野坂昭如単行本未収録小説集成 5」幻戯書房 2010 p72
妣たちへの文序章
  ◇「石牟礼道子全集 1」藤原書店 2004 p88
派閥抗争はもう澤山（四月十四日）
  ◇「福田恆存評論集 18」麗澤大學出版會, 廣池學園事業部〔發売〕2010 p189
母という名の
  ◇「20世紀断層—野坂昭如単行本未収録小説集成 2」幻戯書房 2010 p356

母と子
　◇「大庭みな子全集 6」日本経済新聞出版社 2009 p219
母と子
　◇「林京子全集 7」日本図書センター 2005 p154
母と子
　◇「松下竜一未刊行著作集 1」海鳥社 2008 p45
ハーバードの左まき「日本人」—アメリカ人ばなれのした人たち
　◇「小田実全集 評論 1」講談社 2010 p71
母と娘
　◇「林京子全集 7」日本図書センター 2005 p135
母と私
　◇「遠藤周作エッセイ選集 1」光文社 2006 (知恵の森文庫) p175
母なるロシア
　◇「小沼丹全集 4」未知谷 2004 p124
母に教えられた酒呑みの心
　◇「向田邦子全集 新版 10」文藝春秋 2010 p163
母の愛情に飢えた人に……
　◇「野坂昭如エッセイ・コレクション 1」筑摩書房 2004 (ちくま文庫) p176
母のアルバム
　◇「松下竜一未刊行著作集 1」海鳥社 2008 p215
母のいない幼年時代
　◇「小島信夫批評集成 5」水声社 2011 p114
ハーバーの唄
　◇「小酒井不木随筆評論選集 5」本の友社 2004 p396
母の顔
　◇「隆慶一郎全集 19」新潮社 2010 p418
母の髪を吸うた松の木の物語
　◇「車谷長吉全集 2」新書館 2010 p17
『母の紀念』はしがき
　◇「徳田秋聲全集 別巻」八木書店 2006 p85
母の下駄
　◇「松下竜一未刊行著作集 1」海鳥社 2008 p115
母の声
　◇「〔野呂邦暢〕随筆コレクション 2」みすず書房 2014 p33
母の死
　◇「石上玄一郎小説作品集成 1」未知谷 2008 p441
母の死
　◇「大庭みな子全集 3」日本経済新聞出版社 2009 p192
母の上京
　◇「坂口安吾全集 4」筑摩書房 1998 p377
母の死んだ家
　◇「高橋克彦自選短編集 2」講談社 2009 (講談社文庫) p283
母の姿 (佐多稲子)
　◇「大庭みな子全集 23」日本経済新聞出版社 2011 p269

母の血
　◇「徳田秋聲全集 29」八木書店 2002 p115
母の乳房
　◇「立松和平全小説 17」勉誠出版 2012 p103
母の手
　◇「石牟礼道子全集 14」藤原書店 2008 p547
母の手紙
　◇「定本 久生十蘭全集 5」国書刊行会 2009 p482
母の名をつけた原爆機
　◇「阿川弘之全集 20」新潮社 2007 p610
「母の膝の上に」(紹介並短評)
　◇「宮本百合子全集 9」新日本出版社 2001 p199
母の命日
　◇「小檜山博全集 7」柏艪舎 2006 p339
母の料理
　◇「決定版 三島由紀夫全集 27」新潮社 2003 p667
馬場文耕
　◇「井上ひさしコレクション 人間の巻」岩波書店 2005 p274
　◇「井上ひさし短編中編小説集成 9」岩波書店 2015 p429
母・細川ガラシアの異教を思ったか
　◇「石牟礼道子全集 16」藤原書店 2013 p60
母よ
　◇「松田解子自選集 9」澤田出版 2009 p14
母より母へ
　◇「徳田秋聲全集 30」八木書店 2002 p135
母ら
　◇「松田解子自選集 9」澤田出版 2009 p96
はびこるメカニックな医療機関
　◇「小松左京全集 完全版 34」城西国際大学出版会 2009 p296
パピプペ パピプペ パピプペポ—杉狂児のこと
　◇「色川武大・阿佐田哲也エッセイズ 2」筑摩書房 2003 (ちくま文庫) p197
パピルスとアカシア
　◇「〔池澤夏樹〕エッセー集成 1」みすず書房 2008 p4
バビロンの庭園
　◇「辻邦生全集 13」新潮社 2005 p263
鈴木いづみの甦る感謝感激 ハーフ&ハーフ 近田春夫 〔対談〕
　◇「鈴木いづみコレクション 8」文遊社 1998 p66
破斧の歌
　◇「宮城谷昌光全集 21」文藝春秋 2004 p456
「バブル経済」の崩壊と「日本株式会社」
　◇「小田実全集 評論 22」講談社 2012 p150
バベルの塔
　◇「中井英夫全集 12」東京創元社 2006 (創元ライブラリ) p126
バベルの塔 (七月七日)
　◇「福田恆存評論集 18」麗澤大學出版會, 廣池學園事業部〔発売〕2010 p101

はへる

バベルの塔の狸
　◇「安部公房全集 2」新潮社 1997 p452

破片
　◇「梅崎春生作品集 3」沖積舎 2004 p216

浜尾四郎随筆集
　◇「浜尾四郎全集 1」沖積舎 2004 p299

はまぐり秘文
　◇「横溝正史時代小説コレクション捕物篇 3」出版芸術社 2004 p21

浜千鳥
　◇「目取真俊短篇小説選集 3」影書房 2013 p345

はまなし
　◇「大庭みな子全集 12」日本経済新聞出版社 2010 p122

ハマナシ
　◇「大庭みな子全集 12」日本経済新聞出版社 2010 p325

浜梨
　◇「大庭みな子全集 7」日本経済新聞出版社 2009 p191

濱茄子
　◇「中戸川吉二作品集」勉誠出版 2013 p427

玫瑰（はまなす）
　◇「決定版 三島由紀夫全集 37」新潮社 2004 p260

浜の女
　◇「小檜山博全集 6」柏艪舎 2006 p422

浜の女神
　◇「徳田秋聲全集 2」八木書店 1999 p452

浜辺の恐怖
　◇「大庭みな子全集 17」日本経済新聞出版社 2010 p46

浜辺のつばな
　◇「決定版 三島由紀夫全集 37」新潮社 2004 p265

浜辺のつばな—August has come！
　◇「決定版 三島由紀夫全集 37」新潮社 2004 p265

ハマボッスのことなど
　◇「松下竜一未刊行著作集 3」海鳥社 2009 p211

浜元フミヨさんの「死に化粧」
　◇「石牟礼道子全集 16」藤原書店 2013 p389

浜木綿
　◇「定本 久生十蘭全集 3」国書刊行会 2009 p470

浜の甲羅（はまんこら）
　◇「石牟礼道子全集 15」藤原書店 2012 p51

はみだし生物学
　◇「小松左京全集 完全版 37」城西国際大学出版会 2010 p7

『はみ出した殺人者―当世犯罪巷談』（石田郁夫）
　◇「山田風太郎エッセイ集成 風呂風呂焚き唄」筑摩書房 2008 p178

羽虫
　◇「中井英夫全集 10」東京創元社 2002（創元ライブラリ）p16

ハムレット
　◇「定本 久生十蘭全集 6」国書刊行会 2010 p22

ハムレット
　◇「福田恆存評論集 19」麗澤大學出版會，廣池學園事業部〔発売〕2010 p207

ハムレットとラスコオリニコフ
　◇「小林秀雄全作品 21」新潮社 2004 p116
　◇「小林秀雄全集 補巻 3」新潮社 2010 p44

「ハムレット」に就いて
　◇「小林秀雄全作品 4」新潮社 2003 p221
　◇「小林秀雄全集 補巻 1」新潮社 2010 p216

「ハムレット」の舞台をめぐって〔鼎談〕（芥川比呂志，石沢秀二）
　◇「福田恆存対談・座談集 5」玉川大学出版部 2012 p185

はめ殺し窓
　◇「向田邦子全集 新版 1」文藝春秋 2009 p41

破滅
　◇「徳田秋聲全集 29」八木書店 2002 p243

"破滅芸人"奮戦す
　◇「野坂昭如エッセイ・コレクション 2」筑摩書房 2004（ちくま文庫）p119

破滅志願
　◇「20世紀断層―野坂昭如単行本未収録小説集成 1」幻戯書房 2010 p410

ハメット
　◇「江戸川乱歩全集 30」光文社 2005（光文社文庫）p673

破滅と再生1〔インタビュー〕（栗坪良樹）
　◇「安部公房全集 28」新潮社 2000 p131

破滅と再生2〔インタビュー〕（小林恭二）
　◇「安部公房全集 28」新潮社 2000 p352

はめまらのこと
　◇「田中小実昌エッセイ・コレクション 4」筑摩書房 2003（ちくま文庫）p280

ハーモニカ
　◇「小松左京全集 完全版 16」城西国際大学出版会 2011 p181

刃物の光
　◇「辻井喬コレクション 7」河出書房新社 2003 p434

破門
　◇「坂口安吾全集 5」筑摩書房 1998 p217

早いが取柄手抜き風
　◇「向田邦子全集 新版 9」文藝春秋 2009 p136

速いということ
　◇「小檜山博全集 8」柏艪舎 2006 p285

早川徳治宛〔書簡〕
　◇「坂口安吾全集 16」筑摩書房 2000 p227

早く家に帰りたい
　◇「橋本治短篇小説コレクション S&Gグレイテスト・ヒッツ+1」筑摩書房 2006（ちくま文庫）p206

コミさんのはだか対談 早く大人になりたい "ガキ世代" の異色作家—ウソッぽいウソを書くことに変身した元ピンク女優 田中小実昌
◇「鈴木いづみコレクション 8」文遊社 1998 p40

早く助け出して
◇「遠藤周作エッセイ選集 1」光文社 2006（知恵の森文庫）p90

早口言葉
◇「井上ひさしコレクション ことばの巻」岩波書店 2005 p27

早くつぶれてほしい
◇「阿川弘之全集 18」新潮社 2007 p239

林
◇「大庭みな子全集 17」日本経済新聞出版社 2010 p9

林を拓く
◇「決定版 三島由紀夫全集 37」新潮社 2004 p683

林京子さんへ—冬の光が石畳道に
◇「〔野呂邦暢〕随筆コレクション 1」みすず書房 2014 p266

林京子さんの棲み家
◇「大庭みな子全集 13」日本経済新聞出版社 2010 p345

林京子の「そのどき」
◇「小田実全集 評論 34」講談社 2013 p208

林京子「祭りの場」
◇「〔野呂邦暢〕随筆コレクション 2」みすず書房 2014 p378

林征二よう！
◇「田中小実昌エッセイ・コレクション 2」筑摩書房 2002（ちくま文庫）p80

林大将
◇「徳田秋聲全集 23」八木書店 2001 p46

林竹二さん
◇「石牟礼道子全集 14」藤原書店 2008 p203

〔林達夫〕わが園をたがやす人
◇「佐々木基一全集 5」河出書房新社 2013 p37

林の声
◇「大庭みな子全集 6」日本経済新聞出版社 2009 p158

林の声
◇「古井由吉自撰作品 8」河出書房新社 2012 p300

林の中で
◇「上野壮夫全集 1」図書新聞 2010 p204

林房雄
◇「小林秀雄全作品 13」新潮社 2003 p233
◇「小林秀雄全集 補巻 2」新潮社 2010 p196

林房雄「壮年」
◇「小林秀雄全作品 9」新潮社 2003 p92
◇「小林秀雄全集 補巻 1」新潮社 2010 p461

林房雄の「青年」
◇「小林秀雄全作品 5」新潮社 2003 p132
◇「小林秀雄全集 補巻 1」新潮社 2010 p265

林房雄「浪曼主義のために」
◇「小林秀雄全作品 7」新潮社 2003 p241
◇「小林秀雄全集 補巻 1」新潮社 2010 p399

林房雄論
◇「決定版 三島由紀夫全集 32」新潮社 2003 p337

林芙美子の印象
◇「小林秀雄全作品 5」新潮社 2003 p157
◇「小林秀雄全集 補巻 1」新潮社 2010 p271

林家三平の苦渋
◇「色川武大・阿佐田哲也エッセイズ 2」筑摩書房 2003（ちくま文庫）p84

早すぎた終焉
◇「阿川弘之全集 18」新潮社 2007 p439

はやすぎた夏
◇「20世紀断層—野坂昭如単行本未収録小説集成 3」幻戯書房 2010 p56

早すぎる賀状
◇「小松左京全集 完全版 25」城西国際大学出版会 2017 p420

早田雄二氏とヌード
◇「決定版 三島由紀夫全集 32」新潮社 2003 p150

はやってない仙台の狐狸庵
◇「遠藤周作エッセイ選集 2」光文社 2006（知恵の森文庫）p174

早とちり
◇「小松左京全集 完全版 25」城西国際大学出版会 2017 p237

早寝
◇「徳田秋聲全集 9」八木書店 1998 p320

隼の城
◇「宮城谷昌光全集 2」文藝春秋 2003 p180

隼別王子の叛乱
◇「田辺聖子全集 4」集英社 2005 p7

「速水女塾」について
◇「決定版 三島由紀夫全集 27」新潮社 2003 p230

『速水不染集第三巻 生活の詩化』愛嬌ある人生記録
◇「徳田秋聲全集 別巻」八木書店 2006 p112

「早メシ食い」のことから
◇「小田実全集 評論 17」講談社 2012 p38

はやり唄
◇「隆慶一郎全集 19」新潮社 2010 p407

はやり・すたり
◇「小酒井不木随筆評論選集 8」本の友社 2004 p96

はやる心に
◇「松下竜一未刊行著作集 3」海鳥社 2009 p76

バヤンの浸菜
◇「定本 久生十蘭全集 10」国書刊行会 2011 p102

薔薇
◇「辻井喬コレクション 7」河出書房新社 2003 p316

はら

薔薇
- ◇「定本 久生十蘭全集 10」国書刊行会 2011 p286
- ◇「定本 久生十蘭全集 10」国書刊行会 2011 p380

薔薇
- ◇「丸谷才一全集 12」文藝春秋 2014 p419

薔薇
- ◇「決定版 三島由紀夫全集 17」新潮社 2002 p555

バラァド―à Mill.K.Milani
- ◇「決定版 三島由紀夫全集 37」新潮社 2004 p747

払い残り
- ◇「内田百閒集成 5」筑摩書房 2003（ちくま文庫）p151

バラ色にしよう、キミの未来
- ◇「小松左京全集 完全版 44」城西国際大学出版会 2014 p42

バラ色の幻想より悲しい歴史を
- ◇「小松左京全集 完全版 28」城西国際大学出版会 2006 p160

バラ色の繁果―スパイ小説について
- ◇「中井英夫全集 7」東京創元社 1998（創元ライブラリ）p612

ばら色の人生？
- ◇「鈴木いづみセカンド・コレクション 3」文遊社 2004 p140

薔薇王
- ◇「横溝正史探偵小説コレクション 1」出版芸術社 2004 p154

腹を立てた外人女性
- ◇「小島信夫批評集成 4」水声社 2010 p377

ばらを摘みとれ
- ◇「安部公房全集 8」新潮社 1998 p155

パラオ・レノン
- ◇「小檜山博全集 5」柏艪舎 2006 p7

薔薇海溝
- ◇「水上勉ミステリーセレクション 薔薇海溝」光文社 2007（光文社文庫）p7

腹がたつ節約美徳論
- ◇「福田恆存評論集 18」麗澤大學出版會, 廣池學園事業部〔発売〕2010 p253

薔薇が、薔薇で……
- ◇「中井英夫全集 6」東京創元社 1996（創元ライブラリ）p516

腹がへる
- ◇「小檜山博全集 8」柏艪舎 2006 p112

腹が弱い
- ◇「德田秋聲全集 20」八木書店 2001 p118

はらから
- ◇「德田秋聲全集 2」八木書店 1999 p30

「薔薇刑」体験記
- ◇「決定版 三島由紀夫全集 32」新潮社 2003 p475

「薔薇刑」について〔対談〕（細江英公）
- ◇「決定版 三島由紀夫全集 39」新潮社 2004 p368

薔薇幻視
- ◇「中井英夫全集 11」東京創元社 2000（創元ライブラリ）p7

原城趾にて―愚行と宿命
- ◇「野呂邦暢 随筆コレクション 2」みすず書房 2014 p179

原石鼎 二百二十年めの風雅 増補新版
- ◇「小島信夫批評集成 7」水声社 2011 p221

原節子のパール入りネイル・エナメルの光り方は異様だ
- ◇「金井美恵子エッセイ・コレクション―1964-2013 4」平凡社 2014 p193

薔薇戰争
- ◇「福田恆存評論集 20」麗澤大學出版會, 廣池學園事業部〔発売〕2011 p95

薔薇荘殺人事件
- ◇「鮎川哲也コレクション 悪魔はここに」光文社 2007（光文社文庫）p79

パラソル
- ◇「石牟礼道子全集 1」藤原書店 2004 p257

原田奈翁雄との対談 『椿の海の記』をめぐって
- ◇「石牟礼道子全集 4」藤原書店 2004 p288

原田正純との対談 判決は命を片づける儀式だ
- ◇「石牟礼道子全集 3」藤原書店 2004 p504

原民喜
- ◇「佐々木基一全集 4」河出書房新社 2013 p400
- ◇「佐々木基一全集 10」河出書房新社 2013 p770

原民喜―核問題を考える契機に
- ◇「佐々木基一全集 10」河出書房新社 2013 p771

原民喜断想
- ◇「佐々木基一全集 10」河出書房新社 2013 p764

原民喜と大田洋子さんのこと
- ◇「佐々木基一全集 5」河出書房新社 2013 p203

原民喜と巻いた歌仙
- ◇「佐々木基一全集 6」河出書房新社 2012 p384

原民喜とわたし
- ◇「佐々木基一全集 5」河出書房新社 2013 p201

原民喜における死と生
- ◇「佐々木基一全集 10」河出書房新社 2013 p779

原民喜入門
- ◇「佐々木基一全集 10」河出書房新社 2013 p766

原民喜の二十一回忌に思う
- ◇「佐々木基一全集 5」河出書房新社 2013 p206

原民喜没後三十年回顧展におもう
- ◇「佐々木基一全集 10」河出書房新社 2013 p783

原田・メデル戦
- ◇「決定版 三島由紀夫全集 34」新潮社 2003 p294

原田康子『石狩挽歌』
- ◇「小檜山博全集 6」柏艪舎 2006 p330

腹ちがい
- ◇「德田秋聲全集 30」八木書店 2002 p30

『パラッツィ・イタリア語辞典』
　◇「須賀敦子全集 4」河出書房新社 2007（河出文庫）p571
原っぱ
　◇「立松和平全小説 1」勉誠出版 2010 p236
薔人
　◇「中井英夫全集 3」東京創元社 1996（創元ライブラリ）p457
薔薇と海賊―三幕
　◇「決定版 三島由紀夫全集 23」新潮社 2002 p65
薔薇と海賊について
　◇「決定版 三島由紀夫全集 30」新潮社 2003 p246
「薔薇と海賊」について（「この芝居の……」）
　◇「決定版 三島由紀夫全集 36」新潮社 2003 p359
「薔薇と海賊」について（「世界は虚妄だ、……」）
　◇「決定版 三島由紀夫全集 30」新潮社 2003 p320
薔薇と狂気と
　◇「中井英夫全集 7」東京創元社 1998（創元ライブラリ）p175
腹にためずに云ひたい事は云ふ可し
　◇「徳田秋聲全集 23」八木書店 2001 p304
薔薇についてのヴァリエーション[翻訳]（ウンベルト・サバ）
　◇「須賀敦子全集 5」河出書房新社 2008（河出文庫）p359
薔薇の雨
　◇「田辺聖子全集 16」集英社 2005 p485
薔薇の戒め
　◇「中井英夫全集 3」東京創元社 1996（創元ライブラリ）p468
薔薇の縛め
　◇「中井英夫全集 3」東京創元社 1996（創元ライブラリ）p327
バラの枝
　◇「立松和平全小説 18」勉誠出版 2012 p171
薔薇の騎士―秦豊吉氏と語る
　◇「定本 久生十蘭全集 10」国書刊行会 2011 p32
薔薇の木に
　◇「四季桂子全集」皆進社 2013 p27
原の笹山一騎討
　◇「国枝史郎伝奇短篇小説集成 1」作品社 2006 p260
薔薇の旅 ただし過去への
　◇「中井英夫全集 7」東京創元社 1998（創元ライブラリ）p488
薔薇のタンゴ
　◇「金井美恵子自選短篇集 恋人たち／降誕祭の夜」講談社 2015（講談社文芸文庫）p171
薔薇の力
　◇「中井英夫全集 7」東京創元社 1998（創元ライブラリ）p534

薔薇の沈黙―リルケ論の試み
　◇「辻邦生全集 15」新潮社 2005 p371
「薔薇のなかに」―童謡として（「薔薇のなかに……」改題）
　◇「決定版 三島由紀夫全集 37」新潮社 2004 p532
胎の忍法帖
　◇「山田風太郎忍法帖短篇全集 5」筑摩書房 2004（ちくま文庫）p81
薔薇の睡り
　◇「辻邦生全集 7」新潮社 2004 p160
腹の蟲
　◇「佐々木基一全集 1」河出書房新社 2013 p78
薔薇の夜を旅するとき
　◇「中井英夫全集 3」東京創元社 1996（創元ライブラリ）p136
バラのリボン
　◇「松下竜一未刊行著作集 2」海鳥社 2008 p26
薔薇の円舞曲（ワルツ）
　◇「徳田秋聲全集 30」八木書店 2002 p269
原ひろ子著『ヘヤー・インディアンとその世界』―第2回新潮学芸賞選評
　◇「安部公房全集 28」新潮社 2000 p421
『薔薇ふみ』と『時に岸なし』 第16回高見順賞
　◇「大庭みな子全集 24」日本経済新聞出版社 2011 p64
原文兵衛・無口の秀才
　◇「福田恆存評論集 別巻」麗澤大學出版會, 廣池學園事業部〔発売〕 2011 p175
薔薇、百合、鳩、日―訳詩（ハイネ）
　◇「決定版 三島由紀夫全集 37」新潮社 2004 p281
薔薇連想
　◇「渡辺淳一自選短篇コレクション 2」朝日新聞社 2006 p69
波瀾
　◇「上野壮夫全集 2」図書新聞 2009 p259
葉蘭
　◇「内田百閒集成 4」筑摩書房 2003（ちくま文庫）p175
ぱらんせ
　◇「深冚夏衣作品集」新幹社 2015 p219
針
　◇「石上玄一郎作品集 1」日本図書センター 2004 p5
　◇「石上玄一郎小説作品集成 1」未知谷 2008 p21
バリアフリーの世界 川端さんのこと
　◇「大庭みな子全集 23」日本経済新聞出版社 2011 p209
パリ・イェルサレム
　◇「日影丈吉全集 8」国書刊行会 2004 p566
パリ・イスタンブール
　◇「日影丈吉全集 8」国書刊行会 2004 p530

はりう

ハリウッドの妖精—それは老人たちの輝く瞳と、しなやかな肉体のことだ
◇「金井美恵子エッセイ・コレクション―1964-2013 4」平凡社 2014 p180

ハリエット
◇「大庭みな子全集 16」日本経済新聞出版社 2010 p101

針金の洋服掛け
◇「辻井喬コレクション 7」河出書房新社 2003 p401

馬力にうたる
◇「坂口安吾全集 14」筑摩書房 1999 p129

はり毛はり紙花川戸
◇「井上ひさし短編中編小説集成 4」岩波書店 2015 p275

張込み
◇「松本清張自選短篇集 1」リブリオ出版 2007 p7
◇「松本清張映画化作品集 3」双葉社 2008（双葉文庫）p7
◇「松本清張短編全集 03」光文社 2008（光文社文庫）p5
◇「松本清張傑作選 黒い手帖からのサイン」新潮社 2009 p249
◇「松本清張傑作選 黒い手帖からのサイン」新潮社 2013（新潮文庫）p355

パリ・三人旅
◇「田中志津全作品集 下巻」武蔵野書院 2013 p185

パリで講義をした頃
◇「辻邦生全集 16」新潮社 2005 p110

パリで見た映画のことなど
◇「佐々木基一全集 6」河出書房新社 2012 p367

パリで読んだトーマス・マン
◇「辻邦生全集 18」新潮社 2005 p148

パリで、レニングラードで
◇「佐々木基一全集 6」河出書房新社 2012 p130

バリ島紀行―藤枝さんのこと
◇「大庭みな子全集 23」日本経済新聞出版社 2011 p85

パリに着く
◇「辻邦生全集 16」新潮社 2005 p341

パリにほれず
◇「決定版 三島由紀夫全集 27」新潮社 2003 p645

巴里の雨
◇「定本 久生十蘭全集 7」国書刊行会 2010 p137

パリのアメリカ女
◇「大庭みな子全集 2」日本経済新聞出版社 2009 p293

パリの遠近
◇「辻邦生全集 18」新潮社 2005 p395

パリの北杜夫
◇「辻邦生全集 16」新潮社 2005 p208

パリの黒澤監督
◇「辻邦生全集 19」新潮社 2005 p471

針の誘い
◇「土屋隆夫コレクション新装版 針の誘い」光文社 2002（光文社文庫）p7

パリの芝居見物—パリにて
◇「決定版 三島由紀夫全集 27」新潮社 2003 p642

パリの空今日も晴れて
◇「辻邦生全集 7」新潮社 2004 p90

パリの体臭（石井好子著「女ひとりの巴里ぐらし」推薦文）
◇「決定版 三島由紀夫全集 28」新潮社 2003 p531

パリの時旅の時
◇「辻邦生全集 17」新潮社 2005 p112

パリの日本料理店
◇「山田風太郎エッセイ集成 風山房風呂焚き唄」筑摩書房 2008 p76

パリの光パリの雲
◇「辻邦生全集 17」新潮社 2005 p371

パリのプッサン展から
◇「辻邦生全集 19」新潮社 2005 p191

パリの古い街角から
◇「辻邦生全集 18」新潮社 2005 p170

針のむしろか、血の池か—中上健次『十九歳の地図』
◇「金鶴泳作品集 2」クレイン 2006 p635

パリの宿での奈良原一高
◇「小島信夫批評集成 7」水声社 2011 p554

張りの吉原
◇「隆慶一郎全集 7」新潮社 2009 p431
◇「隆慶一郎短編全集 2」日本経済新聞出版社 2014（日経文芸文庫）p145

「パリュウド」について
◇「小林秀雄全作品 6」新潮社 2003 p216
◇「小林秀雄全集 補巻 1」新潮社 2010 p323

パリ行最終便
◇「渡辺淳一自選短篇コレクション 3」朝日新聞社 2006 p5

馬陵の戦い
◇「宮城谷昌光全集 21」文藝春秋 2004 p446

ハル
◇「江戸川乱歩全集 30」光文社 2005（光文社文庫）p692

春
◇「石牟礼道子全集 15」藤原書店 2012 p55

春
◇「徳田秋聲全集 29」八木書店 2002 p187

〈春〉
◇「中井英夫全集 2」東京創元社 1998（創元ライブラリ）p558

春
◇「宮本百合子全集 9」新日本出版社 2001 p275

春嵐
◇「天城一傑作集 2」日本評論社 2005 p484

春 有明の潟で
　◇「〔野呂邦暢〕随筆コレクション 1」みすず書房 2014 p29
春一便―工場で考えたこと
　◇「松田解子自選集 8」澤田出版 2008 p361
春（「凍てし……」）
　◇「決定版 三島由紀夫全集 37」新潮社 2004 p91
春うらら
　◇「大庭みな子全集 23」日本経済新聞出版社 2011 p373
春うらら、ういたういたの別府航路
　◇「小松左京全集 完全版 29」城西国際大学出版会 2007 p76
春を想う
　◇「大庭みな子全集 15」日本経済新聞出版社 2010 p522
春を待つ
　◇「徳田秋聲全集 23」八木書店 2001 p152
春が来た
　◇「決定版 三島由紀夫全集 36」新潮社 2003 p438
春が来た
　◇「向田邦子全集 新版 3」文藝春秋 2009 p169
春が来るのに
　◇「松田解子自選集 9」澤田出版 2009 p60
はるかな風の音（『私の父、私の母』より）
　◇「大庭みな子全集 18」日本経済新聞出版社 2010 p367
遙かな旅
　◇「原民喜戦後全小説」講談社 2015（講談社文芸文庫）p225
はるかな道―「くれない」について
　◇「宮本百合子全集 13」新日本出版社 2001 p363
遥かなり東京
　◇「笹沢左保コレクション新装版 取調室」光文社 2008（光文社文庫）p283
遥かなる彼方
　◇「宮本百合子全集 20」新日本出版社 2002 p59
「遥かなる彼方」創作メモ
　◇「宮本百合子全集 20」新日本出版社 2002 p56
遥かなる戦場
　◇「〔野呂邦暢〕随筆コレクション 1」みすず書房 2014 p114
春から夏へ
　◇「徳田秋聲全集 13」八木書店 1998 p303
「春から……」（「春から」改題）
　◇「決定版 三島由紀夫全集 37」新潮社 2004 p385
春来る
　◇「徳田秋聲全集 16」八木書店 1999 p73
春子
　◇「決定版 三島由紀夫全集 16」新潮社 2002 p507
「春子」異稿
　◇「決定版 三島由紀夫全集 20」新潮社 2002 p727

「春子」創作ノート
　◇「決定版 三島由紀夫全集 16」新潮社 2002 p687
春子のくらげ
　◇「大庭みな子全集 16」日本経済新聞出版社 2010 p133
春衣（一四首）
　◇「石牟礼道子全集 1」藤原書店 2004 p549
春さき
　◇「徳田秋聲全集 9」八木書店 1998 p168
春先の突風
　◇「決定版 三島由紀夫全集 32」新潮社 2003 p51
春咲け、夏照れ
　◇「松田解子自選集 7」澤田出版 2008 p347
バルザック
　◇「宮本百合子全集 20」新日本出版社 2002 p684
バルザック型とハアデイ型と
　◇「徳田秋聲全集 22」八木書店 2001 p25
「バルザック全集」I
　◇「小林秀雄全作品 6」新潮社 2003 p83
　◇「小林秀雄全集 補巻 1」新潮社 2010 p294
「バルザック全集」II
　◇「小林秀雄全作品 23」新潮社 2004 p71
　◇「小林秀雄全集 補巻 3」新潮社 2010 p186
バルザックに対する評価
　◇「宮本百合子全集 12」新日本出版社 2001 p73
バルザックについてのノート
　◇「宮本百合子全集 15」新日本出版社 2001 p370
バルザックの開くもの
　◇「辻邦生全集 18」新潮社 2005 p329
春寒（探偵小説のこと、渡辺温君のこと）
　◇「谷崎潤一郎全集 15」中央公論新社 2016 p480
春雨
　◇「決定版 三島由紀夫全集 37」新潮社 2004 p36
春雨物語
　◇「大庭みな子全集 19」日本経済新聞出版社 2010 p331
『親友（パル）・ジョーイ』（J・オハラ）
　◇「田中小実昌エッセイ・コレクション 5」筑摩書房 2003（ちくま文庫）p243
春蟬（九首）
　◇「石牟礼道子全集 1」藤原書店 2004 p537
バルセロナの書盗
　◇「小沼丹全集 1」未知谷 2004 p44
バルセロナのピカソ美術館
　◇「佐々木基一全集 6」河出書房新社 2012 p302
バルダサアルの死
　◇「決定版 三島由紀夫全集 26」新潮社 2003 p577
春團治のことその他
　◇「谷崎潤一郎全集 21」中央公論新社 2016 p474
バルチャ打鈴
　◇「深沢夏衣作品集」新幹社 2015 p147

はるて

春で朧ろでご縁日
　◇「都筑道夫恐怖短篇集成 2」筑摩書房 2004（ちくま文庫）p245

春遠し
　◇「宮本百合子全集 16」新日本出版社 2002 p219

春、夏、秋
　◇「谷崎潤一郎全集 14」中央公論新社 2016 p508

榛名の血煙
　◇「三角寛サンカ選集第二期 10」現代書館 2005 p201

春 南方のローマンス
　◇「天城一傑作集 3」日本評論社 2006 p367

春にパリで思ったこと
　◇「辻邦生全集 16」新潮社 2005 p137

春に見出す趣味と感想
　◇「徳田秋聲全集 23」八木書店 2001 p255

春の雨
　◇「決定版 三島由紀夫全集 26」新潮社 2003 p15

春の歌―戯詩
　◇「決定版 三島由紀夫全集 37」新潮社 2004 p727

春の海辺 三幕
　◇「谷崎潤一郎全集 2」中央公論新社 2016 p407

春の怨み
　◇「渡辺淳一自選短篇コレクション 3」朝日新聞社 2006 p155

春のうららの隅田川
　◇「20世紀断層―野坂昭如単行本未収録小説集成 3」幻戯書房 2010 p425

春の憂ひ
　◇「小寺菊子作品集 3」桂書房 2014 p57

春の落ち葉
　◇「石牟礼道子全集 14」藤原書店 2008 p528

春の落葉
　◇「石牟礼道子全集 7」藤原書店 2005 p396

春の狐
　◇「決定版 三島由紀夫全集 37」新潮社 2004 p715

春の軍隊
　◇「小松左京全集 完全版 19」城西国際大学出版会 2013 p349

春の声
　◇「金井美恵子自選短篇集 砂の粒／孤独な場所で」講談社 2014（講談社文芸文庫）p153

春の辞（ことば）
　◇「徳田秋聲全集 23」八木書店 2001 p6

春の祭典
　◇「石上玄一郎作品集 3」日本図書センター 2004 p167
　◇「石上玄一郎小説作品集成 3」未知谷 2008 p289

春の三座
　◇「徳田秋聲全集 20」八木書店 2001 p53

春の潮
　◇「辻邦生全集 6」新潮社 2004 p188

春の蜆
　◇「石牟礼道子全集 14」藤原書店 2008 p522

春の時代の殺人
　◇「天城一傑作集 3」日本評論社 2006 p264

春の城
　◇「阿川弘之全集 1」新潮社 2005 p299

春の城
　◇「石牟礼道子全集 13」藤原書店 2007 p9

『春の城』執筆を終えて
　◇「石牟礼道子全集 13」藤原書店 2007 p691

春の精神状態
　◇「小酒井不木随筆評論選集 7」本の友社 2004 p261

春の空
　◇「決定版 三島由紀夫全集 37」新潮社 2004 p296

春の戴冠 上
　◇「辻邦生全集 9」新潮社 2005 p7

春の戴冠 下
　◇「辻邦生全集 10」新潮社 2005 p7

春の月
　◇「梅崎春生作品集 3」沖積舎 2004 p52

春の月
　◇「徳田秋聲全集 4」八木書店 1999 p100

春、のっぽりと
　◇「大庭みな子全集 15」日本経済新聞出版社 2010 p243

春の鳥
　◇「石牟礼道子全集 15」藤原書店 2012 p374

春の鳥
　◇「大庭みな子全集 14」日本経済新聞出版社 2010 p344

春の日曜の一日
　◇「小島信夫短篇集成 1」水声社 2014 p15

春の話
　◇「田村泰次郎選集 1」日本図書センター 2005 p195

春の花に寄せて、春の花に題す
　◇「決定版 三島由紀夫全集 20」新潮社 2002 p579

春の日
　◇「古井由吉自撰作品 7」河出書房新社 2012 p287

春の光
　◇「林京子全集 7」日本図書センター 2005 p111

春信
　◇「内田百閒集成 7」筑摩書房 2003（ちくま文庫）p177

春の婦人職員探訪
　◇「松田解子自選集 8」澤田出版 2008 p36

春の頁
　◇「徳田秋聲全集 22」八木書店 2001 p326

春の訪客
　◇「坂口安吾全集 13」筑摩書房 1999 p440

春の埃
　◇「決定版 三島由紀夫全集 37」新潮社 2004 p477
春の墓標
　◇「辻井喬コレクション 7」河出書房新社 2003 p193
春の本部
　◇「松下竜一未刊行著作集 1」海鳥社 2008 p328
春の窓
　◇「山田風太郎エッセイ集成 秀吉はいつ知ったか」筑摩書房 2008 p10
春の湖（藤枝静男）
　◇「大庭みな子全集 23」日本経済新聞出版社 2011 p250
春のめざめは紫の巻
　◇「田辺聖子全集 17」集英社 2005 p586
春の山
　◇「定本 久生十蘭全集 9」国書刊行会 2011 p587
春の雪
　◇「石牟礼道子全集 11」藤原書店 2005 p495
春の雪
　◇「決定版 三島由紀夫全集 13」新潮社 2001 p9
「春の雪」創作ノート
　◇「決定版 三島由紀夫全集 14」新潮社 2002 p651
「春の雪」について（「『春の雪』は……」）
　◇「決定版 三島由紀夫全集 35」新潮社 2003 p515
「春の雪」について（「プルウストは……」）
　◇「決定版 三島由紀夫全集 35」新潮社 2003 p661
春ノ夜ノ海辺
　◇「アンドロギュノスの裔 渡辺温全集」東京創元社 2011（創元推理文庫）p323
パールハーバー（幻のシノプシス四話）
　◇「山崎豊子全集 第2期 第2期4」新潮社 2014 p341
春（「春が来た……」）
　◇「決定版 三島由紀夫全集 37」新潮社 2004 p50
春（「春だ……」）
　◇「決定版 三島由紀夫全集 37」新潮社 2004 p32
春（「春はくる……」）
　◇「決定版 三島由紀夫全集 37」新潮社 2004 p25
春ひと日
　◇「瀬戸内寂聴随筆選 2」ゆまに書房 2009 p145
パルプ材
　◇「小松左京全集 完全版 43」城西国際大学出版会 2014 p367
ハルポックとスタマールの絵印
　◇「三橋一夫ふしぎ小説集成 3」出版芸術社 2005 p147
春満々
　◇「徳田秋聲全集 30」八木書店 2002 p3
春三たび
　◇「山本周五郎中短篇秀作選集 3」小学館 2006 p41
　◇「山本周五郎長篇小説集 4」新潮社 2013 p125

『パルムの僧院』と現実理解
　◇「辻邦生全集 18」新潮社 2005 p309
春休み
　◇「井上ひさし短編中編小説集成 11」岩波書店 2015 p72
春山行夫の批評について
　◇「田村泰次郎選集 5」日本図書センター 2005 p144
春は名のみか
　◇「天城一傑作集 3」日本評論社 2006 p241
バレエ「ミランダ」について
　◇「決定版 三島由紀夫全集 35」新潮社 2003 p243
バレエ「憂国」について
　◇「決定版 三島由紀夫全集 35」新潮社 2003 p141
晴着
　◇「山崎豊子全集 5」新潮社 2004 p443
バーレスクと文学史―ヴァージニア・ウルフ
　◇「丸谷才一全集 11」文藝春秋 2014 p365
晴れた日に
　◇「林京子全集 3」日本図書センター 2005 p289
破裂のために集中する〔対談〕（石川淳）
　◇「決定版 三島由紀夫全集 40」新潮社 2004 p723
晴雨計
　◇「大庭みな子全集 11」日本経済新聞出版社 2010 p328
バレない浮気なんてつまらない！　女の浮気術
　◇「鈴木いづみセカンド・コレクション 3」文遊社 2004 p88
晴れの日の紅をさして
　◇「石牟礼道子全集 4」藤原書店 2004 p504
白蘭花（バレホ）
　◇「田村泰次郎選集 2」日本図書センター 2005 p32
晴れやかなわらい
　◇「石牟礼道子全集 3」藤原書店 2004 p427
バレンチノがスカウトにきた
　◇「田中小実昌エッセイ・コレクション 3」筑摩書房 2002（ちくま文庫）p163
ハレンチの果て
　◇「小松左京全集 完全版 17」城西国際大学出版会 2012 p258
ハロー
　◇「中上健次集 10」インスクリプト 2017 p550
波浪
　◇「小檜山博全集 2」柏艪舎 2006 p383
ハロウィーン、クリスマス
　◇「林京子全集 8」日本図書センター 2005 p114
『バロック協奏曲』の時間
　◇「辻邦生全集 19」新潮社 2005 p46
バロックの詩と真実
　◇「辻邦生全集 19」新潮社 2005 p130
パロディ志願
　◇「井上ひさしコレクション 人間の巻」岩波書店

2005 p243
パロディー 昭和元禄江戸の春
　◇「井上ひさし短編中編小説集成 3」岩波書店 2014 p423
ハロンの航空隊（アンボン島）（自八月十三日至八月二十日）
　◇「定本 久生十蘭全集 10」国書刊行会 2011 p625
ハワイへ「歩」
　◇「小檜山博全集 6」柏艪舎 2006 p387
ハワイ解放闘争と「カウリケ」
　◇「小田実全集 評論 36」講談社 2014 p161
ハワイ島紀行
　◇「大庭みな子全集 15」日本経済新聞出版社 2010 p518
布哇の弗
　◇「内田百閒集成 5」筑摩書房 2003（ちくま文庫）p66
ハワイの名なし映画館
　◇「田中小実昌エッセイ・コレクション 3」筑摩書房 2002（ちくま文庫）p230
ハワイの美味
　◇「阿川弘之全集 20」新潮社 2007 p75
"パワーがあり流れ作業のようなもの"の方へ
　◇「金井美恵子エッセイ・コレクション―1964-2013 1」平凡社 2013 p279
ハワード・ホークスはM・モンローについて、「非現実的でリアルなところが何一つとしてなかった」と語る。そのような女優を、映画はいかに撮るべきか
　◇「金井美恵子エッセイ・コレクション―1964-2013 4」平凡社 2014 p332
反＝イメージ論
　◇「金井美恵子エッセイ・コレクション―1964-2013 1」平凡社 2013 p259
繁栄のイメージの先取り
　◇「小田実全集 評論 4」講談社 2010 p266
「繁栄」の文学
　◇「小田実全集 評論 9」講談社 2011 p148
挽歌
　◇「中井英夫全集 10」東京創元社 2002（創元ライブラリ）p109
番街「絵巻の霞」
　◇「決定版 三島由紀夫全集 36」新潮社 2003 p530
挽歌一篇
　◇「決定版 三島由紀夫全集 37」新潮社 2004 p710
「番外」の重大な小説―ジョン・オカダ「ノー・ノー・ボーイ」
　◇「小田実全集 評論 12」講談社 2011 p213
版画画廊の殺人
　◇「定本 荒巻義雄メタSF全集 7」彩流社 2015 p171
反核運動の欺瞞―私の死生観
　◇「福田恆存評論集 20」麗澤大學出版會，廣池學園事業部〔発売〕2011 p347

反革命宣言
　◇「決定版 三島由紀夫全集 35」新潮社 2003 p389
反価値の価値―今、頭上を一台の銀翼飛行機が翔んで行く……
　◇「田村泰次郎選集 5」日本図書センター 2005 p59
ハンガーとコルセット
　◇「定本 荒巻義雄メタSF全集 7」彩流社 2015 p397
晩夏の星雲
　◇「辺見庸掌編小説集 黒版」角川書店 2004 p21
ハンガリア動乱の意味するもの
　◇「安部公房全集 7」新潮社 1998 p99
ハンガリー問題と文学者〔座談会〕（埴谷雄高，大西巨人）
　◇「安部公房全集 6」新潮社 1998 p215
〔判官巷を往く〕
　◇「坂口安吾全集 11」筑摩書房 1998 p375
「晩菊」などについて
　◇「決定版 三島由紀夫全集 27」新潮社 2003 p384
反基地・反戦貫く強い意志
　◇「松下竜一未刊行著作集 5」海鳥社 2009 p351
叛逆
　◇「徳田秋聲全集 36」八木書店 2004 p273
"反逆する女たち"が教えるもの
　◇「瀬戸内寂聴随筆選 2」ゆまに書房 2009 p23
反逆する風景
　◇「辺見庸掌編小説集 白版」角川書店 2004 p63
反教育論―'86東京国際円卓会議基調報告
　◇「安部公房全集 28」新潮社 2000 p317
反近代について〔鼎談〕（香山健一，島川聖一郎）
　◇「福田恆存対談・座談集 2」玉川大学出版部 2011 p325
ハングリイ精神
　◇「色川武大・阿佐田哲也エッセイズ 3」筑摩書房 2003（ちくま文庫）p248
反芸術に関する嗜好的一考察
　◇「金井美恵子エッセイ・コレクション―1964-2013 1」平凡社 2013 p520
反劇的人間〔対談〕（ドナルド・キーン）
　◇「安部公房全集 24」新潮社 1999 p245
判決迫る
　◇「松下竜一未刊行著作集 1」海鳥社 2008 p125
判決文と女
　◇「林京子全集 7」日本図書センター 2005 p398
反原発
　◇「松下竜一未刊行著作集 5」海鳥社 2009 p3
反抗と冒険―自画像
　◇「決定版 三島由紀夫全集 27」新潮社 2003 p181
反抗の力学
　◇「大庭みな子全集 23」日本経済新聞出版社 2011 p581
「板極道」に序す
　◇「谷崎潤一郎全集 24」中央公論新社 2016 p546

万国博を契機に一大都会化する千里ヶ丘
◇「小松左京全集 完全版 29」城西国際大学出版会 2007 p66

万国博会場敷地で感じた東京人の意識
◇「小松左京全集 完全版 29」城西国際大学出版会 2007 p62

万国博はもうはじまっている
◇「小松左京全集 完全版 28」城西国際大学出版会 2006 p260

反国旗
◇「松下竜一未刊行著作集 1」海鳥社 2008 p150

反骨のユーモア〔対談〕(長部日出雄)
◇「田辺聖子全集 別巻1」集英社 2006 p264

万古不易
◇「20世紀断層―野坂昭如単行本未収録小説集成 4」幻戯書房 2010 p110

反魂鏡
◇「小松左京全集 完全版 23」城西国際大学出版会 2015 p45

燔祭
◇「井上ひさし短編中編小説集成 1」岩波書店 2014 p311

犯罪閑話
◇「浜尾四郎全集 1」沖積舎 2004 p436

犯罪者的想像力の男―〈映画に見る私のフェティシズム〉
◇「鈴木いづみコレクション 7」文遊社 1997 p238

犯罪者永山則夫からの報告
◇「中上健次集 1」インスクリプト 2014 p542

犯罪者の人相
◇「小酒井不木随筆評論選集 4」本の友社 2004 p136
◇「小酒井不木随筆評論選集 4」本の友社 2004 p326

犯罪心理学より観たるゲルハイト・ハウプトマンの人々―A「日の出前」に就ての考察
◇「浜尾四郎全集 1」沖積舎 2004 p423

『犯罪世界地図』(ドン・ホワイトヘッド)
◇「田中小実昌エッセイ・コレクション 5」筑摩書房 2003 (ちくま文庫) p213

犯罪探偵エピソード
◇「小酒井不木随筆評論選集 4」本の友社 2004 p93

犯罪探偵茶話
◇「小酒井不木随筆評論選集 4」本の友社 2004 p93

犯罪探偵の今昔
◇「小酒井不木随筆評論選集 4」本の友社 2004 p1

犯罪調書
◇「井上ひさし短編中編小説集成 9」岩波書店 2015 p151

犯罪的想像力―エロス的詩学への八〇〇〇字
◇「寺山修司著作集 5」クインテッセンス出版 2009 p44

科學より觀たる犯罪と探偵
◇「小酒井不木随筆評論選集 1」本の友社 2004 p1

犯罪における「観客」の研究
◇「寺山修司著作集 5」クインテッセンス出版 2009 p442

犯罪人としてのマクベス及びマクベス夫人
◇「浜尾四郎全集 1」沖積舎 2004 p381

犯罪の家[翻訳](ベルナアル、トリスタン)
◇「定本 久生十蘭全集 11」国書刊行会 2012 p13

犯罪の進歩と探偵の進歩
◇「小酒井不木随筆評論選集 4」本の友社 2004 p1

犯罪の政治学
◇「寺山修司著作集 4」クインテッセンス出版 2009 p467

犯罪の地方色
◇「小酒井不木随筆評論選集 4」本の友社 2004 p112

犯罪白書(十一月三日)
◇「福田恆存評論集 18」麗澤大學出版會、廣池學園事業部〔発売〕 2010 p124

バンザイ、バンザイ、バンザイ
◇「林京子全集 8」日本図書センター 2005 p196

犯罪文学研究
◇「小酒井不木随筆評論選集 5」本の友社 2004 p1

犯罪文学と探偵物―その区別とその方法
◇「浜尾四郎全集 1」沖積舎 2004 p492

犯罪本能
◇「小酒井不木随筆評論選集 4」本の友社 2004 p105

犯罪落語考
◇「浜尾四郎全集 1」沖積舎 2004 p315

晩餐会
◇「内田百閒集成 17」筑摩書房 2004 (ちくま文庫) p22

蕃さんと私
◇「内田百閒集成 17」筑摩書房 2004 (ちくま文庫) p90

万事快調
◇「金井美恵子エッセイ・コレクション―1964-2013 4」平凡社 2014 p266

反時代的毒虫
◇「車谷長吉全集 3」新書館 2010 p384

反時代的毒虫の作法
◇「車谷長吉全集 3」新書館 2010 p522

反時代的な芸術家
◇「決定版 三島由紀夫全集 27」新潮社 2003 p85

反時代的人間―「コリオレイナス」名ぜりふ集
◇「福田恆存評論集 18」麗澤大學出版會、廣池學園事業部〔発売〕 2010 p236

半七劇素人評
◇「江戸川乱歩全集 24」光文社 2005 (光文社文庫) p228

はんし

半七雑感
  ◇「国枝史郎探偵小説全集」作品社 2005 p323
反射
  ◇「松本清張短編全集 07」光文社 2009（光文社文庫）p35
反社会性とは何か─あとがきにかえて
  ◇〔澁澤龍彦〕ホラー・ドラコニア少女小説集成 参」平凡社 2004 p111
晩酌（おやぢ）
  ◇「徳田秋聲全集 7」八木書店 1998 p192
晩秋
  ◇「小檜山博全集 4」柏艪舎 2006 p422
晩秋
  ◇「山本周五郎中短篇秀作選集 2」小学館 2005 p7
反宗教運動とは？─質問に答えて
  ◇「宮本百合子全集 11」新日本出版社 2001 p31
播州平野
  ◇「宮本百合子全集 6」新日本出版社 2001 p5
「播州平野」創作メモ
  ◇「宮本百合子全集 20」新日本出版社 2002 p693
晩秋・無人の富士山麓
  ◇「山田風太郎エッセイ集成 風山房風呂焚き唄」筑摩書房 2008 p119
「晩春騒夜」等々
  ◇「徳田秋聲全集 21」八木書店 2001 p225
晩春日記
  ◇「谷崎潤一郎全集 4」中央公論新社 2015 p379
班女
  ◇「決定版 三島由紀夫全集 22」新潮社 2002 p341
繁昌するメス
  ◇「松本清張傑作選 暗闇に嗤うドクター」新潮社 2009 p221
  ◇「松本清張傑作選 暗闇に嗤うドクター」新潮社 2013（新潮文庫）p313
班女について（「『班女』は私の……」）
  ◇「決定版 三島由紀夫全集 29」新潮社 2003 p593
班女について（「私は『班女』といふお能が……」）
  ◇「決定版 三島由紀夫全集 29」新潮社 2003 p150
「班女」の演出について
  ◇「福田恆存評論集 11」麗澤大学出版會,廣池學園事業部〔発売〕2009 p249
「班女」拝見
  ◇「決定版 三島由紀夫全集 27」新潮社 2003 p659
判事よ自らを裁け
  ◇「土屋隆夫コレクション新装版 危険な童話」光文社 2002（光文社文庫）p279
「阪神・淡路大震災」以後・これは「人間の国」「人間の文明」か
  ◇「小田実全集 評論 24」講談社 2012 p333
「阪神・淡路大震災」で見えて来たこと
  ◇「小田実全集 評論 29」講談社 2013 p187

阪神見聞録
  ◇「谷崎潤一郎全集 12」中央公論新社 2017 p395
半身像
  ◇「都筑道夫恐怖短篇集成 1」筑摩書房 2004（ちくま文庫）p189
「阪神大震災・情報研究ネットワークセンター」を
  ◇「小松左京全集 完全版 46」城西国際大学出版会 2016 p175
阪神大震災、「人災」のなかで怒り考える
  ◇「小田実全集 評論 21」講談社 2012 p9
阪神大震災 大都市圏直下型の初体験
  ◇「小松左京全集 完全版 46」城西国際大学出版会 2016 p218
阪神大震災と日本経済を語る〔座談会〕
  ◇「小松左京全集 完全版 46」城西国際大学出版会 2016 p276
阪神大震災の日 わが覚書
  ◇「小松左京全集 完全版 46」城西国際大学出版会 2016 p204
蛮人の惨刑
  ◇「徳田秋聲全集 27」八木書店 2002 p36
阪神の夏
  ◇「遠藤周作エッセイ選集 2」光文社 2006（知恵の森文庫）p247
反芻旅行
  ◇「向田邦子全集 新版 11」文藝春秋 2010 p53
半助と猫
  ◇「山本周五郎長篇小説全集 24」新潮社 2014 p60
反スタイルの記
  ◇「坂口安吾全集 4」筑摩書房 1998 p512
万世一虫
  ◇「20世紀断層─野坂昭如単行本未収録小説集成 5」幻戯書房 2010 p605
反政治的な、あまりに反政治的な…
  ◇「安部公房全集 25」新潮社 1999 p374
反省と慚愧を
  ◇「宮本百合子全集 20」新日本出版社 2002 p746
反戦対厭戦の思想
  ◇「野坂昭如エッセイ・コレクション 2」筑摩書房 2004（ちくま文庫）p109
「反戦」と「変革」、あるいは「インターナショナル」と「ウィ・シャル・オーバーカム」
  ◇「小田実全集 評論 20」講談社 2012 p26
反造形的な映画「おとし穴」
  ◇「安部公房全集 27」新潮社 2000 p101
半蔵の鳥
  ◇「中上健次集 7」インスクリプト 2012 p9
半袖ものがたり
  ◇「谷崎潤一郎全集 17」中央公論新社 2015 p363
ハンター
  ◇「野呂邦暢小説集成 1」文遊社 2013 p393

反対意志かきたてて耐える
　◇「松下竜一未刊行著作集 5」海鳥社 2009 p348
磐梯高原
　◇「開高健ルポルタージュ選集 日本人の遊び場」光文社 2007（光文社文庫）p139
「反対コトワザによる喧嘩問答歌」
　◇「井上ひさしコレクション ことばの巻」岩波書店 2005 p59
パンダの味
　◇「小松左京全集 完全版 39」城西国際大学出版会 2012 p90
パンタレイの酒場
　◇「稲垣足穂コレクション 1」筑摩書房 2005（ちくま文庫）p164
番太郎殺し
　◇「横溝正史時代小説コレクション捕物篇 2」出版芸術社 2004 p312
「判断者」としての知識人
　◇「小田実全集 評論 3」講談社 2010 p60
判断力批判 上・下（カント）
　◇「田中小実昌エッセイ・コレクション 5」筑摩書房 2003（ちくま文庫）p308
パンティかかえてゴ出勤
　◇「田中小実昌エッセイ・コレクション 4」筑摩書房 2003（ちくま文庫）p43
反貞女大学
　◇「決定版 三島由紀夫全集 33」新潮社 2003 p255
パンティの色とはき方
　◇「遠藤周作エッセイ選集 3」光文社 2006（知恵の森文庫）p97
半藤一利著「戦士の遺書」解説
　◇「阿川弘之全集 19」新潮社 2007 p274
反動ジャーナリズムのチェーン・ストア─森鶴子くんに答える
　◇「宮本百合子全集 11」新日本出版社 2001 p32
坂東武者と農民の「文化衝突」
　◇「小松左京全集 完全版 42」城西国際大学出版会 2014 p47
蕃拉布（ハンドカチフ）
　◇「定本 久生十蘭全集 2」国書刊行会 2009 p515
ハンドバッグ
　◇「向田邦子全集 新版 10」文藝春秋 2010 p74
ハンド・バッグの中
　◇「田中小実昌エッセイ・コレクション 4」筑摩書房 2003（ちくま文庫）p101
パンドラの匣
　◇「太宰治映画化原作コレクション 1」文藝春秋 2009（文春文庫）p183
パンドラの箱を開けた人─オッペンハイマー著『原子力は誰のものか』解説
　◇「松下竜一未刊行著作集 2」海鳥社 2009 p150
『半永一光写真集 ふれあい・撮るぞ』
　◇「石牟礼道子全集 14」藤原書店 2008 p450

半日
　◇「〔森〕鷗外近代小説集 1」岩波書店 2013 p157
半日の花
　◇「古井由吉自撰作品 8」河出書房新社 2012 p329
ハンニバル
　◇「小松左京全集 完全版 43」城西国際大学出版会 2014 p413
犯人
　◇「坂口安吾全集 13」筑摩書房 1999 p271
犯人
　◇「宮本百合子全集 18」新日本出版社 2002 p401
犯人さがし
　◇「安部公房全集 16」新潮社 1998 p7
「犯人さがし懸賞」正解者発表
　◇「坂口安吾全集 6」筑摩書房 1998 p210
犯人なおもて救われず
　◇「小松左京全集 完全版 21」城西国際大学出版会 2015 p344
万人の眼
　◇「上野壮夫全集 3」図書新聞 2011 p301
晩年
　◇「立松和平小説 27」勉誠出版 2014 p149
晩年
　◇「寺山修司著作集 4」クインテッセンス出版 2009 p40
晩年のホフマン
　◇「日影丈吉全集 別巻」国書刊行会 2005 p568
晩年まで
　◇「立松和平小説 別巻」勉誠出版 2015 p403
ハーンの教えるもの
　◇「小島信夫批評集成 2」水声社 2011 p642
麺麭の思い出
　◇「石牟礼道子全集 10」藤原書店 2006 p474
叛の忍法帖
　◇「山田風太郎忍法帖短篇全集 6」筑摩書房 2004（ちくま文庫）p67
ハンバーガー
　◇「辺見庸掌編小説集 白版」角川書店 2004 p145
ハンバーガーの土曜日
　◇「片岡義男コレクション 3」早川書房 2009（ハヤカワ文庫）p7
「反博」の体験から
　◇「小田実全集 評論 20」講談社 2012 p193
反パ親米派
　◇「20世紀断層─野坂昭如単行本未収録小説集成 1」幻戯書房 2010 p426
飯場で
　◇「松田解子自選集 5」澤田出版 2007 p65
飯場蒲団
　◇「立松和平小説 8」勉誠出版 2010 p49
パンパンガール
　◇「坂口安吾全集 5」筑摩書房 1998 p453

はんふ

反ファシズムの講演会――一九四八年十二月二十五日
　◇「宮本百合子全集 20」新日本出版社 2002 p721

反風景―都市を盗る7
　◇「安部公房全集 26」新潮社 1999 p446

反福沢・伝
　◇「松下竜一未刊行著作集 1」海鳥社 2008 p209

反復不可能
　◇「金井美恵子エッセイ・コレクション―1964-2013 2」平凡社 2013 p175

パンフー・ヤクザ
　◇「定本 荒巻義雄メタSF全集 別巻」彩流社 2015 p283

半分のリンゴ
　◇「小檜山博全集 8」柏艪舎 2006 p273

反平和的玩具
　◇「安部公房全集 9」新潮社 1998 p411

半返舎一朱
　◇「井上ひさし短編中編小説集成 9」岩波書店 2015 p308

半未亡人
　◇「定本 久生十蘭全集 6」国書刊行会 2010 p7

半村良「おんな舞台」解説
　◇「向田邦子全集 新版 11」文藝春秋 2010 p200

ばんめし
　◇「山田風太郎エッセイ集成 風山房風呂焚き唄」筑摩書房 2008 p142

晩飯
　◇「徳田秋聲全集 9」八木書店 1998 p116

板門店・北から南から
　◇「小田実全集 評論 2」講談社 2010 p211

パン屋再襲撃
　◇「[村上春樹] 短篇選集1980-1991 象の消滅」新潮社 2005 p65

パン屋と詩人
　◇「安部公房全集 3」新潮社 1997 p347

パン屋のデモステネス君、仕立て屋のアリストテレス氏―ギリシア無銭旅行
　◇「小田実全集 評論 1」講談社 2010 p300

反乱
　◇「小檜山博全集 4」柏艪舎 2006 p430

反乱者の神
　◇「日影丈吉全集 別巻」国書刊行会 2005 p664

伴侶
　◇「大庭みな子全集 18」日本経済新聞出版社 2010 p382

愛をめぐる人生模様1 伴侶とは
　◇「大庭みな子全集 18」日本経済新聞出版社 2010 p61

【ひ】

火
　◇「坂口安吾全集 7」筑摩書房 1998 p137

火
　◇「決定版 三島由紀夫全集 37」新潮社 2004 p641

火遊び
　◇「立松和平小説 2」勉誠出版 2010 p275
　◇「立松和平小説 2」勉誠出版 2010 p276

ビアンカの家
　◇「須賀敦子全集 2」河出書房新社 2006（河出文庫）p488

陽いさまをはらむ海
　◇「石牟礼道子全集 7」藤原書店 2005 p475
　◇「石牟礼道子全集 7」藤原書店 2005 p480

ビイ玉
　◇「江戸川乱歩全集 24」光文社 2005（光文社文庫）p464
　◇「江戸川乱歩全集 30」光文社 2005（光文社文庫）p64

引いて役に立ち読んでおもしろい字引
　◇「丸谷才一全集 10」文藝春秋 2014 p515

ビイル依存症
　◇「小檜山博全集 8」柏艪舎 2006 p23

眉雨
　◇「古井由吉自撰作品 5」河出書房新社 2012 p309
　◇「古井由吉自撰作品 5」河出書房新社 2012 p311

比叡おろし魔法陣
　◇「都筑道夫時代小説コレクション 2」戎光祥出版 2014（戎光祥時代小説名作館）p251

比叡万緑
　◇「瀬戸内寂聴随筆選 4」ゆまに書房 2009 p185

美への愛憎
　◇「中井英夫全集 6」東京創元社 1996（創元ライブラリ）p308

冷え物
　◇「小田実全集 小説 10」講談社 2011 p5

『冷え物』論争
　◇「小田実全集 評論 20」講談社 2012 p244

ピエール・ガスカル著『女たち』
　◇「安部公房全集 6」新潮社 1998 p233

ピエロ女
　◇「決定版 三島由紀夫全集 37」新潮社 2004 p77

ピエロ伝道師
　◇「坂口安吾全集 1」筑摩書房 1999 p42

ヒエロニムス・ボッス「三博士の礼拝」
　◇「石牟礼道子全集 14」藤原書店 2008 p352

秘園
　◇「石牟礼道子全集 13」藤原書店 2007 p592
飛燕流開祖
　◇「坂口安吾全集 11」筑摩書房 1998 p56
日を浴びながら
　◇「徳田秋聲全集 20」八木書店 2001 p132
檜扇―友待雪物語之内 第一部
　◇「決定版 三島由紀夫全集 16」新潮社 2002 p95
火をかつぐ女
　◇「小檜山博全集 2」柏艪舎 2006 p83
火を焚く（一二首）
　◇「石牟礼道子全集 1」藤原書店 2004 p566
美を究究する悲情な天才―三島由紀夫さんの魅力の周辺
　◇「決定版 三島由紀夫全集 35」新潮社 2003 p378
〈美〉を通して〈永遠〉へ
　◇「辻邦生全集 19」新潮社 2005 p59
ピオニール・キャンプ―集団生活を楽しむ若き親衛隊
　◇「小松左京全集 完全版 43」城西国際大学出版会 2014 p227
火を求めて
　◇「林京子全集 8」日本図書センター 2005 p166
美を求める心
　◇「小林秀雄全作品 21」新潮社 2004 p243
　◇「小林秀雄全集 補巻 3」新潮社 2010 p77
悲歌
　◇「安部公房全集 2」新潮社 1997 p192
秘歌
　◇「石牟礼道子全集 11」藤原書店 2005 p466
「被害者」「加害者」としての「難死」
　◇「小田実全集 評論 19」講談社 2012 p42
「被害者＝加害者」となる
　◇「小田実全集 評論 29」講談社 2013 p124
「被害者＝加害者」のしくみ
　◇「小田実全集 評論 16」講談社 2012 p132
被害者と加害者
　◇「大庭みな子全集 6」日本経済新聞出版社 2009 p189
被害者にも加害者にもならない未来へ
　◇「小田実全集 評論 35」講談社 2013 p7
「非核外交」の確立へ
　◇「小田実全集 評論 5」講談社 2010 p350
日影丈吉が選ぶわが追憶の十篇
　◇「日影丈吉全集 別巻」国書刊行会 2005 p631
「ひかげの花」
　◇「小林秀雄全作品 19」新潮社 2004 p35
　◇「小林秀雄全集 補巻 2」新潮社 2010 p478
干菓子作り
　◇「瀬戸内寂聴随筆選 3」ゆまに書房 2009 p173
日が沈むのを
　◇「野呂邦暢小説集成 2」文遊社 2013 p265

東中野の家
　◇「辻邦生全集 16」新潮社 2005 p27
「東」「西」を見すえるさめた眼
　◇「小田実全集 評論 17」講談社 2012 p27
東日本大震災 平成二十三年三月
　◇「田中志津全作品集 下巻」武蔵野書院 2013 p239
東の博士たち
　◇「決定版 三島由紀夫全集 21」新潮社 2002 p91
東ベルリン
　◇「山崎豊子全集 6」新潮社 2004 p451
東山紀行
　◇「小酒井不木随筆評論選集 5」本の友社 2004 p488
東は東、西は西
　◇「小島信夫批評集成 4」水声社 2010 p220
ビガーズ
　◇「江戸川乱歩全集 30」光文社 2005（光文社文庫）p695
ピカソの陶器
　◇「小林秀雄全作品 19」新潮社 2004 p43
　◇「小林秀雄全集 補巻 2」新潮社 2010 p479
ピカソの変貌
　◇「安部公房全集 3」新潮社 1997 p54
ピカソのリアリティ
　◇「安部公房全集 3」新潮社 1997 p172
干潟のほとり
　◇「[野呂邦暢]随筆コレクション 1」みすず書房 2014 p403
ひがみ
　◇「内田百閒集成 11」筑摩書房 2003（ちくま文庫）p100
干からびた犯罪
　◇「中井英夫全集 5」東京創元社 2002（創元ライブラリ）p372
ひかり
　◇「内田百閒集成 12」筑摩書房 2003（ちくま文庫）p217
光
　◇「石牟礼道子全集 1」藤原書店 2004 p26
光を追うて
　◇「徳田秋聲全集 18」八木書店 2000 p125
『光を追うて』作者の言葉
　◇「徳田秋聲全集 別巻」八木書店 2006 p129
光を覆うものなし―競輪不正事件
　◇「坂口安吾全集 12」筑摩書房 1999 p218
光を見ている人々
　◇「石牟礼道子全集 10」藤原書店 2006 p465
光と影
　◇「安部公房全集 1」新潮社 1997 p185
光と影
　◇「渡辺淳一自選短篇コレクション 5」朝日新聞社 2006 p5

ひかり

光と翳
  ◇「佐々木基一全集 8」河出書房新社 2013 p166
光と影——一九三〇年代と七〇年代
  ◇「佐々木基一全集 3」河出書房新社 2013 p446
光と闇
  ◇「松下竜一未刊行著作集 4」海鳥社 2008 p317
光と闇のローマ
  ◇「辻邦生全集 16」新潮社 2005 p360
光匂い満ちてよ
  ◇「立松和平全小説 3」勉誠出版 2010 p99
ひかりに出あう［翻訳］(ダヴィデ・マリア・トゥロルド）
  ◇「須賀敦子全集 7」河出書房新社 2007（河出文庫）p73
光になった矢を射放つ
  ◇「石牟礼道子全集 13」藤原書店 2007 p715
光のアダム
  ◇「中井英夫全集 4」東京創元社 1997（創元ライブラリ）p269
光の雨
  ◇「立松和平全小説 4」勉誠出版 2010 p119
光の潮
  ◇「阿川弘之全集 1」新潮社 2005 p185
「光の巷」を読んで
  ◇「徳田秋聲全集 19」八木書店 2000 p433
光の翼
  ◇「中井英夫全集 5」東京創元社 2002（創元ライブラリ）p503
光の壺
  ◇「車谷長吉全集 2」新書館 2010 p19
光のない朝
  ◇「宮本百合子全集 2」新日本出版社 2001 p215
光りの庭
  ◇「決定版 三島由紀夫全集 37」新潮社 2004 p659
「光は普く漲り」（「光は普く漲り……」改題）
  ◇「決定版 三島由紀夫全集 37」新潮社 2004 p173
『光われ等と共に』
  ◇「佐々木基一全集 1」河出書房新社 2013 p147
光る海
  ◇「中井英夫全集 6」東京創元社 1996（創元ライブラリ）p590
光る女
  ◇「小檜山博全集 2」柏艪舎 2006 p207
「光る女」のこと
  ◇「小檜山博全集 6」柏艪舎 2006 p257
「光る女」ロケ訪問記
  ◇「小檜山博全集 6」柏艪舎 2006 p243
光る河
  ◇「石牟礼道子全集 15」藤原書店 2012 p226
光る蜘蛛の糸
  ◇「大庭みな子全集 13」日本経済新聞出版社 2010 p338

『光る大雪』
  ◇「小檜山博全集 8」柏艪舎 2006 p386
光る大雪
  ◇「小檜山博全集 5」柏艪舎 2006 p374
光る花
  ◇「辺見庸掌編小説集 白頭」角川書店 2004 p27
光る埋葬
  ◇「田村泰次郎選集 1」日本図書センター 2005 p53
曳かれ行く人へ
  ◇「松田解子自選集 9」澤田出版 2009 p47
氷川丸での友だち
  ◇「田中小実昌エッセイ・コレクション 1」筑摩書房 2002（ちくま文庫）p354
彼岸
  ◇「徳永直文学選集」熊本出版文化会館 2008 p210
彼岸
  ◇「古井由吉自撰作品 8」河出書房新社 2012 p87
悲願
  ◇「立松和平全小説 23」勉誠出版 2013 p221
  ◇「立松和平全小説 27」勉誠出版 2014 p208
彼岸へ
  ◇「石牟礼道子全集 11」藤原書店 2005 p234
彼岸への虹
  ◇「石牟礼道子全集 9」藤原書店 2006 p393
彼岸への道行き
  ◇「石牟礼道子全集 7」藤原書店 2005 p490
彼岸桜
  ◇「内田百閒集成 12」筑摩書房 2003（ちくま文庫）p220
悲願に就て——「文芸」の作品批評に関聯して
  ◇「坂口安吾全集 1」筑摩書房 1999 p465
彼岸の駅
  ◇「立松和平全小説 15」勉誠出版 2011 p1
  ◇「立松和平全小説 15」勉誠出版 2011 p2
ひがん花
  ◇「石牟礼道子全集 1」藤原書店 2004 p326
彼岸花
  ◇「石牟礼道子全集 15」藤原書店 2012 p57
彼岸花
  ◇「大庭みな子全集 18」日本経済新聞出版社 2010 p258
彼岸まいり
  ◇「日影丈吉全集 6」国書刊行会 2002 p278
ひき算
  ◇「寺山修司著作集 1」クインテッセンス出版 2009 p361
引き算
  ◇「向田邦子全集 新版 8」文藝春秋 2009 p60
「縄」三部作《単行本初収録作品》ひきずった縄
  ◇「陳舜臣推理小説ベストセレクション 枯草の根」集英社 2009（集英社文庫）p407

抽出しの中
　◇「向田邦子全集 新版 6」文藝春秋 2009 p129
ひきつぎ
　◇「小松左京全集 完全版 25」城西国際大学出版会 2017 p299
ビギナーズ・ラック
　◇「小松左京全集 完全版 39」城西国際大学出版会 2012 p20
ビキニからやってきたつばめ
　◇「大庭みな子全集 17」日本経済新聞出版社 2010 p39
ビキニ環礁午前四時
　◇「山田風太郎ミステリー傑作選 10」光文社 2002（光文社文庫）p412
ビキニ紀行
　◇「阿川弘之全集 16」新潮社 2006 p555
ビキニ模様の天気
　◇「石牟礼道子全集 9」藤原書店 2006 p544
卑怯な場所、陋劣の場所
　◇「遠藤周作エッセイ選集 2」光文社 2006（知恵の森文庫）p43
火喰鳥
　◇「辻井喬コレクション 7」河出書房新社 2003 p155
低いままの天井
　◇「小檜山博全集 1」柏艪舎 2006 p197
火草
　◇「大庭みな子全集 2」日本経済新聞出版社 2009 p34
火草とエスキモーたち
　◇「大庭みな子全集 2」日本経済新聞出版社 2009 p178
ピクチュア・ハット
　◇「小島信夫短篇集成 7」水声社 2015 p473
ビクトリアの箱
　◇「林芙美子全集 6」日本図書センター 2005 p470
ピクニックに行こうと思う
　◇「金井美恵子エッセイ・コレクション―1964-2013 2」平凡社 2013 p155
比丘尼の死
　◇「小松左京全集 完全版 13」城西国際大学出版会 2008 p313
羆風
　◇「戸川幸夫動物文学セレクション 2」ランダムハウス講談社 2008（ランダムハウス講談社文庫）p9
羆が出たア
　◇「戸川幸夫動物文学セレクション 1」ランダムハウス講談社 2008（ランダムハウス講談社文庫）p439
羆と罐詰
　◇「戸川幸夫動物文学セレクション 4」ランダムハウス講談社 2008（ランダムハウス講談社文庫）p243

ひぐれと子供達
　◇「中井英夫全集 10」東京創元社 2002（創元ライブラリ）p59
日暮れの白色
　◇「決定版 三島由紀夫全集 37」新潮社 2004 p561
髭
　◇「小沼丹全集 4」未知谷 2004 p572
悲劇か喜劇か
　◇「佐々木基一全集 5」河出書房新社 2013 p440
悲劇供養―天野光子女史と語る
　◇「定本 久生十蘭全集 10」国書刊行会 2011 p28
悲劇と喜劇
　◇「安部公房全集 7」新潮社 1998 p343
悲劇と喜劇の曲り角
　◇「小島信夫批評集成 2」水声社 2011 p99
悲劇と教訓
　◇「小田実全集 評論 25」講談社 2012 p171
悲劇について
　◇「小林秀雄全作品 19」新潮社 2004 p50
　◇「小林秀雄全集 補巻 2」新潮社 2010 p481
悲劇の在処
　◇「決定版 三島由紀夫全集 27」新潮社 2003 p188
悲劇の終末
　◇「辻邦生全集 18」新潮社 2005 p253
悲劇のままの城趾
　◇「坂口安吾全集 13」筑摩書房 1999 p381
髯題目の政
　◇「長谷川伸傑作選 股旅新八景」国書刊行会 2008 p234
卑下と傲慢
　◇「小田実全集 評論 3」講談社 2010 p206
髭とロタサン
　◇「決定版 三島由紀夫全集 27」新潮社 2003 p499
髭のあとさき
　◇「寺山修司著作集 4」クインテッセンス出版 2009 p257
ひげの生えたパイプ
　◇「安部公房全集 10」新潮社 1998 p7
髯の美について
　◇「大坪砂男全集 2」東京創元社 2013（創元推理文庫）p109
瀬戸内寂聴との対談 非現実の時間 現実の時間
　◇「石牟礼道子全集 11」藤原書店 2005 p469
非行か非行でないか
　◇「小島信夫長篇集成 2」水声社 2015 p656
飛行機
　◇「小檜山博全集 6」柏艪舎 2006 p156
飛行機小僧
　◇「徳永直文学選集」熊本出版文化会館 2008 p230
飛行機で追いかけた忍法超特急
　◇「山田風太郎エッセイ集成 風山房風呂焚き唄」筑摩書房 2008 p40

ひこう

飛行機搭乗メモ
　◇「坂口安吾全集 16」筑摩書房 2000 p569
飛行機と箏
　◇「内田百閒集成 11」筑摩書房 2003（ちくま文庫）p199
飛行機の絵―世界SF全集を推薦する
　◇「安部公房全集 30」新潮社 2009 p173
飛行機の下の村
　◇「宮本百合子全集 11」新日本出版社 2001 p35
飛行機の哲理
　◇「稲垣足穂コレクション 3」筑摩書房 2005（ちくま文庫）p7
飛行機物語
　◇「稲垣足穂コレクション 3」筑摩書房 2005（ちくま文庫）p176
飛行場の写真屋
　◇「内田百閒集成 11」筑摩書房 2003（ちくま文庫）p209
飛行場の握り飯
　◇「内田百閒集成 11」筑摩書房 2003（ちくま文庫）p215
非行の低年齢化
　◇「隆慶一郎全集 19」新潮社 2010 p327
「非合理なれど、われ信ず」
　◇「小田実全集 評論 3」講談社 2010 p93
尾行〔問題篇〕
　◇「鮎川哲也コレクション 挑戦篇 2」出版芸術社 2006 p121
尾行〔解決篇〕
　◇「鮎川哲也コレクション 挑戦篇 2」出版芸術社 2006 p241
ヒコーキ
　◇「向田邦子全集 新版 8」文藝春秋 2009 p206
被告最終意見陳述
　◇「野坂昭如エッセイ・コレクション 3」筑摩書房 2004（ちくま文庫）p118
被告席から
　◇「安部公房全集 19」新潮社 1999 p241
被告席の感情
　◇「坂口安吾全集 12」筑摩書房 1999 p26
『美国横断鉄路』書評―九生十蘭
　◇「中井英夫全集 6」東京創元社 1996（創元ライブラリ）p687
被告冒頭意見陳述
　◇「野坂昭如エッセイ・コレクション 3」筑摩書房 2004（ちくま文庫）p99
彦九郎山河
　◇「吉村昭歴史小説集成 3」岩波書店 2009 p1
巻末作品余話「彦九郎山河」を書いて
　◇「吉村昭歴史小説集成 3」岩波書店 2009 p619
彦左衛門外記
　◇「山本周五郎長篇小説全集 15」新潮社 2014 p7

彦左衛門と小諸
　◇「宮城谷昌光全集 21」文藝春秋 2004 p119
彦左衛門忍法盟
　◇「山田風太郎忍法帖短篇全集 8」筑摩書房 2004（ちくま文庫）p185
ヒコスケと艦長―露艦デアーナ号ゴローウニン一件
　◇「定本 久生十蘭全集 4」国書刊行会 2009 p291
日ごとに変わりつつある道路
　◇「小松左京全集 完全版 29」城西国際大学出版会 2007 p11
ひこばえ
　◇「日影丈吉全集 7」国書刊行会 2004 p11
秘祭
　◇「石牟礼道子全集 11」藤原書店 2005 p349
秘祭（その二）
　◇「石牟礼道子全集 11」藤原書店 2005 p350
「被災神戸」の「再生」「転換」
　◇「小田実全集 評論 22」講談社 2012 p248
非才人の才人論
　◇「山田風太郎エッセイ集成 わが推理小説零年」筑摩書房 2007 p71
「被災、それは「ただ家がなくなっただけのこと」ではないのか
　◇「小田実全集 評論 25」講談社 2012 p98
「被災地」「ロンギノス」「戦後文学」―被災地からの「私的文学論」
　◇「小田実全集 評論 26」講談社 2013 p9
微細なるものの巨匠
　◇「決定版 三島由紀夫全集 35」新潮社 2003 p385
被災の絵にならない光景
　◇「小田実全集 評論 25」講談社 2012 p106
「被災の絵」の乱舞
　◇「小田実全集 評論 25」講談社 2012 p109
「被災の思想」を生きる
　◇「小田実全集 評論 22」講談社 2012 p85
被災の思想 難死の思想（上）
　◇「小田実全集 評論 21」講談社 2012 p7
被災の思想 難死の思想（下）
　◇「小田実全集 評論 22」講談社 2012 p7
ビザを買う話―貧乏旅行の悲喜劇
　◇「小田実全集 評論 1」講談社 2010 p279
〔久生氏の意見〕
　◇「定本 久生十蘭全集 10」国書刊行会 2011 p130
久生十蘭論
　◇「中井英夫全集 6」東京創元社 1996（創元ライブラリ）p329
膝掛け
　◇「内田百閒集成 12」筑摩書房 2003（ちくま文庫）p106
膝が走る
　◇「坂口安吾全集 12」筑摩書房 1999 p138

廂あひの風
　◇「徳田秋聲全集 23」八木書店 2001 p22
久しぶりに若い人が
　◇「小島信夫批評集成 7」水声社 2011 p41
ひさしぶりの翻訳
　◇「田中小実昌エッセイ・コレクション 5」筑摩書房 2003（ちくま文庫）p90
被殺の錯誤
　◇「森村誠一ベストセレクション 溯死水系」光文社 2011（光文社文庫）p255
ピサの斜塔
　◇「小檜山博全集 7」柏艪舎 2006 p216
ピザパイ
　◇「辺見庸掌編小説集 白鳥」角川書店 2004 p194
被差別部落の公開講座八回で打ち切りの反省
　◇「中上健次集 8」インスクリプト 2013 p362
氷雨
　◇「中井英夫全集 10」東京創元社 2002（創元ライブラリ）p97
氷雨
　◇「松本清張短編全集 09」光文社 2009（光文社文庫）p37
久本三多さん
　◇「石牟礼道子全集 14」藤原書店 2008 p231
眉山氏追悼
　◇「徳田秋聲全集 23」八木書店 2001 p170
眉山氏のことども
　◇「徳田秋聲全集 23」八木書店 2001 p173
悲惨な現象―「"解決法"の食いちがい」「非戦闘員の戦争利用」
　◇「小松左京全集 完全版 35」城西国際大学出版会 2009 p231
肱掛椅子の凭り心地
　◇「江戸川乱歩全集 24」光文社 2005（光文社文庫）p266
ひしがれた女性と語る―近頃思った事
　◇「宮本百合子全集 9」新日本出版社 2001 p71
ひじきの二度めし
　◇「阿川弘之全集 20」新潮社 2007 p17
「火」下書稿ノートへのメモ
　◇「坂口安吾全集 16」筑摩書房 2000 p542
菱の浮沼
　◇「大庭みな子全集 12」日本経済新聞出版社 2010 p40
比事物 徳川時代の探偵物
　◇「野村胡堂探偵小説全集」作品社 2007 p441
P–島にて
　◇「小田実全集 小説 17」講談社 2011 p121
比事物叢談
　◇「小酒井不木随筆評論選集 7」本の友社 2004 p423
毘沙門
　◇「立松和平小説 19」勉誠出版 2013 p170

毘沙門の夢
　◇「立松和平全小説 別巻」勉誠出版 2015 p519
美醜
　◇「向田邦子全集 新版 11」文藝春秋 2010 p97
日出生台
　◇「松下竜一未刊行著作集 5」海鳥社 2009 p287
日出生台を米基地とするのか！
　◇「松下竜一未刊行著作集 5」海鳥社 2009 p394
日出生台での三度目の米海兵隊演習に抗議して
　◇「松下竜一未刊行著作集 5」海鳥社 2009 p380
日出生台での日米合同軍事演習に抗議する
　◇「松下竜一未刊行著作集 5」海鳥社 2009 p343
美醜について
　◇「福田恆存評論集 17」麗澤大學出版會, 廣池學園事業部〔発売〕 2010 p13
美醜について
　◇「吉行淳之介エッセイ・コレクション 2」筑摩書房 2004（ちくま文庫）p190
美術
　◇「辻邦生全集 19」新潮社 2005 p105
『美術運動』への答え
　◇「宮本百合子全集 19」新日本出版社 2002 p74
美術を語る 対談（梅原龍三郎）
　◇「小林秀雄全作品 21」新潮社 2004 p149
　◇「小林秀雄全集 補巻 3」新潮社 2010 p54
美術館―知の劇場
　◇「寺山修司著作集 5」クインテッセンス出版 2009 p466
美術の周辺〔座談会〕（東野芳明、針生一郎、重森弘淹、中井幸一、真鍋博、宮内嘉久）
　◇「安部公房全集 15」新潮社 1998 p42
美術の中の人間
　◇「小島信夫批評集成 2」水声社 2011 p251
美術批評の先走り
　◇「金井美恵子エッセイ・コレクション―1964–2013 1」平凡社 2013 p517
飛翔
　◇「辻井喬コレクション 7」河出書房新社 2003 p226
微笑
　◇「小島信夫短篇集成 1」水声社 2014 p509
微笑〔翻訳〕（ジェイムス・メリル）
　◇「決定版 三島由紀夫全集 37」新潮社 2004 p780
非常階段
　◇「日影丈吉全集 1」国書刊行会 2002 p327
非常汽笛
　◇「内田百閒集成 2」筑摩書房 2002（ちくま文庫）p50
非常口〔解決篇〕
　◇「鮎川哲也コレクション挑戦篇 1」出版芸術社 2006 p240

ひしよ

非常口〔問題篇〕
◇「鮎川哲也コレクション挑戦篇 1」出版芸術社 2006 p98

微小作者の弁
◇「狩久全集 2」皆進社 2013 p47

非常時に起る不思議な力
◇「小酒井不木随筆評論選集 7」本の友社 2004 p73

非常時の歌
◇「決定版 三島由紀夫全集 37」新潮社 2004 p38

非常食のはじめは衝動食い
◇「小松左京全集 完全版 34」城西国際大学出版会 2009 p237

美少女「ヒメマス」
◇「小檜山博全集 6」柏艪舎 2006 p241

微笑の渦
◇「徳田秋聲全集 16」八木書店 1999 p189

美女貸し屋
◇「山田風太郎ミステリー傑作選 7」光文社 2001（光文社文庫）p69

美食
◇「寺山修司著作集 5」クインテッセンス出版 2009 p152

美食倶楽部
◇「谷崎潤一郎全集 7」中央公論新社 2016 p151

美食と文学
◇「決定版 三島由紀夫全集 30」新潮社 2003 p70

美食について
◇「決定版 三島由紀夫全集 35」新潮社 2003 p762

びしょぬれの「闘技士」たち
◇「小松左京全集 完全版 40」城西国際大学出版会 2012 p238

美女礼讃
◇「谷崎潤一郎全集 25」中央公論新社 2016 p305

聖
◇「古井由吉自撰作品 1」河出書房新社 2012 p317

聖（ひじり）なる女―クリスマス紀念
◇「決定版 三島由紀夫全集 37」新潮社 2004 p162

美神
◇「決定版 三島由紀夫全集 18」新潮社 2002 p695

美人郷の不美人
◇「日影丈吉全集 別巻」国書刊行会 2005 p208

美神―古典の形を借りて
◇「決定版 三島由紀夫全集 37」新潮社 2004 p584

ピジン語の夢
◇「安部公房全集 28」新潮社 2000 p314

美人像真ッ二つ
◇「山本周五郎探偵小説全集 3」作品社 2007 p198

美人通り魔
◇「日影丈吉全集 4」国書刊行会 2003 p560

美人と美人系
◇「徳田秋聲全集 19」八木書店 2000 p117

美人について
◇「小檜山博全集 8」柏艪舎 2006 p258

美人のいない街―安吾の『仙台地図』第一頁〔インタビュー〕
◇「坂口安吾全集 別巻」筑摩書房 2012 p109

美人の計算
◇「田中小実昌エッセイ・コレクション 1」筑摩書房 2002（ちくま文庫）p140

美人の今昔
◇「谷崎潤一郎全集 23」中央公論新社 2017 p129

美人の小説
◇「車谷長吉全集 3」新書館 2010 p644

美人はふえたかへったか
◇「小松左京全集 完全版 31」城西国際大学出版会 2008 p164

秘図
◇「池波正太郎短篇ベストコレクション 2」リブリオ出版 2008 p5

翡翠
◇「小沼丹全集 3」未知谷 2004 p484

翡翠色のメッセージ
◇「加藤幸子自選作品集 3」未知谷 2013 p79

ビスマルクいわく
◇「山本周五郎長篇小説全集 24」新潮社 2014 p185

歪む木偶
◇「中井英夫全集 2」東京創元社 1998（創元ライブラリ）p744

火一座って明かす夜に
◇「松下竜一未刊行著作集 3」海鳥社 2009 p387

秘跡は人のみない時にあらわれる
◇「石牟礼道子全集 12」藤原書店 2005 p479

備前兼光
◇「小島信夫短篇集成 8」水声社 2014 p421

非戦後派は何をしたか
◇「佐々木基一全集 3」河出書房新社 2013 p206

備前徳利
◇「小林秀雄全作品 27」新潮社 2004 p9
◇「小林秀雄全集 補巻 3」新潮社 2010 p407

肥前の妖怪
◇「司馬遼太郎短篇全集 9」文藝春秋 2005 p349

悲壮調
◇「決定版 三島由紀夫全集 37」新潮社 2004 p482

悲壮美の世界を
◇「山田風太郎エッセイ集成 わが推理小説零年」筑摩書房 2007 p158

卑俗なドン・キホーテ
◇「安部公房全集 6」新潮社 1998 p52

卑俗な文体について
◇「決定版 三島由紀夫全集 28」新潮社 2003 p223

「卑俗な文体について」メモ
◇「決定版 三島由紀夫全集 補巻」新潮社 2005 p456

ひつし

砒素とブルース
　◇「寺山修司著作集 1」クインテッセンス出版 2009 p100

窃やかな犯罪
　◇「徳田秋聲全集 30」八木書店 2002 p327

襞
　◇「向田邦子全集 新版 9」文藝春秋 2009 p54

〔「火」第一章・下書稿〕
　◇「坂口安吾全集 15」筑摩書房 1999 p314

〔「火」第二章〕
　◇「坂口安吾全集 15」筑摩書房 1999 p584

日高
　◇「立松和平全小説 25」勉誠出版 2014 p7

日高川
　◇「定本 久生十蘭全集 2」国書刊行会 2009 p529

肥田舜太郎先生のこと
　◇「林京子全集 8」日本図書センター 2005 p457

飛騨・高山の抹殺—中部の巻
　◇「坂口安吾全集 11」筑摩書房 1998 p230

火種
　◇「石牟礼道子全集 15」藤原書店 2012 p118

襞のある風景—都市を盗る6
　◇「安部公房全集 26」新潮社 1999 p444

飛騨の顔
　◇「坂口安吾全集 12」筑摩書房 1999 p181

「飛騨の顔」取材メモ
　◇「坂口安吾全集 16」筑摩書房 2000 p653

町よ！スペインヒタノスの涙
　◇「中上健次集 10」インスクリプト 2017 p506

ビー玉
　◇「向田邦子全集 新版 4」文藝春秋 2009 p138

日だまりでの昼寝
　◇「金井美恵子エッセイ・コレクション—1964–2013 2」平凡社 2013 p150

陽だまり—都市を盗る16
　◇「安部公房全集 26」新潮社 1999 p464

日溜まりの水
　◇「立松和平全小説 18」勉誠出版 2012 p45

左手の古典
　◇「寺山修司著作集 1」クインテッセンス出版 2009 p12

左の腕
　◇「松本清張短編全集 08」光文社 2009（光文社文庫）p91

美談崩れ
　◇「西村京太郎自選集 1」徳間書店 2004（徳間文庫）p141

美談と醜聞—森鷗外
　◇「丸谷才一全集 9」文藝春秋 2013 p306

美談の限界
　◇「安部公房全集 8」新潮社 1998 p258

ヒチコック
　◇「小松左京全集 完全版 43」城西国際大学出版会 2014 p392

秘中の秘
　◇「江戸川乱歩全集 21」光文社 2005（光文社文庫）p25

棺の中の悦楽
　◇「山田風太郎ミステリー傑作選 4」光文社 2001（光文社文庫）p437

棺の蓋
　◇「立松和平全小説 別巻」勉誠出版 2015 p411

ビッグ・スケールの行動派—田中光二
　◇「小松左京全集 完全版 41」城西国際大学出版会 2013 p56

ビッグ・スペース
　◇「小松左京全集 完全版 43」城西国際大学出版会 2014 p378

ビッグトゥモロウ・プレジデント
　◇「20世紀断層—野坂昭如単行本未収録小説集成 5」幻戯書房 2010 p11

「ビッグ・ボウ事件」
　◇「江戸川乱歩全集 25」光文社 2005（光文社文庫）p387

引っ越し
　◇「小檜山博全集 7」柏艪舎 2006 p181

引っ越し
　◇〔野呂邦暢〕随筆コレクション 1」みすず書房 2014 p241

引越し
　◇「徳田秋聲全集 16」八木書店 1999 p3

引越し性分
　◇「坂口安吾全集 13」筑摩書房 1999 p365

びっこの犬
　◇「向田邦子全集 新版 4」文藝春秋 2009 p45

びっこの七面鳥
　◇「山田風太郎ミステリー傑作選 8」光文社 2002（光文社文庫）p527

羊を売って鉄砲を買った百姓
　◇「安部公房全集 3」新潮社 1997 p343

羊飼ふ家
　◇「徳田秋聲全集 29」八木書店 2002 p88

羊盗人の話
　◇「狩久全集 1」皆進社 2013 p241

羊の裁判
　◇「佐々木基一全集 10」河出書房新社 2013 p700

ヒツジのバサ打
　◇「田中小実昌エッセイ・コレクション 6」筑摩書房 2003（ちくま文庫）p285

ヒツジのバサ打ち
　◇「田中小実昌エッセイ・コレクション 4」筑摩書房 2003（ちくま文庫）p62

ひつし

【筆者に聞く】インタビュアー＝毎日新聞大阪本社編集局
◇「小松左京全集 完全版 46」城西国際大学出版会 2016 p94

羊横町
◇「向田邦子全集 新版 10」文藝春秋 2010 p221

ひっそりと故国をしのぶ
◇「大庭みな子全集 23」日本経済新聞出版社 2011 p410

ひっそり眠る楠木正儀
◇「小松左京全集 完全版 42」城西国際大学出版会 2014 p80

ヒッチコックのエロチック・ハラア
◇「江戸川乱歩全集 24」光文社 2005（光文社文庫）p668

ピッチの様に
◇「宮本百合子全集 33」新日本出版社 2004 p348

投手（ピッチャー）殺人事件
◇「坂口安吾全集 9」筑摩書房 1998 p67

ひっつめ髪の女
◇「小田実全集 小説 37」講談社 2013 p105

必読十冊―現代的教養のために
◇「決定版 三島由紀夫全集 36」新潮社 2003 p639

ヒットラー
◇「寺山修司著作集 4」クインテッセンス出版 2009 p154

ヒットラアと悪魔
◇「小林秀雄全作品 23」新潮社 2004 p144
◇「小林秀雄全集 補巻 3」新潮社 2010 p199

ヒットラアの「我が闘争」
◇「小林秀雄全作品 13」新潮社 2003 p125
◇「小林秀雄全集 補巻 2」新潮社 2010 p178

ヒッピィの行方
◇「大庭みな子全集 3」日本経済新聞出版社 2009 p329

匹夫不可奪志
◇「小林秀雄全作品 14」新潮社 2003 p9
◇「小林秀雄全集 補巻 2」新潮社 2010 p197

ヒツポクラテスの疾病観
◇「小酒井不木随筆評論選集 5」本の友社 2004 p502

ヒツポクラテスの誓詞
◇「小酒井不木随筆評論選集 6」本の友社 2004 p6

筆名もとへ戻る
◇「大坪砂男全集 4」東京創元社 2013（創元推理文庫）p421

否定形の抒情―アーネスト・ヘミングウェイ
◇「丸谷才一全集 11」文藝春秋 2014 p296

美邸・電話もあり
◇「遠藤周作エッセイ選集 3」光文社 2006（知恵の森文庫）p28

否定の精神 批評ノート
◇「福田恆存評論集 16」麗澤大學出版會, 廣池學園事業部〔発売〕2010 p9

否定の笑いと解放の笑い―「チャップリンの独裁者」
◇「安部公房全集 12」新潮社 1998 p421

秀島由己男との対談 技法欠落の時代―絵画における古典と現代
◇「石牟礼道子全集 6」藤原書店 2006 p505

秀島由己男の画
◇「石牟礼道子全集 1」藤原書店 2004 p247

ビデとカテドラル―アメリカの女の子とパリを観れば
◇「小田実全集 評論 1」講談社 2010 p229

秀吉・家康二英雄の対南洋外交
◇「国枝史郎歴史小説傑作選」作品社 2006 p478

「秀吉侵略」をめぐる認識
◇「小田実全集 評論 25」講談社 2012 p36

「秀吉侵略」という歴史認識欠落の影
◇「小田実全集 評論 25」講談社 2012 p32

「秀吉侵略」とベトナム戦争の共通項
◇「小田実全集 評論 25」講談社 2012 p40

秀吉の智謀
◇「国枝史郎歴史小説傑作選」作品社 2006 p385

秀吉はいつ知ったか
◇「山田風太郎エッセイ集成 秀吉はいつ知ったか」筑摩書房 2008 p188

秀頼走路
◇「松本清張短編全集 08」光文社 2009（光文社文庫）p219

妃殿下、ハワイの休日
◇「阿川弘之全集 20」新潮社 2007 p459

秘伝追放
◇「佐々木基一全集 10」河出書房新社 2013 p632

ひと
◇「井上ひさしコレクション 人間の巻」岩波書店 2005 p1

ひと
◇「田中小実昌エッセイ・コレクション 1」筑摩書房 2002（ちくま文庫）

ひと
◇「辺見庸掌編小説集 白службеIncorrect」—
◇「辺見庸掌編小説集 白版」角川書店 2004 p215

人
◇「小島信夫短篇集成 2」水声社 2014 p177

他
◇「徳田秋聲全集 29」八木書店 2002 p107

「人あきない」と「御儒者」の巻
◇「小田実全集 小説 28」講談社 2012 p254

一味違う焼鳥
◇「立松和平全小説 別巻」勉誠出版 2015 p463

人穴地獄
◇「都筑道夫時代小説コレクション 1」戎光祥出版 2014（戎光祥時代小説名作選）p315

ビーという犬
　◇「石牟礼道子全集 15」藤原書店 2012 p395
ひどい煙
　◇「定本 久生十蘭全集 9」国書刊行会 2011 p322
ひどい名
　◇「松下竜一未刊行著作集 2」海鳥社 2008 p39
ひどい熱
　◇「都筑道夫恐怖短篇集成 1」筑摩書房 2004（ちくま文庫）p405
一枝の匂い
　◇「大庭みな子全集 8」日本経済新聞出版社 2009 p355
人を恋い、人に脅かされて生きる
　◇「大庭みな子全集 18」日本経済新聞出版社 2010 p190
『人を殺して名を残す』作者の言葉〔悪魔の手毬唄〕
　◇「横溝正史自選集 6」出版芸術社 2007 p332
ひとおどり 宇野浩二
　◇「小島信夫批評集成 3」水声社 2011 p439
人を呪わば
　◇「国枝史郎探偵小説全集」作品社 2005 p185
人垣
　◇「内田百閒集成 12」筑摩書房 2003（ちくま文庫）p233
人形をつくる
　◇「石牟礼道子全集 8」藤原書店 2005 p484
人が人であることの難しさ
　◇「福田恆存評論集 20」麗澤大學出版會, 廣池學園事業部〔発売〕2011 p321
ヒトからヒトへの報告の書―『日本の原爆記録』と『雅子斃れず』
　◇「林京子全集 8」日本図書センター 2005 p276
美と恐怖の塔―江口裕子著『エドガア・ポオ論考』
　◇「中井英夫全集 6」東京創元社 1996（創元ライブラリ）p452
人斬り以蔵
　◇「司馬遼太郎短篇全集 9」文藝春秋 2005 p191
人斬り伊太郎
　◇「長谷川伸傑作選 股旅新八景」国書刊行会 2008 p313
「人斬り」出演の記
　◇「決定版 三島由紀夫全集 35」新潮社 2003 p518
「人斬り」田中新兵衛にふんして
　◇「決定版 三島由紀夫全集 35」新潮社 2003 p508
人食い魚の生簀
　◇「日影丈吉全集 別巻」国書刊行会 2005 p48
人食い鮫の終戦秘話
　◇「阿川弘之全集 20」新潮社 2007 p389
人喰鉄道
　◇「戸川幸夫動物文学セレクション 3」ランダムハウス講談社 2008（ランダムハウス講談社文庫）p5

一茎の花
　◇「徳田秋聲全集 17」八木書店 1999 p85
美徳のよろめき
　◇「決定版 三島由紀夫全集 6」新潮社 2001 p491
ひとこと
　◇「鈴木いづみセカンド・コレクション 4」文遊社 2004 p95
ひと言―佐伯氏の場合について
　◇「福田恆存評論集 9」麗澤大學出版會, 廣池學園事業部〔発売〕2008 p140
ひとごとではない―ソヴェト勤労婦人の現状
　◇「宮本百合子全集 10」新日本出版社 2001 p406
ひとこと―天が産み、地が育てた野菜で満たされたい
　◇「石牟礼道子全集 10」藤原書店 2006 p184
火床のあった家
　◇「石牟礼道子全集 10」藤原書店 2006 p243
「ひとごろし」
　◇「山本周五郎中短篇秀作選集 4」小学館 2006 p358
人殺し
　◇「車谷長吉全集 3」新書館 2010 p198
人殺しの演習はゴメンです
　◇「松下竜一未刊行著作集 5」海鳥社 2009 p322
人探し
　◇「小島信夫短篇集成 6」水声社 2015 p13
ひとさし指
　◇「寺山修司著作集 1」クインテッセンス出版 2009 p14
人さらい
　◇「安部公房全集 26」新潮社 1999 p280
　◇「安部公房全集 29」新潮社 2000 p175
ヒト―自殺と若者
　◇「小松左京全集 完全版 39」城西国際大学出版会 2012 p56
美と自然の関係―美人の基準についての考察をもとに
　◇「小松左京全集 完全版 36」城西国際大学出版会 2011 p171
人質犯罪の根を絶て
　◇「福田恆存評論集 18」麗澤大學出版會, 廣池學園事業部〔発売〕2010 p267
ヒト社会特有の紛争の形式―「復讐」「裁判」「賠償」
　◇「小松左京全集 完全版 35」城西国際大学出版会 2009 p428
ヒト社会における「闘争」
　◇「小松左京全集 完全版 35」城西国際大学出版会 2009 p424
ひとすじの道
　◇「辻邦生全集 18」新潮社 2005 p275

ひとす

一筋の道
◇「瀬戸内寂聴随筆選 3」ゆまに書房 2009 p9

ヒト―性差と女性の戦闘参加
◇「小松左京全集 完全版 39」城西国際大学出版会 2012 p70

人それを情死と呼ぶ
◇「鮎川哲也コレクション 人それを情死と呼ぶ」光文社 2001（光文社文庫）p5

人それぞれの「被災の思想」
◇「小田実全集 評論 22」講談社 2012 p86

人それぞれの舞台
◇「大庭みな子全集 6」日本経済新聞出版社 2009 p105

人蕈（ひとたけ）
◇「吉田知子選集 2」景文館書店 2013 p227

ヒト―短絡反応
◇「小松左京全集 完全版 39」城西国際大学出版会 2012 p64

人違ひ
◇「小沼丹全集 4」未知谷 2004 p468

一つの引用文
◇「小島信夫批評集成 7」水声社 2011 p24

一つの感想
◇「宮本百合子全集 13」新日本出版社 2001 p27

ひとつの幻想のおわり
◇「鈴木いづみコレクション 5」文遊社 1996 p167

一つの好み
◇「徳田秋聲全集 17」八木書店 1999 p64

一ツの最後的な革命
◇「坂口安吾全集 13」筑摩書房 1999 p420

一つの政治的意見
◇「決定版 三島由紀夫全集 31」新潮社 2003 p433

一つのセンテンスと次のセンテンス
◇「小島信夫批評集成 7」水声社 2011 p498

一つの代表的青春（「石原慎太郎文庫」推薦文）
◇「決定版 三島由紀夫全集 33」新潮社 2003 p215

一つの出来事
◇「宮本百合子全集 1」新日本出版社 2000 p375

一つの典型
◇「上野壮夫全集 2」図書新聞 2009 p205

ひとつの「どん底」
◇「佐々木基一全集 1」河出書房新社 2013 p469

一つの苦い観点―芥川賞選評
◇「決定版 三島由紀夫全集 35」新潮社 2003 p200

一ツの脳髄
◇「小林秀雄全作品 1」新潮社 2002 p35
◇「小林秀雄全集 補巻 1」新潮社 2010 p25

一つの花
◇「宮本百合子全集 9」新日本出版社 2001 p146

一つの瞳
◇「辻井喬コレクション 7」河出書房新社 2003 p217

一つの灯―私の書いた頃
◇「宮本百合子全集 18」新日本出版社 2002 p131

一つの芽生
◇「宮本百合子全集 1」新日本出版社 2000 p248

一橋カラーということ（加藤秀俊、中山伊知郎）
◇「小松左京全集 完全版 38」城西国際大学出版会 2010 p212

一粒一滴
◇「内田百閒集成 6」筑摩書房 2003（ちくま文庫）p257
◇「内田百閒集成 17」筑摩書房 2004（ちくま文庫）p182

一つ二つ
◇「徳田秋聲全集 20」八木書店 2001 p290
◇「徳田秋聲全集 21」八木書店 2001 p122
◇「徳田秋聲全集 21」八木書店 2001 p193

一粒種
◇「徳田秋聲全集 4」八木書店 1999 p27

一粒の粟
◇「宮本百合子全集 9」新日本出版社 2001 p33

一粒の真珠
◇「山本周五郎長篇小説全集 23」新潮社 2014 p64

ひとつぶのそらまめから
◇「山田風太郎エッセイ集成 秀吉はいつ知ったか」筑摩書房 2008 p61

一粒の葡萄もし…
◇「中井英夫全集 5」東京創元社 2002（創元ライブラリ）p414

一つ目小僧
◇「都筑道夫時代小説コレクション 1」戎光祥出版 2014（戎光祥時代小説名作ര）p125

ひとでなし
◇「山本周五郎中短篇秀作選集 1」小学館 2005 p355

人でなしの恋
◇「江戸川乱歩全集 3」光文社 2005（光文社文庫）p195
◇「江戸川乱歩全集 10」沖積舎 2008 p201

人という物語
◇「伊藤計劃記録 〔第1〕」早川書房 2010 p142

ヒトと核の問題―映画「黒い雨」を見て
◇「林京子全集 7」日本図書センター 2005 p494

ひととき
◇「宮本百合子全集 33」新日本出版社 2004 p459

人として又芸術家として
◇「徳田秋聲全集 19」八木書店 2000 p328

人と生活環境
◇「徳田秋聲全集 21」八木書店 2001 p54

人と人形
◇「大庭みな子全集 18」日本経済新聞出版社 2010 p274

人と人との間の異和感
◇「小島信夫批評集成 7」水声社 2011 p467

人馴っこさへの郷愁
　◇「大庭みな子全集 23」日本経済新聞出版社 2011 p682
一夏の思い出から
　◇「辻邦生全集 16」新潮社 2005 p271
ひと夏の終り
　◇「辻邦生全集 16」新潮社 2005 p339
ひと夏の形見
　◇「森村誠一ベストセレクション 二重死肉」光文社 2011（光文社文庫）p309
人なみに長生きして、安楽に生きていたい
　◇「小田実全集 評論 7」講談社 2010 p69
他人（ひと）に
　◇「中井英夫全集 10」東京創元社 2002（創元ライブラリ）p51
ビート猫・ZEN猫—アメリカ（猫）の悲劇
　◇「小田実全集 評論 1」講談社 2010 p37
人の哀
　◇「徳田秋聲全集 3」八木書店 1999 p103
人の親を観て
　◇「谷崎潤一郎全集 1」中央公論新社 2015 p512
人の顔
　◇「佐々木基一全集 7」河出書房新社 2013 p474
私の好きな人達—インタビューby枝口芳子 人の気も知らないで
　◇「鈴木いづみコレクション 8」文遊社 1998 p197
人のくりかえす言葉
　◇「大庭みな子全集 3」日本経済新聞出版社 2009 p243
　◇「大庭みな子全集 20」日本経済新聞出版社 2010 p473
人の来ない港の教会
　◇「阿川弘之全集 20」新潮社 2007 p567
人の子の親となりて
　◇「坂口安吾全集 14」筑摩書房 1999 p356
人の死する声や
　◇「石牟礼道子全集 11」藤原書店 2005 p265
人の姿
　◇「石牟礼道子全集 12」藤原書店 2005 p354
人の精神の輝きを見る—荒井まり子著『未決囚十一年の青春』解説
　◇「松下竜一未刊行著作集 5」海鳥社 2009 p198
人の助けは借りたくない
　◇「深沢夏衣作品集」新幹社 2015 p496
人の波
　◇「小松左京全集 完全版 18」城西国際大学出版会 2013 p129
人のぬくもりをもつ黄八丈
　◇「小松左京全集 完全版 31」城西国際大学出版会 2008 p29
人の世の孤独を想う
　◇「大庭みな子全集 23」日本経済新聞出版社 2011 p309

人の世のなさけ
　◇「石牟礼道子全集 11」藤原書店 2005 p341
「人の和」の勝利
　◇「谷崎潤一郎全集 21」中央公論新社 2016 p439
一晩に七万四千円飲んだか飲まないかという話
　◇「坂口安吾全集 11」筑摩書房 1998 p405
〈ひと・ぴいぷる〉『夕刊フジ』の談話記事
　◇「安部公房全集 25」新潮社 1999 p226
「人びと」を描くということ—徳永直「太陽のない街」
　◇「小田実全集 評論 12」講談社 2011 p92
人びとにかかわる
　◇「小田実全集 評論 13」講談社 2011 p31
人びとの運動・その原理とありよう
　◇「小田実全集 評論 7」講談社 2010 p423
人びとのことばを—アジア・アフリカ・ラテンアメリカ文化会議に参加して
　◇「井上ひさしコレクション ことばの巻」岩波書店 2005 p93
一と房の髪
　◇「谷崎潤一郎全集 12」中央公論新社 2017 p497
火と蛇と水蛇の激突点
　◇「小松左京全集 完全版 31」城西国際大学出版会 2008 p11
人ベンチ
　◇「徳田秋聲全集 26」八木書店 2002 p352
「一幕立ち見」のころ
　◇「小松左京全集 完全版 42」城西国際大学出版会 2014 p383
火と水についての小曲
　◇「決定版 三島由紀夫全集 37」新潮社 2004 p450
瞳物語
　◇「決定版 三島由紀夫全集 37」新潮社 2004 p517
ひと目だけでも
　◇「片岡義男コレクション 2」早川書房 2009（ハヤカワ文庫）p113
ひとものがたり—『快傑黒頭巾』
　◇「松下竜一未刊行著作集 2」海鳥社 2008 p346
人やさき 犬やさき
　◇「阿川弘之全集 20」新潮社 2007 p441
人やさき 犬やさき—続 葭の髄から
　◇「阿川弘之全集 20」新潮社 2007 p303
ヒトラーの健全性
　◇「国枝史郎歴史小説傑作選」作品社 2006 p482
ヒトラーの再現を望むもの・芳賀檀
　◇「佐々木基一全集 1」河出書房新社 2013 p410
ひとり
　◇「寺山修司著作集 1」クインテッセンス出版 2009 p359
ひとり
　◇「徳田秋聲全集 5」八木書店 1998 p152

ひとり

独り
　◇「徳田秋聲全集 29」八木書店 2002 p93
ひとりゐ
　◇「決定版 三島由紀夫全集 37」新潮社 2004 p545
一人一評
　◇「坂口安吾全集 1」筑摩書房 1999 p361
一人一話録―最近の興味を惹いたもの
　◇「徳田秋聲全集 23」八木書店 2001 p259
一人一景
　◇「谷崎潤一郎全集 4」中央公論新社 2015 p502
ひとり占い
　◇「林京子全集 5」日本図書センター 2005 p416
独りを慎しむ
　◇「向田邦子全集 新版 11」文藝春秋 2010 p32
ひとり語
　◇「安部公房全集 1」新潮社 1997 p98
ひとりごと
　◇「谷崎潤一郎全集 3」中央公論新社 2016 p451
ひとり酒
　◇「山田風太郎エッセイ集成 風山房風呂焚き唄」筑摩書房 2008 p136
ひとり酒の夜
　◇「遠藤周作エッセイ選集 3」光文社 2006（知恵の森文庫）p255
ひとりじゃ死ねない
　◇「日影丈吉全集 別巻」国書刊行会 2005 p931
ひとり棲
　◇「徳田秋聲全集 3」八木書店 1999 p241
「ひとりぜりふ」（「ひとりせりふ」改題）
　◇「決定版 三島由紀夫全集 37」新潮社 2004 p481
ひとりだけの遷都
　◇「笹沢左保コレクション新装版 取調室」光文社 2008（光文社文庫）p279
ひとり旅
　◇「瀬戸内寂聴随筆選 4」ゆまに書房 2009 p39
ひとり旅
　◇「松本清張傑作選 戦い続けた男の素顔」新潮社 2009 p217
　◇「松本清張傑作選 戦い続けた男の素顔」新潮社 2013（新潮文庫）p311
独生子女（ひとりっこ）
　◇「大庭みな子全集 12」日本経済新聞出版社 2010 p83
ひとりで生きるための愛
　◇「瀬戸内寂聴随筆選 6」ゆまに書房 2009 p165
ひとりでもやる、ひとりでもやめる―「良心的軍事拒否国家」日本・市民の選択
　◇「小田実全集 評論 27」講談社 2013 p9
「一人の金田一耕助の死」
　◇「横溝正史自選集 1」出版芸術社 2006 p349
一人の処女
　◇「徳田秋聲全集 13」八木書店 1998 p12

ひとりの人間のことが気にかかる
　◇「小田実全集 評論 7」講談社 2010 p14
一人の芭蕉の問題
　◇「江戸川乱歩全集 26」光文社 2003（光文社文庫）p283
　◇「江戸川乱歩全集 25」光文社 2005（光文社文庫）p503
一人の芭蕉の問題
　◇「土屋隆夫コレクション新装版 妻に捧げる犯罪」光文社 2003（光文社文庫）p440
一人の晩餐
　◇「立松和平小説 16」勉誠出版 2012 p145
ひとりの武将
　◇「松本清張短編全集 06」光文社 2009（光文社文庫）p129
ひとりひとりが個人的に殺される
　◇「小田実全集 評論 24」講談社 2012 p310
一人二役
　◇「江戸川乱歩全集 1」光文社 2004（光文社文庫）p553
　◇「江戸川乱歩全集 7」沖積舎 2007 p173
ひとりみあげる…… ピンナップ
　◇「鈴木いづみセカンド・コレクション 3」文遊社 2006 p112
火取虫
　◇「宮本百合子全集 32」新日本出版社 2003 p51
「一人息子に嫁がきた」日から十六年
　◇「林京子全集 8」日本図書センター 2005 p347
一人息子に嫁がくる
　◇「林京子全集 7」日本図書センター 2005 p91
ひとり娘
　◇「阿川弘之全集 4」新潮社 2005 p521
ひとり者のラヴ・レター
　◇「色川武大・阿佐田哲也エッセイズ 2」筑摩書房 2003（ちくま文庫）p228
独りは愉し
　◇「決定版 三島由紀夫全集 27」新潮社 2003 p349
ビートルズ見物記
　◇「決定版 三島由紀夫全集 34」新潮社 2003 p168
人は一所懸命に生きる―アリステア・マクラウドの小説
　◇「［池澤夏樹］エッセー集成 2」みすず書房 2008 p102
人は躓く
　◇「佐々木基一全集 10」河出書房新社 2013 p688
人はなぜ死のうとするのか―私が自殺を思いとどまったとき
　◇「車谷長吉全集 2」新書館 2010 p523
人は、ヒトに
　◇「林京子全集 7」日本図書センター 2005 p393
人は人まで食べてきた
　◇「小松左京全集 完全版 34」城西国際大学出版会 2009 p235

人は「不幸になる権利」も欲する!?
　◇「小松左京全集 完全版 40」城西国際大学出版会 2012 p347

人は世につれ世は歌につれ
　◇「林京子全集 7」日本図書センター 2005 p184

雛
　◇「目取真俊短篇小説選集 1」影書房 2013 p101

鄙歌（ひなうた）
　◇「決定版 三島由紀夫全集 37」新潮社 2004 p495

ひなげしの家
　◇「田辺聖子全集 16」集英社 2005 p331

日向ぼっこ
　◇「徳田秋聲全集 7」八木書店 1998 p262

日夏先生
　◇「小沼丹全集 4」未知谷 2004 p483

雛人形
　◇「林京子全集 4」日本図書センター 2005 p361

雛の宿
　◇「決定版 三島由紀夫全集 18」新潮社 2002 p725

雛の夜あらし
　◇「赤江瀑短編傑作選 恐怖編」光文社 2007（光文社文庫）p43

雛祭
　◇「内田百閒集成 12」筑摩書房 2003（ちくま文庫）p226

雛祭り
　◇「古井由吉自撰作品 7」河出書房新社 2012 p62

お伽劇雛祭の夜（映画脚本）
　◇「谷崎潤一郎全集 10」中央公論新社 2016 p407

ひな勇はん
　◇「宮本百合子全集 32」新日本出版社 2003 p234

火縄銃
　◇「江戸川乱歩全集 8」光文社 2004（光文社文庫）p369
　◇「江戸川乱歩全集 18」沖積舎 2009 p235

美男
　◇「谷崎潤一郎全集 4」中央公論新社 2015 p435

美男について
　◇「小檜山博全集 8」柏艪舎 2006 p237

非難場所・陸軍仕官学校
　◇「阿川弘之全集 19」新潮社 2007 p443

ピーナ Pina
　◇「須賀敦子全集 1」河出書房新社 2006（河出文庫）p407

美に到る道
　◇「辻邦生全集 19」新潮社 2005 p148

非肉食人種
　◇「小松左京全集 完全版 37」城西国際大学出版会 2010 p284

皮肉の文学
　◇「徳田秋聲全集 21」八木書店 2001 p323

美に逆らふもの
　◇「決定版 三島由紀夫全集 31」新潮社 2003 p546

火について
　◇「寺山修司著作集 1」クインテッセンス出版 2009 p439

美について
　◇「安部公房全集 9」新潮社 1998 p435

美について
　◇「決定版 三島由紀夫全集 27」新潮社 2003 p217

美に酔う構図
　◇「辻邦生全集 19」新潮社 2005 p226

非人間的な、餘りに非人間的な
　◇「福田恆存評論集 8」麗澤大學出版會、廣池學園事業部〔発売〕2007 p228

日沼氏と死
　◇「決定版 三島由紀夫全集 35」新潮社 2003 p184

ひねくれ一茶
　◇「田辺聖子全集 18」集英社 2005 p9

ひねくれもの
　◇「中井英夫全集 10」東京創元社 2002（創元ライブラリ）p21

火ねずみの恋
　◇「中上健次全集 10」インスクリプト 2017 p548

火野葦平「麦と兵隊」
　◇「小林秀雄全作品 10」新潮社 2003 p197
　◇「小林秀雄全集 補巻 1」新潮社 2010 p534

「日の當たる場所へ」（四月六日）
　◇「福田恆存評論集 18」麗澤大學出版會、廣池學園事業部〔発売〕2010 p152

美の行脚 対談（河上徹太郎）
　◇「小林秀雄全作品 21」新潮社 2004 p69
　◇「小林秀雄全集 補巻 3」新潮社 2010 p32

美の五つの二行詩
　◇「決定版 三島由紀夫全集 37」新潮社 2004 p337

火の海
　◇「立松和平全小説 5」勉誠出版 2010 p98

ヒノエウマの話
　◇「坂口安吾全集 14」筑摩書房 1999 p307

飛縁魔
　◇「高橋克彦自選短編集 2」講談社 2009（講談社文庫）p397

火の女
　◇「大庭みな子全集 5」日本経済新聞出版社 2009 p478

火の踵
　◇「原民喜戦後全小説」講談社 2015（講談社文芸文庫）p338

美のかたち―「金閣寺」をめぐって〔対談〕（小林秀雄）
　◇「決定版 三島由紀夫全集 39」新潮社 2004 p277

美の価値
　◇「定本 荒巻義雄メタSF全集 5」彩流社 2015 p356

ひのか

火の紙票(カード)
　◇「山本周五郎探偵小説全集 6」作品社 2008 p282

陽のかなしみ
　◇「石牟礼道子全集 6」藤原書店 2006 p227

火の川
　◇「立松和平小説 23」勉誠出版 2013 p286

火の記憶
　◇「松本清張傑作短篇コレクション 下」文藝春秋 2004（文春文庫）p435
　◇「松本清張短編全集 01」光文社 2008（光文社文庫）p139

ピノキオの鼻
　◇「中井英夫全集 3」東京創元社 1996（創元ライブラリ）p532

檜の軍艦
　◇「向田邦子全集 新版 6」文藝春秋 2009 p47

火の唇
　◇「原民喜戦後全小説」講談社 2015（講談社文芸文庫）p373

火の車
　◇「立松和平小説 2」勉誠出版 2010 p137
　◇「立松和平小説 2」勉誠出版 2010 p206

火野君の思い出
　◇「小林秀雄全作品 21」新潮社 2004 p294
　◇「小林秀雄全集 補巻 3」新潮社 2010 p88

火の継承
　◇「中井英夫全集 7」東京創元社 1998（創元ライブラリ）p595

美の系譜―松田修著『刺青・性・死』
　◇「中井英夫全集 6」東京創元社 1996（創元ライブラリ）p470

美の洪水―泉鏡花
　◇「中井英夫全集 7」東京創元社 1998（創元ライブラリ）p453

火の子供
　◇「原民喜戦後全小説」講談社 2015（講談社文芸文庫）p434

火の杯
　◇「山本周五郎長篇小説全集 25」新潮社 2015 p7

美の山河を越えて
　◇「辻邦生全集 19」新潮社 2005 p155

日野さんの引力圏の中で
　◇「〔池澤夏樹〕エッセー集成 1」みすず書房 2008 p77

火の島・アイスランドにて
　◇「小松左京全集 完全版 37」城西国際大学出版会 2010 p196

火の島の花
　◇「天城一傑作集 〔1〕」日本評論社 2004 p32

美の世界を築く
　◇「大庭みな子全集 8」日本経済新聞出版社 2009 p346

火のついた踵
　◇「宮本百合子全集 2」新潮社 2001 p181

ピノッキオたち
　◇「須賀敦子全集 3」河出書房新社 2007（河出文庫）p547

日の出十二題
　◇「徳田秋聲全集 22」八木書店 2001 p278

美の憧憬者の影―篠田一士の死を悼んで
　◇「辻邦生全集 16」新潮社 2005 p230

美の棘
　◇「中井英夫全集 7」東京創元社 1998（創元ライブラリ）p695

Bの二号さん
　◇「向田邦子全集 新版 6」文藝春秋 2009 p56

火のはしらよ[翻訳]（ダヴィデ・マリア・トゥロルド）
　◇「須賀敦子全集 7」河出書房新社 2007（河出文庫）p87

美の犯罪
　◇「土屋隆夫コレクション新装版 影の告発」光文社 2002（光文社文庫）p435

美の亡霊―「恋の帆影」
　◇「決定版 三島由紀夫全集 33」新潮社 2003 p204

日の丸
　◇「定本 久生十蘭全集 10」国書刊行会 2011 p119

日の丸の旗二題
　◇「阿川弘之全集 19」新潮社 2007 p512

火の用心
　◇「内田百閒集成 12」筑摩書房 2003（ちくま文庫）p213
　◇「内田百閒集成 16」筑摩書房 2004（ちくま文庫）p42

非売品
　◇「徳田秋聲全集 1」八木書店 1997 p312

被爆した父と娘を描いて―人類史、あの時折り返した
　◇「井上ひさしコレクション 日本の巻」岩波書店 2005 p219

比婆山紀行
　◇「阿川弘之全集 18」新潮社 2007 p427

火鉢
　◇「決定版 三島由紀夫全集 37」新潮社 2004 p606

ヒバチからZENまで―アメリカの「日本ブーム」
　◇「小田実全集 評論 1」講談社 2010 p64

雲雀
　◇「決定版 三島由紀夫全集 37」新潮社 2004 p86

雲雀
　◇「横溝正史時代小説コレクション伝奇篇 3」出版芸術社 2003 p354

雲雀の巣を捜した日
　◇「車谷長吉全集 3」新書館 2010 p409

『雲雀の巣を捜した日』
　◇「車谷長吉全集 3」新書館 2010 p359

雲雀は空に
◇「大佛次郎セレクション第2期 曠野の果」未知谷 2008 p397

批判する力を育てる
◇「松下竜一未刊行著作集 2」海鳥社 2008 p105

響
◇「林京子全集 1」日本図書センター 2005 p173

響子愛染
◇「三枝和子選集 3」鼎書房 2007 p189

響子悪趣
◇「三枝和子選集 3」鼎書房 2007 p367

響子不生
◇「三枝和子選集 3」鼎書房 2007 p545

響子微笑
◇「三枝和子選集 3」鼎書房 2007 p5

響く弦
◇「大庭みな子全集 15」日本経済新聞出版社 2010 p141

「日々難渋也」心休まる励まし─『全日記小津安二郎』
◇「井上ひさしコレクション 人間の巻」岩波書店 2005 p49

ぴぴ二世
◇「小沼丹全集 4」未知谷 2004 p404

日々の映り
◇「宮本百合子全集 5」新日本出版社 2001 p267

日比野士朗「呉淞クリーク」
◇「小林秀雄全作品 12」新潮社 2003 p267
◇「小林秀雄全集 補巻 2」新潮社 2010 p153

日々の絶筆
◇「小島信夫批評集成 7」水声社 2011 p533

ひびの入つた笛
◇「徳田秋聲全集 30」八木書店 2002 p306

批評
◇「小林秀雄全作品 25」新潮社 2004 p9
◇「小林秀雄全集 補巻 3」新潮社 2010 p297

批評
◇「丸谷才一全集 9」文藝春秋 2013 p415

批評運動の提唱─「分る・分らない」式鑑賞組織からの脱却を
◇「安部公房全集 11」新潮社 1998 p368

批評を持続する交流のエネルギーに─「私の劇評」にこたえる
◇「安部公房全集 11」新潮社 1998 p474

批評を批評する〔座談会〕(江藤文夫, 杉山誠, 花田清輝, 柾木恭介)
◇「安部公房全集 15」新潮社 1998 p121

批評家
◇「丸谷才一全集 10」文藝春秋 2014 p142

批評家が「小説」を書くという事件
◇「金井美恵子エッセイ・コレクション─1964-2013 3」平凡社 2013 p341

批評家失格 I
◇「小林秀雄全作品 2」新潮社 2002 p165
◇「小林秀雄全集 補巻 1」新潮社 2010 p112

批評家失格 II
◇「小林秀雄全作品 3」新潮社 2002 p29
◇「小林秀雄全集 補巻 1」新潮社 2010 p135

批評家というもの
◇「小島信夫批評集成 2」水声社 2011 p748

批評家としての谷崎松子
◇「丸谷才一全集 9」文藝春秋 2013 p357

批評家としての中村真一郎
◇「丸谷才一全集 10」文藝春秋 2014 p253

批評家と非常時
◇「小林秀雄全作品 13」新潮社 2003 p118
◇「小林秀雄全集 補巻 2」新潮社 2010 p177

批評家に小説がわかるか
◇「決定版 三島由紀夫全集 27」新潮社 2003 p430

批評家になろうとする人へ
◇「土屋隆夫コレクション新装版 危険な童話」光文社 2002 (光文社文庫) p459

批評家に望む
◇「吉行淳之介エッセイ・コレクション 3」筑摩書房 2004 (ちくま文庫) p156

批評家の立場
◇「小林秀雄全作品 9」新潮社 2003 p128
◇「小林秀雄全集 補巻 1」新潮社 2010 p471

批評家の手帖─言葉の機能に關する考察
◇「福田恆存評論集 5」麗澤大學出版會, 廣池學園事業部〔発売〕 2008 p133

批評精神の探求─自伝的スケッチ
◇「佐々木基一全集 6」河出書房新社 2012 p157

批評宣言〔鼎談〕(今泉篤男, 吉田秀和)
◇「福田恆存対談・座談集 1」玉川大学出版部 2011 p185

批評的怪談
◇「安部公房全集 11」新潮社 1998 p499

批評的随想
◇「佐々木基一全集 1」河出書房新社 2013 p215
◇「佐々木基一全集 1」河出書房新社 2013 p365

批評といふこと
◇「小酒井不木随筆評論選集 8」本の友社 2004 p226

批評と批評家
◇「小林秀雄全作品 6」新潮社 2003 p221
◇「小林秀雄全集 補巻 1」新潮社 2010 p325

批評について
◇「小林秀雄全作品 4」新潮社 2003 p193
◇「小林秀雄全作品 21」新潮社 2004 p29
◇「小林秀雄全集 補巻 1」新潮社 2010 p210
◇「小林秀雄全集 補巻 3」新潮社 2010 p23

批評に就いて
◇「小林秀雄全作品 3」新潮社 2002 p215
◇「小林秀雄全集 補巻 1」新潮社 2010 p173

ひひよ

批評の形式
　◇「丸谷才一全集 10」文藝春秋 2014 p260
批評の最頂点
　◇「徳田秋聲全集 19」八木書店 2000 p184
批評の"首府"を建設―河上徹太郎著「批評の自由」
　◇「決定版 三島由紀夫全集 33」新潮社 2003 p103
批評の「毒」をふくんだ小説―小林信彦
　◇「小松左京全集 完全版 41」城西国際大学出版会 2013 p239
批評は解放の組織者である
　◇「宮本百合子全集 18」新日本出版社 2002 p132
非武装の信念を貫く住職
　◇「松下竜一未刊行著作集 5」海鳥社 2009 p349
ビフテキとカツレツ
　◇「阿川弘之全集 20」新潮社 2007 p168
美貌の妻 森鷗外
　◇「小島信夫批評集成 3」水声社 2011 p91
秘宝の墓場
　◇「山田風太郎ミステリー傑作選 9」光文社 2002（光文社文庫）p53
備忘録
　◇「決定版 三島由紀夫全集 26」新潮社 2003 p521
ヒポクラテスとその後継者
　◇「小酒井不木随筆評論選集 6」本の友社 2004 p173
悲母たち
　◇「石牟礼道子全集 7」藤原書店 2005 p403
秘本大岡政談
　◇「井上ひさし短編中編小説集成 7」岩波書店 2015 p337
「日増しに味方は薄くなる」の巻
　◇「小田実全集 小説 27」講談社 2012 p370
ひまつぶし
　◇「狩久全集 1」皆進社 2013 p42
ひまつぶし
　◇「土屋隆夫コレクション新装版 赤の組曲」光文社 2002（光文社文庫）p462
火まつり
　◇「中上健次集 8」インスクリプト 2013 p235
火祭りにて
　◇「小檜山博全集 8」柏艪舎 2006 p46
「ひま」と「説得」
　◇「小田実全集 評論 3」講談社 2010 p52
「ひま」と知識人
　◇「小田実全集 評論 3」講談社 2010 p55
ヒマな役
　◇「田中小実昌エッセイ・コレクション 3」筑摩書房 2002（ちくま文庫）p177
ヒマラヤ登り
　◇「田村泰次郎選集 5」日本図書センター 2005 p127

日向葵
　◇「定本 久生十蘭全集 10」国書刊行会 2011 p287
　◇「定本 久生十蘭全集 10」国書刊行会 2011 p380
ひまわり学級の作文
　◇「小島信夫批評集成 1」水声社 2011 p293
向日葵の眼
　◇「野村胡堂探偵小説全集」作品社 2007 p334
卑弥呼
　◇「石牟礼道子全集 1」藤原書店 2004 p423
卑弥呼―邪馬台国始末記
　◇「小松左京全集 完全版 12」城西国際大学出版会 2007 p25
秘密
　◇「谷崎潤一郎全集 1」中央公論新社 2015 p89
秘密
　◇「中井英夫全集 10」東京創元社 2002（創元ライブラリ）p34
秘密
　◇「深沢夏衣作品集」新幹社 2015 p271
秘密
　◇「丸谷才一全集 1」文藝春秋 2013 p423
美味追真
　◇「中井英夫全集 3」東京創元社 1996（創元ライブラリ）p434
秘密を知る男・四方庵宗偏
　◇「山田風太郎エッセイ集成 秀吉はいつ知ったか」筑摩書房 2008 p209
秘密計画
　◇「小松左京全集 完全版 25」城西国際大学出版会 2017 p112
秘密製品
　◇「小松左京全集 完全版 14」城西国際大学出版会 2009 p67
秘密―とんだとばっちり
　◇「松下竜一未刊行著作集 3」海鳥社 2009 p349
秘密は秘密として活かしたい
　◇「遠藤周作エッセイ選集 1」光文社 2006（知恵の森文庫）p114
秘密は桃色
　◇「日影丈吉全集 8」国書刊行会 2004 p490
微妙な記憶の個人差
　◇「〔野呂邦暢〕随筆コレクション 2」みすず書房 2014 p225
微妙な人間的交錯―雑誌ジャーナリズムの理想性と現実性
　◇「宮本百合子全集 13」新日本出版社 2001 p245
ピムキン、でかした！
　◇「宮本百合子全集 4」新日本出版社 2001 p61
悲鳴の練習
　◇「小田実全集 小説 32」講談社 2013 p89
姫おましょ
　◇「石牟礼道子全集 11」藤原書店 2005 p210

姫街道まっしぐら
　◇「都筑道夫時代小説コレクション 2」戎光祥出版 2014（戎光祥時代小説名作館）p139
姫君何処におらすか
　◇「山田風太郎妖異小説コレクション 山屋敷秘図」徳間書店 2003（徳間文庫）p76
姫路文学館に骨を埋めた人
　◇「車谷長吉全集 3」新書館 2010 p436
姫育て
　◇「20世紀断層―野坂昭如単行本未収録小説集成 4」幻戯書房 2010 p482
秘めたる恋
　◇「徳田秋聲全集 31」八木書店 2003 p3
ヒメの力―少女（天女）の意味
　◇「大庭みな子全集 20」日本経済新聞出版社 2010 p448
ヒメユリさん
　◇「小島信夫長篇集成 2」水声社 2015 p371
秘められた青春
　◇「小檜山博全集 1」柏艪舎 2006 p45
紐つくり
　◇「瀬戸内寂聴随筆選 3」ゆまに書房 2009 p79
緋桃の枝
　◇「石牟礼道子全集 16」藤原書店 2013 p488
緋文
　◇「日影丈吉全集 6」国書刊行会 2002 p184
碑文谷事件
　◇「鮎川哲也コレクション 早春に死す」光文社 2007（光文社文庫）p9
百円玉をもって
　◇「林京子全集 8」日本図書センター 2005 p318
百円札
　◇「内田百閒集成 5」筑摩書房 2003（ちくま文庫）p87
百九点
　◇「小檜山博全集 8」柏艪舎 2006 p120
百唇の譜
　◇「野村胡堂伝奇幻想小説集成」作品社 2009 p247
百錢
　◇「宮本百合子全集 9」新日本出版社 2001 p374
百段畑の天草
　◇「石牟礼道子全集 8」藤原書店 2005 p265
百人一首
　◇「小沼丹全集 4」未知谷 2004 p55
『一〇〇人の子供たちが列車を待っている』―一〇〇人の子供たちと一緒に、私たちも列車を待っている
　◇「金井美恵子エッセイ・コレクション一1964-2013 4」平凡社 2014 p241
百年後の古典は……
　◇「井上ひさしコレクション ことばの巻」岩波書店 2005 p293

百年戰争
　◇「福田恆存評論集 20」麗澤大學出版會, 廣池學園事業部〔発売〕 2011 p76
『百年の孤独』の作家―ガブリエル・ガルシア＝マルケス
　◇「丸谷才一全集 11」文藝春秋 2014 p330
百年の日本人「夏目漱石」
　◇「井上ひさしコレクション 人間の巻」岩波書店 2005 p303
一〇〇年の約束 夢の中の不安
　◇「小島信夫批評集成 8」水声社 2010 p515
媚薬（びゃく）の旅
　◇「土屋隆夫コレクション新装版 妻に捧げる犯罪」光文社 2003（光文社文庫）p287
秘薬武士道
　◇「横溝正史時代小説コレクション伝奇篇 1」出版芸術社 2003 p243
100マイナス98のカベ
　◇「色川武大・阿佐田哲也エッセイズ 1」筑摩書房 2003（ちくま文庫）p251
百万円煎餅
　◇「決定版 三島由紀夫全集 19」新潮社 2002 p673
「百万円煎餅」の背景―浅草新世界
　◇「決定版 三島由紀夫全集 32」新潮社 2003 p59
百万人の小説〔「百万人の小説」下書稿〕
　◇「坂口安吾全集 15」筑摩書房 1999 p650
百万人の文学
　◇「坂口安吾全集 9」筑摩書房 1998 p5
百メートルの樹木
　◇「吉行淳之介エッセイ・コレクション 3」筑摩書房 2004（ちくま文庫）p106
百面相役者
　◇「江戸川乱歩全集 1」光文社 2004（光文社文庫）p473
　◇「江戸川乱歩全集 13」沖積舎 2008 p261
百物語
　◇「都筑道夫恐怖短篇集成 1」筑摩書房 2004（ちくま文庫）p464
百物語
　◇「〔森〕鷗外近代小説集 5」岩波書店 2013 p129
「白夜」
　◇「佐々木基一全集 7」河出書房新社 2013 p96
白夜（川村二郎）
　◇「大庭みな子全集 23」日本経済新聞出版社 2011 p239
白夜 An Intermezzo―一幕劇のための作品
　◇「寺山修司著作集 3」クインテッセンス出版 2009 p31
百雷
　◇「立松和平全小説 12」勉誠出版 2011 p235
冷酒
　◇「小寺菊子作品集 2」桂書房 2014 p499

ひやし

冷し馬
　◇「井上ひさし短編中編小説集成 4」岩波書店 2015 p57

ヒヤシンスの記憶
　◇「須賀敦子全集 2」河出書房新社 2006（河出文庫）p294

百花園
　◇「宮本百合子全集 9」新日本出版社 2001 p368

百科事典とコンピュートピア
　◇「中井英夫全集 6」東京創元社 1996（創元ライブラリ）p112

百科事典と人間と
　◇「中井英夫全集 6」東京創元社 1996（創元ライブラリ）p123

百科事典について
　◇「中井英夫全集 6」東京創元社 1996（創元ライブラリ）p112

百花斉放
　◇「安部公房全集 6」新潮社 1998 p158

百鬼園浮世談義
　◇「内田百閒集成 7」筑摩書房 2003（ちくま文庫）p199

百鬼園旧套
　◇「内田百閒集成 5」筑摩書房 2003（ちくま文庫）p24

〈抜粋〉百鬼園師弟録
　◇「内田百閒集成 24」筑摩書房 2004（ちくま文庫）p62

百鬼園師弟録
　◇「内田百閒集成 6」筑摩書房 2003（ちくま文庫）p29

百鬼園写真帖
　◇「内田百閒集成 24」筑摩書房 2004（ちくま文庫）

百鬼園新装
　◇「内田百閒集成 5」筑摩書房 2003（ちくま文庫）p201

百鬼園戦後日記
　◇「内田百閒集成 23」筑摩書房 2004（ちくま文庫）

百鬼園先生言行余録
　◇「内田百閒集成 7」筑摩書房 2003（ちくま文庫）p65

百鬼園先生言行録
　◇「内田百閒集成 7」筑摩書房 2003（ちくま文庫）p9

百鬼園先生言行録拾遺
　◇「内田百閒集成 7」筑摩書房 2003（ちくま文庫）p78

百鬼園日記帖（自大正六年七月至大正八年九月）
　◇「内田百閒集成 20」筑摩書房 2004（ちくま文庫）p7

百鬼園俳句帖
　◇「内田百閒集成 18」筑摩書房 2004（ちくま文庫）p93

　◇「内田百閒集成 24」筑摩書房 2004（ちくま文庫）p238

百鬼園俳句帖漫評会
　◇「内田百閒集成 18」筑摩書房 2004（ちくま文庫）p197

百鬼園俳談義 口述
　◇「内田百閒集成 18」筑摩書房 2004（ちくま文庫）p33

百閒讚
　◇「阿川弘之全集 16」新潮社 2006 p470

百閒先生置き薬説
　◇「阿川弘之全集 18」新潮社 2007 p526

白狐の湯―幕
　◇「谷崎潤一郎全集 9」中央公論新社 2017 p275

ビヤホール風景
　◇「大坪砂男全集 4」東京創元社 2013（創元推理文庫）p233

ひやめし物語
　◇「〔山本周五郎〕新編傑作選 1」小学館 2010（小学館文庫）p5

日向衆闇かぐら
　◇「石牟礼道子全集 8」藤原書店 2005 p345

ヒュウマニズム論
　◇「小林秀雄全作品 7」新潮社 2003 p230
　◇「小林秀雄全集 補巻 1」新潮社 2010 p396

非ユークリッド的な蜘蛛
　◇「車谷長吉全集 2」新書館 2010 p12

ビュッフェ展を見て
　◇「小島信夫批評集成 2」水声社 2011 p302

ビュッフェの世界
　◇「〔野呂邦暢〕随筆コレクション 2」みすず書房 2014 p486

葬送行進曲（ヒューネラル・マーチ）
　◇「野村胡堂探偵小説全集」作品社 2007 p280

譬喩の文学へ
　◇「佐々木基一全集 2」河出書房新社 2013 p371

ヒューマニズム
　◇「小林秀雄全作品 24」新潮社 2004 p70
　◇「小林秀雄全集 補巻 1」新潮社 2010 p235

ヒューマニズムへの道―文芸時評
　◇「宮本百合子全集 13」新日本出版社 2001 p33

ヒューマニズムの諸相
　◇「宮本百合子全集 13」新日本出版社 2001 p30

ヒューマニズム病（八月二日）
　◇「福田恆存評論集 18」麗澤大學出版會，廣池學園事業部〔発売〕2010 p77

ヒューム
　◇「江戸川乱歩全集 30」光文社 2005（光文社文庫）p700

豹
　◇「内田百閒集成 3」筑摩書房 2002（ちくま文庫）p43

ひょう

豹
◇「山本周五郎探偵小説全集 6」作品社 2008 p267
憑依
◇「寺山修司著作集 1」クインテッセンス出版 2009 p21
「表意文字ソング」
◇「井上ひさしコレクション ことばの巻」岩波書店 2005 p57
病院
◇「中井英夫全集 10」東京創元社 2002（創元ライブラリ）p172
氷花
◇「原民喜戦後全小説」講談社 2015（講談社文芸文庫）p300
氷河期
◇「石上玄一郎作品集 2」日本図書センター 2004 p5
◇「石上玄一郎小説作品集成 2」未知谷 2008 p355
氷河の国 アラスカ
◇「大庭みな子全集 23」日本経済新聞出版社 2011 p412
病気
◇「田村泰次郎選集 1」日本図書センター 2005 p49
病気という名の休養
◇「大坪砂男全集 4」東京創元社 2013（創元推理文庫）p461
病気にかかるのは天罰だ!?
◇「小松左京全集 完全版 34」城西国際大学出版会 2009 p291
病気日記
◇「德田秋聲全集 5」八木書店 1998 p143
病気の話
◇「20世紀断層―野坂昭如単行本未収録小説集成 5」幻戯書房 2010 p168
病気の昔もなつかしか
◇「石牟礼道子全集 11」藤原書店 2005 p548
病気の幼児体験
◇「20世紀断層―野坂昭如単行本未収録小説集成 4」幻戯書房 2010 p49
病気見舞ということ
◇「吉行淳之介エッセイ・コレクション 1」筑摩書房 2004（ちくま文庫）p301
病菌とたたかう人々
◇「宮本百合子全集 19」新日本出版社 2002 p215
病苦
◇「小酒井不木随筆評論選集 8」本の友社 2004 p33
病軀と闘魂―獄中の村上国治氏に会って
◇「松田解子自選集 8」澤田出版 2008 p269
表現
◇「宮本百合子全集 14」新日本出版社 2001 p125
「表現を奪われる」「表現を奪う」
◇「小田実全集 評論 13」講談社 2011 p207

表現下の世界
◇「石牟礼道子全集 7」藤原書店 2005 p402
表現者として
◇「井上ひさしコレクション 人間の巻」岩波書店 2005 p49
表現と時間について
◇「松田解子自選集 9」澤田出版 2009 p31
表現とは 第4回潮賞（小説部門）
◇「大庭みな子全集 24」日本経済新聞出版社 2011 p51
氷原における同情
◇「安部公房全集 8」新潮社 1998 p299
表現について
◇「小林秀雄全作品 18」新潮社 2004 p29
◇「小林秀雄全集 補卷 2」新潮社 2010 p416
表現のさまざま
◇「大庭みな子全集 6」日本経済新聞出版社 2009 p153
◇「大庭みな子全集 6」日本経済新聞出版社 2009 p188
表現の呪力―文学の立場から
◇「石牟礼道子全集 17」藤原書店 2012 p442
表現の倫理
◇「福田恆存評論集 1」麗澤大學出版會, 廣池學園事業部〔發売〕2009 p291
氷山
◇「狩久全集 1」皆進社 2013 p5
標識燈
◇「小沼丹全集 4」未知谷 2004 p447
拍子木の音
◇「小寺菊子作品集 1」桂書房 2014 p251
病室
◇「德田秋聲全集 7」八木書店 1998 p281
病室
◇「中井英夫全集 10」東京創元社 2002（創元ライブラリ）p144
病弱体質の突然変異
◇「20世紀断層―野坂昭如単行本未収録小説集成 4」幻戯書房 2010 p51
病者の世界から
◇「石牟礼道子全集 8」藤原書店 2005 p411
病者の文学
◇「車谷長吉全集 3」新書館 2010 p783
描写論
◇「德田秋聲全集 20」八木書店 2001 p313
標準化石
◇「小松左京全集 完全版 25」城西国際大学出版会 2017 p187
標準が解らない
◇「德田秋聲全集 19」八木書店 2000 p173
表情ある話振りと雅かな態度
◇「德田秋聲全集 19」八木書店 2000 p287

ひよう

病床から
　◇「松下竜一未刊行著作集 1」海鳥社 2008 p53
『氷上旅日記 ミュンヘン—パリを歩いて』
　ヴェルナー・ヘルツォーク
　◇「須賀敦子全集 4」河出書房新社 2007（河出文庫）p240
病床日記
　◇「松下竜一未刊行著作集 3」海鳥社 2009 p13
病床にて
　◇「谷崎潤一郎全集 23」中央公論新社 2017 p257
病床にて
　◇「徳田秋聲全集 20」八木書店 2001 p137
病床にて—寂しい地獄の音たち
　◇「決定版 三島由紀夫全集 37」新潮社 2004 p448
表情の恢復
　◇「佐々木基一全集 1」河出書房新社 2013 p353
病床より
　◇「徳田秋聲全集 23」八木書店 2001 p229
病蓐の幻想
　◇「谷崎潤一郎全集 4」中央公論新社 2015 p251
「美容整形」この神を怖れぬもの
　◇「決定版 三島由紀夫全集 33」新潮社 2003 p422
美容整形するのはいいことかしら？
　◇「小松左京全集 完全版 34」城西国際大学出版会 2009 p73
ヒョウタン
　◇「梅崎春生作品集 3」沖積舎 2004 p242
〈抜粋〉瓢簞八つ
　◇「内田百閒集成 24」筑摩書房 2004（ちくま文庫）p230
瓢簞八つ
　◇「内田百閒集成 19」筑摩書房 2004（ちくま文庫）p212
氷中花
　◇「津村節子自選作品集 6」岩波書店 2005 p45
病中日記
　◇「徳田秋聲全集 19」八木書店 2000 p442
表徴の帝国よりあなたへ
　◇「定本 荒巻義雄メタSF全集 別巻」彩流社 2015 p66
瓢亭と中村屋
　◇「谷崎潤一郎全集 1」中央公論新社 2015 p411
病的の煙草癖
　◇「徳田秋聲全集 19」八木書店 2000 p88
『評伝三島由紀夫』書評—佐伯彰一
　◇「中井英夫全集 6」東京創元社 1996（創元ライブラリ）p698
平等と自由
　◇「小田実全集 評論 7」講談社 2010 p349
平等な交流
　◇「安部公房全集 7」新潮社 1998 p136

病人
　◇「小檜山博全集 1」柏艪舎 2006 p221
病人騒ぎ
　◇「徳田秋聲全集 15」八木書店 1999 p61
瓢鮎図
　◇「小林秀雄全作品 18」新潮社 2004 p220
　◇「小林秀雄全集 補巻 2」新潮社 2010 p462
氷美人
　◇「徳田秋聲全集 26」八木書店 2002 p93
飈風
　◇「谷崎潤一郎全集 1」中央公論新社 2015 p463
屏風はたたまれた
　◇「〔山本周五郎〕新編傑作選 2」小学館 2010（小学館文庫）p111
評—文芸特集号
　◇「安部公房全集 30」新潮社 2009 p66
表裏
　◇「上野壮夫全集 2」図書新聞 2009 p239
表裏・南極半島
　◇「小松左京全集 完全版 37」城西国際大学出版会 2010 p243
漂流記—大人のお伽話の世界に遊ぶ安吾移住記
　◇「坂口安吾全集 12」筑摩書房 1999 p494
漂流綺譚
　◇「横溝正史時代小説コレクション捕物篇 1」出版芸術社 2003 p195
漂流物
　◇「車谷長吉全集 1」新書館 2010 p379
病恋愛
　◇「徳田秋聲全集 28」八木書店 2002 p317
兵糧はこび（有郷（あいごう）きく談）
　◇「石牟礼道子全集 1」藤原書店 2004 p387
ヒョウロン
　◇「定本 荒巻義雄メタSF全集 5」彩流社 2015 p349
評論家ヘイクラフト
　◇「江戸川乱歩全集 25」光文社 2005（光文社文庫）p449
比翼の鳥
　◇「都筑道夫恐怖短篇集成 3」筑摩書房 2004（ちくま文庫）p183
鵯
　◇「内田百閒集成 9」筑摩書房 2003（ちくま文庫）p34
ひよどり会
　◇「内田百閒集成 15」筑摩書房 2003（ちくま文庫）p280
鵯の花見
　◇「小沼丹全集 4」未知谷 2004 p413
ヒョーマン亭さんへ
　◇「松下竜一未刊行著作集 2」海鳥社 2008 p212
平壌の雪
　◇「野呂邦暢小説集成 5」文遊社 2015 p563

ビョン・ワン・リー
　◇「大庭みな子全集 16」日本経済新聞出版社 2010 p218

平泉栄吉宛〔書簡〕
　◇「坂口安吾全集 別巻」筑摩書房 2012 p120

平出修について
　◇「瀬戸内寂聴随筆選 2」ゆまに書房 2009 p194

平岡公威自伝
　◇「決定版 三島由紀夫全集 26」新潮社 2003 p420

平岡篤頼*離陸する想像力〔対談〕
　◇「大庭みな子全集 21」日本経済新聞出版社 2011 p173

平賀源内捕物帳
　◇「定本 久生十蘭全集 3」国書刊行会 2009 p277

平賀源内について
　◇「佐々木基一全集 10」河出書房新社 2013 p624

開かれた大庭文学の魅力 木崎さと子〔対談〕
　◇「大庭みな子全集 21」日本経済新聞出版社 2011 p397

ひらかれた窓〔翻訳〕（ダヴィデ・マリア・トゥロルド）
　◇「須賀敦子全集 7」河出書房新社 2007（河出文庫）p89

ひらかれた眼―仁保事件と私
　◇「松下竜一未刊行著作集 4」海鳥社 2008 p13

平川祐弘著「米国大統領への手紙」
　◇「阿川弘之全集 19」新潮社 2007 p216

ひらく
　◇「大庭みな子全集 18」日本経済新聞出版社 2010 p168

改訂完全版ひらけ！ 勝鬨橋
　◇「島田荘司全集 6」南雲堂 2014 p199

平田次三郎著『三つのソ連紀行』
　◇「佐々木基一全集 1」河出書房新社 2013 p477

平田満 コンプレックスにささえられているボク〔対談〕
　◇「大庭みな子全集 22」日本経済新聞出版社 2011 p70

平塚明子論
　◇「小寺菊子作品集 3」桂書房 2014 p40

平塚らいてうさんを悼む
　◇「瀬戸内寂聴随筆選 2」ゆまに書房 2009 p210

平野謙
　◇「佐々木基一全集 4」河出書房新社 2013 p433

〔平野謙〕思い出すことども
　◇「佐々木基一全集 5」河出書房新社 2013 p222

〔平野謙〕青春の負の歴史
　◇「佐々木基一全集 5」河出書房新社 2013 p13

〔平野謙について〕
　◇「坂口安吾全集 別巻」筑摩書房 2012 p49

平野栄久宛書簡
　◇「安部公房全集 20」新潮社 1999 p238

平林さんの草履
　◇「瀬戸内寂聴随筆選 1」ゆまに書房 2009 p183

平林さんの「林芙美子」
　◇「瀬戸内寂聴随筆選 2」ゆまに書房 2009 p118

平林たい子賞受賞の言葉
　◇「車谷長吉全集 3」新書館 2010 p33

〔平林たい子〕すさまじい生命力
　◇「佐々木基一全集 5」河出書房新社 2013 p77

平林彪吾『月のある庭』あとがき
　◇「上野壮夫全集 3」図書新聞 2011 p332

平林彪吾のこと
　◇「上野壮夫全集 3」図書新聞 2011 p328
　◇「上野壮夫全集 3」図書新聞 2011 p382

ひらひらするのは何ぢやいな
　◇「阿川弘之全集 18」新潮社 2007 p529

ひらひらと七月の蝶
　◇「須賀敦子全集 4」河出書房新社 2007（河出文庫）p122

ビラまき飛行機
　◇「坂口安吾全集 13」筑摩書房 1999 p390

ピラミッド形成の巻
　◇「小田実全集 小説 27」講談社 2012 p87

ピラミッドと麻薬
　◇「決定版 三島由紀夫全集 31」新潮社 2003 p524

ピラミッド I
　◇「小林秀雄全作品 21」新潮社 2004 p47
　◇「小林秀雄全集 補巻 3」新潮社 2010 p27

ピラミッド II
　◇「小林秀雄全作品 24」新潮社 2004 p49
　◇「小林秀雄全集 補巻 3」新潮社 2010 p231

平山行蔵―真010流三代
　◇「津本陽武芸小説集 3」PHP研究所 2007 p6

平山信義宛〔書簡〕
　◇「坂口安吾全集 16」筑摩書房 2000 p222

ビリケン
　◇「向田邦子全集 新版 3」文藝春秋 2009 p225

批林批孔運動の解けない謎
　◇「佐々木基一全集 3」河出書房新社 2013 p381

麦酒
　◇「内田百閒集成 11」筑摩書房 2003（ちくま文庫）p96

ピールカマンチャン
　◇「内田百閒集成 9」筑摩書房 2003（ちくま文庫）p295

『蛭川博士』
　◇「江戸川乱歩全集 24」光文社 2005（光文社文庫）p639

昼さがり〔翻訳〕（ウンベルト・サバ）
　◇「須賀敦子全集 5」河出書房新社 2008（河出文庫）p194

昼下がりの客
　◇「土屋隆夫コレクション新装版 影の告発」光文社 2002（光文社文庫）p464

ひるさ

ビール雑話
　◇「阿川弘之全集 20」新潮社 2007 p30
昼月
　◇「立松和平全小説 27」勉誠出版 2014 p179
ビール栓の勲章
　◇「林京子全集 7」日本図書センター 2005 p328
ヒルセンの死
　◇「山崎豊子全集 5」新潮社 2004 p474
ピルトダウン人偽造事件
　◇「井上ひさし短編中編小説集成 9」岩波書店 2015 p221
ヒルトン
　◇「江戸川乱歩全集 30」光文社 2005（光文社文庫）p702
昼寝
　◇「決定版 三島由紀夫全集 37」新潮社 2004 p87
午睡からさめて
　◇「徳田秋聲全集 19」八木書店 2000 p294
「昼の白木蓮」（「白木蓮」改題）
　◇「決定版 三島由紀夫全集 37」新潮社 2004 p485
昼の花、夜の花
　◇「小島信夫長篇集成 2」水声社 2015 p413
昼の館
　◇「決定版 三島由紀夫全集 37」新潮社 2004 p384
昼間は映画夜は酒ほかになにかすることがあるの
　◇「田中小実昌エッセイ・コレクション 3」筑摩書房 2002（ちくま文庫）p71
昼見えぬ星
　◇「中井英夫全集 6」東京創元社 1996（創元ライブラリ）p295
昼飯
　◇「徳田秋聲全集 8」八木書店 2000 p245
鰭王
　◇「戸川幸夫動物文学セレクション 2」ランダムハウス講談社 2008（ランダムハウス講談社文庫）p133
ヒレ肉の発見
　◇「日影丈吉全集 別巻」国書刊行会 2005 p32
悲恋華陣
　◇「山田風太郎妖異小説コレクション 地獄太夫」徳間書店 2003（徳間文庫）p160
広い夏
　◇「小島信夫短篇集成 3」水声社 2014 p263
広い庭にすんだ蟋蟀と窄い草間に住んだこほろぎ
　◇「決定版 三島由紀夫全集 37」新潮社 2004 p306
ひろい眼せまい眼
　◇「佐々木基一全集 1」河出書房新社 2013 p423
ヒロイン〈1〉
　◇「〔野呂邦暢〕随筆コレクション 2」みすず書房 2014 p281
ヒロイン〈2〉
　◇「〔野呂邦暢〕随筆コレクション 2」みすず書房 2014 p283
披露宴に来た女
　◇「田中小実昌エッセイ・コレクション 4」筑摩書房 2003（ちくま文庫）p261
天鵞絨（びろうど）の夢
　◇「谷崎潤一郎全集 7」中央公論新社 2016 p407
拾う人
　◇「向田邦子全集 新版 7」文藝春秋 2009 p82
拡がる視野──今日の婦人作家
　◇「宮本百合子全集 15」新日本出版社 2001 p300
広重と遊女
　◇「国枝史郎伝奇短篇小説集成 2」作品社 2006 p141
宏作品によせて
　◇「安部公房全集 8」新潮社 1998 p324
「ヒロシマ」と「アダノの鐘」について
　◇「宮本百合子全集 19」新日本出版社 2002 p51
「ヒロシマと言うとき」
　◇「小田実全集 評論 16」講談社 2012 p138
ヒロシマとナガサキ
　◇「井上ひさしコレクション 日本の巻」岩波書店 2005 p206
広島の町
　◇「辻井喬コレクション 7」河出書房新社 2003 p334
ヒロシマ弁の踊子
　◇「田中小実昌エッセイ・コレクション 4」筑摩書房 2003（ちくま文庫）p65
広瀬武夫余話
　◇「阿川弘之全集 18」新潮社 2007 p235
広津和郎の横顔
　◇「佐々木基一全集 1」河出書房新社 2013 p420
広津家三代の展覧会
　◇「阿川弘之全集 19」新潮社 2007 p452
拾った娘
　◇「三角寛サンカ選集第二期 11」現代書館 2005 p119
広津桃子さん追悼
　◇「阿川弘之全集 18」新潮社 2007 p369
広津桃子著「父広津和郎」
　◇「阿川弘之全集 17」新潮社 2006 p531
広津里香『画帖・不在証明』について
　◇「小島信夫批評集成 7」水声社 2011 p190
広津里香『死が美しいなんてだれが言った』について
　◇「小島信夫批評集成 7」水声社 2011 p121
広津里香詩画集『黒いミサ』が出るについて
　◇「小島信夫批評集成 7」水声社 2011 p93
広津柳浪氏の思出
　◇「徳田秋聲全集 21」八木書店 2001 p224

ヒロとスザンナ
　◇「井上ひさし短編中編小説集成 3」岩波書店 2014 p247
「ヒロ」と「ヒロ」
　◇「20世紀断層─野坂昭如単行本未収録小説集成 5」幻戯書房 2010 p132
広場
　◇「宮本百合子全集 5」新日本出版社 2001 p313
「広場」について
　◇「宮本百合子全集 19」新日本出版社 2002 p117
〈広場の孤独と共通の広場〉堀田善衛芥川賞受賞記念祝賀会での談話
　◇「安部公房全集 3」新潮社 1997 p182
ヒロミからハルミへ
　◇「鈴木いづみコレクション 7」文遊社 1997 p223
弘之のトランペット
　◇「野呂邦暢小説集成 7」文遊社 2016 p321
拾われた男
　◇「小松左京全集 完全版 12」城西国際大学出版会 2007 p358
秘話
　◇「石牟礼道子全集 5」藤原書店 2004 p232
枇杷
　◇「小沼丹全集 4」未知谷 2004 p72
枇杷熟るるころ─内田百閒
　◇「中井英夫全集 7」東京創元社 1998（創元ライブラリ）p448
日は輝けり
　◇「宮本百合子全集 1」新日本出版社 2000 p90
日は照らせども
　◇「徳田秋聲全集 16」八木書店 1999 p206
枇杷のたね
　◇「徳田秋聲全集 2」八木書店 1999 p48
枇杷の葉
　◇「内田百閒集成 4」筑摩書房 2003（ちくま文庫）p185
『美』は『若さ』
　◇「徳田秋聲全集 20」八木書店 2001 p159
品格について
　◇「谷崎潤一郎全集 18」中央公論新社 2016 p134
賓客皆秀才
　◇「大坪砂男全集 4」東京創元社 2013（創元推理文庫）p171
殯宮祇候
　◇「阿川弘之全集 19」新潮社 2007 p547
貧苦
　◇「小酒井不木随筆評論選集 8」本の友社 2004 p35
ビングのいないクリスマス
　◇「片岡義男コレクション 3」早川書房 2009（ハヤカワ文庫）p301
ピンクの下着と若者文化〔対談〕（鴨居羊子）
　◇「小松左京全集 完全版 33」城西国際大学出版会 2011 p126

ピンクビラの文章
　◇「井上ひさしコレクション ことばの巻」岩波書店 2005 p68
牝鶏之晨
　◇「内田百閒集成 15」筑摩書房 2003（ちくま文庫）p56
便乗型の暴力─競輪その他
　◇「坂口安吾全集 9」筑摩書房 1998 p3
便乗型暴力〔「便乗型の暴力」下書稿〕
　◇「坂口安吾全集 15」筑摩書房 1999 p648
便乗の図絵
　◇「宮本百合子全集 18」新日本出版社 2002 p75
敏介とピン助
　◇「谷崎潤一郎全集 23」中央公論新社 2017 p479
『瓶詰の地獄』解説─夢野久作
　◇「中井英夫全集 6」東京創元社 1996（創元ライブラリ）p662
ヒンセザレバドンス
　◇「坂口安吾全集 4」筑摩書房 1998 p230
敏先生のおもひで
　◇「谷崎潤一郎全集 14」中央公論新社 2016 p463
ビンタをくらわした話を聞きたい
　◇「田中小実昌エッセイ・コレクション 3」筑摩書房 2002（ちくま文庫）p33
貧という一文字
　◇「小島信夫批評集成 7」水声社 2011 p505
貧凍の記
　◇「内田百閒集成 5」筑摩書房 2003（ちくま文庫）p224
貧と富の自覚それが先決問題
　◇「宮本百合子全集 9」新日本出版社 2001 p156
壜の中の手紙
　◇「〔野呂邦暢〕随筆コレクション 1」みすず書房 2014 p103
壜の中の鳥
　◇「寺山修司著作集 1」クインテッセンス出版 2009 p473
〔贈read〕貧乏・青春・処世物語─高田保, 坂口安吾, 玉川一郎（高田保, 玉川一郎）
　◇「坂口安吾全集 16」筑摩書房 2000 p744
貧乏な夫婦
　◇「車谷長吉全集 2」新書館 2010 p27
貧乏の真の味を知らず
　◇「小酒井不木随筆評論選集 8」本の友社 2004 p316
貧乏ばなし 昭和二十一年（中村武羅夫, 長谷川仁）
　◇「内田百閒集成 21」筑摩書房 2004（ちくま文庫）p50
貧乏物語
　◇「徳田秋聲全集 20」八木書店 2001 p269
ビンボーに効用あり
　◇「松下竜一未刊行著作集 2」海鳥社 2008 p362

ひんほ

ピンポン式完敗
　◇「田中小実昌エッセイ・コレクション 1」筑摩書房 2002（ちくま文庫）p266

品よく面白く〔犬神家の一族〕
　◇「横溝正史自選集 4」出版芸術社 2006 p319

【 ふ 】

ファイサネス島の結婚式
　◇「小島信夫批評集成 6」水声社 2011 p67

ファイヤ・ガン（「フアイヤガン」を改題）
　◇「徳田秋聲全集 14」八木書店 2000 p254

ファウスト的風土
　◇「辻邦生全集 17」新潮社 2005 p290

ファーガス・ヒュームの「鬼車」
　◇「江戸川乱歩全集 26」光文社 2003（光文社文庫）p229

ファーザー・ブラウン 神の物理学
　◇「日影丈吉全集 別巻」国書刊行会 2005 p405

師父(ファーザー)ブラウンの独り言
　◇「大坪砂男全集 1」東京創元社 2013（創元推理文庫）p403

ファシストか革命家か〔対談〕(大島渚)
　◇「決定版 三島由紀夫全集 39」新潮社 2004 p729

ファシズムは生きている
　◇「宮本百合子全集 18」新日本出版社 2002 p323

ファスチェス〔対話〕
　◇「[森]鷗外近代小説集 2」岩波書店 2012 p275

ファッショナブル・ポルノ
　◇「鈴木いづみセカンド・コレクション 4」文遊社 2004 p83

ファッション談義
　◇「安部公房全集 25」新潮社 1999 p394

ファッションと私
　◇「井上ひさしコレクション 日本の巻」岩波書店 2005 p33

ファッツィーニのアトリエ
　◇「須賀敦子全集 3」河出書房新社 2007（河出文庫）p358

『ファビアン』談義
　◇「佐々木基一全集 10」河出書房新社 2013 p657

ファブリスの恋クレリアの恋―スタンダール作、生島遼一訳『パルムの僧院』
　◇「辻邦生全集 18」新潮社 2005 p311

ファーブル
　◇「大庭みな子全集 11」日本経済新聞出版社 2010 p325

ファミリー・アフェア
　◇「[村上春樹]短篇選集1980–1991 象の消滅」新潮社 2005 p213

ファラオの壺〔解決篇〕
　◇「鮎川哲也コレクション挑戦篇 1」出版芸術社 2006 p227

ファラオの壺〔問題篇〕
　◇「鮎川哲也コレクション挑戦篇 1」出版芸術社 2006 p34

花郎
　◇「中上健次集 2」インスクリプト 2018 p51

ファルシティ
　◇「定本 荒巻義雄メタSF全集 7」彩流社 2015 p341

ファルスの光線
　◇「中上健次集 2」インスクリプト 2018 p554

ファルマン
　◇「稲垣足穂コレクション 3」筑摩書房 2005（ちくま文庫）p213

不安
　◇「安部公房全集 7」新潮社 1998 p31

ファンタジーとメルヘンの時代
　◇「金井美恵子エッセイ・コレクション―1964–2013 1」平凡社 2013 p522

ファンタジヤ
　◇「決定版 三島由紀夫全集 補巻」新潮社 2005 p403

不安定の安定
　◇「日影丈吉全集 別巻」国書刊行会 2005 p692

不安と郷愁
　◇「大庭みな子全集 6」日本経済新聞出版社 2009 p165

ファントマ第一〔翻訳〕(スーヴェストル, ピエール, アラン, マルセル)
　◇「定本 久生十蘭全集 11」国書刊行会 2012 p137

ファントマ第二〔翻訳〕(スーヴェストル, ピエール, アラン, マルセル)
　◇「定本 久生十蘭全集 11」国書刊行会 2012 p369

愛の亡霊(ファントーム・ダムール)
　◇「辻邦生全集 7」新潮社 2004 p240

ふあんとむれでい
　◇「20世紀断層―野坂昭如単行本未収録小説集成 3」幻戯書房 2010 p630

不安な産声
　◇「土屋隆夫コレクション新装版 不安な産声」光文社 2003（光文社文庫）p7

不安な男
　◇「徳田秋聲全集 11」八木書店 1998 p384

不安な休憩
　◇「開高健ルポルタージュ選集 サイゴンの十字架」光文社 2008（光文社文庫）p240

不安に対する不安―小島信夫著『アメリカン・スクール』
　◇「安部公房全集 4」新潮社 1997 p359

不安のなかに
　◇「徳田秋聲全集 14」八木書店 2000 p271

不安の行方 第4回「海燕」新人文学賞
　◇「大庭みな子全集 24」日本経済新聞出版社 2011

ふうか

　　p59
フィアリング
　◇「江戸川乱歩全集 30」光文社 2005（光文社文庫）p707
フィアリングの「大時計」
　◇「江戸川乱歩全集 26」光文社 2003（光文社文庫）p104
フィクション
　◇「金井美恵子自選短篇集 砂の粒／孤独な場所で」講談社 2014（講談社文芸文庫）p39
フィクションへの道
　◇「辻邦生全集 18」新潮社 2005 p348
フィクション＝かのやうに
　◇「福田恆存評論集 9」麗澤大學出版會,廣池學園事業部〔発売〕2008 p217
フィクションといふ事
　◇「福田恆存評論集 9」麗澤大學出版會,廣池學園事業部〔発売〕2008 p52
フィクションについて
　◇「佐々木基一全集 2」河出書房新社 2013 p376
フィクションによるフィクションの批評
　◇「〔野呂邦暢〕随筆コレクション 1」みすず書房 2014 p111
フィクションの継目─富士正晴著『贋・久坂葉子伝』
　◇「中井英夫全集 6」東京創元社 1996（創元ライブラリ）p454
フィッシュ・エンド・チップス─「怒れる若者たち（アングリー・ヤングメン）」のなかみ
　◇「小田実全集 評論 1」講談社 2010 p194
フィナーレ［翻訳］（ウンベルト・サバ）
　◇「須賀敦子全集 5」河出書房新社 2008（河出文庫）p283
不意のおとずれ
　◇「辻邦生全集 16」新潮社 2005 p337
不意の客
　◇「野呂邦暢小説集成 2」文遊社 2013 p9
布衣の人
　◇「宮城谷昌光全集 1」文藝春秋 2002 p81
フィヨルドの鯨
　◇「大庭みな子全集 12」日本経済新聞社 2010 p439
フィヨルドの花
　◇「大庭みな子全集 12」日本経済新聞社 2010 p124
フイリップ
　◇「〔野呂邦暢〕随筆コレクション 2」みすず書房 2014 p261
フィリップ・マーロウ ハードボイルド作家はタフガイか
　◇「日影丈吉全集 別巻」国書刊行会 2005 p378
フィリップ・ロス
　◇「小島信夫批評集成 2」水声社 2011 p606

フィリップス・コレクションへの招待
　◇「福田恆存評論集 18」麗澤大學出版會,廣池學園事業部〔発売〕2010 p370
フィーリングの時代
　◇「小島信夫批評集成 2」水声社 2011 p437
フィルターのすす払ひ─日本文化会議発足に寄せて
　◇「決定版 三島由紀夫全集 35」新潮社 2003 p130
フィルポッツ
　◇「江戸川乱歩全集 30」光文社 2005（光文社文庫）p714
フィレンツェ─急がないで、歩く、街。
　◇「須賀敦子全集 7」河出書房新社 2006（河出文庫）p552
フィレンツェ、ヴィアーレ・アウグスト・レギー
　◇「辻邦生全集 17」新潮社 2005 p31
フィレンツェ散策
　◇「辻邦生全集 17」新潮社 2005 p30
"生の哲学（フィロソフイエ・デス・レーベンス）"の復権について─梅原猛
　◇「小松左京全集 完全版 41」城西国際大学出版会 2013 p287
私の5点①フィンガーレイク
　◇「林京子全集 8」日本図書センター 2005 p254
訃音［詩］
　◇「決定版 三島由紀夫全集 37」新潮社 2004 p377
訃音（ふいん）［短編小説］
　◇「決定版 三島由紀夫全集 17」新潮社 2002 p497
『フィンランド駅へ』を読んだころ
　◇「〔池澤夏樹〕エッセー集成 2」みすず書房 2008 p87
風韻
　◇「小沼丹全集 4」未知谷 2004 p198
封印された村
　◇「石牟礼道子全集 12」藤原書店 2005 p361
フウインムの国への旅行［翻訳］（ジョナサン・スイフト）
　◇「小沼丹全集 補巻」未知谷 2005 p277
風雨〔昭和十三年〕
　◇「徳田秋聲全集 別巻」八木書店 2006 p18
風雲海南記
　◇「山本周五郎長篇小説全集 19」新潮社 2014 p7
風音
　◇「目取真俊短篇小説選集 1」影書房 2013 p129
風河
　◇「小田実全集 小説 18」講談社 2012 p5
「風河」にかかわって
　◇「小田実全集 小説 18」講談社 2012 p220
「風雅」について─芸道論の覚え書
　◇「佐々木基一全集 1」河出書房新社 2013 p251

ふうか

風化の季節
  ◇「金井美恵子エッセイ・コレクション—1964–2013 1」平凡社 2013 p57

風眼帖
  ◇「山田風太郎エッセイ集成 わが推理小説零年」筑摩書房 2007 p256

風紀委員
  ◇「20世紀断層—野坂昭如単行本未収録小説集成 5」幻戯書房 2010 p587

風景
  ◇「アンドロギュノスの裔 渡辺温全集」東京創元社 2011（創元推理文庫）p342

風景を飲む
  ◇「中上健次集 4」インスクリプト 2016 p382

風景散策
  ◇「決定版 三島由紀夫全集 37」新潮社 2004 p462

風景と身体
  ◇「辺見庸編掌編小説集 白版」角川書店 2004 p80

風景に穴が—都市を盗る14
  ◇「安部公房全集 26」新潮社 1999 p460

風景の貌
  ◇「中上健次集 3」インスクリプト 2015 p392

風景の向こうへ—韓国の旅より
  ◇「中上健次集 5」インスクリプト 2015 p252

風景連鎖
  ◇「辺見庸編掌編小説集 黒版」角川書店 2004 p44

風月
  ◇「立松和平全小説 19」勉誠出版 2013 p169

「ふうこ」という犬
  ◇「石牟礼道子全集 11」藤原書店 2005 p333

風山房風呂焚き唄
  ◇「山田風太郎エッセイ集成 風山房風呂焚き唄」筑摩書房 2008 p218

諷刺作家自身の鼻面 ゴーゴリ
  ◇「小島信夫批評集成 1」水声社 2011 p49

諷刺とリアリズム
  ◇「安部公房全集 29」新潮社 2000 p339

諷刺と笑いによって
  ◇「井上ひさしコレクション 人間の巻」岩波書店 2005 p228

諷刺文學について
  ◇「福田恆存評論集 14」麗澤大學出版會, 廣池學園事業部〔發売〕2010 p217

風車
  ◇「小檜山博全集 3」柏艪舎 2006 p454

風燭記
  ◇「内田百閒集成 5」筑摩書房 2003（ちくま文庫）p27

風信
  ◇「大庭みな子全集 23」日本経済新聞出版社 2011 p680

風塵
  ◇「辻邦生全集 2」新潮社 2004 p333

風神帖
  ◇「〔池澤夏樹〕エッセー集成 1」みすず書房 2008

風神通信
  ◇「石牟礼道子全集 1」藤原書店 2004 p50

風人録
  ◇「坂口安吾全集 3」筑摩書房 1999 p219

風声鶴唳 硫黄島のP51大挙来襲す ベネヂクチンのドオム酒
  ◇「内田百閒集成 22」筑摩書房 2004（ちくま文庫）p134

風雪
  ◇「辻邦生全集 5」新潮社 2004 p174

ふうせんかずらの実
  ◇「車谷長吉全集 2」新書館 2010 p45

風船画伯
  ◇「内田百閒集成 17」筑摩書房 2004（ちくま文庫）p52

風船ガム
  ◇「松下竜一未刊行著作集 1」海鳥社 2008 p123

風前虹（ふうぜんこう）
  ◇「徳田秋聲全集 17」八木書店 1997 p327

風船玉とパヂャマ（小唄）
  ◇「決定版 三島由紀夫全集 37」新潮社 2004 p476

風船美人
  ◇「アンドロギュノスの裔 渡辺温全集」東京創元社 2011（創元推理文庫）p135

風葬
  ◇「辻井喬コレクション 7」河出書房新社 2003 p153

風速
  ◇「〔野呂邦暢〕随筆コレクション 2」みすず書房 2014 p262

風俗
  ◇「丸谷才一全集 9」文藝春秋 2013 p238

風俗映画の行方
  ◇「佐々木基一全集 1」河出書房新社 2013 p138

風俗言語学
  ◇「野坂昭如エッセイ・コレクション 1」筑摩書房 2004（ちくま文庫）p128

風俗史の問題
  ◇「高橋克彦自選短編集 1」講談社 2009（講談社文庫）p607

風俗時評
  ◇「坂口安吾全集 4」筑摩書房 1998 p223

風俗小説
  ◇「丸谷才一全集 9」文藝春秋 2013 p227

風俗小説について
  ◇「佐々木基一全集 1」河出書房新社 2013 p375

風俗小説について—丹羽文雄に
  ◇「福田恆存評論集 14」麗澤大學出版會, 廣池學園事業部〔發売〕2010 p345

風俗の感受性—現代風俗の解剖
  ◇「宮本百合子全集 13」新日本出版社 2001 p382

風俗バー
	◇「小松左京全集 完全版 25」城西国際大学出版会 2017 p128
風知草
	◇「宮本百合子全集 6」新日本出版社 2001 p155
「風知草」創作メモ
	◇「宮本百合子全集 20」新日本出版社 2002 p701
瘋癲老人日記
	◇「大庭みな子全集 13」日本経済新聞出版社 2010 p355
瘋癲老人日記
	◇「谷崎潤一郎全集 24」中央公論新社 2016 p7
風土へ
	◇「立松和平全小説 2」勉誠出版 2010 p54
風土が育てた伝統と洗練
	◇「石牟礼道子全集 6」藤原書店 2006 p273
風土と学問と詩と
	◇「石牟礼道子全集 17」藤原書店 2012 p434
風土と習俗（陳舜臣）
	◇「司馬遼太郎対話選集 9」文藝春秋 2006（文春文庫）p190
『風土』について
	◇「丸谷才一全集 10」文藝春秋 2014 p241
風土に根ざして
	◇「小檜山博全集 7」柏艪舎 2006 p29
夫婦相和し
	◇「野坂昭如エッセイ・コレクション 1」筑摩書房 2004（ちくま文庫）p125
風々録
	◇「阿川弘之全集 18」新潮社 2007 p170
夫婦が作家である場合
	◇「宮本百合子全集 12」新日本出版社 2001 p15
夫婦喧嘩は大いにやるべし
	◇「遠藤周作エッセイ選集 1」光文社 2006（知恵の森文庫）p134
風物
	◇「決定版 三島由紀夫全集 37」新潮社 2004 p664
夫婦って、不思議でおもしろいものだ
	◇「鈴木いづみセカンド・コレクション 4」文遊社 2004 p25
風物と人間―西洋の造形意識の特殊性について
	◇「小松左京全集 完全版 36」城西国際大学出版会 2011 p207
夫婦というもの
	◇「小檜山博全集 8」柏艪舎 2006 p254
夫婦と性
	◇「小島信夫批評集成 2」水声社 2011 p63
夫婦ドライブ・北海道への一〇〇〇キロ
	◇「安部公房全集 18」新潮社 1999 p275

夫婦の階段 作家を支え続けた夫の限りなき「内助の功」〔構成・文〕谷口桂子〔インタビュー〕
	◇「大庭みな子全集 24」日本経済新聞出版社 2011 p290
夫婦のセックス
	◇「小島信夫批評集成 2」水声社 2011 p102
夫婦の対話「トルコ風呂」
	◇「開高健ルポルタージュ選集 ずばり東京」光文社 2007（光文社文庫）p184
夫婦の濃厚な時間（江藤淳）
	◇「大庭みな子全集 23」日本経済新聞出版社 2011 p272
風味ということ―あとがきにかえて
	◇「石牟礼道子全集 10」藤原書店 2006 p116
風紋
	◇「大庭みな子全集 16」日本経済新聞出版社 2010 p269
風紋
	◇「大庭みな子全集 16」日本経済新聞出版社 2010 p301
風紋
	◇「辻井喬コレクション 7」河出書房新社 2003 p301
風葉
	◇「深沢夏衣作品集」新幹社 2015 p326
風葉君の死を悼む
	◇「徳田秋聲全集 21」八木書店 2001 p49
風葉氏の庭
	◇「徳田秋聲全集 21」八木書店 2001 p58
風葉、春葉、紅緑三氏の文学的業蹟
	◇「徳田秋聲全集 21」八木書店 2001 p361
風流
	◇「坂口安吾全集 12」筑摩書房 1999 p235
風流
	◇「定本 久生十蘭全集 6」国書刊行会 2010 p235
風流あった淀川の鵜飼い
	◇「小松左京全集 完全版 42」城西国際大学出版会 2014 p61
風流自在の世界―『梁塵秘抄』
	◇「石牟礼道子全集 16」藤原書店 2013 p262
風流太平記
	◇「山本周五郎長篇小説全集 10」新潮社 2014 p7
「『風流夢譚』の出版自体は罪ではないし、言論の自由として認められるべきだが、出版によって起こり得る事態を想定しなかったことは責められる」と、島田雅彦は書いた
	◇「金井美恵子エッセイ・コレクション―1964-2013 3」平凡社 2013 p468
「風流夢譚」の推薦者ではない―三島由紀夫氏の声明
	◇「決定版 三島由紀夫全集 31」新潮社 2003 p534
風流旅情記
	◇「定本 久生十蘭全集 7」国書刊行会 2010 p619

ふうり

風鈴
- ◇「小檜山博全集 2」柏艪舎 2006 p434

風鈴
- ◇「〔野呂邦暢〕随筆コレクション 2」みすず書房 2014 p89

風鈴
- ◇「山本周五郎中短篇秀作選集 3」小学館 2006 p125
- ◇「山本周五郎長篇小説全集 4」新潮社 2013 p535

ブゥレ゠シャノアヌ事件
- ◇「定本 久生十蘭全集 6」国書刊行会 2010 p223

不運
- ◇「須賀敦子全集 1」河出書房新社 2006（河出文庫）p349

不運な二作─芥川賞選評
- ◇「決定版 三島由紀夫全集 34」新潮社 2003 p218

笛
- ◇「大庭みな子全集 14」日本経済新聞出版社 2010 p359

フェア・プレイの悲喜
- ◇「宮本百合子全集 13」新日本出版社 2001 p397

フェヴァリット
- ◇「稲垣足穂コレクション 4」筑摩書房 2005（ちくま文庫）p256

笛を吹く怪人
- ◇「三角寛サンカ選集第二期 14」現代書館 2005 p249

笛を吹く犯罪
- ◇「山田風太郎ミステリー傑作選 1」光文社 2001（光文社文庫）p179

笛を吹く浪人
- ◇「横溝正史時代小説コレクション捕物篇 1」出版芸術社 2003 p316

不易の人 岩野泡鳴
- ◇「小島信夫批評集成 3」水声社 2011 p201

増えすぎた鼠
- ◇「大庭みな子全集 18」日本経済新聞出版社 2010 p83

笛壺
- ◇「松本清張短編全集 04」光文社 2008（光文社文庫）p261

フェティシズム─作者の言葉
- ◇「決定版 三島由紀夫全集 28」新潮社 2003 p449

フェデの近作
- ◇「德田秋聲全集 22」八木書店 2001 p337

笛吹峠の話売り
- ◇「井上ひさしコレクション 人間の巻」岩波書店 2005 p349
- ◇「井上ひさし短編中編小説集成 4」岩波書店 2015 p93

笛吹きとプカ
- ◇「宮本百合子全集 2」新日本出版社 2001 p339

フェミシティ
- ◇「定本 荒巻義雄メタSF全集 7」彩流社 2015 p353

『フェリーニを読む』『天皇の逝く国で』『詩は友人を数える方法』
- ◇「須賀敦子全集 4」河出書房新社 2007（河出文庫）p396

フェリーニの創作方法
- ◇「佐々木基一全集 7」河出書房新社 2013 p123

ぶえんずし
- ◇「石牟礼道子全集 10」藤原書店 2006 p13

フォアグラと公僕
- ◇「林京子全集 6」日本図書センター 2005 p368

フォーク
- ◇「辻井喬コレクション 7」河出書房新社 2003 p476

フォークナーの時間と語り
- ◇「〔池澤夏樹〕エッセー集成 2」みすず書房 2008 p68

フォークナー 白痴の眼
- ◇「小島信夫批評集成 2」水声社 2011 p571

フォックスの葬送
- ◇「伊藤計劃記録 第2位相」早川書房 2011 p9

フォトグラフ覚書─動くものと動かないものの距離
- ◇「金井美恵子エッセイ・コレクション─1964-2013 4」平凡社 2014 p496

醜男
- ◇「山崎豊子全集 5」新潮社 2004 p405

ふぉん・しいほるとの娘
- ◇「吉村昭歴史小説集成 6」岩波書店 2009 p1

ぶおんな
- ◇「日影丈吉全集 別巻」国書刊行会 2005 p659

ふかい穴
- ◇「日影丈吉全集 6」国書刊行会 2002 p120

深い音
- ◇「小田実全集 小説 37」講談社 2013 p5

深い河
- ◇「辻井喬コレクション 7」河出書房新社 2003 p229

不快指数
- ◇「都筑道夫恐怖短篇集成 2」筑摩書房 2004（ちくま文庫）p301

深い人生への透視 第5回伊藤整文学賞
- ◇「大庭みな子全集 24」日本経済新聞出版社 2011 p98

深い深い思い出
- ◇「小島信夫批評集成 7」水声社 2011 p169

不可解さの内側と外側─「ある女の存在証明」をめぐって〔対談者〕萩原朔美
- ◇「大庭みな子全集 22」日本経済新聞出版社 2011 p389

不可解な失恋に就て
- ◇「坂口安吾全集 2」筑摩書房 1999 p82

不可解なり、あのビールあのスープ
- ◇「山田風太郎エッセイ集成 風山房風呂焚き唄」筑

摩書房 2008 p98
深川安楽亭
　◇「山本周五郎中短篇秀作選集 2」小学館 2005 p263
深川裏大工町の話
　◇「車谷長吉全集 1」新書館 2010 p727
深川猿9橋
　◇「池波正太郎短篇ベストコレクション 4」リブリオ出版 2008 p169
深く輝く魂の光
　◇「石牟礼道子全集 15」藤原書店 2012 p449
深く静に各自の路を見出せ
　◇「宮本百合子全集 9」新日本出版社 2001 p96
深く潜航せよ
　◇「佐々木基一全集 7」河出書房新社 2013 p362
不確定の魅力―「去年マリエンバードで」と「かくも長き不在」
　◇「佐々木基一全集 7」河出書房新社 2013 p186
舞姫礼讃
　◇「決定版 三島由紀夫全集 32」新潮社 2003 p692
深沢さんと自然の理
　◇「色川武大・阿佐田哲也エッセイズ 3」筑摩書房 2003（ちくま文庫）p292
深沢七郎
　◇「大庭みな子全集 14」日本経済新聞出版社 2010 p222
深沢七郎 男と女はなりゆきでいい〔対談〕
　◇「大庭みな子全集 22」日本経済新聞出版社 2011 p89
深沢七郎君のこと
　◇「小林秀雄全作品 26」新潮社 2004 p77
　◇「小林秀雄全集 補巻 3」新潮社 2010 p355
不可思議
　◇「小酒井不木随筆評論選集 8」本の友社 2004 p49
不可侵条約
　◇「小沼丹全集 1」未知谷 2004 p662
深田久弥「日本百名山」
　◇「小林秀雄全作品 25」新潮社 2004 p129
　◇「小林秀雄全集 補巻 3」新潮社 2010 p321
深田祐介著「新西洋事情」
　◇「阿川弘之全集 17」新潮社 2006 p364
ふかなさけ
　◇「小松左京全集 完全版 25」城西国際大学出版会 2017 p350
不可能説―入口のない部屋・その他
　◇「江戸川乱歩全集 25」光文社 2005（光文社文庫）p95
不可能説に関聯して
　◇「江戸川乱歩全集 25」光文社 2005（光文社文庫）p522
不可能な勝利と価値感の転換
　◇「小田実全集 評論 36」講談社 2014 p179

不可能な妙案
　◇「山田風太郎エッセイ集成 わが推理小説零年」筑摩書房 2007 p116
不可能犯罪編
　◇「天城一傑作集 2」日本評論社 2005 p321
深まりとひろがり 第1回潮賞（小説部門）
　◇「大庭みな子全集 24」日本経済新聞出版社 2011 p48
不完全犯罪
　◇「鮎川哲也コレクション 早春に死す」光文社 2007（光文社文庫）p259
不完全犯罪〔解決篇〕
　◇「鮎川哲也コレクション 挑戦篇 1」出版芸術社 2006 p252
不完全犯罪〔問題篇〕
　◇「鮎川哲也コレクション 挑戦篇 1」出版芸術社 2006 p195
吹上
　◇「中上健次集 9」インスクリプト 2013 p66
蕗を煮る
　◇「林京子全集 3」日本図書センター 2005 p449
不機嫌
　◇「小島信夫批評集成 2」水声社 2011 p392
不機嫌な恋人
　◇「田辺聖子全集 4」集英社 2005 p253
葺き籠り
　◇「中上健次集 2」インスクリプト 2018 p146
武姫伝
　◇「大坪砂男全集 2」東京創元社 2013（創元推理文庫）p313
武器としての環境権―"預かりもの"を汚さぬため
　◇「松下竜一未刊行著作集 4」海鳥社 2008 p143
蕗におもう
　◇「石牟礼道子全集 16」藤原書店 2013 p514
ブギの女王 笠置シヅ子
　◇「小松左京全集 完全版 42」城西国際大学出版会 2014 p225
蕗のとう
　◇「大庭みな子全集 12」日本経済新聞出版社 2010 p15
蕗の薹
　◇「小沼丹全集 4」未知谷 2004 p374
蕗味噌
　◇「内田百閒集成 15」筑摩書房 2003（ちくま文庫）p106
〈付記〉〔密会〕
　◇「安部公房全集 26」新潮社 1999 p122
不気味な原子力の裏舞台―田原総一朗著『原子力戦争』を読んで
　◇「松下竜一未刊行著作集 5」海鳥社 2009 p5
不気味な不気味な宇宙時代の開幕
　◇「小松左京全集 完全版 28」城西国際大学出版会

ふきみ

2006 p151

不気味な笑い
◇「大庭みな子全集 6」日本経済新聞出版社 2009 p104

蕗谷虹児〔小松左京が聞く大正・昭和の日本大衆文芸を支えた挿絵画家たち〕
◇「小松左京全集 完全版 26」城西国際大学出版会 2017 p134

蕗谷虹児氏の少女像
◇「決定版 三島由紀夫全集 35」新潮社 2003 p250

武俠艦隊
◇「〔押川〕春浪選集 5」本の友社 2004 p1

不器用な愛情表現
◇「遠藤周作エッセイ選集 1」光文社 2006（知恵の森文庫）p199

不器用な夜
◇「20世紀断層―野坂昭如単行本未収録小説集成 5」幻戯書房 2010 p41

武俠の日本
◇「〔押川〕春浪選集 3」本の友社 2004 p1

「舞曲第六番」（「春と牧場と舞曲と薔薇」改題）
◇「決定版 三島由紀夫全集 37」新潮社 2004 p389

武器よ、さらば
◇「小田実全集 小説 35」講談社 2013 p165

『武器よさらば』のキャサリン
◇「辻邦生全集 18」新潮社 2005 p141

河豚
◇「内田百閒集成 11」筑摩書房 2003（ちくま文庫）p184

復員殺人事件
◇「坂口安吾全集 8」筑摩書房 1998 p3

「復員殺人事件」構想メモ
◇「坂口安吾全集 16」筑摩書房 2000 p558

「復員殺人事件」について
◇「坂口安吾全集 8」筑摩書房 1998 p215

不遇の畸士秦黙庵兄を悼む
◇「徳田秋聲全集 19」八木書店 2000 p53

「福翁自伝」
◇「小林秀雄全作品 9」新潮社 2003 p212
◇「小林秀雄全集 補卷 1」新潮社 2010 p489

福岡での先輩・先生
◇「田中小実昌エッセイ・コレクション 1」筑摩書房 2002（ちくま文庫）p359

吹く風は
◇「大庭みな子全集 16」日本経済新聞出版社 2010 p140

複雑怪奇な物語
◇「大庭みな子全集 15」日本経済新聞出版社 2010 p201

複雑ということ
◇「小島信夫批評集成 1」水声社 2011 p531

複雑な彼
◇「決定版 三島由紀夫全集 12」新潮社 2001 p7

「複雑な彼」のこと
◇「決定版 三島由紀夫全集 33」新潮社 2003 p630

複雑な世界と複雑な方法〈「日ソ文学シンポジウム」における発言〉
◇「小田実全集 評論 5」講談社 2010 p207

福沢諭吉
◇「小林秀雄全作品 24」新潮社 2004 p104
◇「小林秀雄全集 補卷 3」新潮社 2010 p242

福沢諭吉と鰹節
◇「阿川弘之全集 20」新潮社 2007 p160

福祉という柵
◇「須賀敦子全集 2」河出書房新社 2006（河出文庫）p481

福島正実氏の死を悼む
◇「安部公房全集 25」新潮社 1999 p396

復讐
◇「徳田秋聲全集 14」八木書店 2000 p3
◇「徳田秋聲全集 26」八木書店 2002 p200
◇「徳田秋聲全集 26」八木書店 2002 p327

復讐
◇「決定版 三島由紀夫全集 19」新潮社 2002 p267

服従
◇「徳田秋聲全集 26」八木書店 2002 p357

復讐劇に就ての一考察
◇「浜尾四郎全集 1」沖積舎 2004 p363

復讐の剣鬼
◇「日影丈吉全集 7」国書刊行会 2004 p614

復讐のスイッチ・バック
◇「西村京太郎自選集 3」徳間書店 2004（徳間文庫）p319

復讐法の倫理
◇「石牟礼道子全集 4」藤原書店 2004 p415

復讐保険
◇「高木彬光コレクション新装版 ゼロの蜜月」光社 2005（光文社文庫）p469

新編 福寿草
◇「小沼丹全集 4」未知谷 2004 p549

福寿草
◇「小沼丹全集 4」未知谷 2004 p622

〈複数のキンドル氏〉
◇「安部公房全集 2」新潮社 1997 p220

福助
◇「徳田秋聲全集 20」八木書店 2001 p307

福助に望むこと
◇「徳田秋聲全集 20」八木書店 2001 p221

複製芸術
◇「佐々木基一全集 7」河出書房新社 2013 p378

複製の画
◇「小沼丹全集 4」未知谷 2004 p144

服装について
◇「決定版 三島由紀夫全集 31」新潮社 2003 p670

服装の自由と難民
　◇「小田実全集 評論 17」講談社 2012 p84
複素数学の役割
　◇「小松左京全集 完全版 40」城西国際大学出版会 2012 p424
福田恆存
　◇「決定版 三島由紀夫全集 28」新潮社 2003 p77
福田恆存――今日の人
　◇「決定版 三島由紀夫全集 28」新潮社 2003 p48
福田恆存さん追悼
　◇「阿川弘之全集 19」新潮社 2007 p97
福田恆存氏の顔
　◇「決定版 三島由紀夫全集 28」新潮社 2003 p504
福田恆存の芸術
　◇「坂口安吾全集 別巻」筑摩書房 2012 p30
福田恆存『批評家の手帖』
　◇「小島信夫批評集成 2」水声社 2011 p752
福田恆存「文化とはなにか」
　◇「小林秀雄全作品 21」新潮社 2004 p68
　◇「小林秀雄全集 補巻 3」新潮社 2010 p31
腹中の敵
　◇「松本清張短編全集 03」光文社 2008（光文社文庫）p35
　◇「松本清張傑作選 黒い手帖からのサイン」新潮社 2009 p149
　◇「松本清張傑作選 黒い手帖からのサイン」新潮社 2013（新潮文庫）p211
不屈の闘志のすこやかさ――矢野徹
　◇「小松左京全集 完全版 41」城西国際大学出版会 2013 p49
フグ毒ノート
　◇「坂口安吾全集 16」筑摩書房 2000 p555
福永さんの想い出から
　◇「辻邦生全集 16」新潮社 2005 p200
〔福永武彦〕生一本な人
　◇「佐々木基一全集 5」河出書房新社 2013 p182
〔福永武彦〕好ましい印象
　◇「佐々木基一全集 5」河出書房新社 2013 p180
福永武彦の二つの側面
　◇「佐々木基一全集 5」河出書房新社 2013 p178
福原先生
　◇「福田恆存評論集 別巻」麗澤大学出版會、廣池學園事業部〔発売〕2011 p189
武具奉行 灰方藤兵衛
　◇「井上ひさしコレクション 人間の巻」岩波書店 2005 p359
覆面の舞踏者
　◇「江戸川乱歩全集 3」光文社 2005（光文社文庫）p43
　◇「江戸川乱歩全集 18」沖積舎 2009 p207
覆面屋敷
　◇「坂口安吾全集 10」筑摩書房 1998 p250

ふくよかだった昔日
　◇「石牟礼道子全集 10」藤原書店 2006 p466
ふぐりと原子ピストル
　◇「小島信夫短篇集成 1」水声社 2014 p207
文車日記――私の古典散歩
　◇「田辺聖子全集 22」集英社 2005 p337
梟先生
　◇「内田百閒集成 6」筑摩書房 2003（ちくま文庫）p150
梟の男
　◇「吉川潮芸人小説セレクション 5」ランダムハウス講談社 2007 p115
『梟はまばたきしない』（A・A・フェア）
　◇「田中小実昌エッセイ・コレクション 5」筑摩書房 2003（ちくま文庫）p201
袋小路
　◇「小松左京全集 完全版 16」城西国際大学出版会 2011 p228
〔フクロネズミ男〕創作ノート（抄）
　◇「清水アリカ全集」河出書房新社 2011 p531
嚢の中
　◇「車谷長吉全集 3」新書館 2010 p213
袋物師
　◇「瀬戸内寂聴随筆選 3」ゆまに書房 2009 p138
腹話術師
　◇「三橋一夫ふしぎ小説集成 1」出版芸術社 2005 p5
福は得なりフグは毒なり〔対談〕(桂米朝)
　◇「小松左京全集 完全版 33」城西国際大学出版会 2011 p113
福笑い殺人事件
　◇「井上ひさし短編中編小説集成 9」岩波書店 2015 p271
花束（ブーケ）
　◇「大坪砂男全集 2」東京創元社 2013（創元推理文庫）p69
父兄会
　◇「決定版 三島由紀夫全集 36」新潮社 2003 p414
父系の指
　◇「松本清張短編全集 03」光文社 2008（光文社文庫）p191
　◇「松本清張傑作選 戦い続けた男の素顔」新潮社 2009 p137
　◇「松本清張傑作選 戦い続けた男の素顔」新潮社 2013（新潮文庫）p195
フケツ野郎
　◇「野坂昭如エッセイ・コレクション 1」筑摩書房 2004（ちくま文庫）p38
老けてゆく革命
　◇「上野壮夫全集 3」図書新聞 2011 p510
『花束（ブーケ）』の作意に就いて
　◇「大坪砂男全集 4」東京創元社 2013（創元推理文庫）p419

ふける

逃ける
　◇「小松左京全集 完全版 22」城西国際大学出版会 2015 p63

『普賢』以後
　◇「佐々木基一全集 4」河出書房新社 2013 p186

ブーゲンヴィリアの木の下に
　◇「開高健ルポルタージュ選集 サイゴンの十字架」光文社 2008（光文社文庫）p169

『普賢』から『紫苑物語』まで
　◇「佐々木基一全集 4」河出書房新社 2013 p167

『普賢』についての断片
　◇「上野壮夫全集 3」図書新聞 2011 p312

ブーゲンビリアの眩ゆい赤
　◇「中上健次集 10」インスクリプト 2017 p554

不幸
　◇「アンドロギュノスの裔 渡辺温全集」東京創元社 2011（創元推理文庫）p340

不幸な母の話
　◇「谷崎潤一郎全集 8」中央公論新社 2017 p265

不幸な人達
　◇「浜尾四郎全集 1」沖積舎 2004 p279

不幸の手紙
　◇「小檜山博全集 4」柏艪舎 2006 p451

不在証明
　◇「日影丈吉全集 5」国書刊行会 2003 p548

不在の海
　◇「決定版 三島由紀夫全集 補巻」新潮社 2005 p189

不在の手
　◇「中井英夫全集 10」東京創元社 2002（創元ライブラリ）p76

不在のデスク
　◇「山崎豊子全集 9」新潮社 2004 p654

怖妻の棺
　◇「松本清張短編全集 07」光文社 2009（光文社文庫）p189

鬱ぎ
　◇「辻邦生全集 8」新潮社 2005 p319

不作法談義
　◇「谷崎潤一郎全集 23」中央公論新社 2017 p252

「ぶざま」と「みごと」・それに、ジャンの畑
　◇「小田実全集 評論 7」講談社 2010 p54

「撫山翁しのぶ草」の巻尾に（笹沼源之助追悼）
　◇「谷崎潤一郎全集 24」中央公論新社 2016 p452

釜山着到の巻
　◇「小田実全集 小説 27」講談社 2012 p155

藤
　◇「大庭みな子全集 9」日本経済新聞社 2010 p203

不死
　◇「中上健次集 2」インスクリプト 2018 p13

節穴
　◇「吉行淳之介エッセイ・コレクション 2」筑摩書房 2004（ちくま文庫）p171

ふしあわせと言う名の猫
　◇「寺山修司著作集 1」クインテッセンス出版 2009 p377

フジイサミの双眼鏡
　◇「色川武大・阿佐田哲也エッセイズ 1」筑摩書房 2003（ちくま文庫）p271

フーシェ革命暦 I
　◇「辻邦生全集 11」新潮社 2005 p7

フーシェ革命暦 II
　◇「辻邦生全集 12」新潮社 2005 p7

フーシェ革命暦 III
　◇「辻邦生全集 12」新潮社 2005 p539

藤枝静男と加賀乙彦
　◇「大庭みな子全集 8」日本経済新聞出版社 2009 p485

〔藤枝静男〕李朝民画の話
　◇「佐々木基一全集 5」河出書房新社 2013 p141

不思議な遺書
　◇「三橋一夫ふしぎ小説集成 3」出版芸術社 2005 p79

不思議な椅子の物語
　◇「狩久全集 3」皆進社 2013 p233

ふしぎな異邦人
　◇「山田風太郎ミステリー傑作選 10」光文社 2002（光文社文庫）p473

不思議な因縁
　◇「松下竜一未刊行著作集 1」海鳥社 2008 p244

フシギな女
　◇「坂口安吾全集 11」筑摩書房 1998 p355

ふしぎな女はなぜ飽きないか
　◇「田中小実昌エッセイ・コレクション 1」筑摩書房 2002（ちくま文庫）p75

不思議な鏡
　◇「（森）鷗外近代小説集 5」岩波書店 2013 p265

ふしぎな患者
　◇「梅崎春生作品集 3」沖積舎 2004 p151

不思議な機構
　◇「坂口安吾全集 6」筑摩書房 1998 p507

不思議な帰宅
　◇「三橋一夫ふしぎ小説集成 2」出版芸術社 2005 p5

不思議な「青春の浪漫主義」
　◇「大庭みな子全集 24」日本経済新聞出版社 2011 p21

不思議な説得力―岡本太郎著『今日の芸術』
　◇「安部公房全集 4」新潮社 1997 p334

不思議なソオダ水
　◇「小沼丹全集 1」未知谷 2004 p523
　◇「小沼丹全集 1」未知谷 2004 p525

不思議な卵
　◇「高橋克彦自選短編集 2」講談社 2009（講談社文庫）p379

不思議な発言の型
　◇「小島信夫批評集成 2」水声社 2011 p424
ふしぎな人
　◇「江戸川乱歩全集 21」光文社 2005（光文社文庫）p489
不思議な人［翻訳］（ボードレール）
　◇「谷崎潤一郎全集 7」中央公論新社 2016 p471
ふしぎな風景
　◇「鈴木いづみコレクション 5」文遊社 1996 p244
　◇「鈴木いづみプレミアム・コレクション」文遊社 2006 p383
不思議な木鐸
　◇「阿川弘之全集 16」新潮社 2006 p450
ふしぎな歴史観の定着
　◇「小田実全集 評論 25」講談社 2012 p44
ふしぎな惑星
　◇「小松左京全集 完全版 37」城西国際大学出版会 2010 p287
ふしぎの国のアリス―ディズニーアニメの異色作
　◇「色川武大・阿佐田哲也エッセイズ 2」筑摩書房 2003（ちくま文庫）p339
不思議の国の犯罪
　◇「天城一傑作集〔1〕」日本評論社 2004 p225
不思議文明、巨石文明
　◇「定本 荒巻義雄メタSF全集 5」彩流社 2015 p365
藤沢周平さんを悼む
　◇「井上ひさしコレクション 人間の巻」岩波書店 2005 p112
富士山
　◇「大庭みな子全集 12」日本経済新聞出版社 2010 p72
藤島泰輔著「孤独の人」序
　◇「決定版 三島由紀夫全集 29」新潮社 2003 p197
藤純子よ、離婚せよ！―スターは幻想の存在、その「宿命の女NO.1」論
　◇「鈴木いづみセカンド・コレクション 3」文遊社 2004 p128
無事―西暦一九八一年 原爆三七年
　◇「林京子全集 3」日本図書センター 2005 p93
父子像
　◇「都筑道夫恐怖短篇集成 2」筑摩書房 2004（ちくま文庫）p420
藤田省三との対談 文化と風土と人間
　◇「石牟礼道子全集 7」藤原書店 2005 p450
藤田敏八讃
　◇「金井美恵子エッセイ・コレクション―1964-2013 4」平凡社 2014 p386
藤棚
　◇「宮本百合子全集 13」新日本出版社 2001 p395
藤棚
　◇「〔森〕鷗外近代小説集 6」岩波書店 2012 p75

不死鳥
　◇「立松和平全小説 18」勉誠出版 2012 p178
不死鳥
　◇「山田風太郎ミステリー傑作選 3」光文社 2001（光文社文庫）p213
不死鳥の死
　◇「瀬戸内寂聴随筆選 6」ゆまに書房 2009 p59
不実な洋傘
　◇「決定版 三島由紀夫全集 17」新潮社 2002 p245
不日不月
　◇「宮城谷昌光全集 21」文藝春秋 2004 p35
藤壺―「賢木」の巻補遺
　◇「谷崎潤一郎全集 21」中央公論新社 2016 p406
武士道と軍国主義
　◇「決定版 三島由紀夫全集 36」新潮社 2003 p247
武士道に欠ける現代のビジネス
　◇「決定版 三島由紀夫全集 36」新潮社 2003 p375
藤鞆絵
　◇「〔森〕鷗外近代小説集 5」岩波書店 2013 p3
富士に湧く雲
　◇「大庭みな子全集 16」日本経済新聞出版社 2010 p148
無事の幾日
　◇「内田百閒集成 22」筑摩書房 2004（ちくま文庫）p78
不死の女
　◇「金井美恵子自選短篇集 恋人たち／降誕祭の夜」講談社 2015（講談社文芸文庫）p111
「武士の家計簿」
　◇「阿川弘之全集 20」新潮社 2007 p501
藤野君のこと―周辺飛行43
　◇「安部公房全集 25」新潮社 1999 p258
富士の裾野の暴風雨
　◇「色川武大・阿佐田哲也エッセイズ 3」筑摩書房 2003（ちくま文庫）p266
富士の麓―武田泰淳
　◇「丸谷才一全集 10」文藝春秋 2014 p207
ふじの山
　◇「大庭みな子全集 12」日本経済新聞出版社 2010 p225
富士の山雑感
　◇「大庭みな子全集 23」日本経済新聞出版社 2011 p525
富士額
　◇「小檜山博全集 8」柏艪舎 2006 p48
富士見書房時代小説文庫版「解説」
　◇「都筑道夫時代小説コレクション 2」戎光祥出版 2014（戎光祥時代小説名作館）p313
富士見町教会の人びと 山ノ手文化を生んだ多彩な人脈（孝橋謙二、加藤秀俊、河合秀和、中村隆英）
　◇「小松左京全集 完全版 38」城西国際大学出版会 2010 p348

ふしみ

伏見の布袋さま
◇「林京子全集 6」日本図書センター 2005 p435

藤むらの田舎饅頭
◇「井上ひさし短編中編小説集成 6」岩波書店 2015 p428

武州公秘話
◇「谷崎潤一郎全集 16」中央公論新社 2016 p7

「武州公秘話」続篇について
◇「谷崎潤一郎全集 16」中央公論新社 2016 p511

武州公秘話ノート
◇「谷崎潤一郎全集 25」中央公論新社 2016 p561

付 秋聲最後の日記
◇「徳田秋聲全集 別巻」八木書店 2006 p75

仏手柑
◇「大庭みな子全集 9」日本経済新聞出版社 2010 p305

巫術
◇「定本 久生十蘭全集 7」国書刊行会 2010 p208

負傷者
◇「決定版 三島由紀夫全集 37」新潮社 2004 p764

武将の死因
◇「山田風太郎エッセイ集成 秀吉はいつ知ったか」筑摩書房 2008 p147

「不肖・宮嶋」さんへ
◇「阿川弘之全集 20」新潮社 2007 p576

不条理な芸術
◇「定本 久生十蘭全集 10」国書刊行会 2011 p126

不条理な死をみつめる—大岡昇平『俘虜記』とカミュ『異邦人』
◇「佐々木基一全集 5」河出書房新社 2013 p272

伏拝
◇「中上健次集 2」インスクリプト 2018 p326

腐蝕
◇「小松左京全集 完全版 13」城西国際大学出版会 2008 p173

藤渡戸の血
◇「長谷川伸傑作選 日本敵討ち異相」国書刊行会 2008 p76

藤原一族の「北方指向」
◇「小松左京全集 完全版 42」城西国際大学出版会 2014 p33

藤原機関
◇「決定版 三島由紀夫全集 36」新潮社 2003 p397

藤原審爾さん
◇「色川武大・阿佐田哲也エッセイズ 3」筑摩書房 2003（ちくま文庫）p103

藤原せいけん〔小松左京が聞く大正・昭和の日本大衆文芸を支えた挿絵画家たち〕
◇「小松左京全集 完全版 26」城西国際大学出版会 2017 p237

藤原俊成
◇「丸谷才一全集 7」文藝春秋 2014 p441

不信
◇「決定版 三島由紀夫全集 37」新潮社 2004 p449

婦人観二則
◇「徳田秋聲全集 20」八木書店 2001 p299

婦人作家
◇「宮本百合子全集 19」新日本出版社 2002 p172

婦人作家の今日
◇「宮本百合子全集 13」新日本出版社 2001 p109

婦人作家の「不振」とその社会的原因
◇「宮本百合子全集 11」新日本出版社 2001 p339

婦人作家不振という事に就て
◇「宮本百合子全集 11」新日本出版社 2001 p337

婦人作家は何故道徳家か？ そして何故男の美が描けぬか？
◇「宮本百合子全集 20」新日本出版社 2002 p634

婦人雑誌の問題
◇「宮本百合子全集 11」新日本出版社 2001 p177

武人受領・源頼光
◇「小松左京全集 完全版 42」城西国際大学出版会 2014 p29

婦人大会にお集りの皆様へ
◇「宮本百合子全集 17」新日本出版社 2002 p375

普請中
◇「〔森〕鷗外近代小説集 2」岩波書店 2012 p83

婦人デーとひな祭
◇「宮本百合子全集 19」新日本出版社 2002 p110

婦人党員の目ざましい活動—エロ班のデマに講義する
◇「宮本百合子全集 11」新日本出版社 2001 p295

婦人読者よ通信員になれ—メーデーきたる
◇「宮本百合子全集 11」新日本出版社 2001 p202

婦人と文学
◇「宮本百合子全集 17」新日本出版社 2002 p137

「婦人と文学」初出稿
◇「宮本百合子全集 14」新日本出版社 2001 p302

婦人と文学の話
◇「宮本百合子全集 11」新日本出版社 2001 p168

婦人の一票
◇「宮本百合子全集 16」新日本出版社 2002 p202

婦人の側から見た結婚
◇「徳田秋聲全集 20」八木書店 2001 p302

婦人の自覚に就て
◇「徳田秋聲全集 19」八木書店 2000 p254

婦人の生活と文学
◇「宮本百合子全集 16」新日本出版社 2002 p406

婦人の創造力
◇「宮本百合子全集 16」新日本出版社 2002 p66

婦人の読書
◇「宮本百合子全集 15」新日本出版社 2001 p38

婦人の老けて見える諸原因
◇「徳田秋聲全集 23」八木書店 2001 p292

婦人の文化的な創造力
　◇「宮本百合子全集 14」新日本出版社 2001 p17
夫人の部屋
　◇「林京子全集 6」日本図書センター 2005 p175
婦人の皆さん
　◇「宮本百合子全集 16」新日本出版社 2002 p201
『婦人文芸』発刊について
　◇「宮本百合子全集 11」新日本出版社 2001 p385
婦人民主クラブ趣意書
　◇「宮本百合子全集 16」新日本出版社 2002 p20
婦人民主クラブについて
　◇「宮本百合子全集 16」新日本出版社 2002 p19
婦人問題。ある彫刻家
　◇「安部公房全集 7」新潮社 1998 p46
夫人は外出、主人は家で鼻毛ぬき
　◇「小松左京全集 完全版 34」城西国際大学出版会 2009 p248
附子（ぶす）
　◇「決定版 三島由紀夫全集 25」新潮社 2002 p769
伏す男
　◇「野呂邦暢小説集成 6」文遊社 2016 p43
襖
　◇「山本周五郎長篇小説全集 4」新潮社 2013 p105
フーズムまで
　◇「辻邦生全集 17」新潮社 2005 p340
布施
　◇「向田邦子全集 新版 8」文藝春秋 2009 p55
伏字
　◇「決定版 三島由紀夫全集 27」新潮社 2003 p302
豊前海戦裁判―被告冒頭陳述書
　◇「松下竜一未刊行著作集 4」海鳥社 2008 p229
豊前海の松下竜一さんへ―漁師らはどこに帰る
　◇「〔野呂邦暢〕随筆コレクション 1」みすず書房 2014 p395
豊前火力反対運動の中の環境権
　◇「松下竜一未刊行著作集 4」海鳥社 2008 p131
豊前火力反対一〇・〇〇一％による持続
　◇「松下竜一未刊行著作集 4」海鳥社 2008 p326
豊前環境権裁判第一準備書面
　◇「松下竜一未刊行著作集 4」海鳥社 2008 p171
扶桑の海へ
　◇「小松左京全集 完全版 27」城西国際大学出版会 2007 p20
部族……
　◇「小松左京全集 完全版 43」城西国際大学出版会 2014 p362
〔付属資料〕悪魔が来りて笛を吹く
　◇「横溝正史自選集 5」出版芸術社 2007 p340
〔付属資料〕〈悪魔の手毬唄〉
　◇「横溝正史自選集 6」出版芸術社 2007 p341

不足の倫理
　◇「佐々木基一全集 1」河出書房新社 2013 p227
父祖の言葉をたずねて
　◇「〔野呂邦暢〕随筆コレクション 1」みすず書房 2014 p306
父祖の地荒らした源氏
　◇「小松左京全集 完全版 42」城西国際大学出版会 2014 p43
不遜の弁
　◇「佐々木基一全集 6」河出書房新社 2012 p166
舞台―風花
　◇「松下竜一未刊行著作集 3」海鳥社 2009 p383
舞台稽古
　◇「内田百閒集成 17」筑摩書房 2004（ちくま文庫）p68
舞台稽古
　◇「決定版 三島由紀夫全集 17」新潮社 2002 p529
舞台的方法 かつて「不条理」といわれたこと
　◇「小島信夫批評集成 8」水声社 2010 p315
舞台と楽屋の境界
　◇「小島信夫批評集成 6」水声社 2011 p342
舞台と芝居
　◇「小島信夫批評集成 7」水声社 2011 p35
舞臺における位置・方向・距離
　◇「福田恆存評論集 11」麗澤大學出版會、廣池學園事業部〔発売〕 2009 p186
舞台の衣裳に寄せて
　◇「谷崎潤一郎全集 24」中央公論新社 2016 p554
舞台のうえのヴェネツィア
　◇「須賀敦子全集 1」河出書房新社 2006（河出文庫）p160
舞台の自由さ
　◇「小島信夫批評集成 2」水声社 2011 p453
舞台の『門』と『こゝろ』
　◇「小島信夫批評集成 8」水声社 2010 p455
舞台の幽霊〔新続残夢三昧〕
　◇「内田百閒集成 16」筑摩書房 2004（ちくま文庫）p232
舞台の夢―「ウエー」上演を前に
　◇「安部公房全集 25」新潮社 1999 p249
舞台表現の本質―「六人を乗せた馬車」
　◇「安部公房全集 18」新潮社 1999 p312
ふたかみ
　◇「中上健次集 9」インスクリプト 2013 p178
双子の時代
　◇「中井英夫全集 6」東京創元社 1996（創元ライブラリ）p596
双児の復讐
　◇「日影丈吉全集 4」国書刊行会 2003 p572
豚小屋の法政大学 談話筆記 昭和二十七年（多田基、奥脇要一）
　◇「内田百閒集成 21」筑摩書房 2004（ちくま文庫）p25

ふたこ

二子山勝治〔対談〕
　◇「向田邦子全集 新版 別巻 1」文藝春秋 2010 p110

不確かな朝―組曲
　◇「辻井喬コレクション 7」河出書房新社 2003 p42

ふたたび、インドの場合
　◇「小田実全集 評論 3」講談社 2010 p135

再びエジプトへ
　◇「小檜山博全集 8」柏艪舎 2006 p330

再び大塚明男氏に―制度と「文化的」伝統
　◇「決定版 三島由紀夫全集 35」新潮社 2003 p603

ふたたびカタルシスについて
　◇「福田恆存評論集 2」麗澤大學出版會、廣池學園事業部〔発売〕 2009 p347

ふたたび消えそうな「暮らし」
　◇「大庭みな子全集 23」日本経済新聞出版社 2011 p670

再び新潮國語辭典について（十二月二十二日）
　◇「福田恆存評論集 18」麗澤大學出版會、廣池學園事業部〔発売〕 2010 p133

再び心理小説について
　◇「小林秀雄全作品 3」新潮社 2002 p101
　◇「小林秀雄全集 補巻 1」新潮社 2010 p153

再び真理とは
　◇「安部公房全集 1」新潮社 1997 p107

再び「推理小説」に就いて
　◇「大坪砂男全集 4」東京創元社 2013（創元推理文庫）p355

ふたたび性について
　◇「福田恆存評論集 17」麗澤大學出版會、廣池學園事業部〔発売〕 2010 p105

再び俗物性の問題
　◇「田村泰次郎選集 5」日本図書センター 2005 p169

再びタスケテクダサイ
　◇「松下竜一未刊行著作集 4」海鳥社 2008 p8

再びテエマ文学に就いて
　◇「上野壯夫全集 3」図書新聞 2011 p94

再び讀書に就て
　◇「小酒井不木随筆評論選集 8」本の友社 2004 p213

再び都知事に問ふ（三月三日）
　◇「福田恆存評論集 18」麗澤大學出版會、廣池學園事業部〔発売〕 2010 p178

再び肉体表現における、ニュートラルなものの持つ意味について―周辺飛行18
　◇「安部公房全集 24」新潮社 1999 p146

再び、の前に
　◇「金井美恵子エッセイ・コレクション―1964-2013 2」平凡社 2013 p358

ふたたび美醜について
　◇「福田恆存評論集 17」麗澤大學出版會、廣池學園事業部〔発売〕 2010 p18

再び人が人を食う時代が来る!?
　◇「小松左京全集 完全版 34」城西国際大学出版会 2009 p244

ふたたび諷刺文學について
　◇「福田恆存評論集 14」麗澤大學出版會、廣池學園事業部〔発売〕 2010 p228

再び文芸時評に就いて
　◇「小林秀雄全作品 6」新潮社 2003 p129
　◇「小林秀雄全集 補巻 1」新潮社 2010 p304

ふたたび平和論者に送る
　◇「福田恆存評論集 3」麗澤大學出版會、廣池學園事業部〔発売〕 2008 p160

再び砲声響く日出生台からの報告
　◇「松下竜一未刊行著作集 5」海鳥社 2009 p364

再び焼跡から
　◇「野坂昭如エッセイ・コレクション 2」筑摩書房 2004（ちくま文庫）p311

ふたたび戀愛について
　◇「福田恆存評論集 17」麗澤大學出版會、廣池學園事業部〔発売〕 2010 p127

二ツの愛
　◇「徳田秋聲全集 30」八木書店 2002 p196

ふたつの悪夢
　◇「辻邦生全集 18」新潮社 2005 p304

二つの頭
　◇「原民喜戦後全小説」講談社 2015（講談社文芸文庫）p548

二つの家を繋ぐ回想
　◇「宮本百合子全集 20」新日本出版社 2002 p328

二つの命と人生―著者から読者へ
　◇「林京子全集 7」日本図書センター 2005 p469

二つの意味に於て
　◇「谷崎潤一郎全集 19」中央公論新社 2015 p501

二つの映画を見て
　◇「小島信夫批評集成 2」水声社 2011 p534

二つの教え―追悼・斎藤十一 弔辞
　◇「山崎豊子全集 第2期 第2期4」新潮社 2014 p352

二つの顔をもつ国アメリカ
　◇「小田実全集 評論 31」講談社 2013 p161

二つの角度から―推理小説変遷史の一断片
　◇「江戸川乱歩全集 25」光文社 2005（光文社文庫）p482

二つの角度から―探偵小説変遷史の一考察
　◇「江戸川乱歩全集 26」光文社 2003（光文社文庫）p195

二つの型
　◇「宮本百合子全集 9」新日本出版社 2001 p412

二つの感謝
　◇「徳田秋聲全集 22」八木書店 2001 p374

二つの狂宴
　◇「中井英夫全集 12」東京創元社 2006（創元ライブラリ）p25

ふたつの教訓
　◇「宮本百合子全集 19」新日本出版社 2002 p268
二つの「金閣寺」
　◇「車谷長吉全集 3」新書館 2010 p723
二つの欠点―芥川賞選評
　◇「決定版 三島由紀夫全集 34」新潮社 2003 p541
二つの現象
　◇「徳田秋聲全集 17」八木書店 1999 p163
二つの心
　◇「宮本百合子全集 32」新日本出版社 2003 p109
二つの作品
　◇「国枝史郎探偵小説全集」作品社 2005 p344
二つの作品
　◇「徳田秋聲全集 19」八木書店 2000 p405
二つの作風
　◇「小島信夫批評集成 7」水声社 2011 p141
二つの『細雪』論―谷崎潤一郎
　◇「丸谷才一全集 9」文藝春秋 2013 p331
二つの死
　◇「原民喜戦後全小説」講談社 2015（講談社文芸文庫）p472
2つの時代
　◇「井上ひさしコレクション ことばの巻」岩波書店 2005 p51
二つの失敗
　◇「徳田秋聲全集 16」八木書店 1999 p314
〈二つの質問に答える〉『東京新聞』のアンケートに答えて
　◇「安部公房全集 7」新潮社 1998 p408
二つの視点・世界をどう見るか
　◇「小田実全集 評論 16」講談社 2012 p50
二つの情景
　◇「決定版 三島由紀夫全集 37」新潮社 2004 p426
二つの小説
　◇「谷崎潤一郎全集 25」中央公論新社 2016 p295
二つの人格
　◇「徳田秋聲全集 22」八木書店 2001 p43
二つの人格の融合
　◇「徳田秋聲全集 23」八木書店 2001 p80
二つの世界遺産
　◇「田中志津全作品集 下巻」武蔵野書院 2013 p207
二つの世界のアイロニー――現代文明論のための覺書
　◇「福田恆存評論集 2」麗澤大學出版會，廣池學園事業部〔発売〕 2009 p143
二つの戦争のあいだで
　◇「小田実全集 評論 6」講談社 2010 p65
『二つの祖国』を書き終えて
　◇「山崎豊子全集 18」新潮社 2005 p521
二つの祖国（一）
　◇「山崎豊子全集 16」新潮社 2005 p7

二つの祖国（二）
　◇「山崎豊子全集 17」新潮社 2005 p7
二つの祖国（三）
　◇「山崎豊子全集 18」新潮社 2005 p7
二つの態度
　◇「宮本百合子全集 9」新日本出版社 2001 p59
ふたつの太陽
　◇「立松和平小説 8」勉誠出版 2010 p165
二つの手紙
　◇「佐々木基一全集 1」河出書房新社 2013 p455
二つの「哲學」
　◇「小田実全集 評論 36」講談社 2014 p23
二つの「難死」体験
　◇「小田実全集 評論 21」講談社 2012 p197
二つの日本（一月十二日）
　◇「福田恆存評論集 18」麗澤大學出版會，廣池學園事業部〔発売〕 2010 p136
二つの庭
　◇「宮本百合子全集 6」新日本出版社 2001 p221
二つの年号
　◇「小田実全集 評論 18」講談社 2012 p120
二つの場合
　◇「宮本百合子全集 11」新日本出版社 2001 p438
二つの半球―「友達」の演出を終えて
　◇「安部公房全集 25」新潮社 1999 p100
二つの比較論―探偵小説の範囲とその本質
　◇「江戸川乱歩全集 26」光文社 2003（光文社文庫）p38
二つの標的〔解決篇〕
　◇「鮎川哲也コレクション挑戦篇 3」出版芸術社 2006 p194
二つの標的〔問題篇〕
　◇「鮎川哲也コレクション挑戦篇 3」出版芸術社 2006 p118
二つの文化映画―「富士山」と「日本の女性」
　◇「宮本百合子全集 15」新日本出版社 2001 p303
二つのヘッダ・ガーブラー
　◇「福田恆存評論集 11」麗澤大學出版會，廣池學園事業部〔発売〕 2009 p115
二つの望楼
　◇「決定版 三島由紀夫全集 34」新潮社 2003 p399
二つのまさか
　◇「小田実全集 評論 2」講談社 2010 p139
二つの町
　◇「中井英夫全集 7」東京創元社 1998（創元ライブラリ）p570
二つの短い話
　◇「宮本百合子全集 2」新日本出版社 2001 p339
二つの道
　◇「徳田秋聲全集 37」八木書店 2004 p3
『二つの道』作者より読者へ
　◇「徳田秋聲全集 別巻」八木書店 2006 p125

ふたつ

二つの妄念、そして、諸君、自分で考えてくれたまえ
　◇「小田実全集 評論 29」講談社 2013 p236
二つの夢
　◇「小檜山博全集 7」柏艪舎 2006 p270
豚つぶし
　◇「小檜山博全集 7」柏艪舎 2006 p168
二粒の飴
　◇「山本周五郎長篇小説全集 4」新潮社 2013 p433
豚とこうもり傘とお化け
　◇「安部公房全集 9」新潮社 1998 p371
豚と豚かい
　◇「安部公房全集 3」新潮社 1997 p341
フダニット随想
　◇「江戸川乱歩全集 25」光文社 2005（光文社文庫）p349
双葉会趣意書
　◇「谷崎潤一郎全集 20」中央公論新社 2015 p564
二葉亭四迷
　◇「福田恆存評論集 13」麗澤大學出版會, 廣池學園事業部〔発売〕2009 p11
二葉亭の印象
　◇「徳田秋聲全集 23」八木書店 2001 p235
双葉山を手玉にとった"じこう様"について
　◇「宮本百合子全集 16」新日本出版社 2002 p398
二夜泊（ふたよとまり）
　◇「徳田秋聲全集 1」八木書店 1997 p275
補陀落
　◇「中上健次集 1」インスクリプト 2014 p218
補陀落の海
　◇「小松左京全集 完全版 27」城西国際大学出版会 2007 p197
二人
　◇「徳田秋聲全集 8」八木書店 2000 p272
二人
　◇「山田風太郎ミステリー傑作選 4」光文社 2001（光文社文庫）p405
二人いるとき
　◇「宮本百合子全集 5」新日本出版社 2001 p231
「ふたりクニオ」の記
　◇「辻邦生全集 16」新潮社 2005 p248
二人づれ
　◇「宮本百合子全集 15」新日本出版社 2001 p78
二人だけの秋
　◇「辻邦生全集 7」新潮社 2004 p271
「二人でお酒を」─現代歌情
　◇「井上ひさしコレクション 人間の巻」岩波書店 2005 p310
二人のアメリカと文学─絶望とデカダンス〔対談者〕江藤淳
　◇「大庭みな子全集 22」日本経済新聞出版社 2011 p103

二人の弟たちへのたより
　◇「宮本百合子全集 14」新日本出版社 2001 p24
二人の男
　◇「小沼丹全集 1」未知谷 2004 p643
ふたりの女
　◇「野呂邦暢小説集成 6」文遊社 2016 p75
「ふたりの女」をめぐって
　◇「〔野呂邦暢〕随筆コレクション 1」みすず書房 2014 p474
二人の外務大臣
　◇「阿川弘之全集 20」新潮社 2007 p333
二人の師匠
　◇「江戸川乱歩全集 30」光文社 2005（光文社文庫）p173
二人の抒情─佐久間良子さん
　◇「決定版 三島由紀夫全集 32」新潮社 2003 p584
二人の女優
　◇「小檜山博全集 6」柏艪舎 2006 p166
『二人の稚児』
　◇「谷崎潤一郎全集 5」中央公論新社 2016 p7
二人の稚児
　◇「谷崎潤一郎全集 5」中央公論新社 2016 p9
二人の友
　◇「〔森〕鷗外近代小説集 6」岩波書店 2012 p273
二人の母親
　◇「大庭みな子全集 6」日本経済新聞出版社 2009 p221
二人の班長
　◇「〔野呂邦暢〕随筆コレクション 1」みすず書房 2014 p94
二人の病人
　◇「徳田秋聲全集 15」八木書店 1999 p320
二人の筆ノ人に感謝する
　◇「井上ひさしコレクション 人間の巻」岩波書店 2005 p19
二人の墓標
　◇「林京子全集 1」日本図書センター 2005 p53
二人のユリ
　◇「三橋一夫ふしぎ小説集成 2」出版芸術社 2005 p24
ふたりの陽子
　◇「都筑道夫少年小説コレクション 3」本の雑誌社 2005 p206
二人の老嬢
　◇「決定版 三島由紀夫全集 18」新潮社 2002 p671
ふたりのわたし
　◇「石牟礼道子全集 12」藤原書店 2005 p491
二人山姥
　◇「大庭みな子全集 14」日本経済新聞出版社 2010 p440
不断草
　◇「山本周五郎長篇小説全集 4」新潮社 2013 p145

淵上才蔵さん家
◇「石牟礼道子全集 3」藤原書店 2004 p445
プチ・プロポ
◇「決定版 三島由紀夫全集 27」新潮社 2003 p184
不忠臣蔵
◇「井上ひさし短編中編小説集成 10」岩波書店 2015 p181
不忠臣蔵年表
◇「井上ひさし短編中編小説集成 10」岩波書店 2015 p438
普通小説
◇「鈴木いづみコレクション 6」文遊社 1997 p235
ふつうの重荷
◇「須賀敦子全集 1」河出書房新社 2006（河出文庫）p361
ふつうの会話―家具に寄せる短編
◇「中井英夫全集 5」東京創元社 2002（創元ライブラリ）p26
「ふつうの国」としてのベトナム
◇「小田実全集 評論 14」講談社 2011 p7
普通の青春小説の集―自作解説
◇「橋本治短篇小説コレクション S&Gグレイテスト・ヒッツ+1」筑摩書房 2006（ちくま文庫）p429
「ふつうの人間」の「国際連帯」
◇「小田実全集 評論 19」講談社 2012 p154
◇「小田実全集 評論 33」講談社 2013 p173
ふつうの人間の「すべて人間として生きようとする努力」
◇「小田実全集 評論 19」講談社 2012 p60
普通の人
◇「向田邦子全集 新版 7」文藝春秋 2009 p61
二日市温泉
◇「立松和平小説 別巻」勉誠出版 2015 p441
二日会
◇「徳田秋聲全集 21」八木書店 2001 p70
二日間
◇「徳田秋聲全集 8」八木書店 2000 p48
復活
◇「小島信夫批評集成 4」水声社 2010 p317
復活
◇「宮本百合子全集 17」新日本出版社 2002 p408
復活祭
◇「20世紀断層―野坂昭如単行本未収録小説集成 4」幻戯書房 2010 p539
復活祭
◇「定本 久生十蘭全集 7」国書刊行会 2010 p127
復活の日
◇「小松左京全集 完全版 2」城西国際大学出版会 2008 p7
二日前の新聞
◇「〔野呂邦暢〕随筆コレクション 1」みすず書房 2014 p322

二日酔
◇「吉行淳之介エッセイ・コレクション 1」筑摩書房 2004（ちくま文庫）p221
二日酔い
◇「小檜山博全集 7」柏艪舎 2006 p100
宿酔にもきく？　猿羽根地蔵尊
◇「小松左京全集 完全版 31」城西国際大学出版会 2008 p87
仏教と未来社会
◇「小松左京全集 完全版 29」城西国際大学出版会 2007 p235
佛教と私
◇「車谷長吉全集 3」新書館 2010 p396
仏教に五戒、キリスト教に十誡
◇「小松左京全集 完全版 34」城西国際大学出版会 2009 p253
ブックエンド
◇「橋本治短篇小説コレクション S&Gグレイテスト・ヒッツ+1」筑摩書房 2006（ちくま文庫）p334
復興と解放ムードの中で
◇「小松左京全集 完全版 42」城西国際大学出版会 2014 p231
復興都市再開発計画
◇「小田実全集 小説 37」講談社 2013 p135
プッサン展の「自画像」など
◇「辻邦生全集 19」新潮社 2005 p193
プッサンの遺言 (テスタマン)
◇「辻邦生全集 19」新潮社 2005 p156
物質への情熱
◇「小林秀雄全作品 2」新潮社 2002 p191
◇「小林秀雄全集 補巻 1」新潮社 2010 p116
物質・生命・精神そしてX〔対談〕(渡辺格)
◇「安部公房全集 28」新潮社 2000 p148
物質と理想の接点に―日本語普及に於る文学の役割
◇「佐々木基一全集 1」河出書房新社 2013 p285
物質の将来―仮面の人々へ
◇「稲垣足穂コレクション 1」筑摩書房 2005（ちくま文庫）p124
物質の不倫について―『死霊』論
◇「安部公房全集 2」新潮社 1997 p78
仏師悲願
◇「国枝史郎伝奇短篇小説集成 1」作品社 2006 p89
仏生寺弥助―芹沢鴨が怖れた男
◇「津本陽武芸小説集 3」PHP研究所 2007 p71
物証性
◇「佐々木基一全集 7」河出書房新社 2013 p386
物騒
◇「車谷長吉全集 1」新書館 2010 p417
仏桑華
◇「辺見庸掌編小説集 黒版」角川書店 2004 p110

ふつた

物体O
◇「小松左京全集 完全版 12」城西国際大学出版会 2007 p250

仏壇
◇「決定版 三島由紀夫全集 37」新潮社 2004 p611

佛壇屋と文士
◇「車谷長吉全集 3」新書館 2010 p21

人形（プッペン）クリニック
◇「辻邦生全集 6」新潮社 2004 p9

人形（プッペン）クリニック―ある生涯の七つの場所4
◇「辻邦生全集 6」新潮社 2004 p7

武帝への復讐
◇「宮城谷昌光全集 21」文藝春秋 2004 p358

不定期刊行物「葉書通信」の予告をかねて
◇「安部公房全集 25」新潮社 1999 p395

不定の弁―現代作家の朝から夜中まで
◇「決定版 三島由紀夫全集 29」新潮社 2003 p175

ふでうごくまゝに
◇「決定版 三島由紀夫全集 37」新潮社 2004 p801

筆合戦（完四郎広目手控シリーズ）
◇「高橋克彦自選短編集 3」講談社 2010（講談社文庫）p91

不敵な笑み
◇「車谷長吉全集 3」新書館 2010 p443

筆だこ
◇「江戸川乱歩全集 24」光文社 2005（光文社文庫）p626

筆つくり
◇「瀬戸内寂聴随筆選 3」ゆまに書房 2009 p44

筆の犯罪
◇「浜尾四郎全集 1」沖積舎 2004 p482

筆のひとたち
◇「井上ひさしコレクション 人間の巻」岩波書店 2005 p3

筆まめな男
◇「小沼丹全集 4」未知谷 2004 p497

葡萄
◇「定本 久生十蘭全集 10」国書刊行会 2011 p385

葡萄
◇「渡辺淳一自選短篇コレクション 1」朝日新聞社 2006 p41

舞踏会殺人事件
◇「坂口安吾全集 10」筑摩書房 1998 p5

不動産広告のコピーは、いま
◇「井上ひさしコレクション 日本の巻」岩波書店 2005 p35

不動さんの人気を合せた未来の成田ブーム
◇「小松左京全集 完全版 29」城西国際大学出版会 2007 p27

不動産屋、そして医学研究所
◇「田中小実昌エッセイ・コレクション 6」筑摩書房 2003（ちくま文庫）p315

葡萄詩
◇「中井英夫全集 7」東京創元社 1998（創元ライブラリ）p671

葡萄酒とマンと貝島さんと
◇「辻邦生全集 16」新潮社 2005 p267

武道精進
◇「国枝史郎歴史小説傑作選」作品社 2006 p408

葡萄蔓の束
◇「定本 久生十蘭全集 3」国書刊行会 2009 p427

葡萄棚
◇「小沼丹全集 4」未知谷 2004 p398

不道徳教育講座
◇「決定版 三島由紀夫全集 30」新潮社 2003 p323

葡萄と麺麹（パン）
◇「決定版 三島由紀夫全集 37」新潮社 2004 p680

葡萄パン
◇「決定版 三島由紀夫全集 20」新潮社 2002 p125

舞踏番号
◇「徳田秋聲全集 26」八木書店 2002 p169

舞踏病―心理のメルヘン
◇「決定版 三島由紀夫全集 20」新潮社 2002 p700

「舞踏病」創作ノート
◇「決定版 三島由紀夫全集 20」新潮社 2002 p785

風土記の再生―寺河俊人
◇「小松左京全集 完全版 41」城西国際大学出版会 2013 p179

婦徳
◇「決定版 三島由紀夫全集 16」新潮社 2002 p555

「婦徳」創作ノート
◇「決定版 三島由紀夫全集 16」新潮社 2002 p727

懐刀
◇「立松和平小説 8」勉誠出版 2010 p77

婦と妻
◇「宮城谷昌光全集 21」文藝春秋 2004 p473

太った道化―開高健氏の問いに答える
◇「金井美恵子エッセイ・コレクション―1964-2013 1」平凡社 2013 p144

肥る
◇「小松左京全集 完全版 37」城西国際大学出版会 2010 p277

蒲団
◇「立松和平全小説 別巻」勉誠出版 2015 p479

「蒲團」について
◇「福田恆存評論集 9」麗澤大學出版會, 廣池學園事業部〔発売〕 2008 p154

鮒
◇「向田邦子全集 新版 3」文藝春秋 2009 p207

ふなくい虫
◇「大庭みな子全集 1」日本経済新聞出版社 2009 p321
◇「大庭みな子全集 12」日本経済新聞出版社 2010 p65
◇「大庭みな子全集 17」日本経済新聞出版社 2010

舟越さん（舟越道子著『句文集 青い湖』に寄せて）
　◇「大庭みな子全集 23」日本経済新聞出版社 2011 p180

船旅で結んだ友情
　◇「辻邦生全集 16」新潮社 2005 p346

船旅のおすすめ
　◇「阿川弘之全集 16」新潮社 2006 p38

舟霊
　◇「石牟礼道子全集 1」藤原書店 2004 p316

舟霊さんの声を聞く
　◇「石牟礼道子全集 10」藤原書店 2006 p435

船出
　◇「小檜山博全集 2」柏艪舎 2006 p451

舟泊まり文化の名ごり
　◇「小松左京全集 完全版 42」城西国際大学出版会 2014 p56

ぶなの木
　◇「宮本百合子全集 32」新日本出版社 2003 p484

舟橋聖一―「岩野泡鳴伝」
　◇「小林秀雄全作品 10」新潮社 2003 p234
　◇「小林秀雄全集 補巻 1」新潮社 2010 p541

舟橋聖一氏の「若いセールスマンの恋」
　◇「決定版 三島由紀夫全集 31」新潮社 2003 p269

舟橋聖一との対話〔対談〕
　◇「決定版 三島由紀夫全集 39」新潮社 2004 p9

舟橋聖一の「木石・鶩毛」について
　◇「決定版 三島由紀夫全集 28」新潮社 2003 p21

舟曳き唄
　◇「石牟礼道子全集 1」藤原書店 2004 p114

橅館の殺人
　◇「中井英夫全集 5」東京創元社 2002（創元ライブラリ）p11

腑抜けにされた日本の文化〔対談〕（佐伯彰一）
　◇「福田恆存対談・座談集 4」玉川大学出版部 2012 p397

舟
　◇「小田実全集 小説 17」講談社 2011 p256

船
　◇「小田実全集 小説 17」講談社 2011 p22

船
　◇「日影丈吉全集 別巻」国書刊行会 2005 p563

船を"移動工場"にして瀬戸内を工業化
　◇「小松左京全集 完全版 29」城西国際大学出版会 2007 p81

舟つなぎの木―天草上島栖本
　◇「石牟礼道子全集 6」藤原書店 2006 p12

船と機電
　◇「小松左京全集 完全版 16」城西国際大学出版会 2011 p395

船の挨拶―モノロオグ一幕
　◇「決定版 三島由紀夫全集 22」新潮社 2002 p407

船の上
　◇「小島信夫短篇集成 4」水声社 2015 p227

舟のかよひ路
　◇「丸谷才一全集 8」文藝春秋 2014 p441

船の御馳走
　◇「内田百閒集成 11」筑摩書房 2003（ちくま文庫）p284

船の食事
　◇「阿川弘之全集 20」新潮社 2007 p54

船の旅―民族のシャッフルの歴史
　◇「小松左京全集 完全版 43」城西国際大学出版会 2014 p279

船の名前
　◇「阿川弘之全集 19」新潮社 2007 p468

船のまぼろし
　◇「石牟礼道子全集 9」藤原書店 2006 p388

プーの森の外で―石井桃子『幻の朱い実』
　◇「金井美恵子エッセイ・コレクション―1964-2013 3」平凡社 2013 p365

分倍河原の話を聞いて
　◇「決定版 三島由紀夫全集 26」新潮社 2003 p23

腐敗と希望―ピラミッドの下で考える
　◇「小田実全集 評論 1」講談社 2010 p323

不必要な誠実論―島木氏への答
　◇「宮本百合子全集 13」新日本出版社 2001 p107

不必要な犯罪
　◇「狩久全集 5」皆進社 2013 p106

《不必要な犯罪》に関するメモ
　◇「狩久全集 6」皆進社 2013 p231

不憫惚れ
　◇「立松和平小説 23」勉誠出版 2013 p285
　◇「立松和平小説 23」勉誠出版 2013 p305

ふぶき
　◇「徳田秋聲全集 1」八木書店 1997 p3

吹雪
　◇「小檜山博全集 2」柏艪舎 2006 p409

吹雪
　◇「辻邦生全集 5」新潮社 2004 p322

吹雪心中
　◇「山田風太郎ミステリー傑作選 3」光文社 2001（光文社文庫）p315

吹雪の中
　◇「松田解子自選集 8」澤田出版 2008 p54

吹雪の中を―
　◇「宮本百合子全集 32」新日本出版社 2003 p482

吹雪物語―夢と知性
　◇「坂口安吾全集 2」筑摩書房 1999 p224

『ふふふん へへへん ぽん！ もっと いいこと きっと ある』
　◇「金井美恵子エッセイ・コレクション―1964-2013 2」平凡社 2013 p287

ふふん

部分
　◇「松本清張短編全集 11」光文社 2009（光文社文庫）p37
「フーブン」の詩人の重い答
　◇「小田実全集 評論 31」講談社 2013 p256
普遍性について
　◇「石牟礼道子全集 13」藤原書店 2007 p726
普遍的な説得力を
　◇「安部公房全集 19」新潮社 1999 p273
普遍と土着
　◇「小田実全集 評論 15」講談社 2011 p81
不偏不党とは何か―村上元三氏に答える
　◇「安部公房全集 12」新潮社 1998 p219
不木軒随筆
　◇「小酒井不木随筆評論選集 7」本の友社 2004 p1
不木軒漫筆
　◇「小酒井不木随筆評論選集 8」本の友社 2004 p203
不木軒夜話
　◇「小酒井不木随筆評論選集 7」本の友社 2004 p235
父母のこと
　◇「江戸川乱歩全集 30」光文社 2005（光文社文庫）p33
父母の離婚
　◇「小檜山博全集 8」柏艪舎 2006 p89
踏まれても生きた―「西南役異聞」
　◇「石牟礼道子全集 5」藤原書店 2004 p237
不満処理します
　◇「眉村卓コレクション 異世界篇 1」出版芸術社 2012 p239
不満足
　◇「中上健次集 1」インスクリプト 2014 p60
不満と希望―男性作家の描く女性について（『読売新聞』記者との一問一答）
　◇「宮本百合子全集 12」新日本出版社 2001 p66
不満と自己満足
　◇「決定版 三島由紀夫全集 35」新潮社 2003 p224
不満な女たち
　◇「決定版 三島由紀夫全集 19」新潮社 2002 p59
踏絵の軍師
　◇「山田風太郎妖異小説コレクション 山屋敷秘図」徳間書店 2003（徳間文庫）p393
文がらを焼くの日
　◇「小寺菊子作品集 2」桂書房 2014 p352
踏切
　◇「高城高全集 4」東京創元社 2008（創元推理文庫）p9
ふみ子へ
　◇「松田解子自選集 9」澤田出版 2009 p119
富美子の足
　◇「谷崎潤一郎全集 6」中央公論新社 2015 p235

文づかひ
　◇「〔森〕鴎外近代小説集 1」岩波書店 2013 p91
踏みにじられた青春
　◇「日影丈吉全集 7」国書刊行会 2004 p555
文彦のたたかい
　◇「野呂邦暢小説集成 7」文遊社 2016 p187
不眠症とテロリスト
　◇「安部公房全集 12」新潮社 1998 p442
「不明氏の墓」に寄せて
　◇「中井英夫全集 10」東京創元社 2002（創元ライブラリ）p101
不滅のジョーカー――金田一耕助の不測の出現に関する私考
　◇「日影丈吉全集 別巻」国書刊行会 2005 p542
不滅の夜
　◇「金井美恵子自選短篇集 恋人たち／降誕祭の夜」講談社 2015（講談社文芸文庫）p32
『不毛地帯』を書き終えて
　◇「山崎豊子全集 15」新潮社 2005 p531
『不毛地帯』のシベリア
　◇「山崎豊子全集 12」新潮社 2004 p543
不毛地帯（一）
　◇「山崎豊子全集 12」新潮社 2004 p7
不毛地帯（二）
　◇「山崎豊子全集 13」新潮社 2005 p7
不毛地帯（三）
　◇「山崎豊子全集 14」新潮社 2005 p7
不毛地帯（四）
　◇「山崎豊子全集 15」新潮社 2005 p7
簏
　◇「坂口安吾全集 1」筑摩書房 1999 p318
簏〔戯曲〕
　◇「坂口安吾全集 1」筑摩書房 1999 p412
冬
　◇「田村泰次郎選集 1」日本図書センター 2005 p119
〈冬〉
　◇「中井英夫全集 2」東京創元 1998（創元ライブラリ）p726
冬
　◇「決定版 三島由紀夫全集 36」新潮社 2003 p434
　◇「決定版 三島由紀夫全集 37」新潮社 2004 p310
冬を越す蕾
　◇「宮本百合子全集 12」新日本出版社 2001 p20
冬枯れ
　◇「小檜山博全集 1」柏艪舎 2006 p38
冬枯れ
　◇「徳永直文学選集」熊本出版文化会館 2008 p167
冬枯れの野に
　◇「大庭みな子全集 23」日本経済新聞出版社 2011 p479

ふよう

冬木
　◇「小檜山博全集 2」柏艪舎 2006 p446
冬景色―若き彼の魂も共に
　◇「松下竜一未刊行著作集 3」海鳥社 2009 p322
ふゆじのお大臣
　◇「石牟礼道子全集 1」藤原書店 2004 p260
冬凪
　◇「小檜山博全集 2」柏艪舎 2006 p471
冬日記
　◇「原民喜戦後全小説」講談社 2015（講談社文芸文庫）p136
冬の哀感
　◇「決定版 三島由紀夫全集 37」新潮社 2004 p638
冬の朝(あした)の陽の光り
　◇「決定版 三島由紀夫全集 37」新潮社 2004 p447
冬の暖かさ
　◇「徳田秋聲全集 20」八木書店 2001 p260
冬の石と季節の手
　◇「決定版 三島由紀夫全集 37」新潮社 2004 p365
冬の一夜
　◇〔「野呂邦暢」随筆コレクション 2〕みすず書房 2014 p323
冬の今宿海岸
　◇「松下竜一未刊行著作集 2」海鳥社 2008 p9
冬のヴェニス
　◇「決定版 三島由紀夫全集 31」新潮社 2003 p601
冬の宴
　◇「上野壮夫全集 2」図書新聞 2009 p344
冬の海
　◇「宮本百合子全集 33」新日本出版社 2004 p407
冬の斧
　◇「寺山修司著作集 1」クインテッセンス出版 2009 p85
冬の音楽
　◇「立松和平全小説 16」勉誠出版 2012 p50
冬の怪談
　◇「坂口安吾全集 13」筑摩書房 1999 p311
冬の祈禱
　◇「決定版 三島由紀夫全集 37」新潮社 2004 p464
冬の恋
　◇「小島信夫批評集成 2」水声社 2011 p203
冬の皇帝
　◇「野呂邦暢小説集成 4」文遊社 2014 p39
冬の時代の犯罪
　◇「天城一傑作集 〔1〕」日本評論社 2004 p385
冬の情緒あふれる山陰地方
　◇「小松左京全集 完全版 29」城西国際大学出版会 2007 p104
冬の鷹
　◇「吉村昭歴史小説集成 7」岩波書店 2009 p1
冬の手帖より
　◇「決定版 三島由紀夫全集 37」新潮社 2004 p450

冬の鳥取砂丘
　◇「小島信夫批評集成 2」水声社 2011 p386
冬の日記抄 1972.11.8–1973.4.10
　◇「佐々木基一全集 6」河出書房新社 2012 p284
冬の蠅
　◇「梶井基次郎小説全集新装版」沖積舎 1995 p223
冬のはじまる日
　◇「松下竜一未刊行著作集 1」海鳥社 2008 p86
冬の林
　◇「大庭みな子全集 9」日本経済新聞出版社 2010 p239
冬の薔薇
　◇「日影丈吉全集 7」国書刊行会 2004 p318
冬の日
　◇「梶井基次郎小説全集新装版」沖積舎 1995 p173
冬の光
　◇「金鶴泳作品集 〔1〕」クレイン 2004 p105
ふゆのまち
　◇「決定版 三島由紀夫全集 37」新潮社 2004 p142
冬の真昼の静か
　◇「立松和平全小説 3」勉誠出版 2010 p261
　◇「立松和平全小説 3」勉誠出版 2010 p262
冬の山（二〇首）
　◇「石牟礼道子全集 1」藤原書店 2004 p497
冬の夜
　◇「松田解子自選集 4」澤田出版 2005 p273
冬の夜
　◇「決定版 三島由紀夫全集 36」新潮社 2003 p435
冬の夜は長い
　◇「定本 久生十蘭全集 10」国書刊行会 2011 p278
冬の流星
　◇「大庭みな子全集 16」日本経済新聞出版社 2010 p172
冬日
　◇「決定版 三島由紀夫全集 37」新潮社 2004 p588
小説「冬吠え」
　◇「田中志津全作品集 中巻」武蔵野書院 2013 p3
冬吠え
　◇「田中志津全作品集 下巻」武蔵野書院 2013 p182
冬館
　◇「決定版 三島由紀夫全集 37」新潮社 2004 p654
冬休のある日の家の附近の景色
　◇「決定版 三島由紀夫全集 37」新潮社 2004 p45
冬山
　◇「定本 久生十蘭全集 別巻」国書刊行会 2013 p551
冬山
　◇「決定版 三島由紀夫全集 補巻」新潮社 2005 p34
舞踊〔武原はん〕〔対談〕
　◇「決定版 三島由紀夫全集 39」新潮社 2004 p250
腐葉土
　◇「石牟礼道子全集 13」藤原書店 2007 p662

ふよう

「芙蓉露大内実記」について
　◇「決定版 三島由紀夫全集 28」新潮社 2003 p659

芙蓉露大内実記——一幕
　◇「決定版 三島由紀夫全集 22」新潮社 2002 p503

プライヴァシィ
　◇「決定版 三島由紀夫全集 31」新潮社 2003 p500

プライヴェート・ペイパー
　◇〔野呂邦暢〕随筆コレクション 2」みすず書房 2014 p267

プライバシー裁判の和解前後——週間日記
　◇「決定版 三島由紀夫全集 34」新潮社 2003 p272

プライベート・マネー
　◇「小松左京全集 完全版 25」城西国際大学出版会 2017 p448

ブラウン神父の周辺
　◇「丸谷才一全集 11」文藝春秋 2014 p418

部落
　◇「松田解子自選集 7」澤田出版 2008 p83

ブラジルおじいの酒
　◇「目取真俊短篇小説選集 2」影書房 2013 p295

プラタナスのささやきから——一九五九年一一月二八日メモ詩
　◇「松田解子自選集 9」澤田出版 2009 p178

ブラチスラヴァの居酒屋で
　◇「安部公房全集 7」新潮社 1998 p39

ブラックバード
　◇「立松和平全小説 18」勉誠出版 2012 p132

「ブラック・パンサー」との最後の出会い
　◇「小田実全集 評論 25」講談社 2012 p159

ブラックボックスと文化外交
　◇「小松左京全集 完全版 31」城西国際大学出版会 2008 p232

ブラックユーモア
　◇「松下竜一未刊行著作集 2」海鳥社 2008 p35

ぷらとにっく
　◇「定本 久生十蘭全集 10」国書刊行会 2011 p373

プラトニック・ラブ再考
　◇「吉行淳之介エッセイ・コレクション 2」筑摩書房 2004（ちくま文庫）p290

プラトニック・ラブ〔対談〕(中島みゆき)
　◇「吉行淳之介エッセイ・コレクション 4」筑摩書房 2004（ちくま文庫）p10

『プラートの商人』イリス・オリーゴ
　◇「須賀敦子全集 4」河出書房新社 2007（河出文庫）p567

プラトン通りの泥水浴
　◇「定本 荒巻義雄メタSF全集 7」彩流社 2015 p433

プラトンの「国家」
　◇「小林秀雄作品 23」新潮社 2004 p43

フラフラ国始末記
　◇「小松左京全集 完全版 16」城西国際大学出版会 2011 p187

ぶらぶら旅
　◇「山田風太郎エッセイ集成 風山房風呂焚き唄」筑摩書房 2008 p27

ぶらぶらと小さな裏路を歩いて
　◇「遠藤周作エッセイ選集 2」光文社 2006（知恵の森文庫）p173

ブラマ
　◇「江戸川乱歩全集 30」光文社 2005（光文社文庫）p722

フランキーの完全犯罪
　◇「安部公房全集 16」新潮社 1998 p281

フランク永井『赤いグラス』
　◇「小檜山博全集 6」柏艪舎 2006 p371

フランクフルトの哲学青年
　◇「辻邦生全集 16」新潮社 2005 p350

フランケン奇談
　◇「江戸川乱歩全集 24」光文社 2005（光文社文庫）p717

鞦韆
　◇「橋本治短篇小説コレクション 鞦韆」筑摩書房 2006（ちくま文庫）

ぶーらんこ ぶうらんこ
　◇「林京子全集 6」日本図書センター 2005 p277

フランス怪奇小説瞥見
　◇「日影丈吉全集 別巻」国書刊行会 2005 p635

フランス—風の旅、雲の旅
　◇「辻邦生全集 17」新潮社 2005 p120

フランス感れたり
　◇「定本 久生十蘭全集 4」国書刊行会 2009 p237

フランスからの帰りに見た小津作品——秋刀魚の味
　◇「辻邦生全集 19」新潮社 2005 p281

フランス語を学ぶには——カナダ紀行
　◇「小田実全集 評論 1」講談社 2010 p93

〈フランス語字幕〉〔映画「憂国」〕
　◇「決定版 三島由紀夫全集 別巻」新潮社 2006 p40

フランス事件
　◇「定本 久生十蘭全集 8」国書刊行会 2010 p250

仏蘭西にいく船に乗って
　◇「遠藤周作エッセイ選集 2」光文社 2006（知恵の森文庫）p86

ふらんす人形
　◇「大佛次郎セレクション第2期 ふらんす人形」未知谷 2008 p5

仏蘭西の新しい雑誌
　◇「田村泰次郎選集 5」日本図書センター 2005 p19

フランスの魚料理
　◇「日影丈吉全集 別巻」国書刊行会 2005 p121

フランスの立待岬より
　◇「定本 久生十蘭全集 10」国書刊行会 2011 p445

フランスのテレビに初出演——文壇の若大将 三島由紀夫氏
　◇「決定版 三島由紀夫全集 34」新潮社 2003 p31

フランスの夏休み
　◇「辻邦生全集 16」新潮社 2005 p356
フランス伯N・B
　◇「定本 久生十蘭全集 6」国書刊行会 2010 p356
フランス版・忠臣蔵「輪舞」
　◇「田中小実昌エッセイ・コレクション 3」筑摩書房 2002（ちくま文庫）p19
フランス病第三期
　◇「決定版 三島由紀夫全集 28」新潮社 2003 p237
フランス文学とわが国の新文学
　◇「小林秀雄全作品 3」新潮社 2002 p134
　◇「小林秀雄全集 補巻 1」新潮社 2010 p159
フランス流バカンスの秘密
　◇「井上ひさしコレクション 日本の巻」岩波書店 2005 p267
ふらんす料理への招待
　◇「日影丈吉全集 別巻」国書刊行会 2005 p13
フランス料理とは
　◇「日影丈吉全集 別巻」国書刊行会 2005 p15
「フランスは雪やった」、あるいは「お金より儲けや」
　◇「小田実全集 評論 18」講談社 2012 p146
フランス・3千キロの旅
　◇「小檜山博全集 8」柏艪舎 2006 p348
プランタジネット朝
　◇「福田恆存評論集 20」麗澤大學出版會, 廣池學園事業部〔発売〕2011 p25
フランツ・カフカ『審判』と安部公房『壁』
　◇「佐々木基一全集 5」河出書房新社 2013 p280
フランドルの海
　◇「須賀敦子全集 3」河出書房新社 2007（河出文庫）p22
プラントンの「國家」
　◇「小林秀雄全集 補巻 3」新潮社 2010 p181
腐爛（ふらん）の神話
　◇「山田風太郎ミステリー傑作選 5」光文社 2001（光文社文庫）p287
計画・Я（プラン・ヤ）―又は、地底の攻略路
　◇「定本 久生十蘭全集 3」国書刊行会 2009 p101
振り返れば私がいる1 ゆっくりした出発
　◇「立松和平全小説 1」勉誠出版 2010 p361
振り返れば私がいる2 不思議の国（ワンダー・ランド）への旅
　◇「立松和平全小説 2」勉誠出版 2010 p413
振り返れば私がいる3 早稲田大学に入学す
　◇「立松和平全小説 3」勉誠出版 2010 p388
振り返れば私がいる4 自己を武器化せよ
　◇「立松和平全小説 4」勉誠出版 2010 p433
振り返れば私がいる5 はじめての異国の景色
　◇「立松和平全小説 5」勉誠出版 2010 p397
振り返れば私がいる6 三角ズボンのこと
　◇「立松和平全小説 6」勉誠出版 2010 p381

振り返れば私がいる7 騒乱の時代
　◇「立松和平全小説 7」勉誠出版 2010 p427
振り返れば私がいる8 「石の会」でダルマを飲む
　◇「立松和平全小説 8」勉誠出版 2010 p365
振り返れば私がいる 9 新聞紙を煮て喰う
　◇「立松和平全小説 9」勉誠出版 2010 p441
ブリキの北回帰線
　◇「立松和平全小説 1」勉誠出版 2010 p151
フリークス―映画史上ただ一本の珍品
　◇「色川武大・阿佐田哲也エッセイズ 2」筑摩書房 2003（ちくま文庫）p304
フリージア
　◇「松下竜一未刊行著作集 1」海鳥社 2008 p324
プリーストリー博士 事実と推論
　◇「日影丈吉全集 別巻」国書刊行会 2005 p335
振袖幻之丞
　◇「横溝正史時代小説コレクション捕物篇 1」出版芸術社 2003 p169
「ブリタニキュス」修辞の弁
　◇「決定版 三島由紀夫全集 29」新潮社 2003 p500
ジャン・ラシーヌ作ブリタニキュス―第五幕［修辞］（安堂信也訳）
　◇「決定版 三島由紀夫全集 25」新潮社 2002 p189
「ブリタニキュス」のこと
　◇「決定版 三島由紀夫全集 32」新潮社 2003 p63
貴腐（プリチュール・ノーブル）
　◇「中井英夫全集 2」東京創元社 1998（創元ライブラリ）p763
プリニエの『偽旅券』について
　◇「安部公房全集 2」新潮社 1997 p338
ふり向かぬ冴子〔解決篇〕
　◇「鮎川哲也コレクション挑戦篇 2」出版芸術社 2006 p232
ふり向かぬ冴子〔問題篇〕
　◇「鮎川哲也コレクション挑戦篇 2」出版芸術社 2006 p35
ブリューゲル
　◇「〔野呂邦暢〕随筆コレクション 2」みすず書房 2014 p295
"不良"クラス委員
　◇「小松左京全集 完全版 34」城西国際大学出版会 2009 p381
不良少年
　◇「安部公房全集 4」新潮社 1997 p361
不良少年諸君
　◇「色川武大・阿佐田哲也エッセイズ 1」筑摩書房 2003（ちくま文庫）p225
不良少年と彼女
　◇「上野壮夫全集 2」図書新聞 2009 p125
不良少年とキリスト
　◇「坂口安吾全集 6」筑摩書房 1998 p543

ふりり

ブリリヤントな作品（武田泰淳著「貴族の階段」推薦文）
◇「決定版 三島由紀夫全集 31」新潮社 2003 p229

ブリーン
◇「江戸川乱歩全集 30」光文社 2005（光文社文庫）p723

プリン
◇「辺見庸掌編小説集 白版」角川書店 2004 p132

プリンス・ザレスキー 推理と衒学
◇「日影丈吉全集 別巻」国書刊行会 2005 p333

古い新しい
◇「徳田秋聲全集 20」八木書店 2001 p308

古い編上靴
◇「小沼丹全集 2」未知谷 2004 p223

古いイタリアの料理書
◇「須賀敦子全集 3」河出書房新社 2007（河出文庫）p606

古い唄
◇「小沼丹全集 4」未知谷 2004 p342

古い画の家
◇「小沼丹全集 補巻」未知谷 2005 p590

古い革張椅子（1976）
◇「[野呂邦暢]随筆コレクション 1」みすず書房 2014 p311

古い教会での一夜
◇「松下竜一未刊行著作集 1」海鳥社 2008 p61

古い地図
◇「小沼丹全集 4」未知谷 2004 p158

古い時計「映画の時間・観客の時間」
◇「中井英夫全集 6」東京創元社 1996（創元ライブラリ）p195

古いトランク
◇「阿川弘之全集 4」新潮社 2005 p171

古いトランク
◇「都筑道夫恐怖短篇集成 2」筑摩書房 2004（ちくま文庫）p38

古い日記
◇「小檜山博全集 8」柏艪舎 2006 p166

古いハスのタネ
◇「須賀敦子全集 3」河出書房新社 2007（河出文庫）p582

古い春
◇「決定版 三島由紀夫全集 35」新潮社 2003 p114

古い日時計
◇「辻邦生全集 5」新潮社 2004 p272

古い本
◇「小沼丹全集 4」未知谷 2004 p136

古い本郷通り
◇「徳田秋聲全集 22」八木書店 2001 p34

古い町
◇「小沼丹全集 4」未知谷 2004 p523

古い町
◇「辻井喬コレクション 7」河出書房新社 2003 p122

古い耳
◇「中井英夫全集 12」東京創元社 2006（創元ライブラリ）p84

古い物語
◇「大庭みな子全集 20」日本経済新聞出版社 2010 p474

古いものと翻訳
◇「徳田秋聲全集 20」八木書店 2001 p237

古井由吉 三度会った印象
◇「小島信夫批評集成 2」水声社 2011 p770

古いランプ
◇「小沼丹全集 4」未知谷 2004 p494

〔翻訳〕プルウストに就てのクロッキー―マリイ・シェイケビッチ（シェイケビッチ,マリイ）
◇「坂口安吾全集 1」筑摩書房 1999 p11

ふるえ止め
◇「大坪砂男全集 4」東京創元社 2013（創元推理文庫）p478

ふるえる手
◇「須賀敦子全集 2」河出書房新社 2006（河出文庫）p429

震える手
◇「小檜山博全集 4」柏艪舎 2006 p473

ブルガリア桿菌
◇「小酒井不木随筆評論選集 5」本の友社 2004 p453

古川薫さんへ 新春賀状
◇「[野呂邦暢]随筆コレクション 2」みすず書房 2014 p4

古川緑波の夢
◇「谷崎潤一郎全集 23」中央公論新社 2017 p123

「古き欧州」の精算を迫られるアメリカ
◇「小松左京全集 完全版 31」城西国際大学出版会 2008 p102

古き心を探る路
◇「小松左京全集 完全版 31」城西国際大学出版会 2008 p156

古き小画
◇「宮本百合子全集 2」新日本出版社 2001 p237

古疵
◇「小寺菊子作品集 1」桂書房 2014 p387

古き「東海の道」の果て
◇「小松左京全集 完全版 29」城西国際大学出版会 2007 p24

古き風情を失った軽井沢
◇「小松左京全集 完全版 31」城西国際大学出版会 2008 p46

『ブルグ劇場』
◇「佐々木基一全集 1」河出書房新社 2013 p151

古くなった"医は仁術"
　◇「小松左京全集 完全版 31」城西国際大学出版会 2008 p23
ふるさと
　◇「谷崎潤一郎全集 23」中央公論新社 2017 p430
ふるさと
　◇「松下解子自選集 9」澤田出版 2009 p51
故郷（ふるさと）… → "こきょう…"をも見よ
ふるさとへ
　◇「松下解子自選集 9」澤田出版 2009 p229
ふるさとへの回帰―墓を軽視した二十代
　◇「松下竜一未刊行著作集 1」海鳥社 2008 p37
古里を思う
　◇「内田百閒集成 13」筑摩書房 2003（ちくま文庫）p101
ふるさと記
　◇「梅崎春生作品集 3」沖積舎 2004 p255
故里と酒
　◇「山田風太郎エッセイ集成 昭和前期の青春」筑摩書房 2007 p17
ふるさとに寄する讚歌
　◇「坂口安吾全集 1」筑摩書房 1999 p34
ふるさとの早春
　◇「松下解子自選集 9」澤田出版 2009 p64
ふるさとの力
　◇「大庭みな子全集 23」日本経済新聞出版社 2011 p517
ふるさとの冬の夕陽
　◇「〔野呂邦暢〕随筆コレクション 1」みすず書房 2014 p162
古里の文学
　◇「車谷長吉全集 3」新書館 2010 p831
古里の雪
　◇「徳田秋聲全集 18」八木書店 2000 p390
ふるさと発見記
　◇「江戸川乱歩全集 30」光文社 2005（光文社文庫）p18
故郷（ふるさと）もどき
　◇「向田邦子全集 新版 11」文藝春秋 2010 p57
ふるさとは
　◇「大庭みな子全集 15」日本経済新聞出版社 2010 p479
ふるさと・わが流刑地
　◇「中井英夫全集 7」東京創元社 1998（創元ライブラリ）p343
ふるさとは遠きにありて
　◇「大庭みな子全集 11」日本経済新聞出版社 2010 p103
故郷は遠くにありて思うもの
　◇「遠藤周作エッセイ選集 2」光文社 2006（知恵の森文庫）p194
古沢岩美宛〔書簡〕
　◇「坂口安吾全集 16」筑摩書房 2000 p224

ブルジョア意識の荒廃
　◇「佐々木基一全集 3」河出書房新社 2013 p260
ブルジョア作家のファッショ化に就て
　◇「宮本百合子全集 11」新日本出版社 2001 p142
ブルジョア婦人雑誌
　◇「宮本百合子全集 11」新日本出版社 2001 p375
古巣
　◇「徳田秋聲全集 3」八木書店 1999 p62
ブルース アレイ
　◇「林京子全集 6」日本図書センター 2005 p208
プルーストとカフカ
　◇「小島信夫批評集成 2」水声社 2011 p597
プルーストの日々
　◇「中井英夫全集 6」東京創元社 1996（創元ライブラリ）p609
プルーストのよみがえり
　◇「辻邦生全集 18」新潮社 2005 p158
「プルターク英雄伝」
　◇「小林秀雄全作品 23」新潮社 2004 p208
　◇「小林秀雄全集 補巻 3」新潮社 2010 p213
古田君の事
　◇「小林秀雄全作品 26」新潮社 2004 p172
　◇「小林秀雄全集 補巻 3」新潮社 2010 p373
古田武彦「ここに古代王朝ありき」
　◇「〔野呂邦暢〕随筆コレクション 2」みすず書房 2014 p443
古田武彦「盗まれた神話」
　◇「〔野呂邦暢〕随筆コレクション 2」みすず書房 2014 p375
古手紙の山の中から
　◇「阿川弘之全集 16」新潮社 2006 p512
古寺にいる女
　◇「長谷川伸傑作選 日本敵討ち異相」国書刊行会 2008 p146
ふる年
　◇「徳田秋聲全集 7」八木書店 1998 p267
プルートーのわな
　◇「安部公房全集 3」新潮社 1997 p223
ふる馴染
　◇「徳田秋聲全集 8」八木書店 2000 p250
ブルネイ料理
　◇「阿川弘之全集 20」新潮社 2007 p120
プールのある家
　◇「山本周五郎長篇小説全集 24」新潮社 2014 p125
ブルーノ・タウトの椅子
　◇「小島信夫短篇集成 7」水声社 2015 p493
古橋語る
　◇「阿川弘之全集 19」新潮社 2007 p416
ブルー・ハワイ
　◇「阿川弘之全集 18」新潮社 2007 p347
ブルーフィルムのすべて
　◇「野坂昭如エッセイ・コレクション 1」筑摩書房

ふるほ

2004（ちくま文庫）p254
古本市の本
 ◇「小沼丹全集 4」未知谷 2004 p436
古本の話その他
 ◇「〔野呂邦暢〕随筆コレクション 2」みすず書房 2014 p214
古本屋
 ◇「〔野呂邦暢〕随筆コレクション 1」みすず書房 2014 p274
古本屋で
 ◇「小檜山博全集 7」柏艪舎 2006 p109
プルムウラ
 ◇「［森］鷗外近代小説集 3」岩波書店 2013 p3
古屋敷村
 ◇「石牟礼道子全集 16」藤原書店 2013 p519
古山高麗雄を偲ぶ
 ◇「阿川弘之全集 20」新潮社 2007 p505
ふれあった人々の話
 ◇「大庭みな子全集 23」日本経済新聞出版社 2011 p384
ブレイク
 ◇「江戸川乱歩全集 30」光文社 2005（光文社文庫）p730
プレイ・バック
 ◇「小松左京全集 完全版 25」城西国際大学出版会 2017 p421
プレイボーイ
 ◇「野坂昭如エッセイ・コレクション 1」筑摩書房 2004（ちくま文庫）
プレイボーイ
 ◇「〔野呂邦暢〕随筆コレクション 1」みすず書房 2014 p174
プレイボーイの子守唄
 ◇「野坂昭如エッセイ・コレクション 2」筑摩書房 2004（ちくま文庫）p12
プレイボーイの資格と条件
 ◇「野坂昭如エッセイ・コレクション 1」筑摩書房 2004（ちくま文庫）p10
プレイボーイの戦争
 ◇「20世紀断層―野坂昭如単行本未収録小説集成 補巻」幻戯書房 2010 p442
プレステージ―集英社と私
 ◇「決定版 三島由紀夫全集 34」新潮社 2003 p89
プレス本『洪水』覚え書
 ◇「安部公房全集 24」新潮社 1999 p467
プレゼント
 ◇「20世紀断層―野坂昭如単行本未収録小説集成 補巻」幻戯書房 2010 p587
フレッチャー
 ◇「江戸川乱歩全集 30」光文社 2005（光文社文庫）p738
プレッツェンゼー処刑場あとにて（談話）
 ◇「小田実全集 評論 17」講談社 2012 p259

フレデリック・ワイズマンの世界 I
 ◇「金井美恵子エッセイ・コレクション―1964-2013 4」平凡社 2014 p298
フレデリック・ワイズマンの世界 II
 ◇「金井美恵子エッセイ・コレクション―1964-2013 4」平凡社 2014 p301
プレパラートの翳
 ◇「渡辺淳一自選短篇コレクション 2」朝日新聞社 2006 p5
ブレーメンのおんがくたい
 ◇「大庭みな子全集 17」日本経済新聞出版社 2010 p562
プレリュード［翻訳］（ウンベルト・サバ）
 ◇「須賀敦子全集 5」河出書房新社 2008（河出文庫）p342
『プレリュードとカンツォネッタ』［翻訳］（ウンベルト・サバ）
 ◇「須賀敦子全集 5」河出書房新社 2008（河出文庫）p261
『プレリュードとフーガ』［翻訳］（ウンベルト・サバ）
 ◇「須賀敦子全集 5」河出書房新社 2008（河出文庫）p341
不連続殺人事件
 ◇「坂口安吾全集 6」筑摩書房 1998 p3
「不連続殺人事件」を評す
 ◇「江戸川乱歩全集 26」光文社 2003（光文社文庫）p246
不連続殺人事件 脚本（安倍徹郎）
 ◇「坂口安吾全集 別巻」筑摩書房 2012 p277
不連続殺人事件 脚本（田中陽造）
 ◇「坂口安吾全集 別巻」筑摩書房 2012 p221
不連続線
 ◇「内田百閒集成 15」筑摩書房 2003（ちくま文庫）p198
フレンチトースト
 ◇「大庭みな子全集 23」日本経済新聞出版社 2011 p552
風呂
 ◇「小田実全集 小説 17」講談社 2011 p90
フロイト「芸術論」
 ◇「決定版 三島由紀夫全集 28」新潮社 2003 p201
フロイト博士の貸家
 ◇「定本 荒巻義雄メタSF全集 別巻」彩流社 2015 p62
浮浪児
 ◇「寺山修司著作集 1」クインテッセンス出版 2009 p89
浮浪女ビクトリア
 ◇「小島信夫短篇集成 2」水声社 2014 p453
不老長寿
 ◇「都筑道夫恐怖短篇集成 1」筑摩書房 2004（ちくま文庫）p232

不老長壽法は人間の空望
　◇「小酒井不木随筆評論選集 5」本の友社 2004 p484
不老長生術
　◇「小酒井不木随筆評論選集 6」本の友社 2004 p355
浮浪人の魂
　◇「大庭みな子全集 6」日本経済新聞出版社 2009 p20
「不老不死」の時代
　◇「小松左京全集 完全版 29」城西国際大学出版会 2007 p323
不老不死霊藥ロマンス
　◇「小酒井不木随筆評論選集 7」本の友社 2004 p222
ブロオク
　◇「上野壯夫全集 1」図書新聞 2010 p442
風呂桶
　◇「徳田秋聲全集 15」八木書店 1999 p3
　◇「徳田秋聲全集 22」八木書店 2001 p92
風呂桶の中の魚
　◇「車谷長吉全集 3」新書館 2010 p27
フロオベエル雑感
　◇「坂口安吾全集 2」筑摩書房 1999 p169
フロオベルの「ボヴァリイ夫人」
　◇「小林秀雄全作品 9」新潮社 2003 p73
　◇「小林秀雄全集 補巻 1」新潮社 2010 p457
付録 「公」的援助金についての私の主張、提言
　◇「小田実全集 評論 22」講談社 2012 p342
付録 著者のことば
　◇「鮎川哲也コレクション 鍵孔のない扉」光文社 2002（光文社文庫）p429
プログラムへの執筆回避願い状
　◇「井上ひさしコレクション 人間の巻」岩波書店 2005 p84
付録1 『青いエチュード』(「作品ノート」より)
　◇「鮎川哲也コレクション わるい風」光文社 2007（光文社文庫）p390
付録1 『赤い密室』の頃
　◇「鮎川哲也コレクション 消えた奇術師」光文社 2007（光文社文庫）p291
付録1 あとがき
　◇「鮎川哲也コレクション 人それを情死と呼ぶ」光文社 2001（光文社文庫）p337
　◇「鮎川哲也コレクション 戌神はなにを見たか」光文社 2001（光文社文庫）p534
　◇「鮎川哲也コレクション 偽りの墳墓」光文社 2002（光文社文庫）p323
付録1 『あとがき』(抜粋)
　◇「鮎川哲也コレクション 早春に死す」光文社 2007（光文社文庫）p389

付録1 『五つの時計』(「作品ノート」より)
　◇「鮎川哲也コレクション 白昼の悪魔」光文社 2007（光文社文庫）p372
付録1 黒いトランク
　◇「鮎川哲也コレクション 黒いトランク」光文社 2002（光文社文庫）p376
付録1 作者のことば
　◇「鮎川哲也コレクション 王を探せ」光文社 2002（光文社文庫）p372
付録1 『死びとの座』縁起
　◇「鮎川哲也コレクション 死びとの座」光文社 2002（光文社文庫）p338
付録1 著者のことば
　◇「鮎川哲也コレクション 沈黙の函」光文社 2003（光文社文庫）p273
付録1 『薔薇殺人事件』(「作品ノート」より)
　◇「鮎川哲也コレクション 悪魔はここに」光文社 2007（光文社文庫）p260
付録1 ペトロフ事件
　◇「鮎川哲也コレクション ペトロフ事件」光文社 2001（光文社文庫）p251
付録2 『悪魔はここに』(「作品ノート」より)
　◇「鮎川哲也コレクション 悪魔はここに」光文社 2007（光文社文庫）p261
付録2 あとがき
　◇「鮎川哲也コレクション 死びとの座」光文社 2002（光文社文庫）p341
　◇「鮎川哲也コレクション 沈黙の函」光文社 2003（光文社文庫）p274
付録2 あとがき—多分に饒舌な鮎川哲也
　◇「鮎川哲也コレクション 王を探せ」光文社 2002（光文社文庫）p373
付録2 偽りの墳墓
　◇「鮎川哲也コレクション 偽りの墳墓」光文社 2002（光文社文庫）p324
付録2 『古銭』(「作品ノート」より)
　◇「鮎川哲也コレクション 白昼の悪魔」光文社 2007（光文社文庫）p373
付録2 『白い密室』(「作品ノート」より)
　◇「鮎川哲也コレクション 消えた奇術師」光文社 2007（光文社文庫）p306
付録2 代作懺悔
　◇「鮎川哲也コレクション 黒いトランク」光文社 2002（光文社文庫）p383
付録2 著者あとがき
　◇「鮎川哲也コレクション ペトロフ事件」光文社 2001（光文社文庫）p257
付録2 人それを情死と呼ぶ
　◇「鮎川哲也コレクション 人それを情死と呼ぶ」光文社 2001（光文社文庫）p338
付録2 『碑文谷事件』(「解説」より)
　◇「鮎川哲也コレクション 早春に死す」光文社 2007（光文社文庫）p391
付録2 無題
　◇「鮎川哲也コレクション 戌神はなにを見たか」光

ふろく

文社 2001（光文社文庫）p535

付録2 『夜の訪問者』（「作品ノート」より）
◇「鮎川哲也コレクション わるい風」光文社 2007（光文社文庫）p392

付録3 『青い密室』（「作品ノート」より）
◇「鮎川哲也コレクション 消えた奇術師」光文社 2007（光文社文庫）p307

付録3 『首』（「作品ノート」より）
◇「鮎川哲也コレクション 白昼の悪魔」光文社 2007（光文社文庫）p374

付録3 『砂とくらげと』（「作品ノート」より）
◇「鮎川哲也コレクション 悪魔はここに」光文社 2007（光文社文庫）p263

付録3 『碑文谷事件』（「作品ノート」より）
◇「鮎川哲也コレクション 早春に死す」光文社 2007（光文社文庫）p392

付録3 『わるい風』（「作品ノート」より）
◇「鮎川哲也コレクション わるい風」光文社 2007（光文社文庫）p394

付録4 『いたい風』（「作品ノート」より）
◇「鮎川哲也コレクション わるい風」光文社 2007（光文社文庫）p395

付録4 『早春に死す』（「作品ノート」より）
◇「鮎川哲也コレクション 早春に死す」光文社 2007（光文社文庫）p394

付録5 『殺意の餌』（「作品ノート」より）
◇「鮎川哲也コレクション わるい風」光文社 2007（光文社文庫）p397

付録5 『見えない機関車』
◇「鮎川哲也コレクション 早春に死す」光文社 2007（光文社文庫）p395

付録6 『不完全犯罪』（「作品ノート」より）
◇「鮎川哲也コレクション 早春に死す」光文社 2007（光文社文庫）p396

付録6 『まだらの犬』（「作品ノート」より）
◇「鮎川哲也コレクション わるい風」光文社 2007（光文社文庫）p398

付録7 『急行出雲』
◇「鮎川哲也コレクション 早春に死す」光文社 2007（光文社文庫）p397

付録7 『ハルビン回想―あとがきにかえて』
◇「鮎川哲也コレクション わるい風」光文社 2007（光文社文庫）p399

付録8 『下り「はつかり」』
◇「鮎川哲也コレクション 早春に死す」光文社 2007（光文社文庫）p398

風呂敷包
◇「内田百閒集成 15」筑摩書房 2003（ちくま文庫）p26

プロシュッティ先生のパスコリ
◇「須賀敦子全集 1」河出書房新社 2006（河出文庫）p33

ゲーテ作プロゼルピーナ―独白劇［翻訳］
◇「決定版 三島由紀夫全集 25」新潮社 2002 p299

フロックコート
◇「内田百閒集成 17」筑摩書房 2004（ちくま文庫）p14

風呂の窓
◇「小檜山博全集 6」柏艪舎 2006 p202

風呂場事件
◇「松田解子自選集 5」澤田出版 2007 p25

プロバビリティーの犯罪
◇「江戸川乱歩全集 23」光文社 2005（光文社文庫）p579

ブロブディンナグ国への旅行［翻訳］（ジョナサン・スイフト）
◇「小沼丹全集 補巻」未知谷 2005 p236

フロベール「素朴な女」
◇「須賀敦子全集 4」河出書房新社 2007（河出文庫）p357

フローベールと私
◇「大庭みな子全集 8」日本経済新聞出版社 2009 p522

"プロまかせ"の日本人
◇「小松左京全集 完全版 29」城西国際大学出版会 2007 p359

プロメテウスの犯罪
◇「大庭みな子全集 11」日本経済新聞出版社 2010 p203

プロ・レス・ロボット
◇「大坪砂男全集 4」東京創元社 2013（創元推理文庫）p255

「プロレタリア音楽」その他
◇「上野壮夫全集 3」図書新聞 2011 p113

プロレタリア芸術の本体をシッカリ腹に入れてくれ！
◇「宮本百合子全集 10」新日本出版社 2001 p439

プロレタリア詩作法
◇「上野壮夫全集 3」図書新聞 2011 p174

プロレタリア詩に就いて
◇「上野壮夫全集 3」図書新聞 2011 p88

プロレタリア詩の作り方
◇「上野壮夫全集 3」図書新聞 2011 p128

プロレタリア独裁と民主化は両立しえないか
◇「佐々木基一全集 3」河出書房新社 2013 p226

プロレタリアの唄
◇「上野壮夫全集 1」図書新聞 2010 p28

プロレタリア美術展を観る
◇「宮本百合子全集 10」新日本出版社 2001 p114

プロレタリア婦人作家と文化活動の問題
◇「宮本百合子全集 11」新日本出版社 2001 p9

プロレタリア文學・新感覺派文學
◇「福田恆存評論集 13」麗澤大學出版會、廣池學園事業部〔發売〕2009 p62

プロレタリア文学と大衆化の問題
◇「佐々木基一全集 3」河出書房新社 2013 p133

プロレタリア文学における国際的主題について
　◇「宮本百合子全集 11」新日本出版社 2001 p39
プロレタリア文学の教訓
　◇「佐々木基一全集 1」河出書房新社 2013 p416
プロレタリア文学の存在
　◇「宮本百合子全集 17」新日本出版社 2002 p366
プロレタリア文学の中間報告
　◇「宮本百合子全集 13」新日本出版社 2001 p60
プロレタリヤ詩の発展過程
　◇「上野壮夫全集 3」図書新聞 2011 p22
フロレンス・ナイチンゲールの生涯
　◇「宮本百合子全集 14」新日本出版社 2001 p94
プロローグ〔SFセミナー〕
　◇「小松左京全集 完全版 44」城西国際大学出版会 2014 p203
プロローグ〔霧の聖(サント)マリ—ある生涯の七つの場所1〕
　◇「辻邦生全集 5」新潮社 2004 p9
プロローグ〔「黒の時代 九章」〕
　◇「上野壮夫全集 1」図書新聞 2010 p261
プロローグ〔「さそりたち」〕
　◇「井上ひさし短編中編小説集成 6」岩波書店 2015 p171
プロローグ〔ユルスナールの靴〕
　◇「須賀敦子全集 3」河出書房新社 2007（河出文庫）p13
フロは禁物
　◇「田中小実昌エッセイ・コレクション 1」筑摩書房 2002（ちくま文庫）p151
ブローン・セカール氏法
　◇「小池井不木随筆評論選集 5」本の友社 2004 p439
フロンティア精神
　◇「大庭みな子全集 6」日本経済新聞出版社 2009 p121
フロンティアとしての東国（林屋辰三）
　◇「司馬遼太郎対話選集 1」文藝春秋 2006（文春文庫）p60
腑分け絵師甚平秘聞
　◇「渡辺淳一自選短篇コレクション 5」朝日新聞社 2006 p221
文案作者として思うこと
　◇「上野壮夫全集 3」図書新聞 2011 p385
文運の進歩
　◇「谷崎潤一郎全集 17」中央公論新社 2015 p474
文苑欄投書家に告ぐ
　◇「谷崎潤一郎全集 25」中央公論新社 2016 p139
文王の生死
　◇「宮城谷昌光全集 21」文藝春秋 2004 p454
噴火
　◇「決定版 三島由紀夫全集 37」新潮社 2004 p663

文界雑感
　◇「徳田秋聲全集 19」八木書店 2000 p188
分解された日常—都市を盗る13
　◇「安部公房全集 26」新潮社 1999 p458
文化映画月評◎一九三九年一〇月
　◇「佐々木基一全集 1」河出書房新社 2013 p149
文化映画月評◎一九三九年一一月
　◇「佐々木基一全集 1」河出書房新社 2013 p156
文化映画月評◎一九三九年一二月
　◇「佐々木基一全集 1」河出書房新社 2013 p167
文化映画月評◎一九四〇年一月
　◇「佐々木基一全集 1」河出書房新社 2013 p170
文化映画製作所論
　◇「佐々木基一全集 1」河出書房新社 2013 p145
文化映画と文化政策
　◇「佐々木基一全集 1」河出書房新社 2013 p118
文化映画の嘘と真実
　◇「佐々木基一全集 1」河出書房新社 2013 p125
文化映画の娯楽性
　◇「佐々木基一全集 1」河出書房新社 2013 p131
文化映画批評の課題
　◇「佐々木基一全集 1」河出書房新社 2013 p141
文化議員に一票—演舞場・俳優座
　◇「決定版 三島由紀夫全集 27」新潮社 2003 p245
文科気質 理科気質〔座談会〕（臼井吉見、奥野健男、村松剛）
　◇「安部公房全集 19」新潮社 1999 p9
文学
　◇「色川武大・阿佐田哲也エッセイズ 1」筑摩書房 2003（ちくま文庫）p349
文学
　◇「小田実全集 評論 5」講談社 2010 p165
　◇「小田実全集 評論 27」講談社 2013 p318
文学
　◇「田村泰次郎選集 1」日本図書センター 2005 p28
文学以前
　◇「福田恆存評論集 5」麗澤大學出版會, 廣池學園事業部〔発売〕2008 p335
文学運動と党員文学者の除名
　◇「佐々木基一全集 3」河出書房新社 2013 p237
文学運動の課題と展望〔座談会〕（中野重治、小林勝、岡本潤、国分一太郎、武井昭夫）
　◇「安部公房全集 15」新潮社 1998 p21
文学運動の方向
　◇「安部公房全集 3」新潮社 1997 p434
文学への目覚め
　◇「田中志津全作品集 下巻」武蔵野書院 2013 p188
文學を疑ふ
　◇「福田恆存評論集 9」麗澤大學出版會, 廣池學園事業部〔発売〕2008 p13
文学を害するもの〔対談者〕河野多惠子
　◇「大庭みな子全集 22」日本経済新聞出版社 2011

ふんか

p416

文学を語る〔対談〕(秋山駿)
◇「福田恆存対談・座談集 3」玉川大学出版部 2011 p51

文学を志す
◇「吉行淳之介エッセイ・コレクション 3」筑摩書房 2004（ちくま文庫）p12

文学を発信する
◇「中上健次集 7」インスクリプト 2012 p466

文学をめぐって
◇「安部公房全集 7」新潮社 1998 p52

文学界社宛〔書簡〕
◇「坂口安吾全集 16」筑摩書房 2000 p215

文學界新人賞
◇「丸谷才一全集 12」文藝春秋 2014 p357

文学界の混乱
◇「小林秀雄全作品 5」新潮社 2003 p9
◇「小林秀雄全集 補巻 1」新潮社 2010 p235

「文學界」編輯後記 1
◇「小林秀雄全作品 6」新潮社 2003 p127
◇「小林秀雄全集 補巻 1」新潮社 2010 p303

「文學界」編輯後記 2
◇「小林秀雄全作品 6」新潮社 2003 p128
◇「小林秀雄全集 補巻 1」新潮社 2010 p304

「文學界」編輯後記 3
◇「小林秀雄全作品 6」新潮社 2003 p140
◇「小林秀雄全集 補巻 1」新潮社 2010 p306

「文學界」編輯後記 4
◇「小林秀雄全作品 6」新潮社 2003 p156
◇「小林秀雄全集 補巻 1」新潮社 2010 p309

「文學界」編輯後記 5
◇「小林秀雄全作品 6」新潮社 2003 p196
◇「小林秀雄全集 補巻 1」新潮社 2010 p319

「文學界」編輯後記 6
◇「小林秀雄全作品 6」新潮社 2003 p204
◇「小林秀雄全集 補巻 1」新潮社 2010 p321

「文學界」編輯後記 7
◇「小林秀雄全作品 6」新潮社 2003 p219
◇「小林秀雄全集 補巻 1」新潮社 2010 p324

「文學界」編輯後記 8
◇「小林秀雄全作品 6」新潮社 2003 p223
◇「小林秀雄全集 補巻 1」新潮社 2010 p325

「文學界」編輯後記 9
◇「小林秀雄全作品 6」新潮社 2003 p234
◇「小林秀雄全集 補巻 1」新潮社 2010 p328

「文學界」編輯後記 10
◇「小林秀雄全作品 7」新潮社 2003 p17
◇「小林秀雄全集 補巻 1」新潮社 2010 p345

「文學界」編輯後記 11
◇「小林秀雄全作品 7」新潮社 2003 p49
◇「小林秀雄全集 補巻 1」新潮社 2010 p354

「文學界」編輯後記 12
◇「小林秀雄全作品 7」新潮社 2003 p65

「文學界」編輯後記 13
◇「小林秀雄全作品 7」新潮社 2003 p98
◇「小林秀雄全集 補巻 1」新潮社 2010 p365

「文學界」編輯後記 14
◇「小林秀雄全作品 7」新潮社 2003 p123
◇「小林秀雄全集 補巻 1」新潮社 2010 p370

「文學界」編輯後記 15
◇「小林秀雄全作品 7」新潮社 2003 p156
◇「小林秀雄全集 補巻 1」新潮社 2010 p376

「文學界」編輯後記 16
◇「小林秀雄全作品 9」新潮社 2003 p96
◇「小林秀雄全集 補巻 1」新潮社 2010 p462

「文學界」編輯後記 17
◇「小林秀雄全作品 9」新潮社 2003 p155
◇「小林秀雄全集 補巻 1」新潮社 2010 p477

「文學界」編輯後記 18
◇「小林秀雄全作品 9」新潮社 2003 p235
◇「小林秀雄全集 補巻 1」新潮社 2010 p494

「文學界」編輯後記 19
◇「小林秀雄全作品 9」新潮社 2003 p254
◇「小林秀雄全集 補巻 1」新潮社 2010 p498

「文學界」編輯後記 20
◇「小林秀雄全作品 10」新潮社 2003 p40
◇「小林秀雄全集 補巻 1」新潮社 2010 p506

「文學界」編輯後記 21
◇「小林秀雄全作品 10」新潮社 2003 p238
◇「小林秀雄全集 補巻 1」新潮社 2010 p542

「文學界」編輯後記 22
◇「小林秀雄全作品 11」新潮社 2003 p45
◇「小林秀雄全集 補巻 2」新潮社 2010 p27

「文學界」編輯後記 23
◇「小林秀雄全作品 11」新潮社 2003 p107
◇「小林秀雄全集 補巻 2」新潮社 2010 p39

「文學界」編輯後記 24―「ドストエフスキイの生活」のこと
◇「小林秀雄全作品 12」新潮社 2003 p189
◇「小林秀雄全集 補巻 2」新潮社 2010 p137

文学現象と作家の間
◇「辻邦生全集 16」新潮社 2005 p131

文学作品から学んだ生き方〔対談〕(高橋たか子)
◇「大庭みな子全集 21」日本経済新聞出版社 2011 p48

文学サークルのあり方
◇「安部公房全集 5」新潮社 1997 p461

文学雑談 (久保田万太郎, 正宗白鳥, 広津和郎, 里見弴, 宇野浩二)
◇「徳田秋聲全集 25」八木書店 2001 p540

文学雑話
◇「徳田秋聲全集 22」八木書店 2001 p123

文学座の諸君への「公開状」―「喜びの琴」の上演拒否について
◇「決定版 三島由紀夫全集 32」新潮社 2003 p618

文学史
◇「丸谷才一全集 9」文藝春秋 2013 p235

文学史上のラジウム―エドガア・ポオがこと
◇「江戸川乱歩全集 24」光文社 2005（光文社文庫）p582

文学史をめぐって
◇「須賀敦子全集 6」河出書房新社 2007（河出文庫）p175

文學史觀の是正―反自然主義
◇「福田恆存評論集 2」麗澤大學出版會, 廣池學園事業部〔發売〕2009 p124

文学思想の再検討
◇「小島信夫批評集成 2」水声社 2011 p565

文学史的事件 第33回女流文学賞
◇「大庭みな子全集 24」日本経済新聞出版社 2011 p87

文学事典の項目二つ
◇「丸谷才一全集 9」文藝春秋 2013 p227

文学辞典は若者の憧れを誘ふ―「新潮世界文学小事典」を推薦する
◇「決定版 三島由紀夫全集 34」新潮社 2003 p102

アンケート 文学史に残るべき戦後文学作品は何か？ その理由？
◇「佐々木基一全集 1」河出書房新社 2013 p500

文学史に残るべき戦後文学作品は何か？ その理由？
◇「決定版 三島由紀夫全集 36」新潮社 2003 p627

文学史の今日的課題―『イタリア文学史』の書評に寄せて
◇「須賀敦子全集 6」河出書房新社 2007（河出文庫）p276

文学・自分への問い
◇「瀬戸内寂聴随筆選 1」ゆまに書房 2009

文学者・宗薫
◇「田中小実昌エッセイ・コレクション 1」筑摩書房 2002（ちくま文庫）p271

文学者たらむと志した動機
◇「宮本百合子全集 9」新日本出版社 2001 p157

文学者として近衛内閣に要望す
◇「宮本百合子全集 14」新日本出版社 2001 p297

文学者と政治的状況〔座談会〕（平野謙, 大江健三郎, 石原慎太郎, 松本清張, 椎名麟三）
◇「安部公房全集 29」新潮社 2000 p504

文学者と速記
◇「決定版 三島由紀夫全集 29」新潮社 2003 p194

文学者とは〔座談会〕（三島由紀夫, 大江健三郎）
◇「安部公房全集 9」新潮社 1998 p261

文学者の会合
◇「德田秋聲全集 22」八木書店 2001 p319

文学者の権威
◇「佐々木基一全集 1」河出書房新社 2013 p299

文学者の思想と実生活
◇「小林秀雄全作品 7」新潮社 2003 p124
◇「小林秀雄全集 補巻 1」新潮社 2010 p371

文学者のシナリオ
◇「佐々木基一全集 7」河出書房新社 2013 p266

文学者の生活
◇「德田秋聲全集 22」八木書店 2001 p45

文学者の妻
◇「德田秋聲全集 20」八木書店 2001 p75

文学者の提携について
◇「小林秀雄全作品 14」新潮社 2003 p229
◇「小林秀雄全集 補巻 2」新潮社 2010 p242

文學者の文學的責任―「文學者の政治的責任」といふ課題に答へて
◇「福田恆存評論集 2」麗澤大學出版會, 廣池學園事業部〔發売〕2009 p163

文学者の見た十年間〔座談会〕(井伏鱒二, 奥野信太郎, 亀井勝一郎, 河盛好蔵, 火野葦平)
◇「坂口安吾全集 17」筑摩書房 1999 p500

文学修業予備行動
◇「德田秋聲全集 22」八木書店 2001 p378

「文学少女」
◇「江戸川乱歩全集 25」光文社 2005（光文社文庫）p511

文学少女
◇「小檜山博全集 6」柏艪舎 2006 p91

文学上の復古的提唱に対して
◇「宮本百合子全集 12」新日本出版社 2001 p467

文學随筆
◇「小酒井不木随筆評論選集 7」本の友社 2004 p345

文学精神と批判精神
◇「宮本百合子全集 14」新日本出版社 2001 p184

文学精神の確立
◇「德田秋聲全集 23」八木書店 2001 p197

文学精神の低さ―芥川賞選評
◇「決定版 三島由紀夫全集 35」新潮社 2003 p418

文学世界にテーマはいらない〔インタビュー〕(浦田憲治)
◇「安部公房全集 29」新潮社 2000 p244

文学組織のアクチュアリテイ
◇「安部公房全集 7」新潮社 1998 p134

文学対談（尾崎士郎）
◇「坂口安吾全集 17」筑摩書房 1999 p107

文学断章
◇「小島信夫批評集成 2」水声社 2011 p515

文学鼎談（南川潤, 大井広介）
◇「坂口安吾全集 17」筑摩書房 1999 p89

文学的状況
◇「丸谷才一全集 10」文藝春秋 2014 p264

ふんか

文学的ポロポロ―平岡篤頼との対談
　◇「田中小実昌エッセイ・コレクション 1」筑摩書房 2002（ちくま文庫）p16

文学的予言―昭和四十年代
　◇「決定版 三島由紀夫全集 33」新潮社 2003 p246

文学出たほいのよさほいのほい「小松左京マガジン」編集長インタビュー 第五回（福田紀一）
　◇「小松左京全集 完全版 49」城西国際大学出版会 2017 p63

文学という無償のもの
　◇「上野壯夫全集 3」図書新聞 2011 p506

文学と演劇のあいだ〔座談会〕（佐々木基一、椎名麟三、野間宏）
　◇「安部公房全集 9」新潮社 1998 p473

文学と音楽の間で
　◇「辻邦生全集 19」新潮社 2005 p18

文学と音楽のかかわり合い〔対談〕（武満徹）
　◇「安部公房全集 25」新潮社 1999 p9

文學と科學
　◇「小酒井不木随筆評論選集 8」本の友社 2004 p234

文学と教育
　◇「小島信夫批評集成 1」水声社 2011 p280

文学と国民生活
　◇「坂口安吾全集 3」筑摩書房 1999 p455

文学と国民生活
　◇「佐々木基一全集 1」河出書房新社 2013 p233

文学と時間
　◇「安部公房全集 2」新潮社 1997 p289

文学と時勢
　◇「上野壯夫全集 3」図書新聞 2011 p322

文学と思想と政治との交渉
　◇「徳田秋聲全集 22」八木書店 2001 p12

文学と時代
　◇「佐々木基一全集 1」河出書房新社 2013 p329

文学としての探偵小説
　◇「土屋隆夫コレクション新装版 天狗の面」光文社 2002（光文社文庫）p430

文学と自分
　◇「小林秀雄全作品 13」新潮社 2003 p137
　◇「小林秀雄全集 補巻 2」新潮社 2010 p181

文学と人生 座談（小林秀雄、中村光夫、福田恆存）
　◇「小林秀雄全作品 24」新潮社 2004 p236
　◇「小林秀雄全集 補巻 3」新潮社 2010 p268
　◇「福田恆存対談・座談集 2」玉川大学出版部 2011 p177

文学と人生〔対談〕（尾崎一雄）
　◇「坂口安吾全集 17」筑摩書房 1999 p239

文学と人生 対談（三好達治）
　◇「小林秀雄全作品 17」新潮社 2004 p94
　◇「小林秀雄全集 補巻 2」新潮社 2010 p378

文学とスポーツ
　◇「決定版 三島由紀夫全集 29」新潮社 2003 p293

文学と生活
　◇「宮本百合子全集 19」新日本出版社 2002 p151

文学と政治感覚
　◇「佐々木基一全集 1」河出書房新社 2013 p409

文學と戦争責任
　◇「福田恆存評論集 1」麗澤大學出版會, 廣池學園事業部〔発売〕 2009 p305

文学と俗物性の問題
　◇「田村泰次郎選集 5」日本図書センター 2005 p164

文学と地方性
　◇「宮本百合子全集 14」新日本出版社 2001 p202

文学と出会う
　◇「深沢夏衣作品集」新幹社 2015 p475

文学と風潮
　◇「小林秀雄全作品 2」新潮社 2002 p9
　◇「小林秀雄全集 補巻 1」新潮社 2010 p83

文学とフェミニズムの幸福な邂逅〔対談〕（上野千鶴子）
　◇「田辺聖子全集 別巻1」集英社 2006 p297

文学と婦人
　◇「宮本百合子全集 14」新日本出版社 2001 p108

文学と物語の森に分け入る
　◇「小松左京全集 完全版 40」城西国際大学出版会 2012 p413

文学とは基本的にまじめなものだ
　◇「小田実全集 評論 25」講談社 2012 p155

文学とは 高知市夏季大学ノート
　◇「大庭みな子全集 24」日本経済新聞出版社 2011 p130

文学に現れた占ひ
　◇「小沼丹全集 4」未知谷 2004 p645

文学における悪
　◇「車谷長吉全集 3」新書館 2010 p758

文学における偶然と必然
　◇「上野壯夫全集 3」図書新聞 2011 p167

文学における現代とは何か
　◇「佐々木基一全集 4」河出書房新社 2013 p199

文学における硬派―日本文学の男性的原理
　◇「決定版 三島由紀夫全集 33」新潮社 2003 p42

文学における言葉 岩国高校文化講演会
　◇「大庭みな子全集 24」日本経済新聞出版社 2011 p132

文学における今日の日本的なるもの
　◇「宮本百合子全集 12」新日本出版社 2001 p454

文学における戦後責任
　◇「小田実全集 評論 5」講談社 2010 p166

文学における全体と部分
　◇「辻邦生全集 18」新潮社 2005 p315

文学に於ける春のめざめ
　◇「決定版 三島由紀夫全集 27」新潮社 2003 p396
文学における古いもの・新しいもの―「風雲」について
　◇「宮本百合子全集 12」新日本出版社 2001 p9
文学における理論と実践
　◇「安部公房全集 4」新潮社 1997 p314
文学にかかわる
　◇「小田実全集 評論 13」講談社 2011 p191
文学に関する感想
　◇「宮本百合子全集 11」新日本出版社 2001 p233
文学に志す青年の座右銘
　◇「德田秋聲全集 23」八木書店 2001 p279
文学に志す人に
　◇「德田秋聲全集 22」八木書店 2001 p321
文學に固執する心
　◇「福田恆存評論集 1」麗澤大學出版會, 廣池學園事業部〔発売〕 2009 p353
文学について
　◇「宮本百合子全集 18」新日本出版社 2002 p378
文学熱
　◇「谷崎潤一郎全集 21」中央公論新社 2016 p375
文学の基本
　◇「車谷長吉全集 3」新書館 2010 p606
文学の欠乏と課題小説
　◇「上野壮夫全集 3」図書新聞 2011 p149
文學の効用
　◇「福田恆存評論集 14」麗澤大學出版會, 廣池學園事業部〔発売〕 2010 p322
文学の効用〔座談会〕(佐々木基一, 吉行淳之介)
　◇「安部公房全集 11」新潮社 1998 p15
文学の社会的責任と抗議の在り方
　◇「坂口安吾全集 6」筑摩書房 1998 p327
文学のジャンルについての考察
　◇「安部公房全集 3」新潮社 1997 p177
「文革」の終焉・彼の死
　◇「小田実全集 評論 15」講談社 2011 p241
文学の周辺
　◇「大庭みな子全集 6」日本経済新聞出版社 2009 p9
文学の商品化と政治化
　◇「佐々木基一全集 3」河出書房新社 2013 p358
文学の真精神
　◇「德田秋聲全集 23」八木書店 2001 p171
文学の新精神を語る〔座談会〕(井上友一郎, 大島敬治, 河田誠一, 田村泰次郎, 堀寿子, 真杉静枝, 矢田津世子)
　◇「坂口安吾全集 17」筑摩書房 1999 p5
文学の世界・映像の世界〔対談〕(勅使河原宏)
　◇「安部公房全集 19」新潮社 1999 p320
文学の世界に生きて
　◇「大庭みな子全集 15」日本経済新聞出版社 2010 p169
文学の世代・四十歳代について
　◇「佐々木基一全集 1」河出書房新社 2013 p417
文学の積極性〔座談会〕(尾崎士郎, 楢崎勤, 徳田一穂, 阿部知二, 井伏鱒二, 榊山潤, 小寺菊子, 室生犀星, 中村武羅夫, 舟橋聖一, 豊田三郎, 田辺茂一, 小城美知, 今井邦子, 岡田三郎)
　◇「德田秋聲全集 25」八木書店 2001 p381
文学の創造
　◇「佐々木基一全集 2」河出書房新社 2013 p421
　◇「佐々木基一全集 2」河出書房新社 2013 p423
文学の大衆化論について
　◇「宮本百合子全集 13」新日本出版社 2001 p69
文学の大陸的性格について
　◇「宮本百合子全集 15」新日本出版社 2001 p54
文学の「楽しさ」と『フライムの子』
　◇「坂口安吾全集 3」筑摩書房 1999 p57
文学のディフォーメイションに就て
　◇「宮本百合子全集 14」新日本出版社 2001 p144
文学の伝統性と近代性
　◇「小林秀雄全作品 7」新潮社 2003 p260
　◇「小林秀雄全集 補巻 1」新潮社 2010 p404
文学のなかの現実
　◇「辻邦生全集 17」新潮社 2005 p291
文学の流れ
　◇「宮本百合子全集 13」新日本出版社 2001 p357
文学のひろがり―そこにある科学と文学とのいきさつ
　◇「宮本百合子全集 14」新日本出版社 2001 p112
文学の風土 演劇の風土〔対談〕(中村光夫)
　◇「福田恆存対談・座談集 3」玉川大学出版部 2011 p7
文学のふるさと
　◇「坂口安吾全集 3」筑摩書房 1999 p264
文学の魔
　◇「車谷長吉全集 3」新書館 2010 p202
文学の森
　◇「大庭みな子全集 12」日本経済新聞出版社 2010 p100
文学の四十年 対談(大岡昇平)
　◇「小林秀雄全作品 25」新潮社 2004 p248
　◇「小林秀雄全集 補巻 3」新潮社 2010 p339
文学のレッスン(部分)
　◇「丸谷才一全集 12」文藝春秋 2014 p443
文学碑 除幕式(佐渡金山) 平成十七年四月十五日
　◇「田中志津全作品集 下巻」武蔵野院 2013 p236
文学批評家への註文
　◇「小林秀雄全作品 6」新潮社 2003 p141
　◇「小林秀雄全集 補巻 1」新潮社 2010 p307
文学批評に就いて
　◇「小林秀雄全作品 4」新潮社 2003 p130

ふんか

「文革」まで
　◇「小田実全集 評論 15」講談社 2011 p201

文学まで
　◇「小松左京全集 完全版 45」城西国際大学出版会 2015 p119

文学・モラル・人間〔座談会〕(豊島与志雄、青野季吉、中野重治)
　◇「坂口安吾全集 17」筑摩書房 1999 p140

文学問答(往復書翰)―坂口安吾・北原武夫
　◇「坂口安吾全集 16」筑摩書房 2000 p434

文学理論の確立のために
　◇「安部公房全集 3」新潮社 1997 p229

文学・ロマン・人生〔鼎談〕(桑原武夫、坂口安吾、福田恆存)
　◇「坂口安吾全集 17」筑摩書房 1999 p395
　◇「福田恆存対談・座談集 1」玉川大学出版部 2011 p127

文学は絵空ごとか
　◇「小林秀雄全作品 1」新潮社 2002 p248
　◇「小林秀雄全集 補巻 1」新潮社 2010 p80

文学は空虚か〔対談〕(武田泰淳)
　◇「決定版 三島由紀夫全集 40」新潮社 2004 p689

文学は男子一生の為事か?
　◇「徳田秋聲全集 22」八木書店 2001 p154

文学は常に具体的―「国民文学」に望む
　◇「宮本百合子全集 15」新日本出版社 2001 p268

文学は常に反逆だ
　◇「坂口安吾全集 1」筑摩書房 1999 p351

文化勲章に就て
　◇「徳田秋聲全集 23」八木書店 2001 p17

文化交流の宴会―川カマスと小型蝶鮫のウハー
　◇「小松左京全集 完全版 43」城西国際大学出版会 2014 p253

文化祭
　◇「坂口安吾全集 14」筑摩書房 1999 p454

「文化祭」研究のすすめ
　◇「小松左京全集 完全版 31」城西国際大学出版会 2008 p169

文化地獄
　◇「決定版 三島由紀夫全集 37」新潮社 2004 p441

文化情報活動にもボランティア
　◇「小松左京全集 完全版 46」城西国際大学出版会 2016 p155

文化生産者としての自覚
　◇「宮本百合子全集 16」新日本出版社 2002 p436

文化大革命と孔子批判運動
　◇「佐々木基一全集 3」河出書房新社 2013 p386

文化大革命に関する声明(川端康成、石川淳、安部公房)
　◇「決定版 三島由紀夫全集 36」新潮社 2003 p505

文化と文体
　◇「小林秀雄全作品 9」新潮社 2003 p142
　◇「小林秀雄全集 補巻 1」新潮社 2010 p474

文化とはなにか
　◇「福田恆存評論集 3」麗澤大學出版會、廣池學園事業部〔発売〕2008 p313

文化について
　◇「小林秀雄全作品 17」新潮社 2004 p85
　◇「小林秀雄全集 補巻 2」新潮社 2010 p376

ブンカにひとりで住んでいた男
　◇「小田実全集 小説 37」講談社 2013 p35

文科の学生諸君へ
　◇「小林秀雄全作品 9」新潮社 2003 p104
　◇「小林秀雄全集 補巻 1」新潮社 2010 p465

文化の危機の時代に時宜を得た全集(「日本古典文学全集」推薦文)
　◇「決定版 三島由紀夫全集 36」新潮社 2003 p43

文化の根底にあるもの〔座談会〕(石毛直道、米山俊直、山下諭一)
　◇「小松左京全集 完全版 33」城西国際大学出版会 2011 p117

文化の衝突
　◇「小松左京全集 完全版 36」城西国際大学出版会 2011 p91

文化の序列
　◇「坂口安吾全集 13」筑摩書房 1999 p335

文化の不在證明としての「文化の日」
　◇「福田恆存評論集 18」麗澤大學出版會、廣池學園事業部〔発売〕2010 p287

文化・発想のちがいと言葉―『プログレッシブ和英中辞典』刊行によせて〔対談者〕メアリー・アルトハウス
　◇「大庭みな子全集 22」日本経済新聞出版社 2011 p376

文化防衛論
　◇「決定版 三島由紀夫全集 35」新潮社 2003 p15

文化は九州から摂取され、東へ移行
　◇「小松左京全集 完全版 29」城西国際大学出版会 2007 p97

文芸委員会、帝国劇場 菊五郎
　◇「徳田秋聲全集 19」八木書店 2000 p268

文芸委員会に就て
　◇「徳田秋聲全集 19」八木書店 2000 p233

文芸映画の意義
　◇「佐々木基一全集 1」河出書房新社 2013 p165

文芸を志す若き人々へ
　◇「徳田秋聲全集 21」八木書店 2001 p83

文芸家遺品展覧会
　◇「徳田秋聲全集 22」八木書店 2001 p156

文藝家協會に對する疑問
　◇「福田恆存評論集 18」麗澤大學出版會、廣池學園事業部〔発売〕2010 p197

ふんけ

文芸家と晩餐
　◇「德田秋聲全集 23」八木書店 2001 p251
文芸月評 I
　◇「小林秀雄全作品 3」新潮社 2002 p139
　◇「小林秀雄全集 補卷 1」新潮社 2010 p160
文芸月評 II
　◇「小林秀雄全作品 4」新潮社 2003 p184
　◇「小林秀雄全集 補卷 1」新潮社 2010 p209
文芸月評 III
　◇「小林秀雄全作品 4」新潮社 2003 p212
　◇「小林秀雄全集 補卷 1」新潮社 2010 p213
文芸月評 IV
　◇「小林秀雄全作品 5」新潮社 2003 p229
　◇「小林秀雄全集 補卷 1」新潮社 2010 p285
文芸月評 V
　◇「小林秀雄全作品 6」新潮社 2003 p84
　◇「小林秀雄全集 補卷 1」新潮社 2010 p295
文芸月評 VI
　◇「小林秀雄全作品 6」新潮社 2003 p107
　◇「小林秀雄全集 補卷 1」新潮社 2010 p299
文芸月評 VII
　◇「小林秀雄全作品 6」新潮社 2003 p145
　◇「小林秀雄全集 補卷 1」新潮社 2010 p308
文藝月評 VIII―岸田國士「鞭を鳴らす女」其他
　◇「小林秀雄全作品 6」新潮社 2003 p258
　◇「小林秀雄全集 補卷 1」新潮社 2010 p333
文藝月評 IX―岸田國士の「風俗時評」其他
　◇「小林秀雄全作品 7」新潮社 2003 p43
　◇「小林秀雄全集 補卷 1」新潮社 2010 p352
文芸月評 X
　◇「小林秀雄全作品 7」新潮社 2003 p57
　◇「小林秀雄全集 補卷 1」新潮社 2010 p356
文芸月評 XI
　◇「小林秀雄全作品 7」新潮社 2003 p90
　◇「小林秀雄全集 補卷 1」新潮社 2010 p363
文芸月評 XII
　◇「小林秀雄全作品 7」新潮社 2003 p112
　◇「小林秀雄全集 補卷 1」新潮社 2010 p368
文芸月評 XIII
　◇「小林秀雄全作品 7」新潮社 2003 p214
　◇「小林秀雄全集 補卷 1」新潮社 2010 p392
文芸月評 XIV
　◇「小林秀雄全作品 9」新潮社 2003 p82
　◇「小林秀雄全集 補卷 1」新潮社 2010 p459
文芸月評 XV
　◇「小林秀雄全作品 10」新潮社 2003 p77
　◇「小林秀雄全集 補卷 1」新潮社 2010 p511
文芸月評 XVI
　◇「小林秀雄全作品 10」新潮社 2003 p112
　◇「小林秀雄全集 補卷 1」新潮社 2010 p518
文芸月評 XVII―「仮装人物」について其他
　◇「小林秀雄全作品 11」新潮社 2003 p34
　◇「小林秀雄全集 補卷 2」新潮社 2010 p25
文芸月評 XVIII
　◇「小林秀雄全作品 11」新潮社 2003 p97
　◇「小林秀雄全集 補卷 2」新潮社 2010 p37
文芸月評 XIX
　◇「小林秀雄全作品 13」新潮社 2003 p26
　◇「小林秀雄全集 補卷 2」新潮社 2010 p162
文芸月評 XX
　◇「小林秀雄全作品 13」新潮社 2003 p45
　◇「小林秀雄全集 補卷 2」新潮社 2010 p165
文藝月評 XXI―林房雄の「西郷隆盛」其他
　◇「小林秀雄全作品 14」新潮社 2003 p54
　◇「小林秀雄全集 補卷 2」新潮社 2010 p205
文芸懇話会に就いて
　◇「德田秋聲全集 22」八木書店 2001 p293
文芸雑感
　◇「德田秋聲全集 22」八木書店 2001 p244
文芸雑感―雑筆帖の一部
　◇「德田秋聲全集 22」八木書店 2001 p128
文芸雑感―正宗氏へお願ひ
　◇「德田秋聲全集 22」八木書店 2001 p161
文芸雑誌の行方
　◇「小林秀雄全作品 10」新潮社 2003 p88
　◇「小林秀雄全集 補卷 1」新潮社 2010 p514
文芸雑話
　◇「德田秋聲全集 20」八木書店 2001 p98
文芸茶話
　◇「德田秋聲全集 19」八木書店 2000 p205
文芸時評
　◇「安部公房全集 2」新潮社 1997 p51
文芸時評
　◇「上野壯夫全集 3」図書新聞 2011 p54
　◇「上野壯夫全集 3」図書新聞 2011 p76
文芸時評
　◇「小島信夫批評集成 1」水声社 2011 p555
文芸時評
　◇「小林秀雄全作品 3」新潮社 2002 p22
　◇「小林秀雄全作品 4」新潮社 2003 p202
　◇「小林秀雄全作品 5」新潮社 2003 p90
　◇「小林秀雄全集 補卷 1」新潮社 2010 p133
　◇「小林秀雄全集 補卷 1」新潮社 2010 p212
　◇「小林秀雄全集 補卷 1」新潮社 2010 p253
文芸時評
　◇「坂口安吾全集 14」筑摩書房 1999 p7
文芸時評
　◇「佐々木基一全集 1」河出書房新社 2013 p228
　◇「佐々木基一全集 1」河出書房新社 2013 p329
文芸時評
　◇「德田秋聲全集 21」八木書店 2001 p188
　◇「德田秋聲全集 22」八木書店 2001 p85
　◇「德田秋聲全集 22」八木書店 2001 p96

ふんけ

文芸時評
  ◇「決定版 三島由紀夫全集 27」新潮社 2003 p24
  ◇「決定版 三島由紀夫全集 27」新潮社 2003 p247
文芸時評
  ◇「宮本百合子全集 11」新日本出版社 2001 p147
  ◇「宮本百合子全集 13」新日本出版社 2001 p173
  ◇「宮本百合子全集 13」新日本出版社 2001 p188
文藝時評（朝日新聞）
  ◇「丸谷才一全集 12」文藝春秋 2014 p9
文芸時評—「ナップ」第三回大会にふれて
  ◇「宮本百合子全集 10」新日本出版社 2001 p439
文芸時評について
  ◇「小林秀雄全作品 15」新潮社 2003 p172
  ◇「小林秀雄全集 補巻 2」新潮社 2010 p300
文芸時評に就いて
  ◇「小林秀雄全作品 6」新潮社 2003 p95
  ◇「小林秀雄全集 補巻 1」新潮社 2010 p297
文芸時評のヂレンマ
  ◇「小林秀雄全作品 7」新潮社 2003 p77
  ◇「小林秀雄全集 補巻 1」新潮社 2010 p361
文芸時評〔1936.9.27～10.2〕
  ◇「坂口安吾全集 2」筑摩書房 1999 p132
文芸時評〔1942.5.10～5.13〕
  ◇「坂口安吾全集 3」筑摩書房 1999 p381
文芸時評〔1946.7.3～7.5〕
  ◇「坂口安吾全集 4」筑摩書房 1998 p106
文芸週欄寄稿家招待茶話会記
  ◇「定本 久生十蘭全集 別巻」国書刊行会 2013 p536
『文藝首都』のころ
  ◇「林京子全集 8」日本図書センター 2005 p172
「文藝春秋」と「経済往来」の作品
  ◇「小林秀雄全作品 4」新潮社 2003 p235
  ◇「小林秀雄全集 補巻 1」新潮社 2010 p220
文藝春秋と私
  ◇「小林秀雄全作品 21」新潮社 2004 p132
  ◇「小林秀雄全集 補巻 3」新潮社 2010 p48
「文藝春秋」の作品
  ◇「小林秀雄全作品 4」新潮社 2003 p231
  ◇「小林秀雄全集 補巻 1」新潮社 2010 p218
文芸賞選後評（1）
  ◇「安部公房全集 20」新潮社 1999 p382
文芸賞選後評（2）
  ◇「安部公房全集 21」新潮社 1999 p346
文芸上に於ける陶庵侯と早稲田伯
  ◇「徳田秋聲全集 23」八木書店 2001 p244
「文芸冊子（ぶんげいさうし）」について
  ◇「坂口安吾全集 15」筑摩書房 1999 p287
文芸的リベラリズム座談会（舟橋聖一、村山知義、新居格、武田麟太郎、川端康成、豊島与志雄、田辺茂一）
  ◇「徳田秋聲全集 25」八木書店 2001 p321

「文藝」と坂本一亀編集長
  ◇「辻邦生全集 16」新潮社 2005 p371
文藝と早熟
  ◇「小酒井不木随筆評論選集 7」本の友社 2004 p399
文藝と道徳主義
  ◇「谷崎潤一郎全集 25」中央公論新社 2016 p68
文藝と模倣
  ◇「小酒井不木随筆評論選集 7」本の友社 2004 p401
文芸に志す若き女性へ
  ◇「徳田秋聲全集 21」八木書店 2001 p269
文芸日記1956
  ◇「安部公房全集 5」新潮社 1997 p423
文芸の大衆化に就て
  ◇「上野壮夫全集 3」図書新聞 2011 p36
文芸批評と作品
  ◇「小林秀雄全作品 4」新潮社 2003 p265
  ◇「小林秀雄全集 補巻 1」新潮社 2010 p226
文芸批評のあり方—志賀直哉氏の一文への反響
  ◇「決定版 三島由紀夫全集 29」新潮社 2003 p159
文芸批評の科学性に関する論争
  ◇「小林秀雄全作品 3」新潮社 2002 p57
  ◇「小林秀雄全集 補巻 1」新潮社 2010 p142
文芸批評の行方
  ◇「小林秀雄全作品 9」新潮社 2003 p216
  ◇「小林秀雄全集 補巻 1」新潮社 2010 p490
文藝批評の行方—註解・追補
  ◇「小林秀雄全集 補巻 1」新潮社 2010 p437
『文芸評論』出版について
  ◇「宮本百合子全集 12」新日本出版社 2001 p423
文藝フォーラム
  ◇「小寺菊子作品集 3」桂書房 2014 p207
文芸復興期の問題
  ◇「佐々木基一全集 3」河出書房新社 2013 p154
「文芸復興」期批評の問題
  ◇「佐々木基一全集 3」河出書房新社 2013 p43
文藝復興期の盛観
  ◇「小酒井不木随筆評論選集 6」本の友社 2004 p33
文藝復興座談会（深田久弥、広津和郎、川端康成、小林秀雄、直木三十五、佐藤春夫、杉山平助、横光利一、宇野浩二、菊池寛）
  ◇「徳田秋聲全集 25」八木書店 2001 p275
「文芸復興」編輯後記—昭和17年9月号
  ◇「上野壮夫全集 3」図書新聞 2011 p560
「文芸復興」編輯後記—昭和17年10月号
  ◇「上野壮夫全集 3」図書新聞 2011 p561
「文芸復興」編輯後記—昭和17年11月号
  ◇「上野壮夫全集 3」図書新聞 2011 p563
「文芸復興」編輯後記—昭和17年12月号
  ◇「上野壮夫全集 3」図書新聞 2011 p564

ふんし

「文芸復興」編集後記―昭和18年1月号
　◇「上野壮夫全集 3」図書新聞 2011 p566
「文芸復興」編集後記―昭和18年2月号
　◇「上野壮夫全集 3」図書新聞 2011 p567
「文芸復興」編集後記―昭和18年3月号
　◇「上野壮夫全集 3」図書新聞 2011 p569
「文芸復興」編集後記―昭和18年4月号
　◇「上野壮夫全集 3」図書新聞 2011 p570
「文芸復興」編集後記―昭和18年5月号
　◇「上野壮夫全集 3」図書新聞 2011 p572
「文芸復興」編集後記―昭和18年6月号
　◇「上野壮夫全集 3」図書新聞 2011 p573
「文芸復興」編集後記―昭和18年7月号
　◇「上野壮夫全集 3」図書新聞 2011 p574
「文芸復興」編集後記―昭和18年8月号
　◇「上野壮夫全集 3」図書新聞 2011 p575
「文芸復興」編集後記―昭和18年9月号
　◇「上野壮夫全集 3」図書新聞 2011 p576
「文芸復興」編集後記―昭和18年10月号
　◇「上野壮夫全集 3」図書新聞 2011 p578
「文芸復興」編集後記―昭和18年11月号
　◇「上野壮夫全集 3」図書新聞 2011 p579
「文芸文化」のころ
　◇「決定版 三島由紀夫全集 34」新潮社 2003 p644
文豪・剣豪―三島由紀夫のスポーツ実践講座
　◇「決定版 三島由紀夫全集 31」新潮社 2003 p190
文豪の娘について
　◇「吉行淳之介エッセイ・コレクション 3」筑摩書房 2004（ちくま文庫）p109
文庫に拾う
　◇「安部公房全集 30」新潮社 2009 p45
文庫版あとがき〔浮かれ三亀松〕
　◇「吉川潮芸人小説セレクション 3」ランダムハウス講談社 2007 p497
文庫版あとがき〔江戸っ子だってねえ〕
　◇「吉川潮芸人小説セレクション 2」ランダムハウス講談社 2007 p408
文庫版あとがき 作家デビューの頃〔極道貯金〕
　◇「吉川潮ハートウォーム・セレクション 3」ランダムハウス講談社 2008（ランダムハウス講談社文庫）p299
文庫版あとがき〔相談屋マスター〕
　◇「吉川潮ハートウォーム・セレクション 2」ランダムハウス講談社 2008（ランダムハウス講談社文庫）p285
文庫版あとがき〔ホンペンの男たち〕
　◇「吉川潮ハートウォーム・セレクション 1」ランダムハウス講談社 2008（ランダムハウス講談社文庫）p317
文庫版あとがき〔遊興一匹迷い猫あずかってます〕
　◇「金井美恵子エッセイ・コレクション―1964-2013 2」平凡社 2013 p192

文庫版あとがき〔千秋楽の酒〕
　◇「吉川潮芸人小説セレクション 4」ランダムハウス講談社 2007 p242
文庫版へのあとがき〔ガ島〕
　◇「小田実全集 小説 9」講談社 2010 p356
文庫版のためのあとがき〔運命の人〕
　◇「山崎豊子全集 第2期 第2期3」新潮社 2014 p253
文庫版のためのあとがき〔オモニ太平記〕
　◇「小田実全集 評論 18」講談社 2012 p267
文庫版まえがき〔日本の知識人〕
　◇「小田実全集 評論 3」講談社 2010 p7
文庫版（『妄想ニッポン紀行』講談社文庫・昭和四八年八月刊）あとがき
　◇「小松左京全集 完全版 27」城西国際大学出版会 2007 p391
文士好きなもの嫌ひなもの
　◇「徳田秋聲全集 23」八木書店 2001 p249
文士と酒、煙草
　◇「徳田秋聲全集 23」八木書店 2001 p247
文士と芝居
　◇「徳田秋聲全集 23」八木書店 2001 p247
文士と鮨汁粉
　◇「徳田秋聲全集 23」八木書店 2001 p248
文士と八月
　◇「徳田秋聲全集 23」八木書店 2001 p250
文士ト洋棋
　◇「徳田秋聲全集 23」八木書店 2001 p252
文士の生き方
　◇「車谷長吉全集 3」新書館 2010 p575
文士の生魑魅（いきすだま）
　◇「車谷長吉全集 3」新書館 2010 p781
『文士の意地 車谷長吉撰短篇小説輯』あとがき
　◇「車谷長吉全集 3」新書館 2010 p457
『文士の意地 車谷長吉撰短篇小説輯』はしがき
　◇「車谷長吉全集 3」新書館 2010 p452
文士の業
　◇「車谷長吉全集 3」新書館 2010 p201
文士の碁将棋
　◇「坂口安吾全集 13」筑摩書房 1999 p411
文士の鎗夏
　◇「徳田秋聲全集 19」八木書店 2000 p246
文士の生活
　◇「徳田秋聲全集 19」八木書店 2000 p413
文士の魂
　◇「車谷長吉全集 3」新書館 2010 p701
　◇「車谷長吉全集 3」新書館 2010 p775
文士の妻
　◇「国枝史郎伝奇浪漫小説集成」作品社 2007 p502
「フンシ」のにおいの力―谷崎潤一郎「猫と庄造と二人のおんな」
　◇「小田実全集 評論 12」講談社 2011 p10

ふんし

文士の放恣なる実際生活を女性作家はどう見て居るか
　◇「小寺菊子作品集 3」桂書房 2014 p38
文士の見たる政治家
　◇「徳田秋聲全集 19」八木書店 2000 p160
文章鑑賞の精神と方法
　◇「小林秀雄全作品 5」新潮社 2003 p237
　◇「小林秀雄全集 補巻 1」新潮社 2010 p287
文章その他
　◇「坂口安吾全集 1」筑摩書房 1999 p385
『文章読本』
　◇「谷崎潤一郎全集 18」中央公論新社 2016 p7
文章読本
　◇「谷崎潤一郎全集 18」中央公論新社 2016 p509
文章読本
　◇「決定版 三島由紀夫全集 31」新潮社 2003 p15
文章読本について
　◇「決定版 三島由紀夫全集 30」新潮社 2003 p322
『文章読本』発売遅延に就いて
　◇「谷崎潤一郎全集 18」中央公論新社 2016 p497
文章と材料
　◇「徳田秋聲全集 20」八木書店 2001 p73
「文章」と「文体」
　◇「吉行淳之介エッセイ・コレクション 3」筑摩書房 2004（ちくま文庫）p88
文章とモラル
　◇「田村泰次郎選集 5」日本図書センター 2005 p130
文章とは何か
　◇「谷崎潤一郎全集 18」中央公論新社 2016 p19
文相に直言する（六月八日）
　◇「福田恆存評論集 18」麗澤大學出版會, 廣池學園事業部〔発売〕2010 p165
文章について
　◇「小林秀雄全作品 3」新潮社 2002 p223
　◇「小林秀雄全作品 13」新潮社 2003 p54
　◇「小林秀雄全集 補巻 1」新潮社 2010 p174
　◇「小林秀雄全集 補巻 2」新潮社 2010 p166
文章の一形式
　◇「坂口安吾全集 1」筑摩書房 1999 p555
文相の英斷（五月十八日）
　◇「福田恆存評論集 18」麗澤大學出版會, 廣池學園事業部〔発売〕2010 p161
文章のカラダマ
　◇「坂口安吾全集 3」筑摩書房 1999 p351
文章の形式と内容
　◇「石川淳コレクション 3」筑摩書房 2007（ちくま文庫）p9
文章の上達法
　◇「谷崎潤一郎全集 18」中央公論新社 2016 p55
文章の力
　◇「小林秀雄全集 補巻 2」新潮社 2010 p465

文章の力—夏目漱石「坊つちやん」
　◇「小田実全集 評論 12」講談社 2011 p152
文章の表情—「火の枕」と「日本の橋」
　◇「坂口安吾全集 2」筑摩書房 1999 p134
文章の要素
　◇「谷崎潤一郎全集 18」中央公論新社 2016 p73
文章の要素に六つあること
　◇「谷崎潤一郎全集 18」中央公論新社 2016 p73
文章一人一言
　◇「徳田秋聲全集 23」八木書店 2001 p279
文章は娯楽にあらず
　◇「徳田秋聲全集 23」八木書店 2001 p278
分身
　◇「向田邦子全集 新版 9」文藝春秋 2009 p32
『分身』
　◇「〔森〕鷗外近代小説集 5」岩波書店 2013 p185
文人囲碁会
　◇「坂口安吾全集 6」筑摩書房 1998 p453
分節のむずかしさ
　◇「宮城谷昌光全集 21」文藝春秋 2004 p488
奮戦記だって？
　◇「松下竜一未刊行著作集 3」海鳥社 2009 p167
文選女工
　◇「内田百閒集成 13」筑摩書房 2003（ちくま文庫）p214
フン先生の初恋
　◇「井上ひさし短編中編小説集成 1」岩波書店 2014 p413
文戦脱退はなぜすぐナップに加入出来るのか？
　◇「宮本百合子全集 10」新日本出版社 2001 p474
扮装狂
　◇「決定版 三島由紀夫全集 26」新潮社 2003 p445
文窓雑記 若い人の文学熱に就て
　◇「徳田秋聲全集 21」八木書店 2001 p143
紛争の「原初的動機」
　◇「小松左京全集 完全版 35」城西国際大学出版会 2009 p405
分隊行進
　◇「小島信夫批評集成 2」水声社 2011 p58
文体と顔
　◇「安部公房全集 5」新潮社 1997 p348
文体について
　◇「谷崎潤一郎全集 18」中央公論新社 2016 p105
文体についてかどうかわからない
　◇「色川武大・阿佐田哲也エッセイズ 1」筑摩書房 2003（ちくま文庫）p358
文体の層
　◇「丸谷才一全集 9」文藝春秋 2013 p433
文体模写
　◇「井上ひさしコレクション 日本の巻」岩波書店 2005 p74

文体よ、油揚やるから飛んで来い
　◇「井上ひさしコレクション ことばの巻」岩波書店 2005 p133
ふんだくりゾート
　◇「井上ひさしコレクション 日本の巻」岩波書店 2005 p269
文壇
　◇「丸谷才一全集 9」文藝春秋 2013 p412
文壇あれこれ座談会（久保田万太郎、里見弴、近松秋江、千葉亀雄、正宗白鳥、武者小路実篤、山本有三、佐佐木茂索、斎藤龍太郎）
　◇「徳田秋聲全集 25」八木書店 2001 p395
文壇句会必勝法
　◇「20世紀断層―野坂昭如単行本未収録小説集成 5」幻戯書房 2010 p181
文壇「酒」交遊録
　◇「吉行淳之介エッセイ・コレクション 1」筑摩書房 2004（ちくま文庫）p258
文壇雑話
　◇「徳田秋聲全集 19」八木書店 2000 p129
文壇時感
　◇「徳田秋聲全集 19」八木書店 2000 p201
文壇四十七家の都下新聞同盟休刊に対する感想
　◇「徳田秋聲全集 23」八木書店 2001 p286
文壇諸名家雅号の由来
　◇「徳田秋聲全集 23」八木書店 2001 p247
文壇新人評判記
　◇「上野壯夫全集 3」図書新聞 2011 p279
文壇人とカメラマンの旅 ハイキング
　◇「徳田秋聲全集 22」八木書店 2001 p237
文壇スキー大会記
　◇「小林秀雄全作品 6」新潮社 2003 p144
　◇「小林秀雄全集 補巻 1」新潮社 2010 p307
文壇道楽調査表
　◇「徳田秋聲全集 23」八木書店 2001 p307
文壇と党派
　◇「上野壯夫全集 3」図書新聞 2011 p316
文壇の反動色 附「春琴抄」
　◇「徳田秋聲全集 22」八木書店 2001 p68
文壇片鱗
　◇「徳田秋聲全集 23」八木書店 2001 p290
文壇崩壊論の是非
　◇「決定版 三島由紀夫全集 29」新潮社 2003 p470
文壇昔ばなし
　◇「谷崎潤一郎全集 22」中央公論新社 2017 p339
文壇はどうなる
　◇「宮本百合子全集 10」新日本出版社 2001 p436
文鳥
　◇「小沼丹全集 4」未知谷 2004 p383
『文鳥』『夢十夜』と「坑夫」
　◇「大庭みな子全集 6」日本経済新聞出版社 2009 p37

「文」と「市民国家」の市民
　◇「小田実全集 評論 26」講談社 2013 p184
ブンとフン
　◇「井上ひさし短編中編小説集成 1」岩波書店 2014 p1
糞尿譚
　◇「阿川弘之全集 19」新潮社 2007 p447
憤怒の愛
　◇「決定版 三島由紀夫全集 37」新潮社 2004 p661
忿翁
　◇「古井由吉自撰作品 7」河出書房新社 2012 p213
　◇「古井由吉自撰作品 7」河出書房新社 2012 p370
〔SF日本おとぎ話〕ぶんぶく茶がま
　◇「小松左京全集 完全版 24」城西国際大学出版会 2016 p384
文武両道
　◇「決定版 三島由紀夫全集 33」新潮社 2003 p502
文武両道と死の哲学〔対談〕（福田恆存、三島由紀夫）
　◇「決定版 三島由紀夫全集 39」新潮社 2004 p696
　◇「福田恆存対談・座談集 2」玉川大学出版部 2011 p383
分娩奇談
　◇「小酒井不木随筆評論選集 7」本の友社 2004 p276
文房具
　◇「〔野呂邦暢〕随筆コレクション 2」みすず書房 2014 p148
文房具漫談
　◇「谷崎潤一郎全集 17」中央公論新社 2015 p233
文法に囚はれないこと
　◇「谷崎潤一郎全集 18」中央公論新社 2016 p55
文明
　◇「丸谷才一全集 10」文藝春秋 2014 p121
文明への懐疑
　◇「松下竜一未刊行著作集 4」海鳥社 2008 p219
文明開化と鎖国のツケ
　◇「小松左京全集 完全版 39」城西国際大学出版会 2012 p16
文明化で消えていく「通過儀礼」
　◇「小松左京全集 完全版 34」城西国際大学出版会 2009 p219
文明的錯雑そのもの―ヘンリ・ミラア作 小西茂也訳「ランボオ論」
　◇「決定版 三島由紀夫全集 28」新潮社 2003 p472
文明と「自然信仰」
　◇「小松左京全集 完全版 36」城西国際大学出版会 2011 p249
文明のキーワード〔対談〕（養老孟司）
　◇「安部公房全集 28」新潮社 2000 p339
文明の頽廃を一身に引き受けた作家……
　◇「決定版 三島由紀夫全集 33」新潮社 2003 p393

ふんや

分野の違う人の言うこと
　◇「大庭みな子全集 8」日本経済新聞出版社 2009 p498
文楽座
　◇「徳田秋聲全集 23」八木書店 2001 p233
分類 「第三の新人」とよばれて
　◇「小島信夫批評集成 1」水声社 2011 p222
分裂
　◇「鈴木いづみコレクション 8」文遊社 1998 p354
分裂的な感想
　◇「坂口安吾全集 1」筑摩書房 1999 p551

【へ】

ヘアーのこと
　◇「田中小実昌エッセイ・コレクション 3」筑摩書房 2002（ちくま文庫）p170
平安
　◇「小島信夫短篇集成 7」水声社 2015 p337
平安を―
　◇「須賀敦子全集 7」河出書房新社 2007（河出文庫）p226
平安神宮
　◇「谷崎潤一郎全集 1」中央公論新社 2015 p404
平安朝の賊
　◇「国枝史郎伝奇短篇小説集成 1」作品社 2006 p464
平安奠都一一〇〇年の遺産
　◇「小松左京全集 完全版 42」城西国際大学出版会 2014 p116
兵営へ
　◇「徳田秋聲全集 11」八木書店 1998 p138
平気で生きる
　◇「林京子全集 7」日本図書センター 2005 p67
"平均的な目"に価値はない―記録映画とはこういうもの
　◇「安部公房全集 19」新潮社 1999 p151
米金闘争
　◇「小松左京全集 完全版 15」城西国際大学出版会 2010 p231
平家殺人事件
　◇「浜尾四郎全集 2」沖積舎 2004 p583
「平家にあらずんば人にあらず」の時代
　◇「小松左京全集 完全版 42」城西国際大学出版会 2014 p42
平家物語
　◇「小林秀雄全作品 14」新潮社 2003 p146
　◇「小林秀雄全作品 23」新潮社 2004 p159
　◇「小林秀雄全集 補巻 2」新潮社 2010 p223
　◇「小林秀雄全集 補巻 3」新潮社 2010 p202

「平家物語」ぬきほ（言文一致訳）
　◇「宮本百合子全集 32」新日本出版社 2003 p5
平行線のある風景―「煉獄」から「おとし穴」への原作者として
　◇「安部公房全集 16」新潮社 1998 p253
米国の偉さと矛盾
　◇「小島信夫批評集成 1」水声社 2011 p269
米国版千夜一夜―N・メイラー作 山西英一訳「鹿の園」
　◇「決定版 三島由紀夫全集 29」新潮社 2003 p188
米国は日本の失敗に学ぶべきだ
　◇「小松左京全集 完全版 31」城西国際大学出版会 2008 p112
米作防衛論
　◇「野坂昭如エッセイ・コレクション 2」筑摩書房 2004（ちくま文庫）p148
兵士
　◇「小田実全集 小説 32」講談社 2013 p116
兵士と女優
　◇「アンドロギュノスの裔 渡辺温全集」東京創元社 2011（創元推理文庫）p603
兵士の歌
　◇「上野壮夫全集 1」図書新聞 2010 p76
「米市民のあなたに会おう」
　◇「松下竜一未刊行著作集 5」海鳥社 2009 p362
「米州新時代」の訪れを前にして
　◇「小松左京全集 完全版 31」城西国際大学出版会 2008 p114
平壌「平安」逗滞の巻
　◇「小田実全集 小説 27」講談社 2012 p282
米食・肉食考（加藤秀俊、篠田統）
　◇「小松左京全集 完全版 38」城西国際大学出版会 2010 p113
米人鏖殺
　◇「決定版 三島由紀夫全集 36」新潮社 2003 p547
平生の心がけ―小泉信三著「平生の心がけ」解説
　◇「阿川弘之全集 18」新潮社 2007 p353
米ソの北極圏開発に呼応すべき北陸地方
　◇「小松左京全集 完全版 29」城西国際大学出版会 2007 p157
兵隊アリとキリギリス
　◇「安部公房全集 3」新潮社 1997 p344
兵隊三姿―前線に拾ふ
　◇「定本 久生十蘭全集 10」国書刊行会 2011 p111
兵隊さんのごっつお（梅田ミト談）
　◇「石牟礼道子全集 1」藤原書店 2004 p390
兵隊にいくのとおヨメにいくのと―『加納大尉夫人』解説より
　◇「田中小実昌エッセイ・コレクション 1」筑摩書房 2002（ちくま文庫）p251

兵隊にとられて死んでしまう辛さ
　◇「石牟礼道子全集 8」藤原書店 2005 p277
兵隊に行く前
　◇「中井英夫全集 12」東京創元社 2006（創元ライブラリ）p36
兵隊の死
　◇「アンドロギュノスの裔 渡辺温全集」東京創元社 2011（創元推理文庫）p350
平坦地の詩人 田山花袋
　◇「小島信夫批評集成 3」水声社 2011 p257
平坦ならぬ道―国民文学にふれて
　◇「宮本百合子全集 15」新日本出版社 2001 p133
兵法書
　◇「宮城谷昌光全集 21」文藝春秋 2004 p409
平凡な寄稿家
　◇「小林秀雄全作品 22」新潮社 2004 p259
　◇「小林秀雄全集 補巻 3」新潮社 2010 p141
平凡な少女の傑作
　◇「小島信夫批評集成 5」水声社 2011 p401
平凡なる秘密
　◇「佐々木基一全集 1」河出書房新社 2013 p474
ベイリー
　◇「江戸川乱歩全集 30」光文社 2005（光文社文庫）p741
米論
　◇「内田百閒集成 12」筑摩書房 2003（ちくま文庫）p147
平和
　◇「小田実全集 評論 5」講談社 2010 p9
平和
　◇「決定版 三島由紀夫全集 37」新潮社 2004 p455
平和運動と文学者――一九四八年十二月二十五日、新日本文学会主催「文芸講演会」における講演
　◇「宮本百合子全集 18」新日本出版社 2002 p145
平和への具体的提言
　◇「小田実全集 評論 5」講談社 2010 p127
平和への荷役
　◇「宮本百合子全集 18」新日本出版社 2002 p42
平和を保つため
　◇「宮本百合子全集 17」新日本出版社 2002 p474
平和をつくる
　◇「小田実全集 評論 5」講談社 2010 p58
平和をわれらに
　◇「宮本百合子全集 18」新日本出版社 2002 p343
平和革命とインテリゲンチャ〔座談会〕（荒正人、加藤周一、佐々木基一、花田清輝、埴谷雄高、日高六郎）
　◇「福田恆存対談・座談集 7」玉川大学出版部 2012 p117
「平和憲法」実践の積極的提案を
　◇「小田実全集 評論 34」講談社 2013 p175

「平和憲法」の原点としての「市民の防災」
　◇「小田実全集 評論 22」講談社 2012 p109
「平和主義」を基本とした「平和憲法」
　◇「小田実全集 評論 29」講談社 2013 p135
「平和主義」・その「体現」、原理
　◇「小田実全集 評論 23」講談社 2012 p101
「平和主義」の実践としての「良心的軍事拒否国家」
　◇「小田実全集 評論 29」講談社 2013 p143
平和主義の新展開
　◇「小田実全集 評論 36」講談社 2014 p198
「平和族」と「白い侵略者」
　◇「小田実全集 評論 16」講談社 2012 p169
平和通りと名付けられた街を歩いて
　◇「目取真俊短篇小説選集 1」影書房 2013 p197
平和と人権―環境権
　◇「松下竜一未刊行著作集 4」海鳥社 2008 p264
平和と知識人階級―精神主義の克服こそ急務
　◇「安部公房全集 4」新潮社 1997 p335
「平和」と「和平」
　◇「小田実全集 評論 8」講談社 2011 p10
平和な方
　◇「松下解子自選集 4」澤田出版 2005 p357
平和について
　◇「安部公房全集 2」新潮社 1997 p54
平和の危機と知識人の任務
　◇「安部公房全集 3」新潮社 1997 p184
平和の戦略
　◇「福田恆存評論集 10」麗澤大學出版會、廣池學園事業部〔発売〕 2008 p10
平和の願いは厳粛である
　◇「宮本百合子全集 19」新日本出版社 2002 p234
平和の理念
　◇「福田恆存評論集 7」麗澤大學出版會、廣池學園事業部〔発売〕 2008 p229
平和の倫理と論理
　◇「小田実全集 評論 5」講談社 2010 p10
　◇「小田実全集 評論 33」講談社 2013 p124
平和の連帯の原理と行動
　◇「小田実全集 評論 5」講談社 2010 p115
平和・反原発の方向
　◇「松下竜一未刊行著作集 5」海鳥社 2009
平和論と民衆の心理
　◇「福田恆存評論集 3」麗澤大學出版會、廣池學園事業部〔発売〕 2008 p156
平和論にたいする疑問―どう覺悟をきめたらいいか
　◇「福田恆存評論集 3」麗澤大學出版會、廣池學園事業部〔発売〕 2008 p135
馬(ペガサス)の翼―ある帰還の物語
　◇「辻邦生全集 8」新潮社 2005 p442

へきか

壁画
◇「決定版 三島由紀夫全集 37」新潮社 2004 p93

壁泉(へきせん)のほとりで
◇「山田風太郎エッセイ集成 秀吉はいつ知ったか」筑摩書房 2008 p23

僻地、島根半島の未来
◇「小松左京全集 完全版 29」城西国際大学出版会 2007 p114

碧落の高鳴りわたる
◇「宮城谷昌光全集 21」文藝春秋 2004 p255

北京海棠の街
◇「加藤幸子自選作品集 1」未知谷 2013 p77

北京—人民の中へ
◇「小松左京全集 完全版 43」城西国際大学出版会 2014 p19

北京特急
◇「田村泰次郎選集 2」日本図書センター 2005 p36

北京の怪
◇「阿川弘之全集 18」新潮社 2007 p495

頁間を読む
◇「井上ひさしコレクション ことばの巻」岩波書店 2005 p202

へしこで飲む
◇「田中小実昌エッセイ・コレクション 2」筑摩書房 2002（ちくま文庫）p121

ページの向うの娼婦たち
◇「中井英夫全集 7」東京創元社 1998（創元ライブラリ）p667

べしは正しく使ふべし
◇「阿川弘之全集 20」新潮社 2007 p321

平秩東作
◇「井上ひさし短編中編小説集成 9」岩波書店 2015 p335

「ベスト」小史
◇「小酒井不木随筆評論選集 6」本の友社 2004 p39

〈ベストセラーの新顔〉『産経新聞』の談話記事
◇「安部公房全集 19」新潮社 1999 p17

「ベスト」I
◇「小林秀雄全作品 18」新潮社 2004 p102
◇「小林秀雄全集 補巻 2」新潮社 2010 p435

「ベスト」II
◇「小林秀雄全作品 18」新潮社 2004 p118
◇「小林秀雄全集 補巻 2」新潮社 2010 p439

下手クソで、ゆたかな小説—有島武郎「迷路」
◇「小田実全集 評論 12」講談社 2011 p27

へたな飲み方—モテない客ベスト5
◇「吉行淳之介エッセイ・コレクション 1」筑摩書房 2004（ちくま文庫）p231

へちま
◇「大庭みな子全集 12」日本経済新聞出版社 2010 p36

へちま
◇「辺見庸掌編小説集 白鯨」角川書店 2004 p46

へちまの木
◇「〔山本周五郎〕新編傑作選 4」小学館 2010（小学館文庫）p205

ペーチャの話
◇「宮本百合子全集 4」新日本出版社 2001 p187

鼈甲
◇「決定版 三島由紀夫全集 37」新潮社 2004 p467

別室
◇「徳田秋聲全集 9」八木書店 1998 p373

別荘—「私有財産」のセカンドハウス
◇「小松左京全集 完全版 43」城西国際大学出版会 2014 p221

別荘地の雨
◇「決定版 三島由紀夫全集 37」新潮社 2004 p493

「ヘッダ・ガブラー」
◇「小林秀雄全作品 18」新潮社 2004 p206
◇「小林秀雄全集 補巻 2」新潮社 2010 p457

べったら
◇「谷崎潤一郎全集 23」中央公論新社 2017 p134

ベッドからの正しい出かた
◇「寺山修司著作集 1」クインテッセンス出版 2009 p515

ベッドの中の同行者「独りぐらし」
◇「中井英夫全集 6」東京創元社 1996（創元ライブラリ）p170

ベッドの中のベストセラー
◇「須賀敦子全集 4」河出書房新社 2007（河出文庫）p45

べつの話—小島信夫
◇「大庭みな子全集 23」日本経済新聞出版社 2011 p214

へっぴり紳士
◇「野坂昭如エッセイ・コレクション 1」筑摩書房 2004（ちくま文庫）p51

別府—地獄めぐり
◇「決定版 三島由紀夫全集 37」新潮社 2004 p322

別府と伊香保
◇「徳田秋聲全集 22」八木書店 2001 p63

へっぺ
◇「寺山修司著作集 4」クインテッセンス出版 2009 p13

べつべつの手紙
◇「大庭みな子全集 12」日本経済新聞出版社 2010 p381

別離
◇「安部公房全集 1」新潮社 1997 p181

ベティのカード
◇「大庭みな子全集 6」日本経済新聞出版社 2009 p196

ペテルブルグの漂民
◇「小沼丹全集 1」未知谷 2004 p278

ヘテロ精神の復権〔インタビュー〕（光田烈）
◇「安部公房全集 28」新潮社 2000 p301

へひに

ヘテロの構造
◇「安部公房全集 18」新潮社 1999 p314
ぺてん師と空気男
◇「江戸川乱歩全集 22」光文社 2005（光文社文庫）p479
◇「江戸川乱歩全集 17」沖積舎 2009 p3
ペテン師の嘆き
◇「大庭みな子全集 6」日本経済新聞出版社 2009 p270
ペテン小説論
◇「山田風太郎エッセイ集成 わが推理小説零年」筑摩書房 2007 p36
「ベトナム以後」を歩く
◇「小田実全集 評論 14」講談社 2011 p5
ベトナムから遠く離れて（一）
◇「小田実全集 小説 20」講談社 2012 p5
ベトナムから遠く離れて（二）
◇「小田実全集 小説 21」講談社 2012 p5
ベトナムから遠く離れて（三）
◇「小田実全集 小説 22」講談社 2012 p5
ベトナムから遠く離れて（四）
◇「小田実全集 小説 23」講談社 2012 p5
ベトナムから遠く離れて（五）
◇「小田実全集 小説 24」講談社 2012 p5
ベトナムから遠く離れて（六）
◇「小田実全集 小説 25」講談社 2012 p5
ベトナムから遠く離れて（七）
◇「小田実全集 小説 26」講談社 2012 p5
ベトナム戦争と戦後世界
◇「小田実全集 評論 36」講談社 2014 p176
ベトナム戦争と平和思想
◇「小田実全集 評論 36」講談社 2014 p191
ベトナム戦争は何んであったか
◇「小田実全集 評論 29」講談社 2013 p78
「ベトナム」のよみがえりのまえで
◇「小田実全集 評論 19」講談社 2012 p117
ベトナム反戦運動から
◇「小田実全集 評論 29」講談社 2013 p115
ペトラルカ「カンツォニエーレ」
◇「須賀敦子全集 4」河出書房新社 2007（河出文庫）p379
ペトローニウス作「サテュリコン」
◇「決定版 三島由紀夫全集 27」新潮社 2003 p668
ペトロフ事件
◇「鮎川哲也コレクション ペトロフ事件」光文社 2001（光文社文庫）p11
ペトロンを捜す女
◇「徳田秋聲全集 16」八木書店 1999 p269
ペナン島の異邦人
◇「遠藤周作エッセイ選集 2」光文社 2006（知恵の森文庫）p101

紅
◇「大庭みな子全集 8」日本経済新聞出版社 2009 p505
紅うつぎ
◇「上野壮夫全集 3」図書新聞 2011 p543
へにける年
◇「丸谷才一全集 7」文藝春秋 2014 p238
ペニシリン注射時間メモ
◇「坂口安吾全集 16」筑摩書房 2000 p518
紅雀
◇「吉屋信子少女小説選 3」ゆまに書房 2003 p5
紅と青と黒
◇「中井英夫全集 3」東京創元社 1996（創元ライブラリ）p568
紅の滝
◇「中上健次集 2」インスクリプト 2018 p333
紅ばら
◇「小寺菊子作品集 1」桂書房 2014 p20
「紅苜蓿」以後
◇「定本 久生十蘭全集 10」国書刊行会 2011 p272
ペネロペの織（はた）―シテール島への船出
◇「辻邦生全集 19」新潮社 2005 p315
ペパーミントのかおり
◇「松下竜一未刊行著作集 3」海鳥社 2009 p160
ペパーミント・ラブ・ストーリィ
◇「鈴木いづみコレクション 3」文遊社 1996 p287
◇「鈴木いづみプレミアム・コレクション」文遊社 2006 p191
◇「契約―鈴木いづみSF全集」文遊社 2014 p420
「解放（ヘバン）」おばあさんの来訪
◇「小田実全集 評論 18」講談社 2012 p232
蛇
◇「大庭みな子全集 7」日本経済新聞出版社 2009 p385
蛇
◇「小沼丹全集 1」未知谷 2004 p399
蛇
◇〔森〕鴎外近代小説集 5」岩波書店 2013 p29
蘿（へびいちご）
◇「決定版 三島由紀夫全集 37」新潮社 2004 p200
蛇いちごの周囲
◇「田村孟全小説集」航思社 2012 p157
蛇酒に序す
◇「谷崎潤一郎全集 5」中央公論新社 2016 p477
蛇捨て
◇「車谷長吉全集 2」新書館 2010 p41
蛇と魚―室生犀星
◇「大庭みな子全集 8」日本経済新聞出版社 2009 p468
ヘビについてII
◇「安部公房全集 19」新潮社 1999 p131

へひの

ヘビのことでも…―常識について
　◇「安部公房全集 3」新潮社 1997 p395

蛇の卵―別辞にかへて
　◇「定本 久生十蘭全集 10」国書刊行会 2011 p406

蛇の知性
　◇「決定版 三島由紀夫全集 37」新潮社 2004 p350

蛇の環
　◇「高木彬光コレクション新装版 人形はなぜ殺される」光文社 2006（光文社文庫）p495

「蛇姫様」とその作者
　◇「決定版 三島由紀夫全集 35」新潮社 2003 p210

ヘプバーンと自転車
　◇「坂口安吾全集 14」筑摩書房 1999 p339

「ベ平連」・回顧録でない回顧（上）
　◇「小田実全集 評論 19」講談社 2012 p5

「ベ平連」・回顧録でない回顧（下）
　◇「小田実全集 評論 20」講談社 2012 p5

ヘミングウェイ
　◇「福田恆存評論集 15」麗澤大學出版會、廣池學園事業部〔発売〕2010 p222

ヘミングウェイ死す
　◇「小島信夫批評集成 2」水声社 2011 p587

ヘミングウエイ他殺説―嘘と真実〔座談会〕（針生一郎、長谷川龍生、中薗英助）
　◇「安部公房全集 15」新潮社 1998 p352

怪物（ベム）の世界―石森章太郎③
　◇「小松左京全集 完全版 41」城西国際大学出版会 2013 p194

屁飯（へめし）
　◇「谷崎潤一郎全集 23」中央公論新社 2017 p251

部屋
　◇「野呂邦暢小説集成 6」文遊社 2016 p125

部屋
　◇「宮本百合子全集 2」新日本出版社 2001 p467

部屋、解消
　◇「徳田秋聲全集 17」八木書店 1999 p134

部屋の魚
　◇「立松和平全小説 15」勉誠出版 2011 p165

部屋の中の部屋
　◇「立松和平全小説 4」勉誠出版 2010 p2

ベラ・バラージュ『映画の理論』
　◇「佐々木基一全集 7」河出書房新社 2013 p290

ベラフォンテ讃
　◇「決定版 三島由紀夫全集 31」新潮社 2003 p474

べらぼう村正
　◇「都筑道夫時代小説コレクション 3」戎光祥出版 2014（戎光祥時代小説名作館）p62

ベランダの眺め
　◇「都筑道夫恐怖短篇集成 1」筑摩書房 2004（ちくま文庫）p476

ベーリー怒る
　◇「小酒井不木随筆評論選集 6」本の友社 2004 p118

ペリカンホテル
　◇「鈴木いづみセカンド・コレクション 1」文遊社 2004 p43

屁理窟
　◇「小酒井不木随筆評論選集 4」本の友社 2004 p110

ペリコに逢ふ
　◇「小寺菊子作品集 3」桂書房 2014 p200

ヘリコプター貴族・平清盛
　◇「小松左京全集 完全版 42」城西国際大学出版会 2014 p46

ペリー・メイスン 人権擁護と探偵
　◇「日影丈吉全集 別巻」国書刊行会 2005 p315

ベリンスキーの眼力
　◇「宮本百合子全集 15」新日本出版社 2001 p377

ベルイマン監督の「秋のソナタ」
　◇「大庭みな子全集 8」日本経済新聞出版社 2009 p530

ベルギーぼんやり旅行―小さいけれど懐の深い国
　◇「向田邦子全集 新版 9」文藝春秋 2009 p147

「ベルグソン全集」
　◇「小林秀雄全作品 25」新潮社 2004 p139
　◇「小林秀雄全集 補巻 2」新潮社 2010 p324

波斯王の御所
　◇「徳田秋聲全集 27」八木書店 2002 p73

ペルシャの幻術師
　◇「司馬遼太郎短篇全集 1」文藝春秋 2005 p227

ヘルスセンター
　◇「開高健ルポルタージュ選集 日本人の遊び場」光文社 2007（光文社文庫）p189

ペルとランドルー
　◇「小酒井不木随筆評論選集 1」本の友社 2004 p346

ベルトルト・ブレヒト作「家庭教師」
　◇「安部公房全集 5」新潮社 1997 p80

ベルナール・フォコン写真集『飛ぶ紙』〈跋文〉
　◇「安部公房全集 28」新潮社 2000 p310

ベルナール・フォーコンの世界〔対談〕（ベルナール・フォーコン）
　◇「安部公房全集 27」新潮社 2000 p102

ペルーの人間喜劇
　◇「丸谷才一全集 11」文藝春秋 2014 p346

ヘルマフロディットの幻―バルザック
　◇「中井英夫全集 6」東京創元社 1996（創元ライブラリ）p618

ベルリン東から西へ
　◇「開高健ルポルタージュ選集 声の狩人」光文社 2008（光文社文庫）p141

ベルリン物語
　◇「小田実全集 小説 19」講談社 2012 p171

へんし

ペレアスとメリザンド
　◇「小林秀雄全作品 23」新潮社 2004 p9
　◇「小林秀雄全集 補巻 3」新潮社 2010 p173
変
　◇「車谷長吉全集 1」新書館 2010 p447
偏愛的俳優列伝―光と影の彼方に
　◇「中井英夫全集 7」東京創元社 1998（創元ライブラリ）p53
弁解
　◇「小檜山博全集 7」柏艪舎 2006 p209
変格探偵小説復興論
　◇「山田風太郎エッセイ集成 わが推理小説零年」筑摩書房 2007 p111
「変革の思想」とは―道理の実現
　◇「決定版 三島由紀夫全集 36」新潮社 2003 p30
『変化』と『さむがりやのサンタ』を結ぶもの
　◇「辻邦生全集 18」新潮社 2005 p281
ペンから試験管へ
　◇「小酒井不木随筆評論選集 6」本の友社 2004 p296
返還
　◇「小松左京全集 完全版 25」城西国際大学出版会 2017 p294
偏奇館の高み
　◇「須賀敦子全集 4」河出書房新社 2007（河出文庫）p342
勉吉の打算
　◇「徳田秋聲全集 14」八木書店 2000 p242
便器にまたがった思想
　◇「安部公房全集 17」新潮社 1999 p108
勉強記
　◇「坂口安吾全集 3」筑摩書房 1999 p63
勉強ぎらい
　◇「小檜山博全集 8」柏艪舎 2006 p103
勉強机
　◇「小檜山博全集 8」柏艪舎 2006 p168
辺境の寝床
　◇「小松左京全集 完全版 25」城西国際大学出版会 2017 p305
ペンギンTV
　◇「清水アリカ全集」河出書房新社 2011 p395
ペンギンもびっくり南極珍道中
　◇「小松左京全集 完全版 37」城西国際大学出版会 2010 p253
ペンクラブのパリ大会―議題の抜粋についての感想
　◇「宮本百合子全集 13」新日本出版社 2001 p197
変形の記録
　◇「安部公房全集 4」新潮社 1997 p261
変化獅子
　◇「横溝正史時代小説コレクション伝奇篇 1」出版芸術社 2003 p5

変化城
　◇「山田風太郎妖異小説コレクション 妖説忠臣蔵・女人国伝奇」徳間書店 2004（徳間文庫）p174
変化の貌（「密偵の顔」異稿版）
　◇「大坪砂男全集 2」東京創元社 2013（創元推理文庫）p477
変化の理（ことわり）
　◇「車谷長吉全集 3」新書館 2010 p501
「偏見」を育成しよう
　◇「安部公房全集 7」新潮社 1998 p116
変幻黄金鬼
　◇「都筑道夫時代小説コレクション 4」戎光祥出版 2014（戎光祥時代小説名作館）p5
『変幻黄金鬼』富士見書房時代小説文庫版解説
　◇「都筑道夫時代小説コレクション 4」戎光祥出版 2014（戎光祥時代小説名作館）p362
変幻自在の人間
　◇「小島信夫批評集成 2」水声社 2011 p249
　◇「小島信夫批評集成 2」水声社 2011 p315
　◇「小島信夫批評集成 2」水声社 2011 p332
変幻する雲の魅惑
　◇「辻邦生全集 19」新潮社 2005 p180
偏見について
　◇「上野壮夫全集 3」図書新聞 2011 p484
偏見について思ふこと
　◇「決定版 三島由紀夫全集 36」新潮社 2003 p638
片語三四
　◇「徳田秋聲全集 19」八木書店 2000 p203
弁護士
　◇「徳田秋聲全集 2」八木書店 1999 p253
返事
　◇「小檜山博全集 8」柏艪舎 2006 p291
変質した優雅
　◇「決定版 三島由紀夫全集 32」新潮社 2003 p479
変質者になりそう
　◇「鈴木いづみコレクション 7」文遊社 1997 p216
編集委員の言葉
　◇「安部公房全集 23」新潮社 1999 p204
編集後記（「うしろむき」第一号）
　◇「狩久全集 2」皆進社 2013 p330
編集後記（「うしろむき」第二号）
　◇「狩久全集 2」皆進社 2013 p366
編集後記―『現代芸術』1月号
　◇「安部公房全集 15」新潮社 1998 p60
編集後記―『現代芸術』2月号
　◇「安部公房全集 15」新潮社 1998 p104
編集後記―『現代芸術』3月号
　◇「安部公房全集 15」新潮社 1998 p143
編集後記―『現代芸術』4月号
　◇「安部公房全集 15」新潮社 1998 p180
編集後記―『現代芸術』5・6月号
　◇「安部公房全集 15」新潮社 1998 p221

へんし

編集後記—『現代芸術』7月号
　◇「安部公房全集 15」新潮社 1998 p287
編集後記—『現代芸術』8月号
　◇「安部公房全集 15」新潮社 1998 p350
編集後記—『現代芸術』9月号
　◇「安部公房全集 15」新潮社 1998 p366
編集後記—『現代芸術』10月号
　◇「安部公房全集 15」新潮社 1998 p372
編集後記—『現代芸術』11月号
　◇「安部公房全集 12」新潮社 1998 p441
編集後記—『現代芸術』11・12月号
　◇「安部公房全集 15」新潮社 1998 p398
編集後記—『現代芸術』12月号
　◇「安部公房全集 12」新潮社 1998 p461
編輯後記〔『言葉』創刊号〕
　◇「坂口安吾全集 1」筑摩書房 1999 p18
編集後記(「総合」)
　◇「決定版 三島由紀夫全集 29」新潮社 2003 p604
編集後記(「批評」)
　◇「決定版 三島由紀夫全集 35」新潮社 2003 p117
編輯後記(「輔仁会雑誌」一六七号)
　◇「決定版 三島由紀夫全集 26」新潮社 2003 p91
編輯後記(「輔仁会雑誌」一六八号)
　◇「決定版 三島由紀夫全集 26」新潮社 2003 p349
編集後記(「密室」第十二号)
　◇「狩久全集 2」皆進社 2013 p18
編集後記(「密室」第十三号)
　◇「狩久全集 2」皆進社 2013 p140
編集後記(「密室」第十四号)
　◇「狩久全集 2」皆進社 2013 p162
(編集者への手紙)
　◇「江戸川乱歩全集 3」光文社 2005（光文社文庫）p284
編集者の項
　◇「隆慶一郎全集 19」新潮社 2010 p284
編輯に独自の風格
　◇「谷崎潤一郎全集 22」中央公論新社 2017 p382
偏執の心
　◇「徳田秋聲全集 12」八木書店 2000 p338
編集のことば(「現代の文学」)(川端康成、丹羽文雄、円地文子、井上靖、松本清張)
　◇「決定版 三島由紀夫全集 36」新潮社 2003 p503
返照
　◇「小島信夫短篇集成 5」水声社 2015 p165
遍照金剛
　◇「内田百閒集成 13」筑摩書房 2003（ちくま文庫）p221
辯證の藝術
　◇「福田恆存評論集 2」麗澤大學出版會, 廣池學園事業部〔発売〕2009 p308

ベン・ジョンソンは馬と共に疾駆して、集団の出あいの場を成立させる
　◇「金井美恵子エッセイ・コレクション—1964-2013 4」平凡社 2014 p346
変身
　◇「辻井喬コレクション 7」河出書房新社 2003 p72
変身
　◇「寺山修司著作集 1」クインテッセンス出版 2009 p59
変身
　◇「日影丈吉全集 6」国書刊行会 2002 p237
返信
　◇「小島信夫短篇集成 6」水声社 2015 p383
返信
　◇「松下竜一未刊行著作集 1」海鳥社 2008 p112
変身—カフカ
　◇「大庭みな子全集 3」日本経済新聞出版社 2009 p200
変身願望
　◇「江戸川乱歩全集 27」光文社 2004（光文社文庫）p274
　◇「江戸川乱歩全集 23」光文社 2005（光文社文庫）p586
変人奇人たちについての考察〔対談〕(近藤啓太郎)
　◇「吉行淳之介エッセイ・コレクション 4」筑摩書房 2004（ちくま文庫）p221
変身のエチュード
　◇「辻井喬コレクション 7」河出書房新社 2003 p395
変身譜
　◇「中井英夫全集 5」東京創元社 2002（創元ライブラリ）p343
変生男子(完四郎広目手控シリーズ)
　◇「高橋克彦自選短編集 3」講談社 2010（講談社文庫）p33
ヘンゼルとグレーテル
　◇「大庭みな子全集 17」日本経済新聞出版社 2010 p568
変態心理と犯罪
　◇「小酒井不木随筆評論選集 3」本の友社 2004 p161
変態だらけ
　◇「鈴木いづみコレクション 6」文遊社 1997 p117
ベンダーホテル大量殺人事件
　◇「井上ひさし短編中編小説集成 9」岩波書店 2015 p207
辺地の特殊性と共通性
　◇「安部公房全集 11」新潮社 1998 p10
「変調語」より
　◇「石牟礼道子全集 1」藤原書店 2004 p30
変てこな葬列
　◇「土屋隆夫コレクション新装版 危険な童話」光文社 2002（光文社文庫）p353

ほい

弁天小僧
　◇「井上ひさし短編中編小説集成 1」岩波書店 2014
　　p396
弁天小僧
　◇「山田風太郎妖異小説コレクション 白波五人帖・
　　いだてん百里」徳間書店 2004（徳間文庫）p76
弁当
　◇「小檜山博全集 7」柏艪舎 2006 p193
弁当恋しや
　◇「阿川弘之全集 20」新潮社 2007 p105
扁桃腺を切る
　◇「小檜山博全集 6」柏艪舎 2006 p114
弁当―「富士」の車窓で
　◇「松下竜一未刊行著作集 3」海鳥社 2009 p381
ペンと川端さん
　◇「阿川弘之全集 16」新潮社 2006 p459
へんな交遊
　◇「色川武大・阿佐田哲也エッセイズ 3」筑摩書房
　　2003（ちくま文庫）p72
へんな島流し
　◇「定本 久生十蘭全集 10」国書刊行会 2011 p356
へんな食品考
　◇「日影丈吉全集 別巻」国書刊行会 2005 p224
へんな存在感 第2回潮賞（小説部門）
　◇「大庭みな子全集 24」日本経済新聞出版社 2011
　　p50
へんな手紙
　◇「土屋隆夫コレクション新装版 針の誘い」光文社
　　2002（光文社文庫）p438
変な弟子
　◇「坂口安吾全集 13」筑摩書房 1999 p438
「ヘンな」とは何か
　◇「小島信夫批評集成 8」水声社 2010 p117
変な人
　◇「宮城谷昌光全集 21」文藝春秋 2004 p288
へんな野郎
　◇「野坂昭如エッセイ・コレクション 1」筑摩書房
　　2004（ちくま文庫）p100
へんな夜
　◇「狩久全集 1」皆進社 2013 p309
へんねし
　◇「山崎豊子全集 5」新潮社 2004 p371
ペンネームの由来
　◇「隆慶一郎全集 19」新潮社 2010 p409
ペンの苦行・つらい税金
　◇「徳田秋聲全集 22」八木書店 2001 p372
ペン・フレンド
　◇「小松左京全集 完全版 25」城西国際大学出版会
　　2017 p196
ペンペン草
　◇「宮本百合子全集 32」新日本出版社 2003 p487

片片草
　◇「小沼丹全集 4」未知谷 2004 p128
変貌
　◇「小松左京全集 完全版 15」城西国際大学出版会
　　2010 p279
変貌する社会の人間関係
　◇「安部公房全集 26」新潮社 1999 p415
〈辺見庸との対談〉原質を見失った世界で
　◇「石牟礼道子全集 16」藤原書店 2013 p634
〈辺見庸との対談〉生命の根源はどこにある
のか
　◇「石牟礼道子全集 16」藤原書店 2013 p650
弁名
　◇「小林秀雄全作品 24」新潮社 2004 p34
　◇「小林秀雄全集 補巻 3」新潮社 2010 p228
『弁明』を読んだ頃
　◇「辻邦生全集 18」新潮社 2005 p326
弁明―正宗白鳥氏へ
　◇「小林秀雄全作品 3」新潮社 2002 p150
　◇「小林秀雄全集 補巻 1」新潮社 2010 p164
変容する女らしさの条件
　◇「大庭みな子全集 8」日本経済新聞社 2009
　　p279
便利語
　◇「井上ひさしコレクション ことばの巻」岩波書店
　　2021 p21
週言 便利さに管理される
　◇「林京子全集 7」日本図書センター 2005 p418
ヘンリー・ボジオリ 馬鈴薯と爪サック
　◇「日影丈吉全集 別巻」国書刊行会 2005 p348
ヘンリー・ミラーと私
　◇「吉行淳之介エッセイ・コレクション 3」筑摩書
　　房 2004（ちくま文庫）p311
ヘンリー四世
　◇「福田恆存評論集 19」麗澤大學出版會，廣池學園
　　事業部〔発売〕 2010 p112
遍路道
　◇「立松和平全小説 23」勉誠出版 2013 p244

【ほ】

ポー
　◇「江戸川乱歩全集 30」光文社 2005（光文社文
　　庫）p742
帆
　◇「宮本百合子全集 3」新日本出版社 2001 p503
花賊魚（ホァツォイユイ）
　◇「定本 久生十蘭全集 4」国書刊行会 2009 p325
補遺
　◇「宮本百合子全集 20」新日本出版社 2002 p743

ほいく

保育所がほしい
◇「松田解子自選集 8」澤田出版 2008 p311

ホイットマンの話
◇「江戸川乱歩全集 24」光文社 2005（光文社文庫）p485

母音譚
◇「寺山修司著作集 1」クインテッセンス出版 2009 p20

棒
◇「安部公房全集 5」新潮社 1997 p183

茫
◇「小田実全集 小説 12」講談社 2011 p113

『ボヴァリー夫人』と私
◇「金井美恵子エッセイ・コレクション―1964-2013 3」平凡社 2013 p311

ボヴァリー夫人は彼だ―マリオ・バルガス＝リョサ
◇「丸谷才一全集 11」文藝春秋 2014 p343

法医学
◇「寺山修司著作集 1」クインテッセンス出版 2009 p45

鵬雲斎におくることば
◇「決定版 三島由紀夫全集 34」新潮社 2003 p124

防衛の原点―比較門番学
◇「小松左京全集 完全版 36」城西国際大学出版会 2011 p319

防衛論の進め方についての疑問
◇「福田恆存評論集 10」麗澤大學出版會, 廣池學園事業部〔発売〕2008 p185

貿易収入は戦争に投ず
◇「小松左京全集 完全版 40」城西国際大学出版会 2012 p334

貿易大名・大内義弘
◇「小松左京全集 完全版 42」城西国際大学出版会 2014 p85

法悦クラブ
◇「野村胡堂探偵小説全集」作品社 2007 p295

鳳凰台上鳳凰遊ぶ
◇「決定版 三島由紀夫全集 34」新潮社 2003 p244

鳳凰堂
◇「谷崎潤一郎全集 1」中央公論新社 2015 p423

鳳凰の冠
◇「宮城谷昌光全集 1」文藝春秋 2002 p333

鳳凰の鳴く時
◇「横溝正史時代小説コレクション伝奇篇 2」出版芸術社 2013 p86

ボーヴォワールの来日と高群逸枝
◇「石牟礼道子全集 1」藤原書店 2004 p277

忘我
◇「決定版 三島由紀夫全集 36」新潮社 2003 p243

崩壊
◇「日影丈吉全集 6」国書刊行会 2002 p292

法学士と小説
◇「決定版 三島由紀夫全集 33」新潮社 2003 p394

法駕籠のご寮人さん
◇「司馬遼太郎短篇全集 2」文藝春秋 2005 p577

萌芽 第3回「海燕」新人文学賞
◇「大庭みな子全集 24」日本経済新聞出版社 2011 p59

幇間
◇「谷崎潤一郎全集 1」中央公論新社 2015 p71

判官三郎の正体
◇「野村胡堂探偵小説全集」作品社 2007 p184

ほうき一本
◇「宮本百合子全集 17」新日本出版社 2002 p393

伯耆大山分けの茶屋
◇「阿川弘之全集 18」新潮社 2007 p282

忘却―講義 要旨 速記
◇「内田百閒集成 7」筑摩書房 2003（ちくま文庫）p237

忘却と美化
◇「決定版 三島由紀夫全集 34」新潮社 2003 p332

忘却の権利
◇「安部公房全集 7」新潮社 1998 p157

忘却の日々
◇「決定版 三島由紀夫全集 37」新潮社 2004 p653

忘却論
◇「内田百閒集成 6」筑摩書房 2003（ちくま文庫）p286

俸給
◇「内田百閒集成 5」筑摩書房 2003（ちくま文庫）p15

望郷幻譚―啄木
◇「寺山修司著作集 5」クインテッセンス出版 2009 p71

望郷書店
◇「寺山修司著作集 1」クインテッセンス出版 2009 p16

宝玉
◇「大庭みな子全集 11」日本経済新聞出版社 2010 p313

防空演習
◇「決定版 三島由紀夫全集 37」新潮社 2004 p109

防空壕
◇「江戸川乱歩全集 19」光文社 2004（光文社文庫）p9
◇「江戸川乱歩全集 16」沖積舎 2009 p231

暴君の死
◇「野村胡堂伝奇幻想小説展」作品社 2009 p136

邦劇を海外へ紹介するとしたら―脚本と俳優
◇「徳田秋聲全集 23」八木書店 2001 p298

抱月氏
◇「徳田秋聲全集 19」八木書店 2000 p243

某月某日
◇「小松左京全集 完全版 31」城西国際大学出版会

ほうし

某月某日
　◇「決定版 三島由紀夫全集 27」新潮社 2003 p147
冒険小説の読みすぎ
　◇「〔野呂邦暢〕随筆コレクション 1」みすず書房 2014 p95
封建女性風景
　◇「国枝史郎伝奇短篇小説集成 2」作品社 2006 p271
ホウケン亭主と箱入り女房—この人と十分間
　◇「決定版 三島由紀夫全集 31」新潮社 2003 p391
冒険的な試み
　◇「谷崎潤一郎全集 21」中央公論新社 2016 p467
方言の限界性
　◇「安部公房全集 29」新潮社 2000 p535
方言は"両刃の剣"
　◇「大庭みな子全集 24」日本経済新聞出版社 2011 p29
抒情版 方向
　◇「上野壯夫全集 1」図書新聞 2010 p225
方向
　◇「上野壯夫全集 1」図書新聞 2010 p227
彷徨
　◇「大庭みな子全集 23」日本経済新聞出版社 2011 p34
彷徨
　◇「金石範作品集 1」平凡社 2005 p331
彷徨
　◇「谷崎潤一郎全集 1」中央公論新社 2015 p435
彷徨
　◇「20世紀断層—野坂昭如単行本未収録小説集成 4」幻戯書房 2010 p526
彷徨と定住〔対談者〕黒井千次
　◇「大庭みな子全集 22」日本経済新聞出版社 2011 p266
彷徨の季節の中で
　◇「辻井喬コレクション 1」河出書房新社 2002 p5
方壺園臣
　◇「陳舜臣推理小説ベストセレクション 玉嶺よふたたび」集英社 2009（集英社文庫）p239
報告
　◇「上野壯夫全集 1」図書新聞 2010 p138
亡国のうた
　◇「石牟礼道子全集 3」藤原書店 2004 p411
亡国の新聞報道—連合赤軍・中共その他について〔対談〕（新村正史）
　◇「福田恆存対談・座談集 3」玉川大学出版部 2011 p209
方今文壇の大先達
　◇「谷崎潤一郎全集 13」中央公論新社 2015 p434
「防災モデル都市」とは何か
　◇「小田実全集 評論 21」講談社 2012 p61

2008 p162
帽子
　◇「大庭みな子全集 9」日本経済新聞出版社 2010 p58
帽子
　◇「小沼丹全集 1」未知谷 2004 p240
帽子
　◇「中上健次集 1」インスクリプト 2014 p9
奉仕とサービス
　◇「安部公房全集 7」新潮社 1998 p383
帽子の聴いた物語
　◇「大庭みな子全集 9」日本経済新聞出版社 2010 p7
帽子の花
　◇「決定版 三島由紀夫全集 20」新潮社 2002 p61
帽子の話
　◇「小沼丹全集 4」未知谷 2004 p353
法事の夜
　◇「辺見庸掌編小説集 黒版」角川書店 2004 p25
傍若無人・梶原景時
　◇「小松左京全集 完全版 42」城西国際大学出版会 2014 p48
傍若夫人とボクさん
　◇「定本 久生十蘭全集 別巻」国書刊行会 2013 p103
放射する音楽
　◇「宮城谷昌光全集 21」文藝春秋 2004 p295
砲術指南
　◇「〔野呂邦暢〕随筆コレクション 1」みすず書房 2014 p362
芳春院
　◇「決定版 三島由紀夫全集 30」新潮社 2003 p670
北条氏康
　◇「隆慶一郎全集 19」新潮社 2010 p389
法成寺物語 四幕
　◇「谷崎潤一郎全集 3」中央公論新社 2016 p361
「法成寺物語」回顧
　◇「谷崎潤一郎全集 23」中央公論新社 2017 p442
豊饒な精神は……—新人らしさについて
　◇「佐々木基一全集 1」河出書房新社 2013 p283
「豊饒の海」創作ノート
　◇「決定版 三島由紀夫全集 14」新潮社 2002 p649
豊饒の海（第一巻）
　◇「決定版 三島由紀夫全集 13」新潮社 2001 p7
豊饒の海（第二巻）
　◇「決定版 三島由紀夫全集 13」新潮社 2001 p397
豊饒の海（第三巻）
　◇「決定版 三島由紀夫全集 14」新潮社 2002 p7
豊饒の海（第四巻）
　◇「決定版 三島由紀夫全集 14」新潮社 2002 p361
「豊饒の海」について
　◇「決定版 三島由紀夫全集 35」新潮社 2003 p410
「豊饒の海」について……
　◇「決定版 三島由紀夫全集 35」新潮社 2003 p447

ほうし

豊饒の門
　◇「宮城谷昌光全集 1」文藝春秋 2002 p299

坊城伯の夜宴―わが友 坊城俊民氏に
　◇「決定版 三島由紀夫全集 20」新潮社 2002 p652

「法人資本主義」と戦後日本の経済発展
　◇「小田実全集 評論 36」講談社 2014 p166

「法人資本主義」の壁
　◇「小田実全集 評論 8」講談社 2011 p81

「法人資本主義」の「壁」と「大阪イデオロギー」
　◇「小田実全集 評論 22」講談社 2012 p43

「法人資本主義の壁」のなかの繁栄
　◇「小田実全集 評論 23」講談社 2012 p320

宝石
　◇「谷崎潤一郎全集 6」中央公論新社 2015 p402

宝石を見詰める女
　◇「稲垣足穂コレクション 1」筑摩書房 2005（ちくま文庫）p141

寶石をめぐる犯罪と探偵
　◇「小酒井不木随筆評論選集 4」本の友社 2004 p332

宝石事件
　◇「安部公房全集 6」新潮社 1998 p75

宝石づくめの小密室
　◇「決定版 三島由紀夫全集 32」新潮社 2003 p606

宝石売買
　◇「決定版 三島由紀夫全集 17」新潮社 2002 p177

「宝石売買」創作ノート
　◇「決定版 三島由紀夫全集 17」新潮社 2002 p731

宝石函
　◇「決定版 三島由紀夫全集 37」新潮社 2004 p457

鳳仙花
　◇「中上健次集 3」インスクリプト 2015 p7

鳳仙花の母
　◇「中上健次集 3」インスクリプト 2015 p390

放送劇 浦島草
　◇「大庭みな子全集 11」日本経済新聞出版社 2010 p170

放送作家
　◇「向田邦子全集 新版 10」文藝春秋 2010 p138

放送法違反（八月二十五日）
　◇「福田恆存評論集 18」麗澤大學出版會, 廣池學園事業部〔発売〕2010 p111

放送メディアの教訓
　◇「小松左京全集 完全版 46」城西国際大学出版会 2016 p49

滂沱の涙―開高健③
　◇「小松左京全集 完全版 41」城西国際大学出版会 2013 p144

放談八題 座談（井伏鱒二, 硲伊之助）
　◇「小林秀雄全作品 18」新潮社 2004 p161
　◇「小林秀雄全集 補巻 2」新潮社 2010 p447

忙中謝客
　◇「内田百閒集成 19」筑摩書房 2004（ちくま文庫）p9
　◇「内田百閒集成 24」筑摩書房 2004（ちくま文庫）p208

法廷
　◇「安部公房全集 7」新潮社 1998 p418

方程式
　◇「天城一傑作集 2」日本評論社 2005 p376

法廷推理小説
　◇「高木彬光コレクション新装版 破戒裁判」光文社 2006（光文社文庫）p357

法廷に挑む「環境権」の焦点
　◇「松下竜一未刊行著作集 4」海鳥社 2008 p279

法廷に出席した人形
　◇「松下竜一未刊行著作集 5」海鳥社 2009 p186

法廷に立つ
　◇「高木彬光コレクション新装版 破戒裁判」光文社 2006（光文社文庫）p360

奉天―あの山あの川
　◇「安部公房全集 4」新潮社 1997 p484

奉天時代の杢太郎氏
　◇「谷崎潤一郎全集 20」中央公論新社 2015 p547

宝塔
　◇「立松和平全小説 16」勉誠出版 2012 p220

方南の人
　◇「稲垣足穂コレクション 8」筑摩書房 2005（ちくま文庫）p240

暴に与ふる書
　◇「寺山修司著作集 1」クインテッセンス出版 2009 p47

棒になった男
　◇「安部公房全集 7」新潮社 1998 p463
　◇「安部公房全集 22」新潮社 1999 p384

棒になった男 全三景
　◇「安部公房全集 22」新潮社 1999 p357

「棒になった男」〔対談〕（倉橋健）
　◇「安部公房全集 22」新潮社 1999 p440

放熱器
　◇「稲垣足穂コレクション 2」筑摩書房 2005（ちくま文庫）p280

豊年
　◇「定本 久生十蘭全集 4」国書刊行会 2009 p505

忘年記
　◇「決定版 三島由紀夫全集 28」新潮社 2003 p676

法の犯罪
　◇「石牟礼道子全集 10」藤原書店 2006 p212

防波堤
　◇「安部公房全集 1」新潮社 1997 p228

防波堤
　◇「梅崎春生作品集 3」沖積舎 2004 p16

防犯週報
　◇「日影丈吉全集 5」国書刊行会 2003 p519

防風
  ◇「決定版 三島由紀夫全集 37」新潮社 2004 p267
暴風の窓
  ◇「德田秋聲全集 20」八木書店 2001 p210
報復への報復（七月二十八日）
  ◇「福田恆存評論集 18」麗澤大學出版會, 廣池學園事業部〔発売〕 2010 p105
ぼうふらの剣
  ◇「隆慶一郎全集 19」新潮社 2010 p133
  ◇「隆慶一郎短編全集 1」日本経済新聞出版社 2014（日経文芸文庫）p145
「砲兵工廠の影絵芝居」
  ◇「小田実全集 小説 19」講談社 2012 p292
方便
  ◇「大庭みな子全集 13」日本経済新聞出版社 2010 p283
方法としての砂男—ホフマン
  ◇「寺山修司著作集 5」クインテッセンス出版 2009 p218
方法としての切断
  ◇「佐々木基一全集 4」河出書房新社 2013 p212
方法としての肉体言語（抄）
  ◇「寺山修司著作集 5」クインテッセンス出版 2009 p401
方法の模索
  ◇「小島信夫批評集成 8」水声社 2010 p233
方法論的観点
  ◇「佐々木基一全集 2」河出書房新社 2013 p195
「抱朴子」
  ◇「小酒井不木随筆評論選集 5」本の友社 2004 p404
亡命
  ◇「石牟礼道子全集 4」藤原書店 2004 p446
亡命者たち
  ◇「辻邦生全集 5」新潮社 2004 p21
亡命者ワルター・Z
  ◇「佐々木基一全集 8」河出書房新社 2013 p330
亡命の意味
  ◇「大庭みな子全集 24」日本経済新聞出版社 2011 p21
亡命の時代
  ◇「宮城谷昌光全集 21」文藝春秋 2004 p451
亡命の文学―創造的言語と前衛〔対談者〕平岡篤頼
  ◇「大庭みな子全集 22」日本経済新聞出版社 2011 p251
亡命旅行者は叫び呟く
  ◇「島田雅彦芥川賞落選作全集 上」河出書房新社 2013（河出文庫）p129
訪問者 小説十二番
  ◇「20世紀断層―野坂昭如単行本未収録小説集成 4」幻戯書房 2010 p173
訪問滝口修造
  ◇「安部公房全集 7」新潮社 1998 p324

亡友
  ◇「谷崎潤一郎全集 4」中央公論新社 2015 p453
抱擁家族
  ◇「小島信夫長篇集成 3」水声社 2016 p13
『抱擁家族』受賞の言葉
  ◇「小島信夫批評集成 2」水声社 2011 p784
『抱擁家族』ノート
  ◇「小島信夫批評集成 1」水声社 2011 p313
抱擁殺人
  ◇「山田風太郎ミステリー傑作選 2」光文社 2001（光文社文庫）p31
法要に行く身
  ◇「中戸川吉二作品集」勉誠出版 2013 p105
蓬莱
  ◇「中上健次集 2」インスクリプト 2018 p286
蓬莱
  ◇「小島信夫短篇集成 8」水声社 2014 p171
法律的独立人格の承認
  ◇「宮本百合子全集 9」新日本出版社 2001 p170
法律と文学
  ◇「決定版 三島由紀夫全集 31」新潮社 2003 p684
法律と餅焼き
  ◇「決定版 三島由紀夫全集 34」新潮社 2003 p81
法律に弱いと困る国
  ◇「林京子全集 8」日本図書センター 2005 p65
創元推理文庫版あとがき 謀略の海の時代
  ◇「高城高全集 3」東京創元社 2008（創元推理文庫）p444
暴力コマーシャル
  ◇「土屋隆夫コレクション新装版 天国は遠すぎる」光文社 2002（光文社文庫）p455
「暴力団」と「ポリス」と「人びと」
  ◇「小田実全集 評論 8」講談社 2011 p153
暴力的詩論
  ◇「寺山修司著作集 5」クインテッセンス出版 2009 p3
暴力・非暴力・反暴力
  ◇「小田実全集 評論 19」講談社 2012 p98
ボウリング場
  ◇「開高健ルポルタージュ選集 日本人の遊び場」光文社 2007（光文社文庫）p7
ボウルズに惹かれて
  ◇「須賀敦子全集 4」河出書房新社 2007（河出文庫）p328
亡霊
  ◇「大庭みな子全集 18」日本経済新聞出版社 2010 p278
亡霊ホテル
  ◇「山本周五郎探偵小説全集 1」作品社 2007 p291
亡霊はTAXIに乗つて
  ◇「定本 久生十蘭全集 10」国書刊行会 2011 p408

ほうろ

忘路
　◇「林京子全集 8」日本図書センター 2005 p322

放浪
　◇「色川武大・阿佐田哲也エッセイズ 1」筑摩書房 2003（ちくま文庫）

放浪記
　◇「江戸川乱歩全集 30」光文社 2005（光文社文庫）p141

放浪記について
　◇「瀬戸内寂聴随筆選 2」ゆまに書房 2009 p102

放浪時代の作物
　◇「徳田秋聲全集 19」八木書店 2000 p85

放浪する者の魂
　◇「大庭みな子全集 2」日本経済新聞出版社 2009 p249

放浪について
　◇「瀬戸内寂聴随筆選 4」ゆまに書房 2009 p17

放浪の年〔昭和二年度〕
　◇「江戸川乱歩全集 28」光文社 2006（光文社文庫）p279

「法論」と「人形師」
　◇「徳田秋聲全集 20」八木書店 2001 p235

某猥褻文書裁判への出頭要請に対する返答
　◇「坂口安吾全集 16」筑摩書房 2000 p472

吠える
　◇「宮本百合子全集 9」新日本出版社 2001 p327

"吼えろ"
　◇「安部公房全集 17」新潮社 1999 p257

吼えろ！
　◇「安部公房全集 17」新潮社 1999 p7

「吼えろ！」に受賞して〔座談会〕（南江治郎、芥川也寸志、山本論、宇野重吉、阪井潔、大熊邦也、中川隆博、山内久司、阪田寛夫、須貝正義）
　◇「安部公房全集 17」新潮社 1999 p57

ほおずき
　◇「石牟礼道子全集 16」藤原書店 2013 p461

ほおずき提灯
　◇「林京子全集 6」日本図書センター 2005 p298

ほおずき変幻
　◇「中井英夫全集 12」東京創元社 2006（創元ライブラリ）p19

「ポオ全集」
　◇「小林秀雄全集作品 24」新潮社 2004 p222
　◇「小林秀雄全集 補巻 3」新潮社 2010 p264

ポオと通俗的興味
　◇「江戸川乱歩全集 24」光文社 2005（光文社文庫）p585

ボオドレエル「エドガア・アラン・ポオ」序
　◇「小林秀雄全作品 1」新潮社 2002 p105
　◇「小林秀雄全集 補巻 1」新潮社 2010 p42

ボオドレエルと私
　◇「小林秀雄全作品 21」新潮社 2004 p28
　◇「小林秀雄全集 補巻 3」新潮社 2010 p23

ボオドレエルの詩
　◇「谷崎潤一郎全集 4」中央公論新社 2015 p491

ポオのことなど
　◇「日影丈吉全集 別巻」国書刊行会 2005 p570

ポオル・ヴァレリイ「詩学叙説」
　◇「小林秀雄全作品 10」新潮社 2003 p236
　◇「小林秀雄全集 補巻 1」新潮社 2010 p541

帆影
　◇「坂口安吾全集 1」筑摩書房 1999 p107

他では出来ない…—安部公房スタジオ会員通信2
　◇「安部公房全集 25」新潮社 1999 p473

ほかの顔が見たい
　◇「鈴木いづみコレクション 7」文遊社 1997 p193

他の仕事は制御
　◇「大庭みな子全集 23」日本経済新聞出版社 2011 p312

ぼく
　◇「田中小実昌エッセイ・コレクション 1」筑摩書房 2002（ちくま文庫）p11

北欧の町と海と—「永遠の旅人」川端さん
　◇「決定版 三島由紀夫全集 35」新潮社 2003 p376

ぼくが死んでも
　◇「寺山修司著作集 1」クインテッセンス出版 2009 p384

ぼくが釣ったもの
　◇「小檜山博全集 6」柏艪舎 2006 p231

ぼくが出会ったオンナたち
　◇「田中小実昌エッセイ・コレクション 4」筑摩書房 2003（ちくま文庫）p115

ボクサー
　◇「橋本治短篇小説コレクション S&Gグレイテスト・ヒッツ+1」筑摩書房 2006（ちくま文庫）p43

ホクサイの世界
　◇「小松左京全集 完全版 25」城西国際大学出版会 2017 p34

北斎の達磨
　◇「国枝史郎伝奇短篇小説集成 1」作品社 2006 p188

牧師
　◇「徳田秋聲全集 7」八木書店 1998 p201

牧場行き
　◇「中戸川吉二作品集」勉誠出版 2013 p373

ボクシング
　◇「安部公房全集 29」新潮社 2000 p536

ボクシング
　◇「寺山修司著作集 1」クインテッセンス出版 2009 p132
　◇「寺山修司著作集 4」クインテッセンス出版 2009 p45

ボクシング
　◇「決定版 三島由紀夫全集 22」新潮社 2002 p319

ボクシング作法
　◇「野坂昭如エッセイ・コレクション 1」筑摩書房 2004（ちくま文庫）p113
ボクシングと小説
　◇「決定版 三島由紀夫全集 29」新潮社 2003 p298
「ボクシング」について
　◇「決定版 三島由紀夫全集 28」新潮社 2003 p395
ボクシング・ベビー
　◇「決定版 三島由紀夫全集 29」新潮社 2003 p477
牧神の春
　◇「中井英夫全集 3」東京創元社 1996（創元ライブラリ）p124
牧神の笛
　◇「安部公房全集 2」新潮社 1997 p199
朴水の婚礼
　◇「坂口安吾全集 4」筑摩書房 1998 p30
墨水遊覧
　◇「石川淳コレクション 3」筑摩書房 2007（ちくま文庫）p345
北遷への一歩・藤原京
　◇「小松左京全集 完全版 42」城西国際大学出版会 2014 p37
牧草
　◇「安部公房全集 1」新潮社 1997 p393
ぼくたちの現代文学〔対談〕（M＝ビュトール）
　◇「安部公房全集 20」新潮社 1999 p402
僕たちの実体〔対談〕（大岡昇平、福田恆存、三島由紀夫）
　◇「決定版 三島由紀夫全集 39」新潮社 2004 p111
　◇「福田恆存対談・座談集 1」玉川大学出版部 2011 p377
ぼくではない
　◇「野呂邦暢小説集成 6」文遊社 2016 p227
牧童
　◇「谷崎潤一郎全集 25」中央公論新社 2016 p32
ぼくと写真
　◇「安部公房全集 6」新潮社 1998 p56
ぼくと「政治」の十五年〈インタヴュー〉
　◇「野坂昭如エッセイ・コレクション 2」筑摩書房 2004（ちくま文庫）p264
ぼくと戦争
　◇「小檜山博全集 8」柏艪舎 2006 p274
僕に託した"娘時代の夢"—母を語る
　◇「決定版 三島由紀夫全集 27」新潮社 2003 p411
ぼくにとっての"戦争"
　◇「小檜山博全集 7」柏艪舎 2006 p17
ぼくの一念
　◇「小檜山博全集 8」柏艪舎 2006 p220
ぼくの一冊
　◇「小檜山博全集 8」柏艪舎 2006 p27
「僕」の意味 時間の傷痕
　◇「小島信夫批評集成 1」水声社 2011 p21

ぼくの海
　◇「小檜山博全集 8」柏艪舎 2006 p185
ぼくの映画をみる尺度・シネマスコープと演劇
　◇「決定版 三島由紀夫全集 29」新潮社 2003 p154
ぼくの英語はラスト
　◇「田中小実昌エッセイ・コレクション 5」筑摩書房 2003（ちくま文庫）p94
ぼくのSF観
　◇「安部公房全集 17」新潮社 1999 p288
ぼくの"黄金"社会科
　◇「開高健ルポルタージュ選集 ずばり東京」光文社 2007（光文社文庫）p156
僕のオードーヴル
　◇「稲垣足穂コレクション 1」筑摩書房 2005（ちくま文庫）p128
ぼくの顔
　◇「小檜山博全集 6」柏艪舎 2006 p141
ぼくの家族は焼き殺された
　◇「野坂昭如エッセイ・コレクション 2」筑摩書房 2004（ちくま文庫）p33
僕の危機一髪物語
　◇「山田風太郎エッセイ集成 昭和前期の青春」筑摩書房 2007 p68
ぼくのクォ・バディス
　◇「加藤幸子自選作品集 3」未知谷 2013 p7
ぼくの健康
　◇「小檜山博全集 8」柏艪舎 2006 p233
ぼくの健康法
　◇「小檜山博全集 7」柏艪舎 2006 p317
ぼくの工作
　◇「小檜山博全集 8」柏艪舎 2006 p269
ぼくの幸福
　◇「小檜山博全集 7」柏艪舎 2006 p250
僕の混乱
　◇「小島信夫批評集成 1」水声社 2011 p213
僕の「地獄変」
　◇「決定版 三島由紀夫全集 28」新潮社 2003 p337
ぼくの「死の準備」
　◇「野坂昭如エッセイ・コレクション 3」筑摩書房 2004（ちくま文庫）p334
僕の周囲
　◇「辻井喬コレクション 7」河出書房新社 2003 p138
ぼくの就職
　◇「小檜山博全集 7」柏艪舎 2006 p289
僕の小説の方法論
　◇「安部公房全集 3」新潮社 1997 p177
ボクノスキナ（「一、ボクノスキナオモチャハ……」）
　◇「決定版 三島由紀夫全集 36」新潮社 2003 p412
ボクノスキナ（「ボクノスキナノハ……」）
　◇「決定版 三島由紀夫全集 36」新潮社 2003 p413

ほくの

僕の住んでゐる区のお話―四谷区〈林扆、瀬川、杉本〉
- ◇「決定版 三島由紀夫全集 36」新潮社 2003 p477

ぼくの贅沢
- ◇「小檜山博全集 8」柏艪舎 2006 p156

〈僕の創作劇評は三者三様〉『東京新聞』のインタビューに答えて
- ◇「安部公房全集 5」新潮社 1997 p341

僕の大学時代
- ◇「小林秀雄全作品 9」新潮社 2003 p236
- ◇「小林秀雄全集 補巻 1」新潮社 2010 p494

ぼくの食べ方
- ◇「小檜山博全集 8」柏艪舎 2006 p232

僕の手帖から
- ◇「小林秀雄全作品 5」新潮社 2003 p113
- ◇「小林秀雄全集 補巻 1」新潮社 2010 p260

僕の土地論議
- ◇「山田風太郎エッセイ集成 秀吉はいつ知ったか」筑摩書房 2008 p39

ぼくの取り越し苦労
- ◇「小檜山博全集 8」柏艪舎 2006 p154

ぼくのなかの地方
- ◇「小檜山博全集 6」柏艪舎 2006 p37

ぼくの脳味噌は水っぽいか
- ◇「小檜山博全集 1」柏艪舎 2006 p144

僕のノオト
- ◇「寺山修司著作集 1」クインテッセンス出版 2009 p96

『ぼくの白状』
- ◇「小檜山博全集 8」柏艪舎 2006 p388

ぼくの白状
- ◇「小檜山博全集 8」柏艪舎 2006 p87

ぼくのB級映画館地図
- ◇「田中小実昌エッセイ・コレクション 3」筑摩書房 2002（ちくま文庫）p284

ぼくの不安
- ◇「小檜山博全集 8」柏艪舎 2006 p202

〈僕のふれたのは〉
- ◇「安部公房全集 1」新潮社 1997 p137

『ぼくのほらあな』
- ◇「小檜山博全集 8」柏艪舎 2006 p379

ぼくのほらあな
- ◇「小檜山博全集 1」柏艪舎 2006 p166

『ぼくの本音』
- ◇「小檜山博全集 8」柏艪舎 2006 p388

ぼくの本音
- ◇「小檜山博全集 8」柏艪舎 2006 p11

ぼくの毎日
- ◇「小檜山博全集 8」柏艪舎 2006 p221

ぼくの娘に聞かせる小さい物語［翻訳］（ウンベルト・サバ）
- ◇「須賀敦子全集 5」河出書房新社 2008（河出文庫）p242

ぼくの野生
- ◇「小檜山博全集 6」柏艪舎 2006 p27

ぼくの幽霊
- ◇「小檜山博全集 6」柏艪舎 2006 p212

僕の"ユリーカ"
- ◇「稲垣足穂コレクション 6」筑摩書房 2005（ちくま文庫）p7

ぼくの呼ばれ方
- ◇「小檜山博全集 8」柏艪舎 2006 p142

ぼくの離婚の危機
- ◇「小檜山博全集 8」柏艪舎 2006 p161

僕の理想の女性
- ◇「決定版 三島由紀夫全集 30」新潮社 2003 p295

ぼくの離乳
- ◇「小檜山博全集 8」柏艪舎 2006 p157

ぼくの老化
- ◇「小檜山博全集 8」柏艪舎 2006 p222

ぼくの老後
- ◇「小檜山博全集 7」柏艪舎 2006 p337

僕のワイフ
- ◇「山本周五郎長篇小説全集 24」新潮社 2014 p27

ボクポク小馬
- ◇「田中小実昌エッセイ・コレクション 1」筑摩書房 2002（ちくま文庫）p159

ぼくボクとぼく
- ◇「都筑道夫少年小説コレクション 4」本の雑誌社 2005 p216

北溟
- ◇「内田百閒集成 3」筑摩書房 2002（ちくま文庫）p251

北雷の記
- ◇「内田百閒集成 19」筑摩書房 2004（ちくま文庫）p73

僕等の春
- ◇「辻井喬コレクション 7」河出書房新社 2003 p309

ぼくらの未来
- ◇「立松和平小説 2」勉誠出版 2010 p321

「ぼくらは昭和の子供やで」
- ◇「小田実全集 小説 19」講談社 2012 p241

北陸路の未来幻想
- ◇「小松左京全集 完全版 29」城西国際大学出版会 2007 p150

黒子
- ◇「大坪砂男全集 1」東京創元社 2013（創元推理文庫）p209

保久呂天皇
- ◇「坂口安吾全集 14」筑摩書房 1999 p474

ホクロのある女
- ◇「野呂邦暢小説集成 7」文遊社 2016 p579

ホクロの女
- ◇「高城高全集 4」東京創元社 2008（創元推理文

庫）p83
黒子の魅力
　◇「小島信夫批評集成 2」水声社 2011 p461
ぼくはあなたの死まで苦くしてしまった（フリウリにて、一九五四年冬）［翻訳］（ダヴィデ・マリア・トゥロルド）
　◇「須賀敦子全集 7」河出書房新社 2007（河出文庫）p98
ぼく は いま
　◇「辻井喬コレクション 7」河出書房新社 2003 p13
〈僕は今こうやって〉
　◇「安部公房全集 1」新潮社 1997 p88
ぼくはオブジェになりたい
　◇「決定版 三島由紀夫全集 31」新潮社 2003 p294
ぼくはオホオツク原人
　◇「小檜山博全集 8」柏艪舎 2006 p30
ぼくは神様
　◇「安部公房全集 11」新潮社 1998 p171
ぼくは下流
　◇「小檜山博全集 8」柏艪舎 2006 p288
僕はかう思ふ
　◇「徳田秋聲全集 22」八木書店 2001 p254
僕はこんなことが好き―赤い服とムービイを愛するあなたに
　◇「稲垣足穂コレクション 1」筑摩書房 2005（ちくま文庫）p120
僕は特急の機関士
　◇「阿川弘之全集 16」新潮社 2006 p43
ぼくは猫する
　◇「寺山修司著作集 1」クインテッセンス出版 2009 p365
僕は恥じる
　◇「小島信夫批評集成 1」水声社 2011 p215
ぼくは文学を水晶のお城だと考へる―一人だけの記者会見
　◇「決定版 三島由紀夫全集 35」新潮社 2003 p520
ぼくは別人だ
　◇「小島信夫批評集成 4」水声社 2010 p238
ぼくは民主主義を守りたい―個人演説会の話から
　◇「野坂昭如エッセイ・コレクション 2」筑摩書房 2004（ちくま文庫）p289
僕はもう治っている
　◇「坂口安吾全集 7」筑摩書房 1998 p358
僕は模造人間
　◇「島田雅彦芥川賞落選作全集 下」河出書房新社 2013（河出文庫）p7
母系一族
　◇「中上健次集 4」インスクリプト 2016 p352
墓碣市民
　◇「日影丈吉全集 7」国書刊行会 2004 p221

ポケモン現象
　◇「井上ひさしコレクション ことばの巻」岩波書店 2005 p49
保護者の観たる入学試験撤廃案
　◇「徳田秋聲全集 23」八木書店 2001 p303
保護色
　◇「安部公房全集 3」新潮社 1997 p15
保護鳥
　◇「小松左京全集 完全版 18」城西国際大学出版会 2013 p9
「保護」の思想
　◇「金井美恵子エッセイ・コレクション―1964-2013 2」平凡社 2013 p297
母語のひびき―あとがきにかえて
　◇「井上ひさしコレクション 日本の巻」岩波書店 2005 p385
反古箱
　◇「谷崎潤一郎全集 9」中央公論新社 2017 p395
誇らしかったチッソの繁栄
　◇「石牟礼道子全集 7」藤原書店 2005 p287
誇り
　◇「辻邦生全集 8」新潮社 2005 p374
誇り高い街
　◇「大庭みな子全集 11」日本経済新聞出版社 2010 p280
"誇り高き男"の本心を知りたいの
　◇「小松左京全集 完全版 34」城西国際大学出版会 2009 p76
誇りと偏見
　◇「開高健ルポルタージュ選集 声の狩人」光文社 2013（光文社文庫）p77
墓参帰り
　◇「決定版 三島由紀夫全集 15」新潮社 2002 p81
星
　◇「大庭みな子全集 12」日本経済新聞出版社 2010 p143
星
　◇「小島信夫短篇集成 1」水声社 2014 p437
星
　◇「中井英夫全集 10」東京創元社 2002（創元ライブラリ）p114
星
　◇「決定版 三島由紀夫全集 17」新潮社 2002 p551
星への拒み
　◇「決定版 三島由紀夫全集 37」新潮社 2004 p723
星を売る店
　◇「稲垣足穂コレクション 2」筑摩書房 2005（ちくま文庫）p102
星を造る人
　◇「稲垣足穂コレクション 2」筑摩書房 2005（ちくま文庫）p47
星を見る顔
　◇「辺見庸掌編小説集 白笑」角川書店 2004 p51

ほしか

星からのお礼
　◇「小松左京全集 完全版 25」城西国際大学出版会 2017 p279

星碁
　◇「小松左京全集 完全版 25」城西国際大学出版会 2017 p134

星殺し〈スター・キラー〉
　◇「小松左京全集 完全版 16」城西国際大学出版会 2011 p106

星(「室内の……」)
　◇「決定版 三島由紀夫全集 37」新潮社 2004 p531

星月夜
　◇「林京子全集 3」日本図書センター 2005 p319

星澄む郷
　◇「稲垣足穂コレクション 2」筑摩書房 2005 (ちくま文庫) p216

母子像
　◇「定本 久生十蘭全集 9」国書刊行会 2011 p146

ほしぞら
　◇「松下竜一未刊行著作集 1」海鳥社 2008 p360

星たちの宴―稲垣足穂
　◇「中井英夫全集 6」東京創元社 1996 (創元ライブラリ) p632

「星遣いの術」について
　◇「稲垣足穂コレクション 2」筑摩書房 2005 (ちくま文庫) p123

星と地球のあいだで
　◇「須賀敦子全集 4」河出書房新社 2007 (河出文庫) p108

星の宴／夜間飛行
　◇「中井英夫全集 10」東京創元社 2002 (創元ライブラリ) p193

星の王子さま
　◇「小松左京全集 完全版 25」城西国際大学出版会 2017 p348

星の砕片
　◇「中井英夫全集 5」東京創元社 2002 (創元ライブラリ) p508

星の時間の殺人
　◇「天城一傑作集〔1〕」日本評論社 2004 p3

星の不在
　◇「中井英夫全集 5」東京創元社 2002 (創元ライブラリ) p526

星の岬
　◇「高城高全集 4」東京創元社 2008 (創元推理文庫) p257

星野道夫著『アラスカ 風のような物語』解説
　◇「大庭みな子全集 23」日本経済新聞出版社 2011 p181

星野道夫の十年
　◇「[池澤夏樹]エッセー集成 1」みすず書房 2008 p87

星の夢
　◇「大庭みな子全集 6」日本経済新聞出版社 2009 p85

星のわななき
　◇「原民喜戦後全小説」講談社 2015 (講談社文芸文庫) p485

蹲趾反張女仏
　◇「渡辺淳一自選短篇コレクション 3」朝日新聞社 2006 p301

星々への思い
　◇「辻邦生全集 16」新潮社 2005 p204

星仏
　◇「小松左京全集 完全版 23」城西国際大学出版会 2015 p253

星祭りの町
　◇「津村節子自選作品集 1」岩波書店 2005 p195

星野球
　◇「小松左京全集 完全版 25」城西国際大学出版会 2017 p94

墓周
　◇「狩久全集 6」皆進社 2013 p188

歩哨
　◇「上野壮夫全集 1」図書新聞 2010 p200

歩哨
　◇「野呂邦暢小説集成 1」文遊社 2013 p221

補償金の使い方にも現われる無常感
　◇「石牟礼道子全集 7」藤原書店 2005 p492

星(「夜のあひだ……」)
　◇「決定版 三島由紀夫全集 37」新潮社 2004 p460

星は北に挽く夜の記
　◇「稲垣足穂コレクション 4」筑摩書房 2005 (ちくま文庫) p285

ポーズをつくる
　◇「吉行淳之介エッセイ・コレクション 1」筑摩書房 2004 (ちくま文庫) p89

ポスト
　◇「江戸川乱歩全集 30」光文社 2005 (光文社文庫) p751

ポスト
　◇「向田邦子全集 新版 8」文藝春秋 2009 p126

ポストゲイト
　◇「江戸川乱歩全集 30」光文社 2005 (光文社文庫) p752

ポズナンの暴動は、反革命暴動ではない
　◇「安部公房全集 7」新潮社 1998 p97

母性
　◇「福田恆存評論集 17」麗澤大學出版會, 廣池學園事業部〔発売〕 2010 p89

母性愛
　◇「大庭みな子全集 18」日本経済新聞出版社 2010 p89

舗石を敷いた道
　◇「須賀敦子全集 3」河出書房新社 2007 (河出文庫) p268

墓石は
◇「松田解子自選集 9」澤田出版 2009 p239
ホーゼ事件顚末
◇「日影丈吉全集 7」国書刊行会 2004 p464
細い糸
◇「向田邦子全集 新版 9」文藝春秋 2009 p62
細江英公氏のリリシズム―撮られた立場より
◇「決定版 三島由紀夫全集 32」新潮社 2003 p15
細江英公序説
◇「決定版 三島由紀夫全集 32」新潮社 2003 p417
細川あや夫人の手記
◇「大坪砂男全集 2」東京創元社 2013（創元推理文庫）p209
細川博士にはげまされて
◇「石牟礼道子全集 4」藤原書店 2004 p493
細川一先生
◇「石牟礼道子全集 14」藤原書店 2008 p132
細川護貞さんの思ひ出
◇「阿川弘之全集 20」新潮社 2007 p571
細田民樹氏の近作
◇「徳田秋聲全集 20」八木書店 2001 p148
細長い海
◇「向田邦子全集 新版 5」文藝春秋 2009 p75
ほたる
◇「決定版 三島由紀夫全集 37」新潮社 2004 p254
蛍
◇「辻井喬コレクション 7」河出書房新社 2003 p200
螢
◇「大庭みな子全集 11」日本経済新聞出版社 2010 p198
螢酒場
◇「三枝和子選集 2」鼎書房 2007 p566
蛍の女
◇「高橋克彦自選短編集 1」講談社 2009（講談社文庫）p255
蛍の熱
◇「立松和平全小説 17」勉誠出版 2012 p28
蛍の光
◇「向田邦子全集 新版 4」文藝春秋 2009 p110
蛍のゆくへ
◇「徳田秋聲全集 27」八木書店 2002 p142
ホタル火
◇「目取真俊短篇小説選集 3」影書房 2013 p293
螢火抄
◇「寺山修司著作集 4」クインテッセンス出版 2009 p103
蛍袋の章 おけい
◇「井上ひさし短編中編小説集 12」岩波書店 2015 p182
ほたる放生
◇「山本周五郎中短篇秀作選集 3」小学館 2006

p185
牡丹
◇「小林秀雄全作品 26」新潮社 2004 p131
◇「小林秀雄全集 補巻 3」新潮社 2010 p366
牡丹
◇「定本 久生十蘭全集 10」国書刊行会 2011 p286
◇「定本 久生十蘭全集 10」国書刊行会 2011 p379
牡丹
◇「決定版 三島由紀夫全集 19」新潮社 2002 p459
牡丹
◇「宮本百合子全集 3」新日本出版社 2001 p377
牡丹亭還魂記
◇「定本 久生十蘭全集 3」国書刊行会 2009 p296
牡丹燈異変
◇「日影丈吉全集 4」国書刊行会 2003 p548
牡丹雪
◇「石牟礼道子全集 6」藤原書店 2006 p551
墓地へゆく道
◇「辻邦生全集 13」新潮社 2005 p237
墓地―終わりなき死者の旅
◇「中井英夫全集 7」東京創元社 1998（創元ライブラリ）p215
墓地展望亭
◇「定本 久生十蘭全集 3」国書刊行会 2009 p53
墓地の幽鬼―山窩の血を引く大学者
◇「三角寛サンカ選集第二期 8」現代書館 2004 p241
ホー・チミンの象
◇「中上健次集 10」インスクリプト 2017 p553
没（ぼつ）
◇「吉行淳之介エッセイ・コレクション 3」筑摩書房 2004（ちくま文庫）p186
北
◇「四季桂子全集」皆進社 2013 p282
北海道
◇「田中小実昌エッセイ・コレクション 2」筑摩書房 2002（ちくま文庫）p37
北海道応援歌の旅
◇「小檜山博全集 6」柏艪舎 2006 p397
北海道新聞を受ける
◇「小檜山博全集 8」柏艪舎 2006 p136
北海道二度の旅
◇「山田風太郎エッセイ集成 風山房風呂焚き唄」筑摩書房 2008 p57
北海道に文学の普遍を見る
◇「小檜山博全集 7」柏艪舎 2006 p116
北海道の可能性
◇「小松左京全集 完全版 31」城西国際大学出版会 2008 p159
北海道の暦
◇「小檜山博全集 8」柏艪舎 2006 p283
北海道二つの顔
◇「安部公房全集 9」新潮社 1998 p186

ほつか

北海道弁
　◇「小檜山博全集 7」柏艪舎 2006 p218
北海のほとり
　◇「辻邦生全集 5」新潮社 2004 p85
北海の水夫(マドロス)
　◇「定本 久生十蘭全集 4」国書刊行会 2009 p250
牧歌調
　◇「山本周五郎長篇小説全集 24」新潮社 2014 p103
牧歌的な海は死んだ……
　◇「〔野呂邦暢〕随筆コレクション 2」みすず書房 2014 p81
牧歌(「夏の午(ひる)、……」)
　◇「決定版 三島由紀夫全集 37」新潮社 2004 p538
没我の地平
　◇「安部公房全集 1」新潮社 1997 p155
牧歌(「まひるの……」)
　◇「決定版 三島由紀夫全集 37」新潮社 2004 p371
ぽっかり欠ける—田中小実昌『イザベラね』解説
　◇「色川武大・阿佐田哲也エッセイズ 3」筑摩書房 2003 (ちくま文庫) p308
北極光—Aurora borealis
　◇「稲垣足穂コレクション 2」筑摩書房 2005 (ちくま文庫) p261
発句抄
　◇「佐々木基一全集 6」河出書房新社 2012 p381
発句随筆
　◇「決定版 三島由紀夫全集 補巻」新潮社 2005 p129
木履
　◇「石牟礼道子全集 7」藤原書店 2005 p394
ぽっくりを買う話
　◇「山田風太郎ミステリー傑作選 8」光文社 2002 (光文社文庫) p522
発句六十
　◇「決定版 三島由紀夫全集 補巻」新潮社 2005 p194
ホッケの食べ方
　◇「小檜山博全集 8」柏艪舎 2006 p68
ホッケの開き
　◇「小檜山博全集 6」柏艪舎 2006 p239
発作
　◇「松本清張傑作選 憑かれし者ども」新潮社 2009 p7
　◇「松本清張短編全集 09」光文社 2009 (光文社文庫) p159
　◇「松本清張傑作選 憑かれし者ども」新潮社 2013 (新潮文庫) p9
発作—ある青春の記録
　◇「石上玄一郎作品集 3」日本図書センター 2004 p327
　◇「石上玄一郎小説作品集成 3」未知谷 2008 p327
ボッシュの"木男"のまなざし
　◇「石牟礼道子全集 7」藤原書店 2005 p504

発足
　◇「徳田秋聲全集 30」八木書店 2002 p13
堀田さんとの来し方往く末—パリのこと、バルセロナのこと
　◇「辻邦生全集 16」新潮社 2005 p193
ポツダム宣言の下
　◇「松田解子自選集 9」澤田出版 2009 p89
ポツダム犯罪
　◇「天城一傑作集 〔1〕」日本評論社 2004 p347
堀田善衞
　◇「佐々木基一全集 4」河出書房新社 2013 p349
堀田善衞『海鳴りの底から』
　◇「小島信夫批評集成 2」水声社 2011 p759
堀田善衞『零から数えて』
　◇「小島信夫批評集成 2」水声社 2011 p757
〔堀田善衞〕憂国の詩人
　◇「佐々木基一全集 5」河出書房新社 2013 p99
『坊つちゃん』のこと
　◇「丸谷才一全集 9」文藝春秋 2013 p216
ホット外交の終焉
　◇「小松左京全集 完全版 39」城西国際大学出版会 2012 p24
ホットケーキ
　◇「辺見庸掌編小説集 白版」角川書店 2004 p230
ポップコーンの心霊術—横尾忠則論
　◇「決定版 三島由紀夫全集 補巻」新潮社 2005 p169
ポーツマスの旗
　◇「吉村昭歴史小説集成 8」岩波書店 2009 p197
没落
　◇「安部公房全集 1」新潮社 1997 p159
没落者の嘆きの歌
　◇「〔池澤夏樹〕エッセー集成 1」みすず書房 2008 p185
没落する貴族たち
　◇「決定版 三島由紀夫全集 27」新潮社 2003 p90
〈没落の書〉
　◇「安部公房全集 1」新潮社 1997 p140
ボディビル—暑さをふきとばそう!
　◇「決定版 三島由紀夫全集 補巻」新潮社 2005 p173
ボディ・ビル哲学
　◇「決定版 三島由紀夫全集 29」新潮社 2003 p284
ホテル
　◇「小松左京全集 完全版 43」城西国際大学出版会 2014 p396
ホテル
　◇「決定版 三島由紀夫全集 35」新潮社 2003 p468
旅館(ほてる)の手帳
　◇「岡本綺堂探偵小説全集 1」作品社 2012 p279
ホテルの冬の曲
　◇「内田百閒集成 15」筑摩書房 2003 (ちくま文庫) p110

ホテル・ロータス―エレベーター争奪戦
　◇「小松左京全集 完全版 43」城西国際大学出版会 2014 p316
舗道
　◇「宮本百合子全集 4」新日本出版社 2001 p197
歩道にて
　◇「小檜山博全集 6」柏艪舎 2006 p271
「舗道の花」の芽生えの頃
　◇「決定版 三島由紀夫全集 29」新潮社 2003 p433
佛の教えは毛穴から
　◇「車谷長吉全集 3」新書館 2010 p68
ほと、きす
　◇「谷崎潤一郎全集 21」中央公論新社 2016 p488
ほととぎす
　◇「大庭みな子全集 12」日本経済新聞出版社 2010 p38
ほととぎすを待ちながら―好きな本とのめぐりあい
　◇「田辺聖子全集 23」集英社 2006 p9
ほどほどに
　◇「〔野呂邦暢〕随筆コレクション 1」みすず書房 2014 p328
ほどらいの恋
　◇「田辺聖子全集 5」集英社 2004 p387
『ボードレール散文詩集』〔翻訳〕（ボードレール）
　◇「谷崎潤一郎全集 7」中央公論新社 2016 p463
ほとんど完璧な娘
　◇「井上ひさし短編中編小説集成 2」岩波書店 2014 p438
ボーナス
　◇「松下竜一未刊行著作集 1」海鳥社 2008 p138
母乳の記憶
　◇「小檜山博全集 7」柏艪舎 2006 p319
ボニン島物語
　◇「定本 久生十蘭全集 9」国書刊行会 2011 p153
骨
　◇「小田実全集 小説 17」講談社 2011 p40
骨
　◇「小松左京全集 完全版 18」城西国際大学出版会 2013 p225
骨
　◇「松田解子自選集 6」澤田出版 2004 p289
骨
　◇「決定版 三島由紀夫全集 37」新潮社 2004 p453
骨
　◇「向田邦子全集 新版 10」文藝春秋 2010 p62
骨こそイノチ
　◇「田中小実昌エッセイ・コレクション 3」筑摩書房 2002（ちくま文庫）p260
骨の影
　◇「戸川幸夫動物文学セレクション 5」ランダムハウス講談社 2008（ランダムハウス講談社文庫）p261
骨の欠ら
　◇「大庭みな子全集 23」日本経済新聞出版社 2011 p640
『骨』フェイ・ミエン・イン
　◇「須賀敦子全集 4」河出書房新社 2007（河出文庫）p569
炎
　◇「大庭みな子全集 13」日本経済新聞出版社 2010 p254
炎
　◇「中井英夫全集 10」東京創元社 2002（創元ライブラリ）p78
焰―或る朝、松川大行進参加のN家訪問の帰路に
　◇「松田解子自選集 9」澤田出版 2009 p212
炎を求めて
　◇「狩久全集 2」皆進社 2013 p5
炎と記憶
　◇「中井英夫全集 6」東京創元社 1996（創元ライブラリ）p154
炎に絵を
　◇「陳舜臣推理小説ベストセレクション 炎に絵を」集英社 2008（集英社文庫）p155
炎の井戸
　◇「中井英夫全集 7」東京創元社 1998（創元ライブラリ）p557
炎の種子
　◇「中井英夫全集 6」東京創元社 1996（創元ライブラリ）p273
炎の鳥
　◇「辻井喬コレクション 7」河出書房新社 2003 p127
焰の中に歌う
　◇「野村胡堂探偵小説全集」作品社 2007 p265
炎の中に消えた本について
　◇「〔池澤夏樹〕エッセー集成 2」みすず書房 2008 p59
焰の漂流船
　◇「横溝正史探偵小説コレクション 2」出版芸術社 2004 p149
炎のまわり
　◇「石牟礼道子全集 12」藤原書店 2005 p382
ポーノトピア
　◇「野坂昭如エッセイ・コレクション 3」筑摩書房 2004（ちくま文庫）p12
ホノルル便り
　◇「阿川弘之全集 19」新潮社 2007 p82
ホノルルまで
　◇「阿川弘之全集 16」新潮社 2006 p76
ポパイよいずこ
　◇「色川武大・阿佐田哲也エッセイズ 2」筑摩書房 2003（ちくま文庫）p103

ほひめ

墓碑銘
　◇「小島信夫長篇集成 2」水声社 2015 p13
墓標
　◇「上野壮夫全集 1」図書新聞 2010 p235
墓標かえりぬ
　◇「小松左京全集 完全版 11」城西国際大学出版会 2007 p360
墓標なき墓場
　◇「高城高全集 1」東京創元社 2008（創元推理文庫）p7
ボブ・ディラン！（第一集）――一枚のレコード
　◇「「野呂邦暢」随筆コレクション 1」みすず書房 2014 p11
ホフマイスター氏
　◇「安部公房全集 8」新潮社 1998 p42
ホフマン・思い出すことなど
　◇「日影丈吉全集 別巻」国書刊行会 2005 p565
ホフマンスタールの「チャンドス卿の手紙」と堀辰雄の小説
　◇「佐々木基一全集 5」河出書房新社 2013 p263
ボヘミア
　◇「安部公房全集 7」新潮社 1998 p41
ボヘミアン、ピカソ
　◇「大庭みな子全集 3」日本経済新聞出版社 2009 p247
ポポ
　◇「小沼丹全集 4」未知谷 2004 p406
頬
　◇「山本周五郎長篇小説全集 4」新潮社 2013 p227
墓木拱ならず
　◇「内田百閒集成 10」筑摩書房 2003（ちくま文庫）p131
頬白
　◇「小沼丹全集 4」未知谷 2004 p43
「保姆」の印象
　◇「宮本百合子全集 15」新日本出版社 2001 p335
ポポル・ヴフ讃
　◇「決定版 三島由紀夫全集 31」新潮社 2003 p581
誉の競矢
　◇「山本周五郎探偵小説全集 別巻」作品社 2008 p70
ホームズ
　◇「江戸川乱歩全集 30」光文社 2005（光文社文庫）p756
ホーム・スイート・バイオホーム
　◇「小松左京全集 完全版 37」城西国際大学出版会 2010 p80
ホーム・スイート・マイホーム
　◇「小松左京全集 完全版 31」城西国際大学出版会 2008 p229
ホームズ学の諸問題
　◇「丸谷才一全集 11」文藝春秋 2014 p408

ホーム・ドラマ五重奏―俳優座公演「二人だけの舞踏会」
　◇「安部公房全集 29」新潮社 2000 p451
ホームドラマの嘘
　◇「向田邦子全集 新版 10」文藝春秋 2010 p95
ホームドラマのお父さん役にお願いしたい三人
　◇「向田邦子全集 新版 9」文藝春秋 2009 p192
ホムンよ故郷を見よ
　◇「小松左京全集 完全版 12」城西国際大学出版会 2007 p79
ほめられた事
　◇「決定版 三島由紀夫全集 36」新潮社 2003 p419
ほめる
　◇「須賀敦子全集 2」河出書房新社 2006（河出文庫）p516
ほめることの大事
　◇「宮城谷昌光全集 21」文藝春秋 2004 p132
ホモにも異常者はいる！
　◇「鈴木いづみコレクション 6」文遊社 1997 p209
ホヤ
　◇「辺見庸掌編小説集 白版」角川書店 2004 p158
ぼやき
　◇「大庭みな子全集 18」日本経済新聞出版社 2010 p101
ボヤキ雑煮
　◇「田中小実昌エッセイ・コレクション 1」筑摩書房 2002（ちくま文庫）p308
ほやと美女
　◇「四季桂子全集」皆進社 2013 p165
洞
　◇「中井英夫全集 10」東京創元社 2002（創元ライブラリ）p84
法螺貝と女
　◇「司馬遼太郎短篇全集 6」文藝春秋 2005 p47
ホラが峠をきめる
　◇「遠藤周作エッセイ選集 3」光文社 2006（知恵の森文庫）p72
ホラティウス「その日を摘め」
　◇「須賀敦子全集 4」河出書房新社 2007（河出文庫）p355
法螺の吹初め
　◇「山田風太郎エッセイ集成 わが推理小説零年」筑摩書房 2007 p48
ポラリスはいた
　◇「松田解子自選集 9」澤田出版 2009 p223
ポラールは風変わりか？―フランス推理小説の特性と現況
　◇「日影丈吉全集 別巻」国書刊行会 2005 p257
ポーランドを覆う灰色の空―「水の中のナイフ」について
　◇「佐々木基一全集 7」河出書房新社 2013 p160

ポーランド一九六〇年一一月
　◇「開高健ルポルタージュ選集 過去と未来の国々」光文社 2007（光文社文庫）p197
ポーランドの旅から
　◇「辻邦生全集 17」新潮社 2005 p109
堀江青年について
　◇「決定版 三島由紀夫全集 32」新潮社 2003 p134
堀越捜査一課長殿
　◇「江戸川乱歩全集 20」光文社 2004（光文社文庫）p9
　◇「江戸川乱歩全集 16」沖積舎 2009 p195
ボリス・バルネットの映画を発見する至福
　◇「金井美恵子エッセイ・コレクション─1964-2013 1」平凡社 2013 p309
堀辰雄
　◇「佐々木基一全集 4」河出書房新社 2013 p231
堀辰雄
　◇「丸谷才一全集 10」文藝春秋 2014 p44
堀辰雄詩集
　◇「佐々木基一全集 4」河出書房新社 2013 p277
『堀辰雄その生涯と文学』初版まえがき
　◇「佐々木基一全集 4」河出書房新社 2013 p275
堀辰雄の「聖家族」
　◇「小林秀雄全作品 3」新潮社 2002 p213
　◇「小林秀雄全集 補巻 1」新潮社 2010 p173
堀辰雄の世界
　◇「佐々木基一全集 4」河出書房新社 2013 p233
堀辰雄の横顔
　◇「佐々木基一全集 1」河出書房新社 2013 p424
堀辰雄（夫妻）宛書簡四通
　◇「佐々木基一全集 5」河出書房新社 2013 p216
「ホリデイ」誌に招かれて
　◇「決定版 三島由紀夫全集 31」新潮社 2003 p650
堀文学の虚実
　◇「佐々木基一全集 5」河出書房新社 2013 p214
堀部安兵衛─高田馬場の血闘
　◇「津本陽武芸小説集 1」PHP研究所 2007 p267
ボルガ
　◇「小松左京全集 完全版 43」城西国際大学出版会 2014 p170
ボルガ大紀行
　◇「小松左京全集 完全版 43」城西国際大学出版会 2014 p167
ボルガ・ドン国営農場─大阪市の面積に匹敵
　◇「小松左京全集 完全版 43」城西国際大学出版会 2014 p301
ボルガール─遺跡の街
　◇「小松左京全集 完全版 43」城西国際大学出版会 2014 p247
ポール・クリーガー宛書簡
　◇「安部公房全集 28」新潮社 2000 p380
ボルゴグラード
　◇「小松左京全集 完全版 43」城西国際大学出版会 2014 p286
ボルゴベルホーベ村─水源に立つ
　◇「小松左京全集 完全版 43」城西国際大学出版会 2014 p185
ボルシチ
　◇「大庭みな子全集 12」日本経済新聞出版社 2010 p148
ポルターガイスト事件
　◇「小松左京全集 完全版 31」城西国際大学出版会 2008 p254
ポルトガル再訪
　◇「阿川弘之全集 20」新潮社 2007 p397
ポルトガルの思ひ出
　◇「決定版 三島由紀夫全集 31」新潮社 2003 p559
ポルノグラファー
　◇「野坂昭如エッセイ・コレクション 3」筑摩書房 2004（ちくま文庫）
ポルノグラフィー考
　◇「大庭みな子全集 18」日本経済新聞出版社 2010 p118
ポルノ作家殺人事件〔解決篇〕
　◇「鮎川哲也コレクション挑戦篇 3」出版芸術社 2006 p188
ポルノ作家殺人事件〔問題篇〕
　◇「鮎川哲也コレクション挑戦篇 3」出版芸術社 2006 p36
ポルノ地獄
　◇「20世紀断層─野坂昭如単行本未収録小説集成 3」幻戯書房 2010 p286
ボルヘス「不死の人」
　◇「〔野呂邦暢〕随筆コレクション 2」みすず書房 2014 p320
ポール・ボウルズに陥った日々─P・ボウルズ『世界の真上で』
　◇「須賀敦子全集 4」河出書房新社 2007（河出文庫）p331
ホレイショー日記
　◇「福田恆存評論集 別巻」麗澤大學出版會, 廣池學園事業部〔発売〕2011 p9
ぽれみすと・るぽるてえる・いすとりあん─豊田有恒②
　◇「小松左京全集 完全版 41」城西国際大学出版会 2013 p47
母恋春歌調
　◇「寺山修司著作集 4」クインテッセンス出版 2009 p207
襤褸
　◇「立松和平全小説 16」勉誠出版 2012 p66
ボロイ儲け
　◇「国枝史郎伝奇短篇小説集成 1」作品社 2006 p423
歩廊の眺め
　◇「〔野呂邦暢〕随筆コレクション 1」みすず書房 2014 p378

ほろお

変身する女は男を変える ボロを着てれば心もボロだ
嵐山光三郎〔対談〕
　◇「鈴木いづみコレクション 8」文遊社 1998 p81

ボロ家の春秋
　◇「梅崎春生作品集 2」沖積舎 2004 p164

ほろと釵（かんざし）
　◇「山本周五郎中短篇秀作選集 1」小学館 2005 p247

襤褸と裸と
　◇「中井英夫全集 7」東京創元社 1998（創元ライブラリ）p481

ボローニャの奇蹟
　◇「井上ひさしコレクション ことばの巻」岩波書店 2005 p329

襤褸の天使—武満徹
　◇「中井英夫全集 7」東京創元社 1998（創元ライブラリ）p387

幌の中「私と医者」
　◇「中井英夫全集 6」東京創元社 1996（創元ライブラリ）p168

滅び
　◇「石牟礼道子全集 8」藤原書店 2005 p303

亡びの土のふるさとへ
　◇「松田解子自選集 9」澤田出版 2009 p242

滅びゆく日本
　◇「福田恆存評論集 8」麗澤大学出版會, 廣池學園事業部〔発売〕2007 p261

ぼろり
　◇「車谷長吉全集 3」新書館 2010 p680

ポロリ
　◇「向田邦子全集 新版 7」文藝春秋 2009 p140

ホワイト・ハウスのファースト・レディたち
　◇「林京子全集 8」日本図書センター 2005 p297

本
　◇「井上ひさしコレクション ことばの巻」岩波書店 2005 p191

本因坊・呉清源十番碁観戦記
　◇「坂口安吾全集 6」筑摩書房 1998 p576

本因坊・呉清源十番碁観戦メモ
　◇「坂口安吾全集 16」筑摩書房 2000 p534

『本を書く』アニー・ディラード
　◇「須賀敦子全集 4」河出書房新社 2007（河出文庫）p560

盆踊り
　◇「石牟礼道子全集 11」藤原書店 2005 p363

盆踊りは"死霊"の踊り
　◇「小松左京全集 完全版 34」城西国際大学出版会 2009 p305

本を焼いたあの日
　◇「辻邦生全集 16」新潮社 2005 p44

本を読まないこと
　◇「鈴木いづみセカンド・コレクション 3」文遊社 2004 p82

本を読む場所
　◇「〔野呂邦暢〕随筆コレクション 2」みすず書房 2014 p38

盆帰り
　◇「目取真俊短篇小説選集 2」影書房 2013 p97

本格探偵小説の二つの変種について—クロフツのこと、小栗虫太郎のこと
　◇「江戸川乱歩全集 25」光文社 2005（光文社文庫）p57

本からの知識
　◇「大庭みな子全集 23」日本経済新聞出版社 2011 p691

本管入れ
　◇「松田解子自選集 8」澤田出版 2008 p305

ほんくら
　◇「車谷長吉全集 3」新書館 2010 p445

本家の叔父と米店の伯父伯母
　◇「谷崎潤一郎全集 21」中央公論新社 2016 p344

本家分家
　◇「〔森〕鷗外近代小説集 6」岩波書店 2012 p375

本郷から浅草へ
　◇「辻邦生全集 16」新潮社 2005 p298

本郷座へ要求
　◇「徳田秋聲全集 20」八木書店 2001 p239

本郷座の『鮨屋』
　◇「徳田秋聲全集 20」八木書店 2001 p229

本郷座の『本朝二十四孝』
　◇「徳田秋聲全集 20」八木書店 2001 p190

本郷通りと路面電車
　◇「辻邦生全集 16」新潮社 2005 p290

本郷の坂道
　◇「車谷長吉全集 3」新書館 2010 p683

本郷の並木道—二つの学生街
　◇「坂口安吾全集 2」筑摩書房 1999 p215

本郷の名物
　◇「宮本百合子全集 18」新日本出版社 2002 p372

ポンコツ横丁に哀歓あり
　◇「開高健ルポルタージュ選集 ずばり東京」光文社 2007（光文社文庫）p51

町よ！香港
　◇「中上健次集 10」インスクリプト 2017 p489

香港点描
　◇「阿川弘之全集 19」新潮社 2007 p419

盆栽
　◇「小沼丹全集 4」未知谷 2004 p441

〈本誌創刊に寄せられた祝辞〉—『SFマガジン』
　◇「安部公房全集 11」新潮社 1998 p456

本日大安
　◇「日影丈吉全集 5」国書刊行会 2003 p584

本質は喜劇なのです…—「城塞」
　◇「安部公房全集 16」新潮社 1998 p373

ホンジャマーの帽子
　◇「吉川潮芸人小説セレクション 4」ランダムハウス講談社 2007 p217
本職と余技
　◇「徳田秋聲全集 20」八木書店 2001 p243
本書について（「『若人よ蘇れ』」）
　◇「決定版 三島由紀夫全集 28」新潮社 2003 p390
「本陣殺人事件」
　◇「江戸川乱歩全集 25」光文社 2005（光文社文庫）p392
本陣殺人事件
　◇「横溝正史自選集 1」出版芸術社 2006 p5
「本陣殺人事件」由来
　◇「横溝正史自選集 1」出版芸術社 2006 p344
「本陣」「蝶々」の頃のこと
　◇「横溝正史自選集 1」出版芸術社 2006 p336
凡人凡語
　◇「梅崎春生作品集 3」沖積舎 2004 p31
本全集を推薦する（「ヘルダーリン全集」）
　◇「決定版 三島由紀夫全集 34」新潮社 2003 p241
本多顕彰『文章作法』三島由紀夫『文章読本』
　◇「小島信夫批評集成 2」水声社 2011 p741
本田啓吉との対談 患者の等身像につきあう
　◇「石牟礼道子全集 3」藤原書店 2004 p551
本だけがわたしの世界だったころ
　◇「松下竜一未刊行著作集 1」海鳥社 2008 p8
本棚
　◇「宮本百合子全集 15」新日本出版社 2001 p340
ポンタの死
　◇「石牟礼道子全集 10」藤原書店 2006 p545
本田靖春「私戦」
　◇「「野呂邦暢」随筆コレクション 2」みすず書房 2014 p413
ぼんち
　◇「山崎豊子全集 2」新潮社 2004 p7
Bonchi
　◇「山崎豊子全集 2」新潮社 2004 p509
本造りのたのしみ―「聖セバスチャンの殉教」の翻訳
　◇「決定版 三島由紀夫全集 34」新潮社 2003 p238
ボン・ディア・セニョーラ
　◇「決定版 三島由紀夫全集 22」新潮社 2002 p251
本当の愛嬌ということ
　◇「宮本百合子全集 17」新日本出版社 2002 p115
ほんとうの教育者
　◇「寺山修司著作集 4」クインテッセンス出版 2009 p279
ほんとうの共同体とは？
　◇「大庭みな子全集 6」日本経済新聞出版社 2009 p160

本当の青年の声を（「日本学生新聞」創刊によせて）
　◇「決定版 三島由紀夫全集 34」新潮社 2003 p330
盆と正月における住民大移動は異常事態
　◇「小松左京全集 完全版 29」城西国際大学出版会 2007 p138
盆と正月は一年間の「節」だった
　◇「小松左京全集 完全版 34」城西国際大学出版会 2009 p204
ほんとに、芸術とは何か
　◇「小島信夫批評集成 5」水声社 2011 p310
ほんとにひさしぶりの翻訳
　◇「田中小実昌エッセイ・コレクション 5」筑摩書房 2003（ちくま文庫）p137
ほんとの軍歌はきかれなくなった
　◇「阿川弘之全集 16」新潮社 2006 p355
本との対等な関係を 人間形成の必要条件としての読書
　◇「大庭みな子全集 23」日本経済新聞出版社 2011 p280
本との出会い
　◇「石牟礼道子全集 4」藤原書店 2004 p254
本との出会い
　◇「辻邦生全集 18」新潮社 2005 p121
本との出会い
　◇「中井英夫全集 6」東京創元社 1996（創元ライブラリ）p429
〈本と人―『猛獣の心に計算機の手を』〉『東京タイムス』のインタビューに答えて
　◇「安部公房全集 8」新潮社 1998 p275
本とわたし
　◇「井上ひさしコレクション ことばの巻」岩波書店 2005 p193
本にまつわること
　◇「大庭みな子全集 6」日本経済新聞出版社 2009 p277
本に読まれて
　◇「須賀敦子全集 4」河出書房新社 2007（河出文庫）p195
本盗人
　◇「野呂邦暢小説集成 6」文遊社 2016 p529
"ホンネ時代"を切り拓こう〔鼎談〕（鹿内信隆、辻村明）
　◇「福田恆存対談・座談集 4」玉川大学出版部 2012 p29
本年中尤も興味を引きし（一）小説脚本（二）絵画（三）演劇
　◇「徳田秋聲全集 23」八木書店 2001 p251
本年度の草茎作品の回顧と今後の課題について
　◇「佐々木基一全集 1」河出書房新社 2013 p64

ほんね

本年度の草茎に於いて活躍した人々及び目についた作品について
　◇「佐々木基一全集 1」河出書房新社 2013 p48

本年度の収穫として推奨すべき小説、戯曲及映画
　◇「徳田秋聲全集 23」八木書店 2001 p301

本年度の新人について、従軍記・報道文について、本年最も感銘を受けた文学作品（葉書回答）
　◇「坂口安吾全集 16」筑摩書房 2000 p708

本年の総勘定
　◇「徳田秋聲全集 21」八木書店 2001 p117

本年の文壇―創作界を顧みて
　◇「徳田秋聲全集 19」八木書店 2000 p359

本年文壇回顧座談会（中村武羅夫、尾崎士郎、楢崎勤、舟橋聖一、徳田一穂、豊田三郎、小寺菊子、田辺茂一、岡田三郎）
　◇「徳田秋聲全集 25」八木書店 2001 p363

煩悩昇天
　◇「決定版 三島由紀夫全集 37」新潮社 2004 p465

本能としての詩・そのエロス
　◇「石牟礼道子全集 17」藤原書店 2012 p388

本の記憶
　◇「大庭みな子全集 8」日本経済新聞出版社 2009 p426

本の広告
　◇「小林秀雄全作品 28」新潮社 2005 p303
　◇「小林秀雄全集 補巻 3」新潮社 2010 p508

本のことなど―主に中等科の学生へ
　◇「決定版 三島由紀夫全集 26」新潮社 2003 p337

本の十徳
　◇「井上ひさしコレクション ことばの巻」岩波書店 2005 p219

本のそとの「物語」
　◇「須賀敦子全集 4」河出書房新社 2007（河出文庫）p58

読書随想 本のなかの他人の知恵
　◇「林京子全集 7」日本図書センター 2005 p452

本の値段
　◇「井上ひさしコレクション ことばの巻」岩波書店 2005 p265

本の値段
　◇「小檜山博全集 7」柏艪舎 2006 p147

本の話
　◇「日影丈吉全集 別巻」国書刊行会 2005 p666

本の本を読む愉しみ
　◇「〔野呂邦暢〕随筆コレクション 2」みすず書房 2014 p446

奔馬
　◇「決定版 三島由紀夫全集 13」新潮社 2001 p399

「奔馬」創作ノート
　◇「決定版 三島由紀夫全集 14」新潮社 2002 p701

ホンペンの男たち
　◇「吉川潮ハートウォーム・セレクション 1」ランダムハウス講談社 2008（ランダムハウス講談社文庫）p1

本邦運動界の恩人世界のマラソン王
　◇「小酒井不木随筆評論選集 6」本の友社 2004 p293

本邦東西朝縁起覚書
　◇「小松左京全集 完全版 13」城西国際大学出版会 2008 p124

奔放なひろがり（梅原猛）
　◇「大庭みな子全集 23」日本経済新聞出版社 2011 p275

本邦初のテレビ放送 受信機たった八〇〇台！
　◇「小松左京全集 完全版 42」城西国際大学出版会 2014 p252

ボン・ボヤージ！―渡米水泳選手におくる
　◇「宮本百合子全集 19」新日本出版社 2002 p24

本明川のほとりで
　◇「〔野呂邦暢〕随筆コレクション 1」みすず書房 2014 p216

本牧亭の鳶
　◇「吉川潮芸人小説セレクション 5」ランダムハウス講談社 2007 p167

本牧亭暮色
　◇「吉川潮芸人小説セレクション 4」ランダムハウス講談社 2007 p9

本牧ブルース
　◇「鈴木いづみセカンド・コレクション 1」文遊社 2004 p125

本牧夜話 三幕
　◇「谷崎潤一郎全集 9」中央公論新社 2017 p217

ほんもの・にせもの展
　◇「小林秀雄全作品 21」新潮社 2004 p189
　◇「小林秀雄全集 補巻 3」新潮社 2010 p61

本物の奇人―左卜全のこと
　◇「色川武大・阿佐田哲也エッセイズ 2」筑摩書房 2003（ちくま文庫）p142

本物の写真家
　◇「決定版 三島由紀夫全集 35」新潮社 2003 p245

本物の探偵小説
　◇「江戸川乱歩全集 24」光文社 2005（光文社文庫）p575

本物の「舞台の人」
　◇「決定版 三島由紀夫全集 30」新潮社 2003 p640

本物の落語家
　◇「遠藤周作エッセイ選集 3」光文社 2006（知恵の森文庫）p248

本物の劣等性―鶴見俊輔
　◇「中井英夫全集 6」東京創元社 1996（創元ライブラリ）p611

本屋を知らずに育つ
　◇「石牟礼道子全集 7」藤原書店 2005 p537

翻訳
　◇「小林秀雄全作品 17」新潮社 2004 p45
　◇「小林秀雄全集 補巻 2」新潮社 2010 p366
翻訳あれこれ
　◇「田中小実昌エッセイ・コレクション 5」筑摩書房 2003（ちくま文庫）p123
翻訳ウラおもて
　◇「田中小実昌エッセイ・コレクション 5」筑摩書房 2003（ちくま文庫）p83
『翻訳史のプロムナード』辻由美
　◇「須賀敦子全集 4」河出書房新社 2007（河出文庫）p497
翻訳小説二つ三つ
　◇「谷崎潤一郎全集 18」中央公論新社 2016 p531
翻訳の価値―「ゴロヴリョフ家の人々」にふれて
　◇「宮本百合子全集 15」新日本出版社 2001 p82
翻訳のこころ〔対談〕(サイデンステッカー、エドワード・G．)
　◇「福田恆存対談・座談集 3」玉川大学出版部 2011 p303
翻譯論
　◇「福田恆存評論集 5」麗澤大學出版會，廣池學園事業部〔發売〕2008 p279
本屋のこと
　◇「大庭みな子全集 23」日本経済新聞出版社 2011 p586
本屋の女房
　◇「向田邦子全集 新版 9」文藝春秋 2009 p13
ぼんやりと思うこと
　◇「林京子全集 7」日本図書センター 2005 p38
凡庸な私小説作家廃業宣言
　◇「車谷長吉全集 3」新書館 2010 p460
ポンラップ群島の平和
　◇「定本 荒巻義雄メタSF全集 2」彩流社 2015 p429
奔流
　◇「徳田秋聲全集 11」八木書店 1998 p3

【ま】

魔
　◇「橋本治短篇小説コレクション 靴鞴」筑摩書房 2006（ちくま文庫）p7
魔
　◇「決定版 三島由紀夫全集 31」新潮社 2003 p588
まあだかい
　◇「内田百閒集成 10」筑摩書房 2003（ちくま文庫）
　◇「内田百閒集成 24」筑摩書房 2004（ちくま文庫）p100

摩阿陀会
　◇「内田百閒集成 10」筑摩書房 2003（ちくま文庫）p24
摩阿陀十三年
　◇「内田百閒集成 10」筑摩書房 2003（ちくま文庫）p179
まあなんとかなるやろ―「留学生業」開業
　◇「小田実全集 評論 1」講談社 2010 p10
マイ・アトラス
　◇「松下竜一未刊行著作集 2」海鳥社 2008 p356
わたしのイギリス庭園(マイ・イングリッシュ・ガーデン)
　◇「小田実全集 小説 35」講談社 2013 p190
マイ・エレクササイズ
　◇「20世紀断層―野坂昭如単行本未収録小説集成 1」幻戯書房 2010 p642
マイク・ハマーの末裔たち
　◇「田中小実昌エッセイ・コレクション 5」筑摩書房 2003（ちくま文庫）p182
マイク・ハマー ハードボイルド及びその批判の功罪
　◇「日影丈吉全集 別巻」国書刊行会 2005 p383
マイクロフォン
　◇「国枝史郎探偵小説全集」作品社 2005 p330
　◇「国枝史郎探偵小説全集」作品社 2005 p332
　◇「国枝史郎探偵小説全集」作品社 2005 p360
　◇「国枝史郎探偵小説全集」作品社 2005 p367
　◇「国枝史郎探偵小説全集」作品社 2005 p368
　◇「国枝史郎探偵小説全集」作品社 2005 p375
　◇「国枝史郎探偵小説全集」作品社 2005 p379
　◇「国枝史郎探偵小説全集」作品社 2005 p397
マイクロフォン―雑感
　◇「国枝史郎探偵小説全集」作品社 2005 p315
マイクロフォン―八月号増刊「陰獣」を中心として
　◇「国枝史郎探偵小説全集」作品社 2005 p378
まいご
　◇「小松左京全集 完全版 25」城西国際大学出版会 2017 p296
迷子
　◇「車谷長吉全集 3」新書館 2010 p365
舞い込んだ題材
　◇「松下竜一未刊行著作集 5」海鳥社 2009 p191
埋葬
　◇「天城一傑作集 4」日本評論社 2009 p542
マイナーな主人公
　◇「小島信夫批評集成 8」水声社 2010 p479
毎日出版文化賞選評
　◇「須賀敦子全集 4」河出書房新社 2007（河出文庫）p517
毎日書評賞
　◇「丸谷才一全集 12」文藝春秋 2014 p369

まいね

舞い猫
　◇「石牟礼道子全集 17」藤原書店 2012 p446

毎晩ステキな彼の夢を見たいの……
　◇「小松左京全集 完全版 34」城西国際大学出版会 2009 p121

舞姫
　◇〔森〕鷗外近代小説集 1」岩波書店 2013 p49

マイ・ファーザー・ブラウン
　◇「日影丈吉全集 別巻」国書刊行会 2005 p585

マイブック〔インタビュー〕(斉藤とも子)
　◇「安部公房全集 26」新潮社 1999 p409

マイベスト10と好きな映画人
　◇「辻邦生全集 19」新潮社 2005 p360

「マイ・ホーム」の幻想、「会社コンミューン」の幻想
　◇「小田実全集 評論 7」講談社 2010 p120

マイヤーホーフの春秋
　◇「辻邦生全集 6」新潮社 2004 p64

マイリビング
　◇「決定版 三島由紀夫全集 35」新潮社 2003 p304

マイルズ・アーチャーはどこで殺されたか
　◇「田中小実昌エッセイ・コレクション 5」筑摩書房 2003〔ちくま文庫〕p144

まへがき
　◇「福田恆存評論集 17」麗澤大學出版會, 廣池學園事業部〔発売〕2010 p10

前書き
　◇「島田荘司 very BEST 10 Reader's Selection」講談社 2007 (講談社box) p6

まえがき 芥川賞との因縁
　◇「島田雅彦芥川賞落選作全集 上」河出書房新社 2013（河出文庫）p3

まえがき〔安吾人生案内〕
　◇「坂口安吾全集 11」筑摩書房 1998 p375

まえがき〔異常気象＝地球が冷える〕
　◇「小松左京全集 完全版 35」城西国際大学出版会 2009 p13

まえがき―イメージは科学を超えられるか
　◇「小松左京全集 完全版 40」城西国際大学出版会 2012 p325

まえがき〔絵の言葉〕
　◇「小松左京全集 完全版 36」城西国際大学出版会 2011 p102

まえがき〔小田実 小説世界を歩く―漱石からジョン・オカダまで〕
　◇「小田実全集 評論 12」講談社 2011 p3

まえがき〔彼方より〕
　◇「中井英夫全集 8」東京創元社 1998（創元ライブラリ）p9

まえがき〔こちら関西〕
　◇「小松左京全集 完全版 42」城西国際大学出版会 2014 p108

まえがき―小松左京
　◇「小松左京全集 完全版 38」城西国際大学出版会 2010 p11

まえがき（『真実に生きた女性たち』）
　◇「宮本百合子全集 16」新日本出版社 2002 p305

まへがき（「創作代表選集14」）
　◇「決定版 三島由紀夫全集 28」新潮社 2003 p347

まえがき―ダヴィデ・マリア・トゥロルド師の詩をお送りするにあたって〔どんぐりのたわごと 第3号〕
　◇「須賀敦子全集 7」河出書房新社 2007（河出文庫）p69

まえがき〔どんぐりのたわごと 第2号〕
　◇「須賀敦子全集 7」河出書房新社 2007（河出文庫）p45

まえがき〔どんぐりのたわごと 第5号〕
　◇「須賀敦子全集 7」河出書房新社 2007（河出文庫）p115

まえがき〔どんぐりのたわごと 第9号〕
　◇「須賀敦子全集 7」河出書房新社 2007（河出文庫）p209

まえがき〔どんぐりのたわごと 第10号〕
　◇「須賀敦子全集 7」河出書房新社 2007（河出文庫）p233

まえがき〔どんぐりのたわごと 第11号〕
　◇「須賀敦子全集 7」河出書房新社 2007（河出文庫）p265

まえがき〔「民」の論理、「軍」の論理〕
　◇「小田実全集 評論 11」講談社 2011 p4

前書―ムジナの弁（「喜びの琴」）
　◇「決定版 三島由紀夫全集 32」新潮社 2003 p655

まえがき〔やぶれかぶれ青春記〕
　◇「小松左京全集 完全版 34」城西国際大学出版会 2009 p319

まえがき―G・ヴァンヌッチ師について〔どんぐりのたわごと 第6号〕〔翻訳〕（ダヴィデ・マリア・トゥロルド）
　◇「須賀敦子全集 7」河出書房新社 2007（河出文庫）p145

前髪の惣三郎
　◇「司馬遼太郎短篇全集 7」文藝春秋 2005 p373

前口上にかえて―ヒロシマの一寸法師
　◇「井上ひさしコレクション 日本の巻」岩波書店 2005 p207

前田河広一郎氏に
　◇「江戸川乱歩全集 24」光文社 2005（光文社文庫）p181

前田俊彦との対談 「侵略の論理」に抵抗する人間の生き方
　◇「石牟礼道子全集 6」藤原書店 2006 p418

前田俊彦との対談 ひとり学ぶことの再発見
　◇「石牟礼道子全集 7」藤原書店 2005 p372

前の世のための仮言葉
　◇「石牟礼道子全集 9」藤原書店 2006 p500
前歯のない会津藩主
　◇「遠藤周作エッセイ選集 3」光文社 2006（知恵の森文庫）p87
舞へ舞へ蝸牛
　◇「大庭みな子全集 9」日本経済新聞出版社 2010 p351
　◇「大庭みな子全集 9」日本経済新聞出版社 2010 p484
魔王
　◇「日影丈吉全集 7」国書刊行会 2004 p593
魔王殺人事件
　◇「江戸川乱歩全集 21」光文社 2005（光文社文庫）p31
マオトコ長屋
　◇「司馬遼太郎短篇全集 2」文藝春秋 2005 p97
曲った首
　◇「松田解子自選集 9」澤田出版 2009 p15
まがまがしき"恋"の世界
　◇「小松左京全集 完全版 34」城西国際大学出版会 2009 p187
まがり角の本
　◇「須賀敦子全集 4」河出書房新社 2007（河出文庫）p83
マキアヴェリについて
　◇「小林秀雄全作品 13」新潮社 2003 p127
　◇「小林秀雄全集 補巻 2」新潮社 2010 p178
巻貝の文学
　◇「安部公房全集 21」新潮社 1999 p31
巻き返しのよりどころとなる敗戦体験
　◇「小田実全集 評論 31」講談社 2013 p122
薪切り
　◇「小檜山博全集 6」柏艪舎 2006 p206
　◇「小檜山博全集 6」柏艪舎 2006 p273
「まき込まれた」歴史、「まき込まれる」現実
　◇「小田実全集 評論 7」講談社 2010 p153
「まき込まれる」側の政治学
　◇「小田実全集 評論 7」講談社 2010 p22
牧野さんの祭典によせて
　◇「坂口安吾全集 2」筑摩書房 1999 p122
牧野さんの死
　◇「坂口安吾全集 2」筑摩書房 1999 p110
牧野信一
　◇「小林秀雄全作品 24」新潮社 2004 p69
　◇「小林秀雄全集 補巻 3」新潮社 2010 p235
牧野信一宛〔書簡〕
　◇「坂口安吾全集 16」筑摩書房 2000 p107
マキノ雅弘の画面は、バウハウスで学んだのかと考えてしまう程、モダンだ
　◇「金井美恵子エッセイ・コレクション—1964-2013 4」平凡社 2014 p170
牧場（まきば）… → "ぼくじょう…"を見よ

魔教の怪
　◇「坂口安吾全集 10」筑摩書房 1998 p67
幕
　◇「三橋一夫ふしぎ小説集成 3」出版芸術社 2005 p131
マクアイ・リレー対談(中村歌右衛門(六代目))
　◇「決定版 三島由紀夫全集 39」新潮社 2004 p312
幕がおりるまで
　◇「小島信夫批評集成 6」水声社 2011 p423
膜試合
　◇「山田風太郎忍法帖短篇全集 4」筑摩書房 2004（ちくま文庫）p121
マクシム・ゴーリキイについて
　◇「宮本百合子全集 20」新日本出版社 2002 p706
マクシム・ゴーリキイによって描かれた婦人
　◇「宮本百合子全集 12」新日本出版社 2001 p215
マクシム・ゴーリキイの伝記—幼年時代・少年時代・青年時代
　◇「宮本百合子全集 12」新日本出版社 2001 p245
マクシム・ゴーリキイの発展の特質
　◇「宮本百合子全集 12」新日本出版社 2001 p226
マクシム・ゴーリキイの人及び芸術
　◇「宮本百合子全集 11」新日本出版社 2001 p342
マーク・トウェーン
　◇「小松左京全集 完全版 43」城西国際大学出版会 2014 p414
マクドナルド（J・R）
　◇「江戸川乱歩全集 30」光文社 2005（光文社文庫）p761
マグニチュードM9から避難地へ 東日本大地震
　◇「田中志津全作品集 下巻」武蔵野書院 2013 p218
マクベス
　◇「福田恆存評論集 19」麗澤大學出版會, 廣池學園事業部〔発売〕2010 p219
「マクベス」への招待〔鼎談〕(芥川比呂志, 杉村春子)
　◇「福田恆存対談・座談集 5」玉川大学出版部 2012 p177
マクベス夫妻
　◇「小島信夫批評集成 2」水声社 2011 p93
マクベス夫人—シェークスピア
　◇「大庭みな子全集 3」日本経済新聞出版社 2009 p262
莫妄想
　◇「谷崎潤一郎全集 19」中央公論新社 2015 p540
枕
　◇「小檜山博全集 6」柏艪舎 2006 p17
枕を三度たたいた
　◇「〔山本周五郎〕新編傑作選 1」小学館 2010（小学館文庫）p183
枕詞
　◇「井上ひさしコレクション 日本の巻」岩波書店

まくら

2005 p89

枕に足音が聞える
　◇「森村誠一ベストセレクション 二重死肉」光文社 2011（光文社文庫）p259

枕草子
　◇「大庭みな子全集 13」日本経済新聞出版社 2010 p259
　◇「大庭みな子全集 20」日本経済新聞出版社 2010 p267

枕草子野郎
　◇「野坂昭如エッセイ・コレクション 1」筑摩書房 2004（ちくま文庫）p27

枕の妖異
　◇「野村胡堂伝奇幻想小説集成」作品社 2009 p52

幕はおりた
　◇「坂口安吾全集 12」筑摩書房 1999 p291

魔群の通過
　◇「決定版 三島由紀夫全集 17」新潮社 2002 p427

「魔群の通過」異稿
　◇「決定版 三島由紀夫全集 20」新潮社 2002 p729

「魔群の通過」創作ノート
　◇「決定版 三島由紀夫全集 17」新潮社 2002 p757

負けいくさ―東京美術倶楽部の歳末売り立て
　◇「向田邦子全集 新版 6」文藝春秋 2009 p143

負け犬太郎
　◇「阿川弘之全集 18」新潮社 2007 p552

まげを切らなかった人
　◇「松下竜一未刊行著作集 2」海鳥社 2008 p88

負け碁の算術
　◇「坂口安吾全集 15」筑摩書房 1999 p278

負ケラレマセン勝ツマデハ
　◇「坂口安吾全集 12」筑摩書房 1999 p58

負ケラレマセン勝ツマデハ 脚本（八住利雄）
　◇「坂口安吾全集 別巻」筑摩書房 2012 p124

負けるが勝ち―カフカの生家を訪ねて
　◇「安部公房全集 20」新潮社 1999 p131

負ける博打には手を出すな
　◇「色川武大・阿佐田哲也エッセイズ 1」筑摩書房 2003（ちくま文庫）p193

魔犬
　◇「森村誠一ベストセレクション 二重死肉」光文社 2011（光文社文庫）p125

魔―現代的状況の象徴的構図
　◇「決定版 三島由紀夫全集 31」新潮社 2003 p590

孫
　◇「徳田秋聲全集 6」八木書店 2000 p402

マコガレイ
　◇「松下竜一未刊行著作集 2」海鳥社 2008 p41

まごぐすり
　◇「松下竜一未刊行著作集 2」海鳥社 2008 p338

真（まこと）を胸に―若さに生きよう
　◇「決定版 三島由紀夫全集 33」新潮社 2003 p245

〈誠に愛を〉
　◇「安部公房全集 1」新潮社 1997 p136

真のアヴァンギャルドに―安部会長挨拶要旨
　◇「安部公房全集 2」新潮社 1997 p231

眞の自由について
　◇「福田恆存評論集 9」麗澤大學出版會，廣池學園事業部〔発売〕 2008 p247

真（まこと）の花
　◇「決定版 三島由紀夫全集 28」新潮社 2003 p407

孫の手
　◇「向田邦子全集 新版 8」文藝春秋 2009 p194

麻姑の手
　◇「内田百閒集成 12」筑摩書房 2003（ちくま文庫）p190

孫の土産に
　◇「古井由吉自撰作品 7」河出書房新社 2012 p21

馬込村―わが愛する風景
　◇「決定版 三島由紀夫全集 31」新潮社 2003 p384

正岡子規
　◇「小酒井不木随筆評論選集 8」本の友社 2004 p222

正岡子規
　◇「小林秀雄全作品 3」新潮社 2002 p131
　◇「小林秀雄全集 補巻 1」新潮社 2010 p229

まさかの坂を上って
　◇「車谷長吉全集 3」新書館 2010 p677

まさかの時の備えが文明のモト
　◇「小松左京全集 完全版 34」城西国際大学出版会 2009 p266

真崎隆治宛書簡
　◇「安部公房全集 28」新潮社 2000 p413

マザー・グース（抄）
　◇「寺山修司著作集 1」クインテッセンス出版 2009 p403

マザー・グースと推理小説
　◇「[野呂邦暢] 随筆コレクション 1」みすず書房 2014 p375

真砂町のころ（野間宏）
　◇「大庭みな子全集 23」日本経済新聞出版社 2011 p233

真砂町の先生
　◇「瀬戸内寂聴随筆選 1」ゆまに書房 2009 p199

摩擦音の如きグロテスク
　◇「小島信夫批評集成 1」水声社 2011 p224

正宗君の人と作品
　◇「徳田秋聲全集 20」八木書店 2001 p185

正宗白鳥
　◇「小林秀雄全作品 3」新潮社 2002 p195
　◇「小林秀雄全集 補巻 1」新潮社 2010 p168

正宗白鳥
　◇「佐々木基一全集 4」河出書房新社 2013 p19

正宗白鳥氏の批評を読んで
　◇「谷崎潤一郎全集 16」中央公論新社 2016 p497

「正宗白鳥全集」
　◇「小林秀雄全作品 25」新潮社 2004 p135
　◇「小林秀雄全集 補巻 3」新潮社 2010 p323

正宗白鳥のことなど
　◇「佐々木基一全集」河出書房新社 2013 p396

正宗白鳥の作について
　◇「小林秀雄全作品 別巻2」新潮社 2005 p189
　◇「小林秀雄全集 補巻 3」新潮社 2010 p560

正宗白鳥の『微光』
　◇「德田秋聲全集 19」八木書店 2000 p247

正宗白鳥「文壇的自叙伝」
　◇「小林秀雄全作品 11」新潮社 2003 p47
　◇「小林秀雄全集 補巻 2」新潮社 2010 p28

まさゆめ
　◇「野呂邦暢小説集成 4」文遊社 2014 p397

『マシアス・ギリの失脚』池澤夏樹
　◇「須賀敦子全集 4」河出書房新社 2007（河出文庫）p247

「まし」と「ませ」
　◇「谷崎潤一郎全集 23」中央公論新社 2017 p229

真面目くさつた祝辞
　◇「決定版 三島由紀夫全集 28」新潮社 2003 p270

まじめさについて
　◇「中井英夫全集 12」東京創元社 2006（創元ライブラリ）p145

麻雀即席カウンセラー　その一――連続エラーだけはやめよう
　◇「色川武大・阿佐田哲也エッセイズ 1」筑摩書房 2003（ちくま文庫）p289

麻雀即席カウンセラー　その二――一着or三着で行こう
　◇「色川武大・阿佐田哲也エッセイズ 1」筑摩書房 2003（ちくま文庫）p292

麻雀即席カウンセラー　その三――ひとつ上の着順を狙おう
　◇「色川武大・阿佐田哲也エッセイズ 1」筑摩書房 2003（ちくま文庫）p295

マージャン談義
　◇「吉行淳之介エッセイ・コレクション 1」筑摩書房 2004（ちくま文庫）p161

麻雀とブリッジ
　◇「大庭みな子全集 23」日本経済新聞出版社 2011 p686

魔術師
　◇「江戸川乱歩全集 6」光文社 2004（光文社文庫）p7
　◇「江戸川乱歩全集 4」沖積舎 2007 p3

魔術師
　◇「谷崎潤一郎全集 4」中央公論新社 2015 p225

魔術師たち
　◇「野呂邦暢小説集成 4」文遊社 2014 p297

魔術師――埴谷雄高
　◇「大庭みな子全集 8」日本経済新聞出版社 2009 p475

魔術と探偵小説
　◇「江戸川乱歩全集 23」光文社 2005（光文社文庫）p611
　◇「江戸川乱歩全集 25」光文社 2005（光文社文庫）p420

魔少年
　◇「森村誠一ベストセレクション　北ア山荘失踪事件」光文社 2011（光文社文庫）p247

魔女狩り、刑罰など裁きのいろいろ
　◇「小松左京全集 完全版 34」城西国際大学出版会 2009 p261

魔女に逢った山姥
　◇「大庭みな子全集 14」日本経済新聞出版社 2010 p434

魔女の厨の火
　◇「決定版 三島由紀夫全集 30」新潮社 2003 p673

魔女の恋
　◇「岡本綺堂探偵小説全集 1」作品社 2012 p443

魔女見習い
　◇「鈴木いづみコレクション 4」文遊社 1997 p51
　◇「契約―鈴木いづみSF全集」文遊社 2014 p36

魔女メデーアの若返り法
　◇「小酒井不木随筆評論選集 5」本の友社 2004 p417

混じり合う時代
　◇「大庭みな子全集 8」日本経済新聞出版社 2009 p313

真白な椅子
　◇「決定版 三島由紀夫全集 補巻」新潮社 2005 p38

魔神
　◇「大庭みな子全集 8」日本経済新聞出版社 2009 p420

魔神の棲み家で
　◇「辻邦生全集 19」新潮社 2005 p26

魔人平家ガニ
　◇「山田風太郎ミステリー傑作選 9」光文社 2002（光文社文庫）p155

魔神礼拝――四幕
　◇「決定版 三島由紀夫全集 21」新潮社 2002 p339

鱒
　◇「石上玄一郎小説作品集成 1」未知谷 2008 p279

魔睡
　◇「〔森〕鷗外近代小説集 1」岩波書店 2013 p191

枡落し
　◇「山本周五郎中短篇秀作選集 5」小学館 2006 p337

まず解剖刀を――ルポルタージュ提唱と〈蛇足〉によるその否定
　◇「安部公房全集 5」新潮社 1997 p282

増鏡に見えたる後鳥羽院
　◇「谷崎潤一郎全集 25」中央公論新社 2016 p153

ますく

マスク
　◇「安部公房全集 1」新潮社 1997 p227

マスク
　◇「向田邦子全集 新版 7」文藝春秋 2009 p24

マスクの発見
　◇「安部公房全集 7」新潮社 1998 p322

マスクメロン
　◇「辺見庸掌編小説集 白版」角川書店 2004 p164

まず現実に目を向けよう
　◇「安部公房全集 27」新潮社 2000 p87

マス・コミの逆説
　◇「佐々木基一全集 2」河出書房新社 2013 p40

貧しい本棚
　◇「小松左京全集 完全版 28」城西国際大学出版会 2006 p225

「貧しき子の夢」抄
　◇「中井英夫全集 10」東京創元社 2002（創元ライブラリ）p17

貧しき人々の群
　◇「宮本百合子全集 1」新日本出版社 2000 p5

〔升田幸三の陣屋事件について〕
　◇「坂口安吾全集 15」筑摩書房 1999 p714

先づ病的神経の治療
　◇「小酒井不木随筆評論選集 5」本の友社 2004 p493

まず福井美人とくみ合って人情を偵察
　◇「小松左京全集 完全版 29」城西国際大学出版会 2007 p150

マスプロ教育（三月二日）
　◇「福田恆存評論集 18」麗澤大學出版會, 廣池學園事業部〔発売〕2010 p145

先づ文芸趣味の普及
　◇「徳田秋聲全集 19」八木書店 2000 p157

ますます縡りやりましょう
　◇「宮本百合子全集 11」新日本出版社 2001 p212

マス丸に乗らざるの記
　◇「小沼丹全集 4」未知谷 2004 p184

馬瀬の鮎
　◇「大庭みな子全集 11」日本経済新聞出版社 2010 p319

魔船の冒険
　◇「山田風太郎ミステリー傑作選 9」光文社 2002（光文社文庫）p77

媽祖の贈り物
　◇「日影丈吉全集 7」国書刊行会 2004 p203

又、家
　◇「宮本百合子全集 20」新日本出版社 2002 p320

まだ生きてゐる松居須磨子
　◇「福田恆存評論集 11」麗澤大學出版會, 廣池學園事業部〔発売〕2009 p28

またいつの日か、Sさん
　◇「林京子全集 8」日本図書センター 2005 p235

まだ終わってはいない仁保事件
　◇「松下竜一未刊行著作集 4」海鳥社 2008 p12

復返熊野春（またかへるゆやのはる）
　◇「決定版 三島由紀夫全集 29」新潮社 2003 p503

未だか十二年
　◇「内田百閒集成 10」筑摩書房 2003（ちくま文庫）p164

マタギの女
　◇「三角寛サンカ選集第二期 13」現代書館 2005 p97

又空襲繁し 最初の照明弾と時限爆弾 恐ろしかった四月四日の未明
　◇「内田百閒集成 22」筑摩書房 2004（ちくま文庫）p111

又三郎
　◇「中上健次集 4」インスクリプト 2016 p368

未だ沈まずや
　◇「内田百閒集成 10」筑摩書房 2003（ちくま文庫）p236

股旅新八景
　◇「長谷川伸傑作選 股旅新八景」国書刊行会 2008 p7

まだだ、まだ…
　◇「辺見庸掌編小説集 黒版」角川書店 2004 p143

まだ続くこと
　◇「小島信夫批評集成 2」水声社 2011 p383

まだ灯らぬ闇の中から
　◇「石牟礼道子全集 6」藤原書店 2006 p539

又寝
　◇「内田百閒集成 15」筑摩書房 2003（ちくま文庫）p203

またまたジプシーモスの大発生
　◇「林京子全集 8」日本図書センター 2005 p229

又復与太話
　◇「国枝史郎探偵小説全集」作品社 2005 p356

真珠橋
　◇「大坪砂男全集 2」東京創元社 2013（創元推理文庫）p263

『まだ見ぬ街』
　◇「佐々木基一全集 8」河出書房新社 2013 p9

まだ見ぬ街
　◇「佐々木基一全集 8」河出書房新社 2013 p73

また明後日ばかりまゐるべきよし
　◇「古井由吉自撰作品 6」河出書房新社 2012 p295

マダムの階段
　◇「小沼丹全集 1」未知谷 2004 p548

マダムの殺人
　◇「浜尾四郎全集 1」沖積舎 2004 p268

マダム・べらみ
　◇「決定版 三島由紀夫全集 29」新潮社 2003 p161

またもN・G
　◇「田中小実昌エッセイ・コレクション 4」筑摩書房 2003（ちくま文庫）p167

またもめぐり来て
　◇「林芙美子全集 8」日本図書センター 2005 p403
まだらの犬
　◇「鮎川哲也コレクション わるい風」光文社 2007（光文社文庫）p197
まだ六年生
　◇「林芙美子全集 7」日本図書センター 2005 p279
まち
　◇「林芙美子全集 5」日本図書センター 2005 p333
街
　◇「上野壮夫全集 1」図書新聞 2010 p441
街
　◇「小島信夫短篇集成 5」水声社 2015 p133
街
　◇「須賀敦子全集 1」河出書房新社 2006（河出文庫）p237
街
　◇「宮本百合子全集 3」新日本出版社 2001 p437
町
　◇「決定版 三島由紀夫全集 37」新潮社 2004 p534
季語暦温 待合室の人びと
　◇「林芙美子全集 7」日本図書センター 2005 p426
待合室野郎
　◇「野坂昭如エッセイ・コレクション 1」筑摩書房 2004（ちくま文庫）p25
街へゆく電車
　◇「山本周五郎長篇小説全集 24」新潮社 2014 p9
まちがい
　◇「宮本百合子全集 13」新日本出版社 2001 p482
間違電話の話
　◇「小沼丹全集 4」未知谷 2004 p635
街が、忽然と……
　◇「小松左京全集 完全版 31」城西国際大学出版会 2008 p119
町がつくられ、人が集う
　◇「石牟礼道子全集 8」藤原書店 2005 p269
街角での呟き
　◇「中井英夫全集 6」東京創元社 1996（創元ライブラリ）p117
街かどの貞操
　◇「大坪砂男全集 3」東京創元社 2013（創元推理文庫）p161
街中に氾濫するスペイン語
　◇「小松左京全集 完全版 31」城西国際大学出版会 2008 p109
マチス展を見る
　◇「小林秀雄全作品 19」新潮社 2004 p45
　◇「小林秀雄全集 補巻 2」新潮社 2010 p479
マーチ捜査課長 不可能興味
　◇「日影丈吉全集 別巻」国書刊行会 2005 p355
〈町田康・伊藤比呂美との鼎談〉祈りと語り
　◇「石牟礼道子全集 15」藤原書店 2012 p285

街で
　◇「上野壮夫全集 1」図書新聞 2010 p215
街で
　◇「中井英夫全集 10」東京創元社 2002（創元ライブラリ）p175
街で
　◇「林芙美子全集 7」日本図書センター 2005 p305
街に迷った街―都市を盗る24
　◇「安部公房全集 26」新潮社 1999 p480
街のうしろに……
　◇「決定版 三島由紀夫全集 37」新潮社 2004 p496
「町の踊り場」
　◇「小沼丹全集 4」未知谷 2004 p425
町の踊り場
　◇「徳田秋聲全集 17」八木書店 1999 p3
『町の踊り場』後記
　◇「徳田秋聲全集 別巻」八木書店 2006 p93
街の心
　◇「大庭みな子全集 6」日本経済新聞出版社 2009 p274
街の裁判化学
　◇「大坪砂男全集 4」東京創元社 2013（創元推理文庫）p465
街の小説―新宿1970年 カミング・ホーム・ベイビィ
　◇「鈴木いづみセカンド・コレクション 1」文遊社 2004 p233
街の姿
　◇「大庭みな子全集 12」日本経済新聞出版社 2010 p73
街の隊員に平和願う守り袋
　◇「松下竜一未刊行著作集 5」海鳥社 2009 p361
町のでき方の典型例
　◇「石牟礼道子全集 10」藤原書店 2006 p540
「街の天使」系譜
　◇「田村泰次郎選集 3」日本図書センター 2005 p5
町の展望
　◇「宮本百合子全集 20」新日本出版社 2002 p541
街の中にタイムトンネルを見つけた
　◇「中井英夫全集 6」東京創元社 1996（創元ライブラリ）p174
街の中の映画
　◇「中井英夫全集 12」東京創元社 2006（創元ライブラリ）p49
街の眺め
　◇「大庭みな子全集 6」日本経済新聞出版社 2009 p203
街の眺め
　◇「林芙美子全集 7」日本図書センター 2005 p103
町の野火
　◇「内田百閒集成 16」筑摩書房 2004（ちくま文庫）p53

まちの

町の秘密
　◇「〔野呂邦暢〕随筆コレクション 2」みすず書房 2014 p245
町はずれ［翻訳］（ウンベルト・サバ）
　◇「須賀敦子全集 5」河出書房新社 2008（河出文庫）p317
待伏せするもの
　◇「小島信夫批評集成 2」水声社 2011 p222
待呆け議会風景
　◇「宮本百合子全集 14」新日本出版社 2001 p47
『町よ』
　◇「中上健次集 2」インスクリプト 2018 p483
街はふるさと
　◇「坂口安吾全集 9」筑摩書房 1998 p112
「街はふるさと」作者の言葉
　◇「坂口安吾全集 9」筑摩書房 1998 p111
「街はふるさと」執筆メモ
　◇「坂口安吾全集 16」筑摩書房 2000 p562
待つ
　◇「小檜山博全集 7」柏艪舎 2006 p262
待つ
　◇「中井英夫全集 7」東京創元社 1998（創元ライブラリ）p11
待つ
　◇「山本周五郎中短篇秀作選集 1」小学館 2005
松井大将の書斎
　◇「坂口安吾全集 13」筑摩書房 1999 p403
松浦演出の「シラノ」
　◇「決定版 三島由紀夫全集 33」新潮社 2003 p40
松浦精神
　◇「決定版 三島由紀夫全集 29」新潮社 2003 p592
松浦竹夫
　◇「安部公房全集 11」新潮社 1998 p349
松浦竹夫氏の夢の実現
　◇「決定版 三島由紀夫全集 33」新潮社 2003 p216
松江市邦楽界に寄す
　◇「坂口安吾全集 別巻」筑摩書房 2012 p39
松尾茂男編「砲煙シッタンに消ゆ 山砲十八連隊五中隊戦史」
　◇「〔野呂邦暢〕随筆コレクション 2」みすず書房 2014 p444
松尾先生のこと
　◇「決定版 三島由紀夫全集 補巻」新潮社 2005 p150
松尾芭蕉
　◇「丸谷才一全集 10」文藝春秋 2014 p112
松尾芭蕉について
　◇「車谷長吉全集 2」新書館 2010 p527
松尾芭蕉の末裔—横光利一
　◇「丸谷才一全集 10」文藝春秋 2014 p101
待つ女
　◇「小松左京全集 完全版 18」城西国際大学出版会 2013 p194

松ヶ岡清談〔鼎談〕（鈴木大拙, 古田紹欽）
　◇「福田恆存対談・座談集 2」玉川大学出版部 2011 p155
松飾りと仕事
　◇「林京子全集 7」日本図書センター 2005 p292
真赤な子犬
　◇「日影丈吉全集 1」国書刊行会 2002 p101
松川控訴判決の日
　◇「松田解子自選集 8」澤田出版 2008 p149
松川事件の「道徳」（九月二十七日）
　◇「福田恆存評論集 18」麗澤大學出版會, 廣池學園事業部〔発売〕2010 p85
松川事件被告と家族をたずねて
　◇「松田解子自選集 8」澤田出版 2008 p120
松川と秋田びと
　◇「松田解子自選集 8」澤田出版 2008 p281
松川の母の歌
　◇「松田解子自選集 9」澤田出版 2009 p166
松川判決せまる
　◇「松田解子自選集 8」澤田出版 2008 p279
"松川"は見守られている
　◇「松田解子自選集 8」澤田出版 2008 p287
マックス・カーニー 幽霊テレビ
　◇「日影丈吉全集 別巻」国書刊行会 2005 p415
マックス・カラドス 能力の限界にいどむ
　◇「日影丈吉全集 別巻」国書刊行会 2005 p300
世界の街から マックリーンの飛行雲
　◇「林京子全集 7」日本図書センター 2005 p455
睫毛
　◇「石牟礼道子全集 4」藤原書店 2004 p391
マッケンの事
　◇「江戸川乱歩全集 25」光文社 2005（光文社文庫）p132
末期の眼
　◇「決定版 三島由紀夫全集 36」新潮社 2003 p66
松下センセ夫妻の旧婚旅行を妨害する日米両軍
　◇「松下竜一未刊行著作集 5」海鳥社 2009 p336
松下竜一の眼
　◇「松下竜一未刊行著作集 2」海鳥社 2008 p268
松下竜一の目
　◇「松下竜一未刊行著作集 5」海鳥社 2009 p347
松島義一『浪曲子守唄』
　◇「小檜山博全集 6」柏艪舎 2006 p355
まつ白カレンダー
　◇「阿川弘之全集 18」新潮社 2007 p330
「松平頼安伝」創作ノート
　◇「決定版 三島由紀夫全集 補巻」新潮社 2005 p414
全き円は天上に
　◇「山田風太郎ミステリー傑作選 10」光文社 2002（光文社文庫）p85

マツタケ
　◇「小檜山博全集 7」柏艪舎 2006 p201
松茸
　◇「小檜山博全集 8」柏艪舎 2006 p81
松田富次君とラジオ
　◇「石牟礼道子全集 1」藤原書店 2004 p249
松谷みよ子『ラジオ・テレビ局の笑いと怪談』
　◇「石牟礼道子全集 14」藤原書店 2008 p386
松田道雄との対談 阿賀の万年雪
　◇「石牟礼道子全集 5」藤原書店 2004 p418
末端の協力〔昭和十六・七年度〕
　◇「江戸川乱歩全集 29」光文社 2006（光文社文庫）p48
「マッチ売りの少女」
　◇「松下竜一未刊行著作集 1」海鳥社 2008 p110
マッチ箱の中のロビンソン・クルーソー
　◇「寺山修司著作集 4」クインテッセンス出版 2009 p311
待ってくれる編集者
　◇「小檜山博全集 7」柏艪舎 2006 p36
まっとうな芸人、圓生
　◇「色川武大・阿佐田哲也エッセイズ 2」筑摩書房 2003（ちくま文庫）p150
えすゑふ歌舞伎松登鶴浪花鞘当（まつとるなにわのさやあて）
　◇「小松左京全集 完全版 26」城西国際大学出版会 2017 p101
松の木の下にウナギ―ニューヨーク貧乏案内
　◇「小田実全集 評論 1」講談社 2010 p83
松の木影
　◇「谷崎潤一郎全集 25」中央公論新社 2016 p335
松のデザイン―河野多惠子
　◇「丸谷才一全集 10」文藝春秋 2014 p376
松の花
　◇「山本周五郎中短篇秀作選集 3」小学館 2006 p27
　◇「山本周五郎長篇小説全集 4」新潮社 2013 p9
松の芽生
　◇「決定版 三島由紀夫全集 36」新潮社 2003 p473
松の芽は……
　◇「決定版 三島由紀夫全集 37」新潮社 2004 p571
松廼舎集
　◇「谷崎潤一郎全集 25」中央公論新社 2016 p657
まつぼり米で湯治
　◇「石牟礼道子全集 7」藤原書店 2005 p279
松前昆布
　◇「定本 久生十蘭全集 10」国書刊行会 2011 p318
松虫
　◇「内田百閒集成 15」筑摩書房 2003（ちくま文庫）p76
『松本栄一写真集 死を待つ家』
　◇「石牟礼道子全集 14」藤原書店 2008 p458

松本重治―国際交流の開拓者〔鼎談〕（加藤秀俊、松本重治）
　◇「小松左京全集 完全版 38」城西国際大学出版会 2010 p168
江戸給人百石松本新五左衛門
　◇「井上ひさし短編中編小説集成 10」岩波書店 2015 p425
松本清張の仕事
　◇「井上ひさしコレクション 人間の巻」岩波書店 2005 p143
松本先生
　◇「小沼丹全集 4」未知谷 2004 p480
松山鏡
　◇「大庭みな子全集 12」日本経済新聞出版社 2010 p207
松山さんの歩幅―松山巖『百年の棲家』
　◇「須賀敦子全集 4」河出書房新社 2007（河出文庫）p362
松山城放火事件
　◇「井上ひさし短編中編小説集成 9」岩波書店 2015 p187
祭
　◇「石牟礼道子全集 15」藤原書店 2012 p208
祭
　◇「大庭みな子全集 14」日本経済新聞出版社 2010 p211
祭
　◇「徳田秋聲全集 9」八木書店 1998 p136
祭り
　◇「小松左京全集 完全版 43」城西国際大学出版会 2014 p361
祭り―弟よ、聞こえたか
　◇「松下竜一未刊行著作集 3」海鳥社 2009 p316
祭のかへさに
　◇「決定版 三島由紀夫全集 37」新潮社 2004 p580
祭の季節―粋な若衆は誰でせう
　◇「決定版 三島由紀夫全集 29」新潮社 2003 p282
祭の小次郎
　◇「国枝史郎伝奇短篇小説集成 2」作品社 2006 p469
祭りの場
　◇「林京子全集 1」日本図書センター 2005 p5
祭の果て
　◇「辻邦生全集 5」新潮社 2004 p281
祭りばやし
　◇「向田邦子全集 新版 4」文藝春秋 2009 p208
祭まで
　◇「井上ひさし短編中編小説集成 11」岩波書店 2015 p31
まつりは神に見せるもの
　◇「小松左京全集 完全版 34」城西国際大学出版会 2009 p302

まつろ

末路あわれな映画女優〈第四例〉
   ◇「野坂昭如エッセイ・コレクション 1」筑摩書房 2004（ちくま文庫）p229

マティーニの注文の仕方
   ◇「金井美恵子自選短篇集 恋人たち／降誕祭の夜」講談社 2015（講談社文芸文庫）p223

マーティン・ヒューイット 胡桃と角砂糖
   ◇「日影丈吉全集 別巻」国書刊行会 2005 p298

「魔笛」
   ◇「〔野呂邦暢〕随筆コレクション 2」みすず書房 2014 p492

魔的なものの力
   ◇「決定版 三島由紀夫全集 32」新潮社 2003 p147

待てない症候群
   ◇「小檜山博全集 7」柏艪舎 2006 p160

摩天楼の少年探偵
   ◇「山田風太郎ミステリー傑作選 9」光文社 2002（光文社文庫）p117

窓
   ◇「小沼丹全集 4」未知谷 2004 p376

窓
   ◇「小檜山博全集 2」柏艪舎 2006 p33

窓
   ◇「佐々木基一全集 8」河出書房新社 2013 p435

窓
   ◇「徳田秋聲全集 11」八木書店 1998 p149

窓
   ◇「決定版 三島由紀夫全集 20」新潮社 2002 p617

窓
   ◇「〔村上春樹〕短篇選集1980-1991 象の消滅」新潮社 2005 p251

魔都
   ◇「定本 久生十蘭全集 1」国書刊行会 2008 p301

惑い
   ◇「松田解子自選集 3」澤田出版 2004 p213

魔島
   ◇「山田風太郎ミステリー傑作選 5」光文社 2001（光文社文庫）p209

惑う
   ◇「山本周五郎中短篇秀作選集 2」小学館 2005

窓を開けますか？
   ◇「田辺聖子全集 2」集英社 2004 p323

窓から
   ◇「狩久全集 3」皆進社 2013 p114

窓硝子
   ◇「決定版 三島由紀夫全集 37」新潮社 2004 p119

窓からの情景
   ◇「遠藤周作エッセイ選集 1」光文社 2006（知恵の森文庫）p25

窓からの風景（六月―）
   ◇「宮本百合子全集 20」新日本出版社 2002 p640

窓―請求はせず
   ◇「松下竜一未刊行著作集 3」海鳥社 2009 p373

窓のある風景
   ◇「辻井喬コレクション 7」河出書房新社 2003 p120

窓の女
   ◇「都筑道夫恐怖短篇集成 1」筑摩書房 2004（ちくま文庫）p64

窓のなか
   ◇「小沼丹全集 4」未知谷 2004 p602

窓の眺め
   ◇「〔野呂邦暢〕随筆コレクション 1」みすず書房 2014 p402

マドモアゼル・ヴェ
   ◇「須賀敦子全集 3」河出書房新社 2007（河出文庫）p561

マドリッドの大晦日
   ◇「決定版 三島由紀夫全集 31」新潮社 2003 p494

佐藤愛子 核心インタビュー まな板に足をのせ、包丁を一閃！ 骨まで斬れたわ
   ◇「鈴木いづみコレクション 8」文遊社 1998 p173

まなうらの島
   ◇「石牟礼道子全集 8」藤原書店 2005 p474

まなざしの壁
   ◇「金鶴泳作品集 2」クレイン 2006 p229

まなじりを決す
   ◇「内田百閒集成 19」筑摩書房 2004（ちくま文庫）p181

真夏の感じ
   ◇「徳田秋聲全集 20」八木書店 2001 p242

真夏の午後
   ◇「決定版 三島由紀夫全集 37」新潮社 2004 p49

真夏の頃
   ◇「徳田秋聲全集 20」八木書店 2001 p104

真夏の死
   ◇「寺山修司著作集 1」クインテッセンス出版 2009 p116

真夏の死
   ◇「決定版 三島由紀夫全集 18」新潮社 2002 p615

真夏の旅
   ◇「中井英夫全集 7」東京創元社 1998（創元ライブラリ）p647

戯曲体小説真夏の夜の恋
   ◇「谷崎潤一郎全集 7」中央公論新社 2016 p453

真夏の夜の夢
   ◇「宮本百合子全集 17」新日本出版社 2002 p404

眞鍋呉夫宛〔書簡〕
   ◇「坂口安吾全集 16」筑摩書房 2000 p226

眞鍋呉夫著「黄金伝説」
   ◇「阿川弘之全集 18」新潮社 2007 p275

真鍋呉夫の『天命』その他
   ◇「佐々木基一全集 1」河出書房新社 2013 p506

マニラ湾に沈む夕日―マグサイサイ賞授賞式でのスピーチ
   ◇「石牟礼道子全集 6」藤原書店 2006 p493

真庭念流
　◇「坂口安吾全集 13」筑摩書房 1999 p320
馬庭念流取材メモ
　◇「坂口安吾全集 16」筑摩書房 2000 p686
馬庭念流のこと
　◇「坂口安吾全集 14」筑摩書房 1999 p3
安居武者修業馬庭念流訪問記
　◇「坂口安吾全集 14」筑摩書房 1999 p360
間抜けの実在に関する文献
　◇「内田百閒集成 6」筑摩書房 2003（ちくま文庫）p9
　◇「内田百閒集成 24」筑摩書房 2004（ちくま文庫）p62
招かれざる客
　◇「笹沢左保コレクション新装版 招かれざる客」光文社 2008（光文社文庫）p1
招かれざる客
　◇「決定版 三島由紀夫全集 26」新潮社 2003 p617
招く不思議な木
　◇「三橋一夫ふしぎ小説集成 1」出版芸術社 2005 p96
魔の遺産
　◇「阿川弘之全集 2」新潮社 2005 p85
魔の三八口径
　◇「四季桂子全集」皆進社 2013 p327
魔の退屈
　◇「坂口安吾全集 4」筑摩書房 1998 p181
魔の短剣
　◇「山田風太郎ミステリー傑作選 9」光文社 2002（光文社文庫）p135
魔の通過
　◇「寺山修司著作集 1」クインテッセンス出版 2009 p21
魔のひととき
　◇「原民喜戦後全小説」講談社 2015（講談社文芸文庫）p181
マーの見た空
　◇「目取真俊短篇小説選集 1」影書房 2013 p33
魔の山
　◇「小松左京全集 完全版 27」城西国際大学出版会 2007 p139
魔の山
　◇〔野呂邦暢〕随筆コレクション 2」みすず書房 2014 p287
魔の令嬢─○嬢礼状殺人記録
　◇「三角寛サンカ選集第二期 9」現代書館 2004 p285
マノン・レスコー
　◇「大庭みな子全集 23」日本経済新聞出版社 2011 p118
マハシャイ・マミオ殿
　◇「向田邦子全集 新版 6」文藝春秋 2009 p85
瞬きする首
　◇「江戸川乱歩全集 24」光文社 2005（光文社文庫）p448
「真昼の暗黒」と独立プロ
　◇「佐々木基一全集 7」河出書房新社 2013 p205
眞晝の海への旅
　◇「辻邦生全集 8」新潮社 2005 p7
真昼のたわむれ
　◇「日影丈吉全集 8」国書刊行会 2004 p646
ま昼の暴力─三光中野自動車労組にて
　◇「松田解子自選集 8」澤田出版 2008 p314
魂（まぶい）
　◇「立松和平全小説 27」勉誠出版 2014 p337
魂込め（まぶいぐみ）
　◇「目取真俊短篇小説選集 2」影書房 2013 p255
瞼の母 二幕六場
　◇「長谷川伸傑作選 瞼の母」国書刊行会 2008 p7
真船君のこと
　◇「小林秀雄全作品 15」新潮社 2003 p149
　◇「小林秀雄全集 補巻 2」新潮社 2010 p293
魔法
　◇「小酒井不木随筆評論選集 8」本の友社 2004 p41
魔法つかい
　◇「岡本綺堂探偵小説全集 1」作品社 2012 p6
魔法使の盲点
　◇「安部公房全集 3」新潮社 1997 p188
魔法人形
　◇「江戸川乱歩全集 20」光文社 2004（光文社文庫）p219
魔法の紙
　◇「小檜山博全集 7」柏艪舎 2006 p225
魔法の小屋のために
　◇「辻邦生全集 18」新潮社 2005 p391
魔法の玉
　◇「大庭みな子全集 12」日本経済新聞出版社 2010 p243
魔法のチョーク
　◇「安部公房全集 2」新潮社 1997 p499
　◇「安部公房全集 8」新潮社 1998 p301
魔法博士
　◇「江戸川乱歩全集 19」光文社 2004（光文社文庫）p273
魔法瓶
　◇「決定版 三島由紀夫全集 20」新潮社 2002 p75
まほうやしき
　◇「江戸川乱歩全集 20」光文社 2004（光文社文庫）p509
まぼろし車
　◇「石川淳コレクション〔1〕」筑摩書房 2007（ちくま文庫）p252
まぼろし小僧
　◇「横溝正史時代小説コレクション捕物篇 3」出版芸術社 2004 p38

まほろ

幻ならず
◇「瀬戸内寂聴随筆選 5」ゆまに書房 2009 p197

幻の家
◇「日影丈吉全集 別巻」国書刊行会 2005 p780

まぼろしの伊佐早城
◇「〔野呂邦暢〕随筆コレクション 1」みすず書房 2014 p345

幻の伊佐早城
◇「〔野呂邦暢〕随筆コレクション 2」みすず書房 2014 p40

まぼろしの御嶽
◇「野呂邦暢小説集成 6」文遊社 2016 p189

幻の影を慕いて
◇「鈴木いづみセカンド・コレクション 3」文遊社 2004 p95

幻の球場
◇「小沼丹全集 4」未知谷 2004 p461

まぼろしの共和国（戯曲「榎本武揚」）
◇「安部公房全集 29」新潮社 2000 p201

幻の軍艦未だ応答なし。
◇「定本 久生十蘭全集 8」国書刊行会 2010 p458

まぼろしの鮭に
◇「石牟礼道子全集 5」藤原書店 2004 p366

"幻の作家"の正体は
◇「松下竜一未刊行著作集 3」海鳥社 2009 p284

まぼろしの七里湖
◇「大庭みな子全集 15」日本経済新聞出版社 2010 p303
◇「大庭みな子全集 16」日本経済新聞出版社 2010 p504

幻の女王牌—高田せい子女史と語る
◇「定本 久生十蘭全集 10」国書刊行会 2011 p55

まぼろしの食物
◇「日影丈吉全集 別巻」国書刊行会 2005 p241

幻のソース
◇「向田邦子全集 新版 6」文藝春秋 2009 p99

まぼろしの村民権—恥ずべき水俣病の契約書
◇「石牟礼道子全集 1」藤原書店 2004 p300

幻の地名「闘鶏」を探す
◇「小松左京全集 完全版 40」城西国際大学出版会 2012 p250

幻の塔
◇「坂口安吾全集 10」筑摩書房 1998 p375

まぼろしの同人誌「極」
◇「寺山修司著作集 4」クインテッセンス出版 2009 p74

幻の虎
◇「辻井喬コレクション 2」河出書房新社 2002 p433

幻の匂い
◇「大庭みな子全集 16」日本経済新聞出版社 2010 p118

まぼろしの二十一世紀
◇「小松左京全集 完全版 25」城西国際大学出版会 2017 p346

幻の果—ある草原の砂漠の物語
◇「辻邦生全集 8」新潮社 2005 p417

まぼろしの舟のために
◇「石牟礼道子全集 5」藤原書店 2004 p413

「幻の」宮崎さん
◇「〔野呂邦暢〕随筆コレクション 2」みすず書房 2014 p237

幻の名場面
◇「松下竜一未刊行著作集 2」海鳥社 2008 p310

まぼろしの乱歩像
◇「日影丈吉全集 別巻」国書刊行会 2005 p525

まぼろし部落
◇「三橋一夫ふしぎ小説集成 1」出版芸術社 2005 p155

「まぼろし部落」のころ
◇「三橋一夫ふしぎ小説集成 1」出版芸術社 2005 p297

「まぼろし部落」はどこへ行ってしまったか
◇「三橋一夫ふしぎ小説集成 2」出版芸術社 2005 p313

まぼろし菩薩
◇「都筑道夫時代小説コレクション 1」戎光祥出版 2014（戎光祥時代小説名作館）p150

幻町の住人になるには
◇「中井英夫全集 7」東京創元社 1998（創元ライブラリ）p135

まぼろし令嬢
◇「山田風太郎ミステリー傑作選 8」光文社 2002（光文社文庫）p111

ママイの丘—剣をふりかざす「母なる祖国」像
◇「小松左京全集 完全版 43」城西国際大学出版会 2014 p286

「継子譚」の地平
◇「寺山修司著作集 5」クインテッセンス出版 2009 p182

ママのおともだち
◇「車谷長吉全集 2」新書館 2010 p45

真間の手古奈
◇「国枝史郎伝奇短篇小説集成 2」作品社 2006 p63

「ままや」繁盛記
◇「向田邦子全集 新版 10」文藝春秋 2010 p152

まむし紀行
◇「阿川弘之全集 20」新潮社 2007 p61

まめつま
◇「小松左京全集 完全版 16」城西国際大学出版会 2011 p354

守るべきものの価値—われわれは何を選択するか〔対談〕（石原慎太郎）
◇「決定版 三島由紀夫全集 40」新潮社 2004 p537

麻薬・自殺・宗教
  ◇「坂口安吾全集 8」筑摩書房 1998 p350
麻耶子
  ◇「狩久全集 2」皆進社 2013 p284
麻耶子考
  ◇「狩久全集 6」皆進社 2013 p238
麻矢子の死
  ◇「狩久全集 2」皆進社 2013 p245
マヤコフスキイより
  ◇「上野壮夫全集 3」図書新聞 2011 p383
マヤの美に魅かれる
  ◇「小松左京全集 完全版 37」城西国際大学出版会 2010 p276
真山青果論
  ◇「徳田秋聲全集 23」八木書店 2001 p253
魔夜峰央 美少年愛をギャグでつつめば〔対談〕
  ◇「大庭みな子全集 22」日本経済新聞出版社 2011 p53
繭
  ◇「大庭みな子全集 6」日本経済新聞出版社 2009 p159
繭
  ◇「目取真俊短篇小説選集 2」影書房 2013 p67
眉毛
  ◇「松田解子自選集 8」澤田出版 2008 p78
繭ごもる嬰児―澁澤龍彥
  ◇「中井英夫全集 7」東京創元社 1998 (創元ライブラリ) p437
黛君に調査依頼の件
  ◇「安部公房全集 28」新潮社 2000 p415
黛氏のこと
  ◇「決定版 三島由紀夫全集 28」新潮社 2003 p495
繭の内側
  ◇「安部公房全集 29」新潮社 2000 p50
迷ひ
  ◇「安部公房全集 1」新潮社 1997 p162
迷い子
  ◇「小松左京全集 完全版 22」城西国際大学出版会 2015 p104
迷い旅
  ◇「辺見庸掌編小説集 白století」角川書店 2004 p240
迷いの末は―横光利一氏の「厨房日記」について
  ◇「宮本百合子全集 12」新日本出版社 2001 p403
迷う心の待乳山
  ◇「井上ひさし短編中編小説集成 4」岩波書店 2015 p309
迷う手
  ◇「日影丈吉全集 8」国書刊行会 2004 p178
真夜中の男
  ◇「結城昌治コレクション 真夜中の男」光文社 2008 (光文社文庫) p5

真夜中の結婚式
  ◇「立松和平小説 別巻」勉誠出版 2015 p501
真夜中の声
  ◇「野呂邦暢小説集成 7」文遊社 2016 p297
真夜中の視聴者
  ◇「小松左京全集 完全版 19」城西国際大学出版会 2013 p280
真夜中の探偵
  ◇「日影丈吉全集 別巻」国書刊行会 2005 p393
真夜中の虹
  ◇「立松和平小説 14」勉誠出版 2011 p315
真夜中の鶏
  ◇「中井英夫全集 2」東京創元社 1998 (創元ライブラリ) p577
真夜中の雷雨
  ◇「都筑道夫恐怖短篇集成 2」筑摩書房 2004 (ちくま文庫) p194
「マラソン」について (今村靖著「マラソン」推薦文)
  ◇「決定版 三島由紀夫全集 36」新潮社 2003 p399
『マラッカ物語』の応用問題
  ◇「〔池澤夏樹〕エッセー集成 1」みすず書房 2008 p134
マラマッド
  ◇「小島信夫批評集成 2」水声社 2011 p603
マラメルの『イジチュール』について
  ◇「宮城谷昌光全集 21」文藝春秋 2004 p172
マリア像
  ◇「小沼丹全集 4」未知谷 2004 p513
マリアの結婚
  ◇「須賀敦子全集 2」河出書房新社 2006 (河出文庫) p352
マリア・バシュキルツェフの日記
  ◇「宮本百合子全集 13」新日本出版社 2001 p124
マリア・ボットーニの長い旅
  ◇「須賀敦子全集 1」河出書房新社 2006 (河出文庫) p114
マリー・アントワネットのこと
  ◇「遠藤周作エッセイ選集 2」光文社 2006 (知恵の森文庫) p128
マリオネット
  ◇「高橋克彦自選短編集 2」講談社 2009 (講談社文庫) p639
マリオネット
  ◇「眉村卓コレクション 異世界篇 1」出版芸術社 2012 p309
毬子
  ◇「吉屋信子少女小説選 5」ゆまに書房 2004 p1
マリッジリング
  ◇「渡辺淳一自選短篇コレクション 4」朝日新聞社 2006 p5
万里華(まりはな)讚歌
  ◇「20世紀断層―野坂昭如単行本未収録小説集成 4」

まりふ

　　　幻戯書房 2010 p235
マリフ
　◇「小島信夫短篇集成 7」水声社 2015 p283
マリリン・モンロー
　◇「向田邦子全集 新版 8」文藝春秋 2009 p77
マリ・ルイーズ Marie Louise
　◇「須賀敦子全集 1」河出書房新社 2006（河出文庫）p377
マル
　◇「小檜山博全集 7」柏艪舎 2006 p75
円いひっぴい（上）
　◇「小田実全集 小説 13」講談社 2011 p6
円いひっぴい（下）
　◇「小田実全集 小説 14」講談社 2011 p5
丸岡明氏の旧作にふれて
　◇「佐々木基一全集 5」河出書房新社 2013 p193
〔丸岡明〕見はてぬ夢
　◇「佐々木基一全集 5」河出書房新社 2013 p81
丸岡さんの死を悼む
　◇「佐々木基一全集 5」河出書房新社 2013 p191
『丸木スマ画集 花と人と生きものたち』
　◇「石牟礼道子全集 14」藤原書店 2008 p345
丸木俊さん
　◇「石牟礼道子全集 14」藤原書店 2008 p195
マルクス兄弟 オペラは踊る—永遠に新鮮なマルクス喜劇
　◇「色川武大・阿佐田哲也エッセイズ 2」筑摩書房 2003（ちくま文庫）p308
マルクス主義の芸術観
　◇「佐々木基一全集 2」河出書房新社 2013 p333
マルクス主義美学の問題
　◇「佐々木基一全集 2」河出書房新社 2013 p140
マルクスの悟達
　◇「小林秀雄全作品 3」新潮社 2002 p9
　◇「小林秀雄全集 補巻 1」新潮社 2010 p129
マルスの歌
　◇「石川淳コレクション〔1〕」筑摩書房 2007（ちくま文庫）p9
マルセル・カルネ会見記—この道を過ぎて
　◇「辻邦生全集 19」新潮社 2005 p275
マルセル・プルースト氏作バルダサアル・シルヴァンドの死
　◇「決定版 三島由紀夫全集 36」新潮社 2003 p538
丸太流し
　◇「小檜山博全集 1」柏艪舎 2006 p445
マルティン・ベック ストックホルムの風邪ひき男
　◇「日影丈吉全集 別巻」国書刊行会 2005 p370
まるでゲームのようなはなし—ヴェッキアーノにタブッキを訪ねて
　◇「須賀敦子全集 4」河出書房新社 2007（河出文庫）p276

丸ノ内精密爆撃の流言
　◇「内田百閒集成 22」筑摩書房 2004（ちくま文庫）p56
丸坊主になった話
　◇「車谷長吉全集 3」新書館 2010 p194
丸谷才一『エホバの顔を避けて』
　◇「小島信夫批評集成 2」水声社 2011 p754
丸谷才一のなかの羅針盤
　◇「辻邦生全集 16」新潮社 2005 p223
丸山健二「赤い眼」
　◇「［野呂邦暢］随筆コレクション 2」みすず書房 2014 p356
丸山健二「アフリカの光」
　◇「［野呂邦暢］随筆コレクション 2」みすず書房 2014 p352
丸山健二「雨のドラゴン」
　◇「［野呂邦暢］随筆コレクション 2」みすず書房 2014 p349
丸山健二「イヌワシ讃歌」
　◇「［野呂邦暢］随筆コレクション 2」みすず書房 2014 p402
丸山健二「火山の歌」
　◇「［野呂邦暢］随筆コレクション 2」みすず書房 2014 p387
丸山健二「風の、徒労の使者」
　◇「［野呂邦暢］随筆コレクション 2」みすず書房 2014 p424
丸山健二「シェパードの九月」
　◇「［野呂邦暢］随筆コレクション 2」みすず書房 2014 p399
丸山豊先生のこと 愛についてのデッサン
　◇「［野呂邦暢］随筆コレクション 2」みすず書房 2014 p188
マルロオの「美術館」
　◇「小林秀雄全作品 22」新潮社 2004 p277
　◇「小林秀雄全集 補巻 3」新潮社 2010 p146
マレーシアの養老院を訪ねて
　◇「石牟礼道子全集 10」藤原書店 2006 p421
マロニエの葉
　◇「小沼丹全集 4」未知谷 2004 p98
まわりあわせ
　◇「小松左京全集 完全版 37」城西国際大学出版会 2010 p279
まわり灯籠
　◇「大庭みな子全集 11」日本経済新聞出版社 2010 p287
まわれ風車・とべ風船—鹿児島県川内市
　◇「松下竜一未刊行著作集 5」海鳥社 2009 p55
満員電車の中で
　◇「阿川弘之全集 19」新潮社 2007 p255
満員島
　◇「山田風太郎ミステリー傑作選 7」光文社 2001（光文社文庫）p497

漫画
　◇「小林秀雄全作品 23」新潮社 2004 p72
　◇「小林秀雄全集 補巻 3」新潮社 2010 p187
漫画家が語る昭和の時代（杉浦幸雄）
　◇「小松左京全集 完全版 47」城西国際大学出版会 2017 p86
漫画芸術・ゴシップ文学及人物評論
　◇「德田秋聲全集 22」八木書店 2001 p47
『まんがマン』創刊 全国に衝撃
　◇「小松左京全集 完全版 42」城西国際大学出版会 2014 p213
満月
　◇「金石範作品集 2」平凡社 2005 p475
マンゴ・パーク「ニジェール探検行」
　◇〔野呂邦暢〕随筆コレクション 2」みすず書房 2014 p417
漫才師落第記
　◇「野坂昭如エッセイ・コレクション 1」筑摩書房 2004（ちくま文庫）p309
『卍（まんじ）』
　◇「谷崎潤一郎全集 13」中央公論新社 2015 p247
卍（まんじ）
　◇「谷崎潤一郎全集 13」中央公論新社 2015 p251
卍（まんじ）〔「改造」掲載初出文その一からその十四まで〕
　◇「谷崎潤一郎全集 13」中央公論新社 2015 p445
「まんじ」に就て
　◇「谷崎潤一郎全集 20」中央公論新社 2015 p553
卍の秘密
　◇「国枝史郎伝奇短篇小説集成 1」作品社 2006 p269
饅頭を盗み食いした少年時代
　◇「遠藤周作エッセイ選集 1」光文社 2006（知恵の森文庫）p36
饅頭軍談
　◇「日影丈吉全集 6」国書刊行会 2002 p314
饅頭伝来記
　◇「司馬遼太郎短篇全集 1」文藝春秋 2005 p93
満洲の印象
　◇「小林秀雄全作品 11」新潮社 2003 p9
　◇「小林秀雄全集 補巻 2」新潮社 2010 p19
マンション革命
　◇「小松左京全集 完全版 29」城西国際大学出版会 2007 p241
"マンション族"の素顔
　◇「開高健ルポルタージュ選集 ずばり東京」光文社 2007（光文社文庫）p242
満人作家と語る（古丁、外文、山田清三郎、尾崎士郎、高見順、窪川鶴次郎、中村武羅夫、榊山潤、丹羽文雄、田辺茂一、岡田三郎）
　◇「德田秋聲全集 25」八木書店 2001 p525
萬蔵の場合
　◇「車谷長吉全集 1」新書館 2010 p87

満足
　◇「德田秋聲全集 6」八木書店 2000 p158
『マンゾーニ家の人々』（N・ギンズブルグ著）訳者あとがき
　◇「須賀敦子全集 6」河出書房新社 2007（河出文庫）p332
曼陀羅
　◇「大庭みな子全集 6」日本経済新聞出版社 2009 p55
曼陀羅物語
　◇「決定版 三島由紀夫全集 16」新潮社 2002 p87
万太郎の耳
　◇「山田風太郎ミステリー傑作選 8」光文社 2002（光文社文庫）p157
満天
　◇「大庭みな子全集 12」日本経済新聞出版社 2010 p154
満天の星
　◇「宮城谷昌光全集 2」文藝春秋 2003 p404
万徳幽霊奇譚
　◇「金石範作品集 1」平凡社 2005 p157
マントの悪夢
　◇「20世紀断層―野坂昭如単行本未収録小説集成 4」幻戯書房 2010 p11
マンドリンを弾く男―幕
　◇「谷崎潤一郎全集 12」中央公論新社 2017 p211
「マンドリンを弾く男」について
　◇「谷崎潤一郎全集 22」中央公論新社 2017 p371
萬年随筆
　◇「阿川弘之全集 18」新潮社 2007 p468
万年筆という舟
　◇「宮城谷昌光全集 21」文藝春秋 2004 p301
万年筆とワープロは100%同じだよ
　◇「安部公房全集 29」新潮社 2000 p207
マンハッタン
　◇「向田邦子全集 新版 1」文藝春秋 2009 p75
万引家族
　◇「坂口安吾全集 10」筑摩書房 1998 p123
万病天の配剤
　◇「20世紀断層―野坂昭如単行本未収録小説集成 4」幻戯書房 2010 p55
満腹の星
　◇「小松左京全集 完全版 25」城西国際大学出版会 2017 p343
マンボウ先生のお人柄
　◇「阿川弘之全集 19」新潮社 2007 p406
万歩計
　◇「小檜山博全集 8」柏艪舎 2006 p216
マンモス・プール
　◇「開高健ルポルタージュ選集 日本人の遊び場」光文社 2007（光文社文庫）p51
「万葉幻視考」を読む
　◇「阿川弘之全集 17」新潮社 2006 p370

まんよ

〈古典の旅〉万葉集
　◇「大庭みな子全集 19」日本経済新聞出版社 2010 p405

万葉調が好きで―私のペンネーム
　◇「決定版 三島由紀夫全集 補巻」新潮社 2005 p156

万葉の甍
　◇「赤江瀑短編傑作選 幻想編」光文社 2007（光文社文庫）p439

万葉の世界
　◇「大庭みな子全集 15」日本経済新聞出版社 2010 p144

万葉の中の馬たち
　◇「大庭みな子全集 13」日本経済新聞出版社 2010 p278

万葉翡翠
　◇「松本清張傑作選 時刻表を殺意が走る」新潮社 2009 p231
　◇「松本清張傑作選 時刻表を殺意が走る」新潮社 2013（新潮文庫）p327

万葉翡翠 求めて得まし玉かも
　◇「松本清張短編全集 11」光文社 2009（光文社文庫）p131

砂砂根（まんりゃう）
　◇「決定版 三島由紀夫全集 37」新潮社 2004 p199

【み】

見合ひ結婚のすすめ
　◇「決定版 三島由紀夫全集 32」新潮社 2003 p615

見合い紳士
　◇「野坂昭如エッセイ・コレクション 1」筑摩書房 2004（ちくま文庫）p58

見合いも恋愛も結局同じこと
　◇「小松左京全集 完全版 34」城西国際大学出版会 2009 p183

三井寺の鐘つき男
　◇「三橋一夫ふしぎ小説集成 2」出版芸術社 2005 p206

ミイラと怪奇仏に出羽の謎を追う
　◇「小松左京全集 完全版 31」城西国際大学出版会 2008 p87

木乃伊と古代醫學
　◇「小酒井不木随筆評論選集 6」本の友社 2004 p364

木乃伊（みいら）とり
　◇「20世紀断層―野坂昭如単行本未収録小説集成 1」幻戯書房 2010 p462

木乃伊の耳飾
　◇「国枝史郎探偵小説全集」作品社 2005 p168

三浦環
　◇「大庭みな子全集 23」日本経済新聞出版社 2011 p101

三浦哲郎「拳銃と十五の短篇」
　◇「〔野呂邦暢〕随筆コレクション 2」みすず書房 2014 p393

三浦三崎
　◇「小林秀雄全作品 10」新潮社 2003 p128
　◇「小林秀雄全集 補巻 1」新潮社 2010 p522

見えない足跡
　◇「狩久全集 1」皆進社 2013 p293

見えない遺書
　◇「中井英夫全集 6」東京創元社 1996（創元ライブラリ）p255

見えない糸
　◇「大庭みな子全集 23」日本経済新聞出版社 2011 p522

見えない絵本（細江英公他作「オンディーヌ」評）
　◇「決定版 三島由紀夫全集 32」新潮社 2003 p599

見えない鍵 第29回文藝賞
　◇「大庭みな子全集 24」日本経済新聞出版社 2011 p91

見えない機関車―二ノ宮心中
　◇「鮎川哲也コレクション 早春に死す」光文社 2007（光文社文庫）p213

「見えない世界」の存在感
　◇「辻邦生全集 18」新潮社 2005 p43

見えない狙撃者
　◇「狩久全集 3」皆進社 2013 p96

見えない花のソネット
　◇「寺山修司著作集 1」クインテッセンス出版 2009 p384

見えない部分の気配 第10回日本旅行記賞
　◇「大庭みな子全集 24」日本経済新聞出版社 2011 p48

見えない星田三平氏
　◇「中井英夫全集 6」東京創元社 1996（創元ライブラリ）p602

見えないものの影
　◇「小松左京全集 完全版 24」城西国際大学出版会 2016 p166

見えぬ兜器
　◇「江戸川乱歩全集 24」光文社 2005（光文社文庫）p635

見えぬ所、わからぬ奥
　◇「徳田秋聲全集 19」八木書店 2000 p106

見え坊
　◇「徳田秋聲全集 3」八木書店 1999 p68

見えるもの
　◇「大庭みな子全集 12」日本経済新聞出版社 2010 p74

見えるもの
　◇「小檜山博全集 8」柏艪舎 2006 p279

見えるもの
　◇「瀬戸内寂聴随筆選 1」ゆまに書房 2009 p19
見えるものと見えないもののつながり 第25回女流新人賞
　◇「大庭みな子全集 24」日本経済新聞出版社 2011 p35
身を固めるために
　◇「定本 久生十蘭全集 10」国書刊行会 2011 p121
見送り
　◇「内田百閒集成 2」筑摩書房 2002（ちくま文庫）p9
見送り仙子
　◇「田村孟全小説集」航思社 2012 p130
身を正し心を正す（「日本の文学」編集委員のことば）
　◇「決定版 三島由紀夫全集 32」新潮社 2003 p493
見落されている急所―文学と生活との関係にふれて
　◇「宮本百合子全集 11」新日本出版社 2001 p418
三面川（みおもてがわ）
　◇「大庭みな子全集 11」日本経済新聞出版社 2010 p7
　◇「大庭みな子全集 11」日本経済新聞出版社 2010 p62
三面川という意味が気に入りまして〔インタビュー・構成〕草柳文恵
　◇「大庭みな子全集 24」日本経済新聞出版社 2011 p248
未解決、あるいは繰り返される対話
　◇「小島信夫批評集成 8」水声社 2010 p588
未解決のまゝ
　◇「徳田秋聲全集 15」八木書店 1999 p70
未開な風景
　◇「宮本百合子全集 3」新日本出版社 2001 p489
未開の花
　◇「宮本百合子全集 12」新日本出版社 2001 p383
磨かれざる宝石 ソビエトの国土
　◇「安部公房全集 19」新潮社 1999 p271
未確認尾行物体 Unidentified Shadowing Object
　◇「島田雅彦芥川賞落選作全集 下」河出書房新社 2013（河出文庫）p261
「味覚の秋」のための中休み
　◇「小松左京全集 完全版 37」城西国際大学出版会 2010 p93
みかけ極楽、中身は地獄
　◇「石牟礼道子全集 1」藤原書店 2004 p371
みかけと正体
　◇「大庭みな子全集 12」日本経済新聞出版社 2010 p12
三笠・長門見学
　◇「決定版 三島由紀夫全集 26」新潮社 2003 p21

三笠の月
　◇「定本 久生十蘭全集 4」国書刊行会 2009 p359
三笠山
　◇「車谷長吉全集 1」新書館 2010 p551
三日月さんの顔
　◇「阿川弘之全集 17」新潮社 2006 p513
「帝」の称号
　◇「宮城谷昌光全集 21」文藝春秋 2004 p362
三神真彦「幻影の時代」
　◇「野呂邦暢」随筆コレクション 2」みすず書房 2014 p382
身代わり
　◇「宮城谷昌光全集 21」文藝春秋 2004 p350
身代り金之助
　◇「山本周五郎探偵小説全集 別巻」作品社 2008 p169
身代りの花嫁
　◇「野村胡堂探偵小説全集」作品社 2007 p345
身替り花嫁
　◇「横溝正史時代小説コレクション捕物篇 3」出版芸術社 2004 p54
未刊作品
　◇「小沼丹全集 1」未知谷 2004 p699
　◇「小沼丹全集 2」未知谷 2004 p707
　◇「小沼丹全集 3」未知谷 2004 p625
ミカン、サツマイモ、タバコと続々移入
　◇「小松左京全集 完全版 29」城西国際大学出版会 2007 p98
未完になる叙事詩を書くこと
　◇「石牟礼道子全集 6」藤原書店 2006 p496
未完の部分を読む 水村美苗著『続明暗』の話題
　◇「小島信夫批評集成 8」水声社 2010 p431
蜜柑畑
　◇「山本周五郎長篇小説全集 4」新潮社 2013 p399
蜜柑（「蜜柑（冬）」改題）
　◇「決定版 三島由紀夫全集 37」新潮社 2004 p66
右腕
　◇「松田解子自選集 9」澤田出版 2009 p17
右顔
　◇「徳田秋聲全集 23」八木書店 2001 p148
三木清「時代と道徳」
　◇「小林秀雄全作品 9」新潮社 2003 p110
　◇「小林秀雄全集 補巻 1」新潮社 2010 p466
三岸節子の畫集
　◇「小林秀雄全集 補巻 3」新潮社 2010 p530
右と左
　◇「小沼丹全集 3」未知谷 2004 p593
右半球の頭脳への発信〔インタビュー〕（小池一子）
　◇「安部公房全集 26」新潮社 1999 p259

みきり

右領収仕候
◇「決定版 三島由紀夫全集 18」新潮社 2002 p395

三國一朗との対談「先生、どうして泣くと…」
◇「石牟礼道子全集 10」藤原書店 2006 p157

三熊野(みくまの)詣
◇「決定版 三島由紀夫全集 20」新潮社 2002 p343

ミクロンなみの小さな人間
◇「小松左京全集 完全版 28」城西国際大学出版会 2006 p165

御饌津国
◇「小松左京全集 完全版 27」城西国際大学出版会 2007 p227

ミケランジェロ讃
◇〔野呂邦暢〕随筆コレクション 2」みすず書房 2014 p484

ミケランジェロの詩と手紙(翻訳)
◇「須賀敦子全集 5」河出書房新社 2008 (河出文庫) p363

「聖心(みこころ)の使徒」所収エッセイほか
◇「須賀敦子全集 8」河出書房新社 2007 (河出文庫) p193

巫女さん
◇「古井由吉自撰作品 7」河出書房新社 2012 p257

見事な和泉の溜池群
◇「小松左京全集 完全版 42」城西国際大学出版会 2014 p72

みごとな音の構築
◇「井上ひさしコレクション 人間の巻」岩波書店 2005 p7

見事な整理
◇「坂口安吾全集 12」筑摩書房 1999 p404

見事な若武者(矢尾板・ペレス戦観戦記)
◇「決定版 三島由紀夫全集 31」新潮社 2003 p186

みことのり
◇「宮城谷昌光全集 21」文藝春秋 2004 p324

妊りて
◇「松下竜一未刊行著作集 1」海鳥社 2008 p63

見さかいもなく
◇「田辺聖子全集 16」集英社 2005 p428

御坂峠
◇「小沼丹全集 4」未知谷 2004 p210

岬
◇「辻井喬コレクション 7」河出書房新社 2003 p190

岬
◇「中上健次集 1」インスクリプト 2014 p357
◇「中上健次集 1」インスクリプト 2014 p475

岬にて
◇「小松左京全集 完全版 20」城西国際大学出版会 2014 p418

岬にての物語
◇「決定版 三島由紀夫全集 16」新潮社 2002 p259

岬の宝庫
◇「中上健次集 4」インスクリプト 2016 p400

岬のわかれ
◇「決定版 三島由紀夫全集 37」新潮社 2004 p613

みさ子
◇「徳田秋聲全集 1」八木書店 1997 p238

みささぎ盗賊
◇「山田風太郎妖異小説コレクション 地獄太夫」徳間書店 2003 (徳間文庫) p5

短い感想—家族円卓会議について
◇「宮本百合子全集 12」新日本出版社 2001 p151

短かかりし日
◇「阿川弘之全集 18」新潮社 2007 p378

身近な精霊たち—あとがきにかえて
◇「石牟礼道子全集 7」藤原書店 2005 p567

身近の鳥あれこれ
◇「小松左京全集 完全版 40」城西国際大学出版会 2012 p279

短夜
◇「内田百閒集成 3」筑摩書房 2002 (ちくま文庫) p74

ミシシッピ紀行
◇「小松左京全集 完全版 43」城西国際大学出版会 2014 p339

ミシシッピの河の流れのように
◇「金井美恵子エッセイ・コレクション—1964-2013 3」平凡社 2013 p417

三島帰郷兵に26の質問
◇「決定版 三島由紀夫全集 34」新潮社 2003 p414

三島君の事
◇「小林秀雄全作品 26」新潮社 2004 p93
◇「小林秀雄全集 補巻 3」新潮社 2010 p358

三島氏、芸術に変身す
◇「安部公房全集 17」新潮社 1999 p107

三島氏にズバリ10問
◇「決定版 三島由紀夫全集 35」新潮社 2003 p505

三島氏のプライバシー—なんでも相談 なんでも解答
◇「決定版 三島由紀夫全集 36」新潮社 2003 p650

三島賞受賞の言葉
◇「車谷長吉全集 3」新書館 2010 p32

三島女郎衆死化粧
◇「都筑道夫時代小説コレクション 1」戎光祥出版 2014 (戎光祥時代小説名作館) p291

三島霜川『役者芸風記』序
◇「徳田秋聲全集 別巻」八木書店 2006 p116

三島の手紙〔映画「憂国」〕
◇「決定版 三島由紀夫全集 別巻」新潮社 2006 p14

三島文学と国際性〔対談〕(ドナルド・キーン)
◇「決定版 三島由紀夫全集 39」新潮社 2004 p478

三島文学の背景〔対談〕(三好行雄)
◇「決定版 三島由紀夫全集 40」新潮社 2004 p622

三島由紀夫
 ◇「佐々木基一全集 4」河出書房新社 2013 p462
三島由紀夫「假面の告白」
 ◇「福田恆存評論集 別巻」麗澤大學出版會, 廣池學園事業部〔発売〕2011 p99
三島由紀夫劇評集
 ◇「決定版 三島由紀夫全集 26」新潮社 2003 p508
三島由紀夫 最後の言葉〔対談〕(古林尚)
 ◇「決定版 三島由紀夫全集 40」新潮社 2004 p739
三島由紀夫さんに聞く〔対談〕(川田雄基)
 ◇「決定版 三島由紀夫全集 39」新潮社 2004 p169
三島由紀夫氏への質問
 ◇「決定版 三島由紀夫全集 36」新潮社 2003 p642
三島由紀夫氏との50問50答
 ◇「決定版 三島由紀夫全集 34」新潮社 2003 p543
三島由紀夫氏の"人間天皇"批判―小説「英霊の声」が投げた波紋
 ◇「決定版 三島由紀夫全集 34」新潮社 2003 p126
三島由紀夫出題クイズ
 ◇「決定版 三島由紀夫全集 31」新潮社 2003 p214
三島由紀夫先生を訪ねて―希望はうもん
 ◇「決定版 三島由紀夫全集 33」新潮社 2003 p148
三島由紀夫渡米みやげ話―「朝の訪問」から
 ◇「決定版 三島由紀夫全集 30」新潮社 2003 p9
三島由紀夫の思ひ出
 ◇「阿川弘之全集 16」新潮社 2006 p438
三島由紀夫の自刃
 ◇「車谷長吉全集 3」新書館 2010 p293
三島由紀夫の生活ダイジェスト
 ◇「決定版 三島由紀夫全集 33」新潮社 2003 p291
三島由紀夫のファクト・メガロポリス
 ◇「決定版 三島由紀夫全集 35」新潮社 2003 p671
三島由紀夫俳句帖
 ◇「決定版 三島由紀夫全集 37」新潮社 2004 p810
魅志魔雪翁百八歳の遺言録―己惚れ
 ◇「決定版 三島由紀夫全集 36」新潮社 2003 p558
三島由紀夫レター教室
 ◇「決定版 三島由紀夫全集 11」新潮社 2001 p213
惨めな無我夢中―福知山高女の事件について
 ◇「宮本百合子全集 9」新日本出版社 2001 p238
未消化の芸術
 ◇「安部公房全集 29」新潮社 2000 p337
未生の闇
 ◇「中井英夫全集 5」東京創元社 2002（創元ライブラリ）p51
見知らぬ明日
 ◇「小松左京全集 完版 4」城西国際大学出版会 2010 p7
見知らぬ海へ
 ◇「隆慶一郎全集 12」新潮社 2010 p7
見知らぬ恋人
 ◇「狩久全集 3」皆進社 2013 p41

見知らぬ友だちに
 ◇「上野壮夫全集 1」図書新聞 2010 p143
見知らぬ旗
 ◇「中井英夫全集 2」東京創元社 1998（創元ライブラリ）p219
見知らぬ人との話
 ◇「大庭みな子全集 11」日本経済新聞出版社 2010 p299
見知らぬ塀
 ◇「車谷長吉全集 2」新書館 2010 p24
見知らぬ部屋での自殺者
 ◇「決定版 三島由紀夫全集 37」新潮社 2004 p384
見知らぬホテルにて
 ◇「小松左京全集 完全版 25」城西国際大学出版会 2017 p220
見知らぬ町にて
 ◇「辻邦生全集 2」新潮社 2004 p88
水
 ◇「大庭みな子全集 11」日本経済新聞出版社 2010 p301
水
 ◇「小沼丹全集 3」未知谷 2004 p567
 ◇「小沼丹全集 3」未知谷 2004 p606
水
 ◇「小松左京全集 完全版 27」城西国際大学出版会 2007 p99
水
 ◇「〔野呂邦暢〕随筆コレクション 1」みすず書房 2014 p215
水
 ◇「古井由吉自撰作品 2」河出書房新社 2012 p5
 ◇「古井由吉自撰作品 2」河出書房新社 2012 p24
水
 ◇「辺見庸掌編小説集 白髪」角川書店 2004 p224
ミス・ウォーカー
 ◇「林京子全集 8」日本図書センター 2005 p469
湖
 ◇「石牟礼道子全集 11」藤原書店 2005 p583
 ◇「石牟礼道子全集 15」藤原書店 2012 p454
湖
 ◇「小松左京全集 完全版 43」城西国際大学出版会 2014 p352
湖の上の藤
 ◇「石牟礼道子全集 12」藤原書店 2005 p322
湖の中の小さな島
 ◇「小島信夫短篇集成 7」水声社 2015 p509
湖のほとり
 ◇「徳田秋聲全集 15」八木書店 1999 p241
水音
 ◇「決定版 三島由紀夫全集 19」新潮社 2002 p321
水を呑む樹
 ◇「石牟礼道子全集 6」藤原書店 2006 p102

みすか

水鏡
　◇「石牟礼道子全集 15」藤原書店 2012 p100
水鏡
　◇「金井美恵子自選短篇集 エオンタ／自然の子供」講談社 2015（講談社文芸文庫）p240
水影
　◇「石牟礼道子全集 1」藤原書店 2004 p451
水上勉〔対談〕
　◇「向田邦子全集 新版 別巻 1」文藝春秋 2010 p26
水上勉—重なる波の南無阿弥陀仏
　◇「石牟礼道子全集 14」藤原書店 2008 p217
水上勉—生死の涯より
　◇「石牟礼道子全集 14」藤原書店 2008 p212
水上勉との対談 水俣病の証言
　◇「石牟礼道子全集 3」藤原書店 2004 p464
水上勉の文学
　◇「小林秀雄全作品 26」新潮社 2004 p251
　◇「小林秀雄全集 補巻 3」新潮社 2010 p384
水上勉の耳
　◇「車谷長吉全集 3」新書館 2010 p270
水瓶座の少女
　◇「野呂邦暢小説集成 7」文遊社 2016 p9
自らを省みることから
　◇「松下竜一未刊行著作集 5」海鳥社 2009 p292
水・からす・少年少女
　◇「林京子全集 7」日本図書センター 2005 p26
自ら楽しむ
　◇「遠藤周作エッセイ選集 3」光文社 2006（知恵の森文庫）p199
自らの中で完結する行為―〈愛のふれあい〉の投げかけた波紋
　◇「鈴木いづみコレクション 7」文遊社 1997 p255
水着姿であひませう
　◇「決定版 三島由紀夫全集 34」新潮社 2003 p565
水着の幽霊
　◇「狩久全集 4」皆進社 2013 p194
水ぎわの家
　◇「徳田秋聲全集 16」八木書店 1999 p54
みづぐき
　◇「谷崎潤一郎全集 25」中央公論新社 2016 p75
水草
　◇「定本 久生十蘭全集 6」国書刊行会 2010 p59
身繕いをする時期
　◇「林京子全集 7」日本図書センター 2005 p75
水心
　◇「内田百閒集成 13」筑摩書房 2003（ちくま文庫）p52
見過ごされる出来事
　◇「小島信夫批評集成 6」水声社 2011 p270
ミス・ジェーン・マープル おふくろの味
　◇「日影丈吉全集 別巻」国書刊行会 2005 p340
水たたき
　◇「山本周五郎中短篇秀作選集 5」小学館 2006 p275
水谷準君に贈る
　◇「定本 久生十蘭全集 10」国書刊行会 2011 p115
水谷先生との因縁
　◇「大坪砂男全集 3」東京創元社 2013（創元推理文庫）p547
水谷大（美術商）
　◇「向田邦子全集 新版 6」文藝春秋 2009 p198
水谷八重子の遺志
　◇「井上ひさしコレクション 人間の巻」岩波書店 2005 p51
ミスター・ベレー
　◇「三橋一夫ふしぎ小説集成 3」出版芸術社 2005 p167
見すてられた人々
　◇「小松左京全集 完全版 25」城西国際大学出版会 2017 p269
ミステリー＆SFはまってあれよと半世紀＋「小松左京マガジン」編集長インタビュー 第十二回（佐野洋）
　◇「小松左京全集 完全版 49」城西国際大学出版会 2017 p153
ミステリー食事学
　◇「日影丈吉全集 別巻」国書刊行会 2005 p153
ミステリーとは何ぞや
　◇「大坪砂男全集 4」東京創元社 2013（創元推理文庫）p409
ミステリーの季節
　◇「日影丈吉全集 別巻」国書刊行会 2005 p269
ミステリーの楽しみ
　◇「丸谷才一全集 11」文藝春秋 2014 p401
ミステリーの風土記
　◇「日影丈吉全集 別巻」国書刊行会 2005 p245
水と油
　◇「日影丈吉全集 8」国書刊行会 2004 p282
水と犬と
　◇「［野呂邦暢］随筆コレクション 1」みすず書房 2014 p147
水と光と鏡の楽
　◇「決定版 三島由紀夫全集 37」新潮社 2004 p628
水鳥
　◇「内田百閒集成 3」筑摩書房 2002（ちくま文庫）p142
水鳥亭
　◇「坂口安吾全集 9」筑摩書房 1998 p10
水に書かれた物語
　◇「辻邦生全集 16」新潮社 2005 p128
水ぬるむ
　◇「決定版 三島由紀夫全集 37」新潮社 2004 p37
水のある風景―大岡昇平
　◇「丸谷才一全集 10」文藝春秋 2014 p169

水のある町が私は好きだ
　◇「〔野呂邦暢〕随筆コレクション 2」みすず書房 2014 p112
水の家
　◇「中上健次集 2」インスクリプト 2018 p394
水の上の会話
　◇「阿川弘之全集 4」新潮社 2005 p267
水の上の顔
　◇「辻邦生全集 5」新潮社 2004 p258
水の音―「あとがき」にかえて
　◇「石牟礼道子全集 4」藤原書店 2004 p578
水の女
　◇「辻邦生全集 13」新潮社 2005 p298
水の女
　◇「中上健次集 3」インスクリプト 2015 p281
　◇「中上健次集 3」インスクリプト 2015 p303
水の記憶
　◇「鈴木いづみコレクション 4」文遊社 1997 p473
　◇「契約―鈴木いづみSF全集」文遊社 2014 p320
水の国・海の都
　◇「小松左京全集 完版 42」城西国際大学出版会 2014 p54
水の地獄
　◇「石牟礼道子全集 15」藤原書店 2012 p376
水野仙子集
　◇「徳田秋聲全集 20」八木書店 2001 p150
水の砦
　◇「清水アリカ全集」河出書房新社 2011 p430
水の中の絵馬
　◇「野呂邦暢小説集成 7」文遊社 2016 p597
水の中の声
　◇「中井英夫全集 10」東京創元社 2002（創元ライブラリ）p90
水の中の卵
　◇「立松和平小説 17」勉誠出版 2012 p148
水の瞳
　◇「立松和平小説 16」勉誠出版 2012 p138
水のほとり
　◇「野呂邦暢小説集成 7」文遊社 2016 p429
水の町の女
　◇「野呂邦暢小説集成 7」文遊社 2016 p533
"水"の身の上話
　◇「決定版 三島由紀夫全集 15」新潮社 2002 p35
水の娘。浴みする女
　◇「金井美恵子エッセイ・コレクション―1964-2013 4」平凡社 2014 p567
水の恵み
　◇「阿川弘之全集 19」新潮社 2007 p222
「水」の問題
　◇「小松左京全集 完版 46」城西国際大学出版会 2016 p40

水のような
　◇「吉行淳之介エッセイ・コレクション 3」筑摩書房 2004（ちくま文庫）p194
水のように
　◇「大庭みな子全集 18」日本経済新聞出版社 2010 p209
水のように
　◇「瀬戸内寂聴随筆選 1」ゆまに書房 2009 p177
水の流浪
　◇「立松和平小説 16」勉誠出版 2012 p1
　◇「立松和平小説 16」勉誠出版 2012 p2
水―母の豆腐
　◇「松下竜一未刊行著作集 3」海鳥社 2009 p353
水辺
　◇「石牟礼道子全集 12」藤原書店 2005 p350
　◇「石牟礼道子全集 10」藤原書店 2006 p54
水辺の挿話―開高健
　◇「丸谷才一全集 10」文藝春秋 2014 p321
水辺の睡り
　◇「中井英夫全集 7」東京創元社 1998（創元ライブラリ）p239
水辺の町 仔鼠
　◇「野呂邦暢小説集成 3」文遊社 2014 p267
水辺の町 再会
　◇「野呂邦暢小説集成 3」文遊社 2014 p335
水辺の町 蟬
　◇「野呂邦暢小説集成 3」文遊社 2014 p285
水辺の町 蛇
　◇「野呂邦暢小説集成 3」文遊社 2014 p319
水辺の町 落石
　◇「野呂邦暢小説集成 3」文遊社 2014 p303
みずみずしい精気
　◇「大庭みな子全集 8」日本経済新聞出版社 2009 p484
みづみづしい生命力―映画「暴力教室」評
　◇「決定版 三島由紀夫全集 28」新潮社 2003 p657
水虫侍
　◇「向田邦子全集 新版 6」文藝春秋 2009 p246
水森亜土さん
　◇「色川武大・阿佐田哲也エッセイズ 3」筑摩書房 2003（ちくま文庫）p156
水羊羹
　◇「向田邦子全集 新版 6」文藝春秋 2009 p103
ミス・リグビーの幸福
　◇「片岡義男コレクション 3」早川書房 2009（ハヤカワ文庫）p97
水はみどろの宮
　◇「石牟礼道子全集 11」藤原書店 2005 p11
「未成熟」指向社会
　◇「小松左京全集 完版 29」城西国際大学出版会 2007 p325
「未青年」出版記念会祝辞
　◇「決定版 三島由紀夫全集 31」新潮社 2003 p504

みせい

「未成年」の独創性について
　◇『小林秀雄全作品 4』新潮社 2003 p243
　◇『小林秀雄全集 補巻 1』新潮社 2010 p222

見せかけ
　◇『小檜山博全集 7』柏艪舎 2006 p184

ミセス・ロビンソン
　◇『橋本治短篇小説コレクション S&Gグレイテスト・ヒッツ+1』筑摩書房 2006（ちくま文庫）p8

「身銭を切る」ことから
　◇『小田実全集 評論 7』講談社 2010 p384

見世物
　◇『寺山修司著作集 4』クインテッセンス出版 2009 p42

見世物紳士
　◇『野坂昭如エッセイ・コレクション 1』筑摩書房 2004（ちくま文庫）p70

見世物叢談
　◇『小酒井不木随筆評論選集 6』本の友社 2004 p372

味噌
　◇『定本 久生十蘭全集 10』国書刊行会 2011 p389

御像（みぞう）
　◇『決定版 三島由紀夫全集 37』新潮社 2004 p429

味噌カツ
　◇『向田邦子全集 新版 8』文藝春秋 2009 p173

みそぎの渚
　◇『石牟礼道子全集 7』藤原書店 2005 p543

みそさざい
　◇『決定版 三島由紀夫全集 37』新潮社 2004 p82

味噌豆
　◇『石牟礼道子全集 10』藤原書店 2006 p38

美空ひばり
　◇『寺山修司著作集 4』クインテッセンス出版 2009 p44

美空ひばり讃
　◇『車谷長吉全集 3』新書館 2010 p406

糞
　◇『渡辺淳一自選短篇コレクション 2』朝日新聞社 2006 p215

糞の街から
　◇『辻邦生全集 7』新潮社 2004 p35

観たい10本・読みたい10本―「世界戯曲叢書」編纂のために
　◇『決定版 三島由紀夫全集 36』新潮社 2003 p641

……みたいなの
　◇『鈴木いづみセカンド・コレクション 3』文遊社 2004 p150

三鷹事件の公判を傍聴して
　◇『松田解子自選集 8』澤田出版 2008 p84

三鷹台附近
　◇『小沼丹全集 4』未知谷 2004 p566

観た芝居
　◇『徳田秋聲全集 19』八木書店 2000 p164

三谷君の写真によせて
　◇『決定版 三島由紀夫全集 30』新潮社 2003 p636

弥陀の利剣
　◇『石牟礼道子全集 1』藤原書店 2004 p310

三田誠広『君は心の妻だから』
　◇『小檜山博全集 6』柏艪舎 2006 p334

三田誠広「僕って何」
　◇『〔野呂邦暢〕随筆コレクション 2』みすず書房 2014 p404

見たまま
　◇『宮本百合子全集 32』新日本出版社 2003 p60

見田宗介との対談 呼応するエロス―男の解放・女の解放
　◇『石牟礼道子全集 6』藤原書店 2006 p457

見たもの
　◇『徳田秋聲全集 19』八木書店 2000 p440

見たもの読んだもの
　◇『徳田秋聲全集 20』八木書店 2001 p309

改訂完全版御手洗潔の挨拶
　◇『島田荘司全集 6』南雲堂 2014 p5

淫らな証人
　◇『土屋隆夫コレクション新装版 針の誘い』光文社 2002（光文社文庫）p301

淫らやつれ
　◇『20世紀断層―野坂昭如単行本未収録小説集成 3』幻戯書房 2010 p613

見たり聴いたり
　◇『徳田秋聲全集 22』八木書店 2001 p280

『乱れ髪』作者の言葉
　◇『徳田秋聲全集 別巻』八木書店 2006 p126

『乱れからくり』解説―泡坂妻夫
　◇『中井英夫全集 6』東京創元社 1996（創元ライブラリ）p678

みだれ心
　◇『徳田秋聲全集 1』八木書店 1997 p244

乱れ輪舌FOT
　◇『内田百閒集成 6』筑摩書房 2003（ちくま文庫）p325

道
　◇『大庭みな子全集 7』日本経済新聞出版社 2009 p330
　◇『大庭みな子全集 9』日本経済新聞出版社 2010 p102
　◇『大庭みな子全集 11』日本経済新聞出版社 2010 p271

道
　◇『小松左京全集 完全版 27』城西国際大学出版会 2007 p89

「道」
　◇『佐々木基一全集 7』河出書房新社 2013 p123

道
　◇「瀬戸内寂聴随筆選 5」ゆまに書房 2009 p28
道
　◇「林京子全集 3」日本図書センター 2005 p185
"未知"への大好奇心の方法
　◇「小松左京全集 完全版 45」城西国際大学出版会 2015 p242
未知への挑戦（海老原・ポーン戦観戦記）
　◇「決定版 三島由紀夫全集 32」新潮社 2003 p587
道を聞く
　◇「向田邦子全集 新版 7」文藝春秋 2009 p264
斑猫（みちをしへ）
　◇「決定版 三島由紀夫全集 37」新潮社 2004 p198
斑猫の抄
　◇「決定版 三島由紀夫全集 37」新潮社 2004 p198
道草
　◇「大庭みな子全集 13」日本経済新聞出版社 2010 p270
　◇「大庭みな子全集 23」日本経済新聞出版社 2011 p356
道草――アーッ、止めてくれ！
　◇「松下竜一未刊行著作集 3」海鳥社 2009 p351
「道子さんのがよか、ただじゃけん」
　◇「石牟礼道子全集 8」藤原書店 2005 p285
三千子は新婚病
　◇「田中小実昌エッセイ・コレクション 1」筑摩書房 2002（ちくま文庫）p154
ミチザネ東京に行く
　◇「小沼丹全集 補巻」未知谷 2005 p608
路さんのこと
　◇「谷崎潤一郎全集 24」中央公論新社 2016 p542
満ち潮
　◇「石牟礼道子全集 15」藤原書店 2012 p81
満ち潮
　◇「立松和平小説 17」勉誠出版 2012 p85
満ち潮（五首）
　◇「石牟礼道子全集 1」藤原書店 2004 p504
みち芝
　◇「徳田秋聲全集 4」八木書店 1999 p59
道づれ
　◇「石牟礼道子全集 6」藤原書店 2006 p453
道づれ
　◇「宮本百合子全集 5」新日本出版社 2001 p150
道連
　◇「内田百閒集成 3」筑摩書房 2002（ちくま文庫）p36
道尽きず
　◇「徳田秋聲全集 40」八木書店 2003 p4
『道尽きず』作者より
　◇「徳田秋聲全集 別巻」八木書店 2006 p127
道――トラックとともに六〇〇キロ
　◇「安部公房全集 7」新潮社 1998 p351

未知なものはいつも、身近な闇のなかに──第5回PLAYBOYドキュメント・ファイル大賞選評
　◇「安部公房全集 28」新潮社 2000 p146
道なりに
　◇「古井由吉自撰作品 5」河出書房新社 2012 p386
未知なる可能性〔対談〕（高橋たか子）
　◇「大庭みな子全集 21」日本経済新聞出版社 2011 p13
道に神さまがいた
　◇「石牟礼道子全集 7」藤原書店 2005 p274
道にこだわって道を失う
　◇「安部公房全集 8」新潮社 1998 p454
みちのく再訪
　◇「佐々木基一全集 8」河出書房新社 2013 p91
未知の招き
　◇「瀬戸内寂聴随筆選 4」ゆまに書房 2009 p154
道はりっぱでも過疎地帯中国山中
　◇「小松左京全集 完全版 29」城西国際大学出版会 2007 p107
導きの糸
　◇「石牟礼道子全集 6」藤原書店 2006 p220
導きの桑──山口県祝島
　◇「石牟礼道子全集 6」藤原書店 2006 p83
道もせに散りしく近火の火の子 燃えながら空に浮かんで流れる庇 四谷牛込の大半灰燼に帰す
　◇「内田百閒集成 22」筑摩書房 2004（ちくま文庫）p124
ミーチャ
　◇「大庭みな子全集 16」日本経済新聞出版社 2010 p200
道行
　◇「石牟礼道子全集 4」藤原書店 2004 p523
三千代宛の連絡事項メモ
　◇「坂口安吾全集 16」筑摩書房 2000 p537
道は遠し
　◇「徳田秋聲全集 39」八木書店 2002 p3
道は水ない川
　◇「宮城谷昌光全集 21」文藝春秋 2004 p159
蜜
　◇「寺山修司著作集 1」クインテッセンス出版 2009 p23
密会
　◇「安部公房全集 26」新潮社 1999 p7
密会
　◇「徳田秋聲全集 10」八木書店 1998 p205
〈「密会」の安部公房氏〉『山形新聞』他の談話記事
　◇「安部公房全集 26」新潮社 1999 p143
三日星
　◇「徳田秋聲全集 21」八木書店 2001 p196

みつか

三ツ角段平
　◇「長谷川伸傑作選 股旅新八景」国書刊行会 2008 p273

貢の十人斬り
　◇「谷崎潤一郎全集 4」中央公論新社 2015 p503

ミツクリ
　◇「大庭みな子全集 15」日本経済新聞出版社 2010 p492

見つくろい
　◇「宮本百合子全集 14」新日本出版社 2001 p182

蜜月
　◇「立松和平全小説 5」勉誠出版 2010 p117

蜜月の果実
　◇「狩久全集 2」皆進社 2013 p358

密航前三十分
　◇「大坪砂男全集 3」東京創元社 2013（創元推理文庫）p259

三越今昔
　◇「中井英夫全集 7」東京創元社 1998（創元ライブラリ）p644

美津子のこと
　◇「上野壮夫全集 2」図書新聞 2009 p71

ミッシェルの口紅
　◇「林京子全集 2」日本図書センター 2005 p117

密室殺人の作家
　◇「江戸川乱歩全集 25」光文社 2005（光文社文庫）p373

密室作法〔改訂〕
　◇「天城一傑作集〔1〕」日本評論社 2004 p400

密室大犯罪
　◇「坂口安吾全集 10」筑摩書房 1998 p36

密室トリック
　◇「江戸川乱歩全集 23」光文社 2005（光文社文庫）p554

密室の亡霊―「雲」創立声明をめぐって
　◇「安部公房全集 17」新潮社 1999 p255

特別収録―密室の妖光〈解決篇〉
　◇「鮎川哲也コレクション挑戦篇 3」出版芸術社 2006 p225

特別収録―密室の妖光〈問題篇〉
　◇「鮎川哲也コレクション挑戦篇 3」出版芸術社 2006 p203

密室犯罪学教程実践編
　◇「天城一傑作集〔1〕」日本評論社 2004 p1

密室犯罪学教程理論編
　◇「天城一傑作集〔1〕」日本評論社 2004 p135

密集化現象
　◇「安部公房全集 9」新潮社 1998 p491

密宗律仙図
　◇「松本清張傑作選 憑かれし者ども」新潮社 2009 p203
　◇「松本清張傑作選 憑かれし者ども」新潮社 2013（新潮文庫）p291

密書往来
　◇「横溝正史時代小説コレクション伝奇篇 2」出版芸術社 2003 p294

蜜葬
　◇「森村誠一ベストセレクション 鬼子母の末裔」光文社 2011（光文社文庫）p51

密造酒
　◇「小檜山博全集 8」柏艪舎 2006 p78

みっちゃん みちみち
　◇「色川武大・阿佐田哲也エッセイズ 2」筑摩書房 2003（ちくま文庫）p160

三ツ辻を振返るな
　◇「大坪砂男全集 2」東京創元社 2013（創元推理文庫）p177

三つの愛のしるし―自由・平等・独立の火をともす
　◇「宮本百合子全集 19」新日本出版社 2002 p106

オムニバス・ドラマ三つの「明日」
　◇「小松左京全集 完全版 26」城西国際大学出版会 2017 p44

三つのイス
　◇「大坪砂男全集 4」東京創元社 2013（創元推理文庫）p217

三つの「女大学」
　◇「宮本百合子全集 14」新日本出版社 2001 p64

三つの光景
　◇「小檜山博全集 8」柏艪舎 2006 p229

三つの好条件（「現代日本の小説」参加の弁）
　◇「決定版 三島由紀夫全集 34」新潮社 2003 p234

三つの心
　◇「小寺菊子作品集 2」桂書房 2014 p101

三つの詩
　◇「松田解子自選集 9」澤田出版 2009 p66

三つの志賀直哉論―広津和郎、小林秀雄、井上良雄
　◇「佐々木基一全集 5」河出書房新社 2013 p257

三つの時代
　◇「徳田秋聲全集 23」八木書店 2001 p185

三つの小説
　◇「車谷長吉全集 3」新書館 2010 p703

三つのソネット
　◇「寺山修司著作集 1」クインテッセンス出版 2009 p321

三つのW
　◇「小酒井不木随筆評論選集 5」本の友社 2004 p461

3つの地球的感性の交錯
　◇「須賀敦子全集 4」河出書房新社 2007（河出文庫）p488

三つの提案
　◇「小田実全集 評論 7」講談社 2010 p451

三つの手紙
　◇「中井英夫全集 5」東京創元社 2002（創元ライ

三つの動物物語
　◇「大庭みな子全集 18」日本経済新聞出版社 2010 p239

三つの都市〔翻訳〕(ウンベルト・サバ)
　◇「須賀敦子全集 5」河出書房新社 2008 (河出文庫) p352

三つの扉
　◇「天城一傑作集 4」日本評論社 2009 p492

三つの「日本人による日本・日本人論」―岸田国士・佐藤忠男・会田雄次
　◇「小松左京全集 完全版 41」城西国際大学出版会 2013 p153

『三つの場合』
　◇「谷崎潤一郎全集 23」中央公論新社 2017 p9

三つの場合
　◇「谷崎潤一郎全集 23」中央公論新社 2017 p11

三つのばあい・未亡人はどう生きたらいいか
　◇「宮本百合子全集 18」新日本出版社 2002 p297

三つの花
　◇「吉屋信子少女小説選 4」ゆまに書房 2003 p9

三つの放送
　◇「小林秀雄全作品 14」新潮社 2003 p129
　◇「小林秀雄全集 補巻 2」新潮社 2010 p219

三つの民主主義―婦人民主クラブの立場に就て
　◇「宮本百合子全集 16」新日本出版社 2002 p287

三つばかり 近頃見た芝居から
　◇「德田秋聲全集 21」八木書店 2001 p115

三つめの乳房
　◇「松田解子自選集 7」澤田出版 2008 p133

密偵の顔
　◇「大坪砂男全集 2」東京創元社 2013 (創元推理文庫) p279

ミッドナイト・コール
　◇「深沢夏衣作品集」新幹社 2015 p121

三つ巴
　◇「德田秋聲全集 1」八木書店 1997 p47

蜜蜂
　◇「国枝史郎伝奇短篇小説集成 1」作品社 2006 p444

『ミツーバルテュスによる四十枚の絵』
　◇「金井美恵子エッセイ・コレクション―1964-2013 2」平凡社 2013 p280

三堀謙二宛〔書簡〕
　◇「坂口安吾全集 16」筑摩書房 2000 p19

三俣蓮華岳への思い
　◇「辻邦生全集 16」新潮社 2005 p43

三つ目達磨
　◇「都筑道夫恐怖短篇集成 3」筑摩書房 2004 (ちくま文庫) p339

みつめていた
　◇「松田解子自選集 9」澤田出版 2009 p37

みつめるもの
　◇「大庭みな子全集 18」日本経済新聞出版社 2010 p337

季語暦語 三ッ山
　◇「林京子全集 7」日本図書センター 2005 p423

密猟者
　◇「田村泰次郎選集 4」日本図書センター 2005 p264

未定稿「アルザスの曲りくねった道」
　◇「須賀敦子全集 8」河出書房新社 2007 (河出文庫) p385

見てしまった魂の不幸―『三島由紀夫十代作品集』
　◇「中井英夫全集 6」東京創元社 1996 (創元ライブラリ) p250

水戸街道仁侠剣
　◇「国枝史郎伝奇短篇小説集成 2」作品社 2006 p261

ミードとボールドウィン
　◇「大庭みな子全集 6」日本経済新聞出版社 2009 p137

緑色の円筒
　◇「稲垣足穂コレクション 2」筑摩書房 2005 (ちくま文庫) p164

緑色の獣
　◇「〔村上春樹〕短篇選集1980-1991 象の消滅」新潮社 2005 p205

緑色のストッキング 十四景
　◇「安部公房全集 25」新潮社 1999 p151

緑いろの血
　◇「中井英夫全集 7」東京創元社 1998 (創元ライブラリ) p185

緑色の手帳 空白の手帳
　◇「林京子全集 7」日本図書センター 2005 p357

みどり色の馬車
　◇「金井美恵子エッセイ・コレクション―1964-2013 1」平凡社 2013 p91

緑色のバス
　◇「小沼丹全集 2」未知谷 2004 p618

緑色の夜
　◇「決定版 三島由紀夫全集 15」新潮社 2002 p41

緑色の夜《LYRIC》
　◇「決定版 三島由紀夫全集 37」新潮社 2004 p215

緑への転身
　◇「中井英夫全集 6」東京創元社 1996 (創元ライブラリ) p180

みどり児
　◇「大庭みな子全集 12」日本経済新聞出版社 2010 p79

翠さんの本―矢島翠『ヴェネツィア暮し』
　◇「須賀敦子全集 4」河出書房新社 2007 (河出文庫) p510

「ミドリ」的動きと「アメリカ」
　◇「小田実全集 評論 17」講談社 2012 p146

みとり

緑の枝―ある洪水に襲われた山野の物語
　◇「辻邦生全集 8」新潮社 2005 p437

緑の教え
　◇「中井英夫全集 10」東京創元社 2002（創元ライブラリ）p181

緑の蔭―英国的断片
　◇「稲垣足穂コレクション 4」筑摩書房 2005（ちくま文庫）p66

「緑の騎士」ノート
　◇「宮本百合子全集 20」新日本出版社 2002 p711

緑の唇
　◇「中井英夫全集 3」東京創元社 1996（創元ライブラリ）p247

緑の恋
　◇「中上健次集 10」インスクリプト 2017 p555

緑の時
　◇「中井英夫全集 3」東京創元社 1996（創元ライブラリ）p259

緑の太陽
　◇「定本 荒巻義雄メタSF全集 1」彩流社 2015 p81

緑の血／アンフィニ
　◇「中井英夫全集 10」東京創元社 2002（創元ライブラリ）p187

緑の手ぶくろ
　◇「中井英夫全集 7」東京創元社 1998（創元ライブラリ）p538

緑の瞳
　◇「中井英夫全集 12」東京創元社 2006（創元ライブラリ）p101

緑の訪問者
　◇「中井英夫全集 3」東京創元社 1996（創元ライブラリ）p271

緑の幻
　◇「安部公房全集 7」新潮社 1998 p416

緑の宮の川
　◇「石牟礼道子全集 6」藤原書店 2006 p131

見ない写真へ
　◇「宮本百合子全集 13」新日本出版社 2001 p169

水上滝太郎のこと
　◇「徳田秋聲全集 23」八木書店 2001 p183

水無月
　◇「石牟礼道子全集 15」藤原書店 2012 p235

水底の夕昏れ
　◇「石牟礼道子全集 9」藤原書店 2006 p447

港
　◇「小松左京全集 完全版 27」城西国際大学出版会 2007 p108

みなと紀行―平戸
　◇「辻邦生全集 17」新潮社 2005 p202

港と船
　◇「決定版 三島由紀夫全集 37」新潮社 2004 p417

港にて
　◇「中井英夫全集 10」東京創元社 2002（創元ライブラリ）p149

港の人々
　◇「谷崎潤一郎全集 12」中央公論新社 2017 p181

「港の宵」(「港の宵（芝浦にて）」改題)
　◇「決定版 三島由紀夫全集 37」新潮社 2004 p156

港町の夜と夕べの歌
　◇「決定版 三島由紀夫全集 37」新潮社 2004 p622

みなまた海のこえ
　◇「石牟礼道子全集 16」藤原書店 2013 p198

水俣へ流れて来た者たち
　◇「石牟礼道子全集 10」藤原書店 2006 p538

水俣からの告発
　◇「石牟礼道子全集 5」藤原書店 2004 p400

水俣実務学校
　◇「石牟礼道子全集 4」藤原書店 2004 p395

水俣巡礼団と忙しい私の毎日
　◇「石牟礼道子全集 4」藤原書店 2004 p526

講演「水俣」に生きる
　◇「石牟礼道子全集 15」藤原書店 2012 p539

水俣にカナダインディアンがやってくることによって……
　◇「石牟礼道子全集 7」藤原書店 2005 p440

「水俣」の示す予兆
　◇「石牟礼道子全集 10」藤原書店 2006 p465

水俣の人々
　◇「石牟礼道子全集 14」藤原書店 2008 p147

水俣病
　◇「石牟礼道子全集 1」藤原書店 2004 p146

水俣病患者たちのこころ
　◇「石牟礼道子全集 4」藤原書店 2004 p410

水俣病裁判も…
　◇「石牟礼道子全集 6」藤原書店 2006 p564

水俣病その後
　◇「石牟礼道子全集 1」藤原書店 2004 p267

水俣病、そのわざわいに泣く少女たち
　◇「石牟礼道子全集 1」藤原書店 2004 p164

水俣は、不吉と甦りを予告する
　◇「石牟礼道子全集 10」藤原書店 2006 p555

南イングランドから
　◇「辻邦生全集 17」新潮社 2005 p35

南風
　◇「宮本百合子全集 33」新日本出版社 2004 p421

南風吹かば―モンテ・カルロの巻
　◇「定本 久生十蘭全集 1」国書刊行会 2008 p42

南神威島
　◇「西村京太郎自選集 1」徳間書店 2004（徳間文庫）p221

南茅場町の最初の家
　◇「谷崎潤一郎全集 21」中央公論新社 2016 p224

南茅場町の二度目の家
　◇「谷崎潤一郎全集 21」中央公論新社 2016 p263

南九州の女たち―貞操帯
　◇「石牟礼道子全集 1」藤原書店 2004 p175
南九州の土壌
　◇「石牟礼道子全集 1」藤原書店 2004 p54
南にむけて永遠の空間を飛ぶこと
　◇「辻邦生全集 17」新潮社 2005 p382
南の国
　◇「小松左京全集 完全版 25」城西国際大学出版会 2017 p24
南の果ての都へ
　◇「決定版 三島由紀夫全集 28」新潮社 2003 p66
南の遙かな青い海
　◇「辻邦生全集 17」新潮社 2005 p47
南まわり
　◇「小松左京全集 完全版 37」城西国際大学出版会 2010 p281
源実朝
　◇「車谷長吉全集 3」新書館 2010 p627
源義家はどこで生まれたか
　◇「小松左京全集 完全版 42」城西国際大学出版会 2014 p14
源頼朝
　◇「坂口安吾全集 12」筑摩書房 1999 p382
見なれぬ顔
　◇「日影丈吉全集 1」国書刊行会 2002 p7
『水沫集』
　◇「〔森〕鷗外近代小説集 1」岩波書店 2013 p1
"ミニ"を惜しむ
　◇「小島信夫批評集成 2」水声社 2011 p119
醜い豊かさ
　◇「小檜山博全集 8」柏艪舎 2006 p31
醜さ
　◇「小檜山博全集 8」柏艪舎 2006 p153
身についた可能の発見
　◇「宮本百合子全集 15」新日本出版社 2001 p168
見ぬ恋に憧れて
　◇「大坪砂男全集 4」東京創元社 2013（創元推理文庫）p483
峯の嵐か
　◇「古井由吉自撰作品 7」河出書房新社 2012 p329
ミネルヴァの夜
　◇「石上玄一郎作品集 2」日本図書センター 2004 p169
　◇「石上玄一郎小説作品集成 2」未知谷 2008 p471
美濃
　◇「小島信夫長篇集成 3」水声社 2016 p207
身上話
　◇「〔森〕鷗外近代小説集 2」岩波書店 2012 p255
身の軽さ、欲望の深さ
　◇「松田解子自選集 9」澤田出版 2009 p57
美濃子
　◇「決定版 三島由紀夫全集 24」新潮社 2002 p101

「美濃子」創作ノート
　◇「決定版 三島由紀夫全集 24」新潮社 2002 p629
箕づくり娘
　◇「三角寛サンカ選集第二期 13」現代書館 2005 p135
美濃部氏に問ふ（二月三日）
　◇「福田恆存評論集 18」麗澤大學出版會,廣池學園事業部〔発売〕 2010 p171
身のまわりのもの
　◇「林京子全集 7」日本図書センター 2005 p273
みのむしの糸
　◇「20世紀断層―野坂昭如単行本未収録小説集成 4」幻戯書房 2010 p517
みのもの月
　◇「決定版 三島由紀夫全集 15」新潮社 2002 p649
みのりを豊かに
　◇「宮本百合子全集 16」新日本出版社 2002 p36
みのりの秋
　◇「決定版 三島由紀夫全集 37」新潮社 2004 p51
美濃浪人
　◇「司馬遼太郎短篇全集 10」文藝春秋 2006 p615
未発の志を継ぐ
　◇「石牟礼道子全集 1」藤原書店 2004 p240
見果てぬ夢の映画スター―市川雷蔵について
　◇「金井美恵子エッセイ・コレクション―1964-2013 4」平凡社 2014 p382
未必の故意 十一景
　◇「安部公房全集 23」新潮社 1999 p133
〈「未必の故意」の安部公房氏〉『日本海新聞』の談話記事
　◇「安部公房全集 23」新潮社 1999 p202
壬生狂言の夜
　◇「司馬遼太郎短篇全集 3」文藝春秋 2005 p399
壬生の怪屋敷
　◇「横溝正史時代小説コレクション捕物篇 3」出版芸術社 2004 p70
身ぶりならぬ慰めを
　◇「宮本百合子全集 13」新日本出版社 2001 p241
未亡人への返事―未亡人はどう生きればよいか
　◇「宮本百合子全集 18」新日本出版社 2002 p321
「未亡人の手記」選後評
　◇「宮本百合子全集 19」新日本出版社 2002 p113
未亡人の夜
　◇「中井英夫全集 10」東京創元社 2002（創元ライブラリ）p20
見舞金
　◇「松下竜一未刊行著作集 1」海鳥社 2008 p140
耳
　◇「安部公房全集 6」新潮社 1998 p201
耳
　◇「向田邦子全集 新版 1」文藝春秋 2009 p169

みみか

耳川の源流
　◇「石牟礼道子全集 12」藤原書店 2005 p367
みみず
　◇「車谷長吉全集 3」新書館 2010 p226
木菟燈籠
　◇「小沼丹全集 3」未知谷 2004 p151
　◇「小沼丹全集 3」未知谷 2004 p226
鵺鵰のうた《ELEGY》
　◇「決定版 三島由紀夫全集 37」新潮社 2004 p183
蚯蚓輯
　◇「車谷長吉全集 2」新書館 2010 p544
ミミズたちが大河のように
　◇「石牟礼道子全集 8」藤原書店 2005 p502
耳鳴り
　◇「井上ひさし短編中編小説集成 12」岩波書店 2015 p21
耳のある家
　◇「都筑道夫少年小説コレクション 1」本の雑誌社 2005 p105
耳の価値
　◇「安部公房全集 6」新潮社 1998 p57
耳の中の鐘
　◇「井上ひさし短編中編小説集成 7」岩波書店 2015 p446
耳の光る児
　◇「島田荘司 very BEST 10 Author's Selection」講談社 2007（講談社box）p147
未明
　◇「石牟礼道子全集 15」藤原書店 2012 p105
未明の風
　◇「石牟礼道子全集 8」藤原書店 2005 p295
鈴木いづみの無差別インタビュー ミもフタもない。岸田秀
　◇「鈴木いづみコレクション 8」文遊社 1998 p103
未聞の世界ひらく
　◇「決定版 三島由紀夫全集 33」新潮社 2003 p638
宮内勝典著『南風』
　◇「小檜山博全集 6」柏艪舎 2006 p80
脈々として
　◇「宮本百合子全集 19」新日本出版社 2002 p19
三宅坂とゴム長
　◇「日影丈吉全集 別巻」国書刊行会 2005 p663
都おち
　◇「徳田秋聲全集 1」八木書店 1997 p88
都落ち
　◇「定本 荒巻義雄メタSF全集 5」彩流社 2015 p337
都踊
　◇「谷崎潤一郎全集 1」中央公論社 2015 p413
宮古島―竜宮を恋う人びと
　◇「大庭みな子全集 8」日本経済新聞出版社 2009 p9

都と鄙の文化（山崎正和）
　◇「司馬遼太郎対話選集 7」文藝春秋 2006（文春文庫）p297
都鳥
　◇「定本 久生十蘭全集 2」国書刊行会 2009 p367
都の女
　◇「徳田秋聲全集 10」八木書店 1998 p165
都の花
　◇「20世紀断層―野坂昭如単行本未収録小説集成 3」幻戯書房 2010 p192
都わすれの記
　◇「谷崎潤一郎全集 20」中央公論新社 2015 p343
宮崎清隆「憲兵」「憲兵続」
　◇「決定版 三島由紀夫全集 28」新潮社 2003 p176
宮崎定夫（ヘア・ドレッサー）
　◇「向田邦子全集 新版 6」文藝春秋 2009 p184
宮様の伝記
　◇「阿川弘之全集 20」新潮社 2007 p429
宮様屋敷
　◇「坂口安吾全集 13」筑摩書房 1999 p402
宮様は一級紳士
　◇「坂口安吾全集 11」筑摩書房 1998 p485
宮沢賢治『鹿踊りのはじまり』
　◇「石牟礼道子全集 14」藤原書店 2008 p446
宮沢賢治『注文の多い料理店』
　◇「石牟礼道子全集 14」藤原書店 2008 p428
宮大工
　◇「〔野呂邦暢〕随筆コレクション 1」みすず書房 2014 p303
宮野叢子に寄する抒情
　◇「大坪砂男全集 4」東京創元社 2013（創元推理文庫）p366
深山の春
　◇「決定版 三島由紀夫全集 37」新潮社 2004 p246
宮本武蔵―巌流島
　◇「津本陽武芸小説集 1」PHP研究所 2007 p163
宮本百合子
　◇「佐々木基一全集 4」河出書房新社 2013 p29
宮本百合子
　◇「福田恆存評論集 13」麗澤大學出版會, 廣池學園事業部〔発売〕2009 p240
宮脇俊三さんを悼む
　◇「阿川弘之全集 20」新潮社 2007 p294
ミュージカル
　◇「井上ひさしコレクション 日本の巻」岩波書店 2005 p79
ミュージカル・コメディ お化けが街にやって来た 六景
　◇「安部公房全集 16」新潮社 1998 p27
ミュージカル・コメディ パップ・ラップ・ヘップ―愛の法則
　◇「安部公房全集 23」新潮社 1999 p45

ミュージカルス
 ◇「安部公房全集 8」新潮社 1998 p122
ミュージカルス 可愛い女 二幕十六景
 ◇「安部公房全集 11」新潮社 1998 p39
ミュージカルス―現在の眼〔座談会〕(長谷川四郎, 中原佑介, 武田泰淳)
 ◇「安部公房全集 7」新潮社 1998 p11
ミュージカルスの反省―新劇の運命4
 ◇「安部公房全集 11」新潮社 1998 p196
ミュージカルス論
 ◇「安部公房全集 30」新潮社 2009 p82
ミュージカル病の療法
 ◇「決定版 三島由紀夫全集 32」新潮社 2003 p334
ミュージック・ワイア
 ◇「辺見庸掌編小説集 白版」角川書店 2004 p301
ミュスカの椅子
 ◇「大坪砂男全集 4」東京創元社 2013（創元推理文庫）p456
ミュンヘンのビアホール
 ◇「山田風太郎エッセイ集成 風山房風呂焚き唄」筑摩書房 2008 p90
明恵上人像
 ◇「辻邦生全集 19」新潮社 2005 p200
みょうが斎の武術
 ◇「司馬遼太郎短篇全集 3」文藝春秋 2005 p97
茗荷屋の足袋
 ◇「内田百閒集成 7」筑摩書房 2003（ちくま文庫）p132
苗字
 ◇「車谷長吉全集 2」新書館 2010 p501
明神海岸七六年夏
 ◇「松下竜一未刊行著作集 4」海鳥社 2008 p269
明朝の望
 ◇「徳田秋聲全集 27」八木書店 2002 p96
妙な子
 ◇「宮本百合子全集 33」新日本出版社 2004 p331
妙な手紙
 ◇「江戸川乱歩全集 24」光文社 2005（光文社文庫）p619
妙な電話
 ◇「都筑道夫恐怖短篇集成 2」筑摩書房 2004（ちくま文庫）p164
妙な豊かさ
 ◇「大庭みな子全集 23」日本経済新聞出版社 2011 p726
『三好十郎作品集4 冒した者』
 ◇「安部公房全集 3」新潮社 1997 p311
三好十郎の頭
 ◇「上野壮夫全集 3」図書新聞 2011 p147
三好達治
 ◇「小林秀雄全作品 10」新潮社 2003 p241
 ◇「小林秀雄全集 補巻 1」新潮社 2010 p542

三好達治『路傍の秋』
 ◇「小島信夫批評集成 2」水声社 2011 p734
ミヨちゃん
 ◇「大庭みな子全集 17」日本経済新聞出版社 2010 p37
未来への賭け
 ◇「小松左京全集 完全版 31」城西国際大学出版会 2008 p102
 ◇「小松左京全集 完全版 31」城西国際大学出版会 2008 p117
未来への旅
 ◇「中井英夫全集 12」東京創元社 2006（創元ライブラリ）p181
未来をあきらめる時代―こんな珍しい写真
 ◇「決定版 三島由紀夫全集 31」新潮社 2003 p429
未来を築く力
 ◇「宮本百合子全集 17」新日本出版社 2002 p122
未来を背負う青年
 ◇「小檜山博全集 6」柏艪舎 2006 p425
未来をのぞく機械
 ◇「小松左京全集 完全版 24」城西国際大学出版会 2016 p478
未来 怪獣 宇宙
 ◇「小松左京全集 完全版 28」城西国際大学出版会 2006 p273
未来学園
 ◇「都筑道夫少年小説コレクション 5」本の雑誌社 2005 p7
未来から現在を見る法
 ◇「小松左京全集 完全版 29」城西国際大学出版会 2007 p296
未来からのウインク―神ならぬ人類に、いま何が与えられているか
 ◇「小松左京全集 完全版 45」城西国際大学出版会 2015 p231
未来からの声
 ◇「小松左京全集 完全版 31」城西国際大学出版会 2008 p173
 ◇「小松左京全集 完全版 31」城西国際大学出版会 2008 p320
未来人講座
 ◇「小松左京全集 完全版 28」城西国際大学出版会 2006 p126
「未来人」について―未来において人間はかわるか
 ◇「小松左京全集 完全版 28」城西国際大学出版会 2006 p313
未来図の世界
 ◇「小松左京全集 完全版 28」城西国際大学出版会 2006 p125
 ◇「小松左京全集 完全版 28」城西国際大学出版会 2006 p172
未来とは―〈芸術の未来を語る夕〉の講演より
 ◇「安部公房全集 11」新潮社 1998 p496

みらい

未来とは何か—楽観論と悲観論
　◇「小松左京全集 完全版 28」城西国際大学出版会 2006 p321

未来の公害対策
　◇「小松左京全集 完全版 31」城西国際大学出版会 2008 p124

未来の思想
　◇「小松左京全集 完全版 28」城西国際大学出版会 2006 p7

未来の宗教
　◇「小松左京全集 完全版 29」城西国際大学出版会 2007 p231

未来のために
　◇「坂口安吾全集 4」筑摩書房 1998 p439

未来の日本語のために
　◇「丸谷才一全集 10」文藝春秋 2014 p453

未来の日本農業
　◇「小松左京全集 完全版 29」城西国際大学出版会 2007 p196

未来の日本は「大正」から何を学ぶか シンポジウム（加藤秀俊, 河合秀和, 中村隆英）
　◇「小松左京全集 完全版 38」城西国際大学出版会 2010 p410

未来の法廷
　◇「中井英夫全集 7」東京創元社 1998（創元ライブラリ）p634

未来予測の手がかりとして—ウエルズ以降の作品
　◇「小松左京全集 完全版 40」城西国際大学出版会 2012 p343

〈未来論〉の現状—未来論の一般的状況についてのしごく概括的な報告
　◇「小松左京全集 完全版 28」城西国際大学出版会 2006 p291

未来はコメにかかっている
　◇「井上ひさしコレクション 日本の巻」岩波書店 2005 p365

ミラージュ出版
　◇「田中志津全作品集 下巻」武蔵野書院 2013 p228

ミラチェック君の冒険—嘘のような話
　◇「安部公房全集 7」新潮社 1998 p85

ミラーとの手紙
　◇「安部公房全集 19」新潮社 1999 p168

ミラノ 或ひはルツェルンの物語
　◇「決定版 三島由紀夫全集 20」新潮社 2002 p621

ミラノ霧の風景
　◇「須賀敦子全集 1」河出書房新社 2006（河出文庫）p11

ミラノ 一九一七［翻訳］（ウンベルト・サバ）
　◇「須賀敦子全集 5」河出書房新社 2008（河出文庫）p235

ミラノの季節
　◇「須賀敦子全集 2」河出書房新社 2006（河出文庫）p460

ミラーの平凡さ
　◇「小島信夫批評集成 2」水声社 2011 p592

見られなかったインテラマ
　◇「小松左京全集 完全版 31」城西国際大学出版会 2008 p104

見られる人
　◇「辻井喬コレクション 7」河出書房新社 2003 p384

「ミランダ」創作ノート
　◇「決定版 三島由紀夫全集 24」新潮社 2002 p699

ミランダ—二幕のバレエ
　◇「決定版 三島由紀夫全集 24」新潮社 2002 p503

ミラー（M）
　◇「江戸川乱歩全集 30」光文社 2005（光文社文庫）p766

ミリイ
　◇「小松左京全集 完全版 25」城西国際大学出版会 2017 p340

ミリタリィ・ルック
　◇「安部公房全集 22」新潮社 1999 p128

ミリヤムの王国
　◇「加藤幸子自選作品集 4」未知谷 2013 p83

魅力的なイラストレーション
　◇「上野壮夫全集 3」図書新聞 2011 p396

魅力的な女性の登場人物を中心に古典の中から—ラヴ・ロマンス（世界・古典）ベスト10
　◇「辻邦生全集 18」新潮社 2005 p190

魅力のある対話
　◇「大庭みな子全集 23」日本経済新聞出版社 2011 p555

味醂干し
　◇「向田邦子全集 新版 6」文藝春秋 2009 p95

見る
　◇「小田実全集 評論 27」講談社 2013 p275

観る男
　◇「安部公房全集 1」新潮社 1997 p133

「見る」ことと「する」こと
　◇「小田実全集 評論 9」講談社 2011 p41

見ることの暴力性—ルイス・ブニュエル
　◇「寺山修司著作集 5」クインテッセンス出版 2009 p280

見る 第8回「海燕」新人文学賞
　◇「大庭みな子全集 24」日本経済新聞出版社 2011 p63

見るな
　◇「井上ひさし短編中編小説集成 12」岩波書店 2015 p47

観る人・観せられる人—観客の問題
　◇「宮本百合子全集 13」新日本出版社 2001 p366

見るべきほどのことは
　◇「石牟礼道子全集 10」藤原書店 2006 p490

「見る」「見られる」「見返す」
　◇「小田実全集 評論 9」講談社 2011 p72

見る眼と見返す眼
　◇「小田実全集 評論 6」講談社 2010 p115
見る私と見られる私
　◇「大庭みな子全集 8」日本経済新聞出版社 2009 p297
みれん
　◇「小寺菊子作品集 2」桂書房 2014 p461
未練
　◇「内田百閒集成 11」筑摩書房 2003（ちくま文庫）p102
未練―いいものを見る
　◇「松下竜一未刊行著作集 3」海鳥社 2009 p343
弥勒
　◇「稲垣足穂コレクション 8」筑摩書房 2005（ちくま文庫）p115
弥勒たちのねむり
　◇「石牟礼道子全集 4」藤原書店 2004 p544
ミロのビーナスが教えていったもの―女性の同性愛について
　◇「中井英夫全集 6」東京創元社 1996（創元ライブラリ）p61
ミロの部屋で育つもの
　◇「［野呂邦暢］随筆コレクション 2」みすず書房 2014 p478
魅惑的な「外国語」文学
　◇「須賀敦子全集 4」河出書房新社 2007（河出文庫）p543
魅惑の谷崎源氏
　◇「金井美恵子エッセイ・コレクション―1964-2013 3」平凡社 2013 p228
三輪そうめんの歌二首
　◇「谷崎潤一郎全集 19」中央公論新社 2015 p519
民岩太閤記（上）
　◇「小田実全集 小説 27」講談社 2012 p7
民岩太閤記（下）
　◇「小田実全集 小説 28」講談社 2012 p7
民間テレビ開局ラッシュ
　◇「小松左京全集 完全版 42」城西国際大学出版会 2014 p260
民間ラジオ第一声 伊丹に日航第一便飛来
　◇「小松左京全集 完全版 42」城西国際大学出版会 2014 p244
ミンク
　◇「向田邦子全集 新版 8」文藝春秋 2009 p212
民衆と英雄―民主主義の陥し穴〔対談〕（高坂正堯）
　◇「福田恆存対談・座談集 6」玉川大学出版部 2012 p201
民衆の中へ
　◇「上野壮夫全集 3」図書新聞 2011 p583
民主化の波
　◇「小松左京全集 完全版 34」城西国際大学出版会 2009 p375

民主主義を疑ふ
　◇「福田恆存評論集 7」麗澤大學出版會, 廣池學園事業部〔発売〕2008 p145
民主主義教育
　◇「小林秀雄全作品 21」新潮社 2004 p126
　◇「小林秀雄全集 補巻 3」新潮社 2010 p47
「民主主義コンミューン」と「民主ファシズム」
　◇「小田実全集 評論 7」講談社 2010 p177
民主主義、市民、市民社会
　◇「小田実全集 評論 20」講談社 2012 p107
民主主義政治再生の正念場
　◇「小田実全集 評論 25」講談社 2012 p94
民主主義と写真
　◇「佐々木基一全集 7」河出書房新社 2013 p380
民主主義と「平和主義」の車の両輪
　◇「小田実全集 評論 29」講談社 2013 p70
　◇「小田実全集 評論 29」講談社 2013 p74
民主主義の弱點
　◇「福田恆存評論集 9」麗澤大學出版會, 廣池學園事業部〔発売〕2008 p257
民主主義の政治は「ことば」の政治
　◇「小田実全集 評論 29」講談社 2013 p48
民主主義の次に來たるもの―「コリオレイナス」譯後感
　◇「福田恆存評論集 9」麗澤大學出版會, 廣池學園事業部〔発売〕2008 p251
民主戦線と文学者
　◇「宮本百合子全集 16」新日本出版社 2002 p186
眠床鬼
　◇「日影丈吉全集 6」国書刊行会 2002 p458
明正使御逃亡の巻
　◇「小田実全集 小説 28」講談社 2012 p181
民青の力こそ恐るべきものだ
　◇「決定版 三島由紀夫全集 35」新潮社 2003 p383
民族教育を守ろう
　◇「松田解子自選集 8」澤田出版 2008 p328
民族性とは何か
　◇「小松左京全集 完全版 36」城西国際大学出版会 2011 p70
「民族」というコトバ
　◇「深沢夏衣作品集」新幹社 2015 p468
民族と言語
　◇「小松左京全集 完全版 36」城西国際大学出版会 2011 p55
民族と国家を超えるもの
　◇「司馬遼太郎対話選集 10」文藝春秋 2006（文春文庫）
民族と国家、そして文明（梅棹忠夫）
　◇「司馬遼太郎対話選集 10」文藝春秋 2006（文春文庫）p91
「民族」と「市民」
　◇「小田実全集 評論 20」講談社 2012 p297

民族と文化
　◇「小松左京全集 完全版 36」城西国際大学出版会 2011 p70
民族の運命を考へる文学
　◇「上野壯夫全集 3」図書新聞 2011 p338
民族の記憶ををさめる仄暗い倉庫
　◇「丸谷才一全集 10」文藝春秋 2014 p506
民族の原像、国家のかたち（梅棹忠夫）
　◇「司馬遼太郎対話選集 10」文藝春秋 2006（文春文庫）p94
民族の才能と知恵〔座談会〕(渥美和彦、國弘正雄、森政弘、吉田夏彦）
　◇「小松左京全集 完全版 39」城西国際大学出版会 2012 p168
みんな愛したら
　◇「定本 久生十蘭全集 7」国書刊行会 2010 p457
みんなが彼らの名を知っている
　◇「小島信夫批評集成 6」水声社 2011 p324
みんなガキっぽくなって
　◇「田中小実昌エッセイ・コレクション 1」筑摩書房 2002（ちくま文庫）p367
みんな勝手にしてよ 「病気」の考現学
　◇「鈴木いづみセカンド・コレクション 4」文遊社 2004 p28
みんなが街なかに住んでいることについて
　◇「小田実全集 評論 17」講談社 2012 p119
みんなが見守っている—"松川"最高裁口頭弁論第一日より浮き出たウソと真実
　◇「松田解子自選集 8」澤田出版 2008 p161
みんな最後に死ぬ
　◇「開高健ルポルタージュ選集 サイゴンの十字架」光文社 2008（光文社文庫）p376
ミンペイさん
　◇「佐々木基一全集 5」河出書房新社 2013 p147
ミン坊、ツヅラからいくさに初見参するの巻
　◇「小田実全集 小説 27」講談社 2012 p298
民法と道義上の責任
　◇「宮本百合子全集 18」新日本出版社 2002 p135
民謡
　◇「井上ひさしコレクション ことばの巻」岩波書店 2005 p143
民謡
　◇「決定版 三島由紀夫全集 37」新潮社 2004 p605
民話としての学問
　◇「石牟礼道子全集 10」藤原書店 2006 p574

【 む 】

六日のあやめ
　◇「丸谷才一全集 8」文藝春秋 2014 p455
無意義
　◇「徳田秋聲全集 3」八木書店 1999 p51
「無意識の幻想」
　◇「[野呂邦暢] 随筆コレクション 2」みすず書房 2014 p60
無意識の行爲と犯罪
　◇「小酒井不木随筆評論選集 1」本の友社 2004 p186
無意識の打算
　◇「瀬戸内寂聴随筆選 6」ゆまに書房 2009 p83
無医村・成瀬村の場合
　◇「松田解子自選集 8」澤田出版 2008 p45
無意味と意味
　◇「小島信夫批評集成 2」水声社 2011 p463
「無意味な死」を問いつづける
　◇「小田実全集 評論 31」講談社 2013 p128
ムーヴィン・オン
　◇「片岡義男コレクション 3」早川書房 2009（ハヤカワ文庫）p219
月光曲（ムウン・ライト・ソナタ）
　◇「定本 久生十蘭全集 2」国書刊行会 2009 p287
無へ—あとがきにかえて
　◇「石牟礼道子全集 16」藤原書店 2013 p747
『無縁塚』
　◇「小檜山博全集 8」柏艪舎 2006 p375
無縁塚
　◇「小檜山博全集 3」柏艪舎 2006 p142
無縁な時
　◇「辻井喬コレクション 7」河出書房新社 2003 p234
向かい同士
　◇「小松左京全集 完全版 25」城西国際大学出版会 2017 p20
夢化作用—第13回女流新人賞選評
　◇「安部公房全集 23」新潮社 1999 p109
往時（むかし）
　◇「決定版 三島由紀夫全集 37」新潮社 2004 p452
昔を今に—なすよしもなき馬鈴薯と綿
　◇「宮本百合子全集 14」新日本出版社 2001 p84
むかし女がいた
　◇「大庭みな子全集 13」日本経済新聞出版社 2010 p431
昔から「SF好き」だった日本人—日本SF前史
　◇「小松左京全集 完全版 44」城西国際大学出版会

昔カレー
　◇「向田邦子全集 新版 5」文藝春秋 2009 p226
むかし聞いた夢
　◇「井上ひさし短編中編小説集成 7」岩波書店 2015 p443
むがしこ
　◇「寺山修司著作集 1」クインテッセンス出版 2009 p50
昔でもなし、今でもなし
　◇「大庭みな子全集 15」日本経済新聞出版社 2010 p248
むかしと今［翻訳］(ヘルデルリーン)
　◇「決定版 三島由紀夫全集 37」新潮社 2004 p769
昔と今
　◇「小沼丹全集 4」未知谷 2004 p625
昔といま、文士気質はどう変わった？〔対談〕(丸谷才一)
　◇「吉行淳之介エッセイ・コレクション 4」筑摩書房 2004（ちくま文庫）p252
昔馴染
　◇「徳田秋聲全集 28」八木書店 2002 p172
むかしのインテリア
　◇「日影丈吉全集 別巻」国書刊行会 2005 p671
むかしのオカルト映画
　◇「日影丈吉全集 別巻」国書刊行会 2005 p626
昔の思い出
　◇「宮本百合子全集 9」新日本出版社 2001 p365
昔の女
　◇「小松左京全集 完全版 17」城西国際大学出版会 2012 p202
昔の火事
　◇「宮本百合子全集 5」新日本出版社 2001 p366
昔の簡易図書館
　◇「小島信夫批評集成 2」水声社 2011 p177
昔の義理
　◇「小松左京全集 完全版 25」城西国際大学出版会 2017 p241
昔の恋人
　◇「徳田秋聲全集 5」八木書店 1998 p110
むかしのこと［翻訳］(ウンベルト・サバ)
　◇「須賀敦子全集 5」河出書房新社 2008（河出文庫）p222
昔の青年団—森山忠さん
　◇「石牟礼道子全集 9」藤原書店 2006 p513
昔の友
　◇「徳田秋聲全集 5」八木書店 1998 p208
昔の仲間
　◇「小沼丹全集 2」未知谷 2004 p279
昔の西口
　◇「小沼丹全集 4」未知谷 2004 p488
昔の人間の"道"とは何か
　◇「小松左京全集 完全版 29」城西国際大学出版会 2014 p242

昔の話
　◇「大庭みな子全集 3」日本経済新聞出版社 2009 p378
昔の火
　◇「小松左京全集 完全版 25」城西国際大学出版会 2017 p416
昔の人がおんなさる
　◇「石牟礼道子全集 11」藤原書店 2005 p510
昔の店
　◇「原民喜戦後全小説」講談社 2015（講談社文芸文庫）p493
昔のものなら有名なもの
　◇「徳田秋聲全集 23」八木書店 2001 p266
むかしばなし
　◇「小松左京全集 完全版 25」城西国際大学出版会 2017 p459
むかしばなし
　◇「谷崎潤一郎全集 16」中央公論新社 2016 p508
むかし話
　◇「大庭みな子全集 23」日本経済新聞出版社 2011 p317
「昔ばなし」
　◇「江戸川乱歩全集 30」光文社 2005（光文社文庫）p282
昔話
　◇「大庭みな子全集 9」日本経済新聞出版社 2010 p417
ムカシむかし…
　◇「小松左京全集 完全版 17」城西国際大学出版会 2012 p41
むかしも今も
　◇「山本周五郎中短篇秀作選集 4」小学館 2006 p29
　◇「山本周五郎長篇小説全集 5」新潮社 2013 p185
むかし物語のここちもするかな―尾崎紅葉
　◇「丸谷才一全集 9」文藝春秋 2013 p295
昔は凶作・飢饉、今は古米過剰時代
　◇「小松左京全集 完全版 29」城西国際大学出版会 2007 p136
昔はひとりで……
　◇「〔野呂邦暢〕随筆コレクション 1」みすず書房 2014 p287
無関係な死
　◇「安部公房全集 15」新潮社 1998 p159
無関心・好奇心・おしゃべり
　◇「車谷長吉全集 3」新書館 2010 p677
無感動
　◇「徳田秋聲全集 19」八木書店 2000 p394
麦
　◇「松田解子自選集 9」澤田出版 2009 p79
麦刈りの頃
　◇「小沼丹全集 3」未知谷 2004 p654

むきの

麦の畝
- ◇「石牟礼道子全集 12」藤原書店 2005 p421

麦の芽
- ◇「徳永直文学選集」熊本出版文化会館 2008 p154

麦畑
- ◇「宮本百合子全集 20」新日本出版社 2002 p283

麦畑を越えて
- ◇「辻邦生全集 5」新潮社 2004 p396

麦畑の家
- ◇「立松和平全小説 8」勉誠出版 2010 p86

麦畑のなかの赤いケシの花「眺めのいい部屋」「サン・ロレンツォの夜」
- ◇「須賀敦子全集 4」河出書房新社 2007（河出文庫）p520

無窮の滝の殺人
- ◇「定本 荒巻義雄メタSF全集 7」彩流社 2015 p87

無響室
- ◇「瀬戸内寂聴随筆選 1」ゆまに書房 2009 p30

麦藁帽子
- ◇「津村節子自選作品集 6」岩波書店 2005 p373

槿
- ◇「古井由吉自撰作品 5」河出書房新社 2012 p5

無口な女
- ◇「小松左京全集 完全版 20」城西国際大学出版会 2014 p253

無口な手紙
- ◇「向田邦子全集 新版 11」文藝春秋 2010 p84

無口の譜
- ◇「金鶴泳作品集 2」クレイン 2006 p594

椋鳥
- ◇「古井由吉自撰作品 3」河出書房新社 2012 p179
- ◇「古井由吉自撰作品 3」河出書房新社 2012 p181

椋鳥日記
- ◇「小沼丹全集 2」未知谷 2004 p511

無垢のグロテスク
- ◇「金井美恵子エッセイ・コレクション―1964-2013 1」平凡社 2013 p130

葎生の宿
- ◇「小松左京全集 完全版 19」城西国際大学出版会 2013 p442

むくろが反逆する
- ◇「小田実全集 評論 7」講談社 2010 p263

むくろじ
- ◇「大庭みな子全集 6」日本経済新聞出版社 2009 p393

むくろの考察
- ◇「小田実全集 評論 7」講談社 2010 p256

霧月党
- ◇「山田風太郎ミステリー傑作選 10」光文社 2002（光文社文庫）p372

無月物語
- ◇「定本 久生十蘭全集 8」国書刊行会 2010 p7

無限印刷機
- ◇「定本 荒巻義雄メタSF全集 別巻」彩流社 2015 p48

無限への崩壊
- ◇「定本 荒巻義雄メタSF全集 2」彩流社 2015 p151

無限後退
- ◇「小島信夫短篇集成 2」水声社 2014 p557

無限について考えさせられる
- ◇「小島信夫批評集成 7」水声社 2011 p633

夢幻の国の住人（星新一著『なりそこない王子』に寄せて）
- ◇「大庭みな子全集 23」日本経済新聞出版社 2011 p159

夢幻の恋
- ◇「野村胡堂伝奇幻想小説集成」作品社 2009 p82

聟
- ◇「宮本百合子全集 4」新日本出版社 2001 p380

向ヶ丘弥生町一番地
- ◇「内田百閒集成 19」筑摩書房 2004（ちくま文庫）p252

無恒債者無恒心
- ◇「内田百閒集成 5」筑摩書房 2003（ちくま文庫）p181

向田邦子全対談
- ◇「向田邦子全集 新版 別巻 1」文藝春秋 2010 p7

向う見ずな放浪時代
- ◇「徳田秋聲全集 19」八木書店 2000 p195

向こう見ずに奪い合い、心ふるえるとき、ほんとうの恋愛が始まる〔対談者〕畑山博
- ◇「大庭みな子全集 18」日本経済新聞出版社 2010 p432

婿探しが大変な王女さま
- ◇「小松左京全集 完全版 34」城西国際大学出版会 2009 p181

無言花
- ◇「宮城谷昌光全集 21」文藝春秋 2004 p164

無言で教える「自由と責任」
- ◇「辻邦生全集 16」新潮社 2005 p28

ムササビ
- ◇「大庭みな子全集 4」日本経済新聞出版社 2009 p433

武蔵忍法旅
- ◇「山田風太郎忍法帖短篇全集 8」筑摩書房 2004（ちくま文庫）p7

武蔵野 秋の花
- ◇「大庭みな子全集 17」日本経済新聞出版社 2010 p26

武蔵野 春の花
- ◇「大庭みな子全集 17」日本経済新聞出版社 2010 p26

「武蔵野夫人」
- ◇「小林秀雄全作品 19」新潮社 2004 p12
- ◇「小林秀雄全集 補巻 2」新潮社 2010 p472

武蔵丸
　◇「車谷長吉全集 1」新書館 2010 p493
斃れ
　◇「辻邦生全集 8」新潮社 2005 p369
無惨やな
　◇「定本 久生十蘭全集 9」国書刊行会 2011 p579
虫
　◇「江戸川乱歩全集 5」光文社 2005（光文社文庫）p43
　◇「江戸川乱歩全集 5」沖積舎 2007 p221
　◇「江戸川乱歩傑作集 3」リブレ出版 2015 p53
蒸暑い死
　◇「開高健ルポルタージュ選集 サイゴンの十字架」光文社 2008（光文社文庫）p116
無私を得る道―追訂
　◇「小林秀雄全集 補巻 3」新潮社 2010 p575
虫から神へ
　◇「石牟礼道子全集 10」藤原書店 2006 p256
無視された夫
　◇「上野壮夫全集 2」図書新聞 2009 p91
夢獅山房
　◇「内田百閒集成 15」筑摩書房 2003（ちくま文庫）p121
無思想の逃亡者と実存的共和国〔対談〕（野坂昭如）
　◇「安部公房全集 22」新潮社 1999 p9
虫族の詩（うた）
　◇「定本 荒巻義雄メタSF全集 別巻」彩流社 2015 p92
無実を信じた『記憶の闇』
　◇「松下竜一未刊行著作集 5」海鳥社 2009 p280
無実の罪
　◇「小松左京全集 完全版 25」城西国際大学出版会 2017 p227
むじな長屋
　◇「山本周五郎長篇小説全集 7」新潮社 2013 p86
ムジナ鍋
　◇「田辺聖子全集 3」集英社 2004 p356
虫に焼酎を呑ませる話
　◇「石牟礼道子全集 10」藤原書店 2006 p252
蟲の息
　◇「車谷長吉全集 1」新書館 2010 p321
虫の季節
　◇「向田邦子全集 新版 8」文藝春秋 2009 p261
虫の声
　◇「小沼丹全集 4」未知谷 2004 p368
虫のこえごえ
　◇「内田百閒集成 15」筑摩書房 2003（ちくま文庫）p192
無私の精神
　◇「小林秀雄全作品 23」新潮社 2004 p100
　◇「小林秀雄全集 補巻 3」新潮社 2010 p192

虫の土葬
　◇「森村誠一ベストセレクション 北ア山荘失踪事件」光文社 2011（光文社文庫）p71
虫の忍法帖
　◇「山田風太郎忍法帖短篇全集 6」筑摩書房 2004（ちくま文庫）p131
無私の人たち
　◇「井上ひさしコレクション ことばの巻」岩波書店 2005 p324
蝕まれた人
　◇「中井英夫全集 10」東京創元社 2002（創元ライブラリ）p98
　◇「中井英夫全集 10」東京創元社 2002（創元ライブラリ）p100
「虫も、草も、木も、呑んでくれい」
　◇「石牟礼道子全集 10」藤原書店 2006 p254
無邪気な画家たち―現代アメリカ絵画展を見て
　◇「安部公房全集 20」新潮社 1999 p383
無邪気なもの
　◇「安部公房全集 8」新潮社 1998 p129
無著庵日記
　◇「徳田秋聲全集 別巻」八木書店 2006 p3
「武者小路実篤選集」
　◇「小林秀雄全作品 25」新潮社 2004 p41
　◇「小林秀雄全集 補巻 3」新潮社 2010 p305
武者ぶるい論
　◇「坂口安吾全集 別巻」筑摩書房 2012 p32
矛盾への憧憬
　◇「大庭みな子全集 17」日本経済新聞出版社 2010 p31
矛盾する生命
　◇「大庭みな子全集 18」日本経済新聞出版社 2010 p223
矛盾とその害毒―憲法改正草案について
　◇「宮本百合子全集 16」新日本出版社 2002 p197
矛盾の一形態としての諸文化組織
　◇「宮本百合子全集 13」新日本出版社 2001 p181
無常という事
　◇「小林秀雄全作品 14」新潮社 2003 p142
　◇「小林秀雄全集 補巻 2」新潮社 2010 p222
無常といふ事
　◇「〔野呂邦暢〕随筆コレクション 2」みすず書房 2014 p290
無償の希望
　◇「小島信夫批評集成 2」水声社 2011 p65
蓆
　◇「松本清張短編全集 04」光文社 2008（光文社文庫）p107
莚旗
　◇「立松和平全小説 8」勉誠出版 2010 p166
ムシロ旗賛歌
　◇「松田解子自選集 9」澤田書房 2009 p186

むしわ

虫は死ね
　◇「安部公房全集 17」新潮社 1999 p295
無神経は女の美徳
　◇「鈴木いづみコレクション 7」文遊社 1997 p179
無人島の夢
　◇「大庭みな子全集 17」日本経済新聞出版社 2010 p53
無心の心
　◇「小林秀雄全作品 24」新潮社 2004 p234
　◇「小林秀雄全集 補巻 3」新潮社 2010 p268
無人の寺が百以上もある人口稀薄地帯
　◇「小松左京全集 完全版 29」城西国際大学出版会 2007 p116
無尽燈
　◇「石川淳コレクション 〔1〕」筑摩書房 2007（ちくま文庫）p57
無人飛行機
　◇「寺山修司著作集 1」クインテッセンス出版 2009 p13
無神論作家の宗教観
　◇「阿川弘之全集 19」新潮社 2007 p391
無数のひとりの人間
　◇「小田実全集 評論 7」講談社 2010 p14
無数のルメイの存在
　◇「小田実全集 評論 31」講談社 2013 p142
むずかしい仕事
　◇「谷崎潤一郎全集 24」中央公論新社 2016 p536
むずかしい時代
　◇「小松左京全集 完全版 31」城西国際大学出版会 2008 p346
息子
　◇「小檜山博全集 3」柏艪舎 2006 p446
息子
　◇「古井由吉自撰作集 7」河出書房新社 2012 p9
息子を信じる前にごらんなさい
　◇「田中小実昌エッセイ・コレクション 3」筑摩書房 2002（ちくま文庫）p12
「息子が補導されちゃって」
　◇「吉川潮ハートウォーム・セレクション 2」ランダムハウス講談社 2008（ランダムハウス講談社文庫）p117
息子たちを母の手に―原水爆禁止世界大会夫人集会に参加して
　◇「松田解子自選集 8」澤田出版 2008 p284
息子たちがやって来た
　◇「小田実全集 評論 13」講談社 2011 p122
息子と母親
　◇「小島信夫長篇集成 2」水声社 2015 p511
息子の入隊
　◇「須賀敦子全集 2」河出書房新社 2006（河出文庫）p382

息子の文才を伸した両親の理解と愛情〔対談〕（平岡倭文重、田村秋子）
　◇「決定版 三島由紀夫全集 39」新潮社 2004 p128
結びとしての長いあとがき
　◇「小田実全集 評論 16」講談社 2012 p179
むすび〔密室犯罪学教程理論編〕
　◇「天城一傑作集 〔1〕」日本評論社 2004 p213
結ぶ
　◇「山本周五郎中短篇秀作選集 4」小学館 2006
娘
　◇「徳田秋聲全集 8」八木書店 2000 p267
娘
　◇「宮本百合子全集 32」新日本出版社 2003 p490
娘思いの兄
　◇「遠藤周作エッセイ選集 1」光文社 2006（知恵の森文庫）p163
娘がほしい
　◇「遠藤周作エッセイ選集 1」光文社 2006（知恵の森文庫）p159
娘教育
　◇「阿川弘之全集 16」新潮社 2006 p525
娘時代 自叙傳の二
　◇「小寺菊子作品集 3」桂書房 2014 p160
娘偲びて
　◇「田中志津全作品集 下巻」武蔵野院 2013 p234
娘とわたしの時間
　◇「大庭みな子全集 8」日本経済新聞出版社 2009 p334
むすめに［翻訳］（ウンベルト・サバ）
　◇「須賀敦子全集 5」河出書房新社 2008（河出文庫）p170
娘の思い出を訪ねて 上―私の中で微笑み生きる 共有した時間へ尽きぬ思い
　◇「田中志津全作品集 下巻」武蔵野院 2013 p205
娘の思い出を訪ねて 下―紺碧の海に浮かぶ竹富島 面影と心重ね合う至福の旅
　◇「田中志津全作品集 下巻」武蔵野院 2013 p206
娘の学校
　◇「阿川弘之全集 19」新潮社 2007 p23
娘の結婚
　◇「徳田秋聲全集 22」八木書店 2001 p364
処女（ムスメ）の死と赤い提灯
　◇「宮本百合子全集 32」新日本出版社 2003 p39
娘の肖像［翻訳］（ウンベルト・サバ）
　◇「須賀敦子全集 5」河出書房新社 2008（河出文庫）p244
娘の詫び状
　◇「向田邦子全集 新版 6」文藝春秋 2009 p74
娘ばかりの村の娘達
　◇「定本 久生十蘭全集 3」国書刊行会 2009 p196

むすめ・母親・おんな――"女らしさ""男らしさ"の時代は終わった〔対談者〕井上好子
  ◇「大庭みな子全集 18」日本経済新聞出版社 2010 p439
むすんでひらいて
  ◇「小松左京全集 完全版 25」城西国際大学出版会 2017 p399
夢生遊行のなかから
  ◇「石牟礼道子全集 5」藤原書店 2004 p465
無説教
  ◇「徳田秋聲全集 21」八木書店 2001 p213
無想庵君のために
  ◇「谷崎潤一郎全集 23」中央公論新社 2017 p491
夢想を支えるもの
  ◇「辻邦生全集 18」新潮社 2005 p386
夢想の旅〈ファラライ溶岩流(ラヴァ・フロー)の中で〉
  ◇「小松左京全集 完全版 31」城西国際大学出版会 2008 p151
無題
  ◇「安部公房全集 23」新潮社 1999 p35
無題
  ◇「上野壮夫全集 1」図書新聞 2010 p436
(無題)
  ◇「大庭みな子全集 24」日本経済新聞出版社 2011 p25
  ◇「大庭みな子全集 24」日本経済新聞出版社 2011 p26
  ◇「大庭みな子全集 24」日本経済新聞出版社 2011 p27
無題
  ◇「坂口安吾全集 1」筑摩書房 1999 p438
〔無題〕
  ◇「宮本百合子全集 32」新日本出版社 2003 p60
  ◇「宮本百合子全集 32」新日本出版社 2003 p88
  ◇「宮本百合子全集 32」新日本出版社 2003 p94
  ◇「宮本百合子全集 32」新日本出版社 2003 p122
  ◇「宮本百合子全集 32」新日本出版社 2003 p209
無題
  ◇「宮本百合子全集 32」新日本出版社 2003 p209
無題
  ◇「山田風太郎エッセイ集成 秀吉はいつ知ったか」筑摩書房 2008 p13
無題(「足の踏み場もない…」)
  ◇「決定版 三島由紀夫全集 補巻」新潮社 2005 p245
無題〔「羹」断書〕
  ◇「谷崎潤一郎全集 1」中央公論新社 2015 p515
無題(安部公房著「砂の女」推薦文)
  ◇「決定版 三島由紀夫全集 32」新潮社 2003 p85
無題(安部公房著「燃えつきた地図」推薦文)
  ◇「決定版 三島由紀夫全集 34」新潮社 2003 p552
無題(安部公房「友達」について)
  ◇「決定版 三島由紀夫全集 34」新潮社 2003 p387

無題―「あるさびれた海岸の…」
  ◇「決定版 三島由紀夫全集 25」新潮社 2002 p783
無題〔アルペンフレックス推薦文〕
  ◇「谷崎潤一郎全集 21」中央公論新社 2016 p468
無題(「家といふものは……」)
  ◇「決定版 三島由紀夫全集 33」新潮社 2003 p421
無題(「厳めしさと…」)
  ◇「決定版 三島由紀夫全集 補巻」新潮社 2005 p296
無題(石井好子送別独唱会 推薦文)
  ◇「決定版 三島由紀夫全集 補巻」新潮社 2005 p148
無題(石原慎太郎著「完全な遊戯」推薦文)
  ◇「決定版 三島由紀夫全集 30」新潮社 2003 p48
無題(石原慎太郎著「殺人教室」推薦文)
  ◇「決定版 三島由紀夫全集 31」新潮社 2003 p301
無題(『異端開祖』……)
  ◇「決定版 三島由紀夫全集 補巻」新潮社 2005 p362
無題(伊藤勝彦著「愛の思想」推薦文)
  ◇「決定版 三島由紀夫全集 34」新潮社 2003 p334
無題(「伊藤整全集」推薦文)
  ◇「決定版 三島由紀夫全集 28」新潮社 2003 p448
無題〔『伊藤整全集』内容見本推薦文〕
  ◇「谷崎潤一郎全集 21」中央公論新社 2016 p526
無題(井上友一郎著「瀕死の青春」推薦文)
  ◇「決定版 三島由紀夫全集 29」新潮社 2003 p591
無題〔巌谷栄二宛書簡〕
  ◇「谷崎潤一郎全集 19」中央公論新社 2015 p544
無題(ウオスエ「鯛の濱焼」推薦文)
  ◇「谷崎潤一郎全集 24」中央公論新社 2016 p537
無題〔「うちの三代目」写真説明〕
  ◇「谷崎潤一郎全集 24」中央公論新社 2016 p540
無題(「永遠女性といふ……」)
  ◇「決定版 三島由紀夫全集 29」新潮社 2003 p555
無題(映画「アンリエットの巴里祭」広告文)
  ◇「決定版 三島由紀夫全集 28」新潮社 2003 p251
無題(映画「黒いオルフェ」推薦文)
  ◇「決定版 三島由紀夫全集 31」新潮社 2003 p480
無題(映画「肉体の学校」広告文)
  ◇「決定版 三島由紀夫全集 33」新潮社 2003 p399
無題(江口清著「天の手袋」推薦文)
  ◇「決定版 三島由紀夫全集 29」新潮社 2003 p536
無題(大岡昇平著「新しき俘虜と古き俘虜」推薦文)
  ◇「決定版 三島由紀夫全集 27」新潮社 2003 p410
無題(奥野健男著「太宰治論」評)
  ◇「決定版 三島由紀夫全集 29」新潮社 2003 p152
無題〔「お化粧室」安田輝子さん〕
  ◇「谷崎潤一郎全集 25」中央公論新社 2016 p309
無題(「小沢さん、……」)
  ◇「決定版 三島由紀夫全集 32」新潮社 2003 p324
無題〔「お出かけ」〕
  ◇「谷崎潤一郎全集 25」中央公論新社 2016 p292

むたい

無題(「「むすめごのみ帯取池」注記)
　◇「決定版 三島由紀夫全集 30」新潮社 2003 p691
無題〔「親不孝の思ひ出」中断のおわび〕
　◇「谷崎潤一郎全集 22」中央公論新社 2017 p398
無題(「書き下ろし長篇小説叢書」推薦文)
　◇「決定版 三島由紀夫全集 33」新潮社 2003 p497
無題〔「学生倶楽部」第三号〕
　◇「谷崎潤一郎全集 25」中央公論新社 2016 p30
無題(桂芳久著「海鳴りの遠くより」推薦文)
　◇「決定版 三島由紀夫全集 29」新潮社 2003 p219
無題(蒲田黎子著「もしもし ハロー」序)
　◇「決定版 三島由紀夫全集 31」新潮社 2003 p683
無題(河出書房新社版「世界文学全集第二集 25 ロレンス・ダレル」広告文)
　◇「決定版 三島由紀夫全集 33」新潮社 2003 p199
無題(河出書房新社版「千夜一夜物語」広告文)
　◇「決定版 三島由紀夫全集 34」新潮社 2003 p262
無題(川端康成著「みづうみ」広告文)
　◇「決定版 三島由紀夫全集 28」新潮社 2003 p461
無題(『聞書抄』断書)
　◇「谷崎潤一郎全集 19」中央公論新社 2015 p553
無題(「鍛へる作家たち」)
　◇「決定版 三島由紀夫全集 34」新潮社 2003 p296
無題(「禁色」第一部)
　◇「決定版 三島由紀夫全集 27」新潮社 2003 p468
無題(「近時の……」)
　◇「決定版 三島由紀夫全集 36」新潮社 2003 p553
無題―「黒川伯爵家の…」
　◇「決定版 三島由紀夫全集 25」新潮社 2002 p742
無題(K・A・メニンジャー著 草野栄三良訳「おのれに背くもの」推薦文)
　◇「決定版 三島由紀夫全集 32」新潮社 2003 p451
無題(「芸能欄」)
　◇「決定版 三島由紀夫全集 26」新潮社 2003 p390
無題(「原色世界の美術」推薦文)
　◇「決定版 三島由紀夫全集 35」新潮社 2003 p202
無題(『現代小説全集第十巻谷崎潤一郎集』題辞)
　◇「谷崎潤一郎全集 12」中央公論新社 2017 p519
無題(「現代日本の……」)
　◇「決定版 三島由紀夫全集 補巻」新潮社 2005 p157
無題(故海野十三氏追悼諸家文集)
　◇「野村胡堂探偵小説全集」作品社 2007 p429
無題(「声」創刊の辞) (大岡昇平、中村光夫、福田恆存、吉川逸治、吉田健一)
　◇「決定版 三島由紀夫全集 36」新潮社 2003 p500
無題(「五時十分前…」)
　◇「決定版 三島由紀夫全集 補巻」新潮社 2005 p364
無題(故蓮田善明への献詩)
　◇「決定版 三島由紀夫全集 37」新潮社 2004 p762

無題(「「坂口安吾全集」推薦文)
　◇「決定版 三島由紀夫全集 34」新潮社 2003 p609
無題(「作者の意図する……」)
　◇「決定版 三島由紀夫全集 36」新潮社 2003 p537
無題(「作文補遺」)
　◇「決定版 三島由紀夫全集 26」新潮社 2003 p428
無題〔「残虐記」中断のおわび〕
　◇「谷崎潤一郎全集 23」中央公論新社 2017 p449
無題(ジェームス・ケイン著 蕗沢忠枝訳「郵便屋はいつも二度ベルを鳴らす」序)
　◇「決定版 三島由紀夫全集 補巻」新潮社 2005 p145
無題(「芝居の陶酔と戦慄を……」)
　◇「決定版 三島由紀夫全集 31」新潮社 2003 p682
無題(「……自民党と……」)〔楯の会〕
　◇「決定版 三島由紀夫全集 36」新潮社 2003 p682
無題(「じやがたら文」)
　◇「決定版 三島由紀夫全集 26」新潮社 2003 p310
無題(「ジャン・ジュネ全集」推薦文)
　◇「決定版 三島由紀夫全集 34」新潮社 2003 p401
無題(ジャン・ジュネ著 朝吹三吉訳「泥棒日記」推薦文)
　◇「決定版 三島由紀夫全集 28」新潮社 2003 p89
無題―週刊新潮掲示板(「剣道の名人……」)
　◇「決定版 三島由紀夫全集 34」新潮社 2003 p551
無題―週刊新潮掲示板(「このたび転居します……」)
　◇「決定版 三島由紀夫全集 31」新潮社 2003 p209
無題〔「週刊新潮掲示板」昭和三十五年十一月七日号〕
　◇「谷崎潤一郎全集 23」中央公論新社 2017 p481
無題〔「週刊新潮掲示板」創刊号〕
　◇「谷崎潤一郎全集 22」中央公論新社 2017 p366
無題―週刊新潮掲示板(「文壇ボディビル協会……」)
　◇「決定版 三島由紀夫全集 29」新潮社 2003 p145
無題―週刊新潮掲示板(「ボディビルのお陰で……」)
　◇「決定版 三島由紀夫全集 29」新潮社 2003 p226
無題―週刊新潮掲示板(「浪曼劇場……」)
　◇「決定版 三島由紀夫全集 35」新潮社 2003 p297
無題(「儒教徒にとつて、……」)
　◇「決定版 三島由紀夫全集 36」新潮社 2003 p557
無題(『少将滋幹の母』断書)
　◇「谷崎潤一郎全集 23」中央公論新社 2017 p476
無題(『饒太郎』断書)
　◇「谷崎潤一郎全集 16」中央公論新社 2016 p505
無題(庄野潤三著「静物」推薦文)
　◇「決定版 三島由紀夫全集 31」新潮社 2003 p495
無題(「書物」アンケート)
　◇「決定版 三島由紀夫全集 36」新潮社 2003 p629

無題(「新劇」扉のことば)
　◇「決定版 三島由紀夫全集 29」新潮社 2003 p130
無題(神西清著「灰色の眼の女」推薦文)
　◇「決定版 三島由紀夫全集 29」新潮社 2003 p600
無題(「心理小説とは……」)
　◇「決定版 三島由紀夫全集 36」新潮社 2003 p519
無題(鈴木徳義個展推薦文)
　◇「決定版 三島由紀夫全集 32」新潮社 2003 p443
無題(「するとふいに…」)
　◇「決定版 三島由紀夫全集 補巻」新潮社 2005 p243
無題(制服仕様書)〔楯の会〕
　◇「決定版 三島由紀夫全集 36」新潮社 2003 p666
無題(全国同人誌会員文芸推薦小説詮衡経過)
　◇「決定版 三島由紀夫全集 29」新潮社 2003 p178
無題(宗谷真爾著「影の神」序)
　◇「決定版 三島由紀夫全集 36」新潮社 2003 p396
無題〔『大正十二年 新文章日記』題辞〕
　◇「谷崎潤一郎全集 10」中央公論新社 2016 p428
無題―「大東塾…」
　◇「決定版 三島由紀夫全集 25」新潮社 2002 p787
無題(第二回「新潮」同人雑誌賞選後評)
　◇「決定版 三島由紀夫全集 29」新潮社 2003 p131
無題(第三回「新潮」同人雑誌賞選後評)
　◇「決定版 三島由紀夫全集 29」新潮社 2003 p432
無題(第八回「新潮」同人雑誌賞選後評)
　◇「決定版 三島由紀夫全集 32」新潮社 2003 p16
無題(第九回「新潮」同人雑誌賞選評)
　◇「決定版 三島由紀夫全集 32」新潮社 2003 p261
無題(第十回「新潮」同人雑誌賞選評)
　◇「決定版 三島由紀夫全集 32」新潮社 2003 p638
無題(第十一回「新潮」同人雑誌賞選評)
　◇「決定版 三島由紀夫全集 33」新潮社 2003 p241
無題(第十二回「新潮」同人雑誌賞選評)
　◇「決定版 三島由紀夫全集 33」新潮社 2003 p619
無題(「第十二回全国空手道選手権大会」推薦文)
　◇「決定版 三島由紀夫全集 35」新潮社 2003 p493
無題(第十三回「新潮」同人雑誌賞選評)
　◇「決定版 三島由紀夫全集 34」新潮社 2003 p283
無題(「第十三回全国空手道選手権大会」推薦文)
　◇「決定版 三島由紀夫全集 36」新潮社 2003 p196
無題(第十四回「新潮」同人雑誌賞選評)
　◇「決定版 三島由紀夫全集 34」新潮社 2003 p619
無題(高田一郎氏について)
　◇「決定版 三島由紀夫全集 31」新潮社 2003 p681
無題(武田泰淳著「天と地の結婚」推薦文)
　◇「決定版 三島由紀夫全集 28」新潮社 2003 p216
無題〔蓼喰ふ虫 潤一郎六部集〕断書〕
　◇「谷崎潤一郎全集 18」中央公論新社 2016 p546

無題(「楯の会」パレード招待状)
　◇「決定版 三島由紀夫全集 36」新潮社 2003 p671
無題(谷崎潤一郎推薦文)
　◇「決定版 三島由紀夫全集 補巻」新潮社 2005 p147
無題(「谷崎潤一郎読本」アンケート)
　◇「決定版 三島由紀夫全集 36」新潮社 2003 p636
無題(「彩絵(だみゑ)硝子」転載のことば)
　◇「決定版 三島由紀夫全集 26」新潮社 2003 p594
「無題(「彩絵硝子」転載のことば)」異稿
　◇「決定版 三島由紀夫全集 36」新潮社 2003 p554
無題〔田村茂『現代日本の百人』写真説明〕
　◇「谷崎潤一郎全集 21」中央公論新社 2016 p486
無題(「ダンディ登場」)
　◇「決定版 三島由紀夫全集 34」新潮社 2003 p220
無題(「壇浦兜軍記阿古屋琴責の段」について)
　◇「決定版 三島由紀夫全集 36」新潮社 2003 p37
無題〔「耽美の人・潤一郎」写真説明〕
　◇「谷崎潤一郎全集 21」中央公論新社 2016 p502
無題〔近松秋江『黒髪』序〕
　◇「谷崎潤一郎全集 11」中央公論新社 2015 p469
無題(「知性」アンケート)
　◇「決定版 三島由紀夫全集 36」新潮社 2003 p634
無題(「中央公論」広告文)
　◇「決定版 三島由紀夫全集 33」新潮社 2003 p398
無題(「椿説弓張月」)
　◇「決定版 三島由紀夫全集 35」新潮社 2003 p669
無題〔『定本虚子全集』内容見本推薦文〕
　◇「谷崎潤一郎全集 20」中央公論新社 2015 p580
無題(「寺崎武男回顧展」推薦文)
　◇「決定版 三島由紀夫全集 34」新潮社 2003 p395
無題(塔晶夫著「虚無への供物」広告文)
　◇「決定版 三島由紀夫全集 32」新潮社 2003 p684
無題(「灯台」の演出について)
　◇「決定版 三島由紀夫全集 27」新潮社 2003 p276
無題(「東北文学」アンケート)
　◇「決定版 三島由紀夫全集 36」新潮社 2003 p626
無題(「トーマス・マン全集」推薦文)
　◇「決定版 三島由紀夫全集 36」新潮社 2003 p398
無題(永井荷風「書翰」付記)
　◇「谷崎潤一郎全集 20」中央公論新社 2015 p545
無題(永井陽之助著「平和の代償」広告文)
　◇「決定版 三島由紀夫全集 36」新潮社 2003 p329
無題(中村光夫著「人と狼」推薦文)
　◇「決定版 三島由紀夫全集 30」新潮社 2003 p35
無題〔「七十の年輪」写真説明〕
　◇「谷崎潤一郎全集 21」中央公論新社 2016 p520
無題(西尾幹二著「ヨーロッパ像の転換」推薦文)
　◇「決定版 三島由紀夫全集 35」新潮社 2003 p492
無題(西直彦著「古人今人」推薦文)
　◇「決定版 三島由紀夫全集 34」新潮社 2003 p278

むたい

無題(「日本人物探検・三島由紀夫」)
◇「決定版 三島由紀夫全集 34」新潮社 2003 p647

無題〔「日本名作小説 第1集 五大作家女態小説特集」「肉塊」再録の付記〕
◇「谷崎潤一郎全集 20」中央公論新社 2015 p584

無題(庭のアポローンの像について)
◇「決定版 三島由紀夫全集 32」新潮社 2003 p329

無題(「人間国宝新作展」推薦文)
◇「決定版 三島由紀夫全集 34」新潮社 2003 p668

無題ノート
◇「決定版 三島由紀夫全集 37」新潮社 2004 p541

無題(服部智恵子バレエリサイタルに寄せて)
◇「決定版 三島由紀夫全集 33」新潮社 2003 p252

無題(「花ざかりの森の序とその一」転載のことば)
◇「決定版 三島由紀夫全集 26」新潮社 2003 p334

無題(林房雄著「大東亜戦争肯定論」広告文)
◇「決定版 三島由紀夫全集 33」新潮社 2003 p210

無題(「バレーは……」)
◇「決定版 三島由紀夫全集 33」新潮社 2003 p126

無題〔「半公」推選文〕
◇「谷崎潤一郎全集 8」中央公論新社 2017 p451

無題(「東の博士たち」説明・梗概)
◇「決定版 三島由紀夫全集 26」新潮社 2003 p35

無題(「秘楽(ひぎょう) 禁色第二部」)
◇「決定版 三島由紀夫全集 28」新潮社 2003 p190

無題(「美の襲撃」序)
◇「決定版 三島由紀夫全集 31」新潮社 2003 p674

無題(深沢七郎著「東京のプリンスたち」推薦文)
◇「決定版 三島由紀夫全集 31」新潮社 2003 p288

無題(「フシギな男三島由紀夫」)
◇「決定版 三島由紀夫全集 34」新潮社 2003 p180

無題(舟橋聖一著「女めくら双紙」推薦文)
◇「決定版 三島由紀夫全集 補巻」新潮社 2005 p145

無題(「古沢岩美作品展」推薦文)
◇「決定版 三島由紀夫全集 35」新潮社 2003 p321

無題(ヘルマン・ラウシュニング著 船戸満之訳「永遠なるヒトラー」推薦文)
◇「決定版 三島由紀夫全集 35」新潮社 2003 p171

無題(「ボオ全集」推薦文)
◇「決定版 三島由紀夫全集 32」新潮社 2003 p434

無題(「僕が葉子さんを……」)
◇「決定版 三島由紀夫全集 20」新潮社 2002 p657

無題(「輔仁会雑誌」編輯後記用)
◇「決定版 三島由紀夫全集 26」新潮社 2003 p357

無題(「堀辰雄読本」アンケート)
◇「決定版 三島由紀夫全集 36」新潮社 2003 p637

無題(ポール・コラン著 吉田健一訳「野蛮な遊び」推薦文)
◇「決定版 三島由紀夫全集 補巻」新潮社 2005 p142

無題(「本篇はジャン・ラシーヌ作『ブリタニキュス』……」)
◇「決定版 三島由紀夫全集 補巻」新潮社 2005 p156

無題(丸山明宏チャリティーリサイタルに寄せて)
◇「決定版 三島由紀夫全集 34」新潮社 2003 p176

無題(「味方にしたら……」)
◇「決定版 三島由紀夫全集 36」新潮社 2003 p400

無題(「三島さんと『喜びの琴』」)
◇「決定版 三島由紀夫全集 33」新潮社 2003 p49

無題(「三島由紀夫展」案内文)
◇「決定版 三島由紀夫全集 36」新潮社 2003 p371

無題(「三島由紀夫の幻想美術館」)
◇「決定版 三島由紀夫全集 34」新潮社 2003 p391

無題(「ミスター文壇」)
◇「決定版 三島由紀夫全集 29」新潮社 2003 p218

無題(宮崎清隆著「支那派遣軍かく戦えり」推薦文)
◇「決定版 三島由紀夫全集 34」新潮社 2003 p261

無題〔「武者小路実篤読本」アンケート〕
◇「谷崎潤一郎全集 22」中央公論新社 2017 p357

無題〔「棟方志功作谷崎潤一郎歌々板画柵展」案内状〕
◇「谷崎潤一郎全集 22」中央公論新社 2017 p381

無題(「メリー大須賀モードを着てムードを唄ふ」)
◇「決定版 三島由紀夫全集 34」新潮社 2003 p178

無題(望月衛著「欲望」広告文)
◇「決定版 三島由紀夫全集 28」新潮社 2003 p447

無題(「森鷗外読本」アンケート)
◇「決定版 三島由紀夫全集 36」新潮社 2003 p636

無題(「森茉莉さん。……」)
◇「決定版 三島由紀夫全集 36」新潮社 2003 p401

無題(「山下清澄個展」推薦文)
◇「決定版 三島由紀夫全集 34」新潮社 2003 p655

無題(「山の上ホテル」広告文)
◇「決定版 三島由紀夫全集 28」新潮社 2003 p664

無題("憂国"作家の"体験入隊"記」)
◇「決定版 三島由紀夫全集 34」新潮社 2003 p424

無題(「横尾忠則遺作集」序)
◇「決定版 三島由紀夫全集 34」新潮社 2003 p661

無題(吉村貞司著「三島由紀夫」推薦文)
◇「決定版 三島由紀夫全集 29」新潮社 2003 p160

無題(吉本隆明著「模写と鏡」推薦文)
◇「決定版 三島由紀夫全集 33」新潮社 2003 p222

無題(「柳虹氏に逢つた。……」)
◇「決定版 三島由紀夫全集 36」新潮社 2003 p520

無題(「旅行の手帖」アンケート)
◇「決定版 三島由紀夫全集 36」新潮社 2003 p633

無題(浪曼劇場新年の挨拶)(松浦竹夫)
◇「決定版 三島由紀夫全集 補巻」新潮社 2005 p400

無題録
　◇「谷崎潤一郎全集 25」中央公論新社 2016 p49
無題録
　◇「徳田秋聲全集 21」八木書店 2001 p99
無題(六代目菊五郎について)
　◇「決定版 三島由紀夫全集 27」新潮社 2003 p210
無題(ワイルド著 吉田健一訳「芸術論」推薦文)
　◇「決定版 三島由紀夫全集 27」新潮社 2003 p435
無題〔「わが台所太平記」〕
　◇「谷崎潤一郎全集 25」中央公論新社 2016 p313
無題(「若武者出陣」)
　◇「決定版 三島由紀夫全集 34」新潮社 2003 p657
無題(「別れの時に、…」)
　◇「決定版 三島由紀夫全集 補巻」新潮社 2005 p277
無題〔「私と中央公論」〕
　◇「谷崎潤一郎全集 25」中央公論新社 2016 p310
無題〔「私の散歩道」〕
　◇「谷崎潤一郎全集 25」中央公論新社 2016 p263
無題(「われらの文学」推薦文)
　◇「決定版 三島由紀夫全集 33」新潮社 2003 p499
無題(「われわれ……」)
　◇「決定版 三島由紀夫全集 35」新潮社 2003 p322
無題一
　◇「宮本百合子全集 20」新日本出版社 2002 p45
　◇「宮本百合子全集 33」新日本出版社 2004 p350
無題〈1〉
　◇「松田解子自選集 9」澤田出版 2009 p74
無題二
　◇「宮本百合子全集 20」新日本出版社 2002 p49
　◇「宮本百合子全集 33」新日本出版社 2004 p442
無題〈2〉
　◇「松田解子自選集 9」澤田出版 2009 p255
無題三
　◇「宮本百合子全集 20」新日本出版社 2002 p203
　◇「宮本百合子全集 33」新日本出版社 2004 p487
無題〈3〉
　◇「松田解子自選集 9」澤田出版 2009 p258
無題四
　◇「宮本百合子全集 20」新日本出版社 2002 p217
無題〈4〉
　◇「松田解子自選集 9」澤田出版 2009 p296
無題五
　◇「宮本百合子全集 20」新日本出版社 2002 p265
無題六
　◇「宮本百合子全集 20」新日本出版社 2002 p268
無題七
　◇「宮本百合子全集 20」新日本出版社 2002 p454
無題八
　◇「宮本百合子全集 20」新日本出版社 2002 p486

無題九
　◇「宮本百合子全集 20」新日本出版社 2002 p487
無題十
　◇「宮本百合子全集 20」新日本出版社 2002 p602
無題十一
　◇「宮本百合子全集 20」新日本出版社 2002 p605
無題十二
　◇「宮本百合子全集 20」新日本出版社 2002 p637
無題十三
　◇「宮本百合子全集 20」新日本出版社 2002 p653
無題十四
　◇「宮本百合子全集 20」新日本出版社 2002 p664
無題十五
　◇「宮本百合子全集 20」新日本出版社 2002 p690
無題十六
　◇「宮本百合子全集 20」新日本出版社 2002 p709
無駄口
　◇「徳田秋聲全集 20」八木書店 2001 p238
むだ言
　◇「徳田秋聲全集 20」八木書店 2001 p343
むだ騒ぎ
　◇「天城一傑作集 〔1〕」日本評論社 2004 p79
無駄話
　◇「江戸川乱歩全集 24」光文社 2005（光文社文庫）p55
武玉川・とくとく清水—古川柳の世界
　◇「田辺聖子全集 18」集英社 2005 p609
無駄道
　◇「徳田秋聲全集 14」八木書店 2000 p177
無智の愛
　◇「徳田秋聲全集 14」八木書店 2000 p147
無知の知
　◇「大庭みな子全集 23」日本経済新聞出版社 2011 p656
無中心ということ 秋声の発見 一
　◇「小島信夫批評集成 8」水声社 2010 p368
夢中問答
　◇「大坪砂男全集 4」東京創元社 2013（創元推理文庫）p376
無知は遺伝する
　◇「小檜山博全集 8」柏艪舎 2006 p224
むつかしい日本語
　◇「吉行淳之介エッセイ・コレクション 3」筑摩書房 2004（ちくま文庫）p124
ムッシュ・クラタ
　◇「山崎豊子全集 9」新潮社 2004 p573
ムッソリニ
　◇「国枝史郎伝奇短篇小説集成 2」作品社 2006 p624
六つの口が一堂に開けば〔座談会〕(勅使河原宏、亀倉雄策、岡本太郎、勅使河原蒼風、土門拳)
　◇「安部公房全集 5」新潮社 1997 p446

むつつ

むっつり
  ◇「車谷長吉全集 3」新書館 2010 p10

陸奥の土の香とおばこのさそう旅情
  ◇「小松左京全集 完全版 31」城西国際大学出版会 2008 p63

陸奥の未来図
  ◇「小松左京全集 完全版 29」城西国際大学出版会 2007 p135

夢笛
  ◇「田辺聖子全集 16」集英社 2005 p520

霧笛
  ◇「大佛次郎セレクション第3期 霧笛」未知谷 2009 p3

無敵艦隊
  ◇「向田邦子全集 新版 8」文藝春秋 2009 p39

無敵鐵車
  ◇〔押川〕春浪選集 3」本の友社 2004 p243

ムトー・トシコ
  ◇「向田邦子全集 新版 9」文藝春秋 2009 p180

胸毛
  ◇「向田邦子全集 新版 7」文藝春秋 2009 p228

"胸毛騒動"その後—なんでも相談 なんでも解答
  ◇「決定版 三島由紀夫全集 36」新潮社 2003 p651

胸算用
  ◇「内田百閒集成 5」筑摩書房 2003（ちくま文庫）p59
  ◇「内田百閒集成 12」筑摩書房 2003（ちくま文庫）p124

空しい音—愛読者をさがす登場人物
  ◇「中井英夫全集 6」東京創元社 1996（創元ライブラリ）p431

空しい宿題
  ◇〔野呂邦暢〕随筆コレクション 2」みすず書房 2014 p97

むなしい薔薇
  ◇「中井英夫全集 7」東京創元社 1998（創元ライブラリ）p524

胸打つ市民の視察
  ◇「小松左京全集 完全版 46」城西国際大学出版会 2016 p152

胸を躍らして都へ出る お針の稽古、上京
  ◇「小寺菊子作品集 3」桂書房 2014 p61

胸のすく林房雄氏の文芸時評
  ◇「決定版 三島由紀夫全集 32」新潮社 2003 p685

胸の底の絶唱のこと
  ◇「石牟礼道子全集 5」藤原書店 2004 p377

無の時間
  ◇「中井英夫全集 3」東京創元社 1996（創元ライブラリ）p602

〈抜粋〉無伴奏
  ◇「内田百閒集成 24」筑摩書房 2004（ちくま文庫）p100

無伴奏
  ◇「内田百閒集成 10」筑摩書房 2003（ちくま文庫）p71

無病息災
  ◇「阿川弘之全集 4」新潮社 2005 p241

むべ
  ◇「小沼丹全集 4」未知谷 2004 p34

夢魔の化身
  ◇「小島信夫批評集成 6」水声社 2011 p85

無明
  ◇「林京子全集 1」日本図書センター 2005 p238

『無明と愛染』
  ◇「谷崎潤一郎全集 10」中央公論新社 2016 p261

無明と愛染
  ◇「谷崎潤一郎全集 10」中央公論新社 2016 p263

無名仮名人名簿
  ◇「向田邦子全集 新版 7」文藝春秋 2009 p11

無名作家M・K氏へ
  ◇「小島信夫批評集成 7」水声社 2011 p132

無名詩集
  ◇「安部公房全集 1」新潮社 1997 p221

無名氏の恋
  ◇「山田風太郎ミステリー傑作選 8」光文社 2002（光文社文庫）p657

無名性—出発のための前提
  ◇「安部公房全集 22」新潮社 1999 p249

無名の脅迫状
  ◇「小酒井不木随筆評論選集 3」本の友社 2004 p327

無名の仙人
  ◇「佐々木基一全集 8」河出書房新社 2013 p321

梅枝（むめがえ）
  ◇「決定版 三島由紀夫全集 補巻」新潮社 2005 p269

無毛談—横山泰三にさゝぐ
  ◇「坂口安吾全集 6」筑摩書房 1998 p474

無文字の世界のこと
  ◇「石牟礼道子全集 11」藤原書店 2005 p502

夢遊王国のための音楽
  ◇「島田雅彦芥川賞落選作全集 上」河出書房新社 2013（河出文庫）p225

夢遊病者の死
  ◇「江戸川乱歩全集 1」光文社 2004（光文社文庫）p449
  ◇「江戸川乱歩全集 4」沖積舎 2007 p259

無用な被害者意識—若い女性へ
  ◇「安部公房全集 8」新潮社 1998 p282

無用な訪問者
  ◇「山田風太郎ミステリー傑作選 10」光文社 2002（光文社文庫）p546

「無用の長物」が逃げたあと
  ◇「小田実全集 小説 37」講談社 2013 p48

無用の夢
　◇「大庭みな子全集 6」日本経済新聞出版社 2009 p223
無用の用
　◇「大庭みな子全集 8」日本経済新聞出版社 2009 p383
村が育てた時代が過ぎて
　◇「石牟礼道子全集 9」藤原書店 2006 p488
近習村上金太夫
　◇「井上ひさし短編中編小説集成 10」岩波書店 2015 p374
村上の鮭
　◇「大庭みな子全集 23」日本経済新聞出版社 2011 p497
村上信夫君の貫録
　◇「日影丈吉全集 別巻」国書刊行会 2005 p691
村上信彦『明治女性史（上）文明開化』
　◇「石牟礼道子全集 14」藤原書店 2008 p268
村上流船行要術
　◇「内田百閒集成 6」筑摩書房 2003（ちくま文庫）p232
村からの娘
　◇「宮本百合子全集 12」新日本出版社 2001 p117
群がる街
　◇「林京子全集 2」日本図書センター 2005 p30
むらぎも
　◇「〔野呂邦暢〕随筆コレクション 2」みすず書房 2014 p284
紫色の35mmのきれっぱし
　◇「稲垣足穂コレクション 2」筑摩書房 2005（ちくま文庫）p244
紫いろの薔薇—芥川比呂志氏追悼
　◇「中井英夫全集 7」東京創元社 1998（創元ライブラリ）p606
紫式部
　◇「大庭みな子全集 8」日本経済新聞出版社 2009 p488
紫式部
　◇「小沼丹全集 4」未知谷 2004 p412
紫式部の眼〔対談者〕瀬戸内寂聴
　◇「大庭みな子全集 20」日本経済新聞出版社 2010 p502
紫大納言
　◇「坂口安吾全集 3」筑摩書房 1999 p229
紫大納言〔初出稿〕
　◇「坂口安吾全集 3」筑摩書房 1999 p12
紫匂う舞台
　◇「中井英夫全集 7」東京創元社 1998（創元ライブラリ）p160
むらさきの色こき時
　◇「丸谷才一全集 8」文藝春秋 2014 p414
むらさきのちり
　◇「決定版 三島由紀夫全集 37」新潮社 2004 p258

紫の蔓
　◇「古井由吉自撰作品 8」河出書房新社 2012 p112
紫の道化師
　◇「横溝正史探偵小説コレクション 1」出版芸術社 2004 p22
村芝居
　◇「定本 久生十蘭全集 5」国書刊行会 2009 p581
村で生きてゆくプライド
　◇「石牟礼道子全集 7」藤原書店 2005 p277
村にとどまる慎ましい断念
　◇「石牟礼道子全集 7」藤原書店 2005 p281
村のエトランジエ
　◇「小沼丹全集 1」未知谷 2004 p7
　◇「小沼丹全集 1」未知谷 2004 p126
村の媼
　◇「石牟礼道子全集 4」藤原書店 2004 p361
村のお寺
　◇「石牟礼道子全集 10」藤原書店 2006 p417
村のおとし穴
　◇「土屋隆夫コレクション新装版 危険な童話」光文社 2002（光文社文庫）p463
村の鍛冶屋
　◇「車谷長吉全集 3」新書館 2010 p24
村の鍛冶屋
　◇「〔野呂邦暢〕随筆コレクション 1」みすず書房 2014 p351
村の三代
　◇「宮本百合子全集 15」新日本出版社 2001 p171
村の心音
　◇「石牟礼道子全集 11」藤原書店 2005 p344
村の飛行兵
　◇「定本 久生十蘭全集 4」国書刊行会 2009 p550
村の飛行兵［人形劇版］
　◇「定本 久生十蘭全集 別巻」国書刊行会 2013 p196
村のひと騒ぎ
　◇「坂口安吾全集 1」筑摩書房 1999 p280
村の平和
　◇「徳田秋聲全集 3」八木書店 1999 p281
村のUFO
　◇「天城一傑作集〔1〕」日本評論社 2004 p12
村松剛「評傳ポール・ヴァレリー」
　◇「小林秀雄全集 補巻 3」新潮社 2010 p396
村松友視『ダイアナ』『チャンチキおけさ』
　◇「小檜山博全集 6」柏艪舎 2006 p304
夢裏
　◇「内田百閒集成 16」筑摩書房 2004（ちくま文庫）p189
無料言いわけ業
　◇「坂口安吾全集 13」筑摩書房 1999 p393
無力なはぐれ者たちの「わが闘争」
　◇「松下竜一未刊行著作集 4」海鳥社 2008 p357

むろう

室生犀星
- 「小林秀雄全作品 3」新潮社 2002 p70
- 「小林秀雄全集 補巻 1」新潮社 2010 p144

室生犀星
- 「丸谷才一全集 10」文藝春秋 2014 p36

室生寺にて
- 「小島信夫批評集成 2」水声社 2011 p304

室生寺ふたたび
- 「阿川弘之全集 16」新潮社 2006 p546

室戸岬
- 「瀬戸内寂聴随筆選 5」ゆまに書房 2009 p146

室町のころ
- 「丸谷才一全集 7」文藝春秋 2014 p550

室町の美学―金閣寺
- 「決定版 三島由紀夫全集 33」新潮社 2003 p400

室町反魂香―三幕
- 「決定版 三島由紀夫全集 22」新潮社 2002 p7

「室町反魂香」について
- 「決定版 三島由紀夫全集 28」新潮社 2003 p205

【め】

芽
- 「大庭みな子全集 9」日本経済新聞出版社 2010 p273

眼
- 「小島信夫短篇集成 5」水声社 2015 p13

眼
- 「小檜山博全集 4」柏艪舎 2006 p417

眼
- 「徳永直文学選集」熊本出版文化会館 2008 p26

眼
- 「水上勉ミステリーセレクション 眼」光文社 2007（光文社文庫）p7

目
- 「内田百閒集成 7」筑摩書房 2003（ちくま文庫）p280

目
- 「大庭みな子全集 12」日本経済新聞出版社 2010 p270

目
- 「松田解子自選集 9」澤田出版 2009 p129

メアリイの昔語り
- 「大庭みな子全集 12」日本経済新聞出版社 2010 p201

明暗―季節の言葉
- 「決定版 三島由紀夫全集 補巻」新潮社 2005 p149

明暗交遊録
- 「内田百閒集成 6」筑摩書房 2003（ちくま文庫）p128

銘鴬会
- 「内田百閒集成 15」筑摩書房 2003（ちくま文庫）p62

冥王星に春がきた
- 「小松左京全集 完全版 24」城西国際大学出版会 2016 p476

名画
- 「国枝史郎伝奇短篇小説集成 1」作品社 2006 p111

迷怪哲学用語辞典
- 「井上ひさしコレクション 日本の巻」岩波書店 2005 p86

名画祭
- 「小沼丹全集 4」未知谷 2004 p554

名妓の持つ眼
- 「谷崎潤一郎全集 10」中央公論新社 2016 p431

迷宮入り
- 「佐々木基一全集 1」河出書房新社 2013 p220

迷宮設計師―邦雄
- 「寺山修司著作集 5」クインテッセンス出版 2009 p150

名曲喫茶で
- 「小檜山博全集 7」柏艪舎 2006 p94

名曲喫茶「らんぶる」
- 「〔野呂邦暢〕随筆コレクション 2」みすず書房 2014 p309

名月
- 「内田百閒集成 18」筑摩書房 2004（ちくま文庫）p29

名月一夜狂言
- 「横溝正史時代小説コレクション捕物篇 1」出版芸術社 2003 p148

名月の使者
- 「横溝正史時代小説コレクション伝奇篇 2」出版芸術社 2003 p219

メイゲン
- 「野坂昭如エッセイ・コレクション 1」筑摩書房 2004（ちくま文庫）p108

名犬
- 「定本 久生十蘭全集 1」国書刊行会 2008 p96

メイコさんは日本語の天才だ
- 「安部公房全集 30」新潮社 2009 p98

迷彩色の大型車両、次々に
- 「松下竜一未刊行著作集 5」海鳥社 2009 p350

名作を生み続ける
- 「大庭みな子全集 24」日本経済新聞出版社 2011 p266

名作劇画「私刑」
- 「大坪砂男全集 3」東京創元社 2013（創元推理文庫）p531

メイ作傑作―カイロの虜囚？
- 「決定版 三島由紀夫全集 31」新潮社 2003 p580

名刺
　◇「〔野呂邦暢〕随筆コレクション 2」みすず書房 2014 p194
名士のあつかい
　◇「車谷長吉全集 3」新書館 2010 p33
明治暗黒星
　◇「〔山田風太郎〕時代短篇選集 2」小学館 2013（小学館文庫）p367
明治維新が残したもの
　◇「小田実全集 評論 3」講談社 2010 p137
明治生まれの教授
　◇「小島信夫長篇集成 2」水声社 2015 p531
明治回顧
　◇「谷崎潤一郎全集 23」中央公論新社 2017 p415
明治かげろう俥
　◇「〔山田風太郎〕時代短篇選集 3」小学館 2013（小学館文庫）p197
明治吸血鬼
　◇「日影丈吉全集 4」国書刊行会 2003 p591
明治九十年〔鼎談〕(亀井勝一郎、和歌森太郎)
　◇「福田恆存対談・座談集 2」玉川大学出版部 2011 p175
明治国家と平成の日本(樋口陽一)
　◇「司馬遼太郎対話選集 4」文藝春秋 2006（文春文庫）p141
明治座の「蒼氓」
　◇「徳田秋聲全集 22」八木書店 2001 p335
明治時代
　◇「徳田秋聲全集 23」八木書店 2001 p163
明治時代の文豪とその人生を語る〔座談会〕
　（馬場孤蝶、長田秀雄、久保田万太郎、近松秋江、久米正雄、森田草平、中村武羅夫）
　◇「徳田秋聲全集 25」八木書店 2001 p213
明治小説文章変遷史
　◇「徳田秋聲全集 24」八木書店 2001 p167
名詞づくり
　◇「上野壮夫全集 3」図書新聞 2011 p501
明治大正昭和文芸座談会(巌谷小波、岸田国士、久米正雄、小島政二郎、辰野隆、千葉亀雄、中村武羅夫、直木三十五、深田久弥、佐佐木茂索)
　◇「徳田秋聲全集 25」八木書店 2001 p246
明治忠臣蔵
　◇「〔山田風太郎〕時代短篇選集 3」小学館 2013（小学館文庫）p53
明治天皇と赤い靴
　◇「井上ひさし短編中編小説集成 5」岩波書店 2015 p228
名士と飲料
　◇「徳田秋聲全集 23」八木書店 2001 p244
明治と官僚
　◇「決定版 三島由紀夫全集 32」新潮社 2003 p32

名士と食物
　◇「谷崎潤一郎全集 13」中央公論新社 2015 p436
明治の青髯
　◇「日影丈吉全集 4」国書刊行会 2003 p440
明治の弟とその妻 徳冨蘆花
　◇「小島信夫批評集成 3」水声社 2011 p283
明治の斧
　◇「〔池澤夏樹〕エッセー集成 1」みすず書房 2008 p3
明治の指紋小説
　◇「江戸川乱歩全集 27」光文社 2004（光文社文庫）p432
　◇「江戸川乱歩全集 23」光文社 2005（光文社文庫）p612
明治の逍遙・昭和の恆存(福田恆存全訳「シェイクスピア全集」推薦文)
　◇「決定版 三島由紀夫全集 28」新潮社 2003 p474
開化隠形変(めいじのにんじつ)
　◇「日影丈吉全集 4」国書刊行会 2003 p512
「明治の人」
　◇「小田実全集 評論 18」講談社 2012 p111
明治の憂鬱を生んだもの(ドナルド・キーン)
　◇「司馬遼太郎対話選集 5」文藝春秋 2006（文春文庫）p110
名士の容態
　◇「小酒井不木随筆評論選集 8」本の友社 2004 p260
明治のランプ
　◇「宮本百合子全集 13」新日本出版社 2001 p393
「明治百年」と「戦後二十年」
　◇「小田実全集 評論 5」講談社 2010 p299
『明治文学作家論下巻』序文
　◇「徳田秋聲全集 別巻」八木書店 2006 p102
名称
　◇「小松左京全集 完全版 43」城西国際大学出版会 2014 p382
名人芸
　◇「大庭みな子全集 24」日本経済新聞出版社 2011 p23
名人芸への郷愁〔座談会〕(江藤淳、河上徹太郎、斎藤隆介、杉村恒)
　◇「福田恆存対談・座談集 2」玉川大学出版部 2011 p361
名人戦を観て
　◇「坂口安吾全集 別巻」筑摩書房 2012 p16
迷信と其除去法
　◇「小酒井不木随筆評論選集 8」本の友社 2004 p89
迷信と犯罪
　◇「小酒井不木随筆評論選集 1」本の友社 2004 p202
名人に乏し
　◇「小酒井不木随筆評論選集 7」本の友社 2004 p411

めいし

名人ハブ源の左足
　◇「戸川幸夫動物文学セレクション 2」ランダムハウス講談社 2008（ランダムハウス講談社文庫）p459

名人文楽
　◇「色川武大・阿佐田哲也エッセイズ 2」筑摩書房 2003（ちくま文庫）p89

メイスン
　◇「江戸川乱歩全集 30」光文社 2005（光文社文庫）p774

明晰さについて
　◇「辻邦生全集 18」新潮社 2005 p122

明晰と、広い視野
　◇「〔池澤夏樹〕エッセー集成 1」みすず書房 2008 p94

名セリフに乾杯！
　◇「田中小実昌エッセイ・コレクション 5」筑摩書房 2003（ちくま文庫）p135

名槍まんじ暦
　◇「横溝正史時代小説コレクション捕物篇 3」出版芸術社 2004 p316

名探偵ア・ラ・ホームズ
　◇「日影丈吉全集 別巻」国書刊行会 2005 p293

名探偵ピンカートン兄弟
　◇「小酒井不木随筆評論選集 2」本の友社 2004 p248

名探偵WHO'S WHO
　◇「日影丈吉全集 別巻」国書刊行会 2005 p291

名著発掘—ティンベルヘン著『動物のことば』
　◇「安部公房全集 20」新潮社 1999 p400

冥途
　◇「内田百閒集成 3」筑摩書房 2002（ちくま文庫）p9

名刀売り
　◇「国枝史郎歴史小説傑作選」作品社 2006 p328

冥府の犬
　◇「日影丈吉全集 7」国書刊行会 2004 p234

メイミィ
　◇「決定版 三島由紀夫全集 21」新潮社 2002 p9

名誉
　◇「小酒井不木随筆評論選集 8」本の友社 2004 p52

名誉ある懲戒を誇りに闘へ—発起人代表挨拶
　◇「決定版 三島由紀夫全集 35」新潮社 2003 p597

梅蘭芳（めいらんふぁん）を見て 帝劇にて
　◇「徳田秋聲全集 20」八木書店 2001 p122

名流結婚の人に餞別の言葉
　◇「徳田秋聲全集 23」八木書店 2001 p281

明瞭で誠実な情熱
　◇「宮本百合子全集 17」新日本出版社 2002 p119

メイル・ボックス
　◇「小島信夫短篇集成 5」水声社 2015 p239

命令書〔楯の会〕
　◇「決定版 三島由紀夫全集 36」新潮社 2003 p678

迷路
　◇「小松左京全集 完全版 25」城西国際大学出版会 2017 p423

迷路
　◇「寺山修司著作集 5」クインテッセンス出版 2009 p150

迷路案内[『新青年』昭和十四年三月号]
　◇「定本 久生十蘭全集 別巻」国書刊行会 2013 p422

迷路案内[『新青年』昭和十四年六月号]
　◇「定本 久生十蘭全集 別巻」国書刊行会 2013 p431

迷路を縫って〔対談〕（養老孟司）
　◇「安部公房全集 29」新潮社 2000 p232

迷路と死海（抄）—演劇論I
　◇「寺山修司著作集 5」クインテッセンス出版 2009 p331

迷路の三人
　◇「横溝正史探偵小説コレクション 1」出版芸術社 2004 p105

迷路の魅力
　◇「江戸川乱歩全集 24」光文社 2005（光文社文庫）p107

明和絵暦
　◇「山本周五郎長篇小説全集 16」新潮社 2014 p7

迷惑な才能—色川武大
　◇「丸谷才一全集 10」文藝春秋 2014 p313

目をあいて見る
　◇「宮本百合子全集 18」新日本出版社 2002 p14

目をつぶって、遠いむかしを瞼の裏に浮かべ、目をあければ
　◇「大庭みな子全集 11」日本経済新聞出版社 2010 p210

目をつぶる
　◇「向田邦子全集 新版 7」文藝春秋 2009 p184

めおと武士道
　◇「横溝正史時代小説コレクション伝奇篇 1」出版芸術社 2003 p230

目を細めるアンナ
　◇「小島信夫批評集成 5」水声社 2011 p193

眼があう
　◇「向田邦子全集 新版 10」文藝春秋 2010 p189

めかけ紳士
　◇「野坂昭如エッセイ・コレクション 1」筑摩書房 2004（ちくま文庫）p67

メカケの下女
　◇「田中小実昌エッセイ・コレクション 1」筑摩書房 2002（ちくま文庫）p227

孌女守り
　◇「司馬遼太郎短篇全集 10」文藝春秋 2006 p465

眼鏡
　◇「小沼丹全集 1」未知谷 2004 p373
　◇「小沼丹全集 3」未知谷 2004 p31

眼鏡の話
　◇「梅崎春生作品集 3」沖積舎 2004 p274

眼鏡橋
　◇「石牟礼道子全集 15」藤原書店 2012 p386
女神
　◇「決定版 三島由紀夫全集 5」新潮社 2001 p7
「女神」―一次号からの連載小説
　◇「決定版 三島由紀夫全集 28」新潮社 2003 p297
女神志向〔対談〕(高橋たか子)
　◇「大庭みな子全集 21」日本経済新聞出版社 2011 p84
女神の下着
　◇「狩久全集 1」皆進社 2013 p76
メガロドン
　◇「石牟礼道子全集 16」藤原書店 2013 p597
目利き
　◇「車谷長吉全集 3」新書館 2010 p92
メキシコ人
　◇「安部公房全集 7」新潮社 1998 p30
メキシコ大美術展から―パンチョ・ヴィーヤ
　◇「安部公房全集 30」新潮社 2009 p49
メキシコ天一坊―シケイロス氏らと会う
　◇「小田実全集 評論 1」講談社 2010 p153
墨西哥の賊
　◇「徳田秋聲全集 27」八木書店 2002 p12
メキシコの支倉常長
　◇「遠藤周作エッセイ選集 2」光文社 2006（知恵の森文庫）p146
メキシコ美術展をめぐって〔座談会〕(滝口修造、花田清輝、佐々木基一、末松正樹、針生一郎)
　◇「安部公房全集 29」新潮社 2000 p404
女狐
　◇「小松左京全集 完全版 15」城西国際大学出版会 2010 p198
目くじら立てるに及ばぬの弁
　◇「決定版 三島由紀夫全集 27」新潮社 2003 p413
目薬
　◇「林京子全集 7」日本図書センター 2005 p170
めぐって来た"灰色の季節"
　◇「小松左京全集 完全版 35」城西国際大学出版会 2009 p340
目くばせの美学
　◇「安部公房全集 9」新潮社 1998 p403
恵みの糧
　◇「小松左京全集 完全版 25」城西国際大学出版会 2017 p52
恵みの酒
　◇「徳田秋聲全集 28」八木書店 2002 p154
めぐみの夢
　◇「石牟礼道子全集 10」藤原書店 2006 p446
めぐりあひ
　◇「徳田秋聲全集 27」八木書店 2002 p209
めぐり逢った人びと
　◇「大庭みな子全集 6」日本経済新聞出版社 2009 p258
　◇「大庭みな子全集 16」日本経済新聞出版社 2010 p28
めぐりくる夏
　◇〔「野呂邦暢〕随筆コレクション 1」みすず書房 2014 p229
めぐる歳月嘘の皮はぎ
　◇「20世紀断層―野坂昭如単行本未収録小説集成 5」幻戯書房 2010 p322
めぐる野
　◇「大庭みな子全集 12」日本経済新聞出版社 2010 p150
めぐるもの
　◇「大庭みな子全集 11」日本経済新聞出版社 2010 p316
《メグレと老婦人》あとがき
　◇「日影丈吉全集 別巻」国書刊行会 2005 p587
眼こごと
　◇「阿川弘之全集 19」新潮社 2007 p46
めざましい創意
　◇「小島信夫批評集成 6」水声社 2011 p214
目覚時計
　◇「向田邦子全集 新版 7」文藝春秋 2009 p270
目覚ましの音
　◇「井上ひさし短編中編小説集成 7」岩波書店 2015 p440
目覚めの途上で
　◇「佐々木基一全集 6」河出書房新社 2012 p11
召し上って拝領で菓子を食う
　◇「遠藤周作エッセイ選集 2」光文社 2006（知恵の森文庫）p186
牝鹿の……
　◇「須賀敦子全集 7」河出書房新社 2007（河出文庫）p216
めじるし
　◇「松下竜一未刊行著作集 2」海鳥社 2008 p32
目白
　◇「内田百閒集成 15」筑摩書房 2003（ちくま文庫）p38
目白の夫婦
　◇「小沼丹全集 4」未知谷 2004 p623
牝犬
　◇「決定版 三島由紀夫全集 18」新潮社 2002 p163
牝狼と詩人
　◇「決定版 三島由紀夫全集 37」新潮社 2004 p312
雌猫［翻訳］(ウンベルト・サバ)
　◇「須賀敦子全集 5」河出書房新社 2008（河出文庫）p180
めずらしくレストランに
　◇「田中小実昌エッセイ・コレクション 2」筑摩書房 2002（ちくま文庫）p181

めすら

珍らしや普通の火事の火の手もともと無かった物を焼失せり 腐った芋を食いて家内発熱す
　◇「内田百閒集成 22」筑摩書房 2004（ちくま文庫）p238

「メセナ」の「励まし」
　◇「金井美恵子エッセイ・コレクション―1964-2013 1」平凡社 2013 p256

めそ
　◇「内田百閒集成 12」筑摩書房 2003（ちくま文庫）p299

目立たない人
　◇「坂口安吾全集 14」筑摩書房 1999 p310

目玉
　◇「立松和平全小説 23」勉誠出版 2013 p174

メタモルポルシス・上昇音の世界
　◇「日影丈吉全集 別巻」国書刊行会 2005 p623

メタンガスの詩
　◇「日影丈吉全集 別巻」国書刊行会 2005 p654

メチニコフの自家中毒説
　◇「小酒井不木随筆評論選集 5」本の友社 2004 p448

メチール時代の一神話―あの世のどこかで
　◇「天城一傑作集 4」日本評論社 2009 p486

めっきり
　◇「車谷長吉全集 1」新書館 2010 p425

滅亡教的小説談義〔対談者〕深沢七郎
　◇「大庭みな子全集 22」日本経済新聞出版社 2011 p147

メディアの中で「女であること」は男に馬鹿にされることである―クリス・クラウス『アイ・ラヴ・ディック』
　◇「金井美恵子エッセイ・コレクション―1964-2013 1」平凡社 2013 p424

メーデーぎらい
　◇「宮本百合子全集 16」新日本出版社 2002 p320

メーデー参加記
　◇「松田解子自選集 8」澤田出版 2008 p50

目出度目出度の
　◇「内田百閒集成 13」筑摩書房 2003（ちくま文庫）p258

めでたためでたの若松さまよ
　◇「小松左京全集 完全版 28」城西国際大学出版会 2006 p134

メーデーと婦人の生活
　◇「宮本百合子全集 17」新日本出版社 2002 p43

メーデーに歌う
　◇「宮本百合子全集 16」新日本出版社 2002 p243

メーデーに備えろ
　◇「宮本百合子全集 11」新日本出版社 2001 p204

「メデューズ号の筏」
　◇「小林秀雄全作品 9」新潮社 2003 p241
　◇「小林秀雄全集 補巻 1」新潮社 2010 p496

メーデー連詩
　◇「松田解子自選集 9」澤田出版 2009 p130

メートル法強制
　◇「阿川弘之全集 16」新潮社 2006 p202

メートル法と尺貫法（三月九日）
　◇「福田恆存評論集 18」麗澤大學出版會,廣池學園事業部〔発売〕 2010 p147

目なし兒
　◇「德田秋聲全集 27」八木書店 2002 p102

『目なし兒』はしがき
　◇「德田秋聲全集 別巻」八木書店 2006 p84

目にあまる事 憂はしき事 改めたき事
　◇「德田秋聲全集 23」八木書店 2001 p284

目に見えず、名前もなく―岡本公三論
　◇「寺山修司著作集 4」クインテッセンス出版 2009 p498

目に見えないものの力
　◇「大庭みな子全集 8」日本経済新聞出版社 2009 p381

メニューヒンを聴いて
　◇「小林秀雄全作品 19」新潮社 2004 p58
　◇「小林秀雄全集 補巻 2」新潮社 2010 p483

目の暈
　◇「德田秋聲全集 17」八木書店 1999 p360

眼の畸形
　◇「小酒井不木随筆評論選集 6」本の友社 2004 p247

眼の性のよさ
　◇「色川武大・阿佐田哲也エッセイズ 1」筑摩書房 2003（ちくま文庫）p368

目の毒気の毒耳の毒
　◇「野坂昭如エッセイ・コレクション 1」筑摩書房 2004（ちくま文庫）p117

目の届く範囲
　◇「内田百閒集成 7」筑摩書房 2003（ちくま文庫）p282

目のない賽
　◇「都筑道夫恐怖短篇集成 1」筑摩書房 2004（ちくま文庫）p295

眼の中の砂
　◇「山本周五郎長篇小説全集 23」新潮社 2014 p127

眼の変化
　◇「吉行淳之介エッセイ・コレクション 3」筑摩書房 2004（ちくま文庫）p263

芽生
　◇「宮本百合子全集 32」新日本出版社 2003 p78

芽生え
　◇「宮本百合子全集 32」新日本出版社 2003 p61

女雛
　◇「小沼丹全集 1」未知谷 2004 p617

雌蛭
　◇「横溝正史時代小説コレクション伝奇篇 3」出版芸術社 2003 p334

目螢の一個より
　◇「田村孟全小説集」航思社 2012 p289
メモの一部 ミュージック・コンクレート＝電子音楽第一回オーディション
　◇「安部公房全集 29」新潮社 2000 p447
メモランダム
　◇「谷崎潤一郎全集 21」中央公論新社 2016 p458
目盛——一九五九年八月一〇日松川大行進なる
　◇「松田解子自選集 9」澤田出版 2009 p171
メモ (2)
　◇「安部公房全集 28」新潮社 2000 p37
メモ (3)
　◇「安部公房全集 28」新潮社 2000 p42
目羅博士
　◇「江戸川乱歩全集 10」沖積舎 2008 p245
目羅博士の不思議な犯罪
　◇「江戸川乱歩全集 8」光文社 2004（光文社文庫）p11
メランコリア—カンツォネッタ 1 [翻訳]（ウンベルト・サバ）
　◇「須賀敦子全集 5」河出書房新社 2008（河出文庫）p265
メルヘンの旅を経験
　◇「石牟礼道子全集 14」藤原書店 2008 p235
メレジコフスキイ「トルストイとドストエーフスキイ」
　◇「小林秀雄全集 補巻 1」新潮社 2010 p433
メロドラマ？　もちろん好きよ
　◇「鈴木いづみコレクション 7」文遊社 1997 p47
メロン
　◇「向田邦子全集 新版 7」文藝春秋 2009 p217
面会時間
　◇「井上ひさしコレクション 人間の巻」岩波書店 2005 p339
めんこの地雷火の様に爆弾炸裂す
　◇「内田百閒集成 22」筑摩書房 2004（ちくま文庫）p106
面識のない大岡昇平氏
　◇「決定版 三島由紀夫全集 27」新潮社 2003 p237
面従腹背
　◇「小松左京全集 完全版 25」城西国際大学出版会 2017 p208
免震装置と制震装置
　◇「小松左京全集 完全版 46」城西国際大学出版会 2016 p171
面積の厚み
　◇「宮本百合子全集 1」新日本出版社 2000 p237
面接試験
　◇「小檜山博全集 8」柏艪舎 2006 p138
メンデルスゾーン七世を愛す
　◇「井上ひさし短編中編小説集成 3」岩波書店 2014 p149

【てんぷくトリオのコント】面どおし
　◇「井上ひさしコレクション ことばの巻」岩波書店 2005 p108
メンドリはロボットか？
　◇「小松左京全集 完全版 40」城西国際大学出版会 2012 p202
面貌
　◇「松本清張短編全集 02」光文社 2008（光文社文庫）p197
麺棒試合
　◇「山田風太郎忍法帖短篇全集 4」筑摩書房 2004（ちくま文庫）p177

【 も 】

藻（一五首）
　◇「石牟礼道子全集 1」藤原書店 2004 p584
モア以前—アウグスティヌスの『神の国』
　◇「小松左京全集 完全版 40」城西国際大学出版会 2012 p337
モアを予言者としてみると
　◇「小松左京全集 完全版 40」城西国際大学出版会 2012 p335
モイラ言語 アリストテレスを超えて（井上忠）
　◇「田中小実昌エッセイ・コレクション 5」筑摩書房 2003（ちくま文庫）p318
もう一度質問する
　◇「小田実全集 評論 5」講談社 2010 p371
もう一度、被災地に立ち戻って考える
　◇「小田実全集 評論 22」講談社 2012 p181
もう一度見たい
　◇「決定版 三島由紀夫全集 36」新潮社 2003 p632
もう一枚上の男
　◇「安部公房全集 8」新潮社 1998 p245
もういや！
　◇「都筑道夫恐怖短篇集成 1」筑摩書房 2004（ちくま文庫）p490
孟夏の太陽
　◇「宮城谷昌光全集 2」文藝春秋 2003 p5
もう軍備はいらない
　◇「坂口安吾全集 12」筑摩書房 1999 p536
猛犬燈臺
　◇「[押川] 春浪選集 6」本の友社 2004 p215
蒙古桜 花妖譚十
　◇「司馬遼太郎短篇全集 1」文藝春秋 2005 p215
猛虎大蛇格闘実話
　◇「徳田秋聲全集 27」八木書店 2002 p144
毛骨屋親分
　◇「山本周五郎長篇小説全集 23」新潮社 2014 p198

もうし

盲獣
- ◇「江戸川乱歩全集 5」光文社 2005（光文社文庫）p437
- ◇「江戸川乱歩全集 3」沖積舎 2007 p185
- ◇「江戸川乱歩傑作集 3」リブレ出版 2015 p123

猛獣と旅芸人の時代
- ◇「安部公房全集 16」新潮社 1998 p16

猛獣の愛
- ◇「徳田秋聲全集 27」八木書店 2002 p82

猛獣の心に計算機の手を―文学とは何か
- ◇「安部公房全集 4」新潮社 1997 p492

孟嘗君を書き終えて
- ◇「宮城谷昌光全集 21」文藝春秋 2004 p230

孟嘗君に寄せて
- ◇「宮城谷昌光全集 21」文藝春秋 2004 p232

孟嘗君の復活
- ◇「宮城谷昌光全集 21」文藝春秋 2004 p234

孟嘗君連載を前に
- ◇「宮城谷昌光全集 21」文藝春秋 2004 p227

孟嘗君（上）
- ◇「宮城谷昌光全集 8」文藝春秋 2002 p3

孟嘗君（下）
- ◇「宮城谷昌光全集 9」文藝春秋 2003 p3

盲人
- ◇「徳田秋聲全集 27」八木書店 2002 p152

盲人書簡・上海篇
- ◇「寺山修司著作集 3」クインテッセンス出版 2009 p325

盲人の手
- ◇「横溝正史探偵小説コレクション 1」出版芸術社 2004 p142

もうすぐそこです
- ◇「決定版 三島由紀夫全集 32」新潮社 2003 p639

もう少しの親切を
- ◇「宮本百合子全集 12」新日本出版社 2001 p323

もう既に！［翻訳］（ボードレール）
- ◇「谷崎潤一郎全集 7」中央公論新社 2016 p473

妄想
- ◇「〔森〕鷗外近代小説集 5」岩波書店 2013 p187

盲僧秘帖
- ◇「山田風太郎妖異小説コレクション 山屋敷秘図」徳間書店 2003（徳間文庫）p288

もうそんなにうらめへんねん
- ◇「小田実全集 評論 18」講談社 2012 p93

「もうだいぶ復興しましたか」
- ◇「小田実全集 評論 22」講談社 2012 p195

毛沢東
- ◇「小田実全集 評論 15」講談社 2011 p7

毛沢東の年譜
- ◇「小田実全集 評論 15」講談社 2011 p322

「毛沢東秘録」
- ◇「阿川弘之全集 19」新潮社 2007 p516

盲腸
- ◇「安部公房全集 5」新潮社 1997 p65

もうなにもかも
- ◇「鈴木いづみセカンド・コレクション 1」文遊社 2004 p7
- ◇「契約―鈴木いづみSF全集」文遊社 2014 p14

もう人間ではいたくないな
- ◇「車谷長吉全集 3」新書館 2010 p632

毛髪フエチシズム
- ◇「小酒井不木随筆評論選集 6」本の友社 2004 p343

もうひとつの絵
- ◇「野呂邦暢小説集成 4」文遊社 2014 p139

もう一つの価値感
- ◇「大庭みな子全集 8」日本経済新聞出版社 2009 p390

もうひとつのこの世へ
- ◇「石牟礼道子全集 4」藤原書店 2004 p457

もうひとつの情報発信基地・大阪こちら関西〈戦後編〉
- ◇「小松左京全集 完全版 42」城西国際大学出版会 2014 p193

もう一つの旅の発見
- ◇「大庭みな子全集 8」日本経済新聞出版社 2009 p352

もう一つの薔薇
- ◇「金井美恵子自選短篇集 砂の粒／孤独な場所で」講談社 2014（講談社文芸文庫）p111

もうひとつの「若しもあのとき物語」
- ◇「山田風太郎エッセイ集成 昭和前期の青春」筑摩書房 2007 p194

もう一つの夢としてのプラハ
- ◇「辻邦生全集 17」新潮社 2005 p342

もう一人のアラカン
- ◇「丸谷才一全集 9」文藝春秋 2013 p440

もう一人の帰化人
- ◇「小島信夫批評集成 4」水声社 2010 p201

もう一人の使者
- ◇「小島信夫批評集成 5」水声社 2011 p54

もう一人の自分
- ◇「小島信夫批評集成 6」水声社 2011 p120

もう一人の白秋―谷川俊太郎
- ◇「丸谷才一全集 10」文藝春秋 2014 p444

盲目の鴉
- ◇「土屋隆夫コレクション新装版 盲目の鴉」光文社 2003（光文社文庫）p7

盲目の薔薇
- ◇「中井英夫全集 5」東京創元社 2002（創元ライブラリ）p399

『盲目物語』
- ◇「谷崎潤一郎全集 15」中央公論新社 2016 p315

盲目物語
- ◇「谷崎潤一郎全集 15」中央公論新社 2016 p319

盲目物語
　◇「土屋隆夫コレクション新装版 妻に捧げる犯罪」光文社 2003（光文社文庫）p261

盲目物語の原作者として
　◇「谷崎潤一郎全集 21」中央公論新社 2016 p466

江戸大納戸役毛利小平太
　◇「井上ひさし短編中編小説集成 10」岩波書店 2015 p293

もう老後
　◇「田中小実昌エッセイ・コレクション 1」筑摩書房 2002（ちくま文庫）p343
　◇「田中小実昌エッセイ・コレクション 6」筑摩書房 2003（ちくま文庫）p327

耄碌旦那の繰言・佐藤春夫
　◇「佐々木基一全集 1」河出書房新社 2013 p414

萌出るもの
　◇「徳田秋聲全集 35」八木書店 2004 p141

燃えつきた地図
　◇「安部公房全集 21」新潮社 1999 p113
　◇「安部公房全集 22」新潮社 1999 p53

"燃えつきた地図"をめぐって〔座談会〕（佐々木基一、勅使河原宏）
　◇「安部公房全集 21」新潮社 1999 p313

燃えつきた蠟燭
　◇「森村誠一ベストセレクション 北ア山荘失踪事件」光文社 2011（光文社文庫）p191

燃えつくしたあとに
　◇「野呂邦暢」随筆コレクション 1」みすず書房 2014 p217

燃え続け、燃えながら逝った狩久
　◇「四季桂子全集」皆進社 2013 p348

炎(も)える琥珀（往復詩集 大庭みな子 水田宗子）
　◇「大庭みな子全集 17」日本経済新聞出版社 2010 p57

燃える母
　◇「松下竜一未刊行著作集 2」海鳥社 2008 p19

燃える薔薇
　◇「野呂邦暢小説集成 6」文遊社 2016 p397

モオツァルト
　◇「小林秀雄全集 補巻 2」新潮社 2010 p271

モオツァルト―註解・追補
　◇「小林秀雄全集 補巻 2」新潮社 2010 p259

モオツァルトの音楽
　◇「小林秀雄全作品 21」新潮社 2004 p129
　◇「小林秀雄全集 補巻 3」新潮社 2010 p47

モオツァルト―母上の霊に捧ぐ
　◇「小林秀雄全作品 15」新潮社 2003 p47

モオラルの問題
　◇「徳田秋聲全集 22」八木書店 2001 p300

モオラルの問題省察
　◇「徳田秋聲全集 22」八木書店 2001 p303

モオロアの「英国史」について
　◇「小林秀雄全作品 13」新潮社 2003 p60
　◇「小林秀雄全集 補巻 2」新潮社 2010 p167

モオロア「フランス敗れたり」
　◇「小林秀雄全作品 13」新潮社 2003 p189
　◇「小林秀雄全集 補巻 2」新潮社 2010 p188

茂吉晩年の一首
　◇「阿川弘之全集 19」新潮社 2007 p284

もぎとられたあだ花
　◇「小林秀雄全作品 3」新潮社 2002 p126
　◇「小林秀雄全集 補巻 1」新潮社 2010 p157

木魚庵始末書
　◇「稲垣足穂コレクション 8」筑摩書房 2005（ちくま文庫）p218

目撃者
　◇「安部公房全集 19」新潮社 1999 p29

目撃者
　◇「国枝史郎探偵小説全集」作品社 2005 p302

目撃者
　◇「山田風太郎ミステリー傑作選 3」光文社 2001（光文社文庫）p41

目撃者を探せ！（パット・マガー）
　◇「田中小実昌エッセイ・コレクション 5」筑摩書房 2003（ちくま文庫）p338

木喰
　◇「立松和平小説 24」勉誠出版 2014 p7

黙示の華
　◇「立松和平小説 13」勉誠出版 2011 p225

黙示録
　◇「寺山修司著作集 4」クインテッセンス出版 2009 p72

黙示録のスペイン―ロルカ
　◇「寺山修司著作集 5」クインテッセンス出版 2009 p215

黙示録の猫
　◇「寺山修司著作集 5」クインテッセンス出版 2009 p58

黙示録（われ之を見しはすべて夜更けの時に於てなりき
　◇「決定版 三島由紀夫全集 補巻」新潮社 2005 p405

もくづ塚
　◇「江戸川乱歩全集 24」光文社 2005（光文社文庫）p472

木犀
　◇「小沼丹全集 1」未知谷 2004 p585

モクセイ地図
　◇「[野呂邦暢] 随筆コレクション 1」みすず書房 2014 p248

黙想―第四日［翻訳］（ダヴィデ・マリア・トゥロルド）
　◇「須賀敦子全集 7」河出書房新社 2007（河出文庫）p82

もくた

木炭の発明
　◇「坂口安吾全集 13」筑摩書房 1999 p368
目的を失った脱獄囚
　◇「坂口安吾全集 13」筑摩書房 1999 p375
「目的指向型」から「探究型」そして「開拓型」へ
　◇「小松左京全集 完全版 40」城西国際大学出版会 2012 p394
木馬館周辺—見世物
　◇「中井英夫全集 6」東京創元社 1996（創元ライブラリ）p558
木馬に乗る令嬢
　◇「横溝正史探偵小説コレクション 1」出版芸術社 2004 p198
「木馬の騎手」(三浦哲郎)書評
　◇「小沼丹全集 4」未知谷 2004 p720
木馬は廻る
　◇「江戸川乱歩全集 3」光文社 2005（光文社文庫）p261
　◇「江戸川乱歩全集 10」沖積舎 2008 p263
目標は「手ぬき養鶏」
　◇「小松左京全集 完全版 40」城西国際大学出版会 2012 p220
木曜島の夜会
　◇「司馬遼太郎短篇全集 12」文藝春秋 2006 p325
木曜日の女
　◇「日影丈吉全集 7」国書刊行会 2004 p398
沐浴
　◇「決定版 三島由紀夫全集 37」新潮社 2004 p665
土龍
　◇「徳田秋聲全集 7」八木書店 1998 p15
もぐらとコスモス
　◇「原民喜戦後全小説」講談社 2015（講談社文芸文庫）p552
もぐら日記
　◇「安部公房全集 28」新潮社 2000 p170
もぐら日記II
　◇「安部公房全集 28」新潮社 2000 p249
もぐら日記III
　◇「安部公房全集 28」新潮社 2000 p419
モグラのような
　◇「小島信夫短篇集成 6」水声社 2015 p221
模型の時代
　◇「小松左京全集 完全版 14」城西国際大学出版会 2009 p406
模索する新しい考え方
　◇「小松左京全集 完全版 31」城西国際大学出版会 2008 p113
模索の日々
　◇「定本 荒巻義雄メタSF全集 5」彩流社 2015 p334
文字
　◇「大庭みな子全集 6」日本経済新聞出版社 2009 p161

文字・色・音「出会い」
　◇「中井英夫全集 6」東京創元社 1996（創元ライブラリ）p165
文字から起る不快な連想
　◇「小酒井不木随筆評論選集 8」本の友社 2004 p236
文字通り"欣快"
　◇「決定版 三島由紀夫全集 29」新潮社 2003 p481
文字と速力と文学
　◇「坂口安吾全集 3」筑摩書房 1999 p120
文字のある紙片
　◇「宮本百合子全集 9」新日本出版社 2001 p252
文字の呪術性を回復する
　◇「〔池澤夏樹〕エッセー集成 2」みすず書房 2008 p10
文字のまどゐ
　◇「決定版 三島由紀夫全集 37」新潮社 2004 p498
文字表音化への私見
　◇「安部公房全集 11」新潮社 1998 p301
若し文学を志望してゐなかつたら
　◇「徳田秋聲全集 23」八木書店 2001 p305
もしも—シェイクスピアがいなかったら
　◇「井上ひさしコレクション 人間の巻」岩波書店 2005 p91
模写美術館
　◇「20世紀断層—野坂昭如単行本未収録小説集成 5」幻戯書房 2010 p208
喪章のついた感想
　◇「小沼丹全集 4」未知谷 2004 p568
モスクワ
　◇「宮本百合子全集 15」新日本出版社 2001 p358
モスクワ印象記
　◇「宮本百合子全集 10」新日本出版社 2001 p16
モスクワから
　◇「宮本百合子全集 20」新日本出版社 2002 p747
モスクワとニューヨーク
　◇「安部公房全集 19」新潮社 1999 p58
モスクワ日記から—新しい社会の母
　◇「宮本百合子全集 11」新日本出版社 2001 p48
モスクワの姿—あちらのクリスマス
　◇「宮本百合子全集 11」新日本出版社 2001 p88
モスクワの辻馬車
　◇「宮本百合子全集 10」新日本出版社 2001 p158
モスクワの道化
　◇「大庭みな子全集 6」日本経済新聞出版社 2009 p192
モスクワより
　◇「宮本百合子全集 20」新日本出版社 2002 p748
モーゼの墓
　◇「定本 荒巻義雄メタSF全集 5」彩流社 2015 p371
もだえ
　◇「安部公房全集 1」新潮社 1997 p96

持たずに持つこと
　◇「寺山修司著作集 4」クインテッセンス出版 2009 p225
モダン気分
　◇「徳田秋聲全集 21」八木書店 2001 p137
「モダン猿蟹合戦」
　◇「宮本百合子全集 11」新日本出版社 2001 p118
モダン夫婦抄
　◇「アンドロギュノスの裔 渡辺温全集」東京創元社 2011（創元推理文庫）p277
モダン夫婦抄 赤いレイン・コートの巻
　◇「アンドロギュノスの裔 渡辺温全集」東京創元社 2011（創元推理文庫）p284
餅
　◇「石牟礼道子全集 10」藤原書店 2006 p138
持ち重りする薔薇の花
　◇「丸谷才一全集 6」文藝春秋 2014 p357
持ち出し通貨
　◇「小松左京全集 完全版 18」城西国際大学出版会 2013 p72
餅つき
　◇「小檜山博全集 7」柏艪舎 2006 p197
餅のタタリ
　◇「坂口安吾全集 14」筑摩書房 1999 p295
モチーフの発見
　◇「安部公房全集 16」新潮社 1998 p312
喪中欠礼
　◇「森村誠一ベストセレクション 雪の絶唱」光文社 2010（光文社文庫）p51
モーツァルトを聞く人へ
　◇「小林秀雄全作品 20」新潮社 2004 p192
　◇「小林秀雄全集 補巻 2」新潮社 2010 p557
「モーツァルト頌」
　◇「小林秀雄全集 補巻 3」新潮社 2010 p393
モーツァルト断章
　◇「辻邦生全集 19」新潮社 2005 p83
モーツァルトの金星蝕
　◇「大庭みな子全集 14」日本経済新聞出版社 2010 p242
モーツァルトの妻
　◇「大庭みな子全集 18」日本経済新聞出版社 2010 p232
モーツァルトはブルー
　◇「林京子全集 7」日本図書センター 2005 p173
モッキンポット師の後始末
　◇「井上ひさし短編中編小説集成 2」岩波書店 2014 p1
　◇「井上ひさし短編中編小説集成 2」岩波書店 2014 p3
モッキンポット師の三度笠
　◇「井上ひさし短編中編小説集成 2」岩波書店 2014 p133

モッキンポット師の性生活
　◇「井上ひさし短編中編小説集成 5」岩波書店 2015 p256
モッキンポット師ふたたび
　◇「井上ひさし短編中編小説集成 5」岩波書店 2015 p143
　◇「井上ひさし短編中編小説集成 5」岩波書店 2015 p145
モッキンポット師—私のヒーロー
　◇「井上ひさしコレクション 人間の巻」岩波書店 2005 p245
もったいない
　◇「小松左京全集 完全版 25」城西国際大学出版会 2017 p259
持って生まれたもの
　◇「大庭みな子全集 23」日本経済新聞出版社 2011 p636
もってのほか
　◇「大庭みな子全集 14」日本経済新聞出版社 2010 p299
　◇「大庭みな子全集 14」日本経済新聞出版社 2010 p420
もつと光を！
　◇「上野壮夫全集 3」図書新聞 2011 p379
もっと夢中になれる青春映画ってないのかしら!?
　◇「鈴木いづみコレクション 7」文遊社 1997 p113
最も新らしみのある犯罪
　◇「小酒井不木随筆評論選集 7」本の友社 2004 p242
最も面白い小説
　◇「谷崎潤一郎全集 22」中央公論新社 2017 p365
もっとも感性豊かな患者さんたち
　◇「石牟礼道子全集 7」藤原書店 2005 p446
最も健全な夢の国
　◇「坂口安吾全集 13」筑摩書房 1999 p333
最も現代的な文明批評家
　◇「安部公房全集 29」新潮社 2000 p543
もつとも純粋な「魂」ランボオ
　◇「決定版 三島由紀夫全集 34」新潮社 2003 p610
最も理想的であることが最も現実的
　◇「小田実全集 評論 34」講談社 2013 p195
もつれ合う黒い影
　◇「大庭みな子全集 16」日本経済新聞出版社 2010 p31
モデル
　◇「小松左京全集 完全版 25」城西国際大学出版会 2017 p115
もてる男の条件—鈴木いづみのミーハー通信
　◇「鈴木いづみコレクション 6」文遊社 1997 p72
モーテルが氾濫する国道8号線の将来
　◇「小松左京全集 完全版 29」城西国際大学出版会 2007 p153

もてる

モデルとしての台湾
　◇「小松左京全集 完全版 36」城西国際大学出版会 2011 p17

モデルとプライバシイ
　◇「小島信夫批評集成 2」水声社 2011 p236

「モデル」に捕らわれない女たち
　◇「深沢夏衣作品集」新幹社 2015 p396

モデルの取扱ひ方
　◇「德田秋聲全集 19」八木書店 2000 p385

モテる者とモテざる者
　◇「遠藤周作エッセイ選集 3」光文社 2006（知恵の森文庫）p120

本居宣長
　◇「石川淳コレクション 3」筑摩書房 2007（ちくま文庫）p313

本居宣長
　◇「小林秀雄全作品 27」新潮社 2004 p25
　◇「小林秀雄全作品 28」新潮社 2005 p9
　◇「小林秀雄全集 補巻 3」新潮社 2010 p410

「本居宣長」をめぐって 対談(江藤淳)
　◇「小林秀雄全作品 28」新潮社 2005 p210
　◇「小林秀雄全集 補巻 3」新潮社 2010 p492

「本居宣長全集」
　◇「小林秀雄全作品 26」新潮社 2004 p79
　◇「小林秀雄全集 補巻 3」新潮社 2010 p356

本居宣長──註解・追補
　◇「小林秀雄全集 補巻 3」新潮社 2010 p405

本居宣長補記 I
　◇「小林秀雄全作品 28」新潮社 2005 p257
　◇「小林秀雄全集 補巻 3」新潮社 2010 p500

本居宣長補記 II
　◇「小林秀雄全作品 28」新潮社 2005 p337
　◇「小林秀雄全集 補巻 3」新潮社 2010 p517

本居宣長─「物のあはれ」の説について
　◇「小林秀雄全作品 23」新潮社 2004 p168
　◇「小林秀雄全集 補巻 3」新潮社 2010 p205

素木しづ子「美しき牢獄」序
　◇「德田秋聲全集 20」八木書店 2001 p114
　◇「德田秋聲全集 別巻」八木書店 2006 p109

元の枝へ
　◇「德田秋聲全集 15」八木書店 1999 p325

もとの渚に潮が戻りたがる
　◇「石牟礼道子全集 15」藤原書店 2012 p469

モードの館──一着が平均月収なみのオート・クチュール
　◇「小松左京全集 完全版 43」城西国際大学出版会 2014 p224

『本橋成一写真録 ふたりの画家──丸木位里・丸木俊の世界』
　◇「石牟礼道子全集 14」藤原書店 2008 p338

〈本橋成一との対談〉日本がなくした「見えないもの」
　◇「石牟礼道子全集 17」藤原書店 2012 p549

「求女中」広告始末記
　◇「小島信夫批評集成 2」水声社 2011 p27

求め得られる幸福─今こそ婦人の統一を
　◇「宮本百合子全集 18」新日本出版社 2002 p327

求めつゝあるもの未だ与へられず
　◇「德田秋聲全集 19」八木書店 2000 p152

求める側の宗教
　◇「石牟礼道子全集 8」藤原書店 2005 p306

本山裁判
　◇「高木彬光コレクション新装版 誘拐」光文社 2005（光文社文庫）p525

戻橋
　◇「小松左京全集 完全版 20」城西国際大学出版会 2014 p335

戻り道
　◇「内田百閒集成 2」筑摩書房 2002（ちくま文庫）p110

モネの言葉
　◇「辻邦生全集 19」新潮社 2005 p128

物
　◇「小林秀雄全作品 24」新潮社 2004 p224
　◇「小林秀雄全集 補巻 3」新潮社 2010 p265

物いう盆
　◇「日影丈吉全集 別巻」国書刊行会 2005 p772

もの言わぬもの─都市を盗る19
　◇「安部公房全集 26」新潮社 1999 p470

物を惜しむ心
　◇「福田恆存評論集 16」麗澤大學出版會,廣池學園事業部〔発売〕2010 p374

物をきざむクセ
　◇「安部公房全集 7」新潮社 1998 p158

物を貰う
　◇「内田百閒集成 15」筑摩書房 2003（ちくま文庫）p327

物堅い事
　◇「德田秋聲全集 15」八木書店 1999 p208

物語
　◇「大庭みな子全集 13」日本経済新聞出版社 2010 p295

物語り
　◇「大庭みな子全集 18」日本経済新聞出版社 2010 p342

物語ある小説、ない小説
　◇「辻邦生全集 18」新潮社 2005 p62

物語へ─源氏物語との往還〔対談者〕秋山虔
　◇「大庭みな子全集 20」日本経済新聞出版社 2010 p512

物語が持つ魔術的一体性
　◇「辻邦生全集 18」新潮社 2005 p34

『物語作家の技法 よみがえる子供時代』フェルナンド・サバテール
　◇「須賀敦子全集 4」河出書房新社 2007（河出文庫）p205

物語時代の終り
　◇「辻邦生全集 16」新潮社 2005 p178
物語とカトリシズムの間─グレアム・グリーンの訃報を聞いて
　◇「辻邦生全集 18」新潮社 2005 p358
物語とは─周辺飛行1
　◇「安部公房全集 23」新潮社 1999 p111
物語の命
　◇「大庭みな子全集 15」日本経済新聞出版社 2010 p194
物語の系譜
　◇「中上健次集 4」インスクリプト 2016 p211
"ものがたり"の夢を見続けて〔対談〕（小川洋子）
　◇「田辺聖子全集 別巻1」集英社 2006 p178
物語二つ
　◇「国枝史郎伝奇短篇小説集成 1」作品社 2006 p421
ものぐさ太郎とものぐさ花子の物語
　◇「辻邦生全集 16」新潮社 2005 p53
ものぐさな客
　◇「中井英夫全集 12」東京創元社 2006（創元ライブラリ）p175
ものぐさ物語
　◇「大坪砂男全集 2」東京創元社 2013（創元推理文庫）p241
モノグラム
　◇「江戸川乱歩全集 3」光文社 2005（光文社文庫）p145
　◇「江戸川乱歩全集 18」沖積舎 2009 p223
物狂ほしけれ
　◇「車谷長吉全集 3」新書館 2010 p475
物くるる友
　◇「阿川弘之全集 20」新潮社 2007 p175
物乞い
　◇「車谷長吉全集 3」新書館 2010 p389
物乞い─カンツォネッタ7〔翻訳〕（ウンベルト・サバ）
　◇「須賀敦子全集 5」河出書房新社 2008（河出文庫）p272
「もの」「こと」における「先進国」と「第三世界」
　◇「小田実全集 評論 16」講談社 2012 p100
物凄き人喰い花の怪
　◇「国枝史郎探偵小説全集」作品社 2005 p103
「もの」と「こと」としての「事物」
　◇「小田実全集 評論 16」講談社 2012 p87
「物」と「名前」
　◇「安部公房全集 29」新潮社 2000 p449
「物」と「人間」─佐世保・一九六八年一月
　◇「小田実全集 評論 33」講談社 2013 p204

ものなつかしい風景（芝木好子）
　◇「大庭みな子全集 23」日本経済新聞出版社 2011 p240
「物」における「延安」
　◇「小田実全集 評論 16」講談社 2012 p94
物に立たれて
　◇「古井由吉自撰作品 6」河出書房新社 2012 p181
物の怪
　◇「車谷長吉全集 3」新書館 2010 p110
もののけ屋敷
　◇「都筑道夫時代小説コレクション 3」戎光祥出版 2014（戎光祥時代小説名作館）p118
物の食べ方
　◇「小檜山博全集 8」柏艪舎 2006 p217
「もの」の力
　◇「車谷長吉全集 3」新書館 2010 p58
モノの名について
　◇「〔池澤夏樹〕エッセー集成 1」みすず書房 2008 p9
ものの見方としてのドキュメンタリーについて
　◇「安部公房全集 28」新潮社 2000 p14
物真似人真似
　◇「小酒井不木随筆評論選集 7」本の友社 2004 p113
物真似─ふたたび、俳優芸術の、その誇るべき素姓の悪さについて
　◇「安部公房全集 8」新潮社 1998 p15
ものみなかへる
　◇「決定版 三島由紀夫全集 37」新潮社 2004 p547
ものみなめでたく"まつり"で終わる
　◇「小松左京全集 完全版 34」城西国際大学出版会 2009 p298
物見の塔の殺人
　◇「定本 荒巻義雄メタSF全集 7」彩流社 2015 p7
ものわかりよさ
　◇「宮本百合子全集 15」新日本出版社 2001 p31
物忘れ
　◇「日影丈吉全集 8」国書刊行会 2004 p873
摸牌（モーパイ）試合
　◇「山田風太郎忍法帖短篇全集 4」筑摩書房 2004（ちくま文庫）p289
もはやイロニイはやめよ
　◇「決定版 三島由紀夫全集 37」新潮社 2004 p749
もはや創世記ではない
　◇「大庭みな子全集 23」日本経済新聞出版社 2011 p561
もはや道路元標も原点ではなくなった
　◇「小松左京全集 完全版 29」城西国際大学出版会 2007 p35
模範少年に疑義あり
　◇「坂口安吾全集 4」筑摩書房 1998 p423

もふく

喪服
　◇「定本 久生十蘭全集 9」国書刊行会 2011 p732

模倣
　◇「定本 久生十蘭全集 10」国書刊行会 2011 p93

「模倣の恋」創作ノートより
　◇「決定版 三島由紀夫全集 補巻」新潮社 2005 p436

模倣の効用
　◇「石川淳コレクション 3」筑摩書房 2007（ちくま文庫）p163

もみじ
　◇「小林秀雄全作品 24」新潮社 2004 p67
　◇「小林秀雄全集 補巻 3」新潮社 2010 p235

もみじ
　◇「小松左京全集 完全版 25」城西国際大学出版会 2017 p464

紅葉（もみじ）… → "こうよう…"をも見よ

紅葉狩
　◇「阿川弘之全集 18」新潮社 2007 p278

紅葉の露
　◇「石牟礼道子全集 16」藤原書店 2013 p183

もみじの掌で拝む
　◇「石牟礼道子全集 16」藤原書店 2013 p533

籾すり
　◇「上野壮夫全集 1」図書新聞 2010 p176

紅葉づる庭で
　◇「中井英夫全集 7」東京創元社 1998（創元ライブラリ）p201

樅の木
　◇「小林秀雄全作品 24」新潮社 2004 p132
　◇「小林秀雄全集 補巻 3」新潮社 2010 p247

バラード＝樅の木
　◇「寺山修司著作集 1」クインテッセンス出版 2009 p378

樅ノ木は残った 第一部
　◇「山本周五郎長篇小説全集 1」新潮社 2013 p9

樅ノ木は残った 第二部
　◇「山本周五郎長篇小説全集 1」新潮社 2013 p317

樅ノ木は残った 第三部
　◇「山本周五郎長篇小説全集 2」新潮社 2013 p9

樅ノ木は残った 第四部
　◇「山本周五郎長篇小説全集 2」新潮社 2013 p331

桃
　◇「井上ひさしコレクション 人間の巻」岩波書店 2005 p328
　◇「井上ひさし短編中編小説集成 2」岩波書店 2014 p477

桃
　◇「定本 久生十蘭全集 10」国書刊行会 2011 p384

桃─あるいは下痢へ 吉岡実
　◇「金井美恵子エッセイ・コレクション─1964-2013 3」平凡社 2013 p70

桃色
　◇「向田邦子全集 新版 9」文藝春秋 2009 p38

「百重の葛」のリアリズム
　◇「石牟礼道子全集 11」藤原書店 2005 p522

百子
　◇「徳田秋聲全集 22」八木書店 2001 p385

〔SF日本おとぎ話〕モモタロウ
　◇「小松左京全集 完全版 24」城西国際大学出版会 2016 p380

桃太郎
　◇「内田百閒集成 14」筑摩書房 2003（ちくま文庫）p195

桃太郎の責任
　◇「向田邦子全集 新版 10」文藝春秋 2010 p68

桃太郎はどこに
　◇「石牟礼道子全集 6」藤原書店 2006 p548

モモちゃんの行方
　◇「車谷長吉全集 3」新書館 2010 p675

桃の雨
　◇「阿川弘之全集 10」新潮社 2006 p41

桃の井戸
　◇「山本周五郎長篇小説全集 4」新潮社 2013 p353

桃の木の話
　◇「車谷長吉全集 2」新書館 2010 p14

桃の実一ケ
　◇「車谷長吉全集 1」新書館 2010 p673

桃の宿
　◇「阿川弘之全集 17」新潮社 2006 p49

桃割れのタイピスト──続おりん母子伝
　◇「松田解子自選集 2」澤田出版 2006 p197

「桃1」(「桃6」改題)
　◇「決定版 三島由紀夫全集 37」新潮社 2004 p438

「桃2」(「桃3」改題)
　◇「決定版 三島由紀夫全集 37」新潮社 2004 p433

桃4
　◇「決定版 三島由紀夫全集 37」新潮社 2004 p435

桃5
　◇「決定版 三島由紀夫全集 37」新潮社 2004 p437

靄
　◇「辺見庸掌編小説集 黒版」角川書店 2004 p96

もやのかかった日本─「トウキョウ」特派員の見る眼
　◇「小田実全集 評論 2」講談社 2010 p242

靄の夜
　◇「決定版 三島由紀夫全集 37」新潮社 2004 p380

靄深き夜を
　◇「国枝史郎伝奇短篇小説集成 2」作品社 2006 p46

〔「燃ゆる大空」について〕
　◇「坂口安吾全集 別巻」筑摩書房 2012 p47

『萌ゆる生命』新小説予告
　◇「徳田秋聲全集 別巻」八木書店 2006 p124

燃ゆる頬
　◇「寺山修司著作集 1」クインテッセンス出版 2009 p66
貰子殺しの真相
　◇「三角寛サンカ選集第二期 8」現代書館 2004 p269
もらつて嬉しい贈物
　◇「決定版 三島由紀夫全集 36」新潮社 2003 p633
モラトリアム質疑
　◇「宮本百合子全集 16」新日本出版社 2002 p64
モラルの感覚
　◇「決定版 三島由紀夫全集 28」新潮社 2003 p261
森
　◇「決定版 三島由紀夫全集 37」新潮社 2004 p568
盛りあがりのすばらしさ
　◇「決定版 三島由紀夫全集 29」新潮社 2003 p328
森有正—感覚のめざすもの
　◇「辻邦生全集 15」新潮社 2005 p165
森一雨・天田文治との鼎談 水俣の海の痛み・魂の痛み
　◇「石牟礼道子全集 11」藤原書店 2005 p397
森鷗外
　◇「福田恆存評論集 13」麗澤大學出版會，廣池學園事業部〔発売〕2009 p21
森鷗外「高瀬舟」について
　◇「車谷長吉全集 3」新書館 2010 p288
森鷗外の文体について
　◇「車谷長吉全集 3」新書館 2010 p74
森鷗外「安井夫人」の文体
　◇「車谷長吉全集 3」新書館 2010 p424
森一生と雷蔵のイキの合った活力が明るい光を発している忍者映画
　◇「金井美恵子エッセイ・コレクション—1964-2013 4」平凡社 2014 p374
森川町より
　◇「徳田秋聲全集 19」八木書店 2000 p277
森川より
　◇「徳田秋聲全集 19」八木書店 2000 p345
森先生との再会
　◇「辻邦生全集 16」新潮社 2005 p343
森先生の引っ越し
　◇「辻邦生全集 16」新潮社 2005 p345
森たち
　◇「決定版 三島由紀夫全集 37」新潮社 2004 p276
森たち—Green Forest Poems
　◇「決定版 三島由紀夫全集 37」新潮社 2004 p276
盛親僧都伝
　◇「阿川弘之全集 10」新潮社 2006 p519
盛り土の下に
　◇「松田解子自選集 9」澤田出版 2009 p237
森と伽藍
　◇「立松和平小説 16」勉誠出版 2012 p213
森と言葉
　◇「辺見庸掌編小説集 黒版」角川書店 2004 p134
森と湖と入江の町・シトカ
　◇「大庭みな子全集 2」日本経済新聞出版社 2009 p191
森の遊び
　◇「決定版 三島由紀夫全集 26」新潮社 2003 p397
森の家日記
　◇「石牟礼道子全集 17」藤原書店 2012 p210
森の怒
　◇「石上玄一郎小説作品集成 3」未知谷 2008 p403
森の歌
　◇「辻邦生全集 6」新潮社 2004 p36
森の音
　◇「大庭みな子全集 13」日本経済新聞出版社 2010 p264
森の神々
　◇「国枝史郎伝奇短篇小説集成 1」作品社 2006 p140
森の記憶
　◇「立松和平小説 17」勉誠出版 2012 p213
森の国
　◇「小松左京全集 完全版 43」城西国際大学出版会 2014 p363
森の蝙蝠
　◇「決定版 三島由紀夫全集 37」新潮社 2004 p282
森の殺人
　◇「小酒井不木随筆評論選集 3」本の友社 2004 p335
森のざわめき
　◇「辻井喬コレクション 2」河出書房新社 2002 p345
森の時間
　◇「大庭みな子全集 23」日本経済新聞出版社 2011 p613
森の団欒
　◇「徳田秋聲全集 29」八木書店 2002 p48
森の中
　◇「古井由吉自撰作品 8」河出書房新社 2012 p161
森の中の思索から
　◇「辻邦生全集 17」新潮社 2005 p306
森のなかの生活から—リバー・ランズ・スルー・イット
　◇「辻邦生全集 19」新潮社 2005 p437
森のニムラ
　◇「アンドロギュノスの裔 渡辺温全集」東京創元社 2011（創元推理文庫）p334
森の美少年 花妖譚一
　◇「司馬遼太郎短篇全集 1」文藝春秋 2005 p119
森の宿
　◇「阿川弘之全集 18」新潮社 2007 p297
森番
　◇「安部公房全集 1」新潮社 1997 p175

もりは

森番
  ◇「寺山修司著作集 1」クインテッセンス出版 2009 p66
森万紀子さんのこと
  ◇「大庭みな子全集 23」日本経済新聞出版社 2011 p247
森光子さんにバトンタッチの弁
  ◇「決定版 三島由紀夫全集 32」新潮社 2003 p328
護良王
  ◇「谷崎潤一郎全集 25」中央公論新社 2016 p33
森よ、手をうちならせ［翻訳］（ダヴィデ・マリア・トゥロルド）
  ◇「須賀敦子全集 7」河出書房新社 2007（河出文庫）p90
森は暗い
  ◇「鈴木いづみコレクション 8」文遊社 1998 p344
森はのどかに……
  ◇「決定版 三島由紀夫全集 37」新潮社 2004 p656
モルモットの弁―空白の八・一五
  ◇「中井英夫全集 7」東京創元社 1998（創元ライブラリ）p619
モルモン教
  ◇「小松左京全集 完全版 43」城西国際大学出版会 2014 p409
脆い命
  ◇「林京子全集 8」日本図書センター 2005 p282
モロッコの市場
  ◇「向田邦子全集 新版 10」文藝春秋 2010 p207
モロッコミヤゲ物
  ◇「坂口安吾全集 13」筑摩書房 1999 p336
双手（もろて）をあげて賛成（「世界の文学」推薦文）
  ◇「決定版 三島由紀夫全集 32」新潮社 2003 p415
師宣と元禄様式
  ◇「佐々木基一全集 1」河出書房新社 2013 p273
両刃のやいば
  ◇「安部公房全集 16」新潮社 1998 p19
モンアサクサ
  ◇「坂口安吾全集 6」筑摩書房 1998 p289
「門」を評す
  ◇「谷崎潤一郎全集 1」中央公論新社 2015 p501
『モンキー・ビジネス』はケイリー・グラント主演の『ドン・キホーテ』がどんな映画になったかを見る者に空想させる
  ◇「金井美恵子エッセイ・コレクション―1964-2013 4」平凡社 2014 p364
モンゴル、「文明」と「文化」のいま（開高健）
  ◇「司馬遼太郎対話選集 9」文藝春秋 2006（文春文庫）p153
紋章談義
  ◇「徳田秋聲全集 23」八木書店 2001 p16
「紋章」と「風雨強かるべし」とを読む
  ◇「小林秀雄全作品 5」新潮社 2003 p219

  ◇「小林秀雄全集 補巻 1」新潮社 2010 p282
紋次郎の職業
  ◇「山田風太郎ミステリー傑作選 7」光文社 2001（光文社文庫）p143
『もんしろ蝶』まえがき
  ◇「大庭みな子全集 23」日本経済新聞出版社 2011 p198
モンスター
  ◇「安部公房全集 16」新潮社 1998 p451
問題意識について
  ◇「上野壮夫全集 3」図書新聞 2011 p415
問題を根もとから考える
  ◇「小田実全集 評論 31」講談社 2013 p136
問題下降に依る肯定の批判―是こそは大いなる蟻の巣を輝らす光である
  ◇「安部公房全集 1」新潮社 1997 p11
問題提起
  ◇「決定版 三島由紀夫全集 36」新潮社 2003 p118
「問題提起人間」の登場
  ◇「安部公房全集 22」新潮社 1999 p308
問題の底にあるもの
  ◇「佐々木基一全集 1」河出書房新社 2013 p521
モンタヴァル一家の血の呪いについて
  ◇「寺山修司著作集 4」クインテッセンス出版 2009 p107
モンタサンよ
  ◇「寺山修司著作集 1」クインテッセンス出版 2009 p402
モンテ・カルロの下着
  ◇「定本 久生十蘭全集 2」国書刊行会 2009 p113
モンテカルロの爆弾男
  ◇「定本 久生十蘭全集 2」国書刊行会 2009 p123
モンテ・クリスト伯邸の伊万里焼
  ◇「小島信夫批評集成 4」水声社 2010 p280
『モンテ・フェルモの丘の家』（N・ギンズブルグ著）訳者あとがき
  ◇「須賀敦子全集 6」河出書房新社 2007（河出文庫）p338
モンテンルパ刑務所へ潜入
  ◇「小檜山博全集 7」柏艪舎 2006 p60
問答・對話・獨白
  ◇「福田恆存評論集 11」麗澤大學出版會，廣池學園事業部〔発売〕 2009 p165
問答有用 昭和二十七年（徳川夢声）
  ◇「内田百閒集成 21」筑摩書房 2004（ちくま文庫）p237
『門』のお米
  ◇「小島信夫批評集成 2」水声社 2011 p91
門之助の記憶
  ◇「徳田秋聲全集 19」八木書店 2000 p435
門の柳
  ◇「内田百閒集成 10」筑摩書房 2003（ちくま文庫）p94

門の夕闇
　◇「内田百閒集成 17」筑摩書房 2004（ちくま文庫）p150
門番の活躍
　◇「宮城谷昌光全集 21」文藝春秋 2004 p458
文部省公認作家？
　◇「松下竜一未刊行著作集 3」海鳥社 2009 p129
文部省對日教組〔八月十七日〕
　◇「福田恆存評論集 16」麗澤大學出版會, 廣池學園事業部〔発売〕 2010 p251
盲妹（もんまい）
　◇「大坪砂男全集 2」東京創元社 2013（創元推理文庫）p31
モンマルトル住い
　◇「辻邦生全集 16」新潮社 2005 p105
『モンマルトル日記』によせて
　◇「辻邦生全集 18」新潮社 2005 p396
モンロー・安保・スーダラ節
　◇「向田邦子全集 新版 10」文藝春秋 2010 p128
モンローの逆説
　◇「安部公房全集 16」新潮社 1998 p398

【　や　】

矢
　◇「中井英夫全集 10」東京創元社 2002（創元ライブラリ）p68
ヤァこんにちわ—日出造見参〔対談〕〔近藤日出造〕
　◇「坂口安吾全集 17」筑摩書房 1999 p533
刃（やいば）の下
　◇「20世紀断層—野坂昭如単行本未収録小説集成 5」幻戯書房 2010 p361
夜蔭の騒擾—五・三〇事件をめぐって
　◇「安部公房全集 3」新潮社 1997 p232
ヤーヴェはわがひかり……
　◇「須賀敦子全集 7」河出書房新社 2007（河出文庫）p215
八重洲口に落ちた爆弾の爆風 B29も記憶の中の古里を焼く事は出来ない 古い岡山の思い出
　◇「内田百閒集成 22」筑摩書房 2004（ちくま文庫）p266
八重ちゃん
　◇「谷崎潤一郎全集 24」中央公論新社 2016 p538
八重歯のかわいい女の子—カミナリの子
　◇「田中小実昌エッセイ・コレクション 1」筑摩書房 2002（ちくま文庫）p86
やえもん組立工事
　◇「阿川弘之全集 18」新潮社 2007 p228

八百屋お七
　◇「決定版 三島由紀夫全集 37」新潮社 2004 p402
夜会
　◇「中井英夫全集 10」東京創元社 2002（創元ライブラリ）p179
夜会服
　◇「決定版 三島由紀夫全集 11」新潮社 2001 p387
館
　◇「決定版 三島由紀夫全集 15」新潮社 2002 p109
やがてみ楯と—対話劇
　◇「決定版 三島由紀夫全集 21」新潮社 2002 p135
矢柄頓兵衛戦場噺
　◇「横溝正史時代小説コレクション伝奇篇 1」出版芸術社 2003 p181
焼かれた手紙の中身
　◇「小島信夫批評集成 8」水声社 2010 p163
薬罐
　◇「辻井喬コレクション 7」河出書房新社 2003 p428
「野干」（「親なし野狐」改題）
　◇「決定版 三島由紀夫全集 37」新潮社 2004 p257
夜間人種
　◇「江戸川乱歩全集 30」光文社 2005（光文社文庫）p287
山羊〔翻訳〕（ウンベルト・サバ）
　◇「須賀敦子全集 7」河出書房新社 2008（河出文庫）p168
山羊を食う
　◇「立松和平全集 8」勉誠出版 2010 p118
焼き魚定食
　◇「小檜山博全集 8」柏艪舎 2006 p70
焼豆腐とマアガリン
　◇「内田百閒集成 12」筑摩書房 2003（ちくま文庫）p267
焼き茄子
　◇「大庭みな子全集 16」日本経済新聞出版社 2010 p130
山羊にひかれて
　◇「寺山修司著作集 1」クインテッセンス出版 2009 p370
山羊の首
　◇「決定版 三島由紀夫全集 17」新潮社 2002 p269
「山羊の首」創作ノート
　◇「決定版 三島由紀夫全集 17」新潮社 2002 p751
やきもち
　◇「大庭みな子全集 4」日本経済新聞出版社 2009 p518
焼餅やきの幽霊
　◇「小沼丹全集 1」未知谷 2004 p680
焼物
　◇〔野呂邦暢〕随筆コレクション 1」みすず書房 2014 p450

やきもの

やきもの、九人の作家
◇「小島信夫批評集成 7」水声社 2011 p459

やきものの里
◇「辻邦生全集 17」新潮社 2005 p159

柳生一族
◇「松本清張短編全集 04」光文社 2008 (光文社文庫) p231

野球をするシンデレラ
◇「井上ひさし短編中編小説集成 2」岩波書店 2014 p463

柳生五郎右衛門―武士道の義
◇「津本陽武芸小説集 2」PHP研究所 2007 p125

柳生刺客状
◇「隆慶一郎全集 19」新潮社 2010 p7
◇「隆慶一郎短編全集 1」日本経済新聞出版社 2014 (日経文芸文庫) p5

柳生十兵衛―速死一本
◇「津本陽武芸小説集 1」PHP研究所 2007 p231

野球少年の憂鬱
◇「寺山修司著作集 1」クインテッセンス出版 2009 p338

柳生石舟斎―無刀取り
◇「津本陽武芸小説集 2」PHP研究所 2007 p5

柳生の鬼
◇「隆慶一郎全集 19」新潮社 2010 p163
◇「隆慶一郎短編全集 1」日本経済新聞出版社 2014 (日経文芸文庫) p178

野球の面白さ
◇「小檜山博全集 7」柏艪舎 2006 p224

柳生兵庫助―身の位
◇「津本陽武芸小説集 1」PHP研究所 2007 p213

薬剤金融椿論 昭和二十五年(神鞭常泰、久米正雄)
◇「内田百閒集成 21」筑摩書房 2004 (ちくま文庫) p189

「やくざと話をつけてくれ」
◇「吉川潮ハートウォーム・セレクション 2」ランダムハウス講談社 2008 (ランダムハウス講談社文庫) p83

屋久島縄文杉踏破
◇「中上健次集 4」インスクリプト 2016 p402

役者
◇「小林秀雄全作品 23」新潮社 2004 p114
◇「小林秀雄全集 補巻 3」新潮社 2010 p194

訳者あとがき大全
◇「田中小実昌エッセイ・コレクション 5」筑摩書房 2003 (ちくま文庫) p187

ヤクジャと思想家(ササンガ)
◇「小田実全集 評論 18」講談社 2012 p17

役者と人氣
◇「福田恆存評論集 11」麗澤大學出版會、廣池學園事業部〔發売〕 2009 p10

薬師瑠璃光如来
◇「立松和平全小説 24」勉誠出版 2014 p112

約束
◇「片岡義男コレクション 1」早川書房 2009 (ハヤカワ文庫) p151

約束―最後の満月を仰いで
◇「松下竜一未刊行著作集 3」海鳥社 2009 p325

約束の海
◇「山崎豊子全集 第2期 第2期4」新潮社 2014 p7

『約束の海』、その後―
◇「山崎豊子全集 第2期 第2期4」新潮社 2014 p315

矢口純〔対談〕
◇「向田邦子全集 新版 別巻 1」文藝春秋 2010 p265

ヤクトピア
◇「小松左京全集 完全版 14」城西国際大学出版会 2009 p262

役に立つハエ
◇「小松左京全集 完全版 25」城西国際大学出版会 2017 p214

厄払い
◇「徳田秋聲全集 1」八木書店 1997 p8

厄祓い六吟歌仙・窓若葉の巻(前田富士男、井上牙青、髙橋泣魚、穂積野良、金子螢明)
◇「車谷長吉全集 3」新書館 2010 p327

藥物極量暗記法
◇「小酒井不木随筆評論選集 6」本の友社 2004 p235

薬味と哀しみ
◇「中井英夫全集 12」東京創元社 2006 (創元ライブラリ) p199

八雲、最後の講義
◇「小島信夫批評集成 5」水声社 2011 p383

八雲にて『江差・追分・風の街』
◇「小檜山博全集 6」柏艪舎 2006 p391

「厄除け詩集」
◇「小沼丹全集 4」未知谷 2004 p215

矢車菊―Centaurea Cyanus
◇「稲垣足穂コレクション 3」筑摩書房 2005 (ちくま文庫) p153

焼跡からの出発
◇「野坂昭如エッセイ・コレクション 2」筑摩書房 2004 (ちくま文庫) p11

焼跡ギャンブル時代
◇「色川武大・阿佐田哲也エッセイズ 1」筑摩書房 2003 (ちくま文庫) p126

焼跡原風景からの辻説法
◇「野坂昭如エッセイ・コレクション 2」筑摩書房 2004 (ちくま文庫) p120

焼跡のイエス
◇「石川淳コレクション 〔1〕」筑摩書房 2007 (ちくま文庫) p113

焼け跡の休暇と闇商売
◇「小松左京全集 完全版 34」城西国際大学出版会

2009 p370

焼跡のマリア
◇「20世紀断層―野坂昭如単行本未収録小説集成 4」幻戯書房 2010 p568

焼跡闇市派
◇「野坂昭如エッセイ・コレクション 2」筑摩書房 2004 (ちくま文庫)

焼跡闇市派の弁
◇「野坂昭如エッセイ・コレクション 2」筑摩書房 2004 (ちくま文庫) p63

夜警の眠り
◇「辻邦生全集 6」新潮社 2004 p337

やけくそ
◇「小檜山博全集 6」柏艪舎 2006 p164

焼け残りの西鶴
◇「井上ひさし短編中編小説集成 7」岩波書店 2015 p372

焼ける鳥
◇「大庭みな子全集 23」日本経済新聞社 2011 p725

野犬
◇「立松和平全小説 16」勉誠出版 2012 p207

野犬狩り
◇「小島信夫批評集成 2」水声社 2011 p347

夜航船
◇「徳田秋聲全集 5」八木書店 1998 p195

夜光時計
◇「津村節子自選作品集 6」岩波書店 2005 p173

夜行ならブルースが聴こえる
◇「片岡義男コレクション 1」早川書房 2009 (ハヤカワ文庫) p49

夜光人間
◇「江戸川乱歩全集 21」光文社 2005 (光文社文庫) p189

夜行列車
◇〔野呂邦暢〕随筆コレクション 2」みすず書房 2014 p41

夜行列車 (「葦」を改題)
◇「徳田秋聲全集 11」八木書店 1998 p295

夜行列車の恐怖
◇「小酒井不木随筆評論選集 3」本の友社 2004 p371

ヤコブのはしご
◇「寺山修司著作集 1」クインテッセンス出版 2009 p352

ヤコポーネ・ダ・トーディの聖母マリアに捧げる三つの讃歌
◇「須賀敦子全集 6」河出書房新社 2007 (河出文庫) p46

野菜を作る日
◇「小檜山博全集 6」柏艪舎 2006 p293

野菜づくり
◇「小檜山博全集 7」柏艪舎 2006 p127

矢崎弾について
◇「上野壮夫全集 3」図書新聞 2011 p374

矢崎泰久〔対談〕
◇「向田邦子全集 新版 別巻 1」文藝春秋 2010 p279

優しい嘘
◇「中井英夫全集 3」東京創元社 1996 (創元ライブラリ) p544

優しい脅迫者
◇「西村京太郎自選集 1」徳間書店 2004 (徳間文庫) p177

優しい空間
◇「小松左京全集 完全版 31」城西国際大学出版会 2008 p269

優しいサヨクのための嬉遊曲
◇「島田雅彦芥川賞落選作全集 上」河出書房新社 2013 (河出文庫) p15

やさしい友達
◇「辻邦生全集 16」新潮社 2005 p316

やさしいひと梶山さん
◇「田中小実昌エッセイ・コレクション 1」筑摩書房 2002 (ちくま文庫) p273

やさしい若者たち
◇「石牟礼道子全集 5」藤原書店 2004 p470

優しく過酷な不思議な満足
◇「大庭みな子全集 3」日本経済新聞社 2009 p264

やさしくもまた残酷に―長谷川四郎脚色「アンナ・カレーニナ」に寄せて
◇「安部公房全集 20」新潮社 1999 p336

やさしさ
◇「吉行淳之介エッセイ・コレクション 1」筑摩書房 2004 (ちくま文庫) p113

優しさを教わる
◇「小檜山博全集 8」柏艪舎 2006 p13

優しさということ
◇「松下竜一未刊行著作集 1」海鳥社 2008 p250

やさしさによる肉体との和解とは
◇「小松左京全集 完全版 34」城西国際大学出版会 2009 p293

屋敷田甫
◇「小寺菊子作品集 3」桂書房 2014 p192

椰子の下の夢
◇「小島信夫批評集成 4」水声社 2010 p136

夜叉
◇「徳田秋聲全集 26」八木書店 2002 p342

夜叉神の翁―金春一族の陰謀
◇「隆慶一郎全集 12」新潮社 2010 p267

夜叉のなげき
◇「宮本百合子全集 13」新日本出版社 2001 p229

矢代君と「狐憑」
◇「決定版 三島由紀夫全集 27」新潮社 2003 p705

やじろべえ
◇「向田邦子全集 新版 2」文藝春秋 2009 p92

やしん

野心
◇「宮城谷昌光全集 21」文藝春秋 2004 p268

『野人の巣』
◇「小檜山博全集 8」柏艪舎 2006 p372

野人の巣
◇「小檜山博全集 6」柏艪舎 2006 p11

安い馬
◇「小檜山博全集 5」柏艪舎 2006 p131

江戸家老安井彦右衛門
◇「井上ひさし短編中編小説集成 10」岩波書店 2015 p223

安岡章太郎
◇「小島信夫批評集成 1」水声社 2011 p179

安岡章太郎『枯葉』
◇「小檜山博全集 6」柏艪舎 2006 p318

〔安岡章太郎〕旅の瞬間
◇「佐々木基一全集 5」河出書房新社 2013 p139

〔安岡章太郎〕旅の道連れ
◇「佐々木基一全集 5」河出書房新社 2013 p136

靖国神сha
◇「谷崎潤一郎全集 25」中央公論新社 2016 p19

「靖国批判」の中の北京
◇「山崎豊子全集 19」新潮社 2005 p616

やす子さんの事
◇「徳田秋聲全集 22」八木書店 2001 p6

安酒の味
◇「車谷長吉全集 3」新書館 2010 p11

安成二郎君の新著・短篇集『子を打つ』序
◇「徳田秋聲全集 20」八木書店 2001 p353

安成二郎訳『女と悪魔』序にかへて
◇「徳田秋聲全集 別巻」八木書店 2006 p108

やすみしほどを―『やすらい花』より
◇「古井由吉自撰作品 8」河出書房新社 2012 p379

やすらかに今はねむり給え
◇「林京子全集 5」日本図書センター 2005 p3

野性を持て―新聞に望む
◇「決定版 三島由紀夫全集 27」新潮社 2003 p77

野生と文明
◇「辻邦生全集 17」新潮社 2005 p368

野性の火炎樹
◇「中上健次全集 10」インスクリプト 2017 p7

『野生の思考』と物語の擁護
◇「〔池澤夏樹〕エッセー集成 2」みすず書房 2008 p151

野性味秘めた駿馬（西城・ゴメス戦観戦記）
◇「決定版 三島由紀夫全集 35」新潮社 2003 p406

瘦女
◇「古井由吉自撰作品 3」河出書房新社 2012 p269

瘦我慢
◇「車谷長吉全集 3」新書館 2010 p174

瘦せがまんの系譜
◇「小松左京全集 完全版 12」城西国際大学出版会 2007 p64

瘦せ薬
◇「内田百閒集成 12」筑摩書房 2003（ちくま文庫）p209

やせたい王様
◇「小松左京全集 完全版 25」城西国際大学出版会 2017 p453

野戦病院
◇「小田実全集 小説 37」講談社 2013 p16

野草の夢
◇「大庭みな子全集 3」日本経済新聞出版社 2009 p179
◇「大庭みな子全集 3」日本経済新聞出版社 2009 p181

八咫烏（やたがらす）
◇「司馬遼太郎短篇全集 4」文藝春秋 2005 p7

箭竹
◇「山本周五郎長篇小説全集 4」新潮社 2013 p47

ヤダーシュカ
◇「大庭みな子全集 16」日本経済新聞出版社 2010 p185

ヤダーシュカミーチャ
◇「大庭みな子全集 16」日本経済新聞出版社 2010 p159

矢田津世子宛〔書簡〕
◇「坂口安吾全集 16」筑摩書房 2000 p53

夜知麻多
◇「徳田秋聲全集 23」八木書店 2001 p121

野鳥の季節
◇「日影丈吉全集 別巻」国書刊行会 2005 p125

八千代さんのことなど
◇「谷崎潤一郎全集 21」中央公論新社 2016 p489

厄介な藝―言葉のからくりについて
◇「車谷長吉全集 3」新書館 2010 p42

八ヶ岳
◇「大庭みな子全集 12」日本経済新聞出版社 2010 p191

八代紀行
◇「内田百閒集成 2」筑摩書房 2002（ちくま文庫）p206

殺（や）**ったのは僕だ**
◇「20世紀断層―野坂昭如単行本未収録小説集成 4」幻戯書房 2010 p414

やってきた人員整理案
◇「石牟礼道子全集 4」藤原書店 2004 p422

八つ手葉裏のテントームシ
◇「宮本百合子全集 32」新日本出版社 2003 p57

やっと日本にも道路時代の夜明けがきた
◇「小松左京全集 完全版 29」城西国際大学出版会 2007 p40

やっとハワイに
◇「田中小実昌エッセイ・コレクション 2」筑摩書房 2002（ちくま文庫）p186

やっと、本に
　◇「松下竜一未刊行著作集 1」海鳥社 2008 p78

八つ墓村
　◇「横溝正史自選集 3」出版芸術社 2007 p5

「八つ墓村」考Ｉ
　◇「横溝正史自選集 3」出版芸術社 2007 p350

「八つ墓村」考ＩＩ
　◇「横溝正史自選集 3」出版芸術社 2007 p353

「八つ墓村」考ＩＩＩ
　◇「横溝正史自選集 3」出版芸術社 2007 p356

八ッ橋
　◇「内田百閒集成 19」筑摩書房 2004（ちくま文庫）p121

やっぱりコメを主食と呼びたい
　◇「井上ひさしコレクション 日本の巻」岩波書店 2005 p243

宿屋の富
　◇「日影丈吉全集 別巻」国書刊行会 2005 p763

宿り木
　◇「小島信夫短篇集成 2」水声社 2014 p573

柳川春葉君の事ども
　◇「徳田秋聲全集 20」八木書店 2001 p94

柳川の鰻に舌鼓を打つ
　◇「遠藤周作エッセイ選集 2」光文社 2006（知恵の森文庫）p190

やなぎ
　◇「大庭みな子全集 4」日本経済新聞出版社 2009 p144

柳検校の小閑
　◇「内田百閒集成 4」筑摩書房 2003（ちくま文庫）p127

柳桜雑見録
　◇「決定版 三島由紀夫全集 26」新潮社 2003 p400

柳沢氏の抗議
　◇「徳田秋聲全集 23」八木書店 2001 p45

柳島四人殺し事件
　◇「井上ひさし短編中編小説集成 9」岩波書店 2015 p285

柳田国男「遠野物語」―名著再発見
　◇「決定版 三島由紀夫全集 36」新潮社 2003 p192

柳の川
　◇「石牟礼道子全集 15」藤原書店 2012 p498

柳の冠
　◇「野呂邦暢小説集成 2」文遊社 2013 p291

柳の下
　◇「大庭みな子全集 5」日本経済新聞出版社 2009 p535

柳の下にて
　◇「石牟礼道子全集 11」藤原書店 2005 p529

柳の章 おせつ
　◇「井上ひさし短編中編小説集成 12」岩波書店 2015 p169

柳橋物語
　◇「山本周五郎中短篇秀作選集 1」小学館 2005 p69
　◇「山本周五郎長篇小説全集 5」新潮社 2013 p7

柳藻
　◇「内田百閒集成 3」筑摩書房 2002（ちくま文庫）p61

柳湯の事件
　◇「谷崎潤一郎全集 6」中央公論新社 2015 p79

柳はみどり
　◇「阿川弘之全集 16」新潮社 2006 p523

夜尿
　◇「車谷長吉全集 2」新書館 2010 p52

屋根裏の散歩者
　◇「江戸川乱歩全集 1」光文社 2004（光文社文庫）p495
　◇「江戸川乱歩全集 10」沖積舎 2008 p171
　◇「江戸川乱歩傑作集 2」リブレ出版 2015 p69

屋根裏の犯人―『鼠の文づかい』より
　◇「坂口安吾全集 13」筑摩書房 1999 p448

屋根裏部屋と地下の部屋で
　◇「須賀敦子全集 3」河出書房新社 2007（河出文庫）p540

屋根を歩む
　◇「決定版 三島由紀夫全集 19」新潮社 2002 p435

屋根の上
　◇「原民喜戦後全小説」講談社 2015（講談社文芸文庫）p550

屋根の上で死んだ犬
　◇「安部公房全集 9」新潮社 1998 p368

屋根の下の気象
　◇「日影丈吉全集 7」国書刊行会 2004 p178

矢張り西洋の作家は偉い
　◇「徳田秋聲全集 19」八木書店 2000 p332

野蛮にして聖なる隣国
　◇「小島信夫批評集成 4」水声社 2010 p299

夜半のうた声
　◇「須賀敦子全集 2」河出書房新社 2006（河出文庫）p101

「夜半楽」―中村真一郎著
　◇「決定版 三島由紀夫全集 28」新潮社 2003 p289

『夜半楽』について―中村真一郎
　◇「丸谷才一全集 10」文藝春秋 2014 p247

藪かうじ
　◇「徳田秋聲全集 1」八木書店 1997 p10

藪椿の章 おゆう
　◇「井上ひさし短編中編小説集成 12」岩波書店 2015 p292

藪の蔭
　◇「山本周五郎中短篇秀作選集 3」小学館 2006 p57
　◇「山本周五郎長篇小説全集 4」新潮社 2013 p203

「藪の中」について
　◇「福田恆存評論集 9」麗澤大學出版會、廣池學園事業部〔発売〕2008 p38

やふの

藪の花
◇「小松左京全集 完全版 21」城西国際大学出版会 2015 p85

やぶれかぶれ青春記
◇「小松左京全集 完全版 34」城西国際大学出版会 2009 p317

敗れたが
◇「上野壮夫全集 2」図書新聞 2009 p63

やぶれ弥五兵衛
◇「池波正太郎短篇ベストコレクション 5」リブリオ出版 2008 p131

弥兵衛奮迅
◇「司馬遼太郎短篇全集 8」文藝春秋 2005 p317

野砲のワルツ―フランス・トオキイの楽屋
◇「定本 久生十蘭全集 10」国書刊行会 2011 p10

山
◇「大庭みな子全集 12」日本経済新聞出版社 2010 p67

山
◇「小林秀雄全作品 7」新潮社 2003 p194
◇「小林秀雄全集 補巻 1」新潮社 2010 p387

山
◇「松本清張傑作短篇コレクション 中」文藝春秋 2004（文春文庫）p427

山
◇「アンドロギュノスの裔 渡辺温全集」東京創元社 2011（創元推理文庫）p383

病の中、能で示した免疫論―多田富雄さんを悼む
◇「石牟礼道子全集 16」藤原書店 2013 p407

山内直孝宛〔書簡〕
◇「坂口安吾全集 16」筑摩書房 2000 p194

山姥
◇「大庭みな子全集 7」日本経済新聞出版社 2009 p422

山姥
◇「寺山修司著作集 1」クインテッセンス出版 2009 p50

山姥譚
◇「小松左京全集 完全版 22」城西国際大学出版会 2015 p395

〈山姥〉なるものをめぐって〔対談〕(水田宗子)
◇「大庭みな子全集 21」日本経済新聞出版社 2011 p505

対談〈山姥〉のいる風景〔対談者〕水田宗子
◇「大庭みな子全集 21」日本経済新聞出版社 2011 p445

山姥の微笑
◇「大庭みな子全集 5」日本経済新聞出版社 2009 p461

山へ登った毬
◇「原民喜戦後全小説」講談社 2015（講談社文芸文庫）p542

山へ登る話
◇「小島信夫短篇集成 6」水声社 2015 p93

山を出づるの記
◇「決定版 三島由紀夫全集 20」新潮社 2002 p580

山岡鉄舟―生死一如
◇「津本陽武芸小説集 3」PHP研究所 2007 p211

山 影絵映画のシナリオ
◇「アンドロギュノスの裔 渡辺温全集」東京創元社 2011（創元推理文庫）p383

山火事
◇「内田百閒集成 11」筑摩書房 2003（ちくま文庫）p91

山風が吹き抜ける部屋
◇「石牟礼道子全集 14」藤原書店 2008 p234

山片蟠桃―「SFの先駆者」をにおわせる商人学者
◇「小松左京全集 完全版 42」城西国際大学出版会 2014 p325

山形屋騒動
◇「横溝正史時代小説コレクション 捕物篇 1」出版芸術社 2003 p24

山が発酵する香り
◇「石牟礼道子全集 16」藤原書店 2013 p545

山上徹二郎個展
◇「石牟礼道子全集 14」藤原書店 2008 p295

山雀（やまがら）供養
◇「横溝正史時代小説コレクション 捕物篇 1」出版芸術社 2003 p5

山川朱美『朱美作品集』推薦のことば
◇「徳田秋聲全集 別巻」八木書店 2006 p116

山川方夫『日々の死』
◇「小島信夫批評集成 2」水声社 2011 p745

ヤマギシ会
◇「小松左京全集 完全版 40」城西国際大学出版会 2012 p220

山口修三宛〔書簡〕
◇「坂口安吾全集 16」筑摩書房 2000 p23

山口瞳「血族」
◇「〔野呂邦暢〕随筆コレクション 2」みすず書房 2014 p422

山口瞳著『血族』
◇「小檜山博全集 6」柏艪舎 2006 p76

山口瞳『家族（ファミリー）』
◇「田中小実昌エッセイ・コレクション 1」筑摩書房 2002（ちくま文庫）p278

山恋い
◇「石牟礼道子全集 6」藤原書店 2006 p124

山崎富栄の日記をめぐって
◇「宮本百合子全集 18」新日本出版社 2002 p66

山崎正一・人物スケッチ
◇「福田恆存評論集 別巻」麗澤大學出版會, 廣池學園事業部〔発売〕 2011 p170

山桜のうた
　◇「松田解子自選集 5」澤田出版 2007 p265
山里からの便り
　◇「松下竜一未刊行著作集 3」海鳥社 2009 p298
山里の悲劇
　◇「坂口安吾全集 13」筑摩書房 1999 p437
山猿
　◇「小檜山博全集 8」柏艪舎 2006 p97
山沢靖司『さそり座の女』
　◇「小檜山博全集 6」柏艪舎 2006 p367
山師
　◇「松本清張短編全集 02」光文社 2008（光文社文庫）p229
　◇「松本清張傑作選 黒い手帖からのサイン」新潮社 2009 p193
　◇「松本清張傑作選 黒い手帖からのサイン」新潮社 2013（新潮文庫）p273
山城のこと
　◇「石牟礼道子全集 13」藤原書店 2007 p623
邪馬台国
　◇「〔野呂邦暢〕随筆コレクション 1」みすず書房 2014 p315
耶馬台国のなぞ、国東半島
　◇「小松左京全集 完全版 29」城西国際大学出版会 2007 p94
邪馬台国の秘密
　◇「高木彬光コレクション新装版 邪馬台国の秘密」光文社 2006（光文社文庫）p9
邪馬台国論争は終わったか
　◇「〔野呂邦暢〕随筆コレクション 2」みすず書房 2014 p174
邪馬台国はいずこに
　◇「高木彬光コレクション新装版 邪馬台国の秘密」光文社 2006（光文社文庫）p451
山田五十鈴の眼差し
　◇「金井美恵子エッセイ・コレクション―1964-2013 4」平凡社 2014 p399
山田和夫『エイゼンシュテイン』
　◇「佐々木基一全集 7」河出書房新社 2013 p300
山高帽子
　◇「内田百閒集成 3」筑摩書房 2002（ちくま文庫）p148
山田かん「アスファルトに仔猫の耳」
　◇「〔野呂邦暢〕随筆コレクション 2」みすず書房 2014 p373
山田さんと映画的美女
　◇「金井美恵子エッセイ・コレクション―1964-2013 4」平凡社 2014 p427
山田順子『流るゝまゝに』「流るゝまゝに」に序す
　◇「徳田秋聲全集 別巻」八木書店 2006 p110
山田真竜軒
　◇「山田風太郎妖異小説コレクション 地獄太夫」徳間書店 2003（徳間文庫）p236

山田智彦「光は東方より」
　◇「〔野呂邦暢〕随筆コレクション 2」みすず書房 2014 p367
山田風太郎覚書
　◇「金井美恵子エッセイ・コレクション―1964-2013 3」平凡社 2013 p404
山田風太郎とタクシー
　◇「日影丈吉全集 別巻」国書刊行会 2005 p689
山田風太郎、〈人間臨終図巻〉の周辺の本を読む
　◇「山田風太郎エッセイ集成 わが推理小説零年」筑摩書房 2007 p145
山椿
　◇「〔山本周五郎〕新編傑作選 2」小学館 2010（小学館文庫）p161
大和路
　◇「阿川弘之全集 10」新潮社 2006 p491
大和大納言―豊臣家の人々 第五話
　◇「司馬遼太郎短篇全集 11」文藝春秋 2006 p7
日本武尊と三度笠の歩いた道
　◇「小松左京全集 完全版 31」城西国際大学出版会 2008 p47
大和のぬくもり
　◇「小松左京全集 完全版 31」城西国際大学出版会 2008 p157
ヤマトフの逃亡
　◇「〔山田風太郎〕時代短篇選集 1」小学館 2013（小学館文庫）p73
大和文化の伝統
　◇「小松左京全集 完全版 36」城西国際大学出版会 2011 p50
大和屋文魚
　◇「国枝史郎伝奇短篇小説集成 1」作品社 2006 p133
山中貞雄の澄んだ視線―人情紙風船
　◇「辻邦生全集 19」新潮社 2005 p374
山なみ
　◇「大庭みな子全集 23」日本経済新聞出版社 2011 p714
山に帰る
　◇「立松和平全小説 15」勉誠出版 2011 p250
山に太陽が昇るとき
　◇「辻井喬コレクション 7」河出書房新社 2003 p34
山のある風景
　◇「小沼丹全集 2」未知谷 2004 p197
山のある町
　◇「小沼丹全集 3」未知谷 2004 p724
山の上の寺
　◇「石牟礼道子全集 10」藤原書店 2006 p578
山の彼方は一常識とはどういうものだろう
　◇「宮本百合子全集 14」新日本出版社 2001 p87
山の神殺人
　◇「坂口安吾全集 14」筑摩書房 1999 p94

やまの

山の鳥
　◇「大庭みな子全集 14」日本経済新聞出版社 2010 p409

山の観念の変移
　◇「坂口安吾全集 3」筑摩書房 1999 p90

山の貴婦人
　◇「坂口安吾全集 1」筑摩書房 1999 p358

山の少女
　◇「徳田秋聲全集 3」八木書店 1999 p94

山の精
　◇「石牟礼道子全集 10」藤原書店 2006 p28

山の旅（大原富枝）
　◇「大庭みな子全集 23」日本経済新聞出版社 2011 p242

山の魂
　◇「決定版 三島由紀夫全集 19」新潮社 2002 p417

「山の魂」創作ノート
　◇「決定版 三島由紀夫全集 19」新潮社 2002 p757

山の手
　◇「徳田秋聲全集 8」八木書店 2000 p304

山手の幽霊
　◇「島田荘司 very BEST 10 Author's Selection」講談社 2007（講談社box）p337

山の遠さ
　◇「〔池澤夏樹〕エッセー集成 1」みすず書房 2008 p2

山の床屋の前にて
　◇「決定版 三島由紀夫全集 37」新潮社 2004 p459

山の向ふの墓所
　◇「阿川弘之全集 18」新潮社 2007 p490

山の娘たちとラジオ
　◇「坂口安吾全集 14」筑摩書房 1999 p345

山の宿
　◇「上野壮夫全集 2」図書新聞 2009 p134

山葉オルガン
　◇「内田百閒集成 12」筑摩書房 2003（ちくま文庫）p311

山鳩
　◇「小沼丹全集 3」未知谷 2004 p299
　◇「小沼丹全集 3」未知谷 2004 p403
　◇「小沼丹全集 4」未知谷 2004 p52

山彦乙女
　◇「山本周五郎長篇小説全集 13」新潮社 2014 p287

山姫
　◇「日影丈吉全集 8」国書刊行会 2004 p863

山吹
　◇「林京子全集 6」日本図書センター 2005 p458

山吹薬師
　◇「横溝正史時代小説コレクション捕物篇 2」出版芸術社 2004 p139

山藤章二〔対談〕
　◇「向田邦子全集 新版 別巻 1」文藝春秋 2010 p84

山ブドウ
　◇「小檜山博全集 6」柏艪舎 2006 p32

ヤマベを十七匹
　◇「小檜山博全集 8」柏艪舎 2006 p61

ヤマべすくい
　◇「小檜山博全集 8」柏艪舎 2006 p64

ヤマベ二十四匹
　◇「小檜山博全集 8」柏艪舎 2006 p63

山法師
　◇「大庭みな子全集 7」日本経済新聞出版社 2009 p84

山室静著『現在の文学の立場』
　◇「佐々木基一全集 1」河出書房新社 2013 p266

山女魚
　◇「狩久全集 1」皆進社 2013 p79

山本五十六
　◇「阿川弘之全集 11」新潮社 2006 p7

山本五十六の足跡──ソロモン気候余話
　◇「阿川弘之全集 16」新潮社 2006 p298

『山本作兵衛炭坑画集 王国と闇』
　◇「石牟礼道子全集 14」藤原書店 2008 p321

山本薩夫「真空地帯」
　◇「佐々木基一全集 7」河出書房新社 2013 p211

ヤマモトさんの送別会
　◇「須賀敦子全集 3」河出書房新社 2007（河出文庫）p577

山本周五郎論
　◇「辻邦生全集 20」新潮社 2006 p63

山本経宛〔書簡〕
　◇「坂口安吾全集 16」筑摩書房 2000 p50

山本哲也詩集「冬の光」推薦文
　◇「〔野呂邦暢〕随筆コレクション 2」みすず書房 2014 p144

山本夏彦・虚無の假面
　◇「福田恆存評論集 別巻」麗澤大學出版會, 廣池学園事業部（発売）2011 p178

山本夏彦著「恋に似たもの」
　◇「阿川弘之全集 18」新潮社 2007 p313

山本孫三郎
　◇「長谷川伸傑作選 日本敵討ち異相」国書刊行会 2008 p32

山本有三氏の境地
　◇「宮本百合子全集 13」新日本出版社 2001 p87

山本有三の「真実一路」を廻って
　◇「小林秀雄全作品 10」新潮社 2003 p212
　◇「小林秀雄全集 補巻 1」新潮社 2010 p539

山本淑子『野苺の咲く診療所』
　◇「石牟礼道子全集 14」藤原書店 2008 p439

山本聯合艦隊司令長官閣下
　◇「阿川弘之全集 17」新潮社 2006 p67

山屋敷
　◇「内田百閒集成 13」筑摩書房 2003（ちくま文

山屋敷の消滅
　◇「内田百閒集成 13」筑摩書房 2003（ちくま文庫）p138
山屋敷秘図
　◇「山田風太郎妖異小説コレクション 山屋敷秘図」徳間書店 2003（徳間文庫）p158
山百合
　◇「大庭みな子全集 12」日本経済新聞出版社 2010 p28
山は青か
　◇「林京子全集 7」日本図書センター 2005 p162
山童伝
　◇「山田風太郎妖異小説コレクション 地獄太夫」徳間書店 2003（徳間文庫）p130
山和郎
　◇「三角寛サンカ選集第二期 12」現代書館 2005 p245
山姥（やまんば）… → "やまうば…"を見よ
闇市復活祭
　◇「野坂昭如エッセイ・コレクション 3」筑摩書房 2004（ちくま文庫）p277
闇路
　◇「小檜山博全集 2」柏艪舎 2006 p359
闇汁 正岡子規
　◇「小島信夫批評集成 3」水声社 2011 p341
闇つぶて神奈川宿
　◇「都筑道夫時代小説コレクション 1」戎光祥出版 2014（戎光祥時代小説名作館）p208
闇とアナムネーシス
　◇「辺見庸掌編小説集 黒版」角川書店 2004 p55
闇と想像力と
　◇「辻邦生全集 17」新潮社 2005 p296
闇に蠢く
　◇「江戸川乱歩全集 2」光文社 2004（光文社文庫）p7
　◇「江戸川乱歩全集 4」沖積舎 2007 p159
闇に歌えば
　◇「日影丈吉全集 8」国書刊行会 2004 p159
闇に高張り提灯が揺れて
　◇「林京子全集 8」日本図書センター 2005 p178
闇に開く窓
　◇「高木彬光コレクション新装版 刺青殺人事件」光文社 2005（光文社文庫）p497
闇に学ぶ―北上川の幻像
　◇「辺見庸掌編小説集 黒版」角川書店 2004 p5
闇に眼がある
　◇「日影丈吉全集 5」国書刊行会 2003 p11
闇の繪卷
　◇「梶井基次郎小説全集新装版」沖積舎 1995 p283
闇の彼方へ
　◇「中井英夫全集 3」東京創元社 1996（創元ライブラリ）p311

闇の消失
　◇「井上ひさしコレクション ことばの巻」岩波書店 2005 p355
闇の内省と水中花
　◇「辺見庸掌編小説集 白版」角川書店 2004 p10
闇の中で
　◇「辻井喬コレクション 7」河出書房新社 2003 p12
闇の中の子供
　◇「小松左京全集 完全版 16」城西国際大学出版会 2011 p362
闇の中の虹―乱歩断章
　◇「土屋隆夫コレクション新装版 盲目の鴉」光文社 2003（光文社文庫）p464
闇のなかの短い旅
　◇「〔野呂邦暢〕随筆コレクション 1」みすず書房 2014 p190
闇の花
　◇「徳田秋聲全集 33」八木書店 2003 p3
闇の部分
　◇「大庭みな子全集 24」日本経済新聞出版社 2011 p25
闇夜
　◇「日影丈吉全集 7」国書刊行会 2004 p22
ヤミ論議
　◇「坂口安吾全集 6」筑摩書房 1998 p308
病める心
　◇「西村京太郎自選集 1」徳間書店 2004（徳間文庫）p5
病める日輪
　◇「徳田秋聲全集 42」八木書店 2003 p238
『病める日輪』作者の言葉
　◇「徳田秋聲全集 別巻」八木書店 2006 p129
ややこしい私の上海
　◇「林京子全集 8」日本図書センター 2005 p365
やらやら目出度や
　◇「内田百閒集成 10」筑摩書房 2003（ちくま文庫）p218
やりきれぬ頭―『築地を見る記』に贈る弔詞
　◇「定本 久生十蘭全集 10」国書刊行会 2011 p382
やりきれぬいら立ち
　◇「大庭みな子全集 6」日本経済新聞出版社 2009 p110
槍とヒョウタン―思想の流行について
　◇「小松左京全集 完全版 28」城西国際大学出版会 2006 p197
槍の権左
　◇「長谷川伸傑作選 日本敵討ち異相」国書刊行会 2008 p98
夜涼雑話
　◇「徳田秋聲全集 22」八木書店 2001 p26
槍は宝蔵院流
　◇「司馬遼太郎短篇全集 8」文藝春秋 2005 p229

やるこ

やることは一ぱいある―日本はこれからだ
〔座談会〕(勅使河原蒼風、石井歓、勅使河原宏、桂ユキ子、朝倉摂)
◇「安部公房全集 29」新潮社 2000 p349

ヤルタへの船旅
◇「阿川弘之全集 19」新潮社 2007 p267

やるべき戦争、「正義の戦争」はある―パウエルの主張
◇「小田実全集 評論 29」講談社 2013 p81

ヤロスラブリ
◇「小松左京全集 完全版 43」城西国際大学出版会 2014 p214

柔らかい土をふんで、
◇「金井美恵子自選短篇集 砂の粒／孤独な場所で」講談社 2014(講談社文芸文庫) p263

柔らかい時計
◇「定本 荒巻義雄メタSF全集 1」彩流社 2015 p5
◇「定本 荒巻義雄メタSF全集 1」彩流社 2015 p209

やわらかいフェミニズムへ 大庭みな子対談集
◇「大庭みな子全集 21」日本経済新聞出版社 2011 p277

やわらかいフェミニズムへ〔対談〕(水田宗子)
◇「大庭みな子全集 21」日本経済新聞出版社 2011 p448

やわらかいフェミニズムへ 水田宗子〔対談〕
◇「大庭みな子全集 21」日本経済新聞出版社 2011 p314

柔らかい便器
◇「辻井喬コレクション 7」河出書房新社 2003 p449

ヤンキー・ゴー・ホーム(一月十九日)
◇「福田恆存評論集 18」麗澤大學出版會、廣池學園事業部〔発売〕2010 p137

病んでいることをめぐって
◇「小島信夫批評集成 8」水声社 2010 p504

【ゆ】

湯
◇「古井由吉自撰作品 3」河出書房新社 2012 p70

ユァキントゥス
◇「安部公房全集 1」新潮社 1997 p101

由比駅
◇「内田百閒集成 4」筑摩書房 2003(ちくま文庫) p238

唯我独尊
◇「向田邦子全集 新版 7」文藝春秋 2009 p45

ゆいごん
◇「田中小実昌エッセイ・コレクション 1」筑摩書房 2002(ちくま文庫) p52

遺言
◇「小松左京全集 完全版 45」城西国際大学出版会 2015 p199

遺言書
◇「高木彬光コレクション新装版 破戒裁判」光文社 2006(光文社文庫) p373

遺言状
◇「坂口安吾全集 16」筑摩書房 2000 p470

「結納」「持参金」は売買婚の名残りか?
◇「小松左京全集 完全版 34」城西国際大学出版会 2009 p178

唯美主義と日本
◇「決定版 三島由紀夫全集 27」新潮社 2003 p463

友愛・沈黙のうちにおこなわれる使徒職[翻訳](ルネ・ヴォアイヨーム)
◇「須賀敦子全集 7」河出書房新社 2007(河出文庫) p18

憂鬱
◇「決定版 三島由紀夫全集 37」新潮社 2004 p456

憂鬱な交通裁判所
◇「開高健ルポルタージュ選集 ずばり東京」光文社 2007(光文社文庫) p204

憂鬱なりしころ
◇「徳田秋聲全集 21」八木書店 2001 p266

憂鬱なる点景
◇「石上玄一郎小説作品集成 1」未知谷 2008 p471

誘拐
◇「高木彬光コレクション新装版 誘拐」光文社 2005(光文社文庫) p9

誘拐
◇「日影丈吉全集 8」国書刊行会 2004 p927

『誘拐部隊』(ドナルド・ハミルトン)
◇「田中小実昌エッセイ・コレクション 5」筑摩書房 2003(ちくま文庫) p228

誘拐―二つの場合
◇「高木彬光コレクション新装版 誘拐」光文社 2005(光文社文庫) p577

夕顔
◇「小檜山博全集 7」柏艪舎 2006 p205

瓠(ゆふがほ)
◇「決定版 三島由紀夫全集 37」新潮社 2004 p227

優雅さを失った羅針盤
◇「辻井喬コレクション 7」河出書房新社 2003 p367

夕方の匂い
◇「〔野呂邦暢〕随筆コレクション 1」みすず書房 2014 p365

優雅な追剝―クロウド・デュバル
◇「小沼丹全集 補巻」未知谷 2005 p707

優雅な暮らし
◇「大庭みな子全集 12」日本経済新聞出版社 2010 p236

優雅な仲間たち
　◇「田中小実昌エッセイ・コレクション 1」筑摩書房 2002（ちくま文庫）p125

優雅な犯罪
　◇「中井英夫全集 10」東京創元社 2002（創元ライブラリ）p117

優雅な"ヒマつぶし"のお話
　◇「小松左京全集 完全版 34」城西国際大学出版会 2009 p138

優雅なる野趣・カウアイ島
　◇「山田風太郎エッセイ集成 風山房風呂焚き唄」筑摩書房 2008 p104

夕刊
　◇「内田百閒集成 19」筑摩書房 2004（ちくま文庫）p109

夕刊紙創刊ラッシュ10年の興亡史
　◇「小松左京全集 完全版 42」城西国際大学出版会 2014 p206

有閑マダム事件
　◇「小寺菊子作品集 3」桂書房 2014 p218

「有閑ヤング」階級
　◇「小松左京全集 完全版 29」城西国際大学出版会 2007 p328

勇気あることば
　◇「決定版 三島由紀夫全集 34」新潮社 2003 p236

結城臣雄（CMディレクター）
　◇「向田邦子全集 新版 6」文藝春秋 2009 p194

結城昌治「死者と栄光への挽歌」
　◇「〔野呂邦暢〕随筆コレクション 2」みすず書房 2014 p454

幽鬼伝
　◇「都筑道夫時代小説コレクション 4」戎光祥出版 2014（戎光祥時代小説名作館）p157

『幽鬼伝』光風社ノベルス版あとがき
　◇「都筑道夫時代小説コレクション 4」戎光祥出版 2014（戎光祥時代小説名作館）p367

夕砧（「厳瓮（いつべ）の……」）
　◇「決定版 三島由紀夫全集 37」新潮社 2004 p374

夕砧（「野末の……」）
　◇「決定版 三島由紀夫全集 37」新潮社 2004 p443

幽鬼の塔
　◇「江戸川乱歩全集 13」光文社 2005（光文社文庫）p347
　◇「江戸川乱歩全集 15」沖積舎 2009 p157

結城秀康―豊臣家の人々 第七話
　◇「司馬遼太郎短篇全集 11」文藝春秋 2006 p91

遊興一匹迷い猫あずかってます
　◇「金井美恵子エッセイ・コレクション―1964-2013 2」平凡社 2013 p9

夕ぐれ
　◇「上野壮夫全集 1」図書新聞 2010 p448

夕ぐれ
　◇「決定版 三島由紀夫全集 36」新潮社 2003 p442
　◇「決定版 三島由紀夫全集 37」新潮社 2004 p36

夕暮お谷
　◇「三角寛サンカ選集第二期 10」現代書館 2005 p257

「夕暮れて雪」―上田三四二
　◇「大庭みな子全集 23」日本経済新聞出版社 2011 p236

夕暮れの有明海
　◇「〔野呂邦暢〕随筆コレクション 1」みすず書房 2014 p416

ゆふぐれの歌
　◇「決定版 三島由紀夫全集 37」新潮社 2004 p358

夕暮れの高山寺
　◇「阿川弘之全集 20」新潮社 2007 p529

夕暮の緑の光
　◇「〔野呂邦暢〕随筆コレクション 1」みすず書房 2014 p6

夕餉
　◇「立松和平小説 5」勉誠出版 2010 p69

夕餉の酒と父の歌と
　◇「石牟礼道子全集 16」藤原書店 2013 p527

幽玄
　◇「石牟礼道子全集 15」藤原書店 2012 p98

撮影台本 憂国
　◇「決定版 三島由紀夫全集 24」新潮社 2002 p327

憂国
　◇「決定版 三島由紀夫全集 20」新潮社 2002 p11
　◇「決定版 三島由紀夫全集 34」新潮社 2003 p98

夕刻
　◇「石牟礼道子全集 15」藤原書店 2012 p211

「憂国」製作、道楽ではない
　◇「決定版 三島由紀夫全集 33」新潮社 2003 p627

「憂国」の主人公・放談す
　◇「決定版 三島由紀夫全集 34」新潮社 2003 p157

「憂国」の謎
　◇「決定版 三島由紀夫全集 34」新潮社 2003 p65

悠子の海水着
　◇「狩久全集 2」皆進社 2013 p144

有罪となることを恐れず―なぜ国が環境を護らないのか
　◇「松下竜一未刊行著作集 4」海鳥社 2008 p329

夕潮
　◇「日影丈吉全集 4」国書刊行会 2003 p267

勇士カリガッチ博士
　◇「三橋一夫ふしぎ小説集成 1」出版芸術社 2005 p50

憂愁
　◇「安部公房全集 2」新潮社 1997 p208

遊就館
　◇「内田百閒集成 3」筑摩書房 2002（ちくま文庫）p198

憂愁のパスキン
　◇「小檜山博全集 6」柏艪舎 2006 p181

ゆうし

友情
  ◇「井上ひさし短編中編小説集成 2」岩波書店 2014 p511

友情
  ◇「小島信夫短篇集成 5」水声社 2015 p275

友情と考証
  ◇「決定版 三島由紀夫全集 31」新潮社 2003 p425

友情のもつ複雑さ
  ◇「宮本百合子全集 15」新日本出版社 2001 p325

ゆう女始末
  ◇「石川淳コレクション〔1〕」筑摩書房 2007（ちくま文庫）p351

友人
  ◇「大庭みな子全集 6」日本経済新聞出版社 2009 p61

友人および
  ◇「中井英夫全集 10」東京創元社 2002（創元ライブラリ）p177

友人（加賀乙彦）
  ◇「大庭みな子全集 23」日本経済新聞出版社 2011 p211

友人の編集者のパーティのために 柿内扶仁子生誕四十周年記念おぞま式（'80年）
  ◇「向田邦子全集 新版 別巻 2」文藝春秋 2010 p306

雄大な構想と資金難の板ばさみ
  ◇「小松左京全集 完全版 31」城西国際大学出版会 2008 p107

雄大な「日本中央構造線自動車道路」私案
  ◇「小松左京全集 完全版 29」城西国際大学出版会 2007 p60

夕立鰻
  ◇「内田百閒集成 3」筑摩書房 2002（ちくま文庫）p245

遊動円木
  ◇「決定版 三島由紀夫全集 37」新潮社 2004 p451

誘導体
  ◇「辻井喬コレクション 7」河出書房新社 2003 p331

夕の祈り
  ◇「須賀敦子全集 7」河出書房新社 2007（河出文庫）p214

夕の馬車
  ◇「アンドロギュノスの裔 渡辺温全集」東京創元社 2011（創元推理文庫）p324

夕映え
  ◇「小檜山博全集 5」柏艪舎 2006 p258

夕映少年
  ◇「中井英夫全集 5」東京創元社 2002（創元ライブラリ）p495

夕張の山を思えば
  ◇「松田解子自選集 9」澤田出版 2009 p249

夕陽
  ◇「石牟礼道子全集 11」藤原書店 2005 p249

夕陽
  ◇「大庭みな子全集 13」日本経済新聞出版社 2010 p282

夕陽に赤い帆
  ◇「片岡義男コレクション 1」早川書房 2009（ハヤカワ文庫）p109

ゆうひのジュリー
  ◇「石牟礼道子全集 6」藤原書店 2006 p554

郵便切手
  ◇「宮本百合子全集 16」新日本出版社 2002 p346

夕べ
  ◇「決定版 三島由紀夫全集 37」新潮社 2004 p425

夕べと夜
  ◇「決定版 三島由紀夫全集 37」新潮社 2004 p424

ゆうべの雲
  ◇「内田百閒集成 4」筑摩書房 2003（ちくま文庫）p231

「夕べの雲」(庄野潤三) 解説
  ◇「小沼丹全集 4」未知谷 2004 p704

夕べの幻想［翻訳］(ヘルデルリーン)
  ◇「決定版 三島由紀夫全集 37」新潮社 2004 p769

遊牧社会における余暇と労働のリズム
  ◇「小松左京全集 完全版 35」城西国際大学出版会 2009 p395

遊牧文化とは何か
  ◇「小松左京全集 完全版 36」城西国際大学出版会 2011 p85

夕まぐれ
  ◇「決定版 三島由紀夫全集 37」新潮社 2004 p643

有眠（ゆうみん）
  ◇「向田邦子全集 新版 10」文藝春秋 2010 p79

有名
  ◇「大庭みな子全集 8」日本経済新聞出版社 2009 p424

幽冥の肖像
  ◇「金石範作品集 2」平凡社 2005 p321

ユウモアコンクール 昭和二十二年 (徳川夢声, 高田保)
  ◇「内田百閒集成 21」筑摩書房 2004（ちくま文庫）p67

夕紅葉
  ◇「辻井喬コレクション 2」河出書房新社 2002 p389

夕靄の中
  ◇「山本周五郎中短篇秀作選集 4」小学館 2006 p173

憂悶のたゆたい
  ◇「石牟礼道子全集 5」藤原書店 2004 p247

夕焼をみたこと
  ◇「決定版 三島由紀夫全集 補巻」新潮社 2005 p130

夕焼空
  ◇「小沼丹全集 3」未知谷 2004 p512

ゆうれ

夕焼けの回転木馬
◇「眉村卓コレクション 異世界篇 3」出版芸術社 2012 p3

夕焼けの回転木馬 角川文庫版あとがき
◇「眉村卓コレクション 異世界篇 3」出版芸術社 2012 p360

夕闇のむこう
◇「須賀敦子全集 1」河出書房新社 2006（河出文庫）p432

有楽座
◇「内田百閒集成 12」筑摩書房 2003（ちくま文庫）p295

有楽座の人形浄瑠璃
◇「徳田秋聲全集 19」八木書店 2000 p250

憂楽帳
◇「決定版 三島由紀夫全集 31」新潮社 2003 p191

有楽門
◇「〔森〕鷗外近代小説集 1」岩波書店 2013 p149

遊離層
◇「金鶴泳作品集 2」クレイン 2006 p119

有隣は悪形にて
◇「司馬遼太郎短篇全集 12」文藝春秋 2006 p269

幽霊
◇「江戸川乱歩全集 1」光文社 2004（光文社文庫）p379
◇「江戸川乱歩全集 18」沖積舎 2009 p193

幽霊
◇「小島信夫短篇集成 5」水声社 2015 p49

幽霊
◇「小松左京全集 完全版 25」城西国際大学出版会 2017 p407

幽霊
◇「坂口安吾全集 12」筑摩書房 1999 p477

幽霊買い度し
◇「日影丈吉全集 4」国書刊行会 2003 p453

ゆうれい貸屋
◇「〔山本周五郎〕新編傑作選 4」小学館 2010（小学館文庫）p319

ゆうれいさんたちが
◇「石牟礼道子全集 5」藤原書店 2004 p490

幽霊時代
◇「小松左京全集 完全版 13」城西国際大学出版会 2008 p198

〔「幽霊」下書稿〕
◇「坂口安吾全集 15」筑摩書房 1999 p724

ゆうれい少年
◇「都筑道夫少年小説コレクション 5」本の雑誌社 2005 p184

幽霊船棺桶丸
◇「山田風太郎妖異小説コレクション 地獄太夫」徳間書店 2003（徳間文庫）p202

幽霊それから
◇「坂口安吾全集 14」筑摩書房 1999 p191

幽霊達の復活祭
◇「大庭みな子全集 2」日本経済新聞出版社 2009 p7
◇「大庭みな子全集 2」日本経済新聞出版社 2009 p9

ゆうれい通信
◇「都筑道夫少年小説コレクション 1」本の雑誌社 2005 p7

幽霊塔
◇「江戸川乱歩全集 11」光文社 2004（光文社文庫）p323
◇「江戸川乱歩全集 13」沖積舎 2008 p3

幽霊塔
◇「都筑道夫恐怖短篇集成 3」筑摩書房 2004（ちくま文庫）p557

幽霊と文学
◇「坂口安吾全集 2」筑摩書房 1999 p173

幽霊になりたい
◇「都筑道夫恐怖短篇集成 2」筑摩書房 2004（ちくま文庫）p442

幽霊のいない土地
◇「小檜山博全集 6」柏艪舎 2006 p19

幽霊の旅
◇「岡本綺堂探偵小説全集 1」作品社 2012 p355

幽霊の二種類
◇「小酒井不木随筆評論選集 5」本の友社 2004 p301

幽霊の墓
◇「安部公房全集 6」新潮社 1998 p45

幽霊の話
◇「小沼丹全集 4」未知谷 2004 p536

ゆうれい博物館
◇「都筑道夫少年小説コレクション 2」本の雑誌社 2005 p7

幽霊星
◇「小松左京全集 完全版 25」城西国際大学出版会 2017 p211

幽霊旅館（ホテル）
◇「岡本綺堂探偵小説全集 2」作品社 2012 p99

幽霊祭り
◇「石牟礼道子全集 11」藤原書店 2005 p277

幽霊屋敷
◇「小松左京全集 完全版 22」城西国際大学出版会 2015 p181
◇「小松左京全集 完全版 25」城西国際大学出版会 2017 p91

幽霊屋敷
◇「高橋克彦自選短編集 2」講談社 2009（講談社文庫）p193

幽霊屋敷
◇「都筑道夫恐怖短篇集成 1」筑摩書房 2004（ちくま文庫）p316

幽霊屋敷の殺人
◇「山本周五郎探偵小説全集 1」作品社 2007 p50

ゆうれ

幽霊山伏
　◇「横溝正史時代小説コレクション捕物篇 1」出版芸術社 2003 p115

幽霊・霊界の浮浪者
　◇「日影丈吉全集 別巻」国書刊行会 2005 p624

幽霊はお人好し
　◇「大坪砂男全集 1」東京創元社 2013（創元推理文庫）p363

「幽霊はここにいる」再演〔対談〕（千田是也）
　◇「安部公房全集 22」新潮社 1999 p466

幽霊はここにいる 三幕十八場
　◇「安部公房全集 8」新潮社 1998 p359

誘惑
　◇「安部公房全集 29」新潮社 2000 p268

誘惑
　◇「徳田秋聲全集 36」八木書店 2004 p3

誘惑
　◇「吉行淳之介エッセイ・コレクション 2」筑摩書房 2004（ちくま文庫）p236

誘惑―音楽のとびら
　◇「決定版 三島由紀夫全集 34」新潮社 2003 p379

誘惑者
　◇「安部公房全集 7」新潮社 1998 p187

『誘惑』新小説予告
　◇「徳田秋聲全集 別巻」八木書店 2006 p123

誘惑する才能
　◇「小島信夫批評集成 6」水声社 2011 p390

誘惑に関する十二章（阿部艶子、飯沢匡、内村直也、佐藤美子、杉村春子）
　◇「決定版 三島由紀夫全集 36」新潮社 2003 p498

故なくかなし
　◇「辻井喬コレクション 3」河出書房新社 2002 p7

ユエビ川
　◇「吉田知子選集 3」景文館書店 2014 p179

湯ケ島
　◇「小林秀雄全作品 9」新潮社 2003 p63
　◇「小林秀雄全集 補巻 1」新潮社 2010 p454

湯ケ島の数日
　◇「宮本百合子全集 9」新日本出版社 2001 p318

浴衣姿の美人に対して
　◇「徳田秋聲全集 23」八木書店 2001 p280

ゆがめられた純情
　◇「宮本百合子全集 11」新日本出版社 2001 p190

湯川書房で出してもらった小説や句集
　◇「車谷長吉全集 3」新書館 2010 p650

湯川達典「文学の市民性」
　◇〔野呂邦暢〕随筆コレクション 2」みすず書房 2014 p451

湯河原奇遊
　◇「三橋一夫ふしぎ小説集成 2」出版芸術社 2005 p8

湯河原日記
　◇「徳田秋聲全集 19」八木書店 2000 p144

湯河原の南部
　◇「中戸川吉二作品集」勉誠出版 2013 p424

歪んだ朝
　◇「西村京太郎自選集 1」徳間書店 2004（徳間文庫）p45

〈歪んだ鏡〉のなかで…―ルナ
　◇「辻邦生全集 19」新潮社 2005 p258

歪んだ自画像
　◇「阿川弘之全集 4」新潮社 2005 p215

歪んだ射角
　◇「日影丈吉全集 8」国書刊行会 2004 p476

ゆがんだ太陽
　◇「丸谷才一全集 6」文藝春秋 2014 p529

歪んでいく風景
　◇「小檜山博全集 6」柏艪舎 2006 p15

ユキ
　◇「決定版 三島由紀夫全集 37」新潮社 2004 p20

雪
　◇「大庭みな子全集 7」日本経済新聞出版社 2009 p278
　◇「大庭みな子全集 11」日本経済新聞出版社 2010 p305
　◇「大庭みな子全集 14」日本経済新聞出版社 2010 p163
　◇「大庭みな子全集 14」日本経済新聞出版社 2010 p279

雪
　◇「瀬戸内寂聴随筆選 5」ゆまに書房 2009 p23

雪
　◇「立松和平全小説 27」勉誠出版 2014 p263

雪
　◇「谷崎潤一郎全集 20」中央公論新社 2015 p383

雪
　◇「徳田秋聲全集 23」八木書店 2001 p289

雪
　◇「定本 久生十蘭全集 5」国書刊行会 2009 p384

雪
　◇「決定版 三島由紀夫全集 35」新潮社 2003 p422

雪（一六首）
　◇「石牟礼道子全集 1」藤原書店 2004 p571

雪明り
　◇「古井由吉自撰作品 8」河出書房新社 2012 p314

雪（「暖かい……」）
　◇「決定版 三島由紀夫全集 37」新潮社 2004 p228

行きあたりばったりで跳べ
　◇「寺山修司著作集 4」クインテッセンス出版 2009 p229

『雪嵐』
　◇「小檜山博全集 8」柏艪舎 2006 p374

雪嵐
　◇「小檜山博全集 4」柏艪舎 2006 p7

雪嵐／湖畔の宿
◇「天城一傑作集 2」日本評論社 2005 p406
ユキウサギ
◇「決定版 三島由紀夫全集 37」新潮社 2004 p22
雪音
◇「小檜山博全集 2」柏艪舎 2006 p182
雪女
◇「山田風太郎ミステリー傑作選 8」光文社 2002（光文社文庫）p62
雪女のまき
◇「都筑道夫時代小説コレクション 4」戎光祥出版 2014（戎光祥時代小説名作館）p256
雪かき
◇「決定版 三島由紀夫全集 36」新潮社 2003 p464
行隠れ
◇「古井由吉自撰作品 1」河出書房新社 2012 p147
◇「古井由吉自撰作品 1」河出書房新社 2012 p149
『雪国』
◇「佐々木基一全集 1」河出書房新社 2013 p128
雪国の正月
◇「田中志津全作品集 下巻」武蔵野書院 2013 p190
雪国の小さな図書館で
◇「丸谷才一全集 9」文藝春秋 2013 p319
由起さんのこと
◇「小島信夫批評集成 2」水声社 2011 p665
由起しげ子よエゴイストになれ
◇「坂口安吾全集 9」筑摩書房 1998 p7
雪しまく峠
◇「山本周五郎長篇小説全集 4」新潮社 2013 p271
行きずり
◇「小松左京全集 完全版 21」城西国際大学出版会 2015 p8
ゆきずりの女
◇「狩久全集 2」皆進社 2013 p219
ゆきずりの巨人
◇「狩久全集 5」皆進社 2013 p7
雪（「ちぎられた……」）
◇「決定版 三島由紀夫全集 37」新潮社 2004 p466
諭吉の里から
◇「松下竜一未刊行著作集 2」海鳥社 2008 p47
雪と灌木
◇「決定版 三島由紀夫全集 37」新潮社 2004 p452
雪と嚔
◇「中井英夫全集 6」東京創元社 1996（創元ライブラリ）p592
雪どけ
◇「小松左京全集 完全版 25」城西国際大学出版会 2017 p373
雪解けと和解の時代（『現代日本文化論 2 家族と性』より）
◇「大庭みな子全集 18」日本経済新聞出版社 2010 p355

雪と泥
◇「〔山本周五郎〕新編傑作選 4」小学館 2010（小学館文庫）p163
ゆきどまり
◇「高橋克彦自選短編集 2」講談社 2009（講談社文庫）p7
雪とNicolas Poussinと
◇「辻邦生全集 19」新潮社 2005 p166
雪に消えた女
◇「大坪砂男全集 1」東京創元社 2013（創元推理文庫）p307
雪の後
◇「宮本百合子全集 5」新日本出版社 2001 p430
雪のイヴ
◇「石川淳コレクション 〔1〕」筑摩書房 2007（ちくま文庫）p176
雪の奥只見だより
◇「大庭みな子全集 12」日本経済新聞出版社 2010 p104
雪の音
◇「辻井喬コレクション 7」河出書房新社 2003 p318
雪の暮
◇「徳田秋聲全集 1」八木書店 1997 p21
雪の進軍―酒中日記
◇「阿川弘之全集 18」新潮社 2007 p459
雪の絶唱
◇「森村誠一ベストセレクション 雪の絶唱」光文社 2010（光文社文庫）p5
雪のない春
◇「徳田秋聲全集 22」八木書店 2001 p5
『雪の中の軍曹』『東欧怪談集』『死者のいる中世』
◇「須賀敦子全集 4」河出書房新社 2007（河出文庫）p438
雪のなかの真実―白鳥事件現地調査から
◇「松田解子自選集 8」澤田出版 2008 p272
雪の花
◇「吉村昭歴史小説集成 7」岩波書店 2009 p499
雪の日に
◇「石牟礼道子全集 11」藤原書店 2005 p500
雪の日の花おべべ
◇「石牟礼道子全集 16」藤原書店 2013 p548
雪の降りにも―木下レイ子さん
◇「石牟礼道子全集 9」藤原書店 2006 p520
雪のふるところ
◇「小松左京全集 完全版 24」城西国際大学出版会 2016 p454
雪の降るまで
◇「田辺聖子全集 5」集英社 2004 p495
雪の降る夜
◇「小島信夫短篇集成 2」水声社 2014 p439

ゆきの

雪の螢
　◇「森村誠一ベストセレクション 潮死水系」光文社 2011（光文社文庫）p91
雪の舞う夜のために——相思社十年
　◇「石牟礼道子全集 10」藤原書店 2006 p406
雪の前雪のあと
　◇「辻邦生全集 5」新潮社 2004 p34
雪の道
　◇「辻邦生全集 7」新潮社 2004 p226
雪の山小屋
　◇「定本 久生十蘭全集 2」国書刊行会 2009 p157
雪の夕ぐれ
　◇「丸谷才一全集 7」文藝春秋 2014 p91
雪の夜におもうこと
　◇「石牟礼道子全集 8」藤原書店 2005 p405
雪の夜の初対面、修善寺の散歩、其他
　◇「中戸川吉二作品集」勉誠出版 2013 p387
雪の夜の訪問者
　◇「狩久全集 4」皆進社 2013 p227
雪の渡り鳥 二幕六場
　◇「長谷川伸傑作選 瞼の母」国書刊行会 2008 p147
雪はね
　◇「小檜山博全集 4」柏艪舎 2006 p447
雪晴れ凧
　◇「都筑道夫時代小説コレクション 3」戎光祥出版 2014（戎光祥時代小説名作選）p6
雪（「吹雪……」）（「雪（冬）」改題）
　◇「決定版 三島由紀夫全集 29」新潮社 2004 p67
雪間
　◇「定本 久生十蘭全集 9」国書刊行会 2011 p647
雪虫
　◇「小檜山博全集 3」柏艪舎 2006 p7
雪むすめ
　◇「大佛次郎セレクション第1期 天狗騒動記」未知谷 2007 p283
雪やこんこん
　◇「井上ひさしコレクション ことばの巻」岩波書店 2005 p353
ユキ・M
　◇「須賀敦子全集 1」河出書房新社 2006（河出文庫）p417
行方不明の処女作
　◇「宮本百合子全集 12」新日本出版社 2001 p123
ゆく川の
　◇「大庭みな子全集 15」日本経済新聞出版社 2010 p65
逝く友、来る友、語る友
　◇「大庭みな子全集 15」日本経済新聞出版社 2010 p525
逝く夏に寄せて
　◇「辻邦生全集 16」新潮社 2005 p36

ゆく春
　◇「大庭みな子全集 13」日本経済新聞出版社 2010 p274
　◇「大庭みな子全集 15」日本経済新聞出版社 2010 p532
ゆく人なしに
　◇「辻井喬コレクション 5」河出書房新社 2003 p199
ゆく舟
　◇「大庭みな子全集 17」日本経済新聞出版社 2010 p129
行く可き処に行き着いたのです
　◇「宮本百合子全集 9」新日本出版社 2001 p101
逝く者
　◇「小寺菊子作品集 2」桂書房 2014 p62
行く者帰る者
　◇「松田解子自選集 4」澤田出版 2005 p177
湯気
　◇「立松和平全小説 17」勉誠出版 2012 p231
輸血
　◇「坂口安吾全集 12」筑摩書房 1999 p511
逝ける田岡嶺雲
　◇「徳田秋聲全集 19」八木書店 2000 p309
逝ける妻のことども
　◇「徳田秋聲全集 21」八木書店 2001 p54
逝ける長谷川天溪氏
　◇「徳田秋聲全集 23」八木書店 2001 p181
逝けるマクシム・ゴーリキイ
　◇「宮本百合子全集 12」新日本出版社 2001 p199
遊山
　◇「立松和平全小説 2」勉誠出版 2010 p384
ユージェーヌ・ヴァルモン 月賦はこわい
　◇「日影丈吉全集 別巻」国書刊行会 2005 p308
湯島点描
　◇「石牟礼道子全集 13」藤原書店 2007 p572
湯島のデイゴ
　◇「石牟礼道子全集 13」藤原書店 2007 p650
ユージン・スミス写真展
　◇「石牟礼道子全集 14」藤原書店 2008 p310
柚子の花
　◇「小沼丹全集 3」未知谷 2004 p301
ユース・ホステルの「小便大僧」たち——ハンブルグ、アムステルダム、ブラッセル
　◇「小田実全集 評論 1」講談社 2010 p223
強請（ゆすり）
　◇「池波正太郎短篇ベストコレクション 1」リブリオ出版 2008 p5
ゆずり葉
　◇「大庭みな子全集 15」日本経済新聞出版社 2010 p486
譲原昌子さんについて
　◇「宮本百合子全集 18」新日本出版社 2002 p341

譲度(ゆずりわたし) シャレコーベ
 ◇「山田風太郎エッセイ集成 わが推理小説零年」筑摩書房 2007 p115

輸送船にて
 ◇「田村泰次郎選集 2」日本図書センター 2005 p77

ゆたかさがもたらしたことを考える
 ◇「小田実全集 評論 23」講談社 2012 p267

ゆたかさ、さまざまな「中流」の形成
 ◇「小田実全集 評論 23」講談社 2012 p268

豊かさの感覚
 ◇「大庭みな子全集 8」日本経済新聞出版社 2009 p341

豊かさの果て
 ◇「小松左京全集 完全版 31」城西国際大学出版会 2008 p130

豊かさは創造の世界に築かれる
 ◇「大庭みな子全集 8」日本経済新聞出版社 2009 p341

豊かな秋の収穫を期待する―石川・椎名両氏の二作品
 ◇「安部公房全集 15」新潮社 1998 p351

豊かな農業国
 ◇「小松左京全集 完全版 43」城西国際大学出版会 2014 p406

豊かな森の神秘 アメリカ―オレゴン州
 ◇「大庭みな子全集 23」日本経済新聞出版社 2011 p453

ユダヤ系作家の進出
 ◇「小島信夫批評集成 2」水声社 2011 p597

〈ユダヤ人について〉〔対談〕(ジョン・ネーサン)
 ◇「安部公房全集 22」新潮社 1999 p188

ゆだん大敵
 ◇「〔山本周五郎〕新編傑作選 2」小学館 2010 (小学館文庫) p195

ユッカと蛾
 ◇「大庭みな子全集 8」日本経済新聞出版社 2009 p385

ゆでたまご
 ◇「向田邦子全集 新版 11」文藝春秋 2010 p36

ゆで卵
 ◇「辺見庸掌編小説集 黒笑」角川書店 2004 p238

ゆで卵とレッドスキン
 ◇「林京子全集 8」日本図書センター 2005 p220

ユートピア幻想の崩壊
 ◇「小松左京全集 完全版 40」城西国際大学出版会 2012 p349

ユートピア諸島航海記
 ◇「井上ひさし短編中編小説集成 11」岩波書店 2015 p285

ユートピア体制は反ユートピア社会をもたらす
 ◇「小松左京全集 完全版 40」城西国際大学出版会 2012 p344

ユートピアの形はクロワッサン？
 ◇「小松左京全集 完全版 40」城西国際大学出版会 2012 p331

ユートピアの終焉
 ◇「小松左京全集 完全版 40」城西国際大学出版会 2012 p323
 ◇「小松左京全集 完全版 40」城西国際大学出版会 2012 p330

ユートピアの真の終焉―「超ユートピア」を超えて
 ◇「小松左京全集 完全版 40」城西国際大学出版会 2012 p356

ユートピアの相対比とガリバー
 ◇「小松左京全集 完全版 40」城西国際大学出版会 2012 p339

ユートピア文学の終焉
 ◇「小松左京全集 完全版 40」城西国際大学出版会 2012 p354

ユートピア文学の歴史的意義
 ◇「小松左京全集 完全版 40」城西国際大学出版会 2012 p339

ユトリロの人物
 ◇「小島信夫批評集成 2」水声社 2011 p309

ユニコーン
 ◇「清水アリカ全集」河出書房新社 2011 p330

ユネスコ円卓会議用メモ
 ◇「安部公房全集 28」新潮社 2000 p315

湯ノ小屋
 ◇「山田風太郎エッセイ集成 風山房風呂焚き唄」筑摩書房 2008 p33

ゆのつるの記
 ◇「石牟礼道子全集 1」藤原書店 2004 p160

湯の町エレジー
 ◇「坂口安吾全集 8」筑摩書房 1998 p405

湯のみのはなやぎ
 ◇「石牟礼道子全集 10」藤原書店 2006 p403

指
 ◇「江戸川乱歩全集 22」光文社 2005 (光文社文庫) p639
 ◇「江戸川乱歩全集 3」沖積舎 2007 p183

指
 ◇「大庭みな子全集 17」日本経済新聞出版社 2010 p46

指
 ◇「宮城谷昌光全集 1」文藝春秋 2002 p524

指を流るる河(一四首)
 ◇「石牟礼道子全集 1」藤原書店 2004 p597

指がものいう
 ◇「日影丈吉全集 8」国書刊行会 2004 p151

指切り
 ◇「小酒井不木随筆評論選集 6」本の友社 2004 p337

ゆひき

ゆびきり地獄
◇「山田風太郎妖異小説コレクション 妖説忠臣蔵・女人国伝奇」徳間書店 2004（徳間文庫）p401

指先
◇「小田実全集 小説 32」講談社 2013 p201

指先に目玉を移植したスリの話
◇「安部公房全集 3」新潮社 1997 p341

指と水仙
◇「中井英夫全集 10」東京創元社 2002（創元ライブラリ）p91

指と誇りと
◇「決定版 三島由紀夫全集 37」新潮社 2004 p632

指のことば
◇「石牟礼道子全集 13」藤原書店 2007 p565

指の翼
◇「中井英夫全集 10」東京創元社 2002（創元ライブラリ）p161

指の話
◇「金井美恵子自選短篇集 恋人たち／降誕祭の夜」講談社 2015（講談社文芸文庫）p139

指環
◇「江戸川乱歩全集 1」光文社 2004（光文社文庫）p439

◇「江戸川乱歩全集 12」沖積舎 2008 p267

指環
◇「徳田秋聲全集 8」八木書店 2000 p131

指環
◇「アンドロギュノスの裔 渡辺温全集」東京創元社 2011（創元推理文庫）p264

指輪
◇「小沼丹全集 1」未知谷 2004 p359

ユープケッチャ
◇「安部公房全集 27」新潮社 2000 p11

由美子の手紙
◇「小檜山博全集 1」柏艪舎 2006 p20

弓なりの列島と桜前線—岡野弘彦
◇「丸谷才一全集 10」文藝春秋 2014 p427

弓のように—石川淳選集刊行によせて
◇「安部公房全集 26」新潮社 1999 p424

「弓張月」の劇化と演出
◇「決定版 三島由紀夫全集 35」新潮社 2003 p728

夢
◇「大庭みな子全集 13」日本経済新聞出版社 2010 p305

夢
◇「小島信夫短篇集成 8」水声社 2014 p431

夢
◇「佐々木基一全集 10」河出書房新社 2013 p583

夢
◇「三橋一夫ふしぎ小説集成 3」出版芸術社 2005 p32

ユー・メイ・ドリーム
◇「鈴木いづみコレクション 4」文遊社 1997 p211

◇「鈴木いづみプレミアム・コレクション」文遊社 2006 p137

◇「契約—鈴木いづみSF全集」文遊社 2014 p465

夢への扉
◇「中井英夫全集 6」東京創元社 1996（創元ライブラリ）p440

夢への飛翔
◇「中井英夫全集 12」東京創元社 2006（創元ライブラリ）p170

夢を買ひます
◇「丸谷才一全集 5」文藝春秋 2013 p33

夢を釣る
◇「大庭みな子全集 8」日本経済新聞出版社 2009 p415

◇「大庭みな子全集 8」日本経済新聞出版社 2009 p436

◇「大庭みな子全集 13」日本経済新聞出版社 2010 p262

夢を見る技術
◇「吉行淳之介エッセイ・コレクション 3」筑摩書房 2004（ちくま文庫）p258

夢かうつつか
◇「大庭みな子全集 8」日本経済新聞出版社 2009 p447

◇「大庭みな子全集 16」日本経済新聞出版社 2010 p90

◇「大庭みな子全集 20」日本経済新聞出版社 2010 p493

夢がしゃがんでいる
◇「稲垣足穂コレクション 1」筑摩書房 2005（ちくま文庫）p173

夢語り
◇「古井由吉自撰作品 1」河出書房新社 2012 p284

ゆめがゆめにあらずの巻
◇「小田実全集 小説 28」講談社 2012 p359

夢からの脱走
◇「小松左京全集 完全版 13」城西国際大学出版会 2008 p9

夢、草探し
◇「金石範作品集 2」平凡社 2005 p365

夢心地の警報は甘い音に聞こえる 雨夜の空襲警報 日本海へ機雷投下に行く敵機
◇「内田百閒集成 22」筑摩書房 2004（ちくま文庫）p220

夢小僧
◇「中井英夫全集 5」東京創元社 2002（創元ライブラリ）p44

夢路
◇「内田百閒集成 16」筑摩書房 2004（ちくま文庫）p181

夢路を辿る
◇「大坪砂男全集 3」東京創元社 2013（創元推理文庫）p63

夢（一九三四年一一月）
◇「佐々木基一全集 10」河出書房新社 2013 p581

ゆめの

夢 第18回新潮新人賞
　◇「大庭みな子全集 24」日本経済新聞出版社 2011 p57

夢 第104回（平成2年度下半期）芥川賞
　◇「大庭みな子全集 24」日本経済新聞出版社 2011 p73

夢と現実（うつつ）の掛け橋―女優岩下志麻の魔術について
　◇「辻邦生全集 19」新潮社 2005 p380

夢と影、一つの暮方
　◇「寺山修司著作集 4」クインテッセンス出版 2009 p90

夢と現実を結ぶ航路の再現―山野浩一著『X電車で行こう』
　◇「安部公房全集 29」新潮社 2000 p546

夢と現実のはざま―島尾敏雄
　◇「佐々木基一全集 5」河出書房新社 2013 p310

夢と人生
　◇「原民喜戦後全小説」講談社 2015（講談社文芸文庫）p212

夢と人生
　◇「決定版 三島由紀夫全集 33」新潮社 2003 p46

夢殿
　◇「田村泰次郎選集 1」日本図書センター 2005 p200

夢とぽとぽ
　◇「田辺聖子全集 5」集英社 2004 p305

夢と夢
　◇「安部公房全集 1」新潮社 1997 p164

［巻末書きおろしエッセイ］夢と夢の中の動物たち、ペットたち、そして、書かれた動物と夢
　◇「金井美恵子エッセイ・コレクション―1964–2013 2」平凡社 2013 p375

夢に匂へど
　◇「上野壮夫全集 2」図書新聞 2009 p316

夢に見たパリの現実
　◇「大庭みな子全集 2」日本経済新聞出版社 2009 p264

夢に見るのは
　◇「石牟礼道子全集 12」藤原書店 2005 p346

夢野
　◇「大庭みな子全集 10」日本経済新聞出版社 2010 p7

『夢の浮橋』
　◇「谷崎潤一郎全集 22」中央公論新社 2017 p209

夢の浮橋
　◇「谷崎潤一郎全集 22」中央公論新社 2017 p211

夢の浮橋〔草稿〕
　◇「谷崎潤一郎全集 22」中央公論新社 2017 p403

夢のエネルギーを求めて―化石燃料からの脱却はいつ？　「小松左京マガジン」編集長インタビュー第十四回（茅陽一）
　◇「小松左京全集 完全版 49」城西国際大学出版会 2017 p179

夢の思ひ出
　◇「徳田秋聲全集 21」八木書店 2001 p77

『夢の女』
　◇「小檜山博全集 8」柏艪舎 2006 p378

夢の女
　◇「小檜山博全集 4」柏艪舎 2006 p289

夢の菓子をたべて―わが愛の宝塚
　◇「田辺聖子全集 23」集英社 2006 p255

夢の壁
　◇「加藤幸子自選作品集 1」未知谷 2013 p7

『夢の通い路』
　◇「小檜山博全集 8」柏艪舎 2006 p384

夢の通い路
　◇「小檜山博全集 7」柏艪舎 2006 p79

夢の虐殺
　◇「森村誠一ベストセレクション 二重死肉」光文社 2011（光文社文庫）p57

夢野久作氏
　◇「江戸川乱歩全集 24」光文社 2005（光文社文庫）p631

『夢の禁漁区』に寄せて
　◇「大庭みな子全集 23」日本経済新聞出版社 2011 p173

夢野君を惜む
　◇「江戸川乱歩全集 25」光文社 2005（光文社文庫）p212

夢の現実
　◇「中井英夫全集 12」東京創元社 2006（創元ライブラリ）p193

夢の現実と非現実
　◇「大庭みな子全集 15」日本経済新聞出版社 2010 p152

夢の原料
　◇「決定版 三島由紀夫全集 31」新潮社 2003 p512

夢の構図―あとがきに代えて
　◇「定本 荒巻義雄メタSF全集 5」彩流社 2015 p283

夢の子供
　◇「加藤幸子自選作品集 4」未知谷 2013 p137

夢のさくら
　◇「石牟礼道子全集 10」藤原書店 2006 p471

夢の殺人
　◇「浜尾四郎全集 1」沖積舎 2004 p176

夢の自動車を求めてスーパー電気自動車は「エリーカ」　「小松左京マガジン」編集長インタビュー第十九回（吉田博一，清水浩）
　◇「小松左京全集 完全版 49」城西国際大学出版会 2017 p243

夢の小説
　◇「車谷長吉全集 3」新書館 2010 p764

夢の整備をおこたってはいけない
　◇「安部公房全集 9」新潮社 1998 p412

ゆめの

夢の総和
　◇「「野呂邦暢」随筆コレクション 2」みすず書房 2014 p468

夢の力
　◇「中上健次集 2」インスクリプト 2018 p501

夢の契り
　◇「丸谷才一全集 12」文藝春秋 2014 p429

ゆめの凋落
　◇「決定版 三島由紀夫全集 37」新潮社 2004 p631

夢のつづき
　◇「大庭みな子全集 14」日本経済新聞出版社 2010 p288

夢の逃亡
　◇「安部公房全集 2」新潮社 1997 p295

夢の中から
　◇「石牟礼道子全集 5」藤原書店 2004 p497
　◇「石牟礼道子全集 16」藤原書店 2013 p483

夢のなかの出雲の女
　◇「小島信夫批評集成 4」水声社 2010 p31

夢の中の草野心平
　◇「阿川弘之全集 18」新潮社 2007 p437

夢の中の夏
　◇「石牟礼道子全集 8」藤原書店 2005 p449

夢の中のノート
　◇「石牟礼道子全集 17」藤原書店 2012 p383

夢の中の犯罪
　◇「天城一傑作集 〔1〕」日本評論社 2004 p290

夢の中の「申し合わせ」
　◇「石牟礼道子全集 16」藤原書店 2013 p44

夢の中の文字
　◇「石牟礼道子全集 9」藤原書店 2006 p398

夢の謎
　◇「徳田秋聲全集 5」八木書店 1998 p238

夢野乃鹿
　◇「決定版 三島由紀夫全集 26」新潮社 2003 p402

夢の播種
　◇「日影丈吉全集 7」国書刊行会 2004 p9

夢のパトロール
　◇「中井英夫全集 2」東京創元社 1998（創元ライブラリ）p617

夢の話
　◇「小沼丹全集 4」未知谷 2004 p545

夢の光
　◇「石牟礼道子全集 11」藤原書店 2005 p226

夢の病気
　◇「立松和平全小説 18」勉誠社 2012 p158

夢の兵士
　◇「安部公房全集 7」新潮社 1998 p201

夢の水場
　◇「石牟礼道子全集 13」藤原書店 2007 p606

夢の向う
　◇「石牟礼道子全集 10」藤原書店 2006 p518

夢のように日は過ぎて
　◇「田辺聖子全集 11」集英社 2005 p277

夢ばか
　◇「日影丈吉全集 5」国書刊行会 2003 p499

夢びたり
　◇「日影丈吉全集 別巻」国書刊行会 2005 p676

夢びと・旅びと
　◇「中井英夫全集 12」東京創元社 2006（創元ライブラリ）p206

夢〔翻訳〕（ベルクソン, アンリ）
　◇「谷崎潤一郎全集 3」中央公論新社 2016 p445

夢枕
　◇「阿川弘之全集 1」新潮社 2005 p45

夢みるシャンソン人形
　◇「鈴木いづみコレクション 6」文遊社 1997 p273

夢見る平手造酒
　◇「金井美恵子エッセイ・コレクション―1964-2013 4」平凡社 2014 p378

夢見る目
　◇「〔野呂邦暢〕随筆コレクション 1」みすず書房 2014 p319

夢―息子のいたずら
　◇「松下竜一未刊行著作集 3」海鳥社 2009 p345

夢物語
　◇「佐々木基一全集 1」河出書房新社 2013 p510

夢物語
　◇「徳田秋聲全集 26」八木書店 2002 p332

夢破れて
　◇「小檜山博全集 7」柏艪舎 2006 p295

夢よりも深い覚醒
　◇「深沢夏衣作品集」新幹社 2015 p257

夢んごたる
　◇「石牟礼道子全集 7」藤原書店 2005 p348

ユーモアがある
　◇「徳田秋聲全集 19」八木書店 2000 p369

ユモレスク
　◇「定本 久生十蘭全集 別巻」国書刊行会 2013 p359

熊野（ゆや）
　◇「決定版 三島由紀夫全集 22」新潮社 2002 p367

「湯屋」と「風呂屋」の発生は別々だ
　◇「小松左京全集 完全版 34」城西国際大学出版会 2009 p279

「熊野」について（「「右衛門丈から……」」
　◇「決定版 三島由紀夫全集 28」新潮社 2003 p429

「熊野（ゆや）」について（「「熊野」は……」）
　◇「決定版 三島由紀夫全集 33」新潮社 2003 p470

熊野（ゆや）――一幕
　◇「決定版 三島由紀夫全集 23」新潮社 2002 p199

「ゆらぎ」と束縛―「日本人のへそ」
　◇「井上ひさしコレクション 人間の巻」岩波書店 2005 p54

ようか

ユラニストの倫理—「コリドン」の問題
　◇「決定版 三島由紀夫全集 27」新潮社 2003 p362
『ユリアと魔法の都』自註
　◇「辻邦生全集 18」新潮社 2005 p382
ユリアヌスの浴場跡
　◇「辻邦生全集 17」新潮社 2005 p302
揺り椅子
　◇「小沼丹全集 2」未知谷 2004 p69
ゆり籠
　◇「石牟礼道子全集 14」藤原書店 2008 p112
ユリシーズ賞選考記
　◇「〔池澤夏樹〕エッセー集成 2」みすず書房 2008 p119
由利徹のこと
　◇「色川武大・阿佐田哲也エッセイズ 3」筑摩書房 2003（ちくま文庫）p230
ゆりの木
　◇「大庭みな子全集 12」日本経済新聞出版社 2010 p313
ゆりのごとく花ひらけ—ベルナデッタ・スビルゥ
　◇「須賀敦子全集 8」河出書房新社 2007（河出文庫）p224
ユルスナールの靴
　◇「須賀敦子全集 3」河出書房新社 2007（河出文庫）p11
ユルスナールの小さな白い家
　◇「須賀敦子全集 3」河出書房新社 2007（河出文庫）p612
ユルペリ小母さん
　◇「石牟礼道子全集 14」藤原書店 2008 p39
ユルマズ・ギュネイ「群れ」「敵」「路」
　◇「佐々木基一全集 7」河出書房新社 2013 p324
ゆるやかな午後
　◇「金井美恵子自選短篇集 砂の粒／孤独な場所で」講談社 2014（講談社文芸文庫）p181
ゆるゆると
　◇「大庭みな子全集 15」日本経済新聞出版社 2010 p477
揺れる秤り
　◇「辻井喬コレクション 7」河出書房新社 2003 p468
ユンクとブラウン
　◇「〔野呂邦暢〕随筆コレクション 2」みすず書房 2014 p337

【よ】

夜明け
　◇「小檜山博全集 4」柏艪舎 2006 p149

夜明けの雷鳴—医師高松凌雲
　◇「吉村昭歴史小説集成 7」岩波書店 2009 p185
「夜明け前」読後の印象
　◇「徳田秋聲全集 22」八木書店 2001 p347
「夜明け前」と批評・その他
　◇「徳田秋聲全集 22」八木書店 2001 p329
「夜明け前」について
　◇「小林秀雄全作品 7」新潮社 2003 p120
　◇「小林秀雄全集 補巻 1」新潮社 2010 p370
「夜明け前」についての私信
　◇「宮本百合子全集 12」新日本出版社 2001 p320
夜明け前の散歩
　◇「山田風太郎エッセイ集成 秀吉はいつ知ったか」筑摩書房 2008 p44
夜明け前の庭
　◇「辻邦生全集 5」新潮社 2004 p496
夜嵐お絹と福沢諭吉
　◇「国枝史郎伝奇短篇小説集成 2」作品社 2006 p104
宵
　◇「宮本百合子全集 2」新日本出版社 2001 p40
よい気分 第111回（平成6年度上半期）芥川賞
　◇「大庭みな子全集 24」日本経済新聞出版社 2011 p78
酔いっぷりも見事だったBG〈第一例〉
　◇「野坂昭如エッセイ・コレクション 1」筑摩書房 2004（ちくま文庫）p208
酔いどれ草
　◇「立松和平全小説 16」勉誠出版 2012 p35
宵の散策
　◇「辺見庸掌編小説集 黒笑」角川書店 2004 p103
宵宮の変
　◇「赤江瀑短編傑作選 恐怖編」光文社 2007（光文社文庫）p335
酔［翻訳］（ボードレール）
　◇「谷崎潤一郎全集 7」中央公論新社 2016 p463
妖異記
　◇「宮城谷昌光全集 1」文藝春秋 2002 p247
「用意、どん」の旗
　◇「石牟礼道子全集 16」藤原書店 2013 p566
妖異むだ言
　◇「国枝史郎探偵小説全集」作品社 2005 p376
妖翳記
　◇「定本 久生十蘭全集 3」国書刊行会 2009 p30
妖怪紳士
　◇「都筑道夫少年小説コレクション 4」本の雑誌社 2005 p7
妖怪紳士《第2部》
　◇「都筑道夫少年小説コレクション 4」本の雑誌社 2005 p139
妖怪譚の解釈をめぐって
　◇「小松左京全集 完全版 31」城西国際大学出版会 2008 p250

ようか

妖怪とコミュニケーションを
　◇『小松左京全集 完全版 31』城西国際大学出版会 2008 p260

妖怪との対話―私の民話論
　◇『小松左京全集 完全版 31』城西国際大学出版会 2008 p250

妖怪博士
　◇『江戸川乱歩全集 12』光文社 2003（光文社文庫）p191

ようか月の晩
　◇『宮本百合子全集 9』新日本出版社 2001 p178

熔岩
　◇『林京子全集 6』日本図書センター 2005 p121

「陽気なクラウン・オフィス・ロウ」（庄野潤三）書評
　◇『小沼丹全集 4』未知谷 2004 p718

陽気な恋人
　◇『決定版 三島由紀夫全集 19』新潮社 2002 p131

陽気な不気味さ
　◇『大庭みな子全集 13』日本経済新聞出版社 2010 p412

陽気な妖女たち
　◇『20世紀断層―野坂昭如単行本未収録小説集成 4』幻戯書房 2010 p305

「陽気の所為で神も気違いになる」国民生活の崩壊目ざましき許り也
　◇『内田百閒集成 22』筑摩書房 2004（ちくま文庫）p147

要求書〔楯の会〕
　◇『決定版 三島由紀夫全集 36』新潮社 2003 p680

妖弓のまき
　◇『都筑道夫時代小説コレクション 4』戎光祥出版 2014（戎光祥時代小説名作館）p182

謡曲「鉢の木」と浄瑠璃「最明寺殿百人上﨟」
　◇『決定版 三島由紀夫全集 26』新潮社 2003 p374

養魚場
　◇『大庭みな子全集 4』日本経済新聞出版社 2009 p423

養鶏牧場の決闘
　◇『井上ひさし短編中編小説集成 3』岩波書店 2014 p279

杏子
　◇『古井由吉自撰作品 1』河出書房新社 2012 p5

洋行
　◇『丸谷才一全集 9』文藝春秋 2013 p58

「鎔鉱炉」（「溶鉱炉」改題）
　◇『決定版 三島由紀夫全集 37』新潮社 2004 p396

沃子誕生
　◇『渡辺淳一自選短篇コレクション 5』朝日新聞社 2006 p291

ようこちゃん
　◇『須賀敦子全集 1』河出書房新社 2006（河出文庫）p397

用語について
　◇『谷崎潤一郎全集 18』中央公論新社 2016 p74

陽子に寄する
　◇『小檜山博全集 1』柏艪舎 2006 p11

用語の持つ残虐性―行政の心理と水俣被害民の倫理
　◇『石牟礼道子全集 9』藤原書店 2006 p526

要塞
　◇『小松左京全集 完全版 43』城西国際大学出版会 2014 p373

幼児
　◇『徳田秋聲全集 15』八木書店 1999 p129

様式
　◇『丸谷才一全集 10』文藝春秋 2014 p131

様式化について
　◇『安部公房全集 8』新潮社 1998 p135

養子大作戦
　◇『小松左京全集 完全版 15』城西国際大学出版会 2010 p384

幼児と"見聞型探検"
　◇『小松左京全集 完全版 31』城西国際大学出版会 2008 p242

妖術
　◇『定本 久生十蘭全集 1』国書刊行会 2008 p559

養生訓
　◇『内田百閒集成 11』筑摩書房 2003（ちくま文庫）p54

幼少時
　◇『丸谷才一全集 9』文藝春秋 2013 p50

『幼少時代』
　◇『谷崎潤一郎全集 21』中央公論新社 2016 p189

幼少時代
　◇『谷崎潤一郎全集 21』中央公論新社 2016 p197

幼少時代の食べ物の思ひ出
　◇『谷崎潤一郎全集 23』中央公論新社 2017 p137

幼少時代メモ
　◇『谷崎潤一郎全集 25』中央公論新社 2016 p633

幼少の頃の読書の祝祭
　◇『辻邦生全集 18』新潮社 2005 p28

洋食の話
　◇『谷崎潤一郎全集 11』中央公論新社 2015 p477

妖人明石元二郎（あかしもとじろう）
　◇『山田風太郎エッセイ集成 秀吉はいつ知ったか』筑摩書房 2008 p229

妖人ゴング
　◇『江戸川乱歩全集 20』光文社 2004（光文社文庫）p69

用心棒の歌
　◇『決定版 三島由紀夫全集 37』新潮社 2004 p779

羊水
　◇『寺山修司著作集 4』クインテッセンス出版 2009 p7

用水桶の厚氷 空襲警報の手加減
　◇「内田百閒集成 22」筑摩書房 2004（ちくま文庫）p30
羊水のなか
　◇「林京子全集 7」日本図書センター 2005 p177
「揚子江」
　◇「宮本百合子全集 20」新日本出版社 2002 p662
『揚子江艦隊』
　◇「佐々木基一全集 1」河出書房新社 2013 p90
妖星人R
　◇「江戸川乱歩全集 23」光文社 2005（光文社文庫）p195
夭逝の友
　◇「佐々木基一全集 10」河出書房新社 2013 p755
妖説孔雀の樹
　◇「横溝正史時代小説コレクション伝奇篇 2」出版芸術社 2003 p327
妖説忠臣蔵
　◇「山田風太郎妖異小説コレクション 妖説忠臣蔵・女人国伝奇」徳間書店 2004（徳間文庫）p5
「夭折」について
　◇「上野壮夫全集 3」図書新聞 2011 p532
夭折の意味
　◇「小林秀雄全作品 5」新潮社 2003 p100
　◇「小林秀雄全集 補巻 1」新潮社 2010 p256
夭折の才能・森本薫
　◇「小松左京全集 完全版 42」城西国際大学出版会 2014 p178
夭折の資格に生きた男—ジェームス・ディーン現象
　◇「決定版 三島由紀夫全集 29」新潮社 2003 p312
妖説横浜図絵
　◇「都筑道夫時代小説コレクション 4」戎光祥出版 2014（戎光祥時代小説名作館）p97
洋船建造
　◇「吉村昭歴史小説集成 4」岩波書店 2009 p471
妖僧
　◇「山田風太郎妖異小説コレクション 地獄太夫」徳間書店 2003（徳間文庫）p115
「洋装か和装か」への回答
　◇「宮本百合子全集 9」新日本出版社 2001 p266
幼稚なおとな
　◇「小檜山博全集 8」柏艪舎 2006 p151
妖虫
　◇「江戸川乱歩全集 8」光文社 2004（光文社文庫）p479
　◇「江戸川乱歩全集 9」沖積舎 2008 p135
妖蟲
　◇「江戸川乱歩全集 24」光文社 2005（光文社文庫）p659
要注意兵
　◇「隆慶一郎全集 19」新潮社 2010 p417

羊腸人類
　◇「安部公房全集 16」新潮社 1998 p401
妖塔記
　◇「鮎川哲也コレクション 消えた奇術師」光文社 2007（光文社文庫）p247
幼年記
　◇「立松和平全小説 6」勉誠出版 2010 p2
幼年期の自画像
　◇「辻邦生全集 16」新潮社 2005 p13
幼年時
　◇「決定版 三島由紀夫全集 15」新潮社 2002 p427
幼年時代
　◇「辻邦生全集 16」新潮社 2005 p18
幼年時代
　◇「寺山修司著作集 1」クインテッセンス出版 2009 p11
幼年の記憶
　◇「谷崎潤一郎全集 25」中央公論新社 2016 p212
幼年より少年へ
　◇「谷崎潤一郎全集 21」中央公論新社 2016 p324
楊梅洞物語
　◇「大庭みな子全集 9」日本経済新聞出版社 2010 p167
楊梅の洞
　◇「大庭みな子全集 13」日本経済新聞出版社 2010 p260
妖婆の鍋
　◇「小酒井不木随筆評論選集 6」本の友社 2004 p132
妖婦アリス芸談
　◇「定本 久生十蘭全集 7」国書刊行会 2010 p560
洋服
　◇「定本 久生十蘭全集 10」国書刊行会 2011 p277
洋服オンチ
　◇「決定版 三島由紀夫全集 28」新潮社 2003 p51
洋服と和服
　◇「宮本百合子全集 9」新日本出版社 2001 p411
妖物
　◇「山田風太郎ミステリー傑作選 10」光文社 2002（光文社文庫）p555
妖夢談
　◇「都筑道夫恐怖短篇集成 2」筑摩書房 2004（ちくま文庫）p378
要務飛行
　◇「定本 久生十蘭全集 5」国書刊行会 2009 p282
瓔珞
　◇「石牟礼道子全集 1」藤原書店 2004 p465
妖霊星
　◇「中上健次集 2」インスクリプト 2018 p90
妖霊星
　◇「横溝正史時代小説コレクション伝奇篇 2」出版芸術社 2003 p33

ようろ

養老
◇「小島信夫短篇集成 8」水声社 2014 p457

養老年金
◇「小松左京全集 完全版 25」城西国際大学出版会 2017 p455

世を忍ぶかりの姿
◇「田村孟全小説集」航思社 2012 p205

ヨオロッパの旅
◇「小檜山博全集 8」柏艪舎 2006 p343

ヨガ
◇「大庭みな子全集 12」日本経済新聞出版社 2010 p215

余が愛読の紀行
◇「徳田秋聲全集 23」八木書店 2001 p288

予科時代
◇「内田百閒集成 6」筑摩書房 2003（ちくま文庫）p141

予が出世作を出すまでの苦心
◇「徳田秋聲全集 19」八木書店 2000 p374

余が上京当時
◇「徳田秋聲全集 19」八木書店 2000 p122

余暇善用―楽しみとしての精神主義
◇「決定版 三島由紀夫全集 31」新潮社 2003 p238

よかった、会えて
◇「田辺聖子全集 5」集英社 2004 p332

「余暇」と「休暇」
◇「小松左京全集 完全版 29」城西国際大学出版会 2007 p343

「余暇」と「労働」のリズム
◇「小松左京全集 完全版 35」城西国際大学出版会 2009 p391

ヨカナーンの夜
◇「中井英夫全集 3」東京創元社 1996（創元ライブラリ）p214

余暇の「型」に東西の差はあるか
◇「小松左京全集 完全版 35」城西国際大学出版会 2009 p386

予が半生の文壇生活
◇「徳田秋聲全集 19」八木書店 2000 p269

予が本年発表せる創作に就いて―三十九作家の感想
◇「徳田秋聲全集 23」八木書店 2001 p287

予が本年発表せる創作に就いて―四十四作家の感想
◇「徳田秋聲全集 23」八木書店 2001 p289

「よか夢の来ますように」―あとがきにかえて
◇「石牟礼道子全集 5」藤原書店 2006 p592

予感
◇「安部公房全集 22」新潮社 1999 p101

予感―あつい熱をこめて
◇「松下竜一未刊行著作集 3」海鳥社 2009 p389

余技時代〔大正十二・三年度〕
◇「江戸川乱歩全集 28」光文社 2006（光文社文庫）p67

よき時代の人
◇「日影丈吉全集 別巻」国書刊行会 2005 p652

夜汽車
◇「内田百閒集成 2」筑摩書房 2002（ちくま文庫）p94

夜汽車
◇「小沼丹全集 4」未知谷 2004 p171

夜汽車
◇「小寺菊子作品集 1」桂書房 2014 p213

夜汽車
◇「徳田秋聲全集 5」八木書店 1998 p6

余技としての小説
◇「徳田秋聲全集 20」八木書店 2001 p296

善きひとと蟻のはなし［翻訳］（サアディ）
◇「須賀敦子全集 7」河出書房新社 2007（河出文庫）p111

余興
◇「〔森〕鷗外近代小説集 6」岩波書店 2012 p323

浴室
◇「阿川弘之全集 4」新潮社 2005 p543

浴室の秘密
◇「小酒井不木随筆評論選集 4」本の友社 2004 p256

浴泉記
◇「徳田秋聲全集 18」八木書店 2000 p244

浴槽
◇「大坪砂男全集 1」東京創元社 2013（創元推理文庫）p351

浴槽の花嫁殺人事件
◇「井上ひさし短編中編小説集成 9」岩波書店 2015 p194

慾の深い犯罪者
◇「小酒井不木随筆評論選集 4」本の友社 2004 p129

「欲望」と「他者」
◇「小田実全集 評論 16」講談社 2012 p112

欲望について―プレヴォとラクロ
◇「坂口安吾全集 4」筑摩書房 1998 p139

欲望の充足について―幸福の心理学
◇「決定版 三島由紀夫全集 28」新潮社 2003 p431

余計爺
◇「20世紀断層―野坂昭如単行本未収録小説集成 補巻」幻戯書房 2010 p596

余計なサービス
◇「林京子全集 7」日本図書センター 2005 p390

予言
◇「小酒井不木随筆評論選集 8」本の友社 2004 p44

予言
◇「定本 久生十蘭全集 6」国書刊行会 2010 p344

"予言機械"の中の未来
◇「安部公房全集 9」新潮社 1998 p399

予言狂時代
　◇「坂口安吾全集 13」筑摩書房 1999 p384
予言者
　◇「石上玄一郎小説作品集成 1」未知谷 2008 p477
予行
　◇「内田百閒集成 16」筑摩書房 2004（ちくま文庫）p31
横尾忠則氏の裸
　◇「決定版 三島由紀夫全集 34」新潮社 2003 p680
横顔
　◇「中井英夫全集 10」東京創元社 2002（創元ライブラリ）p146
横顔と月光
　◇「中井英夫全集 7」東京創元社 1998（創元ライブラリ）p550
横顔に満ちた人―椎名麟三
　◇「安部公房全集 2」新潮社 1997 p130
予告殺人事件
　◇「坂口安吾全集 3」筑摩書房 1999 p505
予告と申訳
　◇「谷崎潤一郎全集 11」中央公論新社 2015 p482
横小路
　◇「決定版 三島由紀夫全集 37」新潮社 2004 p401
横しぐれ
　◇「丸谷才一全集 3」文藝春秋 2014 p545
横好きの弁
　◇「小沼丹全集 4」未知谷 2004 p563
横田へ
　◇「松田解子自選集 7」澤田出版 2008 p245
横田基地のバンプダンプ
　◇「田中小実昌エッセイ・コレクション 6」筑摩書房 2003（ちくま文庫）p295
創元推理文庫版あとがき 横丁と路地の風景
　◇「高城高全集 2」東京創元社 2008（創元推理文庫）p452
横町の葬式
　◇「内田百閒集成 19」筑摩書房 2004（ちくま文庫）p59
横寺日記
　◇「稲垣足穂コレクション 8」筑摩書房 2005（ちくま文庫）p270
夜毎十二時
　◇「山本周五郎長篇小説全集 23」新潮社 2014 p162
横のつながりのない日本海岸文化圏
　◇「小松左京全集 完全版 29」城西国際大学出版会 2007 p155
横笛
　◇「山本周五郎長篇小説全集 4」新潮社 2013 p241
横光さんのこと
　◇「小林秀雄全作品 15」新潮社 2003 p197
　◇「小林秀雄全集 補巻 2」新潮社 2010 p308
横光文學の問題性
　◇「小林秀雄全集 補巻 2」新潮社 2010 p555

横光利一
　◇「小林秀雄全作品 2」新潮社 2002 p152
　◇「小林秀雄全集 補巻 1」新潮社 2010 p110
横光利一
　◇「福田恆存評論集 13」麗澤大學出版會、廣池學園事業部〔発売〕2009 p83
横光利一「勇ましさ」について
　◇「小島信夫批評集成 2」水声社 2011 p668
横光利一「覚書」
　◇「小林秀雄全作品 6」新潮社 2003 p198
　◇「小林秀雄全集 補巻 1」新潮社 2010 p320
横光利一―「書方草紙」を読む
　◇「小林秀雄全作品 3」新潮社 2002 p190
　◇「小林秀雄全集 補巻 1」新潮社 2010 p168
横光利一からの光
　◇「辻邦生全集 18」新潮社 2005 p289
横光利一 困る小説
　◇「小島信夫批評集成 1」水声社 2011 p125
横光利一氏の一面
　◇「田村泰次郎選集 5」日本図書センター 2005 p85
横光利一と川端康成
　◇「決定版 三島由紀夫全集 28」新潮社 2003 p416
横山操
　◇「小島信夫批評集成 2」水声社 2011 p253
汚れた月
　◇「小松左京全集 完全版 14」城西国際大学出版会 2009 p225
汚れた土地にて
　◇「小島信夫短篇集成 3」水声社 2014 p489
よごれた虹
　◇「松本清張初文庫化作品集 2」双葉社 2005（双葉文庫）p189
夜ざくら大名
　◇「山田風太郎妖異小説コレクション 妖説忠臣蔵・女人国伝奇」徳間書店 2004（徳間文庫）p520
与謝野さんと文芸院
　◇「宮本百合子全集 13」新日本出版社 2001 p448
夜寒
　◇「宮本百合子全集 33」新日本出版社 2004 p401
夜雨
　◇「小檜山博全集 2」柏艪舎 2006 p440
吉井勇翁枕花
　◇「谷崎潤一郎全集 23」中央公論新社 2017 p109
吉井勇君に
　◇「谷崎潤一郎全集 21」中央公論新社 2016 p447
吉井勇全集序
　◇「谷崎潤一郎全集 24」中央公論新社 2016 p534
義家の墓ここにあり
　◇「小松左京全集 完全版 42」城西国際大学出版会 2014 p15
吉岡実とあう一人・語・物
　◇「金井美恵子エッセイ・コレクション―1964-2013 3」平凡社 2013 p74

よしお

『吉岡康弘作品集』
　◇「安部公房全集 29」新潮社 2000 p540

吉川英治君のこと
　◇「谷崎潤一郎全集 24」中央公論新社 2016 p523

吉川英治さん
　◇「小林秀雄全作品 24」新潮社 2004 p182
　◇「小林秀雄全集 補巻 3」新潮社 2010 p257

吉川良「自分の戦場」
　◇〔野呂邦暢〕随筆コレクション 2」みすず書房 2014 p433

四時ína
　◇「野呂邦暢小説集成 2」文遊社 2013 p325

四次元オコ
　◇「小松左京全集 完全版 26」城西国際大学出版会 2017 p24

四次元トイレ
　◇「小松左京全集 完全版 25」城西国際大学出版会 2017 p163

四次元ラッキョウ
　◇「小松左京全集 完全版 25」城西国際大学出版会 2017 p283

可子夫人のうた
　◇「石牟礼道子全集 1」藤原書店 2004 p41

よし、すべて……
　◇「松田解子自選集 9」澤田出版 2009 p143

吉田健一「英國の文學」
　◇「福田恆存評論集 別巻」麗澤大学出版會,廣池學園事業部〔発売〕 2011 p124

吉田健一「シェイクスピア」
　◇「福田恆存評論集 別巻」麗澤大学出版會,廣池學園事業部〔発売〕 2011 p128

吉田健一と文学の喜び
　◇「辻邦生全集 16」新潮社 2005 p373

吉田健一の世紀末
　◇「辻邦生全集 16」新潮社 2005 p181

吉田健一『私の食物誌』
　◇「金井美恵子エッセイ・コレクション—1964-2013 3」平凡社 2013 p108

吉田さんとの別れ
　◇「辻邦生全集 16」新潮社 2005 p185

吉田茂
　◇「小林秀雄全作品 21」新潮社 2004 p193
　◇「小林秀雄全集 補巻 3」新潮社 2010 p62

吉田松陰の素質と認識（橋川文三）
　◇「司馬遼太郎対話選集 3」文藝春秋 2006（文春文庫） p267

吉田佐『中の島ブルス』
　◇「小檜山博全集 6」柏艪舎 2006 p375

吉田秀和さんを悼んで
　◇「丸谷才一全集 10」文藝春秋 2014 p234

吉田満の「戦艦大和の最期」
　◇「小林秀雄全作品 17」新潮社 2004 p92
　◇「小林秀雄全集 補巻 2」新潮社 2010 p377

芳年写生帖
　◇「野村胡堂伝奇幻想小説集成」作品社 2009 p313

義仲をめぐる三人の女
　◇「小島信夫批評集成 2」水声社 2011 p350

よしなし言
　◇「徳田秋聲全集 20」八木書店 2001 p328

吉野
　◇「中上健次集 9」インスクリプト 2013 p51
　◇「中上健次集 9」インスクリプト 2013 p201
　◇「中上健次集 9」インスクリプト 2013 p316

吉野葛
　◇「谷崎潤一郎全集 15」中央公論新社 2016 p411

葭の渚―石牟礼道子自伝
　◇「石牟礼道子全集 別巻」藤原書店 2014 p7

吉野悲傷
　◇「隆慶一郎全集 18」新潮社 2010 p403

吉野秀雄「やわらかな心」
　◇「小林秀雄全作品 26」新潮社 2004 p22
　◇「小林秀雄全集 補巻 3」新潮社 2010 p345

四時の変化と関りのない書斎
　◇「宮本百合子全集 9」新日本出版社 2001 p252

吉野山はいづくぞ
　◇「丸谷才一全集 7」文藝春秋 2014 p532

吉本隆明＊性の幻想〔対談〕
　◇「大庭みな子全集 21」日本経済新聞出版社 2011 p101

吉本の戦地慰問団、その名も「わらわし隊」
　◇「小松左京全集 完全版 42」城西国際大学出版会 2014 p182

吉屋信子「女の友情」
　◇「小林秀雄全作品 7」新潮社 2003 p271
　◇「小林秀雄全集 補巻 1」新潮社 2010 p406

よしや無頼
　◇「中上健次集 9」インスクリプト 2013 p128

吉行さんの靴と平さんの靴
　◇「田中小実昌エッセイ・コレクション 1」筑摩書房 2002（ちくま文庫） p222

吉行淳之介あて書簡
　◇「阿川弘之全集 19」新潮社 2007 p43

吉行淳之介〔対談〕
　◇「向田邦子全集 新版 別巻 1」文藝春秋 2010 p98

吉行淳之介の死
　◇「遠藤周作エッセイ選集 1」光文社 2006（知恵の森文庫） p223

よじょう
　◇「山本周五郎中短篇秀作選集 5」小学館 2006 p133

四畳半裁判の被告席
　◇「野坂昭如エッセイ・コレクション 3」筑摩書房 2004（ちくま文庫） p78

四畳半昭和裏張
　◇「20世紀断層―野坂昭如単行本未収録小説集成 補巻」幻戯書房 2010 p677

「四畳半」戦記
　◇「野坂昭如エッセイ・コレクション 3」筑摩書房 2004（ちくま文庫）p63
四畳半のスラバヤ殿下
　◇「遠藤周作エッセイ選集 3」光文社 2006（知恵の森文庫）p116
四畳半襖の下張裁判—弁論要旨
　◇「丸谷才一全集 10」文藝春秋 2014 p59
四畳半襖の下張「裁判」法廷私記
　◇「吉行淳之介エッセイ・コレクション 2」筑摩書房 2004（ちくま文庫）p302
「四畳半襖の下張」ほまれの有罪
　◇「野坂昭如エッセイ・コレクション 3」筑摩書房 2004（ちくま文庫）p129
「四畳半襖の下張」は猥褻にあらず
　◇「野坂昭如エッセイ・コレクション 3」筑摩書房 2004（ちくま文庫）p64
余情文学問はず語り〔対談〕武田勝彦
　◇「大庭みな子全集 22」日本経済新聞出版社 2011 p381
吉原御免状
　◇「隆慶一郎全集 1」新潮社 2009 p7
余震の一夜
　◇「徳田秋聲全集 14」八木書店 2000 p262
世捨てという思想
　◇「車谷長吉全集 3」新書館 2010 p546
世捨人
　◇「車谷長吉全集 3」新書館 2010 p477
　◇「車谷長吉全集 3」新書館 2010 p688
世捨人たちの蟹獲りの話
　◇「大庭みな子全集 2」日本経済新聞出版社 2009 p200
世捨人の文学
　◇「車谷長吉全集 3」新書館 2010 p737
ヨーセイ
　◇「松下竜一未刊行著作集 1」海鳥社 2008 p127
予選通過作品選評
　◇「宮本百合子全集 18」新日本出版社 2002 p37
予測不能社会
　◇「小松左京全集 完全版 35」城西国際大学出版会 2009 p353
他人（よそびと）の夢—1944年夏
　◇「中井英夫全集 5」東京創元社 2002（創元ライブラリ）p587
ヨタ・セクシュアリス
　◇「小松左京全集 完全版 18」城西国際大学出版会 2013 p145
ヨダという犬
　◇「石牟礼道子全集 17」藤原書店 2012 p461
予知の悲しみ
　◇「小松左京全集 完全版 21」城西国際大学出版会 2015 p245

予兆
　◇「小島信夫短篇集成 7」水声社 2015 p311
四日のあやめ
　◇「山本周五郎中短篇秀作選集 4」小学館 2006 p235
夜告げ鳥—憧憬との訣別と輪廻への愛について
　◇「決定版 三島由紀夫全集 37」新潮社 2004 p753
四つ子都市
　◇「小松左京全集 完全版 43」城西国際大学出版会 2014 p394
四つの写真
　◇「江戸川乱歩全集 24」光文社 2005（光文社文庫）p590
四つの処女作
　◇「決定版 三島由紀夫全集 27」新潮社 2003 p122
酔って候
　◇「司馬遼太郎短篇全集 9」文藝春秋 2005 p635
四ツ矢怪談
　◇「小松左京全集 完全版 13」城西国際大学出版会 2008 p71
四谷左門町
　◇「内田百閒集成 17」筑摩書房 2004（ちくま文庫）p169
四谷時代の北杜夫
　◇「辻邦生全集 16」新潮社 2005 p211
予定時間
　◇「林京子全集 2」日本図書センター 2005 p291
淀川文化時代のはじまり
　◇「小松左京全集 完全版 42」城西国際大学出版会 2014 p54
淀殿・その子—豊臣家の人々 第九話
　◇「司馬遼太郎短篇全集 11」文藝春秋 2006 p187
淀橋太郎宛〔書簡〕
　◇「坂口安吾全集 16」筑摩書房 2000 p230
淀は巨大な物流センター
　◇「小松左京全集 完全版 42」城西国際大学出版会 2014 p59
米内さんの書
　◇「阿川弘之全集 19」新潮社 2007 p259
米内提督の墨跡
　◇「阿川弘之全集 19」新潮社 2007 p411
米内光政
　◇「阿川弘之全集 12」新潮社 2006 p7
世直しの倫理と論理
　◇「小田実全集 評論 7」講談社 2010 p13
夜なかに、叫ぶこと
　◇「遠藤周作エッセイ選集 3」光文社 2006（知恵の森文庫）p64
夜中の薔薇
　◇「向田邦子全集 新版 9」文藝春秋 2009 p11
　◇「向田邦子全集 新版 9」文藝春秋 2009 p19

よなか

夜長姫と耳男
　◇「坂口安吾全集 12」筑摩書房 1999 p421

与那国島の笛の音色だけが
　◇「石牟礼道子全集 10」藤原書店 2006 p438

与那国にいく日
　◇「立松和平全小説 27」勉誠出版 2014 p171

与那国のうた―お婆さんの「旅の世」
　◇「石牟礼道子全集 6」藤原書店 2006 p391

予にして若し婦人たらば如何なる職業の良人を選択すべきか
　◇「徳田秋聲全集 23」八木書店 2001 p255

世に出るまで
　◇「坂口安吾全集 15」筑摩書房 1999 p257

四人家族
　◇「向田邦子全集 新版 2」文藝春秋 2009 p178

四人囃し
　◇「山本周五郎中短篇秀作選集 5」小学館 2006 p163

四人目の香妃
　◇「陳舜臣推理小説ベストセレクション 玉嶺よふたたび」集英社 2009（集英社文庫）p351

米川正夫氏の訳業
　◇「小林秀雄全作品 19」新潮社 2004 p57
　◇「小林秀雄全集 補巻 2」新潮社 2010 p483

米沢順子『毒花』序文
　◇「徳田秋聲全集 別巻」八木書店 2006 p113

米原万里さんを悼む
　◇「〔池澤夏樹〕エッセー集成 1」みすず書房 2008 p85

「四年経つと此処に生れる花園の街！」
　◇「安部公房全集 7」新潮社 1998 p94

予の一生を支配する程の大いなる影響を与へし人・事件及び思想
　◇「徳田秋聲全集 23」八木書店 2001 p296

世の桶
　◇「松田解子自選集 5」澤田出版 2007 p245

世の「地獄」に思いあたる
　◇「石牟礼道子全集 12」藤原書店 2005 p466

世の中を斜めに見る
　◇「野坂昭如エッセイ・コレクション 1」筑摩書房 2004（ちくま文庫）p83

「世の中」、そして、「世直し」
　◇「小田実全集 評論 7」講談社 2010 p182

世のなかのことは……
　◇「小田実全集 小説 32」講談社 2013 p216

世の中、右も左も、オカマだらけじゃござんせんか
　◇「鈴木いづみコレクション 6」文遊社 1997 p34

予の二十歳頃
　◇「徳田秋聲全集 23」八木書店 2001 p283

世の非難に応へる
　◇「徳田秋聲全集 21」八木書店 2001 p176

余の文章が始めて活字となりし時
　◇「徳田秋聲全集 23」八木書店 2001 p286

よのみ鳥
　◇「大庭みな子全集 4」日本経済新聞出版社 2009 p9

余白を語る
　◇「安部公房全集 28」新潮社 2000 p487

「余白の春」その後
　◇「瀬戸内寂聴随筆選 2」ゆまに書房 2009 p224

余白の人「私の憲法論」
　◇「中井英夫全集 6」東京創元社 1996（創元ライブラリ）p104

余白の魅力 森繁久彌
　◇「向田邦子全集 新版 6」文藝春秋 2009 p181

ヨハネ二十三世現教皇回勅「プリンチェプス・パストルム」より［翻訳］
　◇「須賀敦子全集 7」河出書房新社 2007（河出文庫）p263

ヨハンの大きな時計
　◇「日影丈吉全集 別巻」国書刊行会 2005 p827

よびかける石
　◇「小松左京全集 完全版 25」城西国際大学出版会 2017 p117

予備校へ通う
　◇「小檜山博全集 6」柏艪舎 2006 p195

予備仕官
　◇「内田百閒集成 17」筑摩書房 2004（ちくま文庫）p84

呼出し
　◇「徳田秋聲全集 9」八木書店 1998 p401

呼び名
　◇「中井英夫全集 3」東京創元社 1996（創元ライブラリ）p350

呼び屋の先輩
　◇「小島信夫長篇集成 2」水声社 2015 p472

ヨブ記より
　◇「須賀敦子全集 7」河出書房新社 2007（河出文庫）p214

夜ふけの公園
　◇「都筑道夫恐怖短篇集成 1」筑摩書房 2004（ちくま文庫）p50

呼子 旧遊廓・星屑の夜
　◇「田中小実昌エッセイ・コレクション 2」筑摩書房 2002（ちくま文庫）p150

呼ぶと逃げる犬
　◇「狩久全集 2」皆進社 2013 p331

余分な思い
　◇「林京子全集 7」日本図書センター 2005 p54

与兵衛沼心中
　◇「井上ひさし短編中編小説集成 6」岩波書店 2015 p337

豫防といふこと
　◇「小酒井不木随筆評論選集 8」本の友社 2004

p203
詠まれた猫
　◇「金井美恵子エッセイ・コレクション—1964–2013 2」平凡社 2013 p320
読売文学賞
　◇「丸谷才一全集 12」文藝春秋 2014 p331
読み落した古典作品
　◇「宮本百合子全集 15」新日本出版社 2001 p328
よみがえらない世界のこと
　◇「石牟礼道子全集 4」藤原書店 2004 p519
よみがえる
　◇「小島信夫短篇集成 1」水声社 2014 p87
蘇るオルフェウス
　◇「中井英夫全集 3」東京創元社 1996（創元ライブラリ）p10
甦える死骸
　◇「山本周五郎探偵小説全集 3」作品社 2007 p158
蘇るもの
　◇「大庭みな子全集 18」日本経済新聞出版社 2010 p251
甦るもの、薄れゆくもの
　◇「大庭みな子全集 12」日本経済新聞出版社 2010 p251
読み書き
　◇「小檜山博全集 8」柏艪舎 2006 p255
読み、書き、そして考える
　◇「井上ひさしコレクション 日本の巻」岩波書店 2005 p42
黄泉から
　◇「定本 久生十蘭全集 6」国書刊行会 2010 p49
夜道
　◇「内田百閒集成 16」筑摩書房 2004（ちくま文庫）p151
夜道
　◇「都筑道夫恐怖短篇集成 2」筑摩書房 2004（ちくま文庫）p211
「読み飛ばす」という技術
　◇「金井美恵子エッセイ・コレクション—1964–2013 1」平凡社 2013 p348
夜見浜白兎幻想
　◇「小松左京全集 完全版 27」城西国際大学出版会 2007 p327
読本の潜水艦
　◇「内田百閒集成 6」筑摩書房 2003（ちくま文庫）p218
読物としての確かさ〔読売新聞小説賞選評〕
　◇「坂口安吾全集 11」筑摩書房 1998 p72
読む
　◇「色川武大・阿佐田哲也エッセイズ 3」筑摩書房 2003（ちくま文庫）p291
予夢
　◇「小松左京全集 完全版 25」城西国際大学出版会 2017 p17

読むがまゝに
　◇「徳田秋聲全集 21」八木書店 2001 p155
読むこと
　◇「瀬戸内寂聴随筆選 1」ゆまに書房 2009 p23
読むことすら嫌ひ
　◇「谷崎潤一郎全集 9」中央公論新社 2017 p493
読むことと書くこと—文学の基本
　◇「車谷長吉全集 3」新書館 2010 p231
読む楽しみ語る楽しみ
　◇「小松左京全集 完全版 41」城西国際大学出版会 2013 p9
読むということ
　◇「小檜山博全集 8」柏艪舎 2006 p206
娶
　◇「徳田秋聲全集 8」八木書店 2000 p89
余命と無常感—八月十五日に思ふこと
　◇「阿川弘之全集 16」新潮社 2006 p294
嫁入り
　◇「古井由吉自撰作品 1」河出書房新社 2012 p180
嫁入前の現代女性に是非読んで貰いたい書籍
　◇「宮本百合子全集 9」新日本出版社 2001 p241
嫁さんに来てもらえるように
　◇「小檜山博全集 7」柏艪舎 2006 p39
蓬生
　◇「谷崎潤一郎全集 20」中央公論新社 2015 p590
よもつひらさか
　◇「石牟礼道子全集 15」藤原書店 2012 p224
よもつひらさか
　◇「小島信夫短篇集成 6」水声社 2015 p183
四方に雨を見るやうに
　◇「古井由吉自撰作品 6」河出書房新社 2012 p247
よもの眺め
　◇「宮本百合子全集 16」新日本出版社 2002 p25
余裕について
　◇「宮城谷昌光全集 21」文藝春秋 2004 p158
ヨーヨーをもった少年
　◇「田中小実昌エッセイ・コレクション 2」筑摩書房 2002（ちくま文庫）p18
世々に残さん
　◇「決定版 三島由紀夫全集 16」新潮社 2002 p9
「世々に残さん」異稿
　◇「決定版 三島由紀夫全集 補巻」新潮社 2005 p318
寄り添いたい感覚〔聞き手〕大原泰恵〔インタビュー〕
　◇「大庭みな子全集 24」日本経済新聞出版社 2011 p202
寄りの三根
　◇「坂口安吾全集 13」筑摩書房 1999 p303
頼政——幕（「あやめ」異稿）
　◇「決定版 三島由紀夫全集 25」新潮社 2002 p738
寄り道しながらの英語
　◇「田中小実昌エッセイ・コレクション 5」筑摩

よる

夜
　◇「金石範作品集 1」平凡社 2005 p437
夜
　◇「辻邦生全集 2」新潮社 2004 p249
夜
　◇「徳田秋聲全集 22」八木書店 2001 p133
夜
　◇「決定版 三島由紀夫全集 37」新潮社 2004 p425
夜
　◇「宮本百合子全集 33」新日本出版社 2004 p364
夜への誘い
　◇「中井英夫全集 3」東京創元社 1996（創元ライブラリ）p423
夜を告げる星（丸山明宏リサイタルに寄せて）
　◇「決定版 三島由紀夫全集 33」新潮社 2003 p590
夜を愉む女
　◇「狩久全集 3」皆進社 2013 p305
夜が明けたら
　◇「小松左京全集 完全版 20」城西国際大学出版会 2014 p82
夜が終る時
　◇「辻邦生全集 7」新潮社 2004 p61
夜が怕い
　◇「松本清張傑作選 戦い続けた男の素顔」新潮社 2009 p79
　◇「松本清張傑作選 戦い続けた男の素顔」新潮社 2013（新潮文庫）p111
夜がその死を教へてくれた…
　◇「中井英夫全集 10」東京創元社 2002（創元ライブラリ）p150
〈夜だつた〉
　◇「安部公房全集 2」新潮社 1997 p218
夜、翼は遠いために
　◇「中井英夫全集 10」東京創元社 2002（創元ライブラリ）p90
『夜と昼の顔』
　◇「小島信夫批評集成 1」水声社 2011 p312
夜と昼の鎖
　◇「小島信夫長篇集成 1」水声社 2015 p381
夜翔ぶ女
　◇「中井英夫全集 5」東京創元社 2002（創元ライブラリ）p18
夜になれば川は満身に星を鏤める―多田智満子
　◇「丸谷才一全集 10」文藝春秋 2014 p431
夜には九夜
　◇「金井美恵子自選短篇集 恋人たち／降誕祭の夜」講談社 2015（講談社文芸文庫）p120
夜猫
　◇「決定版 三島由紀夫全集 37」新潮社 2004 p492
夜の跫音―『薔薇販売人』
　◇「中井英夫全集 6」東京創元社 1996（創元ライブラリ）p262
夜の歩み
　◇「辻邦生全集 5」新潮社 2004 p216
夜の入口
　◇「辻邦生全集 6」新潮社 2004 p160
夜の鶯
　◇「定本 久生十蘭全集 10」国書刊行会 2011 p140
夜のうた
　◇「安部公房全集 2」新潮社 1997 p188
夜の海で
　◇「〔野呂邦暢〕随筆コレクション 2」みすず書房 2014 p274
夜の占
　◇「決定版 三島由紀夫全集 27」新潮社 2003 p369
夜の演技
　◇「日影丈吉全集 8」国書刊行会 2004 p412
夜の遠征［翻訳］（ベルナアル，トリスタン）
　◇「定本 久生十蘭全集 11」国書刊行会 2012 p10
夜のオルフェウス
　◇「都筑道夫恐怖短篇集成 1」筑摩書房 2004（ちくま文庫）p342
夜の終わりに
　◇「鈴木いづみコレクション 2」文遊社 1997 p7
夜の会話
　◇「須賀敦子全集 1」河出書房新社 2006（河出文庫）p254
夜の顔
　◇「辻邦生全集 13」新潮社 2005 p363
夜の鐘
　◇「辻邦生全集 5」新潮社 2004 p382
夜の声
　◇「小松左京全集 完全版 14」城西国際大学出版会 2009 p278
夜の子供
　◇「深沢夏衣作品集」新幹社 2015 p15
夜の辛夷（こぶし）
　◇「〔山本周五郎〕新編傑作選 3」小学館 2010（小学館文庫）p29
「夜のさいころ」などについて
　◇「決定版 三島由紀夫全集 27」新潮社 2003 p129
夜の散歩者〔解決篇〕
　◇「鮎川哲也コレクション 挑戦篇 1」出版芸術社 2006 p241
夜の散歩者〔問題篇〕
　◇「鮎川哲也コレクション 挑戦篇 1」出版芸術社 2006 p121
夜の仕度
　◇「決定版 三島由紀夫全集 16」新潮社 2002 p441
「夜の仕度」創作ノート
　◇「決定版 三島由紀夫全集 16」新潮社 2002 p645
夜の処刑者
　◇「日影丈吉全集 5」国書刊行会 2003 p9

夜の真珠
　◇「大佛次郎セレクション第2期 明るい仲間・夜の真珠」未知谷 2008 p269
夜の杉
　◇「内田百閒集成 13」筑摩書房 2003（ちくま文庫）p158
夜の好きな王の話
　◇「稲垣足穂コレクション 3」筑摩書房 2005（ちくま文庫）p130
夜の蟬（「眠りがたいまゝに……」）
　◇「決定版 三島由紀夫全集 37」新潮社 2004 p711
夜の蟬（「夜の蟬かしこに……」）
　◇「決定版 三島由紀夫全集 37」新潮社 2004 p722
夜の体操
　◇「向田邦子全集 新版 6」文藝春秋 2009 p37
夜の対話
　◇「〔野呂邦暢〕随筆コレクション 2」みすず書房 2014 p472
夜の蝶
　◇「〔山本周五郎〕新編傑作選 4」小学館 2010（小学館文庫）p5
夜の通路
　◇「安部公房全集 1」新潮社 1997 p97
夜の波音
　◇「阿川弘之全集 2」新潮社 2005 p531
夜の日本列島は未来に向かって「離陸」
　◇「小松左京全集 完全版 29」城西国際大学出版会 2007 p162
夜の白木蓮
　◇「決定版 三島由紀夫全集 37」新潮社 2004 p488
夜の花―雪どけの季節
　◇「決定版 三島由紀夫全集 37」新潮社 2004 p469
夜の判決
　◇「土屋隆夫コレクション新装版 赤の組曲」光文社 2002（光文社文庫）p313
夜のピクニック
　◇「鈴木いづみコレクション 3」文遊社 1996 p253
　◇「鈴木いづみプレミアム・コレクション」文遊社 2006 p103
　◇「契約―鈴木いづみSF全集」文遊社 2014 p497
夜の髭
　◇「古井由吉自撰作品 8」河出書房新社 2012 p185
夜の人
　◇「決定版 三島由紀夫全集 37」新潮社 2004 p413
夜の向日葵―四幕
　◇「決定版 三島由紀夫全集 21」新潮社 2002 p621
夜のプール
　◇「決定版 三島由紀夫全集 36」新潮社 2003 p471
夜の訪問者
　◇「鮎川哲也コレクション わるい風」光文社 2007（光文社文庫）p73
夜の法律
　◇「決定版 三島由紀夫全集 32」新潮社 2003 p621
夜の街
　◇「辻井喬コレクション 7」河出書房新社 2003 p76
夜の町
　◇「丸谷才一全集 11」文藝春秋 2014 p146
夜の町
　◇「宮本百合子全集 32」新日本出版社 2003 p45
夜の町朝の町
　◇「徳田秋聲全集 19」八木書店 2000 p402
夜の向ふで
　◇「上野壮夫全集 1」図書新聞 2010 p338
「夜の宿」と「夢介と僧と」と
　◇「谷崎潤一郎全集 1」中央公論新社 2015 p508
夜の闇の中へ（コーネル・ウールリッチ）
　◇「田中小実昌エッセイ・コレクション 5」筑摩書房 2003（ちくま文庫）p306
「夜の夢」を遺産に頂く
　◇「日影丈吉全集 別巻」国書刊行会 2005 p529
夜の若葉
　◇「宮本百合子全集 5」新日本出版社 2001 p378
夜よりほかに聴くものもなし
　◇「山田風太郎ミステリー傑作選 3」光文社 2001（光文社文庫）p419
改訂完全版夜は千の鈴を鳴らす
　◇「島田荘司全集 7」南雲堂 2016 p519
夜は楽しむもの
　◇「日影丈吉全集 3」国書刊行会 2003 p7
よろい戸が閉まっていて―カンツォネッタ 5［翻訳］（ウンベルト・サバ）
　◇「須賀敦子全集 5」河出書房新社 2008（河出文庫）p268
鎧について
　◇「〔野呂邦暢〕随筆コレクション 1」みすず書房 2014 p393
余録（一九二四年より）
　◇「宮本百合子全集 20」新日本出版社 2002 p456
よろこびの挨拶
　◇「宮本百合子全集 16」新日本出版社 2002 p267
喜びの琴
　◇「決定版 三島由紀夫全集 24」新潮社 2002 p7
「喜びの琴」創作ノート
　◇「決定版 三島由紀夫全集 24」新潮社 2002 p595
　◇「決定版 三島由紀夫全集 補巻」新潮社 2005 p483
「喜びの琴」について（「既往の事件については……」）
　◇「決定版 三島由紀夫全集 33」新潮社 2003 p70
「喜びの琴」について（「テレビで……」）
　◇「決定版 三島由紀夫全集 33」新潮社 2003 p38
よろこびはその道から
　◇「宮本百合子全集 20」新日本出版社 2002 p703
よろしく哀愁
　◇「鈴木いづみコレクション 6」文遊社 1997 p261

よろし

「よろしくお願ひします」
　◇「阿川弘之全集 19」新潮社 2007 p520

よろず修繕屋の妻
　◇「大庭みな子全集 3」日本経済新聞出版社 2009 p452

萬鐵五郎の美人画
　◇「車谷長吉全集 3」新書館 2010 p634

万屋九兵衛の母
　◇「長谷川伸傑作選 日本敵討ち異相」国書刊行会 2008 p271

ヨーロッパ
　◇「田中小実昌エッセイ・コレクション 2」筑摩書房 2002 (ちくま文庫) p212

ヨーロッパ史でない世界史を(加藤秀俊、江上波夫)
　◇「小松左京全集 完全版 38」城西国際大学出版会 2010 p132

ヨーロッパ的性格ニッポン的性格
　◇「坂口安吾全集 7」筑摩書房 1998 p94

『ヨーロッパとは何か 分裂と統合の一五〇〇年』クシシトフ・ポミアン
　◇「須賀敦子全集 4」河出書房新社 2007 (河出文庫) p264

ヨーロッパの汽車旅
　◇「辻邦生全集 17」新潮社 2005 p14

ヨーロッパの商店街
　◇「山田風太郎エッセイ集成 風山房風呂焚き唄」筑摩書房 2008 p70

ヨーロッパの世界進出
　◇「小田実全集 評論 36」講談社 2014 p139

〈ヨーロッパの旅終えた安部公房氏〉『読売新聞』の談話記事
　◇「安部公房全集 23」新潮社 1999 p108

よろぼし
　◇「古井由吉自撰作品 7」河出書房新社 2012 p198

弱法師(よろぼし)
　◇「決定版 三島由紀夫全集 23」新潮社 2002 p403

「よろん」と「せろん」(十一月十日)
　◇「福田恆存評論集 18」麗澤大學出版會、廣池學園事業部 [發売] 2010 p125

弱い結婚(一九六二年版)
　◇「小島信夫短篇集成 4」水声社 2013 p437

弱い結婚(一九六六年版)
　◇「小島信夫短篇集成 4」水声社 2013 p477

弱い性格
　◇「徳田秋聲全集 21」八木書店 2001 p157

弱い者いぢめ 公に辱められたる一例
　◇「小寺菊子作品集 3」桂書房 2014 p2

弱き罪
　◇「徳田秋聲全集 3」八木書店 1999 p319

弱気ではないつもりだが…
　◇「松下竜一未刊行著作集 3」海鳥社 2009 p183

酔わせる話術—司馬遼太郎
　◇「小松左京全集 完全版 41」城西国際大学出版会 2013 p237

弱つた思ひ出
　◇「定本 久生十蘭全集 10」国書刊行会 2011 p386

世は道化芝居
　◇「坂口安吾全集 6」筑摩書房 1998 p308

予は道徳を離れて活くる能はず
　◇「徳田秋聲全集 19」八木書店 2000 p191

夜半の狭衣
　◇「丸谷才一全集 7」文藝春秋 2014 p540

余はベンメイす
　◇「坂口安吾全集 5」筑摩書房 1998 p127

弱味
　◇「松本清張短編全集 06」光文社 2009 (光文社文庫) p97

四回目のエジプト
　◇「小檜山博全集 8」柏艪舎 2006 p360

四行詩[翻訳](ダヴィデ・マリア・トゥロルド)
　◇「須賀敦子全集 7」河出書房新社 2007 (河出文庫) p73

四斤山砲
　◇「司馬遼太郎短篇全集 8」文藝春秋 2005 p405

四作家の文革声明について
　◇「佐々木基一全集 3」河出書房新社 2013 p398

四十一番の少年
　◇「井上ひさし短編中編小説集成 2」岩波書店 2014 p167
　◇「井上ひさし短編中編小説集成 2」岩波書店 2014 p169

四十九年後の
　◇「小檜山博全集 7」柏艪舎 2006 p341

43号線の将軍(チャングン)
　◇「小田実全集 小説 33」講談社 2013 p55

四十代
　◇「小島信夫短篇集成 4」水声社 2015 p395

四十代の主婦に美しい人は少い
　◇「宮本百合子全集 9」新日本出版社 2001 p171

四十七年目の太陽
　◇「林京子全集 8」日本図書センター 2005 p308

私の5点④四十年代のスターたち—『ZOOM 12号 スタジオ・アルクール』
　◇「林京子全集 8」日本図書センター 2005 p257

四十年目のアメリカ
　◇「林京子全集 7」日本図書センター 2005 p281

四十年目の上海港
　◇「阿川弘之全集 18」新潮社 2007 p333

四十四年目のマンボウ航路
　◇「阿川弘之全集 20」新潮社 2007 p286

四章・書出しに
　◇「安部公房全集 1」新潮社 1997 p391

読んだから書く
　◇「金井美恵子エッセイ・コレクション―1964-2013 3」平凡社 2013 p304
読んだものから
　◇「徳田秋聲全集 21」八木書店 2001 p271
よんどころない事情があって
　◇「清水アリカ全集」河出書房新社 2011 p549
四本の線路（十一月十五日）
　◇「福田恆存評論集 18」麗澤大學出版會, 廣池學園事業部〔発売〕 2010 p93
四位一体
　◇「定本 荒巻義雄メタSF全集 6」彩流社 2015 p109
四名家第一印象
　◇「徳田秋聲全集 23」八木書店 2001 p96

【ら】

ラアメンの値段
　◇「小檜山博全集 8」柏艪舎 2006 p208
ラアメンは格闘技
　◇「小檜山博全集 8」柏艪舎 2006 p28
雷雨
　◇「都筑道夫恐怖短篇集成 1」筑摩書房 2004（ちくま文庫）p175
雷雲
　◇「小松左京全集 完全版 43」城西国際大学出版会 2014 p411
「癩王のテラス」梗概
　◇「決定版 三島由紀夫全集 35」新潮社 2003 p464
癩王のテラス―三幕
　◇「決定版 三島由紀夫全集 25」新潮社 2002 p9
「癩王のテラス」創作ノート
　◇「決定版 三島由紀夫全集 25」新潮社 2002 p791
「癩王のテラス」について
　◇「決定版 三島由紀夫全集 35」新潮社 2003 p511
ライオンが動物学を教へるとき
　◇「丸谷才一全集 11」文藝春秋 2014 p317
ライオンと虎の優劣に同じ―男女優劣論
　◇「安部公房全集 5」新潮社 1997 p78
ライオンの中庭
　◇「赤江瀑短編傑作選 情念編」光文社 2007（光文社文庫）p277
ライ患者の生きてきた道
　◇「深沢夏衣作品集」新幹社 2015 p400
雷魚
　◇「内田百閒集成 12」筑摩書房 2003（ちくま文庫）p88
癩者の愛慾―第一流の文学に未し
　◇「坂口安吾全集 2」筑摩書房 1999 p136

ライシャワー攻勢といふ事
　◇「福田恆存評論集 7」麗澤大學出版會, 廣池學園事業部〔発売〕 2008 p251
ライシャワー氏の「辯明」
　◇「福田恆存評論集 10」麗澤大學出版會, 廣池學園事業部〔発売〕 2008 p62
ライシャワー神話を超えて〔対談〕（矢野暢）
　◇「福田恆存対談・座談集 3」玉川大学出版部 2011 p345
雷獣
　◇「立松和平全小説 12」勉誠出版 2011 p1
雷神帖
　◇「〔池澤夏樹〕エッセー集成 2」みすず書房 2008
ライス
　◇「江戸川乱歩全集 30」光文社 2005（光文社文庫）p781
来世は鹿になります
　◇「遠藤周作エッセイ選集 3」光文社 2006（知恵の森文庫）p57
雷蔵丈のこと
　◇「決定版 三島由紀夫全集 32」新潮社 2003 p653
ライター談義
　◇「〔野呂邦暢〕随筆コレクション 1」みすず書房 2014 p347
ライター泣かせ
　◇「向田邦子全集 新版 10」文藝春秋 2010 p91
らいてうさん・逸枝さん
　◇「石牟礼道子全集 17」藤原書店 2012 p431
ライト兄弟に始まる
　◇「稲垣足穂コレクション 7」筑摩書房 2005（ちくま文庫）p7
来年の計画
　◇「決定版 三島由紀夫全集 補巻」新潮社 2005 p401
「ライフ」
　◇「小沼丹全集 4」未知谷 2004 p588
らいふ＆です・おぶ・Qナイン
　◇「狩久全集 5」皆進社 2013 p287
ライフワークの発見
　◇「小松左京全集 完全版 28」城西国際大学出版会 2006 p372
来訪者名簿
　◇「佐々木基一全集 8」河出書房新社 2013 p117
雷鳴の聞える午後
　◇「辻邦生全集 5」新潮社 2004 p359
ラインの黄金（全）
　◇「寺山修司著作集 1」クインテッセンス出版 2009 p243
ラウドスピーカー
　◇「決定版 三島由紀夫全集 16」新潮社 2002 p485
「ラウドスピーカー」創作ノート
　◇「決定版 三島由紀夫全集 16」新潮社 2002 p681
ラヴ・レター
　◇「小島信夫短篇集成 8」水声社 2014 p533

らかん

羅漢
　◇「中上健次集 9」インスクリプト 2013 p213

楽園のソネット［翻訳］（ウンベルト・サバ）
　◇「須賀敦子全集 5」河出書房新社 2008（河出文庫）p304

落書学
　◇「寺山修司著作集 5」クインテッセンス出版 2009 p27

ラ・クカラチャ
　◇「高城高全集 2」東京創元社 2008（創元推理文庫）p169

落語家が見た大戦前後（桂米朝）
　◇「小松左京全集 完全版 47」城西国際大学出版会 2017 p209

落語・教祖列伝
　◇「坂口安吾全集 11」筑摩書房 1998 p3

落語と犯罪
　◇「浜尾四郎全集 1」沖積舎 2004 p301

落語見る馬鹿聞かぬ馬鹿〔対談〕（立川談志）
　◇「吉行淳之介エッセイ・コレクション 4」筑摩書房 2004（ちくま文庫）p150

落日殺人事件
　◇「山田風太郎ミステリー傑作選 2」光文社 2001（光文社文庫）p209

落日にきらめくもの
　◇「辻邦生全集 18」新潮社 2005 p245

落日の宴
　◇「吉村昭歴史小説集成 4」岩波書店 2009 p1

落日の海
　◇「松下竜一未刊行著作集 4」海鳥社 2008 p19

落日のなかで
　◇「辻邦生全集 5」新潮社 2004 p539

落城記
　◇「野呂邦暢小説集成 5」文遊社 2015 p271

落城武士道
　◇「横溝正史時代小説コレクション伝奇篇 1」出版芸術社 2003 p362

落石
　◇「狩久全集 1」皆進社 2013 p20

落第生
　◇「松下竜一未刊行著作集 2」海鳥社 2008 p29

落第の経験
　◇「徳田秋聲全集 21」八木書店 2001 p146

落第のすすめ
　◇「安部公房全集 22」新潮社 1999 p108

楽天家諸氏に脱帽―「キネマの天使」
　◇「井上ひさしコレクション ことばの巻」岩波書店 2005 p338

楽天記
　◇「古井由吉自撰作品 7」河出書房新社 2012 p7

楽天居主人
　◇「内田百閒集成 19」筑摩書房 2004（ちくま文庫）p261

楽天国の風俗
　◇「坂口安吾全集 13」筑摩書房 1999 p371

楽天旅日記
　◇「山本周五郎長篇小説全集 14」新潮社 2014 p7

楽天地夜景
　◇「辻井喬コレクション 7」河出書房新社 2003 p126

楽土
　◇「中上健次集 2」インスクリプト 2018 p295

楽土の家
　◇「立松和平小説 15」勉誠出版 2011 p125
　◇「立松和平小説 15」勉誠出版 2011 p126

ラグビィの先生
　◇「小沼丹全集 3」未知谷 2004 p138

ラグビー指南
　◇「20世紀断層―野坂昭如単行本未収録小説集成 4」幻戯書房 2010 p503

千秋楽（らくび）の酒
　◇「吉川潮芸人小説セレクション 4」ランダムハウス講談社 2007

落葉
　◇「小沼丹全集 2」未知谷 2004 p264
　◇「小沼丹全集 2」未知谷 2004 p634

落葉
　◇「決定版 三島由紀夫全集 36」新潮社 2003 p462

洛陽―漢委奴国王の印
　◇「小松左京全集 完全版 43」城西国際大学出版会 2014 p54

落葉の章 珠江
　◇「井上ひさし短編中編小説集成 12」岩波書店 2015 p250

ラシイヌの季節来る
　◇「決定版 三島由紀夫全集 33」新潮社 2003 p203

「ラジオ黄金時代」の底潮
　◇「宮本百合子全集 13」新日本出版社 2001 p159

ラジオ時評
　◇「宮本百合子全集 15」新日本出版社 2001 p80

ラジオ童話への一つの冒険
　◇「安部公房全集 11」新潮社 1998 p261

ラジオ・ドラマ「GYOKUSAI」の「メッセージ」
　◇「小田実全集 評論 34」講談社 2013 p139

ラヂオ取附
　◇「内田百閒集成 22」筑摩書房 2004（ちくま文庫）p47

ラジオのための叙事詩―恐山―An Intermezzo
　◇「寺山修司著作集 2」クインテッセンス出版 2009 p49

ラジオのための叙事詩―九州鈴慕
　◇「寺山修司著作集 2」クインテッセンス出版 2009 p101

ラジオのための叙事詩―山姥
　◇「寺山修司著作集 2」クインテッセンス出版 2009

p75
ラヂオ漫談
　◇「谷崎潤一郎全集 21」中央公論新社 2016 p469
ラジオ・迷路・耳なし芳一——メディア
　◇「寺山修司著作集 5」クインテッセンス出版 2009 p457
裸女のいる隊列
　◇「田村泰次郎選集 4」日本図書センター 2005 p18
裸身の女仙
　◇「野村胡堂伝奇幻想小説集成」作品社 2009 p262
ラスコー型の洞窟壁画とタッシリ型の岩壁画——発生期の絵の機能と表現形態について
　◇「小松左京全集 完全版 36」城西国際大学出版会 2011 p179
ラストオーダー
　◇「田辺聖子全集 16」集英社 2005 p401
ラストファミリー
　◇「森村誠一ベストセレクション 鬼子母の末裔」光文社 2011（光文社文庫）p271
螺旋境にて
　◇「稲垣足穂コレクション 1」筑摩書房 2005（ちくま文庫）p357
裸像
　◇「徳田秋聲全集 18」八木書店 2000 p18
裸体と衣裳——日記
　◇「決定版 三島由紀夫全集 30」新潮社 2003 p77
「裸体問題折衝」
　◇「徳田秋聲全集 23」八木書店 2001 p287
『落花』について
　◇「佐々木基一全集 4」河出書房新社 2013 p160
落花の舞
　◇「小島信夫短篇集成 7」水声社 2015 p431
楽観的な、あまりに楽観的な——日本共産党の回答を読んで〔座談会〕(加藤寛、久住忠男、林健太郎)
　◇「福田恆存対話・座談集 3」玉川大学出版部 2011 p251
らっきょう
　◇「大庭みな子全集 12」日本経済新聞出版社 2010 p23
猟虎の襟巻
　◇「内田百閒集成 12」筑摩書房 2003（ちくま文庫）p327
ラッドクリフの朗讀
　◇「小酒井不木随筆評論選集 6」本の友社 2004 p120
ラツパ（×××）よ鳴るな
　◇「上野壮夫全集 1」図書新聞 2010 p106
ラッフルズ イギリス的俠気
　◇「日影丈吉全集 別巻」国書刊行会 2005 p400
ラディゲ
　◇「決定版 三島由紀夫全集 26」新潮社 2003 p80

「ラディゲ全集」について
　◇「決定版 三島由紀夫全集 28」新潮社 2003 p195
ラディゲとその作品
　◇「決定版 三島由紀夫全集 36」新潮社 2003 p511
ラディゲに憑かれて——私の読書遍歴
　◇「決定版 三島由紀夫全集 29」新潮社 2003 p146
ラディゲの死
　◇「決定版 三島由紀夫全集 19」新潮社 2002 p107
ラディゲ病
　◇「決定版 三島由紀夫全集 27」新潮社 2003 p493
長唄螺鈿
　◇「決定版 三島由紀夫全集 25」新潮社 2002 p737
螺鈿
　◇「決定版 三島由紀夫全集 37」新潮社 2004 p394
蘿洞先生
　◇「谷崎潤一郎全集 12」中央公論新社 2017 p39
ラトビアの思ひ出
　◇「阿川弘之全集 18」新潮社 2007 p423
ら抜きは手抜きか
　◇「井上ひさしコレクション ことばの巻」岩波書店 2005 p41
La battee（ラ・バテエ）——砂金を洗う木皿
　◇「中井英夫全集 9」東京創元社 2003（創元ライブラリ）p81
ラビ タルムードを持つ探偵
　◇「日影丈吉全集 別巻」国書刊行会 2005 p410
ラピュータ島、その他への旅行［翻訳］（ジョナサン・スイフト）
　◇「小沼丹全集 補巻」未知谷 2005 p262
裸婦&裸婦於符真&贋
　◇「狩久全集 6」皆進社 2013 p5
裸婦を描く
　◇「立松和平小説 別巻」勉誠出版 2015 p426
ラブ・オブ・スピード
　◇「鈴木いづみコレクション 3」文遊社 1996 p159
　◇「契約——鈴木いづみSF全集」文遊社 2014 p360
ラブ・ストオリイ
　◇「小田実全集 小説 12」講談社 2011 p193
ラブド・ワン
　◇「金井美恵子エッセイ・コレクション——1964-2013 2」平凡社 2013 p48
裸婦変相
　◇「石川淳コレクション〔1〕」筑摩書房 2007（ちくま文庫）p282
ラブミーテンダー
　◇「立松和平小説 23」勉誠出版 2013 p7
　◇「立松和平小説 23」勉誠出版 2013 p8
ラブ・ミー・テンダー
　◇「辺見庸掌編小説集 白版」角川書店 2004 p112
ラプラタ川
　◇「大庭みな子全集 23」日本経済新聞出版社 2011 p464

らふら

ラプラタ綺譚
　◇「中上健次集 7」インスクリプト 2012 p123
ラーブロン寺―手動式読経シミュレーター
　◇「小松左京全集 完全版 43」城西国際大学出版会 2014 p99
ラプンツェル
　◇「大庭みな子全集 17」日本経済新聞出版社 2010 p578
ラホールより
　◇「谷崎潤一郎全集 6」中央公論新社 2015 p429
「女傑」号（ラ・マゾーヌ）
　◇「定本 久生十蘭全集 3」国書刊行会 2009 p149
喇嘛の行衛
　◇「国枝史郎探偵小説全集」作品社 2005 p80
ラムに魅せられて
　◇「辻邦生全集 18」新潮社 2005 p154
ラムネ氏のこと
　◇「坂口安吾全集 3」筑摩書房 1999 p309
ラムール
　◇「江戸川乱歩全集 24」光文社 2005（光文社文庫）p273
羅妖の秀康
　◇「山田風太郎忍法帖短篇全集 12」筑摩書房 2005（ちくま文庫）p173
ラリー・シーモンの回想―追悼文
　◇「稲垣足穂コレクション 1」筑摩書房 2005（ちくま文庫）p167
蘭
　◇「定本 久生十蘭全集 10」国書刊行会 2011 p286
　◇「定本 久生十蘭全集 10」国書刊行会 2011 p378
乱菊物語
　◇「谷崎潤一郎全集 15」中央公論新社 2016 p7
乱交つかれ 野坂昭如の小説3
　◇「20世紀断層―野坂昭如単行本未収録小説集成 3」幻戯書房 2010 p328
乱視の奈翁―アルル牛角力の巻
　◇「定本 久生十蘭全集 1」国書刊行会 2008 p62
蘭州―シルクロード・ステイトに入る
　◇「小松左京全集 完全版 43」城西国際大学出版会 2014 p91
爛熟期の性文化〔座談会〕（林美一、石毛直道、山下諭一）
　◇「小松左京全集 完全版 33」城西国際大学出版会 2011 p243
『乱酔記』
　◇「小檜山博全集 8」柏艪舎 2006 p373
乱酔記
　◇「小檜山博全集 6」柏艪舎 2006 p85
乱世の英雄
　◇「小田実全集 小説 35」講談社 2013 p123
乱世の宗教者 法然と道元
　◇「井上ひさしコレクション 人間の巻」岩波書店 2005 p17

乱世の哲学―花田清輝作「泥棒論語」
　◇「安部公房全集 9」新潮社 1998 p397
乱世の抜け穴
　◇「坂口安吾全集 13」筑摩書房 1999 p306
ランソのヘイ
　◇「松下竜一未刊行著作集 1」海鳥社 2008 p154
懶惰な欲望
　◇「大庭みな子全集 17」日本経済新聞出版社 2010 p50
懶惰の説
　◇「谷崎潤一郎全集 16」中央公論新社 2016 p159
懶惰の像
　◇「決定版 三島由紀夫全集 37」新潮社 2004 p596
蘭虫
　◇「内田百閒集成 12」筑摩書房 2003（ちくま文庫）p36
ランデルスにて
　◇「辻邦生全集 2」新潮社 2004 p297
乱読を重ねた旧制松本高校、寮生活時代
　◇「辻邦生全集 18」新潮社 2005 p165
ランドセル
　◇「内田百閒集成 12」筑摩書房 2003（ちくま文庫）p341
ランドセル
　◇「津村節子自選作品集 6」岩波書店 2005 p115
蘭の崇高
　◇「中上健次集 10」インスクリプト 2017 p580
蘭の原
　◇「宮城谷昌光全集 21」文藝春秋 2004 p284
蘭の舟
　◇「石牟礼道子全集 9」藤原書店 2006 p369
乱反射
　◇「三枝和子選集 1」鼎書房 2007 p251
洋燈と毛布
　◇「内田百閒集成 2」筑摩書房 2002（ちくま文庫）p102
ランプの灯
　◇「徳田秋聲全集 19」八木書店 2000 p429
ランプ屋さん
　◇「石牟礼道子全集 12」藤原書店 2005 p414
乱歩打開け話
　◇「江戸川乱歩全集 24」光文社 2005（光文社文庫）p23
乱歩打明け話
　◇「江戸川乱歩全集 30」光文社 2005（光文社文庫）p45
ランボオ詩集 翻訳（アルチュル・ランボオ）
　◇「小林秀雄全作品 2」新潮社 2002 p24
　◇「小林秀雄全集 補巻 1」新潮社 2010 p87
ランボオ I
　◇「小林秀雄全作品 1」新潮社 2002 p85
　◇「小林秀雄全集 補巻 1」新潮社 2010 p36

ランボオ II
◇「小林秀雄全作品 2」新潮社 2002 p146
◇「小林秀雄全集 補巻 1」新潮社 2010 p108
ランボオ III
◇「小林秀雄全作品 15」新潮社 2003 p114
◇「小林秀雄全集 補巻 2」新潮社 2010 p286
乱歩氏と私と
◇「野村胡堂探偵小説全集」作品社 2007 p452
乱歩氏の反省・遺された問題
◇「日影丈吉全集 別巻」国書刊行会 2005 p523
乱歩先生との初対面
◇「山田風太郎エッセイ集成 わが推理小説零年」筑摩書房 2007 p196
乱歩断章
◇「江戸川乱歩全集 24」光文社 2005（光文社文庫）p559
乱歩中毒
◇「色川武大・阿佐田哲也エッセイズ 1」筑摩書房 2003（ちくま文庫）p372
乱歩の幻影
◇「島田荘司全集 5」南雲堂 2012 p500
蘭陵王
◇「決定版 三島由紀夫全集 20」新潮社 2002 p561
「蘭陵王」創作ノート
◇「決定版 三島由紀夫全集 20」新潮社 2002 p777
蘭陵王入陣曲
◇「内田百閒集成 3」筑摩書房 2002（ちくま文庫）p242
襤褸の光
◇「谷崎潤一郎全集 6」中央公論新社 2015 p441

【り】

リア王
◇「福田恆存評論集 19」麗澤大學出版會, 廣池學園事業部〔発売〕 2010 p283
リアリズム
◇「小林秀雄全作品 9」新潮社 2003 p97
◇「小林秀雄全集 補巻 1」新潮社 2010 p463
リアリズム演劇の再検討〔座談会〕(千田是也, 矢代静一, 荒川哲生)
◇「安部公房全集 15」新潮社 1998 p418
リアリズム小説論への反省
◇「佐々木基一全集 1」河出書房新社 2013 p409
リアリズムと記録的方法〔インタビュー〕(北村美惠)
◇「安部公房全集 17」新潮社 1999 p263
リアリズムなき日本人（山本七平）
◇「司馬遼太郎対話選集 5」文藝春秋 2006（文春文庫）p188

リアリズムの仮面
◇「安部公房全集 4」新潮社 1997 p310
リアリズムの芸術性
◇「佐々木基一全集 2」河出書房新社 2013 p249
『リアリズムの探求』
◇「佐々木基一全集 2」河出書房新社 2013 p247
リアリズムの二つの型
◇「田村泰次郎選集 5」日本図書センター 2005 p93
リアリズムの問題
◇「佐々木基一全集 2」河出書房新社 2013 p262
リアリティについて
◇「安部公房全集 3」新潮社 1997 p509
リアルな女—文学作品から〔対談〕(高橋たか子)
◇「大庭みな子全集 21」日本経済新聞出版社 2011 p89
リアルな抽象
◇「大庭みな子全集 6」日本経済新聞出版社 2009 p52
リアルな方法とは
◇「宮本百合子全集 14」新日本出版社 2001 p286
リヴィアの夢—パンテオン
◇「須賀敦子全集 3」河出書房新社 2007（河出文庫）p219
リヴィア・モネとの対談 落ちてゆく世界
◇「石牟礼道子全集 4」藤原書店 2004 p311
リヴィエルの「ランボオ」
◇「小林秀雄全作品 7」新潮社 2003 p244
◇「小林秀雄全集 補巻 1」新潮社 2010 p400
リオの謝肉祭
◇「決定版 三島由紀夫全集 31」新潮社 2003 p481
リオの謝肉祭—リオ・デ・ジャネイロにて
◇「決定版 三島由紀夫全集 27」新潮社 2003 p504
理解し、許すな
◇「小田実全集 評論 31」講談社 2013 p20
理解といふこと
◇「福田恆存評論集 2」麗澤大學出版會, 廣池學園事業部〔発売〕 2009 p213
理外の理
◇「松本清張傑作短篇コレクション 上」文藝春秋 2004（文春文庫）p183
理科の時間
◇「小松左京全集 完全版 24」城西国際大学出版会 2016 p459
リキに捧ぐ〔唐津でのライブトーク〕
◇「中上健次集 4」インスクリプト 2016 p415
狸気濛濛
◇「内田百閒集成 7」筑摩書房 2003（ちくま文庫）p123
利休鼠の「時」の矢
◇「大庭みな子全集 12」日本経済新聞出版社 2010 p233
利休の死がもたらしたもの
◇「小松左京全集 完全版 42」城西国際大学出版会

りきゆ

2014 p97

離宮の松
- ◇「決定版 三島由紀夫全集 18」新潮社 2002 p489

陸軍「は」号特殊兵器
- ◇「20世紀断層―野坂昭如単行本未収録小説集成 5」幻戯書房 2010 p493

離合
- ◇「大佛次郎セレクション第1期 白い夜」未知谷 2007 p237

利口な狼
- ◇「安部公房全集 7」新潮社 1998 p321

利口な泥坊と馬鹿な泥坊
- ◇「安部公房全集 3」新潮社 1997 p339

離婚挨拶
- ◇「谷崎潤一郎全集 15」中央公論新社 2016 p503

離婚記念日
- ◇「立松和平小説 18」勉誠出版 2012 p204

離婚裁判
- ◇「鈴木いづみセカンド・コレクション 2」文遊社 2004 p93
- ◇「契約―鈴木いづみSF全集」文遊社 2014 p71

「離婚」と直木賞
- ◇「色川武大・阿佐田哲也エッセイズ 1」筑摩書房 2003（ちくま文庫）p350

離婚について
- ◇「宮本百合子全集 17」新日本出版社 2002 p457

驪山陵―巨大なる地下陶俑軍団
- ◇「小松左京全集 完全版 43」城西国際大学出版会 2014 p72

離愁
- ◇「内田百閒集成 17」筑摩書房 2004（ちくま文庫）p54

李将軍―金果続記
- ◇「日影丈吉全集 1」国書刊行会 2002 p589

利尻島―利尻富士の見た夢
- ◇「大庭みな子全集 8」日本経済新聞出版社 2009 p132

理心流異聞
- ◇「司馬遼太郎短篇全集 6」文藝春秋 2005 p211

リスちゃん登場
- ◇「辻邦生全集 16」新潮社 2005 p306

リスちゃんのお勤め
- ◇「辻邦生全集 16」新潮社 2005 p329

リスちゃんの小屋
- ◇「辻邦生全集 16」新潮社 2005 p327

リズムの思想
- ◇「安部公房全集 9」新潮社 1998 p360

リズムの世界
- ◇「安部公房全集 23」新潮社 1999 p61

理性的認識と感性的認識―空間把握の深層文法について
- ◇「小松左京全集 完全版 36」城西国際大学出版会 2011 p196

理性の倦怠
- ◇「安部公房全集 1」新潮社 1997 p158

理想
- ◇「小林秀雄全作品 21」新潮社 2004 p113
- ◇「小林秀雄全集 補巻 3」新潮社 2010 p43

理想国家・スイスの現実
- ◇「小松左京全集 完全版 32」城西国際大学出版会 2008 p45

理想的美人の条件
- ◇「小酒井不木随筆評論選集 6」本の友社 2004 p484

理想都市・ムジィカの夢の跡
- ◇「遠藤周作エッセイ選集 2」光文社 2006（知恵の森文庫）p74

理想と妥協
- ◇「德田秋聲全集 20」八木書店 2001 p370

理想の女
- ◇「坂口安吾全集 5」筑摩書房 1998 p449

理想の空間
- ◇「井上ひさしコレクション ことばの巻」岩波書店 2005 p333

理想の仕事があれば
- ◇「色川武大・阿佐田哲也エッセイズ 3」筑摩書房 2003（ちくま文庫）p284

理想の男性〔対談〕（高橋たか子）
- ◇「大庭みな子全集 21」日本経済新聞出版社 2011 p17

リチャード三世
- ◇「福田恆存評論集 19」麗澤大學出版會, 廣池學園事業部〔発売〕2010 p9

リチャード二世
- ◇「福田恆存評論集 19」麗澤大學出版會, 廣池學園事業部〔発売〕2010 p76

李朝民画の『虎図』
- ◇「金井美惠子エッセイ・コレクション―1964-2013 2」平凡社 2013 p276

陸行水行
- ◇「松本清張自選短篇集 3」リブリオ出版 2007 p83

立候補・金と言葉の闘い―「朝日ジャーナル」インタビューより
- ◇「野坂昭如エッセイ・コレクション 2」筑摩書房 2004（ちくま文庫）p283

立春
- ◇「内田百閒集成 9」筑摩書房 2003（ちくま文庫）p38

立春大吉
- ◇「大坪砂男全集 1」東京創元社 2013（創元推理文庫）p237

立春の翌零下七度
- ◇「内田百閒集成 22」筑摩書房 2004（ちくま文庫）p53

立体と平面と
- ◇「辻邦生全集 16」新潮社 2005 p96

立冬
　◇「小檜山博全集 3」柏艪舎 2006 p434
立腹帖
　◇「内田百閒集成 2」筑摩書房 2002（ちくま文庫）p16
　◇「内田百閒集成 24」筑摩書房 2004（ちくま文庫）p54
律令期は出羽が中心
　◇「小松左京全集 完全版 31」城西国際大学出版会 2008 p67
とりなおし（リテイク）
　◇「小松左京全集 完全版 23」城西国際大学出版会 2015 p93
リトル・リイグ
　◇「小沼丹全集 4」未知谷 2004 p75
リーナへの間奏曲［翻訳］（ウンベルト・サバ）
　◇「須賀敦子全集 5」河出書房新社 2008（河出文庫）p172
リーナに［翻訳］（ウンベルト・サバ）
　◇「須賀敦子全集 5」河出書房新社 2008（河出文庫）p154
リーナに捧げる新しい歌［翻訳］（ウンベルト・サバ）
　◇「須賀敦子全集 5」河出書房新社 2008（河出文庫）p206
リニアモーターカー「マグレブ」の現状と未来（髙木肇）
　◇「小松左京全集 完全版 47」城西国際大学出版会 2017 p34
離農民の子として
　◇「小檜山博全集 6」柏艪舎 2006 p297
自注エッセイ 理のないリアリティを
　◇「渡辺淳一自選短篇コレクション 3」朝日新聞社 2006 p351
李白
　◇「国枝史郎伝奇短篇小説集成 1」作品社 2006 p505
理髪師
　◇「決定版 三島由紀夫全集 37」新潮社 2004 p685
理髪師の衒学的欲望とフットボールの食慾との相関関係
　◇「決定版 三島由紀夫全集 37」新潮社 2004 p767
離反の思ひ出にたむける歌
　◇「決定版 三島由紀夫全集 37」新潮社 2004 p549
リビアの月夜
　◇「稲垣足穂コレクション 3」筑摩書房 2005（ちくま文庫）p74
リファール待望
　◇「決定版 三島由紀夫全集 27」新潮社 2003 p682
リブとは生き延びること
　◇「深沢夏衣作品集」新幹社 2015 p456
リペッタ通りの名もない牛乳屋（ラッテリア）
　◇「須賀敦子全集 3」河出書房新社 2007（河出文庫）p565

リボン
　◇「徳田秋聲全集 7」八木書店 1998 p274
リー・マーヴィンの花冠―『最前線物語』
　◇「金井美恵子エッセイ・コレクション―1964-2013 4」平凡社 2014 p23
リーメンシュナイダー覚え書
　◇「佐々木基一全集 6」河出書房新社 2012 p313
リーメンシュナイダーのことなど
　◇「佐々木基一全集 6」河出書房新社 2012 p311
リーメンシュナイダーの初期作品について
　◇「佐々木基一全集 6」河出書房新社 2012 p345
りや女と其角
　◇「国枝史郎伝奇短篇小説集成 1」作品社 2006 p152
リヤン王の明察
　◇「小沼丹全集 3」未知谷 2004 p683
「リュイ・ブラス」の上演について
　◇「決定版 三島由紀夫全集 34」新潮社 2003 p135
リュウ・アーチャー 女に哭
　◇「日影丈吉全集 別巻」国書刊行会 2005 p380
流域紀行―吉野川
　◇「瀬戸内寂聴随筆選 5」ゆまに書房 2009 p73
流渦
　◇「内田百閒集成 3」筑摩書房 2002（ちくま文庫）p138
留学への夢
　◇「辻邦生全集 16」新潮社 2005 p320
流血船西へ行く
　◇「山本周五郎探偵小説全集 4」作品社 2008 p183
流行
　◇「大庭みな子全集 6」日本経済新聞出版社 2009 p170
　◇「大庭みな子全集 18」日本経済新聞出版社 2010 p88
流行
　◇「〔森〕鷗外近代小説集 5」岩波書店 2013 p247
流行おくれ
　◇「決定版 三島由紀夫全集 27」新潮社 2003 p454
流行歌 空虚さの代弁者
　◇「小島信夫批評集成 2」水声社 2011 p429
流行歌手の鼻祖―二村定一のこと
　◇「色川武大・阿佐田哲也エッセイズ 2」筑摩書房 2003（ちくま文庫）p190
流行公害
　◇「井上ひさしコレクション ことばの巻」岩波書店 2005 p67
流行語の背後に
　◇「大庭みな子全集 11」日本経済新聞出版社 2010 p337
流行作家の死
　◇「野村胡堂探偵小説全集」作品社 2007 p118
流行性疲労症
　◇「佐々木基一全集 1」河出書房新社 2013 p179

りゅう

龍虎抱擁
- ◇「小松左京全集 完全版 17」城西国際大学出版会 2012 p170

流砂のごとく
- ◇「中井英夫全集 12」東京創元社 2006（創元ライブラリ）p110

流竄の地
- ◇「辻井喬コレクション 7」河出書房新社 2003 p150

柳枝の剣
- ◇「隆慶一郎全集 19」新潮社 2010 p101
- ◇「隆慶一郎短編全集 1」日本経済新聞出版社 2014（日経文芸文庫）p111

龍神
- ◇「立松和平小説 20」勉誠出版 2013 p243

竜神の池
- ◇「都筑道夫少年小説コレクション 2」本の雑誌社 2005 p226

流星雨
- ◇「津村節子自選作品集 4」岩波書店 2005 p119

流星のはたてを巻きて花渚─あとがきにかえて
- ◇「石牟礼道子全集 8」藤原書店 2005 p516

隆達小唄
- ◇「小松左京全集 完全版 18」城西国際大学出版会 2013 p306

竜灯祭
- ◇「決定版 三島由紀夫全集 31」新潮社 2003 p661

竜になった若人たち
- ◇「小檜山博全集 8」柏艪舎 2006 p188

龍のイメージ
- ◇「宮城谷昌光全集 21」文藝春秋 2004 p333

龍の寺
- ◇「大庭みな子全集 11」日本経済新聞出版社 2010 p235

龍の伝承
- ◇「高橋克彦自選短編集 1」講談社 2009（講談社文庫）p209

隆鼻造鼻術
- ◇「小酒井不木随筆評論選集 6」本の友社 2004 p334

理由非道スト突入篇
- ◇「三角寛サンカ選集第二期 15」現代書館 2005 p88

劉備の先祖
- ◇「宮城谷昌光全集 21」文藝春秋 2004 p442

流氷の原
- ◇「渡辺淳一自選短篇コレクション 3」朝日新聞社 2006 p51

流亡の伝道僧
- ◇「司馬遼太郎短篇全集 1」文藝春秋 2005 p65

流木
- ◇「内田百閒集成 3」筑摩書房 2002（ちくま文庫）p57

流木
- ◇「大庭みな子全集 23」日本経済新聞出版社 2011 p436

流木から生まれて
- ◇「松下竜一未刊行著作集 3」海鳥社 2009 p249

流木の女
- ◇「狩久全集 4」皆進社 2013 p281

流木の蟹
- ◇「大庭みな子全集 23」日本経済新聞出版社 2011 p342

竜門石窟─則天武后・盧舎那仏
- ◇「小松左京全集 完全版 43」城西国際大学出版会 2014 p60

『龍門党異聞』について
- ◇「小酒井不木随筆評論選集 3」本の友社 2004 p392

竜羊峡─「竜の頭」に鎖をかける
- ◇「小松左京全集 完全版 43」城西国際大学出版会 2014 p123

「流離譚」を読む
- ◇「小林秀雄全作品 28」新潮社 2005 p409
- ◇「小林秀雄全集 補巻 3」新潮社 2010 p526

リュックサック─追悼 井上靖
- ◇「山崎豊子全集 17」新潮社 2005 p513

諒闇三年
- ◇「宮城谷昌光全集 21」文藝春秋 2004 p334

良寛
- ◇「立松和平小説 別巻」勉誠出版 2015 p137

良寛さま
- ◇「向田邦子全集 新版 8」文藝春秋 2009 p229

「猟奇歌」からくり─夢野久作という疑問符
- ◇「寺山修司著作集 5」クインテッセンス出版 2009 p97

猟奇の果
- ◇「江戸川乱歩全集 4」光文社 2003（光文社文庫）p355
- ◇「江戸川乱歩全集 7」沖積舎 2007 p3

料金
- ◇「小松左京全集 完全版 43」城西国際大学出版会 2014 p381

料金箱の中
- ◇「小檜山博全集 4」柏艪舎 2006 p481

猟犬の正義
- ◇「安部公房全集 6」新潮社 1998 p54

両国の大鯨
- ◇「定本 久生十蘭全集 2」国書刊行会 2009 p578

良識家の特権意識
- ◇「福田恆存評論集 4」麗澤大學出版會, 廣池學園事業〔発売〕2009 p201

良識による共犯〔対談〕（佐々木基一）
- ◇「安部公房全集 9」新潮社 1998 p335

良識派
- ◇「安部公房全集 9」新潮社 1998 p310

領主
◇「決定版 三島由紀夫全集 20」新潮社 2002 p654

猟銃
◇「〔野呂邦暢〕随筆コレクション 1」みすず書房 2014 p175
◇「野呂邦暢小説集成 6」文遊社 2016 p167

猟色の果
◇「野村胡堂伝奇幻想小説集成」作品社 2009 p422

良書紹介
◇「宮本百合子全集 13」新日本出版社 2001 p484

良書普及方法と推薦図書
◇「宮本百合子全集 13」新日本出版社 2001 p421

理容師リエ
◇「田村孟全小説集」航思社 2012 p23

良心
◇「小林秀雄全作品 23」新潮社 2004 p79
◇「小林秀雄全集 補巻 3」新潮社 2010 p189

「良心的軍事拒否国家」としての「平和力」
◇「小田実全集 評論 29」講談社 2013 p181

「良心的軍事拒否国家」に日本の未来を見定める
◇「小田実全集 評論 29」講談社 2013 p187
◇「小田実全集 評論 29」講談社 2013 p196

「良心的軍事拒否国家」めざせ
◇「小田実全集 評論 34」講談社 2013 p125

「良心的軍事・戦争拒否国家」日本
◇「小田実全集 評論 23」講談社 2012 p116

「良心的戦争軍事拒否国家」日本
◇「小田実全集 評論 21」講談社 2012 p362

「良心的兵役拒否者」の思想と実践
◇「小田実全集 評論 29」講談社 2013 p138

良心と貧困
◇「安部公房全集 9」新潮社 1998 p278

猟人日記
◇「定本 久生十蘭全集 5」国書刊行会 2009 p360

『梁塵秘抄後書』について
◇「石牟礼道子全集 16」藤原書店 2013 p248

『梁塵秘抄口伝集』より―夏のかたみに
◇「石牟礼道子全集 16」藤原書店 2013 p256

「両一対」の思想と性の移動
◇「小松左京全集 完全版 35」城西国際大学出版会 2009 p375

両性具有者(たち)
◇「金井美恵子自選短篇集 恋人たち／降誕祭の夜」講談社 2015（講談社文芸文庫）p187

利用とあこがれ
◇「決定版 三島由紀夫全集 32」新潮社 2003 p446

両脳的思考―第18回日本文学大賞学芸部門選挙
◇「安部公房全集 28」新潮社 2000 p303

涼風
◇「小檜山博全集 4」柏艪舎 2006 p479

涼味随感
◇「徳田秋聲全集 20」八木書店 2001 p295

料理技術の本場
◇「日影丈吉全集 別巻」国書刊行会 2005 p249

料理残虐考
◇「日影丈吉全集 別巻」国書刊行会 2005 p164

料理随筆由来記
◇「日影丈吉全集 別巻」国書刊行会 2005 p146

料理哲学
◇「日影丈吉全集 別巻」国書刊行会 2005 p184

料理の古典趣味
◇「谷崎潤一郎全集 14」中央公論新社 2016 p501

料理の天和(テンホー)
◇「山田風太郎エッセイ集成 風山房風呂焚き唄」筑摩書房 2008 p156

両輪―創造と評論活動の問題
◇「宮本百合子全集 17」新日本出版社 2002 p419

緑亜紀の蝶
◇「石牟礼道子全集 15」藤原書店 2012 p124

緑衣の鬼
◇「江戸川乱歩全集 11」光文社 2004（光文社文庫）p9
◇「江戸川乱歩全集 11」沖積舎 2008 p3

緑色(りょくしょく)の死
◇「島田荘司全集 5」南雲堂 2012 p618

緑地帯
◇「石上玄一郎小説作品集成 2」未知谷 2008 p7

緑面の詩人
◇「安部公房全集 29」新潮社 2000 p98

旅券
◇「小田実全集 小説 35」講談社 2013 p102

旅行
◇「林京子全集 4」日本図書センター 2005 p317

旅行家としての書物
◇「井上ひさしコレクション ことばの巻」岩波書店 2005 p275

旅行ぎらい
◇「都筑道夫恐怖短篇集成 1」筑摩書房 2004（ちくま文庫）p162

旅行者の資格について―対話の実験
◇「安部公房全集 7」新潮社 1998 p29

呂后の殺人
◇「宮城谷昌光全集 21」文藝春秋 2004 p421

呂后の治世
◇「宮城谷昌光全集 21」文藝春秋 2004 p423

旅行持物メモ
◇「坂口安吾全集 16」筑摩書房 2000 p565

旅行愁
◇「徳田秋聲全集 19」八木書店 2000 p418

旅愁
◇「内田百閒集成 2」筑摩書房 2002（ちくま文庫）p28

りよし

旅愁
  ◇「日影丈吉全集 7」国書刊行会 2004 p85
旅順海戦館
  ◇「江戸川乱歩全集 30」光文社 2005（光文社文庫）p54
旅順開戦館
  ◇「江戸川乱歩全集 24」光文社 2005（光文社文庫）p116
旅順入城式
  ◇「内田百閒集成 3」筑摩書房 2002（ちくま文庫）p117
旅情
  ◇「大庭みな子全集 23」日本経済新聞出版社 2011 p457
旅情
  ◇「小檜山博全集 2」柏艪舎 2006 p396
旅中点描
  ◇「阿川弘之全集 19」新潮社 2007 p500
旅程のない旅
  ◇「大庭みな子全集 23」日本経済新聞出版社 2011 p462
離陸
  ◇「小松左京全集 完全版 43」城西国際大学出版会 2014 p347
離陸点に立つ女
  ◇「日影丈吉全集 8」国書刊行会 2004 p215
リリシズムは都会にある
  ◇「鈴木いづみコレクション 5」文遊社 1996 p83
リリパット国への旅行［翻訳］（ジョナサン・スイフト）
  ◇「小沼丹全集 補巻」未知谷 2005 p211
リルケ
  ◇「安部公房全集 21」新潮社 1999 p436
リルケ
  ◇「寺山修司著作集 4」クインテッセンス出版 2009 p173
リルケとの邂逅
  ◇「辻邦生全集 18」新潮社 2005 p132
リルケと私
  ◇「決定版 三島由紀夫全集 28」新潮社 2003 p248
鈴（りん）… → "すず…"を見よ
隣家の女
  ◇「都筑道夫恐怖篇集成 1」筑摩書房 2004（ちくま文庫）p36
リンカーン
  ◇「小松左京全集 完全版 43」城西国際大学出版会 2014 p395
リンゴ
  ◇「小檜山博全集 8」柏艪舎 2006 p193
林檎
  ◇「内田百閒集成 12」筑摩書房 2003（ちくま文庫）p64

巻末作品余話隣国アメリカ
  ◇「吉村昭歴史小説集成 5」岩波書店 2009 p534
りんごの皮
  ◇「向田邦子全集 新版 1」文藝春秋 2009 p139
林檎の秘密
  ◇「岡本綺堂探偵小説全集 2」作品社 2012 p497
リンゴの実—真知の為に
  ◇「安部公房全集 1」新潮社 1997 p238
リン酸を運ぶ鳥
  ◇「小松左京全集 完全版 40」城西国際大学出版会 2012 p309
隣室
  ◇「徳田秋聲全集 7」八木書店 1998 p176
隣室の女
  ◇「徳田秋聲全集 30」八木書店 2002 p254
臨時停車
  ◇「内田百閒集成 2」筑摩書房 2002（ちくま文庫）p253
臨時ニュースを申し上げます
  ◇「山田風太郎ミステリー傑作選 8」光文社 2002（光文社文庫）p419
臨終（「親子」を改題）
  ◇「徳田秋聲全集 3」八木書店 1999 p286
臨終ごっこ
  ◇「石牟礼道子全集 15」藤原書店 2012 p243
臨終の声
  ◇「立松和平小説 27」勉誠出版 2014 p249
輪唱
  ◇「梅崎春生作品集 2」沖積舎 2004 p276
人生オペラ 第二回吝嗇神の宿
  ◇「坂口安吾全集 14」筑摩書房 1999 p142
臨時列車—古い手紙から
  ◇「小沼丹全集 3」未知谷 2004 p315
隣人
  ◇「小島信夫短篇集成 5」水声社 2015 p311
隣人
  ◇「野呂邦暢小説集成 3」文遊社 2014 p417
隣人を超えるもの
  ◇「安部公房全集 20」新潮社 1999 p385
私刑（リンチ）
  ◇「大坪砂男全集 3」東京創元社 2013（創元推理文庫）p11
『私刑』後書
  ◇「大坪砂男全集 3」東京創元社 2013（創元推理文庫）p542
「私刑」絵物語
  ◇「大坪砂男全集 3」東京創元社 2013（創元推理文庫）p523
リンディー
  ◇「谷崎潤一郎全集 22」中央公論新社 2017 p360
リンドーいろの焔の歌
  ◇「松田解子自選集 7」澤田出版 2008 p311

竜胆
　◇「小沼丹全集 4」未知谷 2004 p50
竜胆
　◇「決定版 三島由紀夫全集 37」新潮社 2004 p306
巻末作品余話凛とした姿勢
　◇「吉村昭歴史小説集成 8」岩波書店 2009 p663
巻末作品余話輪王寺宮の足跡
　◇「吉村昭歴史小説集成 2」岩波書店 2009 p576
輪舞
　◇「林京子全集 4」日本図書センター 2005 p3
〔対談〕淪落その他―林芙美子（林芙美子）
　◇「坂口安吾全集 15」筑摩書房 2000 p725
淪落と青春と肉体―坂口安吾の近作断想
　◇「佐々木基一全集 1」河出書房新社 2013 p442
淪落の皇女の覚書
　◇「定本 久生十蘭全集 7」国書刊行会 2010 p184
淪落の青春
　◇「坂口安吾全集 6」筑摩書房 1998 p229
倫理観や信義はどこに
　◇「石牟礼道子全集 16」藤原書店 2013 p52
倫理的と社会的の相剋の悲劇― E・トルラー「獄中からの手紙」
　◇「佐々木基一全集 1」河出書房新社 2013 p26
轔轔の記
　◇「内田百閒集成 12」筑摩書房 2003（ちくま文庫）p102

【る】

ル・アーヴル午後五時三十分
　◇「辻邦生全集 5」新潮社 2004 p347
類
　◇「大庭みな子全集 14」日本経済新聞出版社 2010 p261
涙香祭と還暦祝い〔昭和二十八・九年度〕
　◇「江戸川乱歩全集 29」光文社 2006（光文社文庫）p434
涙香に還れ
　◇「野村胡堂探偵小説全集」作品社 2007 p424
涙香の創作「無惨」について
　◇「江戸川乱歩全集 26」光文社 2003（光文社文庫）p222
ルイさんの博多人形
　◇「松下竜一未刊行著作集 2」海鳥社 2008 p232
類聚ベスト・テン
　◇「江戸川乱歩全集 26」光文社 2003（光文社文庫）p586
ルイス・ブニュエル覚え書
　◇「佐々木基一全集 7」河出書房新社 2013 p194

類別トリック集成
　◇「江戸川乱歩全集 27」光文社 2004（光文社文庫）p158
ルオーの事
　◇「小林秀雄全作品 28」新潮社 2005 p306
　◇「小林秀雄全集 補巻 3」新潮社 2010 p509
ルオーの版画
　◇「小林秀雄全作品 28」新潮社 2005 p301
　◇「小林秀雄全集 補巻 3」新潮社 2010 p508
『ルカーチとこの時代』（池田浩士著）を読んで
　◇「佐々木基一全集 3」河出書房新社 2013 p463
ルカーチのリアリズム論
　◇「佐々木基一全集 2」河出書房新社 2013 p272
ルカーチの『リアリズム論集』
　◇「佐々木基一全集 2」河出書房新社 2013 p280
流刑囚
　◇「都筑道夫恐怖短篇集成 2」筑摩書房 2004（ちくま文庫）p321
流刑地にて―ホモ・セクシュアルについて
　◇「中井英夫全集 7」東京創元社 1998（創元ライブラリ）p98
流刑地の友へ―『加藤郁乎句集』
　◇「中井英夫全集 6」東京創元社 1996（創元ライブラリ）p483
『流刑地の猫』
　◇「金井美恵子エッセイ・コレクション―1964-2013 2」平凡社 2013 p331
留守番で乗っとった家
　◇「田中小実昌エッセイ・コレクション 1」筑摩書房 2002（ちくま文庫）p316
流薔園変幻―北軽井沢の風物
　◇「中井英夫全集 9」東京創元社 2003（創元ライブラリ）p239
ルソーの木
　◇「〔野呂邦暢〕随筆コレクション 2」みすず書房 2014 p277
呂宋の壺
　◇「定本 久生十蘭全集 9」国書刊行会 2011 p659
ルドンの闇と光
　◇「〔野呂邦暢〕随筆コレクション 2」みすず書房 2014 p498
ルナアルの日記
　◇「小林秀雄全作品 6」新潮社 2003 p225
　◇「小林秀雄全集 補巻 1」新潮社 2010 p325
流人たちのこと
　◇「石牟礼道子全集 9」藤原書店 2006 p407
流人とその死
　◇「中井英夫全集 7」東京創元社 1998（創元ライブラリ）p297
『ルバイヤアト』
　◇「小檜山博全集 6」柏艪舎 2006 p190
「ルパナーレ」の帽子―イタリア貧乏滞在記
　◇「小田実全集 評論 1」講談社 2010 p285

るはる

ル・パルナス・アンビュラン
　◇「〔森〕鷗外近代小説集 2」岩波書店 2012 p181
ルバング島へのアピール
　◇「井上ひさしコレクション 日本の巻」岩波書店 2005 p52
ルパン幻像
　◇「日影丈吉全集 別巻」国書刊行会 2005 p572
ルパン・錯覚的人物像
　◇「日影丈吉全集 別巻」国書刊行会 2005 p575
ルパン物語
　◇「小酒井不木随筆評論選集 4」本の友社 2004 p173
ルポタージュ'81
　◇「林京子全集 7」日本図書センター 2005 p256
ルポ・兵士の報酬――第八教育隊
　◇「〔野呂邦暢〕随筆コレクション 1」みすず書房 2014 p2
ルポルタージュをめぐって
　◇「佐々木基一全集 2」河出書房新社 2013 p395
ルポルタージュ再説
　◇「佐々木基一全集 2」河出書房新社 2013 p406
ルポルタージュ選評
　◇「宮本百合子全集 14」新日本出版社 2001 p283
ルポルタージュ読後感
　◇「宮本百合子全集 15」新日本出版社 2001 p126
ルポルタージュの読後感
　◇「宮本百合子全集 15」新日本出版社 2001 p283
ルポルタージュの成り立ち
　◇「〔池澤夏樹〕エッセー集成 2」みすず書房 2008 p136
ルーマニア一九六〇年九月
　◇「開高健ルポルタージュ選集 過去と未来の国々」光文社 2007（光文社文庫）p139
流民の都
　◇「石牟礼道子全集 5」藤原書店 2004 p382
瑠璃色の石
　◇「津村節子自選作品集 1」岩波書店 2005 p337
瑠璃の波
　◇「立松和平小説 15」勉誠出版 2011 p249
　◇「立松和平小説 15」勉誠出版 2011 p283
ルルーにも桂冠を――ヘイクラフトの批評に対して
　◇「日影丈吉全集 別巻」国書刊行会 2005 p582
ルール破り
　◇「安部公房全集 22」新潮社 1999 p281
ルレタビーユ第一［翻訳］（ルルウ，ガストン）
　◇「定本 久生十蘭全集 11」国書刊行会 2012 p249
ルレタビーユ第二［翻訳］（ルルウ，ガストン）
　◇「定本 久生十蘭全集 11」国書刊行会 2012 p471
ルーレット必勝法
　◇「吉行淳之介エッセイ・コレクション 1」筑摩書房 2004（ちくま文庫）p170

流浪の追憶
　◇「坂口安吾全集 2」筑摩書房 1999 p85

【れ】

例外的で正統的――井伏鱒二
　◇「丸谷才一全集 10」文藝春秋 2014 p99
例外的なケース――「食いちがいの悲劇」と「集団戦闘」「死にもの狂いの反撃」
　◇「小松左京全集 完全版 35」城西国際大学出版会 2009 p419
霊感と日記との間
　◇「辻邦生全集 18」新潮社 2005 p404
霊感にみちた荻久保氏の歌曲
　◇「石牟礼道子全集 16」藤原書店 2013 p242
霊感のおののき感じる人々
　◇「石牟礼道子全集 6」藤原書店 2006 p487
霊気にいざなわれて
　◇「辺見庸掌編小説集 黒版」角川書店 2004 p74
冷血熱血（小坂・オルチス戦観戦記）
　◇「決定版 三島由紀夫全集 32」新潮社 2003 p259
例言〔『源氏物語和歌講義上巻』『潤一郎訳源氏物語』巻二十四〕
　◇「谷崎潤一郎全集 19」中央公論新社 2015 p532
例言〔『潤一郎訳源氏物語』巻一〕
　◇「谷崎潤一郎全集 19」中央公論新社 2015 p507
麗子の足
　◇「向田邦子全集 新版 7」文藝春秋 2009 p152
霊魂と肉体の生態系
　◇「小松左京全集 完全版 44」城西国際大学出版会 2014 p25
霊魂のゆくえ
　◇「三橋一夫ふしぎ小説集成 3」出版芸術社 2005 p91
霊魂よ、どこへ行く
　◇「日影丈吉全集 別巻」国書刊行会 2005 p277
霊三題
　◇「阿川弘之全集 1」新潮社 2005 p37
冷笑鬼
　◇「坂口安吾全集 10」筑摩書房 1998 p283
冷笑する眼
　◇「大庭みな子全集 6」日本経済新聞出版社 2009 p79
零人
　◇「大坪砂男全集 4」東京創元社 2013（創元推理文庫）p15
冷水
　◇「定本 久生十蘭全集 10」国書刊行会 2011 p87

冷水浴
　◇「坂口安吾全集 13」筑摩書房 1999 p406
霊性へのささめき
　◇「石牟礼道子全集 11」藤原書店 2005 p222
冷泉斬り
　◇「司馬遼太郎短篇全集 6」文藝春秋 2005 p115
冷静、慎重な英国の裁きの伝統
　◇「小松左京全集 完全版 34」城西国際大学出版会 2009 p271
霊泉
　◇「徳田秋聲全集 1」八木書店 1997 p229
冷蔵庫
　◇「阿川弘之全集 4」新潮社 2005 p107
冷蔵庫の中
　◇「小松左京全集 完全版 25」城西国際大学出版会 2017 p159
霊長目ヒト科—その尽きない興味
　◇「小松左京全集 完全版 39」城西国際大学出版会 2012 p56
霊長類ヒト科動物図鑑
　◇「向田邦子全集 新版 8」文藝春秋 2009 p11
「禮」とタブー（六月一日）
　◇「福田恆存評論集 18」麗澤大學出版會, 廣池學園事業部〔発売〕 2010 p163
冷罵歌
　◇「決定版 三島由紀夫全集 37」新潮社 2004 p457
冷房装置
　◇「小沼丹全集 4」未知谷 2004 p361
「黎明に歩む」草稿
　◇「宮本百合子全集 20」新日本出版社 2002 p200
レイモン・ラディゲ
　◇「決定版 三島由紀夫全集 28」新潮社 2003 p82
「雨の木」の下で—大江健三郎
　◇「大庭みな子全集 8」日本経済新聞出版社 2009 p480
雨男（レインマン）と天使
　◇「小田実全集 小説 32」講談社 2013 p49
レヴィン
　◇「江戸川乱歩全集 30」光文社 2005（光文社文庫）p784
レオ・シェストフの「虚無よりの創造」
　◇「小林秀雄全作品 5」新潮社 2003 p217
　◇「小林秀雄全集 補巻 1」新潮社 2010 p282
レオ・シェストフの「悲劇の哲学」
　◇「小林秀雄全作品 5」新潮社 2003 p101
　◇「小林秀雄全集 補巻 1」新潮社 2010 p256
レオナルド・ダ・ヴィンチの夜
　◇「小島信夫短篇集成 6」水声社 2015 p365
レオン・クルッコフスキイ作「愛は死をこえて」
　◇「安部公房全集 5」新潮社 1997 p371

レカミエー夫人—或は、女の職業
　◇「定本 久生十蘭全集 3」国書刊行会 2009 p449
歴史
　◇「小田実全集 評論 5」講談社 2010 p273
歴史
　◇「小林秀雄全作品 23」新潮社 2004 p89
　◇「小林秀雄全作品 24」新潮社 2004 p211
　◇「小林秀雄全集 補巻 3」新潮社 2010 p190
　◇「小林秀雄全集 補巻 3」新潮社 2010 p262
歴史
　◇「寺山修司著作集 4」クインテッセンス出版 2009 p427
轢死
　◇「辻井喬コレクション 7」河出書房新社 2003 p21
自注エッセイ 歴史医学小説への思い
　◇「渡辺淳一自選短篇コレクション 5」朝日新聞社 2006 p343
歴史映画と現代性
　◇「佐々木基一全集 1」河出書房新社 2013 p84
歴史を動かす力
　◇「司馬遼太郎対話選集 3」文藝春秋 2006（文春文庫）
歴史を考える本
　◇「車谷長吉全集 3」新書館 2010 p286
歴史を棄てるべき時〔対談〕（武満徹）
　◇「安部公房全集 25」新潮社 1999 p376
歴史を背負うこと
　◇「小田実全集 評論 17」講談社 2012 p61
　◇「小田実全集 評論 17」講談社 2012 p62
歴史を直視する
　◇「小田実全集 評論 5」講談社 2010 p274
『歴史学』の没落—会田雄次氏との対談
　◇「小松左京全集 完全版 30」城西国際大学出版会 2008 p331
歴史教育（六月十五日）
　◇「福田恆存評論集 18」麗澤大學出版會, 廣池學園事業部〔発売〕 2010 p166
歴史小説を書きはじめた頃
　◇「辻邦生全集 18」新潮社 2005 p383
歴史小説管見
　◇「坂口安吾全集 3」筑摩書房 1999 p385
歴史小説と年齢
　◇「[野呂邦暢]随筆コレクション 1」みすず書房 2014 p464
歴史小説の出発〔対談〕（佐藤春夫, 今東光）
　◇「福田恆存対談・座談集 1」玉川大学出版部 2011 p39
歴史小説の地平
　◇「辻邦生全集 18」新潮社 2005 p373
歴史上の人気者
　◇「山田風太郎エッセイ集成 秀吉はいつ知ったか」筑摩書房 2008 p138

れきし

歴史探偵方法論
　◇「坂口安吾全集 12」筑摩書房 1999 p209

歴史的かなづかひ習得法
　◇「福田恆存評論集 6」麗澤大學出版會, 廣池學園事業部〔発売〕2009 p91

歴史的かなづかひの原理
　◇「福田恆存評論集 6」麗澤大學出版會, 廣池學園事業部〔発売〕2009 p51

歴史的言語の意味合
　◇「小林秀雄全作品 26」新潮社 2004 p24
　◇「小林秀雄全集 補巻 3」新潮社 2010 p346

歴史的真実も人間性も抹消
　◇「小松左京全集 完全版 40」城西国際大学出版会 2012 p352

歴史的題材と演劇
　◇「決定版 三島由紀夫全集 34」新潮社 2003 p429

歴史的変遷の概観
　◇「小田実全集 評論 3」講談社 2010 p82

歴史といふ悪夢
　◇「丸谷才一全集 10」文藝春秋 2014 p20

歴史と画家―ワットーと「ジェルサンの看板」
　◇「辻邦生全集 19」新潮社 2005 p195

歴史と活眼
　◇「小林秀雄全集 補巻 2」新潮社 2010 p151

歴史と現実
　◇「坂口安吾全集 3」筑摩書房 1999 p503

歴史としての現代〔座談会〕(色川大吉, 小木新造)
　◇「安部公房全集 25」新潮社 1999 p262

歴史と文学
　◇「小林秀雄全作品 13」新潮社 2003 p204
　◇「小林秀雄全集 補巻 2」新潮社 2010 p191

歴史と文学
　◇「宮本百合子全集 15」新日本出版社 2001 p292

歴史と文學・無常といふ事―註解・追補
　◇「小林秀雄全集 補巻 2」新潮社 2010 p157

歴史と文明の旅(上)
　◇「小松左京全集 完全版 32」城西国際大学出版会 2008 p5

歴史と文明の旅(下)
　◇「小松左京全集 完全版 32」城西国際大学出版会 2008 p135

歴史に詩の炎を感じて
　◇「辻邦生全集 18」新潮社 2005 p102

歴史について 対談(河上徹太郎)
　◇「小林秀雄全作品 28」新潮社 2005 p314
　◇「小林秀雄全集 補巻 3」新潮社 2010 p511

〈歴史に学ぶべからず〉『エクスファイア日本版』の談話記事
　◇「安部公房全集 29」新潮社 2000 p203

歴史のありがたさ
　◇「宮城谷昌光全集 21」文藝春秋 2004 p246

歴史の落穂―鷗外・漱石・荷風の婦人観にふれて
　◇「宮本百合子全集 13」新日本出版社 2001 p328

歴史の顔から
　◇「辻邦生全集 18」新潮社 2005 p375

歴史の活眼
　◇「小林秀雄全作品 12」新潮社 2003 p257

歴史の交差路にて 日本・中国・朝鮮(陳舜臣, 金達寿)
　◇「司馬遼太郎対話選集 9」文藝春秋 2006(文春文庫) p187

歴史の尻尾
　◇「石牟礼道子全集 4」藤原書店 2004 p362

歴史の外に自分をたづねて―三十代の処生
　◇「決定版 三島由紀夫全集 29」新潮社 2003 p135

歴史の旅
　◇「遠藤周作エッセイ選集 2」光文社 2006(知恵の森文庫) p10

歴史の魂
　◇「小林秀雄全作品 14」新潮社 2003 p150
　◇「小林秀雄全集 補巻 2」新潮社 2010 p224

歴史のなかを吹く追憶の風―鏡
　◇「辻邦生全集 19」新潮社 2005 p262

歴史の中のある日の村を
　◇「石牟礼道子全集 5」藤原書店 2004 p234

歴史の中の雷雨
　◇「宮城谷昌光全集 21」文藝春秋 2004 p27

〈歴史の頁が〉
　◇「安部公房全集 3」新潮社 1997 p143

歴史の夜咄(林屋辰三郎)
　◇「司馬遼太郎対話選集 1」文藝春秋 2006(文春文庫) p9

歴史の呼び声
　◇「石牟礼道子全集 17」藤原書店 2012 p438

歴史博物館―プガチョフ・エカテリーナ二世の"二重肖像"
　◇「小松左京全集 完全版 43」城西国際大学出版会 2014 p238

歴史文学を中心に―本年度上半期を語る〔座談会〕(杉山英樹, 高木卓, 宮内寒弥, 平野謙, 大井広介, 井上友一郎, 檀一雄, 佐々木基一, 赤木俊, 南川潤)
　◇「坂口安吾全集 17」筑摩書房 1999 p74

鞢死《モンタアジュ型式》
　◇「決定版 三島由紀夫全集 37」新潮社 2004 p470

「歴戦の弱者」としての「平和主義者」
　◇「小田実全集 評論 29」講談社 2013 p219

レコオドと私
　◇「徳田秋聲全集 22」八木書店 2001 p299

レコード音楽
　◇「徳田秋聲全集 20」八木書店 2001 p272

レコード化に当つて
　◇「決定版 三島由紀夫全集 35」新潮社 2003 p709
レコード小唄評
　◇「上野壮夫全集 3」図書新聞 2011 p256
レジ・フォーチュン くたばれ名探偵！
　◇「日影丈吉全集 別巻」国書刊行会 2005 p320
「レジャー産業」の発想
　◇「小松左京全集 完全版 29」城西国際大学出版会 2007 p345
レジャー地獄
　◇「小松左京全集 完全版 25」城西国際大学出版会 2017 p378
レジャーと私
　◇「決定版 三島由紀夫全集 31」新潮社 2003 p627
レジャーについて
　◇「小松左京全集 完全版 31」城西国際大学出版会 2008 p215
レストラン通い虎の巻
　◇「日影丈吉全集 別巻」国書刊行会 2005 p83
レストランと女性
　◇「吉行淳之介エッセイ・コレクション 1」筑摩書房 2004（ちくま文庫）p42
レスナー館
　◇「大佛次郎セレクション第1期 白い夜」未知谷 2007 p187
レーダーホーゼン
　◇「［村上春樹］短篇選集1980–1991 象の消滅」新潮社 2005 p167
列車を出るまで
　◇「［野呂邦暢］随筆コレクション 1」みすず書房 2014 p260
列車食堂
　◇「内田百閒集成 2」筑摩書房 2002（ちくま文庫）p125
列車テンプク
　◇「安部公房全集 4」新潮社 1997 p490
列車の客
　◇「［野呂邦暢］随筆コレクション 1」みすず書房 2014 p66
列人列歌
　◇「小田実全集 小説 12」講談社 2011 p5
列――九六〇年五月二六日大統一行動デーより
　◇「松田解子自選集 9」澤田出版 2009 p185
列島を見渡せる高地で
　◇「石牟礼道子全集 14」藤原書店 2008 p236
列のこころ
　◇「宮本百合子全集 15」新日本出版社 2001 p22
烈婦！ ます女自叙伝
　◇「井上ひさし短編中編小説集成 1」岩波書店 2014 p117
レーディオの歌
　◇「稲垣足穂コレクション 4」筑摩書房 2005（ちくま文庫）p244
『レディ・キラー』（エド・マクベイン）
　◇「田中小実昌エッセイ・コレクション 5」筑摩書房 2003（ちくま文庫）p197
レーナの死
　◇「寺山修司著作集 1」クインテッセンス出版 2009 p433
レーニ街の家
　◇「須賀敦子全集 2」河出書房新社 2006（河出文庫）p145
レニングラード街道―バルダイ丘陵へ入る
　◇「小松左京全集 完全版 43」城西国際大学出版会 2014 p178
レーニン塚―カザフスタン
　◇「小田実全集 評論 36」講談社 2014 p214
レーニンのミイラ―民衆の魂の奥底にあるもの
　◇「佐々木基一全集 3」河出書房新社 2013 p270
『『レ・ミゼラブル』百六景』『皇帝たちの都ローマ』『エクリール』
　◇「須賀敦子全集 4」河出書房新社 2007（河出文庫）p410
レミング―世界の涯てまで連れてって
　◇「寺山修司著作集 3」クインテッセンス出版 2009 p497
レムリアの日
　◇「定本 荒巻義雄メタSF全集 2」彩流社 2015 p7
レモン
　◇「定本 久生十蘭全集 別巻」国書刊行会 2013 p532
檸檬
　◇「梶井基次郎小説全集新装版」沖積舎 1995 p7
レモンの木
　◇「小沼丹全集 4」未知谷 2004 p365
れるへ
　◇「内田百閒集成 2」筑摩書房 2002（ちくま文庫）p137
恋愛
　◇「田村泰次郎選集 1」日本図書センター 2005 p110
恋愛嘘ごっこ
　◇「鈴木いづみセカンド・コレクション 3」文遊社 2004 p9
恋愛を求めて
　◇「大庭みな子全集 18」日本経済新聞出版社 2010 p103
恋愛及び色情
　◇「谷崎潤一郎全集 16」中央公論新社 2016 p177
恋愛怪談（「情史類略」）
　◇「江戸川乱歩全集 26」光文社 2003（光文社文庫）p348
戀愛狂時代
　◇「福田恆存評論集 17」麗澤大學出版會、廣池學園事業部〔發売〕2010 p282

れんあ

恋愛講座
　◇「鈴木いづみコレクション 6」文遊社 1997 p193
恋愛懺悔録
　◇「国枝史郎伝奇浪漫小説集成」作品社 2007 p505
恋愛詩か思想詩か―埼玉つぶやきのU君の手紙に答えて
　◇「安部公房全集 3」新潮社 1997 p195
恋愛小観
　◇「徳田秋聲全集 20」八木書店 2001 p341
恋愛小説家の仕事〔対談〕(川上弘美)
　◇「田辺聖子全集 別巻1」集英社 2006 p197
恋愛小説の陥穽
　◇「三枝和子選集 6」鼎書房 2008 p5
恋愛小説ベスト・スリー
　◇「決定版 三島由紀夫全集 36」新潮社 2003 p632
戀愛東西
　◇「小酒井不木随筆評論選集 7」本の友社 2004 p494
恋愛と結婚
　◇「吉行淳之介エッセイ・コレクション 2」筑摩書房 2004（ちくま文庫）p235
戀愛と人生
　◇「福田恆存評論集 17」麗澤大學出版會, 廣池學園事業部〔発売〕2010 p185
恋愛と人生Q&A
　◇「吉行淳之介エッセイ・コレクション 2」筑摩書房 2004（ちくま文庫）p281
"恋愛"と"友情"が区別できる薬
　◇「小松左京全集 完全版 34」城西国際大学出版会 2009 p20
恋愛について
　◇「石川淳コレクション 3」筑摩書房 2007（ちくま文庫）p125
恋愛について
　◇「佐々木基一全集 5」河出書房新社 2013 p361
戀愛について
　◇「福田恆存評論集 17」麗澤大學出版會, 廣池學園事業部〔発売〕2010 p117
恋愛博物館
　◇「小松左京全集 完全版 34」城西国際大学出版会 2009 p9
恋愛不能者
　◇「江戸川乱歩全集 30」光文社 2005（光文社文庫）p80
恋愛放浪
　◇「徳田秋聲全集 30」八木書店 2002 p154
恋愛もしくは結婚問題に就て親子が意見を異にした場合
　◇「徳田秋聲全集 23」八木書店 2001 p294
恋愛論
　◇「坂口安吾全集 5」筑摩書房 1998 p135
「レンRen」をすいせんします!
　◇「決定版 三島由紀夫全集 33」新潮社 2003 p498

籬外
　◇「内田百閒集成 12」筑摩書房 2003（ちくま文庫）p92
恋牛賦
　◇「赤江瀑短編傑作選 幻想編」光文社 2007（光文社文庫）p321
連翹
　◇「小沼丹全集 3」未知谷 2004 p459
錬金術
　◇「内田百閒集成 5」筑摩書房 2003（ちくま文庫）p54
錬金術
　◇「小酒井不木随筆評論選集 6」本の友社 2004 p11
錬金術―哲学者の石
　◇「小酒井不木随筆評論選集 5」本の友社 2004 p427
連句で命拾いする
　◇「佐々木基一全集 6」河出書房新社 2012 p391
連句に憑かれて
　◇「佐々木基一全集 6」河出書房新社 2012 p398
蓮華
　◇「定本 久生十蘭全集 10」国書刊行会 2011 p286
　◇「定本 久生十蘭全集 10」国書刊行会 2011 p379
蓮花照応
　◇「石上玄一郎作品集 3」日本図書センター 2004 p207
　◇「石上玄一郎小説作品集成 3」未知谷 2008 p247
蓮花図
　◇「宮本百合子全集 9」新日本出版社 2001 p405
れんげ田
　◇「松下竜一未刊行著作集 2」海鳥社 2008 p275
蓮華盗賊
　◇「山田風太郎妖異小説コレクション 山屋敷秘図」徳間書店 2003（徳間文庫）p510
煉獄
　◇「安部公房全集 12」新潮社 1998 p313
煉獄にかかる虹―なぐさめ深きものたちの祈りと天草四郎
　◇「石牟礼道子全集 13」藤原書店 2007 p738
『煉獄』に序す
　◇「谷崎潤一郎全集 5」中央公論新社 2016 p486
恋罪
　◇「山田風太郎ミステリー傑作選 1」光文社 2001（光文社文庫）p295
「連鎖街のひとびと」
　◇「井上ひさしコレクション 日本の巻」岩波書店 2005 p194
連鎖寄生眷属
　◇「森村誠一ベストセレクション 雪の絶唱」光文社 2010（光文社文庫）p219
連作「キヤラコさん」に就て
　◇「定本 久生十蘭全集 10」国書刊行会 2011 p89

連作に耐え、肥料を自給し、表土の流出を防ぐ水田はえらい！
　◇「井上ひさしコレクション　日本の巻」岩波書店　2005　p312

聯詩三題
　◇「決定版　三島由紀夫全集　37」新潮社　2004　p446

恋囚
　◇「狩久全集　1」皆進社　2013　p197

恋情
　◇「松本清張短編全集　05」光文社　2009（光文社文庫）p145

レンズ嗜好症
　◇「江戸川乱歩全集　24」光文社　2005（光文社文庫）p459
　◇「江戸川乱歩全集　30」光文社　2005（光文社文庫）p60

レンズのなかの家族像から
　◇「林京子全集　8」日本図書センター　2005　p284

聯想の午前
　◇「決定版　三島由紀夫全集　37」新潮社　2004　p505

連続異常妊娠事件
　◇「井上ひさし短編中編小説集成　9」岩波書店　2015　p228

連続する発見──小島信夫著「作家遍歴」を読んで
　◇「大庭みな子全集　8」日本経済新聞出版社　2009　p478

連帯
　◇「石牟礼道子全集　1」藤原書店　2004　p413

連隊長屋敷
　◇「立松和平全小説　5」勉誠出版　2010　p41

連帯の条件──現代知識人の課題〔座談会〕（日高六郎、増島宏、山田宗睦）
　◇「安部公房全集　17」新潮社　1999　p273

聯隊・聯合艦隊
　◇「阿川弘之全集　20」新潮社　2007　p562

レンタ・カーの冒険
　◇「日影丈吉全集　7」国書刊行会　2004　p29

連禱［翻訳］（ダヴィデ・マリア・トゥロルド）
　◇「須賀敦子全集　7」河出書房新社　2007（河出文庫）p75

レンフィルム祭を見て「世界の広さ」を知ったこと
　◇「金井美恵子エッセイ・コレクション―1964-2013　1」平凡社　2013　p283

【ろ】

ロアルド・ダールの幽霊物語（ロアルド・ダール編）
　◇「田中小実昌エッセイ・コレクション　5」筑摩書房　2003（ちくま文庫）p325

「懶人（ロイアルト）」考
　◇「中井英夫全集　6」東京創元社　1996（創元ライブラリ）p563

老嫗面
　◇「坂口安吾全集　2」筑摩書房　1999　p144

狼園
　◇「坂口安吾全集　2」筑摩書房　1999　p3

労演の委嘱に応えて──「城塞」
　◇「安部公房全集　16」新潮社　1998　p396

老鶯
　◇「吉川潮芸人小説セレクション　5」ランダムハウス講談社　2007　p147

老音楽家
　◇「徳田秋聲全集　6」八木書店　2000　p3

老眼鏡
　◇「徳田秋聲全集　23」八木書店　2001　p141
　◇「徳田秋聲全集　23」八木書店　2001　p155

老眼鏡
　◇「決定版　三島由紀夫全集　37」新潮社　2004　p623

老眼鏡をとほして
　◇「徳田秋聲全集　23」八木書店　2001　p176

『老眼鏡』跋
　◇「徳田秋聲全集　別巻」八木書店　2006　p97

老朽度スキャンダル
　◇「都筑道夫恐怖短篇集成　2」筑摩書房　2004（ちくま文庫）p199

浪曲子守唄
　◇「金井美恵子エッセイ・コレクション―1964-2013　1」平凡社　2013　p77

浪曲新宿お七
　◇「寺山修司著作集　2」クインテッセンス出版　2009　p399

老苦
　◇「徳田秋聲全集　16」八木書店　1999　p307

老后の愉しみ
　◇「小沼丹全集　4」未知谷　2004　p448

老骨
　◇「徳田秋聲全集　5」八木書店　1998　p161

老後の計画
　◇「井上ひさし短編中編小説集成　2」岩波書店　2014　p497

老後の春
　◇「谷崎潤一郎全集　23」中央公論新社　2017　p313

老狐会
　◇「内田百閒集成　17」筑摩書房　2004（ちくま文庫）p9

労作即娯楽
　◇「谷崎潤一郎全集　14」中央公論新社　2016　p510

老子
　◇「大庭みな子全集　8」日本経済新聞出版社　2009　p445

ろうし

老師
◇「松田解子自選集 5」澤田出版 2007 p197

老車夫
◇「内田百閒集成 12」筑摩書房 2003（ちくま文庫）p102

老上海
◇「林京子全集 4」日本図書センター 2005 p253

老醜
◇「戸川幸夫動物文学セレクション 2」ランダムハウス講談社 2008（ランダムハウス講談社文庫）p433

老十九年の推歩
◇「松本清張初文庫化作品集 3」双葉社 2006（双葉文庫）p63

老春
◇「松本清張短編全集 10」光文社 2009（光文社文庫）p243

籠城武士道
◇「横溝正史時代小説コレクション伝奇篇 1」出版芸術社 2003 p298

老人会に入会
◇「松下竜一未刊行著作集 2」海鳥社 2008 p331

老人と犬
◇「佐々木基一全集 6」河出書房新社 2012 p186

老人と主婦
◇「小檜山博全集 3」柏艪舎 2006 p450

老人と飛行士
◇「定本 荒巻義雄メタSF全集 別巻」彩流社 2015 p8

老人の家
◇「小沼丹全集 2」未知谷 2004 p597

老人の星
◇「決定版 三島由紀夫全集 25」新潮社 2002 p733

老人の要求
◇「松田解子自選集 8」澤田出版 2008 p325

老人問題の忘れ物〔座談会〕（渥美和彦、國弘正雄、森政弘、吉田夏彦）
◇「小松左京全集 完全版 39」城西国際大学出版会 2012 p183

狼藉者のいる家
◇「小島信夫短篇集成 3」水声社 2014 p243

蠟燭のにほひが忘れられない
◇「徳田秋聲全集 19」八木書店 2000 p216

蠟燭の灯—今月の表紙に因んで
◇「決定版 三島由紀夫全集 28」新潮社 2003 p130

老太婆の路地
◇「林京子全集 2」日本図書センター 2005 p5

労働組合発生篇
◇「三角寛サンカ選集第二期 15」現代書館 2005 p19

老桃残記
◇「宮城谷昌光全集 2」文藝春秋 2003 p122

労働者
◇「松田解子自選集 9」澤田出版 2009 p46

労働者農民の国家とブルジョア地主の国家—ソヴェトの国家体制と日本の国家体制
◇「宮本百合子全集 11」新日本出版社 2001 p243

労働者の妻
◇「松田解子自選集 4」澤田出版 2005 p227

「労働者」は「ストライキ」をする
◇「小田実全集 評論 7」講談社 2010 p318

『労働戦線』小説選後評
◇「宮本百合子全集 18」新日本出版社 2002 p124

労働という祈禱と文学
◇「中上健次集 5」インスクリプト 2015 p246

労働と芸術
◇「佐々木基一全集 2」河出書房新社 2013 p202

浪人
◇「立花和平小説 別巻」勉誠出版 2015 p434

蠟人（ろうにん）
◇「山田風太郎ミステリー傑作選 8」光文社 2002（光文社文庫）p278

『浪人街』
◇「佐々木基一全集 1」河出書房新社 2013 p136

浪人の効用〔鼎談〕（会田雄次、山崎正和）
◇「小松左京全集 完全版 39」城西国際大学出版会 2012 p268

老年と死
◇「徳田秋聲全集 21」八木書店 2001 p82

老年物語
◇「寺山修司著作集 1」クインテッセンス出版 2009 p107

労農通信と文学
◇「上野壮夫全集 3」図書新聞 2011 p161

牢の忍法帖
◇「山田風太郎忍法帖短篇全集 5」筑摩書房 2004（ちくま文庫）p193

老婆
◇「徳田秋聲全集 8」八木書店 2000 p19

老夫婦
◇「小沼丹全集 4」未知谷 2004 p17

『老話』と『童話』
◇「徳田秋聲全集 20」八木書店 2001 p304

炉を塞ぐ
◇「小沼丹全集 4」未知谷 2004 p46

蘆花と軍歌
◇「阿川弘之全集 20」新潮社 2007 p471

録音テープの女
◇「日影丈吉全集 別巻」国書刊行会 2005 p939

六月の雨
◇「金井美恵子エッセイ・コレクション—1964–2013 1」平凡社 2013 p103

六月ノ遺書
◇「中井英夫全集 10」東京創元社 2002（創元ライブラリ）p139

六月の市村座
　◇「徳田秋聲全集 19」八木書店 2000 p408
六月の風
　◇「小島信夫短篇集成 7」水声社 2015 p453
六月の東劇
　◇「決定版 三島由紀夫全集 36」新潮社 2003 p549
六月の花
　◇「大庭みな子全集 12」日本経済新聞出版社 2010 p26
六時堂の鐘
　◇「宮城谷昌光全集 21」文藝春秋 2004 p346
六字南無右衛門
　◇「都筑道夫時代小説コレクション 3」戎光祥出版 2014（戎光祥時代小説名作館）p169
六九年・自分にたちかえる
　◇「小田実全集 評論 20」講談社 2012 p130
六十グラムの猫
　◇「向田邦子全集 新版 6」文藝春秋 2009 p82
「六〇年安保」「七〇年安保」「九〇年安保」
　◇「小田実全集 評論 19」講談社 2012 p135
六〇年代序章
　◇「20世紀断層―野坂昭如単行本未収録小説集成 5」幻戯書房 2010 p352
六十年代、七十年代の「日本の知識人」
　◇「小田実全集 評論 3」講談社 2010 p277
六十年の謎
　◇「国枝史郎伝奇短篇小説集成 2」作品社 2006 p52
六十の手習
　◇「江戸川乱歩全集 30」光文社 2005（光文社文庫）p286
六十の手習ひ
　◇「阿川弘之全集 18」新潮社 2007 p510
六世歌右衛門に贈る言葉
　◇「谷崎潤一郎全集 21」中央公論新社 2016 p438
六世中村歌右衛門序説
　◇「決定版 三島由紀夫全集 31」新潮社 2003 p252
六道の辻
　◇「中上健次集 7」インスクリプト 2012 p27
六・二二―安保反対、第二〇次行動デー中野駅より
　◇「松田解子自選集 9」澤田出版 2009 p194
「六人を乗せた馬車」をみて
　◇「決定版 三島由紀夫全集 33」新潮社 2003 p51
六年すいり組
　◇「都筑道夫少年小説コレクション 6」本の雑誌社 2005 p151
「鹿鳴館」再演
　◇「決定版 三島由紀夫全集 32」新潮社 2003 p603
「鹿鳴館」創作ノート
　◇「決定版 三島由紀夫全集 22」新潮社 2002 p649
「鹿鳴館」について（「書く前、……」）
　◇「決定版 三島由紀夫全集 29」新潮社 2003 p326

「鹿鳴館」について（「どうも予告だふれに……」）
　◇「決定版 三島由紀夫全集 29」新潮社 2003 p288
「鹿鳴館」について（「鹿鳴館時代といふものには、……」）
　◇「決定版 三島由紀夫全集 29」新潮社 2003 p334
鹿鳴館―悲劇四幕
　◇「決定版 三島由紀夫全集 22」新潮社 2002 p545
ろくろ首の秋
　◇「石牟礼道子全集 8」藤原書店 2005 p463
蘆溝暁月
　◇「阿川弘之全集 18」新潮社 2007 p476
「文（ロゴス）」の「アンガジュマン」
　◇「小田実全集 評論 31」講談社 2013 p193
「文（ロゴス）」篇
　◇「小田実全集 評論 28」講談社 2013 p7
ロザリーという女
　◇「辻邦生全集 5」新潮社 2004 p95
廬山日記
　◇「谷崎潤一郎全集 9」中央公論新社 2017 p461
路地
　◇「中上健次集 2」インスクリプト 2018 p417
ロシア革命の父―ウラジーミル・イリイッチ・ウリヤノフ
　◇「小松左京全集 完全版 43」城西国際大学出版会 2014 p258
ロシア革命は婦人を解放した―口火を切った婦人デーの闘い
　◇「宮本百合子全集 11」新日本出版社 2001 p305
ロシア幻想の旅から
　◇「辻邦生全集 17」新潮社 2005 p55
ロシア公演―エトセトラ劇場の三日間
　◇「井上ひさしコレクション 日本の巻」岩波書店 2005 p224
巻末作品余話 ロシア皇帝と龍
　◇「吉村昭歴史小説集成 8」岩波書店 2009 p661
ロシアの影
　◇「小島信夫批評集成 8」水声社 2010 p129
ロシアの過去を物語る革命博物館を観る
　◇「宮本百合子全集 11」新日本出版社 2001 p78
露西亜の実生活
　◇「宮本百合子全集 10」新日本出版社 2001 p106
ロシアの旅より
　◇「宮本百合子全集 10」新日本出版社 2001 p41
ロシア望見（中村善和）
　◇「司馬遼太郎対話選集 10」文藝春秋 2006（文春文庫）p135
路地裏から
　◇「石牟礼道子全集 9」藤原書店 2006 p515
ロジェ・ヴァイヤン著『現代の演劇』
　◇「安部公房全集 6」新潮社 1998 p160

ろしさ

路地雑感
　◇「林京子全集 7」日本図書センター 2005 p114

露字新聞ヴォーリヤ
　◇「〔野呂邦暢〕随筆コレクション 1」みすず書房 2014 p20

路地の奥の怪人
　◇「立松和平全小説 19」勉誠出版 2013 p240

[対談]路地の消失と流亡　中上健次の軌跡（柄谷行人）
　◇「中上健次集 10」インスクリプト 2017 p619

露地の葬い
　◇「松田解子自選集 4」澤田出版 2005 p317

ロシヤに行く心
　◇「宮本百合子全集 9」新日本出版社 2001 p416

ロシヤの子供らに
　◇「上野壮夫全集 1」図書新聞 2010 p95

露出狂奇譚
　◇「山田風太郎ミステリー傑作選 6」光文社 2001（光文社文庫）p113

路上
　◇「梶井基次郎小説全集新装版」沖積舎 1995 p81

路上
　◇「小島信夫短篇集成 8」水声社 2014 p329

魯迅断章
　◇「佐々木基一全集 1」河出書房新社 2013 p480

魯迅著（鹿地亘訳）「魯迅全集」第三巻
　◇「佐々木基一全集 1」河出書房新社 2013 p36

魯迅と
　◇「大庭みな子全集 6」日本経済新聞出版社 2009 p63

魯迅について
　◇「佐々木基一全集 10」河出書房新社 2013 p618

魯迅の講義ノート
　◇「井上ひさしコレクション 人間の巻」岩波書店 2005 p42

ローズの帰国
　◇「林京子全集 4」日本図書センター 2005 p185

ロースン
　◇「江戸川乱歩全集 30」光文社 2005（光文社文庫）p785

蘆雪を殺す
　◇「司馬遼太郎短篇全集 10」文藝春秋 2006 p7

炉前散語
　◇「内田百閒集成 5」筑摩書房 2003（ちくま文庫）p30

六区を散らかす
　◇「内田百閒集成 19」筑摩書房 2004（ちくま文庫）p200

〈抜粋〉六高以前
　◇「内田百閒集成 24」筑摩書房 2004（ちくま文庫）p190

六高以前
　◇「内田百閒集成 13」筑摩書房 2003（ちくま文庫）p89

ロッコが戸を叩きつづける—ヴィスコンティ
　◇「寺山修司著作集 5」クインテッセンス出版 2009 p272

ロッセリーニと戦争映画
　◇「佐々木基一全集 7」河出書房新社 2013 p112

ロッセリーニ「フランチェスコ・神の道化師」
　◇「佐々木基一全集 7」河出書房新社 2013 p328

ロッテナム美人術
　◇「坂口安吾全集 10」筑摩書房 1998 p396

「ロッテルダムの灯」（庄野英二）書評
　◇「小沼丹全集 4」未知谷 2004 p696

ロッテ・レーマンに魅了されて
　◇「辻邦生全集 19」新潮社 2005 p15

「緑波食談」に寄す
　◇「谷崎潤一郎全集 22」中央公論新社 2017 p356

ロッパ・森繁・タモリ
　◇「色川武大・阿佐田哲也エッセイズ 2」筑摩書房 2003（ちくま文庫）p120

六本足の午
　◇「都筑道夫恐怖短篇集成 3」筑摩書房 2004（ちくま文庫）p378

六本足の子イヌ
　◇「小松左京全集 完全版 24」城西国際大学出版会 2016 p474

路程
　◇「決定版 三島由紀夫全集 21」新潮社 2002 p51

露呈した役所組織の欠陥
　◇「小松左京全集 完全版 46」城西国際大学出版会 2016 p91

露店将棋
　◇「大坪砂男全集 4」東京創元社 2013（創元推理文庫）p201

ロード・ダーシー 異次元の探偵
　◇「日影丈吉全集 別巻」国書刊行会 2005 p350

魯の荘公
　◇「宮城谷昌光全集 21」文藝春秋 2004 p189

呂の忍法帖
　◇「山田風太郎忍法帖短篇全集 6」筑摩書房 2004（ちくま文庫）p171

驢馬修業
　◇「大坪砂男全集 2」東京創元社 2013（創元推理文庫）p439

炉辺（ろばた）…→"ろへん…"をも見よ

「炉辺のおじさん」まえがき
　◇「日影丈吉全集 別巻」国書刊行会 2005 p866

炉辺の名探偵
　◇「日影丈吉全集 別巻」国書刊行会 2005 p269

『ろばた』6—全国サークル誌めぐり
　◇「安部公房全集 3」新潮社 1997 p317

改訂増補ロバチェフスキー空間を旋りて
　◇「稲垣足穂コレクション 6」筑摩書房 2005（ちくま文庫）p129

ロバート
　◇「野呂邦暢小説集成 1」文遊社 2013 p259
露伴翁
　◇「德田秋聲全集 23」八木書店 2001 p18
露伴翁追悼講演会に寄す
　◇「谷崎潤一郎全集 20」中央公論新社 2015 p557
『露伴随筆』(幸田露伴)
　◇「山田風太郎エッセイ集成 風山房風呂焚き唄」筑摩書房 2008 p187
ロビンソン・クルソオ(序に代ふる対話)
　◇「〔森〕鷗外近代小説集 3」岩波書店 2013 p175
ローベルト・ペッチュ『叙事文学の本質と形式』
　◇「佐々木基一全集 1」河出書房新社 2013 p265
「ロベレ将軍」
　◇「佐々木基一全集 7」河出書房新社 2013 p115
炉辺(ろへん)… → "ろばた…"をも見よ
炉辺のぬくもり
　◇「〔野呂邦暢〕随筆コレクション 2」みすず書房 2014 p496
路傍の花
　◇「德田秋聲全集 32」八木書店 2003 p3
ロボットぎらい
　◇「大坪砂男全集 4」東京創元社 2013 (創元推理文庫) p323
ロボット殺人事件
　◇「大坪砂男全集 4」東京創元社 2013 (創元推理文庫) p265
ロボット地蔵
　◇「小松左京全集 完全版 24」城西国際大学出版会 2016 p464
ロボット社会と人間〔対談〕(堤清二)
　◇「安部公房全集 27」新潮社 2000 p107
ロボットたち
　◇「大庭みな子全集 6」日本経済新聞出版社 2009 p182
ロボットDとぼくの冒険
　◇「都筑道夫少年小説コレクション 5」本の雑誌社 2005 p205
ロボットは半分生き物〔対談〕(森政弘)
　◇「小松左京全集 完全版 35」城西国際大学出版会 2009 p208
ローマをめぐる小説『メルラーナ街の恐るべき混乱』『ローマの女』『即興詩人』
　◇「須賀敦子全集 4」河出書房新社 2007 (河出文庫) p524
ローマ便り
　◇「須賀敦子全集 8」河出書房新社 2007 (河出文庫) p229
ローマ帝国の崩壊・一八八一年のインディアン蜂起・ヒットラーのポーランド侵入・そして強風世界
　◇「〔村上春樹〕短篇選集1980-1991 象の消滅」新潮社 2005 p157
ローマに住みたい
　◇「須賀敦子全集 2」河出書房新社 2006 (河出文庫) p574
ローマの雨
　◇「阿川弘之全集 3」新潮社 2005 p61
ローマの聖週間
　◇「須賀敦子全集 8」河出書房新社 2007 (河出文庫) p239
羅馬飛行
　◇「内田百閒集成 11」筑摩書房 2003 (ちくま文庫) p163
ローマ法王と外交
　◇「国枝史郎歴史小説傑作選」作品社 2006 p509
ロマン創造のために〔対談〕(真杉静枝)
　◇「坂口安吾全集 17」筑摩書房 1999 p197
ロマンチック
　◇「決定版 三島由紀夫全集 37」新潮社 2004 p430
ロマンチック演劇の復興
　◇「決定版 三島由紀夫全集 32」新潮社 2003 p462
"ロマンチック"の語源は……
　◇「小松左京全集 完全版 34」城西国際大学出版会 2009 p190
ロマンチック・ラブは結婚の理想か?
　◇「小松左京全集 完全版 34」城西国際大学出版会 2009 p186
浪漫趣味者(ロマンティスト)として Ibi omnis effusus labor！
　◇「アンドロギュノスの裔 渡辺温全集」東京創元社 2011 (創元推理文庫) p241
「不良少年(ろまん・ぴかれすく)」小説—牧逸馬
　◇「小松左京全集 完全版 41」城西国際大学出版会 2013 p226
ロマン「欧羅巴の七つの謎」
　◇「小林秀雄全作品 13」新潮社 2003 p201
　◇「小林秀雄全集 補巻 2」新潮社 2010 p191
ロミオとジュリエット
　◇「小島信夫批評集成 2」水声社 2011 p344
ロミオとジュリエット
　◇「福田恆存評論集 19」麗澤大學出版會, 廣池學園事業部〔発売〕2010 p62
ロミオとジュリエット
　◇「決定版 三島由紀夫全集 28」新潮社 2003 p35
ロムブロソーの「天才論」を讀す
　◇「小酒井不木随筆評論選集 7」本の友社 2004 p56
ロメールのリアリズム
　◇「金井美恵子エッセイ・コレクション—1964-2013 4」平凡社 2014 p491
露友
　◇「国枝史郎伝奇短篇小説集成 1」作品社 2006 p421
ローラースケート
　◇「清水アリカ全集」河出書房新社 2011 p503

ろるか

『ロルカ選集』第二巻戯曲編 上
　◇「安部公房全集 8」新潮社 1998 p274
ロレンス・ダレル『ジュスティーヌ』
　◇「小島信夫批評集成 2」水声社 2011 p649
ロレンスの結婚観—チャタレイ裁判最終辯論
　◇「福田恆存評論集 3」麗澤大學出版會、廣池學園事業部〔発売〕 2008 p9
ロレンス I
　◇「福田恆存評論集 15」麗澤大學出版會、廣池學園事業部〔発売〕 2010 p39
ロレンス II
　◇「福田恆存評論集 15」麗澤大學出版會、廣池學園事業部〔発売〕 2010 p56
ロ、ロ、ロイドか、キートンか
　◇「井上ひさし短編中編小説集成 8」岩波書店 2015 p382
ロワール河のお城に住んだひとたち
　◇「大庭みな子全集 2」日本経済新聞出版社 2009 p279
〈論〉を立てること—『流民の都』あとがき
　◇「石牟礼道子全集 6」藤原書店 2006 p416
論議をつくした全集—編集のことば
　◇「決定版 三島由紀夫全集 32」新潮社 2003 p445
ロングインタビュー 横溝正史の周囲「日本推理小説会の支柱」(大野宗昭)
　◇「横溝正史自選集 5」出版芸術社 2007 p343
ロング・グッドバイ
　◇「寺山修司著作集 1」クインテッセンス出版 2009 p327
「論語」
　◇「小林秀雄全作品 22」新潮社 2004 p306
　◇「小林秀雄全集 補巻 3」新潮社 2010 p151
論語を読む
　◇「阿川弘之全集 20」新潮社 2007 p245
論語知らずの論語読み
　◇「阿川弘之全集 17」新潮社 2006 p195
ロンサールの隠れ家
　◇「辻邦生全集 18」新潮社 2005 p367
論争のすすめ
　◇「福田恆存評論集 7」麗澤大學出版會、廣池學園事業部〔発売〕 2008 p162
ロンドン一九二九年
　◇「宮本百合子全集 10」新日本出版社 2001 p43
ロンドン通信
　◇「決定版 三島由紀夫全集 33」新潮社 2003 p435
ロンドンで考えたこと
　◇「井上ひさしコレクション 日本の巻」岩波書店 2005 p172
倫敦塔を撫でる 昭和二十八年(宮城道雄)
　◇「内田百閒集成 21」筑摩書房 2004 (ちくま文庫) p266
ロンドン塔の判官
　◇「高木彬光コレクション新装版 成吉思汗の秘密」光文社 2005 (光文社文庫) p423
ロンドンの記憶
　◇「小沼丹全集 4」未知谷 2004 p529
倫敦の屑屋
　◇「小沼丹全集 4」未知谷 2004 p165
倫敦の夏
　◇「小沼丹全集 4」未知谷 2004 p589
倫敦のバス
　◇「小沼丹全集 4」未知谷 2004 p167
倫敦のパブ
　◇「小沼丹全集 4」未知谷 2004 p510
ロンドンの二日間
　◇「井上ひさしコレクション 日本の巻」岩波書店 2005 p165
論文評価報告
　◇「小田実全集 評論 34」講談社 2013 p97
論理かヒトか—吉田夏彦氏との対談
　◇「小松左京全集 完全版 30」城西国際大学出版会 2008 p163
論理の言葉と心理の言葉
　◇「佐々木基一全集 1」河出書房新社 2013 p428

【わ】

環(わ)
　◇「山田風太郎ミステリー傑作選 3」光文社 2001 (光文社文庫) p353
Y君の死
　◇「佐々木基一全集 8」河出書房新社 2013 p358
Y君の訪問
　◇「小島信夫批評集成 7」水声社 2011 p112
猥雑な映画的動きに満たされた色街の室内は決して閉された空間ではない
　◇「金井美恵子エッセイ・コレクション—1964-2013 4」平凡社 2014 p201
猥褻を語る
　◇「野坂昭如エッセイ・コレクション 3」筑摩書房 2004 (ちくま文庫) p11
猥褻記
　◇「野坂昭如エッセイ・コレクション 3」筑摩書房 2004 (ちくま文庫) p42
改訂完全版Yの構図
　◇「島田荘司全集 5」南雲堂 2012 p165
「Yの悲劇」
　◇「江戸川乱歩全集 25」光文社 2005 (光文社文庫) p436
「わいらの土地」の基底としての「戦争」「戦後」「大阪」
　◇「小田実全集 評論 25」講談社 2012 p218

ワイルド
- ◇「江戸川乱歩全集 27」光文社 2004（光文社文庫）p387
- ◇「江戸川乱歩全集 30」光文社 2005（光文社文庫）p792

ワイルドライス
- ◇「小松左京全集 完全版 43」城西国際大学出版会 2014 p357

賄賂法案
- ◇「小松左京全集 完全版 25」城西国際大学出版会 2017 p230

玻璃盃（わいん・ぐらす）
- ◇「決定版 三島由紀夫全集 37」新潮社 2004 p176

居酒屋（ワイン・ケラー）とホイリゲル
- ◇「佐々木基一全集 6」河出書房新社 2012 p239

ワインのことなど
- ◇「日影丈吉全集 別巻」国書刊行会 2005 p141

和歌
- ◇「大庭みな子全集 20」日本経済新聞出版社 2010 p459

和歌
- ◇「谷崎潤一郎全集 25」中央公論新社 2016 p47

わが愛誦吟
- ◇「決定版 三島由紀夫全集 36」新潮社 2003 p649

わが愛する人妻—高木典子さん
- ◇「決定版 三島由紀夫全集 35」新潮社 2003 p294

わが愛する人々への果し状
- ◇「決定版 三島由紀夫全集 26」新潮社 2003 p631

わがアメリカの影（リフレクション）
- ◇「決定版 三島由紀夫全集 補巻」新潮社 2005 p157

わが有明海
- ◇「〔野呂邦暢〕随筆コレクション 1」みすず書房 2014 p289

和解
- ◇「徳田秋聲全集 17」八木書店 1999 p15

和解
- ◇「深沢夏衣作品集」新幹社 2015 p352

「若い争ひ」小感
- ◇「上野壮夫全集 3」図書新聞 2011 p306

わかい枝
- ◇「松田解子自選集 7」澤田出版 2008 p473

若い女の子のつるりと剝けた裸身の味は……
- ◇「田中小実昌エッセイ・コレクション 4」筑摩書房 2003（ちくま文庫）p205

わが育児論
- ◇「決定版 三島由紀夫全集 34」新潮社 2003 p84

若い子供漫画家たち
- ◇「小松左京全集 完全版 29」城西国際大学出版会 2007 p273

『若い頃の詩』［翻訳］（ウンベルト・サバ）
- ◇「須賀敦子全集 5」河出書房新社 2008（河出文庫）p153

若い作者のための演説
- ◇「小島信夫批評集成 2」水声社 2011 p772

若い沙漠
- ◇「野呂邦暢小説集成 6」文遊社 2016 p469

若い獅子たち
- ◇「佐々木基一全集 8」河出書房新社 2013 p142

わが衣食住
- ◇「決定版 三島由紀夫全集 28」新潮社 2003 p453

若い世代の実際性
- ◇「宮本百合子全集 14」新日本出版社 2001 p142

若い世代のための日本古典研究—『清少納言とその文学』（関みさを著）
- ◇「宮本百合子全集 15」新日本出版社 2001 p142

若いダイダロスの悩み
- ◇「丸谷才一全集 11」文藝春秋 2014 p189

若い力
- ◇「大庭みな子全集 23」日本経済新聞出版社 2011 p599

「和解」という言葉では届かない断念の深さ
- ◇「石牟礼道子全集 7」藤原書店 2005 p307

わが愛しの妻よ
- ◇「山田風太郎ミステリー傑作選 4」光文社 2001（光文社文庫）p199

若い母親
- ◇「宮本百合子全集 15」新日本出版社 2001 p238

若い人
- ◇「大庭みな子全集 6」日本経済新聞出版社 2009 p220

若い人たち
- ◇「小松左京全集 完全版 36」城西国際大学出版会 2011 p270

若い人たちへ
- ◇「林京子全集 8」日本図書センター 2005 p474

若い人たちの意志
- ◇「宮本百合子全集 19」新日本出版社 2002 p351

『若い人』に就いて
- ◇「佐々木基一全集 1」河出書房新社 2013 p35

『若い人の立場』
- ◇「佐々木基一全集 1」河出書房新社 2013 p93

若い日の私
- ◇「大庭みな子全集 18」日本経済新聞出版社 2010 p327

若い日の私
- ◇「辻邦生全集 16」新潮社 2005 p34

若い婦人のための書棚
- ◇「宮本百合子全集 13」新日本出版社 2001 p344

若い婦人の著書二つ
- ◇「宮本百合子全集 14」新日本出版社 2001 p196

若い二人の会話—といふよりも・口説について
- ◇「決定版 三島由紀夫全集 27」新潮社 2003 p477

わかい

若いボールミル工とダム
　◇「松田解子自選集 5」澤田出版 2007 p113
若い武者修行者
　◇「長谷川伸傑作選 日本敵討ち異相」国書刊行会 2008 p195
「若い息子」について
　◇「宮本百合子全集 20」新日本出版社 2002 p633
若い娘の倫理
　◇「宮本百合子全集 14」新日本出版社 2001 p273
若い者
　◇「小檜山博全集 8」柏艪舎 2006 p173
我がうしろむき交友録
　◇「狩久全集 5」皆進社 2013 p30
我が歌終る
　◇「山本周五郎長篇小説全集 23」新潮社 2014 p273
わが内なるマゾ
　◇「野坂昭如エッセイ・コレクション 3」筑摩書房 2004（ちくま文庫）p166
わが運動部生活
　◇「小島信夫批評集成 1」水声社 2011 p543
若江堤の霧
　◇「司馬遼太郎短篇全集 6」文藝春秋 2005 p405
若尾文子讃
　◇「決定版 三島由紀夫全集 32」新潮社 2003 p54
若尾文子さん―表紙の女性
　◇「決定版 三島由紀夫全集 31」新潮社 2003 p421
「わが老いらくの愛こそは詩聖ゲーテに優るべらなれ」
　◇「谷崎潤一郎全集 23」中央公論新社 2017 p213
和歌押韻
　◇「石川淳コレクション 3」筑摩書房 2007（ちくま文庫）p294
わが音楽遍歴の風景
　◇「辻邦生全集 19」新潮社 2005 p15
わが雅歌
　◇「寺山修司著作集 1」クインテッセンス出版 2009 p19
若木［翻訳］（ウンベルト・サバ）
　◇「須賀敦子全集 5」河出書房新社 2008（河出文庫）p158
若きいのちを
　◇「宮本百合子全集 15」新日本出版社 2001 p28
若き芸術家たちの課題〔座談会〕（武満徹, 勅使河原宏, 東松照明, 羽仁進）
　◇「安部公房全集 12」新潮社 1998 p222
若き芸術家の喜びと悩み〔座談会〕（富田百秋, 長野千代子, 一柳慧, 岩崎加根子, 太刀川洋一, 福田妙子）
　◇「安部公房全集 29」新潮社 2000 p304
若きサムラヒのための精神講話
　◇「決定版 三島由紀夫全集 35」新潮社 2003 p52

若き時代の道
　◇「宮本百合子全集 13」新日本出版社 2001 p87
若き精神の成長を描く文学
　◇「宮本百合子全集 15」新日本出版社 2001 p60
若き生命
　◇「徳田秋聲全集 30」八木書店 2002 p51
若き世代への恋愛論
　◇「宮本百合子全集 13」新日本出版社 2001 p11
わかき人
　◇「徳田秋聲全集 29」八木書店 2002 p3
若き日の想い
　◇「松下竜一未刊行著作集 2」海鳥社 2008 p374
若き日の摂津守
　◇「〔山本周五郎〕新編傑作選 2」小学館 2010（小学館文庫）p5
若き日の辰野隆
　◇「谷崎潤一郎全集 25」中央公論新社 2016 p320
若き日の和辻哲郎
　◇「谷崎潤一郎全集 23」中央公論新社 2017 p115
若き文学者の教養
　◇「小林秀雄全作品 7」新潮社 2003 p151
　◇「小林秀雄全集 補巻 1」新潮社 2010 p375
若き兵士
　◇「アンドロギュノスの裔 渡辺温全集」東京創元社 2011（創元推理文庫）p332
若き僚友に
　◇「宮本百合子全集 19」新日本出版社 2002 p276
わが銀座
　◇「決定版 三島由紀夫全集 29」新潮社 2003 p137
わが金枝篇
　◇「寺山修司著作集 1」クインテッセンス出版 2009 p27
若草
　◇「大庭みな子全集 9」日本経済新聞出版社 2010 p95
若草の芽
　◇「大庭みな子全集 13」日本経済新聞出版社 2010 p419
我が国の自主防衛について
　◇「決定版 三島由紀夫全集 36」新潮社 2003 p319
わが国の自主防衛について（講演）
　◇「決定版 三島由紀夫全集 41」新潮社 2004
わが工夫せるオジヤ
　◇「坂口安吾全集 11」筑摩書房 1998 p79
わが警察流剣道
　◇「決定版 三島由紀夫全集 34」新潮社 2003 p214
わが原郷・中津
　◇「松下竜一未刊行著作集 1」海鳥社 2008 p307
わが言語世界の旅
　◇「井上ひさしコレクション ことばの巻」岩波書店 2005 p4

我が子
　◇「徳田秋聲全集 4」八木書店 1999 p375

未刊句集＝わが高校時代の犯罪
　◇「寺山修司著作集 1」クインテッセンス出版 2009 p28

我が子を思う親心
　◇「遠藤周作エッセイ選集 1」光文社 2006（知恵の森文庫）p235

わが五月
　◇「宮本百合子全集 9」新日本出版社 2001 p393

わが故郷
　◇「寺山修司著作集 4」クインテッセンス出版 2009 p93

我故郷
　◇「小寺菊子作品集 3」桂書房 2014 p152

『わが故郷なる教会』より［翻訳］（ダヴィデ・マリア・トゥロルド）
　◇「須賀敦子全集 7」河出書房新社 2007（河出文庫）p98

わがこころが愛するものへ—さらば、フェリーニ
　◇「須賀敦子全集 4」河出書房新社 2007（河出文庫）p502

我がココロの妻
　◇「田中小実昌エッセイ・コレクション 4」筑摩書房 2003（ちくま文庫）p325

我が国旗
　◇「決定版 三島由紀夫全集 36」新潮社 2003 p466

わが古典—古典を読む人々へ
　◇「決定版 三島由紀夫全集 29」新潮社 2003 p162

我子の家（「母」を改題）
　◇「徳田秋聲全集 8」八木書店 2000 p24

我が好む演劇と音楽
　◇「徳田秋聲全集 23」八木書店 2001 p256

我が好む演劇と音樂
　◇「小寺菊子作品集 3」桂書房 2014 p35

わが作品を語る—安部公房〔インタビュー〕（武田勝彦）
　◇「安部公房全集 30」新潮社 2009 p174

わが作品を語るI〔聞き手〕武田勝彦〔インタビュー〕
　◇「大庭みな子全集 24」日本経済新聞出版社 2011 p161

わが作品を語るII〔聞き手〕武田勝彦〔インタビュー〕
　◇「大庭みな子全集 24」日本経済新聞出版社 2011 p169

『若狭幻想』（水上勉著）
　◇「小檜山博全集 6」柏艪舎 2006 p178

わが鎖国論
　◇「山田風太郎エッセイ集成 秀吉はいつ知ったか」筑摩書房 2008 p131

「若さ」といふ事（九月二十日）
　◇「福田恆存評論集 18」麗澤大學出版會, 廣池學園事業部〔発売〕2010 p84

若さと体力の勝利—原田・ジョフレ戦
　◇「決定版 三島由紀夫全集 33」新潮社 2003 p456

「若狭のアテナイ」としての小浜
　◇「小田実全集 評論 34」講談社 2013 p130

"若さのせい"とはなんだ！
　◇「野坂昭如エッセイ・コレクション 2」筑摩書房 2004（ちくま文庫）p104

若さよ膝を折れ
　◇「辻井喬コレクション 1」河出書房新社 2002 p265

若さは一つの困惑なのだ
　◇「決定版 三島由紀夫全集 35」新潮社 2003 p668

わが三人の友
　◇「辻邦生全集 16」新潮社 2005 p265

わが三年間
　◇「〔野呂邦暢〕随筆コレクション 1」みすず書房 2014 p139

わが「自主防衛」—体験からの出発
　◇「決定版 三島由紀夫全集 35」新潮社 2003 p167

わが思春期
　◇「決定版 三島由紀夫全集 29」新潮社 2003 p339

わが思春期—次号より新連載
　◇「決定版 三島由紀夫全集 29」新潮社 2003 p338

わが施政演説
　◇「坂口安吾全集 別巻」筑摩書房 2012 p61

わが思想の息吹
　◇「坂口安吾全集 6」筑摩書房 1998 p332

わが室内装飾
　◇「決定版 三島由紀夫全集 32」新潮社 2003 p24

わが師と清朝考証学（加藤秀俊, 貝塚茂樹）
　◇「小松左京全集 完全版 38」城西国際大学出版会 2010 p44

わが芝居の周辺—大塚春長のこと
　◇「辻邦生全集 16」新潮社 2005 p221

わが師平野謙
　◇「佐々木基一全集 5」河出書房新社 2013 p225

我が至福の時
　◇「小檜山博全集 7」柏艪舎 2006 p202

わが死民
　◇「石牟礼道子全集 3」藤原書店 2004 p408

若衆悪党
　◇「国枝史郎伝奇短篇小説集成 2」作品社 2006 p189

わが拾遺集
　◇「向田邦子全集 新版 5」文藝春秋 2009 p216

「若衆文化」—石森章太郎②
　◇「小松左京全集 完全版 41」城西国際大学出版会 2013 p190

わかし

我が酒歴
　◇「内田百閒集成 11」筑摩書房 2003（ちくま文庫）p125

わが生涯は夜光貝の光と共に
　◇「司馬遼太郎短篇全集 1」文藝春秋 2005 p7

わが小説―「獣の戯れ」
　◇「決定版 三島由紀夫全集 31」新潮社 2003 p675

わが小説 出あった犯罪の天才
　◇「高木彬光コレクション新装版 白昼の死角」光文社 2005（光文社文庫）p833

わが小説―「夢の浮橋」
　◇「谷崎潤一郎全集 24」中央公論新社 2016 p440

わが不知火
　◇「石牟礼道子全集 1」藤原書店 2004 p304

わが師・わが友（加藤秀俊、西堀栄三郎）
　◇「小松左京全集 完全版 38」城西国際大学出版会 2010 p75

わが真実の声
　◇「徳田秋聲全集 19」八木書店 2000 p187

わが信州
　◇「辻邦生全集 16」新潮社 2005 p38

我が人生観
　◇「坂口安吾全集 9」筑摩書房 1998 p406

わが人生「最高の日」
　◇「小松左京全集 完全版 34」城西国際大学出版会 2009 p391

我が人生の馬たち
　◇〔池澤夏樹〕エッセー集成 1」みすず書房 2008 p44

わが人生の時
　◇「小田実全集 小説 2」講談社 2010 p5

わが推理小説零年―昭和二十二年の日記から
　◇「山田風太郎エッセイ集成 わが推理小説零年」筑摩書房 2007 p10

わが青春
　◇「小松左京全集 完全版 31」城西国際大学出版会 2008 p350

わが青春記
　◇「江戸川乱歩全集 30」光文社 2005（光文社文庫）p77

わが青春の映画遍歴
　◇「江戸川乱歩全集 24」光文社 2005（光文社文庫）p712

わが青春の書―ラディゲの「ドルヂェル伯の舞踏会」
　◇「決定版 三島由紀夫全集 33」新潮社 2003 p595

わが青春のヒーロー―サンドロ少年
　◇「松下竜一未刊行著作集 1」海鳥社 2008 p5

わが青春の野蛮人たち
　◇「小松左京全集 完全版 29」城西国際大学出版会 2007 p166

わが精神の姿勢
　◇「小島信夫批評集成 2」水声社 2011 p225

わが精神の周囲
　◇「坂口安吾全集 8」筑摩書房 1998 p273

わが世代の革命
　◇「決定版 三島由紀夫全集 26」新潮社 2003 p581

「わが戦後」を語る
　◇「石牟礼道子全集 8」藤原書店 2005 p264

わが戦争に対処せる工夫の数々
　◇「坂口安吾全集 5」筑摩書房 1998 p158

わが創作方法
　◇「決定版 三島由紀夫全集 32」新潮社 2003 p607

若園清太郎宛〔書簡〕
　◇「坂口安吾全集 16」筑摩書房 2000 p104

わが待望する宗教
　◇「坂口安吾全集 別巻」筑摩書房 2012 p11

わが谷は緑なりき
　◇「寺山修司著作集 1」クインテッセンス出版 2009 p400

わが男性自身・二日酔いの記
　◇「田中小実昌エッセイ・コレクション 1」筑摩書房 2002（ちくま文庫）p143

わが血を追ふ人々
　◇「坂口安吾全集 4」筑摩書房 1998 p11

わが父
　◇「宮本百合子全集 12」新日本出版社 2001 p172

わがチン友のプライバシー
　◇「田中小実昌エッセイ・コレクション 4」筑摩書房 2003（ちくま文庫）p306

わが杖
　◇「決定版 三島由紀夫全集 37」新潮社 2004 p591

「解つてたまるか！」を解つていただく爲に
　◇「福田恆存評論集 11」麗澤大學出版會, 廣池學園事業部〔発売〕2009 p245

わかってもらえない父のこと
　◇「田中小実昌エッセイ・コレクション 1」筑摩書房 2002（ちくま文庫）p292

わかつてらあな、兄弟
　◇「上野壮夫全集 1」図書新聞 2010 p91

わが「罪と罰」講演
　◇「小島信夫批評集成 7」水声社 2011 p198

わが哲学時代から
　◇「辻邦生全集 16」新潮社 2005 p97

わが同志観
　◇「決定版 三島由紀夫全集 36」新潮社 2003 p388

わが闘争？
　◇「野坂昭如エッセイ・コレクション 1」筑摩書房 2004（ちくま文庫）p253

わが読書遍歴
　◇「小松左京全集 完全版 31」城西国際大学出版会 2008 p352

「我が毒」について
　◇「小林秀雄全作品 12」新潮社 2003 p170
　◇「小林秀雄全集 補巻 2」新潮社 2010 p134

844　作品名から引ける日本文学 作家・小説家個人全集案内 第III期

我が毒 翻訳（サント・ブウヴ）
　◇「小林秀雄全作品 12」新潮社 2003 p9
　◇「小林秀雄全集 補巻 2」新潮社 2010 p88
わが友
　◇「辺見庸掌編小説集 黒姫」角川書店 2004 p40
「わが友ヒットラー」覚書
　◇「決定版 三島由紀夫全集 35」新潮社 2003 p386
わが友ヒットラー——三幕
　◇「決定版 三島由紀夫全集 24」新潮社 2002 p519
わが友ヒットラー第一幕（朗読）
　◇「決定版 三島由紀夫全集 41」新潮社 2004
わが友ヒットラー（1）第二幕（朗読）
　◇「決定版 三島由紀夫全集 41」新潮社 2004
わが友ヒットラー（2）第三幕（朗読）
　◇「決定版 三島由紀夫全集 41」新潮社 2004
わが友フロイス
　◇「井上ひさし短編中編小説集成 10」岩波書店 2015 p449
わが友・幽霊
　◇「日影丈吉全集 8」国書刊行会 2004 p69
わが友吉行東尋坊
　◇「阿川弘之全集 19」新潮社 2007 p327
我はいは蟻である
　◇「決定版 三島由紀夫全集 補巻」新潮社 2005 p19
我輩は書痴である
　◇「井上ひさしコレクション ことばの巻」岩波書店 2005 p225
わが母をおもう
　◇「宮本百合子全集 15」新日本出版社 2001 p346
〈若林一美との対談〉人類全体が「制度疲労」を起こしている？
　◇「石牟礼道子全集 17」藤原書店 2012 p574
わが半可食通記
　◇「決定版 三島由紀夫全集 29」新潮社 2003 p231
『我一幕物』
　◇「〔森〕鷗外近代小説集 3」岩波書店 2013 p1
わが非文学的生活
　◇「決定版 三島由紀夫全集 31」新潮社 2003 p179
我ふるさと
　◇「小寺菊子作品集 3」桂書房 2014 p257
わがプルースト体験から
　◇「辻邦生全集 18」新潮社 2005 p156
わがフルブライトの仲間たち（i）—日本の縮図
　◇「小田実全集 評論 2」講談社 2010 p10
わがフルブライトの仲間たち（ii）—「まっすぐなアメリカ」と「斜めのアメリカ」
　◇「小田実全集 評論 2」講談社 2010 p38
わがフルブライトの仲間たち（iii）—「格子細工」のなかで
　◇「小田実全集 評論 2」講談社 2010 p63

わがフルブライトの仲間たち（iv）—いつ、どこで、いかにして
　◇「小田実全集 評論 2」講談社 2010 p87
わがフルブライトの仲間たち（v）—アメリカのつくったもう一つの日本
　◇「小田実全集 評論 2」講談社 2010 p113
〈我が文学生活〉『近代文学』のアンケートに答えて
　◇「安部公房全集 3」新潮社 1997 p53
わが文学の泉
　◇「決定版 三島由紀夫全集 36」新潮社 2003 p631
わが文学の揺籃期
　◇「瀬戸内寂聴随筆選 1」ゆまに書房 2009 p70
わが文壇生活の三十年
　◇「徳田秋聲全集 21」八木書店 2001 p3
わが放蕩
　◇「20世紀断層—野坂昭如単行本未収録小説集成 3」幻戯書房 2010 p73
わが底なし女たち（ボトムレス・ガールズ）
　◇「田中小実昌エッセイ・コレクション 4」筑摩書房 2003（ちくま文庫）p248
わがホーム・グラウンド
　◇「山田風太郎エッセイ集成 わが推理小説零年」筑摩書房 2007 p103
わが町
　◇「大庭みな子全集 23」日本経済新聞出版社 2011 p490
わが町
　◇「寺山修司著作集 4」クインテッセンス出版 2009 p52
わが町
　◇「山田風太郎エッセイ集成 秀吉はいつ知ったか」筑摩書房 2008 p20
わが町 中目黒四丁目
　◇「大庭みな子全集 23」日本経済新聞出版社 2011 p488
わが町の遠近
　◇「辻邦生全集 16」新潮社 2005 p112
わが街の歳月
　◇「田辺聖子全集 23」集英社 2006 p475
わがまち—二人と五匹の散歩道
　◇「松下竜一未刊行著作集 3」海鳥社 2009 p307
我ままな感想
　◇「小林秀雄全作品 2」新潮社 2002 p181
　◇「小林秀雄全集 補巻 1」新潮社 2010 p874
わがままな死体
　◇「土屋隆夫コレクション新装版 針の誘い」光文社 2002（光文社文庫）p377
わが漫画
　◇「決定版 三島由紀夫全集 29」新潮社 2003 p166
我が身
　◇「徳田秋聲全集 4」八木書店 1999 p35

わかみ

わが三島体験
　◇「野坂昭如エッセイ・コレクション 3」筑摩書房 2004（ちくま文庫）p185
わが魅せられたるもの
　◇「決定版 三島由紀夫全集 29」新潮社 2003 p179
わが未練
　◇「宮城谷昌光全集 21」文藝春秋 2004 p129
我が無名時代の思出
　◇「徳田秋聲全集 21」八木書店 2001 p232
わが眼のうた
　◇「中井英夫全集 10」東京創元社 2002（創元ライブラリ）p49
『わが眼はかれを見奉らん』より［翻訳］（ダヴィデ・マリア・トゥロルド）
　◇「須賀敦子全集 7」河出書房新社 2007（河出文庫）p87
わかものがあつまった
　◇「松田解子自選集 9」澤田出版 2009 p127
若者たちは無言のノンを言う
　◇「金井美恵子エッセイ・コレクション—1964-2013 1」平凡社 2013 p16
若者と漫画
　◇「小松左京全集 完全版 31」城西国際大学出版会 2008 p169
わかものにささげる歌
　◇「松田解子自選集 9」澤田出版 2009 p267
「若者のすべて」
　◇「佐々木基一全集 7」河出書房新社 2013 p106
若者よ、どこへ行く？
　◇「鈴木いづみセカンド・コレクション 3」文遊社 2004 p233
わが家を建てる記
　◇「小島信夫批評集成 2」水声社 2011 p123
わが家のお寿司パーティ
　◇「佐々木基一全集 6」河出書房新社 2012 p376
わが家の桜
　◇「山田風太郎エッセイ集成 秀吉はいつ知ったか」筑摩書房 2008 p49
わが家の自然
　◇「小檜山博全集 6」柏艪舎 2006 p250
わが家の父権—"男の原則"三カ条
　◇「遠藤周作エッセイ選集 1」光文社 2006（知恵の森文庫）p145
わが家のミソ汁
　◇「江戸川乱歩全集 30」光文社 2005（光文社文庫）p299
『わが家の楽園』
　◇「佐々木基一全集 1」河出書房新社 2013 p101
わが夢と真実
　◇「江戸川乱歩全集 30」光文社 2005（光文社文庫）p9
わが夢の「サロメ」
　◇「決定版 三島由紀夫全集 31」新潮社 2003 p419

わからないこと
　◇「宮本百合子全集 9」新日本出版社 2001 p286
わからないことを思い悩んでいる限り、生きているような気がする
　◇「大庭みな子全集 11」日本経済新聞出版社 2010 p328
「わからないことがいっぱいある」ことがわかった
　◇「小松左京全集 完全版 40」城西国際大学出版会 2012 p146
わからなくなるたのしみ
　◇「田中小実昌エッセイ・コレクション 5」筑摩書房 2003（ちくま文庫）p52
わかりきった話
　◇「国枝史郎探偵小説全集」作品社 2005 p398
解りにくきはいと人の物解りよき
　◇「福田恆存評論集 18」麗澤大學出版會, 廣池學園事業部〔発売〕2010 p275
分り易さ
　◇「阿川弘之全集 17」新潮社 2006 p516
わかりやすさのワナ
　◇「安部公房全集 7」新潮社 1998 p316
"わかりやすさ"や"冷徹な目"から遠く離れて
　◇「金井美恵子エッセイ・コレクション—1964-2013 1」平凡社 2013 p286
わがリューマチ記
　◇「辻邦生全集 16」新潮社 2005 p139
わかれ
　◇「辻井喬コレクション 7」河出書房新社 2003 p219
わかれ
　◇「中戸川吉二作品集」勉誠出版 2013 p153
別れ
　◇「安部公房全集 1」新潮社 1997 p249
別れ
　◇「大庭みな子全集 17」日本経済新聞出版社 2010 p22
別れ
　◇「徳田秋聲全集 16」八木書店 1999 p164
別れ
　◇「決定版 三島由紀夫全集 26」新潮社 2003 p546
和歌礼讃
　◇「都筑道夫恐怖短篇集成 3」筑摩書房 2004（ちくま文庫）p224
別れ—最後の歌は
　◇「松下竜一未刊行著作集 3」海鳥社 2009 p347
別れつつあるもの
　◇「立松和平全小説 1」勉誠出版 2010 p32
別れについて
　◇「瀬戸内寂聴随筆選 6」ゆまに書房 2009 p137
別れの言葉
　◇「丸谷才一全集 10」文藝春秋 2014 p318

「別れの写真のアルバムより」(「別離歌」改題)
　◇「決定版 三島由紀夫全集 37」新潮社 2004 p537
センチメント 別れのセンチメント
　◇「林京子全集 8」日本図書センター 2005 p330
別れの寝ションベン
　◇「田中小実昌エッセイ・コレクション 1」筑摩書房 2002（ちくま文庫）p70
「わかれ」(「窓」改題)
　◇「決定版 三島由紀夫全集 37」新潮社 2004 p383
分かれ道
　◇「辻邦生全集 16」新潮社 2005 p310
別れ途
　◇「徳田秋聲全集 30」八木書店 2002 p117
わかれ道 著者から読者へ
　◇「井上ひさし短篇中篇小説集成 9」岩波書店 2015 p495
訣れも愉し
　◇「坂口安吾全集 1」筑摩書房 1999 p404
「別れもたのし」の祭典―閉会式
　◇「決定版 三島由紀夫全集 33」新潮社 2003 p194
別れるということ
　◇「小島信夫批評集成 2」水声社 2011 p88
別れるのはいや
　◇「狩久全集 4」皆進社 2013 p327
「別れる理由」の現在〔対談者〕小島信夫
　◇「大庭みな子全集 22」日本経済新聞出版社 2011 p312
別れる理由I
　◇「小島信夫長篇集成 4」水声社 2015 p11
別れる理由II
　◇「小島信夫長篇集成 5」水声社 2015 p11
別れる理由III
　◇「小島信夫長篇集成 6」水声社 2015 p11
わが恋愛詩は
　◇「松田解子自選集 9」澤田出版 2009 p62
若老衰の男
　◇「色川武大・阿佐田哲也エッセイズ 3」筑摩書房 2003（ちくま文庫）p278
若々しい女(ひと)について
　◇「向田邦子全集 新版 11」文藝春秋 2010 p28
湧き返るスタアたち
　◇「中井英夫全集 12」東京創元社 2006（創元ライブラリ）p57
わき道
　◇「徳田秋聲全集 9」八木書店 1998 p304
脇役でない警官(プロ)
　◇「日影丈吉全集 別巻」国書刊行会 2005 p353
脇役の勝利
　◇「佐々木基一全集 10」河出書房新社 2013 p650
ワクチン人間
　◇「20世紀断層―野坂昭如単行本未収録小説集成 4」幻戯書房 2010 p244

若人の要求
　◇「宮本百合子全集 16」新日本出版社 2002 p297
若人よ蘇れ
　◇「決定版 三島由紀夫全集 22」新潮社 2002 p77
「若人よ蘇れ」について
　◇「決定版 三島由紀夫全集 28」新潮社 2003 p391
倭国紀行
　◇「〔野呂邦暢〕随筆コレクション 2」みすず書房 2014 p153
わさび
　◇「大庭みな子全集 12」日本経済新聞出版社 2010 p16
わさび
　◇「向田邦子全集 新版 9」文藝春秋 2009 p113
鷲
　◇「定本 久生十蘭全集 4」国書刊行会 2009 p586
鷲
　◇「決定版 三島由紀夫全集 37」新潮社 2004 p80
和州長者
　◇「司馬遼太郎短篇全集 2」文藝春秋 2005 p309
和臭と漢臭
　◇「井上ひさしコレクション ことばの巻」岩波書店 2005 p31
ワシントン街517
　◇「辻邦生全集 6」新潮社 2004 p282
ワシントンD.C.へ豆腐を買いにゆく
　◇「林京子全集 8」日本図書センター 2005 p157
ワシントンの反核小集会で
　◇「林京子全集 7」日本図書センター 2005 p466
ワーストテン
　◇「中井英夫全集 12」東京創元社 2006（創元ライブラリ）p98
忘れ得ぬ顔
　◇「向田邦子全集 新版 10」文藝春秋 2010 p140
忘れ得ぬ人
　◇「車谷長吉全集 3」新書館 2010 p192
忘れ得ぬ日の記録
　◇「谷崎潤一郎全集 21」中央公論社 2016 p440
忘れ貝
　◇「内田百閒集成 16」筑摩書房 2004（ちくま文庫）p135
忘れがたい場所がある
　◇「遠藤周作エッセイ選集 2」光文社 2006（知恵の森文庫）
忘れがたい風景
　◇「遠藤周作エッセイ選集 2」光文社 2006（知恵の森文庫）p243
忘れがたみ
　◇「原民喜戦後全小説」講談社 2015（講談社文芸文庫）p100
わすれた
　◇「鈴木いづみコレクション 4」文遊社 1997 p81
　◇「契約―鈴木いづみSF全集」文遊社 2014 p125

わすれ

忘れてしまったこと
  ◇「林京子全集 7」日本図書センター 2005 p131
わすれない
  ◇「鈴木いづみセカンド・コレクション 2」文遊社 2004 p205
  ◇「契約―鈴木いづみSF全集」文遊社 2014 p183
忘れない人
  ◇「小檜山博全集 7」柏艪舎 2006 p293
忘れないもの―与謝野晶子
  ◇「大庭みな子全集 12」日本経済新聞出版社 2010 p188
忘れまじ サルビア
  ◇「松田解子自選集 9」澤田出版 2009 p235
忘れ水
  ◇「古井由吉自撰作品 8」河出書房新社 2012 p60
忘れもの
  ◇「宮城谷昌光全集 21」文藝春秋 2004 p151
忘れられた土地
  ◇「金井美恵子自選短篇集 恋人たち／降誕祭の夜」講談社 2015（講談社文芸文庫）p7
忘れられた土地
  ◇「小松左京全集 完全版 25」城西国際大学出版会 2017 p176
忘れられた人々
  ◇「石上玄一郎小説作品集成 3」未知谷 2008 p517
忘れられたフィルム
  ◇「安部公房全集 8」新潮社 1998 p148
忘れられたもの
  ◇「小松左京全集 完全版 29」城西国際大学出版会 2007 p198
忘れられた夜
  ◇「都筑道夫恐怖短篇集成 2」筑摩書房 2004（ちくま文庫）p339
忘れられない小説のために
  ◇「丸谷才一全集 9」文藝春秋 2013 p67
忘れられない朝鮮人の教え子
  ◇「石牟礼道子全集 4」藤原書店 2004 p336
忘れられない時間（とき）
  ◇「大庭みな子全集 23」日本経済新聞出版社 2011 p694
忘れられない文章
  ◇「江戸川乱歩全集 30」光文社 2005（光文社文庫）p129
忘れられない本
  ◇「山田風太郎エッセイ集成 昭和前期の青春」筑摩書房 2007 p40
「忘れる」ことの「罪」
  ◇「深沢夏衣作品集」新幹社 2015 p471
忘れるな この一つのことを
  ◇「松田解子自選集 9」澤田出版 2009 p200
忘れろ…
  ◇「小松左京全集 完全版 21」城西国際大学出版会 2015 p254

わだかまる頑固さ
  ◇「松下竜一未刊行著作集 2」海鳥社 2008 p324
私
  ◇「谷崎潤一郎全集 8」中央公論新社 2017 p225
私（わたくし）…→"わたし…"をも見よ
私（わたくし）
  ◇「徳田秋聲全集 4」八木書店 1999 p369
  ◇「徳田秋聲全集 22」八木書店 2001 p28
私をこう言わせるもの
  ◇「大庭みな子全集 18」日本経済新聞出版社 2010 p316
私が小説に惹かれた理由
  ◇「大庭みな子全集 23」日本経済新聞出版社 2011 p368
私が索める時
  ◇「上野壮夫全集 1」図書新聞 2010 p419
わたくしさまの しゃれこうべ
  ◇「石牟礼道子全集 15」藤原書店 2012 p110
私、そして私につながる父と母のことについて
  ◇「深沢夏衣作品集」新幹社 2015 p656
私たちの時間（大庭利雄著『終わりの蜜月』に寄せて）
  ◇「大庭みな子全集 23」日本経済新聞出版社 2011 p192
私たちの日々のくらしが「しくみ」をかたちづくる
  ◇「小田実全集 評論 7」講談社 2010 p201
（私という人間）
  ◇「大庭みな子全集 23」日本経済新聞出版社 2011 p603
私と外国文学
  ◇「小島信夫批評集成 2」水声社 2011 p519
私と絹の道
  ◇「向田邦子全集 新版 10」文藝春秋 2010 p225
私と漱石
  ◇「小島信夫批評集成 1」水声社 2011 p448
私と『竹取物語』『伊勢物語』
  ◇「大庭みな子全集 19」日本経済新聞出版社 2010 p13
私どもの結婚について
  ◇「小寺菊子作品集 3」桂書房 2014 p54
「私」とは何かを考える文学
  ◇「車谷長吉全集 3」新書館 2010 p311
私にとっての"男"〔対談〕（高橋たか子）
  ◇「大庭みな子全集 21」日本経済新聞出版社 2011 p9
私にとっての神奈川
  ◇「大庭みな子全集 23」日本経済新聞出版社 2011 p524
私にとっての魯迅
  ◇「佐々木基一全集 3」河出書房新社 2013 p369

私の愛を彼につたえたいの
　◇「小松左京全集 完全版 34」城西国際大学出版会 2009 p39
私の「愛国心」、アメリカ合衆国との「つきあい」
　◇「小田実全集 評論 29」講談社 2013 p200
私の愛誦する昭和短歌
　◇「石牟礼道子全集 15」藤原書店 2012 p280
私の愛蔵本「Picasso's Picassos」
　◇「大庭みな子全集 23」日本経済新聞出版社 2011 p304
私の家の犬
　◇「小島信夫批評集成 2」水声社 2011 p35
私の諫早湾
　◇「〔野呂邦暢〕随筆コレクション 1」みすず書房 2014 p214
私の遺書
　◇「〔野呂邦暢〕随筆コレクション 1」みすず書房 2014 p414
私の一番古い記憶
　◇「谷崎潤一郎全集 21」中央公論新社 2016 p197
私のイワンが東洋の海を
　◇「小島信夫批評集成 5」水声社 2011 p13
私の因果な兄たち
　◇「中上健次集 10」インスクリプト 2017 p608
私の英国史―空しき王冠
　◇「福田恆存評論集 20」麗澤大學出版會, 廣池學園事業部〔発売〕2011 p9
私のえらぶ私の場所
　◇「大庭みな子全集 8」日本経済新聞出版社 2009 p277
　◇「大庭みな子全集 8」日本経済新聞出版社 2009 p279
私の駆け出し時代
　◇「車谷長吉全集 3」新書館 2010 p692
私の假名遣（十二月二十日）
　◇「福田恆存評論集 18」麗澤大學出版會, 廣池學園事業部〔発売〕2010 p98
私の考える「新しさ」ということ
　◇「小島信夫批評集成 1」水声社 2011 p368
私の近況
　◇「中上健次集 1」インスクリプト 2014 p566
私の食道楽
　◇「小島信夫批評集成 2」水声社 2011 p175
私のグループ
　◇「小島信夫批評集成 2」水声社 2011 p188
私の結婚
　◇「大庭みな子全集 23」日本経済新聞出版社 2011 p685
私の碁
　◇「坂口安吾全集 7」筑摩書房 1998 p119
私の幸福論
　◇「車谷長吉全集 3」新書館 2010 p224

私の幸福論
　◇「福田恆存評論集 17」麗澤大學出版會, 廣池學園事業部〔発売〕2010 p9
私の國語教室
　◇「福田恆存評論集 6」麗澤大學出版會, 廣池學園事業部〔発売〕2009 p9
私の作家評伝
　◇「小島信夫批評集成 3」水声社 2011 p11
私の作家遍歴I 黄金の女達
　◇「小島信夫批評集成 4」水声社 2010 p11
私の作家遍歴II 最後の講義
　◇「小島信夫批評集成 5」水声社 2011 p11
私の作家遍歴III 奴隷の寓話
　◇「小島信夫批評集成 6」水声社 2011 p11
私のシェヘラザードたち
　◇「〔野呂邦暢〕随筆コレクション 2」みすず書房 2014 p239
私の思想
　◇「車谷長吉全集 3」新書館 2010 p462
私の終戦日誌
　◇「上野壮夫全集 3」図書新聞 2011 p393
私の小説
　◇「坂口安吾全集 5」筑摩書房 1998 p192
私の小説作法
　◇「小島信夫批評集成 2」水声社 2011 p235
私の小説作法
　◇「小松左京全集 完全版 28」城西国際大学出版会 2006 p230
私の小説論
　◇「車谷長吉全集 3」新書館 2010 p335
私の少年時代
　◇「車谷長吉全集 3」新書館 2010 p378
私の昭和十年
　◇「上野壮夫全集 3」図書新聞 2011 p519
私の昭和十年 続
　◇「上野壮夫全集 3」図書新聞 2011 p526
私の処女作
　◇「金井美恵子エッセイ・コレクション―1964-2013 1」平凡社 2013 p79
私の助走時代―あとがきに代えて
　◇「定本 荒巻義雄メタSF全集 2」彩流社 2015 p367
私の人生觀
　◇「小林秀雄全作品 17」新潮社 2004 p136
　◇「小林秀雄全集 補巻 2」新潮社 2010 p384
私の人生觀―註解・追補
　◇「小林秀雄全集 補巻 2」新潮社 2010 p357
私の晋平ぶし
　◇「上野壮夫全集 3」図書新聞 2011 p535
私の好きな一句
　◇「車谷長吉全集 3」新書館 2010 p699
私の好きな歌
　◇「車谷長吉全集 3」新書館 2010 p73

わたく

私の好きな外國の作家
  ◇「小寺菊子作品集 3」桂書房 2014 p101
私の好きな景観
  ◇「車谷長吉全集 3」新書館 2010 p369
私の好きな作家
  ◇「小寺菊子作品集 3」桂書房 2014 p101
私の好きな本
  ◇〔野呂邦暢〕随筆コレクション 1」みすず書房 2014 p321
私の好きな私の作
  ◇「小寺菊子作品集 3」桂書房 2014 p101
私の政治教室
  ◇「福田恆存評論集 8」麗澤大學出版會,廣池學園事業部〔発売〕 2007 p251
私の一九六九年
  ◇「大庭みな子全集 3」日本経済新聞出版社 2009 p196
私の葬式
  ◇「坂口安吾全集 6」筑摩書房 1998 p524
私の喪失感
  ◇「車谷長吉全集 3」新書館 2010 p176
わたくしの大好きなアメリカの少女
  ◇「宮本百合子全集 9」新日本出版社 2001 p38
おんなの午後5 私の体操
  ◇「大庭みな子全集 18」日本経済新聞出版社 2010 p153
私の他人たち
  ◇「20世紀断層―野坂昭如単行本未収録小説集成 2」幻戯書房 2010 p337
  ◇「20世紀断層―野坂昭如単行本未収録小説集成 2」幻戯書房 2010 p339
私の探偵小説
  ◇「坂口安吾全集 5」筑摩書房 1998 p368
  ◇「坂口安吾全集 6」筑摩書房 1998 p295
私の探偵小説観
  ◇「小島信夫批評集成 2」水声社 2011 p645
私の「朝鮮」との長く、重いつきあい
  ◇「小田実全集 評論 31」講談社 2013 p176
私の読書経歴
  ◇「小島信夫批評集成 2」水声社 2011 p233
私の長崎
  ◇〔野呂邦暢〕随筆コレクション 1」みすず書房 2014 p419
私のなかのイタリア
  ◇「小松左京全集 完全版 37」城西国際大学出版会 2010 p271
私の中の昭和―平和よ永遠であれ
  ◇「田中志津全作品集 下巻」武蔵野書院 2013 p216
私の中の日本人
  ◇「小松左京全集 完全版 39」城西国際大学出版会 2012 p51
私の中の日本人大石誠之助
  ◇「中上健次集 4」インスクリプト 2016 p393

私の中の日本人―中島光風先生
  ◇「阿川弘之全集 17」新潮社 2006 p16
私の悩み
  ◇「車谷長吉全集 3」新書館 2010 p465
私の日本国解散論
  ◇「小松左京全集 完全版 29」城西国際大学出版会 2007 p276
わたくしの希ひは熾る
  ◇「決定版 三島由紀夫全集 37」新潮社 2004 p707
私の望み
  ◇「上野壮夫全集 1」図書新聞 2010 p451
『私』の場
  ◇「大庭みな子全集 6」日本経済新聞出版社 2009 p180
私の八月六日、八月十五日
  ◇「小田実全集 評論 17」講談社 2012 p279
私の母
  ◇「車谷長吉全集 3」新書館 2010 p694
私の遥かなるアラスカ
  ◇「大庭みな子全集 12」日本経済新聞出版社 2010 p245
私の「反戦」の根拠
  ◇「小田実全集 評論 34」講談社 2013 p153
「私」の非公開主義
  ◇「小松左京全集 完全版 29」城西国際大学出版会 2007 p350
私の文学断章
  ◇「小島信夫批評集成 2」水声社 2011 p776
私の文学の四辺
  ◇「小島信夫批評集成 1」水声社 2011 p491
私の文学―「文」の対話
  ◇「小田実全集 評論 28」講談社 2013 p5
私の文章修業
  ◇「中上健次集 5」インスクリプト 2015 p242
私の文章修行
  ◇「車谷長吉全集 3」新書館 2010 p229
私の保守主義観
  ◇「福田恆存評論集 5」麗澤大學出版會,廣池學園事業部〔発売〕 2008 p126
私の骨
  ◇「高橋克彦自選短編集 2」講談社 2009（講談社文庫）p565
私の見た源氏物語絵巻
  ◇「小島信夫批評集成 2」水声社 2011 p290
私の役割
  ◇「坂口安吾全集 9」筑摩書房 1998 p427
私のやつてゐるダンス
  ◇「谷崎潤一郎全集 9」中央公論新社 2017 p439
私の夢十夜
  ◇「大庭みな子全集 8」日本経済新聞出版社 2009 p457

私の「世直し」のことば、私の「世直し」
◇『小田実全集 評論 7』講談社 2010 p444

私の歴史教室
◇『福田恆存評論集 9』麗澤大學出版會、廣池學園事業部〔發売〕 2008 p296

私の恋愛
◇『坂口安吾全集 別巻』筑摩書房 2012 p19

私は海をだきしめてゐたい
◇『坂口安吾全集 4』筑摩書房 1998 p325

私は魚か?
◇『大庭みな子全集 9』日本経済新聞出版社 2010 p468

私は十四歳だった。終戦の日もその小径を喘ぎながら登った
◇『大庭みな子全集 11』日本経済新聞出版社 2010 p195

私は誰?
◇『坂口安吾全集 5』筑摩書房 1998 p119

私は地下へもぐらない
◇『坂口安吾全集 12』筑摩書房 1999 p233

私は東京人が嫌いである
◇『車谷長吉全集 3』新書館 2010 p200

「私はフランス映画を避けることにしていた。自分の好みからすると、やけに知的すぎるからだ。」
◇『金井美恵子エッセイ・コレクション—1964–2013 4』平凡社 2014 p519

私は冷酷であるか(十月四日)
◇『福田恆存評論集 18』麗澤大學出版會、廣池學園事業部〔發売〕 2010 p86

「私は"私たち"になった」
◇『小田実全集 評論 19』講談社 2012 p24
◇『小田実全集 評論 33』講談社 2013 p106

和田邦坊〔小松左京が開く大正・昭和の日本大衆文芸を支えた挿絵画家たち〕
◇『小松左京全集 完全版 26』城西国際大学出版会 2017 p197

私
◇『林京子全集 7』日本図書センター 2005 p256

私(わたし)… → "わたくし…"をも見よ

私を演じた人
◇『松下竜一未刊行著作集 2』海鳥社 2008 p303

わたしを支えてくれる人たち
◇『大庭みな子全集 18』日本経済新聞出版社 2010 p140

私を救いあげた人
◇『松下竜一未刊行著作集 2』海鳥社 2008 p287

私を引き出した人
◇『松下竜一未刊行著作集 2』海鳥社 2008 p292

私を世に出した人
◇『松下竜一未刊行著作集 2』海鳥社 2008 p290

私が一番深く印象された月夜の思出
◇『德田秋聲全集 23』八木書店 2001 p295

わたしが殺した女
◇『小田実全集 小説 37』講談社 2013 p216

わたしがこんどの帝劇でやりたいこと……(「癩王のテラス」広告文)
◇『決定版 三島由紀夫全集 35』新潮社 2003 p467

私が自分の妻を呼ぶ言葉は
◇『德田秋聲全集 23』八木書店 2001 p295

私が探偵小説に興味を持った動機
◇『小酒井不木随筆評論選集 3』本の友社 2004 p403

私がハッスルする時—「喜びの琴」上演に感じる責任
◇『決定版 三島由紀夫全集 33』新潮社 2003 p55

私が読んで感激した作品
◇『宮本百合子全集 別冊』新日本出版社 2004 p5

私自身について
◇『小田実全集 評論 4』講談社 2010 p237

私自身の姿勢
◇『小島信夫批評集成 2』水声社 2011 p217

私自身の「われの現場」
◇『小田実全集 評論 16』講談社 2012 p190

私だけの問題ではない—小説「宴のあと」判決に抗議する
◇『決定版 三島由紀夫全集 33』新潮社 2003 p144

わたしたちには選ぶ権利がある
◇『宮本百合子全集 19』新日本出版社 2002 p20

私たちの建設
◇『宮本百合子全集 16』新日本出版社 2002 p122

わたしたちの子どもは二十一世紀人だ
◇『小松左京全集 完全版 31』城西国際大学出版会 2008 p335

私たちの社会生物学
◇『宮本百合子全集 13』新日本出版社 2001 p170

私たちの町 革新のまち
◇『松田解子自選集 9』澤田出版 2009 p245

私たちは期待する—草月コンテンポラリー・シリーズ
◇『安部公房全集 11』新潮社 1998 p372

私たちは他者に何を負っているのか「おせっかいな天使」
◇『須賀敦子全集 4』河出書房新社 2007 (河出文庫) p526

わたしたちは平和を手離さない
◇『宮本百合子全集 18』新日本出版社 2002 p73

私という謎—ルッセル
◇『寺山修司著作集 5』クインテッセンス出版 2009 p230

私と云ふ人間
◇『德田秋聲全集 20』八木書店 2001 p81

わたし

私と一緒に遊びませんか
　◇「遠藤周作エッセイ選集 3」光文社 2006（知恵の森文庫）p222

わたしと『雨月物語』『春雨物語』
　◇「大庭みな子全集 13」日本経済新聞出版社 2010 p391

私と『雨月物語』『春雨物語』
　◇「大庭みな子全集 19」日本経済新聞出版社 2010 p225

私と唄
　◇「遠藤周作エッセイ選集 3」光文社 2006（知恵の森文庫）p190

私と彼の人
　◇「宮本百合子全集 32」新日本出版社 2003 p41

私ときもの
　◇「決定版 三島由紀夫全集 36」新潮社 2003 p72

私とキリスト教
　◇「遠藤周作エッセイ選集 1」光文社 2006（知恵の森文庫）p191

私と国歌大観
　◇「谷崎潤一郎全集 23」中央公論新社 2017 p426

わたしと上海
　◇「林京子全集 8」日本図書センター 2005 p446

わたしと小説
　◇「丸谷才一全集 10」文藝春秋 2014 p13

私と昭和
　◇「山田風太郎エッセイ集成 昭和前期の青春」筑摩書房 2007 p170

わたしと職業
　◇「向田邦子全集 新版 11」文藝春秋 2010 p48

私と戦後
　◇「林京子全集 7」日本図書センター 2005 p228

私とタバコ
　◇「吉行淳之介エッセイ・コレクション 1」筑摩書房 2004（ちくま文庫）p288

私と出会った人
　◇「松下竜一未刊行著作集 2」海鳥社 2008 p295

私と避暑
　◇「徳田秋聲全集 21」八木書店 2001 p221

わたしと仏教
　◇「石牟礼道子全集 16」藤原書店 2013 p56

私と私
　◇「三橋一夫ふしぎ小説集成 1」出版芸術社 p140

私と私と私たち
　◇「都筑道夫恐怖短篇集成 2」筑摩書房 2004（ちくま文庫）p68

私に証言させた人
　◇「松下竜一未刊行著作集 2」海鳥社 2008 p300

私に転身を迫った"衝撃"
　◇「松下竜一未刊行著作集 1」海鳥社 2008 p34

わたしにとつての共産党
　◇「決定版 三島由紀夫全集 36」新潮社 2003 p658

私にとっての重耳
　◇「宮城谷昌光全集 21」文藝春秋 2004 p37

私にとっての辻潤
　◇「瀬戸内寂聴随筆選 2」ゆまに書房 2009 p167

私にとっての『魔界転生』
　◇「山田風太郎エッセイ集成 わが推理小説零年」筑摩書房 2007 p163

『わたしには手がない』より［翻訳］（ダヴィデ・マリア・トゥロルド）
　◇「須賀敦子全集 7」河出書房新社 2007（河出文庫）p73

…私にはわかった。
　◇「安部公房全集 30」新潮社 2009 p39

私の愛することば
　◇「決定版 三島由紀夫全集 34」新潮社 2003 p100

私の愛読書
　◇「宮本百合子全集 16」新日本出版社 2002 p242

私の愛読書──『漱石書簡集』
　◇「山田風太郎エッセイ集成 風山房風呂焚き唄」筑摩書房 2008 p199

私の朝ご飯
　◇「決定版 三島由紀夫全集 27」新潮社 2003 p360

私の会ったゴーリキイ
　◇「宮本百合子全集 12」新日本出版社 2001 p209

わたしのアフリカ初体験
　◇「向田邦子全集 新版 10」文藝春秋 2010 p168

私の暗愁の時代
　◇「山田風太郎エッセイ集成 昭和前期の青春」筑摩書房 2007 p100

〈私の安全運転〉『東京新聞』の談話記事
　◇「安部公房全集 20」新潮社 1999 p84

私の遺書
　◇「決定版 三島由紀夫全集 34」新潮社 2003 p153

わたしのイソップ
　◇「寺山修司著作集 1」クインテッセンス出版 2009 p323

私の抱く夢
　◇「江戸川乱歩全集 24」光文社 2005（光文社文庫）p65

私の言つたこと
　◇「徳田秋聲全集 21」八木書店 2001 p110

〈私の宇宙旅行〉──『特集文芸春秋』のアンケートに答えて
　◇「安部公房全集 7」新潮社 1998 p461

私の生まれた家 若竹の宿
　◇「宮城谷昌光全集 21」文藝春秋 2004 p309

私の永遠の女性
　◇「決定版 三島由紀夫全集 29」新潮社 2003 p252

私の映画遍歴の始まり
　◇「辻邦生全集 19」新潮社 2005 p284

私のエコール・ド・パリ地図
　◇「辻邦生全集 17」新潮社 2005 p117

私の江戸川乱歩
　◇「山田風太郎エッセイ集成 わが推理小説零年」筑摩書房 2007 p199
私のえらんだ人
　◇「山田風太郎ミステリー傑作選 8」光文社 2002（光文社文庫）p674
私の選んだベストスリー——1957年上半期
　◇「決定版 三島由紀夫全集 36」新潮社 2003 p639
私のえらんだ本年度ベスト・ワン
　◇「決定版 三島由紀夫全集 36」新潮社 2003 p644
わたしの大阪
　◇「小松左京全集 完全版 42」城西国際大学出版会 2014 p275
私の大阪八景
　◇「田辺聖子全集 1」集英社 2004 p7
私の覚え書
　◇「宮本百合子全集 9」新日本出版社 2001 p187
私の海外旅行
　◇「山田風太郎エッセイ集成 風山房風呂焚き唄」筑摩書房 2008 p87
私の顔
　◇「安部公房全集 30」新潮社 2009 p50
私の顔
　◇「江戸川乱歩全集 30」光文社 2005（光文社文庫）p288
私の顔
　◇「決定版 三島由紀夫全集 28」新潮社 2003 p360
私の顔——適当な長さ
　◇「決定版 三島由紀夫全集 28」新潮社 2003 p343
私の科学知識
　◇「宮本百合子全集 15」新日本出版社 2001 p287
私の書きたい女
　◇「瀬戸内寂聴随筆選 2」ゆまに書房 2009 p18
私の書きたい女——種的な人
　◇「安部公房全集 18」新潮社 1999 p242
私の書きたい女性
　◇「宮本百合子全集 18」新日本出版社 2002 p397
私の家系
　◇「谷崎潤一郎全集 9」中央公論新社 2017 p449
私の学校
　◇「吉行淳之介エッセイ・コレクション 3」筑摩書房 2004（ちくま文庫）p316
私の「黴」が出た頃
　◇「徳田秋聲全集 20」八木書店 2001 p285
私のカフカ
　◇「安部公房全集 3」新潮社 1997 p507
わたしのからだに奇跡が起こったような…——緊急報告・四電本社直接対決記
　◇「松下竜一未刊行著作集 5」海鳥社 2009 p78
私の感想
　◇「宮本百合子全集 15」新日本出版社 2001 p221

私のきいた番組
　◇「安部公房全集 8」新潮社 1998 p241
私の聞いて欲しいこと
　◇「決定版 三島由紀夫全集 36」新潮社 2003 p141
私の汽車旅讃歌
　◇「阿川弘之全集 19」新潮社 2007 p281
私の記念日
　◇「山田風太郎エッセイ集成 昭和前期の青春」筑摩書房 2007 p168
わたしの狂気
　◇「林京子全集 7」日本図書センター 2005 p127
私のきらひな人
　◇「決定版 三島由紀夫全集 34」新潮社 2003 p159
私の近況——「春の雪」と「奔馬」の出版
　◇「決定版 三島由紀夫全集 35」新潮社 2003 p295
私の空想美術館
　◇「小林秀雄全作品 22」新潮社 2004 p261
　◇「小林秀雄全集 補巻 3」新潮社 2010 p142
「わたしの暮らし」を創ろう
　◇「大庭みな子全集 18」日本経済新聞出版社 2010 p86
私の車
　◇「安部公房全集 22」新潮社 1999 p348
私の敬愛する作家（「坂口安吾選集」推薦文）
　◇「決定版 三島由紀夫全集 29」新潮社 2003 p225
私の劇場
　◇「安部公房全集 26」新潮社 1999 p373
私の健康
　◇「決定版 三島由紀夫全集 32」新潮社 2003 p94
私の健康法——まづボデービル
　◇「決定版 三島由紀夫全集 34」新潮社 2003 p185
私の原作映画
　◇「決定版 三島由紀夫全集 29」新潮社 2003 p302
私の公開状 島崎藤村氏へ書き送る
　◇「徳田秋聲全集 22」八木書店 2001 p385
私の幸福論
　◇「阿川弘之全集 20」新潮社 2007 p580
わたしの古典
　◇「江戸川乱歩全集 30」光文社 2005（光文社文庫）p317
私のこと
　◇「徳田秋聲全集 20」八木書店 2001 p148
私の事
　◇「宮本百合子全集 9」新日本出版社 2001 p52
　◇「宮本百合子全集 20」新日本出版社 2002 p283
私のことを分ってくれ
　◇「小島信夫批評集成 6」水声社 2011 p374
私の言葉（「いま流行のヒッチハイク……」）
　◇「決定版 三島由紀夫全集 32」新潮社 2003 p604
私の言葉（「こんど文部省が……」）
　◇「決定版 三島由紀夫全集 31」新潮社 2003 p666

わたし

わたしの子どもだったころ〈遊園地〉
　◇「大庭みな子全集 8」日本経済新聞出版社 2009 p431

私の最初の映画アマチュア倶楽部
　◇「谷崎潤一郎全集 25」中央公論新社 2016 p176

私の散歩道―県境の川辺で
　◇「松下竜一未刊行著作集 2」海鳥社 2008 p141

私の自主防衛論
　◇「決定版 三島由紀夫全集 35」新潮社 2003 p231

私の習作時代―自作解説
　◇「橋本治短篇小説コレクション 愛の矢車草」筑摩書房 2006（ちくま文庫）p281

私の十代
　◇「江戸川乱歩全集 30」光文社 2005（光文社文庫）p74

私の十代
　◇「決定版 三島由紀夫全集 28」新潮社 2003 p415

わたしの周辺
　◇「大庭みな子全集 6」日本経済新聞出版社 2009 p225

私の消夏法
　◇「決定版 三島由紀夫全集 32」新潮社 2003 p92

私の小説観
　◇「安部公房全集 4」新潮社 1997 p282

私の小説作法
　◇「瀬戸内寂聴随筆選 1」ゆまに書房 2009 p14

私の小説作法
　◇「決定版 三島由紀夫全集 33」新潮社 2003 p60

私の小説の方法
　◇「決定版 三島由紀夫全集 28」新潮社 2003 p312

私の商売道具
　◇「決定版 三島由紀夫全集 29」新潮社 2003 p491

私の新古典―庄野潤三著『夕べの雲』
　◇「松下竜一未刊行著作集 2」海鳥社 2008 p136

私の新婚旅行地
　◇「決定版 三島由紀夫全集 34」新潮社 2003 p426

私の信条
　◇「決定版 三島由紀夫全集 33」新潮社 2003 p474

私の信条
　◇「宮本百合子全集 19」新日本出版社 2002 p269

私の信ずる宗教
　◇「宮本百合子全集 9」新日本出版社 2001 p105

私の睡眠時間
　◇「徳田秋聲全集 23」八木書店 2001 p307

私の好きな映画・監督・俳優
　◇「辻邦生全集 19」新潮社 2005 p299

私の好きな絵はがき
　◇「決定版 三島由紀夫全集 36」新潮社 2003 p644

わたしの好きなお国ことば―のどかな方言
　◇「林京子全集 8」日本図書センター 2005 p460

私の好きな顔―川辺るみ子
　◇「決定版 三島由紀夫全集 27」新潮社 2003 p334

私の好きなクラシック・ベスト3
　◇「辻邦生全集 19」新潮社 2005 p102

私の好きな作中人物―希臘から現代までの中に
　◇「決定版 三島由紀夫全集 27」新潮社 2003 p707

私の好きな……―芝居
　◇「決定版 三島由紀夫全集 28」新潮社 2003 p316

私の好きな芝居の女
　◇「徳田秋聲全集 20」八木書店 2001 p115

私の好きな小説・戯曲中の女
　◇「宮本百合子全集 9」新日本出版社 2001 p57

私の好きな武将
　◇「宮本百合子全集 13」新日本出版社 2001 p354

私の好きな文庫本ベスト5
　◇「辻邦生全集 18」新潮社 2005 p194

私の好きなミステリー・ベスト5
　◇「辻邦生全集 18」新潮社 2005 p193

私の好きな六つの顔
　◇「谷崎潤一郎全集 25」中央公論新社 2016 p297

私のすすめる奇書
　◇「辻邦生全集 18」新潮社 2005 p192

私のスタミナ作戦
　◇「決定版 三島由紀夫全集 32」新潮社 2003 p586

私のすぽーつ―セカンド・ウインド
　◇「決定版 三島由紀夫全集 29」新潮社 2003 p588

私の生活
　◇「徳田秋聲全集 20」八木書店 2001 p129

私の政治的立場―立候補に際して
　◇「徳田秋聲全集 21」八木書店 2001 p313

私の青春時代
　◇「宮本百合子全集 17」新日本出版社 2002 p88

わたしの性的自叙伝
　◇「鈴木いづみコレクション 6」文遊社 1997 p11

私の姓のこと
　◇「谷崎潤一郎全集 16」中央公論新社 2016 p271

わたしの戦後
　◇「石牟礼道子全集 4」藤原書店 2004 p256

私の戦後
　◇「山崎豊子全集 16」新潮社 2005 p485

私の戦争と戦後体験―二十年目の八月十五日
　◇「決定版 三島由紀夫全集 33」新潮社 2003 p490

私の葬儀の進行役も私
　◇「遠藤周作エッセイ選集 1」光文社 2006（知恵の森文庫）p231

私の創作の実際
　◇「徳田秋聲全集 20」八木書店 2001 p123

私の創作ノート
　◇「安部公房全集 20」新潮社 1999 p162

私の想像によれば
　◇「徳田秋聲全集 21」八木書店 2001 p101

わたし

私のソロモン紀行
　◇「阿川弘之全集 16」新潮社 2006 p219
私の大学時代
　◇「辻邦生全集 16」新潮社 2005 p46
私の対談について
　◇「谷崎潤一郎全集 20」中央公論新社 2015 p561
わたしの太陽
　◇「大庭みな子全集 4」日本経済新聞出版社 2009 p536
私の宝物
　◇「決定版 三島由紀夫全集 32」新潮社 2003 p123
わたしのただ一冊の本「葉隠」
　◇「決定版 三島由紀夫全集 34」新潮社 2003 p473
私の立場から（青 中 老の文芸観）
　◇「徳田秋聲全集 22」八木書店 2001 p38
私の探偵趣味
　◇「江戸川乱歩全集 24」光文社 2005（光文社文庫）p18
　◇「江戸川乱歩全集 30」光文社 2005（光文社文庫）p90
わたしの耽美主義
　◇「稲垣足穂コレクション 1」筑摩書房 2005（ちくま文庫）p84
わたしのチェーホフ
　◇「大庭みな子全集 23」日本経済新聞出版社 2011 p353
私のチェーホフ
　◇「井上ひさしコレクション 人間の巻」岩波書店 2005 p92
『私のチェーホフ』
　◇「佐々木基一全集 5」河出書房新社 2013 p339
わたしの筑豊
　◇「石牟礼道子全集 5」藤原書店 2004 p373
私の尽きざる信頼―私と朝日新聞
　◇「決定版 三島由紀夫全集 32」新潮社 2003 p452
私の机
　◇「江戸川乱歩全集 30」光文社 2005（光文社文庫）p306
私の机の上
　◇「徳田秋聲全集 21」八木書店 2001 p264
わたしのデビュウ作
　◇「小檜山博全集 7」柏艪舎 2006 p93
私の読書術
　◇「決定版 三島由紀夫全集 35」新潮社 2003 p374
私の読書遍歴
　◇「江戸川乱歩全集 30」光文社 2005（光文社文庫）p307
私の読書遍歴
　◇「吉行淳之介エッセイ・コレクション 3」筑摩書房 2004（ちくま文庫）p172
私の長崎
　◇「遠藤周作エッセイ選集 2」光文社 2006（知恵の森文庫）p250

私の中の"男らしさ"の告白
　◇「決定版 三島由紀夫全集 32」新潮社 2003 p436
私のなかの北杜夫
　◇「辻邦生全集 16」新潮社 2005 p212
私の中の『種子』
　◇「色川武大・阿佐田哲也エッセイズ 1」筑摩書房 2003（ちくま文庫）p365
「私」のなかの娼婦
　◇「吉行淳之介エッセイ・コレクション 2」筑摩書房 2004（ちくま文庫）p100
私のなかのナタリア・ギンズブルグ
　◇「須賀敦子全集 2」河出書房新社 2006（河出文庫）p520
私の中のヒロシマ―原爆の日によせて
　◇「決定版 三島由紀夫全集 34」新潮社 2003 p447
私の中の満州―生活と感情の実験室
　◇「安部公房全集 7」新潮社 1998 p137
ワタシノ願イ
　◇「松田解子自選集 9」澤田出版 2009 p251
私のねがい
　◇「松田解子自選集 8」澤田出版 2008 p131
私のノオト
　◇「寺山修司著作集 1」クインテッセンス出版 2009 p127
私の望み
　◇「徳田秋聲全集 23」八木書店 2001 p279
私の発言〔インタビュー〕（大阪労演編集部）
　◇「安部公房全集 23」新潮社 1999 p105
わたしの初恋
　◇「大庭みな子全集 6」日本経済新聞出版社 2009 p225
私の初恋
　◇「谷崎潤一郎全集 5」中央公論新社 2016 p468
私の初役
　◇「江戸川乱歩全集 30」光文社 2005（光文社文庫）p266
私の「膝栗毛」
　◇「遠藤周作エッセイ選集 2」光文社 2006（知恵の森文庫）p237
私の貧乏物語
　◇「谷崎潤一郎全集 17」中央公論新社 2015 p343
私の文学
　◇「決定版 三島由紀夫全集 27」新潮社 2003 p34
私の文学を語る〔インタビュー〕（秋山駿）
　◇「安部公房全集 22」新潮社 1999 p38
私の文学を語る〔対談〕（秋山駿）
　◇「決定版 三島由紀夫全集 40」新潮社 2004 p7
私の文学観演劇観〔対談〕（佐々木基一）
　◇「安部公房全集 23」新潮社 1999 p350
私の文学鑑定〔対談〕（舟橋聖一）
　◇「決定版 三島由紀夫全集 39」新潮社 2004 p145

わたし

私の文学的歩み―基地の町・向学の思い
◇「津村節子自選作品集 4」岩波書店 2005 p343

私の文学的歩み―虚弱児だった福井時代
◇「津村節子自選作品集 1」岩波書店 2005 p477

私の文学的歩み―軍国の少女・敗戦
◇「津村節子自選作品集 3」岩波書店 2005 p359

私の文学的歩み―上京・父の死
◇「津村節子自選作品集 2」岩波書店 2005 p349

私の文学的歩み―長かった同人雑誌時代
◇「津村節子自選作品集 5」岩波書店 2005 p305

私の文学的歩み―遙かな光
◇「津村節子自選作品集 6」岩波書店 2005 p457

私の文学の原点
◇「林京子全集 7」日本図書センター 2005 p224

わたしの文章作法
◇「吉行淳之介エッセイ・コレクション 3」筑摩書房 2004（ちくま文庫）p99

私の文章修業
◇「吉行淳之介エッセイ・コレクション 3」筑摩書房 2004（ちくま文庫）p177

私の踏んで来た道
◇「徳田秋聲全集 20」八木書店 2001 p159

私のベストテン
◇「決定版 三島由紀夫全集 36」新潮社 2003 p627

私のベスト10 第6位
◇「横溝正史自選集 5」出版芸術社 2007 p339

私のベスト10 7位
◇「横溝正史自選集 7」出版芸術社 2007 p387

私のペンネーム
◇「徳田秋聲全集 23」八木書店 2001 p300

私のペンネーム
◇「決定版 三島由紀夫全集 28」新潮社 2003 p210

私の遍歴時代
◇「決定版 三島由紀夫全集 32」新潮社 2003 p271

私の抱負（「新潮文庫」広告文）
◇「決定版 三島由紀夫全集 29」新潮社 2003 p132

私の本棚
◇「江戸川乱歩全集 30」光文社 2005（光文社文庫）p304

私の本年の希望と計画
◇「宮本百合子全集 9」新日本出版社 2001 p225

私の本の買い方
◇「山田風太郎エッセイ集成 風山房風呂焚き唄」筑摩書房 2008 p183

私の真夏の夜の夢―自作自演
◇「決定版 三島由紀夫全集 32」新潮社 2003 p585

私の見合結婚
◇「決定版 三島由紀夫全集 30」新潮社 2003 p313

私の見た大阪及び大阪人
◇「谷崎潤一郎全集 16」中央公論新社 2016 p285

私の觀た純文壇
◇「小酒井不木随筆評論選集 7」本の友社 2004 p406

私の見た日本の小社会
◇「決定版 三島由紀夫全集 29」新潮社 2003 p606

私の見た米国の少年
◇「宮本百合子全集 9」新日本出版社 2001 p53

「わたし」の役割
◇「佐々木基一全集 4」河出書房新社 2013 p179

わたしのやり方
◇「大庭みな子全集 18」日本経済新聞出版社 2010 p90

私の洋画経歴
◇「決定版 三島由紀夫全集 28」新潮社 2003 p179

私の「幼少時代」について
◇「谷崎潤一郎全集 21」中央公論新社 2016 p534

私の理想の女性―贅沢品として
◇「決定版 三島由紀夫全集 28」新潮社 2003 p30

私の履歴書
◇「江戸川乱歩全集 24」光文社 2005（光文社文庫）p680

「わたしも来るがな」
◇「小田実全集 評論 18」講談社 2012 p172

私も一人の女として
◇「宮本百合子全集 12」新日本出版社 2001 p56

わたし、ルミ
◇「松下竜一未刊行著作集 1」海鳥社 2008 p356

私はあなたの人生の傍役
◇「遠藤周作エッセイ選集 1」光文社 2006（知恵の森文庫）p75

私はいかにして日本の作家となったか（英語講演）
◇「決定版 三島由紀夫全集 41」新潮社 2004

わたしは歌わない―山に向かって
◇「松田解子自選集 9」澤田出版 2009 p250

私は学生帽です。
◇「決定版 三島由紀夫全集 36」新潮社 2003 p420

私は期待する（「週刊公論」広告文）
◇「決定版 三島由紀夫全集 31」新潮社 2003 p281

私はこうして生まれた
◇「鈴木いづみセカンド・コレクション 4」文遊社 2004 p42

私はこうして生まれた
◇「山田風太郎エッセイ集成 昭和前期の青春」筑摩書房 2007 p37

私はこれになりたかつた―それは白バイの警官です
◇「決定版 三島由紀夫全集 32」新潮社 2003 p600

私はこんな仕事をしたい
◇「決定版 三島由紀夫全集 36」新潮社 2003 p631

「わたしは誰ですか？」
◇「寺山修司著作集 4」クインテッセンス出版 2009 p249

〈私は団体客を"観客"と呼ばない〉『週間朝日』の談話記事
◇「安部公房全集 25」新潮社 1999 p353

私は地理が好きだった
◇「寺山修司著作集 4」クインテッセンス出版 2009 p285

私はなぜ書くか
◇「吉行淳之介エッセイ・コレクション 3」筑摩書房 2004（ちくま文庫）p21

私は何を読むか
◇「宮本百合子全集 17」新日本出版社 2002 p466

わたしは日本人です
◇「石牟礼道子全集 13」藤原書店 2007 p666

わたしは呪う
◇「松田解子自選集 9」澤田出版 2009 p145

私は無造作につける 題のつけ方
◇「徳田秋聲全集 20」八木書店 2001 p82

わたしは眼をあげて……
◇「須賀敦子全集 7」河出書房新社 2007（河出文庫）p217

わだちの音（一六首）
◇「石牟礼道子全集 1」藤原書店 2004 p527

渡辺助教授毒殺事件
◇「山田風太郎ミステリー傑作選 10」光文社 2002（光文社文庫）p338

渡辺綱ゆかりの渡辺橋
◇「小松左京全集 完全版 42」城西国際大学出版会 2014 p30

浜奉行代行 渡辺半右衛門
◇「井上ひさし短編中編小説集成 10」岩波書店 2015 p322

在々奉行 渡部角兵衛
◇「井上ひさし短編中編小説集成 10」岩波書店 2015 p337

和田誠〔対談〕
◇「向田邦子全集 新版 別巻 1」文藝春秋 2010 p231

和田芳恵「暗い流れ」
◇「〔野呂邦暢〕随筆コレクション 2」みすず書房 2014 p397

ワタリ
◇「隆慶一郎全集 19」新潮社 2010 p308

渡りぜりふについて
◇「福田恆存評論集 11」麗澤大學出版會、廣池學園事業部〔発売〕2009 p153

『わたり鳥』〔助言〕
◇「徳田秋聲全集 別巻」八木書店 2006 p86

わたりむつこさんのこと
◇「大庭みな子全集 8」日本経済新聞出版社 2009 p535

渡るべき河
◇「20世紀断層―野坂昭如単行本未収録小説集成 5」幻戯書房 2010 p58

和辻君について
◇「谷崎潤一郎全集 23」中央公論新社 2017 p487

和辻哲郎の小説
◇「車谷長吉全集 3」新書館 2010 p432

割って、城を
◇「司馬遼太郎短篇全集 7」文藝春秋 2005 p301

ワットオの《シテエルへの船出》
◇「決定版 三島由紀夫全集 28」新潮社 2003 p276

わな
◇「松田解子自選集 7」澤田出版 2008 p175

罠
◇「大庭みな子全集 6」日本経済新聞出版社 2009 p187

わな、き
◇「徳田秋聲全集 10」八木書店 1998 p135

ワナの予感
◇「小島信夫批評集成 8」水声社 2010 p72

ワーニカとターニャ
◇「宮本百合子全集 10」新日本出版社 2001 p366

ワハハハ
◇「金井美恵子エッセイ・コレクション―1964-2013 1」平凡社 2013 p387

わびしい時は立体テレビ
◇「小松左京全集 完全版 12」城西国際大学出版会 2007 p386

詫び状提出妥結篇
◇「三角寛サンカ選集第二期 15」現代書館 2005 p377

侘助
◇「大庭みな子全集 7」日本経済新聞出版社 2009 p153

侘助の花
◇「小沼丹全集 4」未知谷 2004 p416

詫びてもムダ
◇「田中小実昌エッセイ・コレクション 1」筑摩書房 2002（ちくま文庫）p303

和服
◇「谷崎潤一郎全集 24」中央公論新社 2016 p426

〈ワープロで書かれた七年ぶりの書下ろし〉〔インタビュー〕（中学教育編集部）
◇「安部公房全集 28」新潮社 2000 p65

〈ワープロで書く安部さん〉『読売新聞』の談話記事
◇「安部公房全集 27」新潮社 2000 p131

わめき酒
◇「田中小実昌エッセイ・コレクション 1」筑摩書房 2002（ちくま文庫）p134

笑
◇「橋本治短篇小説コレクション 鞦韆」筑摩書房 2006（ちくま文庫）p223

笑ひ
◇「安部公房全集 1」新潮社 1997 p222

わらい

笑ひ
  ◇「決定版 三島由紀夫全集 37」新潮社 2004 p382

笑い閻魔
  ◇「都筑道夫時代小説コレクション 3」戎光祥出版 2014（戎光祥時代小説名作館）p197

笑〔座談会〕（武田泰淳、花田清輝、大江健三郎）
  ◇「安部公房全集 11」新潮社 1998 p267

笑いと喜劇と現代風俗と〔鼎談〕（獅子文六、辰野隆）
  ◇「福田恆存対談・座談集 1」玉川大学出版部 2011 p275

笑いと夢と
  ◇「大庭みな子全集 15」日本経済新聞出版社 2010 p155

笑いと嗤い
  ◇「向田邦子全集 新版 11」文藝春秋 2010 p70

わらいの感覚
  ◇「鈴木いづみコレクション 5」文遊社 1996 p202

笑いの巨匠・秋田実
  ◇「小松左京全集 完全版 42」城西国際大学出版会 2014 p169

笑ひの欠落
  ◇「阿川弘之全集 18」新潮社 2007 p222

笑いの秘密にせまる「小松左京マガジン」編集長インタビュー 第二十七回（かんべむさし）
  ◇「小松左京全集 完全版 49」城西国際大学出版会 2017 p325

笑いの要素
  ◇「小島信夫批評集成 2」水声社 2011 p305

笑話と殺人
  ◇「小酒井不木随筆評論選集 3」本の友社 2004 p374

笑い山姥
  ◇「石牟礼道子全集 14」藤原書店 2008 p105

笑いは人間だけのもの
  ◇「安部公房全集 9」新潮社 1998 p366

わらう
  ◇「小田実全集 小説 36」講談社 2013 p171

笑う悪魔
  ◇「野村胡堂探偵小説全集」作品社 2007 p219

笑う椅子
  ◇「中井英夫全集 3」東京創元社 1996（創元ライブラリ）p362

笑う男
  ◇「井上ひさし短編中編小説集成 8」岩波書店 2015 p327

笑う魚
  ◇「大庭みな子全集 5」日本経済新聞出版社 2009 p64

笑う座敷ぼっこ
  ◇「中井英夫全集 2」東京創元社 1998（創元ライブラリ）p671

笑うジャングル
  ◇「中上健次集 10」インスクリプト 2017 p551

笑う月
  ◇「安部公房全集 25」新潮社 1999 p362

笑う道化師
  ◇「山田風太郎ミステリー傑作選 8」光文社 2002（光文社文庫）p84

笑う肉仮面
  ◇「山田風太郎ミステリー傑作選 9」光文社 2002（光文社文庫）p543

笑う兵隊
  ◇「向田邦子全集 新版 7」文藝春秋 2009 p162

笑えぬ光秀
  ◇「国枝史郎伝奇短篇小説集成 1」作品社 2006 p334

ワラゲン考―周辺飛行27
  ◇「安部公房全集 24」新潮社 1999 p494

藁人形と釘
  ◇「〔野呂邦暢〕随筆コレクション 2」みすず書房 2014 p132

藁の家
  ◇「中上健次集 9」インスクリプト 2013 p279

藁の天皇
  ◇「寺山修司著作集 4」クインテッセンス出版 2009 p510

ワラビ狩り
  ◇「小島信夫短篇集成 6」水声社 2015 p237

わらべ唄夢譚
  ◇「大庭みな子全集 14」日本経済新聞出版社 2010 p447

藁屋根
  ◇「小沼丹全集 3」未知谷 2004 p9
  ◇「小沼丹全集 3」未知谷 2004 p11

笑わぬ人
  ◇「安部公房全集 8」新潮社 1998 p326

割符
  ◇「古井由吉自撰作品 8」河出書房新社 2012 p249

わるい風
  ◇「鮎川哲也コレクション わるい風」光文社 2007（光文社文庫）p55

わるいまほうつかいブクのはなし
  ◇「須賀敦子全集 8」河出書房新社 2007（河出文庫）p289

わるい夢
  ◇「契約―鈴木いづみSF全集」文遊社 2014 p91

わるぐち懺悔
  ◇「谷崎潤一郎全集 25」中央公論新社 2016 p204

ワルシャワの人々
  ◇「大庭みな子全集 23」日本経済新聞出版社 2011 p449

ワルシャワのメーデー
  ◇「宮本百合子全集 10」新日本出版社 2001 p420

われを省みる
　◇「宮本百合子全集 9」新日本出版社 2001 p162

割れた鏡
　◇「小松左京全集 完全版 16」城西国際大学出版会 2011 p217

われながら変な小説
　◇「安部公房全集 29」新潮社 2000 p212

われに五月を
　◇「寺山修司著作集 1」クインテッセンス出版 2009 p36

われに五月を
　◇「中井英夫全集 7」東京創元社 1998 (創元ライブラリ) p520

我に叛く
　◇「宮本百合子全集 2」新日本出版社 2001 p53

我レ阪神大震災ニ遭遇セリ〔対談〕(藤本義一)
　◇「小松左京全集 完全版 46」城西国際大学出版会 2016 p258

『われ、ひとつの声をきけり』より〔翻訳〕(ダヴィデ・マリア・トゥロルド)
　◇「須賀敦子全集 7」河出書房新社 2007 (河出文庫) p80

吾亦戀（われもこい）
　◇「20世紀断層―野坂昭如単行本未収録小説集成 2」幻戯書房 2010 p419

吾亦紅
　◇「大庭みな子全集 23」日本経済新聞出版社 2011 p625

吾亦紅
　◇「原民喜戦後全小説」講談社 2015 (講談社文芸文庫) p122

われらが怨みの赤い花一輪を植えよ
　◇「金井美恵子エッセイ・コレクション―1964-2013 1」平凡社 2013 p66

われらが暗闇の思想―豊前平野の開発を拒否する心情
　◇「松下竜一未刊行著作集 4」海鳥社 2008 p200

我らが矢山
　◇「阿川弘之全集 18」新潮社 2007 p344

「われら」からの遁走―私の文学
　◇「決定版 三島由紀夫全集 34」新潮社 2003 p17

われらコンタックス仲間〔対談〕(林忠彦)
　◇「安部公房全集 26」新潮社 1999 p369

われら、しろうと！
　◇「松下竜一未刊行著作集 4」海鳥社 2008 p159

われら中年万引団
　◇「井上ひさし短編中編小説集成 3」岩波書店 2014 p443

「われら」と「われ＝われ＝われ……」
　◇「小田実全集 評論 29」講談社 2013 p215

われらのアラビアン・ナイト
　◇「天城一傑作集 2」日本評論社 2005 p338

われらの家
　◇「宮本百合子全集 20」新日本出版社 2002 p289

「我らの誌上相談」
　◇「宮本百合子全集 11」新日本出版社 2001 p132

われらの時代に
　◇「高城高全集 2」東京創元社 2008 (創元推理文庫) p431

われ等の詩に就いて
　◇「上野壮夫全集 3」図書新聞 2011 p549

われらの詩は
　◇「上野壮夫全集 1」図書新聞 2010 p19

われらのシンデレラ
　◇「天城一傑作集 2」日本評論社 2005 p323

我らの青春を語る
　◇「小松左京全集 完全版 44」城西国際大学出版会 2014 p129

われらの小さな"婦人民主"
　◇「宮本百合子全集 16」新日本出版社 2002 p285

〔翻訳〕我等の鳥類―トリスタン・ツァラ(ツァラ, トリスタン)
　◇「坂口安吾全集 1」筑摩書房 1999 p77

われらの仲間
　◇「定本 久生十蘭全集 9」国書刊行会 2011 p331

われらのベルエポック
　◇「中井英夫全集 6」東京創元社 1996 (創元ライブラリ) p216

レーゼ・ドラマ(実験探偵劇)われらのローレライ(四場)―又の名《未来の犯罪》
　◇「天城一傑作集 2」日本評論社 2005 p358

われら焼け跡浪漫派〔対談〕(田辺聖子)
　◇「小松左京全集 完全版 33」城西国際大学出版会 2011 p66

われ等は変革の流れに
　◇「上野壮夫全集 1」図書新聞 2010 p63

我は如何にして小説家となりしか
　◇「徳田秋聲全集 19」八木書店 2000 p78

われは九州電力の意見株主
　◇「松下竜一未刊行著作集 5」海鳥社 2009 p129

「われ＝われ」と「われら」
　◇「小田実全集 評論 16」講談社 2012 p164

われわれの時間〔翻訳〕(ウンベルト・サバ)
　◇「須賀敦子全集 5」河出書房新社 2008 (河出文庫) p188

「われ＝われ」の「自立」
　◇「小田実全集 評論 16」講談社 2012 p167

われわれの責任
　◇「小檜山博全集 8」柏艪舎 2006 p231

われわれの専売特許はいつまでも「呆然自失」か
　◇「井上ひさしコレクション 日本の巻」岩波書店 2005 p106

われわ

われ=われの哲学
　◇「小田実全集 評論 16」講談社 2012 p9
「われ=われ」のデモ行進
　◇「小田実全集 評論 19」講談社 2012 p80
われわれも国語審議会を憂う〔対談〕(山田俊雄)
　◇「福田恆存対話・座談集 2」玉川大学出版部 2011 p131
われわれは明日どこに住むか
　◇「上野壮夫全集 3」図書新聞 2011 p499
われわれはなぜ声明を出したか—芸術は政治の道具か?〔座談会〕(石川淳、川端康成、三島由紀夫)
　◇「安部公房全集 21」新潮社 1999 p15
「われ=われ=われ……」の「共生」
　◇「小田実全集 評論 22」講談社 2012 p127
われわれは"ロマンの残党"
　◇「開高健ルポルタージュ選集 ずばり東京」光文社 2007（光文社文庫）p222
万人坑（ワンインカン）
　◇「山田風太郎ミステリー傑作選 8」光文社 2002（光文社文庫）p314
　◇「山田風太郎妖異小説コレクション 山屋敷秘図」徳間書店 2003（徳間文庫）p491
「湾岸戦争」「太平洋戦争」ベトナム戦争
　◇「小田実全集 評論 19」講談社 2012 p275
「湾岸戦争」と「平和憲法」
　◇「小田実全集 評論 21」講談社 2012 p296
わんこソバ
　◇「小島信夫短篇集成 6」水声社 2015 p255
腕章
　◇「小島信夫短篇集成 5」水声社 2015 p349
ワンダ・ワシレーフスカヤ
　◇「宮本百合子全集 18」新日本出版社 2002 p64
ワン デイ イン ニューヨーク（ウィリアム・サローヤン）
　◇「田中小実昌エッセイ・コレクション 5」筑摩書房 2003（ちくま文庫）p320

【 ABC 】

ABC書店のために
　◇〔池澤夏樹〕エッセー集成 2」みすず書房 2008 p55
A Certain Country
　◇「決定版 三島由紀夫全集 37」新潮社 2004 p319
ALBEEとのつかのまの出会
　◇「決定版 三島由紀夫全集 32」新潮社 2003 p76
All Japanese are perverse
　◇「決定版 三島由紀夫全集 35」新潮社 2003 p277

「Anima solaris」著者インタビュー
　◇「伊藤計劃記録 〔第1〕」早川書房 2010 p155
A NOTE BY THE AUTHOR ("Tropical Tree")
　◇「決定版 三島由紀夫全集 36」新潮社 2003 p582
A.T.D.：Automatic Death■EPISODE：0 NO DISTANCE, BUT INTERFACE
　◇「伊藤計劃記録 第2位相」早川書房 2011 p77
B・シーグレン 十四年目の鳥人
　◇「野呂邦暢」随筆コレクション 2」みすず書房 2014 p249
Bad Poems
　◇「決定版 三島由紀夫全集 37」新潮社 2004 p353
Beat, Beat, Beat！
　◇「寺山修司著作集 4」クインテッセンス出版 2009 p205
BLT
　◇「辺見庸掌編小説集 白翳」角川書店 2004 p210
Book of books
　◇「宮本百合子全集 15」新日本出版社 2001 p328
BS6005に何が起こったか
　◇「小松左京全集 完全版 17」城西国際大学出版会 2012 p219
C・チャップリン『チャップリン自伝』
　◇「小島信夫批評集成 2」水声社 2011 p651
Carter Brown
　◇「田中小実昌エッセイ・コレクション 5」筑摩書房 2003（ちくま文庫）p179
C・V・ゲオルギウ著『二十五時』
　◇「安部公房全集 2」新潮社 1997 p342
DDT
　◇「小林秀雄全作品 25」新潮社 2004 p76
　◇「小林秀雄全集 補巻 3」新潮社 2010 p313
D・D・Tと万年床
　◇「坂口安吾全集 6」筑摩書房 1998 p344
Diana Cooper-Clark宛書簡
　◇「安部公房全集 28」新潮社 2000 p60
Dig
　◇「寺山修司著作集 1」クインテッセンス出版 2009 p513
Dream Tales
　◇「谷崎潤一郎全集 1」中央公論新社 2015 p495
DSE=SJ
　◇「小松左京全集 完全版 21」城西国際大学出版会 2015 p134
E・ヘミングウェイ著・福田恒存訳『老人と海』
　◇「安部公房全集 3」新潮社 1997 p454
EGG
　◇「向田邦子全集 新版 4」文藝春秋 2009 p66
「Electra」創作ノート
　◇「決定版 三島由紀夫全集 補巻」新潮社 2005 p445
Ellery Queen著書目録
　◇「江戸川乱歩全集 25」光文社 2005（光文社文庫）p567

《euphoria》のあとで
　◇「小田実全集 評論 19」講談社 2012 p295
《euphoria》のあとの重い旅
　◇「小田実全集 評論 19」講談社 2012 p315
F・カフカのうめき
　◇「車谷長吉全集 3」新書館 2010 p79
FARCEに就て
　◇「坂口安吾全集 1」筑摩書房 1999 p251
Forth Degreeの由来
　◇「小酒井不木随筆評論選集 4」本の友社 2004 p98
fouについて
　◇「佐々木基一全集 4」河出書房新社 2013 p136
Four Rooms
　◇「決定版 三島由紀夫全集 32」新潮社 2003 p97
From the nothing, with love.
　◇「伊藤計劃記録 〔第1〕」早川書房 2010 p55
G・ルカーチとの因縁
　◇「佐々木基一全集 6」河出書房新社 2012 p169
GIN
　◇「決定版 三島由紀夫全集 37」新潮社 2004 p746
鈴木いづみの無差別インタビュー GRASS–HOPPER
坂本龍一
　◇「鈴木いづみコレクション 8」文遊社 1998 p24
HAPPY BIRTHDAY TO……
　◇「小松左京全集 完全版 18」城西国際大学出版会 2013 p156
Heavenscape
　◇「伊藤計劃記録 第2位相」早川書房 2011 p45
HE・BEA計画
　◇「小松左京全集 完全版 14」城西国際大学出版会 2009 p184
HEKIGA―A VERSE–BOOK
　◇「決定版 三島由紀夫全集 37」新潮社 2004 p69
HIROSHIMA
　◇「小田実全集 小説 16」講談社 2011 p5
His remembrance
　◇「宮本百合子全集 20」新日本出版社 2002 p24
In Bed Interview 山崎春美
　◇「鈴木いづみセカンド・コレクション 4」文遊社 2004 p183
INFLUENCES IN MODERN JAPANESE LITERATURE
　◇「決定版 三島由紀夫全集 30」新潮社 2003 p16
In Remember YokohamaBlues エディ藩〔対談〕
　◇「鈴木いづみセカンド・コレクション 4」文遊社 2004 p171
intermède薔薇の獄―もしくは鳥の匂いのする少年
　◇「中井英夫全集 3」東京創元社 1996（創元ライブラリ）p238
INTRODUCTION
　◇「決定版 三島由紀夫全集 36」新潮社 2003 p606

Isomorphic ImageによるEssay
　◇「小松左京全集 完全版 31」城西国際大学出版会 2008 p262
"I, the City."
　◇「小松左京全集 完全版 31」城西国際大学出版会 2008 p272
It is possible that...
　◇「小田実全集 評論 3」講談社 2010 p212
J・アップダイク
　◇「小島信夫批評集成 2」水声社 2011 p611
J・ジョイス『ユリシーズ』
　◇「小島信夫批評集成 2」水声社 2011 p647
J・A・シモンズのひそかなる情熱
　◇「江戸川乱歩全集 24」光文社 2005（光文社文庫）p505
JAPANESE YOUTH
　◇「決定版 三島由紀夫全集 31」新潮社 2003 p641
JAPANOLOGY
　◇「寺山修司著作集 4」クインテッセンス出版 2009 p247
J・D・カー問答
　◇「江戸川乱歩全集 27」光文社 2004（光文社文庫）p326
J・H・ファーブル著『昆虫記』
　◇「大庭みな子全集 8」日本経済新聞出版社 2009 p495
J・M・マリィ「ドストエフスキイ」I
　◇「小林秀雄全集 補巻 1」新潮社 2010 p394
J・M・マリィ「ドストエフスキイ」II
　◇「小林秀雄全集 補巻 1」新潮社 2010 p451
J.M.マリィ「ドストエフスキイ」I
　◇「小林秀雄全作品 7」新潮社 2003 p224
J.M.マリィ「ドストエフスキイ」II
　◇「小林秀雄全作品 9」新潮社 2003 p51
J・N・G仮案（Japan National Guard―祖国防衛隊）
　◇「決定版 三島由紀夫全集 34」新潮社 2003 p623
John Dickson Carr著書目録
　◇「江戸川乱歩全集 25」光文社 2005（光文社文庫）p571
King's Evil
　◇「小酒井不木随筆評論選集 6」本の友社 2004 p127
L・アラゴン著『レ・コミュニスト』
　◇「安部公房全集 3」新潮社 1997 p407
LADY GODIVA RIDES AGAIN
　◇「田中小実昌エッセイ・コレクション 3」筑摩書房 2002（ちくま文庫）p83
LARME NOIRE
　◇「中井英夫全集 10」東京創元社 2002（創元ライブラリ）p162
Lars Forssell宛書簡
　◇「安部公房全集 28」新潮社 2000 p68

LAR

Lars Forssell宛書簡 第2信
　◇「安部公房全集 29」新潮社 2000 p11
"Le Diable au corps"に就いて
　◇「決定版 三島由紀夫全集 36」新潮社 2003 p515
Les Enfants Terribles
　◇「小林秀雄全集 補巻 1」新潮社 2010 p123
LIRIKA POEMARO
　◇「〔野呂邦暢〕随筆コレクション 2」みすず書房 2014 p304
LONG AFTER LOVE
　◇「決定版 三島由紀夫全集 25」新潮社 2002 p774
Marcus Aureliusとの対談
　◇「田村泰次郎選集 1」日本図書センター 2005 p5
Martini. veddy, veddy dry
　◇「高城高全集 2」東京創元社 2008（創元推理文庫）p445
MEMO
　◇「安部公房全集 29」新潮社 2000 p209
MEMO―「スプーンを曲げる少年」
　◇「安部公房全集 28」新潮社 2000 p396
MEMO―「方舟さくら丸」
　◇「安部公房全集 27」新潮社 2000 p15
MEMORANDUM 1948
　◇「安部公房全集 1」新潮社 1997 p483
MEMORANDUM 1949
　◇「安部公房全集 2」新潮社 1997 p269
memo 2
　◇「清水アリカ全集」河出書房新社 2011 p515
MESSAGE '77
　◇「中上健次集 1」インスクリプト 2014 p96
MGSシリーズへと受け継がれるポリスノーツ
　◇「伊藤計劃記録 〔第1〕」早川書房 2010 p116
MODERN NOH PLAYS AND MODERN PLAYS
　◇「決定版 三島由紀夫全集 36」新潮社 2003 p571
Mr.Josef Kalaš宛書簡
　◇「安部公房全集 15」新潮社 1998 p438
Mr.L.Pistorius宛書簡
　◇「安部公房全集 15」新潮社 1998 p439
NANKING
　◇「林京子全集 2」日本図書センター 2005 p403
「NATO」「空爆」以後
　◇「小田実全集 評論 27」講談社 2013 p445
NLTの顔
　◇「決定版 三島由紀夫全集 33」新潮社 2003 p78
Ｎ・Ｌ・Ｔの未来
　◇「決定版 三島由紀夫全集 33」新潮社 2003 p102
Ｎ・Ｌ・Ｔの未来図
　◇「決定版 三島由紀夫全集 34」新潮社 2003 p242
ODE MARITIME
　◇「〔野呂邦暢〕随筆コレクション 2」みすず書房 2014 p342
"OPEC"として君臨した大山崎
　◇「小松左京全集 完全版 42」城西国際大学出版会 2014 p60

「OPEC」の失敗、「非同盟」の崩壊
　◇「小田実全集 評論 23」講談社 2012 p199
PART2
　◇「色川武大・阿佐田哲也エッセイズ 2」筑摩書房 2003（ちくま文庫）p44
Piérre Philosophale
　◇「坂口安吾全集 1」筑摩書房 1999 p275
POST ROOM
　◇「大坪砂男全集 4」東京創元社 2013（創元推理文庫）p429
PROFILE 野間宏
　◇「佐々木基一全集 1」河出書房新社 2013 p463
Purple Rose
　◇「田中小実昌エッセイ・コレクション 3」筑摩書房 2002（ちくま文庫）p313
RECOMMENDING MR.YASUNARI KAWABATA FOR THE 1961 NOBEL PRIZE FOR LITERATURE
　◇「決定版 三島由紀夫全集 31」新潮社 2003 p572
「rose」と「撃壌歌」第28回文藝賞
　◇「大庭みな子全集 24」日本経済新聞出版社 2011 p90
Running pictures／Cinematrix
　◇「伊藤計劃記録 〔第1〕」早川書房 2010 p195
現代の人間像 See You―ヤング・チャ
　◇「林京子全集 7」日本図書センター 2005 p483
SEXPO'69
　◇「小松左京全集 完全版 15」城西国際大学出版会 2010 p68
Sick, Sick, Sick……しかし―そしてオデュセウスの船出
　◇「小田実全集 評論 1」講談社 2010 p183
Simenonを称う
　◇「江戸川乱歩全集 25」光文社 2005（光文社文庫）p209
Sketches for details Shima
　◇「宮本百合子全集 20」新日本出版社 2002 p654
〈SOGETSU ART CENTER〉
　◇「安部公房全集 9」新潮社 1998 p245
Ｓ・Ｏ・Ｓ
　◇「決定版 三島由紀夫全集 19」新潮社 2002 p353
SOS印の特製ワイン
　◇「小松左京全集 完全版 12」城西国際大学出版会 2007 p378
STAGE-LEFT IS RIGHT FROM AUDIENCE
　◇「決定版 三島由紀夫全集 35」新潮社 2003 p740
STUDIUM AN DER "LUNCH-BOX-UNI"
　◇「決定版 三島由紀夫全集 36」新潮社 2003 p587
Sunset, 06：39 GMT
　◇「阿川弘之全集 18」新潮社 2007 p340
TDSとSDの不吉な夜
　◇「小松左京全集 完全版 13」城西国際大学出版会 2008 p280

T・E・ヒューム（長谷川鑛平訳）「芸術と
ヒューマニズム」
　◇「佐々木基一全集 1」河出書房新社 2013 p31
The Affair of Two Watches
　◇「谷崎潤一郎全集 1」中央公論新社 2015 p381
The Family of Man
　◇「〔野呂邦暢〕随筆コレクション 2」みすず書房
　　2014 p340
The indifference engine
　◇「伊藤計劃記録 〔第1〕」早川書房 2010 p9
THE JAPAN WITHIN
　◇「決定版 三島由紀夫全集 36」新潮社 2003 p598
Thema
　◇「安部公房全集 3」新潮社 1997 p13
The Old Familiar Faces
　◇「小沼丹全集 4」未知谷 2004 p552
T・K・K
　◇「山田風太郎エッセイ集成 風山房風呂焚き唄」筑
　　摩書房 2008 p110
TO─
　◇「定本 久生十蘭全集 10」国書刊行会 2011 p279
To A Happy Few
　◇「〔野呂邦暢〕随筆コレクション 2」みすず書房
　　2014 p184
T・Sエリオットの新転向
　◇「田村泰次郎選集 5」日本図書センター 2005 p17
V．グリーブニン宛書簡
　◇「安部公房全集 28」新潮社 2000 p311
V・ナボコフ『ロリータ』
　◇「小島信夫批評集成 2」水声社 2011 p650
VCR（カムラン湾）
　◇「中上健次集 10」インスクリプト 2017 p559
VISION．
　◇「定本 久生十蘭全集 10」国書刊行会 2011 p278
Visit to a Green Star
　◇「小松左京全集 完全版 12」城西国際大学出版会
　　2007 p355
Vita nuovaの文体に関する一考察─散文／韻
文の関係
　◇「須賀敦子全集 6」河出書房新社 2007（河出文
　　庫）p121
WC─極美についての一考察
　◇「稲垣足穂コレクション 1」筑摩書房 2005（ち
　　くま文庫）p240
Words I Can Never Forget（忘れ得ぬことば）
　◇「大庭みな子全集 23」日本経済新聞出版社 2011
　　p310
XYZ
　◇「小田実全集 評論 25」講談社 2012 p221
　◇「小田実全集 小説 32」講談社 2013 p7
　◇「小田実全集 小説 32」講談社 2013 p62
Z──。
　◇「須賀敦子全集 1」河出書房新社 2006（河出文
　　庫）p402

ZOTV騒動記
　◇「小松左京全集 完全版 17」城西国際大学出版会
　　2012 p291

【 記号類 】

0×無限大＝有限─竹内均氏との対談
　◇「小松左京全集 完全版 30」城西国際大学出版会
　　2008 p15
100000000：1─都市を盗る15
　◇「安部公房全集 26」新潮社 1999 p462
3D（i）LinBSとは何か
　◇「小松左京全集 完全版 40」城西国際大学出版会
　　2012 p284
＊◎≈▲は殺しの番号
　◇「小松左京全集 完全版 14」城西国際大学出版会
　　2009 p171
□□□□
　◇「小松左京全集 完全版 23」城西国際大学出版会
　　2015 p369

作品名から引ける日本文学
作家・小説家 個人全集案内 第Ⅲ期
2019年12月25日　第1刷発行

発　行　者／大高利夫
編集・発行／日外アソシエーツ株式会社
　　　　　〒140-0013 東京都品川区南大井6-16-16 鈴中ビル大森アネックス
　　　　　電話(03)3763-5241(代表)　FAX(03)3764-0845
　　　　　URL http://www.nichigai.co.jp/
発　売　元／株式会社紀伊國屋書店
　　　　　〒163-8636 東京都新宿区新宿3-17-7
　　　　　電話(03)3354-0131(代表)
　　　　　ホールセール部(営業)電話(03)6910-0519

　　　　電算漢字処理／日外アソシエーツ株式会社
　　　　印刷・製本／光写真印刷株式会社

不許複製・禁無断転載　　《中性紙三菱クリームエレガ使用》
〈落丁・乱丁本はお取り替えいたします〉
ISBN978-4-8169-2809-3　　**Printed in Japan, 2019**

本書はディジタルデータでご利用いただくことができます。詳細はお問い合わせください。

作品名から引ける 日本文学全集案内 第Ⅲ期
A5・940頁　定価（本体13,500円＋税）　2018.7刊
1997～2016年に刊行された日本文学全集・アンソロジーの収載作品3.7万点がどの全集・アンソロジーに収録されているかがわかる総索引。

作品名から引ける 世界文学全集案内 第Ⅲ期
A5・400頁　定価（本体8,200円＋税）　2018.8刊
1997～2017年に刊行された世界文学全集・アンソロジーの収載作品1万点がどの全集・アンソロジーに収録されているかがわかる総索引。

作品名から引ける 日本児童文学個人全集案内
A5・990頁　定価（本体13,500円＋税）　2019.1刊
1947～2015年に刊行された日本の児童文学個人全集・作品集の収載作品4.4万点がどの全集・作品集に収録されているかがわかる総索引。

歴史時代小説 文庫総覧
歴史小説・時代小説の文庫本を、作家ごとに一覧できる図書目録。他ジャンルの作家が書いた歴史小説も掲載。書名・シリーズ名から引ける「作品名索引」付き。

昭和の作家
A5・610頁　定価（本体9,250円＋税）　2017.1刊
吉川英治、司馬遼太郎、池波正太郎、平岩弓枝など作家200人を収録。

現代の作家
A5・670頁　定価（本体9,250円＋税）　2017.2刊
佐伯泰英、鳴海丈、火坂雅志、宮部みゆきなど平成の作家345人を収録。

文学賞受賞作品総覧　小説篇
A5・690頁　定価（本体16,000円＋税）　2016.2刊
明治期から2015年までに実施された主要な小説の賞338賞の受賞作品7,500点の目録。純文学、歴史・時代小説、SF、ホラー、ライトノベルまで、幅広く収録。受賞作品が収録されている図書1万点の書誌データも併載。

データベースカンパニー
日外アソシエーツ

〒140-0013　東京都品川区南大井6-16-16
TEL.(03)3763-5241　FAX.(03)3764-0845　http://www.nichigai.co.jp/